U0132516

普通話・粵音

商務新詞典

縮印本

黃港生　編

商務印書館

商務新詞典（縮印本）

編　　著 …… 黃港生

出　　版 …… 商務印書館（香港）有限公司

香港筲箕灣耀興道3號東滙廣場8樓

http://www.commercialpress.com.hk

發　　行 …… 香港聯合書刊物流有限公司

香港新界荃灣德士古道 220–248 號荃灣工業中心 16 樓

印　　刷 …… 美雅印刷製本有限公司

九龍觀塘榮業街6號海濱工業大廈4樓A室

版　　次 …… 2022年7月第44次印刷

©1990 商務印書館（香港）有限公司

ISBN 978 962 07 0133 7

Printed in Hong Kong

出 版 說 明

　　本詞典收詞以語詞爲主，目的是幫助讀者解決在語文學習方面所遇到的困難。可供具有中等文化程度的讀者翻查檢閱。

　　普通話基本上是按照中國普通話審音委員會規定的標準音注音。廣州話方面則無標準可循。有人以古代辭書的切音爲準，有人以現代通行的讀音爲準，經常爭論不休。本詞典注音採用"兼收並蓄"的辦法，將兩種讀音都注錄，使讀者瞭解到該字的粵讀的演變情況。注音符號則採用國際音標。

　　書中存在的謬誤和不完善的地方，希望識者不吝賜正，俾再版時得以訂正，則編者幸甚，讀者幸甚。

編者

一九八九年七月

目　錄

凡　例

一、本詞典按部首檢字法查字。另附"難檢字表"。

二、本詞典的字頭用大字排印。簡體字附在字頭後面，外加圓括弧。

三、本詞典共收單字（包括異體字）12,000餘。

四、本詞典所收詞目，包括(1)一般詞語（複詞、詞組和成語）；(2)古籍中常見的專科詞語(如古器物、古生物、古地、古建築物名稱，以及有關古代典章制度、風俗習慣等方面的詞語)；(3)少數社會科學詞語；(4)少數習用的現代專科詞語。約收20,000條。

五、由於單字釋義需要而收錄的專科詞語，加〔　〕列在單字之後，並作扼要解釋，不再另列詞目。如【顓】(zhuān)……③〔顓頊〕傳說中古代部族首領，號高陽氏。

六、本詞典有兩種注音：

1. 普通話注音。

(1)單字用漢語拼音字母注音，標明聲調（輕聲不標）。同義異讀的，基本上根據中國普通話審音委員會編的《普通話異讀詞三次審音總表初稿》注音。少數流行較廣的異讀酌予保留。現代讀音與傳統讀音不同的，酌注舊讀，如【庸】(yōng，舊讀yóng)。

(2)複詞和成語一般不注音。但詞目中如有異讀的字，在單字中列爲第一音的不注，第二音以下的分別加注漢語拼音。如【說】有㊀(shuō)、㊁(shuì)等音，複詞【說項】的"說"爲㊀音，不注；【說客】、【游說】的"說"爲㊁音，分別加注(shuì—)、(—shuì)。

2. 粵語注音。

(1)單字方面：在普通話注音後，用國際音標注粵音。"⑧"代表"粵音"。在
　　國際音標右上方，標注阿拉伯數目字"1、2、3、4、5、6、7、8、
　　9"，分別代表粵音的九個聲調"高平(1)、高上(2)、高去(3)、低平(4)、
　　低上(5)、低去(6)、高入(7)、中入(8)、低入(9)"。國際音標之後是漢字
　　直音，外加〔　〕號。有些字沒有適當的同音字可借以注音的，則用切
　　音法。有少數無法可用漢字直音及切音的，則僅注國際音標。注音以
　　現代通行的讀音為主，酌注語音，於注音後以"(語)"標明。一字中有
　　多音的，則加"(又)"於注音之後標明。有些字由於誤讀而有積非成是
　　的趨勢，則加"(俗)"於注音之後標明。

(2)為省篇幅，複詞和成語不注粵音。詞目中如有異讀的字，讀者自可根據
　　該字的普通話注音類推出正確的粵讀。

七、釋義主要收列現代通用義和古籍中比較通用的古義。排列次序，
一般是基本的、常用的意義在前，引伸的，通假的意義在後。

八、單字一字數音的，用㊀㊁㊂等分項，另行起排。詞目一詞多義的
用❶❷❸等分項，一義中需要分述的再用(1)(2)(3)等分項，一律接排。

九、本詞典末附"漢語拼音方案"、"廣州標準粵音聲韻調表"、"中國
歷代紀元表"、"地質年代簡表"、"計量單位簡表"。

難檢字表

本書所收單字，其部首難於尋檢的，按筆畫及、一丨丿排列，並注明總頁碼，列表於下：

一畫	儿 60	辶 226	川 211	支 284	攴 285	分 76
乙 20	么 104	廿 97	幺 220	切 78	毋 348	凶 75
二畫	三畫	也 21	彳 233	廿 226	止 341	化 92
二 23	亠 28	叉 105	彡 232	卄 100	比 348	公 66
十 95	亡 28	才 259	四畫	屯 205	內 64	介 32
丁 4	广 221	刃 76	斗 290	牙 406	爿 405	爻 404
七 4	丫 15	卄 226	心 239	不 11	水 355	斤 220
厂 102	三 5	川 11	火 392	戈 255	少 200	巹 106
匕 92	彐 231	尢 201	卞 100	犬 411	允 60	厄 102
刁 76	干 219	兀 60	市 214	木 312	父 404	仄 32
了 22	于 25	丈 5	六 67	匹 94	丰 17	爪 403
也 20	己 214	大 162	方 293	歹 344	气 351	五畫
刀 76	已 214	万 226	亢 28	友 106	月 309	半 97
力 86	巳 214	及 106	文 289	尤 201	手 258	穴 486
又 105	弓 228	上 9	之 19	卅 97	毛 349	必 239
卜 100	尸 202	巾 214	戶 257	厷 104	午 97	立 490
人 30	下 10	山 205	尤 71	予 22	殳 346	主 18
入 63	寸 197	屮 205	王 420	尹 202	壬 159	市 214
八 65	工 212	小 199	云 25	弔 228	丹 17	疒 441
乂 18	土 144	巛 211	元 60	尺 202	夲 104	玄 419
勹 90	士 158	凡 74	无 296	夬 168	升 97	永 355
九 20	子 185	丸 17	五 25	孔 185	丏 168	平 219
乃 18	孑 185	夕 160	互 25	丑 13	欠 339	玉 419
几 74	孓 185	乞 21	丏 13	巴 214	勿 91	未 312
		千 96		日 297	片 405	末 312
		久 19		曰 307	卯 100	
		夊 160		丹 69	氏 351	
		夂 160		中 15	兮 68	

瓦	430	占	100	冬	72	吏	115	肉	546	全	65	車	680
巧	213	北	92	外	160	西	630	此	342	合	113	甫	434
功	86	旦	297	氏	351	束	313	冊	97	企	36	東	314
可	110	且	14	丘	14	耳	542	艸	569	行	618	夘	257
出	75	由	434	卯	101	共	68	尖	201	牟	407	羋	533
去	104	甲	434	斥	291	臣	558	劣	87	氽	61	酉	709
丙	14	申	435	后	100	卍	97	兆	61	余	356	李	313
甘	431	叶	111	瓜	429	灰	392	年	220	糸	507	巫	213
正	341	目	214	弁	227	有	309	耒	541			辰	689
古	109	叩	110	台	111	在	145	缶	529	**七畫**		廷	201
巨	213	叻	112	幼	221	存	185	先	61			尨	201
叵	111	叨	110			死	344	朱	313	弟	229	龙	201
世	14	冉	70	**六畫**		百	449	舌	563	兇	62	豕	656
丕	14	兄	61			而	541	竹	493	宋	189	夾	169
尤	313	央	168	米	504	夸	169	舛	564	牢	408	君	116
本	312	史	111	宇	185	至	560	名	115	辛	688	尾	202
左	213	皿	452	次	339	互	28	多	161	言	638	甬	434
石	465	内	479	交	29	划	78	肋	546	亨	29	孜	186
右	111	四	140	衣	621	聿	546	危	101	忘	240	肖	547
布	215	凹	75	亦	29	艮	566	色	567	庇	222	見	633
夯	168	凸	75	亥	61	羽	535	羿	297	序	227	貝	659
矛	463	出	75	州	212	瓦	105	朵	313	良	567	里	714
民	351	乎	19	丢	15	丞	15	印	101	初	78	呆	119
弗	228	乏	19	式	228	光	62	如	173	罕	530	吠	117
司	111	生	432	夷	169	虍	601	向	116	弎	240	邑	702
疋	440	矢	464	寺	197	乩	21	自	559	弄	227	足	671
皮	451	失	168	吉	113	曲	307	臼	561	求	356	男	435
加	86	乍	19	卉	97	吊	114	血	617	走	668	串	17
孕	185	禾	479	考	540	虫	604	凶	141	赤	667	吳	117
叭	447	用	433	老	539	回	141	后	115	孝	186	吹	118
以	34	包	91	亘	28	同	114	舟	565	更	307	卤	100
母	348	句	109	再	70	曳	307	甪	433	豆	655	岡	70
卡	100	册	70			网	530			克	62	壯	159

字	頁	字	頁	字	頁	字	頁	字	頁	字	頁	字	頁
香	789	凌	73	屚	805	眞	458	產	433	匏	91	短	464
旬	639	凍	73	或	233	㒼	562	執	187	奢	171	甜	432
象	231	案	321	栗	319	奚	171	望	310	爽	405	祭	476
負	659	旁	294	翅	536	釜	719	袤	624	習	536	豚	656
舫	636	毫	30	恥	244	爹	404	表	624	務	88	脷	551
奐	170	高	801	菁	70	牲	433	庶	223	畫	303	夠	162
風	778	衾	623	恭	244	乘	19	毓	831	問	128	魚	808
叟	107	畝	436	兹	576	朕	310	庸	223	舺	567	斛	291
皇	450	衷	622	哲	125	朒	310	鹿	229	堂	151	凰	74
泉	362	衷	623	辱	689	息	244	斌	290	常	217	售	127
卽	102	唐	126	威	394	臬	560	率	419	鹵	828	鳥	817
禹	479	席	216	夏	160	畁	562	牽	409	彫	233	臬	323
衍	620	袞	622	夐	656	烏	394	視	634	敗	287	臭	560
衍	620	畜	436	套	171	島	208	啟	128	匙	92	虺	63
盾	457	冢	71	原	103	射	198	彗	232	曼	308	旣	296
食	782	冥	71	晉	302	躬	679	春	562	畢	436	翎	536
俞	65	辰	258	函	142	師	216	執	150	異	438	貪	660
兪	65	扇	258	晝	307	嚣	573	報	667	野	715	條	323
舁	227	素	511	弱	229	鬼	806	敓	667	婁	178	脩	551
俎	45	泰	364	智	126	修	46	執	150	啚	128	衒	620
胤	549	秦	482	党	63	邕	805	啚	128	梟	70	衕	620
幽	221	馬	791	晏	302	晏	47	戛	655	累	512	參	105
		耗	541	旄	70	虒	602	勇	295	唯	127	巢	212
十畫		班	423	骨	798	猫	208	軟	681	鹵	100		
		鬥	804	員	125	能	550	斬	292	異	531	**十二畫**	
酒	709	彧	802	罡	530			票	476	眾	459		
羔	533	教	287	罟	530	**十一畫**		焉	395	雀	753	渠	376
羞	243	哉	394	置	530			華	581	將	198	淵	375
差	213	栽	320	罻	530	宗	209	菫	152	覓	634	善	129
殺	533	袁	623	裝	171	羞	534	乾	21	飢	783	翔	536
料	291	耆	540	豈	655	章	491	梵	324	欲	339	奠	171
兼	69	書	681	蚩	605	竟	491	彬	233	觝	127	普	303
朔	310	哥	125	崇	476	啇	128	麥	831	鵮	409	甯	434
								區	95				

字	頁	字	頁	字	頁	字	頁	字	頁	字	頁	字	頁
曾	308	辜	688	貴	661	翕	536	塊	153	罪	531	漁	382
情	246	朝	311	斝	291	傘	53	艴	667	罩	531	賓	663
勞	89	喪	131	單	131	街	620	勢	89	蜀	607	實	196
童	491	募	89	胃	531	衕	620	賈	663	業	328	韶	771
就	201	棻	325	帽	217	衛	620	聖	543	萬	209	齊	842
寐	72	酋	438	葡	837	幾	221	慈	248	愛	249	豪	657
雇	755	棼	325	凱	74			幹	220	亂	22	裹	626
貳	661	雅	754	嵌	209	**十三畫**		鼛	182	飲	404	甍	330
斑	290	舄	171	嵓	209			夢	162	爺	404	廓	224
琶	425	葍	451	嵐	209	準	381	禁	477	缺	153	塵	154
琵	425	皷	285	舜	564	塗	154	楚	327	雉	755	麼	832
琴	425	雁	754	爲	404	羨	534	裔	132	督	642	幓	452
裁	624	喬	463	欽	340	義	534	感	249	登	655	肇	546
報	153	登	447	舒	564	慈	250	愚	202	彙	232	褸	181
壹	159	敦	287	甥	433	塞	154	辟	688	腔	153	魂	807
壺	159	尋	199	無	396	萱	398	蠆	534	滕	181	寬	440
㦲	561	畫	437	甦	63	煩	398	傘	564	脚	553	殼	426
堯	153	閔	246	葫	209	靖	764	電	837	詹	643	穀	329
喜	130	粥	505	牮	409	意	248	躄	343	解	636	臺	561
博	99	弼	230	黍	834	詡	642	當	438	雋	755	嘉	134
甥	433	巽	214	喬	131	裏	625	歲	343	與	562	赫	667
喆	130	厤	187	厤	187	裹	484	暈	304	舅	304	揭	309
葳	550	犀	409	然	397	哀	625	賊	663	奧	171	壽	159
惠	247	疏	440	喰	783	雍	755	尠	201	愉	537	斡	688
婿	159	疎	440	毳	232	匯	94	號	603	鼠	840	樊	56
臶	541	賀	662	勝	89	瑟	425	嗣	133	禽	479	蒙	588
覃	631	棠	325	象	656	粲	84	農	689	僉	55	聚	544
粟	505	掌	407	集	754	殽	230	睪	460	會	308	斡	291
棘	325	敝	287	粵	505	壺	159	罫	531	衙	620	斡	329
棗	324	黑	834	皓	451	敦	839	署	531	鄉	706	暇	134
貫	661	景	303	舄	562	載	683	罭	531			兢	63
斯	292	量	715	卿	102			置	531	**十四畫**		幕	217
黃	832	最	308	猶	415			罨	531			匱	94
				弒	228								

緊 521	維 519	闇 645	畿 439	歷 344	變 402	膽 649
爾 405		墜 155		豫 657	謝 650	臁 665
臄 104	**十五畫**	翹 90	**十六畫**	樊 416	襞 628	龜 349
箴 558		賞 664		皼 452	齋 842	輿 685
龠 172	養 784	輝 684	憲 252	盧 455	襄 628	槃 388
盦 171	翦 537	嫠 182	賽 627	冀 69	褒 628	鮮 811
奪 171	瑩 426	膚 156	凝 74	肇 770	應 770	鶹 821
翠 537	槀 485	暴 305	辨 689	縣 524	幫 218	侖 846
凳 75	摩 278	興 562	裤 689	墼 306	駢 794	
盡 454	磨 832	罵 532	親 634	罹 532	觳 685	**十八畫**
聞 544	慶 251	罶 532	龍 844	穎 485	觳 637	
肅 546	褒 627	罷 532	裹 627	辭 689	聲 544	儵 336
嘗 134	廟 839	齒 842	贏 183	頼 775	檣 668	娟 492
睿 461	慧 251	嶔 210	冪 72	臁 611	臨 558	雜 756
黔 162	靚 764	獎 416	磨 471	滕 524	贖 666	豐 655
瞄 133	蔡 383	穎 400	壅 157	穌 485	費 665	釐 715
辣 309	寮 344	穎 384	靜 764	龜 846	艱 567	戴 257
暢 304	穀 485	銃 603	穀 524	慾 400	薯 538	覆 631
罰 531	葵 416	靠 765	楮 667	貔 560	隸 753	瞿 757
爾 531	賣 664	黎 834	楨 667	學 187	壓 157	藥 806
罳 531	董 767	滕 381	頭 774	舉 562	圉 556	舊 563
頗 773	暮 305	膝 555	融 611	瓣 347	腎 556	黤 348
獎 172	慕 250	魯 809	燄 431		嬰 183	懟 253
疑 440	豎 655	皺 452	翰 537	**十七畫**	孀 183	闔 743
熏 399	賢 664	暨 305	橐 334		嚇 137	隳 753
舞 564	樊 332	絲 521	整 289	鴻 820	皐 306	斃 289
毓 348	劋 831	魄 807	罷 136	義 535	督 532	瞿 462
奮 162	厲 104	樂 331	燕 400	鹹 789	罿 532	題 775
鳳 817	凾 202	衞 620	瞥 461	豁 654	廚 532	蹠 769
鼻 841	憂 251	衛 621	骸 233	賽 649	黻 837	醫 138
睪 461	奭 172	衝 620	覷 765	賽 665	穎 775	吳 172
孵 187	鴈 819	羶 105	奮 172	蹇 675	谿 654	襠 757
銜 724	靤 537		曆 305	營 401	黏 834	叢 107

鰍	604	疆	439	瀞	689	彎	231	
爵	404	羆	532	廗	842	轡	687	**二十五畫**
雞	756	羅	532	贏	558	讋	771	
馥	789	嚨	138	豐	30			饝 763
魏	807	矙	837	魔	807	**二十三畫**		觀 635
朦	311	辭	689	殼	825			爨 713
臆	756	鬘	768	屬	535	鐵	616	
彝	232	䙾	138	斅	813	蘁	601	**二十六畫**
雙	756			夔	306	隸	762	
歸	344	**二十畫**		驚	139	囍	139	䲰 232
燼	59			鶴	824	臕	765	靡 837
儵	811	孊	160	鰐	782	籤	770	䦧 805
蹠	293	寶	197	鐵	734	蠱	616	
		辯	527	騰	814	雞	653	**二十八畫**
十九畫		競	492	纊	528	變	653	
		犨	138			徽	836	黵 656
羹	535	贏	666	**二十二畫**				鑿 736
羶	812	馨	789			**二十四畫**		
類	777	㿎	440	聾	545			**二十九畫**
鎦	430	藝	183	龔	846	顥	666	
韻	771	譬	652	囊	139	讖	654	鬱 805
羸	535	糴	539	蘁	254	矗	528	爨 403
臟	615	孋	463	聽	545	鬬	805	
寵	226	嚴	138	霭	806	鹽	828	
龐	765	鬓	528	瞳	666	韃	768	
薺	289	騰	795	疊	440	䚏	616	
譆	138	朧	312	孋	139	矗	463	
藪	631	嚳	653	孋	532	韄	172	
麗	830	譽	138	鷟	834	靈	618	
蘭	527			臟	558	鸛	532	
攀	283	**二十一畫**		贖	666	欔	507	
蹬	428			糴	507	黌	833	
翹	831	類	528	龕	846	衢	621	

一 部

一　(yī)粵jɐt⁷〔壹〕❶數詞，最小的正整數。❷同一；一樣。如：二人兩份。❸滿；全。如：一身汗。❹統一。如：一天下。❺專一。如：一心一意。❻表略微之意，如：看一看；等一等。❼一旦；才。如：一觸即發；一聽就懂。❽一旦；一經。如：一失足成千古恨。❾另一；又。如：杜鵑，一名子規。❿初次；第一次。如：一鼓作氣。⓫乃；竟。如：一至於此。⓬表示真正、實在、始終等意。如：一如既往。⓭作語助，以加強語氣。如：一何怒。⓮樂譜符號，工尺譜中的音名之一。

【一干】❶所有跟某件事（多指案件）有關的人。如：一干人犯。❷數詞"一千"的隱語。"干"和"千"字形相似，所以把"一千"說成"一干"。

【一介】❶猶一個。亦含有藐小、微賤的意味。如：一介書生。❷"介"通"芥"，草芥。形容輕微，小量。

【一方】❶一方面。❷那一邊，指遠處。如：天各一方。❸數詞"一萬"的隱語。"方"與"萬"字形相似，"万"即"萬"字，故借一方為一萬。

【一世】❶一代。❷古稱三十年為一世。❸一生。

【一匡】納入正軌。匡，正。如：一匡天下。

【一曲】❶河流彎曲處。❷比喻見識拘於一方面。❸一首歌或詞曲。如：頌歌一曲；一曲新詞。

【一劫】佛教稱天地的一成（生）一敗（滅）叫一劫。

【一念】❶一動念。如：一念之差。❷指極短促的時間。

【一抹】❶(—mǒ)抹上一筆，猶一片。指輕微的痕迹。如：一抹浮雲。

【一紀】歲星（木星）繞太陽一週約需十二年，所以古代稱十二年為一紀。

【一息】❶一呼一吸，指極短的時間，猶言片刻。❷一口氣息，指生命。如：一息尚存。

【一剗】❶完全，一概。❷一味，總是。

【一眚】一點微小的過失。

【一偏】一個片面；偏於一面。如：一偏之見。

【一得】一點心得，一些可取之處。謙詞。如：一得之愚。

【一揆】同一道理，一個樣。

【一斑】比喻很小一部分，不全面。詳"管中窺豹"。

【一粟】比喻渺小的事物。詳"太倉一粟"、"滄海一粟"。

【一統】❶全國統屬於一個政權。❷漢代的計時單位。以一千五百三十三年為一統。

【一間】(—jiàn)很小的間隔，極言其近。如：相去一間。

【一隅】❶一個角落，泛指事物的一部分。也指不全面。如：一隅之見。❷一個地區。形容地區狹小。如：一隅之地。

【一稔】農作物的一次成熟，引申為一年。

【一葉】形容船小、像一片葉子。也比喻一隻小船。

【一葦】指葦草當筏。後用為小船的代稱。

【一漚】漚，水泡。佛教用水泡比喻生命的空幻。

【一綫】形容極其細微。如：一綫生機。

【一餉】亦作"一晌"、"一向"。片刻。

【一髮】❶比喻細微的事物。如：牽一髮而動全身。❷猶一綫。

【一霎】一下子。

【一應】一切。如：一應俱全。

【一瞥】迅速地看一眼，比喻極短的時間。引申為短時間內看到的大略情況。

【一瞬】一眨眼，比喻極短的時間。

【一蹴】一舉足。比喻事情輕而易舉。如：一蹴而就。

【一體】❶身體的一部分。亦泛指一部分。❷比喻關係密切，如同一個整體。❸一樣。❹舊時公文用語，猶一律。如：一體照照。

【一丸泥】比喻地勢險要，用丸泥封塞，即可阻擋。簡作"一丸"。

【一字師】唐代詩僧齊己作《早梅》詩，有"前村深雪裏，昨夜數枝開"之句，鄭谷改"數枝"為"一枝"，齊己下拜。時人稱鄭谷為"一字師"。

【一字禪】佛教禪宗，不重視佛經的宣講，重在頓時的觸機，喜用比喻、隱語等方式暗示教義。答人提問，有時只說一字，叫做一字禪。

【一杯土】指墳墓。

【一言堂】❶反映民不民主，不聽取大家的意見，一個人說了算。❷舊時某些商店吹噓自己出售貨物不講二價，自稱"一言堂"。

【一品鍋】一種類似火鍋的用具，用金屬製成，上面是鍋，下面是盛炭火的座子。菜名，把雞、鴨、火腿、肘子、香菰等放在一品鍋裏做成。

【一家言】指有獨特見解、自成體系的學術論著。

【一席話】一番話。如：聽君一席話，勝讀十年書。

【一陰生】夏至後白天漸短，古代認為是陰氣初動，所以夏至又稱一陰生。

【一陽生】冬至後白天漸長，古代認為是陽氣初動，所以冬至又稱一陽生。

【一微塵】佛教術語。比喻極其微小之量。

【一溜烟】形容跑得很快。

【一路哭】據《五朝名臣言行錄》載，宋代范仲淹當了宰相，有意改革更治，拿出各路監司的名冊，把不稱職官員的姓名勾去。富弼說："十二丈則是一筆，焉知一家哭矣！"范說："一家哭何如一路哭耶？"十二丈，指范仲淹。路，宋時行政區域名，相當於現在的省。一路哭，指一個地區的人民受害。

【一窩蜂】❶比喻人多聲雜，一擁而上。❷一種大炮。形狀如鳥銃的鐵幹，管口稍寬，一發百彈，漫空散去，因此得名。

【一壁厢】一面；一旁。

【一瓣香】猶言一炷香，即焚香敬祝的意思。佛教禪宗長老開堂講道，燒至第三炷香時，長老就說這一瓣香敬獻授給某道流的某某法師。後來師承某人，也叫瓣香某人。

【一了百了】由於主要的事情了結了，其餘的事情也跟着了結。

【一刀兩斷】形容斷絕關係的堅決。

【一之謂甚】犯一次錯誤，已經要不得。表示錯誤不可重犯。亦作"一之為甚"。

【一孔之見】比喻狹隘片面的見解。

【一反常態】完全改變了平時的態度。

【一日三秋】《詩·王風·采葛》有"一日不見，如三秋兮"的詩句，後因以"一日三秋"形容思念的殷切。參見"三秋❷"。

【一日之長】❶(長zhǎng)年齡較人稍大。❷(長cháng)才能比別人稍强些。

【一日千里】原謂馬跑得很快。後用以形容進步或發展的迅速。

【一木難支】一木難支大厦。比喻艱鉅的事業非一人之力所能勝任。如：衆擎易舉，一木難支。

【一毛不拔】一根寒毛也不肯拔。比喻極端吝嗇。

【一片冰心】形容心地純潔。

【一丘之貉】貉，一種形似狐狸的野獸。比喻同是壞人，沒有什麼差別。

【一目十行】形容看書的速度很快。

【一字千金】《史記·呂不韋傳》載，呂不韋在秦國執政後，命門客編纂《呂氏春秋》，他把此書公佈在秦都咸陽城門上，說有人能增損一字的，賞賜千金。後用"一字千金"稱譽文辭精妙。

【一字褒貶】孔子《春秋》，常於一字之中寓褒揚或貶斥之意。後也泛指論人記事的用字嚴謹而有分寸。

【一帆風順】比喻境遇非常順利。

【一衣帶水】謂河道狹窄如一條衣帶，比喻僅隔一水，極其親近。

【一成不變】原指刑罰一經制定，就不可變。後用為守舊不變或固守陳法的意思。

【一言九鼎】比喻起決定作用的言論。

【一言難盡】形容事情曲折複雜，不是一句話所能說完。

【一見如故】初次相見就情投意合，像老朋友一樣。

【一身二任】一人承擔兩種任務。

【一刻千金】比喻時光的寶貴。

【一呼百諾】一聲呼喚，百人應諾。形容權勢之盛。

【一定不易】原指固定不可改變。後用來指事理正確不可改動。

【一往情深】對人或事物具有深厚的感情，嚮往而不能自止。

【一往無前】一直向前，無可阻擋。形容無所畏懼地前進。

【一波三折】❶寫字筆法的曲折。波，書法中的捺；折是轉換筆鋒的方向。也指文章結構的曲折起伏。❷比喻事情進行中阻礙曲折很多。

【一狐之腋】一隻狐狸腋下的皮毛。比喻珍貴的事物。

【一知半解】謂所知不多；也指理解不深透。

【一柱擎天】比喻人能擔當天下的重任。

【一面之辭】單方面的話。

【一倡三歎】「倡」亦作「唱」。宗廟奏樂，一人唱歌，三人贊歎而應之。後用來指文章富有餘味。

【一倡百和】「倡」亦作「唱」。一人唱，百人和；一人首倡，百人附和。極言附和者之多。

【一家眷屬】比喻出於同一流派。

【一般見識】不跟知識、修養較差的人爭執，叫做同樣見識。

【一紙空文】空寫在紙上實際不能兌現的東西（多指條約、計劃等）。

【一氣呵成】形容文章的氣勢暢達，首尾貫通。也用以比喻工作因部署嚴密緊湊而迅速完成。

【一脈相承】「傳」亦作「承」。一個血統或派別世代承接流傳下來。常比喻某種思想、行為或學說之間的繼承關係。

【一針見血】比喻話語簡明扼要，能抓住事物本質，切中要害。

【一國三公】一個國家有三個主持政事的人。比喻事權不統一，令人無所適從。

【一張一弛】弓上弦叫張，卸弦叫弛。比喻「嚴」和「寬」。現多用以比喻生活和工作要善於調節，有節奏地進行。

【一敗塗地】「一」亦作「壹」。形容失敗到不可收拾。

【一貧如洗】赤貧，一無所有。

【一勞永逸】亦作「一勞久逸」。費一次勞力而得到永久的安逸。

【一場春夢】一場春宵好夢。喻轉眼成空。

【一寒如此】「如」亦作「至」。形容貧困潦倒。

【一朝一夕】指短時間。

【一視同仁】不分厚薄，一樣看待。

【一絲不苟】指做事認真、仔細，一點兒不馬虎。

【一絲不掛】❶佛教用語。比喻人不應受塵世的絲毫牽累，以宜揚出世思想。原作「寸絲不掛」。❷形容不穿衣服，赤身裸體。

【一陽來復】古人以為天地間有陰陽二氣，每年到了冬至日，陰氣盡，陽氣開始復生，叫做一陽來復。

【一意孤行】本謂謝絕請託，堅持自己的主張。後用作不考慮客觀條件和別人的意見而獨斷孤行。

【一鼓作氣】一鼓，打響一通鼓。原指戰門開始時，鼓足勇氣，勇往直前。今指作事時鼓起勁頭，勇往直前。

【一落千丈】原指琴聲的陡然降落。後常用來形容景況、地位急劇下降或情緒突然低落。

【一葉知秋】看見一片落葉，便知秋季來臨。比喻可從事物的某些迹象，測知發展的趨勢和結果。

【一葉蔽目】比喻目光為眼前細小事物所遮蔽，看不到遠處、大處。亦作「一葉障目」。

【一飯千金】漢代韓信少年貧困，在淮陰城下釣魚，有一個漂絮的老婦人給他吃了幾十天飯，後來韓信為楚王，就拿千金報答她。後因稱受恩而厚報為「一飯千金」。

【一團和氣】態度和藹。

【一塵不染】佛教謂色、聲、香、味、觸、法六者為塵，修道者達到心性清靜不被六塵所染污為「一塵不染」。也用來形容一個人的清高、廉潔不受壞習氣的沾染。

【一網打盡】比喻全部逮住或徹底肅清。

【一誤再誤】指屢犯錯誤。

【一鳴驚人】比喻平素默默無聞的人突然作出驚人的事情。

【一德一心】大家一條心。亦作「一心一德」。

【一暴十寒】曬一天，凍十天。比喻學習、工作沒有恒心，努力少，荒廢多。

【一窮二白】一是窮，二是白。窮，指工農業不發達；白，指文化、科學水平不高。形容基礎薄弱。

【一箭雙雕】比喻一舉兩得。

【一髮千鈞】亦作「千鈞一髮」。鈞，三十斤。

一根頭髮弔着千鈞的重物，比喻非常危急。

【一舉兩得】做一件事而得到兩種好處。

【一諾千金】指說話信用很高。

【一瀉千里】本指江河的奔流直下，後多比喻文筆奔放。

【一竅不通】比喻一點也不懂。

【一擲千金】花錢無度，任意揮霍。

【一薰一蕕】薰，香草。蕕，臭草。薰蕕混在一起，只聞其臭不聞其香，比喻善常為惡所掩蓋。

【一蹶不振】摔了跤不敢再走路。比喻一遭挫折，就不能再振作起來。

【一籌莫展】籌，計策；展，施展。一點計策也想不出；一點辦法也沒有。

【一觸即發】本指箭在弦上，張弓待發。比喻事態已發展到十分緊張的階段。

【一夔已足】夔，人名，相傳為舜時的樂官。足，足夠。《呂氏春秋‧察傳》載，魯哀公問孔子，樂官夔只有一足（一條腿）是否可信？孔子答說，有夔一人，就可以製樂，所以人說夔一足，意思是說有夔一人就足夠了，不是說夔只有一足。後以"一夔已足"比喻只要是真人才，有一個就夠了。

【一鱗半爪】也作一鱗一爪。原指龍在雲中，時露一鱗一爪，使人難於見其全貌。後用以比喻事物的零碎、不完整。

【一二八事變】1932年1月28日，日本武裝侵犯上海，駐守上海的十九路軍奮起抵抗。又稱淞滬抗戰。

【一二九運動】1935年12月9日北平學生六千餘人為反對日本侵略華北和政府的內戰政策，舉行遊行示威，要求停止內戰，實現抗日。

【一言以蔽之】用一句話來概括。蔽：遮，引申為概括。

【一身都是膽】極言膽大、勇敢。

【一棍子打死】比喻全部否定。

【一不做二不休】不做則已，做要做到底。

【一蟹不如一蟹】比喻一個不如一個。

【一佛出世二佛涅槃】佛教謂生為出世，死為涅槃。猶言死去活來。舊小說中常用。亦作"一佛出世，二佛生天"；"一佛出世，二佛升天"。

一　畫

丁　㊀(dīng)⦿diŋ¹〔叮〕❶天干的第四位，因為第四的代稱。如：丁等；丁級。參見"丁夜"。❷古稱能任賦役的成年男女。如：丁男，丁女。❸家口；人口。如：添丁；人丁。參見"丁口"。❹指某些專職服務的人。如：園丁。❺當；遭逢。如：丁憂。❻蔬菜、肉類等切成的小塊。如：醬爆雞丁。
㊁(zhēng)dzeŋ¹〔僧〕見"丁丁❸"。

【丁丁】❶壯健的樣子。❷斫水聲。❸(zhēng zhēng)伐木聲。亦用來形容下棋和彈奏琵琶等的聲音。

【丁父】猶人丁。

【丁年】成丁之年；壯年。

【丁役】舊稱壯力役的壯丁。

【丁壯】❶壯丁，壯年的男子。❷壯健；壯盛。

【丁男】成年的男子。

【丁夜】即四更，夜裏兩點鐘左右的時候。

【丁倒】顛倒。

【丁祭】封建時代於每年仲春（陰曆二月）及仲秋（陰曆八月）上旬丁日祭祀孔子，叫"丁祭"，也叫"祭丁"。

【丁寧】亦作"叮嚀"。一再囑咐。

【丁憂】遭父母之喪為"丁憂"。

【丁艱】猶"丁憂"。遭父母之喪。

【丁壩】保護堤岸的水工建築物，一端跟堤岸連接成丁字形，能改變水流，使河岸不受沖刷。

【丁口册】舊時指戶口簿。

【丁香結】丁香的花蕾。唐宋詩人多用來比喻愁思固結不解。

【丁一確二】明明白白，的的確確。

【丁零當郎】象聲詞。形容金屬、瓷器等連續撞擊聲。

【丁是丁卯是卯】丁即榫頭，卯即卯眼。榫頭一定要安接在相應的卯眼裏，不能有差錯。比喻做事認真，不通融，不馬虎。

七　(qī)⦿tsʰit〔漆〕❶數詞。❷文體名。或稱"七體"，為賦體的另一形式。西漢枚乘為文，設吳客說七事以啟發楚太

子，題作《七發》。後人紛效其體，以作諷勸之文。❸舊俗於人死後每隔七天祭祀一次，叫「做七」。參見「七七」。

【七七】舊俗於人死後每七天設奠一次，共七次。最後一次叫七七，也叫盡七、滿七、斷七。

【七夕】節日名。陰曆七月初七日的晚上。古代神話，七夕牛郎織女在天河相會。

【七尺】古時尺短，七尺相當於一般成人的高度，因用爲人身的代稱。

【七出】封建社會休棄妻子的七種理由：一是無子，二是淫泆，三是不事舅姑，四是口舌，五是盜竊，六是妒忌，七是惡疾。丈夫可以用其中的任何一條爲藉口，命妻子離去。亦作「七去」。

【七步】《世說新語·文學》載，曹丕曾命曹植七步中作詩，不成即判刑，曹植應聲便成詩一首說："煮豆持作羹，漉菽以爲汁；其在釜下然，豆在釜中泣；本是同根生，相煎何太急。"因以「七步」形容才思敏捷。

【七音】❶古樂理以宮、商、角、徵、羽、變宮、變徵爲七音。亦稱「七聲」。❷音韻學稱唇音、舌音、牙音、齒音、喉音、半舌音、半齒音爲七音。

【七情】❶指儒家說的喜、怒、哀、懼、愛、惡、欲七種感情或心理作用。佛教以喜、怒、憂、懼、愛、憎、欲爲七情。❷中醫學名詞。喜、怒、憂、思、悲、恐、驚七種情志的總稱。

【七曜】"曜"亦作"耀"。古人以日、月與火、水、木、金、土五大行星爲七曜。

【七竅】指耳、目、口、鼻七孔。

【七十子】指孔子的七十二賢門徒。相傳孔子有七十二個傑出的門徒。七十，取其整數而言。

【七巧板】一種玩具，用正方形薄板或厚紙裁成形狀不同的七小塊，可以拼成各種圖形。

【七件事】指日常生活中必需的七件東西：柴、米、油、鹽、醬、醋、茶。

【七十二行】各種行業的總稱。

【七七事變】又稱蘆溝橋事變。是日本全面侵華戰爭的開始。1937年6月起，日軍在北平(今北京)城西南的蘆溝橋(在原宛平縣城西)附近進行挑釁性的軍事演習，7月7日夜，詭稱一士兵失蹤，無理要求進入蘆溝橋附近的宛平縣城搜查，被當地中國駐軍第二十九軍拒絕。日軍逐向宛平縣城和蘆溝橋發起進攻，二十九軍當即奮起抗戰。抗日戰爭從此開始。

【七上八下】亦作「七上八落」。形容心神不定。

【七手八腳】比喻動作忙亂。

【七零八落】零碎，不完整。

【七嘴八舌】人多口雜，你一言，我一語，說個不停。

【七擒七縱】亦作「七縱七擒」。傳說三國時諸葛亮出兵南方，與孟獲交戰，擒住孟獲七次，放了七次。最後，孟獲心悅誠服。

【七竅生煙】形容氣憤到極點，好像耳目口鼻都要冒出火來。亦作「七竅冒煙」、「七竅冒火」。

【七顛八倒】混亂的樣子。

【七十二地煞】道教稱北斗叢星中有七十二個地煞星。

二　畫

丈　㊀(zhàng)粵dzœŋ⁶〔象〕❶長度單位。十尺爲一丈。❷量地。如：清丈；丈量。❸對年輩長者的尊稱。如：岳丈；老丈。

【丈人】❶岳父。❷古時對老人或前輩的尊稱。

【丈夫】❶女子的配偶。❷成年男子。

【丈母】❶岳母。❷古代泛稱上一輩的婦人，猶今稱伯母。

【丈量】㊀(liáng)原意爲以丈爲單位來量物。後稱測量土地爲「丈量」。

【丈人行】(行 háng，舊讀 hàng)對年輩較高者的總稱。猶言長輩。

万　㊀(mò)粵mɐk⁶〔墨〕見「万俟」。
　　㊁"萬"的簡化字。

【万俟】(qí)原爲中國古代鮮卑族的部落名，後爲複姓。

三　㊀(sān)粵sam¹〔衫〕❶數詞。❷代表多次或多數。如：三番五次；三令五

申。

㊀(san, 舊讀sàn)粵sam³〔沙喊切〕再三。見「三思」、「三復」。

【三九】❶指三公九卿。❷九爲「韭」的諧音。指韭菹（醃過的）、瀹（湯煮的）韭、生韭三種韭菜，以喻清貧。❸即三九天。見該條。

【三才】❶「才」亦作「材」。古指天、地、人。❷看相人謂人的面部有三才，即額角、準頭（鼻子）、地角（兩頰骨的下端）。

【三巳】本指陰曆三月的第一個巳日，後特指三月初三日。參見「上巳」。

【三王】指夏禹、商湯、周文王，一說，指夏禹、商湯和周代的文王武王。

【三元】❶舊以陰曆正月十五爲上元節，七月十五爲中元節，十月十五爲下元節。❷指日、月、星。❸鄉試、會試、殿試之第一名曰解元、會元、狀元，合稱「三元」。明代亦以廷試之前三名爲「三元」，即狀元、榜眼、探花。❹指天、地、人，即三才。

【三友】❶孔子所提出的交友之道。益友有三，損友有三。正直、信實、見聞廣博的人是益友，諂媚奉承、當面恭維背面毀謗、誇誇其談的人是損友。❷指松、竹、梅。又有以琴、酒、詩爲三友。

【三公】輔助國君掌握軍政大權的最高官員。周代三公有兩說：(1)司馬、司徒、司空。(2)太師、太傅、太保。西漢以丞相（大司徒）、太尉（大司馬）、御史大夫（大司空）爲三公。東漢以太尉、司徒、司空爲三公。明清以太師、太傅、太保爲三公，但已無實權，只用作大臣的加銜。

【三生】即「三世」。本佛教用語。指前生、今生、來生，亦即過去世、現在世、未來世。

【三代】❶指夏、商、周三個朝代。❷自祖至孫。也有以曾祖、祖、父爲三代的。如：三代履歷。

【三台】古星名。謂上台、中台、下台共六星。也叫「三能」，屬太微垣。古代以星象徵人事，稱「三公」爲「三台」。參見「三臺❷」。

【三老】❶指上壽、中壽、下壽。上壽百二十歲，中壽百歲，下壽八十歲。❷古時掌教

化的鄉官。戰國魏有三老，秦置鄉三老，漢增置縣三老，東漢以後又有郡三老，並間置國三老。❸四川江峽中稱柁工爲三老。

【三光】❶指日、月、星。❷指房、心、尾三星宿。

【三伏】❶即初伏、中伏、末伏。在一年中最炎熱的時候。從夏至後第三庚日起爲初伏，第四庚日起爲中伏，立秋後第一庚日起爲末伏。❷指初伏。末伏亦稱頭伏、二伏、三伏，故三伏亦指末伏。

【三多】多福、多壽、多男子。舊時流行的祝頌辭。

【三辰】指日、月、星。

【三更】指夜間十二時左右，約當半夜。如：半夜三更。

【三舍】❶古代計里程的單位，一舍三十里，三舍九十里。❷二十八宿，一宿叫一舍。三舍即三座星宿的位置。❸宋熙寧四年定三舍法，分太學三舍：上舍、內舍、外舍。也叫「三學」。初入學爲外舍，由外舍升內舍，由內舍升上舍。

【三省】❶(—xǐng)從三方面來反省。一說，多次反省。❷(—shěng)指中書省、門下省、尚書省。隋唐時，三省同爲最高政務機構，一般爲中書決策，門下審議，尚書執行，實際上爲三省長官共同負責中樞政務。

【三昧】指事物的訣要或精義。如稱在某方面造詣深湛爲「得其三昧」。

【三思】再三考慮。

【三牲】古代指用於祭祀的牛、羊、豬。後也以雞、魚、豬爲「三牲」。

【三皇】指古代傳說中的三個帝王，說法不一，通常稱伏羲、燧人、神農爲三皇。或者稱天皇、地皇、人皇爲三皇。

【三秋】❶秋季。亦指秋季的第三個月，即陰曆九月。❷三個季度，即九個月。亦指三年。

【三徑】指歸隱後所住的田園。

【三害】晉書‧周處傳載，周處少年時行爲放肆，時人把他同南山白額虎、長橋下蛟並稱爲三害。

【三朝】❶陰曆正月初一，是一年歲、月、日

的開始，故稱三朝。❷指新婚後第三天，習俗這一天新婦回娘家。❸指嬰兒初生後第三天，舊俗這一天為嬰兒洗三。

【三復】再三反復。

【三臺】❶古天子有三臺，靈臺觀天文，時臺觀四時施化，囿臺觀鳥獸魚鱉。❷漢時對台尚書、御史、謁者的總稱。尚書為中臺，御史為憲臺，謁者為外臺，合稱"三臺"。後亦以泛指大臣。

【三緘】謂三緘其口。緘，封。以喻說話謹慎。

【三遷】《列女傳·母儀》載，孟子幼年時，鄰里環境不好，孟母三次遷居，使孟子得到比較好的學習環境。後常用作頌揚母教之辭。

【三墳】相傳是古書名。一說三墳是三皇之書，也有認為是指天、地、人三禮，或天、地、人三氣的。今存《三墳書》，分山墳、氣墳、形墳，以《連山》為伏羲作，《歸藏》為黃帝作，《乾坤》為神農作，各衍為六十四卦、繫之以傳，且雜以《河圖》，實係宋人偽造。

【三禮】❶《儀禮》、《周禮》、《禮記》三書的合稱。❷古代指祭天、祭地、祭宗廟的禮節。

【三寶】佛教指佛、法、僧。佛指大知大覺的人，法指佛說的教義，僧指繼承或宣揚教義的人。

【三靈】❶指天、地、人。❷指日、月、星。

【三九天】指冬至後，每九天為一九，到九九為止。冬至後第十九至第二十七天為三九天，是一年中最冷的時候。

【三K黨】是美國最老的種族主義恐怖組織。1865年美國南部種植園主為鎮壓黑人、維護奴隸制度而組成。後成為迫害黑人和破壞進步運動的工具。三K是Ku-Klux-Klan的縮寫。

【三不管】指沒人管的事情或地區。

【三生石】袁郊《甘澤謠·圓觀》載，唐代李源同和尚圓觀（亦作圓澤）友善，圓觀和李約定，待他日死後十二年在杭州天竺寺相見。後李源如期到杭州訪問，遇一牧童唱《竹枝詞》道："三生石上舊精魂，賞月吟風不要論；慚愧情人遠相訪，此身雖異性

常存。"牧童就是圓觀的後身。本為宣揚佛教三世輪回說，後人附會謂杭州天竺寺的後山有三生石，即李源和圓觀相會之處。

【三年喪】古代喪服中最重的一種。臣為君、子為父、妻為夫都要服喪三年，為封建社會的基本喪制。

【三字經】中國封建社會的一種啟蒙課文。相傳為南宋王應麟撰為三字一句的韻語。多宣揚封建倫理道德，也有一些歷史方面的淺近的常識。

【三字獄】《宋史·岳飛傳》載，岳飛被秦檜等誣陷下獄，韓世忠不平，詰問秦檜，檜說："莫須有"。"莫須有"猶言"恐怕有"、"也許有"。世因稱岳飛冤案為"三字獄"。

【三合會】清代民間秘密團體。又稱天地會、三點會，別名很多，如小刀會、紅錢會、哥老會等名稱。據傳創立於1674年（康熙十三年）以"反清復明"為宗旨，從福建、臺灣等地逐步擴大到沿海及長江流域。後來蛻變為秘密的邦會組織。

【三折肱】原指多次折斷手臂，就能懂得醫治折臂的方法。後常以此比喻對某事閱歷多，富有經驗。

【三希堂】在北京故宮博物院養心殿。清高宗曾將王義之的《快雪時晴帖》、王珣的《伯遠帖》、王獻之的《中秋帖》收藏於此，認為是三件稀有之物，故以"三希"名堂。

【三隻手】扒手。

【三家村】指人煙稀少、偏僻的小鄉村。

【三道頭】指舊上海租界裏的外國警察頭目（即所謂"捕頭"）。因制服臂章上有三條橫的標記，故稱。

【三十六計】三十六計的名目有：瞞天過海、圍魏救趙、借刀殺人、以逸待勞、趁火打劫、聲東擊西、無中生有、暗渡陳倉、隔岸觀火、笑裏藏刀、李代桃僵、順手牽羊、打草驚蛇、借屍還魂、調虎離山、欲擒先縱、拋磚引玉、擒賊擒王、釜底抽薪、混水摸魚、金蟬脫殼、關門捉賊、遠交近攻、假道伐虢、偷樑換柱、指桑罵槐、假癡不顛、上屋抽梯、樹上開花、反客為主、美人計、空城計、反間計、苦肉計、連環計、走為上計。

【三人成虎】《戰國策·魏策二》說：有三個人讀報市上有虎，聽者就信以為真。比喻說的人一多，就會易使人誤假為真。

【三日新婦】比喻行動像新娘般拘束。

【三令五申】再三告誡。

【三平二滿】猶言平穩過得去。

【三民主義】孫中山提出的革命綱領，即民族主義、民權主義、民生主義。1905年他在組織同盟會時提出"驅除韃虜，恢復中華，建立民國，平均地權。"接着，他又提出了"民族、民權、民生三大主義"。1924年孫中山重新解釋了三民主義。把民族主義解釋為對外反對帝國主義，對內各民族平等；把民權主義解釋為民權為一般平民所共有，不為少數人所私有；把民生主義解釋為平均地權，節制資本。

【三老五更】相傳古代設三老五更之位，以尊養年老的官員。

【三位一體】❶基督教的主要教義。該教稱上帝、聖子、聖靈（或稱聖神）三位。❷泛指三個人、三種勢力或三件事物密切結合成為一個整體。

【三言二拍】明末輯著的五種小說集的總稱。"三言"是《喻世明言》（《古今小說》）、《警世通言》、《醒世恆言》。明末馮夢龍纂輯。共收話本120篇。"二拍"是《初刻拍案驚奇》、《二刻拍案驚奇》。明末凌濛初作。共80篇。

【三姑六婆】三姑，尼姑、道姑、卦姑（占卦的）；六婆，牙婆（以介紹人口買賣為業的婦女）、媒婆、師婆（女巫）、虔婆（鴇母）、藥婆（給人治病的婦女）、穩婆（接生婆）。舊時三姑六婆往往借着這類身份幹壞事，因此通常用"三姑六婆"比喻不務正業的婦女。

【三長兩短】指意外的事故，特指死亡。

【三貞九烈】封建社會用來形容婦女的貞節，寧死不改嫁，不失身。"三"、"九"極言其甚。亦作"九烈三貞"。

【三班六房】明清時州縣衙門中吏役的總稱。三班謂皂班、壯班、快班，都是隸役；六房謂吏房、戶房、禮房、兵房、刑房、工房，都是胥吏。

【三茶六禮】古時婚姻多以茶為禮，從訂婚至結婚，常舉行下茶、納采、問名、納吉、納徵、請期、親迎等各種儀式。三茶六禮是這些儀式的總稱。

【三從四德】束縛婦女的封建禮教。三從是：未嫁從父，既嫁從夫，夫死從子。四德是：婦德、婦言、婦容、婦功（婦女的品德、辭令、儀態、女工）。

【三教九流】三教，指儒教、道教、佛教。九流，指儒家、道家、陰陽家、法家、名家、墨家、縱橫家、雜家、農家。後泛指宗教、學術中各種流派。亦用以泛稱江湖上各種行業的人，今有貶義。

【三推六問】謂累次審訊。

【三朝元老】元老，舊時對年老大臣中負有名望者之稱。三朝元老，指歷事三朝的重臣。後亦用為對歷事幾個王朝者的貶稱。

【三陽開泰】十一月冬至日，晝最短，此後，晝漸長。古人以陰氣漸去而陽氣始生，稱冬至一陽生，十二月二陽生，正月三陽開泰。常用為一年開頭的吉祥語等。

【三綱五常】"三綱"，指君為臣綱，父為子綱，夫為妻綱。"五常"，指仁、義、禮、智、信。"三綱五常"是封建禮教所提倡的人與人之間的道德標準。

【三墳五典】傳說中國最古的書籍。伏羲、神農、黃帝之書謂之三墳，少昊、顓頊、高辛、唐、虞之書謂之五典。參見"三墳"。

【三頭六臂】亦作"三頭八臂"。佛教指佛的法相。後用來比喻特別大的本領。

【三顧茅廬】茅廬即草廬。漢末劉備三次往隆中訪聘諸葛亮，世稱"三顧茅廬"。後因以"三顧茅廬"比喻誠心誠意地邀請人家。

【三十六天罡】道教稱北斗星中有三十六個天罡星。

【三百六十行】各種行業的總稱。極言行業眾多。如：三百六十行，行行出狀元。

【三過其門而不入】三次經過家門，都不進去。傳說夏禹治水，三過其門而不入。後一般用以形容熱心工作，因公忘私。

【三十六計走為上計】謂事情已經到了無可奈何的地步，別無良策，只能出走。參見"三十六計"。

【三十六策走是上計】同"三十六計走爲上計"。

上 ⊖(shàng)粵sœŋ⁶〔尙〕❶位置在高處。如：上層；樓上。❷時間、次第在前。如：上午；上冊。❸等級、質量較高。如：上級；上品。❹指年長。又專指帝王。如：上論。❺指方面。如：事實上。❻指時間、處所、範圍。如：早上；身上；課堂上。❼通"尙"。(1)崇尙。(2)表示勸勉、命令等語氣。

⊖(shàng)粵sœŋ⁵〔時養切〕❶登；上升。如：上樓；上山。❷送上；進獻。如：上書；上酒。❸添漆；安裝。如：上煤；上刺刀。❹誆上；搭上。如：上鉤。❺前往。常指由南往北，由下游往上游，由鄉鎮往市區。如：上街；上北京。❻謂按規定的時間進行或參加。如：上課；上班。❼指動作的趨向或達成。如：爬上頂峯；趕上隊伍。❽樂譜符號，工尺譜中的音名之一。

⊜(shǎng)粵同⊖漢語聲調之一，即上聲。

【上巳】節日名。古時以陰曆三月上旬巳日爲"上巳"。

【上元】節日名。舊以陰曆正月十五日爲上元節，其夜爲上元夜，也叫"元宵"。

【上手】❶習慣上稱左邊的位置爲上手，亦作"上首"。❷猶好手。❸技藝比較精熟、在工作中處於主要地位的也被稱爲上手。❸從前的；原來的。如：上手屋主。

【上方】❶佛寺的方丈，住持據所居。❷猶言天界。❸漢代五行家以北方、東方爲"上方"。❹同"尙方"。漢代官署名，主制造宮中所用刀劍及玩好器物。

【上司】上級。有"上司；頂頭上司。

【上玄】❶天。❷道家稱心爲上玄。

【上旬】每月一日十日爲上旬。

【上庠】古代爲貴族設置的大學。

【上界】猶天界。道教、佛教稱仙佛所居之地。

【上帝】❶中國古代指天上主宰萬物的神。❷基督教所崇奉的神，認爲是宇宙萬物的創造者和主宰者。

【上風】比喻優勢的地位。如：佔上風。

【上眞】道教稱修煉得道的人爲眞人，上眞即上仙。

【上乘】(一shèng)❶古稱一車四馬爲"上乘"，二馬爲"中乘"。大事用上乘，小事用中乘。❷即大乘佛教。大乘佛教以"救度一切衆生"爲榜牓，故自稱"大乘"，而將只求"自我解脫"的其他佛教敎派貶稱爲"小乘"或"下乘"。❸指高妙的境界或上品，多用於文藝、技藝方面。如：已臻上乘。

【上浣】陰曆每月初一至初十日。同"上澣"。

【上梓】梓，木名，可用以刻字。舊時印刷多用木刻版，故稱文字上版雕刻時"上梓"。也叫"付梓"。

【上第】❶上等；優等。❷科舉制度，稱考試結果列入最優等的。

【上章】❶向皇帝上書。❷道士上表給天神，祈求消災除難的活動。❸同"尙橫"。十干中庚的別稱，用以紀年。

【上清】道教所謂三清之一。即上清靈寶道君。又用以指其所居仙境。後泛指仙境。

【上款】書畫家爲人寫字繪畫、一般人寫信或送人禮品時，在這些東西上面所題的對方的名字、稱呼等。

【上溯】❶逆着水流往上游走。❷從現在往上推(過去的年代)。

【上達】上達、通曉。❷下層或下屬的意見能到達上層或上級。如：星情上達。

【上蒼】上天。

【上算】❶好計策；好主意。❷中計；上當。❸合算；便宜。

【上塚】到墳前祭奠死者。

【上澣】唐宋官員行旬日，即在官九日，休息一日。休息日多行浣洗洗，故稱上旬休日爲上澣。

【上諭】帝王告臣民的文書。清制：凡出諭中外大事，及內外官吏升謫調補等用上諭，由軍機處撰擬。

【上聯】對聯的上一半。

【上頭】❶上邊；上面。引申爲較高的地位或前列。❷古代女子出嫁時初束髮，叫上頭。又古代男子舉行冠禮，也有稱"上頭"的。

【上下牀】《三國志·魏志·陳登傳》載，許汜遭亂過下邳，住見陳登，登輕視汜，自上大牀臥，使客臥下牀。後因以「上下牀」比喻高下懸殊。

【上書房】清代皇子讀書的地方，在乾清宮東邊。

【上議院】資本主義國家兩院制議會的構成部分。名稱各國不一，有的叫參議院、貴族院或第一院等。議員通常由間接選舉產生或國家元首指定，任期比下議院議員長，有的甚至是終身職或世襲職。一般有權否決下議院所通過的法案。

【上下其手】比喻玩弄手法，暗中舞弊。

【上方寶劍】皇帝御用的寶劍，授給親信大臣，可便宜先斬後奏。

【上行下效】在上者怎樣做，在下者就跟着學樣。多用於貶義。

【上層建築】建立在經濟基礎上的政治、法律、道德、哲學、藝術、宗教等觀點，以及和這些觀點相適應的政治、法律等制度。

【上梁不正下梁歪】比喻居上位的人行為不正，不能以身作則，下面的人也就跟着學壞。

下 ㊀(xià)粵ha⁶〔夏〕❶位置在低處。如：下層；樓下。❷時間、次第在後。如：下午、下冊。❸等級、質量較低。如：下級；下品。❹指在下位的人。❺下降；落下。如：下樓；下雨。❻退讓；屈己尊人。如：相持不下。❼攻克。如：連下三城。❽發佈；傳送。如：下令；下書。❾作出。如：下結論；下定義。❿放進；投入。如：下種；下鍋。⓫去到。常指由北往南，由上游往下游，由市區往鄉間。如：南下；東下；下鄉。又轉指去到基層。如：下廠；下車間。⓬結束；退出。如：下課；下班。⓭施；使用。如：下工夫；對症下藥。⓮減；少於。如：不下萬人。⓯指動作的趨向或完成。如：坐下；打下基礎。⓰指方位。如：四方張望；兩下協商。⓱指時間、處所（後面）。如：時下；眼下。⓲在。如：舍下；階下。

㊁(xià)粵ha⁵〔何瓦切〕指動作的次數。如：打了十來下。

【下人】僕人。

【下土】❶猶言天下。❷大地。❸低地。

【下女】❶古代指勞動力較弱的婦女。❷指侍女。地位低微的女子。

【下元】節日名。舊時以陰曆十月十五日爲下元節。

【下手】❶習慣上稱右邊的位置爲「下手」，也作「下首」。❷助手；副手。❸動手；着手。如：先下手爲強。

【下方】❶下面。亦指低處。❷猶下界。古人稱天上爲「上方」，人世爲「下方」。❸漢代五行家稱南方、西方爲「下方」。

【下水】❶船順流下駛。❷放水。❸猶言落水，要人做壞事的意思。

【下世】❶近古。❷指死亡。

【下旬】每月二十一日至三十日爲下旬。

【下走】指供奔走役使的人。舊時用作自稱的謙辭。

【下庠】古代小學。

【下界】道教、佛教用來稱凡人所居之地，與「上界」相對。

【下風】比喻低下的地位。一般用作謙辭。如：甘拜下風。

【下乘】㊀(-shèng)❶下等的馬，比喻庸劣的人材。❷即佛教中的「小乘」。參見「上乘」條。㊁(-chéng)❸指平庸的境界或下品，多用於文藝、技藝方面。

【下海】舊時戲劇界稱非職業演員(票友)轉爲職業演員爲「下海」。

【下流】❶猶下游，指河流接近出口的部分。比喻卑下的地位。❷品行卑劣；卑鄙齷齪。如：下流無恥。

【下浣】每月二十一日至三十日。浣，也作「澣」。

【下堂】謂妻妾被丈夫休退或和丈夫離異。

【下野】野，對「朝」而言。當權的軍政要人解職稱爲「下野」。

【下第】❶科舉時代進士考試不中叫「下第」，也叫「落第」。❷下等；劣等。

【下情】❶謂民情。❷謙辭，指自己的心情或所要陳述的意見。

【下陳】古代統治階層堂下陳放禮品、站列婢妾的地方。借指帝王的地位低下的姬妾。

【下策】不高明的計策或辦法。

【下款】送人的字畫、給人的信件等上面所寫的自己的名字。

【下落】着落；去處。如：下落不明。

【下碇】船隻下錨。也可指船停泊靠岸。

【下榻】客人住下來。

【下澣】同「下浣」。

【下聯】對聯的下一半。

【下懷】猶下情。謙辭，指自己的心意。如：正中下懷。

【下馬威】原指官吏初到任對下屬擺威風，後泛指為了表示自己的厲害一開頭就顯出來的威力。

【下腳料】原料經加工後所剩餘的零碎殘料。

【下議院】資本主義國家兩院制議會的構成部分。名稱各國不一，有的叫衆議院、平民院或第二院等。議員通常是按人口比例在選區選舉產生。下議院按規定享有立法權和對政府的監督權。

【下里巴人】公元前三世紀楚國的歌曲，當時認為是較低級的音樂。今用來比喩通俗的文藝作品。

【下車伊始】指官吏初到任所。

【下筆成章】亦作「走筆成章」。形容文思敏捷，頃刻成篇。

丌　(jī)粵gei¹〔基〕象墊物的座墊。引申為下基。

三　畫

不　㊀(bù)粵bet⁷〔畢〕❶表否定。如：不是；不能；不對。❷表未定的意思。如：不日。❸問話用的詞。如：好不？㊁(fǒu，又讀fòu)粵feu²〔剖〕同「否」。

【不一】❶不是一種；不一樣。❷書信末尾用語，表示不詳細說。亦作「不一一」。

【不才】沒有才能。也用為自稱的謙辭。

【不凡】不平常。

【不日】不多天；不久。

【不毛】不生長草木五穀，指最荒瘠的或未開闢的地方。

【不刊】不刊，刪除。古時書寫文字於竹簡上，有誤則削去。不刊，就是無可改易的意思。

【不世】不是每代都有的；猶言非常、非凡。

【不朽】永不磨滅。如：不朽；不朽。

【不吝】不吝惜，向人徵求意見的客氣話。如：不吝指敎。

【不肖】❶不似。❷不賢，不正派。❸自稱的謙辭。

【不佞】猶不才。沒有才能。也用作自稱的謙辭。

【不孝】❶不孝順父母。❷父母死，子於喪帖自稱不孝。

【不具】不詳盡。書信末尾的常用語。

【不果】❶終於沒有實行；沒有成為事實。❷不果決。

【不忿】不服氣；氣不過。

【不法】違法；不法。如：不法行爲。

【不迭】❶不停止，接連不斷。如：稱讚不迭。❷來不及。如：後悔不迭。

【不軌】越出常軌，不循法度。

【不宜】猶言不盡。書信末尾的常用語。

【不翅】同「不啻」。不止。

【不時】❶不及時，不按時。如：飮食不時。❷隨時。如：不時之需。

【不消】不用；不必。如：不消說。

【不屑】認爲不值得，不願意做或不願意接受；表示輕視、不理會。如：不屑置辯；不屑計較。

【不莊】書信結尾處常用的謙辭，猶言「不恭」。

【不爽】沒有差失。如：屢試不爽。

【不售】❶貨物賣不出去。❷行不通。如：其計不售。

【不第】第，考試及格的等第。指參加科擧考試（一般指進士考試）沒有被錄取。也叫「落第」、「下第」。

【不敏】❶不敏捷，不快速。❷不聰明，常用作自謙之辭。如：敬謝不敏。

【不淑】不善；不良。如：遇人不淑。

【不祧】封建帝王家廟中祖先的神主，除始祖外，世數遠的要依次遷移於祧廟中合祭；不遷徙的叫做「不祧」。後人因用「不祧之祖」或「不祧之宗」比喩創業的人或不可廢除的事物。

【不備】❶猶不具。書信末尾的常用語。❷無準備。

【不測】❶不可揣度的。如：天有不測風雲。

也指意外的災禍。❷不可探測的。

【不惑】❶遇事能明辨不疑。❷《論語·爲政》有「四十而不惑」語，後因以"不惑"爲四十歲的代稱。如：不惑之年。

【不啻】❶不止，不僅。如：不啻如此之甚。❷無異於。如：不啻當飽一餐。

【不經】❶不遵守規定法。❷不合常理，近乎妄誕；沒有根據。如：不經之談。

【不遑】來不及；沒有時間(做某件事)。如：不遑寧處。

【不貲】亦作"不訾"。不可計量。如：價值不貲。

【不訾】同"不貲"。不可計量。

【不虞】意料不到的。如：不虞有詐。也指出乎意料的事。如：以備不虞。

【不羣】❶卓異，不平凡。❷孤僻；不合羣。

【不謝】不謝謝，不恭敬。❸出言不遜。

【不齒】不能同列，不與同列。表示極端鄙視。如：不齒於人類。

【不諱】❶避諱。如：直言不諱。❷不避君主或尊長的名字。如：臨文不諱。婉辭。指死亡。亦作"不可諱"。

【不韙】不是，錯誤。如：冒天下之大不韙。

【不羈】不受約束，不可拘限。

【不世出】❶不是每代都有；世所稀有。❷傑出。

【不成器】比喻不能成爲人材，沒有出息。

【不長進】(長 zhǎng)指人自甘落後，不求進步。

【不相干】❶不相妨礙，不相干擾。❷不相關涉。如：此事與他不相干。也指沒有價值、沒有意義或不正經。❸不要緊；沒有關係。

【不相能】不相容；不和睦。

【不相得】❶不相投合；不融洽。❷彼此沒有遇到。

【不倒翁】玩具名。形狀像老人，上輕下重，扳倒後能自己豎立起來。也叫"扳不倒兒"。也用以諷刺巧於保持自己地位的人。

【不動產】不能移動的財產，指土地、房屋及附著於土地、房屋上不可分離的部分(如樹木、水暖設備等)。

【不旋踵】❶不轉動腳跟，比喻不退卻逃跑。

❷來不及轉動腳跟，形容時間極短。

【不敢當】不敢承受，不配接受。多作謙讓之辭。

【不景氣】不繁榮，不興旺。常用來形容社會上生產停滯、商業萎縮、市面蕭條等現象。

【不經事】沒有經歷過世事；不懂事。

【不經意】不在意，不經心。

【不濟事】不足以成事；不管用。也指人之將死。

【不繫舟】比喻漂泊不定。

【不一而足】"一"本作"壹"。同類的事物很多，不止一個或一次。

【不了了之】沒有作完就算完，形容把事或問題推在一邊不管，拖過去就算完事。

【不二法門】佛教語。意爲直接入道，不可言傳的法門。後用來比喻唯一的門徑、方法。

【不三不四】不正派。

【不尢不卑】"尢"亦作"抗"。不高傲，不卑屈，對人的態度或言語很有分寸。

【不可一世】一世，一時。意謂冠絕一時，無與倫比。後多用於貶義，形容人的狂妄自大。

【不可收拾】指事物敗壞到無法整頓、不可救藥的地步。

【不可終日】一天也過不下去。

【不可思議】佛教名詞。本言説思維所不能及的境界。後用來指事物的不可想像或難於理解。

【不可救藥】病重到不能治療，比喻無法挽救。

【不平則鳴】指遇到不平的事，發出不滿的呼聲。

【不共戴天】不同仇敵在同一個天底下生活，表示仇恨極深，誓不兩立。

【不伏燒埋】不伏罪，不聽勸解。

【不同凡響】原指唱出色。後用來形容藝術作品或言論不同一般，十分出色。

【不合時宜】不合時勢所需要，與世情不相投合。

【不名一錢】名，佔有的意思。一個錢也沒有，極言貧窮。

【不亦樂乎】本是喜悅的意思，後常用作反

語，表示程度過甚的意思。如：忙得不亦樂乎。

【不成文法】不經立法程序而由國家承認其有效的法律，如判例、習慣法等。

【不求甚解】原意是讀書只領會要旨，不過分在字句上花工夫。今多謂學習或工作的態度不認真，不求深入理解。

【不足掛齒】不值得一提。掛齒，掛在口邊。

【不足為訓】不能當做典範或法則。訓，準則。

【不足齒數】(數 shǔ)齒，並列。數不上；不值得一提。含有極端輕視的意思。

【不言而喻】不待解釋，自然明白。

【不見經傳】經傳上沒有記載。比喻事物沒有根據或沒有來歷。

【不即不離】本佛教用語。即，接近；離，疏遠。多用來指對人的關係或態度，既不親近，也不疏遠。或用於文學藝術上，指既不著迹，又不離題。

【不知所云】不知道說些什麼。原為自謙之辭，後泛指言語紊亂、空泛。

【不近人情】不合人之常情。形容性情或言行怪僻。

【不衫不履】衣著不整齊。形容性情瀟脫，不拘小節。

【不急之務】目前不急於做的事情。

【不修邊幅】指不注意衣著、儀表。

【不值一錢】鄙棄之辭，猶言毫無價值。亦作"一錢不值"。

【不倫不類】猶言不三不四。不像樣。

【不恥下問】向學問較差或職位較低的人請教而不以為恥。

【不郎不秀】同"不稂不莠"。比喻不成材。

【不脛而走】脛，有腳而能跑。比喻事物不待推行，就迅速地傳播。

【不速之客】速，邀請。不請自來的客人。

【不逞之徒】心懷不滿而搗亂鬧事的人。不逞，不得志，不如意。

【不通水火】與人不相往來。

【不偏不倚】不偏向於任何一方。

【不得要領】指沒有掌握事情的要點和關鍵。

【不稂不莠】稂和莠都是混在禾苗中的野草。本謂沒有野草，後用以比喻不成材。

【不寒而慄】不寒冷而發抖，形容極其恐懼。

【不虞之譽】虞，意料。沒有意料到的讚揚。

【不落窠臼】不落俗套，有獨創性。

【不寧唯是】寧，語助詞，無義。猶言不但如此。

【不管部長】又稱不管部閣員或無任所部長。某些國家的內閣成員之一。不專管某一個部的事務，但出席內閣部長會議，參與決策，處理會議決定的或總理(首相)交辦的特種重要事務。

【不蔓不支】"支"本作"枝"。比喻說話或文章簡潔流暢，不拖泥帶水。

【不學無術】沒有學問，沒有本領。

【不謀而合】事前沒有商量而意見相同或行動一致。

【不遺餘力】遺，留下。把全部力量都使了出來。

【不翼而飛】比喻事物傳播的迅速。也比喻事物忽然失蹤。

【不識一丁】"丁"與"个"字形相近，"丁"即"个"之誤；形容一個字也不認識。"个"即"個"字。亦作"目不識丁"。

【不吃煙火食】煙火食，熟食。道家以為仙人可以不熟食。用以稱讚詩文立意高超，言詞清麗，不同凡俗。亦作"不食人間煙火"。

【不可同日而語】不能相提並論；不能相比。"不可"或作"豈可"、"未可"。"語"或作"言"。

【不入虎穴焉得虎子】比喻不冒險難，不能成事。

【不經一事不長一智】猶"吃一塹，長一智"。沒有親身經歷過一件事情，就不能增長對於這件事情的知識。

丏 (gài) 粵koi³ [蓋] ❶乞求。❷乞丐。

丏 (miǎn) 粵min⁵ [免] 遮蔽。

丑 (chǒu) 粵tseu² [醜] ❶地支的第二位。❷十二時辰之一，夜裏一時至三時。❸在戲曲裏扮演滑稽人物的角色。❹"醜"的簡化字。

四　畫

且 ㊀(qiě)働tse²[扯] ❶向；尚且。如：君且如此，況他人乎？❷姑且；暫且。如：且存之。❸將要；將近。如：年且九十。❹而且；並且。如：既高且大。❺連用以指兩件事同時並進。如：且行且走。❻文言助詞，用在句首。猶"夫"。㊁(jù)働dzœy¹[追] ❶通"趄"。❷作語助，用在句末。如：狂童之狂也且。

【且慢】暫時慢着(含阻止意)。

丕 (pī)働pei¹[披] 大。如：丕積。

世 (shì)働sɐi³[細] ❶古稱三十年爲一世。❷父子相繼；世代。如：世醫。❸人的一生。如：永世不忘。❹時代。如：當世。❺世界。如：世間。❻後嗣。也指嫡長。見"世子"。❼繼承。如：其世業。

【世子】古代天子、諸侯的嫡長子。清制，親王之嫡子得封爲世子。

【世及】世代相傳。指古代貴族世襲制度。

【世兄】有世交之家，平輩相稱爲世兄。也用作對世晚輩的稱呼。

【世交】兩家世代有交誼者。亦稱世誼、世好。

【世系】指一姓的統系。

【世味】對於世事生活的情趣。

【世故】❶生計；生產。如：不治世故。❷世間的一切事故。特指變亂。❸猶"世交"。❹舊指待人接物的處世經驗。如：不通世故。

【世面】社會上各方面的情況。

【世胄】猶"世家"。貴族後裔。

【世俗】❶指當時社會的風俗習慣等。❷指一般的、平庸的。❸指世俗之言。

【世風】社會風氣。如：世風日下。

【世紀】歷史以計年的單位。一百年爲一世紀，一般公曆紀元以百年分期。

【世家】❶《史記》中傳記的一體，主要敍述世襲封國的諸侯的事迹。如：《吳太伯世家》。❷泛指門第最高、世代作官的人家。

【世情】指世態人情。❷謂世俗之情。

【世業】世代相傳的事業。亦指先代遺留下來的產業。

【世運】指時代盛衰治亂的氣運。

【世道】社會風氣。

【世祿】指古代貴族世代享受俸祿。也指世代受祿的制度。

【世態】世俗的常態。多指趨炎附勢者而言。如：世態炎涼。

【世緣】猶俗緣。指世俗的牽纏。

【世澤】謂先代傳給子孫的影響，多指祖宗遺留給子孫的餘蔭。

【世醫】世代行醫的人。

【世襲】世代承襲。多用於帝位、爵位和領地等。

【世界語】指波蘭人柴門霍夫(1859～1917)1887年公佈的人造國際輔助語。世界語以印歐語爲基礎，吸收了它們的共同的因素加以合理化而成。書寫採用拉丁字母，有字母28個。

【世界觀】也叫宇宙觀。人們對整個世界(包括自然、社會和思維)的總的看法。世界觀是人們在長期的社會實踐中逐漸形成的。

【世代書香】指世代讀書的人家。

【世外桃源】陶潛《桃花源記》，描述一個與世隔絕，沒有遭受禍亂的地方。後因用"世外桃源"比喻理想生活安樂的地方。

丘 (qiū)働jeu¹[休] ❶小山；土堆。如：荒丘。❷墳墓。如：丘壟。❸廢墟。❹古代田地的區劃。

【丘八】兵的析字。"兵"字析爲"丘八"，借爲兵的代稱。

【丘陵】高低不平、連綿不斷的低矮山丘。

【丘墟】❶廢墟；荒地。亦作"丘虛"。❷墳墓。

【丘壑】❶山水幽深之處，亦指隱者所居之處。❷比喻深遠的意境。如：胸有丘壑。

丙 (bǐng)働bing²[炳] ❶天干的第三位，因以爲第三的代稱。如：丙等。❷五行中丙丁屬火，因以爲火的代稱。如：付丙。

【丙丁】丙丁於五行謂火，因亦謂火爲"丙丁"。

【丙舍】❶古代正宮中的別室。也泛指正室旁的別室。❷停放靈柩的房屋。

【丙夜】三更，夜半的時候。

五　畫

丞 (chéng)粵sing⁴〔成〕❶封建時代幫助帝王或主要官員辦事的官吏。如：丞相；府丞。❷輔佐，幫助。

【丞相】古代輔助君主的職位最高的大臣。

丟 (diū)粵diu¹〔刁〕❶失去。如：丟臉；丟東西。❷抛；抛開。如：丟眼色；丟開手。

【丟人】丟臉。

【丟三落四】形容馬虎或記憶力不好而顧此失彼。

両 "兩㊀"的異體字。

七　畫

並(并) ㊀(bìng)粵bing⁶〔備認切〕❶相挨着；一齊。如：並肩作戰。❷平行；齊等。如：並駕齊驅。❸猶言"連"。如：並此而不知。❹並且。如：不但能如期完成，並能提早完成。❺用來加強否定的語意。如：並不；並非；並未；並無。

㊁(bàng)粵bong⁶〔磅〕通"傍"。挨着。

【並世】同時。亦世無両。

【並行不悖】悖，相衝突。指同時進行，不相衝突。

【並駕齊驅】形容齊頭並進，不分前後。

｜　部

二　畫

丫 (yā)粵a¹〔鴉〕❶樹木或物體的分叉。❷像樹枝的分叉。見"丫頭❶"。

【丫頭】❶女孩子頭上梳兩個雙髻，有如樹丫叉，因稱作丫頭，因舊中役使的女孩子，也叫"丫鬟"。❸長輩對下輩青年婦女的愛稱。

【丫鬟】即丫頭。亦作"丫環"。

三　畫

中 ㊀(zhōng)粵dzung¹〔宗〕❶中間；當中。如：居中；正中。❷內裏。如：家中；心中。也指地區和時代中間。如：吳中；蜀中；晉太康中。又指內心。如：熱中❸。❸中國的簡稱。如：中醫；中文。❹半。如：中途；中夜。❺居間人。如：中保。❻中和。如：中等；中才。❼適中。如：中用。❽(語音)義同❶。如：中用；中聽。

㊁(zhòng)粵dzung³〔眾〕❶適合；恰好對上。如：中意；中肯。❷正着目標。如：打中；中的；百發百中。❸感受；受到。如：中槍；中毒。引申為中傷。❹科舉時代稱考試及格為中。如：中狀元。

【中人】謂居間介紹或作見證的人。

【中土】❶指中國。❷指中原地區。

【中天】❶半空；空中。❷正當天空之中，表示極盛。如曰中天。

【中元】舊俗以陰曆七月十五日為"中元節"。

【中用】合用；有用。

【中旬】每月十一日至二十日。

【中式】(zhòng㊂)科舉時代考試合格。

【中州】❶一般指今河南省一帶。河南古屬豫州，豫州位於九州的中心，故名。❷泛指黃河中游地區。❸用。

【中表】古代稱父親的姊妹(姑母)的兒子為外兄弟，稱母親的兄弟(舅父)姊妹(姨母)的兒子為內兄弟。外為表，內為中，合稱"中表兄弟"。後稱同姑母、舅父、姨母的子女之間的親戚關係為"中表"。

【中肯】正中要害；恰到好處。參見"肯綮"。

【中夜】半夜。

【中秋】陰曆八月十五日為秋季的正中，故稱"中秋"。

【中宮】❶皇后居住之處，亦用為皇后的代稱。❷天球之中央，指北極星所處的部位。

【中冓】內室，指閨門以內。舊時譏諷人妻有外遇為"遺誡中冓"或"中冓之羞"。

【中夏】❶猶中原。❷即"仲夏"。夏季之中，指陰曆五月。

【中原】❶平原；原野。❷地區名。即中土、中州，以別於邊疆地區而言。狹義的中原指今河南省一帶。廣義的中原或指黃河中、下游地區，或指整個黃河流域而言。在南北分裂時期，常以此和江東等詞相對稱。

【中浣】陰曆每月十一日至二十日叫中浣。

【中涓】秦漢時皇帝親近的侍從官。後世一般用作宦官之稱。

【中流】❶半渡；在水流之中。❷江河的中段。❸適中。

【中宵】夜半。

【中堂】❶廳堂的正中。❷庭院。❸宰相的別稱。北宋時已有，因宰相在中書省內的政事堂辦公而得名。元代沿稱。明清時為對大學士的稱呼。明代大學士實際掌握宰相權力，其辦公處在內閣，與宰相居東西兩房，大學士居中，故稱中堂。清代包括辦大學士均用此稱。❹掛在廳堂當中的大幅字畫。

【中庸】❶平常的。猶言中材，中人。❷不偏叫中，不變叫庸。儒家的道德觀。後泛指平庸、妥協、保守、折中。

【中情】内心；隱藏在心裏的思想或情感。

【中堅】❶古謂軍隊中最重要最堅強的部分。今泛指團體中最有力的並起較大作用的成份。❷古代將軍名號。

【中朝】(-cháo)❶朝中；朝廷。❷中葉。❸漢代朝官有中朝、外朝之分。中朝官由皇帝的近臣如侍中、常侍、給事中、尚書等組成。外朝官丞相以下至九卿的正規職官。

【中貴】即「中貴人」。有權勢的太監。

【中逵】縱橫交錯的道路的中心。引申為中道，中途。

【中傷】(zhòng一)攻擊和陷害別人。

【中葉】❶中世；中古。❷泛指中期。如：十七世紀中葉。

【中道】❶中途；半路上。❷在道路的中央。❸(zòng一)指合乎道義。❹猶中庸。參見「中庸❷」。❺佛教名詞。意指中正不偏的道理。中立、不斷、常非常，屬於一邊的，離開這兩邊的見解，稱為「中道」。

【中書】即尚書。秦漢時尚書稱中臺。魏晉宋齊並稱尚書臺，梁陳北魏北齊隋則稱尚

書省。唐龍朔二年及長安初，都曾更名中臺，不久又改為尚書省。

【中飽】指侵吞經手的財物。

【中樞】❶舊指中央政府機關。❷中心樞紐。如：神經中樞。

【中節】(zhòng一)適度。

【中輟】中途停止進行。

【中興】復興。

【中韓】同「中浣」。

【中霤】❶上古人居於洞穴，在頂上開洞照明，雨水從洞口滴下，故謂之「霤」。後因稱房室中央取明處為「中霤」。❷古代五祀所祭對象之一，即室中央的土神。

【中饋】❶原謂婦女在家主持飲食等事。引申指妻室。❷指酒食。

【中山狼】明馬中錫著小說《中山狼傳》，記戰國時趙簡子在中山打獵，追逐一狼。狼向東郭先生求救，脫險後反而要吃東郭先生。後因以「中山狼」比喻人的忘恩負義。

【大大人】漢代對年老而有權勢的宮女之稱。後亦為對宦官的謔稱。

【中書君】韓愈《毛穎傳》以筆擬人，叫做毛穎，又稱為中書君，後即成為毛筆的別名。

【中貴人】也稱「中貴」。帝王所寵幸的宦官。

【中聖人】《三國志·魏志·徐邈傳》載，曹操主政，時，禁酒甚嚴。當時人諱說酒字，把清酒叫聖人，濁酒叫賢人。尚書郎徐邈私飲沉醉，對人稱中聖人，猶言中酒。後來把喝醉酒叫中聖人，省稱中聖。

【中央集權】指國家統治權力集中統一於中央政府的制度。地方政府直接受中央政府的指揮並根據中央的政策、指示、法令辦事。中國第一個中央集權的國家是在秦始皇統一六國後開始的。

【中流砥柱】砥柱，原為河南省三門峽東的一個石島，屹立於黃河急流之中。比喻能擔當重任、支撐危局的人。

【中流擊楫】參見「擊楫」條。

【中日甲午戰爭】1894年發生的中日戰爭。是由於日本向朝鮮發動侵略，並對中國的陸海軍實行挑釁而引起的。中國軍隊英勇作戰，但由於清朝政府的腐敗以及缺乏堅決反對侵略的準備，中國方面遭到失敗，北

洋海軍全軍覆沒。結果簽訂了喪權辱國的《馬關條約》。

【中俄伊犂條約】即《中俄改訂條約》。1881年帝俄強迫清政府簽訂的不平等條約。1871年帝俄趁沙皇頭目阿古柏侵佔天山南路的機會，出兵強佔中國伊犂。清政府雖多次交涉收回，只是帝俄拒不撤兵。1877年清政府平定新疆後，又幾次派人赴俄談判。1881年2月24日在聖彼得堡（今列寧格勒）簽訂《中俄改訂條約》，俄國強行割佔霍爾果斯河以西地區和北疆的齋桑淖爾以東地區。通過此約和以後的幾個勘界議定書，又把七萬多平方公里中國領土併入俄國，並勒索"兵費"九百萬盧布。

【中俄璦琿條約】即《中俄璦琿和約》。1858年5月，沙俄乘英法侵華聯軍進攻天津，威脅北京的時候，用武力迫使清政府簽訂的不平等條約。在璦琿（今愛琿）簽訂。主要內容是：俄國割去黑龍江以北、外興安嶺以南六十多萬平方公里的中國領土，只在璦琿對岸精奇里江以南的一小塊地區（後稱江東六十四屯）仍保留中國方面的永久居住和管轄權；並把烏蘇里江以東的中國領土劃為中俄共管。

丰 (fēng)粵fung1〔風〕❶容貌豐滿美好。❷通"風"。見"丰采"、"丰姿"。❸"豐"的簡化字。

【丰采】同"風采"。❶風度，神采。❷猶風範。

【丰姿】同"風姿"。容貌，儀態。

【丰神】風貌神情。

四畫

卝 (guàn)粵gwan3〔慣〕古時兒童束髮成兩角的樣子。

六畫

串 ㊀(chuàn)粵tsyn3〔寸〕❶連貫。如：貫串；串ім。也作成串東西的計算單位。如：一串錢；一串珠子。❷北方方言，指到別人家走動。如：串門；串親戚。❸彼此串通。如：串供；串騙。❹戲

曲術語。舊時有稱演戲為串戲的。現也指在戲曲中擔任角色。如：客串。

㊁(guàn)粵gwan3〔慣〕❶習慣。❷指親近的人。如："親串"。

【串供】同案犯人互相串通，捏造口供。

【串通】暗中勾結；通同作弊。

【串戲】演戲。

七畫

串 (chǎn)粵tsan2〔產〕貫肉在火上炙的籤子。

丶部

二畫

丸 (wán)粵jyn4〔元〕jyn2〔苑〕〔語〕❶小圓球形的物體。如：彈丸；藥丸。亦用為丸藥的計量單位。如：每次服三丸。古時丸由丸擀而成，故亦以丸計墨。❷指鳥卵。❸揉物使成丸形。

三畫

丹 (dān)粵dan1〔單〕❶丹砂，即"辰砂"。俗稱"朱砂"，礦物名。❷古代道家煉藥多用朱砂，後因以稱依方精製的藥物，一般為顆粒狀或粉末狀。如：丸散膏丹；靈丹妙藥。❸朱紅色。如：丹楓；丹墀。引申為用朱紅塗漆。

【丹心】猶赤心，忠貞的心。

【丹田】道家稱人身臍下三寸為丹田。

【丹青】❶丹砂和青雘兩種可作顏料的礦物。❷中國古代繪畫中常用之色。也泛指繪畫藝術。❸丹青之色不易泯滅，比喻堅貞不渝。

【丹書】❶古時用朱筆記錄的罪犯徒隸名籍。❷皇帝的詔書。

【丹墀】同"丹墀"。

【丹桂】❶植物名。桂樹（木犀）的一種。❷舊時以登科為折桂，因以"丹桂"比喻科舉及

第的人。❸古代神話謂月中有丹桂，後因以「丹桂」作為月的代稱。

【丹堊】丹，紅色；堊，白土。指油漆粉刷。如：丹堊一新。

【丹黃】舊時點校書籍，用朱筆書寫，遇誤字用雌黃塗抹，合稱「丹黃」或「朱黃」。

【丹鉛】舊時點校書籍用的丹砂與鉛粉。所以稱考訂工作為丹鉛。

【丹墀】古時宮殿前的石階以紅色塗飾，故稱「丹墀」。亦稱「丹陛」。

【丹臁】紅色的塗漆。

【丹書鐵契】古時帝王賜給功臣世代保持優遇及免罪等特權的證件。券用鐵鑄成，用朱砂書寫字，或刻字而嵌以黃金。亦作「丹書鐵契」、「金書鐵券」。

四　畫

主 (zhǔ)粵dzy²〔煮〕❶一國一家之長，對「臣」、「奴」、「僕」而言。❷延接賓客的一方。如：東道主。亦謂寓居在人家，其人家為主人。❸物主。如：車主。❹事主。如：失主；苦主。❺掌管；主持。如：主理其事。❻主要的。如：主力；主流。❼主張。如：主戰。❽公主的簡稱。❾為死人立的牌位。如：神主。❿猶太教、基督教等對信仰的神的稱呼。基督教也稱耶穌為主。

【主上】古代臣下稱君主。

【主公】古代臣僕對君主的稱呼。

【主持】❶負責掌握或處理。如：主持會議。❷猶主張。如：主持正義。

【主席】❶主持會議的人。❷國家、國家機關、黨派或團體組織的一種最高領導職位名稱。

【主流】❶即「幹流」。支流的對稱。指在水系裏，匯集全流域的徑流，注入另一水體（如：海洋、湖泊或其他河流）的水道。❷事物的基本方面和發展的主要趨向。

【主宰】掌管；支配。亦指處於支配地位的人或事物。

【主婦】❶一家的女主人。❷指正妻，別於妾而言。

【主張】對於事物所持的見解。

【主將】軍陣的統帥。也用來比喻在某方面起主要作用的人。

【主筆】報刊編輯部中負責撰寫評論的人，也指編輯部的負責人。

【主義】❶對於自然界、社會以及學術問題等所持有的系統理論和主張。如：達爾文主義。❷一定的社會制度和政治經濟體系。如：資本主義。❸表示某種思想、品質、作風等。如：主觀主義。

【主器】器，祭器。古代國君的長子主掌宗廟祭器，後因稱太子為「主器」。

【主顧】顧客，商店稱購買貨物的人。

【主權】❶古謂君主的權力。❷國家獨立自主處理對內和對外事務的最高權力。

【主觀】❶哲學上指屬於人的思想認識方面的。❷不依據實際情況，單憑自己的願望、偏見（辦事）。

【主人公】❶主人。亦作「主人翁」。❷文藝作品中集中刻劃的主要人物。

【主人翁】主人。

五　畫

乓 (pang)粵pɔŋ¹〔鋪方切〕bɐm¹〔泵〕（又）見「乒乓」。

丿　部

一　畫

乂 (yì)粵ŋai⁶〔艾〕❶通作「刈」。割草或收割穀類植物。❷治理；安定。如：乂安。❸指有才德的人。如：俊乂。

【乂安】亦作「艾安」。太平無事。

乃 (nǎi)粵nai⁵〔奶〕❶是；就是。如：失敗乃成功之母。❷你；你的。如：乃翁。❸於是；就。如：因時間倉卒，乃作罷。❹這才；才。如：惟虛心乃能進步。❺竟是；竟。如：乃至如此。

【乃公】❶你的父親。父對子的自稱。❷對人自稱的傲慢語。

【乃翁】你的父親。

二　畫

久 (jiǔ)⑧geu²〔九〕❶時間長。如：年深日久。❷故舊。見"久要"。
【久仰】仰慕已久。與人初次見面的客氣話。
【久要】(一yāo)舊約，舊交。
【久違】久別。
【久假不歸】久借不還，據為己有。
【久旱逢甘雨】形容盼望已久，終於如願得償的心情。

三　畫

之 (zhī)⑧dzi¹〔支〕❶前往；去到。如：不知所之。❷這，這個。如：之子于歸。❸他；她；它。用於指行為的對象。如：羣起而攻之。❹猶"的"。如：星星之火。又用於句中，使一句之用如同一詞。如：皮之不存，毛將安傅？
【之無】"之"字與無字。相傳唐白居易剛生六七月，就能神認之"之"、"無"二字。後稱不識字或少識字為"不識之無"或"略識之無"。
【之乎者也】用來諷刺文人咬文嚼字。

四　畫

乍 ㊀(zhà)⑧dza³〔炸〕❶剛；初。如：新來乍到；初學乍練。❷忽然；驟然。如：乍晴乍雨。❸見"乍可"。
㊁(zuò)⑧dzok⁸〔昨〕"作"的本字。殷周青銅器銘文"作"都作"乍"。

乎 ㊀(hū，舊又讀hú)⑧fu⁴〔符〕❶表疑問或反詰的語氣。如：可乎？❷表感嘆語氣。如：天乎！❸同"於"。如：出乎意外。❹作訓助。如：幾乎；確乎。
㊁(hu)⑧fu¹〔呼〕通"呼"。如：烏乎(即嗚呼)。

乏 (fá)⑧fet⁹〔罰〕❶缺乏；缺少。如：乏味，不乏其人。❷疲乏。如：人困馬乏。❸無能；無用。如：乏人；乏貨。
【乏絕】窮乏，斷絕。

五　畫

乒 (pīng)⑧pip¹〔怦〕bip¹〔兵〕(又)見"乒乓"。
【乒乓】❶象聲。如：乒乓一聲。❷乒乓球的簡稱。

七　畫

乖 (guāi)⑧gwai¹〔瓜挨切〕❶背戾；違背；不和諧。如：乖戾；乖違；乖錯。❷指小孩子不煩人，比較懂事。如：這孩子真乖！❸機靈；聰明。如：上了當，學個乖。參見"乖覺"。
【乖角】❶乖違；分離。❷謂做事不循理的人。❸聰明的孩童。
【乖戾】不合；不和。
【乖剌】猶乖戾，不順。
【乖張】不順；不正常。❷執拗。
【乖僻】亦作"怪僻"。古怪，孤僻。如：性情乖僻。
【乖繆】違逆；背離常理。一作"乖謬"。
【乖覺】靈敏機警。

九　畫

乘 ㊀(chéng)⑧siŋ⁴〔成〕❶坐，駕。如：乘馬，乘船。❷趁；因。如：乘機，乘勢。❸運算方法之一。即"乘法"。❹佛教的教理和教派。如：大乘，小乘。
㊁(shèng)⑧siŋ⁶〔盛〕❶古時一車四馬為一乘。❷古時物數以四計之稱。如：乘矢；乘壺。❸春秋時晉史書名，因以為記載的通稱。詳"史乘"。
【乘化】順應自然變化。
【乘風】憑着風力。如：乘風破浪。
【乘除】❶本指算術上的乘法和除法。引申為計算。❷比喻人或事物的消長盛衰。
【乘間】(一jiàn)同隙；趁機會。
【乘傳】(一zhuàn)古代驛站用四匹下等馬拉的車。
【乘興】趁一時高興；興會所至。
【乘龍】舊稱佳婿為"乘龍"。如：乘龍快婿。

【乘人之危】謂趁人遭遇困難時加以要挾或打擊。

【乘風破浪】比喻志向遠大，不怕困難，奮勇前進。

【乘堅策肥】乘堅車，策肥馬。謂生活奢華。

乙 部

乙 (yǐ)粵jyt⁸ jyt⁹〔月〕(又)❶天干的第二位，因以爲第二的代稱。如：乙等；乙級；評定甲乙。❷畫"乙"字形狀的符號，舊時讀書以標志暫時停止的地方。亦用以勾進增補的字。如：塗乙。❸同"一"。乙名。❹工尺譜中的音名之一。

【乙科】古代考試科目的一個等級。又明清科舉，稱擧人爲乙科。詳"甲科"。

【乙覽】猶御覽，指皇帝過目。

一 畫

乜 ㊀(miē)粵me¹〔咩〕見"乜斜"。
㊁(niè)粵ne⁶〔尼夜切〕姓。
㊂粵met⁷(粵乙切)粵方言，什麼的意思。如：乜嘢（什麼東西）？

【乜斜】眼睛因倦眯成一條縫；略眯着眼斜視。

九 (jiǔ)粵geu²〔久〕❶數詞。❷泛指多數或多次。如：九牛一毛。❸《易經》中稱陽爻爲九。如：初九；九五。❹時令的名稱。見"九九"。

【九九】❶古算法的一種。❷時令的名稱。中國傳統將夏至後的十一天及冬至後的八十一天分別稱爲"夏九九"及"冬九九"。並按次序稱爲頭九、二九……九九。通常所謂九九或數九天氣是指冬九九而言。

【九天】❶指天的中央和八方；一說，九爲陽數九天即指天空。❷天空，極言其高。

【九五】指帝王之位。如：九五之尊。《易·乾》有"九五，飛龍在天"之語，九，陽爻；五，第五爻。其意以龍爲神物，龍飛天上，故以喻帝王。

【九丘】傳說中的古書名。

【九合】合，會盟。指春秋時稱霸的諸侯以鞏固霸業為目的的多次會盟。

【九州】❶傳說中的中國古代中原行政區劃。起於春秋、戰國時代。說法不一。西漢以前，都認爲九州是禹治水後所劃分，州名未有定說：一作冀、兗、青、徐、揚、荊、豫、梁、雍；一有幽州，而無梁州；一有幽、幷州而無徐、梁州；一有幽、營州而無青、梁州。❷泛指全中國。❸日本四島之一。

【九牧】即九州。傳說古代把天下分爲九州，州的長官叫牧。

【九垓】❶謂兼有中央與八極之地。亦作"九畡"。❷亦作"九閡"、"九陔"。謂九重天。

【九品】❶品。❷古代官吏的等級。始於魏晉時，從第一品到第九品，共分九等；北魏時每品始各分正、從，第四品起正、從品又各分上、下階，共爲三十等；唐宋文職與此相同，武職自三品起即分上下。隋及元明清保留正、從品，而無上、下階之稱，共分十八品，文武職並同。如清代的知縣是正七品，知府是從四品。❸魏晉南北朝時士人的品位。

【九重】㊀(chóng)❶指天。❷指帝王所居之處。

【九泉】❶猶九淵，泛指深淵。❷指地下。猶言"黃泉"。

【九派】長江在湖北、江西一帶，分為很多支流，因以九派稱這一帶的長江。亦泛指江流支派之多。

【九原】❶九州。❷墓地。

【九流】❶先秦至漢初的學術流派，即法、名、墨、儒、道、陰陽、縱橫、雜、農九家。❷指江河支流之多。

【九野】❶古代指天的中央和八方，即中央的鈞天，東方的蒼天、東北的變天、北方的玄天，西北的幽天，西方的顥天（亦作昊天），西南的朱天，南方的炎天，東南的陽天。❷指九州之地。

【九畡】同"九垓❶"。

【九族】指本身以下的父、祖、曾祖、高祖和以下的子、孫、曾孫、玄孫。

【九棘】古代朝廷樹棘以分別朝臣的品位，左

右各九，稱"九棘"。

【九皐】深澤。

【九鼎】古代傳說：夏禹鑄九鼎，象徵九州，三代時奉爲傳國之寶。成湯遷之於商邑，周武王遷之於洛邑，秦攻西周(指報王遷都後的西周)，取九鼎，其一沉於泗水餘八無考。後以"九鼎"比喻分量之重。如：一言九鼎。

【九霄】指天的極高處。

【九畿】古謂以王畿爲中心，自內而外，每五百里爲一畿，共有侯、甸、男、采、衞、蠻、夷、鎮、藩等九畿，爲各級諸侯的領地及安居民族所居之地。

【九折臂】義同"三折肱"。比喻閱歷多、經驗豐富。

【九牛一毛】比喻極爲渺小輕微。

【九牛二虎】形容氣力非常大。

【九死一生】指歷盡艱險，死裏逃生。

【九一八事變】日本大規模武裝侵略中國東北的事件。1931年9月18日，日本駐在中國東北境內的關東軍襲取瀋陽，這時中國駐瀋陽和東北各地的東北軍奉命撤退到山海關內，使日軍迅速佔領了遼寧、吉林、黑龍江等省。這一事件，是日本妄圖併吞中國、稱霸亞洲的重要侵略步驟。

【九九消寒圖】從冬至後一日起每九天叫一九，九九共八十一天。於冬至日畫素梅一枝，作有八十一花瓣，不著色而逐日渲染其一。圖成而九九盡，天氣轉暖，寒意消除，故名。

二　畫

乞 (qǐ)㊀gei⁷[哈壹切]求；討。如：乞食；乞援。

【乞丐】❶求食。本作乞食義。❷以行乞爲生的人。

【乞巧】民間風俗，婦女於陰曆七月七日夜間向織女星乞求智巧，謂之"乞巧"。

【乞身】封建時代官員因年老自請退職，稱爲"乞身"，亦稱"乞骸骨"。

【乞靈】向神佛求助，比喻乞求不可靠的幫助。

【乞哀告憐】乞求別人哀憐和幫助。

也 (yě)㊀ja⁵[以瓦切]❶猶"亦"。表示同樣。如：你去，我也去。❷表語氣，用在句末。(1)表判斷或肯定。如：是不能也，非不爲也。(2)表疑問或反詰。如：何也？❸作語助。表停頓，以起下文。如：是說也，余尤疑之也。

【也麼哥】也作"也波哥"。元曲中常用的襯詞，無義。

四　畫

氹 (dàng)㊀tem⁵[提凜切]義同"蕩"。水坑；小池子。

五　畫

乩 (jī)㊀gei¹[基]迷信者求神降示的一種方法。由二人扶一丁字形的木架在沙盤上，謂神降時執木架劃字，能爲人決疑治病，預示吉凶。通稱"扶乩"，也叫"扶鸞"。

七　畫

乳 (rǔ)㊀jy⁵[羽]❶乳房。❷奶汁。亦指以乳哺育。❸生，生殖。如：孳乳。❹鳥獸初生者之稱。如：乳狗；乳燕。

【乳名】猶奶名。小名。

【乳虎】❶正在哺乳期間的母虎。❷初生的小虎。

【乳臭】奶腥氣，謂年幼無知。

【乳鉢】研細藥物的用器，形如臼而小。

八　畫

乹 "乾"的異體字。

十　畫

乾 ㊀(干)(gan)㊁gon¹[肝]❶沒有水分或水分很少。與"濕"相對。如：乾柴；衣服曬乾了。也用作某些乾製食品的名稱。如：豆腐乾；餅乾。❷竭

盡；空。如：乾杯；外強中乾。❸徒然；白白地。如：乾着急；乾瞪眼。❹拜認的親屬關係。如：乾兒子。

㊀(qián)⊛kin⁴〔虔〕八卦之一，其卦形爲☰，三爻皆陽。又六十四卦之一，乾下乾上。象徵陽性或剛健。

【乾宅】(qián一)舊式婚禮以男家稱"乾宅"，女家稱"坤宅"。

【乾坤】(qián一)《周易》中的兩個卦名，指陰陽兩種對立勢力。陽性的勢力叫做乾，乾之象爲天；陰性的勢力叫做坤，坤之象爲地。引申爲天地、日月、男女、父母、世界等的代稱。

【乾脆】直截了當；爽快。

【乾笑】勉强裝笑，似笑非笑。

【乾綱】(qián一)指君權。亦指夫權。

【乾薪】或稱"乾脩"、"乾俸"指官吏、職員等因特殊關係，不工作而支領的薪金。

【乾癟】❶乾而收縮，不豐滿。❷(文辭等)內容貧乏，枯燥無味。

十二畫

亂 (乱) (luàn)⊛lyn⁶〔嫩〕❶紊亂；無秩序。如：快刀斬亂麻。❷反叛；戰亂。如：叛亂；作亂；七國之亂。❸混雜；混淆。如：以假亂真。❹擾亂。如：酒能亂性。❺淫亂；姦淫。❻樂曲的最後一章或辭賦篇末總括全篇要旨的一段。❼治理。參見"亂臣❶"。

【亂子】禍事；糾紛。

【亂世】謂混亂動盪的時代。

【亂臣】❶稱善於治國的能臣。❷不守臣之道的臣。

【亂紀】破壞法紀。也指事物失却條理。

【亂倫】泛指一切違反常理的行爲。亦專指近親間的通姦行爲。

【亂眞】謂善於摹仿，可同眞的相混。

【亂道】亂說；胡說。亦用爲自稱作品的謙辭。

【亂離】指遭戰亂而流離失所。

【亂葬崗】無人管理任人埋葬尸首的土崗子。

【亂七八糟】形容混亂；亂糟糟的。

【亂臣賊子】指不守臣道、心懷異志的人。

亅 部

一 畫

了 ㊀(liǎo)⊛liu⁵〔瞭〕❶結束；了結。如：責任未了。❷全；完全。如：了不可見。❸"瞭"的簡化字。
　㊁(le，讀輕liǎo)⊛同❶❶作語助，表事之完成。如：走了兩里路。❷用在句末表肯定語氣。如：了不甚了。

【了了】❶聰明；懂事。如：小時了了。❷淸淸楚楚。如：不甚了了。

【了得】❶了却；辦得了。❷有能耐；本領高强。❸用在驚訝、反詰或責備等語氣的句末，表示情況十分嚴重。多跟在"還"字的後面。如：這還了得嗎！

【了鳥】(一diǎo)門窗上的搭扣。亦稱"屈戍"。❷破碎不整的樣子。

【了不得】❶猶言了不得，表示情勢嚴重。❷異乎尋常的意思。如：他的本領眞了不得。

三 畫

予 ㊀(yú)⊛jy⁴〔余〕我。
　㊁(yǔ)⊛jy⁵〔羽〕通"與"。授與；給與。如：予以獎勵。

【予奪】(yǔ一)賜予和剝奪。如：生殺予奪。引申爲嘉許、貶抑之意。

七 畫

矛 (xù)⊛dzœy⁶〔序〕古書上記載的一種魚。

事 (shi)⊛si⁶〔士〕❶事情。如：國事。❷事故。如：出事。❸從事；治事。如：不事生產。❹侍奉；服事。如：不事侯王。❺器物的件數。如：供桌五事。

【事功】事業和功績。

【事由】❶根由；情由。❷公文用語，指公文的主要內容。亦稱"由頭"。

【事主】某些刑事案件（如：偷竊、搶劫等）中的被害人。

【事事】❶事事；治事。如：無所事事。❷猶件件，每件事。

【事宜】❶關於事情的安排和處理。如：一應事宜。❷猶言機宜。謂當時的具體情況和條件。

【事故】❶猶事情。❷意外的變故或災禍。如：工傷事故。

【事略】傳記文的一種。記述人物事迹的大略。多用於已死的親屬戚友，如清黃宗羲《移史館先妣太夫人事略》等。也有記述若干人物事迹的大略而輯成一書的，如清李之度《國朝先正事略》。

【事態】局勢；情況。如：事態嚴重。

【事端】事故。

【事機】❶需要保守機密的事情。如：事機不密。❷情勢。

【事變】❶世事的變遷。❷突然發生的重大的政治事件。如：七七事變。

【事體】事情。

【事半功倍】謂費力小而收效大。

【事必躬親】不管什麼事一定親自去做。

【事倍功半】謂費力大而收效小。

【事過境遷】事情已經過去，客觀環境也改變了。

【事與願違】事實與願望相違背。

二 部

一 (èr)粵ji⁶[異]❶數詞。❷雙；比。如：獨一無二。❸兩樣。如：不二價；有二心。❹次；副。如：二藍；二花臉。

【二三】❶不專一；反覆無定。❷約數；不定數。

【二心】異心；不忠實。

【二副】輪船上船員的職務名稱，職位次於大副。

【二儀】即兩儀，指天地。參見"兩儀"。

【二手貨】方言。1.指已經用過的物品。2.指再嫁的婦女。

【二房東】把租來的房屋轉租給別人的人。

【二郎腿】坐的時候把一條腿擱在另一條腿上的姿勢。如：架起二郎腿。

【二流子】原是中國陝北方言。通常指不從事生產、游手好閒的人。

【二十八宿】中國古代天文學上將全天的恒星分為三垣、二十八宿和其他的星座。二十八宿者為：東方青龍七宿（即角、亢、氐、房、心、尾、箕），南方朱鳥七宿（即井、鬼、柳、星、張、翼、軫），西方白虎七宿（即奎、婁、胃、昴、畢、觜、參），北方玄武七宿（即斗、牛、女、虛、危、室、壁）。

【二十四史】自漢到清陸續編寫的二十四部紀傳體史書。清乾隆時定為正史，即《史記》、《漢書》、《後漢書》、《三國志》、《晉書》、《宋書》、《南齊書》、《梁書》、《陳書》、《魏書》、《北齊書》、《周書》、《隋書》、《南史》、《北史》、《舊唐書》、《新唐書》、《舊五代史》、《新五代史》、《宋史》、《遼史》、《金史》、《元史》、《明史》。

【二話沒說】再沒有說別的話。表示決心採取某種行動。

【二滿三平】同"三平二滿"。

【二一添作五】本是珠算除法的一句口訣，是½＝0.5的意思，借指雙方平分。

【二十四節氣】根據太陽在黃道上的位置（黃經），將全年劃分為二十四個段落，包括立春、驚蟄等十二個"節"氣，雨水、春分等十二個"中"氣，統稱"二十四節氣"。各月的"中"氣必在夏曆該月出現（如雨水必在正月出現），沒有"中"氣的月，作為閏月。但"節"氣則在夏曆某月或上一個月出現（如立春可在正月或十二月出現）。二十四節氣的劃分，起源於中國黃河流域。遠在春秋時代，已運用土圭測日影的方法定出春分、夏至、秋分、冬至四個節氣；以後，通過農業生產實踐，又逐漸充實改善，到秦漢間，二十四節氣已完全確立，成為農事活動的主要依據。中國幅員廣大，在同一節氣各地區氣候變化不同，農事活動也不相同。二十四節氣的名稱及當時太陽黃經度數和日期等，詳見下表。

	節氣名	立 春 (正月節)	雨 水 (正月中)	驚 蟄 (二月節)	春 分 (二月中)	清 明 (三月節)	穀 雨 (三月中)
春季	節氣日期	2月4日 或5日	2月19日 或20日	3月5日 或6日	3月20日 或21日	4月4日 或5日	4月20日 或21日
	太陽到 達黃經	315°	330°	345°	0°	15°	30°
	節氣名	立 夏 (四月節)	小 滿 (四月中)	芒 種 (五月節)	夏 至 (五月中)	小 暑 (六月節)	大 暑 (六月中)
夏季	節氣日期	5月5日 或6日	5月21日 或22日	6月5日 或6日	6月21日 或22日	7月7日 或8日	7月23日 或24日
	太陽到 達黃經	45°	60°	75°	90°	105°	120°
	節氣名	立 秋 (七月節)	處 暑 (七月中)	白 露 (八月節)	秋 分 (八月中)	寒 露 (九月節)	霜 降 (九月中)
秋季	節氣日期	8月7日 或8日	8月23日 或24日	9月7日 或8日	9月23日 或24日	10月8日 或9日	10月23日 或24日
	太陽到 達黃經	135°	150°	165°	180°	195°	210°
	節氣名	立 冬 (十月節)	小 雪 (十月中)	大 雪 (十一月節)	冬 至 (十一月中)	小 寒 (十二月節)	大 寒 (十二月中)
冬季	節氣日期	11月7日 或8日	11月22日 或23日	12月7日 或8日	12月21日 或22日	1月5日 或6日	1月20日 或21日
	太陽到 達黃經	225°	240°	255°	270°	285°	300°

注：節氣日期是比較常見的陽曆日期。

【二桃殺三士】《晏子春秋‧諫下二》載，春秋時公孫接、田開疆、古冶子三人臣事齊景公，並以勇力聞名。齊相晏子圖謀除去三人，請景公以二桃贈與三人，使三人論功食桃，結果三人皆棄桃自殺。後往往用來比喻借刀殺人。

【二十四番花信風】應花期而來的風，簡稱花信風。自小寒起至穀雨止共八氣，一百二十日，每五日為一候，計二十四候，每候應一種花信。如：小寒，一候梅花，二候山茶，三候水仙；大寒，一候瑞香，二候蘭花，三候山礬；立春，一候迎春，二候櫻桃，三候望春；雨水，一候菜花，二候杏花，三候李花；驚蟄，一候桃花，二候棠梨，三候薔薇；春分，一候海棠，二候梨花，三候木蘭；清明，一候桐花，二候麥花，三候柳花；穀雨，一候牡丹，二候酴醾，三候楝花。

一　畫

亍 (chù)⑨ tsuk⁷〔東〕小步而行。參見「彳亍」。

于 ㊀(yú)⑨ jy¹〔於〕❶往。見「于役」。❷同「於」㊀。❸作語助。參見「于飛」。
㊁(xū)⑨ hœy¹〔虛〕嘆詞。通「吁」。

【于役】于，往；役，行役。于役，言行役遠行。

【于思】(─sāi)「思」通「鬓」。多鬚的樣子。

【于飛】于，作語助，無義。于飛，比翼而飛。比喻夫妻相隨。

【于歸】指女子出嫁。于，往；或謂語助，無義。

二　畫

云 (yún)⑨ wen⁴〔雲〕❶說；曰。如：人云亦云。❷助詞。如：子之云云。❸作語助，無義。如：(1)用於句首。如：云誰之思？(2)用於句中。如：歲云暮矣。(3)用於語末。如：蓋記時也云。❹「雲」的古字。今為「雲」的簡化字。

【云云】❶如此如此。❷猶紛紜。

【云為】作為；言論和行事。

互 (hù)⑨ wu⁶〔戶〕❶交互；互相。如：互助；互不干涉。❷古代掛肉架子的名稱。

【互訓】用同義詞互相註釋。

五 (wǔ)⑨ ng⁵〔午〕❶數詞。❷樂譜符號。工尺譜中的音名之一。

【五丁】古代神話傳說中的五個力士。

【五土】指山林、川澤、丘陵、水邊平地、低窪地。

【五中】猶五內，指五臟。亦指內心，如：銘感五中。

【五內】指五臟。

【五方】東、南、西、北和中央；亦泛指各方。

【五代】唐朝以後，後梁、後唐、後晉、後漢、後周先後在中原建立政權的時期，公元907～960。

【五地】同「五土」。

【五行】❶指水、火、木、金、土五種物質。中國古代思想家用日常生活中智見的上述五種物質來說明世界上萬物的起源和多樣性的統一。戰國時，「五行」相生相勝的學說頗為流行。「相生」意味著相互促進，如木生火，火生土，土生金，金生水，水生木等。「相勝」即「相克」，意味著互相排斥，如水勝火，火勝金，金勝木，木勝土，土勝水等。❷古醫學用以說明臟腑的屬性及其相互關係。例如：(1)以五行的屬性來區別臟腑器官的特性，如肝屬木，心屬火，脾屬土，肺屬金，腎屬水等。(2)用相生相克等理論來解釋內臟之間相互資生和相互制約的關係，如肝能制約脾，稱是木克土；脾能生養肺，稱為是土生金等。(3)用以說明治療，如肝病犯脾，採用即抑肝扶脾的治法，稱為抑木扶土等。❸指仁、義、禮、智、信。❹舞名。本周舞；秦始皇二十六年更名五行。舞人手執干戚，身穿五色衣。

【五色】青、赤、黃、白、黑五種顏色。古代以此五者為正色，其他為間色。亦泛指各種顏色。

【五戒】佛教的五種戒律：不殺生、不偷盜、不邪淫、不妄語、不飲酒食肉。

【五材】❶五種物質。一指金、木、水、火、

土。一指金、木、皮、玉、土。❷指勇、智、仁、信、忠五種德性。

【五更】❶舊時計時制度，分一夜為五更，也叫五鼓、五夜。❷指第五更的時候。❸古代鄉官名。詳「三老五更」。

【五伯】(一bà)同「五霸」。

【五車】謂五車書。言讀書、著述之多。舊稱讀書多為「學富五車」。

【五辛】五種辛味的菜。一般指蔥、薤、韭、蒜、興渠。佛教徒按教律不許吃五辛，也叫「五葷」，詳後條。

【五刑】中國古代的主要刑罰，通常指墨、劓、剕、宮、大辟。

【五味】❶甜、酸、苦、辣、鹹五種味道。也泛指各種味道。❷又指醯、酒、飴蜜、薑、鹽。

【五典】❶傳說中國最古的書籍。❷儒家提倡的五種倫理道德準則。即父義、母慈、兄友、弟恭、子孝。

【五金】金、銀、銅、鐵、錫。今常用為金屬或銅鐵等製品的統稱。如：五金店。

【五服】❶天子、諸侯、卿、大夫、士之服。❷古代王畿外圍的地方，以五百里為率，視距離的遠近分為五等，叫「五服」。其名稱為甸服、侯服、綏服、要服、荒服。❸舊時的喪服制度，以親疏為差等，有斬衰、齊衰、大功、小功、緦麻五種名稱，統稱「五服」。

【五夜】❶即五更。❷五更時候。

【五宗】❶古代宗法制度，同始祖之後的為大宗，為高祖、曾祖、祖、父之後的為小宗；大宗一，小宗四，合稱「五宗」。❷指服鳥以内的親屬，即五為高祖等及系。

【五帝】傳說中的五個帝王。通常指黃帝、顓頊、帝嚳、唐堯、虞舜。

【五毒】指蠍、蛇、蜈蚣、壁虎、蟾蜍五種毒物。舊俗端午節在袖下牆角黏帖黃木袪五毒。

【五香】❶烹調食物所用的茴香、花椒、大料、桂皮、丁香等五種香料。也指用這類香料的烹調法。❷木香的別名。

【五音】❶亦稱「五聲」。即中國五聲音階中的宮、商、角、徵、羽五個音級，近似於簡譜中的1、2、3、5、6。❷音韻學術語。

音韻學家按照聲母的發音部位分唇音、舌音、齒音、牙音、喉音五類，謂之五音。

【五洋】舊指世界五大洋，即：太平洋、大西洋、印度洋、北冰洋和南冰洋。南冰洋後來被發現是一片冰雪覆蓋的大陸，改稱南極洲。習慣用「五洋」泛指世界所有的大洋。

【五洲】五大洲，即亞洲、非洲、美洲、歐洲、大洋洲。泛指全世界。

【五倫】也稱「五常」。儒家所提倡的五種倫理關係，即君臣、父子、夫婦、兄弟、朋友。

【五陵】西漢元帝以前，每築一個皇帝的陵墓，就要在陵側置縣，令縣民供奉園陵，叫做陵縣。其中高帝長陵、惠帝安陵、景帝陽陵、武帝茂陵、昭帝平陵五縣，都在渭水北岸今咸陽市附近，合稱五陵。五陵地近京城長安，為游觀之地。

【五常】❶即「五典」。❷即「五倫」。❸指仁、義、禮、智、信。

【五欲】佛、道教用語。佛教指色、聲、香、味、觸五境能引起人的五種情欲。道教以耳欲聲、目欲色、鼻欲香、口欲味、心欲愛憎為五欲。

【五彩】❶「彩」本作「采」。謂青、黃、赤、白、黑五色。古以此五色為正色。亦泛指各種不同的顏色。如：五彩繽紛。❷瓷器釉彩名。在白釉上繪有紅、黃、翠、綠、紫等多種顏色的花卉。宋元時代已有萌芽，完成創造於明代。宣德、成化年間已很精美，清代以後，更有發展。

【五情】❶指喜、怒、哀、樂、怨。亦泛指人的情感。❷佛教名詞。指眼、耳、鼻、舌、身五根。由根生情識，故稱「五情」。

【五葷】也稱「五辛」。煉形家以小蒜、大蒜、韭、薹蒦、胡荽為五葷；道家以韭、薤、蒜、薹蒦、胡荽為五葷。又一說以小蒜、興渠、慈、薤、蒦為五葷。興葵即阿魏。

【五福】即壽、富、康寧、攸好德、考終命。攸好德，謂所好者德；考終命，謂善終不橫夭。

【五德】❶亦稱「五德終始」、「五德轉移」。戰國末期陰陽家鄒衍以水、火、木、金、土五種物質屬性的相生相克和終而復始的循

環變化，來比附歷史上的王朝興衰。❷指將帥必須具備的五種德性。即智、信、仁、勇、嚴。

【五穀】五種穀物。古代有多種說法：(1)麻、黍、稷、麥、豆。(2)稻、黍、稷、麥、菽。(3)稻、稷、麥、豆、麻。(4)粳米、小豆、麥、大豆、黃黍。

【五嶺】指越城嶺、都龐嶺、萌渚嶺、騎田嶺、大庾嶺，在湖南、江西南部和廣西、廣東北部交界處。

【五嶽】中國五大名山的總稱。即東嶽泰山、南嶽衡山、西嶽華山、北嶽恆山、中嶽嵩山。

【五聲】指宮、商、角、徵(zhǐ)、羽等五音。

【五禮】古代五種禮制，指吉禮、凶禮、軍禮、賓禮、嘉禮。

【五蟲】古人把動物分爲五類，叫“五蟲”。即倮蟲、毛蟲、羽蟲、鱗蟲、甲蟲。

【五霸】亦作“五伯”。春秋時先後稱霸的五個諸侯。指齊桓公、晉文公、楚莊王、吳王闔閭、越王勾踐。一說指齊桓公、晉文公、秦穆公、宋襄公、楚莊王。

【五靈】古代傳說以麟、鳳、龜、龍、白虎爲五種神靈鳥獸。

【五斗米】指微薄的官俸。

【五色筆】《南史·江淹傳》載，江淹善詩，夜夢一男子，自稱郭璞，對淹說：“吾有筆在卿處多年，可以見還。”淹即從懷中取五色筆授之。此後作詩，遂無佳句，時人謂之才盡。後以五色筆比喻文才。

【五花馬】毛色斑駁的馬。一說，剪馬鬃爲五簇，分成五個花紋，叫“五花”。

【五經庫】稱熟讀儒經的人。

【五經笥】笥，竹箱。稱熟讀儒經的人。

【五日京兆】《漢書·張敞傳》載，京兆尹張敞，因楊惲案被牽連，將要受皇帝的處分。敞叫賊捕掾絮舜辦理案件，舜以爲敞行將免職，遷延不辦，私自歸家。家人勸他不要這樣，舜說：“吾爲是公盡力多矣，今五日京兆耳，安能復案事！”後遂稱任職時間很短或即將去職爲“五日京兆”。

【五方雜處】形容大都市的居民複雜，從什麼地方來的人都有。

【五世其昌】《左傳·莊公二十二年》載，陳國公子完，因陳亂出奔齊國，齊大夫懿仲想把女兒嫁給他。卜人占卜，有“五世其昌，並於正卿”的話。意思是說五世以後，子孫昌盛，可以與卿並列。後用爲祝頌新婚之辭。

【五四運動】1919年5月4日北平學生游行示威，抗議巴黎和會承認日本接管德國侵佔中國山東的各種特權的無理決定，要求“外爭國權，內懲國賊”，運動很快擴大到全中國。

【五光十色】形容色澤鮮麗，花樣繁多。

【五色無主】臉色青一陣白一陣地變化，無法自主。形容非常緊張、驚慌失措的樣子。

【五角大樓】美國國防部的辦公大樓，外形爲五角形，常用做美國國防部的代稱。

【五角六張】角、張，均星宿名。五日遇角宿，六日遇張宿，舊謂此兩日作事多不成。比喻事機不順遂。

【五言長城】稱揚善作五言詩的人。

【五花八門】亦作“八門五花”。五花，即五行陣；八門，即八門陣；都是古代戰術中變幻多端的陣勢。常用以比喻事物的變化多端、花樣繁雜。

【五風十雨】謂風調雨順。

【五馬分屍】即“車裂”。

【五雀六燕】比喻雙方分量相等。如：五雀六燕，銖兩悉稱。

【五湖四海】五湖，指中國的幾個大湖泊，分佈地域很廣；四海，古時以爲中國四境有海環繞，猶言天下。五湖四海，泛指四面八方、全國各地。

【五穀不分】譏人不能辨別最普通的農作物。常用以形容脫離勞動、脫離實際、缺乏常識的人。

【五體投地】雙膝雙肘及頂着地，是古印度最敬重的禮節，佛教也沿用。後用來比喻欽佩別人到極點。

【五一勞動節】即國際勞動節。1886年5月1日，美國芝加哥等地工人舉行罷工和游行示威，要求實現八小時工作制，經過鬥爭取得勝利。1889年召開的第二國際成立大會上，規定每年的5月1日爲國際勞動節。

【五十步笑百步】《孟子·梁惠王上》說，在作戰時，一個逃跑了五十步的士兵譏笑另一個逃跑了一百步的人。後因以「五十步笑百步」比喻同樣有缺點或錯誤的人，程度較輕的譏笑較重的，實質卻无有兩樣。

元　㊀(qí)粵kei⁴〔其〕❶「其」的古文。❷姓。

井　(jǐng)粵dzin²〔整〕dzeŋ²〔鄭高上〕(又)❶整地取水的深穴。❷形狀像井之四壁的。如：天井；礦井。❸古制八家爲井。引申爲鄉里，家宅。❹形容整齊。如：秩序井然。❺星名，二十八宿之一。

【井然】形容有條理。如：井井有條。

【井田】相傳爲股周時代的一種土地制度。以方九百畝的地爲一里，劃爲九區，其中爲公田，八家均私田百畝，須先共同耕畢公田，然後才能耕私田。因形如井字，故名。

【井蛙】井底之蛙。比喻見識短淺的人。

【井幹】井上的欄圈。

四畫

互　(gèn，舊讀gèng)粵gɐŋ²〔梗〕❶從此端直達彼端；橫貫。如：橫互。❷猶言「竟」、「終」。見「互古」。

【互古】猶言終古；從古代到現在。如：互古未有；互古奇蹟。

亘　「互」的異體字。

六畫

些　㊀(xiē)粵sɛ¹〔賒〕❶一點兒，指程度。如：他的病好些了。❷表示不定的數量。如：一些；某些；前些日子。㊁(suò)粵sɔ³〔沙個切〕作語助。楚人舊俗，凡禁咒句尾皆指些也。《楚辭》常用之。㊂(sà)粵sa¹〔沙〕句末語氣助詞。如辛棄疾詞：「東鄰蠶種已生些。」

【些子景】盆景的別名。

亞(亚)　㊀(yà)粵a³〔阿〕❶僅次一等的；次於。如：亞軍；亞熱帶。引申爲儔次。如：流亞。❷通作

「婭」。姊妹之夫相互的稱謂。❸亞細亞亞洲的簡稱。

㊁(yà)粵a¹〔吖〕象聲詞。

【亞父】謂僅次於父，表示尊敬的稱呼。

【亞聖】亞，次，第二位。指孟子。

亟　㊀(jí)粵gik³〔激〕急；迫切。如：亟待解決。

㊁(qì)粵kei³〔冀〕屢次。如：亟來問訊。

二部

一畫

亡　㊀(wáng)粵moŋ⁴〔忙〕❶死亡。如：傷亡；亡友。❷滅亡。如：亡國。❸失去。如：亡羊補牢。❹逃跑。如：亡命，流亡。❺通「忘」。

㊁(wú)粵mou⁴〔無〕通「無」。

【亡命】謂改名換姓，逃亡在外。亦指逃亡的人。

【亡羊補牢】牢，關牲口的圈。意謂失去了羊，趕快修補羊圈，還不算晚。比喻事情出了差錯，及時設法補救。

【亡國之音】❶將滅亡之國，音樂悲哀而愁思。❷指淫靡的音樂。

二畫

亢　㊀(kàng)粵kɔŋ³〔抗〕❶高。如：高亢。❷高傲。如：不亢不卑。❸過甚；極度。見「亢旱」、「亢陽」。❹通「抗」、「伉」。匹敵；當。❺星名，二十八宿之一。

㊁(gāng)粵gɔŋ¹〔江〕通「吭」。人頸的前部；喉嚨。比喻要害處。如：扼亢搗虛。

【亢旱】大旱。

【亢直】亦作「伉直」。剛直。

【亢陽】陽極盛的意思。「陽」與「陰」相對。也指久晴不雨，陽光熾盛。

【亢進】生理機能超過正常的情況，屬病態。

【亢奮】極度興奮。

【亢禮】同「抗禮」。謂以彼此平等之禮相待。

四　畫

交 (jiāo)粵gau¹〔郊〕❶交叉；交錯。如：兩綫相交於一點。❷互相；互相接觸。如：交談；交戰；交頭接耳。❸交易。如：成交。❹結交；交際；交情。如：交朋友；邦交；泛泛之交。❺性交；交配。如：交一525，同時。如：飢寒交迫。❼付與；交納。如：移交；轉交；交卷；交稅。❽先後交替之際；九月、十月之交。也指開始進入。如：已交三鼓。❾〔跤〕如：跌交；摔了一交。❿漢代交州的略稱。

【交口】眾口一辭。

【交午】縱橫交錯。

【交手】❶猶拱手。❷手相搏爲交手，引申爲角力或比賽技藝。

【交代】❶辦理移交。❷囑咐；把事情或意見向有關的人說明。亦作"交待"。

【交加】❶猶交錯。❷兼施齊下的意思。如：風雨交加。

【交交】❶鳥鳴聲。❷鳥飛來飛去的樣子。

【交尾】動物交配。

【交杯】婚禮中新婚夫婦互換酒杯飲酒。

【交易】本指物物交換。後爲買賣的通稱。❷猶往來。

【交配】雌雄動物發生性的行爲。

【交拜】❶相對拜。❷婚禮中新郎新娘對面相拜的儀式。

【交泰】比喻時運亨通。

【交涉】❶就彼此間相關涉的事進行談判。如：辦交涉。❷關涉。

【交流】流通；溝通。如：交流經驗；文化交流。

【交通】❶各種運輸和郵電通信的總稱。即人和物的轉運輸送，語言、文字、符號、圖象等的傳遞播送。❷彼此相通；交接；往還。

【交接】❶相接觸。❷交際往來。

【交情】朋友相處的情誼。

【交椅】坐具。即古代的胡床，也叫"交牀"。參見"胡牀"。

【交惡】(一wù)雙方感情破裂，互相憎恨仇視。

【交游】結交朋友。也指朋友。

【交割】❶謂工作移交。❷商業用語。指買賣雙方履行交易契約，進行銀貨授受的行爲。通過交割後，交易即告結束。

【交睫】上下睫毛相交接，謂合眼而睡。

【交媾】陰陽和合的意思。亦指性交。

【交鋒】鋒刃相接，猶言交戰。

【交臂】❶猶拱手。❷把臂。❸反縛。

【交關】❶相關聯。如：性命交關。❷串通；勾結。❸吳粵方言。很；甚。如：冷得交關。

【交歡】謂相交而得其歡心。結好。

【交際花】社交場中活躍而有名的女子〔含輕蔑意〕。

【交淺言深】對交情不深的人懇切加以規勸。

【交頭接耳】湊近耳邊低聲密語。

亥 (hài)粵hoi⁶〔害〕❶地支的第十二位。❷十二時辰之一，即二十一時至二十三時。

亦 (yì)粵jik⁹〔液〕也。如：貧亦樂。

【亦步亦趨】形容事事追隨和模仿他人。

五　畫

亨 ㊀(hēng)粵heŋ¹〔鏗〕通達順利。

㊁(xiǎng)粵hœŋ²〔響〕同"享"。饗宴。

㊂(pēng)粵paŋ¹〔烹〕"烹"的本字。

【亨通】謂通達順利。如：官運亨通。

六　畫

享 (xiǎng)粵hœŋ²〔響〕❶祭獻；上供。又引申爲進獻。❷通"饗"。❸享受；享用。如：坐享其成。

【享國】享有其國。謂帝王在位。

京 (jīng)粵giŋ¹〔經〕❶國都；首都。如：京城；京畿。❷中國首都北京的簡稱。如：京漢鐵路。❸人工築起的高丘。❹大。如：莫之與京。❺數目。十兆爲京。一說萬萬兆爲京。❻〔京族〕中國少

數民族名。主要聚居在廣西東興各族自治縣沿海地區。

【京京】憂懼的樣子。

【京華】猶言京師。京師爲文物薈萃之地，故稱"京華"。

【京都】國都。

【京畿】國都和國都附近的地方。

七　畫

亭 (tíng)⑩tiŋ⁴〔廷〕❶亭子。一種供休息、眺望和觀賞的小型建築物。如：長亭；涼亭。❷秦漢時鄉以下的一種行政機構。十里一亭，亭有長，十亭一鄉。❸通"停"。見"亭午"。❹正；當。見"亭午"。

【亭午】正午；中午。亦作"停午"。

【亭亭】❶聳立，高遠。❷孤高峻潔的狀態。

【亭候】亦作"亭堠"。古代用來偵察、瞭望的崗亭。

【亭臯】亭，平；臯，水旁地。水邊的平地。

【亭當】(——dàng)亦作"停當"。妥當；合宜。

【亭障】古代在邊疆險要處供防守的堡壘。

【亭燧】古時築在邊境上的烽火亭，有警則舉火爲號。

【亭亭玉立】形容美女身材細長或花木等形體挺拔。

亯 "享"的異體字。

亱 "夜"的異體字。

亮 (liàng)⑩lœŋ⁶〔諒〕❶明；明亮。如：光亮；天亮。❷顯露。如：把鋼刀一亮。❸聲音響。如：宏亮；清亮。❹諒直。如：亮直。❺明鑒。如：亮察；亮照。

【亮節】堅貞的節操。

八　畫

亳 (bó)⑩bok⁸〔博〕古邑名。商湯時都城。共有三處：(1)在今河南商丘縣東南，相傳湯嘗居於此，又名南亳。(2)在今河南商丘縣北，相傳諸侯擁戴湯爲盟主於

此，又名北亳。(3)在今河南偃師縣西，相傳湯攻克夏時所居，又名西亳。滅夏後還都北亳。

十　畫

高 (qīng)⑩kiŋ²〔頃〕同"廎❷"。

十一畫

亶 ⊖(dǎn)⑩tan²〔坦〕❶誠然；實在。如：亶其然乎。❷姓。
⊜(dàn)⑩dan⁶〔彈〕通"但"。僅；只。

十九畫

亹 ⊖(wěi)⑩mei⁵〔尾〕❶勤勉。見"亹亹❶"。❷美。
⊜(mén)⑩mun⁴〔門〕峽中兩岸對峙如門的地方。如錢塘江有亹亹亹，潮水由此出入。

【亹亹】❶同"娓娓"。勤勉不倦的樣子。❷行進的狀態。

人　部

人 (rén)⑩jen⁴〔仁〕❶由類人猿進化而成的能製造和使用工具進行勞動、並能運用語言進行思維的動物。❷泛指民眾。❸每人；人人。如：人手一冊。❹別人；他人。與"我"、"己"相對。如：先人後己。❺指人才。如：無謂秦無人。❻指人的品性行爲。如：讀其文，則其人可知。

【人天】❶人間與天上。又喻生死。如：人天永隔。❷指人心與天意。

【人日】陰曆正月初七日。

【人中】指人鼻下脣上之間中凹處。

【人文】❶舊指人事。❷指人類社會的各種文化現象。如：人文科學。

【人犯】稱訴訟案件中的被告和有牽連的人。

【人主】君主。

【人地】❶指當地的人與地方情況。如：人地

生疏。❷指人才和門第。

【人妖】❶"妖"通"祆"。猶言人禍，謂人事上的反常現象。❷指生理上發生變異或假裝成爲異性的人。

【人事】❶指事物理；人世間的事情。如：不懂人事。❷人爲之事；人力。❸指應酬請託；也指送人的禮物。❹特指機關團體內部工作人員的錄用、培養、調配和獎懲等工作事項。

【人和】得人心。

【人定】❶指夜深人靜的時候。❷見"人定勝天"。

【人倫】❶儒家所宣揚的人與人之間關係的準則。即父子有親，君臣有義，夫婦有別，長幼有敍，朋友有信。❷指眾類人。

【人烟】指住戶。因有炊煙的地方就有住戶。如：人烟稠密。

【人海】❶比喻人羣，社會。❷形容人多。如：人山人海。

【人欲】指人的欲望嗜好。

【人望】❶衆人所屬望的人。也指衆望所歸的人。❷猶言聲望。

【人情】❶指人的情感。❷指人的欲望、意願。❸指人心、世情。❹指情面、情誼。如：託人情，做人情。也指婚喪喜慶所送的禮物。❺指送人情。

【人彘】漢高祖的皇后呂氏，於高祖死後，將高祖寵姬或夫人斷其手足，去眼，熏耳，飮喑藥，置厠中，稱為"人彘"。

【人藥】才智特出的人才。

【人瑞】古代迷信的說法，謂象徵吉利的人事。也稱年壽特高的人為"人瑞"。

【人道】❶中國古代哲學中與"天道"對立的觀念。❷指爲人之道或社會規範。❸指愛護人的生命，尊重人的人格和權利。❹指人性交。

【人緣】與大衆的關係(有時指良好的關係)。如：有人緣。

【人質】(―zhì)一方拘留的對方的人，用來迫使對方履行諾言或接受某項條件。

【人寰】人世。

【人鑒】指勸誡帝王過失的直諫之臣。

【人權】指人享有的人身自由和各種民主權利。

【人籟】指由人口吹奏出的聲音。與"天籟"、"地籟"(自然界發出的聲音)相對。

【人中龍】稱譽突出人物之辭。

【人生觀】對人生的根本看法。即對人生的意義、目的、個人與社會的關係等問題的看法。它和世界觀是一致的。由於人們在社會實踐中所處的地位不同，形成不同的人生觀。

【人一己百】以百倍的努力趕上別人。

【人人自危】恐懼不安，人人都有戒心。

【人亡政息】一個政治上重要人物死了，他所定的這些政治措施便會隨着停頓。

【人山人海】形容聚集的人極多。

【人云亦云】人家說什麼自己也跟着說什麼，形容沒有主見或創見。

【人心如面】謂人的思想情況有如人的面貌，各不相同。

【人心惟危】心地險惡，不可揣測。

【人老珠黃】喻婦女老了被輕視，像珍珠年代久了變黃就不值錢一樣。

【人仰馬翻】形容混亂或忙亂得不可收拾的樣子。

【人定勝天】人定，猶言人謀。謂人們利用智慧和力量可以戰勝自然。

【人面桃花】孟棨《本事詩·情感》載，唐崔護曾於清明日獨游長安城南，見一莊居，有女子獨倚小桃柯行立，而意屬甚厚。來歲清明，崔又往尋之，則門扃無人，因題詩於左扉曰："去年今日此門中，人面桃花相映紅。人面只今(一作不知)何處去，桃花依舊笑春風。"後因以指所愛慕而不能再見的女子，以及由此而產生的惆悵心情。

【人面獸心】謂外貌像人，內心却極凶惡卑鄙。

【人神共憤】用來形容民憤達於極點。

【人浮於事】指人多事少或人員過多。

【人琴俱亡】《晉書·王徽之傳》載，王獻之死後，王徽之取獻之的琴彈之，並歎息說："嗚呼子敬(獻之字)，人琴俱亡！"後用"人琴俱亡"為睹物思人、悼念死者之辭。

【人莫予毒】誰都不能傷害我。表示無所顧忌，可以爲所欲為。

【人給家足】(給jǐ)人人飽暖，家家富裕。亦

作"家給人足"。
【人傑地靈】謂有傑出的人物降生或到過，其地也就成了名勝之區。
【人微言輕】謂地位低，言論主張不受人重視。
【人微權輕】謂資望淺，威權不足以服眾。後轉爲"人微言輕"。
【人爲刀俎我爲魚肉】比喻人家掌握生殺大權，自己處在被宰割的地位。

二　畫

什 ㊀(shí)⑨sɐp⁹〔十〕❶同"十"。如：什一。❷指由十個單位合成的一組。如古代兵制十人爲什，戶籍十家爲什。❸猶言襍，指書籍。如：篇什。
㊁(shén)⑨sɐm⁶〔甚〕如：什麼。又作"甚"。
㊂(zá)⑨dzap⁹〔襍〕通"雜"。如：什物；什器。

【什一】十分之一。
【什伍】古代戶籍與軍隊的編制。戶籍以五家爲伍，十家爲什；軍隊以五人爲伍，二伍爲什。
【什伯】古代軍隊編制，十人爲什，百人爲伯。也泛指隊伍。
【什物】常用器物，猶器物。
【什器】日用雜器。
【什錦】用各種各樣的東西湊成的(多指食品)。如：什錦糖；什錦菜。
【什襲】亦作"十襲"。把物品一重重地裹起來。什，言其多；襲，重疊。引申爲鄭重珍藏的意思。

仁 (rén)⑨jɐn⁴〔人〕❶仁愛。即仁心。❷儒家的一種道德規範。包括恭、寬、信、敏、惠、智、勇、忠、恕、孝、弟等內容。❸指仁人。如古時善政的標準，即仁政。❹果核實或某些甲殼動物殼裏可吃的東西。如：果仁；杏仁；蝦仁等。
【仁兄】對同輩友人的敬稱。常用於書信。
【仁宇】❶仁德之所覆被。本用以頌帝王，後也用作一般頌人之辭。❷猶仁里。對他人居處的敬稱。
【仁里】仁者所居之里也。亦稱風俗淳美

的鄉里爲仁里。也用來稱美別人的鄉里。
【仁弟】對同輩中年輕者的敬稱；師長對學生，年長者對年幼者也常用此稱呼，表示愛重。
【仁至義盡】指對人的勸告和幫助已盡了最大的努力。

仂 (lè)⑨lɐk⁹〔離麥切〕零數；餘數。
【仂語】文法上稱不成句的短語。

仃 (dīng)⑨diŋ¹〔丁〕見"伶仃"。

仄 (zè)⑨dzɐk⁷〔則〕❶傾斜。❷通"側"。旁邊。❸狹窄。如：逼仄。❹心中不安。如：歉仄。❺仄聲。上、去、入三聲的總稱。

仆 ㊀(pū，又讀fù)⑨fu⁶〔付〕向前跌倒。如：前仆後繼。
㊁"僕"的簡化字。

仇 ㊀(chóu)⑨tseu⁴〔酧〕seu⁴〔愁〕(又)❶仇恨。如：血海深仇。❷仇敵。如：嫉惡如仇；敵愾同仇。
㊁(qiú)⑨keu⁴〔求〕❶匹配；配偶。❷姓。
㊂(zhǎng)⑨dzœŋ²〔掌〕姓。

今 (jīn)⑨gɐm¹〔甘〕現在；當前。如：今日；今年；古往今來；古爲今用。
【今上】臣下稱當代的皇帝。
【今文】漢代稱當時通用的隸字。那時有人把口傳的經書用漢隸記錄下來，後來叫做今文經。
【今雨】指新交的朋友。
【今茲】❶今年。❷現在。
【今是昨非】現在是對的，過去錯了。含有悔悟之意。

介 (jiè)⑨gai³〔戒〕❶間隔；隔開。❷處於二者之間。❸留存；擱置。見"介意"、"介懷"。❹介紹。如：媒介；介甲。❺披甲。如：介冑。❻指帶有甲殼的蟲和水族。如❼通"價"。如：一介書生。❽獨特；耿介。❾孤高，有操守。❿大。見"介福"。⓫通"芥"。見"一介"。⓬戲曲術語。南戲、傳奇劇本裏關於動作、表情、效果等的舞臺指示。如見面、

雞鳴，劇本裏寫作"見介"、"雞鳴介"，與元雜劇劇本中的"科"相同。

【介士】❶甲士；武士。❷耿介正直的人。

【介介】❶心有所不安；不能忘懷。❷分隔；離間。

【介弟】介，大。稱地位較高的弟弟。亦用爲對別人兄弟的敬稱。

【介冑】猶甲冑。披甲戴盔。

【介意】在意。多指對於不愉快的事情，並多用於否定詞後。如：不必介意。

【介福】謂大福；洪福。

【介壽】祝壽之辭。

【介攤】司應接招待的人。攤也作"儐"。

【介懷】猶介意。

仍 (réng)⑨jing⁴〔刑〕❶還；依然。如：仍須努力。❷依照。見"仍舊貫"。❸重複；頻繁。如：頻仍。❹因而；乃。

【仍孫】亦作"礽孫"。古稱從本身下數第八世孫爲"仍孫"(八世包括本身)，又稱"耳孫"。亦稱孫爲"仍孫"。

【仍舊貫】仍，依照。照舊辦法、舊制度辦事。

三 畫

仔 ㊀(zǐ)⑨dzi²〔子〕見"仔肩"、"仔細"。

㊁(zǎi)⑨dzei²〔濟〕亦作"崽"。❶粤方言。兒子。❷幼小的動物。如：豬仔。

【仔肩】所擔負的任務。

【仔細】周密；細致。亦作"子細"。

仕 (shì)⑨si⁶〔士〕做官。見"仕宦"、"仕途"。

【仕女】❶宮女。❷以美女爲題材的中國畫。也作士女。

【仕宦】指任官職。

【仕途】做官的途徑。又指官場。

他 (tā)⑨ta¹〔它〕❶指稱男性第三人之詞。"五四"以前"他"兼稱男性、女性以及一切事物。❷另外的；別的。如：他人；他處。

【他山之石】"他"本作"它"。本謂別國的賢才可以爲本國的輔佐，好像別的山上的石頭

可用來做琢磨玉器的礦石一樣。後來用以比喻能幫助自己改正缺點的外力，一般多指朋友。

仗 ㊀(zhàng)⑨dzœŋ⁶〔丈〕❶刀、戟等兵器的總名。如：兵仗；器仗。❷執持；拿着。如：仗劍。❸憑借；依靠。如：仗勢欺人。

㊁(zhàng)⑨dzœŋ³〔漲〕兩軍交鋒。如：打勝仗；這一仗打得好。

【仗義】主持正義。如：仗義執言。

付 (fù)⑨fu⁶〔父〕❶交給；授與。如：付印；付表決。❷支付。如：付款；付賬。

【付子】(—yǔ)給予；付託。

【付丙】亦作"付丙丁"。燒掉。古人以天干配五行，"丙"、"丁"屬火。書札或文稿，如不願爲別人看到而燒掉，叫"付丙"或"付丙丁"。

【付訖】交清(多指款項)。

【付梓】古書先雕木板後印刷，因稱刊印書籍爲"付梓"。後來也通稱書籍付印爲"付梓"。

【付諸東流】把東西扔在東流的水裏沖去，多用來比喻希望落空、前功盡棄。

仙 (xiān)⑨sin¹〔先〕❶古代道家和方士所幻想的一種超出人世、長生不死的人。如：詩仙。❷死的婉辭。如：仙去。參見"仙游"。

【仙才】古代用以稱頌才華非凡。又以讚美才情豪邁、氣韻飄逸的詩人。

【仙子】❶仙女。也用以比喻美貌女子。❷泛稱仙人。

【仙去】去世。死的婉辭。

【仙侶】神仙的伴侶。常用以比喻理想的伴侶。

【仙游】成仙，游於仙界。亦用爲稱人死亡的婉辭。

【仙山瓊閣】古代傳說中神仙居住的地方。現用以比喻幻想中的美妙境界。

【仙風道骨】形容人的風度神采，不同凡俗。今又貶稱吸毒者。

仝 "同㊀"的異體字。

伇　(rèn)⓿jen⁶〔刃〕古代長度單位。周制爲一仞八尺，漢制爲七尺，東漢以下則爲五尺六寸。

仟　(qiān)⓿tsin¹〔千〕❶「千」字的大寫。❷古代軍制，千人之長。見「仟佰❶」。❸通「阡」。見「仟佰❷」。❹通「芉」。見「仟眠」。

【仟佰】❶仟佰，原是千人、百人之長，泛指軍隊。❷同「阡陌」。

【仟眠】❶亦作「芉眠」、「𦾻眠」。陰晦不明。❷同「芉綿」，亦作「千眠」。草木蔓衍叢生的樣子。

仡　(yì)⓿ŋɐt⁹〔兀〕❶壯勇的樣子。❷抬頭。
　㈡(ge)⓿gɔ¹〔哥〕〔仡佬族〕中國少數民族名。古稱「僚」、「鳩僚」、「仡僚」、「葛僚」等。古代最早居住在貴州，現仍散居貴州的黔西、織金、六枝等二十多個縣市和雲南、廣西等省(區)。

【仡仡】❶同「屹屹」。高聳的樣子。❷壯勇的樣子。

代　(dài)⓿doi⁶〔待〕❶替代。如：代課；代職。❷更替，更迭。❸歷史上的分期。如：古代；近代；現代。❹地質學名詞。一般地質時代劃分的二級單位。整個地質時代劃分爲五個代，最老爲太古代，依次是元古代、古生代、中生代，最新是新生代。在「代」時間內形成的地層叫界，如古生界、中生界等。❺朝代。如：唐代；宋代。❻世系相傳的輩次。如：世世代代；祖孫三代。

【代步】謂以車、舟、驟馬等替代步行。

【代序】❶時序更替。❷指代他人作的書序，或某非自撰之體，而置於正文之前以代替書序的文章。

【代庖】亦作「庖代」。代治割廚。比喻代他做他人分內的事。

【代理】❶暫時代人擔任某單位的負責職務。❷受當事人委託，代表他進行某種活動，如訴訟、納稅、簽訂合同等。

【代筆】替別人寫文章、書信或其他文件。

【代辦】❶代行辦理。一個以外交部長名義派駐另一國的外交代表。❷大使或公使不在職時，在使館的高級人員中委派的臨時

負責人員，叫臨時代辦。

【代償】某個器官的功能或結構發生病變時，由原器官的健全部分或其他器官來代替補償它的功能。

【代謝】更迭；交替。

令　㈠(lìng)⓿lim⁶〔另〕❶命令。如：政令；軍令。❷出令；召。❸使令：令人興奮。❹官名。漢制縣之行政長官稱令，歷代相沿，明清時稱知縣。又歷代中央最高級機構的主官亦有稱令者，如中書令，尚書令。❺時令。如：夏令；冬令。❻善；美。如：令譽。因用爲敬辭。如：令親；令郎。❼唐宋雜曲的一種體制。令曲，即小令。
　㈡(líng)⓿liŋ⁴〔零〕通「鴒」。見「脊令」。
　㈢(lǐng)⓿lim¹〔拉淹切〕英語 ream 的音譯。紙張的計量單位。一般以規定尺寸的整裁平版紙500張爲一令。

【令人】❶指善良的人。❷宋代命婦的封號。宋制，內命婦有奉恩年人等封號，爲正六品。外命婦之號有九等，令人居第五等，在碩人之下，恭人之上。

【令子】猶言佳兒，多用於稱美他人之子。

【令公】古代對中書令的尊稱。

【令正】❶古代官名，掌管文告辭令。❷舊時以嫡妻爲正室，因用爲稱對方嫡妻的敬辭。

【令兄】稱對方之兄的敬辭。

【令名】❶好的名聲。❷好的名稱。

【令弟】稱對方之弟的敬辭。

【令郎】稱對方兒子的敬辭。

【令終】❶謂保持善名而死。亦謂盡天年、得善終者爲「令終」。❷事情圓滿結束。

【令堂】稱對方母親的敬辭。

【令尊】稱對方父親的敬辭。

【令愛】「愛」亦作「嫒」。稱對方女兒的敬辭。

【令聞】美好的名聲。

【令嗣】猶言令郎，稱對方兒子的敬辭。

【令箭】舊時軍中用以傳令的小旗，竿頭如箭鏃，以鐵爲之，故稱令箭。

【令譽】美好的名聲。

以　(yǐ)⓿jy⁵〔已〕❶用。如：以手拂之。❷將；拿。見「以身作則」、「以鄰爲壑」。❸依；按照。如：以次就座；以時

啟閉。❹以爲；認爲。❺在；於。如：余以五月五日生。❻因爲。❼因由；緣故。如：必有以也。❽表示時間、方位、數量的界限。如：十年以前；長江以南；十人以上。❾作語助。如：可以；得以；能以；足以。❿同"而"。如：其待人也輕以約。

【以字行】字，表字。只用字而不用名，稱爲"以字行"。

【以一警百】懲罰一人以警戒衆人。

【以火救火】用火來救火災。比喻不但不能制止，反而助長其勢。

【以水救水】引水來救水災。參見"以火救火"。

【以耳爲目】亦作"以耳代目"。拿聽到的當作親眼看到的。比喻不親自了解實際情況，只聽信別人的話。

【以身作則】身，自身。則，準則，榜樣。謂拿自己的實際行動給別人作榜樣。

【以身試法】謂明知犯法，而親身去做觸犯法令的事。

【以卵投石】比喻不自量力。亦作"以卵擊石"。

【以沫相濡】原謂泉水乾涸，魚吐沫以相互濕潤。後以"以沫相濡"比喻在困境中以微力互相救助。亦作"相濡以沫"。

【以毒攻毒】用毒藥來治毒瘡等病，比喻以對方所使用的最厲害的方法來制服對方，也比喻以惡毒手段對付惡毒手段。

【以訛傳訛】把本來就不正確的話錯誤地傳開去，越傳越錯。

【以逸待勞】多指作戰時採取守勢，養精蓄銳，待敵人疲弱之後，乘機出擊以取勝。

【以貌取人】謂只憑外貌來衡量人的優劣。

【以暴易暴】謂以殘暴勢力代替殘暴勢力。

【以鄰爲壑】拿鄰國當作大水坑，把本國的洪水排洩到那裏去。比喻只圖自己一方的利益，而把困難或禍害轉嫁給別人。

【以眼還眼以牙還牙】比喻對方以什麼手段來，就以什麼手段予以回擊。

仨 (sā)㊄sam[1]〔三〕北方方言。三個。如：哥兒仨；咱們仨。

仫 (mù)㊄muk[9]〔牧〕〔仫佬族〕中國少數民族名。史稱"姆佬"。主要聚居在廣西壯族自治區羅城縣，少數散居宜山、柳城等縣。

仛 同"侘"。

四　畫

仰 ㊀(yǎng)㊄jœŋ[5]〔養〕❶抬頭，臉向上。與"俯"相對。❷敬慕。如：景仰。參見"仰止"。❸舊時公文中上級命令下級的慣用詞，有切望的意思。如：仰即遵行；仰各知照。

㊁(yǎng，舊讀yàng)㊄同㊀依靠。如：仰仗。

㊂(áng)㊄ŋɔŋ[4]〔昂〕同"昂"。見"仰仰"。

【仰止】仰，仰望；止，作語助。爲表示對人傾慕之辭。

【仰仰】(áng áng)同"昂昂"。形容士氣振奮。

【仰毒】服毒自殺。

【仰給】依靠他人或他地供給。

【仰慕】對人傾仰敬慕之辭。

【仰藥】服毒藥自殺。

【仰人鼻息】比喻依賴別人，不能自主。

【仰事俯畜】謂對上侍奉父母，對下養活妻子兒女。亦以泛稱維持一家生活。也簡作"事畜"。

【仰首伸眉】(仰 áng)意氣昂揚的樣子。

【仰韶文化】又稱彩陶文化。中國新石器時代的一種文化，距今約六千年，主要分佈在黃河上、中游。1921年在河南澠池縣仰韶村首次發現，故名。後陸續在西北、華北等地發現多處。其中以陝西西安半坡遺址的發現最有代表性。出土的生產工具有磨製的石器、骨器、彩繪陶器等。這時期的經濟生活以農業爲主，畜牧、漁獵爲輔，已進入母系氏族公社制繁榮時期。

仲 (zhòng)㊄dzuŋ[6]〔頌〕居中的。如仲春(陰曆二月)爲春季之中，仲夏(陰曆五月)爲夏季之中。舊時兄弟排行常以伯、仲、叔、季爲序，"仲"是老二。也有居間之意，如：仲裁。

【仲裁】也叫"公斷"。雙方在某一問題上爭執不決時，同意由第三者居中調解，作出裁

決。仲裁適用於國家、公司、商號、團體或個人間的爭議。國家與國家之間，主要有國際仲裁、對外貿易仲裁和海事仲裁等。仲裁機構分臨時與常設兩種；仲裁人（公斷人）由爭議雙方根據“仲裁協議”選定。此外，在有些國家，還有關於國內商事和民事上的爭議以及勞資爭議的仲裁等。

仳 ㊀(pǐ)[粵]pei^{2}〔鄙〕見“仳離”。
㊁(pí)[粵]pei^{4}〔皮〕見“仳倠”。

【仳倠】(pí suī)醜陋的女子。

【仳離】猶言別離。特指婦女被遺棄而離去。

仵 (wǔ)[粵]ŋ^{5}〔五〕相匹敵。

【仵作】以檢驗死傷、代人殮葬爲業的人。

件 (jiàn)[粵]gin^{6}〔健〕❶計算事物的單位。如：一件衣服；兩件事情。❷泛指可以論件的事物。如：機件；配件；零件。亦專指文件。如：來件。

价 ㊀(jiè)[粵]gai^{3}〔戒〕舊時稱派遣傳送東西或傳達事情的人。如：尊价；恕乏价催。
㊁“價”的簡化字。

任 ㊀(rèn)[粵]jɐm^{6}〔賃〕❶任用。如：任人唯賢。❷職位。如：上任；卸任。❸責任；職責。如：擔當重任。❹擔當；承擔。如：任勞任怨。❺信任。如：王甚任之。❻勝；堪。如：無任感奮。❼放任；不拘束。參見“任性”、“任情”。❽聽憑；不管。如：任其自然。❾任俠。參見“任俠”。❿通“妊”。懷孕。
㊁(rén)[粵]jɐm^{4}〔吟〕jɐm^{6}〔賃〕(俗)❶姓。❷任縣在河北省。

【任免】任命和免職。

【任性】縱任性情，不加約束。

【任俠】以俠義自任。

【任氣】縱任意氣。

【任率】任性而行，不做作。

【任情】任意；盡情。

【任意】猶隨意。謂任憑己意，不受約束。如：任意行動。

【任達】任性放縱，不受禮法拘束。

【任重道遠】負擔沉重，路程遙遠。比喻擔負的責任既重大又要經歷長期的艱苦奮鬥。

【任勞任怨】做事不辭辛苦、不怕別人埋怨。

份 ㊀(fèn)[粵]fɐn^{6}〔扶恨切〕❶由整體分成的各部份。如：把一斤糖分成四份；這件事有我一份。❷分配計數詞。如：一份報紙；一份禮物。
㊁古同“彬”、“斌”。

仿 ㊀(fǎng)[粵]fɔŋ^{2}〔訪〕❶仿效；效法。如：仿古；仿造。❷像似。如：相仿。❸供學書兒童摹寫的範本。如：仿紙；寫了一張仿。❹見“仿佛”。
㊁(páng)[粵]pɔŋ^{4}〔旁〕見“仿佯”、“仿偟”。

【仿古】摹仿古代的事物。今多用以指摹仿古器物、古藝術品的形式。

【仿佛】好像；似乎；見不眞切。

【仿佯】(páng—)同“彷徉”。游蕩無定。

【仿單】介紹藥品或一般商品的性質、用途、用法的說明書。又舊時貨物價目單及書畫篆刻家潤例亦稱“仿單”。

【仿偟】(páng—)同“彷徨”。

伃 (yú)[粵]jy^{4}〔如〕同“妤”。

伈 (xǐn)[粵]sɐm^{2}〔審〕見“伈伈”。

【伈伈】恐懼的樣子。

伉 (kàng)[粵]kɔŋ^{3}〔抗〕❶驕縱。❷通“抗”。❸對等；匹敵。見“伉禮”、“伉儷”。❹通“亢”。見“伉直”。

【伉直】“伉”亦作“亢”。猶剛直。

【伉禮】以彼此平等的禮節相待。亦作“亢禮”。今多作“抗禮”。

【伉儷】夫妻；配偶。

企 (qǐ)[粵]kei^{5}〔瓊里切〕❶踮起脚後跟。如：延頸企踵。引申爲仰望、盼望的意思。如：企慕；企候回音。❷企及；趕上。

【企及】趕得上。

【企望】亦作“跂望”。舉踵而望；盼望。

伊 (yī)[粵]ji^{1}〔衣〕❶彼；他。白話文運動初期曾作“她”字用。❷你。❸此。如：伊人。❹通“繄”。是。❺作語助。如：伊誰之力；就職伊始。❻姓。

【伊人】猶言此人。意中有所指的那個人。

【伊呂】伊尹和呂尚。伊尹佐商湯，呂尚佐周武王，皆爲開國元勳。舊時以伊呂並稱，

以頌人之才德或地位。

【伊始】事情的開始。如：下車伊始。

【伊威】亦作"蛜蝛"。蟲名。一名"鼠婦"。俗又名"濕生蟲"、"地雞"、"地蝨"等。

【伊甸園】猶太教、基督教《聖經》故事中人類始祖居住的樂園。據《聖經·創世紀》載，上帝造了人類始祖亞當、夏娃後，專爲他們在伊甸造此園，後來兩人吃了禁果，上帝特他們驅逐出園，並派天使把守道路，不讓後人重新尋回。

【伊斯蘭教】世界三大宗教之一，中國舊稱回教、清眞教等。七世紀初，阿拉伯人穆罕默德創立。信安拉爲唯一的神，穆罕默德是安拉的使者。以《古蘭經》爲經典。唐代傳入中國。

伋 (jí)ｇkep⁷〔吸〕人名。如：孔伋、燕伋。

伍 (wǔ)ｇｇⁿ⁵〔五〕①"五"字的大寫。②古代兵士五人或居民五家之稱。後泛指軍隊。如：入伍；退伍。③同列；等輩。如：羞與爲伍。④交互。見"參伍"。⑤姓。

【伍長】(一zhǎng)古代軍制以五人爲伍，戶籍以五家爲伍，每伍有一人爲長，叫"伍長"。

伎 ⊖(jì)ｇｇgei⁶〔忌〕①同"技"。技巧；技能。②見"伎倆"。
⊖(qí)ｇkei⁴〔其〕見"伎伎"。

【伎伎】(qí qí)奔走的樣子。

【伎倆】①工巧；技倆。②不正當的手段；花招。如：鬼蜮伎倆。

【伎癢】同"技癢"。謂人擅長某種技藝，一遇機會，急欲表現，好像皮膚發癢不能自忍。

伏 (fú)ｇfuk⁹〔服〕①俯伏；面向下臥。②藏匿；埋伏。如：伏兵。③通"服"。屈服；降伏。如：伏法。④舊時下對上之敬辭。如：伏罔；伏惟。⑤伏天。如：初伏；出伏。參見"伏日"。⑥使屈服；制伏。如：降龍伏虎。⑦"伏特"的簡稱，電壓單位。

【伏日】也叫"伏天"。是頭伏（初伏）、中伏（二伏）、末伏（三伏）的總稱。夏至後第三個庚日爲頭伏，第四個庚日爲中伏，立秋後第一個庚日爲末伏。自入伏到出伏約相當於陽曆7月中旬到8月下旬，正是中國夏季最熱時期。在中伏到末伏，溫度尤高，因此有"熱在中伏"的說法。有時專指三伏中祭祀的一天。

【伏帖】亦作"伏貼"。猶馴服。引申爲舒適的意思。

【伏法】因犯法而被處死刑。

【伏屍】①橫屍在地。②俯伏在屍體上。

【伏暑】暑時常用爲下對上有所陳述時的表敬之辭。

【伏莽】本指軍隊埋伏在草莽之中，後也指窩藏的盜匪。

【伏筆】文學創作中描寫、敍述的一種手法，指作者對將要在作品中出現的人物或事件，預作提示或暗示，以求前後呼應。這種手法有助於全文意旨的結構謹嚴、情節發展合理的效果。在戲劇創作中又稱"伏綫"。

【伏貼】同"伏帖"。

【伏罪】①"伏"猶"服"。謂受到應得的懲處。也指承認自己有罪。②隱藏而未經揭發的罪惡。

【伏羲】古代傳說中的部落酋長。即太昊。風姓。相傳他始畫八卦，教民捕魚畜牧。又名庖犧、宓羲。

【伏闕】謂伏伏於宮闕下。古時臣下直接向皇帝有所陳詞，多用此詞。

【伏臘】伏，夏天的伏日；臘，冬天的臘日，古代兩種祭祀的名稱。亦泛指節日。

【伏櫪】"櫪"，亦作"歷"，馬槽。馬伏於槽歷，謂關在廄中飼養。

伐 (fá)ｇfɐt⁹〔佛〕①砍伐。引申爲殘害。如"伐德"。②擊；敲打。如：伐鼓。③討伐；攻打。如：北伐。④自我誇耀。如：不矜不伐。

【伐柯】①斧指爲人作媒。亦作"執柯"、"作伐"。②比喻遵循一定的準則。

【伐善】誇耀自己的長處。

【伐罪】討伐有罪者。

【伐德】損德。①自誇其德。

【伐閱】亦作"閥閱"。①指功績和資歷。②記功簿。

【伐性斧】比喻危害身心的事物。

【伐柯人】媒人。

休 ㊀(xiū)粵jeu¹〔丘〕❶休息；休養；休假。如：休息；休假。❷樹蔭，引申為蔭庇。❸吉慶；美善；福祿。如：休咎。❹停止；罷休。如：爭論不休。❺封建社會丈夫憑藉夫權離棄妻子。見"休書"。❻莫；不要。如：休想。

【休休】❶安閒自得的樣子。❷猶言完了，罷了。❸嘆氣聲。

【休沐】休息沐浴，指古代官吏的例假。

【休明】美好清明。古時常用作頌揚封建統治之辭。

【休咎】吉凶。

【休致】古時官員致仕退休稱"休致"。清制對年老不勝任之官吏往往予以"原品休致"，若加以較嚴厲之處分，則稱"勒令休致"。

【休書】封建時代丈夫憑藉夫權離棄妻子的文書。

【休戚】喜樂與憂慮；福和禍。如：休戚相關。"戚"亦作"慼"。

【休暇】休假。

【休憩】休息。

【休整】休息整頓。多用於軍事活動。

【休養生息】謂保養民力，增殖人口。指在長期戰爭以後恢復和發展經濟。

伙 ㊀(huǒ)粵fo²〔火〕❶伙食。如：包伙；搭伙。❷同"夥"。
㊁(huo)粵同㊀同"傢伙"。

【伙伴】同"火伴"。古代兵制，十人共一火炊煮，同火的稱"火伴"，因亦稱同在一個軍營的人。後泛稱同伴為"伙伴"。

【伙計】亦作"火計"。❶原指合資經營工商業的人，後泛指在一起合作共事的人，猶言同伴，伙伴。❷店員或其他僱傭勞動者的稱呼。

伕 (fū)粵fu¹〔夫〕夫役的專字。如：車伕；火伕；挑伕。

伀 (zhōng)粵dzuŋ¹〔中〕❶稱夫之父，即"公"的轉音。亦稱夫之兄。❷見"征伀"。

伢 (yá)粵ŋa⁴〔牙〕方言。小孩兒。

五 畫

佤 (wǎ)粵ŋa⁵〔瓦〕〔佤族〕中國少數民族名。主要分佈於雲南滄源、西盟，其次在瀾滄、孟連、耿馬、鎮康等地。

伯 ㊀(bó)粵bak⁸〔百〕❶父親的哥哥。如：大伯；二伯。❷指兄弟中年最長者。參見"伯仲叔季"。❸對父輩戚友的通稱。如：老伯；世伯。❹古指管轄一方的長官。❺古爵位名。為五等爵的第三等。直至清代仍沿用。❻舊時對文章品德足為表率者的尊稱。如：文章伯。
㊁(bǎi)粵同㊀用於"大伯子"。
㊂(bà)粵ba³〔霸〕通"霸"。"五伯"同"五霸"。
㊃(mò)粵mek⁹〔脈〕通"陌"。

【伯氏】長兄。

【伯牙】傳說中人物。相傳生於春秋時代。善彈七弦琴，技藝高超。琴曲《水仙操》、《高山流水》據傳是他的作品。

【伯有】春秋時鄭大夫良霄字伯有《左傳·昭公七年》載，伯有死後曾作祟。後因而為厲鬼的代稱。參見"相驚伯有"。

【伯仲】❶指兄弟的次第。❷古代對年長的男子，不稱名字而稱排行，表示尊敬。❸比喻不相上下的事物。如：文章伯。

【伯樂】相傳秦穆公時有個叫孫陽的人，號稱伯樂，擅長相馬。

【伯仲叔季】兄弟行輩中長幼排行的次第，伯是老大，仲第二，叔第三，季是最小的。古時用於成年的表字或對人的敬稱。

【伯道無兒】《晉書·鄧攸傳》載，鄧攸，字伯道。戰亂中攜子、姪逃難，途中慮遇險，恐難兩全，乃棄去己子，保全姪兒。後終無子。時人為此抱憾說："天道無知，使鄧伯道無兒。"後因稱無子為"伯道無兒"或"伯道之憂"。

估 ㊀(gū)，又讀gǔ)粵gu²〔古〕❶販；估計。
㊁(gù)粵gu³〔故〕見"估衣"。

【估衣】(gù-)出售的舊衣服。

【估價】估計物品的價格。也指對人或事物給以評價。

你 (nǐ)粵nei⁵〔尼低去〕指稱說話的對方。

【你儂】吳方言，你。

伴 ㊀(bàn)粵bun⁶〔扮〕❶伙伴；伴侶。如：良伴。❷陪行；配合。如：伴讀；伴奏。
㊁(pàn)粵pun³〔判〕見"伴奂"。
【伴奂】(pàn—)縱弛，閒暇。
【伴侶】(—lǚ)同伴；朋友。
【伴當】隨從的僕人。
【伴食宰相】《舊唐書·盧懷慎傳》載，盧懷慎官黃門監，和姚崇都在相位，盧自以才能不及姚，遇事都讓姚作主，時人稱之為"伴食宰相"。後用來諷刺朝中尸位素餐的高官。

伶 (líng)粵ling⁴〔零〕❶古樂官名。相傳黃帝時樂官名伶倫，故以為稱。後世多稱樂人為伶者。亦指戲劇演員。如：優伶；名伶。❷通"靈"。見"伶俐"。❸通"零"。見"伶仃"、"伶俜"。
【伶人】古代樂人之稱。亦指演戲的人。
【伶工】即伶人。
【伶仃】孤獨的樣子。
【伶官】樂官。亦稱供奉內廷的伶人及伶人授有官職的為"伶官"。
【伶俜】孤零。
【伶俐】❶靈活；乖巧。❷乾淨。

伸 (shēn)粵sen¹〔辛〕❶展開；伸直。❷同"申"。陳述；表白。如：伸寃。
【伸眉】猶言揚眉，得意的樣子。

伺 ㊀(sì)粵dzi⁶〔自〕偵候；探察。如：伺便；伺機。
㊁(cì)粵si⁶〔士〕見"伺候"。
【伺候】(cì—)❶窺伺，守候。❷猶侍候。服侍。如：伺候病人。

伻 (bēng)粵ping¹〔怦〕使者。

似 ㊀(sì)粵tsi⁵〔恃〕❶相像；類似。如：近似。❷似乎；好像。如：似屬可行。❸比擬詞，超過的意思。如：一年勝似一年。
㊁(shì)同㊀〔似的〕跟某種情況或事物相似。如：他樂得什麼似的。
【似是而非】貌似正確，實際上並不對。

伽 ㊀(jiā)粵ga¹〔加〕譯音字。
㊁(qié)粵ke⁴〔騎〕梵書譯音。如：伽藍；伽樓羅。

【伽藍】(qié—)❶梵文Saṃghārāma(僧伽藍摩)的略稱，意譯"衆園"或"僧院"。即佛教寺院的通稱。❷神名，佛教的護法神。
㊁(pí)粵pei⁴〔丕〕見"伾伾"。
【伾伾】有力的樣子。

佃 ㊀(diàn)粵din⁶〔電〕農民向地主或官府租種土地。本指佃戶。
㊁(tián)粵tin⁴〔田〕❶耕種土地。❷通"畋"。打獵。
【佃戶】向地主租種土地的農戶。
【佃作】(tián—)同"田作"。從事耕種。

侏 (mài)粵mui⁶〔妹〕中國古代少數民族音樂名。如："僰咮兜離"。

但 (dàn)粵dan⁶〔彈〕❶只；僅。如：但見。❷特；不過。如：但未遂耳。
【但馬】㊀"駏驉"，沒有鞍轡設備的馬。

佇 (zhù)粵tsy⁵〔柱〕❶久立而等待。如：佇候。❷貯積。
佈　同"布"❸❹❺❻。

侖　"命"的異體字。

佉 (qū)粵kœy¹〔驅〕譯音字。如：古印度有佉盧文。

佋 (shào)粵siu⁶〔紹〕"紹介"亦作"佋介"。

位 (wèi)粵wɐi⁶〔胃〕❶方位；位置。❷居；處。如：中國位於亞洲的東部，太平洋的西岸。❸位次；座位。如：各就各位。❹地位；職位。如：名位。❺特指帝王或諸侯之位。如：即位，篡位。❻稱人的敬辭。如：諸位；三位來賓。❼祭祀時為鬼神設立的牌位。如：靈位；神位。❽算術上的數位。如：個位；十位；十位數。

低 (dī)粵dɐi¹〔底高平〕❶低下。如：低地；低音；低壓。❷向下垂。如：低頭。
【低回】亦作"低佪"、"低徊"。❶流連；盤桓。有依依不捨的意思。❷迴旋起伏。❸紆迴曲折。
【低沉】❶低落消沉。如：情緒低沉。❷低抑沉重；鬱而不揚。如：音調低沉。

【低昂】起伏；升降。

【低迷】昏昏沉沉；模模糊糊。

【低潮】❶在潮汐的一個漲落周期内，水面降落達到的最低潮位，稱為"低潮"，也稱"乾潮"潮"或"枯潮"。❷比喻事物發展趨於低落的時期。

【低首下心】屈服順從。

住（zhù）粵dzy⁶〔自遇切〕❶居住。如：家住九龍。❷停留；停止。如：雨住了；住手。

【住持】主持一個佛寺或道觀的和尚或道士。

佐（zuǒ）粵dzɔ³〔左個切〕❶輔佐；輔助的人。如：佐理。❷副職。

【佐車】副車。

【佐命】指輔助帝王創業的人。

【佐證】同"左證"。

佑（yòu）粵jɐu⁶〔又〕保護；輔助。

佔（佔）（zhàn）粵dzim³〔至斂切〕據有；占有。如：獨佔；霸佔；佔優勢。

何㊀（hé）粵hɔ⁴〔河〕什麼。如：何人；何故。❷為什麼。
㊁（hè）粵hɔ⁶〔賀〕通"荷"。負荷。

【何居】（一ji）何故。居，語助。

佗（tuó）粵tɔ⁴〔陀〕❶同"駝"。❷見"委佗"。

佘（shé）粵sɛ⁴〔蛇〕姓。

余㊀（yú）粵jy⁴〔如〕❶我。❷姓。
㊁（xú）粵tsɵy⁴〔徐〕[余吾] 古河名，即今蒙古人民共和國境内的鄂爾渾河。

佚㊀（yì）粵jɐt⁹〔日〕❶散失；棄置。如：佚書；輯佚；遺佚。❸過失。❹放蕩。如：淫佚。❺美。見"佚女"。
㊁（dié）粵dit⁹〔秩〕❶通"迭"。輪流；更替。❷見"佚宕"。

【佚女】美女。

【佚民】同"逸民"。

【佚宕】（dié—）亦作"佚蕩"。灑脫，不拘束。

【佚游】游蕩無度。

【佚蕩】（dié—）同"佚宕"。

佛㊀（fó）粵fɐt⁹〔乏〕佛陀（梵文Buddha）的簡稱，也譯"浮屠"、"浮圖"、"沒駄"或"勃馱"等，意譯"覺者"。按照佛教說法，凡能"自覺"、"覺他"、"覺行圓滿"者皆謂"佛"。佛教徒即以此作為對其教主釋迦牟尼的尊稱。後來也泛指佛經中所說的一切佛陀。
㊁（fú）粵fɐt⁷〔拂〕❶見"仿佛"。❷通"拂"。違逆。

【佛口蛇心】形容滿口慈悲但心腸狠毒。

【佛頭著糞】（著 zhuó）比喻在好東西上添不好的東西，含有褻瀆的意思。

作㊀（zuò）粵dzɔk⁸〔昨〕❶工作；做工。如：日出而作。❷為；充當。如：作媒。❸製造。如：作車以行陸。❹創作。如：作曲。❺作品；傑作；不朽之作。❻振起。如：一鼓作氣。❼當作；為。如：過期作廢。❽發作。如：作酸；作痛。
㊁（zuō）粵同㊀用同"作坊"。如：洗衣作。
㊂（zuó）粵同㊀用於"作興"、"作料"、"作踐"。

【作古】❶死；逝世。❷創始。"古"亦作"故"。

【作伐】做媒。

【作色】改變臉色。

【作成】成全。

【作坊】（zuō—）亦稱作場、坊、房、作等，手工業者勞動生產的場所。中國封建社會中除私營作坊外，官府亦設有作坊。

【作苦】勞作辛苦。

【作俑】製造殉葬用的偶像。後用以比喻首開惡例。

【作耗】胡鬧；搗亂。

【作祟】迷信者謂鬼怪害人。後比喻壞人或壞思想暗中為害。如：從中作祟。

【作料】（zuō—）❶手工業者所用的材料。❷（zuó—）烹飪所用的調味品。

【作梗】搗亂；從中阻撓。

【作場】（zuō—）❶手工業工場，也稱"作坊"。❷古代民間藝人開場表演。

【作惡】❶做壞事。如：作惡多端。❷鬱悶不樂。

【作勢】❶故意作出一種姿勢；裝模作樣。如：裝腔作勢。❷用力；竭力。

【作踐】(zuó—)糟蹋。

【作孽】十二支中"酉"的別稱，用以紀年。

【作興】(zuó—)❶發動；幹；搞。❷抬舉；縱容。❸應該；習慣上容許。如：你這樣做是不作興的。❹吳方言。可能；或者。如：作興他還沒有來。

【作繭】蠶吐絲作繭，把自己包在裏面。比喻自己束縛自己。也作"作繭自縛"。

【作孽】造成災害。今亦稱做壞事爲"作孽"。亦作"造孽"。

【作麼生】怎麼；作什麼。

【作法自斃】比喻自作自受。

【作姦犯科】爲非作歹，幹犯法紀。

【作威作福】本指國君享行賞罰，獨攬威權。後用"威福"或"作威作福"表示妄自尊大，濫用權勢。

佞　(ning)⑧niŋ[擰]❶用花言巧語諂媚人。❷佞；有才能。

【佞人】善以巧言諂媚的人。

【佞佛】媚佛；迷信佛。

【佞兌】一作"佞說"。兌、說，通"悅"。謂諂諛取悅。亦指諂媚取悅的好話。一說：兌，通"銳"。佞兌，謂口才捷利。

【佞幸】由諂媚而得寵。亦以指皇帝左右因諂佞得幸的人。

【佞說】同"佞兌"。

佟　(tóng)⑧tuŋ⁴[同]姓。

佝
　㊀(kòu)⑧keu³[寇]見"佝瘻"。
　㊁(gòu)，舊讀(kòu)⑧geu¹[溝][佝瘻病]因鈣、磷代謝障礙所致的一種以骨骼發育不良爲主的疾病。由食物中維生素D或鈣、磷含量不足和缺乏日光照射等引起。

【佝瘻】同"佝愗"。

佊　(bǐ)⑧bei²[彼]邪。

佂　(zhēng)⑧dziŋ¹[征]見"佂伀"。

【佂伀】同"怔忪"。

佀　"似"的異體字。

侣

傭　㊀(yòng)⑧juŋ²[擁][傭金]亦稱"中佣"或"行佣"。經紀人或中間人介紹買賣所取得的收入。
　㊁"傭"的簡化字。

佧　(kǎ)⑧ka¹[卡][佧佤]佤族的舊稱。

佢　(qú)⑧kœy⁵[距]廣東方言詞。他。

佌　同"侂"。

佀　(zhòu)⑧dzeu⁶[宙]同"胄"。即後裔。

佒　(yǎng)⑧jœŋ⁵[養]同"仰"。見"偃佒"。

六　畫

佩　(pèi)⑧pui³[配]❶佩帶。如：佩刀；佩劍。❷身上佩帶的飾物。如：玉佩。❸敬服。如：欽佩；感佩。

【佩弦】弓弦常緊張，性緩者佩之用以自警。

【佩韋】韋，熟皮，性柔韌，性急者佩之於身，用以自戒。

佯　(yáng)⑧jœy⁴[羊]❶假裝。如：佯死。❷見"仿佯"。

【佯狂】假裝瘋癲。

佬　(lǎo)⑧lou²[擾黎切]人的代稱，常指成年男子。今亦用作貶稱。

佰　(bǎi，讀音bó)⑧bak⁸[百]"百"的大寫字。❶百人之長。詳見"仟佰"。

佳　(jiā)⑧gai¹[皆]美好。如：佳句；佳節。

【佳人】❶美女。❷美好的人。古代詩文中常以指心所懷念的人。❸有才幹的人。

【佳士】志行高尚的人才優良的士。

【佳期】❶好時光。❷指男女的約會。亦指結婚的日期。

【佳話】猶言美談。流傳一時，被當作談話資料的好事或趣事。

【佳麗】❶美好。❷美麗的女子。

佴
　㊀(èr)⑧ji⁶[二]相次，猶言隨後。
　㊁(nài，又讀mǐ)姓。

佶　(jí)⑧get⁷[吉]❶壯健。❷通"詰"。見"佶屈聱牙"。

【佶屈聱牙】形容文句艱澀生硬，讀起來不順口。佶屈，亦作「詰詘」。

很 (hěn)粵hen⁵〔很〕毒辣；狠。

佸 (huó)粵kut⁸〔括〕相會。

佹 (guǐ)粵gwai²〔軌〕❶詭異。❷出於偶然的。見「佹得佹失」。

【佹得佹失】指得失出於偶然。

佺 (quán)粵tsyn⁴〔全〕見「偓佺」。

佌 (cǐ)粵tsi²〔此〕見「佌佌」。

【佌佌】小；地位低微。

佻 (tiāo)粵tiu¹〔挑〕輕佻。

【佻巧】輕佻巧詐。

【佻達】(一tà)輕薄；戲謔。

【佻健】同「佻達」。

佼 ㈠(jiāo)粵gau²〔絞〕❶美好。見「佼人」。❷狡詐。❸姓。
㈡(jiāo)粵gau¹〔膠〕交往；交際。

【佼人】美人。

【佼佼】美好；特出。

佽 (cì)粵tsi³〔次〕❶通「次」。比次。❷幫助。

【佽助】幫助。

佾 (yì)粵jɐt⁹〔日〕古時樂舞的行列。參見「八佾」。

使 ㈠(shǐ)粵si²〔史〕sɐi²〔駛〕❶派遣；命令。如：支使；使人前往。❷假使。❸致使。如：使人滿意。❹使用；行。如：使勁；使不得。❺縱任。如：使性。
㈡(shǐ，舊讀shì)粵si³〔試〕出使；使者。

【使令】使喚。也指被使喚的人。

【使君】❶舊時尊稱奉命出使的人為「使君」。❷漢時稱刺史為使君。漢以後用以對州郡長官的尊稱。

【使命】指使者奉命出行。今指重大的任務。

【使氣】意氣用事。任情使。

【使節】古代卿大夫聘於諸侯時所持的符信。後借指一國常駐他國的外交官，或派往他國臨時辦理事務的代表。

侂 (tuō)粵tɔk⁸〔託〕寄；依託。

侃 (kǎn)粵hɔn²〔罕〕❶剛直。見「侃侃❷」。❷和樂的樣子。

【侃侃】❶和樂的樣子。❷剛直。❸理直氣壯，從容不迫。如：侃侃而談。

侄 (zhí)粵dzɐt⁹〔姪〕❶兄弟的兒子。如：叔侄；子侄。❷同輩親友的兒子。如：表侄；內侄；世侄。

來(来) ㈠(lái)粵lɔi⁴〔萊〕❶由彼至此；由遠及近。與「去」、「往」相對。如：寒來暑往；古往今來。❷以來。如：自古來；幾年來。❸將來；未來。如：來日；來年。❹做。如：再來一個；來不得了。❺取來。如：來飯。❻表示動作的趨向。如：我們來唱；我去拿來。❼表動作的持續或完成。一路走來；誰說什麼來？❽約計或比況之詞。十來個；天來大。
㈡(lài)粵lɔi⁶〔賴〕亦作「徠」。見「勞來」。

【來由】來歷；因由。

【來世】❶後世；後代。❷佛教謂人死後會重行投胎，因稱轉生之世為「來世」。

【來茲】來年。

【來孫】玄孫之子，從本身算起的第六代孫。後亦泛指遠孫。

【來軫】相續而來的車，比喻人事的先後相繼。

【來歷】出處；原委。亦指所由來。如：來歷不明。

【來蘇】蘇，蘇息；來蘇，謂從疾苦之中獲得重生。

【來龍去脈】堪輿家以山勢為龍，稱其起伏綿亙的姿態為龍脈。後因指山水地形脈絡相伏之勢為來龍去脈。今用以比喻事情的由來和變化。

侇 (yí)粵ji⁴〔而〕安放。

侈 (chǐ)粵tsi²〔此〕❶奢侈；浪費。❷誇大；過分。如：侈談；侈論。

【侈靡】奢侈浪費。

【侈離】侈，通「誃」。背離，不遵守法度。

佪 (huái)粵wui⁴〔回〕見「佛佪」。

侁 (shēn)粵sen¹〔身〕見"侁侁"。

【侁侁】眾多的樣子。

侅 (gāi)粵goi¹〔該〕飲食至喉間噎住。

侉 ⊖(kuā)粵kwa¹〔誇〕通"誇"。誇大;誇張。

⊜(kuǎ)粵kwa²〔誇高上〕見"侉子"。

【侉子】(kuǎ)指口音與本地語音極不相同的人,一種不禮貌的稱呼。

例 (lì)粵lai⁶〔勵〕❶比照。如:以此例彼。❷例子;例證。如:例句;舉例。❸規程。如:條例;律例。❹成例;舊例。如:援例。❺按照規定或成例進行的。如:例會;例行公事。

【例言】同"凡例"。說明著作內容和編纂體例的文字。

侍 (shì)粵si⁶〔士〕舊時替陪從於身長之側。如:侍立。❷侍候。

【侍生】明清兩代後輩對前輩的自稱。明代翰林,後七科入館者稱"晚生"或三科稱"侍生"。清代翰林,後一科以上者稱"侍生",七科稱"晚生"。❷舊時對於同輩或晚輩的婦人,自己謙稱"侍生"。

【侍兒】指婢女。

【侍者】左右聽候使喚的人。

【侍從】❶隨侍帝后或官員的人。❷宋代稱大學士至待制爲侍從官,因常在君主左右備顧問,故名。其後又稱在京職事官,自六部尚書、侍郎及學士、兩制等通謂侍從,所指的範圍較廣。侍從亦稱侍官。

侏 (zhū)粵dzy¹〔朱〕見"侏儒"。

【侏張】強橫;跋扈。

【侏儒】亦作"朱儒",身材矮小的人。

【侏離】❶同"朱離",亦作"兜離"。古代中國西部少數民族的音樂。❷形容語音難辨。

侐 (xù)粵gwik⁷〔隙〕清靜。

侑 (yòu)粵jeu⁶〔又〕❶勸;陪侍。特指飲食之事。參見"侑食"。❷通"宥"。寬容,饒恕。

【侑食】勸食;陪侍進食。

【侑觴】勸酒。

侔 (móu)粵meu⁴〔謀〕相等。

侖(仑) (lún)粵lœn⁴〔輪〕"倫"、"論"的本字。思,想。

侗 ⊖(tóng)粵tuŋ⁴〔同〕❶幼稚無知。❷通"僮"。幼童。

⊜(tǒng)粵tuŋ²〔統〕見"儱侗"。

⊜(dòng)粵duŋ⁶〔洞〕❶心無執著。❷〔侗族〕中國少數民族名。分佈在貴州、湖南、廣西毗連地區。

侘 (chà)粵tsa³〔詫〕❶同"詫"。誇耀;❷見"侘傺"。

【侘傺】亦作"侘憏"。失意的樣子。

徇 (xùn)粵sœn¹〔荀〕❶疾速。❷"徇"的本字。

供 ⊖(gōng)粵guŋ¹〔公〕❶供給;供應。如:供不應求;以供參考。❷受審者的陳述。如:口供。

⊜(gòng)粵guŋ³〔貢〕❶指祭獻;供奉。如:供祀;祭祀時供獻的東西;擺設著供賞玩的東西。如:蜜供;文房清供。

【供養】(gōng—)❶侍養;奉養。❷佛教稱以香花、燈明、飲食等資養三寶爲"供養",並分財佈供養、法供養兩種。香花、飲食等叫供養;修行、利益眾生叫法供養。

侜 (zhōu)粵dzeu¹〔周〕侜張,欺誑。

【侜張】欺誑。

依 ⊖(yī)粵ji¹〔衣〕❶依靠。如:相依爲命。❷傍着。如:白日依山盡。❸按照。如:依次前進。❹順從。如:百依百順。

⊜(yǐ)粵ji²〔倚〕通"扆"。戶牖之間的屏風。

【依依】❶柔弱的樣子。一說茂盛的樣子。一說隱約可辨的樣子。❷依戀的樣子。如:依依惜別。

【依稀】仿佛。亦作"依俙"。

【依傍】(—bàng)依靠。亦指藝術創作上的模仿。

【依違】❶猶豫不決;模棱兩可。❷形容聲音的乍離乍合。

【依劉】《三國志·魏志·王粲傳》載,王粲曾

往荊州依附當時的荊州牧劉表。後因以“依劉”指依附有權力地位的人。

【依樣畫葫蘆】比喻照樣模仿，缺乏新意。

偃 ㊀(kuāng)粵hɔŋ[1]〔匡〕見“偃儴”。
㊁(wāng)粵wɔŋ[1]〔汪〕同“尪”。

【偃儴】同“劻勷”。匆促不安的樣子。

七畫

侮 (wǔ)粵mou[5]〔母〕欺負；侮弄。

侯 ㊀(hóu)粵hɐu[4]〔喉〕❶箭靶。見“射侯”。❷古爵位名。爲五等爵的第二等。直至清代仍沿用。❸古時有國者的通稱。❹古時也用作士大夫之間的尊稱，猶言“君”。
㊁(hòu)粵hɐu[6]〔后〕〔閩侯〕縣名。在福建省東部閩江下游。

【侯門】指顯貴之家。

侲 (zhèn)粵dzɐn[3]〔振〕童子，古時迷信者逐鬼所用。

侵 (qīn)粵tsɐm[1]〔雌音切〕❶侵犯。如：入侵。❷侵蝕。❸漸近。如：侵晨。

【侵早】破曉；天剛亮。

【侵伐】謂向他國他邦進攻。

【侵陵】侵逼欺陵。

【侵尋】猶侵淫。漸進。亦作“侵潯”、“浸尋”、“寖尋”。

【侵漁】盜竊或侵奪財物。

【侵蝕】❶逐漸侵入破壞；侵害腐蝕。如：侵蝕作用。❷侵吞；中飽。

侶 (lǚ)粵lœy[5]〔呂〕❶同伴；伴侶。如：舊侶。❷結爲伴侶。

侷 (jú)粵guk[9]〔局〕見“侷促”。

【侷促】同“局促”。

侻 (tuō)粵tyt[8]〔脫〕同“脫”。詳“通侻”。

俙 (xī)粵hei[1]〔希〕❶感動的樣子。如：俙然改容。❷通“稀”。“依稀”亦作“依俙”。

侹 (tǐng)粵tiŋ[5]〔挺〕同“挺”。(1)挺直，引申爲長的樣子。(2)橫躺着。

【侹侹】平直而長。

便 ㊀(biàn)粵bin[6]〔辨〕❶方便；便利。❷簡便。如：便條；便飯。❸大小便。❹就；即。
㊁(pián)粵pin[4]〔駢〕❶適宜；安適。❷口才辯給。見“便佞”、“便便”。

【便佞】(pián—)善以言辭取媚於人；花言巧語。

【便宜】❶方便；適宜。也用作看怎樣方便、適宜，斟酌處理的意思。參見“便宜從事”。❷(pián—)價錢低廉。如：這東西眞便宜。❸(pián—)指個人的利益。如：討便宜。

【便姍】(pián—)猶蹁躚。

【便面】扇子的一種。後泛稱扇面爲“便面”。

【便便】(pián pián)❶同“辯辯”。謂善於談論。❷肥滿的樣子。如：大腹便便。

【便娟】(pián—)亦作“嬚娟”。❶姿態輕盈美好的樣子。❷迴旋飛舞的樣子。

【便嬖】(pián bì)古代君主所親近寵愛的人。

【便嬛】(pián—)猶言便娟。姿態輕盈的樣子。

【便宜從事】亦作“便宜行事”、“便宜施行”。謂可斟酌事勢所宜，自行處理，不必請示。

俁 (yǔ)粵jy[5]〔雨〕見“俁俁”。

【俁俁】大而美。

係 (xì)粵hɐi[6]〔系〕猶“是”。如：委係；實係。

促 (cù)粵tsuk[7]〔束〕❶時間緊迫。如：急促；匆促。❷推動；催。如：促其實現。❸迫近；距離短。如：促膝談心。

【促成】促使成功。如：促成其事。

【促刺】(—qì)同“刺促”。忙迫；勞苦不安。

【促促】❶短促；匆匆。❷同“娖娖”。拘謹的樣子。

【促狹】刻薄；愛捉弄人。

【促席】接席；座位靠近。

【促膝】膝與膝相接，坐得很近。如：促膝談心。

【促織】蟋蟀的別名。

俄 (é)粵ŋɔ[4]〔娥〕❶不久；旋即。❷俄羅斯的簡稱。

【俄頃】頃刻；一會兒。

俅 (qiú)㊣keu⁴[求]見"俅俅"。

【俅俅】恭順的樣子。

俊 (jùn)㊣dzon³[進]❶才智過人。如：俊彥。❷容貌秀美。如：他長得很俊。❸通"峻"。

【俊乂】亦作"俊艾"。稱賢能的人。

【俊士】周代稱所取之士爲"俊士"。也泛稱俊秀之士。

【俊秀】❶容貌清秀美麗。❷稱才智傑出的人。❸明代科舉制度，平民納粟入監，稱"俊秀"。

【俊彥】稱才過人之士。

【俊游】勝友；佳伴。

【俊傑】稱才智出衆的人。

俌 (fǔ)㊣fu⁶[付]輔助的人。即"輔弼"的"輔"本字。

俎 (zǔ)㊣dzo²[左]❶古代祭祀時盛牛羊的禮器。青銅製，也有漆器。❷古代割肉所用的砧板。長方形。

【俎豆】俎和豆是古代祭祀用的器具。引申爲祭祀、崇奉之意。

【俎上肉】砧板上的肉。比喻受人欺凌壓迫，無逃避的餘地。

俏 (qiào)㊣tsiu³[肖]❶容貌姿態輕盈美好。如：模樣兒俏；打扮得俏。❷謂商品銷路好，價格漲。如：市價挺俏。

【俏皮】形容人的容貌、舉止漂亮或談話風趣。如：模樣兒俏皮；俏皮話。有時也含有輕佻的意思。

俐 (lì)㊣lei⁶[利]見"伶俐"。

俑 (yǒng)㊣jun²[擁]古時陪葬用的偶人，一般爲木製或陶製。中國東周墓中出現漸多，漢代至唐代盛行。宋代以後，因紙冥器流行，木俑或陶俑在一般的墓中很少。俑有男女奴僕、儀仗伏隊或歌勝舞類，並附有車馬、牛車、家畜等。

俔(俔) (xiàn)㊣jin⁵[演底去]間諜。

俓(徑) (jìng)㊣gin³[敬]通"徑"。

俉 (wù)㊣ng⁶[誤]通"迕"。迎。

俥(伡) (chē)㊣tse¹[車][俥踵]船舶設備，用來傳達輪船舶駕駛室對機輪的操縱要求。

俗 (sú)㊣dzuk⁹[濁]❶風俗；習慣。如：移風易俗。❷大衆的；通俗的。如：俗語；俗文學。❸庸俗；惡俗。如：俗氣；俗套。❹世俗；在家；與"出家"相對。如：還俗；僧俗。

【俗士】❶平庸的士人。❷鄙俗之士。魏晉之時，有些文人以脫離世俗爲清高，因稱熱中功名的人爲"俗士"。

【俗吏】眼光淺短、不學無術的官吏。

【俗流】指世俗之輩或庸俗的人。

【俗樂】古代各種民間音樂的泛稱。雅樂的對稱。宮廷中宴會時所用的俗樂，稱爲燕樂。

【俗緣】道家、佛家謂世俗人事的牽累。

【俗儒】指目光短淺、志趣不高的讀書人。

俘 (fú)㊣fu¹[呼]❶俘虜。如：戰俘。❷擄獲；捕掠。如：戰敗被俘。

【俘虜】戰爭時擄獲敵人。也指戰爭時擄獲的敵人。

【俘馘】古指生俘的敵人及所殺的敵人的左耳。

俚 (lǐ)㊣lei⁵[里]❶民間的，通俗的。如：俚歌；俚語。❷吳方言的"他"或"她"。

【俚語】俗語或諺語。常帶有方言性。

俛 ㊀"俯"的異體字。

㊁(miǎn)㊣min⁵[免]通"勉"。勤勞的樣子。

俜 (pīng)㊣ping¹[秤¹]見"伶俜"。

俈 (kù)㊣guk⁷[谷]同"嚳"。古帝王名。

保 (bǎo)㊣bou²[補]❶養；育。如：保養。參見【保母】。❷保護；保衛。如：保家衛國。❸保持。如：保暖。❹擔保；保證。如：作保。❺傭工。如：酒保；傭保。❻舊時戶籍編制的單位。十家爲保。

【保甲】舊時代一種通過戶籍編制來統治民衆的制度，若干家編作一甲，若干甲作一保，甲設甲長，保設保長，對民衆實行層

層管制。

【保母】❶古代君主姬妾中專事撫養子女的人。❷亦作「保姆」。替人照管兒童、料理家務的婦女。

【保守】❶保衛堅守；保持不使失去。❷維持舊狀，不想改進。如：思想保守。

【保艾】猶言撫育。

【保佑】得神力保護和幫助。

【保固】❶保其陰固，據險固守。❷清代凡承辦官府建築工程，立期保證安全，稱爲「保固」。在限期內有損壞，由承包人負責修理。

【保庸】❶保，安，庸，功。謂酬賞有功的人，使其心安。❷猶庸保。指雇工；僕役。

【保墒】使土壤中保存一定的水份，以適合於農作物出苗和生長。

【保障】❶保護；防衞。也指起保衞作用的事物。❷確保；保證做到。

【保鏢】「鏢」亦作「鑣」。謂有武藝者受雇於富商大賈、達官貴人，爲其保護財物和人身安全爲保鏢。也指從事這種行業的人。

【保釋】（犯人）取保釋放。

侳

㊀(zuò)粵dz6[助]同「坐」。引申爲安。

㊁(cuò)粵tso3[錯]通「挫」。挫辱；傷敗。

俟

㊀(si)粵dzi6[自]等待。

㊁(qí)粵kei4[其]見「万俟」。

俠(侠)

(xiá)粵hep9[合]hap9[峽](又)俠恃己力以助被欺凌者的人或行為。

【俠客】好逞意氣以俠義自任之士。

【俠骨】指剛強不屈、勇武豪邁的性格或氣概。

信

㊀(xin)粵sœn3[迅]❶誠實；不欺。如：信實。❷確實。如：信而有徵。❸信仰。如：守信；失信。❹相信。如：不信邪。❺信奉。如：信教；信佛。❻聽憑；隨意。如：信步；信口。❼憑據。如：印信；信物。❽信息。如：通風報信。❾音信。如：書信；喜信。

㊁(shēn)粵sen1[辛]通「伸」。

【信手】隨手。如：信手拈來。

【信水】❶婦女月經的別稱。❷舊時驗測黃河水量高低的專稱。

【信史】確實可信的歷史。

【信用】❶謂以誠信任用人；信任使用。❷遵守諾言，實踐成約，從而取得別人對他的信任。如：信用昭著。

【信仰】對某種宗教，或對某種主義極度信服和崇重，並以之爲行動的準則。

【信步】猶漫步，隨意地走。

【信使】❶古稱使者爲「信」或「使」，合言之爲「信使」。❷外交信使的簡稱。指由一國政府派遣而持有特別護照的遞送外交郵袋或外交文件的人員。

【信貸】銀行存款、貸款等信用活動的總稱。一般指銀行的貸款。

【信譽】信用和名譽。也指信用方面的名聲。

【信陵君】戰國魏公子之一。名無忌，戰國魏安釐王異母弟。封信陵君，有食客三千。魏安釐王二十年，秦圍攻趙，魏使晉鄙將兵救趙，鄙怕秦兵勢強，按兵不動。信陵君使如姬從宮裏竊得調兵的虎符，段鄙，奪取兵權，救趙勝秦。後爲上將軍，率五國兵，大破秦軍。

【信口開合】亦作「信口開河」。隨口亂說。

【信口雌黃】雌黃，礦物名，黃色，可作顏料。古時寫字用黃紙，寫錯了就用雌黃塗抹後重寫。後以「信口雌黃」比喻不問事實，亂口下論斷。

【信手拈來】隨手拿來。形容寫寫文章時，善於運用詞滙和組織材料。

【信而有徵】可靠而且有證據。

【信誓旦旦】誓言誠摯可信。

徐

㊀(xú)粵tsœy4[除]同「徐」。緩慢。

㊁(shù)粵sy1[舒]古地名。在今山東襄莊市辟城。

俍

(liáng)粵lœŋ4[良]善。

八　畫

修

(xiū)粵seu1[收]❶修飾；裝飾。如：修辭。❷修理；整治。如：修房屋。❸興建；建造。如：修水庫，修公路。❹編纂；撰寫。如：修史；修書一封。❺學習；研習。如：自修；修業。❻善；美

好。❼長；高。如：修長。

【修文】❶修明文教。參見"偃武修文"。❷《太平廣記》卷三百十九引王隱《晉書》載，孔子門徒顏淵、子夏死後在地下爲修文郎。後因稱文人死亡爲"修文"。

【修行】❶謂修習和實行。❷佛教徒謂依據佛說教義去實行爲"修行"。

【修身】努力提高自己的品德修養。

【修明】昌明；闡明。

【修業】❶謂研讀書籍。古人寫字著書的方版叫業。❷推廣、擴大功業。後指學生在校學習。如：修業期滿。

【修飾】❶加以整理，使臻完美，或更加美觀。❷打扮；裝飾。

【修禊】(一xì)古代習俗，於陰曆三月上旬的巳日(魏以後始固定爲三月三日)，到水邊嬉游，以消除不祥，叫做"修禊"。

【修養】❶指在政治思想、道德品質和知識技能等方面，經過長期的學習和實踐所達到的一定水平。❷儒家指以反省體察爲主的修身養性之道。❸指逐漸養成的有涵養的待人處世態度。

【修辭】調整修飾詞句，運用各種表現方式，使語言表達得準確、鮮明、生動。

【修辭格】簡稱辭格，即各種修辭方式。如比喻、誇張、對偶、排比等。

俯 (fǔ)[粵]fu²〔苦〕❶屈身；低頭；向下。與"仰"相對。如：俯首；俯視。❷稱對方行動的敬辭。如：俯允；俯念。

【俯仰】❶俯與仰的儀容。❷隨宜應付。❸猶瞬息，表示時間之短。如：俯仰之間。

【俯就】❶降格相就。❷屈就；遷就。

【俯首帖耳】形容卑屈、馴服的樣子。亦作"伏首帖耳"。

【俯拾即是】形容多而易得。

俱 (jù)[粵]kœy¹〔驅〕全；都。如：一應俱全。

俳 ㊀(pái)[粵]pai⁴〔排〕❶雜戲；滑稽戲。見"俳優"。❷滑稽。
㊁(pái)[粵]pui⁴〔培〕見"俳佪"。

【俳佪】同"徘徊"。

【俳優】古代以樂舞諧戲爲業的藝人。

俴(伐) (jiàn)[粵]tsin⁵〔踐〕淺；薄。

俵 (biào)[粵]biu²〔表〕散發。

俶 ㊀(chù)[粵]tsuk⁷〔束〕❶善。❷開始。
㊁(tì)[粵]tik⁷〔惕〕同"倜"。見"俶儻"。

【俶詭】同"諔詭"。奇異。

【俶擾】原謂開始擾亂。後多用爲騷擾動亂之義。

【俶儻】(tì—)同"倜儻"。卓異，豪爽，灑脫不拘。

俸 (fèng)[粵]fuŋ⁶〔鳳〕fuŋ²〔花擁切〕(語)俸祿。官吏所得的薪水。

俺 (ǎn)[粵]an²〔晏高上〕北方方言。我；我們。

俾 (bǐ)[粵]bei²〔彼〕使。如：俾衆周知。

【俾倪】(—nì)❶城上小牆。有孔穴可窺外。❷同"睥睨"。側目視；側目窺察。

倀(伥) (chāng)[粵]tsœŋ¹〔昌〕❶倀鬼。如：爲虎作倀。❷見"倀倀"。

【倀倀】迷茫不知所措的樣子。

【倀鬼】亦稱"虎倀"。古時傳說人被虎噬死後，鬼魂爲虎服役；虎行求食，倀必與俱，爲虎前導。成語稱助暴爲虐爲"爲虎作倀"。

丧 同"喪"。

併(并) (bìng)[粵]biŋ³〔巴慶切〕piŋ³〔聘〕(又)❶兼；合。如：合併。❷同；齊。如：併發症。

侀 (xíng)[粵]jiŋ⁴〔形〕同"型"。本謂鑄器的模型，引申爲定型；完成。

倅 (cuì)[粵]tsœy³〔趣〕❶副。❷副職。

倆(俩) ㊀(liǎ)[粵]lœŋ⁵〔兩〕兩個；不多幾個。如：咱倆；他倆；只有這麼倆人。
㊁(liǎng)[粵]同㊀見"伎倆"。

倉(仓) (cāng)[粵]tsɔŋ¹〔艙〕❶貯藏穀物的庫房。如：糧倉。❷通"艙"。❸見"倉卒"、"倉皇"。

【倉卒】(—cù)匆忙；急遽。

【倉庚】亦作"倉鶊"、"鶬鶊"。鳥名。即黃鶯、黃鸝。

【倉皇】匆促；慌張。亦作"倉黃"、"蒼黃"。

【倉廩】貯藏米穀的倉庫。

【倉頡】複頡。傳說是黃帝的史官，漢字的創造者。

個(个)

㊀(gè)⑨g³[哥黃去] ❶指代單獨的人或物。如：這個；那個。因亦以爲計數的單位。如：一個；幾個。❷單獨；個別。如：個人；個體。❸有所指之詞。如：個中；個樣。❹用同"的"之詞。如：眞個。❺作語助。如：今兒個；些兒個。

㊁(gě)⑨同㊀-用於"自個兒"。

【個體戶】經營農、工、商業的單個人或家庭。

倌

(guān)⑨gun¹[官] ❶古小臣之稱。❷指在飯店、茶坊等處服務的人。如：堂倌。❸農村中專管飼養某些家畜的人。如：牛倌；羊倌。

倍

(bèi)⑨pui⁵[爬每切] ❶跟原數相等的數。如：雙倍。❷加倍；愈加。如：每逢佳節倍思親。

們(们)

(men)⑨mun⁴[門]用在名詞或代詞的後面，表示複數。如：孩子們；我們。

倒

㊀(dǎo)⑨dou²[賭] ❶倒下；倒塌。如：跌倒；牆坍壁倒。引申爲破產；垮台。如：倒閉。❷顛倒；翻轉。如：倒戈；傾倒。

㊁(dào)⑨同㊀-倒出。如：倒茶。

㊂(dào)⑨dou³[到] ❶逆；朝相反方向行動。如：開倒車；倒行逆施。❷反而。如：本想省事，倒找出麻煩來了。❸卻。如：東西倒不壞，就是舊了點。❹位置上下翻轉。如：倒掛。

【倒戈】謂軍隊臨陣投向敵方，轉向自方攻擊。

【倒楣】亦作"倒霉"、"倒瘟"。謂事情不順利。

【倒屣】(dào—)屣，鞋子。古人家居脫鞋席地而坐；倒屣，謂急於迎客，把鞋子穿倒。形容對來客的熱情歡迎。

【倒懸】(dào—)亦作"倒縣"。比喻境遇的痛苦和危急，像人被倒掛着一樣。

【倒霉】謂時運不利。也指事情不順利。

【倒行逆施】(倒 dào)做事違反常理。

【倒海翻江】形容聲勢、力量的巨大。

倓

(tán)⑨tam⁴[談]安然不疑。

倔

㊀(jué)⑨gwet⁹[掘]見「倔強」。

㊁(juè)⑨同㊀-性格粗直，態度生硬。如：那老頭兒眞倔。

【倔起】突然興起。亦作"崛起"、"屈起"。

【倔強】(一jiàng)強硬；執拗。亦作"屈強"、"掘強"。

倕

(chuí)⑨sœy⁴[誰]古代相傳的巧匠名。

倖

(xìng)⑨heng⁶[杏]僥幸。

倘

㊀(tǎng)⑨tɔng²[躺] ❶倘若；倘使。❷通"徜"。

㊁(cháng)⑨sœng⁴[常]見「倘佯」。

【倘來】同「儻來」。

【倘佯】(cháng一)同"徜徉"。徘徊；自由自在地往來。

候

(hòu)⑨heu⁶[后] ❶五天爲一候。中國古代按"候應"將一年分爲七十二候。❷等待；等候。如：候診；候車。❸伺望；偵察。也指偵察敵情的士兵。亦指邊境伺望斥候的設置。❹古時送迎賓客的官。❺問好；問候。如：敬候起居。❻徵驗；隨時變化的情狀。如：氣候；火候；症候。

【候教】敬辭，等候指教。

【候鳥】隨季節的變更而遷徙的鳥，如杜鵑、家燕、鴻雁等。

【候補】等候遞補缺額。

【候館】接待賓客的館舍。

倚

(yǐ)⑨ji²[椅] ❶靠着。如：倚馬。❷依賴；倚仗。如：倚勢凌人。❸偏於一邊。如：不偏不倚。

【倚馬】《世說新語‧文學》載，晉桓溫北征，袁宏倚馬前草檄文告，頃刻寫成七紙。後因以"倚馬"比喻文思敏捷。

【倚老賣老】仗着歲數大、資格老而瞧不起人。

【倚門賣笑】形容妓女生涯。

俿

同「魋」。

倱

(hūn)⑨fen¹[芬]昏暗。

俻 “備”的異體字。

倜 (tì)粵tik⁷〔惕〕見“倜然”、“倜儻”。

【倜然】❶特出地；不同於衆。❷超然遠離的樣子。

【倜儻】亦作“俶儻”。卓異，豪爽，灑脱不拘。

倞 ㊀(jìng)粵giŋ⁶〔勁〕同“勁”。
㊁(liàng)粵lœŋ⁶〔亮〕求索。

借 (jiè)粵dzɛ³〔蔗〕借貸。如：借錢與人；向人借錢。

【借光】猶叨光；借重。常用作向人詢問或請人給予自己方便時的套語。

【借重】借他人的權勢、力量或名望來抬高自己的地位。後也作借助、倚重的敬辭。

【借問】請問。

【借端】假託事由。如：借端生事。

【借箸】《漢書·張良傳》載，秦末楚漢相爭，酈食其勸劉邦立六國後代，共同攻楚。邦方食，張良入見，以爲計不可行，說“臣請借前箸爲大王籌之”。意爲借劉邦吃飯用的筷子，以指畫當時形勢。後因以“借箸”比喻代人策劃。

【借鏡】比喻從別人那裏吸取經驗教訓。

【借鑒】鑒，鏡子。借鑒，謂以他人之事爲鑒。參見“借鏡”。今多指跟別的人或事相對照，以便取長補短。

【借刀殺人】比喻利用別人去陷害人。

【借花獻佛】拿別人的物品作人情。

【借題發揮】假借某事作爲由頭，發表與此事無關的議論。

倡 ㊀(chàng)粵tsœŋ³〔唱〕❶亦作“唱”。歌唱時一人首先發聲。❷作樂。❸首倡；帶頭。
㊁(chāng)粵tsœŋ¹〔昌〕❶古代歌舞人之稱。❷通“娼”。妓女。

【倡言】提出意見。

【倡和】(—hè)即唱和。一唱一和，互相呼應。

【倡導】首倡；提倡。如：率先倡導。

【倡優】(chāng—)古代以樂舞戲謔爲業的藝人。後將戲劇演員和妓女並列，合稱“倡優”。

倠 (suī)粵sœy¹〔衰〕見“仳倠”。

倢 (jié)粵dzit⁸〔節〕❶敏捷；靈敏。❷同“婕”。

倃 “咱”的異體字。

倣 同“仿㊀❶❷❸”。

值 (zhí)粵dzik⁹〔夕〕❶價值；價錢。如：幣值。❷值得。如：不值一顧。❸逢着。如：正值中秋。❹當值。如：值班；值夜。❺數學上“數值”的簡稱。如：比值；函數值。

倥 ㊀(kōng)粵huŋ¹〔空〕見“倥侗”。
㊁(kǒng)粵huŋ²〔孔〕見“倥傯”。

【倥侗】蒙昧無知。

【倥傯】(kǒng zǒng)❶事多；繁忙。❷困苦。

倦 (juàn)粵gyn⁶〔技願切〕❶厭倦。❷疲勞；勞累。

【倦游】厭倦游宦生涯。

【倦勤】謂厭倦辦事。

倧 (zōng)粵dzuŋ¹〔宗〕傳說中的上古神人。

倨 (jù)粵gœy³〔句〕❶傲慢。如：前倨後恭。❷直而折曲。❸通“踞”。申開腳坐着。

【倨固】傲慢固執。

【倨傲】傲慢不恭。

倩 ㊀(qiàn)粵sin⁶〔善〕❶古時男子的美稱。❷笑靨美好的樣子。引申爲俏麗。如：倩裝；倩影。
㊁(qìng)粵同㊀❶請；央求。❷舊稱女婿。

倪 ㊀(ní)粵ŋɐi⁴〔危〕❶通“兒”。弱小。見“旄兒”。❷通“兒”。引申爲事物細微的初始。參見“端倪”。❸姓。
㊁(nì)粵ŋɐi⁶〔毅〕見“俾倪”。

倫(伦) (lún)粵lœn⁴〔輪〕❶人倫，人與人之間的道德關係。參見“人倫”。❷類；同類。如：不倫不類。❸條理。如：倫次。

【倫比】比類；匹敵。

【倫次】條理；秩序。如：語無倫次。

【倫常】封建倫理道德。以君臣、父子、夫婦、兄弟、朋友爲五倫，認爲這是不變的常道，因稱"倫常"。

倬 (zhuō)㊣tsœk⁸〔綽〕大；顯明。

倭 ㊀(wēi)㊣wēi¹〔威〕見"倭遲"。
㊁(wō)㊣wo¹〔窩〕古代稱日本。
㊂(wǒ)㊣wo²〔蛙可切〕見"倭墮"。

【倭墮】(wǒ)同"鬌鬌"。髮髻貌。

【倭遲】紆迴遙遠的樣子。

倈(倈) ㊀(lái)㊣loi⁴〔來〕❶古族名。指居住於廣西西部的俚人。❷元雜劇扮演兒童的角色。亦稱"倈兒"。
㊁(lài)㊣loi⁶〔耒〕同"勞來"的"來"。
㊂(luò)㊣lo²〔裸〕同"裸"。

倮

【倮蟲】舊時總稱無羽毛鱗甲蔽身的動物。同"裸"。

倳 "製"的異體字。

倸 "睬"的異體字。

倿 同"嗲"。

九　畫

偁 (chēng)㊣tsiŋ¹〔稱〕"稱揚"、"稱謂"之"稱"的本字。

偃 (yǎn)㊣jin²〔演〕❶仰臥。引申爲倒下、臥倒的通稱。如：偃旗息鼓。❷停止；停息。

【偃月】❶半月形。如：偃月刀；偃月營；偃月陣。❷舊時迷信，觀察人的相貌來推測禍福貴賤，有"日角偃月"之說，以爲是極貴之相。

【偃蹇】❶夭矯上伸；高聳。❷驕傲；傲慢。❸屈曲宛轉的樣子。形容舞姿。❹臥病不能作事，或託病不作事。❺困頓。

【偃武修文】停息武備，修明文教。

【偃旗息鼓】放倒軍旗，停擊軍鼓，指不露目標或停止戰鬥。亦指不作戰爭準備。後引申指事情停止進行或銷聲匿迹。

假 ㊀(jiǎ)㊣ga²〔賈〕❶不眞；虛僞。如：弄假成眞；假仁假義。❷借；租

質。如：久假不歸。❸憑借。❹假設；假使。
㊁(jià)㊣ga³〔嫁〕假期；休息日。如：暑假；請假；病假；例假。
㊂(xiá)㊣ha⁴〔霞〕通"遐"。遠。參見"登假❶"。

【假手】利用他人爲自己做事。

【假借】❶借。也指不是自己本有的；竊取的。如：假借外力；不容假借。❷寬假；寬容。❸六書之一。語言中某些詞有音無字，借用同音字來表示。如"來"的本義是小麥，借作來往的"來"；"求"（即裘字）的本義是皮衣，借作請求的"求"。

【假貸】❶借貸。❷寬容。

【假象】亦稱"外觀"。事物本質的一種歪曲的表現，容易使人迷惑，造成錯覺。

【假道】借路。

【假節】假以符節，指古代大臣臨時持節出巡。

【假館】借用館舍；寄宿賓館。

【假惺惺】假心假意的樣子。

【假道學】表面上標榜有高尚的道德，背地裏的所作所爲非常卑鄙醜惡的僞君子。

【假公濟私】假借公事的名義，獲取私人的利益。

偈 ㊀(jié)㊣git⁹〔傑〕❶勇武的樣子。❷急馳的樣子。如"偈偈"。
㊁(jì)㊣gei²〔技病切〕gei²〔已矮切〕（又）"偈陀"（梵文Gatha）的簡稱，義譯爲"頌"，就是佛經中的唱詞。

【偈偈】❶急馳的樣子。❷用力的樣子。

偉(伟) (wěi)㊣wēi⁵〔緯〕❶壯大；壯美。如：偉丈夫；魁梧奇偉。❷盛大。如：偉業；偉觀；豐功偉績。

【偉岸】魁梧；壯碩。

【偉器】猶言大器，當能任大事的人才。多爲前輩讚賞後輩之辭。

偊 ㊀(yǔ)㊣jy²〔瘉〕通"傴"。見"偊旅"。
㊁(jǔ)㊣gœy²〔舉〕同"踽"。見"偊旅"。

【偊僂】(jǔ)同"踽踽"。身體彎曲的樣子。

【偊旅】(jǔ)同"踽踽"。獨行無伴。

偌 (ruò)㊣je⁶〔夜〕如此；這般。如：偌大年紀。

偎 (wēi)粵wui¹〔煨〕緊貼；挨着。如：偎抱。

偏 (piān)粵pin¹〔篇〕❶不正；傾斜。如：偏斜；鏡框掛偏了。❷不公正；不平均。如：偏愛；偏重。❸偏辭。❹偏僻；出乎尋常或意料。如：偏不湊巧。❺通「諞」。見「偏辭❷」。

【偏生】猶偏偏；出乎尋常或意料。

【偏安】帝王不能統治全國，偏據一方以自安。

【偏房】舊時稱妾爲「偏房」。

【偏師】指全軍的一部分，以別於主力。

【偏袒】❶指袒護雙方中的一方。❷佛徒着袈裟露出右肩，以表示恭敬，並便於執持法器，亦稱「偏袒」。

【偏頗】不公正；有偏向。

【偏廢】偏重某一方面，忽視或廢棄另一方面。❷猶「偏枯」，一般以指半身不遂。

【偏鋒】本指書家用筆之法，謂筆鋒以偏側取勢，對「中鋒」而言。比喻作文、說話或行事不從正面着想，而採取旁敲側擊、從側面下手的方法。

【偏諱】封建時代遇君主或尊長的名字有兩個字的，單舉其中的一個字，也要避諱，稱「偏諱」。

【偏辭】❶片面之辭；一面之辭。❷「偏」，通「諞」。便巧之言；花言巧語。

偓 (wò)粵ɐk⁷ak⁷〔握〕(又)見「偓促」。

【偓佺】古仙人名。

【偓促】同「齷齪❶」。侷促庸陋的樣子。

偕 (xié，舊讀jiē)粵gai¹〔佳〕俱；同。

【偕老】共同生活到老。今專指夫婦同居到老。如：白頭偕老。

做 (zuò)粵dzou⁶〔造〕❶從事某種工作或活動。如：做工；做事。❷當；充當。如：做東。❸製作；製造。如：做文章；做衣服。

【做作】有意造作；不自然。

【做弄】❶猶醞釀。漸漸作成。

停 (tíng)粵tin⁴〔廷〕❶止息；停留。❷中斷；暫時停止。如：停學；停職。❸成數。一成叫一停。❹猶「定」。見「停當」。

【停泊】船隻停留不進；船隻靠近碼頭。也用爲逗留之義。

【停當】(一dàng)一作「亭當」。猶云定當；完備。如：收拾停當；準備停當。

偝 (bèi)粵bui³〔貝〕❶背棄。❷背向着。

偟 (huáng)粵wɔŋ⁴〔皇〕見「仿偟」。

偠 (yāo)粵jiu²〔妖〕見「偠紹」。

【偠紹】猶「妖嬈」。亦作「要紹」。

健 (jiàn)粵gin⁶〔件〕❶剛強；康強。如：身壯力健。❷健於，即善於。如：健談。

【健步】❶急足，即趕路送信的人。❷腳步快而有力。如：健步如飛。

【健忘】容易忘記。

【健將】(一jiàng)勇健善戰的將領。

【健飯】謂飯量大。

【健羨】非常羨慕的意思。

傅 (fù)粵fu⁶〔付〕❶依照，摹仿。❷同「負」。

偪 「逼」的異體字。

傯 (zōng)粵dzuŋ²〔腫〕見「倥傯」。

偭 (miǎn)粵min⁵〔免〕❶向；面向。❷背；違反。

偯 (yǐ)粵ji²〔倚〕哭的餘聲。

偲 (si)粵si¹〔思〕見「偲偲」。

【偲偲】相互切磋，相互督促。

側(側) (cè，舊讀zè)粵dzɐk⁷〔則〕❶旁邊。如：左側；右側。❷向一邊傾斜。如：側耳細聽。

【側目】❶不敢正視。形容畏懼。❷猶怒目而視。形容怒恨。

【側足】❶形容因畏懼而不敢正立。❷置足；插足。

【側身】❶傾側身體，憂愁不安的樣子。❷同「厠身」。猶置身。

【側室】❶古時住房分正寢、燕寢、側室三部

【側陋】❶偏辟簡陋。❷指微賤之人。

【側記】關於某些活動的側面記述(多用於報導文章的標題)。如：學運會side記。

【側媚】用不正當的手段討好別人。

【側聞】從旁聞知，表示曾有所聞的謙辭。

【側艷】指文辭豔麗而流於輕佻。

偵(侦)
(zhēn，又讀 zhēng) 粵 dziŋ¹
〔晶〕探伺；暗中察看。如：偵騎四出。

偶
(ǒu) 粵 ŋeu⁵〔藕〕❶偶像。如：土偶；木偶。❷配對；成對。如：偶數；無獨有偶。❸相對。見〔偶語〕。❹配偶。如：佳偶。❺偶爾；偶然。如：偶一為之。

【偶像】相對私語。

【偶像】用土、木等製成的神像、佛像等。引申指盲目崇拜的對象。

偷
(tōu) 粵 teu¹〔他鈎切〕❶竊取。引申指背着人做事。如：偷看；偷竊。也指偷竊的人；賊。如：小偷。❷抽出。如：忙裏偷閒。❸苟且。如：偷生；偷安。❹澆薄；不厚道。

【偷生】苟且求生。

【偷安】不顧將來的禍患，只圖眼前的安逸。

【偷香】晉賈充女午，與司空掾(官名)韓壽私通，將其父賜武帝所賜奇香贈韓壽。事為賈充發覺，乃以女嫁與韓壽。舊多以"竊玉偷香"連用，指男女暗中通情。

【偷閒】忙中抽出時間。

【偷營】❶草率從事。❷偷襲敵方的營寨。如：偷營劫寨。

【偷薄】苟且浮薄。

【偷天換日】比喻暗中改變事物的真相，以達到紊混舞弊的目的。

【偷梁換柱】比喻暗中玩弄手法，以假代真。

偰
(xiè) 粵 sit⁸〔屑〕通作"契"，傳說中商族的始祖。

倏
(shù) 粵 suk⁷〔叔〕原義為犬大疾。引申為疾速、忽然。如：別後倏已半年。

【倏忽】❶忽然；轉眼之間。❷《莊子》寓言中的兩個神名。南海之帝為倏，北海之帝為

忽。

倏
"倏"的異體字。

倴
(bèn) 粵 bɐn³〔殯〕〔倴城〕鎮名。在河北灤南縣。

倻
(yē) 粵 je⁶〔耶〕〔伽倻琴〕朝鮮樂器名。

偺
"咱㊀"的異體字。

俋
"侃"的異體字。

偢
(chōu) 粵 tseu¹〔秋〕tseu²〔丑〕(又)理睬。

【偢倸】亦作"偢保"、"瞅睬"。顧視；理睬。

十　畫

傣
(dǎi) 粵 tai³〔泰〕〔傣族〕中國少數民族名。主要分佈在雲南德宏、西雙版納、耿馬、孟連等地的河谷平壩地區，小部分居住在景谷、景東、元江、金平等縣和金沙江流域一帶。

傀
㊀(guī) 粵 gwɐi¹〔歸〕❶怪異。❷偉大。如：傀偉。
㊁(kuī) 粵 fai³〔塊〕見〔傀儡〕。

【傀奇】"傀"亦作"塊"。奇異；奇異之物。

【傀儡】❶木偶戲裏的木頭人。也作為木偶戲即傀儡戲的簡稱。❷比喻徒有虛名、受人操縱的人或組織。如：傀儡政權。

傁
(sǒu) 粵 seu²〔叟〕同"叟"。老人。

傃
(sù) 粵 sou³〔素〕向。

傅
㊀(fù) 粵 fu⁶〔父〕❶輔佐。亦指輔佐的官。如：太傅；少傅。❷教導。亦指教導的人。如：師傅。❸通"附"。附着。㊁(fū) 粵 fu¹〔呼〕通"敷"。❶陳述。❷搽，抹。參見〔傅粉〕。

【傅粉】(fū)搽粉；抹粉。

【傅會】同"附會"。❶集合；湊合。❷把沒有聯繫的事說成有聯繫。❸傅辭會理，指文章的經營締造。參見〔附會〕。

偵 (diān)⑨din¹〔顛〕顛倒錯亂。

傑(杰) (jié)⑨git⁹〔桀〕才智過人的人。引申為特出的。如：傑作；傑構。

【傑出】特出；出眾。

【傑作】指有特殊成就的文學藝術作品或藝術表演。

傒 ㊀(xī，舊讀xí)⑨hei⁴〔兮〕通"奚"。
㊁(xì)⑨hei⁶〔系〕通"繫"。拘繫。

【傒倖】亦作"傒幸"、"奚幸"。焦躁；煩惱。

傔 (qiàn)⑨him³〔欠〕❶見"傔從"。❷通"慊"。饜足。

【傔從】(一zòng)侍從。

催 (jué)⑨gok⁸〔角〕用於人名。

傖(伧) (cāng，舊讀chéng)⑨tsɔŋ¹〔倉〕粗野；鄙陋。晉南北朝時的文人士大夫常譏罵人為"傖"或"傖夫"。參見"傖父"。

【傖夫】亦作"傖父"。罵人的話。猶言鄙夫，粗野的人。

傘(伞) (sǎn)⑨san³〔汕〕❶擋雨遮陽的用具。如：雨傘；陽傘。❷傘形物。如：降落傘。

傘 "傘"的異體字。

傂 (cī)⑨tsi〔雌〕見"傂池"、"傑儀"。

【傂池】同"差池"。參差不齊的樣子。

【傂傂】同"差差"。

備(备) (bèi)⑨bei⁶〔鼻〕❶防備；預備；準備。如：有備無患；備而不用。❷完備；具備。如：德才兼備。❸設備。如：軍備；裝備。❹全；盡。如：艱苦備嘗；關懷備至。

【備員】湊數；充數。

【備數】充數。一般用作謙辭。

俲 同"效❷"。

傜 (yáo)⑨jiu⁴〔遙〕❶同"徭"。❷姓。

傞 (suō)⑨tsɔ¹〔磋〕見"傞傞"。

【傞傞】醉舞不止的樣子。

傛 ㊀(yǒng)⑨juŋ⁵〔勇〕不安。
㊁(róng)⑨juŋ⁴〔容〕同"容"。見"傛華❷"。

傢 (jiā)⑨ga¹〔家〕見"傢伙"。

【傢伙】❶家具；用器。亦作"家火"。❷對人的憎稱或戲稱。如：那個傢伙；小傢伙。

傍 ㊀(bàng)⑨bɔŋ⁶〔磅〕依傍；臨近。如：依山傍水；傍人門戶；傍晚；傍黑。
㊁(páng)⑨bɔŋ⁴〔旁〕❶通"旁"。參見"傍觀"。❷見"傍偟"、"傍傍"。

【傍偟】(páng一)同"彷徨"。

【傍傍】(páng páng)忙於奔走應付的樣子。

【傍觀】(páng一)在旁觀察。亦作"旁觀"。

【傍人門戶】指依賴別人，不能自立。

偶 (zhòu)⑨dzɐu³〔縐〕乖巧，伶俐，漂亮(戲曲中常用)。

倮 (lí)⑨lɐ⁹〔律〕〔倮倮族〕中國少數民族名。主要聚居於雲南怒江倮倮族自治州，散居於雲南麗江、迪慶、大理、德宏、楚雄及四川西昌等地區。

傌 "罵"的異體字。

傦 "備"的異體字。

儁 "俊"的異體字。

傂 (zhì)⑨tsi⁴〔持〕見"傂儀"。

侵 "侵"的本字。

十一畫

催 (cuī)⑨tsœy¹〔吹〕催促；促使。如：催請；催生。

【催命】催人死亡，比喻緊緊地催促。

傭(佣) (yōng，舊讀yóng)⑨juŋ⁴〔容〕受人雇用。也即指受雇用的人。見"傭保"。

【傭保】同"庸保"。雇工。

【傭耕】農民受人雇傭從事耕作。

傲 (ào)粵ŋou⁶[遨低去]驕傲；輕慢。

【傲世】謂傲視當世。

【傲岸】高傲。

【傲物】自高自大，瞧不起人。

【傲骨】高傲不屈的性格。

【傲睨】傲然睥睨；形容倨傲，蔑視一切。

傳(传) ㊀(chuán) tsyn⁴[全] ❶傳授；轉授於人。❷傳佈；流傳。如：其書必傳。❸傳送；遞送。❹傳達；表露。如：傳神；傳情。❺以命令召喚。如：傳見；傳喚；隨傳隨到。

㊁(zhuàn)粵dzyn⁶[自願切] ❶闡述儒家經義的文字。如：《詩》三傳；《左傳》。❷書傳；記載。特指記載一人事迹的文字。如：自傳；別傳；外傳。又指以演述人物故事爲中心的文學作品。如：《說岳全傳》。〔粵音語音又讀如「轉」。〕❸古代設於驛站的房舍。亦指驛站上所備的車馬。

【傳車】(zhuàn一)古代驛站的專用車輛。

【傳言】❶出言；發言。❷傳令；傳話。❸從古代流傳下來的話。

【傳舍】(zhuàn一)古時供來往行人居住的旅舍；客舍。

【傳注】(zhuàn一)闡釋經義的文字。

【傳真】❶畫家摹寫人物形貌。❷利用電信號的傳輸遠地傳送文字、文件、圖表、相片的通信方式。這種以傳真通信方式傳送的電報稱爲「傳真電報」。

【傳統】由歷史沿傳而來的思想、道德、風俗、藝術、制度等。

【傳達】❶轉達。把一方的意思轉告另一方。❷指通報或傳遞送達。

【傳道】❶傳說。❷舊謂傳授古代聖賢之道。亦指宗教徒傳佈教旨。

【傳置】(zhuàn一)古代沿途分段置馬的驛站。

【傳疑】謂自己認爲有疑義的，也據實告訴人家。

【傳漏】古代稱報時刻爲「傳漏」。參見「銅壺滴漏」、「漏刻」。

【傳聞】非親身經歷，而出於他人的傳述。

【傳說】❶(zhuàn一)傳記談說；傳述經義和解說經籍的書。❷輾轉傳述。❸指長期留傳下來的對過去事迹的記述和評貢。古代歷史、歌、民間故事中多有記載。

【傳寫】傳抄；輾轉抄寫。

【傳薪】亦作「薪傳」。傳火於前，前報盡，火又傳於後薪，輾轉相傳，火終不滅。比喻師生遞相傳授。參見「薪盡火傳」。

【傳聞異辭】儒家經學今文學派《公羊》家認爲《春秋》處理史料有條理，紀錄年世遠近的事，措辭有所不同。傳聞，指較遠的事，後世以傳聞的說法不一致爲「傳聞異辭」，與原義不同。

傴(伛) (yǔ)粵jy²[瘀]曲背。引申爲鞠躬以示恭敬。

【傴僂】❶駝背。亦作「痀僂」，參見該條。❷曲身，表示恭敬。

債(债) (zhài)粵dzai³[至戒切]欠款。

【債務】債戶所負還債的義務，有時也指所欠的債。

【債臺】「債」古作「責」。戰國時代，周報王欠債甚多，無法歸還，被債主逼迫躲在臺上。後人因稱此臺爲「逃債臺」。後來以「債臺高築」形容欠債甚多。

【債權】依法要求債務人償還錢財和履行一定行爲的權利。

傷(伤) (shāng)粵sœŋ¹[商] ❶創傷。如：內傷；外傷。❷傷害。引申爲毀傷，詆毀。如：中傷。❸妨礙。如：無傷大體。❹憂思；哀悼、憐惜。

【傷逝】哀念死者。

【傷痍】創傷。

【傷心慘目】非常傷慘，使人不忍心看。

【傷風敗俗】敗壞風俗。

傺 (chì)粵tsɐi³[砌] ❶見「欬傺」。❷見「侘傺」。

傻 (shǎ)粵sɔ⁴[俄切]❶愚蠢。如：傻子；傻瓜。❷老實而不知變通。如：傻幹。❸愣；呆。如：嚇傻了。

傻 「傻」的異體字。

偉(伟) (zhāng)粵dzœŋ¹[章]❶見「偉湟」。❷古時婦女對丈兄之稱。

【偉湟】同「章皇」。倉皇。

傾(倾) (qīng)粵kiŋ¹〔崎英切〕❶側；
斜。也指趨向或傾向。如：左
傾；右傾。❷倒坍；傾覆；傾
翻。引申為倒出。見"傾注"、"傾盆"。❸
盡；用盡。如：傾其全力。❹欽佩；傾
慕。

【傾心】一心嚮往；竭盡誠心。

【傾耳】❶側着耳，細心靜聽的樣子。❷表示
竦懼。

【傾訴】暢所欲言。也如：傾吐衷曲。

【傾注】❶灌注；傾瀉。❷比喻把精神或力量
集中到一個目標上。如：傾注全力。

【傾盆】形容大雨傾注。

【傾倒】❶倒翻，跌倒；倒仆。❷佩服，心
折。❸痛飲；大口飲酒。❹比喻暢所欲
言。

【傾軋】❶同"傾陷"。謂傾覆國家。❷形容女
子貌美。❸全城。

【傾國】❶傾覆國家；亡國。❷指容貌絕美的
女子。❸全國之意。

【傾巢】❶猶覆巢。❷全體出動。如：傾巢而
出。

【傾蓋】蓋，車蓋，形如傘。謂停車交蓋，兩
蓋稍稍傾斜。常用來形容朋友相遇，親切
談話的情況。也指偶然接語的新朋友。

【傾奪】猶言競爭、爭勝。

【傾談】暢談，無所不談。如：促膝傾談。

【傾遲】傾慕期待。

【傾覆】顛覆；覆沒。

【傾聽】側耳而聽。後引申為細聽。

【傾國傾城】《漢書·孝武李夫人傳》載有李延
年的詩："北方有佳人，絕世而獨立；一
顧傾人城，再顧傾人國。"後因以"傾國傾
城"形容極其美麗的女子。

【傾筐倒篋】本作"傾篋倒筐"。把箱子裏的東
西全都倒出來，形容竭盡所有。

僂(偻) ㊀(lǚ)粵lœy⁵〔呂〕❶曲背。引
申為恭敬。❷屈。見"僂指"。
㊁(lóu)粵leu⁴〔流〕見"僂儸"。

【僂指】逐一屈指而數。

【僂儸】同"嘍囉"。

僄 (piào)粵piu⁴〔飄〕piu³〔票〕(又)❶輕
捷；敏疾。見"僄悍"。❷輕佻。

【僄悍】同"剽悍"。輕捷勇猛。

僅 ㊀(jǐn)粵gɐn²〔緊〕只。如：不僅如
此。
㊁(jìn)粵gɐn⁶〔近〕幾乎；將近。

僇 (lù)粵luk⁹〔六〕❶侮辱。❷通"戮"。
殺戮。

僉(佥) (qiān)粵tsim¹〔簽〕❶眾人；大
家。❷都；皆。

僊 "仙"的異體字。

偬 "怱"的異體字。

偋㊂
(bǐng)粵biŋ²〔丙〕❶同"屏㊀❶"。隱
避。如：偋居；偋處。❷同"屏㊂
❸"。除去。

倗 (péng)粵pɐŋ⁴〔朋〕同"朋"。

傜 (yáo)粵jiu⁴〔遙〕喜悅。通作"繇"。

傮 ㊀(zāo)粵dzou¹〔槽〕同"遭"。事一終
為一終。
㊁(cáo)粵tsou¹〔曹〕紛雜。通"嘈"。

僈 (màn)粵man⁶〔漫〕❶通"慢"。輕慢；
輕視。❷通"慢"。怠慢；怠惰。❸通
"漫"。污穢。

偬 (còu)粵tsɐu³〔湊〕同"腠"。

十二畫

僕(仆) (pú)粵buk⁹〔濮〕❶古代對奴隸
的稱謂。後泛指供役使者。
如：男僕；女僕。❷自稱謙辭。

【僕射】(㊀yè)中國古代官名。始於秦。原是
宮廷掌事的武官。東漢後職權漸重，分
左、右僕射。魏晉後相當於宰相職位。南
宋後廢。

【僕僕】形容旅途勞頓。如：風塵僕僕。

【僕遬】形容短小。後用以比喻才短不中用。

僎 (zhuàn)粵dzan⁶〔撰〕通作"撰"。

像(象) (xiàng)粵dzœŋ⁶〔象〕❶人物形
象的摹寫或雕塑。如：肖像；
畫像；石膏像。❷從物體發出的光線經過
光具組（透鏡、鏡、棱鏡或它們的組合）後
所形成的與原物相似的圖景。❸法式。❹

相似；像似。如：他像他父親；象形；象聲。❺如同。如：像他這樣的人是很難得的。

【像贊】畫像上的題詞。

僑(侨) (qiáo)働kiu⁴〔喬〕❶寄居；客居。如：僑胞；僑居。❷僑民。如：華僑；外僑。

【僑領】僑居外國同胞中的領袖人物。

僖 (xī)働hei¹〔希〕喜樂。古常以為諡。如周僖王、魯僖公。

僚 (liáo)働liu⁴〔聊〕❶官吏。也指同一官署的官吏。如：同僚；僚友。❷春秋時一種奴隸的稱謂。

【僚友】指在同一官署任事的官吏。

【僚佐】同"寮佐"。指同僚的官吏屬吏。

【僚屬】指同一官署中的下屬官吏。

傲 (qī)働hei¹〔欺〕見"傲傲"。

【傲傲】醉舞欹斜的樣子。

儳 (chán)働san⁴〔潺〕tsan⁴〔殘〕(又)見"儳懫"。

【儳懫】❶憔悴；煩惱。❷折疊

偽(伪) (wěi)，舊讀(wèi)働ŋei⁵〔魏〕❶作偽；虛假。如：偽造；去偽存真。❷非法的，竊取政權，不為人民所承認的。如：偽政權；偽總統。

【偽書】❶假造文書。也指假造的文件。❷作者隱匿本名而託名前人的作品。中國古籍中偽書，有原作者名已無考而託名於前人的；有成書較晚而相傳為前代著作的；也有原書已佚而後人有意作偽的。

【偽善】假充好人；假冒為善。

【偽學】指事事形式摹擬而沒有真實內容的作體。

【偽君子】假裝正派，實際上卑鄙無恥、玩弄兩面派手法的人。

偣 (chuǎn)働tsyn²〔喘〕同"舛"。兩足相背。引申指兩足相向。

僥(侥) (jiāo)働hiu¹〔囂〕見"僥幸"。

㊀(yáo)働jiu⁴〔搖〕見"僥儌"。

【僥幸】偶然獲得意外的利益或免去不幸。亦指希望獲得意外成功。

僦 (jiù)働dzɐu⁶〔就〕❶運輸。參見"僦費❶"。也指運輸費。❷租賃。如：僦

屋。

【僦費】❶運輸費。❷房租。

僧 (sēng)働dzɐŋ¹〔增〕佛教名詞。梵文Saṃgha，音譯作"僧伽"，簡稱"僧"，意譯"和合眾"或"眾"等。佛教稱四個以上出家人結合在一處為"僧伽"，即"僧團"的簡稱。後來也指個別的出家人。

【僧侶】和尚。

【僧徒】僧侶；僧眾。

僩(㑦) (xiàn)働han⁵〔霞慢切〕開闊。

僬 ㊀(jiāo)働dziu¹〔招〕見"僬僥"。
㊁(jiào)働dziu³〔照〕見"僬僬"。

【僬僥】亦作"焦僥"。古代傳說中的矮人。

【僬僬】走路急促的樣子。

僭 (jiàn)働tsim³〔輋〕❶超越本份。指下級冒用上級的名義、禮儀或器物。如：僭份。❷差失；失當。❸假；不可信。

【僭越】謂超出本份或規定的範圍。

【僭號】舊史稱越份自封王稱號為僭號。

僮 ㊀(tóng)働tuŋ⁴〔同〕❶"童"本字。古稱未成年的男子。❷古代對幼婢的蔑稱。亦作為童僕的通稱。如：書僮；琴僮。

㊁(zhuàng)働dzɔŋ⁶〔狀〕中國少數民族名。今改為"壯"。

【僮豎】古代對年輕僕役的蔑稱。

僰 (bó)働bɐt⁹〔拔〕古族名。春秋前後居住在以"僰道為中心的今川南及滇東一帶。

僞 "僞"的異體字。

僳 (sù)働suk⁷〔粟〕見"傈"。

僡 同"惠"。

僗 (láo)働lou⁴〔勞〕見"呆僗"。

僔 (zǔn)働dzyn²〔轉〕自制；謙退。

僒 (jiǒng)働kwɐn³〔困〕困迫。通"窘"。

簡 同"簡"。

十三畫

僵 (jiāng)⑧ɡœŋ¹〔姜〕❶仆倒。❷不活動；僵硬。如：百足之蟲，死而不僵。❸死；枯。❹事情無法轉圜或難於處理。如：把事情弄僵；勢成僵局。

【僵臥】躺着不動；伏處不出。

傑 (jìn)⑧ɡɐm³〔禁〕❶中國古代北方民族樂名，一說西方民族樂名。見"傑倞兜離"。❷仰；仰視。

【傑倞兜離】中國古代少數民族音樂的合稱。

價(价) ㊀(jià)⑧ɡa³〔嫁〕❶價格；價值。如：物價穩定；等價交換。❷化學名詞，即原子價。
㊁(jie)⑧同㊀作助詞。相當於"地"的用法。如：震天價唱。

債(债) (fèn)⑧fɐn⁵〔奮〕❶仆倒。❷僨斃。❸覆敗。見"債事"。❹緊張而奮起之意。見"債興"、"債驕"

【債事】猶言敗事。

【債興】❶緊張；興奮。❷噴發；爆發。

【債驕】債發驕矜，不可禁制。

僻 (pì)⑧pik⁷〔闢〕❶偏辟。如：僻巷；僻處一隅。❷不正；邪。如：邪僻。❸不常見；冷僻。如：僻典；僻書。

【僻陋】荒僻而鄙陋。

【僻違】邪辟背理。一作"僻達"、"僻回"。

僽 (zhòu)⑧dzɐu³〔咒〕見"傷僽"。

僾 (ài)⑧ɐi³〔愛〕❶仿佛。❷窒息。

儀(仪) (yí)⑧ji⁴〔兒〕❶禮節；儀式。如：行禮如儀。❷禮物。如：賀儀。❸法度；準則。❹儀器。如：渾天儀；地球儀。❺容貌、舉止。見"威儀❷"。❻嚮往。如：心儀。

【儀仗】古代帝王、官員外出時護衞所持的旗幟、傘、扇、武器等。❷國家舉行大典或迎接外國貴賓時護衞所持的武器；也指遊行隊伍前列舉着的較大的旗幟、標語、圖表、模型等。

【儀表】❶法式；表率。❷容貌；姿態。❸日晷。

【儀態萬方】謂容貌、姿態無限美好。

儁 "俊"的異體字。

農(侬) (nóng)⑧nuŋ⁴〔農〕❶我。❷上海一帶方言的"你"。

億(亿) (yì)⑧jik⁷〔益〕❶數目。萬萬。古時也指千萬。

【億萬斯年】猶千秋萬歲，形容時間的無限久長。一般用作祝賀之辭。斯，句中助詞，無義。

儆 (jǐng)⑧ɡiŋ²〔竟〕❶警戒。如：以儆效尤。❷通"警"。警報。❸警備；戒備。

儇 (xuān)⑧hyn¹〔圈〕❶便捷。參見"儇子"。❷巧佞。

【儇子】輕薄而有小聰明的人。

儈(侩) (kuài)⑧kui²〔繪〕買賣介紹人。如：市儈；牙儈。

儉(俭) (jiǎn)⑧ɡim⁶〔技驗切〕❶節省；儉約。如：克勤克儉。❷貧乏；不豐足。參見"儉腹"、"儉歲"。

【儉歲】歉收之年。

【儉腹】腹中空虛，比喻知識貧乏。

儋 (dān)⑧dam¹〔耽〕"擔"的古體字。肩挑。

【儋耳】地名，在今海南省儋縣。

儌 "僥"的異體字。

儍(偭) (mǐn)⑧mɐn²〔敏〕見"儍俛"。

【儍俛】(~miǎn)勤勉；努力。如：儍俛從事。亦作"僶勉"、"黽勉"。

儃 ㊀(chán)⑧sin⁴〔時言切〕見"儃個"。
㊁(tǎn)⑧tan²〔坦〕見"儃儃"。

【儃回】同"儃個"。

【儃個】亦作"儃回"、"遭回"。❶徘徊不進的樣子。❷連緜。

【儃儜】同"誕謾"。放縱。

【儃儃】(tǎn tǎn)舒閒的樣子。

儏(伬) (tà)⑧tat⁸〔撻〕見"佻儏"。

儎(载) (zài)⑧dzɔi³〔再〕同"載"。指舟車可載運之量。如：過儎。

儍　同“傻”。

十四畫

儐（傧）⑧ben³〔殯〕❶導引；迎接賓客。參見“儐相”。❷陳列。❸通“擯”。擯棄。

【儐相（一xiàng）】亦作“擯相”。❶古時稱替主人接引賓客和贊禮的人。宋以後婚禮中的贊禮者亦稱“儐相”。❷指舉行婚禮時陪伴新郎的男子和陪伴新娘的女子。

儒（rú）⑧jy⁵〔如〕❶古代從巫、史、祝、卜中分化出來専爲貴族相禮（如辦喪事之類）的一些知識分子。孔子開始也從事這類的職業，後來招收學生講學，逐漸形成一個學派，是爲儒家。後也用作讀書人的通稱。❷見“侏儒”。

【儒士】崇信孔子學說的文人。也泛指一般讀書人。
【儒臣】古稱博士官爲“儒臣”。後泛指讀書人出身的或有學問的大臣。
【儒林】謂儒者之羣。
【儒宗】儒者所宗仰的人。
【儒術】指儒家學說。西漢董仲舒曾提出“罷黜百家，獨尊儒術”的建議，開創了以儒家學說爲封建正統思想的局面。
【儒雅】❶古指博學的儒者。❷猶言溫文爾雅。稱揚人的風度美好和學識淵深。
【儒學】❶儒家學說。❷元明清在府、廳、州、縣設立學校，供生員讀書，稱儒學。
【儒醫】指書生而行醫的人。

儔（俦）（chóu）⑧tseu⁴〔酬〕伴侶；同輩。

儕（侪）（chái）⑧tsai⁴〔柴〕類；如：同儕。

嶷（nǐ）⑧ji⁵〔耳〕❶同“擬❹❺”。❷見“嶷嶷”。

【嶷嶷】❶同“蘱蘱”。草木茂盛的樣子。❷遲疑的樣子。

盡（尽）（jǐn）⑧dzœn²〔準〕❶“越……越好”的意思。如：盡先；盡快。❷任意。如：盡揀；儘你吟咐。❸老是；只管。如：這幾天盡下雨。

【盡教】（jǐu一）儘管；任憑。

儚　（méng）⑧muŋ⁴〔蒙〕昏昧。

儛　（wǔ）⑧mou⁵〔武〕同“舞”。

儜（佇）（níng）⑧niŋ⁴〔寧〕見“拘儜”。

儓　（tái）⑧toi⁴〔臺〕古時奴隸制中低下的等級之一。本作“臺”。

十五畫

償（偿）（cháng）⑧sœŋ⁴〔常〕❶償還。❷酬報。❸抵補。如：得不償失。❹實現。如：得償夙願；如願以償。

【償責】❶“責”通“債”。還債。❷抵當應負的責任。

儡（儡）⑧lœy⁵〔呂〕❶毀敗；憔悴。❷見“傀儡”。

【儡儡】疲應憔悴的樣子。頹喪的樣子。

儢（偻）（lǚ）⑧lœy⁵〔呂〕見“儢儢”。

【儢儢】懈怠的樣子。

儦　（biāo）⑧biu¹〔標〕見“儦儦”。

【儦儦】衆多的樣子。

優（优）（yōu）⑧jeu¹〔休〕❶優良；美好。❷充足；富裕。見“優渥”、“優裕”。❸柔弱；少決斷。如：優柔寡斷。❹俳優；優伶。古代以樂舞戲謔爲業的藝人的統稱。亦以稱戲曲演員。

【優柔】❶寬舒；從容。❷平和；柔和。❸軟弱的樣子。如：優柔寡斷。
【優假】寬容；從寬對待。
【優越】優勝；優異。如：優越條件。
【優游】❶悠閑；閑暇自得的樣子。❷猶豫不決。
【優渥】豐足；優厚。
【優裕】富裕；充足。如：生活優裕。
【優優】❶形容平和。❷形容寬綽。
【優孟衣冠】《史記·滑稽列傳》載，楚相孫叔敖死，其子貧困，優孟着孫叔敖衣冠，模仿其神態，往楚莊王前祝壽，莊王大驚，以爲孫叔敖復生，欲以爲相。優孟因趁機

諷諫，言孫叔敖爲相廉潔，死後妻子窮困不堪，楚相不足爲。於是莊王召其子，封之寢丘。後因謂登場演戲爲"優孟衣冠"。

【優哉游哉】從容不迫、閒適自得的樣子。

儩(儩) (sì)⦿tsi³〔次〕完；盡。

十六畫

儲(储) (chǔ，舊讀chú)⦿tsy⁵〔柱〕●積蓄。●副貳。見"儲君"。

【儲君】太子。

【儲胥】●木柵之類，作守衛拒障之用。●漢代宮殿名。

【儲備】儲存起來以備使用。如：儲備糧食。也指儲存的物資。

儭(儭) (chèn)⦿tsɐn³〔趁〕同"嚫"。布施。

【儭錢】布施給僧人的錢。

儱(伧) (lǒng)⦿luŋ⁵〔壟〕見"儱侗"。

【儱侗】(一tǒng)同"籠統"。

億 (yì)⦿jik⁷〔益〕通作"億"。

十七畫

儳(儳) (chàn)⦿tsam³〔杉〕●苟且；不嚴肅。●通"攙"。攙入；混雜。參見"儳言"。

【儳言】別人說話未完，插進去說話。

儴(儴) (ráng)⦿jœŋ⁴〔羊〕同"勷"。見"僅儴"。

儵 "倏"的異體字。

繇 (yóu)⦿jɐu⁴〔由〕人名。

十八畫

儸 "儸"的古體字。

十九畫

儷(俪) (lì)⦿lɐi⁶〔麗〕●並；偕。●配偶。引申爲成雙成對之意。如：儷辭；駢儷。參見"伉儷"。

【儷辭】亦作"麗辭"。即對偶的文辭。

儸(㑩) (luó)⦿lɔ⁴〔羅〕見"僂儸"。

儧(儹) (zǎn)⦿dzɐn²〔轉〕積聚。

儺(傩) (nuó)⦿nɔ⁴〔挪〕●行步有姿態。●古時臘月驅逐疫鬼的儀式。

二十畫

儻(傥) (tǎng)⦿tɔŋ²〔躺〕●惝恍。●見"倜儻"、"俶儻"。

【儻來】偶然而來。

【儻朗】不明的樣子。

【儻莽】曠遠的樣子。亦作"黨莽"。

【儻蕩】放浪；不檢點。

【儻儻】舒閒的樣子。

儼(俨) (yǎn)⦿jim⁵〔染〕恭敬莊重。

【儼然】●莊嚴的樣子。●整齊的樣子。●宛然，好像眞的。

二十一畫

儽 (lěi)⦿lœy⁵〔呂〕見"儡儽"。

【儡儽】頹喪的樣子。

儾 (luǒ)⦿lɔ²〔裸〕同"臝"。見"儽儾"。

【儽儾】無羽毛的樣子。

二十二畫

儽 同"臝"。

儿 部

一 畫

兀 (wù)⑧ŋet⁹〔屹〕❶高聳特出的樣子。如：突兀〔屹〕。❷山禿。❸猶"還"。如：兀自。❹語助詞，用在句首。元人小說戲曲中常見。見"兀那"。

【兀兀】❶同"矻矻"。用心勞苦的樣子。❷昏沉的樣子。

【兀朮】公元？—1148年，女眞族，姓完顏，名宗弼。金完顏旻(太祖)第四子。金兵攻宋，屢爲前鋒，曾被韓世忠包圍於黃天蕩，後逃脫。又曾與岳飛戰於朱仙鎭，兵敗將北還，因宋高宗詔令岳飛撤軍，遂再奪取河南陝西地，與宋劃淮河爲界。《金史》有傳。清官書改爲烏珠。小說多作金兀朮。

【兀自】尙；還。

【兀那】猶言"那"。兀，作語助。

【兀的】猶言"這"。同"不"連用，則表示反詰語氣，猶言"這豈不"。亦作"兀底"。

【兀臬】亦作"兀臲"、"杌陧"、"阢隉"。動搖不安定的樣子。

【兀傲】意氣鋒銳凌厲，不隨流俗。也用來形容一種雄放奇倔的詩文風格。

二 畫

允 (yǔn)⑧wen⁵〔尹〕❶應許。如：允許；允諾。❷公平；得當；相稱。❸誠信。

【允當】(—dàng)適宜；得當。

【允執其中】謂眞誠地堅持不偏不倚的中道。

元 (yuán)⑧jyn⁴〔原〕❶人頭。❷始；第一。如：元旦；元月。❸爲首的。如：元首。❹古代哲學概念，指天地萬物的本原。❺猶"大"。❻元代；元人。參見"黎元"、"元元"。❼本來；原先。如：元配。❽基本的。如：元素。❾一種貨幣或貨幣單位的名稱。如：銀元；一元二角。❿同"玄"。清代避康熙(玄燁)諱，改"玄"作"元"。如：元色；元妙。⓫朝代名。公元1271—1368年。

【元元】庶民；衆民。

【元日】❶吉日。❷正月初一日。

【元兇】大惡人；首惡。

【元月】一年的第一個月，即正月。

【元旦】也叫元日。一年的第一天。

【元戎】❶大的兵車。❷猶言大軍。❸主將。

【元老】古稱老臣。後多以指在政界中年輩、資望很高的人。

【元年】原稱帝王或國君即位之年。後來帝王改換年號的第一年也稱元年。

【元夜】即元宵。

【元首】本義是頭，比喩君主。今亦稱代表國家的最高領導人爲"元首"。

【元配】最要緊的妻子。

【元朔】陰曆正月初一日。

【元宵】❶陰曆正月十五日叫上元節，這天晚上叫"元宵"，也叫"元夜"。唐代以來有觀燈的風俗，所以又叫"燈節"。❷湯圓的別名。舊俗元宵要吃湯圓，所以稱湯圓爲"元宵"。

【元氣】❶指天地未分前混一之氣。❷精神；生氣。引申指人類社會組織的生命力。如：瘡痍已平，元氣漸復。❸中醫學名詞。亦稱"原氣"。指人體維持組織器官生理功能的基本物質與活動能力。

【元惡】猶元兇。

【元勳】首功；大功。也指對國家開創或建設有極大功績的人。

【元龜】大龜，古代用以占卜。引申爲借鑒的意思。

【元寶】舊時較大的金銀錠，兩頭翹起中間凹下，銀元寶一般重五十兩，金元寶重五兩或十兩。

【元元本本】本意是探其原始而得其根本。後謂事物的全過程或全部情況爲"元元本本"。元，也寫作"原"或"源"。

【元亨利貞】❶《周易》"乾"卦卦辭。元，大；亨，即享，指諸侯朝貢，獻物助祭；利，有利；貞，通"占"，即占卜。元亨利貞，爲大享時占卜，遇此卦則有利。❷用作四個數字。如分作四卷的書，卷一至卷四，

依次用元、亨、利、貞表示。

【元龍高臥】《三國志・魏志・陳登傳》載，陳登字元龍，志向高遠。有次許汜去看他，他不把許汜放在眼裏，自己臥在大牀上，讓許汜臥在下牀。後稱人待客傲慢，多用"元龍高臥"，本此。

三畫

兄 (xiōng)粵hing¹〔卿〕❶哥哥。❷朋友相互親愛的尊稱。如：仁兄；學兄。

【兄弟鬩牆】比喻內部相爭。

四畫

充 (chōng)粵tsung¹〔匆〕❶塞；充塞。見"充耳"、"充棟"。❷充實，充足。❸充任；充當。❹冒充。如：行行家；打腫了臉充胖子。

【充斥】衆多；充滿。今多含貶義。

【充耳】❶塞住耳朵。如：充耳不聞。❷古代掛在冠冕兩旁的飾物，以玉製成，下垂於耳；也叫"瑱"。

【充佃】本，亦作"充佃"。

【充軍】舊時刑法之一，把死刑減等的罪犯或其他重犯押解到邊遠地方去服役。

【充飢】謂充滿身腹，謂飢時進食。

【充棟】言堆積之多，高達屋棟。常指書籍。

【充塞】❶斷絕；阻塞。❷充滿。

【充數】用不夠格的人或物來湊足數額。

【充閭】舊時大門庭。常用為賀人生子之詞。如：充閭之慶；充閭之喜。

兆 (zhào)粵siu⁶〔紹〕❶卜兆。古人迷信，灼龜甲以占吉凶，其裂痕謂之兆。❷事物發生前的徵候或迹象；預示。如：預兆；瑞雪兆豐年。❸數目。古時說者不一。一說百萬，一說十億，一說萬億。極言數多。

【兆民】舊稱衆百姓。兆，極言其多。

【兆朕】"朕"，亦作"眹"。同"朕兆"。事物發生前的徵候或迹象。

兇 同"凶"❶❷。

先 (xiān)粵sin¹〔仙〕❶次序或時間在前。與"後"相對。❷首要的事情。❸

祖先。❹對已去世者的尊稱。如：先父；先母；先烈。❺上古的事。見"先民"。

【先人】❶古時的人。❷祖先，包括已死的父親。

【先天】❶指人或動物在胚胎時期所形成或具有的。如：先天不足。❷哲學名詞。指先於經驗。

【先正】舊稱古代的賢臣。也泛稱前代的賢人，同"先哲"、"先賢"意義相近。❷古稱前代的君長。

【先生】❶父兄。❷老師。也泛用為對人的敬稱。❸婦女稱自己的丈夫或稱別人的丈夫。❹某些地區方言，稱醫生為先生。❺元人稱道士為先生。

【先主】稱一國的開國君主。

【先民】指古時的賢人。

【先考】自稱去世的父親。

【先君】❶古代帝王稱先代君主。也泛指祖先。❷舊稱自稱去世的父親。

【先妣】自稱去世的母親。❷舊稱遠祖母。

【先見】❶預見。❷預先顯露迹象。"見"同"現"。

【先知】❶指天生的啓蒙者。❷《聖經》中指受神啓示而傳達神的意旨或預言未來的人。

【先河】古代帝王祭祀時，先祭黃河，後祭海，以河為海的本源。先祭河是表示重視根本。後來稱倡導在先的事物為先河。

【先哲】稱前代有才德的人。

【先務】應該最先做的事情。

【先進】在許多人或同類事物中最為進步，可作學習榜樣的。與"後進"相對。❷先輩。

【先達】稱有地位有聲望的先輩。

【先輩】❶猶稱前輩。後指指已死的前輩。❷唐代進科舉者相互的敬稱。明清科場以先得中者為"前輩"，而不論其年輩長幼。

【先鋒】古代行軍或作戰時的先遣將領或先頭部隊。現也用以比喻在事業中起先導作用或帶頭作用。

【先導】❶引路；開路。❷引導。

【先鞭】佔先一着。

【先驅】❶先導；開路。❷軍隊的先鋒。

【先君子】❶舊時自稱去世的父親。❷舊時自己或別人的去世的祖父。

【先驗論】也叫先驗主義。凡是主張知識來源於某些先天原則、先天邏輯範疇，或來源於人頭腦裏固有的、主觀自生的感覺、觀念的觀點，都叫先驗論。

【先入為主】以先聽進的話取為主，不聽取後來的話。謂懷有成見。

【先見之明】能預先洞察事物的眼力。

【先斬後奏】原指封建時代的封疆大吏先將要犯處死，然後再上報皇帝。現多借以比喻先採取行動，然後再上報。

【先發制人】本謂戰爭中的兩方先發者制人。後泛用為先下手為強的意思。

【先意承志】揣摩上級及長輩的心意，恭順奉承，以博取歡心。志，也作"旨"、"指"。

【先睹為快】以盡先看到得為快樂。

【先聲奪人】謂用先為張揚自己的聲威以摧折敵人的士氣。後也謂先以聲威懾人。

【先下手為強】作事搶佔先著，取得主動地位。

光 (guāng)⑧gwɔŋ¹〔瓜康切〕❶一般指能引起視覺的電磁波。在光學上，光也包括不能引視覺的紅外線和紫外線。❷明亮。如：光澤。❸光榮。如：增光。❹光滑。如：磨光。❺裸露。如：光着膀子。❻完了；淨盡。如：掃光。❼單；只。如：光穿一件汗衫；光靠一個人完不了任務。

【光大】❶即廣大。❷輝煌而盛大。如：發揚光大。

【光年】計算星體間距離的單位。光每秒的速度約三十萬公里，一年內所走的距離叫做一光年，約等於十萬億公里。

【光復】猶恢復、收復。

【光棍】❶流氓、地痞。❷單身漢。亦作"光棍子"、"光棍兒"。

【光景】❶風光景色。❷景況；情況。❸猶左右，表示約計。

【光臨】稱賓客來臨的敬辭。謂賓客來臨給主人以光榮。

【光寵】(賜給的)榮耀或恩惠。

【光天化日】❶猶言"太平盛世"。❷謂白晝。比喻眾是昭彰，是非分明的場合。

【光明正大】心地光明，行為正派。

【光明磊落】形容光明正大，胸懷坦白。

【光怪陸離】謂色彩斑斕，形狀奇異。

【光前裕後】光大前業，遺惠後代。亦簡作"光裕"。多用為稱頌別人功業隆盛之詞。

【光風霽月】雨過天晴時的明凈景象。常用以比喻太平時世。亦用以比喻人的品格氣度。

兊 (gǔ)⑧gu²〔古〕蒙蔽；蠱惑。通作"蠱"。

五　畫

克 (kè)⑧hɐk⁷〔刻〕❶能夠。如：不克分身。❷限定。如：克日完成。❸戰勝；攻下。如：攻無不克；連克數城。❹克制。如：以柔克剛。❺舊稱公分。代號g。公制中計量質量和重量的一種單位。1公斤＝1,000克。

【克己】克制自己的私欲；約束自己。

【克日】約定日期。同"刻日"。

【克復】用兵力收復失地。

【克勤克儉】既能勤勞，又能節儉。

兌 (duì)⑧dœy³〔對〕❶兌換。如：兌現；兌款。❷象棋對局中犧牲性之一的棋子以吃掉對方的棋子。如：兌車；兌炮。❸八卦之一，卦形為☱，象徵沼澤。

兎 "兔"的異體字。

免 (miǎn)⑧min⁵〔緬〕❶免除。如：免禮；免罪。❷逃避；避免。如：幸免於難。❸去掉。如：免冠。❹罷免。如：免職。

【免俗】免於世俗之情。

【免席】避席。離開席位，表示恭敬。

【免疫】由於具有抵抗力而不患某種傳染病，有先天性免疫和獲得性免疫兩種。

六　畫

兒(儿) ㊀(ér)⑧ji⁴〔而〕❶小孩。如：嬰兒；幼兒。❷兒子。如：愛兒。❸子女對父母的自稱。
㊁(er)⑧同㊀作語助。如：書本兒；慢慢兒；百兒八十。

【兒息】兒子。

【兒曹】孩子們。

【兒戲】比喻作事不嚴肅、不認眞，有如小兒嬉戲。

兔 (tù)⑨tou³〔吐〕❶動物名。如：家兔。❷古代車制，車箱底板下面扣住橫軸的兩個裝置叫做輹。其形如伏兔，故又叫伏兔，簡稱兔。

【兔脫】❶形容脫走的迅速。❷比喻脫逃。

【兔毫】用兔毛製的筆。

【兔園】園名，漢梁孝王所築。後稱"梁苑"，亦稱"梁園"。故址在今河南商丘縣東。

【兔魄】古人稱月初生時爲魄。又傳說月中有白兔搗藥，所以稱月亮爲兔魄。

【兔死狐悲】比喻因同類死亡而感到悲戚。用於貶義。亦作"狐死兔泣"。

【兔死狗烹】《史記·越王句踐世家》有"狡兔死，走狗烹"之語，意謂兔子死了，獵狗就被人烹食。比喻事成見棄。多指舊時的君主殺戮功臣。

【兔起鶻落】鶻，打獵用的猛禽。兔子才起來而鶻已經搏擊下去，比喻動作敏捷。也用來比喻作書畫或寫文章下筆迅捷無停滯。

兕 "兔"的異體字。

兕 (sì)⑨dzi⁶〔自〕古代犀牛一類的獸名。皮厚，可以製甲。

【兕中】古代擧行射禮時放籌碼的用具。用木刻成伏兕形，背上有圓孔，射中一次，就納入籌碼一枚以計數。

【兕觥】也叫"兕爵"。古時的一種獸形酒器。

兗 (yǎn)⑨jin²〔演〕〔兗州〕古九州之一。

兖 "兗"的異體字。

党 (dǎng)⑨dɔŋ²〔擋〕❶〔党項羌〕古代羌人的一支。❷姓。金時有党懷英。❸"黨"的簡化字。

兜 (dōu)⑨dɐu¹〔低歐切〕❶古代將士所用的頭盔，就是冑，通稱"兜鍪"。❷形狀像兜鍪的帽。❸口袋一類的東西。如：兜包；網兜；褲兜兒。❹抄起衣襟來當作兜兒裝東西。❺同"蔸"。兜子；便轎。❻包圍；繞。如：兜剿，兜拿；兜圈子；兜攬。❼招攬。如：兜售；兜生意。

【兜子】❶便轎。❷即兜肚。❸即口袋，兜包。

【兜搭】❶拉扯閒談。❷周折；麻煩。

【兜鍪】頭盔。古稱"冑"，秦漢以後稱"兜鍪"。亦作"兜牟"。也比喻爲士兵。

【兜離】❶中國古代少數民族的樂名。參見"僸佅兜離"。❷語言不分明。亦作"侏離"。

【兜攬】招攬。

兠 "兜"的異體字。

兟 (shēn)⑨sɐn¹〔辛〕❶兟的別稱。❷見"兟兟"。

【兟兟】同"莘莘"。衆多的樣子。

兢 (jīng)⑨giŋ¹〔京〕見"兢兢"。

【兢兢】❶小心謹愼的樣子。❷強健的樣子。

【兢兢業業】恐懼的樣子。後常用以形容做事謹愼、勤愼。

入　部

入 (rù)⑨jɐp⁹〔移合切〕❶進入；由外到內。如：入場；入境。❷進入：入會。❸收進；收入。如：量入爲出。❹合乎；合於。如：入情入理。❺古漢語聲調之一。即入聲。

【入手】❶着手；下手。❷到手。

【入耳】猶言悅耳，中聽。

【入直】"直"同"值"。封建時代稱官員入宮禁值班供職。

【入泮】周代諸侯的學校前有半圓形的池，名泮水，學校即稱泮宮。後代沿襲其形制。明清規定，凡州、縣考試新進生員須入學宮拜謁孔子，因稱入學為"入泮"或"游泮"。

【入門】比喻學習已得門徑或能得師傳。亦以稱便於初學的讀物。如：語法入門；代數入門。

【入室】比喻學問技能獲得師傳，達到高深的地步。

【入神】❶謂達到神妙的境界。❷精神貫注。如：他聽得很入神。

【入流】❶夠格；進入流品。❷古代官制，九品以內為流內，九品以外為流外，由流外進入流內叫"入流"。

【入港】❶〈交談〉投機。如：二人談得入港。❷比喻合乎一定的程式或要求。

【入彀】謂進入弓箭射程以內。❶比喻就範。❷比喻合乎一定的程式或要求。

【入微】達到極其細致、深刻的地步。如：體貼入微；剖析入微。

【入贅】稱男子就婚於女家並成為女方家庭的成員為"入贅"。

【入幕賓】謂參與機密的幕僚。

【入木三分】形容書法筆力強勁。張懷瓘《書斷》載，晉王羲之書祝版（祭祀時寫祝辭的木板），工人事後削去，發見筆蹟入木三分。後亦用來比喻思想、議論的深刻。

【入室操戈】比喻就對方的論點以駁對方。

【入國問俗】國，都城。謂進入別國的都城，先要問清楚風俗習慣。

【入境問禁】謂進入別國的國境，先問清楚那一國的法禁，以免觸犯。

一　畫

亾　"亡"的古體字。

二　畫

内　㊀(nèi)㊁nɔi⁶〔耐〕❶裏面。與"外"相對。如：國內；內衣。❷古代泛稱妻妾。後專稱妻妾為內。又為妻家親戚之稱。如：內兄；內臣。❸親近；親信。如皇宮。參見"大內❶"。❺內臟。見"五內"。

㊁(nà)㊁nap⁹〔納〕(舊)通"納"。

【內人】❶古代泛指妾媵，眷屬。後專用以稱自己的妻子。參見"內子"。❷宮人。❸唐代長安教坊歌舞妓進入宮中承應的稱"內人"。

【內子】❶古代稱卿大夫的嫡妻。古時人之妻、己之妻都可稱為"內子"。後專以稱自己的妻子。

【內臣】❶國內之臣。❷宮廷的近臣。❸指宦官。

【內助】謂妻子幫助丈夫處理家庭內部的事務，因稱妻子為"內助"。

【內疚】內心慚愧不安。

【內訌】亦作"內哄"。指集團內部由於爭權奪利而產生的矛盾鬥爭。

【內視】❶內心反省。❷謂不以目視而以心視，即謂主觀唯心觀點看待事物。❸古代道家修煉之術，謂能洞觀己身內臟。

【內傳】(—zhuàn)❶古代儒家經學家稱專主解釋經義的書為"內傳"，廣引事例，推演本義的書為"外傳"。❷一種記述小說體，以記傳主的遺聞逸事為主。

【內熱】❶內心焦灼。❷中醫學名詞。指陰虛或陽盛而導致的一種病理現象。

【內憂】❶指國家內部不安定，與"外患"相對。❷內心憂懼。❸指母喪。參見"丁憂"、"內艱"。

【內篇】古代指著中的主要部分，對"外篇"而言。如《莊子》、《晏子春秋》、《抱樸子》、《史通》、《文史通義》等書都分內外篇。內篇為作者要旨所在，外篇則屬餘論或附論性質。又文集亦有分內外篇者，內篇多為作者自編或有關學術義理的文章。

【內親】❶妻子的親屬。如妻兄稱內兄，妻弟稱內弟。❷母親。

【內艱】舊稱母喪為"內艱"。

【內應】❶隱藏在內部以策應的人。❷在暗中支持的人。

【內兄弟】❶舅父的兒子。❷妻的兄弟。

【內閣制】資本主義國家的政權組織之一。內閣由獲得議會多數席位的政黨或議會中構成多數席位的幾個政黨聯合組成，由國家元首任命。內閣首腦叫首相或總理，閣員叫大臣或部長。內閣總攬一切行政權力。

【內憂外患】指國家內部的變亂和外來的禍患。

四 畫

全 (quán)⑧tsyn⁴〔泉〕❶完備；齊全。如：十全十美。❷整個。如：全國；全世界；全神貫注。❸完全；都。如：全新；全來了。❹保全。見"全生"。

【全生】❶道家謂保全自然賦予人的天性。❷保全生命。

【全帖】舊時於隆重禮儀時所用的禮帖。用紅紙摺成，共十面，第一面中央寫"正"字或"整肅"二字，第二面署名。因爲共有十面，故稱"全帖"。

【全活】❶使生活困難、瀕於死亡的人得以繼續生存。❷活至老死。即壽終。

【全息】反映物體在空間存在時的整個情況的全部信息。

【全豹】事物的全貌；全體。參見"管中窺豹"。

【全天候】不受天氣限制的，在各種複雜氣候條件下都能用的。如：全天候飛機。

【全無心肝】罵人的話。謂毫無羞惡之心。

六 畫

兩(两) ㊀(liǎng)⑧lœŋ⁵〔離養切〕❶二。如：兩個人；兩棵樹。❷猶言雙。(1)兩隻。(2)並比。如：一時無兩。❸雙方；並。如：兩全其美；勢不兩立。❹哲學名詞。指事物內部的兩個對立面。❺幾，指不定的少數。如：過兩天再說。

㊁(liǎng)⑧lœŋ²〔拉舊切〕❶重量單位。十錢爲一兩，十六兩爲一斤。❷舊時的一種貨幣單位。

㊂古同"輛"。

【兩可】可彼可此；可否可否。如：模棱兩

可。

【兩歧】(兩種意見、方法)不統一。

【兩訖】商業用語，指賣方已將貨付清，買方已將款付清，交易手續已了。

【兩端】❶兩頭；兩個方面。❷兩可的態度。

【兩儀】古指天地或陰陽。

【兩面派】❶指表面一套，暗裏一套，爲了不告人的目的，耍弄兩面手法的人。❷指對抗爭雙方都敷衍討好的人。

【兩小無猜】謂幼男幼女相處融洽，天真無邪。

【兩虎相鬥】比喻兩雄相爭。

【兩面三刀】比喻要兩面手法，當面一套，背地一套。

【兩部鼓吹】《南齊書·孔稚珪傳》載，孔稚珪住的房子周圍長滿野草，蛙聲噪鬧，孔對人說"我以此當兩部鼓吹"。鼓吹，古時儀仗樂隊的器樂合奏。後以"兩部鼓吹"比喻蛙鳴。

【兩袖清風】見"清風兩袖"。

【兩敗俱傷】比喻爭鬥的雙方都受到損傷。

七 畫

兪 ㊀(yú)⑧jy⁴〔余〕❶猶言"然"。表示應允。❷姓。

㊁(shù)⑧sy³〔戍〕通"腧"。針灸施術的穴位。

【兪允】允諾。本指帝王的允可。後來普通書函中亦用爲稱對方許諾的敬辭。

俞 "兪"的異體字。

八 部

八 (bā)⑧bat⁸〔捌〕數詞。

【八方】四方(東、南、西、北)四隅(東南、東北、西南、西北)的總稱。如：四面八方。

【八仙】神話傳說中的八位仙人。即鐵拐李(李鐵拐)、漢鍾離(鍾離權)、張果老、何仙姑、藍采和、呂洞賓、韓湘子、曹國舅

八人。

【八代】❶指五帝三王之世。❷指東漢、魏、晉、宋、齊、梁、陳、隋。

【八表】八方以外極遠的地方。

【八卦】《周易》中的八種基本圖形，用「─」和「--」符號組成；以「─」為陽，以「--」為陰。名稱是：乾（☰）坤（☷）震（☳）巽（☴）坎（☵）離（☲）艮（☶）兌（☱）。《易傳》作者認為八卦主要象徵天、地、雷、風、水、火、山、澤八種自然現象，並認為「乾」、「坤」兩卦在「八卦」中佔特別重要的地位，是萬事萬物的最初根源。

【八佾】佾，樂舞行列。八佾，縱橫都是八人，共六十四人。奴隸社會等級制度規定，祭祀樂舞只有天子才能用八佾。

【八股】明清科舉考試的文體之一，也稱制藝、制義、時藝、時文、八比文；因題目取於四書，故又稱四書文。其體源於宋元的經義，明成化以後漸定式，清光緒末年廢。以四書中四書的內容作題目，文章的發端為破題、承題，後為起講。起講後為起股、中股、後股和末股四個段落褻講論。每個段落都有兩段相比偶的文字，合共八股，故稱八股文。

【八珍】八種珍貴的食物。謂龍肝、鳳髓、豹胎、鯉尾、鴞炙、猩唇、熊掌、酥酪蟬。

【八拜】古代世家子弟見長輩的禮節。又稱異姓結為兄弟的為「八拜之交」。

【八音】中國古代對樂器的統稱。指金、石、土、革、絲、木、匏、竹八類。鐘、鈴等屬金類，磬等屬石類，壎屬土類，鼓等屬革類，琴、瑟等屬絲類，柷、敔等屬木類，笙、竽等屬匏類，管、篪等屬竹類。

【八索】相傳為古書名。

【八荒】八方荒遠之地。

【八旗】清代滿族軍政合一的組織。分正黃、正白、正紅、正藍和鑲黃、鑲白、鑲紅、鑲藍八種旗色。稱滿洲八旗。後又編漢人、蒙古人的歸附者為漢軍八旗和蒙古八旗。

【八達】謂道路八面相通。

【八駿】傳說中周穆王的八匹名馬。名稱說法不一。一作赤驥、盜驪、白義、逾輪、山子、渠黃、華騮、綠耳。一作絕地、翻

羽、奔宵、超影、逾輝、超光、騰霧、挾翼。

【八斗才】比喻高才。

【八仙過海】傳說漢鍾離（即鍾離權）、張果老、韓湘子、鐵拐李、呂洞賓、曹國舅、藍采和、何仙姑八仙渡海時，各有一套法術，因有「八仙過海，各顯神通」的話。

【八面威風】形容威勢甚盛。

【八面玲瓏】原謂窗戶軒敞。後借以形容人手腕圓滑，處事接物面面俱到。

【八國聯軍】1900年英、美、德、法、俄、日、意、奧八國組成的侵華聯軍。他們為了鎮壓義和團運動。聯軍攻陷大沽，佔領天津、北京。沙俄乘機單獨出兵東北。次年，各國迫使清政府簽訂了喪權辱國的《辛丑條約》。

二畫

公 (gōng)⑧gung¹〔工〕❶無私。如：出以公心。❷公正；公平。如：秉公辦理。❸屬於國家或集體的。如：公款；公物。❹公務。如：力疾從公。❺公共；共同。如：公理；公約。❻公開。如：公之於世。❼古爵位名。為五等爵的第一等。直至清代仍沿用。亦為諸侯國君的通稱。❽稱丈夫之父。公公。如：公婆。古代亦以稱祖父及父親。❾對尊長或平輩的敬稱。如：諸公。❿雄獸中雄性之稱。如：公雞；公牛。

【公子】❶古稱諸侯的兒子。諸侯的女兒亦稱「公子」。❷舊時用來稱呼官僚的兒子。也作為對別人兒子的敬稱。

【公元】公曆紀元，也叫基督紀元。即公元傳耶穌基督的誕生年為公元元年。始行於公元六世紀。今為世界上多數國家所採用，故稱公元。

【公主】帝王之女的稱號。

【公民】指具有一個國家的國籍，並依據憲法或法律規定，享有權利和承擔義務的人。

【公帑】公款，屬於國家、企業、團體的錢。

【公庭】❶古代國君的廟庭或朝堂之庭。庭，堂前地。❷法庭；公堂。如：對簿公庭。

【公案】❶舊時官吏審理案件時用的桌子。❷

案件；事件。如：了却一椿公案。❸話本小說分類之一。後又演變爲"公案小說"。❹佛教禪宗指前輩祖師的言行範例。

【公務】公事。

【公卿】原指三公九卿，後泛指朝廷中的高級官員。

【公理】❶衡言公道。❷邏輯名詞。已爲反覆的實踐所證實而被公認的道理。可作爲證明中的論據。

【公堂】❶古代貴族的大屋。❷舊稱法庭或官署的廳堂爲"公堂"。

【公然】明目張膽、毫無顧忌的意思。

【公債】國家或地方政府爲籌集資金向公民借的債，通常以發行公債券的形式募集。

【公道】❶公正的道理。如：主持公道。❷公平合理。❸價錢公道。

【公廨】官署的別稱。

【公憤】公衆的憤怒。

【公館】❶古代諸侯的宮室和離宮別館。❷稱官僚富豪的住宅。

六 ㊀(liù)粵luk⁹(綠)❶數詞。❷《周易》中稱卦中的陰爻爲六。如：初六；上六。❸工尺譜中音名之一。
㊁(lù)粵同㊀古國名。偃姓，皋陶之後。在今安徽六安。公元前622年爲楚所滅。

【六甲】❶《星名》❶古術數的一種，用各種方法推測人的氣數、命運。❷古代婦女懷孕稱身懷六甲。❸參見"六丁六甲"條。

【六合】❶指天地四方。亦泛指天下。❷古代曆法用語。❸陰陽家的說法，以子與丑，寅與亥合，卯與戌合，辰與酉合，巳與申合，午與未合爲六合。

【六府】❶指水、火、金、木、土，穀謂"六府"。❷古代掌管府庫的官職。❸中醫學名詞。同"六腑"。即膽、胃、大腸、小腸、三焦、膀胱六者之總稱。六府具有傳化物的功能，有完成飲食物在人體內消化、吸收和排泄的作用。

【六官】《周禮》以天官冢宰、地官司徒、春官宗伯、夏官司馬、秋官司寇、冬官司空分掌政務，稱六官或六卿。

【六軍】周制，天子有六軍，諸侯國有三軍、二軍、一軍不等。每軍一萬二千五百人。後以六軍泛稱朝廷的軍隊。

【六根】佛教謂眼、耳、鼻、舌、身、意六者爲攀緣根源。眼爲視根，耳爲聽根，鼻爲嗅根，舌爲味根，身爲觸根，意爲念慮根。

【六書】❶古人分析漢字的造字方法而歸納出來的六種條例，即象形、指事、會意、形聲、轉注、假借。❷王莽時六種字體。即古文（戰國時通行於六國的文字）、奇字、篆書、左書、繆篆、鳥蟲書。

【六宮】古代皇后的寢宮，也指后妃。

【六神】道教認爲人的心、肺、肝、腎、脾、膽各有神靈主宰，稱爲六神。

【六畜】指馬、牛、羊、豬、狗、雞六種家畜。

【六欲】指生、死、耳、目、口、鼻之欲。又佛家以色欲、形貌欲、威儀姿態欲、言語音聲欲、細滑欲、人想欲爲"六欲"。也泛指各種情欲。如：七情六欲。

【六卿】❶古代統軍執政之官。❷《周禮》把執政大臣分爲六官，亦稱六卿。後世往往稱吏、戶、禮、兵、刑、工六部尚書爲六卿。

【六部】從隋唐開始，中央行政機構中吏、戶、禮、兵、刑、工六個部的總稱。隋朝六部屬尚書省。元朝改屬中書省。明朝取消中書省，直屬皇帝。各部的最高官職爲尚書，副職爲侍郎。

【六義】《詩經》學術語。即風、賦、比、興、雅、頌。

【六親】六種親屬。古說不一。(1)一以父、兄弟、從父兄弟、從祖兄弟、曾祖兄弟、族兄弟爲六親。(2)一以父、母、兄、弟、妻、子爲六親。(3)一以父、子、兄、弟、夫、婦爲六親。(4)一以父、子、兄弟、姑姊、甥舅、婚媾、姻婭爲六親。(5)一以外祖父母、父母、姊妹、妻兄弟之子、從母之子、女之子爲六親。(6)一以諸父（父親的兄弟）、諸舅、兄弟、姑（父親的姊妹）、婚媾（妻的家屬）、姻婭（夫的家屬）爲六親。

【六禮】❶中國古代婚姻成立的手續。即納采、問名、納吉、納徵、請期、親迎。六禮以男方付給女方的聘價爲主要特徵。❷古代以冠、婚、喪、祭、鄉、相見爲"六禮"。

【六蠢】蠢，軍中大旗。六蠢，唐代節度使軍中所用。

【六君子】清光緒時，譚嗣同林旭楊銳劉光第楊深秀康廣仁因戊戌變法失敗，被殺，史稱六君子。

【六丁六甲】道教神名。道教認爲六丁(丁卯、丁巳、丁未、丁酉、丁亥、丁丑)是陰(女)神，六甲(甲子、甲戌、甲申、甲午、甲辰、甲寅)是陽(男)神，爲天帝所役使，能制服鬼神。

【六十甲子】❶天干和地支的配合，如甲子、乙丑、丙寅之類，統稱"甲子"。其變有六十，從甲子起至癸亥止，滿六十爲一周，故又名"六十甲子"。一般用於年、月、日、時的紀序。❷道教傳說的六十星宿，即六十甲子日值日的六十位神。這些神的名字都用天干和地支循環相配而稱。

【六十四卦】古代時候用來占卜的六十四種符號。是採用《周易》中的八卦，兩卦相重而成。分乾、坤、屯、蒙、需、訟、師、比、小畜、履、泰、否、同人、大有、謙、豫、隨、蠱、臨、觀、噬嗑、賁、剝、復、无妄、大畜、頤、大過、坎、離、咸、恆、遯、大壯、晉、明夷、家人、睽、蹇、解、損、益、夬、姤、萃、升、困、井、革、鼎、震、艮、漸、歸妹、豐、旅、巽、兌、渙、節、中孚、小過、旣濟、未濟。

【六月飛霜】《論衡・感應》載，戰國時，鄒衍事燕惠王，被人陷害下獄。鄒衍在獄中仰天而哭，時正炎夏，天忽然降霜。後來用作冤獄的典故。

【六神無主】亦作"六神不安"。形容心慌意亂，不知所措。參見"六神"。

兮　(xi)粵hei⁴〔奚〕古代詩辭賦中的語助。相當於現代語中的"啊"。

四畫

共　㊀(gòng)粵guŋ⁶〔技用切〕❶相同；一樣。如：共性。❷共有；共同使用或承受。如：患難與共。❸總共。如：全書共十卷。❹一同；一道。如：共襄盛舉。
㊁(gōng)粵guŋ¹〔工〕❶通"恭"。恭敬。❷

通"供"。供奉；供給。

【共和國】與"君主國"相對。指國家權力機關和國家元首由選舉產生的國家。參見"共和制"。

【共和制】即共和政體。泛指國家權力機關和國家元首由選舉產生的一種政治制度。

五畫

兵　(bīng)粵biŋ¹〔冰〕❶兵器；軍械。如：短兵相接。❷兵士。如：騎兵。❸軍事；戰鬥。如：兵法。❹用兵器殺人。

【兵役】❶公民依照國家法律規定在軍隊裏服役。❷指戰爭。

【兵革】兵器及皮革製的甲。兵革是兵器衣甲的總稱。引申指戰爭。

【兵略】用兵的謀略。

【兵符】古時調兵用的憑證。❷兵書之類。

【兵部】隋唐至明清中央行政機構的六部之一。掌管全國軍事。

【兵諫】用武力脅迫進諫。

【兵燹】燹，野火。指因戰亂所遭受的焚燒破壞。

【兵不血刃】謂人心歸附，不戰而勝。後多用以形容戰事順利，未經激戰而獲勝。

【兵不厭詐】指用兵時爲了取得勝利，在策略上有用計的必要。

【兵連禍結】謂戰爭的災禍連接不斷。

六畫

其　㊀(qí)粵kei⁴〔奇〕❶代詞。他，他們；他的，他們的。如：出其不意；名副其實。❷那，那個，那些。如：其次；本無其事。❸其中有原因。❸文言助詞。表示揣測、反問或勸勉。如：豈其然哉？其奈我何？子其勉之。❹詞尾，在副詞後。如：極其高興；尤其偉大。
㊁(jì)粵gei¹〔基〕❶表疑問語氣。如：夜如何其？❷人名。

【其諸】猶或者。表示測度的語氣。

【其勢汹汹】形容來勢兇猛。

【其應若響】本是莊子比喻他的"道"像回聲一

樣同萬物相應。後來引申爲應對迅速、反應敏捷。

具 (jù)⑧gœy⁶〔巨〕❶器具；用具。如：家具、農具。❷備辦。如：謹具薄禮。❸具有，見"具眼"。❹完備，參見"具體❸"。❺用於器物的計數詞。如：一具屍體。

【具文】空文。謂徒具形式而無實際。
【具眼】具有鑒別事物的眼光識力。
【具案】舊指據以定罪的全部案卷。
【具膽】爲衆人所瞻仰。
【具體】❶指能爲人直接感知或有實際內容和明顯功能的事物。如：人物形象很具體。❷哲學範疇。與"抽象"相對。指客觀存在着的或在認識中反映出來的事物的整體，是具有多方面屬性、特徵、關係的統一。❸事物各組成部分都全備。
【具體而微】泛指事物的內容已大體具備，但規模較小。

典 (diǎn)⑧din²〔抵撚切〕❶指可以作爲典範的重要書籍。如：經典。❷常道、常法。參見"典常"。❸制度；法則。如：典章。❹開國盛典。❺典雅。❻典故。如：用典、辭典，參見"典故"。❼掌管。如：典試。❽抵押；典當。

【典午】"司馬"的隱語。典，掌管，和"司"同義；午，生肖爲馬。晉帝姓司馬，後因用"典午"爲晉朝的代稱。
【典刑】❶常刑。❷掌管刑法。❸"刑"同"型"。舊法；常規。後用爲模範之意。亦作"典型"。
【典故】❶典制和掌故。❷詩文中引用的古代故事和有來歷出處的詞語。
【典要】❶簡要有法度。❷指經常不變的法則；準則。
【典常】指常法、常道。
【典章】制度法令等的總稱。
【典型】❶原指模型或模範。現指在同類中最具有代表性的人或事物。❷即"典型人物"，"典型形象"或"典型性格"。作家用典型化的方法創造出來具有獨特個性的藝術形象。

【典雅】❶謂文辭優美不粗俗。❷猶言典籍。
【典禮】❶制度和禮儀。後指某些隆重的儀式。如：閱兵典禮；開幕典禮。❷古時掌管制度禮儀的官。
【典籍】記載古代法制的圖書，也泛指古代圖書。

八　畫

兼 (jiān)⑧gim¹〔基淹切〕❶本義爲一手執兩禾，引申爲同時進行幾樁事情或佔有幾樣東西。如：兼任；兼顧。❷加倍。如："兼程"。
【兼味】兩種以上的菜肴。
【兼併】併吞。
【兼祧】一個男子兼做兩房的繼承人。
【兼程】以加倍速度趕路。
【兼善】使大家都有好處。
【兼收並蓄】謂一律收羅藏蓄。亦稱包羅一切、不加揀析爲"兼收並蓄"。
【兼聽則明偏信則暗】聽取多方面的意見，才能明辨是非；聽了一方面的話就相信，就要作出錯誤的判斷。

十二畫

冀 "冀"的異體字。

十四畫

冀 (jì)⑧kei³〔暨〕❶希望。❷〔冀州〕古九州之一。❸河北省的簡稱。

冂　部

二　畫

冄 "冉"的異體字。

冇 (mǎo)⑧mou⁵〔母〕粵方言。沒有。

三　畫

冉 (rǎn)粵jim⁵〔染〕❶龜殼的邊緣。❷姓。

【冉冉】慢慢地；漸進的樣子。

册 (cè)粵tsak⁸〔拆〕❶古代文書用竹簡，編簡名稱册。後因以爲書本或簿子之稱。如：賬册；紀念册。❷古代帝王祭祀時告天地神祇的文書。❸古代封爵的詔書。參見"册命"、"册書"。也指封立。

【册命】古代帝王用册書所作的命令，主要用於任命、賞賜、誥誡等。後指册立或册封之事。

【册府】亦作"策府"。古時帝王藏書之所。

【册頁】同"册葉"。

【册書】❶册命之書，帝王用於册立、封贈的詔書。❷指一般詔書。

【册葉】亦作"册頁"。❶書卷的册數、頁數。❷分頁裝裱漢成册的小品書畫。

冊 "册"的異體字。

囘 "回"的異體字。

冑 "再"的異體字。

四　畫

再 (zài)粵dzoi³〔載〕❶兩次或第二次。如：一而再，再而三。❷重複；又一次。如：再接再厲。❸連續兩個動作，表示先後關係。如：過兩天再說；吃了飯再談。❹更加。如：再好沒有了。

【再拜】古代的一種禮節。先後拜兩次，表示禮節隆重。又書信末尾署名下常用"再拜"以示敬意。

【再醮】古代男女婚嫁時，父母給他們酌酒的儀式，叫做"醮"。故男子有娶或女子有嫁都可以稱爲"再醮"。後專指婦女再嫁。

【再接再厲】比喻一次又一次地繼續努力。

五　畫

冏 (jiǒng)粵gwin²〔烟〕本作"囧"，像窗口通明。引申爲明亮。

六　畫

冐 "冒"的異體字。

七　畫

冑 (zhòu)粵dzeu⁶〔就〕古代戰士作戰時所戴的帽子，即頭盔。

冒 ㊀(mào)粵mou⁶〔務〕❶"帽"的本字。❷統括；覆蓋。❸犯；沖犯；冒犯。❹升起；透出。如：冒煙；冒火。❺冒充；假冒。如：冒領。
㊁(mò)粵mek⁹〔墨〕【冒頓】(一dú)秦末漢初匈奴單于。姓攣鞮。

【冒失】魯莽；輕率。如：冒失鬼；作事冒失。

【冒昧】猶言莽撞。言行輕率的意思。多用作謙辭。如：冒昧陳辭；不揣冒昧。

【冒進】不顧具體條件和實際情形，冒昧進行的意思。

【冒頭】露出苗頭。

【冒名頂替】冒用別人姓名竊取權利、地位，或代替別人去幹事。

八　畫

冓 ㊀(gòu)粵geu³〔夠〕"構"的本字。指房屋深處。參見"中冓"。
㊁(gōu)粵geu¹〔溝〕古代數字。亦作"溝"。

冔 (xǔ)粵hœy²〔許〕殷代頭冠名。

九　畫

冕 (miǎn)粵min⁵〔免〕古代帝王、諸侯及卿大夫所戴的禮帽。後來專指皇冠。

【冕服】古代帝王、諸侯及卿大夫的禮服。

【冕旒】古代帝王、諸侯及卿大夫的禮冠。外黑內紅。蓋在頂上的叫延；以五采繅繩穿

玉，垂在延前的叫旒。天子之冕十二旒，諸侯九，上大夫七，下大夫五。冕旒之制，歷代大略相同，宋以後則臣下部不用冕。

兩（mán）粵mun⁴〔門〕彼此平勻；相當。

二十一畫

羅（羀）（li）粵lei⁴〔梨〕見"接羅"。

冖 部

二 畫

冘 ㊀（yín）粵jem⁴〔淫〕行進。
㊁（yóu）粵jeu⁴〔由〕見"冘豫"。
【冘豫】（yóu—）同"猶豫"。遲疑不決。

冗（rǒng）粵jup²〔湧〕❶繁複；多餘。見"冗雜"、"冗長"。❷忙。
【冗長】無謂而累贅，多指言語或文章。
【冗員】古稱無專職而備臨時使令的官員。後指機關中的閑散人員。
【冗雜】繁多雜亂。

六 畫

冞（mí）粵mei⁴〔眉〕深。如：冞入其阻。

七 畫

冠 ㊀（guān）粵gun¹〔官〕❶帽子。如：衣冠整潔。❷形狀像帽子覆蓋的東西。如：花冠；雞冠。
㊁（guàn）粵gun³〔貫〕❶古禮貴族男子二十而加冠之稱。參見"冠禮"。❷加在前面。如：編次既定，冠以題辭。❸位居第一。如：冠軍。
【冠軍】（guàn—）猶言諸軍之冠。今多用來稱比賽的第一名。
【冠冕】❶仕宦的代稱。❷比喻首位、第一。

❸體面；"冠冕堂皇"的省語。
【冠絕】（guàn—）遠遠超過。
【冠蓋】指仕宦的冠服和車蓋，也用作仕宦的代稱。
【冠禮】（guàn—）古代貴族男子成年時（二十歲）加冠的禮節。

八 畫

冢（zhǒng）粵tsuŋ²〔寵〕❶隆起的墳墓。如：荒冢；叢冢。❷山頂。如：山冢。❸大。引申為嫡長、首長之意。見"冢子"。
【冢子】古代宗法制度稱嫡長子。

冤（yuān）粵jyn¹〔淵〕❶冤枉；冤屈。如：鳴冤、申冤；含冤負屈。也比喻上當，吃虧。如：花冤錢。❷冤仇。如：結冤。
【冤家】❶仇人；死對頭。❷舊時對所愛的人的昵稱。為愛極的反語。
【冤案】誤判或被人誣陷的冤屈案件。
【冤家路窄】仇人或不願相見的人偏偏相遇。

冥（míng）粵miŋ⁴〔明〕❶昏暗。如：幽冥。❷愚昧。見"冥頑"。❸高遠；遠離。❹深沉；深奧。如：冥思。❺迷信者稱人死後所居之處。如：冥土；冥間；冥界。
【冥冥】❶亦作"溟溟"。昏暗。❷指遙空。
【冥婚】舊時迷信，替已死的男女舉行婚禮叫"冥婚"。
【冥合】暗中吻合；不知不覺，自然合理。
【冥想】深沉的思索和想象。
【冥頑】愚鈍無知。如：冥頑不靈。
【冥蒙】同"溟濛"。模糊不清，指薄霧或暮靄。
【冥器】同"明器"。古代殉葬的器物。後多指迷信焚化給死者的紙做器物。
【冥鴻】高飛的鴻雁。後多用來比喻避世之士。也用以比喻高才之士。

九 畫

富 "富"的異體字。

十　畫

冪
"冪"的異體字。

十四畫

冪 (mì)粵mik⁹〔覓〕❶覆蓋；罩。❷巾。❸數學名詞。表示一個數自乘若干次的形式。

冫　部

三　畫

冬 (dōng)粵duŋ¹〔東〕一年四季的最後一季，陰曆十月至十二月。

【冬至】二十四節氣之一。此日，陽光幾乎直射南回歸綫，北半球白晝最短；其後太陽北移，白晝漸長。由於太陽輻射到地面的熱量，仍比地面向空中發散的少，故在短期間內氣溫繼續降低。天文學上，規定冬至爲北半球冬季開始。參見"二十四節氣"。

【冬烘】形容慒懂淺陋。

【冬節】❶指至至日。❷泛指冬天。

冬日可愛〕冬日，冬天的太陽。比喻人的和藹可親。

四　畫

冰 ㊀(bīng)粵biŋ¹〔兵〕❶水在攝氏零度或零度以下凝結成的固體。❷使人感到寒冷。如：這裏的河水有點冰手。❸用冰鎮物使冷。如：把西瓜冰上。
㊁(níng)粵jiŋ⁴〔仍〕"凝"的本字。

【冰人】即媒人。

【冰山】❶漂浮在海中的巨大冰塊。極地大陸冰川或山谷冰川的末端，因海水浮力和波浪衝擊，發生崩裂，滑落海中而成的。❷比喻不可長久依靠的權勢。

【冰玉】❶比喻清潤。❷翁婿的代稱。

【冰紈】潔白而透明的絹。

【冰炭】比喻二者不能相容。

【冰霜】❶比喻堅貞清白。❷比喻神色嚴冷。如：凜若冰霜。

【冰釋】像冰的融化一樣，比喻疑點或隔閡完全消除。

【冰消瓦解】亦作"冰消瓦離"。比喻徹底消釋或崩潰。

【冰清玉潔】像冰一樣清明，玉一樣純潔。比喻人的操行清白。

冱
"冱"的異體字。

冲
"沖"的異體字。

决
"決"的異體字。

五　畫

冶 (yě)粵je⁵〔野〕❶熔煉金屬。如：冶金；冶鐵。❷鑄造金屬器的工人。❸豔麗。如：冶豔。❹妖豔。見"冶容❶"。❺通"野"。見"冶游"。

【冶容】❶妖豔的容飾。❷豔麗的容貌。

【冶游】同"游冶"。野游。專指狎妓。

【冶豔】豔麗之至。亦作"豔冶"。

【冶葉倡條】猶言"野草閒花"。借指娼女。

冷 (lěng)粵laŋ⁵〔離猛切〕❶寒冷。❷冷落；閒散。❸不熱情。意含譏諷。如：冷言冷語；冷嘲熱諷。引申爲冷酷、嚴峻。見"冷面"。❹冷僻；少見的。如：冷字眼；冷門貨。

【冷面】形容態度嚴峻。

【冷峭】形容寒氣刺骨。

【冷笑】含有輕蔑或譏諷之意的笑。

【冷眼】指觀察事物時的冷靜或冷淡的神情。

【冷淡】❶幽寂；不熱鬧。❷不熱情。如：態度冷淡。❸不繁豔。

【冷落】❶冷冷清清；不熱鬧。❷對人情意淡薄。❸熱情招待，別冷落了客人。

【冷箭】❶乘人不備，暗中放出的箭。比喻暗中加害於人的行爲。參見"暗箭"。❷比喻刺骨的風寒。

【冷板凳】舊時譏笑鄉村私塾先生的清冷職位爲「坐冷板凳」。也比喻久候不遇的冷落處境。

【冷言冷語】從側面或反面說含有諷刺意味的話。

【冷若冰霜】像冰霜一樣冷冰冰的。比喻待人不熱情。也比喻態度嚴厲，不可接近。

【冷眼旁觀】不參與其事，用冷靜的或漠不關心的態度在一旁觀看。

【冷嘲熱諷】尖銳、辛辣的嘲笑和諷刺。亦作「冷嘲熱刺」。

泯
「冺」的異體字。

況
「況」的異體字。

六　畫

洛
(luò)粵kɔk⁸〔凅〕見「洛澤」。

【洛澤】冰。

冽
(liè)粵lit⁹〔列〕寒冷。

冼
(xiǎn)粵sin²〔癬〕姓。本作「冼」。

八　畫

准
(zhǔn)粵dzœn²〔準〕❶允許。如：准如所請。❷依據；按照。見「准此」。❸比照；作某類事物看待。如：准尉；准平原。❹「準」的簡化字。

【准予】公文用語，表示准許。

【准此】❶猶言照此。如：其餘各項的處理辦法准此。❷舊時平行公文用語，猶言據此。常用於引述來文的結尾處。如：等由准此。

淞
(sòng，又讀sōng)粵suŋ¹〔鬆〕也作「凇」。在地表或地面物體上，雲霧滴或雨滴的凍結物以及除霧、露外的水汽凝結物或凝華物的總稱。有水淞、霧淞、雨淞等多種。

清
(jìng)粵dziŋ⁶〔靜〕涼。見「溫清」。

凋
(diāo)粵diu¹〔刁〕又作「雕」、「彫」。萎謝。

【凋落】草木凋殘零落。也用來比喻人的死亡。

【凋零】猶「凋落」。草木凋謝零落。引申指人死亡。

【凋謝】花木萎落，比喻人死亡。

凌
(líng)粵liŋ⁴〔零〕❶冰。❷通「陵」。侵犯；欺凌。引申爲相犯、交錯。如「凌替」、「凌亂」。❸通「淩」。渡；逾越。❹升。如：凌空。

【凌虐】欺凌虐待。

【凌晨】天快亮的時候。

【凌虛】高入天空。

【凌雲】直上雲霄。形容物體升向空中，離地面很遠。也比喻志趣高邁或意氣昂揚。如：壯志凌雲。

【凌亂】雜亂無條理。

【凌厲】意氣昂揚，奮起直前的樣子。亦作「陵厲」。

【凌駕】亦作「陵駕」。超越；高出其上。亦作「凌架」。

【凌遲】亦作「陵遲」。俗稱「剮刑」。封建時代最殘酷的一種死刑。始於五代。

【凌雜】錯雜零亂。

【凌轢】亦作「陵轢」、「輘轢」。傾軋；欺壓。

凍 (冻)
(dòng)粵duŋ³〔多控切〕❶水遇冷凝結成冰。❷湯汁凝成的膠體。如：魚凍；肉凍。❸受冷或感到冷。如：凍僵。❹形容珠和石頭晶瑩潤澤。如：凍珠；青田凍石；雞血凍。

【凍雲】將要下雪時的雲。

【凍結】液體因冷卻而凝成固體，如水凍結成冰。引申爲停止流動或流動的意思。如：凍結資金。

淒
「淒」的異體字。

涼
「涼」的異體字。

淨
「淨」的異體字。

九　畫

湊 "湊"的異體字。

減 "減"的異體字。

十畫

滄(沧) (cāng)粵tsɔŋ1〔倉〕寒冷。

凓 "慄"的異體字。

十二畫

凘 (sī)粵si1〔斯〕正在解凍時隨水流動的冰。

十三畫

澤(泽) (duó)粵dɔk9〔鐸〕見"洛澤"。

凜 (lǐn)粵lɐm5〔廩〕❶冷。如：凜冽。❷嚴冷可畏的樣子。如：凜若冰霜。❸通"懍"。凜栗；敬畏。

【凜冽】刺骨的寒冷。如：北風凜冽。

【凜然】嚴厲的樣子；形容令人敬畏的神態。如：凜然不可侵犯。

【凜凜】❶形容寒冷。❷可敬畏的樣子。如：威風凜凜。

十四畫

凝 (níng)粵jiŋ4〔仍〕❶由液體結成固體。如：凝固。❷專注；凝聚。如：凝視。

【凝佇】有所思慮、期待而立着不動。

【凝妝】盛妝。

【凝重】莊重；不輕佻。

【凝神】聚精會神；精神凝定不浮散。如：凝神思索。

【凝脂】凝凍的脂肪，比喻皮膚潔白柔滑。引申指潔白柔滑的皮膚。

【凝眸】眼神集中不流動；注視。

【凝睇】注視。

【凝滯】❶受阻而停留不進。❷黏著，拘牽。

凟 同"瀆❸"。

几部

几 ㊀(jī)粵gei1〔基〕矮或小的桌子，用以擱置物件。如：茶几；擱几；炕几。古人的几用以倚憑身體。

㊁幾的簡化字。

一畫

凡 (fán)粵fan4〔煩〕❶凡是；一切。統括之詞。如：凡事都要小心在意。❷總共；總計。如：全書凡十卷。❸大概；概略。如：大凡；凡例。❹平庸；尋常。如：凡器；凡才。❺指塵世。如：下凡；思凡。❻工尺譜中的音名之一。

【凡目】大凡和分目。

【凡例】說明著作內容和編纂體例的文字。今多放在書的前面，也稱"例言"、"發凡"。

【凡庸】平凡；平庸。

凣 "凡"的異體字。

六畫

凭 "憑"的異體字。

九畫

凰 (huáng)粵wɔŋ4〔王〕古代傳說中的鳥名，雌的叫"凰"，雄的叫"鳳"。如：鳳求凰。參見"鳳凰❶"。

十畫

凱(凯) (kǎi)粵hɔi2〔海〕❶軍隊得勝所奏的樂曲。參見"凱歌"。❷和樂；歡樂。❸和；柔和。見"凱風"。

【凱風】和風；南風。

【凱旋】軍隊打了勝仗，奏着勝利的樂曲回來。

【凱歌】歌唱勝利；勝利之歌。

十二畫

凳 (dèng)⑤dɐng³〔登高去〕沒有靠背的坐具。如：板凳；長凳。

憑 "憑"的異體字。

凵 部

二　畫

凶 (xiōng)⑤hung¹〔空〕❶凶惡。如：凶燄；凶徒。❷殘傷人的行爲。如：行凶。亦指行凶的人。如：正凶。❸通"訩"。爭訟；吵鬧。❹不吉；不幸。如：凶事；凶信。❺穀物不收；年成壞。如：凶年。

【凶手】指殺人者或行凶者。亦指殺人者之手。

【凶凶】❶氣勢猛烈凌厲的樣子。❷喧擾的樣子。參見"訩訩❶"。

【凶年】荒年。

【凶器】❶古代兵器。今指凶手行凶所用的器械。❷古時泛指喪葬用的器物。

【凶禮】古代五禮之一。凶禮包括喪、荒、弔、襘〔爲消災除病而祭祀〕、恤等五種。

三　畫

凷 "塊"的本字。

凸 (tū)⑤dɐt¹〔突〕周圍低，中間高。與"凹"相對。如：凸起；凸面鏡；挺胸凸肚。

凹 ⊖(āo)⑤au³〔拗〕nep⁷〔粒〕（又）周圍高，中間低。與"凸"相對。如：凹板；凹凸不平。

⊜(wā)⑤wa¹〔蛙〕凹入處。如：鼻凹。也

用於地名。如：山西有核桃凹。

出 (chū)⑤tsœt⁷〔齣〕❶從裏向外。與"入"、"進"相對。如：出門；出國。❷產生；出產；發生。如：出鐵；出事。❸拿出；發出。如：出主意；出水痘。❹超出。如：出軌；出界。❺顯露；出現。如：出面；出頭。❻表示在外。如：入不敷出；入人相抵。❼脫離。如：出險。❽離棄。見"出妻"。❾花瓣的分歧。

【出入】❶進出。❷支出與收入。❸特指呼吸。❹彼此不符合；差異。❺二者有出入。❻古代謂女子出嫁者爲"出"，未嫁者爲"入"。

【出山】指隱士出仕。

【出世】❶指脫離世間束縛，即"解脫"之意。❷指出生於世。如：釋迦出世。

【出色】特別好；與衆不同。

【出身】❶猶言獻出其身。❷指一個人的早期經歷或家庭職業。❸舊時做官的最初資歷。如：捐班出身；賜進士出身。

【出典】典故的來源；出處。

【出妻】古時指離棄妻子。亦指被離棄的妻子。

【出挑】謂青年男女的容貌變得比以前出色。

【出差】工作人員臨時外出辦理公事。

【出神】默默深思有如發呆的樣子。

【出恭】明代國子監學規：每班給與"出恭入敬"牌一面，以防生員擅離本班。考試時，在考場內亦設此牌，以防考生擅離座位。上廁所時，必須領這塊牌子。後因習稱大便爲"出恭"。

【出格】❶舊時應制文字及表章，凡遇表示尊稱的詞語，另起一行，出格抬頭重寫，叫做"出格"，也叫做"跳出"。❷特出；異乎尋常。

【出缺】舊稱原任人員因故去職，遺缺待補爲"出缺"。

【出息】❶生息。引申爲成就、上進的意思。如：這孩子有出息。❷出氣，呼出的氣息。

【出脫】❶開脫罪名。❷猶言出落、出挑。❸謂貨品賣出成交。

【出處】❶出，出仕；處，隱退。去就、進退

的意思。❷猶言出典，指成語、典故等的來源或根據。
【出落】長成。猶言出挑。多用來讚美青年人的容貌、體態。
【出勤】在規定時間內到工作場所工作。如：出勤率。
【出塵】謂超出塵俗之外。猶言清高。
【出閣】閣，閨閣。古時稱公主出嫁爲“出閣”。後用爲女子出嫁的通稱。
【出韻】格律詩應該押韻的字，越出規定的韻部，叫“出韻”。
【出洋相】出醜；鬧笑話。
【出口成章】亦作“脫口成章”。本謂好口才，脫口而出的話都成文理。也形容文思敏捷，作詩文不必起稿。
【出生入死】形容冒生命的危險，隨時有犧牲性命的可能。
【出其不意】出於對方意料之外。
【出奇制勝】謂出奇兵以取勝。現亦指在競賽中別出心裁以取得勝利。
【出神入化】形容技術達到神妙的境界。
【出將入相】(將jiàng，相xiàng)出則爲將，入則爲相。謂才兼文武的人。
【出爾反爾】反，同“返”。原意謂你怎樣對人，人也怎樣對你。現指言行前後矛盾，反覆無常。
【出類拔萃】萃，與類同義。形容德才超越尋常。

四 畫

凼 “氹”的異體字。

六 畫

函 (hán)[粵]ham[4]〔咸〕❶匣子。如：鏡函。❷封套。如：書函。❸信件。如：來函；公函。❹見“函胡”。
【函丈】在書函中常用作對師或前輩長者的敬稱，猶言講席。
【函胡】聲音模糊不清。今通作“含糊”。
【函授】以通訊輔導爲主的教學方式。
【函電】信和電報的總稱。

刀 部

刀 (dāo)[粵]dou[1]〔都〕❶兵器名；也泛指斬切用的工具。如：腰刀；菜刀；鐮刀。❷古代錢幣。❸通“舠”。小船。❹紙張的計量單位。一般以各種規定大小的紙一百張爲一刀。
【刀圭】古時量取藥末的用具，形狀像刀頭的圭角，端尖銳，中低窪。一刀圭爲方寸匕(匕，即匙；匕正方一寸)的十分之一。後亦稱醫術爲“刀圭”。
【刀兵】原指武器。後亦指戰爭。
【刀俎】刀和砧板，本爲宰割用具，比喻宰割者。
【刀筆】❶寫字的工具。古代用筆在竹簡上寫字，有誤，則用刀刮去重寫，所以“刀筆”連稱。❷刀筆吏的簡稱。❸舊時公牘稱“刀筆”。又訴訟狀文亦稱“刀筆”。
【刀筆吏】指辦理文書的小吏。
【刀耕火耨】亦作“火耨刀耕”。古代多山地區，農民播種前，常先伐去林木，燒去野草，以灰肥田。

刁 (diāo)[粵]diu[1]〔丟〕❶狡詐。如：逞刁；刁鑽古怪。❷姓。
【刁斗】古代軍中用具。銅質，有柄，能容一斗。軍中白天用來燒飯，夜則擊以巡更。
【刁蹬】猶刁難。故意爲難。

一 畫

刃 (rèn)[粵]jɐn[6]〔孕〕❶刀口；刀鋒。❷指有鋒刃的兵器，刀劍之屬。❸殺。如：手刃仇人。

刄 “刃”的異體字。

二 畫

分 ㊀(fēn)[粵]fɐn[1]〔婚〕❶分開；分出。如：分工；分支。❷離；散。如：用志不分。❸分配；給與。如：分糧；分果實。❹辨別；區分；不同。如：分清好

壞。❺成數。如：七分收成；十分可靠。❻長度單位名。十釐爲一分，十分爲一寸。❼地積單位名。十釐爲一分，十分爲一畝。❽時間單位名。六十秒爲一分，六十分爲一小時。❾市制中的重量、質量單位名。舊以十釐爲一分，十分爲一錢。今爲市斤的簡稱。❿輔幣名。10分等於1角。

㊀(fèn)❺fen⁶(份)❶亦作"份"。整體中的一部。如：部分；股分；名分；職分。如：分內之事。❷輕重；分限。如：分量；過分。❸料想；自應。

【分寸】❶比喻微小。❷適當的限度或程度。

【分化】性質相同的事物向不同的方向變化、發展。亦謂使之分化。

【分付】❶分別交付。如：作零星交付解。❷予；分配。❸同"吩咐"。

【分外】(fèn—)❶特別；格外。如：月到中秋分外明。❷本分以外。

【分司】❶掌；分管。❷唐宋之制，中央職官有分在陪都(洛陽)執行職務者，稱爲分司。但除御史之分司者有實職外，其他分司者，多僅以優待退閒之官，並不任職。又清制，鹽運使下設分司，以運同或運副、連判領之。

【分貝】計量聲音強度或電功率相對大小的單位。

【分析】❶把事物、現象或概念有條有理地分成若干組成部分或組成因素，找出它們的本質、屬性及彼此之間的聯繫。與"綜合"相對。❷分割；離析。

【分歧】❶不一致；離別。

【分肥】分取利益(一般指不正當的)。

【分封】指帝王分地以封諸侯。

【分紅】工商企業中進行紅利和花紅的分配，稱爲分紅。

【分袂】猶分手，離別。

【分娩】婦女生孩子。一般指有獨立存活力的胎兒及其附屬物(胎盤、胎膜等)自子宮排出的過程。

【分野】❶本指分封諸侯的域境。後借用易分界、界限的代稱。❷中國古代的一種迷信說法，將天空星宿分爲十二次，配屬於各國，用以占卜吉凶。分野之說當起於春秋

以前；今傳成文的十二星次配屬各國，則起於戰國。其星次和分野的關係如下：

十二星次	星紀	玄枵	娵訾	降婁	大梁	實沈	鶉首	鶉火	鶉尾	壽星	大火	析木
分野	吳越	齊	衛	魯	趙	晉魏	秦	周	楚	鄭	宋	燕

【分曹】❶兩人一對爲曹。分曹，即分成若干對。❷分批；分班。❸猶言分部，與近世分處、分科略同。

【分陰】陰，指日影，光陰。謂極短暫的時間。

【分量】(fèn—)❶猶重量。❷分所應得的限度。

【分際】(fèn—)❶猶言分寸。恰當的界限。❷區別與聯繫。

【分說】分辯。如：不容分說。

【分曉】❶天快亮。❷清楚；明瞭。❸猶主意。❹事情的底細或結果。

【分謗】分擔別人所受到的譏議。

【分韻】舊時作詩方式之一。指作詩時先規定若干字爲韻，各人分拈韻字，依韻作詩，叫做"分韻"，一稱"賦韻"。古代詩人聯句時多用之，後來進行時仍用於聯句。

【分贓】瓜分合伙盜竊或搶掠來的財物。亦泛指分取一切不正當的財物或利益。

【分爨】謂各自燒飯，分家過日子。如：兄弟分爨。

【分水嶺】❶兩個流域分界的山脊或高原。也叫分水綫。❷比喻不同事物的主要分界。

【分門別類】根據事物的特性分成各種門類。

【分庭抗禮】"抗"亦作"伉"，對等、相當的意思。賓客和主人分別站在庭中的兩邊，相對行禮，以平等地位相待。後也用以比喻平起平坐或互相對立。

【分崩離析】形容國家或集團分裂瓦解，不可收拾。

【分路揚鑣】亦作"分道揚鑣"。鑣，馬勒口。❶分路而行。❷比喻雙方各佔一地位，各有造詣，不讓一方獨步。後用來比喻各自向不同的目標前進。

切

⊖(qiē)⑧tsit⁸〔徹〕割;截。如:切瓜;切菜。

㊀(qiè)⑧同⊖❶兩物相磨。引申爲貼近、接近。如:切己。❷切合:不切題;不切實際。❸迫切。❹懇切。如:直言切諫。❺切要。❻按脈診病。如:望聞問切。❼反切的簡稱。❽(又讀qiè)幾何學上兩直線與圓周、圓周與圓周或平面與線於一點相接爲切義。其直線叫切綫,平面叫切面,點叫切點。

㊁(qiè)⑧tsɐi³〔砌〕〔一切〕所有,全部。

㊃(qì)⑧同㊀通「砌」。階石。

【切切】(qiè一)❶形容督責、勉勵,情意懇摯或迫切。❷憂思的樣子。❸形容聲音的淒厲或細急。❹再三告誡之辭。政府佈告結尾處多用之。

【切身】(qiè一)❶與本身關係密切。如:切身利益。❷親身感受;迫切於自身。如:切身體驗。

【切骨】(qiè一)猶徹骨。也用來形容仇恨很深。如:切骨的仇恨。

【切問】(qiè一)❶就自己所學而未曾理解的問題向人請敎。❷親近而便於求敎。

【切膚】(qiè一)猶切身。如:切膚之痛。

【切齒】(qiè一)齒相磨切,表示憤恨到極點。

【切磋】(qiè一)本義是把骨角玉石加工製成器物,引申爲學問上的商討研究。

【切齒腐心】(qiè qiè)形容憤恨到極點。「腐心」亦作「拊心」。

刈

(yì)⑧ŋai⁵〔艾〕❶割。多用於草或穀類。如:刈草;刈麥。引申爲殺。❷鐮刀。

三　畫

刊

(kān)⑧hɔn¹〔哈安切〕hɔn²〔罕〕(又)❶砍;削。❷刪削;修訂。如:刊誤;刊正。❸雕刻。今指排版印刷。如:刊行;停刊。❹出版物。多指期刊。如:報刊;副刊。

【刊布】通過印刷品來公報。

【刊落】刪除;刪削。

【刊誤】猶勘誤。校正文字錯誤。如:刊誤表。

刌

(jī)⑧gei¹〔機〕亦作「刉」。劃破;割。

四　畫

刎

(wěn)⑧men⁵〔敏〕割頸;割斷。

【刎頸交】同生死共患難的朋友。

刉

「刌」的異體字。

划

⊖(huá)⑧wa⁴〔華〕wa¹〔娃〕(又)❶撥水前進。如:划船,划水。❷划算。如:划得來;划不來。❸伸指猜拳叫划拳。亦作「豁拳」。

㊁「劃」的簡化字。

【划子】一種用槳撥水行進的小船。

刓

(wán)⑧jyn⁴〔元〕❶削。❷剜刻。

刖

(yuè)⑧jyt⁹〔月〕斷足。古代的一種酷刑。引申爲截斷。

列

(liè)⑧lit⁹〔烈〕❶排列;安排。如:列隊;列入議程。❷行列;位次。直排叫行,橫排叫列。如:前列。❸猶「各」。❹衆多。如:列位。

【列缺】古時謂天上的裂縫;天閂。也指閃電。

【列席】❶設席列坐。❷指參加會議而無表決權。

【列國】猶言各國。在春秋戰國時代,指當時的諸侯之國,亦指諸侯中之較大者。

【列姑射】(射 yè)古代傳說中的山名。

五　畫

刜

(fú)⑧fet⁷〔拂〕砍。

初

(chū)⑧tsɔ¹〔蹉〕❶起頭;剛開始;第一次。如:初學;初版;初出茅廬。❷當initial;本來。又用爲敍事中追溯已往之詞。❸最低的。如:初等;初級。❹陰曆指每月的開頭幾天或開頭十天。如:月初;初頭;初一;初十。

【初元】帝王登位之後,例須改元,改元之初,謂之「初元」。

【初心】❶本意；本願。❷佛教用語。指初發心願學佛，功行還沒有達到高深階段的人。

【初吉】朔日，即陰曆初一日。古人又以自朔日至上弦(初八日)爲「初吉」。

【初度】指初生之時。今稱生日爲「初度」。

【初生之犢】犢，小牛。比喻大膽勇敢但缺少經驗的年輕人。

【初出茅廬】比喻初入社會缺乏實際經驗。

【初寫黃庭】魏晉時人所寫《黃庭經》帖，爲後世學寫小楷的範本，相傳有「初寫黃庭，恰到好處」之語。後來「初寫黃庭」變爲歇後語，意即恰到好處。

删 (shān)粤san¹[山]❶削除。如：删繁就簡。❷節取。如：删其要。

【删夷】同「芟夷」。亦作「删刈」。削除之意。「芟」的異體字。

刪

判 (pàn)粤pun³[鋪貫切]❶分開。如：判袂。❷有區別；分辨。如：判若兩人。❸評斷。又專指對案件的裁决。如：判案；判處徒刑。❹官名。如：州判；通判。唐宋官制，以大兼小，即以高官兼較低職位的官稱判。

【判押】在文書上簽字畫押。

【判袂】猶言分袂。離別。

【判斷】❶辨別；斷定。❷猶鑒賞。❸邏輯名詞。對某種對象有所肯定或否定的思維形式。

【判若雲泥】比喻高下懸殊。參見「雲泥」。

別 (bié)粤bit⁹[備熱切]❶離别。如：久別重逢。❷區分；分類。如：內外有別；分門別類。❸分出。如：掉過去。❹另外；別。如：別出心裁；別字。❺插着；用尖針扣住。如：胸前別着一朶大紅花。

【別白】辨别明白。

【別字】❶别體字，即一個字的另一寫法。亦指誤字，本當是這一字而誤爲另一字。俗稱「白字」。

【別離】銀河。因銀河爲牛郎、織女二星隔絕之地，故稱銀河爲別浦。

【別致】新奇；不同於尋常。

【別裁】辨别、剔除之意。後用作詩歌選本的

名稱。意謂所選已將不符合他們標準的剔除。如：《唐詩別裁》。

【別集】與「總集」相對，主要彙錄一個人的全部詩、文，但有的也包括論說、奏議、書信、語錄等著作。

【別傳】傳記文的一種。古代爲人作傳，列於家譜的稱「家傳」，列於史乘的稱「史傳」，這都是「本傳」。本傳以外的傳記，或對本傳的補充記載，一般稱爲「別傳」，以別於「本傳」。

【別業】別墅。

【別號】舊時名和字以外另起的稱號。如：李白字太白，别號青蓮居士。

【別墅】住宅外另置的園林游息處及其建築物。亦稱「別業」。

【別緒】離別的情感。如：離情別緒。

【別館】❶古時帝王正宮以外的宮室。❷別墅。❸客館。

【別體】另一體；從舊體變出的新體。也指字的異體。

【別有天地】另有一種境界。

【別具隻眼】具有獨到的眼光和見解。亦作「獨具隻眼」。

【別開生面】開創新的風格面貌。

刔 「刼」的異體字。

刼 「劫」的異體字。

刨 ㊀同「鉋」。
㊁(páo)粤pau⁴[庖]挖掘。如：刨地；刨山芋。

利 (lì)粤lei⁶[吏]❶利益。與「弊」、「害」相對。如：有利無弊。❷順利。❸鋒利。與「鈍」相對。如：堅甲利兵。❹利潤；利息。如：紅利。

【利口】能言善辯。

【利市】❶謂買賣所得的利潤。參見「利市三倍」。❷猶吉利。如：討個利市。

【利息】也叫子金，是借款人按照借款本金數額、期限和利率支付給貸款人的報酬。

【利率】一定時期內利息額同貸出金額即本金的比率。有年利率、月利率和日利率之分。

【利落】亦作「俐落」。❶指言語動作靈活、敏

【捷】有條理。如：乾淨利落。❷完畢；妥當。如：這件事總算辦利落了。

【利器】❶鋒利的兵器。如：手執利器。❷精良的器械或工具。❸舊喻傑出的人才。❹比喻兵權。❺舊比喻治理國家的方法或手段。

【利權】❶經濟權益；享受利益之權。❷謂有利己的權力。❸掌管財利的職權。

【利市三倍】謂賣賣獲得厚利。

【利用厚生】謂盡物的功用以富裕民生。

【利令智昏】謂因貪利而失去理智，不辨一切。

【利欲薰心】貪圖名利的欲望迷住心竅。

六　畫

刮（guā）⑧gwat⁸〔颳〕❶用鋒刃平削。如：刮鬍子。❷摩；擦。如：刮目相看。❸通「括」。搜刮。參見「刮地皮」。❹「颳」的簡化字。

【刮地皮】謂貪官汙吏百端搜括民財。

【刮目相待】猶言另眼相看。謂用新的眼光看待人。

到（dào）⑧dou³〔妒〕❶抵達；達到。如：火車到站；當天到家。❷往。如：到北京去。❸得；成。如：拿到；辦到。❹周到。如：不到之處，請多多原諒。

刑（刑）（xíng）⑧jing⁴〔營〕❶刑罰。如：徒刑。❷割；殺。❸通「型」。(1)鑄造器物的模子。如：刑範。(2)典範，引申為示範。參見「典刑❸」。(3)法，效法。❹通「形」。見「刑名❶」。

【刑人】謂受過肉刑、形體虧損的人。古代多以刑人充服務役的奴隸。後多指宦官。

【刑名】❶「刑」同「形」。刑名就是名實，指名和實的關係。亦即循名責實、明賞罰的統治法術。❷舊時官署中主辦刑事判牘的幕友稱為刑名師爺，也叫「刑席」。區別於主辦錢穀、稅收、會計的錢穀師爺。❸刑罰的名稱，如死刑、徒刑等。

【刑事】有關刑法的事。如：刑事案件。

【刑法】規定什麼是犯罪行為，犯罪行為應受到什麼懲罰的各種法律。

【刑書】❶春秋時鄭國大夫子產執政，於周景王九年（公元前536年）把所制定的刑法鑄在鼎上公佈，歷史上稱為《刑書》。這是中國成文法的開端。❷中國秦漢以前用文字形式制定的刑法的通稱。

【刑部】隋唐至明清中央行政機構的六部之一。掌管全國法律、刑獄等事。

【刑鼎】春秋時晉國大夫趙鞅和荀寅，於周敬王十年（公元前513年），把前執政范宣子所制定的刑法鑄在鼎上公佈，史稱《刑鼎》。

【刑網】指刑法。謂觸犯刑律，如陷入羅網，故稱。亦稱「法網」。

【刑範】刑通「型」。模子。

【刑餘】❶指宦官。宦官必遭宮刑，故稱「刑餘之人」，省稱「刑餘」。❷犯罪遭受的人。亦指受過肉刑，形體虧損的人。❸舊亦指僧人。古代有髡刑，剃去鬚髮；僧人剃髮，故亦用此稱。

刱 同「創」。

刲（kuī）⑧gwai〔歸〕❶割殺。❷割取。

刳（kū）⑧fu¹〔枯〕剖開而挖空。

【刳剔】剖挖。

剁（duò）⑧do²〔躲〕dœk⁸〔啄〕（又）斫；斬碎。如：剁肉；剁爛。

剁 「剁」的異體字。

刵（èr）⑧ji⁶〔二〕古代割耳朵的刑罰。

制（zhì）⑧dzei³〔際〕❶裁斷。如：斷制。❷制止；控制。❸規定；制訂。如：因地制宜。❹制度。❺法式；式樣。❻帝王的命令。如：詔誥；制書。❼舊時依禮守喪之稱，常指居喪者。參見「守制❷」。❽古長度名，一丈八尺。❾「製」的簡化字。

【制服】❶依照規定樣式做成的服裝。❷指喪服。參見「守制❷」。❸用強力使之馴服。

【制約】指一種事物的存在和變化以另一種事物的存在和變化為條件。如：自然界和社會上各種現象是互相聯繫而又互相制約

的。

【制度】❶要求成員共同遵守的、按一定程序辦事的規程。❷在一定的歷史條件下形成的政治、經濟、文化等各方面的體系。❸舊指政治上的規模法度。

【制言】專王詔書的一種。

【制勝】謂以謀略制敵而取得勝利。

【制斷】一作「斷制」。專權；專斷。

刷

㈠(shuā)⑧tsat⁸〔察〕❶刷子。如：板刷；牙刷。❷用刷子去垢或塗抹。如：刷鞋；刷牆。引申爲洗雪。見「刷恥」。❸梳理。❹查究。舊時官吏查看文書叫「刷卷」。

㈡(shuà)⑧同㈠用於「刷白」(蒼白，多指面色)。

【刷恥】洗雪恥辱。

【刷新】刷洗使煥然一新，比喻突破舊的而創出新的(記錄、內容等)。

券

(quàn)⑧hyn³〔勸〕❶契據。古代的券常分爲兩半，各執其一作爲憑證。如今之合同。後泛指票據、憑證。如：公債券；入場券。❷比喻事情可以成功的保證。見「操券」。

利

(sha)⑧sat⁸[殺] 梵文K setya的省音譯。佛塔頂部的裝飾，即相輪。亦指佛塔、寺。

【刹那】梵文Kṣaṇa的音譯，意譯爲「一念頃」、「一瞬間」。印度古代用作最短促的時間單位之稱。

刺

㈠(cì)⑧tsi³[次]❶尖利像針的東西。如：芒刺；魚刺。❷用尖銳的東西扎入。如：刺繡。引申爲刺激。如：刺耳。❸責言，常用作譏諷之意。如：譏刺；諷刺。❹探聽；偵察。如：刺取情報。❺名片。古代在竹簡上刺上名字，所以叫刺。❻用篙撐船。見「刺船」。

㈡(qì)⑧tsik⁸[戚中入]tsi³[次]㈡刺殺；行刺。

【刺刺】形容多言。如：刺刺不休。

【刺促】(qì)亦作「促促」。忙迫；勞苦不安。

【刺客】懷挾兵器進行暗殺的人。

【刺骨】❶形容氣候陰冷。如：寒風刺骨。❷形容怨恨深刻。❸形容慘酷。

【刺探】探聽；偵察。

【刺船】撐船。

【刺舉】刺探舉發人的過惡。

刻

(kè)⑧hek⁷[克]❶雕刻。如：刻字；刻印。比喻深切印入。如：銘心刻骨。引申爲限定。見「刻日」。❷苛刻。如：苛刻；刻薄。❸時間單位。古代用漏壺計時，一晝夜共一百刻；今用鐘錶計時，一小時分四刻。❹時候。如：此刻；即刻。亦指短暫的時間。如：刻不容緩。

【刻日】同「剋日」。限定日期。

【刻板】❶舊作「刻版」。猶雕板。用木板刻成印刷的底板。❷比喻死板、機械，不知變通；陳陳相因。如：刻板文章。

【刻苦】❶下苦功；勤勉從事。❷儉樸。如：生活刻苦。

【刻削】❶雕刻與剞劂。❷削奪。❸侵害。

【刻峭】❶形容地勢的險峻。❷文筆深刻挺拔。❸苛刻嚴厲。

【刻深】苛刻峻峭。

【刻畫】❶摹製彩畫器物。❷深刻細致地描寫。

【刻意】❶極意；用盡心思。如：刻意經營；刻意求工。❷克制意欲。

【刻漏】古代記時器。即漏刻、銅壺滴漏。

【刻薄】❶冷酷，不寬容。❷挖苦；諷刺。

【刻舟求劍】《呂氏春秋·察今》載，楚國有個人過江時把劍掉在江裏，他就在掉劍的那一段船幫上刻下記號。等船靠岸，就按照記號去下水找劍。後因以「刻舟求劍」比喻拘泥固執，不知變通。又作「契」、「鍥」。

【刻畫無鹽】無鹽，古代傳說中的醜女。刻畫，精細地描寫。謂將醜比美，喻比擬得不倫不類。

【刻鵠類鶩】鵠，天鵝；鶩，鴨子。比喻模擬相類的人或事物，雖不能逼真，還可得其近似。

剐

(bāi)⑧bak⁸[百]見「剐劃」。

【剐劃】籌劃；安排。

刼

「劫」的異體字。

七　畫

剃（tì）粵tei³〔替〕用刀刮去毛髮。如：剃頭；剃鬍子。

剄（剄）（jīng）粵gin²〔境〕割頸；抹脖子。亦同斷頭。

則（則）（zé）粵dzek⁸〔仄〕❶規章；條文。如：總則；細則；則例。❷榜樣；準則。如：以身作則。❸效法。❹猶「作」。宋元明小說戲劇中常用：則甚；不則聲。❺猶言「條」。如：新聞兩則；筆記一則。❻猶「乃」、才。❼猶「即」、就。❽猶「即」。立刻。❾猶「即已」、「乃已」。❿猶「那麼」。

【則個】作語助。用法略同「着」或「者」。表示叮囑、希望，或加重語氣。有時用作襯字，無義。

【則索】只得。

剉「銼」的異體字。

削○（xuē）粵sœk⁸〔㟏〕❶一種長刃有柄的小刀，也叫書刀，青銅或鐵製。用來修刮木簡或竹簡上的文字。流行於東周和秦漢時。❷竹札或木札。❸刪除。指刪改文字。參見「削牘」。❹分割。見「削地⓵」。❺削弱；削減。如：削價；削碼。❻形容尖銳，峭峻。如：巉巖削壁。○（xiāo，舊讀xuē）粵同○用刀切去物體表層。如：削皮，削鉛筆。

【削地】❶分割土地。❷削減封地。

【削政】請人刪改詩文的客氣話。

【削弱】減弱。一般指力量或勢力而言。

【削葱】形容女子的手指纖細潔白。

【削稿】古時大臣上封事，為防洩漏，將草稿銷毀，稱為「削稿」，也稱「削草」。

【削髮】剃髮為僧。

【削籍】刪除官籍中的名氏，猶言革職。

【削足適履】腳太大些小，把腳削去一部分以適合鞋的大小。比喻勉強求合或無原則遷就。

剋（kè）粵hek⁷〔克〕❶削剋取勝。❷嚴格限定。常指時日言。參見「剋日」、「剋期」。❸消化。如：剋食。❹通「刻」。

銘刻。

【剋日】約定或限定日期。亦作「刻日」。

【剋期】猶限日，約定或限定日期。如：剋期送達；剋期完成。

【剋薄】挑苦；諷刺。亦作「刻薄」。

剌○（là）粵lat⁸〔辣〕違戾。見「剌謬」、「乖剌」。
○（lá）粵lai¹〔拉〕割開；劃破。如：手俐破了。今亦作「拉」。

【剌子】❶紅色的寶石。❷亦作「辣子」。利害、潑剌的人。

【剌謬】違異；完全相反。

前（qián）粵tsin⁴〔錢〕❶表方位。與「後」相對。如：前門；村前村後。❷表示次第或時間在先。如：名列前茅；史無前例。❸上前；前進。如：勇往直前。

【前車】《漢書·賈誼傳》有「前車覆，後車戒」之語，意謂前面車子翻了，後面車子可以引為鑒戒。後因以「前車」或「前車可鑒」比喻可以引為教訓的往事。

【前奏】前奏曲，比喻事情的先聲。

【前茅】猶先頭部隊。古代行軍時哨前哨斥候以茅為旌。如遇敵人或敵情有變化，舉旌以警告後車。後稱考試成績優秀，名次在前為「名列前茅」。

【前席】移坐向前。

【前提】❶在推理上可以推出另一個判斷來的判斷，如三段論中的大前提、小前提。❷事物發生或發展的先決條件。

【前程】❶前面的道路。❷比喻未來的境遇。如：前程萬里；錦繡前程。❸舊稱功名為「前程」。

【前塵】❶佛教稱色、聲、香、味、觸、法為六塵。謂當前境界為六塵所成，都非真實，故稱「前塵」。❷猶舊事，過去的事。如：回首前塵。

【前賢】前代的賢人或名人。

【前緒】前人的功業。

【前輩】年長或資歷較高的一輩。

【前驅】猶先鋒。後亦用指先導者。

【前仆後繼】前面的人倒下了，後面的繼續前進。形容奮勇無畏，不怕死。

【前赴後繼】前面的人衝上去，後面的緊緊跟上。

【前度劉郎】劉義慶《幽明錄》載，東漢永平年間，劉晨、阮肇往天台桃源洞遇仙。還鄉後，至太康年間，兩人重到天台。後因稱去而復來的人爲「前度劉郎」。

【前倨後恭】先傲慢而後謙恭。

【前事不忘後事之師】謂記住過去的經驗教訓，可作以後行事的借鑒。

【前門拒虎後門進狼】比喻一個禍患剛剛消除，另一個禍患又隨即臨頭。

刺 同「剌」。

叛 「剙」的異體字。

八 畫

剒 (cuò)⓿tsɔk⁸〔耻惡切〕通「錯」。銼磨。

剔 (ti)⓿tik⁷〔惕〕❶分解骨肉，把肉從骨上刮下來。❷從孔隙中往外挑出東西。如：剔牙。引申爲挑出、剔除。

剕 (fèi)⓿fei³〔廢〕斷足，古代五刑之一。

剖 (pōu)⓿feu²〔否〕❶破開；從中切開。❷分裂；分析。如：剖述；剖明是非。

【剖心】本指剖心而死。後常以比喻披露內心，開誠相見。

【剖析】分解辨析。如：剖析事理。

【剖符】古代帝王分封諸侯或功臣，把符節剖分爲二，雙方各執其半，作爲信守的約證，叫做「剖符」。

【剖腹藏珠】《資治通鑒》卷一九二載，西域有個人買美珠一顆，剖開自己的身體把美珠藏起來。後因以「剖腹藏珠」比喻爲物傷身，輕重倒置。

剗(划) (chǎn)⓿tsan²〔產〕❶見「剗地」。❷同「剷」。

【剗地】亦作「剷的」。❶猶怎的、怎地。❷依舊；還是。❸反而。❹無端；平白地。

剓(nǎo)⓿nou⁵〔腦〕同「腦」。

剚(zì)⓿dzi³〔志〕亦作「傳」。刺入；插入。見「剚刃」。

【剚刃】亦作「傳刃」。用刀刺入人體。

剛(剛) (gāng)⓿gɔŋ¹〔江〕❶堅硬；堅強。與「柔」相對。❷才，表示時間緊接。如：剛來就走。❸正巧；恰巧。如：剛好；剛合適。

【剛復】強硬固執。如：剛愎自用。

【剛腸】剛直的心腸。

剜(wān)⓿wun¹〔鳥寬切〕wun²〔碗〕(又)用刀挖。

【剜肉醫瘡】比喻只顧救目前之急而不顧日後的困境。

剝 ㊀(bō)⓿mɔk⁷〔莫鳥入〕❶剝蝕脫落。如：剝落。❷奪去。如：剝奪。
㊁讀讀bō)⓿同㊀去掉皮或殼；去掉外層。如：剝橘子；剝花生。

【剝落】剝蝕脫落。如❷元時口語，謂應試落第。亦作「駁落」。

【剝奪】❶用強制手段奪去。❷剝削；掠奪。

【剝蝕】物體受侵蝕而損壞。

剞(jī)⓿gei¹〔基〕❶見「剞劂」。❷劫奪。

【剞劂】亦作「剞劂」。❶刻鏤用的刀和鑿子。❷雕板；亦指書籍。

剟(duō)⓿dzyt⁸〔綴〕❶刪改；削除。❷割取。❸刺。

剠㊀同「黥」。㊁同「掠」。

剡 ㊀(yǎn)⓿jim⁵〔染〕❶削。❷銳利。
㊁(shàn)⓿sim⁶〔事黝切〕〔剡溪〕水名。在浙江嵊縣，即曹娥江上游。

剙 「創」的異體字。

剧 同「劂」。

九 畫

劃(huō)⓿wak⁹〔或〕破裂聲。又作「騞」。

劐(duó)⓿dɔk⁹〔鐸〕伐木，治木。也指治璞。

劊(剛) (guā)⓿gwa³〔寡〕❶割肉離骨，古代一種極殘酷的死刑。即「凌遲」。參見該條。❷劃破。如：手上

割了一個口子。

剒 同"錯"。

副 (fù)粵fu³〔富〕❶次要的；附帶的。如：副食品；副產品。❷輔助。亦指輔助的人或事物。見"副貳"❷。❸符合；相稱。如：名副其實。❹古時王后及諸侯夫人的一種首飾。編髮作假髻，上綴以王。❺器物一對或一套。如：一副對聯；一副杯筷。

【副本】同一書籍抄出的複本。是對正本而言。過去公私藏書家，得一珍本，依據重寫，儲作副本。今亦指政府和國際文件的正式簽署本的複本，備存查和通知有關方面之用。

【副車】❶古代帝王出時的從車。❷清代稱鄉試的副榜貢生。

【副貳】❶輔佐。❷副職。泛指佐助的官吏。

剪 (jiǎn)粵dzin²〔展〕❶剪刀；用剪刀鉸滅。❸剪絕；剪掉。❹兩手交叉被綁起來。如：反剪雙手。

【剪拂】❶修剪拂拭。❷比喻稱譽、推舉。❸舊時江湖上"強人"稱下拜爲"剪拂"。

【剪徑】攔路搶劫。

【剪綹】剪開人家衣袋窃取銀錢的小偷。

劓 (wù)粵uk⁷〔屋〕殺戮。古代指貴族在屋下受刑，以別於平民在市上受刑。

十　畫

剩 (shèng)粵sing⁶〔盛〕❶多餘；餘下。

【剩語】多餘的話。

【剩價值】僱傭工人在生產中所創造的超過他勞動力價值以上並被資本家無償佔有的那部份價值。追求剩餘價值是資本主義生產的唯一目的。在資本主義社會，剩餘價值表現爲利潤、地租、利息等各種形式。

剳 同"劄"。

割 (gē)粵got⁸〔葛〕❶用刀截斷。如：割肉；割麥。引申爲斷絕。又專指宰割。❷分割；劃分。

【割席】《世說新語·德行》載，漢末管寧、華歆同席讀書，華歆用志不專，管寧割席分坐，對華歆說："子非吾友也"。後因稱朋友絕交爲"割席"。

【割裂】分裂，分割。

【割愛】放棄自己所愛好的東西。

【割據】以武力佔據部分地區，在一國內形成對抗的局面。

【割雞焉用牛刀】殺雞哪裏須用宰牛的刀。比喻小題不必大做。

剴 (剀)(kǎi)粵hoi²〔海〕❶諷喻。❷見"剴切"。

【剴切】(一qiè)切實；切中事理。

創 (創) ㊀(chuàng)粵tsɔŋ³〔雌放切〕始；創造。如：創舉；創刊。
㊁(chuāng)粵tsɔŋ¹〔倉〕❶創傷。❷通"瘡"。

【創艾】亦作"創刈"。❶懲戒；打擊。❷戒懼；鑒戒。

【創見】獨到的見解。如：他在這個問題上有不少創見。

【創痍】(chuāng—)創傷；傷口。比喻人民的疾苦。亦作"創夷"。

【創鉅痛深】(創 chuāng)指受到嚴重的損害。

剮 同"剛"。

十一畫

剷 (chǎn)粵tsan²〔產〕剗除；消滅。

劙 (lí)粵lei⁴〔離〕劃開；劃破。見"劙面"。

【劙面】古代北方某些少數民族的風俗，割面流血，表示忠誠哀痛。亦作"梨面"。

剽 (piào)粵piu³(票)piu⁵〔皮鳥切〕(又)❶搶劫。❷攻擊。見"剽剝"。❸輕捷。

【剽姚】同"票姚"。漢代武官名，取勁疾之義。亦作"嫖姚"。

【剽悍】亦作"慓悍"、"標悍"。矯捷勇猛。

【剽剝】(—bō)猶言攻擊。

【剽襲】抄襲。

【剽窃】抄襲；窃取他人的陳言。

勦　"剿"的異體字。

剿　㊀(jiāo)⑧dziu²〔沼〕❶滅絕；征剿。
❷勞累。見"剿民"。
㊁(chāo)⑧tsau¹〔抄〕通"鈔"。見"剿襲"、
"剿說"。
【剿民】勞民，使百姓勞累。
【剿絕】滅絕。
【剿說】(chāo)竊取別人的言論爲己說。
【剿襲】(chāo)抄襲。

劉　"劉❶"的異體字。

十二畫

劀　(guā)⑧gwat⁸〔刮〕通"刮"。

劂　(jué)⑧kyt⁸〔決〕見"剞劂"。

劃(划)　㊀(huà)⑧wak⁹〔或〕❶區分。
如：劃清界限。❷計劃。如：
劃策；謀劃。❸劃撥；轉移。如：劃賬；
劃款。
㊁(huá)⑧同㊀❶用尖銳的東西割開。
如：劃玻璃。❷擦；擦過。如：劃火柴。
【劃一】亦作"畫一"。❶一致；一律。如：整
齊劃一；劃一不二。❷畫分一一，即一一
條列之意。

劁　(qiāo)⑧tsiu⁴〔潮〕閹割。今稱閹割牲
畜爲"劁"。如：劁豬；劁羊。

十三畫

劇(剧)　(jù)⑧kek⁹〔屐〕❶嬉戲。引申
爲戲劇。如：京劇；粵劇。❷
甚；劇烈。如：劇痛；病勢加劇。
【劇本】戲劇作品。
【劇目】戲劇的名目。
【劇情】戲劇的情節。
【劇務】❶劇團裏有關排演、演出的各種事
務。❷擔任劇務工作的人。

劈　㊀(pī)⑧pek⁸〔皮吃切〕❶用刀斧等破
開，又引申爲分開。如：劈木柴；劈
山引水。❷正對着。如：劈面而來。❸物

理學名詞。亦稱"楔"或"尖劈"，簡單機械
的一種。由兩斜面(稱劈面)合成，劈背愈
薄，劈面愈長，就愈省力。常見的刀、
斧、鉋、鑿等都屬於這一類。
㊁(pǐ)⑧同㊀❶擘分；分開。如：劈疏；
劈成兩股。❷劈碎的。如：劈柴(指已劈
好的柴薪)。

劉(刘)　(liú)⑧leu⁴〔流〕❶殺。參見
"虔劉"。❷斧鉞一類的兵器。
❸古國名。姬姓。開國君主劉康公，周匡
王之子，在今河南偃師西南，至周貞定王
時絕封。❹姓。
【劉伶】晉竹林七賢之一，性嗜酒，著有《酒
德頌》。後世因稱嗜酒者爲劉伶。

劊(刽)　(guì)⑧kui²〔繪〕砍斷。參見
"劊子手"。
【劊子手】舊時執行斬刑的人。

劌(刿)　(guì)⑧gwei³〔貴〕刺傷。

劍(剑)　(jiàn)⑧gim³〔記厭切〕❶中國
古代一種隨身佩帶的兵器。❷
以劍殺人。
【劍客】指精於劍術的人。
【劍拔弩張】本形容書法雄健，後亦用來形容
形勢緊張，一觸即發。

十四畫

劑(剂)　(jì)⑧dzei¹〔擠〕❶剪斷；割
破。❷古代買賣時用的契券。
❸調節；調和。❹藥劑的計量單位。如：
一劑藥。

劓　(yì)⑧ji⁶〔義〕❶劓刑。割鼻的刑罪，
古代五刑之一。❷割除。

劐　(huō)⑧wok⁹〔獲〕❶用刀尖插入物體
後順勢劃開。如：把魚肚子劐開。❷
通"騞"。

劒　"劍"的異體字。

十七畫

劖　(chán)⑧tsam⁴〔慚〕❶斷。❷鑿。

十九畫

劘 (mó)粵mo⁴〔磨〕❶磨。❷猶拂逆。比喻直言諫諍。❸迫近。

二十一畫

劙 (li)粵lei⁴〔離〕割。

劚 同"斸"。

力　部

力 (li)粵lik⁹〔歷〕❶氣力。❷物理學名詞。凡能使物體獲得加速度或者發生形變的作用都稱為力。❸能力。如：才力；視力；購買力。❹威力；權力。❺盡力。❻努力。如：力戰；力爭。

【力士】❶力氣特別大的人。❷古代官名。掌金鼓旗幟，隨皇帝車駕出入及守衛四門。

【力巴】亦作"力把"、"劣巴"。北方方言。舉動笨拙遲緩的樣子。也指外行。

【力行】努力從事；盡力去做。

【力役】中國歷代封建政權強制人民所服的勞役，為徭役形式之一。

【力征】謂以武力相征伐。亦作"力正"、"力政"。

【力疾】竭力支撐着病體。如：力疾從公。

【力不從心】心有餘而力不足。

【力透紙背】形容書法遒勁有力。後也用來形容詩文立意深刻，造語精練。

三　畫

功 (gōng)粵gung¹〔工〕❶功勞；功績。如：立功。❷功效。如：事半功倍。❸通"工"。事。❹功夫。如：氣功，練功。5唸層。詳"功服"。❻由"工作"一詞發展起來的物理學概念，是量度能量轉換的基本物理量。

【功布】古代喪服引經所用的布。其制，以三尺長的白布懸於竿首，略似旗旛。因喪服斬衰、齊衰用粗麻布，此布經過加工，色白較細，故稱功布。

【功令】古時國家對學者考核和錄用的法令或規程。

【功臣】有功於國的臣子。

【功名】❶功績和名聲；官爵。❷科舉時代稱科第為功名。

【功利】功效利益。

【功服】舊時喪服名，大功、小功的統稱。因斬衰、齊衰用粗麻布，此服所用的布，經過加工，色白較細，故稱功服。參見"大功"、"小功"。

【功烈】功績。

【功業】功績和事業。

【功課】❶古時上官對部屬工作成績的考核。❷按照規定期限學習的學業。如：兩門功課；溫習功課。❸佛教徒稱每日按時誦經念佛為做功課。

【功德】❶指功業和德行。❷佛教用語。指誦經念佛布施等。也指為敬神敬佛而出的捐款。

【功過格】舊時崇奉封建禮教或道教、佛教戒律的人，將自己所行之事，分別善惡，逐日登記，借以考驗功過，進行修養，稱為功過格。

【功成不居】謂立了功而不把功勞歸於自己。

【功敗垂成】功業在將成的時候遭到失敗，含有惋惜的意思。

【功虧一簣】《書·旅獒》有"為山九仞，功虧一簣"之語，比喻一件事只差最後一點未能完成，含有惋惜的意思。簣，盛土具。

加 (jiā)粵ga¹〔家〕❶算法之一，兩數或兩個以上的數相加。❷增益；增加。如：加劇。❸施以；加以。如：嚴加管束；不加思索。❹戴上。如：加冠。❺超過。見"加人一等"。

【加官】古代在原有官職之外加領其他官銜。例如漢朝的侍中即諸列侯將軍等的加官。也指官階晉升。如：加官進爵。

【加冕】君主即位時所舉行的加冕禮。

【加劇】加深嚴重程度。如：病勢加劇。

【加點】寫文章時用筆點去應刪改的字句。參見"文不加點"。

四　畫

劣 (liè)粵lyt⁹〔捋〕lyt⁹〔利月切〕(又)❶弱小；低下。❷惡；壞。如：劣紳；劣迹。

劦 (xié)粵hip⁸〔協〕同力。

五　畫

助 (zhù)粵dzo⁶〔座〕❶幫助。如：得道多助，失道寡助。❷相傳爲商代的租賦制度。

【助長】(—zhǎng)❶幫助成長。參見"揠苗助長"。❷促使增長。常用於反面事物。

【助我張目】別人贊助自己的主張或行動，使自己的氣勢更壯。

【助桀爲虐】比喻幫助壞人作壞事。桀，夏末暴君，古人把他看作惡人的代表。亦作"助紂爲虐"。紂，商末的暴君。

努 (nǔ)粵nou⁵〔腦〕❶勉力；出力。如：努力。❷用力伸出或突出。參見"努目"。❸村書法術語直筆爲"努"。

【努目】把眼睛張大，眼珠突出。

劫 (jié)粵gip⁸〔記協切〕❶強奪；威逼；脅迫。❷佛教名詞。"劫"是梵文Kalpa音譯"劫波"之略，意譯是"遠大時節"。如：萬劫不復。後來說爲"劫波"的"劫"，成爲"厄運"的意思。舊時也把天災禍通稱之爲"劫"。如：浩劫；劫數。

【劫灰】佛教謂"劫火"之餘灰。後指被兵火毀壞後的殘迹。

【劫略】❶以威力脅制。❷"略"通"掠"。搶劫；掠奪。

【劫數】劫，梵文Kalpa音譯"劫波"之略。數，運數；時運。劫數即厄運的意思。

劬 (qú)粵kœy⁴〔渠〕❶勞；勞苦。❷慰苦。

【劬劬】形容勞苦。

【劬勞】勞苦；勞累。專指父母養育子女的勞苦。

劭 (shào)粵siu⁶〔邵〕❶勸勉。❷美；賢良。如：年高德劭。

六　畫

効 同"效❸"。

劻 (kuāng)粵hoŋ¹〔匡〕見"劻勷"。

【劻勷】(—ráng)亦作"恇懼"。惶遽不安的樣子。

刦 (jié)粵kit⁸〔揭〕堅定；盡力。

劾 (hé)粵hɐt⁹〔核〕❶審決訟案。❷揭發罪狀。如：彈劾；參劾。

【劾狀】舉發罪狀；參劾。

七　畫

勁 (勁) ㊀(jìng)粵giŋ⁶〔競〕❶強；堅強有力。如：勁弩；勁卒。❷猛烈。如：勁風；勁雪。
㊁(jìn)粵giŋ³〔敬〕❶力氣。如：使勁；用勁。❷積極興奮的精神或情緒。如：幹勁。❸興趣。如：起勁。

【勁直】剛勁正直。

【勁旅】強有力的軍隊。今也常用以指實力雄厚的體育等隊伍。

【勁敵】實力強大的敵人或對手。亦作"勍敵"。

【勁節】❶竹、木生得枝枝質地堅固，稱爲"勁節"。❷比喻堅貞的節操。

勃 (bó)粵but⁹〔勃〕❶猝然。❷旺盛。見"勃勃"、"蓬勃"。❸奮發或發怒變色的樣子。參見"勃然"。❹通"悖"。勃海亦作勃海。❺乖戾。如：狂勃。

【勃勃】旺盛。後多指精神狀態。如：生氣勃勃；野心勃勃。

【勃然】❶猝忽然，猝然。❷興起或發發的樣子。❸因發怒或心情緊張而變色。

【勃谿】"谿"亦作"豀"。指家庭中的爭吵。

【勃鬱】亦作"醱鬱"。蘊積；壅塞。

勅 "敕"的異體字。

勇 (yǒng)粵juŋ⁵〔而壟切〕❶勇敢；猛。如：驍勇；勇士；智勇雙全。亦

謂果敢。❷清代指地方臨時招募的兵卒。

【勇敢】果敢有勇氣，不怕危險和困難。

【勇猛精進】刻苦修習，猛進不已。

勉（miǎn）粵min⁵〔免〕❶盡力。❷鼓勵；勸勉。如：有則改之，無則加勉。❸勉強。如：勉為其難。

【勉強】（一qiǎng）❶勉力去做。「勉」、「強」二字同義。❷大體上不錯，還有些不夠的地方。如：勉強及格。❸不是心甘情願的。如：勉強答應。❹強人去做不願做的事。如：不要勉強他。

【勉勵】勸勉鼓勵。

八　畫

勍（qíng）粵kiŋ⁴〔瓊〕強有力。

勑　㊀（lài）粵loi⁶〔耒〕"勞來"的"來"的本字。參見"勞來"。
　㊁"敕"的異體字。

勌　"倦"的異體字。

勐（měng）粵maŋ⁵〔猛〕❶勇猛。❷傣語音譯，意爲"地方"。多指平壩地區，與山區稱"圈"相對。引申爲地區和行政區劃的名稱，如：勐遮；勐海。

九　畫

勒　㊀（lè）粵lek⁹〔離麥切〕lak⁹〔離額切〕（又）❶套在馬頭上帶嚼口的籠頭。❷拉緊韁繩，使馬急步向前。又俗使韁繩使馬止步也叫勒。如：懸崖勒馬。❸勉強；強制。如：勒令；勒索。❹刻。如：勒石。❺古時書法橫畫的名稱。見"永字八法"。
　㊁（lēi）同㊀用繩子捆住或套住，再拉緊。

【勒抑】亦作"抑勒"。壓榨；剝抑。

【勒索】用威脅逼迫的手段向人索取財物。如：敲詐勒索。

動（动）（dòng）粵duŋ⁶〔洞〕❶改變原來的位置或狀態。與"靜"相對。

如：轉動；搖動；風吹草動。❷動作；行動。如：一舉一動；靜極思動。❸使用；運用。如：動筆；動腦筋。❹起始；發動。如：動工；動身；興師動衆。❺感動；變動；動搖。❻往往；每每。如：動輒得答。

【動人】使人感動；使人震動。亦謂使人憐愛。如：楚楚動人。

【動力】❶指事物運動和發展的推動力量。❷使機械運動所需的力量。人力、風力、水力、熱力以及原子能等都可作爲推動機械運動的動力來源。

【動心】爲外物所誘而感情發生波動；心志動搖。

【動目】目光被引動；使人注目。

【動地】震動大地。極言驚人或惑人。如：驚天動地；惑天動地。

【動員】發動人們積極參加某項活動。

【動容】❶動搖。❷舉止；動作。❸內心有所感動而表現於面容。

【動機】引發人去從事某種行爲的思想。如：動機很好。

【動靜】❶運動和靜止。❷指人的行止。❸情況。

【動聽】使人聽了感動。如：娓娓動聽。

【動輒得答】謂作事往往獲罪或遭人責怪。

勔（miǎn）粵min⁵〔免〕勉力。

勗（xù）粵juk⁷〔郁〕勉勵。如：勗勉。

勖　"勗"的異體字。

勘　㊀（kān，舊讀kàn）粵hem³〔瞰〕調查；探測。如：勘察地形，勘探隊。
　㊁（kān）粵hem¹〔堪〕校訂；核對。如：校勘；勘驗。

【勘誤】亦作"刊誤"。報刊圖書出版後，因文字、圖畫和內容發生差錯，進行的校訂更正工作。一般採用"更正"或"刊誤表"等方式告知讀者。

務（务）（wù）粵mou⁶〔冒〕❶勉力從事。如：務農。❷必須；一定。如：務必做到；務請出席。❸事業；工作。如：事務；總務；任務。❹宋代官

設貿易機關和場所。如饒州景德鎮瓷窰博易務。又宋元俗語，酒店也通稱酒務。

十　畫

勛 "勳"的異體字。

勝(胜) ㈠(shèng)粵sió³〔姓〕❶勝利。如：取勝。❷力量大過；佔優勢。如：事實勝於雄辯。❸克制；超越；盛大；佳妙。特指勝地。如：名勝。參見"勝會"、"勝侶"、"勝概"。❺古時婦女的首飾。參見"花勝"、"綵勝"。㈡(shēng)粵sió¹〔升〕❶勝任；禁得起。如：力不能勝。❷盡。如：不可勝數。

【勝友】高明的朋友；良友。

【勝地】❶名勝之地；風景優美的地方。❷不敗之地；制敵取勝的地位、形勢。

【勝任(shēng一)】擔當得起或承受得住。如：勝任愉快。

【勝衣(shēng一)】謂兒童稍長能穿戴成人的衣冠。亦謂身體承受得住衣服的重量。如：弱不勝衣。

【勝券】取得勝利的憑據。所以稱有把握取得勝利稱為"操勝券"。

【勝侶】良伴；好友。

【勝迹】有名的古迹。

【勝朝】猶前朝。如：勝朝遺老。

【勝會】❶猶盛會。❷很高的興致。

【勝算】能夠制敵取勝的計謀。如：穩操勝算。

【勝概】❶勝景；美麗的景色。❷勝事；優美的生活。

勞(劳) ㈠(láo)粵lou⁴〔盧〕❶勞動。如：按勞分配。❷勤勞；勞苦。如：任勞任怨。❸費；煩。如：勞神；勞駕。❹功勞。如：汗馬之勞。❺憂愁。❻通"癆"。通常指肺結核病。如：童子勞；女兒勞。㈡(láo，舊讀lào)粵lou⁶〔路〕慰勞。如：勞軍。

【勞人】勞瘁的人。

【勞生】辛勞的一生。

【勞來(舊讀láo lài)】勸勉；慰勞。"來"本作"勑"，亦作"倈"、"徠"。

【勞動】❶人們改變勞動對象使之適合自己需要的有目的的活動。是人類社會存在和發展的最基本條件之一。❷謂活動鍛煉身體。❸猶言偏勞，表示感謝。

【勞瘁】勞累病苦。如：不辭勞瘁。亦作"勞悴"。

【勞頓】勞累困頓。

【勞駕】客套話，用於請別人做事或讓路。如：勞駕，請讓讓路。

【勞績】猶言功績。

【勞什子】北方方言，泛指一般事物，含有輕蔑和厭惡的意思。

【勞民傷財】既使人民勞苦，又耗費財物。

【勞燕分飛】古樂府《東飛伯勞歌》有"東飛伯勞西飛燕"的詩句，後因以"勞燕分飛"比喻離別。

十一畫

募 (mù)粵mou⁶〔務〕徵集；招募。如：募捐；募兵。

【募化】猶"化緣"。僧、尼或道士向人乞求布施。

勢(势) (shì)粵sei³〔世〕❶衝發或衝擊的力力。如：風勢；火勢；來勢很猛。❷地位和權力。如：威勢；權勢。❸形勢；氣勢。如：山勢；地勢；居高臨下之勢。❹情勢。如：大勢所趨；必然趨勢。❺姿勢。如：手勢；裝腔作勢。❻人及動物的睾丸。如：去勢。

【勢利】❶權勢和財利。後亦指憑財產多少、地位高低來分別對待人的惡劣表現。❷謂形勢便利。

【勢不兩立】雙方矛盾尖銳，不能並存。

【勢如破竹】形容作戰或工作節節勝利，毫無阻礙。

【勢均力敵】雙方力量相等。亦作"力敵勢均"。

勣 "績❶"的異體字。

勤 (qín)粵kɐn⁴〔芹〕❶勞；出力。如：四體不勤。❷努力；奮勉。如：勤學苦練。❸常常；多。如：勤有報；夏季雨

水勤。❹“勤務”的簡稱。如：內勤；外勤；值勤；出勤。❺同“懃”。

【勤王】❶盡力於王事。❷謂起兵救援王朝。

【勤懇】❶殷勤懇切。❷做事認眞不懈。

勦 “剿”的異體字。

勠 “戮❷”的異體字。

⿰弓⿱甶力 “⿰弓男”的異體字。

十二畫

勩（勚） (yì)㊣ji⁶〔二〕❶疲勞。❷器物磨損。

勥 ㊀(qiǎng)㊣kœŋ⁵〔襁〕强迫。
㊁(jiàng)㊣gœŋ⁶〔技讓切〕同“犟”。

⿸厂⿱炏力 (jué)㊣gwɐt⁹〔掘〕“倔强”的“倔”本字。

十三畫

勰 (xié)㊣hip⁸〔協〕思想上協調。

勱（劢） (mài)㊣mai⁶〔賣〕勉力。

勮 (jù)㊣gœy⁶〔巨〕用力多。

十四畫

勳（勋） (xūn)㊣fɐn¹〔昏〕功；功勞。如：屢建奇勳。

【勳勞】功勳勞績。

十五畫

勴（㔔） (lǜ)㊣lœy⁶〔淚〕贊助。

勵（励） (lì)㊣lɐi⁶〔厲〕❶勸勉；鼓勵。如：勵志。❷通“厲”、“礪”。磨煉；振奮。

【勵精圖治】“勵”亦作“厲”。振奮精神，想辦法把國家治好。

十七畫

勷 ㊀(ráng)㊣jœŋ⁴〔羊〕見“劻勷”。
㊁(xiāng)㊣sœŋ¹〔箱〕同“襄”。成。如：共勷盛舉。

十八畫

勸（劝） (quàn)㊣hyn³〔券〕❶勸告；勸解。如：勸戒；勸慰。❷勉勵。如：勸勉。

【勸化】佛教用語。❶勸人向善。❷猶募化。勸人施舍財物。

勹 部

一 畫

勺 ㊀(sháo)㊣dzœk⁸〔雀〕tsœk⁸〔卓〕(又)❶容量單位名。古以十撮爲一勺，十勺爲一合。今市勺爲計量液體和乾散顆粒的一種容量小單位。1(市)勺=1/100升=1厘升。❷古代舀酒的器具。青銅製。
㊁(zhuó)㊣同㊀❶通“酌”。舀取。❷古樂器，即籥，似笛而短小，可執之以舞。

二 畫

勻 (yún)㊣wɐn⁴〔云〕❶勻稱；均勻。❷分讓；騰出。如：勻一間屋子做實驗室；勻不出工夫來。

勾 ㊀(gōu)㊣ŋɐu¹〔鈎〕本作“句”。❶彎曲。❷用筆畫勾；塗去。如：一筆勾銷。❸畫出輪廓。如：臨摹勾稿。❹牽引。如：勾結；勾出心事。❺數學名詞。指直角三角形直角旁的短邊。❻音樂名詞。工尺譜中的音名，比尺低半音。
㊁(gòu)㊣同㊀亦作“句”。見“勾當”。

【勾留】“勾”本作“句”。稽留；耽擱。

【勾當】(gòu dang)❶辦理；處理。❷主管。唐宋常用爲職銜名。❸事情。今用以指壞

事或秘密事。

【勾稽】考核文書簿籍。

【勾欄】❶一作"勾闌"。宋元時百戲雜劇的演出場所。勾欄內有戲臺、戲房(後臺)、神樓、腰棚(看席)。有的勾欄以"棚"爲名。元以後亦指妓院。❷即欄杆。亦作"鈎欄"。

【勾心鬭角】同"鈎心鬭角"。見該條。

勿 (wù) 粵 met⁹〔密〕❶不。❷莫;不要。

【勿藥】謂可不藥自癒。後因用爲病癒的代稱。

勼 (jiū) 粵 geu¹〔加歐切〕聚集。通作"鳩"。

三 畫

匃 "丐"的異體字。

匄 "丐"的異體字。

包 (bāo) 粵 bau¹〔胞〕❶裹紮;包圍。亦指打成的包裹,或成包的囊。❷包容;藏。如:無所不包。❸保證。如:包在我身上。❹約定專用。如:包場;包一輛車。❺包子,一種帶餡蒸熟的食物。

【包茅】古代祭祀時,以裹束着的青茅置於桴中,用來濾去酒中渣滓,故稱裹束着的青茅爲"包茅"。

【包涵】❶包含;容納。❷寬容;原諒。多用於向人請求的話中。

【包袱】衣物的包裹。也指用作包裹的布。引申指某種負擔。

【包裹】❶包含;涵容。❷包紮成件的物品。在運輸部門則專指按客運業務辦理的某些需要急運的物品。

【包舉】統括;全部佔有。

【包涵】❶包含;容納。❷寬容;原諒。多用於向人請求的話中。

【包攬】把別人的事全部兜攬過來辦理。

【包羅萬象】形容內容豐富複雜,無所不包。

【包藏禍心】外表和善,內懷惡意。

匆 (cōng) 粵 tsuŋ¹〔沖〕急促。如:匆遽。

【匆匆】急忙。

【匆猝】又作"匆卒"。匆忙;倉促。

【匆遽】急忙。

四 畫

匈 (xiong) 粵 huŋ¹〔空〕❶同"胸"。❷見"匈匈"。❸國名。匈牙利的簡稱。

【匈奴】古族名,又稱"胡"。戰國時,游牧於燕、趙、秦以北地區。東漢建安二十四年(公元48年)後,一部分南下依附漢朝,漸習農耕。十六國中的前趙、北涼、夏的統治家族大部分是匈奴族人。

【匈匈】同"恟恟"。擾攘不安。

五 畫

匉 (pēng) 粵 piŋ¹〔玨〕見"匉訇"。

【匉訇】同"砰訇"。大聲。

六 畫

匊 (jū) 粵 guk⁷〔谷〕同"掬"。滿握。

匋 (táo) 粵 tou⁴〔逃〕"陶"的古體字。

匌 (gé) 粵 gɐp⁸〔鴿〕❶周匝。❷見"匌匎"。

七 畫

匍 (pú) 粵 pou⁴〔袍〕見"匍匐"。

【匍匐】❶伏地而行。❷竭力。

九 畫

匏 (páo) 粵 pau⁴〔刨〕❶葫蘆之屬。❷中國古代樂器,指笙、竽之類。

【匏瓜】❶匏瓜。❷星名。古代用作男子無妻獨處的象徵。

【匏繫】亦作"繫匏"。《論語·陽貨》有"吾豈匏瓜也哉?焉能繫而不食"之語,這是孔子意欲出仕的話。後因以"匏繫"比喻不得出仕,或久任微職不得遷升。

匐 (fú)⑨fuk⁹[服]見"匍匐"。

十 畫

匒 (dá)⑨dap⁸[答]見"匒匒"。

【匒匒】重疊的樣子。

匎 (è)⑨ep⁹見"匎彩"。

【匎彩】古代婦女的髮飾。

【匎葉】古代婦女的髮飾匎彩上的花葉。

匕　部

匕 (bǐ)⑨bei²[比]bei³[臂]⑨又●匕、匙之類取食的用具。❷箭鏃。

【匕首】短劍。

【匕鬯】匕，羹匙；鬯，秬黍釀的香酒。二者都為古代宗廟祭祀用物，因以指宗廟的祭祀。

二 畫

化 ㊀(huà)⑨fa³[富亞切]●變；改。如：化險為夷；化悲痛為力量。❷轉移人心風俗。如：潛移默化。❸融解；消化。如：化癥止咳；食古不化。❹死。參見"物化"、"坐化"。❺燒。如：火化。❻化生；化生之物。❼造化；自然的功能。❽表示轉變成某種性質或狀態。如：綠化；電氣化；大眾化。❾風俗；風氣。如：有傷風化。❿求討；募化。如：化緣。㊁(huā)⑨fa¹[花]同"花"，用掉。

【化工】●天工；自然創造或生長萬物的功能。❷"化學工業"、"化學工程"、"化學工藝學"、"化學單元操作"等術語的簡稱。通常指化學工業或化學工程。

【化日】太陽光。指白晝。如：光天化日。

【化外】政教所不達不到的地方。

【化身】佛"三身"之一。佛教宜稱，佛具有法、報、化三身。佛教隨時變化為種種形象，名為"化身"。並稱釋迦牟尼為"千百億化身"。後用以指由某一事物演變而成的多種形象。也指體現某種觀念的具體形象。

【化募】亦作"募化"。原謂和尚、道士等求人施舍。後也泛指向人乞討或募捐財物。

【化境】●指藝術造詣所達到的自然精妙的境界。❷佛教名詞。謂如來教化話所被的境域。

【化鶴】古代神話傳說遼東人丁令威在靈虛山學道成仙，千年後，化鶴歸遼。舊時常用"化鶴"為死亡的代稱。

【化零為整】集合許多部分成為整體。參見"化整為零"。

【化險為夷】險，險阻；夷，平易。轉危為安。

【化整為零】與"化零為整"相對。把整體或整數化為許多部份或零數。在軍事上，化整為零，指軍隊由集中到分散；化零為整，指軍隊由分散到集中。

【化干戈為玉帛】變戰爭為和平。玉帛：古代諸侯會盟朝聘時的禮物。

三 畫

北 ㊀(běi)⑨bek⁷[巴北切]●方位詞。與"南"相對。❷敗。如：追亡逐北。㊁(bèi)⑨bei³[貝]通"背"。乖違；相背。

【北斗】在北天排列成斗形的七顆亮星。七星的名稱是：一天樞，二天璇，三天璣，四天權，五玉衡，六開陽，七搖光(或作搖光)。即今大熊星座的七顆較亮的星。道家書稱為天罡。

【北邙】亦作"北芒"。山名，即邙山。在河南洛陽市北。東漢及魏的王侯公卿多葬於此。後人常用來泛指墓地。

【北辰】指北極星。

【北面】●古代君主南面而坐，臣子朝見君主則面北，因謂稱臣於人為"北面"。❷古代學生敬師之禮。

【北冥】亦作"北溟"。古人想象中的北方最遠的大海。

【北堂】古代士大夫家主婦常居留之處。後以"北堂"為母親的代稱。

【北國】古指北方諸侯之國。也泛指北方。

【北闈】明代禮部會試考場，稱禮闈。洪熙元年，南人北人分房取中，名額有定，謂之

南闈、北闈。宣德、正統間，又分南、北、中闈。又北京的順天鄉試貢院，亦稱"北闈"；南京的應天鄉試貢院，亦稱"南闈"。清代順天鄉試、江南鄉試，也通稱"北闈"、"南闈"。

[北京條約] 1860年第二次鴉片戰爭後，英、法、俄強迫清政府分別簽訂的不平等條約。《中英北京條約》、《中法北京條約》主要內容有：承認1858年簽訂的《天津條約》繼續有效，增開天津為商埠；割九龍司地方一區給英國；賠償英法軍費銀各八百萬兩。《中俄北京條約》主要內容有：把1858年《璦琿條約》規定中俄共管的烏蘇里江以東到海約四十萬平方公里的中國領土劃歸俄國。

[北京猿人] 1927年開始在北京周口店龍骨山發現的距今約四五十萬年前的人類化石。又稱北京人、中國猿人。他們已具備了人類的基本特徵。在北京猿人居住的山洞裏還發現大量打製的石器、用火燒過而留下的灰燼和動植物化石等。北京猿人是研究人類起源的重要科學根據。

[北洋軍閥] 清朝末年，袁世凱憑藉其所據北洋通商大臣（清末通稱盛寧、河北、山東等北方沿海各省為北洋）的地位所建立的軍事政治集團。1911年辛亥革命推翻清政府以後，袁世凱位居總統，竊取了北洋軍閥對中國的統治。1916年袁死後分裂為直、皖、奉三個派系，各派系連年混戰，造成中國極端混亂的局面。

九畫

匙 ⊖(chí)⑨tsi⁴〔池〕舀取物質、粉末狀物體等的小勺。如：湯匙；茶匙。
⊜(shi)⑨si⁴〔時〕用於"鑰匙"。

匸部

三畫

匝 (zā)⑨dzap⁸〔箚〕❶環繞。❷周遍；環繞一周。如：匝地；匝旬。
帀 (yí)⑨ji⁴〔移〕古代盥器。古代匜和盤合用，用匜倒水，以盤承之。出現於西周中期，盛行於東周。用青銅製。陶製的多是明器。

四畫

匟 同"炕❶"。

匠 (jiàng)⑨dzœŋ⁶〔象〕❶工匠，指有專門技術的工人。如：木匠；鐵匠。❷指在某一方面造詣很深的人。如：巨匠。❸計畫製作。如：匠心。
[匠心] ❶猶造意，指文學藝術上的構思。❷工巧的心思。如：匠心獨運。
[匠意] 猶造意。

匡 (kuāng)⑨hoŋ¹〔康〕❶正；斜正。如：匡謬。❷幫助；救助。如：以匡不逮。❸方正；端正。參見「匡牀」。❹"筐"的本字。古代方形盛器名。❺古邑名：(1)春秋鄭地。在今河南扶溝市。(2)春秋衞地。在今河南睢縣西。❻姓。
[匡正] 斜正；改正。
[匡牀] 亦作"筐牀"。方正而安適的牀。
[匡時] 謂挽救艱危的時勢。
[匡救] 匡正挽救。
[匡復] 謂挽救將亡之國，使轉危為安。
[匡算] 粗略計算。
[匡濟] "匡時濟世"的略稱。謂挽救艱困的局勢，使轉危為安。

五畫

匣 (xiá)⑨hap⁹〔峽〕❶裝東西的用具，大的叫箱，小的叫匣，一般有蓋可以開合。如：鏡匣；硯匣；粉匣。❷裝在匣裏。見「匣劍帷燈」。
[匣劍帷燈] 寶劍在匣，明燈在帷，但燈光劍氣若隱若顯，畢竟遮掩不住。比喻事情無法掩藏或故露消息引人注意。

匜 (yí)⑨ji⁴〔而〕"頤"的本字。下頷的象形。

七 畫

㑒 "篋"的異體字。

八 畫

匪 ㊀(fěi)⑧fei²〔誹〕❶强盜；搶劫財物危害人民的人。如：土匪；慣匪。❷"篚"的本字。竹筐一類的盛器。❸通"非"。如：夙夜匪懈。
㊁(fēi)⑧fei¹〔非〕見「匪匪」。
【匪人】本指非親人而言。後指行為不正當的人。
【匪匪】(fēi fēi)形容車馬的美盛。
【匪夷所思】夷，平常。謂不是根據常理所能想象到的。

九 畫

匭(匦) (guǐ)⑧gwei²〔軌〕匣子；小箱子。

十一畫

匯(汇) (huì)⑧wui⁶〔會〕❶衆水會合。如：匯成江河。❷把款項從甲地劃付到乙地。如：電匯；郵匯。
【匯率】(—lǜ)一個國家的貨幣兌換其他國家的貨幣的比例。也叫匯價。

十二畫

匰(匰) (dān)⑧dan¹〔丹〕古代宗廟中安放木主的器具。

匱(匮) ㊀(guì)⑧gwei⁶〔跪〕"櫃"的本字。藏東西的家具，方形或長方形，狀如箱而稍大。
㊁(kuì)同❶❶通"饋"。盛土器。❷缺乏；不足。
【匱乏】(kuì—)缺乏；貧困。

匲 "奩"的異體字。

十三畫

匳 "奩"的異體字。

十四畫

匴 (suǎn)⑧syn³〔算〕古代竹製的盛器。

十五畫

匵 "櫝"的異體字。

十八畫

匶 (jiù)⑧geu³〔敎〕"柩"的古字。

匸 部

二畫

匹 (pǐ)⑧pet⁷〔疋〕❶匹偶。❷對手；匹敵。❸單獨。見「匹馬單槍」。❹馬、騾等的計數詞。如：四匹馬；兩匹騾子。❺綢布等織物的量名。
【匹夫】古指平民中的男子。也泛指尋常的個人。如：天下興亡，匹夫有責。
【匹敵】❶對等；相當；相比。❷猶配偶。
【匹夫之勇】指不用智謀，單憑個人血氣之勇。
【匹夫匹婦】古指沒有爵位的平民。
【匹馬單槍】亦作「單槍匹馬」。單身出戰。比喻單獨行動，不依靠別人的幫助。

医 (yì)⑧ei³〔翳〕❶古時盛箭的器具。
㊀"醫"的簡化字。

六 畫

匼 ㊀(qià)粵hɐp[7]〔恰〕古代的一種頭巾。㊁(ǎn)粵ɐm[2]〔闇〕見"阿匼"。㊂(kē)粵hɐp[9]〔合〕見"匼匝"。

【匼匝】周匝；環繞。

七　畫

匽 (yǎn)粵jin[2]〔堰〕❶通"偃"。停息。❷儲汚水的坑池。

九　畫

匾 (biǎn)粵bin[2]〔貶〕❶掛在門頂或牆上的題字橫牌。如：牌匾；匾額。❷一種圓形淺邊的竹器。如：針綫匾。

【匾額】亦作"扁額"。掛在廳堂或亭榭上的題字橫牌。亦單稱"匾"或"額"。

匿 (nì)粵nik[7]〔呢益切〕隱藏；躲避。

【匿伏】暗藏；潛伏。

【匿名】不署名或隱瞞眞姓名。

【匿怨】把怨恨隱藏在心裏。

【匿喪】舊制官員在職，遇父母之喪，應即呈報丁憂。凡隱匿不呈報者，謂之匿喪。

【匿名書】不署眞姓名的信件。後亦作"匿名信"。

【匿名揭帖】"帖"亦作"貼"。張貼在公共場所攻訐別人的匿名文件。俗稱"無頭榜"。

【匿迹消聲】同"銷聲匿迹"。謂深藏遠避，不使人見其面、聞其名。

區(区) ㊀(qū)粵kœy[1]〔拘〕❶區別；劃分。❷地區；行政區劃。如：工業區；內蒙古自治區。引申爲劃開的一處。

㊁(ōu)粵ɐu[1]〔歐〕❶古代量名，四升爲豆，四豆爲區。❷姓。

【區宇】區域；疆域；天下。

【區別】分別；不同。如：有所區別。

【區脫】(ōu)同"甌脫"。匈奴語稱邊境屯戍或守望之處爲"區脫"。一說指雙方都管轄不到的邊境地帶。

【區區】❶小；少。❷自稱的謙辭。

【區域】地區範圍。

【區劃】地區的劃分。如：行政區劃。

十　部

十 (shí)粵sɐp[9]〔拾〕❶數詞。❷完滿具足的意思。如：十足；十分；十全十美。❸通"什"。見"十錦"。

【十方】佛教稱東、西、南、北、東南、西南、東北、西北、上、下十個方位爲"十方"。

【十全】十不失一。本指醫術高明，所治必癒。後謂完滿無缺。如：十全十美。

【十洲】古代傳說中仙人居住的十個島。即祖洲、瀛洲、玄洲、炎洲、長洲、元洲、流洲、生洲、鳳麟洲、聚窟洲。

【十家】即先秦至漢初的儒、道、陰陽、法、名、墨、縱橫、農、雜、小說十家。

【十錦】亦作"什錦"。雜取各種不同事物或不同樣式配合成的一個整體。如十錦菜；十錦槅。

【十二律】中國古代律制。用三分損益法將一個八度分爲十二個不完全相等的半音的一種律制；各律從低到高依次爲黃鐘、大呂、太簇、夾鐘、姑洗、仲呂、蕤賓、林鐘、夷則、南呂、无射、應鐘。又，奇數各律稱"律"，偶數各律稱"呂"，總稱"六律、六呂"，或簡稱"律呂"。十二律有時稱"正律"，乃對其半律與倍律而言。

【十二時】古時分一日爲十二時，即夜半、雞鳴、平旦、日出、食時、隅中、日中、日昳、晡時、日入、黃昏、人定。

【十二生肖】古時的術數家拿十二種動物來配十二地支，子爲鼠，丑爲牛，寅爲虎，卯爲兔，辰爲龍，巳爲蛇，午爲馬，未爲羊，申爲猴，酉爲雞，戌爲狗，亥爲豬。後以爲人生在某年就肖某物，如子年生的肖鼠，丑年生的肖牛，稱爲"十二生肖"；也叫"十二相屬"。

【十二金牌】宋代，凡赦書及軍事上最緊急的命令，用金字牌，由內侍省派人遞送。《宋史·岳飛傳》載，秦檜爲阻岳飛抗金，乞令班師，一日之內連下十二道金字牌。後因用"十二金牌"爲緊急命令的代稱。

【十八學士】❶唐太宗造文學館，以杜如晦、

房玄齡、于志寧、蘇世長、薛收、褚亮、姚思廉、陸德明、孔穎達、李玄道、李守素、虞世南、蔡允恭、顏相時、許敬宗、薛元敬、蓋文達、蘇勖等十八人爲學士，分成三批，每天六人值班，討論典籍，時人號爲"十八學士登瀛洲"。❷唐玄宗開元年間，以張說、徐堅、賀知章、趙冬曦、馮朝隱、康子元、侯行果、韋述、敬會眞、趙玄默、毋煚、呂向、咸廣業、李子釗、東方顥、陸去泰、余欽、孫季良等十八人爲學士。

【十三太保】相傳唐末李克用義子十三人，都封太保，有"十三太保"之稱。

【十行俱下】形容讀書敏捷。

【十字街頭】❶橫直交叉的熱鬧街道。借指現實社會、現實生活，與"象牙之塔"相對。❷徬徨，不知去向。

【十年讀書】形容長期埋頭讀書。

【十室九空】形容因災荒、戰亂或苛徵暴斂以致百姓破產或流亡的景象。

【十風五雨】風調雨順。一作"五風十雨"。

【十萬火急】形容事情緊急到了極點。

【十惡不赦】十惡，十種不可赦免的重罪，即謀反、謀大逆、謀叛、謀惡逆、不道、大不敬、不孝、不睦、不義、內亂。因以"十惡不赦"謂罪大惡極，不可饒恕。

【十八般武藝】指使用刀、槍、劍、戟等十八種古式兵器的武藝，一般用來比喻各種技能。

【十目所視十手所指】謂一個人的言行，總有許多人監察着，不可不謹慎。

【十年樹木百年樹人】意謂培養人才是長遠的事業。也謂培養人才很不容易。

一 畫

千 (qiān)粵 tsin¹〔遷〕❶數詞。❷言其多。如：盈千累萬。❸通"芊"。見"千眠"。

【千古】❶謂久遠的時代。如：千古不磨。❷哀挽死者之辭。

【千金】❶謂黃金千斤。漢代以一斤金爲一金，值萬錢。❷比喻貴重。如：一字千金；一刻千金。❸稱別人的女兒，含有尊貴之意。

【千秋】猶千年，千載。❶謂年代久遠。❷稱生日的敬辭。

【千眠】同"芊綿"。亦作"芊眠"、"阡眠"。草木蔓衍叢生的樣子。

【千乘】(—shèng)古時一車四馬爲一乘，諸侯大國地方百里，出車千乘，稱千乘之國。

【千鈞】古代以三十斤爲一鈞，千鈞，極言其重。如：千鈞棒；千鈞一髮。

【千萬】叮嚀之辭。務須；一定要。如：千萬珍重。

【千歲】❶千年，年歲久遠。❷封建時代稱太子、王公等爲千歲，常見於小說、戲曲中。

【千嶂】很多像屏障一樣的山峯。

【千里足】指千里馬。引申以比喻英俊之才。

【千里馬】謂日行千里的良馬。

【千里駒】少壯的良馬。引申以比喻英俊有爲的少年。

【千了百當】(當 dàng)謂一切妥貼。

【千人所指】謂被衆人所指責。千人，許多人；指，指責。亦作"千夫所指"。

【千山萬水】形容途程險阻而遙遠。

【千方百計】想盡一切方法，用盡一切計謀。

【千里鵝毛】俗諺有"千里送鵝毛，物輕情意重"之語，後因以"千里鵝毛"比喻禮物雖輕而情意深厚。

【千金之子】稱富家之子。

【千金買骨】比喻求賢若渴。《戰國策·燕策一》載，郭隗用馬作比喻，勸說燕昭王招攬人才。說古代君王懸賞千金買千里馬。三年不能得。後以五百金買下死馬骨；於是不到一年，得到三匹千里馬。喻眞能禮賢下士，則賢士將聞風而至。亦作"千金市骨"。

【千門萬戶】❶形容屋宇深廣。❷指衆多人家。

【千秋萬歲】亦作"萬歲千秋"。❶謂經歷久遠的年代。❷君主死的諱辭。

【千載一時】(載 zǎi)一千年才遇到一次，極言機會難得與可貴。

【千慮一得】意謂愚人的謀慮也不是沒有可取之處。後用爲議定計策的自謙之辭。

【千錘百煉】形容詩文字句鍛煉功夫之深。亦用作久經鍛煉的意思。

【千變萬化】變化繁多。

廿

同"廿"。

二　畫

卅

(sà)粵sa³〔沙〕三十。

升

(shēng)粵siŋ¹〔星〕❶上升；提高。如：升旗；升級。❷登上。如：升階；升堂入室。❸容量單位。❹成熟。如：五穀不升。

【升平】太平。

【升遐】古代稱帝王死去為"升遐"。亦稱"登遐"。

【升堂入室】本謂學習所達到的境地有程度深淺的差別。後用以讚揚人在學問或技能方面有高深的造詣。

午

(wǔ)粵ŋ⁵〔五〕❶地支的第七位。❷十二時辰之一，十一時至十三時。❸通"忤"、"迕"。違逆。❹縱橫交叉。見"午道"。

【午日】即端午日。

【午月】陰曆五月。陰曆以地支紀月，正月為寅，順次至五月為午，故稱五月為午月。

【午夜】半夜。

【午道】道路的縱橫交錯處。

三　畫

半

(bàn)粵bun³〔布貫切〕❶二分之一。如：半尺布。❷極言其少。如：不值半文錢；半句話不說。❸不完全。如：半舊的房屋；半開半掩的門。❹猶言不定。如：夜半；月半；半途。

【半丁】古代指能擔任部分丁役的未成年人。

【半子】女婿的別稱。

【半晌】❶半天。晌上午為前半晌，下午為後半晌。❷一會兒。也指較長的一段時間。

【半壁】半邊。

【半吊子】舊時錢串一千叫一吊，半吊是五百，不能滿串。因以形容說話、做事不實在或對知識技術一知半解的人。也指辦事有始無終的人。

【半斤八兩】舊制一斤合十六兩，半斤等於八兩。比喻彼此一樣，不相上下。

【半青半黃】農作物未成熟時，青黃相雜。比喻事物未達到成熟的境地。

【半途而廢】中途停止。比喻做事有始無終。

【半殖民地】指形式上獨立自主，實際上在政治、經濟、文化等方面都受帝國主義控制的國家。

四　畫

卌

(xì)粵se³〔瀉〕四十。

卉

(huì)粵wɐi³〔毀〕古文化作"芔"。❶草的總稱。如：花卉。❷衆多。

卍

(wàn)粵man⁶〔萬〕古代的一種符咒、護符或宗教標志。通常被認為是"太陽"或"火"的象徵。卍字在梵文中稱作Srivatsa(室利蹉言)，意為"吉祥萬德之所集"。佛教認為它是釋迦牟尼胸部所現的"瑞相"，用作"萬德吉祥"的標志。周武則天長壽二年，制定此字，讀為"萬"。

卋

同"世"。

五　畫

朹

同"叔"。

六　畫

卑

(bēi)粵bei¹〔悲〕❶低。與"高"相對。❷卑微。與"尊"相對。常用為自稱的謙辭。見"卑末"、"卑職"。❸謙抑。見"卑以自牧"。

【卑人】地位低下的人。舊時戲曲小說中常用作自稱的謙辭，一般用於夫對妻的自稱。

【卑末】指卑微的職位或職位低微的人。也用作自稱的謙辭。

【卑卑】極言卑下。如：卑卑不足道。

【卑陋】❶指住房低矮簡陋。❷指地位低下。

【卑陬】慚愧的樣子。

【卑鄙】❶低微而鄙俗。❷謂品質、行為惡劣。如：卑鄙齷齪。

【卑諂】低聲下氣，阿諛逢迎。

【卑職】舊時的職位。舊時用為下級官吏對上級自稱之詞。

【卑田院】本作「悲田院」。古代佛寺救濟貧民之所。唐代有悲田養病坊。佛教以施貧為「悲田」，故名。舊時因稱乞丐聚居的地方。

【卑以自牧】卑，謙；牧，養。以謙抑的態度修身養性。

【卑躬屈節】亦作「卑躬屈膝」。形容諂媚奉承，沒有骨氣。

卒　㊀(zú)㊀dzet[知恤切]❶舊時泛稱差役。如：走卒；獄卒。❷士兵；步兵。如：一兵一卒。❸古稱三十個為卒。又稱三百家為卒。又稱一百人為卒。❹古時軍隊中二十五人的指揮者。❺古指大夫死亡至年老壽終。後泛死亡的通稱。如：生卒年月。❻終；終於。如：卒底於成。㊁(cù)㊁tsyt[焠]㊁「猝」。突然。

【卒伍】五人為伍，百人為卒。周代軍隊的編制名稱。後泛指軍隊或鄉里的基層組織。

【卒卒】(cù cù)匆促。

【卒業】完成一定的事業。後謂在學校修業期滿，即畢業。

【卒歲】度過一年；年終。

卓　(zhuō)㊀tsɔk[綽]❶高超；高遠。如：卓越。❷直立。如：卓立。❸當。見「卓午」。

【卓午】正午。

【卓越】❶形容高遠。❷突出的樣子。

【卓異】❶卓越；不同於眾。❷清制，吏部考核官吏，才能出眾的稱為「卓異」。

【卓絕】超越常人，無可比擬。

【卓越】優秀突出。如：卓越的成就。

【卓爾】高超，特出。

【卓犖】亦作「卓躒」。特出。

協(协)　(xié)㊀hip[愜]❶和；合。如：協力同心。❷幫助。如：協助；協作。❸和諧；協調。如：清代軍隊

編制單位。清綠營兵制以副將所屬為協；清末新軍制三營為一標；兩標為一協，約相當於後來的旅。

【協比】合同一起。

【協同】同心合力；互相配合。

【協和】使親睦協調。

【協洽】十二地支中「未」的別稱，用以紀年。

【協揆】清代對協辦大學士的一種稱呼。

七　畫

南　㊀(nán)㊀nam[男]❶方位名。與「北」相對。如面向東，則右手為南，左手為北。❷古代南方音樂的名稱。
㊁(nā)㊁na[拿][南無](nāmó)梵文Namas的音譯。一作「南謨」、「歸命」的意思。佛教徒常用來加在佛、菩薩名或經典題名之前，表示對佛、法的尊敬。

【南人】❶南方人。❷元代對南宋遺民的稱呼。元代將治下的人民分為蒙古人、色目人、漢人、南人四等，實行種族歧視政策。蒙古越地位者為蒙古人；次為色目人；再次為漢人；最後為南人，即南宋遺民。

【南內】❶唐代長安的興慶宮，在蓬萊宮之南，故名南內。❷宋南渡後，皇帝居住的地方稱殿，總稱大內，又稱「南內」。❸明代皇城中的小南城，亦稱「南內」。

【南柯】唐代李公佐作《南柯太守傳》，略謂：淳于棼夢至槐安國，國王以女妻之，任南柯太守，榮華富貴，顯赫一時。後與敵戰而敗，公主亦死，被遣回。醒後見槐樹南枝下有蟻穴，即夢中所經歷。後人因稱夢境為「南柯」。

【南面】古代以面向南為尊位，帝王的座位面向南，故稱居帝位為「南面」。

【南針】即指南針。指南針能指示方向，故用以比喻指導。舊時稱請人指導為「乞賜南針」，書信中常用之。

【南浦】❶南面的水邊。後常用為稱送別之地。❷古水名，一名新開港，在今武漢市南。❸古地名。(1)在福建浦城縣南門外。(2)在江西南昌市西南。

【南冥】南方的大海，以其冥漠無涯，故謂之冥。亦作"南溟"。

【南服】古時稱南方諸侯之國。也泛指南方。

【南董】南史氏、董狐，春秋時代的兩個史官。能如實紀事，史稱"良史"。後因用"南董"爲史官的諛稱。

【南溟】同"南冥"。

【南齋】❶即南書房。在北京故宮乾清宮西南。本清聖祖讀書處，曾一度爲發布政令、參預皇帝機務之所在。後專司文詞書畫等事。❷指書齋。

【南山可移】《新唐書·李元紘傳》載，太平公主與人爭碾磑（磨坊），雍州司戶參軍李元紘還原主。當時太平公主權勢甚盛，百官無不趨奉，長史竇懷貞促令元紘改判。元紘說："南山可移，判不可搖也。"後以"南山可移，判不可搖"謂判案已定，不可更改之意。

【南州冠冕】比喻南方傑出的人才。

【南阮北阮】晉阮籍與姪咸居道南，其他阮姓居道北，南阮貧而北阮富。後因用以指聚居一地而貧富懸殊的同族人家。

【南京條約】即《江寧條約》。鴉片戰爭後，1842年8月英國強迫清政府在南京簽訂。共十三款。主要內容有：中國向英國賠款二千一百萬銀元；開放廣州、福州、廈門、寧波、上海爲通商口岸；割讓香港。

【南風不競】南風，南方的音樂；不競，樂聲低沉。原指士氣不振，沒有戰鬥力。後也用以比喻競賽中的一方力量不強。

【南腔北調】形容語音不純，攙雜南北方音。

【南箕北斗】箕與斗，都是星宿名。箕宿四星，聯起來像簸箕形；斗宿六星，像斗形。斗是北方的星宿，箕在南而斗在北。形像箕、斗而不能用。比喻徒有虛名而無實際。

【南轅北轍】轅，車前駕馬的車槓；轍，車輪在路上走過留下的痕迹。轅向南而輒向北，比喻行動同目的相反。後也用作背道而馳的意思。

【南京大屠殺】1937年12月日本侵略軍侵佔南京後，對中國人民進行長達六周的大屠殺。被集體搶殺和活埋的有19萬多人，零散被殺害的居民僅收埋屍體就有15萬多

具。

九　畫

咠 (jí)⦿tsɐp⁷[輯]同"輯"。和洽。

十　畫

博 (bó)⦿bok⁸[駁]❶大。如：褒衣博帶。❷廣；通。如：博學多聞；博古通今。❸衆多；豐富。如：地大物博。❹換取；討取。如：聊博一笑；以博歡心。

【博士】❶官名。源於戰國。士，秦官，掌通古今。秦及漢初，博士所掌爲古今史事待問及書籍典守。❷中國古代專精一藝的職官名。如晉有律學博士，唐有醫學博士、算學博士等。❸學位的一種。一般爲最高一級的學位。❹稱從事某種職業的人。如：茶博士；酒博士。

【博古】❶通曉古代事物。❷圖繪古器物中的國畫，或以古器物圖形裝飾的工藝品。如博古畫、博古屏等。

【博物】❶能辨識許多事物。❷舊時總稱動物、植物、礦物、生理等學科。

【博依】廣泛地取助於比喻。

【博洽】謂知識廣博。

【博弈】弈，局戲，用六箸十二棋；弈，圍棋。

【博勞】鳥名，即伯勞。

【博雅】學識淵博，純正。

【博愛】對人類普遍的愛。

【博聞】見聞廣博。

【博士買驢】《顏氏家訓·勉學》載鄴郡民諺說："博士買驢，書券三紙，未有驢字。"後以譏諷文辭繁蕪，不得要領。

【博施濟衆】廣施恩惠，濟人困難。

【博聞強志】見聞廣博，記憶力強。亦作"博聞強記"。

卜　部

卜 (bǔ)∰buk⁷〔波屋切〕❶占卜，古人迷信，用火灼龜甲，以為看了那判開的裂紋就可以推測出行事的吉凶。後來也指用其他方法預測吉凶。或指稱以占卜為職業的人。❷估計；猜測。如：生死未卜。❸選擇。見"卜居"、"卜鄰"。

【卜宅】❶選擇住處。❷用卜來決定建都的地方或墓地。

【卜居】擇地居住。也指擇定建都的地方。

【卜筮】古時占卜，用龜甲稱卜，用蓍草稱筮，合稱卜筮。

【卜鄰】選擇好鄰居。

【卜課】起課，占卜吉凶。

【卜晝卜夜】謂宴樂無度、晝夜相繼。

二　畫

卞 (biàn)∰bin⁶〔辨〕❶性急。見"卞急"。❷角力；徒手搏鬥。❸姓。

【卞急】躁急。

卝 "礦"的古體字。

三　畫

占 ㊀(zhān)∰dzim¹〔尖〕卜問；預測。參見"卜❶"。

㊁(zhàn)∰dzim³〔佔〕❶口授。又作詩不打草稿而隨口念出叫"口占"。❷"佔"的簡化字。

【占候】古代迷信者根據天象的變化來預測吉凶。也指預測天氣變化。

卡 ㊀(qiǎ)∰ka²〔崎啞切〕ka¹〔崎鴉切〕❶(又)❶在交通要道或險隘路口駐兵稽查行人或設站徵稅的地方。如：關卡；釐卡。❷夾在中間。如：一根骨頭卡在喉嚨裏。

㊁(kǎ)∰ka¹〔崎鴉切〕❶卡片(card)的簡稱。如：資料卡。❷卡路里(calorie)的簡稱，計算熱量的單位。1克純水溫度升高攝氏1度時所需要的熱量。

五　畫

卣 (yǒu)∰jeu⁵〔有〕古代酒器。青銅製。橢圓口、深腹、圈足，有蓋和提梁。也有作圓筒形的，器形變化較多。用以盛酒。盛行於商代和西周初期。

六　畫

卦 (guà)∰gwa³〔掛〕《周易》中象徵自然現象和人事變化的一套符號。以陽爻(—)、陰爻(--)相配合而成。單卦共八個，重疊為六十四卦，用以占吉凶。參見"八卦"、"六十四卦"。

七　畫

卹 "恤"的異體字。

九　畫

卨 同"卨"。

卩　部

二　畫

卬 ㊀(áng)∰ŋɔŋ⁴〔昂〕❶我。❷通"昂"。激厲。

㊁(yǎng)∰jœŋ⁵〔仰〕通"仰"。❶舉首向上。❷仰望；希望。

【卬卬】同"昂昂"。氣概軒昂的樣子。

三　畫

卮 (zhī)∰dzi¹〔支〕❶古代一種盛酒器。❷古代一種野生植物的名稱。紫赤色，可製胭脂。

【卮言】隨人意而變，缺乏主見之言。或解作支離破碎之言。後人常用為對自己著作的謙辭。如：《諸子卮言》；《經學卮言》。

卯 (mǎo)⑧mau⁵〔牡〕❶地支的第四位。❷十二時辰之一。上午五時至七時。舊時官署開始辦公的時間。見"點卯"、"畫卯"。❸限期。清代催徵錢糧，分期追比，叫比卯；籌餉捐款，分期奏報，第幾期號叫第幾卯。❹器物上安榫頭的孔眼，也叫卯眼。如：卯榫。

邛 (qióng)⑧kun¹〔窮〕同"邛❶"。

四　畫

印 (yìn)⑧jen³〔衣振切〕❶圖章；印章。如：用印；蓋印。❷痕迹。如：指印；脚印。❸印刷。如：印書；排印。❹彼此符合。如：印證；心心相印。❺印度的簡稱。

【印可】承認；許可。

【印泥】古人封緘用泥，打上印章，猶如現在的火漆、封臘。後來所稱的印泥是專供圖章蓋印用的塗料。

【印信】舊時官所用各種圖章的總稱。包括印、關防、鈐記等。

【印堂】人腦穴位名。在額部兩眉之間。

【印章】也稱"圖章"。古稱"鈢"或"鈢"，後作"璽"。秦統一六國，皇帝的印信稱"璽"，官、私所用均改稱"印"。漢代又出現"章"和"印章"的名稱。唐以後，帝王的印信或稱"寶"，官、私印中又出現"記"、"朱記"、"押記"、"圖章"等名稱。文字形制隨時代而變化，風格各有特點。先秦以後的印章多用以取信，而官印又是權力的象徵。唐以後成為中國特有的一種傳統藝術。印章大多以金、玉、銅、牙、木、石等為材料製成。

【印象】感覺過的事物在人的頭腦裏所留下的迹象。

【印鈕】即印鼻。印章上端的雕飾。鈕，亦作"紐"。

【印綬】印和繫印的絲帶。指官吏的印章。

【印鑒】留供有關方面核對，以防假冒的印章底樣。

危 (wēi)，舊讀wéi⑧ŋei⁴〔巍〕❶危險；危急。如：轉危為安；危如累卵。❷

憂懼。如：栗栗危懼。❸危害。如：危及生命。❹高聳的樣子。如：危樓；危峯。引申為端正、正直。見"危坐"。❺星名，二十八宿之一。

【危坐】猶端坐。古人室與跪相似，坐時臀着踵(而腰身端正，為"危坐"。後亦謂坐時敬謹端直為"危坐"。

【危城】高峻的城牆。也指為敵軍所圍困，隨時可被攻破的城市。

【危言】以危險事情為資料的戲言。

【危機】❶佔伏的禍機。❷指生死成敗的緊要關頭。

【危如累卵】謂危險象累疊的卵，形容危險之甚。

【危言聳聽】謂故作驚人之語，使人聽了害怕。

五　畫

邵 (shào)⑧siu⁶〔紹〕高尚；美好。

卵 (luǎn)⑧lœn²〔攞筍切〕❶亦稱"卵子"。成熟的雌性生殖細胞，一般呈球形或卵圓形，多不能活動，含有大量的營養物質(卵黃)。❷在昆蟲學上，把卵(受精卵)作為生活周期中的第一個發育階段，如完全變態的昆蟲，有卵、幼蟲、蛹和成蟲四個階段。❸特指動物的蛋。如：鳥卵。❹男子睪丸的俗稱。

【卵翼】比喻養育庇護。常用於貶義。

却 同"卻"。

六　畫

卷 ㊀(juàn)⑧gyn²〔捲〕❶書卷。如：手不釋卷。後指全書的一部分。如：第一卷；上卷。❷指試卷。如：交卷；閱卷。❸指機關裏的案卷。如：調卷；查卷。

㊁(quán)⑧kyn⁴〔拳〕❶原指膝曲，引申為曲屈之稱。❷通"惓"。見"卷卷"。

【卷帙】❶篇章；書籍。❷書籍的篇幅。

【卷卷】❶(quán quán)"卷"通"惓"。忠誠；

切。❷零落的樣子。
【卷宗】指分類保存的文件。
【卷軸】裝裱的卷子，指書籍。古時文章，皆裝成長卷，有軸可以舒卷，故名。後世書籍裝訂成册，遂僅稱字畫爲卷軸。

卸 (xiè)⑨se³〔瀉〕凡事物有所解除之稱。如：卸貨；卸妝；卸責；卸任。
【卸肩】卸去肩上的負擔。比喻卸掉責任。

卹 "恤"的異體字。

刼 "却"的異體字。

卺 (jīn)⑨gen²〔僅〕一個瓠分成兩個瓢，古代婚禮所用的酒器。參見"合卺"。

七畫

卻 (què)⑨kœk⁸〔其約切〕❶退；退避；退卻。如：斂斂。❷拒絕；推卻。見"卻之不恭"。❸還；再。❹表示語氣轉折，相當於"但"、"可是"。❺反而。❻猶"了"。去。如：忘卻。
【卻扇】古代婚禮，新婦行禮時以扇障面，交拜後去扇稱爲"卻扇"。
【卻掃】謝客，謂不復掃徑迎客。
【卻粒】不食穀粒。即道家所謂"辟穀"。
【卻之不恭】表示拒絕盛情邀請或拒受禮物就不免失敬的意思。

卼 (wù)⑨ŋet⁹〔兀〕見"臲卼"。

即 (jí)⑨dzik⁷〔積〕❶就；往就。如：即位；即席。❷靠近；接近。如：若即若離；可望而不可即。❸即是；就是。如：非此即彼；即刻；立刻；馬上。如：黎明即起。❹當；當前。如：即景；即日；成功在即。
【即世】去世。
【即位】❶帝王登位。❷就位。
【即事】❶就事。猶言去工作。❷當前的事物。以當前事物爲題材的詩稱爲"即事詩"。
【即席】❶就座入席。❷當座；當場。如：即席賦詩。
【即景】眼前的景物。以眼前景物爲題材的詩

稱爲"即景詩"。
【即興】(一xìng)根據當前的感而發的，叫"即興"。如：即興詩；即興之作。
【即卽世世】古典戲曲中咒人的話，意爲"該死的"。

九畫

卿 (qīng)⑨hiŋ¹〔兄〕❶古代高級官員的稱謂。天子、諸侯所屬的高級官員都稱卿。秦漢以後仍沿用這個稱謂。中央主管官署有九卿，歷代相沿，如大理寺、太常寺等各置卿及少卿。清代往往以三品至五品卿之虛銜表示待遇。❷舊時君對臣、長輩對晚輩的稱謂，朋友、夫婦也以"卿"爲愛稱。參見"卿卿"。❸通"慶"。見"卿云"。
【卿卿】夫妻間的愛稱。亦用爲對人親昵的稱呼。有時含有戲謔、嘲弄之意。
【卿雲】❶同"景雲"。"卿"通"慶"。一種彩雲，古以爲祥瑞之氣。❷古代歌名。即《卿雲歌》。相傳舜將禪位給禹，和臣僚在一起唱的歌。

十一畫

刌 "膝"的異體字。

厂 部

厂 ㊀(hàn)⑨ŋon⁶〔岸〕山邊巖石突出覆蓋處。
㊁(ān)⑨em¹〔庵〕同"庵"。
㊂"廠"的簡化字。

二畫

厄 (è)⑨ɐk⁷ak⁷〔握〕(又)❶迫害。❷苦難；困窮。如：厄運。❸險要的地方。如：險厄。❹受困。如：海船厄於風暴。
【厄運】艱難困苦的遭遇。

六　畫

厓 (yá，舊讀yái)[粵]ŋai⁴〔捱〕❶山邊。❷同"涯"。❸通"睚"。

厔 (zhì)[粵]dzɐt⁹〔侄〕本作"庢"。❶受阻礙。❷水曲折處。

七　畫

厖 ㊀(páng)[粵]pɔŋ⁴〔旁〕本謂石大，引申爲凡大之稱。

㊁(máng)[粵]mɔŋ⁴〔亡〕通"尨"。雜；亂。

【厖眉】(máng—)眉毛花白，年老的形貌。

厚 (hòu)[粵]hɐu⁵〔霞友切〕❶扁平物體上下兩面的距離，即厚度。如：三寸厚的鋼板。❷扁平物體上下兩面的距離大，與"薄"相對。如：這本書很厚。❸深；重。如：厚望；厚禮；無可厚非；隆情厚誼。❹寬厚，不刻薄。如：厚道。❺濃厚；醇厚。❻優待；重視。如：厚此薄彼；厚今薄古。

【厚生】謂充裕人民的生活。參見"利用厚生"。

【厚顏】亦作"顏厚"。❶臉皮厚，不知羞耻。❷難爲情。

厙(厍) (shè)[粵]sɛ³〔寫〕❶用於地名，義同村或舍。❷姓。

厘 (lí)[粵]lei⁴〔離〕❶公制長度單位。舊稱公分。❷"釐㊀"的簡化字。

庯 同"庯"。

八　畫

厝 (cuò)[粵]tsou³〔措〕❶安置；措辦。❷淺埋以待改葬，或停柩待葬。

【厝火積薪】置火於柴堆之下，比喻潛伏着極大的危機。

原 ㊀(yuán)[粵]jyn⁴〔元〕❶"源"的本字。水源。❷根本。❸推求；察究。見"原心"、"原始要終"。❹原來；起初。如：原籍；原稿。❺原諒；赦罪。如：情有可原。❻原野，通指廣平、高平的地面。如：平原；高原；草原。

㊁(yuàn)[粵]jyn⁶〔願〕通"願"。見"鄉原"。

【原人】❶(yuàn—)原，通"願"。指貌似誠實的人。❷指猿人。

【原心】推究其本心。如：略迹原心。

【原委】亦作"源委"。指水的發源和最後的歸宿。引申爲事情的本末、底細。

【原泉】有本源的泉水。

【原宥】原情赦罪。

【原則】指觀察問題、處理問題的準則。

【原始社會】人類歷史上第一個社會形態。世界各民族歷史初期的必經階段。初期，人們主要使用石器，以採集、狩獵爲生，生產力極低，生活毫無保障，只能依靠集體勞動，獲得有限的生活資料。生產資料公有，產品共同消費。後期有了畜牧業、農業和小手工業，出現了社會分工和剩餘產品。以家庭爲單位的個體生產逐步取代以氏族爲單位的集體生產。氏族公有制轉化爲個體家庭私有制。商品生產、貨幣交換隨之興起，並促進了私有制的發展和貧富分化。奴隸制開始形成，社會分裂爲剝削階級和被剝削階級，原始社會趨於解體。

【原始要終】探究事物發展的起源和結果。亦作"原始反終"。

【原原本本】從頭到尾地(敍述)。

九　畫

厠 同"廁"。

厢 同"廂"。

十　畫

厥 (jué)[粵]kyt⁸〔決〕❶猶"其"。❷猶"之"。❸猶"乃"。❹通"橛"。斷木。❺通"撅"。掘。❻中醫病症名。指昏厥或手足逆冷。

厤 "曆"的異體字。

厦 同"廈"。

厨　同"廚"。

十一畫

厘　同"釐"。

廐　同"廄"。

十二畫

厭(厌)　㊀(yàn)⓪jim³〔意欠切〕❶厭惡；厭倦。❷通"饜"。飽；滿足。引申為心服；滿意。

　㊁(yā)⓪at⁸〔壓〕❶通"壓"。傾覆。❷壓制。見"厭勝"。

　㊂(yān)⓪jim¹〔掩〕同"懨"。安靜。

【厭勝】(yā一)古代方士的一種騙人巫術，妄言能以詛咒制服人或物。

【厭飫】"厭"通"饜"。吃飽；吃厭。

【厭厭】❶茂盛的樣子。❷(yān yān)安靜。❸(yān yān)微弱的樣子；精神不振的樣子。

斵　同"斫"。

厰　同"廠"。

十三畫

厲(厉)　(lì)⓪lei⁶〔麗〕❶"礪"的本字。磨刀石。引申為磨礪。如：厲兵秣馬。❷嚴肅；嚴厲。❸猛烈；迅疾。見"厲風"。

【厲風】大風。亦指西北風。

【厲鬼】古代稱惡鬼。

歷　"歷"的異體字。

十六畫

龐　同"龐"。

十七畫

魘(厣)　(yǎn)⓪jim²〔掩〕一般指螺類肉足上用以掩蓋貝殼口的薄片附屬物，由肉足後部一個腺體的分泌物構成。腕足類、環蟲類和某些原生動物的殼或管口也都有魘。蜘蛛有魘蓋住氣孔或肺孔。都有保護作用。蟹臍亦稱魘。

十九畫

廳　同"廳"。

厶 部

厶　㊀(sī)⓪si¹〔斯〕"私"本字。
　㊁(mǒu)⓪meu⁵〔某〕"某"的俗體。

二　畫

厹　(qiú)⓪keu⁴〔求〕本作"厹"。武器，三棱矛。參見"厹矛"。
【厹矛】有三棱鋒刃的長矛。

厷　(gōng)⓪gweŋ¹〔轟〕"肱"的本字。

三　畫

去　(qù)⓪hœy³〔棄句切〕❶離開。如：去職。❷往；走。如：從上海去南京。❸失去；損失。如：大勢已去。❹距離；離開。如：兩地相去數十里。❺除去；棄。如：去皮。❻過去的。如：去冬；去年。❼猶言"起"。指扮演戲劇中的人物。如：他在《牧羊記》裏去蘇武。❽表示行為的趨向。如：汽車慢慢向前開去。❾漢語四聲之一。即"去聲"。

【去去】❶猶言"行走"。❷催人速去之詞。❸越走越遠。❹去一去的略語；去一會兒。如：我去去就來。

【去就】猶言去留。

【去泰去甚】亦作"去甚去泰"。泰、甚，都是過分的意思。謂作事戒用太過太甚。

厷 同"去"。

四　畫

厾 (du)粵duk⁷[篤]用手指或棍棒、毛筆等輕點。◯點厾(國畫術語，用筆隨意點染)。

六　畫

叄 (san)粵sam¹[衫]"三"的大寫字。

九　畫

參(参) ㊀(can)粵tsam¹[驂]❶參與；加入。如：參軍；參觀。❷舊時下級晉謁上級之稱。如：參見。❸彈劾。如：參劾；奏參。❹檢驗。見"參稽"。❺通"驂"。見"參乘"。
㊁(san)粵sam¹[衫]同"叄"。
㊂(shen)粵sem¹[心]❶星名，二十八宿之一。❷[人參]多年生草本植物，根肥大，略像人形，是貴重藥材。
㊃(cen)粵tsem¹[侵] tsam¹[驂](又)見"參差"。

【參天】❶謂高出空際。如：古木參天。❷直向天空。

【參互】參錯相交；相互參證。

【參考】❶參合查考有關的資料。❷參酌。

【參伍】(san一)交互錯綜；錯綜比驗。亦作"參五"。

【參辰】(shen一)同"參商"。比喻彼此分離。參見"參商"。

【參佐】僚屬，下屬。

【參省】(一xing)檢驗考察。

【參差】(cen ci)❶長短、高低不齊。❷差不多；近似。❸亦作"篸差"，古樂器名。相傳緣所造，像鳳翼參差不齊的形狀，故名。

【參酌】猶斟酌。

【參乘】(一sheng)亦作"驂乘"。陪乘或陪乘的人。

【參商】(shen一)參、商二星此出則彼沒，兩不相見，因以比喻人分離不得相見。也比喻不和睦。如：兄弟參商。

【參疑】疑，通"擬"。僭越，指臣權超越本分。

【參預】參與；預問。

【參寥】莊子虛擬的含有寓意的人名，形容虛空高遠。

【參稽】比較考察。

【參謁】猶參見，晉謁。舊時稱謁見上級官員、長輩或自己所尊敬的人。

【參錯】雜亂不齊或錯謬脫漏。

【參驗】比較和檢驗。

【參觀】對各種情況加以比較觀察。今指實地觀察。

叅 "參"的異體字。

十三畫

夋 (jun)粵dzœn³[俊]狡兔名。

又　部

又 (you)粵jɐu⁶[右]❶更；再。表示重複或繼續。如：他看了又看。❷表示幾種情況或幾種性質同時存在。如：又高又大。❸表示更進一層。❹用在否定句或反問句裏加強語氣。如：你又不是三歲的孩子！❺表示整數之外再加上零數。如：一又二分之一。

【又及】附帶再提一下。信寫完並已署名後又添上幾句，往往在這幾句話下面注明"又及"或"某某又及"。

一　畫

叉 ㊀(cha)粵tsa¹[差]❶交錯；交叉。如：叉手；手叉着腰。❷歧頭的用器。如：魚叉；鋼叉。❸刺；刺取。
㊁(cha)粵tsa³[池瓦切]分開；叉開。如：又着腿。

【叉牙】❶缺齒。❷亦作"叉丫"、"杈枒"。枝條歧出。
【叉手】❶兩手交叉，猶拱手。❷佛敎用語，亦曰合掌叉手，謂合掌而交叉十指。

二　畫

及 (jí)⑨ɡɐp⁹〔扱合切〕kɐp⁹〔其合切〕(又)
❶至；到。❷趕着。如：及時；及早。❸夠得上；比得上。如：及格。❹和；與。❺至；跟。
【及門】指弟子登門受業。
【及時】❶適時。如：這場雨下得很及時。❷抓緊時機。
【及笄】笄，簪。以簪結髮如成人。舊時稱女子年達十五歲爲"及笄"，亦指女子已到可以出嫁的年齡。

友 (yòu)⑨jɐu⁵〔有〕(又)❶朋友。如：交友；友誼。❷兄弟相敬愛。❸交好；相聚。
【友于】《書·君陳》有"友于兄弟"之語，本指兄弟相愛，後亦用"友于"爲兄弟的代稱。
【友生】❶朋友。❷舊時師長對門生自稱的謙辭。
【友邦】相互親善友好的國家。

反 ㊀(fǎn)⑨fan²〔返〕❶與"正"相對。如：反比例。引申爲反對。如：反浪費；反貪污。❷翻轉。如：易如反掌。見"反❶"。❸返"返"。歸。引申爲回轉。如：反照；反復。❹背叛。如：反正❺。違反。❻反覆推論；類及。如：舉一反三。
㊁(fàn)，舊讀fàn⑨fan¹〔翻〕見"反切"。
【反切】漢語的一種傳統注音方法。以二字相切合，取上一字的聲母，與下一字的韻母和調，拼合成一個字的音。稱爲××切或××反。
【反手】❶把手一翻，比喻事情的容易辦到。❷把手放到背後。
【反水】方言，意謂叛變。
【反正】❶謂復歸正道。❷謂從逆的官兵棄暗投明。❸橫豎；無論如何。如：反正都得去，不如早些走。
【反目】不和睦。
【反坐】誣告別人，反被治罪。

【反走】猶卻走。倒退。
【反省】(一xǐnɡ)反身省察；檢查自己的思想行爲。
【反映】❶反照；映襯。如：月光反映；雲霞反映着夕陽。❷比喻把客觀事物的實質表現出來。❸轉達情況。❹哲學名詞。也叫"映象"。指客觀事物作用於人的感官而引起的摹寫。人的感覺、表象、觀念、概念等都是客觀世界在人們頭腦中的反映。
【反差】照片、底片或景物等黑白對比的差異。
【反哺】烏雛長大，銜食哺其母。比喻報答親恩。"反"亦作"返"。
【反躬】反問自己。如：反躬自問。
【反接】反綁兩手。
【反常】不正常；失去常態。如：天氣反常；性情反常。
【反側】❶轉側；翻來覆去。❷不正直，不順從。如：反側不安。
【反掌】猶反手。比喻事情容易辦到。
【反間】(一jiàn)指離間敵人，使起內訌。
【反詰】反問。
【反璞】見"歸眞反璞"。
【反噬】反咬一口。比喻受人之恩而反加害其人，或犯罪者誣指檢舉者爲同謀。
【反擊】對敵人進行回擊。
【反覆】❶重複。❷變化無常；變亂。❸翻覆；傾覆。
【反顧】回顧。引申爲翻悔。
【反戈一擊】比喻從敵對的營壘裏衝殺出來，掉轉槍口攻擊原來的那個舊壘。
【反客爲主】比喻轉被動爲主動。
【反唇相稽】反唇，頂嘴；稽，計較。謂反過來責問對方。

收 同"收"。

双 "雙"的簡化字。

四　畫

史 古"史"字。

六　畫

叔 (shū)粵suk⁷〔宿〕❶稱父親的弟弟的人。亦泛稱與父親平輩而年齡比父親小的人。❷稱丈夫的弟弟。如：叔嫂。❸在伯、仲、叔、季的兄弟排行中表示行三。
【叔世】猶言末世。指國家政權衰敝的年代。

取 (qŭ)粵tsœy²〔娶〕❶領取；取得。如：取款；取信於人。❷選取；採用。如：取材；取法；取其精華，去其糟粕。❸通「娶」。❹作語助，表示動作的進行。如：聽取；看取；記取。
【取次】任意；隨便。
【取決】謂據以決定。
【取舍】（一shě）採取和捨棄；選擇。
【取容】猶言取悅，謂取得別人的歡喜。
【取悅】取得別人的喜歡；討好。
【取締】禁止和取銷的意思。
【取而代之】奪取別人的權位而佔有之。
【取精用宏】指從所佔有的豐富資料中吸取精華。

受 (shòu)粵sɐu⁶〔壽〕❶接受；承受。如：受教育。❷遭受。如：受損失。❸忍受。如：受得了；受不了。❹適合；中。如：受聽；受用。引申為相應、調合。❺容納。❻通「授」。
【受命】❶接受任務或命令。❷領教；接受教導。❸謂受天之命。
【受脤】舊時戰爭得勝有俘獲，向宗廟和社稷先行獻俘禮，再行受俘禮。
【受業】謂從師學習。又學生給老師的書信常自稱「受業」。
【受禪】（一shàn）古代指承受禪讓的帝位。
【受寵若驚】見「寵辱若驚」、「寵辱不驚」。

叕 (zhuó)粵dzyt⁸〔綴〕❶聯綴。❷短；不足。

七　畫

叚 「假」的異體字。

叛 (pàn)粵bun⁶〔伴〕背離；背叛。
【叛衍】猶漫衍，連續不斷的意思。
【叛換】同「畔援」。跋扈。

夋 「叟」的古體字。

叙 同「敍」。

八　畫

叟 (sŏu)粵sɐu²〔手〕古代對長老的稱呼，亦即指老人。

十　畫

雄 同「雙」。

十一畫

叠 「疊」的異體字。

戯 同「捏」。

十四畫

叡 「睿」的異體字。

十六畫

叢(丛) (cóng)粵tsuŋ⁴〔松〕❶聚集。如：叢木。❷叢生的草木。如：草叢；樹叢。❸細碎。見「叢脞」。
【叢刊】同「叢書」。
【叢生】❶（草木）聚集為在一起生長。❷（疾病等）同時發生。如：百病叢生。
【叢書】也叫叢刊。根據一定目的和使用對象，選擇若干種書編為一套，在一個總名稱下出版。
【叢脞】細碎；煩瑣。
【叢棘】古代拘留犯人之處。因防犯人逃逸，

　四周以棘圍之，故稱。
【叢談】雜說；雜談。筆記之類，多取此名。
【叢薄】(—bó)草木叢生的地方。
【叢雜】多而雜亂。

口 部

口 (kǒu)粵 heu²〔哈嘔切〕❶嘴。❷人口。如："丁口"。也用於計算人口。❸指用語言。如：口傳；口誅筆伐。❹容器通外面的地方。如：壺口；瓶口。❺出入通過的地方。如：關口；港口。❻特指長城的幾個重要關口。如"口外"。❼破裂的地方。如：裂口；創口；河堤決口。❽指鋒刃。如：刀口。❾寸脈，中醫寸口的簡稱。❿量詞單位，常用於有口器物。如：一口鍋；一口井。

【口才】說話的才能。

【口占】❶謂口授其詞。❷作詩不起草稿，隨口吟誦而成，稱為"口占"。如：口占一絕。

【口外】泛指中國長城以北地區。長城有許多關口，多稱口，如古北口，喜峯口，張家口，殺虎口，故名也。也叫"口北"。

【口吃】結巴。

【口舌】❶指游說之事。❷指說話，言辭。❸指爭吵。

【口吻】❶猶口。❷說話的口氣。

【口角】❶嘴邊。❷指言辭或說話的語氣。❸爭吵。

【口岸】對外通商的港埠。

【口訣】為傳授某種方法或訣竅而編成的容易記誦的語句。如：珠算口訣。

【口授】❶口頭傳授。❷義同"口占❶"。口頭說，叫別人寫。

【口惠】口頭允許人家的好處。

【口給】(—jǐ)猶口辯。口才敏捷，善於答辯。

【口腹】指飲食。如：不貪口腹。

【口號】❶為達到一定目的、實現某項任務所提出的，有鼓動作用的，簡練明確的語句。❷猶口占。用於詩的題目上，表示是信口吟成的。❸頌詩的一種。古代帝王宴飲，樂工先讀駢文一段，叫"致辭"，接着唱詩一章，叫"口號"。

【口碑】比喻衆人的稱頌。碑，石牌，這裏指記載功德的碑。如：口碑載道。

【口福】能吃到好東西的運氣。

【口實】❶話柄。❷談話的資料。❸食物。引申指俸祿。

【口辯】能言善辯。

【口頭禪】原指不懂佛教經義而空談禪理。後泛指經常掛在嘴上而沒有實際意義的空話。

【口中雌黃】對言論有不妥之處隨口加以更改，像用雌黃塗改錯字一樣。參見"信口雌黃"。

【口角春風】替别人吹噓的話。意謂言語之間如春風吹物，助其生長。舊時常用為請人代為推介之辭。

【口是心非】嘴裏說的是一套，心裏想的又是一套。即心口不一的意思。

【口若懸河】比喻能言善辯。

【口誅筆伐】謂用言語文字指斥敵對者的罪惡。也用於譴責壞人壞事。

【口蜜腹劍】《資治通鑑》卷二一五載義，唐朝宰相李林甫，為人陰險，妒賢忌能，與人相處，表面上熱作十分親密，心裏却在陰謀陷害，故當時人說他"口有蜜，腹有劍"。後因以"口蜜腹劍"比喻嘴甜心毒。

二 畫

古 (gǔ)粵 gu²〔鼓〕❶早已過去的年代。與"今"相對。❷歷時久遠的。如：古樹；古畫。❸舊；原來。❹古體詩的簡稱。如：五古；七古。

【古老】❶歷史悠久。如：古老的國家；古老的民族。❷古樸。❸猶故老。老年人；老輩。

【古昔】往昔；古代。

【古玩】古代留傳下來的可供擺設欣賞的器物。

【古典】❶古代的典籍法式。❷古代留傳下來而被後人認為有典範性或代表性的。如：古典文學；古典哲學。

【古風】❶古代的風習。❷古體詩。

【古迹】古代的遺迹。今多指古代留傳下來的建築物或具有研究、紀念意義的地方。

【古稀】七十歲的代稱。

【古奧】古老深奧，難於理解（多指詩文）。

【古道】❶指古代的禮制、道德、處世態度

等。❷古老的道路。

【古董】同"骨董"。❶可供鑒賞、研究的古代器物。❷比喻過時的東西或頑固守舊的人。如：老古董。

【古調】(—diào)古代的曲調。也比喻行事或著作不合時尚。

【古歡】往日的歡愛。亦指追慕古人的心情或愛玩古物的癖好。

【古井無波】比喻內心寂然不動。

【古色古香】亦作"古香古色"。形容器物或藝術作品等具有古雅的色彩和情調。如：古色古香的銅爐。

【古往今來】猶言從古到今。

【古道熱腸】指待人真摯、熱情。

句 ㊀(jù)粵giu³(據)由詞組成的能表示出一個完全意思的話。

㊁(gōu)粵ŋeu¹(鉤)❶同"勾"。彎曲。❷姓。

【句讀】(—dòu)也叫"句逗"。文辭語意已盡處爲句，語未盡而須停頓處爲讀，書面上用圈(句號)和點(讀號)來標記。

另 (lìng)粵lin⁶(令)別的；另外。如：另一回事；另一方面。

叨 ㊀(tāo)粵tou¹(滔)❶通"饕"。貪。❷謙辭。(1)猶言忝齒、辱承。如：叨教；叨賜。(2)猶言忝、辱。如：叨在知己；叨忝。

㊁(dāo)粵dou¹(刀)見"叨叨"。

【叨叨】(dāo dāo)猶嘮叨，話太多。

【叨光】受人家的好處，常用來表示感謝。

【叨念】(dāo—)亦作"念叨"。❶絮絮叨叨地自言自語。❷因惦念一個人或一件事情而常常談起。

【叨陪】謙辭，叨光陪侍的意思。如：叨陪末座。

叩 (kòu)粵keu³(扣)❶敲；打。如：叩門；叩關。❷磕；碰。引申爲拜。如：叩首。❸詢問。

【叩首】磕頭。

【叩關】❶義同叩門，謂入國求見。❷攻打關門。

只 ㊀(zhǐ)粵dzi²(止)❶作語助。用於句中。❷表決定或感嘆語氣。❸同"衹"㊀。

㊁"隻"的簡化字。

【只今】猶如今。

【只且】(—jū)古漢語中作語助，表示決定兼感嘆。

叫 (jiào)粵giu³(記要切)❶鳴叫。如：雞叫；狗叫。❷喊叫。如：高聲大叫。❸呼喚；招呼。如：我們出發時叫他一聲。❹呼喚；名爲。如：這坐山頂纜車。❺使；令。如：叫人高山低頭，叫河水讓路。❻通"教"。讓；被。如：別叫他跑了；叫人家笑話。

【叫吵】(—náo)叫嚷；喧鬧。

【叫號】❶(—háo)呼號；大聲喊叫。❷(—hào)號召；徵召。

【叫囂】大聲喧呼；亂喊亂叫。

召 ㊀(zhào)粵dziu⁶(趙)❶呼喚使來。如：召集；召之即來。❷招。如：召開會議。參見"召募"。❸招致；導致。如：惑召；召禍。

㊁(shào)粵siu⁶(紹)❶古邑名。周初召公奭采地。在今陝西岐山縣西南。周東遷後，別受采邑，在今山西垣曲東。❷姓。

【召棠】(shào—)相傳周代召伯巡行南方時，曾在甘棠樹下休息，因稱那棵樹爲"甘棠"，表示思念。舊時常借爲稱頌官吏有惠政的典故。參見"甘棠"。

【召募】招募。募集新兵。

【召父杜母】(召shào)《後漢書·杜詩傳》載，西漢召信臣和東漢杜詩，先後爲南陽太守。史書謂召、杜有惠政，有稱"前有召父，後有杜母"。舊時用"召父杜母"爲稱頌地方官的典故。

叭 ㊀(bā)粵ba¹(巴)象聲詞。

㊁(ba)粵同"吧"，見"喇叭"。

叮 (dīng)粵dip¹(丁)deŋ¹(語)❶切囑；追問。如：千叮萬囑；叮問兩句。❷指蟲類用口器刺人。❸象聲。如：叮叮當當。

【叮嚀】同"丁寧"。一再囑咐。

可 ㊀(kě)粵ho²(果可切)❶許可。如：認可；許可。❷合宜；好。如：恰可。❸能；可以。如：牢不可破。❹堪。如：可愛；可惜；可憐。❺大約。如：年可二十。❻表轉折。猶言"卻"。如：他個子不

高，力氣可不小。❼表疑問。如：你可知道？❽作語助，表强調。如：你可來了，讓我好等啊！

㊁(kè)[粵]hɐk⁷〔克〕見“可汗”。

【可人】❶有長處可取的人。❷猶言可人意，使人滿意。

【可口】味道很合口味。如：味美可口。

【可汗】(kè hán)一作“可寒”、“合罕”。古代鮮卑、柔然、突厥、回紇、蒙古等族對最高統治者的稱號。三世紀時鮮卑族中已有此稱。

【可兒】謂稱人心意的人。

【可堪】那堪；怎堪。

【可意】合意；中意。

【可憐】❶使人憐憫。❷可愛。❸可惜。❹可怪。

【可憐見】❶可憐。❷憐惜；憐憫。

【可歌可泣】謂英勇悲壯的事迹，令人歌頌讚美，感動流淚。

【可望而不可即】只能夠望見而不能夠接近。

台 ㊀(tái)[粵]tɔi⁴〔檯〕❶星名。參見“三台”。❷對人的敬稱。如：台端；兄台。❸同“臺”。

㊁(yí)[粵]ji⁴〔宜〕❶我。❷通“怡”。喜悅。

㊂(tāi)[粵]同㊀〔台州〕州、路、府名。唐武德五年改海州爲台州，治所在浙江臨海。元改爲路。明改爲府。1912年廢。

【台甫】猶言尊字，大號。用爲初次見面，向對方請問表字的敬辭。

【台衮】猶台輔，古代對三公的別稱。衮是三公的命服。

【台鼎】古代稱三公或宰相爲台鼎，言其職位顯要，猶星有三台，鼎足而立。

【台端】❶唐代侍御史之稱。❷對人的敬稱，多用於書信。

【台輔】指宰相，言其位列三台，職居宰輔。

【台衡】猶台輔。宰相之稱。台，三台；衡，玉衡，都是星名，位於紫微宮帝座之前，故用來比喻宰相。

叱 (chì)[粵]tsik⁷〔斥〕❶大聲呵斥。❷呼喝。

【叱咄】猶叱咤。呼喝。

【叱咤】怒斥；呼喝。

【叱嗟】怒斥聲。

【叱咤風雲】形容威力之大。

史 (shǐ)[粵]si²〔屎〕❶記載過去事迹的書；歷史。如：通史；斷代史。❷古官名。商代設置，原爲駐守在外的武官。後來成爲在王左右的史官，掌管祭祀和記事等。或稱“作册”。

【史前】沒有書面記錄的遠古。如：史前時代。

【史乘】(—shèng)乘，晉國史書名。後泛稱一般史書爲“史乘”。

【史詩】敍述英雄傳說或重大歷史事件的長詩。

【史無前例】歷史上從來沒有過；前所未有。

右 (yòu)[粵]jɐu⁶〔又〕❶方位名。與“左”相對。如面向南，則東爲左，西爲右。地理上以西爲右。如山西稱山右。❷古時尚右，故即以指較高的地位。引申爲高貴、重要等。參見“右姓”、“右族”、“右職”。❸崇尚。見“右文”。❹古代馬車上防備車子傾側或受阻的力士，因位置在駕車者之右，故稱“右”。

【右文】重視文化學術；崇尚文治。

【右券】券，契約。古代契約分左右兩聯，雙方各執其一，以爲憑信。右券，即右聯。

【右姓】古代以右爲上，漢魏以後因稱世家大族爲“右姓”。

【右族】猶右姓。有聲望的大族。

【右職】謂重要的職位。

厺 同“厺”。

叵 (pǒ)[粵]pɔ²〔頗〕❶不可。如：居心叵測。❷遂；便。

【叵奈】同“叵耐”。

【叵耐】亦作“叵奈”。不可耐；可恨。

【叵測】不可測度。一般多用作貶義詞。如：其心叵測。

【叵羅】酒卮，敞口的淺杯。

叶 ㊀(xié)[粵]hip⁸〔協〕通“協”。如：叶韻（即作韻文時於句末或聯末用韻之稱，亦作協韻、押韻）。

㊁“葉”的簡化字。

司 (sī)[粵]si¹〔斯〕❶掌管。如：司機；司儀。❷舊時官署的名稱。唐宋以後，尚書省各部所屬有司。獨立之官署亦有稱

司者，如宋代之殿前司，明清之通政使司。在外則如宋代之安撫使司稱帥司，明清之布政、按察使司稱藩司、臬司。現稱中央機關部以下一級的行政部門爲司。如：外交部禮賓司。
【司空】❶古官名。西周始置，金文都作"司工"。春秋戰國時沿置。掌管工程。宋國因武公名司空，遂改司空爲司城。西漢成帝時改御史大夫爲大司空。後世用作工部尚書的別稱，侍郎則稱少司空。❷複姓。
【司法】指國家司法機關執行法律的活動。
【司徒】❶古官名。西周始置，金文多作"司土"。春秋時沿置。掌管國家的土地和人民。官司籍田，負責徵發徒役。晉國因僖侯名司徒，遂改司徒爲中軍。西漢哀帝時丞相改稱"大司徒"，東漢時改稱"司徒"。❷複姓。
【司馬】❶古官名。(1)西周始置，春秋戰國時沿用。掌管軍政和軍賦。漢武帝時罷太尉置大司馬，後世用作兵部尚書的別稱，侍郎則稱少司馬。(2)漢制，大將軍營五部，部各置軍司馬一人。魏晋至宋，司馬均爲軍府之官，在將軍之下，綜理一府之事，參預軍事計劃。隋唐兼爲郡官，明清因稱府同知爲"司馬"。❷複姓。
【司晨】報曉。也指報曉的雄雞。
【司儀】❶官名。擔任迎接賓客。北齊、隋、唐、明都有司儀署，主管典禮之事。❷舉行典禮時，專門負責報告程序的人。
【司鐸】即神甫。天主教、東正教的神職人員。
【司馬遷】(約前145或前135～？)西漢史學家、文學家、思想家。字子長。夏陽(今陝西韓城)人。太史令司馬談之子。青年時曾遊歷南北名山大川，採訪遺聞逸事，考察古迹，搜集了豐富史料。公元前108年繼父職任太史令，遍閱皇家史館藏書、檔案。後因替李陵辯解，得罪下獄，受腐刑。出獄後任中書令，發憤著述，用二十餘年時間寫出中國第一部紀傳體通史《史記》。他還與唐都等共訂《太初曆》。
【司空見慣】司空，古代官名。孟棨《本事詩·情感》載，唐代詩人劉禹錫罷和州刺史後回京，李司空設宴相邀，出歌妓勸酒。劉於席上賦詩，有"司空見慣渾閑事，斷盡江南刺史腸"之句。後以"司空見慣"比喻事之常見，不足爲奇。
【司馬相如】(前179～前118)西漢文學家。字長卿。蜀郡成都人。他的賦糅合了各家的特點，是漢賦的典型，後世作爲典範。有《子虛賦》、《上林賦》等。
【司馬昭之心】《三國志·魏志·高貴鄉公紀》注引《漢晋春秋》載，三國魏曹髦在位時，司馬昭專國政，蓄意奪取政權。曹髦說："司馬昭之心，路人所知也。"後以"司馬昭之心"比喻人所共知的野心。

叻 (lè)[粵]lɛk⁹〔黎麥切〕lak⁹〔黎額切〕(又)〔叻埠〕華僑稱新加坡爲"叻埠"。

叼 (diāo)[粵]diu¹〔刁〕用嘴銜住。如：小貓叼走一條魚。

叺 "以"的異體字。

三 畫

吁 ㊀(xū)[粵]hœy¹〔虛〕❶嘆氣。如：長吁短嘆。❷嘆聲。表示不同意，不以爲然，也表示疑怪。❸憂愁。
㊁"籲"的簡化字。
【吁吁】❶自得的樣子。❷形容張口出氣的聲音。如：氣喘吁吁。

吃 ㊀(chī)[粵]hɛk⁸〔喜隻切〕❶把食物放到嘴裏經過咀嚼咽下去。如：吃飯；吃菜。❷感受。如：吃驚；吃苦。❸承受。如：吃重；吃罪。❹下棋用語，即取消對方之子。在軍事上借喻爲消滅敵兵。如：吃掉敵人一個團。❺見"吃吃"。
㊁(chī，舊讀jī)[粵]gɐt⁷〔吉〕hɛk⁸〔喜隻切〕(又)語言蹇澀不流暢。如：口吃。也指行步蹇滯不迅速。
【吃力】費力。
【吃吃】❶笑聲。❷形容口吃或有話說不出口。
【吃香】受歡迎。
【吃緊】❶亦作"赤緊"。當眞，實在。❷謂感到緊張。如：吃緊關頭。
【吃官司】被控告受處罰或關在監獄裏。
【吃裏爬外】受着這一方的好處，暗地裏卻爲

那一方盡力。

【吃一塹長一智】塹，壕溝。比喻挫折。謂遭到一次挫折，接受一次教訓，就能增長一分才智。

各 (gè)粵gok⁸[角]每個；各自。如：世界各國；各有所長。

【各有千秋】謂各有所長，或各有優點。千秋，謂流傳久遠。

【各自為政】各人按照自己的主張辦事，不顧整體也不與別人配合協作。

【各得其所】❶各如其所願。❷都得到適當的安置。

合 ㊀(hé)粵hep⁹[盒]❶閉上；合攏。如：笑得合不上嘴。❷投契；融洽。❸符合。如：合情合理。❹協同；共同。如：合辦；同心合力。❺全；滿。如：合家大小。❻應當。如：理合聲明。❼打算；等於。如：一米合三市尺。❽匹配。如：天作之合。❾古稱兩軍交鋒一次為一合。也稱武將雙方攻擊、招架一次為一合。㊁(hé)粵ho⁴[何]工尺譜中的音名之一。㊂(gě)粵gep⁸[夾]容量單位，市制十合為一升。

【合十】佛教一種普通禮節。兩手當胸合、十指相合，表示敬意，名合。原為印度的一般禮節，佛教亦沿用。

【合下】宋元時口語。猶本來，原來。

【合同】兩方面或幾方面在辦理某事時，為了確定各自的權利和義務而訂立的共同遵守的條文。

【合抱】兩臂圍攏，常用以形容樹木的粗大。

【合沓】重疊疊疊，聚集在一起。

【合巹】舊時婚禮飲交杯酒。把弧分成兩個瓢，叫巹，新夫婦各拿一瓢而飲酒。

【合圍】❶指從不同方向達對敵包圍的軍事行動。❷猶合抱。

【合當】應當。

【合澩】同「合沓」。

【合縱】見「合縱連橫」。

【合璧】圓形有孔的玉叫璧，半圓形的叫半璧，兩個半璧合成一個圓形叫「合璧」。比喻好事物湊到一塊兒。【詩書合璧】日月同升。參見「日月合璧」。

【合攏】合到一起。

【合轍】❶車輪的廣狹與軌迹相合。比喻想法或做法一致。❷轍，戲曲專用的韻腳。戲曲唱詞韻腳相同稱為「合轍」。

【合歡】❶和合歡樂。多指男女相結合。也用為器物的名稱。如：合歡扇；合歡蓆。❷植物名。即馬纓花。落葉喬木。木材紅褐色，可製傢具。樹皮可提製栲膠。中醫學上以乾燥樹皮入藥。花淡紅色，可供觀賞。

【合歡扇】即團扇。

【合浦珠還】《後漢書·孟嘗傳》載，合浦郡沿海產珠寶，宰守多貪，使人無限度地採求，逐使珠寶徙至鄰別別地。孟嘗任太守后，革易前弊，去珠復還。後以「合浦珠還」比喻物失而復得。

【合縱連橫】戰國時弱國聯合進攻強國，稱為合縱。隨從強國去進攻其他弱國，稱為連橫，也叫合橫，連衡。戰國後期，秦最強大，合縱即指齊、楚、燕、趙、韓、魏六國聯合抗秦；連橫即指六國中的某幾國隨從秦國進攻其他國家。一說六國地連南北，南北為縱，故六國聯合謂之合縱；秦地偏西，六國居東，東西為橫，故六國從秦謂之連橫。蘇秦、張儀即在當時以縱橫之說游說各國。

吉 (jí)粵get⁷[桔]❶吉利；吉祥。如：凶多吉少；萬事大吉。❷善；美。見「吉人」、「吉士」。❸朔日，陰曆每月初一。❹吉林省的簡稱。

【吉人】善人。

【吉了】鳥名。亦稱秦吉了，即鷯哥。參見「秦吉了」。

【吉士】古代貴族男子的美稱。

【吉日】❶朔日；陰曆每月的初一。❷好日子。

【吉月】❶月之朔日。❷謂吉利的月份。

【吉羊】同「吉祥」。羊，古「祥」字。

【吉貝】即木棉。「吉貝」乃馬來語kapok的音譯。

【吉金】猶言善金，古指適於於鑄造鐘鼎彝器的金屬。古為鐘鼎彝器的統稱。

【吉禮】古五禮之一。指祭禮。

【吉人天相】天相，謂天助。「吉人天相」為對他人遭遇事故的慰藉語或逢凶化吉後的祝

諛語。

【吉光片羽】吉光，傳說中的神馬名；片羽，指神馬身上的一片毛。以喻殘存的藝術珍品。亦作"吉光片裘"。

吊

"弔"的異體字。

吋

(cùn)粵tsyn³〔寸〕inch的譯名，即英寸。1英寸合2.54厘米。

同

⊝(tóng)粵tuŋ⁴〔童〕❶相同；一樣。如：不約而同。❷共同；一齊。如：同甘共苦。❸跟；和。如：有事同我商量。

⊜(tòng)粵同→見"胡同"。

【同人】志趣相同而共事的人。亦作"同仁"。

【同仁】❶謂同等看待。參見"一視同仁"。❷同"同人"。

【同化】使不相同的事物逐漸變成相近或相同。

【同仇】同心協力對付敵人。

【同甲】同年齡。年齡相同。

【同年】❶年歲相同。❷猶同時。視為同等的意思。❸科舉制度中稱同科考中的人。漢代以舉孝廉為同年。唐代以舉進士為同年。明清鄉試、會試同時考中者皆稱"同年"。

【同志】❶志趣相同；志趣相同的人。❷政治理想相同的人；同一政黨的成員相互間的稱謂。

【同房】❶指家族中同一支的。如同房兄弟。❷夫婦過性生活的婉辭。

【同居】❶同在一處居住的。❷男女雙方沒有結婚而共同生活。

【同庚】年齡相同。

【同宗】原謂同出一個大宗者。參見"大宗❶"。後泛稱同族或同姓為"同宗"。

【同門】指同學，謂同出一師門下。

【同科】❶同一等級。❷同類。❸科舉時代，稱同屆考中的人為"同科"，多指鄉、會試。

【同胞】同父母所生的兄弟姐妹。也指同一國家的人，如同國人或兄弟的意思。

【同氣】❶氣質相同。❷指有血統關係的親屬。特指兄弟。

【同袍】指極有交情的友人。軍界中人也常用

此互稱。參見"袍澤"。

【同情】❶猶同心，同氣。❷對於別人的遭遇或行為在感情上發生共鳴。

【同寅】在同一處做官的人。

【同窗】即同學。

【同盟】❶古時指諸侯間締結盟約。❷兩個或兩個以上的國家，因共同利害而締結的政治、軍事或經濟等方面的合作關係。❸政黨、派別或團體，在一定時期內，為達到共同政治目的而形成的聯合，有時也叫同盟。❹某些政黨、團體或組織的名稱，如"中國民主同盟"、"中國民權保障同盟"。

【同夢】猶言共寢。形容夫婦間的感情很好。後也用來比喻親密的友誼。

【同寮】在同一部門做官的人。亦作"同僚"。

【同調】(一diào)本指音樂的調子相同，比喻志趣或主張相同。

【同儕】同輩。

【同心結】舊時用錦帶打成的連環迴文樣式的結子，用作男女相愛的象徵。

【同盟國】❶泛指某一同盟條約的締約國或參加國。❷第一次世界大戰時兩個敵對的帝國主義侵略性軍事集團之一。由德、奧、意三國根據1882年5月20日簽訂的三國同盟條約組成。1915年4月26日意大利參加協約國集團，退出三國同盟。參加同盟國的還有土耳其和保加利亞。❸第二次世界大戰時參加反法西斯戰爭對"軸心國"作戰的國家。1942年1月1日中、蘇、美、英等二十六國在華盛頓公佈了《同盟國宣言》，建立了世界反法西斯陣線。

【同心同德】同一心願，同一行動。

【同仇敵愾】指共同一致地抱着對敵人的無比仇恨和憤怒。

【同甘共苦】亦作"分甘共苦"。謂共其苦樂。

【同舟共濟】比喻同心戰勝困難。

【同床異夢】比喻共做一事而打算各不相同。亦作"同床各夢"。

【同室操戈】自家人動刀槍。比喻兄弟爭吵或內部紛爭。

【同流合污】比喻隨着壞人一起做壞事。

【同病相憐】比喻有同樣的遭遇而互相同情。

【同聲相應】指意見相同而互相響應。

【同歸殊塗】亦作"殊途同歸"。"塗"通"途"。謂所走的道路雖然不同，而目的却是一樣。

名 (míng)粵min⁴【明】❶起名字；命名。也指所起的名字。❷中國古代邏輯名詞。指概念。❸聲名；名譽。引申爲有名。如：名人；名山。❹名義。如：以援助爲名，而行侵略之實。❺指稱。如：莫名其妙；不可名狀。❻指人數。如：五名學生；名額已滿。

【名士】古時指已知名而未出仕的人。也泛指有名的人士。又特指持才放達，不拘小節的人。

【名山】❶深山；大山。如：名山大川。借指著作之事。如：名山大業。❷有名的山。

【名分】(—fèn)指人的名位及其應守的職分。

【名世】聞名於世。

【名目】事物的名稱。如：名目繁多；巧立名目。

【名位】原指官爵和品位。後指名義和地位。又指名聲和地位。

【名刺】即名片。

【名帖】(—tiě)明清時官場拜謁，用紅紙書寫銜名，稱爲"名帖"。

【名物】❶指名號和物色。亦指名稱和物產。❷褘衣繪畫的名稱。

【名門】謂有聲名的豪族門第。如：系出名門。

【名流】指知名知名人士。

【名家】❶以學有專長而自成一家。後也指有名的專家或作家。❷猶名門。❸一稱"辯者"。戰國時期的一個學派，其主要代表人物有惠施、公孫龍等。

【名教】指封建社會的等級名分和禮教。

【名望】名譽和聲望。亦指有名望的人。

【名宿】指有名的老前輩。

【名場】❶指科舉的試院，爲封建文人求功名的場所。❷泛指爭奪聲名的場所。

【名貴】❶著名而珍貴。如：名貴的字畫；名貴的藥材。❷謂有名而顯達。

【名勝】❶著名的風景地。如：名勝古迹。❷猶名流。

【名義】❶身分；資格；名分。如：個人名

義；代表名義。❷指事物立名的取義。❸名譽；名節。

【名實】❶名聲和事功。❷猶名利。❸哲學名詞。名，通常指名稱、概念；實，指實在、客觀事物。

【名節】名譽和節操。

【名輩】聲望和行輩。亦指有聲望而行輩高的人。

【名器】❶古時稱代表等級、地位的爵號和車服儀制。❷名貴的寶器。也比喻人材。

【名諱】舊時稱人名字，生日"名"，死日"諱"。君親之名，生時也諱。連稱則日"名諱"，通用於生者及死者，含有尊敬的意思。

【名山事業】謂著作之事。

【名正言順】謂作事名義正當，理由充分。

【名落孫山】范公偁《過庭錄》載，相傳吳人孫山和同鄉的兒子去赴考，孫山考取最後一名。回到家鄉，同鄉向他打聽兒子考取了沒有。孫山說："解名盡處是孫山，賢郎更在孫山外。"後因稱考試落第爲"名落孫山"。

【名韁利鎖】謂爲名利所束縛。

【名下無虛士】亦作"名下無虛"。意謂負盛名的人必有實學，猶言名不虛傳。

后 (hòu)粵heu⁶【後】❶皇帝的正妻。❷指君主。❸指諸侯。❹"後"的簡化字。

【后土】❶古代稱大地爲"后土"，猶稱天爲"皇天"。❷古代掌管有關土地的事務的官。❸土地神，亦指祀土地神的廟壇。

吏 (lì)粵lei⁶【利】❶舊時大小官員的通稱。如：大吏；長吏。❷專指官府中的胥吏或差役。

【吏部】隋唐至明清中央行政機構的六部之一。掌管全國官吏的任免、考核、升降、調動等事。

吐 ㊀(tǔ)粵tou³【兔】❶從口裏放出。如：蠶吐絲；不要隨地吐痰。❷說話。如：談吐；出言吐語。❸透漏；講出來。如：堅不吐實；吐露實情。❹冒出或露出。如：新棉吐絮。

㊁(tù)粵同㊀嘔吐。

㊂(tǔ)粵dɐt⁹【突】參見"吐谷渾"。

【吐氣】吐出胸中鬱悶之氣。形容久困後得志狀。如：揚眉吐氣。

【吐納】吐，呼；納，吸。"吐納"爲中國古代的一種養生方法。即吐出陳濁空氣，吸入清新空氣。

【吐屬】談吐；談話所用的語句。如：吐屬大方。

【吐谷渾】(ㄊㄨˇyù hún)中國古代居住在西北部的民族，是鮮卑族的一支。

【吐故納新】吐，呼；納，吸。本指人體呼吸，呼出二氧化碳，吸進新鮮氧氣。後比喻揚棄舊的，吸收新的。

【吐剛茹柔】吐出硬的，吃下軟的。比喻怕強欺弱。

【吐哺握髮】《史記‧魯世家》載，周公熱心接待來客，甚至一沐三握髮，一飯三吐哺(吐出口中食物)，停下來招呼客人。後因以指殷勤待士之心。

向 (xiàng)⑨hœŋ³〔嚮〕❶朝北的窗子。❷古國名。姜姓。在今山東莒縣西南。春秋初年爲莒所幷。❸古邑名。春秋周鄭內之地。在今河南濟源南。❹古地名。(1)春秋鄭地。在今河南尉氏西南。(2)春秋吳地。在今安徽懷遠。❺方向；趨向。如：去向；風向。❻朝着；對着。如：葵花向日；人心所向。❼將近；接近。如：向曉。❽從前；往昔。

【向例】慣例。

【向使】假使當初。

【向背】❶正面和背面。❷比喻擁護和反對。如：人心向背。

【向隅】面朝着屋子裏的一個角落。後來用爲得不到機會而失望的意思。

【向平之願】《後漢書‧逸民傳》載，向長，字子平，隱居不仕，待子女婚嫁已畢，即恣遊五嶽名山，不知所終。舊時因稱子女婚嫁之事爲"向平之願"，子女都已婚嫁則稱"向平願了"。

【向壁虛造】亦作"向壁虛構"。比喻憑空捏造。

吒 ㊀"咤"的異體字。
㊁zhà⑨dza¹[㗲]見"哪吒"。

吆 (yāo)⑨jiu¹[腰]見"吆喝"。

【吆喝】高聲呼喝。

呅 同"吻"。

吪 同"嗯㊀"。

吖 (ā)⑨a¹〔丫〕譯音字。如："吖啶硫"，一種注射劑。

吓 "嚇"的簡化字。

四　畫

君 (jūn)⑨gwen¹〔軍〕❶古代各級握有土地的統治者的通稱。後指君主制國家的元首。參見"君主"。引申爲主宰之意，如舊稱父爲家君，即謂一家之主；稱心爲天君，謂一身之主。❷君稱；統治。❸古時一種尊號，如戰國時藺鄉稱藺君，白起稱武安君。亦用於上層婦女。如漢武帝之外祖母臧兒被尊爲平原君，其姊號爲修成君。❹敬辭。如：諸君。

【君子】❶指品行好的人。如：君子自重。❷古時妻對夫的敬稱。

【君王】古時對帝王的一種偁呼。

【君主】❶君主制國家的國家元首的一種稱呼。如皇帝、國王等。君主是終身的，並且大多數是世襲的。❷公主。

【君側】原指在君主旁邊。後用爲深得君主信任之臣的代稱。

【君臨】謂君主統轄其所屬。引申爲統治。

【君國】與"共和國"相對稱。以世襲君主(稱國王或皇帝)爲國家元首的國家。有君主專制與君主立憲制之分。

【君子協定】也叫紳士協定。國際間有時不在書面上共同簽字而以口頭或交換函件形式訂立的協定。

【君主專制】通常指奴隸制、封建制國家實行君主獨裁的政權組織形式。君主擁有無限權力，把國家與人民當作私有財產。

【君主立憲制】又稱有限君主制。是君主權力受憲法限制的一種統治形式。有君主立憲制國家，君主不直接支配國家政權，由內閣掌握行政並對議會負責，如英國。有的由君主任命對他負責的內閣，直接掌握

行政權；有的立法權形式上為議會行使，但君主有否決權，如丹麥。

吝 (lìn) 粵 lœn⁴ [論] ❶含惜；捨不得。❷不肯指教。❸貪鄙；含齒。
【吝色】內心不願而顯露在臉上的神態。
【吝惜】過分的愛惜；捨不得。
【吝嗇】小氣；鄙吝。

吞 (tūn) 粵 ten¹ [他因切] ❶整個咽下去；亦泛指咽下。如：囫圇吞棗。❷兼併。如：侵吞；吞沒。
【吞聲】不敢出聲。

吟 (yín) 粵 jem⁴ [淫] ❶呻吟；因痛苦而發出哼聲。❷吟詠；作詩。❸詩體的名稱。如《梁甫吟》、《隴頭吟》、《秦婦吟》。❹鳴。如：猿吟；蟬吟。
【吟社】即詩社。
【吟味】❶猶體味、玩味。❷吟詩的興味。
【吟哦】猶吟詠。
【吟詠】歌詠或作詩。
【吟蛩】蟋蟀的別名。「蛩」亦作「蛬」。
【吟嘯】❶猶悲嘆。❷吟詠；歌嘯。
【吟壇】猶詩壇。
【吟風弄月】舊時有些詩人寫作，多用風花雪月為題材，以抒其閒適，因稱之為「吟風弄月」。後多用為貶義，指作品內容空虛，逃避現實。

吠 (fèi) 粵 fei⁶ [扶毅切] 狗叫。

否 ㊀(fǒu) 粵 feu² [剖] ❶否定。如：否認；否決。❷不。如：不置可否。❸不然；不是這樣。如：知其事否？
㊁(pǐ) 粵 pei² [鄙] ❶貶；非議。❷窮；不通。參見"否極泰來"。❸惡。如：臧否。❹六十四卦之一。
【否泰】(pǐ—)否、泰，《周易》中的兩個卦名，泰謂"天地交而萬物通"，否謂"天地不交而萬物不通"或者常合用"否泰"指世道盛衰和人事通塞。參見"否極泰來"。
【否隔】(pǐ—)隔絕不通。
【否極泰來】(pǐ jí—)《周易》中的哲學思想。否、泰，卦名。天地交（相互作用）謂之"泰"，不交謂之"否"；"泰"則亨通，"否"就失利。後用"否極泰來"形容情況壞到極

點，就會從壞轉好。亦作"否去泰來"、"否終則泰"。

吩 (fēn) 粵 fen¹ [分] 見"吩咐"。
【吩咐】叮囑；囑咐。

吪 (é) 粵 ŋo⁴ [鵝] ❶動。❷化；教化。❸同"訛"。錯誤。

含 (hán) 粵 hem⁴ [酣] ❶銜在嘴裏。如：含一口水。❷包含。如：含義；空氣中含有水分。❸懷藏。
【含味】嘴嚼玩味。
【含垢】容忍恥辱。
【含胡】"胡"亦作"糊"。❶言語不清楚。如：含胡其詞。❷馬虎，不認真。
【含桃】櫻桃。
【含章】❶包孕美質。❷漢代宮殿名。
【含蓄】❶含有深意，藏而不露。❷不作正面說明，而用委婉隱約的話把意見表達出來。
【含血噴人】捏造事實，惡意攻擊。
【含沙射影】傳說有一種叫蜮的毒蟲，能噴沙害人；人被它射中即發瘡，人的影子被射中也會害病。因用"含沙射影"比喻暗中攻擊或陷害人。
【含英咀華】細細體味文章中的精華。

吭 ㊀(háng) 粵 hoŋ⁴ [航] 喉嚨；頸項。
㊁(kēng) 粵 keŋ¹ [亨] 出聲。如：一聲不吭；不吭氣。

吮 (shǔn) 粵 syn⁵ [時軟切] 用口吸或含。如：吮奶；吮筆。

吰 (hóng) 粵 weŋ⁴ [宏] 見"嚆284"。

咈 (fú) 粵 fu² [附] 咀嚼。詳"咈咀"。

【咈咀】咀嚼。古代煎藥，先把藥料切碎為末，好像經過咀嚼似的，叫咈咀。

呈 (chéng) 粵 tsiŋ⁴ [情] ❶呈現。❷呈送。如：謹呈。❸舊時公文的一種。下對上用。
【呈政】亦作"呈正"。把自己的作品送請別人批評或改正的敬辭。
【呈露】露出；顯現。

吳 (wú) 粵 ŋ⁴ [吾] ❶大聲說話。❷古國名。也叫句吳、攻吳、干。姬姓。始

祖是周太王之子太伯、仲雍。佔有今江蘇大部和安徽、浙江的一部分,建都於吳(今江蘇蘇州)。春秋後期,國力漸強。公元前473年為越所滅。❷古國名。三國之一。公元222年孫權在建業(今江蘇南京)稱吳王,229年稱帝,佔有今長江中下游、浙江、福建和兩廣部分地區。280年為晉所滅。共歷四帝,五十九年。❸古國名。五代時十國之一。公元892年楊行密為唐淮南節度使,據揚州,902年受封為吳王,佔有今江蘇、安徽、江西和湖北等省的一部分。937年為南唐所滅。❺姓。

【吳戈】戈是平頭戟;春秋時吳國所產的戈最鋒利,古時多用來指鋒利的兵器。

【吳娃】吳地的美女。

【吳剛】神話中仙人名。傳說漢西河人,學仙有過,罰砍月中的桂樹。桂樹高五百尺,斧子砍下去,斧痕隨砍隨合,吳剛只好無休止地砍下去。

【吳歌】指吳地的女子或歌伎。

【吳娘】猶吳娘。

【吳鈎】古代吳地所造的一種彎形的刀。

【吳儂】吳俗自稱我儂,指他人亦曰渠儂、他儂、圈儂。因用"吳儂"為吳人的代稱。

【吳下阿蒙】《三國志·吳志·呂蒙傳》注引《江表傳》載,吳呂蒙少不讀書,後受孫權勸,篤志向學。魯肅過訪尋蒙,言議常苟蒙,因撫蒙背說:"吾謂大弟但有武略耳,至於今者,學識英博,非復吳下阿蒙。"蒙說:"士別三日,即更刮目相看。"後以"吳下阿蒙"比喻人學識尚淺。亦作"阿蒙"、"吳蒙"。

【吳牛喘月】吳牛,生於吳地之牛。吳地多暑,牛畏熱,見月疑是日,所以見月則喘。後來比喻見類似事物而膽怯的喻為"吳牛喘月"。

【吳市吹簫】《史記·范雎蔡澤列傳》載,伍子胥曾披着肚皮吹簫,乞食於吳市。後因以"吳市吹簫"比喻行乞街頭。

【吳頭楚尾】今江西省北部,春秋時為吳、楚兩國接界之地,因稱"吳頭楚尾"。

吵 (chǎo)粵tsau²[炒]❶喧鬧。如:別把孩子吵醒了。❷爭吵。如:吵架;吵鬧。

嘴。

吶 ㊀(nè)粵nœt⁹[尼術切]同"訥"。說話遲鈍或口吃。
㊁(nà)粵nap⁹[納]見"吶喊"。
【吶吶】形容說話遲鈍或口吃。
【吶喊】(nà一)大聲叫喊助威。

吸 (xī)粵kɛp⁷[級]❶把氣體從鼻或口引入體內。如:吸氣;吸煙。❷吸取。如:吸墨紙;吸鐵石。❸飲。
【吸收】❶吸取;接受。❷吸收經驗。❷物質吸取其他實物或能量的過程。

吹 ㊀(chuī)粵tsœy¹[催]❶空氣流動觸拂物體。如:風吹雨打。❷縮起嘴唇用力呼氣。如:口哨;吹簫。❸說大話。如:你別吹啦。
㊁(chuì,舊讀chuì)粵tsœy³[脆]tsœy¹[催]笙竽等樂器的鼓吹。
【吹牛】說大話;誇口。
【吹捧】微風吹動物體;引申為吹噓、稱揚。
【吹噓】吹噓,從旁相助的意思。引申為稱揚,揄揚。又指不符實際的吹捧。
【吹法螺】佛教常用語。法螺即螺貝,吹之聲能及遠。比喻佛之說法廣被大眾。後用來比喻說大話。
【吹毛求疵】比喻對人刻意挑剔。
【吹簫乞食】春秋時,伍子胥在吳市吹簫乞食,後人因稱行乞為"吹簫乞食"。參見"吳市吹簫"。

吻 (wěn)粵men⁵[敏]❶嘴唇。❷用嘴唇接觸人或物,表示親愛。
【吻合】相合;符合。

吼 (hǒu)粵heu³[器切切]hau¹[敲](又)猛獸的大聲鳴叫。如:獅吼。也泛指吼的發聲。如:狂風怒吼;大吼一聲。

吽 ㊀(óu)粵ŋeu⁴[牛]狗爭鬥聲。
㊁(hǒu)粵heu²[口]牛鳴。
㊂(hōng)粵huŋ¹[空]佛教咒語中用詞。梵文Hum的音譯。

吾 (wú)粵ŋ⁴[吳]我。
【吾人】對人相親愛的稱呼。
【吾徒】❶猶言我的門徒。❷猶言我輩等。

告 (gào)粵gou³[哥澳切]❶報告。❷告訴;告知。❸請求。如:告饒。❹

告發。如：控告。❺古時官吏休假之稱。見"賜告"。❻表明。如：自告奮勇。
㊁(ju)粵guk^{7}〔谷〕用於"忠告"。
【告示】❶告知；曉告他人使明己意。❷舊時官廳所出的佈告。
【告白】❶(機關、團體或個人)對公衆的聲明或啟事。❷廣告。
【告老】官員年老請求辭職，泛指年老退休。
【告成】謂事已完成。如：大功告成。
【告身】古代授官的憑信，類似後世的任命狀。
【告狀】指向官廳起訴。
【告急】報告戰事危急，請求援救。亦指事急向人求助。
【告訐】告發別人的陰私。
【告喻】猶曉喻，告以道理，使之明瞭。
【告貸】請求旁人借錢給自己。
【告罪】❶宣佈罪狀。❷舊時交際用的謙辭，表示情理欠當，深感不安的意思。
【告廟】古時皇帝及諸侯外出或遇有大事，例須向祖廟祭告，稱"告廟"。
【告罄】罄，盡。古稱祭祀儀式完畢爲"告罄"。後用來指財物用盡。
【告歸】舊時官吏告假回鄉叫"告歸"。

呀 ㊀(yā)粵a^{1}〔鴉〕❶驚嘆聲。❷象聲詞。如：門呀的一聲開了。
㊁(ya)粵同㊀句末的助詞。
【呀呀】❶笑聲。❷小兒學語聲。如：呀呀學語。

呂 (lǚ)粵lœy^{5}〔旅〕❶"膂"的本字。像脊骨。❷中國古代音樂十二律中的陰律，有六種，總稱六呂。參見"十二律"。❸姓。

呃 (è)粵ɐk^{7} ak^{7}〔握〕(又)亦作"呝"。氣逆上衝發出的聲音。如：打呃；呃逆。

呆 ㊀(ái)粵ŋɔi^{4}〔外低平〕停滯；不活動。如：呆板；目瞪口呆。
㊁(dāi)粵dai^{1}〔打唉切〕耽擱；居住。亦作"待"。如：我在這裏已經呆得很久了。❷同"獃"。
【呆傍】元代口語，猶痴呆懵懂。傍，罵人之詞。
【呆答孩】亦作"呆打頦"。元代口語，猶呆呆地；傻傻地。

呎 (chǐ)粵tsɛk^{8}〔赤〕英語foot的譯名，即英尺，代號ft。1英尺合0.3048米。

吧 ㊀(ba)粵ba^{6}〔罷〕亦作"罷"。❶用在句末表示估量、商量或祈使的語氣。如：今天不會下雨吧。❷作語助，用在句中使句子停頓一下，同時也有假設的意思。如：說是丟開吧，一時哪裏丟得開！
㊁(bā)粵ba^{1}〔巴〕象聲。如：吧，吧，吧，打了三槍。

吽 "叫"的異體字。

吣 (qìn)粵tsɐm^{3}〔譖〕同"㕻"。

㕻 (qìn)粵tsɐm^{3}〔譖〕同"唚"。

吥 (bù)粵bɐt^{7}〔不〕見"嗩㊁"。

吱 (zhī，又讀zī)粵dzi^{1}〔支〕見"吱吱"。
【吱吱】象聲詞。

㕶 (ǹg)粵ŋ^{6}〔誤〕答應聲。表示允許或同意。如：㕶，就這麼辦吧。

呔 (dāi)粵tai^{1}〔他唉切〕促使對方注意的吆喝聲。

吡 (bǐ)粵pei^{2}〔鄙〕斥責。

㕧 同"呔"。

吷 (xuè)粵hyt^{8}〔血〕小聲。

吚 "咿"的異體字。

呋 (fū)粵fu^{1}〔夫〕譯音字。如："呋喃西林"，藥物名。

㕼 同"訩"。

五　畫

呢 ㊀(ní)粵nei^{4}〔尼〕nɐi〔泥〕(又)❶見"呢喃"。❷紡織物的一種，多指毛織品。
㊁(ne)粵nɛ^{1}〔尼耶切高平〕❶表詢問語氣，

常用於疑問選擇句。如：你到底去不去呢？也用來結束前面已經有過詢問詞的問句。如：你怎麼還不歧出？❷表警醒語氣。如：這地方是去不得的呢！

【呢喃】燕鳴聲。亦指俏聲說話。

呦　(yōu)㊀jeu¹〔丘〕❶見「呦呦」。❷驚詫聲。如：呦！怎麼他又走了？

【呦呦】鹿鳴聲。

周　(zhōu)㊀dzeu¹〔舟〕❶環繞。引申為一匝。如：地球繞日一周為一年。❷圓形的外圍。如：圓周；周徑。引申為四圍。如：四周；周圍。❸周到；遍及。如：招待不周；思慮未周。引申為完備。見「周行❶」。❹周密；鞏固。❺古部落名。在姬姓后稷，原居邰（今陝西武功），傳到公劉，遷到豳（今陝西彬縣），古公亶父時，定居於岐（今陝西岐山）。周文王時，遷都於豐（今陝西西安灃水西岸）。❻朝代名。公元前十一世紀周武王滅商後建立。建都鎬京（今陝西西安）。公元前771年犬戎攻破鎬京，佔領渭水流域，周幽王被殺。次年周平王東遷到洛邑（今河南洛陽）。歷史上稱平王東遷以前為西周，以後為東周。東周時又可分為春秋和戰國兩個時期。公元前256年為秦所滅。共歷三十四王，八百多年。❼循環。如：周期；周率；周而復始。❽普遍。如：眾所周知。❾姓。

【周內】(一nà)周，周密；內，通「納」，使陷入。謂羅織罪狀，故意陷人於罪。參見「深文周納」。

【周匝】環繞一周。也指周圍；一圈。

【周至】周到；仔細。

【周行】(一háng)❶大路。❷最好的方法、途徑。❸指仕宦的行列；官位。

【周全】❶周到；完備。❷周濟成全。

【周折】反覆曲折；麻煩。

【周浹】周遍；遍及。

【周流】❶普遍流轉。❷周遊。

【周章】❶周遊瀏覽。❷進退周旋。❸驚懼的樣子。❹倉皇無計。以：狼貪周章。

【周旋】❶盤旋；旋轉。亦指出勢盤曲。❷謂追隨馳逐，指應戰而言。❸古代行禮時進退揖讓的動作。引申為應接、交際。

【周密】周到而細密。如：思慮周密；計劃周密。

【周圍】周圍。

【周遭】言語煩瑣；囉嗦。

【周而復始】循環往復；繼續不斷地周轉。

咒　「呪」的異體字。

咭　㊀(tiē)㊅tip⁸〔貼〕嘗；輕舐。
㊁(chè)㊅tsip⁸〔妾〕見「咭噓」、「咭嚅」。

【咭咭】(chè chè)喋喋不休的樣子。

【咭嚅】(chè rú)低聲細語。

【咭噓】(chè一)低聲絮語的樣子。

呬　**呱**　㊀(xì)㊅hei³〔器〕❶氣息。❷休息；止息。

㊀(gū)㊅gu¹〔孤〕嬰兒啼哭聲。如：呱的一聲哭出來。
㊁(guā)㊅gwa¹〔瓜〕烏鴉、鴨子、青蛙等的鳴聲。

【呱呱】嬰兒啼哭聲。

味　(wèi)㊅mei⁶〔未〕❶滋味；意味。如：酸味；甜味；語言無味。引申為菜餚。❷研究體會。如：體味。

【味蕾】分布在舌頭表面裸別滋味的感受器。

【味如嚼蠟】謂毫無趣味。亦作「味同嚼蠟」。後多用來形容文章或言辭枯燥無味。

呴　㊀(xū)㊅hœy¹〔虛〕❶張口出氣；吹噓。❷吐口水；吐津。見「呴濡」。
㊁(hōu)㊅heu²〔口部「吼」〕叫叫。
㊁(hòu)㊅heu¹〔口部「吼」〕喉頭喘氣聲。

【呴濡】吐沫。比喻人同處困境，互相救助。

呵　(hē)㊅ho¹〔苛〕❶大聲喝斥。如：呵斥。❷吹氣使溫。參見「呵凍」。❸笑聲。

【呵呵】笑聲；笑的樣子。

【呵凍】冬天手指僵冷或筆硯冰凍，呵氣使之溫暖或融解。

【呵護】阿禁護持。

呶　(náo)㊅nau⁴〔撓〕喧嘩。

【呶呶】多言；說話嘮叨，含有使有人討厭的意思。

呷　(xiā)㊅hap⁸〔霞鴨切〕吸飲。

呻 (shēn)粵sɐn¹〔申〕❶憂聲而吟。❷呻痛。

【呻吟】❶吟詠；誦讀。❷病痛時的低哼聲。

呼 ㊀(hū)粵fu¹〔乎〕❶吐氣。如：呼吸。❷呼喚；招呼。如：一呼百諾。❸大聲叫號。如：大聲疾呼。❹見"嗚呼"。

㊁(xū)粵hœy¹〔虛〕通"吁"。顯出虛弱無力的聲音。

【呼喚】召喚。

【呼應】一呼一應；前呼後應；彼此聲氣相通。又特指文章內容和結構上的前後照應。如：首尾呼應，章法謹嚴。

【呼嘯】發出尖銳而曼長的聲音；高呼長嘯。

【呼籲】大聲呼喚，請求援助或主持公道。

【呼幺喝六】幺、六，骰子的點子。擲骰時高聲呼喊之以求勝，因賭時專為"呼幺喝六"。參見"呼盧喝雉"。❷高聲叫吆。

【呼之欲出】指人像等畫得逼真，似乎叫他一聲他就會從畫裏走出來，泛指文學作品中人物的描寫十分生動。

【呼天搶地】(搶qiāng)亦作"搶天呼地"。痛哭的樣子，形容極度悲痛。

【呼朋引類】招引同類的人。貶義。

【呼盧喝雉】盧、雉，古時賭具上的兩種彩色。後因稱賭博為"呼盧喝雉"。

命 (mìng)粵mìŋ⁶〔謎認切〕mɐŋ⁶〔語〕❶生命。如：長命；救命。❷天命。❸命令；任命。如：遵命；受命。引申為使用。如"命筆"。❹解命；文告。❺古代帝王以儀物爵位賜給臣子的詔書。因指以賜命次數所定的等級。參見"命服"。❻命名。

【命中】(一zhòng)射中目標。參見"名世"。

【命服】古代官員按其等級所穿着的禮服。

【命脈】人體的主要血脈經絡，比喻關係重大的事物。

【命途】指人生的遭遇經歷。

【命筆】使筆；用筆。指寫作。如：欣然命筆。

【命意】作文或作畫時的構思，確定主題。

【命駕】吩咐人駕車，也指乘車出發。

呾 (dá)粵dat⁸〔笪〕呵責。

呿 (qū)粵kœy¹〔驅〕張口的樣子。

咀 ㊀(jǔ)粵dzœy²〔嘴〕細嚼；含味。

㊁(zǔ)粵dzɔ²〔左〕通"詛"。見"呪咀"。

【咀嚼】細細咬嚼。引申為玩味。

咄 (duō)粵dœt⁷(多恤切)呵叱聲。

【咄咄】歎詞。(1)表示感慨或失意。(2)表示驚詫。參見"咄咄怪事"。

【咄嗟】❶叱咤。❷一呼一諾之間，即一霎時，頃刻。

【咄咄怪事】形容使人驚訝的怪事。

【咄咄逼人】❶形容出語侵人，令人難受。❷謂後輩超過前人，令人讚歎。

咆 (páo)粵pau⁴〔刨〕猛獸咆叫。

【咆哮】❶猛獸怒吼；亦形容人的暴怒或水的奔騰怒嘯。

咈 (fú)粵fɐt⁹〔乏〕❶乖戾；違逆。❷騷擾。

咋 ㊀(zhà)粵dza⁶〔炸〕乍；突然。

㊁(zé)粵dzak⁸〔責〕❶亦作"齚"。啃咬。❷大聲喧爭。

【咋舌】(zé一)❶亦作"齚舌"。把自己的舌頭咬住，或忍住不言。形容極度悔恨或畏縮。❷(又讀zhá)驚異或畏懼，不敢出聲。如：言之咋舌；聞者咋舌。

和 ㊀(hé)粵wɔ⁴〔禾〕❶溫和；和緩；謙和。如：和風細雨；和顏悅色。❷和諧；協調。如：和衷共濟。❸應和。如：和局。❹數學名詞。諸數相加的結果稱為這些數的"和"。❺帶。如：和衣而臥。❻跟；與。如：八千里路雲和月。❼同。如：他和我一樣高。

㊁(huò)粵wɔ⁶〔禍〕混和；拌。如：和藥。

㊂(huó)粵同㊁在粉狀物中加水攪拌揉弄，使有黏性。如：和麵。

㊃(hè)粵同㊀唱和；和答。如：一唱百和；隨聲附和。

【和風】溫和的風，多指春季的微風。

【和衷】謂和睦同心。參見"和衷共濟"。

【和煦】溫暖。如：春風和煦。

【和睦】相處得好，不爭吵。如：家庭和睦。

【和暢】形容春風溫和舒暢。

【和親】❶和睦親愛。❷指兩個封建政權之間的和好親善。❸指漢族封建王朝與少數民族首領，以及少數民族首領之間具有一定政治目的的聯姻。

【和諧】❶和，指句中音調和諧；韻，指句末韻脚相叶。❷(hè一)作詩術語。和詩時依照所和詩中的韻作詩，大致有三種方式：(1)依韻，即與被和作品同在一韻中而不必用其原字；(2)次韻，或稱步韻，即用其原韻原字，且先後次序都相同；(3)用韻，即用原詩韻的字而不必依照其次序。

【和諧性】情温和，態度親切。

【和議】謀和、罷兵的主張。

【和氏璧】春秋時，楚人卞和，在山中得一璞玉，獻給厲王。王使玉工辨識，說是石頭，以欺君罪斷和左足。後武王即位，卞和又獻玉，仍以欺君罪再斷其右足。及文王即位，卞和抱玉，哭於荊山下。文王派人問他，他說：「吾非悲刖也，悲夫寶玉而題之以石，貞士而名之以誑。」文王使人剖璞，果得寶玉。因稱「和氏璧」，簡稱「和璧」。

【和事老】調停爭端的人，特指無原則地進行調解的人。

【和風細雨】比喻方式和緩，不粗暴。

【和衷共濟】比喻同心協力，克服困難。

【和盤托出】全部說出，毫不隱瞞。

哈 (hāi)粵hoi¹[開]❶譏笑；嗤笑。❷快樂；歡笑。❸招呼聲。

【哈的】歡樂；喜笑。

咎 ㊀(jiù)粵geu³[就]❶災禍；災殃。如：咎由自取。❷加罪；罪責。如：既往不咎。
㊁(gāo)粵gou¹[高]通「鼛」。大鼓。

咖 ㊀(kā)粵ga³[駕]〔咖啡〕植物名。常綠灌木或小喬木。花白色，果實深紅色，內有種子兩顆。種子經焙炒、研細，即爲咖啡粉，可做飲料。
㊁(gā)粵同〔咖喱〕用胡椒、薑黃和茴香等合成的調味品。

咐 (fù)粵fu³[富]見「吩咐」。

呪 (zhòu)粵dzɐu³[奏]❶祝告。❷呪罵。見「呪詛」。❸誓言。如：發呪；賭咒。❹僧、道、方士等謊言可以驅鬼降妖的口訣。

【呪詛】亦作「呪詛」。呪罵。

【呪罵】用惡毒的話罵。

咇 (bì)粵bit⁹[別]bɐt⁹[拔](又)見「咇茀」。

【咇茀】同「苾芬」。香氣盛。

咕 (gu)粵gu¹[姑]見〔咕嚕〕、〔咕嘟〕、〔咕噥〕。

【咕嘟】❶把嘴堵起，表示生氣或不快。❷象喝水聲。如：咕嘟一聲，全喝下去了。

【咕嚕】低聲說話；說話自語。如：他低着頭，嘴裏不知咕嚕什麼。

【咕噥】❶同「咕嚕」。自言自語。❷象聲。如：肚中咕嚕咕嚕地直響。

咏 「詠」的異體字。

映 (yāng)粵jœŋ¹[央]見〔映咽〕。

【映咽】(一yè)水流不通。

呸 (pēi)粵pei¹[披]表示鄙薄或斥責的聲音。

咔 (kǎ)粵ka¹[卡]譯音字。如：咔唑，一種含氮雜環化合物。

咿 (yì)粵jɐi¹[義系切]同「洩㊀」。見「洩洩」。

咶 (pēn)粵pɐn³[噴]噴。

咂 (zā)粵dzap⁸[眨]❶吮吸。如：咂指頭。❷以舌抵齒作聲，表示歎美或羨慕。

嗯 ㊀(ń)粵m²[唔高上]疑怪聲。如：嗯，你說什麼？
㊁(ǹ)粵m⁶[唔低去]允諾聲。如：嗯，知道了。

咦 (yì)粵jɐt⁹[日]同「佚」。疾速的樣子。

【咦肝】振動的樣子。

咁 (gèm)粵gɐm²[感]廣東方言。如此；這樣。

呤 (līng)粵liŋ⁴[零]輕聲說話。

咊 "和"的異體字。

咚 "鼕"的異體字。

咹 "呃"的異體字。

靣 "面"的異體字。

六 畫

咡 (èr)⓿ji⁶〔二〕口旁;口耳之間。

呰 (zǐ)⓿dzi²〔子〕亦作"呰"。❶詆毀。通作訾。❷通"疵"。疵病。❸劣;弱。見"呰窳"。

【呰敗】"呰"亦作"呰"。虛弱衰敗。

【呰窳】貪懶;不努力作;委靡不振。

咢 (è)⓿ŋɔk⁹〔岳〕爭辯。引申為直言。通作"諤"。參見"咢咢"。

【咢咢】同"諤諤"。直言爭辯的樣子。

咤 ㊀(zhà)⓿dza³〔詐〕❶吃東西時口中作聲。❷怒聲。見"叱咤"。❸慨歎。
㊁(chà)⓿tsa³〔詫〕通"詫"。矜誇。

咥 ㊀(xì)⓿hei³〔氣〕大笑的樣子。
㊁(dié)⓿ɖit⁹〔跌〕咥咬。

咦 (yí)⓿ji⁴〔移〕驚異聲。如:咦!這是怎麼回事?
同"噫"。

咨 (zī)⓿dzi¹〔支〕❶商量;咨詢。❷嗟歎聲。❸同"茲"。❹公文的一種,用於同級機關。

【咨周】"咨"亦作"諮"。謂詢問於忠信之人。參見"咨諏"。

【咨嗟】歎息;讚歎。

【咨諏】諮詢;訪問。

咪 (mī)⓿mei¹〔魔 西切〕mei¹〔魔 希切〕(又)❶貓叫聲。❷微笑的樣子。如:笑咪咪。

咫 (zhǐ)⓿dzi²〔子〕古代長度名,周制八寸。

【咫尺】比喻距離很近。

【咫尺天涯】指距離雖然很近,但很難相見,就像在遙遠的天邊一樣。

咬 ㊀(yǎo)⓿ŋau⁵〔肴上〕❶用牙齒把東西夾住或切斷弄碎。比喻話說定了不再改變。如:一口咬定。也指罪犯攀供他人。❷狗叫。如:聽見一陣狗咬聲,知道有人來了。
㊁(jiāo)⓿gau⁴〔交〕見"咬咬"。

【咬咬】(jiāo jiāo)鳥叫聲。

【咬牙切齒】形容忿恨到極點。

【咬文嚼字】過分地斟酌的字句,或單單抓住幾個字眼跟人家爭辯。

咮 (zhòu)⓿dzœu³〔畫〕亦作"噣"。鳥嘴。

咯 ㊀(gē)⓿gɔk⁷〔加剝切〕象聲。如:咯噔;咯咯笑。
㊁(kǎ)⓿kak⁸〔卡客切〕嘔;吐。如:咯血。
㊂(lo)⓿lɔ¹〔囉〕表語氣。如:這個辦法好得很咯。

哎 (āi)⓿ai¹〔唉〕同"嗳"。感歎聲。

咱 ㊀(zán)⓿dza¹〔揸〕我;我們。又猶言我和你,包括聽話人在內。如:咱來談一談。
㊁(zá)同"咱家",自稱之詞。

咳 ㊀(ké)⓿kɐt⁷〔卡乞切〕咳嗽。如:百日咳。
㊁(hāi)⓿hai¹〔揩〕表示傷感、惋惜或後悔的聲音。如:咳!你昨天怎麼不來?
㊂(hái)⓿hɔi⁴〔霞呆切〕小兒笑。後即用為笑聲。
㊃(kài)⓿kɔi³〔概〕見"咳唾"。

【咳唾】(kài一)比喻談吐,議論。參見"咳唾成珠"。

【咳唾成珠】(咳 kài)比喻言談名貴。亦用來比喻文字優美,讀出口即成佳句。

咷 (táo)⓿tou⁴〔逃〕號咷,大哭。

咸 (xián)⓿ham⁴〔函〕❶皆;都。如:老少咸宜。❷六十四卦之一。

【咸池】❶亦稱"大咸"。古樂舞名。周代制定的宮廷祭祀樂舞之一,相傳為堯帝之舞。❷古代神話中的地名。

咺 ㊀(xuān)粵 hyn¹[暄]有威儀的樣子。

㊁(xuǎn)粵hyn²[犬]哭不止。

咻 ㊀(xiū)粵jeu¹[休]❶喧擾。如：一傅衆咻。❷見"咻咻"。

㊁(xǔ)粵hœy²[許]見"噢咻"。

【咻咻】噓氣聲。

咽 ㊀(yān)粵jin¹[煙]消化和呼吸的共同通道，人的咽，位於鼻腔、口腔和喉的後方，因而分爲鼻咽、口咽和喉咽三部。

㊁(yàn)粵jin³[燕]吞。如：細嚼慢咽。

㊂(yè)粵jit⁸[噎]阻塞；聲音因阻塞而低沉。

咿 ㊀(yī)粵ji¹[衣]見"咿啞"。

【咿啞】(一yā)❶槳聲。❷小兒學語聲。

哀 (āi)粵oi¹[埃]❶悲傷。❷憐憫。

【哀子】舊時死了母親的兒子稱哀子。

【哀矜】猶憐憫。

【哀啓】附於訃告之後的書啓。其中簡述死者生平和病終情況。

【哀榮】指死後的榮譽。

【哀鴻】比喻流離失所的災民。

【哀豔】謂文辭淒惻而綺麗。

【哀感頑豔】謂言辭悽惻旨妻惻動人。

品 (pǐn)粵ban²[稟]❶物品。如：商品；成品。❷品種。❸品質。如：人品；品德。❹等級。如：上品；中品。❺品評；區分。如：品茶；品花。❻官級。如：官居一品。❼指吹弄樂器。❽亦稱"柱"。指琵琶、月琴等撥弦樂器的面板或指板上凸起的一排小橫條，用以確定音位，便於按弦取音。通常用竹或骨製成。

【品目】名目；等第。如：品目繁多。

【品服】舊時官吏所穿的公服，按品級高低各有規定。

【品第】舊指品評優劣而定其等級。亦指等級、地位。

【品評】評論高下。

【品貫】辨別品評。

【品題】評論人物，定其高下。

【品藻】猶評論，品題。

哂 (shěn)粵tsen²[診]❶微笑。如：聊博一哂。❷譏笑。

【哂笑】譏笑。

【哂納】客套話，用於請人收下禮物。

哄 ㊀(hōng)粵hung¹[空]形容人聲嘈雜。如：亂哄哄。

㊁(hǒng)粵hung³[控]逗引；欺騙。如：哄孩子睡着了。

㊂同[鬨]。

【哄堂】本作"烘堂"。形容滿屋子的人同時發笑。

哆 ㊀(chǐ)粵tsi²[始]❶張口的樣子。❷嗹然，紛紛指責的樣子。

㊁(duō)粵dɔ¹[多]見"哆嗦"。

【哆嗦】(duō一)發抖；顫動。

哇 ㊀(wā)粵wa¹[蛙]小孩哭聲。

㊁(wa)粵同㊀表語氣，同"啊"。如：好，快走哇！

【哇哇】❶象聲。常指小兒哭。亦泛指叫喊聲。如：哇哇地叫。❷形容花言巧語。

哈 ㊀(hā)粵ha¹[蝦]❶通"呵"。張口呼氣。如：哈一口氣。❷笑聲。如：哈哈大笑。❸彎；曲。如：哈腰。

㊁(hǎ)粵同㊀：哈吧狗。

㊂(hà)粵同㊀[哈士蟆]亦作"哈什蟆"，兩棲動物。乾燥體和雌蛙的輸卵管的乾製品可供藥用。

【哈達】(hā一)藏語音譯，是藏族和部分蒙古族人民在迎送、饋贈、敬神以及日常交往禮節上使用的絲巾，表示敬意和祝賀。長短不一；以白色爲主，也有紅、黃、淺藍等色的。

哉 (zāi)粵dzɔi¹[災]❶表感歎語氣。如：嗚呼哀哉！❷表疑問語氣。如：何足道哉！❸始。見"哉生魄"。

【哉生魄】舊時霸，月光。哉生魄，即始生魄，謂月亮開始發光。古時常用作陰曆每月初二日或初三日的代稱。

咼 (wāi)粵wa¹[蛙]口不正。見"咼斜"。

【咼斜】歪斜。

响 "響"的簡化字。

哐　(kuāng)粵hɔŋ¹〔匡〕象聲。如：哐的
一聲把碗打碎了。

咩　(miē)粵me¹〔咩些切〕羊叫聲。

咵　同"誇"。

咧　㊀(liě)粵le²〔拉爺切〕張開嘴唇。如：
咧着嘴笑。
㊁(lie)粵le〔哩〕表語氣，同"哩"。

哞　(mōu)粵meu〔媽歐切〕牛叫聲。

哏　㊀(hěn)粵hɐn²〔很〕❶通"很"。❷通
"狠"，兇惡的樣子。
㊁(gén)粵gɐn¹〔巾〕發笑。如：曲藝中的
逗哏。

咠　(qì)粵gɐt⁷〔𡁻〕附耳低語。

咭　(jī)粵gɐt⁷〔吉〕象聲。如：咭咭喳
喳。

咲　"笑"的異體字。

哌　(pài)粵pai⁵〔派〕譯音字。如：哌嗪，
驅腸蟲藥。

哆　同"㤞"。

訇　(xiōng)粵huŋ¹〔空〕見"訇訇"。

【訇訇】喧鬧聲。

七　畫

員(员)　㊀(yuán)粵jyn⁴〔元〕❶人員；
成員。如：教員。也用以指人
數。如：一員大將。❷周圍。見"幅員"。
㊁(yùn)粵wɐn⁶〔運〕姓。

【員外】本謂在定額以外設置的官員，可以納
錢捐買，後亦用爲對地主富豪的一種稱
呼，常見於宋代以來的舊小說、戲曲中。

哤　(máng)粵mɔŋ⁴〔忙〕語言雜亂。

【哤聒】猶言喧聒。聲音雜作。

哥　(gē)粵gɔ¹〔歌〕❶"歌"、"謳"的古
文。❷弟對兄之稱。如：大哥；二
哥。亦爲對年稍長的男子的敬稱。如：老

大哥。唐時亦稱父爲哥。

【哥老會】幫會的一種，清末在長江流域各地
活動，成員多數是城鄉游民。最初具有反
清意識，後來分化爲不同支派。

【哥羅仿】英語chloroform的音譯。一種麻醉
藥。

哦　㊀(é)粵ŋɔ⁴〔俄〕吟哦。
㊁(ó)粵ɔ⁵〔柯低平〕驚訝聲。
㊂(ò)粵ɔ⁶〔柯低去〕表示領會。如：哦！我
這才明白。

哨　(shào)粵sau³〔沙拗切〕❶警戒防守的
崗位；巡邏。如：放哨；前哨。❷用
口或器物吹出的高尖聲。如：口哨兒。

哩　㊀(li)粵li⁵〔囉衣切〕見"哩也波哩也
囉"。
㊁(li)粵le⁵〔囉咩平〕❶表確定語氣，與
"呢"略同。如：早着哩。❷作語助，同
"呢"。如：誰呀，星哩，誰共哩呢。
㊂(lǐ)粵lei⁵〔理〕英美長度單位mile的譯
名，代號 mi 即英里。一英里合
1,609.315米。

【哩也波哩也囉】元時俗語，猶如此這般。

呢　(zú)粵dzuk⁷〔足〕見"呢譽"。

【呢譽】阿諛奉承。

哭　(kū)粵huk⁷〔阿屋切〕流淚而放悲聲。

【哭喪棒】舊時喪禮，死者期服（一年之服）以
上的親屬所用的孝杖，俗稱"哭喪棒"。

哮　(xiāo)粵hau¹〔敲〕❶野獸的吼聲。參
見"咆哮"。❷〔哮喘〕由於支氣管痙攣
所引起的呼吸道疾病。

哱　(bō)粵but⁹〔勃〕見"哱羅"。

【哱羅】舊時軍隊中的一種號角，用海螺殼做
成。

哲　(zhé)粵dzit⁸〔節〕❶有智慧。如：哲
人。❷有智慧的人。如：先哲。

【哲人】才能識見超越尋常的人。

【哲理】關於宇宙和人生的原理。

【哲嗣】稱別人兒子的敬辭，猶言令嗣。

唶　(zhà)粵dzat⁸〔札〕見"喴唶"。

哖　"哖"的異體字。

哞 "哞"的異體字。

哺 (bǔ)粵bou⁶〔步〕❶餵養。引申為以食物餵幼孩。如：哺乳。❷指口中所含的食物。

哼 ㊀(hēng)粵heŋ〔亨〕❶表示痛苦的出聲。如：那病人直哼哼。❷低聲詠唱。如：哼着歌兒。
㊁(hng)粵hŋ〔賀誒切〕表示憤慨或輕蔑的聲音。如：哼！這可不行！

哽 (gěng)粵geŋ²〔梗〕❶說話為舌所阻或食物不能下咽。❷哽咽。

【哽咽】(一)yè悲痛氣塞，說不出話。

哿 (gě，又讀kě)粵gɔ²〔加可切〕hɔ²〔可〕(又)稱許之詞。可；嘉。

唁 (yàn)粵jin⁶〔彥〕慰問遭喪的人。如：弔唁；唁電。古時也指慰問失國者。

唄（呗）㊀(bài)粵bai⁶〔敗〕梵文Pāthaka（唄匿）之略。譯為讚頌，即佛教中所唱的讚唄。
㊁(bei)粵be⁶〔備夜切〕表語氣。"吧"的音變。❶表示勉強同意或讓步。如：既如此，就算了唄！❷表示不耐煩。如：不懂，就學唄！

唆 (suō)粵sɔ〔梭〕慫恿人去做壞事。如：教唆；唆使。

唇 (chún)粵sœn⁴〔純〕嘴唇。

【唇舌】言語必用唇舌，因以為言辭的代稱。

【唇亡齒寒】比喻利害關係十分密切。

【唇齒相依】比喻關係密切，互相依靠。

唈 (yì)粵jɐp⁷〔邑〕見"唈僾"。

【唈僾】氣不舒、憤鬱的樣子。

唉 ㊀(āi)粵ai¹〔挨〕表示失望或無可奈何的感歎聲。
㊁(ài)粵ai³〔挨高去〕應承聲。

唏 (xī)粵hei¹〔希〕❶哀歎。❷笑貌。

唐 (táng)粵tɔŋ⁴〔堂〕❶本義為大言。參見"荒唐"。❷朝代名。李淵承隋後建立(618～907)。建都長安(今陝西西安)。國號唐，為後梁所滅。❸五代之一。沙陀族李存勗滅後梁後建立(923～

936)。建都洛陽。國號唐，史稱後唐。為後晉所滅。❹五代時十國之一。李昇即徐知誥建立(937～975)。建都金陵(今南京)。國號唐，史稱南唐。為北宋所滅。❺姓。

【唐突】❶衝犯；亂闖。❷輕率地以言語或舉動冒犯人。

【唐三彩】唐代陶器工藝品，飾以黃、綠、藍等彩釉。唐以前中國陶瓷多用單一釉色，三彩表示多色。

【唐宋八大家】唐宋兩代八個散文代表作家的總稱。即唐代的韓愈、柳宗元，宋代的歐陽修、蘇洵、蘇軾、蘇轍、王安石、曾鞏。

哪 ㊀(nǎ)粵na⁵〔那〕❶表疑問的詞。❷任何。如：無論學哪一門科學，都得理論聯繫實際。
㊁(něi)粵同㊀"哪一"的合音。如：哪棵樹？
㊂(na)粵na¹〔呢鴉切〕表警戒語氣。如：要當心哪！
㊃(né)粵na⁴〔拿〕見"哪吒"。

【哪吒】又作"那吒"。佛教傳說神名。《西遊記》、《封神演義》裏的神話人物。

唣 (zào)粵dzou⁶〔造〕見"羅唣"。

唪 "唪"的異體字。

唎 (lī)粵li¹〔拉衣切〕象聲。如：唏唎嘩喇。

唚 (qīn)粵tsɐm¹〔譖〕貓、狗嘔吐。借用以罵人，比"胡說"更重。

唗 (dōu)粵dɐu¹〔兜〕怒斥聲。

唑 (zuò)粵dzo⁶〔座〕譯音字。如：磺胺塞唑，藥物名。

唔 ㊀(wú)粵ŋ⁴〔吳〕象聲。如：咿唔(讀書聲)。
㊁(m̀)粵m¹廣東方言。同"不"。如：唔好睇(不好看)。

唨 同"嘀"。

唻 (chī)粵tsi¹〔雌〕見"嘆唻"。

唪 (lòng)粵luŋ⁶[弄]鳥叫。

唓(哧) (chē)粵tsɛ¹[車]見"唓嗻"

【唓嗻】元時俗語。很；厲害。

哰 (láo)粵lou⁴[牢]見"唠哰"。

【唠哰】象鳥獸的叫聲。

八　畫

唪 ㊀(fěng)粵fuŋ²[俸]大聲吟誦。僧徒
高聲念經叫唪經。
㊁(běng)粵buŋ²[波孔切]通"菶"。見"唪
唪"。

【唪唪】(běng běng)結實累累的樣子。
"吟"的異體字。

售 (shòu)粵seu⁶[受]❶賣。如：出售；
售票。❷達到；實現。如：其計不
售。亦用作科舉考試中的意思。

唯 ㊀(wéi)粵wei⁴[圍]同"惟"。❶獨；
只有。❷作語助。用於語首，無義。
㊁(wěi)粵wei²[委]應答聲。

【唯唯】(wěi wěi)謙卑的應答。引申爲奉命
唯謹。

【唯我獨尊】我，一作吾。又作"唯我爲尊"。
本爲佛教推崇釋迦之語。現用以形容極端
自高自大，認爲只有自己最了不起。

【唯命是從】謂對命令不敢反抗。亦作"唯命
是聽"。

唔 "忤"的異體字。

唘 同"啓"。

唱 (chàng)粵tsœŋ³[暢]❶歌唱；吟詠。
如：獨唱。❷通"倡"。倡導。❸高
呼。如：唱名。

【唱和】(—hè)指歌唱時此唱彼和。亦指以詩
詞相酬答。

【唱喏】(—rě)❶舊時男子所行的一種禮節，
給人作揖同時出聲致敬。❷舊時顯貴出
行，喝令行人讓路，叫"唱喏"。

【唱酬】以詩詞相酬和。

【唱導】亦作"倡導"。❶前導。❷佛教用語。
宣唱開導；講經說法。

【唱獨角戲】比喻一個人獨自做某件事。

唲 (ér)粵ji⁴[而]見"嘔唲"。

唳 (lì)粵lœy⁶[類]鳥類高亢地鳴叫。
如：鶴唳。

唵 (ǎn)粵em²[黯]梵文Om的音譯。佛
教呪語的發聲詞。

唸 (niàn)粵nim⁶[念]誦讀。如：唸書。

唼 ㊀(shà，又讀zā)粵sap⁸[霎]粵dzap⁸
[眨](又)水鳥或魚類吞食。
㊁(qiè)粵dzit⁹[截]見"唼佞"。

【唼佞】(qiè—)讒佞。

【唼喋】(—zhá)水鳥或魚類聚食的樣子。

唾 (tuò)粵to³[他個切]粵tœ³(又)❶唾液；
唾沫。❷吐唾沫，表示鄙棄。參見
"唾罵"、"唾棄"。

【唾手】比喻極容易辦到。如：唾手可得。

【唾棄】鄙棄。如棄如唾於地，不稍顧惜。

【唾罵】鄙棄責罵。

【唾餘】比喻一些淺末的意見或言論。如：拾
人唾餘。

唿 (hū)粵fet⁷[拂]見"唿哨"。

【唿哨】同"胡哨"。口哨。亦作"忽哨"。

啀 (ái)粵ŋai⁴[崖]見"啀喍"。

【啀喍】犬露齒欲嚙的樣子，又爭鬥的樣子。
亦作"崖柴"。

啁 ㊀(zhōu)粵dzeu¹[周]見"啁啾"、"啁
唽"。
㊁(zhāo)粵dzau¹[嘲]見"啁哳"。

【啁哳】(zhāo)形容聲音繁雜而細碎。亦作
"嘲哳"。

【啁啾】❶鳥鳴聲。❷各種樂器齊奏聲。

【啁唽】❶鳥悲鳴聲。❷小鳥名，即鶺鴒。

啄 ㊀(zhuó)粵dœk⁸[琢]❶鳥用嘴取
食。❷書法稱短撇爲啄。見"永字八
法"。❸象聲。見"啄啄"。
㊁(zhòu)粵dzeu³[晝]通"噣"、"咮"。鳥
嘴。

【啄啄】❶叩門聲。❷啄食的樣子。

啅 (zhuó)　dœk⁸〔啄〕❶噪聒。❷通"啄"。

商 (shāng)　sœŋ¹〔雙〕❶販賣貨物。也指從事商業的人。參見"商賈"。❷商量。如：有事面議。❸五音之一。參見"五音"。❹漏刻。古代漏壺中箭上所刻的度數。❺古星名。❻心宿"。❻朝代名。公元前十六世紀商湯滅夏後建立的奴隸制國家。建都亳，後來多次遷移。公元前十四世紀中葉盤庚遷都殷，因而商也被稱為殷。到殷王紂時，被周武王攻滅。共傳十七代，三十一王，約當公元前十七世紀到十一世紀。❼數學名詞。一數除以不為零的數的結果稱為"商"。

【商羊】傳說中的鳥名。一隻腳，展翅跳走，能預知天雨。

【商旅】販賈；流動的商人。亦指商人和旅客。

【商炬】蟲名，即馬陸，也叫馬蚿。

【商略】商量討論。❷估計。❸猶脫略，放縱不受拘束。

【商埠】與外國通商的城市。

【商場】❶聚集在一個或相通的幾個建築物內的各種商店所組成的市場。❷面積較大、商品比較齊全的綜合商店。

【商會】商人為了維護自己利益而組成的團體。

【商賈】(ㄧ gǔ)對商人的統稱。

【商榷】斟酌；商討。

【商橫】即"上章"，十干中"庚"的別稱。

啍 (tūn)　tœn¹〔拖荀切〕見"啍啍"。

【啍啍】❶遲重緩慢的樣子。❷鄭重叮嚀。

問(问) (wèn)　men⁶〔紊〕❶詢問。如：答非所問；心心無愧。❷審訊；追究。如：問案。❸問候、慰問。❹管；干預。如：過問；不聞不問。❺書信；音信。如：音問。

【問世】❶謂隱居的人出任事業。問，與聞。意謂與聞世事。❷著作出版，與讀者見面。問，求教。原謂以著作請教當時的人。

【問津】津，渡口。詢問渡口。今用為探求途徑或嘗試的意思。如：無人問津；不敢問津。

【問訊】詢問；問候。也用於稱僧道向人合掌行禮。

【問鼎】三代以九鼎為傳國寶，春秋時楚子向周定王使王孫滿問鼎，有覬覦周室之意。後遂以"問鼎"比喻篡奪。

【問罪】古代兩國作戰時，一方宣佈對方罪狀，加以譴責，以為出兵進攻的理由。後引申為嚴厲責問。

【問難】(ㄧnàn)對於疑義反復討論、分析或辯論。

【問道於盲】亦作"求道於盲"。向瞎子問路。比喻向一無所知的人求教。

啐 (cuì)　tsœy³〔翠〕❶嘗；飲。❷唾聲，表示憤怒或鄙棄。
㊀(shà)　sap⁸〔霎〕同"嗄㊀"。
㊁喋的異體字。

【啑血】同"歃血"。

啓(启) (qǐ)　kɐi²〔卡矮切〕❶開；打開。如：啓封。引申為開導。如：啓蒙。❷開始。如：啓程；啓行。❸陳述。如：啓事。舊時書札亦稱書啓。

【啓示】開導；啓發。

【啓行】起程；出發。

【啓迪】開導；啓發。

【啓發】❶謂指點別人使有所領悟。❷猶闡發，闡釋。

【啓碇】碇，停船時用以鎮定船身的石礅。啓碇即解纜或起錨，就是開船。

【啓蒙】開發蒙昧。指教育童蒙，使初學的人得到基本的、入門的知識。

【啓齒】❶笑。❷發言。今多指向別人有所請求而言。❸難於啓齒。

启 同"啓"。

啟 啟的異體字。

啖 ㊀(dàn)　dam⁶〔氮〕❶吃或給人吃。❷引誘；利誘。如：啖之以利。

啗 "啖"的異體字。

啚 ㊀"鄙"的本字。
㊁同"圖"。

啜 (chuò)　dzyt⁸〔輟〕❶喝；吃。如：啜茗。❷哭泣時的抽噎。

【啜泣】哭泣抽噎。

啞(哑) ㊀(yǎ)粵a²〔鴉高上〕❶ 不能說話或說不出話來。如：聲啞；啞口無言。❷ 嗓子乾澀，發音困難或不清楚。如：喉嚨沙啞。
㊁(yā)粵a¹〔鴉〕象聲詞。如：咿啞；啞啞。
㊂(è)粵ek²〔呃〕笑聲。
【啞啞】❶(è è)笑聲。❷(yā yā)小兒學說話的聲音。如：啞啞學語。
【啞然】❶ 形容寂靜。❷ 形容笑聲。
【啞謎】隱語；謎語。引申為難以猜透的問題。

啤 (pi)粵be¹〔巴些切〕譯音字。如：啤酒。
"銜❸❹"的異體字。

啷

啊 (a)粵a¹〔丫〕❶ 表語氣。如：快來啊。❷ 感歎聲。如：啊，多好的收成！

啉 ㊀(lán)粵lam⁴〔藍〕古稱行酒一巡為啉。
㊁(lín)粵lem⁴〔林〕見"喹"。

啡 ㊀(pēi)粵pei¹〔披〕吐唾聲；斥罵聲。今通作"呸"。
㊁(fēi)粵fe¹〔科些切〕譯音字。如：嗎啡；咖啡。見㊀、"咖㊀"。

啵 (bo)粵bo³〔播〕表商榷或祈使語氣，相當於"吧"。

唰 (shuā)粵tsat⁸〔刷〕象聲詞。如：雨唰唰地下起來了。

啪 (pā)粵pak⁸〔拍入〕象聲詞。常用來形容爆竹聲、放槍聲或拍擊聲。如：啪地打了一槍。

啃 (kěn)粵hen²〔肯〕❶ 用牙齒剝食堅硬的東西。如：啃骨頭。❷ 比喻徒勞無益的鑽研。如：死啃書本。

唷 (yō)粵jo¹〔喲〕❶ 驚訝聲。如：唷！怎麼啦？❷ 呼喊聲；杭育。

啦 ㊀(la)粵la¹〔辣高平〕"了"和"啊"的合音，表示事情已經完成，兼有感歎或勸止的語氣。
㊁(lā)粵同㊀象聲詞。如：水嘩啦啦地響。

啥 (shà)粵sa²〔灑〕什麼。如：你要啥？

陶 (táo)粵tou⁴〔桃〕同"咷"。見"號咷"。

唬 (hǔ)粵fu²〔虎〕嚇。如：嚇唬。

啶 (dìng)粵din⁶〔定〕譯音字。如：磺胺嘧啶，藥物名。
"咱"的異體字。

喀

启 同"啟"。

嗒 (tà)粵dap⁹〔踏〕同"沓"。見"嚕沓"。

九 畫

啻 (chì)粵tsi³〔次〕但；僅；止。

啼 (tí)粵tɐi⁴〔提〕❶ 放聲哭。如：悲啼。❷ 鳴；叫。如：猿啼。
【啼笑皆非】哭也不是，笑也不是。形容既令人難受又令人發笑的行為。

啾 (jiū)粵dzeu¹〔周〕❶ 歌吟。❷ 聲音眾多。
【啾唧】細小而碎雜的聲音。
【啾啾】❶ 蟲、鳥的細碎的鳴聲。凡繁碎的聲音，多可用"啾啾"形容。❷ 形容淒厲慘烈的叫聲。

喀 ㊀(kè)粵kak⁸〔卡客切〕嘔吐聲。
㊁(kā)粵ka¹〔卡〕譯音字。

齿 同"告"、"嚳"。

喁 ㊀(yóng)粵jun⁴〔容〕魚口向上露出水面。
㊁(yú yú)粵jy⁴〔如〕相應和的聲音細語。
【喁喁】❶ 低聲的細語。

喂 (wèi)粵wɐi³〔畏〕❶ 喚叫聲。如：喂，你是誰呀？❷ 同"餵"。

喃 (nán)粵nam⁴〔南〕❶ 低語聲；燕鳴聲。見"喃喃"、"呢喃"。
【喃喃】❶ 低語聲。❷ 燕語聲。

善 (shàn)粵sin⁶〔羨〕❶ 善良；美好。如：善意；盡善盡美。❷ 友好；親善。如：相善；友善。❸ 擅長；善於。如：善辭令。❹ 多；容易。如：善變；善忘；善

病。❺猶言善熟。如：這個人好面善呀！

【善本】珍貴稀見的圖書。如舊刻本、精鈔本、精校本、手稿、舊拓碑帖等，通常稱為「善本」。

【善後】指妥善地料理事後遺留的問題。

【善舉】慈善的事情。如：共襄善舉。

【善賈而沽】（賈jià）等好價錢才賣出。也常用以比喻懷才未遇，等待時機以求一售。

【善頌善禱】寓規勸於頌禱之中。

喆 「哲」的異體字。

喇 ㊀(lǎ)⑧la³〔嚹〕見「喇叭」。
㊁(lá)⑧la²〔啦〕見「喇嘛」。

【喇叭】嗩吶的俗稱。也泛稱跟嗩吶形狀相似、具有擴音作用的東西。

【喇嘛】蒙藏佛教的僧侶，原義為「上人」。

喈 (jiē)⑧gai¹〔佳〕❶鳥鳴聲。見「喈喈」。❷形容風急。

【喈喈】鳥和鳴聲。

喉 (hóu)⑧heu⁴〔侯〕頭下接氣管的器官，有通氣和發音的功能。

【喉舌】代言人。如：民衆的喉舌。

喊 (hǎn)⑧ham³〔哈探切〕高聲叫。如：喊叫；口號。

喋 ㊀(dié)⑧dip³〔牒〕❶多言。見「喋喋」。❷通「蹀」。見「喋血」。
㊁(zhá)⑧dzap⁸〔匝〕血流遍地。

【喋血】血流遍地。

【喋呷】(zhá xiá)猶言喋喋。水鳥或魚類聚集覓食的樣子。

【喋喋】形容說話多。如：喋喋不休。

喎 (喎) (wāi)⑧wa¹〔蛙〕同「㖞」。嘴歪。如：口眼喎斜。

喏 ㊀(rě)⑧je⁵〔野〕見「唱喏」。
㊁(nuò)⑧nok⁹〔諾〕同「諾」。

喵 (miāo)⑧miu¹〔魔腰切〕貓叫聲。

喑 ㊀(yīn)⑧jem¹〔陰〕啞。
㊁(yín)⑧jem³〔蔭〕❶鳥鳴。❷見「喑嗯叱咤」。

【喑啞】❶啞吧。❷(yīn一)怒聲呼喝。

【喑嗯叱咤】(yìn一)厲聲怒喝。

喒 「咱㊀」的異體字。

喓 (yāo)⑧jiu¹〔腰〕見「喓喓」。

【喓喓】蟲叫的聲音。

喔 ㊀(wò)⑧ak⁷ak⁷〔握〕㊁雞啼聲。
㊁(ō)⑧o¹〔柯〕感歎歡聲。表省悟。如：喔！原來如此。

【喔喔】雞啼聲。

【喔咿儒兒】強顏歡笑的樣子。

喘 (chuǎn)⑧tsyn²〔忖〕呼吸急促。如：氣喘。

喙 (huì)⑧fui³〔悔〕❶鳥獸的嘴。❷借指人的嘴。如：不容置喙。

喚 (huàn)⑧wun⁶〔換〕❶呼喚。如：千呼萬喚。❷召。

喜 (xǐ)⑧hei²〔起〕❶快樂。如：喜形於色。❷喜愛；愛好。如：好大喜功。❸可慶賀的事情。如：賀喜；道喜。❹婦女懷孕。如：有喜。

【喜娘】舊式結婚時照料新娘的婦女。

【喜酒】結婚時招待親友的酒席。

【喜神】❶宋俗稱畫像喜神。❷星相家所稱的吉神。

【喜洋洋】形容非常歡樂的樣子。

【喜出望外】遇到出乎意料之外的喜事而特別高興。

喝 ㊀(hē)⑧hot⁸〔渴〕❶吸進液體或氣體。如：喝水；喝風。❷驚訝聲。如：喝！你也來了。
㊁(hè)⑧同㊀大聲呼喊。如：吆喝。參見「喝采」、「喝道」。

【喝采】亦作「喝彩」。舊指賭博時，呼喝作勢，希望得采。後指叫好、稱讚。

【喝道】(hè一)封建時代的官員出行，前導吏役吆喝，使行人閒避讓路。

喞 ㊀(jī)⑧dzik¹〔即見〕見「喞喞」。
㊁(jī)⑧dzit⁷〔支必切〕抽水或射水。如：用喞筒喞水。

【喞喞】❶雜亂細碎的聲音。如：喞喞喳喳。❷歎息聲。❸細碎的蟲鳴聲。

喟 (kuì)⑧wei²〔毀〕歎息。

喌 口口 (zhōu)⑧dzeu¹〔周〕見「喌喌」。
 小川

【喌喌】呼雞聲。

煦 (xǔ)粵hœy²〔許〕吹氣。

喤 (huáng)粵wɔŋ⁴〔黃〕❶象聲。見"喤喤"。❷見"喤引"。

【喤引】古時大官出行，前驅的騎卒一路喝道，叫作"騶唱"，也叫"引喤"。舊時替別人的書作序，自謙爲"喤引"。也指所作的序文。

【喤喤】❶形容嬰兒啼聲洪亮。❷形容大而和諧的聲音。

喧 ㊀(xuān)粵hyn¹〔圈〕聲音大而嘈雜。如：喧嘩。

㊁(xuàn)粵hyn²〔犬〕通"咺"。悲泣。

【喧嘩】大聲說笑或喊叫。如：請勿喧嘩！

【喧鬧】聲大而雜。亦指聲情驚動而喧嚷的樣子。

【喧賓奪主】客人的聲音比主人的還要大，比喻客人佔了主人的地位，或外來的、次要的事物佔了原有的、主要的事物的地位。

喨 (liàng)粵lœŋ⁶〔亮〕見〔嘹喨〕。

喻 (yù)粵jy⁶〔遇〕❶曉喻；開導。如：喻以利害。❷通曉；了解。如：家喻戶曉。❸譬喻；比喻。如：暗喻。

喪(丧) ㊀(sāng)粵sɔŋ¹〔桑〕有關人死亡的事；喪禮。如：弔喪；治喪。

㊁(sàng)粵sɔŋ³〔疏檔切〕喪失；喪亡。如：喪偶；喪命。

【喪胆】(sàng—)形容恐懼到極點。

【喪氣】(sàng—)意緒沮喪。

【喪禮】處理死者殮殯殮殮和拜踊哭泣的禮節。古代"凶禮"之一。

【喪家狗】(sàng—)本謂居於喪人家的狗，比喻淪落不遇的人。後以指無家可歸的狗。比喻無處投奔、到處亂竄的人。

【喪心病狂】(sàng sàng)喪失理智，言行悖謬，像發了瘋一樣。

喫 "吃"的異體字。

喬(乔) (qiáo)粵kiu⁴〔橋〕❶高。如：喬木。❷木名。見"喬梓"。❸矛柄靠近矛頭結繯的地方。❹做作；裝假。見"喬裝"。❺宋元口語罵詞。刁

滑；惡劣；裝模作樣。如：喬模樣。

【喬扮】亦作"喬妝"。❶改扮。如：喬裝打扮。❷假裝；裝飾。

【喬遷】賀人遷居，或指官職升遷。

嗲 (yàn)粵jin⁶〔現〕❶同"唁"。❷同"諺"。❸粗魯。

單(单) ㊀(dān)粵dan¹〔丹〕❶單獨；一個。如：單身；單軌；單打。❷奇數。如：單日。❸只；僅。如：不能單看表面現象。❹單層；單薄。如：單衣；單被。❺純一；少變化。如：單純；單調。❻薄弱；微弱。如：單寒；單弱。❼記載事物的紙片。如：名單；帳單；傳單。

㊁(shàn)粵sin⁶〔善〕❶〔單縣〕在山東省西南部。❷姓。

㊂(chán)粵sim⁴〔蟬〕❶見"單閼"。❷〔單于〕匈奴最高首領的稱號。

【單方】指民間流傳對某種疾病常用的藥方。一般藥味簡單，便於應用。

【單元】整體中的一個獨立部分。

【單傳】❶只有一家所傳，不雜別派。❷指僅有一男傳宗接代。❸佛教禪宗謂只傳心印，不傳經教，在教外單行。

【單閼】(chán yān)十二支中卯的別稱，用以紀年。參見"歲陽"。

【單刀直入】亦作"單刀趣入"。比喻設定目標，勇猛精進。也比喻直截了當，不轉彎子。

【單槍匹馬】亦作"匹馬單槍"。比喻沒有幫助，單獨行動。

喱 (lí)粵lei¹〔里高平〕見"咖喱"。

㗎 (wěn)粵men⁵〔敏〕同"吻"。

啽 (án)粵em⁴〔暗低平〕見"啽默"、"啽囈"。

【啽默】緘默。

【啽囈】說夢話。

喲(哟) (yo)粵jɔ¹〔唷〕❶表祈使語氣聲。如：大家一齊用力啊喲！❷驚歎聲。如：喲！真漂亮！

嗻 同"咋"。

喹

喹 (kuí)粵kwɛi⁴〔葵〕〔喹啉〕一種含苯環和吡啶環的雜環化合物。無色、有特臭的油狀液體。

喳

喳 ㊀(zhā)粵dza¹〔渣〕應諾聲。
㊁(chā)粵同㊀❶低語聲。如：喳喳。❷鳥噪聲。

喉

喉 同"喉"。

唼

唼 (shà)粵sap⁸〔霎〕同"歃"。

十 畫

嘞

嘞 (lāng，又讀láng)粵lɔŋ¹〔拉康切〕象聲。如：嘞嘞一聲。

嘀

嘀 "啼"的異體字。

嘎

嘎 ㊀(á)粵a¹〔啞〕驚訝聲。
㊁(shà)粵sa¹〔試亞切〕嘶啞。
㊂(xiū)粵tsɐu³〔臭〕用鼻子辨別氣味。

嗆 (呛)

嗆 (呛) ㊀(qiāng)粵tsœŋ¹〔槍〕食物進入氣管而引起咳嗽。
㊀(qiàng)粵tsœŋ³〔唱〕有刺激性的氣味使人呼吸感到難受。如：油烟嗆人。

嗇 (啬)

嗇 (啬) (sè)粵sik⁷〔色〕❶吝嗇。❷節儉；不浪費。

嗉

嗉 (sù)粵sou³〔素〕鳥的食管末段盛食物的囊，即嗉囊。

嗊 (唝)

嗊 (唝) ㊀(hòng)粵fuŋ²〔俸〕〔羅嗊曲〕詞牌名。
㊁(gòng)粵guŋ³〔貢〕譯音字。如：嗊吥，一譯貢不，柬埔寨南岸海港。

嗌

嗌 ㊀(yì)粵jik⁷〔益〕咽喉。
㊁(ài)粵ai³〔隘〕咽喉窒塞。

嗋

嗋 (xié)粵hip⁸〔脅〕嘴合攏。

嗑

嗑 ㊀(kè)粵hap⁸〔呷〕咬開。如：嗑瓜子。㊁通"磕"。見"磕牙"。
㊁(hé)粵hɐp⁸〔合中入〕❶笑聲。❷見"嗑噠"。

【嗑牙】閒談；多話。

嗒

嗒 (tà)粵tap⁸〔塔〕見"嗒喪"。

【嗒喪】(㊀—sàng)心境空虛、物我皆失的樣子。後來一般用作灰心喪氣的意思。

嗓

嗓 (sǎng)粵sɔŋ²〔爽〕喉嚨。如：嗓子疼。也指發音。如：他的嗓子很高。

嗔

嗔 ㊀(tián)粵tin⁴〔田〕同"闐"。
㊁(chēn)粵tsɛn⁵〔親〕怒。

嗺

嗺 (chái)粵tsai¹〔柴〕見"哇嗺"。

嗏

嗏 (chā)粵tsa¹〔叉〕戲曲中常用的表聲之詞，有警醒作用。

嗚 (呜)

嗚 (呜) (wū)粵wu¹〔烏〕❶見"嗚咽"。❷見"嗚呼"。❸象聲。如：火車嗚的叫了一聲。

【嗚呼】❶歎詞。亦作"烏呼"、"烏乎"、"烏虖"、"於戲"、"於乎"。祭文中常用"嗚呼"，因以借指死亡。如：一命嗚呼。參見"嗚呼哀哉"。

【嗚咽】(㊀—yè)❶幽咽低泣的樣子。❷流水聲若斷若續。

【嗌】(㊁—yì)因悲哀或憤懣而氣結；抽噎。亦作"欭喝"、"於邑"。

【嗚嗚】❶歌聲哭聲。❷象聲詞。如：風聲嗚嗚，汽笛聲嗚嗚。

【嗚呼哀哉】舊時祭文中常用的感歎之辭，表示對死者的悲悼。後借以指死亡或完結。含有譏諷或諷刺的意思。

嗛

嗛 ㊀(xián)粵ham⁴〔咸〕❶銜在口中。❷懷恨。
㊁(qiàn)粵him³〔欠〕通"歉"。❶不滿足。❷歉收。
㊂(qiǎn)粵him⁵〔霞染切〕猴類頰中藏食處。
㊃(qiè)粵hip⁸〔怯〕通"慊"。滿足；快意。

嗜

嗜 (shì)粵si³〔試〕喜歡；愛好。

【嗜好】(㊀—hào)特殊的愛好。
【嗜痂】謂乖僻的嗜好。
【嗜慾】泛指各種嗜好和慾望。

嗝

嗝 (gé)粵gak⁸〔隔〕氣逆出聲。如：打嗝兒；打飽嗝。

嗟

嗟 (jiē，又讀juē)粵dzɛ¹〔遮〕感歎聲。

【嗟來之食】《禮·檀弓下》載，春秋時齊國發生飢荒。黔敖在路上施捨食物賑濟飢餓的

人。有個飢餓的人拖着疲乏的身軀走過來，黔敖輕蔑的對這個人說："嗟來食！"這個人聽了很生氣的說："我就是不吃嗟來之食，才餓到這個地步的。"終不食而死。後因以"嗟來之食"比喻帶有輕蔑性的施捨。

嗡 (wēng)粵jung1〔翁〕❶蟲鳴聲。如：蜜蜂嗡嗡叫。❷發音不清楚。如：齇鼻兒說話總是嗡嗡的。

嗢 (wà)粵wet7〔屈〕❶咽。見"嗢噱"。❷笑。見"嗢噱"。
【嗢噱】吹奏樂器時，先作聲以調氣利喉。
【嗢噱】大笑不止。

嗣 (sì)粵dzi6〔自〕❶繼承；接續。❷兒子；子孫。亦謂繼嗣為後嗣。見"嗣子"。
【嗣子】❶古稱帝王或諸侯的嫡子。❷無子者過繼親族的兒子為己子，稱過繼嗣為嗣子。
【嗣響】繼承前人之業，如聲響之相應。

嗤 (chī)粵tsi1〔雌〕譏笑。如：嗤之以鼻。

嗩(唢) (suǒ)粵so2〔所〕〔嗩吶〕黃管樂器。管口銅製，管身木製。

嗙 (pǎng)粵pong5〔蚌〕自誇；吹牛。如：胡吹亂嗙。

嗖 (sōu)粵seu1〔收〕象聲。形容東西很快飛過空中的聲音。如：嗖的飛來一枝箭。

嗞 (zī)粵dzi1〔支〕❶通"咨"。歎聲。❷露牙的。如：嗞牙咧嘴。

嗐 (hài)粵hai6〔械〕感嘆聲。

嗨 (hāi)粵hai1〔揩〕感嘆聲。❶常用於歌曲中，表示歡樂的感情。❷表示驚異。如：嗨！下雪了。❸表示惋惜。

嗲 (diǎ)粵de2〔多爹切〕吳粵方言。撒嬌的言語形態叫做"嗲"。

嗦 (suō)粵so1〔梳〕見"哆嗦"。

嗯 ㊀(ng)粵ng6〔誤〕表示應允的聲音。如：嗯，就這麼辦吧。
㊁(ng)粵n2〔吾上高〕表示懷疑的聲音。如：嗯！哪有這種事情？
㊂(ng)粵同㊁表示不以為然的聲音。如：嗯！那可不成。

嗎(吗) ㊀(ma)粵ma1〔媽〕ma3〔罵〕❶表示疑問或反詰的語氣。如：明天你來嗎？這件事情難道你不知道嗎？❷作語助，用在句中表停頓。如：這事嗎，其實也不能怪他。
㊁(má)粵ma1〔媽〕什麼。如：幹嗎？
㊂(mǎ)粵同㊁譯音字。如："嗎啡"，英文morphia的音譯。係鎮痛藥。

嗥 "嗥"的異體字。

嗍 (suō)粵sok8〔朔〕吸；吮。如：小孩子一生下來就會嗍奶。

嗪 (qín)粵tsœn4〔巡〕〔喹嗪〕見"喹"。

嗈 (yōng)粵jung1〔翁〕同"噰"。

十一畫

嗶(哔) (bì)粵bet7〔畢〕〔嗶嘰〕斜紋紡織品。有毛織和棉織兩種。

嗷 (áo)粵ngou4〔熬〕見"嗷嗷"。
【嗷嗷】亦作"嗸嗸"、"警警"。❶哀鳴聲。❷形容衆口毀人。

嗸 同"嗷"。

嗽 (sòu)粵seu3〔秀〕❶咳嗽。❷通"漱"。以清水或藥水洗漱口腔。"嗽"的異體字。

嗾 (sǒu)粵seu2〔叟〕使狗聲，亦即謂使狗。比喻慫恿別人作壞事。如：嗾使。

嘂 (jiào)粵giu3〔叫〕❶高聲大呼。❷樂器名。

嘅 "慨"的異體字。

嘆 "歎"的異體字。

嘈 (cáo)粵tsou4〔曹〕聲音雜亂。

【嘈雜】聲音喧鬧，雜亂。

【嘈嘈】形容聲音嘈雜。

嘉 (jiā)粵gaa¹〔加〕❶善；美。如：嘉謀；嘉言。❷讚許；表揚。如：嘉獎。❸吉慶；幸福。如：嘉禾。❹歡樂。如：嘉會。

【嘉禾】生長得特別壯茁的禾稻。古人視爲瑞徵。

【嘉玩】欣賞和玩味。

【嘉尚】猶嘉許，讚美。

【嘉許】讚許。

【嘉惠】對別人所給予恩惠的美稱。

【嘉會】❶謂衆美畢集。❷歡樂的宴會。

【嘉賓】佳客。

【嘉耦】互敬互愛、和睦相處的夫婦。

【嘉禮】古代五禮之一。即飲食、昏冠、賓射、饗燕、脤膰、賀慶等禮。後世專指婚禮。

嘮 (láo)粵lou⁴〔勞〕見"嘮嘈"。

【嘮嘈】雜聲。

嘌 (piāo，又讀piào)粵piu¹〔飄〕疾速的樣子。

嘍 (喽) ⊖(lou)粵leu¹〔拉歐切〕表語氣。如：得嘍！別說嘍！

⊜(lóu)粵leu¹〔留〕見"嘍囉"。

【嘍囉】(lóu—)本作"僂儸"，亦作"嘍羅"、"婁羅"。猶伶俐，謂伶俐能幹事的人。多用以稱盜賊的部下。

嘎 (gā，又讀jiá)粵gat⁸〔加壓切〕見"嘎嘎"。

【嘎嘎】鳥鳴聲。

嘏 (gǔ，又讀jiǎ)粵gu²〔古〕gaa²〔假〕(又)

嘐 ⊖(xiāo)粵haau¹〔敲〕見"嘐嘐❶"。

⊜(jiāo)粵gaau¹〔交〕見"嘐嘐❷"。

【嘐嘐】❶言語浮誇❷(jiāo jiāo)象聲詞。(1)雞叫聲。(2)鼠咬物聲。

嘑 ❶"呼❸❹"的異體字。

⊖(là)粵laa³〔辣〕廣東方言，表示完成語氣，相當於"了"。如：上課嘑。

嘒 (huì)粵wei³〔畏〕微小。

嘓 (咟) (guó)粵gwok⁸〔國〕見"嘓嘓"。

【嘓嘓】象聲詞。❶形容多話。❷形容湯水下咽聲、蛙鳴聲等。亦作"聒聒"。

嘔 (呕) ⊖(ōu)粵eu¹〔歐〕通"謳"。歌唱。

⊜(ǒu)粵eu²〔毆〕吐。如：嘔盡心血。

⊜(òu)粵eu³〔漚〕惱怒。如：嘔氣。

【嘔啞】(一yā)❶形容雜亂的樂聲。❷形容鳥鳴聲。❸形容器物相軋磨的聲音。

【嘔心瀝血】(嘔òu瀝)嘔，吐；瀝，滴。"嘔心瀝血"，形容寫思苦索，費盡心血。

嘖 (啧) (zé)粵dzak⁸〔責〕❶爭論。見"嘖嘖"。

【嘖嘖】❶鳥鳴聲。❷讚歎聲。

【嘖有煩言】議論紛紛，抱怨責備。

嘗 (尝) (cháng)粵sœng⁴〔常〕❶辨別滋味。如：品嘗。❷試。如：嘗試。❸經歷。如：備嘗艱苦。❹曾經。如：未嘗。

【嘗新】吃應時的新鮮食物。

【嘗鼎一臠】"臠"一作"胾"，切下來的肉塊。《呂氏春秋‧察今》有"嘗一臠肉而知一鑊之味，一鼎之調"之語，後因以"嘗鼎一臠"比喻可據部分以推知全體。

嘛 ⊖(ma)粵maa³〔魔亞切〕表示提頓的語氣。如：你自己答應的嘛，怎麼又翻悔了！

⊜(ma)粵maa⁴〔麻〕見"喇嘛"。

嗺

【嗺嗺】狗露齒要咬的樣子。

嗺 (cuī)粵tscey¹〔吹〕通"催"。見"嗺酒"。

【嗺酒】勸酒；催人飲酒。

嘜 (唛) (mà)粵mek⁷〔媽克切〕英文mark的音譯。亦譯爲"嘜頭"或"嘜"。即商標。

嘀 (dī)粵dik⁹〔敵〕見"嘀咕"。

【嘀咕】❶私底下小聲說話。如：他倆不知又在嘀咕什麼了。❷自言自語地盤算。如：他老嘀咕着去還是不去。

嘞 (lei)粵laa³〔辣〕表語氣。略同"了"，又含有"喂"的語氣在內。如：好去嘞，

時候不早嘞！

嘦 (jiào)粵dziu³〔照〕方言。只要。

嗻 (zhē)粵dzɛ¹〔遮〕見"啅嗻"。

嘣 (bēng)粵bɐŋ¹〔崩〕象聲，形容東西跳動或迸裂聲。如：心嘣嘣直跳；嘣的一聲弦斷了。

嘁 (qī)粵tsi¹〔雌〕見"嘁嘁喳喳"。

【嘁嘁喳喳】小語聲。

嘧 (mī)粵mɐt⁹〔勿〕譯音字。如：嘧啶，含有兩個氮原子(間位)的六環有機化合物。

槑 "梅"的異體字。

嘡 (tāng)粵tɔŋ¹〔湯〕象聲。如：嘡的一聲鑼響。

十二畫

嘘 (xū)粵hœy¹〔虛〕❶呼氣。❷亦作"歔"。嘆息。如：長嘘短嘆。

【嘘吸】亦作"嘘噏"。呼吸；吐納。

【嘘唏】太息；抽咽。亦作"歔欷"。

【嘘寒問暖】形容對別人的生活十分關切。

嘬 (zoū，讀音chuài)粵tsai³〔賜介切〕dzyt⁸〔綴〕(語)❶叮；咬。❷一口吃下去。引申爲貪吃，硬吃。如：吃不下就算了，不要硬嘬。

嘮(唠) (láo)粵lou⁴〔勞〕見"嘮叨"。

【嘮叨】(láo dao)說話嚕囌不已。亦作"嘮嘮叨叨"。

嘰(叽) (jī)粵gei¹〔機〕見"嘰咕"。

【嘰咕】亦作"唧咕"。小聲講話。

嘟 (dū)粵dou¹〔都〕象聲，多疊用。如：喇叭嘟嘟的吹起來了。

【嘟嚕】猶串、束。如：一嘟嚕葡萄。

【嘟囔】猶嘰咕，連續地自言自語。帶有抱怨的意思。亦作"嘟噥"。

噆 (zǎn)粵tsɐm²〔寢〕❶銜。❷叮；咬。

嘲 ㊀(cháo，舊讀zhāo)粵dzau¹〔支敲切〕❶嘲笑。如：冷嘲熱諷。❷鳥叫聲。

㊁(zhāo)粵同㊀見"嘲哳"。

【嘲弄】嘲諷戲弄。

【嘲哳】(zhāo—)亦作"啁哳"。形容繁細的聲音。

嘵(哓) (xiāo)粵hiu¹〔梟〕見"嘵嘵"。

【嘵嘵】❶因恐懼而發的叫聲。❷爭辯聲。如：嘵嘵不休。

嘴 (zuǐ)粵dzœy²〔咀〕❶口的通稱。❷指說話。如：多嘴；嘴甜。❸形狀突出如嘴的。如：山嘴；茶壺嘴。

嘻 (xī)粵hei¹〔希〕❶歡笑的樣子。見"嘻嘻❶"。❷驚懼聲。❸驚怒聲。❹讚歎聲；驚歎聲。

【嘻笑】强笑；帶有諷刺意味地笑。

【嘻嘻】❶歡笑的樣子。❷得意的樣子。

嘶 (sī，舊讀xī)粵sɐi¹〔西〕❶聲音沙啞。如：聲嘶力竭。❷馬鳴聲。❸蟲鳥淒切幽咽的鳴聲。

嘸(呒) (fǔ)粵fu²〔斧〕懵然；不明白。

嘹 (liáo，又讀liào)粵liu⁴〔聊〕見"嘹唳"、"嘹喨"。

【嘹唳】形容響亮而曼長的聲音。

【嘹喨】聲音響亮而清遠。"喨"亦作"亮"。

嘽(啴) ㊀(tān)粵tan¹〔攤〕喘息。見"嘽嘽"。

㊁(chǎn)粵tsin²〔淺〕寬舒。見"嘽緩"。

【嘽嘽】喘息的樣子。

【嘽緩】(chǎn—)和緩。

嘿 ㊀(mò)粵mɐk⁹〔墨〕同"默"。

㊁(hēi)粵hei¹〔希〕感歎聲。如：嘿！我們才不怕你呢！

噀 (xùn)粵sœn³〔信〕噴。

噂 (zǔn)粵dzyn²〔轉〕見"噂沓"。

【噂沓】議論紛紜。亦作"噂喈"。

嘯(啸) (xiào)粵siu³〔笑〕❶撮口發出長而清越的聲音。❷獸類長聲吼叫。如：虎嘯猿啼。

【嘯傲】謂言動自在，無檢束。如：嘯傲林泉。

【嘯聚】互相呼召，聚集成羣。

嗷 "咬"的異體字。

噌 ㊀(chēng)⑧dzɐŋ¹〔僧〕見"噌吰"。
㊁(cēng)⑧tsɐŋ¹〔又鸞切〕叱責。如：按噌。

【噌吰】(—hong)象聲詞。多以形容鐘聲。

噍 ㊀(jiào)⑧diu⁶〔趙〕咬；嚼。
㊁(jiū)⑧dziu¹〔招〕見"噍殺"。

【噍殺】(jiāo shài)聲音急促。

【噍噍】(jiū jiū)鳥鳴細碎聲。

噎 (yē)⑧jit⁸〔факт跌切〕食物堵住喉嚨。如：因噎廢食。

噏 (xī)⑧kɐp²〔吸〕❶同"吸"。❷見"噏呷"。

【噏呷】衣裳擺動拂物的聲音。

噇 (chuáng)⑧tsɔŋ⁴〔牀〕吃喝無度。

嗥 (háo)⑧hou⁴〔豪〕❶野獸吼叫。❷大聲呼叫；痛哭。

嘶 (〔〔〕) (sī)⑧si¹〔絲〕象聲。如：子彈嘶嘶地從崖上飛過。

噚 (〔噚〕) (xún)⑧tsɐm⁴〔尋〕英語fathom的略譯。即英尋。1英尋合1.829米。

噔 (dēng)⑧dɐŋ¹〔登〕象聲。如：聽見一個人噔噔噔走上樓來。

噘 "撅㊀"的異體字。

嘩 (〔哗〕) ㊀(huā)⑧wa¹〔娃〕象聲。如：鐵門嘩的一聲打開了。
㊁同"譁"。

噙 (qín)⑧kɐm⁴〔禽〕猶"含"。如：噙着一眶熱淚。

噗 (pū)⑧pok⁸〔樸〕象聲。如：噗，一口吹滅了燈。

【噗哧】笑聲。如：他禁不住噗哧一笑。

噁 (〔恶〕) ㊀(ě)⑧ok⁸〔惡〕見"噁心"。
㊁(wù)⑧wu³〔烏去聲〕見"噁噁叱咤"。

【噁心】❶形容討厭到極點。❷一種急迫欲嘔的感覺。

噴 (kuì)⑧wɐi²〔毀〕同"喟"。歎息。

嘿 "器"的異體字。

嘁 "嘎"的異體字。

十三畫

噠 (〔哒〕) (dā)⑧dat⁹〔達〕❶象聲。如：機關槍噠噠地書。❷見"嚅"。

噢 ㊀(yù)⑧jy²〔瘀〕見"噢咻"。
㊁(ō)⑧o¹〔疴〕答應聲。

【噢咻】無愆病痛之聲。

喌 ㊀(zhòu)⑧dzɐu³〔晝〕同"咮"。鳥嘴。
㊁(zhuó)⑧dœk⁸〔啄〕通"啄"。鳥啄食。

噤 (jìn)⑧gɐm³〔禁〕❶閉口不言。如：噤若寒蟬。❷咬緊牙關或牙齒打戰。如：打寒噤。

【噤若寒蟬】蟬到寒天，不能發聲，因以喻不敢說話。

噥 (〔哝〕) (nóng)⑧nuŋ⁴〔農〕見"噥噥"。

【噥噥】小聲交語。如：唧唧噥噥。

噦 (〔哕〕) ㊀(yuě)⑧jyt⁹〔月〕❶呃逆；打呃。❷嘔吐。
㊁(huì)⑧wɐi³〔畏〕見"噦噦"。

【噦噦】(huì huì)有節奏的鈴聲。

器 (qì)⑧hei³〔氣〕❶用具。如：陶器、鐵器。❷生物的器官。如：消化器；生殖器。❸有形的具體事物。與"道"相對。❹器量；器度；氣度。

【器用】器皿用具。亦指兵器、農具。❷比喻有才可用的人。

【器宇】胸懷；度量。亦指風度、儀表。如：器宇軒昂。

【器局】才幹和度量。

【器重】看重；重視。

【器量】指容器的容量。比喻人的度量。

【器識】器量與見識。

噩 (è)⑧ŋok⁹〔岳〕驚恐；凶惡。見"噩夢"、"噩耗"。

【噩耗】凶信，多指人死的消息。
【噩夢】凶惡可怕的夢。

噪 (zào)粵tsou³〔燥〕羣鴉亂噪。引申為喧嘩。

噫 (yi)粵ji¹〔衣〕感歎聲。猶"唉"。

噬 (shì)粵sɐi⁶〔誓〕咬。
【噬嗑】(-hé)六十四卦之一。
【噬臍莫及】比喻後悔已遲。

嗷 (jiào)粵giu³〔叫〕❶號呼聲。❷哭聲。

噰 (yōng)粵jun¹〔翁〕同"雝"。鳥和鳴聲。

噲 (噲) (kuài)粵fai³〔快〕❶下咽。❷鳥獸嘴。

嘑 (yǔ)粵jy⁵〔雨〕見"噓嘑"。
【噓嘑】麋鹿羣口相聚的樣子。

噴 (噴) (pēn)粵pɐn³〔鋪印切〕噴湧；噴射。如：噴火；噴霧器。
㊀(pèn)粵同㊀氣味濃烈。如：噴香。
【噴飯】吃飯時聽到可笑的事情，笑得噴出飯來。形容可笑之至。如：令人噴飯。
【噴薄】氣勢壯盛、噴湧而出的樣子。

噸 (吨) (dūn)粵dɐn¹〔敦〕重量的單位，有公噸、英噸及美噸。1公噸=1000公斤；1英噸(長噸)=1016公斤；1美噸(短噸)=907.2公斤。

噞 (噞) (yǎn)粵jim⁵〔掩〕見"噞喁"。
【噞喁】魚在水中聳出吸氣的樣子。

噯 (嗳) (ài)粵oi²〔藹〕表示傷感或不耐煩激動的軟聲。
㊀(ǎi)粵同㊀噯氣；打噯兒。
㊁(ǎi)粵ai¹〔唉〕同"哎"。

噶 (gé)粵gɐt⁸〔割〕譯音字。
㊀(gá)粵ga¹〔加〕象聲字。如：噶喇一聲。

噱 (jué)粵kœk⁹〔其藥切〕❶大笑。如：可發一噱。❷口吃。
㊀(xué)粵同㊀吳方言詞。笑；發笑。如：發噱；噱頭。

噻 (sāi)粵sɐk⁷〔塞〕譯音字。如：噻吩，一種含硫雜環化合物。

噀 (xùn)粵sœn³〔信〕古"訊"字。

罵 同"罵"。

噹 (dāng)粵dɔŋ¹〔當〕象聲。如：叮噹。

十四畫

嚀 (咛) (níng)粵niŋ⁴〔寧〕見"叮嚀"。

𪙷 (tā)粵dap⁹〔踏〕猶"嚥"。謂不咀嚼而吞咽。

嚄 ㊀(huò)粵o²〔荷高上〕驚訝聲。
㊁(huò)粵wɔk⁹〔獲〕歎詞，表示驚訝。如：嚄！好大的工程！

嚏 (tì)粵tɐi³〔替〕本作"嚔"。打噴嚏。

嚅 (rú)粵jy⁴〔如〕見"嚅呢"、"囁嚅"。
【嚅呢】亦作"儒兒"。強笑的樣子。
【囁嚅】欲言又止。

嚆 (hāo)粵hou¹〔蒿〕見"嚆矢"。
【嚆矢】響箭，發射時聲先箭而到，因以喻事物的初始。猶言先聲。

嚇 (吓) ㊀(xià)粵hak⁸〔客〕害怕；使害怕。如：嚇了一跳；你別嚇人。
㊁(hè)粵同㊀恐嚇；恫嚇。
【嚇唬】恐嚇；使害怕。如：你不要拿這些話來嚇唬人。

嚈 (哒) (yà)粵jip⁸〔衣接切〕〔嚈噠〕古西域國名。公元484年建都拔底延城(在今阿富汗北部)。

嚌 (哜) (jì)粵dzɐi⁶〔滯〕品嘗。

嚎 (háo)粵hou¹〔毫〕見"嚎咷"。
【嚎咷】放聲大哭。也作"嚎啕"。

嚓 (cā)粵tsat⁸〔擦〕象聲。如：嚓的一聲插進去；嚓的一刀砍斷了。

嚐 "嘗❶❷"的異體字。

十五畫

嚕(噜) (lū)粵lou¹〔撈〕見"嚕蘇"。
【嚕蘇】羅嗦；說話繁瑣，不乾脆。

嚚 (yín)粵ŋen⁴〔銀〕❶愚蠢而頑固。❷奸詐。
【嚚訟】奸詐而好爭訟。

嚘 (yōu)粵jeu¹〔休〕❶語未定的樣子。❷氣逆。
【嚘嚘】低而若斷若續的聲音。
嚜的異體字。

嚜 ㊀(mò)粵mek⁹〔墨〕同"默"。
㊁(me，又讀ma)粵ma¹〔媽〕表語氣，同"嘛"。
㊂同"嘜"。

嚗 (bó)粵bok⁸〔博〕象聲。物着落聲。

嚞 (zhé)粵dzit⁸〔節〕"哲"的古文。

十六畫

嚥 (yàn)粵jin³〔宴〕吞食。又作"咽"。如：狼吞虎嚥。
【嚥氣】❶服氣。道家的一種修養方法。❷人死時斷氣。

嚨(咙) (lóng)粵luŋ⁴〔龍〕喉嚨，咽部和喉部的統稱。

嚪 (dàn)粵dam⁶〔啖〕同"啖"。吃，或給人吃。引申為利誘。

嚫(嚫) (chèn)粵tsen³〔趁〕布施；供養僧尼。

嚬(嚬) (pín)粵pen⁴〔貧〕同"顰"。
【嚬呻】痛苦呻吟。

嚭 (pǐ)粵pei²〔鄙〕本義為大喜。用為人名。

嚮(向) (xiàng)粵hœŋ³〔向〕同"向"。
❶方向；趨向。❷朝着；對着。如：相嚮而行。❸將近；接近。如：嚮晚。❹從前；往昔。如：嚮者。
【嚮往】思慕；想望。

嚦(呖) (lì)粵lik⁷〔礫〕見"嚦嚦"。
【嚦嚦】形容聲音清脆流利。

十七畫

韇 同"犢"。

嚳(喾) (kù)粵guk⁷〔谷〕傳說中的古代部落首領。號高辛氏。

嚴(严) (yán)粵jim⁴〔炎〕❶本謂教命急。引申為緊急。❷緊密；沒有空隙。如：把瓶口封嚴。❸厲害；嚴格。如：嚴加管束；責己從嚴。❹厲害。如：嚴刑；嚴寒。❺威嚴。❻端莊；整飭。見"嚴妝"。❼指父親。如：家嚴；嚴命。參見"嚴父"。
【嚴父】❶謂尊敬父親。嚴，敬重。❷謂父親對子女管教嚴格，故稱父為"嚴父"。
【嚴冬】極冷的冬天。
【嚴妝】端整妝束。
【嚴君】父母為全家所尊，如同國有嚴君，故舊稱父母為嚴君。後專指父親。
【嚴明】嚴肅而公正(多指法紀)。如：賞罰嚴明。
【嚴重】❶重大；緊急。如：嚴重的問題；事態嚴重。❷謹嚴持重。
【嚴峻】嚴厲；嚴格。
【嚴詞】嚴厲的話。如：嚴詞拒絕。
【嚴刑峻法】❶嚴厲的刑罰，苛刻的法令。❷使法令刑罰嚴厲起來。
【嚴陣以待】整飭陣容，作好戰鬥準備，以等待迎擊來犯之敵。
【嚴懲不貸】嚴厲懲罰，絕不寬恕。

嚶(嘤) (yīng)粵jin¹〔英〕鳥鳴聲。
【嚶鳴】比喻朋友同氣相求。

嚷 ㊀(rǎng)粵jœŋ⁵〔養〕jœŋ⁶〔讓〕(又)❶大聲喊叫。如：病人剛睡，別嚷！❷吵鬧。如：剛才你跟誰嚷着來。
㊁(rāng)粵同㊀。如：嚷嚷。

十八畫

囂（嚣）（xiāo）粵hiu¹〔僥〕亦作"嚻"。
喧嘩；吵鬧。
【囂張】放肆；跋扈。如：氣燄囂張。
【囂囂】喧嚷的聲音。

嚚 同"囂"。

嚼 ⊖(jiáo，讀音jué)粵dzœk⁸〔爵〕dziu⁶
〔趙〕（語）嚙；將食物咬爛。如：食物
要經過細嚼，才容易消化。
⊖(jiào)粵dziu⁶〔趙〕倒嚼。即牛羊等動物
的反芻。
【嚼蠟】見"味如嚼蠟"。

嚾（huán）粵fun¹〔歡〕呼叫；喧鬧。參見
"嚾呼"。
【嚾呼】大聲呼叫。

囀（啭）（zhuàn）粵dzyn²〔轉〕鳥聲宛
轉。亦以形容人聲宛轉。

囁（嗫）（niè）粵dzip⁸〔接〕見"囁嚅"。
【囁嚅】(一rú)❶要說話時又頓住的樣子。❷
竊竊私語的樣子。

嚽（chuò）粵dzyt⁸〔啜〕同"啜"。吃。

十九畫

囅（冁）（chǎn）粵tsin²〔淺〕笑的樣子。

囈（呓）（yì）粵ŋɐi⁶〔藝〕夢中說話。
如：夢囈。
【囈語】夢話。常用來比喻荒謬糊塗的言論。

囉（啰）⊖(luó)粵lɔ¹〔拉荷切〕見"囉嗦"。
⊖(luó)粵lɔ¹〔羅〕見"囉唆"。
【囉唆】(luó一)糾纏；吵鬧。
【囉嗦】亦作"囉唆"。多言；說話不乾脆。

囊（náng）粵nɔŋ⁴〔挪航切〕❶袋子；口
袋。如：皮囊；囊空如洗。❷用囊盛
物。見"囊螢"。❸像袋子的東西。如：腎
囊；膽囊。
【囊括】猶言包羅。
【囊膪】豬胸腹部肥而鬆的肉。

【囊螢】以囊盛螢。《晉書·車胤傳》載，車胤
勤學不倦。家貧不常得油以照明，夏日則
以囊盛螢火燄，借螢火夜以繼日地讀書。
後因用為勤苦讀書的典故。
【囊中物】比喻不費力氣便可得到的東西。

囋（讚）（zàn）粵dzan³〔贊〕講話沒有節
制。

嘪（唅）（hān）粵ham³〔喊〕同"闞⊖"。
虎怒的樣子。

二十畫

囍 同"䫴"。

囌（苏）（sū）粵sou¹〔酥〕如：嚕囌。

二十一畫

囑（嘱）（zhǔ）粵dzuk⁷〔足〕委托；叮
囑。如：千叮萬囑。
【囑咐】亦作"囑付"。叮囑；吩咐。

囖 "囉"的異體字。

二十二畫

囔（nāng）粵nɔŋ⁴〔囊〕見"嘟囔"。

口 部

囗 "圍"的古字。

二 畫

囚（qiú）粵tsɐu⁴〔酬〕❶拘禁。引申為拘
束。❷罪犯。如：死囚。
【囚籠】舊時拘禁罪犯的木籠。
【囚首垢面】囚首，指頭髮蓬亂如囚犯；垢
面，指臉上骯髒，形容不注意修飾。亦作
"亂首垢面"、"囚首喪面"。

四 (si)粵si³〔試〕sei³〔試氣兒〕(又)❶數詞。❷工尺譜中音名之一。

【四大】❶道家稱道、天、地、王(亦作人)為"四大"。❷佛教名詞。古代印度有地、水、火、風氣構成一切物質的四元素之說，稱作"四大"。佛教採用其說，但實際上是借用這四種元素的堅、濕、暖、動四種性能。佛教認為人身也是由此"四大"構成，故有時亦以"四大"用作人身的代稱。並稱"四大皆空"，否定人身的實際存在。❸古人稱大功、大名、大德、大權為"四大"。

【四岳】❶傳說為堯、舜時的四方部落首領。堯為部落聯盟首領時，他們曾推舉舜為繼承人。舜繼位後，他們又推舉禹幫助舜治。史稱"禪讓"。❷見"四嶽"。

【四郊】❶都城外四面的郊區。❷泛指郊外。

【四美】❶謂君主推行法治應具備的身、位、威、勢四種要素。❷舊時文人稱美的四種事物。(1)指音樂、珍味、文章、言談。(2)謂良辰、美景、賞心、樂事。

【四書】指《大學》、《中庸》、《論語》、《孟子》四種書。

【四海】古以中國四境有海環繞。四海，指全國各處。今亦指全世界各處。如：放之四海而皆準。

【四野】廣闊的原野。如：四野無人。

【四部】中國從晉到清代的圖書分類名稱。把書按內容分為經、史、子、集四大部類。di唐中葉各類分庫儲藏，故又稱"四庫"。

【四維】❶指禮、義、廉、恥。❷指東南、西南、東北、西北四隅。

【四德】❶封建禮教指婦女應當具有的四種德行。即婦德、婦言、婦容、婦功。❷《易》稱元、亨、利、貞爲四德。

【四聲】❶古漢語字調有平聲、上聲、去聲、入聲四類，叫做四聲。❷普通話的字調有陰平、陽平、上聲、去聲四類，也叫四聲。❸泛指字調。

【四嶽】謂東嶽泰山，南嶽衡山，西嶽華山，北嶽恆山。

【四難】四件難以並得之事。即良辰、美景、賞心、樂事。

【四體】❶指四肢。❷指正、草、隸、篆四種字體。

【四六文】駢儷文的一種，全篇多以四字六字相間為句，故名之。此種文體形成於南朝，盛行於唐宋。由於偏重形式，追求詞藻典故，好的作品不多。

【四不像】即麋鹿。過去認為它角似鹿，頭似馬，體似驢，蹄似牛，但又不全像以上四種動物中的一種，故名之。性溫馴，食植物，為中國特產。由於歷代無節制地獵捕，野生種已不可見。❷比喻不倫不類的東西或情況。

【四大皆空】佛教用語，指世界上一切都是空虛的，是一種消極思想。四大：佛教指組成宇宙的四種元素，即地、水、火、風。

【四大發明】即指南針、紙、印刷術和火藥。是中國人首先發明的，然後相繼傳至世界各地。

【四分五裂】形容分散，不完整。

【四郊多壘】四郊營壘很多。這讖敵軍迫近，形勢危急。

【四面楚歌】《史記·項羽本紀》載，項羽軍被漢軍重重圍困於垓下，夜間漢軍四面皆楚歌。後因以"四面楚歌"比喻孤立無援，四面受敵的處境。

【四庫全書】叢書名。1772年(清乾隆三十七年)1782年(乾隆四十七年)編成。共收書三千四百六十一種，七萬九千三百零九卷。內容廣泛。保留了不少古代典籍。分經、史、子、集四部，因各部類分庫儲藏，故稱四庫。編者對於不利於清朝統治的著作，多實行銷毀或竄改。全書繕寫七部，分藏北京、熱河、浙江等地，現尚有四部。

【四海為家】指志在四方，不戀家於故鄉。

【四通八達】四面八方都有路相通，形容交通極其便利。

㘎 "因"的異體字。

三　畫

仔 ㊀(jiān)粵dzei²〔仔〕兒子。
㊁(nān)粵nam⁴〔南〕吳語對小孩的通

稱。亦作"囘"。

回 (huí)粵wui⁴〔個〕❶返；歸。如：回國；回家。❷答覆。如：回話；回信。❸掉轉。如：回頭；回顧。❹指動作的次數或事情的件數。如：去一回；兩回事。❺舊書的一個段落；章回小說的一章。如：且聽下回分解。❻中國少數民族名。即"回族"。又稱回回。散居中國各地。使用漢語文。多信伊斯蘭教。

【回互】❶回環交錯。❷猶言回護。曲折隱諱。

【回天】❶比喻權力大。❷比喻力能移轉極難挽回的事物。

【回合】舊小說中稱兩將交鋒時一方用兵器攻擊一次而另一方招架一次爲一個"回合"。也單稱"合"。今借指一個戰役或體育競賽中的一個階段，亦指下棋時雙方各走一着。

【回味】吃過的東西以後的餘味。引申爲在回憶中細細體味。

【回春】❶謂冬盡春來。如：大地回春。❷比喻醫術高明，能治好嚴重的病症。如：妙手回春。

【回首】回頭；回首看。引申指回想、回憶。

【回旋】盤旋、轉動。引申爲可變通的意思。如：這件事有回旋的餘地。

【回教】中國對伊斯蘭教的舊稱。

【回祿】傳說中的火神。後用作火災的代稱。

【回還】同"徊徨"。猶彷徨。

【回護】曲爲辯護；袒護。

【回光反照】日光将"回光反照"。太陽落到地平線下時由於反射作用而天空短時發亮。比喻病人垂死時精神突然興奮的現象。也比喻舊事物或它之前夕的表面興旺。

【回頭是岸】佛教有"苦海無邊，回頭是岸"的話，意謂只要回頭覺悟，即能登上"彼岸"。後借用來比喻决心悔改，重新做人。

囟 (xìn)粵sœn³〔信〕sœn²〔筍〕（又）亦作"顖"。也叫囟門或頭門。嬰兒頭頂骨未合縫的地方。

因 (yīn)粵jen¹〔殷〕❶緣故；原因。如：事出有因。❷因爲；由於。如：因公外出。引申爲因此，因而。❸沿襲。如：

陳陳相因。❹依據；隨順。如：因人成事。

【因仍】猶因襲。沿襲。

【因革】沿革；因襲或改革。多指典章制度。

【因循】照舊不改。引申爲拖沓、疲塌的意思。

【因緣】❶猶機緣。❷依靠；憑借。❸佛教把因爲有這個事物而產生了那個事物叫因；這個事物由於那個事物而生成叫緣。

【因襲】沿用舊規，不加改革。

【因人成事】謂依賴別人的力量辦成事。

【因地制宜】依據各地區的具體情況採取適宜的措施。謂能考慮當地需要，定出變通辦法而不拘泥。

【因陋就簡】謂簡陋苟且，不求改進。後用"因陋就簡"爲就原有簡陋的條件，力求節約辦事之意。

【因時制宜】根據不同時期的具體情況靈活地採取適宜的措施。

【因勢利導】謂順着事物發展的趨勢而加以引導推動。

【因噎廢食】比喻因小而廢大，或怕做錯事而索性不幹。

囡 (nān)粵nam⁴〔南〕吳語對小孩的通稱。

四　畫

囤 ㊀(dùn)粵dœn⁶〔頓〕貯米穀器。多用竹篾、荊條等編成。如：糧囤；草囤。
㊁(tún)粵tyn⁴〔團〕囤積。如：囤貨；囤糧。

囧 (jiǒng)粵gwiŋ²〔炯〕亦作"冏"。見"囧囧"。

【囧囧】明亮的樣子。

囪 ㊀(cōng)粵tsuŋ¹〔充〕烟囪。
㊁(chuāng)粵tsœŋ¹〔昌〕"窗"的本字。

囫 (hú)粵fet⁷〔忽〕見"囫圇"。

【囫圇】亦作"渾淪"、"鶻淪"。本謂渾然一體不可剖析，一般用來形容整個兒的東西。

【囫圇吞棗】把整個兒棗子吞咽下去，不加咀

嚼，不辨滋味。多比喻在學習上食而不化，不加分析。

囮 ㊀(yóu)㊁jeu⁴〔由〕亦作"圝"。囮子，也叫鳥媒，用活鳥誘捕他鳥的設置。

㊁(é)㊁ŋɔ⁴〔訛〕同"訛"。詐人財物。

困 (kùn)㊁kwen³〔窘〕❶陷在艱難痛苦裏面。如：為病所困。❷急難。如：急人之困。❸勞倦。如：困憊。❹貧乏。如：困境。❺被圍。參見"困獸猶鬥"。

【困乏】❶疲憊無力。❷生活困難。

【困坷】困苦艱難。

【困頓】疲憊；勞累。

【困窮】困厄不得志。

【困敦】十二支中子的別稱，用以紀年。參見"歲陽"。

【困獸猶鬥】被圍困的野獸還要搏鬥，比喻陷於絕境的失敗者，因不甘心死亡還會竭力掙扎。

氼 (yuān)㊁jyn¹〔冤〕"淵"的古體字。

㘇 "回"的異體字。

囯 (guó)㊁gwɔk⁸〔郭〕"國"的俗字。如：太平天囯。

五　畫

囷 (qùn)㊁kwen¹〔坤〕圓的穀倉。

【囷倉】貯藏糧食的倉庫。圓形的叫"囷"，方形的叫"倉"。

囹 (líng)㊁liŋ⁴〔零〕見"囹圄"。

【囹圄】亦作"囹圉"。牢獄。

固 (gù)㊁gu³〔故〕❶結實；牢固。如：本固枝榮。❷堅持；安守。見"固窮"。❸鞏固；安定。如：固國。❹鄙陋；執一不通。見"固陋"。❺固然。如：坐車固可，坐船亦無不可。❻本來；誠然。如：固所願也。

【固陋】固塞鄙陋。謂見聞淺少。

【固執】本意是說堅持不懈，後多指堅持成

見。如：固執己見。

【固窮】本意謂君子即使處於窮途末路，仍要固守其志節。後謂安守貧困。

【固辭】古禮再次辭讓為"固辭"。後以堅決辭謝為"固辭"。

六　畫

囿 (yòu)㊁jeu⁶〔右〕❶古代帝王畜養禽獸的園林。❷菜園。❸借指事物萃集之處。❹拘泥；局限。指見識不廣。如：囿於成見。

七　畫

圂 (hùn)㊁wen⁶〔連〕❶通作"溷"。厠所。❷豬圈。

圃 (pǔ)㊁pou²〔普〕❶種植蔬菜、花果或苗木的綠地。周圍常無垣籬。如：菜圃；苗圃。也泛指園地。❷管理園圃的人。

圄 (yǔ)㊁jy⁵〔語〕囚禁。見"囹圄"。

圅 "函"的異體字。

八　畫

圇(圙) (lún)㊁lœn⁴〔倫〕見"囫圇"。

圈 ㊀(quān)㊁hyn¹〔喧〕❶圓圈。❷以圓圈作記號。如：加圈；圈點。❸活動的範圍。如：勢力圈。❹劃界；圍住。如：圈地；用籬笆把雞圈起來。

㊁(juàn)㊁gyn⁶〔倦〕畜欄。如：羊圈；豬圈。

【圈牢】(juàn—)飼養家畜的地方。

圉 (yǔ)㊁jy⁵〔雨〕❶拘禁；阻擋。❷邊疆。❸養馬。也指養馬的奴隸。

圊 (qīng)㊁tsiŋ¹〔青〕厠所。見"圊溷"。

【圊溷】厠所。

國(国) (guó)㊁gwɔk⁸〔郭〕❶國家。如：國內；國外；保家衞國。

❷國家的;屬於本國的。如:國旗;國歌;國貨;國產。❸分封制下諸侯的封地。❹古時指都城。❺指一個地域,猶"方"。

【國士】一國傑出的人物。

【國子】古代貴族子弟。

【國手】精通某種技能,在國內數一數二的人(多指名醫、棋手等)。

【國色】形容美貌冠絕的女子。

【國帑】指國家的公款。

【國門】城門。又指都邑的城門。

【國故】❶本國固有的學術文化。❷國家的變故。

【國柄】國家大權。

【國是】國事;國家大計。

【國度】❶國家的法度。❷國家的開支。❸猶言國家。

【國風】《詩經》的組成部分。包括《周南》、《召南》、《邶風》、《衞風》等,稱十五國風,一百六十篇。多為四言詩。大多是周初至春秋中葉的民歌。

【國恥】國家所蒙受的恥辱。

【國書】❶派遣國家于派遣或召回大使或公使向接受國元首發出的正式文書。分派遣國書和召回國書。❷遼、金、元、清王朝各稱其本族所造之字為國書。

【國戚】帝王的外戚,即后妃的家族。

【國朝】封建時代稱本朝為"國朝"。

【國債】國家所欠的國內外的債務。

【國號】歷代君主相更替而改換的朝代名稱。

【國粹】指祖國文化中的精華。

【國殤】為國家作戰而死的人。

【國器】謂可使主持國政的人才。

【國學】❶猶言國故,見"國故"。❷西周設於王城及諸侯國都的學校。後世國學為京師官學的通稱,尤指太學和國子學。

【國難】國家的患難。今指受外國侵略。

【國子監】中國古代負責教育管理的最高機關,有時也兼為最高學府。始於晉,稱"國子學",隋以後改稱國子監,清末廢除,改設"學部"。

【國色天香】本形容牡丹花的香色可貴,不同於一般花卉。後也用來形容女性的美麗。

【國計民生】國家經濟和人民生活。

九　畫

圌 ㊀(chuán)⑧tsyn⁴〔傳〕盛穀的圓囤。
㊁(chuí)⑧sœy⁴〔誰〕〔圌山〕山名。在江蘇鎮江東。北濱長江。

圍(围) ⑧wɐi⁴〔帷〕❶環繞;包圍。如:圍攻。❷周圍。如:外圍。❸土木築成的防守設備。如:土圍子。

【圍場】封建時代圈起來專供皇帝貴族打獵的場地。

【圍剿】包圍起來剿滅。

【圍墾】用堤壩把海灘等圍起來墾殖。

【圍魏救趙】《史記·孫子吳起列傳》載,戰國時(公元前353年)魏國圍攻趙國都城邯鄲。趙急,求救於齊。齊王命田忌、孫臏率軍往救。孫臏以魏國精銳部隊在趙,內部空虛,乃引兵攻魏都大梁,魏軍回救本國,齊軍乘其疲憊,在路邀擊,大敗魏軍。後以"圍魏救趙"來說明一切類似的戰法。

十　畫

園(园) (yuán)⑧jyn⁴〔元〕❶四周常圍有垣牆,種植花卉、樹木、果樹或蔬菜等植物的綠地。飼養禽獸以及供人遊息的場所,也統稱園。如花園、果園、動物園等。舊時也稱劇場為戲園。❷指帝王的墓地。參見"園陵"。

【園丁】從事園藝的工人。

【園陵】帝王的墳墓。

圓(圆) (yuán)⑧jyn⁴〔元〕❶在平面上,與定點有定距離的動點的軌迹稱為圓。❷古人以為天圓地方,故以為天的代稱。❸圓滿;完整。如:自圓其說;破鏡重圓。❹宛轉;滑利。❺簡寫作"元"。貨幣單位。

【圓通】❶本謂通達事理。一般用來指處事隨和圓滑。❷佛教用語。圓,無缺陷;通,無障礙。

【圓滿】指稱事物十分完滿,無所欠缺。如:訪問圓滿成功。也指稱佛事完滿。如:功

德圓滿。

【圓鑿方枘】亦作"方枘圓鑿"。鑿，榫眼；枘，榫頭。一圓一方，比喻兩者不能相合或相容。

十一畫

圖（图）（tú）粵tou⁴〔徒〕❶用綫條、顏色描繪的事物形象。如：地圖；畫圖。❷繪畫。如：畫影圖形。❸謀取。如：唯利是圖。❹指河圖。詳"圖讖"、"圖錄"。

【圖記】印章的一種。

【圖騰】英語totem的音譯。原始社會的人認為跟本氏族有血緣關係的某種動物或自然物，一般用做本氏族的標誌。

【圖籍】❶地圖和戶籍。❷圖畫書籍。

【圖錄】猶圖讖。兩漢以來宣揚神學迷信的一種圖書。

【圖讖】即"讖書"。兩漢時巫師或方士製作的一種宣揚神學迷信的隱語或預言，作為吉凶的符驗或徵兆。

【圖窮匕見】《國策·燕策三》載，戰國時，燕太子丹派荊軻謀刺秦王（嬴政），荊軻攜樊於期頭及燕督亢地圖，暗捲匕首於圖內，假作獻圖，至秦王座前，展開將盡，匕首乃露。荊軻ँ事敗被殺，後來秦國滅燕。後用以比喻事情發展到最後，真相畢露。

團（团）（tuán）粵tyn⁴〔屯〕❶圓。如：團扇。❷聚集；集合。如：團聚；團圓。❸因工作或活動的需要而組織的集體。如：主席團；代表團；參觀團。❹軍隊編制的一級，在師（或旅）之下，營之上。

【團拜】機關、社團等集體組織為慶祝春節而聚在一起互相祝賀。

【團茶】宋代為進貢宮廷特製的茶餅，有印龍鳳圖紋的，叫"龍鳳團"，為茶中珍品。

【團扇】圓形有柄的扇子，中國古代宮中常用，又叫"宮扇"。

【團圓】❶圓。❷指全家團聚。❸指劇情的圓滿結局。如：大團圓。

【團團】❶圓的樣子。引申為肥胖圓滿的樣子。❷周匝。如：團團圍住。❸凝聚的樣子。

子。

【團練】宋代到民國初年的地方武裝組織。

圞亦作"團圞"、團欒"。❶圓的樣子。❷團聚。

圖 同"圖"。

淵（wān）粵wan¹〔䠇〕見"圓淵"。

【圓淵】水勢迴旋的樣子。

十三畫

園 ⊖（yuán）粵jyn⁴〔元〕❶同"圓"。❷指天體。

⊜（huán）粵wan⁴〔環〕通"環"。環繞。

【圜丘】古時祭天的壇。

十七畫

㘚 同"㘚⊖"。

十九畫

㘞 同"圖"。

二十三畫

欒（栾）（luán）粵lyn⁴〔聯〕見"團欒"。

土 部

土（tǔ）粵tou²〔討〕❶地面上的泥沙混合物；泥土；土壤。也指灰塵。如：灰土；塵土。❷土地；國土。如：領土。❸鄉土。❹本地的。如：土話；土特產；土生土長。❺出自民間的。如：土辦法；土洋結合。❻舊指土地之神。❼五行之一。❽八音之一。如壎等陶製樂器即屬土類。❾（土族）中國少數民族之一。自稱"蒙古勒"或"蒙古爾"。分佈在青海互助、民和、

大通、樂都及甘肅 天祝等地。

【土人】❶土著；本地人。❷泥塑的人像。

【土木】指建築房屋等的工事。如：大興土木。

【土地】❶土壤。❷領土。❸迷信傳說中指管理一個小地面的神。即古代的"社神"。

【土芥】土和草。比喻輕賤的東西。

【土風】❶本鄉的歌曲。❷當地的風俗。

【土甘】(—zhā)比喻極輕賤的東西。

【土氣】❶舊指村俗氣。今指鄉土氣，不時髦的風格、式樣等，與"洋氣"對稱。❷猶言地氣。

【土著】古代遊牧民族定居某地後，不再遷徙的稱為"土著"。後泛指世居本地的人，與"客籍"相對。

【土豪】舊時鄉裏的豪強，即憑借財勢欺壓民眾的惡霸。後多指作惡多端的地主：土豪劣紳。

【土儀】用土產作為送人的禮品。

【土曜】❶行星名，即土星；九曜之一。❷七曜日的第七日，即星期六。

【土包子】指沒有見過世面的人(含譏諷意)。

【土皇帝】指盤踞一方的軍閥或大惡霸。

【土饅頭】謂墳墓。因其形似饅頭，故名。

【土崩瓦解】同"瓦解土崩"。比喻完全崩潰。

一 畫

圠

(yà)粵at⁸[壓]見"坱圠"。

二 畫

圢

同"町❶"。

圣

(gā)粵ga²[假]方言。❶乖僻。如：圣古(指人脾氣、器物質量、事情結局的不好)。❷調皮。

三 畫

在

(zài)粵dzoi⁶[自害切]❶生存；存在。如：健在。❷居於；處於。如：在水中央。❸在於；決定於。如：事在人為。

❹正在。如：他在工作。又用如"著"。❺表示動作、性狀所涉及的處所、時間或範圍。

【在下】自稱的謙辭。

【在在】處處；到處。

【在行】(—háng)猶內行。對某事精通而富有經驗。

【在押】指犯人在拘留監禁中。

【在野】指不在朝任官。

【在朝】擔任朝廷官職。

【在劫難逃】命中注定要遭受禍害，逃也逃不脫。

圩

㊀(wéi，又讀yú)粵wai⁴[圍]jy⁴[余](又)❶低窪地區防水護田的土堤；圩子。兩淮盜窪灘堤為界也叫圩。如：十二圩。❷凹；中央低而四旁高。

㊁(xū)粵hœy¹[虛]通"墟"。市集。如：圩場；趁圩。

圬

(wū)粵wu⁵[烏]同"杇"。見"圬鏝"。

【圬人】泥水工人。

【圬鏝】塗牆用的工具。亦指泥土工。

圭

(guī)粵gwai¹[歸]❶古玉器名。長條形，上端作三角狀。古代貴族朝聘、祭祀、喪葬所用的禮器。周代的墓葬中常有發現。❷古代測日影的器具。參見"圭臬"。❸古代容量單位。參見"刀圭"。

【圭角】玉圭的棱角。猶言鋒芒。

【圭臬】圭，測日影器；臬，射箭的標的。合指事物的準則。

【圭璋】亦作"珪璋"。❶古代貴重的玉製禮器。❷比喻高貴的人品。

圮

(pǐ)粵pei²[鄙]❶毀；絕。❷坍塌。

圯

(yí)粵ji⁴[而]橋。古東楚方言。

【圯上】橋上。

地

㊀(dì)粵dei⁶[杜利切]❶地球的表面層；地殼。如：陸地；地層。❷地區；國土。如：本地；產地。❸土地；田地。如：開墾荒地；下地幹活。❹地位；境地。如：易地而處。❺地步。如：留有餘地；預爲之地。❻心意活動的領域。如：心地；見地；識地。❼底子；質地。

如：白地紅花。

○(de，又讀di)働同○❶働言"着"。❷作詞語助以成狀語。如：特地前來；慢慢地說。

【地支】子、丑、寅、卯、辰、巳、午、未、申、酉、戌、亥的總稱，用以記時。也叫"十二支"。

【地衣】❶地毯。❷植物名。即地衣門的植物。

【地步】❶働言地段。❷働言地位。❸働田地、境地。一般指事情向壞的方面發展所達到的程度。❹働餘地。

【地利】❶土地生產的財富。❷戰略上的有利勢。

【地府】傳說人死後靈魂所在的地方。

【地保】清朝和民國初年在地方上為官府辦差事的人。

【地祇】亦作"地示"。古代稱土地社稷的神。

【地痞】地方上的流氓無賴。也叫地棍。

【地獄】❶梵文Naraka的意譯，即"苦的世界"。與"天堂"相對，為許多宗教所共稱。一般指位於"地下"，為"罪人"死後靈魂受苦受罰的地方。❷比喻十分悲慘的生活境遇。

【地維】謂地的四角。古人以為天圓地方，天有九柱支持，地有四維繫綴。

【地盤】❶謂憑特殊勢力所佔據的地區；勢力範圍。如：軍閥互相爭奪地盤。❷建築物所佔基地的面積。❸羅盤亦名地盤。❹星相家六壬占法，以天上十二辰方位為天盤，地下十二辰方位為地盤。天盤是在地盤固定不移的基礎上隨時運轉的。

【地壇】明清皇帝祭地之壇，在北京北郊。

【地籟】泛指發風的時候地面上種種孔穴所發出的聲音。

【地大物博】地域廣大，物產豐富。

【地下修文】舊時稱文人的死亡。參見"修文"。

圫 同"壩"。

圪 (gē)働ŋet⁹〔兀〕小土丘。亦用於地名。河北沽源縣有圪塔。

圮 (zhèn)働dzen³〔振〕田間水溝。亦用作地名。如深圳，在廣東省。

圻 ○(qi)働kei⁴〔岐〕❶方千里之地。❷通"碕"。曲岸。
○(yín)働ŋen⁴〔銀〕通"垠"。邊際。

【圻鄂】(yín一)物體上雕刻出來的凹凸紋。後來一般用來指物體的邊沿、棱坎。亦作"沂鄂"、"垠堮"、"垠鄂"、"垠鍔"。

圾 ○(ji)働kep⁷〔吸〕同"岌"。危險。
○(ji)働sep⁸〔颯〕見"垃圾"。

址 (zhǐ)働dzi²〔止〕❶基地。如：基址；遺址。❷地點。如：地址；住址。"阯"的異體字。

坂 "阪"的異體字。

坒 (bì)働bei⁶〔鼻〕相連。

均 ○(jūn)働gwen¹〔君〕❶平均；均勻。如：勢均力敵。❷都；同。如：均無不可；均已就緒。❸漢代量酒的單位。❹音樂術語。中國古代十二律中，以任何一律為宮，在其上所建立的音階，稱"均"，如黃鐘均、南呂均。❺古同"韻"。

【均田】❶漢代按等級賜予官爵、豪強的田地。❷北魏至隋唐所行的"均田制"。封建朝廷按等級把土地和農奴分配給皇室、貴族、勳臣、官吏的制度。唐中葉以後，均田制衰亡。❸指平均田賦負擔。

【均勢】勢力平衡。指雙方或多方勢均力敵的形勢。

坉 (tún)働tyn⁴〔團〕❶以草裹土築牆或堵水。❷田壩。

坊 ○(fāng)働foŋ¹〔方〕❶市街村裏的通稱。如：街坊；村坊。❷別屋。❸牌坊，一般用石建成。如：貞節坊；三元坊；百歲坊。❹店鋪。❺工場。如：槽坊；染坊。
○(fáng)働foŋ⁴〔防〕堤防。

坋 (fèn)働fen⁶〔份〕塗飾。

坌 (bèn)働ben⁶〔笨〕❶塵埃。❷聚集。❸吳方言，指靼土。如：坌地。

【坌湧】猶噴湧。謂聚而上湧。

【全集】聚集。

坍 (tān)⑨tan¹〔攤〕倒塌；崩壞。如：牆坍壁倒│河岸坍塌。

【坍臺】吳方言。謂手臉，出醜。

坎 (kǎn)⑨hem²〔欣〕❶坑；地洞。引申爲凹陷，也比喻淺。❷酒樽名，形如壺。❸八卦之一，卦形==，象徵水。

【坎坷】亦作"坎軻"、"轗軻"、"輡軻"。道路不平的樣子。多用以比喻不得志。

【坎軻】同"坎坷"。道路不平的樣子，比喻不得志。

【坎穴】地坑。

【坎壈】困頓；不得志。亦作"坎壈"。

【坎井之蛙】淺井裏的青蛙。比喻見識淺陋的人。

坏 ㊀(pī)⑨pui¹〔胚〕❶土丘。❷同"坯"。如：土坏。
㊁(péi)⑨pui³〔培〕通"培"。❶用泥土塗塞空隙。❷屋的後牆。
㊂"壞"的簡化字。

坐 (zuò)⑨dzɔ⁶〔助〕❶以臀部着物而止息。古人席地而坐，坐時兩膝着地，臀部壓在腳跟上。參見"跪❶"、"踞"、"箕踞"。引申爲乘坐。如：坐船│坐車。❷通"座"。❸守定。如：坐守。引申爲常駐。如：坐辦。又引申爲不勞、不動。如：坐享其成│坐以待斃。❹位置所在。如：坐北朝南。❺特指犯罪的原因由。如：連坐；反坐。❻因爲，相當於，對質。

【坐大】謂安然而日趨強大。

【坐化】佛教指和尚盤膝坐着死去。

【坐法】猶坐罪。因犯法而獲罪。

【坐科】在科班學戲。

【坐食】謂不勞而食。

【坐落】田地、房屋方位所在。

【坐月】婦女臨產及產後滿一個月內休息調養叫"坐蓐"，又叫坐月子。

【坐鎮】❶謂安坐而以德威服人。❷鎮守；駐守。

【坐藥】中醫指栓劑。

【坐井觀天】比喻眼界狹小，所見有限。

【坐吃山空】謂不事生產，但知消費，即使有金山銀山，也要吃空的。

【坐冷板凳】比喻因不受重視而擔任清閒的職務，也比喻長期候差或久等接見。

【坐言起行】意謂言論必須切實可行。後引申爲言行必須一致。

【坐懷不亂】〈荀子·大略〉載，春秋時柳下惠怕一個女子受冷，就用自己的衣服把她裹在懷裏，沒有人懷疑他有淫亂的行爲。後因用"坐懷不亂"形容男子在兩性關係上作風正派。

【坐觀成敗】對別人的成功和失敗抱袖手旁觀的態度。

【坐山觀虎鬥】"觀"，亦作"看"。比喻對雙方的爭鬥採取旁觀態度，等待機會，從中取利。

坑 (kēng)⑨haŋ¹〔哈罌切〕❶地洞；深谷。如：泥坑。❷糞坑，也即指厠所。如：茅坑。❸活埋。如：焚書坑儒。❹陷害。如：坑人。

毛 同"耗"。

坳 "坳"的異體字。

坑 (kēng)⑨haŋ¹〔坑〕同"坑"。

圩 (xù)⑨dzœy⁶〔聚〕同"序"。

五　畫

坡 (pō)⑨pɔ¹〔鋪荷切〕bɔ¹〔波〕〔又〕山的傾斜面。如：上坡。下坡。

坤 (kūn)⑨kwen¹〔昆〕❶八卦之一，卦形==，象徵地。又爲六十四卦之一，坤下坤上。❷象徵陰性或陰柔。❸爲女性或女方的代稱。如：坤宅。

【坤宅】舊式婚禮中稱女家爲坤宅。參見"乾宅"。

坦 (tǎn)⑨tan³〔袒〕❶平而寬廣。多指地面而言，也形容世道。如：坦途。❷開拓；廣大。❸開朗；安泰；無機詐；無隱瞞。如：坦然。參見"坦率"、"坦蕩"。❹"坦腹"的省稱，指女婿。如：令坦。參見"坦腹"。

【坦坦】❶平易。❷平常；普通。❸泰然自

若。

【坦率】坦白率真。

【坦然】形容心裏平靜，無顧慮。

【坦腹】《世說新語·雅量》載，東晉太尉郗鑒派門生到王導家裏選女婿。門生回來對郗鑒說：王家的子弟們都很好，但是聽說來選女婿，都拘謹起來，只有王羲之若無其事坦腹臥於東牀上。因選王羲之為女婿。後稱人婿為「令坦」或「東牀」，本此。

【坦蕩】❶泰然自得的樣子。❷坦率任性，放蕩不羈。

坨 (tuó)⑨tɔ⁴〔駝〕❶成塊或成堆的東西。如：泥坨子。❷露天的鹽堆。如：坨鹽。

坩 (gān)⑨hem¹〔堪〕盛物的陶器；瓦鍋。

坪 (píng)⑨piŋ⁴〔平〕❶泛指山區和丘陵區局部的平地或平原。❷中國西北黃土地區溝谷中的黃土階地或平臺，多是良好的農耕場所。

坫 (diàn)⑨dim³〔店〕❶古代設於堂中兩楹間的土臺，低者供諸侯相會飲酒時置放空杯，高者用以置放來會諸侯所饋贈的玉圭等物。❷古代室內置放食物的土臺。

坯 (pī)⑨pui¹〔胚〕❶沒有燒過的磚瓦、陶器。如：磚坯。❷泛指半製成品。如：綫坯子；鋼坯。

坰 (jiōng)⑨gwiŋ¹〔瓜英切〕遙遠的郊野。

块 (yǎng)⑨jœŋ²〔怏〕❶塵埃。❷見「块圠」。

【块圠】(一yà)亦作「块軋」。❶漫無際涯的樣子。❷高低不平。

坳 (ào，又讀āo)⑨au³〔拗〕au¹〔拗高平〕〔又〕窪下的地方。

【坳堂】亦作「堂坳」。地上低窪之處。

坶 (mù)⑨muk⁹〔木〕〔坶野〕即牧野。古地名。在今河南淇縣。傳周武王大敗殷師於此。

坷 ㊀(kě)⑨hɔ²〔可〕見「坎坷」、「困坷」。

㊁(kē)⑨hɔ¹〔呵〕見「坷垃」。

【坷垃】(kē la)亦作「坷拉」。土塊。

坻 ㊀(chí)⑨tsi⁴〔池〕水中的小洲或高地。

㊁(dǐ)⑨dei²〔抵〕山的傾斜面；側坡。

坼 (chè)⑨tsak⁸〔冊〕❶分裂；裂開。❷指草木的種子分裂發芽。❸「拆」的異體字。

垂 (chuí)⑨sœy⁴〔誰〕❶掛下；低下。如：垂柳；垂頭。❷流傳下去。如：名垂千古。❸謙言「俯」，用爲敬辭。❹將近。見「垂老」、「垂暮」。❺通「陲」。(1)邊境。(2)堂邊檐下臺階的地方。參見「垂堂」。

【垂白】鬢髮將白，謂已近老年。

【垂危】病重將死。

【垂死】接近死亡。如：垂死掙扎。

【垂老】已近老年。

【垂青】看重；見愛。詳「青白眼」。

【垂拱】垂衣拱手，古代形容無爲而治。

【垂涎】流口水，形容嘴饞想吃。比喻貪圖或羨慕之極。如：垂涎三尺。

【垂綸】綸，釣絲。垂綸即垂釣。

【垂髫】古時童子未冠者頭髮下垂，因以「垂髫」指童年或兒童。

【垂暮】❶天將晚的時候。❷已近老年。

【垂簾】封建時代在特殊情況下，太后或皇后臨朝聽政，殿上用簾子遮隔，叫「垂簾」。

【垂頭喪氣】失意懊喪的樣子。

垃 ㊀(lā)⑨lap⁹〔立見「垃圾」。

㊁(la)⑨lai⁴〔拉〕見「坷垃」。

【垃圾】被傾棄的污穢廢物。

坳 同「坳」。

坵 「丘」的異體字。

坭 同「泥❶」。

坲 (fó)⑨fet⁹〔乏〕見「坲坲」。

【坲坲】塵埃揚起的樣子。

垏 (xī)⑨sai²〔徙〕「壐」的古字。

坣 「堂」的古體字。

六　畫

垓 (gāi)粵gɔi¹〔該〕❶亦作"畡"。兼該八極之地。見"九垓❶"。❷通"陔"。猶言"重"。見"九垓❷"。❸臺階的級次。❹數目，指萬萬。
【垓下】古地名，在今安徽靈壁縣東南。項羽在這裏被圍困。
【垓心】指重重圍困的中心。

垛 (duǒ)粵dɔ²〔躲〕牆兩側或上頭伸出的部分。如：門垛子；城垛子。
垜 "垛"的異體字。

垝 (guǐ)粵gwɐi²〔鬼〕❶倒坍。見"垝垣"。❷土垃的別稱。
【垝垣】猶指倒塌的牆壁。

垠 (yín)粵ŋɐn⁴〔銀〕❶邊際；盡頭。❷迹象。
【垠咢】同"圻堮"。

垡 (fá)粵fɐt⁹〔佛〕翻耕土地。亦指翻耕過的土地。如：打垡。

垢 (gòu)粵geu³〔救〕❶黏着在物體上的骯髒或汚物。引申爲邪惡。如：藏垢納汚。❷骯髒的樣子。如：蓬頭垢面。❸通"詬"。汚辱。如：含垢忍辱。

垣 (yuán)粵wun⁴〔援〕矮牆；也泛指牆。舊時又用爲城垣或某些官署的代稱。❶省垣；謙垣。

垤 (dié)粵dit⁹〔秩〕❶螞蟻做窩時堆在穴口的小土堆，也叫蟻封、蟻冢。❷小土山。

峒 ㊀(dòng)粵duŋ⁶〔洞〕❶窪地。如：田峒。❷用於地名。如：廣東信宜縣有金峒。
㊁(tóng)粵tuŋ⁴〔銅〕用於地名。峒冢，在今湖北省境内。

垞 (chá)粵tsa⁴〔茶〕小丘。

垮 (kuǎ)粵kwa¹〔誇〕❶倒塌；崩潰瓦解。如：垮臺。❷敗。如：打垮敵軍。❸壞。如：事情搞垮了。

垟 (yáng)粵jœŋ⁴〔羊〕用於地名。浙江樂清縣有翁垟。

垵 (ǎn)粵ɐm²〔黯〕同"塯"。亦用於地名。福建龍海縣有新垵。

垕 ㊀(hòu)粵heu⁶〔后〕〔神垕〕地名，在河南省。
㊁同"厚"。

圭 同"堯"。

垍 (jì)粵gei⁶〔忌〕堅土。

垔 (yīn)粵jɐn¹〔因〕"堙"、"陻"的本字。堙塞。

七　畫

壻 (yì)粵jik⁹〔亦〕用土塊作成的爐灶。

埂 (gěng)粵gɐŋ²〔梗〕❶田塍；田邊小路。如：田埂。❷土堤。如：堤埂；埂堰。

埃 (āi)粵ɔi¹〔哀〕❶塵埃。❷一種計量微小長度用的單位。一埃 =10⁻⁸厘米 =10⁻¹⁰米，記作 Å 或 A。常用以表示光波的波長，及其他微小長度如原子、分子等的大小。

埆 (què)粵kɔk⁸〔確〕土地瘠薄。

垻 同"壩"。

埋 ㊀(mái)粵mai⁴〔痲崖切〕❶藏在土中；葬。如：埋屍。❷隱沒。如：隱姓埋名。參見"埋没"。
㊁(mán)粵同㊀見"埋怨"。
【埋玉】比喻有才能者死亡，表示悼惜之辭。
【埋名】隱没其名，不使人知。
【埋没】湮沒不爲人所知。
【埋香】指埋葬女子。
【埋怨】(mán)責備。亦作"抱怨"解。

垠 (làng)粵lɔŋ⁶〔浪〕見"壞垠"。

城 (chéng)粵siŋ⁴〔成〕❶本謂都邑四周用作防禦的牆垣。因即以爲都邑之稱。❷城市。❸築城牆。
【城池】城謂城垣，池謂護城河。舊時都邑四圍有城垣及護城河，以資防守，因有城池

之稱。

【城府】❶城市及官署。❷比喻令人難於揣測的深遠用心。如：城府甚深。

【城闕】城門兩邊的樓觀。引申爲京城。宮闕。

【城下之盟】敵軍臨城下脅迫而成的盟約。

【城門失火】據《太平廣記》卷四六六引《風俗通》載，春秋戰國時，宋國池仲魚所居近城門，有一次城門失火，延及其家，仲魚燒死。一說，宋城門失火，爲了取水灌救，池中汲乾，魚皆涸死。後因以「城門失火，殃及池魚」比喻無端受連累。

【城狐社鼠】城牆上的狐狸，土地廟裏的老鼠。比喻依勢爲奸的人。亦作「社鼠城狐」。

埏
㊀(yán)⓿jin⁴〔延〕❶邊際；邊遠之地。❷墓道。
㊁(shān)⓿sin¹〔仙〕❶製瓦的模子。❷用水和泥。

埒
(liè)⓿lyt⁸〔劣〕❶矮牆；特指馬射場四周的圍牆。❷等於；相等。如：相埒。

埔
㊀(bù)⓿bou³〔布〕〔大埔〕縣名，在廣東省東部，鄰近福建省。
㊁(pǔ)⓿pou²〔普〕〔掃桿埔〕地名，在香港島東部。

埕
(chéng)⓿tsiŋ⁴〔情〕酒甕名。

埇
(yǒng)⓿juŋ²〔湧〕同「甬」。

地
(dì)⓿dei⁶〔地〕同「地」。

埁
(hàn)⓿hɔn¹〔翰〕小堤。

八　畫

埜
"野"的異體字。

埝
(niàn)⓿nim⁶〔念〕❶在河工上，埝與堤的意義相同。如：❷淮北鹽場交貨、換船的地方也叫"埝"。

域
(yù)⓿wik⁹〔惠亦切〕❶邦國；封邑。❷區域；地區。如：異域；西域。❸疆界；境地。❹分割區域。
同"域"。

埠
㊀(bù)⓿bou⁶〔步〕碼頭。如：船已抵埠。
㊁(bù)⓿feu⁶〔阜〕大城市；通商口岸。如：商埠；外埠。
【埠頭】本作"步頭"。船舶停靠處或渡口。如：輪船埠頭。

埤
㊀(pí)⓿pei⁴〔皮〕增益；加於。如：埤益。
㊁(bēi)⓿bei¹〔悲〕通"卑"。低窪潮濕之地。
㊂(bì)⓿pei⁶〔婆毅切〕見"埤堄"。
【埤堄】(bì-)城牆上的小牆。

㙏
(jù)⓿gœy⁶〔具〕堤塘。

埭
(dài)⓿dɐi⁶〔第〕堵水的土堤。

埰
(cài)⓿tsɔi³〔蔡〕卿大夫的封地，稱采地；葬地稱埰。

坺
"坎❶"的異體字。

埶
㊀同"藝"。
㊁同"勢"。

埴
(zhí)⓿dzik⁹〔直〕黏土。

垔
同"埴"。

執（执）
(zhí)⓿dzɐp⁷〔汁〕❶拿；持。如：執筆。❷掌握；保持。如：各執己見。❸主管；掌管。❹執行。如：執法。❺捉；逮捕。如：被執。❻總單；如：回執。

【執中】❶"允執其中"的省語。詳該條。❷謂適中。

【執事】❶工作。❷古時指待從左右供使令的人。書信中用以稱對方，謂不敢直陳，故向執事者陳述，表示尊敬。❸舉行典禮時擔任專職的人。

【執拗】(-ào)固執倔強。如：脾氣執拗。

【執法】❶執行法令。亦指按律訊囚，量刑處罰。如：執法不阿；執法如山。

【執政】❶掌理國家的政事。❷掌理國家政事

的大臣；當政者。

【執要】謂掌握主要權力。

【執迷】固執不悟。

【執徐】十二支中辰的別稱，用以紀年。參見"歲陽"。

【執紼】古時送葬時幫助舉棺材下壙穴的叫"執紼"。紼，舉棺材的繩索。後稱為送葬的別稱。

【執意】堅持自己的意見。

【執著】佛教名詞。謂一心注意於世間的事物而不能超脫。後亦用來泛指固執不化。

【執業】持書誦習。業，書版。亦謂行弟子禮。

【執鞭】為人駕馭車馬，意謂給他人服役。引申為景仰追隨。

【執牛耳】古代諸侯歃血為盟，割牛耳取血，盛牛耳於珠盤，由主盟者執盤，因稱主盟者為"執牛耳"。後泛指在某一方面居領導地位。

場 (yì)⑧jik⁹〔亦〕田界；疆界。

培 ㊀(péi)⑧pui⁴〔陪〕❶在植物根株上壅土。❷培育；補養。如：栽培；培訓。❸壅土。引申為屋後牆。
㊁(pŏu)⑧peu²〔鋪口切〕見"培塿"。

【培塿】(pŏu—)亦作"附婁"、"部婁"。小土山。

基 (jī)⑧gei¹〔機〕❶基礎。如：房基；地基。引申為根本。❷開始。❸根據。引申為上述理由。

【基因】英語gene的音譯。生物體遺傳的基本單位，存在於細胞的染色體上，作直綫排列。

【基金】為興辦、維持或發展某種事業而儲備的資金或專門撥款。

【基趾】"趾"亦作"址"。凡居下面承上的，如牆腳、城腳之類，都叫"基趾"。引申為一切事物的基礎。

【基業】❶指事業的基礎；根基。❷產業。

【基層】各種組織中最低的一層。

埽 ㊀(sào)⑧sou³〔訴〕〔埽工〕護岸和堵口時常用的工事。
㊁同"掃㊀"。

堀 (kū)⑧fet⁷〔忽〕同"窟"。❶穴。❷挖掘洞穴。

堂 (táng)⑧tong⁴〔唐〕❶古代宮室，前為堂，後為室。如：升堂入室。❷特指內堂，因以為母的代稱。如：萱堂；令堂。❸四方而高的建築；四方形的廳。如：同祖父的親屬關係。如：堂兄；堂弟。按同祖親屬，古謂之從，六朝謂之同堂，唐代始稱堂。❺量詞。如：一堂課；一堂傢具。

【堂上】❶指父母。亦稱"高堂"。❷舊時官員判事都在堂上，因亦稱官長為"堂上"。

【堂坳】同"坳堂"。地上低窪之處。

【堂官】清代對中央各部長官(即管部的大學士並尚書、侍郎)的通稱，因在各衙署大堂上辦公而得名。"堂官"對"司官"而言。各部以外的獨立機構長官亦可稱堂官。❷即"堂倌"。

【堂皇】❶官署的大堂。亦作"堂隍"。❷雄偉；正大。如：富麗堂皇。

【堂倌】亦作"堂官"。舊稱酒飯店或茶館中的服務員。

【堂堂】❶巨大；高敞的樣子。❷形容儀表壯偉。

【堂奧】屋西北隅叫奧。堂奧，指堂的深處。引申為深奧的義理。亦指內地、心腹之地。

【堂會】舊時富貴人家有喜慶筵事，招延藝人在家演唱娛賓，叫"堂會"。

【堂堂正正】強大整齊的樣子。

堄 (nì)⑧ngei⁶〔藝〕見"埤堄"。

堅(坚) (jiān)⑧gin¹〔肩〕❶硬；牢固。亦指人意志堅定，堅強。如：堅信；堅守。❷堅固的事物。如：攻堅；披堅執銳。

【堅忍】堅毅不拔。

【堅貞】心志堅定不移。如：堅貞不屈。

【堅壁清野】堅壁謂堅則繳不易攻，四野清則繳無所獲。這是對付侵勢的入侵敵人的一種作戰方法。

型 (xíng)⑧jing⁴〔形〕❶鑄造金屬器物的模子。❷式樣；類型。如：新型；血型；流綫型。

堆 (duī)粵dœy¹[多虛切] ❶土墩；沙墩。亦指水中的礁石。如：𪩘㬠堆。❷累疊在一起的東西。如：土堆；書堆。❸堆積；累積。
【堆砌】本指砌磚石等物堆疊在一起。後常用來比喻詩文中多用不必要的詞藻或典故。
【堆棧】"倉庫"的別稱。貯藏和放置物資的場所。
【堆積】(事物)聚集成堆。

堇 (jīn)粵gɐn²[僅]通"僅"。少。

塼 (zhǔn)粵dzœn²[準]箭靶的中心。

埵 ㊀(duǒ)粵dɔ²[朵]❶防水的土壩。❷風發的出風鐵管。❸見"埵堁"。
【埵堁】亦作"埵塊"。小土堆。
【埵塊】同"埵堁"。小土堆。

堊(垩) (è)粵ɔk⁸[惡]❶白色土。❷粉刷。引申為凡可用來塗飾的有色土。
【堊慢】慢，通慢。用白土塗抹。

堋 ㊀(péng)粵pɐŋ⁴[朋]作射靶的矮牆，用以分隔射道。
㊁"塴"的異體字。

堌 (gù)粵gu³[固]河堤。今多用作地名。如：黃堌、冉堌(都在山東省)。

堍 (tù)粵tou³[吐]橋兩頭向平地傾斜的部分。

埡(垭) (yà)粵a³[亞]兩山間的狹窄地方。多用於地名。甘肅 成縣有化埡。

埯 (ān)粵ɐm²[黯]❶坑。今稱種菜時挖的小坑為埯。❷覆土。今也稱在小坑中播種瓜、豆等為埯。

堃 "坤"的異體字。

埼 (qí)粵kei⁴[奇]同"碕"、"隑"。彎曲的岸。

堈(㼎) (gāng)粵gɔŋ¹[江]甕。

堁 (kè)粵fɔ²[貨]fɔ²[火](又)❶塵埃。❷見"埵堁"。

埿 ㊀(ní)粵nɐi⁴[泥]塗飾，粉飾。
㊁(pàn)粵ban⁶[辦]爛泥。

堉 (yù)粵juk⁹[育]肥沃的土地。

九 畫

堙 (yīn)粵jɐn¹[因]❶堵塞。❷環城堆土山。❸可乘以上城的用具。❹埋沒。如：堙沒，堙滅。
【堙滅】猶言埋沒。
【堙鬱】氣鬱結不舒，憂悶。亦作"抑鬱"、"壹鬱"。

堝(坩) (guō)粵wɔ¹[窩]見"坩❷"。

堞 (dié)粵dip⁹[蝶]城上的矮牆。亦稱女牆。

堠 (hòu)粵hɐu⁶[後]❶古代探望敵情的土堡。參見"斥候"。❷古代記里程的土堆。
【堠程】路程；里程。
【堠鼓】古時守望邊境時用以報警的鼓。

堡 ㊀(bǎo)粵bou²[保]❶土築的小城。現泛指軍事上的防禦建築。如：碉堡；橋頭堡。亦作"堢"。
㊁(bǔ)同一集鎮，常用為地名。如：柴溝堡；馬家堡。
㊂(pù)粵pou³[舖]地名用字。如：十里堡。
【堡壘】軍事上防守用的一種堅固的建築物。也常用以比喻難於攻破的事物。

堤 (dī，又讀tí)粵tɐi⁴[啼]阻擋水流不使旁溢的長條建築物，建在江、河兩岸的，稱江堤或河堤；建在海邊的，稱海堤或海塘。
【堤防】本指築堤防水。引申為防範、防備。今多作"提防"。

堧 (ruán)粵jyn⁴[元]亦作"壖"。❶城下田。❷河邊地。❸餘地；隙地。

堪 (kān)粵hɐm¹[龕]❶地面突起處，今通作"坩"。參見"堪輿❷"。❷忍受；禁當。如：狼狽不堪。❸可；能。如：堪以告慰；不堪設想。
【堪輿】❶天地的代稱。❷即"風水"，指住宅基址或墳地的形勢，也指相宅、相墓之法。"堪"為高處，"輿"為下處。

堯(尧) (yáo)粵jiu⁴〔姚〕傳說中父系氏族壯會後期部落聯盟領袖。陶唐氏，名放勳，史稱唐堯。

堰 (yàn)粵jin²〔演〕亦作「隁」。❶稱攔河堰。係較低的擋水並能溢流的建築物；橫截河中，用以抬高水位，以便引水灌溉、發電或便利航運。❷渠道或水槽中的一種量水設備，稱為量水堰。❸一些古代的灌溉工程，以築渠修築的堰而得名，如四川灌縣的都江堰及陝西的山河堰。

報(报) (bào)粵bou³〔布〕❶告知；報告。如：報喜；報捷；自報公議。❷傳達信息的文件或信號。如：捷報；喜報；警報。❸定期出版的新聞紙，定期刊物。❹回答；答覆。參見「報聞」。❺答謝；報復。如：報恩；報仇。

【報命】事情辦完交待後回來覆命。

【報施】報酬。

【報效】為報答他人的恩惠而盡力。舊時也指以財物奉獻給上司。

【報聘】代表本國政府到友邦回訪。

【報聞】❶回覆所言之事已經聞知。❷向上報告；報知。

【報應】佛教用語，原指種善因得善果，種惡因得惡果，後來專指種惡因得惡果。

塈 (jí)粵dzik⁷〔積〕燒土為磚。見「塈周」。

【塈周】燒土為磚附於棺之四旁。也叫「土周」。

場(场) ㊀(cháng)粵tsœŋ⁴〔祥〕❶平坦的空地，多指農家翻曬糧食及脫粒的地方。如：打場；曬場。❷特指市集。如：趕場。❸特指考場。見「場屋❷」。❹一樁事情的經過。如：一場大雨；大鬧一場。

㊁(chǎng)粵同㊀❶舉行一椿事情或發生一椿事故的處所。如：會場；操場；當場；現場。❷戲劇作品的段落。如：分場。亦用以稱演戲的起止。如：開場；終場。❸特指文娛體育活動的次數。如：一場球賽。

【場台】(chǎng—)一定的時間、地點、情況。

【場屋】❶廣場中的棚屋。常以指戲場。❷特

指科舉時代考試士子的地方，也稱科場。

堵 (dǔ)粵dou²〔賭〕❶牆壁。牆的一重稱一堵。❷堵塞。如：堵嘴；堵漏洞。引申為鬱悶。如：心裏堵得慌。❸船舶「舲舶壁」的原稱。現多通用於木船內。❹見「阿堵」。

【堵牆】牆垣。常用以比喻人衆密集。

堶 (tuó)粵tɔ⁴〔駝〕瓦石。

堾 同「缺」。

堦 「階」的異體字。

塧 「腔」的異體字。

堿 「鹼」的異體字。

塄 (léng)粵liŋ⁴〔陵〕田地邊上的坡子。也叫「地塄」。

塅 (duàn)粵dyn⁶〔段〕面積較大的平坦地區。也用於地名。湖南 韶山有竹雞塅。

堗 (tū)粵dɐt⁹〔突〕同「突」。烟囱。

堺 同「界」。

塄 (è)粵ŋɔk⁹〔岳〕地面突起成界劃的部分。見「垠塄」。

十　畫

塊(块) (kuài)粵fai³〔快〕❶土塊。引申為塊狀物的通稱。如：煤塊；石塊。又引申為計物詞。如：一塊肥皂；兩塊樓布。❷安然無動於中的樣子。

【塊壘】比喻鬱積在心胸中的不平之氣。亦作「壘塊」、「魁磊」。

塋(茔) (yíng)粵jiŋ⁴〔營〕墓地。

【塋域】墓地。

塌 (tā)粵tap⁸〔塔〕倒坍；下陷。

塍 (chéng)粵siŋ⁴〔成〕田畦；田間的界路。

墤(垲)　(kǎi)⑧hoi²〔海〕地勢高而土質乾燥。

塑　(sù)⑧sou³〔訴〕用泥土搏成人物形象。如：雕塑；塑像；泥塑木雕。

塒(峙)　(shí)⑧si⁴〔時〕牆壁上挖洞做成的雞窠。

填　(mì)⑧mik⁹〔覓〕塗牆壁。

塔　(tǎ)⑧tap⁸〔榻〕一種高聳的建築物或構築物。有燈塔、光塔、鐘塔、水塔和佛塔等。

塕　(wěng)⑧jung²〔湧〕❶塵土。❷風起揚塵的樣子。

塗(涂)　(tú)⑧tou⁴〔途〕❶泥。參見「塗炭」。❷通「途」。道路。❸粉飾。❹用筆描上或抹去。如：東塗西抹；添注塗改。參見「塗乙」。

【塗乙】改竄文字。抹去叫塗，字有遺脫以添叫乙。

【塗抹】❶亂塗，謂下筆不經意。❷畫花臉。

【塗炭】炭，泥漿。「塗炭」，塗，泥淖；炭，炭火。比喻極端困苦的境地。形容人民處於極端困苦的境地叫「生靈塗炭」。❷比喻汙濁的地方。

【塗鴉】比喻書法拙劣或胡亂寫作。

塘　(táng)⑧tong⁴〔堂〕❶堤岸；防坡。如：河塘；海塘。❷水池。一說圍的叫池，方的叫塘。❸荷塘；葦塘。

【塘坳】亦作「坳塘」。地面低窪之處。

塚　「冢❶」的異體字。

塞　㊀(sāi，讀音sè)⑧sek⁷〔沙克切〕❶阻格；塞。❷塞進。❸器物口上用的塞子。如：瓶塞。❹充滿。㊁(sài)⑧tsoi³〔菜〕邊界險要之處。如：要塞；關塞。

【塞責】謂抵塞罪責。今通作事不認真負責爲「塞責」。❷：敷衍塞責。

【塞翁失馬】(塞sài)《淮南子‧人間訓》載說，古時有個住在邊塞的老人丟了一匹馬，後來這匹馬居然帶了一匹好馬回來。後因以「塞翁失馬」比喻雖然暫時受到損失，但也可能因此得到好處，有壞事可以變成好事之意。

塡　(tián)⑧tin⁴〔田〕❶塡塞。如：塡平窪地。❷塡寫。如：塡表。又依譜寫詞叫塡詞。

【塡房】繼娶之妻。

【塡咽】(一yè)亦作「塡噎」。形容行人、車馬擁擠。

【塡塞】❶形容聲音巨大。❷車馬衆多。

塢(坞)　㊀(wù)⑧wu²〔滸〕❶構築在村落外圍作爲屏障的土壘，也叫塢城。❷四面高而中央低的建築。引申爲可以四面擋風的建築物。如：花塢。㊁(wù)⑧ou³〔澳〕在水邊建築的停船或修造船隻的地方。如：船塢。❸「壢」的異體字。

塓　塓　塏

塂(塓)　(gāng)⑧gong¹〔江〕同「岡」。

塬　(yuán)⑧jyn⁴〔原〕中國西北黃土地區的一種地貌。四周爲流水切割，頂面廣闊，面積超過數平方公里，地表平緩。是良好耕作地區。如隴東的董志塬。

塨　(gōng)⑧gung¹〔公〕人名。

塝　同「磅」。

塙　塛

塃　(huāng)⑧fong¹〔方〕開採出來的礦石。

十一畫

塵(尘)　(chén)⑧tsen⁴〔陳〕❶塵土；灰塵。❷踪迹。如：步後塵。❸汙染。❹佛教謂色、聲、香、味、觸、法爲六塵。引申爲塵世。如：紅塵；塵俗。❺小數名。一分的萬萬分之一。

【塵世】即人世。

【塵芥】塵，塵土；芥，小草。比喻輕微不足重視的東西。

【塵事】猶俗事。指世俗之事。

【塵垢】塵土和汙垢，比喻微細輕賤的東西。

【塵寰】猶塵世。

【塵網】猶塵世。指把現實世界看做束縛人的羅網。

【塵慮】猶俗念，指關於世俗生活的種種思

塵。

【塵緣】佛教用語。謂以心攀緣六塵，被六塵所牽累。六塵：色、聲、香、味、觸、法。

【塵寰】猶塵世。

塹(塹)(qiàn)粵tsim³〔賜厭切〕❶護城河；壕溝。如：長江天塹。❷陷坑；比喻受挫折。如：吃一塹，長一智。

墭(圦)(zōng)粵dzuŋ¹〔中〕〔雜墭〕傘菌科植物。可食用。

塼

"磚"的異體字。

墊(垫)㊀(diàn)粵dim³〔店〕❶因地面低下而浸在水中。❷陷下。
㊁(diàn)粵din⁴〔帝燕切〕用別的東西襯在下面使物加厚或加高。如：把桌子墊高一些。
㊂diàn粵din²〔典〕墊在下面的東西。如：椅墊。
㊃diàn粵din⁶〔電〕代人暫時付款或預先撥付款項。如：墊款。

【墊陌】唐代貨幣制度的一種規定。百錢叫陌，從百錢中抽出若干叫"墊陌"。

塿(塿)(lǒu)粵leu²〔柳〕❶小土丘。見"培塿"。❷小墳。

墁(墁)(màn)粵man⁶〔慢〕❶同"鏝"、"槾"。塗牆的工具。❷牆上的塗飾。❸鋪飾。如：花磚墁地。

境(jìng)粵giŋ²〔景〕❶疆界。如：入境。❷地域；處所。如：如入無人之境。❸境況；境地。如：順境；逆境；時過境遷。

【境界】❶疆界。❷境地；景象。❸猶言造詣。多指詩文、圖畫的意境。如：境界高超。

【境遇】境況和遭遇。

墅(shù)粵sœy⁶〔睡〕❶田野的草房。❷別墅；別業。家宅以外別墅的遊玩休養之所。

塱(塱)(lǒng)粵loŋ⁵〔朗〕用於地名。廣東從化縣有黃坭塱。

塶

"塑"的異體字。

墈(kàn)粵hɐm³〔勘〕險陡的岸。也指地面突起如牆垣的土堆。如：一道高墈。

墉(yōng，舊讀yóng)粵juŋ¹〔容〕亦作"墉"。❶城牆。❷高牆。

塾(shú)粵suk⁹〔熟〕❶古時門內東西兩側的堂屋。❷舊時私人教讀的地方。如：私塾。

墋(墋)(chěn)粵tsɐm²〔寢〕同"磣"。食物中混入沙土。引伸為混濁。見"墋黷"。

【墋黷】混濁不清的樣子。

墍(xì，又讀jì)粵hei³〔氣〕kei³〔冀〕(又)❶塗屋頂。❷休息。

墐(jìn)粵gɐn⁶〔近〕❶用泥塗塞。❷溝上的路。❸同"殣"。掩埋。

墓(mù)粵mou⁶〔暮〕墳墓。按古時凡葬不堆土植樹者謂之墓，後通稱墳墓。

【墓表】即墓碑。舊特立在墓前，刻載死者生平事迹等的石碑。

墒(shāng)粵sœŋ¹〔商〕北方方言指土壤含有適合種子發芽的濕度。如：保墒。

塲

"場"的異體字。

墖

"塔"的異體字。

塽(shuǎng)粵sɔŋ²〔爽〕同"爽"。也指高燥、爽朗的地方。

堋(bèng)粵beŋ⁶〔罷幸切〕亦作"堋"。棺下土；落葬。

十二畫

墜(坠)(zhuì)粵dzœy⁶〔序〕❶落下。如：墜馬。❷下垂。亦指下垂的東西。如：錶墜；耳墜子。

【墜言】猶失言。

墀(chí)粵tsi⁴〔池〕臺階；也指階面。

增(zēng)粵dzɐŋ¹〔僧〕添；加多。如：增產。

【增竈】虞詡示強欺敵之計。《後漢書·虞詡傳》載，詡調升武都太守，為羌眾數千阻

於陳倉峪谷。他一面聲言要請兵到後再進，使羌兵不加注意；一面却兼程急行，並令吏士各做兩竈，逐日增倍；羌竟以此不敢逼，得以安全通過。

墟 (xū)粵hœy[1]〔虛〕本作"虛"。❶土丘。❷故城；遺址。如：殷墟。❸亦作"圩"。中國某些地區農村定期集市的俗稱。一般是三日一市，叫做"趁墟"或"趕墟"。

【墟里】村落。

【墟落】村落。

墠(埮) (shàn)粵sin[6]〔善〕爲供祭祀之用而清除整潔的地面。

墡 (shàn)粵sin[6]〔善〕白土。

墦 (fán)粵fan[4]〔凡〕墳墓。

墨 (mò)粵mɐk[9]〔脈〕❶書畫所用的黑色顏料，用松烟等原料製成。引申爲書畫所用的其他顏料。如：藍墨水；銀朱墨。❷黑。也指氣色晦暗。❸木工所用的墨綫，因以爲準則規矩的代稱。如：繩墨；矩墨。❹文章的代稱。如：胸無點墨。❺古代五刑之一。用刀刺刻面額，染以黑色，作爲懲罰的標記。商周稱"墨刑"，秦漢稱"黥刑"。

【墨丸】古時的一種墨。

【墨井】古指煤礦。

【墨吏】貪汚的官吏。參見"貪墨"。

【墨守】戰國時墨翟以善於守御著名，後因稱善守者爲"墨守"。現多用爲固執不知改變之意。如：墨守成規。

【墨卷】(—juàn)科舉制度中試卷名目之一。明清兩代，鄉試和會試場內試卷，應試的本人用墨筆繕寫，稱爲"墨卷"。將墨卷經彌封糊名，交謄錄人用朱筆謄寫後，送考官批閱，稱爲"朱卷"。

【墨寶】指珍貴的字畫。也用來稱美他人的字和畫。如請人寫字或畫畫說"敬求墨寶"。

【墨面】❶面容瘦黑。❷即墨刑。刺刻面額，染以黑色。

【墨客】指文人。

【墨迹】❶指書畫的眞迹。❷猶字迹。如：墨迹未乾。

【墨豬】比喻點畫癡肥而無骨力的字體。

墩 ㊀(dūn)粵dœn[1]〔敦〕土堆。如：土墩；沙墩。

㊁(dūn)粵dɐn[2]〔躉〕大而厚的木頭、石頭或用磚、石砌成的基礎。如：門墩；石墩；橋墩。也指狀如土墩的坐具。如：錦墩；繡墩。

墪 "墩"的異體字。

墮(堕) ㊀(duò)粵dɔ[6]〔惰〕落下。如：墮地。

㊁(huī)粵fɐi[1]〔揮〕通"隳"。毀壞。

【墮落】❶落下；脫落。❷敗壞。亦指思想行爲向壞的方向發展。

【墮淚碑】《晉書·羊祜傳》載，羊祜鎭襄陽，死後，當地士大夫及其部屬於峴山祜平生遊憩之所爲之建碑立廟。其後任杜預稱其碑爲"墮淚碑"，謂見碑思人，不禁淚下。

憜 同"墮"。

墱 (dèng)粵dɐŋ[3]〔凳〕亦作"隥"、"磴"。石級。

【墱道】亦作"隥道"、"磴道"。閣道。

墽 (qiāo)粵hau[1]〔敲〕同"磽"。

【墽埆】❶亦作"磽确"。土地貧瘠。❷險要的地方。

壄 "野"的異體字。

埜 "垠"的古體字。

墬 "地"的古體字。

十三畫

墳(坟) (fén)粵fɐn[4]〔焚〕❶本指高出地面的土堆，後專指墳墓。❷傳說中中國古代的典籍。參見"墳典"、"三墳五典"。

【墳典】"三墳五典"的簡稱。常用來泛指古書。

【墳墓】❶埋葬死人之地。築土爲墳，穴地爲

墓，通稱"墳墓"。❷古星名。屬危宿，共四星，即寶瓶座 ζ、γ、η、π 四星。
【填墓】猶"墳墓"。泛指古墓。

墼 (jī)粵gik⁷〔擊〕❶磚坯。也指磚坯。如：土墼。❷用碎屑摶成的圓塊。如：炭墼。

墾(垦) (kěn)粵hen²〔很〕翻土；開墾。如：墾荒；墾地。
【墾荒】開墾荒地。
【墾殖】開墾荒地，進行生產。

壁 (bì)粵bik⁸〔碧〕❶牆壁。引申指某些物體的表層。如：胃壁；腸壁；細胞壁。❷營壘。如：堅壁清野。❸峭削的山崖。如：峭壁。
【壁立】❶聳立如壁，形容山崖石壁的陡峭。❷謂室中除四壁外，空無所有，極言其貧窮。
【壁壘】❶古時軍營周圍的防禦建築物。❷壘，營壁；壘，中壘。兩個古星名。亦作"壘壁"。
【壁上觀】謂坐觀雙方的成敗，不幫助任何一方。

壅 (yōng)，舊讀 yǒng 粵jun¹〔翁〕jun²〔湧〕(又)❶阻塞。也作：壅塞。❷用泥土或肥料培育植物的根部。如：壅土；壅肥。又指用土封固牆的堤岸。
【壅門】亦作"甕門"。大城門外的小城。
【壅蔽】亦作"雍蔽"、"擁蔽"。隔絕；蒙蔽。

墿(坒) (bó)粵bok⁸〔搏〕廣東方言，就是壠。

壇(坛) (tán)粵tan⁴〔檀〕❶土築的高臺，古時用作祭祀及朝會、盟誓等大事。❷庭院中的土臺。如：花壇。亦用指庭院。❸講學的地方。如：講壇。❹報刊發表言論的篇幅。如：評壇；論壇。❺專指文藝界。如：文壇；詩壇；影壇。❻僧道進行宗教活動的場所。如：法壇。
【壇宇】壇，堂基；宇，屋邊。壇宇，引申為界限。
【壇坫】古代諸侯盟會的場所。
【壇場】❶築在廣場中的高臺。❷梵文 Maṇḍala（曼荼羅）的意譯。佛教徒在誦經及修法時，安置佛菩薩像的場所。

壈 (lán)粵lem⁵〔藍〕見"坎壈"。

壋(垱) (dàng)粵dɔŋ³〔檔〕橫築在河中或低窪田地中以擋水的小堤。"壋"的異體字。

墻 "牆"的異體字。

壄 "野"的異體字。

隩 (yù，又讀 ào)粵ou³〔奧〕通作"隩"。謂四方可定居之地。

十四畫

壎(埙) (xūn，又讀 xuān)粵hyn¹〔圈〕古代吹奏樂器。陶製，故又稱陶壎；也有用石、骨或象牙製成的。殷以前有球狀和橢圓形等數種，音孔一至三五個不等。

壑 (hè，舊讀 huò)粵kɔk⁸〔確〕坑谷；深溝。

壒 (ài)粵ɔi²〔藹〕灰塵。

壓(压) ㊀(yā)粵at⁸〔押〕❶從上往下施榨。如：壓碎；壓平；泰山壓頂。引申為迫榨的通稱。❷鎮定；制服；欺凌。如：鎮壓；彈壓；欺壓。❸迫近。參見"壓境"。❹把播弄送出的東西擱置不發。如：積壓。
㊁(yà)粵同㊀見"壓根兒"。
【壓卷】對最好的詩文或書畫的美稱。謂能壓倒其他的同類作品。
【壓迫】❶依仗權力或勢力壓制、強迫對方。❷對有機體的某一部分施加壓力。如：壓迫神經引起了疼痛。
【壓境】逼近國境，在邊境之上。
【壓驚】舊時人受驚恐後，親友用酒食等來安慰，稱為壓驚。
【壓根兒】根本；從來。如：壓根兒他就沒有理會。
【壓歲錢】舊俗，陰曆除夕以彩繩穿錢，置於牀脚，謂之壓歲錢；尊長給小兒者，亦謂之壓歲錢。

壔 (dǎo)粵dou²〔島〕土堡。

壕（háo）⑩hou⁴〔豪〕❶護城河。❷壕。如：戰壕。

壖　同"堧"。

壎　同"塤"。

壍　同"塹"。

壐　同"璽"。

十五畫

壘（垒）⊖(lěi)⑩lœy⁵〔呂〕❶軍營四周所築的堡寨。如：深壕高壘。特指邊疆上爲防敵入侵所築的堡寨。❷堆砌。如：壘牆。

⊜(lèi)⑩lœy⁶〔類〕見"壘石"。

⊜(léi)⑩lœy⁴〔雷〕見"壘壘"。

⊜(lǜ)⑩lœy⁹〔律〕見"欝壘神荼"。

【壘石】(lèi—)即"礌石"。置在城堡上用以抵禦敵人進攻的石塊。

【壘塊】比喻胸中鬱積的不平之氣。亦作"磈磊"。

【壘壘】(léi léi)一堆一堆地叢列着。多用以形容墳墓之多。

壙（圹）(kuàng)⑩kwɔŋ³〔曠〕❶墓穴，亦即指墳墓。❷原野。見"壙埌"。

【壙埌】形容原野空曠。

十六畫

壚（垆）(lú)⑩lou⁴〔勞〕❶黑色堅硬的土壤。❷酒店安置酒罈的土墩子，因亦以爲酒店的代稱。

壜　"罈"的異體字。

壞（坏）(huài)⑩wai⁶〔華艾切〕❶不好；惡劣。如：壞人；天氣壞。❷毀壞；敗壞。如：玩具壞了。❸放在動詞後，表示程度深。如：氣壞了；忙壞了。

壝（塦）(wéi，又讀wěi)⑩wei⁴〔圍〕wei⁵〔偉〕(又)圍繞祭壇四周的矮土牆。

壟（垄）(lǒng)⑩luŋ⁵〔隴〕亦作"壠"。❶田埂。亦指高地。見"壟斷"。❷墳墓。

【壟斷】❶亦作"隴斷"、"龍斷"。高而不相連屬的土墩子。後逐引申爲把持和獨佔。❷指大企業獨佔生產和市場。

壠（垅）　同"壟"。

壛（塬）(yán)⑩jim⁴〔炎〕同"欄"。

十七畫

壤（rǎng）⑩jœŋ⁶〔讓〕❶柔土，即經耕作的土地。引申爲土地的通稱。❷地區；地域。如：接壤。

壩（坝）(bà)⑩ba³〔霸〕❶建築在山谷或河流中攔截水流的水工建築物，用以抬高水位，積蓄水量，使上游成爲水庫，以供防洪、灌溉、航運、發電、給水等需要，一般也稱爲攔河壩。❷建築在河道中近岸邊地方，借以引導水流、改變流向，起保護河岸或造成新岸作用的水工建築物。

二十一畫

嚲　同"翹"。

士　部

士（shì）⑩si⁶〔事〕❶古代指未婚的男子，後作爲男子的美稱。如：士女。❷對人的美稱。如：志士；烈士。❸先秦時最低級的貴族階層。春秋時，士每多爲卿大夫的家臣。後逐漸成爲知識分子的通稱。❹軍銜之一，在尉級之下，分上士、中士、下士。

【士子】❶士大夫。❷猶"學子"。舊時讀書人的通稱。

【士林】指學術界、知識界。

【士卒】士，甲士；卒，步卒。後泛指兵士。

如：身先士卒。

【士族】東漢以後形成的各地方的大姓豪族，在政治、經濟各方面享有特權。亦稱"世族"。

【士大夫】古代指官僚階層。舊時也指有地位有聲望的讀書人。

一 畫

壬 (rén)⓿jɐm⁴〔吟〕❶天干的第九位。❷大。❸奸佞。

四 畫

壯(壮) (zhuàng)⓿dzɔŋ³〔莽〕❶強壯。❷年輕力壯。❸壯年。❸肥碩。雄壯；盛壯。如：理直氣壯。❺宏偉。如：壯圖；壯觀。❻中醫艾炙，一灼稱一壯。❼〔壯族〕中國少數民族名。分佈在廣西、雲南、廣東、貴州等省（區）。

【壯美】❶健美。❷猶"壯麗"。如：山河壯美。

【壯遊】謂懷抱壯志而遠遊。

【壯圖】宏偉的意圖。

【壯闊】形容聲勢浩大。如：波瀾壯闊。

【壯麗】雄偉而美麗。多以形容山川或建築物。

壳 "殼"的簡化字。

五 畫

殼 同"殼"。

九 畫

壹 ㊀(yi)⓿jɐt⁷〔一〕通"一"。
㊁(yì)⓿jik⁷〔億〕通"抑"。見"壹鬱"。

【壹鬱】(yì一)憂，通"抑"。憂悶。

壺(壶) (hú)⓿wu⁴〔胡〕❶古器名。深腹，斂口，用以盛酒漿或糧

食。後爲盛液體器的通稱。如：茶壺；酒壺。也指某些固體物質的容器。如：冰壺；鼻烟壺。❷通"瓠"。瓠瓜。特指盛藥的葫蘆。參見"懸壺"。❸古代投矢所用的器具。參見"投壺"。

壻 "婿"的異體字。

十 畫

壼(壶) (kǔn)⓿kwɐn²〔捆〕古時宮中巷舍間道。引申爲內宮的代稱。如：壼闈。

【壼奧】同"閫奧"。本指室內深處，後比喻深隱。

【壼闈】同"閫闈"。

十一畫

壽(寿) (shòu)⓿sɐu⁶〔受〕亦作"夀"。❶壽命。如：人壽幾何？❷年歲長久。如：人壽年豐。❸指老年人。❸謂祝壽。如：壽辰；壽酒。❺給活人預備死後裝殮物的婉辭。如：壽衣；壽材。

【壽木】壽材。

【壽穴】生前營造的墓穴。

【壽衣】裝殮死人的衣服，老年人往往生前做好準備。

【壽考】猶言高壽。

【壽材】指生前準備的棺材，也泛指一般的。

【壽星】❶指老人星，自古以來用做長壽的象徵，稱爲壽星，民間常把它畫成老人的樣子，頭部長而隆起。也叫壽星公。❷指被祝壽的人。

【壽家】謂生前預築的墳墓。

【壽域】❶指人們能夠達到的長壽的境界。❷指壽穴，生前預造的墓穴。

【壽誕】壽日（一般用於中老年人）。

【壽數】指命中注定的歲數。

【壽器】壽材，舊時生前預先做好的棺材。亦稱爲棺材的通稱。

【壽終正寢】正寢，住宅的正屋。謂年老時在家安然死去，別於橫死、客死或夭亡而言。也比喻事物的消亡。

十二畫

墫 同"蹲"。

夂 部

四畫

夆 (fēng)粵fuŋ〔峯〕抵牾；遭逢。

六畫

复 ㊀(fù)粵fuk⁹〔服〕❶走老路。❷"復"的簡化字。
㊁"複"的簡化字。

七畫

夏 ㊀(xià)粵haɐ⁶〔下〕❶一年四季中的第二季，陰曆四月至六月。❷古代中國人。如：華夏。❸古代指高大的房屋。❹即夏后氏。中國歷史上第一個朝代。相傳為夏后氏部落首領禹子啓所建的國家。建都安邑(今山西夏縣北)、陽翟(今河南禹縣)等地。共傳十三代、十六王。約當公元前二十一世紀到前十六世紀左右。傳到桀，為商湯所滅。❺十六國時匈奴族所建王國。在今陝西北部和內蒙古的一部分。❻公元618年隋末竇建德所建國號。當時據有河北大部郡縣。
㊁(jiǎ)粵gaɐ²〔假〕通"檟"。見"夏楚"。
【夏令】❶夏季。❷夏季的氣候。如：春行夏令。
【夏至】二十四節氣之一。此日，太陽幾乎直射北回歸線，北半球白晝最長；其後太陽南移，白晝漸短。天文學上，規定夏至為北半球夏季開始。
【夏楚】(jiā—)同"檟楚"，古代學校的體罰用具。
【夏曆】❶西漢初流傳的六種古曆(其實都起於周末)的一種。以建寅之月為正月。❷辛亥革命後，一般將中國歷代颁行的陰陽曆叫做"夏曆"。
【夏蟲不可以語冰】比喻時間限制人的見識。

十一畫

夐 (xiòng)粵hiŋ³〔慶〕❶營求。❷通"迥"。遠；遼闊。

十六畫

夒 (náo)粵nau⁴〔撓〕"猱"本字。猴的一種。

十八畫

夔 (kuí)粵kwɐi⁴〔葵〕❶古代傳說中一種異獸，狀如牛而無角，一足。❷人名，相傳為堯 舜時樂官。

夕 部

夕 (xī，舊讀xì)粵dzik⁹〔直〕❶日斜；日暮。如：夕照。❷夜。如：除夕。
【夕陽】❶斜日；傍晚的太陽。❷比喻晚年。❸指山的西面。
【夕照】夕陽；傍晚的陽光。

二畫

外 (wài)粵ŋɔi⁶〔礙〕❶外面。與"內"、"裏"相對。如：外表；室外。❷對本處而稱別處，對親密的而稱疏遠的，或對正式的而稱非正式的。如：外省；外人；外號。❸特指外國。如：外僑；古今中外；對外貿易。❹夫妻相稱曰外、內。如：外子(丈夫)。❺稱母親、姐妹或女兒方面的親戚。如：外祖母；外甥。❻疏遠。如：見外。❼舊戲曲脚色行當。元代戲曲中有外末、外旦、外净等，大致是指末、旦、净等行當的次要脚色。明 清傳奇和一些地方劇種中，"外"逐漸成為專演

老年男子的脚色。表演上基本與生、末相同。

【夕子】❶婦女對人稱自己的丈夫。❷外婦養的兒子。

【外父】岳父。

【外行】(-háng)指野史、雜史和以紋述人物爲主的舊小說之類。

【外行】(-háng)❶對某種事情不懂或沒有經驗。又本業的人稱不屬於本業的人爲"外行"。

【外快】指正常收入以外的收入。

【外侮】外來的欺凌或侵犯。今指外國侵略。

【外洋】外國。

【外家】❶外祖父母家。❷女子出嫁後稱娘家爲"外家"。

【外戚】外家的親屬，特指帝王的母族與妻族。

【外患】外來的禍患。今多以指外國的侵犯。

【外族】❶即"外戚"。外家之族，指母族與妻族。❷泛指本民族或本國以外的人。

【外甥】亦作"外生"。姐妹的兒子。

【外傳】(-zhuàn)❶解釋儒家經義的書。附經作傳，廣引事例，有別於"內傳"。如：《韓詩外傳》。❷傳記文的一種。凡人物爲正史所不載，或正史已有記載而別爲作傳，記其遺聞逸事者，叫"外傳"。如：《趙飛燕外傳》《高力士外傳》等。

【外債】國家向外國借的債。

【外遇】丈夫或妻子在外面不正當的男女關係。

【外感】中醫指由風、寒、暑、濕等侵害而引起的疾病。

【外篇】對"內篇"而言。詳"內篇"。

【外艱】謂遭父喪，對"內艱"而言。

【外鶩】做分外的事；心不專。

【外觀】物體從外表看的樣子。

【外交辭令】在外交場合運用的語言。有時也把用委婉曲折的詞句來掩蓋眞實的話做外交辭令。

【外强中乾】貌似强壯，實則脆弱。

三　畫

夙 (sù)粵suk[叔]❶早。如：夙興夜寐。❷舊；素常。如：夙怨。

【夙昔】同"宿昔"。

【夙怨】同"宿怨"。舊怨。

【夙願】同"宿願"。一向懷有的志願。

【夙興夜寐】起早眠遲，形容勤奮不懈。

多 (duō)粵dō[得荷切]❶數量大。與"少"相對。也指差度大。如：人多好辦事；他比我强多了。❷有餘。如：一百多；兩年多。❸推重；讚美。如：不足多。

【多分】(-fèn)推測之辭，猶多半，大約。

【多故】❶猶多難。❷多難。

【多咱】❶大概；恐怕。❷幾時，猶言多早晚。如：這是多咱的事？

【多寡】指數量的大小。如：多寡不等。

【多聞】謂學識廣博。

【多才多藝】具有多方面的才能。

【多多益善】猶言越多越好。

【多事之秋】事故或事變發多的時期。

【多財善賈】(賈gǔ)本作"多錢善賈"。謂本錢多，生意就做得開。

【多愁善感】形容人感情脆弱，容易發愁或感傷。

【多謀善斷】計策辦法多，又善於判斷決定。也指多思考、多商量並善於作出決定。

【多難興邦】(難nàn)謂多遭到患難，會激起克服困難的決心，轉使國家因而强盛起來。

【多行不義，必自斃】壞事幹多了，必定自取滅亡。

五　畫

夜 (yè)粵je[義謝切]自日落至日出前的一段時間，與"晝"、"日"相對。如：晝夜；夜以繼日。

【夜叉】梵文Yakṣa的音譯。一譯"藥叉"或"夜乞叉"。意謂"能啖鬼"或"捷疾鬼"。佛經說它是一種吃人的惡鬼。但有時也列爲擁護佛法的八部神衆之一。常用以比喻相貌醜陋、凶惡的人。

【夜分】猶言夜半。

【夜市】夜間做買賣的市場。

【夜宵】也作"夜消"。夜裏吃的酒食、點心等。

【夜壺】舊時供男性解小便用的壺。

【夜禁】舊時官府禁止一般人夜間在外行走的規定。也叫"禁夜"。

【夜臺】墓穴。

【夜幕】夜間，景色迷茫像被一幅幕布罩住一樣。如：夜幕降臨。

【夜闌】夜將盡。

【夜未央】夜已深而還沒有到天明。

【夜遊神】傳說中夜間巡行的神，比喻喜歡深夜在外遊蕩的人。

【夜總會】設立在城市中的夜間專供人吃喝玩樂的場所。

【夜以繼日】形容工作或學習日夜不停。

【夜長夢多】比喻時間隔得久了，事情可能發生不利的變化。

【夜郎自大】《漢書·西南夷傳》載，夜郎是漢朝西南方的一個小國，自以為國土廣大，是個大國。後因以"夜郎自大"比喻妄自尊大。

姓　古"晴"字。

八　畫

够　(gòu)粵geu³〔救〕❶足夠。如：這根繩子够結實了。❷達到。如：够格；够得上。

【夠戧】也作"夠嗆"。十分厲害；夠受的。如：天熱得真夠戧。

夠　"够"的異體字。

十一畫

夢(梦)　㊀(mèng)粵mung⁶〔磨用切〕❶做夢。❷醫學術語。睡眠中出現的生理現象。❸比喻虛幻。如：夢想；夢話。　㊁(méng)粵mung⁴〔蒙〕見"夢夢"。

【夢寐】睡夢；夢。

【夢華】追懷往事恍如夢境之意。

【夢想】夢中也在想。表示渴望。今多用來指幻想、妄想。

【夢熊】古人以夢中見熊為生男的徵兆。後沿用為賀人生子之辭。如：夢熊之喜。

【夢夢】(méng méng)形容昏憒。

【夢蝶】《莊子·齊物論》載，莊子曾做夢化為蝴蝶。後因用夢蝶比喻夢幻。

【夢話】夢話。也用以比喻荒謬的言論。

【夢寐以求】形容願望的迫切。

【夢筆生花】王仁裕《開元天寶遺事下》載，李白少時，夢見所用的筆，頭上生花，從此才情橫溢，文思豐富。後因以"夢筆生花"比喻才思大進。

夤　(yín)粵jen⁴〔人〕❶深。見"夤夜"。❷攀附。見"夤緣"。

【夤夜】深夜。

【夤緣】攀附向上升。比喻攀附權要，以求仕進。

夥　(huǒ)粵fo²〔火〕❶多。❷若干人結合的一羣。如：一夥人；合夥；散夥。也作"伙"。❸夥計。如：夥友；店夥。也作"伙"。❹聯合；共同。如：夥同；夥買。也作"伙"。

【夥頤】驚歎詞。表示驚訝或驚羨。

大　部

大　㊀(dà)粵dai⁶〔第艾切〕❶與"小"相對，指面積、體積、容量、數量等的廣闊、高厚、寬綽或衆多。如：大陸；大山；大海；大會。❷指範圍或程度的廣、深。如：大幹一場。❸指年輩較長或排行第一。如：大伯；大哥；老大。❹再。如：大前天；大後日。❺敬辭。如：大札；大作。　㊁(dài)粵同❶見"大夫❷"。　㊂(tài)粵tai³〔太〕古通"泰"、"太"。

【大人】❶古代對德高者之稱。❷古稱大官或貴族。舊時也稱做官的人為"大人"。❸舊稱尊長。⑴對老者、長者的尊稱、敬稱。⑵對父母或舅姑等的敬稱。

【大凡】❶大要；概略。❷大抵。❸總計；共計。

【大比】❶周代每三年調查一次人口，並考查官吏。❷隋唐後泛指科舉考試。明清兩

【大內】❶指皇帝宮殿。❷漢代京城內倉庫名。

【大夫】❶古代官職,位於卿之下,士之上❷(dài—)醫生。

【大方】❶指識見廣博或有專長的人。❷不吝嗇;不拘束;不俗氣。如:落落大方。

【大戶】指大家富戶,高門貴族。也指人口多、分支眾多的人家。

【大王】❶指擁斷某種經濟事業的財閥。如:石油大王。❷指長於某種事情的人。如:爆破大王。❸(dài—)戲曲、舊小說中對國王或大幫強盜首領的稱呼。

【大功】舊時喪服名,為五服之一。其服用熟麻布做成,較齊衰為細,較小功為粗。服期九個月。凡為堂兄弟、未嫁的堂姊妹、已嫁的姑、姊妹,又已嫁女為伯叔父、兄弟等,都服大功。

【大去】一去不返。也用為死亡的諱辭。如:大去之期。

【大地】整個地面。如:大地回春。

【大有】謂大豐收。

【大同】戰國時儒家傳說中的理想社會。《禮記·禮運》說那時天下為公,沒有私有財產,沒有盜賊,沒有欺詐。

【大旨】大意;大要。亦作"大指"。

【大作】❶大事,大的作為。❷大興土木。❸大發作;流行。❹猶大著,尊著。對他人著作的敬稱。

【大言】❶有關大事的言論。❷正大的言論。❸誇大的言辭。

【大亨】猶言大通,順利無阻礙。❷指有勢力的大官、富商或大流氓。

【大典】❶重要的典籍、著作。❷重要的典章法令。❸重大的典禮。如:開國大典。

【大宗】❶古代宗法制度以嫡系長房為"大宗",餘子為"小宗",其子孫嫡之為祖。❷謂事物的本原。❸大批。如:大宗貨物。

【大限】壽數。亦指死期。

【大要】概要;要旨。

【大指】大意;大要。

【大衍】衍,演。謂用大數以演卦。因《易·繫辭上》有"大衍之數五十"之語,後因稱五十為"大衍之數"。

【大度】宏偉的抱負;寬宏大量的氣度。

【大乘】佛教派別,自以為可以普渡眾生,所以自命為大乘。

【大家】❶指高門貴族;大戶人家。❷著名的專家。❸眾人;大夥兒。❹(—gū)即"大姑"。古代女子的尊稱。

【大荒】❶大荒年。❷最荒遠的地方。❸廣野,極言其曠遠。

【大師】❶指享有盛譽的學者或藝術家。如:藝術大師。❷佛教徒稱佛為大師。也用為對和尚的尊稱。

【大祥】古代父母喪二週年的祭禮。也叫"除靈"。

【大雪】二十四節氣之一。黃河流域一帶通常在這時逐漸積雪。參見"二十四節氣"。

【大略】❶情況的大概;大要。❷遠大的謀略。

【大率】大抵;大概。

【大統】謂統一天下的大事業。也指帝位。

【大筆】猶言大手筆。

【大寒】二十四節氣之一。這時,中國大部分地區為一年中的最冷時期。參見"二十四節氣"。

【大雅】風雅。如:無傷大雅。

【大耋】年高的人,指八十歲以上。

【大業】❶大功業。❷業,書板。大業,指經籍。

【大勢】❶大局的趨勢。也指總的局勢。如:世界大勢。❷舊指有權勢的高位。

【大較】❶大略;便概。❷大法;大體。

【大義】❶正道;大道理。❷要義;要旨。

【大塊】指大地。一說指大自然。

【大意】❶大概的意義;大旨。如:粗陳大意;大意如此。❷猶大志。❸疏忽不經意;如:麻痹大意。

【大暑】二十四節氣之一。這時,正值中伏前後,中國大部分地區常為一年中的最熱時期。參見"二十四節氣"。

【大道】❶寬闊的路。如:康莊大道。❷指常理;正理。❸謂上古五帝所行之道。

【大魁】❶科舉時稱殿試第一名,即狀元。❷

猶"大頭目"。

【大漠】即大沙漠，舊泛指中國西北部一帶的廣大沙漠地區。

【大夢】道家對人生的一種消極看法。

【大德】❶盛大的功德。❷猶大節。❸猶大恩。❹佛教用語。佛教對佛及高年僧人的敬稱。

【大節】❶猶言大體、大綱。❷與"小節"相對。有關大節的事。❸謂臨難不苟的節操。如：大節凜然。

【大駕】古代稱皇帝的車駕。後用爲對人的敬稱。如：恭候大駕。

【大數】❶自然的節氣和度數。❷舊謂氣運、命運。也指壽限；死期。❸大計。❹要略。

【大辟】死刑。

【大器】❶指貴重的器物。也指重要而可貴的事物。❷比喻能擔當重任的人。

【大憝】猶元惡，惡人的魁首。

【大壑】大海。

【大斂】亦作"大殮"。將死者屍體入棺。

【大關】❶險峻的關隘。❷古時一種殘酷的刑具，即夾棍。

【大蟲】老虎。

【大儺】古代習俗，於臘月癘祭以驅除瘟疫。亦作"大難"。

【大體】❶重要的義理；有關大局的道理。如：能識大體。❷大要；綱領。❸大概；大致。如：大體相同。

【大饗】❶古代合祭先王的祭禮。❷大宴飲。

【大觀】❶壯觀；豐富多采的景象。❷目光遠大。

【大一統】統一全境。

【大刀頭】刀頭有環，"環"與"還"同音，古人因以爲還鄉的隱語。

【大丈夫】指有大志、有作爲、有氣節的男子。

【大手筆】舊指有關朝廷大事的文字。也指有名的文章家或其作品。

【大不敬】封建時代不敬天子的罪名。

【大有年】大豐年。

【大阿哥】清代稱年長的皇子爲"大阿哥"。

【大荒落】十二支中巳的別稱，用以紀年。參

見"歲陽"。

【大淵獻】十二支中亥的別稱，用以紀年。參見"歲陽"。

【大腹賈】(賈gǔ)指富商，含有鄙視的意思。

【大千世界】原爲佛教用語，世界的千倍叫小千世界，小千世界的千倍叫中千世界，中千世界的千倍叫大千世界。後用來指廣闊無邊的世界。

【大巧若拙】謂眞正靈巧的人，不自炫耀，表面上好像很笨拙。

【大而無當】(當dàng)本意謂大得無邊際。後多用作大而不切實用的意思。

【大吹法螺】佛家稱經說法敢吹法螺，比喻說大話。

【大放厥詞】原意謂寫出大量的優美文字。今多用以譏刺人大發謬論。

【大相逕庭】偏激。一說：逕指門外的路，庭指家裏的院子，比喻二者相距甚遠。後因稱彼此大異或矛盾很大爲"大相逕庭"。

【大逆不道】罪大惡極之意。舊時多指犯上作亂而言。

【大庭廣眾】聚集很多人的公開場所。

【大惑不解】謂感到非常迷惑，不能理解。

【大智若愚】才智很高而不露鋒芒，表面上好像愚笨。亦作"大智如愚"。

【大輅椎輪】大輅，大車；椎輪，以圓木爲輪的原始車子。蕭統《文選序》有"椎輪爲大輅之始"之語，謂大輅從椎輪逐步演變而成。後因以"大輅椎輪"比喻事物由創始逐漸發展，以至大成的進化過程。

【大腹便便】(便pián)肚子肥大的樣子。含有眨意。

【大義滅親】指爲了維護君臣之義而不顧親屬之情。今指爲了維護國家人民的利益，對犯罪的親屬不徇私情，使受到法律制裁。

【大醇小疵】醇，純；疵，病。謂大體純正，而略有缺點。

【大器晚成】指大才的人成就往往比較晚。

【大樹將軍】《後漢書·馮異傳》載，馮異佐劉秀(漢光武帝)爭天下，諸將並坐論功，異獨獨處樹下，軍中號爲大樹將軍。

【大聲疾呼】大聲呼籲，促人注意。

【大謬不然】謂事實完全不是如此。也謂大錯特錯。

一畫

天 (tiān)粵tin¹〔他烟切〕❶粵「顛」。人頭。❷天空。如：頂天立地；不共戴天。❸指上帝，人們想象的萬事萬物主宰者。如：天意；天助。❹天然；出於自然的。如：天工；天災。❺天氣；如：晴天；陰天❻季節；時令。如：春天；伏天；三九天。❼一晝夜的時間；一日。如：前天；明天；成天；月小三十天，月大三十一天。❽指時間。如：天不早了。❾迷信的人指神佛仙人的居所。如：天堂。❿位置在頂部的；凌空架設的。如：天窗；天橋。

【天干】也叫「十干」。甲、乙、丙、丁、戊、己、庚、辛、壬、癸的總稱，通常用作表示次序的符號。

【天工】❶亦作「天功」。指天的職司。❷指自然所造成的。如：巧奪天工。

【天才】傑出的智慧和才能，也指具有傑出的智慧和才能的人。

【天子】指帝王。

【天井】❶古代軍事上指四周高峻中間低窪的地形。❷四圍或三面房屋和圍牆中間的空地。其形如井而露天，故以名之❸古指花枝板，亦稱「承塵」、「藻井」。

【天分】(-fèn)猶天資。

【天仙】❶傳說中的天上的仙人。❷比喻美女。

【天主】❶佛經稱諸天之主為天主。❷天主教對其所信奉之神的譯稱。基督教(新教)譯作「上帝」。

【天年】謂人的自然的年壽。

【天后】❶唐武則天作皇后時的稱號。❷海神名。據傳說：宋莆田林願第六女，卒後曾屢顯靈於海上，元至元中封天妃神號，清康熙時又加封為天后。海內之地多立廟禱祀之，有天妃廟、天妃宮、天后宮等之稱。

【天宇】❶猶天下。❷天空。❸指帝都、京城。

【天良】指人生來就有的「良知」。也指善良的心。如：喪盡天良。

【天幸】僥天的幸運，謂非人力所致。

【天使】❶神話中稱天神的使者。❷皇家派遣的使臣。❸佛教謂人的老、病、死。❹基督教(新教)對《聖經》故事中「上帝使者」的譯稱。天主教譯作「天神」。

【天命】❶「天」能致命於人，決定人類命運的一種觀點。❷指一種自然界的必然性。

【天府】❶謂自然條件優越，形勢險固，物產富饒的地方。❷周代官名。掌祖廟的守藏保管。後亦泛指皇家的倉庫。

【天性】先天的本性。

【天河】即銀河。

【天威】❶古代天命論者謂的天的威嚴。引申為帝王的威嚴。❷謂神威，神的威力。

【天香】❶特異的香味。❷指帝王宮殿上的香氣。❸祭神、禮佛用的香。

【天樞】❶星名。天名。也叫蒂星，北極五星中最明亮的一顆。

【天宮】神話中天帝所居的宮殿。也指神仙居住處。

【天真】謂未受禮俗薰陶的性情。亦指心地單純、沒有做作和虛偽。如：天真爛漫。

【天倫】指父子、兄弟等天然的親屬關係。

【天罡】北斗星。也指北斗七星的柄。

【天孫】星名。即「織女」。織女為民間神話中外於織造的仙女，為天帝之孫。故亦稱天孫。

【天時】❶自然的時序及陰晴寒暑的變化。❷猶天命，運會。

【天書】❶帝王的詔書。❷迷信者謂天神寫的書或文字。也比喻文字艱奧難懂的書。

【天神】❶天上的神，古人所想像的日、月、星辰、風雨的主宰。❷即天使。

【天荒】❶從未開墾的荒地。後以比喻從未出現過的事情。如謂「破天荒」。❷比喻歷時久遠。詳「天荒地老」。

【天倪】❶事物本來的差別。❷猶天際。

【天理】❶即「理」。理學家虛構的世界的精神本原，其內容是封建的倫理綱常。❷猶言天道。迷信者謂天能主持公道。❸自然規律。

【天堂】❶與「地獄」相對。為許多宗教所共有。一般指位於「天上」，神仙居住以及「善人」死後靈魂享受福樂的地方。❷比喻

幸福美好的生活環境。

【天淵】天和深淵。比喻相隔極遠，差別極大。

【天造】❶自然生成的。對人造而言。❷猶言天地之始。

【天涯】猶天邊。極遠的地方。

【天象】指天文、氣象方面的現象。

【天然】自然生成，非人工造作。

【天窗】設在屋面上用以透光或通風的窗。

【天資】❶指天生的資質。❷天賦。

【天誅】謂上天對有罪者的懲罰。

【天道】❶自然的規律。古人認為天道是支配人類命運的天神意志。❷佛教名詞。六道之一。六道：即天、人道、阿修羅道、畜生道、餓鬼道、地獄道。❸時候；天氣。

【天稟】猶天賦、天資。

【天意】謂上天的意願。亦指帝王的心意。

【天塹】亦作"天壍"。天然的壕溝，比喻地形的險要，多指長江。

【天漢】❶即銀河。❷星宿名，即"箕宿"。

【天幕】❶帳幕。亦指天空。❷懸掛在舞臺後面配合燈光以表現天空景象的大布幔。

【天網】謂天道如網。比喻國法。

【天賦】謂人們生來就具有的才智、能力等。

【天潢】猶天池。古時稱皇室為"天潢"，謂皇族支分派別，如導源於天池，故稱。如：天潢貴冑。

【天趣】自然的情趣。多指藝術品的意致和諧調。如：天趣盎然。

【天機】❶天意。❷自然的機密。❸謂國家的機要事宜。

【天險】天然險要的地方。

【天闕】❶古指帝京，謂帝王宮闕所在之地。也指朝廷。❷星名。即北斗星。

【天職】古人認為四時變化，百物生長，是天的職能，因稱"天職"。今謂人應盡的職責。

【天壤】猶言天地。也比喻相距極遠，猶天淵。如：相去天壤；天壤之別。

【天籟】自然界的音響。亦稱詩歌不事雕琢，得自然之趣者為"天籟"。

【天驕】"天之驕子"的略語。漢時匈奴自稱為天之驕子，意謂為天所驕寵，故極強盛。後用"天驕"稱強盛的邊地民族。

【天衢】❶天空高遠廣大，無處不通，好像廣闊的街道一樣，故稱天衢。猶言天途、天路。❷古指帝京。亦指帝京的繁衍。

【天中節】端午節的別稱。

【天地會】清初出現的以反清復明為目的的民間秘密組織。崛生東南沿海一帶活動，遭到清政府鎮壓。後來以三點會、三合會等名義繼續分散活動。

【天衣無縫】比喻事物的渾成自然，細致周密，無痕漏可尋。

【天作之合】為祝人婚姻美滿之辭。

【天長地久】❶謂天地能長時存在。❷謂與天地一樣長久。

【天花亂墜】《高僧傳》載，梁武帝時雲光法師講經，感動上天，天花紛紛墜落。後多用以形容能說會道，言語動聽而不切實際。

【天保九如】《詩・小雅・天保》篇中連用九個"如"字，有祝賀福壽延綿不絕之意。後因以"天保九如"稱祝壽之辭。

【天香國色】亦作"國色天香"。本唐代詩人讚美牡丹之辭。讚其色香俱非一般花卉可比。後常用以稱美女。

【天荒地老】極言時間久遠。

【天馬行空】謂天馬即天馬，神馬；行空，騰空飛行。比喻才思豪放，超拔不凡。

【天高地厚】謂天地間之大。後多以"不知天高地厚"比喻不知事情的懸距、嚴重。亦作"高天厚地"。

【天崩地坼】比喻重大的事變。

【天造地設】讚美事物自然形成，而又合乎理想。

【天涯海角】亦作"海角天涯"。形容地方僻遠。

【天經地義】指顛撲不破的真理，或表示理所當然，無可懷疑的意思。

【天翻地覆】比喻大亂。也比喻巨大的變化。

【天羅地網】比喻到處包圍，難以脫逃。

【天壤王郎】《世說新語・賢媛》載，晉謝道韞嫁與王凝之卻看不起他。有次回到家裏，叔父謝安加以勸慰。道韞說："不意天壤之中，乃有王郎！"後因稱婦女所嫁的丈夫不合意為"抱天壤王郎之恨"。

【天懸地隔】比喻相差極遠。

【天字第一號】以前對於數目多和種類多的東西，常用《千字文》文句的字來編排次序，"天字"是《千字文》首句"天地玄黃"的第一字，因此"天字第一號"就是第一或第一類中的第一號，借指最高的、最大的或最強的。

【天下烏鴉一般黑】比喻任何地方的壞人都是同樣的壞。

太 (tài)粵tai³〔泰〕❶過。❷極大；至高。見"太空"。❸指高一輩。如：太翁；太生；太師母；太夫人。❹猶言很、極。如：不太多；太好了。

【太一】中國哲學術語。"太"是至高至極、"一"是絕對唯一的意思。"太一"有至高、至極、絕對、唯一的意思。是老聃的"道"的別名。"太一"又作"太極"意義相近。

【太公】❶古代會稱祖父或祖。又俗亦稱曾祖父為"太公"。❷對老年人的尊稱。❸周代呂尚的稱號。

【太古】遠古；上古時代。

【太史】❶古官名。西周、春秋時太史掌管起草文書，策命諸侯爵大夫，記載史事，編寫史書，兼管國家典籍、天文曆法、祭祀等，為朝廷大官。秦漢設太史令，職位漸低。魏晉以後修史的職務劃歸著作郎，太史僅掌管推算曆法。隋改稱太史監，唐改為太史局，肅宗時又改為司天臺，五代亦同。宋代有太史局，司天監、天文院等名稱。遼稱司天監，金稱司天台。元代改稱為太史院，與司天監並立，但推步測算之事皆歸太史院，司天監僅空名。明 清兩代均稱欽天監；至於修史之事則歸之翰林院，故對翰林亦有"太史"之稱。

【太守】中國古代地方官名。秦朝設郡守，西漢 景帝時始改稱太守，是一郡的最高官職。宋以後廢。明 清兩代習慣上仍用作知府的別稱。

【太君】古代官員之母的封號。後亦用以尊稱他人的母親。

【太初】❶古代指形成天地的氣的原始狀態。後亦用以稱天地形成前的時期。❷道家指"道"的本體。

【太息】大聲歎氣；深深地歎息。

【太倉】❶古代設在京城中的大穀倉。❷道家語，胃的別名。

【太尉】中國封建王朝中央機構中掌管全國軍事的最高官職。秦朝開始設置，漢以後名稱常變，元朝廢。

【太清】❶道家謂天道。❷天空。❸道教"三清"之一。即最高的天神之一"太上老君"或最高的仙境之一"太清聖境"。

【太陰】月亮。

【太虛】❶幻想的虛無縹緲的境界。❷古代哲學概念。指氣的原始狀態。❸指天、天空。

【太歲】❶舊曆紀年所用值歲干支的別名。如逢甲子年，甲子即是"太歲"；乙丑年，乙丑即是"太歲"，以此類推，至癸亥年止；故《爾雅·釋天》有"太歲在甲、在乙、在子、在丑之說。但習慣上只重視"歲陰"（十二地支），故"太歲"每十二年一循環；地支有方位，"太歲"因而亦有方位，迷信家許多禁忌遂由此產生。❷值歲的神名。

【太廟】帝王的祖廟。

【太學】中國古代的大學。始於西周。

【太皞】亦作"太皓"。傳說中古代東夷族首領。一說即伏羲氏。道教亦謂東方青帝為太皞。

【太醫】皇家的醫生。

【太上皇】❶皇帝的父親的稱號，特稱把皇位讓給兒子而自己退位的皇帝。❷比喻在幕後操縱，掌握實權的人。

【太師椅】一種有靠背和扶手的大圈椅。

【太廋生】即太瘦。生，作語助。

【太憨生】太嬌癡。生，作語助。

【太上老君】道教對老子的尊稱。

【太平天國】洪秀全、楊秀清等於1851年在廣西桂平縣金田村起義，建立太平天國，1853年在天京（今南京）定都，建立國家政權，勢力發展到十七個省。1864年滅亡。

【太阿倒持】把權柄給人家，自己反而受到威脅或禍害。

【太倉一粟】亦作"太倉稊米"。稊米，小米。穀倉中的一粒小米，比喻極藐小。

【太歲頭上動土】在太歲的方位上動土興工。古人認為這樣必招來禍患。後來用"太歲頭上動土"比喻敢於觸犯強暴。

【太公釣魚，願者上鈎】民間傳說，周朝姜太公曾在渭水河邊用無餌的直鈎在水面三尺上釣魚，說：「負命者上鈎來！」後用來比喻自願上當。

夫　㊀(fū)粵fu¹〔呼〕❶女子的配偶。如：夫婦。❷成年男子的通稱。如：匹夫。❸指從事體力勞動或被役使的人。如：漁夫；車夫；夫役。

㊁(fú)粵fu⁴〔扶〕❶表感歎語氣。如：逝者如斯夫！不舍晝夜。❷表疑問語氣。如：吾身，可夫？❸作語助，用在句首如：夫戰，勇氣也。❹作語助，用在句中。如：吾聞夫齊魏徭戍。❺猶「那」。如：獨不見夫螳螂乎？❻猶「他」。如：使夫往而學焉。

【夫人】古代諸侯的妻子稱夫人，明清時一二品官的妻子封夫人，後來用來尊稱一般人的妻子。

【夫子】❶舊時對學者的尊稱。❷舊時學生稱老師(多用於書信)。❸舊時妻稱夫。❹稱讀古書而頭腦陳腐的人(含譏諷意)。如：老夫子。

【夫君】妻稱丈夫。

【夫婿】妻稱丈夫。

【夫子自道】本爲子貢頌揚孔子的話。後多指說別人的缺點時，不自覺地道着自己的痛處。

【夫倡婦隨】「倡」亦作「唱」。謂妻子必須服從丈夫。也用以稱夫婦和睦。

夨　(zè)粵dzek⁷〔仄〕側頭。

夬　(guài)粵gwai³〔怪〕六十四卦之一。

夭　㊀(yāo)粵jiu²〔妖〕❶短命；早死。如：夭折。❷砍伐；摧折。

㊁(yāo)粵jiu¹〔腰〕❶草木茂盛的樣子。❷屈抑。

【夭夭】(yāo yāo)❶形容茂盛而豔麗。❷形容貌和悅舒徐。

【夭折】短命；早死。

【夭閼】亦作「夭遏」。摧折；遏止。

【夭矯】屈伸的樣子。亦用來形容屈曲而有氣勢。

【夭蟜】同「夭矯」。本爲屈伸的樣子，引申爲屈曲。

【夭桃穠李】(夭yāo)比喻年少貌美，多用爲祝頌婚嫁之辭。穠，亦作「襛」。

二　畫

央　(yāng)粵jœŋ¹〔映〕❶當中。如：中央。❷盡。如：夜未央。❸懇求。如：央求。

夯　㊀(hāng)粵haŋ¹〔坑〕❶衆人齊擧以築實地基的工具。如：打夯。也稱用夯砸實地基。如：夯得很結實。❷衝；撞。❸用力扛。

㊁(bèn)粵ben⁶〔笨〕通「笨」。粗笨。如：夯漢。

失　(shī)粵sɐt⁷〔室〕❶遺失；喪失。如：失物；失地；得而復失。❷過失；錯誤。如：不容有失。❸耽誤；錯過。如：失期；失機。❹不自禁；忍不住。見「失喜」、「失笑」。

【失色】❶對人態度容貌不莊重。❷因驚恐而變了面色。

【失守】❶失去操守或職守。❷猶陷落。爲敵方所攻佔。

【失足】❶擧止不莊重。❷猶失脚，因走路不小心而傾跌。如：失足落水。亦以比喻喹落。

【失身】❶身受危害；喪身。❷失去操守，淪落。特指婦女失去貞操。

【失言】本指不該對某些人說某些話，後指無意中說了不該說的話。

【失事】出了意外的不幸事故。

【失明】❶瞎。失去視力。❷失去光明。

【失計】失算；計謀錯誤。

【失氣】喪氣；意氣沮喪。

【失眞】走了樣；與原來的形狀、性質、意義或精神不符。

【失笑】忍不住發笑。

【失措】擧動慌亂失常；不知所措。

【失策】失計；打算錯誤。

【失意】❶不如意；不合意。❷猶失望。不得志。❸不合他人之意。

【失愼】不謹愼，特指失火。

【失態】謂態度失當；失身分或無禮貌。如：

酒後失態。

【失算】猶失策。打算錯了，或是沒有計算到。

【失察】疏於檢查監督。

【失節】❶失去節操，多指投降敵人。亦用以指婦女失去貞操。❷違背節操。❸失去調節；違反時令。

【失調】❶（─diào）音調不和諧。❷（─tiáo）失去平衡；調節或調養失宜。如：冷暖失調。

【失機】❶錯過時機。❷洩露機密。❸貽誤軍機。

【失聲】❶悲極氣咽，哭不成聲。❷禁不住發出了聲音；脫口而出。

【失禮】不合禮節；沒有禮貌。

【失辭】失言。謂言辭失當。

【失職】沒有盡到職責。

【失之交臂】亦作「交臂失之」。謂已遇其機而又當面錯過。

【失道寡助】見「得道多助，失道寡助」。

【失魂落魄】形容心神不寧，驚慌之極。

【失敗為成功之母】意思是說，失敗是成功的先導，從失敗中吸取教訓，最後可以轉敗為勝。

【失之東隅，收之桑榆】比喻在此時此地遭到失敗或損失，而在彼時彼地得到成功或收穫。東隅：出太陽的東方，指早晨。桑榆：日影落在桑樹榆樹之間，指傍晚。

三　畫

夷　(yí)⑧ji⁴〔而〕❶中國古代對東方各族的泛稱，亦稱「東夷」。亦用以泛指四方的少數民族。❷平坦；平安。與「險」相對。如：化險為夷。❸誅鋤；削平。如：夷滅；夷為平地。參見「夷戮」。

【夷戮】殺戮。

【夷瘳】疾病平復痊癒。比喻生民疾苦的解除。

【夷簡】平易質樸。

夸　(kuā)⑧kwa¹〔誇〕❶驕傲自大。❷通「媱」。柔軟，美好。❸「誇」的簡化字。

【夸毗】過分柔順以取媚於人。

四　畫

夾(夹)　㊀(jiā)⑧gap⁸〔甲〕❶從兩旁加力使固定。如：夾住。❷從兩個相反方向來的。如：夾攻；夾擊。❸人謂左右挾持。參見「夾輔」。❸在兩者之間。如：夾縫；夾道。❹箝夾的器具。如：髮夾；講義夾。❺混雜。如：夾生飯；文白夾雜。

㊁(jiá)⑧同㊀❹雙層的。如：夾衣；夾被。❷通「鋏」。劍把子。

【夾注】插在文句中間的注解。

【夾帶】❶秘密攜帶、私藏違禁或逃稅物品。❷舊指考試時，私帶書籍或有關資料。

奀　(ēn，舊讀máng)⑧ŋɛn¹〔銀高平〕方言。人瘦弱。

夾　(shān)⑧sim²〔閃〕偷了東西藏在懷裏。

五　畫

奄　㊀(yǎn)⑧jim²〔掩〕❶覆蓋；包括。❷忽；遽；來去不定。見「奄忽」。

㊁(yān)⑧jim¹〔閹〕❶氣息微弱的樣子。參見「奄奄」。❷通「淹」。久。見「奄留」。

【奄奄】(yān yān)氣息微弱的樣子。

【奄忽】❶急遽的樣子。❷指死亡。

【奄留】(yān─)同「淹留」。停留；久留。

奅　(pào)⑧pau³〔豹〕❶說大話騙人。❷炮石，為打擊仰攻的敵人，從上面投下或滾下的石塊。

奇　㊀(qí)⑧kei⁴〔旗〕❶特殊的；罕見的。如：奇聞；奇事。❷驚異；不足為奇。❸出人意外；變幻莫測。如：出奇制勝。❹異常；甚。如：奇癢；奇痛。

㊁(jī)⑧gei¹〔基〕單數；零數。如：奇偶；五十有奇。參見「奇零」。

【奇兵】出乎敵人意料而突然出襲的軍隊。

【奇珍】奇異少見的、珍貴的東西。

【奇特】奇異、特殊，不同於平常。

【奇零】(jī─)亦作「畸零」。不成整數的；零星的。如：奇零之數。

【奇談】令人覺得非常奇怪的言論。

【奇謀】奇特而有機謀。

【奇觀】罕見而又壯觀的景象或奇特少見的事情。

【奇貨可居】本謂把稀有的東西囤積起來，等待高價出售。後來常用以比喻挾持某種技藝或某種事物作爲資本以博取功名財利。

奈　(nài)粵noi6[耐]❶如何。如：無可奈何。❷無奈。如：奈路途奔馳。❸通"耐"。禁得起；受得住。

【奈何】❶怎麼；怎麼辦。❷對付；處置。

奉　(fèng)粵fung6[鳳]❶捧。❷進獻。❸受。如：敬奉。❹奉命；奉使。❺信奉；遵奉。如：奉佛；奉爲典範。參見"奉行"。❻敬辭。如：奉陪；奉候；奉訪；奉託。❼"俸"。俸祿。❽恭敬對舊官名奉天省，簡稱奉。如：奉系軍閥；直奉戰爭。

【奉公】奉行公事。如：克己奉公；奉公守法。

【奉行】遵照執行。

【奉承】❶猶言奉受。接受、執行的敬辭。❷事奉。❸阿諛諂媚。

【奉養】供養；贍養。

【奉行故事】照舊例辦事。

六　畫

奊　(xié)粵kit8[揭]頭不正的樣子。

奎　(kuí)粵fui1[灰]kwei1[規](又)❶胯；兩髀之間。引申爲張開兩足。❷星名，二十八宿之一。

【奎章】帝王的手筆。

奏　(zòu)粵dzeu3[咒]❶進；奉獻。❷臣子向君主進言、上書。參見"奏章"、"奏疏"。❸特指進刀、運刀。見"奏刀"。❹作業；演奏。如：獨奏；合奏。❺取得（功效）。參見"奏功"、"奏效"。

【奏刀】進刀；運刀。操刀割物。

【奏功】成功；奏效。

【奏效】❶收效；取得效果。❷說明事情的效應。

【奏章】向皇帝奏事的本章。

【奏疏】(—shù)猶奏章。古代臣下向帝王進言的文書，包括奏疏、對、狀、札子、封事、彈事等。亦稱"奏議"。亦指官員向皇帝上書奏事。

【奏摺】明 清兩代官員向皇帝奏事的文書。因用摺本繕寫，故名。也稱摺子。

奐　(huàn)粵wun6[喚]❶鮮明；盛大。❷通"渙"。見"奐衍"。

【奐奐】光輝煥發的樣子；鮮明的樣子。

【奐衍】多而佈滿的樣子。

契　(qì)粵kei3[卡腎切]❶合同；證券。如：契約；契據。❷意氣相合；投合。如：默契；相契。❸通"鍥"。刻。

㊀(qiè)粵kit8[揭]見"契闊"。又㊀❸意同的或讀。

㊁(xiè)粵sit8[屑]亦作"偰"、"禼"。傳說中商族始祖。

粵(qì)同㊀見"契丹"。

【契丹】古族名。源出東胡，遊牧於今遼河上游。唐末曾建立遼政權，1125年爲金滅後，漸與蒙古、女眞、漢人等同化。一部分西遷，建立西遼(1124～1211)。

【契機】德語Moment的意譯。指一事物轉化爲他事物的關鍵。

【契闊】(qiè—)❶勞苦；勤苦。❷謂久別的情愫。

奔　㊀(bēn)粵ben1[賓]❶急走；跑。如：奔馳；狂奔。❷逃亡。如：出奔。❸指女子私往就男人。如：私奔。

㊁(bèn)粵ben3[殯]粵ben1[賓](又)同"逩"。直往，趨向之。如：奔向。

【奔命】❶奔赴應命；忙於應付。❷指急速奔赴前方的隊伍。

【奔放】疾馳。常用來比喻氣勢蓬勃橫逸。如：熱情奔放。

【奔波】❶奔騰的波濤。❷忙碌地往來奔走。

【奔放】橫衝直撞。

【奔喪】指奔赴親喪。

【奔騰】飛奔急馳。

奕　(yì)粵jik9[亦]❶大。參見"奕奕"。❷累。見"奕世"。

【奕世】一代接一代。

【奕奕】❶高大美盛的樣子。❷光彩閃動的樣子。引申爲精神煥發的樣子。如：神采奕

奕
　㊀(zhà)⑧dza³〔詐〕開，張開。

夡
　㊀(shē)⑧tse¹〔車〕通"奢"。
　㊁(chǐ)⑧tsi²〔此〕通"侈"。
　㊃(zhà)⑧dza¹〔渣〕[夡山]地名，在湖北省。

夻
　(tài)⑧tai³〔泰〕"太"的俗字。

七　畫

套
　(tào)⑧tou³〔吐〕❶罩在外面。如：套上一層布。也指罩在外面的東西。如：手套；鋼筆套。❷串連；連接着的。如：一環套一環；套印。❸用來將牲口和所拉的車、犁聯結起來的皮繩之類用具。如：牲口套；大車套。也指用這種用具拴繫牲體。如：套車；套馬。❹地勢彎曲的地方。如：河套。❺同類事物配合成的整體；引申爲成套事物的量名。如：成套設備；兩套制服。❻形式已成格局的辦法或語言。如：俗套；客套；老一套。❼襲用前人現成的形式。如：套用。❽用計騙取。如：想辦法套他的話。特指奸商套購取利。

奘
　㊀(zàng)⑧dzɔŋ⁶〔臟〕壯大。
　㊁(zhuǎng)⑧dzɔŋ⁶〔曹朗切〕徑圍粗大。
　㊂(zàng)⑧dzɔŋ⁶〔臟〕dzɔŋ〔莊〕(又)〔玄奘〕唐代一個和尚的名字。

奚
　(xī)，舊讀(xí)⑧hei⁴〔兮〕❶古代奴隸的一種。❷何；胡。如：奚以教人？

【奚翅】同"奚啻"。

【奚啻】亦作"奚翅"。猶何止、豈但。

【奚落】諷刺；譏笑。也用作欺負的意思。

九　畫

奠
　(diàn)⑧din⁶〔電〕❶獻。❷祭；向鬼神靈上祭品。如：祭奠；奠酒。❸安置；停放。❹定。如：奠基。

【奠基】打下建築物的基礎。如：奠基禮。

【奠儀】送給喪事人家的禮品。也指喪家靈前所供的物品。

夰
　㊀(ào)⑧ŋou⁶〔傲〕❶通"傲"。傲慢。❷矯健的樣子。見"排夰"。
　㊁(shē)⑧tse¹〔車〕❶侈；不節儉。❷過分；過多。如：奢望；奢願。

【奢汰】亦作"奢泰"、"奢忕"。奢侈無度。

十　畫

奧
　㊀(ào)⑧ou³〔澳〕❶室內西南角。❷含義深，不易理解。參見"奧妙"、"奧賾"。
　㊁(yù)⑧juk³〔郁〕通"燠"。暖。

【奧妙】❶深奧微妙。❷猶秘密；祕訣。

【奧援】謂暗中支持、幫助的力量，多用於官場。

【奧賾】幽深隱微。

十一畫

奩(奁)
　(lián)⑧lim⁴〔廉〕古代盛梳妝用品的器具。後化成有一種可以開闔的梳妝鏡匣。亦泛指一種精緻而輕巧的小匣子。如：印盒；棋奩。也用爲嫁女所備衣物的總稱。如：陪奩；奩資。

奪(夺)
　(duó)⑧dyt⁹〔杜月切〕❶強取；巧取豪奪。❷爭取；競取。❸用力衝開。如：奪門而出。❹削除。如：剝奪公權。❺喪失。見"奪氣"。❻脫漏。校書時發現漏字叫"奪"，多字叫"衍"。❼決定取舍。如：定奪；裁奪。

【奪目】耀眼。如：鮮豔奪目。

【奪志】被迫改變原來的志向或意願。

【奪氣】猶喪胆，因恐懼而喪氣。

【奪魄】謂失神而無生氣。也用爲驚心動魄的意思。

【奪胎換骨】亦作"換骨奪胎"。比喻師法前人寫作的命意或技巧，從事新的創作。

【奪席談經】《後漢書·儒林列傳》記載，光武帝劉秀有一次讓許多講經的學者公開辯難。辯贏的人把坐的席子拿下來交給辯勝的人，有一個叫戴憑的人，在辯論中贏得了五十多條席子。後來就用奪席談經比方在公開辯難中壓倒衆人。

奫 (yūn)⑨wɐn¹〔溫〕見"奫潫"。

【奫潫】(一wān)水迴旋的樣子。

獎(奖) (jiǎng)⑨dzœŋ²〔掌〕❶勸勉。❷稱讚；誇獎。如：褒獎；嘉獎。參見"獎挹"、"獎飾"。❸為了表揚、鼓勵而給予的榮譽或財物。如：一等獎；發獎。❹輔助。如：獎助。

【獎挹】亦作"獎掖"。猶獎挹。推許提拔。

【獎掖】同"獎挹"。

【獎進】稱許提拔。

【獎飾】謙辭，猶獎獎譽，含有稱許過當的意思。

【獎勵】讚許鼓勵。

十二畫

奭 (shì)⑨sik⁷〔式〕惱怒。

奬 "獎"的異體字。

十三畫

奮(奋) (fèn)⑨fɐn⁶〔憤〕❶鳥類振羽展翅。如：奮翅。❷振作。如：振奮。❸搖動；舉起。如：奮臂；奮筆疾書。

【奮迅】精神振奮，行動迅速。

【奮勉】努力。

【奮袂】(一mèi)揮袖。也用來形容奮發的樣子。

【奮飛】鳥類振翼飛翔，也用以比喻人行動自由，不受束縛。

【奮發】振作興起。

【奮臂】有力地高舉手臂，表示激昂振奮。如：奮臂高呼。

【奮不顧身】奮勇直前，不顧生命。

十五畫

奰 (bì)⑨bei³〔閉〕怒。參見"奰屓"

【奰屓】即"贔屓"，詳該條。

二十一畫

龘 同"䴩"。

女 部

女 ㊀(nǚ)⑨nœy⁵〔毀〕❶女人。與"男"相對。❷女兒。
　㊁(nù)⑨nœy⁶〔毀低去〕嫁女於人。
　㊂(rǔ)⑨jy⁵〔雨〕❶通"汝"。❷姓。

【女工】❶亦作"女功"、"女紅"。指舊日婦女所事的紡織、刺繡、縫紉等事。❷指做女紅的婦女。今泛指女工人。

【女史】古代女官名。以知書婦女充任。佐助內宰掌管有關王后禮儀的典籍。也用作對知識婦女的尊稱。

【女兄】姐姐。

【女弟】妹妹。

【女紅】(一gōng)同"女工❶"。

【女流】年輕的女子。

【女流】對婦女的泛稱，含有輕視的意思。

【女真】古族名。也叫女直。原在今松花江和黑龍江中、下游一帶，主要從事漁獵。北宋末統一各部，建立金政權(1115～1234年)。一部分南遷中原，漸與漢族同化。留居東北的，成爲滿族的主要組成部分。

【女媧】中國神話人物。傳說她是人類的始祖，曾煉五色石補天，折斷鼇足支撐天的四極，治理洪水，殺死猛獸，使人民得以安居。

【女德】❶指婦女應具備的德行。❷猶女色。❸尼姑。宋徽宗宣和元年改稱僧爲"德士"，尼爲"女德"。

【女牆】城牆上的矮牆。亦作"女垣"。

二 畫

奴 (nú)⑨nou⁴〔駑〕❶受使役的喪失自由的人。如：家奴；農奴。❷古代婦女自稱。男子也或自稱奴。

【奴才】❶明清時常稱僕人爲"奴才"，又清

代旗籍文武官員，對皇帝自稱為奴才，也用於正式文件。是「阿哈」的漢譯。今亦用以斥指甘心供人役使、幫助作惡的人。❷輕蔑的稱呼，猶言無用之人，有只配為奴之意。亦作「奴才」。

【奴家】舊時女子自稱。

【奴顏婢膝】形容卑躬屈節、諂媚討好的樣子。亦作「奴顏媚骨」。

奶（nǎi）⑧nai⁵〔乃〕❶乳房。如：奶頭。亦謂像奶頭的東西。如：芋奶。❷乳汁。如：牛奶。❸餵奶。如：奶孩子。

【奶奶】（nǎi nai）❶祖母。❷對女主人的稱呼。

三　畫

奸（jiān）⑧gan¹〔艱〕同「姦」。❶邪惡，詐偽。如：奸雄。❷邪惡詐偽的人。如：鋤奸。❸犯淫，私通。如：通奸。

【奸細】❶為敵方刺探情報的人；間諜。❷奸邪的人。

奼（chà）⑧tsa³〔詫〕同「姹」。❷誇耀。

好〇（hǎo）⑧hou²〔蒿上去〕❶美，善。與「壞」相對。❷相善；友愛。如：友好，和好。❸完畢，完成。如：準備好，做好了。也指完整、完好。如：完好，安好。❹容易。與「難」相對。如：好懂，好辦。❺表示應允。如：好，就這麼辦吧。❻可以；能；以便。如：你好走了；只好如此。❼表示程度深或數量多。如：好快，好冷；好幾天；好一會兒。

〇（hào）⑧hou³〔耗〕喜愛。如：好辯，好勝；嗜好。

【好歹】❶好壞。如：不識好歹。❷猶意外，指不如意事。一般多指死亡。❸無論如何。

【好在】❶古人相問候的話，猶言好麼，無恙。❷猶言好的好的；好生。❸幸虧。

【好尚】（hào一）意麼所愛好、崇尚的。也指社會風尚。

【好身手】體格健捷，精於武藝。

【好大喜功】（hào hào）一意想做大事立大功。有時也用於貶義。

【好事多磨】一件好事情，在進行中往往要經受許多挫折。

【好高騖遠】（hào hào）鶩，馬快跑。比喻不切實際地追求過高或過遠的目標。

【好為人師】（hào hào）不謙虛，喜歡以教人的人自居。

【好整以暇】（hào hào）形容既嚴整而又從容不迫。

妁（shuò）⑧dzœk⁸〔雀〕見「媒妁」。

如（rú）⑧jy⁴〔余〕❶順遂；依照；遵從。如：如願；如常；如命。❷似；像。如：健步如飛。❸及；比得上。如：一蟹不如一蟹。❹往；去。如：將如齊。❺奈。參見「如何❷」。❻若；假如。如：如不努力學習，就要落後。❼詞尾。表示情況。如：引而不發，躍如也。❽表示舉例。如：樹的種類很多，如楊樹、柳樹、槐樹等。

【如何】❶怎樣。❷猶奈何，怎麼辦。❸怎麼；為什麼。

【如來】也叫如來佛。佛教對釋迦牟尼和其他佛的稱號之一。在佛教中，如來是完全符合教義的意思。

【如許】❶如此；這樣。❷這些；這麼多。如：如許錢；如計數目的詩篇。

【如雲】❶形容盛多。如：賓客如雲。❷形容髮美。

【如意】❶滿意；如願。如：稱心如意。❷器物名。用竹、玉、骨等製成，頭作靈芝或雲葉形，柄微曲，供指劃或賞玩之用。

【如夫人】原意謂同於夫人，後即以稱別人之妾。

【如律令】漢代公文的常用語，表示要對方文到奉行，像按照律令辦事一樣。

【如椽筆】猶言「大手筆」，指重要的文字。也比喻筆力雄健。

【如日方中】好像午中時的太陽。比喻事物正在最興盛的時候。

【如日方升】像太陽剛剛升起來一樣。比喻新生事物有廣闊的發展前途和強大的生命力。

【如牛負重】像牛一樣馱着沉重的東西。比喻負擔特別重。

【如火如荼】火，紅色；荼，茅穗，色白。本形容軍容盛壯。後用來形容氣勢蓬勃旺盛。
【如出一轍】好像從一條車轍上走過來。形容兩種言論或行動一模一樣。多用於貶義。
【如坐針氈】好像坐在插了針的氈子上。比喻心裏有事坐立不安。
【如法炮製】本指按照成法製造中藥，引申爲依照現成的方法辦事。含貶義。
【如虎添翼】好像老虎長出了翅膀。比喻增添力量，使強大的更加強大，或使凶惡的更加凶惡。
【如是我聞】佛經開卷語。佛教傳說，佛滅度後，諸弟子結集佛說，阿難爲佛侍者，聽到的最多，所以推他宣唱，他用這句話開頭。如是，指經中的內容；我聞，阿難謂聞之於佛，意即我聞佛說如此。
【如飢似渴】比喻對某件事要求十分迫切。
【如魚得水】比喻得到跟自己很投合的人或對自己很合適的環境。
【如喪考妣】好像死了父母一樣的着急和傷心。現含貶義。
【如湯沃雪】像用熱水澆雪一樣。比喻問題非常容易解決。
【如意算盤】比喻只憑主觀現象，隨心所欲的考慮或打算。
【如雷貫耳】"貫"亦作"灌"。形容人的名聲極大。
【如墮烟海】好像掉在茫茫無際、烟霧彌漫的大海之中。比喻迷失方向，抓不住要領，找不着頭緒。
【如數家珍】好像在數說自己家裏的寶物。比喻對所講的事情十分熟悉。
【如獲至寶】好像得到了最好的寶貝。形容對於所得到的東西非常珍視喜愛。
【如蟻附羶】像螞蟻附着在有羶味的東西上。比喻許多臭味相投的人追求某種惡劣事物。
【如願以償】像所希望的那樣得到滿足。指願望實現。
【如釋重負】好像放下了一副重擔子。形容心情緊張後的輕鬆愉快。
【如墮五里霧中】比喻使人糊塗，摸不着頭腦或辨不清方向。

妃　㊀(fēi)[粵]fei[1]〔飞〕❶配偶；妻。後世專指皇帝的妾，太子、王侯的妻。❷古時對神女的尊稱。如：天妃；宓妃。
㊁(pèi)[粵]pui[3]〔佩〕通"配"。配合，婚配。

妄　(wàng)[粵]mɔŋ[5]〔網〕❶胡亂。如：輕舉妄動；膽大妄爲。❷虛妄；不實。如：痴心妄想；妄言妄語。
【妄人】無知妄作的人。
【妄想】一般指不能實現的打算。如：癡心妄想。
【妄自尊大】狂妄地自高自大。
【妄自菲薄】過分地輕視自己；不知自重。

她　(tā)[粵]ta[1]〔他〕女性的第三人稱。

四　畫

妊　(rèn)[粵]jɐm[6]〔任〕懷孕。
【妊娠】人或動物母體內有胚胎發育成長；懷孕。

妎　(xiè)[粵]hai[6]〔械〕❶妒忌。❷煩苛。

妐　(zhōng)[粵]dzuŋ[1]〔鐘〕❶夫之父。❷夫之兄。❸夫之姊。

妒　(dù)[粵]dou[3]〔到〕嫉妒；妒忌。

妓　(jì)[粵]gei[6]〔忌〕❶古代歌舞的女子。❷妓女，賣淫的女子。

妖　(yāo)[粵]jiu[1]〔腰〕jiu[2]〔殀〕(又)❶古人以爲一切反常怪異事物的名稱。❷邪惡的；不正派的。如：妖言惑衆；妖形怪狀。❸豔麗。
【妖言】怪誕不經的邪說。如：妖言惑衆。
【妖冶】豔麗。一般多指豔麗而不莊重，含有貶義。
【妖氛】妖氣。舊多指凶災、禍亂。
【妖嬈】(—ráo)❶嬌媚。❷形容歌聲婉轉動聽。
【妖孽】❶古代稱物類反常的現象。❷比喻邪惡的事或人。
【妖魔】妖怪。也比喻作惡害人的人。

妗　(jìn)[粵]kɐm[5]〔企凜切〕舅母。

妘 (yún)粵wɐn⁴〔云〕姓。

妙 (miào)粵miu⁶〔廟〕❶美好；美妙。如：妙語；妙品。❷神妙；奧妙。
【妙手】技能高超的人。如：妙手回春。
【妙用】神妙的作用或功用。
【妙年】少壯之年。
【妙麗】美麗。
【妙齡】青少年時期。
【妙趣橫生】美妙的意趣洋溢。多指語言、文章或美術品。
【妙手空空兒】唐傳奇小說中的劍俠。後指小偷。

妝(妆) (zhuāng)粵dzɔŋ¹〔莊〕❶妝飾。如：濃妝豔抹。❷妝飾物。如：上妝；卸妝。❸妝飾的式樣。如：時妝；古妝。
【妝奩】本指梳妝用的鏡匣。後用以泛指嫁妝。
【妝點】妝飾。引申為點綴。

姒 (bǐ)粵bei²〔俾〕母已死之稱。古時母未死亦可稱妣。參見"考妣"。

妤 (yú)粵jy⁴〔如〕見"婕"。

妢 (fén)粵fɐn⁴〔墳〕妢胡，古國名。在今安徽阜陽一帶。

妥 (tuǒ)粵tɔ⁵〔橢〕❶安。(1)坐定。(2)穩定。❷適當。如：妥當；妥善；妥為照料。
【妥協】用讓步的方法避免衝突或爭執。
【妥帖】亦作"妥貼"。❶穩當；合適。❷安定。
【妥當】穩妥適當。

妨 ㊀(fáng)粵fɔŋ⁴〔房〕❶損害。❷阻礙。如：妨礙。
㊁(fáng)粵同❶妨礙。用於"不妨"、"何妨"。

妞 (niū)粵nɐu²〔鈕〕北方方言小女孩之稱。如：大妞；二妞；小妞兒。
【妞妞】北方方言，對小女孩的愛稱。
"姐"的異體字。

姉
妠 (nà)粵nap⁹〔納〕❶納，娶。❷見"婠妠"。

姆 同"姆"。

五　畫

妮 (nǐ，舊讀ní)粵nei⁴〔尼〕亦作"婗"。見"妮子"。
【妮子】舊時對婢女的稱呼。亦以稱少女或幼女。亦作"婗子"。
"妳"的異體字。

妯 (zhóu，讀音zhú)粵dzuk⁹〔俗〕見"妯娌"。
【妯娌】兄弟之妻的合稱。

姐 (dá)粵dat⁸〔笪〕tan²〔坦〕(又)〔妲己〕商王紂的寵妃。

妹 (mèi)粵mui⁶〔昧〕妹妹。如：姐妹；表妹。

妺 (mò)粵mut⁹〔末〕見"妹喜"。
【妺喜】一作妹喜。有施氏之女。夏桀攻有施氏，有施氏把她嫁於桀，為桀所寵。

妻 ㊀(qī)粵tsɐi¹〔悽〕男子的配偶。與"夫"相對。
㊁(qì)粵tsɐi³〔砌〕以女嫁人。
【妻孥】妻子兒女的統稱。
【妻黨】指妻的親族。

妾 (qiè)粵tsip⁸〔池脅切〕❶小妻；側室；偏房。❷婦女自稱的謙辭。

姁 ㊀(xǔ)粵hœy²〔許〕見"姁姁"。
【姁姁】❶喜悅自得的樣子。❷和悅的樣子。
【姁嫗】溫和愉悅的樣子。

姆 (mǔ)粵mou⁵〔母〕❶古代教育未出嫁女子的婦人。❷媽媽的省稱。
【姆姆】弟妻對嫂子的稱呼。同"母母"。

姊 (zǐ)粵dzi²〔紙〕姐姐。如：姊妹。

始 (shǐ)粵tsi²〔矢〕❶初；最早。與"終"、"末"相對。見"始祖"。❷開始。如：周而復始；當初。❸初時；當初。與"今"相對。❹猶"曾"。如：未始不可。
【始末】❶自始至終。❷原委；底細。
【始祖】最初得姓的祖先。後以稱有世系可考

的最早的祖先。

【始作俑者】開始用俑殉葬的人。比喻第一個作某項壞事的人或惡劣風氣的創始人。

姍 (shān)⑩san¹[山]見"姍姍"。

【姍姍】形容女子行走時緩慢從容。

姍 "姍"的異體字。

姐 (jiě)⑩dze²[者]姐姐。如：姐妹；表姐。

姌 (rǎn)⑩jim⁵[染]見"姌褭"。

【姌褭】纖細柔弱的樣子。褭，亦作"嫋"。

姑 (gū)⑩gu¹[孤]❶丈夫的母親；婆婆。如：舅姑；翁姑。❷父親的姊妹；姑母。如：姑丈的姊妹。如：姑嫂。❹少女。如：鄉姑。❺特指出家的女子。如：尼姑；道姑。❻姑且；暫且。如：姑置勿論。

【姑息】謂無原則地寬容。

【姑射】(一yè)❶山名。亦名石孔山。在今山西臨汾縣西。❷形容女子貌美。如：姑射仙姿。

【姑嫜】丈夫的母親與父親；公婆。亦作"姑章"。

姒 (sì)⑩tsi⁵[似]❶舊時同夫諸妾年長者之稱。參見"娣姒"。❷古代稱丈夫的嫂子。

【娣姒】同"姒娣"。❶古代諸妾互稱。❷兄弟之妻的合稱。

姓 (xìng)⑩sin³[性]標志家族系統的稱號。如：姓氏；姓名。

【姓氏】姓與氏的合稱。

委 ㊀(wěi)⑩wei²[毀]❶託付。如：委派；委以重任。❷丟棄；聽任。參見"委化"、"委命"。❸推卸。如：委過於人。❹確實；誠然。如：委實。❺委係實情。"萎"；衰敗；困頓。參見"委靡"、"委頓"。❻通"隈"。曲；屈。參見"委曲"、"委婉"、"委屈"。❼通"猥"。見"委瑣"。
㊁(wēi)⑩wei¹[威]見"委蛇"。

【委化】隨順自然的變化。

【委曲】❶義同委屈。曲意求全。❷事情的底細和原委。❸猶"委瑣"。

【委命】❶以性命相託。❷猶效命。❸謂聽任命運支配的一種消極處世態度。

【委屈】❶寬縱。❷曲意遷就。

【委託】託付。

【委蛇】(wēi yí)通"逶迤"。斜行；曲折前進。❷隨便應付的意思。詳"虛與委蛇"。

【委婉】婉轉曲折。

【委罪】推卸罪責。

【委頓】極度疲困。

【委實】確實；實在。

【委瑣】❶細碎；拘於小節。❷容貌鄙俗。

【委靡】❶精神頹唐。❷柔順；沒有骨氣。

姅 (bàn)⑩bun³[半]pun³[判](又)謂女子月事有。

姏 (mán)⑩man⁴[蠻]參見"姏母"。

【姏母】亦作"姏姆"。以好聽的話取悅於人的老婆子。

妸 同"婀"。

妳 ㊀"奶"的異體字。
㊁"你"的異體字。專用於女性。

姄 "臣"的異體字。

姙 "妊"的異體字。

姚 (yáo)⑩jiu⁴[搖]❶見"姚冶"。❷通"遙"。❸姓。

【姚冶】妖豔。多指女子的姿態而言。

【姚黃魏紫】宋代洛陽兩種名貴的牡丹花品種。姚黃為千葉黃花，出於姚氏民家；魏紫為千葉肉紅花，出於魏仁溥家。後以姚黃魏紫指牡丹。

姜 (jiāng)⑩gœŋ¹[疆]❶姓。❷"薑"的簡化字。

姝 (shū)⑩sy¹[舒]dzy¹[株](又)❶美好。如：姝麗。❷美女。

【姝麗】美麗；也指美女。

姣 ㊀(jiāo)，舊讀jiāo⑩gau²[狡]美好。
㊁(xiáo)⑩hau⁴[何看切]淫亂。

【姣好】美好。

姤 (gòu)粵geu³〔夠〕❶六十四卦之一。❷善。

姥 ㊀(mǔ)粵mou⁵〔母〕老婦人。
㊁(lǎo)粵lou⁵〔老〕姥姥。亦作"老老"。北方言對外祖母的稱呼。亦為對年老婦人的尊稱。

姨 ㊀(yí)粵ji⁴〔疑〕母親的姊姊。如：姨媽。
㊁(yí)粵ji⁴〔衣〕❶母親的妹妹。如：❷小孩對成年婦女的一般稱呼。❸妻子的姊妹。

姪 "侄"的異體字。

姮 (héng)粵heŋ⁴〔衡〕見"姮娥"。

【姮娥】即"嫦娥"。傳說中的月中女神。

姱 (kuā)粵kwa¹〔誇〕美好。

【姱容】美好的容貌。

妍 (jiàn)粵jin⁴〔言〕❶美。如：爭妍鬥豔。參見"妍蚩"。❷巧。

【妍蚩】美好和醜惡。亦作"妍媸"。

姹 (chà)粵tsa³〔詫〕亦作"奼"。美麗。

【姹紫嫣紅】指各色嬌豔的花。

娠 ㊀(shēn，又讀xiān)粵sɐn¹〔身〕sin²〔先〕(又)古國名，即有侁，亦稱有辛、有莘。
㊁(xiān)粵sin¹〔先〕見"媥娠"。

姻 (yīn)粵jɐn¹〔因〕❶婚姻。如：聯姻。❷泛指有婚姻關係的親戚。如：姻親；姻伯。

【姻婭】亦作"姻婭"。泛稱有婚姻關係的親戚。

【姻緣】謂男女結成夫妻是有一定的緣份。

【姻親】由婚姻關係而形成的親屬。如丈夫的父母、兄弟、姊妹是妻家的姻親，妻的父母、兄弟、姊妹是夫家的姻親。

姽 (guǐ)粵gwɐi²〔鬼〕見"姽嫿"。

【姽嫿】閑靜美好的樣子。

挈 (jié)粵git⁸〔結〕同"潔"。多用於人名。

姿 (zī)粵dzi¹〔支〕容貌；姿態。如：豐姿；舞姿。

【姿色】容色；容貌。

【姿媚】討人喜愛的姿態。

【姿勢】姿態；態度。❷容貌和體態。

娀 (sōng)粵suŋ¹〔鬆〕有娀，古國名。在今山西運城蒲州鎮。

威 (wēi)粵wɐi¹〔烏揮切〕❶威力；威風。如：發威；示威。❷威嚴；尊嚴。見"威重"。

【威力】懾服人的力量。

【威武】❶權勢。後多以"威武不屈"形容在敵人威脅面前英勇不屈。❷威風凜凜；雄壯。亦指壯大的聲勢。

【威重】❶威嚴莊重。❷形容人的姿態。❸威力強大。

【威信】聲威信譽。

【威風】威勢；使人震驚的氣勢。如：威風凜凜。❷猶氣焰。

【威脅】恐嚇；逼迫。

【威望】人所共仰的聲威、名望。

【威儀】嚴肅的容貌和莊重的舉止。

【威嚴】❶威勢。❷威屬。

【威攝】以威力相懾服。

【威靈】❶威力。❷神靈。

娃 (wá)粵wa¹〔蛙〕❶小孩。如：娃娃；娃子。❷年輕女子。❸美女。

姼 (chī)粵tsi¹〔始〕見"姼姼"。

【姼姼】美好的樣子。

姦 (奸) (jiān)粵gan¹〔奸〕❶邪惡；詐偽。如：作姦犯科；心懷姦詐。❷邪惡詐偽的人。如：權姦。❸犯淫，私通。如：通姦；強姦。

【姦宄】指犯法作亂的人。亦作"姦軌"。

【姦非】姦詐邪惡的行為。

【姦細】同"奸細"。

【姦雄】姦人的魁首；權詐欺世的野心家。

【姦慝】邪惡的心術或行為。也指邪惡不正的人。

奸 同"姦"。

七 畫

娓 (wěi)粵mei⁵[美]見"娓娓"。
【娓娓】說話連續不倦的樣子。如：娓娓動聽；娓娓不倦。

娉 (ping)粵ping¹[乒]見"娉婷"。
【娉婷】美好的樣子。也指美女。

娌 (lǐ)粵lei⁵[里]見"妯娌"。

娑 (suō)粵so¹[疏] ❶見"娑婆"。❷見"婆娑"。
【娑娑】輕揚、鬆散的樣子。

娖 (chuò)粵tsɔk⁸[測惡切] ❶見"娖娖"。❷整理；整齊。
【娖娖】矜持拘謹的樣子。

娘 (niáng)粵nœŋ⁴[挪羊切] ❶母親。❷稱長一輩的或年長的已婚婦女。如：大娘。❸對婦女的泛稱。如：新娘；姑娘。❹古代少女未稱娘。
【娘子】❶已嫁或未嫁女子的通稱。❷對女子或主婦的尊稱。❸母親。❹舊小說戲劇中，稱自己的妻子爲"娘子"。
【娘子軍】唐高祖的女兒平陽公主曾組織婦女成軍，幫助高祖作戰，號稱娘子軍。後因泛稱由婦女組成的隊伍爲娘子軍。

娙(妌) (xíng)粵jiŋ⁴[形]女子身材細長好看的樣子。

娛 (yú)粵jy⁴[余]快樂；歡娛。
【娛樂】❶使人快樂；消遣。如：娛樂場所。❷快樂有趣的活動。

娜 ㊀(nuó)粵nɔ⁵[拿我切]見"婀娜"、"娜娜"、"裊娜"。
㊁(nà)粵na⁴[拿]人名用字及譯音字。
【娜娜】輕柔的樣子。

娠 (shēn)粵sen¹[申]本謂胎兒在母體中微動。泛指懷胎。

娟 (juān)粵gyn¹[捐]姿態美好的樣子。如：娟秀。參見"娟娟"、"嬋娟"。
【娟娟】美好的樣子。

娣 (dì)粵tɐi⁵[悌]dei⁶[弟](又) ❶妹妹。對"姊"而言。❷弟妻。
【娣姒】❶妾與妾相互的稱呼，年長者爲姒，年幼者爲娣。❷妯娌。兄妻爲姒，弟妻爲娣。

娥 (é)粵ŋɔ⁴[俄] ❶美好。參見"娥娥"。❷美女。如：宮娥。
【娥眉】同"蛾眉"。
【娥娥】美好的樣子。

娩 ㊀(miǎn)粵min⁵[免]生小孩。如：分娩。
㊁(wǎn)粵man⁵[晚]柔順。見"娩娩"。

娭 ㊀(xī)粵hei¹[希]同"嬉"。遊戲；玩樂。
㊁(āi)粵oi¹[哀]古時對婦女的賤稱。
【娭毑】(āi一)方言。❶祖母。❷對年老婦女的尊稱。

姬 (jī)粵gei¹[機] ❶姓。傳說黃帝居姬水，因以爲姓。周人以后稷(黃帝之後)爲祖，亦姓姬。❷古時婦人的美稱。也用爲美女之稱。

姆 古"侮"字。

八　畫

娬 (wǔ)粵mou⁵[母]同"嫵"。

娵 (jù)粵dzy¹[朱]見"娵隅"、"娵訾"。
【娵隅】魚的別稱。
【娵訾】(一zi)十二星次之一，與黃道十二宮的雙魚宮相當，在十二支中爲亥，在二十八宿爲室宿和奎宿。日至其初度爲立春，至其中爲雨水。

娶 (qǔ)粵tsœy³[取]娶妻。

姘 (pīn)粵ping¹[乒]指男女非夫妻關係而同居。如：姘居；姘頭。

媒 (qī)粵hei¹[希]醜惡；醜詆。見"詆媒"。

婁(娄) (lóu)粵lɐu⁴[留]"婁"的本字。引申爲多孔而通明，又引申爲疏鬆。❶見"婁婁"。❷星宿名。二十八宿之一。❸姓。
【婁婁】疏鬆的樣子。
【婁羅】❶形容語音不清，含有輕視的意思。❷同"嘍囉"。見該條。

婆 (pó)⓿po⁴〔葡俄切〕❶年老的婦人。❷丈夫的母親。如：婆媳。❸通指長兩輩的親屬姻女。如：叔婆；外婆；姑婆；姨婆。❹指某些職業婦女。如：媒婆；收生婆。

【婆心】仁慈的心腸。如：苦口婆心。

【婆娑】❶舞蹈。❷盤旋；徘徊。❸猶扶疏，形容枝葉紛披。

【婆娘】❶泛指已婚的青年婦女。❷妻子。

【婆婆媽媽】形容人行動瑣碎，言語囉嗦或感情脆弱。

婉 (wǎn)⓿jyn²〔宛〕❶宛轉。如：婉謝；婉辭。❷順從。❸美好。參見"婉麗"。

【婉約】❶和順宛轉。❷柔美。

【婉娩】(一wǎn)❶柔順的樣子。❷亦作"婉晚"。天氣溫和。

【婉婉】❶蜿蜒的樣子。❷捲曲的樣子。❸柔美的樣子。

【婉孌】(一yì)柔順美好。亦作"婉孌"。

【婉轉】❶委宛纏綿。參見"宛轉"。❷修辭學上辭格之一。不直說本意而用委曲含蓄的話來烘托暗示。

【婉麗】柔美。

婊 (biǎo)⓿biu²〔表〕見"婊子"。

【婊子】即妓女。

婕 (jié)⓿dzit⁸〔折〕〔婕好〕一作"倢伃"。婦嬪的稱號。

娾 ㊀"啊"的異體字。
㊁(wò)⓿wo²〔烏可切〕侍女。

婓 (fēi)⓿fei¹〔非〕見"婓婓"。

【婓婓】往來的樣子。

婘 ㊀(quán)⓿kyn⁴〔權〕美好的樣子。
㊁(juàn)⓿gyn³〔眷〕見"婘屬"。

【婘屬】(juàn—)同"眷屬"。

婚 (hūn)⓿fen¹〔分〕亦作"昏"。本謂昏家。後指男女正式結合爲夫婦。如：結婚。又特指男子娶婦。如：成婚。

【婚姻】亦作"昏姻"。男女結合成爲夫妻。嫁娶。

【婚書】舊式結婚證書。

【婚媾】猶婚姻。亦作"昏媾"。

婞 (xìng)⓿heŋ⁶〔幸〕見"婞直"。

【婞直】倔强。

婠 (wà，又讀 wān)⓿wun¹〔剜〕wat⁸〔挖〕(又)❶體態好。❷見"婠妠"。

【婠妠】形容小兒肥胖。

婢 (bì)⓿pei⁵〔被〕女奴。古代罪人的眷屬沒入官服爲婢，後以通稱受役使的女子。

婦 (妇) (fù)⓿fu⁵〔扶上〕❶已婚的女子。如：少婦。❷妻。如：夫婦。❸兒媳。❹女性的通稱。如：婦科；婦孺。

【婦功】即女功。指媳女所做的家務及紡織、刺繡、縫紉等事。封建禮教所稱的婦女"四德"之一。

【婦道】❶指媳婦的輩行。後也泛指婦女。如：婦道人家。❷指爲婦的道理。封建禮教以遵守"三從四德"爲"婦道"。

【婦孺】婦女和幼兒。如：婦孺皆知。

【婦人之仁】謂處事姑息優柔、不識大體。

婪 (lán)⓿lam⁴〔藍〕貪。見"貪婪"。

婭 (娅) (yà)⓿a³〔亞〕姊妹之夫相互的稱謂。古作"亞"。

【婭婿】姊妹之夫相互間的稱呼，即連襟。

婥 (chuò)⓿tsœk⁸〔卓〕見"婥約"。

【婥約】同"綽約"。

婑 (wǒ)⓿wo²〔烏可切〕見"婑媠"。

【婑媠】美好的樣子。

婀 (ē)⓿o³〔荷高上〕亦作"妸"。見"婀娜"。

【婀娜】亦作"阿那"、"婀娜"。❶輕盈柔美的樣子。❷草木茂盛的樣子。

娿 "婀"的異體字。

婧 (jìng)⓿dziŋ⁶〔靜〕有才能。

娼 (chāng)⓿tsœŋ¹〔昌〕本作"倡"。即妓女。如：娼妓；娼婦。

婬 "淫❻"的異體字。

婣 “姻”的異體字。

九 畫

婷 (tíng)[粵]tiŋ^4〔亭〕見“娉婷”、“婷婷”。

【婷婷】美好的樣子。

婺 (wù)[粵]mou^6〔務〕古星名，即“女宿”，舊時用作對婦人的頌辭。如：婺煥中天。

婼 ㊀(ruò)[粵]jœk^9〔若〕〔婼羌〕舊縣名。在新疆維吾爾自治區塔里木盆地東南緣。今作若羌。

㊁(chuò)[粵]tsœk^8〔卓〕人名。

媮 ㊀同“偷❸❹”。

㊁同“愉”。

媒 (méi)[粵]mui^4〔煤〕❶婚姻介紹人；媒人。❷媒介；介紹或引導兩方發生關係的。如：風媒；蟲媒。引申爲事物發生的誘因。❸見“媒孽”。

【媒介】使雙方發生關係的人或事物。

【媒妁】介紹婚姻的人。

【媒怨】招致怨恨。

【媒孽】亦作“媒蘖”。媒，酒母；孽，通“蘖”，麴蘖。比喻挑撥是非，陷人於罪。

媕 (ān)[粵]ɐm^1〔庵〕見“媕婀”。

【媕婀】依違阿曲；無主見。

媚 (mèi)[粵]mei^6〔未〕❶美好。如：春光明媚。❷諂媚。

【媚世】討好、迎合世俗。

【媚外】對外國奉承巴結。

【媚嫵】美好可愛。

媥 (piān)[粵]pin^1〔編〕見“媥姺”。

【媥姺】(—xiān)同“蹁躚”。輕盈飄舞的樣子。

㛹 (pián)[粵]pin^4〔駢〕見“㛹娟”。

【㛹娟】❶美麗。❷迴環曲折的樣子。

媛 ㊀(yuàn)[粵]jyn^6〔願〕美女。

㊁(yuán)[粵]jyn^4〔元〕wun^4〔桓〕(又)見“嬋媛”。

媞 ㊀(tí)[粵]tɐi^4〔提〕見“媞媞”。

㊁(dì)[粵]tɐi^5〔娣〕莎草子實。

【媞媞】❶亦作“提提”。安舒的樣子。❷美好的樣子。

媟 (xiè)[粵]sit^8〔屑〕義同“褻”。因太親近而態度不恭敬。參見“媟狎”、“媟慢”。

【媟狎】相處過於親昵而近於放蕩。

【媟慢】舉止輕狂，不莊重。

【媟黷】猶媟狎。

媠 ㊀(tuǒ)[粵]tɔ^5〔妥〕美好。參見“婑媠”。

㊁(duò)[粵]dɔ^6〔惰〕通“惰”。懈怠；不整肅。

媢 (mào)[粵]mou^6〔戊〕嫉妒。見“媢嫉”。

【媢嫉】妒忌。亦作“媢疾”、“冒疾”。

媧(娲) (wā)[粵]wɔ^1〔窩〕〔女媧氏〕神話中人類的始祖。傳說她曾用黃土造人，並煉五色石補天，折斷鼇足支撐四極，治平洪水，殺死猛獸，使人民得以安居。

㛰 “婚”的異體字。

媦 (wèi)[粵]wɐi^6〔位〕古代楚人稱妹爲媦。

媍 “婦”的異體字。

婿 (xù)[粵]sɐi^3〔世〕❶女兒、妹妹及其他晚輩的丈夫。如：女婿；妹婿；甥婿。❷古時女子亦稱夫爲婿。如：夫婿。

媖 (yīng)[粵]jiŋ^1〔英〕婦女的美稱。

𡟭 “嫂”的異體字。

媔 (mián)[粵]min^4〔棉〕眼睛美好。

十 畫

媲 (pì)[粵]pei^3〔屁〕bei^2〔比〕(又)匹敵；比得上。如：媲美。

【媲美】比美，謂其美相若。如：先後媲美。

媳 (xí)粵sik⁷〔息〕子、弟及其他晚輩的妻子。如：兒媳；弟媳；侄媳；孫媳。

媵 (yìng)粵jiŋ⁶〔認〕古時指隨嫁。也指隨嫁的人。

媸 (chī)粵tsi¹〔癡〕相貌醜陋。見"妍媸"。

媺 (měi)粵mei⁵〔美〕美；使物美善。也指人情的美好。

媼 (ǎo)粵ou²〔襖〕❶老婦人。❷婦人的通稱。

媽(妈) (mā)粵ma¹〔嗎〕❶母親。❷對親屬中長一輩婦人的稱呼。如：姑媽；舅媽。也用為對年老婦人的敬稱。如：大媽。❸連着姓稱中年或老年的女僕。如：張媽；李媽。

媾 (gòu)粵gou³〔夠〕粵keu³〔扣〕（又）❶重疊交互為婚姻。如：婚媾；交合。見"交媾"。❷講和；求和。如：媾和。

媿 〔愧〕的異體字。

魁 ⊖(guǐ)粵gwei²〔鬼〕〔媿氏〕亦稱鬼方、媿方、股周之際的族名。

嫁 (jià)粵ga³〔駕〕❶女子出嫁。❷轉移。如："嫁禍"、"嫁怨"。
【嫁妝】女子結婚時，娘家陪送的衣被、首飾、用具等。
【嫁禍】把自己的怨恨轉移給別人。
【嫁冤】移禍於人。
【嫁雞隨雞，嫁狗隨狗】比喻女子嫁後，不論丈夫好壞，都要永遠跟從。

嫂 (sǎo)粵sou²〔數〕哥哥的妻子。也用為對已婚婦女的敬稱。

嫄 (yuán)粵jyn⁴〔元〕姜嫄，周族始祖后稷母的名字。

娯 (míng)粵miŋ⁴〔明〕見"嫈娯"。

嫈(荌) (yíng)粵jiŋ¹〔英〕見"嫈娯"。
【嫈娯】嬌好的樣子。

嫉 (jí)粵dzet⁹〔疾〕❶妒忌。❷憎恨。
【嫉妒】妒忌。

嫋 "裊"的異體字。

嫌 (xián)粵jim⁴〔鹽〕❶疑；嫌疑。如：避嫌。❷嫌惡；怨恨。如：討人嫌。❸仇隙；怨恨；不滿。
【嫌猜】疑忌。
【嫌隙】因猜疑或不滿而產生的仇怨。
【嫌疑】❶疑惑難明的事理。❷由於事情的牽連附會而產生的猜疑。

嫏 (láng)粵lɔŋ⁴〔郎〕見"嫏嬛"。
【嫏嬛】即"琅嬛"。神話中天帝藏書的地方。

媻 (pán)粵pun⁴〔盆〕見"媻姍"。
【媻姍】同"蹣跚"。

十一畫

嫖 ⊖(piào，又讀piāo)粵piu³〔票〕〔嫖〕（又）輕捷。見"嫖姚"。
⊖(piáo)粵piu⁴〔瓢〕指男子玩弄妓女的行為。如：嫖娼；嫖客。
【嫖姚】亦作"票姚"、"剽姚"、"嫖搖"。勇健輕捷的樣子。

嫗(妪) ⊖(yù)粵jy³〔於高去〕婦人。多指老婦。
⊖(yǔ)粵jy²〔於〕見"嫗煦"。
【嫗煦】(yù—)愛撫；養育。

嫘 (léi)粵lœy⁴〔梨〕〔嫘祖〕亦作"累祖。傳為西陵氏之女，黃帝之妻。養蠶治絲方法，傳為她所創造。

嫚 (màn)粵man⁴〔慢〕輕侮；倨傲。
【嫚易】輕侮，不以禮相待。

嫜 (zhāng)粵dzœŋ¹〔章〕丈夫的父親。參見"姑嫜"。

嫟 (nì)粵nik⁴〔匿〕同"昵"。親昵。

嫠 (lí)粵lei⁴〔梨〕寡婦。參見"嫠婦"。
【嫠婦】寡婦。

嫡 (dí)粵dik⁷〔的〕宗法社會中稱正妻為嫡。正妻所生子女叫嫡生。後引申為正宗的意思。如：嫡傳；嫡派。也指最親近的血統關係。如：嫡親兄弟；嫡堂姊妹。

【嫡系】指在政治集團的派系中，與派系首腦人物最親近的人或力量。

【嫡傳】嫡系相傳。指某種學術、技藝等一代一代直接傳授，含有正統的意思。

婗（**婗**）(gui)⑧kwei¹〔規〕纖細的美。

嫣（**嫣**）(yān)⑧jin¹〔烟〕美好，常指笑容。

嫦（**嫦**）(cháng)⑧sœŋ⁴〔常〕見"嫦娥"。

【嫦娥】亦作恒娥、姮娥。神話中后羿之妻。后羿從西王母處得到不死之藥，嫦娥偷吃後，逐奔月宮。

嫩（**嫩**）(nèn，舊讀nùn)⑧nyn⁶〔挪願切〕❶物初生時的柔弱嬌嫩狀態。如：嫩芽；嫩枝。❷事物剛剛產生或尚輕微的狀態。參見"嫩寒"。❸顏色淺。如：嫩黃。

【嫩綠】淺綠色；也謂新生的綠葉。

【嫩寒】輕寒；微寒。

嫰　"嫩"的異體字。

嫪（**嫪**）(lào)⑧lou⁶〔路〕❶愛惜；留戀。❷姓。

嫫（**嫫**）(mó)⑧mou⁴〔模〕嫫母的省稱。參見"嫫母"。

【嫫母】亦作"嫫姆"、"嫫母"。古之醜婦，傳為黃帝妻。

嫨　同"嫫"。

嫭（**嫭**）(hù)⑧wu⁶〔戶〕❶美好。參見"嫭嫭"。❷美好的樣子。

【嫭嫭】美好的樣子。亦作"嫭嫭"。

嫮　同"嫭"。

嫥（**嫥**）(zhuān)⑧dzyn¹〔專〕"專一"的"專"本字。

嫕（**嫕**）(yì)⑧ei³〔曳〕和藹可親。

十二畫

嫳（**嫳**）(piè)⑧pit⁸〔瞥〕見"嫳屑"。

【嫳屑】亦作"徼徶"。衣服飄舞的樣子。

嫵（**嫵**）(wǔ)⑧mou⁵〔武〕美好的樣子。見"嫵媚"。

【嫵媚】亦作"斌媚"。姿態美好可愛。

嫶（**嫶**）(jiāo)⑧tsiu⁴〔潮〕見"嫶妍"。

【嫶妍】瘦損的樣子。

嫺（**嫻**）(xián)⑧han⁴〔閑〕❶熟練。如：嫺於辭令。❷文雅。見"嫺都"。

【嫺都】文雅美麗。

【嫺雅】文靜大方。

嫻　"嫺"的異體字。

嫽（**嫽**）(liáo)⑧liu⁴〔聊〕美好。

嫿（**嫿**）(huà)⑧wak⁹〔或〕文靜美好。參見"嫿練"。

媯（**媯**）(gui)⑧gwei¹〔歸〕❶水名。見"媯汭"。❷姓。

【媯汭】"汭"，水名。在山西省境內。媯汭指媯水隈曲之處。

嬃（**嬃**）(xū)⑧sœy¹〔雖〕古代楚人謂姊為嬃。

嬈（**嬈**）⊖(rǎo)⑧jiu²〔妖〕煩擾；擾亂。

⊜(ráo)⑧jiu⁴〔搖〕見"妖嬈"、"嬌嬈"。

【嬈嬈】柔弱的樣子。

嬉（**嬉**）(xī)⑧hei¹〔希〕遊戲；玩耍。

嬋（**嬋**）(chán)⑧sim⁴〔蟬〕見"嬋娟"、"嬋媛"。

【嬋娟】❶美好。也指美女。❷情意纏綿的樣子。❸指月亮。

【嬋媛】⊖(yuán)❶情思牽縈。❷牽連。

嬌（**嬌**）(jiāo)⑧giu¹〔驕〕❶嫵媚可愛。如：百花嬌美。❷寵愛。如：嬌女。❸嬌氣。

【嬌兒】❶指女嬌。❷嬌貴的人。

【嬌嬈】⊖(ráo)"嬈"亦作"饒"。柔美嫵媚。

【嬌憨】嬌痴。

【嬌小】天真可愛而不解事。

【嬌小玲瓏】小巧靈活。

【嬌生慣養】受到過分的憐愛和姑息。

十三畫

嬖(bì)働pei³〔譬〕寵愛；寵幸。也指婢妾等被寵愛的人。

【嬖人】受寵愛的人。

【嬖幸】帝王所寵愛狎昵的人。

嬗(shàn)働sin⁶〔善〕❶通"禪"。傳位：禪讓。❷演變；蛻變。

【嬗變】演變；蛻變。

嫱(嬙)(qiáng)働tsœŋ⁴〔祥〕舊時宮廷女官名。

嬛 ㊀(huán)働wan⁴〔還〕見"嫏嬛"。働kiŋ⁴〔鯨〕通"惸"、"煢"。見"嬛嬛❶"。

㊁(yuān)働hyn¹〔喧〕見"嬛嬛❷"。

【嬛嬛】❶(qióng qióng)孤獨憂傷的樣子。❷(yuān yuān)輕柔美麗的樣子。

嫏 "梟"的異體字。

嬴(yíng)働jiŋ⁴〔仍〕通"贏"。滿；有餘。

【嬴絀】有餘和不足。引申爲進退屈伸。

嬡(嫒)(ài)働oi³〔愛〕愛女。

孕(媵)(yùn)働jɐn⁶〔孕〕義同"孕"。引申爲懷藏。

十四畫

嬤(mā)働ma¹〔媽〕同"媽"。見"嬤嬤"。

【嬤嬤】❶同"媽媽"。俗呼母爲"嬤嬤"。❷北方方言，對老婦人的通稱。

嬥 ㊀(tiāo)働tiu⁵〔宪〕見"嬥歌"。㊁(tiáo)働tiu⁴〔條〕體態勻稱。

【嬥歌】古代巴蜀間的一種民歌。

嬪(嫔)(pín)働pɐn⁴〔頻〕bɐn³〔殯〕(又)❶嬪。❷古代宮廷女官名。

嬭 "奶"的異體字。

嬰(㜪)(yīng)働jiŋ¹〔英〕❶初生的小孩。如：嬭嬰；保嬰。一說女叫嬰，男叫孩。❷縈；戴。❸纏繞；羈

嫋 ㊀(niǎo)働niu⁵〔鳥〕戲弄；糾纏。

㊁(neu¹)働〔紐高平〕粵方言，惱怒的意思。如：發嫋。

十五畫

嬸(婶)(shěn)働sɐm²〔審〕❶叔母。❷對與自己父母同輩而年齡較小的婦女的尊稱。如：張大嬸。❸對夫弟之妻的稱呼。

嬻(嫇)(dú)働duk⁹〔讀〕汚辱。

十六畫

嬾 "懶"的異體字。

嬿(yàn)働jin²〔演〕jin³〔燕〕(又)❶美。

【嬿婉】同"燕婉"。舉止安閒和順的樣子。也作爲美人的代稱。

十七畫

孀(shuāng)働sœŋ¹〔商〕寡婦。

孼 同"孽"。

孃 "娘"的異體字。

嬥 ㊀(xiān)働tsim¹〔簽〕通"纖"。見"嬥介"。

㊁(qiān)働同㊀見"嬥趑"。

【嬥介】同"纖介"。細微。

【嬥趑】(qiān—)過分謙恭。

孂 同"奶"。

十九畫

孋(婳)(lí)働lei⁴〔離〕❶通"驪"。古代國名。❷姓。

孌(娈)　㊀(luán)粵lyn²〔戀〕美好。
　　　　　㊁(liàn)粵同㊀同"戀"。
【孌童】美好的童子。亦指被當作女性玩弄的
　　美貌男子。

二十一畫

孏　(lăn)粵lan⁵〔懶〕同"嬾"。

子 部

子 ㊀(zǐ)⤷dzí²〔止〕❶兒子。古時也指女兒。❷泛指人。如：男子；女子；舟子。❸古代男子的美稱或尊稱。如：韓非子。也用作表敬意的對稱詞。古代指師長。如：子墨子。❹指先秦百家的著作。也指書。後來圖書四部（經、史、子、集）分類法中列爲第三部，包括哲學、政治、科技和藝術等類的書。❺古爵位名。爲五等爵的第四等。直至清代仍沿用。❻動物的卵或植物的種子、果實。如：魚子；菜子；開花結子。❼稚嫩的（指動植物）。如：子雞；子薑。❽顆粒狀的東西。如：槍子；彈子。❾小的；第一位。❿十二地支之一，夜半十一時至一時。

㊁(zi)⤷同一作詞助。如：房子；墊子；耍子；啥子；一下子；一會子。

【子弟】❶指年輕的一輩。❷猶言子姪。❸猶弟子、學生。❹宋元俗語，指嫖客。

【子夜】夜十一時到次晨一時爲子時，故稱半夜爲"子夜"。

【子金】利息。

【子書】即四部中的子部書。參見"子❹"。

【子規】杜鵑鳥的別稱。一名子巂。

【子虛】漢司馬相如作《子虛賦》，假托子虛、烏有先生、亡是公三人互相問答。後世因稱假設或不實在的事爲"子虛"，或"子虛烏有"。

【子婿】女婿。

【子巂】鳥名，即子規。

【子弟書】盛行於清代的一種曲藝，由鼓詞派生而成，爲滿族八旗子弟所創。

孑 (jié)⤷kit⁸〔揭〕單獨。如：煢煢孑立。❷見"孑孓"。

【孑孑】❶特出。❷孤單。

【孑孓】蚊的幼蟲。

【孑立】孤立無依。

【孑遺】遺留；餘剩。

孓 (jué)⤷kyt⁸〔決〕見"孑孓"。

一 畫

孔 (kǒng)⤷huŋ²〔恐〕❶小洞；窟窿。如：笛孔；彈孔。❷甚。如：孔武有力。❸姓。

【孔門】孔子的門下。

【孔道】交通要道。

【孔方兄】錢的別稱。銅錢中有方孔，因稱錢爲"孔方兄"，含有取笑和鄙視的意思。

二 畫

孕 (yùn)⤷jen⁶〔刃〕❶懷胎。如：孕婦。也指胎。如：懷孕；有孕。❷喻如胎之包裹。如：包孕。

【孕育】在母體中長養幼兒的胚胎。也比喻從既存事物中培養出新生事物。

三 畫

孖 ㊀(zī)⤷dzí¹〔滋〕雙生子。又通"滋"。滋長蕃息。

㊁(mā)⤷ma¹〔媽〕廣東方言。謂相連成對。如：孖仔；孖塔；孖髻山（在廣東省）。

字 (zì)⤷dzí²〔自〕❶文字。❷用文字寫成的憑據、字條或短束。如：立字爲憑。❸字音。如：字正腔圓。❹人的表字。如：杜甫字子美。❺舊時稱女子許嫁爲字。如：待字；字人。

【字眼】指文句中的字或詞。如：這個字眼用得恰好。亦專指詩文中精要緊要的字。

【字畫】❶文字的筆畫。❷即書畫。書法和繪畫的合稱。

【字謎】以字作謎底的迷語。

【字斟句酌】亦作"句斟字酌"。一般指對文章的每一句、每一字都仔細地斟酌、推敲。形容寫作或說話的態度十分慎重。

存 (cún)⤷tsyn⁴〔全〕❶保存；存放。如：存案；存款。引申爲居。如：存心。❷生存；存在。如：存歿。❸想念；省問。

【存恤】思則救濟。

【存問】猶言慰問。

【存照】舊時契約、照會等文書，存備查照核對的，有時在末尾寫上"存照"字樣。

【存撫】存恤撫養。

【存而不論】保留着不加推究和討論。

四　畫

孚 ㊀(fú)⓰fu¹〔呼〕❶信用。❷爲人所信服。如：深孚衆望。
㊁(fú)⓰同＂通＂桴＂。

孛 (bèi，又讀bó)⓰bui⁶〔焙〕but⁹〔勃〕(又)❶變色。通作"勃"。❷星芒四出掃射的現象，因即以爲彗星的別稱。

孜 (zī)⓰dzi¹〔支〕見"孜孜"。

【孜孜】❶努力不怠。如：孜孜不倦；孜孜兀兀。亦作"孳孳"、"滋滋"。❷憨笑的樣子。

孝 (xiào)⓰hau³〔口拗切〕❶謂善事父母。如：孝子。❷指居喪。如：守孝；戴孝；孝服。

【孝弟】(—tì)弟，指對父母、祖先盡孝道；弟，亦作"悌"，指順從兄長。

【孝服】指居喪時所穿的喪服。

【孝敬】❶指孝親敬長。❷謂送禮物給尊長。官員下屬賄賂上司，也叫"孝敬"。

孛 同"學"。

五　畫

孟 (mèng)⓰maŋ⁶〔痲硬切〕❶兄弟姊妹中排行居長的。如：孟兄。❷四季的第一個月。如：孟春；孟秋。

【孟浪】❶闊遠無邊際的樣子。❷鹵莽。

【孟姜女】民間傳說中的人物。漢劉向《列女傳》記記齊杞梁殖戰死，其妻哭於城下，十日而城崩。又唐人所編《琱玉集》記秦時有燕人杞良，娶孟超女仲姿爲妻，因其被遣築長城爲官吏所辱，仲姿哭長城下，城即崩倒。在後來民間傳說中，孟仲姿和杞良多作孟姜女和范喜郎。

【孟嘗君】戰國時齊貴族。姓田名文，承襲其

父靖郭君田嬰的封爵，爲薛公。以好客著稱，門下食客至數千人。齊湣王使孟嘗君入秦，被扣留，孟嘗君靠門客中雞鳴狗盜之徒的幫助，逃出秦國，歸爲齊相。後因受齊湣公疑忌，出奔爲魏相，聯秦燕趙攻齊。湣王死，返國。卒，諡爲孟嘗君。爲戰國四公子之一。

季 (jì)⓰gwei³〔貴〕❶三個月爲一季，一年分春夏秋冬四季。如：雨季；旺季。❸排行最小的。如：伯、仲、叔、季。❸一個季節或一個朝代的末了。如：季春；清季。

【季女】少女。

【季子】在兄弟輩中排行居次或最幼的人的稱謂。

【季度】以一季(三個月)爲單位的時稱。

【季常癖】宋陳慥字季常。相傳其妻柳氏很嚴厲，陳很怕她。因稱懼內爲"季常癖"。

孤 (gū)⓰gu〔姑〕❶無父之稱。如：孤兒；孤子。現也常作幼年失去父母之稱。❷單獨。如：孤雁；孤軍。❸負。見"孤負"、"孤恩"。❹古代侯王的自稱。

【孤介】謂操守謹嚴，不肯同流合污。

【孤芳】獨秀一時的香花。比喻人品的高潔絕俗。亦比喻某些自命清高、自我欣賞的人。如：孤芳自賞。

【孤注】賭注。孤注，謂把所有的錢併作一注。如：孤注一擲。

【孤負】亦作"辜負"。有負；對不起。

【孤恩】猶言負恩。

【孤高】高傲孤僻的習氣。

【孤寂】孤單寂寞。

【孤標】獨立的標幟，形容清峻突出。亦用以形容人的清高品格。

【孤僻】性格獨特怪僻。

【孤孽】孤臣孽子。指孤立無助的遠臣及賤妾所生的庶子。

【孤陋寡聞】學識編狹淺薄，見聞不廣。

【孤家寡人】古代諸侯、國君自稱孤或寡人。後以孤家寡人比喻自取孤立的人。

【孤掌難鳴】一隻手掌不響，比喻一個人力量薄弱，不能成事。

孥 (nú)⓰nou⁴〔奴〕❶兒女。❷妻和兒女的統稱。

孢 (bāo)粵bau¹〔包〕〔孢子〕植物所產生的一種有繁殖或休眠作用的細胞，能直接發育成新個體。

六 畫

孩 (hái)粵hai⁴〔鞋〕❶幼兒。引申爲子女。❷小兒笑。
【孩提】謂幼兒。

七 畫

孫(孙) ㊀(sūn)粵syn¹〔宣〕❶兒子的兒子。❷孫子以後的各代。如：曾孫；玄孫；十世孫。❸與孫子同輩的同姓或異姓親屬。如：侄孫；外孫。
㊁(xùn)粵sœn³〔信〕通"遜"。
孫 同"媱㊁"。

八 畫

孰 (shú)粵suk⁹〔淑〕❶誰；哪個。❷通"熟"。煮熟；成熟；精熟。
【孰與】猶言何如。意謂不若、還不如，常用於反語語氣，並含有比較意味。

九 畫

孱 ㊀(chán)粵san⁴〔潺〕❶懦弱。❷謹小愼微的意思。
㊁(càn)粵tsan³〔燦〕見"孱頭"。
【孱頭】(càn—)怯弱者。

十 畫

孳 (zī)粵dzi¹〔支〕生息；繁殖。
【孳生】繁殖。
【孳尾】(zī—)鳥獸交尾。
【孳乳】動物生子繁殖。引申爲事物生生不已。
【孳孳】同"孜孜"。努力不懈的意思。

十一畫

孵 (fū)粵fu¹〔呼〕鳥類伏蛋生雛。也指用人工的方法使蛋中胚胎發育成雛鳥。如：孵卵。亦稱蟲、魚由卵裏化生。如：孵化。

十三畫

學(学) (xué)粵hɔk⁹〔鶴〕❶學習。如：學唱歌。❷學問。如：治學。❸學科。如：數學；生物學。❹學校。如：小學；中學；大學。
【學力】學問的工夫造詣。
【學士】❶有學之士，舊時泛指有學問的人。❷中國古代掌管編纂撰述的官名。❸學位的最低一級。參見"學位"。
【學子】學生。
【學舌】搬弄別人的話。
【學位】根據專門人材學術水平所給予的稱號。始於歐洲。一般分博士、碩士、學士三級，博士是最高一級；也有只設博士和副博士的。
【學究】唐代取士，明經一科，有"學究一經"的科目；宋代簡稱"學究"，爲禮部貢舉十科之一。學究本指讀書人。後也用以專指迂腐淺陋的讀書人。如：村學究；學究氣。
【學府】❶比喻學問淵博之所。❷原指學問薈萃之所。後多指高等學校。
【學派】由於不同的學術觀點而形成的不同派別。如："永嘉學派"、"程朱學派"。
【學界】學問彙集的地方，常比喻學術界。也指學問淵博的人。
【學術】指較爲專門、有系統的學問。
【學殖】指學問的積累增長。
【學說】在學術上自成系統的主張、理論。
【學以致用】爲了實際應用而學習。

十四畫

孺 (rú，舊讀rù)粵jy⁶〔遇〕jy⁴〔如〕㊁幼兒。如：婦孺。

【孺人】宋代用爲通直郎以上之母或妻的封號，明清則爲七品官母或妻的封號。舊時也通用爲婦人的尊稱。
【孺子】❶兒童；後生。❷少年美女。
【孺子牛】比喻甘願爲人民大衆服務的人。

穧（稦）(lái)⑧lai¹〔拉〕閩廣方言稱最後生的孩子爲穧子。

十六畫

孽 (niè)⑧jit⁹〔熱〕jip⁹〔頁〕（又）❶古時指庶子，即妾媵所生之子。參見"孽子"。❷壞事；罪惡。如：自作孽。❸妖孽；災殃。
【孽子】古時稱妾媵所生的兒子。
【孽障】同"業障"。

十七畫

孼 "孽"的異體字。

十九畫

孿（孪）(luán)⑧lyn⁴〔聯〕雙生。
【孿生】雙生。一胎生兩個嬰兒。

宀 部

一畫

宀 同"宁㊀"。

二畫

宁 ㊀(zhù)⑧tsy⁵〔儲〕同"貯"、"佇"。貯藏；積累。
㊁"寧"的簡化字。

宂 "冗"的異體字。

它 ㊀(tā)⑧ta¹〔他〕指物之詞。"牠"，通用於初期白話文中。
㊁(tā，又讀 tuō)⑧tó¹〔拖〕ta¹〔他〕(俗)別的；其他。如：它山之石，可以攻玉。

宄 (guǐ)⑧gwei²〔軌〕內亂。也指犯法作亂的人。見"姦宄"。

三畫

宅 (zhái)⑧dzak⁹〔擇〕❶住家的房屋。如：深宅大院。❷居住的地方。❸開闢爲居住之處；居住。❹存心；歸心。見"宅心"。
【宅心】❶存於心中。❷歸心。

宇 (yǔ)⑧jy⁵〔羽〕❶屋檐。參見"宇㊁②"。引申爲受覆庇處。參見"宇下"。❷國土；疆域。❸空間的總稱。參見"宇宙①"。❹風度；器宇。
【宇下】屋檐之下。比喻在他人庇護之下，也比喻鄰近。
【宇內】四境之內。
【宇宙】❶一般當作天地萬物的總稱。❷指屋檐和棟樑。
【宇量】器量。

守 ㊀(shǒu)⑧seu²〔首〕❶鎮守；守衛；把守。如：守城；掌管。❷保持。如：守義。❸奉行；遵守。如：守信；守時。❺守候；看守。如：守株待兔。❻操守。
㊁(shòu)⑧seu³〔瘦〕❶職守；官職。見"官守"。❷秦代一郡的長官，後世用為刺史、太守等的簡稱。
【守身】指保持自身的品節。
【守制】指遵守居喪的制度。凡值父母或祖父母之喪，子與承重孫(長房長孫)須謝絕人事，做官的解除職務，在家守孝二十七個月，叫做守制。
【守舍】❶看守居所。❷俗稱心神不定爲"魂不守舍"，"舍"指軀體。
【守望】防守與瞭望，指防備盜竊或水火之災。
【守歲】舊俗，陰曆除夕終夜不睡，以待天明，謂之"守歲"。
【守節】❶指堅守節操，不做非禮之事。❷指

婦女守貞節。

【守舊】照老樣子辦事；因襲舊的習俗、觀念、制度等而不知改變。

【守錢虜】也作"守財奴"。財多而吝嗇的人。

【守口如瓶】形容說話謹慎或嚴守秘密。

【守株待兔】《韓非子·五蠹》載，戰國時，宋國有個耕田的人，偶然看見一隻兔子撞上樹樁而死去，他便整天守在樹樁旁邊，希望再得到撞死的兔子。後因用"守株待兔"比喻不知變通，或妄想不勞而獲，坐享其成。

安 (ān)粵on¹〔鞍〕❶安全；安穩。如：轉危為安。引申為使安定。如：安慰。❷安適。如：心安理得。❸安裝；苟安。❹習慣於。如：安於現狀。❺安放；設置。如：安排，安裝機器。❻何；如何。如：安能如此？

【安分】(─fèn)指安於命定的本分。也指安於現狀。如：安分守己。

【安心】如：安心工作。❷謂安然自足，別無所求。如：存心；居心。

【安步】緩緩步行。

【安逸】舒服；逸樂。亦作"安佚"。

【安詳】謂言語行動從容自如。

【安頓】安排；安置。

【安寧】安定；寧靜。如：心情安寧。

【安裝】裝配；快樂。

【安息日】猶太教每周一次的"聖日"，定在星期六，這一天教徒應停止工作，禮拜上帝。基督教(新教)改以星期日為安息日。

【安理會】安全理事會的簡稱。聯合國主要機構之一。聯合國憲章規定，它是聯合國唯一有權採取行動來維護國際和平和安全的機構。由五中、英、法、美、蘇五個常任理事國和十個非常任理事國(任期二年，由大會選舉產生)組成。安理會關於實質問題的決議須有五個常任理事國的贊成票，因此，這五國在實質問題上有否決權。

【安琪兒】音譯詞。意為天使。

【安樂窩】宋儒邵雍居蘇門山(在今河南輝縣)中，名所居為"安樂窩"。後遷洛陽天津橋南，仍用此名。後以專指寄生安逸的生活環境。

【安分守己】安於並守住自己的本分，不越軌。有時也指循規蹈矩、缺乏闖勁。

【安之若素】處之坦然，一般若平素所常遇者。

【安身立命】指生活和精神有所依托。

【安步當車】謂不乘車而從容步行。

【安居樂業】謂安於其居，樂於其業。

【安貧樂道】謂雖處於貧困境地，仍以守道為樂。

【安史之亂】唐朝地方割據勢力安祿山、史思明發動的叛亂。公元755年據有重兵的平盧、范陽、河東三鎮節度使安祿山和部將史思明起兵叛亂，佔領唐都城長安，玄宗李隆基倉皇逃到四川。肅宗李亨在靈武(今屬寧夏)即位。由於安史軍殘暴，激起人民反抗。安祿山在洛陽被其子慶緒所殺，兩年後慶緒又被史思明所殺，又兩年史思明為其子朝義所殺。至763年朝義自殺，叛亂平定。叛亂延續近八年，社會生產遭到嚴重破壞，唐朝統治自此由盛而衰，形成地方軍閥擁兵割據的局面。

【安民告示】舊指安定民心的佈告。現比喻把要討論的和要辦的事，事先通知大家。

宋 (sòng)粵sung³〔送〕❶朝代名。南朝之一。公元420年北府兵將領劉裕代晉稱帝，國號宋，建都建康(今江蘇南京)。史稱劉宋。479年為南齊所代。共歷八帝，六十年。❷朝代名。公元960年趙匡胤(宋太祖)代後周稱帝。國號宋，定都開封，史稱北宋。欽宗靖康元年(1126年)金兵攻入開封，北宋亡。次年趙構(宋高宗)在南京(今河南商丘)稱帝，後建都臨安(今浙江杭州)，史稱南宋。帝昺祥興二年(1279年)為元所滅。兩宋共歷十八帝，統治三百二十年。❸姓。

【宋儒】宋代的儒者，一般指宋代的理學家。

完 (wán)粵jyn⁴〔元〕❶完全；完好。❷舊指繳納納稅。如：完糧。❸做成；終盡。如：完工；完結，完成任務。引申為窮盡無餘。

【完璧歸趙】《史記·藺相如傳》載，戰國趙惠文王得楚和氏璧，秦昭王"遺書趙王，

願以十五城請易璧", 時秦強趙弱, 趙王怕給了璧, 得不到城, 藺相如自願奉璧前往。他說: "城入趙而璧留秦, 城不入, 臣請完璧歸趙。" 後用"完璧歸趙"比喻原物歸還, 並無損失。又稱將原物歸還本人為"歸璧"、"璧趙"、"奉璧"或"奉趙"。

宏 (hóng) 粵 wen⁴ {弘} 廣博; 宏大。如: 取精用宏。

【宏達】謂才識宏大通博。亦指事業的宏偉。

【宏構】宏偉的建築。也指宏偉的事業或文詞篇章。

【宏圖】宏大的規劃。

五　畫

宓 ⊖(mì) 粵 met⁹ {勿} 安靜。
⊜(fú) 粵 fuk⁹ {服} ●通"伏"。●姓。
(jì) 粵 dzik⁹ {直} 同"寂"。

宕 (dàng) 粵 doŋ⁶ {蕩} ●拖延。如: 延宕; 宕欠。●放蕩; 不受拘束。

宗 (zōng) 粵 dzuŋ¹ {鐘} ●祖廟。●同族; 同族。如: 同宗; 宗兄; 同姓不宗。●宗派。如: 正宗; 天台宗; 華嚴宗。●本; 主旨。如: 開宗明義; 萬變不離其宗。●尊崇; 宗仰。●猶緒; 批。如: 一宗心事。●大宗款項。●姓。

【宗匠】指學術上有重大成就而為衆所推崇的人。

【宗旨】主要的旨趣。亦稱主要的目的和意圖。如: 拿定宗旨。

【宗派】學術、政治、宗教等方面的派別。亦指少數人為自身利益而形成的小集團。

【宗師】受人尊崇、奉為師表的人。

【宗祧】猶宗廟。宗, 祖廟; 祧, 遠祖之廟。亦用為世系之意。

【宗族】謂同宗同族之人。

【宗極】同"宗, 大海; 極, 北極星。形容至大至高。比喻經世治國之道。●原理; 本源。

【宗廟】●古代帝王、諸侯或大夫、士祭祀祖宗的處所。●王室的代稱。

【宗主國】封建時代指統治和支配藩屬國的國家。現用以指統治殖民地附屬國的國家。

【宗法制】中國奴隸制國家維繫貴族世襲統治特權的等級制度。由父系家長制演變而成, 到周代逐漸完備。周王自稱天子, 王位由嫡長子繼承, 稱為天下大宗。天子的庶子分封為諸侯, 諸侯對天子為小宗, 在其本國為大宗, 其職位亦由嫡長子繼承。諸侯的庶子分封為卿大夫; 卿大夫的庶子分封為士。卿大夫、士的大宗、小宗關係與上同。這種制度確定了各級貴族的政治地位和權力、財產的分配, 目的在於鞏固奴隸制統治秩序。後演變為封建宗法制, 成為封建統治的支柱。

官 (guān) 粵 gun¹ {觀} ●擔任國家或政府職務的人員。●為官。亦指使為官。參見"官人●"。●官府辦事的地方; 官府的事情。●指屬於國家或政府的。如: 官價; 官費。●器官。如: 五官; 感官; 官能。

【官人】●謂以官職任人。●本指做官的人, 後來也用以稱普通的男子。●舊小說、戲劇中妻對夫的稱呼, 猶夫對妻稱"娘子"。

【官司】●舊稱官吏或政府。●謂訴訟, 進行訴訟叫"打官司"。

【官吏】官員的通稱。

【官邸】指政府給高級官員修建的住所。

【官客】舊時稱男賓為"官客", 女賓為"堂客"。

【官能】生物體的器官的功能。如聽覺是耳朵的官能, 視覺是眼睛的官能等。

【官場】●舊指官吏界。也指官界中人。●舊時官家設立的市場。

【官腔】指官場中的門面話。今也指不顧實際, 利用規章、手續來敷衍、推託的話。如: 打官腔。

【官話】舊指漢語中通行較廣的北方話, 主要代表是北京話。

【官僚】猶官吏。後常用為貶義詞。如: 官僚習氣; 官僚主義。

【官解】官舍; 衙門。

【官學】中國歷史上指各級官府所辦的學校, 與"私學"相對。如太學、國子監、社學等。

【官官相護】謂做官的都互相庇護。亦作"官官相為"。

【官渡之戰】曹操戰勝袁紹統一北方的關鍵性戰役。東漢末年，袁紹據有冀、青、幽、并四州，是北方最大的豪強割據勢力。公元199年率兵十餘萬南下攻曹。曹操以兩萬左右的兵力，在官渡〔今河南中牟東北〕與袁軍相持。這時袁軍勢大，曹操兵少糧缺。次年曹操利用袁軍輕敵無備，偷襲其後方，焚燒其輜重，乘袁軍慌亂，迅猛出擊，殲滅了袁軍主力，奠定了統一北方的基礎。

【官樣文章】指像官場裏例行公事的作法，用以指表面堂皇，內容空虛，不切實際的言論或措施。

宙 (zhòu)粵dzeu⁶〔袖〕❶時間的總稱。❷棟樑。見"宇宙❷"。

定 (dìng)粵din⁶〔訂〕❶安定；平定。如：大局已定。❷決定；確定。如：商定。❸規定。如：定時；定量。❹約定。如：定貨。❺一定；必定。如：定可取勝。❻已經確定的；不可變更的。如：定律；定理；定論。❼平靜；穩定。如：坐定；氣定神閑。

【定見】一定的見解或主張。

【定律】科學上對某種客觀規律的概括，反映事物在一定條件下發生一定變化過程的必然關係。

【定省】(一xǐng)指子女早晚向父母問安。

【定情】指男女結合成為夫婦。

【定理】已經證明具有正確性、可以作為原則或規律的命題或公式，如幾何定理。

【定鼎】九鼎為古代傳國的重器，王都所在，即鼎之所在，因稱定都為"定鼎"。引申為建立王朝。

【定奪】決定事情的可否和去取。

【定論】確定的論斷。

【定數】猶言命運，謂人世禍福都由前定。

【定讞】司法上定案。讞，議罪。

宛 ◯(wǎn)粵jyn²〔冤〕❶屈曲。❷細小。❸宛然；好像。如：音容宛在。
◯(yuān)粵jyn¹〔冤〕〔宛縣〕古縣名。戰國楚邑，秦昭襄王置縣。治所在今河南南陽市。

【宛轉】❶亦作"婉轉"。婉順隨順；委宛曲折。❷猶展轉。

宜 (yí)粵ji⁴〔疑〕❶合適；相稱。如：相宜。❷謂宜做的事。如：事宜。❸應當。如：不宜。

【宜人】❶封建時代對官吏之母妻的一種封號。❷適合人的心意。如：景物宜人。

【宜男】❶舊時祝頌婦人多子為"宜男"。❷萱草的別名。相傳懷孕婦人佩了它的花，就生男，故名。

宔 (zhǔ)粵dzy²〔主〕古代宗廟藏神主的石函。

六 畫

客 (kè)粵hak⁸〔嚇〕❶來賓；客人。如：會客。❷旅居他鄉作客。如：客死異鄉。❸門客。指寄食於貴族豪門的人。如：食客。❹以各種技藝為業的人。如：客串。❺指為別人奔走活動的人。如：說客；捐客。❻純然在外的。與"主"相對。如：客觀。

【客死】死於外地。

【客舍】供旅客投宿的處所。

【客家】指在西晉末年和北宋末年從黃河流域逐漸遷徙到南方的漢人，現分佈於廣東、廣西、福建、江西、湖南、臺灣等地區。

【客氣】❶虛驕之氣。❷謙讓；有禮貌。

【客套】對人所說的客氣話，或寒暄套語。

【客卿】❶古指在本國做官的外國人。謂以客禮相待。❷古代鴻臚卿主管賓客之禮，亦稱"客卿"。

【客棧】旅館的別稱。

【客歲】去年。

【客籍】❶古代貴族門客的名冊。❷寄居本地的外地人，與"土著"相對。參見"寄籍"。

【客觀】❶哲學術語。指人的意識以外的物質世界，或指認識的一切對象。❷謂不帶個人偏見，按照事物的本來面目去考察，與"主觀"相對。

宣 (xuān)粵syn¹〔孫〕❶宣佈；傳播。如：宣誓；心照不宣。❷顯示。❸發洩；疏通。如：宣洩。

【宣洩】❶排除障礙，使之暢通。❷發洩，舒散。如：宣洩積憤；宣洩心中的鬱積。❸洩漏秘密。

【宣勞】❶猶言效勞。❷(一lào)宣佈意旨，以示慰勞。

【宣導】謂發抒使暢快。

【宣導】謂發抒妃所居之處。

宊(shi)粤set⁷〔失〕❶房屋。如：十室九空。❷機關內部的辦公單位。如：各科室。

【室女】舊時稱未結婚的女子。

【室家】❶亦作「家室」。❶指夫婦。❷家庭；家人。

宥(yòu)粤jeu⁶〔右〕寬宥；赦罪。

宦(huàn)粤wan⁶〔幻〕❶做官。如：仕宦；宦海。❷古代為帝王奴隸之稱。後指被閹割失去性能力在宮廷內侍奉皇帝及其家屬的官吏。

【宦海】謂官場險惡，如處海潮中浮沉無定。

【宦途】猶仕途。仕宦登進之路。

【宦游】在外求官或做官。

宋同「寂」。

七 畫

宬(chéng)粤sin⁴〔成〕藏書室。後泛指皇室專藏帝王手筆、實錄、秘典等的地方。

宨(láng)粤loŋ⁴〔狼〕見「康宨」。

宮(gōng)粤guŋ¹〔公〕❶古為房屋的通稱。後來專指帝王的住所。如：皇宮；宮殿。❷宗廟。❸神廟。如：天后宮；洞霄宮。❹中國古代五聲音階的第一音級。❺古代刑罰之一。詳「宮刑」。

【宮女】帝王宮庭內供使喚的女子。

【宮刑】亦稱「腐刑」。中國古代五刑之一。殘害男子生殖器，破壞婦女生殖機能(一說將婦女禁閉於宮中)的刑罰。

【宮室】❶古時房屋的通稱。❷特指帝王的宮庭。

【宮扇】❶即團扇。宮中多用之。❷古時朝廷儀仗的一種，皇帝所用的障扇。

【宮娥】宮女。

【宮禁】❶宮中的禁令。❷帝王所居之處。宮中禁衞森嚴，臣下不得任意出入，故稱。

【宮闕】古代帝王所居宮門外有兩闕，故稱宮殿為「宮闕」。

宰(zǎi)粤dzɔi²〔載〕❶古代奴隸主家中掌管家務的總管。❷主宰。❸殺牲。如：屠宰；宰殺。

【宰相】中國封建王朝輔助君主掌管國事的最高官員的通稱。

【宰割】分割，支配。

【宰輔】輔政的大臣，一般指宰相。

害㊀(hài)粤hoi⁶〔亥〕❶禍害；殺害。如：遇害。❷災害；禍患。如：蟲害。❸壞的，有害的。如：害蟲；害鳥。❹使受損害。如：害人不淺。❺發生疾病。如：害病。❻發生不安的情緒。如：害羞。

㊁(hé)粤hot⁸〔喝〕通「曷」、「盍」。何。

【害羣之馬】謂危害集體的人。

宴(yàn)粤jin³〔燕〕❶逸樂；閒居。❷宴會；以酒肉款待賓客。如：宴客。

【宴爾】亦作「燕爾」。原為安樂之意，後以「宴爾」指新婚的代稱。

【宴饗】亦作「宴享」、「燕享」。古代帝王飲宴羣臣。亦指以酒食祭神。

宵(xiāo)粤siu¹〔消〕夜。如：通宵達旦。

【宵人】指便佞、好遊蕩者。

【宵小】猶盜賊。

【宵旰】天不亮就穿衣起身。舊時稱頌帝王勤於政事的套語。參見「宵旰宵食」。

【宵旰】「宵衣旰食」的略語。

【宵征】夜行。

【宵遁】乘夜逃跑。

【宵禁】亦稱「禁夜」。夜間戒嚴，禁止一般人在外行走。

【宵衣旰食】天不亮就穿衣起身，天晚了才吃飯。舊時稱頌帝王勤於政事的套語。亦作「旰衣宵衣」。

家㊀(jiā)粤ga¹〔加〕❶家庭；家鄉。如：少小離家老大回。❷古時夫婦互稱為家。❸對人自稱家裏的長輩。如：家兄；家父。❹家裏飼養的或家生的。與

"野"相對。如：家禽；家畜。❺經營某種行業，掌握某種專門學識、技能或從事某種專門活動的人。如：商家；行家；專家；科學家。❻學術流派。如：法家；儒家；墨家；百家爭鳴。❼據為一家所有。如：家天下。❽古代大夫的家族。❾家庭、店鋪等的計數詞。如：兩家人家；三家商店。❿副詞稱于指方面或流輩的詞。用在某些名詞後面，表示屬於那一類人。如：自家；人家；小孩子家。

㊀(jie)粤ga¹〔賈〕作語助。同"價"㊁。

㊁(gù)粤gu¹〔姑〕通姑。見"家翁"、"大家"。

【家山】故鄉。

【家世】指家庭的世系或門閥。

【家君】對別人稱自己的父親。

【家法】❶漢儒經學傳授授，五經博士及其傳弟子以師法說經，而各自名家，叫"家法"。❷家長用來統制家族、訓飭子弟的法規。❸封建時代家長責打奴僕或子女的用具。

【家珍】家藏的珍寶。如：如數家珍。

【家室】❶同"室家"。夫婦。❷家屬。亦指家宅。

【家計】家庭生計；家產。

【家書】家信。

【家公】(gū)即阿公、阿婆，謂家長。

【家教】❶指父母對子女的教育。如：家教不嚴。❷在家教授弟子。

【家常】家中日常事務或家居日常所用。含有平居及尋常之意。如：家常飯；談家常。

【家累】❶家庭生活負擔。❷舊時以妻子兒女等都仰食於家主，因稱家屬為"家累"。

【家眷】眷屬。

【家當】(一dàng)家產。

【家慈】對別人稱自己母親的謙辭。俗有父嚴母慈之說，故云。

【家數】謂學術或文藝上的流派。

【家學】謂家傳之學。如：家學淵源。

【家聲】一家素有的聲譽。

【家譜】記載一姓世系以及顯赫人物的譜籍。又名"族譜"、"宗譜"、"家乘"。

【家嚴】對別人稱自己父親的謙辭。

【家徒壁立】謂家中貧乏，空無所有。亦作"家徒四壁"。

【家常便飯】亦作"家常飯"。家中日常的飯食。今常用來比喻常見習聞的事情。

【家給人足】見"人給家足"。

【家喻戶曉】亦作"家至戶曉"。家家戶戶都知道；謂人人皆知。

宸 (chén)粤sen⁴〔神〕❶屋邊。❷北辰所居，因以指帝王的宮殿，又引申為王位、帝王的代稱。見"宸極"。

【宸極】即北極星，借指君位。

容 (róng)粤jung⁴〔溶〕❶容受。如：容器；容量。❷接納。如：收容；容納。❸寬容。如：不能相容。❹可；允許。如：豈容亂說。引申為求得別人允許。見"先容"。❺容貌；儀容。如：芳容。

【容止】儀容舉止。

【容光】❶儀容風采。❷指罅隙。

【容身】存身；安身。

【容忍】寬容；忍耐。

【容華】美麗的容貌。

【容與】❶閒暇自得的樣子。❷遲緩不前的樣子。

【容膝】室小僅能容雙膝，極言其狹小。

宧 (yí)粤ji⁴〔宜〕古時房屋東北角之稱。

寇 "寇"的異體字。

宭 (qún)粤kwen⁴〔羣〕羣居。引申為薈萃之處。如：學宭。

八　畫

宿 ㊀(sù)粤suk⁷〔粟〕❶住宿；過夜。如：住宿。❷住宿的地方。❸隔夜；隔時；舊時。如：宿雨；宿諾。也指年老的，久於其事的。如：耆宿；宿將。❹通"夙"。素常；平素。見"宿志"、"宿願"。

㊁(xiǔ)粤同㊀。猶言宿。如：住了一宿。

㊂(xiù)粤seu³〔秀〕中國古代天文學家把天上某些星星的集體語叫做宿。如：二十八宿。

【宿夕】猶旦夕。謂在很短的時間內。

【宿世】迷信者謂過去之世；前生。

【宿志】亦作"夙志"。平素的志願。

【宿昔】❶亦作"夙昔"。從前；舊日。❷猶向來、經久。❸猶早晚，謂時間之短。

【宿怨】猶蓄怨。後或稱舊恕為"宿怨"。亦作"夙怨"。

【宿素】❶亦作"夙素"。平素的志願。❷老成而素負重望者。

【宿將】(一jiàng)有豐富經驗的老將。

【宿醉】指隔夜的餘醉。

【宿儒】亦作"夙儒"。指對儒家經籍素有研究者。

【宿願】亦作"夙願"。平素的願望。

【宿命論】一種鼓吹宗教和唯心主義的學說。認為歷史的發展是由一種不可抗拒的命運決定的。人在命運面前無能為力，只能受命運的擺佈，聽天由命。

㝂 "采"的異體字。

寁 (zǎn，又讀jié)⑧dzam²〔斬〕dzit⁹〔截〕(又)速；召。

寂 (ji)⑧dzik⁹〔直〕❶靜悄悄；沒有聲音。如：沉寂。❷冷落。如：孤寂；淒寂。

【寂寂】冷靜；落寞。

【寂寞】❶清靜；無聲。❷冷落；孤獨。亦作"寂漠"。

【寂寥】謂無聲無形之狀。後多用為寂靜之意。

寄 (ji)⑧gei³〔記〕❶託人傳達或遞送。現專指通過郵局遞送。如：寄語；寄信；寄包裹。❷付託；委託。如：寄望。❸依附；暫居。如：寄生；寄食；寄居。❹認作親屬。如：寄母；寄女。

【寄食】依靠人家生活。

【寄託】❶猶託身。❷猶付託、委託。❸詩文作品中的寄情託興。

【寄語】傳話。

【寄籍】指長期離開本鄉，以寄居之地為籍貫。別於"原籍"而言。

【寄生蟲】比喻自己不勞動，依靠別人過活的人。

【寄人籬下】比喻依附別人，不能獨立。

寅 (yín)⑧jen⁴〔仁〕❶敬。❷地支的第三位。❸十二時辰之一，三時至五時。

【寅吃卯糧】寅年就吃了卯年的糧，比喻入不敷出，預先借支。

密 (mi)⑧met⁹〔勿〕❶形狀像堂屋的山。引申為隱蔽之處。❷秘密。如：保密；密約。❸親切。如：密友。❹靠近；距離近。如：密植。

【密切】❶親近，使親近。如：關係密切；密切聯繫。❷仔細。如：密切注意。

【密語】又稱暗語。為了保密，通常以數字、字母、單詞等代替真實的通信內容。

【密謀】暗中策劃。也指暗中策劃的計劃。

【密雲不雨】滿天濃雲而不下雨。比喻事情已經醞釀成熟，而尚未發作。

【密鑼緊鼓】比喻事前緊張的輿論準備工作。

寇 (kòu)⑧keu³〔扣〕❶盜賊。如：流寇。❷侵略者。如：倭寇。❸掠奪或侵犯。如：寇邊。

【寇讎】猶仇敵。

冤 "冤"的異體字。

寍 "寧"的異體字。

宮 (jū)⑧gœy¹〔居〕屋舍。

冣 "最"的異體字。

九　畫

富 (fù)⑧fu³〔副〕❶財產多。與"窮"相對。亦即指財力；財產。如：國富；財富。❷寬裕；豐厚。如：豐富；富麗。

【富庶】物資豐富，人口眾多。

【富豪】指有錢又有權勢的人。

【富饒】財物充足。

【富貴花】指牡丹。

【富國強兵】使國家富有，軍力強大。

【富貴浮雲】視富貴如浮雲，言輕微不足道。又比喻功名利祿變幻無常。

病 (bìng)⑧bing³〔丙〕見"病月"。

【病月】陰曆三月的別稱。

寐 (mèi)⑧mei⁶〔味〕睡眠。

寒 (hán)粵hon⁴〔韓〕❶冷。如：御寒。❷憂懼；戰慄。如：膽寒。❸冷却；淡忘。如：一暴十寒。參見"寒盟"。❹貧困。如：一寒如此。

【寒士】指貧苦的讀書人。

【寒心】❶有所戒懼之意。❷戰慄、恐懼之意。

【寒具】❶饊子，一種油炸麵食。❷御寒的衣物。

【寒門】寒薇之家。

【寒星】寒夜的星斗。

【寒食】節令名，清明前一天（一說清明前兩天）。相傳春秋時晉國介之推輔助重耳（晉文公）回國後，隱於山中，重耳燒山逼他出來，介之推抱樹焚死。晉文公爲悼念介之推，就定於是日禁火寒食。

【寒素】家世清貧的人。

【寒砧】砧，搗衣石。指秋後的搗衣聲。詩詞中常用來象徵淒涼景象。

【寒酸】微賤的讀書人。

【寒盟】寒，冷却；寒盟，謂忘却盟約。

【寒暄】❶冷暖。❷指年歲。❸問候起居寒暖的客套話。亦作"暄寒"。

【寒薇】微賤。

【寒酸】本作"寒畯"。形容窮苦讀書人的窘態。亦指窮苦讀書人。如：寒酸氣；寒酸相。

【寒賤】微賤，謂門第卑下。

【寒露】二十四節氣之一。此時中國大部分地區，天氣涼爽。參見"二十四節氣"。

寓 (yù)粵jy⁶〔遇〕❶寄住。如：寓居。❷寄寓。如：公寓；客寓。❸寄託。如：寓言。

【寓公】古代失其領地而寄居他國的貴族。後指開居在客地的人。

【寓目】過目；看到。

【寓言】有所寄託的話。❷用假託的故事或自然物的擬人手法來說明某個道理或教訓的文學作品，常帶有諷刺或勸戒的性質。

【寓意】借其他事物寄託本意。

寔 "實"的異體字。

寕 "寧"的異體字。

十 畫

寖 (qīn)粵dzɐm³〔浸〕同"浸"。

【寖淫】同"浸淫"。積漸；逐漸。

寘 "置"的異體字。

十一畫

康 (kāng)粵hoi¹〔康〕見"康寅"。

【康寅】屋宇空闊的樣子。

寞 (mò)粵mok⁹〔莫〕見"寂寞"。

察 (chá)粵tsat⁸〔刷〕❶細看；詳審。如：觀察。❷考察；調查。

【察照】明察。

【察議】清代制度，官吏有過失交部議罰，輕的叫做"察議"，重的叫做"議處"。

【察察爲明】謂以苛察細小之事爲精明。

寠 同"窶"。

寡 (guǎ)粵gwa²〔瓜高上〕❶少。如：多寡不均。❷指婦人死了丈夫。❸古時男子無妻或喪偶也叫"寡"。❹古代君主自稱或臣子對別國自稱其君主與夫人的謙辭；寡人；寡君；寡小君。

【寡人】古代諸侯對下的自稱。

【寡合】謂同別人難以投合。

【寡陋】見聞狹窄，學識淺薄。

【寡頭】稱掌握政治、經濟大權的少數首腦人物。含貶義。

【寡不敵衆】人少的敵不過人多的。

【寡廉鮮恥】不廉潔，不知恥。現多指不知羞恥。

寢(寝) (qǐn)粵tsɐm²〔雌飲切〕❶睡；臥。如：廢寢忘食。❷內堂；臥室。如：正寢；內寢。❸皇家宗廟後殿藏先人衣冠之處，又指帝王的墳墓。見"寢廟"。❹貌醜。見"貌寢"。

【寢陋】容貌醜陋。

【寢廟】古代宗廟有廟和寢兩部分。合稱"寢

廟"。

寤(wù)粵ng⁶[悟]❶睡醒。通"悟"。覺悟；了解。❸通"悟"。逆。見"寤生"。

【寤生】逆生，謂產兒腳先下。

【寤寐】猶言日夜。寤，醒時；寐，睡時。❷猶假寐。

寥(liáo)粵liu⁴[聊]❶稀疏。如：寥若晨星。❷空虛；寂寞。❸指廣闊的天空。

【寥亮】亦作"嘹亮"。聲音清徹響亮。今多作"嘹亮"。

【寥落】❶稀疏；冷落；寂寞。

【寥廓】❶空闊。❷器量遠大。

【寥寥】❶稀少；孤單。如：寥寥無幾。❷空闊。

實(实)粵set⁹[時迄切]❶堅實；充實。如：避實擊虛。❷充實；富裕。如：倉廩實。❸真實；真誠。如：實事求是；實心眼。亦指真心；證實。❹實在；其實。如：實無其事。❺果實；種子。如：開花結實。❻事迹；典實；史實。❼物資。如：軍實。亦指充實容器或宮室的物品。如：邊實；豆實。

【實況】實際情況。

【實業】工商企業的通稱。

【實質】本質；事物、論點或問題的實在內容。

【實學】切實的學問。

【實錄】❶猶"信史"。謂翔實可靠的記載。❷中國歷代所修每個皇帝統治時期的編年大事記。

【實事求是】❶指如實反映情況，按照實際情況辦事。❷根據實證，求索真相。

【實繁有徒】實在有不少這樣的人。亦作"實蕃有徒"。

寧(宁)㊀(níng)粵ning⁴[檸]❶平安；安定。❷康健；無疾病。如：康寧。❸安定的女子省視父母。見"歸寧"。❹寧夏回族自治區的簡稱。❺江蘇南京市，清代爲江寧府治，因沿用爲南京的簡稱。
㊁(nìng，舊讀níng)粵同㊀ning⁶[檸](又)❶寧可；寧願。如：寧死不屈。❷豈；難

道。如：山之險峻，寧有逾此？❸作語助，無義。如：不寧唯是。

【寧貼】亦作"寧帖"。平安舒貼。

【寧馨】晉宋時俗語，"這樣"的意思。

【寧馨兒】晉宋時俗語，猶今語這樣的孩子。後來多用於褒義。

【寧缺毋濫】(寧nìng)寧可缺少一些，不要不顧質量一味求多。

寨(zhài)粵dzai⁶[自艾切]防衛所用的木柵。引申爲軍營。如：安營紮寨。

審(审)(shěn)粵sem²[沈]❶詳知；明悉。引申爲詳盡細密之意。❷詳查；細究。引申爲審訊。如：公審；審判。❸愼重。❹果眞；確實。如：審如其言。

【審定】經過審查而作出定評。

【審美】領會事物或藝術品的美。

【審時度勢】(度duó)審察時機，忖度形勢。

潙(沩)(wěi)粵wai²[毁]姓。亦作"溈"。

寫(写)(xiě)粵se²[捨]❶寫字或作畫。❷抄寫；謄錄。❸描摹；摹擬。如：寫生；寫眞。

【寫照】畫像。引申爲眞實描寫。

【寫意】❶中國畫中屬於疏放一類的畫法，與"工筆"對稱。要求通過簡練的筆墨，寫出對象的形神，不求形似而求神體，故名爲❷❷吳粵方言，舒暢愉快的意思。

寬(宽)(kuān)粵fun¹[歡]❶寬闊。如：寬肩膀；寬銀幕。❷鬆緩；放寬。如：寬心；寬限。引申爲鬆解。如：寬衣。又引申爲有餘裕。如：手頭寬裕；地方寬展。❸寬大；寬容。如：寬嚴結合；從寬處理。

【寬宏】亦作"寬弘"。器量大。如：寬宏大量。

【寬容】寬恕能容人。

【寬綽】❶寬宏。❷寬大。❸寬裕。如：手頭寬綽。

寮(liáo)粵liu⁴[聊]❶小屋。如：茶寮。❷通"僚"。參見"寮佐"。

【寮佐】亦作"僚佐"。指同寮的官佐屬吏。

十三畫

寰 (huán)國wan⁴〔環〕❶猶區宇,謂廣大的境域。如:人寰;瀛寰。❷通"環"。如:寰球。

【寰宇】猶言宇內;天下。

【寰海】猶言海內。

寯 (jùn)國dzœn³〔俊〕同"俊"。才智出眾的人。

十四畫

寱 (yì)國ŋei⁶〔藝〕"囈"的本字。

十六畫

寵(宠) (chǒng)國tsuŋ²〔冢〕❶寵愛。如:得寵。亦作妾的代稱。如:納寵。❷驕縱。

【寵光】猶言光寵、榮寵。謂由特加恩寵而得的榮耀。

【寵幸】指帝王對后妃、臣下的寵愛。

【寵辱不驚】置得失於度外,受寵受辱無動於衷。

【寵辱若驚】指人患得患失,無論受寵受辱,都不免要驚恐。

寶 同"寶"。

寶(宝) (bǎo)國bou²〔保〕❶玉器的總稱,引申為泛指一切珍貴的物品。❷銀錢貨幣。舊時的錢幣多用"元寶"、"通寶"為文。又金銀錠也叫"元寶"。❸珍愛。❹皇帝的印信。也指帝位。如:大寶。❺對他人的敬稱。如:寶眷。

【寶卷】一種韻文和散文相間體的說唱文學,由唐代的變文和宋代和尚的說經發展而來。早期作品的題材多為宣揚因果報應的佛教故事,明代以後多用民間故事和現實生活做題材。

【寶庫】儲藏珍貴物品的庫房。比喻儲藏的豐

富。如:知識寶庫;文化寶庫。

【寶座】尊貴的座位。多指佛或皇帝的座位。

【寶藏】(一zàng)❶礦產;儲藏的珍寶財富。❷儲藏珍寶和財物的庫房。

十八畫

寱 "夢"的本字。

寸 部

寸 (cùn)國tsyn³〔串〕❶長度單位。十分之一尺。❷形容短小。如:寸步不離;寸草不留;鼠目寸光。❸中醫切脈部位名。

【寸心】猶言區區之心。如:聊表寸心。

【寸札】簡短的書信。

【寸楮】❶名刺;名片。❷指書信。如:聊申寸楮。

【寸鐵】指短小的武器。如:手無寸鐵。

三畫

寺 (sì)國dzi⁶〔自〕dzi²〔止〕(語)❶古代官署名。如:大理寺;太常寺。❷僧眾供佛的處所。如:白馬寺;靈隱寺。

六畫

封 (fēng)國fuŋ¹〔峯〕❶古代帝王把爵位或土地賜給臣子。❷疆界;範圍。引申為限於一定範圍。如:故步自封。❸封閉。如:封門。❹指封緘物的件數。如:一封信。

【封泥】也叫"芝泥"、"泥封"。中國古代公私簡牘大都寫在竹簡、木札上,到發時用繩捆綁束,在繩端或交叉處封以黏土,上蓋印章,以防私拆。主要流行於秦漢。

【封建】一種政治制度,君主把土地分給同姓諸侯和功臣,讓他們在這塊土地上建國。❷關於封建主義的,帶有封建社會色彩的。如:封建迷信。

【封禪】帝王祭天地的典禮。在泰山上築土爲壇祭天，報天之功，稱封；在泰山下梁父山上闢場祭地，報地之功，稱禪。自秦漢以後，歷代帝王都把封禪作爲國家大典。

【封疆】疆界。

【封豕長蛇】大豬、長蛇。比喻貪暴者、侵略家。

【封建主義】❶指封建的社會制度。地主階級佔有大量土地，掌握封建的國家政權，把佔有的土地出租給農民，迫使農民繳地租、納賦稅，服勞役。❷也指維護封建社會制度的思想體系。如封建等級觀念和倫理綱常等。

七　畫

射　㊀(shè)粤se⁶〔䞇〕❶放箭，亦指用槍炮射擊。❷射出；用壓力或彈力送出：發射；噴射。❸有所指。如：影射；暗射。❹逐取；追求。見"射利"。❺猜度。見"射覆"。
㊁(yì)粤jik⁹〔亦〕見"無射"。
㊂(yè)粤je⁶〔夜〕見"姑射"。

【射利】追求財利。

【射侯】猶言箭靶。

【射覆】古代的一種遊戲，猜度預寫隱藏之物。其假託的方法之一是卜筮。後世酒令用字句隱寫事物，令人猜度，也稱射覆。

尅　"剋"的異體字。

尃　(fū)粤fu¹〔呼〕亦作"専"。古代長度單位，一尃等於四寸。

八　畫

將(将)　㊀(jiàng)粤dzœŋ¹〔張〕❶扶助；帶領。如：將領；將雛。❷做：愼重將事。❸休養；調養。如：將養。❹拿；把。如：將功贖罪。❺將要。如：天將明。❻欲；打算。如：君將若之何？❼將近。如：將半載。❽與；共。如：將三五少年輩同行。❾且；又。如：將信將疑。❿作語助，表動作的開

始。如：叫將起來；打將進去。
㊁(jiàng)粤dzœŋ³〔障〕❶將領。❷軍銜名，在校級之上。如：大將；上將。❸帶兵。
㊂(qiāng)粤tsœŋ¹〔槍〕；請。如：將子無怒。

【將息】調養休息。

【將就】遷就；勉强應付。

【將養】休息和調養。

【將無同】猶言莫不是相同，該是相同。"將無"表示測度語氣。

【將功贖罪】拿功勞抵償罪過。

【將門有將】(將 jiàng)謂將帥家門中出將帥。

【將信將疑】不敢確信，有些相信又有些懷疑。

【將計就計】利用對方所用的計策，反過來向對方使計策。

【將錯就錯】事情旣然已經做錯了，索性順着錯誤做下去。

專(专)　(zhuān)粤dzyn¹〔磚〕❶專一；獨切；特派。如：專攻；專車；專員。❷對某種學術、技能有特長。如：專長。❸單獨掌握或佔有。如：專利；專賣。

【專制】獨斷。

【專美】獨享美名。

【專席】獨坐一席。

【專區】中國省、自治區曾經根據需要設立的行政區域，包括若干縣市。

【專對】獨立應對。

【專擅】謂不請命而擅自行事。

【專寵】獨佔恩愛。

【專利權】指經政府許可而享有的獨家經營的權利。

【專心致志】一心一意；聚精會神。

尉　㊀(wèi)粤wɐi³〔畏〕❶古代管兵的官名。如：太尉。❷軍銜名。在士之上，校之下。如：上尉、中尉。❸同"慰"。
㊁(yù)粤wɐt⁷〔屈〕〔尉遲〕複姓。

九　畫

尊 ㊀(zūn)粵dzyn¹〔專〕❶地位或輩分
高。與"卑"相對。❷尊重；尊奉。
如：自尊。❸稱呼對方及其有關人物的敬
辭。如：尊駕；尊容。❹稱尊長；官長。
如稱對方之父為令尊，又稱知府為太尊。
❺計數單位。如：兩尊大炮。
㊁(zūn)粵dzœn¹〔津〕同"樽"。古代盛酒器。
【尊前】尊長的面前。給尊長信中的用語。
如：叔父大人尊前。
【尊駕】猶大駕。
【尊嚴】❶莊重而有威嚴，使人敬畏。❷獨立
而不可侵犯的地位或身分。

尋(寻) ㊀(xún)粵tsɐm⁴〔沉〕❶找。
❷尋求。❸探求。如"尋根
究底"。❸古長度單位。八尺為尋。❹不
久；旋即。
㊁(xín)粵同㊀義同❶。用於"尋思"、
"尋死"等詞。
【尋味】探求玩味。如：耐人尋味。
【尋思】(xīn—)思索；考慮。
【尋幽】❶探尋幽深的境地。❷探究深奧難明
的事理。
【尋繹】反覆推求。
【尋根究底】尋求事物的根由底細。底，亦作
"柢"。
【尋章摘句】從書本中搜尋現成的詞句來堆砌
辭藻。

十一畫

對(对) (duì)粵dœy³〔兌〕❶朝着；向
着。❷回答。如：對答如流。
❸敵對；敵人、競爭的雙方。如：對立。
對手。❹適合。如：對號兒。❺對子；對
偶的詞語。如：對聯。❻是；不錯。如：
對不對？對。❼互相。如：對調。❽對
照。如：核對；校對。❾猶言雙。如：配
上一對兒。❿指有關事物的方向。如：決
不對困難屈服。
【對仗】指詩文詞句的對偶形式。
【對勁】(—jìn)投合；合適。
【對峙】兩相對立，相持不下。
【對偶】修辭格的一種。用字數相等、結構相
同或相似的一對語句表達相反、相近或相

關的意思。
【對策】❶漢代應薦舉、科舉的人對答皇帝有
關政治、經義的策問叫"對策"。後代也有
用這種方法取士的。❷對付的策略或辦
法。
【對質】當面詰問對證。常指法庭上使訴訟關
係人對面質問，以明事實真相。
【對壘】兩軍相持。壘，營壘。也用於各種競
賽，如下棋、比球。
【對簿】謂受審訊或質訊。簿，文狀，起訴書
之類。如：對簿公庭。
【對牛彈琴】比喻對不懂道理的人講道理。有
看不起對方的意思。也用來譏笑說話的人
不看對象。
【對症下藥】亦作"對症發藥"。比喻針對對事情
的問題所在，作有效的處理。

十三畫

導(导) (dǎo，舊讀dào)粵dou⁶〔杜〕
❶引導。如：前導；引導；領
導。❷疏通。引申為通達。❸傳導。如：
導熱；導電。❹開導；啟發。如：教導。
【導言】即緒論。
【導火綫】爆竹及舊式火器上裝置的藥綫，用
以引火，使火藥爆炸。比喻促使事變爆發
的近因。

小　部

小 (xiǎo)粵siu²〔筱〕❶與"大"相對。
❷時間短；少。如：小住；小坐。❸年
幼。❹稍微；略略。如：牛刀小試。❺地
位低微。如：小官；小民。❻小人；邪惡
的人。❼輕小。❽自謙之辭，稱自己或
與己有關的人或事物。如：小弟(自稱)；
小兒；小號。
【小丑】❶傳統戲曲中的丑脚或舊雜技中作滑
稽表演的人。
【小功】舊時喪服名，為五服之一。其服用較
細的熟麻布做成。服期為五個月。凡本宗
為曾祖父母、伯叔祖父母、堂伯叔父母、
未嫁祖姑、堂姑，已嫁堂姊妹，兄弟妻，

【小可】❶宋元民間口語，自稱的謙辭。❷尋常的。如：非同小可。

【小生】❶舊時對後輩的稱呼，表示輕蔑。❷自己的謙稱。❸戲曲腳色行當。"生"行的一支。主要扮演青少年男子。

【小姑】❶丈夫的妹妹。❷少女未嫁者。

【小春】指陰曆十月。又叫"小陽春"。因此時氣候溫暖如春。

【小雪】二十四節氣之一。這時黃河流域一般開始下雪。參見"二十四節氣"。

【小康】❶謂政教修明，人民康樂之世，比"大同"理想較低級的一種社會。❷謂家庭經濟尚寬裕，可以安然度日。

【小祥】古代父母喪後週年的祭名。

【小寒】二十四節氣之一。這時正當"三九"前後，中國大部分地區將進入嚴寒時期。參見"二十四節氣"。

【小道】儒家貶稱禮樂政教以外的學說、技藝為小道。

【小暑】二十四節氣之一。這時正值初伏前後，中國大部分地區將進入一年的最熱時期。參見"二十四節氣"。

【小滿】二十四節氣之一。此時中國大部分地區麥類等夏熟作物籽粒漸飽滿。參見"二十四節氣"。

【小斷】❶舊時稱年輕僮僕。❷猶小子。男孩。亦作"小斷兒"。

【小綹】扒手；剪竊。

【小慧】小聰明。

【小器】指人的局量淺窄。

【小築】小的住屋。今多用來稱別墅。

【小殮】指替死人穿好衣服爲"小殮"，入棺爲"大殮"。

【小品文】散文的一種。特點是篇幅短小，形式活潑，內容多樣化。

【小家子】❶舊稱出身低微的人。亦作"小家兒"。❷猶言小氣家。不大方。

【小朝廷】❶舊唐書·鄭餘慶傳》載，鄭處謙作河東節度使，羅致許多有才能的人爲參佐，當京中稱之爲"小朝廷"，意謂藩鎮而有朝廷的規模。❷指處於偏安局面下的朝廷。

【小登科】謂讀書人取得功名後回家完婚。亦借指結婚。

【小心翼翼】謹慎小心，一點不敢疏忽的樣子。

【小家碧玉】指小戶人家的女兒。

【小題大做】本爲明清科舉考試的借用語。以"四書"文命題曰"小題"，以"五經"文命題曰"大題"。"小題大做"本謂以五經文之法命題四書文。引申為拿小題目做大文章，比喻把小事宿染得很大，或當作大事來處理。有不值得、不恰當的意思。

【小懲大誡】謂受到小的責罰，因而更加警誡自己，不致做壞事。

【小巫見大巫】謂小巫遇到大巫，法術無可施展。比喻相形之下，一個遠遠比不上另一個。

一 畫

少

㊀(shǎo)粵siu²〔小〕❶數量少；不多。❷不足；短缺。如：什麼都不少。❸丟失。如：屋裏少了東西。❹虧欠。如：少人家的錢。❺不多時；過了一會。如：請少待。❻輕蔑。❼稍；略微。如：怒氣少解。

㊁(shào)粵siu³〔笑〕❶年輕人；年輕。如：少長咸集。❷少而威宜。❸古代爲長官輔佐之稱。如"少師"、"少傅"、"少保"。❸通"小"。

【少艾】(shào—)年輕美好的女子。

【少壯】(shào—)年輕力壯。如：少壯派。

【少頃】一會兒；不多時。

【少不更事】(少 shào，更 gēng)年輕，閱歷不多。亦作"少不經事"。

【少安毋躁】暫且安心等待，不要急躁。

【少見多怪】見識少，遇事便以爲奇怪。

二 畫

尔　"爾"的異體字。

三 畫

尖 (jiān)[粵]dzim1〔沾〕❶物體銳利的末端或細小的部分。如：筆尖。❷尖刻；敏銳。如：嘴尖；眼尖。❸聲音高而細。如：尖嗓子。❹尖端；最上品。如：頂尖；拔尖。

【尖刻】尖酸刻薄。

【尖端】❶尖銳的末稍；頂點。❷發展得最高的(科學技術等)。如：尖端技術。

【尖酸】說話帶刺，使人難受。如：尖酸刻薄。

五畫

尚 ㊀(shàng)[粵]sœŋ6〔上〕❶超過。如：無以尚之。❷尊重；崇尚。如：尚賢。❸誇；自負。如：矜尚。❹久遠。如：由來尚矣。❺還；猶。如：尚在否？❻尚且。

㊁(cháng)[粵]sœŋ4〔常〕見"尚羊"。

【尚羊】(cháng—)同"徜徉"。逍遙。

【尚武】崇尚武事。

【尚書】❶官名。原是宮廷裏掌管文書奏章的官。漢以後地位漸高。明清兩代是各部的最高職位。❷書名。十三經之一。又稱書經。相傳由孔子編删而成，其中有些篇是後來儒家補充進去的，還有一部分是東晋梅賾僞造的。本書保存了商周特別是西周初期的一些重要史料。

【尚章】十干中癸的別稱。即"昭陽"。

【尚方劍】皇帝所用的劍。

六畫

尜 (gá)[粵]gat8〔加壓切〕見"尜尜"。

【尜尜】亦作"嘎嘎"。❶亦稱"尜兒"。一種小兒玩具。兩頭尖，中間大。❷像尜尜的。如：尜尜棗；尜尜湯(用玉米麪等做的食品)。

十畫

尠 同"鮮㊁❶"。

尟 同"鮮㊁❶"。

尢部

一畫

尤 (yóu)[粵]jɐu4〔由〕❶特異的；突出的。如：尤物；無恥之尤。❷尤其；更加。如：尤妙；尤甚。❸過失，罪過。如：效尤。❹怨恨；歸咎。如：怨天尤人。

【尤物】❶特出的人物。多指美貌的女子。❷指珍貴的物品。

三畫

尥 (liào)[粵]liu6〔料〕❶走路時足脛相交。如：尥腿。❷見"尥蹶子"。

【尥蹶子】牲口用後腿向後踢。

四畫

尨 ㊀(máng)[粵]mɔŋ4〔忙〕❶多毛的狗。❷雜色。

㊁(méng)[粵]muŋ4〔蒙〕見"尨茸"。

㊂(páng)[粵]pɔŋ4〔旁〕通"龐"。高大。

【尨茸】(méng—)亦作"蒙戎"。蓬鬆散亂的樣子。

尪 (wāng)[粵]wɔŋ1〔汪〕骨骼彎曲症。脛、背、胸彎曲都叫"尪"。

【尪羸】瘦弱。

尬 (gà)[粵]gai3〔介〕見"尷尬"。

九畫

尰 (zhǒng)[粵]dzuŋ2〔腫〕脚腫。

就 (jiù)[粵]dzɐu6〔袖〕❶成。如：造就；急就。❷趨；從；歸。如：就學；就業；各就各位。❸因；隨。如：就近；就

手；就地取材。❹隨即；即便。如：我就來。❺正；即。如：就是他。❻即使。如：你就不說，我也明白。❼只。如：這一次，下不爲例。❽偏偏。如：不叫我去，我就要去。

【就木】猶言入棺，謂死亡。

【就正】請求指正。常用爲出示自己的作品請求指正之詞。

【就教】親自到對方所在的地方去請教。

【就義】❶爲正義而死。如：從容就義。❷歸附於正義的方面。

【就裏】猶言內中、內幕。

【就範】聽從支配和控制。如：迫使就範。

【就緒】謂事情安排妥當。

十畫

㩻　同"㩻"。

十二畫

尵　(tuí)粵tœy⁴〔頹〕同"隤"。尵尵，馬病。

十四畫

尷(尲)　(gān)粵gam¹〔監〕gam³〔鑒〕（又）見"尷尬"。

【尷尬】(一gà)亦作"尲尬"。對人說，指處境困難或行爲不正；對事說，指事情棘手，不易處理。

尸　部

尸　(shī)粵si¹〔詩〕❶古代代表死者受祭的活人。❷陳列。❸主持。見"尸盟"。❹喻人居其位而無所事。見"尸位"。❺同"屍"。

【尸位】謂居其位而不盡其職。參見"尸位素餐"。

【尸位素餐】謂居位食祿而不盡職。亦作"尸祿素餐"。

一　畫

尹　(yǐn)粵wen⁵〔允〕❶治理。❷古代官的通稱。如：府尹；京兆尹。❸姓。

尺　㊀(chǐ)粵tsek⁸〔赤〕❶長度單位。十分之一丈。❷量長度的器具。如：竹尺。❸繪圖用的儀器。如：放大尺。❹像尺的東西。如：戒尺。❺中醫診脈部位之一。

㊁(chě)粵tsɛ²〔扯〕工尺譜中音名之一。

【尺度】❶尺寸的定制。❷猶言標準、規制。

【尺書】❶指書信。❷書籍。

【尺素】古代用絹帛書寫，通常長一尺，故稱寫文章所用的短箋爲"尺素"。亦用以指書信。

【尺牘】文體名。牘，古代書寫用的木簡。用一尺長的木簡作書信，故稱尺牘。後相沿爲書信的通稱。

【尺鐵】指兵器。如：手無尺鐵。

【尺短寸長】比喻人和物各有長處，也各有短處。

二　畫

尻　(kāo)粵hau¹〔敲〕脊骨的末端；臀部。如：尻骨。

尼　(ní)粵nei⁴〔妮〕梵文Bhikṣuṇī(比丘尼)的省稱。即尼姑，信佛出家的女子。

四　畫

尾　㊀(wěi)粵mei⁵〔美〕❶尾巴。❷事物的末後部分。如：船尾；年尾。❸在後面。如：尾隨。❹魚的計數詞。

㊁(yǐ)粵同㊀：馬尾兒（馬尾的毛）。

【尾閭】古代傳說中海水所歸之處，現多用來指江河的下游。

【尾聲】指事情接近結束的階段。

【尾大不掉】掉，猶擺動。比喻部屬勢力強大，難以駕馭。

尿　㊀(niào)粵niu⁶〔尼耀切〕同"溺"。小便。

㊀(suī)⓿sœy¹〔雖〕小便。如：尿脬；溺尿。

【局】⓿guk⁹〔巨玉切〕❶部分。如：局部。❷棋盤。引申為下棋或其他比賽一次叫一局。如：下一局棋；平局。❸機關的名稱。如：教育局。❹形勢。如：時局。❺人的胸襟器量。如：器局。❻限制；拘束。如：局限。❼娛樂性的聚會。如：飲局。❽騙人的圈套。如：騙局。❾同"偏"、"踼"。

【局內】局，本指棋局。謂參與其事。
【局外】棋局之外。引申為事外。
【局面】❶形勢；情況。❷規模；排場。
【局促】亦作"局趣"、"侷促"。❶狹隘。如：居處局促。❷拘束。如：局促不安。
【局度】猶言器量。
【局騙】做了圈套騙取。

㊁(pi)⓿pei³〔譬〕從肛門排出的臭氣。常用來罵人，指斥文字或言語的荒謬。

五　畫

㊀(bi)⓿bei¹〔悲〕女子的外生殖器。

【居】㊀(jū)⓿gœy¹〔哥虛切〕❶住。如：分居。❷住所。如：故居。❸處於。如：居首；居中。❹當；任。如：居之不疑。❺佔。如：二者必居其一。❻積蓄；囤積。參見"居積"、"居奇"。❼坐。如：居，吾語女。
㊁(ji)⓿gei¹〔基〕表語氣，同"乎"。
【居士】梵文Gṛha-Pati，音譯"迦羅越"，意譯"家主"。佛教用來稱呼在家佛教徒之中過三歸、五戒者。《維摩詰經》說，佛的弟子維摩詰居家學道，號稱維摩居士。後來專稱在家奉佛的人。
【居心】存心。
【居功】認為自己有功勞。
【居奇】謂視為奇貨留之以待善價。
【居間】謂為雙方當事人調解或說合。
【居諸】(ji-)《詩經‧邶風‧柏舟》有"日居月諸"之語。居、諸，本是語助詞，後借用為日月的代稱。又引喻為光陰。

【居心叵測】懷着險惡的用心，叫人難以推測。
【居安思危】在平安穩定的時候要想到危險災難。指時時要提高警覺，預防禍患。

【屆】(jiè)⓿gai³〔介〕❶到。如：屆期。❷次；回。如：第一屆。

【屈】(qū)⓿wet¹〔鬱〕❶彎曲。如：屈指可數。❷屈服。如：堅貞不屈。❸理虧。如：理屈詞窮。❹委屈；冤枉。如：含冤受屈。
【屈指】亦作"詘指"。扳指頭計算。如：屈指可數。
【屈辱】受壓迫和侮辱。
【屈就】本指降志屈節出就官職。後用為請人擔任職務的客套語。
【屈節】❶失節。❷猶折節。如：卑躬屈節。
【屈膝】下跪。比喻屈服。
【屈打成招】無罪的人冤枉受刑，被迫認罪。

居　古文"居"字。

六　畫

【屋】(wū)⓿uk⁷房子；房間。如：茅屋；裏屋。
【屌】(diǎo)⓿diu²〔抵妖切〕男子的外生殖器。
【屍】(尸)(shī)⓿si¹〔詩〕屍體。
【屍諫】謂臣下以死諫君。
【屎】(shǐ)⓿si²〔史〕糞。也用以比喻極低劣的事物。
㊀(xi)⓿hei¹〔希〕見"殿屎"。
屄　"屄"的本字。

七　畫

【屐】(ji)⓿kek⁹〔劇〕木屐，木底有齒的鞋子。
【屑】(xiè)⓿sit⁸〔薛〕❶碎末。如：木屑。引申為微細。如：瑣屑。❷研成碎末。❸顧惜；重視。如：不屑。
【屑意】介意，放在心上。

屓(屭) (xì)粵ei³〔戲〕亦作"屭"。見"屭屭"。

展 (zhǎn)粵dzin²〔剪〕❶開;伸張。如:展卷;展臂。❷放寬。如:展期。❸施行。如:一籌莫展。❹陳列。如:展覽。
【展轉】同"輾轉"。❶形容憂思縈牽的樣子。❷反覆;轉移不定。

八　畫

屙 (e)粵o¹〔痾〕排洩大小便。如:屙屎。

屏 ㊀(píng)粵pin⁴〔平〕❶遮擋。如:屏風。❷字畫的條幅。如:字屏;屏條。
㊁(bǐng)粵bin²〔丙〕❶退避;隱迹。❷忍住;抑制住。見"屏息"、"屏氣"。❸亦作"摒"。除去;棄;逐。如:屏棄;屏退。
㊂(bǐng)粵bin³〔併〕見"屏營"。
㊃(bing)粵bin¹〔冰〕見"屏營"。
【屏風】室內擋風或作爲障蔽的用具。
【屏氣】(bing—)抑制呼吸。也形容謹愼畏懼。
【屏退】(bing—)排除;斥退。
【屏息】(bing—)由於注意或恐懼而不敢出大氣。如:屏息靜聽。
【屏當】(bing dàng)亦作"摒擋"、"併當"。收拾;料理。
【屏營】惶恐的樣子。

屜 (ti)粵tei³〔替〕本義爲鞋子的襯底,引申爲器物的隔層。如:抽屜。

屝 (fèi)粵fei²〔匪〕草鞋;麻鞋。

九　畫

屠 (tú)粵tou⁴〔徒〕❶宰殺。引申爲大規模的殘殺。見"屠城"。❷屠殺牲畜的人。
【屠夫】以宰殺牲畜爲業的人。比喻屠殺民衆的人。
【屠狗】宰狗。舊時又指以屠狗爲業的人,喻從事卑賤職業者。

【屠城】攻破敵城後,屠殺全城的軍民。
【屠維】亦作"徒維"。十干中己的別稱,用以紀年。
【屠蘇】酒名。古俗,陰曆正月初一日,家人先幼後長,飲屠蘇酒。

屧 同"屟"。

十一畫

屢(屡) (lǚ)粵loey⁵〔呂〕多次。如:屢見不鮮。
【屢見不鮮】經常見到,並不覺得新奇。
【屢試不爽】屢次試驗都不錯。爽,差錯。

屣 (xǐ)粵sai²〔徙〕亦作"蹝"。鞋。

十二畫

層(层) (céng)粵tsɐŋ⁴〔曾〕❶重屋;樓房的級數。如:更上一層樓。❷重疊物的級數。如:雲層。❸重複;連接不斷。如:層出不窮。
【層出不窮】接連出現,沒有窮盡。
【層見疊出】屢次出現。

履 (lǚ)粵lei⁵〔里〕❶鞋。如:革履。❷踩;踏。如:履險如夷。❸實行;執行。如:履行。
【履行】實行。如:履行義務。
【履新】謂官吏上任。
【履歷】指資格職位經歷。也指履歷書、履歷表。

屧 (xiè)粵sit⁸〔屑〕亦作"屟"。古代鞋中的木底。亦泛指鞋履。

十四畫

屨(屦) (jù)粵gœy³〔句〕❶麻、葛等製成的單底鞋。❷踐踏。
【屨賤踊貴】《左傳·昭三年》載,晏嬰說:"(齊)國之諸市,屨賤踊貴。"屨,鞋;踊,假腳。謂受刖刑而遭砍足的人多,致使市場上鞋子跌價,而踊則漲價。因謂刑罰重而濫。

十五畫

屩（屩）(juē)⑧gœk⁸〔腳〕草鞋。

十八畫

屬（属）㊀(shǔ)⑧suk⁹〔蜀〕❶類；族；等輩。如：金屬；家屬；吾屬。❷生物分類系統上所用的等級之一。如：犬屬。❸隸屬。如：直屬機關。❹歸屬。如：勝利屬於我們。❺係；是。如：查明屬實。❻用十二生肖記生年。如：屬牛。
㊁(zhǔ)⑧dzuk⁷〔粥〕❶綴輯；撰著。見"屬文"、"屬稿"。❷通"囑"。託付；請託。❸專注。見"屬目"、"屬意"。❹連綴，接連。如：前後相屬。
【屬文】(zhǔ)撰著文辭。
【屬目】(zhǔ)❶注目。❷猶言寓目，過目。如：未嘗屬目。
【屬託】(zhǔ)叮囑託付。
【屬意】(zhǔ)❶猶言措意、留意。❷歸心；歸向。
【屬稿】(zhǔ)起草文稿。
【屬辭比事】(zhǔ) 本謂連綴文辭排比事迹以明史義。後泛稱撰文記事。

屭　同"屭"。

屮部

一畫

屯　㊀(tún)⑧tyn⁴〔團〕❶聚集；儲存。如：聚草屯糧。❷駐防。如：屯兵。❸屯子；村莊。如：皇姑屯。
㊁(zhún)⑧dzœn⁴〔津〕❶六十四卦之一。❷艱難。參見"屯邅"。
【屯墾】屯兵邊境，就地開墾。指古時屯田制中的軍屯。

【屯邅】(zhūn)謂處境困難。亦作"迍邅"。

屮

"之"的古體字。

山 部

山　(shān)⑧san¹〔珊〕❶地面上由土石構成的隆起部分。亦指形狀像山的東西。如：山嶺；鰲山。❷形容大聲。如：推倒山嶽。
【山君】老虎。
【山妻】舊時隱士自稱其妻爲"山妻"。也用爲自稱其妻的謙詞。
【山呼】猶"嵩呼"。臣下祝頌皇帝的儀節。
【山河】❶大山大河，指某一地區的形勝。❷指國土、疆域。
【山房】山中之屋，常用來稱書室和僧舍。
【山門】❶佛教寺院的大門。❷指佛教。
【山洪】山上因大雨或積雪融化驟然流下的大水。如：山洪暴發。
【山國】多山的地方。
【山莊】山中住所，別墅。
【山陵】❶泛指山嶽。❷帝王的墳墓。
【山歌】形式短小、曲調爽朗質樸、節奏自由的民間歌曲，流行於南方農村或山區。
【山魈】❶亦作"山繰"。傳說中的山中怪物。❷動物名。哺乳綱，猴科。頭大，尾極短，四支粗壯。面部眉骨高突，兩眼深陷；鼻部呈深紅色，有尖利長牙。身上的毛爲黑褐色，腹部的灰白色。產於西非；性喜羣居，雜食，常結羣盜食農作物；性凶猛。是一種珍奇動物。
【山陵崩】比喻帝王死亡。
【山陽笛】《晉書·向秀傳》載，向秀經山陽舊居，聽到鄰人吹笛，發聲寥亮，不禁追念亡友嵇康、呂安，因作《思舊賦》。後人因以"山陽笛"爲懷念故友的典故。
【山中宰相】《南史·陶弘景傳》載，陶弘景初仕齊爲左衞殿中將軍，入梁，隱居句容的句曲山（茅山），屢經禮聘不出，武帝時國家每有大事，輒就諮詢，時人稱爲"山中宰相"。
【山珍海錯】山間海中出產的珍異食品。

【山頂洞人】距今約一兩萬年前的人類化石。1933年在北京周口店龍骨山的山頂洞穴裏發現。他們的體質特徵已和現代人很接近。在洞裏還發現骨器、石器、磨製的骨針和穿孔石珠、獸牙等裝飾品及許多動物化石。證明他們已能縫皮為衣，並已有了原始的藝術。

【山盟海誓】見"海誓山盟"。

【山窮水盡】山和水都到了盡頭，比喻陷入絕境。

【山陰道上應接不暇】謂勝景太多，目不暇接，美不勝收。山陰，今浙江紹興。山陰道指紹興縣城西南郊外一帶，以風景優美著稱。

三　畫

屹 (yì)⑧ŋɐt⁹〔迄〕山勢直立高聳的樣子。

【屹然】高聳的樣子。引申為堅定不可動搖。

屺 (qǐ)⑧hei²〔起〕無草木的山。

屼 (wù)⑧ŋɐt⁹〔迄〕亦作"岉"。山禿。

四　畫

岌 (jí)⑧kɐp⁷〔級〕❶山高。❷危險。

【岌岌】❶山高。❷很危險的樣子。如：岌岌可危。

【岌嶪】高聳的樣子。

岐 (qí)⑧kei⁴〔其〕❶古邑名。在今陝西岐山縣東北。❷同"歧"。

岑 (cén)⑧sɐm⁴〔忱〕❶小而高的山。❷崖岸。

【岑岑】形容頭腦脹痛。

【岑寂】靜寂；寂寞。

岔 (chà)⑧tsa³〔詫〕❶指山脈分歧的地方。亦指道路分歧的地方。❷事故；差錯。如：出岔子。❸轉移話題。如：打岔。

岈 (yá)⑧ŋa⁴〔牙〕見"嵖岈"。

岭 (qián)⑧kim⁴〔鉗〕見"岭峨"。

【岭峨】山高下不齊的樣子。"阰"的異體字。

岅 (bā)⑧ba¹〔巴〕石山。

岏 (yuán)⑧jyn⁴〔元〕見"巑岏"。

岙 同"嶅"。

五　畫

岡（冈） (gāng)⑧gɔŋ¹〔江〕山脊。

岢 (kě)⑧hɔ²〔可〕〔岢嵐〕山名。在山西岢嵐縣。

岣 (gōu)⑧gu²〔狗〕〔岣嶁〕山名。衡山七十二峯之一，在湖南衡陽市北。

岥 同"陂"。

岩 "巖"的異體字。

岫 (xiù)⑧dzɐu⁶〔就〕❶山洞。❷峯巒。

岬 (jiǎ)⑧gap⁸〔甲〕❶兩山之間。❷〔岬角〕向海突出的陸地尖角。常見於半島的前端。

岱 (dài)⑧dɔi⁶〔代〕泰山的別名。

【岱宗】泰山別稱岱；古代以為諸山所宗，故稱岱宗。

【岱岳】泰山的別稱。

岳 (yuè)⑧ŋɔk⁹〔鄂〕❶見"岳丈"。❷同"嶽"。❸姓。

【岳丈】即岳父，妻子的父親。

【岳牧】傳說為堯舜時四岳十二州牧的合稱。後用來指稱地方大吏。

岵 (hù)⑧wu⁶〔戶〕有草木的山。

岷 (mín)⑧men⁴〔民〕〔岷山〕山名。在四川省北部，綿延川甘兩省邊境。

岸 (àn)⑨ŋɔn⁶〔餓汗切〕❶陸地濱臨江、河、湖、海等水域的邊緣叫做岸。❷高，比喻風貌嚴峻。如：魁岸。❸通"犴"。見"岸獄"。❹露額。見"岸幘"。

【岸獄】"岸"通"犴"。監獄。

【岸幘】幘，頭巾，本覆在額上，把幘掀起露出前額叫岸幘。表示態度瀟脱，不拘束。

岠 "岸"的異體字。

岧 (tiáo)⑨tiu⁴〔條〕見"岧岧"、"岧嶤"。

【岧岧】高的意思。

【岧嶤】亦作"岧嶢"。形容山的高峻。

岭 (líng)⑨liŋ⁴〔零〕見"岭嶺"。

"嶺"的簡化字。

【岭嶺】聲石聲。

岝 (zuò)⑨dzɔk⁸〔昨〕❶岝山，在山東省。❷見"岝崿"。

【岝崿】形容山的深險。

岨 ⊖同"砠"。　⊜同"齟"。

岹 (tiáo)⑨tiu⁴〔條〕同"岧"。

【岹嶢】遠遠的樣子。

岻 同"岨"。

岇

峁 (mǎo)⑨mau⁵〔牡〕中國西北黃土地區的一種黃土丘陵。頂部渾圓，斜坡較陡。

峒 (tóng)⑨tuŋ⁴〔同〕〔峂峪村〕地名用字，屬北京市。

六 畫

峋 (xún)⑨sœn¹〔荀〕見"嶙峋"。

峛 (lǐ)⑨lei⁵〔里〕見"峛崺"。

【峛崺】猶"邐迤"。連續不斷的樣子。

峒 ⊖(tóng)⑨tuŋ⁴〔同〕見"崆"。　⊜(dòng)⑨duŋ⁶〔動〕❶海南省黎族

舊時的政治組織名。有固定的地域，以山嶺、河流等為界。大峒包括若干小峒，有處理全峒事務的"峒長"。❷部分苗族、侗族、壯族聚居區地名的泛稱。如貴州、廣西部分苗族的苗峒。❸通"洞"。山洞。

岍 (qiān)⑨hin¹〔軒〕〔岍山〕古山名。在今陝西隴縣西南。

峙 ⊖(zhì)⑨dzi⁶〔治〕tsi⁵〔似〕（又）聳立。　⊜(shì)⑨si⁶〔侍〕〔繁峙縣〕縣名。在山西省北部恆山和五台山之間，鄰接河北省。

峝 "峒"的異體字。

崗 同"岗"。

峤

峧 (jiāo)⑨gau¹〔交〕地名用字。

七 畫

峨 (é)⑨ŋɔ⁴〔俄〕高；聳起。

【峨峨】❶高峻的樣子。❷嚴肅；莊嚴。

【峨眉】❶山名，又作峨嵋。在四川峨眉縣西南。❷縣名，在四川省。因在峨眉山東麓而得名。

【峨冠博帶】高帽和闊衣帶，古代士大夫的裝束。

峪 (yù)⑨juk⁹〔浴〕jy⁶〔裕〕（又）山谷。

峬 (bū)⑨bou¹〔褒〕見"峬峭"。

【峬峭】同"庯峭"。

峭 (qiào)⑨tsiu³〔俏〕❶陡直。如：懸崖峭壁。❷嚴廣；尖厲。

【峭直】嚴峻剛直。

【峭拔】高而陡。本指地勢，常用來形容筆墨雄健超脱。如：文筆峭拔。

【峭刻】嚴廣苛刻。

【峭急】嚴廣急躁。

峯 (fēng)⑨fuŋ¹〔風〕山的尖頂。引申為最高處。如：登峯造極。

"峯"的異體字。

峰

猱 (náo)粵nau⁴〔撓〕〔猱山〕在今山東淄博市的臨淄南。

峴 (峴) (xiàn)粵jin⁶〔現〕小而高的山嶺。

島 (岛) (dǎo)粵dou²〔賭〕散處在海洋、湖泊、江河中的陸地。

峻 (jùn)粵dzœn³〔俊〕❶高；高大。如：崇山峻嶺。❷嚴厲。如：嚴刑峻法。
【峻刻】嚴峻刻薄。
【峻急】❶指水勢湍急。❷指性情嚴厲而急躁。

峽 (峡) (xiá)粵hap⁹〔狹〕❶兩山夾水的地方，多用作地名。如：瞿塘峽。❷指兩山之間。

崀 (làng)粵lɔŋ⁶〔浪〕用於地名。崀山，在湖南省；大崀，在廣東省。

崟 (lóng)粵luŋ⁶〔壯族語〕石山間的平地。

峿 同"峿"。

峩 "峨"的異體字。

八　畫

崆 (kōng)粵huŋ¹〔空〕〔崆峒山〕在甘肅平涼縣西。

崇 (chóng)粵suŋ⁴〔時容切〕❶高。如：崇山峻嶺。❷拿重；推重。如：崇尚；崇敬。
【崇高】❶雄偉、高大。❷高尚，偉大。

崌 (jū)粵gœy¹〔居〕山名，在邛崍山東。

崍 (崃) (lái)粵lɔi⁴〔來〕〔邛崍山〕在四川省西部岷江和大渡河間用。

崎 (qí)粵kei¹〔畸〕見"崎嶇"。
【崎嶇】形容地面高低不平。也用來比喻處境困難。

崔 (cuī)粵tsœy¹〔吹〕見"崔嵬"。
【崔嵬】❶指有石的土山。❷猶"嵯峨"。形容山高。
【崔巍】高峻的樣子。

崖 (yá，舊讀yái)粵ŋai⁴〔捱〕山石或高地陡立的側面。如：懸崖勒馬。引申為邊際。如：崖略。
【崖岸】高峻的山崖、堤岸。常用來比喻人性情高傲，不隨和。
【崖略】崖，邊際；略，粗略。猶言大略，概略。

崕 同"崖"。

崗 (岗) ㊀(gǎng)粵gɔŋ⁵〔江〕❶高起的土坡。❷崗位；崗哨。如：站崗。
㊁(gāng)粵同㊀同"岡"。山脊。
【崗位】本指軍警守位的地方。引申指職位。
【崗樓】碉堡的一種，上有槍眼，哨兵可以居高臨下，自內向外射擊。

崙 (仑) (lún)粵lœn⁴〔輪〕見"崑崙"。

崘 "崙"的異體字。

崚 (léng)粵liŋ⁴〔菱〕見"崚嶒"。
【崚嶒】(一céng)高峻突兀的樣子。

崛 (jué)粵gwet⁹〔掘〕特出。如：崛起。

崟 (yín)粵jem⁴〔吟〕見"崟崟"。
【崟崟】❶高聳的樣子。❷豐茂的樣子。

崄 同"崟"。

崞 (guō)粵gwɔk⁸〔國〕山名。一在山西渾源西北，一在山西原平西北。

崝 (崝) (zhēng)粵dzɛŋ¹〔增〕見"崝嶸"。
【崝嶸】❶高峻的樣子。❷不平凡；不尋常。如：崝嶸歲月。

崤 (yáo)粵ŋau⁴〔肴〕亦作"殽"。〔崤山〕一稱殽崤山，在河南省西部。秦嶺東段支脈。一分東西二崤，延伸黃河、洛河間。

崦 (yān)粵jim¹〔淹〕見"崦嵫"。
【崦嵫】(一zi)山名。在甘肅天水縣西境。古代常用來指日沒的地方。

崧 (sōng)粵suŋ¹〔鬆〕❶形容山的高大。❷同"嵩"。指高山。

崩 (bēng)粵beŋ¹〔巴鳴切〕❶倒塌。如：山崩地裂。❷舊稱皇帝死爲崩。如：駕崩。

【崩潰】完全破壞；徹底失敗。

崝 (zhēng)粵dzɐŋ¹〔睜〕高；峭。參見"崝嶸"。

【崝嶸】同"崢嶸"。高峻的樣子。

崑 (kūn)粵kwɐn¹〔坤〕❶高聳。❷見"崑崙"。

【崑玉】❶美玉。比喻個人品德的高潔。❷稱他人弟兄的敬辭。如：賢崑玉。

【崑岡】古代傳說中的產玉之山。❷山名，在古代的廣陵郡，今江蘇江都境。

【崑崙】山名。西起帕米爾高原東部，橫貫新疆、西藏間，東延入青海境內。

【崑山片玉】本爲自謙辭，謂僅爲衆美之一；後轉用來比喻衆美中之特出者。

崐 "崑"的異體字。

崬 (崬)(dōng)粵duŋ¹〔東〕〔枺王〕地名。在廣西壯族自治區武鳴縣城西南。

崮 (gù)粵gu³〔固〕四周陡峭頂端較平的山，山東中部山區多用作地名。

崇 古"崇"字。

九　畫

崽 (zǎi)粵dzɐi²〔仔〕亦作"仔"。孩子。

嵁 (kān)粵hɐm¹〔堪〕見"嵁巉"。

【嵁巉】深谷；峭壁。

嵂 (lǜ)粵lœt¹〔律〕山高的樣子。

嵎 (yú)粵jy⁴〔魚〕〔崡崣〕山名，在山東東部。

嵇 (jī，舊讀xí)粵kɐi¹〔溪〕hɐi⁴〔兮〕(又)姓。

嵋 (méi)粵mei¹〔眉〕"峨嵋"的"嵋"的增旁字。

嵌 (qiàn，舊讀qiān)粵hɐm⁶〔憾〕填鑲。一般用於裝飾。

【嵌空】玲瓏的樣子。

嵎 (yú)粵jy⁴〔余〕❶山勢彎曲險阻的地方。❷通"隅"。偏僻的地方；角落。

嵕 (zōng)粵dzuŋ〔宗〕亦作"嵏"。數峯並峙的山。

嵐 (岚)(lán)粵lam⁴〔藍〕山林中的霧氣。

岚 "嵐"的異體字。

嵔 (wēi)粵wei¹〔威〕見"崴嵔"。

【崴嵔】山高的樣子；突兀不平的樣子。

嵖 (chá)粵tsa⁴〔查〕見"嵖岈"。

【嵖岈】❶高峻的樣子。❷山名。在河南省遂平縣。

嵒 (è)粵ŋɔk⁹〔岳〕山崖。

嵓 同"巖"。

嵃 (yī)粵ji⁵〔以〕見"崺嵃"。

嵗 "歲"的異體字。

嶅 (è)粵ŋɔk⁹〔岳〕同"崿"。

十　畫

嵩 (sōng)粵suŋ¹〔鬆〕亦作"崧"。山名。古名嵩高。五嶽之一。在河南登封縣北。

【嵩呼】舊時臣下祝頌皇帝，高呼萬歲，叫"嵩呼"。亦呼"嵩呼"。

嵫 (zī)粵dzi¹〔知〕見"崦嵫"。

嵬 (wéi)粵ŋei⁴〔危〕見"嵬峩"。

嵊 (shèng)粵siŋ⁶〔剩〕〔嵊縣〕在今浙江省東部，曹娥江上游，四明山南麓。

【嵬峩】❶同"巍峩"。❷醉中搖晃的樣子。

嵯
㊀(cuó)粵tsɔ¹〔初〕見"嵯峨"。
㊁(cī)粵tsi¹〔雌〕見"參嵯"。
【嵯峨】高峻的樣子。

嶀
(yōng)粵juŋ²〔湧〕見"嶀嵷"。
【嶀嵷】形容山峯衆多。

嵲
(niè)粵jit⁹〔熱〕見"嵽嵲"。

十一畫

嵸(丛)
(sōng)粵suŋ²〔聳〕見"嶀嵷"。

嵷(㞇)
(zōng)粵dzuŋ¹〔宗〕見"巃嵷"。

嶁(嵝)
(lǒu，又讀lǚ)粵leu⁵〔柳〕見"岣嶁"。

嶂
(zhàng)粵dzœŋ³〔漲〕高險的山；如屏障的山峯。如：層巒疊嶂。

嶃(嶄)
(zhǎn)粵dzam²〔斬〕突出。如：嶄露頭角。
【嶄新】極新；全新。
【嶄新】形容高出一般的樣子。

嶃
"嶃"的異體字。

嶇(岖)
(qū)粵kœy¹〔拘〕見"崎嶇"。

嵽(岽)
㊀(dié)粵dit⁹〔秩〕見"嵽嵲"。
㊁(dì)粵dei⁶〔弟〕見"岹嵽"。
【嵽嵲】高峻的山。

嵾(㟒)
(cēn)粵tsɐm¹〔侵〕tsam¹〔參〕(又)亦作"嵾"。見"參嵾"。
【嵾嵳】(一cī)不齊的樣子。

嵳
同"嵾"。

嶍
(xí)粵dzɐp⁹〔習〕山名，在雲南峩山彝族自治縣東北，與峩山合稱嶍峩。

嶍
山同"嶍"。

嶅
(áo)粵ŋou⁴〔熬〕〔嶅陽嶺〕地名。在山東省。

十二畫

嶒
(céng)粵tsɐŋ⁴〔層〕見"崚嶒"。

嶓
(bō)粵bo¹〔波〕〔嶓冢〕山名。一在甘肅天水市和禮縣之間；一在陝西寧强北。

嶔(嵚)
(qīn)粵jɐm¹〔音〕見"嶔崎"、"嶔崟"。
【嶔崎】❶形容山勢高峻。❷形容品格特異，不同於衆。
【嶔崟】形容山高。

嶕
(jiāo)粵tsiu⁴〔潮〕見"嶕嶢"。
【嶕嶢】高聳的樣子。

嶙
(lín)粵lœn⁴〔倫〕見"嶙峋"。
【嶙峋】❶山崖突兀的樣子。❷比喻做人剛直。如：風骨嶙峋。❸形容人瘦削。如：瘦骨嶙峋。

嶝
(dèng)粵dɐŋ³〔櫈〕登山的小路。

嶠(峤)
㊀(jiào)粵giu⁶〔撬〕山道。
㊁(qiáo)粵kiu⁵〔喬〕同"喬"。見"嶠嶽"。
【嶠嶽】(qiáo—)高山。

嶢(峣)
(yáo)粵jiu⁴〔搖〕高。

嶗(崂)
(láo)粵lou⁴〔勞〕〔嶗山〕舊名勞山。在青島市東北勞山縣境。

十三畫

嶧(峄)
(yi)粵jik⁹〔譯〕〔嶧山〕山名。在山東鄒縣東南。

嶪(业)
(yè)粵jip⁶〔葉〕見"岌嶪"。

嶮(崄)
(xiǎn)粵him²〔險〕同"險"。見"嶮巇"。
【嶮巇】同"險巇"。艱險崎嶇。

嶲
(xi)粵sœy⁵〔緒〕〔越嶲〕縣名。在四川省。今作"越西"。

嶰 (xiè)粵hai⁵〔蟹〕兩山間的澗谷。

嶴 (ào)粵ou³〔奧〕亦作"岙"。山深奧處。常用作地名。

嶨 (岩) (xué)粵hɔk⁹〔學〕多大石的山。

巉 "巉"的異體字。

十四畫

嶷 ㊀(nì)粵jik⁹〔亦〕幼小時聰明懂事。
㊁(yí)粵ji⁴〔移〕〔九嶷〕山名在湖南省。

嶸(嵘) (róng)粵wiŋ⁴〔榮〕見"崢嶸"。

嶺(岭) (lǐng)粵liŋ⁵〔領〕lɛŋ⁵〔語〕❶山嶺。如：爬山過嶺。❷山脈的幹系。如：南嶺；北嶺。
【嶺南】指五嶺以南的地區，就是廣東、廣西一帶。

嶼(屿) ㊀(yǔ，舊讀xù)粵dzœy⁶〔敍〕小島。
㊁(yǔ)粵jy⁴〔如〕〔大嶼山〕地名。香港最大的島嶼。

嶽(岳) (yuè)粵ŋɔk⁹〔勝〕高大的山。如：五嶽。

十六畫

龍(龙) (lóng)粵luŋ⁴〔龍〕見"龐龍"。
【龐龍】高聳的樣子。

十七畫

巇 (xī)粵hei¹〔希〕危險。參見"巇嶮"。
【巇嶮】艱險難行的樣子。

巉 (chán)粵tsam⁴〔慚〕山勢高險的樣子。
【巉巖】高峻的山石。

歸(岿) (kuī)粵kwei¹〔規〕高峻獨立的樣子。如：巋然不動。

十八畫

巍 (wēi，舊讀wéi)粵ŋei⁴〔危〕高的樣子。
【巍峨】亦作"嵬峨"。高大雄偉的樣子。
【巍巍】高大的樣子。

十九畫

巒(峦) (luán)粵lyn⁴〔聯〕小而尖銳的山。如：孤巒。

巔(巅) (diān)粵din¹〔顛〕❶山頂。❷同"顛"。下墜。見"巔越"。
【巔越】隕落。

巑(巑) (cuán)粵tsyn⁴〔全〕見"巑岏"、"巑巑"。
【巑岏】山高銳峻大的樣子。
【巑巑】山陸銳峻連直的樣子。

巎 (náo)粵nau⁴〔撓〕同"狃"。字亦作"巎"、"巎"。

二十畫

巖(岩) (yán)粵ŋam⁴〔嵒〕❶巖石的簡稱。如：火成巖。❷山崖。❸險要；險峻。

巉 "巖"的異體字。

巘(巘) (yǎn)粵jin²〔演〕大小成兩截的山。

二十一畫

巎 同"巎"。

《 部

《 ㊀"川"的古體字。
㊁"坤"的古體字。

川 (chuān)粵tsyn¹〔穿〕❶水道；河流。如：高山大川。❷平野；平地。如：

平川。❸四川省的簡稱。
【川流】比喻運行不息。
【川資】旅費。

三 畫

州 (zhōu)粵dzeu¹〔舟〕❶舊時行政區劃名。如：九州；州縣。❷指自治州。中國民族自治地方的一級行政區劃名，在省級以下，縣級以上。

【州里】鄉里。古代二千五百家為州，二十五家為里。

【州閭】猶州里。鄉里。

【州官放火】宋陸游的《老學庵筆記》載，田登作州官，令屬下吏民避諱其名，不許用與"登"同音的字，犯者每受鞭笞。於是全州都把"燈"叫作"火"。上元節放燈，州吏出告示寫道："本州依例放火三日。"後人因為"只許州官放火，不許百姓點燈"的話，比喻有勢力的人可以任意做壞事，而百姓的正當行動却受到種種限制。

四 畫

巡 (xún)粵tsœn⁴〔秦〕❶往來視察。如：巡夜。❷遍。如：酒過三巡。

【巡守】古時皇帝巡守五年一巡守，視察諸侯所守的地方。

【巡幸】古時皇帝巡行各地。

【巡迴】按一定路綫到各處(活動)。如：巡迴展覽。

【巡捕】❶清代總督、巡撫等地方長官的隨從官員。❷舊時稱租界中的警察。

【巡撫】明代稱臨時派遣到地方巡視和監督地方民政、軍政的大臣，清代稱掌管一省民政、軍政的常設長官。

【巡禮】朝拜；禮拜。引申為巡遊、觀光。

八 畫

巢 (cháo)粵tsau⁴〔池有切〕鳥及蜂、蟻等的窠。亦指敵人或盜賊藏身的地方。

【巢穴】鳥獸的窩巢。比喻隱居之處。也比喻敵人或盜賊盤踞的地方。

工 部

工 (gōng)粵guŋ¹〔公〕❶指從事各種手工技藝的勞動者。現為工人、工業的簡稱。如：技工。❷工作。如：上工。❸工程。如：施工。❹工作量。如：記工。❺功夫；技巧。如：加工；唱工。❻細致；巧妙。如：工筆畫；異曲同工。❼善於。如：工書工畫。❽"工尺譜"中的音名之一。

【工力】亦作"功力"。工夫，精力。

【工夫】亦作"功夫"。❶作事所費的精力和時間。❷工力；素養。❸空閒的時間。

【工尺】中國古代音樂音階上各個音的總稱，也是樂譜上各個記音符號的總稱。符號各個時代不同，現在通用的是：合、四、一、上、尺、工、凡、六、五、乙。

【工巧】❶工致巧妙。❷有巧思的匠作。❸諂諛；花言巧語。

【工本】製造器物所需原料和加工的費用。如：不惜工本。

【工致】工巧精致。

【工筆】國畫的一種畫法，用筆工整，注重細部的描繪。

【工潮】工人為實現某種要求或表示抗議而掀起的風潮。

【工德】工整而妥貼(多指詩文)。

【工具書】專為讀者查考字義、詞義、字句出處和各種事實而編輯的書籍，如字典、詞典、索引、歷史年表、年鑒、百科全書等。

【工力悉敵】指程度相等，不分上下。

【工業革命】又稱產業革命。資本主義生產方式使工場手工業過渡到使用機器生產的工廠制度的變革過程。這個過程是以圈地運動、掠奪殖民地、奴隸貿易等資本原始積累的殘酷掠奪為前提的。十八世紀六十年代，英國首先發生工業革命，至十九世紀中葉完成；法、德、美等國相繼於十九世紀完成。工業革命使社會生產力迅速增長，同時也形成了資本主義社會的兩個基本階級──工業無產階級和工業資產階

級，加劇了他們之間的對立和鬥爭。

二　畫

左 (zuǒ)⓿dzɔ²[阻]❶方位名。與“右”相對。❷旁；附近。如：左近。❸見“左證”。❹古禮主居右而客居左，因以左爲尊位之稱。但古時亦向右，而以左爲下位。❺降職。見“左遷”。❻不協調。如：意見相左。❼邪；不正派。見“左道”。❽思想上屬於激進的。如：左傾。

【左右】❶在旁侍候的人；近侍；近臣。❷書信中稱對方。不直稱其人，僅稱他的左右以示尊敬。❸支配。如：左右局勢。❹猶言反正，橫豎。❺猶上下。用在數量後表約計。如：三十歲左右。

【左券】古代契約分爲左右兩聯，雙方各執其一；左券即左聯，常用爲索償的憑證。亦用來比喻充分的把握。

【左袒】偏護一方的意思。參見“左右袒”。

【左道】邪道。如：左道旁門。

【左遷】舊時謂降職。

【左證】亦作“佐證”。證據；證實。

【左右手】比喻得力的助手。

【左右袒】左袒或右袒，原意是露出左臂或右臂。《史記·呂太后本紀》載，漢朝大將周勃誅殺呂氏，維護劉氏，在軍中對衆將說，擁護呂氏的右袒，擁護劉氏的左袒。軍中都左袒。後稱偏護一方爲“左袒”，對兩方面都不幫助爲“不作左右袒”。

【左支右絀】顧到一面而顧不到另一面。形容財力或能力不足，窮於應付。

【左右逢源】本意謂做學問工夫到家後，自然用之不盡，取之不竭。後用“左右逢源”泛指做事得心應手，順利無礙。有時也用於眨義，諷刺爲人圓滑，善於投機。

【左圖右史】形容室內左右擁有圖書極多。

巧 (qiǎo)⓿hau²[考]❶技巧；技藝。❷靈巧。如：心靈手巧。❸虛浮不實。如：花言巧語。❹恰巧。如：來得正巧。❺美好的樣子。見「巧笑」。

【巧言】表面上好聽而實際上虛僞的話。

【巧笑】美好的笑。

【巧言令色】花言巧語，假裝和善的樣子。

【巧取豪奪】用欺騙與強搶的手段，以期獲得所要的東西。

【巧奪天工】謂人工的精巧勝過天然。形容技藝巧妙。

巨 (jù)⓿gœy⁶[具]又作“鉅”。大。如：巨人。

【巨子】又作“鉅子”。❶墨家學派對其首領的稱呼。❷泛稱大家或大人物。

【巨匠】指在藝術上有傑出成就的人。如：文壇巨匠。

【巨萬】萬萬，形容數目極大。

【巨頭】政治、經濟界享有較大勢力的頭目。如：金融巨頭。

【巨擘】大拇指。比喻特出的人或物。

四　畫

巫 (wū，舊讀wú)⓿mou¹[無]古代稱能以神請神降臨的人。

【巫山】❶山名。在四川、湖北兩省界上。東北——西南走向，海拔1,000～1,500米。長江橫貫其間，形成三峽，巫峽沿岸有巫山十二峯，以神女峯最爲秀麗。❷縣名。在四川省東部。

【巫覡】古代稱女巫爲巫，男巫爲覡，合稱“巫覡”。

七　畫

差 ㊀(chā)tsa¹[叉]❶數學用語。兩數相減的結果稱爲這兩數的“差”。❷不同；差別。如：相差極遠。❸比較上；尚；略。如：差可告慰。❹差錯。
㊁(chà)同㊀義同㊀❷。如：差得遠。❷欠缺；短少。如：還差一道手續。❸與好相反，不合標準。如：質量太差。
㊂(chāi)⓿tsai¹[釵]❶派遣。❷公務；職務。如：出差；消差。❸差役，舊時官府中供差遣的人。如：公差。
㊃(cī)⓿tsi¹[雌]❶分別等級。❷見“差池”、“參差”。

【差池】❶(cī—)參差不齊。❷(chā—)差錯；錯誤。

【差忒】失誤。

【差勁】(chà—)指質量低或品質、能力差。

【差遲】差錯。

【差强人意】謂尚能使人滿意。

十一畫

巰(巯)　(qiú)⑩keu⁴〔求〕〔巰基〕化學名詞。氫硫基的簡稱。

己　部

己　(jǐ)⑩gei²〔幾〕❶天干的第六位。❷自己。如：知己知彼。

【己飢己溺】意謂對別人的苦難表示同情，並把解除這些苦難引爲己任。

已　(yǐ)⑩ji⁵〔以〕❶停止。如：雞鳴不已。❷太；過。如：不爲已甚。❸已經。如：時間過久，從前的、已往的。❹同"以"。如：已上；已下。

【已而】❶罷了；算了。❷旋即；不久。

巳　(sì)⑩dzi⁶〔自〕❶地支的第六位。❷十二時辰之一，上午九時至十一時。❸指巳日。

一畫

巴　(bā)⑩ba¹〔叭〕❶中國古代民族名及其所建地方政權名。主要分佈在今川東、鄂西一帶。❷攀援。參見"巴結"。❸靠近；挨着。如：巴着窗戶。❹盼望。如：巴不得。

【巴巴】❶特地；迫切。❷表示狀貌的形容詞的詞尾。如：乾巴巴。

【巴結】奉承；討好。

二畫

目　"以"的異體字。

四畫

卮　"巵"的異體字。

六畫

巷　㊀(xiàng)⑩hoŋ⁶〔項〕hoŋ²〔可港切〕(語)小於街的屋間道；胡同。

㊁(hàng)⑩同㊀〔巷道〕地下採礦時所挖掘的無直通地面出口的水平或傾斜通道的總稱。供運輸、通風、排水、行人之用。

【巷議】謂聚集在里巷中議論政事。

九畫

巽　(xùn)⑩sœn³〔信〕❶八卦之一，卦形爲☴。❷順。見"巽言"。

【巽言】恭順的言語。

巾　部

巾　(jīn)⑩gɐn¹〔斤〕❶古代擦拭用的布，相當於現在的手巾。❷裹頭或纏束、覆蓋用的織物。如：頭巾；車巾。

【巾幗】古代婦女的頭巾和髮飾。後作爲婦女的代稱。如：巾幗英雄。

【巾箱本】版本較小的古書。巾箱是古時裝頭巾的小篋；因書型特小，可裝在巾箱裏，便於携帶，故名。

一畫

市　"韍"的本字。

二畫

市　(shì)⑩si⁵〔時旣上〕❶集中做買賣的場所。如：菜市。❷交易。❸購買。引申爲收買，換取。參見"市恩"。❹城市。如：市民。❺行政區域單位。有中央直轄市和省(或自治區)轄市之分。

【市井】古代指做買賣的地方。亦用來稱商賈。

【市政】城市管理工作，包括工商業、交通、公安、衛生、公用事業、基本建設、文化教育等。

【市容】城市的面貌(指街道、房屋建築、櫥窗陳列等)。

【市恩】猶言買好，討好。

【市曹】商肆集中的地方。

【市道】❶市場交易之道，謂重利而忘義。❷指市場上商品的銷售情況。

【市肆】商店。

【市儈】買賣的居間人，專指奸商。也泛指唯利是圖的人。

【市廛】猶市曹。商肆集中之處。

布 (bù)[粵]bou^{3}〔報〕❶棉、麻等織物的統稱。❷古代錢幣。❸宣告。如：布告；公布。❹流傳。如：流布。❺展開；鋪開。如：影布石上。

【布衣】平民。亦稱沒有做官的讀書人。

【布局】❶圍棋術語。指開始時彼此着子似乎不相關聯，實則着着從全局打算，佔據有利地位，作好攻防準備。❷象棋術語。專指開局。❸對事物的規劃安排。特指文章或繪畫的結構層次。

【布施】❶把財物施捨給人。❷佛教用語。梵文Dānā(檀那)的意譯。佛教稱以財物與人是"財布施"，說法度人是"法布施"，救人厄難是"無畏布施"，宣揚通過布施，可以成佛。

【布衣交】謂貧賤之交。亦指不以勢位驕人，平等相處如貧賤之交。

【布政使】明 清兩代的地方官名。明初各省設布政使司，是省的最高行政機構，其最高職位爲布政使。清代爲總督、巡撫的屬官，管一省財賦、民政等。

三　畫

帆 (fān)[粵]fan^{4}〔凡〕亦稱"篷"。船桅上的布篷。

㠶 "帆"的異體字。

四　畫

希 (xī)[粵]hei^{1}〔嬉〕❶通"稀"。稀少；稀疏。❷仰慕；希望；企求。

【希冀】希望。

帊 (pà)[粵]pa^{3}〔怕〕手巾。

帋 "紙"的異體字。

五　畫

帑 ㊀(tǎng)[粵]tɔŋ^{2}〔倘〕指舊時國庫或國庫所藏的金帛。

㊁(nú)[粵]nou^{4}〔奴〕通"孥"。妻子。

帔 (pèi)[粵]pei^{3}〔屁〕pei^{1}〔披〕(又)古代披在肩背上的服飾。如：鳳冠霞帔。

帕 ㊀(pà)[粵]pak^{8}〔拍〕巾；佩巾。

㊁(mò)[粵]mɐk^{9}〔墨〕見"帕頭"。

【帕頭】(mò—)亦作"陌頭"、"帞頭"。古代男子束髮的頭巾。

帖 ㊀(tiē)[粵]tip^{8}〔貼〕❶安定；帖伏。❷指中藥的方劑，因亦以爲量名。如：一帖藥。

㊁(tiě)[粵]同㊀❶一種文告。❷柬帖。如：名帖；請帖。

㊂(tiè)[粵]同㊀書法、繪畫的摹臨範本。如：字帖；畫帖。

【帖括】(tiě—)科舉考試文體之名。唐代考試制度，明經科以"帖經"試士。後考生因帖經難記，就總括經文編成歌訣，便於熟讀，叫帖括。明 清八股文亦稱帖括。

帗 (fú)[粵]fɐt^{7}〔忽〕❶五色帛製成的舞具。❷通"韍"。蔽膝。

帘 (lián)[粵]lim^{4}〔廉〕❶酒家做店招的旗幟。❷同"簾"。

帙 (zhì)[粵]dit^{9}〔秩〕包書的套子，因即謂書一套爲一帙。

帚 (zhǒu)[粵]dzɐu^{2}〔走〕dzau^{2}〔爪〕(又)掃除的用具。如：笤帚。

帛 (bó)[粵]bak^{9}〔白〕絲織物的總稱。

【帛書】古代寫在絲織品上的書。

六　畫

帝 (dì)粵dɐi³〔諦〕❶古指最高的天神。如：上帝。亦指專主一方的神。❷古代君主的稱號；君王。如：三皇五帝。

【帝制】君主專制政體。

【帝祚】猶言帝位。

【帝鄉】❶指皇帝住的地方，就是京城。也指皇帝的故鄉。❷神話中天帝住的地方。

帟 (yì)粵jik⁹〔亦〕小帳幕；幄中座上的承塵。

帢 (qià)粵hɐp⁷〔恰〕見"帢帽"。

【帢帽】古代士人戴的一種帽子。

帥(帅) ㊀(shuài)粵sœy³〔歲〕❶軍隊中的主將。如：元帥。❷英俊；瀟灑；漂亮。如：他長得真帥。㊁(shuài，舊讀shuò)粵sœt⁷〔率〕❶同"率"。帶領；率領。

帤 (rú)粵jy⁴〔余〕破舊的巾。

帓 (mò)粵mɛk⁹〔墨〕見"帕頭"。

【帕頭】同"帕頭"。

七 畫

帨 (shuì)粵sœy³〔稅〕佩巾。

帩 (qiào)粵tsiu³〔俏〕見"帩頭"。

【帩頭】亦作"綃頭"。即帕頭。

師(师) (shī)粵si¹〔詩〕❶老師。如：師生。❷效法。如：師法。❸對有某種專門知識技能的人的稱呼。如：工程師。❹對僧人的尊稱。如：禪師。❺軍隊。如：出師。❻軍隊編制的單位。(1)現代通常隸屬於軍，各國師的編制不盡相同。(2)商、西周時軍隊的組織單位。商代有三師，西周有西六師、成周八師、殷八師。

【師心】心領神會，不拘泥成法。後來稱固執己見，自以為是為"師心自用"。

【師表】表率；學習的榜樣。如：為人師表。

【師事】以師禮相待。

【師法】❶師長和法度。❷師承；效法。❸師所傳授之法。漢代特指儒家經師的經學傳授。漢代某一經師被立為博士後，他的經說便被捧為"師法"。

【師承】指相承的師法。

【師傅】❶老師的通稱。後常用為學徒對業師的尊稱。❷對各種有生產技能的工人的一般稱呼。如：老師傅；木匠師傅。❸官名。古代官制有太師、太傅、太保、少師、少傅、少保等，統稱為師傅、師保、保傅。

【師道】❶猶師承、師傳。指學問有所承受。❷指求師學習的道理。❸指為師之道。

【師資】❶能勝任教師職務的人。如：培養師資。❷指可以效法或可為鑒戒的人。

【師爺】舊時官署中幕友的尊稱。如：刑名師爺；錢穀師爺。

【師出有名】本謂出兵必須有正當的理由。後也用來表示行事有理由。

席 (xí)粵dzik⁹〔直〕❶席位。如：入席；退席。❷座位。如清代管刑名的幕賓叫刑師，管錢穀的叫錢席；又舊時稱教師為教席，稱塾師自西席為❸酒筵。❹蘆葦竹篾等編成的鋪墊用具。亦作"蓆"。

【席捲】像捲席子一樣包括無餘。

【席不暇暖】席，坐席。連席子也來不及坐暖。用以形容奔走忙碌，沒有安居的時間。

帬 "裙"的異體字。

八 畫

帲 (píng)粵pin¹〔平〕見"帲幪"。

【帲幪】帳幕。在旁的稱"帲"，在上的稱"幪"。引申為覆蓋。舊時書信中常用為託庇蔭的意思。如：幸託帲幪。

帳(帐) (zhàng)粵dzœŋ³〔漲〕❶張起來作為遮蔽的用具。如：蚊帳；營帳。❷亦作"賬"。錢物出入的記錄。如：帳簿。

【帳飲】在郊野設置帷帳，設宴送別。

帵 (wān)粵wun¹〔剜〕見"帵子"。

【帵子】布帛剪裁後剩下的零頭。

帶(带)(dài)粵dai³〔戴〕❶帶子。如：鞋帶。亦指古代官僚貴族腰間繫的大帶，一名爲紳。❷佩；佩帶。❸地帶；區域。如：溫帶。相連的一片亦稱帶。如：山青一帶。❹連帶；附帶之意。如：帶葉連枝；話中帶刺。❺携帶；捎帶。如：帶信。❻引導。如：帶路。亦指拘捕提。如：帶犯人。❼呈現；含有。如：面帶笑容。❽白帶，女子陰道流出的白色黏液，通常是陰道或子宮頸炎的一種症象。

【帶甲】春秋末年、戰國時對步兵的通稱。因穿帶甲冑而得名。後因用以泛指披甲的將士。

【帶累】使人連帶受累。

帷(wéi)粵wei⁴〔圍〕圍幕。

【帷幄】帳幕在旁邊的叫"帷"，四面合起來像屋宇的叫"幄"。後多指軍帳。

【帷薄】帷，帳幔。薄，簾子。二者都是古代用以障隔內外的。古代常用"帷薄不修"作爲掩蓋家門淫亂之辭。

常(cháng)粵sœŋ⁴〔裳〕❶永久的；在一定條件下保持不變的。如：常綠樹。❷經常；時常。如：常來常往。❸普通；平常。如：常識；反常。❹倫常；綱常。參見"五常"❺。❺古長度單位名。八尺爲尋，倍尋爲常。

【常川】經常；連續不斷。如：常川往來。

【常任】長期擔任。如：常任理事。

【常言】習慣上常說的像諺語、格言之類的話，如"不經一事，不長一智"。

【常務】主持日常工作的。如：常務理事。

【常棣】❶木名，即郁李。❷《詩·小雅》篇名。相傳為周公所作宴飲兄弟的樂歌。故後用"常棣"比喻兄弟。"常棣"亦作"棠棣"。

【常溫】一般指攝氏15度到25度的溫度。

【常態】正常的狀態。如：一反常態。

九　畫

帽(mào)粵mou⁶〔冒〕mou²〔魔好切〕〔語〕❶帽子。如：草帽。❷罩在器物上形如帽子的東西。如：筆帽。

幀(帧)(zhèng)粵dziŋ³〔正〕❶畫幅³。如：裝幀。❷畫幅的量名。如：一幀畫。

幂 同"冪"。

幃(帏)(wéi)粵wei⁴〔圍〕❶帳子。❷香囊。❸古代裳的正幅。

幄(wò)粵ak⁷ak²〔握〕〔又〕篷帳。如：連濤帷幄。

幇 "幫"的異體字。

幅(fú)粵fuk⁷〔褔〕布帛的寬度。引申以指書畫面或地面的廣狹。如：篇幅；幅員。又用爲量名。如：一幅畫。

【幅巾】古代男子用絹一幅束頭髮。一種表示儒雅的裝束。

【幅員】地疆狹稱幅，周圍爲員，合指疆域。

幝(kūn)粵gwen¹〔君〕同"褌"。有襠的褲子。

十　畫

幌(huāng)〔又讀máng〕粵moŋ⁴〔忙〕古代設色工人的名稱。

幌(huǎng)粵foŋ²〔訪〕❶布幔。❷見"幌子"。

【幌子】古時店鋪用來招引顧客的布招。特指酒店的招子。引申爲自己誇耀賣弄爲"裝幌子"；假借名義做別的事爲"借幌子"。

幎(mì)粵mik⁹〔覓〕同"冪"。覆蓋。

幋(pán)粵pun⁴〔盆〕同"肇"。

幐(téng)粵teŋ⁴〔騰〕佩囊；口袋。

十一畫

幔(màn)粵mam⁶〔慢〕帳幕。

幕(mù)粵mok⁹〔莫〕❶帳幕；篷帳。❷窗帷。❸戲劇作品和演出中的一個段落。❹幕布。如：天幕；銀幕。❺"幕府"

的簡稱。如：幕客。也用來指幕友這一行業。如：游幕。

【幕友】原指將帥幕府中的參謀、書記等，舊時用為地方軍政官延用的辦理文書、刑名、錢穀等佐助人員的通稱。亦稱"幕僚"、"師爺"。

【幕府】軍隊出征，施用帳幕，所以古代將軍的府署稱"幕府"。舊時地方軍政大吏的府署，如明清的督撫衙門，也稱"幕府"。

【幕僚】地方軍政大吏幕府中參謀、書記之類的僚屬。也指這些官屬中所聘請的顧問人員。參見"幕友"。

【幕賓】幕僚或幕友。

【幕燕】築巢在帷幕上的燕子。比喻處境極不安全。

幙 "幕"的異體字。

幗(帼) (guó)粵 gwok⁸〔國〕見"巾幗"。

幘(帻) (zé)粵dzik⁷〔即〕包頭髮的巾。

帲 同"屏㊀"。

幓(幓) (shān)粵sam¹〔衫〕旌旗的旒。

幛(帐) (zhàng)粵dzœŋ³〔障〕幛子。舊時用布帛一幅上面題字，作為慶弔的禮物。如：喜幛；壽幛。

十二畫

幞 (fú)粵fuk⁹〔服〕見"幞頭"。

【幞頭】亦作"襆頭"。古代一種頭巾。

幟(帜) (zhì)粵tsi³〔翅〕❶旗幟。❷標記。

幝(幝) (chǎn)粵tsin²〔淺〕見"幝幝"。

【幝幝】破舊的樣子。

幠(怃) (hū)粵fu¹〔呼〕❶覆蓋；蒙。❷大。

幡 (fān)粵fan¹〔番〕❶同"旛"。旗旒。❷通"翻"。變動的意思。

幢 ㊀(chuáng)粵tsɔŋ⁴〔牀〕舊時作為儀仗使用的一種旗幟。
㊁(zhuàng)粵dzœŋ⁶〔撞〕車簾。
㊂(zhuàng)粵tɔŋ⁴〔唐〕量詞，指房子。如：一幢樓。
㊃(chuáng)粵tsɔŋ⁴〔唐〕〔經幢〕一種刻有佛號或經咒的石柱子。〔海幢寺〕佛寺名，在廣州。

【幢幢】形容晃動。

幣(币) (bì)粵bei⁶〔弊〕❶貨幣。❷帛，古人通常用作相互贈送的禮物；亦為禮物的通稱。

【幣帛】❶財帛。❷繒帛，古人饋贈用的禮物。

邦 "幫"的異體字。

帠 同"帪"。

㡧 同"幀"。

十三畫

幎 (mì)粵mik⁹〔覓〕義同"幭"。古時車軾上的覆蓋物。

幨 ㊀(chān)粵tsim¹〔簽〕亦作"襜"。車帷。
㊁(chàn)粵tsim³〔塹〕衣襟。

幩(帻) (fén)粵fen⁴〔墳〕裝在馬口上的扇汗用具。

十四畫

幪 ㊀(méng)粵muŋ⁴〔蒙〕見"帲幪"。
㊁(měng)粵muŋ²〔儚湧切〕見"幪幪"。

【幪幪】[měng měng]茂盛的樣子。

幫(帮) (bāng)粵bɔŋ¹〔邦〕❶幫助。如：幫忙。❷中空物體旁邊的部分。對"底"而言。如：鞋幫。❸伙；羣。如：大幫人馬。❹同伙或同行。如：搭幫；茶幫。❺幫會；幫派。如：青幫。

【幫閒】舊指受官廫或富豪豢養，陪他們玩樂，為他們幫腔的門客一類的人。

【幫腔】❶指戲曲演出時，後臺或場上的幫唱，用以襯托演員的唱腔，渲染舞臺氣

氛，描寫環境和刻劃劇中人的心情。❷比喻支持或附和別人的說法。

幬(幬) ㊀(chóu)⑧tseu⁴〔酬〕❶ 同 "裯"。帳子。❷車幃。

㊁(dào)⑧dou⁶〔道〕覆蓋。

十五畫

幭 (miè)⑧mit⁹〔滅〕古時車軾上的覆蓋物。

幮 (chú)⑧tsy⁴〔躇〕樣子像櫥形的牀帳。如：紗幮。

十六畫

幰 (xiǎn)⑧hin²〔顯〕車幔。

十七畫

幀 (zhèng)⑧dziŋ³〔正〕張開畫幅。

干 部

干 ㊀(gān)⑧gɔn¹〔肝〕❶犯；冒犯；觸犯。如：有干禁例。❷求取。如：干祿。❸關涉。❹不相干。❺盾，古代抵禦刀箭的兵器。參見"干城"。❻涯岸；水邊。如：江干。❼猶"個"。如：若干。❼天干。甲、乙、丙、丁、戊、己、庚、辛、壬、癸的總稱，通常用作表示次序的符號。也叫"十干"。❽"乾"的簡化字。

㊁"幹"的簡化字。

【干戈】干和戈是古代常用的兩種武器，亦用為兵器的通稱。引申指戰爭。

【干世】求為世用。

【干預】❶謂強行過問別人的事。❷猶關涉，關係。

【干城】干，盾牌。干和城都比喻捍衛者。

【干將】指寶劍。古代傳說，干將、莫邪夫婦為楚王鑄雌雄二劍，三年而成。

【干連】關係；牽連。

【干祿】❶求福。❷求祿位。

【干預】❶"預"亦作"與"。猶"干涉"。謂參預別人的事。❷關涉。

【干謁】請求；有所企圖或要求而晉見。

【干擾】❶擾亂。❷來自外部或內部的一些雜亂電波或電信號影響電子設備或器件工作的，稱為"干擾"。

【干卿何事】跟你什麼相干？舊時常用以譏笑人愛管閒事。亦作"干卿底事"。

二 畫

平 ㊀(píng)⑧piŋ⁴〔瓶〕❶平坦；不傾斜，無起伏。如：平地；波平如鏡。亦謂整治或使平。如：平了三畝地。❷平面。如：水平。❸平息；平定。如：平亂。❹寧靜，不受激動。如：心平氣和。❺均等；公平。如：平分；持平。❻一般的；普通的。如：平凡；平淡。❼舊指一種衡量的標準。如：庫平；漕平。❽平時；往常。如：平生；平居。❾漢語聲調之一，即"平聲"。❿通"評"。見"平議❷"。

【平反】把冤屈誤判的案件改正過來。

【平允】❶公平適當。❷性情平易。

【平旦】猶平明。

【平白】憑空；無緣無故。

【平身】舊稱行跪拜禮後起立站直為"平身"。

【平明】❶天大亮的時候。❷公平明察。

【平易】❶平坦寬廣。比喻人性情和藹，態度可親。❷平和簡易。❸淺近易懂。如：平易易曉。

【平素】往日；素常。也指往日的事情。

【平康】❶平安。❷唐代長安里名，亦稱平康坊，為妓女聚居之所。舊時泛稱妓家為"平康"。

【平章】❶品評。❷籌商策劃。❸官名。唐中葉以後，凡實際任宰相之職者，必在其本官外加同平章事的銜衔。意即共同議政。宋、金、元及明初均猶沿襲。

【平畫】平，通"評"。評議籌畫。

【平楚】猶平林。

【平衡】❶衡器兩端承受的重量相等。引申為一個整體的各部分，在質量或程度上均等或大致均等。❷哲學概念。指矛盾的暫時

的、相對的統一。

【平蕪】平曠的原野。

【平議】❶公平地論定是非曲直。❷論議。"平"通"評"。

【平原君】公元前？－前251年。原名趙勝。戰國趙武靈王子，惠文王弟，封於東武城，號平原君。三任趙相。相傳有食客三千人，與齊孟嘗君（田文）、魏信陵君（魏無忌）、楚春申君（黃歇）稱爲四公子。

【平分秋色】指雙方各得一半。

【平地風波】比喻突然發生的事故。

【平步青雲】比喻不費氣力，一下子就達到了很高的地位。青雲，高空，比喻高位。

三　畫

年 (nián)⑧nin⁴〔尼言切〕❶地球環繞太陽從某一定標點回到同一標點所經歷的時間。❷歲數，年紀。如：年輕力壯。❸年成。如：歉年。❹過年。❺科舉時代同年考中者的互稱。如：年兄。

【年成】收成，一年中農作物的收穫情況。

【年事】歲數；年紀。

【年所】年數。

【年度】根據業務性質和需要而規定的有一定起訖日期的十二個月。如：財政年度；會計年度。

【年祚】❶人的壽命。❷舊指立國的年數。

【年華】時光；年歲。如：虛度年華。

【年誼】科舉時代稱同年登科的關係爲"年誼"。同年登科者互稱爲年家，稱其長輩爲年伯，同輩爲年兄，後輩爲年家子。

【年關】舊時農曆年底，債務人應向債權人清償債務，過年如過關，故稱年底爲年關。

【年高德劭】讚年齡大，德行好。"劭"亦作"邵"、"卲"、"韶"，美好之意。

开 (qiān)⑧hin¹〔軒〕姓。

五　畫

并 ⊖(bīng)⑧bip³〔併〕❶兼并。如：并吞。❷合一，具備。❸排除。通

"摒"。

⊜(bìng)⑧bip¹〔冰〕〔并州〕古九州之一。

【并吞】兼并；容納。

幸 (xìng)⑧heng⁶〔杏〕❶幸運；幸福。如：榮幸。❷幸虧。如：幸得你及時趕到。❸歡喜；慶幸。如：欣幸。❹希冀。如：幸勿推辭。❺指帝王寵愛。如：幸臣。❻指帝王駕臨。如：巡幸。❼同"倖"。

【幸甚】表示很有希望，很可慶幸。

【幸災樂禍】謂見到別人遭受災禍反而高興。

十　畫

幹 (干) ⊖(gàn)⑧gon³〔個看切〕❶動植物軀體的主要部分。如：軀幹；枝幹。也指河道、鐵道等的主流或主綫。如：幹流；幹綫。❷器物的本體。如：箭幹。❸做事；辦事。如：說幹就幹；鼓足幹勁。也指辦事能幹。如：幹才；幹勁。

⊜(hán)⑧hon⁴〔韓〕見"井幹"。

【幹事】❶成事。❷辦事。❸在團體組織中負責具體事務的人員。

【幹練】辦事能力強，有經驗。如：精明幹練。

幺　部

幺 (yāo)⑧jiu¹〔邀〕亦作"么"。❶幼小；排行最末的。如：幺妹。❷微小。見"幺麼"。❸數目"一"的一種說法，如：幺二三四。亦指骰子上或骨牌中的一點。如：呼幺喝六。

【幺麼】微小。亦指微不足道的人。

一　畫

幻 (huàn)⑧wan⁶〔患〕❶憑空虛構的。如：幻象；夢幻。❷變化。如：變幻莫測。

【幻滅】像幻景一樣消失。多指願望落空而言。

【幻境】虛幻的境界。

【幻影】虛幻的景象。

二　畫

幼 ㊀(yòu)粵jeu³〔意救切〕❶未長大的。如：幼苗。❷小孩兒。
㊁(yào)粵jiu³〔夭〕見"幼眇"。

【幼艾】❶年輕貌美的女子或男子。❷猶言老少。

【幼眇】(yào miào)幽微；微妙。亦作"幼妙"。

【幼稚】年紀小。引申指缺乏經驗或智能薄弱。

务 "幼"的異體字。

六　畫

幽 (yōu)粵jeu¹〔休〕❶昏暗；陰暗。如：幽室。❷隱秘；隱微。如：幽情。❸僻靜。如：幽林。引申為幽雅。❹迷信者所說的陰間：如：幽冥；幽靈。❺關閉；囚禁。如：幽禁。❻古代九州之一。即幽州。

【幽明】❶指陰陽。❷指生與死；陰間與陽間。

【幽居】指隱居。也指幽靜的居處。

【幽眇】(─miào)精微深妙。亦作"幽妙"。

【幽思】❶思慮深微。❷蘊藏着的思想感情。

【幽咽】亦作"呦咽"。形容微弱的、若有若無的聲音。

【幽冥】❶昏昧。❷地府、陰間。

【幽閉】❶幽禁，囚禁。❷古代斷絕婦女生殖機能的宮刑。

【幽情】❶深遠或蘊蓄的感情。❷鬱結的、隱秘的感情。

【幽期】❶幽雅的約會。❷指男女的私約。

【幽微】❶深奧。多用於形容哲理。❷細微。用於形容聲音、香味。

【幽閒】亦作"幽閑"。安詳和順，多用於形容女子。

【幽憤】積藏在心裏的怨憤。

【幽燕】地區名。今河北北部及遼寧一帶。唐以前屬幽州，戰國時屬燕國，所以稱幽燕。

【幽默】❶寂靜無聲。❷英語humour的音譯。言語或舉動生動有趣而含意較深。

【幽邃】深而幽靜。

【幽靈】指鬼神。

九　畫

幾(几) ㊀(jǐ)粵gei²〔己〕❶多少。用於詢問數量或時間。如：他幾時來？❷表示不定的少數。如：添幾件衣服。❸表示數量不多。如：所餘無幾。
㊁(jī)粵gei¹〔基〕❶臨近；幾乎。如：幾為所害。❷細微的迹象。如：幾微。引申為事端。亦作"機"。

【幾何】(jī─)❶猶言若干，多少。❷數學中的一門。即"幾何學"。

【幾希】(jī─)很少；很微小。

【幾許】多少。如：不知幾許。

【幾微】(jī─)細微；些微。

十一　畫

丝 "繼"的古字。

广　部

广 ㊀(yǎn)粵jim⁵〔染〕就山崖作成的房子。
㊁同"庵"。
㊂"廣"的簡化字。

二　畫

庀 (pǐ)粵pei²〔鄙〕備具；治理。如：鳩工庀材。

三　畫

庄 "莊"的簡化字。

四　畫

庇 (bì)⑧bei³〔祕〕遮蔽；掩護。如：庇蔭；庇護。

庋 (guǐ)⑧gwei²〔軌〕gei²〔紀〕(又)❶置放；收藏。如：庋藏。❷擱置器物的木板或架子。

庌 (yǎ)⑧ŋa〔雅〕廊下的小屋。

序 (xù)⑧dzœy⁶〔聚〕❶次第。引申爲按次第區分、排列。❷亦作"敍"。序言。介紹評述一部著作或一篇文章的文字。後多用作贈序體文章的名稱。❸古代的學校。參見"庠序"。

【序列】按次序排成的行列。

【序齒】齒，年齡。按年齡大小定宴會的席次或飲酒的順序。亦作"敍齒"。

床 "牀"的異體字。

五　畫

底 ㊀(dǐ)⑧dɐi²〔抵〕❶器物的下層或下面。如：箱底；水底。❷底子；根底。如：家底；尋根究底。❸草稿。如：底稿。❹盡頭；終極。如：月底。❺猶言何。甚麼。如：底事。
㊁(de)⑧同〔同〕"的"，表確屬關係。如：你底事。

【底本】文書、著作等的草稿，稿本。亦指抄本或刊印本所依據的原本。

【底細】詳細的內容；內情。

【底裏】猶底細。

【底蘊】事物的內容；內部情況。

庖 (páo)⑧pau¹〔刨〕❶廚房。❷廚師。

【庖丁】廚師。

【庖代】同"代庖"。

店 (diàn)⑧dim³〔玷〕❶商店；鋪子。如：書店；茶館。❷客店。❸猶言"站"。常用作集鎮的名稱。如：長辛店。

【店小二】舊指飯館、客店中招待客人的人。

庚 (gēng)⑧gɐŋ¹〔羹〕❶天干的第七位。❷年齡。如：同庚。

【庚帖】舊俗訂婚時，男女雙方互換的帖子，上寫姓名、生辰八字、籍貫、祖宗三代等。也叫八字帖。

府 (fǔ)⑧fu²〔苦〕❶古時國家收藏財物或文書的地方。❷古時管理財貨或文書的官。❸官署的通稱。如：官府。舊時也指達官貴人的住宅。如：相府。❹對別人住宅的尊稱。如：府上。❺唐代至清代行政區劃的名稱，所轄地區的大小各朝各地不同，一般在縣之上。❻指事物或人物滙集之處。如：學府。❼通"腑"。

六　畫

庠 (xiáng)⑧tsœŋ⁴〔詳〕古代的學校。

【庠序】西周時指地方辦的鄉學。後用來泛指學校或教育事業。

庢 (zhì)⑧dzɐt⁹〔窒〕同"庢"。

庤 (zhì)⑧dzi⁶〔自〕儲備。

庥 (xiū)⑧jɐu¹〔休〕庇蔭；保護。

度 ㊀(dù)⑧dou⁶〔道〕❶計量長短的標準。參見"度量❶"。❷按一定計量標準劃分的單位。如：溫度；弧度。❸程度；限度。如：長短適度。❹制度；法度。❺器量；胸襟。如：度量。❻次；回。如：一年一度。❼通"渡"。過；越過。❽佛教以離俗出生死爲度。如剃髮出家名剃度。❾"千瓦時"的俗稱，測量電能的單位。
㊁(duó)⑧dɔk⁹〔鐸〕❶量；計算。如：度地。❷推測；估計；謀慮。

【度外】❶心意計度之外。參見"置之度外"。❷法度之外。

【度曲】❶作曲。❷按曲譜歌唱。

【度量】❶計量長短和容積的標準。❷指人的器量；胸襟。

【度牒】僧尼出家，由官府發給憑證。有牒的得免地稅、徭役。唐宋僧尼簿籍，歸祠

部掌管，由祠部發放度牒。官府可出售度牒，以充軍政費用。

七　畫

座 (zuò)[粵]dzɔ^6〔助〕❶坐位。如：對號入座。引申指所有在座的人。如：一座皆驚。又引申爲方位地點。如：座北朝南。❷器物下面的墊子。如：鐘座兒。❸星座的簡稱。如：大熊座。❹計數之詞，用於有底座的較大器物。如：兩座寶塔。

【座主】唐代進士稱主試官爲"座主"。

【座前】書信中對尊長的敬辭。

【座師】猶"座主"。明清科舉的舉人、進士，稱主考官或總裁官爲座師。

【座右銘】訓戒文字的一種。古人作銘文置於座右，用爲警戒，故稱座右銘。

庪 (guǐ，又讀jī)[粵]gwɐi^2〔軌〕gei^2〔紀〕(又)同"庋"。藏。引申爲埋。

庫(库) (kù)[粵]fu^3〔富〕❶儲存物品的建築物。如：書庫。

庬 同"厖"。

庭 ㊀(tíng)[粵]tiŋ^4〔停〕❶廳堂。如：中庭；大庭廣衆。❷中國舊式建築物階前的空地，即院子。❸司法機關審判案件的地方。如：法庭。

㊁(tìng)[粵]tiŋ^6〔提認切〕見"徑庭"。

【庭訓】指父親的訓誨。

【庭除】庭前階下；庭院。

【庭闈】指父母住的地方，借以稱父母。

庮 (yǒu，又讀yóu)[粵]jɐu^5〔有〕jɐu^4〔由〕(又)木頭爛了發出的臭氣。

庯 (bū)[粵]bou^1〔褒〕見"庯峭"。

【庯峭】亦作"逋峭"。本爲山巖屋勢傾斜曲折的樣子，借以形容人物或文筆有風致。

八　畫

庳 (bēi，又讀bǐ)[粵]bei^1〔卑〕pei^5〔婢〕(又)❶低下。❷矮。

庵 (ān)[粵]ɐm^1〔盦〕❶小草屋。文人的書齋亦多稱"庵"。如：老學庵。❷小寺廟，多指尼姑所居。

庶 (shù)[粵]sy^3〔恕〕❶衆多。如：富庶；庶務。❷古代指百姓，衆民。❸旁支。與"嫡"相對。如：庶出。❹幸，希冀之詞。如：庶免於難。❺庶幾；差不多。

【庶人】西周對奴隸的稱謂。春秋時，他們的地位在士以下，工商皂隸之上。

【庶民】衆民，舊指一般人民。

【庶母】嫡出子女稱父妾爲"庶母"。

【庶務】各種事務。舊時指機關總務部門主管的各種雜務，也指經辦這些雜務的人。

【庶幾】(—jī)❶也許可以。表示希望。❷近似；差不多。

康 (kāng)[粵]hɔŋ^1〔腔〕❶安；樂。❷無病，康健。如：康寧。❸廣大之意。見"康莊"。

【康年】豐年。

【康莊】寬闊平坦、四通八達的道路。如：康莊大道。

【康瓠】已經破裂的空瓦壺。比喻庸才。

【康衢】四通八達的大路。

庸 (yōng，舊讀yóng)[粵]juŋ^4〔容〕❶平常；經常。見"庸行"。引申爲凡庸，不高明。如：庸才；庸醫。❷通"傭"。雇工。❸唐代一種賦役法。❹須；用。多用於否定。如：無庸諱言。

【庸人】平常人。亦指見識淺陋的人。如：庸人自擾。

【庸行】(—xìng)日常的行事。

【庸保】亦作"傭保"。即雇工。謂受雇充當酒保、雜工等的人。

【庸俗】鄙陋；凡俗。也指凡俗的人。

【庸醫】指醫術不高明的醫生。

【庸人自擾】謂本來無事，自找麻煩。

【庸中佼佼】謂在平常人中比較特出的。

庹 (tuǒ)[粵]tɔk^8〔託〕成人兩臂平伸的長度。

九　畫

庾 (yǔ)[粵]jy^5〔雨〕❶露天的積穀處。❷古容量單位，一庾等於十六斗。

廀 古"廋"字。

厠（廁）㊀(cè)粵tsi³〔次〕❶大小便的地方。❷雜置，參加。

㊁(cè)粵tsɐk⁷〔測〕❶通"側"。❷歪斜。見"厠足"、"厠身"。

【厠足】即厠足，傾斜其足。今用作插足、置身於其間的意思。猶厠身。

【厠身】亦作"側身"。置身。如：厠身其間。

廂（xiāng）粵sœŋ¹〔箱〕❶正房兩邊的房子；廂房。如：西廂。❷邊；方面。如：這廂。❸像房子一樣分隔開的地方。如：車廂。❹靠近城的地區。如：城廂。

厲　"寓"的異體字。

庿　"廟"的古體字。

十　畫

厖（zhì）粵dzi⁶〔稚〕dzai⁶〔寨〕（又）"解豸"的"豸"的本字。

廈㊀(shà)粵ha⁶〔夏〕❶大屋子。如：高樓大廈。❷房子後面突出的部分。如：前廊後廈。

㊁(xià)粵ha⁶〔夏門〕地名。在福建省東南沿海，鷹廈鐵路終點。

廉（lián）粵lim⁴〔簾〕❶堂屋的側邊。引申爲品行方正。參見"廉隅"。❷廉潔；不貪。如：清廉。❸便宜；價錢低。如：價廉物美。❹考察；查訪。如：廉訪。

【廉正】廉潔正直。

【廉恥】廉潔的操守和羞恥的感覺。

【廉隅】本謂稜角，比喻品行端方，有志節。

【廉潔】清廉；清白。與"貪污"相對。

【廉纖】形容雨細。

廊（láng）粵lɔŋ⁴〔郎〕在屋檐下面、正房兩旁或獨立有覆蓋的通道。如：走廊；畫廊。

【廊廟】猶言廟堂，指朝廷。

【廊廟器】稱才器可任朝廷要職的人。

廋（sōu）粵seu¹〔收〕❶隱匿。❷通"搜"。搜索。

【廋辭】也叫"廋語"。謎語的古稱。

庮　堂中央。（liù）粵leu⁶〔漏〕

十一畫

廎（庼）（qīng）粵kiŋ²〔頃〕❶屋側。❷亦作"庍"。小廳堂。

廄（廐）（jiù）粵gɐu³〔究〕馬房。

廑　㊀(qín)粵kɐn⁴〔勤〕亦作"廦"。勤勞；殷勤。

㊁(jǐn)粵gɐn²〔僅〕亦作"廦"。通"僅"。才；只。

【廑注】殷切的關心和掛念。書信中的常用語。如：請釋廑注。

厫（áo）粵ŋou⁴〔熬〕亦作"厫"。糧倉。

廓（kuò）粵gwɔk⁸〔國〕kwɔk⁸〔誇惡切〕（又）❶廣大；空闊。如：廖廓。❷空寂；孤獨。❸開展；擴張。❹清除。見"廓清"。

【廓清】肅清。

【廓開】❶開拓。❷闊流；發揮。

【廓落】❶空曠；空寂。❷寬宏，曠達。

廔　同"樓"。

廕　"蔭"的異體字。

廖（liào）粵liu⁶〔料〕姓。

厰　"廠"的異體字。

廧（zhàng）粵dzœŋ³〔漲〕同"障"。障隔。

十二畫

廚（chú）粵tsy⁴〔躇〕tsœy⁴〔除〕（又）❶廚房。❷同"櫥"。箱櫃。

廛（chán）粵tsin⁴〔前〕❶古代城市平民的房地。參見"廛里"。❷古代一夫之田，即百畝。

【廛里】古代城市中住宅的通稱。

廝（sī）粵si¹〔同〕❶古代稱服雜役的人。參見"廝役"、"廝養"。❷對人表示輕蔑的稱呼。如：這廝。❸互相。如：廝見；廝守。

【賑役】舊稱執勞役供使喚的人。

【賑傭】舊稱作爲人服役、地位低微的人。砍柴養馬之役叫作賑，給事烹炊之役叫作養。

廞（歆）(xīn)⑧jɐm¹〔音〕❶陳列。❷淤塞。

廟（庙）(miào)⑧miu⁶〔妙〕miu²〔咪妖切〕(語)❶奉祀祖先、神佛等的處所。如：宗廟；土地廟。❷王宮的前殿；朝堂。見「廟堂」、「廊廟」。❸已死皇帝的代稱。參見「廟號」。

【廟祝】神廟裏管理香火的人。

【廟堂】太廟的明堂。古代帝王祭祀、議事的地方。亦指朝廷。

【廟略】猶言廟算、廟策。

【廟策】指帝王或朝廷對於國家大事的策劃。

【廟號】帝王死後，在太廟立室奉祀，特立名號，叫「廟號」，如某祖、某宗等是。

【廟會】亦稱「廟市」。中國的市集形式之一。唐代已經存在。在寺廟節日或規定日期舉行，一般設在寺廟內或其附近的地方。

【廟算】廟堂的策劃，指朝廷的重大決策。

【廟諱】古代稱皇帝父祖名諱對「廟諱」。

廠（厂）(chǎng)⑧tsɔŋ²〔敞〕❶工廠。❷明王朝爲加強專制統治而設的特務機關。即「東廠」、「西廠」，與「錦衣衛」合稱「廠衛」。

廡（庑）㊀(wǔ)⑧mou⁵〔武〕❶堂周的廊廡。❷大屋。

㊁(wú)⑧mou⁴〔無〕通「蕪」。草木茂盛。

廢（废）(fèi)⑧fɐi³〔肺〕❶停止；不再用。❷敗壞；衰落；荒蕪。如：田園荒廢。❸傷殘。見「廢疾」。❹多餘無用。如：廢話；廢物利用。

【廢弛】廢棄懈怠，謂應該施行而不施行。

【廢疾】因精神或身體上有缺陷而失去勞動力。

【廢然】形容消極失望的樣子。

【廢置】❶官吏的任免。亦指帝王、諸侯或太子的廢立。❷因沒有用而擱在一邊。

【廢黜】免職，斥退。現多指取消王位，除除特權地位。

【廢寢忘餐】謂專心致志於某一事，連吃飯、睡覺都顧不到了。

廙（yì)⑧ji⁶〔二〕❶可搬動的房子。如今之蒙古包。❷恭敬。

庮 「廉」的異體字。

十三畫

廥（会）(kuài)⑧kui²〔繪〕堆放柴草的房舍。

廨（xiè，又讀jiè)⑧hai⁶〔蟹〕gai³〔戒〕(又)官署，舊時官吏辦公處的通稱。如：郡廨；公廨。

廧（qiáng)⑧tsœŋ⁴〔祥〕同「牆」。

廩（lǐn)⑧lɐm⁵〔凜〕❶米倉，亦指儲藏的米。❷積聚；鬱結。❸舊指官府發給的糧米。如：食廩。

【廩食】官府給以糧食。亦指官府發給的糧食。

【廩膳】官府發給在學員生的膳食津貼。

【廩餼】舊指由官府供給的糧食。後來專指官府發給在學員生的膳食津貼。

十六畫

廬（庐）(lú)⑧lou⁴〔勞〕❶村房或小屋。如：茅廬。

【廬山眞面目】比喻事物的眞相。

龐(庞)

(páng)⑧pɔŋ⁴〔旁〕❶高大。如：龐大。❷多而雜亂。如：龐雜。❸臉龐。如：面龐。

十八畫

龘

(yǒng)⑧juŋ¹〔翁〕❶和樂。❷同"壅"。阻塞。

二十二畫

廳(厅)

(tīng)⑧tiŋ¹〔梯英切〕tɛŋ¹〔語〕❶會客、宴會、行禮、辦事用的房間。如：客廳；餐廳。❷清代於新開發的地區設廳，與州、縣同為地方基層行政機構。此外有直隸廳，與府平行。

【廳事】官府辦公的地方。又作聽事。

廴 部

三畫

巡

"巡"的異體字。

四畫

延

(yán)⑧jin⁴〔賢〕❶伸展；引長；連續。見"延頸舉踵"、"延年益壽"。❷把時間向後推移。如：延期。❸聘請；邀請；引進。如：延師；延醫。

【延企】延頸企足，謂伸頸踮腳而望。用為殷切盼望的意思。如：不勝延企之至。

【延佇】久立，引頸而望。

【延攬】招致；邀請。

【延年益壽】延長壽命，增加歲數。

【延頸舉踵】伸長頭頸，舉起腳跟，形容殷切盼望。

廷

(tíng)⑧tiŋ⁴〔停〕古時君主受朝布政的地方；朝廷。又舊時地方官理事的公堂也叫"廷"。如：郡廷；縣廷。

【廷杖】皇帝在朝廷上杖責臣下。明代往往由廠衛行之，是對官吏的一種酷刑。

【廷爭】在朝廷上向皇帝諫爭。

五畫

廸

"迪"的異體字。

廻

"迴"的異體字。

廹

"迫"的異體字。

六畫

建

(jiàn)⑧gin⁹〔見〕❶創立；設置。如：建都；建築。如：建公路。❸提出；首倡。如：建議；建策。❹通"虔"。傾倒。見"高屋建瓴"。❺北斗的斗柄所指日建。農曆正月日建寅，二月日建卯，謂斗柄旋轉所指之十二辰，故稱月建。月大稱大建，月小稱小建。

【建白】陳述意見或有所倡議。

【建樹】❶建立。多指事業、功績方面。如：有所建樹。❷設立；建置。

【建安七子】漢末建安間，孔融、陳琳、王粲、徐幹、阮瑀、應瑒、劉楨並以文學著名，世稱"建安七子"。

廼

"乃"的異體字。

廽

"迴"的異體字。

廾 部

一畫

廿

(niàn)⑧nim⁶〔念〕jɐ⁶〔夜〕（又）ja⁶〔義訝切〕（又）亦作"卅"。二十。

二畫

弁 ㊀(biàn)⑧bin⁶〔辨〕❶古代貴族的一種帽子。❷放在最前面。參見"弁言"。❸舊時稱武官爲弁。如：武弁；將弁。後專指管雜務的武職。如：弁目；馬弁。❹快；急促。
㊁(pán)⑧pun⁴〔盆〕快樂。
【弁言】書籍的前言或序文之類。

三　畫

异　"異"的異體字。

四　畫

弄 ㊀(nòng，舊讀lòng)⑧lung⁶〔利用切〕❶玩弄；戲耍。如：不要弄火。❷作弄。如：天意弄人。❸做；搞。如：弄飯；弄明白。❹古代百戲樂舞中稱扮演腳色或表演節目爲"弄"。❺設法取得。如：弄點水來。
㊁(lòng)⑧同㊀小巷；胡同。如：弄堂；里弄。
【弄丸】也叫"跳丸"。古代民間技藝。雙手上下扔接多枚彈丸而不落地。
【弄瓦】瓦，紡錘；古人給女嬰玩弄瓦，有希望她將來能任女工之意。後因稱生女爲"弄瓦"。
【弄堂】(lòng一)吳方言稱小巷爲弄堂。亦作"弄唐"。
【弄筆】❶指舞文弄墨，顛倒是非。❷猶言執筆。含有以筆墨爲遊戲的意思。
【弄璋】璋，一種玉器。古人給男嬰玩弄璋，有希望兒子將來能爲王侯執圭璧之意。後因稱生男爲"弄璋"。
【弄潮】指在沿海的江河漲潮時在潮頭上玩水。也泛指游泳。如：弄潮兒。
【弄權】憑借職位，盜用權力。
【弄巧成拙】想逞巧，結果反而弄糟。
【弄假成眞】本來是假意做作，結果却變成眞事。
【弄虛作假】搞虛作假，以欺騙別人。

弃　"棄"的異體字。

五　畫

弆 (jǔ)⑧gœy²〔舉〕收藏。

六　畫

弇 ㊀(yǎn)⑧jim²〔掩〕遮蔽。
㊁(yān)⑧jim¹〔淹〕見"弇茲"。
【弇陋】見識淺陋。
【弇茲】(yān一)❶古山名。即崦嵫山。❷古代傳說中的神名。

弈 (yì)⑧jik⁹〔亦〕❶下棋。❷通"奕"。大。
【弈楸】棋枰；棋盤。

十二畫

弊 (bì)⑧bɐi⁶〔斃〕❶害處。如：興利除弊。❷欺騙蒙混的事情。如：作弊。❸敗壞；疲困。❹低劣；壞。
【弊政】有害的政治措施。
【弊端】由於規章制度上的毛病或工作上的漏洞而發生的作弊的事情。
【弊絕風清】亦作"風清弊絕"。貪污舞弊的事情絕迹，風氣十分良好。

十八畫

顨　同"巽"。

弋　部

弋 (yì)⑧jik⁹〔亦〕❶用繩繫在箭上射。❷取。
【弋獲】射得。舊時亦稱緝獲爲"弋獲"。

一　畫

弌　"一"的古體字。

二　畫

弍 "二"的古體字。

三　畫

式 (shì)⑩sik⁶〔色〕❶式樣；格式。如：時式。❷儀式。如：開幕式。❸榜樣；模範。❹自然科學中表明規律的一組符號。如：方程式。❺制度。❻作語助詞。見"式微"。

【式微】式，語助詞。微，衰微；衰落。

弎 "三"的古體字。

五　畫

甙 (dài)⑩doi⁶〔代〕有機化合物的一類，廣泛存在於植物體中，中藥甘草、陳皮等都是含甙的藥物。舊稱"苷"。

九　畫

弒 (shì)⑩si³〔試〕古時稱臣殺君、子殺父母爲"弒"。

弓　部

弓 (gōng)⑩gung¹〔公〕❶射箭或打彈的器具。❷像弓的工具或器械。如胡琴上用的弓，彈花用的弓。❸彎曲。如：弓着腰。❹舊時丈量土地的計算單位。一弓等於五尺。

一　畫

弔 (diào)⑩diu³〔釣〕❶慰問喪家或遭遇不幸者。如：弔喪。❷憐憫；傷痛。❸懸掛。如：弔橋；弔燈。❹提取。如：弔案；弔卷。❺舊時錢一千文叫一弔。

【弔古】憑弔往古之事迹。

【弔客】弔喪的人。

【弔唁】亦作"弔睊"。祭奠死者，慰問其家屬。

【弔影】對着身影自我憐惜或哀嘆。

【弔民伐罪】撫慰人民，討伐有罪的統治者。

引 (yǐn)⑩jen⁵〔隱低上〕❶開弓。如：引弓。❷招致。如：拋磚引玉。❸導引。如：引水灌田。❹薦舉。如：引薦。❺避開。見"引退"。❻自承。見"引咎"。❼文體名。大略如序而稍爲短簡。❽長度單位。古以十丈爲一引。❾樂曲體裁之一，有序奏之意。❿唐宋曲前的一種體制。❿古代紙幣名。如：鈔引；錢引。❿挽棺材的繩子。

【引申】亦作"引伸"。由一事一義推衍爲其他有關之義。

【引決】亦作"引訣"。猶言自盡。

【引見】❶舊時臣下、少數民族首領和外賓進見皇帝，須由官員引領，叫"引見"。❷接見。

【引咎】由自己承擔錯誤的責任。

【引退】官吏自請退職。

【引得】英文index的音譯，即索引。

【引領】伸長脖子。形容盼望的殷切。

【引滿】❶舉飲滿杯的酒。❷把弓拉滿。

【引薦】猶薦舉。

【引證】引用事實或文獻資料作爲確立論點考訂疑難的根據。

【引人入勝】勝，勝境。形容山水風景或文藝作品的美妙境地。

【引而不發】謂善於教人射箭的人，引滿了弓，不射出去，却擺着躍躍欲動的姿態，讓學者自己去體會。借喻善於啓發、引導而讓人自己行動。

【引狼入室】比喻自己把敵人或壞人引進來。

【引商刻羽】指講究聲律、造詣很深，有很高成就的音樂演奏。商、羽，五音名。

【引經據典】引用經典中的語句或故事。

二　畫

弗 (fú)⑩fet⁷〔忽〕❶義同"不"。❷通"祓"。除災求福。

弘 (hóng)粵weŋ⁴〔宏〕❶大。如：弘願；弘圖。❷擴充；光大。
【弘毅】抱負遠大，意志堅強。

三　畫

弛 ㊀(chí，又讀shī)粵tsi⁴〔池〕❶弓卸下弦。與"張"相對。❷鬆懈。❸延緩。見"弛期"。❹解除；免除。見"弛禁"。
【弛期】緩期，延期。
【弛禁】解除禁令。

四　畫

弝 (bà)粵ba³〔霸〕同"靶"。弓背中間手握的地方。

弟 ㊀(dì)粵dɐi⁶〔第〕❶稱同胞而後生之男子，對"兄"而言。古代也或稱妹爲"弟"。❷泛指輩分相同而年紀較小的男子。如：表弟；學弟。又特指學生。如：師弟。❸同"第"。古代次第字本作"弟"。㊁同"悌"。
【弟子】❶古代泛指爲人弟與爲人子的人。❷學生。
【弟子員】漢代以後太學習者爲博士弟子員。明、清稱縣學生員爲"弟子員"，或"博士弟子員"。

五　畫

弢 (tāo)粵tou¹〔滔〕❶弓袋。❷掩藏。

弣 (fǔ)粵fu²〔府〕弓把中部。

弤 (dǐ)粵dɐi²〔底〕經過塗髹漆的弓。

弦 (xián)粵jin⁴〔賢〕❶弓上用以發箭的牛筋繩子。❷樂器上用以發音的絲綫、銅綫或鋼綫。❸陰曆初七、初八，月亮缺上半，叫上弦；二十二、二十三，月亮缺下半，叫下弦。❹中醫脈象名。❺數學名詞：1.直綫與圓周相交夾在圓周之內的部分。2.中國古代稱不等腰直角三角形中對着直角的邊。

【弦月】即半邊月。月成半圓形如弦，故稱弦月。
【弦直】喻正直。
【弦管】絲竹樂器。也作"絃管"。
【弦上箭】❶喻迅疾。❷比喻事不由自主。

弧 (hú)粵wu⁴〔狐〕❶木弓。❷數學名詞。圓周的任意一段。如：弧形、弧綫。

弨 (chāo)粵tsiu¹〔超〕❶放鬆弓弦。❷未張的弓。

弩 (nǔ)粵nou⁵〔腦〕❶用機栝發箭的弓。❷書法直畫爲弩。亦作"努"。參見"永字八法"。
【弩牙】弩上鈎引弓弦的機栝。

六　畫

弭 (mǐ)粵mei⁵〔米〕mei⁵〔美〕(又)停止；消除。如：弭患；弭憂。
【弭兵】息兵；停止戰爭。
【弭謗】遏止誹謗。

弮 (quān)粵hyn¹〔圈〕弩弓。

七　畫

弰 (shāo)粵sau¹〔梢〕弓的末梢。

弱 (ruò)粵jœk⁹〔藥〕❶軟弱；衰弱；無能。與"強"相對。❷年少。見"弱冠"。❸喪亡。如：又弱一個。❹表示略少於其數。如：三分之二弱。
【弱冠】(—guàn)古代男子二十歲行冠禮，故用以指男子二十歲左右的年齡。
【弱不勝衣】(勝 shēng)形容人瘦弱得連衣服都承受不起。
【弱肉強食】比喻弱者被強者欺凌。後多比喻強國并吞弱國。

弳(弪) (jìng)粵gin³〔徑〕即數學上的"弧度"。

八　畫

張(张) ㊀(zhāng)粵dzœŋ[1]〔章〕❶本義爲弓上弦。與“弛”相對。引申爲開弓。如：張弓。也指樂器上弦。如：改弦更張。❷緊；急。如：緊張；慌張。❸伸展；擴大；放開。如：伸張；擴張。❹某些物品的量名。如：一張弓；一張紙。❺姓。

㊁(zhàng)粵dzœŋ[3]〔帳〕❶通“帳”。見“張飲”。❷通“脹”。

【張大】擴大；誇大。如：張大其辭。

【張本】預爲佈置，爲將來的行事準備條件。亦用爲文章中爲事態的發展而預設的伏筆。

【張目】❶睜大眼睛。❷助長聲勢。如：助我張目。

【張皇】❶慌張。如：張皇失措；神色張皇。❷誇張炫耀。

【張揚】有意將事情宣揚出去。

【張飲】(zhàng—)在郊野張設帳幕餞飲。參見“帳飲”。

【張勢】擺架子。

【張羅】料理；籌劃。

【張三李四】泛指某人或某些人。

【張口結舌】形容辯論時理屈辭窮，無話可說。也形容突然遇到意想不到的事情，驚異得一時說不出話。

【張牙舞爪】形容猛獸的凶相。通常用來形容惡人的凶相。

【張冠李戴】比喻弄錯了對象。

【張皇失措】慌張得不知怎麼辦才好。

強 “强”的異體字。

弸 (péng)粵paŋ[4]〔鵬〕piŋ[1]〔乒〕(又)❶强勁的弓。❷充滿。❸見“弸彋”。

【弸彋】風吹帷幕聲。

弶 (jiàng)粵kœŋ[6]〔其亮切〕用弓和網捕捉鳥獸的設備。

九　畫

弼 (bì)粵bɐt[9]〔拔〕亦作“弻”。矯正弓弩的器具，引申爲糾正、輔佐。見“弼違”。也指輔佐的人。

【弼違】謂糾正過失。

强 ㊀(qiáng)粵kœŋ[4]〔其羊切〕❶健壯；有力。與“弱”相對。如：身强力壯。❷堅强；勢力過人。❸優越；好。如：他比我强。❹有餘；略多。如：十分之五强。

㊁(qiǎng)粵kœŋ[5]〔其養切〕❶勉强。如：强求。❷使用强力。如：强迫。

㊂(jiàng)粵gœŋ[6]〔技讓切〕固執，不柔順。如：脾氣强。

【强人】❶强盜。❷有才幹、有權勢的人。

【强半】過半；大半。

【强記】(qiǎng—)記憶力强，記得的東西多。

【强梧】(—yǔ)同“强圉❸”。十干中丁的別稱。用以紀年。

【强圉】❶强壯多力。❷强暴；威勢。亦作“强禦”。❸十干中丁的別稱；用以紀年。亦作“强梧”。

【强梁】凶暴；强橫。

【强項】不肯低頭，倔强。

【强嘴】(jiàng—)頂嘴；强辯。

【强顏】❶(qiǎng—)勉强表示欣悅。如：强顏歡笑。❷(jiàng—)面皮厚，不知羞耻。

【强辯】❶能言善辯；有力的辯論。❷(qiǎng—)把沒有理的硬說成有理。如：事實昭著，不容强辯。

【强弩之末】謂强弩所發之矢飛行已達末程，比喻勢力已經衰竭，不再能起作用。

【强姦民意】指統治階層把自己的意志强加在人民頭上，硬說這是人民的意願。

【强詞奪理】(强 qiǎng)無理强辯。

十　畫

彀 (gòu)粵gɐu[3]〔究〕❶張滿弓弩。引申爲牢籠；圈套。參見“彀中”。❷同“夠”。

【彀中】本謂箭射出去所能達到的有效範圍。後用以比喻牢籠，圈套。

十一畫

彃(哔) (bì)粵bɐt[7]〔不〕射。

彄(驱)(kōu)粵keu¹〔溝〕❶環類。見"彄環"。❷弓弩兩端繫弦的地方。

【彄環】指環之類。

十二畫

彈(弹)㊀(dàn)粵dan⁶〔但〕dan²〔打反切〕(語)弓彈、槍彈、炸彈之類的總稱。

㊁(tán)粵tan⁴〔壇〕❶發射彈丸。❷用手指撥弄。如：彈琴。❸用手指彈擊。見"彈鋏"。❹科勁。見"彈斜"。

【彈丸】比喻地方很小。如：彈丸之地。

【彈斜】(tán一)亦作"糾彈"。猶彈勁。

【彈勁】(tán一)指對政府官吏違法或失職行為的檢舉。

【彈指】(tán一)❶比喻時間短暫。佛經說二十念為一瞬，二十瞬為一彈指。❷佛家常用"彈指"表示許諾、歡喜或告戒。

【彈冠】(tán一)❶彈去帽子上的灰塵。❷比喻預備出仕。參見"彈冠相慶"。

【彈詞】(tán一)曲藝的一個類別。流行於南方各省。表演者自彈自唱，主要樂器是小三弦、琵琶等。

【彈鋏】(tán一)彈，擊；鋏，劍把。《戰國策‧齊策四》載，孟嘗君食客馮諼彈鋏而歌："長鋏歸來乎！食無魚。"後因以"彈鋏"指生活困窘，求助於人。

【彈壓】(tán一)制服；鎮壓。

【彈冠相慶】《漢書‧王吉傳》載："王陽在位，貢公彈冠。"意思是說王吉做了官，貢禹也把帽子撣乾淨，準備去做官。後用來指一人當了官或升了官，其他同夥也互相慶賀將有官可做。用於貶義。

彉　同"彉"。

彆(biè)粵bit⁸〔鷩〕見"彆扭"。

【彆扭】❶不順。如：看着很彆扭。❷意見不投合；故意作硬。如：鬧彆扭。

十三畫

彊㊀"強"的異體字。

㊁(jiāng)粵gœŋ¹〔姜〕通"疆"。境界。

彋(hóng)粵weŋ⁴〔宏〕waŋ⁴〔橫〕(又)見"彌彋"。

十四畫

彌(弥)(mí)粵nei⁴〔尼〕❶久；遠。❷更加。如：欲蓋彌彰。❸遍；滿。如：彌天大罪；彌月。

【彌天】滿天，極言其大。也比喻氣勢雄豪。

【彌月】❶胎兒足月。今俗稱小兒生後滿一月為"彌月"，也叫"滿月"。❷整月；經月。

【彌留】本謂久病不瘥，後也用以稱病重將死。

【彌望】遠望。亦謂滿眼。

【彌縫】補救行事的闕失。

【彌天大罪】極言其罪之大。

十五畫

彉(弖)(kuò)粵kwɔk⁸〔誇惡切〕亦作"彉"。張滿弩弓。

十九畫

彎(弯)(wān)粵wan¹〔蜿〕❶開弓。見"彎弓"。❷蟈曲。如：彎路。

【彎弓】拉滿弓準備放箭。

二十畫

彍(jué)粵fɔk⁸〔霍〕gɔk⁸〔角〕(又)急張弓。

彐 部

六畫

彖(tuàn)粵tœn³〔拖信切〕《易傳》中總論各卦基本觀念的話。亦稱"彖傳"、

"象辭"。

八畫

彗 (huì，舊讀suì)粵wei⁶〔惠〕sœy⁶〔遂〕(又)❶掃帚。❷掃；拂。❸星名。即彗星。中國古代叫"妖星"，通常也稱"掃帚星"，是繞太陽運行的一種天體。

九畫

彘 (zhì)粵dzi⁶〔自〕豬。

十畫

彙 ㊀(汇)(huì)粵wei⁶〔胃〕wui⁶〔匯〕(又)❶類聚。如：字彙。❷綜合；合併。如：彙刊。
㊁(wèi)粵wei⁶〔胃〕通"猬"。

十三畫

彝 同"彝"。

十五畫

彝 (yí)粵ji⁴〔兒〕❶即"彝器"。也叫"尊彝"。古代青銅器中禮器的通稱。❷常理；一定的法則。❸〔彝族〕中國少數民族之一。主要分佈在雲南、四川，其次在貴州、廣西。
【彝器】古代宗廟常用的禮器的總名，如鐘、鼎、樽、疊之類。

二十三畫

彠 同"矱"。

彡 部

四畫

彤 (tóng)粵tuŋ⁴〔同〕朱紅色。見"彤管"。
【彤雲】❶紅霞。❷陰雲。
【彤管】赤管筆；古代女史以彤管記事。後因用於女子文星之事。

六畫

形 (xíng)粵jiŋ⁴〔仍〕❶形象；形體。如：無形；形影不離。❷形狀；樣子。如：方形；圓形。❸顯露；表現。如：喜形於色。❹對照。如：相形見絀。
【形态】❶指儀容禮貌。如：不拘形迹。❷舉止行動上流露的迹象。如：形迹可疑。
【形容】❶形體容顏。❷形狀、體性。❸描摹。如：形容盡致。
【形象】❶形狀相貌。❷指根據現實生活各種現象加以藝術概括所創造出來的具有一定思想內容和藝術感染力的具體生動的圖畫。
【形勝】地理形勢優越。也指山川勝迹。
【形態】形狀和神態。也指事物在一定條件下的表現形式。如：語法形態。
【形影】謂人的形體。
【形聲】也叫諧聲。六書之一。是由形旁和聲旁兩部分合成的造字法。如："洋"是由形旁"氵(水)"和聲旁"羊"合成的。漢字的絕大部分是形聲字。
【形穢】形態鄙俗。如：自慚形穢。
【形形色色】謂事物品類眾多，猶言各種各樣。
【形格勢禁】形容事情為形勢所阻，無法進行。
【形單影隻】孤獨一身；孤單。
【形銷骨立】極言身體消瘦。
【形影相弔】謂單獨一身，孤立無依。

彦 (yàn)粵jin⁶〔現〕舊時指有才德的人。

七 畫

彧

【彧彧】亦作"郁郁"。❶茂盛的意思。❷富有文釆。

八 畫

彩 (cǎi)粵tsɔi²〔採〕❶多種顏色。如：五彩；彩繪。❷文釆；光彩。❸比喻戰士受傷流的血。如：掛彩。❹賭博得利之稱。如：中頭彩。❺同"綵"。

【彩頭】好運氣；光彩。也指得到的賞物。

【彩禮】指"聘金"、"聘禮"。男女雙方訂婚和結婚時，由男家付給女家的財物。

【彩鳳隨鴉】比喻女子嫁給才貌遠不如自己的人。

彫 (diao)粵diu¹〔刁〕❶"雕❶❷"的異體字。❷同"凋"。

彬 (bīn)粵ben¹〔奔〕見"彬彬"。

【彬彬】文質兼備的意思。見"文質彬彬"。亦作"斌斌"。後用來形容文雅。如：彬彬有禮。

彪 (biāo)粵biu¹〔標〕❶虎身斑紋。引申為有文釆的意思。參見"彪炳"。❷小老虎。❸比喻人軀幹壯大。如：彪形大漢。❹通"標"。舊小說、戲曲裏用作人馬隊伍的量名。

【彪炳】文釆煥發；照耀。如：彪炳千古。

【彪形大漢】指身材高大而又勇猛的男子。

九 畫

彭 (péng)粵pang⁴〔鵬〕❶通"膨"。見"彭亨"。❷姓。

【彭亨】同"膨脝"。腹部膨大的樣子。

【彭殤】猶言壽夭，指壽命的長短。彭，彭祖，傳說曾活到八百歲；殤，未成年而死。

十一畫

彰 (zhāng)粵dzœŋ¹〔章〕❶明顯；顯著。如：欲蓋彌彰。❷表明；顯揚。

【彰明較著】極其明顯。今通作"彰明昭著"。

【彰善癉惡】表揚善的，指斥惡的。癉，憎恨。

彯 (piāo)粵piu¹〔飄〕見"彯搖"。

【彯搖】同"嫖姚"。輕捷的樣子。

十二畫

影 (yǐng)粵jiŋ²〔映〕❶影子。如：陰影；倒影。❷像；圖像。如：小影；攝影。❸隱藏；隱隱現出。如：松林裏影着一個人。❹摹寫。如：影寫；影鈔。

【影射】❶暗指某某某事，或借此說彼。❷謂仿造品在名稱上用同音，在外表上用形似等等辦法，使人不易識別。

【影戤】(一gài)工商業者仿造他人商品牌號，以爲亂眞，叫"影戤"。

【影響】❶指言語、行爲、事情對他人或周圍的事物所起的作用。❷不眞實的。如：影響附會之談。

【影影綽綽】模模糊糊，不眞切。

十三畫

彧 同"彧"。

十九畫

彲 (chī)粵tsi¹〔雌〕同"螭"。古代傳說中一種似龍的動物。

彳 部

彳 (chì)粵tsik⁷〔斥〕見"彳亍"。

【彳亍】小步；走走停停。

四畫

彷
㊀(páng)⑨poŋ⁴〔旁〕見"彷徉"、"彷徨"。

㊁(fǎng)⑨foŋ²〔訪〕同"仿㊃"。

【彷佯】亦作"仿佯"、"方羊"、"方洋"。游散；游蕩無定。

【彷徨】亦作"旁徨"、"傍徨"、"仿偟"、"方皇"、"旁皇"。❶徘徊；游移不定。❷盤旋；迴轉。引申爲逍遙，遊樂。

彸
(zhōng)⑨dzuŋ〔忠〕見"征彸"。

役
(yì)⑨jik⁹〔亦〕❶事，常指戰事。如：戰役。❷驅使。如：奴役。❸服役；供職。如：行役。❹僕役。如：雜役。❺兵役也。如：現役。

【役役】❶形容勞苦不休。❷奸滑輕薄的意思。

五畫

彼
(bǐ)⑨bei²〔比〕❶他。如：知己知彼。❷那。如：此起彼伏。

【彼岸】佛教指超脫生死的境界。

彿
"佛㊀❶"的異體字。

往
㊀(wǎng)⑨woŋ⁵〔胡網切〕❶去。如：前往；往來。❷往日；過去。❸以下；以後。如：自今以往。

㊁(wàng)⑨woŋ⁵〔旺〕❶朝。如：往外走。❷歸向。如：嚮往。

【往古】往昔。與"來今"相對。

【往復】❶往而復來，循環不息。❷猶言應對酬答。

徃
"往"的異體字。

征
(zhēng)⑨dziŋ¹〔晶〕❶遠行。如：遠征。❷征伐；征戍。如：東征西討。

【征人】謂遠行之人。

【征夫】舊謂遠行之人；使者。後多指出征的士兵。

【征戍】謂遠征和守衛邊疆。

【征衣】謂遠行者的衣服。

【征彸】又作"怔忪"。惶懼的樣子。

【征塵】旅途中的風塵。

徂
(cú)⑨tsou¹〔曹〕❶往；到。如：自西徂東。❷過去；逝。如：歲月其徂。❸通"殂"。死。參見"徂落"。

【徂亡】死亡。

【徂謝】❶死亡。❷消逝。

彽
(chí)⑨tsi¹〔池〕見"彽徊"。

【彽徊】猶徘徊。

六畫

待
㊀(dài)⑨doi⁶〔代〕❶候；等待。如：待機反攻。❷對待；待遇。如：待人接物。❸款待；招待。❹要；正要。如：待理不理。

㊁(dāi)⑨同㊀猶"呆"。停留；逗留。如：他在香港待過五年。

【待字】古代女子成年許嫁才命字。舊因謂女子成年待嫁爲"待字"。

【待詔】❶本爲伺應召對之意。漢代徵士特別優異的待詔金馬門。後爲官名。唐玄宗時置翰林待詔，掌關於文詞之事。後改爲翰林供奉。明清翰林院屬官有待詔，秩爲九品，則爲低級事務官，掌校對章疏文史。❷命令供奉內廷的人。唐代除文詞經學之士外，對具有醫卜等術一技之長的人亦分別設院給以糧米，使待詔命，有畫待詔、醫待詔等名稱。宋時還有同樣情況。宋元時代對手藝工人尊稱爲"待詔"，即由此而來。

【待漏】漏，古代計時器。百官事先集於殿庭等待上早朝叫"待漏"。

【待人接物】跟別人接觸往來。

【待價而沽】等有了好價錢就出賣。比喩誰給予好的待遇就爲誰效勞。

徇
㊀(xùn)，舊讀xún⑨sœn¹〔荀〕❶曲從；偏私。如：徇私。❷環繞；巡行。

㊁(xùn)⑨同㊀通"殉"。以身徇物。

【徇私】曲從私情。如：徇私舞弊。

很
(hěn)⑨hen²〔狠〕❶甚；非常。如：好好；快得很。❷古通"狠"。暴戾；凶狠。

徉 (yáng)粵jœŋ⁴[陽]見"徜徉"。

徊 (huái，又讀huí)粵wui⁴[回]見"徘徊"。

【徊徨】亦作"回湟"、"徊惶"。猶彷徨。形容舉止不寧，猶疑不定。

律 (lǜ)粵lœt⁹[栗]❶法則；規章。❷按律處治。如：律以重典。引申為約束。如：律己甚嚴。❸音律；樂律。如：律呂。❹律詩的簡稱。如：五律；七律；排律。❺指律教專守戒律的。如：律宗；律寺。

【律令】法令。引申為一般的法則。

【律呂】古代用竹管製成的校正樂律的器具，以管的長短來確定音的不同高度。從低音管算起，序列為單數的六個管叫做"律"，序列為雙數的六個管叫做"呂"。後來用律呂作為樂律的統稱。

【律詩】中國舊詩的一種體裁，因講究語言格律得名。分五言(五字一句)、七言(七字一句)兩種。五言的叫五律，七言的叫七律。每首四聯八句(每兩句叫一聯)，中間兩聯對仗。雙句押韻，首句可押可不押，字的平仄也有一定的規則。全首在八句以上的叫排律。

後(后) (hòu)粵heu⁶[候]❶指方位，與"前"相對。如：後門。❷指在後面。如：義不後人。❸指時間較遲或較晚。與"先"相對。如：後來居上。❹後代；子系。如：無後。

【後事】❶身後的事。❷指喪事。如：料理後事。

【後盾】比喻在後面的支持或援助的力量。

【後勁】行軍時連擔任警戒或阻擊敵人的精兵。今亦以稱後繼的力量。

【後宮】古時妃嬪所居的宮室。也指妃嬪。

【後效】以後的成效、表現。

【後患】未來的禍害。

【後勤】後方勤務的簡稱。從物質、財務、衛生、技術、運輸等方面保障軍隊需要的勤務。也泛指一般工作中負責財務、物資、生活管理方面的工作。

【後裔】後代；子孫。

【後塵】行進時後面揚起的塵土。亦用以比喻

在他人之後。如：步人後塵。

【後學】謂後輩學生。亦作為前輩自稱的謙辭。

【後來居上】謂後來的人或事物勝過先前的。

【後起之秀】謂後輩中的優秀人物。本作"後來之秀"。

【後顧之憂】來自後方的憂患。也指事後的憂患。

【後浪推前浪】比喻後起的力量推動或推去前面的事物，不斷地發展。有推陳出新，一代勝過一代的意思。

七 畫

徐 (xú)粵tsœy⁴[除]❶緩慢。如：徐步；清風徐來。❷古九州之一。❸姓。

【徐徐】❶緩慢。❷遲疑、安閒的樣子。

【徐娘】謂風韻猶存的中年婦女。

徑(径) (jìng)粵giŋ³[勁]❶小路。如：山徑；曲徑。❷經過。如：徑直；直捷了當。如：徑行辦理。❸數學名詞。如：直徑；半徑。

【徑庭】(—tíng)過分；懸殊。亦作"逕廷"。

【徑情】任性；任意。

徒 (tú)粵tou⁴[途]❶步行。如：徒行。❷徒眾。如：實繁有徒。❸指同類的人。如：敎徒。後多指壞人。如：不法之徒。❹從師學習的人。如：門徒。❺信奉某種宗教的人。如：敎徒。❻空。如：徒手；徒然、白白地。如：徒勞往返。❼只；但。如：不徒無益，反而有害。❽古代五刑之一，即徒刑。亦指被處徒刑的人。

【徒手】空手。如：徒手操。

【徒刑】❶對罪犯判處剝奪自由並予監禁的刑罰。分有期徒刑和無期徒刑。❷清代以前服勞役的刑罰。

【徒然】❶偶然。謂無因。❷白白地；枉然；不起作用。

【徒維】同"屠維"。十干中己的別稱，用以紀年。

【徒託空言】只說空話，並不實行。

【徒勞無功】白費力氣而沒有成效。本作"勞

而無功”。

八　畫

得　㊀(dé)[粵]dɐk^{7}〔德〕❶取得；獲得。如：得獎。❷完成。如：飯得了。❸得意。如：揚揚自得。❹適合；契合。如：相得益彰。❺能；可。如：不得已；使不得。

㊁(de)[粵]同㊀語助，表示效果或程度。如：說得好；磨得墨濃。

㊂(děi)[粵]同㊀必須；須要。如：此事還得你去辦。

【得手】謂作事順利。

【得失】❶成敗；利害。❷短長；優劣。如：互有得失。

【得色】得意的神情。

【得志】得行其志，達到目的。

【得計】所願或所計得逞。多用於諷刺或嘲笑。

【得當】(—dàng)合乎當然之理；得其所是。

【得罪】❶獲罪。謂得過咎。❷冒犯；猶開罪。常用作客氣話，表示冒犯、對不起之意。

【得意】❶領會旨趣。參見“得意忘言”。❷稱心如意。今多指因成功而沾沾自喜。如：得意揚揚。

【得實】謂審案得到實情。

【得體】謂言語行動恰合分寸。

【得天獨厚】天，自然的，天然的。謂所處環境或所具備的條件特別優越。

【得心應手】指技藝純熟，心手相應。也指做事非常順手。

【得不償失】所得不足以補償所失。

【得魚忘筌】“筌”亦作“荃”。筌，捕魚的竹器。荃，香草，可以爲魚餌。比喻達到目的後就忘記了原來的憑藉。後亦用作變新厭舊的忘本之意。

【得過且過】苟且偷安，敷衍了事，或勉强度日。

【得意忘言】意謂言詞所以達意，旣已得其意就不再需要言詞。後亦用爲彼此默喻之意。

【得意忘形】高興得失去常態。

【得隴望蜀】謂旣取得隴右，又想進攻西蜀。後因用以稱人貪得無厭。

【得道多助失道寡助】謂站在正義方面就會得到大多數人的支持和幫助，違背正義必然陷於孤立而失敗。

徘　(pái，又讀 péi)[粵]pui^{4}〔培〕見“徘徊”。

【徘徊】亦作“俳佪”、“裴回”。來回地行走。

徙　(xǐ)[粵]sai^{2}〔璽〕❶遷移。❷古稱流刑爲徙。見“徙邊”。

【徙邊】古代的一種流刑，謂流放有罪的人到邊遠地區。

徛　(jì)[粵]gei^{6}〔技〕站立。

徜　(cháng)[粵]sœŋ^{4}〔常〕見“徜徉”。

【徜徉】亦作“尙羊”、“倘佯”、“相羊”、“儴徉”、“常羊”、“襄羊”。徘徊；盤旋；自由自在地往來。

從(从)　㊀(cóng)[粵]tsuŋ^{4}〔松〕❶跟隨。如：願從其後。❷聽從；順從。如：言聽計從。❸參加；從事。如：從軍。❹自；由。如：從頭至尾。❺猶從來。如：從未謀面。❻採取某種處理方式或態度。如：從簡；從長計議。❼隨從的人。如：僕從。❽指堂房親屬。如堂兄弟稱從兄弟，堂伯叔稱從伯叔。❾從屬的；次要的。如：從犯；分別首從。

㊁(zòng，舊讀 zōng)[粵]dzuŋ^{1}〔宗〕通“縱”。東西爲橫，南北爲縱。

㊂(cōng)[粵]suŋ^{1}〔鬆〕見“從容”。

【從子】兄弟的兒子，即侄兒。

【從父】父親的兄弟，即伯父、叔父。

【從戎】從軍。如：投筆從戎。

【從良】謂妓女嫁人。亦指奴婢改變受奴役的地位。

【從容】(cōng—)舒緩；不急迫。

【從速】趕快。

【從略】按省略的辦法處理。

【從衡】(zòng—)同“縱橫”。“合縱連橫”的簡稱。

【從屬】附屬；依附。

【從一而終】謂一女不事二夫，夫死不再嫁。

【從中作梗】在事情進行中，故意爲難，設置

障礙，從中破壞。

【從令如流】服從命令好像像流水向下。

【從長計議】指用較長的時間慎重地商量考慮。

【從善如流】謂樂於接受別人正確的意見。

徠（徠） ㊀(lái)粵loi⁴〔來〕同"來"。
㊁(lái，舊讀lài)粵同㊀見"招徠"。

御 ㊀(yù)粵jy⁶〔預〕❶駕駛車馬。如：御車。亦指御者。❷治理；統治。如：御宇。亦謂治事之官。❸指與皇帝有關的事物。如：御用；御醫。
㊁(yà)粵ŋa⁶〔訝〕迎迓。如：之子于歸，百兩御之。

【御用】舊稱皇家所專用的為御用。

【御宇】謂皇帝統治天下；皇帝在位。

【御駕】謂皇帝的車駕。也用作皇帝的代稱。

【御覽】❶皇帝閱覽。❷《太平御覽》的簡稱。

【御林軍】專司防衞京都、保護皇帝的禁衞軍。

【御史大夫】官名。古代中央機構中的高級官職。秦朝設置，主管監察、司法及中央重要文書。漢以後名稱常嬗，專管監察、司法。明朝廢。

九　畫

徧 "遍"的異體字。

徨 (huáng)粵wɔŋ⁴〔皇〕見"徬徨"。

復（复） ㊀(fù)粵fuk⁹〔服〕❶又；更；再。如：日復一日。❷還；返。如：循環往復。❸恢復。如：身體復原。❹報復。如：復仇。
㊁(fù)粵fuk⁷〔幅〕告；回答。如：函復。又作"覆"。
㊂(fòu)粵feu⁶〔埠〕❶的又讀。

【復旦】既夜而復明。

【復次】又；再。

【復辟】(─bì)辟，君主。失位的君主復位叫"復辟"。今亦指恢復舊制度。

【復興】衰落之後重新興盛起來。

【復蘇】甦醒；恢復知覺。如：死而復蘇。

循 (xún)粵tsœn⁴〔巡〕順着。引申為沿襲，依照。如：循例；循序漸進。

【循吏】謂遵禮守法的官吏。

【循良】指守法循禮且有治績的官吏。

【循環】❶順着環形的軌道旋轉，比喻事物周而復始的運動。❷物理學名詞。物質系統從某一狀態經過一系列變化回復到初始狀態的過程。

【循名責實】指要求名實相符。也指君主考核官吏是否稱職的方法。

【循規蹈矩】謹守規矩。規，圓規；矩，角尺。規、矩是定方圓的標準工具，借用為一切行為的準則。現多用來形容拘泥保守。

【循循善誘】循序漸進，善於引導。

十　畫

徶 (xiè)粵sit⁸〔屑〕見"徸徶"。

徬 (páng)粵pɔŋ⁴〔旁〕見"徬徨"。

【徬徨】同"彷徨"。

徭 (yáo)粵jiu⁴〔遙〕勞役。

微 (wēi，舊讀wéi)粵mei⁴〔眉〕❶小；稍；細。如：微不足道。❷貧賤。如：寒微。❸衰敗。如：衰微。❹隱密；節制。見"微情"。❺幽深；精妙。如：微言大義。❻非，無。

【微行】❶(─háng)小路。❷(─xíng)舊時帝王或高官隱藏自己身份改裝出行。

【微言】含義深遠精微的言辭。參見"微言大義"。亦謂不明言，用暗喻示意。

【微忱】謙辭。猶言微薄的心意。如：聊表微忱。

【微妙】指道理的深奧玄妙。亦指事物之間的關係錯綜複雜而難以捉摸。

【微服】舊時帝王、官吏為了隱藏自己的身份而改穿平民的服裝。

【微時】微賤之時，指未貴顯時。

【微茫】猶言隱約。景象模糊。

【微情】❶微，隱微；節制。微情，猶言節制感情。謂居親喪時應節哀。❷微妙的思想

感情。❸謙辭。猶言下情或私衷。

【微辭】❶隱含貶意的言辭。今多用"微辭"來表示貶意。❷婉轉而巧妙的話。

【微不足道】十分微小，不值一提。

【微乎其微】形容非常少或非常小。

【微言大義】微言，精微的言辭；大義，指儒家經典詩書禮樂等書的要義。後以"微言大義"指精微的語言中所包含的深刻意義。

徯 (xī，舊讀 xí)⑨hei⁴〔兮〕❶等待。❷見"徯徑"。

【徯徑】同"蹊徑"。偏僻小路。

十一畫

微 "微❶"的異體字。

十二畫

徵 (征)㊀(zhēng)⑨dziŋ¹〔晶〕❶召；徵聘。如：徵兵。❷求；求取。如：徵稿。❸問；尋求。❹迹象。如：象徵；特徵。❺徵兆；證明。如：徵候。

㊁(zhǐ)⑨dzi²〔止〕中國五聲音階中的一個音級。詳"五聲"。

【徵引】❶猶徵召，指朝廷徵用人才。❷引用；引證。如：徵引故實。

【徵候】將要發生某種情況的迹象。

【徵送】謂朋友互相邀請或從宴飲。

【徵發】謂徵調民間的人力或物資。

【徵驗】可以令人信服的證據。

徶 (biè)⑨bit⁸〔鱉〕見"徶褋"。

【徶褋】衣服翩舞的樣子。

德 (dé)⑨dek⁷〔得〕❶道德；德行。如：美德；德才兼備。❷恩惠；好處。如：感恩戴德。❸道德。

【德行】謂道德品行。

【德政】好的德令或政績。

【德音】❶善言。舊時常用來尊稱別人的言辭。❷詔書的一種。❸歌頌太平的音樂。❹令聞；好的聲譽。

【德澤】恩惠。

【德高望重】道德高尚，有很高的聲望。

【德謨克拉西】音譯詞。意即民主。

徹 (彻) (chè)⑨tsit⁸〔設〕❶貫通；深透。如：貫徹；透徹。❷道，軌轍。如：覆轍。

【徹夜】整夜；通宵。

【徹底】水清見底。引申為透徹、深入，無所遺留。

【徹骨】透到骨頭裏。引申比喻程度極深。

【徹上徹下】謂貫通通上下。

【徹頭徹尾】猶言"徹上徹下"。自始至終；從頭到尾。

十三畫

徼 ㊀(jiào)⑨giu³〔叫〕❶邊界。❷巡察。見"徼巡"。

㊁(jiǎo)⑨giu¹〔嬌〕竊取；抄襲。

㊂"僥"的異體字。

㊃(yāo)⑨giu¹〔腰〕❶通"邀"。求取。❷攔截。

【徼循】巡查緝捕盜賊。亦作"徼徇"。

十四畫

徽 (huī)⑨fei¹〔揮〕❶標志；符號。如：國徽；校徽。❷美好。見"徽音"。❸琴徽，繫弦之繩。

【徽音】❶猶德音，舊時常用於婦女。❷撫琴弦發出聲音。

【徽號】❶美好的稱號，舊時專用以稱頌帝王及皇后。如宋太祖徽號爲"啟運立極英武睿文神德聖功至明大孝"，清世祖的母后徽號爲"昭聖慈壽新皇太后"等即是。❷旗幟的名稱，即指旗幟的式樣、圖案、顏色，舊作爲新興朝代的標志之一，或作爲某個皇帝新政之一。

十七畫

徜 (xiáng)⑨sœŋ¹〔商〕見"徜徉"。

【徜徉】同"相羊"。徘徊；徜徉。參見"徛徉"。

心 部

心 (xīn)粵sɐm¹〔深〕❶心臟。❷心裏、心意。習慣上把心思的器官和心思想情況、感情等都說做心。如：心情；傷心。❸中央；內部。如：掌心；江心。❹星名，二十八宿之一。

【心田】佛教稱內心爲"心田"。

【心曲】❶心之深處。❷心事。

【心坎】❶心口。❷內心深處。

【心折】❶佩服。❷心摧折；傷感。

【心計】❶心算，指理財。❷計謀。如：有心計；工於心計。

【心香】謂誠中虔誠，就能感通佛道，同焚香一樣。也用指眞誠的心意。

【心迹】❶猶言存心，心志。❷心志與行事。

【心眼】❶謂識見與觀力。❷心地；器量。如：小心眼兒。❸猶言心底、內心。

【心得】有得於心。如：所領悟體會。

【心術】心意的動向和性質。亦指居心，多用於貶語。如：心術不正。

【心喪】古時老師死後，弟子不穿喪服，只在心裏悼念，叫心喪。

【心扉】思考問題的門扉。

【心裁】出於自心的創造和裁斷。如：自出心裁。

【心照】彼此心裏了解；默契。如：心照不宣。

【心腹】❶猶言眞心實意。❷比喻親信的人。❸比喻要害。如：心腹之患。

【心醉】形容欽佩或羨慕之深。

【心潮】心裏像潮水一樣起伏的心情。如：心潮澎湃。

【心儀】內心嚮往。如：心儀已久。

【心緒】猶心境、心情。如：心緒不寧。

【心機】心思，機謀。如：枉費心機。

【心聲】指言語。

【心靈】指思想感情等。如：心靈深處。

【心心相印】彼此契合，心意相投。

【心不在焉】思想不集中。

【心手相應】形容手法純練，隨心所欲。

【心安理得】自信所做的事情是理所當然的，

心裏很坦然。

【心悅誠服】眞心誠意地佩服。

【心勞日拙】謂人做壞事，費盡心機，而越來越顯得窘困。

【心照不宣】彼此心裏都明白，不用明說。

【心猿意馬】亦作"意馬心猿"。原是道家用語，比喻人的心思流蕩散亂，把捉不定。

【心廣體胖】(胖 pán)原謂有內心修養的人胸襟寬廣，貌貌自然安詳舒泰。後來用以表示人心裏安舒而身體肥胖。

【心曠神怡】心情舒暢，精神愉快。

一 畫

必 (bì)粵bit⁷〔別高入〕❶一定；定然。如：驕必敗。❷肯定；決定。

二 畫

忉 (dāo)粵dou¹〔刀〕見"忉忉"。

【忉忉】憂念的樣子。

【忉怛】哀傷的樣子。

三 畫

忌 (jì)粵gei⁶〔技〕❶嫉妒；妒忌。如：忌才；忌能。❷顧忌；忌憚。如：橫行無忌。❸禁戒；禁忌。如：忌嘴；忌風。❹忌日。如：生忌；死忌。

【忌日】父母或祖先死亡的日子。古時每逢這一天，家人忌飲酒作樂，所以叫"忌日"。也叫"忌辰"。又已死父母的生日叫"生忌"。❷迷信的人稱行事不吉利的日子爲"忌日"。

【忌憚】顧忌和畏懼。如：肆無忌憚。

【忌諱】❶避忌、顧忌。❷由於風俗習慣或迷信，忌說某些不吉利的話或做某些認爲不吉利的事。

忍 (rěn)粵jen²〔隱〕❶容忍；忍耐。如：忍痛；忍受。❷抑制；殘忍。如：忍心；不忍。

【忍俊】含笑。又忍不住笑爲"忍俊不禁"。

【忍辱負重】忍受屈辱，擔負重任。

志
【忐忑】(tǎn)粵tan²〔坦〕見"忐忑"。

忑
【志忑】心神不定。

忒
(tè)粵tik⁷〔剔〕見"志忑"。

忒
(tè)粵tik⁷〔剔〕❶差;錯誤。如：差忒。❷太;過甚。如：風久大。
【忒煞】太;過甚。亦作"忒殺"、"特煞"。

忋
㊀(qì)粵ŋɐi⁹〔迄〕見"忋憎"。
【忋憎】本為可愛的反語。多用為可愛之意。

忖
(cǔn)粵tsyn²〔喘〕思量;揣度。
【忖度】(—duó)推測;估量。

志
(zhì)粵dzi³〔至〕❶心向;意志。如：雄心壯志。❷立志。❸同"誌"。記，記在心裏或用文字、符號標記出。如"誌"。記事的書或文章。如：地方志。
【志士】有高尚志向和節操的人。如：愛國志士。
【志怪】記載怪異的事。如：志怪小說。
【志乘】(—shèng)地方志書。記載地方的疆域沿革、人物、山川、物產、風俗的書。
【志大才疏】亦作"才疏志大"。願望很大而能力薄弱。
【志士仁人】指有高尚志向和道德的人。
【志同道合】彼此志趣思想一致，或所從事的事業相同。

忘
(wàng,舊讀 wáng)粵mɔŋ⁴〔亡〕忘記，不記得。如：忘本。
【忘言】❶謂無須用言語說明。參見"得意忘言"。❷指忘情於世事。
【忘形】❶因快樂而失去常態。如：得意忘形。❷不拘形迹。
【忘情】謂不為情感所動。亦謂榮辱得失無動於衷。
【忘機】泯除機心。指一種無為、淡泊寧靜的心境。
【忘懷】不放在心上;忘記。
【忘年交】年輩不相當而結為朋友。
【忘乎所以】在得意的時候，忘掉了一切，含有得意忘形的意思。
【忘恩負義】忘掉了別人對自己的恩德，做出對不起別人的事。

忙
(máng)粵mɔŋ⁴〔亡〕❶事多沒有空閒。與"閒"相對。如：工作忙。❷急。如：不慌不忙。
【忙裏偷閒】在忙碌中抽出一點閒空。

快
㊀(shì)粵sɐi³〔誓〕習慣;慣於。
㊁(tài)粵tai³〔太〕同"忕"。

四　畫

忝
(tiǎn)粵tim²〔他掩切〕辱;有愧於。常用作謙辭。如：忝列門牆。

忞
(mín)粵men¹〔民〕❶勉力之意。❷見"忞忞"。
【忞忞】猶言蒙蒙然。茫昧的樣子。

忠
(zhōng)粵dzuŋ¹〔宗〕❶忠誠，盡心竭力。如：忠於職守。❷特指忠君。如：忠臣。
【忠告】誠懇地告誡。
【忠厚】忠誠厚道。
【忠言逆耳】謂忠誠正直的勸告聽起來不好受。

忡
(chōng)粵tsuŋ¹〔衝〕亦作"懂"。憂慮，不安的樣子。
【忡忡】憂慮不安的樣子。

忤
(wǔ)粵ŋ⁵〔午〕違逆;抵觸。
【忤逆】亦作"迕逆"。違反;背逆。今指不順父母。

快
(kuài)粵fai³〔塊〕❶柔意;稱心。如：大快人心。❷爽適;舒暢。如：身子不快。❸爽利;直爽。如：心直口快。❹鋒利。如：快刀斬亂麻。❺迅速。如：眼明手快。引申為將近，就要。如：工作快完。❻舊指州縣衙門專營緝捕的差役。如：捕快。
【快人】爽樂的人。如：快人快事。
【快手】舊能手。舊時多指兵卒或專管緝捕的役卒。今亦指動作快、作事效率高的人。
【快心】猶言稱心，感到滿足和暢快。
【快婿】稱心如意的女婿。
【快意】❶猶快心，謂恣心所欲。❷謂心意暢快。
【快慰】愉快而且感到安慰，多用於書信。
【快刀斬亂麻】比喻爽快地解決複雜的問題。

忳 ㈠(tún)粵tyn⁴〔團〕憂鬱；煩悶。
㈡(zhūn)粵dzɐn¹〔津〕見"忳忳❷"。

【忳忳】❶憂愁煩悶。❷(zhūn zhūn)亦作"肫肫"、"純純"。誠摯。

忭 (biàn)粵bin⁶〔辨〕喜樂。

忮 (zhì)粵dzi³〔置〕❶忌恨。❷違逆；剛愎。

【忮心】忌恨之心。

忱 (chén)粵sɐm⁴〔岑〕情意；真誠的心意。如：熱忱。

忲 (tài)粵tai³〔太〕通"泰"。奢侈過度。

念 (niàn)粵nim⁶〔尼驗切〕❶思念；記念。如：惦念；懷念。❷念頭；想法。如：私心雜念。❸"廿"的大寫體。❹同"唸"。

【念念】❶不斷地想念着。如：念念不忘。❷佛家語，謂每一極短的時刻。

【念茲在茲】謂念念不忘於某一件事情。

忸 ㈠(niǔ)粵neu²〔扭〕通"䶜"。熟習。
㈡(niǔ，舊讀nù)粵nuk⁹〔挪玉切〕neu²〔扭〕(又)見"忸怩"。

【忸怩】羞慚的樣子。如：忸怩作態。

忻 (xīn)粵jɐn¹〔因〕同"欣"。

忼 (kāng)粵kɔŋ²〔卡港切〕hɔŋ²〔可港切〕(又)同"慷"。

【忼慨】同"慷慨"。

忽 (hū)粵fɐt⁷〔拂〕❶不注意；不重視。如：忽略；忽視。❷倏忽；突然。如：忽高忽低。❸古代極小的長度單位名。十忽是一絲，十絲是一毫。

【忽忽】❶形容時間過得很快。❷失意；心中空虛悵惘。❸形容印象模糊或見不真切。

【忽略】疏忽，不留心。

忿 (fèn)粵fɐn⁵〔憤〕❶忿怒；忿恨。❷甘願；服氣。如：不忿。

【忿忿】心裏不平。如：忿忿不平。

【忿恨】怨恨、憤恨。

忪 ㈠(zhōng)粵dzuŋ¹〔中〕見"忪忪"。
㈡(sōng)粵suŋ¹〔鬆〕見"惺忪"。

恝 "愛"的本字。

伋 同"急"。

㤬 "极"的異體字。

悩 同"惱"。

五 畫

怍 (zuò)粵dzɔk⁹〔鑿〕❶慚愧。❷變動面色。

怎 (zěn)粵dzɐm²〔枕〕怎麼；如何。如：怎辦？

【怎生】❶怎樣；如何。❷務必；無論如何。

快 (yàng)粵jœŋ³〔倚舊切〕jœŋ³〔意向切〕(又)鬱鬱不樂的樣子。

【快快】亦作"鞅鞅"。因不平或不滿而鬱鬱不樂。

怐 (kòu)粵kɐu³〔寇〕見"怐愗"。

【怐愗】(—mòu)愚蒙。

怒 (nù)粵nou⁶〔挪號切〕❶生氣；着惱。如：惱羞成怒。❷譴責。❸形容氣勢強盛。如：怒濤；百花怒放。❹引申為奮發。❹〔怒族〕中國少數民族名。分佈在雲南省碧江、福貢、蘭坪、貢山等地。

【怒目】怒視的樣子。如：怒目而視。

【怒濤】洶湧起伏的波濤。

【怒髮衝冠】形容盛怒的情態。

怓 (náo)粵nau⁴〔淆〕喧嘩；亂。

怔 (zhēng)粵dziŋ¹〔征〕❶見"怔忪"、"怔營"。❷猶言"愣"。因吃驚而呆住的樣子。

【怔忪】(—zhōng)惶懼的樣子。

【怔營】惶悉不安的樣子。

怕 (pà)粵pa³〔鋪亞切〕❶害怕；畏懼。如：不怕困難。❷恐怕，表示疑慮或猜測。如：他怕不來了。❸豈；難道。

怖 (bù)粵bou³〔布〕❶惶懼。如：恐怖。❷恐嚇。

怗 (tiē)粵tip⁸〔貼〕❶通"帖"。如：怗服。❷平定。

怙 (hù)⑧wu⁶[戶]依靠；憑恃。
【怙恃】依靠；憑恃。
【怙惡不悛】堅持作惡，不肯悔改。

怛 (dá)⑧dat⁸[首]tan²[坦]⑨❶痛苦；悲傷。❷恐懼，驚嚇。
【怛怛】憂傷不安的樣子。

思 ㊀(sī)⑧si⁵[司]❶考慮；思考。如：深思熟慮。❷想念；掛念。如：朝思暮想。
㊁(sì)⑧si⁵[試]si⁵[司]⑨意思；思緒。如：詩思；文思。
㊂(sāi)⑧soi¹[偲]見"於思"。
【思凡】佛教、道教以人世為凡塵，故稱傳說中的神仙或出家的僧尼思慕世俗生活為"思凡"。
【思存】屬意；愛慕。
【思索】思考探求。如：思索問題；不假思索。
【思致】謂新穎獨到的構思。也指性情、意趣。
【思婦】謂懷念遠出丈夫的婦人。
【思量】(—liáng)❶想念；考慮；商量。
【思維】亦作"思惟"。❶哲學上通常指人腦對客觀事物間接的和概括的反映，是認識的理性階段。❷猶思考。如：再三思維。
【思潮】某一歷史時期內的一種思想傾向。❷湧現出來的思想感情。如：思潮起伏。
【思緒】猶思路。也指複雜多端的思想。
【思過半】大部分已領悟。

惆 (chóu)⑧tseu⁴[酬]擾動，不安靜。

怞 ㊀(yóu)⑧jeu⁴[由]見"怞怞"。
【怞怞】(yóu yóu)憂愁的樣子。

怠 (dài)⑧doi⁶[代]toi⁵[殆]⑨❶怠懈；懶怠。❷輕慢；怠慢 ❸疲倦。

怡 (yí)⑧ji⁴[宜]❶安適愉快。如：心曠神怡。❷和悅。
【怡情悅性】使心情舒暢悅樂。

急 (jí)⑧gep⁷[加急切]❶忙；迫切。如：急起直追；急待解決。❷急速。如：急市；急就 ❸緊急；危急。如：告急；救急。❹急躁；着急。如：急性；發急。

急切 (一qiè)緊急迫切。如：急切難辦。也指迫切的事情。
【急就】❶勿促地完成。❷即《急就篇》，古代字書名。
【急就章】即《急就篇》。又常借指勿促完成的文章或工作。
【急公好義】熱心公益，見義勇為。
【急功近利】急於求得成效和利益。
【急流勇退】比喻做官的人在順利或得意時為了避禍而及早抽身引退。
【急景凋年】謂光陰催逼，年歲將盡。用以指歲暮景象。今多作"急景殘年"。

怦 (pēng)⑧ping¹[乒]心跳。見"怦怦"。
【怦怦】心跳的樣子。

性 (xìng)⑧sing³[姓]❶性質；指事物所具有的特質。如：彈性；藥性。❷指人性。如：性本善。❸性情；脾氣。如：發性；使性。❹性別。如：男性；雌性。
【性靈】❶猶言性情。❷聰明。

怨 (yuàn)⑧jyn³[意願切]❶仇恨。如：恩怨。❷責備。如：任勞任怨。
【怨女】指年長而不能婚嫁的女子。
【怨府】怨恨集中的所在。
【怨婦】指傷離怨別的婦人。
【怨耦】亦作"怨偶"。不和睦的夫妻。
【怨讟】痛恨而有怨言。
【怨天尤人】怨恨命運，責怪別人；埋怨一切。

怩 (ní)⑧nei⁴[尼]見"忸怩"。

怪 (guài)⑧gwai³[拐高去]❶奇異的；不常見的。如：怪事；神怪。❷驚異；駭疑。如：少見多怪。❸埋怨；責備。如：見怪。❹很；非常。如：怪好的。
【怪誕】離奇古怪。

怫 (fú)⑧fet⁹[乏]見"怫鬱"。
【怫鬱】猶悒鬱。心情不舒暢。

怯 (qiè)⑧hip⁸[脅]❶膽小；沒勇氣。如：膽怯。❷害怕。
【怯場】在人多或嚴肅的場合下，精神緊張，

態度、行動顯得不自然。
【怯懦】懦弱；膽小。

怲 (bīng)⑧biŋ²〔丙〕見"怲怲"。
【怲怲】很憂心的樣子。

悅 "悅"的異體字。

怵 (chù)⑧dzœt⁷〔卒〕❶恐懼；害怕。❷淒愴；悲傷。
【怵惕】戒懼。

怊 (chāo)⑧tsiu¹〔超〕悲傷。
【怊悵】同"惆悵"。失意的樣子。

怱 "匆"的異體字。

怤 (fú)⑧fu¹〔呼〕❶思。❷喜悅。

怘 同"固"。

恩 "恩"的異體字。

六 畫

恁 (rèn)⑧jem⁶〔任〕❶那。如：恁時。❷如此；這樣。如：恁大、恁高。
【恁地】亦作"恁的"。❶如此；這樣。❷怎麼。
【恁麼】如此；這樣。

恂 (xún)⑧sœn¹〔荀〕❶相信。❷勿促。
【恂恂】謙恭謹慎的樣子。

恃 (shì)⑧tsi⁵〔似〕❶依靠；憑借。如：恃勢欺人。❷母之代稱。如：失恃。
【恃才傲物】自負才高，貌視別人。

恆 (héng)⑧heŋ⁴〔衡〕❶長久；固定不變。如：永恆、恆久。❷指恆心。如：持之以恆。❸經常；常。如：恆言。❹六十四卦之一。
【恆河沙數】佛經中語。恆河，南亞有名大河。"恆河沙數"，形容數量多到無法計算。

恒 "恆"的異體字。

恇 (kuāng)⑧hɔŋ¹〔康〕❶害怕；驚慌。❷怯弱的樣子。
【恇怯】恐懼畏縮。

恌 (tiāo)⑧tiu¹〔挑〕苟且；偷薄。

恍 (huǎng)⑧fɔŋ²〔訪〕❶形象模糊，不易捉摸。見"恍惚"。❷領悟的樣子。見"恍然❶"。
【恍惚】亦作"恍忽"、"慌惚"。❶模模糊糊，不易捉摸；隱隱約約，不可捉認。❷神思不定。
【恍然】❶猛然領悟的樣子。如：恍然大悟。❷彷彿。

恐 (kǒng)⑧huŋ²〔孔〕❶害怕；畏懼。❷惟恐天下不亂。❷恐怕。如：恐不可信。❸威嚇。

恔 (xiào)⑧hau⁶〔效〕暢快。

恕 (shù)⑧sy³〔戍〕❶恕道。❷寬宥；原諒。

恓 (xī)⑧sɐi¹〔西〕見"恓恓"、"恓惶"。
【恓恓】忙碌不安的樣子。
【恓惶】匆忙不安的樣子。

恙 (yàng)⑧jœŋ⁶〔讓〕疾病；傷害。如：染恙。

恚 (huì)⑧wɐi⁶〔胃〕憤怒；怨恨。

恛 (huí)⑧wui⁴〔回〕見"恛惶"。
【恛惶】同"佪徨"。猶彷徨。

忕 (chì)⑧tsik⁷〔斥〕見"忕忕"。
【忕忕】憂懼不安的樣子。

恝 (jiá)⑧gat⁸〔加壓切〕at⁸〔壓〕(又)不經心；無動於衷。
【恝置】"恝然置之"的略語。謂淡然置之，不加理會。

恟 (xiōng)⑧huŋ¹〔空〕恐懼；驚駭。
【恟恟】同"洶洶"。騷擾的意思。

恢 (huī)⑧fui⁴〔灰〕❶擴大；發揚。❷弘大。
【恢弘】亦作"恢宏"。❶寬闊。如：氣度恢弘。❷發揚。

【恢奇】猶言魁奇。傑出；不平常。

【恢張】鋪張；擴大。

【恢廓】❶寬宏。❷擴展。

【恢誕】誇大荒誕。

恣 ㊀(zì)⓭dzi³〔至〕tsi³〔次〕(又)放縱。如：自恣；恣縱。
㊁(cì)⓭dzi³〔自〕見"恣睢"。

【恣肆】❶放縱，無所顧忌。❷恣意發揮，不拘束。多指言談或寫作文章。

【恣睢】(cī—)❶放縱、暴戾。❷放任無拘束。

恤 (xù)⓭sœt⁷〔戌〕❶憂；憂慮。❷賙濟。如：撫恤；恤金。❸驚恐的樣子。

恥 (chǐ)⓭tsi²〔齒〕❶羞愧之心。❷恥辱；可恥的事情。

恧 (nǜ)⓭nuk⁹〔搦玉切〕慚愧。

恨 (hèn)⓭hen⁶〔夏刃切〕❶怨恨。如：恨之入骨。❷悔恨；遺憾。如：遺恨。

恩 (ēn)⓭jen¹〔因〕❶恩惠，待人的好處。如：恩將仇報。引申為感恩。如：千恩萬謝。❷親愛；有情義。

【恩典】謂皇帝按定制給予臣子的恩賜和禮遇。

【恩遇】謂受人恩惠知遇。

【恩賞】皇帝給臣下在規例以外的賞賜。

【恩澤】比喻恩德及人，像雨露滋潤草木。封建時代常用以稱皇帝或官吏給予臣民的所謂恩惠。

【恩寵】謂皇帝對臣下的優遇和寵幸。

恪 (kè)⓭k⊃k⁸〔確〕謹慎；恭敬。如：恪守。

恫 ㊀(tōng)⓭tuŋ¹〔通〕痛。
㊁(dòng)⓭duŋ⁶〔動〕恐懼。

【恫喝】(dòng—)嚇唬。如：虛聲恫喝。

【恫瘝】亦作"恫瘝"。病痛；疾苦。舊稱關懷民間的疾苦為"恫瘝在抱"。

恬 (tián)⓭tim⁴〔甜〕❶安靜。如：恬靜。❷淡泊。如：恬於榮辱。❸安然；無動於中。見"恬不知恥"、"恬不為怪"。

【恬淡】亦作"恬憺"。清靜而無所作為。亦稱不熱中於名利為"恬淡"。

【恬逸】安樂自在。

【恬適】安靜舒適。如：心神恬適。也形容與人無爭、隨遇而安的性格。

【恬不知恥】謂安然不以為恥。

【恬不為怪】對於不合理的事物，安然不以為怪。

恭 (gōng)⓭guŋ¹〔工〕恭敬；敬肅。如：恭候；恭賀。

【恭惟】亦作"恭維"。對上的謙辭，猶言"竊意"。後引申為奉承的意思。

【恭敬】端莊而有禮貌。

息 (xī)⓭sik⁷〔色〕❶氣息；呼吸。如：喘息；一息尚存。❷停止；休息。如：自強不息。❸子女。如：子息。❹利息。如：減息。❺音信。如：消息；信息。

【息肩】❶肩頭得到休息，比喻卸除責任。❷免除勞役的負擔。

【息事寧人】本謂不生事擾民。後常用為調和人事糾紛之辭。

恰 (qià)⓭hep⁷〔洽〕適合；正好。如：恰到好處。

【恰如其分】(分fèn)剛剛合適；切合事物的分際。

恉 同"旨❷"

悑 "怖"的異體字。

悛 (quán)⓭tsyn⁴〔全〕謹慎。

恀 (chǐ，又讀shì)⓭dzi²〔止〕si⁶〔是〕(又)依恃。

侘 (chà)⓭tsa³〔詫〕見"侘傺"。

【侘傺】同"侘傺"。

忪 (chōng)⓭tsuŋ¹〔充〕心動。

悆 "恣"的異體字。

恑 (guǐ)⓭gwei²〔鬼〕變異。

恅 (lǎo)⓭lou⁵〔老〕見"憦憦"。

七 畫

您 (nín)粵nei⁵[你]"你"的敬稱。

恵 "通"的異體字。

悁 ㊀(yuān)粵jyn¹[冤]❶憤怒；氣忿。❷憂愁。
㊁(juàn)粵gyn³[眷]見"悁悁"。
【悁急】(juàn—)同"狷急"。急躁。
【悁悁】❶憂悶的樣子。❷忿怒的樣子。

悃 (kǔn)粵kwen²[困]真心誠意。如：聊表謝悃。
【悃款】忠實誠懇，以真心待人。
【悃愊】至誠。
【悃誠】誠懇之心。

悄 (qiāo)粵tsiu²[雌妖切]❶靜，沒有聲音或聲音很低。如：低聲悄語。❷憂愁的樣子。
【悄悄】❶憂愁的樣子。❷寂靜。❸不聲不響。

悅 (yuè)粵jyt⁹[越]愉快；喜悅。如：悅色。
【悅耳】好聽。
【悅服】心悅誠服。

悉 (xī)粵sik⁷[昔]❶知道。如：熟悉一切。❷盡其所有；全部。如：悉數。
【悉心】盡心；全心全意。
【悉數】❶(—shù)全部。如：悉數歸公。❷(—shǔ)一一地完全說出來。

悌 ㊀(tì)粵dei⁶[第]指順從兄長。引申為順從在上。
㊁(tì)粵tai⁵[睇]見"愷悌"。

悍 (hàn)粵hon⁶[汗]❶勇猛。如：強悍。❷凶暴蠻橫。如：悍然不顧。

悒 (yì)粵jɐp⁷[邑]憂鬱；鬱悶。
【悒悒】❶憂悶不樂的樣子。❷不舒適。

悐 (tì)粵tik⁷[剔]同"惕"。參見"惕"。

悔 (huī)粵fui³[晦]❶懊悔；悔恨。如：悔不當初。❷災咎。如：災悔；罪悔。

悔尤 猶"尤悔"。過錯；咎戾。

悕 (xī)粵hei¹[希]悲傷。

悖 ㊀(bèi)粵bui⁶[焙]❶違背；違反。如：並行不悖。❷謬誤。
㊁(bó)粵but⁹[撥]通"勃"。旺盛。
【悖逆】狂悖忤逆。
【悖謬】言行荒謬，不合事理。
【悖入悖出】意謂用不正當的方法得來的財物又被別人用不正當的方法拿去，或胡亂得來的錢財又胡亂花掉。

悚 (sǒng)粵suŋ²[聳]恐懼。如：毛骨悚然。

悛 (quān)粵syn¹[酸]改過；悔改。如：怙惡不悛。

悝 ㊀(huī)粵fui¹[灰]嘲笑；詼諧。
㊁(lǐ)粵lei⁵[里]憂慮。
㊀(kuī)粵kwei¹[規]人名。戰國魏有李悝。

悮 同"誤"。

悟 (wù)粵ŋ⁶[誤]❶了解；領會。❷覺悟。如：恍然大悟。

悠 (yōu)粵jɐu⁴[由]❶憂思。❷遠；長。如：悠久。❸閑適。如：悠閑。
【悠悠】❶憂思。如：悠悠我思。❷遙遠；長久。❸悠閑自在。如：白雲悠悠。
【悠揚】❶形容樂聲曼長而和諧。❷飄忽無定。❸緩慢。
【悠閑】閑暇安適。如：悠閑自在。
【悠遠】長遠。
【悠謬】荒難無稽。

悢 (liàng)粵lœŋ⁶[亮]惆悵。
【悢悢】❶悲恨。❷眷念。

患 (huàn)粵wan⁶[幻]❶禍害；災難。如：防患未然。❷憂慮。如：患得患失。❸病(病)。如：患病。
【患難】困難和危險的處境。
【患得患失】指憂慮祿位之得失。今謂一味憂慮個人的利害得失為"患得患失"。

恩 (cōng)粵tsuŋ¹[充]❶"匆"的異體字。❷見"恩恩"。
【恩恩】❶見"匆匆"。❷形容明白。

悆 (yù)[粵]jy^{6}〔預〕❶同"豫"。喜悅。❷安寧。

悂 (pī)[粵]pei^{1}〔丕〕謬誤。

恪 同"吝"。

恾 (máng)[粵]mɔŋ^{4}〔忙〕慌張。

悊 (zhé)[粵]dzit^{8}〔折〕同"哲"。

⿱作心 (zuò)[粵]dzɔk^{8}〔昨〕同"怍"。慚愧。

八 畫

悱 (fěi)[粵]fei^{2}〔匪〕心裏想說而說不出來。

【悱惻】亦作"陫惻"。形容內心悲苦淒切。如：情詞悱惻；纏綿悱惻。

悲 (bēi)[粵]bei^{1}〔卑〕悲哀；傷心。如：悲喜交集。引申爲哀憐。

【悲笳】悲涼的笳聲。笳是古代軍中所用的號角。

【悲天憫人】天，指天命。謂對時世混亂和人民困苦表示憂傷。

悴 (cuì)[粵]sœy^{6}〔瑞〕sœy^{5}〔緒〕(又)❶憂。❷憔悴。參見"憔悴"。

悵(怅) (chàng)[粵]tsœŋ^{3}〔唱〕失意；懊惱。如：悵然若失。參見"惆悵"。

【悵望】悵然懷想。

【悵惘】亦作"敞罔"、"惝惘"。失意的樣子。

【悵悵】失意的樣子。

悶(闷) ㊀(mèn)[粵]mun^{6}〔磨換切〕❶煩悶。❷密閉的。如：火車上裝貨的無窗車廂叫悶子車。

㊁(mēn)[粵]同㊀❶空氣不通暢。如：悶熱。❷聲音不響亮或不出聲。如：悶聲不響。❸密閉着使不出氣。如：剛沏的茶，悶一會兒再喝。

【悶悶】❶抑鬱不舒暢。如：悶悶不樂。❷愚昧的樣子。

【悶葫蘆】猶言啞謎。比喻秘密或難以猜透的事。

悸 (jì)[粵]gwɐi^{3}〔季〕❶心跳。如：猶有餘悸。❷通"瘁"。心悸病。

悻 (xìng)[粵]hɐŋ^{6}〔杏〕見"悻悻"。

【悻悻】惱怒的樣子。

悼 (dào)[粵]dou^{6}〔道〕❶悲傷。如：哀悼。❷恐懼；戰慄。

【悼亡】晋潘岳妻死，作《悼亡》詩三首，後人因稱喪妻爲悼亡。

悽 (qī)[粵]tsɐi^{1}〔妻〕悲傷。

【悽戾】悲涼；辛酸。亦作"淒淚"、"淒唳"。

【悽惘】感傷如有所失。

【悽惻】哀傷。

【悽惶】悲傷不安的樣子。

【悽愴】❶亦作"淒滄"。寒冷；寒氣。❷傷感；悲痛。

悾 (kōng)[粵]huŋ^{1}〔空〕誠懇。

【悾悾】誠懇的樣子。

惄 (nì)[粵]nik^{9}〔尼亦切〕憂思傷痛之意。

情 (qíng)[粵]tsiŋ^{4}〔呈〕❶感情。如：熱情洋溢。❷情況；實情。如：病情。❸情面；私情。如：說情；情不可却。❹愛情。如：情書。❺情趣。

【情知】明明知道。

【情素】本心；眞情實意。素，亦作"愫"。

【情致】情趣和風味。

【情欲】指人的欲念。特指男女之愛。

【情網】謂情欲縛人，猶如羅網。

【情調】(—diào)指感情的基本特質。也指同某種生活方式相聯繫的情緒體驗。

【情趣】性情志趣；意趣。

【情弊】指作弊的事實。

【情竇】竇，孔，竅。比喻通道。常以"情竇初開"形容少年男女開始懂得愛情。

【情不自禁】抑制不了自己的感情。

【情見乎辭】(見xiān)情意表現於言辭中。

【情隨事遷】思想感情隨着客觀環境的變化而變化。

惆 (chóu)[粵]tsɐu^{4}〔囚〕悲傷；失意。參見"惆悵"。

【惆悵】因失望或失意而哀傷。

惇 (dūn)粵dœn¹〔敦〕敦厚；篤厚。
【惇惇】純厚的樣子。

惋 (wǎn)粵wun²〔碗〕jyn²〔苑〕(又)悵恨；嘆惜。
【惋惜】可惜；惋惜。表示遺憾或同情。

恭 (jì)粵gei⁶〔技〕憎恨；怨毒。

惏 (lín)粵lem⁴〔林〕見"惏慄"、"惏悷"。
㊀"婪"的異體字。
【惏悷】悲傷的樣子。
【惏慄】寒冷。

惑 (huò)粵wak⁹〔或〕❶困惑；迷亂。❷欺瞞；蒙蔽。如：妖言惑衆。

忝 (tiǎn)粵tin²〔他演切〕同"腆"。羞愧。

惓 (quán)粵kyn⁴〔拳〕見"惓惓"。
【惓惓】同"拳拳"。誠懇、深切之意。

惔 ㊀(tán)粵tam⁴〔談〕火燒。
㊁(dàn)粵dam⁶〔啖〕通"淡"。淡泊。見"惔淡"。

惕 (tì)粵tik⁷〔剔〕敬畏；戒懼。
【惕惕】憂懼。
【惕厲】危懼。

惘 (wǎng)粵mɔŋ⁵〔網〕失意的樣子。如：惘然若失。

惙 (chuò)粵dzyt⁸〔拙〕❶憂。見"惙惙"。❷疲乏。
【惙怛】憂傷的樣子。
【惙惙】憂愁的樣子。

惚 (hū)粵fet⁷〔弗〕見"恍惚"。

惛 (hūn)粵fen¹〔昏〕亦作"惽"。❶不明瞭；糊塗。❷欺蒙。
【惛惛】亦作"惽惽"。糊塗；心中昏昧不明。

惜 (xī)粵sik⁷〔色〕❶愛惜。如：惜陰。❷哀傷；痛惜。❸捨不得。如：惜別。❹可惜；感到遺憾。如：惜未成功。
【惜別】依依不忍分別。
【惜墨如金】指寫字、繪畫、做文章下筆非常慎重，力求精煉。

惝 ㊀(tǎng)，又讀chǎng)粵tɔŋ²〔倘〕悵恨。
㊁(chǎng)粵tsɔŋ²〔廠〕通"敞"。
【惝怳】亦作"惝慌"、"敞恍"、"懷恍"。❶失意的樣子。❷迷迷糊糊；不清楚。

惟 (wéi)粵wei⁴〔圍〕❶思；想。❷但是。如：雨雖止，惟路途仍甚泥濘。❸獨；只。如：惟恐。❹作語助，用於句首。如：惟二月既望。
【惟妙惟肖】形容刻畫或描摹得十分逼真。

惠 (huì)粵wei⁶〔衞〕❶仁慈。亦謂給人以好處。如：小恩小惠。❷賜。有所求者的敬辭。如：惠存；惠我好音。❸柔順。亦謂柔和。見"惠風"。❹通"慧"。聰明。
【惠風】和風。
【惠然肯來】為歡迎他人來臨之語。

惡(恶) ㊀(è)粵ɔk⁸〔堊〕❶壞；壞事。與"好"、"善"相對。如：疾惡如仇。❷醜陋。與"美"相對。❸凶狠；壞。如：惡狗。
㊁(wù)粵wu³〔烏高去〕❶憎恨；討厭。如：深惡痛絕。❷恥；慚愧。❸說人壞話；中傷。
㊂(wū)粵wu¹〔烏〕何；怎麼。
㊃同"嗚"。
【惡阻】中醫指懷孕時嘔吐。
【惡疾】泛指難治的殘疾。
【惡意】不良的居心，與"善意"相對。
【惡歲】荒年。
【惡作劇】令人難堪的戲弄。
【惡貫滿盈】謂罪大惡極。

愣 (líng)粵liŋ⁴〔零〕❶哀憐。❷驚怖。

惦 (diàn)粵dim³〔店〕記掛；惦記。

惪 "德"的異體字。

悷 (lì)粵lœy⁴〔淚〕悲傷。見"惏悷"。

惈 (guǒ)粵gwɔ²〔果〕果敢。

悰 (cóng)粵tsuŋ⁴〔蟲〕心情。如：歡悰；離悰。

九畫

惲(恽) (yùn)⑩wɐn⁶〔運〕❶"渾厚"之"渾"的本字。❷姓。

惰 (duò)⑩dɔ⁶〔墮〕❶懶；懈怠。❷不易變動。如：惰性。

惱(恼) (nǎo)⑩nou⁵〔腦〕❶恨；怒。❷憂愁；苦悶。如：苦惱；煩惱。也作爲使人煩惱，撩撥。

想 (xiǎng)⑩sœŋ²〔賞〕❶思考；思索。如：想辦法。❷想象。如：雲想衣裳花想容。❸希望；打算。如：夢想；妄想。❹料想。如：想當然。❺想念；懷念。❻朝思暮想。

【想當然】謂憑主觀推斷，認爲如此。

惴 (zhuì)⑩dzœy³〔醉〕恐懼。

【惴惴】恐懼、戒懼的樣子。如：惴惴不安。

惵 (dié)⑩dip⁹〔蝶〕危懼。見"惵息"。

【惵息】謂懾於威勢，不敢出聲息。形容恐懼之甚。

惶 (huáng)⑩wɔŋ⁴〔王〕恐怖；驚慌。

【惶恐】恐懼不安。

【惶惑】疑懼難。

【惶惶】亦作"皇皇"。❶匆遽不安的樣子。❷同惶遽。

【惶遽】驚懼慌張。

惷 "蠢"的異體字。

惸 (qióng)⑩kiŋ⁴〔瓊〕亦作"煢"。本謂無兄弟，引申爲孤獨無依靠之稱。

【惸惸】憂念的意思。

惹 (rě)⑩jɛ⁵〔野〕❶招引；挑逗；沾染。如：惹事；惹人注意。❷牽引住。

惺 (xīng)⑩siŋ¹〔星〕聰明；清醒。見"惺忪"、"惺惺"。

【惺忪】(—sōng)亦作"惺鬆"。蘇醒的樣子。如：睡眼惺忪。

【惺惺】❶機警；警覺。❷指聰慧的人。

【惺惺作態】裝模作樣，故作姿態。

惻(恻) (cè)⑩tsɐk⁷〔測〕❶淒愴；傷痛。如：淒惻；惻惻。❷通"切"。誠懇。見"惻怛"❷。

【惻怛】憂傷；悲痛。亦作同情、哀憐解。

【惻惻】❶悲痛的樣子。❷猶言切切。誠懇。

【惻隱】哀痛，對別人不幸表示憐憫。

惛 同"惽"。

愀 (qiǎo)⑩tsiu²〔悄〕容色變動；淒愴的樣子。如：愀然作色。

【愀愴】悲傷的樣子。

愁 (chóu)⑩sɐu⁴〔仇〕❶憂愁。如：發愁。❷形容景象的慘淡。

【愁城】比喻爲憂愁所包圍。

【愁腸】愁悶的情緒。

愆 (qiān)⑩hin¹〔軒〕❶錯過。如：愆期。❷失誤；喪失。見"愆滯"。❸過失；罪咎。如：愆尤。

【愆尤】罪過。

【愆期】誤期；過期。約期而失信。

愈 (yù)⑩jy⁶〔預〕❶較好；勝過。如：執愈。❷越，更加。如：愈走愈快。❸同"癒"。

愉 (yú)⑩jy⁴〔如〕和悅；悅樂。
□(tōu)⑩tɐu⁴〔偷〕通"偷"。苟且。

愊 (bì)⑩bik⁹〔碧〕❶至誠。參見"愊憶"。❷

【愊臆】因憤怒、哀傷、憂愁而氣鬱結。

愍 (mǐn)⑩mɐn⁵〔敏〕❶哀憐。❷憂病。

愎 (bì)⑩bik⁷〔碧〕執拗；倔強。如：剛愎自用。

意 (yì)⑩ji³〔懿〕❶意思；意味。如：表情達意。❷心願；意向。如：意愿。❸人或事物流露的情態。如：春意；醉意。❹猜想；意料。如：出其不意。

【意匠】謂作文、繪畫等事的精心構思。

【意氣】❶意志和勇氣。❷意態；氣概。❸志趣性格。如：意氣相投。❹由於主觀、偏激而產生的任性的情緒。如：意氣用事。

【意中人】心中所眷戀的人。後亦指所愛慕的異性。

【意在言外】隱約其詞，不把正意說出，而使人能自意會。

愔 (yīn)⑧jem¹〔陰〕見"愔愔"。

【愔愔】❶安靜和悅的樣子。❷靜寂無聲的意思。

愕 (è)⑧ŋok⁹〔岳〕陡然一驚。如：駭愕；愕然。

愁 (móu)⑧meu⁶〔謀〕見"恂愁"。

愚 (yú)⑧jy⁴〔如〕❶愚笨。❷愚弄；欺騙。如：為人所愚。❸自稱的謙辭。如：愚見。

【愚蒙】猶愚昧。多用作自謙之辭。

【愚公移山】《列子·湯問》載，愚公因太行、王屋二山阻礙出入，想把山鏟平。有人笑他，他說："雖我之死，有子存焉；子又生孫，孫又生子；子又有子，子又有孫。子子孫孫，無窮匱也，而山不加增，何苦而不平？"現在用來比喻作事有頑強的毅力，不怕困難。

愛(爱) (ài)⑧ɔi³〔哀高去〕❶喜愛；愛好。如：愛國。引申為友愛。如：兄愛弟敬。❷特指男女間有情。如：戀愛。

【愛河】佛教以情欲為害，如河水之可以弱人，因稱愛河。後亦謂男女雙方在戀愛中為"共墮愛河"。

【愛屋及烏】愛其人而推愛及於與之有關的人或物。

【愛莫能助】謂雖同情却無力幫助。

愜(惬) (qiè)⑧hip⁸〔協〕快意；滿足。如：未愜人意。

【愜心】滿意；快意。

【愜當】(—dàng)即恰當。

感 (gǎn)⑧gɐm²〔錦〕❶感覺。如：自豪感。❷感觸；感動。如：百感交集。❸感動。如：感人肺腑。❹感染；感受。如：偶感風寒。❺感謝；感激。如：感恩；德感。

【感化】用潛移默化或勸導的方法使人思想逐漸起變化。

【感佩】感激不忘。亦謂感激和欽佩。如：感佩交并。

【感荷】(—hè)荷，承受。感荷，謂受惠承情而感謝。

【感慨】亦作"感概"。有所感觸而憤慨或慨嘆。

【感奮】感激振奮。

【感戴】感恩戴德。

【感懷】謂有感於心。詩人抒寫懷抱，常用作詩題。

【感觸】因接觸事物而引起的思想情緒。

愙 (kè)⑧kok⁸〔確〕同"恪"。謹慎；恭敬。亦作"恪"。

愣 "愣㊀"的異體字。

恪 "愙"的異體字。

惚 "總"的異體字。

悼 "惇"的異體字。

惚 "憁"的異體字。

愐 (miǎn)⑧min⁵〔免〕❶"緬"的本字。❷"勔"的本字。

愞 (nuò)⑧no⁶〔糯〕怯懦。

愬 "愬"的異體字。

愚 "愬"的異體字。

十　畫

愠(愠) (yùn)⑧wɐn³〔溫³〕❶含怒；怨恨。如：愠色。❷通"蘊"。蘊蓄。

愧 (kuì)⑧kwɐi⁵〔葵上上〕慚愧。如：愧不敢當。

【愧汗】因慚愧而流汗，形容慚愧之至。如：不勝愧汗。

【愧作】慚愧。

愬 同"愬"。

愫 (sù)⑧sou³〔素〕誠意；真情。

愬 "訴"的異體字。

愴(怆) (chuàng)粵tsɔŋ³〔創〕傷悲；凄愴。

愷(恺) (kǎi)粵hɔi²〔海〕和樂；歡樂。
【愷弟】亦作"豈弟"、"愷悌"、"凱弟"。和易近人。

懆 (cǎo)粵tsou²〔草〕見"懆佬"。
【懆佬】❶寂靜。❷心亂。

慎 (shèn)粵sɐn⁶〔是刃切〕❶謹慎；當心。如：慎重。❷千萬，表示禁戒。如：慎勿反。
【慎獨】謂在獨處無人時，自己的行為也必須謹慎不苟。
【慎終追遠】謂對父母的喪事，要辦得謹慎合理；祖先雖遠，須依禮追祭。

愾(忾) (kǎi)粵kɔi³〔概〕憤恨；憤怒。如：敵愾。

愿 (yuàn)粵jyn⁶〔縣〕❶謹慎老實。❷"願"的簡化字。

慁 (hùn)粵wɐn⁶〔運〕❶憂；受累。❷通"混"。混雜；紊亂。

滀 (yǒng)粵juŋ²〔湧〕見"慫滀"。

慄(栗) (lì)粵lɵt⁹〔律〕❶寒冷；恐懼；悲縮；因寒冷而發抖。如：戰慄。
【慄冽】猶凓冽，寒冷的意思。

慆 (tāo)粵tou⁴〔滔〕❶悅；娛樂。❷怠慢；偷惰。見"慆淫"。
【慆淫】怠惰縱樂。

慇 (yīn)粵jɐn¹〔因〕懇切；深厚。如：慇切；慇懃；期望甚慇。
【慇懃】情意懇切深厚，亦指懇切深厚的情意。

慈 (cí)粵tsi⁴〔詞〕❶本指父母的愛，引申為凡憐愛之稱。如：慈愛；慈祥。❷指對父母的孝敬奉養。❸慈母的省稱，多用以自稱其母。如：家慈。
【慈顏】母親的容顏。

慉 (xù)粵tsuk⁷〔促〕❶通"畜"。養。❷通"蓄"。蘊蓄；鬱積。

慊 ㊀(qiàn)粵him³〔欠〕恨；不滿。
㊁(qiè)粵hip⁸〔怯〕滿足；愜意。

態(态) (tài)粵tai³〔太〕❶姿容；體態。❷情狀；態度；風致。如：常態；情態。
【態勢】狀態和形勢。

慌 ㊀(huāng)粵fɔŋ¹〔方〕❶急遽；忙亂。如：不慌不忙。❷恐慌。如：心裏發慌。❸難受；如：悶得慌。
㊁(huāng)粵fɔŋ²〔訪〕通"恍"。見"慌惚"。
【慌張】驚慌失措的樣子。
【慌惚】(huǎng—)同"恍惚"。

愰 (huǎng)粵fɔŋ²〔訪〕見"愰懹"。
【愰懹】心神不定的樣子。

惆(㤘) (zhòu)粵dzɐu³〔縐〕固執；偏狹。

十一畫

慕 (mù)粵mou⁴〔務〕❶羨慕；仰慕。如：傾慕。❷依戀；思念。如：如怨如慕。
【慕名】仰慕他人的名氣。如：慕名而來。
【慕義】猶言好名。

慘(惨) (cǎn)粵tsam²〔雌減切〕❶凄慘；悲傷。如：慘不忍睹。❷殘酷；狠毒。如：慘無人道。
【慘怛】亦作"慴怛"。憂傷；痛悼。
【慘烈】極言寒冷。多用以形容景象凄慘。
【慘慘】❶暗淡無光的意思。❷心中憂鬱的意思。
【慘綠少年】"慘"即"黲"。慘綠，淡綠，指服色。本謂穿淡綠衣服的少年，後稱喜愛打扮、講究裝飾的青年男子。
【慘澹經營】苦心經營。

慨 (kǎi)粵kɔi³〔概〕❶感慨；歎息。❷慷慨，無所吝惜。如：慨允。
【慨然】❶慷慨的樣子；憤激的樣子。❷感慨的樣子。

慙 "慚"的異體字。

慝　㊀(tè)粵tik^{7}〔剔〕❶邪惡；惡念。❷陰氣。❸災害。
㊁(nì)粵nik^{7}〔匿〕通"匿"。

慟(恸)　(tòng)粵duŋ^{6}〔洞〕大哭；哀痛之至。

慢　(màn)粵man^{6}〔萬〕❶遲緩。與"快"相對。如：慢手慢腳。❷怠忽；輕忽。❸唐宋雜曲的一種體裁。因曲調舒緩而得名。

【慢世】謂任性放縱，不拘禮法，不以世人的毀譽爲意。

【慢易】❶疏忽；輕侮。❷形容聲音舒緩平和。

【慢條斯理】慢吞吞。

慣(惯)　(guàn)粵gwan^{3}〔掛晏切〕❶習慣；慣常。如：慣例。❷縱容；放任。如：寵慣；嬌生慣養。

【慣技】一貫使用的卑劣手段。

慥　(zào，舊讀cào)粵dzou^{6}〔做〕tsou^{3}〔燥〕(又)倉猝；急忙。

【慥慥】敦厚誠實的樣子。

慧　(huì)粵wɐi^{6}〔惠〕❶智慧；聰明。❷狡黠。

【慧眼】敏銳的眼力。

慫(怂)　(sǒng)粵suŋ^{2}〔聳〕❶見"慫慂"。❷驚恐。

【慫慂】亦作"縱臾"。從旁攛掇；鼓動。

慮(虑)　(lǜ)粵lœy^{6}〔類〕❶思考；謀劃。如：愚者千慮，必有一得。❷憂慮。如：顧慮。

慰　(wèi)粵wɐi^{3}〔畏〕安慰。如：慰問。

⿱常心　"常"的古字。

慱(⿰忄专)　(tuán)粵tyn^{4}〔團〕❶見"慱慱"。❷通"團"。圓滿。

【慱慱】憂苦不安的樣子。

慳(悭)　(qiān)粵han^{1}〔閒高平〕❶吝嗇。❷欠缺。如：緣慳一面。❸粵方言，節儉。

【慳吝】小氣；吝嗇。如：慳吝成性。

【慳囊】指吝嗇人的錢袋。

慴　"懾"的異體字。

慵　(yōng，舊讀yóng)粵juŋ^{4}〔容〕懶。

憏　(chì)粵tsɐi^{3}〔砌〕見"侘憏"。

慶(庆)　(qìng)粵hiŋ^{3}〔磬〕❶祝賀。如：慶豐收。❷可紀念慶賀的事。如：國慶。

【慶雲】一種彩雲，古人以爲祥瑞之氣。

慷　(kāng，舊讀kǎng)粵kɔŋ^{2}〔卡港切〕hɔŋ^{2}〔可港切〕(又)亦作"忼"。感慨。參見"慷慨"。

【慷慨】亦作"忼慨"。❶意氣激昂。如：慷慨就義。❷感慨；悲嘆。❸不吝嗇；大方。如：慷慨解囊。

慺(𢙐)　(lóu)粵lɐu^{4}〔留〕見"慺慺"。

【慺慺】勤懇；黽勉。

慼　(qī)粵tsik^{7}〔戚〕憂愁；悲哀。又作"戚"。

慽　"慼"的異體字。

慾　"欲❶"的異體字。

憀　(liáo)粵liu^{4}〔寥〕❶依賴。❷悲恨的情緒。

憃　(chōng)粵tsuŋ^{1}〔充〕愚蠢。

憂(忧)　(yōu)粵jɐu^{1}〔幽〕❶愁苦；憂慮。❷指父母之喪。如：丁憂。

【憂患】❶猶患難。❷憂慮。

慞　(zhāng)粵dzœŋ^{1}〔章〕見"慞惶"。

【慞惶】彷徨疑懼的樣子。

慚(惭)　(cán)粵tsam^{4}〔蠶〕羞愧。如：大言不慚；自慚形穢。

慪　(òu)粵ɐu^{3}〔漚〕引逗。如：慪氣；慪人笑。

慤(悫)　(què)粵kɔk^{8}〔確〕誠篤；忠厚。

⿱甜心　"憩"的異體字。

慜　(mǐn)粵mɐn^{5}〔敏〕同"敏"。

愓　"惕"的本字。

慓　(piào)粵piu³(漂)迅捷。見"慓悍"。

【慓悍】同"剽悍"。輕捷勇猛。

十二畫

憊(惫)　(bèi)粵bei⁶(備)bai⁶(敗)(又)疲乏。

憋　(bié)粵bit⁸(鱉)悶在心裏。如：憋氣；心裏憋得慌。

憍　(jiāo)粵giu¹(嬌)同"驕"。

憎　(zēng)粵dzeŋ¹(增)恨，厭惡。如：愛憎分明；面目可憎。

憐(怜)　(lián)粵lin⁴(連)❶哀憐；同情。如：同病相憐。❷寵愛；愛惜。

憒(愦)　(kuì)粵kui²(潰)昏亂；糊塗。如：發聾振憒。

【憒眊】昏亂，不明事理。

【憒憒】❶昏亂。❷糊塗。

憓　(huì)粵wei⁶(衛)亦作"譓"。順服。

憔　(qiáo)粵tsiu⁴(潮)見"憔悴"。

【憔悴】困頓萎靡的樣子。

憖(慭)　(yìn)粵jen⁶(刃)❶寧願。❷損傷；殘缺。

【憖憖】❶謹慎的樣子。❷倔強的意思。

憙　(xǐ)粵hei²(喜)同"喜"。

憚(惮)　(dàn)粵dan⁶(但)❶怕，畏懼。❷通"癉"。勞。

【憚煩】怕麻煩。

嬋　同"憚"。

憝　(duì)粵dœy⁶(隊)❶怨恨。❷奸惡。如：大憝。

懟(憝)　(duì)粵dœy⁶(隊)同"憝"。怨恨；憎惡。

憧　(chōng)粵tsuŋ¹(沖)❶心意不定。❷痴呆；愚蠢。❸見"憧憬"。

【憧憧】形容搖曳不定或往來不定。

【憧憬】嚮往；理想中的境界。如：憧憬着更美好的未來。

憨　(hān)粵hem¹(堪)傻氣。如：憨直；憨笑。

憩　(qì)粵hei³(器)休息。

憪(悯)　(xián)粵han⁴(閒)閑適。

憫(悯)　(mǐn)粵men⁵(敏)❶憐恤。如：其情可憫。❷憂鬱。

憬　(jǐng)粵giŋ²(景)❶覺悟。如：憬然有悟。❷見"憧憬"。

憭　㊀(liǎo)粵liu⁵(了)明白。㊁(liáo)粵liu⁴(遼)見"憭慄"。

【憭慄】(liáo—)淒涼；寒冷。

憮(怃)　(wǔ)粵mou⁵(武)❶愛憐。❷悵然失意的樣子。❸通"嫵"。嫵媚。

憲(宪)　(xiàn)粵hin³(獻)❶法令。如：立憲；憲政。❷見"憲章"。

【憲章】❶典章制度。❷效法。❸具有憲法作用的文件。

憦　同"愕"。

慤　同"愨"。

憯　(cǎn)粵tsam²(慘)同"慘"。慘痛。

【憯怛】憂傷；痛悼。

憑(凭)　(píng)粵peŋ⁴(朋)❶靠着。如：憑欄遠眺。引申為依據，依靠。如：憑陵據守。❷證據。如：憑單；憑據實據。❸任憑。如：憑你怎麼說。

【憑弔】對遺迹而悼念古人或感慨往事。

【憑陵】同"馮陵"。侵擾。

【憑眺】居高眺遠。

十三畫

憤(愤)　(fèn)粵fen⁵(奮)❶忿怒；怨恨。❷鬱結。如：發憤。參見

"憤悱"。

【憤悱】指心中蘊藏的思慮。

【憤慨】憤恨悲慨。今指氣憤不平。

【憤激】忿怒而激動。

【憤懣】煩悶;抑鬱不平。

憶(忆) (yi)粵jik⁷[弋] ❶思念。如:憶故人。❷回憶。如:憶昔。

憸(佥) (xian)粵tsim¹[簽]邪佞。

【憸壬】巧言諂媚、行為卑鄙的人。

憺 (dàn)粵dam⁶[啖] ❶安然。❷通"懔"。使人畏懼;震動。

憾 (hàn)粵ham⁶[撼] ❶恨。❷心感不足;不滿意。如:遺憾。

懂 (dǒng)粵dung²[董] ❶瞭解;明白。如:懂事。❷見"懵懂"。

懃 (qín)粵ken⁴[勤] ❶愁苦;擔心。❷殷切盼望。

懆 (cǎo)粵tsou²[草]見"懆懆"。

【懆懆】憂愁的樣子。

懇(恳) (kěn)粵hen²[很] ❶誠懇;忠誠。❷請求。如:敬懇。

【懇切】(-qiè)誠懇殷切。

懈 (xiè)粵hai⁶[械]懈怠;鬆弛。如:努力不懈。

應(应) ㊀(yìng)粵jing³[意慶切] ❶應答。如:應對。❷應和。如:山鳴谷應。❸接受。如:應聘;應徵。❹應付;對待。如:應戰;隨機應變。❺適應;適合。如:應景;得心應手。㊁(yíng)粵jing¹[英] ❶該當。如:應興應革。❷允許。如:應允;應許。

【應卯】舊時官吏役每晨卯時到衙署聽候點名,稱為"應卯";亦用以比喻循例到場,敷衍了事。

【應制】指奉皇帝之命而寫作詩文。

【應募】應招募的命令。

【應運】本謂順應天命,現指順應時機。

【應舉】指參加科舉考試。明清稱應鄉試為"應舉"。

【應聲蟲】傳說從前有人腹中生蟲,人說話即應聲。後以"應聲蟲"比喻毫無主張、隨聲附和的人。

【應接不暇】形容景物繁多,來不及觀賞。後多用以形容人事紛繁,一時來不及應付。

懊 (ào)粵ou³[澳]煩惱;悔恨。

【懊喪】(-sàng)因失意而沮喪。

【懊惱】煩惱。

【懊憹】❶(-náo)痛悔。❷(-nǎo)同"懊惱"。

懋 (mào)粵mou⁶[茂] ❶勤勉。❷通"茂"。盛大。如:懋典;懋績。

憹(侬) ㊁(náo)粵nou⁴[奴]見"懊憹❶"。㊁(nǎo)粵nou⁵[努]見"懊憹❷"。

懌(怿) (yì)粵jik⁹[亦]喜悅。

懍 (lǐn)粵lem⁵[廩]危懼;戒懼。

【懍懍】危懼的樣子。

憼 (jìng)粵ging³[竟]同"儆"。戒備。

憷 (chǔ)粵tsɔ²[楚]痛楚。

十四畫

懕(厌) (yan)粵jim¹[淹]見"懕懕"。

【懕懕】精神不振的樣子。

懟(怼) (duì)粵dœy⁶[隊]怨恨。

懣(懑) (mèn)粵mun⁶[悶]憤;悶。

懤(悭) (chóu)粵tseu⁴[酬]見"懤懤"。

【懤懤】憂愁的樣子。

懦 (nuò)粵nɔ⁶[糯]怯懦;軟弱。如:懦夫。

懨(恹) (yan)粵jim¹[淹]同"懕"。

懞 (méng)粵mug⁴[蒙]忠厚的樣子。

十五畫

懥 (zhì)粵dzi³[至]憤怒。

懩 (yāng) 粵 jœŋ⁵ [仰] 同 "癢"。見 "技癢"。

惆 (憹) (liú) 粵 lɐu⁴ [流] ❶美好。❷停留。❸見 "懰慄"。
【懰慄】憂傷；悲愴。

懲 (惩) (chéng) 粵 tsiŋ⁴ [情] ❶戒止。如：懲前毖後。❷懲罰；懲戒。
【懲一警百】"警"亦作 "儆"。同 "以一警百"。
【懲忿窒欲】克制忿怒，抑止嗜欲。
【懲前毖後】把過去的錯誤作爲教訓，使以後可以謹慎，不至重犯。
【懲羹吹虀】"虀"同 "齏"，細切的冷食肉菜。謂人被熱羹燙過，心懷戒懼，吃虀時也要吹一下。比喻遇事小心過甚。

十六畫

懵 ㊀(méng) 粵 muŋ⁴ [蒙]無知的意思。㊁(měng) 粵 muŋ⁵ [磨勇切] muŋ² [魔湧切] 又見 "懵懂"。
【懵懂】"懵—"亦作 "懞懂"。糊塗。如：聰明一世，懵懂一時。
【懵騰】亦作 "懜騰"。半睡半醒；朦朧迷糊。

懶 (懒) (lǎn) 粵 lan⁵ [離勇切] 懶惰。

懷 (怀) (huái) 粵 wai⁴ [淮] ❶胸前。如：抱在懷裏。❷懷藏。如：不懷惡念。❸想念。如：懷念。❹心意。如：正中下懷。❺安撫。見 "懷遠"。
【懷春】謂少女春情初動，有求偶之意。
【懷柔】指統治者用政治手段籠絡人心，使之歸服。
【懷遠】安撫遠方的人。
【懷璧】懷藏美玉。舊時用以比喻有才能而遭嫉害。
【懷瑾握瑜】瑾、瑜，都是美玉。比喻人具有純潔優美的品德。

懸 (悬) (xuán) 粵 jyn⁴ [元] ❶吊掛。如：懸燈結彩。❷牽掛。如：懸念。❸憑空，無所依據。見 "懸斷"。❹懸空，無所依傍。如：懸腕。❺遙遠；遠隔。如：懸絕；懸殊。引申爲久延不決。見 "懸案"。

【懸河】❶形容瀑布。❷形容說話滔滔不絕或文辭流暢奔放。見 "懸河寫水"、"口若懸河"。
【懸殊】相差極遠；區別極大。
【懸案】拖延很久、尚未解決，或一時不能解決、留待日後處理的案件或事件。
【懸旌】掛在空中隨風飄蕩的旌旗，比喻心神不定。
【懸梁】❶拴頭髮於屋梁上，以防入睡。比喻苦學。❷自縊。
【懸壺】謂行醫。
【懸磬】亦作 "懸罄"。形容空無所有，貧窮之極。
【懸斷】憑空推斷。
【懸崖勒馬】比喻到了危險的邊緣，及時醒悟回頭。

懿 同 "懿"。

十七畫

懺 (忏) (chàn) 粵 tsam³ [杉] ❶懺悔。❷和尚爲人拜禱懺悔的迷信活動。如：拜懺。亦指拜懺所念的經。
【懺悔】認識了過去的錯誤或罪行而感痛心。

十八畫

懼 (惧) (jù) 粵 gœy⁶ [巨]害怕；恐懼。
【懼內】妻有內子之稱，因謂怕妻子爲 "懼內"。

懺 同 "忡"。

懽 "歡"的異體字。

懾 (慑) (shè，舊讀 zhè) 粵 sip⁸ [攝] dzip⁸ [接] ❶恐懼；害怕。❷服。
【懾伏】因畏懼而屈服。亦作 "懾伏"。

懿 (yì) 粵 ji³ [意]美。舊時多用於稱美德行。亦用爲稱美婦女之辭。如：懿範。
【懿旨】皇太后或皇后的詔令。

十九畫

戀(恋) (liàn)粵lyn2〔拉苑切〕愛慕不捨。如：依戀；戀羣。也特指男女之愛。如：戀人；熱戀。

【戀棧】比喻貪戀祿位。

【戀戀】亦作"孿孿"。留戀；顧念。如：戀戀不捨。

慇(慹) (nán)粵nan5〔尼晚切〕恐懼。

二十畫

懺(惝) (tǎng，又讀 chǎng)粵tɔŋ2〔倘〕同"惝"。見〔懺怳〕。

【懺怳】同"惝怳"。失意的樣子。

二十一畫

戁 "戀"的異體字。

二十四畫

戇(戆) (gàng，讀音 zhuàng)粵dzɔŋ3〔壯〕ŋɔŋ6〔昂低去〕(又)愚而剛直。

【戇直】剛直。

戈　部

戈 (ge)粵gwɔ1〔瓜柯切〕中國古代主要兵器。

一　畫

戉 (yuè)粵jyt9〔月〕"鉞"的本字。大斧。

戊 (wù)粵mou6〔務〕天干的第五位。因為五的代稱。見"戊夜"。

【戊夜】五更天。

二　畫

戌 (xu)粵sœt7〔恤〕❶地支的第十一位。❷十二時辰之一，十九時至二十一時。

戍 (shù)粵sy3〔恕〕軍隊駐防。如：戍邊。

戎 (róng)粵juŋ4〔容〕❶古代兵器的總稱。❷軍旅、軍士的代稱。如：從戎；戎機。❸征伐；戰爭。❹中國古代居住在西部的民族。

【戎行】(—háng)謂軍隊。亦指軍旅之事。

【戎馬】❶軍馬。❷指軍事。如：戎馬倥傯。

【戎裝】軍人裝束。

三　畫

成 (chéng)粵siŋ4〔乘〕❶完功；成就。如：有志者事竟成；成人之美。❷成為；變成。如：玉不琢，不成器。❸成果。如：坐享其成。❹成熟；已成。如：成年；成例。❺整。如：成千成萬。❻十分之一。如：八成新；三成。❼可；能行。如：這麼辦可不成。❽表示有能力。如：他可真成！

【成丁】舊時男女成年叫"成丁"。

【成竹】比喻處理事情的成算。如：胸有成竹。

【成全】幫助別人達到某種願望，或保全其名譽、事業等。

【成見】猶定見，固執的主見。如：消除成見。

【成命】❶猶言定命。❷指已發佈的命令或指示、決定。如：收回成命。

【成服】舊俗喪禮中死者的親屬穿上喪服叫成服。如：遵禮成服。

【成規】前人制定的規章制度。亦謂老規矩、老辦法。如：墨守成規。

【成語】熟語的一種。長期以來慣用的、簡潔、精闢的固定詞組或短句。在漢語中多數由四個字組成。

【成說】❶猶成約、成議。❷已定的學說、著述。

【成算】已定的計劃。

【成器】成為有用的人。

【成人之美】勉勵並幫助別人為善。今謂幫助別人實現其願望。

我 (wǒ)粵ngo⁵[俄低上]自稱之詞。也指自己的一方。如：分清敵我。

【我行我素】自行其是；不管人家怎樣，只顧按照自己平素的一套去做事。

戒 (jiè)粵gai³[介]❶防備。如：戒備。❷警惕之意。如：戒驕戒躁。❸佛教名詞，禁制之意。如：受戒。引申為戒除。如：戒煙。

【戒尺】❶佛教說戒時的用具；為兩塊小木，一俯一仰，仰的稍大，俯的覆在仰的上面。說戒時將俯的木塊向下敲擊，發出聲響，使聽者集中注意力。❷舊時塾師對學童施行體罰的木尺，又叫戒方。

【戒旦】黎明時警人睡醒。亦指黎明。

【戒嚴】警戒。今指國家在戰時或其他特殊情況下，在全國或局部地區採取的嚴格的警戒措施。

四　畫

戔(戈) (jiān)粵dzin¹[煎]見"戔戔"。

【戔戔】❶衆多。❷少。如：戔戔之數。

(qiáng，舊讀qiáng)粵tsœŋ⁴[祥]殺害；殘害。

【戕賊】傷害；殘害。

或 ㊀(huò)粵wak⁶[劃]❶或者，也許。如：或此或彼，必居其一。❷某人，有人。如：或告之曰。❸通"惑"。迷惑。
㊁"域"的古字。

【或然】有可能而不一定。如：或然之辭。

戡 (kān)粵hɐm¹[堪]❶同"戡"。❷同"堪"。

七　畫

戚 (qī)粵tsik¹[斥]❶古兵器名，斧的一種。❷親近。亦謂親屬關係人。❸憂愁；悲傷。如：休戚相關。

【戚戚】❶憂懼的樣子。❷心動。

戛 (jiá)粵gat⁸[加壓切]古兵器名，即戟。一說長矛。

【戛戛】❶象聲詞。物相擊聲。❷形容困難而費力。

【戛然】❶鳥鳴聲。❷止住。如：戛然而止。

【戛戛獨造】形容文辭的別出心裁，富有獨創性。

八　畫

戟 (jǐ)粵gik⁷[擊]❶古代兵器。將戈、矛合成一體，既能直刺，又能橫擊。❷刺激。

㦸 同"戟"。

戞 "戛"的異體字。

九　畫

戡 (kān)粵hɐm¹[堪]攻克；平定。

戢 (jí)粵tsɐp⁷[輯]❶收藏；聚集。❷收斂；止息。

【戢迹】匿迹。亦謂退隱。如：戢影家園。

戣 (kuí)粵kwɐi⁴[葵]古代戟一類的兵器。

戥 (děng)粵dɐŋ²[等]戥子，亦作"等子"。一種稱量金銀、藥品等所用的小秤。也指用戥子稱東西：放上戥子戥了戥。

戤 (gài)粵kɔi³[概]指假冒商品牌號圖利。如：戤牌。

十　畫

戩(戩) (jiǎn)粵dzin²[剪]❶殲滅。❷福；吉祥。

截 (jié)粵dzit⁹[捷]❶切斷。如：斬釘截鐵。引申為斬斷。如：斬截。❷攔阻。如：截後路。❸段。如：上半截。

【截然】界限分明，像割斷一樣。

【截長補短】截取多餘的部分來彌補不足的部分。

戧(戗) ㊀(qiāng)[粵]tsœŋ^{1}〔昌〕❶逆；迎頭。如：戧風。❷決裂。如：話說戧了。
㊁(qiàng)[粵]tsœŋ^{3}〔唱〕❶支持；支撐。如：牆歪了，得戧上根木頭。❷塡。見“戧金”。
【戧金】(qiàng—)器物上作嵌金的花紋。

十一畫

戮 (lù)[粵]luk^{9}〔錄〕❶殺。❷見“戮力”。
【戮力】合力；盡力。

戭 (yǎn，又讀yǐn)[粵]jin^{2}〔演〕jen^{5}〔引〕(又)長槍。

𢧵 “截”的本字。

戱 “戲”的異體字。

十二畫

戰(战) (zhàn)[粵]dzin^{3}〔箭〕❶戰爭；作戰。如：身經百戰。❷泛指角勝負，比高下。如：舌戰；論戰。❸通“顫”。發抖。
【戰書】古時戰爭一方向另一方挑戰的文書。
【戰略】❶戰爭的方略。❷泛指重大的、帶全局性或決定全局的謀劃。如：戰略部署。
【戰慄】發抖；恐懼。
【戰戰兢兢】畏懼戒愼的樣子。

十三畫

戲(戏) ㊀(xì)[粵]hei^{3}〔氣〕❶遊戲。如：嬉戲。❷嘲弄；調笑；逗趣。如：戲言。❸歌舞、雜技等的表演。今爲戲劇的通稱。如：地方戲；花鼓戲。
㊁(hū)[粵]fu^{1}〔呼〕通“呼”。見“於戲”。
【戲言】開玩笑的話。

十四畫

戳 (chuō)[粵]tsœk^{8}〔綽〕❶刺。引申爲刺激或拆穿。如：說話戳心；戳穿內幕。❷戳記的簡稱。如：蓋戳。
【戳記】圖章；印記。

戴 (dài)[粵]dai^{3}〔帶〕❶加在頭上或用頭頂着。如：戴帽子；不共戴天。引申爲插上、架上或套上。如：戴花；戴手套。❷尊奉；擁護。如：擁戴。
【戴高帽】謂以吹捧、恭維別人爲給人戴高帽。謂妄自張大，喜人稱讚爲好戴高帽。

戶　部

戶 (hù)[粵]wu^{6}〔互〕❶本謂單扇的門，引申爲出入口的通稱。如：門戶；窗戶。❷人家。如：千家萬戶。❸帳冊登記的戶頭。如：存戶；帳戶。
【戶部】隋唐至明清中央行政機構的六部之一。掌管全國土地、戶籍、賦稅、財政等事。
【戶牖】門窗。引申爲門戶。指學術上的派別。
【戶限爲穿】門檻都踏穿了，形容進出的人很多。戶限，門檻。
【戶樞不朽】戶樞，門的轉軸；朽，朽壞。比喻人體經常運動鍛煉可以不生病。

一　畫

戹 “厄”的異體字。

三　畫

戺 (shì)[粵]si^{6}〔是〕階旁所砌的斜石。

戼 “卯”的異體字。

四　畫

戽 (hù)[粵]fu^{3}〔富〕汲水灌田，其器名戽斗。

戾
⊖(lì)⑧lœy⁶〔淚〕❶乖張；暴戾。引申爲違反。❷罪過。
⊜(liè)⑧lit⁴〔列〕彎曲；扭轉。

房
(fáng)⑧foŋ⁴〔防〕❶房屋。如：樓房；庫房。也指房間。如：書房。❷指妾妻。如：塡房；偏房。❸指家族的分支。如：長房；遠房。❹某些物體中分隔開的類似房間的各個部分。如：蜂房；蓮房；心房。

【房官】"房考官"的簡稱。明清科舉制，鄉、會試的同考官，分房閱卷，稱房考官。

【房東】出租房屋的人。

【房中術】古代方士謂房中節欲、養生保氣之術。

所
(suǒ)⑧sɔ²〔鎖〕❶處所。如：各得其所。特指作爲機關或特種用途的處所。如：招待所；診療所。❷猶座，多用於房屋的量詞。如：樓房一所。❸助詞。(1)表被動。如：爲奸人所害。(2)構成名詞性結構。如：問女何所思？

五　畫

扁
⊖(biǎn)⑧bin²〔匾〕❶"匾"的本字。見"扁額"。❷面闊而體薄。如：扁平；壓扁。
⊜(piān)⑧pin¹〔偏〕小。見"扁舟"。

【扁舟】(piān—)小舟。

【扁額】同"匾額"。掛在廳堂或亭榭上的題字橫額。

扃
⊖(jiōng)⑧gwiŋ¹〔瓜英切〕❶門窗箱櫃上的插關。❷門窗；門戶。❸關鎖。
⊜(jiǒng)⑧gwiŋ²〔迥〕通"炯"。見"扃扃"。

【扃扃】(jiǒng jiǒng)明察。扃，通"炯"。

六　畫

廖
(yì)⑧ji⁴〔移〕見"廀廖"。

扆
(yǐ)⑧ji²〔倚〕宮殿上設在戶牖之間的屏風。

扇
⊖(shàn)⑧sin³〔線〕❶門扇；窗扇。因亦以計門窗及稱扇之數。如：一扇門；兩扇窗。❷扇子。如：紙扇。❸古代障塵蔽日的用具。如：掌扇。
⊜(shān)⑧同⊖❶通"搧"。搖扇生風。如：扇爐子。❷通"煽"。扇動。

【扇動】(shān—)慫恿；鼓動。亦作"煽動"。

七　畫

扈
(hù)⑧wu⁶〔戶〕侍從；養馬的僕役。如："扈從"。

【扈從】❶(—zòng)皇帝出巡時的護駕侍從人員。❷隨從護駕。

【扈蹕】謂護從皇帝車駕。

八　畫

扉
(fēi)⑧fei¹〔非〕門扇。如：柴扉。

廄
(yǎn)⑧jim⁵〔染〕見"廀廖"。

【廀廖】門閂。

手　部

手
(shǒu)⑧sɐu²〔首〕❶人體上肢的總稱，一般指腕以下的部分。也指有些動物身上像人手伸出的感觸器。如：觸手。❷執；持。如：人手一册。❸親手。如：手書；手植。❹指擔任或參加行動的人。如：人手；打手。❺指專司或專精某事的人。如：水手；能手。❻表示動作的開始或結束。如：着手；得手。

【手下】❶猶手頭。如：手下留情；手下敗將。❷猶部下。

【手札】猶手書。親手寫的書信。

【手民】古代指木工。今亦稱排字工人爲"手民"。

【手刺】舊時官場中拜謁時所用親筆寫的名帖。

【手卷】書畫裝成橫幅的長卷，只供案頭觀

賞，不能懸掛。

【手迹】❶親手所做的事。❷謂親手所留的墨迹。

【手書】❶親手寫的字；親筆；筆迹。❷親手寫的書信。

【手詔】皇帝親手寫的詔書。

【手摺】舊時下屬向上司申述意見或稟陳公事所用的摺子，大都親手呈遞，故曰"手摺"。❷舊時商業上記載交易的摺子。

【手澤】原意為手汗所沾潤。借指先人的遺物。

【手不釋卷】釋，放下；卷，書卷。形容勤學不倦。

【手忙腳亂】形容做事忙亂，沒有條理。

【手足無措】措，置放。形容臨事慌張，不知如何是好。

【手舞足蹈】形容極其快樂。

才 ㊀(cái)粵tsoi⁴〔財〕❶才能。如：德才兼備；多才多藝。亦指有才能的人。❷通"材"。❸通"纔"。

【才具】才能；才幹。

【才俊】才能出眾的人。

【才略】軍事或政治上的才幹和謀略。

【才華】表現於外的才能，多指文才。

【才調】(—diào)才情。

【才器】才氣；胸襟。

一 畫

扎 ㊀(zhā)粵dzat⁸〔札〕❶刺。如：扎針。❷鑽。如：扎猛子(游泳時頭朝下鑽入水中)。
㊁(zhá)粵同㊀見"掙扎"。
㊂同"紮"。

【扎煞】亦作"查沙"。張開。如：扎煞着手。

【扎實】❶結實。如：身體很扎實。❷踏實。如：工作扎實。

二 畫

扐 (lè)粵lɐk⁹〔離麥切〕手指之間。古代筮法以所數蓍草的零餘夾在手指間，故亦指奇零之數。

扑 "撲"的簡化字。

扒 ㊀(bā)粵pa⁴〔爬〕❶攀援。如：扒着牆頭兒。❷挖掘。如：扒坑；扒溝。❸脫掉；剝下。如：扒下衣裳；扒皮。
㊁(pá)粵同㊀通"爬"。搔；抓。如：扒癢。❷用耙把東西聚攏。如：扒草。

【扒手】(pá一)從別人身上偷竊財物的小偷。也作"爬手"。

打 ㊀(dǎ)粵da²〔低啞切〕❶敲擊；拍打。如：打鼓；打鐘。❷攻擊；攻。如：三打祝家莊。❸與某些動詞結合成為一個詞，表進行之意。如：打掃；打扮。❹習慣上各種動作的代稱。如：打水(取水)；打草稿(起草)。❺自，從。如：打哪兒來？
㊁(dá)粵da¹〔低鴉切〕英語dozen的音譯。一打是十二個。

【打岔】把別人的話頭或工作打斷。如：你別打岔，聽我說下去。

【打圍】古代指打獵時合圍，後泛稱打獵。

【打場】穀物收割後，曬乾，用人力、畜力或機械脫粒。

【打量】❶觀察；端相。❷以為；估計。

【打緊】要緊。

【打趣】用戲謔方式或俏皮話取笑人。

【打樣】❶工程上作的設計製圖。❷書報排版後印出供校對用的樣張。

【打諢】以詼諧語湊趣助興。戲曲、曲藝中逗趣的穿插，稱插科打諢。

【打點】收拾；準備。亦指用錢財疏通，託人照應。

【打醮】道士設壇祭禱以求福消災的一種活動。

【打攪】猶言打擾。又道謝語。受人招待或請人幫助，臨別時用來表示謝意。

【打秋風】指利用各種關係、借口向人家求取財物，作為贈與。也簡作"秋風"。參見"抽豐"。

【打擂臺】指設臺比武。現在也用來稱相互競賽。

【打邊鼓】亦作"敲邊鼓"。比喻從旁助勢或幫襯。

【打退堂鼓】亦作"打散堂鼓"。本指舊官吏坐堂問事畢，擊鼓退堂。今常以比喻遇到困難就撒手不幹。

【打草驚蛇】指作事不密，反使對手有所警戒，預作防備。

扔 (rēng)粵win¹[蛙英切]❶擲；投。如：扔球；扔手榴彈。❷拋棄；丟掉。

三　畫

托 (tuō)粵tok⁸[拓]❶用盤子或手掌承着。如：和盤托出；托着下巴。引申為陪襯，襯托。如：烘雲托月。❷承托器皿的座子。如：茶托。❸通"託"。
【托鉢】同"拓鉢"。

扛 (gāng)粵gɔŋ¹[江]❶用兩手舉重物。見"扛鼎"。❷兩人或兩人以上共抬一物。
㊀(káng)粵kɔŋ¹[卡康切]以肩承物。如：扛槍。
【扛鼎】把鼎舉起來。用以形容勇武有力。

扞 (hàn)粵hɔn⁶[汗]見"扞格"。❷通"捍"。
㊀(gǎn)粵gɔn²[趕]同"擀"。
【扞格】互相抵觸，格格不入。

扢 ㊀(gē)粵gwet⁷[骨]❶通"疙"。見"扢禿"。❷見"扢搭"。
【扢禿】(gē—)亦作"疙禿"。突起的頭瘡。
【扢搭】(gē—)❶一下子；忽地。❷猶疙瘩結子。

扣 (kòu)粵keu³[叩]❶套住；牽住。如：一環扣一環。❷從中減除；打折頭。如：七折八扣，不折不扣。❸結子。如：繩扣兒；繫一個活扣兒。❹同"叩"。敲擊。❺盆子上扣着一個碗。引申為戴上。❻通"釦❷"。
【扣槃捫燭】蘇軾《日喻說》載，有盲者不知日的形狀，有人告訴他日的形狀如銅槃子，光芒如燭光。盲者扣槃捫燭，便以為是日。後因以"扣槃捫燭"比喻認識片面、不正確。槃，亦作"盤"。

扦 (qiān)粵tsin¹[千]❶用以通物或剔除污垢的尖狀物。如：火扦；牙扦。❷插；貫穿。如：用針扦連。❸拳術手法之一，握手成半拳，擊對方上部。❹通"鍁"。吳方言，修剪之意。如：扦腳。
【扦手】舊時關卡上查驗貨物的人常常用鐵扦插進裝粉末狀或顆粒狀貨物的瓶袋等，以取出樣品來查看，故稱"扦手"，也稱"扦子手"。

扤 (wù)粵ŋet⁹[迄]搖。

扠 (chā)粵tsa¹[叉]以叉刺取。如：扠魚。亦即謂刺取魚鱉的叉。

四　畫

扭 (niǔ)粵neu²[紐]❶轉動。如：扭轉身子。❷擺動。如：扭捏。❸揪住。如：扭打。❹摔；拗。如：把樹枝扭斷。❺扳轉，轉動。如：扭轉局面。
【扭捏】行走時身體故意扭動。借以形容言語動作裝腔作勢，不大方、不爽快。亦作"扭扭捏捏"。

扮 ㊀(bàn)粵ban³[巴晏切]裝扮；打扮。
㊀(bàn)粵ban⁶[辦]化裝。如：扮演。

扯 ㊀(chě)粵tse²[且]❶拉；撕。如：扯住不放；把紙扯得粉碎。❷漫無邊際的談話。如：開扯。
【扯淡】胡說亂道；開扯。

抃 (biàn)粵bin⁶[辮]鼓掌，表示歡欣。

扳 ㊀(bān)粵pan¹[攀]❶拉；撥動。如：扳開關；扳槍機。❷扭轉，挽救。如：扳回一局。
㊀(pān)粵同㊀通"攀"。援引；挽引。

扶 (fú)粵fu⁴[符]❶支持；攙扶。如：扶持。❷幫助；支援。如：抑強扶弱。
【扶病】帶病勉強行動或做事。
【扶桑】❶植物名。亦稱"朱槿"、"佛桑"。產於中國，廣栽於南方。全年開花，為著名觀賞植物。❷神話中樹木名。❸中國對日本的舊稱。
【扶將】攙扶持，攙扶。
【扶疏】❶枝葉茂盛分披的樣子。❷猶婆娑，形容舞動的姿態。
【扶搖】急劇盤旋而上的暴風。亦形容盤旋而

上。如：扶搖直上。

批 (pī)[粵]pɐi1〔披西切〕❶手擊。參見"批頰"。❷排除。❸削。❹觸。見"批逆鱗"。❺批判。❻評判。如：批改文章；審批文件。❼公文的一種。即批示。❽大量，用於買賣貨物。如：批發；批購。❾量詞。如：一批新產品。

【批駁】❶對錯誤的言論或行爲加以批判和駁斥。❷舊時公務機關對下級呈請事項批示駁斥，不予照准，叫"批駁"。

【批頰】打耳光。

【批逆鱗】比喻臣下敢於直諫觸犯君主。也比喻弱國觸犯强國。

【批亢擣虛】亢，咽喉，喻要害。謂抓住要害乘虛而入。

【批郤導窾】(郤xì)郤，間隙；窾，空。謂在骨頭接合處批開，無骨處則就勢分解。比喻處理問題善於從關鍵處入手，因而順利解決。

扺 (zhǐ)[粵]dzi2〔止〕擊；拍。如：扺掌。

扼 (è)[粵]ɐk7 ak7〔握〕(又)亦作"搤"。❶用力掐住。❷把守。

【扼要】❶扼據要衝。❷發言或寫文章能抓住要點。如：文字簡練，內容扼要。

【扼腕】用手握腕。表示情緒的激動、振奮或惋惜。

找 (zhǎo)[粵]dzau2〔爪〕❶覓取；尋求。如：找材料；找東西。❷把多餘的部分退回；補不足。如：找錢；找補。

承 (chéng)[粵]siŋ4〔成〕❶受。❷蒙受；接受。一般用作謙辭。如：承情；承教。❸奉；順承。❹繼承；繼續。如：承上啓下。❺承擔。如：承印。

【承平】相承平安之意。

【承望】指望；料到。

【承塵】❶古代在座位頂上設置的帳子。❷天花板。

【承歡】迎合他人的意思以博取歡心。舊時多用以指侍奉父母。

【承露盤】漢武帝好神仙，作承露盤以承甘露，以爲服食之可以延年。

【承先啓後】繼承前代的並啓發後代的(多用於學問、事業等)。

技 (jì)[粵]gei6〔忌〕❶技藝；本領。如：一技之長。❷工匠。

【技癢】亦作"伎癢"、"技懩"。謂人擅長或愛好某種技藝，一遇機會，急欲有所表現，好像身體發癢不能自忍。

抄 (chāo)[粵]tsau1〔雌敲切〕❶謄寫；照錄原文。如：照抄；抄本。❷掠奪。❸搜查；沒收。如：抄家。❹從側面走捷徑。如：抄近道。

【抄胥】抄，亦作"鈔"。胥，舊時衙署中的辦事員。抄胥是專做抄寫工作的人。

【抄襲】❶繞到敵人的背面或側面進行突擊。❷竊取別人的文章以爲己作。

抆 (wěn)[粵]mɐn5〔刎〕mɐn2〔媽很切〕(語)擦拭。如：抆淚。

抉 (jué)[粵]kyt8〔決〕挑出；剔出。

【抉擇】挑選；選擇。

把 ㊀(bǎ)[粵]ba2〔靶〕❶執；持。如：把酒言歡。❷掌握。如：把舵。❸一手所握的。引申爲器物的量名。如：一把米；一把刀。又引申爲約摸的意思。如：千把人。❹東西捆成的小束。如：柴把。❺把守；看守。如：把關。❻猶言拿。對付的意思。如：你打算把我怎麼樣？也有對人或物怎樣處置的意思。如：把這封信寄出去。

㊁(bà)[粵]同㊀器物上便於握持的部分；柄。如：刀把兒；鋤把子。

【把柄】刀劍之類的把手。比喻可以用來要挾的事。如：抓住把柄。

【把持】謂攬權專斷，不讓他人參與。

【把袂】拉住衣袖，猶言握手。謂會晤。

【把戲】❶魔術、雜耍一類技藝的俗稱。❷詭計；花招。

抑 (yì)[粵]jik7〔益〕❶遏止；壓制。如：抑制。❷抑下；低沉。見"抑揚頓挫"。❸抑或；還是。

【抑揚】❶音調有節奏地或高或低。❷猶沉浮。❸猶褒貶。

【抑塞】❶阻抑。❷抑鬱。

【抑揚頓挫】形容聲音高低轉折，和諧悅耳。

抒 (shū)[粵]sy1〔書〕❶表達；傾吐。如：各抒己見。❷發泄。如：抒憤。

抓 (zhuā)粵dza¹〔渣〕dzau²〔爪〕(又)❶用手或爪取物。如：抓了一大把米；老鷹抓去一隻雞。引申爲捉拿。如：抓賊。❷搔。

抔 (póu)粵pɐu⁴〔爬牛切〕用手捧。

投 (tóu)粵tɐu⁴〔頭〕❶抛擲；丟棄。如：投筆從戎。❷投入。如：自投羅網。❸投奔。如：棄暗投明。❹投贈。如：投桃報李。❺到；臨。參見"投老"。❻合得來。如：意氣相投；情投意合。引申爲迎合。如：投其所好。

【投老】到老；垂老。

【投死】猶言效死。

【投杼】《戰國策·秦策二》載，曾參居費邑，有與曾參同姓名的人殺了人，人告曾母說："曾參殺人。"曾母不信，織布如故。至第三人來告，曾母懼，投杼踰牆而走。後因以"投杼"比喻謠言衆多動搖了最親近者的信心。

【投劾】古代官員投呈彈劾自己，請求去職的狀子。

【投袂】拂動衣袖。形容奮發的決心。

【投荒】被迫或被流放到荒遠的地方。

【投效】自請效力。

【投壺】古代宴會的禮制。也是流行於士大夫中的一種遊戲。方法是以盛酒的壺口作目標，用矢投入。矢有三種長度：室內用二尺，堂上用二尺八寸，庭中用三尺六寸。以投中多少決勝負，負者須飲酒。

【投筆】棄文就武。參見"投筆從戎"。

【投誠】投降。如：敵軍繳械投誠。

【投機】❶窺伺時機以謀求私利。如：投機取巧。❷意見相合。如：談得十分投機。

【投繯】上吊；自縊。

【投桃報李】《詩·大雅·抑》有"投我以桃，報之以李"的詩句，後因以"投桃報李"比喻相互贈答。

【投筆從戎】《後漢書·班超傳》載，班超原來做抄寫工作，後來放下筆桿去參軍，成爲名將。後因以"投筆從戎"比喻棄文就武。

【投閒置散】(散sǎn)謂被安置在不重要的職位上。

【投鼠忌器】謂作事有所顧忌，不敢放手進行。

【投鞭斷流】《晉書·苻堅載記》載，苻堅進攻東晉，驕傲地說："以吾之衆旅，投鞭於江，足斷其流。"後因以"投鞭斷流"比喻兵士衆多或兵力強大。

抖 (dǒu)粵dɐu²〔斗〕❶振動。如：抖去身上的雪。❷打哆嗦。如：冷得發抖。❸指人突然發迹而闊綽，含貶義。如：抖起來了。

【抖擻】❶振作；奮發。❷抖動；振動。

抗 (kàng)粵kɔŋ³〔亢〕❶抵抗；抵禦。如：抗旱；抗戰。引申爲不妥協。如：抗辯。又引申爲拒絕。如：抗命。❷匹敵。如：抗衡。

【抗志】高尚的志氣。

【抗直】亦作"亢直"。剛直不屈。

【抗節】堅持高尚的志節。

【抗衡】猶對抗。抗，對；衡，車轅頭上的橫木。謂以車上兩衡相對，比喻互不相下。

【抗顏】猶言正色，謂態度嚴正不屈。

【抗禮】亦作"亢禮"。謂以彼此平等的禮節相待。參見"分庭抗禮"。

折 ㊀(zhé)粵dzit⁸〔節〕❶斷。如：攀折。引申爲死亡。如：夭折。❷曲；彎。如：折腰。❸反轉；轉變方向。如：走到半路又折回來；事情多轉折。❹挫折。如：折辱；百折不撓。❺損失。如：損兵折將。❻判斷。如：折獄。❼折合；抵作。如：折現；折實。❽折扣。如：打九折；不折不扣。❾折服。如：心折。❿元雜劇一本分四折，一折相當於現代戲曲的一場。

㊁(shé)粵同㊀❶斷。如：腿跌折了。❷虧損。如：折本；折耗。

㊂(zhē)粵同㊀翻轉。如：折跟頭。

【折中】亦作"折衷"。指協調不同意見，提出各方都能接受的辦法。

【折服】以理說人，使人信服。

【折柳】霸橋在長安東，漢人送客至此橋，常折柳贈別。後因以"折柳"爲贈別或送別的代稱。

【折辱】屈辱；挫辱。

【折桂】《晉書·郤詵傳》載，郤詵舉賢良對策列最優，自謂"猶桂林之一枝，崑山之片

玉"。後因以"折桂"比喻科舉及第。

【折腰】❶傾倒;崇敬。❷彎腰行禮;拜揖。引申為屈身事人。

【折節】❶屈己下人。❷改變平日的志向和行為。

【折衝】衝,戰車。折退敵方的戰車,意謂抵禦敵人。引申為進行外交談判。參見"折衝尊俎"。

【折檻】《漢書·朱雲傳》載,漢成帝時朱雲請誅安昌侯張禹,成帝怒,命斬朱雲。朱雲手攀殿檻,檻折。辛慶忌救之,得免死。後成帝命修繕時保存原樣,以表彰朱雲的直言。後用為朝臣敢於直諫的典故。

【折算】謂折算價值,以實物抵實物。後來亦稱變賣財產為"折變"。

【折衝尊俎】在會盟的席上制服對方。尊俎,古代盛酒肉的器皿。折衝,折退敵方的戰車,意謂抵禦敵人。後泛稱外交談判為"折衝尊俎"。

抌　(dǎn)粵dem²[打砍切]搶擊。

抈　(yuè)粵jyt³[月]❶折斷。❷動搖。

抪　(pō)粵put⁸[潑]推;划水。

抇　(hú)粵wet⁹[華瞎切]本作"搰"。發掘。

抌　(dèn)粵den³[帝印切]振動物件使其伸直或平整。如:把繩子抌直;把衣服抌平。

抝　"拗"的異體字。

扜　"扜"的異體字。

抛　"拋"的異體字。

五　畫

拋　(pāo)粵pau¹[泡]❶丟棄;撇開。如:拋棄。❷投擲。如:拋錨;拋球。❸暴露。如:拋頭露面。

【拋磚引玉】為以自己的意見或文字引出別人的高見或佳作的謙辭。

抨　(pēng)粵piŋ¹[乒]❶弓弦彈簧。引申為開弓。❷彈劾。引申為攻擊。見"抨擊"。

【抨擊】用言語或文字攻擊。

披　(pī)粵pei¹[丕]❶覆蓋或搭在肩背上;穿着。如:披着大衣。❷裂開。如:竹竿披了。❸散開。如:披頭散髮。參見"披靡"。❹翻閱。如:披卷。❺揭開;披露。如:披肝瀝胆。

【披肝】披露心腹,比喻以真心示人。

【披拂】吹拂;飄動。

【披風】清代婦女禮服的外套。後亦泛指斗篷式的外套。

【披猖】❶囂張;猖獗。❷狼狽;失敗。

【披離】分散;四面散開。

【披靡】❶草木隨風偃倒。❷形容軍隊潰敗,不能立足。

【披露】顯露;展示。今亦用為發表、公佈的意思。

【披沙揀金】義同"排沙簡金"。比喻細心挑選,去粗取精。

【披肝瀝胆】比喻以赤心待人。

【披星戴月】形容禍夜奔波,或早出晚歸,備極辛勞。亦作"披星帶月"、"戴月披星"。

【披荊斬棘】荊、棘,多刺的植物。比喻在創業過程中或前進道路上掃除障礙,克服重重困難。

【披雲霧睹青天】"披"亦作"廓"。比喻除去障翳,得見光明。

抬　"擡"的異體字。

抮　(zhěn)粵hin²[顯]旋轉。

抱　⊖(bào)粵pou⁵[蒲武切]❶用臂膀圍繞。如:抱孩子;抱膝。❷環繞。如:山環水抱。❸存在心裏;守住不放鬆。如:抱歉;抱定宗旨。
⊖(bào)粵bou⁶[步]同"菢"。

【抱負】❶手抱肩負;攜帶。❷指懷抱的志向。如:抱負不凡。

【抱柱】《莊子·盜跖》載,尾生與女子相約會於橋下,女子未來,大水至而不離去,抱橋柱而死。後因用"抱柱"比喻堅守信約。

【抱怨】埋怨。

【抱樸】謂不失其真。

【抱璞】《韓非子・和氏》載，春秋時，楚人卞和獻璞玉於楚王而遭刖足，乃抱其璞而哭於楚山之下。後因以"抱璞"比喻懷藏真才實學。

【抱佛脚】求佛保佑之意。今謂平時沒有準備，臨時慌忙應付爲"臨急抱佛脚"。

【抱殘守缺】抱，本作"保"。指好古的人墨守遺文，不肯棄去。後常用來比喻泥古守舊。

【抱薪救火】比喻想消滅災害，反而使災害擴大。亦作"負薪救火"。

抵 (dǐ)⑨dɐi²〔底〕❶擋住；相觸。見"抵隙"。又作"牴"、"觝"。❷至；到。如：抵達。❸抵償；當。如：抵押；收支相抵。❹抵擋；抵抗。❺抵押；抵充。如：抵債。

【抵牾】(—wù)亦作"抵忤"、"抵悟"。抵觸。

【抵銷】因作用相反而互相消除；對銷。如：收支數目相抵，兩相抵銷。

【抵賴】推脫；不承認。

【抵觸】撞擊。引申爲觸犯。又引申爲衝突、矛盾。如：兩說相抵觸。

抶 (chì)⑨tsik⁷〔斥〕笞打；鞭打。

抹 ㊀(mǒ)⑨mut⁸〔麻闊切〕❶塗；搽。如：東塗西抹。❷擦拭；擦掉。如：抹眼淚。粵語音讀mat³〔麻壓切〕引申爲去掉，勾消。如：抹去零數。❸閃過；一擦而過。❹輕微的痕迹。如：一抹浮雲。㊁(mò)同㊀但把灰泥塗上再抹平。如：在牆上抹石灰。❷緊靠着繞過去。如：轉彎抹角。❸緊貼着。見"抹胸"。❹用手指輕按。奏弦樂指法的一種。㊂(mā)❶擦；揩拭。如：抹桌布。❷按着向下除去。如：抹下頭巾。

【抹胸】(mò—)兜肚。

【抹殺】亦作"抹殺"、"抹煞"。勾消；摧滅。如：一筆抹殺。

押 (yā)⑨at⁸〔壓〕❶在公文契約上簽字或畫記號，作爲憑信。如：畫押。❷抵押，把財物給人作擔保。如：押租；押金。❸拘留；看管；監督。如：把犯人押

起來；押送；押解。❹通"壓"。作韻文時於句末或聯末用韻叫押韻，亦稱韻腳。

【押字】畫押，即在文書上簽字。

【押尾】於文書契約的末尾處簽署名字。也叫押字。

抽 (chōu)⑨tsɐu¹〔秋〕❶引出；吸。如：抽水；抽煙。❷拔出。如：抽刀斷水。❸提取；騰出。如：抽空；抽閑。❹牽動；收縮。如：抽筋。❺抽打。如：用鞭子抽。

【抽象】❶籠統，不具體。如：這個問題提得太抽象。❷哲學名詞。(1)同"具體"相對，指在思想上把客觀事物分解成相對獨立的各個方面、屬性、關係等。(2)同生動的直觀相對，指思維活動的特性，即透過現象，揭示本質。❸同科學的抽象相對，亦稱空洞的抽象，是一種孤立、片面地、脫離實際地觀察事物的形而上學方法。

【抽豐】亦作"秋風"。意同打秋風，指利用各種借口向外地官府乞取財物。亦泛指向有錢人求得財物酬金。參見"打秋風"。

【抽籤】❶迷信的人在神前求籤以卜吉凶。❷從若干件標記的籤兒抽出一根，以決定權利或義務屬誰，類似拈鬮。參見"拈鬮"。

抿 (mǐn)⑨men⁵〔吻〕❶閉住；合攏。如：抿着嘴。❷婦女刷刷頭髮使平整之稱，用來刷頭髮的刷子叫"抿子"。

拂 (fú)⑨fɐt⁷〔忽〕❶拂拭；掠過。也指拂拭的用具。❷甩動；擺動。如：拂衣；拂袖。❸違反；違背。如：不忍拂人意。

【拂衣】❶猶振衣，表示興奮。❷猶拂衣，表示憤怒。

【拂袖】猶甩袖，表示憤怒。如：拂袖而去。

【拂塵】拂子，用麈尾或馬尾做成的拂除塵埃的器具。

【拂曉】天快亮的時候。

拃 同"搾"。

担 "擔"的簡化字。

拄 (zhǔ)⑨dzy²〔主〕支撑。亦謂以物支。如：拄杖。

拆 (chāi，讀音chè)粵tsak8〔册〕拆開；拆毀。如：拆信；拆牆。
【拆白】上海人稱流氓用誘騙手段詐取財物為"拆白"；稱他們所結成的集團為"拆白黨"。

拇 (mǔ)粵mou5〔母〕手大指。如：拇指。也指足大指。

拈 (niān)粵nim1〔呢沾切〕用指取物。如：信手拈來。

㊁(diǎn)粵dim1〔低閃切〕通"敁"。見"拈掇"。
【拈掇】(diān duó)同"敁掇"。用手估量輕重。
【拈】用幾張小紙片寫上字或記號，作成紙團，由有關的人各取其一，以決定權利和義務該屬於誰。

拉 (lā)粵lai1〔啦唉切〕❶摧毀。如：摧枯拉朽。❷牽；引。如：拉縴。❸拉攏。如：拉關係。❹排泄，指大便。如：拉屎。❺牽引樂器的某部分使之發出聲音。如：拉二胡。❻拖長；使延長。如：拉長聲音；拉開距離。❼帶領。如：拉隊伍離場。❽牽累。如：一人做事一人當，不要拉上別人。
【拉倒】算了；作罷。如：你不同意就拉倒。
【拉雜】混雜；雜亂。

拊 (fǔ)粵fu2〔府〕❶擊；拍。❷保護；扶養。
【拊掌】拍手；鼓掌。表示惱怒或喜樂。亦作"撫掌"。

拌 (bàn)粵bun6〔伴〕❶攪和；雜和。如：拌勻；雞拌兒。❷爭吵。如：拌嘴。

拍 (pāi)粵pak8〔帕〕❶拍擊。如：拍球。❷拍擊的用具。如：球拍。❸古兵器名。如：狼牙拍。❹樂曲的段落。如：胡笳十八拍。亦譜打拍子。❺拍合；引申為拍攝。如：拍照。❻發。如：拍電報。
【拍案叫絕】拍着桌子叫好，形容非常讚賞。

拎 (līng)粵līng1〔拉英切〕提物。如：拎水；拎提包。

拏 (ná)粵na4〔拿〕❶牽引。❷"拿"的異體字。

拐 (guǎi)粵gwai2〔枴〕❶拐騙。❷行路時改變方向。如：拐一個彎。❸跛行之狀。如：一拐一拐地。❹同"枴"。

拒 (jù)粵kœy5〔距〕❶抵禦；抵抗。❷拒絕。如：來者不拒。
【拒諫飾非】拒絕勸諫，掩飾過錯。

拑 同"鉗"。

拓 (tuò)粵tok8〔托〕❶以手推物。❷開關；擴充。如：開拓；拓荒。
㊁"搨"的異體字。
【拓跋】亦作"托跋"。北魏皇族的姓。

拔 (bá)粵but9〔跋〕❶拉出來；抽出來。如：拔草；拔劍。❷選取；提升。如：選拔。❸攻克。如：連拔數城。❹特出；超出。見"拔萃"。
【拔俗】謂不同凡俗，不庸俗。
【拔萃】指才貌特出。
【拔擢】選拔；提拔。
【拔刀相助】常謂有"路見不平，拔刀相助"，多指見義勇義，打抱不平。

拖 (tuō)粵to1〔他柯切〕❶牽引；拉。如：手拖車。❷拖延。如：這個工作拖不得。
【拖泥帶水】比喻辦事不爽快，不乾脆。也比喻文章或說話不簡潔，不爽利。
㊁"拖"的異體字。

拗 ㊀(ǎo)粵au2〔坳高上〕用手折斷。如：拗斷。
㊁(ào)粵au3〔坳〕違逆。如：違拗。發音不順口。如：拗口令。
㊂(niù)粵同"扭"固執。如：執拗。

拘 (jū)粵kœy1〔俱〕❶拘留；拘禁。❷拘束，有所顧忌。❸限制。如：不拘多少。
【拘泥】(-nì)不知變通。
【拘虛】比喻見聞狹隘。
【拘攣】拘攣。

拙 (zhuō)粵dzyt8〔茁〕dzyt9〔絕〕(又)❶笨拙。與"巧"相對。如：大巧若拙。❷自謙之辭。如：稱自己的文稿為"拙

稿”。

【拙荊】對人稱自己妻子的謙辭。

拚 (pàn)㊣pun[3]〔判〕pun[2]〔鋪碗切〕(又)亦作“拌”。捨棄；不顧惜。如：拚命；拚死。

㊁(pīn)㊣piŋ[1]〔乒〕同“拼”。❶連合；綴合。❷義同㊀。

招 (zhāo)㊣dziu[1]〔蕉〕❶打手勢叫人來。又謂以公告的方式使人來。如：招領；招生。❷招惹；招引。如：招怨；招禍。❸招供。如：屈打成招。❹拳術的動作。如：使了一招兒。引申爲手段。如：耍花招兒。

【招安】猶招撫、招降。勸使歸順。

【招架】❶抵擋。如：招架不住。❷承認。

【招徠】(—lài)招之使來。今謂商業上招攬顧客。如：以廣招徠。

【招搖】張揚炫耀。如：招搖過市。

【招攬】❶收羅；邀集。今用如“招徠”。如：招攬顧客。❷招惹；攬上來。如：招攬是非。

【招兵買馬】本指組織武裝，擴充力量。“兵”亦作“軍”。後比喻組織或擴充人力。

拜 (bài)㊣bai[3]〔巴介切〕❶行敬禮。古時爲下跪叩頭及打恭作揖的通稱。❷尊崇；傾倒。如：崇拜；拜服。❸以禮會見。如：拜訪。❹用一定的禮節授與官職或某種名義，結成某種關係。如：拜將；拜老師。❺敬受。如：拜賜。❻敬辭。如：拜讀。

【拜命】❶感謝使命。❷受君命。

【拜堂】婚禮的一種儀式，唐代已有此稱。新郎新娘一起參拜天地後拜見父母公婆。也叫拜天地。

【拜懺】僧道念經禮拜，代人懺悔消災。

【拜火教】也叫祆教。古代波斯的宗教，崇拜火神，把火當做善和光明的化身。公元六世紀後傳入中國。

抾 ㊀(qū)㊣hei[1]〔欺〕撈取。
㊁(jié)㊣gip[8]〔劫〕通“刼”。

抴 (yè)㊣jit[9]〔熱〕亦作“拽”。拖；用力拉。

抻 同“抰”。

拗 (nǔ)㊣nou[5]〔努〕突出。如：拗嘴。

挖 同“扼”。

六畫

拙 (zǐ)㊣dzi[2]〔紫〕揪取。

拿 (ná)㊣na[4]〔尼牙切〕❶握持。如：抓拿；拿在手裏。引申爲料事的把握。如：十拿九穩。又引申爲故意裝着。如：拿架子。❷取。如：拿過來；拿開去。❸擒捉；逮捕。如：拿賊。❹用；把。如：拿話激他；拿我開玩笑。

【拿雲】能上干雲霄之意。比喻志氣遠大，本領高强。

括 ㊀(kuò)㊣kut[8]〔豁〕❶包容；包括。如：囊括。總括。❷箭的末端。
㊁(guā)㊣gwɐt[8]〔刮〕榨取。如：搜括。

【括囊】❶束緊袋口，比喻愼密，不輕易說話。❷猶囊括。包羅。

拭 (shì)㊣sik[7]〔式〕擦去。

【拭目】揩眼睛，表示仔細看或急切想看到所期待的事物。如：拭目以待。

拮 (jié)㊣git[8]〔潔〕見“拮据”。

【拮据】經濟窘迫。如：手頭拮据。

拯 (zhěng)㊣tsiŋ[2]〔請〕❶向上舉。❷援救；救助。

拱 (gǒng)㊣guŋ[2]〔鞏〕❶兩手合抱致敬。❷環繞；拱衛。❸建築物上呈弧形的結構。如：拱門。❹兩手合圍的粗細。如：拱抱。❺聳起或掀動。如：拱肩縮背；苗兒拱出土了。❻本作“珙”。大璧。見“拱璧”。

【拱木】兩手合圍那麼粗的樹木。

【拱璧】大璧。比喻極珍貴之物。如：珍如拱璧。

拲 (gǒng)㊣guŋ[2]〔拱〕古代一種刑法，兩手同械。

拳 (quán)㊣kyn[4]〔權〕❶拳頭。如：握拳。❷拳術。如：太極拳。❸通

"蜷"。屈曲。

【拳拳】亦作"惓惓"。懇切誠摯。

拴 (shuān)⑨san¹[山]❶縛住；綁住。如：拴馬。❷引申為打結。如：拴了個結兒。❸上閂。

拶 (zā)⑨dzat⁸[扎]緊緊。

拶 (zǎn)⑨同⊖舊時酷刑的一種，以繩穿五根小木棍，套入手指用力緊收，叫"拶指"，也簡稱"拶"。

拷 (kǎo)⑨hau²[考]拷打，特指舊時代對犯人用刑逼供。如：三拷六問。

【拷貝】英語copy的音譯。用拍攝成的電影底片洗印出來的膠片。

拽 ⊖(yè)⑨jit⁹[熱]本作"抴"。拖；用力拉。如：連拖帶拽。

⊜(zhuài)⑨jui⁶[義系切]❶使勁扔。如：把球拽過去。❷手臂受傷伸不開。如：拽胳膊兒。

⊜(zhuài)⑨同⊖⊜的口語音。

拾 ⊖(shí)⑨sep⁹[十]❶撿取。如：俯拾即是；道不拾遺。❷收拾。見"拾掇"。❸"十"字的大寫。

⊜(shè)⑨sip⁸[攝](涉)。見"拾級"。

【拾芥】芥，小草。比喻取之極易。

【拾級】(shè—)經由階梯而上升。如：拾級登山。

【拾掇】❶整理；收拾。如：拾掇得整整齊齊。❷採拾；拾取。

【拾遺】❶拾取他人遺失的東西。❷比喻補而為益。❸補錄缺漏。❹唐代諫官名。唐武則天時置，分屬門下、中書兩省，職掌和左右補闕相同。北宋改為左右正言。後隨設隨罷。

【拾人牙慧】比喻蹈襲他人的意見、言論。

持 (chí)⑨tsi⁴[池]❶握；執。引申為掌管。如：勤儉持家。❷扶助；支持。❸保持。

【持平】主持公道。

【持重】指做事小心謹慎不輕率。

【持衡】衡，秤。猶持平。比喻評量人才，平允而不偏頗。

【持之有故】立論有根據。

挂 同"掛"。

拤 ⊖(zhì)⑨dzɐt⁹[窒]❶搗；撞。❷收割作物的聲音。

指 ⊖(zhǐ)⑨dzi²[子]❶手指。如：首屈一指。亦指腳趾。❷指給人看。引申為指點，示意。如：指導；指述。❸指斥。指責。如：千夫所指。❹形容豎起。如：頭髮上指。❺指向；向一定的目標前進。

【指日】不日；為期不遠。

【指事】六書之一，也叫象事。指以象徵性的符號表示意義的造字法。如："上"(古作"二")、"下"(古作"二")原來就是指事字。

【指南】猶南針，比喻正確的指導。

【指要】亦作"旨要"。猶要旨。

【指掌】❶比喻事理淺顯易明。如：瞭如指掌。❷比喻事情容易敗壞。

【指摘】指出缺點、錯誤。今用為指責和揭發的意思。

【指歸】宗旨或意向所在。

【指撝】同"指揮"。

【指日可待】在確定的時期內可望實現。形容不久就可以實現。

【指天畫地】指意直言指陳，無顧忌。

【指不勝屈】(勝shēng)數不勝數，極言為數之多。

【指手畫腳】說話時兼用手足表情的神態。形容說話放肆。

【指桑罵槐】比喻明指甲而暗罵乙。

【指鹿為馬】《史記·秦始皇紀》載，秦二世丞相趙高陰謀篡位，恐羣臣不服，是設法試探，故意先獻一隻鹿給秦二世，並說："這是馬。"大臣中有的不說話，有的跟着說是馬，有的仍說是鹿。趙高就把說是鹿的人都加以暗害，後以"指鹿為馬"比喻有意顛倒黑白，混淆是非。

【指揮若定】指揮調度從容鎮定。謂胸有成竹，有勝利的把握。

挈 (qiè)⑨kit⁸[揭]❶提。如：提綱挈領。引申為提攜、帶領之意。❷通"鍥"。刻。

按 (àn)⑨on³[案]❶抑制。❷按捺；用手撫着之意。如：按電鈴；按脈。❸按照。如：按人數計算。❹按語。如：編者按。

【按兵】亦作"案兵"。止兵不動。常與"不動"連用。

【按部就班】"按"亦作"案"。原指按章定句。後用爲遵照規章循序辦事或漸進的意思。

【按圖索驥】比喻食古不化，拘泥成法辦事。今多比喻按照綫索去尋求事物，易於獲得。

拲 (gǒng)⑧gung²[拱]❶抬起。❷通"拱"。拱手。引申爲拱出。

挏 (tóng,dòng)⑧tung⁴[同]dung⁶[洞](又)推引；用力拌動。

挐 "拿"的異體字。

挑 ㊀(tiāo)⑧tiu¹[梯腰切]❶用肩膀承擔。如：挑水；挑土。❷選；揀。如：挑選。❸挑別。❹用針穿，縫紉的一種。如：挑花。
㊁(tiǎo)⑧tiu⁵[窕]tiu¹[梯腰切](又)撥動。引申爲挑撥，挑逗。如：挑是非。
㊂(tāo)⑧tou¹[滔]。見[挑達]。

【挑別】苛求責備，存心在細節上找尋缺點。

【挑達】(tiāo tà)輕薄放縱的意思。亦作"佻達"、"佻儃"。

【挑燈】(tiāo—)猶言點燈。舊時點油燈，須不斷挑起燈芯，使燈光加亮。也指掛起燈火。如"挑燈夜戰"。

【挑釁】(tiāo—)蓄意挑起爭端。

挖 (wā)⑧wat⁸[挖壓切]本作"穵"。掘；發掘。如：挖井；挖水溝；挖潛力。引申爲探求，深入研究。

【挖苦】用刻薄的話諷刺。

挎 ㊀(kū)⑧fu¹[枯]❶執持；拿着❷通"刳"。剖；挖。
㊁(kuà)⑧kwa³[胯]掛在胳膊上。如：挎着個籃子。

挌 (gé)⑧gak⁸[格]格鬥。

舒 "拿"的異體字。

七　畫

挨 ㊀(āi)⑧ai¹[唉]❶依次。如：挨門逐戶。❷靠攏。如：挨肩坐着。❸擠進。

㊁同"捱㊁"。

挩 (tuō)⑧tyt⁸[脫]❶解脫。❷遺漏。

挪 (nuó)⑧no⁴[拿俄切]❶移動。❷揉搓。

挫 (cuò)⑧tso³[錯]❶失敗。❷按抑，使音調略爲停頓。如：抑揚頓挫。

【挫折】失利；挫敗。

振 (zhèn)⑧dzen³[鎮]❶振作；奮起。如：精神爲之一振。❷揮動；搖動。如：振鈴；振筆直書。❸拂拭；抖擻。❹通"震"。

【振振】理直氣壯的樣子。如：振振有辭。

【振筆】揮動筆桿，形容寫得快。如：振筆直書。

【振振有辭】好像有很理由似地說過沒完。

【振聾發聵】比喻喚醒糊塗麻木的人。

抄 "掾"的異體字。

挶 (jú)⑧guk⁹[局]❶盛土的器具。❷握持。

挹 (yì)⑧jɐp⁷[邑]❶舀；汲取。❷牽引。❸通"抑"。抑制；謙退。❹通"揖"。作揖。

【挹注】把液體從一個盛器中取出，注入另一個盛器。引申爲以有餘補不足的意思。

挺 (tǐng)⑧ting⁵[艇]❶拔；舉起。❷挺直；凸出。如：挺身而出；挺胸凸肚。❸某些挺直物的量名。一挺機關槍。❹挺拔；突出。如：秀挺不羣。❺"頂"的變音，猶言"很"。如：挺好。

【挺身】形容勇往直前，勇於自任。

【挺拔】特立出衆的樣子。

【挺撞】用言語頂撞。

挼 "挪❷"的異體字。

挽 (wǎn)⑧wan⁵[輓]❶牽引；拉。如：一推一挽；挽牽車。❷通"綰"。捲起。如：挽個髻兒；挽起袖子。❸同"輓"。

挤 同"擠"。

挾(挟) （xié，又讀 xiá）粵 hip⁸〔協〕 hap⁹〔峽〕（又）夾持。引申為挾制。如：挾天子以令諸侯。❷擁有；懷藏。如：挾怨；挾嫌；❸倚仗；倚以自重；挾勢。

⊜（jiā）粵 gap⁸〔甲〕❶通"夾"。夾取。❷私藏；夾帶。

【挾制】抓住別人的弱點，加以威脅，使聽從自己支配。

【挾嫌】懷恨；懷着宿怨。如：挾嫌報復；挾嫌陷害。

【挾天子以令諸侯】挾制着皇帝，用皇帝的名義發號施令。

捂 （wǔ）粵 ŋ⁶〔誤〕❶用手掩住或嚴密地封閉起來。如：捂住耳朵；捂着蓋子。❷逆；對面。

捃 （jùn）粵 kwan²〔菌〕亦作"攈"、"攟"、"擃"。摘取；拾取。

【捃拾】拾取；收集。

【捃摭】摘取；搜集。

捄 "救"的異體字。

捆 （kǔn）粵 kwen²〔菌〕束縛；捆綁。如：捆柴。❷捆；捆行李。又一束叫一捆。如：一捆柴。

捉 （zhuō）粵 dzuk⁷〔足〕❶握。如：捉刀。❷捉拿；捕捉。

【捉刀】《世說新語‧容止》載，曹操叫崔琰代替自己接見匈奴使臣，自己卻持刀站立牀頭，接見完畢，叫人間匈奴使臣："魏王如何？"回答說："魏王雅望非常，然牀頭捉刀人，此乃英雄也。"後稱代人作文為"捉刀"。

【捉摸】猜測；預料。常用於否定句。如：捉摸不定；不可捉摸。

【捉衿肘見】亦作"捉衿見肘"。形容衣服破爛。也比喻顧此失彼，應付不過來。衿，亦作"襟"。

捋 ⊖（luō）粵 lyt⁸〔劣〕❶用手握住條狀物向一端滑動，以掌握物而脫取。如：捋桑葉。❷撫摩。參見"捋虎鬚"。

⊜（lǚ）粵同⊖❷的語音。如：捋捋鬍子。

【捋虎鬚】比喻觸犯有權勢的人。

捌 （bā）粵 bat⁸〔八〕❶用手分割。❷"八"字的大寫。

捍 （hàn）粵 hɔn⁶〔汗〕hɔn²〔刊〕（又）保衞。

捎 （shāo）粵 sau¹〔梢〕❶拂掠。❷順便寄帶。如：捎信。

捏 "揑"的異體字。

捐 （juān）粵 gyn¹〔娟〕❶捨棄。❷捐助。如：捐款。又舊時納資得官的名目。如：捐班出身。❸舊時稅收的名目。如：房捐；攤捐。

【捐輸】捐獻財物。也：慷慨捐輸。

【捐館】捨棄館舍。對死亡的諱辭。

【捐軀】犧牲生命。如：為國捐軀。

挪 同"挪"。

捅 （tǒng）粵 tɔŋ²〔桶〕❶推送；觸動。如：捅球；捅馬蜂窩。❷戳；刺。如：別把窗戶紙捅破了。引申為戳穿，揭露。如：把問題全捅出來了。

捕 （bǔ）粵 bou⁶〔步〕捉拿；捉取。

【捕快】舊稱州縣官署擔任緝捕工作的差役。

【捕風捉影】比喻言行沒有事實根據。

挵 "弄⊖"的異體字。

挲 （suō）粵 sɔ¹〔梳〕見"摩挲"。

括 "括"的異體字。

挴 （měi）粵 mui⁵〔每〕貪。

八 畫

挽 （wàn）粵 wun²〔碗〕同"腕"。

捧 （pěng）粵 puŋ²〔鋪擁切〕buŋ²〔波擁切〕（語）❶兩手承托。❷代人吹噓或奉承人。如：捧場。

【捧腹】形容大笑。

捩 ⊖（liè）粵 lit⁹〔列〕扭轉。如：轉捩點。

㊀(lì)粵lœui⁶〔麗〕琵琶的撥子。

捫(扪)(mén)粵mun⁴〔門〕執持；撫摸。
【捫心】摸摸胸口，反省自問的意思。
【捫摸】摸索。

捭(bǎi)粵bai²〔擺〕❶兩手排擊。❷通"擘"。分開，張開。參見"捭闔"。
【捭闔】猶言開合，戰國時策士游說的一種方法，指分化與拉攏。

据(jū)粵gœy³〔句〕❶通"倨"。倨傲。❷"據"的簡化字。
㊀(jù)粵gœy¹〔據〕見"拮据"。

捱(ái)粵ŋai¹〔涯〕❶遭受。如：捱罵。❷拖延。如：捱日子。
㊀(āi)粵ai¹〔唉〕通"挨"❶依次。❷擠進。

捲(卷)(juǎn)粵gyn²〔倦〕把東西彎曲裹成圓筒形的。如：捲行李。亦指圓筒形的東西。如：煙捲。
【捲土重來】比喻失敗之後重新恢復勢力。

捶(chuí)粵tsœy⁴〔除〕❶用拳頭或棍棒敲打。如：捶衣。❷舂。

捷(jié)粵dzit⁹〔截〕❶勝利；成功。如：捷報頻傳。❷戰利品。如：獻捷。❸迅速；敏捷。如：捷足先登。
【捷徑】最直捷而近便的道路。比喻達到某種目的所採用的簡便的途徑或方法。
【捷足先登】比喻因行動敏捷而首先達到目的。

捵 ㊀(chēn)粵tsɐn²〔診〕亦作"抻"。拉長；扯平。如：捵布；衣服皺了，得捵捵。
㊁(tiǎn)粵tin²〔他典切〕挺出。如：捵着胸。

捺(nà)粵nat⁹〔拿達切〕❶撳；按。如：捺手印。❷書法上爲向右下斜拖曳"㇏"。如：一撇一捺。

捻(niǎn)粵nip⁶〔呢掩切〕❶用手指搓轉。如：捻綫。❷用紙或綫搓成的條狀物。如：紙捻兒。
㊀(niē)粵nip⁶〔揑〕❶通"捏"。❷閉塞。"挪❷"的異體字。

捼

捽(zuó)粵tsyt⁸〔撮〕dzœt⁷〔卒〕㊁❶揪。❷拔。

掀(xiān)粵hin¹〔軒〕❶舉；舉起。❷揭起；揭開。如：掀鍋蓋；掀簾子。❸激蕩；翻騰。如：掀起高潮。

掂(diān)粵dim¹〔低廉切〕托在手上以估量重量。如：掂掂。❶掂量。

拼(pīn)粵pin¹〔乒〕piŋ³〔聘〕㊁❶連合；綴合。如：拼音；東拼西湊。❷不顧惜，豁出去。如：拼命。

掃(扫)㊀(sǎo)粵sou³〔數〕❶用掃帚除去塵土。引申爲清除，消滅。如：一掃而空；掃盲。❷迅速橫掠而過。如：掃射。❸畫；抹。見"掃眉"。
㊁(sào)粵sou²〔嫂〕盡其所有。如：掃數歸還。
㊁同㊀。用於"掃帚"。
【掃眉】畫眉。
【掃墓】祭掃墳墓。如：清明掃墓。
【掃榻】拂除榻上的塵垢，表示對賓客的歡迎。如：掃榻以待。
【掃蕩】掃除蕩滌；鏟除淨盡。

掄(抡)㊀(lūn)粵lœn⁴〔倫〕舉臂揮動。如：掄拳；掄大錘。
㊁(lún)粵同㊀挑選；選拔。

摑(㧽)(gāng)粵gɔŋ¹〔江〕抬。通作"扛"。

掇(duō)粵dzyt⁸〔啜〕❶拾取。引申爲摘取、選取。如：掇拾。❷用手端取。❸見"攛掇"。

授(shòu)粵sɐu⁶〔受〕❶給予；付予。如：授權；授職；任命。❸傳；傳授。如：口授。
【授衣】古時九月製備寒衣，叫"授衣"。
【授命】捐軀；獻出生命。
【授受】交接。謂一方交付，一方接受。

掉(diào)粵diu⁶〔調〕❶擺動；搖。如：尾大不掉。❷擺弄；見"掉書袋"。❸回；轉。如：掉頭不顧。❹落下。如：掉淚；掉色。❺遺失；遺漏。如：東西掉了；這段文章掉了幾個字。❻掉換。❼用在某些動詞後，表示動作的完成。如：賣掉；改掉。
【掉舌】猶言鼓舌。指游說、談論。

【掉臂】❶甩着臂膊走，形容不顧而去。❷猶擺臂。奮起的樣子。

【掉書袋】喜歡徵引古書，以示淵博。

【掉以輕心】輕忽，不經心。

掊 (pǒu)粵peu²〔鋪口切〕❶破；剖。

㊀(póu)粵peu⁴〔爬斗切〕❶同「抔」。用手扒土。❷聚斂。見「掊克」。

【掊克】(póu—)聚斂貪狠。也指聚斂貪狠之人。

【掊擊】抨擊。

掌 (zhǎng)粵dzœŋ²〔獎〕❶手掌；手心。如：摩拳擦掌；易如反掌。也指動物的腳掌。如：鴨掌。❷用掌打擊。如：掌頰。❸執掌；主管。如：掌政。

【掌故】指關於歷史人物、典章制度等的故事或傳說。

【掌握】❶猶言在手掌中，比喻力所能及或權力範圍。❷控制；主持。如：掌握政權；掌握會議。❸了解事物，能充分加以運用。如：掌握技術；掌握規律。

掎 (jǐ)粵gei²〔幾〕gei²〔己〕(又)❶拉住；拖住。引申爲牽制。❷發射。❸通「倚」。支撐。

【掎角】亦作「犄角」。角是抓住角，掎是拉住腿。借喻交擊敵人。又引申爲分出一部分兵力，以牽制敵人或互相支援。

【掎摭】❶指摘。❷摘取。

掏 (tāo)粵tou⁴〔逃〕挖取；摸取。如：掏耳朵；掏鳥窩。

排 (pái)粵pai⁴〔牌〕❶排列。如：排隊；排座位。引申爲行列。如：前排；後排。又引申爲排排而成之物。如：竹排；木排。❷排演。如：排戲；彩排。❸軍隊編制單位，在連之下，班之上。❹排泄。如：排洪。❺排遣。❻排解；消除。如：排難。❼推。見「排闥」。

㊀(pǎi)粵同【排子車】也叫大板車。一種人力拉的搬運東西的車。

【排場】❶猶場面。❷猶身份。❸戲場面。

【排奡】(—ào)矯健，形容詩文風格剛勁有力。

【排解】猶調解。謂排難解紛。參見「排難解紛」。

【排遣】消除；消遣。

【排調】(—tiáo)嘲笑戲弄。

【排闥】推門。

【排難解紛】(難nàn)爲人調解糾紛。

掔 (掔) (qiān)粵hin¹〔軒〕❶堅固。❷通「牽」。引申爲引去、除去。

㊀(yè)粵舊讀yì〔亦〕jik⁹〔亦〕❶又音別人的胳膊轉。❷扶持。❸通「腋」。引申爲胳肢旁。見「掖垣」、「掖庭」。

㊀(yē)粵同❶塞進；塞藏。

【掖門】宮殿正門兩旁的邊門。

【掖垣】皇宮的旁垣。也用以稱門下、中書兩省，門下爲左掖，中書爲右掖。亦稱「掖省」。

【掖庭】皇宮中的旁舍，宮嬪所居的地方。

掗 (挜) (yà)粵〔亞〕❶强人收受不願要的東西。❷揮動。

掘 (jué)粵gwet⁹〔倔〕挖掘。如：掘河；掘井。

挣 (挣) ㊀(zhēng)粵dzeŋ¹〔僧〕dzaŋ¹〔左罌切〕(語)見「挣扎」。

㊀(zhèng)粵dzaŋ²〔生硬切〕❶用力擺脫束縛。如：挣脫；挣開。❷出力去取得。

【挣扎】勉力支撐。

【挣闖】猶挣扎，勉力支撐。

捨 (舍) (shě)粵se²〔寫〕❶放棄。如：捨身爲國。❷施捨；布施。

【捨本逐末】放棄重要的、基本的，而去追求細枝末節。比喻做事不從根本問題下手，而只在細微的事情上用力氣。

掛 (挂) (guà)粵gwa³〔卦〕❶懸掛。如：掛燈結彩。引申爲牽記。掛念。如：心掛兩頭。❷登記；暫記。如：掛號；掛帳。

【掛冠】謂辭官。

【掛彩】❶喜慶節日在門首懸掛紅綠彩綢。❷作戰時受傷流血。又稱「掛花」、「帶花」。

【掛鈎】把南部火車鈎連起來。引申爲二者之間建立聯繫。

【掛誤】同「註誤」。謂官吏被處分撤職。

【掛念】該到；提及。

【掛漏】「掛一漏萬」的略語。

【掛齒】該到；提及。

【掛礙】亦作「挂礙」。牽繫窒礙。

【掛一漏萬】謂所舉遺漏很多。
【掛羊頭賣狗肉】比喻表裏不符，狡詐欺騙。

掞 ㊀(shàn)粵sim³〔詩厭切〕發舒；鋪張。
㊁(yǎn)粵jim⁵〔染〕通"剡"。銳利。
㊂(yàn)粵jim⁶〔驗〕通"燄"。光芒。

掠 (lüè)粵lœk⁹〔略〕❶奪取。如：掠奪；掠人之美。❷拂過。如：微風掠過。❸梳理。如：掠鬢；梳掠。❹書法稱長撇爲"掠"。
【掠美】掠取別人的美名或功績以爲己有。

採(采) (cǎi)粵tsɔi²〔彩〕❶摘取；發掘。如：採茶；採礦。❷選用。如：採用。

探 ㊀(tàn，讀音tān)粵tam³〔他喊切〕❶摸取。如：探囊取物。❷探測；尋求。如：探礦。引申爲看望。如：探親。❸偵察；打聽。如：探敵情；探消息。❹向前伸出。如：探頭探腦。
㊁(tān)粵tam¹〔貪〕試探。見"探湯"。
【探春】春初作郊外之遊，意謂探望春光。
【探討】探究研討。
【探湯】(tān—)探，伸入拿取；湯，熱水。比喻小心戒懼。
【探賾索隱】賾，幽深莫測；隱，隱秘難見。指探究深奧的義理或搜索隱秘的事迹。
【探囊取物】比喻事情極容易辦到。
【探驪得珠】比喻行文能得題中精蘊所在。

掣 (chè)粵tsit⁸〔設〕dzɐi³〔制〕(又)❶牽引；拽。如：風馳電掣。❷抽取。如：掣劍。
【掣肘】比喻在別人做事情的時候，從旁牽制。
【掣電】猶言閃電。形容迅疾。

接 (jiē)粵dzip⁸〔摺〕❶連結；接合。如：接骨；接綫；接樹。引申爲交接。❷連續。如：接二連三。❸繼承；承受。如：接班；接事。❹迎接。如：接眷。❺收取。如：接信；接受。
【接武】武，足迹。前後足迹相連接，形容步子小，走路慢。借喻爲繼法前人。
【接物】❶與人交接，即交際。如：待人接物。❷接觸外物。
【接風】設宴款待遠來的客人。
【接踵】踵，脚後跟。足踵相接，形容人多，接連不斷。如：摩肩接踵；接踵而至。
【接壤】兩國或兩個地區的邊境相接。
【接䍦】古代的一種頭巾。

控 (kòng)粵huŋ³〔蝦貢切〕❶開弓。如：控弦。❷控制。如：遙控。❸告；控訴。如：上控。
【控馭】控制駕馭。御馬使就範。亦比喻統治。亦作"控御"。

推 (tuī)粵tœy¹〔拖虛切〕❶從物體後面加力，使它向前運動。如：推車；後浪推前浪。引申爲推動。如：推行；推廣。❷推移。❸推想；推求。如：類推。❹辭讓；拒絕。如：推讓；推却。❺推諉。見"推三阻四"。❻延遲。如：往後推幾天。❼讚許；舉薦。如：推許；公推。
【推究】推求論究。
【推恩】猶言推愛，謂將己之所愛，推及他人。
【推託】托故推辭。
【推問】推究審問。
【推移】隨地隨時變化；逐步變遷。
【推敲】相傳唐代詩人賈島騎驢賦詩，吟得"鳥宿池中樹，僧敲月下門"之句。初擬用推字，又思改爲敲字，在驢上引手作推敲之勢，不覺衝撞京尹韓愈。愈問其故，島具言所以，愈思良久，告以用敲字爲佳。後因謂斟酌字句、反覆考慮爲"推敲"。引申爲對問題的斟酌研究。
【推諉】把責任推給別人，或托故推卸責任。如：互相推諉。亦作"推委"。
【推轂】❶推車前進。❷比喻推薦人才。❸比喻助人舉事。
【推舉】推選；舉薦。
【推三阻四】以種種理由推諉。
【推己及人】謂將心比心，設身處地地爲別人着想。
【推心置腹】謂以眞心待人。
【推本溯源】推究根源；找原因。
【推波助瀾】比喻助長聲勢。常用於反面的事物。
【推陳出新】揚棄陳舊的，創造新的，以新的面目出現。今常指對舊文化進行分析，剔除其糟粕，吸取其精華，創造新文化。

掩 (yǎn)㊥jim²〔奄〕❶遮蔽；遮蓋。如：掩口而笑；掩人耳目。❷關閉。如：掩門。❸乘人不備而進襲或逮捕。如：大軍掩至。

【掩沒】掩埋；埋沒。

【掩泣】掩面哭泣。

【掩茂】同"閹茂"。十二支中戌的別稱，用以紀年。

【掩飾】遮掩粉飾，使人看不出真相。

【掩鼻】用手掩蓋鼻子，爲嫌惡臭穢的表示。

【掩耳盜鈴】比喻自己欺騙自己。

措 (cuò)㊥tsou³〔醋〕❶安放；安排。如：無所措手足。❷籌辦。如：籌措。

【措大】亦作"醋大"。舊稱貧寒的讀書人，含有輕慢意。

【措意】留意；注意。

【措辭】亦作"措詞"。謂說話、行文的選擇詞句。

【措手不及】事情來得太快，出於意外，來不及應付。

掫 (zou)㊥dzɐu¹〔舟〕巡夜打更。

掬 (ju)㊥guk⁷〔谷〕雙手捧取。也指一捧。

掭 (tiàn)㊥tim³〔他厭切〕tim⁵〔提染切〕(又)❶撥動。如：掭燈草。也指撥動燈草的用具。❷用筆橫拖蘸墨。如：磨得墨濃，掭得筆飽。

掮 (qián)㊥kin⁴〔虔〕用肩膀扛東西。如：掮槍；掮行李。

【掮客】舊時稱替人買賣貨物從中取得佣錢的人。即今之經紀。

捡 同"擒"。

棖(㭌) (chéng)㊥tsaŋ⁴〔池盲切〕接觸；碰撞。

捬 (fǔ)㊥fu²〔斧〕又作"撫"。安撫；安慰。

掐 (qiā)㊥hap⁸〔霞鴨切〕❶用指甲刻入或切斷。❷用拇指點着別的指頭。如：掐指一算。❸用手指輕按。

捯 (dáo)㊥dou³〔到〕❶兩手不住倒換着拉回線、繩子等。如：把風箏捯下來。❷找出綫索。如：這件事已經捯出頭緒來了。

掯 (kèn)㊥kɐŋ³〔卡凳切〕❶撳。❷留難；壓住不放。如：掯住；掯壓。❸強迫。如：勒掯。

掰 (bai)㊥bai¹〔巴唉切〕mak⁸〔嘛嚇切〕(又)用兩手把東西分開。如：一掰兩開；掰開揉碎。

掱 (pá，又讀shǒu)㊥pa⁴〔爬〕俗稱扒手爲三隻手，因寫作"掱手"。

搽 "操"的異體字。

搓 "碰"的異體字。

九 畫

掾 (yuàn)㊥jyn⁶〔願〕古代官署屬員的通稱。

揀(拣) (jiǎn)㊥gan²〔簡〕❶挑選；選擇。❷拾取。如：揀柴。

揃 (jiǎn)㊥dzin²〔展〕亦作"搌"。❶修剪。❷剪滅。

揆 (kuí，又讀kuī)㊥kwɐi⁴〔葵〕kwɐi⁵〔愧〕(又)❶度量；揣度。如：揆情度理。❷尺度；準則。如：其揆一也。❸掌管；管理。如：以揆百事。引申稱總攬政務的人，如宰相、內閣總理等。如：閣揆。

【揆度】(—duó)度量；估量。

揉 (róu)㊥jɐu⁴〔由〕❶擦摩；搓挪。如：揉眼睛；揉麪。❷使木條彎曲。

揎 (xuan)㊥syn¹〔宣〕❶捲起或捋起袖子。❷拳打。

描 (miáo)㊥miu⁴〔苗〕依樣摹寫或繪畫。如：描花；素描。

【描摹】如實寫出或畫出人物或事物的形象。

提 ㊀(tí)㊥tɐi⁴〔題〕❶把東西懸空拿着。如：提燈。❷提拔。❸舉；舉出。如：提綱挈領；提問題。❹取；取出。如：提款；提貨。❺率領。如：提兵。❻一種舀取液體的用器。如：油提；酒提。

㊀(dī)同㊀見"提防"。

【提防】(dī—)本作"隄防"。防備；料想。

【提拔】推薦或選拔人才。

【提要】摘出綱要。如：提要鈎玄。也指提綱性著作。如：《四庫全書總目提要》。

【提挈】❶攜帶；用手提着。❷照顧；提拔。❸揭示要義。"提綱挈領"的略語。❹率領。如：提挈全軍。

【提攜】❶攙扶；帶領。❷幫助；照顧。亦謂提拔。

【提綱挈領】提網之綱，挈衣之領。比喻抓住要領。

插（chā）粵tsap⁸〔雌鴨切〕❶插上；插進。❷參加進去。如：插班；插嘴。

【插曲】穿插在話劇或電影等文藝作品中的短曲。引申爲事情發展中臨時發生的小事件。

【插科打諢】戲曲、曲藝演員在表演中穿插的引人發笑的動作。常同"打諢"合用，稱"插科打諢"。

挿　"插"的異體字。

揕（zhèn）粵dzɐm³〔浸〕刺。

揖（yī）粵jɐp⁷〔邑〕❶拱手爲禮。❷謙讓。

【揖讓】古代賓主相見的禮節。

揚（扬）（yáng）粵jœŋ⁴〔羊〕❶簸動；掀起。如：揚米；揚塵。引申爲高舉或飛起。如：揚手；揚聲。❷稱頌；傳播。如：讚揚；揚名。

【揚長】丟下別人，大模大樣地離去的樣子。

【揚厲】發揚擴大。如：鋪張揚厲。

【揚眉吐氣】形容久困之後一旦快意舒暢的樣子。

【揚湯止沸】比喻暫時解救急難。亦比喻辦法不徹底，不從根本上解決問題。

換（huàn）粵wun⁶〔喚〕❶互易；對調。如：交換。❷變易；更改。如：物換星移。

【換帖】(—tiě)舊時異姓的人結拜爲兄弟，交換寫有年齡、籍貫、家世等的帖子，稱爲"換帖"。如：換帖弟兄。

【換湯不換藥】比喻外表雖改換，實質未變。

揜（yǎn）粵jim²〔掩〕掩蓋；遮蔽。如：揜口而笑。

揠（yà）粵at⁸〔壓〕拔起。見"揠苗助長"。

【揠苗助長】《孟子·公孫丑上》載，有個宋國人嫌禾苗長得慢，就將禾苗拔高一點，結果禾苗都枯死了。後因以"揠苗助長"比喻不管事物發展的規律，強求速成，反而把事情弄糟。

握（wò）粵ɐk⁷ ak⁷〔渥〕㊀執持。如：握筆。也指一手所能握持的分量或大小。如：不盈一握。❷曲而成拳。

【握手言歡】握手談笑，形容親熱友好。現多指不和以後又言歸於好。

搿（ké）粵kak⁸〔其客切〕❶手把着。❷卡住。如：抽屜搿住了，拉不開；鞋小了搿腳；❸卡難。如：搿人。

揣　㊀(chuāi)粵tsœy²〔取〕tsyn²〔喘〕㊁又冒昧。度。引申爲估量、猜度。如：不揣冒昧。
㊁(chuāi)粵tsai〔猜〕同"搋❶"。如：揣在懷裏。

【揣度】(—duó)考慮估量。

【揣摩】揣度。

揩（kāi）粵hai¹〔蝦唉切〕擦抹。如：揩桌子；揩眼淚。

揪（jiū）粵dzɐu¹〔周〕❶抓住；扭住。如：互相揪打。❷收聚。

【揪心】心裏緊張；擔憂。

揫　"揪"的異體字。

揭（jiē）粵kit⁸〔竭〕❶高舉。如：揭竿而起。❷掀起；掀去。如：揭鍋蓋；揭膏藥。❸發表。如：揭底。

【揭示】❶揭明事實，公之於衆。❷揭發與闡明不易看清的事理。

【揭竿】高舉旗竿，指人民起義。

【揭發】揭露舉發。如：揭發罪行。

【揭曉】公佈出來使人知曉。特指考試後發表錄取名單。

【揭櫫】同"楬櫫"。

揮（挥）（huī）粵fɐi¹〔輝〕❶舞動；搖動。如：揮刀；大筆一揮。❷

灑；潑。如：揮汗；揮淚。❸散發。如：揮發。
【揮斥】奔放。
【揮毫】運筆。寫字或作畫。
【揮霍】用錢沒有節制。
【揮灑】揮毫灑墨。多指寫字或作畫，筆墨不拘束。如：揮灑自如。
【揮汗成雨】形容人多。

揲 (shé，又讀dié)粵sit⁸〔屑〕dip⁹〔碟〕(又)用手抽點成批或成束物的數目。

援 (yuán)粵wun⁴〔垣〕jyn⁴〔元〕(又)❶牽引；攀附。如：援木而上。❷引進。如：援舉。❸引據。見"援例"。❹救助。如：支援；增援。
【援手】救助。
【援引】❶引他說以爲例證。❷引進。
【援例】引用成例。
【援筆】拿起筆來。

揵 (qián)粵kin⁴〔虔〕❶用肩扛。❷舉起。

揶 (yé)粵jɛ⁴〔爺〕見"揶揄"。
【揶揄】戲弄；侮弄。

揸 (zhā)粵dza¹〔渣〕抓；撮。

揄 (yú)粵jy⁴〔如〕❶引；揮。❷見"揶揄"。
【揄揚】宣揚；讚揚。

揞 (ǎn)粵ɐm²〔庵高上〕❶掩藏。今稱手覆物爲揞，與藏義同。❷用藥麪兒或粉末敷在傷口上。

捷 "捷"的異體字。

揍 (zòu)粵dzɐu³〔奏〕打。

揹 (bēi)粵bui³〔背〕又作"背"。人用背馱東西。如：揹包袱。

揑 (niē)粵nip⁹〔尼葉切〕❶握着。❷用手指捻聚。如：揑泥人；揑餃子。❸虛構；假造。如：揑造事實。

揌 同"塞"。

揰 同"撞"。

揔 同"總"。

揸 同"擭"。

十 畫

搆 "構"的異體字。

搉 "榷"的異體字。

搊(扌刍) (chōu)粵tsɐu¹〔抽〕琵琶彈奏的一種指法，用五指摳撮。

損(损) (sǔn)粵syn²〔選〕❶減少。如：增損。❷喪失。如：損兵折將。❸傷；害。如：絲毫無損。❹六十四卦之一。
【損友】對自己有害的朋友。
【損人利己】亦作"利己損人"。損害別人以利自己。

搏 (bó)粵bɔk⁸〔博〕❶搏鬥。如：肉搏。❷拍擊。見"搏髀"。❸跳動。如：脈搏。
【搏髀】拍擊大腿。常指按照樂曲節奏打拍子。亦用爲讚歎或惋惜的表示。

搐 (chù)粵tsuk⁷〔促〕牽動。

搒 ㊀(péng)粵paŋ⁴〔彭〕笞打。
㊁(bàng)粵pɔŋ³〔謗〕撐船。

搓 (cuō)粵tsɔ¹〔初〕手相摩；搓挪。

搔 (sāo)粵sou¹〔蘇〕用指甲輕刮；抓撓。如：隔靴搔癢。
【搔頭弄姿】形容賣弄姿態。

搖 (yáo)粵jiu⁴〔姚〕❶擺動。如：搖手；搖鈴。❷動搖。
【搖曳】❶擺蕩。❷猶逍遙。
【搖落】雕殘；零落。亦比喻淪落。
【搖籃】嬰孩臥具，可以左右搖動。常用以比喻事物的發源地。
【搖錢樹】傳說中的一種寶樹，謂一搖就有錢掉下來。後用以比喻能借以掙錢的人。
【搖尾乞憐】狗搖着尾巴向主人乞食的可憐相。比喻卑躬屈膝、希圖別人垂憐的醜

態。

【搖唇鼓舌】謂逞口才從事游說或煽動。

【搖旗吶喊】作戰時，搖着旗子，大聲喊殺助威。也比喻給別人助長聲勢。

搗(捣) (dǎo)粵dou²〔島〕❶用棍棒的一端撞擊；舂。如：搗衣；搗米。引申爲搗毀，打落。❷攪擾。如：搗亂。

【搗亂】有意攪亂；胡鬧；破壞。

搘 (zhī)粵dzi¹〔支〕支撐；拄。

搚 (lā)粵lap⁹〔立〕折斷。

搜 (sōu)粵sɐu¹〔收〕sɐu²〔首〕(又)❶尋求。如：搜羅；搜輯。❷搜索；搜查。

【搜括】搜索；尋求。亦謂統治者盡量搜索和掠奪民間財物。

搢 (jìn)粵dzœn³〔進〕❶插。❷振；搖。

【搢紳】亦作"縉紳"、"薦紳"。舊時高級官吏的裝束，亦用爲官宦的代稱。

搢 "搢"的異體字。

搤 同"扼❶❷"

搥 "捶"的異體字。

搦 (nuò)粵nik⁷〔匿〕❶按下；抑遏。❷捏；握持。

【搦管】握筆。

【搦戰】挑戰。

搧 (shān)粵sin³〔扇〕❶用扇搧動。如：搧風爐。❷用手掌或手背批擊。

搨 (tà)粵tap⁸〔塔〕把石碑或器物上的文字或圖畫印在紙上。又作"拓"。

搪 (táng)粵tɔŋ⁴〔塘〕tɔŋ⁵〔提朗切〕(又)❶抵擋。如：搪飢；搪風。❷支吾。如：搪差事。❸用泥土或塗料抹上或塗上。如：搪瓷；搪灶。

【搪塞】敷衍塞責。

搬 (bān)粵bun¹〔般〕❶移動。如：搬家。❷移用。如：生搬硬套。

【搬弄】猶播弄。擺佈；挑撥。如：搬弄是非。

搭 (dā)粵dap⁸〔答〕❶輕放；披。如：把手搭在膊上。❷架設。如：搭橋；搭棚。❸搭配。如：大的搭小的。❹相接；附着。如：兩根電綫搭在一起；勾肩搭背。❺附乘。如：搭車；搭船。❻處；塊。如：這搭；那搭。

【搭訕】亦作"搭赸"。隨口敷衍。

【搭檔】猶搭對。協作；合伙。亦用以稱協作的伴當，即常在一起的伙伴。如：老搭檔。

【搭褳】亦作"搭連"、"褡褳"。中間開口，兩端可裝貯錢物的長口袋，搭在肩上，小的也可以繫在腰間。

搯 (tāo)粵tou⁴〔逃〕❶叩；擊。❷同"掏"。

搕 ㊀(è)粵ɐp⁷用手覆蓋。
㊁(kē)粵hɐp⁹〔合〕敲；碰。如：在石頭上搕烟袋。

搰 (hú)粵wɐt⁹〔華瞎切〕發掘；掘出。

搴 (qiān)粵hin¹〔牽〕❶拔取。如：搴旗。❷通"褰"。撩起；揭起。

搵 ㊀(wèn)粵wɐn³〔蘊〕按；揩拭。
㊁粵wɐn²〔穩〕粵方言，找尋的意思。

搶(抢) (qiǎng)粵tsœŋ²〔雌享切〕❶爭奪；劫取。如：搶先；搶劫。❷趕緊；爭先。如：搶修；搶運。

【搶白】當面責備或譏諷。

【搶攘】紛亂。

搾 "榨"的異體字。

搿 (gé)粵gap⁸〔夾〕兩手合抱。如：攔腰搿住。引申爲結交。如：搿朋友。

搳 (huá)粵wak⁹〔或〕見"搳拳"。

【搳拳】即猜拳，酒令的一種。

搋 (chuāi)粵tsai¹〔猜〕❶亦作"揣"。藏。如：把錢搋起來。又兩手交叉籠在袖子裏叫搋手。❷用力揉。如：搋麪；搋衣服。

搖 (huàng)粵fɔŋ²〔仿〕搖動。又作"晃"。

搛 (jiān)⑧gim¹〔兼〕夾持。今稱用筷夾菜為搛。

搂 "攦"的異體字。

搽 (chá)⑧tsa⁴〔茶〕敷，塗抹。如：搽粉；搽油。

搞 (gǎo)⑧gau²〔絞〕做；弄。如：搞好工作；搞清楚。

搡 (sǎng)⑧sɔŋ²〔爽〕用力推；搶。

摁 (èn)⑧ɔn³〔案〕猶"揿"。用手按下。如：摁電鈴。

搫(扬) (sūn)⑧syn¹〔孫〕見"捫搎"。

搜 (suǒ)⑧sɔk⁸〔朔〕同"索"。摸。"摸捼"即"摸索"。

搠 (shuò)⑧sɔk⁸〔朔〕❶打。❷刺；戳。

搌 (zhǎn)⑧dzin²〔展〕用鬆軟乾燥的東西把濕處的液體吸去。如：書打濕了，快拿毛巾搌一下。

搤 (wǔ)⑧ŋ⁶〔誤〕用手捂住。如：搤住耳朵。

携 "攜"的異體字。

損 "扛"的異體字。

損 (tián)⑧tin⁴〔田〕急擊。

搋 同"攤"。

搄 古"批"字。

搹 (è)⑧gak⁸〔革〕猶"搹"。

搻 同"搦"。

十一畫

撠(扰) (chuāng)⑧tsœŋ¹〔昌〕通"摐"。擊。

摼 同"研"。

摑(掴) (guó)⑧gwak⁸〔瓜客切〕用手掌打。如：摑耳光。

摒 (bìng)⑧biŋ³〔庇慶切〕❶除去；排除。如：摒絕妄念；摒之門外。❷見"摒擋"。

㊀同"屏"❸。

【摒擋】亦作"屏當"。料理；收拾。如：摒擋行李。

摔 (shuāi)⑧sœt⁷〔恤〕❶扔；丟棄。❷跌。如：摔了一跤。

摘 (zhāi)⑧dzak⁹〔宅〕❶用手採下或取下。如：摘棉花。❷選取。如：摘錄；尋章摘句。

【摘由】處理公文的一種手續。由，事由。把公文的事由摘記入收發文簿，以便查考。

【摘要】摘錄要點。如：摘要公佈。也指所摘錄的要點。如：故事摘要。

摛 (chī)⑧tsi¹〔雌〕傳播；鋪陳。

【摛藻】鋪張詞藻。

摜(掼) (guàn)⑧gwan³〔慣〕❶"慣"的本字。❷扔；摔。如：摜紗帽。❸摔；跌。如：摜跤。

摝 (lù)⑧luk⁸〔鹿〕振；搖。

摟(搂) ㊀(lóu)⑧leu⁴〔留〕牽引；拉攏。

㊁(lōu)⑧leu¹〔拉嘔切〕抱持。

㊂(lǒu)⑧leu¹〔拉歐切〕❶聚集。如：摟柴火。引申為搜括。如：摟錢。❷撩。如：摟起衣服。

摠 同"總"。

摣 (zhā)⑧dza¹〔渣〕同"揸"。

摧 (cuī)⑧tsœy¹〔崔〕❶毀壞。如：無堅不摧。❷傷痛。如：悲摧。

【摧折】折斷。

【摧毀】徹底破壞。

【摧頹】毀廢。引申為老邁頹唐的意思。

【摧枯拉朽】枯，枯草；朽，朽木。形容極容易摧毀。

【摧眉折腰】低眉彎腰，形容卑躬屈膝的樣子。

【摧陷廓清】摧毀肅清。

摩 (mó)⑧mɔ¹〔魔〕❶摩擦；接觸。如：摩拳擦掌；摩肩接踵。❷撫；摸。❸研究；切磋。如：觀摩。❹揣測。如：揣摩。

【摩天】形容極高。如：摩天大樓。

【摩崖】在山崖石壁上鐫刻文字叫"摩崖"。

【摩挲】亦作"摩娑"。❶撫弄。❷循摸索，謂暗中探索撫摸。❸搓揉。

【摩頂放踵】從頭頂到腳跟都摩傷了。形容不畏勞苦，不顧身體。

摭 (zhí)⑧dzek⁸〔隻〕拾取；摘取。

摮 (áo)⑧ŋou⁴〔熬〕旁擊。

摯(挚) (zhì)⑧dzi³〔至〕懇切；誠懇。如：懇摯；真摯。

摳(抠) (kōu)⑧kɐu¹〔溝〕❶挖。引申為向某一方面深究。如：摳字眼兒。❷吝嗇。如：這家伙摳得很。

摴 (chū)⑧sy¹〔書〕見"摴蒲"。

【摴蒲】即"樗蒲"。古代賭博遊戲。

摵 (shè)⑧sak⁸〔沙客切〕葉落。

摶(抟) ㊀(tuán)⑧tyn⁴〔團〕把散碎的東西聚集成團。
㊁(zhuān)⑧dzyn¹〔專〕同"專"。

摸 ㊀(mō)⑧mɔ²〔媽可切〕❶以手接觸或輕擦物體。❷用手採取。如：摸魚。引申為探求。如：摸情況。
㊁(mó)⑧mou⁴〔無〕同"摹"。照樣覆製。

【摸索】探索；求求。如：摸索門徑。

摹 (mó)⑧mou⁴〔無〕依樣寫書畫。如：臨摹；摹本。

【摹本】按照原本複製的書畫。

摺 (zhé)⑧dzip⁸〔接〕❶摺疊。如：摺紙。❷摺疊式的。如：摺扇。❸摺子。如：存摺；摺子。

摻(掺) ㊀(xiān)⑧sam¹〔衫〕見"摻摻"。
㊁(chān)⑧tsam¹〔參〕通"攙"。雜；混和。
㊂(càn)⑧tsam³〔次暗切〕擊鼓的調子。參見"漁陽參撾"。

【摻摻】形容女子手纖細。亦作"攕攕"。

摽 ㊀(biāo)⑧biu¹〔標〕❶揮之使去。❷拋棄。
㊁(biào)⑧piu⁵〔殍〕❶落。見"摽梅"。❷擊；打。

【摽梅】(biào—)摽梅，謂梅子成熟後落下來。多比喻女子已到結婚的年齡。

撂 (liào)⑧liu¹〔撩〕❶放下；攤開。如：撂不開手。❷丟。

摞 (luò)⑧lɔ⁶〔離賀切〕❶把東西重疊放置。如：把那些空碗摞起來。❷重疊放着的東西。如：一摞碗；兩摞磚。

捅 同"捕"。

擄 "擄"的異體字。

捒 "揀"的異體字。

捧 "拜"的本字。

十二畫

撅 ㊀(juē)⑧kyt⁸〔決〕翹起。如：撅着嘴；撅起尾巴。
㊁(jué)⑧gwɐt⁹〔掘〕通"掘"。挖掘；穿。

撇 ㊀(piě)⑧pit⁸〔瞥〕本作"丿"。❶揮去。❷漢字向左橫掠或斜撇的筆法。
㊁(piē)⑧同㊀❶拋；丟。❷從液汁面上舀取。如：撇油水。

撈(捞) ㊀(lāo)⑧lau⁴〔羅肴切〕從液體中取物。如：撈水草；大海撈針。
㊁(lào)⑧lou¹〔啦高切〕撈取。

撊(㭎) (xiàn)⑧han⁵〔霞懶切〕猛。

撏(挦) (xún，又讀 xián)⑧tsɐm⁴〔尋〕tsim⁴〔酋〕(又)撕；拉；拔。

【撏扯】摭拾；摘取。比喻割裂文義，剽竊詞句。

撐 "撐"的異體字。

撒 ㊀(sǎ)粵 sat⁸〔殺〕❶放開。如：撒網；撒開大步。❷放出；泄。如：撒尿。❸耍出。見「撒潑」。

㊁(sǎ)粵同㊀散播；散佈。如：撒下種子。

(撒野)胡鬧；放肆。

【撒潑】耍無賴，用蠻橫無理的行動對待人。

撓(挠) (náo)粵 nau⁴〔鐃〕❶擾動；攪和。❷擾亂；阻撓。❸彎曲；屈。如：百折不撓。❹搔。如：抓耳撓腮。

撕 (sī)粵 si¹〔斯〕扯裂。

撙 (zǔn)粵 dzyn²〔轉〕限制；節省。如：撙節。

【撙節】抑制。現一般用作節省的意思。

撚 ㊀(niǎn)粵 nin²〔呢演切〕❶用手指搓轉。❷彈琵琶的一種指法。

㊁粵 nɛn²〔呢狠切〕粵方言。作弄。如：撚人。

撝(㧑) (huī)粵 fei¹〔揮〕❶剖裂。❷"揮"。指揮。❸謙遜。見「撝挹」、「撝謙」。

【撝挹】"挹"通"抑"。謙退；謙讓。

【撝謙】謙遜。

撜 ㊀(zhěng)粵 tsiŋ²〔請〕同"拯"。拯救。

㊁(chéng)粵 tsaŋ⁴〔池盲切〕同"掁"。接觸。

撞 (zhuàng，讀音 chuáng)粵 dzɔŋ⁶〔狀〕❶敲；擊。如：撞鐘。❷闖；衝。如：橫衝直撞。❸碰。如：撞破頭。❹迎頭遇着。如：撞見。

【撞騙】到處設法行騙。

撟(挢) (jiǎo)粵 giu²〔繳〕❶舉起；翹起。如：撟舌。❷通"矯"。

撠 (jǐ)粵 gik⁶〔激〕❶刺。❷持。

撢 ㊀(tàn)粵 tam³〔探〕探。

㊁同"撣"。

撣(掸) ㊀(shàn)粵 sin⁶〔善〕民族名。撣人是緬甸東部撣邦的基本居民。

㊁(dǎn)粵 dan⁵〔第懶切〕拂除。如：撣塵；撣掃。

撤 (chè)粵 tsit⁸〔設〕❶除；去掉。如：撤銷；撤職。❷退；使離開駐在地。如：撤退；撤回。

撥(拨) (bō)粵 but⁹〔砵〕❶使東西移動或分開。如：撥動；撥雲見日。❷治理。如：撥亂世。❸彈，撥弄樂器上的弦索。如：撥琵琶。彈琵琶時撥弦發聲的用具也叫撥。❹調撥；調配。如：撥款。

【撥冗】從繁忙中抽出時間來。

【撥亂反正】治平亂世，回復至正常。

搋 "扯"的異體字。

撩 ㊀(liáo)粵 liu⁴〔聊〕引逗；挑弄。如：春色撩人。

㊁(liāo)粵 liu¹〔啦腰切〕揭起。

撫(抚) (fǔ)粵 fu²〔斧〕❶持；按。摸。❷通"拊"。拍；擊。如：撫掌。❸安撫；撫慰。如：撫問。❹保護。如：撫有。

【撫恤】撫慰，救濟。今多指慰問傷殘人員或死者家屬並給以物質上的援助。

【撫綏】安定；安撫。

撬 (qiào)粵 giu⁶〔技竅切〕❶抬起；翹起。❷用棍棒刀錐等撬開或挑起。如：撬門；撬石塊。

播 (bō)粵 bo³〔巴課切〕❶撒；布種。如：播種；春播。❷傳播；傳揚。如：廣播；播音。❸遷徙；流亡。參見「播遷」。

【播弄】挑撥；擺佈玩弄。如：播弄是非。

【播遷】流離遷徙。

撮 ㊀(cuō)粵 tsyt⁸〔猝〕❶用兩三個指頭取物。如：撮鹽。撮藥。亦指用兩三個指頭撮取的分量。一撮米。又借以形容極少。如：一小撮。❷容量單位，一升的千分之一。❸摘取；擷取。如：撮要。

㊁(zuǒ)粵同㊀量詞，用於成叢的毛髮。如：一撮白髮。

【撮合】介紹，從中說合。

【撮弄】❶玩弄；捉弄。❷教唆；煽動。

【撮要】在文籍資料中摘取要點。也指摘取出來的要點。

撰（zhuàn）粵dzan⁶〔賺〕著作；著述。

撲（pǔ）粵pok⁸〔樸〕❶用力覆壓的動作。如：猛撲過去。❷擊。❸拍。如：撲粉；撲蝴蝶。❹直衝。如：撲鼻；撲面。

【撲滿】儲蓄錢幣用的瓦器。

【撲朔迷離】撲朔，跳躍的樣子；迷離，模糊不明的樣子。古樂府《木蘭辭》有"雄兔腳撲朔，雌兔眼迷離。雙兔傍地走，安能辨我是雄雌"的詩句，後因以"撲朔迷離"形容事情錯綜複雜，不易詳其究竟。

撋（ruán）粵jyn⁴〔元〕以手揉摩。

撳（揿）（qìn）粵gem⁶〔技任切〕用手按。如：撳電鈴。

撐（chēng）粵tsaŋ¹〔雌罌切〕❶抵住；支持。如：撐篙；撐着下巴。❷堅起；挺起。如：撐眉努目。❸張開。如：撐陽傘；撐涼篷。

【撐持】極力勉強維持。

【撐腰】比喻給以支持。

撆"撇"的本字。

掴 同"摑"。

撧（挶）（juē）粵dzyt⁹〔絕〕折斷。

撒 同"攀"。

十三畫

撻（达）（tà）粵tat⁸〔他壓切〕用鞭子或棍子打。如：鞭撻。

【撻伐】撻爲打擊，伐爲攻伐，合爲征討之意。如：大張撻伐。

撼（hàn）粵hem⁶〔憾〕❶搖動。如：震天撼地。❷用言語打動人。

撾（挝）○（zhuā）粵dza¹〔揸〕擊；打。老撾人民共和國，在印度支那半島。○（wō）粵wo¹〔窩〕老撾，舊全稱

撢（gǎn）粵gon²〔稈〕用木棍來回撥壓。如：撢麪。

擁（拥）（yōng，舊讀 yóng）粵juŋ²〔湧〕❶抱；抱持。❷圍裹。如：擁被而眠。❸聚集。如：擁兵百萬。❹遮蓋；擁塞。❺保護。如：擁衞。

【擁護】❶衞護。❷愛戴；支持。

擂○（léi）粵lœy⁴〔雷〕研碎。如：擂鉢；擂槌；擂成細末。　○（lèi）粵同○亦作"擂"。❶捶；擊。❷通"礌"。從高處推下石頭。❸見"擂臺"。

【擂臺】武術家比武藝的臺。如：擺擂臺；打擂臺。

擄（掳）（lǔ）粵lou⁵〔魯〕劫掠。如：擄掠。❷俘擄。如：擄獲。

擅（shàn）粵sin⁶〔善〕❶獨攬；自作主張。如：擅自處理。❷長於；善於。如：不擅辭令。

【擅場】壓倒全場；勝過衆人。

【擅斷】專斷；獨斷獨行。

擇（择）○（zé）粵dzak⁹〔澤〕揀選。如：飢不擇食。❷區別。　○（zhái）粵同○的口語音。如：擇菜；擇席〔換個地方就睡不安穩〕。

【擇尤】挑選最好的。如：擇尤錄取；擇尤發表。

【擇吉】選定吉日。舊俗凡婚、嫁、安葬等都要選個吉利日子。

【擇善】擇取別人好的言行。

擊（击）（jī）粵gik⁷〔激〕❶敲；打。如：擊鼓。❷擊刺；攻打。如：劍擊。❸接觸；相碰。如：目擊。

【擊楫】楫，船槳；擊楫，敲打船槳。《晉書·祖逖傳》載，晉永興以後，黃河河北各地相次爲地方割據，祖逖渡江北伐，中流擊楫而誓："祖逖不能清中原而復濟者，有如大江。"辭色壯烈，衆皆感慨。後因以"擊楫"或"中流擊楫"形容志節慷慨。

【擊節】節，一種樂器。擊節，所以調節樂曲。後也用其他器物或拍掌來替代，即點拍。並以形容對別人詩文或藝術等的讚賞。

擋（挡）○（dǎng）粵dɔŋ²〔黨〕❶阻攔；遮隔。如：擋駕；山高擋不住太陽。❷抵擋。如：擋頭陣。

㊁(dàng)[粵]dɔŋ³〔檔〕見"擋擋"。

【擋箭牌】抵禦箭的盾牌。比喻推卸責任的借口。

操 ㊀(cāo)[粵]tsou¹〔粗〕❶持；拿着。如：操刀。❷掌握；駕馭。如：操舟。❸從事；擔任。如：操業。❹用某種語言或方音說話。如：操英語；操吳音。❺操練。如：上操；工間操。

㊁(cāo，舊讀cào)[粵]tsou³〔躁〕❶操守；節操。❷琴曲的一種。如：龜山操；猗蘭操。

【操切】處理事情過於魯莽急躁。如：不宜操切從事。

【操心】費心考慮；勞神。

【操守】平素所執持，指志行品德。

【操券】券，契約或憑證。持有憑證。比喻事情有把握。

【操觚】操，持；觚，木簡。指作文。

擎 (qíng)[粵]kiŋ⁴〔瓊〕舉；向上托住。如：衆擎易舉；一柱擎天。

擏 (qíng)[粵]kiŋ⁴〔瓊〕❶同"擎"。❷通"檠"。正弓器。

擐 (huàn，又讀guān)[粵]gwan³〔慣〕gwan¹〔關〕(又)套；穿。如：擐甲執兵。

擒 (qín)[粵]kɐm⁴〔禽〕捉。

擸 (sà)[粵]sap⁸〔颯〕見"擸㩍"。

擔(担) ㊀(dān)[粵]dam¹〔躭〕肩荷；挑。引申爲擔負、擔任。如：勇擔重任。

㊁(dàn)[粵]dam³〔打喊切〕❶扁擔，挑東西的用具。亦謂一挑東西。❷重量單位，百斤爲一擔。

【擔當】擔負；承當。常用於艱巨的任務。如：擔當重任。

【擔閣】亦作"耽擱"。拖延；耽誤。

擫 ㊀(yè)[粵]jip⁹〔葉〕箕舌，即畚箕前面伸出的部分。

㊁(kā)[粵]kat⁸〔卡壓切〕用刀子刮。

擗 (pǐ)[粵]pik⁷〔僻〕❶捶胸。見"擗踴"。❷通"擘"。剖。

【擗踴】亦作"辟踴"。擗，用手拍胸；踴，以脚頓地。形容極度悲哀。

擘 (bò)[粵]mak⁸〔厤客切〕❶拇指。如：巨擘。❷剖；分開。參見"擘肌分理"。

【擘窠】擘，劃分；窠，框格。刻印時在印章上劃分的橫直界格。又寫碑文劃界大書，也叫"擘窠"。

【擘劃】籌劃；安排。如：擘劃經營。

【擘肌分理】理，指肌膚的紋理。比喻分析事理十分細密。

據(据) (jù)[粵]gœŋ³〔句〕❶憑依；依靠。如：據險。❷佔據；盤據。如：據爲己有。❸根據；依據。如：據理力爭。❹證據；憑據。如：眞憑實據。

【據理力爭】依據道理，竭力維護自己方面的權益、觀點等。

【據爲己有】佔據爲自己所有。

擓(㧟) (kuǎi)[粵]kwai⁵〔葵蟹切〕北方方言。❶搔。如：背上癢癢的，擓了幾下。❷挎。如：左手抱個孩子，右手擓個籃子。

撿(捡) (jiǎn)[粵]gim²〔檢〕❶同"揀"。拾取。❷通"檢"。約束。

擇 同"拽"。

擮 (jiē)[粵]dzip⁸〔接〕❶按住。❷同"接"。

擧 "舉"的異體字。

擻 (qiào)[粵]kiu³〔竅〕亦作"擊"。敲擊；旁擊。

擊 同"擻"。

十四畫

擡(抬) (tái)[粵]tɔi⁴〔臺〕❶合力共舉一物。如：擡轎；擡桌子。引申爲提高。如：擡價。❷仰；向上。

【擡杠】拌嘴；無理爭論。

【擡舉】誇獎；提拔。

擠(挤) (jǐ)[粵]dzɐi¹〔劑〕❶榨；用力壓使排出。如：擠牛乳；擠牙

膏。❷擁擠；挨擠。如：人多擠迫。❸排擠；排斥。

【擠眉弄眼】用眉眼表情示意。

擢 (zhuó)粵dzɔk⁹〔鑿〕❶抽；拔。如：擢髮。❷選拔；提升。如：擢用。❸聳起。

【擢第】科舉時代謂考試登第。

【擢髮難數】(數shǔ)比喻罪行多到無法計算。

擣 "搗"的異體字。

擤 (xǐng)粵sɐŋ³〔沙更切〕用手捏住鼻子排出鼻涕。如：擤鼻涕。

擥 同"攬"。

擦 (cā)粵tsat⁸〔察〕❶兩物相摩。如：摩拳擦掌。❷揩拭；抹。如：擦黑板。❸搽；塗敷。如：擦油。

擩 ㊀(ruì)粵jy⁶〔遇〕調拌；揉和。
㊁(rǔ)粵jy⁵〔乳〕沾染。今通作"濡"。

擪(𢫕) (yè)粵jip⁸〔衣接切〕亦作"擫"。用手指按捺。

擬(拟) (nǐ)粵ji⁵〔耳〕❶量度；猜測。參見"擬議"。❷起草。如：擬稿。❸打算。如：擬往香港。❹比擬；類似。❺摹擬；模仿。如：擬古；擬作。

【擬議】行動之前的考慮。

擭 (huò)粵wɔk⁹〔獲〕❶裝有機關的捕獸木籠。❷捕取。

擯(摈) (bìn)粵bɐn³〔殯〕排斥；棄絕。

擰(拧) ㊀(níng)粵niŋ⁶〔尼認切〕❶用手指夾住扭轉。❷絞。如：擰手巾；擰成一股繩。
㊁(nǐng)粵同㊀❶用力扭轉。如：擰螺絲；擰緊水龍頭。❷錯誤；誤會；走了樣。如：把竹竿當做豬肝，是我聽擰了。
㊂(nìng)粵同㊀倔強。如：擰脾氣。

擱(搁) ㊀(gē)粵gɔk⁸〔各〕放置。引申爲停滯、延擱。
㊁(gé)粵同㊀承受；禁受；耐。如：小船擱不住許多大箱子；心裏擱不住氣惱。

【擱淺】船舶因水淺擱住，不能浮動。引申爲事情遇阻停頓。

擨 (yé)粵jɛ⁴〔耶〕見"擨歈"。

【擨歈】義同"揶揄"。

擫 同"擪"。

十五畫

擲(掷) ㊀(zhì，舊讀 zhí)粵dzak⁹〔擇〕❶拋；投。如：擲鐵餅。❷騰躍。
㊁(zhī)粵同㊀擲下。如：擲彩棒。

擴(扩) (kuò)粵kwɔk⁸〔廓〕kɔŋ³〔抗〕(俗)推廣；伸張；放大。

【擴充】擴大充實。今謂擴大範圍。如：擴充名額；擴充門面。

擷(撷) (xié)粵kit⁸〔竭〕git⁸〔潔〕(又)❶採摘。❷同"襭"。

擸 ㊀(liè)粵lip⁹〔獵〕整理鬚髮或形似鬚髮的東西。通作"躐"，參見該條。
㊁(là)粵lap⁹〔立〕見"擸揷"。

【擸揷】(là—)用畚箕斂取穢雜的東西。也指穢雜之物。亦作"垃圾"。

擺(摆) (bǎi)粵bai²〔巴徙切〕❶撥開；擺脫。❷放置；陳列。如：桌子上擺着書。❸搖動。如：搖頭擺尾；大搖大擺。亦指來回擺動的東西。如：鐘擺。

【擺佈】❶佈置；安排。❷捉弄；任意處置。

【擺脫】撇開；脫去束縛。

【擺劃】同"擘劃"。籌劃；安排。

擻(擞) ㊀(sǒu)粵sɐu²〔手〕見"抖擻"。
㊁(sòu)粵sɐu³〔秀〕用扦子通撥。如：擻火。

擽(㧰) (lì，又讀lüè)粵lik⁹〔力〕lœk⁹〔略〕(又)通"櫟"。敲擊；打擊。

擾(扰) (rǎo)粵jiu²〔妖〕❶亂。如：紛擾；擾攘。❷侵擾。❸謂煩人招待飲食。如：叨擾。

【擾擾】紛亂的樣子。

【擾攘】❶混亂；不太平。❷亦作"擾躟"。紛

忙;急遽。

摘 ㊀(zhāi)粵dzak⁹〔擇〕❶搔扒。❷即搔頭,古代婦女的一種首飾。❸同"擿"。投擲。
㊁(tī)粵tik⁷〔惕〕❶發動;指使。❷揭發。見"摘伏"。
【摘伏】(tī—)揭發隱秘的壞事。
【摘抉】(tī—)挑剔。亦作"摘擿"。

攀 (pān)粵pan¹〔扳〕❶用兩手抓附他物上升。如:攀藤附葛。❷比喻結交依附他人。如:高攀;仰攀。引申為牽涉。如:攀連;攀供;誣攀。❸拗折。如:攀折。
【攀附】❶攀援而上。❷比喻依附權貴,向上爬。
【攀援】❶攀引;攀執。❷攀附;追隨。
【攀緣】❶佛教以心隨外境而轉移,紛馳不息,如猿猱木枝謂"攀緣"。
【攀龍附鳳】比喻攀附有權勢的人以獵取富貴。

㧑 同"搐"。

攄(摅) (shū)粵sy¹〔書〕發抒;舒散;舒展。

攆(撵) (niǎn)粵lin⁵〔離勉切〕❶驅逐。❷追趕。如:人家走遠了,快攆上。

攜 "攜"的異體字。

揈 "揃"的異體字。

撝 "揮"的異體字。

十六畫

攓 同"揵"。

攏(拢) (lǒng)粵luŋ⁵〔隴〕❶聚合;合攏。❷靠攏;停靠。如:攏岸。❸彈奏弦樂器的一種指法。用左手在弦上上下按抹。❹梳;用梳子整理頭髮。

攉 ㊀(huò)粵fɔk⁸〔霍〕覆手。
㊁(què)粵kɔk⁸〔確〕同"榷"。專利。

參見"揭攬"。

攓 (qiān)粵hin¹〔軒〕同"褰"。揭起衣服。

十七畫

攔(拦) (lán)粵lan¹〔蘭〕阻擋;遮住。如:遮攔。

攖(撄) (yīng)粵jiŋ¹〔英〕❶迫近;觸犯。如:莫敢攖其鋒。❷擾亂;縈繞;糾纏。
【攖寧】道家所追求的一種修養境界,謂心神寧靜,不為外界事物所擾。

攘 ㊀(rǎng)粵jœŋ⁵〔壤〕❶排除;排斥。如:攘除。❷侵奪;侵犯。如:攘奪;攘竊;攘斥。❸亂。參見"攘攘"。❺捋。參見"攘臂"。
㊁(ráng)粵jœŋ⁴〔羊〕通"禳"。指求神消災除病。
【攘除】排除。
【攘奪】奪取。
【攘臂】捋袖伸臂,振奮或發怒的樣子。
【攘攘】紛亂的樣子。

攙(搀) (chān)粵tsam¹〔參〕❶扶;牽挽。如:攙扶;手攙手。❷雜;拌;混和。常指壇的混和在好的裏面。如:攙假。
【攙越】搶先,不照順序;干預不是自己分內之事。

攗 (méi)粵mei⁴〔眉〕見"黴攗"。

攕 (xiān)粵sam¹〔衫〕見"攕攕"。
【攕攕】形容女子手纖細。亦作"摻摻"。

十八畫

攛(撺) (cuān)粵tsyn³〔寸〕tsyn²〔喘〕(又)❶擲;扔。❷趕辦。如:事前不做,臨時現攛。❸見"攛掇"。
【攛掇】亦作"攛頓"、"攛斷"。勸誘;慫恿。

攜(携) (xié,讀音xí)粵kwei¹〔葵〕❶提。如:如取如攜。❷牽引;攙扶。如:扶老攜幼。

攝(摄) (shè)働sip⁸〔涉〕❶攝取；吸引。如：攝影。❷追；捕。❸保養。❹珍攝。參見"攝生"。❹代理；兼理。如：攝政。

【攝生】保養身體；養生。

【攝政】君主年幼不能親政，由其最近的年長親族或戚屬權里代行職務。

【攝理】代理。

【攝提格】十二地支中"寅"的別稱，用以紀年。參見"歲陽"。

摺 同"摺"。

攃(扨) (sǒng)働suŋ²〔聳〕❶推。❷通"聳"。挺立。

十九畫

攟 (jùn)働kwɐn²〔菌〕同"捃"。

【攟載】捆載。

攢(攒) ⊖(cuán)働tsyn²〔全〕聚集；集中。
⊖(zǎn)働dzan²〔盞〕❶儲蓄；積聚。如：攢錢。❷通"趲"。催促；趕。

【攢眉】緊鎖雙眉。表示不愉快。

攣(挛) (luán)働lyn⁴〔聯〕❶維繫不斷。❷蜷曲不能伸。如：痙攣。

攤(摊) (tān)働tan¹〔灘〕❶展開；平鋪。如：攤了一桌子菜。❷引申為揭示，明白表示。如：把問題攤開來談。❷平均分配。如：攤派。❸攤子。如：菜攤；擺攤。❹凝聚的一片。如：一攤泥；一攤水。

【攤牌】玩牌時把手裏所有的牌亮出來，跟對方比一比，以決勝負。比喻到最後關頭，把主張、實力等向對方擺出來。

攧(攧) ⊖(diān)働din¹〔顛〕跌。
⊖(dié)働dit⁹〔秩〕頓足。

摛(摛) (chī，又讀lí)働tsi¹〔雌〕lei⁴〔離〕(又)舒張。

攞(捯) ⊖同"捯"。
⊖働lɔ²〔裸〕粵方言，"拿"的意思。

二十畫

攩 "擋⊖"的異體字。

攪(搅) (jiǎo)働gau²〔狡〕❶擾亂；打擾。❷攪拌；拌和。

【攪擾】猶打擾。擾亂。也用作令人招待的謙辭。如：昨晚在你家攪擾了一天。

攫 (jué)働fɔk⁸〔霍〕❶用爪疾取。引申為奪取。如：攫為己有。

攥 (zuàn)働dzan⁶〔賺〕握住。如：攥緊拳頭。

二十一畫

攬(揽) (lǎn)働lam⁵〔覽〕❶持；總持；攬取。如：大權獨攬。❷圍抱。引申為招引。如：總攬天下英雄。❸攬摘。

攦 (lì)働lei⁶〔例〕分割；散開。

二十二畫

攮 (nǎng)働nɔŋ⁵〔尼網切〕❶推；擠。如：推推攮攮。❷北方人稱匕首為攮子。因稱以匕首或刺刀刺人為攮。

支 部

支 (zhī)働dzi¹〔之〕❶本義拔竹枝，引申為分散。見"支離"。❷通"枝"。❸從總體分離出來的。如：支店；支錢。❹付；領取。如：收支；支取；支錢。❺調度；指使。如：支配；支使。❺通"肢"。❼支撐；支持。如：力不能支。❸管狀或分支事物的計量單位。如：一支筆；一支軍隊。❾地支的簡稱。古代用天干(甲、乙、丙、丁、戊……)和地支(子、丑、寅、卯……)表示年、月、日、時的次序。

【支吾】❶本作"枝梧"。支持；抵拒。引申為應付、搪過。❷用含混的言語搪塞。

【支絀】謂顧到一方面顧不到另一方面，不夠支配。如：經費支絀。

【支離】❶分散。引申爲散亂沒有條理。如：言語支離。❷奇離不正，異於常態。引申爲衰殘瘦弱的樣子。如：病骨支離。

【支離破碎】形容事物零散殘缺，不成整體。

六 畫

攲 (qī)㋐kei¹(崎)見"攲嶇"

【攲嶇】同"崎嶇"。

八 畫

攲 (qī)㋐kei¹(崎)通"攲"。傾側不平。

攴(攵)部

攴 (pō)㋐pok⁸(撲)輕擊。

二 畫

收 (shōu)㋐seu¹(修)❶逮捕；拘押。如：收捕；收監。❷收斂；收拾。如：收斂；收筆。❸收穫。如：夏收；秋收。❹收取；接納。如：收賬；收徒弟。❺聚集。如：收集；收藏。❻結束；停止。如：收工；收場。

【收成】指農作物的收穫。

【收斂】約束；減輕放縱的程度。

【收回成命】撤銷已經發出的命令、決定等。

攷 "考❸❹"的異體字。

三 畫

攸 (yōu)㋐jeu⁴(由)❶水流的樣子。❷所。如：責有攸歸。❸語助詞，無義。如：四方攸同。

改 (gǎi)㋐goi²(哥譪切)變更；改正。如：改過自新。

【改元】君主、王朝改換年號，每一個年號開始的一年稱"元年"。

【改容】改變神色。

【改組】改變原來的組織或更換原有的人員。

【改歲】由舊年過渡到新年。

【改觀】改變舊樣子；面目一新。

【改弦更張】(更gēng)調整樂器上的弦，使聲音和諧；比喻變更方針、計劃或辦法。

【改弦易轍】改弦的調絃、車的改道比喻變更方向、計劃或作法。

【改朝換代】舊的朝代爲新的朝代所代替。泛指政權更替。

【改換面目】比喻外表不同，而內容未變。

攻 (gōng)㋐gung¹(工)❶攻打。如：攻城。❷指責。如：攻人之短。❸學習；鑽研。如：專攻歷史。

【攻訐】揭發別人的過失或陰私而加以攻擊。

【攻堅】進攻敵軍堅固的據點或堅固的陣地。

【攻錯】錯是磨玉石的粗石。攻錯，本謂琢磨，後多比喻借鑒他人長處，改正自己過失。

【攻城打援】以攻城爲主，同時準備打敵援兵的作戰方法。

四 畫

放 ㊀(fàng)㋐fong³(況)❶拋棄；驅逐。如：放棄；放逐。❷遠出。如：放洋。指京官調任外省。如：外放。❸散放。如：放學；放工。❹譯放。如：把鳥放走。❺恣縱；放任。如：豪放；曠放。❻擴展。如：放大；放寬。❼發出；開出。如：放炮；放光；百花齊放。❽發放。如：放賬；放糧。❾借錢給人，收取利息。如：放債。❿安放；擱置。如：存放。

㊁(fǎng)㋐fong²(仿)通"仿"。

【放手】❶無所顧忌，恣意妄爲。今指消除顧慮，大膽做去。❷猶信手，隨手。❸猶鬆手，住手。

【放言】任性而言，不受拘束。

【放洋】指出使外國或到外國留學。

【放恣】放縱任性。

【放浪】放縱不受拘束。

【放達】率性而爲，不受禮法及世俗之見的拘束。
【放肆】猶放縱。謂無拘無束，或肆無忌憚。
【放歌】盡情地高聲歌唱。
【放誕】❶謂放縱不守規範。❷虛妄。
【放盤】商店減價出售或增價收買。
【放燈】舊時元宵節，燃點花燈，讓人通夜觀覽，叫“放燈”。
【放蕩】不受拘束，放恣任性。
【放縱】❶不守規矩；沒有禮貌。❷任性而爲，不加約束。
【放懷】坦率盡情，不受拘束。
【放曠】曠達。
【放冷箭】乘人不備，放箭射人；比喻暗中傷人。
【放下屠刀】比喻決心悔改，不再作惡。常與“立地成佛”連用。
【放任自流】聽其自然發展，不聞不問。
【放虎歸山】比喻放走已經落網的敵人，留下後患。

攽 (bān，又讀bīn)[粵]ban^1〔班〕bɐn^1〔賓〕(又)發給。

五 畫

政 (zhèng)[粵]dziŋ^3〔正〕❶政治。如：政綱；參政。❷國家某一部門主管的業務。如：財政；民政。❸指集體生活中的事務。如：校政；家政。❹指主其事者。如：學政；鹽政。❺通“正”。改正。如：斧政；呈政。
【政改】政治改革。
【政客】指從事政治活動謀取私利的人。
【政綱】政治綱領，它說明一個政黨的政治任務和要求。
【政績】指官吏在職期間辦事的成績。
【政變】統治集團內部一部分人採取軍事或政治手段造成的國家政權的突然變更。

敁 (diān)[粵]dim^1〔低淹切〕見“敁敠”。
【敁敠】亦作“掂掇”。❶掂斤両；用手估量輕重。❷思忖；盤算。

敂 “叩❶”的異體字。

故 [一](gù)[粵]gu^3〔固〕❶事。如：事故；變故。❷原因。如：原故。❸從前；本來。如：故鄉。❹久；舊。如：故交；故宮。❺死亡。如：病故；身故；物故。❻故意。如：明知故犯。❼所以；因此。[二](gǔ)[粵]gu^2〔鼓〕通“詁”。
【故交】舊友。
【故老】舊稱年老而有聲望的人，多指舊臣。亦泛指年老的人。
【故紙】指文籍。後多指古書。有輕蔑之意。如：故紙堆。
【故訓】❶猶古訓，指先代留下來的法則。❷即“訓詁”。
【故常】常例；習慣。
【故態】老脾氣；慣常的行爲態度。如：故態復萌。
【故實】❶亦作“固實”。故事；史實。舊指足以效法借鑒的舊事。❷典故；出處。
【故轍】老辦法；舊途徑。
【故步自封】比喻墨守成規，不要求進步。亦作“固步自封”。

六 畫

效 (xiào)[粵]hau^6〔校〕❶效果；功用。如：有效；見效。❷摹仿；師法。如：上行下效。❸獻出。如：效力；效勞。
【效尤】尤，錯誤。學壞樣子。
【效死】猶效命。效力至死。
【效忠】謂盡心竭力。
【效命】奮身以赴，貢獻出自己的生命。
【效率】人或機器在單位時間內完成的工作量的大小。
【效顰】顰，皺眉。謂不配仿效而仿效，適足以見其醜。參見“東施效顰”。

敉 (mǐ)[粵]mei^5〔美〕mɐi^5〔米〕(又)安撫；安定。如：敉平叛亂。

七 畫

敍 (xù)[粵]dzœy^6〔序〕❶敍談。如：暢敍幽情。❷記敍；述說。如：敍述；敍

事。❸排次第。❹舊時按規定的等級次第授官職及按勞績的大小給予獎勵都稱"敍"。如：銓敍；獎敍。❺同"序"。書籍卷首的敍言；文章的一種體裁。如：《說文解字敍》。

敘 "敍"的異體字。

⿰孛攵 ㊀(bèi)[粵]bui6〔悖〕同"悖"。悖逆。
㊁(bó)[粵]but9〔勃〕同"勃"。旺盛。

敎 ㊀(jiào)[粵]gau3〔較〕❶教育；訓誨。如：施敎；受敎。❷政敎。❸宗敎。如：佛敎；基督敎。
㊁(jiāo)[粵]gau1〔交〕使；令；讓。如：不敎胡馬度陰山。
㊂(jiāo)[粵]同㊀傳授。如：敎書；我敎音樂。

【敎化】❶儒家所提倡的政敎風化，也指敎育感化。❷比喻環境影響。
【敎坊】古代管理宮廷音樂的官署。唐代開始設置。專管雅樂以外的音樂、歌唱、舞蹈、百戲的敎習、排練、演出等事務。宋元兩代亦有敎坊；明代有敎坊司，隸屬禮部。至清代雍正時始廢。
【敎唆】指使他人做壞事。
【敎條】宗敎中要敎徒信奉遵守的信條。現通稱被看做僵死的、凝固不變的某種抽象的定義、公式，或使人盲目信從奉行的清規、敎義爲"敎條"。
【敎場】舊時操練和檢閱軍隊的場地。
【敎猱升木】猱，獼猴。性善攀樹。比喻敎唆惡人爲惡。
【敎學相長】敎與學相互促進。

敏 (mǐn)[粵]mɐn5〔吻〕❶敏捷；聰敏。❷奮勉。

【敏求】勉力以求。
【敏給】(—jǐ)猶敏捷。
【敏達】敏捷而通達事理。

救 (jiù)[粵]gɐu3〔咎〕援助；救護；挽救。

【救藥】療治；挽救。

敔 (yǔ)[粵]jy5〔語〕古代擊樂器，亦名"楬"。

敕 (chì)[粵]tsik7〔斥〕❶告誡。如：申敕；戒敕。❷自上命下之詞。特指皇帝的詔書。如：奉敕；宣敕。❸通"飭"。(1)正；嚴整。如：謹敕。(2)整飭。如：自敕。

敖 ㊀(áo)[粵]ŋou4〔熬〕❶遊嬉；閑遊。❷通"熬"。煎熬；憂慮。
㊁(ào)[粵]ŋou6〔傲〕通"傲"。倨慢。

敗(败) (bài)[粵]bai6〔罷艾切〕❶毀壞。如：敗壞名譽。❷倒敗；破舊；腐爛。如：頹垣敗壁；敗絮。❸輸；失利。如：一敗塗地；轉敗爲勝。❹衰落；雕殘。如：衰敗；殘敗；敗柳。

【敗北】(—bò)戰敗；敗走。亦指在競賽中失利。
【敗筆】謂書、畫或文章裏有毛病的地方。
【敗類】指墮落或變節分子。如：民族敗類。
【敗露】壞事或陰謀被人發覺。

敓 "奪"的本字。

八　畫

敝 (bì)[粵]bɐi6〔幣〕❶壞；破舊。如：敝屣。❷謙辭。如：敝處；敝校。❸通"蔽"。

【敝屣】亦作"敝蹝"、"弊躧"。破鞋。比喻不足珍惜的東西。
【敝帚千金】把自己的並不好的東西當作寶貝。"敝"亦作"弊"。
【敝帚自珍】比喻對自己的東西非常珍視。參見"敝帚千金。"

敞 (chǎng)[粵]tsɔŋ2〔廠〕❶寬闊；高朗。如：寬敞；軒敞。❷敞開。如：敞胸露懷。❸通"暢"。如：敞快。

敠 (duō)[粵]dzyt8〔掇〕見"敁敠"。

敢 (gǎn)[粵]gɐm2〔感〕❶有膽量；勇於進取。如：果敢；敢說敢爲。❷自言冒昧之詞。如：敢問；敢煩。❸不敢、豈敢的省詞。❹莫非；怕是。如：敢是他來了？

散 ㊀(sàn)[粵]san3〔傘〕❶分開；分散。與"聚"相對。如：分散；散場。❷排遣。如：散悶；散心。❸分佈；散佈。如：散傳單；天女散花。

㊀(sǎn)粵san²〔沙反切〕❶研成細末或銼成粗末的藥料。如：平胃散。❷散開的。如：散裝；散貨。引申爲疏散；消散。❸不自檢束；懶意。如：散淡；懶散。❹不受格律的拘束。如：散文。❺閑散，沒有一定的職務。如：散職；散位。❻琴曲名。如：廣陵散。

【散髮】謂棄置冠冕，隱居不仕。

【散兵游勇】(散sǎn)指沒有統率的逃散的士兵。

【散花天女】佛經故事裏的人物。《維摩經‧觀衆生品》載，維摩室中有一天女，以天花散諸菩薩身，即皆墜落。至大弟子，便著不墜。天女説：“結習未盡，花著身耳。”

散 “散”的異體字。

敦 ㊀(dūn)粵dœn¹〔噸〕❶誠懇。如：敦厚；敦聘。❷督促。

㊁(duì)粵dœy⁶〔兑〕古代食器。青銅製。蓋和器身都作半圓球形，上下合成球形。各有三足或圈足。

【敦牂】十二支中午的別稱，用以紀年。參見“歲陽”。

【敦睦】指親厚和睦。亦作“敦穆”。

九　畫

敬 (jìng)粵gíng³〔徑〕❶戒慎，不怠慢。❷尊敬。如：敬老；敬重。❸以禮物致敬意。如：賀敬；奠敬。❹有禮貌地送上去。如：敬茶；敬酒。

【敬而遠之】表示尊敬，但又不願意接近。有時也用爲不願接近某人的諷刺語。

【敬業樂羣】(樂yào)謂專心學業，樂於與同學相切磋。

【敬謝不敏】表示推辭的客氣話。謝，推辭；謝絕。不敏，沒有才能。

敭 “揚”的異體字。

敵 (dù)粵dou⁶〔杜〕關閉。

敊 “敚”的異體字。

十　畫

敲 (qiāo)粵hau¹〔哮〕叩。如：敲鑼打鼓。

【敲磚】比喻借以騙取名利的工具，一達到目的，就可抛棄。

【敲邊鼓】亦作“打邊鼓”。謂從旁幫腔。

十一畫

敵(敵) (dí)粵dik⁹〔滴〕❶仇敵。如：抗敵；殺敵。引申爲抵抗；抵拒。如：同仇敵愾。❸同等；相當；匹敵。如：勢均力敵。

【敵愾】指抗禦所恨怒的(人或東西)。

叜 “叟”的異體字。

敷 (fū)粵fu¹〔呼〕❶佈；施。如：敷設；敷敘。❷鋪陳。如：敷座；鋪陳；鋪張。如：敷陳其事。❹足夠。如：不敷應用。❺搽；塗。如：敷藥。❻通“膚”。見“敷淺”。

【敷衍】❶分佈。❷同“敷演”。陳述而加以申説。❸將就應付。如：敷衍塞責；敷衍了事。

【敷淺】同“膚淺”。淺薄，多指學識。

【敷陳】鋪紋；詳加論列。

【敷演】亦作“敷衍”。陳述而加以申説。

數(数) ㊀(shù)粵sou³〔訴〕❶數目。如：次數；人數。❷幾個；不止一個。如：數人。❸算術。❹技術；方術；道術。多指博弈、占卜之類。❺中國哲學名詞。氣數，即命運。❻定數。

㊁(shǔ)粵sou²〔嫂〕❶點數；計算。如：不可勝數。引申爲算在數内。❷列舉罪狀。如：面數其罪。

㊂(shuò)粵sok⁸〔朔〕屢次；頻繁。如：頻數；繁數。

【數落】(shǔ—)❶責罵。❷數説；訴説。

【數九天氣】(數shǔ)中國民間的習俗，從冬至起，每九天算一“九”，到“九九”爲止，共八十一天，是一年中寒冷的時期，稱爲“數九天氣”。

【數見不鮮】(數shuò)指事物經常看見，並不新奇。

【數典忘祖】(數shǔ)《左傳‧昭公十五年》載，晉大夫籍談出使周朝，周景王問談，晉國何以沒有貢物。談答以晉國從來沒有受到王室器物賞賜，所以也無器可獻。周王指出從晉之始祖唐叔開始，就不斷受到王室的賜器，責備籍談身為晉國司典的後裔，不應不知道這些史實，說他是"數典而忘其祖"。後以"數典忘祖"比喩忘本。

歐

"軀"的異體字。

十二畫

敽(敿) (jiǎo)⑧giu²〔嬌〕結連。

整 (zhěng)⑧dziŋ²〔紙影切〕❶整齊；嚴整。如：衣冠不整。❷整頓；整理。如：整風。❸完全無缺。如：整套。❹整數無零。如：一百元整。

【整治】❶整頓；整理。❷備辦；收拾。

【整飭】猶整飭。今亦指採取措施以改正缺點。如：整飭作風。

【整飭】❶整頓。❷嚴正。

【整軍經武】整頓軍隊，經營武備。

十三畫

斁(斁) ㊀(yì)⑧jik⁹〔亦〕厭棄。
㊁(dù)⑧dou³〔到〕敗壞。

斂(斂) (liǎn)⑧lim⁵〔臉〕❶徵收。如：橫徵暴斂。❷收集。如：聚斂。❸收縮。如：斂氣；斂容。❹收束；約束。如：斂迹。

【斂手】❶縮手，表示不敢有所作為。❷拱手，表示恭敬。

【斂迹】指惡人有所顧忌，收歛其行迹。

【斂容】猶正顏色，表示肅敬。

十四畫

斃(斃) (bì)⑧bei⁶〔幣〕倒下；死；滅亡。如：多行不義必自斃。

十五畫

氂(氂) ㊀(lí)⑧lei⁴〔離〕❶牦牛。❷硬而曲的毛，可以緊衣。
㊁(tái)⑧toi⁴〔臺〕❶古邑名。即邰。在今陝西 武功西南。❷古縣名。秦置。治所在今陝西 武功西南。

十六畫

斅(敩) (xiào)⑧hau⁶〔效〕教。

斆 同"斅"。

文　部

文 ㊀(wén)⑧men⁴〔聞〕❶紋理。❷花紋。引申爲刺畫花紋。見"文身"。❸字；文字。如：甲骨文；鐘鼎文。❹文章。如：作文；詩文。❺文言。如：半文半白。❻禮節儀式。如：繁文縟節；虛文。❼法令條文。如：舞文弄墨；深文周納。❽文華；辭采。與"質"相對。參見"文質彬彬"。❾文雅。如：溫文爾雅。❿與"武"相對。如：文人；文官；文武全才。⓫舊時銅錢一面鎸文字，故稱錢一枚爲一文。如：一文不值。⓬自然界的某些現象。如：天文；水文。
㊁(wén，舊讀wèn)⑧men⁴〔問〕掩飾；修飾。如：文過飾非。

【文告】通告的文件，政府機關對公衆發佈的通告。

【文身】亦作"紋身"。在身體上刺畫有色的圖案或花紋。

【文采】亦作"文彩"。❶錯雜華麗的色采。❷辭采；才華。

【文宗】文章爲衆人所師法的人物。如：一代文宗。

【文定】訂訂婚。

【文苑】文士所聚之處，猶言文壇、文學界。

【文弱】舉止文雅而身體柔弱，多用來形容文

人。

【文理】❶猶言條理。❷文章的文字表達和內容意義。亦謂文章的條理。如：文理通順。

【文教】舊指典章制度，禮樂教化。今爲文化教育的略稱。如：文教事業。

【文場】猶言文壇。文學界。科舉時亦稱試場爲文場。

【文豪】傑出的、偉大的作家。

【文網】即法網。

【文飾】❶指禮節儀式。❷文過飾非；掩飾不好的事情。❸修飾。

【文翰】文章。也指公文信札。

【文壇】文學界。

【文靜】(性格、舉止)文雅安靜。

【文牘】公文；信札。❷舊時а機關團體中撰擬文稿的人員。

【文獻】指具有歷史價值的圖書文物資料。如：歷史文獻。亦指與某一學科有關的圖書資料。如：醫學文獻。

【文辭】亦作"文詞"。文章詞語。亦謂文章詞采。

【文藻】文辭的藻采。

【文曲星】即"文昌星"。舊時迷信傳說是主持文運科名的星宿。

【文字獄】舊時統治者爲了鎮壓有反抗傾向或觸犯其忌諱的文人，往往故意從作品中摘取字句，羅織罪名，構成冤獄，叫"文字獄"。

【文抄公】抄襲文章的人(含譏誚意)。

【文不加點】點，塗改。謂文章一氣寫成，無須修改。形容文思敏捷，技巧純熟。

【文不對題】文章的內容和題目沒有關係，對不上。引申說話、寫文章不能針對問題。

【文房四寶】紙、墨、筆、硯四種文具的統稱。文房謂書房。

【文恬武嬉】謂文武官僚安於逸樂，不以國事爲憂。

【文從字順】文句通順。

【文過飾非】亦作"飾非文過"。用虛僞的言辭掩飾自己的過失錯誤。

【文質彬彬】原指文采與實質配合均勻適當。文，文采；質，實質；彬彬，謂配合適宜。今常用以形容人舉止斯文。

【文藝復興】歐洲十四至十六世紀發生的文化革新運動，是西歐封建社會向資本主義過渡這一歷史變革在意識形態上的反映。新興資產階級在復興古代希臘、羅馬文化的形式下，宣揚人文主義(人道主義)，對腐朽的封建制度和宗教神學進行批判。文藝復興擺脫了教會對於人們思想的束縛，給西歐國家帶來科學、文學、藝術的繁榮，爲資產階級登上政治舞臺製造了輿論。

八　畫

斌 同"彬"。

斑 (bān)⑧ban¹〔班〕❶顏色駁雜不純，亦指雜色的花紋或斑點。❷頭髮花白。

【斑駁】色彩雜亂錯落。

【斑斕】亦作"斒斕"、"斒斕"。顏色錯雜燦爛。如：五色斑斕。

斐 ㊀(fěi)⑧fei²〔匪〕五色相錯。
　　㊁(fei)⑧fei¹〔非〕姓。

【斐斐】❶有文采的樣子。❷形容雲氣輕淡。

九　畫

斒 (bān)⑧ban¹〔班〕見"斒斕"。

【斒斕】同"斑斕"。

十六畫

斕(斓) (lán)⑧lan⁴〔蘭〕見"斑斕"。

斗　部

斗 ㊀(dǒu)⑧deu²〔陡〕❶口大底小的方形量器，有柄。也用作某些有柄器物的名稱。如：熨斗；煙斗。❷容量單位。十升爲斗，十斗爲石。今作爲"市斗"的簡稱。❸古代酒器。❹古星名。如："斗星"、"斗宿"。也用作星的通名。如：滿

天星斗。

㊁「鬥」的簡化字。

【斗方】一二尺見方的詩幅或書畫頁。

【斗門】古代指堰、壩上所設的放水閘門；或橫截河道，用以塞高水位的閘門。今專指灌溉渠道上斗渠進水口的啟閉設施，用以調節進入斗渠的水量。

【斗室】狹小的屋子。

【斗膽】形容大膽。

【斗轉參橫】(參shēn)北斗星已轉向，參星也已打橫。謂天色將明。亦作「參橫斗轉」。

六　畫

料　(liào)⑧liu⁶〔廖〕❶料想；揣度。如：意料；逆料。❷整理；處理。如：料理。❸可供製造的物質。如：材料；原料；衣料；木料。❹可供飲食的物質。如：飲料；作料。也特指牛馬所吃的乾草或雜糧。如：馬料；料豆。❺一種人造的半透明物質，舊時常用來充珠、玉、翡翠等。如：料器；料貨。❻指所用料器的分劑。如：單料；雙料；合一料藥。

(❸❹❻義項粵口語讀高上聲)

【料峭】形容春天的寒意。

【料量】❶稱量計算。❷料想。

七　畫

斛　(hú)⑧huk⁹〔酷〕量器名，亦容量單位。古代以十斗為一斛，南宋末年改為五斗。

斜　(xié，舊讀xiá)⑧tsɛ⁴〔邪〕不正。如：傾斜；斜面。

㊀(yé)⑧je⁴〔爺〕陝西終南山的谷名，南口叫褒，北口叫斜。

𣃚　同「斗」。

八　畫

斝　(jiǎ)⑧ga²〔假〕古代酒器。青銅製。圓口，有鋬和三足。用以溫酒。

斟　(zhēn)⑧dzɐm¹〔針〕本謂用勺子舀取，通指執壺注酒或茶。

【斟酌】❶酌酒以供飲。❷商討、考慮，以定取捨。❸參考；採取。

十　畫

斡　㊀(wò)⑧wat⁸〔挖〕旋轉。參見「斡旋」。

㊁(guǎn)⑧gun²〔管〕通「管」。管頭。

【斡旋】扭轉；調整。引申為調解爭端。

斠　(jiào)⑧gau³〔教〕❶古代量穀物時刮平斗斛的用具。❷校正。如：斠補；斠訂。

十三畫

斢　(jǔ)⑧kœy¹〔拘〕亦作「斔」、「斞」。捲；酌。

十五畫

斣　同「斠」。

斤　部

斤　(jīn)⑧gɐn¹〔巾〕❶斧頭。❷見「斤斤」。❸重量單位。市制十兩為一斤，舊制十六兩為一斤。

【斤斤】苟細、瑣屑的意思。如：斤斤計較。

一　畫

斥　(chì)⑧tsik⁷〔戚〕❶驅逐；排斥。如：斥退。❷責；責備。如：痛斥。❸偵察；探測。參見「斥候」。❹鹽鹼地。參見「斥鹵」。

【斥候】偵察；候望。亦指偵察敵情的士兵「候」亦作「堠」。

【斥鹵】亦作「舄鹵」、「潟鹵」。土地含有過多的鹽鹼成分，不適宜耕種。

【斥賣】猶變賣，拿去賣掉。

四　畫

斧 (fǔ)粵fu²[府]❶斧子。❷古代的一種兵器。亦用作殺人的刑具。見"斧鉞"。

【斧正】亦作"斧政"、"削正"、"郢政"。請人修改文章的客氣話。

【斧鉞】亦作"斧戉"、"鈇鉞"。古代軍法用以殺人的斧子。亦泛指刑戮。

【斧鑿痕】原指工匠用斧鑿治木石時所遺留的痕迹。後用以比喻藝術作品沒有達到渾成的境地，還留著雕琢的痕迹。

斨 (qiāng)粵tsœŋ¹[搶]古代的一種斧子，裝柄的孔是方的。

五　畫

斫 (zhuó)粵dzœk⁸[雀]本義為大鋤。引申為砍，斬。

七　畫

斬(斩) (zhǎn)粵dzam²[支減切]砍；殺。如：快刀斬亂麻。

【斬草除根】比喻除去禍根，以免後患。

【斬釘截鐵】比喻果斷堅決，明快利落。

八　畫

斲 "斫"的異體字。

斯 (sī)粵si¹[思]❶此。如：生於斯，長於斯。❷乃；就。如：有備斯可以無患。❸助詞。同"兮"。如：恩斯勤斯。❹助詞，用同"是"，以確指行為的對象。❺劈；砍。如：斧以斯之。❻見"斯須"。

【斯文】❶文雅。❷指文化或文人。

【斯須】猶言須臾；一會兒。

【斯文掃地】指文化或文人不受尊重，或文人甘自墮落。

九　畫

新 (xīn)粵sen¹[申]❶初次出現的。與"舊"相對。如：新人新事。引申為新鮮。❷改善；更新。❸結婚時的人或物。如：新郎；新房。❹新近；剛。如：新來的同事；新買的書。❺朝代名。初始元年(公元8年)王莽代漢稱帝，國號新，建都長安(今陝西西安)。更始元年(23年)為綠林軍所滅。

【新歲】猶新年。

【新穎】新鮮、新奇。

【新禧】新年幸福。如：恭賀新禧。

【新紀元】新的歷史階段的開端。

【新陳代謝】❶指生物體通常從外取得生活必需的物質，通過物理化學作用變成生物體的有機組成部分，供給生長、發育，同時產生能量維持生命活動，並排除廢物的過程。❷哲學範疇。指新事物代替舊事物的過程。任何事物的內部都有其新舊兩方面的矛盾，形成為一系列的曲折的鬥爭。鬥爭的結果，新的方面由小變大，上升為支配的東西；舊的方面則由大變小，變成步步歸於滅亡的東西。而一當新的方面對於舊的方面取得支配地位的時候，舊事物的性質就變化為新事物的性質。

【新石器時代】考古學分期中石器時代的晚期階段。是原始氏族公社的繁榮時期。當時人類廣泛使用經過加工的磨製石器，從事畜牧和農業，逐漸定居。中國已發現的新石器時代的人類文化，著名的有仰韶文化、龍山文化等。

十　畫

斲 (zhuó)粵dœk⁸[琢]砍，削。

【斲喪】(——sàng)摧殘；傷害。多特指沉溺酒色，損害身體。

【斲輪】車工斫木製造車輪。後稱經驗豐富、技藝精湛的人為"斲輪老手"。

十一　畫

斳 (qín)粵ken⁴[勤]同"芹"。

十三畫

斶 (chù)㊣tsuk⁷〔畜〕亦作"歜"。古代人名。

斵 "斷"的異體字。

十四畫

斷(断) (duàn)㊣dyn⁶〔段〕❶截斷；折斷。❷斷絕。❸戒除；禁絕。引申爲停止。❷❸義項粵口語讀團此上聲。❹判斷；決斷。如：斷獄；當機立斷。❺決不；無疑。如：斷無此理。(❹❺義項粵又讀高去聲)

【斷火】舊俗清明節前一日起禁火三日，叫"斷火"。

【斷弦】舊以琴瑟比喻夫婦，因稱喪妻爲"斷弦"。

【斷腸】❶形容悲痛到極點。❷猶斷魂、銷魂；謂使人蕩氣回腸。

【斷魂】猶銷魂，形容哀傷，也形容情深。

【斷獄】審理和判決罪案。

【斷章取義】謂隨意截取詩文一章一句爲己用，而不顧作者的本意如何。

【斷編殘簡】殘缺不全的書籍。亦作"斷簡殘編"。

【斷爛朝報】指陳腐駁雜、缺少參考價值的歷史記載。

二十一畫

斸(斵) (zhú)㊣dzuk⁷〔足〕大鋤。引申爲掘。

方 部

方 (fāng)㊣fɔŋ¹〔芳〕❶四個邊都是直角的四邊形或六面都是直角四邊形的立體。如：方格子；方塊兒。❷方向；方位。如：東方；西方；四面八方。❸正

直。如：方正。❹方面；一邊或一面。如：對方；雙方。❺地方；區域。如：殊方異域。❻方法；法子。如：千方百計。❼方劑；藥方；處方。❽方版；古代書寫用的木板。❾比擬；比方。如：方之古人。❿才；始。如：書到用時方恨少。⓫正在。如：方興未艾。⓬數學以一數自乘爲方。如：平方；立方。⓭計量面積或體質的一種單位。面積一方即一丈見方。土石以一立方公尺爲一方。⓮當、當其時。如：⓯塊、個。如：一方匾額。⓰并船。如：方舟。

【方土】❶猶言鄉土。❷指各地形勝物產人情。

【方士】❶周代掌管王子弟和公卿、大夫的采地獄訟的官。❷中國古代好講神仙方術的人。

【方丈】❶佛教名詞。原指居士或禪寺的長老或住持所居之處。《維摩詰經》說長者維摩詰的居處，室方一丈，能廣容大衆，因稱。後指一般寺院內主持者的居處。❷道教全氣派十方叢林的主持人和他居住的靜室。

【方寸】❶方一寸，喻其小。如：方寸之地。❷指心。如：方寸已亂。

【方外】世外，謂超然於世俗禮教之外。後稱僧道爲方外。

【方技】醫藥與養生之類的技術。

【方物】土產。

【方便】❶佛教名詞。猶云權宜。謂對各種不同程度的人，採取各種不同的傳教方式之生信，故名。❷機會。❸給予便利。如：與人方便。❹猶解手。多用於話本小說。

【方家】原指深於道術的人。後指精通某種學問或藝術的專家。

【方術】❶古指關於治道的方法。❷指天文（包括占候、星占）、醫學（包括巫醫）、神仙術、占卜、相術、命相、遁甲、堪輿等。

【方略】策劃；計謀。

【方勝】古代婦人飾物，以彩綢等爲之，由兩個斜方形部分疊合而成。

【方輿】猶"輿地"。舊時地理學亦稱方輿之

學。

【方鎮】指鎮守一方的軍事長官。如晉代持節都督、唐宋節度使、諸衞將軍等。

【方興未艾】艾，停止。方興未艾，謂事物正在發展，未到止境。

四　畫

於 ㊀（wū）⓪wu¹〔烏〕❶"烏"的古字。❷歎美聲。

㊁（yú）⓪jy¹〔于〕又作"于"。❶在。如：坐於堂上。❷到；及於：如：聲聞於天。❸給。如：嫁禍於人。❹對：如：忠於職守。❺自；從。如：青出於藍。❻猶"過"，表示比較。如：大於；多於。❼猶"由"，表示被動：如：兵破於陳涉。

㊂（yú）⓪同"姓"。

【於乎】同"嗚呼"。

【於菟】虎的別稱。

【於戲】（—hū）同"嗚呼"。

五　畫

施 ㊀（shī）⓪si¹〔詩〕❶施行；實施。如：施工；無計可施。❷給予。如：施肥；施食。❸散佈。如：雲行雨施。

㊁（yì）⓪ji⁶〔義〕蔓延；延續。

【施施】❶緩步而行的樣子。❷喜悅自得的樣子。

斿 ㊀（yóu）⓪jeu⁴〔由〕同"游"。浮。

㊁（liú）⓪leu⁴〔流〕同"旒"。❶古代旗旒的下垂飾物。❷古代用作冕飾的垂玉。

㫍 同"旒"。

瓶 "瓶"的本字。

六　畫

旁 ㊀（páng）⓪pɔŋ⁴〔龐〕❶邊；側。如：路旁；兩旁。❷漢字的偏旁。如：形旁；聲旁；"木"旁。❸邪；偏。

如：旁門左道。❹別的；本身之外的。如：旁人；旁枝；旁證。

㊁（bàng）⓪bɔŋ⁶〔傍〕同"傍"。依傍；沿。

【旁午】（bàng—）交錯；紛繁。

【旁通】猶言廣通。亦用為相互貫通之意。如：觸類旁通。

【旁落】（權力）落到別人手中。

【旁薄】（—bó）亦作"旁礴"、"旁魄"、"磅礴"。❶混同；廣博，宏偉。亦指申為廣被，普及。❷廣大無邊的樣子。

【旁騖】對正業不專心而追求其他的事。

【旁礴】同"旁薄"。

【旁觀】謂局外人從旁觀察。如：旁觀者清；袖手旁觀。

【旁若無人】不把在旁的人放在眼裏，形容態度從容或高傲。

【旁敲側擊】對某問題不直接表明己見而隱晦曲折地說。

旂 （qí）⓪kei⁴〔其〕❶古時旗幟的一種。❷同"旗❶"。

旃 （zhān）⓪dzin¹〔煎〕❶亦作"氈"。純赤色的曲柄旗。❷通"氈"。❸助詞。相當於"之"。

【旃蒙】十干中乙的別稱，用以紀年。亦作"端蒙"。參見"歲陽"。

旄 ㊀（máo）⓪mou⁴〔毛〕古時旗桿頭上用旄牛尾作的裝飾，因即指有這種裝飾的旗。

㊁（mào）⓪mou⁶〔冒〕通"耄"。

【旄丘】前高後低的土山。

旅 （lǚ）⓪lœy⁵〔呂〕❶在外作客；旅行。如：旅居；旅途。亦謂旅客。如：行旅、商旅。❷共同；在一起種而生。如：旅穀；旅葵。❸古以士卒五百人為旅。也用作軍隊編制的單位名稱，在師之下、團之上。也泛指軍隊。如：軍旅。❹共同。如：旅進旅退。

【旅次】旅途中暫住的地方。

【旅食】寄食他鄉。

【旅進旅退】跟大家同進同退。形容自己沒有什麼主張，跟着別人走。

旆 （pèi）⓪pui³〔沛〕亦作"斾"。❶古時旗末狀如燕尾的垂旒。❷泛指旌旗。

七　畫

旉　(fū)⑧fu¹〔呼〕同"敷"。

㫪　(fǎng)⑧fɔŋ²〔訪〕捏塑黏土成瓦器。

旋
㊀(xuán)⑧syn⁴〔船〕❶轉動。如：盤旋；旋轉身子。❷歸；還。如：旋里；凱旋。❸隨後；不久。如：旋即離去。
㊁(xuàn)⑧同㊀迴旋的。如：旋風。
㊂"鏇"的簡化字。

【旋律】聲音經過藝術構思而形成的有組織、有節奏的和諧運動。旋律是樂曲的基礎。
【旋踵】旋轉腳跟，後退。
【旋乾轉坤】猶言扭轉乾坤，謂根本改變局面。

旌　(jīng)⑧dziŋ¹〔晶〕❶古代旗的一種，綴旄牛尾於竿頭，下有五彩析羽。用以指揮或開道。❷古代旗的通稱。❸表彰。如：旌表。

【旌表】古代對忠孝節義的人，用立牌坊賜匾額等方式加以表揚，叫做旌表。
【旌旗】旗幟的通稱。
【旌節】❶古代出使者所持的節。❷謂旌與節。唐宋時皇帝賜給節度使的儀仗。

㫋　(nǐ)⑧nei⁵〔你〕見"旎旎"。

族　(zú)⑧dzuk⁹〔俗〕❶宗族；家族。❷種族；民族。如：漢族。❸品類；族類。如：水族；芳香族。❹滅族。古代刑法，一人有罪把全家包括母家、妻家的人都殺死。

【族類】❶謂同族的人。❷同類。
【族權】宗法制度中家族系統的權力。

㫃　(jīng)⑧dziŋ¹〔晶〕同"旌"。

八　畫

旐　(zhào)⑧siu⁶〔兆〕古代旗的一種，上畫龜蛇。也指舊時出喪時為棺柩引路的旗，俗稱魂幡。

九　畫

旒　(liú)⑧leu¹〔流〕❶亦作"斿"。旌旗下邊懸垂的飾物。❷古代帝王冕冠前後懸垂的玉串。

旓　(shāo)⑧sau¹〔梢〕旌旗之旒。

十　畫

旖　(yǐ)⑧ji²〔倚〕見"旖旎"。

【旖旎】本形容旌旗隨風飄揚，引申為柔美的樣子。猶言啊娜。

旗　(qí)⑧kei⁴〔期〕❶旗幟的總稱。❷內蒙古行政區域名，相當於縣。❸清代滿族的軍隊和戶口編制，共分八旗。後又建立蒙古八旗、漢軍八旗。引申為屬於八旗的，特指屬於滿族的。如：旗人；旗袍。

【旗人】清代對被編入八旗的人的稱呼。舊時漢人一般對滿族也叫"旗人"。
【旗亭】❶古代的市樓，用以指揮集市。❷酒樓。
【旗鼓相當】亦作"鼓旗相當"。古代軍隊用旗鼓發號令，故謂兩軍對敵為"旗鼓相當"。亦謂敵對競勝。後用以比喻雙方勢均力敵。

十四畫

旛　(fān)⑧fan¹〔番〕長方而下垂的旗子。亦：長幡。亦為旗旛的總稱。如：旗旛招展。

【旛勝】旛，亦作"幡"。舊時立春日的首飾。剪紙或縷絹等為旗旛形和彩勝，故稱"旛勝"；亦有剪為蝴蝶、金錢或其他形狀的。

十五畫

旜　(zhān)⑧dzin¹〔煎〕同"旃"。

旞(旝)　(kuài)⑨kui²〔繪〕古代旗的一種。

十六畫

旟(旟)　(yú)⑨jy⁴〔如〕古代旗的一種，上畫鳥隼，進兵時所用。

无 部

无　"無"的簡化字。

旡　(jì)⑨gei³〔寄〕飲食氣逆哽塞。

七　畫

既　(jì)⑨gei³〔寄〕❶猶食盡。引申爲用盡、完盡。❷已經；已然。如：既成事實。❸不久之後。如：既而悔之。❹連詞，常跟"且"、"又"連用，表示兩者並列。如：既高且大；既快又好。

【既望】殷周以陰曆每月十五、十六日至二十二、二十三日爲既望。後世以陰曆每月十五日爲望，十六日爲既望。

【既往不咎】以往做錯的事不再追究。亦作"不咎既往"。

九　畫

旤　"禍"的異體字。

日 部

日 (rì)粵jet⁹〔逸〕❶太陽。如：日出東方。❷白晝。如：夜以繼日。❸時間單位。地球自轉一周的時間，即一晝夜。❹每天。如：日記。❺日子。如：春秋佳日。❻時日；光陰。❼國名，日本的簡稱。

【日下】❶太陽落下去。❷指京都。

【日中】中午。

【日昃】亦作「日仄」、「日側」。太陽偏西，約下午二時前後。

【日晷】❶日影。❷又名「日規」。古代利用日影以定時刻的一種儀器。

【日程】按日排定的應做事情的程序。如：議事日程；工作日程。

【日邊】❶猶言天邊。❷太陽的旁邊，舊時常用以比喻在皇帝的左右。

【日月如梭】比喻光陰迅速地過去。

【日月合璧】謂日月同升，出現於陰曆的朔日。在中國很少見。古人遂用以附會爲國家的祥瑞。

【日中爲市】古代人們在中午到集市上做買賣，叫做「日中爲市」。

【日不暇給】(給jǐ)謂事情多，時間不夠。

【日以繼夜】也作夜以繼日。白天接着黑夜，形容日夜不停。

【日高三竿】亦作「日上三竿」。謂太陽離地面有三根竹竿那麼高。後指天已大亮，時候不早。

【日甚一日】一天比一天厲害。

【日俄戰爭】日本和沙俄爲爭奪中國東北及朝鮮而進行的戰爭。1895年中日甲午戰爭後，日本強迫中國割讓遼東半島。沙俄企圖獨佔中國東北，便勾結德、法，強迫日本把遼東半島歸還中國。日本又從中國勒索白銀三千萬兩，但並不甘心。八國聯軍鎮壓義和團後，沙俄趁機侵入中國東北並欲進一步侵略朝鮮，因而與日本的矛盾更加尖銳。1904年2月8日日本對俄不宣而戰，日俄戰爭爆發。這次戰爭的主要戰場在中國，使中國人民遭到劫掠和屠殺。

戰爭結果，俄國失敗。經美國斡旋，1905年9月5日，沙俄同日本簽訂了樸茨茅斯和約。戰後，日本侵入中國東北和朝鮮，同沙俄侵略勢力的矛盾更加尖銳。

【日理萬機】一天之內要處理成千上萬件的事。形容處理政務的繁忙。

【日新月異】天天更新，月月不同，形容變化快。

【日暮途遠】亦作「日暮途窮」。謂時間迫促，但距離目的地尚遠。比喻計窮力盡。亦比喻到了沒落滅亡的階段。

【日薄西山】(薄bó)薄，迫近。比喻人的衰老或事物接近滅亡。

【日積月累】指長時間的積累。

一 畫

旦 ㊀(dàn)粵dan³〔誕〕❶天亮；早晨。如：旦暮。❷旦。如：元旦；歲旦。
㊁(dǎn)粵dan²〔打揀切〕戲曲腳色行當。扮演女性人物。

【旦夕】❶朝夕。亦指早晚之間，猶言日常。❷指很短的時間。

【旦旦】誠懇的樣子。

二 畫

旨 (zhǐ)粵dzi²〔止〕❶味美。如：旨酒。❷意指。如：其旨深遠。❸帝王的詔諭。如：聖旨；奉旨。也指上級的命令或身長的意旨。如：鈞旨；尊旨。

【旨酒】美酒。

【旨趣】亦作「指趣」。宗旨；大意。

早 (zǎo)粵dzou²〔組〕❶早晨。如：早操。引申爲初時。見「早春」。❷在先；還沒有到時候。如：趁早；早到。

【早春】初春。

【早慧】幼時聰明。

旬 (xún)粵tsœn⁴〔巡〕❶十天。一個月有三旬，分稱上旬、中旬、下旬。❷十年。多指人壽。如：年逾七旬。

旭 (xù)粵juk⁷〔沃〕太陽初出的樣子。亦指初出的太陽。

【旭日】初升的太陽。如：旭日東升。

旮（gā）粵gⁱ〔哥〕gɔk⁸〔角〕〔語〕見"旮旯"。

【旮旯】❶北京方言，角落。如：牆旮旯。❷指偏僻的地方。如：山旮旯。

旯（lá）粵lɔ¹〔囉〕lɔk⁷〔拉剝切〕〔語〕見"旮旯"。

三 畫

旰 ㊀（gàn）粵gɔn³〔幹〕晚。參見"旰旰"。

㊁（hàn）粵hon⁶〔汗〕見"旰旰"。

【旰旰】（hàn hàn）亦作"汗汗"、"浒浒"。盛大。

【旰食】因心憂事繁而晚食。舊時用來稱頌帝王勤於政事。參見"宵衣旰食"。

旱（hàn）粵hon⁵〔寒低上〕❶久不雨；旱災。如：防旱；旱災。❷與"水"相對。如：旱路；旱地。

旴（xū）粵hœy¹〔虛〕太陽剛出來的樣子。

旳　"的"的古字。

四 畫

旺（wàng）粵wɔŋ⁶〔華巷切〕火勢熾熱。引申為興隆繁盛。如：興旺；旺季。

旻（mín）粵mɐn⁴〔民〕❶秋天。如："旻天"❷。❷天空。

【旻天】❶天。❷指秋天。

昂（áng）粵ŋɔŋ⁴〔俄杭切〕❶抬起。如：昂頭。❷上升。如：昂貴。❸振奮。見"昂揚"。

【昂昂】亦作"卬卬"。氣概軒昂的樣子。

【昂揚】高舉；上揚。引申為振奮奮發的意思。如：鬥志昂揚。

【昂藏】儀表雄偉，氣宇不凡的樣子。

昃（zè）粵dzɐk¹〔則〕日西斜。

昄（bǎn）粵bán²〔板〕大。

昆（kūn）粵kwɐn¹〔坤〕❶亦作"崑"。兄。如：昆仲；昆弟。❷後裔；子孫。如：後昆。❸眾；眾。如：昆蟲。

【昆仲】稱他人兄弟的敬辭。

昇　"升❶❷"的異體字。

昉（fǎng）粵fɔŋ²〔訪〕曙光初現。引申為開始。

昊（hào）粵hou⁶〔浩〕大，指天。見"昊天"。亦用為天的代稱。

【昊天】❶天。❷指夏天。

昌（chāng）粵tsœŋ¹〔搶〕❶興盛；繁榮。如：昌明。❷善；正當。見"昌言"。❸公開。如：昌言無忌。

【昌言】善言。引申為直言無所隱諱。如：昌言無忌。

【昌明】興盛發達（多指政治文化等）。

明（míng）粵miŋ⁴〔名〕❶光明；明亮。如：天明。❷表明；顯明。如：以明心迹。❸眼睛亮。如：耳聰目明。引申為明白事理。如：深明大義。❹指視力。如：喪明。今之次：如：明年；明日。❺明白；清楚。如：問明；黑白分明。❻公開；不隱蔽。如：明刀明槍；有話明說。❼指人世間。如：幽明。❽朝代名。1368年朱元璋（明太祖）稱帝，推翻元朝的統治，建都南京，定國號明。成祖遷都北京。1644年李自成攻破北京，明朝被推翻。共歷十六帝，統治二百七十七年。此後清兵入關，建立清王朝。明亡後，其殘餘力量曾先後在南方建立地方政權，史稱南明。

【明公】古代對有名位者的尊稱。

【明文】明確的文字記載。如：明文規定。

【明火】舊時刑律稱盜賊持火炬執兵器為明火執仗。

【明時】謂政治清明的時代，多用來稱頌當代。

【明哲】明智；洞明事理。

【明教】❶對別人言論書札的敬稱。如：佇候明教。❷由摩尼教發展而成的秘密宗教組織。混合有道教、佛教等成分。五代、宋代和元代農民起義利用為組織民眾的工具。尊張角為教祖，敬摩尼（或譯作牟尼）

爲光明之神，並崇拜日月。教徒服色尚白，提倡素食、戒酒、裸葬；講究團結互助，稱爲一家。教義認爲，世界上光明力量終必戰勝黑暗力量。唐末五代時流行於陳州一帶，後柴林乙以此發動起義。北宋、南宋間流行於淮南、兩浙、江東、江西、福建等地，不僅組織農民起義，最著名的有方臘起義、王念經起義。

【明堂】古代天子宣明政教的地方，凡朝會及祭祀、慶賞、選士、養老、教學等大典，均於其中舉行。

【明媚】鮮妍悅目。多指自然景色。

【明器】即冥器。古代隨葬的器物，一般用陶或木、石製成。亦作"盟器"。

【明辨】界別清楚；劃清界限。對是非、善惡、地位、職責等而言。

【明鏡】明亮的鏡子。

【明日黃花】黃花指菊。蘇軾《九日次韻王鞏》有"相逢不用忙歸去，明日黃花蝶也愁"的詩句，意謂重陽過後，菊花就逐漸萎謝。後常借以比喻過時的事物。

【明目張膽】謂有膽有識，敢作敢爲。後用爲公然無所忌的意思。

【明知故犯】明知不該做而仍舊去做；知法犯法。

【明治維新】(1868－1873)日本明治年間進行的資本主義性質的革新運動。1868年，日本新興資產階級利用人民的力量，推翻了封建的幕府制，成立了代表地主資產階級利益的天皇專制政府。新政府進行了一系列自上而下的改革，使日本逐步走上了發展資本主義道路。

【明珠暗投】《史記‧魯仲連鄒陽列傳》說，將"明月之珠……以暗投人於道路(偷偷地投到路上行人面前)"，行人看到這顆珠子都楞住了，誰也不敢隨便上前去拿。後來意思有了變化，指把閃閃發光的珍珠投到黑暗的地方去。比喻有才能的人所事非主或珍貴的東西落於不善鑒別的人之手。

【明哲保身】意謂深明事理的人能擇安去危，以保全自己。

【明眸皓齒】明亮的眼睛，潔白的牙齒。多用以形容女子的美貌。

【明察秋毫】秋毫，秋天鳥獸身上新長的細毛。謂目光敏銳，觀察入微，連最微小的東西也能看到。後常用以形容人能洞察事理。

昏 (hūn) ⓟfen¹〔芬〕❶天色才黑的時候；剛晚。〔例〕：晨昏。❷昏暗；無光。如：天昏地暗。❸惑亂；昏憒。如：昏君。❹昏花；昏迷。如：發昏。❺通"婚"。

【昏花】謂視覺模糊。

【昏庸】糊塗而愚蠢。

【昏黃】猶黃昏。

【昏蒙】昏昧；不明事理。

【昏瞀】迷惘困惑。

易 ㊀(yì) ⓟji⁶〔義〕❶容易。與"難"相對。如：輕而易舉。❷和悅；平易。❸簡乎；輕慢。

㊁(yì) ⓟek⁹〔亦〕❶更改；改變。參見「易轍」。❷交換。如：貿易；以貨易貨。❸《周易》的簡稱。❹姓。

【易轍】同「改轍」。改變行車的道路，比喻變更方針、計劃或辦法。

【易如反掌】比喻事情非常容易辦，像翻一下手掌一樣。

昔 (xī) ⓟsik⁷〔色〕從前；往日。與"今"相對。

【昔者】❶古時；從前。❷昨日；日將出時。

昕 (xīn) ⓟjen¹〔因〕拂曉，日將出時。

昒 (hū) ⓟfet⁷〔忽〕ⓜmet⁹〔勿〕(又)見"昒昕"、"昒爽"。

【昒昕】黎明；拂曉。

【昒爽】猶昧爽，黎明。亦作"昒爽"。

旷 (hù) ⓟwu⁶〔戶〕❶明亮。❷形容器物有文采。

昀 (yún) ⓟwen⁴〔雲〕日光。

曺 "春"的異體字。

旹 "時"的異體字。

曶 同「昒」。

旿 (wǔ) ⓟng⁵〔午〕光明。

五　畫

星 (xīng)粵sing¹[升]❶天空中發射或反射光的天體，分為恒星、行星、衛星、小行星、彗星和流星。❷古代以星象推算吉凶的方術。如：醫卜星相。❸戥、秤等物上的記數點。❹形容細小。如：一星半點。

【星火】❶微小的火。❷比喻急迫。

【星回】謂一年已終，星辰復回到原位。

【星辰】星的通稱。

【星夜】夜間。多用於連夜趕路。

【星河】即銀河。

【星星】❶如：天上的星星。❷猶點點，形容細小。❸形容鬚髮花白。

【星散】❶分散。❷分散的。

【星馳】如流星奔馳。形容迅速、緊急。一說星夜奔馳。

【星漢】即銀河。

【星霜】星辰運轉，一年循環一次；霜則每年至秋始降，因用以指年歲。

【星火燎原】燎，燒。星星之火可以燒遍整個原野。比喻小事可以釀成大變。今常以比喻開始時弱小的新生事物有偉大的發展前途。

【星羅棋布】比喻佈列稠密，像天上的羣星，棋盤上的棋子。如：港外島嶼，星羅棋布。亦作"星羅雲布"。

映 (yìng)粵jing²[影]因光綫照射而顯出物體的形象。如：反映；倒映。

【映帶】景物相互映襯，彼此關連。

春 (chūn)粵tsœn¹[雌荀切]❶一年四季的第一季。陰曆正月至三月。❷生機；生意。如：萬物皆春。❸指情。如：懷春。

【春分】二十四節氣之一。此日太陽直射赤道，晝夜幾乎等長。其後太陽更向北移，北半球晝長夜短。天文學上，規定春分為北半球春季的開始。參見"二十四節氣"。

【春心】❶謂為春景觸起的心情。❷同"春情❷"。懷春的心情。

【春光】春天的風光景色。亦指春天。

【春社】古代在立春後第五個戊日祭祀土神。

【春秋】❶四季的代稱，一般指祭祖或祭社的日子。❷指歲月；光陰。❸指年齡。❹編年體史書。相傳孔子據魯《春秋》整理而成。《春秋》有《左氏》、《公羊》、《穀梁》三傳。❺時代名。《春秋》記事，從魯隱公元年至哀公十四年(公元前722─前481年)共二百四十二年，稱為春秋時代。今以周平王東遷至韓趙魏三家分晉(公元前770─前476年)共二百九十五年，為春秋時代。❻諸侯國。因《春秋》寓褒貶之意而借用。

【春宮】❶亦稱"春闈"。太子的宮，也指太子。❷指淫穢的圖畫。

【春情】❶春日的情景。❷指男女相愛戀之情。

【春陽】指春天晴和之氣。

【春暉】❶猶春光、春陽。❷比喻母愛。

【春慈】比喻女子鬢白的手指。

【春禊】古代習俗，於陰曆三月上旬的巳日(魏以後始固定為三月三日)，到水邊嬉游，以消除不祥，叫做"修禊"，也叫做"春禊"。

【春夢】比喻人事繁華如春夜的夢境一樣容易消逝。

【春聯】亦名"門對"、"春帖"。陰曆新年(春節)用紅紙寫成貼在門上的聯語。源出於古代的"桃符"。

【春闈】❶唐宋禮部試士，在春季舉行，故稱"春闈"。明清兩代均以在京城舉行的會試為"春闈"，亦稱"春試"。❷即"春宮"。古時太子所居的宮，亦指太子的代稱。

【春申君】公元前─前238年。名黃歇。戰國楚人。頃襄王時，出使於秦，止秦之攻。考烈王立，以歇為相，封春申君，賜淮北地十二縣；後改封於江東。相楚二十五年，有食客三千餘人，與齊孟嘗君、趙平原君、魏信陵君，俱以養士著稱，後人稱之為四公子。考烈王死，歇為李園所殺。

【春風化雨】比喻教育的作用普及而深入。也常用為稱頌師長的教誨之詞。參見"春風風人"。

【春風風人】謂春風和煦，足以長育萬物。常用來比喻及時給人以教益或幫助。

【春風得意】得意，投合心意。後常用以稱述

士及第。

【春秋筆法】孔子修《春秋》，以一字爲褒貶，含微言大義於其中，後因稱文筆曲折而寓含褒貶的文字爲「春秋筆法」。

【春蚓秋蛇】以蚯蚓和蛇的行迹彎曲，比喻書法不工。

昧 (mèi)⑩mui⁶〔妹〕❶昏暗。引申爲目不明。❷隱蔽不明；欺瞞。如：曖昧；欺昧。❸愚昧；無知。如：昧於事理。❹貪冒；冒昧。參見「昧死」。

【昧旦】黎明；拂曉。

【昧死】猶冒昧。古時臣下上書多用此語，以表示敬畏的意思。

【昧爽】猶黎明，天將亮未亮時。

昨 (zuó)⑩dzok⁸〔作〕dzɔk⁹〔鑿〕(又)隔夜；上一天。也泛指過去。

昭 (zhāo)⑩tsiu¹〔超〕❶明亮。❷彰明；顯著。如：昭然若揭。❸見「昭穆」。

【昭代】政治清明的時代。舊時常以美稱其朝。

【昭明】❶光明；明亮。❷謂明辨事理。

【昭雪】使被誣枉的人洗清冤屈。

【昭陽】十干中癸的別稱，用以紀年。參見「歲陽」。

【昭著】明顯；顯著。如：彰明昭著。

【昭彰】猶昭著。亦作「昭章」。

【昭穆】古代宗法制度，宗廟或墓地的輩次排列，以始祖居中。二世、四世、六世，位於始祖的左方，稱昭；三世、五世、七世位於右方，稱穆；用來分別宗族內部的長幼、親疏和遠近。後來泛指家族的輩分。

【昭蘇】恢復生機；蘇醒。

【昭然若揭】比喻眞相畢現，明白無疑。

是 (shì)⑩si⁶〔事〕❶正確。與「非」相對。如：是非分明。❷訂正。見「是正」。❸認爲是正確的。如：各是其是。❹此；這。如：如是；是日天氣晴朗。❺表示肯定判斷。如：一定是他。❻作語助，用以確指行爲的對象。如：惟你是問。❼凡；所有。如：是書他都看看。❽表示解釋和分類的詞。如：他是學生，這朵花是紅的。❾表示適合。如：來得是時候。❿加重語氣。如：是誰告訴你的？⓫表示存在。如：滿身是汗。

【是正】亦作「諟正」。猶訂正。審查謬誤，加以校正。

【是非】❶對的和錯的；正確和謬誤。❷褒貶；評論。❸糾紛；口舌。如：撥弄是非。

昳 ㊀(dié)⑩dit⁹〔秩〕日落。
㊁(yì)⑩jɐt⁹〔日〕通「逸」。見「昳麗」。

【昳麗】(yì—)神采煥發，容貌美麗。

昴 (mǎo)⑩mau⁵〔卯〕〔星宿〕星名，二十八宿之一。

昵 (nì)⑩nik⁵〔匿〕親近；親昵。

昶 (chǎng)⑩tsɔŋ²〔廠〕❶日長。❷通「暢」。暢通；舒暢。

昫 (xù，又讀xù)⑩hœy³〔去〕溫暖。

昱 (yù)⑩juk⁶〔郁〕照耀。

昢 (pèi，又讀pò)⑩pui³〔配〕put⁹〔蒲沒切〕(又)日將曙。

昲 (fèi)⑩fɐi³〔廢〕曝曬。引申爲曬乾。

昝 (zǎn)⑩dzan²〔盞〕姓。

昪 (biàn)⑩bin⁶〔便〕❶日光明盛的意思。❷喜樂的樣子。

昞 (bǐng)⑩bing²〔丙〕同「昺」。

昺 (bǐng)⑩bing²〔丙〕光明。

昰 ㊀「是」的異體字。
㊁(xià)⑩ha⁶〔夏〕「夏」的古文。古時人名用字。

杳 "慎"的異體字。

昡 "衵"的異體字。

昦 (hào)⑩hou⁶〔號〕同「昊」。東方的天。

昏 "昏"的異體字。

六畫

晁 (cháo)[粵]tsiu^4〔潮〕亦作"鼂"。姓。

時(时) (shí)[粵]si^4〔匙〕❶季節。如：四時。❷計時的單位。⑴時辰，一晝夜的十二分之一。如：子時；午時。⑵小時，一晝夜的二十四分之一。❸時間；時候。如：時不我待。❹時代；時世。如：生逢其時；時移世易。❺時勢；時機。如：時不可再。❻時時；時常。如：大雨時作。❼時宜；合於時宜。如：動定合時。❽時尚；時髦。如：入時。❾當前；現在。如：時新；時事。❿有時候。如：時陰時晴。

【時下】當前；眼下。

【時令】猶言月令，古時按季節制定的關於農事等政令。後謂歲時節令爲"時令"。如：時令已交初夏。

【時式】時新的式樣(多指服裝)。

【時辰】舊時的計時單位。一晝夜分爲十二個時辰，每一時辰合現在的兩小時。以十二地支爲名，從夜間十一點起算，夜半十一點至一點是子時，夜一時至三時是丑時，晨三時至五時是寅時，餘類推。後也泛指時刻或時間。

【時宜】當時的需要或好尚。

【時尚】當時的風尚。

【時務】猶世事；指當世有關國計民生的大事。

【時勢】時代的趨勢；當前的形勢。

【時運】❶一時的運氣。❷猶言時光流轉，節序變化。

【時髦】指一時的英俊之士。今謂新穎趨時。

【時艱】謂艱難的局勢。如：蒿目時艱。

【時鮮】應時的美味。

【時譽】謂有聲譽於當時。

【時憲書】即民用曆書。清代因避高宗(乾隆帝)弘曆諱，改稱"時憲書"。

【時不我待】時間不會等待我們。指要抓緊時間。

晃 ㊀(huǎng)[粵]fɔŋ^2〔訪〕❶明亮。見"晃晃"。❷閃耀。如：晃眼。❸閃過。如：一晃十年。

㊁(huàng)[粵]同㊀搖擺。如：搖晃；旌旗晃動。

【晃晃】明亮的樣子。

暅 (xuān，又讀xuǎn)[粵]hyn^1〔圈〕syn^2〔損〕(又)❶太陽四周的暈氣。❷光明。❸通"烜"。

晉 (jìn)[粵]dzœn^3〔進〕❶進。如：晉見；晉京。❷升。如：晉級。❸古國名。開國君主是周成王弟唐叔虞。在今山西西南部。公元前四世紀中葉爲韓、趙、魏三家所滅。❹朝代名。公元265年司馬炎(即晉武帝)代魏稱帝，國號晉，都洛陽，史稱西晉。建興四年(316年)，匈奴貴族建立的漢國滅西晉，北方從此進入了十六國時期。建武元年(317年)司馬睿(即晉元帝)在南方重建政權，都建康(今江蘇南京)，史稱東晉。元熙二年(420年)，劉裕代晉稱宋，東晉亡。兩晉共歷十五帝，一百五十六年。❺山西省的簡稱。因春秋時晉在此建國而得名。

晋 "晉"的異體字。

晌 (shǎng)[粵]hœŋ^2〔享〕❶正午或午時前後。如：晌午。❷半天的時間。如：下半晌。❸泛指不多久的時間。如：前晌；半晌。

晏 (yàn)[粵]an^{3}❶晚；遲。如：早起晏睡。❷同"宴"。安；樂。

【晏如】安然。

【晏駕】古代稱帝王死亡的諱辭。

晒 "曬"的簡化字。

晐 (gāi)[粵]gɔi^1〔該〕備數；充數。

晈 (jiǎo)[粵]gau^2〔絞〕同"皎"。

七畫

晟 (shèng，又讀chéng)[粵]siŋ^6〔盛〕siŋ^4〔成〕(又)❶光明熾盛。❷興盛。

晚 (wǎn)[粵]man^5〔麻眼切〕❶日落時。如：從早到晚；傍晚。❷夜間。如：

今晚；昨晚。❸時間上將近終了了。如：歲
晚；晚年；晚唐。❹遲。如：來晚了。❺
後。見"晚輩"、"晚生"。

【晚世】❶後期。❷近世。

【晚生】❶文人對前輩的謙稱。❷清代翰林院
編修、檢討等投制於中堂、尚書，自稱
"晚生"。後於侍郎、總督、巡撫處亦稱
"晚生"。

【晚景】❶日暮的景色。❷老年的景況。

【晚歲】晚年；後歲。

【晚節】❶晚年。❷末世；後期。❸晚年的節
操。

晛（晛） (xiàn)粵jin²〔演〕日氣。

昆 (kūn)粵kwen¹〔坤〕同"昆"。

晝（昼） (zhòu)粵dzɐu³〔咒〕白天。與
"夜"相對。

晞 (xī)粵hei¹〔希〕❶乾燥。如：晨露未
晞。❷曬。如：晞髮。❸破曉。
見"晞曒"。

晡 (bū)粵bou¹〔褒〕申時；黃昏時。

晢 (zhé，又讀zhì)粵dzit⁸〔折〕dzɐi³〔制〕
(又)亦作"晰"。❶光明。❷明察。

【晢晢】亦作"晰晰"。明亮。

晰 同"晢"。

晤 (wù)粵ŋ⁶〔悟〕相遇；會面。如：會
晤；晤談。

【晤言】對面交談。

晦 (huì)粵fui³〔悔〕❶陰曆月終。❷日
暮；夜。如：風雨如晦。❸昏暗。引
申爲昏瞶。如：背晦。❹不明顯。參見
"晦澀"。❺不吉利。見"晦氣"。

【晦明】❶黑夜和白晝；陰暗或晴朗。❷從夜
到明，即一個黑夜。

【晦氣】❶倒霉；遇事不順利。❷臉色難看，
呈青黃色。

【晦澀】意義隱晦，文句僻拗。

皓 同"皓"。

晨 (chén)粵sɐn⁴〔神〕早晨。

【晨星】❶日出以前出現在東方天空的行星，

有時專指水星和金星。❷清早的星。比喻
稀少。如：寥若晨星。

【晨曦】清早的太陽光。

晗 (hán)粵hɐm⁴〔含〕天將明。

晙 (jùn)粵dzœn³〔進〕早晨。

八　畫

晬 (zuì)粵dzœy³〔醉〕嬰兒滿百日或滿一
歲之稱。

普 (pǔ)粵pou²〔譜〕普遍；全面。如：
普及；普查；普天同慶。

景 ⊖(jǐng)粵gin²〔警〕❶日光。❷景
色；景致。如：良辰美景。❸情况；
現象。如：情景；景况。❹高、大。參見
"景福"❶"。❺敬；佩服。如：景仰。❻
戲劇、電影的佈景和攝影棚外的景物。
如：外景。
⊜(yǐng)粵jin²〔影〕"影"的本字。

【景仰】景慕；仰望。

【景附】(yǐng)→猶影從。密切依附，如影隨
形。

【景象】❶景象，氣氛。❷泛指經濟繁榮。

【景致】風景。

【景從】(yǐng)→如同影子跟隨形體。比喻響
應、追隨。

【景象】❶景色；情景。今多指狀况、氣象。
❷猶景象。

【景遇】景况和遭遇。

【景福】❶大福。❷魏宮殿名。

晰 (xī)粵sik⁷〔析〕❶清楚；明白。如：
明晰；清晰。❷白淨。如：白晰。❸
"晰"的異體字。

晴 (qíng)粵tsiŋ⁴〔情〕天氣明朗。如：晴
天。

【晴天霹靂】也作"青天霹靂"。比喻突然發生
的意外的令人震驚的事件。

晶 (jīng)粵dziŋ¹〔貞〕❶水晶的簡稱。
如：墨晶；茶晶。❷明亮。

【晶瑩】光亮閃爍的樣子。

【晶瑩】光明澄澈的樣子。

暑（guǐ）粵gwai²〔鬼〕❶日影。引申爲時光。如：日無暇暑。❷測日影以定時刻的儀器。

晾（liàng）粵loeng⁶〔浪〕放在太陽底下曬乾或通風處吹乾。如：晾衣服。

智（zhì）粵dzi³〔志〕❶聰明。反：不智。❷智慧；智謀。如：鬥智。
【智力】指人認識理解事物和運用知識、經驗解決問題的能力。包括記憶、觀察、想象、思考、判斷等。
【智慧】❶對事物能認識、辨析、判斷處理和發明創造的能力。❷猶言才智、智謀。
【智囊】比喻足智多謀的人。

晻（ǎn）粵em²〔黯〕昏暗。
　　（yǎn）粵jim²〔掩〕見"晻晻"。
【晻晻】（yǎn yǎn）日無光。
【晻晻】昏暗的樣子。
【晻翳】陰暗的樣子。

晠　同"旺"。

晼（wǎn）粵jyn²〔宛〕日將落。見"晼晚"。
【晼晚】太陽將下山的光景，比喻年老。

九　畫

暄（xuān）粵hyn¹〔圈〕❶暖和。❷春晚。
【暄妍】天氣和暖，景物明媚。

暇（xiá，舊讀xià）粵ha⁶〔夏〕空閒。反：無暇。

暈（晕）（yùn）粵wen⁶〔運〕❶日、月光綫通過雲層時形成的光圈。❷光影色澤模糊的部分。如：霞暈；墨暈。
　　（yūn，又讀yùn）粵wen⁴〔雲〕❶昏眩。如：頭暈；暈船。❷昏厥。如：暈倒。

暉（晖）（huī）粵fei¹〔揮〕❶日光。見"春暉"。❷"輝"的異體字。

啓（mín）粵men⁴〔文〕鬱悶。
　　（mǐn）粵men⁵〔敏〕❶勉力。❷頑悍。

暌（kuí）粵kwai⁴〔葵〕同"睽"。

喝（hè）粵hot⁸〔喝〕❶中暑；受暑熱。
　　（shǔ）粵sy²〔鼠〕炎熱；炎熱的季節。

暑如：暑天；暑假。

暖（nuǎn）粵nyn⁵〔拿軟切〕溫暖。如：春暖花開。引申爲使溫和。如：暖一暖手。

暗（àn）粵em³〔庵高去〕❶沒有光；不明亮。如：昏暗；暗淡。❷愚昧、糊塗。如：偏信則暗。❸秘密；不顯露。如：暗號；暗器。
【暗示】用含蓄、間接的方法給人啓示。
【暗合】非出於蹈襲而自然符合；無意中相合。
【暗昧】❶昏暗。亦謂模糊不明。❷愚昧。
【暗室】❶指無光綫或隱密的地方。舊稱心地光明，不暗中作壞事爲"不欺暗室"。❷指墓穴。
【暗曖】昏暗的樣子。
【暗箭】也叫"冷箭"。暗中放出的箭。比喻暗中陷害人的行爲。如：明槍易躲，暗箭難防。
【暗中摸索】比喻沒有師傅，沒有門徑，獨自探求事物的道理。
【暗度陳倉】漢高祖（劉邦）用韓信計，表面上修築棧道像要南進，暗地裏卻回兵攻佔楚軍糧點陳倉。後多比喻秘密的行動或男女私通。

暘（旸）（yáng）粵joeng⁴〔羊〕出太陽；天晴。
【暘谷】亦作"湯谷"。古代傳說中的日出處。

暐（wěi）粵wai⁵〔偉〕同"煒"。有光彩。

暎　"映"的異體字。

㬉　"暖"的異體字。

十　畫

暝（míng，又讀mìng）粵ming⁴〔明〕ming⁶〔命〕（又）日暮；夜晚。

暢（畅）（chàng）粵tsoeng³〔唱〕❶通達。如：通暢；流暢。❷舒

適。如：舒暢；暢快。❸盡情。如：暢所欲言。

【暢茂】茂盛。

【暢達】（語言、文章、交通）流暢通達。

【暢銷】（貨物）銷路廣，賣得快。

【暢所欲言】把想說的話痛痛快快地說出來。

暠

"皓"的異體字。

暲

同"暉"。

㬎

"顯"的古字。

十一畫

暫（暂） (zàn) 粵dzam⁶〔站〕短時間。如：暫且；暫停。

暬 (xiè) 粵sit⁸〔屑〕親近。

暮 (mù) 粵mou⁶〔務〕❶日落的時候；傍晚。如：日暮；暮色。❷晚；將盡。如：暮春；暮年。

【暮氣】❶黃昏時的煙靄。❷比喻精神頹靡、衰退，不振作。與"朝氣"相對。如：暮氣沉沉。

【暮鼓晨鐘】寺廟中用以報時的早晚鐘鼓聲。今常用以比喻令人警悟的言語。

暱

"昵"的異體字。

暴 ㊀ (bào) 粵bou⁶〔步〕❶凶暴；暴虐。如：暴徒；暴行。❷損害；糟蹋。如：自暴自棄；暴殄天物。❸急驟；猛烈。如：暴病；暴風雨。❹急躁。如：暴躁；暴跳如雷。❺徒手搏擊。見"暴虎"。㊁ (pù) buk⁹〔曝〕"曝"的古字。曝。如：一暴十寒。

【暴利】用投機取巧、囤積居奇等手段在短時間內牟取的巨大的利潤。

【暴虎】搏虎；徒手打虎。參見"暴虎馮河"。

【暴戾】殘暴；凶狠。

【暴露】❶（pù—）露在露天之下，受到日曬雨淋。引申為奔走道路，觸冒風雨寒暑。❷顯露；揭露。

【暴發戶】指以不正當的手段或由於意外的機會而陡然致富或得勢的人家。有鄙視之意。

【暴虎馮河】（馮píng）暴虎，徒手打虎；馮河，涉水渡河。比喻有勇無謀，冒險行事。

【暴殄天物】殘害滅絕天生之物。今指任意糟蹋物品。

暵 (hàn) 粵hɔn³〔漢〕❶乾枯。❷乾旱。

十二畫

暹 (xiān) 粵tsim¹〔簽〕tsim³〔塹〕（又）〔暹羅〕即泰國。

暾 (tūn) 粵ten¹〔吞〕初升的太陽。如：朝暾。

曀 (yì) 粵ɐi³〔翳〕陰暗。

曁 (jì) 粵kei³〔冀〕❶和；同。❷及；到。如：曁今。

曆（历） (lì) 粵lik⁹〔力〕曆法；推算歲時節候的方法。如：陰曆；陽曆。也指記載歲時節候的書冊。如：日曆；萬年曆。

【曆象】推算天體的運行。

【曆數】❶推算歲時節候。❷古代迷信，認為帝位相承與天象運行的次序相應，因稱帝王繼承的次第為"曆數"。

曇（昙） (tán) 粵tam⁴〔談〕密佈的雲彩。

【曇花一現】曇花，優曇鉢花 (udumbara)。開花短時即謝。按佛教傳說，轉輪王出世，曇花才生，本來是說曇花難得出現。一般則用"曇花一現"比喻事物一出現就很快消失。

曈 (tóng) 粵tuŋ⁴〔童〕見"曈曨"。

【曈曨】太陽初出由暗而明的光景。

曉（晓） (xiǎo) 粵hiu²〔喜妖切〕❶天亮，早晨。❷知道；明白。如：家喻戶曉。❸告知。如：曉諭。

【曉示】明白地指示。

【曉暢】❶精通；熟悉。❷清楚通暢。如：曉暢流利，明白如話。

【曉諭】亦作"曉喻"。明白地告知；使了解。

曄　"燁"的異體字。

曌　(zhào)粵dziu³〔照〕唐武則天自製字，義同"照"，以爲己名。

十三畫

鄡　㊀"飄"的異體字。
　　㊁"响"的本字。

暖(暖)　(ài)粵ɔi³〔愛〕❶昏暗。❷隱蔽。

【曖昧】❶幽暗。❷模糊；不清晰。❸態度不明或有不可告人的私隱。也特指男女間不正當的關係。

【曖曖】昏暗的樣子。

十四畫

曙　(shǔ)粵tsy⁵〔柱〕❶破曉；日出。如：曙色。❷明；顯露。

【曙光】破曉時的陽光。亦常用來比喻光明、希望。

曚　(méng)粵muŋ⁴〔蒙〕見"曚昧"。

【曚昧】同"蒙昧"。混沌未分。也指昏昧，知識未開。

【曚曨】日光不明。

曛　(xūn)粵fɐn¹〔芬〕❶落日的餘光。❷暮；昏暗。

曜　(yào)粵jiu⁶〔耀〕❶光耀；明亮。❷照耀。❸日、月與火、水、木、金、土五星總稱七曜。

曝　(qī)粵jɐp⁷〔泣〕❶將乾未燥。❷沙土等吸去水分。

暴　"曝"的古字。

十五畫

曝　(pù)粵buk⁹〔僕〕曬。

曠(旷)　(kuàng)粵kwɔŋ³〔壙〕❶開朗。如：心曠神怡。❷空闊。如：地曠人稀。❸空缺；荒廢。如：曠工；曠課。

【曠夫】無妻的成年男子。
【曠世】猶曠代。❶世所未有。❷歷時長久。
【曠古】❶猶空前，古來所無。❷猶遠古、往昔。
【曠代】❶絕代；世所未有。❷歷時長久。
【曠達】放任達觀。如：曠達不羈。
【曠日持久】空廢時日，拖延很久。

曡　"疊"的異體字。

疊　"疊"的異體字。

十六畫

曦　(xī)粵hei¹〔希〕早晨的陽光。如：晨曦。

曨(昽)　(lóng)粵luŋ⁴〔龍〕見"曈曨"。

曣　(yàn)粵jin³〔燕〕晴朗無雲。

曹　同"曉"。

十七畫

曩　(nǎng)粵nɔŋ⁵〔挪網切〕以往；從前。如：曩昔。

十八畫

矚　同"矚"。

十九畫

曬(晒)　(shài)粵sai³〔沙隘切〕❶在陽光下曝乾或取暖。如：曬衣裳；曬太陽。❷太陽光的照射。如：西曬。

二十畫

曠(晄) ⊖(tǎng)⑧tɔ̃²〔倘〕日色暗淡。見"曠莽"、"曠朗"。

【曠朗】日光不明。

【曠莽】晦暗。

曬(旷) (yǎn)⑧jim⁵〔染〕日的運行。

曰 部

曰 (yuē)⑧jyt⁹〔月〕jɔ̃k⁸〔若〕(又)❶說。如：子曰。❷稱爲。如：一日水，二日火。❸作語助，無義。(1)用於語首。(2)用於語中。

二 畫

曲 ⊖(qū)⑧kuk⁷〔卡屋切〕❶彎曲。與"直"相對。如：曲綫；曲徑。引申爲不公正，不合理。如：理曲；是非曲直。❷曲折隱祕的地方。如：河曲；鄉曲。❸古代軍隊編制的較小單位。如：部曲。❹"麯"的簡化字。

⊖(qǔ)⑧同⊖❶彎曲。如：歌曲；作曲。❷一種韻文形式，盛行於元代。

【曲折】❶彎曲。如：曲折的小路。❷複雜的、不順當的情節。如：曲折離奇。

【曲筆】❶舊時史家有所顧忌，不根據事直書的一種筆法。亦泛指寫作中委宛的表達手法。❷比喻枉法定案。

【曲解】❶謂歪曲原意，作錯誤的解釋。❷(qǔ一)古樂府一節稱一解，因以泛指樂曲。

【曲辯】歪曲、怪誕的辯論。

【曲突徙薪】突，煙囱。典出《漢書·霍光傳》載，齊人淳于髡見鄰人竈直突而傍有積薪，告以改直突爲曲突，並遠徙其薪，否則，將失火。鄰人不從，不久竟失火，幸共救得息。於是殺牛置酒，先言曲突徙薪者不爲功，而救火者焦頭爛額爲上客。後用以比喻防患於未然。

【曲高和寡】(曲qū，和hè)宋玉《對楚王問》說：有人在郢中唱歌，開始時唱《下里巴人》，能和的人有數千。後來唱《陽春白雪》，能和的人有數十。最後"引商刻羽，雜以流徵"，能和的人只有幾個。"是其曲彌高，其和彌寡"。意思是樂曲的格調越高，能和的人就越少，用來比喻知音難得。今指言論或作品不通俗，能了解的人很少。

【曲意逢迎】違反自己的本心去迎合別人的意思。

曳 (yè，讀音yi)⑧jei⁶〔義毅切〕拖；牽引。如：棄甲曳兵。

三 畫

更 ⊖(gēng)⑧gɐŋ¹〔庚〕❶改變；調換。如：更名；除舊更新。❷舊時夜間計時的單位。一夜分爲五更，每更約兩小時。如：半夜三更；夜闌更盡。(粵口語讀gaŋ¹〔耕〕❸經歷；經過。如：少不更事。

⊖(gèng)⑧gɐŋ³〔庚高去〕❶愈加。如：更冷。❷復；再。如：更上一層樓。

【更衣】❶更換衣服。常用來指宴會時離席。❷古時大小便的婉辭。

【更事】❶閱歷世事。❷交替出現的事，猶常事。

【更迭】輪流替換。

【更番】更迭；輪流替換。

【更鼓】夜間報更的鼓。

【更漏】古代用漏壺計時，夜間憑漏刻傳更，故名爲"更漏"。

【更僕難數】形容事物繁多，數不勝數。

五 畫

曷 (hé)⑧hɔt⁸〔喝〕❶怎麼。❷何時。

六 畫

書(书) (shū)⑧sy¹〔舒〕❶書籍；裝訂成册的著作。如：藏書。❷書寫；記載。如：振筆疾書；大書特書。❸

字體。如：草書；楷書。亦指書法。如：書畫並佳。❹信函。如：手書；家書。亦泛指文書、文件。如：保證書；申請書。❺載籍的通稱。如：《叢書集成》。❻〈尚書〉的簡稱。❼某些曲藝的通稱。如：說書；評書。

【書丹】用朱筆在碑石上寫字，以待鐫刻。後通稱書寫碑志等爲"書丹"。

【書坊】舊時印刷並出售書籍的地方。

【書香】指上輩有讀書人的(人家)。如：書香世代。

【書柬】也作"書簡"。書信。

【書契】❶指文字。契就是刻，古代文字多用刀刻，故名。❷指券約等書面憑證。

【書眉】爲便於讀者翻檢，在書頁上端所印的書名、篇章、標題和頁碼等。也指正文上端的空白部分。

【書城】藏書環列如城，極言其多。

【書院】中國封建社會的一種學術機構。始於唐代，原爲皇室所設，掌管校刊經籍、徵集遺書、辨明典章等工作；宋代大盛，官府和私人都能開設，均聘請名流，廣招生徒，傳統講學的場所；明清以來又多成爲準備科舉考試的地方。清末廢科舉後，大都改爲學校。❷香港的英文中學一般稱書院。

【書劄】古代專指下級給上級的信件，後來用爲信札的通稱。

【書痊】舊時稱嗜書成癖，好學不倦的人。

【書影】影示書刊的版式和部分內容的有代表性的樣張。從前仿照原書刻印或石印，現多影印。有的用作插頁，有的滙集成冊，如《宋元書影》。

【書翰】泛指文墨、文札。後多用來指書信。

【書呆子】不懂得聯繫實際只知道啃書本的人。

【書卷氣】指在說話、作文、寫字、畫畫等方面表現出來的讀書人的風格。

七　畫

曹 (cáo)粵tsou⁴[嘈]❶輩。如：我曹；爾曹。❷偶；對。如：分曹。❸古代州郡所置的屬官。如：功曹；賊曹。❹

姓。

曼 ⊖(màn)粵man⁶[慢]❶長。如：曼聲。❷柔美。如：輕歌曼舞。
⊜(mán，又讀màn)❶同見"曼曼"。

【曼延】亦作"曼衍"。連綿不斷。

【曼衍】❶發展變化。❷同"曼延"。連綿不斷。❸散佈。

【曼曼】(mán mán)同"漫漫"。形容距離遠或時間長。

【曼澳】模糊；不分明。

【曼辭】粉飾之辭。

八　畫

曾 ⊖(zēng)粵dzɐŋ¹[增]猶言"重"，隔兩代的親屬。見"曾孫"、"曾祖"。❷姓。
⊜(céng)粵tsɐŋ⁴[層]❶嘗；曾經。如：未曾。❷通"層"。

【曾孫】重孫子；孫子的兒子。

【曾祖】祖父的父親。

【曾幾何時】才有多少時候。指時間沒有過去多久。

【曾經滄海】(曾céng)元稹《離思》有"曾經滄海難爲水，除却巫山不是雲"的詩句，本指男女戀情而言，後以比喻見過大場面，眼界特高。

替 (tì)粵tɐi³[剃]❶廢棄。❷衰落。如：隆替。❸更；代。如：更替；替工；替手。❹爲。如：替他高興。

【替罪羊】喻指代人受罪的人。

最 (zuì)粵dzɐy³[醉]極；尤；無比。如：最好；最後。

【最凡】猶最目、總目。

【最目】總括文書內容的提要或目次。

九　畫

會 (会) ⊖(huì)粵wui⁶[匯]❶會合。引申爲聚合、聯合。如：會診；會師。❷會見。如：會客；會一面。❸時機；際會。如：適逢其會。❹爲一定目的而成立的團體或組織。如：工會；學生會；委員會。(粵口語讀高上聲)

❺指人物商旅會集之地，即城市。如：都會。❻集會；會議。如：報告會；討論會。(粵)口語讀高上聲）❼恰巧；適逢。如：會其怒。❽付帳。如：會帳；會鈔。❾領會；理解。如：心領神會。❿與"兒"連用，表示很短的時間。如：不一會兒，他就回來了。

㊁(huì)粵wui⁵[匯低上聲]；可能。如：他會游泳；不會忘記。

㊂(kuài)粵kui²[潰]總計。

【會心】領悟；領會。如：會心的微笑。

【會通】融會貫通的意思。

【會須】應當；總須。如：會須。該當。

【會意】❶也叫"象意"。"六書"之一。集合兩個以上的字以表示一個意義的造字法。如日月爲"明"。❷猶言會心。謂領會其意義。

【會館】舊時同省、同府、同縣或同業的人，在京城、省城等設立的館舍，供同鄉、同業的人聚會或寄居。

十　畫

揭 ㊀(jiē)粵kit⁸[揭]❶離去。❷勇武的樣子。

㊁同"曷"。見"揭至"。

【揭至】猶言何至。

𣗶 (yìn)粵jen⁶[刃]小鼓。

月　部

月 (yuè)粵jyt⁹[月]粵❶即月球（月亮）。❷月份，時間單位。一年分十二月。農曆有閏月。❸象月亮一樣的顏色或形狀。如：月白；月琴。❹婦人生產後一個月以內的時間。如：坐月。

【月旦】《漢書·許劭傳載，許劭與許靖俱好評論鄉黨人物，每月輒更改品題，所以汝南俗有月旦之評。後因以月旦稱品評人物。

【月老】神話傳說中主管婚姻之神。後因稱主管男女婚姻之神爲"月下老人"，簡作"月老"。亦爲媒人的代稱。

【月杪】月底。

【月信】月經的別稱。

【月華】❶月光；月色。❷出現在月亮周圍的光環。

【月魄】月初生或圓而始缺時不明亮的部分。亦泛稱月用。

二　畫

有 ㊀(yǒu)粵jeu⁵[友]❶具有；擁有；保有。如：有田有地；有智慧。❷豐收。如：大有年。❸作動詞，無義。如：有虞、有夏。❹表示存在。如：屋裏有幾個人。❺表示估量或比較。如：水有一米深。❻表示發生或出現。如：有病；有進步。❼同"某"。如：有一天。❽表示客氣。如：有請。❾有諸。

㊁(yòu)粵jeu⁶[又]通"又"。如：二十有八年。

【有司】古代設官分職，各有專司，因稱官吏爲"有司"。

【有年】❶豐收；年成好。❷猶言多年。如：智藝有年。

【有身】懷孕。

【有頃】不久；一會兒。

【有爲】有作爲；有志氣。如：奮發有爲。

【有間】(一jiàn)❶猶有頃。一會兒。❷有嫌隙。❸病勢稍有好轉。

【有數】❶謂命中注定，有宿因。❷猶言有相當確切的了解。如：心中有數。

【有識】有見識。如：有膽有識。也指有見識的人。

【有口皆碑】比喻到處爲人所稱頌。參見"口碑"。

【有天沒日】比喻說話肆無忌憚。

【有目共睹】人人都看得見。

【有名無實】指徒有虛名，而無實際。

【有志竟成】有決心和毅力，事情終可成功。

【有的放矢】射箭對準靶子射箭。比喻言論和行動有明確的目標。

【有恃無恐】謂有了憑借，無所顧慮或顧忌。

【有條不紊】謂做事有條有理，絲毫不亂。

【有眼無珠】形容見識淺薄，沒有辨別能力。

【有備無患】事先有準備，可免除禍患。

【有眼不識泰山】常用作冒犯或得罪人後，向對方賠禮道歉的客氣話。

四　畫

朋 (péng)⑧peŋ⁴〔憑〕❶朋友。如：良朋。❷結黨。如：朋比為奸。❸倫比。如：碩大無朋。

【朋比】依附；互相勾結。如：朋比為奸。

【朋黨】原指同類的人為自私目的而互相勾結。後專指士大夫各樹黨羽，互相傾軋。

服 ㊀(fú)⑧fuk⁹〔伏〕❶泛指供人服用的東西，一般指衣服。❷穿着；佩帶。❸居喪禮規定穿戴一定的喪服以哀悼死者，亦即指喪服。❹作；擔任。如：服兵役。❺信服；順從。如：心悅誠服。❻適應；熟習。如：水土不服。❼吃藥。如：服藥。

㊁(fù)⑧fu⁶同❀㊀❼义的又讀。❷藥一劑或煎一次為一服。如：一服藥；頭服；二服。

【服闋】舊制，父母死後守喪三年，期滿除服，稱為"服闋"。"闋"是終了的意思。

【服膺】謹記在心；衷心信服。

五　畫

朏 (fěi)⑧fei²〔匪〕新月開始生明，亦用為陰曆每月初三日的代稱。

胐 同"朏"。

六　畫

朒 (nǜ)⑧nuk⁹〔挪玉切〕❶古代稱陰曆每月初一前後月亮出現在東方。❷虧缺；不足。

朓 (tiǎo)⑧tiu¹〔挑〕tiu⁵〔窕〕(又)❶晦而月見西方的名稱。❷有餘。

朔 (shuò)⑧sok⁸〔索〕❶陰曆每月初一。❷北方。見"朔方"。

【朔方】北方。

【朔氣】北方的寒氣。

【朔漠】北方沙漠地帶。

朕 (zhèn)⑧dzɐm⁶〔自任切〕❶預兆。見"朕兆"。❷古人自稱之辭。從秦始皇起，才專用為皇帝的自稱。

【朕兆】預兆；事物發展中的徵兆。

七　畫

朗 (lǎng)⑧lɔŋ⁵〔離網切〕❶明亮。如：天朗氣清。❷響亮。如：朗讀。

望 (wàng)⑧mɔŋ⁶〔蒙項切〕❶農曆每月十五日。❷向遠處看。如：登高望遠。❸盼望；希望。如：大喜過望。❹探望；拜望；看望。❺人所瞻仰。如：民之望。引申為名望、聲望。如：令望。❻指門族。如：郡望。❼埋怨責備。參見"怨望"。

【望帝】古代傳說中的蜀國國王。參見"杜宇"。

【望族】指有聲望的世家大族。

【望舒】神話中為月神駕車的神。後用為月的代稱。

【望鄉臺】❶古代出征軍人久戍不歸，或其他人士遭遇災亂，流離異地，在懷念家鄉時，往往登高或者累土為臺以眺望家鄉。舊時因稱這種建築物為"望鄉臺"。❷舊時迷信者誑稱冥間有望鄉臺，新死者之鬼登之，可以望見家中的情況。

【望文生義】指閱讀書籍，不推求真正的意義所在，只據字面意義，作出附會的解釋。

【望洋興歎】原指看見人家的偉大，才感到自己的渺小。今多比喻做事力量不夠，無從着手，而感到無可奈何。

【望秋水】形容盼望的迫切。秋水，指明亮的眼睛。

【望梅止渴】《世說新語·假譎》載，曹操帶兵長途行軍，士兵們都很口渴，曹操便說："前面就是一大片梅林，結了許多梅子，又甜又酸，可以止渴。"士兵們聽了，嘴裏都流口水，一時也就不渴了。後以"望梅止渴"比喻以空想安慰自己。

【望眼欲穿】形容盼望的迫切。

【望廈條約】即《中美五口通商章程》。美國侵略中國的第一個不平等條約。1844年7月美國強迫清政府在澳門附近的望廈村訂

立。共三十四款。其中規定美國享受英國在《南京條約》及《中英五口通商章程》中除割地賠款外所奪得的一切特權。還擴大了領事裁判權範圍；美國兵船可橫行中國領海；並得在廣州、福州、廈門、寧波、上海五口建立醫院和教堂，進行文化侵略。

【望塵莫及】亦作"望塵不及"。原指望着前面人馬的行塵而追趕不上。後以比喻別人進展快，自己遠遠落後。

朚 "明"的古體字。

八 畫

朝 ㊀(cháo)⑧tsiu¹〔潮〕❶古代諸侯見天子、臣見君、子見父母的通稱。❷拜訪。❸朝廷。如：在朝言朝。❹朝代。指整個王朝，也指某一個皇帝的一代。❺對；向。如：朝南。
㊁(zhāo)⑧dziu¹〔招〕❶早晨。如：朝發夕至。❷日；天。如：今朝。

【朝廷】本指君主接受朝見和處理政事的地方，因即以為封建時代中央政府的代稱。亦用為帝王的代稱。

【朝野】朝廷和民間。

【朝露】〔zhāo—〕❶早晨的露水。又以比喻明澈、純淨。❷朝露接觸陽光即消失，比喻事物存在時間的短促。

【朝三暮四】(朝zhāo)《莊子·齊物論》上說，有個玩猴子的人對猴子說，早上給它們吃三個橡子，晚上給四個，猴子聽了都急了；後來他又說早上給四個，晚上給三個，猴子就都高興了。原比喻以詐術欺人，今謂反覆無常。

【朝不謀夕】(朝zhāo)謂只能顧眼前，不暇作長久打算，形容形勢危急。亦作"朝不慮夕"。今多作"朝不保夕"。

【朝令夕改】(朝zhāo)亦作"朝令夕改"、"朝令夕更"。政令時常更改，使人無所適從。

【朝秦暮楚】(朝zhāo)戰國時秦楚兩大強國對立，時常打仗，其他國家各視自己的利益所在，時而助秦，時而助楚。一般游說之士亦復如此。後因以"朝秦暮楚"比喻人

的反覆無常。

期 ㊀(qī，舊讀qí)⑧kei⁴〔其〕❶限定的時間；約定的時日。如：如期完成；過期作廢。❷約會。如：不期而會。❸希望。如：期待。❹必；決定。如：期死。❺定期刊物出版的次數。如：季刊每年出四期。
㊁(jī)⑧gei¹〔基〕一周年；一整月。如：期年；期月。

【期頤】(jī—)稱百歲之人。百年為生人年數之極，故曰期。此時起居生活需人養護，故曰頤。

【期期艾艾】《史記·張丞相列傳》記載，漢代周昌口吃，他曾與漢高祖爭論一件事，說："臣口不能言，然臣期期知其不可。"《世說新語·言語》記載，三國時魏國鄧艾也口吃，一說自己時就連說"艾艾"。以後就用"期期艾艾"來形容口吃。

朞 "期㊀"的異體字。

十 畫

朝 同"朝"。

臦 "望"的異體字。

十二畫

朣 (tóng)⑧tuŋ⁴〔童〕見"朣朦"。

【朣朦】同"瞳矇"。朦朧不明的樣子。

十四畫

朦 (méng)⑧muŋ⁴〔蒙〕見"朦朧"。

【朦朧】形容月色不明。亦謂模糊不清。如：暮色朦朧。

十六畫

朧（胧）（lóng）粵lung⁴〔龍〕見"朦朧"。

木 部

木（mù）粵muk⁹〔目〕❶樹。如：灌木；喬木。❷本的，原的。如：木棉；木芙蓉。❸木料；木製的。如：木箱；木屋。又特指棺材。如：行將就木。❹五行之一。見"五行"。❺質樸。如：木訥。❻呆笨。如：木頭木腦。❼失去知覺，麻木。如：手腳都凍木了。

【木主】子孫祭祀祖先所供的神主，用木製造，上書死者姓名，亦稱牌位。

【木訥】質樸而不善辭令。

【木雞】比喻呆笨。如：呆若木雞。

【木鐸】木舌的鈴，古代施行政教傳佈命令時用之。也用以比喻宣揚教化的人。

【木乃伊】即"乾屍"。古代埃及人用防腐的香料塗藏屍體，年久即乾癟。

【木已成舟】比喻事情已成定局，無可挽回。

【木牛流馬】三國時諸葛亮所創製的運輸器具。

不（dūn）粵dœn²〔蹾〕❶剁物所用的木墩。❷俗稱瓷石原礦經粉碎淘洗後製成的土塊為不子。

一　畫

未（wèi）粵mei⁶〔味〕❶還沒有；不曾。如：未婚；閒所未聞。❷用同"否"，表詢問。如：君知其意未？❸不。如：未知可否。❹地支的第八位。❺十二時辰之一，下午一時至三時。

【未央】❶不盡；未已。❷漢宮名。故址在今陝西西安市西北長安城故城內西南隅。

【未冠】古禮男子二十而冠，故未滿二十歲叫未冠。

【未遑】來不及。

【未亡人】寡婦自稱之辭。

【未可厚非】不可過分非難、指責。

【未雨綢繆】《詩·豳風·鴟鴞》有"迨天之未陰雨……綢繆牖戶"的詩句，意謂在天還沒下雨的時候，就修補好房屋的門窗。後用以比喻事先作好準備工作。

【未能免俗】未能免於世俗之情。

【未達一間】指兩者極其接近，只差一點。

末（mò）粵mut⁹〔沒〕❶樹梢。引申以泛指末梢。如：秋毫之末；刀錐之末。❷四肢。見"末疾"。❸盡頭。如：春末；末日。亦謂晚年。❹事情的終結。如：始末；顛末。❺碎屑；粉末。如：烟末；藥末。❻非根本的，不重要的事物。如：捨本逐末；本末倒置。❼輕微不足道。常用為自謙之辭。如：末技、末學。❽同"麼"。戲曲中常用之。❾傳統戲曲腳色行當。主要扮演中年男子。

【末俗】亂世敗壞的習俗。

【末流】❶不良的風習；下流。❷最低的等列。❸末世；末期。

【末造】猶末世。

【末路】絕路，喻沒有前途。如：窮途末路。

【末學】無本之學。後來多用作自謙之辭。

本（běn）粵bun²〔保碗切〕❶草木的根或莖幹。如：草本；木本。❷事物的根源或根基。如：溯本窮源；捨本逐末。❸重要的，中心的。如：本部；本題。❹自己或自己方面的。如：本人；本國。❺本來；原來。如：本意；本質。❻本錢；母金。如：本利。❼這個；此。如：本年；本月。❽本日。❾根據。如：有所本。❿書冊。如：書本；筆記本。引申為書冊的計量單位。如：五本書；三本畫冊。⓫版本。如：刻本；善本；油印本。⓬戲劇劇本。如：劇本；唱本。⓭封建時代臣下奏事的文書。如：奏本；本章。

【本分】（一fèn）❶本人應盡的責任和義務，應當享有的權利。❷適合自己才能、身分的。❸猶安分，不敢越軌。如：不守本分。

【本末】❶事物的根源和結局。引申為主次、先後的意思。如：本末倒置。❷指事實的始末詳情。如：紀事本末。

【本色】本來面目。如：英雄本色。

【本事】❶猶言本領，技能。如：有本事；本事很大。❷扼要敍述詩詞或小說、戲劇等作品中的故事和基本內容，作為介紹，亦

札 (zhá) 粵dzat⁸〔紮〕❶古時寫字用的小木片。❷書信。如：手札。❸舊時的一種公文。

朮 (zhú) 粵sœt⁹〔述〕草名，即山薊。

二　畫

朱 (zhū) 粵dzy¹〔豬〕❶朱紅；正紅色。

【朱文】也叫陽文，指印面文字凸起，用印泥鈐蓋出現的紅字。

【朱批】清代皇帝在奏章上用朱筆所寫的批示叫"朱批"。也指評校書籍時用朱(硃)墨加刊。

【朱門】古代王侯貴族的住宅大門漆成紅色以示尊貴，故以"朱門"爲貴族邸第的代稱。

【朱顏】❶指女子美好的容顏。❷指青春壯健的顏色。

【朱絲欄】絹紙之有紅綫格者。

朴 ㊀(pò) 粵同㊁用於"朴樹"植物名。落葉喬木。榆科朴屬植物的泛稱。
㊁(pò) 粵同㊁用於"朴刀"。
㊂(piáo) 粵piu⁴〔嫖〕姓。
㊃"樸"的簡化字。

【朴刀】窄長有短把的刀。

朵 (duǒ) 粵do²〔躱〕dœ²〔多靴切高上〕量詞。花朵及花朵狀物的計量單位。如：一朵花；兩朵雲。

【朵頤】鼓動腮頰，嚼食的樣子。
"朵"的異體字。

机 ㊀(qiú) 粵keu⁴〔求〕植物名。狀似梅，子如指頭，赤色似小柰，可食。
㊁"𣐕"的古字。

机 (jī) 粵gei¹〔基〕植物名，即榿木。❷同"几"。如：茶机。❸"機"的簡化字。

朻 (jiū) 粵geu¹〔加漚切〕同"樛"。樹枝向下屈曲。

朽 (xiǔ) 粵neu²〔扭〕❶腐爛。如：腐朽；朽爛。❷衰老；衰落。如：老

朽；衰朽。

【朽木糞土】《論語·公冶長》說，有次宰予白天裏睡覺。孔子說："朽木不可雕也，糞土之牆不可杇也。"杇，粉刷。後因以"朽木糞土"比喻不堪造就的人。

打 (chéng) 粵tsaŋ⁴〔他盲切〕撐。

杕 ㊀(tíng) 粵tiŋ⁴〔梯兄切〕〔虛杕〕古地名。春秋時宋地。
㊁(cì) 粵tsi³〔次〕木芒。

三　畫

杆 ㊀(gān) 粵gɔn¹〔干〕長竿。如：旗杆。
㊁"桿"的異體字。

杇 (wū) 粵wu¹〔烏〕塗飾牆壁的工具，即鏝，俗稱瓦刀。也指塗飾、粉刷。

杈 ㊀(chā) 粵tsa¹〔叉〕❶旁出的樹枝。見"杈枒"。❷叉取禾束的農具。如：杈杆。❸刺取魚鱉的用具。
㊁(chà) 粵tsa³〔詫〕即行馬，舊時官府門前阻攔人馬通行的設置。

【杈枒】本作"查牙"、"楂牙"。歧枝錯出的樣子。

杉 ㊀(shān) 粵sam¹〔三〕tsam¹〔懺〕(又)植物名。亦稱"沙木"。常綠喬木，高可達30米以上。葉綫狀披針形，有細鋸齒。木材供建築、橋樑、造船、造紙等用。
㊁(shā) 粵同㊀用於"杉木"、"杉篙"等。

杌 (wù) 粵ŋet⁹〔兀〕❶小矮凳；杌子。❷見"杌隉"。

【杌隉】同"兀臬"。傾危不安。

李 (lǐ) 粵lei⁵〔里〕❶植物名。落葉喬木。花白色。果實圓形，果皮紫紅、青綠或黃色，可食。❷姓。

【李代桃僵】古樂府《雞鳴》有"桃生露井上，李樹生桃傍。蟲來齧桃根，李樹代桃僵。樹木身相代，兄弟還相忘"的詩句，本以桃李共患難比喻兄弟相愛相助。後轉用爲互相頂替或代人受過之意。

杏 (xìng) 粵heŋ⁶〔幸〕植物名。落葉喬木。花淡紅色。核果圓、長圓或扁圓

形，果皮多金黃色，可鮮食或加工。杏仁可食用、榨油和藥用。

【杏林】《神仙傳》載，三國吳董奉爲人治病，不受報酬，對治癒的病人，只求爲其種杏樹幾株，數年後蔚然成林。後世常用"杏林春滿"、"譽滿杏林"等語來稱頌醫家。

【杏壇】相傳爲孔子講學處。後人附會杏壇在今山東省曲阜縣孔廟大成殿前。

材 (cái)⑩tsɔi⁴〔才〕❶木材。如：木材。❷原料；材料。如：鋼材；教材；題材。❸資質；能力。如：材力。❹棺材的隱稱。如：壽材。

村 (cūn)⑩tsyn¹〔穿〕❶村莊。❷粗俗；鄙野。如：村話。❸用不好聽的話傷人。

【村塢】山間的村莊。

【村學究】指鄉村塾師，也以稱學識淺陋的文人。

杓 ㊀(sháo)⑩sœk⁸〔削〕杓子，舀東西的器具。
㊁(biāo)⑩biu¹〔標〕北斗星第五、六、七顆星的名稱。又稱斗柄。

杕 ㊀(dì)⑩dɐi⁶〔弟〕樹木孤立的樣子。
【杕杜】孤生的赤棠樹。❶《詩·唐風》篇名。爲自覊孤獨無援之辭，後多用以比喻骨肉情誼。❷《詩·小雅》篇名。爲慰勞還役之辭，後多用以指歡慶凱旋。

杖 (zhàng)⑩dzœŋ⁶〔丈〕❶枴杖。如：手杖。又指喪棒。如：孝杖。參見"杖期"。❷執持。如：杖劍。❸泛指棍棒。如：拿刀動杖。❹舊時用木棍打脊背、臀部或腿部的刑罰。如：杖刑。

【杖期】(—jī)舊時服喪禮制。杖，是居喪時拿的棒；期，是一年之喪。服期用杖的叫"杖期"；不用杖的叫"不杖期"。如：嫡子衆子爲庶母喪，服杖期。又，夫爲妻服，如父母不在，亦杖期。

宋
杗 (máng)⑩mɔŋ⁴〔忙〕屋的正樑。

杙 (yì)⑩jik⁹〔亦〕小木椿；也指尖銳的小木條。

杜 (dù)⑩dou⁶〔渡〕❶植物名。即棠梨、甘棠。❷堵塞；斷絕。如：杜絕。❸見"杜撰"。

【杜宇】傳說中的古代蜀國國王。周代末年，在蜀始稱帝，號曰望帝。死後其魂化爲杜鵑。後因稱杜鵑鳥爲"杜宇"。

【杜門】謂閉門不出。

【杜絕】堵塞而斷絕之。

【杜撰】臆做。

杝 ㊀(yí)⑩ji⁴〔移〕植物名，即椴。
㊁(chǐ)⑩tsi²〔始〕順着木理劈柴。

杞 (qǐ)⑩gei²〔己〕❶植物名。見"枸杞"。❷周朝國名，故址在今河南杞縣一帶。

【杞人憂天】《列子·天瑞》說，古有杞國人，終日憂天地崩墜，而至廢寢忘食。後因稱不必要的或無根據的憂慮爲"杞人憂天"。

束 (shù)⑩tsuk⁷〔畜〕❶捆；繫。如：束髮。❷計量成束物的單位。如：一束鮮花。❸約制；管束。如：束身自愛。❹事之結束收拾。如：結束；收束。

【束手】❶自縛其手，謂不抵抗。如：束手就擒。❷比喻無能爲力。如：束手無策。

【束脩】亦作"束修"。❶肉脯，乾肉。十條乾肉爲束脩。古代諸侯大夫相饋贈的禮物。也指學生向教師致送的禮物。後因指致送教師的酬金。

【束髮】古代男孩或童時束髮爲髻，因以爲成童的代稱。

【束之高閣】把東西捆起來，放在高高的樓閣上。比喻棄置不用。

【束手待斃】捆着手等死。比喻遇到危險或困難，不積極想辦法，却坐着等死或等待失敗。

杠 ㊀"槓"的異體字。
㊁(gāng)⑩gɔŋ¹〔江〕❶牀前的橫木。❷橋。❸旗桿。

杧 (máng)⑩mɔŋ¹〔媽康切〕〔忙陽〕植物名。一作"檬果"或"芒果"。常綠大喬木。果腎形，淡綠色或淡黃色，果肉多汁，可供鮮食及製多種加工品。

四　畫

杪 (miāo)⑧miu⁵〔秒〕樹木的末梢。引申爲年月季節的末尾。
【杪小】細小。

杬 ⊖(yuán)⑧jyn⁴〔元〕植物名。其皮煎汁藏果，果不腐爛。
⊜"撗"的俗字。

杭 (háng)⑧hoŋ⁴〔航〕❶通"航"。渡河。❷杭州市的簡稱。

柿 (fèi)⑧fei³〔廢〕亦作"枘"。削下的木片。

柹 同"柿"。

杯 (bēi)⑧bui¹〔波煨切〕盛飲料器。如：茶杯；酒杯。
【杯中物】指酒。
【杯弓蛇影】亦作"蛇影杯弓"。《晉書・樂廣傳》載，樂廣宴客，其客人見杯中似有蛇，飲後即得病。後知杯中蛇影實爲壁上所懸角弓的倒影，其病即癒。後用以比喻因疑慮而引起恐懼。
【杯水車薪】《孟子・告子上》有"今之爲仁者，猶以一杯水救一車薪(柴草)之火"之語，比喻無濟於事。
【杯盤狼藉】形容宴飲後杯盤等放置零亂。藉，也作"籍"。

東(东) (dōng)⑧duŋ¹〔冬〕❶太陽出來的方向。❷主人。古時主位在東，賓位在西，所以主人稱東。如：作東；賓東。
【東牀】《晉書・王羲之傳》載，太尉郗鑒使門生到王導家裏選女婿。王家的子弟知道此事，都拘謹起來，只有王羲之一人好像沒事一樣，在東牀上敞著懷(坦腹)吃飯。郗鑒就選了他做女婿。後因稱女婿爲"東牀"或"東牀快婿"。
【東宮】太子所居之宮，也用以指太子。
【東瀛】東海。亦稱日本爲"東瀛"。
【東觀】(—guàn)漢代宮中藏書的地方。
【東道主】本指東路上的主人。後泛指招待停止人，亦稱以酒食請客者爲東道主，請客陪作東、做東。
【東山再起】《晉書・謝安傳》載，謝安曾辭官隱居會稽東山，後來又出山做了大官。後因稱失勢後復起爲"東山再起"。

【東施效顰】矉，亦作"矉"，皺眉。《莊子・天運》載，古越國美女西施因心病而捧心皺眉，貌益美，同郡醜女東施亦仿效之，而醜益增。後因謂以醜拙學美好爲"效顰"。
【東窗事發】田汝成《西湖游覽志餘》卷四載，秦檜殺岳飛時，曾與妻王氏在東窗下，密謀定計。秦檜死後，王氏給他做道場。道士見秦檜受苦。秦檜且對道士說："可煩傳語夫人，東窗事發矣！"後因謂密謀敗露爲"東窗事發"。
【東塗西抹】謂任意塗抹。
【東鱗西爪】東畫一龍鱗，西畫一龍爪，只見一鱗，不見一爪。比喻事物的零星片斷。

杲 (gǎo)⑧gou²〔稿〕光明。參見"杲杲"。
【杲杲】形容太陽的明亮。

杳 (yǎo)⑧miu⁵〔秒〕幽暗；深遠，見不到蹤影。如：杳無音信。
【杳杳】深暗幽遠。
【杳如黃鶴】唐崔顥《黃鶴樓》有"黃鶴一去不復返，白雲千載空悠悠"的詩句，後因以"杳如黃鶴"比喻一去全無影跡。

枚 (xiān)⑧hin¹〔軒〕農具名。似鍬而鋒較方闊，柄端無短拐。

杵 (chǔ)⑧tsy⁵〔柱〕❶搗物或捶衣的棒。❷用長形的東西插，戳。

杶 (chūn)⑧tsœn¹〔春〕植物名，即"橁"。

杷 (pá)⑧pa⁴〔爬〕❶農家糧疏的用具。有齒的叫耙。❷用手捻泥土。❸見"枇杷"。

杼 (zhù)⑧tsy⁵〔柱〕織布的梭子。見"杼柚"。
【杼柚】亦作"杼軸"。❶杼，梭子；柚，筘。都是織布機的主要部件。❷比喻作文時的組織、思考。

松 (sōng)⑧tsuŋ⁴〔從〕松科植物的總稱。常綠或落葉喬木。樹皮多爲鱗片狀。結球果。種屬甚多。木材用途很廣。樹脂可提松香和松節油等。
⊜"鬆"的簡化字。

枀 同"松"。

板 (bān)⑨ban²〔版〕❶片狀的較硬的物體。如：紙板；玻璃板。❷印書用的板片。如：木板；雕板。也指版本。如：宋板；明板。❸樂器中用來打拍子的板。也指音樂的節拍。如：快板；慢板。❹少變化或不靈活。如：表情太板；板着臉。

【板眼】❶指戲曲音樂中的節拍。凡強拍均爲擊板，稱爲“板”；次強拍和弱拍則以鼓簽敲或用手指按拍，分別稱爲“中眼”、“小眼”，合稱“板眼”。❷比喻做事按一定的步驟，有條不紊。如：有板眼。

【板蕩】《詩·大雅》有〈板〉、〈蕩〉二篇，皆詠周厲王的無道；後用以指政局混亂，社會動蕩不寧。

枇 (pí)⑨pei⁴〔皮〕【枇杷】植物名。常綠喬木。果實球形，淡黃或橘黃色，味甜，可食。葉供藥用。

枉 (wǎng)⑨wọŋ²〔蛙訪切〕❶彎曲；彎屈。引申爲行爲不合正道或違法曲斷。如：矯枉過正；貪贓枉法。❷冤屈。如：枉死；屈就。如：枉駕。❹徒然。如：枉費心機。

【枉駕】敬辭。屈駕；屈尊枉顧。

【枉顧】屈尊下顧。常用作稱人過訪的敬辭。

枋 (fāng)⑨foŋ¹〔方〕❶植物名。即檀木。❷建築器名詞。兩柱之間起聯繫作用的橫木，斷面一般爲矩形。

枌 (fén)⑨fen⁴〔墳〕植物名。即白榆。

枏 "楠"的異體字。

析 (xī)⑨sik⁷〔息〕❶劈柴。❷分開；離散。如：條分縷析。❸解析；剖析。如：析疑。

梧 (hù)⑨wu⁶〔戶〕參見"梧梧"。

枒 "丫❶"的異體字。

枓 (dōu)⑨dēu²〔斗〕【枓栱】即斗栱。中國傳統木結構建築中樑柱之間的一種支承構件。主要由弓形木塊和弓形橫木(栱)縱橫交錯層疊構成，可使屋檐外伸。

枕 ㊀(zhěn)⑨dzem²〔怎〕枕頭。
㊁(zhèn)⑨dzem³〔浸〕以頭枕物。
如：枕戈待旦。

【枕藉】(zhèn jí)縱橫相枕而臥。

【枕戈待旦】(zhěn zhèn)枕着兵器以待天明。謂殺敵報國心切，一刻不懈。

林 (lín)⑨lem⁴〔臨〕❶叢聚的樹木。❷喻人或事物的會聚叢集。如：儒林；藝林。❸樹林的省稱。如：農、林、牧、副、漁。❹姓。

【林立】像林中的樹那樣密集地豎立着，比喻衆多。如：帆檣林立；工廠林立。

【林林總總】謂事物衆多。

枘 (ruì)⑨jœy⁶〔銳〕榫頭；插入卯眼的木栓。參見"枘鑿"。

【枘鑿】(─zuò)枘，榫頭。鑿，榫眼。枘鑿，方枘圓鑿的簡稱。比喻兩不相合或兩不相容。

枚 (méi)⑨mui¹〔梅〕❶樹幹。引申爲計量單位，猶"個"。如：一枚別針。❷古代行軍時防止士卒喧嘩的用具，狀如箸，銜在口中。如：銜枚。

【枚舉】一一列舉。如：不勝枚舉。

果 (guǒ)⑨gwo²〔裹〕❶果實。如：開花結果。亦作"菓"。❷結局；結果。如：前因後果；自食其果。❸見"果腹"。❹果敢。如：言必信，行必果。❺成事實。如：未果。❻終於；竟然。❼果眞；誠然。如：果如所料。

【果斷】有決斷；敢作敢爲。

【果報】因果報應。

【果腹】吃飽肚子。

【果毅】果敢而堅強。

【果斷】有決斷；不猶豫。

枝 (zhī)⑨dzi¹〔支〕❶有葉和芽的莖。❷計量桿狀物的單位。如：一枝筆。❸分支的。

【枝棲】比喻託身之地。

【枝葉】❶比喻遠族旁支。❷比喻瑣細的言辭。

【枝節】比喻細小或旁出的事情。如：枝節問題；橫生枝節。

【枝蔓】樹枝與藤蔓。引申爲糾纏牽連的意思。

枙 (huà)⑨fa³〔化〕木芙蓉的別名。

五　畫

枯 (kū)[粵]fu¹〔呼〕枯槁；草木失去水分或失去生機。引申爲乾枯、枯竭、偏枯。如：枯魚之肆；海枯石爛。

【枯骨】白骨；引申指死人。

【枯魚】乾魚。《莊子·外物》載寓言說，有鮒魚困於車轍中，自稱是東海波臣，請莊子以升斗之水相救。莊子對他說："我且南游吳越之王，激西江之水而迎子。"鮒魚忿然作色的說：我得升斗之水便可活，你跑到老遠去請水，到時要去枯魚之肆找我了。後以"枯魚"比喻身在窮途。

【枯腸】❶比喻才思苦窘。❷枯渴的腸，猶言腸中無物。

【枯槁】❶草木枯萎。❷瘦瘠。❸貧困憔悴。

【枯楊生稊】乾枯的楊樹重發嫩芽。《易·大過》有"枯楊生稊，老夫得其女妻"之語，比喻老人娶少妻。後亦比喻老年得子。

【枯樹逢春】比喻絕望中獲得生機。

枰 (píng)[粵]piŋ⁴〔平〕古代的博局；亦指棋盤。

枱 "檯"的異體字。

枲 (xǐ)[粵]sai²〔徙〕即麻。

枳 (zhǐ)[粵]dzi²〔指〕植物名。亦稱"枸橘"、"臭橘"。灌木或小喬木。有粗刺。未成熟和成熟的果實分別作枳實和枳殼入藥。

枴 (guǎi)[粵]gwai²〔拐〕拐杖。

枵 (xiāo)[粵]hiu¹〔囂〕空虛。見"枵腹從公"。

【枵腹從公】餓着肚子辦理公務。枵腹，空腹，飢餓的意思。

架 ㊀(jià)[粵]ga²〔假〕❶擱置或支持東西的用具。如：書架；衣架。❷物的骨胳。如：骨架；屋架。
㊁(jià)ga³〔嫁〕❶搭起。如：架橋。❷抵擋；支撐。如：招架；架住。❸爭吵；毆鬥。如：吵架；打架。❹攙扶。如：架着病人。❺把人劫走。如：綁架；架走。❻量詞。如：一架飛機；一架收音機。❼揑造；虛構。如：架詞誣控。

【架子】用以抬高自己、表現自己的一種虛驕姿態。如：擺架子。

【架空】❶凌空。指樓閣等建築物的結構凌空。❷比喻沒有根據。如：架空立論。

枷 (jiā)[粵]ga¹〔加〕古代加在罪犯頸項上的刑具。

【枷鎖】枷和鎖，舊時囚繫罪人的兩種刑具。

枸 ㊀(jǔ)[粵]gœy²〔舉〕❶植物名，即枳椇。❷〔枸櫞〕植物名。也叫"香櫞"。常綠小喬木。果實卵形或長球形，黃色，味苦。果皮粗厚，很香，可供藥用。
㊁(gǒu)[粵]gɐu²〔久〕〔枸杞〕植物名。落葉小灌木。嫩葉作蔬菜。果實紅色，叫"枸杞子"，根皮叫"地骨皮"，均可入藥。

枹 (fú)[粵]fu¹〔呼〕同"桴"。鼓槌。

枻 (yì)[粵]jɐi⁶〔義毅切〕❶船舷。❷短槳。

柿 (shì)[粵]tsi²〔始〕果木名。落葉喬木。果圓或方形，色紅或黃。性耐寒、耐旱。果供生食，或製柿餅、柿酒等。

柹 "柿"的異體字。

柁 同"舵"。

柂 ㊀(yí)[粵]ji⁴〔移〕同"杝㊀"。
㊁(duò)[粵]tɔ⁵〔妥〕同"舵"。

柄 (bǐng，又讀 bìng)[粵]biŋ³〔併〕bɛŋ³〔巴鏡切〕(又)❶器物的把兒。如：刀柄；斧柄。因以爲有柄物的計量單位。如：一柄傘。又引申爲把柄。如：話柄；笑柄。❷植物花葉和枝莖相連的部分。如：花柄；葉柄。❸權力。亦指當權。如：柄國；柄政。

柈 (pán)[粵]pun⁴〔盆〕通"槃"、"盤"。盛物之器。

柎 ㊀(fū)[粵]fu¹〔呼〕花萼。
㊁(fǔ)[粵]fu²〔苦〕❶通"撫"。❷弓弝兩側貼附的骨片，用以增強弓體的彈性。

柏 ㊀(bǎi)[粵]pak⁸〔拍〕植物名。亦稱"垂柏"。常綠喬木。木材細致，有芳香，可作多種用途。種子可榨油；球果、

根、枝、葉均可入藥。

㊀(bò)⑧同㊁同"蘗"。〔黃柏〕植物名。亦稱"黃蘗"、"蘗木"、"黃檗欄"。落葉喬木。木材供建築、航空器材、細木工等用。樹皮可入藥。

㊁(bó)同㊀〔柏林〕德意志民主共和國的首都。

某(mǒu)⑧mau⁵〔畝〕❶指人、地、事、物而不明言其名的用詞。如：某人；某處；某些。❷在事理人面前的自稱，指代"我"；也用來指代人名。

柑(gān)⑧gem¹〔甘〕果木名。常綠灌木或小喬木。果實略近球形，橙黃色，供生食或加工，果皮供藥用。

柒(qī)⑧tset⁷〔七〕植物名。即漆樹。❷"七"字的大寫。

染(rǎn)⑧jim⁵〔冉〕❶染色。亦指圖畫上施彩色。❷：點染；渲染。❷沾上，一般指不良的嗜好、疾病等。如：習染；傳染。

【染指】比喻沾取非所應得的利益。

柔(róu)⑧jeu⁴〔由〕❶嫩。❷柔軟；軟弱。如：剛柔相濟。❸溫和。如：柔聲。❹弱；懷柔。

【柔兆】亦作"游兆"。十干中丙的別稱，用以紀年。參見"歲陽"。

【柔荑】荑，初生的茅草。比喻女子手的纖細白嫩。

【柔茹叫吐】謂欺弱避強。

柘(zhè)⑧dze³〔蔗〕❶植物名。灌木至小喬木。葉可飼蠶。果可食。莖皮為造紙原料。根皮藥用。❷通"蔗"。

柙(xiá)⑧hap⁹〔峽〕❶關猛獸的木籠。也指用囚籠或囚車拘押罪犯。❷裝運。

㊀(yā)⑧at⁸〔壓〕㊀㊁的又讀。

柚(yòu)⑧jeu²〔倚瘦切〕植物名。又"文旦"。常綠喬木。果實大，扁球形或闊圓形；成熟時呈淡檸檬色或橙色，可供生食或加工。果皮可製蜜餞。

㊁(yóu)⑧dzuk⁹〔俗〕見"杼柚"。

柜㊀同"櫃"的簡化字。

㊁(jǔ)⑧gœy²〔舉〕〔柜柳〕即"杞柳"。柜柳又為楓楊的異名。亦稱"櫸柳"。

柝(tuò)⑧tɔk⁸〔託〕❶舊時巡夜者擊以報更的木梆。❷通"拓"。開拓。

柞㊀(zuò)⑧dzɔk⁸〔昨〕〔柞木〕植物名。又名"冬青"。常綠灌木或小喬木。木材堅硬，供製傢具等用。此外，山毛櫸科的麻櫟，亦稱"柞木"。葉可飼柞蠶。

㊁(zé)⑧dzak⁸〔窄〕砍伐樹木。

㊂(zhà)⑧dza³〔詐〕〔柞水〕縣名。在陝西省南部、漢江支流乾佑河上游。

（zhā)⑧dza¹〔渣〕同"楂"。

查㊀(chá)⑧tsa⁴〔茶〕尋檢。如：查究；查核。

㊁(zhā)⑧dza¹〔渣〕通"楂"，即山楂。❷姓。

柩(jiù)⑧geu³〔救〕已盛屍體的棺材。

柬(jiǎn)⑧gan²〔簡〕❶選擇。❷通"簡"。信札、名帖等的統稱。如：書柬；請柬。

（duò)⑧dut⁹〔特活切〕見"桲柮"。

柯(kē)⑧ɔ¹〔苛〕❶樹枝。❷斧柄。

奈(nài)⑧nɔi⁶〔耐〕❶果木名。俗名花紅，亦名沙果。❷同"奈"。

柱(zhù)⑧tsy⁵〔儲〕❶建築物中用以支承棟樑桁架的長條形構件。❷樂器上的弦枕木，又稱品。❸像柱子的東西。如：冰柱。❹像柱子般直立着。

【柱石】支撐的柱子和承托的基石，比喻擔負國家重任的人。

柳(liǔ)⑧leu⁵〔離偶切〕❶植物名。落葉喬木或灌木。枝條柔韌。葉常狹長。有多種，常見的如垂柳、旱柳(河柳)、杞柳等。❷姓。

【柳眉】形容女子細長秀美的眉毛。

【柳絮】柳樹的種子帶有白色絨毛，稱為"柳絮"。也叫"柳綿"。

【柳腰】形容女子腰支柔軟，像柳條一樣。

【柳暗花明】綠柳成蔭、繁花如錦的景象。陸游《游山西村》詩有"山重水複疑無路，柳暗花明又一村"之語，後因以"柳暗花明"比喻在困難中遇到轉機。

柵 ㊀(zhà)[粵]tsak^{8}〔拆〕san^{1}〔山〕(又)柵欄。如：鐵柵；門柵。
㊁(shān)[粵]san^{1}〔山〕〔柵極〕電子管靠陰極的一個電極。

栅 "柵"的異體字。

柶 (sì)[粵]si^{3}〔試〕古代的禮器，兩頭屈曲，形狀和功用如匕，用以挹取食物。

柷 (zhù)[粵]dzuk^{7}〔祝〕亦名"椌"。古擊樂器。

柃 (líng)[粵]liŋ^{4}〔令〕植物名。爲中國南部最常見的野生植物。木材淡黃色，柔軟致密，可爲細工或炭薪用材。

柢 (dǐ)[粵]dɐi^{2}〔底〕樹根。如：根深柢固。

柟 "楠"的異體字。

桺 "柳"的異體字。

柧 同"觚"。

栀 "梔"的異體字。

六　畫

栒 ㊀(xún)[粵]tsœn^{4}〔巡〕植物名。
㊁(sǔn)[粵]sœn^{2}〔筍〕見"栒虡"。

【栒虡】(sǔn jù)同"簨虡"。古代懸掛鐘磬的木架。

栓 (shuān)[粵]san^{1}〔山〕❶木釘；插子。如：消火栓；槍栓。❷瓶塞。也指形狀像塞子的東西。如：栓劑。

栖 同"棲"。

柴 (chái)[粵]tsai^{4}〔豺〕❶柴火。如：木柴；劈柴。❷姓。

【柴門】❶用樹條編紮的簡陋的門。❷猶言杜門。不與人往來。

栗 (lì)[粵]lœt^{9}〔律〕❶植物名。亦稱"板栗"。落葉喬木。果實即栗子，供食用，爲木本糧食樹種之一。❷"慄"、"溧"的異體字。

栘 (yí)[粵]ji^{4}〔而〕植物名。即唐棣。

栝 ㊀(guā)[粵]kut^{8}〔括〕本作"桰"。❶見"櫽栝"。❷箭末扣弦處。如：箭栝。❸植物名，即檜。
㊁(kuò)[粵]同㊀見"機栝"。

校 ㊀(xiào)[粵]hau^{6}〔效〕❶學校。如：校址；校慶。❷古代軍營的名稱。
㊁(jiào)[粵]gau^{3}〔教〕❶古代的囚具，就是枷。❷比較。如：校場。❸計較。❹查對；計點。如：校對；校樣。
㊂(xiào)[粵]同㊀軍銜名。在將之下，尉之上。如：上校；少校。

【校書】(jiào—)❶校勘書籍。❷古代掌管校理書籍的官員。三國時魏始置秘書校書郎，隋唐及宋代都設置此官，屬秘書省。

【校勘】(jiào—)對書籍根據不同的版本或其他資料，比較異同，進行文字考證、訂正的工作。

【校場】舊時演習武術的地方。

【校閱】(jiào—)❶猶檢閱。檢查；視察。❷審閱校訂書刊內容。

【校讎】(jiào—)"讎"亦作"讐"。校勘。亦作"讎校"。

栧 同"枻"。

栩 (xǔ)[粵]hœy^{2}〔許〕❶即柞木。❷見"栩栩"。

【栩栩】欣然自得的樣子。也形容活潑生動的樣子。如：栩栩如生。

株 (zhū)[粵]dzy^{1}〔朱〕❶露出地面的樹根。如：守株待兔。❷樹木的根數。如：一株樹。

【株守】比喻安守故常，不求進取。如：株守家園。參見"守株待兔"。

【株連】因一人犯罪而牽連許多人；連累。

栭 (ér)[粵]ji^{4}〔而〕❶柱頂上支持屋樑的方木，即斗栱。❷木上所生的蕈類。❸植物名，即栭櫟，又名白櫟。

栰 "筏"的異體字。

栱 (gōng)粵guŋ²[拱]見"枓栱"。

栲 (kǎo)粵hau²[考]❶植物名。常綠高大喬木。木材堅硬,供建築用。樹皮含單寧,可提製栲膠或染料。❷見"栲栳"。

【栲栳】用竹篾或柳條編成的盛物器具。

栳 (lǎo)粵lou⁵[老]見"栲栳"。

栴 (zhān)粵dzin¹[煎]見"栴檀"。

【栴檀】香木名。也作"旃檀"。

栵 (lì)粵lei⁶[例]❶樹木成行列。❷植物名,榆類。

核 ㊀(hé)粵het⁶[瞎]❶果實內保護種子的硬殼。如:桃核;棗核。❷指桃、李、杏、梅等有核的果品。❸原子核的簡稱。如:核能;核武器。❹同"覈"。
㊁(hú)粵wet⁹[羊迄切]❶㊀的又讀。

【核心】中心。引申指起主導作用的部分。

根 (gēn)粵gen¹[斤]❶維管植物吸收養分和水分,並支持植物體的器官。❷凡物在下之部分亦叫根。如:舌根;牆根。❸事物的本原。如:追根究底。❹佛教名詞。佛經謂眼、耳、鼻、舌、身、意為六根,因它能對境而生識,所以叫根。❺徹底;根本地。如:根治;根除;根絕。也喻事物的計量單位。如:一頭頭髮;兩根火柴。❼代數方程式內未知數的值。❽化學上指帶電的基。如:硫酸根。

【根柢】樹木的根。引申指事業或學問的基礎,底子。

【根深柢固】謂基礎牢固,不可動搖。"柢"亦作"蒂"。

栻 (shì)粵sik⁷[式]古代占卜的用具,後世稱為星盤。

格 (gé)粵gak⁸[隔]❶方形的框子。如:窗格子;方格紙。❷一定的標準或式樣。如:合格;聊備一格。❸品質;風度。如:人格;性格;風格。❹量度;規模。❺受阻礙;被阻隔。如:格於成例。❻打。如:格鬥;格殺。❼推究。見"格致"。

【格言】可為法式的言語,常指具有教育意義的成語。如:滿招損,謙受益。

【格局】式樣;規模。

【格格】❶清代皇族女兒的稱號。親王女稱和碩格格,即郡主;郡主女稱多羅格格,即縣主;貝勒女亦稱多羅格格,即郡君;貝子女稱固山格格,即縣君;鎮國公、輔國公女稱格格,即鄉君等。❷扞格;互相抵觸。如:格格不入。

【格致】❶"格物、致知"的省稱。舊謂窮究事物的原理而獲得知識。❷清代末年,統稱聲光化電等自然科學部門為"格致"。

【格鬥】搏鬥;互相毆擊。

【格殺】擊殺。

【格調】(一diào)風度;儀態。也用以指文章的風格。

栽 (zāi)粵dzoi¹[災]❶種植。如:栽樹;栽花。❷可以移植的植物幼苗;秧子。如:花栽子;柳栽子。❸安上。如:栽絨;栽贓。❹跌。如:栽筋斗。

【栽培】種植並培養植物。如:栽培果樹。引申指培養或提拔人才。求人照拂或提拔時常用之。

桀 (jié)粵git⁹[傑]❶雞棲的木樁。❷凶暴。見"桀黠"、"桀驁"。❸夏代國王。被湯所擊敗,出奔南方而死。夏朝滅亡。

【桀黠】凶悍而狡猾。

【桀驁】以喻倔強。如:桀驁不馴。

【桀犬吠堯】桀是夏代殘暴凶惡的君主,堯是傳說中的遠古時代的聖君。比喻為人臣僕或奴才,像桀所畜養的狗一樣,只知道聽從主子的命令去吠人,不問誰善誰惡。

桁 ㊀(héng)粵heŋ⁴[恆]樑上的橫木。
㊁(háng)粵hoŋ⁴[航]通"航"。浮橋。
㊂(hàng)粵hoŋ⁶[項]衣架。

桂 (guì)粵gwei³[貴]❶植物名。亦稱木犀。常綠灌木或小喬木。秋天開花,花簇生於葉腋,黃色或黃白色,極芳香,可提取芳香油或用作食品、糖果等的香料。❷廣西的簡稱。因秦置桂林郡於此而得名。

【桂海】南海的別稱。

【桂魄】月的別稱。相傳月中有桂樹，故云。

桃 (táo)働tou⁴[逃]❶果木名。落葉小喬木。花淡紅、深紅或白色。果爲核果，味甜多汁。可生食，或製果脯、罐頭食品等。仁、花可入藥。❷形形狀像桃子的其他果實。如：櫻桃；胡桃。❸桃花色。❹姓。

【桃汛】春暖積雪融化，使河流水位發生上漲的現象，因正值桃花盛開時節，故名。亦稱"桃花汛"或"桃花水"。

【桃李】《資治通鑑》卷二〇七載，唐狄仁傑曾向朝廷薦擧姚元崇等幾十人，都成爲名臣。有人對狄說："天下桃李，悉在公門矣。"後因以比喻所栽培的後輩或所教的學生。如：門牆桃李；桃李滿天下。

【桃符】古時習俗，元旦用桃木板寫神荼、鬱壘二神名，懸掛門旁，以爲能壓邪。後爲春聯的別名。

【桃花源】東晉陶潛作《桃花源記》，謂有漁人從桃花源入一山洞，見秦時避亂者的後裔聚居其間，生活安適，出來以後，便不再找到。後用以指避世隱居的地方。參見"世外桃源"。

【桃李不言】《史記．李將軍傳．贊》載諺語說："桃李不言，下自成蹊。"意謂桃李本不能言，但因有花有果，人必不期而至，其下自成蹊徑。後因以比喻實至名歸，勞事實不尚虛聲。

桄 ㊀(guàng)働gwong³[瓜放切]❶橫木。如：牀桄；車桄。今多以指織機或梯子上的橫木。❷桄子，繞線的器具。亦即謂繞線。如：把線桄上。又因以爲計量線索、綫圈的單位。如：一桄線。
㊁(guàng)働gwong¹[光]gwong²[廣](又)〔桄榔〕常綠高大喬木，狀狀復葉，綫形，果實倒圓錐形。多產在熱帶。

桅 (wéi)働wei⁴[圍]桅杆，船上掛帆的杆子。

框 (kuàng)働kwang¹[誇曠切]hong¹[康](又)❶門窗的架子。如：門框；窗框。❷物的邊緣或輪廓。如：框檔；框廓。

㊀(kuāng)働同㊁用於"框框"。引申爲事物的固定格式、原有範圍和傳統做法。如：打破框框。

案 (àn)働on³[按]❶狹長的桌子。如：書案；案桌。❷古時進食用的短足木盤。如：擧案齊眉。❸考察；考據。如：案驗；案語。❹有及法律的事件或政治上的重大事件。如：破案；慘案。❺關於建議、計劃等的文件。如：議案；草案。❻處理公事的記錄；案卷。如：存案；有案可查。

【案牘】指官府的文書。

【案驗】查明案情，以定其罪。亦作"按驗"。

桉 ㊀(ān)働on¹[安]植物名，即"桉樹"。桃金娘科、桉樹屬植物的泛稱。一般爲常綠喬木。枝、葉、花有芳香。葉可提取揮發油。
㊁"案"的異體字。

栘 (yí)働ji⁴[而]植物名。

桌 (zhuō)働dzœk⁸[雀]tsœk⁸[卓](又)❶桌子。如：書桌；餐桌。❷以桌數論的飯菜。如：開四桌飯。也指坐滿一張桌子的人數。如：一桌人。

桎 (zhì)働dzet⁹[窒]❶古代拘繫罪人兩腳的刑具。見"桎梏"。❷拘束。

【桎梏】(─gù)腳鐐手銬，古代用來拘繫罪人手腳的刑具。也比喩一切束縛人的東西。

桐 (tóng)働tun⁴[同]植物名。如：梧桐；泡桐；油桐。

桑 (sāng)働song¹[喪]植物名。落葉喬木。葉卵圓形，邊緣有鋸齒。果實爲聚花果，名"桑椹"，成熟時呈紫黑，可食用和釀酒，葉可飼蠶，樹皮製紙，木材可製各種器具，葉、果、枝、根皮可供藥用。

【桑梓】桑和梓是古代家宅旁邊常栽的樹木，因用作故鄉的代稱。

【桑麻】指農事。

【桑榆】指日落時除光所在處，謂晚暮。也用來比喩人的垂老之年。

【桑間濮上】桑間在濮水之上，古衛國地，爲男女相聚之處。後因稱男女幽會爲"桑間

漢上之行"。亦簡作"桑濮"。

桒 "桑"的異體字。

桓 (huán)⑨wun⁴[援]古代亭郵用爲表識的柱子。也叫桓表、華表。

桔 ㊀(jié)⑨git⁸[潔]見"桔槹"。
㊁(jú)⑨gat⁷[吉]同"橘"。

【桔槹】亦稱"吊杆"。一種原始的提水工具，用一橫木支着在木柱上，一端用繩拴一水桶，另一端繫重物，使兩端上下運動以汲取井水。

柏 (jiù)⑨keu³[扣]keu⁵[其有切]（又）植物名。即"烏桕"。

桊 (juàn)⑨gyn³[眷]穿在牛鼻上的環。

栔 "鍥"、"契"的古字。

栢 "柏"的異體字。

栞 "刊"的異體字。

栿 (fú)⑨fuk⁹[伏]房梁。

七　畫

桫 (suō)⑨so¹[梳]〔桫欏〕蘇類植物。木本，莖高而直，葉片大，葉柄和葉軸密生小刺。

梧 "杯"的異體字。

梛 同"椰"。

桲 (bó，又讀po)⑨but⁹[勃]見"榅"。

桴 (fú)⑨fu¹[呼]❶小筏子。❷鼓槌。

【桴鼓】亦作"枹鼓"。❶指戰鼓或警鼓。❷用桴擊鼓，鼓即發聲。比喻相應。

桶 (tǒng)⑨tup²[統]❶盛東西的器具，一般是長圓形的，或有提樑。如：水桶；飯桶。❷古代量器名，方形的斛。

桷 (jué)⑨gok⁸[角]方的椽子。引申爲平直像桷的樹枝。

根 (láng)⑨loŋ⁴[郎]"榔"的本字。

梁 (liáng)⑨lœŋ⁴[良]❶橋。如：橋梁；津梁。❷架在牆上或柱子上支撑房頂的橫木。如：屋梁。也作"樑"。❸身體或物體上居中拱起或成弧形的部分。如：鼻梁；車梁。❹戰國魏的別稱。公元前361年，魏惠王遷都大梁（今河南開封），從此魏也被稱爲梁。❺朝代名。南朝之一。公元502年蕭衍代齊稱帝，國號梁，建都建康（今江蘇南京）。佔有長江流域和珠江流域各省。557年爲陳代。❻五代之一。朱溫滅唐後建立（907－923）。建都汴（今河南開封）。國號梁，史稱後梁。爲後唐所滅。❼姓。

【梁園】即兔園，漢代梁孝王劉武所造。也叫"梁苑"。故址在今河南商丘東。梁孝王好賓客，司馬相如、枚乘等辭賦家皆曾延居園中，因而有名。

【梁上君子】《後漢書·陳寔傳》載，有竊賊夜入陳寔家，藏在梁上打算偷東西。陳寔發覺，召集子孫，教訓他們要自勉，否則會成爲梁上君子。竊賊大驚，掉在地上。後因用爲竊賊的代稱。

梃 (tǐng)⑨tiŋ⁵[挺]❶植物的梗子。如：木梃；竹梃。❷棍棒。

梅 (méi)⑨mui⁴[媒]❶植物名。落葉喬木。花以白色和淡紅色爲主。果實球形，味極酸，多製蜜餞和果醬等。未熟果加工成烏梅，供藥用和飲料用。❷節候名。見"梅雨"。

【梅雨】也叫"黃梅雨"。常指春末夏初，產生在江、淮流域末期較長的陰雨天氣。因正值梅子黃熟時期，故名。

梆 (bāng)⑨boŋ¹[邦]❶巡更或號召人所敲之器。❷樂器名。如：梆子。

梏 (gù)⑨guk⁷[谷]❶古代木製的手銬。如"桎梏"。❷械繫；拘禁。

梐 (bì)⑨bei⁶[幣]見"梐枑"。

【梐枑】古代設置在官署前以遮攔行人的防衛物，用木條交叉做成。也叫"行馬"。

梓 (zǐ)ⓖdzi²〔子〕植物名。落葉喬木。木材供建築及製器具、樂器等用。皮供藥用，稱"梓白皮"。❷古代多用梓製器，因即以泛指木材。參見"梓人"。❸雕製印書的木板。引申爲印刷。如：付梓。❹故鄉的代稱。見"梓里"。

【梓人】古代木工之一。後亦稱建築工人爲梓人。

【梓里】故鄉。

栀 (zhī)ⓖdzi¹〔支〕植物名。常綠灌木，夏季開花，白色，很香。果實叫栀子，可入藥。

棋(枳) (bèi)ⓖbui³〔貝〕見"棋多"。

【棋多】同"貝多"。

梗 (gěng)ⓖgeŋ²〔耿〕❶草木的直莖。如：荷梗；芋梗。❷挺直；強硬。如：梗直；強梗。❸阻礙。如：從中作梗。❹大略。參見"梗概"。

【梗直】剛直。亦作"鯁直"、"耿直"。

【梗概】大概；大略。

條(条) (tiáo)ⓖtiu⁴〔調〕❶樹木的細長枝條。如：柳條。❷泛稱一般長條形物。如：鐵條；紙條；麵條；項：科條；條款。亦謂分條列舉。如：條舉。❹條理。如：井井有條。❺計量長條形物的單位。如：一條繩子；三條船。

【條目】按內容分列的細目；條理項目。

【條例】國家機關制定或批准的，規定國家政治、經濟、文化等領域的某些事項，或者規定某一機關的組織、職權等項的法律文件。

【條約】廣義指兩個或兩個以上國家，關於政治、經濟、軍事、文化等方面的相互權利和義務的各種協議，包括條約、公約、協定、議定書、換文、宣言、憲章等。狹義指重要政治性的，以締約爲名稱的國際協議，如同盟條約、互不侵犯條約、友好合作互助條約、通商航海條約、邊界條約等。

【條陳】分條陳述。後稱分條陳述意見的文件爲"條陳"。

【條貫】條理；系統。

【條暢】通暢有條理。

【條分縷析】縷，細縷。析，分剖。比喻有條有理，深入細緻地進行剖析。

梟(梟) (xiāo)ⓖhiu¹〔囂〕❶通"鴞"。鳥綱鴟鴞科各種類的泛稱。❷驍勇；豪雄。如：梟將、梟騎。❸懸頭示衆。如見"梟首"。

【梟首】即斬首高懸以示衆。

【梟雄】猶言雄長，魁首之意。亦以稱驍悍雄傑的人物。

梠 (lǚ)ⓖløy⁵〔呂〕楣；屋檐。

梢 (shāo)ⓖsau¹〔筲〕❶樹木的末端。如：樹梢；林梢。❷泛指物的末段或時的盡頭。如：眉梢；春梢。❸事情的結束；下場。如：收梢；下梢。❹長竿子。如：梢竿。

梧 (wú)ⓖŋ⁴〔吳〕〔梧桐〕也叫"青桐"。落葉喬木，葉掌狀3－7裂。木材堅韌。

梩 (sì，又讀lí)ⓖlei⁴〔離〕鍬耜一類的起土用具。

梭 (suō)ⓖso¹〔梳〕織機上用以引導緯紗使與經紗交織的構件。外形根據織機類型而定，一般是兩端呈圓錐形的長方體，體腔中空以容納紆子。又用如以比喻不斷地來往。如：梭巡。

梯 (tī)ⓖtai¹〔剔〕❶梯子，升降的用具或設備。如：樓梯；電梯。❷梯形的。如：梯田。

【梯航】梯，指登山；航，指航海。謂翻山越海，經歷險遠的道路。

械 (xiè)ⓖhai⁶〔懈〕❶器械；用具。❷指武器。如：軍械；繳械。❸刑具，枷和鐐銬等。

【械鬥】雙方聚衆持器械相鬥。

梱 (kǔn)ⓖkwen²〔菌〕門限。

梲 ㊀(zhuó)ⓖdzyt⁸〔綴〕同"棳"。梁上的短柱。
㊁(tuō)ⓖtyt⁸〔脫〕通"脫"。疏略。

梳 (shū)ⓖso¹〔疏〕❶理髮的用具。如：木梳；角梳。❷以梳理髮。如：梳洗；梳妝。

梴 (chān) 粵 tsin¹〔千〕樹木很長的樣子。

梵 (fàn) 粵 fan⁶〔飯〕fan⁴〔凡〕(又) ❶梵文 Brahman 或 Brahmā (梵摩) 的省稱。譯為清淨;寂靜。❷與佛教有關的事物。如:梵鐘,梵音。
【梵宇】佛寺。

桯 (tíng) 粵 tiŋ¹〔他英切〕古時車蓋柄下面較粗的一段。

桿 (gǎn) 粵 gɔn²〔梗〕gɔn¹〔干〕(又) ❶器物上像棍子的細長部分。如:筆桿兒;槍桿兒。❷計量竿狀物的單位。如:一桿槍。

梫 (qǐn) 粵 tsɐm²〔寢〕❶桂的一種。❷〔梫木〕即「馬醉木」。常綠灌木或小喬木,葉有劇毒。

梨 (lí) 粵 lei⁴〔離〕果木名。落葉喬木。果供生食或製成多種加工品。
【梨棗】舊時刻書多用梨木或棗木,因以「梨棗」為版書的代稱。如:付之梨棗。
【梨渦】指女子面頰上的笑靨或酒渦。
【梨園】唐玄宗時教授伶人的處所。後世因稱演劇的處所為梨園;又稱戲劇演員為梨園子弟。梨園故址在今陝西長安。

桄 同「橫」。

梘 (梘) (jiǎn) 粵 gan²〔簡〕❶通水器。俗稱屋檐下的水竇為水梘。❷粵方言亦稱肥皂為梘。

栖 「棲」的異體字。

桺 「柳」的異體字。

桰 (guā)「栝㊀」的本字。

桼 「漆」的本字。

八 畫

棄 (弃) (qì) 粵 hei³〔氣〕❶捨去;拋開。如:棄之可惜。❷忘記。
【棄世】死的婉稱,意思是離開人世。
【棄市】古代在鬧市中執行死刑,並將屍體暴露街頭,稱為棄市。
【棄婦】被丈夫遺棄的婦女。
【棄養】婉辭,指父母死亡。

棉 (mián) 粵 min⁴〔眠〕植物名。一年生或多年生草本或灌木,葉互生,掌狀分裂,果實像桃。種子密生長纖維和絨毛,纖維可紡紗或做棉絮。

棃 「梨」的異體字。

棋 (qí) 粵 kei⁴〔其〕文娛用具。如:圍棋;象棋。
【棋布】像棋子般分布着。如:星羅棋布。
【棋逢敵手】比喻雙方本領不相上下。

棊 「棋」的異體字。

棍 (gùn) 粵 gwen³〔瓜印切〕❶棒。如:木棍;鐵棍。❷無賴;壞人。如:惡棍;賭棍。

棐 (fěi) 粵 fei²〔匪〕❶輔導;輔助。❷盛物的橢圓形竹器。通「篚」。❸樹名。通「榧」,可以製几。

棒 (bàng) 粵 paŋ⁵〔爬猛切〕❶棍子。如:棍棒;棒槌。❷北方方言,用以形容人的強幹,兼指體力和能力而言。如:這小伙子真棒!
【棒喝】❶佛教的一派(禪宗)接待初學的人,常常對來學者當頭一棒或大喝一聲,令其立即回答問題。❷比喻促人猛醒的警告。如:當頭棒喝。

棓 ㊀(bàng) 粵 paŋ⁵〔棒〕❶農具名。連枷的古稱。㊁同「棒」。棍子。
㊁(bèi) 粵 bui⁶〔焙〕〔棓酸〕即「沒食子酸」。以五倍子為原料,經萃取及水解製得。它的鹼性鉍鹽用作防腐劑。
㊂(péi) 粵 pui⁴〔陪〕姓。

棔 (hūn) 粵 fɐn¹〔昏〕植物名,即「合歡」。

棖 (枨) (chéng) 粵 tsaŋ⁴〔池盲切〕❶古時門兩旁所豎的長木柱,以防車過觸門。❷觸動。
【棖觸】感觸。

棗 (枣) (zǎo) 粵 dzou²〔早〕植物名。落葉喬木。核果長圓形,成熟後紫紅色,供食用,亦入藥。

棘 (jí)粵gik⁷〔激〕❶植物名。即「酸棗」。落葉灌木，枝上多刺。果實較棗小，暗紅色，肉薄，味酸。果仁供藥用。❷有刺草木的通稱。如：荊棘叢生。
【棘手】荊棘刺手，比喻事情難辦。

椑 (lí)粵lei⁴〔麗〕機紐。

棚 (péng)粵paŋ⁴〔彭〕用竹、木、蘆葦等材料搭成的蓬架或小屋。如：豆棚；涼棚；棚胎。

棟(栋) (dòng)粵duŋ⁶〔洞〕房屋的正梁。如：雕梁畫棟。因以為計量房屋的單位。如：一棟平房。
【棟宇】謂房屋。
【棟梁】房屋的大梁，比喻擔負國家重任的人。

棠 (táng)粵toŋ⁴〔唐〕喬木名，有赤、白兩種。赤棠木理堅韌，實澀無味；白棠就是甘棠，也叫棠梨，實似梨而小，可食，味甜酸。

棣 (dì)粵dɐi⁶〔弟〕❶植物名。如：常棣；唐棣。❷相傳《詩‧小雅‧常棣》是周公戒兄弟的樂歌，所以後人借「棣」為「弟」。如：賢棣。

棧(栈) (zhàn)粵dzan⁶〔撰〕dzan²〔盞〕(語)❶養牲畜的竹木柵欄或柵欄。❷用竹木編組或閣架而成的。參見「棧道」。❸堆存貨物或留宿旅客的處所。如：貨棧；客棧。
【棧道】又名「閣道」、「複道」、「棧閣」。在高樓間或峭巖壁上鑿孔，架木、鋪板而成的架空的通道。

棨 (qǐ)粵kɐi²〔啟〕❶古時官吏所用儀仗之一，其形似戟，有衣，出行時執以前導。參見「棨戟」。❷古時刻木而成的一種符信。過關時執以為憑。
【棨戟】有繒衣或油漆的木戟，古代官吏出行時作前導的一種儀仗。

棫 (yù)粵wik⁹〔域〕植物名。即柞，其材理全白無赤心者為白桵。

棬 ㊀(quān)粵hyn¹〔圈〕屈木製成的盂。
㊁(juàn)粵gyn³〔眷〕同「桊」。牛鼻環。

森 (sēn)粵sɐm¹〔心〕❶形容樹木茂生繁密。❷陰森。❸嚴肅。
【森森】❶形容樹木繁密。❷形容陰沉可怕或寒氣逼人。如：陰森森；冷森森。❸整飭而嚴肅。如：戒備森嚴。
【森羅萬象】見「萬象森羅」。

棰 (chuí)粵tsœy⁴〔徐〕❶鞭子。❷杖。❸杖刑。參見「棰楚」。
【棰楚】棰，木梃；楚，荊枝。古代打人用具，因以為杖刑的通稱。亦作「捶楚」。

棱 (léng)粵liŋ⁴〔零〕❶物體的邊角或尖角。如：鋒棱。❷數學上稱立體的面與面相交接處。❸威勢。
【棱角】物體的邊角或尖角。引申為鋒芒，顯露出來的才幹。

棲(栖) ㊀(qī)粵tsɐi¹〔妻〕❶鳥類歇宿之稱。❷泛指居住、停留。如：棲身之所。
㊁(xī)同㊀sɐi〔西〕(又)見「棲棲」。
【棲棲】(xī xī)忙碌不安的樣子。
【棲遑】(xī—)忙忙碌碌、奔波不定的樣子。
【棲遲】游息。引申為飄泊失意。

棹 "櫂"的異體字。

棜 "桌"的異體字。

棺 (guān)粵gun¹〔官〕棺材，裝斂死人的器具。

棻 (fēn)粵fɐn¹〔分〕有香氣的木頭。

棼 (fén)粵fɐn⁴〔焚〕紛亂。

椁 (guǒ)粵gwɔk⁸〔國〕棺外的套棺。

椀 "碗"的異體字。

椄 (jiē)粵dzip⁸〔接〕接木。即嫁接。

椅 ㊀(yǐ)粵ji²〔倚〕椅子，有靠背的坐具。
㊁(yí)粵ji¹〔衣〕植物名，即山桐子。

栟 (bīng)粵biŋ¹〔兵〕見「栟櫚」。
【栟櫚】植物名，即棕櫚。

椇 (jǔ)粵gœy²〔舉〕植物名，即"枳椇"。

棵 (kē)㊥pɔ^{1}〔鋪呵切〕fɔ^{2}〔火〕(又)植物一株或一本之稱。如：一棵樹；一棵菜。

椈 (jú)㊥guk^{7}〔菊〕即柏樹。

椋 (liáng)㊥lœŋ^{4}〔涼〕植物名。亦稱涼子木，俗稱燈臺樹。

椌 (qiāng)㊥hɔŋ^{1}〔康〕古樂器名。

植 (zhí)㊥dzik^{9}〔直〕❶栽種。如：植樹。引申爲培養。如：培植。❷樹立。如：植黨營私。

椎 ㊀(chuí)㊥tsœy^{4}〔徐〕❶捶擊具。如：鐵椎；木椎。❷用椎打。如：椎鼓。❸樸實；遲鈍。如：椎魯。

㊁(zhuī)㊥dzœy^{1}〔追〕椎骨，脊椎骨，構成高等動物背部中央骨柱的短骨。

【椎輪】原始的無輻車輪，比喻事物的草創。

椏(桠) (yā)㊥a^{1}〔鴉〕同"丫"。樹枝分歧處。

椐 (jū)㊥gœy^{1}〔居〕植物名，即靈壽木。古時用來造手杖。

椑 ㊀(pí)㊥pei^{4}〔皮〕古代一種橢圓形的盛酒器。

㊁(bēi)㊥bei^{1}〔悲〕植物名，即椑柿。實似柿而青。也叫漆柿。

㊂(pì)㊥pik^{7}〔闢〕內棺。

椒 (jiāo)㊥dziu^{1}〔焦〕❶植物名，即花椒。果實紅色，種子黑色，可入藥或調味。❷植物名，藤本，即胡椒，實圓、味辣，可入藥或調味。❸辣椒，蔬類植物，果實味辣，可做菜或調味。

【椒房】漢代后妃所住的宮殿，用椒和泥塗壁，取其溫暖有香氣，兼有多子之意，故名。亦用爲后妃的代稱。

椓 (zhuó)㊥dœk^{8}〔啄〕❶古代一種酷刑，即宮刑。❷敲打。

棕 "椶"的異體字。

椗 "碇"的異體字。

棡(㭎) (gāng)㊥gɔŋ^{1}〔岡〕青棡，也作"青岡"，又叫"槲櫟"，落葉喬木。

棑 (pái)㊥pai^{4}〔排〕木筏。

棊 "琴"的異體字。

棶(梾) (lái)㊥lɔi^{4}〔來〕植物名。〔毛棶〕亦稱"油種子樹"。落葉喬木。核果球形，黑色。木材堅硬細致，可作多種用途。

椾 同"鍬"。

棆(枪) (lún)㊥lœn^{4}〔倫〕一種小樟木。

椪 (pèng)㊥puŋ^{3}〔碰〕椪柑，柑的一個品種。

棅 同"柄"。

棷 (zōu)㊥dzɐu^{1}〔周〕木柴。

棸 (zōu)㊥dzɐu^{1}〔周〕姓。

楚 同"楚"。

棄 "乘"的異體字。

九畫

椰 (yē)㊥jɛ^{4}〔爺〕果木名。即椰子。常綠喬木。核果，圓或橢圓形。椰肉可供食用和榨油。

椴 (duàn)㊥dyn^{6}〔段〕植物名。落葉喬木。木材細致，供製家具、膠合板、火柴桿等用。

椵 ㊀(jiǎ)㊥ga^{2}〔假〕果木名，柚屬。

㊁(jiā)㊥ga^{1}〔加〕通"枷"。古時繫犬用具。

椶 (zōng)㊥dzuŋ^{1}〔宗〕❶植物名。即椶櫚。常綠喬木。幹直立，不分枝，爲葉鞘形成的椶衣所包。椶衣可製繩索、毛刷、地氈等。❷椶毛的略稱。如：穿椶；椶帚。❸椶毛的顏色，即褐色。

椷 ㊀"緘"的異體字。

㊁(hán)㊥ham^{4}〔咸〕通"含"。容納。

椸 (yí)粵ji⁴〔移〕晾衣服的竹竿。也指衣架。

椹 (zhēn)粵dzɐm¹〔針〕砧板。如：木椹；鐵椹。
㊀(shèn)粵sɐm⁶〔甚〕❶通"甚"。桑實。❷樹身上長出的菌。

椽 (chuán)粵tsyn⁴〔全〕❶椽子，安在檁上支架屋面和瓦片的木條。❷房屋間數的代稱。

楺 "筊"的異體字。

椿 (chūn)粵tsœn¹〔春〕❶植物名。如：❷父的代稱。參見"椿萱"。
【椿庭】父親的代稱。參見"椿萱"。
【椿萱】謂父母。古稱父為"椿庭"，母為"萱堂"，因以"椿萱"為父母的代稱。

楂 ㊀(chá)粵tsa⁴〔茶〕本作"查"。水中木筏。
㊁(zhā)粵dza¹〔揸〕本作"樝"。果名。如：山楂。

楅 (bì)粵bik⁷〔壁〕❶加在牛角上以防觸人的橫木。❷古代插箭的器具。

楊(杨) (yáng)粵jœŋ⁴〔羊〕植物名。落葉喬木。有多種，常見的如垂葉楊、銀白楊、毛白楊等。

楓(枫) (fēng)粵fuŋ¹〔風〕植物名。❶即楓香樹。❷楓屬植物通俗亦稱楓。

楔 (xiè，讀音 xiē)粵sit⁸〔屑〕❶見"楔子"。❷楔入；用楔形物插入。
【楔子】❶上粗下銳的小木橛，插進榫縫中使接榫固定。❷古代小說的開頭部分，具有引起正文的作用。也叫引子。❸元雜劇裏加在第一折前頭或插在兩折之間的小段。

楗 ㊀(jiàn)粵gin²〔加演切〕關門的木門。
㊁(jiān)粵同❶通"楗"。馬跙行。

楘 (mù)粵muk⁶〔木〕用皮革紮束在車轅上的裝飾。

楙 (mào)粵mɐu⁶〔貿〕❶"茂"的古體字。❷即木瓜。

楚 (chǔ)粵tsɔ²〔礎〕❶灌木名，即牡荊。❷古時的刑杖或扑責生徒的小杖。如：施以夏楚。❸痛苦。如：苦楚；酸楚。❹清晰；整齊。如：一清二楚。❺古國名。原是商的與國，後成為諸侯國之一。在今湖南、湖北一帶。公元前223年為秦所滅。❻五代時十國之一。公元896年馬殷據今湖南之地，907年受後梁封為楚王，建都長沙。951年為南唐所滅。
【楚些】(一suò)《楚辭·招魂》句尾皆有"些"字，為楚人習用的語氣詞。後因以"楚些"泛指楚地的樂song或《楚辭》。
【楚楚】❶形容植物叢生。❷鮮明整潔的意思。❸悽苦。
【楚腰】指女子的細腰。
【楚聲】古代楚地的曲調。
【楚弓得弓】《說苑·至公》載，楚共王出獵，遺失寶弓，隨從要去尋找。楚共王制止說："楚人遺弓，楚人得之。"意謂自己的東西雖然失去而取得者卻不是外人。
【楚材晉用】《左傳·襄公二十六年》有"雖楚有材，晉實用之"之語，意謂楚國的人材跑到晉國，受晉國重用。後比喻一國的人材被另一國所重用。
【楚楚可憐】《世說新語·言語》有"楚楚可憐"之語，本指幼松整齊纖弱可愛，後多用以形容女子的嬌容。
【楚館秦樓】指歌舞場所。

楛 ㊀(hù)粵wu⁶〔戶〕植物名，古時用其幹制箭。
㊁(kǔ)粵fu²〔苦〕❶本謂器物粗劣不堅固。引申為不正當，惡劣。

楝 (liàn)粵lin⁶〔練〕植物名。[楝樹]亦稱"苦楝"。落葉喬木，果實橢圓形，種子、樹皮可入藥。

楞 ㊀(léng)粵liŋ⁴〔零〕同"棱"。如：四楞兒的象牙筷。
㊁(lèng)粵liŋ⁶〔另〕呆；失神。如：發楞；楞頭楞腦。

楡 (yú)粵jy⁴〔如〕植物名。落葉喬木。葉互生，橢圓狀卵形。嫩葉、嫩果可食。
【楡錢】楡樹的果實，即楡莢。其形稜綴成串，似錢而小，故稱楡錢。

楢 (yóu)粵jɐu⁴〔由〕植物名，古代用以取火。

楣 (méi)粵mei⁴〔眉〕❶房屋的橫樑，即二樑。❷門上的橫木。

楨（桢）(zhēn，舊讀 zhēng)粵dziŋ¹〔貞〕❶植物名，即女貞。❷古指築牆時兩端樹立的木柱，引申爲支柱。參見「楨幹」。
【楨幹】亦作「楨榦」、「貞榦」。築牆所用的木柱，豎在兩端的叫「楨」，豎在兩旁的叫「榦」。引申爲支柱、根基、骨幹。

椶 ㊀「椶」的異體字。
㊁(yuán)粵jyn⁴〔元〕植物名，即楓楊或欅柳。江西、湖北、安徽一帶俗稱柳樹。❷欄；籬笆。

楩 (pián)粵pin⁴〔駢〕南方大樹名。

楫 (jí)粵dzip⁸〔接〕❶划船的短槳。如：中流擊楫。❷划船。

楬 ㊀(jié)粵kit⁸〔揭〕作標志的小木椿。
㊁(qià)粵het⁹〔瞎〕古樂器名，即敔。
【楬】即楬櫫。標志。
【楬櫫】本是作標志的小木椿，引申爲標志。亦作「揭櫫」。

業（业）(yè)粵jip⁹〔葉〕❶學習的內容或過程；學業。如：肄業；畢業；受業；修業。❷業務，工作。如：各行各業；專業；就業；轉業。❸事業。如：工業；農業。❹財產；產業。如：業主。❺從事物。如：業農；業醫。❻旣，已。如：業已；業經。❼佛教徒稱一切行爲、言語、思想爲業，分別叫做身業、口業、意業，合稱三業，包括善惡兩面，一般專指惡業。
【業主】企業或房地產所有者。
【業師】指本人受業的老師。
【業障】❶佛教徒指妨礙修行的罪惡。❷舊時長輩罵不肖子弟的話。

楮 (chǔ)粵tsy⁵〔取〕植物名，即構或穀。楮似桑，多絨毛，實圓色紅，皮可製桑皮紙，因以爲紙的代稱。
【楮墨】紙和墨，指書、畫或詩文。
【楮錢】舊俗祭祀時焚化的紙錢。

楯 ㊀(shǔn)粵tsœn⁴〔巡〕sœn⁵〔純低上〕欄杆的橫木，因以指欄杆。

㊁(dùn)粵tœn⁵〔盾〕同「盾」。古代武器名，即藤牌。

極（极）(jí)粵gik⁹〔技孓切〕❶最高的地位。如：登峯造極。亦特指帝王之位。如：登極；御極。❷準則。如：立極。❸北極星。❹極邊。如：四極。❺窮極；窮盡。如：窮凶極惡；樂極生悲。❻通「亟」。急。如：發極。
【極目】一眼望去；盡目力之所及。
【極刑】謂最重的刑罰。亦指死刑。如：處以極刑。
【極致】最高的造詣。
【極選】猶言上選，挑選出來的最上等的。
【極樂世界】又稱淨土。佛教幻想的世界，說那裏沒有衆苦，但受諸樂，所以叫「極樂」。因遠在西方，故俗稱「西天」。

楷 ㊀(jiē)粵gai¹〔佳〕❶植物名。❷相傳楷樹枝幹疏而不屈，因以形容剛直。
㊁(kǎi)粵kai²〔卡俄切〕❶法式；典範。如：楷模。❷正楷書法，即眞書。
【楷模】(kǎi—)模範；典範。

楸 (qiū)粵tsœu¹〔秋〕植物名。落葉喬木。樹幹端直。夏季開花。木材細致，耐濕，供建築、造船及製傢具等用。種子可作藥用。
【楸枰】舊時多用楸木製棋盤，因稱棋盤爲「楸枰」。

楹 (yíng)粵jiŋ⁴〔盈〕❶廳堂前部的柱子。❷計算房屋的單位，一列爲一楹。如：有屋三楹。
【楹聯】也叫「楹帖」、「對聯」、「對子」。懸掛或黏貼在壁間柱上的聯語。春聯貼在門上的對聯叫「春聯」。要求對偶工整，平仄協調。

楠 (nán)粵nam⁴〔男〕植物名。常綠喬木。葉質厚，花小，核果小球形。產中國四川、雲南等地。木材富於香氣，爲建築和製器具良材。

㮚 (jié)粵dzit⁸〔節〕柱頭斗栱。「栗」的古體字。

楤 (sōng)粵sun²〔慫〕〔慫木〕亦稱「鵲不踏」。灌木或喬木。有刺。樹皮有時

稱"海桐皮",入藥。

楦 (xuàn)⑱hyn³〔券〕❶見"楦頭"。❷用楦頭塞或撐大。如：楦鞋子。
【楦頭】楦鞋子用的木製模型。

楳 "梅"的異體字。

楪 ㊀(dié)⑱dip⁹〔喋〕同"喋"。
㊁(yè)⑱jip⁹〔葉〕窗牖。

楕 同"橢"。

楺 "拆"的古字。

楉 (ruò)⑱jœk⁹〔若〕見"楉榴"。
【楉榴】即石榴。

楒 (si)⑱si¹〔詩〕相思樹的"思",亦作"楒"。

十 畫

榎 (jiǎ)⑱ga²〔假〕同"檟"。

榑 (fú)⑱fu⁴〔扶〕見"榑桑"。
【榑桑】同"扶桑"。

榔 (láng)⑱lɔŋ⁴〔郎〕本作"桹"。❶桄榔、檳榔。都是棕櫚科的樹木。❷捕魚時用以敲船的長木條。

榕 (róng)⑱juŋ⁴〔容〕植物名。常綠大喬木。氣根細瘦。葉革質,深綠色,卵形。隱花果生於葉腋,近扁球形。分佈於浙江南部和江西南部以南各地區。❷福州市的別稱。

榖 (gǔ)⑱guk⁷〔谷〕植物名。即構或楮,樹皮可用以造紙。參見"楮"。

榘 "矩"的異體字。

榛 (zhēn)⑱dzœn¹〔津〕❶植物名。落葉灌木或小喬木。果實叫榛子,近球形,果皮堅硬,可食用或榨油。木材可做器具。❷草叢,叢木。參見"榛薄"。
【榛狉】指遠古時代文化未開的景象。
【榛莽】蕪雜叢生的草木。
【榛蕪】草木叢雜。引申為草野或愚昧。

【榛薄】草木叢生的地方,引申指幽僻的地方。

榜 ㊀(bǎng)⑱bɔŋ²〔綁〕❶木牌;匾額。如：榜書;壁榜。❷揭示的名單。如：發榜。❸舊稱官府的告示。
㊁(bàng)⑱bɔŋ⁶〔磅〕搖船的用具。參見"榜人"。
㊁同"搒㊁"。
【榜人】(bàng—)搖船的人。

榠 (míng)⑱miŋ⁴〔明〕見"榠楂"。
【榠楂】即木瓜。落葉灌木或小喬木。果實秋季成熟,長橢圓形,淡黃色,味酸澀,有香氣,可入藥。此外,廣東、廣西、福建等地亦稱番木瓜為木瓜。

榤 (jié)⑱git⁹〔傑〕同"桀"。即杙。小木椿。

榥 (huàng)⑱fɔŋ²〔訪〕榻下的窗口。

榦 同"幹㊀❶"。

榧 (fěi)⑱fei²〔匪〕植物名。即"香榧"。常綠喬木,果實叫榧子,可入藥。

榨 (zhà)⑱dza³〔炸〕❶把物體裏的汁水壓擠出來。如：榨油;榨甘蔗。引申為逼取他人的財物;如：榨取。❷壓出物體汁液的器具。如：油榨;酒榨。

榫 (sǔn)⑱sœn²〔筍〕器物兩部分利用凹凸相接的凸出的部分。

榭 (xiè)⑱dze⁶〔謝〕建在高土臺上的敞屋。如：水榭;舞榭。

榮(荣) (róng)⑱wiŋ⁴〔唯仍切〕❶草類開花或穀類結穗。❷茂盛。引申為繁榮、榮盛。❸光榮;光耀。如：榮譽。
【榮名】榮譽;美名。
【榮施】稱美人施惠之辭。
【榮華】草木開花。引申為昌盛顯達。

榰 (zhī)⑱dzi¹〔支〕柱子的根腳。引申為支柱、支撐。通作"搘"。

榱 (cuī)⑱tsœy¹〔崔〕屋椽屋桷的總稱。
【榱題】也叫"出檐"。屋椽的前端,即屋椽上抵大樑,下出於前樑之處,名為榱題。

榷 (què) 粵[kɔk⁸][確] ❶專利；專賣。如：榷茶；榷稅。❷商討。如：商榷。

榻 (tà) 粵[tap⁸][塌] 狹長而較矮的牀。如：竹榻；藤榻。也即指牀。如：臥榻；同榻。又特指備客留宿的牀。如：掃榻以待。

榼 (kē) 粵[hɐp⁹][合] 古代盛酒或貯水的器具。

榾 (gǔ) 粵[gɐt⁷][骨] 見"榾柮"。

【榾柮】木塊。

榿(桤) (qī) 粵[kei¹][崎] 植物名，落葉喬木。嫩葉可作茶的代用品。

槁 (gǎo) 粵[gou²][稿] ❶枯乾。如：槁木死灰。❷通"稿"。草。見"槁葬"。

【槁街】亦作"稿(橐)街"、"藁街"。漢代長安街名。少數民族聚居之處。

【槁葬】"槁"通"稿"，亦作"藳"。謂暫時草草埋葬。

【槁木死灰】比喻毫無生氣或心情極端消沉。"槁"的異體字。

槀 同"槁❶❷❷"。

槃

槅 ㊀(gé) 粵[gak⁸][革] ❶車軛。❷房屋或器物的隔板。如：扇槅；槅子。㊁(hé) 粵[hɐt⁹][瞎] 通"核"。

槊 (shuò) 粵[sɔk⁸][朔] 古代兵器，即長矛。

構(构) (gòu) 粵[gɐu³][教] kɐu³[扣] (又) ❶架屋。也指屋宇。如：堂構；華構。❷連綴；建立。如：構圖；構詞。也指構成的事物，一般指詩文。如：佳構；傑構。❸造成；結成。如：構怨；構和。❹樹名。落葉喬木，木材可供製器。皮作桑皮紙原料。

【構兵】交戰。

【構思】做文章或製作藝術品時運用心思。

【構陷】設計陷人於罪。

【構精】❶指兩性交合。❷聚精會神。

【構釁】構成釁隙；結怨。

槌 (chuí) 粵[tsœy⁴][徐] ❶棒槌。❷通"捶"。拍；敲擊。

槍(枪) (qiāng) 粵[tsœŋ¹][昌] ❶古時一種尖頭有柄的刺擊兵器。如：紅纓槍；標槍。❷火槍。如：洋槍；鳥槍。❸一種小口徑的發彈武器。如：手槍；步槍；機關槍。❹頭上削尖的竹木片，供編籬笆用。如：槍籬笆。❺茶葉的嫩芽。如：茶槍；旗槍。❻代替。如：槍替；代槍。參見"槍手"。

【槍手】指代人應考的人。亦稱"槍替手"。

【槍林彈雨】槍如林，彈如雨。形容炮火密集，戰鬥激烈。

槎 (chá) 粵[tsa⁴][查] ❶斫。❷同"查"。用竹木編成的筏。如：泛槎；星槎。

槐 (huái) 粵[wai⁴][懷] 植物名。落葉喬木。羽狀複葉，夏季開黃白色花，莢果圓柱形，種子間縮成念珠狀。

槑 "桌"的異體字。

榲 (wēn) 粵[wɐt⁷][屈] 〔榲桲〕果樹。落葉灌木或小喬木。果實梨形或蘋果形，黃色，味甘酸，可供食用、製蜜餞及藥用。

槓(杠) (gàng) 粵[gɔŋ³][降] ❶抬重物或拴門的粗棍子。如：竹槓；門槓。❷鍛煉身體用的器械。如：單槓；雙槓。❸粗直綫。如：打上紅槓。❹車槓上的棍狀機件。如：絲槓。

榍 (xiè) 粵[sit⁸][屑] 〔榍石〕礦物學名詞。花崗巖、正長巖及一些變質巖的副礦物。

榴 (liú) 粵[lɐu⁴][留] 果木名。即石榴。落葉灌木，開紅花，果實球狀，內有很多種子可食。果皮可入藥。

【榴火】形容石榴花盛開時的紅豔。

槸 "梅"的異體字。

槑 "梅"的異體字。

樹 "樹"的異體字。

槖 "橐"的異體字。

橋 "橋"的異體字。

榯(树) (shí)[粵]si^{4}〔時〕樹木直豎。

楾 同“梅”。

榬 (yuán)[粵]jyn^{4}〔元〕❶古代絡絲的器具。❷懸鐘磬的架子。

槈 同“鎒”。

十一畫

槥 (huì)[粵]wɐi^{6}〔位〕sœy^{6}〔睡〕(又)小而薄的棺材。

槧(椠) (qiàn)[粵]tsim^{3}〔塹〕❶古代用木削成以備書寫的版片。引申爲刻本。如：宋槧。❷簡札；書信。

概 (gài)[粵]kɔi^{3}〔丐〕❶古代量米麥時刮平斗斛的器具。❷氣度；節操。如：氣概；節概。❸景象；狀況。如：勝概。❹要略。如：大概；概要。引申爲概括。如：即此一端，可概其餘。

【概念】反映客觀事物本質的一種理性認識。人們通過實踐，在感性認識的基礎上，從對象的許多屬性中，抽出本質屬性，加以概括，形成概念。

【概莫能外】一律不能例外。

槩 “概”的異體字。

槭 (qī)[粵]tsik^{7}〔戚〕槭樹屬植物的泛稱。種類很多。葉對生，果實有雙翅。較著的如雞爪槭，葉入秋變紅色。

槱 (yǒu)[粵]jɐu^{5}〔友〕積存木柴以備燃燒。

槲 (hú)[粵]huk^{9}〔酷〕植物名。落葉喬木。小枝粗。初夏開花。堅果圓卵形。木材堅實，供建築及製器具等用。

槳(桨) (jiǎng)[粵]dzœŋ^{2}〔蔣〕一種用人力推進船的工具。

槵 (huàn)[粵]wan^{6}〔幻〕植物名。即“無患子”。其子可作念珠，因即以“槵子”爲念珠的代稱。

槷 (niè)[粵]jit^{9}〔熱〕nip^{9}〔聶〕(又)❶木楔。❷古代插在地上以測日影的椿子。❸通“臬”。箭靶。❹通“闑”。門橛。

槽 (cáo)[粵]tsou^{4}〔曹〕❶盛飼料餵牲口的器具。如：馬槽；豬槽。❷釀酒或造紙的器具。如：酒槽。❸琵琶一類樂器上架弦的格子；弦槽。❹泛指兩邊高起、中間陷入的東西。如：池槽；槽牙。❺可供漕運的水道。如：河槽；槽水。

槿 (jǐn)[粵]gɐn^{2}〔謹〕〔木槿〕落葉灌木。葉卵形，有三大脈，往往三裂。夏秋開花，花單生葉腋，花冠紫紅或白色。栽培供觀賞。中醫學上以樹皮和花入藥。

樁(桩) (zhuāng)[粵]dzɔŋ^{1}〔裝〕❶樁子，打入地中以固基礎或資維繫的木石。如：橋樁；拴馬樁。❷事情的件數。如：這樁事；好幾樁。

樂(乐) ㊀(yuè)[粵]ŋɔk^{9}〔岳〕❶音樂。如：聲樂；器樂；奏樂。❷“六經”之一的簡稱。❸姓。

㊁(lè)[粵]lɔk^{9}〔落〕❶喜悅；快樂。❷樂意；喜歡。如：樂此不疲。❸笑。如：逗樂。

㊂(yào)[粵]ŋau^{4}〔肴〕ŋau^{6}(又)愛好。見“樂水樂山”。

【樂土】(lè—)安樂的地方。

【樂成】(lè—)樂於成功，共享成果。

【樂府】❶漢朝主管音樂的官署。❷詩體名。初指漢朝樂府官署所採製的詩歌，後將魏晉至唐可以入樂的詩歌，以及仿樂府古題的作品，統稱樂府。

【樂歲】(lè—)豐年。

【樂園】(lè—)❶希臘文paradeisos的意譯。基督教聖經名詞。指天堂，也指伊甸園。❷指幸福愉快的地方。如：兒童樂園。

【樂天知命】(樂lè)謂樂從天道的安排，知守性命的分限。

【樂不可支】(樂lè)形容快樂到極點。

【樂不思蜀】(樂lè)《三國志·蜀志·後主傳》裴松之注引《漢晉陽秋》載，蜀亡，後主劉禪被安置在晉都洛陽。司馬昭問他還想念不想念蜀，他說：“此間樂，不思蜀。”後以“樂不思蜀”泛指樂而忘返或樂而忘本。

【樂水樂山】(樂yào)亦作“樂山樂水”。樂，愛好。《論語·雍也》有“知者樂水，仁者樂山”之語，後因以“樂水樂山”比喻各人

愛好不同。

【樂此不疲】(樂lè)耽樂其事，不覺疲倦。

【樂極生悲】(樂lè)謂歡樂因而招致悲傷之事。

樅(枞)

㈠(cōng)⑩tsuŋ¹〔匆〕❶植物名。樹高數丈，可作建築材料。❷鐘架；向上矗起。

㈡(zōng)⑩dzuŋ¹〔宗〕[樅陽]縣名。在安徽省南部、長江北岸。

樊

(fán)⑩fan⁴〔凡〕❶籬笆。❷築籬圍繞。❸關鳥獸的籠子。

【樊籠】關鳥獸的籠子。比喻不自由的境地。

【樊籬】籬笆。比喻對事物的限制。如：衝破樊籬。

標

同"標"。

樑

"梁❷"的異體字。

樓(楼)

(lóu)⑩leu⁴〔留〕❶兩層以上的房屋；樓房。如：大樓；高樓大廈。也指樓房的一層。如：一樓；二樓（粵口語讀高上聲）。❷建築物的上層部分或有上層結構的。如：城樓；鐘樓。

【樓車】古代設有望樓用以瞭望敵人的戰車。

【樓船】有樓的大船。古代多用於作戰。❷有雕飾的遊船。

【樓櫓】古時軍中用以偵察、防禦或攻城的高臺。櫓，亦作"櫓"。

橄

(sù)⑩tsuk⁷〔速〕見"樸橄"。

樗

(chū)⑩sy¹〔書〕植物名。亦稱"臭椿"。落葉喬木。羽狀複葉。夏季開白綠色花。小翅果橢圓狀矩圓形，中部一種子。木材粗硬，不耐水濕，供製膠合板、建築、造紙等用。

【樗材】猶言無用之材。自謙之辭。

【樗散】樗木為散材，比喻不為世用。

標(标)

(biāo)⑩biu¹〔彪〕❶非根本的。如：治標；標本。❷表識；記號。如：商標；標記。❸揭出；寫明。如：標價；標題。❹用比價方式發包工程或買賣貨物的手續。如：招標；投標；開標。❺準的。如：目標；標準；的的。❻標示賽事優勝的旗幟。如：錦標；奪標。

❼出色。見"標致❷"。❽清代軍隊編制的名稱，約相當於一團。亦用為計量軍隊的單位。如：一標人馬。

【標格】猶風範、風度。

【標致】❶猶風度；文采。❷容貌出色。

【標置】謂自高位置；自視甚高。

【標榜】亦作"標搒"。稱揚。後一般用作貶義。如：互相標榜。

【標誌】❶亦作"標識"。記號。❷表明；顯示。

【標舉】❶猶高超。❷顯示；表明。

【標識】(—zhì)同"標誌"。

【標新立異】謂提出新奇的主張，顯示與眾不同。

樛

(jiū)⑩geu¹〔鳩〕❶樹木向下彎曲。❷通"摎"。糾結；交纏。

【樛結】糾纏在一起。

樻

同"櫃㈠"。

樞(枢)

(shū)⑩sy¹〔書〕❶門戶的轉軸。如：戶樞。❷指事物最重要部分或中心部分。如：中樞；樞府。❸古星名。北斗第一星，亦稱"天樞"。

【樞府】謂政府的中樞。

【樞要】指一國的中央行政機關或其重要官職。亦比喻事物的關鍵之處。

【樞紐】比喻事物的關鍵或事物的關鍵之處。

【樞政】指朝廷的重要政務。

【樞機】❶比喻事物運動的關鍵。❷指朝廷的重要職位或機構。

【樞密使】中國封建時代的官名。唐中葉開始設置。宋代與中書省的同平章事共同掌管全國軍政。原用宦官擔任，五代後多以親信太臣任之。明朝廢。

樟

(zhāng)⑩dzœŋ¹〔章〕植物名。亦稱"香樟"。常綠喬木。花小，黃綠色。廣佈於長江以南各地，以臺灣最為著。植物全體均有樟腦香氣，可提取樟腦和樟油，供工業及醫藥等用，也可作防腐驅蟲劑。木材堅硬美觀，可製箱櫃，能防蛀。

模

㈠(mó)⑩mou⁴〔無〕❶製造器物的型。❷模範；榜樣。❸仿效；效法。

㈡(mú)⑩同㈠[模子]；模樣。

【模棱】對問題的正反兩面，含含糊糊，不表示明確的態度。如：模棱兩可。

【模楷】模範。

【模寫】依照範本臨摹。

樣（样）(mú—)●樣子。指形狀、容貌或神態。●猶光景。如：猶這孩子有十歲模樣。

【模糊】●不清楚；不分明。

樣（样）(yàng)粵jœŋ³[讓]●形狀。●式樣。如：圖樣；榜樣；依樣畫葫蘆。●品種；類別。如：這樣；那樣。

樑(kāng)粵hoŋ¹[康]見"樑梁"。

【樑梁】同"庛食"。形容屋宇空闊。

樘(táng)粵tɔŋ⁴[唐]●門或窗的框子。●量詞。門框（或窗框）和門扇（或窗扇）一副叫一樘。如：一樘玻璃門；兩樘雙扇窗。

梫"規"的異體字。

椰"椁"的異體字。

榴(xí)粵dzap⁹[習]通"椄"。指接合之木。

椢"檜"的異體字。

十二畫

樸（朴）(pǔ)粵pok⁸[博入]●樹皮。●未經加工的木材。引申為不加修飾。如：樸實。

【樸拙】質樸真率。

【樸茂】樸實厚重。

【樸素】質樸無華；儉樸。

【樸鈍】●刀刃不鋒利。●比喻才能未顯露。

【樸樕】亦作"樕樸"。●小樹。●比喻凡庸之材。

【樸學】本謂樸實之學。後世常稱漢學中的古文經學派為"樸學"。漢儒治經，注重名物訓詁考據，故名也。也專指清代的乾嘉學派。

樵(qiáo)粵tsiu⁴[潮]●木柴。●打柴；亦即指打柴的人。如：樵夫。

【樵蘇】打柴割草。

槸（槸）(èr)粵ji⁶[二]〔槸棘〕植物名。即"酸棗"。

樹（树）(shù)粵sy⁶[豎]●木本植物的總稱；樹木。●種植；培養。參見"樹人"。●計量樹木的單位，猶言一棵、一株。如：一樹梅花。●豎立；建立。如：樹碑。

【樹人】培養人才。

【樹藝】種植。

【樹倒猢猻散】比喻有權勢者一垮臺，依附他的人隨即散伙。龐元英《談藪》載，侍郎曹詠依附權奸秦檜，檜死，曹詠屬德新畫人致書於詠，啟封，乃《樹倒猢猻散》賦一篇，譏其依附秦檜，檜死，他也得垮臺。

樺（桦）(huà)粵wa⁶[話]wa⁴[華]（又）〔樺木〕植物名。亦稱"樺木"、"白樺"。落葉喬木。樹幹端直。樹皮白色，紙狀，分層脫落。先葉開花，堅果小，扁，兩側具寬翅。木材供製膠合板、礦柱等用。樹皮可提白樺油，供製化妝品香料用。

樽(zūn)粵dzœn¹[津]本作"尊"。●酒杯。●粵方言指瓶子。如：花樽。

【樽俎】同"尊俎"。古代盛酒和盛肉的器皿，常用為宴席的代稱。

樾(yuè)粵jyt⁹[月]兩木交聚而成的樹蔭。亦指道旁成蔭之樹。

樿（樿）(shàn)粵dzin²[展]植物名。白紋。古時用以製櫛、杓等物。

橄(gǎn)粵gɐm³[禁]gam³[鑒]（又）〔橄欖〕植物名。又名"青果"、"白欖"。常綠喬木。花白色。核果呈橢圓、卵圓、紡錘形，綠色。果實除供食用外，還可入藥。種子叫欖仁，可榨油。

橇(qiāo，又讀 cuī)粵hiu¹[囂]tsœy³[趣]（又）●古代在泥路上行走所乘之具。●在冰雪上滑行的交通工具。如：雪橇。

橈（桡）㊀(náo)粵nau⁴[撓]通"撓"。㊁(ráo)粵jiu⁴[搖]槳。

橋（桥）(qiáo)粵kiu⁴[喬]●橋梁，架在水上或空中以便通行的建築

物。如：石橋；鐵橋；獨木橋。❷形狀如橋梁的器物或其一部分。如：鞍橋。

橐 (tuó)⑨tok⁸〔託〕❶袋子。參見"橐籥"。❷鼓風吹火器。參見"橐籥"。

【橐筆】指文士的筆墨生活。

【橐駝】即駱駝。

【橐橐】像堅物相觸的聲音。如：履聲橐橐。

【橐籥】古代冶煉鼓風用的器具。橐是鼓風器，即輔囊，籥是送風的管子。

橘 (jú)⑨gwet¹〔骨〕果木名。常綠灌木或小喬木。果扁圓形、紅或橙黃色，味酸甜不一。果皮厚，容易剝下。果供生食或加工，果皮供藥用。

【橘黃】橘黃，橘熟之時。

【橘化為枳】《周禮·考記記·總序》謂橘樹踰過淮可以北種情就會變為枳，是地土及氣候不同所致。後因用以比喻因環境不同而引起變化。

橛 (jué)⑨kyt⁸〔決〕❶小木樁；橛子。❷門中豎立以為間隔的短木。❸樹木或禾稼的殘根。如：樹橛；殘橛。❹一小段。

櫱 "橛"的異體字。

機(机) (jī)⑨gei¹〔基〕❶古代弩箭上的發動機關。引申為一切機關、機器的通稱。如：發電機；打字機。❷特指織布機。見"機杼"。❸事物的樞要，關鍵。見"機要"。❹靈巧。如：機智；機警。❺幾微的迹像；先兆。如：見機。❻時會；形勢。如：時機；危機。❼飛機的省稱。如：客機；戰鬥機。

【機心】機巧的心思。今指深沉權變的心計。

【機杼】❶織布機。引申為紡織。❷比喻作文的命意構思。

【機宜】❶猶事宜；事理。❷機密之事。如：面授機宜。

【機要】❶機密的軍國大事。❷精義要旨。

【機栝】❶機，弩的發箭器；栝，矢末扣弦之處。❷指治事的權柄。

【機務】國家的重要事情，多指機密的軍國大事。

【機密】重要而須保密的軍國大事。也指主管機密事務的機關或職務。

【機警】機靈警覺。

【機變】❶機巧多變的器械。❷機智權變。❸謀詐；巧偽。

橡 (xiàng)⑨dzœŋ⁶〔象〕❶櫟的一種。❷即"橡膠樹"。

樴 (zhí)⑨dzik⁷〔即〕木樁。

橢(椭) (tuǒ)⑨tɔ⁵〔妥〕❶長圓形。❷長圓形的容器。

檇 同"橢"。

橤 "蕊"的異體字。

橧 (zēng)⑨dzɐŋ¹〔曾〕❶聚柴木以作居處。❷豬睡的墊宅。

橫 ㊀(héng)⑨waŋ⁴〔華盲切〕❶左右方向。與"直"、"豎"、"縱"相對。東西為橫，南北為縱。❷漢字寫法以一平畫為一橫。如："十"字一橫一豎。❸橫拿着。如：立馬橫刀。❹紛雜。如：蔓草橫生。

㊁(hèng)⑨waŋ⁶〔華孟切〕waŋ⁴〔華盲切〕(又)❶粗暴。如：強橫；橫暴。❷不測；意外。見"橫禍"。❸不由正道；不循正理。見"橫流"；"橫議"。

【橫死】遭遇意外災禍而死。

【橫行】❶(hèng—)不循正道而行。引申為行為不法，肆無忌憚。如：橫行霸道。❷縱橫馳騁。

【橫豎】十干中壬的別稱。亦作"玄黓"。

【橫披】橫幅書畫。

【橫波】形容眼神流動。

【橫空】❶當空；橫互空中。❷橫過空中。

【橫眉】怒視的樣子，表示憎恨和輕蔑。

【橫逆】(hèng—)❶強暴無理。❷猶言橫行。

【橫流】(hèng—)流溢；泛濫。如：滄海橫流；弟泗橫流。引申為恣放縱态肆的意思。

【橫禍】(hèng—)意外的災禍。如：飛來橫禍。

【橫暴】(hèng—)縱橫凌厲，形容氣勢強盛。❷強橫霸道，氣勢凌人。

【橫議】(hèng—)放縱恣肆的言論。

【橫行霸道】(橫 hèng)胡作非為，蠻不講

理。

【橫眉努目】聳眉張眼，怒惡的樣子。

【橫徵暴斂】(橫hèng)指政府向人民盈徵徵稅，殘酷剝削。

撫 "橅"的異體字。

楻 (gāo)⑧gou¹〔高〕見"桔楻"。

橙 ㊀(chéng，又讀chén)⑧tsaŋ⁴〔池層切〕tsaŋ²〔雌曾切〕(又)果木名。芸香科。常綠喬木。有甜橙、酸橙、香橙等。㊁同"樘"。

楒 (xī)⑧sɐi¹〔西〕植物名。即"木樨"。亦稱"桂花"。

橠 同"檥"。

櫥 "橱"的異體字。

橚(橚) (sù，又讀xiāo)⑧suk⁷〔宿〕siu¹〔消〕(又)❶植物名。同"楸"。❷見"橚爽"。

【橚爽】形容草木茂盛。

十三畫

橿 (jiāng)⑧gœŋ¹〔姜〕植物名，質地堅致，古時用作車材。❷鋤柄。

檀 (tán)⑧tan¹〔壇〕❶〔檀香〕植物名。又名"旃檀"、"白檀"。常綠喬木。木材極香，可作器具、扇骨。也供藥用。❷淺綠色。見"檀口"、"檀唇"。

【檀口】檀呈淺綠色，形容紅豔的嘴唇。

【檀板】檀木製成的棹板，亦稱"拍板"，演奏音樂時打拍子。

【檀郎】晉代潘岳小名檀奴，姿儀美好，後因以"檀郎"或"檀奴"作為對男子或所愛戀的男子之稱。

【檀暈】(—yùn)畫家設色有檀暈，以淺赭調合，常用以描繪仕女眉旁的暈色。

隱 (yǐn)⑧jɐn²〔忍〕見"檃括"。

【檃括】檃，亦作"櫽"、"檃"、"隱"；括，亦作"括"。❶矯揉彎曲竹木等使平直或成形的器具。❷剪裁組織文章的素材。❸依某種文體原有的內容、詞句改寫成另一種體裁。

橄 (xí)⑧het⁹〔暬〕古代官府用以徵召、曉喻或聲討的文書。

檇 (zuì)⑧dzœy³〔最〕❶〔檇李〕古地名。又作醉李。在今浙江嘉興西南。❷果名。李之一種。

檉(柽) (chēng)⑧tsiŋ¹〔稱〕植物名。一名"檉柳"、"西河柳"。落葉小喬木。枝幹可編筐及充燃料。

檎 (qín)⑧kɐm⁴〔琴〕果名，即林檎。又稱沙果。

檐 (yán)⑧jim⁴〔嚴〕sim⁴〔蟬〕(又)❶屋檐。如：廊檐；飛檐。引申指下覆體四旁冒出的部分。如：帽檐；檐牆。❷檐下的平臺或走廊。

【檐馬】掛在屋檐下的風鈴。也叫"鐵馬"、"玉馬"。

檔(档) (dàng)⑧dɔŋ³〔當高去〕❶橫木或指器物上分隔的木條。如：十三檔算盤。❷存放公文案卷的櫃架，因亦即指案卷。如：歸檔；檔案。❸貨物的等第。如：這批貨分三檔，高檔貨；低檔貨。❹指曲藝雜技表演一個節目。如：先聽一檔大鼓，再看一檔戲法兒。又一個演員獨演叫單檔，兩個演員合演叫雙檔。❺事件。如：幾檔子事兒一齊來，可把我忙壞了。

【檔案】機關、企業、事業單位等在工作或生產活動中形成的，并有查考利用價值的，按照一定的立卷歸檔制度集中保管起來的各種文件材料。

檥 (xǐ)⑧hei⁶〔系〕〔檥梅〕即山楂。

檗 (bò)⑧bak⁸〔百〕pak⁸〔拍〕(又)同"蘗"。植物名。

檛(挝) (zhuā)⑧dza¹〔渣〕捶；馬鞭子。

檜(桧) ㊀(guì，又讀kuài)⑧kui³〔澮〕〔圓柏〕。柏科。常綠喬木。有鱗形及刺形兩種。壽命長達數百年。木材淡黃褐色至紅褐色，細緻，堅實，有芳香，耐腐，

供建築及製傢具、工藝品、繪圖板、鉛筆桿等用。

㈡(huì)㊀同㈠人名用字。

檝 "楫"的異體字。

櫃(柜) (jiā)㊁ga²〔假〕❶植物名，即楸。常同松樹一起種在墳墓前。❷即梓樹。
【檟楚】亦作"夏楚"。古代木製的刑具，用於笞打。

檠 (qíng，又讀jìng)㊁kiŋ⁴〔擎〕亦作"橔"。❶矯正弓弩的器具。❷燈架。也指燈。

橔 同檠。

檢(检) (jiǎn)㊁gim²〔己掩切〕❶標箋。制止；約束。如：自檢；失檢。❸法制。如：規檢；檢式。❹考查；察驗。如：檢點；檢字。檢查。
【檢束】拘束；約束。
【檢柙】亦作"檢押"、"檢押"。❶猶規矩、法度。❷矯正；糾繩。❸保護書籍的夾板。
【檢討】❶檢查反省自己錯誤的言行。❷檢查核對。❸官名。掌修國史，唐宋均曾設置，位次編修。明清一般以三甲進士之留館者為翰林院檢討。
【檢索】查檢尋找(圖書、資料等)。
【檢校】(—jiào)查核；察看。
【檢舉】揭發過失或罪行。
【檢點】❶查點。如：檢點行李。❷檢查約束；言語行為失於檢點。

檣(墙) (qiáng)㊁tsœŋ⁴〔祥〕桅桿。引申為帆船或帆。

檥 "艤"的異體字。

櫺 (léi)㊁lœy⁴〔雷〕古代防城的武器，即滾石、滾木。如：檑木；檑棍。

檁 (lǐn)㊁lɐm⁵〔凜〕〔檩條〕亦稱"桁條"、"檁子"。設置在屋架間、山牆間或屋架和山牆間的梁，用以支承椽子或屋面板。

櫄 "椿"的異體字。

檡 (shì)㊁sik⁷〔色〕軟棗。一名檡棗。

十四畫

檬 (méng)㊁muŋ¹〔魔翁切〕果木名。如：檸檬。

檮 (táo，又讀dáo)㊁tou⁴〔徒〕見"檮杌"、"檮昧"。
【檮杌】❶古代傳說中的神名。❷古代傳說中的怪獸名，常用以比喻惡人。❸楚國的史籍名。
【檮昧】愚昧無知。

檯(台) (tái)㊁tɔi¹〔臺〕tɔi²〔拖藹切〕〔語〕桌子。如：圓檯；寫字檯。

檳(槟) (bīn，又讀bīng)㊁bɐn¹〔賓〕〔檳榔〕植物名。棕櫚科。常綠喬木。羽狀複葉。果稱圓形，橙紅色。內含一種子。一種子名"檳榔子"，可作藥用。果皮稱"大腹皮"，亦作藥用。

檵 (jì)㊁gei³〔計〕❶植物名。亦稱"檵花"、"紙末花"。常綠灌木或小喬木。花瓣四片，綫形，白色。❷即枸杞。

檸(柠) (níng)㊁niŋ⁴〔寧〕〔檸檬〕植物名。常綠小喬木。花紫紅色。果實橢圓形、兩端尖，淡黃色，有香氣，味酸，可製飲料或香料。果皮可提取檸檬油，供工業用。

檻(槛) ㈠(jiàn)㊁lam⁶〔艦〕❶關野獸的籠子。❷窗戶下或長廊旁的欄杆。也指井欄。
㈡(kǎn)㊁ham⁵〔霞覽切〕門下的橫木，即門檻。
【檻車】亦作"轞車"。裝載猛獸或囚禁罪犯的車子。

檾 (qǐng)㊁kiŋ²〔頃〕今作"苘"。麻類植物。

檿(檿) (yǎn)㊁jim²〔儼〕植物名，即山桑。木質堅硬，可製弓或車轅。

櫂 (zhào)㊁dzau⁶〔自效切〕搖船的用具。也指船。

櫃(柜) (guì)粵gwɐi⁶〔跪〕❶收藏衣物用的家具。如：衣櫃；書櫃。❷商店中對外營業的櫃形檯子。如：櫃檯。亦指管賬的檯子。如：賬櫃；掌櫃。

櫈 "凳"的異體字。

檼 同"櫽"。

櫋(檰) (mián)粵min⁴〔棉〕植物名，即杜仲。落葉喬木，樹皮可入藥。

十五畫

櫋 (mián)粵min⁴〔棉〕屋檐板。

櫍(榰) (zhì)粵dzɐt⁷〔質〕❶器物的脚。❷斫木頭用的木頭墊子，即木砧。

櫑 (léi)粵lœy⁴〔雷〕酒器名。通作"罍"。

櫓(橹) (lǔ)粵lou⁵〔老〕❶一種用人力推進船的工具。如：搖櫓。❷望樓。見"樓櫓"。

櫚(榈) (lǘ)粵lœy⁴〔雷〕❶植物名。紫紅色，似紫檀，有花紋，性堅硬，可作器具或扇骨。也叫花櫚木或花梨木。❷棕櫚，植物名。

櫛(栉) (zhì，舊讀jié)粵dzit⁸〔折〕❶梳篦的總名。❷舊時婦女的髮飾。❸梳頭髮。

【櫛比】像梳齒那樣密密地排列着。如：鱗次櫛比。

【櫛櫛】形容排列很密。

【櫛風沐雨】以風梳髮，以雨洗頭。形容在外奔波，不避風雨的辛苦。

櫜 (gāo)粵gou¹〔高〕古代盛衣甲或弓箭之囊。亦指盛放弓矢。見"櫜弓"。

【櫜弓】謂把弓箭收盛起來。引申爲休戰或議和。

櫝(椟) (dú)粵duk⁹〔讀〕❶木櫃；木匣。❷棺木。

櫞(橼) (yuán)粵jyn⁴〔元〕植物名。枸櫞，即香櫞。常綠喬木，果實有香氣，可入藥。

櫟(栎) ㊀(lì)粵lik⁷〔礫〕❶植物名。如白櫟、高山櫟等，木材均可供建築、器具、薪炭等用。❷欄杆。

㊁(yuè)粵jœk⁹〔若〕〔櫟陽〕古縣名。秦置。治所在今陝西臨潼東北渭水北岸。

【櫟散】猶樗散。比喻無用之材。

櫥 (chú)粵tsy⁴〔池如切〕放置衣服物件的家具。如：衣櫥；書櫥；碗櫥。

十六畫

櫧(槠) (zhū)粵dzy¹〔朱〕植物名。結實如橡，可食。

櫨(栌) (lú)粵lou⁴〔盧〕❶植物名。一名黃櫨。❷即斗栱，柱頂上承托棟樑的方木。

櫪(枥) (lì)粵lik⁷〔礫〕❶馬廄。❷植物名。即"櫟"。

櫫 (zhū)粵dzy¹〔朱〕木簽，用爲表識。見"楬櫫"。

櫬(榇) (chèn)粵tsɐn³〔趁〕❶棺材。❷梧桐的別名。

櫱 同"蘖"。

櫳(栊) (lóng)粵luŋ⁴〔龍〕❶窗上櫺木。❷養禽獸的籠檻。

襲 同"櫳"。

櫜 (tuò)粵tɔk⁸〔託〕同"柝"。

櫩(榈) (yán)粵jim⁴〔炎〕檐下的走廊。

十七畫

櫸(榉) (jǔ)粵gœy²〔舉〕植物名。落葉喬木。木材堅實，耐水濕，爲優良家具用材，又可供造船、建築、橋樑等用。

櫺 (líng)粵liŋ⁴〔零〕欄杆上或窗戶上雕花的格子。

櫻(樱) (yīng)粵jiŋ¹〔英〕❶植物名。即"櫻花"。落葉喬木。春季開

白或淡紅色花。供觀賞。品種頗多。❷櫻桃的簡稱。如：櫻桃；櫻唇。

【櫻唇】比喻美人的嘴，謂其小而紅潤如櫻桃。

櫼 (jiān) ⑨dzim¹〔尖〕❶木楔。❷斗栱。

扤 同"柚"。

欂 (bó)⑧bok⁸〔博〕見"欂櫨"。

【欂櫨】即斗栱。柱上的方木。

欃 (chán) ⑨tsam⁴〔慚〕❶星名。參見"欃槍"。❷檀木的別名。

【欃槍】彗星的別稱。亦作"攙槍"，即天欃和天槍。古代以這兩種星為妖星，出現即有兵亂。

欄(栏) (lán)⑨lan⁴〔闌〕❶欄杆。如：迴欄；石欄。❷養家畜的圈。如：牛欄；豬欄。❸紙上的格子。參見"朱絲欄"。❹報刊按內容、性質劃分的版面。如：文藝欄；體育欄。也稱出版物版面的部位。如：左上欄；分三欄；通欄標題。

【欄杆】用竹、木、鐵、石等製成的攔隔物。亦作"闌干"。

【欄橋】即欄杆。

欛 同"閂"。

權(权) (quán)⑨kyn⁴〔拳〕❶秤錘。亦指秤。❷稱量。如：權其輕重。❸權力。如：當權；掌權；有職有權。❹權利。如：公民權；選舉權；發言權。❺權宜；權變。即衡量是非輕重，以因事制宜。❻姑且。如：權且；權時。❼指暫代官職。亦作"攝"；權代。

【權奇】奇特；卓異。

【權門】指權貴之家。

【權宜】因時因事而變通辦法。如：權宜之計。

【權柄】權力。

【權術】權變的手段。

【權略】隨機應變的謀略。

【權軸】猶言樞機。指宰輔的職位。

【權貴】指居高位、有權勢的人。

【權衡】❶本指秤。權，秤錘；衡，秤秤平。引申為衡量、比較。如：權衡得失。❷古星名。

【權詐】猶權略。

【權輿】本謂草木萌芽的狀態。引申為起始、初時。

【權變】權宜機變。

欏 (luó)⑨lɔ⁴〔羅〕見"桫"。

欐(枥) (lì)⑨lei⁶〔例〕櫟棟。

攢(攒) (cuán) ⑨tsyn⁴〔全〕亦作"攢"。叢聚；積聚。

欒(栾) (luán)⑨lyn⁴〔聯〕❶植物名。亦稱"欒華"、"燈籠樹"。落葉喬木。夏季開黃色小花，蒴果囊狀中空，三角狀卵形，果皮膜質。種子球形。❷柱上的曲木，兩端以承栱栱。

欛 同"欛"。

欖(榄) (lǎn)⑨lam⁵〔覽〕lam²〔拉膽切〕(語)見"橄"。

欙 (léi)⑨lœy⁴〔雷〕亦作"樏"。登山的用具。

欛 (bà)⑨ba³〔霸〕器物的柄；把兒。參見"欛柄"。

【欛柄】同"把柄"。

欝 同"鬱"。

二十四畫

櫺(棂) (líng)粵lin⁴[零] ❶同"欞"。❷長木。

欠 部

欠 (qiàn)粵him³[氣厭切] ❶疲倦欲睡時張口呵氣。如：打呵欠。參見"欠伸"。❷身體一部分稍微抬起伸出。如：將身子欠起來。❸借人財物未還或當給未給。如：拖欠；欠債。❹不夠；缺少。如：欠佳；欠安。

【欠伸】亦作"欠申"。欠，打呵欠；伸，伸懶腰。疲乏時的動作。

二畫

次 ㊀(cì)粵tsi³[刺] ❶等第；次第。如：等次；位次；依次。❷第二。次子；次日。引申為隨從，猶言"步"。如：次前線。❸質量較差。如：次品；次貨。❹回數。如：三番五次。❺按次序排比、編列。❻停留。指在旅行或行軍途中。也指行軍在一處停留三宿以上。引申指停留之處。如：旅次；舟次；軍次。❼中間。如：胸次；言次。❽至；及。見"次骨"。
㊁(zī)粵dzi¹[支]見"次且"。

【次比】❶並列。❷排列的次序。

【次且】(zī jū)同"趑趄"。且前且卻，猶豫不進。

【次骨】猶言入骨。形容程度極深。

四畫

欣 (xīn)粵jɐn¹[因] 亦作"忻"。喜悅；欣幸。

【欣欣】亦作"忻忻"。❶喜樂的樣子。❷形容草木茂盛。參見"欣欣向榮"。

【欣羨】同"歆羨"。羨慕。如：令人欣羨不置。

【欣賞】領略；玩賞。

【欣欣向榮】本謂草木繁榮茂盛。今多用以比喻事業的蓬勃發展。

五畫

欨 (xū)粵hœy¹[虛]hœy²[許](又) ❶吹氣使溫暖。❷見"欨愉"。

【欨愉】同"呴愉"。亦作"姁婾"。和悅的樣子。

六畫

欬 "咳㊀一㊃"的異體字。

欱 "喝"的異體字。

七畫

欲 (yù)粵juk⁹[玉] ❶欲望；欲念。又作"慾"。如：食欲；情欲。❷想要；希望。如：暢所欲言。❸要；需要。如：膽欲大而心欲小。❹將要。如：搖搖欲墜。

【欲海】原爲佛教用語。比喻貪欲、情欲深廣如海，可使人沉溺。

【欲速不達】指做事一味求快，反難成功。

【欲蓋彌彰】謂企圖掩蓋壞事的眞相，結果卻暴露得更加明顯。

【欲罷不能】想停止也不能停止。

欷 (xī)粵hei¹[希] 抽咽聲。參見"歔欷"。

【欷歔】亦作"歔欷"。歎氣；抽噎聲。

欸 ㊀(èi，又讀ēi)粵ei⁶ ei¹(又) 答應聲。又言"唯"。又承諾聲，猶言"是"。
㊁(ǎi)粵oi¹[哀]歎息。
㊂(āi)粵ai²[挨高上] 象聲詞。見"欸乃"。

【欸乃】(ǎi—)搖櫓聲。

欵 "款"的異體字。

八畫

敧 ㊀(yī)粵ji¹[尹]同"猗"。歎美之詞。
㊁(qī)粵kei¹[崎] 通"攲"。傾斜。

欺 (qī)⑨hei¹〔希〕❶欺騙；欺詐。如：自欺欺人。❷凌辱；欺負。如：欺壓；欺人太甚。

【欺罔】欺騙蒙蔽。

【欺誑】猶欺罔。

【欺誑】以虛語騙人。

【欺世盜名】用欺騙手段，盜取虛名。

欻 (xū)⑨fet²〔忽〕忽然。

【欻忽】形容動作迅疾。

【欻翕】突然。

欽(钦) (qīn)⑨jem¹〔音〕❶敬；欽佩。❷對皇帝某些行為的指稱。如：欽命；欽定；欽賜。

【欽佇】猶敬仰。

【欽挹】佩服；推重。

【欽遲】猶敬仰止。

【欽差大臣】官名。明制，凡由皇帝親自派遣，出外辦理重大事件的官員稱為欽差。清代沿襲。其中特命並頒授關防的，稱為欽差大臣，權力更大，一般簡稱欽使，統兵者則稱欽帥。駐外使節亦稱欽差出使某國大臣。也用以諷刺被派到一個地方後不作調查就指手劃腳、亂發議論的人。

款 (kuǎn)⑨fun²〔呼碗切〕❶誠懇。如：款款情深。❷留；殷勤招待。如：款客。❸緩。如：款步。❹鐘鼎彝器上鑄刻的文字。引申為書畫上的題名。如：落款；上款；下款。參見"款識"。❺款兒。如：款式。引申為架子；款兒。❻法令、規章等分條列舉的項目。如：條款；第一項第一款。❼款項；款。如：籌款；撥款。❽敲打；叩。如：款門；款關而入。

【款引】謂罪人吐出實情，承認罪過。

【款曲】❶猶衷情。殷勤的心意。引申為委曲殷勤之意。❷詳盡的情況。

【款交】至交；交誼深厚的朋友。

【款要】猶精要。

【款洽】親密；親切。

【款留】殷勤留客。

【款款】❶誠懇；忠實。❷徐緩的樣子。

【款語】猶款款。

【款識】❶古代鐘鼎彝器上鑄刻的文字。❷後世在書、畫上題名，也叫"款識"。參見"落款"。

欿 (kǎn)⑨hem²〔坎〕❶本義為欲得，引申為不自滿。❷憂愁的樣子。❸通"坎"。坑。

【欿憾】意有不足，引以為恨。

九　畫

歃 (shà)⑨sap⁸〔霎〕見"歃血"。

【歃血】歃血，口含血。一說，以指蘸血，塗於口旁。古代訂盟時的一種儀式。

歆 (xīn)⑨jem¹〔音〕❶饗，謂祭祀時神靈先享其氣。❷欣羨；悅服。

【歆享】謂鬼神享受祭品、香火。

【歆羨】欣羨；羨慕。

歇 (xiē)⑨hit⁸〔喜咽切〕❶停息；休息。如：歇手；歇工；歇一會兒。❷盡。

【歇後語】由兩個部分組成的一句話，前一部分像謎面。後一部分像謎底，通常只說前一部分，而本意在後一部分。如："泥菩薩過江——自身難保"。

【歇斯底里】英文 hysteria 的音譯。即"癔病"。通常也用來形容舉止失常、情緒激動的狀態。

歈 (yú)⑨jy⁴〔儒〕❶歌。❷同"愉"。悅。

歅 (yīn，又讀yān)⑨jen⁴〔因〕通"湮"。淒塞；凝滯。

歂 ㊀(chuǎn)⑨tsyn²〔喘〕同"喘"。
㊁(chuàn)⑨tsyn⁴〔全〕姓。

十　畫

歉 ㊀(qiàn)⑨him³〔欠〕❶年歲欠收。如：荒歉；歉歲。❷吃不飽。
㊁(qiàn)⑨hip⁸〔怯〕心覺不安。如：抱歉。

歊 (xiāo)⑨hiu¹〔囂〕形容氣上衝。

歌 (gē)⑨go³〔哥〕❶唱。如：高歌一曲。❷歌曲；能唱的詩。後也稱詩為"歌詩"，現代則統稱為"詩歌"。

【歌訣】口訣。把事物的內容要點編成韻文或

比較整齊的文句以便誦記。如：湯頭歌
訣；歸除歌訣。
【歌謠】指隨口唱出，沒有音樂件奏的韻語，
如民歌、民謠、兒歌、童謠等。

歑 同"嗚"。

歔 同"嘘"。

十一畫

歎（叹） (tàn)粵tan³〔炭〕❶歎息；嗟
歎。如：長歎一聲；唉聲歎
氣。❷讚歎。如：歎爲奇迹。❸繼聲和
唱。如：一唱三歎。
【歎息】❶同"太息"。嗟歎。❷讚歎。

歐（欧） (ōu)粵eu¹〔䴓〕❶同"謳"。歌
唱。❷歐羅巴洲的簡稱。❸
姓。

歆 "飲"的異體字。

十二畫

歔 (xū)粵hœy¹〔虛〕❶見"歔欷"。❷出
氣。
【歔欷】同"欷歔"。歎氣；抽噎聲。

歕 同"噴"。

歙 ⊖(xì)粵kɐp⁷〔吸〕❶收斂。❷吸氣。
⊜(shè)粵sip⁸〔攝〕〔歙縣〕地名。在
安徽省東南部、新安江上游，鄰接浙江
省。

歛 同"欷"。

十三畫

歕 同"噴"。

歜 (chù)粵tsuk⁷〔畜〕盛怒。引申爲氣
盛。

斂 "斂"的異體字。

十四畫

歟（欤） (yú)粵jy⁴〔如〕❶表疑問、反
詰語氣。如：然歟？否歟？❷
表感歎語氣。如：葛天氏之民歟！❸語中
助詞。如：猗歟盛哉。

十五畫

歠 (chuò)粵dzyt⁸〔綴〕❶飲；啜。❷指
羹湯。

十八畫

歡（欢） (huān)粵fun¹〔寬〕❶歡喜；
快樂。如：歡慶；歡度節日。
❷古時女子對所戀男子的愛稱。今亦指心
所愛的人。如：新歡。❸北方言，形容
迅速、活躍、起勁。如：他現在幹活來
更歡了。
【歡娛】歡樂。

止 部

止 (zhǐ)粵dzi²〔只〕❶"趾"的古字。❷停
住。如：止血。❸止步；止咳。❸禁止；阻止。如：制止。❺
只；僅。如：僅止一次。
【止水】靜止不流動的水。比喻心境寧靜。
【止息】停止。
【止境】盡頭。如：學無止境。
【止談風月】《梁書・徐勉傳》載，徐勉與門客
晚上聚會，有個叫虞暠的求謁事五官，勉
說："今夕止可談風月，不宜及公事。"後
常以此語表示莫談不宜談論的事。

一畫

正 ⊖(zhèng)粵dziŋ³〔政〕❶正中；平
正，不偏斜。如：正房；正方；正
午。❷端正。如：正其衣冠。❸正直；純
正；正當。如：正道；正派。引申爲是

正，斜正。如：正其謬誤。❹純一不雜。如：正色。❺作爲主體的。與"副"相對。如：正室；正本。❻與"負"相對。如：正數；正項；正電；正極。❼正面的。與"反"、"背"、"側"相對。如：正院；正向。❽恰好；偏偏。如：正中下懷。❾表示動作在持續中。如：正在討論。

㊀(zhēng)⑧dziŋ[陰]陰曆一年的第一個月。見【正朔】。

【正月】(zhēng—)陰曆一年的第一個月。

【正史】指《史記》、《漢書》等紀傳體史書。

【正旦】❶(zhēng—)正月初一。❷(zhèng-)戲曲腳色行當。在元雜劇裏扮演主要女性人物。或簡稱"旦"。明清以後戲曲中旦行劃分由簡而繁，正旦爲旦行之一支，扮演中年或青年婦女，表情上講究"端莊"。有些劇種也稱爲"青衣"。

【正身】誰是本人，而非冒名頂替者。

【正言】❶正直的話。❷官名。宋初改唐代之左右拾遺爲左右正言，仍掌規諫，分隸門下、中書兩省。

【正果】佛教把修行得道叫做正果，多用於比喻。也作成正果。

【正法】❶謂正常的法則。❷對判死罪者依法處決。

【正室】舊稱嫡妻爲"正室"，妾爲"側室"。

【正堂】❶舊時官府廳政的大堂。明清稱知府、知縣等爲"正堂"，別於佐貳官而言。

【正統】封建社會中，某一王朝在統一全國後，對其一系相承的系統的自稱。後亦泛用爲嫡傳或直接繼承的意思。

【正義】❶公正的道理。如：正義感；主持正義。❷合乎正道。❸解釋經史常以"正義"爲名。如唐代孔穎達有《五經正義》，張守節有《史記正義》。

【正道】❶事物發展的正常規律。❷正當的道

路；正確的途徑。

【正寢】即"路寢"。古代帝王治事的地方。舊時也泛指房屋的正室。如：壽終正寢。

【正中下懷】正好符合自己的心願。

【正本清源】從根本上加以整頓清理。

【正言厲色】言談鄭重，表情嚴厲。

【正襟危坐】整好衣襟，端端正正地坐着。形容嚴肅、恭敬或拘謹的樣子。

二　畫

此 (cǐ)⑧tsi²[始]❶這。與"彼"相對。如：此人；此時。❷這般；這樣。如：豈有此理。❸此時；此地。如：從此；到此一遊。

【此屬】猶言這班人。

三　畫

步 (bù)⑧bou⁶[部]❶步行。如：安步當車。❷行走。跨出一足爲跬，再跨出一足爲步。亦指跨出一步的距離。又用爲長度單位。歷代不一。周代以八尺爲步，秦代以六尺爲步，舊制以營造尺五尺爲步。❸跟着；踏着。如：步人後塵。❹指命運；運行。如：天步；國步。❺進度；境地。如：地步；境步。❻水邊停船的地方。通作"埠"。

【步伍】跟着前人足迹走，比喻模倣、效法。

【步搖】古代婦女的一種首飾。

【步障】用以遮蔽風塵或視綫的一種屏幕。

【步輦】古代一種用人抬的代步工具，類似轎子。

【步頭】即"埠頭"。船舶停靠處或渡口。

【步廊】亦作"步欄"、"步䦘"。走廊。

【步趨】❶行走。❷"亦步亦趨"的略語，見這條。

【步韻】亦稱次韻。即依照所和詩中的韻及其用韻的先後次序寫詩。參見【和韻】❷。

【步欄】同"步檐"。走廊。亦作"步闌"。

【步步爲營】比喻行動謹慎，防備嚴密。

四　畫

武 (wǔ)⓿mou⁵[舞]❶泛稱干戈軍旅之事。與"文"相對。如：整軍經武；能文能武。❷勇猛。如：孔武有力。❸周代奴隸主貴族用於祭祀的"六舞"之一。是表現周武王戰勝商紂王的樂舞。❹足迹。參見"步武"。❺古以六尺為步，半步為武。❻屬於技擊之術。如：武術；武林。

【武夫】❶有勇力的人。如：赳赳武夫。❷指軍人。如：一介武夫。

【武備】軍備。

【武功】軍事方面的才能。

【武廟】供奉關羽的廟，也指關羽、岳飛合祀的廟。

【武斷】謂沒有充分根據，只憑主觀臆想作出判斷。

【武士道】日本幕府時代武士遵守的道德，內容是絕對效忠於封建主，甚至不惜犧牲身家性命。

【武英殿】清宮殿名。在今北京故宮博物院內。

歧 (qí)⓿kei⁴[其]又開。如：歧路。引申為歧異，不相同。如：歧視。

【歧途】❶岔路。參見"歧道❷"。❷比喻錯誤的方向、道路。如：誤入歧途。

【歧道】猶歧路，即岔路。

【歧路亡羊】《列子·說符》載，楊子的鄰人把羊走了，沒有找到。楊子問他，為什麼沒有找着？他說：岔路太多，不知跑到哪裏去。後以"歧路亡羊"比喻事理繁複多變，沒有正確的方向，就會誤入歧途。

五　畫

歪 (wāi)⓿wai⁴[蛙唉切]❶不正、偏斜。如：這幅圖掛歪了。引申為不正當，不正派。如：歪理；歪話。❷側臥。如：歪在牀上。

距 (jù)⓿key⁵[拒]❶同"拒"。抵拒。❷同"距"。距離，離地向前跳躍。

六　畫

峙 (chí)⓿tsi⁴[池]同"踟"。

芾 "前"的本字。

八　畫

歸 "歸"的古體字。

十　畫

歰 (sè)⓿sap⁸[颯]同"澀"。不滑。引申為澀口，苦澀。

歲 (suì)⓿sœy³[碎]❶年。夏代稱年為歲，取歲星運行一次之意。後為年的通稱。如：迎新歲。❷年齡。如：小孩快三歲了。❸一年的農事收成。如：歉歲。

【歲月】泛指時間。

【歲序】年份更易的順序。如：歲序更新。

【歲事】❶指一年中應辦的事。特指祭祀之事。❷指一年中之農事。❸指諸侯每年秋季朝見天子之事。❸指一年的時序。

【歲首】謂一年開始之時，通常指一年的第一月。

【歲除】年終。謂舊歲將盡。

【歲貢】❶古代諸侯或屬國每年向朝廷進貢的禮品，叫做"歲貢"。❷科舉制度中貢入國子監的生員之一種。明清兩代，每年從府、州、縣學中選送廩生升入國子監肄業，因稱歲貢。大都挨次升貢，因此有"挨貢"之說。

【歲陽】見"歲陽"。

【歲陽】古代用干支紀年，十干叫作"歲陽"，十二支叫作"歲除"。大歲在甲叫閼逢，在乙叫旃蒙，在丙叫柔兆，在丁叫強圉，在戊叫著雍，在己叫屠維，在庚叫上章，在辛叫重光，在壬叫玄黓，在癸叫昭陽。又"歲除"：太歲在寅叫攝提格，在卯叫單閼，在辰叫執徐，在巳叫大荒落，在午叫敦牂，在未叫協洽，在申叫涒灘，在酉叫作噩，在戌叫閹茂，在亥叫大淵獻，在子叫困敦，在丑叫赤奮若。故甲子歲也可稱為閼逢困敦之歲；甲寅歲也可稱為閼逢攝提格之歲。餘類推。

【歲朝】(－zhāo)夏曆正月初一。
【歲暮】一年快完的時候。
【歲闌】一年將盡的時候。
【歲寒三友】松、竹經冬不凋，梅則耐寒開
　花，故有"歲寒三友"之稱。

十一畫

歷　"歷"的異體字。

十二畫

歷(历)(lì)⑨lik⁹〔力〕❶經過。如：
　經歷；閱歷。❷歷來。如：歷
　代；歷年。❸遍；完全。如：歷覽。
【歷程】經歷的過程。
【歷落】❶疏疏落落；參差不齊。❷形容儀態
　俊偉，與眾不同。
【歷亂】雜亂無章。
【歷練】謂因長久從事而富有經驗。
【歷歷】分明可數。如：歷歷在目。

十四畫

歸(归)(guī)⑨gwai¹〔龜〕❶回；返
　回。如：歸家；歸國；滿載而
　歸。❷歸還。如：完璧歸趙。❸古時謂女
　子出嫁為歸。❹歸附；趨向。如：萬眾歸
　心。❺專任；歸屬。如：責有攸歸。❻結
　局；歸宿。如：歸根結蒂。❼珠算中一位
　除數的除法。運算時用九歸口訣。
【歸心】❶心悅誠服而歸附。如：天下歸心。
　❷回家的念頭。如：歸心似箭。
【歸天】死的婉辭。
【歸省】謂辭官回鄉。
【歸向】歸依；趨附。
【歸西】死的婉辭。
【歸省】(－xǐng)回家探望父母。
【歸宿】❶指歸；意向所歸。❷猶言收場；結
　局。
【歸順】謂投誠；歸降。
【歸寧】謂已嫁的女子回娘家省視父母。
【歸真反璞】謂去其外飾，還其本真。

歹部

歹　(dǎi)⑨dai²〔打徙切〕壞。與"好"相
　對。如：為非作歹。
【歹毒】陰險很毒。

二畫

歹　(xiǔ)⑨leu²〔朽〕腐爛。

死　(sǐ)⑨si²〔史〕sei²〔史喜切〕(又)❶死
　亡。與"生"、"活"相對。❷拚死。
　如：死戰；死守。❸固定；不靈活。如：
　死水；死腦筋。❹不通達。如：死路；死
　胡同。❺形容極甚。如：笑死了；高興死
　了。
【死灰】謂心境枯寂不動。亦以形容失意頹廢
　的心情，比喻沒有生機和希望。參見"槁
　木死灰"。
【死志】敢死的決心。
【死別】謂永別。
【死黨】黨，黨羽。謂結黨營私者盡死力於同
　黨。也指為某人或集團出死力的黨羽。粵
　方言也指好朋友。
【死心塌地】拿定主意，不再改變。亦用以形
　容頑固不化，死不轉變。
【死有餘辜】雖然處以死刑，也抵償不了他的
　罪過。比喻罪大惡極。
【死灰復燃】比喻已失勢者重新活躍起來。
【死罪死罪】舊時奏章及書札中常用的套語，
　表示有所冒犯。

四畫

歾　㊀(mò)⑨mut⁹〔沒〕同"歿"。
　㊁(wěn)⑨men⁵〔敏〕同"刎"。
　㊂(mò)⑨mut⁹〔末〕死亡。

殀　"夭㊀"的異體字。

歾　同"凶"。

五　畫

殂 (cú)粵tsou¹〔曹〕死亡。

【殂落】亦作"徂落"。死亡。

殃 (yāng)粵jœŋ¹〔央〕禍害；災難。●遭殃。亦謂造禍爲害。如：禍國殃民。

【殃及池魚】比喻無端受害。參見"城門失火"。

殄 (tiǎn)粵tin⁵〔提免切〕tim⁵〔提染切〕(又)●滅絕。如：暴殄天物！●盡；斷絕。

殆 (dài)粵doi⁶〔代〕tɔi⁵〔怠〕(又)●危險；不安。如：危乎殆哉！●大概；恐怕。如：殆不可得。

六　畫

殉 (xùn)粵sœn¹〔荀〕●埋葬；以人從葬。●謂爲追求和維護正義事業而獻出生命。如：殉國；以身殉職。亦謂以有所求而不惜其身。如：殉名。

【殉名】不顧生命以求名。亦作"徇名"。

【殉利】不顧生命以求利。亦作"徇利"。

【殉情】因戀愛受到阻礙而自殺。

【殉葬】古代奴隸主貴族死後，用大量奴隸從葬的生物，有的殉殺。這是一種殘酷的制度。也指用俑和財物等從葬。

【殉節】亦作"徇節"。爲保全志節而付出生命。多指女子爲夫而死。

【殉難】(—nàn)亦作"徇難"。爲國家的危難而付出生命。

殊 (shū)粵sy⁴〔薯〕●不同。如：言人人殊。●特殊；特出。如：殊勳；殊禮。●很；極。如：殊佳。●斷；絕。如：殊死戰。

【殊方】●異域；他鄉。●不同的旨趣。

【殊死】●古代的一種死刑，即斬首。●猶決死、拚命。

【殊遇】特殊的知遇。指恩寵、信任而言。

【殊勳】特殊的功勳。如：屢建殊勳。

【殊途同歸】見"同歸殊塗"。

七　畫

殍 (piǎo)粵piu¹〔皮秒切〕fu¹〔呼〕(又)餓死。也指餓死的人。如：餓殍。

八　畫

殖 (zhí)粵dzik⁹〔直〕繁殖；孳生。

【殖民地】原指一個國家在國外侵佔並大批移民居住的地區。在資本主義時期，指被其侵佔剝削剝奪了政治、經濟的獨立權力，並受它管轄的地區或國家。

殘(残) (cán)粵tsan⁴〔池頏切〕●傷害；毀壞。如：自殘。●凶暴。如：殘忍；殘酷。●不完整。如：斷簡殘編。●剩餘；將盡。如：殘羹；歲殘。

【殘生】●猶餘生。殘餘的歲月。●傷害身體。

【殘年】●餘年。指人的晚年。●歲暮，一年將盡的時候。如：殘年短景。

【殘局】到了結束階段的棋局。●事情失敗後或社會變亂後的局面。

【殘喘】垂死時僅存的喘息；衰病垂絕的生命。如：苟延殘喘。

【殘山剩水】殘破的山河。多指亡國或經過變亂以後的土地景物而言。

【殘杯冷炙】吃剩的酒食。借指權貴的施捨。

矮 (wēi)粵wei¹〔威〕通"萎"。植物枯槁。

九　畫

殛 (jí)粵gik⁷〔擊〕殺死。如：雷殛。

十　畫

殞(殒) (yǔn)粵wen⁵〔允〕●死亡。如：殞命。●通"隕"。墜落。

殟 (wēn)粵wen¹〔溫〕突然失去知覺。

十一畫

殣 (jǐn)粵gen²〔謹〕❶埋葬。❷餓死。

殤(殇) (shāng)粵sœŋ¹〔商〕❶未成年而死。❷指死難者。如：國殤。

殢(㣇) (tì)粵tei³〔替〕❶困擾；糾纏不清。❷滯留。

殥 (yín)粵jen⁴〔仁〕荒遠之地。

十二畫

殨 (yì)粵ji³〔意〕❶死。❷致之於死。

殫(殚) (dān)粵dan¹〔丹〕竭盡。如：殫精竭慮。
【殫見洽聞】(洽qià)見多識廣；知識廣博。
【殫精竭慮】用盡精力，費盡心思。

十三畫

殭 「僵❷❸」的異體字。

殮(殓) (liàn)粵lim⁵〔斂〕給屍體穿衣下棺。如：入殮。

十四畫

殯(殡) (bìn)粵ben³〔鬢〕殮而未葬。今亦指出葬。如：出殯；送殯。

十五畫

殰(殢) (dú)粵duk⁹〔讀〕亦作「牘」、「犢」。流產。

十七畫

殲(歼) (jiān)粵tsim¹〔尖〕消滅；殺盡。如：奮勇殲敵。

殳 部

殳 (shū)粵sy⁴〔殊〕古代撞擊用的兵器。竹製，長一丈二尺，頭上不用金屬為刃，八棱而尖。

五畫

段 (duàn)粵dyn⁶〔斷〕❶事物的分劃。如：段落；階段；地段。❷地質學名詞。小於組的地方性地層劃分的單位。多以地理名稱來命名。如：蔦蔦溝段、臺山段等，也可不用地理名稱命名。❸圍棋棋手等級的名稱。
【段落】(文章、事情)根據內容劃分成的部分。如：段落清楚；事情告一段落。

六畫

殷 ㊀(yīn)粵jen¹〔因〕❶盛大；深厚。如：情意甚殷。❷富足。見「殷實」、「殷富」。❸古地名。商王盤庚所遷，在今河南安陽小屯村。❹朝代名。商王盤庚由奄(今山東曲阜)遷到殷(今河南安陽)，因而商也被稱為殷。從盤庚遷殷到紂亡國，共二百七十三年，一般即稱為殷代。整個商代，亦或稱為周商、殷商。❺同「慇」。❻姓。
㊁(yān)粵jin¹〔烟〕赤黑色。
㊂(yǐn)粵jen²〔隱〕震動。震動聲。
【殷紅】(yān紅)暗紅，紅中帶黑。
【殷殷】❶憂傷的樣子。❷懇切的樣子。❸(yīn yīn)震動聲。
【殷富】人口眾多，生活富裕。
【殷勤】同「慇懃」。
【殷實】眾多，充滿。今多用作富裕、厚實的意思。
【殷憂】深憂。
【殷鑒】《詩·大雅·蕩》有「殷鑒不遠，在夏后之世」之語，意謂殷人滅夏，殷的子孫應以夏的滅亡作為鑒戒。後泛稱可作借鑒的往事。

七　畫

殺（杀） ㊀(shā)粵sat⁸〔煞〕❶殺死。如：殺人犯。❷戰鬥；搏鬥。如：殺出重圍。❸消減；減除；敗壞。如：殺癆；殺渴。參見「殺風景」。❹收束；斷絕。如：殺尾。❺猶言「死」。形容極甚之辭。如：笑殺；痛殺。

㊁(shài)粵sai³〔曬〕❶減少；衰退。❷羽毛雕落。

【殺氣】❶肅殺之氣；寒氣。❷凶惡的氣勢。如：殺氣騰騰。❸猶出氣；洩憤。如：不該拿別人殺氣。亦作「煞氣」。

【殺青】古人著書，初稿書於青竹皮上，取其易於改抹，改定後再削去青皮，書於竹白，謂之「殺青」。一說古人在竹簡上書寫，先以火炙竹青使出水，取其易書，並可免蠹蛀，謂之殺青。後泛指書籍寫定。

【殺風景】謂有損景物，敗人興致。

【殺人越貨】殺害人的性命，搶劫人的財物，指盜匪的行為。

【殺身成仁】指為正義而犧牲生命。

【殺雞取卵】比喻貪圖眼前微小的好處而損害長久的利益。也比喻貪得無饜的人營求暴利，非盡喪其所有不止。

殻 (guǐ)粵gwei²〔鬼〕即「簋」。

八　畫

殼（壳） ㊀(ké)粵hok⁸〔何惡切〕堅硬的外皮。如：蛋殼兒。

㊁(qiào)粵同㊀義同㊀。如：地殼；甲殼。

殽 (yáo)粵ŋau⁴〔肴〕❶同「肴」。見「殽烝」。❷「淆」的異體字。

【殽烝】亦作「肴烝」。把肉切成塊放在俎裏。

𣪘 (dū)粵duk⁷〔督〕用指頭、棍棒等輕擊輕點。

九　畫

殿 ㊀(diàn)粵din⁶〔電〕❶古代泛指高大的堂屋。後來專指帝王所居或供奉神佛之所。如：太和殿；大雄寶殿。❷行軍走在最後。引申爲最後、最下。參見「殿軍」、「殿最」。

【殿下】漢代以後，對太子、親王的身稱。唐代以後推太子、皇太后、皇后稱「殿下」。

【殿本】清代的皇家刻本。因刻印機構設在武英殿，故稱武英殿本。簡稱殿本。

【殿後】行軍時走在部隊的最後。

【殿軍】走在軍隊的最後面。後引申指考試或比賽時名列最後的人，或入選的最末一名（通常指第四名）。

【殿屎】(—xī)愁苦地呻吟。

【殿最】古代考校政績或軍功，上等的稱「最」，下等的稱「殿」。引申爲高低上下之意。

【殿試】中國封建時代科舉制度中最高一級的考試。在皇廷舉行，是由皇帝主持對貢士的考試。錄取後參加者三甲。發榜分三甲，一甲三名，依次稱狀元、榜眼、探花；二、三甲人數不定。

毀 (huǐ)粵wei²〔委〕❶破壞；毀壞。❷衰毀，舊謂居喪時因過度悲哀而損害健康。❸同「燬」、「譭」。

【毀疵】誹謗挑剔。

【毀家紓難】(難nàn)《左傳·莊公三十年》載鬭穀於菟自毀其家，以紓楚國之難。紓，解除。謂傾盡家產來解救國難。

毄 (jī)粵gik⁷〔激〕❶打擊。❷拂拭。

十一畫

毅 (yì)粵ŋei⁶〔藝〕❶殘忍；殘酷。❷堅強；果決。如：毅力。

【毅然】堅決地；毫不猶疑地。

毆（殴） (ōu)粵eu²〔嘔〕eu¹〔歐〕(又)打。如：鬥毆。

十二畫

𣪊 (duàn)粵dyn⁶〔段〕鳥卵孵不出。

殸 (huī)粵wui²〔毀〕舂米。

十四畫

毉 同"醫"。

毋 部

毋 (wú)粵mou⁴〔無〕❶禁止之詞。不要。❷寧缺毋濫❸無。
【毋望】同"無妄"。不能預期的;出於意外的。
【毋寧】(—nìng)同"無寧"。寧可;不如。

毌 "貫"的古字。

一畫

母 (mǔ)粵mou⁵〔武〕❶母親。❷泛指女性的長輩。如:伯母;姑母;姨母。❸老婦的通稱。如:老母。❹雌的。如:母雞;母牛。也指能結子的植物。如:麻母。❻泛指能有所滋生的事物。如:酒母;子母;母金。

三畫

每 (měi)粵mui⁵〔無倍切〕❶逐個。如:每人;每天。❷指反復的動作中的任何一次或一組。如:每戰必勝;每逢十五日出版。❸時常;往往。見"每每"。❹宋元時口語,用同"們"。亦作語助,無義。
【每每】往往。
【每況愈下】《莊子·知北遊》有"正獲之問於監市履狶也,每下愈況"之語。正,官名,指市令;獲,人名。監市:監市政的人。履,踐踏。狶,豬。驗豬之肥瘦,每踐踏其股腳。股腳,難肥之處。每況,往況。謂每驗於下,其狀益顯。後多作"每況愈下",表示情況越來越壞的意思。與原義不同。

【每況愈下】見"每下愈況"。

毐 (ǎi)粵oi²〔藹〕指品行不端。

四畫

毑 (jiě)粵dze²〔姐〕❶母親。❷見"㜷毑"。

五畫

毒 (dú)粵duk⁹〔獨〕❶毒物。如:中毒。比喻對思想意識有害的東西。如:封建遺毒。❷毒害;放毒。引伸為加害。❸凶狠;酷烈。如:毒手;毒打。

十畫

毓 (yù)粵juk⁷〔郁〕❶生育;養育。❷孕育;產生。

比 部

比 (bǐ)粵bei²〔彼〕❶比較;較量。如:比高低。❷表示比賽雙方勝負的對比:如:四比三。❸能夠相比。如:堅比金石。❹比畫。如:連說帶比。❺仿照。如:比着葫蘆畫瓢。❻比方;比喻。如:比擬不倫。❼《詩》六義之一。是作詩的一種手法,即比喻。

㊀(bǐ)舊讀bì)粵bei⁶〔備〕bei²〔備〕(又)❶並列;緊靠。如:鱗次櫛比。❷親近。如:大國比小國。❸勾結。如:朋比為奸。❹近來。如:比年。❺及;等到。如:比至。❻六十四卦之一

㊁(pǐ)粵pei⁴〔皮〕見"皋比"。

【比比】❶頻頻;屢次。❷處處;到處。
【比年】❶每年。❷近年;連年。
【比肩】並肩。引伸為地位相等。
【比附】拿不能相比的東西來勉強相比。
【比倫】猶比擬。
【比鄰】近鄰名。
【比翼鳥】鳥名,即"鶼鶼"。傳說此鳥一目一

翼，不比不飛。常以比喻夫婦。

【比肩繼踵】肩膀靠肩膀，脚尖碰脚跟。形容人多擁擠。

五　畫

毖 (bì)粵bei³〔祕〕❶謹愼。參見"懲前毖後"。❷勞心。

毗 (pí)粵pei⁴〔皮〕❶輔助。如：毗補。❷連接。如：毗連；毗鄰。

毘 "毗"的異體字。

十三畫

毚 (chán)粵tsam⁴〔慚〕❶狡兔。❷通"纔"。未甚之意，猶言尚輕。見"毚微"。

【毚微】輕微。

毛　部

毛 (máo)粵mou⁴〔無〕❶人和哺乳動物特有的，由表皮角質化所形成的一種結構。有護體和保溫作用。❷特指頭髮。❸指地面生長的草木。如：不毛之地。❹粗糙，未經加工。如：毛坯；毛鐵。❺估；約計。如：毛利；毛估。❻粗率；急躁。如：毛手毛脚；心裏發毛。❼小；細微。如：毛孩子；毛雨。❽輔幣"角"的俗稱。

【毛穎】唐代韓愈作《毛穎傳》，以毛筆擬人，後因用"毛穎"爲毛筆的代稱。

【毛擧】❶粗略地列擧。❷列擧瑣碎的事情。

【毛錐子】毛筆的別稱。

【毛遂自薦】毛遂，戰國時趙平原君門下食客。趙孝成王九年(公元前257年)，秦圍邯鄲，平原君到楚求救。毛遂自薦與同往。平原君和楚王談判，不得要領，毛遂按劍上前，直說利害，使楚王同意趙楚合縱。後以"毛遂自薦"爲自告奮勇，自我推薦的典故。

【毛擧細故】煩瑣地列擧細小的事情。

五　畫

毡 "氈"的異體字。

六　畫

氄 (mào)粵muk⁹〔木〕見"氄氄"。

【氄氄】蒙昧不明的樣子。

毹 "絨"的異體字。

毨 (xiǎn)粵sin²〔冼〕鳥獸毛羽齊整的樣子。

毪 (mú)粵mou⁴〔無〕〔毪子〕西藏出產的一種羊毛織品。

七　畫

毫 (háo)粵hou⁴〔豪〕❶細毛。如：兔毫。❷毛筆。如：揮毫。❸重量單位。十絲爲一毫，十毫爲一釐。❹長度單位。十毫爲一釐。❺與某一物理量的單位連用時表示該量的千分之一。如毫米即表示米的千分之一。其他常用的有毫克、毫安、毫伏、毫秒、毫亨利等。❻絲毫，極言其細微。如：毫無影響。❼秤或戥子上的提繩。如：頭毫；二毫。❽兩廣方言，輔幣一角叫一毫。

【毫末】謂極細微。

【毫芒】亦作"豪芒"。猶毫末，謂極微細。

【毫素】筆和紙。謂著作。亦作"豪素"。

毬 (qiú)粵kɐu⁴〔求〕又作"球"。❶即"鞠"。古代的遊戲用具。以皮爲之，中實以毛，蹴踢爲戲。❷泛指圓形的物體。

毡 同"氈"。

八　畫

毯 (tǎn)粵tam²〔他毯切〕鋪墊覆蓋用的棉毛織物。如：牀毯；地毯。

毰　(péi)⑨pui⁴〔培〕見"毰毸"。

【毰毸】亦作"陪鰓"。鳥羽張開的樣子。

毳　(cui)⑨tsœy³〔脆〕❶鳥獸的細毛。❷通"脆"。脆弱；不堅。

九　畫

氂　(mào)⑨mou⁶〔冒〕見"氂毷"。

【氂毷】亦作"氁睐"。猶煩惱。

毢　(sāi)⑨soi¹〔腮〕見"毢毸"。

毹　(shū，又讀yú)⑨sy¹〔書〕jy⁴〔如〕(又)見"毺毹"。

毽　(jiàn)⑨gin³〔見〕jin²〔演〕(又)毽子。

十　畫

毾　(tà)⑨tap⁸〔塔〕見"毾毷"。

【毾毷】毛毯。

毶　同"毿"。

十一畫

毿(毵)　(sān)⑨sam¹〔三〕見"毵毵"。

【毵毵】形容毛髮或枝條細長。

氂　㊀"牦"的異體字。
　　㊁(máo，又讀lí)⑨mou⁴〔毛〕lei⁴〔離〕(又)❶牦牛尾。❷長毛。❸劣；氂。❹同"斄"。
　　㊂同"釐"。

十二畫

氈　(dēng)⑨deŋ¹〔登〕見"氉氈"。

毹　(rǒng)⑨juŋ²〔湧〕鳥獸貼近皮膚的細軟絨毛。

氅　(chǎng)⑨tsɔŋ²〔廠〕❶鷲鳥的羽毛。❷今北方人稱大衣爲"大氅"。

氆　(pǔ)⑨pou²〔普〕〔氆氌〕藏族人民手工生產的一種羊毛織品。品種甚多。一般可用作衣服和坐墊的材料。

氉　(tóng)⑨tuŋ⁴〔同〕見"氉氉"。

【氉氉】形容羽毛鬆散。

十三畫

氈(毡)　(zhān)⑨dzin¹〔煎〕羊毛或其他動物毛髮經濕、熱、壓力等作用使縮而成的塊片狀材料。

【氈帳】亦作"旃帳"。古代遊牧民族所用的氈製帳篷，猶今之蒙古包。

【氈裘】亦作"旃裘"。古代北方民族用獸毛等製成的衣服。亦借指其君長。

氊　"氈"的異體字。

氋　(sào)⑨sou³〔掃〕見"氄氋"。

氄　同"氈"。

十四畫

氋　(méng)⑨muŋ⁴〔蒙〕見"氄氋"。

十五畫

氌　(lū)⑨lou⁵〔魯〕見"氆氌"。

十八畫

氍　(qú)⑨kœy⁴〔渠〕見"氍毹"。

【氍毹】毛織的地毯。古代演劇多在地毯上，因以氍毹代表舞臺。

二十二畫

氎　(dié)⑨dip⁹〔碟〕細棉布。

氏 部

氏 ㊀(shì)粵si⁶[示]❶古代貴族標志宗族系統的稱號，為姓的支系，用以區別子孫之所由出生。古時女子稱姓。男子稱氏。❷古時對已婚婦女的稱呼，常於其父姓之後繫"氏"。後來多在夫姓與父姓之後繫"氏"，如趙錢氏；張王氏。❸遠古傳說中人物的稱號。如：伏羲氏；神農氏。❹古代世襲職官的稱號。如：太史氏；職方氏。❺古代少數民族支系的稱號。如鮮卑族中有慕容氏、拓跋氏、宇文氏、段氏等。❻舊時學有專長者表示尊重的稱呼。如：老氏；杜氏注。❼用在親屬關係字的後面稱自己的親屬。如：舅氏；母氏。㊁(zhī)粵dzi¹[支]見"閼氏"。

【氏族】原始社會由血統關係聯繫起來的人的集體，氏族內部實行禁婚，集體佔有生產資料，集體生產，集體消費。

一 畫

氐 ㊀(dǐ)粵dei²[底]根本。㊁(dǐ)粵dei¹[低]❶古代族名。殷周至南北朝分佈在今陝西、甘肅、四川等地。從事畜牧和農業。兩晉年間，先後建立前秦、後涼、仇池等地方政權。其族大部分漸與漢族融合。❷二十八宿之一。亦稱天根。蒼龍七宿的第三宿。有星四顆，即天秤星中的四顆星。

民 (mín)粵men⁴[文]❶人民。如：為民除害。❷泛指人、人類。如：五方之民。❸從事某種職業的人。如：農民；漁民。❹民間的。如：民歌。

【民生】人民的生計。如：國計民生。
【民時】即農時，指農民耕作、下種、收穫的時令。
【民情】❶人民的生產活動、風俗習慣等情況。如：熟悉民情。❷指人民的心情、願望等。
【民賊】指殘害人民的人。
【民瘼】指人民的疾苦。

【民憤】民眾對政府或有罪惡的人的憤恨。
【民隱】民間的疾苦。
【民變】指人民反抗暴政的鬥爭。
【民不聊生】聊，利賴。謂在苛政下人民無法生活下去。亦作"人不聊生"。
【民膏民脂】膏、脂，指人民用血汗掙來的勞動果實。亦作"民脂民膏"。
【民以食為天】人民以糧食為自己生活所繫。極言民食的重要。

四 畫

氓 ㊀(méng)粵mang⁴[盲]meng⁴[盟](又)民。古代泛指奴隸。㊁(máng)粵mong⁴[忙]men⁴[民](俗)用於"流氓"。

气 部

气 "氣"的簡化字。

一 畫

氕 (piē)粵pit⁸[撇]氫的同位素，質量數為1。參見"氫"。

二 畫

氖 (nǎi)粵nai⁵[奶]稀有氣體元素之一。符號Ne。無色無臭。100升空氣中約含氖1.818毫升。用以製霓虹燈和指示燈。

氘 (dāo)粵dou¹[刀]即"重氫"。符號D或²H。氫的同位素，質量數為2。其核(氘核)能參與許多核反應。

三 畫

氚 (chuān)粵tsyn¹[川]即"超重氫"。氫的放射性同位素。符號T或³H從核反應製得，在自然界中，存在量極微，主要用於熱核反應。

氙（xiān）⑧sin¹〔仙〕san³〔仙〕（又）稀有氣體元素之一。符號Xe。100升空氣中含氙約0.0087毫升。能吸收X射綫。在照明技術上用來充填光電管和閃光燈。

四　畫

氛（fēn）⑧fen¹〔分〕❶古時迷信說法指預示吉凶的雲氣，也特指凶氣。❷霧氣。也指塵埃。❸氣氛。見"氛圍"。
【氛圍】籠罩着某個特定場合的特殊氣氛或情調。如：歡樂的氛圍。

氝（nèi）⑧noi⁶〔內〕稀有氣體元素之一。今稱爲"氖"。

五　畫

氟（fú）⑧fet⁶〔弗〕化學元素（鹵族）。符號F。分子式F₂。淺黃綠色氣體。有極强的腐蝕性，有毒。

氡（dōng）⑧dung¹〔冬〕舊稱"氭"。稀有氣體元素之一。符號Rn。有放射性，是鐳、釷等放射性元素蛻變產物。無色氣體。可供醫療用。

六　畫

氣（气）（qì）⑧hei³〔器〕❶本指雲氣，引申以為一切氣體的通稱。如：煤氣；沼氣。也特指空氣。如：氣溫；氣壓。❷指自然界冷熱陰晴等現象。如：天氣；節氣；秋高氣爽。❸呼吸；氣息。如：喘氣；氣味。❹氣味。如：泥土氣；羊臊氣。❺中國哲學術語。指構成宇宙萬物的物質。❻中醫術語，指人的元氣。如：補中益氣；氣血兩虧。也指某些病象。如：濕氣；肝氣。❼指人的精神狀態。如：勇氣百倍；朝氣蓬勃。❽習氣或氣質。如：孩子氣；市儈氣。❾氣惱。如：受氣受悶；忍氣吞聲。❿氣勢。如：喜氣洋洋；氣吞山河。⓫氣勢。如：一鼓作氣；氣吞山河。
【氣味】❶嗅覺所感到的味道。❷比喻意趣或情調。如：氣味相投。

【氣氛】❶雲氣。❷指洋溢於某個特定環境中的情調或氣息。如：親切的氣氛。
【氣息】❶指呼吸時出入之氣。❷氣味。比喻情感或意趣。如：富有生活氣息。
【氣候】❶某一地區多年的天氣特徵。❷古代衡數家以五日為一候，三候為一節氣。❸比喻環境和形勢。如：政治氣候。❹猶言"格局"、"名堂"。
【氣象】❶大氣中的冷、熱、風、雲、雨、雪、霜、霧、雷、電等各種物理狀態和物理現象的統稱。❷景象；光景。
【氣運】❶宿命論者所指的氣數和運會。引申指個人的命運。❷時序的流轉。
【氣勢】❶氣派，聲勢。❷氣勢，形勢。
【氣概】❶氣度。❷氣派；氣魄。如：英雄氣概。
【氣數】❶氣運與氣數。❷謂氣運、命運。
【氣節】❶志氣和節操。如：民族氣節。❷節令。
【氣質】❶指人的生理、心理等素質。❷猶言風骨。指詩文清峻慷慨的風格。
【氣魄】❶猶魄力。一種敢作敢為不怕困難的氣概。❷辦事有氣魄。
【氣焰】猶氣勢。今多指囂張的氣勢。如：氣焰熏天。
【氣韻】神氣和韻味。常用於文章、書畫。
【氣類】❶猶物類。人與物的統稱。❷氣味相投的人。
【氣宇軒昂】指人的風度、氣概很不平凡的樣子。
【氣急敗壞】上氣不接下氣，失去常態。形容十分恐慌或羞惱。
【氣息奄奄】氣息微弱，快要斷氣的樣子。
【氣貫長虹】形容氣勢非常盛大。
【氣象萬千】謂景象千變萬化，蔚爲大觀。
【氣勢洶洶】形容態度或聲勢十分凶猛。
【氣勢磅礴】形容氣勢雄偉浩大。

氤（yīn）⑧jen¹〔因〕見"氤氳"。
【氤氳】同"絪縕"。

氧（yǎng）⑧jeng⁵〔養〕化學元素，符號O。❶氧氣是二原子分子，分子式O₂。臭氧是三原子分子，分子式O₃。氧氣無色無臭，佔空氣中體積的20.95%，由液

態空氣分餾而得。爲燃燒過程及動植物呼吸所必需。

氙 (xī) ⓟsei¹〔西〕"氙"的舊稱。

氦 (hài) ⓟhoi⁶〔亥〕稀有氣體元素之一。符號He。無色無臭。是除氫以外密度最小的氣體。

氨 (ān) ⓟon¹〔安〕氮的最普通的氫化物。化學式NH₃。無色氣體，具刺激異臭。

七　畫

氪 (kè) ⓟhek⁷〔克〕稀有氣體元素之一。符號Kr。100升空氣中約含氪0.114毫升。能吸收X射綫，可用作X射綫工作時的遮光材料。

氫(氫) (qīng) ⓟhing¹〔輕〕最輕的化學元素。符號H。氫是由三種同位素——質量數爲1的氕、質量數爲2的氘和極微量的質量數爲3的氚所組成。氫是無色、無臭的氣體。

八　畫

氬(氬) (yà) ⓟa³〔亞〕稀有氣體元素之一。符號Ar或A。100升空氣中約含氬934毫升。在高溫冶煉純金屬時，常用氬以防止氧化、氮化、氫化等作用。由於它不易導熱，氬也可用於充電燈泡。

氮 (dàn) ⓟdam⁶〔淡〕化學元素。符號N。分子式N₂。約佔空氣中總體積的五分之四。無色無臭。一般由液態空氣分步蒸餾而得。化學性質不活潑。

氯 (lǜ) ⓟluk⁹〔綠〕鹵族元素。符號Cl。分子式Cl₂。淺黃綠色氣體。有毒，對呼吸器官有強烈刺激性。

氰 (qíng) ⓟtsing¹〔青〕氮、碳二元素的化合物。化學式(CN)₂，無色氣體，極毒。

十　畫

氳 (yūn) ⓟwen¹〔溫〕見"氤氳"。

水　部

水 (shuǐ)⑧sœy²〔蘇許切〕❶氫和氧的最普遍的化合物，化學式H₂O。是動植物機體所不可缺少的組成部分。❷江湖河海洋的總稱，對陸地而言。如：水陸交通；跋山涉水。❸河流。如：漢水；湘水。❹一切液汁的通稱。如：口水；淚水；藥水；汽水。❺五行之一。❻太陽系九大行星之一。中國古代又叫"辰星"，是最接近太陽的一顆。❼舊指銀子的成色，轉爲貨幣兌換貼補及匯費之稱。如：貼水；匯水。❽指用水洗過的次數。如：這件衣服才洗過一水。❾〔水族〕中國少數民族名。

【水土】❶水與陸的合稱。亦指水中與陸上。❷指地方。引申指某一地方的自然環境。如：水土不服。

【水月】❶水中的月影。❷明淨如水的月亮。❸佛教用語。比喻一切法(事物)都無實體。後泛指一切虛幻的景象。參見"鏡花水月"。

【水火】❶水與火。亦指炊爨之事。❷比喻患難困苦。參見"水深火熱"。❸謂互不相容，勢不兩立。

【水曲】❶水流曲折處；水濱。❷宋時西南少數民族舞曲名。

【水車】❶水利工具的一種。用帶有葉片的鏈帶，借人力、畜力、風力或電力轉動，可將河、湖、塘、井或水斗的水從低處提升到高處。常用於灌溉農田或排除積水，如龍骨水車、管鏈水車等。❷古代戰船的一種。

【水乳】水和乳極容易融合，比喻意氣相投，情好無間。

【水客】❶船夫；漁夫。❷到各處採購貨物的商人。

【水師】❶猶水手。❷水軍。清代有長江水師，711乃外海水師。

【水陸】❶水路和陸路。❷指水陸所產的食物。如：水陸雜陳。❸佛教法會之一。亦稱"水陸道場"。

【水鄉】多水的地方。

【水腳】水路運輸貨物的運費。舊時商業中，賣主發送貨物時，應將水運各項費用開列清單，連同發票交與買主。這種清單，稱"水腳單"。

【水潦】積水；流水。

【水鏡】❶形容明澈如水之照映。❷比喻清明無私。❸比喻識見清明，能解人疑。

【水中撈月】比喻某種事情根本做不到，白費力氣。也作水中捉月。

【水洩不通】形容極度擁擠或包圍得十分嚴密，連水都流不出去。

【水乳交融】水和乳汁融合在一起。比喻思想感情融洽無間。

【水到渠成】水一流到就會成渠。比喻條件成熟，事情就會順利完成。也比喻自然而然。

【水性楊花】本作"楊花水性"。水性流動，楊花輕飄，比喻女子用情不專一。

【水深火熱】比喻人民生活極端痛苦。

【水清無魚】水太清澈，魚就無容身之任。常用以比喻人太苛察，就不能容人。

【水晶燈籠】比喻對事物了解得非常清楚。

【水陸道場】也稱水陸齋。佛教謂設齋供養，以超度水陸衆鬼的法會為水陸道場。

【水落石出】水落下去，石頭就露出來。常用來比喻事物眞相最底徹顯露。

【水漲船高】"漲"本作"長"。比喻事物隨着所憑持的基礎的增長而提高。

一　畫

永 (yǒng)⑧wiŋ⁵〔唯潁切〕❶水流長。❷深；遠。如：江之永矣。引申為長，多指時間和空間。❷永遠；久遠。如：永恆。

【永世】永遠；歷世久遠。如：永世難忘。

【永生】基督教的一種教義。謂"信者"死後，靈魂升入天堂，永享教樂。其他一些宗教亦有類似說法。今一般用作不朽的意思。

【永年】長壽；延壽。

【永巷】❶古時幽禁妃嬪或宮女的處所。❷指皇宮中妃嬪的住所。❸深巷。

【永訣】永別。

【永字八法】以"永"字八筆為例，闡述正楷點

劃用筆的一種方法。其法稱點爲"側"，橫畫爲"勒"，直筆爲"努"，鈎筆爲"趯"，仰橫爲"策"，長撇爲"掠"，短撇爲"啄"，捺筆爲"磔"。後人亦將"八法"兩字引申爲"書法"的代稱。

【永垂不朽】指光輝的事迹和偉大的精神永遠流傳下去，不會磨滅。

氷　"冰㊀"的異體字。

二 畫

汆　(tǔn)粵ten²[他狠切]❶飄浮在液體上。如：冰塊在水上汆。❷用油炸。如：油汆花生米。

汆　(cuān)粵tsyn¹[村]烹飪法的一種，把食物放在開水中稍煮一下。如：汆丸子；鯉魚汆湯。

氾　"泛"的異體字。

氿　(guǐ)粵gwai²[鬼]見"氿泉"。

【氿泉】側出泉。謂泉水上湧受阻，從側面流出。

汀　(tīng)粵tin¹[他英切]din¹[丁](又)水中或水邊的平地。

汁　(zhī)粵dzep⁷[執]含有某種物質的液體。如：墨汁；橘子汁；牛肉汁。

求　(qiú)粵keu⁴[球]❶探索；尋取。如：實事求是。❷請求；求助。如：求救。❸需要。如：供過於求。❹要求。如：精益求精；求全責備。

【求凰】漢代司馬相如作琴歌二章，向卓文君求愛，其中有"鳳兮鳳兮歸故鄉，遨遊四海求其凰"之句。後因稱男子求偶爲"求凰"。

【求田問舍】《三國志·魏志·陳登傳》載，劉備批評許汜在天下大亂時只知"求田問舍，言無可采"。意謂但知置田置屋，爲個人利益打算，沒有遠大志向。

【求全責備】謂對人對事，要求十全十美，完備無缺。

汃　㊀(bīn)粵ben¹[奔]通"邠"。
　㊁(pà)粵pat⁸[蒲壓切]澎汃，猶澎

湃，波浪沖激的聲音。

三 畫

汊　(chà)粵tsa³[岔]河水岔出的地方。如：河汊；汊港。

汋　(yuè)粵jœk⁹[若]❶通"瀹"。煮。❷水湧出。

汍　(wán)粵jyn⁴[元]見"汍闌"。

【汍闌】亦作"雈蘭"。流淚的樣子。

汎　"泛"的異體字。

汐　(xī)粵dzik⁹[夕][潮汐]由於月球和太陽引力的作用，使海洋水面發生週期性升降現象，稱爲潮汐。在白晝的稱爲潮，在夜間的稱爲汐，名異而實同。

汔　(qì)粵ŋet⁹[兀]接近；庶幾。

汕　(shàn)粵san³[傘]❶竹編的捕魚器具。❷地名。汕頭的簡稱。在廣東省。

汗　㊀(hàn)粵hon⁶[翰]❶汗腺的分泌物。❷出汗；使出汗或如出汗。參見"汗顏"、"汗馬"、"汗青"。
　㊁(hán)粵hon⁴[寒]可汗的簡稱。詳"可汗"。

【汗血】❶今多作"血汗"。指辛苦勞動。❷駿馬名。

【汗青】古時在竹簡上書寫，先以火炙竹青令汗，取其易書，並可免蟲蛀，謂之"汗青"。後用爲成書之意。亦特指史冊。

【汗馬】喻征戰的勞苦，因稱戰功爲汗馬之勞。

【汗漫】廣泛，漫無邊際；漫無標準。如：汗漫之言。

【汗簡】著述的代稱。參見"汗青"、"殺青❶"。

【汗顏】臉上出汗。常用來表示羞愧的意思。如：汗顏無地。

【汗牛充棟】柳宗元《唐故給事中皇太子侍讀陸文通先生墓表》有"其爲書，處則充棟宇，出則汗牛馬"之語。汗牛馬，是說牛馬運書時累得出汗；充棟，是說書籍堆滿高

屋子，高及棟梁。"汗牛充棟"，形容書籍極多。

【汗流浹背】出汗多，濕透脊背。常用來形容極度惶恐或慚愧羞甚。亦作"汗出洽背"。

汗

"污"的異體字。

汛

(xùn)粵sœn³[信]江河中由於流域內季節性降雨或融冰、化雪等而發生的定期漲水現象。如：大汛；小汛；伏汛；凌汛。

汜

(sì)粵tsi⁵[似]❶由主流分出而復匯合的河水。❷不流通的小溝渠。❸通"涘"。水邊。❹〔汜水〕水名。發源於河南滎陽西南方山北流經古虎牢關東、舊汜水縣西注入黃河。

汝

(rǔ)粵jy⁵[雨]❶你。❷〔汝水〕古水名。上游即今河南汝河；自郾城以下，故道南流至西平縣東會瀇水(今洪河)，又南經上蔡縣西至逢平縣東會瀇水(今沙河)；此下即今南汝河及新蔡以下的洪河。

汞

(gǒng)粵huŋ³[控]化學元素。符號Hg。易流動的銀白色液態金屬，常稱爲"水銀"。

江

(jiāng)粵gɔŋ¹[剛]❶大河流的通稱。如：黑龍江；珠江。❷專指長江。

【江口】渡口；船隻經過河處。

【江山】猶言山川、山河。引申指國土。

【江干】江邊。

【江介】江邊。沿江一帶。

【江左】長江下游東岸和長江部分中游東南岸，古稱江左，或稱江東(古以東爲左)。

【江右】隋唐以前，習慣上稱長江下游北岸淮水中下游以南地區爲江右。

【江東】即江左。

【江表】長江中下游以南地區古稱江表。

【江湖】❶指隱士的居處。❷泛指四方各地。如：走江湖。

【江河日下】比喻事物一天天衰落，像江河的水越流越趨向下游流去一樣。

【江郎才盡】南朝江淹，少有文名，世稱江郎。晚年詩文無佳句，時人謂之才盡。後來常用"江郎才盡"比喻才思減退。

池

(chí)粵tsi⁴[持]❶池塘。如：荷花池。也指地面稍凹入的場子。如：樂池；舞池。❷護城河。如：城池。❸湖。如雲南的滇池。

【池中物】比喻蟄處一隅、無遠大抱負的人。

污

㊀(wū)粵wu¹[烏]❶停積不流的水。❷污穢。❸污濁。如：污泥。❹沾污；誣衊。如：污蔑。❺貪贓黷職。如：貪污。❻下降；衰落。見"污隆"。

㊁(wù)粵wu³[烏去聲]洗去污垢。

【污吏】貪污的官吏。

【污邪】地勢低下，易於積水的劣田。

【污辱】用橫蠻的言行使人蒙受恥辱。

【污隆】❶指地形的高低。❷亦作"隆污"。指世道的盛衰或政治的興替。

【污漫】污穢一作"污慢"。

【污衊】謂捏造事實，污辱別人。

"污"的異體字。

汒

(máng)粵mɔŋ⁴[忙]同"芒"。茫昧。

汩

(mì)粵mik⁹[覓]〔汩羅江〕在湖南省東北部。戰國時楚國詩人屈原憂憤國事，投此江而死。

汩

(gǔ)粵gwet⁷[骨]❶水流的樣子。❷見"汩沒"。

【汩汩】❶水流聲；急流的樣子。❷比喻文思勃發。

【汩沒】❶沉淪；埋沒。❷猶"汩汩"。波浪聲。

汪

(wāng)粵wɔŋ¹[烏康切]❶深廣。如：汪洋。❷液體積聚的樣子。如：汪着油；汪着眼淚。

【汪汪】❶形容水勢寬廣。亦用爲寬廣之喻。❷眼淚盈眶的樣子。❸象聲。狗叫聲。

【汪洋】水勢寬廣無邊際的樣子。如：一片汪洋。亦用來形容深廣，常指人的氣度或文章的氣勢。

汭

(ruì)粵jœy⁶[銳]水流彎曲處。

汰 (tài) 粵tai³〔太〕❶滑過。❷通"泰"。侈泰；逾分。
【汰侈】驕縱。

決 (jué) 粵kyt⁸〔缺〕❶開通水道；放水。❷沖破堤岸。如：塌塞決口。❸判決。❹段數囚犯。如：斬決；槍決。❺決定。如：遲疑不決。❻一定；肯定的。如：決不妥協。
【決絕】堅決斷絕。
【決裂】❶決破，破裂。❷分割。
【決驟】急速奔跑。

沖 (chōng) 粵tsuŋ¹〔充〕❶用水或酒澆注。如：沖茶；沖服。也指水力的衝擊。如：沖堤刷岸。❷直上。如：幹勁沖天。❸謙幼；淡泊。見"沖淡❶"。❹幼小。如：沖齡。❺舊時術數家謂相忌相克。如：子午相沖。又謂破解不祥，見"沖喜"。❻指山間的平地。如：韶山沖。❼通"充"。冒充。如：沖毛呢。
【沖和】❶整水聲。❷情緒高昂的樣子。與"沖沖同。
【沖克】占卜家相術有沖克的說法，認為日辰、五行、生肖等相抵觸者為沖，相克制者為克。如子午相沖、酉卯相沖；金克木、木克土之類。
【沖挹】謙虛自抑。
【沖決】❶謂人的胸懷沖和淡泊。❷加溶劑於溶液中以減小溶液濃度的過程。❸使某種情況的緊張程度或嚴重性減弱。
【沖虛】淡泊虛靜。
【沖喜】謂在將發生凶事時辦喜事，借喜事沖破不祥，叫做"沖喜"。
【沖融】廣佈瀰滿的樣子。
【沖默】禁懷淡泊，語言簡默。

汲 (jí) 粵kɐp⁷〔級〕❶取水於井。❷引。
【汲引】❶引水。謂把這一條江(河)的水導向另一條江(河)裏去。❷引薦。
【汲汲】心情急切的樣子。

汴 (biàn) 粵bin⁶〔辨〕❶汴水，古水名。(1)一作卞水，指今河南滎陽西南索河。(2)隋開通濟渠，因中間自今滎陽至開封一段，即古之汴水，故唐宋人遂將出河入淮的通濟渠東段全流統稱為汴水、汴河或汴渠。❷開封市的別稱。

汶 (一)(wèn) 粵men⁶〔問〕〔汶水〕水名。一稱大汶河，在山東省西部。
(二)(mén) 粵men⁶〔文見"汶汶"。
【汶汶】(mén mén) 猶惛惛，昏暗不明的樣子。與"察察"相對。

汽 (qì) 粵hei³〔氣〕水蒸氣。

汾 (fén) 粵fen⁴〔焚〕〔汾河〕水名。在山西省中部。黃河第二大支流。源出寧武縣管涔山，南流到曲沃縣折向西，在河津縣西入黃河。

沁 (qìn) 粵sem³〔滲〕❶滲入。一般指香氣。見"沁人心脾"。❷汲水。❸〔沁河〕河名。在山西省東南部。
【沁人心脾】形容吸入芳香或涼爽之氣，令人有舒適的感覺。

沂 (一)(yí) 粵ji⁴〔兒〕〔沂河〕水名。在山東省南部和江蘇省北部。
(二)(yín) 粵ngen⁴〔銀〕

沃 (wò) 粵juk⁷〔郁〕❶灌；澆。如：沃田。❷滋潤；肥厚。如：沃野。❸山西曲沃縣的簡稱。
【沃衍】土地平坦肥美。亦作"衍沃"。
【沃野】肥沃的田野。

沅 (yuán) 粵jyn⁴〔元〕〔沅江〕水名。在湖南西部。

沆 (hàng) 粵hoŋ⁵〔何朗切〕hoŋ⁴〔杭〕(又)見"沆茫"、"沆瀣"。
【沆茫】(一mǎng)形容水草廣大無際。
【沆瀁】同"溔瀁"。水勢廣大的樣子。
【沆漭】猶汪洋。
【沆瀣】(一xiè)夜間的水氣；露水。
【沆瀣一氣】宋錢易《南部新書·戊集》載，唐朝人崔沆參加科舉考試，考官崔沆取中了他。當時有人嘲笑他們："座主門生，沆瀣一味。"後用以比喻臭味相投的人勾結在一起。

沇 (yǎn) 粵jin²〔演〕〔沇水〕水名。"沇"一作"兗"，濟水的別稱。發源於河南省王屋山。

沈 (一)(shěn) 粵sem²〔審〕❶古國名。在今河南汝南東南。公元前506年為楚所滅。❷姓。

㊀同「沉」。

【沈腰】《梁書・沈約傳》載，沈約不見用於朝廷，遂以書陳情於徐勉，言己老病，百日數旬，腰圍瘦減。後因以「沈腰」為腰圍減損的代稱。

沌

（dùn）粵dœn⁶〔頓〕見「沌沌❷」、「渾沌」。

【沌沌】渾沌無知的樣子。

沍

（hù）粵wu⁶〔戶〕本作「冱」。凍結。

【沍寒】寒氣閉塞，比喻憂思鬱結。

【沍寒】天氣嚴寒，積凍不開。

沐

（mù）粵muk⁹〔木〕❶洗頭髮。❷休假。如：休沐。❸受雨露，引申為蒙受。如：沐恩。❹見「沐猴而冠」。

【沐恩】❶蒙恩。舊時臣下對君上頌揚之辭。❷明清時官場中人阿諛上官時的用語。

【沐猴而冠】（冠guàn）沐猴即彌猴。彌猴戴帽子，比喻虛有儀表。

沒

㊀（mò）粵mut⁹〔末〕❶深入水中。如：沒水。❷淹沒；蓋沒。如：沒頂；沒膝。❸隱滅；消失。❹消減；堙沒。❺通「歿」。死亡。引申為終。參見「沒世」。❻吞沒；沒收。

㊁（méi）粵同㊀沒有；未。如：沒出息；沒見過世面。

【沒世】終身；一輩子。

【沒沒】❶貪戀；迷戀。❷埋沒；無聲無息，無所作為。如：沒沒無聞。

【沒落】❶衰敗；趨向滅亡。❷流落。

【沒齒】猶言終身。如：沒齒不忘。

【沒下梢】（沒méi）金主亮末年，自製短鞭，僅存其半，叫「沒下梢」。後多用以稱人沒有好收場或事情沒有好結局。

【沒字碑】沒有刻上文字的碑。比喻虛有儀表而不通文字的人。

【沒來由】無緣無故。

【沒奈何】亦作「無奈何」、「末耐何」。謂無可如何。

【沒精打采】（采）亦作「彩」。形容精神萎靡。

歿

同「沒」。

沓

㊀（tà）粵dap⁹〔踏〕❶繁多；重複。如：紛至沓來。❷會合。

㊁（dá）粵同㊁量。如：一沓紙。

沔

（miǎn）粵min⁵〔免〕❶〔沔水〕水名。在陝西省。❷水流漫滿。

沘

（bǐ）粵bei²〔比〕〔沘水〕水名。❶即今河南泌陽河及其下游唐河。❷即今安徽漂河。

沙

㊀（shā）粵sa¹〔紗〕❶細碎的石粒。如：黃沙；沙石。引申為含沙質的水中灘或水旁地。如：灘沙；泷沙；沙洲。❷鬆散幼小的粒的。如：沙糖；豆沙；沙瓤西瓜。❸淘汰；揀擇。見「沙汰」。❹發聲嘶啞。如：沙嗓子。❺姓。

【沙汰】淘汰。

【沙門】佛教名詞。梵文Śramaṇa 音譯之略，意譯為「息心」或「勤息」。表示勤修善法、息滅惡法之意。原爲古印度各敎派出家修道者的通稱，後佛敎專指依照戒律出家修道的人。

【沙場】平坦曠野。後多指戰場。

【沙磧】沙灘。

【沙彌】佛教名詞。梵文Śrāmaṇerakā音譯的訛略，意譯「息惡」或「勤策男」。是佛敎的出家五衆（其餘四衆爲比丘、比丘尼、沙彌尼、式叉摩那）之一。指依照戒律出家，已受十戒，還沒有受具足戒的男性修行者。女性稱沙彌尼（梵文Śrāmaṇerikā）。

沚

（zhǐ）粵dzi²〔止〕水中的小塊陸地。

沛

（pèi）粵pui³〔佩〕❶水勢湍急的樣子。引申為行動迅速的樣子。❷充盛。❸有水有草的地方。見「沛澤」。❹見「顛沛」。

【沛澤】沼澤；有水有草的低窪之地。

沜

（pàn）粵pun³〔判〕同「泮」。半月形的水池。

沵

「涎」的異體字。

沕

㊀（mì）粵met⁹〔勿〕潛藏。

㊁（wù）粵同㊀見「沕穆」。

【沕穆】深微。

汸

（pāng）粵poŋ¹〔鋪康切〕見「汸汸」。

【汸汸】形容水勢盛大。

洯 ㊀(qiè)粵tsit⁸〔設〕大浪相沖擊。
　　㊁(qī)粵tsi³〔砌〕用沸水沖泡。如：洯茶。

沉 (chén)粵tsem⁴〔尋〕亦作"沈"。❶水中污穢。❷沉沒。如：船沉了。引申為落下；陷下。如：地基下沉。❸隱伏；深沉。引申為低沉。❹深切長久。如：沉思；沉滯。
【沉吟】沉思吟味。有默默探索研究之意。
【沉沉】猶深沉。
【沉重】❶重；深重。如：沉重的脚步；沉重的打擊。❷沉靜莊重。
【沉迷】執迷不悟。
【沉痾】久治不瘉的病。
【沉浮】❶在水面上出沒。❷比喻盛衰，消長。也指隨俗俯仰。
【沉浸】❶浸入。如：沉浸在回憶中。❷謂學力深透。
【沉冤】指難以辯白或久未申雪的冤屈。如：沉冤莫白。
【沉淪】猶沉淪。淪落。
【沉溺】(—nào)沉溺。
【沉寂】❶寂靜。如：沉寂的深夜；消息沉寂。❷性情深沉。
【沉着】從容不迫；深沉而不輕浮。如：沉着應戰。
【沉湎】亦作"湛沔"。猶沉溺，多指嗜酒無度。如：沉湎於酒。
【沉痼】積久難治的疾病。亦用以比喻積久難改的習俗或嗜好。
【沉陷】❶沉沒。引申為困境。❷沉迷而不悟。
【沉滯】凝滯；不流暢。亦指求仕進的人長時間不得官職或不得晉升。
【沉綿】謂疾病纏綿，歷久不瘉。如：沉綿牀席。亦指積久難治的疾病，猶言沉痼。
【沉憂】深憂。
【沉默】不說話；不愛說話。如：沉默寡言。
【沉鬱】❶沉悶憂鬱。❷沉；深沉，鬱，蘊積。用於文思。
【沉魚落雁】形容女子容貌美麗，與"羞花閉月"同義。

洵 "洶"的異體字。

㳅 古文"流"字。

沿 同"沿"。

五畫

沫 (mò)粵mut⁹〔沒〕❶水泡。如：泡沫。❷口水；唾沫。
　　(mèi)粵mui⁶〔妹〕通"昧"。微暗。

沭 (shù)粵sœ⁹〔術〕〔沭河〕水名。在山東省南部及江蘇省北部。

沮 (jù)粵dzœy²〔咀〕〔沮水〕古水名。一在湖北省、一在陝西省、一在山東省。
　　㊀(jǔ)粵dzœy²〔咀〕❶終止。❷敗壞；沮喪。如：氣沮；色沮。
　　㊁(jù)粵dzœy³〔醉〕見"沮洳"。
【沮洳】(jù—)低濕之地。亦用爲低濕之意。
【沮喪】(jǔ sàng)❶灰心失望。❷驚恐失色。

沱 (tuó)粵to⁴〔駝〕❶沱江，長江的支流。在四川省。❷涕淚如雨的樣子。

河 (hé)粵ho⁴〔何〕❶水道的通稱。如：內河；運河。❷黃河的專稱。❸指銀河，亦稱天河。即天空中成帶狀的密集星羣。
【河防】舊時黃河常泛濫成災，歷代都專設機關負責防治，叫做"河防"。
【河洛】❶黃河與洛水；也指這兩條河之間的地區。❷河圖洛書的簡稱。古代儒家傳說，謂伏羲氏時，有龍馬從黃河出現，背負"河圖"；有神龜從洛水出現，背負"洛書"。二者都是"天授神物"。"河圖"即"八卦"（《周易‧繫象》），"洛書"即"洪範九疇"（《尚書‧洪範》）。
【河朔】地區名。泛指黃河以北。
【河清】黃河水濁，偶有清時，古人以爲是和平的預兆。參見"河清海晏"。亦用爲昇平的代辭。又古有黃河千年一清之說，故多以"河清"比喻難得遇到之事。
【河梁】橋梁。李陵《與蘇武》詩有"攜手上河梁，遊子暮何之"之語，後因用爲送別之

地的代稱。

【河漢】❶即銀河。❷原比喻言論誇誕，不着邊際。後謂不置信，又轉爲忽視之意。如：幸勿河漢斯言。

【河汾門下】隋王通即文中子，設教河、汾之間，受業者達千餘人，房玄齡、杜如晦、魏徵、李靖、薛收等皆出其門，時稱"河汾門下"。後以"河汾門下"比喻名師門下人才盛出。

【河伯娶婦】《史記·滑稽列傳》載，戰國魏文侯時，鄴地的三老、廷掾與女巫假託"河伯娶婦"，强選少女，投入河中，以愚弄人民，榨取錢財。後西門豹爲鄴令，到爲河伯娶婦時，說所選女子不好，要大巫、三老去與河伯商量另行選送，把大巫、三老先後投入河中，從而打擊、制止了這種利用迷信虐害人民的罪惡活動。

【河東獅吼】洪邁《容齋隨筆·三筆·陳季常》載，宋陳慥(字季常)妻柳氏，悍妒。蘇軾嘗以詩戲慥："忽聞河東獅子吼，柱杖落手心茫然。"河東爲柳姓郡望；獅子吼，佛家以喻威嚴，陳好談佛，故軾借佛家語爲戲。後遂泛稱悍婦爲河東獅；婦怒爲河東獅吼。

【河清海晏】黃河水清，滄海波平，舊時用以形容天下太平。亦作"海晏河清"。

【河清難俟】比喻時久難待。參見"河清"。

【河魚腹疾】腹瀉。魚爛先自腹內始，故有腹疾者，以河魚爲喻。

沴 (lì)[粵]lœy^{6}〔淚〕❶水不利，引申爲阻水的高地。❷因氣不和而生的災害。如：災沴；沴氣。

【沴孽】猶言妖孽。

沸 (fèi)[粵]fɐi^{3}〔肺〕水湧起的樣子。亦指液體燒滾的狀態。如：揚湯止沸。

【沸沸】水騰湧的樣子。

【沸反盈天】形容人聲喧鬧，亂成一片。

【沸沸揚揚】形容議論紛紛，像沸騰的水面上汽泡翻滾一樣。

油 (yóu)[粵]jɐu^{4}〔由〕❶統指動物的脂肪和由植物或礦物中提煉出來的脂質物。如：豬油；花生油；石油。❷用油塗抹。如：油漆；油窗戶。❸浮滑。如：油腔滑調。❹見"油然"。

【油油】❶有光潤的樣子。❷水流的樣子。

【油然】盛興的樣子。亦用爲自然而然之意。如：敬慕之心，油然而生。

【油壁車】古代的一種車子，車壁用油塗飾，故名。

【油腔滑調】形容說話輕浮、不嚴肅、無誠意。

治 ㊀(zhì)[粵]dzi^{6}〔自〕❶舊稱地方政府所在地。如：郡治；府治；縣治。❷合理，有秩序。與"亂"相對。❸修理；整理。如：治河；治絲。❹研究。如：治學；治經。❺醫療。如：治病；治傷。❻懲處；撲滅。如：治罪；治蝗。

㊁(chí)[粵]tsi^{4}〔池〕❶〔治水〕古水名。上游即今山西、河北境內的桑乾河與永定河；自今北京市西南蘆溝橋以下，故道在今永定河之北。❷管理。如：治國；治家。

【治下】在所管轄的範圍內。舊時士民對地方長官也自稱"治下"。

【治本】從根本上解決問題。與"治標"相對。

【治所】舊稱地方長官辦事的處所。

【治喪】辦理喪事。

【治裝】整理行裝。

【治罪】給犯罪人以應得的懲罰。

【治標】標是樹梢，對根本而言。與"治本"相對。謂對發生的問題不從根本上謀求解決，僅僅處理它的細枝末節。

【治辨】亦作"治辯"、"治辦"。治理。

【治辦】見"治辨"。

【治辯】見"治辨"。

【治絲益棼】《左傳·隱公四年》有"猶治絲而棼之也"之語，意思是整理蠶絲，不找頭緒，越理越亂。比喻做事沒有抓住要領，越做越糟。棼，紛亂。

沼 (zhǎo)[粵]dziu^{2}〔剿〕小池。一說圓曰池，曲曰沼。

【沼澤】水草叢生的泥濘地帶，由於湖裏物質長期沉積、湖水日淺而形成。

沽 ㊀(gū)[粵]gu^{1}〔姑〕❶通"酤"。買或賣。❷〔沽水〕古水名。亦作沽河。上游即今河北白河；故道自順義東南李遂鎮西南流至通縣東北會溫榆河，此下即今北運河。又海河亦通稱沽河。

㊁(gǔ)[粵]gu^{2}〔古〕賣酒者。

【沽名釣譽】使用各種手段以謀取好的名聲和榮譽。

沾 (zhān)粵dzim¹〔尖〕❶浸濕；浸染。如：沾水；沾污。❷引申爲帶着點關係。如：沾親帶故。❷分潤；分得。如：沾光。❸通「覘」。看。❹見「沾沾自喜」。

【沾丐】同「沾溉」。謂使人受益。

【沾洽】❶雨水沾足。❷普編惠。❸淵博。

【沾染】❶接觸外物而受其影響。現多用爲貶意。如：沾染惡習。❷猶言先及。

【沾溉】沾潤灌溉。引申爲使人受益。如：沾溉後人。

【沾沾自喜】自覺美好而得意。

沿 (yán)粵jyn⁴〔元〕❶順着水道。引申爲順着路綫。如：沿途；沿綫。❷靠邊。如：沿岸；沿海；沿牆而走。❸縫合邊緣。如：沿鞋口；沿鞋口。❹相因；仍舊。如：相沿成習。

㊁(yàn)同㊀邊沿。如：河沿；溝沿；坑沿。

【沿革】沿襲舊制或有所變革。指事物變遷的歷程。

泂 (jiǒng)粵gwiŋ²〔炯〕遠。見「泂酌」。

【泂酌】謂遠處取水。後亦用作釀酒之意。

泃 (jū)粵kœy¹〔拘〕〔泃水〕水名。亦作泃河。源出於天津市薊縣北，至寶坻東北流注薊運河。

泄 ㊀(xiè)粵si⁸〔屑〕❶泄漏。如：軍情外泄。❷散發；發泄。如：泄憤；泄憤。❸指漏泄。浙江諸暨有五泄溪。❹中醫病證名。多種腹瀉之總稱。

㊁(yì)粵jei⁶〔義係切〕見「泄泄」。

【泄泄】(yì yì)❶鼓翼的樣子。❷形容人多。和樂的樣子。

【泄沓】(yì—)形容多言龐雜或苟且隨和。

泅 (qiú)粵tseu⁴〔囚〕游水。

洗 (yì)粵jet⁹〔日〕❶通「溢」。水滿出。❷放蕩；荒淫。

泉 (quán)粵tsyn⁴〔全〕❶地下水的天然露頭。❷古代錢幣的名稱。

【泉下】猶言九泉、黃泉之下，即地下。

【泉布】古代泉與布並爲貨幣，故統稱貨幣爲

「泉布」。一說布也就是泉，一物而兩名。

【泉路】猶言泉下、泉壤。

【泉源】泉水的源頭。

【泉臺】猶言泉下、泉壤。

【泉壤】猶言泉下、地下。指人死後埋葬之處。

泊 ㊀(bó)粵bok⁹〔薄〕❶停船靠岸。如：泊船。❷停宿；暫住。如：棲泊。❸恬靜；淡泊。如：泊乎無爲。

㊁(pō)粵⊜湖澤。如：湖泊；水泊。

泌 ㊀(bì)粵bei³〔臂〕湧出的泉水。

㊁(mì)同㊀液體由細孔排出。如：分泌。

泐 (lè)粵lek⁹〔離麥切〕lak⁹〔離額切〕(又)❶石紋其紋理而裂開。❷通「勒」。本謂鎸刻，引申爲書寫。舊時寫信給平輩及年輩較小的人言用「手勒」代「手書」。

泑 (yōu)粵jeu¹〔休〕〔泑澤〕古湖泊名。即今新疆維吾爾自治區的羅布泊。

泓 (hóng)粵wɐŋ⁴〔宏〕水深。

【泓宏】聲音宏亮。

泔 (gān)粵gɐm¹〔甘〕❶淘米水。❷用淘米水浸液。

況 (kuàng)粵fɔŋ³〔放〕❶情形；情況。如：近況；景況。❷比擬；比方。如：以古況今。❸表示推進一層的意思。況且；何況。

【況味】境況和情味。

法 (fǎ)粵fat⁸〔髮〕❶方法；辦法。如：有法可治；另想別法。❷標準；規範。如：取法；法帖。❸效法。如：法其遺志。❹(1)法學用語。由國家制定或認可，受國家強制力保證執行的行爲規則的總稱。凡政策、法律、法令、條例、規程、決定、命令、判例等都屬於法的範圍。(2)與「法律」通用。佛教的道理。如：說法。❺法術。如：作法。❻法國的簡稱。

【法門】❶領佈法令的地方。舊時多於都城的南門領佈法令，故名。❷佛教名詞。佛教徒修行者所入之門。❸方法；辦法。

【法則】❶法度❷方法，準則。❸規範；表率。

【法度】❶規矩；制度❷法式。

【法家】❶猶言"方家"。對書法家、畫家的尊稱。如：就正於法家。❷春秋戰國時期的一個學派。主要代表人物有商鞅、韓非等。

【法書】❶指法典一類的書籍。❷有一定書法藝術成就的作品叫"法書"，與"名畫"對稱。

【法場】舊時執行死刑的地方；刑場。

【法程】法則；程式。

【法禁】刑法禁令。

【法網】指刑法。

【法駕】天子的車駕。

【法器】和尚、道士舉行宗教儀式時所用的器物。

【法西斯主義】近代的一種專裁制度和思想體系。主張強大中央集權，取消一切民主、自由，實行恐怖統治。對外國則實行向外侵略，壓迫其他民族。起源於意大利獨裁者墨索里尼的法西斯黨。

泆
"法"的異體字。

泖泖
(mǎo)粵mau⁵[卯]❶水面平靜的湖蕩。❷湖名。又名三泖。在上海市松江縣西部，現已淤為平地。

泗
(sì)粵si³[試]❶鼻涕。❷[泗水]水名。源出山東泗水縣東蒙山南麓，四源並發，故名。

泛
(fàn)粵fan⁶[飯]fan³[花晏切](又)❶浮行。如：泛海。❷透出。如：白裏泛紅。❸浮而不實。如：浮泛；空泛。❹水漲溢。見"泛濫"。❺廣泛；一般。見：泛論；泛稱。

【泛泛】❶漂浮的樣子。❷浮淺；尋常。如：泛泛之交。

【泛論】廣泛論述。

【泛濫】❶水滿溢。也用以比喻壞事壞思想擴散滋長。❷廣泛；廣博。❸猶浮沉。

泝
"溯"的異體字。

泠
(líng)粵ling⁴[零]清涼。如：泠風。

【泠泠】❶形容聲音清越。❷清涼的樣子。

泡
㊀(pào)粵pou⁵[抱]氣體鼓成的球狀體。如：水泡；泡沫。

㊁(pào)粵pau³[炮]用水沖注或浸漬。如：泡茶；泡菜。

㊂(pào)粵pau¹[拋]泡狀物。如：燈泡。

㊃(pāo)粵同㊁❶質地鬆軟。如：饅頭發泡。❷量詞。用於屎尿。如：撒了一泡尿。

【泡影】佛教用泡和影比喻事物的虛幻不實、生滅無常。今多比喻事情或希望落空。

波
(bō)粵bo¹[巴荷切]❶水的起伏現象。如：波瀾。❷物理學名詞，有時稱波動。振動傳播的過程，是能量傳遞的一種形式。最普通的是機械波(如水波、聲波)和電磁波。❸流轉的目光。如：秋波。❹比喻事物的橫生曲折。如：一波未平，一波又起。❺書法指捺的折波。❻播遷；奔跑。如：奔波。❼宋元時口語，猶"吧"。

【波及】影響到或牽涉到。

【波折】波浪起伏，比喻事情進行中發生的曲折變化。

【波動】❶動蕩，不穩定。❷奔競。

【波動】比喻動蕩，不穩定。如：情緒波動。

【波瀾】波濤。常比喻像波瀾一樣壯闊起伏的現象。

【波譎雲詭】見"雲譎波詭"。

泣
(qì)粵jap⁷[邑]❶低聲哭。如：暗泣；泣不成聲。❷眼淚。如：飲泣。

【泣血】❶形容悲痛哀傷而哀傷之極。後用為居父母喪之辭。

泥
㊀(ní)粵nei⁴[坭]❶和着水的土。如：泥塘；泥濘。❷像泥一般的東西。如：印泥；棗泥；蒜泥。

㊁(nì)粵nei⁶[膩]拘執；難行。如：拘泥；泥古。

【泥古】拘泥於古代的成規與古人的說法。如：泥古不化。

【泥淖】泥濘的窪地。比喻不能自拔的窘困境地。

【泥塗】猶言草野。比喻卑下的地位。

【泥濘】泥爛而滑。如：道路泥濘。

【泥牛入海】宋《景德傳燈錄》卷八《龍山和尚》有"我見兩個泥牛鬥入海，直至如今無消息"之語，後人因以"泥牛入海"比喻一去不返，杳無消息。

注 (zhù)⑧dzy³〔著〕❶流入；灌入。如：大雨如注。❷專注在某一點上。如：注意；注目；注目。❸用來賭博的財物。如：下注；孤注一擲。❹猶言「項」、「條」。常指財物的出入。如：一注買賣。❺給書中字句做解釋。參見「注疏」。也泛指附加在旁邊的文字。如：添注塗改。❻記載。如：起居注；古今注。

【注目】注視。謂集中視線在一點上。

【注疏】注文和解釋注文的文字的合稱。舊稱解釋古籍為「注」(注有傳、箋、解等名)，疏通傳注為「疏」(疏有義疏、正義等名)。宋人把古人關於經書的注本、疏本合為一編，因有「注疏」這一合稱。如《十三經注疏》。

【注腳】猶注解。

泫 (xuàn)⑨jyn⁵〔遠〕水滴下垂的樣子。特指淚垂。見「泫然」。

【泫然】傷心流淚的樣子。

泮 (pàn)⑧pun³〔判〕❶融解。❷通「畔」。岸。

【泮汗】水勢廣大無邊的樣子。

【泮宮】亦作「頖宮」。西周諸侯所設大學。

泯 (mǐn)⑨men⁵〔敏〕滅；盡。

【泯滅】消滅淨盡。

泰 (tài)⑨tai³〔太〕❶過甚。如：去泰去甚。❷驕泰。❸通暢；平安。如：否極泰來；國泰民安。❹六十四卦之一。

【泰山】❶山名。在山東省中部。古稱東嶽，一稱岱山、岱宗。海拔1,524米。❷舊時稱妻父為「泰山」。

【泰斗】「泰山北斗」的簡稱。如：文壇泰斗。參見「泰山北斗」。

【泰水】舊時稱妻母的別稱。

【泰半】猶大半、太半。過半數。

【泰西】猶言極西。舊時用以稱西方國家。一般指歐美各國。

【泰然】安然，含有不以為意之意。如：泰然自若。

【泰山北斗】《新唐書·韓愈傳·贊》說，自韓愈死後，學者敬仰他如泰山、北斗。後用以比喻某一方面負有名望的人。亦作「泰斗」、「山斗」。

【泰山鴻毛】亦作「鴻毛泰山」。比喻輕重懸殊。

【泰山壓卵】比喻以至強加至弱，弱者必難幸免。

【泰山壓頂】沉重的東西壓在頭上。比喻困難極多，壓力極大。

決 (yāng)⑨jceŋ〔央〕見「決決」。

【決軋】同「坱圠」。無涯際的樣子。

【決決】❶雲氣興起的樣子。❷形容水勢深廣。❸宏大的樣子。如：決決大國。

【決漭】❶亦作「決莽」。廣大無涯際的樣子。❷不明亮。

泲 (jǐ)⑨dzei²〔仔〕dzi²〔子〕(又)❶水名。即濟水。❷渻漉。

泳 (yǒng)⑨wiŋ⁵〔詠〕潛行水中；游水。如：仰泳、蛙泳。

泇 (jiā)⑨ga¹〔加〕〔泇河〕水名。有東西二泇，東泇源出山東費縣東南箕山；西泇源出費縣西南抱犢崗。二泇南至江蘇邳縣三合村相會，又南至泇口墨入運河。

泬 ㊀(jué)⑨kyt³〔決〕❶水從洞穴中奔瀉而出。❷水名。曾名「潏」。㊁(xuè)⑨hyt⁸〔血〕見「泬寥」。

【泬寥】(xuè一)空曠清朗的樣子。

泵 (bèng)⑨bem¹〔巴僻切〕英語pump的音譯。俗稱「幫浦」。把液體或氣體抽出或壓入用的一種機械裝置。

泪 "淚㊀"的異體字。

六　畫

洄 (huí)⑨wui⁴〔回〕❶上水；逆流。❷水廻旋面流。

洊 (jiàn)⑨dzin³〔箭〕通「薦」。再；一次又一次。如：洪水洊至。

洋 (yáng)⑨jœŋ⁴〔羊〕❶地球表面上特殊廣袤的水域。如：太平洋，大西洋。❷眾多；盛大。❸「洋子」的略稱。舊因泛指來自外國的。如：洋人；洋貨。❹舊稱銀幣為「洋錢」。亦簡稱洋。如：大洋；小洋。

【洋洋】形容盛大、眾多。如：洋洋大觀；洋洋萬言。

【洋溢】充滿；廣泛傳播。如：熱情洋溢。

【洋洋大觀】形容事物豐富多彩，美好繁多。

【洋洋自得】形容非常得意、自我欣賞的樣子。"洋洋"原作"揚揚"。

【洋洋灑灑】形容文章或談話豐富明快，連續不斷。

【洋務運動】舊稱同光新政。即十九世紀六十至七十年代，清政府中以奕訢、曾國藩、李鴻章、左宗棠為代表的當權派所進行的"自強"、"求富"活動。他們依賴外國創建了一些近代軍事、民用工業和新式的海軍、陸軍。從事這些活動的官僚集團稱洋務派。

洌 (liè)⑧lit⁹〔列〕清洌。

洎 (jì)⑧gei³〔記〕gei⁶〔妓〕(又)❶及；到。如：自古洎今。

洏 (ér)⑧ji⁴〔兒〕見"漣洏"。

洑 ㊀(fú)⑧fuk⁹〔伏〕❶水伏流地下。❷漩渦。
㊁(fù)同㊀在水裏游。如：洑水。

泚 (cǐ)⑧tsi²〔此〕❶鮮明。❷以筆蘸墨。如：泚筆作書。

洒 ㊀同㊁灑。
㊁(xǐ)⑧sei²〔洗〕通"洗"。
㊂(xiǎn)⑧sin²〔冼〕見"洒淅"。

【洒淅】(xiǎn—)寒慄的樣子。

洗 ㊀(xǐ)⑧sai²〔駛〕❶用水除去污垢。如：洗臉。引申為洗刷；除去。如：洗脫罪名。❷古代盥洗用的青銅器皿，形似洗盆。❸指盛水洗筆之器。如：筆洗。❹搶劫；殺盡。如：洗劫。❺把紙牌或骨牌攪和了重新整理。如：洗牌。
㊁(xiǎn)⑧sin²〔冼〕❶清晰。❷亦作"冼"之姓。

【洗耳】❶表示厭聽某事。❷形容恭敬地傾聽。

【洗兵】淨洗兵器備用，謂出兵。亦指淨洗兵器，以備收藏，謂息兵。

【洗刷】洗蕩；清除。亦引申為洗雪之意。如：洗刷恥辱。

【洗城】猶屠城。謂大肆屠殺，使城空如洗。

【洗雪】洗除。多用於冤屈、恥辱。

【洗塵】謂設宴歡迎遠來的人。也叫"接風"。

【洗禮】❶基督教的入教儀式。行禮時，主禮者口誦規定經文，給受洗人注水額上或頭上；亦有將受洗人全身浸入水中的。後者也叫"浸禮"。❷比喻經受鍛煉。

【洗心革面】洗心，謂滌除懷思想；革面，謂改變舊面目。比喻徹底悔改。

洙 (zhū)⑧dzy¹〔朱〕〔洙水〕古水名。源出今山東新泰東北，下游注入泗水。

洚 (jiàng，又讀hóng)⑧gɔŋ³〔降〕huŋ⁴〔紅〕(又)大水泛濫。

【洚洞】(hóng—)同〔項洞〕。彌漫無際。

洛 (luò)⑧lɔk⁸〔烙〕lɔk⁹〔落〕(又)❶〔洛水〕古水名。⑴在河南省西部。⑵亦稱北洛河。在陝西省北部。❷洛陽的簡稱。

【洛浦】洛水水邊。傳說為洛神出沒處。

【洛陽紙貴】晉書·左思傳》載，左思著《三都賦》成，洛陽豪貴之家，競相傳寫，紙價因而昂貴起來。後人常用以稱譽別人的著作流傳之廣。

洞 (dòng)⑧duŋ⁶〔動〕❶洞穴。如：山洞；防空洞。❷透徹；深入。如：洞察；洞悉。❸穿通。
㊁(tóng)同〔項洞〕。

【洞天】道教用以稱神仙所居的洞府，意謂洞中別有天地。

【洞房】深邃的內室。後以稱新婚夫婦的臥室。

【洞貫】❶穿透。❷猶洞達。徹底了解；通達。

【洞達】通達；透徹。

【洞徹】亦作"洞澈"。❶清徹見底。❷通達事理。

【洞曉】透徹了解；精通。

【洞鑒】洞察明察。透徹理會，了解。

【洞若觀火】謂明察事物，好像看火一樣。

洟 (yí，又讀tì)⑧ji⁴〔兒〕tɐi³〔替〕(又)鼻涕。

津 (jīn)⑧dzœn¹〔樽〕❶渡口。如：津渡。❷潤澤；滋潤。❸唾液。如：生津止渴。❹天津市的簡稱。

【津門】❶設在渡口的關門。❷天津市的別稱。
【津要】亦作"要津"。❶水陸沖要之地。❷比喻重要的職位。
【津津】謂興趣濃厚。如：津津有味；津津樂道。
【津涯】水邊；岸。
【津梁】❶橋梁。亦比喻能起橋梁作用的事物。❷佛家謂以佛法引渡衆生。
【津逮】亦作"津達"。謂由津渡而到達。常用以比喻爲學的門徑。
【津筏】渡人過河的木筏。比喻引導人的門徑。

洧 (wěi)[粵]fui²〔花潰切〕〔洧水〕水名。即今河南雙洎河。

洨 (xiáo)[粵]ŋau⁴〔肴〕〔洨河〕水名。源出河北獲鹿縣西南井陘山，滏陽河上源之一。

汧 (qiān)[粵]hin¹〔軒〕〔汧縣〕古汧邑，東周初秦文公所都。秦置縣，治所在今陝西隴縣南。北魏改名汧陰。

洩 "泄"的異體字。

洪 (hóng)[粵]huŋ⁴〔紅〕❶大水。如：山洪；防洪。❷大。如：洪量；洪爐；洪鐘。
【洪洞】(—tóng)同"澒洞"。
【洪荒】謂混沌、蒙昧的狀態。也指遠古時代。
【洪鈞】指天。
【洪爐】大爐子。比喻鍛煉人的場所或環境。
【洪水猛獸】《孟子·滕文公下》有"禹抑洪水而天下平，周公兼夷狄、驅猛獸而百姓寧"之語，後因以"洪水猛獸"比喻極大的禍害。

洫 (xù)[粵]gwik⁷〔隙〕❶田間的水道。❷護城河。❸放水的渠。

洭 (kuāng)[粵]hɔŋ¹〔康〕〔洭水〕古水名。即今廣東省西北的湟江、連江、北江的一部分。因三水至英德縣已皆合流，故三名皆可通稱爲洭水。

洮 ㊀(táo)[粵]tou⁴〔逃〕❶盥洗。❷通"淘"。見"洮汰"。❸〔洮河〕水名。在甘肅省西南部。
㊁(yáo)[粵]jiu⁴〔搖〕〔洮湖〕又名長蕩湖或長塘湖，在江蘇溧陽、金壇兩縣境內。
【洮汰】同"淘汰"。

洱 (ěr)[粵]ji⁵〔耳〕〔洱海〕古稱葉榆澤。在雲南大理東。

洲 (zhōu)[粵]dzɐu¹〔周〕❶水中可居之地。❷大陸及其附屬島嶼的總稱。全世界分爲七大洲：亞洲、非洲、歐洲、北美洲、南美洲、南極洲和大洋洲。

洳 (rù)[粵]jy⁶〔預〕❶〔洳河〕水名。源出北京市平谷縣，南流至河北三河縣北之洳口入洵河。❷見"沮洳"。

洵 (xún)[粵]sœn¹〔荀〕❶誠然；實在。如：洵屬可敬。❷疏遠。

洶 (xiōng)[粵]huŋ¹〔空〕見"洶湧"。
【洶洶】❶波濤聲。❷猶訩訩。形容喧擾。也形容氣勢盛。
【洶湧】水奔騰上湧的樣子。

洸 (guāng)[粵]gwɔŋ¹〔光〕❶水波動蕩閃光的樣子。❷威武的樣子。❸〔洸水〕水名。也叫洸河。山東省境汶水的支流。
【洸洸】❶洶湧的樣子。❷威武的樣子。
【洸洋】猶"汪洋"。水無涯際的樣子。比喻言辭誕謾。

洹 (huán)[粵]wun⁴〔桓〕jyn⁴〔元〕(又)〔洹水〕水名。一在河南省北境，又名安陽河。一在北京市和河北省，又名胡良河。

洺 (míng)[粵]miŋ⁴〔名〕〔洺水〕水名。即今洺河，在河北省南部。

活 ㊀(huó)[粵]wut⁹〔胡沒切〕❶生存。與"死"相對。亦謂使存活，救活。如：活人無數。❷工作；生計。如：幹活。❸活動；靈活；不固定。如：活用；活期存款。❹生動逼眞。如：活像；活現。
㊁(guō)[粵]gut⁸〔姑闊切〕見"活活❷❸"。
【活活】❶活生生地。❷(guō guō)水流聲。❸(guō guō)滑；泥濘。
【活計】❶生計；謀生的手段。❷特指女紅或手藝。
【活脫】十分相像；極相似。
【活潑】富有生意。亦謂生動自然，不呆板。
【活靈活現】形容神情逼眞。

洼

"窪"的簡化字。

洽

(qià，又讀xiá)圖hep⁷[恰]❶沾濕；浸潤。❷廣博；周遍。見"洽聞"。❸協和；商量；交換意見。如：洽辦；面洽。

【洽聞】多聞博識。

派

(pài)圖pai³[鋪快切]❶水的分流。❷流派。如：學派；畫派。❸作風；氣概。如：正派；氣派。❹分配；委任。如：輪派；派員。❺指斥別人的不是或捏造事故誣陷人。如：派不是。

洿

(wū)圖wu¹[烏]同"污"〇。❶低凹之地；亦指池塘。❷污穢。

洇

(yīn)圖jen¹[因]同"蕰"。墨水着紙而渗開。如：這種紙寫字要洇。

七畫

浙

(zhè)圖dzit⁸[折]❶[浙江]水名。即錢塘江，上游稱新安江。❷浙江省的簡稱。

浚

〇(jùn)圖dzœn³[俊]同"濬"。
〇(xùn)圖sœn³[信][浚縣]縣名。在河南省北部。

流

(liú)圖leu⁴[留]❶水流動，引申為渲出或湧出。如：川流不息；汗流浹背。❷水道。如：主流；支流。❸器內體體所由出的嘴。如古彝盉、爵都有流。又引申為流動的東西。如：氣流；電流。❹往來無定或轉運不停。如：流民；流光。❹傳布；傳佈。如：流芳；流毒。引申為沒有根據的意思。見"流言"、"流譽"。❹向東方向變。如：流為盜賊；流於形式。❻品級；別列。如：第一流；三教九流。❼古代五刑之一，把罪人放逐到遠方。俗稱充軍。如：流放。

【流亡】因在本鄉、本國不能存身而逃亡流落在外。

【流火】火，星名，即心宿。每年陰曆五月間黃昏時心宿在中天，六月以後，就漸漸偏西。時暑熱開始減退。

【流矢】沒有確定目標的亂箭；飛箭。

【流民】指因自然災害或戰亂而流亡在外，生

活沒有着落的人。

【流光】❶光陰；因其逝去如流水，故稱"流光"。❷光彩照耀。❸指月光。

【流年】❶華年，謂其如流水之易逝。❷算命看相的人稱人一年的運氣為"流年"。

【流別】同一類的分流。❷文章或學術的源流與派別。亦指文章的類別。

【流利】流暢而不凝滯。如：語言流利。

【流言】製造謠言。亦指謠言。

【流亞】同一類的人。

【流芳】謂流傳美名於後世。如：流芳百世。

【流波】流水。常用以比喻流轉的眼波。

【流宕】放蕩。❷飄泊。

【流毒】傳播毒害。也指所傳播的毒害。如：肅清流毒。

【流盼】轉動眼睛；斜視的樣子。

【流品】品類。舊指稱人的社會地位的高下。特別指門第。

【流俗】❶流行的習俗。❷猶世俗。

【流派】❶水的支流。❷指學術、文藝方面的派別。

【流風】猶言遺風，舊指前代流傳下來的良好風尚習慣。

【流徙】在異鄉日久而定居下來。

【流漫】放縱。亦作"流漫"。

【流落】留居他鄉，窮困潦倒。

【流弊】相沿而成的弊端。

【流輩】猶儕輩。謂同輩或同一流的人。

【流螢】飛行不定的螢。

【流觴】古人每逢三月上旬的巳日(魏以後始固定為三月三日)集會於彎曲的水渠旁。在上流放置酒杯，任其隨流而下，停在誰的面前，誰即取飲，叫做"流觴"。

【流離】❶輾轉離散；流落。❷猶淋漓，流淚的樣子。❸光采煥發的樣子。

【流轉】❶運行變化。❷流暢圓轉。常用以形容文詞。❸流落轉徙。❹輪流。

【流麗】圓潤而華麗，常用以形容詩文或書法。

【流蘇】下垂的穗子，用五彩羽毛或絲綾製成。古代用作車馬、帳幕等的裝飾品。

【流議】❶猶餘論。謂非正式的談論，以別於一本正經的大議論。❷流俗的言論；一般人的議論。❸任意發表言論。

【流譽】❶沒有根據的稱譽。❷譽揚傳播。

【流覽】同「瀏覽」。亦作「流攬」。謂隨意觀覽。

【流金鑠石】亦作「鑠石流金」。形容天氣酷熱。

【流水不腐戶樞不蠹】戶樞，門的轉軸。比喻經常運動的東西不易受外物侵蝕，可以歷久不壞。

浜　(bāng)⓭boŋ¹[邦]小河溝。多用於地名。如：張家浜。

浞　(zhuó)⓭dzuk⁷[鐲]❶潤濕。❷古人名。

浡　(bó)⓭but⁹[勃]旺盛的樣子。

浣　(huàn，舊讀huán)⓭wun²[胡滿切]wun²[腕](又)❶洗濯。如：浣紗。❷唐代制度，官吏每十天休息洗沐一次，後因稱每月上、中、下旬各為上、中、下浣。

浥　(yì)⓭jɐp⁷[邑]濕潤。

浥　猶言真真。形容香氣盛。

浦　(pǔ)⓭pou²[普]❶水濱。❷通大河的水灣。

浩　(hào)⓭hou⁶[號]❶水勢浩大。引申為凡大之稱。見「浩浩」、「浩瀚」。❷猶高。如：浩歌。

【浩汗】同「浩瀚」。形容水勢浩大。

【浩劫】❶極長的時間。參見「劫❸」。❷大災難。❸空前浩劫。

【浩氣】盛大剛直之氣；猶言正氣。

【浩茫】廣闊無邊。

【浩浩】水盛大貌。❶形容水勢盛大。

【浩淼】形容水勢盛大。引申浩廣大。

【浩渺】廣闊無邊的樣子。如：煙波浩渺。

【浩蕩】❶聲勢壯大的樣子。❷無思無慮的樣子，猶言糊塗。

【浩瀚】亦作「浩汗」、「浩澣」。本義為水勢浩大的樣子，引申為廣大、繁多的意思。

浪　㊀(làng)⓭loŋ⁶[晾]❶波浪。如：乘風破浪。❷也指像波浪起伏之狀。如：麥浪。❸放縱；濫。如：浪游；浪費。㊁(láng)⓭loŋ⁴[郎]即見「浪浪」、「滄浪」。

【浪人】❶到處流浪的人。❷日本幕府時代失去祿位、離開主家到處流浪的武士。

【浪子】謂不務正業，專事游蕩的青年。也指流浪者。

【浪放】放縱，不拘束。

【浪孟】失意的樣子。

【浪迹】到處漫游，行蹤無定。

【浪浪】(láng láng)水流不止的樣子。

【浪語】❶任意亂說。❷猶廢話，不必要的話。

【浪漫】❶亦作「漫興」。放蕩不羈。❷英語romantic的漢譯。有富有詩意、充滿幻想之意。

【浪蕩】❶放浪；到處閒游。❷游手好閒，不務正業。

【浪職】曠廢職守。

浬　(lǐ)⓭lei⁵[里]即「海里」。計量海上距離的單位。

浭　(gēng)⓭gɐŋ¹[庚][浭水]也叫浭水，梨河。即河北省內薊運河的上游。

浮　(fú)⓭fɐu⁴[扶牛切]❶漂在液體表面或空中。如：浮萍；浮雲。❷浮現。如：浮水。❸空虛不實。如：浮名。❹暫時；不固定。如：浮財；浮記。❺表面上的。如：浮層；浮名。❻浮躁。如：心粗氣浮。❼超過；多餘。如：人浮於事。❽舊時行酒令罰酒之稱。引申為滿飲。參見「浮白」。❾中醫學脈象名。指脈搏浮在肌膚表層，輕按即得，常見於外感熱病初起發熱時。

【浮生】對人生的一種消極看法，以為世事無定，生命近促，因稱人生為「浮生」。

【浮白】本謂罰酒，後來轉稱滿飲一大杯酒為浮一大白。

【浮名】猶虛名。

【浮言】沒有事實根據的話。

【浮沉】沉，亦作「沈」。❶古代一種祭水的儀式。❷猶言隨波逐流。❸舊時稱書信沒有送到為「付諸浮沉」。❹比喻盛衰或得意和

失意。亦作"沉浮"。

【浮泛】❶乘舟漫遊。❷浮淺；不切實。如：立論浮泛；交情浮泛。

【浮浪】輕薄放蕩。

【浮漚】酒面上的泡沫。參見"浮蟻"。

【浮梁】即浮橋。

【浮屠】佛教名詞。梵文Buddha(佛陀)的舊譯，一譯"浮圖"。因此有稱佛教徒為浮屠氏、佛經為浮屠經的。但也有把塔婆的音譯"窣堵波"誤譯作"浮屠"，因稱佛塔為"浮屠"。如：七級浮屠。

【浮游】❶漫游。❷游手好閑。❸人名，相傳黃帝射箭的創製者。或作"夷牟"。❹即"蜉蝣"。

【浮萍】❶植物名。植物體葉狀，倒卵形或長橢圓形，浮生在水面，下面有根一條。夏季開花，花白色。❷比喻人的行蹤無定。

【浮華】猶言華而不實。表面上好看，內容空虛。

【浮雲】❶飄浮於空中的雲。亦比喻不值得關心的事物。❷形容姿態飄逸。❸比喻小人。

【浮誇】虛浮誇大。

【浮槎】傳說中來往於海上和天河之間的木筏。

【浮漚】(—ōu)水面上的泡沫。浮漚易生易滅，舊時常用以比喻人生的短暫或世情的變幻無常。

【浮橋】用船、筏或浮箱作為橋墩的橋。

【浮藻】亦稱"浮跟"。酒面上的泡沫。

【浮華】虛華不實。

【浮議】沒有根據，不足徵信的討論。

【浮辭】虛飾無根的言辭。

【浮腫】跳瘇。

【浮躁】輕率，急躁。

【浮光掠影】水面上的反光，一掠而過的影子。比喻匆匆過目，印象不深。

【浮家泛宅】謂以船為家，浪跡江湖。

浯

浯(wú)粵ng⁴[吾]〔浯河〕水名。在山東省東部。

浴

浴(yù)粵juk⁶[欲]❶洗澡。如：沐浴；海水浴。比喻渾身浸染。如：浴血。❷形容鳥飛忽上忽下。

【浴血】形容戰鬥激烈。

海

海(hǎi)粵hoi²[凱]❶大洋的邊緣部分。❷指大湖。如：洱海；裏海。❸比喻容量極大。如：海量；海碗。亦指大的容器。如：墨海。❹比喻事物或人衆的積聚面非常廣大。如：菊海；曲海；人山人海。

【海內】四海之內。古代傳說中國疆土的四周有海環繞，故稱國境以內為"海內"。

【海宇】猶言海內、宇內，謂國境以內之地。

【海甸】濱海的地區。

【海表】猶言海外，古也指中國四境以外之地。

【海客】❶航海者。❷浪迹四方的人，猶今言走江湖。

【海涵】謂氣量大，能容物，如海之能納百川。後常用為請人原諒之辭。

【海禁】指明清兩代禁阻民間商船出口從事海外貿易，以及規定外國商船只准在指定的港口進行貿易所採取的措施。

【海錯】謂海中產物。後稱海味為海錯。

【海市蜃樓】亦稱"蜃景"。光綫經不同密度的空氣層，發生顯著折射(有時伴有全反射)時，把遠處景物顯示在空中或地面的奇異幻景。常發生在海邊和沙漠地區。山東蓬萊縣常見渤海廟島羣島的幻景，故有"海市"之稱。古人誤認為蜃吐氣而成。常用以比喻虛幻不足憑的事情。

【海角天涯】同"天涯海角"。謂僻遠的地方。

【海枯石爛】極言歷時之久。多用作盟誓之辭。

【海屋添籌】添籌，謂添壽算。蘇軾《東坡志林·三老語》載，曾有三個老人相遇，各問年齡。其中一人說："海水變桑田時，吾輒下一籌，爾來吾籌已滿十間屋。"原意謂長壽，後用以為祝壽之辭。

【海晏河清】見"河清海晏"。

【海誓山盟】亦作"山盟海誓"。指山海為盟誓，極言相愛之深，堅定不移。

【海闊天空】原形容大自然的廣闊，後以比喻議論東拉西扯，漫無邊際；亦謂隨意漫談，沒有中心。

浸

浸(jìn)粵dzɐm³[支壓切]❶泡在水裏；被水滲入。如：浸透；浸入。❷淹沒。❸漸漸。亦作"寖"。

㊀(qīn)tsɛn¹〔侵〕見下列各條。

【浸假】(qīn—)亦作"寖假"。逐漸。

【浸漸】(qīn—)亦作"寖漸"、"侵漸"。積漸而擴及；漸進。

【浸尋】(qīn—)亦作"浸潯"、"寖尋"、"寖潯"。逐漸蔓延；漸進。

【浸潯】(qīn—)同"浸尋"。漸漬；逐漸。

【浸潤】(qīn—)亦作"寖潤"。❶逐漸浸染。❷謂讒言積漸而發生作用。亦指讒言。

浹（浹）

㊀(jiā)❸dzip⁸〔接〕❶濕透。如：汗流浹背。❷通徹。

㊁(jiá)❸gap⁸〔甲〕周匝。見"浹日"、"浹辰"。

【浹日】(jiá—)古代以干支紀日，稱自甲至癸一周十日爲"浹日"。

【浹辰】(jiá—)古代以干支紀日，稱自子至亥一周十二日爲"浹辰"。

【浹洽】深入沾潤。今一般用爲融洽、和洽的意思。如：情意浹洽。

【浹渫】(jiá dié)水波連續的樣子。

浼

(měi)❸mui⁵〔每〕❶污染。❷請託；央求。

涂

(tú)❸tou⁴〔徒〕❶古水名，即今**滁河**。❷同"途"。❸"塗"的簡化字。

涅

(niè)❸nip⁹〔聶〕❶礦物名，古代用作黑色染料。❷染黑。

【涅槃】佛教名詞。梵文Nirvāna的音譯，一譯"泥洹"，意譯"滅度"。或稱"般涅槃"，意譯"入滅"、"圓寂"。佛教所宣揚的最高境界。佛教認爲，信仰佛教的人，經過長期修道，即能"寂(熄)滅"一切煩惱和"圓滿(具備)"一切"清淨功德"。這種境界，名爲"涅槃"。後來也稱佛或僧人的死爲"涅槃"、"入滅"。

涇（涇）

(jīng)❸ging¹〔京〕❶[涇河]水名。在陝西省中部，渭河支流。❷水徑直湧流。❸溝渠，多用作地名。如：洩涇；西涇；漕河涇。

【涇渭】二水名。古人謂涇濁渭清，今據調查，實爲涇清渭濁。後常用以比喻人品的清濁。

消

(xiāo)❸siu¹〔燒〕❶消除；消滅。如：消炎；消毒。❷溶解；散失。如：冰消瓦解；烟消雲散。❸減削；耗

費。如：消減；消耗。引申爲消磨、消遣。如：消夏；消寒。❹費用；消受。❺禁；當。如：吃得消。❻需要。如：不消說。

【消受】❶禁受；忍受。❷享受；受用。如：無福消受。

【消長】(—zhǎng)增減；盛衰。

【消停】❶停頓；耽擱。❷休息。

【消搖】同"逍遙"。優遊自得的樣子。

【消磨】亦作"銷磨"。❶消除或消滅。如：消磨志氣。❷猶消遣。排遣。如：消磨日子。

【消釋】消除；解除。如：誤會消釋；消釋前嫌。

涉

(shè)❸sip⁸〔攝〕❶徒步渡水。後泛稱渡水。如：登山涉水；遠涉重洋。❷到；經歷。參見"涉世"。❸關連；關涉。如：關涉；與你無涉。❹動；着。如：涉筆。

【涉世】經歷世事。如：涉世不深。

【涉足】進入某種環境、領域。

【涉筆】動筆或着筆。如：涉筆成趣。

【涉嫌】跟某件事情有牽連的嫌疑。

【涉想】念及；想到。

【涉獵】謂泛覽羣書，不一定作深入的鑽研。

涊

(niǎn)❸nin⁵〔尼免切〕❶汗出的樣子。❷見"涊淡"。

涌

㊀(chōng)tsuŋ¹〔充〕小河。

㊁同"湧"。

涎

(xián)❸jin¹〔弦〕即唾液。

涑

(sù)tsuk⁷〔促〕[涑水]水名。在山西省西南部。

涒

(tūn)❸ten¹〔吞〕見"涒灘"。

【涒灘】十二支中申的別稱，用以紀年。參見"歲陽"。

涓

(juān)❸gyn¹〔娟〕❶細小，指水流。❷除去；清除。如：涓除不潔。❸選擇。見"涓吉"。

【涓吉】猶擇吉。謂選擇吉利的日子。

【涓埃】涓，細流；埃，輕塵。比喻微末。

【涓涓】細水慢流的樣子。

【涓塵】猶"涓埃"。比喻微末。

【涓滴】小水點。後多用以比喻極小或極少量的東西。如：涓滴不漏；涓滴歸公。

涔 (cén) 粵sem⁴〔岑〕❶連續下雨，積水成潦。❷淚落或汗流不止的樣子。

【涔涔】❶形容雨、汗、淚水等不斷地流下。如：汗涔涔下。❷猶岑岑。頭腦脹痛。❸形容天色陰晦。

涕 (tì) 粵tei³〔替〕❶眼淚。如：痛哭流涕。❷哭泣。如：涕泣。❸鼻涕。

【涕零】流淚。如：感激涕零。

泣 "蕊"的異體字。

涗 (shuì) 粵sœy³〔稅〕溲漉，瀘清。

涘 (sì) 粵dzi⁶〔自〕水邊。

涑 (liàn，又讀lì) 粵lin⁶〔練〕lei⁶〔利〕(又)急流。比喻行動迅速。

滺 (yóu) 粵jeu⁴〔由〕見"滺滺"。

【滺滺】水流動。亦作"悠悠"。

泓 (hóng) 粵weŋ⁴〔宏〕見"泫泫"。

【泫泫】波浪洶湧的樣子。

沖 (chōng) 粵tsuŋ¹〔充〕見"沖沖"。

【沖沖】形容海水深廣。

浠 (xī) 粵hei¹〔希〕〔浠水〕縣名。在湖北省東部，長江北岸。

洽 (hán) 粵hem⁴〔含〕廣大無際的樣子。

汗 (hàn) 粵hon⁶〔汗〕見"澣澣"、"浩汗"。

【澣澣】同"旰旰"、"汗汗"。充盛。

八　畫

涪 (fú) 粵feu⁴〔浮〕〔涪江〕水名。在四川省中部，嘉陵江支流。

盥 (guàn) 粵gun³〔貫〕❶沸滾。❷通"盥"。盥洗，也指洗手的水。

涯 (yá) 粵ŋai⁴〔崖〕❶水邊。❷邊際；極限。如：天涯海角。

【涯涘】水的邊際，也泛指邊際或極限。

【涯際】亦作"際涯"。邊際。

液 (yè)，舊讀yì 粵jik⁹〔役〕❶液體。❷溶液；血液。❸浸潰。

涵 (hán) 粵ham⁴〔咸〕亦作"㴠"。❶包含；包容。❷涵蓄；海涵。❸沉浸。

【涵容】寬恕；包涵。

【涵養】指內省體驗的修養。現謂能控制情緒、冷靜處事的功夫。

淒 (qī) 粵tsei¹〔妻〕寒冷。

【淒其】寒涼。

【淒風】初秋的西南風。也指寒冷的風。

【淒迷】❶景物模糊。❷迷惘。

【淒清】寒涼。

【淒涼】寒涼。

【淒涼】❶寂寞冷落。❷悲傷。

【淒緊】寒冬強烈逼人的意思。

【淒厲】寒涼；淒慘尖厲。

【淒風苦雨】形容天氣惡劣。今也用以比喻處境的悲慘淒涼。

涸 (hé，又讀hào) 粵kɔk⁸〔確〕水乾；枯竭。

【涸轍之鮒】鮒，小魚。比喻處於困境、急待援助的人。參見"枯魚"。亦簡作"涸鮒"。

凍 (凍) (dōng，又讀dòng) 粵duŋ¹〔冬〕duŋ³〔凍〕(又)暴雨。見"凍雨"。

【凍雨】暴雨。

涿 (zhuō) 粵dœk⁸〔啄〕❶流下的水滴。❷扣擊。

淀 (diàn) 粵din⁶〔電〕❶淺水的湖泊。如：白洋淀；荷花淀。❷"澱"的簡化字。

淄 (zī) 粵dzi¹〔支〕❶水名。即今山東省內的淄河。❷通"緇"。黑色。

淅 (xī) 粵sik⁷〔色〕❶淘米。如：淅米。❷〔淅川〕水名。亦稱淅河。在河南省西南部。

【淅淅】風聲。

【淅瀝】細微的動作聲。

【淅瀝】象聲。形容雨、雪、落葉等聲音。

淆 (xiáo，又讀yáo) 粵ŋau⁴〔肴〕攪擾；混雜。如：淆亂；混淆。

淇　(qi)粵kei[其]〔其〕水名。古爲黃河支流，南流至今河南汲縣東北其門鎮南入河。

洴　(píng)粵ping[平]見"洴澼絖"。

【洴澼絖】在水上漂洗綿絮。

淈　(gǔ)粵gwet[骨]❶攪濁；混亂。❷水流通暢。❸枯竭。

淋　⊖(lín)粵lem[林]澆。如：日曬雨淋；淋浴。
　⊜(lìn)粵lem[任切]濾。如：過淋；淋鹽。
　⊜(lìn)粵同〔淋病〕一種因淋病球菌感染所引起的性病。

【淋浪】(—láng)水連續下滴的樣子。

【淋鈴】雨聲。

【淋漓】❶沾濕或流滴的樣子。❷形容充盛、酣暢。如：興會淋漓；淋漓盡致。

【淋灕】猶言陸離。長而美好。

淌　(tǎng)粵tong[倘]❶〔淌眼〕流淚；流下。如：淌眼淚；淌汗。❷水起波紋的樣子。

淑　(shū)粵suk[熟]❶美好。❷善良。

【淑女】美好的女子。

【淑質】美善的品質。

淖　⊖(nào)粵nau[鬧]泥；泥沼。
　⊜(chuò)粵tsœk[綽]見"淖約"。

【淖約】(chuò—)同"綽約"。❶姿態柔美的樣子。❷柔順的樣子。

淘　(táo)粵tou[逃]用水沖洗，汰除雜質。如：淘米；淘金。

【淘汰】❶本作"淘汰"。❶用水洗淨糧食中的雜質。❷排除。現指除去壞的、不合適的，保留好的、合適的。❸體育運動比賽方式之一。如：淘汰賽。

【淘金】把雜有金粒的沙礫在水中蕩滌，以去沙取金。也用以比喻乘機逐利，圖謀致富。

【淘氣】頑皮，不聽話。亦謂跟別人嘔氣。

淙　(cóng)粵tsung[松]❶水流聲。❷灌注。

【淙律】形容水石相擊聲。

【淙淙】水流聲。亦形容樂聲。

淚　⊖(lèi)粵lœy[類]❶眼淚。引申以指形似眼淚的東西。
　⊜(lì)粵lei[麗]見"潺淚"。

淝　(féi)粵fei[肥]水名。〔西淝河〕源出河南鹿邑縣，東南流入安徽省；在鳳臺縣入淮河。〔北淝河〕源出河南商丘縣，東南流經安徽省西北部，在沫河口入淮河。

淞　(sōng)粵sung[鬆]〔吳淞江〕即蘇州河。黃浦江支流。在江蘇省南部及上海市西部。

湉　(tiān)粵tin[梯演切]汚垢。

【湉沉】沉淪；埋沒。

【湉汨】汚濁。

淠　⊖(pì)粵pei[譬]〔淠河〕水名。在安徽省西部。
　⊜(pèi)粵pui[配]見"淠淠❷"。

【淠淠】❶茂盛的樣子。❷(pèi pèi)搖動的樣子。

淡　⊖(dàn)粵dam[啖]❶淺；薄。與"深"、"濃"相對。❷顏色太淺；淡而無味。(粵口語常加識底上聲)❸不興旺。如：淡月；淡季。❹無關緊要；無聊。如：淡話；扯淡。❹化學元素的氮，舊稱淡氣。❺同"澹⊖❶"。

【淡泊】❶淺淡。❷水動蕩的樣子。

【淡妝濃抹】淡雅和濃豔兩種不同的妝飾。

減　(yù)粵wik[域]急疾。

洫　(xù)粵gwik[隙]通"血"。護城濠。

淤　(yū)粵ji[於]❶水中沉澱的泥沙。❷沙土沖積成的地帶。❸淤塞；不流通。如：淤塞。

淥　(lù)粵luk[六]❶清澈。❷同"漉"。

淦　(gàn)粵gem[禁]❶水入船中。❷河工上稱大溜為淦。又河流中泓，由於河底坎坷不平，激湯成渦，起伏甚大者，在黃河下游，亦稱爲淦。❸水名。在江西省。

淨(净)　(jìng)粵dzing[靜]淨❶乾淨；潔淨。如：洗淨。(粵口語讀如鄭)。❷淨盡；無餘。如：一口喝淨；細

收淨打。佛教特指情慾的洗除淨盡。如：
六根未淨。❸純。如：淨重；淨利。❹只
管；全都。如：淨是事情；屋裏淨是水。
❺俗稱「花臉」、「花面」戲曲腳色行當。
大都扮演性格、品質或相貌上有特異之點
的男性人物。面部化妝用臉譜。根據所扮
人物性格、身分的不同而劃分為許多類
行，如京劇的正淨、副淨、武淨等，表演
上各有特點。

【淨土】佛教所謂無五濁（劫濁、見濁、煩惱
濁、眾生濁、命濁）垢染的清淨世界。如
稱西方極樂世界為「阿彌陀佛淨土」。

【淨身】指男子受閹割而喪失生殖器。

淩 (líng) ⑧lìg⁴〔零〕❶亦作「凌」。逾
越。❷疾勁；急行。

淪(沦) (lún) ⑧lœn⁴〔倫〕❶起微波。
❷淹沒；沒落。如：沉淪；淪
落。

【淪陷】❶謂國土被敵人佔領。❷猶淪落。

【淪落】沒落；落泊。

【淪肌浹髓】深入肌肉骨髓，比喻感受之深。
亦用以比喻感恩深重。

淫 (yín) ⑧jɐm⁴〔吟〕❶浸淫。❷久雨。
如：淫雨。❸過度；無節制。❹邪
惡。❺惑亂。如：富貴不能淫。❻姦淫；
淫蕩。

【淫巧】過於奇巧而無益的。

【淫雨】亦作「霪雨」。久雨；過量的雨。

【淫佚】縱欲放蕩。亦作「淫佚」、「淫逸」。

【淫奔】不符合封建禮教規定而自行結合。
一般指女方往就男方。

【淫威】❶大的法則。❷濫用的威權。

【淫泰】驕侈過度。又作「淫太」、「淫汰」。

【淫祠】謂不符合禮制規定而設的祠廟。

【淫淫】❶流動的樣子。❷猶浸淫。

【淫視】眼睛流轉斜視。

【淫辭】指男女間放蕩不檢點的言行。

【淫辭】❶誇大失實的言辭。❷猥褻的言辭。
如：淫辭穢語。

淬 (cuì) ⑧tsœy³〔翠〕sœy¹〔睡〕（又）亦
作「焠」。鑄造刀劍時把刀劍燒紅浸入
水中，使之堅剛。❷浸染。

【淬礪】亦作「淬厲」。磨煉兵刃。引申為刻苦
進修之意。

淮 (huái) ⑧wai⁴〔懷〕〔淮河〕水名。中國
大河之一。源出河南桐柏山，東流
經河南、安徽到江蘇入洪澤湖。洪澤湖以
上，河長845公里，洪澤湖以下，主流出
三河經寶應湖、高郵湖由江都縣三江營
入長江。全長約1,000公里。

【淮南雞犬】《神仙傳‧劉安》載，漢淮南王
劉安隨八公（八位神仙）白日升天。安臨去
時，餘藥器置在中庭，雞大舐食之，盡得
升天。後以「淮南雞犬」比喻攀附別人而得
勢的人。

淯 (yù) ⑧juk⁶〔欲〕❶通「育」。生養。❷
水名。淯河，在河南。

深 (shēn) ⑧sɐm¹〔心〕❶水積厚。與
「淺」相對。如：水深十尺。引申為由
上到下或由外到內的距離大。如：深耕密
植；深宅大院；深奧；精微。如：由淺
入深。❷深重；重大。如：諱莫如深。❸
深入；精到。如：深謀遠慮。引申為苛
刻。如深文」〔見900〕；甚。如：深交；
深知；深信；深表同情。❹顏色濃。如：
深紅；深綠。❺歷時久。如：深夜；深
秋。

【深文】謂制定或援用法律條文苛細嚴峻。

【深省】(—xǐng)深刻的警悟。

【深造】達到精深的境地。亦指更進一步的學
習和鑽研。

【深湛】精深；深邃。如：學識深湛。

【深邃】(—suì)屋宇深廣。引申為意旨深
奧。

【深文周納】周，周密，不放鬆；納，亦作
「內」，使陷入。謂苛細周密地援用法律條
文，陷人於罪。

【深居簡出】住在深隱的地方，很少外出。常
用為家居不常出門之意。

【深思熟慮】深入而反覆地考慮。

【深根固柢】「柢」亦作「蒂」。謂根基深固而
不可動搖。

【深溝高壘】軍隊紮營，築起高的壁壘，掘下
深的濠溝，用以固守。

【深謀遠慮】計謀周詳，考慮深遠。

【深藏若虛】《史記‧老子韓非列傳》有「良賈
深藏若虛」之語，意謂善買賣的人隱藏寶
貨，不輕易令人見。後用以比喻有真才實

學的人不露鋒芒。

淳 (chún)⑧sœn⁴[純]質樸敦厚。

淶(淶) (lái)⑧lɔi⁴[來]〔淶水〕縣名。在河北省中部偏西、拒馬河流域。

混 ㊀(hùn)⑧wen⁶[運]❶水勢盛大。❷攪和；混合；雜亂。如：混在一起，混爲一談。❸蒙混。如：魚目混珠。❹苟且過活。如：混日子，混飯吃。❺胡亂。如：混鬧；混吃。
㊁同「㴃㊀」。

【混成】渾然一體。

【混沌】亦作「渾沌」。古人想像中的世界開闢前的狀態。

【混淪】水流旋轉的樣子。

【混濁】亦作「渾濁」。❶渾濁、紛亂的樣子。❷渾厚質樸。

【混淆】亦作「渾淆」。❶混雜；界限劃分不清。如：混淆是非；混淆視聽。

【混號】亦稱「諢名」。綽號；外號。

【混水摸魚】「混」亦作「渾」。比喻趁混亂的時機，攫取不正當的利益。

清 (qīng)⑧tsiŋ¹[青]❶清澈。與「濁」相對。如：水清則無魚。也指其他液體或氣體清澈。如：酒清；風清；天朗氣清。❷潔淨；純潔。如：水清玉潔；一清二白。❸清平；不亂。見「清世」。❹廉潔；不貪污。如：清廉。❺明晰；不混。如：分清；理清。❻乾淨；無餘。如：膿清；清帳。❼單純；不雜。如：清炒；清唱。❽清淡；不煩。如：生意清；耳目清。❾寂靜；不熱鬧。如：冷清；淒清。❿朝代名。1616年女眞貴族努爾哈赤建立後金政權。二十年後，皇太極改國號爲清。順治元年(1644年)世祖入關，定都北京，逐步統一全國。清代從皇太極改國號爲清算起，共歷十一帝。統治二百七十六年。

【清世】太平之世。

【清狂】放逸不羈。

【清玩】指金石、書畫、古器、盆景等可供閒居賞玩的東西。

【清明】❶猶治平。政治有法度、有條理。舊

時常用以稱頌君主的施政。❷謂神志思慮清潔明朗。❸清澈明朗。如：天氣清明。❹二十四節氣之一。到了清明，中國大部分地區氣候溫暖、草木萌芽。這節氣開始的一日爲清明節。參見「二十四節氣」。

【清和】❶指國家升平的氣象。❷謂天氣清明而和暖。

【清芬】比喻高潔的德行。

【清門】寒素之家。

【清盼】尊稱別人的顧盼。受人厚遇或渴望見面時常用之。

【清客】在富貴人家幫閒湊趣的門客。

【清眞】猶清世。

【清眞】❶純潔質樸。❷中國通用漢語的穆斯林的用語。明清時，中國伊斯蘭教學者介紹該教教義，曾用「清淨無染」、「眞乃獨一」和「眞主原有獨尊，謂之清眞」等語，稱頌該教所崇奉的眞主安拉。故穆斯林稱伊斯蘭教爲清眞教，寺曰清眞寺。

【清高】謂不慕榮利、潔身自好。亦指不願合羣、孤芳自賞。如：自命清高。

【清流】❶清澈的流水。❷舊時常用來稱負有時望、不肯與權貴同流合污的士大夫。

【清貧】❶貧寒。❷謂貧苦而有志節。

【清淨】❶不煩擾。❷佛教稱所謂遠離罪惡與煩惱。

【清越】❶聲音清暢高揚。❷容貌神采清秀出衆。

【清揚】眉目清秀。亦用爲豐采之意。

【清誨】猶明教。書信中常用的敬辭。

【清談】亦稱「清言」、「玄言」、「玄談」、「談玄」。指魏晉時期崇尚老莊、空談玄理、逃避現實的一種風氣。始於魏何晏、夏侯玄、王弼等，以老莊思想解釋儒家經義，摒棄世務，專談玄理，士人爭相慕效，到晉王衍輩，淸淡之風大盛，延至齊梁不衰。後泛指不接觸實際問題的談論。

【清操】謂清正的風操。❷猶雅音，謂高雅的談吐。

【清蹕】帝王出行，清除道路，禁止行人。

【清嘽】謂正嘽直言。

【清議】公正的評論。古時指鄉黨或學校中對官吏的批評。

【清癯】清瘦。

【清君側】❶謂清除君主身旁的壞人。❷指政治野心家的一種策略，即借「清君側」為名以實現其陰謀。

【清風兩袖】亦作「兩袖清風」。稱官吏廉潔，謂兩袖清風外別無所有。

【清規戒律】❶「清規」和「戒律」的合稱。佛教寺院的規戒。❷道教的規約和戒條。❸比喻限制束縛人的成規慣例或禁忌。

淹 (yān)⑧jim¹〔衣尖切〕❶水浸；沉沒。如：淹水淹了田。❷滯留；遲。❸深入。如：淹博；淹通。

【淹茂】見「閹茂」。

【淹留】亦作「奄留」。停留；久留。

【淹通】博洽而通達。

【淹貫】淹博貫通。

【淹該】亦作「淹賅」。博習深通。

【淹滯】猶言沉滯，指有才德者久不得官職或不得遇升。

【淹遲】緩慢。

淺 (淺) (qiǎn)⑧tsin²〔雌演切〕❶對不深而言。如：河水很淺。❷簡明易懂。如：深入淺出。❸不深刻；浮泛。如：交淺言深；才疏學淺。❹歷時不久。如：相處日淺。❺顏色淡。如：淺紅；淺綠。

【淺陋】謂見聞不廣。今多用為謙遜之意。

【淺斟低唱】斟，篩酒。緩緩喝酒，聽人曼聲歌唱。形容縱情享樂的情態。

添 (tiān)⑧tim¹〔他廉切〕增加；添補。如：添飯；添衣服；添枝加葉。

【添丁】謂生子。

涴 ㊀(wǎn)⑧jyn²〔宛〕見「涴涴」。
㊁(wò)⑧wo³〔蛙個切〕為泥土所沾污。亦泛指沾污。

【涴涴】形容水流迴曲。

淴 (hū)⑧fet⁷〔忽〕❶見「淴決」。❷吳方言洗澡叫「淴浴」。

【淴決】形容水流急速。

淼 (miǎo)⑧miu⁵〔秒〕同「渺」。水大的樣子。如：煙波淼淼。同「淫」。

㳇 (pào)⑧pau³〔豹〕同「泡」。用水浸物。

淜 (píng)⑧peŋ⁴〔朋〕涉水過河。

淵 (淵) (yuān)⑧jyn¹〔冤〕❶深潭。如：深淵；天淵之別。❷深；深遠。如：淵博；淵源。

【淵海】淵和海，比喻事物的深廣無窮。

【淵黮】❶形容水深。❷鼓聲。

【淵博】精深廣博。如：學識淵博。

【淵源】本謂水源，也泛指事物的根源。如：歷史淵源。

【淵默】深沉靜默。

【淵藪】魚和禽類聚居的地方，比喻人或物類聚集的處所。

涮 (shuàn)⑧saan³〔汕〕❶用水搖動或放在水裏擺動洗清。如：涮瓶子；把衣服涮一涮。❷把生的肉片、魚片之類放在開水鍋裏燙熟一下就吃。如：涮羊肉。

涮 「澌」的異體字。

㣿 (kōng)⑧huŋ¹〔空〕見「㣿濛」。

【㣿濛】微雨迷茫的樣子。

渨 (wō)⑧wo³〔窩〕混濁。參見「渨涹」。

涼 ㊀(liáng)⑧leŋ⁴〔良〕❶微寒；不熱。如：天氣轉涼；冬暖夏涼。❷薄。見「涼德」。❸十六國時期政權名。有前涼、後涼、南涼、西涼、北涼。
㊁(liàng)⑧leŋ⁶〔亮〕使涼。如：把稀飯放在窗口涼一涼。

【涼薄】指才德微薄。

九　畫

渙 (huàn)⑧wun⁶〔換〕❶離散。見「渙然冰釋」。❷形容水流盛大。見「渙渙」。

【渙渙】形容水流盛大。

【渙散】離散；分散。

【渙然冰釋】像冰遇到熱一下子消融。多指疑慮、困難或誤會而言。

渚 (zhǔ)⑧dzy²〔主〕水中的小塊陸地。

淳 (tíng)粵tiŋ⁴〔停〕水積聚而不流通。

【淳淳】小水塘。

渝 (yú)粵jy⁴〔如〕❶改變；違背。如：始終不渝。❷重慶市的簡稱。因隋唐時曾置渝州於此而得名。

【渝盟】背棄盟約。

減 (jiǎn)粵gam²〔加膽切〕❶從一定的數量中去掉一部分。如：三減二得一。❷減輕；減少。如：減刑；減色。

【減滅】《史記·孫子吳起列傳》載，戰國時，魏將龐涓攻韓，齊將田忌、孫臏率師攻魏救韓。孫臏以魏軍一向恃勇輕敵，進軍時，故意逐日減少宿營地的竈數，表示士卒逃亡，軍無鬥志，引誘魏軍來追；而於馬陵道設伏以待。魏軍果中計，追至馬陵道遇伏，大敗。

渠 (qú)粵kœy⁴〔衢〕❶人工開鑿的水道。❷古時車輪外圈的名稱。❸他。

【渠儂】吳方言。即他。

渡 (dù)粵dou⁶〔道〕❶過河。引申為由此達彼處。如：過渡時期；渡過難關。又引申為轉手、移交。如：讓渡；引渡。❷擺渡口；渡頭。

【渡口】渡頭；船隻經過河的地方。

渢 (渢) (fēng，又讀féng)粵fuŋ¹〔風〕fuŋ⁴〔馮〕(又)見"渢渢"。

【渢渢】形容樂聲宛轉抑揚。

渣 (zhā)粵dza¹〔楂〕物質提煉或使用後的殘餘部分。如：油渣；煤渣。參見"渣滓"。

【渣滓】物品提去精華後的殘餘部分。亦泛指惡劣無用之人或物。如：社會渣滓。

渤 (bó)粵but⁹〔勃〕[渤海]中國的內海。在遼寧、河北、山東、天津三省一市間。

【渤澥】即渤海。

渥 (wò)粵ɐk⁷ak⁷〔握〕(又)❶沾潤。❷濃郁。

渦 (渦) ㊀(guō)粵gwɔ¹〔戈〕[渦河]水名。在安徽省西北部，淮河支流之一。
㊁(wò)粵wɔ¹〔窩〕❶水的旋流。如：旋渦。❷凹伏。如：酒渦兒；渦輪機。

渫 ㊀(xiè)粵sit⁸〔屑〕❶淘去泥汚。❷散發；疏通。❸汚穢。
㊁(dié)粵dip⁹〔牒〕見"浹渫"。

測 (測) (cè)粵tsɐk⁷〔側〕❶測量；估計。如：測繪。❷揣度；推想。如：預測；變化莫測。

渭 (wèi)粵wɐi⁶〔胃〕[渭河]水名。黃河最大支流。源出甘肅渭源縣鳥鼠山，在潼關縣入黃河。

菏 (hé，舊讀gē)粵hɔ¹〔河〕hɔ⁴〔何〕(又)古水名。一作"荷水"。分東、西二段；東段自今山東定陶縣北岸分出，自濟水東出瀦成菏澤，又東流為菏水，經今成武、金鄉兩縣北，東入古泗水；西段自今定陶縣西濟水南岸分出，東北流至縣北還入濟水。

港 (gǎng)粵gɔŋ²〔講〕❶與江河湖泊相通的小河。❷港灣或港口的簡稱。如：軍港；商港。❸香港的簡稱。如：港澳。

淹 ㊀(yǎn)粵jim²〔掩〕雲氣興起的樣子。
㊁(yān)粵jim¹〔奄〕通"淹"。

渲 (xuàn)粵syn³〔算〕hyn¹〔圈〕(又)畫法的一種。參見"渲染"。

【渲染】❶中國畫技法之一。用水墨或顏色烘染潤刷物像，分出陰陽向背，加強藝術效果。❷文藝創作中的一種表現手法，即通過對環境、景物或人物的行為、心理，作多方面描寫、形容或烘托，以突出形象，加強藝術效果。

渴 (kě)粵hɔt⁸〔喝〕❶口乾想喝水。❷比喻急切。如：渴望；渴念。

【渴仰】殷切仰望。

【渴筆】枯筆少墨。

【渴睡】倦極欲睡。今通作"瞌睡"。

游 (yóu)粵jɐu⁴〔由〕❶游泳。❷猶"流"。指河流的一段。如：上游；中游；下游。❸流動。如：游騎；游資。❹虛浮不實。如：游談無根。❺同"遊"。

【游子】離家遠遊的人。

【游手】游空手之人。❷游惰不從事生產。

【游民】古指無田可耕、流離失所的人。後泛指游蕩沒有正當職業的人。

【游兆】同"柔兆"。十干中丙的別稱。用以紀年。

【游俠】古稱輕生重義、仗己力以助被欺凌的人。

【游食】坐食;不勞而食。

【游宦】在外做官。

【游移】移動不定。今用爲主意不定之意。

【游揚】爲人到處宣揚,使美名遠播。

【游說】(一shuì)戰國時代的策士,周游各國,向統治者陳說形勢,提出政治、軍事、外交方面的主張,以求取高官厚祿。後泛指給人作說客。

【游豫】游樂。

【游龍】游動的龍。比喻姿態婀娜。

湟 (hōng)⑧gwen¹[轟]見"湟湟"。

【湟湟】衆濤沖擊聲。

渺 (miǎo)⑧miu⁵[秒]❶水勢遼遠。如:浩渺。❷邈遠。❸微小。如:渺小。

【渺茫】❶時地遼隔,模糊不清楚。❷烟波遼闊的樣子。

【渺渺】水勢遼遠的樣子;悠遠的樣子。

渼 (měi)⑧mei⁵[美]見"渼陂"。

【渼陂】古代池名。在陝西戶縣西,受終南山之水,西北流入澇水。

渾(浑) ⊖(hún)⑧wen⁴[雲]❶渾濁;水不清。❷糊塗。如:渾人;渾頭渾腦。❸混同。❹全;滿。如:渾身是勁。
⊜(hùn)⑧wen⁶[運]通"混"。見"渾湆"、"渾沌❶"。

【渾元】(hún—)亦作"混元"。指天地。

【渾成】(hùn—)渾然一體,不見雕琢的痕迹。

【渾沌】(hùn—)❶同"混沌"。古人想像中世界生成以前的狀態。❷同"渾敦"。

【渾厚】質樸厚重。常用以形容詩文書畫的筆力、風格。

【渾家】❶全家。❷妻子。

【渾淆】(hún—)同"混淆"。

【渾敦】(hùn dùn)亦作"渾沌"。糊塗,不明事理。

湩 (hùn hùn)渾濁、紛亂的樣子。

【湩圓】(hùn—)❶圓球形。❷不露棱角,圓通周到。

【湩湩壨壨】渾沌無知的意思。

湄 (méi)⑧mei⁴[眉]岸邊,水與草交接的地方。

湆 (qì)⑧jep⁷[泣]羹汁。

湊 (còu)⑧tseu³[臭]❶聚合;會合。如:湊合;湊齊。❷碰;趁;奔赴。如:湊巧;湊熱鬧兒。

湋(沣) (wéi)⑧wei⁴[圍]〖湋水〗水名。源出陝西秦嶺東北,南流入雍水,此下雍水亦通稱湋水。

湍 (tuān)⑧tœn¹[拖荀切]dzyn⁴[專](又)❶急流的水。❷水勢急。

【湍瀨】石灘上的急流。

湎 (miǎn)⑧min⁵[免]沉迷於酒。

湑 (xǔ,又讀xū)⑧sœy³[水]sœy¹[須](又)❶濾過的酒,引申爲清。❷茂盛。

湓 (pén)⑧pun⁴[盆]❶水上湧。❷〖湓水〗水名。今名龍開河。源出江西瑞昌縣西南青山,東流經縣西至九江市西,北流入長江。

湔 (jiān)⑧dzin¹[煎]洗。

【湔雪】洗刷冤屈的罪名。

湧(涌) (yǒng)⑧juŋ²[擁]❶水向上冒。引申爲向上升起或冒出的通稱。如:雲湧;氣湧。❷比喻物價騰貴。

【湧泉】噴出的泉水。

【湧溢】急激的水流。亦用爲奔湧之意。

湖 (hú)⑧wu⁴[胡]積水的大泊。如:太湖;洞庭湖。

湘 (xiāng)⑧sœŋ¹[商]❶〖湘江〗水名。湖南省最大河流。❷湖南省的簡稱。因湘水縱貫省境而得名。

湛 ⊖(zhàn)⑧dzam³[支喊切]❶澄清。❷濃重。見"湛湛"、"湛露"。❸深。見"深湛❶"。
⊜(dān)⑧dam¹[耽]❶喜樂。❷過度逸

樂。如：湛樂。

【湛湛】❶形容露重。❷形容江水深。

【湛湛】(dān)過度的享樂。

【湛露】重露。

湜 (shí)粵dzik⁹[直]見"湜湜"。

【湜湜】形容水清。

湝 (jiē)粵gai¹[佳]見"湝湝"。

【湝湝】水流動的樣子。

湞(浈) (zhēn)粵dzin¹[貞]〔湞水〕水名。在廣東省境。

湟 (huáng)粵wɔŋ⁴[皇]❶低窪積水之處。❷〔湟水〕水名。在青海省東部。

湢 (bì)粵bik⁷[碧]❶浴室。❷整飭的樣子。

【湢測】水勢迫蹙的樣子。

湨 (jú)粵gwik⁷[隙]水名。在河南西北部。

湩 (dòng)粵duŋ³[凍]❶乳汁。❷鼓聲。

湫 ㊀(jiāo)粵dziu²[沼]❶低。❷古地名。春秋楚地。在今湖北鍾祥北。
㊁(qiū)粵dzeu¹[周]tseu¹[秋](又)水潭。

【湫隘】低下狹小。

湮 ㊀(yān)粵jin¹[煙]❶阻塞。如：湮洪水。❷埋沒。如：湮滅。
㊁(yin)粵jen¹[因]墨水着紙而渗開。亦作"洇"。

【湮滅】埋沒，磨滅。

湯(汤) ㊀(tāng)粵tɔŋ¹[他康切]❶熱水。如：赴湯蹈火。❷食物加水煮熟後的液汁。如：米湯；參湯。亦指水多菜少的菜餚。如：魚湯；一菜一湯。❸中藥的湯劑。如：湯藥；二陳湯；小柴胡湯。❹又稱武湯、武王、成湯，商朝的建立者。
㊁(shāng)粵sœŋ¹[商]見"湯湯"。

【湯池】❶防守嚴密的城池。❷就溫泉砌成的浴池。

【湯湯】(shāng shāng)大水急流的樣子。

湲 (yuán)粵jyn⁴[元]wun⁴[桓](又)見"潺湲"。

湃 (pài)粵pai³[派]bai³[拜](又)❶見"彭湃"、"澎湃"。❷用冰或涼水鎮物使冷。

【湃湃】水波相擊聲。

湋 ㊀(wěi)粵wei²[毀]見"濃濃"、"濃湋"。
㊁(wéi)粵wui¹[煨]水流彎曲的地方。

【濃濃】污濁。

【濃湋】水波迴旋湧起的樣子。

湉 (tián)粵tim⁴[甜]見"湉湉"。

【湉湉】水流平緩的樣子。

湡 (yú)粵jy¹[如]水名。現稱沙河。在河北南部。
"溕"的古體字。

溓 (mín)粵men⁵[敏]通"閩"。古諡號用字。

湣 同"餐"。

湏 "涅"的異體字。

湙 (yì)粵jik⁰[亦]見"潊湙"。

湻 "淳"的異體字。

湆 (qì)粵jɐp⁷[泣]幽濕。

湱 (huò)粵wak⁹[或]見"淘湱"。

湤 (zāi)粵dzɔi¹[災]〔湤水〕古水名。一名沫水。即今大渡河。

溫 (wēn)粵wɐn¹[蛙因切]❶暖；不冷不熱。如：溫帶；溫水。亦謂使暖。如：溫酒。❷性情柔和。如：溫柔；溫情。❸溫度。如：室溫；氣溫。❹溫習。如：溫課；溫書。❺中醫熱病之稱。如：春溫；冬溫；溫毒。❻同"瘟"。

【溫文】溫和而有禮貌。

【溫存】親切安慰之意。

【溫良】溫和善良。

【溫厚】❶溫和厚道。❷富裕。
【溫潤】❶比喻人的態度、言語溫和而柔順。❷溫暖潤濕。如：氣候溫潤。
【溫馨】溫暖馨香。
【溫文爾雅】態度溫和，舉止文雅。
【溫故知新】《論語‧為政》有"溫故而知新，可以為師矣"之語，意謂尋繹舊者，又知新者，可以為人師。後以"溫故知新"指溫習已學過的知識，獲得新的理解和體會。也指吸取歷史經驗，認識現在。
【溫柔敦厚】溫和寬厚。

溏 (táng)〔唐〕❶泥漿。❷不凝固的；半流動的。如：溏便；溏心蛋。

源 (yuán)〔原〕水流所從出。如：源遠流長。引申為事物的來源。如：資源；病源。
【源泉】亦作"原泉"。水源。引申為事物發生、發展的根源。
【源流】原指水的本源和支流。引申指事物的本末。
【源源】比喻連續不斷。如：源源不絕。

溘 (kè)〔合〕忽然。
【溘逝】溘，奄忽，忽然；逝，長逝。謂人死亡。

溝 (沟) (gōu)〔加歐切〕keu¹〔卡歐切〕(又)❶田間水道。也指一切通水道。如：溝渠；陰溝。❷特指護城河。❸泛指和溝類似的淺槽。如：瓦溝；交通溝。
【溝血】用以防旱排澇的田間水道。小者曰溝，大者曰血。
【溝通】原指開溝而使兩水相通，後泛指使彼此相通。如：溝通東西文化。
【溝渠】猶溝洫。
【溝壑】溪谷。引申指野死之處。
【溝瀆】猶溝洫。

溟 (míng)〔明〕❶海。❷見"溟濛"。
【溟溟】猶"冥冥"。昏暗。
【溟濛】亦作"冥濛"。模糊不清。

溠 (zhà)〔詐〕水名。亦名扶恭河，源出湖北隨縣西北鷄鳴山，東流入溳水。

溢 (yì)〔日〕❶水滿外流。如：河水四溢。引申為過度；超出。如：溢價。
【溢美】猶獎過分。
【溢譽】猶溢美。過分的稱譽。

溥 (pǔ)〔普〕❶廣大。❷通"普"。普遍。

溧 (lì)〔栗〕多用於地名。如溧水、溧陽。

溗 同"灕"。

溪 (xī, 又讀qī)〔稽〕山間的流水。如：山溪；溪澗。

灑 (浉) (shī)〔師〕〔灑河〕水名。在河南省南部。

溯 (sù)〔訴〕逆流而上。引申為沿流溯源。
【溯洄】逆流而上。
【溯游】順流而下。

溱 ㊀(zhēn)〔津〕〔溱水〕水名。(1)源出河南密縣東北的聖水峪，東南流會洧水，為雙洎河，東流入賈魯河。(2)古作溱水，源出湖南臨武縣南，北流會武溪水，遂通稱武水。
㊁(qín)〔秦〕用於"溱潼"(地名，在江蘇省)。

溲 (sōu)〔收〕❶淘。❷便溺。也特指小便。

溳 (涢) (yún)〔雲〕〔溳水〕水名。在湖北省中部。

溴 (xiù)〔臭〕鹵族元素之一。深紅棕色的重質液體。

溦 (yín)〔因〕〔溦水〕水名。即溵水。參見"溵"。

溶 (róng)〔容〕溶化；溶解。如：溶液。
【溶溶】水流動的樣子。也用來形容月光蕩漾。

溷 ㊀(hùn, 又讀hún)〔混〕wen⁶〔連〕wen⁴〔雲〕(又)同"渾"。溷水為濁水。
㊁(hùn)〔混〕wen⁶〔連〕❶豬圈。❷廁所。

溺 ㊀(nì)〔尼ᵃᵏ⁷(尼ᵃᵏ切)nik⁷〔匿〕(又)❶淹沒；沒。如：溺水。❷沉迷不悟；過分。如：溺信；溺愛。

○(niào)粵niu⁶〔尿〕同"尿"。小便。
【溺愛】寵愛過甚。如：溺愛不明。

溽 (rù)粵juk⁹〔欲〕❶濕潤；炎熱天氣，濕氣薰蒸。❷味濃厚。
【溽暑】又濕又熱。指盛夏的氣候。

滁 (chú)粵tsœy⁴〔徐〕〔滁河〕水名。在安徽省東部。

滂 (pāng)粵pɔŋ⁴〔旁〕大水湧流的樣子。
【滂沛】❶波瀾壯闊的樣子。❷亦作"滂霈"。形容雨大。❸形容水勢盛大。
【滂沱】形容雨大。也形容淚下如雨。
【滂湃】同"彭湃"。形容水勢盛大。
【滂湃】同"彭湃"。水波相擊發。也用來形容水勢盛。

滃 ○(wěng)粵juŋ²〔湧〕形容雲氣四起。
○(wēng)粵juŋ¹〔翁〕〔滃江〕水名。在廣東省。
【滃滃】雲氣湧起的樣子。
【滃滃】雲氣大量湧出的樣子。

滄(沧) (cāng)粵tsɔŋ¹〔倉〕❶"蒼"。青綠色。如：滄江；滄海。❷通"凔"。寒冷。見"滄滄"。
【滄浪】(-láng)青蒼色。
【滄桑】"滄海桑田"的略語。
【滄茫】同"蒼茫"。曠遠迷茫。
【滄滄】寒冷的樣子。
【滄海】海水彌漫，常用來指大海。
【滄海一粟】大海中的一粟，比喻非常渺小。
【滄海桑田】葛洪《神仙傳·王遠》載，有個叫麻姑的仙女，說自從她當仙女以來，已見東海三次變為桑田。後因以"滄海桑田"比喻世事變遷很大。亦簡作"滄桑"。
【滄海遺珠】海中之珠，為收採者所遺。比喻埋沒人才。
【滄海橫流】(橫hèng)海水四處奔流。比喻天下大亂，社會動蕩不安。

滅(灭) (miè)粵mit⁹〔蔑〕❶熄滅。如：烟消火滅。引申使燈火熄滅。❷消滅；滅絕。消滅。如：滅鼠；自生自滅。

【滅迹】❶隱退，不與人往來。❷消滅犯罪的痕迹。如：殺人滅迹。
【滅頂】水極深，不見頭頂。
【滅裂】草率；輕忽從事。
【滅此朝食】(朝zhāo)消滅了敵人再吃早飯。常以形容鬥志堅決，急於消滅敵人。

滇 ○(diān)粵din¹〔顛〕tin⁴〔田〕(文)❶古國名。在今雲南東部滇池附近地區。❷雲南省的簡稱。因東部戰國時為滇國轄地，故名。
○(tián)粵tin⁴〔田〕見"滇滇"。
【滇滇】(tián tián)同"闐闐"。形容雲雨充盛。

滈 (hào)粵hou⁶〔浩〕久雨；大雨。
【滈滈】水泛白光的樣子。

滉 (huàng)粵fɔŋ²〔訪〕見"滉瀁"、"滉漾"。
【滉瀁】亦作"滉漾"。猶"汪洋"。形容水勢浩大無涯際。

滋 (zī)粵dzi¹〔支〕❶液汁；潤澤。❷味；香味。❸生出；滋生。如：滋事；滋蔓。❹增益；加多。如：滋甚。
【滋味】❶美味。亦泛指味道。如：滋味不佳。❷比喻生活上的享樂感受。
【滋蔓】亦作"孳蔓"。滋生蔓延。常指禍患的滋長擴大。
【滋擾】騷擾生事。

滍 (zhì)粵dzi⁶〔自〕〔滍水〕古水名。即今河南魯山、葉縣境內的沙河。

滎(荥) ○(xíng)粵jiŋ⁴〔螢〕〔滎陽〕縣名。在河南省鄭州市西部、黃河北岸，隴海鐵路經過境內。
○(yíng)粵同〔滎經〕縣名。在四川省。

滏 (fǔ)粵fu²〔苦〕〔滏水〕水名。即今滏陽河，在河北省西南部。

滑 ○(huá)粵wat⁹〔苦辣切〕❶光滑；潤溜。如：滑水肉滑。❷滑冰；滑翔。❸古時指使菜餚柔滑的作料。❹浮而不實。如：滑頭滑腦。
○(gǔ)粵gwt²〔骨〕通"汩"。亂。
【滑行】(gǔ gǔ)同〔汩汩〕。泉水湧流。
【滑稽】諧能言善辯，言詞流走無滯礙。本用來形容圓轉諂媚的態度。現在一般用為使

人發笑的意思，兼指語言、行動和事態。

【滑頭】謂狡詐、不誠實；亦以稱滑滑不肯負責的人。

滓 (zǐ)働dzi²〔子〕液體裏面下沉的雜質。引申為污黑。

【滓穢】❶污穢。❷玷污；污屬。

滔 (tāo)働tou¹〔韜〕❶彌漫；水勢盛大。見"滔天"、"滔滔"。❷激蕩。

【滔天】❶形容水勢盛大。❷形容時間的流逝。❸形容話多，連續不斷。如：口中滔滔不絕。

【滔天】語言漫天、彌天。本形容大水。也借用來形容罪惡、禍患或勢力等的巨大。如：罪惡滔天；滔天之禍。

滘 (jiào)働gau³〔教〕方言字，指水相通處。常用作地名。廣東有**滘聯**、**沙滘**。

溹 (suǒ)働sok⁸〔朔〕水名。通作**索水**，源出河南滎陽縣南。

滆 (gé)働gak⁸〔格〕〔滆湖〕湖名。亦名西滆湖、沙子湖，俗稱沙子湖。在江蘇省南部宜興、武進兩縣間。

澌 (sī)働si¹〔私〕古水名。今稱百泉河，屬漳河水系，源出河北邢台市附近。

滀 (chù，又讀xù)働tsuk⁷〔畜〕❶原指水停聚，引申為蓄憤、鬱結。❷端急。

溜 (liù)働liu¹〔拉腰切〕❶偷愉腹跑開。如：溜走。❷一種烹調法，即程油炸後再加芡粉。如：溜黃魚。

㊀(liú)働leu⁶〔漏〕❶滑行。如：溜冰；從滑梯上溜下來。❷光滑。如：滑溜；溜光。

㊁(liù)働同㊀❶水流。❷通"霤"。屋檐下流水處。如：簷溜。❸通"遛"。慢步走。見"溜馬"。

【溜馬】(liù—)馬騎馳後，由人牽着慢步，以調節呼吸，解除疲勞，叫"溜馬"。

溚 (tǎ)働tap⁸〔塔〕通稱"焦油"，用煤或木材製得的一種黏稠液體，顏色黑褐，是化學工業上的重要原料，通常用作塗料，有煤溚和木溚兩種。

準(准) (zhǔn)働dzœn²〔准〕❶水平。❷標準；準則。

如：以此作準。❸射穿標的。❹準確；正確。如：猜得準；放之四海而皆準。❺定；一定。如：準於今日起實行；我準來。❻鼻子。如：隆準。

【準的】(—dì)標準。

【準繩】測定物體平直的器具。引申為標準或準則。

溻 (tà)働tap⁸〔塔〕濕。如：溻漬。

滾 (gǔn)働gwen²〔瓜狠切〕❶大水奔流的樣子。見"滾滾"。❷旋轉。多指球形物體的運動。如：球在地上滾來滾去。借用為斥人離開之詞。如：滾開；滾出去。❸液體沸騰。如：水滾了。

【滾滾】本作"袞袞"。大水奔流的樣子。亦用來形容急速地翻騰。

滕 (téng)働teŋ⁴〔騰〕❶水向上騰湧。引申以比喻張口放言。❷古國名。西周分封的諸侯國。在今山東滕縣西南。

微 (wēi)働mei⁴〔微〕小雨。

滙 "匯"的異體字。

滛 "淫"的異體字。

㴱 "深"的異體字。

㳙 "㳙"的異體字。

十一畫

滌(涤) (dí)働dik⁹〔敵〕❶洗濯。❷掃除。引申為掃蕩。

【滌蕩】洗蕩；清除。

【滌瑕蕩穢】清除舊的惡習。

漓 (lí)働lei⁴〔離〕❶薄。見"漚漓"❷見"淋漓"。❸"灘"的簡化字。

滬(沪) (hù)働wu⁶〔戶〕上海市的簡稱。

滯(滞) (zhì)働dzei⁶〔自朱切〕不流通。如：滯留；停滯。

【滯泥】(—nì)猶拘泥。固執，不知變通。

【滯荏】淹滯；淹留。

滱 (kòu)㊣keu³〔寇〕〔濊水〕古水名。在山西省。

滲(渗) (shèn)㊣sem³〔沁〕液體從物質微孔中透過。
【滲透】❶溶液與純溶劑(或兩種濃度不同的溶液)被半透膜隔開，純溶劑(或溶液中的溶劑)通過半透膜向溶液(或濃溶液)擴散的現象。❷流體從物體的細小空隙中透過。❸比喻一種事物或勢力逐漸地進入另一種事物或勢力(多用於抽象事物)。

滴㊣dik⁹〔敵〕❶液體一點點落下來。❷水點。❸量詞，液體滴下的數量。如：一滴油。
【滴瀝】水稀疏下滴；也用來形容水下滴聲。

漱 (ào)㊣ŋou⁴〔敖〕〔漱水〕古水名。源出今河南魯山縣西北穀積山，東流至寶豐西北入汝水。

滷(卤) (lǔ)㊣lou⁵〔老〕❶鹽滷。❷鹹汁。如：肉滷；魚滷。❸以濃汁製食品。如：滷雞，滷豆腐乾。

滸(浒) (hǔ)㊣wu²〔虎〕水邊。
　　㊁(xǔ)㊣hœy²〔許〕地名用字。江蘇吳縣有滸墅關；江西有滸灣。

滹 (hū)㊣fu¹〔呼〕〔滹沱河〕子牙河北源，在河北西部。

滶 同「敖」。

滻(浐) (chǎn)㊣tsan²〔產〕〔滻水〕水名。源出陝西藍田西南秦嶺山中，北流會庫峪、石門峪、荊峪諸水，北流至西安市東入灞水。

滾 同「滾」。

滿(满) (mǎn)㊣mun⁵〔門低上〕❶充滿；佈滿。如：糧食滿倉。❷滿足；滿意。如：不滿；心滿意足。❸驕傲自滿。如：滿招損，謙受益。❹達到期限。如：假滿；期滿。❺全。如：滿不在乎。❻中國少數民族名。即滿族。散居遼寧、黑龍江、吉林、河北、北京市及內蒙古自治區。
【滿貫】猶「惡貫滿盈」。貫，穿錢的索子。錢已滿索子，比喻已到最高限度，多指罪惡。參見「惡貫滿盈」。

【滿面春風】滿臉喜色，十分得意的樣子。亦用以形容和顏悅色。
【滿城風雨】宋潘大臨《寄謝無逸書》中有「滿城風雨近重陽」之句，原是寫當時實景，後以比喻消息一經傳出，就衆口喧騰，到處煽動。
【滿招損謙受益】《書·大禹謨》之語，謂自滿則招致損害，謙虛則得到補益。

漁(渔) (yú)㊣jy⁴〔如〕❶捕魚。如：漁獵。❷用不正當手段去謀取。如：侵漁。
【漁火】漁船上的燈火。
【漁色】指謀取美色、享樂腐化的行爲。
【漁利】用不正當的手段謀取利益。如：從中漁利。
【漁人得利】亦作「漁翁得利」。比喻雙方爭持不下，卻讓第三者佔了便宜。參見「鷸蚌相持」。
【漁陽摻撾】(撾zhuā)鼓曲名。也簡作「漁陽摻」。

漂 ㊀(piāo)㊣piu¹〔飄〕❶浮。如：漂萍。❷通「飄」。吹。
　　㊁(piǎo)㊣piu³〔票〕❶漂白。如：這塊布漂了又漂，顏色還是不白。❷用水沖洗。如：漂朱砂。
　　㊂(piào)㊣同㊀見「漂亮」。❷猶言「落空」。如：漂賬；這事兒恐怕要漂了。
【漂泊】隨波漂流無所停泊。比喻行止無定。
【漂搖】❶動蕩；搖蕩。❷同「飄搖」。飄蕩。
【漂亮】❶美觀；美麗。如：這幅相貼很漂亮。❷出色。如：事情辦得漂亮；打一個漂亮仗。
【漂緲】同「縹緲」。隱隱約約、若有若無的樣子。

漆 (qī)㊣tset⁷〔七〕❶各種黏液狀塗料的統稱。❷塗漆。如：油漆；漆器。❸黑色。
【漆黑】非常黑；很暗。

漈 (jì)㊣dzei³〔制〕❶海底深陷處。❷閩方言，指瀑布。

漉 (lù)㊣luk⁹〔碌〕❶使乾涸。❷滲出；潤濕。如漉濕。❸濾過。

漊(溇) (lóu)㊣leu⁴〔流〕〔漊水〕水名。在湖南省西北部。

溉 (gài)⑩kɔi³〔概〕❶灌;澆水。❷洗滌。

漏 (lòu)⑩leu⁶〔陋〕❶液體或氣體從孔隙中滲過。如:漏水;漏氣;屋漏偏遭連夜雨。❷孔隙。中醫指血流不止或瘡潰不收口的病。如:崩漏;痔漏。❸泄露。如:走漏風聲。❹遺漏。如:掛一漏萬。❺避免;逃避。如:漏網;漏稅。❻古代滴水計時的器具。

【漏巵】滲漏的酒器。

【漏刻】❶亦稱"刻漏"。古代計時器。❷頃刻。

【漏洞】本指法律條文疏漏之處。後常用來比喻僥倖逃脫的罪犯、敵人等未被捕獲、殲滅。

漕 (cáo)⑩tsou⁴〔曹〕水道運糧。

漘 (chún)⑩sœn⁴〔純〕水邊。

漙 (汻) (tuán)⑩tyn⁴〔團〕露多。

漚 (沤) ㊀(òu)⑩eu³〔歐高去〕久浸。
㊁(ōu)⑩eu¹〔歐〕水泡。如:浮漚。

漠 (mò)⑩mɔk⁹〔莫〕❶沙漠。如:大漠。❷通"寞"。寂靜無聲。如:冷淡;不相關的樣子。如:漠視;漠不關心。

【漠漠】寂靜無聲。

漢 (汉) (hàn)⑩hɔn³〔看〕❶水名。一稱漢江。長江最長支流。❷天河。亦稱雲漢、銀漢、天漢。❸朝代名。公元前206年劉邦(即漢高祖)滅秦,後來又封項羽,在公元前202年稱帝,國號漢,建都長安(今陝西西安),歷史上稱為西漢或前漢。初始元年(公元8年),外戚王莽代漢稱帝,國號新。建武元年(公元25年),皇族劉秀(即漢光武帝)重建漢朝,遷都洛陽,歷史上稱為東漢或後漢。延康元年(公元220年)曹丕稱帝,東漢滅亡。❹〔漢族〕中國人數最多的民族。由古代華夏族和他族逐漸發展而成。❺漢語的省稱。如:英漢詞典。❻男子。如:英雄好漢;彪形大漢。

【漢學】❶清代把研究文字、音韻、訓詁、考

據這幾門學問統稱為漢學。因繼承漢代人注重文字和名物制度的研究傳統,故名。❷外國人統稱研究中國文化、歷史等方面的學問為漢學。

漣 (涟) (lián)⑩lin⁴〔連〕❶風吹水面所成的波紋。❷淚流不斷的樣子。

【漣而】猶"漣漣"。淚流不止的樣子。亦作"漣洏"。

【漣洏】淚流不止的樣子。

【漣漪】波紋;細小的水波。本作"漣猗"。

漦 (lí)⑩lei⁴〔離〕涎沫。

漩 (xuán,又讀xuàn)⑩syn⁴〔船〕迴旋的水流。

【漩渦】亦作"旋渦"。水流遇低窪處所激成的螺旋形水渦。比喻陷於愈深不能自拔的境地。如:捲入漩渦。

漪 (yī)⑩ji¹〔衣〕見〔漪漣〕。

【漪漣】同"漣漪"。波紋;細小的水波。

【漪瀾】水波紋。

漫 (màn,又讀mán)⑩man⁶〔慢〕❶水漲;水外溢。如:水漫出來了;河水為滿、彌漫。如:漫山遍野;大霧漫天。❷隨意;不受拘束。如:漫游;漫談。❸任;徒然。

【漫天】猶滿天;彌漫天空。

【漫衍】❶泛濫。❷散漫,不受拘束。

【漫漶】猶漫衍。散漫。

【漫漫】形容"漫漫"。無涯際。形容時間長或距離遠。❷放縱;不自檢束。

【漫漶】亦作"曼漶"。模糊不可辨識。

【漫瀾】亦作"瀾漫"。水勢廣大的樣子。

漬 (渍) (zì)⑩dzi³〔至〕dzik⁷〔即〕(又)❶浸;泡。如:浸漬;淹清。❷沾染。如:沾漬;漸漬。

漯 ㊀(luò)⑩lœy⁶〔類〕〔漯河〕市名。在河南省中部漯南、京廣鐵路線上。
㊁(tà)⑩tap⁸〔塔〕〔漯水〕水名。一作漯川。古代黃河下游主要支津之一。故道自今河南浚縣西南經黃河東北流經濮陽、山東莘縣、聊城、臨邑、濱縣等縣境入海。

漱 (shù，讀音sòu)粵sɐu³[秀]❶漱口。
❷洗滌。

潄 「漱」的異體字。

漲 (漲) ㊀(zhǎng)粵dzœŋ²[掌]dzœŋ³
[帳](又)❶水上升。如：水漲
船高。❷增長；提高。如：漲價。
㊁(zhàng)粵dzœŋ³[帳]❶擴大。如：熱
漲冷縮。❷充滿。如：烟塵漲天。

漳 (zhāng)粵dzœŋ¹[章]漳河水名。
在河北、河南兩省邊境。

潊 (xù)粵dzœy⁶[緒]❶[潊水]水名。源
出湖南潊浦縣南，北流至縣南，折
西注入沅水。❷涌；水波。

潓 (huàn)粵wan⁶[澴]見[潓漫]。

【潓漫】同「漫潓」。

漷 (kuò)粵kwɔk⁸[廓][漷水]古水名。
即今山東滕縣郭河，一名南沙河。

漸 (漸) ㊀(jiàn)粵dzim⁶[自驗切]❶逐
漸；徐進。如：漸入佳境；漸
入佳境。❷事物發展的開始。如：防微杜
漸。❸六十四卦之一。
㊁(jiān)粵dzim¹[尖]沾濕；浸漬。

【漸近】逐漸；漸漸過去。亦作「漸冉」。

【漸染】❶(jiān)謂沾染既久，影響逐漸加
深。❷猶漸有漬。

【漸漬】❶(jiān)猶浸漬。逐漸受到感染。

【漸入佳境】《世說新語·排調》載，顧愷之吃
甘蔗喜由蔗尾吃至蔗根，人問其故。他
說，這樣能漸入佳境。意謂甘蔗下端比上
端甜，從上到下，越吃越甜。後用以比喻
境況逐漸好轉或興味逐漸濃厚。

漾 (yàng)粵jœŋ⁶[樣]❶水搖動。如：
漾舟；蕩漾。如：漾舟。❷泛
【漾漾】水波蕩漾的樣子。

漿 (漿) (jiāng)粵dzœŋ¹[章]❶泛指飲
料。如：水漿；酒漿。亦指
酒。又指較濃的汁。如：豆漿；血漿。
亦指粘厚如糊的東西。如：泥漿。❷謂用
帶醣質的水漿塗已洗的衣服，使乾後硬挺
耐穿。如：把襯衫漿了再燙。

潁 (潁) (yǐng)粵wiŋ⁶[泳][潁河]水
名。淮河最大支流。在安徽省

西北部及河南省東部。

潷 (泦) (bì)粵bɐt⁷[不]見[潷淬]。

【潷淬】亦作「潷弗」。水盛出的樣子。

滲 (漻) ㊀(liáo)粵liu⁴[聊]❶清澈。❷流
通。
㊁(liú)粵lɐu⁴[流]變化。

【滲淚】疾流的樣子。

演 (yǎn)粵jin²[演]❶不斷變化。如：
演變；演進。❷推演。如：文王
演《周易》。❸演習；依照一定程式練習。
如：演操；演算。❹表演；演奏。如：演
劇；演唱。❺說；講。如：演說；演繹。

【演義】❶謂敷陳義理而加以引申。❷舊時長
篇小說的一體。由講史話本發展而來。係
根據史傳敷演成文，並經過作者的藝術加
工。

【演繹】一種推理方法，由一般原理推出關於
特殊情況下的結論。

澆 (jiào)粵gau³[教]同「滘」。東澆，在
廣州市郊。

漤 (lǎn)粵lam⁵[覽]❶用鹽或其他調味
品拌漬生的蔬、果、魚、肉。❷方
言。在熱水或石灰水裏泡柿子，以除去澀
味。

滰 (gān)粵gɔn¹[干]同「乾」。乾燥。

潒 同「潏」。

滵 (mì)粵mɐt⁹[勿]見[滵汨]。

【滵汨】形容水疾流。

潨 (zhōng)粵dzuŋ¹[中]小水入大水；
衆水相會處。

涠 (洰) (guó)粵gwɔk⁸[國]水名。今
江蘇江陰縣有北涠鎭。

十二畫

澈 (piē)粵pit⁸[瞥]見[澈洌]。

【澈洌】形容水疾流。

潏 ㊀(jué)粵kyt⁸[決]古水名，即潏
水。又作「沇水」。上游即今陝西省

長安縣東南潏河的上游。

㊁(yù)⑧wet⁹〔華㊂切〕泉水湧出的樣子。

【潏湟】(yù)①形容水疾流。②同「潏皇」：神名。

【潏潏】(yù yù)泉水湧出的樣子。

漭(mǎng)⑧mong⁵見「漭漭」、「漭瀁」。

【漭沆】亦作「沆漭」。水廣大無際的樣子。

【漭漭】水廣大森遠的樣子。

【漭瀁】廣大無涯際的樣子。

潑(泼)(pō)⑧put⁸〔蒲抹切〕①灑；澆；傾出。如：潑水。②有魄力。參見「潑辣②」。亦謂蠻橫無理。如：撒潑。③咒罵之詞，含有惡劣、卑賤的意思。也表示厭惡。參見「潑殘生」。

【潑皮】流氓；無賴。

【潑辣】①凶悍而不講理，無顧忌。如：大膽潑辣。②有魄力。如：潑辣。

【潑賴】凶惡；毒辣。

【潑殘生】猶言苦命。「潑」是咒罵之詞，表示厭惡。

潔(洁)(jié)⑧git⁸〔結〕①乾淨。如：潔白。也形容人的品德高尚。如：高潔。②元代民間稱和尚爲「潔郎」，省稱「潔」。

【潔身】保持自身的純潔，不同流合污。如：潔身自好。

潕(沅)(wǔ)⑧mou⁵〔武〕〔潕水〕水名。(1)一名舞水。源出今河南方城縣東，東流經舞陽縣南，西平縣北，至縣東流入汝水。(2)沅江支流，一名潕水。源出貴州甕安縣，東流至湖南西部黔城鎮入沅江。

潘(pān)⑧pun¹〔鋪寬切〕姓。

【潘鬢】潘岳《秋興賦》有憤歎鬢髮斑白之語，後因以「潘鬢」作爲鬢髮斑白的代詞。

潙(沩)(wéi)⑧gwei¹〔歸〕水名。在湖南省境。

潛(潜)(qián)⑧tsim⁴〔池嚴切〕①沒水。如：潛水衣；潛水艇。②引申爲深藏。如：潛在力量；潛藏。②暗中；偷偷地。如：潛行；潛逃。

【潛心】謂專心從事。

【潛移默化】本作「潛移暗化」。謂人的思想或性格受到環境或別人的感染，逐步地在暗中起了變化。

潜「潛」的異體字。

潟(xì)⑧sik⁷〔昔〕鹹鹵地。

【潟鹵】亦作「舄鹵」。土地含有過多的鹽鹼成分，不適宜耕種。

潢(huáng)⑧wong⁴〔黃〕①積水池。見「潢污」。②〔潢水〕古水名。亦作潢河、黃水。即今遼寧西拉木倫河。③染紙；裝潢。

【潢污】停聚不流的水。

【潢池】潢，積水。猶積水塘。

澗(涧)(jiàn)⑧gan³〔諫〕兩山間的流水。

潤(润)(rùn)⑧jœn⁶〔義切切〕①滋潤；滋益。如：玉在山而草木潤。②潤澤。如：衣潤費鑪煙。③溫潤。如：珠圓玉潤。④修改文章使有光采。如：潤色。⑤利益；好處。如：利潤；分潤。

【潤色】加以文采，修飾。

【潤筆】請人作詩文書畫的酬勞。

【潤澤】滋潤。亦比喻恩澤。

潦㊀(lào)⑧lou⁵〔老〕雨後地面積水。㊁(lào)⑧lou⁶〔路〕同「澇」。雨水過多，淹沒莊稼。㊂(liáo)⑧liu⁴〔聊〕水名，又名垢河。在河南省西南部。㊃(liáo)⑧liu⁵〔了〕liu²〔拉妖切〕(語)見「潦草」、「潦倒」。

【潦草】①草率；不精密；不認真。如：字迹潦草。

【潦倒】(liáo)①落拓不羈；舉止不自檢束。②衰病；失意。

潭(tán)⑧tam⁴〔談〕深水坑。

【潭潭】深邃的樣子。

潮(cháo)⑧tsiu⁴〔樵〕①定時漲落的海水。②微濕。如：發潮；潮濕。③像潮水那樣洶湧起伏的形勢而動。如：思潮。

【潮信】即潮。因其來去有定時，故稱「潮

信"。

【潮流】❶海水受潮汐影響而產生的週期性流動。❷比喻時代或社會發展的趨勢。

潯(浔) (xún)粵tsɐm⁴〔尋〕❶水邊深處。❷江西九江市的別名。❸即"尋陽"。測量水深的單位。

潰(溃) (kuì)粵kui²〔繪〕❶水沖破堤防。泛指破、突破。❷散；亂。如：潰逃；潰兵。❸爛。如：潰瘍。

潸 (shān)粵san¹〔山〕淚流的樣子。

潺 (chán)粵san⁴〔時閒切〕水聲。見"潺湲"。

【潺湲】❶形容水流緩慢。❷流淚的樣子。

【潺潺】形容流水聲或雨聲。

潼 (tóng)粵tuŋ¹〔童〕地名。一在陝西潼關縣，一在貴州五河縣。

潋 "澄㊀"的異體字。

澄 ㊀(chéng)粵tsiŋ⁴〔情〕清澈不流動。
㊁(dèng)粵dɐŋ⁶〔鄧〕使液體裏的雜質沉澱下去。

【澄清】❶明淨，清澈。❷謂澄之使清，比喻變混亂為治平。❸(dèng—)渾水變清過程。

【澄澈】水清見底；清澈。

澆(浇) (jiāo)粵hiu¹〔囂〕❶沃灌。如：澆花。❷澆鑄。如：澆版；澆鉛字。❸薄。如：澆風。

【澆漓】亦作"澆醨"。指社會上人情澆薄，人與人之間缺乏真誠的感情。

潦 ㊀(láo)粵lou⁴〔勞〕❶潦水❷水名。在陝西戶縣周至兩縣界上。❸大潦。
㊁(lào)粵lou⁶〔路〕亦作"澇"。雨水過多，淹沒莊稼。如：防旱防潦。

澈 (chè)粵tsit⁸〔設〕水清澄。

澉 (gǎn)粵gɐm²〔敢〕味薄。

澌 (sī)粵si¹〔斯〕❶盡。如：澌滅。❷通"嘶"。流冰。

澍 (shù)粵sy⁶〔樹〕及時的雨。

澐(沄) (yún)粵wɐn⁴〔雲〕見"澐澐"。

【澐澐】形容水流洶湧。

澎 ㊀(pēng)粵paŋ¹〔烹〕paŋ⁴〔彭〕(又)見"澎湃"。
㊁(péng)粵paŋ⁴〔彭〕〔澎湖列島〕台灣海峽東南部大小64個島的統稱。屬台灣省。

【澎湃】亦作"彭湃"、"滂湃"、"彭濞"、"滂濞"。波濤沖擊聲。

【澎濞】同"澎湃"。

澁 "澀"的異體字。

澔 (hào)粵hou⁶〔號〕同"浩"。

潾 (lín)粵lœn⁴〔鄰〕見"潾潾"。

【潾潾】形容水清。又水波微動的樣子。

澒(浤) (hòng)粵huŋ⁶〔哄〕見"澒洞"。

【澒洞】亦作"澒洞"、"洪洞"、"鴻洞"。彌漫無際。

【澒濛】亦作"鴻濛"。指宇宙形成以前的混沌狀態。

潫 (wān)粵wan¹〔彎〕見"澹潫"。

潲 (shào)粵sau³〔哨〕❶雨經風而斜掃。如：雨往南潲。引申為濺水。如：馬路上潲水。❷用泔水飼豬。亦指泔水。如：潲水；豬潲。

潷(滗) (bì)粵bei³〔臂〕擋住渣滓把液體倒出來。

潵 ㊀(sàn)粵san³〔散〕水散。
㊁(sǎ)粵sat⁸〔殺〕〔潵河橋〕地名。在河北省。

潿(涠) (wéi)粵wɐi⁴〔圍〕水不流而混濁。

潠 (sùn)粵sœn³〔信〕同﹃噀﹄。噴出。

潏 (jué)粵kyt⁸〔厥〕水名。潏水，在湖北省。

十三畫

澠（渑）⊖(shéng)粵sing⁴〔成〕〔澠水〕水名。源出今山東淄博市東北。久湮。

⊜(miǎn)粵men⁵〔敏〕〔澠池〕古城名。因南有澠池而得名。一曰黽池。在今河南澠池縣西。

澡（zǎo）粵dzou²〔早〕tsou³〔醋〕⊖冲洗；沐浴。

澥 "浣"的異體字。

潞（lù）粵lou⁶〔路〕〔潞水〕古水名。❶又名潞川。即今山西濁漳河。❷又名潞河。即北京市通縣以下的白河。

澤（泽）⊖(zé)粵dzak⁹〔擇〕❶聚水的窪地。如：湖澤，沼澤。❷雨露。引申爲恩澤、德澤。❸光潤。如：色澤俱佳。❹指汗水或唾水。❺鹹。見"澤鹵"。

【澤鹵】猶"斥鹵"。謂土地含有過多的鹽鹼成分，不適宜耕種。

【澤國】多水的地方。

澥（xiè）粵hai⁵〔蟹〕見"勃澥"。

澦（滪）（yù）粵jy⁶〔預〕見"灩"。

澧（lǐ）粵lei⁵〔禮〕〔澧水〕水名。在湖南西北部。

澨（shì）粵sei⁶〔誓〕❶水涯。❷水名。在湖北省境。

澮（浍）（kuài）粵kui⁶〔繪〕❶〔澮河〕水名。在安徽省北部。❷田間水溝。

澱（淀）（diàn）粵din⁶〔電〕❶沉積下來的泥滓。引申爲沉留在水底之稱。如：沉澱物。❷可作染料的藍汁。亦作"靛"。

澳⊖(ào)粵ou³〔奧〕❶海邊彎曲可以停船的地方。如：膠澳；三都澳。❷澳大利亞的簡稱。❸澳門的簡稱。

⊜(yù)粵juk⁷〔郁〕水邊彎曲的地面。

澶（chán）粵sin⁴〔時賢切〕見"澶湉"。

【澶湉】形容水流平靜。

澹⊖(dàn)粵dam⁶〔啖〕❶安靜。引申爲不經意；不熱心。如：澹忘；澹於名

利；澹然置之。❷波浪起伏或流水紆迴的樣子。見"澹淡"。

⊜(tán)粵tam⁴〔潭〕〔澹臺〕複姓。

【澹泊】恬澹寡欲。

【澹淡】❶水波紋。❷飄動。

【澹漠】安靜；澹泊。今多用爲冷漠、不熱心的意思。

【澹蕩】❶猶言放蕩。❷舒緩蕩漾。多用來形容春天的景色。

澼（pì）粵pik⁷〔辟〕漂洗聲。見"洴澼洸"。

達（达）（tà）粵tat⁸〔撻〕滑。

激（jī）粵gik⁷〔擊〕❶阻遏水勢使之騰湧或飛濺。引申爲退花。❷動動感情使奮發。如：請將不如激將。引申爲感情激動或激發。如：感激；憤激。❸急疾；猛烈。如：過激；激切。❹指聲調的高亢激越。見"激越"。

【激切】（—qiè）❶激烈而迫切。❷猶激勵。

【激昂】❶振奮昂揚。如：慷慨激昂。❷猶言勵。奮發振作。

【激烈】激昂；高亢激越。今多用爲劇烈之意。

【激越】聲音高亢激昂。

【激厲】❶謂言行峻直，易於激動。❷同"激勵"。

【激賞】極其讚賞。

【激發】激發使奮發。

濁（浊）（zhuó）粵dzuk⁹〔俗〕❶渾濁。與"清"相對。❷混亂。如：濁世。❸〔聲音〕低沉粗重。如：濁音。

【濁世】渾濁的之世；亂世。

【濁流】與"清流"相對。渾濁的水流。比喻品格卑污的人。

濂（lián）粵lim⁴〔廉〕❶水名。濂江，在江西省南部。❷宋代理學中"濂溪學派"的簡稱。

濃（浓）（nóng）粵nung⁴〔農〕❶密；厚。與"淡"、"薄"相對。如：濃烟；濃眉；濃墨。❷程度深。如：濃睡；興趣很濃。

【濃抹】猶盛粧。濃艷的妝飾。

濆（渍）⊖(pēn)粵pen³〔噴〕泉水自地下直湧而出。

⊜(fén)粵fen⁴〔焚〕❶沿河的高地。❷〔濆水〕古水名。汝水的岔流。即今河南郾城

薈水間沙河。

澮　"澮"的異體字。

潧　(jì)粵tsep⁷〔輯〕❶水外流。❷迅疾。

濊(泧)　⊖(wèi)粵wei³〔畏〕通"穢"。　⊜(huò)粵kut⁸〔括〕見"濊濊"。
【濊濊】(huò huò)撒網入水聲。

渹(栄)　(xué)粵hok⁹〔學〕❶乾涸的山泉。❷古稱渭水的支流。❸水波相激聲。

澽　(jù)粵gœy³〔句〕粵gœy⁶〔巨〕(又)水名。澽水，在陝西省。

澴(澴)　(huán)粵wan⁴〔環〕❶流水迴旋湧起的樣子。❷〔澴水〕水名。在湖北省中部偏東。

濉　(suī)粵sœy¹〔須〕〔濉河〕水名。在安徽省東北部。

灉　(yōng)粵juŋ¹〔翁〕〔灉河〕古水名。即灉水。參見"灉"。

十四畫

灟　同"瀾"。

濕(湿)　(shī)粵sɐp⁷〔沙恰切〕❶潮濕。與"乾"、"燥"相對。❷沾水。如：衣服濕了水。❸中醫學名詞。六淫之一，造成人體疾病的一種因素。

濘(泞)　(nìng)粵niŋ⁶〔尼認切〕泥漿。

濛(蒙)　(méng)粵muŋ⁴〔蒙〕微雨的樣子。
【濛頌】同"濛澒"，亦作"濛鴻"。❶指宇宙形成前的混沌狀態。❷廣大無涯際的樣子。
【濛鴻】亦作"鴻濛"。同"濛頌"。

盡(浕)　(jìn)粵dzœn⁶〔盡〕〔盡水〕水名。一在湖北襄陽縣境，一在陝西勉縣境。

濟(济)　⊖(jǐ)粵dzei³〔仔〕❶〔濟水〕水名。又作"泲水"。古四瀆之一。發源於河南省王屋山。❷見"濟濟"。　⊜(jì)粵dzɐi³〔祭〕❶渡。如：同舟共濟。亦指渡頭。❷救助；接濟。如：濟困扶

危。❸有益；有利。如：無濟於事。
【濟事】(jì—)辦言成事。
【濟濟】❶形容眾多。如：濟濟一堂。❷美好的樣子。❸莊嚴恭敬的樣子。
【濟南慘案】也叫五三慘案。日本在濟南屠殺中國人民的血腥事件。1928年蔣介石在英美支持下，派兵沿津浦路北上，攻打奉系軍閥張作霖軍隊。日本為阻止英美勢力向北方發展，4月借口保護僑民，派兵侵佔濟南，截斷津浦路，5月3日到4日，日本侵略軍在濟南大肆屠殺中國人民，造成濟南慘案。

濠　(háo)粵hou⁴〔豪〕❶護城河。❷〔濠水〕水名。在安徽省鳳陽境內。
【濠上】濠水之濱。《莊子·秋水》載，莊子與惠子在濠水橋上觀魚。莊子說："儵魚出游從容，是魚之樂也。"惠子說："子非魚，安知魚之樂？"莊子說："子非我，安知我不知魚之樂？"後多用來比喻別有會心、自得其樂的境地。

濡　(rú)粵jy⁴〔如〕❶沾濕。如：濡筆。引申為沾染。如：耳濡目染。❷延遲；等待。見"濡滯"。❸柔順。見"濡忍"。
【濡忍】柔忍；含忍。
【濡染】❶沾染。參見"目濡耳染"。❷浸濕。
【濡滯】遲延。

濤(涛)　(tāo)舊讀táo)粵tou⁴〔陶〕❶大波。如：驚濤。❷像波濤的聲音。如：松濤。

濩　⊖(huò)粵wɔk⁹〔獲〕❶屋檐水下流。
【濩濩】形容水勢廣大。
【濩落】同"瓠落"。空廓。
❷煮。

濫(滥)　(làn)粵lam⁶〔纜〕❶水滿溢。泛濫。❷過度；無節制。如：濫用職權。
【濫竽】《韓非子·內儲說上》載，齊國有一位南郭先生本不會吹竽，卻混在吹竽的樂隊裏充數。後因以"濫竽"比喻沒有真才實學，聊以充數。竽，古代管樂器。
【濫觴】本謂江河發源之處水極淺小，僅能浮起酒杯。後以比喻事物的開始。

濬　(jùn)粵dzœn³〔俊〕又作"浚"。❶深。❷疏濬。如：濬河。

濮 (pú)粵buk⁹〔僕〕〔濮水〕古水名。(1)流經春秋衞地，一稱濮渠水。(2)即今安徽芡河上游。

濯 (zhuó)粵dzok⁹〔鑿〕洗滌。如：濯足。
【濯濯】❶光秃的樣子。❷光澤；清朗。

濰 (wéi)粵wei⁴〔維〕〔濰河〕水名。在山東省東部。

濱 (bīn)粵ben¹〔賓〕❶水邊。如：海濱；湖濱。❷通「瀕」。迫近；幾至。

濞 (pì)粵pei³〔譬〕大水暴發的聲音。見「澎濞」。

濘 同「濘」。

潤 「闊」的異體字。

澀 (sè)粵sep⁷〔濕〕sik⁷〔色〕(又)gip⁸〔劫〕〔語〕本作「歰」。❶不滑潤。如：枯澀。❷像吃白礬時舌頭稍感麻木的滋味。如：苦澀；澀口。❸形容文字生硬難讀或語言遲鈍。如：生澀；艱澀；澀訥。

十五畫

濺 (濺) ㊀(jiàn)粵dzin³〔箭〕灑滴；迸射。
㊁(jiān)粵dzin¹〔煎〕見「濺濺」。
【濺濺】(jiān jiān)流水聲。

濼 (泺) ㊀(luò)粵lok⁹〔落〕〔濼水〕古水名。源出今山東濟南市西南，北流至濼口入古濟水(此段古濟水即今黃河)。
㊁(pō)粵bok⁸〔薄〕濼，同「泊」。湖泊。

濾 (滤) (lǜ)粵leoi⁶〔慮〕濾去液體中的雜質。如：濾清；濾器；濾紙。

瀁 (yǎng)粵joeng⁶〔樣〕見「沆瀁」。

瀅 (滢) (yíng)粵jing⁴〔仍〕jing⁶〔認〕(又)清瀅。

瀆 (渎) (dú)粵duk⁹〔讀〕❶小溝渠。❷大川。❸煩瀆；輕慢。如：有瀆清神。

瀉 (泻) (xiè)粵se³〔舍〕❶水往下直注。如：一瀉千里；水銀瀉地。❷腹瀉。如：上吐下瀉。

瀋 (沈) (shěn)粵sem²〔沈〕汁。如：墨瀋。

瀌 (biāo)粵biu¹〔標〕見「瀌瀌」。
【瀌瀌】形容雨雪盛。

瀍 (chán)粵tsin⁴〔前〕水名。〔瀍水〕出河南洛陽市西北，東南流經舊縣城東流入洛水。

瀏 (浏) (liú)粵leu⁴〔劉〕❶水流清澈。❷風疾。
【瀏亮】明亮；響亮。
【瀏覽】本作「劉覽」。約略地看一遍；泛觀。

瀑 ㊀(pù)粵buk⁹〔僕〕瀑布。
㊁(bào)粵bou⁶〔步〕❶急雨。❷濺起的水。

瀇 (氿) (wǎng)粵wong²〔枉〕見「瀇漾」、「瀇瀁」。
【瀇漾】同「瀇瀁」。
【瀇瀁】形容水勢深廣。
【瀇瀁】亦作「瀇洋」。猶汪洋。水勢深廣無涯際的樣子。亦泛指漫無際涯。

櫛 (沏) (jié)粵dzit⁸〔折〕見「櫛泪」。
【櫛泪】水聲。

瀔 (gǔ)粵guk⁷〔谷〕亦作「穀」。〔瀔水〕水名。在河南省境。

瀤 (lěi)粵loey⁵〔呂〕見「濃瀤」。

十六畫

瀕 (濒) (bīn)粵ben¹〔賓〕pen⁴〔貧〕(又)❶水邊。❷迫近；靠近。如：瀕行；瀕危。

瀘 (泸) (lú)粵lou⁴〔勞〕〔瀘水〕古水名。一名瀘江水。指今雅礱江下游和金沙江會合雅礱江以後一段。

瀚 (hàn)粵hon⁶〔汗〕見「瀚瀚」、「浩瀚」。
【瀚瀚】一作瀚海，含義隨時代而變。兩漢六朝時是北方的海名。唐以前人皆解作一

大海名。據方位推斷，當在今蒙古高原東北境，疑即今呼倫湖與貝爾湖。唐代是蒙古高原大沙漠以北及其迤西今準噶爾盆地一帶廣大地區的泛稱。元代所謂瀚海，即至金山〔今阿爾泰山〕。明以來用以指戈壁沙漠。

【瀚瀚】廣大無際的樣子。

瀛

(yíng)⑨jiŋ⁴〔盈〕大海。

【瀛洲】❶傳說中在東海的仙山。❷唐李世民為網羅人才，作文學館，以杜如晦、房玄齡等十八人為學士，號十八學士。在選中者，為天下所慕向，謂之「登瀛洲」。❸借指正本。

【瀛海】大海。

【瀛寰】瀛即瀛海，寰即寰宇。地球水陸的總稱。亦作「寰瀛」。

瀝(沥)

(lì)⑨lik⁹〔力〕❶猶「瀝」。水下滴。如：瀝酒。亦指瀝過的酒。❷液體的點滴。

【瀝瀝】❶象聲之詞。形容水流聲。❷滴瀝不絕。

瀟

(xiāo)⑨siu¹〔消〕❶水清而深。❷〔瀟水〕水名。在湖南省南部。

【瀟瀟】❶形容風雨急驟。❷形容微雨。

【瀟灑】灑脫，毫無拘束。亦作「蕭灑」，參見該條。

瀣

(xiè)⑨hai⁶〔械〕見「沆瀣」。

瀦

(zhū)⑨dzy¹〔朱〕水停聚的地方。亦指水停聚。

瀧(泷)

○(lóng)⑨luŋ⁴〔龍〕❶端急的河流。浙江建德與桐廬之間有七里瀧。❷見「瀧瀧」。
○(shuāng)⑨sœŋ¹〔霜〕〔瀧岡〕山岡名。在江西永豐南鳳凰山，旁有沙溪市。

【瀧瀧】水聲。

瀨(濑)

(lài)⑨lai⁶〔賴〕從沙石上流過的急水。

瀫

(hú)⑨huk⁹〔酷〕〔瀫水〕水名。即衢江。在浙江省境。

瀠(潆)

(yíng)⑨jiŋ⁴〔仍〕見「瀠洄」。

【瀠洄】水流迴旋。

瀜

(róng)⑨juŋ⁴〔容〕見「沖瀜」。

十七畫

瀰(弥)

(mǐ，又讀mí)⑨mei⁴〔眉〕nei⁴〔尼〕❶〔瀰水〕水滿。參見「瀰漫」。

【瀰漫】(─mán)充盈、洋溢的樣子。引申為充滿。

瀸

(jiān)⑨dzim¹〔尖〕❶浸漬。❷和洽。❸泉水時流時止。

【瀸洳】淹漬。

瀹

(yuè)⑨jœk⁹〔若〕❶浸漬。❷以湯煮物。❸疏通河水。

瀺

(chán)⑨tsam⁴〔慚〕〔瀺灂〕❶水注隙穴聲。❷手足所出的汗水。

瀼

(ráng)⑨jœŋ⁴〔羊〕見「瀼瀼」。

【瀼瀼】❶形容露氣盛。❷波濤開合的樣子。

瀾(澜)

(lán)⑨lan⁴〔蘭〕大波。如：推波助瀾。

【瀾漫】(─mán)❶分散、雜亂的樣子。❷形容色彩濃厚。❸歡情洋溢。

【瀾翻】形容水勢翻騰。也用來形容言辭不絕。

【瀾瀾】淚流的樣子。

瀯(潆)

(yíng，又讀yìng)⑨jiŋ¹〔英〕形容水勢遼遠。

瀯(潆)

(yíng)⑨jiŋ⁴〔仍〕見「瀯瀯」。

【瀯瀯】水流聲。

瀲(潋)

(liàn)⑨lim⁶〔念〕❶水際。❷見「瀲灩」。

【瀲灩】形容水勢瀰滿。

瀙(瀙)

(yīn)⑨jen¹〔因〕〔瀙水〕古水名。水作瀙水。水源出今河南登封縣潁水三源中的中源。

瀽

(jiǎn)⑨gin²〔加演切〕dzin²〔剪〕(又)猶「傾」。潑；倒。

十八畫

灂

○(zhuó)⑨dzœk⁹〔鑿〕見「瀺灂」。
○(jiào)⑨dziu³〔照〕❶用漆塗合。❷眼睛昏蒙。

【灃灃】雨聲；小水聲。

灃(沣) (fēng)⑧fung¹〔風〕❶〔灃水〕水名。一作豐水，一作酆水。源出陝西長安西南秦嶺山中，北流至西安市西北入渭水。❷見"灃灃"。

【灃沛】亦作"豐霈"。形容盛。

濕(湿) (shè)⑧sip⁸〔攝〕〔濕水〕水名。在湖北省。

壘 (lěi)⑧lœy⁵〔呂〕〔澧水〕古水名。即今河北遵化縣沙河。

灉 (yōng)⑧jung¹〔翁〕亦作"灉"、"雍"、"澭"。〔灉水〕古水名。在山東省。

灊 (qián)⑧tsim⁴〔潛〕古水名。

灋 "法"的異體字。

灌 (guàn)⑧gun³〔貫〕❶輸水澆土；灌溉。❷注入。如：灌腸；灌滿一瓶水。❸斟酒澆地降神，古代祭禮的一種儀式。

【灌注】澆入，注入。

【灌輸】❶引水到田地。❷輸送，多指知識、思想。

瀷 (yì)⑧jik⁹〔亦〕水急流。

十九畫

灑(洒) (sǎ)⑧sa²〔耍〕❶淋水在地上。如：灑掃。❷噴散；散落。如：駿淇暴灑。引申爲瀟灑脫、"灑落"。❸宋元時關西方言"灑家"的略語，猶"咱"。

【灑家】宋元時關西一帶人自稱爲"灑家"。

【灑脫】瀟灑脫略。與"矜持"相對。參見"脫灑"。

【灑落】脫略。引申爲灑脫，不拘謹。

灕(漓) (lí)⑧lei⁴〔離〕〔灕江〕水名。一稱灕水。在廣西壯族自治區東北部。

灘(滩) (tān)⑧tan¹〔攤〕❶河道中水淺流急多沙石的地方。❷海邊、河邊泥沙淤淹積而成的地方。如：海灘。

二十一畫

灝(灏) (hào)⑧hou⁶〔號〕義同"浩"。水勢大。

灅 (lěi)⑧lœy⁵〔呂〕〔灅水〕古水名。上游即今山西河北境內的桑乾河與永定河。下游自今北京市西南盧溝橋以下，故道在今永定河之北，東南流至武淸縣東北入潞河(今北運河)。

灞 (bà)⑧ba³〔霸〕〔灞河〕水名。在陝西省中部。

灟 同"瀾"。

灨 同"淦"。

二十二畫

灣(湾) (wān)⑧wan¹〔彎〕❶水流彎曲的地方。❷海岸向陸地凹入的地方。如：杭州灣；廣州灣。❸使船停住。如：把船灣在那邊。

二十三畫

灤(滦) (luán)⑧lyn⁴〔聯〕〔灤河〕水名。在河北省東北部。

二十四畫

灩 "贛⊖"的異體字。

灉 "灕"的異體字。

二十八畫

灩(滟) (yàn)⑧jim⁶〔驗〕❶見"瀲灩"。❷〔灩澦灘〕亦作"淫預堆"、"猶豫灘"。俗稱"燕窩石"，爲江心突起的巨石。在四川奉節縣東五公里瞿塘峽口，是長江三峽的著名險灘。

火 部

火 (huǒ)㊀fɔ²〔呼可切〕❶物體燃燒時所發的光和熱。❷焚燒。❸中醫指病因。六淫之一。❹比喻人性情暴躁或發怒。如：火性；冒火。❺比喻緊急。見"火急"、"火速"。❻古時兵制，十人為一火，引申為同伴。見"火伴"。❼古星名。也叫"大火"。❽五行之一。見"五行"。

【火坑】比喻極端痛苦的生活環境。今謂女子被逼為娼為"落火坑"。

【火伴】亦作"伙伴"。古代兵制：五人為列，二列為火，十人共一火炊爨，同火的稱為火伴。因用以稱同在一個軍營的人。引申為生活或工作在一起的同伴。

【火急】猶言緊急，刻不容緩。

【火併】同伙相拼門。

【火候】❶古代道家煉丹時火力文武大小久暫的節制。也指烹飪時的火力強弱久暫。❷比喻道德、學問、技藝等的修養程度。❸比喻緊要的時機。

【火速】猶言趕緊、立即。

【火傘】比喻夏日酷烈。如：火傘高張。亦形容火紅的顏色。

【火中取栗】法國寓言詩人拉封丹(Jean de La Fontaine，1621－1695)的寓言《猴子與貓》載：猴子叫貓從火中取栗，栗子讓猴子吃了，而貓卻把腳上的毛燒掉了。後人常用"火中取栗"比喻為別人冒險，徒然吃苦而得不到好處。

【火燒眉毛】比喻事情急迫。

【火樹銀花】比喻燈光煙火絢麗燦爛。指上元節(陰曆正月十五日)的燈景。

二 畫

灰 (huī)㊀fui¹〔奎〕❶物質燃燒後的殘留物。如：紙灰；烟灰。也比喻消滅了的事物。❷石灰的省稱。如：油灰；灰幕。❸塵土；污垢。如：一身灰；滿臉灰。❹消失；沮喪。參見"灰心"。❺介於黑與白之間的顏色。如：銀灰；灰鶴。

【灰心】比喻喪失信心，意志消沉。

三 畫

灸 (jiǔ)㊀geu³〔救〕灼；燒。中醫的一種醫療方法。

灼 (zhuó)㊀dzœk⁸〔雀〕tsœk⁸〔卓〕(又)亦作"焯"。❶炙；燒。❷明白透徹。見"灼見"。

【灼見】指明白透徹的見解。如：真知灼見。

【灼灼】鮮明的樣子。

【灼爍】亦作"焯爍"、"灼煠"。有光彩。

災 (灾) (zāi)㊀dzɔi¹〔哉〕原指自然發生的火災。後泛指水、火、荒旱等所造成的禍害。如：水災；蟲災；風災。

【災異】謂天災。

灶 "竈"的異體字。

灺 同"炧"。

四 畫

炁 (qì)㊀hei³〔氣〕同"氣"。多見於道家的書。

炊 (chuī)㊀tsœy¹〔吹〕燒火做飯。如：炊烟。

炎 (yán)㊀jim⁴〔嚴〕❶火光上升。❷焚燒。❸極熱。如：炎日；炎暑。❹身體一部分發生紅、腫、熱、痛等症狀。如：發炎；肺炎。❺指炎帝。見"炎黃"。

【炎方】南方炎熱之地。

【炎炎】❶形容火勢熾盛。引申指威勢恆赫。❷灼熱。❸形容光采盛盛。

【炎荒】指南方炎熱荒遠之地。

【炎涼】氣候一冷一熱，常以比喻人情勢利，親疏反復無常。如：世態炎涼。❷溫寒暗。舊謂寒暄語"絞交涼"。

【炎黃】傳說中的中國上古帝王炎帝和黃帝。

【炎劉】指漢朝。古代術數家用"五德"之說，以金、木、水、火、土的互相生克來解釋歷代王朝的交替。漢朝皇帝姓劉，自稱因火德而興起，故稱炎劉。

炒　(chǎo)粵tsau²[吵]亦作「煼」。把東西放在鍋裏翻動使熟。如:炒花生。

炕　(kàng)粵kɔŋ³[抗]❶北方人用土坯或磚頭砌成的一種牀,底下有洞,可以生火取暖。❷掘炕生火。

炙　(zhì)粵dzik⁸[即中入]dzɛk⁸[隻](又)燒,烤,烹飪法的一種。亦謂烤肉。見「膾炙」。引申為凡熏灼之稱。❷比喻受熏陶。見「親炙」。

【炙手可熱】熱得燙手。比喻權貴氣燄之盛。

炘　(xīn)粵jɐn¹[因]❶同「焮」。❷見「炘炘」。

【炘炘】形容火燄熾盛。

炔　(quē)粵kyt⁸[決]有機化學中分子式可以用 CnH_{2n-2} 表示的一系列化合物。

炅　㊀(jiǒng)粵gwiŋ²[炯]❶光明。❷熱。
　　㊁(guì)粵gwɐi³[桂]姓。

炆　(wén)粵mɐn¹[蚊]用微火煨食物。

炖　同「燉」。

五　畫

炤　「照」的異體字。

焲　(xiè)粵tsɛ⁵[池野切]亦作「灺」。燈燭灰。詩詞中常以指殘燭。也指燈燭燈滅。

炫　(xuàn)粵jyn⁶[願]jyn⁶[元](又)❶照耀。如:光彩炫目。❷通「衒」。誇耀。如:自炫其能。

【炫惑】誇耀迷惑。

【炫耀】❶光彩奪目。引申指華麗奢侈。❷迷惑;惑亂。參見「眩耀❷」。

炬　(jù)粵gœy⁶[巨]❶本作「苣」。火把。❷引申為火炬。蠟燭。

炭　(tàn)粵tan³[歎]❶木炭,由木材燃燒而成的一種黑色燃料。如:煤炭;煤塊。如:泥炭;陽泉大炭。

炮　㊀(pào)粵pau³[豹]❶兵器的一種。如:炮臺;炮艦。❷炮仗。如:鞭炮。參見「爆竹」。

㊁(páo)粵pau⁴[刨]❶古代烹飪法的一種。❷焚燒。❸中藥修製方法的一種。

㊂(bāo)粵bau³[爆]一種烹飪法。把魚肉等物用油在急火上炒熟。如:炮羊肉。

【炮格】(páo luò),舊讀 páo gé。本作「炮烙」。相傳是殷代所用的一種酷刑。用銅柱加炭使熱,令有罪者行其上。

炯　(jiǒng)粵gwiŋ²[迥]亦作「烱」。❶光明;明亮。❷義同「耿」。

【炯戒】彰明昭著的警戒。亦作「炯誡」。

【炯炯】形容光亮。如:目光炯炯。

炰　(páo)粵pau⁴[刨]❶烹;煮。❷通「咆」。見「炰烋」。

【炰烋】咆哮貌。

炱　(tái)粵tɔi¹[臺]火烟凝成的黑灰。也指黑色。

炳　(bǐng)粵biŋ²[丙]❶光明;顯著。❷點;燃。見「炳燭」。

【炳蔚】形容文采的鮮明華美。

【炳燭】燃燭照明。

【炳炳麟麟】形容十分光明。

炷　(zhù)粵dzy³[注]❶燈心。引申為備燃燒的柱狀物。如:艾炷;香一炷。❷點香。

炸　㊀(zhà)粵dza³[詐]❶物體突然破裂。如:瓶子炸了。❷用作藥、炸彈爆破。如:轟炸;把碉堡炸開。

㊁(zhá)粵同㊀本作「煠」。一種烹飪法,把食物在多量的熱油裏熬熟。如:炸醬;炸丸子。

烄　「秋」的異體字。

烀　(hū)粵fu¹[呼]放少量的水,緊蓋鍋蓋,半蒸半煮,把食物燒熟。如:烀白薯。

六　畫

烈　(liè)粵lit⁹[列]❶火勢猛,烈。引申為猛烈、強烈。如:烈火;烈日;烈性;興高采烈。❷光明;顯赫。❸功績;功業。如:功烈。❹正直;剛毅。如:義烈;先烈。

【烈女】古稱重義輕生的女子。舊時也稱為保

全貞節而死的女子爲"烈女"。

【烈祖】❶古稱開基創業的帝王。❷始祖。

【烈烈】❶威武的樣子。❷形容火燄熾盛。❸憂思的樣子。

烊 (一)(yáng)⑨jœŋ⁴〔羊〕同"煬"。
(二)(yàng)⑨jœŋ²〔倚享切〕商店晚上關門停止營業叫"打烊"。

烋 (xiāo)⑨hau¹〔厴〕通"哮"。見"烋然"。

烏(乌) (wū)⑨wu¹〔汙〕❶鳥名，即烏鴉。❷黑色。如：烏木。❸古代神話相傳太陽中有三足烏，因用以爲太陽的代稱。見"金烏"。❹何。如：烏足道乎！❺姓。❻同"嗚"見"烏乎"。

【烏乎】同"嗚呼"。亦作"烏呼"。

【烏有】沒有。如：化爲烏有。參見"烏有先生"。

【烏合】比喻沒有組織，像羣鴉的暫時聚合。如：烏合之衆。

【烏哺】相傳烏能反哺，因借喻人子的孝養父母。

【烏托邦】源出希臘文。"烏"是"沒有"，"托邦"是"地方"，"烏托邦"就是"沒有的地方"。是空想社會主義創始人托馬斯·莫爾所寫的《關於最完美的國家制度和烏托邦新島的既有益又有趣的金書》一書的簡稱，也是此書中虛構的社會組織的名稱。後來烏托邦成爲"空想"的同義語。

【烏紗帽】紗帽也叫烏紗。是古代官員戴的帽子，有時用它作爲官職的代稱。

【烏絲欄】指有黑絲織成的絹素或紙箋。也有紅色的，叫"朱絲欄"。

【烏頭白】烏鴉頭變白。比喻不可能的事情。

【烏有先生】虛擬的人名，即本無其人之意。司馬相如作《子虛賦》，託爲"子虛、烏有先生、亡是公"三人問難之辭。

【烏煙瘴氣】形容秩序混亂，各種壞現象都出現了。

【烏飛兔走】也作兔走烏飛。古代傳說日中有三足烏，月中有兔，故以烏飛兔走喻日月運行，光陰流逝。

威 (xuè，又讀miè)⑨hyt⁸〔血〕kyt⁸〔決〕(又)本義爲滅火，引申爲滅亡。

"災"的異體字。

裁
焦 (fǒu)⑨feu²〔否〕煮。

烘 (hōng)⑨huŋ¹〔凶〕huŋ³〔控〕(又)❶焚燒。❷向火取暖或用火烤乾。如：烘手；烘衣服。❸渲染。如：烘雲托月。

烙 (lào)⑨lɔk⁸〔絡〕❶把食物放在燒熱的器物上焙熟。如：烙餅。❷用燒熱的鐵器燙熨。如：烙鐵。
(二)(luò，又讀gé)⑨同一見"炮烙"。

【烙印】❶在器物或牲畜身上燙火印，作爲標記。❷比喻不易磨滅的痕迹。

烜 (xuān，又讀xuǎn)⑨hyn¹〔圈〕❶本作"烜"。曬乾。❷盛大；顯著。見"烜赫"。

【烜赫】形容聲名或氣勢很盛。如：烜赫一時。

烝 (zhēng)⑨dziŋ¹〔晶〕❶火氣上行。見"烝烝"。❷古代冬祭名。❸衆多。❹古指同母輩通姦。

【烝烝】❶上升的樣子；興盛的樣子。今通作"蒸蒸"，如：蒸蒸日上。

烟 (一)(yān)⑨jin¹〔衣軒切〕❶物質燃燒時所發生的氣狀物。也指像雲一樣瀰漫空中的氣體。如：炊烟；烟霧。❷烟質凝成的黑灰。如：松烟。❸即"烟草"。又作"菸"。❹烟草製成品。如：紙烟；烟絲。❺特指燃片烟。如：禁烟。❻通"胭"。
(二)(yīn)⑨jɐn¹〔因〕見"烟煴"。

【烟火】❶即炊烟，借指住戶、人家。❷猶言烽火。多指邊警。參見"烽燧"。❸指熟食。道家稱辟穀絕食道爲不食烟火食。

【烟花】❶指春天豔麗的景物。❷舊指妓女的代稱。

【烟波】謂水波渺茫，看遠處有如烟霧籠罩出來。如：浩如烟海。

【烟海】茫茫大海。也用以比喻廣大繁多。如：浩如烟海。

【烟景】❶指春天的景色。❷烟水蒼茫的景色。

【烟煴】(yīn—)同"絪縕"。

【烟幕】❶軍事上用化學藥劑製成的濃厚烟霧。用以迷وي惑敵人，遮蔽自己。❷比喻用以掩蓋眞相或掩飾某種企圖的言詞和行

動。

【烟塵】❶烟，烽烟；塵，戰場上揚起的塵土。指戰爭。❷指人烟稠密的地方；繁華的地方。

【烟瘴】即瘴氣。指中國西南邊遠的地方。

【烟鬢】鬢，髻。猶雲鬢，本指婦女的髮髻。也用以比喻籠罩着雲霧的峯巒。

【烟靄】雲氣。

【烟波釣徒】謂隱居爲漁人。

烤 (kǎo)働hau²〔考〕用火烘熱或烘乾。如：烤白薯；烤衣服。❷向火取暖。如：烤火。

炯 (tóng)働tuŋ⁴〔銅〕熱的樣子。如：熱氣炯炯。

羔 同"盦"。

七　畫

烹 (pēng)働paŋ¹〔鋪罌切〕❶煮食物。❷古代以鼎鑊煮殺人的酷刑。

【烹飪】烹調食物。

烽 (fēng)働fuŋ¹〔風〕亦作"熢"。❶烽火，古時邊疆在高臺上燒柴以報警的火。參見"烽燧"。❷泛指警烟。

【烽火】指邊警。古時邊境有敵入侵，即舉火柴烟報警。參見"烽燧"。

【烽鼓】烽火與戰鼓。指戰亂。

【烽燧】即烽火。古代防禦報警的兩種信號。夜裏點的火叫烽，白天放的烟叫燧。引申爲邊警。

【烽火臺】古代邊防戍兵用烽火報警而建築的高土臺。隔一定距離即築一座。發現敵人入侵時，一臺燃起烽烟，鄰臺見後也立即舉火，就可以很快傳出全彀戍兵，作好準備。也叫墩臺；因燃烟常用狼糞，又名狼烟臺。

焄 (xūn)働fen¹〔分〕同"熏"。熏炙。

焌 (jùn)働dzœn³〔俊〕點火。

烰 (fú)働feu⁴〔浮〕見"烰烰"。

【烰烰】蒸氣上出的樣子。

烷 (wán)働jyn⁴〔完〕指一類有機化合物，其中只含碳—碳單鍵結構而具有飽和性。如：甲烷；乙烷。

烯 (xī)働hei¹〔希〕指一類有機化合物，其中含碳—碳雙鍵結構而具有不飽和性。如：乙烯。

焉 ㊀(yān)働jin¹〔烟〕❶安；何。如：焉能如此？❷乃；才。如：必知疾之所自起，焉能攻之。

㊁(yān)働jin⁴〔言〕❶意同"於此"。如：心不在焉。❷助詞。如：有厚望焉。

【焉逢】同"閼逢"。十千紀年"甲"的別稱。參見"歲陽"。

烴(烴) (tīng)働tiŋ¹〔聽〕由碳和氫兩種元素構成的一類有機化合物，總稱碳氫化合物，簡稱烴(類)。本類種類來自大的天然來源。天然氣、石油的分餾產物、煤的乾餾產物、天然橡膠等的主要成分都屬烴類，是有機合成工業的基本原料。"炯"的異體字。

焐 (wù)働ŋ⁶〔悟〕以熱物接觸冷物而使之變暖。如：用熱水袋焐手。

焓 (hán)働hem⁴〔含〕熱力學名詞。亦稱"熱函"。表示物質系統能量的一個狀態函數。

烺 (lǎng，又讀láng)働loŋ⁵〔朗〕見"烺烺"。

【烺烺】形容火光明亮。

焊 (hàn)働hon⁶〔汗〕連接金屬(或某些非金屬)使成爲整體的一種方法。如：焊接；焊錫。

八　畫

焙 (bèi)働bui⁶〔鼻匯切〕用微火烘烤。如：焙茶。

焚 ㊀(fén)働fen⁴〔墳〕燒。如：焚香。

㊁(fèn)働fen⁵〔奮〕通"僨"。

【焚琴煮鶴】見"煮鶴焚琴"。

【焚膏繼晷】膏，油脂，指燈燭；晷，日光。猶言夜以繼日。

焜（hǔn，又讀 kūn）⑩ kwen¹〔坤〕光明。見「焜耀」。

【焜耀】輝煌明亮的樣子。

焞（tūn）⑩ten¹〔吞〕❶古時卜者灼龜用的柴枝。❷見「焞焞」。

【焞焞】形容星光暗弱。

焠（cui）⑩tsœy³〔翠〕sœy⁶〔睡〕（又）同「淬❶」。❷燒。

無（无）㊀（wú）⑩mou⁴〔毛〕❶沒有。如：無妨試試。❸通「毋」。不要。

㊁（mó）⑩mo⁴〔磨〕〔南無〕梵文Namas的音譯，一作「南謨」。「歸敬」、「歸命」的意思。佛教徒常用來加在佛、菩薩名或經典題名之前，表示對佛和法的一種尊敬。

【無方】❶猶無будто，謂沒有固定的方式、處所或範圍。❷方法不對頭。

【無由】猶無從；沒有門徑，沒有機會。

【無任】❶猶不勝。❷無能。

【無似】自謙之辭，猶言不肖。❷無比。如：欽佩無似。

【無行】（—xíng）品行不好。

【無那】（—nuò）猶無奈，無可奈何。

【無告】古時特指鰥寡孤獨。意謂有苦而無處可告，形容處境極為不幸。

【無何】❶不久。❷沒有什麼。何，指罪過。

【無艮】無二。

【無奈】無可奈何。如：出於無奈。

【無朋】無比。

【無咎】❶無有過失。❷無所歸罪。

【無兩】無雙；無比。

【無狀】❶無善狀，無成績。❷沒有禮貌。

【無射】（—yì）亦作「無斁」。不厭。❷中國古代十二音律之一。

【無恙】恙，憂。沒有災禍、疾病等事。

【無聊】「聊」一作「憀」。❶生活窮困，無所依賴。❷精神空虛，無所寄託。也謂沒有意義。如：說了許多無聊的話。

【無常】❶變化無定。如：晴雨無常。❷佛教用語。梵文Anitya的意譯。佛教宣揚世間一切事物，都是變幻不實的，都處在變異流變壞的過程中，遷流不停，這種現象稱為無常。❸舊時迷信，說人死時勾攝生魂的使者。

【無庸】亦作「毋庸」。不必。如：無庸諱言。

【無幾】❶沒有多少；很少。如：寥寥無幾；相差無幾。❷不多時。不久。

【無辜】無罪；無罪的人。

【無極】沒有窮盡。兼指空間和時間。

【無寧】（—níng）亦作「毋寧」。❶寧可；不如。❷難道。

【無端】❶無從產生。❷無緣無故。❸沒有盡頭。

【無稽】無可查考；沒有根據。

【無慮】大都；大略。

【無數】❶沒有定數。❷數不清，表示極多。❸不知底細。如：心中無數。

【無謂】沒有意義。

【無雙】無比；獨一無二。

【無疆】無限；沒有窮盡。

【無類】❶不分類別。❷不倫不類。❸無遺類，謂無一幸免。

【無聊賴】無所依賴；無聊。

【無雙譜】書名。清金古良撰繪。選從漢到宋有名人物四十人為之畫像，並各附一詩。後以入《無雙譜》表示罕見或獨一無二。

【無以復加】達到頂點，沒有什麼可以再加於其上。

【無出其右】沒有能勝過他（或他們）的。

【無妄之災】謂意外的災禍。

【無的放矢】（的di）放箭沒有目標。比喻言論或做事沒有明確的目的，不看對象。

【無法無天】胡作非為，肆無忌憚。

【無風起浪】謂無端生事。

【無病呻吟】謂沒有病而發出呻吟聲。比喻沒有真實情感而強作感慨的言辭。

【無微不至】謂各種細微的地方不照顧到，形容處事待人非常細心周到。

【無腸公子】蟹的別名。

【無遮大會】佛教名詞。指布施僧俗的大齋會。無遮，無所遮攔。佛教宣稱不分貴賤、僧俗、智愚、善惡，平等看待。

【無懈可擊】謂找不到破綻。

【無獨有偶】謂本是不應有的事，偏有類似的出現，作為它的配對。多用於貶義。

【無翼而飛】比喻事物不待推行就迅速地自行傳播。

【無邊風月】無限美好的景物。

【無何有之鄉】無何有，猶無有。原指什麼東西都沒有的地方，後以指空虛烏有的境界。

【無可無不可】指對事情達無可、沒有一定的主見。

【無所處稱尊】謂為無人才處逞強。

【無所措手足】不知說怎麼辦才好。

焦 (jiāo)⑨dziu¹[招]❶火傷；物經火燒而變黃或成炭。如：燒焦；憂焦。❷黃黑色。如：焦黑。❸比喻乾燥到極點。如：舌敝唇焦。❹煩躁；憂急。如：心焦。❺指煤炭。如：煉焦。

【焦土】烈火燒焦的土地，多指建築物等因戰火而遭到徹底破壞的景象。

【焦灼】憂煩不安的樣子。

【焦慮】焦急，憂慮。

【焦頭爛額】比喻十分狼狽窘迫的情狀。

焫 (ruò，又讀 rè)⑨jyt⁸[移 血 切] 同"爇"。燒。

焮 (xīn)⑨jen¹[因] 亦作"炘"。燒；灼。

焯 同"灼"。

焰 "燄"的異體字。

然 (rán)⑨jin⁴[言]❶"燃"的本字。燃燒。❷是。如：不以為然。也用作肯定的回答。❸如是；這樣。如：所以然；不盡然。❹但是。如：此事雖小，然亦不可忽視。❺作詞助，表狀態。如：突然；欣欣然。

【然疑】將信將疑。

【然諾】許諾。

焴 (yù)⑨juk⁷[郁]同"煜"。

焱 (yàn)⑨jim⁶[驗]火花。

【焱焱】形容旌旗招展炫麗。

九 畫

煁 (shén)⑨sem⁴[岑]可以移動的爐竈。

煆 同"鍛"。

煇 ㊀"輝"的異體字。
㊁(yùn)⑨wen⁶[運]通"暈"。太陽周圍的光氣圈。

煉(炼) (liàn)⑨lin⁶[練]❶用加熱等方法使物質純粹或堅韌。如：煉鋼；煉乳。❷比喻下苦功以求其精。如：煉字；煉句。

煌 (huáng)⑨woŋ⁴[皇]見"煌煌"、"輝煌"。

【煌煌】形容明亮。也形容光彩鮮明。

煎 (jiān)⑨dzin¹[箋]❶一種烹飪法，用少量的油把食物烤熟。如：煎餅；煎魚。亦指用水熬煮。如：煎藥。❷形容焦灼痛苦。如：煎熬。

煮 (zhǔ)⑨dzy²[主]把東西放在水中加熱使熟。如：煮飯。

【煮豆燃萁】《世說新語 ‧ 文學》載，魏文帝曹丕限其弟曹植七步中作詩，否則要殺死他。曹植立刻作了一首詩："煮豆持作羹，漉菽以為汁，其在釜下燃，豆在釜中泣。本是同根生，相煎何太急！"其中，豆萁。後常用"煮豆燃萁"比喻骨肉相殘。

【煮鶴焚琴】亦作"焚琴煮鶴"。比喻糟蹋美好的事物。

煑 "煮"的異體字。

煒(炜) (wěi)⑨wei⁵[偉]鮮明有光。

【煒煒】光采炫耀。

煖 ㊀"暖"的異體字。
㊁(xuān)⑨hyn¹[圈]同"煊"。溫暖。

煗 "暖"的異體字。

煙 "烟㊀"的異體字。

煜 (yù)⑨juk⁷[郁]❶照耀。❷火燄。

【煜煜】亦作"昱昱"。明亮的樣子。

煞 ㊀(shà)⑨sat⁸[殺]❶凶神。如：煞神；凶神惡煞。❷表示極甚之詞。如：急煞；煞費苦心。

〇(shā)働同「〇❶結束；止住。如：煞尾；煞車。❷同「殺」損傷；殺傷。

同「炸〇」。

煠 同「炸〇」。

煢(惸) (qióng)働kiŋ⁴〔瓊〕同「悍」。本指沒有兄弟，也泛指孤單無靠。

【煢煢】孤獨無依的樣子。

【煢煢】煢，無兄弟，無子、無孤，謂孤獨，沒有依靠，亦指孤獨無靠的人。

煣 (róu)働jeu²〔柔〕用火烘木，使之彎曲。

煤 (méi)働mui⁴〔梅〕❶固體燃料的一大類。由各地質時代生長在沼澤地帶的繁茂植物，因地殼的緩慢下沉，逐漸積成厚層，並埋沒在水底或泥沙中，經過漫長地質年代的天然煤化作用而成。❷煤炱，煙熏所積的黑灰，爲製墨的主要原料。

煥 (huàn)働wun⁶〔換〕鮮明；光亮。煥然一新。

【煥發】形容光彩四射。如：容光煥發；精神煥發。

昫 (xǔ，又讀xù)働hœy²〔許〕溫暖。如：春風和昫。

【昫】溫暖的樣子。

【昫嫗】同「嫗昫」。撫育長養。

照 (zhào)働dziu³〔詔〕❶光線射到。引申指日光。如：初照；夕照。❷對着鏡子或其他反光物看自己的影子。引申人物的圖像。如：寫照；拍照。❸按照；依照。如：照常；照例；照辦。❹察；知曉。如：心照不宜。❺看顧。如：照料；照應。❻察看。如：查照；對照。❼憑證。如：執照；護照。❽通知；知照；關照。

【照管】照料。

【照臨】照察。古代稱頌天和帝王之辭。引申爲謝人加垂顧念的敬語。

煨 (wēi)働wui¹〔偎〕❶把食物放在火灰裏慢慢烤熟。如：煨栗子；煨山芋。❷一種烹飪法，即用文火慢慢燉熱。如：紅煨牛肉。

煩(烦) (fán)働fan⁴〔凡〕❶本義熱頭痛。引申爲煩躁、煩惱或煩悶。如：心煩意亂。❷多；繁劇。如：要言不煩。❸煩擾；攪煩。❹煩勞；相煩。

【煩言】氣憤或不滿的話。參見「嘖有煩言」。

【煩絮】煩悶囉囌。

【煩碎】煩雜細碎的小事。

煬(炀) (yàng)働jœŋ⁶〔樣〕❶烘乾。引申爲烤火。❷火燒得很旺。引申爲焚燒。

〇(yáng)働jœŋ⁴〔羊〕亦作「烊」。熔化金屬。今江浙人謂熔化爲煬。

煲 (bāo)働bou¹〔褒〕廣東方言。❶用文火煮食物。如：煲飯。❷鍋子；銚子。如：瓦煲；水煲。

煸 (biān)働bin¹〔邊〕將菜蔬在燒、燉之前用少量的油稍炒一下。

煳 (hú)働wu⁴〔胡〕燒得焦黑。如：饅頭烤煳了。

熲 (jiǒng)働gwiŋ²〔炯〕火。

煊 (xuān)働hyn¹〔圈〕同「煖〇」、「暄」。

煏 (bì)働bik⁷〔壁〕用火焙乾。

煟 (wèi)働wei⁶〔胃〕見「煟煟」。

【煟煟】形容宮室寬闊。

十畫

熙 (xī)働hei¹〔希〕❶光明。❷曝曬。❸興起；興盛。

【熙春】和煦的春天。

【熙洽】指時世清明安寧。

【熙朝】指盛明之世。臣子用以稱頌當時的王朝。

【熙熙】和樂的樣子。

【熙來攘往】見「熙熙攘攘」。

【熙熙攘攘】亦作「熙熙壤壤」。形容人來人往、喧鬧紛雜的樣子。亦作「熙來攘往」、「熙攘」。

凞 「熙」的異體字。

煽 (shān，又讀shàn)働sin³〔扇〕❶搧火。引申爲搧惑、搧動。❷熾盛。

熄 (xī)㊀sik⁷〔式〕❶滅。如：火熄；熄燈。❷消亡。

熅 (yūn)㊀wen¹〔溫〕沒有火燄的火。
【熅熅】形容火勢薇弱。

熇 (hè)㊀huk⁹〔酷〕kɔk⁸〔確〕(又)見"熇熇"。
【熇熇】形容火勢熾盛。

熊 (xióng)㊀huŋ⁴〔紅〕❶動物名。哺乳綱，熊科。如：白熊、黑熊。❷見"熊熊"。
【熊熊】形容光燄盛大。如：火光熊熊；熊熊烈火。
【熊羆】❶熊和羆。兩種猛獸。常用以比喻凶猛的勢力。❷比喻勇猛的武士。
【熊經鳥申】古代一種養生延壽法。

熏 (xūn)㊀fen¹〔分〕❶火煙上出。如：煙熏火熱。❷以火煙熏灸。也指用木柴、木屑等的煙火灼炙食物。如：熏魚；熏肉、熏〔篦〕等❸。
【熏天】形容氣勢之盛。
【熏灼】比喻氣燄逼人。
【熏蒸】熱氣升騰。形容酷熱逼人。

熔 (róng)㊀juŋ⁴〔容〕以高溫使固體物質轉變爲液態。如：熔鐵；熔爐。

熒 (熒) (yíng)㊀jiŋ⁴〔營〕❶光微弱。❷眩惑。
【熒熒】亦作"螢螢"。猶迷惑、眩惑。
【熒熒】❶形容微光閃爍，多指星月之光或燭光。❷音光閃耀。

熗 (熗) (qiàng)㊀tsœŋ³〔唱〕一種烹調法，把菜餚稍煮取出，加上調味品。

熘 同"餾"。

熷 (táng)㊀tɔŋ⁴〔唐〕烘焙；煨。
【熷灰】熱灰，可以煨物。

熝 同"炒"。

熤 (tuì)㊀tœy³〔退〕已宰殺的豬、雞等用滾水燙後去掉毛。

熥 同"熢"。

十一畫

熛 (biāo)㊀biu¹〔標〕❶迸飛的火燄。❷閃動。❸疾速。

熟 (shóu，讀音 shú)㊀suk⁹〔淑〕❶食物烹煮到可吃的程度。如：生米煮成熟飯。❷果實成熟，或特指莊稼可收割或有收成。如：瓜熟蒂落。❸原料經過加工或製煉。如：熟食；熟鐵。❹因見慣、做慣而熟悉、熟練。如：熟人；熟手；熟能生巧。❺經久而深入；精審。如：深思熟慮。
【熟視】注目細看。
【熟慮】猶熟思。仔細考慮。如：深思熟慮。
【熟視無睹】看慣了就像不曾看見。對眼前的事物漫不經心。

熠 (yì)㊀jep²〔邑〕光耀，鮮明。見"熠耀"。
【熠熠】形容光彩閃爍。
【熠耀】❶光彩鮮明。❷螢光，也指螢。

熢 同"烽"。

熨 ㊀(yùn)㊀wen⁶〔運〕tɔŋ³〔燙〕(俗)用金屬器具加熱，按壓衣物，使之平帖。
㊁(yù)㊀wet⁷〔屈〕見"熨帖"。
㊂(wèi)㊀wei³〔畏〕中醫外治法之一。以藥物炒熱，布包，熱熨患處，能散寒止痛。
【熨斗】熨平衣服的用器，形如斗，多以銅鐵製成。
【熨帖】❶(yù—)把布帛衣服等物用熨斗或烙鐵熨平。❷妥貼。一般寫作"熨貼"。❸(wèi—)以藥物塗敷患處。

熬 (áo，又讀 āo)㊀ŋou⁴〔遨〕ŋau⁴〔看〕(語)❶煮爛或煎乾。如：熬粥；熬鹽。❷忍受；勉力支持。如：熬飢；熬夜。❸通"嗷"。見"熬熬"。
【熬熬】同"嗷嗷"。民衆愁苦聲。

熯 (hàn)㊀hɔn³〔漢〕❶同"暵"。乾燥。❷燒。

熱 (热) (rè)㊀jit⁹〔移烈切〕❶溫度高。如：熱天；熱帶。❷熱烈。

如：熱情洋溢。❸盛；旺。如：熱鬧；熱門。

【熱中】本是心情煩躁的意思。後用爲急切地企圖獲得的意思，常含貶意。如：熱中名利。

【熱腸】肯出力幫助人。猶言熱心，熱情。

熲(熲)（jiǒng）粵gwin⁶〔炯〕同"炯"。火光明亮；光明。

【熲熲】同"炯炯"。光明的樣子。

熵（shāng）粵sœŋ¹〔商〕科學名詞。用以表示某些物質系統狀態的一種度量，或說明其可能出現的程度。

熳（màn）粵man⁶〔慢〕見"爛漫"。

熭（wèi）粵wɐi⁶〔衛〕亦作"焞"。曬；曬乾。

熥（tēng）粵tuŋ¹〔通〕把熱的食物蒸熱。

摋　同"燬"。

十二畫

熸（jiān）粵dzim¹〔尖〕火熄滅。

熹（xī）粵hei¹〔希〕亦作"熺"。❶放光明。❷熾熱。

【熹微】天色微明。

熾(熾)（chì）粵tsi³〔次〕火旺。如：熾炭；熾盛。引申爲熱盛。

燄（yàn）粵jim⁶〔驗〕❶火苗。同：火燄；光燄。❷比喻威勢。如：氣燄逼人。

【燄燄】形容火勢熾盛。

燈(灯)（dēng）粵dɐŋ⁴〔登〕本作"鐙"。❶照明的器具。如：油燈；電燈；汽油燈。有其他用途的發光、發熱裝置。如：紅綠燈；太陽燈；酒精燈。❷特指舊時元宵節張掛的燈彩。如：燈節；看燈。

【燈市】舊俗指以上元節（陰曆正月十五日）爲賞燈之期，各街市都先期準備放燈，店鋪出售各式花燈，叫燈市。

【燈花】燈心餘燼結成的花形。古人以燈花爲

喜事的預兆。

【燈檠】燈架；燈臺。

燉（dùn）粵dɐn⁶〔第恨切〕亦作"炖"。❶和湯煮爛食物。如：燉肉。❷隔水加溫。如：燉酒。

　　同"燉"。

燋　㊀（jiāo）粵dziu¹〔焦〕❶備作引火之柴枝。如：燋枝。❷通"焦"。如：燋頭爛額。㊁（qiáo）粵tsiu⁴〔潮〕通"憔"。憔悴。

【燋金爍石】使金石融化。形容酷熱。

燎　㊀（liǎo）粵liu⁴〔聊〕本作"尞"。❶放火燒田。引申爲燃燒。❷烘乾。㊁（liáo）粵liu⁴〔料〕火炬。㊂（liáo）同㊀燎。如：燎漿泡。

【燎原】火燒原野。如：星火燎原。

燐　同"磷㊀❶"。

燒(烧)（shāo）粵siu¹〔消〕❶使物着火；燃燒。❷加熱使物體起變化。如：燒飯；燒磚。❸因病而體溫升高。如：發燒。

燔（fán）粵fan⁴〔凡〕❶焚燒。❷通"膰"。祭祀用的炙肉。

燕　㊀（yàn）粵jin³〔宴〕❶鳥名，燕科種類的通稱。體型小，翼尖長，尾呈叉狀。喙扁而闊，口裂很深。飛行時捕食昆蟲。故鳥益鳥。夏時遍佈全國，營巢檐下，冬還南方。❷通"宴"。安閑；休息。參見"燕居"、"燕見"。❸通"宴"。宴飲。㊁（yān）粵jin¹〔烟〕❶古時指燕、匽、郾，公元前十一世紀周分封的諸侯國。開國君主是召公奭。有今河北北部和遼寧南端，建都薊（今北京）。戰國時成爲七雄之一。公元前222年爲秦所滅。❷舊時河北省的別稱。❸姓。

【燕支（yān—）】❶植物名，即紅花。可作胭脂。❷同"臙脂"。

【燕好】燕"通"宴"❶設宴並贈送禮物。❷和好。也用指夫婦之好。

【燕見】亦作"宴見"。謂帝王閑暇時召見臣下。

【燕居】同"宴居"。閑居。

【燕侶】燕子雙棲，猶人之有伴侶。多用以喻夫婦。

【燕婉】亦作"嬿婉"。舉止安閒和順。亦指夫婦和好。

【燕子樓】樓名。在江蘇徐州市。白居易《燕子樓詩序》說，唐貞元時尚書張建封的愛妾關盼盼在張死後獨居此樓十餘年。後因以"燕子樓"指遭遇不幸的貴族女子居住之處。

【燕雀處堂】亦作"燕雀處屋"。《孔叢子·論勢》載前人之言說，有燕雀處屋，自以爲安，而不知爐突火向上燒，棟宇將焚，禍之及己。後因以"燕雀處堂"比喻處境極危險而不自知。

【燕巢幕上】亦作"燕巢於幕"。比喻處境非常危險。

【燕爾新婚】《詩·邶風·谷風》有"宴爾新婚，如兄如弟"之語，原意是指棄舊而另娶。後反其意，用作慶賀新婚之辭。宴，同"燕"。

燙(烫) (tàng)⑬tɔŋ³〔吐鋼切〕❶被火或高溫灼痛或灼傷。如：燙手；燙傷。❷用熱水暖物。如：燙酒。❸用高溫着物，使改變形態。如：燙髮，燙衣服。

【燙手】比喻事情難辦。

燃 (rán)⑬jin⁴〔言〕本作"然"。❶焚燒，點火。如：燃料；燃燈。❷比喻紅光如火燄。

【燃眉】比喻事情急迫。

【燃犀】謂洞察姦邪。

熺 (xī)⑬hei¹〔希〕❶同"熹"。放光明。❷同"熾"。熾熱。

燁(烨) (yè)⑬jip⁹〔頁〕光輝燦爛。

【燁燁】形容光閃爍；光盛。

燜(焖) (mèn)⑬mun⁶〔悶〕一種烹飪法，即緊蓋鍋蓋，不使透氣，用微火把食物燉熟。如：黃燜雞。

燊 (shēn)⑬sen¹〔申〕熾盛。

燚 同"燮"。

燏 (yù)⑬wet⁹〔華迄切〕火光。多用於人名。

十三畫

營(营) (yíng)⑬jiŋ⁴〔仍〕❶軍隊駐紮的地方。如：安營紮寨。❷軍隊編制的單位，團之下，連之上。❸建設；經營管理。如：營造；國營。❹謀求。如：營生；營救。

【營生】❶謀生。❷活計；工作。

【營私】謀求私利。如：營私舞弊。

【營救】設法援救。

【營惑】同"熒惑❶"。猶迷惑、炫惑。

【營壘】軍營的舊稱。

【營營】往來不絕的樣子。

【營壘】軍營四周的防御建築物；堡壘。

燠 (yù，又讀ào)⑬juk⁷〔郁〕暖。

燥 (zào)⑬tsou³〔醋〕❶乾燥，沒有水分或水分很少。❷中醫指病因。六淫之一。

燦(灿) (càn)⑬tsan³〔粲〕光彩鮮明耀眼。參見"燦爛"。

【燦爛】形容光彩鮮明。如：光輝燦爛。

燧 (suì)⑬sœy⁶〔睡〕❶古代取火器。參見"陽燧"。❷亦作"㸑"、"㸑"。古代報告敵情的烽煙。參見"烽燧"。

燬 (huǐ)⑬wei²〔委〕❶烈火。❷焚燒。

燭(烛) (zhú)⑬dzuk⁷〔竹〕❶蠟燭。古代無蠟燭，稱火炬爲燭。亦作"爥"。❷照耀。如：火光燭天。引申爲察見。

【燭龍】古代神話中的神龍。在西北無日之處，人面龍身，銜燭以照幽陰。

燮 (xiè)⑬sit⁸〔洩〕諧和；調和。

【燮理】和理，調理。古代特指大臣輔助天子治理國事。

燴(烩) (huì)⑬wui⁶〔會〕會合衆味的烹調法。如：雜燴；冬菇燴豆腐。

燡(𪸩) (yì)⑬jik⁹〔亦〕見"燡燡"。

【燡燡】光明的樣子。

燌 (fén)⑧fɐn⁴〔焚〕同"焚"。

熝 (āo)⑧ou¹〔澳高平〕同"熝"。

十四畫

燹 (xiǎn)⑧sin²〔冼〕火。多用為兵火。

燻 同"熏❶❷"。

燼 (烬)⑧dzœn⁶〔盡〕火燒東西的剩餘。如：灰燼；燭燼。亦指燈花。

燾 (焘)(dào，又讀tāo)⑧dou⁶〔道〕tou⁴〔桃〕(又)同"幬㊀"。

燿 "耀"的異體字。

爁 (燗)(lǎn)⑧lam⁵〔覽〕❶焚燒；延燒。❷烤炙。

十五畫

爆 (bào，又讀bó)⑧bau³〔巴拗切〕❶木柴經火發爆裂聲。❷炸裂。如：爆炸。❸一種烹調法，把魚肉放在滾油裏炸。有爆鱔絲；爆雙脆。
【爆竹】古時用火燒竹，爆裂發聲，謂之爆竹，以為能驅除山鬼，於節日或喜慶日燃之。後改用火藥，以紙緊裹。也叫"爆仗"。有單響、雙響之別。將許多小型爆仗用藥線串在一起，稱為"鞭炮"，引燃後，響聲不絕。
【爆竿】爆竹。

爇 (ruò，又讀rè)⑧jyt⁸〔移血切〕點燃，放火焚燒。

爐 (āo)⑧ou¹〔澳高平〕亦作"燺"。放在灰火裏燒烤。

爍 (烁)(shuò)⑧sœk⁸〔削〕❶發光。見"閃爍"。❷通"鑠"。熔化金屬。
【爍爍】形容光芒閃耀。

爏 "雯"的異體字。

十六畫

爐 (炉)(lú)⑧lou¹〔勞〕❶盛火的器具，作冶煉、取暖、烹飪等用。如：熔鐵爐；手爐；爐竈。❷通"罏"、"壚"。古時酒店前放置酒壇的爐形土墩，也用為酒店的代稱。
【爐火純青】道家謂煉丹成功時，爐火發出純青的火燄。後用以比喻功夫達到純熟完美的境地。

燖 (燂)㊀(xún，又讀qián)⑧tsɐm⁴〔尋〕tsim⁴〔蟬〕(又)古代獻祭品的一種，沉肉於湯使半熟。
㊁(yàn)⑧jim⁶〔驗〕火苗。

爔 "燁"的異體字。

爺 (xǐ)⑧hei¹〔希〕❶火。❷同"曦"。

燹 同"發"。

十七畫

爛 (烂)(làn)⑧lan⁶〔賴雁切〕❶食物或瓜果熟透後的酥軟狀態。❷腐爛；敗壞。如：瓜果爛壞；破銅爛鐵。❸灼傷。如：焦頭爛額。
【爛漫】亦作"爛熳"。❶色彩鮮麗。如：天真爛漫。❸散亂；分散。❹放浪。
【爛醉】大醉。如：爛醉如泥。

爚 (yuè)⑧jœk⁹〔若〕❶火光。
【爚爚】形容光明耀目。

燍 同"燚"。

十八畫

爝 (jué，又讀jiào)⑧dzœk⁸〔雀〕dziu⁶〔趙〕(又)古時迷信，謂燒葦把以祓除不祥。
【爝火】小火把。

爟 (guàn)粵gun³〔貫〕舉火。參見"爟火"。

【爟火】❶古時迷信者謂祓除不祥的火。❷祭祀時所舉的火。❸古時報告敵情所舉的烽火。

爞 (chóng，又讀tóng)粵tsuŋ⁴〔蟲〕tuŋ⁴〔同〕(又)"爞爞"。

【爞爞】形容氣候炎熱。

十九畫

爇 (rán)粵jin⁴〔言〕"然"的古字。燃燒。

二十畫

爣(煻) (tǎng)粵toŋ²〔倘〕見"爣閬"。

【爣閬】寬敞明亮的樣子。

二十一畫

爥 (zhú)粵dzuk⁷〔竹〕同"燭"。照明。

二十五畫

爨 (cuàn)粵tsyn³〔寸〕❶燒火煮飯。❷竈。❸戲曲名詞。宋雜劇、金院本中某些簡短表演的名稱，如《講百花爨》、《文房四寶爨》等。一般以爨或爨弄泛指演劇。

爪 部

爪 ㊀(zhǎo)粵dzau²〔找〕❶手、腳指甲的通稱。❷鳥獸的腳指。如：鴻爪；虎爪。❸器物中像獸爪的部分。
㊁(zhuǎ)同㊀義同❶❷，用於"爪子"、"爪兒"等。

【爪牙】❶比喻武臣。❷猶言羽翼，比喻輔佐的人。今多用作貶義。比喻壞人的黨羽或替壞人出力辦事的狗腿子。

四 畫

爬 (pá)粵pa⁴〔把〕❶搔。❷伏地而行。如：爬行；爬蟲。❸攀援而上。如：爬樹；爬山。

【爬沙】亦作"把沙"。在沙土上爬行。

【爬梳】梳理；整理。

【爬羅】猶搜集；爬梳網羅。

爭(争) ㊀(zhēng)粵dzeŋ¹〔增〕dzaŋ¹〔支坑切〕(語)❶競爭；爭奪。如：爭先；爭勝。❷力求獲得或達到。如：力爭上游；為國爭光。❸爭執。如：爭吵；意氣之爭。❹差；欠。❺通"怎"。怎麼。如：爭奈。
㊁(zhèng)粵dzeŋ³〔支更切〕dzaŋ³〔佐迸切〕(語)通"諍"。諍諫。見"爭友"。

【爭友】(zhèng—)同"諍友"。能直言規過的朋友。

【爭臣】(zhèng—)直言諍諫之臣。

【爭光】❶比光輝。❷爭取光榮。如：為國爭光。

【爭奈】怎奈；無奈。

【爭長】(—zhǎng)爭奪上位。

【爭差】不足；不滿。引申為差錯，指意外。

【爭席】爭坐次，表示不相讓。

【爭訟】亦作"諍訟"。爭執而相互起訴。

【爭端】本指爭訟的依據。後多用以指引起雙方爭執的事由。

【爭衡】謂爭強鬥勝。

【爭鋒】猶爭勝。

【爭些子】差一點兒；幾乎。亦作"爭些兒"、"爭些"。

五 畫

爰 (yuán)粵jyn⁴〔元〕wun⁴〔垣〕(又)❶改易；更換。❷乃；於是。

【爰爰】猶緩緩。

【爰書】古時記錄囚犯供辭的文書。

八 畫

爲(为) ㊀(wéi)⑧wɐi⁴〔圍〕❶做；幹。如：事在人爲；敢作敢爲。❷製；造。如：結繩爲網。❸成爲；變爲。如：高岸爲谷，深谷爲陵。❹是：如：執勝夫子？❺被。如：敵軍爲我軍所敗。❻有。參見「爲間」。❼表感慨或詰問的語氣。如：予無所用天下爲！

㊁(wèi)⑧wɐi⁶〔胃〕❶因爲。❷給；替。如：爲國爭光。❸爲了。表示行爲的目的。如：爲自由而犧牲。❹與；對。如：不足爲外人道。

【爲間】(—jiàn)猶有間。不多一會兒。

【爲爾】猶言如此。

【爲人作嫁】(爲wèi)謂替人家縫製嫁衣。比喻徒然爲別人忙碌。

【爲虎作倀】(爲wèi)傳說被老虎吃掉的人，其鬼爲倀，誘人以供虎食，因以「爲虎作倀」比喻做惡人的幫凶。參見「倀鬼」。

【爲虎傅翼】(爲wèi)比喻助惡人作惡或給惡人以可憑藉的勢位。

【爲淵驅魚】(爲wèi)把魚趕到深水裏去。比喻爲政不善，人心渙散，使百姓投向敵對方面。

【爲富不仁】形容富人刻薄成性，唯利是圖。

【爲善最樂】謂多行善事最快樂。

【爲德不卒】謂不把好事做到底。

【爲叢驅雀】(爲wèi)把鳥雀趕到密林裏去。意同「爲淵驅魚」。

十四畫

爵 (jué)⑧dzœk⁸〔雀〕❶古代酒器。青銅製。有流、柱、鋬和三足。用以溫酒和盛酒。盛行於商代和西周初期。陶製的多是明器。❷指爵位。

【爵士】❶英國貴族的一個等級，位在男爵之下。❷美國一種音樂的音譯名。

【爵弁】亦作「雀弁」。古代禮冠的一種，比冕次一級，色如雀頭，赤而微黑。

父 部

父 ㊀(fù)⑧fu⁶〔付〕❶父親。❷男性長輩的通稱。如：祖父；伯父；舅父；姨父。

㊁(fǔ)⑧fu²〔苦〕❶對老年人的尊稱。如：漁父；田父。❷舊時男子之美稱。

【父兄】❶指父親與兄長。亦泛指長輩、長者。❷古代國君對同姓臣子的敬稱。

【父老】古時職掌管理鄉裏事務的年長者。❷對老年人的尊稱。

【父執】父輩的朋友。執，志同道合的人。

【父黨】❶指父系親族。❷猶父輩、長輩。

【父子兵】古代比喻上下團結一致的軍隊。

【父母官】舊時對州縣官的諛稱，約始於宋初。

【父母國】猶祖國，自身所生長的國家。

四　畫

爸 (bà)⑧ba¹〔巴〕對父親的稱呼。通作"爸爸"。

六　畫

爹 (diē)⑧de¹〔低些切〕❶對父親的稱呼。有些方言也用來稱祖父。❷對老年人的尊稱。如：老爹。

九　畫

爺(爷) (yé)⑧jɛ⁴〔耶〕❶父親。❷對年長男子的尊稱。如：老大爺。❸舊時對高貴者的稱呼。如：王爺；相爺；老爺。❹粵方言稱祖父。

爻 部

爻 (yáo)⑧ŋau⁴〔肴〕構成《易》卦的基本符號。"—"是陽爻，"‐‐"是陰爻；每三爻合成一卦，可得八卦。兩卦(六爻)相重可得六十四卦。卦的變化取決於爻的變化，故爻表示交錯和變動的意義。

七畫

爽 (shuǎng)⑧soŋ²(疏愨切)❶明。如：昧爽。❷開朗；暢快。如：秋高氣爽；神清氣爽。❸直爽。如：豪爽。❹失；差。如：絲毫不爽。

【爽約】失約。

【爽爽】俊朗出衆的樣子。

【爽然】❶開朗舒暢的樣子。❷茫然的樣子。見"爽然若失"。

【爽然若失】內心無所依據，空虛恍惚的意思。

十畫

爾(尔)(ěr)⑧ji⁵(耳)❶你。如：爾輩。❷如此；這樣。如：果爾；不過爾爾。❸那；那樣。如：問君何能爾？❹"而已"的合音。❺猶"耳"。如：前言戲之爾。❻猶"然"，作詞綴。如：莞爾而笑。

【爾汝】❶古代對人的輕慢稱呼。❷彼此以爾汝相稱，表示親昵。

【爾爾】應答之辭，猶"唯唯"、"是是"。

【爾馨】晉時口語，猶言如此。

【爾虞我詐】互相猜疑，互相欺騙。

爿 部

爿 (pán)⑧ban⁶(辦)❶劈開的竹木片。如：竹爿；柴爿。❷計數單位。如：一爿店。

四畫

牀 (chuáng)⑧tsɔŋ⁴(藏)❶供人睡臥的用具。如：牀鋪；牀位。今專指臥具。古時亦指坐榻。如：胡牀。❷安置器物的架子。如：筆牀；琴牀。亦指水道的底。如：河牀。

【牀笫】(—zǐ)第，牀上的蓆子。牀笫，即牀鋪。引申指閨房之內或夫婦之間。

【牀頭金盡】財物耗盡，謂陷於貧困的境地。

五畫

牁 (gē)⑧gɔ¹(哥)❶繫船的木椿。❷〔牂牁〕見"牂"字條。

六畫

牂 (zāng)⑧dzɔŋ¹(臧)母羊。

【牂牁】古縣名。隋置。治所在今貴州思南西南。

【牂牂】茂盛的樣子。

十三畫

牆(墙)(qiáng)⑧tsœŋ⁴(祥)❶房屋或圍場周圍的障壁。❷門屏。見"蕭牆"。❸出殯時張於棺材周圍的幃帳。

【牆宇】比喻人的氣度、風格。

【牆外漢】比喻局外或不相干之人。

片 部

片 ㊀(piàn)⑧pin³(漏)❶本指鋸開木頭的一半，因以爲一偏之稱。如：片面言詞。❷單；隻。如：片言隻字。❸泛指扁而薄的東西。如：木片；鐵片；紙片；名片。❹削成薄片。如：片肉；片肉。❺形容很少或很短。如：片善；片刻。❻片狀物的計量單位。如：一片瓦；一片藥。也指連綿不斷的事物。如：一片草地；一片好心。❼填詞術語。詞的分段稱爲分片。

㊁(piàn)⑧pin²(披演切)片子。如：相片；唱片。

【片子】同"牌子"。兩性相配合。

【片時】片刻；極短的時間。

【片假名】日本文所用的楷書字母。

【片言折獄】本謂能用簡短的幾句話判決訟事。後用以指能用幾句話來判别雙方爭論的是非。

【片言隻字】片段的話和零碎的文字材料。

四　畫

版 (bǎn)⑨ban²〔板〕❶亦作"板"。築牆用的夾板。❷古時書寫用的木片。❸名冊或戶籍。參見《版圖》。❹手版，即朝笏。❺印刷用的底版。如：木版；石版；銅版；珂羅版。引申爲書籍印刷一次之稱。新聞紙一面也稱一版。

【版圖】版，戶籍；圖，地圖。今指一國之疆域。

【版蕩】即"板蕩"。

【版築】築土牆，用兩版相夾，裝滿泥土，以杵築之使堅實，即成一版高的牆。亦泛指土木營造之事。

【版輿】同"板輿"。

【版版六十四】版，鑄錢錢模型，每版六十四文。比喩人的性格拘執，不知變通。

五　畫

牉 (pàn)⑨pun³〔判〕一物中分爲二。

【牉合】亦作"片合"、"判合"。兩性相配合；男女結合成爲夫妻。牉，半。一方爲半，合其半以成配偶。

八　畫

牋 "箋"的異體字。

牌 (pái)⑨pai⁴〔排〕❶揭示或標誌所用的板。如：門牌；路牌；招牌；佈告牌。❷產品的名號。如：中華牌香煙。❸用作憑證的小木板或金屬板。如唐代的銀牌，宋代的金牌，後來的腰牌等。❹古時兵器"盾"的俗稱。如：藤牌。❺一種娛樂用品，多用作賭具。如：骨牌；麻將牌。❻喪禮所設的木主。如：靈牌；牌位。❼詞曲的調名。如：詞牌《菩薩蠻》；曲牌《點絳唇》。❽清代一種下行公文的名稱。如：行牌；牌文。

【牌照】政府發給准許營業的憑證。

【牌價】規定的價格。

九　畫

牏 "閘"的異體字。

牏 (yú，又讀tóu)⑨jy⁴〔如〕teu⁴〔頭〕
牏 (又)築牆的短版。

牒 (dié)⑨dip⁹〔蝶〕❶古代的書板。如：金牒；玉牒。特指譜籍。如：譜牒；家牒。❷公文；憑證。如：通牒；度牒。

牕 "窗"的異體字。

十　畫

牓 "榜㊀"的異體字。

十一畫

牖 (yōu)⑨jeu⁵〔友〕窗。

牗 "窗"的異體字。

十五畫

牘(牍) (dú)⑨duk⁹〔讀〕❶古代寫字用的木片。參見《簡》。後世稱公文爲文牘，書札爲尺牘。❷古樂器名。

牙　部

牙 (yá)⑨ŋa⁴〔衙〕❶牙齒。❷咬；嚙。❸指用作器物或裝飾的象牙。如：牙章；牙筷。❹古代官署之稱。後作"衙"。參見《牙門》。❺通"互"。舊指買賣介紹人。

【牙牙】象聲詞。嬰兒學語的聲音。

【牙門】❶古代軍營門口置牙旗，所以營門也叫"牙門"。❷舊時官吏辦事的地方。即衙門。

【牙城】唐代藩鎮主帥所居之城。後以泛稱主將所居之城。

【牙將】古代中下級軍官。

【牙祭】舊時一般人平時多蔬食，隔若干時日肉食一次叫"牙祭"。一說古代官衙朔望祭祀，第二天供事人員分吃祭餘的肉，叫"衙祭肉"。肉"本作"牙"。四川方言泛稱吃葷食爲"打牙祭"。

【牙牌】❶象牙或獸骨製的版片，古代用以寫官銜、履歷或標記事物名稱。❷亦稱"骨牌"。用象牙或獸骨所製的賭具，也用作占卜。

【牙慧】謂蹈襲別人的言論、見解。如"拾人牙慧"。

【牙磣】食物中夾雜砂石等，牙齒嚼起來感覺不舒服。也比喻粗鄙的話說起來礙口。

【牙籌】❶象牙或獸骨製的計算用具。❷古代夜裏報更計時的籌。

【牙籤】❶舊時藏書者繫於書函上作爲標誌、以便翻檢的牙製籤牌。❷剔牙垢的籤子。

牙 (hù)粵wu⁴[戶]同"互"。

八　畫

掌 (chēng)粵tsaŋ¹[撐]❶斜柱。❷同"定"。今字作"撐"。

牛　部

牛 (niú)粵ŋeu⁴[偶低平]❶反芻家畜。有黃牛、瘤牛、水牛、牦牛等。體強大。有角。有乳用、肉用、役用和兼用等種類。❷比喻頑固執或倔強。如：牛脾氣；牛性子。❸星名，二十八宿之一。

【牛刀】宰牛用的刀。比喻大材。如：牛刀小試。

【牛女】❶指牽牛星和織女星。❷神話人物。從星名衍化而來。織女爲天帝孫女，故亦稱天孫。長年織造雲錦，自嫁與河西牛郎後，織乃中斷。天帝大怒，責令她與牛郎分離，只准每年七月相會一次。兩人相會時，烏鵲於天河上爲之搭橋，名爲"鵲橋"。

【牛毛】❶比喻多。❷形容細而多。

【牛耳】古代盟會時由主盟者執盛牛耳之盤以歃血。參見"執牛耳"。

【牛衣】亦稱"牛被"。給牛御寒用的覆蓋物。《漢書·王章傳》載，章有疾病，無被，臥牛衣中，與妻決別，涕泣。後因以"牛衣對泣"形容夫妻共守窮困。

【牛郎】❶牧牛童。❷神話人物。詳"牛女"。

【牛酒】牛和酒，古時用作賞賜、慰勞或餽贈的物品。

【牛被】即牛衣。

【牛飲】本謂如牛俯身就池而飲，後泛指放量狂飲。

【牛馬走】舊時自稱之謙辭。

【牛山濯濯】牛山，在山東淄博市臨淄南。舊時山上多美木，後屢遭砍伐，其山濯濯無草木。後人即以"牛山濯濯"形容草木不生，或借喻爲人的頭髮脫落後光秃的樣子。

【牛鬼蛇神】原意謂虛幻怪誕，後多用來比喻形形色色的壞人。

【牛溲馬勃】牛溲，牛溺，一說車前草馬勃，馬屁勃，屬担子菌類。比喻無用的東西。

二　畫

牝 (pìn)粵pen⁵[爬引切]❶鳥獸的雌性。與"牡"相對。❷門戶的孔；鎖孔。

【牝牡驪黃】《列子·說符》載，伯樂（善相馬者）把九方皋薦給秦穆公去訪求駿馬。過了三個月回來，說已經找到了。穆公問："何馬也？"回答說："牝而黃。"使人去取，回來說，此馬"牡而驪"。穆公責備伯樂。伯樂喟然說："皋之所觀，天機也。得其精而忘其粗，在其內而忘其外。"等到馬到來，果然是天下稀有的良馬。比喻即雌雄；驪，黑色；黃，黃色。意謂觀察事物要注重其本質，而不在於表面現象。後以"牝牡驪黃"比喻事物的表面現象。

牟 (móu)粵meu⁴[謀]❶牛鳴聲。❷取。見"牟利"。

【牟利】營取私利。

三畫

牡（mǔ）⊕mau⁵〔卯〕❶鳥獸的雄性。❷鎖簧；門閂。

牢⊖(láo)⊕lou⁴〔勞〕❶關牲畜或野獸的欄圈。如：豕牢；虎牢。❷祭祀用的犧牲。見"太牢"、"少牢"。❸監禁犯人的地方。如：囚牢；坐牢。❹堅固。如：牢不可破；牢記在心。❺憂勞。見"牢愁"、"牢騷"。

⊖(lào)⊕lou⁶〔澇〕舊指官府發給糧食。

【牢城】宋時囚繫流配罪犯的地方。

【牢落】❶野獸奔走的樣子。❷稀疏零落的樣子。❸無所寄托的樣子。

【牢愁】憂愁；愁悶。

【牢騷】抑鬱不平之感。如：發牢騷。

【牢籠】❶關禽獸的籠檻，比喻束縛人的事物。如：讓思想衝破牢籠。❷包羅；制馭。

牣（rèn）⊕jen⁶〔刃〕❶充滿。❷通"韌"。堅韌。

牠"它⊖"的異體字。

四畫

牦（máo）⊕mou⁴〔毛〕即"牦牛"。牛的一種，全身有長毛，黑褐色、櫻色或白色，腿短。是青藏高原地區主要的力畜。

牧（mù）⊕muk⁹〔木〕❶放飼牲畜。如：牧牛；牧馬。❷牧地。亦指遠郊之地。❸古指牧牛的奴隸。❹治民。見"牧民"。❺古時治民之官。漢末一州的軍政長官稱"州牧"。

【牧民】❶統治人民。古代統治者蔑視人民，把官吏統治人民比做牧人牧養牲畜。❷以畜牧為業的人。

【牧伯】漢代以後州郡長官的尊稱。

物（wù）⊕met⁹〔勿〕❶事物。也專指外物、環境。與"我"相對。如：物與我而俱也。引申為事件之稱。❷內容；實質。如：言之有物；空洞無物。❸人；公

眾。如：待人接物；恐遭物議。❹通"歿"。見"物故❶"。

【物化】❶莊周用指一種消除事物差別、彼我同化的意境。❷指人死。

【物外】世俗之外。

【物色】❶古時祭祀用的牲體的毛色。❷指形貌。引申為按照一定標準去訪求。如：物色人才。❸謂諸色物品。❹猶風物、景色。

【物役】謂為追求物質享受而反為物所役使。引申為人事牽累。

【物事】❶猶事情。❷猶東西。亦指人，含有鄙視之意。

【物宜】因事擇人，量才任用。

【物故】❶歿；亡故。❷事故。

【物候】❶動植物的生活過程及其活動規律對氣候的反應。❷景物；風物。因其隨節候而變異，故稱"物候"。

【物理】❶事物的道理。如：人情物理。❷物理學的簡稱。

【物望】猶眾望。如：物望所歸。亦指眾所仰望的人。

【物華】❶物的光華、菁華。❷美好的景物。

【物質】❶哲學名詞。指不依賴人的感覺而存在的客觀實在。❷指生活資料、金錢等。如：物質生活。

【物論】猶言輿論；眾人的議論。

【物議】眾人的非議。

【物以類聚】謂同類的東西常聚在一起，今多指壞人互相勾結。

【物換星移】景物改變，星度推移。謂時序遷變。

【物極必反】謂事物發展到極度時，就會向相反的方向轉化。

【物腐蟲生】謂物先腐爛而後生蟲。比喻禍患的發生必先有內部原因，自己有弱點，然後別人得以乘隙進攻。

牥（fāng）⊕fɔŋ¹〔方〕見"牥牛"。

【牥牛】古代傳說中的一種牛，能像駱駝一樣在沙漠中遠行。

五畫

牮　(jiàn)⑩dzin³〔箭〕❶用木柱支撐傾斜的房屋，使之平正。如：打牮。❷用土石擋水。

牯　(gǔ)⑩gu²〔古〕母牛；也指閹割過的公牛。也泛指牛。

牲　(shēng)⑩seŋ¹〔生〕saŋ¹〔沙坑切〕(語)供祭祀及食用的家畜。如：三牲；畜牲。

【牲口】指禽獸等動物。今指能爲人服役的家畜。如：牛、馬、驢、騾等。

牴　"抵"的異體字。

六　畫

牷　(quán)⑩tsyn⁴〔全〕純色的牛、羊、豬。

牸　(zì)⑩dzi⁶〔字〕牝。本指牛，也泛指雌的牲畜。

特　(tè)⑩dek⁹〔第冕切〕❶公牛。亦指公牛。❷特殊；超出一般。如：奇特；特權。❸單獨。引申爲專一。如：特地；特派；特意。❹但。如：不特如此。

【特地】❶特爲。❷特別。

【特技】❶武術、馬術、飛機駕駛等方面的特殊技能。如：特技表演。❷電影用語，指攝製特殊鏡頭的技巧。

【特性】某一事物所特有的性質。

【特約】特地約請或約定。如：特約記者。

【特赦】國家對某些有悔改表現的犯人或特定犯人減輕或免除刑罰。

【特達】特出、特殊。

【特徵】一事物區別於他事物的特別顯著的徵象、標誌。

【特寫】❶報告文學的一種形式，主要特點是描寫現實生活中的眞人眞事。❷電影藝術的一種手法，用極近的距離拍攝人或物的某一部分，使特別放大（多爲人的面部表情）。

【特立獨行】指自有特操守，有見識，不隨波逐流。

七　畫

牼　(轻)　(kēng)⑩heŋ¹〔亨〕牛膝下的骨頭，即牛脛骨。

牽　(牽)　(qiān)⑩hin¹〔軒〕❶拉；挽引向前。如：牽牛。❷牽累。❸拘泥。

【牽染】連累；牽連。

【牽強】(─qiǎng)猶言勉強。如：牽強附會。

【牽絲】❶執印綬，謂初任官。❷《開元天寶遺事》載，宰相張嘉貞欲納郭元振爲婿，因命五女各持一絲於幔後，使郭牽之。郭牽一紅絲，得第三女。後因用以稱締結婚姻。❸古時稱木偶戲爲"牽絲戲"。❹指法上的術語。指筆勢往來牽帶之纖細痕迹顯見在兩畫之間者。也稱"引牽"或"引帶"。

悟　(wǔ)⑩ŋ⁵〔五〕同"忤"。逆；不順。參見"牾牾"。

牿　(gù)⑩guk⁷〔谷〕縛在牛角上使牛不能觸人的橫木。

牻　(máng)⑩moŋ⁴〔忙〕黑白色雜色的牛。也泛稱毛色不純的獸類。

牪　同"驛"。

牭　同"粗❷❸❹"。

犂　"犂"的異體字。

八　畫

犀　(xī)⑩sei¹〔西〕❶動物名。亦稱"犀牛"。體粗大，吻上有一或二角。毛極稀少，皮膚厚而皺，多層襞，色微黑。以植物爲食。産在亞洲和非洲熱帶森林裏。肉可食；皮可製靴、盾和其他用品；角是珍貴的藥材，有解毒、解熱作用。❷堅固。引申爲"犀利"。

【犀利】堅固銳利，指刀、劍之類。也形容言詞的尖銳明快。如：文筆犀利；談鋒犀利。

犁　(lí)⑩lei⁴〔黎〕❶耕地的主要農具。❷耕。❸雜色。見"犁牛"。

【犁牛】雜色牛。

【犁然】猶言釋然。分解清楚的意思。

【犂庭掃穴】謂平其庭院，掃蕩其巢穴，比喻徹底摧毀敵方。

犆　㊀(tè)⑧dɐk⁹〔特〕同"特"。單獨。
㊁(zhí)⑧dzik⁹〔夕〕緣飾；鑲邊。

犉　(rún)⑧sœn⁴〔純〕黄毛黑唇的牛。

犋　(jù)⑧gœy⁶〔具〕牽引犂、耙等農具的畜力單位。能拉動一張犂或耙的畜力叫一犋。

犄　(jī)⑧gei¹〔基〕見"犄角"。

【犄角】❶角落。如：屋犄角。❷北方方言，獸角。如：羊犄角；牛犄角。❸同"掎角"。作戰時分出一小部兵力，以便牽制敵人或互相支援。

犅(㈼)　(gāng)⑧gɔŋ¹〔江〕公牛。

犇　"奔㊀"的異體字。

九　畫

犍　㊀(jiān)⑧gin¹〔堅〕閹割過的牛。也指閹割過的其他牲畜。
㊁(qián)⑧kin⁴〔虔〕〔犍爲〕古郡名。西漢建元六年置。治所在僰道（今四川宜賓西南）。東漢永初元年分犍爲郡南境置犍爲屬國都尉。治所在朱提。建安十九年劉備改置朱提郡。

犎　(fēng)⑧fuŋ¹〔風〕一種野牛。又叫"封牛"。

犏　(piān)⑧pin¹〔篇〕〔犏牛〕牦牛和黄牛交配後生的第一代雜種。

十　畫

犒　(kào)⑧hou³〔耗〕本謂以牛酒宴餉軍士，引申爲酬賞勞績的通稱。如：犒賞；犒賜。

犖(犖)　(luò)⑧lɔk⁹〔落〕❶雜色的牛。引申爲雜色。見"駁犖"。❷見"犖确"。

【犖犖】分明的樣子。

【犖确】形容山多大石。

犙　同"犣"。

十一畫

犥　㊀"牦"的異體字。
㊁(lí)⑧lei⁴〔離〕見"犛軒"。

【犛軒】❶即犂軒。古國名。❷古縣名。一作驪靬。漢置，後魏廢。故址在今甘肅永昌南。

十二畫

犟　(jiàng)⑧gœŋ⁶〔技讓切〕固執；不服勸導。如：脾氣犟。

十五畫

犢(犊)　(dú)⑧duk⁹〔讀〕小牛。

【犢鼻褌】即圍裙，形如犢鼻，故名。

犦　(bó，又讀bào)⑧bɔk⁹〔薄〕bau³〔爆〕（又）同"犤"。見"犤犧"。

【犤犧】古代儀仗的一種。

十六畫

犧(牺)　(xī)⑧hei¹〔希〕古代宗廟祭祀用的純色牲。參見"犧牲"。

【犧牲】古時祭祀用牲的通稱。色純爲"犧"，體全爲"牲"。今用爲捨棄、損棄之義。如：犧牲生命；爲國犧牲。

犨　(chōu)⑧tsɐu¹〔抽〕亦作"犫"。❶牛喘息聲。❷突出。

十八畫

犦　(bó，又讀bào)⑧bɔk⁹〔薄〕bau³〔爆〕（又）亦作"犤"。即封牛。一種野牛。

二十三畫

犩　同"犨"。

犬 部

犬 (quǎn) 粵hyn²〔喜院切〕❶家畜名。即"狗"。為人類最早馴化的家畜。❷舊時常用為自謙或鄙斥他人之辭。參見"犬子"、"豚犬"。

【犬子】❶古人用為小兒名，表示愛稱。❷舊時對別人謙稱自己的兒子為"犬子"，亦稱"小犬"、"豚兒"、"豚犬"。有時用以表示對別人兒子的輕蔑。

【犬馬】封建時代臣下對君主的自喻，表示忠誠、甘願服勞奔走。

【犬牙相制】謂地界接連，如犬牙交錯，可以互相牽制。參見"犬牙相錯"。

【犬牙相錯】❶地區交界後很曲折，像犬牙上下交錯。亦作"犬牙交錯"。

二 畫

犯 (fàn) 粵fan⁶〔飯〕❶侵犯。如；犯境。❷觸犯；抵觸。如；眾怒難犯；作姦犯科。❸發生；發作。如；犯疑；犯病。❹罪犯；犯法的人。如；戰犯；要犯。❺值得去做的意思。如；犯不着；犯得着。❻指詞曲中的移換宮調。如；犯聲；犯調。

【犯事】犯罪。

【犯夜】觸犯夜行的禁例。

【犯案】指做案後被發覺。

【犯顏】冒敢於冒犯君上或尊長的威嚴。

【犯難】(—nàn) 猶冒險。

狆 (qiú) 粵keu⁴〔求〕〔狍狳〕動物名。哺乳綱，狍狳科。頭、尾、背及四肢都有鱗片，腹部有較密的毛。棲息疏林、草原和沙漠地區，雜食。行動迅速，遇敵害時縮成一團。產於美洲。

三 畫

犴 ㊀(àn) 粵ŋɔn⁶〔岸〕❶亦作"岸"。牢獄。參見"岸獄"。❷同"犴"。
㊁(hān) 粵hɔn⁶〔翰〕同"狴"。即"駝鹿"。

四 畫

犻 (kàng) 粵kɔŋ³〔抗〕❶健犬。❷獸名，性狀如猿猱，可供驅使。

狀(状) (zhuàng) 粵dzɔŋ⁶〔撞〕❶形狀；情狀。❷陳述；描摹。也指陳述、記錄、申訴或褒獎的文辭或證件。如；行狀；傳狀；訴狀；供狀；獎狀。

【狀元】科舉考試中，殿試錄取一甲第一名稱狀元。

【狀頭】❶即狀元。❷即原告。

狁 (yǔn) 粵wen⁵〔允〕見"玁"。

狂 (kuáng) 粵kwɔŋ⁴〔葵昂切〕kɔŋ⁴〔奇昂切〕(俗) ❶本謂狗發瘋。如；狂犬。亦指人的精神失常；瘋狂。❷縱情任性或放蕩驕恣的態度。如；輕狂；狂妄；狂暴。❸氣勢猛烈，越出常度。如；狂風暴雨；狂熱；狂歡。

【狂夫】❶狂妄無知的人。❷猶言拙夫上，古代婦女對人稱自己丈夫的謙辭。❸古代掌驅疫和墓葬時驅鬼的官屬。

【狂且】(—jū) 行動輕狂的人。且，語末助詞。

【狂言】妄誕的言論。

【狂易】精神失常。

【狂悖】狂妄背理。

【狂童】謂狂悖昏愚之人。

【狂躁】性急於進取而流於疏闊，致行事不切實際。

【狂愚】愚妄無知，舊時多用作自謙之辭。

【狂藥】謂酒。

【狂飆】大風暴。

狃 (niǔ) 粵neu²〔扭〕❶習以為常，不復措意。❷貪。

狄 (dí) 粵dik⁹〔滴〕❶中國古代民族名。亦作"翟"。因主要居於北方，故又通稱為"北狄"。秦漢以後，"狄"或"北狄"曾是中原人對北方各族的泛稱之一。❷古時最下級的官吏。

【狄狄】狄，讀"躍"。跳躍。形容輕狂浮躁。

【狄鞮】古代翻譯西方民族語言的官。

犻 同"豚"。

犿 同"貛"。

五 畫

狉 (pī)粵pei¹〔丕〕見"狉狉"。

【狉狉】形容獸羣奔走之狀。

狌 ㊀(xīng)粵siŋ¹〔星〕同"猩"。㊁(shēng)粵sɐŋ¹〔生〕同"鼪"。俗稱黃鼠狼。

狎 (xiá)粵hap⁹〔峽〕❶親近；親熱。❷輕忽。❸狎玩。見"狎客"。

【狎恰】密集、擁擠之意。亦作"洽恰"。

【狎客】❶陪伴權貴游樂的人。❷嫖客。

狐 (hú)粵wu⁴〔胡〕動物名。毛色一般呈赤褐、黃褐、灰褐色。尾基部有一小孔，能分泌惡臭。雜食蟲類、小型鳥獸和野果等。中國有北狐、南狐兩種。毛皮極爲珍貴。

【狐媚】舊時迷信認爲狐善魅人，因稱用手段迷惑人爲"狐媚"。

【狐疑】俗傳狐性多疑，因以謂遇事猶豫不決。

【狐憑鼠伏】像狐鼠一樣憑借掩體潛伏着。憑，依據。

【狐埋狐搰】謂狐性多疑，才埋藏一物，又掘出來看看。比喻人疑慮太多，不能成事。

【狐假虎威】《戰國策·楚策一》載，有一次一隻老虎抓到一隻狐狸要吃掉它。狐狸說："你是不敢吃我的。天帝讓我當百獸之長，你要吃我，就是違背天命。不信你可以跟在我後面走一趟，看看百獸見了我是否都逃避。"老虎跟在它後面走了一趟，果如其言。虎不知百獸原來是怕自己，以爲眞的是怕狐狸。後因以"狐假虎威"比喻借別人的威勢欺壓人。

狒 (fèi)粵fɐi³〔肺〕〔狒狒〕猴類動物。毛呈淺灰褐色；面部肉色，光滑無毛；手脚黑色。棲於半沙漠地帶樹林稀少的石山上；羣居性，雜食。分布於非洲東北部及亞洲阿拉伯半島。

狓 (pī)粵pei¹〔披〕見"狓猖"。

【狓猖】同"披猖"。

狖 (yòu)粵jɐu⁶〔又〕❶黑色的長尾猿。❷一種像狸的獸。

狗 (gǒu)粵gɐu²〔久〕❶即犬。❷比喻供人役使、助人作惡者。如：走狗。

【狗彘】猶言豬狗。比擬行爲卑劣的人。

【狗尾續貂】本指官爵太濫。《晋書·趙倫傳》載，古代近侍官員以貂尾爲冠飾，由於封官太濫，貂尾不足，用狗尾代之。後泛指以壞續好，前後不相稱。多指文學藝術作品。

【狗頭軍師】指愛給人出主意而主意並不高明的人。含貶意。

狙 (jū)粵dzœy¹〔追〕❶獼猴。❷見"狙擊"。

【狙詐】謂狡猾奸詐。

【狙擊】暗中埋伏，乘機襲擊。如：狙擊敵人；狙擊手。

狍 同"麅"。

六 畫

狠 (hěn)粵hɐn²〔很〕❶殘忍；凶狠。如：心狠；狠毒；惡狠狠。❷下決心；竭盡全力。如：發狠。

狡 (jiǎo)粵gau²〔絞〕❶少壯的狗。❷美好。❸狡猾。如：狡計；狡辯。

【狡猾】同"狡獪"。詭詐。

【狡獪】❶狡詐奸滑。❷遊戲。

【狡兔三窟】狡猾的兔子有三個窩，比喻藏身處多，便於逃避災禍。

狨 (róng)粵juŋ⁴〔容〕動物名，即金絲猴。

狩 (shòu)粵sɐu³〔瘦〕打獵。特指君主冬天打獵。

狟 (huán)粵wun⁴〔桓〕同"貆"。豪豬。

狫 (yì)粵jɐi⁶〔移毅切〕動物名，亦稱林狫，即猞猁。

狗　"狥"的異體字。

七　畫

狳　(yú)⑨jy⁴〔余〕見"犰"。

狴　(bì)⑨bei⁶〔幣〕見"狴犴"。

【狴犴】傳說中一種野獸名。形似虎，有威力，故立於獄門。舊時因獄門上繪狴犴，故又作爲牢獄的代稱。

狷　(juàn)⑨gyn³〔眷〕❶潔身自好。參見"狷介"。❷器量狹小而性情急躁。參見"狷急"。

【狷介】謂潔身自好。

【狷急】急躁；浮躁。

狸　"貍"的異體字。

狹(狹)　(xiá)⑨hap⁹〔峽〕hap⁸〔呷〕(又)窄。與"寬"、"廣"相對。特指知識不廣。

【狹斜】古樂府有《長安有狹斜行》，述少年冶遊之事，後因稱娼妓家爲"狹斜"。亦作"狹邪"。

【狹隘】❶狹窄。❷形容心胸、氣度、見識不廣。也：胸襟狹隘；見聞狹隘。

【狹路相逢】在很窄的路上相遇，無地可讓。比喻仇人相遇，難以相容。

狺　(yín)⑨ŋen⁴〔銀〕見"狺狺"。

【狺狺】犬吠聲。

狻　(suān)⑨syn¹〔孫〕見"狻猊"。

【狻猊】即獅子。亦作"狻麑"。

狼　(láng)⑨loŋ⁴〔郎〕❶動物名。足長，體瘦，尾垂於後肢之間。吻較狗鼻尖；口也較闊。眼斜；耳豎立不曲。毛色隨產地而異，通常上部黃灰色，下部白色。性凶暴；常襲擊各種野生和家養的禽、畜，有時也傷害人類。分布亞洲、歐洲和北美洲。毛皮可做皮衣、褥、帽等。❷星名。

【狼抗】高傲；戇直。

【狼戾】❶猶狼藉，謂散亂、錯雜。❷凶扈。

【狼狽】❶困頓窘迫的樣子。如：狼狽不堪。亦作"狼貝"、"狼跋"。❷比喻彼此勾結。如：狼狽爲奸。按：舊說，狼、狽二獸名。狽前腳絶短，每行必駕兩狼，失狼則不能動。

【狼煙】烽火。古代邊疆燒狼糞以報警，故名。

【狼毫】毛筆的一種，用黃鼠狼（鼬鼠）毛製成。

【狼藉】(—jí)亦作"狼籍"。縱橫散亂。按舊傳狼羣常藉草而臥，起則踐草使亂以滅迹，後因以"狼藉"爲散亂之形容。引申爲破敗不可收拾之意。如：聲名狼藉。

【狼籍】同"狼藉"。

【狼顧】❶狼行走時常回頭後顧，以防襲擊，比喻人有後顧之憂。❷舊時形容人的一種異相，能反顧似狼。

【狼牙棒】古代兵器的一種，用堅重的木頭製成，長四五尺，上端長圓作棗子形，遍嵌鐵釘，形如狼牙。

【狼子野心】謂終狼子之不可馴服。比喻凶暴的人野心難制。

【狼心狗肺】形容行凶陰狠毒或忘恩負義。

【狼奔豕突】形容壞人到處亂闖，任意破壞。

狽(狽)　(bèi)⑨bui³〔貝〕傳說的獸名，似狼。參見"狼狽"。

狶　同"豨"。

狸　(lì)⑨lei⁶〔利〕見"貓"。

狺　(yán)⑨jin¹〔言〕獸名。參見"爰狺"。

狘　(què)⑨dzœk⁸〔雀〕戰國時宋國大夫。通作"鵲"。

狠　"悍"的異體字。

狝　同"獮"。

狴　(hān)⑨hon¹〔翰〕又作"犴"。動物名。即駝鹿。哺乳綱、鹿科。是最大型的鹿，體長2米餘。棲息在森林的湖、沼附近；善游泳；不喜成羣。

八畫

猇
同"虓"。

猊
(ní)⓹ŋɐi⁴〔危〕見"狻猊"。

猋
(biāo)⓹biu¹〔標〕❶犬奔。引申爲迅捷。❷通"飈"。暴風；旋風。

猒
(yàn)⓹jim³〔厭〕同"饜"。飽；足。
⊖(yà)⓹at⁸〔壓〕通"壓"。壓塞。
【猒猒】安然。

猓
(guǒ)⓹gwɔ²〔果〕見"猓然"。
【猓然】亦作"果然"。長尾猿。

猖
(chāng)⓹tsœŋ¹〔昌〕縱恣狂妄。
【猖狂】亦作"昌狂"。❶縱恣迷妄。❷桀傲不馴。
【猖披】衣不繫帶，散亂不整。引申爲不遵法度，任意妄爲。
【猖獗】亦作"猖蹶"。❶橫行無忌。❷顛躓；覆敗。

猗
⊖(yī)⓹ji³〔衣〕❶亦作"漪"。歎美之詞。❷作語助。猶"兮"。如：河水清且漣猗。
⊖(yǐ)⓹ji²〔倚〕通"倚"。依靠。
【猗柅】亦作"猗抳"。同"旖旎"。柔美的樣子。
【猗猗】美盛的樣子。也形容音聲婉弱不絕。
【猗嗟】歎美之辭。
【猗靡】(yī—)❶婉順的樣子。❷隨風披拂的樣子。

猘
(zhì)⓹dzɐi³〔制〕亦作"狾"、"瘈"。狗發瘋。亦以形容人的勇猛。

猙(狰)
(zhēng)⓹dzɐŋ¹dzaŋ¹〔支醫切〕〔又〕dzaŋ¹〔支爭〕❶古代傳說中的異獸。其狀如赤豹，五尾一角。❷見"猙獰"。
【猙獰】狀貌凶惡。

猛
(měng)⓹maŋ⁵〔蜢〕❶勇猛；猛烈。如：猛將；猛戰；猛火；猛進。❷凶暴。❸嚴厲。❹急驟；突然。見"猛可"、"猛省"。
【猛可】突然；陡然。
【猛省】(—xǐng)陡然醒悟。

猜
(cāi)⓹tsai¹〔釵〕❶嫌疑；疑。如：兩小無猜。❷揣摩測度；猜測。如：猜謎語。
【猜疑】疑忌妒忌。
【猜忌】猜忌怨毒。
【猜枚】飲酒時助興取樂的遊戲。取小物件，如錢幣、棋子、蓮子、瓜子等，握拳中令人猜測單雙、顏色或數目，猜中者勝，負者罰飲。
【猜拳】❶即"豁拳"、"拇戰"。參見"豁拳"。❷即"猜枚"。

猝
(cù)⓹tsyt⁸〔撮〕突然；出其不意。如：猝不及防。
【猝嗟】猶"吒咤"。怒斥聲。

猞
(shē)⓹sɛ³〔舍〕〔猞猁〕動物名。亦稱"林㹭"，別稱"猞猁猻"。毛帶紅色或灰色，常具黑斑。棲息多巖石的森林中；夜行性，以鳥和小型哺乳類爲食。

猑
(kūn)⓹kwɐn¹〔坤〕同"騉"。見"騉蹄"。

猄
(jīng)⓹gɐŋ¹〔鏡高平〕〔黃猄〕鹿的一種，肉可食。

猎
"獵"的簡化字。

九畫

猢
(hú)⓹wu⁴〔胡〕見"猢猻"。
【猢猻】猴子的別稱。

猥
(wěi)⓹wɐi²〔毀〕❶衆；多。❷瑣屑煩雜。如：猥雜；猥盜。❸鄙陋；污穢。如：卑猥；猥賤。❹謙辭。猶言辱。
【猥褻】同"穢褻"。淫穢。

猨
"猿"的異體字。

猩
(xīng)⓹siŋ¹〔升〕亦作"狌"。❶猩猩的省稱。❷像猩猩血的鮮豔紅色；猩紅色。

猱
(náo)⓹nau⁴〔撓〕❶猿類，身體便捷，善攀援。❷古琴彈奏的一種指

法。

【猓雜】亦作"㺒雜"。混雜。

猴 ㊀(xié)粵hit⁸〔歇〕見"猲猴"。
㊁(hè)粵hɔt⁸〔渴〕通"喝"。嚇唬。

【猲猴】亦作"歇驕"。一種短嘴的獵犬。

猴 (hóu)粵heu⁴〔喉〕❶靈長類動物。參見"猢"。❷像猴子那樣靈便蹲着。如：猴下身去。

猵 (biān)粵bin¹〔邊〕獺的一種。

猶(犹) (yóu)粵jeu⁴〔由〕❶獸名，猴屬。❷如；同。如：過猶不及。❸還；仍。如：言猶在耳。

【猶女】侄女。

【猶子】❶指侄子。❷謂如同兒子。

【猶猶】❶處理事情，快慢適宜。❷遲疑不決。

【猶豫】遲疑不決。亦作"猶預"、"猶與"。

【猶自古】元代口語，猶言"依然是"。亦作"猶兀自"。

猷 (yóu)粵jeu⁴〔由〕❶謀劃。如：新猷；宏猷。❷道術。

猪 "豬"的異體字。

猫 "貓"的異體字。

猬 "蝟"的異體字。

猹 (zhā)粵dza¹〔渣〕雜類的野獸。

猣 "猓"的異體字。

猸 (méi)粵mei⁴〔眉〕〔猸子〕獸名。亦稱"山獾"、"白猸"或"䶅獾"。體較貓小。體呈棱灰色，兩眼間有一方形白斑。棲息樹林中或巖石間。夜行，雜食。

猧(㧡) (wō)粵wɔ¹〔蝸〕一種供人玩弄的小狗。

猭 (chuò)粵tsœk⁸〔綽〕傳說中的獸名，似兔而鹿腳，青色。

獀 "鎪"的異體字。

十　畫

猺 (yáo)粵jiu⁴〔搖〕❶古獸名。❷中國少數民族名。今作"瑤"。

孫(孙) (sūn)粵syn¹〔孫〕同"猻"。

猾 (huá)粵wat⁹〔滑〕❶狡詐。❷擾亂。

猿 (yuán)粵jyn⁴〔元〕靈長類動物。形態跟猴相似。頰下無囊，沒有尾巴，類人猿、長臂猿、猩猩等均是。

【猿狄】泛指猿猴。

【猿臂】謂臂長如猿，可以運轉自如。比喻攻守自如，進退無礙的作戰形勢。

獀 (sōu)粵seu¹〔收〕同"蒐"。

獃 (dāi)粵dai¹〔低挨切〕❶癡；笨；不聰明。如：獃頭；獃子；獃頭獃腦。又作"呆"。

獄(狱) (yù)粵juk⁹〔肉〕❶監禁罪犯的地方；監獄。如：下獄；獄吏。❷訟事。如：斷獄。引申為罪案。如：文字獄。

【獄吏】管理監牢的官吏。

【獄卒】舊時在監牢裏看管囚犯的隸卒。

【獄訟】訴訟案件。

獅(狮) (shī)粵si¹〔詩〕動物名。古書中也寫作"師"。毛通常黃褐或暗褐色，尾端有長的毛叢。雄獅體魄雄壯，頭大臉闊，前部到頸有鬣。雌獅較小，頭頸無鬣。主食羚羊、斑馬等有蹄類動物。產於非洲和亞洲西部。

獁(犸) (mǎ)粵ma⁵〔馬〕〔猛獁〕亦稱"毛象"。古哺乳動物。近似現代的象。體被棱色長毛，門齒向上彎曲。已絕種。

獌 (bó)粵bɔk⁸〔博〕大名。

獂 同"豲"。

獉 (zhēn)粵dzœn¹〔津〕見"獉狉"。

【獉狉】形容草木茂盛，荊棘叢生。

十一畫

獍 (jìng)⓿giŋ³〔敬〕傳説中的惡獸名，也叫破鏡。

奬 "獎"的異體字。

獒 (áo)⓿ŋou⁴〔熬〕大犬；猛犬。

獐 "麞"的異體字。

獮(狝) (chán)⓿tsam⁴〔慚〕見"獮猁"。

【獮猁】猿類。

獌 (màn)⓿man⁶〔萬〕見"獌狿"。

【獌狿】古獸名，似貍而大。

十二畫

獗 (jué)⓿kyt⁸〔決〕見"猖獗"。

獘 "斃"的異體字。

獞 ㊀(tóng)⓿tuŋ⁴〔同〕古犬名。
㊁(zhuàng)⓿dzɔŋ⁶〔狀〕古代稱西南少數民族。今作"壯族"。

獢(㺕) (xiāo)⓿hiu¹〔囂〕見"獢悍"。

【獢悍】驕勇凶暴。

獠 ㊀(liáo)⓿liu⁴〔聊〕❶凶惡的樣子。如：獠面；獠牙。❷夜間打獵。
㊁(lǎo)⓿lou⁵〔老〕古時罵人的詞語。

獝(㺍) (xiāo)⓿hiu¹〔囂〕見"獝獝"。

猩 "嘷"的異體字。

十三畫

獧 "狷"的異體字。

獨(独) (dú)⓿duk⁹〔讀〕❶單一。如：獨木橋；獨幕劇。一般指

一個人。單獨；獨自。如：獨唱；獨白。❷舊指老年無子。❸唯獨；單是。如：獨他没有來。❹難道；豈。

【獨夫】指衆叛親離之人。如：獨夫民賊。

【獨立】❶獨自站着。❷比喩突出、超羣。❸不依靠他人。如：獨立工作。❹一個國家、一個政權和一個政黨不受其他國家或政黨的控制而自主地存在。

【獨行】❶獨特的行為、操守。❷(—xíng)獨自行動。

【獨步】謂超羣出衆，獨一無二。如：獨步一時。

【獨坐】❶供一人坐的小牀。❷猶專席。

【獨孤】複姓。

【獨木難支】同"一木難支"。

【獨佔鼇頭】科舉時指狀元及第。唐宋時皇宮石階正中刻有大鼇，只有考中狀元的人在朝見皇帝時才可以踏在鼇的頭上。亦用以稱在競賽中獲得第一名。參見"鼇頭"。

【獨具隻眼】具有獨到的眼光和見解。

【獨當一面】謂單獨擔當一個方面的重要任務。

【獨斷獨行】行事專斷，不考慮別人的意見。

【獨木不成林】比喩單個的力量不能成大事。

獪(狯) (kuài)⓿kui²〔繪〕見"狡獪"。

獫(猃) (xiǎn)⓿him²〔險〕❶長喙犬，獫犬的一種。❷同"玁"。

獬 (xiè)⓿hai⁶〔蟹〕見"獬豸"。

【獬豸】傳説中的異獸名，能辨曲直，見人爭鬥，即以角觸理虧的人。參見"獬豸冠"。

【獬豸冠】古代法官戴的帽子。

獟 (xiāo)⓿siu¹〔消〕同"趬"。山貌亦作山獟。

十四畫

獮(狝) ㊀(xiǎn)⓿sin²〔冼〕❶古代秋天出獵的名稱。❷殺傷禽獸。
㊁同"獮"。

獯 (xūn)⓿fen¹〔分〕見"獯鬻"。

【獯鬻】即"獫狁"，見"玁狁"。

獰(狞) (níng)粵niŋ⁴〔寧〕凶惡的樣子。見"猙獰"。

獲(获) (huò)粵wɔk⁹〔穫〕❶獵得；擒住。如：獵獲；擒獲；俘獲。❷古代對奴婢的賤稱。也謂以俘虜得奴婢之稱。❸得到。如：獲勝；獲獎。❹能夠。如：不獲前來。

獴 (méng)粵muŋ⁴〔蒙〕動物名。頭小，吻尖，體細而四肢短小；尾一般超過腿長的一半。中國產的有蟹獴、蛇獴和赤頰獴。

十五畫

獵(猎) (liè)粵lip⁹〔利葉切〕❶搜捕禽獸。如：打獵；田獵。引申為追求。見"獵奇"。❷經歷。如：涉獵。

【獵奇】刻意搜尋新奇的事物。如：搜異獵奇。

【獵食】搏取禽獸為食。引申為謀取財物。

【獵獵】風聲。又指旌旗在風中飄動聲。

【獵豔】❶搜尋華麗的辭藻。❷貪求女色。

獿 (náo)粵nau⁴〔撓〕本作"獶"。同"猱"。獸名，猿屬。

獷(犷) (guǎng)粵gwɔŋ²〔廣〕本謂犬猛惡不可近，引申為凶悍蠻橫。

【獷悍】粗獷凶悍。

獸(兽) (shòu)粵seu³〔瘦〕野獸。借喻野蠻凶暴。如：獸性。

【獸行】比喻極端野蠻、殘忍或淫亂的行為。

【獸環】舊時大門上的銅環，多用刻成或鑄成獸頭形的鋪首銜着，故稱"獸環"。

十六畫

獺(獭) (tǎ)粵tsat⁸〔察〕獸名。頭扁，耳小，腳短，趾間有蹼。全身毛短而較密。生活在水邊，善游泳，捕魚為食。皮毛棕色，很珍貴，可做衣領、帽子等。

【獺祭】獺貪食，常捕魚陳列水邊，如陳物而祭，稱為祭魚。因謂多用典故，堆砌成文為"獺祭"。

獻(献) (xiàn)粵hin³〔憲〕❶本謂獻祭。引申為進獻寶物或意見等。如：獻醜。又特指主人敬客於賓客。❷表現給人看。如：獻技；獻殷勤。❸古指賢者，特指熟悉掌故的人。見"文獻"。

【獻芹】同"芹獻"。

【獻俘】古代軍禮之一，戰勝歸來，以所獲俘虜獻於宗廟社稷。

【獻捷】獻禮俘。古代於戰勝後進獻所獲得的俘虜和戰利品。

【獻替】"獻可替否"的略語。

【獻歲】進入新的一年，猶言歲首。

【獻疑】提出疑問。

【獻賦】作賦獻於皇帝，或以頌揚，或以諷諫。

【獻馘】馘，截耳。古時出戰殺敵，割取左耳，以獻上論功。

【獻醜】❶顯得醜陋。❷向人呈獻自己才技時的謙辭。

【獻曝】《列子·楊朱》載，宋國有個農民，僅可以穿粗麻衣過冬。到春天耕作時，自曝於陽光下，不知天下間有廣廈隩室、綿纊狐貉可以御寒取暖，因而對他的妻子說，人們不知道曬太陽的溫暖，我將它獻給君主，一定有重賞。後因以"獻曝"為向人提建議的謙辭。

【獻議】建議。

【獻可替否】亦簡作"獻替"。進獻可行者，除去不可行者，即靜言進諫之意。

十七畫

獼(猕) (mí)粵mei⁴〔眉〕nei⁴〔尼〕(又)〔獼猴〕亦稱"恆河猴"。羣居山林中，喧嘩好鬧，採食野果、野菜等等物，兩頰有頰囊，用以貯藏食物。

十八畫

玃 "玃"的異體字。

十九畫

獵(猡)〔luó〕粵lɔ⁴〔羅〕豬獵（吳方言），即豬。

獲　"獲"的本字。

二十畫

玁(犭严)〔xiǎn〕粵him²〔險〕亦作"獫"。〔玁狁〕中國古代民族名。亦作獫狁、葷粥、獯鬻、薰育、葷允等。殷周之際，主要分佈在今陝西、甘肅北境及內蒙古自治區西部。春秋時被人稱作戎、狄。

玄 部

玄 (xuán)⓿jyn⁴〔元〕❶帶赤的黑色，亦即謂黑色。如：玄青；玄狐。❷奧妙；微妙。如：玄妙；玄虛。引申爲深沉靜默。如：玄默。

【玄玄】"玄之又玄"的省略。道家用以形容道的微妙無形。❷指天。

【玄妙】道家謂"道"深奧難識，爲萬物所自出。後亦謂事理的深奧難明。

【玄武】❶星宿名。北方七宿──斗宿、牛宿、女宿、虛宿、危宿、室宿、壁宿的總稱。❷古代神話中的北方之神。同青龍、白虎、朱雀(即朱鳥)合稱四方四神。它的形象爲龜或龜蛇合體。宋時因諱諱，改玄爲眞。

【玄孫】本身以下的第五代。

【玄虛】❶道家玄妙虛無的道理。❷用來掩蓋眞相、使人迷惑的欺騙手段。

【玄黃】❶天地的代稱。❷指絲帛。❸疾病。

【玄談】即"清談"。指魏晉時期以老、莊學說和《易經》爲依據而辨析名理的談論。後亦泛指一切不接觸實際問題的言談。

【玄默】十干中壬的別稱，用以紀年。參見"歲陽"。

【玄機】道家稱奧妙之理。

【玄覽】深刻觀察。

【玄之又玄】玄虛奧妙，難以捉摸。

四 畫

妙 "妙❷"的異體字。

五 畫

茲 (xuán，又讀zī)⓿jyn⁴〔元〕dzi¹〔支〕(又)❶黑。❷姓。

六 畫

率 ㊀(shuài)⓿sœt⁷〔恤〕❶捕鳥網，亦謂用網捕鳥獸。❷帶領。如：統率；率領；❸通"帥"。主將；率領。❹遵循；順服。如：率教；率禮。❺直爽。如：直率；坦率。❻潦草；粗疏。如：輕率；草率。❼大率；通常。

㊁(lǜ)⓿lœt⁹〔律〕一定的標準和比率。如：效率；速率；生產率；出勤率。

【率直】坦率爽直。如：心地率直；言語率直。

【率性】❶意爲循著天賦的本性去做。❷平素的性情。

【率然】❶輕捷的樣子。❷猶率爾。不加思考；不愼重。❸古代傳說中的一種蛇。

【率由舊章】沿習老規矩辦事。

【率爾操觚】率爾，貿然，輕率的樣子。操觚，指作文章。比喻作文不經意。

旅 (lú)⓿lou⁴〔勞〕黑色。見"玈弓"。

【玈弓】黑色弓。

玉 部

玉 (yù)⓿juk⁹〔欲〕❶溫潤而有光澤的美石。❷比喻潔白如玉。如：玉顏。❸尊敬之辭。見"玉趾"、"玉音"。

【玉山】形容儀容美好。

【玉立】❶比喻操守堅定。❷比喻體態修美。如：亭亭玉立。

【玉宇】❶傳說中神仙的住所。也指華麗宏偉的宮殿。❷明淨的天空。

【玉成】原爲愛之如玉、助之使成之意。後用爲成全之意。

【玉帛】❶玉器和束帛，古代祭祀、會盟、朝聘時所用。諸侯會盟用玉帛，故引申爲和好的意思。如：化干戈爲玉帛。❷指財富。

【玉京】❶道教稱天帝所居之處。❷指京都。

【玉兔】神話傳說謂月中有白兔，因用爲月的代稱。

【玉音】❶對別人言辭的敬稱。❷指帝王說的話。❸指清雅和諧的聲音。

【玉郎】❶舊時女子對丈夫或情人的愛稱。❷

道教所稱的仙官名。
【玉振】❶擊磬的聲音；振，止。古樂以磬聲終結。參見"金聲玉振"。❷舊用以比喻文詞的諧暢。
【玉容】指女子的容貌。
【玉趾】稱人行止的敬辭。
【玉液】❶玉精；瓊漿。古代傳說謂飲之能使人昇仙。❷指甘美的漿汁或美酒。
【玉筍】❶比喻"才士"衆多。❷比喻秀麗聳立的羣峯。❸比喻女子手足的潔白纖細。
【玉碎】比喻爲保持氣節而犧牲。
【玉牒】❶古代帝王封禪郊祀所用的文書。❷皇族的譜牒。❸神仙的名籍。
【玉筯】❶玉做的筷子。❷書體名。小篆的一種，筆畫纖細，結構工整。❸指美女的眼淚。
【玉樓】❶指神仙的住處。❷華麗的高樓。❸道家稱肩爲玉樓。
【玉盤】比喻團團的明月。
【玉樹】❶槐樹的別名。❷比喻才貌之美。《世說新語·容止》載，毛曾與夏侯玄共坐，時人謂蒹葭倚玉樹。
【玉龍】❶形容下雪。亦借喻雪山。❷形容瀑布。❸指劍。
【玉環】比喻團團的明月。
【玉闕】❶傳說中仙人所居的宮闕。❷指皇宮，朝廷。
【玉關】玉門關的省稱。
【玉璽】皇帝的玉印。
【玉蟾】指月亮。傳說謂月中有蟾蜍，故用爲月的代稱。
【玉體】❶形容肌膚瑩澤。❷稱人身體的敬辭。
【玉版紙】亦名"玉版箋"。"版"亦作"板"。一種光潔勻厚的白棉紙，供書畫用。
【玉搔頭】女子首飾的一種，即玉簪。
【玉石俱焚】比喻好壞同歸於盡。
【玉昆金友】《南史·王銓傳》載，王銓與弟錫俱有孝行，時人稱他們爲玉昆金友。後因以"玉昆金友"爲兄弟的美稱。亦作"玉友金昆"。或簡作"昆玉"。

王　㊀(wáng)粵wɔŋ[4]〔黃〕❶一國的君主。如：國王；君王。按三代時唯最高統治者稱王。周衰後則列國亦稱王。如：楚王、吳王、越王。❷封建時代的最高封爵。如：諸侯王；藩王；郡王；親王。❸指輩分的尊大。見"王父"、"王母"。❹一類中最特出或特大的。如：獸王；花王；王鮪；王蛇。❺姓。
㊁(wàng)粵wɔŋ[6]〔旺〕❶君臨一國。如：王天下。❷成王業。
【王父】祖父。
【王母】❶祖母。❷指西王母。古代傳說中的神名。
【王法】❶指國家的法律。❷古指帝王治理天下之道。
【王室】指王族。也指朝廷。
【王氣】❶謂帝王興起之處的祥光瑞氣。❷指王朝的氣運。
【王師】古指帝王的軍隊。
【王孫】古代貴族子弟的通稱。
【王朝】❶猶朝代。歷史上指一個國家由某一家族統治的時期。如：殷王朝。❷王庭；朝廷。
【王牌】撲克牌戲(如橋牌)中的主牌、將牌。一般用來比喻爭強競勝時最有力量的人物或手段。
【王畿】古代以稱王城四周的地域。
【王謝】指六朝時代的望族王氏、謝氏。後因以"王謝"爲高門世族的代稱。
【王霸】春秋時，周天子爲諸侯國的共主，稱"王"。强有力的諸侯糾合各國，尊王室，抵禦外族，稱"霸"。戰國時稱以仁義治天下爲王道，以武力結諸侯爲霸道。
【王佐才】"才"亦作"材"。謂輔佐帝王創業治國的才能。亦指有這種才能的人。
【王者香】《琴操·猗蘭操》有"夫蘭當爲王者香"之語，後因以"王者香"指蘭花。

二　畫

玎　(dīng)粵diŋ[1]〔丁〕見"玎玲"、"玎璫"。
【玎玲】清越的聲音。
【玎璫】同"丁當"。象聲之詞。

三　畫

玕 (gān)⑧gon¹〔干〕見"琅玕"。

玖 (jiǔ)⑧geu²〔久〕❶似玉的淺黑色石。❷"九"的大寫字。

玗 (yú)⑧jy¹〔于〕見"珣玗琪"。

玓 (dì)⑧dik⁷〔的〕見"玓瓅"。

【玓瓅】(一lì)同"的皪"。形容珠子發光。

玘 (qǐ)⑧hei²〔起〕佩玉。

玔 同"釧"。

四　畫

玞 (fū)⑧fu¹〔夫〕見"珷玞"。

玟 (mín)⑧men⁴〔文〕見"瑞玟"。

玠 (jiè)⑧gai³〔介〕大圭。一種玉器。

玦 (jué)⑧kyt⁸〔決〕古玉器名。環形，有缺口。新石器時代、西周晚期和春秋的墓葬中常有發現。多放置於死者的耳旁。古時又用作與人斷絕的象徵物品。

玨 同"瑴"。

玩 ⊖(wán，讀音wàn)⑧wun⁶〔換〕❶戲弄；頑耍。如：玩弄於股掌之上。❷欣賞。如：玩賞；清玩。❸供玩賞的東西。如：古玩；珍玩。(粵慣讀金如碗)❹忽視；拿着不嚴肅的態度來對待。如：玩世不恭。
⊜(wán)⑧wan²〔蛙揀切〕游戲；玩耍。如：玩足球；玩火。
⊜(wán)⑧wan⁴〔還〕用於"玩耍"、"玩笑"、"玩意"等。
【玩世】放逸不羈，以消極遊戲的態度對待生活。如：玩世不恭。
【玩弄】❶不正當地使用；不嚴肅地對待。如：玩弄手段。
【玩味】探索趣味。
【玩物】❶耽迷於玩好的事物。參見"玩物喪志"。❷觀賞景物。❸供人玩賞的東西；供人玩弄的事物。
【玩法】忽視法律；舞文弄法。
【玩習】玩味研習。
【玩意】玩具、小擺設或有趣味的事物。也用作對事物表示輕視之詞。如：小玩意；耍玩意兒。
【玩藝】指曲藝雜技等；也指表演技能。
【玩物喪志】(喪sàng)謂沉迷於玩好的事物，使人喪失進取的志向。也引申用於一切被認為無益而有害的事情。

玫 (méi)⑧mui⁴〔梅〕見"玫瑰"。

【玫瑰】❶美玉。亦謂珍珠。❷植物名。落葉灌木，枝上有刺，羽狀複葉，花紫紅或白色，香味很濃，供觀賞。

玢 (bīn)⑧ben¹〔賓〕見"玢豳"。

【玢豳】玉的花紋。

玭 (pín，又讀pián)⑧pen⁴〔貧〕pin⁴〔駢〕(又)珠。

玥 (yuè)⑧jyt⁹〔月〕古代傳說中的神珠。

玡 同"琊"。

五　畫

玲 (líng)⑧ling⁴〔零〕見"玲玎玎"、"玲琅"。

【玲玎】玉石等相擊的清脆聲。

【玲琅】清越的聲音。

【玲瓏】❶玉聲；清越的聲音。❷明徹。❸靈活；靈巧。如：玲瓏活潑；小巧玲瓏。

玳 (dài)⑧doi⁶〔代〕[玳瑁]海中動物。形似龜，背面角質板光滑，有褐色和淡黃色相間的花紋。角質板可製鈕扣、梳子、鏡框或裝飾品。中醫以甲片入藥。

【玳瑁梁】畫梁。亦簡稱"玳梁"。

玷 (diàn)⑧dim³〔店〕❶玉上的斑點。也比喻人的缺點、過失。❷猶忝、辱，自謙之辭。

【玷污】沾污；污損。指聲譽名節受損。

【玷辱】污損；使蒙受恥辱。

玻 (bō)粵bo¹〔波〕〔玻璃〕一種質地硬而脆的透明體，是用細砂、石灰石、碳酸鈉等混合起來，加高熱熔解，冷却後製成的。

珀 (pò)粵pak⁸〔魄〕見"琥"。

珂 (kē)粵o¹〔柯〕❶似玉的美石。❷馬勒上的裝飾品。因即以爲馬勒的代稱。

【珂里】對別人鄉里的敬稱。

珈 (jiā)粵ga¹〔加〕古代婦女的首飾。

珉 (mín)粵men⁴〔民〕似玉的美石。

珊 (shān)粵san¹〔山〕❶見"珊珊"。❷〔珊瑚〕一種腔腸動物"珊瑚蟲"所分泌的石灰質骨骼，形狀像樹枝，通常所見多爲紅色，多產於熱帶海洋中，可做裝飾品。

【珊珊】形容衣裙玉珮的聲音。

【珊瑚在網】比喻有才學的人都被收羅。

珊 "珊"的異體字。

珍 (zhēn)粵dzen¹〔眞〕❶珠玉等寶物，比喻貴重器物或人才。如：珍饈；山珍海錯。❷精美的食品。如：珍饈。❸重視；愛惜。如：珍重。❹貴重的。如：珍味；珍品。

【珍本】珍貴而不易獲得的書。

【珍怪】貴重而少見的物品。

【珍重】❶愛惜；珍愛。❷道別之辭，猶言保重。❸謹慎愛護。

【珍羞】亦作"珍饈"。貴重珍奇的食品。

【珍惜】重視；寶愛。

【珍異】珍貴而奇異的物品。

【珍寶】珠、玉等的總稱。

【珍攝】保重身體。

【珍珠港事件】指1941年12月8日（東京時間）日本偷襲美國海軍基地珍珠港的事件。當時，日本利用正在進行的日美談判爲烟幕，未經正式宣戰，就用海空軍對美國太平洋艦隊的主要海軍基地珍珠港作突然襲擊，幾乎全部摧毀美國太平洋艦隊的主力。次日，美國對日本宣戰，太平洋戰爭從此開始。

珐 (fà)粵fat⁸〔法〕〔珐琅〕亦稱"法藍"。一種用硼砂、玻璃粉、石英等加鉛、錫的氧化物所製成的塗料，可作防鏽劑，又可塗在金屬器皿表面作爲裝飾。

珅 (shēn)粵sen¹〔申〕玉名。

珏 同"瑴"。

琜 "珍"的異體字。

珓 (jiào)粵gau³〔較〕亦稱"杯珓"。舊時迷信者用以占吉凶之具。用蚌殼或形似蚌殼的竹、木兩片，擲於地，觀其俯仰，以占吉凶。

珙 (gǒng)粵guŋ²〔鞏〕大璧。

珞 (luò)粵lok⁸〔絡〕❶見"瓔珞"。❷見"珞珞"。

【珞珞】形容石堅。

玼 ⊖(cǐ)粵tsi²〔此〕鮮明。
⊜(cī)粵tsi¹〔雌〕通"疵"。玉的斑點。引申爲事物的缺點。

珠 (zhū)粵dzy¹〔朱〕❶蛤蚌殼內由分泌物結成的有光小圓體，用作裝飾物，亦可入藥。❷像珠的圓滿或圓粒。如：露珠；眼珠；念珠。

【珠兒】古時閩粵一帶，稱男孩子爲"珠兒"。

【珠柱】柱，琴上繋弦的短軸，有以明珠爲飾的。因以"珠柱"爲瑟琴的代稱。

【珠胎】蚌腹內尚未剖出的珠子。多用以稱婦女懷孕。

【珠娘】古時閩粵一帶，稱女孩子爲"珠娘"。亦泛指青年女子。

【珠圓】形容善歌者歌聲的清圓宛轉。如：珠喉；喉宛轉。

【珠歌】流轉如貫珠的歌聲。

【珠簾】即"珠簾"。珍珠綴成的或飾有珍珠的簾子。

【珠翠】❶珍珠和翡翠，婦女的飾物。也指盛裝的女子。❷指名貴的食品。

【珠履】綴有明珠的鞋子。亦以指豪門的食客。
【珠簾】珍珠綴成的或飾有珍珠的簾子。
【珠櫳】鑲嵌有明珠的窗櫺。
【珠圓玉潤】本形容流水明淨，回波圓轉。後來多用以形容歌聲或文字宛轉流暢。
【珠聯璧合】比喻人才或美好的事湊集在一處。

珣 (xún)粵sœn[1]〔荀〕見"珣玗琪"。

【珣玗琪】玉名。

珥 (ěr)粵ji[5]〔耳〕❶女子的珠玉耳飾。也叫"瑱"、"璫"。❷劍鼻，即劍柄上端像兩耳的突出部分。❸日、月兩旁的光暈。❹插，一般指插在帽上。參見"珥筆"、"珥貂"。

【珥筆】古時史官、諫官入朝，或近臣侍從，把筆插在帽子上，以便隨時記錄、撰述。
【珥貂】漢代侍中、中常侍的帽子上都插貂尾爲飾，叫做"珥貂"。

珧 (yáo)粵jiu[4]〔搖〕❶蚌屬。❷蚌蛤的甲殼。古時用作刀、弓上的裝飾品。

珩 (héng)粵hɐŋ[4]〔恆〕組成玉佩的一種玉，在玉佩的頂端。

班 (bān)粵ban[1]〔斑〕❶分賜。❷分別。見"班馬❷"。❸依次排列。如：排班。也指按一定標準的編組。如：甲班；乙班；學習班；進修班。❹班次；位次。如：早班；晚班；輪班。❺劇團的名稱；班子。如：三慶班；搭班。❻軍隊編制的最小單位，隸屬於排，人數按任務和裝備而不同。❼定時開行的。如：班車；班機。❽量詞。(1)用於人羣。如：這班年青人眞有力氣。(2)用於定時開行的交通工具。如：我搭下一班飛機走。❾調回或調動。如：班師；班兵。

【班布】❶同"頒布"。布告周知。❷亦作"斑布"。古代的一種布。
【班史】指《漢書》。《漢書》爲班固所作，故稱"班史"。
【班行】(—háng)班次行列。指在朝做官的位次。亦指同列、同輩。
【班師】指軍隊出征歸來；還師。
【班馬】❶也叫"馬班"。漢歷史家司馬遷和班固的並稱。❷離羣的馬。
【班駁】同"斑駁"。
【班門弄斧】班，魯班，古代的巧匠。在魯班門前舞弄斧頭，比喻在行家面前賣弄本領。

珪 (guī)粵gwɐi〔歸〕同"圭❶"。

珮 (pèi)粵pui[3]〔配〕同"佩"。

珦 (xiàng)粵hœŋ[3]〔向〕玉名。

珫 (chōng)粵tsuŋ[1]〔沖〕見"珫耳"。

【珫耳】同"充耳"。也叫"瑱"。古人冠冕上垂在兩側以塞耳的玉。

七畫

珽 (tǐng)粵tiŋ[5]〔挺〕古代天子所持的玉笏，即大圭。

現(现) (xiàn)粵jin[6]〔彥〕❶出現；顯露。如：顯現；現形；曇花一現。❷眼前的；現有的；正在進行中的。如：現代；現貨；現役。❸當場；臨時。如：現場；現做；現買。

【現象】指事物的本質在各方面的外部表現，一般是人的感官所能直接感覺到的，是事物的比較表面的零散的和多變的方面。
【現身說法】佛教用語。本謂佛能夠隨衆生現出種種身形，爲之說法。後用以比喻以親身經歷爲例證，向人進行講解或勸導。

球 (qiú)粵kɐu[4]〔求〕❶同"毬"。❷現代體育用具。如：籃球；足球；網球；壘球。❸球形的物體。如：地球；月球；眼球；紅血球。❹亦作"璆"。美玉。

琅 (láng)粵lɔŋ[4]〔狼〕❶見"琅玕"。❷〔琅邪山〕山名。(1)一作琅琊山。在山東東部膠南縣南境。(2)在安徽滁縣西南。因東晉琅邪王(元帝)避難於此得名。

【琅玕】❶美石。❷指竹。
【琅琅】❶清朗響亮的聲音。如：書聲琅琅。❷形容玉的光采。
【琅璫】玉碰擊聲。

【琅嬛福地】傳說中神仙的洞府。

理 (lǐ)粵lei⁵〔里〕❶治玉。引申爲整治、治平。如：修理；理髮。❷玉石的紋路，引申爲物的紋理或事的條理。如：木理；肌理。❸道理。如：理直氣壯。❹答；顧。如：答理；理睬；置之不理。❺講習。如：理書；理曲。

【理事】❶處理政事。❷清代官名。宗人府置理事官、副理事官，掌宗室之籍；關外駐防區置理事同知，掌獄訟。❸代表團體行使職權並執行事務的人。

【理致】思想意致，一般指學問文藝而言。

【理會】❶對事理的領會。❷照料；照料。❸評理；交涉。

【理亂】❶猶言治亂。❷治理紛亂。

【理學】又稱道學。宋明時期儒家的哲學思想，屬唯心主義體系。

【理直氣壯】理由充足，說話有氣勢。

【理所當然】按道理就應當這樣。

琇 (xiù)粵seu³〔秀〕美石。

琉 (liú)粵leu⁴〔留〕見"琉璃"。

【琉璃】亦作"流離"、"瑠璃"。一種礦石質的有色半透明體材料。也指塗釉的瓦；琉璃瓦。

琊 (yá)粵je⁴〔耶〕見"琅❷"。

琁 同"璇"。

珺 (jùn)粵gwen⁶〔郡〕美玉。

琀 (hàn)粵hem³〔勘〕古代含於死者口中的珠、玉、貝等的通稱。漢代琀常刻作蟬形。

珸 (wú)粵ŋ⁴〔吾〕見"琨珸"。

琒 (chéng)粵tsiŋ⁴〔情〕美玉。

琍 "璃"的異體字。

八　畫

琖 "盞"的異體字。

琚 (jū)粵gœy¹〔居〕佩玉。

琛 (chēn)粵sɐm¹〔深〕珍寶。

琋 (wǔ)粵mou⁵〔母〕見"琨玞"。

【琨玞】同"碔砆"。似玉的美石。

琢 (zhuó)粵dœk⁸〔啄〕雕琢。

【琢磨】❶製玉器時的精細加工。比喻品德或文章的砥礪修飾。❷研究；思考。

琤 (琤) (chēng)粵dzɐŋ¹〔增〕玉相擊聲。

【琤琮】(—cōng)亦作"瑽琤"。玉碰擊聲。

琥 (hǔ)粵fu²〔苦〕❶雕成虎形的玉。❷〔琥珀〕地質時代中植物樹脂的化石。非晶質體。色臘黃至紅褐；條痕色白；一般透明。

琦 (qí)粵kei¹〔奇〕❶美玉。❷卓異；美好。

琨 (kūn)粵kwen¹〔昆〕美玉。

【琨山】亦作"昆吾"，本山名，因亦以名其山之石。

琪 (qí)粵kei¹〔其〕美玉。

【琪花瑤草】古人想像中仙境裏的花草。

琬 (wǎn)粵jyn²〔婉〕見"琬圭"。

【琬圭】圭之上端渾圓而無棱角者。

【琬琰】❶琬圭和琰圭。❷比喻品德或文詞之美。❸泛指美玉或美色。

琭 (lù)粵luk⁹〔陸〕見"琭琭"。

【琭琭】形容玉石堅實。

琮 (cóng)粵tsuŋ⁴〔從〕古玉器名。方形，亦有長筒形，中有圓孔。

【琮琤】玉碰擊聲，常用來形容水石相擊之聲。

琯 (guǎn)粵gun²〔管〕玉管。古代用來測候節氣。

琰 (yǎn)粵jim⁵〔染〕❶美玉名。❷見"琰圭"。
【琰圭】圭之上端成尖銳形者。

琱 同"雕❶❷"。

琳 (lín)粵lem⁴〔林〕美玉；青碧色的玉。
【琳宮】神仙所居之處；亦指道院。
【琳琅】❶精美的玉石；比喻珍異的物品、文章等。如：琳琅滿目。❷玉碰擊聲。

琴 (qín)粵kem⁴〔禽〕撥弦樂器。俗稱古琴。現爲多種樂器的通稱。如：胡琴；月琴；風琴；鋼琴。
【琴心】以琴聲傳達心意。多指愛情的表達。
【琴瑟】❶兩種樂器名。❷比喻夫婦間感情和諧。亦作"瑟琴"。❸比喻友情。
【琴劍】琴與劍，舊指文士的行裝。
【琴淵酒】琴和醇酒，古時文人雅士閒適生活中常用的東西。
【琴心劍膽】猶言柔情俠骨，比喻既有情致，又有膽識。

琵 (pí)粵pei⁴〔皮〕〔琵琶〕本作"批把"。撥弦樂器。
【琵琶別抱】指婦女改嫁。

琶 (pá)粵pa⁴〔爬〕見"琵"。

琺 "琺"的異體字。

琼 同"瓊"。

九畫

瑁 ㊀(mào)粵mou⁶〔冒〕古玉器名。亦作"冒"。
㊁(mào)，舊讀(mèi)粵同㊀見"玳"。

璹 "玳"的異體字。

瑋(玮) (wěi)粵wei⁵〔偉〕珍奇；貴重。引申爲寶愛、珍視。

瑌 (ruǎn)粵jyn⁵〔軟〕似玉的美石。

瑑 (zhuàn)粵syn⁶〔篆〕玉器上隆起的雕紋。亦即雕刻爲瑑紋。

瑕 (xiá)粵ha⁴〔霞〕❶玉上的赤色斑點；玉的疵病。❷比喻事物的缺點、毛病或人的過失。
【瑕疵】微小的缺點。
【瑕瑜】瑕，玉上的斑點；瑜，玉的光采。比喻人的過失與美德、短處和長處，或事物的缺點和優點。如：瑕瑜互見。
【瑕纇】瑕，玉上的斑點；纇，絲上的疙瘩。比喻事物的缺點。

瑷 (yì)粵可垂之隙。❷犯有過失。

瑗 (yuàn)粵jyn⁶〔願〕大孔的璧。

瑙 (nǎo)粵nou⁵〔腦〕見"瑪"。

瑚 (hú)粵wu⁴〔胡〕❶古代盛黍稷的祭器和食器。見"瑚璉"。❷見"珊❷"。
【瑚璉】古代宗廟中盛黍稷的祭器。比喻人有立朝執政的才能。

瑛 (yīng)粵jing¹〔英〕本義爲玉光，亦謂似玉的美石。

瑜 (yú)粵jy⁴〔如〕❶美玉。❷玉的光采。

瑞 (ruì)粵sœy⁶〔睡〕❶瑞玉，古代用爲信物。❷吉祥。如：瑞雪兆豐年。
【瑞雪】指冬雪；因其能殺蟲保溫，有利於農作物，農家多視爲來歲豐收的瑞兆，故稱。
【瑞應】吉祥的徵兆。古代迷信的說法，謂帝王修德，時代清平，就有祥瑞的感應。

瑟 (sè)粵set⁶〔失〕撥弦樂器。形似古瑟，通常有二十五弦，每弦有一柱。
【瑟瑟】❶哆嗦；發抖。
【瑟瑟】秋風聲。也形容細碎的聲音。
【瑟縮】❶收縮；收斂。❷哆嗦；發抖。❸寒風蕭索的聲音。

琿(珲) ㊀(hún)粵wen⁴〔雲〕❶美玉。❷〔琿春〕縣名。在吉林省延邊朝鮮族自治州東部。
㊁(huī)粵同㊀fei¹〔揮〕（又）用於"瑷琿"。1956年改名愛輝縣。

瑄 (xuān)粵syn¹〔宣〕古代祭天所用的大璧。

瑒(玚) ㊀(dàng)粵dɔŋ⁶〔蕩〕同"璗"。黃金。

㻄 ㊀(yáng)⑧jœŋ²〔羊〕用於人名。
㊁(yǔ)⑧jy⁵〔雨〕似玉的白石。

瑸 (bīn)⑧ben¹〔賓〕亦通作"彬"。見"璘
瑸"。

十　畫

瑣(琐) (suǒ)⑧sɔ²〔所〕❶細碎的玉
石。參見"瑣瑣❶"。❷瑣碎；
細小。如：瑣事；瑣聞。❸門窗上所雕刻
或繪畫的連環形花紋，也用為門戶的代稱。
【瑣屑】細碎。
【瑣瑣】亦作"璅璅"。❶卑微、細小的樣子。
❷形容聲音細碎。
【瑣闈】有雕飾的門，指宮門。也用為宮廷的
代稱。

瑤 (yáo)⑧jiu⁴〔搖〕❶美玉；一說似玉
的美石。❷光潔美好。用為稱美之
詞。如：瑤章；瑤質。❸〔瑤族〕中國少數民
族之一。分佈在廣西、湖南、雲南、廣
東、貴州五省、區。
【瑤池】古代傳說中昆侖山上的池名，西王母
所居的地方。
【瑤函】❶藏書的玉盒，道家用來收藏經文、
符籙等。因亦指道家的典籍。❷對他人書
信的尊稱。
【瑤草】古人想像中的仙境芳草。也泛指芳
草。
【瑤階】古人想像中的神仙居處。
【瑤華】潔白如玉的花。也比喻潔白的東西。
【瑤瑟】飾以美玉的瑟，泛指精美貴重的樂
器。
【瑤臺】❶雕飾華麗、結構精巧的樓臺。❷古
人想像中的神仙居處。
【瑤緘】同"瑤函"。❶藏書的玉盒，指道家的
典籍。❷對他人書信的尊稱。

瑩(莹) (yíng)⑧jiŋ⁴〔仍〕❶似玉的美
石。❷珠玉的光彩。❸明亮。
【瑩拂】琢磨之使發光，拭去塵垢。比喻闡明
事理，去惑顯真。

瑪(玛) (mǎ)⑧ma⁵〔馬〕〔瑪瑙〕礦物
名。玉髓礦物的一種，是各種
顏色的二氧化硅膠溶液體。

瑚 "琅"的異體字。

瑰 ㊀(guī)⑧gwɐi¹〔歸〕❶美石。❷奇
偉；珍貴。
㊁(guī)⑧gwɐi¹〔貴〕見"玫瑰"。
【瑰奇】奇異；珍奇。亦謂奇異之物。
【瑰岸】同"魁岸"。
【瑰異】特出不同尋常；奇異；珍異。
【瑰瑋】奇偉；卓異。亦作"瑰偉"。
【瑰麗】珍奇；綺麗。
【瑰寶】稀世之珍。也比喻傑出的人才。
【瑰意琦行】(行xìng)謂卓異的思想和不凡的
行為。

瑱 ㊀(tiàn)⑧tin³〔替燕切〕❶古人冠冕
上垂在兩側以塞耳的玉。❷美玉。
㊁(zhèn)⑧dzɐn³〔鎮〕通"鎮"。❶瑱
圭。❷壓。
【瑱圭】(zhèn—)亦作"鎮圭"。古代帝王受
諸侯朝見時所執的圭。

瑲(玱) (qiāng)⑧tsœŋ¹〔窗〕玉相擊
聲。
【瑲瑲】亦作"鎗鎗"、"鏘鏘"、"將將"。象聲
之詞。

瑳 (cuō)⑧tsɔ¹〔初〕如玉色之鮮明潔
白。

瑴 (jué)⑧gɔk⁸〔角〕本作"玨"、"珏"。
玉五一雙。

瑬 (liú)⑧lɐu⁴〔流〕古代冕上作裝飾的垂
玉。通作"旒"。

瑨 (jìn)⑧dzɐn³〔進〕似玉的美石。

瑠 "琉"的異體字。

瑭 (táng)⑧tɔŋ⁴〔唐〕玉名。

瑢 (róng)⑧juŋ⁴〔容〕見"璇瑢"。

瑣 "瑣"的異體字。

十一畫

璁(瑽) (cōng)⑧tsuŋ¹〔匆〕見"璇
瑢"、"玎璁"。

【璿瑢】佩玉聲。

瑾 (jǐn)⑧gen²〔謹〕美玉。也比喻美德。

璀 (cuǐ)⑧tsœy¹〔吹〕tsœy²〔取〕(又)"璀璨"。

【璀璨】亦作"璀粲"。❶光輝燦爛。❷同"粹㩮"。衣服相擊聲。

璃 ㊀(li)⑧lei¹〔離〕見〔琉璃〕。
㊁(li)⑧lei¹〔拉希切〕見〔玻璃〕。

璕 同"璕"。

璆 (qiú)⑧keu⁴〔求〕❶同"球"。美玉。亦指玉磬。❷玉相擊聲。

璇 (xuán)⑧syn⁴〔船〕美玉。

【璇室】雕飾華麗、結構精巧的宮室。

【璇闈】指華麗的閨房。

璈 (áo)⑧ngou⁴〔熬〕古樂器名。

璉(㻑) (liǎn)⑧lin⁵〔離免切〕古代盛黍稷的祭器和食器。

璊(璊) (mén)⑧mun⁴〔門〕赤色的玉。

璋 (zhāng)⑧dzœŋ¹〔章〕古玉器名。頂端作斜銳角形。古代貴族在舉行朝聘、祭祀、喪葬時所用的禮器。

璁 (cōng)⑧tsuŋ¹〔充〕見"璁瓏"。

【璁瓏】形容玉色明潔。

十二畫

鐣(盪) (dàng)⑧dɔŋ⁶〔蕩〕黃金。

璜 (huáng)⑧woŋ⁴〔黃〕古玉石器名。形狀像璧的一半。古代貴族朝聘、祭祀、喪葬時的禮器，也作裝飾用。

璞 (pú)⑧pok⁶〔撲〕❶蘊藏有玉的石頭；也指未雕琢的玉。❷比喻人的天真狀態。見〔歸真反璞〕。

【璞玉渾金】質樸的玉，未冶煉的金。比喻人品質純質樸。

璟 (jǐng)⑧giŋ²〔景〕玉的光采。多用作人名。

璠 (fán)⑧fan⁴〔凡〕寶玉。

【璠璵】亦作"璵璠"。兩種美玉。

璣(玑) (jī)⑧gei¹〔機〕❶不圓的珠。❷古代觀測天象的儀器。

璘 (lín)⑧lœn⁴〔倫〕見〔璘彬〕。

【璘彬】形容玉色繽紛。

璚 (qióng)⑧kiŋ⁴〔擎〕同"瓊"。赤玉。

璛(璛) (sù)⑧suk⁷〔宿〕琢玉工。

十三畫

璧 (bì)⑧bik⁷〔碧〕❶古玉器名。也有用琉璃製的。平圓形，正中有孔。古代貴族朝聘、祭祀、喪葬時的禮器，也作裝飾品。❷美玉的通稱。參見"璧人"。❸"璧還"的省稱。如：奉璧。

【璧人】猶言玉人，謂儀容美好的人。

【璧趙】同"璧還"。

【璧還】敬辭，退回贈送之物或歸還借用之物。參見"完璧歸趙"。

璨 (càn)⑧tsan³〔燦〕明亮；燦爛。參見"璨璨"。

【璨璨】明亮的樣子。

璪 (zǎo)⑧dzou²〔早〕古代冕旒用以貫玉的彩色絲繩，言其如水藻之文。

璫(珰) (dāng)⑧dɔŋ¹〔當〕❶古時女子的耳飾。❷屋椽頭的裝飾，即瓦當。

璐 (lù)⑧lou⁶〔路〕美玉。

環(环) (huán)⑧wan⁴〔還〕❶一種圓形而中間有孔的玉器。❷泛指圓形之物。如：指環；門環。❸周匝；圍繞。如：環行。❹一串連環中的一節，比喻事情的一個組成部分。如：一環。參見"環節"。

【環玦】(—jué)❶兩種佩玉，圓形的玉環和環形而有缺口的玉玦。❷比喻會合和決絕；也指官員的內召和外放。

【環佩】古人衣帶上所繫的佩玉。

【璦牆】周圍環着四堵牆。形容居室的隘陋。

【環境】❶周圍的境況。如：自然環境；社會環境。❷環繞所轄的區域；周匝。

【環節】本是動物學名詞，指環蟲類等動物的每一體節，因本用以指互相關聯的許多事物之一。如：中心環節；薄弱環節。

【環衛】拱衛宮禁的軍隊。

【環肥燕瘦】唐玄宗貴妃楊玉環體胖，漢成帝皇后趙飛燕體瘦，都以貌美見稱。後因以"環肥燕瘦"形容女子體態不同而各擅其美，也借以比喻藝術作品風格不同而各有其長。

璲　(suì)粵sœy⁶[睡]瑞玉名，可以為佩。

璦(瑷)　(ài)粵ɔi³[愛]❶美玉。❷〔璦琿〕舊縣名。在黑龍江省北部、黑龍江中游南岸。1956年改名愛輝縣。

璩　(qú)粵kœy⁴[渠]一種耳環。

十四畫

璵(玙)　(yú)粵jy⁴[如]見"璵璠"。

【璵璠】亦作"璠璵"。兩種美玉。

璽(玺)　(xǐ)粵sai²[徙]❶印。本為統稱，秦以後始專指皇帝的印。

【璽書】古代以印信封記的文書。秦以後專指皇帝的詔書。

【璽綬】古代印璽上必有組綬，因稱印璽為"璽綬"。

【璽節】古代准許商及商品出入的憑證。

璿　"璇"的異體字。

瑌　(ruǎn)粵jyn⁵[軟]似玉的美石。

【瑌玟】美石名。亦作"瑌珉"。

璸　(bīn)粵ben¹[賓]見"璸暉"。

【璸暉】玉的花紋。

璺　(wèn)粵men⁶[問]陶瓷、玻璃等器上出現裂紋；坼裂。

十五畫

璃　"璃"的異體字。

瓊(琼)　(qióng)粵kiŋ⁴[擎]❶赤色玉。亦泛指美玉。❷比喻精美的事物，傑出的人才。

【瓊玖】美玉。

【瓊林】❶唐德宗時的內庫之一。❷宋代苑名，在汴京(開封)城西。宋徽宗政和二年以前，於此宴新及第的進士。

【瓊英】❶似玉的美石。❷比喻似玉的東西。

【瓊琚】玉佩。亦用以比喻美好的詩文。

【瓊華】(—huā)似玉的美石。

【瓊筵】盛筵。

【瓊瑰】❶似玉的美石。亦用以比喻美好的詩文。

【瓊瑤】美玉。用以比喻雪。也比喻別人贈送的詩文。

【瓊瑩】似玉的美石。

【瓊枝玉葉】對帝王子孫的諛稱。亦作"金枝玉葉"。

【瓊樓玉宇】形容瑰麗的建築物，古人常指仙界的樓臺或月宮。

瓅(珠)　(lì)粵lik⁷[礫]見"玓瓅"。

十六畫

瓏(珑)　(lóng)粵luŋ⁴[龍]❶古人在大旱求雨時所用的玉，上刻龍文。❷見"玲瓏"、"瓏玲"。

【瓏玲】亦作"玲瓏"。形容玉色明徹。

瓌　"瑰㊀"的異體字。

十七畫

瓔(璎)　(yīng)粵jiŋ¹[英]❶似玉的石。❷見"瓔珞"。

【瓔珞】同"纓絡"。貫串珠玉而成的裝飾品，多用為頸飾。也比喻叢花。

瓖 (xiāng)粵sœŋ¹〔商〕通"鑲"。鑲嵌為裝飾。

瓓(瓓) (làn)粵lan⁶〔爛〕玉的色彩。

十八畫

瓘 (guàn)粵gun³〔貫〕即圭。

十九畫

瓚(瓒) (zàn)粵dzan³〔贊〕❶質地不純的玉。❷玉杓，古代以圭瓚為柄的灌酒器。

瓛(珞) (luó)粵lɔ⁴〔羅〕〔珂羅版〕照相平版印版之一。英文collotype的音譯，因用厚磨砂玻璃作版材，故又名"玻璃版"。

二十畫

瓛(瓛) (huán)粵wun⁴〔桓〕古代三公朝天子所執的圭。

瓜 部

瓜 (guā)粵gwa¹〔寡高平〕葫蘆科植物。如：南瓜、西瓜、黃瓜、絲瓜等。

【瓜分】比喻分割國土或劃分彊土。

【瓜代】《左傳·莊公八年》載："齊侯使連稱管至父戍葵丘，瓜時而往。曰：'及瓜而代'。"意思是瓜熟時赴戍，到來年瓜熟時派人接替。後因稱任職期滿，由他人繼任。

【瓜李】"瓜田李下"的略語。指嫌疑的境地。參見"瓜田李下"。

【瓜時】瓜熟的時候，亦即"瓜代"的時候。指任期屆滿、等候移交的期間。參見"瓜代"。

【瓜瓞】瓞，小瓜。《詩·大雅·緜》有"緜緜瓜瓞"之句，謂瓜一代接一代生長。後用為祝頌子孫昌盛之辭。

【瓜時】同"瓜時"。

【瓜葛】瓜和葛，兩種蔓生的植物，比喻輾轉牽連的親戚關係或社會關係。亦泛指牽連。

【瓜子金】金粒，以其形如瓜子，故名。

【瓜蔓抄】指封建統治者對臣民的殘酷誅戮，輾轉牽連，如瓜蔓之蔓延。

【瓜田李下】古樂府《君子行》："君子防未然，不處嫌疑間；瓜田不納履，李下不整冠。"意思是說，經過瓜田時不要彎身提鞋，走到李樹下不要舉手整帽子，免得被人懷疑偷瓜、偷李。後即以"瓜田李下"比喻嫌疑的境地。

【瓜剖豆分】猶言"瓜分"。比喻國土被人分割。

【瓜熟蒂落】比喻條件成熟，就能順利成功。

三 畫

瓝 (bó)粵bɔk⁹〔薄〕小瓜，即瓞。

五 畫

瓞 (dié)粵dit⁹〔秩〕小瓜。

瓟 同"瓝"。

六 畫

瓠 ㊀(hù，舊讀hú)粵wu⁶〔戶〕wu⁴〔胡〕(又)❶蔬類名，"瓠瓜"，也叫"扁蒲"、"葫蘆"、"夜開花"。❷通"壺"。
㊁(huò)粵wɔk⁹〔獲〕見"瓠落"。

【瓠犀】瓠瓜的子；因其潔白整齊，常以比喻女子的牙齒。

【瓠落】(huò—)亦作"濩落"、"廓落"。空廓的樣子。

十一畫

瓢 (piáo)粵piu⁴〔嫖〕剖開葫蘆做成的舀水、盛酒器。也泛指用木頭或金屬做

成的舀水器。

十四畫

瓣 (bàn)圖fan⁶〔範〕❶瓜類的子。❷瓜果或球莖等中有膜隔開的可依其自然紋理分開的部分。如：瓜瓣；橘瓣；蒜瓣；豆瓣。❸指花的分片和草木的葉子。如：花瓣；葉瓣。❹計量片狀物的單位。

【瓣香】猶祝時燒的香，多用來表示對他人的敬仰。

十七畫

瓤 (ráng)圖noŋ⁴〔囊〕❶瓜類的肉。❷其他果實的肉或分列的子房。

瓦 部

瓦 (wǎ)圖ŋa⁵〔雅〕❶一種黏土燒成的器物。❷一種屋面材料。通常指黏土瓦，由黏土做成坯後燒製而成。有平瓦、小青瓦、琉璃瓦等多種。❸原始的紡錘。❹瓦特，電的功率單位。

【瓦全】比喻不顧名節，苟且偷生。

【瓦當】古代宮殿建築簷水瓦的瓦頭。圓形或半圓形，上有圖案或文字。

【瓦楞】瓦壟。屋頂上用瓦鋪成的行列的隆起部分。也稱形似瓦楞的東西。如：瓦楞帽；瓦楞子（蚶）。

【瓦解】製瓦時先把陶土製成圓筒形，分解為四，即成瓦。比喻事物的分裂、分離。

【瓦釜雷鳴】比喻無德無才的人佔據高位，烜赫一時。

【瓦解土崩】比喻崩潰之勢，不可收拾。亦作"土崩瓦解"。

【瓦解冰銷】比喻消滅、破敗之速。亦作"瓦解冰泮"。

三畫

瓩 (qiān wǎ)圖tsin¹ŋa⁵〔千雅〕千瓦的舊稱。

五畫

瓴 (líng)圖liŋ⁴〔零〕❶房屋上仰蓋的瓦，也稱瓦溝。❷容器，形似瓶。

【瓴甋】磚。

瓷 同"益"。

甕 "碗"的異體字。

六畫

瓷 (cí)圖tsi⁴〔池〕〔瓷器〕上釉或不上釉的黏土類製品。通常以黏土、長石和石英為原料，經混和、成形、乾燥、燒成而得。

七畫

瓻 (chī)圖tsi¹〔雌〕古時盛酒的用具。

八畫

瓿 (bù，舊讀pǒu)圖pɐu²〔鋪嘔切〕古代器名。青銅或陶製。圓口、深腹、圈足。用以盛物。

瓶 (píng)圖piŋ⁴〔平〕❶汲水器。❷一般指較大頸長的容器。如：花瓶；酒瓶。

瓰 同"缸"。

九畫

甃 (zhòu)圖dzɐu³〔咒〕❶井壁。❷以磚修井。

甄 (zhēn)圖jen⁴〔因〕❶製造陶器所用的轉輪。❷鑒別；選取。如：甄別；甄拔。

【甄別】審察區分。也用爲考核鑒定之義。

【甄拔】考察並選拔人才。

【甄陶】對人的陶冶和造就之意。

甋 (piān)粵pin¹〔篇〕盆盂一類的瓦器。

十畫

甈 (qì)粵hei³〔氣〕破瓦壺。

甇 同"瓷"。

甋 (lì)粵lik⁹〔力〕鬷的一類東西。

十一畫

甋 (dì)粵dik⁷〔的〕見"甋甋"。

甌(甌) (ōu)粵eu¹〔歐〕❶盆盂一類的瓦器。❷地名。浙江溫州的別稱。

【甌脫】亦作"甌脫"。匈奴語稱邊境屯戍或守望之處為"甌脫"。

【甌窶】(—lóu)狹小的高地。

甍 (méng)粵mɐŋ⁴〔盟〕屋脊。

甎 "磚"的異體字。

十二畫

甇 (bèng)粵paŋ⁶〔蒲孟切〕大甕，罌子。一種小口大腹的陶製盛器。如：鹹菜甇；一甇酒。

甑 (zèng)粵dzɐŋ⁶〔贈〕古代蒸食炊器。底部有許多透蒸氣的小孔，置於鬲或鍑上蒸煮，如同現代的蒸籠。

【甑塵釜魚】甑中生塵，釜中生魚。形容貧苦人家斷炊已久。

甋 (lì)粵lik⁹〔力〕同"鬲"。古代炊器。

甒 (wǔ)粵mou⁵〔武〕瓦製酒器名。

十三畫

甓 (pì)粵pik⁷〔闢〕磚。

甕(瓮) (wèng)粵uŋ³〔蕹〕一種陶製的盛器。

【甕天】坐在甕中觀天，比喻見識短淺。

【甕門】同"壅門"。甕城的門。

【甕城】大城門外的月城。用以增強城池的防禦力量。

【甕牖】簡陋的窗戶。因以指貧窮人家。

【甕頭春】剛釀好的酒。甕頭即缸面；春指酒，唐宋時語。

【甕中捉鱉】比喻所欲得者已在掌握之中。

十四畫

甖 "罌"的異體字。

十六畫

甗 (yǎn)粵jin²〔演〕古代炊器。青銅或陶製，下部是鬲，上部是透底的甑，上下部之間隔一層有孔的箅。也有上下部可以分開的。

甘 部

甘 (gān)粵gɐm¹〔金〕❶甜。引申指美味。❷美好。❸情願；樂意。如：俯首甘為孺子牛。❹甘盡的簡稱。

【甘心】❶自己願意；情願。❷快意。

【甘休】甘願罷休。如：善罷甘休。

【甘旨】美好的食品。又特指供養父母的食品。

【甘雨】適時而有益於農事的雨。

【甘脆】美味；味美的食品。

【甘軟】甜香軟熟，指奉養老人的食品。亦作"甘腝"。

【甘結】舊時官署處理訟案後由受審理人出具的一種結文。謂自承所供屬實或結案。又舊時奉命承辦官府事務，立文保證，也稱"甘結"。

【甘棠】❶甘棠，木名，即棠梨。❷《詩·召

南》篇名。傳說西周的召伯循行南國，宣揚文王之政，曾在甘棠樹下休息，後人思其德，因作《甘棠》詩。後因用「甘棠」作為對地方官吏的頌辭。

【甘寢】安睡。

【甘霖】猶甘雨。

【甘露】❶古人迷信，以為天下太平，則天降甘露。「甘露」謂甜美的露水。❷佛教用以美化其教義的比喻。

四　畫

甚 ㊀(shèn)⑧sɐm⁶〔是任切〕❶很；極。如：甚多。❷超過；勝過。如：日甚一日。

㊁(shén)⑧sɐp⁹〔十〕什麼；怎麼。

【甚麼】(shén—)即「什麼」。

【甚囂塵上】甚，很。囂，喧鬧。塵上，塵埃飛揚。形容軍中喧嘩忙亂的狀態。後亦謂消息普遍流傳，議論紛紛。

六　畫

甜 (tián)⑧tim⁴〔恬〕❶糖或蜜的味道。❷比喻美好、舒適、幸福。如：生活越過越甜。

八　畫

嘗 「嘗」的異體字。

生　部

生 (shēng)⑧sɐŋ¹〔沙亨切〕sɐŋ¹〔沙坑切〕(語)❶草木生長。引申為事物的產生。如：發生；化生。❷出生。如：生於斯，長於斯。❸活。與「死」相對。如：起死回生；生龍活虎。引申為生命或生機。如：養生。又引申為人及動物的統稱。如：衆生；畜生。又引申為生存期間。如：一生；畢生。❹舊稱讀書人。❺舊時指弟子、門徒。如：門生。又為自謙之

辭。如：晚生；侍生。今為學生的簡稱。如：招生；畢業生。❻舊戲曲腳色行當，扮演男性人物。如：老生、小生、武生。❼未煮熟、未成熟或未經鍛煉。如：生米；生柿子；生銅；生鐵。引申為不熟悉或不熟練。如：面生；生疏。❽不圓熟。如：生拉硬拽；生造詞語。❾甚；深。如：生恐。❿作詞助。如：生；偏生；怎生；作麼生。

【生人】❶猶生民。人，人類。❷素不相識的人；陌生人。

【生口】活人。指俘虜、奴隸和被販賣的人口。❷牲口。

【生小】幼小的時候；童年。

【生分】(—fèn)冷淡；疏遠。

【生生】❶中國哲學術語。指變化和新事物的產生。❷猶世世。如：生生世世。

【生民】❶人。❷謂治理人民。

【生色】色彩鮮明，形象如生。亦謂增添光彩。如：生色不少。

【生肖】人所生年的屬相。詳「十二生肖」。

【生事】❶古代喪事之禮。謂奉死時以生人之禮事奉死者。❷惹起事端。如：造謠生事。❸猶生計。❹世事；人事。

【生受】❶受苦。❷道謝語，猶言難為、有勞、對不住。

【生育】❶生長，養育。❷生孩子。

【生怕】深怕；惟恐。

【生面】新的面目。

【生活】❶人的各種活動。如：學校生活。❷生存；活着。❸猶生產；生計。❹指工作、手藝或成品。如：做生活；這生活做得靈巧。

【生祠】舊時地方吏紳為阿諛上官，給他們建立生前的祠堂。

【生息】❶生活；生存。❷繁殖人口。❸休養生息。

【生徒】學生；門徒。

【生氣】❶發怒。❷活力；生命力。如：生氣勃勃，充滿生氣。

【生員】科舉時代，在太學等處學習的人統稱生員。唐代，指在太學學習的監生。員，指一定的數額。宋以後監生與生員有別。

明清時代，凡經過本省各級考試取入府、州、縣學的，都稱生員，俗稱秀才。

【生貨】商業術語。未經加工的土產品名爲"生貨"，製成品爲"熟貨"。如蠶絲是生貨，製成的綢緞是熟貨。

【生涯】❶生活。❷生計。

【生疏】不熟悉；不熟練；不親密。如：人地生疏；技術生疏。

【生業】謀生之業；生涯。

【生意】❶猶生機，生命力。❷指商業經營或貨物買賣。如：做生意。

【生聚】謂繁殖人口，聚積物力。

【生澀】不滑潤。亦言不流利。如：文筆生澀；詞句生澀。

【生齒】指人口、家口。如：生齒日繁。

【生壙】在生前預造的墓穴。

【生擒】❶猶生民，即百姓。❷生命。

【生力軍】新投入戰鬥的精銳部隊。也常用來比喻新加入某種工作或某種活動能起積極作用的人員。

【生死肉骨】使死者復生，白骨長肉。極言恩施的深厚。

【生吞活剝】比喻生硬地搬用別人的言論或文辭。也比喻不聯繫實際，生搬硬套。

【生榮死哀】意謂活着受人崇敬，死了使人哀痛。用以稱譽被敬重的死者。

【生龍活虎】比喻活潑矯健，生氣勃勃。

五　畫

甡 (shēn)⑧sen¹〔申〕❶衆生。如：萬生園(動物園的舊稱)。❷見"甡甡"。

【甡甡】同"莘莘"。衆多的樣子。

六　畫

產(产) (chǎn)⑧tsan²〔又揀切〕❶婦女生育。如：產科；助產士。❷動物生仔。❸生產；創造物質或精神財富。如：增產；產品；產值。❹天然的產物。如：出產。如：礦產；水產。❺產業；財富。如：地產；房產；公產。

【產婆】也叫"收生婆"、"接生婆"、"穩婆"。以接生爲業的婦人。

【產業】❶指私有的土地、房屋等財產；家產。❷指各種生產的事業。也特指工業。如：產業工人；產業革命。

【產業革命】同"工業革命"。

七　畫

甥 (shēng)⑧sen¹〔沙亨切〕san¹〔沙坑切〕(語)❶姊妹之子。參見"外甥"。❷古代爲姑之子、舅之子、妻之兄弟、姊妹之夫的通稱。

甦 "蘇❸"的異體字。

用　部

用 (yòng)⑧jun⁶〔移弄切〕❶使用；任用。如：用腦；用筆；用人。❷用處；功能。如：有用；功用。❸財用；消費用。如：零用；家用。❹需要；不用費心。❺代替"吃喝"的婉詞。如：請用飯；請用酒。❻因；由。如：用特函達。

【用心】❶集中注意力；仔細思考。如：用心聽講。❷居心；存心。如：別有用心。

【用世】謂出仕。

【用事】❶謂當權。❷有所事；從事。❸寫作時引用典故。

【用命】指聽命；效勞。

【用度】開支；開支之用。

【用行舍藏】(舍shě)亦作"用舍行藏"。《論語‧述而》有"用之則行，舍之則藏"之語。用，指被任用；舍，指不被任用。行，謂出仕；藏，謂退隱。謂見用則出仕，不見用則退隱。

一　畫

甪 (lù)⑧luk⁹〔鹿〕"角"字的變體和異讀。漢代隱士有甪里先生。

甩 (shuǎi)⑧let⁸〔拉吉切〕❶擺動；揮動。如：甩尾巴；袖子一甩。❷丟開。如：甩手不管；把他甩在後面。❸蟲類下卵。如：蠶蛾甩子兒。

二　畫

甫 ㊀(fǔ)⑧fu²〔府〕❶古通"父"。男子的美稱,多附綴於表字後。亦以為表字的代稱。如:台甫；❷才；方。
㊁(pǔ)⑧pou³〔普〕廣州市地名用字。如:十八甫。
㊂(pù)⑧pou³〔舖〕粵方言,十里為一甫。

【甫能】才能夠；好容易。

甬 (yǒng)⑧jung²〔湧〕❶寧波的別稱。❷見"甬道"。

【甬道】❶高樓間有棚頂的通道。❷兩旁有牆的馳道或通道。❸指庭院裏居中的路。

四　畫

甭 (béng)⑧bung⁶〔拔用切〕"不用"兩字急邀的合音,用不着；不必。如:你甭說了,我知道了。

甮 (fèng)⑧mung⁶〔夢〕方言。"勿""用"二字合音。不用。

七　畫

甯 "寧"的異體字。

田　部

田 (tián)⑧tin⁴〔塡〕❶耕種用的土地。如:稻田；麥田；桑田。比喻可以耕治播種而有所滋生的事物。如:硯田；心田。❷通"佃"。耕種。❸姓。

【田父】(—fǔ)年老的農民。

【田田】❶形容宏大的聲音。❷形容荷葉相連。

【田地】❶可耕種的土地。❷猶地步、境地。

【田里】古指鄉大夫的封地和居所。也指故鄉。

【田舍】❶田地和屋舍。❷田間的屋舍。也泛指農家或農村。

【田疇】猶田地。

【田舍子】舊時對農民的一種蔑稱。

【田舍郎】謂年輕的農民。

【田舍翁】謂年老的農民。

由 (yóu)⑧jeu⁴〔游〕❶原因；來歷。如:來由；事由；情由。❷經歷；經過。如:必由之路。❸聽從；隨順。如:事不由己。❹抽生。見"由蘗"。❺自；從。如:由此及彼,由表及裏。❻因；由於。如:咎由自取。

【由中】出於本心。今多作"由衷"。如:由衷之言。

【由蘗】樹木枯死或被砍伐後重生的新芽。

甲 (jiǎ)⑧gap⁸〔夾〕❶草木萌芽時的外皮。如:荸甲。❷某些動物護身的硬殼。如:龜甲；鱉甲；甲蟲。也指手指和腳趾上的角質層。如:指甲；爪甲。❸古時戰士的護身衣,用皮革或金屬做成。如:解甲。引申為戰士的代稱。❹舊時戶口編制單位。如:保甲。❺天干的第一位,因以為第一的代稱。如:甲級。又為甲子的省稱。如:花甲。❻佔第一；冠於。如:桂林山水甲天下。❼通"胛"。如:肩甲。

【甲乙】謂等級次第。如:評定甲乙。

【甲士】士兵；披甲持械的武士。

【甲子】干支十干首位,子居十二支首位。干支依次相配,如甲子、乙丑、丙寅之類,統稱甲子。古人主要用以紀日,後人主要用以紀年。又自甲子至癸亥,其數凡六十,六十次輪一遍,因稱為六十花甲子。

【甲仗】指披鎧甲執兵器的衛士。

【甲兵】鎧甲和兵器。泛指武器裝備。亦用作軍事的代稱。

【甲坼】謂草木種子外皮開裂而萌芽。

【甲夜】初更時分。

【甲冑】亦作"介冑"。古時戰士用的鎧甲和頭盔。

【甲馬】❶鎧甲與戰馬。泛指武器裝備。亦指戰爭。❷禮拜神佛時所用的紙馬。

【甲第】❶本謂公侯的住宅。後泛指貴顯的宅第。❷科舉等第名次,猶言第一等。

【甲族】即世家大族。

【甲骨文】殷代在龜甲獸骨上所刻的文字,也

叫殷墟文字、卜辭、契文。出土於河南安陽小屯村殷代都城遺址，1899年始被發現。文字內容爲殷王室占卜的辭語以及和占卜有關的記事。甲骨文是目前發現的最早的成系統的漢字。

【甲午戰爭】1894年發生的中日戰爭。這一年的干支紀年是甲午，故稱甲午戰爭。這次戰爭是由於日本向朝鮮發動侵略，並對中國的陸海軍實行挑釁而引起的。中國軍隊英勇作戰，但由於清朝政府的腐敗以及缺乏堅決反對侵略的準備，中國方面遭到失敗，北洋海軍全軍覆沒。結果簽訂了喪權辱國的《馬關條約》。

申 (shēn)[粵]sen[1]〔身〕❶表達；表明。如：重申前意；三令五申。❷向上陳述。如：申請；申報。舊時以爲下級對上級行文的名稱。如：申文；申送。❸重複；一再。❹十二支的第九位。❺十二時辰之一，下午三時至五時。❻上海市的簡稱。以境內黃浦江別稱春申江，簡稱申江而得名。

【申旦】自夜達旦；通宵。

【申申】❶安詳舒適的樣子。❷反復不休。

【申斥】斥責(多用於對下屬)。

【申明】陳述；說明。如：申明理由。

【申奏】向帝王陳述或申請。

【申理】❶加强治理。❷申辯。

【申救】申辯和援救。

【申結】謂同申情好，互相結約。

【申報】用書面向上級機關呈報。

【申飭】告戒。如：嚴加申飭。

【申誡】舊時主管長官對違法失職的下屬，給以書面或口頭的申斥警告，稱爲"申誡"。

二　畫

男 (nán)[粵]nam[4]〔南〕❶古稱能在田中出力勞動的壯年男子。❷男性；男人。與"女"相對。如：男學生；男女平等。❸兒子。亦爲兒子對父母的自稱。❹古爵位名。公、侯、伯、子、男五等爵的第五等。直至清代仍沿用。

【男女】❶男子和女子。如：男女老少。❷兒子和女兒。❸元明時僕役的自稱。

甸 (diàn)[粵]din[6]〔電〕❶古時郭外稱郊，郊外稱甸。❷田野的出產物，指布帛和珍品。❸治理。❹通"淀"。北京海淀亦作"海甸"。

町 ㊀(tīng，又讀tǐng)[粵]tiŋ[5]〔挺〕田間小路。見"町畦"。也指田畝。

㊁(dīng)[粵]diŋ[1]〔丁〕〔畹町鎮〕在雲南省。

【町町】平坦的樣子。

【町畦】田塍，即田間的界路。比喻界限、規矩約束。

【町疃】(tǐng—)亦作"町畽"。田舍旁空地，禽獸踐踏的地方。

𤰔 "畝"的異體字。

畆 "畝"的異體字。

三　畫

甿 (méng)[粵]mɔŋ[4]〔亡〕古指農村居民。

畀 (bì)[粵]bei[2]〔彼〕給予；付與。

甽 ㊀同"畎"。
㊁同"圳"。

畂 "畝"的異體字。

畖 同"甽"。

甾 ㊀同"菑"。
㊁同"淄"。

四　畫

畇 (yún)[粵]wen[4]〔云〕見"畇畇"。

【畇畇】平坦整齊的樣子。形容已開墾的田地。

畋 (tián)[粵]tin[4]〔田〕❶通"佃"。耕種。❷打獵。

界 (jiè)[粵]gai[3]〔介〕❶地域的限隔。如：國界；田界。❷接界。❸境域；區劃。如：境界；眼界；自然界；工商界。

【界尺】寫字時用以間隔行距的文具。又爲畫

家作界畫時的工具，用以畫宮室樓臺的綫條。

【界說】即"定義"。

畎　(quǎn)⑧hyn²〔犬〕❶田間小溝。❷山谷。

【畎畝】亦作"甽畝"。有小溝的田；在田中作小溝。

【畎畝】田間；田地。

畏　(wèi)⑧wei³〔慰〕❶害怕；恐懼。如：畏怯；畏懼。❷嚇唬；如：以死畏之。❸敬服。如：後生可畏。

【畏友】謂品德端重，使人敬畏的朋友。

【畏途】亦作"畏涂"。謂艱險可怕的道路。如：視爲畏途。

【畏葸】畏懼；害怕。如：畏葸不前。

【畏首畏尾】形容瞻前顧後、疑慮重重的怯弱態度。

畊　"耕"的異體字。

畈　(fàn)⑧fan³〔化泛切〕成片的田；平疇。如：田畈；一畈田。

畆　"畝"的異體字。

畄　"留"的異體字。

五　畫

畔　(pàn)⑧bun⁶〔叛〕❶田界。❷邊側。如：江畔；枕畔；耳畔。❸通"叛"。❹見"畔援"。

【畔岸】❶邊際。❷放縱任性。

【畔換】同"畔援"。

【畔援】同"畔換"、"叛換"。暴戾；跋扈。

留　(liú)⑧leu⁴〔流〕❶停止。如：停留；留止。❷阻止；牽挽。如：扣留；挽留；留客。❸耽擱；遲滯。如：遲留；滯留；淹留。❹保存；遺存。如：留餘地；留一手；留得青山在，不怕沒柴燒。❺接受；收容。如：把禮物留下。❻注意力放在某方面。如：留心；留神。

【留中】皇帝把臣下的章奏留於宮禁中，不交議也不批答。

【留心】留意；關心。

【留情】由於照顧情面而寬恕或原諒。如：手下留情。

【留連】留戀不願離開。

【留都】舊稱遷都之後的舊都。如明成祖遷都北京後，以南京爲留都。

【留意】留心；注意。

【留難】謂於事故意作梗，無理阻撓。

【留戀】不忍捨棄或離開。

畚　(běn)⑧bun²〔本〕古代用草繩做成的盛器，後編竹爲之，即畚箕。也指用畚箕承物。如：畚垃圾。

畛　(zhěn)⑧tsen⁵〔診〕❶田間的小路。❷界限；區分。

【畛域】範圍；界限。如：不分畛域。

畜　㊀(chù)⑧tsuk³〔促〕❶指受人飼養的禽獸。如：家畜；六畜。也泛指禽獸。如：孽畜；畜牲。❷積儲。

㊁(xù)⑧同㊀飼養禽獸。如：畜牧；畜養。

【畜生】亦作"畜牲"。泛指禽獸，也用爲罵人之詞。

畞　(亩)(mǔ)⑧meu⁵〔某〕❶中國的土地面積單位。一畝等於60方丈。❷壟，即田中高處。

六　畫

畢　(毕)(bì)⑧bɐt⁷〔筆〕❶古時田獵用的長柄網。也指用長柄網捕取禽獸。如：以形狀像畢網得名。❸網羅無遺之意。引申爲盡、全。如：眞相畢露。❹結束。如：事畢；畢業。

【畢命】絕命，死。亦謂盡力效命。

【畢竟】到底；究竟。

畤　(zhì)⑧dzi⁶〔自〕古時帝王祭天地五帝的固定處所。秦代有密畤、上畤、下畤、畦畤，漢代有北畤。

略　(lüè)⑧lœk⁹〔掠〕❶巡行。❷侵奪；強取。如：侵略；略取。❸謀劃。如：謀略；方略；策略；戰略；雄才大略。❹大要。如：大略；要略。❺簡省。如：簡略；省略；略說；略圖。❻稍微。如：略知一二。

【略地】❶巡視邊境。❷佔領敵方的土地。

【略賣】猶拐賣。

【略迹原情】撇開表面的事實，從情理上加以原諒。

畧　"略"的異體字。

畦　(qí，讀音 xí)⑧kwɐi⁴〔攜〕菜圃間劃分成的小區。

【畦徑】田間小路。比喻常規，多指學藝方面。

【畦畛】猶町畦。田間的道路，引申爲界限或隔閡。

七　畫

番　㊀(fān)⑧fan¹〔翻〕❶輪流更代。如：輪番。㊁次；回。如：三番五次。❸對西方邊境各族的稱呼，亦泛於外族的通稱。如：西番；番邦。又以指來自外族或外國的事物。如：番茄；番餅。
㊁(pān)⑧pun¹〔潘〕〔番禺〕縣名。在廣東省珠江三角洲北部。

【番休】輪流休假。

畫（画）　㊀(huà)⑧wak⁹〔或〕❶繪；作出圖形。如：畫山水；畫像。❷簽押；署名。如：畫行；畫押。❸漢字一筆叫一畫。如："人"字是兩畫。亦專指漢字的橫筆。❹劃分。
㊁(huà)⑧wa²〔烏嫁切〕wa⁴〔話〕(又)指畫出的圖像。如：年畫；水墨畫。

【畫一】同"劃一"。

【畫卯】舊時官署例於卯時(晨五時至七時)開始辦公，吏役都須按時到衙門簽到，叫"畫卯"。

【畫皮】《聊齋志異》中的一則故事。謂有一惡鬼，用彩筆在人皮上畫眉目手足，披上後即變成美女去迷惑人。現用以比喻掩飾猙獰面目和凶殘實質的美麗外表。

【畫行】舊時公文在繕發前，須送請主管長官核判，如同意照辦，便在文稿上判一"行"字，俗做"畫行"。

【畫角】古樂器。出自西羌。形如竹筒，本細末大。以竹木或皮革製成，因外加彩繪，故名。發聲哀厲高亢。古時軍中多用之，以警晨昏。

【畫押】在文書或契約上畫花押，作爲本人負責或承認的憑據。參見"花押"。

【畫者】指向書者。漢代尚書者中皆以胡粉塗壁，壁上有畫像，故稱。

【畫眉】❶以黛飾眉。❷鳥名。眼圈白色，呈蛾眉狀。善鳴喜鬥，爲中國長江流域和華南常見的留鳥。

【畫舫】裝飾華麗的遊船。

【畫堂】漢宮中的殿堂。後泛指華麗的堂舍。

【畫戟】古武器名。有彩畫的戟。

【畫諾】猶畫行。主管者在文書上簽行，表示同意照辦。

【畫鶂】(—yì)船的別稱。古代在船首上畫鶂鳥的像，故稱船爲"畫鶂"。

【畫中有詩】畫裏富有詩意。詳"詩中有畫"。

【畫地爲牢】在地上畫一個圓圈，當作牢獄。比喻只許在指定的範圍內活動。

【畫虎類狗】《後漢書·馬援傳》有"畫虎不成反類狗"之語，意謂畫老虎不成，反像狗了。比喻好高騖遠，一無所成，反貽笑柄。也比喻模仿得不到家，反而弄得不倫不類。

【畫脂鏤冰】在凝固的油脂或冰上繪畫雕刻，一旦融化，都歸鳥有，比喻勞而無功。

【畫蛇添足】《戰國策·齊策二》載，楚國有一個人請喝酒，酒少人多，大家約定：在地上畫蛇，誰先畫好，誰喝酒。一個人先畫成，拿過酒準備喝，另用一隻手爲蛇畫腳，腳還沒有畫完，另一個人已把蛇畫好，說："蛇本來沒有腳的，你怎麼給它添上腳呢？"於是拿過酒一飲而盡。後因以"畫蛇添足"比喻做事節外生枝，不但無益，反而害事。

【畫龍點睛】張彥遠《歷代名畫記》載，南朝梁代張僧繇在牆上畫了四條龍，沒有畫眼睛。後來有人要求他給其中兩條點了眼睛，這兩條龍就飛上天了。後常以比喻作文或講話時，在關鍵性的地方加一二警句點明要旨，使內容更爲精闢有力。

【畫餅充飢】《三國志·魏志·盧毓傳》有"選舉莫取有名，名如畫地作餅，不可啖也"之語，本以比喻虛名無補於實用。後比喻

聊以空想自慰。

畬　㊀(yú)⑧jy⁴〔如〕開墾了三年的熟田。
㊁(shē)⑧sɛ¹〔些〕燒榛種田。即在播種之前將田中的草木燒去，以灰作肥料。
【畬田】(shē)採用刀耕火種方法耕種的田地。

晦　"畝"的異體字。

畯　(jùn)⑧dzœn³〔俊〕❶古代的田官。❷見〔寒畯〕。

異(异)　(yì)⑧ji⁶〔二〕❶不同。如：思想各異。❷分開。如：異居。❸其他；別的。如：異日。❹新異；奇異；變異。如：異聞；異人；災異。❺不平常的；特殊的。如：異才；異能。❻驚異；詫異。
【異人】❶不同於尋常的人；有異才的人。❷他人；別人。
【異才】亦作"異材"。非常的才能。
【異己】與自己意見不同或利害相衝突的人。
【異日】❶他日；過幾天。❷往時；從前。
【異心】別的心思；叛離的意圖。
【異母】父所娶的女子。如：異母兄弟。
【異地】❶異鄉；他鄉。❷不在同一個地方。如：所居異地；異地相勉。
【異志】叛變或篡奪的意圖。
【異事】❶他事；別的事。❷奇怪的事。
【異物】❶珍奇的物品。❷別的事物。別於平時接觸的事物而言。❸指死亡的人，"鬼"的諱辭。❹猶"異類"。
【異姓】不同姓。如：異姓骨肉。也特指與帝王不同姓。如：異姓王。
【異時】❶往昔；從前。❷他時；將來。❸不同的時候。
【異能】特殊的才能。
【異域】❶外國。❷兩地。
【異端】不同於尋常。
【異彩】❶異乎尋常的顏色或光輝；奪目的光彩。
【異端】儒家以正統自居，稱其他的學說、學派為異端。後有些自認為正統派的人或組織常用"異端"為對異己的思想和理論的稱呼。

【異聞】❶別有所聞。不同於平時所聞的。❷新異之說；聞所未聞的事物。
【異數】❶有等差；有差別。❷皇帝給臣子的特殊優遇。
【異類】❶指禽獸狐鬼之屬。❷指各種各樣不同品類的事物。
【異議】不同的或反對的議論。
【異口同聲】亦作"異口同音"。謂大家的說法完全一致。
【異曲同工】本作"同工異曲"。韓愈《進學解》有"子雲、相如同工異曲"之語，意謂作品曲調不同，而工妙相等。引申為所做的雖不同，效果卻一樣。
【異軍特起】比喻一支新力量突然出現。
【異想天開】比喻想法離奇而不切實際。

畱　"留"的異體字。

畬　(shē)⑧sɛ¹〔些〕❶同"畬㊀"。❷〔畬族〕中國少數民族名。分佈在福建、浙江、江西、廣東、安徽五省六十多個縣(市)的部分山區。以福建、浙江兩省為最多。

八　畫

當(当)　㊀(dāng)⑧dɔŋ¹〔多康切〕❶對着；向着。如：當面；當衆。❷對等；相稱。如：旗鼓相當。❸遮攔；阻當。參見〔當道❷〕。❹抵敵。如：萬夫不當之勇。❺承擔。如：敢作敢當。參見〔當仁不讓〕。❻擔任。如：當主席；當代表。❼主持；執掌。如：當權；當家作主。❽應該。如：當辦就辦。❾值；在。如：當時。❿指過去的時日。如：當初；當年。
㊁(dàng)⑧dɔŋ³〔檔〕❶適合；合宜。如：得當；失當。❷作爲；算是。如：以茶當酒。❸以爲；猜想。如：我當是誰呢，原來是你。❹抵押。如：抵當；押當；質當；當頭。❺指在事情發生的同一時間。如：當場；當天。
【當下】當即；立刻。
【當日】❶(dàng—)即日；本日。❷那個時候；往日。

【當世】❶(dàng—)當代；現世。❷舊指權貴。

【當年】❶(dàng—)今年；本年。❷往年；那一年。

【當行】(—háng)❶宋代手工業者所服徭役，和唐代番匠相似。宋代官府工場除使用雇用的募匠外，遇工作急需時，也差使當地民匠。應差的叫當行。❷內行；精通某一行的業務。如：出色當行。

【當局】❶身當其事。❷當局者迷。❸執政者。也指機關的主持人。如：財政當局。

【當直】「直」同「值」。猶言值班。

【當家】❶專心於家業。❷主持家務。引申為主持公衆的事務。如：當家作主。❸對於某一種行業有專長；行行出色。

【當途】亦作「當塗」。猶言當道，當權。

【當國】掌握國家的政權，主持國政。

【當軸】比喻居於政府中的主要地位。舊指宰執大臣。

【當當】同「鐺鐺」。象聲辭。

【當道】❶合乎正道。❷站在路當中，把路攔住。❸猶言當權。也指當權的人。

【當路】❶擔任重要官職，掌握政權。❷阻礙通行；攔路。

【當關】❶守關。❷守門的人。

【當壚】古時的酒店，壘土為壚，安放酒甕，賣酒的坐在壚邊，叫「當壚」。「壚」亦作「壚」、「鑪」。

【當仁不讓】指應該做的事就要積極主動地去做，不推讓。

【當頭棒喝】原為佛教語。意謂棒打喝叱，可使人從迷妄中猛醒。後比喻促人醒悟的警告。

【當機立斷】事情到了緊要關頭，就毫不猶豫地作出決斷。亦作「應機立斷」。

畷
(zhuó)⑧dzyt⁸[啜]dzœy³[醉](又)兩陌間的小道。

畸
(jī)⑧gei¹[機]kei¹[崎](又)❶殘餘；零星。通作「奇」。如：畸零；畸數。❷不整齊；不完整。參見「畸形」。❸通「奇」。單；與衆不同。見「畸人」。❹偏。如：畸輕畸重。

【畸人】謂不合於世俗的異人。

【畸形】❶事物發展不均衡，不正常。❷指人體某一部分形態的異常。

【畸輕畸重】有時偏輕，有時偏重。謂事物發展不均衡，或人對事物的態度不平衡。

畹
(wǎn，又讀yuàn)⑧jyn²[院]古代地積單位。三十畝為一畹。

畽
(tán)⑧tem⁴[提林切]坑；水塘。多用於地名。

九 畫

畽
(tuǎn)⑧tœn²[拖筍切]本作「疃」。見「町畽」。

十 畫

畿
(jī)⑧gei¹[基]古代王都所在處的千里地面。後多指京城管轄的地區。如：京畿；畿輔。

【畿輔】畿，京畿；輔如漢代的三輔。合指京都周圍附近的地區。

十一畫

疁
(liú)⑧leu⁴[流]❶謂焚燒田中草木然後下種。❷謂開溝灌田。

疄
同「塍」。

十二畫

疃
(tuǎn)⑧tœn²[拖筍切]❶「畽」的本字。❷村莊；屯。常用作地名。如山東有柳疃，河北有賈家疃。

十四畫

疆
(jiāng)⑧gœŋ¹[姜]❶境界；邊界。如：疆土；疆界；邊疆。❷極限；止境。見「無疆」。

【疆土】國家的領土。

【疆吏】古指守衛諸侯國邊地的官員。明清對於高級地方官吏如總督、巡撫，也稱疆吏，即封疆大吏之意。

【疆域】猶疆土，國境。

【疆界】❶國界。❷田界。

【疆場】戰場。如：馳騁疆場。

疇(畴) 粵(chóu)⑧tsɐu⁴〔酬〕❶田畝；已耕作的田地。❷特指種麻的田。❸種類。❹語助。無義。見"疇昔"。

【疇人】指曆算學者。

【疇昔】往日；往昔。

【疇官】指世代做同樣的官，特指太史之類的曆算官。

十五畫

𤲟 (pì)⑧bik⁷〔碧〕剖開。

十七畫

疊 (dié)⑧dip⁹〔蝶〕❶一層加上一層；重疊。如：疊石為山；層見疊出。❷摺疊之類。如：疊衣服；鋪床疊被。❸樂曲的疊奏。如：陽關三疊。

【疊牀】把棋子疊起來，高則易倒，比喻形勢可危。

【疊韻】兩個字或幾個字的韻母相同。

【疊牀架屋】牀上疊牀，屋下架屋。比喻重複累贅。

疋 部

疋 ㊀(shū)⑧so¹〔梳〕脚。
㊁同"雅"。
㊂(pǐ)⑧pɐt⁷〔匹〕同"匹"。量布的單位。古以四丈作一疋，今以十丈作一疋。

疋 "正"的古字。

五畫

蛋 (dàn)⑧dan⁶〔但〕❶亦作"蜑"。即"蛋民"。水上居民。分佈在廣東、福建、廣西三省(區)沿海港灣和內河上，世代從事漁業和水上運輸業，多以船為家。❷"蛋"的俗寫。

七畫

疎 "疏"的異體字。

疏 ㊀(shū)⑧so¹〔梳〕❶開浚；疏導。❷分散。如：疏散。❸不熟習。如：生疏。❹稀；不密。如：疏密不均。引申為不親近。如：疏遠。又引申為不細密，粗忽。如：疏神；疏忽。
㊁(shù)，舊讀shù)⑧so³〔試問切〕❶分條陳述。如：疏記。亦指奏章。❷指為古書舊注所作的闡釋或進一步發揮的文字。如：《十三經注疏》；《爾雅義疏》。❸僧道拜懺時所焚化的祝告文。

【疏記】(shù—)分條記錄；逐項記載。

【疏通】❶通達。❷疏浚。如：疏通河道。引申為溝通、說情。

【疏理】❶肌理不緊密。❷整頓清理。

【疏散】❶(—sàn)謂不受拘束；閑散。❷(—sàn)分散；離散。

【疏闊】❶不周密。❷久別。❸迂闊。

【疏觀】通觀。

九畫

疑 (yí)⑧ji⁴〔移〕❶不相信；疑心。如：半信半疑。❷不分明；難於確定。如：存疑；疑案。❸疑忌。

【疑年】謂尋求、推算古人的年曆。

【疑兵】虛設的兵陣。用以迷惑敵人。

【疑忌】猜疑妒忌。

【疑案】❶真相不明，證據不足，一時難以判決的案件。❷泛指情況瞭解不夠、不能確定的事件或情節。

【疑雲】像濃雲一樣聚集的懷疑。如：驅散疑雲。

【疑義】疑惑不定的含義或事理。

【疑團】沒有剖析明白的疑念，好像有東西結聚在胸中，故稱"疑團"。

【疑獄】案情不明，難以判決的案件。

【疑竇】可疑之處。

寋 (zhì)⑧dzi³〔置〕有阻礙而不能順利行進。如：跋前寋後。

疒　部

二　畫

疔　(dīng)粵diŋ¹〔丁〕dɛŋ¹〔得腥切〕(語)病名。即疔瘡。一般常發於顏面及四肢末梢，形小根深，其狀如釘，故名。

三　畫

疙　(gē)粵ŋɐt⁹〔迄〕gɐt⁷〔吉〕(又)見"疙瘩"。

【疙瘩】亦作"疙疸"、"疙疖"。❶皮膚上突起的或肌肉上結成的小硬塊。❷球形或塊狀的東西。如：面疙瘩；冰疙瘩。❸比喻鬱結在心裏的苦悶或想不通的問題。如：心裏有疙瘩。❹不圓通；難對付。如：這人脾氣很疙瘩。❺不通暢；彆扭。如：這篇文章寫得很疙瘩。

疚　(jiù)粵gɐu³〔救〕❶久病。❷憂慮；因歉仄而內心不安。如：負疚；內疚。

【疚心】內心負疚。

疝　(shàn)粵san³〔傘〕疝氣，病名。種類很多，通常指陰囊脹大的病。也叫"小腸氣"。

疘　(gāng)粵gɔŋ¹〔江〕病名。即"脫肛"。指直腸或直腸黏膜脫出肛門外的一種病症。

四　畫

疢　(chèn)粵tsɐn³〔趁〕熱病。引申即謂病。

【疢疾】疾病。亦作"疾疢"。

疣　(yóu)粵jɐu⁴〔尤〕亦稱"瘊子"。中醫學上稱"千日瘡"。一種病毒感染。常見的有扁平疣、尋常疣和傳染性軟疣、蹠疣。

疤　(bā)粵ba¹〔巴〕瘡口或傷口結好後留下的痕迹。如：瘡疤；傷疤。

疥　(jiè)粵gai³〔介〕❶即疥瘡。疥蟲引起的傳染性皮膚病。❷通"痎"。兩日一發的瘧病。

疧　(qí)粵kei⁴〔其〕憂病。

疫　(yì)粵jik⁹〔役〕瘟疫，急性傳染病流行的通稱。如：鼠疫。

疡　同"瘍"。

五　畫

疲　(pí)粵pei⁴〔皮〕疲倦；勞累。如：精疲力竭。

【疲沓】亦作"疲塌"。鬆懈不起勁。如：拖拉疲沓。

【疲敝】同"罷敝"。亦作"疲弊"。疲乏雕敝。

【疲憊】同罷憊。極度疲勞。如：疲憊不堪。

【疲弊】同"疲敝"。

【疲癃】同"罷癃"。老病之狀。

【疲羸】疲勞困乏。

【疲於奔命】"疲"亦作"罷"。謂因忙於奔走應付而致精疲力盡。

疳　(gān)粵gɐm¹〔甘〕❶中醫兒科病名。即疳積。爲嬰幼兒的一種常見疾病，包括營養不良、腸寄生蟲病等。❷下疳，性病的一種。

疴　(ē，又讀kē)粵ɔ¹〔柯〕病。如：沉疴；養疴。

疸　(dǎn)粵tan²〔坦〕病名。即"黃疸"。❶中醫病症名。"疸"古作"癉"。❷黃疸型傳染性肝炎的一種症狀。病人的皮膚、黏膜和眼球的鞏膜等都呈黃色。

疹　(zhěn)粵tsɐn²〔診〕皮膚病變，疹子，即出現在皮膚上的斑疹、丘疹等的統稱。

疼　(téng)粵tɐŋ⁴〔騰〕❶痛。如：疼痛；頭疼。❷痛惜；寵愛。如：心疼。

疽　(jū)粵dzœy¹〔追〕癰疽。一種毒瘡。

疾　(jí)粵dzɐt⁹〔姪〕❶病。如：積勞成疾；諱疾忌醫。❷痛苦。如：疾苦。❸厭惡；憎恨。見"疾惡如仇"。❹急速；猛烈。如：疾風勁草；疾言厲色。

【疾苦】生活上的艱難困苦。

【疾首】頭痛。參見"疾首蹙額"、"痛心疾首"。

【疾徐】形容苦於禮節拘泊。

【疾視】❶顧視速疾。❷怒目而視。

【疾足先得】謂行動迅速者佔先着。亦作"捷足先登"。

【疾言厲色】謂語言急切，形色嚴厲。

【疾首蹙額】本作"疾首蹙額"。疾首，頭痛。顙，鼻梁；蹙額，皺眉頭。痛恨憂苦的樣子。

【疾惡如仇】疾，亦作"嫉"。痛恨壞人壞事如同仇敵一樣，形容人的正義感極強。

【疾風知勁草】比喻危急難時才顯出人的意志堅強，經得起考驗。

【疾雷不及掩耳】雷聲突作，使人來不及遮住耳朵。比喻行動極迅速，使人猝不及防。疾，亦作"迅"。

痱

"痹"的異體字。

痀

(jū，又讀 gōu) 粵kœy¹[拘] 見"痀僂"。

【痀僂】駝背。亦作"傴僂"。

痁

㊀(shān) 粵dzim¹[尖]瘧疾。

㊁(diàn) 粵dim³[店]通"阽"。臨近。

痂

(jiā) 粵ga¹[加]一種皮膚損害，由水疱、膿疱或滲出物乾燥後結成，常含有膿、細菌、血、上皮膚細胞和灰塵，有時並含有脂肪顆粒和真菌。

痃

(xián) 粵jin⁴[弦]❶中醫學病症名。指腹中癖塊。❷痃癖，由下疳引起的腹股溝淋巴結腫脹、發炎的症狀。

痄

(zhà，又讀zhā) 粵dza³[詐]中醫學病症名。痄腮，由於感受時氣而成。症狀腮部腫脹熱痛、寒熱頭痛等，小兒患者較多。

病

(bìng) 粵bin⁶[並]beŋ⁶[鼻鄭切][又]❶失去健康的狀態。❷病態。也指害病。如：他病了。❷瑕疵；弊害。如：疵病；弊病❸害。如：病國病民。

【病革】(—jí)病勢危急。謂將死。

【病間】(—jiàn)病略好轉。

【病魔】謂疾病纏身。

【病入膏肓】《左傳·成公十年》有"疾不可為也，在肓之上，膏之下，攻之不可，達之不及，藥不至焉"之語，意思是說疾病要深入到肓(心臟與膈膜之間)之上、膏(心尖脂肪)之下，那就任何藥力都不能達到，因而也難於治好。後用"病入膏肓"形容病情嚴重到了無法醫治的地步，也比喻事情嚴重到了不可挽救的程度。

【病從口入】謂飲食不小心是得病的原由。

症

㊀(zhèng) 粵dziŋ³[政]疾病的症候情況。如：重症；對症下藥。

㊁"癥"的簡化字。

疷

(zhī) 粵dzi¹[止]毆傷。

痓

(zhù) 粵dzy³[注][作049]中醫學病症名。發於夏令的季節性疾病。

疱

(pào) 粵pau³[豹]皮膚上長的小疙瘩。如：面疱。也指凸出皮膚的火疱或膿疱。

六　畫

痊

(quán) 粵tsyn⁴[全]病癒。如：痊癒；痊可。

疵

(cī) 粵tsi¹[雌]❶小毛病。如：吹毛求疵。❷缺點或過失。

【疵瑕】本謂玉病，比喻人的過失或缺點。

【疵癘】災害；疾病。"癘"亦作"癗"。

痍

(yí) 粵ji⁴[兒]創傷。參見"瘡痍"。

痎

(jiē) 粵gai¹[皆]瘧疾。

痏

(wěi) 粵fui²[花潰切]❶毆人成創而有瘢的。❷針灸施術後穴位上的瘢痕。❸瘡。

痒

㊀(yáng) 粵jœŋ⁴[羊]病。

㊁"癢"的簡化字。

痢

(lì) 粵lei⁶[例]同"癘"。瘟疫。

痔

(zhì) 粵dzi⁶[自]病名，即痔瘡，一種常見的肛管疾病。

痕

(hén) 粵hɐn⁴[号仁切]瘡傷瘡瘢後留下的疤。如：傷痕；瘡痕。也泛指蹤迹、痕迹。如：淚痕；裂痕。

疦 同"癬"。

痀 "蛔"的異體字。

痌 (tōng)粵tuŋ¹[通]同"恫㊀"。

七 畫

痗 (mèi)粵mui³[妹]憂病。

痘 (dòu)粵deu⁶[豆]人、畜共患的一種接觸性傳染病。病原為病毒,牛痘、綿羊痘、山羊痘、豬痘、禽痘和天花的病毒類型各不相同。主要由接觸傳染。發病後皮膚或黏膜上出現水疱和膿疱疹診。如:種痘。

痙(痉) (jìng)粵giŋ⁶[競]一種病狀,即痙攣。

痛 (tòng)粵tuŋ³[套控切]❶因疾病或創傷而感覺疼痛。如:頭痛;神經痛;創口作痛。❷悲傷;苦惱。如:悲痛;苦痛;痛不欲生。❸恨。❹盡情;徹底。如:痛罵;痛快;痛改前非。

【痛切】(—qiè)❶沉痛而懇切。❷悲痛之至。

【痛心】悲憤到極點。參見「痛心疾首」。

【痛心疾首】痛恨到極點。

【痛定思痛】謂悲痛的心情平靜之後,追想當時所遭的痛苦,有警惕未來的意思。

痞 (pǐ)粵pei²[鄙]❶病症名。中醫學解釋為「阻塞」的意思,如「心下痞」、「腔腹痞悶」等。❷痞子;壞人。如:痞棍;文痞;地痞流氓。

痟 (xiāo)粵siu¹[消]疼痛。

痠 (suān)粵syn¹[孫]酸痛。

痡 (pū)粵pou¹[鋪]fu¹[夫](又)過度疲勞。

痢 (lì)粵lei⁶[利]❶病名,即痢疾。如:赤痢;白痢。❷[瘌痢]同「鬎鬁」,即頭癬。俗稱「鬎鬁頭」。(「痢」,粵口語讀作「利」的高平聲。)

痣 (zhì)粵dzi³[志]皮膚上黑色、棕色、青色或紅色的局部性生物,大小不一,多數高出皮面,表面光滑,或有毛,亦可呈疣狀。

痧 (shā)粵sa¹[沙]❶病名。霍亂、中暑等急性病的俗稱。❷[痧子]痲疹的俗稱。由病毒引起的急性傳染病。

痤 (cuó)粵tsɔ⁴[鋤]❶皮膚病,即痤瘡。俗稱粉刺、暗瘡。❷癰。見「痤疽」。

【痤疽】猶癰疽。

痦 (wù)粵ŋ⁶[誤][痦子]突起的痣。

八 畫

痯 (guǎn)粵gun²[管]見「痯痯」。

【痯痯】疲勞的樣子。

痰 (tán)粵tam⁴[談]肺支氣管黏膜急性和慢性發炎時的分泌物。

痱 ㊀(féi)粵fei¹[肥]風病。
㊁(fèi)粵fei²[花矮切][痱子]夏令常見的皮膚損害,是一種急性皮炎,由於出汗過多,排泄不暢,鬱積於汗管所致。

痲 (má)粵ma⁴[麻]病名,即痲風。痲病杆菌引起的一種慢性傳染病。由於長期密切接觸而傳染。

痺 (bì)粵bei³[臂]❶病名,即痹證。引申痲木。❷氣悶。

痺 「痹」的異體字。

痼 (gù)粵gu³[固]病經久難治。見「痼疾」。比喻長期養成不易克服的嗜好、習慣。見「痼癖」。

【痼疾】亦作「固疾」、「錮疾」。久治不癒的病。久病。

【痼癖】難以改變的積習和嗜好。

痾 「疴」的異體字。

痳 「淋㊀」的異體字。

痿 (wěi)粵wei²[委]中醫學病症名。指肢體萎弱、筋脈弛緩的病症。

瘀 (yū)働jy²[倚鼠切]積血。即"瘀血"。指體內血液滯於一定處所。

瘁 (cuì)働scey⁶[睡]scey⁵[緒](又)❶勞累。如：鞠躬盡瘁；心力交瘁。❷憂病；困病。

瘃 (zhú)働dzuk⁷[竹]病名，即凍瘃。

痴 "癡"的簡化字。

瘂 同"啞㊀"。

九　畫

尰 (zhǒng)働dzuŋ²[腫]脚腫病。

瘈 ㊀(zhì，又讀jì)働dzei³[制]瘋狂；特指犬發狂。
㊁同"瘛"。
【瘈狗】瘋狗。

瘉 (yù)働jy⁶[預]病好了。

瘊 (hóu)働heu⁴[喉]即"瘊子"。亦稱"疣"。

瘋 (fēng)働fuŋ¹[風]❶神經錯亂；精神失常。如：瘋癲；發瘋；瘋癲。❷指麻瘋。如：瘋病的名稱。如：白癜風(亦作白癜瘋)。

瘌 (là)働lat⁸[拉壓切]同"癩"。
【瘌痢】同"癩痢"。

瘍 (yáng)働jœŋ⁴[羊]❶瘡。❷潰爛。

瘏 (tú)働tou⁴[逃]因勞致病。

瘐 (yǔ)働jy⁵[雨]見〖瘐死〗。
【瘐死】謂罪犯病死在監獄中。

瘓 (huàn)働wun⁶[換]見〖癱〗。

瘕 ㊀(jiǎ)働ga²[假]病名。中醫學指腹內結塊。以堅硬不易推動，痛有定處為瘕；緊脹無常，痛無定處為瘕。二者症狀相類，故常癥瘕並稱。

㊁(xiá)働ha⁴[霞]通"瑕"。污點；缺點。

痦 "暗"的異體字。

瘧 (疟) ㊀(nüè)働jœk⁹[若]病名，即瘧疾。
㊁(yào)働同㊀用於口語。如：發瘧子。

瘠 (mín)働men⁴[民]病。

十　畫

瘛 (chì)働tsit⁸[設]kɐi³[契](又)病名。一作"瘛瘲"。筋急引縮為"瘛"，筋緩縱伸為"瘲"；手足時時屈伸，抽動不止者，稱為瘛瘲。與抽搐同義，俗名"抽風"。

瘞 (瘗) (yì)働ji³[意]埋；埋葬。
【瘞錢】殉葬的錢。

瘟 (wēn)働wɐn¹[溫]疫病。包括現代烈性傳染病和一般急性傳染病。古稱"瘟疫"。❷特指牲畜的急性傳染病。如：豬瘟；牛瘟。
【瘟神】傳說中降瘟疫的凶神。後也借以形容作惡多端或面目可憎的人。

瘠 (jí)働dzik⁸[即中入]dzɐk⁸[隻](又)❶瘦。與"肥"相對。❷土質疏薄。如：瘠土。

瘡 (疮) (chuāng)働tsɔŋ¹[倉]❶皮膚病名。即瘡癤。指肌膚所患的小瘡熱癤。❷本作"創"。創口。
【瘡痍】傷痕；瘡瘢。亦作"創痍"。
【瘡痍】同"創痍"。創傷，比喻戰爭後民生雕敝。

瘢 (bān)働ban¹[班]❶創傷或瘡瘡等痊瘡後留下的疤痕。如：刀瘢；瘡瘢。❷斑點。如：汗瘢；雀瘢。

瘥 ㊀(cuó)働tsɔ⁴[鋤]疫病。
㊁(chài)働tsai³[次太切]病瘥。

瘦 (shòu)働seu³[獸]❶肌肉不豐富。與"肥"相對。如：清瘦；瘦子。引申為細削、窄小、單薄等的形容。如：字小而瘦；水清石瘦。❷指瘠肉少脂肪。如：瘦肉。❸瘠薄；不肥沃。

癲 (din)粵din¹〔顛〕❶"顛"的本字。❷
癲 顛倒。❸降災；害。

瘤 (liú)粵leu⁴〔留〕機體內生長的一種腫
瘤 塊。如：腫瘤。

瘩 ㊀(dá)粵dap⁸〔搭〕瘩背，即背癰。
瘩 ㊁(da)粵同㊀見"疙瘩"。

癏 (guān)粵gwan¹〔關〕病。

瘙 (sào)粵sou³〔掃〕像皮疥瘡那麼發
瘙 癢。如瘙癢病，一種僅有瘙癢感覺而
無原發性病變的皮膚病。

十一畫

瘭 (biāo)粵biu¹〔標〕病名。即"瘭疽"。
瘭 一般指手指頭急性化膿性炎症。

瘯 (cù)粵tsuk⁷〔促〕見"瘯蠡"。

【瘯蠡】㊀(―luǒ)畜病名。癬疥之疾。

瘰 (luǒ)粵lo²〔裸〕〔瘰癧〕即"癧子頸"。
瘰 頸項間結核之總稱。

瘲 (疭) (zòng)粵dzung³〔綜〕見"瘛"。

瘳 (chōu)粵tseu¹〔抽〕❶病癒。❷減
瘳 損。

瘴 (zhàng)粵dzœng³〔帳〕瘴氣，舊指南
瘴 方山林間濕熱蒸鬱致人疾病的氣。

瘵 (zhài)粵dzai⁶〔債〕❶病。❷指肺結核
瘵 病。如：勞瘵；病瘵。

瘸 (qué)粵ke⁴〔騎〕本謂手腳偏廢的
瘸 病，今指腿腳有病，行步不平衡。
如：瘸腿；瘸子；一瘸一拐。

瘻 (瘘) (lòu)粵leu⁶〔漏〕❶頸部生
瘻 瘡，久而不癒，常出膿水之
稱。❷〔瘻管〕指有腔臟器與體表或有腔臟
器之間不正常的通道，前者爲外瘻（如肛
瘻、腸瘻等），後者爲內瘻（如膽囊、十二
指腸間的瘻）。

瘼 (mò)粵mɔk⁹〔莫〕病；疾苦。

瘱 (yì)粵ɐi³〔翳〕同"嫕"。見"婉嫕"。

瘫 同"癬"。

十二畫

療 (疗) (liáo)粵liu⁴〔聊〕醫治；治
療 療。

【療飢】止飢餓。

癃 (lóng)粵lung⁴〔隆〕❶手足不靈活之
癃 病。❷小便不利。

癆 (痨) (láo)粵lou⁴〔勞〕〔癆病〕結核
癆 病的俗稱。如：肺癆；骨癆。

癇 (痫) (xián)粵han⁴〔閒〕病名，即癲
癇 癇。突然發作的暫時性大腦功
能紊亂。

癉 (瘅) ㊀(dàn，又讀dān)粵dan³
癉 〔旦〕❶因勞致病。❷憎恨。見
"彰善癉惡"。❸通"疸"：黃疸病。
㊁(dān)粵dan¹〔單〕熱症。

癌 (ái)粵ŋam⁴〔岩〕病名。"癌瘡"的簡
癌 稱。人或動物體內細胞惡化、增生的
惡性腫瘤。

癄 "憔"的異體字。

癀 (huáng)粵wɔŋ⁴〔黃〕癀病，牛馬等家
癀 畜的炭疽病。

癍 (bān)粵ban¹〔斑〕斑點狀皮膚病的通
癍 稱。

瘩 "瘩"的異體字。

癇 "癇"的異體字。

癈 "廢"的異體字。

十三畫

癒 "瘉"的異體字。

癕 同"癰"。

癖 (pǐ)粵pik⁷〔闢〕❶飲水不消之病。❷
癖 積久成習的嗜好。

癘 (疠) (lì)粵lei⁶〔麗〕❶癩病，即麻
癘 瘋。❷瘟疫。

癙（shǔ）⑧sy²〔鼠〕憂病。

癜（diàn）⑧din⁶〔電〕皮膚病的一種。皮膚上出現白色或紫色的斑點。如紫白癜風。

癔（yì）⑧ji³〔意〕病名。癔病，即"歇斯底里"。神經官能症的一種。

十四畫

癟（瘪）㊀（biě）⑧bit⁹〔別〕猶"枇"。本指田禾熟而不能結成穀粒的病。引申爲凹癟，不飽滿。如：乾癟；癟殼。
㊁（biě）⑧同㊀見"癟三"。
【癟三】（biě—）上海方言。指城市中無正當職業而以乞討或偷竊爲生的游民。一般都很瘦，形狀猥瑣，衣衫襤褸。

癡（痴）（chī）⑧tsi¹〔雌〕❶無知；傻。如：癡呆。❷癲顛。如：發癡；癡癲。❸入迷。如：如醉如癡。
【癡心】沉迷於某人或某種事物的心思。
【癡肥】軀體臃腫肥胖。
【癡迷】形容沉迷的神情。
【癡漢】猶傻瓜。罵人的話，謂愚妄不通事理的人。
【癡人說夢】《五燈會元·道行禪師》有"癡人前不得說夢"之語，本意謂對癡人說夢話而癡人信以爲眞。後謂愚昧的人說妄誕的話。

十五畫

癤（疖）（jiē）⑧dzit⁸〔折〕外科病症名。俗稱"熱癤"，指生於皮膚上的小腫塊。

癢（痒）（yǎng）⑧jœŋ⁵〔仰〕一種皮膚不適、引人欲搔的感覺。如：搔癢。

癥（症）（zhēng）⑧dziŋ¹〔貞〕腹中結硬塊的病。如：肉癥；癥塊。參見"癥結"。
【癥結】❶腹中結塊的病。❷比喻事情的糾葛或問題所在。

十六畫

癧（疬）（lì）⑧lik⁹〔力〕lek⁹〔黎劇切〕（語）見"瘰"。

癩（癞）㊀（lài）⑧lai³〔賴高去〕❶惡疾。❷癩病，即痲風。
㊁同"瘌"。

十七畫

癬（癣）（xuǎn，讀音xiǎn）⑧sin²〔冼〕皮膚感染眞菌後引起的一種病，主要侵犯皮膚、毛髮和指（趾）甲。依據發病部位有頭癬、足癬、花斑癬、體癬、股癬等。
【癬疥】癬疥是兩種皮膚病。比喻爲害的輕的禍患。如：癬疥之疾。也比喻容易處理的小事。

癭（瘿）（yǐng）⑧jiŋ²〔映〕病理學名詞。機體組織受病原刺激後，局部細胞增生，一般形成囊狀性的贅生物，形狀、大小不一，多肉質。

癮（瘾）（yǐn）⑧jɐn⁵〔引〕本指不良的癖好。如：烟癮；酒癮。也泛指一般的癖好。如：球癮；戲癮。

十八畫

癯（qú）⑧kœy⁴〔渠〕同"臞"。瘦。

癰（痈）（yōng）⑧juŋ¹〔翁〕一種皮膚和皮下組織的化膿性炎症，爲金黃色葡萄球菌同時侵入幾個鄰近毛囊和皮脂腺所造成。

十九畫

癱（瘫）（tān）⑧tan¹〔灘〕〔瘫瘓〕指肌體的某一部分感覺或運動功能完全或部分喪失。通常指不能隨意運動而言，是神經系疾病主要症狀之一。也比喻機構因某種原因而不能進行工作。

癲〔癲〕(diān)粵din¹〔顛〕精神錯亂。如：瘋癲。

二十三畫

癱 "癱"的異體字。

癶 部

四畫

癸 (guǐ)粵gwai³〔貴〕天干的第十位。

七畫

登 (dēng)粵dɐŋ¹〔燈〕❶升；上。如：登高；登峯造極。❷記載；刊登。如：登記；登報。❸成熟；完成。如：五穀豐登。❹立即。參見"登時"。

【登科】科舉時代稱考中進士爲"登科"，亦稱"登第"。

【登時】立刻。

【登第】猶登科。

【登庸】❶選拔重用。❷謂皇帝登位。

【登假】(—xiá)同"登遐"。古代帝王死亡的謙稱。

【登峯】❶登上屋頂或高處。❷指皇帝即位。

【登遐】猶言仙去。亦用爲帝王死亡的謙稱。

【登臨】登山臨水，謂遊覽山水。

【登徒子】宋玉有《登徒子好色賦》，登徒是姓，子是男子的通稱。後因用來稱好色的人。

【登龍門】《太平廣記》卷四六六引《三秦記》載古代傳說，黃河的鯉魚能跳過龍門就會變成龍。後以"登龍門"比喻得到有力者的援引而增長聲響。科舉時代亦稱會試中得"登龍門"。

【登峯造極】比喻學問、技能等達到最高的境地。亦比喻達到極點。

【登堂入室】同"升堂入室"。

發〔发〕(fā)粵fat⁸〔法〕❶放出；射出。如：發炮；發箭；百發百中。今亦用爲槍彈、砲彈的計數詞。如：五十發子彈。❷生長；發生。如：發芽；發酸。❸顯現。如：臉色發紅。❹揭露；暴露。如：發姦擿伏；東窗事發。❺啓發。如：發蒙。❻發散；泄出。如：發汗；發脾氣。❼發作。指疾病。發瘧子；舊病復發。❽散發；分發。如：發傳單；發工資。❾發送。如：發信；發稿；發貨。❿傳達；表達；說出來。如：發命令；發言；發議論。⓫出發；派遣。如：發兵；朝發夕至。⓬指物體膨脹。如：饅頭發了。

【發凡】揭示全書的通例。

【發心】發意動念。

【發引】引，挽柩車的繩索。舊時出殯時柩車出發，送喪者執紼前導，稱爲"發引"。

【發行】發出；發售。如：發行紙幣；發行書報。

【發作】❶發動；表現於行動。❷自內發出；迸發。如：宿疾發作。

【發明】創製新的事物，首創新的製作方法。

【發泄】❶散發。引申爲盡量發出，多指情緒。❷中醫稱出汗。

【發皇】顯豁，開朗。

【發迹】謂人由隱微而得志顯達。

【發起】❶倡議做某一件事情。❷發生。

【發祥】指開始建立基業的地方。

【發軔】軔，止住車輪轉動的木頭。車啓行時須先去軔，故稱啓程爲"發軔"。也比喻事情的開端。

【發現】本有的事物或規律，經過探索、研究，才開始知道，叫做"發現"。如：發現新油田；發現新的科學規律。

【發揚】❶奮發。參見"發揚蹈厲"。❷煥發。❸發展提高。如：發揚中國武術。

【發揮】❶發動；發展。❷充分地發表意見或詳盡地闡明道理。

【發硎】硎，磨刀石。謂刀新從磨刀石上磨出來。

【發越】❶散播；激揚。❷飛馳的樣子。

【發落】猶處理。

【發解】(—jiè)唐宋時，凡是應貢舉的人，

由所在州縣遞送到京城，稱爲"發解"。明清時稱鄉試考中舉人爲"發解"。

【發蒙】啓發蒙昧。指教初識字的兒童讀書。

【發憤】❶下決心；立志。❷發泄憤懣。

【發興】❶興創動衆。❷(－xìng)激發意興。

【發覆】謂揭開覆蔽使露眞相。

【發難】(－nàn)❶發動反抗。有時亦借指發動叛亂。❷發問；質難。

【發覺】謂所謀被發現、覺察。今亦指發現先前所沒有覺察到的情況。

【發人深省】(省xǐng)啓發人們深刻思考而有所醒悟。亦作"發人深醒"。

【發策決科】謂應試取中。

【發揚光大】發揚而光大之，divide謂使美好的事物不斷發展和提高。

【發揚蹈厲】原指周初《武》樂的舞蹈動作而言，謂手足發揚，蹈地而猛厲。象徵太公望佐武王伐紂時奮往直前的意志。後借以比喻奮發有爲，意氣昂揚。

【發姦擿伏】揭發姦邪，使無可隱藏。

【發號施令】發佈命令。

【發憤忘食】下決心學習，連吃飯也忘記了。用來形容學習或工作的專心。

白　部

白 (bái)⑧bak⁹[帛]❶像霜雪一般的顏色。如：雪白。❷漢民族傳統喪服的顏色，因以爲喪事的代稱。如：辦白事。❸明亮。如：白天；白晝。❹清楚；明白。如：眞相大白；不白之冤。引申爲表明。如：表白；辯白。❺告語。如：告白；稟白。特指戲曲中只説不唱的部分。如：説白；獨白；對白。❻指含話的。如：半文不白；文白夾雜。❼空無所有。如：空白。引申爲沒有效果或不付代價。如：白吃；白跑。❽通"別"。讀錯或寫錯字。如：認白字。❾古時罰酒用的酒杯。如：浮一大白。❿銀子的代稱。古稱金銀爲黃白物。⓫古代少數民族名。主要聚居於雲南省大理地區，其他分佈於雲南省碧江、元江、昆明、昭通及貴州省畢節等地。⓬姓。

【白丁】指平民，沒有功名的人。

【白刃】利刃。

【白文】❶不附加評點注解的書的正文。❷碑碣、印章的陰文。因所刻文字是虛(凹)的，故拓下來或蓋出來的是黑(紅)地白字。與"陽文"、"朱文"相對。

【白衣】❶古代平民着白衣，因以稱無功名的人。❷古代給官府當差的人。

【白身】謂無功名，也指無功名的人。

【白相】(－xiàng)同"薄相"。吳方言，遊玩的意思。舊時稱遊蕩無業、爲非作歹的流氓爲"白相人"。

【白帝】古代神話，五天帝之一，指西方之神。

【白屋】用茅草覆蓋的屋。亦指沒有做官的讀書人的住居。

【白叟】白髮老人。

【白宮】美國總統的官邸，在華盛頓，是一座白色的建築物。常用做美國官方的代稱。

【白旄】古代軍旗的一種。以犛牛尾置竿首，用以指揮全軍。

【白眼】露出眼白，表示鄙薄或厭惡。參見"青白眼"。

【白蔴】❶草生植物之一，即"苘蔴"。見"苘"。❷唐代認書用蔴紙騰寫，有黃白蔴的分別。凡赦書、德音、立后、建儲、大誅討及拜免將相等，均用白蔴；制、敕用黃蔴。

【白商】謂秋天。

【白鳥】蚊蟲。

【白棠】植物名，也叫棠梨。

【白晳】白凈，多指人的膚色。

【白駒】❶白色駿馬。常借指光陰迅速。參見"白駒過隙"。❷《詩·小雅·白駒》內容有惜別之意，後人因用爲賭別之辭。

【白戰】徒手作戰，不用兵器。舊時用以比喻作"禁體詩"禁用某些較常用字眼。如蘇軾修爲穎州太守，曾與客會飲，作詠雪詩，禁用玉、月、梨、梅、練、絮、白、舞、鵝、鶴、銀等字。

【白簡】❶古時彈劾官員的奏章。❷猶玉簡。

【白鏹】白銀的別稱。

【白露】二十四節氣之一。此時中國大部分地區，天氣漸涼，秋收作物即將成熟。參見

"二十四節氣"。

【白皮書】某些國家的政府、議會等公開發表的有關政治、外交、財政等重大問題的文件，封面為白色，所以叫白皮書。

【白雲鄉】猶仙鄉。古人迷信認為神仙居住天上，故稱。

【白熱化】(事態、感情等)發展到最緊張的階段。

【白蓮教】一種混有佛教、明教和其他宗教成分的民間秘密宗教組織。起源於宋代，後在民間流傳很盛。

【白日衣繡】(衣yi)猶"衣繡晝行"。比喻有了功名富貴，誇耀鄉里。

【白日做夢】比喻幻想根本不能實現。

【白面書生】指年輕識淺、閱歷不多的文人。

【白虹貫日】謂白色長虹穿日而過。古人認為人間有不平凡的行動，就會引起這種天象的變化。

【白黑分明】亦作"黑白分明"。比喻是非分明。

【白雲蒼狗】杜甫〈可歎〉詩有"天上浮雲如白衣，斯須改變如蒼狗"之語，謂浮雲變幻無常，後以"白雲蒼狗"比喻世事變幻無常。

【白駒過隙】《莊子·知北遊》有"人生天地之間，若白駒之過郤"之語，意謂如同白馬在狹小的縫隙前飛跑，轉眼就過去了。形容光陰過得極快。郤，同"隙"。

【白頭如新】謂交友不能深刻了解，時間雖久，仍和新結識的一樣。

【白璧無瑕】美玉潔淨無疵，比喻人或事物沒有缺點。

【白璧微瑕】瑕，玉上的小斑點。比喻美中不足。

一　畫

百 (bǎi) ⓟ bak⁸ 〔伯〕❶ 數目。十的十倍。❷ 舉成數以言其多。如：百戰百勝。

【百一】❶ 百中得一，極言其難以遇到。❷ 古代講災變運數的人，以陰陽代表兩種對立的勢力，陰為六，陽為一，此長則彼消，到了極點，就反過來彼長此消。百一為陽

數的極點，百六為陰數的極點。

【百工】❶ 西周時工奴的總稱。後用為各種手工業工人的總稱。❷ 古代官的總稱，猶言百官。❸ 專指主管營建製造等事的官。

【百日】❶ 相當長的時間。❷ 舊時喪俗，人死後的第一百天，喪家多延僧誦經拜懺。

【百舌】鳥名，即"烏鶇"。全身黑色，唯嘴黃。善鳴，其聲多變化，故又稱"百舌"。益鳥。

【百行】(—xing)指各種"善行"。

【百官】猶言眾官。

【百姓】❶ 古代對貴族的總稱。❷ 戰國以後泛指不居官位的人。

【百衲】❶ 僧衣。"百衲衣"的簡稱。❷ 用零星材料集成一套完整的東西。如：百衲本；百衲琴；百衲碑。

【百乘】(—shèng)古代以四匹馬拉一輛兵車為一乘，百乘即一百輛兵車。

【百家】❶ 指學術上的各種派別。❷ 泛指許多人家或家族。如：百家姓；百家衣。

【百族】❶ 各式各類的人。❷ 指各民族。

【百貨】以衣著、器皿和一般日用品為主的商品的總稱。

【百揆】總持國政之官。

【百感】種種感觸。如：百感交集。

【百葉】❶ 牛羊的重瓣胃。❷ 猶百世。❸ 曆書。❹ 重疊的物體。如：百葉窗。

【百歲】❶ 古人以人生不過百歲，因以為死的諱稱。❷ 俗用為長壽之意。舊時嬰兒生後一百天，稱為"過百歲"，取吉慶之意。

【百穀】穀類的總稱。

【百戲】古代雜技的總稱。

【百世師】謂人的品德學問可以做百代的表率。

【百里才】能治理一縣的人才。

【百煉剛】百煉之鐵堅剛，比喻久經鍛煉、意志堅強的人。

【百川歸海】謂索水最後都流入大海。比喻眾望所歸。

【百孔千瘡】比喻損壞或缺漏極多。也比喻局勢敗壞或破壞嚴重，已到了不可收拾的地步。

【百尺竿頭】佛教比喻道行造詣達到極高的境界。《景德傳燈錄》有"百尺竿頭須進步"之

語，原是佛教用來比喻佛道修養無止境，後用"百尺竿頭更進一步"比喻不應滿足於已有的成就，須繼續努力，更求上進。

【百折不撓】撓，彎曲。比喻意志堅強，不論受多少挫折都不屈服。亦作"百折不回"。

【百身何贖】亦作"百身莫贖"。謂雖百死其身亦不足以償所失之人。爲追悼死者的極沉痛之辭。

【百步穿楊】形容善射。參見"百發百中"。

【百花生日】即花朝。舊俗以陰曆二月十二日爲"百花生日"。

【百科全書】全面系統地介紹文化科學知識的大型參考書，收錄各種專門名詞和術語，按詞典形式分條編排，解說詳細。也有專科的百科全書，如醫學百科全書等。

【百無聊賴】思想感情沒有依託，非常無聊。

【百發百中】《史記·周本紀》載，楚國有個叫養由基的，精於射術，距離柳樹葉百步發箭，也能百發百中。本用來形容射箭準確，每一次都命中目標。後也比喻料事有充分把握。

【百廢俱興】一切廢置的事情都興辦起來。

【百戰百勝】謂每戰必勝。

【百聞不如一見】謂多聞不如親見的可靠。

二　畫

皂　(zào) ⑧dzou[6][造]❶本作"草"。草(皂)斗的略稱，即櫟實，其殼汁出可以染黑。❷黑色。如：皂靴；皂礬。參見"皂白"。❸皂莢樹所結的皂莢，可以洗衣去污。引申指洗濯用的去污品。如：肥皂；香皂；藥皂。❹古稱馬十二匹爲一皂。❺春秋以後對一種奴隸或差役的稱謂。後世亦作爲衙門差役的稱謂。

【皂白】黑白，比喻是非。如：不分皂白。

【皂隸】古代賤役。後專以稱舊時官署中的差役。

皁　"皂"的異體字。

皃　"貌"的本字。

三　畫

的　㊀(dì) ⑧dik[7][嫡]❶鮮明；顯著。引申爲白色。見"的盧"、"的顙"。❷箭靶的中心。如：眾矢之的。

㊁(dí) 同＝確實；的當。如：的款；的對。

㊂(de) ⑧同＝❶指稱之詞。猶文言的"者"。如：老的老，小的小；紅的是花，綠的是草。❷作語助。用於語中，表修飾或領屬。如：紅的花；我的書。❸用於語末，表肯定語氣。常跟"是"相應。如：這本書是我的。❹代替所指的人或物。如：賣菜的；吃的。

【的當】(dì dàng) 確切；恰當。

【的殼】目的；標準。

【的盧】亦作"的顱"。額部有白色斑點的馬。

【的確】(dí—) 實在。

【的顙】白額。

【的皪】亦作"的礫"、"玓瓅"、"皪皪"。明亮、鮮明的樣子。

四　畫

皆　(jiē) ⑧gai[1][佳] 都。如：皆大歡喜。

皇　(huáng) ⑧wọng[4][王]❶大。❷君主。如：三皇五帝等。也指神。如：玉皇；皇天。❸猶言顯。如：皇皇。參見"皇考"的省稱⑫。❹同"凰"。"鳳"的本字。❺古同"遑"、"惶"。

【皇天】天。舊時常與"后土"並用，合稱天地。

【皇考】❶古代稱曾祖爲"皇考"。❷父祖的通稱。❸宋代以前，一般尊稱亡父爲皇考；元代以後，則專爲皇帝亡父的專稱。

【皇州】猶帝都。

【皇皇】❶大。如：皇皇巨著。❷美盛。❸同"煌煌"。顯明。

【皇祖】❶古時王室稱其祖父。❷泛指遠祖。

【皇統】帝位的統系。

【皇朝】封建時代對本朝的稱呼。猶言國朝。

皈　(guī) ⑧gwei[1][歸] 同"歸"。見"皈依"。

【皈依】一作"歸依"。信仰佛教者的入教儀式。因對佛、法、僧三寶表示歸順依附，

故亦稱三皈依。

五　畫

皋 "皋"的異體字。

六　畫

皋 "皋"的異體字。

皎 (jiǎo)粵gau²〔絞〕潔白光明。

【皎皎】亦作"皎皎"。❶潔白。❷明亮。
【皎潔】明亮潔白。

七　畫

皓 (hào，又讀gǎo)粵hou⁶〔浩〕❶白。如：鬚髮皓然。引申為老翁的代稱。如：商山四皓。❷光明。❸通"昊"。見"皓天"。

【皓天】同"昊天"。
【皓首】猶白首。指老年。
【皓皓】❶潔白光明的樣子。❷盛大的樣子。

皕 (bì)粵bik¹〔碧〕二百。

皖 (wǎn)粵wun⁵〔浣〕wun²〔碗〕(又)❶古地名。漢置皖縣，縣治在今安徽潛山。❷安徽省的簡稱，因皖山而得名。

八　畫

皙 (xī)粵sik⁷〔色〕❶皮膚白。❷"晰"的異體字。

十　畫

皚(皑) (ái)粵ŋoi⁴〔呆〕ji⁴〔夷〕(又)❶白。

【皚皚】潔白的樣子，多形容霜雪。

皜 "皓"的異體字。

皝 "皞"的異體字。

皝 (huǎng)粵fɔŋ²〔訪〕人名。

十二畫

皤 (pó)粵pɔ⁴〔婆〕白。

【皤皤】形容頭白。

皞 (hào)粵hou⁶〔浩〕❶白色或明亮的樣子。❷通"昊"：廣大。❸見"皞皞"。

【皞皞】形容心情舒暢。

十三畫

皦 (jiǎo)粵giu²〔矯〕❶指玉石之白。引申爲明亮。見"皦日"。❷清白。❸清晰。

【皦日】明亮的太陽。

十五畫

皪(皪) (lì)粵lik⁹〔力〕見"的皪"。

皫 (piǎo)粵piu²〔披妖切〕❶白色。❷羽毛失去光澤。

十六畫

皪 同"皪"。

十八畫

皭 (jiào)粵dziu³〔照〕dzœk⁸〔雀〕(又)潔白；乾淨。

【皭皭】潔白的樣子。

皮　部

皮 (pí)粵pei⁴〔脾〕❶動植物體的表面層。如：皮膚；樹皮。❷製過的獸

皮。如：皮袍；皮鞋。❸指薄如皮層的東西。如：鐵皮；豆腐皮。❹包在外面的東西。如：包皮；書皮；封皮。❺酒食面，通常指其大小或容量。如：地皮；車皮。❻表面的，膚淺的。見"皮相"、"皮傳"。❼頑皮。如：這孩子頑皮。

【皮毛】泛稱禽獸的皮和毛。比喻淺薄的或表面上的東西。多指學識而言。如：僅知皮毛。

【皮相】（—xiàng）從表面上看；只看外表。

【皮傳】憑着一知半解，附會其說。

【皮裏春秋】表面上不作任何評論而心裏却有所褒貶。亦作"皮裏陽秋"，因晉簡文帝母名春，晉人避諱，故以"陽"代"春"。

【皮之不存毛將焉附】連皮都沒有了，毛長到什麼地方呢？比喻事物失去了存在的基礎，就不能存在。

三　畫

皯　(gǎn)⓹gɔn²〔趕〕面色枯焦黯黑。

五　畫

皰　"疱"的異體字。

七　畫

皴　(cūn)⓹sœn¹〔荀〕❶肌膚受凍而坼裂。❷有皺紋；毛毴。❸中國畫的一種技法。多用表現山石、峯巒和樹身表皮的各種脈絡紋理。❹指皮膚上的積垢。如：一脖子皴。

八　畫

皵　(què)⓹dzɔɛk⁸〔雀〕樹皮裂坼。

九　畫

皸(皲)　(jūn)⓹gwɐn¹〔軍〕手足的皮膚受凍坼裂。

【皸瘃】手足受凍，裂坼和生凍瘡。

皷　"鼓"的異體字。

十　畫

皺(皱)　(zhòu)⓹dzɐu³〔晝〕❶皮膚因鬆弛而起的紋路。❷衣服褶皺因受褶壓而顯出痕迹。如：皺褶；皺裯。❸緊蹙。如：皺眉頭。

十一畫

皻　(zhā)⓹dza¹〔渣〕面部所生含有白色脂肪質的小瘡粒，又專指鼻部及其兩側所生的紅色小瘡粒。

十三畫

皾　(zhǎn)⓹dzin³〔展〕皮肉上的薄膜。

皿　部

皿　(mǐn，舊讀mǐng)⓹min⁵〔茗〕器皿，碗、碟、杯、盤一類用器的總稱。

三　畫

盂　(yú)⓹jy⁴〔余〕盛飲食或其他液體的圓口器皿。如：水盂；鉢盂；痰盂。

四　畫

盅　(zhōng)⓹dzuŋ¹〔中〕杯類。如：茶盅，酒盅。

盃　"杯"的異體字。

盆　(pén)⓹pun⁴〔盤〕一種比盤較深的敞口盛器。如：花盆；澡盆。引申爲中央凹入如盆的形狀。如四川盆地、柴達木

盆地等。

【盆景】用木本、草本植物，或水、石等，經過藝術加工，種植或佈置在盆中，使成為自然景物縮影的一種陳設品。

盈 (yíng)粵jing¹〔仍〕❶充滿。如：惡貫滿盈。❷通「贏」。有餘；多出。如：盈利。❸增長；長進。見「盈縮」。❹見「盈盈」。

【盈盈】❶形容儀態美好。❷形容水清淺。

【盈貫】❶謂積錢甚多。盈，滿；貫，串錢繩。❷猶「滿貫」。比喻作惡太多，達到極限。

【盈縮】(—sù)同「贏縮」。伸長縮短；增減；進退。多指縮成故敗、生死壽命等。

盇 「盍」的異體字。

五　畫

盉 (hé)粵wo⁴〔禾〕古代酒器。青銅製。圓口、深腹、三足，有長流、鋬和蓋。用以溫酒。

益 (yì)粵jik⁶〔亦〕❶「溢」的本字。水漫出，引申為水漲。❷增益；加多；補助。如：進益；益智。❸利益；好處。如：收益；獲益。引申為有益。如：益友。❹更加；越發。如：精益求精。

【益發】更加；越發。

盌 「碗」的異體字。

盍 (hé)粵hap⁹〔合〕何不。如：盍往觀之。

盎 (àng)粵ong³〔〕❶一種腹大口小的盛器。❷洋溢；充盈。如：春意盎然；興趣盎然。

【盎盎】盈盈的樣子。

盋 「鉢」的異體字。

六　畫

盒 (hé)粵hep⁹〔合〕盒子。一種由底蓋相合而成或是抽屜式的盛器。如：果盒；火柴盒。

盔 (kuī)粵kwēi¹〔虧〕戰士用以保護頭部的服裝。古代亦稱青、首鎧、兜鍪、頭鍪。古代戰士的護身服裝。盔，護頭；甲，護身。甲也叫鎧；披於肩臂上的叫掩膊，護胸的叫胸甲或胸鎧，貼在兩腋的叫護腋，垂於兩腿之外的叫腿裙。

盖 「蓋」的異體字。

盗 「盜」的異體字。

七　畫

盛 ㊀(shèng)粵sing⁶〔剩〕❶豐；美；茂。如：盛饌；盛飾；盛開。❷興隆；盛大。如：盛世；盛會。❸深厚。如：盛情；旺盛。❹少年氣盛；火勢很盛。❺盛行。如：盛傳；風氣很盛。❻極。如：盛讚。❼姓。
㊁(chéng)粵sing⁴〔成〕❶以器受物。如：盛飯。❷盛在祭器中的黍稷。見「粢盛」。

【盛世】興盛的時代。

【盛年】壯年。

【盛名】很大的名望。

【盛服】本謂將衣冠穿戴整齊。後多指華美的服裝。

【盛夏】夏天最熱的時候。

【盛氣】蓄怒未發的樣子。亦指驕傲蠻橫的態度。如：盛氣凌人。

【盛譽】很大的榮譽。

【盛食厲兵】飽餐並磨快兵器，作好戰鬥準備。

【盛氣凌人】以驕橫的氣燄欺壓人。

【盛筵難再】盛大的宴會難以再得。亦用以比喻美好的光景不可多得。

盜 (dào)粵dou⁶〔道〕❶偷竊；劫掠。引申為用不正當的手段營私或謀取。如：盜賣；欺世盜名。❷偷竊或搶劫財物的人。

【盜名】竊取聲名。

【盜泉】古泉名。故址在今山東泗水縣東北。舊常以「盜泉之水」比喻以不正當手段得來的東西。

【盜賊】偷竊和劫奪財物的行為。亦指偷竊劫奪的人。

八　畫

彔 (lù)⑧luk⁹〔陸〕❶盒子。❷通"籙"。

盞(盞) (zhǎn)⑧dzan²〔棧〕❶淺而小的杯子。如：酒盞。也指油燈盛油的淺盆。如：燈盞。❷酒或燈的計量單位。如：一盞酒；一盞燈。

盟 ㊀(méng)⑧meŋ⁴〔萌〕❶古代諸侯於神前立誓締約之稱。❷指結拜弟兄。如：盟兄；盟弟。❸指政治集團之間或國家之間的聯合。如：盟約；同盟；聯盟。❹中國北方某些介於省（自治區）和縣（旗）之間的行政區域。相當於地區。
㊁(míng)⑧同㊀　起誓。如：盟個誓。
㊂(míng)⑧miŋ⁴〔明〕見"盟器"。

【盟主】古代諸侯盟會中的首領；主持盟會的人。後多謂某個集體、集團的首領或某一集體活動的倡導者。如：文壇盟主。

【盟府】古時掌管盟約的官府。

【盟器】(míng—)同"明器"。古代殉葬的器具。

九　畫

盡(盡) (jìn)⑧dzœn⁶〔自潤切〕❶完。如：無竅無盡。❷全部使出來。如：盡心；盡力。❸竭其所有。如：盡善盡美；盡哀。❹全部；都。如：盡數收回。❺死。如：同歸於盡。

【盡心】竭盡心力。

【盡言】無保留的話。

【盡瘁】盡心竭力，不辭勞瘁。

【盡歡】盡情歡樂。

【盡忠報國】盡心竭力，不惜犧牲一切報效國家。

【盡善盡美】形容事物達到最美好的境地。

監(监) ㊀(jiān)⑧gam¹〔加杉切〕❶監視；督察。如：監管。❷監

獄。如：男監；女監。
㊁(jiàn)⑧gam³〔鑒〕❶舊時官署名稱。魏晉至隋唐有秘書監、殿中監等，其主官亦稱監及少監。明清僅存國子監一署。❷太監。

【監生】(jiàn—)明清兩代取得入國子監讀書資格的人稱國子監生員，簡稱監生。監生可參加鄉試。

【監戒】(jiàn—)亦作"鑒戒"。鑒往事的得失，以警後來者。

【監國】君主外出時，太子留守主管國事，稱"監國"。有時君主因故不能親政，由近親代行職務，亦稱"監國"。又君主本身尚在而準備傳位於嗣子，往往嗣子先稱監國，然後正式稱帝。

【監督】❶督察軍事。❷舊時官名。如清代設十三倉監督、崇文門左右翼監督。清末學堂亦設監督。❸監察督促。

【監臨】❶從上視下為臨。猶監察。❷科舉制度中鄉試的監考官。清代一般由巡撫充任。除主考、同考官外，全場辦事人員均由其委派監臨。

【監謗】監察誹謗，壓制輿論。

【監守自盜】盜竊公務上或業務上自己所經管的財物。

十　畫

盤(盘) (pán)⑧pun⁴〔盆〕❶一種敞口而扁淺的盛器。如：茶盤；菜盤；杯盤狼藉。也指扁平如盤的承物器。如：棋盤；字盤。❷古代盥器。青銅製。❸指市場買賣的價格。如：開盤；收盤；廠盤。如：指商店以貨及生財全盤出讓給人。如：招盤；受盤。❺指機關前任清點移交公家財物給後任。如：交盤；監盤。❻反復查問。如：盤查；盤問。❼迴旋；遊樂。如：盤遊；盤桓。❽盤繞；屈曲。如：盤膝而坐。參見"盤紆"、"盤薑"。❾通"磐"。見"盤石"。❿量詞。如：一盤機器。

【盤川】旅費。亦作"盤纏"。

【盤互】猶交結。亦謂連結。

【盤石】同"磐石"。巨石。比喻牢固。

【盤紆】紆回曲折。

【盤桓】亦作「磐桓」。徘徊；逗留。

【盤剝】(—bō)反復剝削。如：重利盤剝。

【盤旋】❶周旋進退。❷旋轉。

【盤跚】同「蹣跚」。

【盤游】游樂。亦作「槃游」。

【盤銘】盤，古代盥沐用器。盤上刻有銘文，作為警戒。

【盤曲】迴曲的樣子。

【盤據】同「盤踞」。

【盤據】亦作「盤踞」、「蟠據」。謂把持據守，勢力頑固。

【盤錯】❶盤曲交錯。❷「盤根錯節」的省語。比喻事情的錯綜複雜。

【盤鬱】曲折幽深。

【盤龍癖】《晉書‧劉毅傳》載，劉毅小字盤龍，嗜賭博，曾在東府一擲數百萬。後因稱嗜賭為「盤龍癖」。

【盤根錯節】樹木的根幹枝節，盤屈交錯，不易砍伐。多用以比喻事情繁難複雜，不易處理。亦作「槃根錯節」。

【盤馬彎弓】盤馬，謂馳馬盤旋；彎弓，謂張弓射箭。形容射箭者的作勢欲發。後用以比喻故作驚人的架勢，但並不立即行動。

十一畫

盥 (guàn)⑧gun³〔貫〕❶澆水洗手。❷盥器。

盦 (ān)⑧em¹〔庵〕同「庵」。

盧(卢) (lú)⑧lou⁴〔勞〕❶古時樗蒲戲一擲五子皆黑的名稱，是為最勝采。❷黑色。❸姓。

【盧胡】同「胡盧」。喉間的笑聲。

【盧獒】呼狗聲。

盬 (gǔ)⑧gu²〔古〕烹飪用具，周圍陡直的深鍋。

十二畫

盩 (zhōu)⑧dzeu¹〔周〕山曲。

盪(荡) (dàng)⑧doŋ⁶〔蕩〕❶搖動；來回擺動。如：盪槳；盪秋千。引申為動搖。如：世局動盪。❷洗滌。如：洗盪；滌盪。引申為清除、廓清。如：掃盪。

盨(盨) (xǔ)⑧sœy²〔水〕古代食器。青銅製。橢圓口，有蓋，兩耳，圈足或四足，用以盛食物。

十三畫

鹽 (gǔ)⑧gu²〔古〕❶古鹽池名。❷吸飲。❸不堅固。

十五畫

蠚 (lì)⑧lœy⁶〔類〕❶凶狠；暴戾。❷綠色。

目　部

目 (mù)⑧muk⁹〔木〕❶眼睛。如：目瞪口呆；目中無人。❷孔眼。如：網目。❸看；視。如：目為奇迹。❹名稱。如：名目；數目。❺標題。如：標目；題目。❻條目；目錄。如：綱目；細目；賬目；節目；書目；劇目。❼頭目。如：吏目；弁目。❽生物分類系統上所用的等級之一。如：食肉目；薔薇目。

【目下】眼前；身旁。亦用為目前、近來之意。如：目下安寧。

【目光】❶眼睛的光芒。❷泛指人的認識能力，猶言見解。如：目光遠大。

【目成】兩心相悅，以目傳情。

【目送】謂目光望著離去的人或物。

【目逆】迎面注視走近前來的人。逆，迎。

【目耕】以農夫耕田比喻用目看書。

【目語】以目示意。

【目標】❶目的。如：為一個共同目標而奮鬥。❷標的；對象。如：看清目標；發現目標。

【目擊】謂親眼看見。如：目擊其事。

【目中無人】眼裏沒有別人。形容驕傲自大，

誰都看不起。

【目不見睫】眼睛看不見自己的睫毛，比喻沒有自知之明。亦比喻見遠不見近。

【目不窺園】《漢書·董仲舒傳》載，董仲舒專心讀書，"三年目不窺園"。後用以形容埋頭讀書。

【目不識丁】丁作"不識一丁"。連最普通的"丁"字也不認識。一說"丁"是"个"字之誤。个即"個"字。形容一個字也不認識。

【目光如炬】本形容怒視。後用以形容見事明白透徹或識見遠大。

【目無全牛】《莊子·養生主》記庖丁宰牛三年，技術純熟，眼中未嘗見全牛。後因以"目無全牛"比喻技術達到極純熟的境界。

【目無餘子】眼睛裏沒有其餘的人。形容驕傲自大。

【目濡耳染】謂耳目經常接觸，自然受到影響。濡，亦作"儒"。今多作"耳濡目染"。

二　畫

盯 (dīng)⑩diŋ¹〔丁〕dɛŋ¹〔得腥切〕(語)
❶注視。如：盯着他的背影。❷緊跟，不放鬆。如：盯住他，別讓他跑了。

三　畫

盱 (xū)⑩hœy¹〔虛〕
❶張目。參見"盱衡"。❷大。❸通"吁"。憂愁。

【盱盱】形容張目直視。

【盱衡】本謂舉眉揚目。後亦謂觀察、縱觀。多用於政治形勢。如：盱衡大局；盱衡中外。

盲 (máng)⑩maŋ⁴〔麻橫切〕瞎。引申爲瞎子。如：問道於盲。又比喻不明事理。

【盲從】不辨是非，盲目地跟着別人瞎説、亂做。

【盲人摸象】傳説有幾個瞎子摸象，摸到腿的説大象像柱子；摸到身體的説像牆；摸到尾巴的説像一根繩。比喻片面地看問題。

【盲人瞎馬】比喻瞎闖瞎撞，非常危險。

直 (zhí)⑩dzik⁶〔夕〕❶不彎曲。如：筆直；直綫。❷竪。如：直立；直行書

寫。❸漢字自上至下的筆形，也叫"豎"。如："十"字一橫一直。❹公正；正直。如：理直氣壯。❺坦率。如：率直；直爽；心直口快。❻徑直；直接。如：直達；直通。引申爲一徑，一直。如：直到如今。❼伸；伸直。如：直起腰來。❽就；即使。如：直教。

【直指】直接指向；一直前往。如：矛頭直指。

【直筆】謂據事如實記載。

【直搗】勢不可擋地攻入。

【直截】❶猶簡直。❷徑直；爽快。如：直截了當；直截地表示了意見。亦作"直捷"。

【直言不諱】毫不隱諱地直説出來。

【直情徑行】任憑自己的意思徑直做去。

盰 (qiān)⑩tsin¹〔千〕見"盰瞑"。

【盰瞑】陰晦不明。

盳 ㊀同"盲"。
　　㊁同"望"。

四　畫

眴 (xuán)⑩jyn⁴〔元〕眼珠轉動。

盹 (dǔn)⑩dœn⁶〔頓〕瞌睡；小睡。如：打盹。

盻 (xì)⑩hɐi⁶〔系〕怒視。

【盻盻】恨視的樣子。

相 ㊀(xiàng)⑩sœŋ¹〔雙〕❶互相；交互。如：相同；相反；相見以誠；相輔而行。❷表示一方對另一方有所動作之詞。如：相信；相勸；相勉。
　　㊁(xiàng)⑩sœŋ³〔梭向切〕❶視；觀察。如：相機行事；相時而動。❷貌相；狀貌。如：凶相。❸觀察人的容貌，以測定其貴賤安危。參見"相人"。❹輔助。亦指輔佐的人。❺官名；宰相。

【相人】(xiàng—)指觀察人的面相以判定其吉凶榮枯。

【相干】相犯。今指有關涉或關係。

【相士】(xiàng—)❶鑑別人才。❷以談相術命爲職業的人。

【相公】(xiàng—)❶古代稱宰相爲"相公"。
❷舊稱上層社會年輕人。

【相月】(xiàng—)陰曆七月的別稱。

【相羊】同"徜徉"。徘徊;自由自在地往來。

【相好】相親愛。

【相持】雙方互相支持,各不相下。

【相思】本謂想念。後多用指男女互相愛慕。

【相形】❶互相襯托顯現。❷互相比較。如:相形見絀。❸(xiàng—)指觀察人的形相以測定其吉凶榮枯。

【相得】相稱;相投合。

【相與】❶相交往。❷共同。

【相對】❶比較的。如:相對多數。❷相對穩定。❷指相互有關的對比、對立。如:大與小相對;美與醜相對。❸哲學上指有條件的、暫時的、有限的。如:相對眞理。

【相機】(xiàng—)觀察當時情況。

【相親】❶彼此親愛和好。❷(xiàng—)家長在子女議婚前,安排雙方見面,稱"相親"。

【相應】❶(—yìng)相適應;相符合❷(—yìng)舊式公文用語。常用於平行機關,應當的意思。如:相應函達;相應容復。

【相反相成】相反而又相互促進。

【相反相成】指相反的東西有同一性。

【相門有相】(相xiàng)舊時稱子弟能繼父兄事業。

【相知恨晚】形容新結交的朋友十分相得。

【相依爲命】互相依靠過日子,誰也離不開誰。

【相得益彰】因相互協助而更能有所表現。

【相敬如賓】形容夫妻相互尊敬,如對待賓客。

【相驚伯有】參見"伯有"。

盼 (pàn)働pan³〔舖晏切〕❶看。如:顧盼;流盼。引申爲看待。如:切盼;盼愛。

【盼倩】倩指口頰的美,盼指眼睛的美,形容婦女姿態美好。

盾 (dùn)働ton²〔佗卵切托上〕❶盾牌。古代作戰時擋刀箭等的武器。❷盾形的物品。如:銀盾。❸古星名。即牧夫座 λ 星。

省 (shěng)働sap²〔沙冪切高上〕❶古時王宮禁地之稱。見"省中"。❷古官署

名。❸地方行政區域名。元代以"中書省"爲中央最高行政機關,並於河南、江浙、湖廣等處設行"行中書省",置丞相、平章等官總攬各該地區政務。"行省"遂成爲最高地方行政區的名稱。明清雖已改置承宣布政使司,但仍將布政使司轄區沿稱爲"行省"。省成爲地區行政區域名,即由此始。❹減少;節約。如:省吃儉用。❺簡略。如:省稱。❻過失。

○(xǐng)働sǐng²〔醒〕❶察看;檢查。如:內省;反省。❷探望;問候。如:省親。❸知覺;醒悟。如:不省人事;發人深省。

【省中】宮禁之中。

【省文】簡省文字。亦以指簡稱或略語。

【省約】撙節;簡省節約。

【省識】(xīng—)察看;認識。

眂 同"眡"。

眄 (miǎn)働min³〔免〕斜視。

【眄睞】斜視。

眇 ○(miǎo)働miu⁵〔秒〕❶一隻眼瞎。亦指兩眼都瞎。❷眯着眼睛看。❸微小。

○(miào)働miu⁶〔妙〕通"妙"。精微。

【眇小】亦作"渺小"。微小;瘦弱。

【眇忽】渺茫的樣子。

【眇眇】❶微小。❷遼遠的樣子。

眈 (dān)働dam¹〔耽〕目向下視。見"眈眈"。

【眈眈】亦作"耽耽"。垂目注視的樣子。如:虎視眈眈。

眉 (méi)働mei⁴〔微〕❶眉毛。眼上額下的毛。如:眉開眼笑。❷指物的上端或旁側。如:書眉。

【眉目】❶眉毛和眼睛,謂容顏。如:眉目清秀。❷頭緒。如:事有眉目。❸條理。如:眉目清楚。

【眉宇】指面貌、容顏。面之有眉,猶屋之有宇。

【眉睫】眉毛和睫毛,泛指人的形貌。也極言迫近。

【眉壽】長壽。古時以豪眉爲壽者相,因用爲

祝壽之辭。

【眉語】以眉作態，表達情意。

【眉黛】古代女子用黛畫眉，因稱眉為"眉黛"。

【眉飛色舞】形容喜悅或得意的神態。

眊 (mào)⑧mou⁶〔冒〕❶眼睛失神。❷通"耄"。

【眊眊】亦作"眊眊"。蒙昧不明的樣子。

【眊瞮】同"眊瞀"。猶言煩惱。

看 ⊖(kàn)⑧hon³〔漢〕❶眼睛注視一定的對象或方向。如：看報；看齊。❷觀察；估量。如：看情況；看風使舵。❸訪察。如：看朋友。❹照看；當心。如：看着孩子，別跑，看摔着。❺"看怎樣"的省略說法。如：試試看；嘗嘗看。

⊜(kān)⑧hon¹〔呵安切〕❶守護。如：看家；看守。❷監視。如：看管；看押。❸看待。如：另眼相看。

【看看】估量時間之辭。有轉眼義。

【看人眉睫】猶言看人臉色。

【看朱成碧】謂眼花撩亂，視覺模糊。

【看風使舵】亦作"看風使帆"。比喻相機行事，隨機應變。現多用作貶義。

眲 "眬"的異體字。

眎 "視"的異體字。

眡 "視"的異體字。

眙 ⊖(chì)⑧tsi³〔次〕瞪着眼。

⊜(yí)⑧ji⁴〔宜〕(盱眙)縣名。在江蘇省西部，東臨洪澤湖。

眚 (shěng)⑧san²〔省〕❶眼睛生翳。❷過失。❸通"省"。減省。

眛 (mèi)⑧mui⁴〔妹〕眼睛看不清楚。

眜 (mò)⑧mut⁴〔末〕眼睛看不清楚。

眞 (zhēn)⑧dzɐn¹〔珍〕❶眞實；眞誠。與"偽"、"假"相對。如：眞人眞事；眞心眞意。❷本原；自身。如：反璞歸眞。❸確實；的確。如：眞高興。❹指"眞書"，即漢字的正楷。如：眞草隸篆。

【眞主】伊斯蘭教所崇奉的唯一的神，認為是萬物的創造者，人類命運的主宰者。

【眞相】本佛教用語，猶言本來面目。引申指事情的眞實情況。如：眞相畢露；眞相大白。亦作"眞象"。

【眞迹】眞實的筆迹；書畫家本人的原作。亦指墨迹，與摹本、拓本相對。

【眞宰】猶造物。古代人假想中的宇宙主宰者。

【眞率】眞摯坦率。

【眞詮】猶言眞諦，眞義。

【眞箇】眞實。

【眞諦】佛教用語。又稱"勝義諦"、"第一義諦"。與俗諦(又稱"世諦"、"世俗諦")合稱為"二諦"。諦是"眞理"、"實理"的意思。佛教認為，就現象本身而言，一切事物是"有"，這是順着世俗道理說的，叫俗諦；就本質而言，一切事物是"空"，這才是順着所謂真理說的，叫眞諦。現泛指眞實意義或道理。

【眞知灼見】❶正確而透徹的見解。❷眞正知道，的確看到。

眠 (mián)⑧min⁴〔棉〕❶睡覺。如：安眠；失眠。❷某些動物的一種生理狀態，在一段期間內不食不動。如：冬眠；蠶眠。

眢 (yuān)⑧jyn¹〔冤〕眼球枯陷失明。引申為枯竭，見"眢井"。

【眢井】無水的井；枯井。

眨 (zhǎ)⑧dzap⁸〔箚〕眼睛一閉一開。如：眼睛一眨；一眨眼兒。

眩 (xuàn)⑧jyn⁴〔元〕❶眼花。如：頭昏目眩。引申為迷瞀，迷惑。如：眩於名利。❷通"炫"。見"眩耀"。

【眩惑】迷亂；迷惑。

【眩耀】同"炫耀"。❶光彩奪目。❷迷惑；惑亂。

眘 (shèn)⑧sɐn⁶〔慎〕同"眘"。"慎"的古體字。

眭 ㊀(guì)粵kwɐi⁴〔葵〕目光深注。
㊁(suī)粵sœy¹〔須〕姓。

眯 ㊀"瞇"的異體字。
㊁(mǐ)粵mɐi⁵〔米〕灰沙入眼。
㊂(mì)粵mei⁶〔未〕夢魘。

眳 (míng)粵miŋ⁴〔名〕眉睫之間。

眴 ㊀(xuàn)粵jyn⁶〔願〕❶眼睛轉動。❷通"眩"。
㊁(shùn)粵sœn³〔信〕以目示意。

眵 (chī)粵tsi¹〔雌〕眼睛裏分泌出的黃色黏質，俗稱眼屎。

眶 (kuàng)粵hɔŋ¹〔康〕kwaŋ¹〔誇罌切〕(又)眼圈。

眷 (juàn)粵gyn³〔絹〕❶回顧；戀慕。引申爲關心、懷念。如：眷注；眷念。❷親屬；親戚。如：眷屬；親眷。亦專指妻子或婦女親屬。如：家眷；女眷。

【眷生】舊時姻親互稱，對平輩自稱"眷弟"，對長輩自稱"眷晚生"，對晚輩自稱"眷生"。

【眷眄】猶言眷顧。

【眷接】親厚相待。

【眷眷】❶依戀不捨。❷一心一意。

【眷屬】❶家屬；親屬。也特指夫妻。❷親戚；戚屬。

【眷戀】深切思念；依戀不捨。

眸 (móu)粵mɐu⁴〔謀〕❶眼珠。❷低目謹視。

【眸子】瞳人。

眾 "衆"的異體字。

眺 (tiào)粵tiu³〔跳〕❶斜視。❷遠望。如：登高眺遠。

眼 (yǎn)粵ŋan⁵〔顏低上〕❶視覺器官。由眼球和輔助器官所組成。眼球有感光作用，是視覺器官主要部分。❷以眼監視或探視。如：眼同查勘；眼綫。❸洞孔；窟窿。如：窗眼；針眼；泉眼。❹關節。如：腰眼。引申爲文章的精要處。如：字眼；句眼。❺唱曲一拍中再分的小拍。如：一板三眼。❻圍棋一方子中所留的空隙，爲對方不能下子處。如：這一片有兩個眼，所以活了。

【眼孔】猶言眼界。

【眼波】謂目光流盼，如同水波清澈流動，多用於婦女。

【眼界】❶目力所及的範圍。❷見識的範圍。如：擴大眼界。

【眼穿】望眼欲穿，形容盼望殷切。

【眼學】謂親眼看過。

【眼中人】時時在心目中的人。

【眼中釘】比喻最憎恨的人。

【眼高手低】要求的標準高而實際能力低。

眽 (mò)粵mɐk⁹〔麥〕見"眽眽"。

【眽眽】凝視的樣子。

眲 (nè)粵nei⁶〔膩〕輕視。

眦 ㊀(zì)粵dzi⁶〔字〕眼眶。
㊁(zhài)粵dzai⁶〔寨〕見"睚眦"。

【眦裂】形容忿怒到極點。

眥 "眦"的異體字。

七　畫

睅 (hàn)粵hɔn⁶〔汗〕眼睛突出。

睆 (huǎn)粵wun²〔碗〕形容星光明亮。

睇 (dì)粵dɐi⁶〔弟〕tɐi²〔體〕(語)斜視；流盼。亦謂小視。

睊 (juàn)粵gyn³〔眷〕見"睊睊"。

【睊睊】側目相視的樣子。

睋 (é)粵ŋɔ⁴〔俄〕❶審視。❷通"俄"。俄頃；不久。

睍(晛) (xiàn)粵jin²〔演〕見"睍睆"。

【睍睆】美麗；好看。

睄 ㊀同"瞧"。
㊁(shào)粵sau³〔哨〕見"睄窕"。

【睄窕】昏暗；幽暗。

睒 (shǎn)粵sim²〔閃〕眨巴眼，眼睛很快地開閉。

睃 (suō，舊讀jùn)粵dzœn³〔俊〕sɔ¹〔梳〕(又)看。

睏 (kùn)粵kwen³〔困〕睡。

晞 (xi)粵hei¹〔希〕❶仰慕。❷遠望。

睂 "眉"的古體字。

着 本作"著"。㊀(zhuó)粵dzœk⁹〔自若切〕❶附着；附上。如：着色；着墨。❷接觸到。如：着陸；不着邊際。❸着落。如：尋找無着。❹用；下；注。如：着力；着手；着眼。❺使，派遣。如：着他去買酒。❻命令辭，舊時公文中常用。如：着即施行。

㊁(zhāo)粵同㊀❶下棋落子。如：只因一着錯，輸却滿盤棋。❷比喻計策或手段。如：這一着眞利害；三十六着，走爲上着。❸表示同意的答詞。如：着！就這麽辦。

㊂(zháo)粵同㊀❶感到；受到。如：着忙；着凉。❷到；成。如：拿得着；見不着；睡着了；點着了。❸中；對。如：猜着了。

㊃(zhe)粵同㊀作語助，表示動作或狀態的持續。如：走着；挨着；大門敞着；路還遠着。

㊄(zhuó)粵dzœk⁸〔雀〕穿。如：穿着。

【着力】用力；着力。
【着筆】用筆；下筆。
【着落】❶猶實成。❷猶下落。如：遺失的東西有了着落了。
【着意】猶用心。如：着意經營；着意理會。
【着手成春】稱讚醫生醫術精良之語，與"妙手回春"意近。

八　畫

晱 (shǎn)粵sim²〔閃〕❶閃爍。❷窺視。
【晱晱】形容光芒閃爍。

睚 (yái，又讀yá)粵ŋai⁴〔涯〕見"睚眦"。
【睚眦】瞪眼睛；怒目而視。引申爲小怨小忿。

睛 (jīng)粵dziŋ¹〔晶〕眼珠。如：目不轉睛；畫龍點睛。

睜 (睁)(zhēng)粵dzaŋ¹〔增〕dzaŋ¹〔支坑切〕(語)張開眼睛。

睞 (睐)(lài)粵loi⁶〔耒〕❶瞳人不正。❷旁視；顧盼。如：青睞。

睟 (suì)粵sœy⁶〔睡〕❶潤澤。❷顏色純粹。

睠 "眷❶"的異體字。

睡 (shuì)粵sœy⁶〔瑞〕睡覺。
【睡鄉】睡夢中的境界。
【睡鴨】古代的一種銅製香爐，形狀像睡鴨。

睢 (suì)粵sœy〔雖〕仰視。見"睢盱"。
【睢盱】❶質樸。❷張目仰視的樣子。

督 (dū)粵duk⁷〔篤〕❶監督。如：督工；督察。因以指執掌監督權的官。如：總督；都督；督郵。❷觀察；察看。
【督戰】主將親臨陣前督率士兵作戰。

睦 (mù)粵muk⁹〔木〕和睦。如：睦鄰。

睨 (nì)粵ŋei⁶〔偽〕❶斜視。❷偏斜。

睩 (lù)粵luk⁹〔綠〕luk⁷〔麓〕(語)眼珠轉動。

睪 (睾)㊀(yì)粵jik⁹〔亦〕偵伺。㊁同"澤"。

睫 (jié)粵dzit⁸〔捷〕❶眼睫毛。如：目不交睫。❷眨眼。

睬 (cǎi)粵tsœi²〔彩〕理會。如：睬也不睬。參見"偢睬"。

睥 (bì)粵pei⁶〔皮毅切〕pei⁵〔被〕(又)見"睥睨"。
【睥睨】亦作"俾倪"、"埤倪"、"辟倪"。❶斜視，有厭惡或傲慢意。❷側目窺察。❸城牆上的小牆。

睕 (wǎn)粵wun¹〔烏寬切〕見"睕睕"。
【睕睕】形容眼睛凹陷。

睖 (lèng)粵liŋ⁶〔另〕見"睖瞪"。

【瞁瞡】直視；發愣。亦作"瞁睜"。

寰 (qióng)粵kiŋ⁴〔鯨〕見"寰寰"

【寰寰】同"煢煢"。孤獨無依的樣子。

九　畫

睹 (dǔ)粵dou²〔島〕❶見。如：有目共睹。❷察看。

睺 (hóu)粵heu⁴〔喉〕半盲。

睽 (kuí)粵kw i⁴〔葵〕本作"暌"。❶違背；不合。引申爲分離。❷見"睽睽"。

【睽違】"暌"本作"暌"。❶違失。❷分離。

【睽睽】張目注視的樣子。

【睽暌】闊別的。

睪 (gāo)粵gou¹〔高〕〔睪九〕人和動物的雄性生殖器；是產生精子的器官，並有內分泌腺功能。

睿 (ruì)粵jœy⁶〔銳〕明智；智慧。

【睿哲】舊時頌揚帝王的用語，謂明智。

瞀 (mào)粵meu⁶〔茂〕❶目眩；眼花。❷見"瞀瞀"。❸心緒紊亂。❹愚昧。

【瞀病】頭目暈眩的病症。

【瞀亂】精神錯亂。

【瞀瞀】❶垂目下視的樣子。❷形容眼睛昏花，引申爲昏昏沉沉。

瞄 (miáo)粵miu⁴〔苗〕注視目標；視力集中在一點上。如：瞄準。

睮 (yú)粵jy⁴〔如〕見"睮睮"。

【睮睮】諂媚的樣子。

瞅 (chǒu)粵tseu²〔丑〕看；望。

十　畫

瞋 (chēn)粵tsɐn¹〔親〕❶見"瞋目"。❷"嗔⊖"的異體字。

【瞋目】瞪出或睜大眼睛，以表示努力視察。也以表示驚詫或憤怒。

瞌 (kē)粵heŋ〔合〕見"瞌睡"。

【瞌睡】猶言渴睡。困倦之極，只想睡覺。打盹兒，也叫打瞌睡。

瞍 (sǒu)粵seu²〔叟〕瞎；瞎子。

瞎 (xiā)粵het⁹〔核〕❶眼睛看不見東西；失明。如：瞎眼；瞎子。❷胡亂；盲目地。如：瞎說；瞎搞；瞎張羅。

瞑 (míng，又讀mǐng)粵miŋ⁴〔明〕min⁵〔皿〕(又)見"瞑目"。❷眼睛昏花。
　　⊖(mián)粵min⁴〔棉〕通"眠"。小睡；假寐。
　　⊜(miàn)粵min⁶〔面〕見"瞑眩"。

【瞑目】❶閉上眼睛。❷謂死。

【瞑眩】(miàn—)謂藥性發作時心裏難受的感覺。

【瞑瞑】形容昏花迷亂。

眯 (mí)粵mei⁴〔迷〕mei¹〔媽希切〕(語)眼皮微微合縫。如：眯縫。

瞢(𥄫) (yíng)粵jiŋ⁴〔仍〕❶惑亂。❷通"熒"。明白。

十一畫

瞖 (yì)粵ɐi³〔翳〕同"翳"。眼珠被白膜所遮的病。

瞬 (shùn)粵sœn³〔信〕同"瞬"。眨眼。

瞞(瞞) (mán)粵mun¹〔門〕隱藏實情。如：隱瞞。

【瞞瞞】貪愛酒色的樣子。

瞟 (piǎo)粵piu⁵〔皮秒切〕斜看。

瞠 (chēng)粵tsaŋ〔撐〕瞪着眼睛。如：瞠目結舌。

瞢 (méng)粵muŋ¹〔蒙〕❶看東西不清楚。❷煩悶。❸慚愧。

【瞢騰】同"懵騰"。

瞷(瞯) (zhǎn)粵dzam²〔斬〕眼皮開闔，眨眼。

瞜(瞜) (lōu)粵leu¹〔褸〕看。

瞘(眍)　(kōu)粵keu¹[溝]見"瞘瞜"。

【瞘瞜】眼睛深陷。

十二畫

瞤(眮)　(shùn)粵sœn⁴[純]❶眼皮跳動,俗稱眼跳。❷肌肉掣動。

瞥　(piē)粵pit⁸[撇]❶眼光掠過;匆匆一看。如:瞥見;一瞥。❷暫現,即很快地出現一下。

瞧　(qiáo)粵tsiu⁴[樵]❶看。如:瞧一瞧。❷偷看。

瞪　(dèng)粵deŋ⁶[鄧]deŋ¹[燈](又)❶怒目直視。❷眼睛發楞。

瞬　(shùn)粵sœn³[信]❶眨眼。❷一眨眼的工夫。

【瞬息】一轉眼一呼吸之間,謂時間短促。如:瞬息萬變。

瞭(了)　⊖(liǎo)粵liu⁵[了]❶明白;懂得。如:瞭解;瞭然。❷眼珠明亮。

⊜(liào)粵liu⁴[聊]登高遠望。如:瞭望。

【瞭望】(liào)⊜登高望遠,特指從高處或遠處監視敵情。

【瞭如指掌】明白,明白。指掌,指着掌中。比喻對事理解得非常清楚。

瞯　(jiàn)粵gan³[諫]同"瞷"。

瞷(瞷)　(jiàn)粵gan³[諫]窺視。

瞰　(kàn)粵hem³[勘]❶俯視。如:鳥瞰。❷遠望。❸窺看。

瞳　(tóng)粵tuŋ⁴[童]❶眼珠的中心;瞳人。❷懵懵懂懂,睜着眼睛看的樣子。

【瞳矇】亦作"矇瞳"。即"童矇"。蒙昧不明事理。也指蒙昧的人。

瞵　(lín)粵lœn⁴[倫]眼光閃閃地看。

【瞵盼】顧盼;瞭視。

瞶(瞶)　(guì)粵gwei³[貴]❶極視。❷瞎眼。

十三畫

瞻　(zhān)粵dzim¹[尖]視;望。如:瞻前顧後。

【瞻仰】仰望人或事物,表示尊敬之意。

【瞻依】瞻仰依待。亦泛指所瞻仰依待之人。

【瞻念】瞻望並思考。如:瞻念前途。

【瞻顧】比喻社會動蕩無所歸依的百姓。

【瞻顧】向前看,又向後看;思前想後。

【瞻前顧後】瞻望前面,回顧後面,謂處事周到。也指顧慮太多。

瞼(瞼)　(jiǎn)粵gim²[檢]❶眼皮。❷唐時南詔人稱州為瞼。如:雲南瞼;白崖瞼。

瞽　(gǔ)粵gu²[古]❶瞎眼。❷古以瞽者為樂官,因以為樂官的代稱。❸比喻人沒有觀察能力。

【瞽說】猶言瞎說,指不合事理的言論。

瞿　⊖(qú)粵kœy⁴[渠]❶兵器名,戟屬。❷姓。

⊜(jù)粵gœy³[句]驚視的樣子。引申為驚動的樣子。

【瞿瞿】(jù)⊜❶迅速張望的樣子。❷驚顧的樣子。

瞴　(sào)粵sou³[掃]見"眊瞴"。

瞾　"曌"的誤字。原從日月,非從二目。

瞜　"瞅"的異體字。

十四畫

矇(蒙)　⊖(méng)粵muŋ⁴[蒙]矇眬子。

⊜(méng)粵⊖❶欺騙。如:別矇人,我不信。❷昏迷。如:他給球打矇了。❸胡亂猜測。如:所答非所問,簡直是瞎矇。

【矇冒】昏瞶;愚昧。

【矇眬】形容眼睛看物不清。如:睡眼矇眬。

矉　(pín)粵pen⁴[頻]同"顰"。皺眉頭。

十五畫

矍 (jué)⑧fɔk⁸〔霍〕❶驚惶四顧的樣子。❷姓。

【矍矍】❶彷徨四顧的樣子。❷疾走的樣子。

【矍鑠】形容老人精神健旺。

十六畫

矐 (huò)⑧kɔk⁸〔確〕失明。

矑(眹) (lú)⑧lou⁴〔勞〕瞳人，引申爲眼珠子。

矓(眬) (lóng)⑧luŋ⁴〔龍〕見"矇矓"。

十九畫

矗 (chù)⑧tsuk⁷〔促〕❶高聳。如：矗立。❷筆直。

二十畫

矙 "瞰"的異體字。

矘(晄) (tǎng)⑧tɔŋ²〔倘〕茫然直視的樣子。

二十一畫

矚(瞩) (zhǔ)⑧dzuk⁷〔足〕注視；屬目。如：高瞻遠矚。

【矚目】注視。

矛　部

矛 (máo)⑧mau⁴〔麻肴切〕❶中國古代的主要兵器。直刺，安以木質的長柄。❷古星名。

【矛盾】❶也寫作矛楯。比喻互相抵觸，互不相容。如：矛盾百出。❷事物內部包含着的兩個旣相互聯繫、相互依賴，又相互排斥、相互對立的部分、方面、趨勢。❸在形式邏輯中，指兩個概念互相否定，或兩個判斷不能同眞也不能同假的關係。

四　畫

矜 ㊀(jīn)⑧giŋ¹〔京〕本作"矝"。❶堅強。見"矜矜❶"。❷自誇。如：自誇其功。❸通"憐"。憐憫；同情。❹顧惜；愼重。❺端莊。如：矜持。
㊁(qín)⑧ken⁴〔勤〕矛柄。亦指戟柄。
㊂(guān)⑧gwan¹〔關〕❶通"鰥"。無妻的人。❷通"瘝"。病。

【矜人】貧苦可憐的人。

【矜式】敬重和取法。

【矜伐】矜誇和居功；誇耀自己的才能、功績或恩惠。

【矜持】竭力保持端莊嚴肅的態度；拘謹。

【矜負】驕矜自負。

【矜矜】❶堅強的樣子。❷猶"兢兢"。小心翼翼的樣子。

【矜貴】❶自恃地位崇高而倨傲；自高身分。❷珍貴；值得寶愛。

【矜誇】誇耀自己的長處。

【矜寡】(guān—)同"鰥寡"。

【矜憫】亦作"矜愍"、"矜閔"。憐憫。多用爲下對上有所祈求之詞。

七　畫

矟 (shuò)⑧sɔk⁸〔朔〕長矛，即槊。

矞 (yù)⑧wɐt⁹〔華迄切〕❶以錐穿入。❷見"矞雲"。

【矞雲】彩雲，古代以爲瑞徵。

十一畫

矡 同"矍㊀"。

矢部

矢 (shǐ)粵tsi²〔始〕❶箭。如：弓矢。❷古代投壺用的籌。❸通"屎"。如：遺矢。

【矢石】箭與礧石，古時守城的武器。

【矢言】正直的言論。

二畫

矣 (yǐ)粵ji⁵〔以〕❶了。表已然或必然。如：險阻艱難，備嘗之矣。❷表堅確的肯定。如：可矣。❸啊。表停頓，以起下文。如：漢之廣矣，不可泳思。❹表感歎。如：大矣哉。❺表命令語氣。如：往矣，毋多言！

三畫

知 ㊀(zhī)粵dzi¹〔支〕❶曉得；知道。如：知無不言。❷使人知道。如：知照；知會。❸知識。如：眞知灼見；實踐出眞知。❹知覺。❺相契；相親。如：相知；知己；知交。❻主持。如：知事；知縣。❼接待。如：知賓。參見"知客"。

㊁(zhì)粵dzi³〔志〕❶通"智"。❷姓。

【知己】謂彼此相知、情誼深切的朋友。

【知方】懂得道理，知道努力方向。

【知交】謂知己的朋友。

【知言】❶有見識的話。❷指就言辭以察知其思想的是非得失所在。

【知非】《淮南子》有"行年五十而知四十九年非"之語，後因以"知非"爲五十歲的代稱。

【知命】"命"，指天命。《論語》有"五十而知天命"之語，意謂五十歲就懂得天的意旨。後因以"知命"爲五十歲的代稱。

【知音】相傳古代伯牙善鼓琴，鍾子期善聽琴，能從伯牙的琴聲聽出他的心意。後因稱知己朋友爲知音。參見"高山流水"。

【知客】❶寺院裏專司接待賓客的僧人。又叫"典客"、"典賓"。❷婚喪喜慶專管招待賓客的人。亦稱"知賓"。

【知幾】(—jī)知道事物發生變化的隱微的因素和迹兆。

【知遇】謂賞識和重用。

【知聞】❶熟識。引申指朋友。❷知悉。

【知類】懂得事物間相似或相同的關係，依此類推。

【知識】❶指對事物的認識。❷相知、相識。指熟識的人。

【知人論世】瞭解一個人並研究他所處的時代。

【知白守黑】意思是說，心裏雖然是非分明，但要安於暗昧，以沉默自處。這是古代道家的一種處世態度。

【知彼知己】對敵人和自己情況都瞭解透徹。亦作"知己知彼"。

【知難而退】本謂作戰時要見機而動，不硬做做不到的事。後常用爲見困難退縮不前，沒有勇氣去克服的藉口。

四畫

矧 (shěn)粵tsɐn²〔診〕況且；何況。

矦 同"侯"。

五畫

矩 (jǔ)粵gœy²〔舉〕❶古代畫方形的用具，就是現在的曲尺。❷法度。如：循規蹈矩。參見"矩矱"。❸刻劃以留標記。

【矩步】走路時步法端方合度，表示行動的一絲不苟。

【矩矱】猶規矩、法度。

七畫

矬 (cuó)粵tsɔ⁴〔鋤〕矮小。如：矬個兒。

短 (duǎn)粵dyn²〔低院切〕❶與"長"相對，兼指遠近、高低和久暫。如：短距離；短身材；短時間。❷短命。❸缺

少；不足。如：短缺；短少。❹缺點；過失。如：短處；說長道短。❺說人短處。

【短年】即冬至。

【短折】短壽；夭折。

【短言】漢代訓詁學者說明字音的用語。與"長言"相對。"短言"，讀音短促；"長言"，讀音較"短言"徐緩。

【短見】❶淺短的見識。❷自殺。謂尋短見。

【短長】❶短和長。❷是非；優劣。

【短命】壽命短促。

【短氣】❶猶言喪氣。❷中醫學名詞。呼吸短促，似不能接續。

【短書】❶古代指小說雜記之書，與儒家經典對稱。❷指短小的書札。

【短小精悍】本謂身軀短小而有精悍的氣概。後亦用來形容身軀、發言等簡短有力。

【短兵相接】雙方面對面地搏鬥。比喻針鋒相對的鬥爭。

躰

"射"的異體字。

八　畫

矮 〔ǎi〕⑧ei²〔翳高上〕矮。與"高"相對。如：矮人；矮牆。

十二畫

矯（矫） 〔jiǎo〕⑧giu²〔徼〕❶正曲使直；匡正；糾正。如：矯枉過正。❷假托；詐稱。如：矯詔。❸强；勇武。如：矯捷。

【矯正】糾正。如：矯正口吃。

【矯世】謂用自己的行為糾正頹風陋俗。

【矯制】假託君命，發佈詔敕。

【矯俗】猶矯世。糾正壞習俗。也指為了矯正敝俗而喜立異。

【矯情】本謂故意克制情感，表示鎮定。後用為違反常情之意。

【矯揉】亦作"矯糅"。矯，使曲的變直；揉，使直的變曲。引申為故意做作。如：矯揉造作。

【矯詔】猶矯制。假託君命，發佈詔令。

【矯誣】❶舞文弄法，誣害無辜。❷以曲為

直，以假亂真，違反常理。

【矯飾】❶整飾。❷做作；掩飾。

【矯勵】勉強克制情慾，以礪節來策勵自己。亦作"矯勵"。

【矯激】❶矯正，激勵。❷謂文章風格故作矯異激切，含有貶義。

【矯枉過正】矯，糾正。枉，彎曲。把彎曲的東西扭直，結果又歪向另一方。比喻糾正錯誤，超過了應有的限度。

矰 〔zēng〕⑧dzeŋ〔增〕一種用絲繩繫住以便於弋射飛鳥的短箭。參見"矰繳"。

【矰繳】(—zhuó)獵取飛鳥的射具。繳，繫在箭上的絲繩。引申為迫害人的手段。

十四畫

矱 〔huò〕⑧wɔk⁹〔獲〕尺度。見"矩矱"。

石　部

石 ㊀〔shí〕⑧sɛk⁹〔碩〕❶構成地殼的礦物質硬塊。如：巖石；礦石。❷八音之一；指石製的磬。參見"八音"。❸石刻；碑碣。❹古代戰爭時用作武器的石塊。如：礨石；矢石。❺姓。
㊁〔shí，今讀dàn〕⑧同㊀市制中的容量單位，市石的簡稱，十斗為一石。

【石人】❶石刻的人像。❷猶言木石之人，謂其無知覺，亦謂其長久存在。

【石友】❶猶言金石交。謂情誼堅貞的朋友。❷指硯。

【石尤】即石尤風。打頭逆風。亦作"石郵"。

【石火】敲石所發的火。比喻人生的短暫。

【石交】亦作"碩交"。猶石友。交誼堅固的朋友。

【石室】❶古代宗廟中藏神主的處所。又為藏圖書檔案的處所。❷猶洞；石窟。❸石造的冢墓。

【石敢當】舊時人家正門，正對橋樑、巷口，常立一小石碑，上刻"石敢當"三字，以為可以禁壓不祥。

【石鼓文】中國現存最早的刻石文字。在十塊鼓形石上，用籀文(即大篆)分刻着十首為一組的四言詩。因為內容記述秦國君的遊獵情況，所以也稱為「獵碣」。其時代前人始考證為秦刻石。過去有人誤以為周宣王時的石刻。杜甫、韋應物、韓愈等都有詩篇歌詠，歐陽詢、虞世南、褚遂良都很推重其書法。

【石榴裙】紅裙。

【石沉大海】比喻杳無蹤影；杳無消息。

【石破天驚】李賀《李憑箜篌引》有「石破天驚逗秋雨」的詩句，謂箜篌的聲音凌厲激越，出人意料，有不可名狀的奇境。後亦用以比喻文字議論的出奇驚人。

【石器時代】考古學分期之一。人類歷史最古的時代。這時人類使用的生產工具以石器為主。石器應用在整個原始社會時期。根據製造石器技術的進步程度，一般分為舊石器時代和新石器時代。

二　畫

矴　"碇"的異體字。

矼　同"矼"。

三　畫

矻　(kū)粵ŋɐt[迄]見"矻矻"。

【矻矻】勤奮不懈的樣子。

矽　(xi)粵dzik[夕]硅的舊稱。

矸　㊀(gàn)粵gɔng³[幹]通作岸。㊁(gàn)粵gɔn¹[干]砂石。

矾　"礬"的簡化字。

四　畫

砂　(shā)粵sa¹[紗]❶非常細碎的石粒。❷泛指細碎如砂的物質。如：砂糖；礦砂。❸特指道家修煉的丹砂。

砆　(fū)粵fu¹[夫]見"碔砆"。

砉　(xū，又讀huā)粵wak⁹[或]皮骨相離聲。

砌　(qì)粵tsɐi³[切]❶臺階。❷堆砌。如：砌牆；壘砌。

砍　(kǎn)粵hɐm²[坎]猛劈。如：砍柴。

砑　(yà)粵ŋa⁶[訝]碾。如：砑石。參見"砑光"。

【砑光】以石碾磨紙、布、皮革等物使之光滑。如：砑光布；砑光紙。

【砑金】碾鍍金，塗金。謂以金塗飾器物。

砒　(pī)粵pei¹[丕]砷的舊稱。

砘　(dùn)粵dœn⁶[頓]❶砘子，構完地使用以軋地的石製農具。❷用石砘子軋地。

五　畫

砝　(fǎ)粵fat⁸[法]砝碼)在天平上稱量物品時衡定物重的標準。

砠　(jū)粵dzœy¹[追]有土的石山。一說是有石的土山。

砥　(dǐ，又讀zhǐ)粵dɐi²[抵]磨刀石。

【砥矢】比喻平直。

【砥礪】磨刀石。引申為磨礪。亦作"砥厲"。

砧　(zhēn)粵dzɐm¹[針]❶搗衣石。❷通"椹"。砧板。

【砧杵】搗衣具。砧，墊石；杵，鎚棒。

砭　(biān)粵bin¹[邊]亦作"砭"。❶"砭石"。中國石器時代應用的一種最古的醫療工具。即以石塊磨製成的尖石或石片，舊多讀石針。❷謂以針刺治病。引申為刺。如：寒風砭骨。❸救治。

砮　(nǔ)粵nou⁵[腦]石製的箭鏃。

砯　(pēng)粵piŋ¹[乒]象聲詞。也謂發大聲。

【砯訇】聲響宏大。亦作"砯轟"。

【砯磕】聲音宏大。

破

(pò)⑧pɔ³〔鋪貨切〕❶石頭開裂。如：石破天驚。引申以指凡物碎裂損壞的狀態。如：破碎；破衣。❷劈開；裂壞。如：勢如破竹；破釜沉舟。❸揭穿；剖析。如：揭破；說破；攻下。如：破陣；破敵。❺突破；撤除。如：破例；破格錄用；破除迷信。❻耗傷；破敗。如：破產；破費。

【破瓜】舊時文人拆「瓜」字爲二八字以紀年，謂十六歲。詩文中多用。

【破的】(─dì)發箭正中鵠的。引申爲發言中肯，能道出要旨。

【破產】❶猶言破家。❷謂徹底失敗。如：敵人的陰謀詭計終破產了。

【破綻】衣裳上的裂縫。引申爲語言行動中不周到之處。猶言漏洞。

【破曉】天剛發亮。

【破甑】《後漢書‧郭太傳》載，孟敏荷甑而行；甑墮地破壞，敏不顧而去。後以「破甑」比喻不值得一顧的東西。

【破顏】改變愁容爲笑容。

【破鏡】❶傳說中的惡獸名，也稱爲獍，長大則食其父。❷傳說中的惡鳥名，長大則食其父母。❸比喻夫妻分離。參見「破鏡重圓」。

【破天荒】宋曾敏行《獨醒雜誌》載，江西自宋初以來，士人未有以狀元及第的。紹聖四年何昌言始以對策居第一。謝民師贈昌言詩有「百年今始破天荒」之句。後以「破天荒」指前所未有或第一次出現。

【破落戶】謂衰落的門第，也指這種人家的無賴子弟。

【破題兒】唐宋以後考試詩賦及八股文的「破題」，比喻事情的開端或第一次。

【破釜沉舟】《史記‧項羽本紀》載，項羽與秦兵打仗，領兵過河後就把鍋打破，把船鑿沉，表示不勝利不生還。後以「破釜沉舟」比喻下定決心。

【破涕爲笑】猶言轉悲爲喜。

【破鏡重圓】孟棨《本事詩‧情感》載，南朝陳將亡時，駙馬徐德言預料妻子樂昌公主將被人掠去，乃破一銅鏡，各執半片，另他日重見時的憑證，並約定正月十五日賣鏡於市，以相探訊。陳亡，樂昌公主爲楊

素所有。徐德言至京城，正月十五日遇一人叫賣破鏡，與所藏半鏡相合，夫妻逐得團聚。後以「破鏡重圓」比喻夫妻失散或離婚後重又完聚。

砷

(shēn)⑧sɐn¹〔申〕化學元素。符號As。舊名「砒」。有黃、灰、黑褐三種同素異形體，其中灰色的晶體具有金屬性，但性脆而硬。

砢

(luǒ)⑧lɔ²〔裸〕見「磊砢」。

砟

㊀(zuò)⑧dzɔk⁹〔鑿〕見「砟硌」。

㊁(zhǎ)⑧dza³〔炸〕小塊物。如：煤砟子。

【砟硌】形容山石不齊。

砬

(lá)⑧lap⁸〔立〕砬子，大石塊。多用於地名。吉林柳河縣有砬門子。

砫

㊀(zhù)⑧dzy²〔主〕同「柱」。古代宗廟藏神主的石函。

㊁(zhù)⑧tsy⁵〔柱〕(石砫)縣名。在四川省。今改名石柱縣。

砲

同「炮」的異體字。

砸

(zá)⑧dzap⁸〔閘〕❶搗爛。如：砸蒜；砸糕。❷砸碎；打碎。❸北方方言，比喻事情敗壞或失敗。如：戲唱砸了；這事兒砸了。

砣

(tuó)⑧tɔ⁴〔駝〕❶秤砣，即秤錘。❷碾砣，碾盤上的石輪。

砼

(tóng)⑧tʊŋ⁴〔同〕混凝土。

六畫

硃(朱)

(zhū)⑧dzy¹〔朱〕硃砂。

【硃批】清代制度，皇帝在奏章上用硃筆所書的批示名「硃批」。但事實上並不一定是親筆。亦指批校書籍時用硃筆塗抹。

【硃卷】科舉考試防止作弊的一種形式。明清兩代，鄉試及會試場內，應試人的原卷(即墨卷)須交「謄錄」人用硃筆謄寫一遍，方送考官評閱，稱爲硃卷，以防考官認識應試人筆迹之弊。考中後，將本人在場中所作之文刊印送人，也叫硃卷。

硅 (guī)粵gwɐi¹〔圭〕化學元素。舊名"矽"。符號Si。為一種重要的半導體材料。

硇 (náo)粵nau⁴〔撓〕〔硇砂〕礦物名。等軸晶系，常成皮殼狀或粉塊狀。無色或白色，間帶紅褐色。玻璃光澤；具殼狀斷口，通常產於熔巖之嶽穴中。

研 ㊀(yán)粵jin⁴〔賢〕❶細磨。如：研成粉末。❷研究；審察。如：鑽研。㊁(yàn)粵jin⁶〔現〕通"硯"。

【研究】鑽研，推究。今謂用科學方法探求事物的本質和規律。如：研究問題；學術研究。

【研席】(yān—)同"硯席"。

【研覈】覈，亦作"核"。審察考核。

硒 (xī)粵sɐi¹〔西〕化學元素。符號Se。稀散元素之一。

砦 "寨"的異體字。

硌 (luò)粵lɔk⁶〔格〕見"砢硌"。

砹 (ài)粵ŋai⁶〔艾〕放射性鹵族元素。符號At。自然界有極少量存在，是天然放射科系的蛻變產物。

硐 (dòng)粵duŋ⁶〔洞〕通"洞"、"峒"。用於山洞、窰洞。

硈 同"夯㊀"。

硇 (xiōng)粵huŋ¹〔空〕〔硇州〕島嶼名。或作硇州，在廣東雷州灣以東海島東南海中。

砝 同"礦"。

七　畫

硜(硁)(kēng)粵hɐŋ¹〔亨〕❶擊石聲。❷亦作"硻"。見"硜硜"。

【硜硜】形容人的淺見固執。亦作"硻硻"。

硝 (xiāo)粵siu¹〔消〕❶某些礦物鹽的泛稱。如：火硝(即硝酸鉀)，芒硝(即硫酸鈉水合物)，智利硝石(即硝酸鈉)等。❷中國舊用芒硝等鞣製毛皮的過程。如：硝皮。

硤(硖)(xiá)粵hap⁹〔峽〕通"峽"。兩山間的溪谷。

硨(砗)(chē)粵tsɛ¹〔車〕見"硨磲"。

【硨磲】亦作"車渠"。❶軟體動物。殼略呈三角形，很厚。大的可達一米。棲息在熱帶海中。肉可食，殼可以做器物或燒製石灰。❷指硨磲殼，佛教所稱七寶之一。❸次等玉石。

硫 (liú)粵lɐu⁴〔流〕即"硫黃"。化學元素。符號S。單體硫呈黃色。

硬 (yìng)粵ŋaŋ⁶〔吾更切low去〕❶堅；剛。與軟相對。如：硬木。❷剛強；堅強。如：強硬。❸強硬。如：口硬。引申為勉強、不自然。如：生硬。❹形容書法或行文的遒勁有力。❺能力強；質量好。如：硬手；貨色硬。

【硬朗】身體結實健壯。

【硬黃】紙名，用以寫經和臨摹古帖。以黃檗和蠟塗染，質堅韌而瑩澈透明，便於法帖墨迹之舊揚摹倣。又用以鈔寫佛經，以其色黃而利於久藏。唐宋時最爲流行。

硭 (máng)粵mɔŋ⁵〔忙〕"芒硝"的"芒"的專字。

确 (què)粵kɔk³〔確〕❶通"角"。角逐。❷瘠薄。❸見"犖确"。❹"確"的簡化字。

硯(砚)(yàn)粵jin⁶〔現〕❶硯臺，磨墨器具。如：筆硯。❷謂同硯，即同學。如：硯兄；硯弟。

【硯田】舊時讀書者依文墨爲生計，因將硯臺比作田地。

【硯席】也作"研席"。硯臺與座席。借指學習。

【硯滴】滴水於硯的器具，也叫水注。

硠 (láng)粵lɔŋ⁴〔郎〕見"硠硠"。

【硠硠】水石撞擊聲。

硡 (hōng)粵wɐŋ⁴〔宏〕石落聲。

硪 (é)粵ŋɔ⁴〔俄〕同"峨"。

硶 同"磣"。

砊 同"硇"。

八畫

硎 (xíng)粵jing4[刑]磨刀石。

硼 (péng)粵paŋ4[彭]化學元素。符號 B。無定形硼是暗棕色粉末;結晶形 硼是有光澤的灰色晶體,硬度與金剛石相 近。

硾 (zhuì)粵dzœy6[序]繫上重物,使之 下沉。

碁 "棋"的異體字。

碆 (bō)粵bo1[波]射鳥用的石製箭鏃。

碇 (dìng)粵diŋ3[訂]船停泊時沉落水中 以穩定船身的石塊,用處和後來的 錨。如:下碇;啟碇。

碉 (diāo)粵diu1[刁]即"碉堡"。俗稱 "炮樓"。多用磚、石、混凝土等建築 材料構成。主要用於射擊和瞭望。

碌 ⊖(liù)舊讀 luk9[麓]見"碌碡"。
⊜(lù)粵luk9[六]見"碌 碡"。

【碌碌】❶形容平庸、隨衆附和。❷形容辛 苦、煩忙。如:忙忙碌碌。❸猶轆轆,車 行聲。

【碌碡】(liù zhou)亦作"碡碡"。碾壓用的農 具。由有軸稜的滾子及框架構成。無軸 稜而輥圓的叫"輥軸"。用牲畜或人力牽 引,以之壓平田地、碾脫穀粒(俗稱打場) 等。

碎 (suì)粵sœy3[歲]❶破。❷瑣屑。

【碎金】比喻珍貴的簡短雜著。後也有用作書 名的,如宋人晁迥《法藏碎金錄》。

碑 (bēi)粵bei1[卑]❶古時宮、廟門前用 以識日影及拴牲口的豎石。❷石碑。 石上鐫刻文字,作為紀念物或標誌,也用 以祝文告。秦代稱發石,漢以後稱碑。 如:紀念碑;墓碑。參見"碑碣"。

【碑帖】石刻、木刻書法的搨本或印本。

【碑碣】古人把長方形的刻石叫碑;而把圓首 形的或形在方圓之間、上小下大的刻石, 叫作碣。後世碑碣名稱往往混用。

【碑題】碑題額字。

碓 (duì)粵dœy3[對]舂米穀的設備。掘 地安放石臼,上架木槓,槓端裝杵或 縛石,用腳踏動木杠,使杵起落,脫去穀 粒的皮,易舂華。它的舂精溶液叫"碓觜"或 "碓汁",用作消毒劑。

碔 (wǔ)粵mou5[武]見"碔砆"。

碕 (qí)粵kei1[奇]曲折的堤岸。

【碕礒】形容山石不平整。

碘 ⊖(diǎn)粵din2[典]鹵族元素。符號 I。紫灰色晶體,帶有金屬光澤,性 脆,易昇華。它的酒精溶液叫"碘酊"或 "碘酒",用作消毒劑。
⊜(diǎn)粵din1[顛]用於"碘酒"。

碰 (pèng)粵puŋ3[蚌控切]❶兩物相觸 或相撞。如:碰杯;碰得頭破血流。 ❷遇到。如:碰見;碰頭。也指偶然遭 遇。如:碰巧;碰機會。

碙(砳) (gāng)粵goŋ1[剛][砳洲][砳洲]今 作硇洲,見"硇"。

碐 (léng)粵liŋ4[零]見"破碐"。

【破碐】形容崖石險峻不平。

碚 (bèi)粵bui3[貝]地名用字。今重慶 市有北碚。

碗 (wǎn)粵wun2[腕]一種敞口而深的 食器。如:飯碗;茶碗。也用作食物 或飲料的計量單位。如:一碗飯。

碏 (què)粵tsœk8[卓]雜色石。

九畫

碝 (ruǎn)粵jyn5[軟]似玉的石頭。

【碝碱】似玉的美石。

碞 (yán)粵ŋam4[巖]"巖"的本字。嵁 碞,形容山石高峻而參差不齊。

碟 (dié)⑨dip⁹〔蝶〕盛菜餚或調味品的淺小盤子。

疇 (zhōu，舊讀dú)⑨duk⁹〔獨〕見"疄疇"。

磻 (mín)⑨men⁴〔文〕同"珉"。似玉的石頭。

碣 (jié)⑨kit⁸〔弱〕❶圓頂的碑石。亦作"碣"。❷聳峙。

碥 (biǎn)⑨bin²〔貶〕指水流湍急、崖岸險峻的地方。

碧 (bì)⑨bik⁷〔壁〕❶青綠色的美石。❷青綠色。

【碧血】常與"丹心"連舉，稱頌爲國死難的人。

【碧空】晴朗的天空。

【碧桃】❶植物名。桃的變種。落葉小喬木。春季開花，重瓣，白色、粉紅至深紅，或灑金。❷桃實的一種。

【碧落】猶言碧空。天空。

【碧漢】天河。

【碧霄】青天。

【碧油幢】青綠色的油車篷。

碩 (碩) ⊖(shuò，舊讀shí)⑨sek⁹〔石〕❶本謂頭大，引申爲凡大之稱。見"碩果"、"碩大無朋"。❷見"碩士"。

⊜(shí)⑨同⊖通"石"。謂堅固。見"碩交"。

【碩人】❶指美人。❷指有盛德之人。

【碩士】指學問淵博之士。❷學位的一種。在一些國家，屬第二級學位，一般授予取得學士學位後繼續在大學研究院(部)研究一二年，通過考試及格者。

【碩交】(shí一)同"石交"。交誼堅固的朋友。

【碩果】本指大的果實。後以稱難得的東西。如：碩果僅存。

【碩畫】遠大的計劃。

【碩大無朋】形體魁梧，無與倫比。引申爲巨大無比。

碭 (碭) (dàng)⑨dɔŋ⁶〔蕩〕❶有花紋的石頭。❷液沸蕩而出。❸振蕩。❹古地名。本戰國楚邑，秦置縣，隋改碭山。即今安徽碭山。

碲 (dì)⑨dei³〔帝〕化學元素。符號Te。稀散元素之一。

碪 "砧"的異體字。

碨 (wěi)⑨wui²〔蛙潰切〕見"碨磊"。

【碨磊】亦作"碨礧"。形容山崖不平。

碳 (tàn)⑨tan³〔炭〕化學元素。符號C。同素異形體有金剛石、石墨和無定形碳。碳的化合物很多，除一氧化碳、二氧化碳、碳酸鹽及碳化物外，其他都列入有機化合物一類。

碸 (碸) (fēng)⑨fuŋ¹〔風〕硫醯基與烴基或芳香基結合而成的有機化合物的總稱。

碴 (chá)⑨tsa⁴〔查〕❶碎屑。如：玻璃碴兒。❷皮肉被碎片劃破。如：別碴了手。❸事端。如：找碴兒。

碤 (zhà)⑨dza³〔炸〕用於地名。甘肅省有大水碤。

碱 (jiān)⑨gan³〔柬〕本作"鹼"。❶通常指在水溶液中電離給出氫氧根離子的化合物。例如，氫氧化鈉、氫氧化鈣等。溶液具有澀味，使紅色石蕊紙變藍等是它們的共同性質。❷純鹼的通稱。

碷 同"㫄"。

磁 同"瑤"。

碙 同"崗"。

碫 (duàn)⑨dyn³〔鍛〕礪石。

十　畫

確 (確) (què)⑨kɔk⁸〔涸〕❶確實；眞實。如：確有其事。❷剛強；堅固。

【確鑿】眞實有據。

碼 (碼) (mǎ)⑨ma⁵〔馬〕❶天平上計重量的標準。見"砝"。❷計數的符號或用具。如：號碼；頁碼；籌碼。❸英制中長度的一種單位。英語yard的譯

名。1碼＝3英尺。❹通「馬」。如「碼頭」本作「馬頭」，即水邊伸出以便兵車上船的建築物。今同「馬」。見「碼頭」。

【碼瑙】寶石名。通作「瑪瑙」，亦作「碼瑙」、「馬瑙」、「馬腦」。

碾 （niǎn）⑨nin⁵〔尼免切〕dzin⁷〔展〕（俗）❶轉磨或轉壓。如：碾米；碾藥。因即謂轉磨或轉壓的用具。如：石碾；汽碾。

磁 （cí）⑨tsi⁴〔池〕❶某些物質能吸引鐵、鎳、鈷等物質的屬性。❷同「瓷」。如瓷器亦寫作磁器。

磅 ○（bàng）⑨bɔŋ⁶〔罷巷切〕❶英文pound的音譯。英制中重量和質量的單位。如：1磅＝0.4536公斤。❷用稱秤量輕重。如：磅體重。

○（páng）⑨pɔŋ⁴〔旁〕見「磅礴」。

【磅礴】（páng—）同「旁薄」。

磉 （sǎng）⑨sɔŋ²〔爽〕柱下石。如：磉盤。

磊 （lěi）⑨lœy⁵〔壘〕石頭多。

【磊砢】（—luǒ）❶衆多。❷才能卓越。

【磊落】❶形容胸襟坦白。❷形容儀態俊偉。

【磊磊落落】❶錯落分明的樣子。亦作「礧礧落落」。❷同「磊落」。亦作「礧礧落落」。

磋 （cuō）⑨tsɔ¹〔初〕磨光。引申爲仔細商量。如：磋商。參見「切磋」。

磌 （tián）⑨tin⁴〔田〕❶石頭落地聲。❷柱下的石礎。

磏 （lián）⑨lim⁴〔廉〕赤色的礪石。

磐 （pán）⑨pun⁴〔盤〕❶紆迴層疊的山石。❷同「盤」。磐桓不去。

【磐互】交相連結。

【磐石】厚重的石頭。比喻堅固不動，能負重任。

【磐桓】同「盤桓❶」。徘徊；逗留。

【磐硠】壯大；雄偉。

磑 （磑）○（wèi）⑨wei³〔畏〕磨子。引申爲磨碎。

○（ái）⑨ŋi⁴〔危〕見「磑磑」。

【磑磑】（ái ái）同「皚皚」。形容潔白光亮。

磔 （zhé）⑨dzak⁹〔擿〕❶分裂肢體以祭神。❷古代的一種酷刑，即分屍。❸漢字書法的捺筆。

【磔磔】❶鳥鳴聲。❷形容爆裂的聲音。

磕 （kē）⑨hɐp⁹〔合〕❶磕磕，敲擊。如：磕烟斗。❷鼓聲。

【磕牙】說廢話；聊天。

【磕匝】猶「匝匝」。周匝；環繞。

魁 （kuī）⑨fai³〔夬〕見魁磊。

【魁磊】❶衆石高低不平。比喻鬱積在心胸中的不平之氣。現在一般寫作「塊壘」。❷樹木盤結。

磽 同「磢」。

磙 （gǔn）⑨gwɐn²〔滾〕砄子，用石頭製成的滾壓器，如碌碡之類。

磒 （yǔn）⑨wɐn⁵〔尢〕同「隕」。墜落。

十一畫

磧 （磧）（qì）⑨dzik⁷〔積〕淺水中的沙石。也指沙石上的急端。引申爲沙漠。

磨 ○（mó）⑨mɔ⁴〔麻何切〕❶物體相摩擦。如：磨刀；磨墨。引申爲消耗；消滅。❷挫折；折磨。如：好事多磨。

○（mò）⑨同上mɔ⁶〔麻賀切〕（又）❶磨粉工具。如：石磨；鋼磨。❷用磨研物。如：磨麥子；磨豆腐。❸移動。如：把衣櫃磨過來一些。

【磨折】亦作「折磨」。磨難，挫折。

【磨湼】磨，琢磨；湼，黑色，這裏指染黑。磨礪湼染，比喻所經受的考驗。

【磨勘】❶考核複定。(1)唐宋官員考績升遷的制度。(2)科舉時代，鄉、會試卷，例須進呈，派翰林院儒臣覆核，稱磨勘。❷反覆磨練。

【磨滅】亦作「摩滅」。消失；湮滅。

【磨礪】亦作「摩厲」。磨刀使銳利。引申爲磨練。

碱 （qì）⑨tsik⁷〔斥〕❶見「硬碱」。❷通「砌」。

磬 (qìng)粵hìng³〔慶〕❶古代石製樂器。用美石或玉雕成。懸掛於架上，以物擊之而鳴。❷佛寺中敲擊though木魚layers的鳴器，狀如雲板。又佛寺中鉢形的銅樂器也叫磬。

【罄折】彎腰如磬，表示恭敬。

碏 "碏㊀"的異體字。

磚(砖) (zhuān)粵dzyn¹〔專〕❶用黏土製成磚坯，經乾燥後，在高溫下燒製而成。❷形狀像磚的。如：茶磚；冰磚。

磣(碜) (chěn)粵tsem²〔寢〕❶食物中混入沙土。❷醜陋難看。如：磣樣兒。

【磣蹋】混亂。

磡 (kàn)粵hem³〔瞰〕巖崖之下。

硜 同"硜"。

磪 同"碓"。

磩 同"砌"。

十二畫

磯(矶) (jī)粵gei¹〔基〕水邊突出的巖石。如：采石磯；燕子磯。

磲 (qú)粵køy⁴〔渠〕見"硨磲"。

磴 (dèng)粵deng³〔櫈〕山路的石級。

【磴道】同"墱道"。登山的石徑。

磎 (xi)粵sik⁷〔昔〕柱腳石。

磷 ㊀(lín)粵lœn⁴〔倫〕❶化學元素。符號P。主要礦石是磷灰石。❷見"磷磷❶"。
㊁(lìn)粵lœn⁶〔論〕❶磨薄，削弱。❷見"磷磷❷"。

【磷火】磷化氫燃燒時的火燄。磷與水或鹼作用時產生磷化氫，是無色可以自燃的氣體。人和動物的屍體腐爛時就分解出磷化

氫，並自動燃燒。夜間在野地裏有時看到的白色帶藍綠色火燄就是磷火。俗稱鬼火。

【磷磷】❶水中見石的樣子。亦形容水石相擊。❷(lín lín)形容玉石的色澤。

磺 (huáng)粵wong⁴〔王〕〔硫酸〕磺基和烴基的碳原子直接相連而成的有機化合物。

磻 (pán)粵pun⁴〔盆〕〔磻溪〕水名。一名璜河。在今陝西寶雞市東南。

磽(硗) (qiāo)粵hau¹〔敲〕亦作"墝"。❶土地堅硬而瘠薄。❷磽、壞。

【磽确】亦作"墝埆"。土地堅瘠。

【磽瘠】土地堅硬而瘠薄，亦指貧瘠的土地。

磿 (lì)粵lik⁹〔力〕❶石聲。❷西周對俘虜的稱謂。

礁 (jiāo)粵dziu¹〔焦〕海洋中隱現水面的巖石。如：船觸礁。

礅 (dūn)粵dœn¹〔噸〕❶可供人蹲踞的大石頭。❷柱下的石盤。如：磉礅。❸舊時鍊武的用具，是一塊長圓形或長方形的石頭，兩邊鑿兩個洞眼以便插手進去舉起來，名爲端礅。

礆(砜) (huǐ)粵wei²〔委〕同"毀"。

磳 (zēng)粵dzeng¹〔僧〕見"磳磳"。

礏(碑) (dī)粵dei¹〔低〕染繪用的一種黑色礦物染料。

礃 (zhǎng)粵dzœng²〔掌〕〔礃子〕煤礦裏掘進和採煤的工作面。也作"掌子"。

礄(硚) (qiáo)粵kiu⁴〔橋〕用於地名。四川省有礄頭。

十三畫

礉 (hé)粵het⁹〔瞎〕核實。引申爲苛刻。

礎(础) (chǔ)粵tso²〔楚〕柱子底下的石磴。引申爲基底。

礐(岩) (què)粵kok⁸〔確〕疾風激水礐石成聲。

礋(䃍) (zé)⑨dzak⁹〔宅〕見"礧礋"。

礓 (jiāng)⑨gœŋ¹〔姜〕礓石。

【礓𥔤】臺階。

礧 ㊀(léi，又讀lèi)⑨lœy⁶〔類〕同"礨"。

㊁(lěi)⑨lœy⁵〔呂〕通"磊"。見"礧礧落落"。

【礧礧落落】同"磊磊落落"。形容心地光明。

礒(䃜) (yǐ)⑨ŋei⁵〔蟻〕見"碕礒"。

十四畫

礙(碍) (ài)⑨ŋoi⁶〔外〕❶阻擋；限止。❷妨礙。如：有礙觀瞻。❸遮蔽。

礞 (méng)⑨muŋ⁴〔蒙〕〔礞石〕礦物名，有青礞石、金礞石兩種。都可入藥。

礚 (kē)⑨hɐp⁹〔合〕同"磕"。見"礚磕"。

【礚磕】水石相擊聲。

礝 (ruǎn)⑨jyn⁵〔軟〕同"瑌"。

礤 (cǎ)⑨tsat⁸〔察〕見"礤磋"。

十五畫

礦(矿) (kuàng)⑨kwɔŋ³〔鄺〕❶礦產、礦牀、礦體、礦石的通稱。如：探礦；採礦；選礦。❷有一定開採境界的採掘礦石的獨立生產單位。亦稱"礦山"。地下開採時稱"礦井"，露天開採時稱"露天礦"。❸特指礦石。

礩(硳) (zhì)⑨dzɐt⁷〔質〕柱腳石，即礎。

礪(砺) (lì)⑨lei⁶〔麗〕❶磨刀石。❷磨。參見"礪砥"。

【礪砥】同"砥礪"。猶磨礪。

礫(砾) (lì)⑨lik⁷〔拉益切〕碎石；碎瓦。如：砂礫；瓦礫。

礬(矾) (fán)⑨fan⁴〔凡〕一價金屬(M¹)或銨離子(NH₄⁺)和三價金屬(M¹¹¹)硫酸鹽的含水複鹽的通稱。如：明礬。

礨 (lěi)⑨lœy⁵〔呂〕見"礧礨空"。

【礨空】小窟窿。

礤 (cǎ)⑨tsat⁸〔察〕刨刮蔬果使成絲狀，所用的器具叫礤牀兒。

礧 ㊀(lěi，又讀lèi)⑨lœy⁶〔類〕❶推石自高處下擊。亦指用以下擊的滾石。❷通"擂"。撞擊；衝擊。

㊁同"礧"。

十六畫

礮 "炮㊀"的異體字。

礱(砻) (lóng)⑨luŋ⁴〔龍〕❶磨。❷農具名。又名"木礱"、"礱子"。狀如石磨，多整竹木製成，工作面上排有密齒，用於磨脫稻穀。

【礱屬】猶磨礪。

礰(砺) (lì)⑨lik⁹〔力〕見"礰礋"。

【礰礋】一種農具。

礲(砻) (lóng)⑨luŋ⁴〔龍〕磨。

十七畫

礴 (bó)⑨bɔk⁹〔薄〕見"磅礴"。

十九畫

礵 "磨"的本字。

示 部

示 (qí)⑨kei¹〔其〕古代指神祇。也專指地神。

示 (shì) 粵si⁶ [土] ❶顯現；表示。如：以目示意。❷以事告人；給人看。如：告示；出示。❸對人來信的敬稱。如：賜示；示覆。
【示威】顯現威力。今指有所抗議或要求而顯示自身實力的集體行動。
【示弱】顯現軟弱。

一畫

礼 "禮"的簡化字。

二畫

礽 (réng) 粵jin⁴ [仍] 福。

三畫

社 (shè) 粵se⁵ [舍低上] ❶古指土地神。❷祀社神之所。如：里社。❸祀社神。引申為祀社神的節日。如：春社；秋社。❹集體性組織；團體。如：合作社；棋社。
【社日】古時春秋兩次祭祀土神的日子，一般在立春、立秋後第五個戊日。
【社公】古指土地神。
【社火】❶舊時在節日扮演的各種雜戲。❷猶言同伙。
【社會】❶以一定的物質生產活動為基礎而相互聯繫的人們的總體。❷舊時鄉村學塾逢春秋祀社之日或其他節日舉行的集會。
【社鼠】土地廟中的鼠，比喻有所倚恃的壞人。參見"城狐社鼠"。
【社稷】古代帝王、諸侯所祭的土神和穀神。後因用作國家的代稱。
【社燕】燕子春社時來，秋社後去，故有"社燕"之稱。
【社鼠城狐】見"城狐社鼠"。

礿 (yuè) 粵jœk⁹ [若] 古代祭名。亦作"禴"。
祀 (sì) 粵dzi⁶ [字] ❶祭祀。❷商代稱年為祀。

【祀竈神】祭竈神，古代五祀之一。參見"祀竈日"。
【祀竈日】祭祀竈神的日子。漢以前祀竈在夏天舉行。《後漢書·陰興傳》載，漢代陰子方在臘日晨見竈神，並以黃羊祭之，因而大富，遂以臘日為祀竈日。舊時風俗多以陰曆十二月二十三日或二十四日為祀竈日。

祁 (qí) 粵kei⁴ [其] ❶盛大。❷山名。即祁山。在甘肅和西北。❸姓。

四畫

祅 (yāo) 粵jiu¹ [腰] 同"妖"。
祆 (xiān) 粵hin¹ [軒] 波斯拜火教神名。其教亦名祆教，廟稱祆廟。
祇 ㊀(qí) 粵kei⁴ [其] ❶古指地神。❷大。❸通"疧"。病。
㊁(zhǐ) 粵dzi² [紙] 僅；不過。
㊂(zhī) 粵dzi¹ [知] 恰巧。
祈 (qí) 粵kei⁴ [其] 向神求禱。如：祈福。引申為向人請求的通稱。如：祈請；敬祈。
【祈年】❶祈求豐年。❷殿名。在北京天壇。本明天亨殿，嘉靖間建此，專以祈穀。清仍襲用，至乾隆時改今名。
祉 (zhǐ) 粵dzi² [止] 福。
祊 (bēng) 粵beŋ¹ [崩] ❶宗廟門內設祭的地方。因以為祭名。❷古邑名。春秋鄭國祀泰山的湯沐邑。在今山東費縣東南。

五畫

祏 (shí) 粵sek⁹ [石] 宗廟中藏神主的石盒。一說指宗廟中的神主。
祐 (yòu) 粵jeu⁶ [右] 保祐，舊指天、神等的佑助。
祓 (fú) 粵fet⁷ [弗] 古代習俗，為除災去邪而舉行儀式。參見"祓除"。
【祓除】古代習俗，為除災去邪而舉行的一種儀式。通常於歲首在宗廟、社壇中舉行，

而尤以陰曆三月上巳日在水邊祓除最為流行。又稱為禊；其方式，或燃火，或熏香沐浴，或用牲血塗身。參見「禊」。亦用為使純潔之意。

祔 (fù)⑧fu⁶〔父〕❶新死者附祭於先祖。❷合葬。

祕 「秘」的異體字。

祖 (zǔ)⑧dzou²〔早〕❶宗廟。❷父母以上的尊長。❸祖父；祖母；曾祖；祖先。❹祖師。❺初；開始。❻效法；沿襲。❻古人出行時祭祀路神。引申為送行。見「祖送」、「祖帳」、「祖餞」。

【祖本】書籍或碑帖最早的刻本或拓本。

【祖武】武，足迹。謂先人的遺迹、事業。

【祖宗】古代帝王的世系中，始祖稱祖，繼祖者為宗，後以泛稱先祖的通稱。

【祖述】效法、遵循前人的行為或學說。

【祖送】古人出行時祭祀路神叫「祖」，因謂送行為「祖送」。參見「祖餞」。

【祖師】對創立某種學說或技藝的人的尊稱。佛教道教也稱其創立宗派的人為祖師，如達摩祖師、純陽祖師等。

【祖帳】古代送人遠行，在野外路旁為餞別而設的帷幕。亦指送行的酒筵。

【祖奠】❶祖廟的祭奠；告殯禮。在祖廟神位前設酒、醴、脯、醢、玉帛等物做成筵席，告奠祖先，為筵為祖奠。❷出殯前一日，柩遷於祖廟時設於柩前的筵席。❸出殯前一日，像生時出行祭路神所設的筵席。

【祖道】舊時為出行者祭祀路神，並飲宴送行。

【祖業】❶祖宗的事業。❷祖傳的產業。

【祖龍】指秦始皇。祖，始；龍，人君之象。

【祖餞】古代出行時祭祀路神叫「祖」，後因設宴送行為「祖餞」，即餞行。

【祖臘】古代終歲祭先，叫「臘」；年終大祭，叫「臘」。合稱「祖臘」。引申指舊制度，舊傳統。

【祖籍】原籍；祖先舊住佔籍的地方。

祗 (zhī)⑧dzi¹〔支〕恭敬。

【祗回】同「低回」。流連不捨的意思。

祚 (zuò)⑧dzou⁶〔造〕❶福。❷賜福；保佑。❸皇位；國統。

【胙胤】謂子孫。

祛 (qū)⑧kœy¹〔驅〕除去。如：祛疑；祛痰。

祜 (hù)⑧wu⁶〔戶〕福。

祝 (zhù)⑧dzuk⁷〔足〕❶祠廟中司祭禮的人。如：廟祝；❷祝頌❸祝禱。❹斷絕；削去。參見「祝髮」。❺姓。

【祝雞】呼雞聲。

【祝融】即「屠維」。十干中己的別稱。古時以歲陽紀年，歲星在己為屠維，不用祝犁。

【祝史】古代祭祀時致祝禱之辭和傳達神言的執事人。也指祝禱和所傳達的言辭。❷祝壽。古代僅用於皇室、貴族，後通用於一般人。

【祝髮】斷髮；剃去頭髮。後指削髮出家。

【祝融】❶傳說中的古帝。一說為帝嚳時的火官，後人尊為火神。❷峰名，衡山的最高峰。

【祝禧】(—xī)同「祝釐」。祈求福佑。

【祝辭】亦作「祝詞」。❶古謂禱告鬼神。❷祝賀之辭。今凡用於祝賀的言辭或文章都稱為「祝辭」。

神 ㊀(shén)⑧sen⁴〔臣〕❶神靈；鬼神。宗教及神話中認為超自然的、具有人格和意志的力量。亦指人死後的精靈。❷神奇莫測；異乎尋常。如：神速；神效。❸精神。如：凝神；費神；聚精會神。❹像；肖像。如：傳神。
㊁(shèn)⑧sen⁵〔申〕見「神荼鬱壘」。

【神人】❶古代道家謂得道而神妙莫測的人。❷猶耳大。謂才貌特出非世間所常見者。

【神女】❶女神。❷指妓女。

【神父】天主教、正教的宗教職業者。拉丁文作Pater，意為「父」。中國天主教譯作「神父」，一譯「神甫」。職位在主教之下。通常是一個教堂的管理者。主持宗教活動，宣揚宗教教義。

【神仙】能「超脫生死」變幻莫測的人。

【神主】古時為已死的君主諸侯作的牌位，用木或石製成。後世民間也立神主以祀祭死者，用木製成，當中寫死者名諱，旁題主

者的姓名。

【神色】態度；神情。

【神州】中國的代稱。參見"赤縣神州"。

【神交】❶忘形之交。謂心意投合相知有素的朋友。後多用以指彼此慕名而尚未見面的交往。❷夢魂相交會。形容思慕之切。

【神君】❶對賢明官吏的尊稱。❷謂巫。託言有神附身，爲人治病斷吉凶。

【神明】❶指神祇。也指人或物的精靈怪異。❷謂人的精神。

【神物】❶指神奇的東西。❷謂神仙。

【神往】一心嚮往。如：悠然神往；爲之神往。

【神采】亦作"神彩"。指表著於外的精神、神氣。如：神采奕奕。

【神姦】本指鬼神怪異之物。後來用以指老姦巨猾。如：神姦巨蠹。

【神品】指精妙的書、畫等作品。

【神秘】猶言秘奧。今一般用爲深奧莫測的意思。

【神效】神奇的效驗。

【神氣】❶神情氣概。今多指精神飽滿。❷精神氣息。❸神奇之氣。

【神彩】同"神采"。

【神術】古代神仙家所宣傳的法術。亦謂神奇的本領。

【神通】古印度多宗教認爲修行有成就的人，能具備各種神妙的能力，叫做神通。後亦指神奇的本領。如：神通廣大。

【神智】精神智慧。

【神童】指聰明異常的兒童。❷宋時科舉有童子科，赴舉者稱應神童試。

【神道】❶猶言天道。謂神妙莫測之理。❷猶神術。指鬼神。❸墓道。如：神道碑。

【神韻】神氣風度。多指詩文書畫的風格韻味。

【神像】❶神的圖像、塑像。❷死者的遺像。

【神算】神妙的計謀。亦指準確的推測。

【神器】❶帝位。❷玉璽。❸指劍。

【神出鬼沒】比喻用兵神奇迅速，不可捉摸。也泛指行動變化迅速。

【神荼鬱壘】(神shēn，荼shū，壘lěi)亦作"荼與鬱壘"。傳說中能治服惡鬼的神。後世遂以爲門神，畫像醜怪凶惡。

【神機妙算】形容智謀無窮，不可測度。

祟　(suì)⑧sœy⁶[遂]古人想像中的鬼怪或鬼怪出而禍人。引申爲災禍。如：禍祟。

祠　(cí)⑧tsi⁴[池]❶春祭。參見"礿"。❷祭祀。❸祖廟；祠堂。如：宗祠；神祠；先賢祠。

【祠堂】古代祭祀祖宗、鬼神或"先賢"的廟堂。後世封建宗族宗祠亦通稱祠堂。

祘　(suàn)⑧syn³[算]"筭"的古文。計數用的籌碼。參見"筭❶"。

六畫

祥　(xiáng)⑧tsœŋ⁴[詳]❶吉利。如：吉祥。❷喪祭名目。參見"小祥"、"大祥"。

【祥瑞】吉祥的徵兆。

祧　(tiāo)⑧tiu¹[挑]❶祖廟；祠堂。❷遠祖廟。引申爲遷去神主之稱。如：不祧之祖。❸承繼爲後嗣。如：承祧；一子兼祧。

票　㊀(piào)⑧piu³[漂]❶行動迅疾的樣子。引申爲勁疾。見"票姚"。❷標出。用作標識的紙條。如：票簽。❸作爲憑證的紙片。如：車票；選舉票。❹對某些戲曲或曲藝非職業演出的一種稱謂。參見"票友"。❺猶言"批"。如：一票貨色。❻指被盜匪綁架勒贖的人。如：綁票；肉票。

㊁(piāo)⑧piu¹[飄]通票"。隨風搖動。

㊂(biāo)⑧biu¹[標]火飛。

【票友】對戲曲、曲藝的非職業演員、樂師等的一種稱謂。相傳清初八旗子弟憑清廷所發"龍票"赴各地演唱子弟書，爲清王朝作宣傳；後來就把非職業演員等稱爲票友。票友的同人組織稱票房。票友演出稱票戲。票友轉爲職業藝人稱下海。

【票姚】勁疾的樣子。漢代以爲武官名號。亦作"嫖姚"、"剽姚"。

【票騎】同"驃騎"。漢代將軍名號。

祭　㊀(jì)⑧dzei³[制]❶指祭祖、供祖或以儀式追悼死者的通稱。如：祭天；祭祖；公祭。❷小說中謂用咒語施放神秘武器。如：祭起一件法寶來。

【祭酒】❶古代饗宴時酹酒祭神的長者。後亦以泛稱年長或位尊者。❷學官名。漢代有博士祭酒，為博士之首。西晉改設國子祭酒，隋唐以後稱國子監祭酒，為國子監的主管官。清末始廢。

祫 (xiá)㊀hap⁹[峽]古時天子諸侯宗廟祭禮之一。集合遠祖先的神主於太祖廟大合祭。三年喪畢時舉行一次，次年祫祭後又舉行一次，以後每五年一次。參見"禘"。

祤 (xǔ)㊀jy⁵[雨]hœy²[許](又)❶古時祭祠求福之意。❷地名。漢代有祋祤縣，屬左馮翊。

七畫

祲 (jìn，又讀jìn)㊀dzɐm¹[針]謂陰陽相侵的災禍之氣。

八畫

祚 (zhà)㊀dza³[乍]古代祭祀名。通作"蜡"。

祺 (qí)㊀kei¹[其]❶吉祥。書信中為祝頌語。如：文祺；時祺。❷安詳的樣子。

祼 (guàn)㊀gun³[貫]❶古代祭祖先時酌鬯澆茅草的儀式。❷即祼圭。有勺的圭，用灌鬯酒。

祿 (lù)㊀luk⁹[六]❶福。❷古代官吏的俸祿。如：俸祿；食祿；高官厚祿。

【祿秩】舊時官吏的俸祿。

禁 ㊀(jìn)㊀gɐm³[罸暗切]❶避忌。如：百無禁忌。❷禁止；指法令或習俗所不允許的事情。如：禁酒；禁煙。❸制止。❹古時皇帝居住的地方。如：禁中；紫禁城。❺拘押。如：監禁；禁閉。引申為監獄。如：禁卒。❻古時存放香鬯的器具，形如方案。❼古代北方少數民族的樂名。

㊁(jìn)㊀gɐm¹[金]❶承受；耐久。如：弱不禁風。❷忍住。如：不禁；失禁。

【禁中】宮中。

【禁火】舊俗清明前一日為"寒食"。寒食不舉

火，故稱"禁火"。

【禁苑】帝王的園囿。

【禁省】即皇宮。亦稱"禁中"、"省中"。

【禁煙】❶猶禁火。❷皇宮裏飄出來的烟霧。❸指禁止吸食鴉片烟。

【禁網】指各種禁令，謂其佈張如網，不可觸犯。

【禁衛】❶宮禁的防衛。❷指帝王的衛兵，即禁衛軍。

【禁錮】❶限制不准做官。❷封閉。

【禁闥】猶禁中。闥，門。古時帝王居處門禁森嚴，非待御親信之臣不得隨便進入，故稱"禁闥"。

【禁臠】《晉書·謝混傳》載，晉元帝未即位前，鎮守建業，時財用不足，每得一豬，視為珍膳。豬的項上肉味美，部下輒以獻帝，不敢自吃，稱為"禁臠"。後用以比喻別人不許染指的獨佔物。

禀 "稟"的異體字。

九畫

禊 (xì)㊀hei⁶[系]祓祭，古人消除不祥之祭，常在春秋二季於水濱舉行。陰曆三月三日上巳修禊，尤為流行。

禋 (yīn)㊀jɐn¹[因]升烟以祭，古代祭天的典禮。引申為祭祀的通稱。

【禋祀】❶古代祭天神的一種禮祭。先燒柴升烟，再加牲體及玉帛於柴上焚燒。❷泛指祭祀。

禍 (禍) (huò)㊀wɔ⁶[戶蛾切]災害；災難。如：大禍臨頭。亦謂作禍、為害。如：禍國殃民。

【禍水】《飛燕外傳》載，趙飛燕有妹合德，美容貌，成帝召入宮，有宣帝時披香博士卓方成，在帝後唾泣："此禍水也，滅火必矣！"按五行家說漢以火德王，此謂趙合德得寵必使漢亡，如水之滅火。後以禍水稱惑人敗事的女子。

【禍胎】猶言禍根。

【禍根】禍患的根源。

【禍不單行】謂不幸的事情接二連三地發生。參見"福無雙至"。

【禍從口出】謂言語不愼，會招致災禍。

【禍棗災梨】亦作"災梨禍棗"。舊時印書，多用棗木梨木雕版，因謂濫刻無用的書爲"禍棗災梨"。

【禍福無門】謂禍福沒有定數，都是人所自取。

禎（祯）(zhēn，又讀 zhēng) ⑩dziŋ¹〔貞〕吉祥。

【禎祥】吉兆。

福 (fú)⑩fuk⁷〔幅〕❶幸福。與禍相對。❷祭祀用的酒肉。❸護佑。❹舊時婦女行禮，斂衽致敬叫福，也叫萬福。

【福氣】指享受幸福生活的命運。

【福至心靈】意謂一個人福氣來了，心竅也就開通了。

【福無雙至】亦作"福無重至"。謂幸運的事不會連續來到。常與"禍不單行"連言。如：福無雙至，禍不單行。

禓（祃）(shāng)⑩sœŋ¹〔商〕jœŋ⁴〔羊〕(又)指強死鬼，即非死於病者。亦指驅逐強死鬼之祭。

禔 (tí)⑩tei⁴〔提〕安福。

禕（祎）(yī)⑩ji¹〔衣〕美好。

禖 (méi)⑩mui⁴〔梅〕古人求子之祭。也指求子所祭的神。

禘 (dì)⑩dei³〔帝〕古代祭名。❶天子諸侯宗廟五年一次的禘祭，與"祫"並稱爲殷祭。殷，盛。合高祖之父以上的神主祭於太祖廟，高祖以下分祭於本廟。三年喪畢之次一禘，此後三年祫，五年禘，禘祫各自相距五年。❷宗廟四時祭之一，每年夏季舉行。春祭叫礿，夏祭叫禘，秋祭叫嘗，冬祭叫烝。

禔 (sī)⑩si¹〔思〕見"禔禔"。

【禔禔】不安的樣子。

十　畫

縈（祡）(yǒng，又讀 yíng)⑩wiŋ⁶〔泳〕wiŋ⁴〔榮〕(又)古代禳災之祭。

禠 (sī)⑩si¹〔詩〕福。

禡（祃）(mà)⑩ma⁶〔罵〕古代軍中祭名。

【禡牙】古時出兵行祭旗禮。

禚 (zhuó)⑩dzœk⁸〔雀〕古邑名。春秋齊地。在今山東省淄縣境。

禎 (zhēn)⑩dzɐn¹〔眞〕謂以眞誠而受福祐。

十一畫

禦（御）(yù)⑩jy⁶〔預〕抵擋。如：禦敵。

【禦侮】抵禦外侮。

禔 同"祺"。

禤 (xuān)⑩hyn¹〔喧〕姓。

潁 "潁"的異體字。

十二畫

禧 (xī，又讀 xǐ)⑩hei¹〔希〕幸福；吉祥。如：年禧；恭賀新禧。

禨（祺）(jī)⑩gei¹〔基〕迷信鬼神和災祥。

【禨祥】❶謂祈求福佑。❷謂吉凶的先兆。

禪（禅）㊀(shàn)⑩sin⁶〔善〕❶古代帝王祭地禮。詳"封禪"。❷以帝位讓人。
㊁(chán)⑩sim⁴〔蟬〕❶佛教用語。禪那（梵文Dhyāna）之略。意謂將散亂的心念集定於一處。參見"禪心"。❷泛指佛教的事物。如：禪杖；禪房。

【禪心】(chán—)佛教用語。謂清靜寂定的心境。

禫 (dàn)⑩tam⁵〔提覽切〕除喪服之祭。

禩 "祀"的異體字。

禜 同"祊"。

十三畫

禬(袷) (guì，又讀huì)㊁kui²〔繪〕❶古人為消災除病而舉行的祭祀。❷古代諸侯聚合財物接濟他國之禮。

禮(礼) (lǐ)㊁lei⁵〔醴〕❶本謂敬神，引申為表示敬意的通稱。如：敬禮；禮貌。❷為表敬意或表隆重而舉行的儀式。如：婚禮；喪禮。❸泛指奴隸社會或封建社會貴族等級制的社會規範和道德規範。❹禮物。如：送禮；禮單。❺古書名。詳"三禮❶"。

【禮防】禮法。儒家謂禮能防亂，故叫"禮防"。

【禮遇】尊敬有禮的待遇。

【禮數】❶古代按名位而定的禮儀等級制度。也指官階品級。禮節。

【禮器】祭器。

十四畫

禰(祢) ㊀(nǐ)㊁nei⁵〔你〕已死父在宗廟中立主之稱。
㊁(mí，舊讀nǐ)㊁nei⁴〔尼〕姓。

禱(祷) (dǎo)㊁tou²〔討〕❶向神祝告祈福。如：禱告；祈禱。❷祝頌。❸請求。書信常於結尾用"為禱"、"至禱"、"是禱"等詞，為表示請求或期望的套語。

十七畫

禳 (ráng)㊁jœŋ⁴〔羊〕祭禱消災。

禴 (yuè)㊁jœk⁹〔若〕同"礿"。古代宗廟四時祭之一。春祭叫祠，夏祭叫禴，秋祭叫嘗，冬祭叫烝。

十九畫

禷(禷) (lèi)㊁lœy⁶〔淚〕古代以特別事故祭天與天神的名稱。與定時的"郊"祭不同。

内 部

四 畫

禹 (yǔ)㊁jy⁵〔雨〕❶蟲名。參見"蝺"。❷傳說中古代部落聯盟領袖。姒姓，名文命。亦稱大禹、夏禹、戎禹。鯀之子。原為夏后氏部落領袖，奉舜命治理洪水。領導人民疏濬江河，導流入海，並興修溝洫，發展農業。被後舜選為繼承人，在舜死後，擔任部落聯盟領袖，傳曾鑄造九鼎。其子啓建立了中國歷史上第一個奴隸制國家，即傳說中的夏代。

【禹甸】指中國的疆域。

【禹迹】猶言"禹甸"，謂大禹治水足迹所至之地，古代借指中國的疆域。

禺 (yú)㊁jy⁴〔如〕區域。

【禺谷】古代傳說中日落的地方。亦作"隅谷"、"虞淵"。

七 畫

卨 (xiè)㊁sit⁸〔屑〕人名"契"的本字。亦作"离"。商代始祖的名字。

八 畫

禽 (qín)㊁kɐm⁴〔琴〕❶鳥類的通稱。亦兼指鳥獸。❷通"擒"。

【禽獸】❶鳥類和獸類；亦單指獸類。❷罵人的話，猶言畜生。

禾 部

禾 (hé)㊁wɔ⁴〔和〕❶即粟。亦為黍稷稻等糧食作物的總稱。❷特指稻。

二 畫

禿 (tū)㉄tuk⁷〔拖屋切〕❶頭無髮；禿頂。引申爲毛羽、枝葉等脫落的形容。如：禿鶖；禿筆；禿樹。❷光着頭；不戴帽子。如：禿着個頭就出去了。

秀 (xiù)㉄sɐu³〔瘦〕❶指禾類植物開花。見"秀而不實"。引申爲草木開花的通稱。❷指草類植物結實。❸狀貌秀麗或才能優異。如：山明水秀。❹宋明間對官僚貴族子弟和有財有勢的人的稱呼。如元末明初金陵巨富沈萬山被稱爲"沈萬山秀"或"沈秀"。

【秀才】❶優秀的人才。❷漢以來爲薦舉人才科目之一。南北朝時最重此科。唐初置秀才科，後漸廢去，僅作爲一般儒生的泛稱。明清專用以稱府、州、縣學的生員。

【秀發】本謂植物生長茂盛。後常用"秀發"形容人的神采、儀表。

【秀才人情】秀才貧窮者多，故常稱交際餽贈禮之薄者爲"秀才人情"。

【秀外惠中】外表秀美，內心聰明。惠，通"慧"。今多作"秀外慧中"。

【秀而不實】莊稼吐花而沒有結實，本比喻"德業"已有相當成就而早年夭折。後用以比喻只學到一些皮毛，實際上並無成就。

【秀色可餐】極言婦女容色之美。

私 (sī)㉄si¹〔思〕❶個人的；自己的。與"公"相對。如：私事；私己。引申爲私家的財產。如：家私。又引申爲利己。如：自私自利。❷偏愛。❸秘密；不公開。如：陰私；私下。引申爲曖昧、不合法的。如：私通；走私；私貨。❹男女陰部。如：私處；私病。❺古時女子稱姊妹之夫爲私。

【私人】❶個人的；自己的。如：私人藏書。❷親戚朋友或以私交私利相依附的人。❸古時公卿或大夫的家臣。

【私田】中國奴隸制社會中，國王(天子)以下各級奴隸主稱其所佔有的土地爲私田。至春秋末期，則稱新興地主階級所佔有的土地爲私田。戰國時，土地準許買賣，開始確立私有土地制。其後即專指私人所佔有的土地。

【私曲】偏私阿曲的行爲。亦指私衷。

【私房】舊時大家庭制，弟兄同居，稱各自的住室爲"私房"。亦指個人私下的積蓄。

【私門】❶指行私請託的門路。❷猶"家門"。指權貴大臣之家。

【私昵】指所親幸、寵愛的人。

【私家】❶古代大夫以下之家。❷私人家裏。❸猶言私人。

【私累】(—lèi)猶言家累，指個人的家庭負擔。

【私淑】舊時文人往往對自己所敬仰而不得從學的前輩，自稱爲"私淑弟子"。

【私謁】因私事而干求請託。

【私謚】古時士大夫死後由親屬、朋友或門人給予的謚號。如：晉陶潛，由顏延之定謚爲靖節。

【私憤】個人的怨恨。

【私諱】封建士大夫以父、祖的名字爲"私諱"，也稱"家諱"。

三畫

秆 "稈"的異體字。

秈 "籼"的異體字。

秉 (bǐng)㉄biŋ²〔丙〕❶古量名。十六斛。❷執持。如：秉筆直書。❸執掌；主持。如：秉國；秉政；秉公辦理。❹通"柄"。權柄。❺通"稟"。稟受。如：秉性。

【秉燭夜游】秉，執持，亦作"炳"。謂及時行樂。

秊 "年"的異體字。

四畫

秋 (qiū)㉄tsɐu¹〔抽〕❶一年四季中的第三季，陰曆的七月至九月。❷指三個月的時間。如：一日不見，如隔三秋。❸莊稼成熟的時期。如：麥秋。引申爲收成。如：有秋。❹年。如：千秋萬歲。❺日子；時期。如：多事之秋；存亡危急之秋。

【秋千】亦作"鞦韆"。傳統體育遊戲。在木架上懸掛兩繩，下拴橫板。玩者在板上或站或坐，兩手握繩，使前後擺動。相傳係春秋時齊桓公由北方山戎傳入。一說起於漢武帝時，武帝願千秋萬壽，宮中因作千秋之戲，後倒讀爲秋千。

【秋分】二十四節氣之一。此日，同春分一樣，太陽幾乎直射赤道，晝夜幾乎等長。其後太陽更向南移，北半球晝短夜長。天文學上，規定秋分爲北半球秋季開始。參見"二十四節氣"。

【秋水】❶秋天的水。❷比喻清澈的神色。❸比喻清澈的眼波。

【秋收】謂秋季收割農作物。亦指秋季農作物的收成。

【秋社】古代祭祀土神的日子，一般在立秋後第五個戊日。參見"社日"。

【秋波】比喻美女的眼睛，謂其像秋水一樣清澈明亮。

【秋風】❶秋天的風；西風。❷同"抽豐"。指利用各種借口向人索取財物。特指向在任官員乞求餽遺。參見"打秋風"。

【秋娘】唐宋歌妓女伶多用"秋娘"爲名。後遂用爲妓女的通稱。

【秋荼】秋荼枝葉繁密，比喻刑法繁苛。

【秋毫】❶鳥獸在秋天新長出來的細毛。比喻極細小的事物。亦作"秋豪"。❷指毛筆。

【秋陽】炎熱的太陽。

【秋禊】古人於陰曆七月十四日臨水祓除，以消除不祥，稱爲"秋禊"，以別於季春上巳的春禊。

【秋節】❶指陰曆八月十五日，即中秋節。❷指陰曆九月九日，即重陽節。❸泛指秋季。

【秋聲】指秋天的風聲、落葉聲和蟲鳥聲等。

【秋闈】明清科舉制度，每三年的秋季，由朝廷派出正副主考官，在各省省城舉行一次鄉試。錄取的稱舉人。闈是考場的意思。亦稱"秋試"。

【秋顏】衰老的容貌。

【秋老虎】指立秋以後仍然十分炎熱的天氣。

【秋風過耳】比喻漠不關心。亦作"風過耳"。

【秋毫無犯】絲毫不加侵犯，多形容軍隊紀律嚴明。參見"秋毫"。

【科】(kē)⑧fo¹[花呵切]❶品品；等級。❷科舉制取士的規格和年分。如：登科；父子同科。❸謂徵收或判刑。如：科税；科刑。❹課程或業務的類別。如：工科；文科；內科；外科。❺機關按工作性質分設的管理單位。如：人事科；總務科。❻生物分類系統上所用的等級之一。如：犬科；薔薇科。❼戲曲術語。"科汎"(亦作"科泛"、"科范")的簡稱。指元雜劇劇本中關於動作、表情的舞臺指示，如笑科、打科、見科等。與傳奇劇本中的"介"相同。

【科斗】同"蝌蚪"。蛙、蟾蜍、蠑螈等兩棲動物的幼體。身體橢圓，尾大而扁，游泳水中。

【科白】戲曲中角色的動作和道白。

【科目】❶學術及其他事物按性質所分的類別。❷指隋唐以來分科選拔官吏的名目。❸教學科目的簡稱。如普通中小學的數學、語文等。與科課程。

【科班】舊時招收兒童，培養爲戲曲演員的教學組織。一般常用來比喻爲正規的教育或訓練。如：科班出身。

【科條】法令條規。

【科第】❶評定科目和等第，是漢代選拔、考核官吏的一種制度。❷科舉考試。

【科場】科舉考試的場所。

【科頭】謂不戴帽子。

【科舉】從隋唐到清代分科考選文武官吏後備人員的制度。唐代選士的科目很多，每年舉行。唐明清代文科只設進士一科，考八股文，武科考騎射、舉重等武藝，每三年舉行一次。

【秒】(miǎo)⑨miu⁵[眇]❶禾芒。引申爲細微。參見"秒忽"。❷時間單位。六十秒爲一分。❸圓周角的計算單位。六十秒爲一分，六十分爲一度。❹古代長度單位，一寸的萬分之一。

【秒忽】猶言"絲毫"。比喻細微。

【秔】"粳"的異體字。

【秕】(bǐ)⑨bei²[比]❶中空或不飽滿的穀粒。❷壞；不良。見"秕政"。❸壞。❹通"纰"。見"秕謬"。

【秕政】指不良的政治措施。

【秕謬】猶秕繆。錯誤。

【秕糠】秕穀和米皮，比喻瑣碎無用的東西。

秖 "祇"的異體字。

秏 "耗"的本字。

种 ㊀(chóng)⑧tsun⁴〔蟲〕姓。
㊁"種"的簡化字。

五畫

秘 ㊀(mì)⑧bei³〔臂〕不易測知的；不公開的。如：神秘；秘密；秘而不宣。
㊁(bì)同㊀通"閟"。如：便秘。

【秘書】❶古代官名。中國自秦漢以來，歷代封建王朝曾設有尚書、秘書監、秘書令、秘書丞、秘書郎等官職，掌管官員向皇帝奏事的奏摺函牘和皇帝宣布命令的宣示，以及宮禁的圖籍等等。❷使館中介於參贊和隨員之間的外交人員。分一等秘書、二等秘書和三等秘書。受使館首長之命，進行工作。享有外交特權與豁免。❸宮禁裏的藏書。❹協助主管工作的人員。

【秘器】棺材。

租 (zū)⑧dzou¹〔遭〕舊指田賦。亦泛指稅收。❷租賃。如：出租；承租；召租；租金。也用爲租金的略稱。如：房租。

秠 (pī)⑧pei¹〔丕〕一種黑黍。

秣 (mò)⑧mut⁸〔抹〕❶牲口的飼料。❷餵養。

【秣馬厲兵】亦作"秣馬利兵"、"厲兵秣馬"。餵飽戰馬，磨快武器，謂做好作戰準備。

秤 (chèng)⑧tsiŋ³〔雌慶切〕衡量輕重的器具。如：市秤；戥秤。

秦 (qín)⑧tsœn⁴〔巡〕❶古部落名。嬴姓。相傳是伯益的後代。居於大丘（今陝西興平東南）。❷古國名。開國君主是秦莊公子秦襄公，因護送周平王東遷有功，被周分封爲諸侯。春秋時建都於雍（今陝西鳳翔），佔有今陝西中部和甘肅東南端。公元前221年秦王政（即秦始皇）

統一中國，建立秦代。❸陝西省的簡稱。❹朝代名。中國歷史上第一個專制主義中央集權的封建王朝。公元前221年秦王政統一中國，自稱始皇帝，建都咸陽。公元206年爲劉邦、項羽所滅。共歷二世，統治十五年。❺古邑名。即秦城、秦亭，在今甘肅清水縣東北。秦代祖先非子始封於此，是秦的最早都邑。❻漢時西域諸城國稱中國爲秦。後來西方國家通稱中國爲支那，蓋即"秦"音之變。

【秦庭】《左傳·定公四年》載，春秋時，吳國進攻楚國，楚臣申包胥奉命到秦國求援，在秦庭倚牆而哭，歷七日夜哭聲不絕，秦王遂出兵援楚。後因謂向別國請求救兵爲"秦庭之哭"。

【秦晉】春秋時，秦晉兩國世爲婚姻，後因稱兩姓聯姻爲"秦晉之好"。

【秦越】古代秦越兩國，一在西北，一在東南，相去極遠。後因稱疏遠隔膜，互不相關爲"秦越"。

【秦箏】古代弦樂器的一種。相傳秦人蒙恬製，故名。

【秦鏡】《西京雜記》卷三載，秦始皇有一面鏡子，能照見人心及五臟六腑，知道心的邪正。後因用以稱頌官吏精明，善於斷獄。如：秦鏡高懸。

【秦吉了】鳥名，即鷯哥。

秧 (yāng)⑧jœŋ¹〔央〕❶水稻的幼苗。❷泛指可以移植的幼苗。如：樹秧；菜秧。❸用來培養的初生動物。如：魚秧；豬秧。

秩 (zhì)⑧dit⁹〔迭〕❶官吏的俸祿。引申以指官吏的職位或品級。❷秩序；常度。❸十年爲一秩。如：七秩大壽。

【秩序】人或事物所在位置，含有整齊守規則之意。如：遵守秩序；社會秩序良好。

【秩滿】官吏任期屆滿。亦稱"俸滿"。

秫 (shú)⑧sœy⁹〔遂〕即黏高粱。多用於釀酒。

秬 (jù)⑧gœy⁶〔巨〕黑黍。

【秬鬯】古代用黑黍和香草釀造的酒，用於祀降神。

秭 (zǐ)⑨dzi²〔子〕數目。十萬爲億，十億爲兆，十兆爲垓，十垓爲秭。

秝 (lì)⑨lik⁹〔力〕稀疏而均勻的樣子。

六　畫

秸 (jiē)⑨gai¹〔皆〕農作物的莖稈。如：麥秸〔豆秸。

移 (yí)⑨jy⁴〔宜〕❶挪動；遷移。如：移植，移交。❷改變；動搖。如：移風俗；堅定不移。❸舊時公文的一種，行於不相統屬的官署間。如：撤移；移文。

【移時】歷時；經時。

【移情】變易人的情志。

【移晷】日影移動，猶言經過了一段時間。

【移禍】猶嫁禍，把禍患轉嫁給別人。

【移山倒海】移動山嶽，倒翻大海。舊時常用以形容神仙法術的神妙。今以比喻人類征服自然、改造自然的偉大力量和氣魄。

【移花接木】把某種花木的枝條嫁接在別的花木上。比喻暗中使用手段，更換人或事物。

【移風易俗】轉移風氣，改變習俗。

【移樽就教】樽，酒杯。指移坐到別人席上共飲，以便求教。也比喻主動地去向人請教。

秗 同"垼"。

七　畫

稀 (xī)⑨hei¹〔希〕❶疏；不密。如：地廣人稀；月明星稀。❷薄；不稠。如：稀飯。❸少；難得。如：人生七十古來稀。

【稀罕】亦作"希罕"。少有的；難得的。亦謂以其稀有而珍視。

【稀飯】粥。

稂 (láng)⑨lɔng⁴〔狼〕莠一類的草，對禾苗有害。參見"稂莠"。

【稂莠】稂和莠都是形似禾苗的害草。比喻壞人。

稃 (fū)⑨fu¹〔呼〕❶同"稃"。即麩。❷米粒的外殼。

稅 (shuì)⑨sœy³〔歲〕國家的稅收。

稈 (gǎn)⑨gɔn²〔趕〕禾本科植物的莖。

稊 (tí)⑨tei⁴〔題〕❶一種形似稗的草，實如小米。❷通"荑"。植物的嫩芽。

程 (chéng)⑨tsing⁴〔情〕❶古度量衡。❷度量總名。❸法式；規章。如：程式；規程；章程。❹進度；期限。如：程度；程序；日程；課程。❺道里；路途。如：路程；途程；旅程；歷程。

【程序】按時間先後或依次安排的工作步驟。如：工作程序；醫療程序。

【程度】知識、能力的水平。如：文化程度。也指事物發展所到達的地步。

【程門立雪】《宋史·楊時傳》載，楊時往見程頤，適頤偶瞑坐，時侍立不離去。頤醒時，門外雪深一尺。後用爲尊師重道的故實。

稌 (tú)⑨tou⁴〔徒〕稻。一說專指糯稻。

稍 (shāo，又讀shào、shāo)⑨sau²〔沙考切〕❶本義爲禾末，引申爲小意。又引申爲稍微。

秜 (lǚ)⑨lœy⁵〔呂〕亦作"穭"、"旅"。不種自生的穀物。

稉 "粳"的異體字。

八　畫

砑 (yà)⑨a³〔亞〕見"㩉砑"。

稑 (lù)⑨luk⁹〔陸〕同"穋"。後種先熟的穀類。

稔 (rěn)⑨nɐm⁵〔尼荏切〕❶莊稼成熟。如：豐稔。❷年。古代穀一熟爲年，故亦謂年爲稔。❸熟悉；知。如：相稔；稔知。

稗 (bài)⑨bai⁶〔敗〕❶亦稱"稗子"、"稗草"。植物名。一年生草本。適應性強，多生於沼澤，爲稻田主要雜草。❷

小。見"稗官"。

【稗官】小官。《漢書・藝文志》有"小說家者流，蓋出於稗官"之語，後因用為小說或小說家的代稱。

稘 (jī)⑧gei¹〔機〕"朞"的本字。亦作"期"。一周年。

稙 (zhí)⑧dzik⁹〔直〕早種的穀類。

稚 (zhì)⑧dzi⁶〔自〕❶晚植的穀類。引申為幼小。❷幼小。如：稚子。

【稚子】❶幼兒。❷即青子，貴族子弟。

【稚齒】年少。

稛 (kǔn)⑧kwen²〔菌〕用繩索捆束。見"稛載"。

【稛載】猶言滿載、重載。

稜 "棱"的異體字。

稞 (kē)⑧fo¹〔科〕大麥的一種，通稱稞大麥。

稟 (bǐng，舊讀bǐn)⑧ben²〔品〕❶受；承受。如：稟性；稟承。❷對上陳述。如：稟告；稟陳。

㊀(lǐn)⑧lem⁵〔凜〕通"廩"。給予糧食。

【稟命】❶謂所受於天的命運或體氣。❷命，指命令。猶言承命，請命。

【稟受】承受。常指承受於自然的體性和氣質。

【稟賦】猶天資。指天資或體質。

稠 (chóu)⑧tseu⁴〔酬〕❶多而密。如：稠人廣眾。❷濃厚。如：稠粥。

【稠直】既密且直。

【稠濁】多而繁亂。

【稠人廣眾】指羣眾或羣眾聚集之地。

稒 (gù)⑧gu³〔固〕〔稒陽〕古縣名。戰國魏固陽邑。西漢置稒陽縣。治所在今內蒙古自治區 包頭市附近。東廢廢。

稖 (bàng)⑧boŋ⁶〔磅〕稖頭，也作"棒頭"，即玉米。

九 畫

䅟 "糝"的異體字。

稭 "秸"的異體字。

種(种) (zhǒng)⑧dzuŋ²〔腫〕❶植物的種子。如：穀種；花種。❷人和其他生物的族類。如：傳種；絕種；黃種；黑種；白種。引申為後嗣。❸類別；樣式。如：各種各樣。❹即物種。生物分類系統上所用的基本單位。❺邏輯範疇。同"屬"相對。一類事物包含另一類事物，後者是前者的種。如"自然科學"是"科學"的種。

㊀(zhòng)⑧dzuŋ³〔眾〕把植物的種子或秧苗埋入土中使它生長。如：栽種；種樹。引申為培養。如：種痘。又引申為散佈。如"種"種"。

【種德】(zhòng—)猶積德。謂施恩德於人。

【種瓜得瓜】(種zhòng)比喻造什麼因，就得什麼果。

稱(称) ㊀(chēng)⑧tsiŋ¹〔青〕❶號。亦指名號。如：簡稱；別稱。❷聲言；聲稱。如：稱病；稱揚。如：稱道。

㊁(chēng)⑧tsiŋ³〔秤〕衡量輕重。

㊂(chèn)⑧tsiŋ⁴〔秤〕tsen³〔趁〕(又)適合；相副。如：稱心如意；銖兩悉稱。

㊃同"秤"。

【稱心】(chèn—)恰合心願。如：稱心如意。

【稱引】猶援引。指援引古義或古事以暗示或證實自己的主張。

【稱制】❶代行皇帝的職權。❷自稱皇帝。

【稱貸】稱，舉。向人告貸。

【稱意】(chèn—)合意；滿意。

【稱衡】(chèn—)猶"抗衡"，不相上下。

【稱職】(chèn—)才能與職位相稱。

【稱王稱霸】王，古代的帝王；霸，古代諸侯聯盟的首領。比喻專橫跋扈，獨斷獨行。也比喻狂妄地以首腦自居。

十 畫

稷 (jì)⑧dzik⁷〔跡〕❶中國古老的食用作物。即粟(穀子)。一說稷為高粱。❷古代主管農事的官。❸五穀之神。

稹 (zhěn)⑧tsen²〔珍〕❶草木叢生。❷通"縝"。細密。

稗　"稗"的異體字。

稻　(dào)⑧dou⁶〔道〕植物名。中國主要糧食作物之一。一年生草本。
【稻粱謀】指禽鳥尋覓食物。亦用以比喻人謀求衣食。

稼　(jià)⑧ga³〔嫁〕❶播種五穀。❷莊稼。
【稼穡】播種和收穫。泛指農業勞動。

稽　㊀(jī)⑧kei¹〔溪〕❶留止；延遲。❷考核；點數。如：無稽之談。❸計較；爭論。如：反脣相稽。
㊁(qǐ)⑧kei²〔啟〕❶叩頭至地。見"稽首"、"稽顙"。❷通"棨"。棨戟。
【稽古】猶言考古。
【稽首】(qǐ—)古時一種跪拜禮。叩頭到地。
【稽留】停留；羈留。
【稽遲】遷延；滯留。
【稽顙】(qǐ—)古時一種跪拜禮。屈膝下拜，以額觸地，居喪答拜賓客時行之，表示極度的悲痛和感謝。或於請罪、投降時行之，表示極度的惶恐。
【稽驗】考核；檢驗。

稿　(gǎo)⑧gou²〔哥好切〕❶稻、麥的稈子。❷詩文的草稿。作者自己已刊行的詩文也常謙稱爲稿。如：陸游有《劍南詩稿》。
【稿砧】同"藁椹"。
【稿椹】(—zhēn)亦作"藁砧"。稿，稻草。椹，砧板。古時行斬刑時用具。

藁　"稿"的異體字。

穀(谷)　(gǔ)⑧guk⁷〔菊〕❶莊稼和糧食的總稱。如：五穀；穀物。❷贍養；善。❸良好。參見"穀旦"。
【穀旦】晴朗美好的日子。舊時常用爲吉日的代稱。
【穀雨】二十四節氣之一。穀雨前後，中國大部分地區降雨量比前增加，有利作物生長。參見"二十四節氣"。
【穀道】❶古代方士求取長生不老的方術。❷直腸到肛門的一部分。
【穀穀】鳥鳴聲。
【穀賤傷農】指豐收之時，商人盡量抑低穀

價，使農民糶穀所得反而減少。

穄　(jì)⑧dzei³〔祭〕也叫麋子，即黍之不黏者。

穅　"糠"的異體字。

穆　(mù)⑧muk⁹〔目〕❶嚴肅；美好。❷溫和。❸通"默"。沉默。❹古時宗廟制度，父居右爲昭，子居左爲穆。詳"昭穆"。
【穆清】《詩·大雅·烝民》有"穆如清風"之語，謂像清和的風化育萬物。後多用以頌揚廟堂或有才有德的人。亦用以比喻清平之時。
【穆穆】儀表美好，容止端莊恭敬。多用以頌揚帝王。

穇(穇)　(cǎn)⑧sam¹〔衫〕亦稱"穇子"、"湖南稷子"。植物名。稗的變種。一年生草本。子粒供食用或作飼料。

穈　(mén)⑧mun⁴〔門〕穀的一種。

穌(稣)　"蘇"的本字。

積(积)　(jī)⑧dzik⁷〔即〕❶聚；儲蓄。如：積穀；積肥；積累。❷積久而成的。如：積習；積弊；積怨；積重難返。❸留滯。如：積食。❹數學名詞。諸數相乘的結果稱爲這些數的"積"。
【積重】㊀(—chóng)猶言積蓄。㊁(—zhòng)謂習慣很深，不易革除。如：積重難返。
【積習】長期養成的習慣。
【積漸】由小到大，由淺到深，逐漸形成。
【積毀銷骨】謂一次又一次的毀謗，久而久之足以致人於毀滅之地。

穎(颖)　(yǐng)⑧wing⁶〔泳〕亦稱"穎片"。禾本科植物小穗基部的二枚苞片。❷尖端。如：脫穎而出。❸才能秀出；聰穎。
【穎悟】聰明；思路敏捷。多指幼年而言。
【穎脫】亦作"脫穎"。《史記·平原君列傳》

載，平原君以錐處囊中其尖端即露出來比喻賢士之處世，毛遂說，如果我早處囊中，乃穎脫而出，非止露出尖端而已。穎，錐芒。穎脫而出，謂穎全體露出來。後以比喻有才能的人得到機會，即能顯現出來。

穋（lù）⑧luk⁹〔陸〕後種先熟的穀類。

十二畫

穗（suì）⑧sœy⁶〔睡〕❶穀類花實聚成的長條。如：黍穗；稻穗。也泛指穗狀的花。如：杉穗；获穗。❷指燈花或燭花。❸廣州市的簡稱。

種㊀（tóng）⑧tuŋ⁴〔同〕先種後熟的穀類。
㊁（zhòng）⑧dzuŋ³〔眾〕"種"的本字。種植。

稺"稚"的異體字。

十三畫

䅤（suì）⑧sœy⁶〔睡〕❶同"穗"。❷見"䅤䅤"。
【䅤䅤】形容禾苗茂盛。

穠（秾）（nóng）⑧nuŋ⁴〔農〕形容花木繁盛。

穡（穡）（sè）⑧sik⁷〔色〕收穫穀物。❷通"嗇"。吝惜。
【穡夫】古代指從事農業生產的人。

穢（秽）（huì）⑧wei³〔畏〕❶田中多草；荒蕪。❷汚濁；骯髒。如：自慚形穢。❸淫亂；猥褻。如：淫穢；穢亂。亦泛指穢惡。
【穢行】淫亂的行爲。
【穢褻】下流骯髒，多指男女間放蕩不檢的言語行爲。亦作"猥褻"。

十四畫

穧（穧）（jì）⑧dzvi³〔制〕已割而未收的農作物。

穨"頹"的異體字。

穩（稳）（wěn）⑧wen²〔搵〕❶平穩；穩定。❷妥帖；工穩。❸有把握。如：十拿九穩。❹誘使人暫緩行動。
【穩便】❶穩妥便利。❷猶言請自便。常用作客套語。
【穩健】❶穩而有力。如：步履穩健。❷慎重，不輕浮冒失。如：作事穩健。
【穩婆】原稱爲宮廷或官府服役的收生婆。後用爲收生婆的別稱。
【穩紮穩打】紮，紮營。本謂步步爲營，採取最穩當的方法來打擊敵人。常用以比喻有把握有步驟地進行工作。

穫（获）（huò）⑧wɔk⁹〔獲〕收割莊稼。

穤"糯"的異體字。

十五畫

䅑（䅑）（bà）⑧ba⁶〔罷〕見"䅑䅑"。
【䅑䅑】亦作"把䅑"、"罷亞"。稻搖擺狀，亦稻名。

穭（lǚ）⑧lœy⁵〔呂〕同"稆"。亦作"旅"。穀物不待種而生。

十七畫

穰㊀（ráng）⑧jœŋ⁴〔羊〕❶禾莖中白色柔軟的部分。如：秫秸穰。亦指果類的肉，義同"瓤"。❷莊稼豐熟。
㊁（ráng）⑧jœŋ⁶〔壤〕興盛；興旺。如：人稠物穰。

二十畫

穮"秋"的異體字。

穴　部

穴 (xué)⑩jyt⁹〔月〕❶土室；巖洞。引申爲動物的窠巢。如：虎穴；鼠穴。❷洞孔；窟窿。引申爲穿洞。如：穴地；穴居。❸墓壙。❹指事物的歸宿處。如：結穴。❺人身要害處。如：穴道；點穴。特指中醫針灸所刺的部位。

【穴居野處】(處chǔ)謂人類未有房屋前的生活狀態。

一畫

"挖"的本字。

二畫

究 (jiū，舊讀jiù)⑩geu³〔救〕❶溪流的盡處。❷窮盡；終極。❸徹底推求。如：追根究底。❹畢竟；到底。如：究屬不安。

【究竟】❶猶言窮盡。❷完畢；結束。❸到底；畢竟。如：究竟如何；究竟不錯。

三畫

穸 (xī)⑩dzik⁹〔夕〕見"窀穸"。

穹 (qióng)⑩kuŋ⁴〔窮〕❶像天空那樣中間隆起而四面下垂的形狀。參見"穹隆❶"。亦即以爲天空的代稱。如：上穹；蒼穹。參見"穹蒼❶"。❷泛指高大。❸深。見"穹谷"。

【穹谷】幽深的山谷。

【穹冥】穹隆而窅冥，指天。

【穹隆】亦作"穹窿"。❶天空的形狀，彷彿中央隆起而四周下垂。❷屋頂形式之一。建築物中寬大廳堂上築成圓球形或多邊曲面球形等的屋蓋。通稱"圓頂"。

【穹蒼】即"蒼穹"，指天。

【穹廬】古代以稱遊牧民族居住的氈帳。

空 ㊀(kōng)⑩huŋ¹〔兇〕❶中無所有。如：空手；空心。引申爲罄盡或使罄盡。❷空虛能容受之處。如：空間。又特指天空。如：高空；領空；防空。❸浮泛不切實際。如：空想；空論。❹徒然；無效果。如：空忙；落空。❺佛教認爲事物的現象都有它各自的因和緣，而沒有實在自體，名"空"。

㊁(kòng)同㊀❶間隙；沒有被佔用的空間。如：空地；填空。引申爲可乘的機會。如：空子❷。❷使空；騰出；抽空。❸欠；缺。如：虧空；空額。❹貧窮；空乏。

【空明】❶月光映照下水。以其明澈如空，故稱。❷指天空。

【空空】❶一無所有。如：兩手空空。❷佛教認爲一切事物都無實體叫做空，但空是假名，假名亦空，因稱"空空"。

【空洞】猶空虛。亦指文辭沒有內容或不切實際。

【空拳】空手，謂沒有武器。如：赤手空拳。

【空濛】形容細雨迷茫。

【空中樓閣】本謂"海市蜃樓"。常比喻脫離實際的理論或虛構的事物。

【空穴來風】比喻流言乘隙而入。

【空谷足音】空谷中的足聲。比喻難得的音信或事物。

【空谷傳聲】人在山谷裏發出聲音，立可聽到回聲。

【空室清野】亦作"空舍清野"。在敵人來犯的時候，把家裏的東西和田裏的農產物收藏起來，不讓敵人掠奪、利用。參見"堅壁清野"。

四畫

穽 "阱"的異體字。

穿 (chuān)⑩tsyn¹〔川〕❶刺孔；鑿通。如：穿耳；穿山。❷洞孔。引申爲壙穴。❸通過；連通。如：穿針；穿梭；穿通；穿越。❹透；破。如：看穿；說穿；戳穿；拆穿。❺著衣服鞋襪。如：穿著；穿戴。

【穿梭】謂來去不停，像織布時的梭子一樣。

【穿窬】(窬，穿壁；窬，通"踰"，逾牆。指盜竊的行爲。

【穿鑿】猶言附會。任意牽合意義以求相通。

窀 (zhūn)⑧dzœn¹〔津〕見"窀穸"。

【窀穸】葬穴。

突 (tū)⑧det⁹〔凸〕❶急衝；衝撞。如：突破；突圍；衝突。❷急猝；急然。如：突擊；突飛猛進。❸凸出；鼓起。如：突出；突起。❹烟囱。如：曲突徙薪。

【突兀】❶高聳特出的樣子。❷突然；出於意外。如：這消息來得突兀。

【突破】❶軍事學上指在敵防禦陣地上打開缺口的行動。目的是突入敵方防禦縱深，分割包圍，各個滅殲敵人。❷衝破；打破。如：突破難關；突破紀錄。

【突圍】突破包圍。軍事學上指軍隊突破敵人包圍的作戰行動。目的是保存力量，以利再戰。

【突擊】軍事名詞。軍隊進攻時集中兵力對敵人進行急速而猛烈的打擊。引申為在最短時間內集中力量完成一項任務。

【突騎】(一ji)衝鋒陷陣的精銳騎兵。

【突變】突然發生變化。如：風雲突變。❷哲學上指事物由一種質向另一種質的轉化，即質變或飛躍。

突 (yào)⑧jiu³〔要〕同"突❶"。見"突夏"。

【突夏】"夏"亦作"厦"。結構深邃，不受外間寒氣侵襲的大屋。

五　畫

窄 (zhǎi，讀音 zé)⑧dzak⁸〔責〕❶狹隘；狹小。如：道窄；心窄。❷生活不寬裕。

窅 (yǎo)⑧jiu²〔妖〕❶本眼睛眼球深陷，引申為深遠望。❷形容所見深遠。

【窅窅】同"窈窈"。❶陰晦。❷深邃。

【窅窅】同"窈窈"。

【窅靄】同"窈靄"。

窆 (biǎn)⑧bin²〔貶〕落葬。

窈 (yǎo)⑧miu⁵〔秒〕jiu²〔妖〕(又)❶幽遠。❷見"窈窕"。

【窈眇】亦作"要眇"、"幼眇"。美妙；美好。

【窈窈】亦作"杳杳"。❶陰晦；不願著。❷深奧；深遠。

【窈冥】亦作"窈冥"。形容深遠難見。

【窈窕】❶美好的樣子。❷猶言妖冶。❸深遠的樣子。

【窈靄】亦作"窈靄"。深遠的樣子。

窌 (jiào)⑧gau³〔教〕地窖。

窊 (wā)⑧wa¹〔蛙〕❶地勢陷下。見"窊隆"。❷屋的東南隅。

【窊隆】謂地形窪下和隆起，引申為起伏、高下。

六　畫

窒 (zhì)⑧dzet⁹〔姪〕❶阻塞；不通。如：窒塞窒。窒塞。❷遏止。

【窒息】❶窒塞呼吸。由於呼吸障礙，人體內缺氧和二氧化碳蓄積過多所引起的病理狀態。❷比喻事物受阻礙，不得發揚或發展。

【窒礙】有障礙；行不通。如：窒礙難行。

窅 (yào，又讀yāo)⑧jiu³〔要〕❶窯底。❷屋的東南隅。

窕 ㊀(tiǎo)⑧tiu⁵〔題子切〕❶多餘地；不充滿。引申為虛假不實。❷通"誂"、"挑"。逗引。❸見"窈窕"。

㊁(yáo)⑧jiu⁴〔姚〕同"姚"。見"窕冶"。

【窕冶】(yáo—)同"姚冶"。浮薄；輕佻。

窰 "窯"的異體字。

窐 (wā)⑧wa¹〔蛙〕同"窪"。低下。

窓 "窗"的異體字。

七　畫

窖 (jiào)⑧gau³〔教〕❶收藏物品的地室。❷指用心的深沉或深刻。

窗 (chuāng)⑧tsœŋ¹〔昌〕設在房屋、車船等的頂上或壁上用以透光通風的口子，一般裝有窗扇。古時僅指天窗。

窘 (jiǒng)粵kwɐn³〔困〕❶貧困。如：生活很窘。❷困惑；爲難。如：窘態畢露。❸受到困迫。

【窘步】因行步迫促而感到困難。

【窘迫】處境困急。

八 畫

窞 (dàn)粵dam⁶〔淡〕深坑。

窟 (kū)粵gwɐt⁹〔掘〕fɐt⁷〔忽〕(又)❶土室。❷泛指水陸動物所潛藏的洞穴。❸人衆聚集的地方。現僅指歹人聚集之所。如：盜窟。❹見"窟籠"。

【窟窿】即"窟籠"。

【窟籠】洞；孔。

窠 (kē)粵fɔ¹〔科〕wo¹〔窩〕(又)❶巢穴。泛指鳥獸昆蟲棲息的處所。如：鳥窠；狗窠；蜂窠。❷借指人安居或聚會的處所。

【窠臼】陳舊的格調；老一套。

窣 (sū)粵sɶt⁷〔恤〕❶突然鑽出來。引申爲縱躍。❷象聲詞。見"窸窣"。

九 畫

窨 ㊀(yìn)粵jɐm³〔蔭〕❶地下室；地窖。如：地窨；窨室。❷藏在地窖裏。如：窨藏。

㊁(xūn)粵fɐn¹〔分〕同"熏"。用於窨茶葉。

窩(窝) (wō)粵wɔ¹〔倭〕❶泛指鳥獸昆蟲棲息的處所。如：豬窩；雞窩；蟻窩。❷借喻人藏匿或安身之處。如：賭窩；安樂窩。❸凹陷處。如：心口窩兒。❹藏匿。見"窩藏"。

【窩藏】私藏罪犯、違禁品或贓物。

窪(洼) (wā)粵wa¹〔蛙〕❶小水坑。❷低凹；深陷。如：窪地。

窬 (yú)粵jy⁴〔俞〕❶中空。❷通"踰"。見"穿窬"。❸通"覦"。見"窺窬"。

窫 (yà)粵at⁸〔壓〕見"窫窳"。

【窫窳】❶古代傳說中的怪獸名。又作"猰貐"。❷比喻虐害。

十 畫

窮(穷) (qióng)粵kuŋ⁴〔邛〕❶困窘。❷貧困。見"窮乏"。❸極；盡。如：窮奢極侈；無窮無盡。❹尋求到盡頭。如：窮原竟委。

【窮乏】窮困貧乏。亦謂無資蓄。

【窮里】猶窮巷。謂僻巷。

【窮巷】僻巷。

【窮奇】❶古代傳說中的神名。❷傳說中的獸名。❸古以爲凶惡的人的稱號。

【窮鬼】❶傳說中使人貧窮的鬼。❷譏罵窮人的話。

【窮理】窮究事物的道理。

【窮寇】勢窮力竭的敵人。

【窮措大】"措"亦作"醋"。譏稱窮讀書人。參見"措大"。

【窮兵黷武】謂窮竭兵力，好戰無厭。

【窮形盡相】形容盡致的意思。也稱人的醜態畢露。

【窮寇勿迫】本作"窮寇勿迫"。謂對殘敵不要過分逼迫，以防止它作最後的掙扎、反撲，造成自己的損失。

【窮鄉僻壤】荒遠偏僻的地區。

窯 "窰"的異體字。

窳 (yǔ)粵jy⁵〔羽〕❶器物粗劣。❷懶惰。

窰 (yáo)粵jiu⁴〔搖〕❶燒磚瓦陶瓷器的窰。如：瓦窰；缸窰。亦指古代名窰所出的瓷器。如：柴窰；哥窰。❷採煤開鑿的洞。如：窰桶子。❸作爲住屋的山洞或土屋。如：窰洞。❹指妓院。

十一畫

窵(窎) (diào)粵diu³〔弔〕深邃。如：窵遠。

窶(窭) ㊀(jù)粵gɶy⁶〔巨〕貧寒。
㊁(lóu)粵lɐu⁴〔樓〕見"甌窶"。

【窶人子】猶言貧家子。

窸 (xī)㊀sik⁷〔色〕見"窸窣"。

【窸窣】象聲詞。形容拆裂摩擦等較輕微的聲音。

窺(窥) (kuī)㊀kwɐi¹〔規〕從小孔、縫隙或隱僻處偷看。如：管窺；窺探。

【窺涉】猶言關涉、關係。

【窺窬】猶言覬覦，謂窺伺何可乘之隙。亦作"窺覦"、"窺踰"。

窗 "窗"的異體字。

十二畫

窾 (kuǎn)㊀fun²〔款〕空處；中空。

窿 ㊀(lóng)㊀luŋ¹〔拉空切〕見"窟窿"。　㊁(lóng)㊀luŋ⁴〔弄〕穹窿，亦作"穹窿"。參見該條。

窺(窥) (chēng)㊀tsiŋ¹〔青〕❶從孔穴中正視。❷通"赬"。赤色。

窀 (cuì)㊀tsœy³〔脆〕謂挖地造墓穴。也指已造成的墓穴。

十三畫

竄(窜) (cuàn)㊀tsyn³〔寸〕tsyn²〔喘〕(又)❶奔逃；伏匿。如：東奔西竄；抱頭鼠竄。❷放逐。如：流竄。❸改易文字；改。點竄。

竅(窍) (qiào)㊀kiu³〔冀要切〕hiu³〔氣要切〕(又)❶孔穴。❷比喻事情的關鍵。如：訣竅；竅門。

【竅門】能解決困難問題的好方法。

十五畫

竇(窦) (dòu)㊀dɐu⁶〔豆〕❶孔穴。❷地窖。❸端倪。如：疑竇；弊竇。

十六畫

竈(灶) (zào)㊀dzou³〔志澳切〕❶用磚石等砌成，供烹煮食物、燒水的設備。如：煤竈；柴竈；煤氣竈。❷特指煮鹽的鍋爐，因即以爲鹽場的代稱。❸竈神的略稱。如：祭竈；送竈。

【竈地】鹽民聚居設竈煮鹽的地方。

【竈君】竈神。

【竈神】迷信的人在鍋竈附近供的神，認爲他掌管一家的禍福財氣。

十八畫

竊(窃) (qiè)㊀sit⁸〔屑〕❶偷取；盜取。亦指竊物的人。如：小竊。❷猶言私自。常用作表示個人意見的謙辭。如：竊聞；竊思。

【竊位】竊據權位。

【竊竊】形容私語。

【竊位素餐】竊據高位，無功食祿。

立 部

立 (lì)㊀lap⁹〔臘〕❶站。如：立正。❷植；竪。如：立竿見影。❸建立；制定。如：立國；立法。❹建樹；成就。如：立業；立功。❺訂立。如：立約；立契。❻指君主即位。❼即時。如：立時立刻；立等回覆。❽存在；生存。如：自立；獨立。

【立冬】二十四節氣之一。中國習慣作爲冬季開始的節氣。這時黃河中、下游地區即將結冰。參見"二十四節氣"。

【立地】立刻；即時。

【立言】謂著書立說。

【立春】二十四節氣之一。中國習慣作爲春季開始的節氣。這時黃河中、下游地區土壤逐漸解凍。參見"二十四節氣"。

【立秋】二十四節氣之一。中國習慣作爲秋季開始的節氣。正值末伏前後，氣溫開始下降。參見"二十四節氣"。

【立夏】二十四節氣之一。中國習慣作爲夏季開始的節氣。參見"二十四節氣"。

【立極】❶《淮南子·天文訓》載，天的四方盡

頭有撐着天的柱子，爲四極。有一次，共工與顓頊爭，以頭觸不周山，柱折天傾，女媧煉五色石以補蒼天，斷鰲足以立四極。❷古指王朝樹立綱紀，確立統治人民的準則。後亦引申爲樹立最高準則。

【立德】謂樹立德業。

【立錐】形容地方極小。

【立竿影影】把竹竿竪在太陽光下，可立刻看到影子。比喻收效迅速。

四　畫

竑　(hóng)粵wen⁴〔宏〕量度。

五　畫

站　(zhàn)粵dzam⁶〔暫〕❶直立。如：站起來；引申爲立定、不倒。如：站得住；驛站。❷中途暫時停留的地方。如：驛站；車站。❸爲某種業務而設立的機構。如：保健站；觀測站。

竚　"佇"的異體字。

竝　"並"的異體字。

竛　(líng)粵lin⁴〔零〕見"竛竮"。

【竛竮】同"伶俜"。孤貧的樣子。

六　畫

竟　(jìng)粵gin²〔景〕❶本義爲奏樂完畢，引申爲完、盡。如：竟日；竟夜。❷終於；竟然。如：有志者事竟成。❸窮究；根究。❹通"境"。

章　(zhāng)粵dzœŋ¹〔張〕❶表彰；彰明。如：彰記。❷標記；徽章；證章。❸印章。如：蓋章；私章；圖章；文采。❺臣下的奏本。如：奏章；本章。❻音樂一曲爲一章。因亦以稱詩歌的段落。亦泛指詩文的段落。如：篇章；章節。❼條理。如：雜亂無章。❽條款。如：會章；約法三章。

【章句】❶章節與句子。❷漢代儒生以分析章

句來解說經義的一種著作之體。如《春秋》有《穀梁章句》。也用於一般古書，如王逸《楚辭章句》。引申爲訓詁之學。

【章服】古代以日、月、星辰、龍、蟒、鳥、獸等圖文作爲等級標志的禮服。

【章法】❶文章的組織結構。❷辦事的程序。

【章皇】驚惶貌。

【章程】❶法規的一種名稱。❷指政黨、社會團體規定其組織規程或辦事條例的文件。也指企業或事業單位制定的屬於業務性質的規章制度。❸泛指各種制度。

【章臺】❶戰國時秦渭南離宮的臺名。❷漢長安章臺下街名，舊時用爲妓院等地的代稱。

【章回小說】古典長篇小說的一種體裁。全書分成若干回，每一回一般撰出兩句相對仗的題目，概括全回的故事內容。

七　畫

竢　"俟○"的異體字。

竣　(jùn)粵dzœn³〔俊〕退止。引申爲完畢。如：竣工；告竣。

童　(tóng)粵tuŋ⁴〔同〕指奴僕。如：書童；琴童。❷未成年的人。如：孩童；學童。❸牛羊未出角之稱。❹山無草木。見"童山"。亦比喻人禿頂。❺愚昧無知。參見"童昏"、"童蒙"。

【童山】無草木的山。如：童山濯濯。

【童心】兒童的心情；孩子氣。引申爲眞心、眞情實感。

【童昏】愚昧無知。

【童眞】❶猶言童身。❷沙彌別名。

【童蒙】幼稚無知；愚蒙。

【童豎】猶童子。

【童騃】(-ái)年幼無知。亦用爲愚癡之意。

【童養媳】從小由父母包辦訂婚，給婆家領養的媳婦。

竦　(sǒng)粵suŋ²〔鎻〕❶伸長脖子、提起腳跟站着。如：竦立。❷肅敬。❸通"悚"。恐懼。❹通"聳"。往上跳。見"竦身"。

【竦身】猶聳身，縱身上跳。

八 畫

竪 "竪"的異體字。

竫(竫) (jìng)粵dziŋ⁶〔淨〕❶安靜。❷編造。

亷 "廉"的異體字。

九 畫

竭 (jié)粵kit⁸〔揭〕❶乾涸。如：山崩川竭。❷完；盡。如：取之不盡，用之不竭。

【竭誠】竭盡忠誠；全心全意。如：竭誠服務。

【竭蹶】❶力竭而顛蹶。❷資財匱乏。

【竭澤而漁】戽乾池水捉魚，比喻全部搜括，不留餘地。

端 (duān)粵dyn¹〔低淵切〕❶正。如：端楷；端坐；品行不端。❷頭；頭緒。如：筆端；尖端。引申爲緣由。如：爭端。❸雙手捧物。如：端茶。❹究竟；真正。❺項目；點。如：舉其一端。

【端日】即陰曆正月初一日。

【端午】❶陰曆五月初五日，民間節日。本名"端五"。亦名爲"端陽"、"重五"、"重午"。❷泛指初五日。

【端的】❶真的；果然。❷究竟；底細。

【端相】細看；審視。

【端倪】❶頭緒。❷邊際。亦謂推測始末。

【端揆】指宰相。因宰相居百官之首，總持朝政，故稱。

【端陽】即端午。

【端肅】恭敬嚴肅。書信中對長輩表示敬意的用語。亦用爲婦人行禮之稱。

【端詳】❶端莊安詳。❷猶"端相"。仔細審察。❸始末；詳情。如：細說端詳。

【端蒙】亦作"旃蒙"。十干中乙的別稱，用以紀年。參見"歲陽"。

【端整】猶端莊。

十一畫

塀 (píng)粵piŋ⁴〔平〕見"玲塀"。

十二畫

頊 (頊) (xū)粵sœy¹〔須〕字本作"頊"。等待。

十三畫

嫷 "歪"的本字。

十五畫

競 (竞) (jìng)粵giŋ⁶〔勁〕giŋ³〔敬〕(又)❶比賽；爭逐。如：競技；競走。❷強勁。如：南風不競。

【競爭】❶互相爭勝。❷商品生產者爲爭取有利的產銷條件而進行的相互鬥爭。

【競爽】❶剛強爽朗。❷爭勝。

【競渡】賽船。相傳屈原於五月五日投汨羅江，俗因於是日以龍舟競渡，表示紀念。

【競選】候選人在選舉前作種種活動爭取當選。

竹　部

竹 (zhú)粵dzuk⁷〔足〕❶多年生常綠木質長稈植物，稈直多節，節間中空。❷竹簡。如：罄竹難書。❸八音之一。簫管之屬。

【竹帛】竹簡和白絹，古代供書寫之用。亦用以指史册。

【竹馬】兒童玩具，當馬騎的竹竿兒。

【竹書】❶用竹簡寫的書。❷特指晉代汲郡所得古文竹書。

【竹報】舊時家信的別稱。詳"竹報平安"。

【竹簡】先秦至魏、晉時代用以書寫文字的竹片。

【竹報平安】段成式《酉陽雜俎·支植》載，李德裕説北都只有童子寺有竹，相傳其寺規定每日都要報竹平安。後以"竹報平安"指平安家信，也簡稱"竹報"。

二　畫

竺 (zhú)粵dzuk⁷〔竹〕❶"天竺"的省稱。❷姓。又天竺僧初來中國，多用竺字冠其名。如：竺法蘭。

三　畫

竽 (yú)粵jy⁴〔如〕jy¹〔于〕(又)古簧管樂器。形似笙而略大。

笹 同"篪"。

竿 (gān)粵gɔn¹〔干〕❶竹竿。亦以爲竹子的計量單位。如：一竿竹。❷特指釣竿。如：垂竿；投竿。❸通"杆"。如：旗竿；帆竿。

四　畫

笆 (bā)粵ba¹〔巴〕❶用竹子或柳條編成的器物。如：車笆；笆斗；籬笆。❷竹名，即棘竹。

【笆籬】亦作"芭籬"。即籬笆。用竹或草編成的障隔。

笇 同"算"。

笈 (jí)粵kɐp⁷〔級〕書箱。

笊 (zhào)粵dzau³〔罩〕見"笊籬"。

【笊籬】用竹篾、柳條、鐵絲等編成的杓形用具，能漏水，用來在湯裏撈東西。

笋 "筍"的異體字。

笏 (hù)粵fɐt⁷〔忽〕朝笏，古時君臣朝見時手中所執的狹長板子，用玉、象牙或竹片製成，以爲指畫及記事之用，也叫"手板"。

笑 (xiào)粵siu³〔嘯〕❶因感喜悦而開顏。❷譏笑。如：見笑。

【笑柄】取笑的資料。如：傳爲笑柄。

【笑敖】開玩笑。

【笑罵】譏笑；責罵。

【笑靨】❶笑時頰上露出的酒窩。❷古時婦女裝飾品，貼在臉上的小花。

【笑中刀】比喻外表和藹而內心陰險。亦作"笑裏刀"。

【笑吟吟】含笑的樣子。

【笑容可掬】滿面笑容，彷彿可以用兩手捧取。形容內心的喜悦自然地流露於外。

【笑逐顏開】眉開眼笑。形容喜悦或得意。亦作"喜逐顏開"。

【笑裏藏刀】同"笑中刀"。

五　畫

笙 (shēng)粵sɐŋ¹〔生〕❶簧管樂器。❷竹簟。

笛 (dí)粵dɛk⁹〔糴〕管樂器。竹製，橫吹，有吹孔一，指孔六，近吹孔處另有膜孔，蒙以蘆膜或竹膜。引申指響聲尖鋭的發音器。如：汽笛。

笞 (chī)粵tsi¹〔雌〕❶鞭打；杖擊。❷用竹板或荊條打人脊背或臀腿的刑罰。即"笞刑"。

笠 (lì)粵lɐp⁷〔粒〕❶笠帽，用竹箬或棕皮等編成。❷竹篾編成的笠形覆蓋

物。如：笠蓋；笠覆。

笥 (sì)⑧dzi⁶〔自〕盛飯食或衣物的竹器。

符 (fú)⑧fu⁴〔扶〕❶古代朝廷傳達命令或徵調兵將用的憑證，用金、玉、銅、竹、木製成，每各執一半，合之以驗眞假。如：兵符；虎符。❷符合。如：言行相符。❸見"符咒"。❹符號。如：音符。❺符籙。道士用來驅鬼召神或治病延年的祕密文書。如：符咒；護身符。

【符命】古時以祥瑞的徵兆附會成君主得到天命的憑證，叫做"符命"。

【符信】憑證。

【符節】古代關出入所持的憑證，爲節的一種，用竹或木製成。也用爲符和節的統稱。

【符瑞】古時以天降符瑞，附會與人事相應，叫做"符瑞"，又叫"瑞應"。

【符驗】符，古代一種憑證，雙方各執一半。符驗，謂"符"的兩半相驗。

笨 (bèn)⑧ben⁶〔罷恨切〕❶不靈巧；不靈活。如：粗笨；笨重；笨手笨腳。❷愚蠢。如：笨人；笨頭笨腦。

【笨伯】愚笨的人；體胖不靈巧的人。

笪 (dá)⑧dat⁸〔打壓切〕❶粗竹簟。❷拉船用的索子。

第 (zǐ)⑧dzi²〔子〕牀上竹編的墊子，因亦爲牀的代稱。

笭 (líng)⑧lin⁴〔零〕❶古代車子前後兩旁遮蔽風塵的竹器。❷見"笭笭"。

【笭箐】釘魚用的竹編盛器。

第 (dì)⑧dèi⁶〔弟〕❶次第。❷上等房屋，因以爲大住宅之稱。如：府第；門第；宅第。❸科舉時代考試及格的等次。如：及第；落第；不第。❹但；只。

【第一流】第一等。

【第一義】佛家語，指最高深的妙理。

笮 (zé)⑧dzak⁸〔責〕❶鋪在椽上瓦下的葦席或竹笆。❷壓榨。❸竹製的盛箭器。

㈠(zuó)⑧dzok⁹〔鑿〕❶通"笮"。竹索。❷通"鑿"。

笱 (gǒu)⑧geu²〔狗〕捕魚的竹籠。大口窄頸，腹大而長，無底。頸部裝有細

竹的倒鬚，捕魚時用繩子縛住籠尾，魚能入而不能出。

笲 (fán)⑧fan⁴〔凡〕盛物的竹器。

笳 (jiā)⑧ga¹〔加〕古管樂器。漢時流行於塞北和西域一帶，漢魏鼓吹樂中常用之。

范 "範"的本字。

笤 (tiáo)⑧tiu⁴〔條〕以細竹枝紮束供掃地之用，名爲笤帚，以別於苕花紮成的苕帚。

笸 (pǒ)⑧po²〔回〕笸籮，一種盛穀物的器具，用竹篾或柳條編成。

笕 同"筧"。

六　畫

筅 (xiǎn)⑧sin²〔冼〕本作"箲"。筅帚，用竹絲做成的洗鍋用具。

筆(笔) (bǐ)⑧bet⁷〔畢〕❶寫字畫畫的用具。如：毛筆；畫筆。❷書寫；記載。如"筆削"。❸起筆；筆順。❹本指簿冊上一條記錄，因以爲款項、債務等的計量詞。如：一筆款子；一筆債。❺筆法；筆力。如：工筆；曲筆；伏筆。❻量詞，用於書畫。如：他寫得一筆好字。

【筆札】❶筆和寫字用的木片。古代寫字用的木片相札。後來作統稱紙筆。❷指文字。

【筆伐】用文字譴討。如：口誅筆伐。

【筆舌】謂以紙筆代口出言。

【筆受】照別人口授的話用筆記下來。

【筆削】筆指記載，削指刪除。古時文字寫在竹簡上，刪改時要用刀刮去竹上的字，所以叫削。後來常用作請人修改文章之辭。

【筆洗】用陶瓷、石頭、貝殼等製成的洗刷毛筆的文具。

【筆耕】文人自謂以筆墨工作代替耕種來維持生活。

【筆意】指寫字、繪畫時運筆的意匠經營和筆畫連轉間所表現的風格、工力。也指詩文的筆法和意境。

【筆勢】寫字時逐點逐畫筆毫在紙上往來運轉之勢。

【筆談】❶筆記一類的著作。❷用文字代替談話發表意見。

【筆戰】用文章來進行的爭論。

【筆觸】字畫、作文中所表現的筆力。

筇 (qióng)粵kung4[窮]亦作"笻"。❶竹名，見"邛竹"。❷杖。筇竹可以作杖，因即稱杖為筇。

筈 (kuò，又讀guā)粵kut8[括]箭的末端，即射箭搭在弓弦上的部分。

等 (děng)粵deng2[戥]❶本謂頓齊竹簡，如今之頓書使齊。引申為等齊、等同。如：相等；大小不等。❷等級；等差。如：同等；超等。❸指同等輩的人。如：我等；爾等。亦以表示同等物列舉未盡。如：上海、天津等大城市。❹等待。如：等不得。❺同"戥"。

【等子】亦作"戥子"。稱小量東西的衡器。

【等倫】同列的人。

【等差】(-cī)等第；級次。

【等衰】(-cuī)猶"等差"。

【等第】❶以考試定等第。❷唐代的進士由京兆府考試後再擇優保送禮部考試的，叫等第。

【等閒】❶平常，隨便。如：等閒視之。❷無端；白白地。

【等儕】同等地位；同輩。

【等因奉此】舊時上行公文的套話。在引述來文後面用此四字，然後陳說己意。後常借以譏諷只知照章辦事而不能聯繫實際的工作作風。

筊 (jiāo)粵gau2[絞]❶竹索。❷小籥。❸通"珓"。杯珓亦作"杯筊"，占吉凶之器。

筋 (jīn)粵gen1[斤]❶附著在骨上的韌帶。如：牛蹄筋。引申泛指肌肉的通稱。❷靜脈的俗稱。如：青筋暴露。❸植物體中呈脈絡狀的組織。如：葉筋。❹像筋的東西。如：鋼筋。

【筋斗】同"觔斗"。

筌 (quán)粵tsyn4[全]捕魚用的竹器，魚筍一類。

【筌蹄】筌，捕魚竹器；蹄，捕兔器。比喻達到目的的手段。一作"蹄筌"。

筍 (sǔn)粵sœn2[梭尊切]❶又名"竹筍"。竹類的嫩莖、芽。❷竹子的青皮。俗稱篾青。❸通"榫"。榫頭。如：接上筍。參見"筍頭卯眼"。

【筍頭卯眼】木器中兩部分接合的地方，突出的部分叫"筍頭"，鑿空的部分叫"卯眼"。

筏 (fá)粵fat9[伐]筏子，渡水用具。用竹木編排而成，也有用牛羊皮做的。如：竹筏；皮筏。

筐 (kuāng)粵kwang1[框]hong1[康](又)方形的盛物竹器。後亦用柳條等編織成。

筑 (一)(zhú)粵dzuk7[竹]❶古擊弦樂器。形似箏，頸細而肩圓，有十三弦，弦下設柱。演奏時，左手按弦的一端，右手執竹尺擊弦發音。❷貴州貴陽市的簡稱。因明代先後為貴筑司、貴筑鄉，清代為貴筑縣而得名。
(二)"築"的簡化字。

筒 (tǒng，又讀tóng)粵tung2[統]❶竹製，特指粗大的。❷像竹筒的器物。如：煙筒；郵筒；拿紙捲個筒兒。又衣服、靴、襪上的圓筒部分。如：袖筒；襪筒；靴筒。❸釣筒。一種捕魚用具。

笄 (jì)粵gai1[雞]❶簪了，古代用來插住挽起的頭髮或弁星。❷特指女子可以盤髮插笄的年齡，即成年。如：及笄；笄年。

答 (一)(dá)粵dap9[搭]❶回話；對問。如：回答；對答如流。❷報答；答謝。如：答禮。亦作"搭"、"咜"。用於"這麼兒"、"那麼兒"等語，即"這裏"、"那裏"之意。
(二)(dā)同(一)用於"答應"、"答理"。

【答颯】懶散不振作的樣子。

策 (cè)粵tsak8[測]❶馬鞭。❷鞭打。如：策馬。引申為促進、促動。如：策動；策勵。❸"册"。古代用竹片或木片記事等簿，成編的叫策。❹古代考試以問題書之於策，令應舉者作答，稱為"策問"，也簡稱"策"。後來就成為一種文體。❺古時用以計算的小籌。參見"籌策

❶。❻計謀；策劃。如：上策；下策；獻策；束手無策。❼書法中用筆的名稱。見"永字八法"。

【策士】謀士。最初指戰國時代游說諸侯的人，後來泛指一般出計謀、獻謀略的人。

【策杖】拄杖。

【策府】同"册府"。古代帝王藏書之所。

【策略】計策謀略。

【策劃】"劃"亦作"畫"。計劃；打算。

【策論】"論"是文體，論是議論文。宋金科舉制度，曾用以取士。

【策勵】督促勉勵。

【策應】與友軍協同呼應，對敵作戰。

【策源地】策動和發源的地方。

笐 (háng)粵hoŋ⁴[杭] 見"笐箐"。

【笐箐】竹編的粗糙席子。

筘 (kòu)粵keu³[扣] 亦作"篦"。織機附件之一。筘的作用爲控制織物經密和把緯紗推向織口。

【筘布】亦作"扣布"。筘是織布用具，因此織成的布叫筘布。現在指土製的棉布。

笿 (luò)粵lok⁸[絡] 亦作"落"。❶盛杯的器具。❷竹籠。

七　畫

筠 ㊀(yún)粵wen⁴[雲] 竹子的青皮。引申爲竹子的別稱。
㊁(jūn)粵gwen¹[君] [筠連]縣名。在四川省南部，鄰接雲南省。

筢 (pá)粵pa⁴[把] 竹製的五齒杷，把取柴草所用。

筤 (láng)粵loŋ⁴[狼] 見"蒼筤"。

筥 (jǔ)粵gœy²[舉] ❶圓形的盛物竹器。❷古代禾的量名。

筦 "管"的異體字。

筧(笕) (jiǎn)粵gan²[柬] 連接起來引水用的竹管。也指屋檐上承接雨水的長管。如：水筧。

筩 "筒"的異體字。

筭 (suàn)粵syn³[算] ❶計算用的籌。❷通"算❺"。❸謀畫。

筮 (shì)粵sɐi⁶[逝] 用蓍草占卦。

【筮仕】古人將出外做官，先占卦問吉凶。後稱初次做官爲"筮仕"。

筰 (zuó)粵dzɔk⁹[昨] ❶竹索。❷狹窄。❸[筰都夷]中國古代民族名。主要分佈在今四川漢源一帶。

筱 ㊀(xiǎo)粵siu²[小] ❶同"篠"。❷通"小"。專用在人名中。

筲 (shāo)粵sau¹[梢] ❶古時盛飯的竹器，容一斗二升，一說容五升。今稱淘米器爲筲箕。❷水桶。如：挑了兩筲水。

笧 ㊀"策"的異體字。
㊁(jiá)粵gap⁸[夾] ❶夾東西的用具。❷筘制。

筞 "策"的異體字。

箸 "菌"的異體字。

筷 (kuài)粵fai³[快] 筷子。也叫箸，夾取食物的用具。

筯 "箸❶"的異體字。

筸 (gàng)粵gaŋ³[耕高去][莄口] 地名。在湖南省。

筎 (zhé)粵dzɐi³[制] 一種粗的竹席。

八　畫

筵 (yán)粵jin⁴[言] ❶竹席。❷古人鋪地而坐，用筵作坐具，所以座位也叫筵。如：講筵。後來專指酒席。參見"筵席"。

【筵席】古人席地而坐，筵和席都是鋪在地上的坐具。後專指酒席。

箄 ㊀(pái)粵pai⁴[排] 大筏。
㊁(bēi)粵bei¹[悲] 竹製的捕魚具。

箇(个) (ge)粵gɔ³[個] "個"的異體字。

【箇中】猶言此中。

【箇儂】猶渠儂。那個人或這個人。

【箇中人】猶言此中人，指曾經親歷其境或深知其中道理的人。

箋（笺）(jiān)粵dzin¹〔煎〕❶精美的紙張，供題詩、寫信等用。如：花箋；錦箋。❷一般信紙也叫箋。如：信箋。引申為書信的代稱。如：便箋；手箋。❸文體名，書札、奏記一類。奏箋多用以上皇后、太子、諸王。❸注釋的一種。

【箋奏】古代一種文書，屬奏章一類。

箍(gū)粵ku¹〔卡烏切〕圍束；亦指圍束的圈。如：箍桶；桶箍；鐵箍。

箏（筝）(zhēng)粵dzeng¹〔爭〕撥弦樂器。戰國時已流行於秦地，故又稱"秦箏"。最初五弦，後增至十三弦。每弦一柱。

箑(shà，又讀jié)粵sεp⁸〔霎〕dzit⁹〔捷〕（又）扇子。

箔(bó)粵bok⁹〔薄〕❶葦子或秫秸織成的簾子，可以苫屋頂、鋪狀或當門簾、窗簾用。也指一般的簾子。❷養蠶用的竹篩子或竹席。❸金屬薄片。如：金箔。❹塗過金屬粉的紙，作真錠所用。如：錫箔。

箕(jī)粵gei¹〔基〕❶揚米去糠的器具；簸箕。❷畚垃圾的器具。如：簸箕。❸星名，指宿星，二十八宿之一。蒼龍七宿的最後一宿。有星四顆。❹簸箕形的指紋。

【箕斗】❶星名。即簸宿、斗宿。《詩·小雅·大東》有"維南有箕，不可以簸揚；維北有斗，不可以挹酒漿"之語，後因以"南箕北斗"或"箕斗"比喻虛有其名。❷手上的指紋，中螺旋形的叫斗，不整齊的叫箕。古時登記士兵指紋的冊子叫"箕斗冊"。❸專用於運送礦石的方斗形礦井提升容器。在井底車場將礦石裝在箕斗內，用提升機提升到地面，自動將礦石卸入地面礦倉。

【箕坐】謂坐時兩脚張開，其形如箕。參見"箕踞"。

【箕裘】《禮·學記》有"良冶之子，必學為裘；良弓之子，必學為箕"之語，後因以

箕裘比喻祖先的事業。如：克紹箕裘。

【箕踞】亦作"箕居"、"踑踞"。坐時兩脚伸直岔開，形似簸箕。一說屈膝張足而坐。為一種輕慢態度。

算(suàn)粵syn³〔蒜〕❶計數。如：算賬。引申為謀數。❷作數；算在數內。如：剛才說的不算，現在重說。❸認為；當作。如：就算他不知道，也應該問一問。❹推測；料想。如：我算著他今天該來。❺計劃；籌謀；盤算；打算；失算。也特指暗算。如：給人算了。❻作罷；完結。如：他既然認錯，也就算了。❼通"筭❶"。古代計數用的籌碼。❽計器。

【算命】憑人的生辰八字，中陰陽五行推算人的命運，斷定人的吉凶禍福。

【算無遺策】謀劃精密準確，從不失錯。算，亦作"筭"。

箘(jùn)粵kwen³〔菌〕竹名。

【箘桂】即肉桂。

箙(fú)粵fuk⁹〔服〕用竹木或獸皮等做成的盛箭器。

劄(zhá)粵dzap⁸〔眨〕舊時的一種公文。

箛(gū)粵gu¹〔姑〕❶竹名。❷樂器名，即簫。

箜(kōng)粵hung¹〔空〕〔箜篌〕一作"空侯"、"坎侯"。古撥弦樂器。

箝(qián)粵kim⁴〔鈐〕同"鉗"。夾住。如：箝子。引申為緊閉，鉗制之意。如：箝口結舌。

【箝制】同"鉗制"。

箠"棰"的異體字。

管(guǎn)粵gun²〔館〕❶樂器名。❷泛指細長的圓筒形物。如：竹管；自來水管。又特指筆管。因亦用為筆及其他管狀的計量單位。如：一管筆；一管眼藥。❸拘束。如：看管；束管。❹管理；管轄。如：經管；該管。❺過問；顧及。如：不管閒事；不管三七二十一。❻保證；包管。如：管用十年；管可成功。❼猶"把"。如：大家都管他叫"球迷"。

【管見】比喻見識狹小，像在管中窺物一樣。

【管弦】管樂器和弦樂器；也泛指音樂。

【管待】照管接待；招待。

【管晏】管仲和晏嬰。兩人都是春秋時齊國的名相，後常用以比喻有名的政治家或智士。

【管家】受僱管理家務而地位較高的僕人。也用作對一般僕人的客氣稱呼。

【管準】古代測量水平的器具。

【管樂】❶以銅、竹等組成的管狀樂器及其所奏的音樂。❷指管仲、樂毅。管仲，春秋時齊國名相；樂毅，戰國時燕國名將。

【管鮑】管仲和鮑叔牙。兩人相知最深，舊時常用以比喻交誼深厚的朋友。

【管窺】從管中看物，比喻所見者小。參見"管中窺豹"、"管窺蠡測"。

【管轄】管領；掌管。

【管籥】❶兩種樂器名。❷鑰匙。籥通"鑰"。

【管城子】筆的別稱。

【管中窺豹】《世說新語・方正》有"管中窺豹，時見一斑"之語，意謂從竹管裏看豹，只能看見豹身上的一塊斑紋。後以"管中窺豹"比喻所見到的不是全面或整體。

【管窺蠡測】《漢書・東方朔傳》有"以管窺天，以蠡測海"之語，意謂從竹管裏看天空，用貝殼做的瓢來測量海水。後因以"管窺蠡測"比喻所見狹小短淺。

算　(bì)⑧bei³[閉]蒸鍋中的竹簾。

箒　"帚"的異體字。

箐　(jīng)⑧dzin¹[精]竹名。

箧　同"篋"。

箇　同"箇"。

九　畫

箬　(ruò)⑧jœk⁹[若]❶筍皮。❷箬竹。莖中空細長，葉闊大，莖葉可供包

物、編織等用；筍可吃。如：箬帽；糉箬；箬席。

箭　(jiàn)⑧dzin³[戰]❶搭在弓上發射的武器，古代一般用竹製。❷箭名。❸古代博戲所用的博簺。

【箭樓】古代城門上的樓。闢有洞戶，備發箭防禦之用，故稱"箭樓"。

箯　(biān)⑧bin¹[邊]箯輿，竹子編成的輿牀。

箱　(xiāng)⑧sœŋ¹[商]箱子；收藏衣物的方形器具。如：衣箱；書箱；木箱。

箲　(xiǎn)⑧sin²[冼]"筅"的本字。

箴　(zhēn)⑧dzɐm¹[針]❶同"鍼"。❷勸告；規戒。如：箴言。❸文體的一種，用以規戒。

【箴石】石做的針，古代醫病的一種用具。參見"針砭"。

【箴規】規諫勸戒。

箸　(zhù)⑧dzy⁶[住]dzy³[注](又)❶筷子。❷通"著"。顯明。

箾　㊀(shuò)⑧sok⁸[朔]古代武舞所執的竿。
　㊁(xiāo)⑧siu¹[消]通"簫"。

【箾蔘】形容樹枝高長。

節(节)　(jié)⑧dzit⁸[折]❶竹節。泛指植物莖上會生枝條的部分。引申爲凡樹木的枝幹交接處。動物的骨骼銜接處也叫節。如：骨節。❷段。如：一節課；三節火車。特指文章的段落。如：第一章第一節。❸節日；節令。如：春節；國慶節。❹節度；法度。❺禮節。❻行動中標。❼節拍；節操。❽晚節。❾刪節。如：節選；節錄；節譯。⑩節制；減省。如：開源節流。❾符節，古代使者所持以作憑證。⑩一種古樂器，用竹編成，可以拍之成聲。

【節下】猶麾下，部下。

【節目】❶樹木枝幹交接處，文理糾結不順的地方。❷指事情的條目。❸指文藝演出的項目。亦指參觀、訪問、遊覽的項目。

【節令】節氣時令。

【節制】❶節度限制。如：飲食節制。❷紀

律，謂約束有方。❸指揮約束。

【節奏】❶古法制的具體規定。❷音樂中交替出現的有規律的強弱、長短的現象。也用以比喻均勻的有規律的工作進程。

【節約】節儉；節省。

【節氣】從小寒起，太陽黃經每增加30°，便是另一個節氣。計有：小寒、立春、驚蟄、清明、立夏、芒種、小暑、立秋、白露、寒露、立冬、大雪十二個節氣；連同十二個中氣，總稱為二十四節氣。

【節流】比喻節省支出。見"開源節流"。

【節鉞】符節和斧鉞，古代授予將帥，作為加重權力的表示。

【節槪】志節度量。

【節鎮】設置節度使的要衝大郡。亦指節度使。

【節外生枝】比喻事端紛雜。猶問題之外又岔出了新的問題。亦作"節上生枝"。

【節哀順變】節抑悲哀，順應變故。

篁 (huáng) 粵wong⁴[皇] ❶竹田。❷竹林；叢生的竹。❸泛指竹子。

範(范) (fàn) 粵faan⁶[飯] 本作"笵"。❶模子。如：錢範；銅範。也指用模子澆鑄。❷榜樣。如：範文；示範。

【範文】語文教學中作為學習榜樣的文章。

【範疇】本義為效法。今作界限解。如：活動範圍；職權範圍。

【範圍】❶類型；範圍。❷哲學名詞。是各個知識領域中的基本概念，反映客觀事物的本質聯繫。

篆 (zhuàn) 粵syn⁶[時縣切] ❶漢字的一種書體。如：大篆；小篆；篆書；篆刻。❷印章多用篆，因即以為官印的代稱。如：接篆；攝篆。又為對別人名字的敬稱。如：台篆；次篆。❸猶言銘記，喻牢記在心。如：無任感篆。❹盤香的喻稱。也指整座的煙纏。

篇 (piān) 粵pin¹[偏] ❶首尾完整的詩文。❷成部著作中的一個組成部分。

【篇什】《詩經》的"雅"和"頌"以十篇為一什，所以詩享又稱"篇什"。

篋(篋) (qiè) 粵hap⁹[峽] 小箱子。如：書篋；行篋。

篌 (hóu) 粵heu⁴[侯] 見"箜"。

篅 (chuán) 粵syn⁴[船] 盛穀物的圓囷。

箵 (xīng，又讀xǐng) 粵sing²[醒] 見"箵箵"。

篒 同"箵"。

簁 "簁"的異體字。

箂 "頁"的異體字。

十 畫

築(筑) (zhù) 粵dzuk⁷[竹] ❶造房子；建土木工事。如：築室；築城；築路；築堤。❷建築物。如：小築。

【築室道謀】造房子請教路人。比喻人多口雜，意見紛紜，辦不成事。

篔(篔) (yún) 粵wen⁴[雲] 見"篔簹"。

【篔簹】大竹名。

篙 (gāo) 粵gou¹[高] 撐船用的竹竿或木杆。

【篙人】撐船的人。

【篙師】撐船的熟手。

篚 (fěi) 粵fei²[匪] 盛物的竹器。

篝 (gōu) 粵geu¹[加歐切]keu¹[卡歐切] (又)竹籠。也指燻籠。

【篝火】用竹籠罩火。今多指在空曠的地方或野外架木柴燒燃的火堆。

【篝燈】把燈燭放在籠中，避免風吹。

篡 (cuàn) 粵saan³[散] ❶奪取。❷特指臣子奪取君位。

【篡位】奪取君位。

篤(笃) (dǔ) 粵duk⁷[督] ❶深厚。如：友愛甚篤。❷誠篤；忠實。如：篤信。❸病重。如：病篤。

【篤志】志向專一不變。

【篤論】確當的評論。

篥 (lì) 粵lœt⁹[栗] 見"篳❷"。

篦 (bì)粵bei⁶[避]bei¹[悲](又)❶篦子，一種比梳子密的梳頭用具。❷用篦子梳頭。

篨 (chú)粵tsœy⁴[躇]見"籧篨"。

篩(筛) (shāi)粵sɐi¹[西]❶篩子。一種用以分離粗細顆粒的工具和機械設備。❷用篩子篩東西。❸斟酒。
【篩選】通過淘汰的方法挑選。

篪 (chí)粵tsi⁴[池]古管樂器。用竹製成，單管橫吹。

篛 "箬"的異體字。

簑 "蓑"的異體字。

籆 (yuè)粵wok⁹[鑊]絡絲的用具。

簹 (táng)粵toŋ⁴[唐]見"筼簹"。

箾 "簘"的異體字。

十一畫

篠(筱) (xiǎo)粵siu²[小]小竹。

篲 同"彗"。

篳(筚) (bì)粵bɐt⁷[畢]❶籬笆。又泛指荊竹樹枝編成的門、車等。如：篳門；篳路。❷【篳篥】亦作"觱篥"、"悲篥"；又名"笳管"、"管子"；簡稱"管"。簧管樂器。以竹為管，上開八孔（前七後一），管口插有蘆製的哨子。
【篳門閨竇】窮苦人的住處。
【篳路藍縷】亦作"篳露藍蔞"。《左傳·宣公十二年》有"篳路藍縷，以啓山林"之語，意思是坐着柴車，穿著破舊衣服去開闢山林。後因以"篳路藍縷"形容創業艱辛。

篴 "笛"的古字。

篷 (péng)粵puŋ⁴[婆洪切]❶遮蔽風雨和陽光的設備。如：車篷；船篷；帳篷。❷帆。

篹 ㊀"籑❷"的異體字。
㊁(zhuàn)粵dzan⁶[賺]通"饌"。供設飲食。

篼 (dōu)粵dɐu¹[兜]見"篼子"。
【篼子】舊時走山路坐的竹轎。

篾 (miè)粵mit⁹[滅]❶薄竹片，可以編製席子、籃子等。如：篾席；篾簍子。❷竹名。
【篾片】舊時富豪人家專門幫閒湊趣的門客。

簀(箦) (zé)粵dzak⁸[責]用竹片編成的牀墊子。亦泛指竹席。

簃 (yí)粵jy⁴[而]樓閣邊的小屋。

箷 同"箹"。

簇 (cù)粵tsuk⁷[促]聚集；簇擁。引申為簇聚之物。如：花團錦簇。又引申為叢、聚。如：一簇桃花。
【簇新】本謂簇聚聚集的東西。後轉用為全新、極新的意思。

簉 (zào，又讀chòu)粵dzou⁶[造]副、附屬的，兼指人與物。參見"簉室"。
【簉室】舊時稱妾為簉室。

簋 (guǐ)粵gwɐi²[鬼]本作"𣪃"。古代食器。圓口，圈足。無耳或有兩耳，也有四耳、方座，或帶蓋的。

簌 (sù)粵tsuk⁷[速]見"簌簌"。
【簌簌】❶象聲詞。形容風聲疾勁。❷流淚的樣子。

簍(篓) (lǒu)粵lɐu⁵[柳]用竹子、荊條、葦篾等編成的盛器，一般作圓桶形。如：炭簍；油簍；字紙簍。

簏 (lù)粵luk⁹[鹿]❶用竹子、柳條或藤條編成的圓形盛器。如：字紙簏。❷見"籭簏"。
【籭簏】下垂的樣子。亦作"罹籭"。

簕 (lè)粵lɐk⁹[賴特切][簕竹]地名。在廣東省。

簄 同"罜"。

籑 "饌"的異體字。

十二畫

簙（bó）⑧bok⁸〔博〕古時一種博戲。

簚（mì）⑧mik⁹〔覓〕同"幎"。車軾上的覆蓋物。

簜（荡）（dàng）⑧dɔŋ⁶〔宕〕大竹。

簞（箪）（dān）⑧dan¹〔丹〕竹製或葦製的盛器，常用以盛飯。

【簞食瓢飲】（食sì）《論語‧雍也》有"一簞食，一瓢飲，在陋巷，人不堪其憂，回也不改其樂"之語，後因用"簞食瓢飲"爲安貧樂道之喻。亦簡作"簞瓢"。

簟（diàn）⑧tim⁵〔提掾切〕供坐臥用的竹席。如：枕簟。也指車上用作障蔽的竹席。又指晾曬穀物的粗竹席。如：地簟。

簠（fǔ）⑧fu²〔苦〕古代食器。青銅製。長方形，器與蓋的形狀相同，各有兩耳。用以盛黍稷稻粱。

【簠簋不飭】（飭"亦作"飾）。簠、簋，都是古代食器，引申爲祭品。這本是一種婉約的話，舊時彈劾貪官，常用此語。

簡（简）（jiǎn）⑧gan²〔柬〕❶戰國至魏晉時代的書寫材料。是削製成的狹長竹片或木片。竹片稱簡，木片稱札或牘，通稱爲牘；稍寬的長方形木片叫方；若干簡編綴在一起的叫冊，均用毛筆墨書。也可寫作冊。❷信件。如：書簡；小簡。❸簡單；省便。如：簡化；簡體字。❹怠慢。如：簡慢。❺簡選；選擇人才。如：簡拔。

【簡古】簡略古奧，不好懂。如：文筆簡古。

【簡直】❶簡單直捷。❷竟；無異。如：這簡直是奇迹。

【簡易】❶簡單容易。❷謂性情坦率和易，不講究禮節。

【簡策】古代用來書寫的竹簡和絹帛。

【簡書】文書。

【簡記】即策書，記事的簡策。

【簡策】編連成冊的竹簡，即以指書籍。

【簡慢】輕忽怠慢。多用作交際上的謙辭，表示招待不周。

【簡練】❶簡明精練。如：文筆簡練。❷選擇訓練。❸在學術技藝上下工夫磨練。

【簡潔】簡明扼要，多指語言文字。

【簡閱】檢查挑選。

【簡歷】簡要的個人履歷。

【簡略】疏略。

【簡牘】古代書寫用的竹簡和木片，爲未編成冊之稱。後亦稱書信爲"簡牘"。

簣（篑）（kuì）⑧gwai⁶〔跪〕盛土的竹器。

簦（dēng）⑧dɐŋ¹〔登〕古代有柄的笠，類似後世的傘蓋。

簧（huáng）⑧wɔŋ⁴〔黃〕❶樂器中用以發聲的片狀振動體。用葦、木、金屬等製成。❷有彈力的機件。如：彈簧；鎖簧。

【簧鼓】謂用動聽的言語迷惑人。

簨（sǔn）⑧sœn²〔筍〕見"簨虡"。

【簨虡】古代懸掛鐘磬的架子，橫杆叫簨，直柱叫虡。亦作"栒虡"。

簪（zān）⑧dzam¹〔知衫切〕❶古人用來插定髮髻或連冠於髮的一種長針，後來專指婦女插髻的首飾。❷插戴。如：簪花。

【簪笏】❶古代行禮時的冠飾。❷皇帝的近臣掌起居者，把筆插在頭上以備記事。

【簪纓】簪和纓，古時達官貴人的冠飾，用來把冠固着在頭上。後因以爲做官者之稱。如：簪纓世族（世代做高官之家）。

簁（shāi）⑧sɐi⁶〔逝〕❶同"噬"。❷同"筮"。

簝（篓）（lóu）⑧lou⁴〔勞〕竹名。

簫（箫）（xiāo）⑧siu¹〔消〕竹製的管樂器。現代的簫管不封底，直吹。古代的簫由好多竹管編成。

簡　同"簡"。

簎　同"筈"。

簰 同"筏"。

十三畫

籀 (zhòu)⑧dzɐu⁶〔就〕❶讀書。如：諷籀。❷〔籀文〕漢字的一種字體，一名大篆。因著錄於《史籀篇》而得名。字體多重疊。春秋戰國間通行於秦國。今存石鼓文即這種字體的代表。

䇓 (gǎn)⑧gɐn²〔趕〕❶小竹，可作箭桿。❷箭。

簴 同"虡"。

簷 "檐"的異體字。

簸 ㊀(bǒ)⑧bo²〔巴可切〕❶揚去穀米粒中的糠皮雜物。❷搖動。如：簸蕩；顛簸。
㊁(bò)⑧bo³〔播〕見"簸箕"。
【簸弄】猶播弄、玩弄。
【簸揚】揚去米裏的糠、秕子等。
【簸箕】(bò—)❶一種手工清糧農具。用竹篾或柳條等編成，頗似畚箕，用於揚淨穀物，清除糠秕。❷簸箕形的指紋。

簹 (dāng)⑧dɔŋ〔當〕見"筼簹"。

簺 (sài)⑧tsɔi³〔賽〕❶古代的一種博戲。用棋子十二枚，兩人同玩。❷竹木編成的斷水捕魚具。

簽 (qiān)⑧tsim¹〔僉〕❶在文件上親筆署名或畫押。如：簽名；簽字；簽押。❷用簡單的文字擬具意見。如：簽註。❸舊時官府交給差役拘捕犯人的憑證。如：朱簽；火簽。❹同"籤"。
【簽署】在文件、條約或憑證上簽字。
【簽押房】舊時高級官員衙門中主管長官的辦公室。

簾 (帘) (lián)⑧lim⁴〔廉〕用布、竹、葦等做成的遮蔽門窗用具。如：窗簾；門簾。

簿 (bù)⑧bou⁶〔步〕❶書寫或登記用的本子。如：習字簿；作文簿；點名

簿。（粵語音讀如"保"）❷文書。
【簿冊】官署中的文書簿冊。
【簿記】❶會計工作中有關記帳的技術。❷符合會計規程的帳簿。
【簿責】據文書所列罪狀責問審理。
【簿牒】簿籍文書。

簻 (䇝) (zhuā)⑧dza¹〔渣〕同"檛"。馬鞭。

十四畫

籃 (篮) (lán)⑧lam⁴〔藍〕❶有提梁的盛物器，多用藤、竹、柳條等編成。如：網籃；藤籃；花籃；菜籃。❷籃球架上供投球用的帶網鐵圈。如：投籃；球進了籃。
【籃輿】竹輪。

籌 (筹) (chóu)⑧tsɐu⁴〔酬〕❶記數和計算的用具。❷計議；謀劃。如：一籌莫展。❸古代投壺所用的矢。
【籌畫】謀劃；計劃。
【籌策】❶古代計算用具，即籌算。❷計謀籌劃。

籍 (jí)⑧dzik⁹〔直〕❶書冊。如：書籍；經籍；古籍；簿籍。❷登記名冊。如：名籍；戶籍。❸個人對國家或組織的隸屬關係。如：國籍；學籍。❹籍貫。如：原籍；寄籍。❺通"藉"。耕籍田。參見"籍田"。❻通"藉"。參見"籍甚"。
【籍田】亦作"藉田"。古代天子、諸侯徵用民力耕種的田。相傳天子籍田千畝，諸侯百畝。每逢春耕前，由天子、諸侯執未耜在籍田上三推或一撥，稱爲"籍禮"。
【籍沒】指登記並沒收所有的財產。
【籍甚】亦作"藉甚"。盛大，多盛。
【籍貫】一個人的組居或出生的地方。
【籍籍】亦作"藉藉"。紛亂的樣子。常形容衆口喧騰或聲名甚盛。亦以形容縱橫交錯。

篗 "筵"的異體字。

十五畫

簒（zhuàn）粵dzan⁶〔撰〕❶通"撰"。撰集。❷"籑"的異體字。

籐　"藤"的異體字。

十六畫

籙（籙）(lù)粵luk⁹〔陸〕❶簿籍。❷帝王自稱其符命之書。參見"符命"。❸道教的秘文秘籙。如：符籙。

籛（籛）(jiān)粵dzin¹〔煎〕姓。

籜（籜）(tuò)粵tok⁸〔託〕俗稱"筍殼"。竹筍上一片一片的皮。

籞（yù）粵jy⁶〔預〕古代帝王的禁苑。

籟（籟）(lài)粵lai⁶〔賴〕❶古代一種管樂器，三孔。❷從孔穴中發出的聲音；也指一般的聲響。如：萬籟俱寂。

籠（笼）㊀(lóng)粵luŋ⁴〔龍〕❶竹篾編成的盛物器或罩物器。如：熏籠；燈籠。❷畜養鳥類及蟲類的編竹器。如：鳥籠；雞籠；蟈蟈籠。❸泛指包絡之物。如：馬籠頭。❹籠屜。如：蒸籠。罩罩。如：烟籠寒水月籠沙。❺收羅；掌握。
㊁(lǒng)粵luŋ⁵〔壟〕用於"箱籠"、"籠絡"、"籠統"。

【籠束】頹敗喪氣的樣子。

【籠絡】籠和絡原是羈絆牲口的用具，引申為用權術耍手段以駕馭、拉攏人。如：籠絡人心。

【籠統】(lǒng—)模糊不清；不具體。如：含糊籠統。

【籠籠】或作"朧朧"。隱約可見的樣子。

籚（笿）(lú)粵lou⁴〔勞〕❶竹名。❷矛、戟的柄。

籗　同"籑"。

十七畫

籨　"奩"的異體字。

籤（签）(qiān)粵tsim¹〔簽〕❶一頭尖銳的細小桿子。如：牙籤。❷用作標志或記注的紙條、布條或小牌子。如：標籤；浮籤；書籤。❸信手抽出或拈起的竹籤或紙條，用以決定彼此的次序。如：抽籤。❹寺廟中所繪的向神佛問事吉凶的編號竹片。如：求籤；簽書。❺記注；記注的文字。

籥（籥）㊀(yuè)粵jœk⁹〔若〕❶古管樂器。籥字本作"龠"。❷古代通風鼓炙器上的管子。❸同"鑰"。鎖鑰。

籧（籧）㊀(qú)粵kœy⁴〔渠〕見"籧篨"。
㊁(jù)粵gœy²〔舉〕同"筥"。

【籧篨】亦作"蘧蒢"。❶諂佞之徒。❷用葦或竹編的粗蓆。

籟　"鞠"的本字。

十八畫

籪（断）(duàn)粵dyn⁶〔段〕插在河流中攔捕魚蟹的葦栅或竹栅。

十九畫

籩（笾）(biān)粵bin¹〔邊〕古代祭祀和宴會時盛果脯的竹器，形狀像木製的豆。

【籩豆】籩和豆。古代禮器。籩用竹製，盛脯等；豆用木製，也有用銅或陶製的，盛齏醬等；供祭祀和宴會之用。

籬（篱）(lí)粵lei⁴〔離〕籬笆。

【籬笆】用竹、木、蘆葦等編成的圍牆或屏障。

【籬落】即籬笆。

籮（箩）(luó)粵lɔ⁴〔羅〕竹製的盛器，多方底圓口。如：稻籮；淘籮。

二十畫

籯（籯）(yíng)㊀jing⁴〔仍〕❶竹籠。❷筊子筒。

籰　同"籆"。

二十六畫

籲（吁）(yù)㊀jy⁶〔預〕呼。見"籲天"。

【籲天】呼天訴苦。

米　部

米　(mǐ)㊀mɐi⁵〔瀰蟻切〕❶去皮、殼的穀類或某些植物的子實。如：小米；玉米；薏米；菰米；花生米。特指稻粟。❷小粒像米的食物。如：蝦米。❸古代繡在衣上的花紋。參見"粉米"。❹公制中的一種長度單位，代號 m。舊稱"米突"、"公尺"。

【米鹽】米和鹽；比喻瑣事。

【米珠薪桂】米如珍珠，柴如肉桂。形容物價昂貴，生活困難。

三畫

籹　(nǚ)㊀nœy⁵〔女〕見"粔籹"。

籽　(zǐ)㊀dzi²〔子〕植物的種子。如：菜籽；花籽。

籼　(xiān)㊀sin¹〔仙〕早熟而無黏性的稻子。

籸　同"糝"。

四畫

粃　"秕"的異體字。

粉　(fěn)㊀fɐn²〔花很切〕❶細末。如：米粉；麵粉；牙粉；花粉。❷穀類粉末製成的細長條食品。如：粉乾；炒粉。❸妝飾或塗飾用的白色或有色粉末。如：

脂粉；金粉。❹塗飾。如：粉牆。參見"粉飾"。❺白色。如：粉蝶；粉底烏靴。❻碎成粉末。如：粉身碎骨。

【粉飾】❶打扮；裝飾。引申為褒美或揄揚之意。❷塗飾表面，以圖掩蓋。

【粉署】漢代尚書省皆用胡粉塗壁，後世因稱尚書省為粉署。

【粉黛】❶搽臉的白粉和畫眉的黛墨，婦女的化妝用品。❷借指美女。

【粉墨登場】用粉墨化裝，登臺演戲。今多用作貶辭，比喻壞人登上政治舞臺。

粇　"糠"的異體字。

粑　(bā)㊀ba¹〔巴〕見"粑粑"。

五畫

粒　(lì)㊀nɐp⁷〔呢泣切〕❶一顆顆的穀米。❷泛指粒狀物。如：豆粒；砂粒。又用為粒狀物的計量詞。如：一粒珍珠；兩粒丸藥。

【粒食】以穀物為食。

粔　(jù)㊀gœy⁶〔巨〕見"粔籹"。

【粔籹】古代的一種食品，以蜜和米麵熬煎而成。

粕　(pò)㊀pok⁸〔撲〕pak⁸〔拍〕(又)見"糟粕"。

粗　(cū)㊀tsou¹〔操〕❶本指米糙，引申為不精或毛糙的通稱。如：粗米；粗布；粗紙。也專指粗糙。❷粗大。如：粗繩；粗紗；粗眉大眼。也指聲音。如：粗嗓子。❸粗疏；粗略；粗心大意；粗具規模。❹粗魯；粗笨。如：粗聲粗氣；粗手笨腳。

【粗率】(—shuài)❶粗心大意；草率。❷粗劣簡陋。

【粗糙】糙米。

【粗服亂頭】蓬頭垢服，謂不加修飾。

粘　"黏"的異體字。

六畫

栖 (xī)粵sɐi¹[西]碎米。

粟 (sù)粵suk⁷[叔]❶植物名。古代亦稱"禾"、"稷"、"穀",今北方通稱"穀子",去殼叫"小米"。一年生草本。子粒卵圓形、黃白色。供食用或釀酒。❷糧食的通稱。如:重農貴粟。❸俸祿。❹泛指粟狀物。亦以喩物之微小。如:滄海一粟。❺皮膚上起小疙瘩。

粢 (zī)粵dzi¹[咨]❶稷,粟米。❷穀類的總稱。❸糙粗糰。
【粢盛】(-chéng)古時盛在祭器內以供祭祀的穀物。亦作"齍盛"、"齊盛"。

粵 (yuè)粵jyt⁹[月]❶古作語助,與"聿"、"越"、"曰"通用,用於句首或句中。❷同"越"。古族名,泛稱百粵。❸廣東省的簡稱。
【粵若】同"曰若"。作語助,用於句首。
【粵犬吠雪】義同"蜀犬吠日"。比喩少見多怪。

粥 ㊀(zhōu)粵dzuk⁷[祝]❶稀飯。❷見"粥粥"。
㊁同"鬻"。
【粥粥】鳥自呼聲。

粧 "妝"的異體字。

粙 "䄻"的異體字。

粦 同"磷㊀"。

七 畫

粮 "糧"的簡化字。

粰 "䴸"的異體字。

粱 (liáng)粵lœŋ⁴[良]❶即"高粱"。一年生草本。種子供食用或釀酒。❷精美的飯食。參見"粱肉"、"膏粱"。
【粱肉】指精美的膳食。

粲 (càn)粵tsan³[燦]❶上等白米。❷鮮豔;燦爛。❸露齒而笑。如:以博一粲。

【粲粲】形容文采鮮美。
【粲爛】同"燦爛"。

粳 **秔** (jīng)粵geŋ¹[庚]〔粳稻〕中國栽培稻的一個品種。
同"秔"。

八 畫

粹 (cuì)粵sœy⁶[睡]sœy⁵[緒](又)❶純粹。❷精華。如:精粹;文粹。❸專一。❹通"萃"。聚聚;齊全。

粺 (bài)粵bai⁶[敗]❶一石粗米舂取九斗的精米。❷"稗"的異體字。

粻(粻) (zhāng)粵dzœŋ¹[章]食糧。

粼 (lín)粵lœn⁴[倫]見"粼粼"。
【粼粼】形容水清澈。

精 (jīng)粵dziŋ¹[晶]❶精舂過的上白米。❷凡物的純質。如:酒精;糖精;香精。❸精液。如:遺精。❹精神;精力。如:聚精會神;精疲力竭。❺傳說中的精靈、精怪。如:妖精。❻工緻;細密。如:精工;精製;精打細算。❼用功深而專一。如:精究;專精。❽通"淨"。如:精光;精空。❾眼明。如:精明。
【精一】❶精心一意。❷專一。
【精心】專心;認真細心。如:精心之作。
【精明】❶精細明察;聰明。❷猶言精誠、誠信。❸猶精明。
【精舍】❶舊時書齋、學舍,集生徒講學之所。後亦稱僧、道居住或講道說法之所爲精舍。❷指心;謂精神所居之處。
【精神】❶哲學名詞。就是人的意識。❷猶神志、心神。❸猶精力,活力。
【精悍】精明強悍。
【精爽】❶猶言精神,神明。❷迷信者所指的靈魂。
【精湛】(-zhàn)精切純粹;精深。如:精湛的藝術;學問精湛。
【精華】亦作"菁華"。指事物最精粹、最好的部分。如:剔除其糟粕,吸收其精華。

【精進】❶精心一志，努力上進。❷佛教六度之一。精，謂精純無惡雜；進，謂升進不懈怠。

【精幹】精明幹練。

【精辟】精深透徹。如：見解精辟。

【精粹】精華純粹。亦指最精最純的東西。

【精煉】❶精工煅煉，提取精華。如：煉鐵原油。❷形容語言簡明扼要。如：文辭精煉。

【精誠】至誠；真心誠意。

【精練】❶精心學習。❷謂久經訓練而精強。❸金的代稱。一作"精煉"。

【精衞】古代神話中的鳥名。亦稱"冤禽"。《山海經·北山經》載，炎帝女因游東海淹死，靈魂化為精衞，經常銜西山木石去填東海。後人常以"精衞填海"、"精衞銜木(石)"作為意志堅決的比喻。

【精簡】❶精揀；精心選擇。❷指節約財政支出、裁併機構、調整工作人員及簡化行政或工作程序等措施。如：精簡節約；精簡機構。

【精靈】❶機靈，心思敏捷。❷指鬼神或神仙。

【精益求精】好了還要求更好。

粽　"糭"的異體字。

九　畫

糅　(róu)粵jeu²〔衣口切〕混雜。

猴　(hóu)粵heu⁴〔喉〕乾糧。

糈　(xǔ)粵seu²〔水〕❶糧。如：餉糈。❷祭神用的精米。

糭　(zòng)粵dzuŋ³〔粽〕dzuŋ²〔腫〕(又)糭子，用箬葉包裹糯米而煮成的食品。參見"角黍"。

糊　㊀(hú)粵wu⁴〔胡〕❶稠粥。參見"糊口"。❷同"煳"。燒焦。如：飯糊了；饅頭烤糊了。❸見"糊塗"、"模糊"。
㊁(hù)粵同㊀❶像稠粥一樣的濃厚液汁。如：芥糊；辣椒糊。(粵口語讀高上聲)❷欺騙；蒙混。如：糊弄。

㊂(hū，讀音hú)粵同㊀❶塗附；黏合。如：裱糊；糊窗紙；糊風箏。❷封閉。如：糊縫子；糊窟窿。

【糊口】❶本是吃粥的意思。比喻生活艱難，勉強度日。❷寄食。

【糊塗】頭腦不清楚，不明事理。也泛指模糊不清。亦作"糊突"、"胡突"。

糌　(zān)粵dza¹〔渣〕[糌粑]藏族人民的主食之一，即炒麪。以青稞、豆類等炒熟磨製而成。

糍　同"糌"。

十　畫

糒　(bèi)粵bei⁶〔備〕乾糧。

糕　(gāo)粵gou¹〔高〕用米粉、麥粉或豆粉等做成的塊狀食品。如：年糕；蛋糕；綠豆糕。

糖　(táng)粵toŋ⁴〔唐〕食用糖及糖製食品的統稱。如：白糖；冰糖；酥糖；花生糖。

糗　(qiǔ)粵jeu²〔柚〕tseu³〔臭〕(又)炒熟的米麥等穀物。有搗成粉的，有不搗成粉的。

【糗糧】乾糧。

糍　(cí)粵tsi⁴〔池〕一種用糯米蒸製的食品。如：糍糰；糍粑。

十一畫

糙　(cāo)粵tsou³〔燥〕❶粗，米脫殼而未舂的狀態。如：糙米；糶糙。❷不細致；不光滑。如：粗糙；毛糙。

糜　㊀(mí)粵mei⁴〔眉〕❶粥。❷碎爛。
㊁(méi)粵同㊁[糜子]即黍之不黏者。

【糜沸】同"靡沸"。混亂的樣子。

【糜費】耗費過度；浪費。亦作"靡費"。

【糜爛】❶碎爛；稀爛。❷毀傷；摧殘。❸皮膚或黏膜表面受到損傷或局部發炎形成的小而淺的表性缺損。

糝(糁) (sǎn)粵sam²〔沙減切〕❶以米和羹。❷飯粒。今吳方言、江淮方言謂飯粒為米糝、飯粒。引申為散粒。

糞(粪) (fèn)粵fen³〔訓〕❶俗稱大便。由未被消化的食物殘渣、腸道內的細菌、分泌物和部分代謝產物等組成。❷穢;見"糞土"。❸施肥。如:糞田。❹掃除。如:糞除。

【糞土】穢土;髒土。也比喻惡劣下賤的事物。

【糞除】打掃;清除。

【糞壤】可作肥料的灰土。

糟 (zāo)粵dzou¹〔遭〕❶酒渣。❷用酒或糟醃製食物。如:糟肉;糟魚。❸比喻事情搞壞,不可收拾。如:不要把事情弄糟了。❹作踐;浪費。如:糟蹋;糟踐。

【糟粕】酒渣,比喻事物粗劣無用的部分。與"精華"相對。亦作"糟魄"。

【糟糠】指窮人用來充飢的酒渣糠皮等粗劣的食物。亦用來指曾經共患難的妻子。如:糟糠之妻。

糠 (kāng)粵hoŋ¹〔康〕從稻、麥等穀物上脫下的皮、殼。

【糠秕】米糠和癟穀。比喻瑣末無用的人或物。亦作"秕糠"。

【糠覈】糠裏的粗屑,以指粗食。

糙 同"糕"。

糡 (jiàng)粵gœŋ⁶〔忌讓切〕亦作"糡"。糨子,即糨糊,用來粘東西的黏糊。

十二畫

糍 同"餈"。

糧(粮) (liáng)粵lœŋ⁴〔良〕❶糧食;特指行人携帶的乾糧。❷田賦。如:徵糧;完糧。

【糧道】❶運糧的道路。❷官名。明清兩代,都設督糧道,督運各省漕糧。簡稱糧道。

【糧餉】舊指軍隊中發給官、兵的口糧和錢。

糧 同"糧"。

十三畫

糒 同"糒"。

十四畫

糯 (nuò)粵nɔ⁶〔懦〕[糯稻]中國栽培稻的一個變種。富於黏性。

糰(团) (tuán)粵tyn⁴〔團〕米或粉製成的球形食品。如:湯糰。

十五畫

糲(粝) (lì)粵lei⁶〔麗〕粗米。

十六畫

糴(籴) (dí)粵dɛk⁹〔笛〕買進糧食。

糵 (niè)粵jit⁹〔熱〕jip⁹〔葉〕(又)亦作"蘗"。麴,釀酒用的發酵劑。參見"麴糵"。

十七畫

蘗 同"糵"。

十九畫

糶(粜) (tiào)粵tiu³〔跳〕賣出糧食。

二十一畫

糷(𥹄) (làn)粵lan⁶〔爛〕爛飯。

糸 部

糸 (mì)粵mik⁹〔覓〕細絲。

一畫

系 (xì)粵hɐi⁶〔係〕❶聯綴。引申爲系統。如：派系；世系；直系親屬。❷高等學校按專業性質設置的教學行政單位。如：中國語言文學系；化學系。❸某些學科中分類的名稱。如：漢藏語系(語言學)。❹地質學名詞。見"紀❹"。❺"繫"的簡化字。

【系統】❶自成體系的組織；相同或相類的事物按一定的秩序和內部聯繫組合而成的整體。如：組織系統；消化系統；灌溉系統。❷始終一貫的條理；順序。如：系統化；系統學習。

糺 "糾"的異體字。

二畫

糾(纠) (jiū，舊讀jiǔ)粵gɐu²〔九〕dɐu²〔斗〕(俗)❶三股的繩索。引申爲纏繞，糾纏。❷結集；連合。❸督察；矯正。

【糾紛】❶紛擾。亦指爭執。❷交錯雜亂的樣子。

【糾葛】糾纏不清的事件。

【糾譑】收取；搜刮。

【糾纏】纏繞糾結，難解難分。引申爲纏擾不休。如：一味糾纏。

三畫

紀(纪) ㊀(jì)粵gei²〔己〕❶整理；綜理。如：綱紀四方。❷紀律。如：軍紀。❸紀年的單位，若干年循環一次爲一紀。⑴古代以十二年爲一紀。⑵古曆法以十九年爲章，四章爲蔀，二十蔀爲紀，三紀爲元。⑶一世。❹地質學名詞。一般地質時代劃分的第二級單位，也就是"代"以下的單位。一個代包括幾個紀，如古生代包括寒武紀、奧陶紀、志留紀、泥盆紀、石炭紀和二疊紀等六個紀。在紀的時間內形成的地層叫做"系"，如寒武系、奧陶系等。❺通"記"。如：紀錄。❻史書的一種體裁，專記帝王的歷史事迹及一代大事。如：《史記·高祖本紀》。

㊁(jǐ)粵同㊀姓。

【紀元】歷史上紀年的起算年代。中國紀元，始於西周"共和"元年(公元前841年)。自漢武帝"建元"元年(公元前140年)以後，歷朝諸帝皆立年號紀元；亦有中途改元者。在歐洲，希臘人曾以公元前776年(第一次奧林匹亞競技會)，羅馬人以公元前754——前753年(始建羅馬城)爲紀元。阿拉伯人以公元622年(穆罕默德由麥加遷麥地那)爲紀元。今世界上多數國家採用公元紀年。

【紀律】❶綱紀法律。❷指要求人們在集體生活中遵守秩序、執行命令和履行自己職責的一種行爲規則。

【紀極】終極；限度。

【紀綱】❶法制。亦作"綱紀"。❷治理；管理。

【紀錄】❶猶記錄；事實的記載。❷記載下來的最高成績。如：創造新紀錄；打破世界紀錄。

紂(纣) (zhòu)粵dzɐu⁶〔就〕❶馬鞧，亦謂馬鞦，即馬後帶。❷一作"受"，亦稱"帝辛"。商代最後一個君主。

紃(𬘛) (xún)粵tsœn⁴〔巡〕❶細帶。❷通"循"。

約(约) (yuē)粵jœk⁸〔虐〕❶纏束；環束。引申爲檢束。❷以語言或文字互訂共守的條件。如：要約；契約；盟約。❸邀請。如：特約；約他來。❹緊縮；節儉。如：節約。❺簡要。如：由博返約。❻大略。如：約計；大約。❼算術上指用公因數去除分子和分母使分數簡化。如：$\frac{5}{10}$可以約成$\frac{1}{2}$。

【約束】控制；管束。

【約略】❶大略。如：約略估計。❷隨便地，不經意。

【約莫】大概；約略估計。

【約定俗成】謂事物的名稱是依據人們的共同意向而制定的，因而爲人所承認和遵守。

後來把根據共同習慣或共同認識固定下來而為大家所承認的事物，都稱為"約定俗成"。

紅(红)

⊖(hóng)⑧huŋ⁴[洪]❶像火、血等的顏色。❷表示勝利、成功等喜事。如：滿堂紅。❸指喜慶事。如：紅白大事。❹指人發迹或受上司寵信。如：走紅；紅人。❺私營機構年終時分配給股東或僱員的利潤。如：紅利；花紅。

⊜(gōng)⑧guŋ¹[工]通"工"。指婦女的生產作業，紡績、縫紉、刺繡等。見"女紅"、"紅女"。

【紅人】指受上司寵信的人或得意的人。

【紅女】(gōng—)亦作"工女"。古代稱從事紡績等工作的婦女。

【紅牙】指調節樂曲板眼的拍板或牙板。以檀木製成，色紅，故名。也泛指檀木所製的樂器。

【紅豆】紅豆樹、海紅豆及相思子等植物種子的統稱。朱紅色，有的一端黑色，或有黑色斑點。古人常用以象徵愛情或相思。

【紅妝】指女子盛妝。也用以指美女。

【紅雨】比喻落花。

【紅粉】胭脂和鉛粉，女子的化妝品。引申以指女子。

【紅袖】指女子的豔色衣衫。也指女子。

【紅塵】❶鬧市的飛塵，形容繁華、熱鬧的市面。❷佛家謂人世間為"紅塵"。

【紅樓】華美的樓房；常指富家女子的住處。

【紅顏】年輕人的紅潤臉色。也特指女子美麗的容貌。引申指女子。

【紅鸞】算命者所說的吉星，主婚配等事。

【紅羊劫】古人以為丙午、丁未兩年為國家發生災禍的年份。丙、午為火，色紅；未為羊；因稱國家的大亂為"紅羊劫"。

【紅杏尚書】指宋代的宋祁。宋祁曾官工部尚書，曾填詞，所作《玉樓春》詞有"紅杏枝頭春意鬧"句，同時的詞人張先因稱宋為"紅杏枝頭春意鬧尚書"。後人簡稱宋為"紅杏尚書"。

【紅葉題詩】唐代盛傳的良緣巧合故事。《雲溪友議》卷十載，唐宣宗時，舍人盧渥偶從御溝中拾到一片紅葉，上面題有絕句一

首，他就藏在箱子裏。後來宣宗放宮女嫁人，盧渥前往擇配，恰巧把題詩者擇到。成婚之後，宮女在箱中發現紅葉，盧渥方知題詩的就是他的妻子。

紆(纡)

(yū)⑧jy¹[于]❶屈曲；曲折。❷屈抑。見"紆尊降貴"。

【紆徐】緩步。

【紆軫】❶隱痛在心，鬱結不解。❷曲折；盤曲。

【紆鬱】愁苦蘊結於胸中。

【紆尊降貴】亦作"降貴紆尊"。謂地位高貴的人自抑身分，其實是借以獵取名譽。

紇(纥)

⊖(hé)⑧het⁹[劾][回紇]中國古代民族名。唐天寶三年(公元744年)建政權於今鄂爾渾河流域。

⊜(gē)⑧get⁷[吉]見"紇縫"。

【紇縫】(gē—)繩縷等打成的結。

紈(纨)

(wán)⑧jyn⁴[元]細絹；細緻潔白的薄綢。

【紈素】精緻潔白的細綢。也泛指絲織品。

【紈扇】細絹製成的團扇。

【紈袴】古代貴家子弟所穿的細絹褲，引申以稱衣著華麗，游手好閒，什麼事也不能幹的富貴人家子弟。亦作"紈絝"。

紉(纫)

(rèn)⑧jen⁶[刃]❶搓繩；捻綫。❷貫穿聯綴。見"紉佩"。❸以綫穿針。如：紉針。❹縫紉；做衣服。So指縫補。❺至柔高溫。

【紉佩】紉，連綴；佩，佩飾。書信中比喻對別人所施的德澤或教益，銘感不忘。

紃

同"綑"。

紓

"紆"的本字。

四　畫

紊

(wěn，舊讀wèn)⑧men⁶[問]亂。

紋(纹)

(wén)⑧men⁴[文]絲織品上的花紋。也泛指一般的紋路或花紋。如：指紋；羅紋紙。

納(纳)

(nà)⑧nap⁹[呐]❶收入；接受；容納；享受。如：出納；

採納；閉門不納。❷進入；藏入。如：納入正軌。❸交付；致送。如：納稅；納糧。❹密訂縫紉。如：納鞋底。

【納吉】古代婚禮"六禮"之一。男家卜得吉兆之後，備禮通知女家，決定締結婚姻。

【納罕】詫異；驚奇。

【納采】古代婚禮"六禮"之一。男家請媒人向女家提親，女家答應婚後，男家備禮前去求婚。

【納貢】❶古代諸侯以財物進貢給天子；或域外的國家前來進貢。❷科舉制度中貢入國子監的生員之一種。明清制度，凡由生員納取得貢生資格的，稱納貢或例貢，由普通身分納捐取得貢生資格的稱例監。

【納悶】發悶；疑惑不解。

【納款】猶投誠。亦指接受投誠。

【納粟】❶古代富人捐粟以取得官爵或贖罪的手段。❷明清時代，富家子弟繳納一筆錢給政府，准國子監肄業，稱為監生，可不經過州府學考試，直接參加鄉試。也稱為"納粟"。

【納福】享福；受福。舊時通信或見面時常用的問好話。

【納幣】古代婚禮"六禮"之一，也稱為"納徵"。男女兩方締婚之後，男家把聘禮送給女家。

【納徵】亦稱"納幣"。古代婚禮"六禮"之一。納吉之後，男家以聘禮送給女家。

紐（纽）

(niǔ)⑧neu²〔扭〕❶交互而成的扣結。如：紐扣。❷紐結；紐扣。❸裝在器物上以備挽携懸繫的襻兒。如：秤紐；印紐。❸供人操縱的機鍵；有關全局的關鍵。如：電紐。樞紐。❹連結；聯繫。如：紐帶。❺音韻學名詞。聲母的別稱。

紒（绐）

(jì)⑧gei³〔計〕束髮為髻。

紓（纾）

(shū)⑧sy¹〔書〕❶解除。如：紓難。❷使寬裕；寬舒。❸延緩。

純（纯）

(chún)⑧sœn⁴〔腎〕❶絲。❷純粹；精純。如：純金；爐火純青。❸全；皆。❹淨。如：純利。

【純粹】純正不雜。引申指德行完美無缺。今亦用為全然之意。如：純粹為了集體利益。

【純樸】❶未經雕斲的原木材。❷純正而質實。指人的性格。

紕（纰）

㊀(pī)⑧pei¹〔披〕邪曲；不正。如：紕漏"，"紕繆"。
㊁(pí)⑧pei⁴〔皮〕在衣冠或旗幟上鑲邊。也指所鑲的邊緣。

【紕漏】錯誤；漏洞。

【紕繆】錯誤。

紖（纼）

(zhèn)⑧dzen⁵〔直引切〕穿在牛鼻上以備牽引的繩子；牛繩。

紗（纱）

(shā)⑧sa¹〔沙〕❶棉、麻等紡成的細縷，可以拈織織布。❷經緯稀疏而鬆薄的織物，古多以絲為之。❸像紗布的。如：鐵紗。

紘（纮）

(hóng)⑧weŋ⁴〔宏〕❶古時冠冕上的紐帶，由頷下挽上而繫在旁的兩端。❷維繫。❸古代編帽成組的繩子。

紙（纸）

(zhǐ)⑧dzi²〔指〕❶用以書寫、印刷、繪畫或包裝等的片狀纖維製品。❷指文書的件數或張數。如：一紙空文。

【紙錢】祭祀時燒給死人當錢用的紙錢之類。

【紙上談兵】《史記·廉頗藺相如列傳》載，戰國時趙國名將趙奢的兒子趙括，少時學兵法，善於談兵，父親亦難不倒他。後來代廉頗為趙將，只據兵書，不知通變，在長平之戰中為秦軍所敗。後多指不聯繫實際誇誇其談為"紙上談兵"。

【紙醉金迷】見"金迷紙醉"。

級（级）

(jí)⑧kɐp⁷〔吸〕❶等級。如技術、工資的級別，學習的年級等。特指官階品級。❷階；級。如：石級；拾級而上。❸古指戰爭中或用刑時斬下的人頭。如：首級。

紛（纷）

(fēn)⑧fɐn¹〔分〕❶旗上的飄帶。❷盛多。❸旗幟；科綬。如：排難解紛。❹混淆；雜亂。

【紛更】亂加更改；多所改動。

【紛披】❶分散；雜沓。❷亂。

【紛沓】紛繁雜沓。

【紛拏】同"紛拏"。

【紛挐】混亂；混雜。

【紛紜】❶紊亂的樣子。❷衆多的樣子。❸煩忙的樣子。

【紛紜】❶盛多的樣子。❷雜亂；擾亂。

【紛華】亦作"芬華"。繁華富麗；榮耀。

【紛編】❶混亂的樣子。❷忙碌。❸淵博。

【紛縕】(一yūn)五彩斑斕的樣子。

【紛擾】紛亂；騷擾混亂。

【紛紅駭綠】形容花草樹木隨風擺動。駭，散亂。

紜(纭) (yún)粵wen⁴〔雲〕見"紜紜"、"紛紜"。

【紜紜】多而亂的樣子。

紝(纴) (rèn)粵jem⁶〔任〕亦作"絍"。織布帛的絲縷。也指紡織。

紞(统) (dǎn)粵dam²〔膽〕古代冕飾上以繫瑱的帶子。❷縫綴在被端以別上下的絲帶。❸擊鼓聲。

紟(紟) ㊀(jīn)粵gem¹〔金〕同"衿❷"。繫衣帶。
㊁(jìn)gem³〔禁〕單被。

素 (sù)粵sou³〔訴〕❶白色的生繒。引申指白色或單純的顏色。如：素絲；素淨。特指喪服的顏色。見"素服"、"素車"。❷質樸；本色的，不加修飾色彩的。如：樸素。❸構成事物的基本成分。如：元素；因素。❹通"愫"。本心；眞情。如：情素。❺素來；向來。❻白；不代代價。見"素餐"。❼蔬果類的食品。如：吃素；素菜。

【素一】純樸。

【素心】❶心地純樸。❷本心；平素的心意。

【素交】眞誠不移的友情；老朋友。

【素位】謂安於其素所處的地位。

【素車】古代帝王居喪時用的車子，用白土塗刷，不加油漆，用白色的麻和繪為飾。也泛指喪事用的車子。參見"素車白馬"。

【素冠】舊時居喪或遭其他凶事時所著的白色冠服。

【素食】❶蔬食。❷供生吃的果實，指瓜果。❸不勞而食。

【素養】經常修習培養。如：藝術素養；文學素養。

【素娥】古代傳說中嫦娥的別稱，亦泛指月宮的仙女。

【素商】秋季的別稱。古代"五行"的說法，秋季色尚白，樂音配商，故有此稱。

【素節】❶秋天，特指重陽節。❷平日的行為。❸指清白或清高的操行。

【素履】❶指平凡樸實的言行舉止。❷居喪所穿的鞋子。❸轉用爲對居喪者的問候語。如：敬候素履。

【素餐】素，空。素餐，謂不勞而坐食。

【素懷】平時的想法；生平的懷抱。

【素車白馬】以喪事所用的車馬。後以"素車白馬"爲送葬之辭。

【素昧平生】謂彼此一向不了解。昧，不明白。

紡(纺) (fǎng)粵fɔŋ²〔訪〕❶把各種紡織纖維製成紗或綫。如：紡紗。❷絲織物類名。

索 ㊀(suǒ)粵sɔk⁸〔朔〕❶繩索。引申爲鏈條。如：鐵索。❷單獨。如：離羣索居。
㊁(suǒ)粵sak⁸〔沙嚇切〕sɔk⁸〔朔〕(又)❶討取。如：索償；索錢。❷尋找。如：探索；搜索。如：按圖索驥。

【索引】把書刊中的項目或內容摘記下來，每條下標注出處頁碼，按一定次序排列，供人查閱的資料。也叫引得。

【索句】❶索取詩詞。❷搜索詩句，指構思。

【索性】乾脆；直截爽快。

【索居】孤獨地生活。

【索索】❶恐懼的樣子。❷無生氣的樣子。❸碎細的聲音。

【索莫】亦作"索漠"、"索寞"。枯寂無生氣的樣子。

【索然】❶離散零落的樣子。引申爲空盡之意。如：興致索然；索然寡味。

【索虜】南北朝時南朝對北朝的辱稱。

紮 "紥"的異體字。

絚 (gěng)粵geŋ²〔梗〕同"綆"。

五畫

袟(绖) (zhì)⑧dit⁹〔秩〕縫；補綴。

紥(扎) ㊀(zhá)⑧dzat⁸〔札〕駐紥；屯
紥。

㊁(zā)同⸢紮⸥纏縛；捆紮。如：紥辮子；
紥行李。東西紥成一束也叫一紥。

紬 ㊀(chōu)⑧tseu¹[抽]抽引；理出絲
縷的頭緒。引申為尋繹義理，綴成條理。

【紬繹】(chōu—)引端伸義；闡述。

累 ㊀(lěi)⑧lœy⁵[壘]❶堆疊；積累。
❷重疊。如：累土為山；日積月累。
❸屢次；接連。如：累戰皆捷。

㊁(lèi)⑧lœy⁶[淚]❶疲勞。如：不怕
累；不覺得累。❷煩勞；麻煩❸帶累；
使受害。如：累及無辜。❹虧欠。如：虧
累。❺負擔。指依靠自己養活的妻子兒
女。如：家累。

㊂同⸢纍⸥。

【累卵】疊起來的蛋很容易倒下打碎，比喻處
境危險之極。

【累累】猶⸢屢屢⸥。一次又一次。

【累黍】❶古代累列絫粒計算長度，據以制尺
及定音樂律管的長度。❷⸢累⸥通⸢絫⸥。
絫、黍，古代兩種微小的重量單位。合
謂數量微小之至。如：不差累黍。參見
⸢黍累⸥。

【累墜】(léi—)亦作⸢累贅⸥。拖累；重壓。

【累贅】(léi—)❶同⸢累墜⸥。❷形容文字繁
複。

細(细) (xì)⑧sei³[世]❶體積微小或
瘦小。如：細沙；細竹。❷聲
音尖小或輕微。如：細嗓子。❸致密；精
緻。如：細布；細工。❹仔細。如：細磨
細琢；精耕細作。❺微小；瑣小；不重
要。如：繁細；苛細；薄物細故。

【細人】❶指見識短淺或地位低微的人。❷謂
年輕的侍女。

【細行】(—xíng)生活上的小節。

【細作】暗探；間諜。

【細君】妻子的代稱。

【細故】無關重要的小事情。

【細軟】指珠寶綢帛等輕便而易於携帶的貴重
衣物。

【細腰】❶纖細的腰身。❷指土蜂，細腰蜂。

【細節】❶瑣細的事情；無關緊要的行為。❷
文學藝術作品中細膩地描繪人物性格、事
件發展、社會環境和自然景物的最基本的
組成單位。

【細膩】❶細緻潤澤；不粗糙。❷形容文藝上
的描寫或表演細緻入微。

【細水長流】亦作⸢小水常流⸥。❶比喻節約使
用錢物，不致缺乏。❷比喻一點一滴、持
續有恒地做一件工作。

【細針密縷】縫製細密，比喻工作和處理問題
細緻周到。

紱(绂) (fú)⑧fɐt⁷[弗]❶同⸢市⸥。古
代作祭服的蔽膝。❷亦作
⸢韍⸥。繫印的絲帶。

紲(绁) ㊀(xiè)⑧sit⁸[洩]❶牽牲畜的
繩子。❷縛罪人的繩索。見
⸢縲紲⸥。❸縛。

㊁(yì)⑧jɐi⁶[移繫切]越度。

紳(绅) (shēn)⑧sɐn¹[申]❶古代士大
夫束在衣外的大帶。引申指
束紳的人士。如：鄉紳。參見⸢紳衿⸥。❷
束紳。

【紳士】舊時稱地方上有勢力的地主或退職的
官像。參見⸢紳衿⸥。

【紳衿】紳，大帶，士大夫所服用；衿，青
衿，學中生員的服式。舊時泛指地方紳士
和在學的人。

【紳耆】紳士和年老有地位的人。

紵(纻) (zhù)⑧tsy⁵[柱]❶苧麻。❷
苧麻織成的粗布。

紹(绍) (shào)⑧siu⁶[邵]繼續。亦謂
繼承者。

【紹介】同⸢介紹⸥。

【紹述】繼承。

紺(绀) (gàn)⑧gɐm³[禁]天青色，一
種深青帶紅的顏色。

紼(绋) (fú)⑧fɐt⁷[弗]❶大繩。❷亦
作⸢綍⸥。特指下葬時引柩入穴
的繩索。如：執綿。❸通⸢紱⸥。繫印紐的
絲繩。

紽(纮)　(tuó)粵to⁴〔駝〕古代計絲的單位。

紾(纱)　(zhěn)粵dzen²〔知殄切〕tsen²〔殄〕(又)❶扭轉；彎曲。❷轉化。

紿(绐)　(dài)粵doi⁶〔代〕toi⁵〔殆〕(又)欺騙；謊言。

絀(绌)　(chù)粵dzyt⁸〔拙〕❶猶"絉"，縫。❷猶"屈"。引申為不足。如：相形見絀；左支右絀。❸自古以來；往昔。❸通"黜"。貶退；排除。

絁(绝)　(shī)粵si¹〔施〕粗綢，似布。

終(终)　(zhōng)粵dzuŋ¹〔中〕❶後；結束；末了。如：終點；有始有終。❷死。如：送終。❸到底。如：終日。❸盡。如：終日。
【終天】終身，一般用於死喪不幸的事。如：抱恨終天。
【終古】❶久遠；永遠。如：終古常新。❷經常。❸自古以來；往昔。
【終竟】完畢；窮盡。
【終極】窮盡；最後。
【終養】(—yàng)古人辭官奉養父母或祖父母，直到壽終為止。
【終南捷徑】劉肅《大唐新語·隱逸》載，唐盧藏用想入朝作官，就隱居在京城附近的終南山，以冀徵召，時人稱之為隱居高士。後果被召入仕。司馬承禎也曾被召，欲歸山，藏用指終南山說："此中大有嘉處。"承禎說："以僕視之，仕宦之捷徑耳。"後以"終南捷徑"比喻求取名利最近便的門路，也比喻達到目的的便捷途徑。

絃　"弦❶❷❸"的異體字。

組(组)　(zǔ)粵dzou²〔阻〕❶用絲織成的闊帶子。古代中作佩印或佩玉的綬。也用以穿印。見"組甲"。❷編織。❸結合。如：組成。❹由不多的人員組成的小單位。如：小組；互助組。❺把性質相近的事物有系統地合置在一起。一般指文藝作品。如：組詩；組歌。
【組甲】用繩子聯綴皮革或鐵片以製成的鎧甲。也指穿組甲作戰的兵士。參見"組

練"。
【組合】幾個可獨立的部分結合為一體。
【組練】古代玉佩上繫玉的絲帶。
【組練】"組甲被練"的簡稱。軍士所穿的兩種衣甲，引申以指精壯的軍隊。
【組織】❶按照一定的目的、任務和形式加以編制。也：組織起來。❷指依照所編制的集體。如：工會組織。❷指組成的形式或組成部分之間的關係。如：組織龐大；組織嚴密。❸紡織。❹指造句構辭，作詩文。❺物質的結構形式。如：平紋組織；斜紋組織。❻多細胞動、植物體內由許多相似的細胞和同質物質組成的基本結構。
【組綬】古代繫冠用的絲帶。

絅　同"褧"。

絆(绊)　(bàn)粵bun⁶〔伴〕❶拘繫馬腳。引申為牽制或約束。如：絆腳。參見"羈絆"。❷走路時因腳受阻礙而傾跌。如：被石頭絆倒。

絇(绚)　(qú)粵kœy⁴〔渠〕古時鞋頭上的裝飾，有孔，可以穿繫鞋帶。

絑　同"袜"。

絍　同"絍"。

紨(绋)　(fū)粵fu¹〔夫〕布；粗綢。

六　畫

絎(绗)　(háng)粵hɔŋ⁴〔杭〕粗粗地縫；在棉衣、棉被等物上長針縫住，使裏面的棉絮固定。如：絎棉被。

線　"綖"的異體字。

結(结)　㊀(jié)粵git⁸〔潔〕❶用線繩等物打結或編織；也指結成之物。如：結繩；結網；蝴蝶結。❷紮縛。如：掛燈結彩。❸構造。見"結構"。❹連結；締結。如：結交；結約。❺交。如：結怨。❻凝結；凝固。如：結冰。❼締結；結束。如：結帳；結案。❽舊時向官府承

擔責任或承認了結的證件。如：甘結；具結。❾凸出的結形物或塊狀物。如：喉結。

㊀(jiē)⓶同❶見"結實❷"。

【結口】不敢開口；緘默不言。

【結舌】❶猶"結口"。不敢講話；不敢進言。❷擂不下，受驚的樣子。如：瞠目結舌。

【結束】❶完畢；告一段落。如：會議結束。❷裝束；打扮。❸治裝；打點行李。

【結念】心所專注；積想所在。

【結草】《左傳·宣公十五年》載，春秋晉魏武子臨死時，囑咐兒子顆將他寵愛的妾來殉葬。及至魏武子死去，魏顆將他的妾嫁去。後顆與秦杜回戰，見老人結草助之。是夜夢見老人說："余所嫁婦之父也。"後因以"結草"爲報恩深重，雖死也要報答之意。

【結構】❶構造房屋。❷屋宇構造的式樣。❸各個部分的配合；組織。如：工程結構；文章結構。

【結實】❶植物生長果實。❷(jiē)牢固。亦謂壯健。如：身體結實。

【結髮】猶"束髮"。本指年輕的時候，因蘇武有"結髮爲夫妻"的詩句，故亦作結婚解。也指元配妻子。

【結撰】本謂構思一擬定，後用以稱作文的命意構思，佈局成章。如：精心結撰。

【結縭】亦稱"結褵"。古代女子出嫁，母親把帨(佩巾)結在女兒身上。後用爲成婚的代稱。

【結廬】謂構屋居住。

【結軨】將蒙在車上的漆革固結起來，使車中閉塞而不通氣。也喻心中鬱塞不暢。

【結草銜環】比喻感恩報德，至死不忘。參見"結草"、"銜環"。

【結駟連騎】車馬衆多，形容排場闊綽。

紫(zǐ)⓶dzi²[子]藍和紅合成的顏色。古人以爲紫色不是正色。

【紫陌】❶謂京都的道路。❷郊野間的道路。

【紫氣】指祥瑞的光氣或所謂祥瑞之氣。參見"紫氣東來"。

【紫毫】剛銳的紫色兔毛，也指用此製成的毛筆。

【紫虛】天空；高空。因雲霞映日而成紫色，故名。

【紫禁】古人以紫微星垣比喻皇帝的居處，因稱皇宮爲"紫禁宮"。

【紫電】❶祥瑞的光氣。❷形容目光銳利。❸古寶劍名。

【紫薇郎】"薇"亦作"微"。唐代官名，紫薇侍郎的簡稱，即中書侍郎。

【紫氣東來】《史記·老子列傳·索隱》引劉向《列仙傳》載，老子出函谷關，關令尹喜見有紫氣從東來，知道將有聖人過關。果然老子騎了青牛前來，喜便請他寫下了《道德經》。後人因以"紫氣東來"表示祥瑞。

絓(絓)(guà)⓶gwa³[掛]受阻；絆住。

【絓牽】牽掛。

【絓閡】同"掛礙"。阻礙。

【絓誤】同"詿誤"。

絕(绝)(jué)⓶dzyt⁹[拙]❶斷；斷盡。如：絡繹不絕。❷盡。如：絕路；絕處逢生。❸極；最；獨特。如：絕妙；絕技。❹全然；絕對。如：絕無僅有；絕不相干。❺隔絕。如：絕域；絕塞。❻穿過；越過。如：絕大漠。❼舊體詩的一種體裁。以五、七言爲主，有五言、有七言。

【絕世】❶死。❷冠絕當代。

【絕叫】大聲呼叫。

【絕代】❶冠絕當代。❷遠古的年代。

【絕地】❶謂絕遠的地方；阻隔不通的地方。❷極爲困窘的境地；沒有生路的境地。

【絕色】指極美的女子。也指極美的顏色。

【絕交】同朋友斷絕關係。也指國與國間斷絕外交關係或斷絕某種關係。

【絕技】極高的本領；無人能及的技藝。

【絕俗】❶與世間隔絕。❷遠過於尋常。

【絕迹】❶不見蹤迹。❷謂至絕境，人迹不通的地方。❸謂不通往來。❹卓絕的功業；不尋常的事迹。

【絕倫】特異；超過同輩。

【絕倒】❶大笑不能自持。❷極爲傾倒；極其佩服。❸暈倒。

【絕席】不同席，獨坐一席。表示地位尊貴。

【絕域】❶極遠的地方。❷與外界隔絕的地方。

【絕唱】指詩文創作的最高造詣；也指最好的作品。

【絕望】毫無希望；斷念。

【絕粒】❶斷糧。❷猶辟穀。古代道家以摒除火食，不進米穀爲一種修煉的方法。也泛指絕食。

【絕筆】❶擱筆；不再寫下去。孔子修《春秋》，絕筆於魯哀公十四年。後稱臨死前寫的東西爲"絕筆"。❷好到極點的詩文書畫。

【絕塞】(—sài)❶極遠的邊塞。❷越過防塞。

【絕裾】扯斷衣襟。謂去意堅決。

【絕對】❶完全。如：絕對優勢。❷一定的，肯定的。如：絕對可以辦到；絕對可以得到勝利。❸只以某一條件爲根據，不考慮其他條件的。如：絕對溫度。❹哲學上指無條件的，永恆的，無限的。如：絕對眞理。

【絕塵】❶脚不沾塵土，形容奔馳得很快。亦謂超越凡俗，不可企及。❷隔絕塵俗。

【絕學】❶失傳獨到的學術；失傳的學問。❷廢絕學業。

【絕壁】非常陡峭、無路可上的山崖。

【絕傳】謂學問技藝的失傳。

【絕纓】《說苑·復恩》載，楚莊王有一次宴飲羣臣，大家都吃得很高興，殿上的燭忽然熄滅。有人暗裏牽王后的衣服，王后扯下了他冠上的纓，告訴莊王，要求查辦。莊王不肯，却命令大家都扯下冠纓盡情歡樂。後來吳兵攻楚，有一人抗擊敵人特別勇敢，莊王問他，他說："臣，先殿上絕纓者也。"纓，帽帶。後因以"絕纓"爲度量寬大的典故。

【絕命辭】指將死時所寫表示與世決絕的文辭。

【絕口不道】閉口不談。

【絕無僅有】極其少有。

【絕長補短】移多補少。指國土縱廣言。今通作"截長補短"，指一切事物的長短相濟，以有餘補不足。

絖　同"纊"。

絛　"縧"的異體字。

絜　㊀(xié)❺kit⁸[揭]用繩子計量圓筒形物體的粗細。引申爲衡量。
㊁(潔)"潔"的異體字。

絞(绞)　(jiāo)❺gau³[狡]❶用兩根以上的細長條扭結成一根繩索。如：絞鐵索；絞纜繩。❷成絞物的量名。如：一絞頭繩。❸扭轉，擠壓。如：絞手巾；絞腦汁。❹勒死；吊死。如：絞死。

絡(络)　㊀(luò)❺lɔk⁸[洛]❶纏絲。❷纏繞；籠罩。亦指馬籠頭。❸泛指網狀物。如：橘絡；絲瓜絡。❹人體的脈絡。如：經絡。❺接上關係。如：聯絡。
㊁(lào)❺同㊀見"絡子"。

【絡子】(lào—)❶線繩結成的網狀袋子。❷纏絲繞紗的器具。

【絡頭】❶馬籠頭。❷古代的一種頭巾。

【絡繹】亦作"絡驛"、"駱驛"。往來不絕；前後相接。

絢(绚)　(xuàn)❺hyn³[勸]絢爛，有文彩。

【絢爛】色彩燦爛。如：文詞絢爛。

給(给)　㊀(jǐ)❺kɐp⁸[急]❶供給；養。如：補給；自給自足。❷豐足；富裕。如：家給人足。❸敏捷。參見"口給"。
㊁(gěi)❺同㊀❶爲；替。如：給大家幫忙；他給我當翻譯。❷把。如：給羊趕上，別讓跑了。❸讓；使。如：解開衣服給醫生檢查。❹被。如：羊給狼吃了。❺給予。如：給他一本新書。

絨(绒)　(róng)❺juŋ⁴[容]juŋ²[湧](語)❶鳥獸身上的柔毛。如：鴨絨；駝絨。❷古代織物名。❸現代絲織物類名。

絪(细)　(yin)❺jɐn¹[因]❶見"絪縕"。❷通"茵"。褥子；床墊。

【絪縕】❶中國古代哲學術語。同"氤氳"。萬

物由相互作用而變化生長之意。❷氣或光色混和鼓蕩的樣子。亦作"氤氳"、"烟熅"。

絭 (juàn)[粵]hyn^{3}〔勸〕gyn^{3}〔眷〕(又)束袖繩。引申爲束縛。

絮 (xù)[粵]sœy^{6}〔睡〕sœy^{5}〔緒〕(又)❶粗絲綿。❷彈鬆的棉花。如：棉絮。❸某些植物似棉絮的花。如：柳絮；蘆絮。❹在衣服、被褥裏鋪棉花。如：絮棉襖；絮棉被。❺見"絮聒"、"絮語"。

【絮叨】(—dāo)形容說話繁瑣；嘮叨。

【絮聒】(—guō)嘮叨不休。亦作"聒絮"。

【絮絮】嘮嘮叨叨地講個不休。如：絮絮叨叨。

【絮語】連續不絕地低聲談話。

絰(绖) (dié)[粵]dit^{9}〔秩〕古代用麻做的喪帽喪帶。

統(统) (tǒng)[粵]tuŋ^{2}〔桶〕❶絲緒的總束。❷一脈相承的系統。如：傳統；血統。❸統一。參見"大一統"。❹主管；綜理。❺從全局出發；全面。如：統籌；統購統銷。

【統一】總於一。"一"亦作"壹"。❶集中；歸總。❷謂整個國家由一個中央政府統治。❸共尊奉一說。

【統御】控制；駕馭。

【統籌】通盤籌劃。如：統籌全局；統籌兼顧。

【統攝】統轄。

絲(丝) (sī)[粵]si^{1}〔私〕❶蠶絲。引申以稱一切像絲的東西。如：蜘蛛絲；鋼絲；藕絲。❷絲織品；綢帛的總稱。❸一種計算長度、容量和重量的微小單位名。千分之一分。如：釐毫絲忽。引申以形容細微之極。如：一絲不苟。❹八音之一，指弦樂器。參見"八音"。

【絲竹】❶中國對弦樂器(如琵琶、二胡等)與竹製管樂器(如簫、笛等)的總稱。亦泛指音樂。❷中國民間器樂的一種。流行於全國各地。以笛、笙、二胡、三弦、琵琶、揚琴等爲主要樂器。

【絲桐】指琴。琴多用桐木製成，上安絲弦，故稱爲"絲桐"。

【絲毫】形容細微之至。

【絲綸】絲，細縷；綸，粗絲。舊時臣下諛頌帝王權勢極盛，用以比喻帝王的一句極微細的話也會產生很大的影響。後稱帝王的詔書爲"絲綸"。

【絲蘿】兔絲和女蘿，都是蔓生植物，糾結一起，不易分開。舊因用"絲蘿"比喻婚姻。

【絲來綫去】糾纏牽扯。

【絲絲入扣】扣，通"簆"。織布時，每條經綫都有條不紊地從簆中通過。比喻一一合拍，絲毫沒有出入。

絳(绛) (jiàng)[粵]gɔŋ^{3}〔降〕大紅色。

【絳河】即銀河。

【絳帳】紅色帳帷。爲師長或講座的代稱，含有尊敬稱美的意思。

【絳闕】指皇宮前的門闕。

絚(𫄢) (gēng)[粵]gɐŋ^{1}〔庚〕亦作"絙"。❶粗索。❷緊；急。

絙 "絚"的異體字。

絘(𫄟) (cì)[粵]tsi^{3}〔次〕本義績麻綫，引申爲按市肆的次第收稅。

絍 同"紝"。

絝(绔) (kù)[粵]fu^{3}〔富〕同"袴"。古指套褲。

絯(𫄤) (gāi)[粵]gɔi^{1}〔該〕拘束。

絥(𫄠) (fú，又讀bèi)[粵]fuk^{9}〔服〕bei^{6}〔備〕(又)亦作"鞦"，又作"鞴"。古代車上的鋪墊物。

絫 (lěi)[粵]lœy^{5}〔呂〕古代重量單位名。亦作"累"。參見"黍累"、"累黍"。

七　畫

絹(绢) (juàn)[粵]gyn^{3}〔眷〕❶絲織物類名。❷手絹，即手帕。

【絹素】作書畫用的白絹。

絺(𫄨) (chī)[粵]tsi^{1}〔雌〕❶細葛布。❷古邑名。春秋周地。在今河南沁陽西南。

絻(𫄸) ㊀(wèn)[粵]mɐn^{6}〔問〕古代喪服之一，去冠，用布包裹髮

鬘。亦指穿這種喪服。

㊀(miǎn)粵min⁵(免)同"冕"。禮冠。

絿(绿)
(qiú)粵kɐu⁴(求)急躁。

綁(绑)
(bǎng)粵bɔŋ²(榜)捆紮；拴縛。如：捆綁；綁紮。

綃(绡)
(xiāo)粵siu¹(消)生絲織成的薄綢；薄紗。

【綃頭】同"帩頭"。古時包頭髮的紗巾。

綅(缲)
㊀(qīn)粵tsɐm¹(侵)綫。

㊁(xiān)粵tsim¹(簽)黑白相間的紡織品。

綆(绠)
(gěng)粵gɐŋ²(哽)汲水桶上的繩索。

【綆短汲深】用短繩子吊取深井的水，比喻能力小、難以勝任艱巨的事。

綈(绨)
㊀(tí)粵tei⁴(提)光滑厚實的絲織品。

㊁(tì)粵tei³(替)比繩子厚實、粗糙的紡織品，用絲做聖、棉綫做緯。

【綈袍】粗綈做的袍子。《史記·范雎列傳》載，戰國時，范雎給魏中大夫須賈辦事，被須賈在魏相前毀謗，受打成傷。後來范雎改名張祿，入秦為相。須賈出使到秦國，范雎扮成窮人去見他，須賈說："范叔一寒如此哉？"送他一件綈袍。等到發現他就是秦相，乃袒袒謝罪。范雎因須賈饋贈綈袍，戀慕有故人之意，便不加害。後以"綈袍"表示不忘舊情之意。

綌(绤)
(xì)粵gwik⁷(瓜益切)粗葛布。

綍(绋)
(fú)粵fɐt⁷(弗)同"紼❶❷"。❶大索。❷特指引柩的繩索。

綏(绥)
(suí，又讀suī)粵sœy¹(須)❶登車時拉手所用。❷安；安撫。書信結尾處用為祝頌安好語。如：台綏；近綏。

【綏靖】安撫平定。

經(经)
(jīng)粵giŋ¹(京)❶指規範，原則。如：經典。❷織物的縱綫。與"緯"相對。如：經綫。❸南北行的道路。又地理學上所使想像通過地球南北極而與赤道成直角的東西方綫。如：東經；西經；經度。❹正常；尋常。如：不經之談。❺

身崇為典範的著作或宗教的典籍。如：十三經；《聖經》。有時又指關於某一事物或技藝的專著，如《茶經》。❻治理。如：經國。❼測量；計度；籌劃。參見"經始"。❽經過；經歷。如：久經考驗；身經百戰。❾人體的經脈。如：經絡。❿指婦女的月經。如：經期；調經。⓫禁受。如：經不起。

【經手】經管；承辦。

【經心】❶猶言縈心，煩心。❷注意；留心。如：漫不經心。

【經由】經過。

【經武】見"整軍經武"。

【經典】❶最重要的、有指導作用的著作。❷指宗教的經書。

【經始】本指開始測量營造。後泛指開創事業。

【經界】古代井田的界劃丈量。經，即要劃丈量；界指田壟之類的界綫。

【經紀】❶秩序。❷安排；料理。❸經營資產。亦指商販。如：小經紀。❹為買賣雙方撮合從中取得佣金的人。

【經師】漢代以儒家經學教授學徒的學官。後也指傳授儒家經學的知識分子。

【經書】指《周易》、《書經》、《詩經》、《周禮》、《儀禮》、《禮記》、《春秋》、《論語》、《孝經》等儒家經傳。

【經術】經學；儒術。

【經理】❶經書的義理。❷常理。❸治理；經營管理。❹企業中負責經營管理的人。

【經傳】舊稱儒家的著作為經，解釋經文的書為傳，合稱經傳。後泛指有代表性的書籍。如：不見經傳。

【經常】❶可以經久常行的。❷常常；歷久不斷。如：身體要經常鍛煉。❸日常性的費用開支。

【經絡】❶策劃遠理。❷官名。唐於邊防置經略使，宋有經略安撫使，皆簡稱"經略"。明清有重要軍事任務時始設經略，職位高於總督。清中葉以後不設。

【經折】裝經書的箱子。比喻學問淵博。

【經筵】宋代為皇帝講解經傳史籍特設的講席。自大學士、翰林侍讀學士、翰林侍講學士至崇政殿說書皆得充任講官，其他官員亦有兼任之者。以每年二月至端午節、

八月至冬至節爲講期，逢單日入侍，輪流講讀。

【經意】❶注意；經心。❷猶"經義"。經書的大旨要義。

【經義】❶經書的意旨。❷科舉考試所用文體之一。以儒家經書中文句爲題，應試者作文闡明其中義理。始於宋代，~~明~~清時形成一種固定的八股文體。

【經綸】整理絲縷。引申爲處理國家大事。也指政治才能。如：滿腹經綸。

【經幢】刻有佛的名字或經咒的石柱子，柱身多爲六角形或圓形。

【經緯】❶織物的直綫叫"經"，橫綫叫"緯"。❷指道路。南北爲"經"，東西爲"緯"。❸經書和緯書。❹指經緯度。

【經歷】❶歷時。亦指歷時久遠。❷經過；亦指親身經歷過的事情。如：一生的經歷。❸官名。元以後主要設於御史台及都察院，外省則如元之肅政廉訪司，明清之布政使司、按察使司均設經歷，職掌爲出納文書。

【經濟】❶經世濟民；治理國家。❷節約。❸一定時期的社會生產關係的總和。❹國民經濟的總稱，或指國民經濟中的各部門。如：工業經濟；農業經濟。

【經學】解釋儒家經書之學。先秦儒家經書經過秦朝焚書後大都不存，漢初由儒者口授用當時文字——隸書記錄的稱今文經，對經書作的解釋，叫今文經學；後來發現的用戰國時文字寫的經書叫古文經，對古文經作的解釋叫古文經學。一般今文經學家多研究經文中的"微言大義"。古文經學派多做名物、訓詁、考據方面的研究，曾盛行於東漢，六朝、唐、宋影響也較大，到清代形成有影響的乾嘉學派。

【經營】❶本謂度量營造。引申爲籌劃營謀。如：慘淡經營。亦指藝術構思。❷專指經管辦理經濟事業。如：經營商業。

【經籍】❶泛指古代的圖書。

【經驗】❶經歷。❷泛指由實踐得來的知識或技能。如：經驗豐富；總結經驗。也指由歷史證明的結論。如：歷史的經驗值得注意。❸哲學名詞。通常指感覺經驗，即感性認識。

綖(綖)　㊀(yán)⑧jin¹[言]❶古代冕上的裝飾；覆在冕上的布。❷通"延"。綖，鬆懈。

綎(綎)　(ting，又讀ting)⑧tip¹[他丁切]tip⁴[停](又)絲帶；佩玉上的綬帶。

親　"襯"的古文。

綑　"捆"的異體字。

緐　"繁"的本字。

縫　(féng)⑧fuŋ⁴[馮]同"縫"。

綉　"繡"的異體字。

八畫

綜(綜)　㊀(zòng)⑧dzuŋ³[眾]織布機上使經綫上下交錯以受緯綫的一種裝置。
㊁(zōng)⑧dzuŋ¹[中]聚集；集合。如：綜合；綜計。
【綜合】把各方面的不同類別的事物組合在一起。
【綜核名實】(綜zōng)考核事物的名稱與實際內容，以觀其是否相符。常用於吏治。

綝(綝)　(shēn，又讀lín)⑧sem¹[森]lem⁴[林](又)見"綝纚"。
【綝纚】(-si)亦作"襂纚"、"襂襹"。衣裳、毛羽等下垂的樣子。

緁(緁)　(lì)⑧lei⁶[麗]用莢草染成的一種黑黃而近綠的顏色。

綠(綠)　㊀(lù)⑧luk⁹[陸]❶青中帶黃的顏色。❷氯氣也叫綠氣。參見"氣"。
㊁(lù)同㊀用於"綠林"、"綠兒"等。
【綠耳】(lù—)馬名。周穆王"八駿"之一。亦作"駬耳"。
【綠林】(lù—)新莽末年，王匡、王鳳等聚衆起義，佔據綠林山(今湖北當陽東北)，號"綠林軍"。後因稱聚集山林反抗封建統治、誅鋤惡豪的武裝結合爲"綠

林"。亦用指羣盜股匪。

【綠洲】沙漠中有水草的地方。

【綠雲】比喻女子烏黑的頭髮。

【綠綺】古琴名。後用爲琴的代稱。

【綠錢】苔蘚的別稱。

【綠蟻】酒面上的綠色泡沫，也作爲酒的代稱。亦作"浮蟻"。參見"浮蟻"。

【綠鬢】烏黑而光亮的鬢髮。引申爲青春年少的容顏。

【綠頭巾】元明時規定娼家男子戴綠頭巾。後因婦妻有外遇系戴綠頭巾。

【綠衣使者】指鸚鵡。《開元天寶遺事‧鸚鵡告事》載，唐代長安豪民楊崇義被妻劉氏和鄰人李弇謀殺，縣官到場查看，楊家的鸚鵡忽作人言，說殺家主的是李弇。案情大白。唐玄宗因封鸚鵡爲"綠衣使者"。近代稱郵遞員爲綠衣使者。

【綠葉成陰】《唐詩紀事》卷五十六載，杜牧曾遊湖州，見一少女。十四年後，牧爲湖州刺史，女已嫁生子。牧作詩說："狂風落盡深紅色，綠葉成陰子滿枝。"後因以指女子出嫁生有子女。

綢(绸) (chóu) 粵tsœu⁴〔酬〕❶一種薄而軟的絲織品。❷纏縛。見"綢繆❶"。

【綢繆】❶緊密纏縛。如：未雨綢繆。❷猶纏綿，謂情意深厚。如：情意綢繆。

綣(卷) (quǎn) 粵hyn²〔勸〕❶屈。❷見"繾綣"。

綦(綦) (qí) 粵kei¹〔其〕❶蒼艾色。❷極。❸之言甚詳；望之綦切。

【綦巾】即圍裙。

綪(绪) (qiàn) 粵sin⁶〔善〕赤色繒。

綫(线) (xiàn) 粵sin³〔扇〕❶用絲、金屬、或麻等製成的細長的東西。如：棉綫；電綫。❷細長像綫的東西。如：光綫；綫香。比喻細微。如：一綫生機；一綫希望。❸路綫；如：航綫；運輸綫。❹界綫。如：國境綫。❺綫索。

【綫索】❶比喻事情的頭緒。如：事雖複雜，但有綫索可尋。❷貫串在整個敍事性文學作品或戲劇、電影的情節發展中的脈絡。

綬(绶) (shòu) 粵sœu⁶〔受〕古代繫帷幕或紐的絲帶。

維(维) (wéi) 粵wai⁴〔惟〕❶繫物的大繩。參見"地維"。比喻一切事物賴以固定的東西。參見"綱維❶"、"四維"。❷連結；繫。如：維舟。❸考慮；計度。如：思維。❹文言助詞。如：維妙維肖。

【維持】本謂維繫護持，使不致失墜。今多用爲保持、支持的意思。如：維持秩序。

【維新】謂變舊法而行新政。

【維妙維肖】形容描繪、模仿人或物的神情狀態非常逼真。

綮 (qìng) 粵hing³〔慶〕筋骨結合處。見"肯綮"。
(qǐ) 粵kei²〔啓〕通"棨"。古代官吏出行時作符信的戟衣。

綯(绹) (táo) 粵tou⁴〔逃〕繩索。

綰(绾) (wǎn) 粵wan²〔蛙反切〕❶繫；盤結。見"綰轂"。❷控扼；鈎聯。見"綰轂"。❸捲；綰。如：綰起袖子。

【綰轂】樞紐，車輻所聚之處。比喻處於中樞地位，對各方面起聯絡、扼制的作用。

綱(纲) (gāng) 粵gɔŋ¹〔江〕❶網上的總繩。❷事物的總要。如：大綱；總綱；綱舉目張。❸舊時成批運輸貨物的組織。如：茶綱；鹽綱；花石綱。❹生物分類系統上所用的等級之一。如：哺乳綱；雙子葉植物綱。

【綱目】❶大綱和細目。也指前列大綱後分細目的著作。如：李時珍《本草綱目》。❷猶言"法綱"。

【綱要】總綱和要則。今多用爲提舉總綱和要則的著作或文件的名稱。

【綱紀】❶同"紀綱❶"。❷猶言"綱要"。❸治理；管理。❹古代主簿綜理一府之事，稱綱紀。後稱管理一家事務的僕人爲"綱紀"。

【綱常】"三綱""五常"的合稱。參見"三綱五常"。

【綱領】❶總綱；要領。今一般指政治綱領。❷泛指起指導作用的原則。如：綱領性文件。

【網維】❶亦作"維綱"。指統治國家的重要法紀。❷寺廟中管理事務的和尚。

【網舉目張】目，網上的眼子。舉起網上的大繩，所有網眼卻都張開。常用以比喻條理分明，或抓住主要環節，帶動一切。

網(网) (wǎng) ⑧mɔŋ⁵ [罔] ❶用繩線織成的捕魚或鳥獸的用具。❷形狀像網的東西。如：蛛網；電網。❸縱橫交錯而成的組織或系統。如：通訊網；交通網；灌溉網。❹用網捕捉。如：網着一條魚。

【網羅】❶捕捉魚類和禽獸的用具。❷比喻招羅搜求。如：網羅人才。❸比喻束縛人的東西。

【網開三面】比喻從寬處理。亦作"網開一面"。

綴(缀) ㊀(zhuì) ⑧dzœy³ [最] ❶縫。如：補綴。❷連結；拼合。如：綴辭；綴言。也指連結的部分。如：前綴；後綴。❸裝飾；點綴。
㊁(chuò) ⑧dzyt⁸ [拙] ❶通"輟"。停止。❷拘束。

【綴文】聯綴辭句成爲文章；作文。
【綴集】聚合；聯綴。多指著述。
【綴緝】相連綴。
【綴輯】編輯。亦作"綴緝"。

綵 (cǎi) ⑧tsɔi² [採] 彩色絲綢。如：剪綵。五彩絲織物。又作"彩"。

【綵勝】即旛勝。唐宋風俗，每逢立春日，以小紙旛戴在頭上或繫在花下，慶祝春日來臨。

綸(纶) ㊀(lún) ⑧lœn⁴ [輪] ❶青絲綬，古代官吏緊印用的青絲帶。❷較粗的絲線，常指釣絲。如：垂綸。
㊁(guān) ⑧gwan¹ [關] 見"綸巾"。

【綸巾】(guān—)古代用絲帶做的頭巾。
【綸音】皇帝的詔令。

絡(络) (liǔ) ⑧lɐu⁵ [柳] ❶絲縷的組合體。❷綫、麻、鬚、髮等的一股。如：一絡綵綫；五綹長髯；一絡青絲。❸身上佩帶的東西。如：剪絡；絡飾。

綺(绮) (qǐ) ⑧ji² [倚] ❶有花紋的絲織品。如：羅綺；紈綺。❷美麗；美盛。如：綺麗；綺年玉貌。

【綺井】即"藻井"。有圖案的天花板。
【綺年】猶華年。少年。
【綺思】美妙的想像。
【綺語】❶美妙的語句。❷佛家語。涉及愛情或閨門中的豔麗辭藻及一切雜穢語，佛家列爲四口業之一。後亦專稱詞之纏綿言情者爲"綺語"。
【綺靡】美麗細緻。

綻(绽) (zhàn) ⑧dzan⁶ [賺] ❶亦作"袒"。縫。❷裂開。

綼(绰) (bì) ⑧bik⁸ [壁] 裳幅的緣飾。

綽(绰) ㊀(chuò) ⑧tsœk⁸ [卓] ❶寬。❷姿容柔美。❸猶攪。吹滅；擾亂。
㊁(chāo) ⑧tsau¹ [抄] 通"抄"。抄取；抓取。如：綽起一根棍子。

【綽約】亦作"淖約"、"婥約"、"弱約"。❶形容姿態柔美。❷柔順的樣子。
【綽號】諢名；外號。
【綽綽】寬裕舒緩的樣子。
【綽有餘裕】綽、裕，都是寬的意思。形容態度從容，不慌不忙的樣子。亦作"綽有餘暇"。通常亦以指能力、財力的寬裕有餘。

綾(绫) (líng) ⑧liŋ⁴ [零] 一種很薄的絲織品。

緄(绲) (gǔn) ⑧gwen² [滾] ❶繩。❷織成的帶子。❸滾邊。❹捆；束。

緅 (zōu) ⑧dzɐu [周] 一種黑中帶紅的顏色，俗稱紅青色。

緆(緆) (xī) ⑧sik⁷ [式] ❶細布。❷裳的下飾。

緇(缁) (zī) ⑧dzi¹ [支] 亦作"材"。黑色。

【緇衣】❶用黑布做的衣服。❷僧尼之服。
【緇素】❶黑白。❷僧俗。緇，黑衣，僧家之服；素，白衣，常人之服。
【緇流】僧衆。
【緇黃】僧道的代稱。和尚穿緇服，道士戴黃冠，故稱。

冠，故稱"緇黃"。

【緇塵】比喩世俗的汚垢。

緉(緉) (liǎng)粵lœŋ⁵〔兩〕古代計算鞋子的量名，猶言雙。

緊(紧) (jǐn)粵gen²〔謹〕❶物體受拉力後呈現張力很大的狀態。與"鬆"相對。如：釷面綳得很緊。❷收束。如：緊一緊腰帶。❸密接無間。如：一個勝利緊接着一個勝利。❹牢固；堅固。如：緊扣勿忘。❺迫切；急；不寬裕。如：任務緊；預算打得緊。❻猛；激急。如：北風緊。

【緊湊】密切連接，中間沒有多餘的東西或空隙。如：行程安排緊凑。

【緊縮】縮小；屬行節約。如：緊縮開支。

【緊箍咒】《西遊記》裏觀世音菩薩傳授給唐僧用來制服孫悟空的咒語。後以比喩束縛人或逼迫太緊使人爲難的事。

緐 "繁"的異體字。

緋(绯) (fēi)粵fei¹〔非〕大紅色。

【緋聞】有關男女之間的豔聞。

綿(绵) (mián)粵min⁴〔眠〕❶絲綿。❷微弱；薄弱。參見"綿綿"、"綿薄"、"綿力"。❸連續不斷；延續。如：綿延。❹久遠。

【綿力】猶微力。

【綿亘】連綿不斷；延伸。

【綿惙】(—chuò)病勢危急。

【綿密】❶柔和緊密。❷細緻周密。

【綿頓】身體委頓。形容久病衰弱。

【綿綿】連綿不斷的樣子。

【綿篤】病勢沉重。

【綿薄】自謙之辭，猶言微力、微勞。如：敢竭綿薄。

【綿邈】❶遙遠。❷久遠。

【綿蠻】鳥聲。

【綿裏針】❶比喩柔中有剛。亦比喩外貌和善，內心尖刻。❷比喩小心、珍護。

綀 "緖㊀❷"的本字。

綧(綧) (zhǔn)粵dzœn²〔準〕同"準"。標準。

綳 "綳"的異體字。

綯 "綯"的異體字

綹 同"緖"。

九　畫

緒(绪) (xù)粵sœy⁵〔髓〕❶絲頭。引申爲頭緒或開端。如：頭緒；緒論。❷前人未竟的功業。如：續未竟之緒。❸連綿不斷的情思。如：情緒；愁緒；離緒。❹殘餘的。參見"緒餘"。

【緒言】發端之言；已發而未盡的言論。今多指著作前概述部分，也叫"緒論"。

【緒餘】抽絲後留在繭子上的殘絲。後泛指剩餘的，次要的部分。

緗(缃) (xiāng)粵sœŋ¹〔商〕淺黃色。

【緗帙】淺黃色的書衣，引申爲書卷。

【緗素】淺黃色的細絹。古時多用以爲書衣，故稱書卷爲"緗素"。

【緗縹】"縹緗"。淺黃色和淡青色的帛。古時常用以作書衣，因以指書卷。

緘(缄) (jiān)粵gam¹〔監〕❶器物的紮束或封口。❷封閉。特指封信。❸書信。

【緘口】指閉口不言。

【緘札】書信。

【緘默】閉口不言。

緙(缂) (kè)粵kak⁸〔卡嚇切〕❶織緯。❷同"刻"，緙絲即刻絲。手工藝美術絲織品。

綫 "綫"的異體字。

緜 "綿"的異體字。

緝(缉) ㊀(jī，舊讀qī)粵tsep⁷〔輯〕❶把麻析成縷連接起來。如：緝麻。❷本作"緁"。縫衣邊。❸搜捕。如：緝私；通緝。
㊁(qī)同㊀一種密針縫紉法。如：緝鞋口。

【緝熙】光明。
【緝緝】"緝"本作"咠"。交頭接耳私語的聲音。

緞(缎) (duàn)粵dyn6〔段〕❶本亦作"鍛"。加在鞋跟上的皮革。❷質地厚密，一面光滑的絲織品。

締(缔) (dì)粵dɐi3〔帝〕❶結合；訂立。如：締約。❷約束；限制。如：取締。
【締造】經營創造。如：締造大業。

緡(缗) (mín)粵mɐn4〔民〕亦作"緍"。❶釣絲。❷安弦綫。❸穿錢的繩子。亦指成串的錢，一千文爲一緡。

緣(缘) (yuán)粵jyn4〔元〕❶邊。如：邊緣。❷循；沿；繞。如：緣溪而上。❸攀援。如：緣木求魚。❹緣分；機緣。如：一面之緣。❺佛教指事物生起或壞滅的輔助條件。詳"因緣❸"。亦即爲因緣的省稱。如：結緣；化緣。❻原故。如：無緣無故。❼爲了；因爲。如：緣何。
㈡(yuàn)粵jyn6〔願〕衣服邊上的鑲緄。
【緣分】(—fèn)因緣；機緣。
【緣坐】猶連坐；因受連累而獲罪。
【緣法】❶遵循法度。❷佛教稱遇到能隨緣指引入法門者爲有緣法。
【緣起】❶佛教名詞。佛教認爲，宇宙一切事物，都是由衆因緣(條件)湊合而生起，故名。❷一種敍述故事始末緣由的通俗文體。❸一種敍述編輯、著作或舉辦某種事情的緣由、宗旨的文字。
【緣飾】(yuàn—)猶言文飾。給某些言論，措施找出處，找根據。常用作貶辭或謙辭。
【緣木求魚】爬到樹上去捉魚。比喻行動和目的相反，一定得不到結果。
【緣情體物】猶言抒情和狀物。

緤 (xiè)粵sit8〔屑〕同"紲㈠"。牽牲畜的繩子。引申爲繫；繫住。

緥 "褓"的異體字。

緦(缌) (sī)粵si1〔思〕細麻布，用以製喪服。參見"緦麻"。
【緦麻】舊時喪服名，五服中最輕的一種。其服用細麻布製成。服期三月。凡本宗爲高祖父母、曾伯叔祖父母、族伯叔父母、族兄弟及未嫁族姊妹，又外姓中爲中表兄弟、岳父母等，都服之。

緧 同"鞧"。

編(编) (biān)粵pin1〔偏〕❶古時用以穿聯竹簡的皮條或繩子。參見"韋編"。後稱一部書或書的一部分。如：人手一編；第一編；上編。❷交織；編結。如：編草帽；編籬笆。❸組織排列。如：編號；編組。也指成組的。如：編鐘；編磬。❹編輯；製作。如：編雜誌；編劇本；編山歌。❺捏造。參見"編派"。
【編貝】排列起來的貝殼。常用以形容牙齒的潔白整齊。
【編制】❶制訂。如：編制法規；編制教案。❷機關、企業、學校的組織及其人員數量和職務的分配。如：擴充編制；緊縮編制。
【編派】捏造或誇大他人情狀進行譏諷。
【編管】宋代官吏因罪除去名籍貶謫州郡，編入該地戶籍，並由地方官吏加以管束，叫做"編管"。
【編簡】書籍，多指史册。
【編纂】根據大量的資料，整理編寫書籍。
【編年體】中國史書的一種體裁，按年月日編排史實。如《資治通鑑》等。

緩(缓) (huǎn)粵wun6〔煥〕❶慢；遲；延遲。如：緩辦；緩步當車。❷寬；鬆。如：衣帶日已緩。❸緩和；不緊張。如：緩急。❹蘇醒；恢復。如：病人昏過去又緩過來。
【緩刑】對犯人所判處的刑罰在一定條件下延期執行或不執行。緩刑期間，如不再犯新罪，就不再執行原判刑罰，否則，就把前後所判處的刑罰合併執行。
【緩軍】延緩進軍，以待敵情的變化。
【緩急】困厄；情勢急迫。
【緩帶】放寬衣帶。從容自在的樣子。
【緩衝】使衝突緩和。如：緩衝地帶。
【緩頰】謂婉言勸解或代人講情。
【緩兵之計】設法拖延時間，使事態暫時緩和的策略。

緔 同“總”。

綯 同“總”。

緬（缅）(miǎn)粵min⁵〔免〕❶遙遠的樣子。如：緬懷；緬想。❷緬甸的簡稱。

【緬靦】同“靦腆”。羞愧。

【緬邈】遙遠的樣子，含有瞻望不及的意思。

緯（纬）(wěi)粵wei⁵〔偉〕❶織物的橫綫。與“經”相對。❷東西的橫路。如：緯陌。又地理學上所假想爲地球上與赤道平行的南北分度綫。如：南緯；北緯；緯度。❸行星的古稱。謂之恒星稱經星。❹書名。對“經書”而言。如《詩》、《書》、《禮》、《樂》、《易》、《春秋》和《孝經》的緯書，總稱七緯。後又指考證經文名物的書。如《古經服緯》。

【緯車】紡車。

【緯繣】乖戾，不相合。

緱（缑）(gōu)粵geu¹〔溝〕纏在劍柄上的繩子。

緲（缈）(miǎo)粵miu⁵〔秒〕見“縹緲”。

練（练）(liàn)粵lin⁶〔鍊〕❶亦作“湅”。把絲麻或布帛煮得柔軟潔白。❷練過的布帛，多指潔白的熟絹。如：澄江如練。❸練習；訓練。如：練字；練兵。❹閱歷多；熟悉。如：老練；幹練；練事。❺古代祭名。父母去世第十一個月祭於家廟，可穿練過的布帛，故以爲名。

【練達】熟練通達。

纏（缠）(biàn)，舊讀pián〔駢〕用麻、麥楷等編成辮子模樣的材料。

緹（缇）(tí)粵tei¹〔提〕丹黃色；淺絳色。

【緹騎】(—jì)古代當朝官吏的前導和隨從的騎士。後亦指逮捕犯人的禁衞吏役。

緧 同“鞦”。

緊 “緊”的異體字。

緻（致）(zhì)粵dzi³〔至〕❶精密；細密。如：細緻；工緻。❷縫補。

【緻密】猶周密、細密。

縕（缊）㊀(yùn)粵wen³〔慍〕❶以新綿合舊絮。❷亂麻。❸亂。❹通“蘊”。淵奧之處，猶言淵源。㊁(yūn)粵wen¹〔温〕見“絪縕”。

【縕袍】以亂麻爲絮的袍子。

【縕靐】麻絮衣。

縈（萦）(yíng)粵jing⁴〔營〕纏繞。引申爲牽絆、牽掛。

【縈回】亦作“縈迴”。盤旋；迴繞。

縚（绦）(tāo)粵tou¹〔滔〕是“縧”的異體字。❷亦作“韜”。劍或弓의套子。

縉（缙）(jìn)粵dzœn³〔進〕❶帛赤色。❷通“搢”。見“縉紳”。

【縉紳】同“搢紳”。指舊時官宦的裝束。亦作官宦的代稱。

縊（缢）(yì)粵ei³〔翳〕弔死；勒死。

縋（缒）(zhuì)粵dzœy⁶〔罪〕繫在繩子上放下去。

縏（鞶）(pán)粵pun⁴〔盤〕小袋。

縐（绉）(zhòu)粵dzeu³〔晝〕❶細葛布。❷一種有縐紋的絲織品。❸同“皺”。皺縮。

縑（缣）(jiān)粵gim¹〔兼〕雙絲的細絹。

【縑素】供書畫用的白色細絹。

縗（缞）(cuī)粵tsœy¹〔崔〕亦作“衰”。古時喪服，用粗麻布製成，披於胸前。

縛（缚）(fù)粵fok⁸〔霍〕bok⁸〔博〕(又)❶用繩纏束。❷特指捆綁。如：手無縛雞之力。❸拘束。如：受束縛。

縝（缜）(zhěn)粵tsen²〔診〕dzen〔紙隱切〕(又)❶細緻。見“縝密”。

●"。❷通"鬏"。黑髮。

【縝密】❶細緻精密。❷謹慎周密。

縞(缟)　(gǎo)粵gou²[稿]❶未經染色的絹。❷白色。

【縞素】❶白色的衣服，指喪服。❷泛指白色絲織物。

縟(缛)　(rù)粵juk⁹[辱]❶繁密的彩飾。❷繁複；繁瑣。如：縟文縟節。❸通"褥"。

縠(hú)粵huk⁹[酷]縐紗一類的絲織物。

縡(缂)　(zài)粵dzɔi²[宰] dzɔi³[再](又)事情。

縢(téng)粵tɐŋ⁴[騰]❶纏束。❷封緘。❸綁腿布。

縣(县)　(xiàn)粵jyn⁶[願]❶省級以下的行政區劃單位名。❷古稱天子所居之地，即王畿。

【縣官】❶古指天子。❷指朝廷，官府。❸指縣級官吏。

十一畫

繃(绊)　(bì)粵bɐt⁷[不]❶縫著。❷同"韠"。蔽膝。

縫(缝)　㊀(féng)粵fuŋ³[逢]以針線連綴。

㊁(fèng)粵fuŋ⁶[奉]fuŋ⁴[逢](又)❶縫合的地方。如：天衣無縫。❷空隙。如：中縫；騎縫。

縭(缡)　(lí)粵lei⁴[離]❶亦作"褵"。古時女子出嫁時所繫的佩巾。❷通"攡"。維繫。

縮(缩)　㊀(suō)粵suk⁷[宿]❶捆束。❷減縮；緊縮。如：節衣縮食；縮小範圍。❸收斂。如：蜷縮；畏縮。

㊁(sù)粵同㊀[縮砂密]多年生草本植物，種子入中藥，稱砂仁。

【縮手】不敢再做下去。

【縮影】指可以代表同一類型的具體而微的人或事物。

縰(纚)　(shǐ)粵si²[史]❶同"攡❶"。❷見"縰縰"。

【縰縰】形容眾多。

縱(纵)　㊀(zòng)粵dzuŋ³[眾]❶發放。如：縱矢；縱攀。❷釋放。如：欲擒故縱；縱虎歸山。❸放縱；聽任。如：縱情；恣縱；縱容。❹廣泛地；任意地。如：縱觀；縱論。❺聳；向上引。如：縱身一跳。❻即使；縱使。

㊁(zòng)，舊讀zōng粵dzuŋ¹[中]亦作"從"。❶直；從下到上或從上到下；南北之間。與"橫"相對。如：縱橫。

【縱火】放火。

【縱目】放眼遠望。

【縱言】猶漫談。

【縱酒】任意飲酒，不加節制。

【縱逸】恣意放蕩。

【縱橫】❶橫豎交錯。❷奔放；不受拘束。❸"合縱連橫"的簡稱。

【縱體】❶引身；舉身。❷謂行動放肆。

【縱橫捭闔】縱橫，即合縱連橫；捭闔，開合。縱橫和捭闔，是戰國時策士游說諸侯的政治主張和方法。後因以縱橫捭闔指政治上、外交上使用分化和爭取的手段。參見"合縱連橫"。

縲(缧)　(léi)粵ley⁴[雷]古時拘繫犯人的大索。見"縲絏"。

【縲絏】亦作"縲紲"。拘繫犯人的繩索，引申為囚禁。

縴(纤)　(qiàn)粵hin³[獻]拉船前進的繩索。如：拉縴；縴繩。

縵(缦)　(màn)粵man⁶[慢]❶無文采的帛。引申為凡無文采之物。❷通"慢"。疏慢；不經心。❸弦索。如：操縵。

【縵縵】❶縈迴舒卷的樣子。❷沮喪的樣子。

縶(絷)　(zhí)粵dzɐp⁷[執]❶本作"靮"。拘繫馬索；絆馬的繩索；拴住馬足；亦指絆馬索。❷拘囚。

縷(缕)　(lǚ)粵ley⁵[呂]lɐu⁵[柳](俗)❶線。如：千絲萬縷；不絕如縷。❷泛指綫狀物。❸詳盡；細緻。如：縷述；縷陳。

【縷縷】一縷一縷。引申為一件一件，如書面

中用"縷縷不盡",意謂頭緒繁多,不能一一細述。

縹(缥) (piāo,又讀piǎo)⑧piu⁵〔皮秒切〕青白色的絲織品;也指淡青色。

㊀(piǎo)⑧piu⁴〔飄〕見"縹緲"。

【縹瓦】琉璃瓦。

【縹帙】淡青色帛做成的書衣,也指書卷。

【縹緗】縹,淡青色的帛;緗,淺黃色的帛。古時常用以作書衣或書套。後因以"縹緗"為書卷的代稱。

【縹緲】(piāo—)隱隱約約若有若無的樣子。亦作"縹渺"、"瞟眇"。

【縹囊】盛書囊。

縻 (mí)⑧mei⁴〔眉〕❶牛韁繩。❷牽繫,束縛。參見"羈縻"。

總(总) (zǒng)⑧dzung²〔腫〕❶聚束。如:總髮。❷概括,綜合。如:總而言之。❸全面。如:總動員。❹都;畢竟。如:萬紫千紅總是春。❺為首的;領導的。如:總店;總司令。

【總戎】猶主帥,統帥。

【總兵】也叫總鎮。古時領兵官名。明代總兵本為差遣名稱,無品級、無定員。遇有戰事,總兵將帥出兵,事畢徼還。後漸成鎮守駐官。清代為綠營兵(漢軍)高級武官,受提督節制,掌理本鎮軍務。

【總角】古代原指未成年的人把頭髮紮成髻,後借指幼年。

【總統】共和制國家的國家元首名稱之一。實行總統制的,總統又是政府首腦;實行內閣制的,總統不直接領導內閣。

【總裁】❶清代中央編纂機構的主管官員和主持會試的大臣。❷某些政黨首領的名稱。❸某些工商業機構首腦的名稱。

【總集】匯集多人的詩文成為一書,與收集個人作品的"別集"相對而言。如南朝梁蕭統的《文選》、宋郭茂倩的《樂府詩集》。

【總督】❶明清兩代的地方官名。明朝為防邊或鎮壓民變而臨時派到地方的軍事官員;清朝正式定為地方最高職位,掌理一省或二、三省的軍政大權。兼兩廣總督。❷殖民地宗主國駐在殖民地的最高統治官員。

【總總】❶眾多的樣子。❷雜亂的樣子。

【總攬】全部控制、掌握。

績(绩) (jī)〔即〕❶功績;成績。如:功績;勞績。❷緝麻成線。

繁 (fán)⑧fan⁴〔凡〕❶多;盛。如:繁星;繁花。❷雜。參見"繁蕪"。

【繁殖】生物孕育繁衍。

【繁華】繁盛華麗。

【繁榮】草木榮盛。也泛指昌盛。如:繁榮景象。

【繁劇】事務煩雜。

【繁蕪】❶繁茂。❷蕪雜。

【繁縟】❶富麗。❷瑣碎;瑣細。如:禮節繁縟。

【繁霜】濃霜。借喻為白色。

【繁文縟節】過分繁瑣的儀式或禮節。

繃(绷) (bēng)⑧beŋ¹〔崩〕❶束;包紮;纏繞。如:繃帶?❷嬰兒的包被。❸拉緊。如:把繩子繃起來才好繡花。❹當中用藤皮、繩子或布帛等物繃緊的竹木框。如:枕繃;藤繃;繡繃。❺勉強撐持。如:繃場面。

㊀(běng)⑧maŋ³〔媽罌切〕板着;強掙着;忍耐。如:繃臉;繃勁;繃不住了。

繄 (yī)⑧ji¹〔衣〕❶猶"惟"。❷猶"是"。

繆(缪) (móu)⑧meu⁴〔謀〕見"綢繆"。

㊀(miù)⑧mau⁶〔謬〕。❶通"謬"。錯誤;違反。如:紕繆。❷假裝。

㊁(miào)⑧miu⁶〔妙〕姓。

㊂(mù)⑧muk⁹〔木〕通"穆"。誠敬的樣子。

【繆巧】(miù—)計謀;機智。

繰(缫) (sāo)⑧sou¹〔蘇〕亦作"繅"。繰絲。把蠶繭浸在滾水裏抽絲。

繇 (yáo)⑧jiu⁴〔遙〕❶通"徭"。徭役。見"繇戍"。❷通"陶"。

㊀(yóu)⑧jeu⁴〔由〕❶通"由"。從;自。❷通"游"。

舜臣皋陶亦作咎繇。

【繇戍】古時役使人民防守邊境的制度。亦作"戍徭"。

【繇役】同"徭役"。

縧(绦) (tāo)粵tou¹〔滔〕用絲編織的帶子或繩子。如：絲縧。

緁(缉) (qiè)粵tsip⁸〔妾〕衣物的緣飾，猶花邊。

十二畫

繈 (qiǎng)粵kœŋ⁵〔其養切〕❶本指穿錢的繩子，引申爲穿好的錢。❷"襁"的異體字。

【繈屬】連續。

繐(繐) (suì)粵sœy⁶〔睡〕❶古時喪服所用的一種稀疏細布。❷用絲或綫簇聚而成的穗狀裝飾物。如：絨繐；繐球。亦作"穗"。

【繐帳】靈帳，柩前的靈幔。

繒(缯) ㊀(zēng)粵dzɐŋ¹〔增〕❶古代絲織品的總稱。❷通"矰"。見"矰繳"。

㊁(zèng)粵dzɐŋ⁶〔贈〕綁；紮。

織(织) (zhī)粵dzik⁷〔即〕用絲、棉、麻、毛等製成綢布呢絨。引申爲構成，牽連。見"組織❷"、"羅織"。

【織室】漢朝掌皇室絲帛織造和染色的機構。也借指織女星。

【織錦】❶本指有花紋或字畫的彩色絲織品。後亦指像刺繡的絲織品，爲蘇、杭、四川等地特產。❷"織錦回文"的簡稱。

【織錦回文】也稱《璇璣圖》。晉代蘇蕙所作回文詩，用五色絲織成。

繕(缮) (shàn)粵sin⁶〔善〕❶修補；整治。如：修繕；繕治。❷抄寫。如：繕寫。

繖 "傘"的異體字。

繙 (fān)粵fan¹〔番〕同"翻"。見"翻譯"。

繚(缭) (liáo)粵liu⁴〔聊〕圍繞；纏繞。參見"繚繞"、"繚亂"。

【繚戾】曲折繚繞；不順暢。

【繚亂】亦作"撩亂"。紛亂；糾纏混雜。

【繚繞】迴旋。

繞(绕) ㊀(rào)粵jiu⁵〔移秒切〕jiu²〔妖〕(又)❶纏束。如：繞綫圈。❷環繞；圍繞。如：繞場一周。❸走曲折的路。如：繞遠兒。

㊁(rǎo)粵同㊀用於"環繞"、"圍繞"等複詞。

【繞指柔】劉琨《重贈盧諶》詩有"何意百煉剛，化爲繞指柔"之句，原意自喻英雄失志，俯仰由人。後亦借以形容柔軟。

繢(缋) (huì)粵kui²〔繪〕❶成匹布帛的頭尾，即機頭。❷同"繪"。繪畫。也指用彩色畫或繡的花紋圖像。

繣(𦈌) (huà)粵wak⁹〔或〕❶乖戾。見"緯繣"。❷用來結束的帶子。❸象破裂聲。

繡(绣) (xiù)粵sɐu³〔秀〕❶五彩俱備的繪畫。❷用絲茸或絲綫在布帛上刺成花紋圖像。如：繡花；描龍繡鳳。也指繡品。如：湘繡；錦繡。又指繡有花紋的或刺繡所用的。如：繡褥；繡簾；繡針；繡茸。❸華麗的；精美的。如：繡房。

【繡戶】雕繪華美的門戶，多指女子的居處。

【繡陌】繁華的街道。一般指京都的街道而言。

【繡像】繡成的佛像或人像。明清以來，一般通俗小說前面，往往附有書中人物的圖像，稱爲"繡像"，取其描繪精細而名。如：《繡像三國演義》。

【繡花枕頭】繡花的枕頭，外表美觀，而內部則全爲糠秕、稻草之類。比喻徒有外表無眞才實學的人。

縹 同"縲"。

十三畫

繩(绳) (shéng)粵siŋ⁴〔成〕❶用兩股以上的棉、麻纖維或棕、草等擰成的條狀物。❷木工用的墨綫。如：準繩。參見"繩墨"。❸糾正；約束；制裁。如：繩之於法。❹按一定的標準衡量。❺繼續。

【繩尺】本指工匠較曲直、量長短的工具，引申爲法度。

【繩牀】即交椅。也叫"胡牀"。

【繩樞】(—shū)用繩子繫戶樞，形容貧窮的人家。

【繩墨】木匠畫直線用的工具。比喻規矩或法度。

【繩檢】約束。

【繩鋸木斷】比喻力量雖小，只要堅持不懈，事情就能成功。

【繩趨尺步】猶言規行矩步，舉動有法度。

繪(绘)(huì)⑨kui²[潰]亦作"繢"。❶五彩的繡花。❷繪畫。如：繪圖；繪製。❸描摹；形容。如：描繪；繪聲繪影。

【繪影繪聲】形容文藝作品或表演技術的生動、逼真。

繫(系)⊖(xì)⑨hei⁶[係]❶帶子。❷依附；聯屬。❸關涉；關係。如：成敗繫於此舉。❹拴縛；拘囚。如：繫馬；繫獄。❺牽掛。如：繫念。

⊜(jì)同⊖打結；繫上。如：繫鞋帶。

【繫匏】同"匏繫"。比喻不得出仕，或久任微職，不得遷升。參見"匏繫"。

【繫援】指可以攀附求助的權貴。

【繫摩】磨擦；抵觸。

【繫風捕影】言事之虛妄，如風不可繫，影不可捕。參見"捕風捉影"。又謂察識物像。

繭(茧)(jiǎn)⑨gan²[簡]❶完全變態昆蟲蛹期的囊形保護物。❷通"趼"。手腳掌因摩擦而生的硬皮。

【繭紙】用蠶繭作成的紙。

【繭絲】比喻統治者向人民苛徵暴斂，有如剝繭抽絲。

繮(缰)(jiāng)⑨gœŋ¹[姜]馬繮繩。

繯(缳)(huán)⑨wan⁴[環]❶旗上的繫結。❷繩圈；絞索。如：投繯。

繳(缴)⊖(jiǎo)⑨giu⁴[矯]❶交約；纏。❷迫使交出。如：繳械。❸見"繳繞"。❹上繳利潤；繳費。

⊜(zhuó)⑨dzœk⁸[雀]系在箭上的生絲繩，射鳥用。參見"矰繳"。

【繳繞】(—rǎo)煩瑣。

繶(绕)(yì)⑨jik⁷[益]絲縧，即圓渾的絲帶。

繹(绎)(yì)⑨jik⁹[亦]❶抽繹。引申爲尋究事理。如：尋繹。❷連續不斷。

縺(达)(da)⑨dat⁸[達]見"圪縺"。

繰(缲)⊖(zǎo)⑨dzou²[早]❶繅紫色帛。❷通"璪"。晃旒的繩子。

⊜(sāo)⑨sou¹[蘇]同"繅"。

十四畫

辮(辫)(biàn)⑨bin¹[鞭]把絲縷或頭髮分股交織而成的條狀物。如：絲辮；髮辮。

繻(缙)⊖(rú，又讀xū)⑨sœy¹[須]jy⁴[預](又)❶古代作通行證用的帛，寫下字，分成兩半，過關時驗合，以爲憑信。❷古代一種絲織品，即彩色的繒。一說細密的羅。

繼(继)(jì)⑨gei³[計]連續；接續。如：繼任；繼往開來。

【繼父】子女稱母親的後夫爲"繼父"。

【繼母】子女稱父親的繼配爲"繼母"，也稱"後母"。

【繼武】兩人走路時足迹相連。比喻繼續前人的事業。

【繼室】古代諸侯的夫人稱元妃，元妃死後，次妃代理內事，叫"繼室"。名分比元妃低，不能稱爲夫人。後通稱續娶之妻爲"繼室"。

【繼配】續娶之妻，對元配而言。

【繼體】猶言繼位。

【繼往開來】繼承前人的事業，開拓未來的局面。

繽(缤)(bīn)⑨ben¹[賓]紛；繁。參見"繽紛"。

【繽紛】❶形容繁多。❷交錯雜亂的樣子。

繾(缱)(qiǎn)⑨hin²[遣]見"繾綣"。

【繾綣】❶本謂固結不解之意。後多用來形容情意深厚，猶言纏綿。

襆　同"袱"、"襆"。

繐(纁)　(xūn)⑩fen¹〔分〕❶絳色。❷通"曛"。見"繐黃"。
【繐黃】指黃昏。

纂　(zuǎn)⑩dzyn²〔轉〕❶五彩的纊帶。❷編纂。

十五畫

繹(纆)　(mò)⑩mek⁹〔墨〕亦作"纆"、"墨"。繩索。

纇(颣)　(lèi)⑩løy⁶〔淚〕❶絲上的疙瘩。引申爲毛病、缺點。❷通"戾"。反常。

纈(缬)　(xié)⑩kit⁸〔揭〕❶有花紋的絲織品。❷眼花時所見的星星點點。

纊(纩)　(kuàng)⑩kwɔŋ³〔曠〕亦作"絖"。絲綿絮。

續(续)　(xù)⑩dzuk⁹〔俗〕❶連接起來。如：膠續續。❷連接下去。如：續編。
【續弦】舊時以琴瑟比喻夫婦，因以"續弦"比喻妻死再娶。
【續貂】比喻增加的不及原有的。前後不相稱。參見"狗尾續貂"。

纍(累)　(léi)⑩løy⁴〔雷〕通"縲"。❶捆綁。亦指綁人所用的繩索。❷見"纍牛"。❸見"纍纍"。
【纍牛】公牛。
【纍囚】拘留的俘虜。
【纍紲】同"縲紲"。
【纍纍】❶多、重疊的樣子；聯貫成串的樣子。❷通"羸羸"。瘦弱疲憊的樣子。

纏(缠)　(chán)⑩tsin⁴〔前〕❶紮束。❷圍繞。如：頭上纏着一塊布。❷攪擾；牽纏。如：糾纏不清；家務纏身。❸應付。如：這個人脾氣古怪，很難纏。
【纏綿】❶猶纏繞。情意深厚。❷猶縈繞。心緒鬱結。❸猶纏頓。病久不癒。如：纏綿牀褥；病勢纏綿。

【纏頭】古時歌舞的人把錦帛纏在頭上作妝飾，叫"纏頭"。也指贈送給歌舞者的錦帛或財物。亦指贈送給妓女的財物。

十六畫

纑(纑)　(lú)⑩lou⁴〔勞〕麻縷。

十七畫

纓(缨)　(yīng)⑩jiŋ¹〔英〕❶繫在頷下的帽帶。❷一種彩色的帶子，古代女子許嫁時所繫。亦用以繫香囊等物。❸套在馬頭上的革帶，駕車時用。也叫"鞅"。引申爲拘繫人的長繩。
【纓絡】亦作"瓔珞"。用綫縷珠寶結成的妝飾品。❷繞纏。

纔(才)　(cái)⑩tsɔi⁴〔材〕❶剛纔；方纔。如：他纔來。引申爲方始。如：這樣好了。又用來加強語氣。如：這事一定會成功，要不成功纔怪呢！❷僅僅。如：他纔十八歲。

纖(纤)　(xiān)⑩tsim¹〔簽〕❶細小。如：纖維；纖芥；纖塵不染。❷細紋的綢縛。❸吝嗇。參見"纖嗇"。
【纖人】指人格卑鄙的人。
【纖手】指女子柔細的手。
【纖芥】亦作"纖芥"、"纖介"。細微。
【纖悉】細微詳盡。
【纖毫】極細微。
【纖嗇】亦作"纖嗇"。吝嗇；計較細微。
【纖微】❶細微的事物。❷形容小巧、尖細。❸形容手美好。如：纖纖玉手。

十八畫

纛(纛)　(dào，又讀dú)⑩duk⁹〔毒〕❶古時軍陣或儀仗隊的大旗。❷皇帝車上用犛牛尾做的裝飾物。參見"左纛"。❸古代用羽毛做的舞具。

十九畫

纘(缵) (zuǎn)國dzyn²[轉]繼續；繼承。

纏(缠)
㊀(shī)國si²[史]亦作"緌"。
㊁(sā)國sa²[灑]❶撒網。❷"纚纚❷"。
㊂(lí)國lei⁴[離]通"縭"。維繫。
㊃(lǐ)國lei⁵[里]連襪。見"纚纚"。
㊄(shī)國si⁵[詩]見"絲纚"。
【纚屬】(lí—)連綿不斷的樣子。
【纚纚】❶一長串的樣子。❷(sǎ sǎ)有次序。如：洋洋纚纚。

二十一畫

纜(缆) (lǎn)國lam⁶[艦]❶繫船的索。引申爲像船索的東西。如：電纜。❷以索繫船。如：纜舟；纜舸。

缶 部

缶 (fōu)國feu⁵[否]❶盛酒漿的瓦器，小口大腹。也有銅製的。❷汲水器。❸瓦質的打擊樂器。

三 畫

缸 (gāng)國goŋ¹[江]用陶、瓷、玻璃等製成的容器，底小口大，較深於盆。如：水缸；醬缸；金魚缸。

四 畫

缺 (quē)國kyt⁸[決]❶殘破；殘缺。如：缺口。❷虧缺；廢缺。❸缺少。如：缺貨；缺人；實有缺頁。❹指官位。如：出缺；補缺；實缺。❺當到而不到。如：缺席；缺勤。
【缺陷】欠缺，不夠完美。如：生理缺陷。

五 畫

鉢 "鉢"的異體字。

六 畫

缿 (xiàng，又讀hòu)國hoŋ⁶[項]heu⁶[後](又)❶撲滿；錢筒。❷古時接受告密文件的器具，狀如瓶，爲小孔，可入而不可出。

八 畫

缾 "瓶"的異體字。

九 畫

罅 "罅"的異體字。

十 畫

罃(罃) (yīng)國eŋ¹[鶯]古人盛燈油之油壺，形如今之中等茶壺，有長頸。

十一畫

罄 (qìng)國hiŋ³[慶]❶器中空。引申爲盡、完。如：罄其所有。❷通"磬"。樂器。
【罄竹難書】《舊唐書‧李密傳》載，李密訴說隋煬帝十大罪狀，其中有"罄南山之竹，書罪未窮"之語，意謂即使把南山上的竹子都製成竹簡，也寫不完他的罪惡。後因以"罄竹難書"比喻罪惡很多，難以寫完。

罅 (xià)國la³[喇]❶瓦器的裂縫。引申爲凡物的縫隙。空開。如：石罅；窗罅。又引申爲漏洞。❷裂開。

罎 同"罈"。

十二畫

罇 "樽"的異體字。

罈 "罎"的異體字。

十三畫

罋 "甕"的異體字。

十四畫

罌(罂) (yīng)粵aŋ[1]盛酒器，小口大腹，比缶大。

十五畫

罍 (léi)粵lœy[4]〔雷〕古代器名。青銅製。圓形或方形。小口、廣肩、深腹、圈足，有蓋，肩部有兩環耳，腹下並有一鼻可繫。用以盛酒和水。也有陶製的。

十六畫

罏 (lú)粵lou[4]〔勞〕小口罌。

罎(坛) (tán)粵tam[4]〔潭〕一種肚大口小的陶器。如：酒罎；菜罎。

十八畫

罐 (guàn)粵gun[3]〔灌〕盛物或烹煮用的圓形器。如：鹽罐；湯罐；藥罐。亦指封裝食品或其他用品的圓筒形器。如：罐頭食品；香烟罐。

网 部

网 古"網"字。

三畫

罔 (wǎng)粵mɔŋ[5]〔網〕❶無；沒有。如：置若罔聞。❷欺騙；虛妄。❸見"罔兩"。

【罔兩】❶亦作"魍魎"、"蝄蜽"、"方良"、"罔閬"。古代傳說中的精怪名。❷影子外面的淡薄陰影。❸無所依據的樣子；恍惚。

【罔極】❶沒有定準，變化無常。❷無窮；久遠。❸謂父母對子女恩德無窮盡。

【罔養】猶依違，模棱兩可。

罕 (hǎn)粵hɔn[2]〔刊〕❶捕鳥用的長柄小網。❷旌旗的代稱。❸罕網稀疏，故引申爲稀少，難得。如：罕見；罕聞。

【罕覯】難得遇見。

𦉪 同"罕"。

四畫

罘 (fú)粵fɐu[4]〔浮〕❶捕獸的網。❷見"罘罳"。

【罘罳】亦作"浮思"、"罦思"、"罘思"。❶古代設在宮門外或城角的屏，上面有孔，形似網，用以守望和防禦。❷張在屋檐或窗上防止鳥雀飛入的網，以絲綫或銅絲織成。

五畫

罛 (gū)粵gu[1]〔姑〕大的魚網。

罝 (jiē，又讀jū)粵dzɛ[1]〔嗟〕dzœy[1]〔追〕(又)捕獸的網。

【罝罘】捕獸的網。亦作"罝罦"。

罟 (gǔ)粵gu[2]〔古〕❶網的總名。❷指法網。

罡 (gāng)粵gɔŋ[1]〔江〕❶同"剛"。見"罡風"。❷〔天罡〕古星名。即北斗七星的柄。

【罡風】亦作"剛風"，也叫"剛炁"。道家語。高空的風。

罜 (zhǔ)粵dzy²[主]見"罜䍡"。
【罜䍡】小魚網。

罔 "罔"的本字。

罠 (mín)粵mɛn⁴[民]捕獸網。

六畫

罣 (guà)粵gwa³[卦]同"掛"。❶見"掛礙"、"掛閡"。❷見"掛誤"。

七畫

罥 (juàn)粵gyn³[眷]纏繞;牽掛。

罦 (fú)粵feu⁴[浮]❶一種裝設機關的網,能自動掩捕鳥獸,又稱覆車網。❷通"罘"。
【罦罳】即"罘罳"。

八畫

罨 (yǎn)粵jim²[掩]❶掩捕魚鳥的網;亦即謂用罨捕取。❷掩覆;敷。醫療方法有熱罨、冷罨,即"熱敷法"、"冷敷法"。

罩 (zhào)粵dzau³[支拗切]❶捕魚的竹籠。也指用竹籠捕取。❷養雞鴨的竹籠。如:雞罩。❸籠罩;罩住。❹指一切覆蓋在外的器物。如:燈罩;罩衫。

罪 (zuì)粵dzœy⁶[聚]❶作惡或犯法的行為。如:罪大惡極。❷罪名。如:盜竊罪。❸過失。如:歸罪於人。❹懲處;受刑。如:待罪;畏罪。❺譴責;歸罪。見"罪己"。❻苦難;痛苦。如:受罪。
【罪己】歸罪於自己。
【罪狀】犯罪的事實或情況。如:宣佈罪狀。
【罪衍】罪過。
【罪過】❶過失;錯誤。❷受人尊重,表示不安的謙詞,猶言不敢當。
【罪不容誅】罪惡極大,處死刑還不夠。

罫 (huà,又讀guǎi)粵wa⁶[話]gwai²[拐](又)圍棋盤上畫的方格子。

罭 (yù)粵wik⁹[域]捕捉小魚的細眼網。

置 (zhì)粵dzi³[至]❶安放。如:置於桌上。❷設立。如:裝置。❸購辦。如:購置;添置;置辦。❹攔開;廢置。如:置之不理。❺古時交通傳遞的站頭,以供行人休息及替換車馬之用。因亦即指此等站頭所備的車馬。參見"置傳"、"置郵"。
【置郵】亦作"郵置"、"置傳"。❶用車馬傳遞文書訊息,即驛遞。❷謂驛站。
【置喙】插嘴。如:不容置喙。
【置傳】(—zhuàn)❶古代傳車的一種,駕四匹上等馬。❷驛站。參見"置郵"。
【置辯】辯論;申辯。如:不容置辯。
【置之度外】亦作"度外置之"。不放在考慮之中。
【置若罔聞】放在一邊不管,好像沒聽見一樣。

九畫

罰 (罚) (fá)粵fet⁹[乏]處分犯罪或犯規的人。如:懲罰;處罰;罰球。
【罰作】漢時罰輕罪者作苦工之稱,即城旦、鬼薪、白粲之類。
【罰鍰】謂罰金抵罪。
【罰不當罪】謂罰過嚴或過寬,與所犯的罪行不相當。

罱 (lǎn,又讀nǎn)粵lam⁵[覽]❶同"闌"。❷撈取河底爛泥作肥料。

署 (shǔ)粵tsy⁵[柱]❶辦理公務的機關。如:公署;官署。❷舊時指代理、暫任或試充官職。如:署理;兼署。❸佈置。見"部署"。❹簽名;題字。如:署名;署款。

罳 (sī)粵si¹[思]見"罘罳"。

十畫

罵(骂)　㊀(mà)㊁ma⁶〔磨夏切〕ma³〔麼亞切〕(又)以惡言加人。如：咒罵；罵街。
【罵座】謾罵同座的人。

罷(罢)　㊀(bà)ba⁶〔吧〕❶放遣有罪的人。❷免去；解除。如：罷官；罷免。❸停止。如：罷工；罷課；欲罷不能。❹完。如：吃罷飯；洗臉澡。
㊁(ba)同㊀表語氣。同"吧"。
㊂(pí)㊁pei⁴〔皮〕通"疲"。
【罷免】(pí-)軟弱無能。
【罷敝】(pí-)疲勞乏力。亦作"罷弊"。
【罷癃】(pí-)亦作"疲癃"。病殘不能任事。一說腰曲而背隆起。
【罷露】(pí-)疲勞困乏。也指疲乏困頓的人。亦作"罷羸"、"罷露"。

罶　(liǔ)leu⁵〔柳〕捕魚具。

罸　"罰"的異體字。

十一畫

罹　(lí)lei⁴〔離〕❶遭遇不幸的事。如：罹難。❷憂愁；苦難。

麗　(lù)luk⁹〔鹿〕❶見"罜麗"。❷見"罜麗"。
【罳麗】同"蔠蘮"。下垂的樣子。

蔠　(sù)tsuk⁷〔促〕見"罳蔠"。

十二畫

罽　(jì)gei³〔繼〕一種毛織品。

罾　(zēng)dzɐŋ¹〔增〕❶用竹支架的魚網。❷網起。

罿　(tóng，又讀chōng)tuŋ⁴〔同〕tsuŋ¹〔充〕(又)捕鳥網。

十四畫

羅(罗)　㊀(luó)lɔ⁴〔蘿〕❶捕鳥的網。❷張網捕鳥。如：門可羅雀。❸搜尋。如：搜羅。❹分佈；排列。如：星羅棋布。❺一種輕軟透氣的絲織品。❻一種細密的篩子。如：絹羅；銅絲羅。亦指用羅篩東西。如：羅麵。
㊁(luó)lɔ¹〔拉柯切〕英文gross的省音譯。十二打為一羅。
【羅列】分佈；排列。
【羅拜】四面圍繞着下拜。
【羅致】原義指用網羅取鳥類，後多用以比喻搜羅珍物或招致人才。
【羅掘】謂用盡一切辦法籌措財物。如：多方羅掘；羅掘俱窮。參見"羅雀掘鼠"。
【羅漢】小乘佛教"聖者"(修行成功者)的稱號。佛教寺院常有十八羅漢和五百羅漢的塑像。
【羅敷】古樂府《陌上桑》描述秦羅敷在陌上採桑，被使君看中，要強娶她，她嚴詞拒絕。後多用為美麗而堅貞的婦女的代稱。
【羅織】虛構罪名，陷害無辜。
【羅雀掘鼠】《新唐書·張巡傳》載，張巡守睢陽，糧食已盡，至羅雀掘鼠而食。後因以"羅雀掘鼠"指竭力籌措財物。
【羅曼諦克】亦作"羅曼的克"。英文romantic的音譯，也譯為"浪漫"。有富於幻想、不守常規等意思。

羆(罴)　(pí)bei¹〔卑〕熊的一種。

羃　同"幂"。

十七畫

羈　(jī)gei¹〔機〕作客在外。見"羈旅"。也指在外作客的人。
【羈旅】亦作"羇旅"。作客他鄉。

十九畫

羉(罱)　(lí)lei⁴〔離〕見"接羉"。

羈(羁)　(jī)gei¹〔機〕❶馬絡頭。❷繫住。❸通"羈"。在外作客，也即指在外作客的人。
【羈泊】猶羈旅。

【羈旅】同"羇旅"。

【羈紲】馬籠頭和馬繮繩。

【羈絆】猶言束縛,牽制。

【羈縻】❶猶言束縛。❷謂籠絡使不生異心。

羊 部

羊 ㊀(yáng)粵jœŋ⁴〔陽〕哺乳綱、牛科部分動物的統稱。種類較多。例如綿羊、山羊、黃羊、羚羊等。
㊁同"祥"。

【羊毫】羊毛做的筆。

【羊腸】形容狹窄迂迴的路。如:羊腸小道。

【羊碑】晉羊祜都督荊州諸軍事,鎮守襄陽。死後,襄陽士紳爲之建碑立廟。後因用"羊碑"爲稱頌地方官吏的諛辭。參見"墮淚碑"。

【羊狠狼貪】本指爲人凶狠、爭奪權勢;後多用來比喻貪官污吏剝削壓迫人民。

【羊質虎皮】羊披上虎皮。比喻外表裝做強大而內心怯懦。

芊 ㊀(miē)粵me¹〔咩〕羊叫。
㊁(mǐ)粵mei⁵〔米〕春秋時楚國祖先的族姓。

二 畫

羌 (qiāng)粵gœŋ¹〔疆〕❶中國古代民族名。主要分佈在今甘、青、川一帶。❷[羌族]中國少數民族名。主要聚居在四川省茂汶羌族自治縣和松潘縣南部。❸作語助。用在句首,無義。

【羌無故實】羌,作語助,無義。指不用典故或沒有出處。

三 畫

美 (měi)粵mei⁵〔尾〕❶指味、色、聲的好。如:美味;美觀;良辰美景。❷指才德或品質的好。如:美德;價廉物美。❸善事;好事。❹讚美;稱美。❺美洲、美國的簡稱。

【美人】❶容貌美好的女子。❷美好的人。舊詩文中多指自己所懷念的人。

【美化】❶通過藝術加工,使事物變美。如:美化環境。❷以顯倒黑白的手段,把醜惡的事物說成是美的。❸好的風尚。

【美滿】圓滿如意。

【美談】亦作"美譚"。人們樂於稱道的好事情。

【美人香草】屈原作《離騷》,以美人比君主,香草比君子。後因以"美人香草"象徵忠君愛國的思想。

【美女簪花】形容書法的娟秀多姿。亦借用來形容詩文的秀麗。

【美意延年】心情舒暢,可以延年益壽。常用爲祝頌之語。

羑 (yōu)粵jeu⁵〔有〕❶義 同"誘"、"牖"。誘導。❷[羑里]古地名。一作"牖里"。在今河南湯陰北。有羑水經城北東流。

羗 "羌"的異體字。

四 畫

羒 (fén)粵fen⁴〔墳〕白色的公羊。

羓 (bā)粵ba¹〔巴〕乾肉。

羔 (gāo)粵gou¹〔高〕小羊。

羖 (gǔ)粵gu²〔古〕黑色的公羊。

羙 "美"的異體字。

五 畫

羚 (líng)粵liŋ⁴〔零〕[羚羊]哺乳綱、牛科中一個類羣的通稱。四肢細長,蹄小而尖,有角,尾長短不一。一般生活在曠野、荒漠。

【羚羊掛角】比喻詩的意境超脫。

羝 (dī)粵dɐi¹〔低〕公羊。

【羝羊觸藩】比喻進退兩難。

羞 (xiū)粵seu¹〔修〕❶進獻食品。❷美好的食品。如：珍羞；庶羞。❸通"饈"。以為饈；恥；辱。如：羞與為伍。❹難為情。如：害羞；羞紅了臉。

【羞花】用來形容女子的容貌，意謂比花還美麗。

【羞澀】難為情。

【羞人答答】慚愧難為情的樣子。

粘 同"殺"。

羕 (yàng)粵jœŋ⁶〔樣〕形容江水長。

六畫

羠 (yí)粵ji⁴〔移〕去勢的公羊；又為母野羊之稱。

羢 "絨"的異體字。

七畫

羣 (qún)粵kwen⁴〔裙〕❶合羣。❷獸畜相聚之稱。❸朋羣；集體。見"離羣索居"。❹指成羣的同類事物。如：建築羣。❺衆；諸。如：羣山；羣書。

【羣小】猶言"衆小人"。古時用以稱自己不滿的或輕蔑的人。

【羣季】諸弟。

【羣言堂】與"一言堂"相對。指發揚民主作風，讓大家講話，傾聽羣衆意見。

【羣策羣力】指大家出主意出力氣。

【羣龍無首】比喻沒有人領導，事情無法進行。

群 "羣"的異體字。

羨 (xiàn)粵sin⁶〔善〕❶貪羨；羨慕。❷有餘；餘剩。

【羨餘】唐代地方官員以加重賦稅、販賣商品等辦法搜括財物，以附稅盈餘名義進貢皇室，名羨餘。清代州縣所收加耗在公費開支和私人中飽後，解交布政使司的部分，亦稱羨餘。

義(义) (yì)粵ji⁶〔異〕❶"儀"的本字。❷禮儀；容止。❸公正、合理而應當做的。如：義不容辭。❹情誼；恩誼。如：忘恩負義。❹文義；文字的內容、要旨。❺意義；意思。如：本義；含義。❻指不取報酬的。如：義演。❼指認為親屬的。如：義父。❽人工製造來補人體損缺的；假的。如：義齒；義肢。

【義工】為社會公衆義務工作，也指這些義務工作者。

【義士】❶俠義之士。❷忠義之士。

【義方】本指行事應該遵守的規矩法度。後因多指家教。

【義田】北宋范仲淹置田千畝，以救濟族人，號為義田。

【義兵】❶指正義的軍隊。❷宋代的一種鄉兵。

【義勇】❶見義勇為的精神。❷宋代鄉兵的名稱。

【義塚】收埋無主屍骸的墓地。

【義師】猶言"義兵"。

【義倉】隋代以後各地方為防荒而設置的糧倉。

【義務】❶按法律規定所應盡的責任，也指道德上應盡的責任。❷不受報酬的。如：義務勞動。

【義理】指講求經義、探究名理的學問。宋明理學亦稱為義理之學。

【義莊】北宋范仲淹於姑蘇買田數千畝，以田中所得幫助族中貧窮無力辦嫁娶喪葬的人。其產業由族中人經管，為一族的公產。宋以後仿行之者頗多。

【義旗】義師所揭的旗幟；也指義師。

【義憤】對不合理或非正義的行為所激起的憤怒。如：義憤填膺。

【義戰】正義的戰爭。

【義和團】原名義和拳，是白蓮敎的支派，十九世紀末開始活動於山東，不久擴展到北方各省。以設拳廠、練拳術的方式反對外國敎會。在1900年八國聯軍侵略中國時，義和團曾給予抗擊。後來在八國聯軍和清朝政府的聯合進攻下遭到失敗。

【義不容辭】從道義上講不允許推託、拒絕。

【義正詞嚴】理由正當充足，言詞嚴正有力。

【義形於色】臉上表現出仗義持正的神氣。

【義無反顧】義，應該做的事情；反顧，向後看。在道義上只許勇往直前，不容徘徊退縮。亦作"義不反顧"。

【義憤填膺】胸中充滿義憤。

羥（羟）(qiǎng)⑨kœŋ⁵[襁][羥基]化學名詞。亦稱"氫氧基"。由氫和氧兩種原子組成的一價原子團（—OH）。

羧 (suō)sɔ¹[梭][羧基]化學名詞。羧酸分子中的功能團。

九　畫

羭 (yú)⑨jy⁴[如]❶母羊。❷美。

羯 (jié)kit⁸[竭]❶去勢的公羊。❷中國古代民族名。魏晉時，散居上黨郡（今山西潞城附近各縣），與漢人雜處。晉時，羯人石勒建立後趙，為十六國之一。

羰 (tāng)⑨toŋ¹[湯][羰基]化學名詞。由碳和氧兩種原子組成的二價原子團〉C=O。

十　畫

羱 (yuán)⑨jyn⁴[元]羱羊，即"北山羊"。

十一畫

羲 (xī)⑨hei¹[希]見"羲和"、"羲皇上人"。

【羲和】❶羲氏、和氏是中國傳說中的世襲執掌天文的官吏。堯曾派羲仲、羲叔、和仲、和叔兩對兄弟分駐東、南、西、北四方去觀測日、月、星辰，並製定曆法頒發給百姓使用。❷古代神話中的人物。(1)駕日車的神。(2)太陽的母親。

【羲皇上人】太古的人。羲皇，指伏羲氏。古人想像伏羲以前的人，無憂無慮，生活閑適。

十二畫

羶 "膻㊀"的異體字。

十三畫

羶 "膻㊀"的異體字。

羸 (léi)⑨lœy⁴[雷]❶瘦；弱。❷通"累"。束縛纏繞。

【羸露】衰敗。

羹 (gēng)⑨geŋ¹[庚]本指五味調和的濃湯，亦泛指煮成膠液的食品。如：菜羹；肉羹；豆腐羹；橙子羹。

十五畫

羼 (chàn)⑨tsan³[燦]攙雜。

羽　部

羽 (yǔ)⑨jy⁵[雨]❶亦稱"羽毛"。鳥的毛。引申指鳥的翅膀。❷鳥類的代稱。如：鱗潛羽翔。❸指古代文舞所執的雉羽，因即以為文舞的代稱。❹指箭羽。如：沒羽；飲羽。亦指箭。如：羽獵。❺五音之一。參見"五音❶"。

【羽人】神話中的飛仙。

【羽士】道士的別稱。

【羽化】❶道教稱成仙為羽化，即"變化飛升"之意。❷昆蟲由若蟲或蛹，經過脫皮，變化為成蟲的過程。

【羽客】道士。

【羽旄】❶指古樂舞中的羽舞旄舞。❷古時軍旗的一種。以雉羽、旄牛尾裝飾旗竿，故名。

【羽扇】用羽毛做成的扇子。

【羽書】古時徵調軍隊的文書，上插鳥羽，表示緊急必須速遞。

【羽葆】參見"羽葆"。

【羽蓋】古時用鳥羽裝飾的車蓋。

【羽儀】❶比喻被人尊重，可作為表率。❷古時儀仗隊中用鳥羽裝飾的旌旗之類。

【羽衛】皇帝的衞隊和儀仗。

【羽書】猶羽書。參見"羽書"。

【羽翼】❶翅膀。❷輔佐；維護。亦指輔佐的人。

【羽獵】用箭射獵。

【羽蟲】有翅膀的動物；鳥類。

【羽觴】古代飲酒用的耳杯。

三　畫

羿 (yì)⑧ŋɐi⁶〔毅〕傳說中的古人名。即后羿。也作"夷羿"。

四　畫

翀 (chōng)⑧tsʰuŋ¹〔充〕向上直飛。

翁 (wēng)⑧juŋ¹〔雍〕❶男性老人。如：漁翁。❷對年長者的敬稱。❸父。如：令翁；尊翁。❹夫之父；妻之父。如：翁姑；翁婿。

【翁仲】傳說秦阮翁仲身長一丈三尺，異於常人，始皇命他出征匈奴，死後鑄銅像立於咸陽宮司馬門外。後就稱銅像、石像為"翁仲"。

翅 (chì)⑧tsʰi³〔次〕❶動物供飛行用的器官。如鳥的翅膀和蝙蝠的飛膜等是。❷魚類的鰭或魚翅為翅。如鯊魚的翅和飛魚的翅。❸通"啻"。見"奚翅"。

翄 "翅"的異體字。

翃 (hóng)⑧wɐŋ⁴〔宏〕蟲飛。

五　畫

翊 (yì)⑧jik⁹〔亦〕❶輔助。如：翊贊；翊衞。❷同"翌"。明日。

【翊翊】同"翼翼"。恭敬的樣子。

翌 (yì)⑧jik⁹〔亦〕猶今明的明。如：翌日；翌年。

【翌日】明天。

翎 (líng)⑧liŋ⁴〔零〕❶鳥的羽毛。❷清代官員官帽上用來區別品級的孔雀尾毛、鶡尾毛等。如：翎戴花翎。

翏 (liù，又讀liáo)⑧liu⁶〔料〕liu¹〔聊〕(又)高飛。也指風聲。見〔翏翏〕。

【翏翏】風聲。

習 (xí)⑧dzɐp⁹〔襲〕❶飛翔。❷複習。引申為學習。❸熟悉。❹習慣於；習慣。如：習以為常；積習難改。

【習俗】風俗習慣。

【習習】❶形容微風和煦。❷頻頻振翼欲飛的樣子。

【習慣】❶在長時間裏逐漸形成的行動方式。❷指經過不斷實踐，已能適應新情況。

【習非成是】本作"習非勝是"。謂對錯誤既已習慣，以為本來就應該是這樣了。

【習與性成】謂長期習慣於怎樣，就會形成怎樣的性格。即習慣成自然的意思。

翈 (xiá)⑧hap⁹〔峽〕即"羽翮"。鳥羽的組成部分。由羽幹兩側許多斜行而平列的羽枝連合而成。

翍 (rǎn)⑧jim⁵〔染〕即"絨羽"，俗稱"絨毛"。鳥羽的一種。生在雛鳥的體表或成鳥的正羽基部，有護體、保溫作用。

翍 (pī)⑧pei¹〔披〕披散。

六　畫

翔 (xiáng)⑧tsœŋ⁴〔祥〕❶迴旋而飛。如：滑翔。❷通"詳"。見"翔實"。

【翔泳】謂飛鳥和游魚。

【翔貴】騰貴，指物價上漲。

【翔集】❶羣鳥飛翔後棲止一處。❷猶翔集。謂詳察探輯。

【翔翔】莊敬的樣子。

【翔實】"翔"通"詳"。詳盡而確實。

【翔貴】猶言騰貴。謂物價飛漲。

翕 (xī)⑧jɐp⁷〔泣〕❶斂縮。如：翕皋。❷聚；合。❸統一或調協。如：輿論翕然。參見"翕翕"。❹鳥類軀幹部背面和兩翼表面的總稱。

【翕呷】衣服摩擦聲。

【翕習】音聲和諧。

七 畫

翛 (xiāo)粵siu¹〔消〕❶無拘無束、自由自在的樣子。❷見“翛翛”。

【翛翛】鳥的羽毛枯焦無光澤的樣子。

翣(翜) (shà)粵sap⁸〔颯〕迅速。

八 畫

翟 ㊀(dí)粵dik⁹〔敵〕❶長尾的野雞。❷古代樂舞所執的雉羽。❸古代貴族婦女畫翟羽用爲裝飾的衣服。
㊁(zhái)粵dzak⁹〔擲〕姓。

【翟茀】車簾或車箱兩旁用翟羽爲飾的車子，古代貴族婦女所乘。

翠 (cuì)粵tscey³〔脆〕❶翠鳥鳥。❷一種綠色的寶石。❸青綠色。❹鳥尾上的肉。

【翠華】皇帝儀仗中一種用翠鳥羽作裝飾的旗。

【翠微】❶形容山氣青翠，亦指青翠的山氣。❷指青翠掩映的山腰幽深處。

【翠黛】古代女子用螺黛(一種青黑色礦物顏料)畫眉，故稱眉爲“翠黛”。

【翠翹】❶翠鳥尾上的長羽。❷古時女子的一種首飾，形狀像翠鳥尾上的長羽。

翡 (fěi)粵fei²〔匪〕見“翡翠”。

【翡翠】❶即“硬玉”。輝石的變種之一，玻璃光澤，見於鹼性變質巖中。用以製作裝飾品和藝術品的材料。因一般呈翠綠色，故有時亦作爲綠色的代稱。如：翡翠紋。❷鳥名。嘴長而直，羽毛有藍、綠、赤、棕等色，嘴和足呈珊瑚紅色。生活在平原或山麓多樹的溪旁，捕食魚、蝦、蟹和昆蟲。有藍翡翠、赤翡翠等多種。翠羽可做裝飾品。

翣 (shà)粵sap⁸〔颯〕❶古代出殯時的棺飾。❷古代儀仗中用的大掌扇。

九 畫

翥 (zhù)粵dzy³〔注〕飛舉。

翦 (jiān)粵dzin¹〔展〕❶“剪”的異體字。❷姓。

翩 (piān)粵pin¹〔篇〕疾飛。引申爲輕快飄忽之稱。

【翩翩】❶形容鳥飛。❷往來不息的樣子。❸形容風致、文采的優美。❹欣喜自得的樣子。

【翩翻】上下飛動的樣子。

【翩躚】亦作“蹁躚”、“翩仙”。輕揚飄逸的樣子。常用以形容輕快旋轉的舞姿。

翪 (zōng)粵dzuŋ¹〔中〕鳥張翅開翅膀上下飛。

翫 “玩”的異體字。

翬 (翚) (huī)粵fei¹〔輝〕❶鼓翼疾飛。❷羽毛五彩的野雞。

【翬飛】形容宮室壯麗。

翭 (hóu)粵heu⁴〔喉〕箭名。

十 畫

翮 (hé)粵het⁹〔瞎〕即“羽根”。羽軸下端不生翎瓣而中空的部分。其基端位於皮膚之內。引申爲鳥翼的代稱。

翯 (hè)粵hok⁹〔學〕❶見“翯翯”。❷白而有光澤。

【翯翯】形容羽毛潔白潤澤。亦作“鶴鶴”、“皜皜”。

翰 (hàn)粵hon⁶〔汗〕❶雉類，赤羽的山雞。也叫“錦雞”。❷長而硬的鳥羽。❸毛筆。如：翰墨。引申爲文詞。如：書翰；文翰。

【翰林】❶謂文翰薈萃的所在。❷官名。唐玄宗初置翰林待詔，爲文學技藝侍從之職。開元二十六年改翰林供奉爲學士，別置學士院。唐德宗以後，翰林學士職掌爲撰擬機要文書。明 清以翰林院爲“儲才”之地，於科舉考試中選拔一部分人入院爲翰林官。清制翰林院以大學士爲掌院學士，

其下設侍讀學士等官。

【翰林】翰林院的別稱。

【翰音】❶向高空飛揚的聲音。❷古代稱祭祀用的雞。

【翰墨】猶"筆墨"。指文辭。也指書法或繪畫。

翶　"翱"的異體字。

翵　(fú)　⓪fu¹〔呼〕即"毛羽"，鳥羽的一種。散生在眼緣、喙基部和正羽的下面，有護體、感覺等作用。

十一畫

翳　(yì)　⓪ei³〔縊〕❶用羽毛做的華蓋。❷遮蔽。如：白雲翳日。❸通"医"。古代盛弓箭的器具。❹眼睛角膜病變後遺留下來的疤痕組織。亦作"瞖"。

【翳翳】❶光綫暗弱。❷隱晦，不明顯。

蓊　(hōng)　⓪gweng¹〔薨〕見"薨薨"。

【薨薨】亦作"薨薨"。許多蟲一起飛的聲音。

十二畫

翹（翘）　⊖(qiáo)　⓪kiu⁴〔喬〕❶鳥尾上的長羽。見"翠翹"❶。❷舉起。如：翹首；翹企。❸特出。見"翹秀"、"翹楚"。❹古代婦女的一種首飾。見"翠翹"❷。

⊖(qiào)　⓪kiu³〔竅〕向上昂起。如：中間低下去，兩頭翹起來。

【翹企】抬起頭、跂起腳盼望，形容盼望之切。

【翹足】亦作"跷足"、"蹻足"。舉足，抬起腳來。形容時間短暫。

【翹秀】言人材出來。

【翹楚】《詩·周南·漢廣》有"翹翹錯薪，言刈其楚"之語，原意是要砍取高出雜樹叢的荊樹，後以比喻傑出的人材。

【翹翹】形容樹木高。

翻　(fān)　⓪fan¹〔番〕❶反轉；倒下。如：翻土；倒翻；推翻。❷越過。如：翻山越嶺。❸飛。又作"䬱"。❹翻譯。如：

翻成各國文字。又作"繙"。

【翻身】❶扭轉身軀；回身。❷改變被壓迫的地位。❸比喻從落後貧困或不利處境。

【翻案】推翻已定的罪案。亦指推翻原來的處分、鑒定、結論、評價等。

【翻然】亦作"幡然"。回飛的樣子。形容轉變得很快。如：翻然改圖；翻然悔改。引申為倒反、反而之意。

【翻飛】飛翔的樣子。

【翻譯】猶推演。又同"翻譯"。

【翻譯】把一種語言文字的意義用另一種語言文字表達出來。亦指做翻譯工作的人。

【翻雲覆雨】比喻反覆無常或玩弄手段。

翼　(yì)　⓪jik⁹〔亦〕❶鳥類和昆蟲的翅膀，魚鰓邊的小鰭。也泛指翅狀物。如：飛機的兩翼。❷遮護。❸輔助。❹古代建築的飛檐。❺作戰時陣形的兩側。也指政治上的派別。如：左翼；右翼。❻船。❼星名，二十八宿之一。

【翼亮】指臣子輔佐皇帝。翼、亮同義暈用。

【翼蔽】掩護遮擋，像鳥類用翅膀掩護幼鳥一樣。

【翼戴】輔佐擁戴。

【翼翼】❶飛飛的樣子。❷有次序、整飭的樣子。❸恭敬的樣子。如：小心翼翼。

翱　(áo)　⓪nou⁴〔遨〕見"翱翔"。

【翱翔】鳥迴旋飛翔。比喻自由自在地遨遊。

翺　同"翱"。

十三畫

翽（翙）　(huì)　⓪wei³〔畏〕見"翽翽"。

【翽翽】鳥飛聲。

翾　(xuān)　⓪hyn¹〔喧〕❶飛翔。❷通"儇"。輕佻。

十四畫

翿（翢）　(dào)　⓪dou⁶〔道〕即纛，漢朝名羽葆幢。葆即苕斗。合聚鳥羽於幢首(柄頭)，其形下垂如蓋。古代舞

者執之以舞，送葬引柩者執之以指麾。

耀 (yào)粵jiu⁶〔曜〕❶照射。如：照耀；閃耀。❷顯；明。❸誇耀。見"耀武揚威"。

【耀武揚威】炫耀武力，顯示威風。

十五畫

毞 (huì)粵wei⁶〔胃〕羽莖的末端。引申為鳥羽。

老 部

老 (lǎo)粵lou⁵〔魯〕❶年紀大，與"少"相對。如：老人；老大娘。引申為衰，與"壯"相對。如：老當益壯。❷死的諱稱。如：隔壁昨天老了人了。❹年老退休；告老。❺敬老；養老。如：老吾老以及人之老。❻老人的尊稱。如：張老；王老；此老。❼歷時長久的。如：老友；老顧。❽富有經驗的；老練的。如：老手。❾舊；陳舊。如：老地方；老腦筋；老朽。❿不嫩。如：老豆腐；雞蛋煮得太老。⓫經；常。如：他們老提前完成任務。⓬很；極。如：老遠。⓭老子及其哲學的省稱。如：老莊；佛老。⓮作詞助，在前。如：老張、老二、老虎、老鼠。⓯作詞助，常附在一個詞的後頭表示人體的某部分。如：淥老(眼)、嗅老(鼻)、聽老(耳)；爪老(手)。

【老人】❶老年人。❷稱尊長。

【老大】❶年長。❷長江下游一帶的方言，稱船主或主持航行的船工。❸很；極為；重。如：老大不願意；老大不安。

【老丈】對老年男子的尊稱。

【老小】❶老人和幼童。❷泛指家屬。

【老子】❶老人自稱。❷父親。❸倨傲的自稱。如：老子天下第一。❹春秋時期的思想家，道家學派的創始人。一說即老聃，又名李耳。楚國苦縣(今河南鹿邑)人。曾做過周朝管理藏書的史官。他的主要思想保存在《老子》一書中。

【老夫】老人自稱。

【老手】熟手；富有經驗的人。

【老父】老人的尊稱。

【老生】也叫"鬚生"。傳統戲曲中指扮演一般中年以上男子的角色。

【老朽】❶衰老無用。❷老人自謙之稱。

【老成】❶閱歷多而練達世事。如：老成持重。❷形容文章老練。

【老伯】對父輩的尊稱。

【老身】舊時老年人自稱。戲曲話本中多用於老婦人自稱。

【老兄】對老年人的不太尊敬的稱呼。

【老拙】老人自謙之稱。

【老衲】衲是僧衣，故稱老僧為老衲。

【老爹】❶對老人的尊稱。❷某些地方也用以稱祖或父。❸舊時亦稱鄉紳。參見"老爺"。

【老悖】年老糊塗。

【老拳】今謂用拳頭打人為"飽以老拳"。

【老娘】❶舊時稱婦女接生為業的婦女。穩婆。❷潑辣婦人的自稱。

【老師】❶學生對教師的尊稱。又明清兩代，生員和舉子對主試的座主和學官稱"老師"。❷前輩最尊的學者。

【老婆】❶妻。❷老婦。

【老宿】❶高僧。❷年老而在學藝上有造詣的人。如：文壇耆宿。

【老爺】❶舊時稱官吏。清代四品官以上稱大人，五品以下稱"老爺"。也作為對官僚的諷刺的稱呼。❷舊時也稱豪紳為"老爺"。❸家僕對其主人人家的稱呼。

【老蒼】謂頭髮蒼白的老人。

【老鳳】宋代稱紫薇舍人為"小鳳"，翰林學士為"大鳳"，丞相稱"老鳳"。晉荀勖比喻中書省為鳳凰池，故有老鳳、大鳳、小鳳之稱。參見"鳳凰池"。

【老漢】❶稱老年男子。❷老年男子的自稱。

【老辣】❶老練厲害。如：手段很老辣。❷老練剛勁。

【老調】指無新鮮內容使人厭煩的言論。

【老邁】年老體衰。

【老闆】❶私營工商業的財產所有者，經理。❷舊時稱京劇演員的尊稱。

【老饕】貪吃。

【老夫子】❶舊時稱家館或私塾的教師。❷稱迂闊的不愛活動的讀書人。

【老狐狸】比喻非常狡猾的人。

【老牛舐犢】犢，小牛。老牛舐小牛，比喻愛兒子。

【老生常譚】"譚"，亦作"談"。本謂老書生常講的話，沒有新意思。後比喻聽慣的老話頭。

【老奸巨猾】閱歷深而手段極其奸詐狡猾的人。

【老蚌生珠】指老年得子。特指年紀較老的婦女生子。

【老氣橫秋】形容老練而自負的神態。常用以諷刺自高自大。

【老馬識途】比喻富有經驗的人能在工作中起引導作用。

【老羞成怒】亦作"惱羞成怒"。羞慚到極點以致發怒。

【老當益壯】年老而志氣應當更加壯盛。

【老嫗能解】相傳白居易每作詩，讀給老太婆聽，問能不能懂，不懂的就重新改作。後用以形容詩文的平易通俗。

【老態龍鍾】形容年老體衰，行動不靈便的樣子。

【老謀深算】周詳的謀畫，深遠的打算。形容老練精細。

【老驥伏櫪】曹操《步出夏門行》有"驥老伏櫪，志在千里"之語，言老了的良馬雖然不能馳驅馬房中，仍舊想去跑千里的遠路。後常以比喻有志之士，年雖老而仍有雄心壯志。

考 (kǎo)粵hau[2][巧]❶老。如：富貴壽考。❷稱已死的父親：如：顯考；先考。古時也稱在世之父爲考。參見"考妣"。❸查核；考試。如：查考；稽考；大考。❹思慮；研求。如：思考；研考。

【考成】舊時在一定期限內考核官吏的政事成績。

【考妣】父母死後的稱謂。古時亦用以稱在世的父母。

【考究】❶考求研究。❷猶講究。謂力求精美。如：裝潢考究。

【考訂】考核訂正。一般用於研究古書古事的真僞異同。

【考終】老壽而死；善終。

【考異】對書籍的文字或所記事實異同的考訂。

【考勤】考核工作人員的出勤情況和工作效率。如：考勤簿；考勤制度。

【考察】❶調查勘察；思考觀察。❷舊時對官員政績的考核。

【考語】考查工作成績的評語。舊時多用在官吏的考核上。

【考課】古時按一定的標準考察官吏的功過善惡，分別等差，升降賞罰，謂之"考課"。

【考據】也叫"考證"。研究歷史、語言等的一種方法。根據事實的考核和例證的辨析，提供一定的材料，作出結論。考據的方法主要是訓詁、校勘和資料搜集整理。

【考績】猶考成。舊指考核官吏的工作成績。亦指考核一般工作人員的成績。

【考證】即考據。

【考驗】用實踐來檢驗思想、行爲是否正確、堅定，學說是否合乎眞理，制度、組織是否堅強。

【考終命】見"考終"。

四 畫

耄 (mào)粵mou[6][冒]❶老。指八十或九十歲。❷昏亂。

【耄期】年老。

耆 ㊀(qí)粵kei[4][其]❶老。參見"耆艾"。❷強橫。❸憎惡。

　㊁(zhì)粵dzi[2][紙]致使；達到。

【耆艾】古稱六十歲爲耆，五十歲爲艾。亦泛指老年。

【耆宿】指年高而有道德學問的人。

【耆舊】指年高而有聲望的人。

五 畫

者 (zhě)粵dze[2][姐]❶猶"這"。如：者番。❷指事之詞。指事、指物、指時、指人公：如：來者；往者；大者；小者；乃者；昔者；科學工作者。❸作語助，表語氣停頓。如：陳勝者，陽城人也。❹作語助，表假設。如：所不與舅氏

同心者，有如白水！❺表肯定語氣。如：公將以棠觀魚者。❻表祈使語氣。如：路上小心在意者。

【者番】這番；這次。

【者箇】這個。

耇 (gǒu)働geu²〔九〕老；壽。

六　畫

耋 (dié)働dit⁹〔秩〕老。指七十歲或八十歲。

而　部

而 (ér)働ji⁴〔兒〕❶頰毛。❷通「爾」：汝；你。❸作語助，表時間。如：俄而客至。❹作語助，表情狀。如：侃侃而談。有其名而無其實。❺表承遞。如：玉在山而草木潤。❻作語助，表轉折。如：似是而非。❼作語助，表並列關係。如：泉香而酒洌。❽作語助，用同「然」。如：忽而自失。亦僅用以助詞而無義。如：蔚然而深秀者，琅邪也。❾作語助，有「又」、「並且」、「可是」等意思。如：高而大；聰明而勇敢；有其名而無其實。❿作語助，有「往」、「到」的意思。如：自上而下；由小而大。⓫用於詞尾。如：已而，已而！

【而立】《論語·為政》有「三十而立」之語，後因稱三十歲為「而立」之年。

三　畫

耍 (shuǎ)働sa²〔灑〕❶遊戲；頑耍。❷玩弄；戲耍。一般指不正當的行為。如：耍手段；耍花樣。❸使；動。如：耍脾氣。

【耍子】頑耍。

【耍花招】❶賣弄小聰明；玩弄技巧。❷施展詭詐手腕。

【耍嘴腔】用花言巧語騙人。

耎 (ruǎn)働jyn⁵〔軟〕軟弱。

耏 ㊀(ér)働ji⁴〔而〕鬍鬚。
㊁(nài)働noi⁶〔奈〕通「耐」。古代剃去頰鬚的刑罰。

耐 (nài)働noi⁶〔奈〕❶忍受得住；禁得起。如：耐冷；耐煩；刻苦耐勞。❷通「耏」。古代一種刑罰。❸通「奈」。

【耐可】哪可。一說寧可。

耑 ㊀「端」的古體字。
㊁「專」的異體字。

耒　部

耒 (lěi)働loi⁶〔睞〕lœy⁶〔淚〕(又) 見「耒耜」。

【耒耜】上古時代的翻土工具。後世也以「耒耜」為各種耕地農具的總稱。

三　畫

耔 (zǐ)働dzi²〔子〕以土壅禾根。

四　畫

耕 (gēng)働gaŋ¹〔加坑切〕❶翻鬆田土以備播種。❷比喻為進修或謀生所需的各種勞動。如：目耕；筆耕；舌耕。

【耕耘】翻土和除草；也泛指田間勞動。也比喻其他的勞動。

耖 (chào)働tsau³〔次孝切〕農具名。似耙，齒較長。疏鬆泥土用。

耗 (hào)働hou³〔好〕❶減損；消耗。如：耗神。❷拖延。如：別耗着了，快走吧。❸消息；音信。現多指壞的消息。如：噩耗；凶耗。

【耗子】老鼠。

耘 (yún)働wɐn⁴〔云〕除草。

耙 (pá，又讀bà)働pa⁴〔爬〕❶一種整地農具。用於耕後耙碎土塊，平整土地。按工作部分不同分無齒耙、齒耙及圓盤耙等。亦謂用耙操作。如：耙地。❷扒

翻穀物及勾聚柴草的用具。用木、鐵或竹製成。

五畫

耜 (si)⑨dzi⁶〔字〕古代農具名。

枷 (jiā)⑨ga¹〔加〕即連枷，一種手工脫粒農具。由長手柄及敲杆絞連構成。

六畫

耠 (huō)⑨hɐp⁹〔合〕耠子，一種開溝鬆土的農具，似開溝犂而鏵較小。用耠子開溝鬆土也叫"耠"。

七畫

耡 "鋤"的異體字。

八畫

耤 (jí)⑨dzik⁹〔夕〕"藉田"的"藉"的本字。引申爲借，借助。

耥 (tǎng)⑨tɔŋ²〔倘〕又名"稻耥"、"耥耙"、"耘耥"、"烏頭"。用於水稻田中的耕耘農具。

九畫

耦 (ǒu)⑨ŋɐu⁵〔偶〕❶兩人各持一耜駢肩而耕。引申爲二人一組。❷通"偶"。成對；配偶。

十畫

耨 (nòu)⑨nɐu⁶〔尼後切)〕❶小手鋤。❷除草。

耪 (pǎng)⑨pɔŋ⁵〔蚌〕用鋤翻鬆土地。也：耪地。

耩 (jiǎng)⑨gɔŋ²〔講〕用耬車播種或用糞耬施肥。如：耩豆子；耩糞。

十一畫

耬(耧) (lóu)⑨lɐu¹〔流〕也叫"耬車"、"耩子"。一種播種農具。

十二畫

耮(耢) (lào)⑨lou⁶〔路〕❶也叫"耱"、"蓋"。一種整地農具。用荆條或樹枝編於木耙梃上或木架上而成。用於磨平地面，鬆土保墒。❷用耮平整土地。

十五畫

耰 (yōu)⑨jɐu¹〔丘〕❶古代的一種農具名。形如榔頭，用來擊碎土塊，平整土地。❷播種後用耰平土，掩蓋種子。

耱 同"耮❶"。

十六畫

耲 (huái)⑨wai⁴〔懷〕見"耲耙"。

【耲耙】東北地區一種耕土的農具。

耱 (mò)⑨mɔ⁶〔麻賀切〕即耮。參見"耮"。

耳部

耳 (ěr)⑨ji⁵〔以〕❶聽覺和平衡的器官。❷像兩耳分列兩旁之物。如：耳房；鼎耳。❸像木耳之物。如：木耳；銀耳。❹耳聞。❺"而已"的合音。如：前言戲之耳。

【耳目】❶猶視聽。如：耳目一新。引申爲審察、瞭解的意思。❷指偵察消息的人。

【耳受】猶言耳聞，謂得之傳聞的話。

【耳食】謂不加審察，輕信傳聞的話。

【耳孫】遠孫，也叫"仍孫"。

【耳順】《論語·爲政》有"六十而耳順"之語，後因以"耳順"爲六十歲的代稱。

【耳語】附耳低語。

【耳邊風】也叫"耳旁風"。比喻聽話者認爲無足輕重、不once一聽的話。

【耳提面命】形容教誨殷殷懇切。

【耳濡目染】同"目擩耳染"。

【耳鬢斯磨】斯，互相。形容親密相處的情景。通指小兒女的相愛。

【耳聞不如目見】看到的比聽到的更可靠，謂實際經歷的重要。

二　畫

耵 (dīng，又讀dǐng)⑧dīng¹〔丁〕〔耵聹〕亦稱"耳垢"。外耳道正常的油脂性分泌物。

三　畫

耶 ⊖(yé，又讀yē)⑧je⁴〔爺〕表疑問語氣。如：然耶？非耶？
⊖(yé)⑧同⊖通"爺"。父親。

耷 (dā)⑧dap⁸〔答〕❶大耳朵。❷見"耷拉"。
【耷拉】同"搭拉"。下垂的樣子。如：耷拉着頭，一聲不吭。

四　畫

聃 同"聸"。

耽 (dān)⑧dam¹〔聃〕又作"躭"。❶耳大而垂。❷過樂；酖嗜。如：耽樂。❸延擱。如：耽延；耽擱。
【耽玩】(一wàn)深切地愛好、玩味。
【耽思】專心致志，深入研究。

竑 (hóng)⑧weŋ⁴〔宏〕見"竑竑"。
【竑竑】大聲。

耿 (gěng)⑧geŋ²〔梗〕❶有骨氣。如：耿介。❷通"炯"。光明。
【耿介】❶光大。❷正直。
【耿直】同"梗直"。
【耿耿】❶形容心中不能寧貼。如：耿耿於懷。❷微明的樣子。❸忠誠的樣子。如：

忠心耿耿。

恥 "恥"的異體字。

戠 "職"的異體字。

耖 "耖"的異體字。

五　畫

聆 (líng)⑧liŋ⁴〔伶〕聽。如：聆教。
【聆聆】猶了了。

聊 (liáo)⑧liu⁴〔僚〕❶耳鳴。❷依賴。見"聊賴"。❸姑且；略。如：聊以自慰；聊以解嘲。❹北方話謂閑談。如：聊天。
【聊浪】放蕩。
【聊賴】依賴，指生活或情感上的憑借。
【聊復爾耳】姑且如此而已。

聓 同"婿"。

聸 (dān)⑧dam¹〔耽〕亦作"耼"。本爲耳長大之稱。引申爲老。

聅 (chè)⑧tsit⁸〔設〕古代軍法以矢貫耳的刑罰。

六　畫

聒 (guō)⑧kut⁸〔括〕喧擾；嘈雜。如：聒耳。
【聒聒】形容說話多；吵鬧。
【聒噪】亦作"咶噪"。❶吵鬧。❷宋元時打招呼的習慣語。猶言打擾，對不起。

七　畫

聖(圣) (shèng)⑧siŋ³〔勝〕❶本義爲通。並用以指稱具有這種智慧的人。❷稱學問技術有特高成就。如：詩聖。❸古代對帝王的諛稱。如：聖駕；聖旨。❹宗教徒對所崇拜事物的尊稱。如：聖誕；聖餐。
【聖善】舊時稱美母親之辭。後用作母親的代

稱。

【聖潔】神聖而純潔。

聘（pìn，舊讀 pìng）❶〔聘〕❶聘請；延請。如：聘用；聘約。❷古代國與國之間遣使訪問。❸舊式婚禮中的文定。如：行聘；許聘。

【聘君】舊稱受過朝廷徵聘而未出仕的人。亦稱“徵君”。

【聘妻】舊稱已行聘禮而未結婚的妻子為“聘妻”。

八　畫

聚（jù）❶dzœy❺〔序〕❶村落。❷會集；集合。如：歡聚。❸積累。如：聚草屯糧。

【聚訟】衆說紛紜，莫衷一是。

【聚落】村落，人們聚居的地方。

【聚斂】剝削；搜刮。

【聚沙成塔】比喻積少成多。

【聚蚊成雷】比喻聚少讒毀，為害甚大。

【聚精會神】指精神高度集中。

聞（闻）㊀（wén）❶men❹〔文〕❶聽見。如：耳聞目見。❷知識見聞。如：淺聞。❸聽見的事情。如：新聞；奇聞。❹嗅。如：聞香；味兒好聞。㊁舊讀（wèn）❶men❻〔問〕名聲。

【聞人】有名聲的人。

【聞問】通消息；通音訊。如：不相聞問。

【聞達】有名望；顯達。

【聞喜宴】唐宋時賜宴新進士及諸科及第的人，叫“聞喜宴”。因曾設宴於瓊林苑，故又稱“瓊林宴”。

【聞一知十】聽到一點就能了解很多，形容善於類推。

【聞雞起舞】《晉書·祖逖傳》載，劉琨和祖逖常常相互勉勵振作，聽到雞鳴而起舞。後以“聞雞起舞”比喻志士及時奮發。

職　同“賦”。

九　畫

聰　同“聰”。

十一畫

聯（联）（lián）❶lyn❹〔攣〕❶聯合；連接。如：珠聯璧合。❷古代戶口編制的名稱。❸對聯。如：春聯；挽聯；楹聯。

【聯宗】在封建宗法社會中，同姓而沒有宗族關係的人，聯成一族，叫“聯宗”。

【聯袂】一同。如：聯袂前往。

【聯娟】同“連娟”。

【聯綿】同“連綿”。

【聯翩】形容鳥飛。常用來形容連續不斷。亦作“連翩”。

【聯璧】同“連璧”。

【聯繫】❶聯絡、結合相關的人或事物。❷哲學名詞。指事物內部或事物之間的對立的兩個側面相互依賴、相互制約、相互轉化的關係。

聰（聪）（cōng）❶tsuŋ¹〔匆〕聽覺靈敏。如：耳聰目明。引申為靈敏。

【聰明】❶視聽靈敏。❷聰敏；有智慧。

聱（áo）❶ŋou⁴〔遨〕不接受別人的意見。

【聱牙】❶乖忤。❷語言不平易。如：詰屈聱牙。❸形容老樹枝幹杈枒。

聲（声）（shēng）❶siŋ¹〔升〕seŋ¹〔腥〕（語）❶聲音。如：人聲；風聲；金石聲。❷樂聲。如：宮聲；商聲。❸聲調。如：平聲；仄聲。❹聲母。如：雙聲；送氣聲。❺名聲。如：聲望；聲譽。❻宣佈；表示。如：聲稱；聲明。

【聲地】指聲望與地位。

【聲伎】女樂，古代官僚貴族人家的歌姬舞女。

【聲色】❶指歌舞和女色。❷說話的聲音和臉色。如：不動聲色；聲色俱厲。

【聲明】❶公開說明。❷一般指國家、政府、政黨、團體或其領導人，為表明其對某些問題、事件的立場或主張而發表的文件。也有以會議的名義發表的聲明。❸兩個或兩個以上的國家、政府、政黨、團體或其

領導人，就會談的問題發表的聲明，稱爲"聯合聲明"或"聲明"。有時，其中包含有關於這些國家相互權利和義務的協議，具有條約的性質。❹古代印度學者所研究的"五明"之一，近於語言學中的訓詁和詞匯學。

【聲威】聲譽威望。

【聲威】❶消息。❷振作士氣。也指軍隊的士氣。

【聲張】把消息、事情等傳出去，引人注意。

【聲問】❶音信。❷同"聲聞"。

【聲望】名望。

【聲援】聲應接應支援。今用爲公開聲明表示支援的意思。

【聲華】猶言聲譽。

【聲勢】❶聲威氣勢。❷古稱韻母爲"聲勢"。

【聲詩】樂歌。

【聲聞】(一wèn)名譽。

【聲價】指聲譽和社會地位。

【聲響】❶聲音。❷聲音和回聲。

【聲名狼藉】形容人的名聲壞到了不可收拾的地步。

【聲東擊西】佯攻東方，實攻西方。

【聲淚俱下】邊訴說，邊哭泣，形容極其悲慟。

【聲嘶力竭】聲音嘶啞，氣力用盡。形容拼命地叫喊。含有貶意。

聳(耸) (sǒng)⑨sung²〔慫〕❶聳。❷通"崇"。高起；矗立。如：高聳；聳峙。❸通"慫"。慫恿；獎勸。❹驚動。如：危言聳聽。

【聳動】故意誇大事實，使人吃驚。如：聳動視聽。

【聳人聽聞】誇大事實或說離奇的話，使人聽了感到震驚。

十二畫

瞶(聩) (kuì)⑨kui²〔潰〕天生耳聾。引申爲昏瞶，不明事理。參見"瞶瞶"。

【瞶瞶】本形容耳聾。引申爲昏昧糊塗。

聶(聂) (niè)⑨nip⁹〔捏〕附耳小語。通作"囁"。

職(职) (zhí)⑨dzik⁷〔即〕❶職務；職業。如：盡職；職權。❷職位。如：就職；在職。❸舊時下級對上級官的自稱。如：職道；卑職。❹執掌；主管。

【職分】(一fèn)猶職責。應盡的職務。

【職掌】職掌；職務。

【職官】❶舊時文武官員的通稱。如：職官典；職官志；職官錄。❷猶職司。

【職掌】❶掌管。❷職務。

十四畫

聻(聻) (jiàn，又讀jí)⑨dzim⁶〔漸〕傳說爲鬼死後之稱。

聹(聍) (níng)⑨niŋ⁴〔寧〕見"耵"。

聼 同"聽"。

十六畫

聽(听) ⊖(tīng)⑨tiŋ¹〔他英切〕teŋ¹❶聽報告；收聽廣播。❷聽取；聽受。如：不聽話。❸順從。如：言聽計從。❹古指探聽消息的人。
⊜(ting)聽讀làng tìng³〔他慶切〕聽任；任憑。如：聽之任之。
⊜(tìng)⑨同⊜處理。判斷。如：聽政；聽訟。

【聽事】❶處理政事；治事。❷聽堂。亦作"廳事"。

【聽鼓】古代官吏聽鼓聲上班和下班，因稱官吏赴衙署候值應班爲"聽鼓"。亦稱官吏赴缺候補爲"聽鼓"。

【聽斷】斷決訟事。亦指處理裁決政事。

【聽天由命】聽憑天意、命運的安排和擺佈。

【聽其自然】任憑事物自然發展，不過問，不干預。

聾(聋) (lóng)⑨luŋ⁴〔龍〕喪失聽覺能力；聽覺不靈。引申爲不明事理。

【聾俗】謂不辨美惡的世風。

【饅饙】比喻愚昧無知。

　　　　# 聿　部

聿 (yù)⑩wɐt⁹〔華眴切〕lœt⁹〔律〕(俗) ❶筆。❷通“遹”。疾迅。見“聿皇”。❸作助詞，無義。用在句首或句中。如：歲聿云暮。
【聿皇】疾迅的樣子。

七　畫

肆 (yì)⑩ji⁶〔義〕❶研習；學習。❷勞苦。❸樹木再生的嫩條。
【肆業】謂修習其業。今稱在學校學習而未畢業爲“肆業”。

肆 (sì)⑩si³〔試〕❶放縱。如：肆意妄爲。❷商店；手工業作場。如：酒肆；茶肆。❸古時處死刑後陳屍於市之稱。❹極；盡。如：力力。❺“四”字的大寫。
【肆力】盡力。
【肆虐】任意殘害。
【肆意】任意；毫無顧忌。
【肆應】舊指廣泛的應變。後來稱人善於應付爲“肆應之才”。
【肆無忌憚】謂任意妄爲、無所畏忌。

肅（肃）(sù)⑩suk⁷〔宿〕❶恭敬。如：肅然；肅立。❷莊重；嚴肅。
【肅殺】嚴酷蕭瑟的樣子。一般用來形容深秋或冬季草木枯落時的天氣。
【肅清】❶清除；消滅乾淨。❷剷平。❸猶冷靜。
【肅肅】❶恭敬的樣子。❷嚴正的樣子。❸猶肅悉。蕭條的樣子。
【肅雝】❶莊重和順。❷形容樂聲和諧。

八　畫

肇 (zhào)⑩siu⁶〔兆〕創建；初始。
【肇事】引起事故；肇事。
【肇基】開始建立基礎。

【肇端】開端。

　　　　# 肉　部

肉 (ròu，讀音 rù)⑩juk⁹〔辱〕❶肌肉。如：劍肉補瘡。引申爲身體。如：苦肉計。❷指供食用的禽獸肉。如：酒肉。也指瓜果的可吃部分。如：棗肉；筍肉。
【肉身】佛教用語，指肉體。
【肉食】❶肉類食品。❷指高位厚祿；也指做官的人。
【肉麻】由輕佻的或虛僞的言語、舉動所引起的不舒服的感覺。
【肉欲】性欲。
【肉袒】去衣露體。古時在祭祀或謝罪時表示恭敬或惶恐。
【肉眼】❶佛經所説五眼之一，謂肉身之眼。佛家認爲肉眼是近不見遠，是前不見後，見明不見暗，後因以指俗眼。❷指人的眼力。如：微生物非常細小，非肉眼所能看見。
【肉糜】肉煮爛成糊。

一　畫

肛 同“膣”。

二　畫

肋 (lèi，讀音 lè)⑩lɐk⁹〔離麥切〕lak⁹〔離額切〕(又) 脅骨。亦指胸腔的兩側。如：兩肋。
【肋肷】(le—)容貌服飾不整潔。

肌 (jī)⑩gei¹〔基〕❶肌肉。❷肌膚。

肎 “肯”的異體字。

三　畫

肓 (huāng)⑩fɔŋ¹〔方〕心臟和膈膜之間。

肖 (xiào)粵tsiu³〔俏〕❶相似;相似。如:惟妙惟肖。

肜 (róng)粵jung⁴〔容〕古代祭祀的名稱。

肘 (zhǒu)粵dzau²〔爪〕❶上臂與前臂交接部分。如:掣肘;捉住其肘。❸北方方言。指蹄蹄的上部。如:醬肘子。
【肘腋】比喻切近的地方。

肚 ㊀(dù)粵tou⁵〔駝老切〕人及動物的腹部。如:挺肚凸肚;螳螂肚兒。引申以指物體鼓出的部分。如:腿肚子。
㊁(dǔ)同㊀指供食用的動物胃。如:豬肚;牛肚;羊肚。

肛 (gāng)粵gong¹〔江〕即肛管和肛門的總稱,人和多數哺乳動物消化管的最末段。

肝 (gān)粵gon¹〔干〕❶人和脊椎動物所特有的體內最大消化腺,也是重要代謝器官。人的肝位於膈下、腹腔右上部,為右側肋弓下所遮蓋。肝的功能衆多、有貯存、合成養料、分泌膽汁、解毒和防禦等作用。❷忠誠義勇的喻稱。參見「肝膽」。
【肝膽】❶比喻關係密切。❷比喻眞誠的心意。如:肝膽相人。
【肝腦塗地】形容慘死。也用來表示竭盡忠誠,任何犧牲均在所不惜。

胳 "胳㊀"的異體字。

四 畫

股 (gǔ)粵gu²〔古〕❶大腿。❷事物的分支或一個部分。如:釵股;八股。也指機構、團體中的組織部門。如:總務股;人事股;財務股。❸一綹或一縷。如:一股頭髮;一股淸香。❹即股份。股份公司或其它合伙經營的工商企業把資本總額按相等金額分成的單位。❺古代數學名詞。指直角三角形直角旁的長邊。
【股肱】比喻帝王左右輔助得力的臣子。亦用作輔佐之意。
【股戰】兩腿發抖,形容恐懼到極點。

肢 (zhī)粵dzi¹〔之〕人體兩臂與兩腿的總稱。也指獸類的四足,鳥類的兩翼兩足。如:前肢;後肢。又謂腰肢,指人體的腰部。

肥 (féi)粵fei⁴〔腓〕❶肥胖;多脂肪。引申為多;粗大。如:肥頭大耳。❷肥沃。如:地很肥。❸肥料。如:積肥;施肥。❹使田地增加養分。如:肥田。
【肥甘】肥美。也指肥美的食品。
【肥缺】指收入多的職務。

胚 "胚"的異體字。

肩 (jiān)粵gin¹〔堅〕❶肩膀,手臂和身體相連接的地方。如:兩肩;並肩。也指四足動物的前肢根部。如:豚肩;羊肩。❷擔荷。如:身肩重任。
【肩輿】轎子。
【肩摩轂擊】亦作「轂擊肩摩」。形容行人車馬來往擁擠。

肪 (fáng)粵fong¹〔方〕厚的脂膏;脂肪。也特指腰部的脂肪。

肫 ㊀(zhūn)粵dzœn¹〔津〕❶禽類的胃。如:雞肫;鴨肫。❷誠懇。見「肫肫」。
㊁(chún)粵sœn⁴〔純〕古代祭祀所用牲的部分股肉。
【肫肫】❶同「忳忳」。誠摯的樣子。❷(chún chún)精細緻密的樣子。

肮 同"疣"。

肭 (nà)粵nœt⁹〔尼衞切〕見「膃肭」。

肮 ㊀(háng)粵hong⁴〔杭〕同"吭"。喉嚨。
㊁"航"的簡化字。

肯 (kěn)粵heng²〔哈耿切〕❶貼附在骨上的肉。見「肯綮」、"中肯"。❷許可。如:首肯;肯願意;不拒絕。如:惠然肯來。
【肯綮】筋骨結合的地方。比喻要害、最重要的地方。

肱 (gōng)粵gweng¹〔觥〕手臂從肘到腕的部分。

育 (yù)粵juk⁹〔玉〕❶生育。不育。❷培植;撫養。如:育苗;育嬰。引申為教育。如:德育;智育;體育。

肴 (yáo)⑧ŋau⁴〔爻〕葷菜。亦作餚。

【肴核】亦作「殽核」。肉類、菜類食品和果實食品。

【肴烝】亦作「殽烝」。把肉切成大塊放在俎裏。

【肴饌】豐盛的飯菜。

胏 (qí)⑧kei⁴〔其〕見「胏俎」。

【胏俎】敬尸之俎。古代祭祀盛心、舌的祭器。

胅 (xī)⑧jet⁹〔日〕見「胅胅」、「胅蠁」。

【胅胅】勤苦勞碌的樣子。

【胅蠁】❶分佈，散佈。❷迷信說法，謂神靈感應。

肺 (fèi)⑧fei³〔廢〕人和無脊椎兩棲類以上脊椎動物體內外氣體交換的重要器官。

【肺石】古時設在朝廷門外的赤石，百姓可以站在石上控訴地方官吏。因色赤如肺而得名。

【肺附】比喻帝王的親屬或親戚。

【肺腑】❶同「肺附」。比喻帝王的親屬或親戚。❷比喻內心。如：肺腑之言。

胜 (jīng)⑧dzeŋ²〔井〕是指聯氨（$NH_2—NH_2$）或聯氨中氫原子被烴基取代後所生成的一類有機化合物。

肽 (tài)⑧tai³〔太〕氨基酸的氨基和另一氨基酸的羧基縮合失去一分子水後所形成的化合物。最簡單的肽由兩個氨基酸分子組成，稱「二肽」。由兩個以上氨基酸分子組成的肽，稱「多肽」。

肷 (qiǎn)⑧him³〔欠〕肋骨和胯骨之間的部分（多指獸類）。如：狐肷（指狐狸胸腹部和腋下的毛皮）。

五　畫

胃 (wèi)⑧wei⁶〔位〕人和動物消化管的擴大部分，是貯藏和消化食物的器官。

冑 (zhòu)⑧dzɐu⁶〔宙〕指帝王或貴族的後裔。此字下從「月（肉）」，與下從

"月（冒）"的"胄"不同。如：帝冑；貴冑。"臍"的簡化字。

胆 「膽」的簡化字。

胈 (bá)⑧bɐt⁹〔拔〕人身上的細毛。

胉 (bó)⑧bɔk⁸〔博〕同「髆」。牲體的兩脅。

胊 (qú)⑧kœy⁴〔渠〕屈曲的乾肉。

背 ㊀(bèi)⑧bui³〔貝〕❶背脊。如：熊腰虎背。❷後面。如：手背；刀背；紙背。❸背向着靠着的。如：背光；背山面水。❹離開。如：離鄉背井。引申爲去世。如：慈父見背。❺違反；違背。如：背約；背信棄義。

㊁(bèi)⑧bui⁶〔步昧切〕❶不順利。如：背運。❷背誦。如：背書；背誦。❸偏僻。如：這條街太背。❹聽覺不靈。如：耳朵有點背。引申爲消息不靈通。如：耳背。

㊂(bēi)⑧同㊀揹在肩膀上；負荷。如：背小孩；背行李。引申爲負擔。如：背債；背黑鍋。亦作「揹」。

【背晦】腦筋不清楚，作事悖謬。也作倒霉、處境不順利解。

【背景】❶文學作品中人物活動和事件發生、發展的時間、地點和條件，自然的、社會的環境。在戲劇藝術中，除上逸意義外，兼指演劇時舞臺上的布景（幕景）。在繪畫、攝影作品中則指襯托主體的背後景物。❷指對事態的發生、發展、存在和變化起重要作用的一切歷史條件或現實環境。如：社會背景，時代背景。

【背城借一】在自己的城下跟敵人決一死戰，謂作最後的奮鬥。

【背道而馳】朝着相反的道路奔跑，比喻彼此的方向和目的地完全相反。

胎 (tāi)⑧tɔi¹〔他衰切〕❶人及哺乳動物孕而未生的幼體。如：懷胎；胎生。引申爲器物的粗坯或襯裏。如：（景泰藍的）銅胎；棉花胎。❷事物的基始、根由。如：禍胎。❸護輪的外圈。如：輪胎；車胎。

肺 (zǐ)粵dzi²〔子〕帶骨的肉脯。

胕 (fū)粵fu¹〔呼〕同"膚"。

胖 ⊖(pàng)粵bun⁶〔扳〕肥大。如：肥胖；胖子。
⊜(pán)粵pun⁴〔盤〕大；舒坦。如：心廣體胖。

胙 (zuò)粵dzou⁶〔做〕❶祭祀用的肉。❷福祐。❸賜。通"祚"。指君位。

胛 (jiǎ)粵gap⁸〔甲〕肩胛，背後上部跟兩胳膊接連的部分。

胝 (zhī)粵dzi¹〔支〕見"胼胝"。

胞 (bāo)粵bau¹〔包〕❶包裹胎兒的膜質囊。❷同胞；嫡親的。如：胞姊妹；胞兄弟。

胠 (qū)粵kœy¹〔驅〕❶腋下脅上部分。❷古戰陣右翼之名稱。❸撬開。見"胠篋"。

【胠篋】撬開箱篋。《莊子·胠篋》有"將為胠篋探囊發匱之盜而為守備"之語，後亦用為盜竊的代稱。

胡 (hú)粵wu⁴〔狐〕❶獸頜下下垂的肉。❷何。如：胡不歸？❸任意亂來。如：胡言亂道；胡思亂想。❹古代北方和西方各民族的泛稱。亦用以稱來自這些民族的東西。如：胡琴；胡桃；胡餅。❺見"胡同"。

【胡考】壽考。

【胡同】巷；小的街道。又作"衚衕"。

【胡林】本稱"交牀"、"交椅"、"繩牀"。一種可以摺疊的輕便坐具。

【胡耇】年老的人。

【胡越】胡在北，越在南，比喻關係疏遠。

【胡謅】隨口瞎編。

【胡作非為】不顧法紀或輿論，任意幹壞事。

胤 (yìn)粵jɐn⁶〔刃〕後代。

【胤嗣】後嗣。

胥 (xū)粵sœy¹〔須〕❶有才智之稱。見"胥徒"。後指官府中書辦之類的小吏。見"胥吏"。❷文言語助，用於句末，無義。❸全；都。如：萬事胥備。

【胥吏】舊時在官府中辦理文書的小吏。

【胥徒】泛指在官府中供役使的人。

【胥靡】❶一作"縃縻"，古代對一種奴隸的稱謂。因被用繩索牽連着強迫勞動，故名。❷空無所有。

胚 (pēi)粵pui¹〔鋪灰切〕pei¹〔披〕(又)❶婦女懷胎一月為胚。如：三月胎。❷動物由受精卵或未經受精的卵發育而成的幼體。❸種子或頭部器官由受精卵發育形成的植物幼體。胚一般具異養的營養方式。種子植物的胚有胚芽、胚根、胚軸和子葉四部分的分化。

【胚胎】❶在母體內初期發育的動物體。❷比喻事物的開始或形成。

胂 (shèn)粵sɐn⁶〔慎〕❶夾脊肉。❷砷化氫分子中部分或全部氫原子被烴基取代後的衍生物。即胂甲。

胗 ⊖(zhěn)粵tsɐn²〔珍〕唇瘍潰瘍。
⊜(zhēn)粵dzɐn¹〔珍〕同"胵"。如：雞胗肝兒。

胜 (zhēng)粵dziŋ¹〔晶〕同"鯖"。煮魚煎肉。
"膱"的異體字。

脉 "脈"的異體字。

六　畫

胭 (yān)粵jin¹〔煙〕又作"臙"。見"胭脂"。

【胭脂】亦作"燕脂"、"燕支"。一種紅色的顏料，用紅藍花或蘇木製成。婦女用以塗臉頰或嘴唇，國畫家亦用作顏料。也泛指紅色。

胯 (kuà)粵kwa³〔誇高去〕兩股之間。

胰 (yí)粵ji⁴〔兒〕即胰腺。人和脊椎動物體內的一種消化腺，兼有內分泌功能。

【胰子】❶豬、羊等的胰臟。❷舊時婦女取豬胰浸於酒中，冬日用以塗抹皮膚，使之潤澤，以免皸裂。後借稱肥皂為"胰子"。

胱 (guāng)粵gwɔŋ¹〔光〕見"膀⊖"。

胳 ㊀(gē)粵gɔk⁸〔各〕腋下;胳肢窩。❷"骼"的異體字。

胴 (dòng)粵dung⁶〔洞〕〔胴腔〕體腔,整個身體除去頭部四肢和內臟餘下的部分。

胵 (chì)粵tsi¹〔雌〕鳥類的胃。

胸 (xiōng)粵hung¹〔凶〕❶軀幹的一部分,介於頸部與腹部或頭部與腹部之間。如:胸無城府;胸有成竹。
【胸次】胸中;心裏。
【胸臆】心胸;胸懷。
【胸襟】猶胸臆。引申爲志趣、抱負。
【胸中甲兵】比喻雄才偉略。
【胸有成竹】比喻做事之先,已有成算。
【胸無宿物】比喻心地坦率,沒有成見。

胷 "胸"的異體字。

胹 (ér)粵ji⁴〔而〕煮。

能 (néng)粵neng⁴〔泥恆切〕❶一種像熊的野獸。❷能力;才能。如:各盡所能。亦指有技能、有才能。如:能人。❸物理學名詞:"能量"的簡稱。如:熱能;原子能。❹能夠;善於;勝任。如:能寫會算;能言善辯。❺善養。如:不相能。❻通"耐";忍受;這麼。如:乾坤能大。
【能手】對於某種工作和技能特別熟練的人。
【能事】所能之事。亦指擅長之事。
【能耐】本領;技能。
【能近取譬】能夠就自身打比方,即"推己及人"的意思。
【能者多勞】有才能的人多辛苦一些,含讚譽慰勉之意。

胾 (zì)粵dzi³〔至〕大塊的肉。

脀 (zhēng)粵dzing¹〔晶〕以牲體入俎中,因以指己盛牲體的俎。

胔 (zì)粵dzi³〔至〕肉還沒有爛盡的骨殖。

脂 (zhī)粵dzi¹〔支〕❶泛指動植物所含的油質;脂肪。❷用油膏塗物。❸"胭脂"的簡稱。如:塗脂抹粉。
【脂粉】胭脂和香粉。亦用爲婦女的代稱。

【脂膏】❶生物體中的油脂。❷比喻用血汗掙來的勞動果實或財富。❸比喻富裕之地。

脆 (cuì)粵tsœy³〔翠〕❶脆弱;易折易碎。❷食物脆嫩、鬆脆。見"甘脆"。❸聲音清脆。

脃 "脆"的異體字。

脄 (mèi)粵mui⁶〔梅〕同"脢"。夾脊肉。

脅(胁) (xié)粵hip⁸〔怯〕❶腋下肋骨所在的部分。如:兩脅。❷逼迫。如:威脅;脅迫;脅從。❸收歛。如:脅肩。
【脅息】吸氣;屏氣。多用來形容畏懼到極點。
【脅從】被迫而跟從別人(作壞事)的人。如:脅從不問。
【脅肩諂笑】聳起肩膀,裝出笑臉。形容逢迎的醜態。

脇 "脅"的異體字。

脈 ㊀(mài)粵mɛk⁹〔默〕❶血管。如:靜脈;動脈。❷脈搏。如:切脈;脈象。❸像血管一樣連貫而自成系統的東西。如:葉脈;山脈;一脈相傳;一脈相通。
㊁(mò)同㊀通"眽"。見"脈脈"。
【脈脈】(mò mò)本作"眽眽"。凝視的樣子。後多用以形容情思,有含情欲吐之意。
【脈望】傳說中蠹魚所化之物。據《仙經》載,蠹魚三食神仙字,即化成髮狀之環形物,稱爲脈望。
【脈絡】人身的經絡。引申爲事理或文章的綫索條理。亦如"源流"。

脊 ㊀(jǐ)粵dzik⁸〔即中〕dzɛk⁸〔隻〕(語)❶脊骨。❷指物體中間高起的部分。如:屋脊;山脊。❸見"脊令"。
㊁(jí)同㊀用於"脊樑"。
【脊令】(一líng)即"鶺鴒"。鳥名。《詩‧小雅‧常棣》有"脊令在原,兄弟急難"之語,謂脊令失所,飛鳴求其同類。後因以"脊令"比喻兄弟。
【脊樑】(jí一)脊背。

胮　(pāng)粵pɔŋ¹〔鋪江切〕浮腫。

胲
　㊀(gāi)粵gɔi¹〔該〕❶足大指上長毛處的肉，因即以指牲蹄。
　㊁(gāi)粵gɔi²〔改〕頰上肉。按亦以其為顴髯所出處而得義。
　㊂(hǎi)粵hɔi²〔海〕有機化合物的一類，通式R-NH·OH，是NH₂OH的烴基衍生物的統稱。

胺　(àn)粵ɔn¹〔安〕氨分子中部分或全部氫原子被烴基取代而成的有機化合物。大都具有弱鹼性，能和酸形成鹽。

脒
(mǐ)粵mei⁵〔米〕

$$具有\ \begin{array}{c} NH \\ \| \end{array}\ 結構的有機化合物的總$$

$$R-C-NH_2$$

稱。

胻　(héng)粵hɐŋ⁴〔衡〕腳脛。

七　畫

胭　"吻"的異體字。

脘　(guǎn，又讀 wǎn)粵gun²〔管〕wun²〔碗〕(又)胃腔。

脛(胫)　(jìng)粵hiŋ⁵〔奚茗切〕giŋ³〔敬〕(又)人的小腿；也指禽獸的腿。

脝　(hēng)粵hɐŋ¹〔亨〕見"膨脝"。

脞　(cuǒ)粵tsɔ²〔楚〕繁瑣之意。

脡　(tǐng)粵tiŋ⁵〔梯頂切〕直長條的乾肉。

脢　(méi)粵mui⁴〔梅〕背脊肉。

脣　"唇"的異體字。

脤　(shèn)粵sɐn⁵〔時引切〕古代王侯祭社稷所用的肉。參見"脤膰"。
【脤膰】古代王侯祭社稷和宗廟所用的肉。

脧
　㊀(zuī)粵dzœy¹〔追〕男孩的生殖器。
　㊁(juān)粵dzyn¹〔專〕見"朘削"。

【朘削】(juān xuē)削弱減少；剝削。

脩　(xiū)粵sɐu¹〔收〕❶乾肉。❷舊時教學的酬金叫"束脩"或"脩金"，也簡稱"脩"，亦作"修"。❸"修"的異體字。
【脩脯】乾肉。亦作"脯脩"。

脫
　(tuō)粵tyt⁸〔土雪切〕❶肉離骨。❷脫離；逃脫。如：脫險。❸脫下；去掉。如：脫帽。❹出；發出。如：言脫於口。❺遺漏。如：脫誤。
【脫卯】卯，木器接榫的眼孔。榫頭脫落，叫"脫卯"。比喻事情的脫節、漏洞。
【脫身】抽身；逃出險境或擺脫一切。
【脫空】❶古時喪葬用作或宙宇所供的偶像。因其僅有外殼而中空，故名。❷比喻虛誕；無着落。
【脫兔】像逃走的兔子一樣，比喻行動迅速。
【脫胎】❶道教用語。言得道的人，能脫凡胎而成聖胎。參見"脫胎換骨"。❷比喻新事物在舊事物的體內孕育變化而成。也指詩文的作法，取法前人而自出機杼，別成家數。
【脫略】猶輕易。不以為意；輕慢。
【脫落】❶從主體上掉下。❷猶脫易、脫略。不受拘束。
【脫誤】文字有脫漏和錯誤之處。亦謂言語行動有錯誤。
【脫屣】亦作"脫跣"、"脫躧"。屣，鞋也。比喻無所顧惜。
【脫稿】完稿；作文或著述完成。
【脫簡】古書別寫在竹簡上，簡片有散失，叫"脫簡"。後以指書本有缺頁或文字有脫漏。
【脫籍】古時妓女，列名樂籍，從良嫁人或不再為妓，均須取得主管官員批准，把樂籍中的名字除掉，稱為"脫籍"，也叫"落籍"。
【脫灑】超脫；不拘束。
【脫胎換骨】道教謂修道者得道，能脫凡胎而成聖胎，換凡骨而為仙骨。比喻詩文取法前人而能自出機杼。今用以比喻通過教育改造，根本改變一個人的立場觀點。
【脫穎而出】藏在布袋裏的錐子，尖端穿出來。比喻顯露頭角，本領嶄露出來。穎，細而尖的東西。參見"穎脫"。

脬 (pāo)粵pau[抛]❶膀胱。❷量詞，用於屎尿。如：一脬尿。

脯 ㈠(fǔ)粵fu²[苦]普pou²[普]❶乾肉。❷蜜漬的乾果。如：桃脯；杏脯。

㈡(pú)粵pou⁴[葡]胸脯。如：挺着脯子。多指供食用的家禽胸部肉。如：雞脯子；鴨脯子。

脰 (dòu)粵dɐu⁶[豆]頸項。

脟 ㈠(liè)，又讀 lè)粵lyt⁸[劣]❶禽獸肋骨部分的肉。如：脟條肉。❷通"膵"。腸間的脂肪。

㈡(luán)粵lyn²[戀]同"臠"。切肉成塊片。

脖 (bó)粵but⁹[勃]又作"頷"。脖子；頭項。

脲 (niào)粵niu⁶[尿]即"尿素"。白色晶體，易溶於水。為氮肥和塑料等原料。

脦 (de，舊讀 tè)粵tik⁷[惕]見"肋脦"。

脚 "腳"的異體字。

八畫

脹(胀) (zhàng)粵dzœŋ³[帳]❶體內充塞難受的感覺。如：頭昏腦脹。❷浮腫。如：腫脹。❸膨脹。如：熱脹冷縮。

脾 (pí)粵pei⁴[皮]❶貯藏血液的場所和最大的淋巴器官。❷通"膍"。牛胃。

胼 (pián)粵pin⁴[皮言切]見"胼胝"。
【胼胝】手掌或足底因長期磨擦而生的厚皮。俗稱"老繭"。

腆 (tiǎn)粵tin²[梯演切]❶豐厚；美好。❷挺起；凸出來。如：腆着肚子。❸見"腼腆"。

腼 【腼腆】羞慚而口不能言。哩，同"默"。

腊 (xī)粵sik⁷[昔]❶乾肉。❷皮膚皺縮。

㈡"臘"的簡化字。

腋 (yè)粵jik⁹[亦]❶胳肢窩。特指獸腋下的毛皮。見"集腋成裘"。❷植物葉與柄接連處的兩側。

腌 ㈠"醃"的異體字。

㈡(ā，又讀 ān)粵jim¹[淹]弄髒。參見"腌臢"。

【腌臢】(ān zan，又讀 ā za)骯髒；不潔。

脎 (rèn)粵nɐm⁶[稔]煮熟。

腎(肾) (shèn)粵sɐn⁵[時引切]sɐn⁶[慎](又)❶人和高等脊椎動物的造尿器官，俗稱腰子。左右各一。人的腎形如扁豆，位於腹背側壁腰椎兩旁。❷指外腎，即睪丸。如蚌腎。

腐 (fǔ)粵fu⁶[父]❶臭敗；腐爛。如：流水不腐。引申指思想陳腐。見"迂腐"、"腐儒"。❷見"腐刑"。
【腐心】形容痛恨之極。參見"切齒腐心"。
【腐史】漢司馬遷受過腐刑，後世或因稱他所作的《史記》為"腐史"。
【腐刑】即"宮刑"。
【腐敗】腐爛。也泛指敗壞、墮落。
【腐鼠】腐爛的死鼠。比喻庸俗人所珍視的賤物。喻多指官職、名位。
【腐儒】指迂腐保守、不合時宜的讀書人。

腑 (fǔ)粵fu²[苦]❶中醫學以胃、膽、三焦、膀胱、大腸、小腸為六腑，以別於五臟。❷見"肺腑"。

腒 (jū)粵gœy⁴[居]鳥類的乾脯。

腓 (féi)粵fei⁴[肥]❶腓肉，即小腿肚子。❷覆庇；倚庇。

腔 (qiāng)粵hoŋ¹[康]❶動物體內的空隙或室。如：體腔；胸腔；腹腔。❷曲調；唱腔。如：崑劇；字正腔圓。❸說話的腔調，亦指人的行動或作風，含有貶義。如：洋腔；官腔。
【腔調】❶樂律的變動為調，歌聲的運轉為腔，合指所唱的曲調。又指試說話的聲音語調。❷戲曲音樂中唱腔和曲調的總稱。❸說話的聲音、語氣。借指人的行動或作風，含有貶義。如：這是什麼腔調！

腕 (wàn)粵wun²[豌]亦作"捥"。掌和前臂之間的部分。

【腕釧】即手鐲。

䐈 (jì)粵gei[6]〔忌〕同"跽"。

脽 (shuí)粵sœy[4]〔誰〕臀部。

腙 (zōng)粵dzuŋ[1]〔忠〕醛或酮的羰基和聯氨(NH_2—NH_2)或苯肼(C_6H_5N—HNH_2)等縮水後的衍生物。

腚 (dìng)粵diŋ[6]〔定〕臀部。山東一帶方言。如：小孩子光着腚。

䏿 (qǐ)粵kɐi[2]〔啓〕即腓，小腿肚子。

腖(胨) (dòng)粵duŋ[3]〔凍〕亦稱"蛋白腖"。蛋白質不完全水解的產物，是複雜的多肽混合物。可供培養微生物之用。

脺 同"膵"。

九 畫

腞 (zhuàn)粵syn[6]〔篆〕見"腞楯"。

【腞楯】運棺車。

腠 (còu)粵tsɐu[3]〔湊〕肌肉的紋理。

腢 (ǒu)粵ŋɐu[5]〔偶〕肩頭。

腥 (xīng)粵siŋ[1]〔星〕sɛŋ[1]〔沙廳切〕(語)❶魚、肉一類的食品。如：不吃腥。❷腥氣。如：血腥。

【腥聞】指醜惡的聲名。

腦(脑) (nǎo)粵nou[5]〔努〕❶中樞神經系統的主要部分，在顱腔內。分爲大腦、小腦和腦幹三部分。❷指白色如腦狀或腦髓的物質。如：石腦；樟腦。

【腦滿腸肥】亦作"腸肥腦滿"。形容不勞而食，自奉豐厚，無所用心的人。

腧 (shù)粵sy[3]〔恕〕〔腧穴〕中醫學名詞。即"兪穴"。⑴指人體的全部穴位。如十四經經穴等。⑵指五腧穴中的輸(兪)穴。

腩 (nǎn)粵nam[5]〔南低上〕❶用調味品浸漬肉類以備炙食。❷牛肚子上和近肋骨處的鬆軟肌肉，也指用這種肉做成的菜肴。

腫(肿) (zhǒng)粵dzuŋ[2]〔總〕❶癰。❷肌肉浮脹。如：浮腫；紅腫。

腯 (tú)粵dɐt[7]〔低一切〕肥壯。

腰 (yāo)粵jiu[1]〔邀〕❶胸腹之間的部分，通常指腹後壁。如：彎腰；伸腰。❷褲子、裙子等的圍腰部分。❸腎臟的俗稱。如：豬腰；腰子。❹比喻事物的中間部分。如：山腰；牆腰。

【腰圍】❶束腰帶。❷腰身。

【腰纏】《商芸小說》有"腰纏十萬貫，騎鶴上揚州"之語，後因稱隨身携帶的財物爲"腰纏"。

腱 (jiàn)粵gin[3]〔建〕❶亦稱"肌腱"。由結締組織所形成的纖維束或膜，色白。生在肌肉兩端，有使肌肉固着於骨的作用。❷特指供食用的牛蹄筋。

腳 (jiǎo，讀音 jué)粵gœk[8]〔哥約切〕❶人及禽獸、蟲類的行動器官。❷物體的最下部。如：山腳；牆腳。❸剩下的廢料；渣滓。如：下腳；酒腳。

【腳力】❶舊稱傳遞文書的差役。❷舊稱付給搬運東西的人的工錢，或給爲主人送禮的人的賞錢。❸腳勁；走路的能力。❹指代步的牲口。❺吳方言稱奧援爲"腳力"，有靠山爲"有腳力"。

【腳色】(jué—)❶舊指出身履歷。❷傳統戲曲中根據劇中人不同的性別、年齡、身分、性格等而劃分的人物類型。如一般男子稱生或末，老年婦女稱老旦等。❸同"角色"。

【腳注】列在一頁末了的附注。

【腳踏實地】比喻實事求是，不浮誇。

腴 (yú)粵jy[4]〔如〕❶腹下的肥肉。❷肥胖。如：體形充腴。❸肥美。❹豐裕。

腶 (duàn)粵dyn[3]〔煅〕見"腶脩"。

【腶脩】搥搗而加薑桂的乾肉。

腷 (bì)粵bik[7]〔碧〕同"愊"。見"腷臆"。

【腷臆】同"愊臆"。因哀憤憂愁而氣鬱結。

腸(肠) (cháng)[粵]tsœŋ^{4}〔長〕通常為人和脊椎動物消化管的下段的總稱。人類的腸系包括胃的幽門起直到肛門之間的一段。從幽門至盲腸的一段為小腸，能分泌腸液，有消化食物和吸收營養的作用。從盲腸到肛門的一段為大腸，僅有分泌黏液、吸收水分和形成糞便的功能。

【腸斷】形容極度悲痛。

【腸肥腦滿】見"腦滿腸肥"。

腹 (fù)[粵]fuk^{7}〔福〕❶軀幹的一部分，介於胸和骨盆之間。包括腹壁、腹腔及其內臟。❷比喻地區的內部。如：山腹。

【腹心】❶猶心腹。比喻左右親信。❷真誠的心意。

【腹非】同"腹誹"。

【腹背】❶比喻前後兩面。如：腹背受敵。❷比喻關係密切。

【腹疾】腹瀉的病。

【腹笥】笥，書箱。比喻記誦的書籍。

【腹稿】指預先想好而沒有寫出的文稿。

【腹誹】亦作"腹非"。口裏不說，心裏不以為然。

【腹心之疾】比喻根本的禍患。

腺 (xiàn)[粵]sin^{3}〔線〕有分泌功能的細胞羣或器官。根據腺的生理機能及其是否具排出管，可分為外分泌腺和內分泌腺。

腭 (è)[粵]ŋɔk^{9}〔岳〕又作"齶"。口腔的上壁。人和哺乳類動物的腭分前後兩部：前部因有腭骨，比較堅硬，稱"硬腭"；後部為肌肉性組織，比較柔軟，稱"軟腭"。

腮 (sāi)[粵]sɔi^{1}〔鰓〕又作"顋"。兩頰的下半部；腮幫子。

腡(脶) (luó)[粵]lɔ^{4}〔羅〕手指紋。俗作"螺紋"。

腼 (miǎn)[粵]min^{5}〔免〕見"腼腆"。

【腼腆】亦作"靦覥"。害羞。

腤 (ān)[粵]ɐm^{1}〔庵〕一種烹調法，即用鹽豉葱薑與肉類同煮。

腝 (ruǎn)[粵]jyn^{5}〔軟〕軟腳病。

腜 (méi)[粵]mui^{4}〔煤〕婦女始懷胎。

十畫

腿 (tuǐ)[粵]tœy^{2}〔拖許切〕又作"骽"。❶脛和股的總稱。脛，小腿；股，大腿。又特指醃製的豬腿。如：火腿；南腿。❷指器物上像腿的部分。如：一張方桌四條腿。

膀 ㊀(bǎng)[粵]bɔŋ^{2}〔綁〕膀子，胳膊上部靠肩的部分。

㊁(páng)[粵]pɔŋ^{4}〔旁〕〔膀胱〕貯尿的囊狀器官，俗稱尿脬。

膂 (lǚ)[粵]lœy^{5}〔旅〕脊骨。

【膂力】亦作"旅力"。體力；筋力。

膃 (wà)[粵]wɐt^{7}〔屈〕見"膃肭"。

【膃肭】肥胖。

膆 (sù)[粵]sou^{3}〔素〕同"嗉"。鳥類消化器官的一部分，在食道下部，形如袋，裝食物。

膇 (zhuì)[粵]dzœy^{6}〔序〕腳腫。

膉 (yì)[粵]jik^{7}〔益〕頸項上的肉。

膈 (gé)[粵]gak^{8}〔隔〕舊名橫隔膜，指人和哺乳動物體中分隔胸腔和腹腔的肌膜結構。

膊 (bó)[粵]bɔk^{8}〔博〕❶膀子。如：肩膊；胳膊。❷大塊肉。

膗 (huò)[粵] kɔk^{8}〔確〕fɔk^{8}〔霍〕(又)同"臛"。肉羹。亦謂作成肉羹。

膋(膫) (liáo)[粵]liu^{4}〔聊〕腸部的脂肪。

膍 (pí)[粵]pei^{4}〔皮〕❶牛羊等的胃，通稱百葉。❷厚賜。

膏 ㊀(gāo)[粵]gou^{1}〔羔〕❶脂肪；油脂。也特指燈油。如：焚膏繼晷。參見"膏火❶"。❷古代醫學指心下面的部分。❸膏狀物。如：梨膏；牙膏。❹肥沃的泥土。見"膏腴"、"膏壤"。❺潤髮油。見"膏沐"。

㊀(gào)粵gou³〔告〕❶在車輪或機器上塗油膏。❷滋潤。

【膏火】❶照明用的油火。❷舊時書院、學校中給學生的津貼費用。

【膏沐】婦女潤髮用的油脂。

【膏雨】滋潤土壤的雨水。

【膏腴】❶肥脂。❷土地肥沃；亦指肥沃富饒之區。

【膏粱】❶精美的食品。❷謂富貴之家。

【膏澤】❶猶膏雨。❷比喻恩澤。

【膏壤】肥沃的土地。

膎（xié）粵hai⁴〔鞋〕本謂魚肉脯，引申爲熟食的通稱。

膁　同"肷"。

膩（chèn）粵tsɐn¹〔親〕脹起。

十一畫

膕（腘）（guó）粵gwɔk⁹〔國〕腿彎，即膝後彎。

膘（biāo）粵biu¹〔標〕牲畜小腹兩邊的肥肉。如：上膘；落膘。也以形容小兒的肥胖。如：長奶膘。

膚（肤）（fū）粵fu¹〔呼〕❶身體的表皮：皮膚。❷體無完膚。❸淺薄。如：膚淺。❸大。見【膚公】。❹"胕"。古代長度單位。見【膚寸】。

【膚寸】亦作"扶寸"。古代長度單位，一指爲寸，一膚等於四寸。比喻極小的空間。

【膚公】大功。

【膚泛】❶浮泛不實，指讒言。❷比喻淺薄，造詣不深。

【膚淺】亦作"敷淺"。淺薄，多指學識。如：膚淺末學。

【膚廓】空泛而不切實際。一般指語言文字只具形式而沒有實際內容。

膛（táng）粵tɔŋ⁴〔堂〕❶胸腔。如：胸膛。❷器物中空的部分。如：爐膛；槍膛。

膜（mó）粵mɔk⁹〔漠〕❶生物體內部的薄狀形組織，具有保護組織的作用。如：

耳膜。也指其他像膜的東西。如：橡皮膜。❷見【膜拜】。

【膜拜】舉手加額，長跪而拜，爲表示極端恭敬或畏服的行禮式。也專指禮拜神佛。

膝（xī）粵sɐt⁷〔失〕大、小腿交接部分。

【膝下】子女幼時依於父母的膝下，因以"膝下"表示幼年。亦用以表示對父母的愛慕；又在與父母通信時，用爲敬辭。

【膝席】跪着前進，表示敬畏。

【膝席】古時席地而坐，兩膝着席而坐於足。"膝席"謂以膝跪在席上，稍稍直身坐正，表示對施禮的人的禮貌，較"避席"爲簡慢。

【膝癢搔背】搔不着癢處。比喻不中肯，不得當。

膊（胉）㊀(zhuān)粵dzyn¹〔專〕切肉。㊁(chún)粵sœn⁴〔純〕義同"胸㊀"。肢骨。

膟（lù）粵lœt⁹〔律〕腸間脂肪。

膠（胶）（jiāo）粵gau¹〔交〕❶黏性物質，用動物的皮角或樹脂製成。如：牛皮膠；魚膠；樹膠。特指製成膠質的藥品。如：阿膠；龜板膠；鹿角膠。❷黏住。如：膠柱鼓瑟。❸周代的大學。

【膠加】交錯紛亂，糾纏不清。

【膠固】❶堅固。❷拘執；固陋。

【膠戾】❶迴旋曲折。❷乖戾；不和。

【膠着】比喻相持不下，不能解決。

【膠葛】亦作"膠轕"、"膠輵"、"轇輵"、"轇轕"。交錯糾纏的樣子。

【膠漆】膠和漆。比喻情意相投，親密無間。

【膠膠擾擾】亦作"嘐嘐"。雜鳴聲。

【膠牙餳】一種用麥芽製成的糖，食之黏齒，故名。

【膠柱鼓瑟】瑟上有柱張弦，用以調節聲音。柱被黏住，音調就不能變換。比喻拘泥不知變通。

膣（zhì）粵dzɐt⁹〔窒〕女性生殖器的一部分，即陰道。

腸　"腸"的異體字。

膗 (chuái)粵tsœy⁴〔徐〕肥胖而肌肉鬆。

十二畫

膨 (péng)粵paŋ⁴〔彭〕脹。見"膨脹"、"膨脝"。

【膨脝】腹膨大的樣子。亦作"彭亨"。

【膨脹】體積增大。如：空氣因受熱而膨脹。亦借指事物擴大或增長。如：通貨膨脹。

膩(腻) (nì)粵nei⁶〔餌〕❶食物油脂過多。如：油膩。❷積污，污垢。❸厭煩。如：玩膩了。

膮(膮) (xiāo)粵hiu¹〔囂〕豬肉羹。

膰 (fán)粵fan⁴〔凡〕古代祭祀用的烤肉。亦作"燔"。

膲 (jiāo)粵dziu¹〔焦〕中醫學名詞"三焦"的專字。

膳 (shàn)粵sin⁶〔善〕又作"饍"。❶飯食。如：用膳；供給膳宿。❷進食。

膴(朊) ㊀(hū)粵fu¹〔呼〕古代祭祀用的大塊魚肉。

㊁(wǔ)粵mou⁵〔舞〕美；厚。見"膴仕"、"膴膴"。

【膴仕】(wǔ—)高位厚祿。

【膴膴】(wǔ wǔ)肥美。

膵 (cuì)粵sœy⁶〔睡〕sœy⁵〔緒〕(又)膵臟，即胰臟。

膪 ㊀(zhài)粵dzai⁶〔寨〕挑取骨間的肉。

㊁(chuài)粵dza⁶〔自夏切〕囊膪，豬的乳部肥而鬆軟的肉。

膙 (jiǎng)粵kœŋ⁵〔襁〕趼子。手足因摩擦而生的硬皮。

膬 (cuì)粵tsœy³〔翠〕同"脆"。脆嫩，引申爲脆弱。

膱(胑) ㊀同"肢"。

㊁(zhí)粵dzik⁷〔即〕脯脡，即乾肉條。

十三畫

膷(膷) (xiāng)粵hœŋ¹〔香〕牛肉羹。

膺 (yīng)粵jiŋ¹〔英〕❶胸。如：義憤塡膺。❷馬當胸的帶。❸承受；當。如：榮膺冠軍。❹抵擋；抗拒。

【膺選】當選。

【膺懲】抵禦和懲治。亦用作討伐、責罰的意思。

羶 ㊀(shān)粵dzin¹〔煎〕❶羊臊氣。引申爲類似羊臊氣的惡臭。❷羊腹內的脂膏。

㊁(tǎn)粵tan²〔坦〕胸中兩乳間叫羶中。

膽(胆) (dǎn)粵dam²〔多減切〕❶膽囊。濃縮和貯存膽汁的器官。膽汁具有消化脂肪的作用。引申爲膽狀。如：膽瓶。❷裝在器物內部而中空的東西。如：球膽；熱水瓶膽。❸膽氣；膽量。如：膽大心細。

【膽大心小】任事果決而又思慮周密。猶言有勇有謀。今多作"膽大心細"。

【膽大如斗】謂膽量大。《三國志·蜀志·姜維傳》裴松之注引《世語》說，姜維死時，人剖其體，見其膽大如斗。後稱膽大爲斗膽，本此。

膾(脍) (kuài)粵kui²〔繪〕細切的魚肉。特指生食的魚片。

【膾炙】膾，細切的肉；炙，烤肉。膾炙，人所同嗜，後因謂詩文爲人所稱美傳誦爲"膾炙人口"。

膿(脓) (nóng)粵nuŋ⁴〔農〕❶從瘡口流出的黃綠色黏液。❷腐爛。

臀 (tún)粵tyn⁴〔團〕人和哺乳動物身體背面腰部下方(後方)，大腿上方的隆起部分。即屁股。

臋 "臀"的異體字。

臂 ㊀(bì)粵bei³〔庇〕胳膊，從肩到腕的部分。

㊁(bei)粵同㊀用於"胳臂"。

【臂助】❶出力幫助。❷助手。

臃 (yōng，又讀 yǒng)粵juŋ²〔湧〕腫；腫毒。參見"臃腫"。

【臃腫】❶肌肉凸起；癰疽。❷樹木癭節多，磊塊不平直。亦作"擁腫"。❸形容肥大而呆滯。如：身體臃腫。❹機構龐大，調度不靈。

臄 (jué)㈱kœk⁹〔噱〕口腔肉。

膈 (chù)㈱dzuk⁷〔竹〕胸膈中的脂膏。

臆 (yì)㈱jik³〔益〕❶本作「肊」。胸。❷主觀。
【臆度】(一duó)憑主觀猜測。
【臆說】想當然的言論;無稽之談。
【臆斷】憑主觀猜測而下的判斷。

臉 (脸)(liǎn)㈱lim⁵〔殮〕❶頭的前部;面孔。❷面子;顏面。如:丟臉。

臊 ㊀(sāo)㈱sou¹〔蘇〕腥臊;臊氣。
㊁(sào)㈱sou³〔掃〕❶臊子,同「燥子」。肉末兒。❷羞;難爲情。如:害臊;臊得臉兒通紅。

臁 (lián)㈱lim⁴〔廉〕小腿的兩側。

臌 (gǔ)㈱gu²〔古〕即「臌脹」。中醫學鼓脹病名。症見腹部大如鼓,青筋暴露,形瘦倦怠,面色萎黃或黧黑,小溲澀少等。

臋 古「孕」字。

臇 「臊」的異體字。

膹 (膭)(fèn)㈱fen⁵〔憤〕❶熟切的肉。❷肉羹。

十四畫

臍 (脐)(qí)㈱tsi⁴〔池〕❶人和哺乳動物胎兒出生後,腹正中臍帶脫落結疤形成的凹陷。❷指螃蟹的腹部,雄尖雌圓,故有尖臍、圓臍之稱。

臏 (膑)(bìn)㈱ben³〔殯〕❶本作「髕」。膝蓋骨。❷古代肉刑之一。別去膝蓋骨。

臐 (xūn)㈱fen¹〔分〕豬肉羹。

十五畫

臎 「脺」的異體字。

臘 (腊)(là)㈱lap⁹〔立〕❶古時除曆十二月祭名,始於周代。後因稱陰曆十二月爲「臘月」。❷臘月或冬天醃製的肉類。如:臘肉;臘味。❸佛家沿用印度古代婆羅門雨期禁足的舊習,教律規定比丘受戒後每年於夏季(雨期)三個月安居一處,完畢後,稱爲「一臘」。故受戒後一年亦稱「一臘」。
【臘八】佛教節日。舊稱中國漢族地區,相傳陰曆十二月初八日是釋迦牟尼的成道日,佛寺常於此日舉行誦經,並效法佛成道前牧女獻乳糜的傳說故事,取香穀及果實等造粥供佛,名「臘八粥」,以資紀念。
【臘日】舊時臘祭的日子。漢代以冬至後第三個戊日爲「臘日」。後來改爲十二月初八日。
【臘月】陰曆十二月。按臘本祭名,古在十二月間行之。秦時以十二月爲臘月,後世因之。
【臘鼓】古俗於臘日或臘前一日擊鼓,以爲可以驅疫,因稱「臘鼓」。
【臘八粥】舊時陰曆十二月初八,佛教寺院煮以供佛的粥,叫「臘八粥」。又名「七寶粥」。十二月初八日爲釋迦牟尼佛成道日,故寺院取香穀及果實等造粥以供佛。後亦通行於民間。

臕 同「膘」。

臖 (xìng)㈱hing³〔慶〕腫痛。

十六畫

臗 「胭」的異體字。

臚 (胪)(lú)㈱lou⁴〔盧〕❶腹前肉。❷陳列。如:臚列。❸傳語;陳述。
【臚唱】科舉時,殿試之後,皇帝傳旨召見新考中的進士,依次唱名傳呼,叫「臚唱」,也叫「傳臚」、「臚傳」。
【臚傳】❶傳語。❷同「臚唱」。

臙 (huò)⑨fɔk⁸〔霍〕kɔk⁸〔確〕(又)肉羹；亦謂做成肉羹。

十七畫

臝 "裸"的異體字。

十八畫

臛 (qú)⑨kœy⁴〔渠〕亦作"臞"。瘦。

臟(脏) (zàng)⑨dzɔŋ⁶〔撞〕中醫學以心、肝、脾、肺、腎爲五臟，以別於六腑。後因以爲身體內臟的通稱。

十九畫

臠(脔) (luán)⑨lyn²〔戀〕lyn⁴〔聯〕(又)切成塊的肉。如：嘗一臠。

臢(臢) (zā)(又讀 zān)⑨dzim¹〔尖〕見"腌臢"。

臣　部

臣 (chén)⑨sɐn⁴〔辰〕❶君主時代官吏和百姓的統稱。❷古人表示謙卑的自稱。❸俘虜。❹奴隸物。
【臣工】謂羣臣百官。
【臣服】❶以臣禮事奉君。❷降服稱臣。
【臣心如水】心地潔白如水，謂廉潔。
【臣門如市】形容車馬盈門，來拜訪者衆多。

二畫

臥 (wò)⑨ŋɔ⁶〔餓〕❶睡；寢；躺。❷趴伏。如：臥倒；臥伏。❸平放着；橫着。如：長橋臥波。❹指隱居。
【臥內】寢室；內室。
【臥虎】❶比喻執法嚴峻或作戰勇猛的人。❷比喻殘暴凶橫的人。
【臥游】以欣賞山水畫代替遊覽。
【臥龍】❶比喻隱居的俊傑。❷形容偃松或松

根盤屈之狀。
【臥薪嘗膽】《史記·越王句踐世家》載，春秋時，越國被吳國打敗。越王句踐返國，夜裏睡在柴草上，吃飯睡覺之前都要嘗一嘗膽的苦味，以此來激勵自己不忘恥辱。薪，柴草。後因以"臥薪嘗膽"形容刻苦自勵。

臥 "臥"的異體字。

八畫

臧 ㊀(zāng)⑨dzɔŋ¹〔莊〕❶善。❷奴僕。見"臧獲"。❸臟。❹姓。㊁(cáng)⑨tsɔŋ⁴〔牀〕通"藏"。儲藏。
【臧否】❶(─pǐ)猶言好壞、得失。❷褒貶；批評。
【臧獲】古代對奴婢的賤稱。

十一畫

臨(临) (lín)⑨lɐm⁴〔林〕❶居高處朝向低處。如：居高臨下。引申爲居上對下之稱。見"臨川"。❷面對。如：臨大敵。❸到。如：雙喜臨門；親臨其地。❹之，正當；將要。如：臨走；臨別贈言。❺對着字畫摹仿學習。如：臨帖；臨寫。參見❻六十四卦之一。
【臨幸】猶臨問。
【臨池】相傳東漢張芝學書甚勤，臨池學書，池水盡黑。後人稱學習書法爲"臨池"。
【臨牀】本謂醫生親臨牀前爲病人診病，今泛指醫療機構的業務實踐。如：臨牀醫學；臨牀學科。
【臨幸】古稱皇帝稱車駕前往爲幸，因稱皇帝親臨爲"臨幸"。
【臨軒】古時皇帝不坐正殿而在殿前平臺上接見臣屬，叫"臨軒"。
【臨問】前來慰問或徵求意見。舊常指皇帝親自或派人慰問、詢詢。
【臨眺】登高遠望。
【臨產】猶臨產。孳，牀上草墊。
【臨摹】指以優秀書畫爲藍本，摹仿學習。

【臨淵羨魚】《漢書・董仲舒傳》有「臨淵羨魚，不如退而結網」之語，後因以「臨淵羨魚」比喻徒有願望，不去實幹，於事無補。

【臨深履薄】《詩・小雅・小旻》有「戰戰兢兢，如臨深淵、如履薄冰」之語，後因以「臨深履薄」比喻謹慎戒懼。

【臨渴掘井】比喻不早作準備，事到臨頭才想辦法。

自 部

自 (zì)粵dzi⁶〔字〕❶自己；己身。如：自動；自告奮勇。❷原來的樣子。如：意氣自如。❸自然；當然。如：是非自有公論。❹從。如：自始至終；自古以來。

【自大】自以為了不起。如：自高自大，夜郎自大。

【自反】反躬自問。

【自引】❶自動引退。❷自殺。

【自占】自己估計；自己度量。

【自由】❶無拘無束。❷自己能作主。❸法律名詞。如在法律範圍內的言論自由、集會結社自由等即是。

【自用】只憑自己的主觀意圖行事，不虛心向人求教。如：剛愎自用；師心自用。

【自主】自己作主，不受別人支配。如：獨立自主；婚姻自主。

【自在】安閒舒適。

【自伐】❶猶自誇。自誇功績。❷自己敗壞；戕害自己。

【自助】❶依靠自己的力量。❷作為自己的輔佐。

【自足】自感滿足。

【自序】自述著作的意圖和經過的文章。如《史記》的末篇《太史公自序》。後來一般編排在卷首。❷自述生平的文章。

【自拔】謂主動的從惡劣境地振拔解脫出來。如：陷入泥淖中不能自拔。

【自命】自許；自認為。如：自命不凡。

【自卑】輕視自己，認為自己比不上別人。

【自肥】經手財物時用不正當的手段從中取利。

【自封】❶把自己拘限於一處，不求上進。如：故步自封。❷專利自私；自求富足。

【自信】自己相信自己。如：自信心。

【自負】自恃；自許。

【自若】如常，像原來的樣子。形容臨事鎮定。

【自動】❶主動；出於自願。❷指器械自身連轉活動。如：自動控制；自動售報機；自動輸送。

【自專】按自己的意圖獨斷獨行。

【自得】❶自覺得意、快意。如：洋洋自得；悠閒自得。❷自有所體會。

【自許】自己稱許自己；自負而又自信。

【自訟】❶責備自己。❷謂向當權者替自己申訴不平。

【自量】估計自己的實際能力。如：不知自量。

【自尊】尊重自己，不向別人卑躬屈節，也不容許別人歧視、侮辱。

【自發】哲學名詞。同「自覺」相對。指人們未認識、未掌握客觀規律時的一種活動。在這種活動中，人們往往不能預見和控制其活動的後果。

【自裁】自殺。

【自然】❶天然；非人為的。如：自然物、自然美。❷不造作，非勉強的。如：態度自然；文筆自然。❸猶當然。

【自強】自己努力向上。也指國家自力圖強。

【自謂】自誇。

【自愛】愛惜自己的身體、名譽。

【自新】自己改正錯誤，重新做人。

【自縊】自縊；吊死。

【自滿】以自為滿足。如：驕傲自滿。

【自遣】排遣愁悶，寬慰自己。

【自盡】❶自殺。❷盡自己的力量完成應該做的事。

【自衛】保衛自己。

【自瀆】手淫。

【自覺】❶自己有所覺察。❷哲學名詞。同「自發」相對。指人們認識並掌握一定客觀規律時的一種活動，一般能預見和控制活動的後果。

【自作孽】自己造作災禍；自招毀滅。

【自度曲】(曲 qǔ)指不根據舊譜自己創製的詞曲。

【自然界】從廣義上講，指包括社會在內的統一的客觀物質世界。即宇宙。從狹義上講，指自然科學所研究的無機界和有機界。

【自力更生】依靠自己的力量重新振興起來。

【自出機杼】謂自己創出新意。

【自吹自擂】自己吹喇叭、打鼓，比喻自我吹噓。

【自作自受】自己做錯，自己受累。謂禍由自取。

【自我作故】由我創始，不因襲古人。"故"亦作"古"。

【自怨自艾】自怨，謂自己悔恨所犯錯誤；自艾，自改正錯誤。艾，刈草，比喻改正。今多指自己悔恨。

【自食其力】依靠自己的勞動來維持生活。

【自食其果】謂自作自受。自己作了壞事，自己承受不好的後果。

【自給自足】(給 jǐ)依靠自己的生產，滿足自己的需要。

【自貽伊戚】貽，本作"詒"。自己尋煩惱；自己招致災禍。

【自慚形穢】自愧不如別人。

【自暴自棄】暴，猶言自害；自棄，不求上進。泛指不求上進，甘心落後。

【自鄶以下】也作自鄶無譏。《左傳·襄公二十九年》記載，吳國的季札曾到魯國觀賞樂舞，魯國為他演奏了雅、頌及各諸侯國的歌詩、樂曲，季札一一加以評論，但從鄶國以下就不再加評論了。後用"自鄶以下"比喻不足掛齒、不屑一談的事物。鄶，周時的一個小國。

四 畫

臬　(niè)粵jit9〔熱〕nip9〔揑〕(又)❶射箭的目標；靶子。❷本作"槷"。測日影的表。❸刑法；法度。

【臬兀】同"虺隉"。困頓；動搖不安。

臭　㊀(chòu)粵tseu3〔湊〕穢惡的氣味。與"香"相對。引申爲可厭惡。如：臭錢；臭架子。
㊁(xiù)粵同❶❶氣味。❷同"嗅"。

【臭皮囊】舊時信釋道者厭惡人的肉體，以爲其中藏有涕、痰、黃、尿等污物，故稱。

【臭味相投】(xiù)臭味，氣味。比喻同類。臭味相投，謂彼此投合。

六 畫

臮　(jì)粵kei3〔冀〕同"暨"。與；及。

臯　(gāo)粵gou1〔高〕❶沼澤。❷岸；近水處的高地。❸通"羔"。見"臯比"。

【臯比】(~pí)虎皮。

【臯月】陰曆五月的別稱。

【臯門】郭門。古代皇都有五門，最外爲臯門。

【臯壤】沼澤旁的窪地。

九 畫

臺　古"庸"字。

十 畫

虤　(niè)粵jit9〔熱〕nip9〔聶〕(又)見"虤隍"。

【虤隍】動搖不安；困頓。亦作"臬兀"、"陧杌"。

至 部

至　(zhì)粵dzi3〔志〕❶到；來。如：自始至終。❷極；最。如：至誠。❸指夏至、冬至。參見"至日"。❹至善。見"至人"、"至言"。❺至於。如：甚至。

【至人】古代用以指思想道德等某方面達到最高境界的人。

【至日】指冬至、夏至。

【至心】誠心。

【至交】深厚的交誼，亦指交誼最深的朋友。

【至言】深切中肯的言論。

【至性】性情純厚。

【至竟】畢竟；到底。

【至尊】至高無上的地位。古多指皇位，因用為皇帝的代稱。

【至誠】誠心誠意。

【至德】指最高的德行。

【至親】最親近的親屬或戚屬。古時也指父母。

【至高無上】謂謂無可再高。

【至理名言】最正確的道理，最精闢的話。

三畫

致　"致"的本字。

四畫

致 (zhì)⑧dzi³〔至〕❶送達。如：面致；致函。❷表達；傳致。如：致意；致謝。❸招引；使達到。如：致病；學以致用。❹歸還；交還。見"致仕"、"致政"。❺趣；極。如：專心致志。❻意態；情趣。如：情致；興致。

【致士】謂招致賢士。

【致仕】謂交還官職，即辭官。亦作"致事"。

【致用】盡其功用。今用作計諸實用之意。如：學以致用。

【致事】❶報告治理政事的情狀。❷同"致仕"。辭官。

【致命】❶猶致辭。❷猶捐軀，獻出生命。❸可使喪失生命。如：致命傷；致命的打擊。

【致政】❶謂交還所執掌的政權。❷猶致仕。辭官。

【致師】猶挑戰。

【致意】❶盡意，盡情表達心意。❷向人傳達問候、思念等心意。

【致語】❶宋時藝人獻技之前，先作祝頌之辭，叫做"致語"。❷宋元話本用的引子。同"入話"、"得勝頭回"、"楔子"之類。

【致辭】宋時，皇帝舉行宴會，樂工和舞隊獻頌辭，稱"致辭"。參見"致語❶"。今集會舉行某種儀式時的講話，也稱"致辭"。

六畫

载 (dié)⑧dit⁹〔秩〕同"臺"。

八畫

臺(台) (tái)⑧tɔi⁴〔檯〕❶高而平的建築物，一般供望遠或遊觀之用。如：瞭望臺；亭臺樓閣。❷像臺一樣比地面稍高的一種設備。如：講臺；戲臺。❸擱置器物的底座。如：炮臺；鍋臺。❹古代官署名。如：御史臺。又舊時士紳用為對高級官吏的諛稱。如：撫臺；藩臺；學臺。❺對人的敬稱。如：臺端；兄臺。❻古代奴隸制等級的稱謂。❼大件機器的量名。如：一臺拖拉機。❽臺灣省的簡稱。

【臺甫】猶言尊字，大號。用為初次見面，向對方請問表字的敬辭。

【臺站】猶驛站。

【臺端】❶唐代侍御史之稱。❷對人的敬稱，多用於書信。

【臺閣】東漢以尚書輔佐皇帝，直接處理政務。因尚書臺在宮廷建築之內，故有此稱。

十畫

臻 (zhēn)⑧dzœn³〔津〕至；達到。如：日臻完善；漸臻佳境。

臼部

臼 (jiù)⑧kɐu³〔扣〕kɐu⁶〔其有切〕（又）舂米的器具，一般用石頭鑿成。今為搗物器的通稱，也叫"搗臼"、"碓臼"。又以形容臼狀物。如：臼齒。

【臼科】❶臼形的坑。❷陳舊的格調；老一套。今作"窠臼"。

二　畫

臾　(yú)⑨jy⁴〔余〕見"須臾"。

三　畫

舌　(chā)⑨tsap⁸〔插〕掘土的農具，即鍤。

四　畫

舀　(yǎo)⑨jiu⁵〔繞〕用瓢、勺等盛取東西。如：舀水；舀酒。

舁　(yú)⑨jy⁴〔余〕共同擡東西。

五　畫

舂　(chōng)⑨dzuŋ¹〔忠〕❶用杵臼搗去穀物的皮殼。❷撞擊。

六　畫

舄　(xì)⑨sik⁷〔色〕❶鞋。❷通"瀉"。見"舄鹵"。

【舄鹵】同"斥鹵"。土地含有過多的鹽鹼成分，不適宜耕種。

舃　同"舄"。

七　畫

舅　(jiù)⑨keu³〔扣〕keu⁵〔其有切〕(又)❶舅父，即母之兄或弟。❷夫之父或妻之父。參見"舅姑"。❸妻之兄或弟。

【舅氏】舅父。

【舅姑】❶公婆。❷岳父岳母。

與　(与)　⊖(yǔ)⑨jy⁵〔雨〕❶和；跟。如：父與子。❷給。如：贈與；送與。❸交往。如：相與。❹贊助。如：與人爲善。

　　⊜(yù)⑨jy⁶〔預〕通"預"。干預；參預；

在其中。如：與會；與聞此事。

　　⊜(yú)⑨jy⁴〔如〕表語氣，同"歟"。

【與國】結盟的國家。

【與人爲善】同人一起做好事。引申爲贊助人做好事。

【與民更始】與民除舊布新。封建帝王即位、改元或採取其他重大措施時所發佈的詔令中，也常用"與民更始"表示要改革舊狀。

【與虎謀皮】本作"與狐謀皮"。《太平御覽》卷二〇八《符子》說，周人想做一件千金之裘，向狐狸商量，要到牠們的皮，語還未說完，狐狸都逃走了。後多作"與虎謀皮"。比喻事必不成。

九　畫

興　(兴)　⊖(xīng)⑨hiŋ¹〔兄〕❶起。如：夙興夜寐。❷創辦；興起；發動。如：興工、興利除弊。❸興盛。如：興衰；復興。❹流行；盛行。如：時興。❺准許。如：不興胡鬧。

　　⊜(xìng)⑨hiŋ³〔慶〕❶興會；興致。如：興盡而返。❷喜歡。❸《詩》六義之一。謂觸景生情，因事寄興。

【興戎】起釁；引起戰爭。

【興味】(xìng一)興趣；趣味。

【興會】(xìng一)❶猶言興致。如：興會淋漓。也指文章的情致。❷興到的時候；一時高興。

【興風作浪】比喻製造事端，煽動別人起來作亂。

【興高采烈】(興 xìng)形容興致勃勃，情緒高漲。

【興滅繼絕】指使滅亡了的重新興起來。

十　畫

舉　(举)　(jǔ)⑨gœy²〔矩〕❶擎起；抬起。如：舉冊。引申爲提出。如：舉例；舉證。❷動作；行爲。如：舉止；一舉一動。❸發起；興起。如：舉義；舉事。❹全；皆。如：舉國。❺推薦；選拔。如：舉以爲相。❻舊時以科舉取士之稱，亦指赴試或考中。如：中舉。

【舉子】被舉應試的士子。
【舉止】舉動。
【舉火】生火做飯。
【舉世】概括全世間之人而言。
【舉白】❶乾杯。謂舉杯告盡。❷罰酒。
【舉國】全國。如：舉國歡騰；舉國一致。
【舉措】❶舉止；舉動。❷措施。
【舉業】科舉時代稱應試的詩文爲舉業，又稱舉子業。
【舉錯】❶擢用和廢置。❷同"舉措"。措施。
【舉踵】舉起脚跟，形容盼望之切。
【舉一反三】《論語・述而》有"舉一隅不以三隅反，則不復也"之語，意謂物有四隅，舉其一隅，不能推知其他三隅，則不必再予教導。隅，方面，角落；反，類推。後因以"舉一反三"比喻善於推理，能由此知彼。
【舉足輕重】一舉足就影響兩邊的分量輕重。比喻處於重要地位，足以左右局勢。
【舉例發凡】左丘明爲《春秋》作傳，將《春秋》書法歸納爲若干類例，加以概括的說明。後因稱分類舉例以說明一書的體例爲"舉例發凡"。
【舉案齊眉】《後漢書・梁鴻傳》載，梁鴻受僱替人舂米，每次回家，其妻孟光給他準備飯食，不敢在梁鴻前仰視，舉案齊眉。案，有脚的托盤。後因稱夫婦相敬爲"舉案齊眉"。
【舉棋不定】比喻臨事猶豫不決。

十二畫

舊(旧)(jiù)㊄geu[6]〔忌候切〕❶陳舊；過時。與"新"相對。如：舊東西。❷以往；原先。如：舊貌。引申爲舊友，舊交。如：訪舊。
【舊雨】杜甫《秋述》有"常時車馬之客，舊，雨來；今，雨不來"之語，意謂舊時賓客遇雨亦來，而今遇雨不來。後用"舊雨"比喻老朋友，今雨比喻新交。
【舊物】❶先代的遺物。❷舊日的典章文物。❸舊時的信物。
【舊國】❶故鄉。❷故國。❸舊京；故都。
【舊貫】老辦法；舊制度。
【舊聞】指社會上過去發生的事情，特指掌故、逸聞、瑣事等。
【舊學】❶舊時所學。❷指舊時中國文人所鑽研的義理、考據、詞章等學，與明以後從外國輸入的西方文化，即"新學"相對。
【舊曆】指農曆。
【舊觀】原來的樣子。如：回復舊觀。
【舊調重彈】比喻把陳舊的理論、主張重新搬出來。
【舊石器時代】考古學分期中石器時代的早期階段。當時人類使用比較粗糙的打製石器，依靠採集和漁獵生活。中國已發現的舊石器時代人類化石，著名的有北京猿人、山頂洞人等。
【舊瓶裝新酒】《新約・馬太福音》第九章載，耶穌說："沒有人把新酒裝在舊皮袋裏；若是這樣，皮袋就裂開，酒漏出來，連皮袋也壞了。惟獨把新酒裝在新皮袋裏，兩樣就都保全了。""五四"新文學運動興起以後，提倡白話文學的人認爲文言和舊形式不能表現新內容，常以"舊瓶裝新酒"作比喻。現泛指用舊形式來表現新內容。

十三畫

舋 ㊀同"釁"。
㊁(wèn)㊄men[6]〔問〕罅坼。如：打破砂鍋舋到底。"舋"借音作"問"，語意雙關。砂鍋質極脆薄，打破則坼裂到底，借爲追問不已的意思。字亦作"璺"。

舌　部

舌 (shé)㊄sit[8]〔洩〕❶動物嘴裏辨別滋味、幫助咀嚼和發音的器官。❷語言辯論的代稱。如：舌戰；舌鋒。❸舌狀物之稱。如：帽舌；火舌。❹指箭靶兩旁上下伸出的部分。❺鈴或鐸中的錘。
【舌戰】激烈地辯論。
【舌敝脣焦】極言費盡脣舌。
【舌劍脣槍】亦作"脣槍舌劍"。形容辯論雙方言詞犀利，針鋒相對，各不相讓，像劍、槍交鋒一樣。

二　畫

舍 ㊀(shè)粵se³〔赦〕❶房屋。如：校舍；宿舍；竹籬茅舍。❷謙稱自己的家。如：寒舍；敝舍；舍間。亦用作自稱卑幼親屬的謙辭。如：舍侄；舍弟。❸客舍。❹住宿。如：舍於故人之家。❺古時行軍以三十里為一舍。

㊁同"捨"。

【舍下】即舍間。

【舍利】梵語"身骨"音譯。佛教專指死者火葬後的殘餘骨灰。

【舍間】謙稱自己的家。

四　畫

舐 (shì)粵sai⁵〔時奶切〕以舌舐物。

【舐犢】以老牛愛小牛，比喻人之愛子。如：舐犢情深。

六　畫

舒 (shū)粵sy¹〔書〕❶伸展；舒暢。如：舒腰；舒眉展眼。❷遲緩。

【舒坦】舒服。

【舒揚】舒展而清揚。

【舒遲】猶言舒徐。從容不迫。

八　畫

舔 (tiǎn)粵tim²〔忝〕❶以舌取食。如：舔飯鉢。❷以舌擦拭。如：舔筆；舔傷。

九　畫

舖 "鋪㊀"的異體字。

十　畫

舘 "館"的異體字。

舛　部

舛 (chuǎn)粵tsyn²〔喘〕❶相違背。引申為不順；不幸。如：命途多舛。❷錯亂。

【舛互】❶交相抵觸。亦作"舛午"。❷縱橫交錯。

【舛錯】差錯；錯亂。

六　畫

舜 (shùn)粵sœn³〔信〕傳說中中國父系氏族社會後期部落聯盟領袖。姚姓，有虞氏，名重華，史稱虞舜。

七　畫

舝 (xiá)粵het⁹〔核〕❶同"轄"、"鎋"。車軸兩頭的金屬鍵。❷星名。

八　畫

舞 (wǔ)粵mou⁵〔武〕❶舞蹈；跳舞。如：秧歌舞；芭蕾舞。❷舞動；飛舞。如：手舞足蹈；眉飛色舞。❸舞弄；耍花樣。如：舞弊；舞文弄墨。

【舞勺】(一shuó)古代兒童時所學的一種樂舞。勺，即籥，一種管樂器。後用作童年的代稱。

【舞弄】❶嘲弄；戲弄。❷故意玩弄，耍花樣。

【舞雩】古代求雨之祭叫"雩祭"。因有樂舞，又叫"舞雩"。

【舞象】古代成童時所學的一種樂舞。成童，十五歲以上。舞象是武舞，與舞勺之為文舞不同；用竿，以象干戈。後用作成童的代稱。❷會舞蹈的象。

【舞蹈】❶即跳舞。❷手舞足蹈。形容欣快或讚揚的樣子。

【舞文弄法】任意利用法律條文來達到作弊的

目的。

舟 部

舟 (zhōu)粵dzeu¹〔州〕❶船。❷古代尊彝等的托盤。今茶碗底托也叫茶船。亦作酒器名。

【舟子】船夫。

【舟師】❶水軍。❷猶"舟子"。

【舟楫】❶楫，槳。泛指船隻。❷《書·說命上》有"若濟巨川，用汝(指傳說)作舟楫"之語，後以比喻宰輔大臣。

【舟中敵國】同船的人都成了敵人，謂眾叛親離。

二 畫

舠 (dāo)粵dou¹〔刀〕小船，形如刀。

三 畫

舡 "船"的異體字。

舢 (shān)粵san¹〔山〕〔舢舨〕沿海和江河中用槳或櫓推進的小木船。

舥 (chā)粵tsa¹〔叉〕見"舥艖"。

【舥艖】同"艖艒"。小船。

四 畫

航 (háng)粵hoŋ⁴〔杭〕❶航行。如：航海；航空；航綫。❷船。❸連舟而成的浮橋。

舫 (fǎng)粵foŋ²〔紡〕船。一般指小船。❶游舫；畫舫。

般 ㊀(bān)粵bun¹〔搬〕❶樣；種類。如：這般；百般。❷同"搬"。

㊁(bō)〔波〕〔般若〕佛教名詞。梵文 prajñā 的音譯。一譯"波羅若"或"波若"，意譯"智慧"。

㊂(bān)粵ban¹〔班〕同"班"。散佈；分佈。

舨 (bǎn)粵ban²〔板〕見"舢"。

舩 "船"的異體字。

五 畫

舲 (líng)粵liŋ⁴〔零〕有窗戶的船。亦指小船。

舳 (zhú)粵dzuk⁹〔逐〕見"舳艫"。

【舳艫】方長的船。舳，船後持舵處；艫，船前頭刺棹處。

舴 (zé)粵dzak⁸〔責〕見"舴艋"。

【舴艋】小船。

舵 (duò)粵to⁴〔駝〕亦作"柁"、"柂"。舵和飛機控制航行方向的裝置。

舶 (bó)粵bok⁹〔薄〕pak⁸〔拍〕㊁原意為船海的大船，亦對一般船通稱船舶。

【舶來品】指由外國進口的商品。外國商品主要由船舶載運而來，故名。

舷 (xián)粵jin⁴〔言〕❶船的邊沿。❷船的兩側。從船尾向船首看時，左側叫"左舷"，右側叫"右舷"。

舸 (gě)粵go²〔加可切〕大船。也指小船。

船 (chuán)粵syn⁴〔旋〕❶水上交通工具。❷酒器。

【船腳】❶船工。❷水腳，船運費用。

【船塢】停泊、修理或製造船隻的地方。

七 畫

艄 (shāo)粵sau¹〔梢〕船尾。如：船艄。也指船尾的柁。如：掌艄。

【艄公】船尾掌舵的人。亦作"梢公"。

艅 (yú)粵jy⁴〔余〕見"艅艎"。

【艅艎】同"餘皇"。大艦名。

艇 (tǐng)粵tiŋ⁵〔挺〕teŋ⁵〔聽低上〕〔語〕一般指小型的船，原意為輕快小船；如游艇、救生艇等。也有習慣上稱艇的大船；如"廣水艇"等。

舮 (bù)⑧bou⁶〔步〕見"舣舮"。

八　畫

艋 (měng)⑧maŋ⁵〔猛〕見"舴艋"。

九　畫

艎 (huáng)⑧woŋ⁴〔王〕見"艅艎"。

艒 (mù)⑧muk⁹〔目〕小船。參見"艒艒"。

【艒艒】小船。

【艒艒船】小船的俗稱。艒是小船，艒艒疊呼，形容其極小。

艓 (dié)⑧dip⁹〔碟〕小船。

艏 (shǒu)⑧seu²〔首〕❶船的前端或前部。❷見"艎艏"。

十　畫

艑 (yì)⑧jik⁹〔亦〕見"艑艏"。

【艑艏】本作"鷁首"。船首。

艘 (sōu)⑧seu¹〔收〕seu²〔首〕(又)❶大船。❷船隻的計量單位。

艙 (艙) (cāng)⑧tsɔŋ¹〔倉〕船或飛機內部隔供乘人或裝置機件、貨物等的空間。

艖 (chā)⑧tsa¹〔叉〕小船。

【艖艏】短而深的小船。

十一　畫

艒 (fú)⑧fu¹〔呼〕bou⁶〔步〕(又)短而深的小艇。

艚 (cáo)⑧tsou⁴〔曹〕載貨的木船。

艐 (sù)⑧suk⁹〔宿〕見"艒艐"。

十二　畫

艟 (chōng)⑧tsuŋ¹〔沖〕見"艨艟"。

十三　畫

艣 "櫓❶"的異體字。

艤 (艤) (yǐ)⑧ŋei⁵〔蟻〕停船靠岸。

艢 "檣"的異體字。

十四　畫

艦 (舰) (jiàn)⑧lam⁶〔艦〕大型的戰船。如：戰艦；巡洋艦；驅逐艦。

艨 (méng)⑧muŋ⁴〔蒙〕見"艨艟"。

【艨艟】亦作"蒙衝"、"艨衝"。古代戰船名。

十五　畫

艪 "櫓❶"的異體字。

十六　畫

艫 (舻) (lú)⑧lou⁴〔盧〕見"舳艫"。

十八　畫

艭 (舣) (shuāng)⑧sœŋ¹〔商〕小船。

艮　部

艮 ㊀(gèn)⑧gen³〔嫁印切〕❶八卦之一，卦形爲☶，象徵山。又爲六十四

卦之一。❷指東北方。

㈠(gèn)働同㈠❶耿直。如：這個人眞艮。❷食物堅韌不脆。如：發艮。

一畫

良 (liáng)働lœŋ⁴〔梁〕❶良好；美好。如：良藥；良田；良辰。❷善良。如：爲人不良。❸謂身家淸白。參見"良賤"。❹古時婦女稱丈夫。參見"良人❶"。❺確；眞。如：良有以也。很。參見"良久"。❻猶言深。見"良夜❷"。

【良人】❶指丈夫。❷猶美人。❸指身家淸白的人。❹周代官。泛指好人。❺古爵官。即鄉大夫。❻西漢妃嬪的稱號。

【良久】好久；很久。

【良史】有學識、記事無所隱諱的史官。

【良知】指天賦的道德觀念。❷好友；知己。

【良朋】好友。

【良夜】❶天色美好之夜。❷深夜。

【良家】謂淸白的人家。如：良家婦女。參見"良賤"。

【良賤】良民和賤民。舊以身家淸白與否把人分爲良賤兩等，以士農工商爲良，以倡優、奴婢、乞丐等爲賤。

【良家子】漢、晉、南北朝時一般用以指"良家"的子女。後用以指名門貴族家庭的子女。

【良工心苦】謂優秀技藝家的作品都是出於苦心經營的。

【良辰美景】美好的節令和景物。

【良藥苦口】《孔子家語·六本》有"良藥苦於口而利於病，忠言逆於耳而利於行"之語，謂治病的好藥，味苦難吃；勸戒的話，聽起來雖然難受，却很有益處。

十一畫

艱(艰) (jiān)働gan¹〔奸〕❶艱難。❷險惡。如：其心孔艱。❸指親喪。如：丁艱。

【艱辛】艱苦。

【艱貞】在艱危時堅貞不移。

【艱深】文詞深奧難懂。

色部

色 ㈠(sè)働sik⁷〔式〕❶顏色。如：紅色；彩色。❷臉上的神色。如：氣色；和顏悅色；勃然變色。❸女色。如：耽於聲色。❹品類；種類。如：一色一樣；各色人等。❺景象；光景。如：春色；夜色。❻音色；成色；足色。❼佛敎名詞。與"心"相對。佛經以有質礙、可變壞之法，名色。即是把屬於物質領域的稱爲"色"，精神領域的稱爲"心"。

㈡(shǎi)働同㈠❶顏色。如：掉色、退色。❷見"色子"。

【色子】(shǎi—) 賭具，即"骰子"。參見"骰"。

【色目】❶種類名目。❷人品；身分。❸元朝對北方和西方的少數民族如欽察、唐古、回回等的總稱，爲其統治下處於第二等的民族。

【色相】(—xiàng)佛敎名詞。指一切事物的形狀外貌。亦指女子的聲容相貌。

【色差】由於玻璃對不同色光的折射率不同，物體通過透鏡所成的像的邊緣上住住帶有顏色，這種現象叫色差。

【色情】性欲方面表現出來的情緒。

【色調】❶指畫面上表現思想、情感所使用的色彩和色彩的濃淡。通常用各種紅色或黃色構成的色調屬於暖色調，用來表現興奮、快樂等情感；各種藍色或綠色構成的色調屬於寒色調，用來表現憂鬱、悲哀等情感。❷比喩文藝作品中思想感情的色彩。

【色澤】顏色，光采。如：色澤鮮明。

【色藝】容貌和技藝。

【色厲內荏】外表強硬而內心怯弱。

五畫

艴 (fú)働fet⁷〔拂〕見"艴然"。

【艴然】惱怒的樣子。

十三畫

艶　"豔"的異體字。

十八畫

艷　"豔"的異體字。

艸 部

艸 "草"的異體字。

二 畫

艽 ㊀(qiú)[粵]kɐu^{4}〔求〕❶荒遠。❷禽獸巢穴中的墊草。

㊁(jiāo)[粵]gau^{1}〔交〕〔秦艽〕植物名。亦稱"大葉龍胆"。多年生草本。根圓柱形。中醫學上以根入藥。

艾 ㊀(ài)[粵]ŋai^{6}〔刈〕❶植物名。多年生草本，有香氣。葉羽狀分裂，背面被白色絲狀毛。全草供藥用，殺蟲和防治植物病害。葉可製艾絨，供針灸用，枝葉熏烟能驅蚊、蠅。❷艾的顏色，即蒼白色。❸古代對老年人的尊稱。❹美好。見"少艾"。❺止；盡。如：方興未艾。

㊁(yì)[粵]同㊀❶通"刈"。收穫。❷通"乂"。治理。見"艾安"。

【艾人】以艾草束爲人形。舊俗於五月五日端午節懸掛艾人於門戶上，認爲可以禳除毒氣。

【艾艾】《世說新語・言語》載，鄧艾口吃，說話時常艾艾連聲。後因以艾艾形容口吃的人吐辭重複。如：期期艾艾。

【艾安】(yì—)同"乂安"。謂太平無事。

【艾虎】用艾做成的虎。舊風俗端午節佩戴艾虎，認爲可以辟邪除穢。

艿 ㊀(réng)[粵]jiŋ^{4}〔仍〕草更生。引申爲茂密的草

㊁(nǎi)[粵]nai^{5}〔奶〕〔芋艿〕也作"芋奶"。見"芋"。

艻 ㊀(lè)[粵]lɐk^{9}〔肋〕❶見"蘿艻"。❷通"扐"。握。

㊁(jí)[粵]gik^{7}〔激〕通"棘"。樹木名，即羊矢棗。

芀 (tiáo)[粵]tiu^{4}〔條〕同"苕"。葦花。

艼 (dǐng)[粵]diŋ^{2}〔鼎〕見"茗艼"。

三 畫

芃 (péng)[粵]puŋ^{4}〔篷〕草木茂密的樣子。見"芃芃"。

【芃芃】形容草木茂密叢雜。

芄 (wán)[粵]jyn^{4}〔元〕〔芄蘭〕植物名。多年生蔓草。莖、葉和種子都可供藥用。

芊 (qiān)[粵]tsin^{1}〔千〕見"芊芊"。

【芊芊】❶形容草木茂盛。❷濃綠色。

【芊綿】草木蔓衍叢生的樣子。亦作"芊眠"、"千眠"。

芋 (yù)[粵]wu^{6}〔互〕植物名。俗稱"芋奶"、"芋艿"、"芋頭"。多年生草本，作一年生栽培。地下有多肉的球莖。葉片盾形綠色；葉柄肥大而長。球莖供食用。

芍 ㊀(sháo)[粵]tsœk^{8}〔卓〕〔芍藥〕植物名。多年生草本。初夏開花，與牡丹花相似，供觀賞，塊根可入藥。

㊁(què)[粵]dzœk^{8}〔雀〕〔芍陂〕一名期思陂，古代淮水流域著名的水利工程，在安徽壽縣南。

芎 (xiōng，又讀 qiōng)[粵]guŋ^{1}〔弓〕〔芎藭〕亦名"川芎"。植物名。多年生草本。根莖可入藥。

芑 (qǐ)[粵]hei^{2}〔起〕❶白苗的粱。❷野菜，像苦菜。

芒 ㊀(máng)[粵]mɔŋ^{4}〔忙〕❶植物名。多年生大草本。除可作綠籬和佈置庭園外，又可作造紙原料和編織草鞋。❷某些禾本科植物(如稻、麥等)子實外殼頂端的針狀物。❸通"鋩"。槍刀的尖端。❹光芒。

㊁(máng)[粵] mɔŋ^{1}〔魔康切〕〔芒果〕即"杧果"。

【芒角】❶指植物初生的尖葉。❷指筆鋒。❸指星的光芒。

【芒刺】草木莖葉、果殼上的小刺。比喻使人極度不安的感覺。如：芒刺在背。

【芒種】二十四節氣之一。此時中國中部地區將入多雨的黃梅時節。農業上，多忙於夏

收麥種。參見"二十四節氣"。

【芒鞋】一種草鞋。

【芒刺在背】形容極度不安。

荳（dù）粵dou⁶〔杜〕草名。參見"荳"。

荑（yì）粵jik⁹〔亦〕〔姚⁹〕即"彌猴桃"，亦名"楊桃"、"羊桃"。木質藤本。漿果，味甜，可食。

四畫

芘 ㊀（pí）粵pei⁴〔皮〕見"芘芣"。
㊁（bì）粵bei³〔臂〕通"庇"。蔽蔭。

【芘芣】草名。即"錦葵"。花色豔麗，可供觀賞。

芙（fú）粵fu⁴〔扶〕見"芙蓉"、"芙蕖"。

【芙蓉】荷花的別稱，即芙蕖。有時亦指木芙蓉。

【芙蕖】亦作"芙渠"、"扶渠"。即荷花。

【芙蓉城】㊀四川成都市的別名。五代孟蜀後主時，成都城上遍植木芙蓉，因名芙蓉城，簡稱蓉城。㊁古時傳說中的仙境。

【芙蓉帳】以"芙蓉"為圖飾的帳子。也泛指華麗的帳子。

【芙蓉國】借指湖南。晚唐詩人譚用之《秋宿湘江遇雨》詩有"秋風萬里芙蓉國"之句。當時湖南湘江一帶多木芙蓉，故有此稱。

芚 ㊀（tún）粵tyn⁴〔團〕草木初生的樣子。
㊁（chūn）粵tsœn¹〔春〕渾然無所覺察或識別的樣子。

芝（zhi）粵dzi¹〔之〕❶菌類植物的一種，即"靈芝"。菌柄長，有光澤。可供觀賞；又供藥用。古人以為瑞草。❷古指白芷。如：芝蘭。

【芝宇】眉宇的美稱。舊時書簡中多用以指對方的神采，表示敬愛。如：久違芝宇。

【芝蘭】芝和蘭是兩種香草，比喻德行的高尚或友情、環境的美好。

【芝蘭室】比喻美好的環境。

【芝焚蕙歎】芝與蕙同類，謂物傷其類。比喻對志行相同者命運的關切。

【芝蘭玉樹】比喻佳子弟。

芟（shān）粵sam¹〔衫〕❶刪除雜草。引申為除去。如：芟除。❷鐮刀。

【芟夷】❶除草。❷削除。

芡（qiàn）粵him³〔欠〕植物名。一名"雞頭"。種子稱"芡實"，供食用，中醫學上可入藥。

芣（fóu）粵feu⁴〔浮〕見"芣苢"、"芘芣"。

【芣苢】(一yǐ)苢，亦作"苡"。芣苢，草名，即車前。多年生草本植物，花淡綠色，葉和種子都入藥。

芥 ㊀（jiè）粵gai³〔介〕❶蔬菜名。一、二年生草本。花葉莖有葉柄，不包圍花莖。醃製後可食用。種子可榨油或製芥辣粉。❷小草。見"芥舟"。引申以指輕微纖細的事物。
㊁（gài）粵同"芥蘭"。一種不結球的甘藍，葉柄長，葉片短而寬，花白色或黃色。嫩葉和葉莖是普通蔬菜。

【芥舟】小舟。

【芥蒂】本作"蔕芥"。細小的梗塞物。比喻積在心裏的怨恨或不快。

芨（ji）粵kep⁹〔及〕gep⁷〔急〕(又)❶〔白芨〕亦作"白及"。蘭科，花大而美，供觀賞，中醫學上以塊莖入藥。❷〔芨芨草〕多年生草本植物。生於鹼性草灘上。莖和葉是造紙和製人造絲的原料，又可編織筐、簍、席等。

芩（qín）粵kʌm⁴〔琴〕sʌm⁴〔岑〕(又)❶植物名。或謂即禾本科蘆葦屬植物。❷〔黃芩〕唇形科。多年生草本植物。根可製染料，亦可入藥。

芪（qí）粵kei⁴〔其〕〔黃芪〕即"黃耆"。植物名。豆科。多年生草本。夏季開花，黃色。中醫學上以根入藥。

芫 ㊀（yuán）粵jyn⁴〔元〕〔芫花〕落葉灌木。春季開花，無花冠，萼筒呈花冠狀，淡紫色。果實白色。供觀賞。莖纖維為製紙原料。花蕾含芫花素，可入藥。
㊁（yán）舊讀 yuán）粵同㊀〔芫荽〕又名"香荽"、"胡荽"。一二年生草本。春夏間開花。有特殊香味。果實可提油。葉作蔬菜。全草供藥用。

芬 (fen)粵fen¹〔分〕❶香;香氣。如:清芬。❷比喻盛德或美名。
【芬芳】香。
【芬芳】❶香;香氣。❷比喻品德美好。
【芬菲】猶芳菲。花草美盛芬香。

芭 (ba)粵ba¹〔巴〕❶〔芭蕉〕植物名。高大、直立草本。葉長而寬大,纖維可以造紙或編繩索等。根莖和花蕾均可入藥。❷香草名。
【芭蕉】同「蕉」條。

芮 (rui)粵jœy⁶〔銳〕❶架。❷小。❸古國名。周文王時建立的諸侯國。姬姓。在今陝西 大荔。公元前640年為秦所滅。

芯 ㊀(xin)粵sem¹〔心〕草本名,燈心草莖中的髓,俗稱燈芯。
㊁(xin)粵sœn³〔信〕❶指物體的中心部分。如:鐵芯;礦芯。❷芯子,蛇的舌頭。如:毒蛇吐芯。

芰 (ji)粵gei⁶〔技〕植物名,即「菱」。
【芰荷】出水的荷。指荷葉或荷花。

花 (hua)粵fa¹〔科華切〕❶種子植物的生殖器官。通常由花托、花萼、花冠、雄蕊和雌蕊組成,也有缺少其中一部分或幾部分的。❷能開花供觀賞的植物。如:一盆花。❸形狀像花朵的東西。如:鋼花;浪花;雪花。❹有顏色的;雜色的。如:花面;花白;花花綠綠。❺模糊不清。如:頭昏眼花;老花眼。❻可以迷惑人的;不實實的。如:花招;花帳;花言巧語。❼比喻美女。❽指某些幼嫩細緻的東西。如:蠶花;魚花。❾棉花的簡稱。❿指妓女。如:花魁;花酒。⓫天花;出過花兒了。⓬指作戰時受的傷。如:掛了兩次花。⓭耗費;用。如:花錢;花時間。
【花丁】❶指牡丹。❷粵方言,指管理花木的園丁。
【花戶】❶以賣花為業的人家。❷舊時造戶口册時,把人家叫做「花名」,戶口叫做「花戶」,言其錯雜繁多。
【花旦】戲曲中旦角的一種,扮演性格活潑或放蕩潑辣的年輕女子。

【花甲】古以天干配十二地支,六十為一循環,有六個甲,即甲子、甲戌、甲申、甲午、甲辰、甲寅。此一循環,總稱循甲子,又稱花甲。古以此法紀年,六十年周而復始,故以花甲指六十歲。如:年逾花甲。
【花白】❶黑白混雜,多用來形容鬢髮。如:花白鬍子。❷指白;諷刺。
【花衣】❶去籽的棉花。❷清代百官逢慶典或年節日,都穿蟒服,叫「花衣」。
【花字】猶花押。
【花判】舊時官吏用駢體文寫成的語帶滑稽的判詞。
【花押】文書上的草書簽名或代替簽名的特種符號。也叫「花書」或「押字」。
【花乳】❶含苞未放的花朵。❷煎茶時水面所浮的泡沫,也叫「水花」。❸石名。可作印章。
【花柳】❶古指遊賞之地。❷指娼妓。如:花柳場中。❸指性病的俗稱。
【花面】❶女子用花粉飾面。❷即「花臉」。傳統戲曲裏角色行當「淨」的俗稱。
【花信】「花信風」的簡稱。猶言花期。參見「二十四番花信風」。
【花紅】❶植物名。即「沙果」,又名「林檎」。落葉小喬木。春夏間開花,果實秋季成熟。果味似蘋果,供生食。❷舊時權勢人家有喜慶時販役的人往往插金花,披大紅,叫做花紅。❸舊俗辦喜事人家或客人給僱傭的人的額外酬金。舊時官府賞給吏役的物品也叫花紅。❹私營工商業於年終分給董事及職員作為額外報酬的那部分利潤。
【花娘】舊時稱妓女為「花娘」。
【花圃】種花卉的園地。
【花翎】清代官員的冠飾。用孔雀翎飾於冠後,以翎眼多者為貴。一般是一個翎眼,大臣有特恩的始賞戴雙眼花翎,宗臣如親王、貝勒等始許戴三眼花翎。
【花朝】舊俗以陰曆二月十五日為「百花生日」,故稱此日為「花朝節」。
【花絮】比喻各種有趣的零碎新聞。如:體壇花絮。
【花勝】亦作「華勝」。古代婦女的一種首飾,

以剪彩爲之。

【花會】❶成都、廣州等地方每年春季百花盛開時節舉行的兼有交流物資性質的集會。❷舊時曾在很多地區流行過的一種賭博方式。從三十六門中猜一門，猜中的贏得三十倍的錢。

【花萼】萼，花蒂，和花同生一枝，且有保護花瓣的作用，舊常以"花萼"比喻兄弟友愛。

【花箋】精致華美的箋紙。

【花魁】❶百花的魁首，梅開在百花之先，故常指梅花。如：春爲一歲首，梅佔百花魁。❷舊時指名妓的妓女。

【花旗】舊稱美國國旗爲花旗，稱美國爲花旗國。

【花樣】❶花紋的式樣。也泛指事物的式樣或種類。如：枕頭花樣；剪花樣。❷指花的樣樣。如：花樣翻新；花樣繁多。❸手法；技倆。有貶義。如：玩花樣。

【花雕】浙江紹興舊俗：以彩色罎貯盛好酒，作爲陪嫁的禮物，叫"花雕"。也用爲酒名。

【花燭】有彩飾的蠟燭，多用於婚禮中。亦用指結婚。

【花轎】舊時結婚時新娘所坐的裝飾華麗的轎子。

【花露】❶花上的露水。❷香水的一種，稱花露水。❸酒名。❹用花蒸餾的藥用飲料。如：金銀花露。

【花石綱】北宋崇寧四年(1105年)，大臣蔡京引朱勔主持蘇杭應奉局，凡民間一石一木可以博得徽宗歡心的，即直入其家，破牆拆屋，劫往東京(今河南開封)。運送花石的船隊，號"花石綱"。官吏又乘機勒索，流毒州郡，達二十年。

【花信風】見"二十四番花信風"。

【花天酒地】形容荒淫腐化、吃喝嫖賭的生活。

【花言巧語】指一味鋪張修飾而無實際內容的言語或文辭。今多指虛偽惑人的言語。

【花枝招展】形容婦女打扮得十分豔麗。

【花花公子】指富有人家中不務正業，只知吃喝玩樂的子弟。

【花花世界】舊時指繁華地區，也泛指人世間

(含貶義)。

【花朝月夕】猶指花晨月夜，良辰美景的意思。亦特指陰曆二月半和八月半。

【花團錦簇】形容五彩繽紛、繁盛豔麗的景象。

苍

"花"的異體字。

芳

(fāng)⑧fōng¹[方]❶香；香氣。❷花卉。如：眾芳落落。❸比喻美名或美德。如：流芳百世。

【芳草】香草。也比喻美德。

【芳菲】花草美盛芬芳。也指花草。

【芳澤】澤，古代婦女潤髮用的香油。芳，言其芳香。也指香氣。參見"香澤❷"。

【芳躅】舊指前人的遺迹。後亦用以稱人的步履、行踪或行爲。

芴

(wù)⑧met⁹[勿]❶植物名，即菜。一年生草本，產於中國北部和中部，可供觀賞，亦作爲蔬菜。❷一種硬環狀香料。由煤焦油製得。白色片狀，有紫色熒光。可用作有機合成的原料。

芷

(zhǐ)⑧dzi²[子][白芷]香草名，也叫"辟芷"。中醫學上以根入藥。

芸

(yún)⑧wen⁴[雲]❶香草名，也叫"芸香"。有強烈氣味可以驅除蠹魚。亦可供藥用。❷通"耘"。除草。

【芸芸】衆多的樣子。

【芸窗】猶"芸臺"。謂祕書省。

【芸閣】書齋。參見"芸編"。

【芸臺】亦稱"芸閣"、"芸署"。古時藏書之所。亦指掌管圖書的官署，即祕書省。

【芸編】書的別稱。古人藏書多用芸香驅蠹蟲，所以稱書籍爲"芸編"，書籤爲"芸籤"。

【芸籤】書籤。借指圖書。

芹

(qín)⑧ken¹[勤]蔬菜名。即水芹。

【芹意】謙辭。微薄的情意。參見"芹獻"。

【芹獻】亦作獻芹。《列子・楊朱》載，有個鄉民將芹菜視爲美食，推薦給鄉中富豪。他們食後覺得口腹不適，都埋怨那鄉民。後以"芹獻"作爲自謙所獻菲薄，不足當意之辭。

芻（芻）(chú)粵tso⁴〔初〕❶割草。❷餵牲口的草。亦指用草餵牲口。又指吃草的牲口。參見"芻豢"。❸草把。

【芻言】草野之人的言論。舊時常用為自己的言論的謙辭。參見"芻蕘"。

【芻秣】飼養牛馬的草料。

【芻豢】指祭祀用的犧牲。

【芻蕘】本指割草打柴的人。後多用以指草野的人。

【芻議】猶芻言，芻蕘者之言。參見"芻蕘"。

【芻靈】古代送葬用的茅草紮的人馬。

芼 ㊀(mào)粵mou⁴〔冒〕擇取。
㊁(máo)粵mou⁴〔毛〕通"毛"。草。指可供食用的野菜或水草。

芽 (yá)粵ŋa⁴〔牙〕❶向未發育成長的枝或花的雛體。❷低等動物（如吸管蟲、水螅、仙女蟲等）體旁和體上的小體。與植物的芽一樣，能形成子體，是一種無性生殖法。❸像芽的東西。如：肉芽（傷口癒合後多長出來的肉）。

【芽茶】最嫩的茶葉。

芾 ㊀(fèi)粵fei³〔肺〕小樹幹及小樹葉。
㊁(fú)粵fet⁷〔弗〕通"黻"。古時祭服上的蔽膝。

苉 (pǐ)粵pɐt⁴〔匹〕有機化合物，分子式C₂₂H₁₄，難溶解的結晶，存在於焦油中。

苄 (biàn)粵bin⁶〔辨〕〔苄基〕即"苯甲基"，甲苯分子中的甲基上少掉一個氫原子所成的基團。

芤 (kōu)粵kɐu¹〔溝〕蔥的別名。

五　畫

苑 (yuàn，又讀yuán)粵jyn²〔婉〕❶畜養禽獸並種植林木的地方，多爲帝王及貴族遊玩和打獵的風景園林。如：上林苑。現代動物園中如飼養鹿的場所也稱"鹿苑"。❷薈萃。多指學術文藝的集中。如：類苑；文苑；藝苑。

苒 (rǎn)粵jim⁵〔染〕見"苒苒"、"荏苒"。

【苒苒】❶形容草盛。❷輕柔的樣子。

苓 (líng)粵liŋ⁴〔零〕❶植物名。苓耳，即卷耳。亦稱蒼耳、葈耳。❷見"茯"。

苔 ㊀(tái)粵toi⁴〔臺〕青苔；也指苔類植物。
㊁(tāi)粵toi¹〔胎〕〔舌苔〕中醫學名詞。指生於舌面上的一層苔狀物。觀察舌苔的變化，可以推斷病情，是中醫辨證醫治的依據之一。

【苔岑】指志同道合的朋友。如：誼切苔岑。

【苔箋】紙名。即苔紙。亦稱"側理紙"。

【苔錢】青苔的別稱。

苕 (tiáo，又讀sháo)粵tiu⁴〔條〕❶葦花，可作苕帚。❷草名，也叫凌霄、紫葳。落葉木質藤本。夏秋開花，花可供藥用。

苗 (miáo)粵miu⁴〔描〕❶禾類植物開花結實以前的名稱。❷一般植物初生時的名稱。如：樹苗；育苗。也指某些蔬菜的嫩莖或嫩葉。如：豆苗。又借指某種初生的動物。如：魚苗。❸指事情的因由、端倪或反映顯露的迹象。如：苗頭；苗頭兒。❹夏季的田獵。❺民衆。見"黎苗"。❻古族名。亦稱有苗、三苗。傳說堯時其部落首領爲諸侯。❼〔苗族〕中國少數民族名。分佈於貴州、湖南、雲南、廣西、四川、廣東、湖北等省（區）。

【苗條】細長柔美，多用來形容女子的身材。

【苗裔】後代子孫。

【苗而不秀】意謂莊稼生長了，却不吐穗揚花。比喻才質美秀而早夭，沒有什麼成就。後也比喻虛有其表。

苘 (qǐng)粵kiŋ²〔頃〕〔苘麻〕植物名。一年生草本。莖圓形，被細短柔毛。莖部韌皮纖維可製麻袋、繩索和造紙。

苙 (lì)粵lɐp⁶〔笠〕❶牲畜的圈欄。❷藥草名，即"白芷"。參見"芷"。

苛 (kē，舊讀hé)粵hɔ¹〔呵〕❶苛刻；繁重。如：苛求；苛捐雜稅。

【苛細】苛刻繁瑣。

【苛碎】猶苛細。

【苛察】以煩瑣苛刻爲明察。

【苛禮】苛繁的禮節。

【苛政猛於虎】《禮記·檀弓下》載：孔子經過泰山旁邊，有個婦人在墳前哭得很悲傷。

孔子讓子路去問明原因。那婦人說，她的公公、丈夫以前被老虎害了，今天兒子又被虎吃了。子路問她，為什麼不早些離開呢？婦人回答：因為這裏沒有苛政。孔子對門人說："小子識之，苛政猛於虎也。"意思說苛酷的政令和賦稅比老虎還要凶暴可怕。

苜 (mù)⑧muk⁹[木]〔苜蓿〕植物名。豆科，一年生或多年生草本。根系強大，莖直立或匍匐，光滑，多分枝。複葉，具三小葉，花紫色。為重要牧草和綠肥兼用作物。❷唐時教官清苦，常以苜蓿為蔬，因用以形容教官或學館的生活。

苞 (bāo)⑧bau¹[包]❶花未開時包著花朵的變態葉。❷含苞待放。❷草名，即蘆草，可製席子和草鞋。❸茂盛。❹竹苞松茂。

【苞苴】❶蒲包。❷指饋贈的禮物。

苟 (gǒu)⑧geu²[狗]❶苟且；聊且；草率。如：苟安；苟同；一筆不苟。❷如果；假如。如：苟非其人。

【苟且】只圖眼前，得過且過。如：苟且偷安。也指草率，馬虎。如：一字一句都不苟且。

【苟全】苟且求全。

【苟合】❶無原則地附合。❷指不正當的男女關係。

【苟安】苟且偷安；貪圖目前的安寧，不顧將來。

【苟免】苟且求免；只圖眼前免於損害。

【苟活】苟且偷生。

【苟求】苟且求得。

【苟簡】苟且簡略。

苡 (yǐ)⑧ji⁵[以]❶見"薏❷"。❷同"苢"。見"芣苢"。

苣 (jù)⑧gœy⁶[巨]❶蔬菜名。即"萵苣"。❷用葦稈紮成的火把。

㊀(qù)⑧同㊁〔苣蕒菜〕別稱"葡莖苦菜"。多年生草本。具莖葉，葉互生。嫩莖可食，葉可製農藥，防治蚜蟲。

若 ㊀(ruò)⑧jœk⁹[弱]❶奈。如：若何？若之何？❷像。如：年貌相若；若有若無。❸假如。如：若不努力，就要落後。❹爾；汝。如：若輩；若翁·

❺作詞助，猶"然"。❻海神名，即海若。❼香草名，即杜若。

㊁(rě)⑧je⁵[野]〔般若〕(bō一)佛教名詞。梵文 prajñā 的音譯。意譯"智慧"。

【若干】約計之辭。猶言多少；幾許。

【若木】古代神話中的樹名，生在昆崙山的極西邊，日落的地方。

【若而】若干；某某。

【若時】❶此時；現在。❷那時；當初。

【若為】怎樣；如何。❷哪堪。

【若華】古代神話中若木的花。

【若箇】❶若干；幾個。❷哪個；誰。

苦 ㊀(kǔ)⑧fu²[府]❶五味之一。如：苦口良藥。❷苦味，即勞苦。❸刻苦；勤勞。如：勤學苦練。❹困苦；憂苦；痛苦。也指病痛。❺竭力；極。如：苦留；苦求；苦思。

㊁(gǔ)⑧gu²[古]粗劣。

【苦力】英文 coolie 的音譯。對從事體力勞動工人(如碼頭工人等)的蔑稱。

【苦口】難吃的意思。如：良藥苦口利於病。也指不辭辛勞地懇切規勸。如：苦口婆心。

【苦功】刻苦踏實的功夫。如：下苦功。

【苦主】舊時命案中被害人的家屬。

【苦雨】久下成災的雨。

【苦茶】茶。

【苦窳】(gǔ yǔ)粗劣。

【苦口婆心】形容善意而又有耐心地勸導人。

【苦中作樂】(樂 lè)指在困苦中強自歡娛。

【苦心孤詣】孤是獨到經詣；為尋求解決問題的辦法而煞費苦心。

苧 (zhù)⑧tsy⁵[柱]植物名。即"苧麻"。多年生草本。莖皮纖維堅韌有光澤，可供紡織或製漁網和造紙。根可入藥。

苫 (shàn，又讀 shàn)⑧sim¹[詩淹切] sim³[試厭切](又)❶用草編成的覆蓋物。如：草苫子。也指用來遮蓋。如：快下雨了，快把場上的麥子苫上。❷古時居喪時睡的草薦。

【苫次】指居喪親者的地方。如：苫次昏迷。也用作居喪親者的代稱。

【苫塊】"寢苫枕塊"的略語。苫，草苫子；塊，土塊。古禮，居親喪時，以草薦為席，土

塊爲枕。

英 (ying)粵jing¹[嬰] ❶花。如：落英繽紛。❷才能出衆。如：英俊。也指傑出的人物。如：羣英大會。❸精華；事物最精粹的部分。如：含英咀華。❹國名。英國的簡稱。

【英氣】❶俊美；氣槪不凡。❷形容樂聲和盛。

【英挺】俊偉不凡。

【英華】草木之美者。亦指美好、精粹的人或物。如：文苑英華。

【英雄】❶指才能出衆或勇武過人的人。❷爲民衆謀利益而有功勞的人。

【英雄】指才智傑出的人。亦作"英雄"。

【英雄氣短】相傳宋代蘇軾，年少時應試禮部不中，因說："此中最易短英雄之氣。"後以"英雄氣短"指有才有志的人因遭遇困阨或沉迷於愛情而喪失進取心。

【英雄無用武之地】有本領而無處施展。

苴 ㊀(jù)粵dzœy¹[追] ❶鞋底的草墊；結子的麻。如：苴麻。
㊁(chá)粵tsa¹[茶]浮草；枯草。
㊂(zhǎ)粵dza²[支啞切]見"土苴"。

【苴杖】粗糙的竹杖。古時居父喪所用。母喪用"削杖"。

【苴蓴】植物名，即"蘘荷"。葉如初生的甘蔗，根如薑芽。

苶 (nié)粵nip⁹[聶]疲倦的樣子。

苹 (píng)粵ping⁴[平]❶植物名，也叫"藾蒿"。❷通"萍"。❸同"蘋"。

【苹縈】形容草叢生。也指叢生的草。

苺 同"莓"。

苻 (fú)粵fu⁴[扶]❶通"莩"。蘆中白膜。❷姓。

苽 同"菰❶"。

苾 (bì)粵bet⁹[拔] bit⁹[別]（又)濃香。

【苾芬】猶言芬芳，形容祭品的香美。亦用來指祭品。

【苾勃】香氣濃郁。

莆 (fú)粵fet⁷[弗] ❶野草塞路。❷清除。

【莆莆】形容繁密。

【莆鬱】形容山勢高險。

茁 (zhuó)粵dzyt⁸[啜]草初生出地上。也指動、植物的生長。

【茁壯】生長旺盛。如：茁壯成長。

茂 (mào)粵meu⁶[貿]草木繁盛。如：根深葉茂。也指美盛。如：圖文並茂。

【茂壯】指有才德。

【茂才】即秀才。後漢時爲避光武帝劉秀名諱，改秀才爲茂才。後相沿作秀才的別稱。

【茂齒】壯年。

范 (fàn)粵fan⁶[飯] ❶姓。❷"範"的簡化字。

茄 ㊀(qié)粵ke²[卡寫切][茄子]植物名。一年生草本。花通常紫色。果實球形，倒卵形或長條形，紫色，也有綠色或白色的，是普通的蔬菜。根可供藥用。
㊁(jiā)粵ga¹[加]荷梗。

茅 (máo)粵mau⁴[矛]草名。即"白茅"。俗稱"茅草"。全草可作造紙原料。葉穗俗稱"茅針"，可食。根莖可供藥用。

【茅土】古代皇帝社祭的壇增五色土建成：東方青，南方赤，西方白，北方黑，中央黃。分封諸侯時，把一種顏色的泥土用茅草包好授給受封的人，作爲分得土地的象徵。後楯封諸侯爲授茅土。

【茅塞】比喻人的思路閉塞或愚不懂事。

茆 ㊀(mǎo)粵mau⁵[牡]蓴菜。
㊁(máo)粵mau⁴[矛]通"茅"。❶草。如：茆屋；茆亭。❷姓。

茇 (bá)粵bet⁹[拔]❶草根。❷在草間住宿。

茉 (mò)粵mut⁹[末][茉莉]植物名。亦稱茉莉花。常綠攀援灌木。夏秋開花。花白色，有香氣，可用作薰製花茶的香料，亦可提取芳香油。

茌 (chí)粵tsi⁴[池][茌平]縣名，在山東省西部。

茚 (yín)粵jen³[印]有機化合物。一種稠環芳香烴。可從煤焦油、石油中提取。無色液體，容易聚合。

苯（běn）粵bun²[本]有機化合物。最簡單的芳香族碳氫化合物。無色液體。主要由焦爐氣及煤焦油獲得，也可由乙炔合成。

苷（gān）粵gem¹[金][糖苷]亦稱"甙"，糖和某些有機化合物結合的產物，如：核苷等。

苤（piě）粵pei²[鄙][苤藍]蔬菜名。即"球莖甘藍"。二年生草本植物。莖膨大成球形，外皮綠白、綠或紫色。球莖可作鮮食或加工醃製。

苐（dì）同"第"。

苲（yī）粵ji⁵[以]見"茶苦"。

苠（mín）粵men⁴[民]莊稼生長期較長，成熟期較晚，也作"民"。如：苠高粱；苠榖子。

六畫

茈 ㊀（zǐ）粵dzi²[子]❶草名，即紫草。多年生草本。根肥壯，外表暗紫色，斷面紫紅色；可作紫色染料，並可入藥。❷茈薑，即子薑。
㊁（cí）粵tsi⁴[慈][茈藼]即"荸薺"。
㊂（chái）粵tsai¹[柴][茈胡]即"柴胡"，中藥名。

茗（míng，舊讀mǐng）粵ming⁴[名]ming⁵[皿](又)❶茶芽。❷茶的通稱。如：香茗；品茗。❸酒名，即"茗酊"。如："茗酊"。
【茗芋】同"酩酊"。亦作"茗汀"。大醉的樣子。

荔（lì）粵lei⁶[例]❶草名，即"荔挺"。❷即"荔枝"。常綠喬木。木質堅實，可作防風林樹種及家具用材。果可食。❸即"薜荔"。見"薜"。
【荔挺】草名。形似蒲而小，根可製刷。

𦯧 "荔"的異體字。

茸（róng）粵jung⁴[容]茸茸，亦作戎茸，即蜀葵。花腋生，可供觀賞。根、花均可入藥。
【茸菽】同"戎菽"。大豆。

茛（gèn）粵gen³[艮]❶植物名，即野葛，一名鉤吻。亦稱"斷腸草"、"大茶藥"、"胡蔓藤"。常綠纏繞灌木。根和葉有劇毒，誤食能致命。❷即毛茛，多年生有毛草本。有毒植物，莖和葉的汁液，有強烈的刺激性，用於殺蛆蟲和了孓。

茜 ㊀（qiàn）粵sin⁶[善]草名。即"茜草"。多年生攀援草本。根黃紅色，可作染料，並可入藥。舊時似茜草根可以作大紅色染料，故常用"茜"指稱大紅色。
㊁（xī）粵sai¹[西]譯音字，多用於人名。

茢（liè）粵lit⁹[列]苕帚。

茨（cí）粵tsi⁴[池]❶用蘆葦、茅草蓋的屋頂。❷蒺藜。❸堆積；壘。

茫（máng）粵mong⁴[忙]模糊不清。參見"茫昧"、"渺茫"。
【茫昧】幽暗不明；模糊不清，不可測度。
【茫茫】❶遼闊；深遠。❷模糊不清。
【茫然】❶渺茫；模糊不清。❷遼闊無邊際的樣子。❸失意的樣子。猶言惘然。

茭（jiāo）粵gau¹[交]❶餵牲口的乾草。❷茭白。菰的嫩莖經某種病菌寄生後膨大，做蔬菜吃叫茭白。

茯（fú）粵fuk⁹[伏][茯苓]菌類植物。亦作"茯靈"，供食用。入藥。

苦（guā）粵kut⁸[括][苦樓]即"栝樓"。多年生攀援草本。塊根肥厚，果實卵圓形至廣橢圓形。中醫學上以果皮、種子和根入藥。

茱（zhū）粵dzy¹[朱][茱萸]植物名。有濃烈香味，可入藥。古代風俗，陰曆九月九日重陽節，佩茱萸囊以去邪辟惡。

兹 ㊀（zī）粵dzi¹[資]❶此。此。❷現在也如。如：自茲以後。❸年。如：今茲；來茲。❹通"滋"。益，更加。如：兹甚。
㊁（cí）粵tsi⁴[池][龜茲]古西域城國名，在今新疆庫車縣一帶。漢通西域後內屬，學漢制度，行於輟娑。唐貞觀二十二年於其地置龜茲都督府。

茳（jiāng）粵gong¹[江][茳芏]植物名，即"席草"。多年生草本。生長在沼澤或低溼的地方。莖可編席。

茴 (huí)働wui⁴〔回〕〔茴香〕植物名。又名懷香。多年生草本，作一、二年生栽培。全株具強烈芳香。果實作香料，並可入藥。

茵 (yin)働jen¹〔因〕❶車墊子。❷墊子、褥子、毯子的通稱。如：綠草如茵。

茶 (chá)働tsa⁴〔查〕❶植物名。一名"茗"。常綠灌木。秋末開白花。嫩葉加工後就是茶葉。❷水淪茶葉而成的飲料。如：茶水；茶湯。又指茶與點心的通稱。如：早茶；晚茶。❸訂婚聘禮的代稱。如：茶禮；受茶。❹一種顏色。見"茶色"、"茶褐"。
【茶色】顏色名，即茶褐色。
【茶會】❶舊時商人多以茶樓爲聚會交易的場所，各業各幫一般都有其約定聚會的茶樓，稱爲茶會。商人在飲茶時商談行市，進行交易。茶會流行於長江流域一帶，尤以上海爲盛。❷用茶點招待賓客的社交性聚會。
【茶槍】茶樹的嫩芽。
【茶旗】茶樹的嫩葉。
【茶褐】顏色名。黃黑色。也叫茶色或鼻煙色。
【茶禮】謂行婚時的聘禮。

茸 ㊀(róng)働jun⁴〔容〕❶初生的草。❷柔軟的獸毛。❸"鹿茸"的簡稱。中藥名。雄性梅花鹿或馬鹿等的尚未骨化的幼角。
㊁(rǒng)働jun²〔湧〕見"闒茸"。
【茸茸】柔密叢生的樣子。

茹 (rú)働jy⁴〔如〕❶蔬菜的總稱。❷吃。如：茹毛飮血；含辛茹苦。
【茹素】吃素，即不吃魚肉葷腥。
【茹毛飮血】謂太古之時人們還不知熟食，捕到禽獸連毛帶血吃。

茼 (tóng)働tuŋ⁴〔同〕〔茼蒿〕植物名。一、二年生草本。葉色淡綠，有香氣。嫩莖和葉作蔬菜。

荀 (xún)働søn¹〔詢〕❶傳說中的草名。❷古國名。姬姓，春秋時爲晉所滅。在今山西 新絳。❸姓。

荁 (huán)働jyn⁴〔元〕植物名，堇菜類。古人用以調味。

荃 (quán)働tsyn⁴〔全〕❶即蓀，香草名。❷通"筌"。捕魚器。
【荃察】〔離騷〕有"荃不察余之中情兮"之語，後來書信中常用爲希望對方諒解之謙辭。

荄 (gāi)働gɔi¹〔該〕草根。

荅 (dá)働dap⁸〔答〕❶小豆。❷厚。❸同"答"。

荇 (xíng)働heŋ⁶〔杏〕〔荇菜〕一種多年生水生草本。通"莕菜"。全草供藥用，並可作飼料或綠肥。

莽 (chuǎn)働tsyn²〔喘〕晚採的茶。

草 (cǎo)働tsou²〔雌好切〕❶草本植物的總稱。❷特指作燃料或飼料的草。如：柴草；糧草。❸草野。如：草澤；草行。❹簡略；粗糙。如：草樣；草圖；草具；潦草；草率。❺起稿；隨便寫。如：草檄；草詔；草此奉覆。❻稿子。即：起草。也用作詩文集名，意謂未定稿。如明代鹿善繼有《認眞草》、清代龔自珍有《破戒草》。引申爲初步的；未確定的。如：草簽；草案。❼漢字字體的一種，即草書。如：草字；狂草；眞草隸篆。
【草次】同"造次"。
【草芥】比喻輕微而沒有價值。
【草且】草的總稱。生草叫芼，枯草叫苴。
【草茅】❶雜草。❷在野未出仕的人。
【草草】❶雜亂不齊的樣子。引申爲草率、馬虎。如：草草不恭；草草了事。❷憂慮；勞心。如：勞人草草。
【草堂】茅草蓋的屋堂。舊時文人常自稱山野間的住所爲"草堂"，有自謙鄙陋之意。
【草野】❶鄉野。與"朝廷"、"廊廟"相對。❷粗野鄙陋。
【草率】潦草；粗糙。如：草率從事。
【草寇】草澤之中的寇賊。
【草萊】雜草；叢草。引申爲草野，與"朝廷"、"廊廟"相對。
【草莽】❶猶言草芥。雜生的叢草。❷荒蕪之地。草莽茅。在野的、未出仕的人。
【草菅】野草；雜草茅。比喻輕賤之物。參見"草菅人命"。
【草創】❶開始做；事情的開始。❷起草。

【草稿】初步寫成、尚未確定的文稿。
【草澤】荒野之地。也指草野之士，隱士。
【草頭露】草上的露水，少而易乾，比喻不能長久。
【草木皆兵】《晉書·苻堅載記》載，前秦苻堅出兵攻晉，前鋒在安徽壽陽洛澗被晉軍打敗。苻堅登壽陽城瞭望，看到晉兵佈陣嚴整，又望見八公山上的草木，以爲都是晉兵，認爲遇到了勁敵，因而感到害怕。後以"草木皆兵"形容極度疑懼、驚恐。
【草行露宿】在草野中行路，露天下睡覺，形容行旅的艱苦或急迫。
【草菅人命】《漢書、賈誼傳》有"其視殺人，若艾草菅然"之語，原意是批評秦二世胡亥視殺人如割草。後因以"草菅人命"形容漠視人的生命，任意加以殘害。艾，割草；菅，一種多年生草本。
【草間求活】猶言苟且偷生。

荍 (qiáo)㊄kiu⁴〔喬〕❶植物名，即錦葵。二年生草本。初夏開花，生於葉腋；花冠淡紫色，可供觀賞。❷"蕎"的異體字。

荏 (rěn)㊄jɐm⁵〔移凜切〕jɐm⁶〔任〕(又)❶植物名。即白蘇。一年生草本。有芳香。在中國東北地區栽培很盛，種子所榨的荏油(蘇子油)爲良好油漆工業原料。葉可提取芳香油。莖、葉和種子均可供藥用。❷軟弱。如：色厲內荏。❸見"荏苒"。
【荏苒】猶"漸冉"。時光漸漸過去。
【荏染】柔弱的樣子。
【荏弱】柔弱；怯弱。

荐 "薦"的簡化字。

荑 ㊀(tí)㊄tɐi⁴〔提〕❶茅草的嫩芽。❷通"稊"。一種似稗子的草。
㊁(yí)㊄ji⁴〔移〕通"夷"。削平。

荒 (huāng)㊄fɔŋ¹〔方〕❶未開墾的；荒蕪。如：荒地；荒山。❷荒涼；荒僻。如：荒村；荒郊。❸五穀不熟；莊稼歉收。如：災荒；荒年。❹荒廢；棄置。如：荒疏；荒失。❺迷亂。如：荒淫。❻邊陲；邊疆。如：邊荒。
【荒亡】古代指統治者沉迷於田獵宴飲。後亦泛指行爲放縱而沒有節制。
【荒外】❶八荒之外的地方。詳"八荒"。❷荒僻的地方。
【荒忽】同"恍惚"。隱約不可辨識。
【荒唐】本意謂廣大；漫無邊際。後稱說話浮誇不實或行爲放蕩爲"荒唐"。
【荒涼】荒蕪；冷落；寂寥。
【荒誕】猶荒唐，虛妄不可信。如：荒誕不經。
【荒儉】猶荒歉。
【荒雞】在半夜不照一定時間啼叫的雞。古時迷信以爲惡聲不祥。

茌 (chí)㊄tsi⁴〔池〕見"茌藸"。
【茌藸】草名。即五味子。

茺 (chōng)㊄tsuŋ¹〔充〕〔茺蔚〕亦稱"益母草"。一年生或二年生草本。莖方形，葉掌狀分裂，夏季開花，淡紅或白色。莖、葉和果實均可入藥。

茖 (gè)㊄gak⁸〔格〕〔茖葱〕一種野葱。

茬 ㊀(chá)㊄tsa⁴〔茶〕❶斜砍；劈削。❷莊稼收割後的殘留根莖。如：麥茬兒；豆茬兒。比喻沒有剃淨或剃後復長的鬚根。如：鬚茬兒。❸農作物種植或收割的次數。如：輪茬；調茬；二茬韭菜。
㊁(chí)㊄tsi⁴〔池〕同"茌"。

七 畫

茝 ㊀(chǎi)㊄tsɔi²〔采〕一種香草。
㊁(zhǐ)㊄dzi²〔子〕植物名，即白芷。

荳 "豆❶"的異體字。

荷 ㊀(hé)㊄hɔ⁴〔何〕❶植物名。亦稱"蓮"。多年生水生宿根草本。根莖最初細瘦如指，稱爲蔤(蓮鞭)。蔤上有節，節再生蔤。節向下生鬚根，向上抽葉和花梗。夏秋生長末期，蓮鞭先端數節入土後膨大成藕，可供翌春萌生新株之用。夏天開花，色淡紅或白，有單瓣、複瓣之別。花謝後形成蓮蓬，內生多數堅果(俗稱蓮子)。藕供食用或製藕粉；蓮子爲滋補食品。藕節、蓮子、荷葉可供藥用。花葉供

觀賞。葉可包裹食物等。❷國名。荷蘭的省稱。

〔一〕(hè)粵ho⁶〔賀〕❶扛；擔。如：荷槍實彈。❷擔任；擔負。❸承受。多用於書信中表示感激。如：感荷；至荷。

【荷包】❶隨身佩帶的小囊，用以裝錢或零星物品。古代也用作袍外的裝飾物。❷食品名。

【荷荷】(hè hè)怨恨聲。

【荷錢】指初生的小荷葉。言其小如錢。

【荷花生日】古時江南風俗，以陰曆六月二十四日為「荷花生日」。

荸 (bí，讀音bó)粵but⁹〔勃〕〔荸薺〕植物名。又名「地栗」、「馬蹄」、「烏芋」。多年生草本。地下莖爲球莖，可食，也可加工製澱粉。

荻 (dí)粵dik⁹〔狄〕植物名。多年生草本。根莖外有鱗片。莖直立。秋季抽生黃色扇形圓錐花序，小穗無芒。生長路旁和水邊。稈可編織席箔等用，也可作造紙原料。

茶 〔一〕(tú)粵tou⁴〔途〕❶苦菜。❷苦。見「茶毒」。❸茅、蘆之類的白花。也用來形容人或物色白美好。參見「茶火」。❹通「塗」。見「茶炭」。

〔二〕(chá)粵tsa⁴〔茶〕「茶」的古體字。

〔三〕(shū)粵sy¹〔書〕❶玉名。❷神名。詳「神茶鬱壘」。

【茶火】茶，白色。火，赤色。茶火，形容軍容壯盛。今常用「如火如茶」形容聲勢浩大、熱烈壯盛。

【茶毒】猶言毒害、殘害。

【茶炭】同「塗炭」。

苾 「蕊」的異體字。

荽 (suī)粵sœy¹〔須〕香荽菜名。亦名「芫荽」。

莆 (pú)粵pou⁴〔蒲〕〔莆田〕縣名。在福建省東部沿海。

莉 (lì)粵lei⁶〔利〕見「茉」。

莊 (庄) (zhuāng)粵dzɔŋ¹〔裝〕❶端重；嚴肅。如：亦莊亦諧。❷四通八達的道路。❸村莊。如：農莊。亦

指築在山林田野間的住宅。如：山莊；莊宅。❹舊時大商號多叫莊。如：布莊；錢莊。❺封建社會中為皇室、貴族或地主所佔有的大片土地。如：皇莊。

【莊語】嚴正的議論。

【莊嚴】❶莊重嚴肅。❷裝飾。亦作「妝嚴」，猶「裝飾」。

莎 〔一〕(suō)粵sɔ¹〔梳〕〔莎草〕植物名。亦稱「香附子」。多年生草本。地下有紡錘形的塊莖，可入藥。

〔二〕(shā)粵sa¹〔沙〕見「莎雞」。

【莎雞】(shā—)蟲名，即「紡織娘」。又名「絡緯」、「絡絲娘」。

莒 (jǔ)粵gœy²〔舉〕❶古國名。西周分封的諸侯國。己姓，一說曹姓。開國君主是茲輿期，建都介根(今山東膠縣西南)，春秋初年遷於莒(今山東莒縣)。有今山東安丘、諸城、沂水、莒、日照等縣間地。公元前431年為楚所滅。❷古邑名。在今山東莒縣。周時為莒國，公元前431年為楚所滅。

莓 (méi)粵mui⁴〔梅〕亦作「苺」。植物名。如：草莓；蛇莓。

苖 (méng)粵maŋ⁴〔盲〕藥草名，即貝母。

莖 (茎) (jīng)粵heŋ¹〔亨〕giŋ³〔敬〕(又)❶高等植物的營養器官之一。下部和根相連。莖節上着生葉和分枝。其主要功能爲輸導及支持，常爲有貯藏作用。❷器物的柄。❸猶言根。如：數莖白髮。

莘 〔一〕(xīn)粵sɐn¹〔新〕即「細辛」。植物名。多年生草本。有細長芳香的根莖，先端生葉一、二片。中醫學上以全草入藥。

〔二〕(shēn)粵sɐn¹〔申〕❶見「莘莘」。❷古國名。(1)亦稱有辛、有莘、有侁。在今河南開封東南，一說在今山東曹縣北。商湯娶有莘氏之女，即此國。(2)姒姓，在今陝西韓城縣郃陽縣東南，周文王妃太姒即出此國之女。

【莘莘】(shēn shēn)亦作「駪駪」、「侁侁」、「甡甡」、「詵詵」。眾多的意思。如：莘莘學子。

菌 ㊀(jūn)粵gwen¹〔君〕❶水藻名。❷即"菌蓮菜",又名"菉菜",俗稱"甜菜"。參見"菉"。

莛 (tíng,舊讀tǐng)粵tíng⁴〔廷〕草莖。

莝 (cuò)粵tsɔ³〔錯〕❶鍘草。❷鍘碎的草。

莞 ㊀(guān)粵gun¹〔官〕❶植物名。俗名水蔥、席子草。亦指莞草編的席。❷姓。
㊁(guān)粵gun²〔管〕〔東莞〕縣名,在廣東省珠江三角洲東部、東江下游。
㊂(wǎn)粵wun²〔碗〕見"莞爾"。
【莞爾】(wǎn—)微笑的樣子。

莠 (yǒu)粵jeu⁵〔友〕惡草的通稱,常用以比喻惡人、壞人。如:良莠不齊。
【莠言】壞話。

莢(荚) (jiá)粵gap⁸〔夾〕本稱"莢果"。豆科植物特有的果實。單室,多籽,成熟時有的果皮的背、腹兩縫線間同時開裂。皂莢、豌豆、大豆、蠶豆、花生等的果實,均為莢果。合萌、含羞草等的莢果,在種子與種子間的部位縊縮成節,稱為"節莢"。節莢成熟時在節處極易斷裂。
【莢錢】漢代一種輕而薄的錢幣。其形像莢,故名。

莧(苋) (xiàn)粵jin⁶〔現〕〔莧菜〕蔬菜名。一年生草本。葉卵形或菱形,綠或紅色。幼苗作鮮菜。

莨 ㊀(liáng)粵lœŋ⁴〔良〕〔莨紗〕即香紗,作夏季服裝的絲織品。❷見"薯莨"。
㊁(làng)粵lɔŋ⁶〔浪〕〔莨菪〕植物名。一年生或二年生有毒草本,全株有粘性腺毛和特殊臭氣,夏季開紫黃色花。葉和種子(名"天仙子")供藥用。

莩 ㊀(fú)粵fu¹〔呼〕蘆中的薄膜。參見"葭莩"。
㊁同"殍"。

莪 (é)粵ŋɔ⁴〔鵝〕植物名。即莪蒿,亦名廩蒿。多年生蒿類草本植物。生在水邊。

莫 ㊀(mò)粵mɔk⁹〔漠〕❶無。如:國人莫不知。❷不。如:愛莫能助。❸勿。如:閑人莫入。❹通"漠"。廣大。如:廣莫之野。
㊁(mù)粵mou⁶〔冒〕"暮"的本字。

【莫邪】(—yé)古代傳說中人名。與其夫干將為楚王鑄劍,劍成而王殺干將。後其子劍報仇。亦作"鏌鋣"、"鏌釾"、"鏌邪"。後借指寶劍。

【莫逆】本意謂彼此心意相通,無所違逆。後因稱情投意合、友誼深厚為"莫逆"。

【莫莫】❶茂盛繁密的樣子。❷清靜敬謹的樣子。❸同"漠漠"。形容塵土紛起。

【莫須有】猶言恐怕有,也許有。宋秦檜誣害岳飛要罪反,有人問他有什麼證據,他說:"莫須有"。後用以指捏造誣陷的罪名。

【莫衷一是】猶言不能斷定哪一方面對或不能得出一致的意見。如:眾說紛紜,莫衷一是。

莩 (fū)粵fu¹〔呼〕敷布;散開。

莋 (zuó)粵dzɔk⁹〔鑿〕〔莋都〕古縣名。在今四川漢源東北。

荇 (xìng)粵heŋ⁶〔杏〕〔荇菜〕見"荇"。

莰 (kǎn)粵hem²〔坎〕亦稱"莰烷"。是樟腦族的脂環烴母體。這一族中最重要的代表物是樟腦。
㊀同"薩"。

莜 (yóu)粵jeu⁴〔油〕〔莜麥〕植物名。俗稱"油麥"。即"裸燕麥"。一年生草本。子粒供食用。莖、葉可作青飼料或乾草。

莐 (rěn)粵jen²〔忍〕亦稱"金銀花"。多年生半常綠纏繞灌木。夏季開花,初白後黃,黃白相映,故名金銀花。中醫學上以花和莖入藥。花、藤、葉蒸餾成露,作飲用。

八　畫

莽 (mǎng)粵mɔŋ⁵〔網〕❶密生的草。亦泛指草。❷草木深邃的地方。❸竹的一種。❹粗率;莽撞。見"魯莽"。

【莽莽】❶形容草木茂盛。❷無邊際的樣子。

【莽蒼】(—cāng)亦作"蒼茫"。野色迷茫的樣子。亦指一碧無際的郊野。

【莽撞】猶言魯莽,謂言語、行動粗率而不審慎。

【莽大夫】指漢代梟雄。揚雄本仕漢朝,王莽稱帝時,仕莽爲大夫。後因以"莽大夫"比喻變節的人。

菀 (wǎn)⑱jyn²(宛)茂盛的樣子。

菁 (jīng)⑱dziŋ(精)❶韭菜的花。❷華采。❸蔓菁,即蕪菁。❹水草。❺見"菁菁"。

【菁莪】比喻樂育人材。

【菁華】同"精華"。

【菁菁】茂盛的樣子。

菂 (dì)⑱dik⁹(的)蓮子。

菅 (jiān)⑱gan¹(奸)❶植物名。多年生草本。葉片線形、細長,根堅韌,可做掃帚。莖、葉作造紙原料。❷古地名。春秋 宋地。在今山東單縣北。

莚 (yán)⑱jin⁴(延)見"莚蔓"。

【莚蔓】蔓延。

菆 (zōu)⑱dzɐu¹(周)❶剝掉皮的麻稭之類。❷席子。❸好箭。
"菰"的異體字。

菇

菉 (lù)⑱luk⁹(陸)草名,即藎草。

菊 (jú)⑱guk⁷(谷)植物名。通稱"菊花"。多年生草本。秋季開花,花序大小、顏色和形狀因品種而異。爲著名的觀賞植物。中醫學上以白菊和黃菊入藥。白菊花亦可供飲料用。

【菊月】陰曆九月是菊花開放的時期,因稱九月爲"菊月"。

菌 ㊀(jùn)⑱kwɐn²(細)❶菌類植物名。一大類不含葉綠素的低等異養植物,包括細菌、黏菌、放綫菌和真菌等。❷通"窘"。竹筍。
㊁(jūn)⑱同㊀細菌;病菌。

畄 ㊀(zī)⑱dzi¹(資)本作"菑"。初耕的田地。
㊁"災"的異體字。

菓 "果❶"的異體字。

菔 (fú)⑱fuk⁹(服)[萊菔]植物名。即蘿蔔。一、二年生草本。肉質直根呈圓錐、圓球、長圓錐、扁圓等形。肥厚多肉,白、綠、紅或紫色等。爲主要蔬菜之一種。種子可入藥。

菖 (chāng)⑱tsœŋ¹(昌)[菖蒲]多年生水生草本,有香氣。根莖可做香料,又供藥用。

菘 (sōng)⑱suŋ¹(鬆)蔬菜名。葉闊大,有數種:色敞青叫青菜,色白的叫白菜,淡黃的叫黃芽菜。

菜 (cài)⑱tsɔi³(蔡)❶蔬類植物的總稱。如:青菜;野菜。❷肴饌的總稱。如:川菜;粵菜。

【菜色】指飢民的臉色。

菝 (bá)⑱but⁹(拔)[菝葜]植物名。俗稱"金剛刺"、"金剛藤",落葉攀援狀灌木。根莖可入藥。

菟 ㊀(tù)⑱tou³(兔)❶菟絲子,寄生的蔓草,秋初開小花,子實入藥。❷菟葵,多年生草本植物,花白色。
㊁(tú)⑱tou⁴(逃)見"於菟"。

菠 (bō)⑱bo¹(波)[菠菜]蔬菜名。一、二年生草本。主根粗長,赤色,味甜。爲主要綠葉菜之一種。

菡 (hàn)⑱ham⁶(阿腩切)見"菡萏"。

【菡萏】即荷花。

菩 (pú)⑱pou⁴(蒲)梵文的音譯。如菩提(Bodhi,意譯爲"覺"、"智"、"道"等)、菩薩(Bodhi—Sattva,意譯爲"覺有情"或"發大心的人")。

【菩薩低眉】比喻人的面貌慈祥善良。參見"金剛怒目"。

菫 ㊀(jǐn)⑱gɐn²(謹)[菫菜]菜名。
㊁(jìn)⑱[計印切]藥草名。

華(华) ㊀(huá)⑱wa⁴(驊)❶中國古稱華夏,今稱中華,省稱華

如：華僑；華北。❷開花。❸光采；光輝。如：華燈。❹發生在雲層上環繞日、月周圍內紫外紅的光環。❺有文采。❻精華。含英咀華。❼浮華。如：華而不實。❽頭髮花白。見"華髮"。❾稱美之辭。如：華翰；華誕。❿粉。見"鉛華"。
㊀(huà)粵fa¹[花](同"花"。
㊁(huà)粵wa⁴[話]❶山名，即華山。❷姓。

【華中】中國長江中游湖北、湖南一帶。

【華北】中國北部河北、山西、北京市、天津市一帶地區。

【華年】謂青年時代，猶青春。

【華表】亦稱"桓表"。相傳古代用以表示王者納諫或指路的木柱。❷古代設在橋樑、宮殿、城垣或陵墓等前面作爲標志和裝飾用的大柱。設在陵墓前的又名"墓表"。一般爲石造。柱身往往雕有蟠龍等紋飾，上爲雲板和蹲獸。❸房屋外部的華飾。

【華東】中國東部地區，包括山東、江蘇、浙江、安徽、江西、福建、臺灣七省和上海市。

【華冑】❶華夏族的後代。❷謂顯貴者的後代。

【華南】中國珠江流域，包括廣東和廣西。

【華年】猶自音。

【華胥】❶人名。傳說是伏羲氏的母親。❷傳說中的國名。傳說黃帝曾夢游華胥之國。後因用以爲夢境的代稱。

【華夏】中國的古稱。

【華族】指高門貴族。

【華章】❶華美的詩詞、文章。也用作對別人詩文、著作的美稱。❷美麗的花紋。

【華勝】(huā—)同"花勝"。古代婦女的首飾。

【華鄂】(huā—)同"花萼"。

【華腴】❶衣食美食。❷舊稱世代做大官的人家。

【華蓋】❶帝王的車蓋。❷古星名。屬紫微垣，共十六星，在五帝座上，今屬仙后座。❸氣象上指雲層上緊貼日月邊緣、輪廓不甚規則、內呈淡青色、外呈淺棕色的光環。往往是日、月華的最內圈。❹迷信

者以爲人有華蓋星犯命，是運氣不好。如：連交華蓋。❺樹名。❻道教語，眉毛的別稱。

【華髮】花白頭髮。也指老年人。

【華燈】光輝燦爛的燈。如：華燈初上。

【華簪】古人用簪子把冠別在頭髮上，華簪爲貴官所用，故常用以指顯貴的官職。

【華顚】猶白頭，謂年老。顚，頭頂。

【華辭】虛飾之辭，華而不實的言辭。亦指華美的詞采。

【華麗】猶言富麗，多用以形容文辭。

【華譽】浮譽；虛名。

【華騮】同"驊騮"。古代傳說中周穆王八駿之一。

【華鬘】(huā mán)印度舊俗：用美麗的花朵結成長串爲裝飾，叫"華鬘"。也有用各種寶物刻成花朵的。

【華而不實】只開花不結果。比喻外表好看，內裏空虛。

【華封三祝】(華 huà)《莊子·天地》說唐堯游於華，華封人祝其壽、富、多男子。後因用"華封三祝"爲祝頌之辭。封，守疆界的人。

菰　(gū)粵gu¹[姑]❶菌類植物。如：香菰；冬菰。❷植物名。一名"蔣"，俗稱"茭白"。多年生水生宿根草本。初夏或秋季抽生花莖，經一種黑穗菌侵入後，基部形成肥大的嫩莖，即平常食的"茭白"。穎果狹圓柱形，名"菰米"，一稱"雕胡米"。茭白作蔬菜，菰米可煮食。

【菰蒲】菰和蒲，都是淺水植物。借指水澤之地。

菱　(líng)粵ling⁴[陵]植物名。一名"芰"，俗稱"菱角"。一年生水生草本。果實供食用及製澱粉，鮮嫩者可作水果。

【菱花鏡】古代以銅爲鏡，映日則發光影如菱花，因名"菱花鏡"。

菲　㊀(fēi)粵fei²[匪]❶蕪菁類植物。一名"芴"。又稱"蒠菜"。見"蒠"。❸微；薄。如：菲禮。
㊁(fěi)粵fei¹[飛]❶花草或香氣盛。見"菲菲"。❷有機化合物。一種稠環芳香烴，是煤的同分異構體。由煤焦油中取得。

【菲菲】(fěi fěi)❶形容香氣盛。❷形容花的

美麗。

【菲薄】❶微薄。❷小看；輕視。

菴　"庵"的異體字。

菶　(běng)粵bung²(捧)見"菶菶"。

【菶菶】草木茂盛的樣子。

菸　(yān)粵jin¹(煙)又作"煙"。菸草，一年生草本植物，葉大有茸毛，可以製香煙和農業上的殺蟲劑等。

菹　(zū)粵dzœy¹(追)❶多水草的沼澤地帶。❷酢菜；醃菜。❸剁成肉醬。參見"菹醢"。❹枯草。

【菹醢】(一hǎi)亦作"菹醯"。把人剁成肉醬。古代用作一種酷刑。

菻　(lín)粵lem⁵(懍)[拂菻]古國名。亦作"拂拂林"、"拂懍"、"拂臨"、"弗林"。為中國隋唐時期對東羅馬帝國的稱呼。

菼　(tǎn)粵tam²(他覽切)初生的荻，似葦而小。

菽　(shū)粵suk⁹(淑)本謂大豆，引申為豆類的總稱。

【菽水】豆和水。指普通的飲食。形容生活清苦。常用以指子女供養父母。如：聊佐菽水。

菾　(tián)粵tim⁴(甜)[菾菜]亦作"甜菜"。二年生草本，花小，黃綠色。可分：1. 葉用菾菜，又稱"莙薘菜"，嫩葉作蔬菜。2. 根菾菜，根作蔬菜，葉做飼料。3. 糖菾菜，俗稱"糖蘿蔔"，根是製糖的主要原料之一。

萁　㊀(qí)粵kei⁴(其)豆莖。
㊁(jī)粵gei¹(基)草名，狀似荻而細。

萃　(cuì)粵sœy⁶(睡)❶草叢生。引申為聚集。如：薈萃。也指聚集在一起的人或物。如：出類拔萃。❷止；到。

萄　(táo)粵tou⁴(陶)見"葡"。

萆　㊀(bì)粵bei³(蔽)通"蔽"。
㊁(bēi)粵bei¹(卑)[萆薢]即盾葉薯蕷、粉背薯蕷。薯蕷科，多年生纏繞藤本。根、莖可製澱粉，也供藥用。

萇　(cháng)粵tsœŋ⁴(長)見"萇楚"。

【萇楚】亦作"長楚"。植物名，又名羊桃、獼猴桃。花未色，柔弱蔓生，果細，可食。

萊(莱)　(lái)粵loi⁴(來)❶草名，即藜。見"藜"。❷原指郊外輪休的田。也指田荒廢生滿雜草。❸除草。❹古國名。今山東黃縣西南有萊子城，即古萊國。公元前567年為齊所滅。

萋　(qī)粵tsɐi¹(妻)❶草茂盛。❷文彩交錯。見"萋斐"。

【萋萋】形容草生長茂盛。

【萋斐】花紋錯雜的樣子。

萌　㊀(méng)粵meŋ⁴(盟)❶植物的芽；亦謂生芽，發芽。❷開始；發生。如：故態復萌。
㊁同"氓"(㊁)。

【萌芽】亦作"萌牙"。剛生的草木芽；發芽。亦指指事物的開端。

【萌蘗】萌，芽；蘖，木枝砍去後再生的芽。總指植物的新芽。亦用以比喻事物剛初發生。

萍　(píng)粵piŋ⁴(平)浮萍。別稱"青萍"。植物體葉狀，倒卵形或長橢圓形，浮生在水面，下面有根一條。枝對生。夏季開白花。

【萍蹤】萍生水中，飄泊無定，因稱無定的行蹤為"萍蹤"。

【萍水相逢】比喻人的偶然相遇。謂如萍隨水飄泊，聚散無定。

萎　㊀(wěi)粵wei²(委)枯萎。如：萎謝；萎縮。
㊁(wēi)粵wei¹(威)枯槁。引申指人的死亡。如：哲人其萎。

【萎約】亦作"委約"。疾病窮困。

【萎蕤】植物的莖葉因缺乏水分而萎縮。

萏　(dàn)粵dam⁶(氮)見"菡萏"。

萑　㊀(huán)粵wun⁴(桓)蘆類植物，幼小時叫"蒹"，長成後稱"萑"。參見"萑葦"。
㊁(tuī)粵tœy¹(推)通"萑"。藥草名，即茺蔚。

【萑葦】兩種蘆類植物：萑，蒹長成後的蒹；葦，長成後的葭。

【萑蘭】流淚的樣子。

荊 (jīng) 粵gin¹ [京] ❶灌木名。種類很多。多叢生原野，果可入藥，枝條可編籃筐等。❷指古代用荊條做成的刑杖。見"負荊"。❸舊時對人稱自己妻子的謙辭，兼有表示貧寒之意。如：拙荊。參見"荊釵布裙"。❹古代楚國的別稱，因其原來建國於荊山一帶，故名。

【荊棘】叢生的多刺植物。(1)比喻紛亂的局勢或艱險的處境。(2)比喻違逆不順的心情。

【荊釵布裙】荊枝作釵，粗布為裙，指婦女樸素的服飾。舊時對人謙稱自己的妻子為山荊、拙荊或荊妻、荊室。

莨 (lì) 粵ley⁶ [淚] [莨草] 即"狼尾草"。植物名。多年生草本。秋冬莖頂抽紫黑色具剛毛的穗狀花序，形似狼尾。葉可編蓑衣，穀粒可食。莖、葉可造紙。

萜 (tiē) 粵tip⁸ [貼] [萜烯] 有機化合物的一類。松節油、檸檬油等都是含萜烯的化合物。

䓤 ⊖(qū) 粵wet⁷ [屈] 有機化合物，分子式$C_{18}H_{12}$，金黃色結晶，溶於熱苯。⊜(gǔ) 粵gwet⁷ [骨] 刷去。

茗 (dàng) 粵doŋ⁶ [蕩] 見"茛⊖"。

苞 (bào) 粵bou⁶ [步] 鳥伏卵。如：苞窩。

荼 (nài) 粵nɔi⁶ [耐] 有機化合物。一種由煤焦油中提得的稠環芳香烴。可從煤乾餾和石油重整製得。白色晶體。可用作驅蟲劑 (俗稱"衛生球"或"樟腦丸")。

蒏 (wǎng) 粵mɔŋ⁵ [網] [蒏草] 指"蒏米"、"水稗子"。禾本科，一年生草本。全草及果實供飼料用。

葳 (wèi) 粵mei⁶ [味] 植物名。即五味子。

九　畫

萩 (qiū) 粵tseu¹ [秋] ❶一種蒿類植物。❷通"楸"。樹木名。

萬 (万) (wàn) 粵wan⁶ [慢] ❶數目字。千的十倍。❷極言其多。如：萬事萬物；萬水千山。❸極言其甚。如：萬不得已；萬難從命。❹舞名。參見"萬舞"。

【萬一】❶萬分之一，極小的一部分。❷或然之辭，猶言"倘或"。

【萬方】❶指全國各地、各民族。❷古指邦國、萬族。❸庶民、百姓。❹眾多；多方面。如：儀態萬方。❺多種方法。

【萬有】宇宙間所有事物，猶言萬物。

【萬全】❶絕對安全；萬無一失。❷都司名。明宣德五年(1430年)置。治所在宣府衛(今河北宣化)。轄境相當今河北省內、外長城間的赤城、懷來以西和宣化、陽原以北地區。

【萬狀】多種多樣的形態；形形色色。

【萬物】統指宇宙間的一切事物。

【萬俟】(mò qí)原為中國古代鮮卑族的部落名，後為複姓。

【萬乘】(—shèng)❶乘，一車四馬。萬乘，指萬輛車。❷周制，王畿方千里，能出兵車萬乘，後因以"萬乘"指帝位。又戰國時大國也稱"萬乘"。

【萬象】宇宙間的一切事物或現象。如：萬象更新；包羅萬象。

【萬萬】❶謂為數極巨。❷絕對。如：萬萬無此理。

【萬歲】歡呼、祝頌之辭。祝願萬代長存。亦用為帝王的代稱。

【萬福】❶多福。❷唐宋的婦女相見行禮，多口稱"萬福"；後亦以稱婦女所行的敬禮。

【萬舞】古代的舞名。祭祀宗廟山川時用之。

【萬鍾】鍾，量名；萬鍾，指大量的糧食。也指優厚的俸祿。

【萬類】萬物，常指自然界有生命的東西。

【萬籟】各種聲音。

【萬人敵】謂將略；用兵可敵萬人。亦指勇力可敵萬人。

【萬戶侯】漢代制度，列侯食邑，大者萬戶，小者五六百戶。"萬戶侯"即食邑萬戶的侯。

【萬里侯】古時謂由立功邊遠之地而封侯。

【萬言書】❶官吏呈送帝王的長篇奏章。言，字。❷長篇書面意見。

【萬水千山】亦作"千山萬水"。常用以形容路途遙遠艱險。

【萬死一生】極言冒生命的危險。
【萬劫不復】表示永遠不能恢復。佛家稱世界從生成到毀滅的一個過程爲一劫，萬劫即萬世。
【萬里長城】❶即長城。❷古時比喻國家所依賴的大將。
【萬馬齊喑】亦作“萬馬皆喑”。喑，啞。比喻一種沉悶的局面。
【萬紫千紅】形容百花競豔的春景。現比喻繁榮興旺的氣象。
【萬象森羅】紛然羅陳的各種事物現象。
【萬變不離其宗】無論形式上怎樣變化，本質上還是沒有變化。

萬 ㊀(yǔ)粵jy[5]〔雨〕❶草。❷姓。㊁(jǔ)粵gœy[2]〔擧〕通“矩”。

萱 (xuān)粵hyn[1]〔喧〕❶植物名。見“萱草”。❷“萱堂”的省稱。
【萱草】❶同“諼草”。古人以爲可以使人忘憂的一種草。❷植物名。金針菜的一種。多年生宿根草本。頂端生有花6－12朵；夏秋間開花，花漏斗狀，橘紅或橘黃色，無香氣。花作蔬菜及觀賞。
【萱堂】指母親的居室。亦指母親。

萵(萵) (wō)粵wɔ[1]〔窩〕〔萵苣〕蔬菜名。又名“萵筍”。一、二年生草本。莖肥大如筍，肉質細嫩。嫩莖、葉作蔬菜，老葉作飼料。

萹 (biān)粵pin[1]〔篇〕〔萹蓄〕植物名。一名“扁竹”。一年生平卧草本。原野雜草。可入藥。

葖 (tū)粵dɐt[9]〔突〕蘿葖。

萼 (è)粵ŋɔk[9]〔岳〕花萼，萼片的總稱，由若干萼片組成，萼位於花的外輪，一般呈綠色，在花芽期有保護花芽的作用。

落 ㊀(luò)粵lɔk[9]〔樂〕❶下降；降落。如：落葉；落雪；水落石出。❷衰敗；飄零。見“沒落”、“流落”。❸死。如：殂落。❹停留；定止。如：落脚；落戶；坐落；着落。❺人聚居的地方。如：村落；部落。❻得到某種結果。如：落埋怨。參見“落得❶”。❼古代宮室築成時學行的祭禮。參見“落成”。❽稀少。如：賓客益落。❾屋檐上的滴水裝置，俗名檐滴水。❿籬笆。如：籬落。⓫重疊起來。如：把碗落起來。也即謂一疊爲一落。如：一落碗；一落書。
㊁(là)粵lai[6]〔賴〕遺漏；丟失。如：這一行落了兩個字；我把皮包落在家裏了。
㊂(lào)粵同㊀〔落子〕華北、東北一帶對曲藝“蓮花落”的俗稱。
【落水】❶落於水中。❷喻流落爲妓。❸喻墮落爲漢奸。
【落托】同“落拓”。❶形容性情放浪，不拘小節。❷猶落寞。寂寞；冷落。
【落成】落，古代宮室築成時學行的祭禮。後因稱建築工程告竣爲“落成”。
【落拓】亦作“落托”。❶放浪不羈。❷猶落泊。窮困失意。
【落泊】亦作“落魄”。窮困失意。
【落英】❶落花。❷初開的花。
【落草】❶指據草澤山林爲盜。❷指嬰兒出生。
【落荒】離開戰場，向荒野逃跑。
【落索】❶冷落；蕭索。❷食品名。
【落莫】同“落寞”。冷落。
【落款】書畫家在所作書畫上題寫姓名、年月等叫“落款”。亦指在書信、花圈、禮品等上面題寫姓名。
【落帽】《晉書、孟嘉傳》載，孟嘉爲征西桓溫參軍。九月九日，溫設宴於龍山，忽然風起，吹掉孟嘉的帽子，孟嘉毫不覺察。桓溫使人作文嘲笑他。後因成爲重九登高的典故。
【落照】落日的光輝。
【落落】❶猶零落。❷形容孤獨，不遇合。亦指見解孤立，無可與謀。❸豁達；開朗。如：落落大方。❹稀疏的樣子。
【落寞】亦作“落莫”。寂寞；冷落。
【落魄】(魄 pò，又讀 tuò)同“落泊”。窮困失意。
【落髮】剃髮。
【落籍】猶除名，謂從簿籍中除去姓名。亦指妓女從良。
【落水狗】比喻失勢的壞人。
【落花流水】❶亦作“流水落花”。形容殘春的景象。❷比喻殘敗零落之狀。

【落阱下石】"阱"亦作"井"。比喻乘人之危加以陷害。

菹(祖) (zuò)粵dzou⁶[做]墊襯。

葅 (zū)粵dzœy¹[追]同"菹"。見"葅醯"。

【葅醯】同"菹醯"。

葆 (bāo)粵bou²[保]❶草木茂盛。❷菜名。❸藏。見"葆光"。❹車蓋。見"羽葆"。❺保持。

【葆光】葆，隱蔽。謂隱蔽其光不使人知。比喻善藏。

葉(叶) ㊀(yè)粵jip⁹[頁]❶維管植物營養器官之一。為進行光合作用和蒸騰作用的主要器官。❷像葉子的，喻輕飄。如：一葉扁舟。❸同"頁"。構成書冊的一張。如：冊葉；活葉文選。❹時期。如：初葉；末葉；十九世紀中葉。㊁(yè，舊讀 shè)粵sip⁸[攝]古邑名。在今河南葉縣南。春秋 楚地。公元前576年 楚遷許靈公於此，為楚國附庸。戰國 楚昭襄王十五年(公元前292年)取葉後，也叫葉陽。漢置縣。

【葉子】❶書頁。古書皆作卷軸，六朝以後，漸有摺葉，因稱"葉"、"葉子"。按：葉子即未經黏連之散葉，對"卷子"而言。❷古代博戲的一種。即"葉子戲"。

【葉公好龍】《新序·雜事》載，葉公子高非常喜歡龍，家裏到處都畫着龍，刻着龍。後來真龍來了，他却怕得失魂落魄，五色無主。後因以"葉公好龍"比喻表面上愛好某事物，但並非真正的愛好它，甚至是畏懼它。

【葉落知秋】比喻從某種微小的事情可以預測到事物的發展變化。

【葉落歸根】比喻不忘本原。

萭(fú)粵fuk⁷[幅]一種多年生的蔓草，又名"小旋花"。田野間到處都有，地下莖可蒸食，有甘味。

䕸 (lü)粵lœt⁹[律][葎草]植物名。多年生草本。莖和葉柄佈滿倒生的短刺。全草可入藥。

葑 ㊀(fēng)粵fuŋ¹[封]即蕪菁。㊁(fèng)粵fuŋ⁶[鳳]菰根，即茭白

根。

葒(荭) (hóng)粵huŋ⁴[紅][葒草]一名"木葒"。植物名。一年生草本。全株有毛。夏秋開花，白色或淡紅色，供觀賞。果實可入藥。

葓 (hóng)粵huŋ⁴[紅]❶水草名，即葓菜，亦稱蕹菜，因莖中空，又稱空心菜。❷同"葒"。

著 ㊀(zhù)粵dzy³[注]❶顯明；顯出。如：彰明昭著；信用卓著。❷撰述；寫作。如：著述；著書立說。亦指撰述的作品。如：名著；新著。
㊁(zhuó)粵dzœk⁹[着]❶"着"的本字。❷土著的略稱。

【著作】❶撰述；著書或作文。❷古代官名，"著作郎"或"著作佐郎"的省稱。掌國史資料和撰述之職。

【著積】猶居積。囤積財貨。

【著雍】十干中戊的別稱，用以紀年。亦作"著雝"。參見"歲陽"。

【著錄】記載在簿籍上。亦泛指記錄、記載。特指以書名列入目錄。如：《漢書·藝文志》著錄。

葚 (shèn，讀音 shèn)粵sɐm⁶[甚]桑樹的果實。

葛 ㊀(gé)粵got⁸[割]❶植物名。藤本，有塊根。莖可採纖維；莖和葉可作牧草。塊根含澱粉，供食用，亦可入藥。❷絲織物的類名。
㊁(gě)粵同㊀姓。

【葛藤】比喻糾纏不清。

葡 (pú)粵pou⁴[蒲]❶[葡萄]落葉木質藤本。果實也叫"葡萄"。漿果以圓形和橢圓形居多，色澤隨品種而異。是常見的水果。❷國名。葡萄牙的簡稱。

董 (dǒng)粵duŋ²[懂]❶監督。如：董理其事。❷董事的簡稱。如：校董。❸姓。

葦(苇) (wěi)粵wei⁵[偉]即蘆葦。

葩 (pā)粵ba¹[巴]❶花。❷華麗；華美。

葫 (hú)粵wu⁴[胡]❶蔬菜名，即大蒜。❷[葫蘆]別稱"蒲蘆"。一年生攀援草

本。果實因品種不同而形狀多樣。果殼可入藥，亦可作器皿和玩具。

【葫蘆提】亦作"葫蘆蹄"、"葫蘆題"。糊塗。宋元時口語，元曲中常用。

葬 (zàng)粵dzɔŋ³〔壯〕掩埋屍體。如：安葬。

【葬送】❶指掩埋、送死等事。❷猶言斷送，含有毀滅的意思。

塟 "葬"的異體字。

葵 "葬"的異體字。

葭 (jiā)粵ga¹〔加〕❶初生的蘆葦。❷通"笳"。

【葭思】"蒹葭之思"的省語。舊時書信中常用作表示對人懷念的套語。

【葭莩】蘆葦裏面的薄膜，比喻疏遠的親戚。也用爲親戚的代稱。

葯(葯) ㊀(yuè)粵jœk⁸〔約〕草名。即白芷。

㊀"藥"的異體字。

葰 ㊀(suī)粵sœy¹〔須〕同"荽"。一種香菜。

㊁(jùn)粵dzœn³〔進〕大。

葱 (cōng)粵tsuŋ¹〔冲〕❶植物名。葱類的總稱。有大葱、分葱、細香葱等。一般也用指大葱，主治外感風寒、頭痛發熱等症。❷青綠色。如：葱翠。

【葱白】❶淡青色。❷中藥名。葱的葉層層包裹而成的部分，用爲發散表藥，性溫味辛，主治外感風寒、頭痛寒熱等症。

【葱葱】形容草木蒼翠茂盛。亦用來形容氣象旺盛、美好。

【葱翠】青綠色。

【葱蘢】亦作"蘢葱"。形容草木青翠而茂盛。

葳 (wēi)粵wei¹〔威〕見"葳蕤"。

【葳蕤】亦作"萎蕤"。草名，即"玉竹"。亦作"威蕤"。草木茂盛枝葉下垂的樣子。引申爲盛多的樣子。

葵 (kuí)粵kwei⁴〔逵〕❶植物名，即"冬葵"。爲中國古代重要蔬菜之一。❷俗亦指向日葵、蜀葵等。

【葵傾】葵花向日而傾，比喻衡忱渴慕之忱。

葶 (tíng)粵tiŋ⁴〔亭〕〔葶藶〕即"狗薺"。亦稱"葶菜"。一年生草本。葉卵形或倒卵形，開黃色小花。種子即"葶藶子"，供入藥。

葷(葷) (hūn)粵fen¹〔昏〕❶指魚肉類食品。如：吃葷；開葷。❷指葱蒜等辛臭的菜。見"葷辛"。

【葷辛】蔬菜葉味劇烈的統稱"葷辛"。葷，有臭氣的；辛，指辣味的。如葱、蒜、韭等是。佛家禁食這些菜。

葸 (xǐ)粵sai²〔徙〕害怕；膽怯。如：畏葸不前。

葹 (shī)粵si¹〔施〕植物名，即蒼耳。

葺 (qì)粵tsɐp⁷〔緝〕❶原指用茅草覆蓋房屋。也泛指修理房屋。❷重疊累積。

葽 (yāo)粵jiu¹〔腰〕❶草名。又名"師姑草"、"赤霫子"。❷形容草盛。

蒂 (dì)粵dɐi³〔帝〕花或瓜果跟枝莖相連的部分。如：瓜熟蒂落。

【蒂芥】同"芥蒂"。

葇 (róu)粵jɐu⁴〔由〕草名，即香葇，香葇的異稱。一年生芳香草木。莖葉可提取芳香油。中醫學上以全草入藥。

薪 (jiān)粵gan¹〔奸〕同"菅"。即蘭草。

葙 (xiāng)粵sœŋ¹〔商〕〔青葙〕植物名。一名"野雞冠"。一年生草本。種子稱"青葙子"，可入藥。

葼 (zōng)粵dzuŋ¹〔中〕❶樹木的細枝。❷草名。

勃 (bó)粵but⁹〔勃〕見"芳"。

萴(萴) (cè)粵dzɐk⁸〔則〕即荊子，亦作"側子"。一種有毒的藥草。

蒱 (xiāo)粵siu¹〔消〕蕭疏的樣子。形容樹木的花葉落盡，只剩下枝條。

楷 (kāi)粵kai²〔楷〕有機化合物，分子式 $C_{10}H_{18}$，天然的樹脂中發現。蒈的重要衍生物蒈醇，氣味像樟腦。

萠 (pài)粵pai³〔派〕〔蒈楠〕很重要的雙環萜楠。用以合成役蟲劑、滌綸等。

萲

"萱"的異體字。

蓡

同"參❷"。

萸

(yú)粵jy⁴〔如〕見"茱萸"。

葤(葤)

(zhòu)粵dzeu⁶〔就〕❶草名。❷用草包裹。今謂用草繩束成的一捆東西爲一葤。如：一葤碗。

韮

"韭"的異體字。

蒘

(ruǎn)粵jyn⁵〔軟〕木耳。

蓋

"蓋"的異體字。

菴

"庵"的古體字。

葈

(xǐ)粵sai²〔徙〕〔葈耳〕即"蒼耳"。植物名。一年生粗壯草本。莖皮可取纖維，植株可製纖藥。果實稱"蒼耳子"，可提煉供工業用的脂肪油，亦可入藥。

揳

(qiā)粵kit⁸〔揭〕見"莶"。

十　畫

蒐

(sōu)粵seu¹〔收〕❶尋求。如：蒐集。引申爲搜集。亦作"搜"。❷打獵。❸聚集。引申爲蒐羅、蒐輯。

莼(蒓)

(chún)粵sœn⁴〔純〕〔蒓菜〕蔬菜名。多年生水生草本，葉橢圓形，浮生水面。夏季開花。嫩葉供食用。老株可做飼料。

【蒓鱸】《晉書·張翰傳》載，張翰因秋風起而想起家鄉的菰菜、蒓羹、鱸魚膾，于是辭官歸里。後常用"蒓鱸之思"爲思鄉之情的典故。

蒔(蒔)

㊀(shí)粵si⁴〔時〕〔蒔蘿〕植物名。多年生草本。果實有健脾開胃消食作用。

㊁(shì)粵si⁶〔示〕移栽。如：蒔秧；蒔花。

蒙

㊀(méng)粵mung⁴〔濛〕❶草名。即"菟絲子"。❷遮蔽。❸以布蒙面。❹

欺騙；隱瞞。如：上下相蒙。❹蒙昧無知。如：啓蒙；發蒙。❺自稱的謙詞，猶言䝉。❻冒犯；遭；受。如：蒙難；承蒙招待。

㊁(měng)粵mung²〔懵〕見"蒙懂"。

【蒙拾】謂摘取文詞。常用作爲書名，含有自謙之意。如清代王士祿有《讀史蒙拾》、杭世駿有《漢書蒙拾》、《後漢書蒙拾》。

【蒙昧】亦作"矇昧"。昏昧，知識未開。如：蒙昧時代；蒙昧無知。

【蒙蒙】模糊不明的樣子。

【蒙塵】謂帝王或大臣逃亡在外，蒙受風塵。

【蒙懂】(měng—)❶同"懵懂"。❷景物模糊不明的樣子。

【蒙難】(—nàn)蒙受災難。

【蒙茸】草木茂盛的樣子。

【蒙太奇】法語音譯詞。有剪輯和組合的意思。指在影片創作中，根據劇本主題、結構和攝製者的創作構思，把分別拍攝的各個鏡頭加以選擇、剪接、編排，使之具有連貫、對比、聯想、襯託、懸念等作用，從而構成一部完整的影片。

【蒙汗藥】相傳吃了能使人失去知覺的一種麻醉藥。

蒜

(suàn)粵syn³〔算〕大蒜：多年生草本植物，開白花。地下莖通常分瓣，味辣，可供調味用。

蒟

(jǔ)粵gœy²〔舉〕〔蒟蒻〕亦稱"魔芋"。植物名。多年生草本。地下有扁球形塊莖，富含澱粉，但有毒。花淡黃色，花軸上部棒形，外包紫色苞片。

蒡

㊀(páng)粵pong⁴〔旁〕見"蒡葧"。

㊁(bàng)粵bong³〔榜〕〔牛蒡〕植物名。二年生大型草本。莖具肉質根。葉廣卵形至心臟形，背面密生白毛。根可食用和作藥用，並可入藥。種子(稱"牛蒡子"或"大力子")可入藥。枝葉可作飼料。

【蒡葧】白薹，亦即蓬蒿。

蒨

(qiàn)粵sin⁶〔善〕❶同"茜"。❷形容草茂盛。

【蒨蒨】形容草色鮮豔。

蒯

(kuǎi)粵gwai²〔拐〕❶草名。多年生草本。多叢生在水邊。莖可編席，也可造紙。❷古地名。春秋周鄭內地。在

今河南洛陽市西南。

蒱 (pú)㊀pou⁴〔蒲〕〔摴蒱〕古代博戲。博具有子，有馬，有五木等。

蒲 (pú)㊀pou⁴〔葡〕❶又名"香蒲"。水生植物名，可以製席。嫩蒲可吃。❷蒲柳。即"水楊"。

【蒲月】指陰曆五月。舊俗五月五日端午節，用菖蒲葉作劍，與艾葉等並紮懸於門首，用以辟邪，因稱五月為"蒲月"。

【蒲車】用蒲草裹着車輪的車子。古時常用於封禪或迎接賢士。

【蒲柳】植物名，即水楊。因其早雕，常用來比喻衰弱的體質。也用以比喻低賤。

【蒲劍】菖蒲的葉形狀像劍，故稱"蒲劍"。亦指以蒲為劍。舊俗於端午節掛在門上，謂可辟邪。

【蒲盧】❶蜂的一種。❷蛤屬。❸蘆葦。❹瓠的一種，即細腰葫蘆。

【蒲籃】即"笸籮"。用竹篾、藤條等編製的扁圓形盛器。大小不一。

蒴 (shuò)㊀sɔk⁸〔朔〕〔蒴果〕果實的一種類型。由兩個以上的心皮構成，內含多數種子，成熟後裂開。如芝麻、棉花、鳳仙花的果實。

蒸 (zhēng)㊀dziŋ¹〔征〕❶液體化為氣體上升。如：蒸發；蒸餾。❷用蒸氣熱物。如：蒸饅頭。❸祭祀名。冬祭叫蒸。亦作"烝"。

【蒸蒸】同"烝烝"。

【蒸沙成飯】沙不能蒸成飯，比喻事情不能成功。

蒹 (jiān)㊀gim¹〔兼〕沒有長穗的蘆葦。

蒺 (jí)㊀dzɐt⁹〔疾〕〔蒺藜〕植物名。亦稱"白蒺藜"、"刺蒺藜"。一年生草本。莖平臥，夏季開黃色小花。果實有刺，可供藥用。

蒻 (ruò)㊀jœk⁹〔弱〕❶嫩的香蒲。❷"蒻席"的簡稱。❸荷莖入泥的白色部分，俗名藕鞭。

蓇 (gū)㊀gwɐt⁷〔骨〕〔蓇葖〕植物名詞。果實的一種類型。單室，多籽，成熟時果皮僅一面開裂。如芍藥、木蘭、八角茴香等的果實。

蓖 (bì)㊀bei¹〔悲〕〔蓖麻〕植物名。一年或多年生草本。莖中空，葉大。種子可作油料，油脂可製潤滑油、媒染劑和藥用。油餅有毒，可作殺蟲農藥。葉可飼養蓖麻蠶。莖皮可製繩索和造紙。

蒼(苍) ㊀(cāng)㊀tsɔŋ¹〔倉〕❶青色。如：蒼松翠柏。❷灰白色。如：兩鬢蒼。

㊁(cǎng)㊀tsɔŋ²〔廠〕見"蒼莽"。

【蒼山】青山。

【蒼天】❶天。❷指春天。

【蒼生】本指生草木之處。借指百姓。

【蒼旻】蒼天。

【蒼穹】猶蒼天。亦作"穹蒼"。

【蒼茫】亦作"滄茫"。曠遠迷茫。

【蒼莽】(cǎng—)猶莽蒼。郊野或天空一碧無際的樣子。

【蒼黃】❶比喻極大的變化。如：蒼黃反覆。❷同"倉皇"。慌張；匆忙。

【蒼蒼】❶深青色。❷茂盛的樣子。❸形容頭髮花白。

【蒼頭】❶軍名。以青巾裹頭，故名。❷古代私家所屬的奴隸。亦作"倉頭"、"蒼頭奴"。後多用為僕隸的通稱。

【蒼龍】❶東方七宿的總稱。❷青色大馬。❸即太歲星，舊時以為凶神。

蒿 (hāo)㊀hou¹〔呵蘇切〕❶草名，即蒿子。有青蒿、白蒿等數種。❷消耗。

【蒿萊】野草；雜草。

蓀(荪) (sūn)㊀syn¹〔孫〕香草名。亦名"荃"。

蓁 (zhēn)㊀dzœn¹〔津〕❶草木茂盛。見"蓁蓁"。❷通"榛"。荊棘。

【蓁蓁】❶形容草木茂盛。❷集聚的意思。

蓂 (míng)㊀miŋ⁴〔明〕見"蓂莢"。

【蓂莢】古代傳說中的一種瑞草。

蓄 (xù)㊀tsuk⁷〔促〕積聚；儲藏。引申為包藏；蓄養。如：蓄意；養精蓄銳。

蓆 (xí)㊀dzik⁹〔夕〕dzɛk⁹〔自笛切〕(語)本作"席"。蘆葦竹篾等編成的鋪墊用具。如：蘆蓆；炕蓆。

蓉 (róng)粵jung⁴〔容〕❶見"芙蓉"。❷成都市的別稱。詳"芙蓉城"。

蓊 (wěng)粵jung²〔湧〕形容草木茂盛。見"蓊鬱"。
【蓊】茂盛的樣子。
【蓊鬱】形容草木茂盛。

蓋(盖) ㊀(gài)粵goi³〔加愛切〕kɔi³〔概〕〔又〕❶白茅編成的覆蓋物。❷古人稱茅屋頂為蓋屋，後來建築房屋也稱蓋屋。❸遮陽障雨的用具。如：華蓋。❹器物上的蓋子。如：鍋蓋；瓶蓋。❺遮蓋；掩蓋。如：浮雲蔽日。❻壓倒；勝過。見"蓋世"。❼加上。如：蓋章；蓋印。❽連詞，表原因。如：不知，蓋未學也。❾虛詞，表不能確信；大概如此。如：蓋近之矣。❿發語詞。如：蓋有年矣。
㊁(hé)粵hep⁶〔合〕通"盍"。何不。
㊂(gě)粵gep⁸〔蛤〕❶古地名。戰國齊蓋邑，漢置蓋縣，北齊廢除。故城在今山東沂水縣西北之蓋。
【蓋巾】舊時女子結婚時蓋頭的巾。亦稱"蓋頭"。
【蓋世】壓倒一世，沒有人比得過。如：蓋世英雄；蓋世無雙。
【蓋棺定論】謂人死以後是非功過才能斷定。今多作"蓋棺論定"。

蓌 (cuò)粵tso³〔錯〕猶言蹲。

蓍 (shī)粵si¹〔詩〕❶植物名。別稱"蓍草"。多年生直立草本。夏秋間開白色花。可供觀賞。全草供藥用。❷指古人筮用的蓍草莖，因亦以為占卜的代稱。參見"蓍龜"。
【蓍蔡】猶言蓍龜。謂卜筮。也用來比喻有先見。參見"蔡❷"。
【蓍龜】蓍草和龜甲。古代認為戰爭、生產、祭祀、婚姻、築城、任官等大事俱出天意，常用以卜吉凶。
【蓍簪】蓍草做的簪子。《韓詩外傳》卷九載，有個婦人在田野裏哭，有人問她為什麼哭得這樣悲傷，她說在割柴草的時候丟了個"蓍簪"。又問手個"蓍簪"有什麼值得悲傷的，婦人說："非傷亡簪也，蓋不忘故也。"後常用來比喻不忘故舊。

蓏 (luǒ)粵lɔ²〔裸〕瓜類植物的果實。在樹上叫果，在地上叫蓏。

蓐 (rù)粵juk⁹〔肉〕陳草復生。引申為草墊子、草席。如稱婦女臨產為坐蓐。又引申為蠶簇。

蓑 (suō)粵sɔ¹〔梭〕雨具名，即蓑衣。

蓓 (bèi)粵pui⁵〔倍〕見"蓓蕾"。
【蓓蕾】花蕾，含苞未放的花。

蒕 (yún)粵wen¹〔溫〕植物名，即"萬年青"。多年生常綠草本。根莖短而肥厚，葉闊帶形。全株供觀賞；根和莖可入藥。

蒔(莳) (shí)粵si¹〔詩〕植物名。多年生草本。莖葉長，有光澤，叢生。春夏間抽莖，頂上出穗，密生黃褐色的花。其實名蒔蘿。

蒧 (diǎn)粵dim²〔點〕通"點"。黑。

蒪 (pò)粵pok⁸〔撲〕見"茝蒪"。

蒻(芬) (fén)粵fen⁴〔墳〕見"蒻蘊"。
【蒻蘊】蘊積。

蓍(莒) (qí)粵hei²〔起〕〔蓮蓍〕即"水莕"。植物名。一年生草本。葉叢生。全草可供食用和藥用。

蒗 (làng)粵lɔŋ⁶〔浪〕〔蒗蕩渠〕古運河名。或作"狼湯渠"、"蒗蕩渠"。故道自今河南滎陽北引黃河水東流，折南入潁水。

蒽 (ēn)粵jen¹〔因〕因有機化合物。俗稱綠油腦。一種稠環芳香烴，是菲的同分異構體。可從煤焦油中提取。無色固體，有弱的藍色熒光。易氧化成蒽醌，是合成蒽醌系染料的重要原料。

蒞 (lì)粵lei⁶〔利〕到；臨。如：蒞會。
【蒞止】來臨。
【蒞臨】到，臨視；昨，帝王主持祭禮時所站的臺階。指帝王登位視事。
【蒞官】指到官、到職。

薓 同"參㊀②"。

蕈（xī）粵sik¹〔息〕〔蕈菜〕一名"菲"，也叫"諸葛菜"。一年生草本。初夏開淡紫色花。果實四棱柱形，有鳥喙狀嘴。嫩莖葉可作蔬菜。

十一畫

蓧（莜）（diào）粵diu⁶〔掉〕古代除草的農具。

蓪（tōng）粵tuŋ¹〔通〕藥用植物，即"通脫木"，亦稱"通草"。小喬木。莖含大量白色髓，可製通草花，並可入藥。

蔏（zhú）粵dzuk⁹〔逐〕草名。即"蒱"，又名"羊蹄"。多年生草本。

蓬 ㊀（péng）粵puŋ⁴〔篷〕❶草名，也叫"飛蓬"。❷散亂；蓬鬆。如：蓬頭垢面。❸像飛蓬的形狀。如：一蓬煙；一蓬火。
㊁（péng）粵fuŋ⁴〔馮〕蓬萊的省稱。如：蓬島。

【蓬戶】用蓬草編成的門戶。指簡陋的房子。

【蓬心】蓬，草名。蓬心狹窄而彎曲，借以比喻見識淺陋。

【蓬勃】繁榮茂盛的樣子。如：生氣蓬勃。

【蓬首】頭髮散亂。

【蓬壺】古代傳說中的海中仙山。

【蓬華】"蓬門蓽戶"的略語，比喻窮人住的房子。

【蓬轉】蓬草隨風飄轉。比喻行蹤轉徙無常。

【蓬瀛】蓬萊和瀛洲。古代傳說中神山名。亦泛指想像中的仙境。

【蓬萊宮】唐高宗時宮名。本名大明宮，故址在今陝西西安市北。

【蓬戶甕牖】以蓬草編切，以破甕作窗。指貧苦人家。

【蓬頭歷齒】頭髮蓬亂，牙齒稀疏。形容老年人的狀貌。

蓮（莲）（lián）粵lin⁴〔連〕同"荷"。

【蓮步】指美女的腳步。參見"金蓮❶"。

【蓮房】蓮蓬。因各孔分隔如房，故名。

【蓮幕】即幕府。

蓯（苁）（cōng）粵tsuŋ¹〔匆〕〔蓯蓉〕植物名。一年生寄生草本。中醫學上以入藥入藥。

蓰（xī）粵sai³〔徙〕五倍。如：所費倍蓰。

蓴 "蒓"的異體字。

蓷（tuī）粵tœy¹〔推〕藥草名，即茺蔚。

蔻（kòu）粵kɐu³〔扣〕見"豆蔻"。

蓻 同"藝"。

蓼 ㊀（liǎo）粵liu⁵〔了〕❶蓼科中部分植物的泛稱。草本。節常膨大。托葉鞘狀，抱莖。花淡紅色或白色，種類很多，如酸模葉蓼、水蓼、莕草等。❷比喻辛苦。
㊁（lù）粵luk⁹〔綠〕植物高大的樣子。

【蓼蓼】（lù lù）形容植物高大。

蓽（荜）（bì）粵bɐt⁷〔不同"篳"。

【蓽露藍縷】同"篳路藍縷"。

蓿（xù，舊讀 sù）粵suk⁷〔宿〕見"苜"。

蔀（bù，又讀 pǒu）粵bou⁶〔步〕❶遮蔽。❷古代曆法名詞。中國漢初所傳的六曆古代曆法以十九年爲章，章有七閏，四章爲蔀，二十蔀爲紀，三紀爲元。冬至與月朔同日爲章首，冬至在年初爲蔀首。

蔂（léi）粵lœy⁴〔雷〕盛土籠。

蔊（hàn）粵hɔn³〔罕〕〔蔊菜〕植物名。見"芩"。

蔌（sù）粵tsuk⁷〔速〕❶蔬菜的總稱。❷見"蔌蔌"。

【蔌蔌】❶形容風聲勁疾。❷形容花落。亦作"簌簌"。❸液體流動的樣子。

蔑（miè）粵mit⁹〔滅〕❶目受傷而不明。❷輕視。❸輕：蔑視。❸無；沒有。如：蔑以復加。❹古地名。姑蔑，春秋魯地名。在今山東泗水東。

【蔑蒙】❶形容快捷。亦用來形容飛揚。❷借指雲霧等輕揚之物。

蔓　㊀(màn)粵man⁶〔慢〕❶蔓生植物的枝莖，木本曰藤，草本曰蔓。如：葛蔓；蘿蔓。❷蔓延；滋長。如：滋蔓。㊁(wàn)粵同㊀❶的語音。如：瓜蔓。㊂(mán)粵man⁴〔蠻〕〔蔓菁〕即"蕪菁"。一、二年生草本。葉片全緣或有深缺刻。直根肥大，質軟蘿蔔致密，有甜味。根和葉作蔬菜。

【蔓延】❶像葛草一樣地延伸。引申為傳播散佈。❷漢代百戲之一。

【蔓衍】滋長延伸；廣延。亦作"曼衍"。

【蔓草】蔓生的草。

【蔓蔓】形容長久。

萄(蔔)(bo)粵bak⁹〔白〕〔蘿蔔〕二年生或一年生草本植物。直根粗壯，肉質，呈圓錐、扁圓等形。種子可入藥。

蔕　"蒂"的異體字。

蔗(zhè)粵dze³〔借〕即甘蔗。一年生或多年生草本。莖直立，分蘖，叢生，圓柱形，有節。莖可生食、製糖。

【蔗境】比喻愈來愈幸福或處境逐漸好轉。參見"漸入佳境"。

蔚　㊀(wèi)粵wei³〔慰〕❶即牡蒿。植物名。多年生草本。全草供藥用。❷草木茂盛的樣子。❸薈聚；聚集。如：蔚為風氣；蔚為大觀。❹雲氣興起的樣子。❺文采華美。❻見"光"。㊁(yù)粵wɐt⁷〔屈〕❶蔚縣在河北省西部，鄰接山西省。❷姓。

【蔚藍】深藍色。

斛(hú)粵huk⁹〔斛〕植物名，即石斛。多年生常綠草本。莖綠色。夏季開花，花白色，微帶紫紅，供觀賞。中醫以莖入藥。

蔞(蔞)(lóu)粵leu¹〔樓〕leu¹〔拉歐切〕❶〔蔞蒿〕草名，即蔞蒿（白蒿）。參見"蒿❶"。❷見"苦"。

蔟　㊀(cù)粵tsuk⁷〔促〕亦作"簇"。❶供蠶作繭的器具。❷巢。❸攢聚。如：花團錦蔟。引申為叢聚。一蔟花。㊁(còu)粵tseu³〔臭〕〔大蔟〕即"泰蔟"、"太蔟"。中國古代音樂十二律的第三律。

蔡(cài)粵tsɔi³〔菜〕❶野草。❷占卜用的大龜。參見"蓍蔡"。❸古國名。公元前十一世紀周分封的諸侯國。公元前447年為楚所滅。❹姓。

蔣(蒋)(jiǎng，又讀jiāng)粵dzœŋ¹〔張〕植物名，菰屬，即茭白。㊁(jiǎng)粵dzœŋ²〔獎〕姓。

蔥　"葱"的異體字。

蔦(茑)(niǎo)粵niu⁵〔鳥〕一種攀援植物。見"蔦蘿❶"。

【蔦蘿】❶植物名。一年生光滑蔓草。夏秋開花，花紅色，也有白色。為庭園觀賞植物。❷蔦和女蘿，兩種寄生植物。比喻別人的親戚關係，有依附及自謙之意。

蔫(yān)粵jin¹〔煙〕花草枯萎，顏色不振。如：花蔫了。引申指人精神不振，不活潑。

蔬(shū)粵so¹〔梳〕蔬菜。

蔭(荫)　㊀(yīn)粵jɐm¹〔陰〕❶樹陰。引申為遮蔽。如：蔭蔽。❷日影。㊁(yìn)粵jɐm³〔意暗切〕❶陰涼。如：這個房間很蔭。❷庇護。如：蔭庇。借稱受人庇護的恩德。❸封建官僚的子孫以先代官爵而受封之稱。

蔯(蔯)(chén)粵tsɐn⁴〔陳〕〔茵蔯〕植物名。即"茵陳"、"茵陳蒿"。多年生草本。中醫學上以嫩莖葉入藥。

蔈(biāo)粵biu¹〔標〕開黃花的苕。

蔐(dí)粵dik⁹〔狄〕同"荻"。

蔏(shāng)粵sœŋ¹〔商〕見"蔏藋"、"蔏蔞"。

【蔏藋】植物名。即白蒿。

【蔏蔞】植物名。即"蔞"。

蓨　㊀(tiāo)粵tiu¹〔挑〕草名。亦名"蓫"。即羊蹄菜。㊁(tiáo)粵tiu⁴〔條〕〔蓨縣〕古縣名。亦作"脩"。漢置脩縣，周亞夫封條侯，即此。隋開皇時改作蓨。治所在今河北景縣

蔘 同"參㊂❷"。

蔤 (mì)[粵]mɐt^{9}〔密〕藕鞭。

蔧 (huì，舊讀 suì)[粵]sœy^{6}〔睡〕即"地膚"。植物名。一年生高大草本。可製掃帚。果實稱"地膚子"，可入藥。

蔠(䓔) (zhōng)[粵]dzuŋ^{1}〔終〕見"蔠葵"。

【蔠葵】植物名。也叫"落葵"。花紫黃色。

蔎(䕅) (shè)[粵]tsit^{8}〔設〕香草。也作茶的別稱。

【蔎蔎】形容香氣。

蔷 同"茴"。

蔴 "麻❶"的異體字。

蔸 (dōu)[粵]dɐu^{1}〔兜〕植物一棵或一叢之稱。如：一蔸白菜；一蔸稻子。蔬菜穀物等種植時，株與株之間的距離叫"蔸距"。

蓱 (píng)[粵]piŋ^{4}〔平〕❶同"萍"。❷通"苹"。藾蒿。❸通"屏"。"蓱翳"的省稱。傳說中的雨神名。

蔆 "菱"的異體字。

十二畫

蔽 (bì)[粵]bɐi^{3}〔閉〕❶遮擋；遮蔽；蒙蔽。如：衣不蔽體。❷概括。如：一言以蔽之。

【蔽芾】植物弱小或樹葉初生狀。

【蔽膝】繫在衣服前面的圍裙。

蔾 "藜"的異體字。

蔿(䓕) (wěi)[粵]wɐi^{2}〔毀〕❶古地名，屬楚國。❷姓。

蕁(荨) ㊀(tán)[粵]tam^{4}〔譚〕❶草名。即"知母"。❷火勢上騰。

㊁(qián)[粵]tsɐm^{4}〔尋〕〔蕁麻〕植物名。多年生草本。全株有細毛，皮膚接觸後會引起奇痛。花單性，雌雄同株或異株。莖皮纖維可做紡織原料或製麻繩。

蕃 ㊀(fán)[粵]fan^{4}〔凡〕❶茂盛。❷繁殖。❸通"藩"。屏障之意。

㊁(fān)[粵]fan^{1}〔翻〕通"番"。古時對外族的通稱。

【蕃衍】繁盛衆多。

【蕃孳】亦作"蕃滋"。繁殖。

【蕃蕪】茂盛。

蕆(蒇) (chǎn)[粵]tsin^{2}〔淺〕完成。見"蕆事"。

【蕆事】謂事情已經辦完、辦好。

蕈 (xùn)[粵]tsɐm^{5}〔池凜切〕sœn^{3}〔信〕(又)傘菌類的植物。無毒的可供食用，如香菰、蘑菰等。

蕉 ㊀(jiāo)[粵]dziu^{1}〔招〕❶見"芭❶"。❷生麻。

㊁(qiáo)[粵]tsiu^{4}〔潮〕通"憔"。見"蕉萃"。

【蕉鹿】《列子・周穆王》載，春秋時，鄭國樵夫打死一隻鹿，怕被別人看見，把它藏在無水的濠裏，蓋上蕉葉。但後來要去取鹿時，却記不起藏的地方了。於是他以爲是一場夢。後多用來比喻把眞事看作夢幻。

【蕉萃】(qiáo—)同"憔悴"。

蕊 (ruǐ)[粵]jœy^{5}〔移呂切〕jœy^{6}〔銳〕(又)❶花蕊，植物的生殖器官，有雄蕊、雌蕊之分。❷未開的花，即花苞。

蕋 "蕊"的異體字。

蕎(荞) (qiáo)[粵]kiu^{4}〔喬〕〔蕎麥〕植物名。亦稱"甜蕎麥"。一年生草本。子粒供食用，莖、葉青刈可作飼料或綠肥。

蕑(蕳) (jiān)[粵]gan^{1}〔間〕即蘭草。

蕓(芸) (yún)[粵]wɐn^{4}〔云〕〔蕓薹〕"油菜"的一種。

蕕(莸) (yóu)[粵]jɐu^{4}〔由〕植物名。❶落葉小喬木，花淡藍色或白色帶紫。❷古書上指一種臭味的草。

蕖 (qú)[粵]kœy^{4}〔渠〕❶芋頭。❷見"芙蕖"。

蕘(荛) (ráo)[粵]jiu^{4}〔姚〕❶柴草。❷打柴火；打柴火的人。❸菜名，即蕪菁。

蕙 (huì)⑨wei⁶〔惠〕❶香草名。亦稱"蕙草"、"薰草"，俗名"佩蘭"。香氣如蘼蕪，古人認爲廣之可以避疫。以產於湖南零陵者爲最著名，故又名"零陵香"。❷蕙蘭，也單稱"蕙"，葉似草蘭而稍瘦長，暮春開花，一莖可開八九朵，香味比蘭差，顏色也略淡。

【蕙心】比喻女子內心純美。

【蕙質】比喻美質。

蕝 (絶) (jué)⑨dzyt⁹〔絶〕古代演習朝會禮儀時束茅以表位之稱。

蕞 (zuì)⑨dzœy³〔最〕見"蕞爾"。

【蕞爾】小的樣子。

蕠

蕢 (蒉) (kuì)⑨gwei⁶〔跪〕草編的筐子。

蕣 (shùn)⑨sœn³〔信〕木槿花，早開晚落。

蕤 (ruí)⑨jœy⁴〔移雷切〕❶草木花下垂的樣子。❷指下垂的裝飾品。

蕨 (jué)⑧kyt⁸〔厥〕植物名。亦稱"烏糯"。多年生草本。根莖蔓生土中。幼葉可食，俗稱"蕨菜"。根含澱粉，可供食用或釀造，也供藥用。

【蕨攗】即菱角。亦稱"芰"。

蕩 (荡) (dàng)⑨dɔŋ⁶〔宕〕❶放浪。如：游蕩；放蕩。❷平坦。❸積水且草木的窪地。如：蕩花蕩。❹同"盪"。

【蕩子】本指漂游不歸的男子。後亦専稱遊手好閒、不務正業的人爲"蕩子"。

【蕩平】掃蕩平定。

【蕩析】離散；分崩。

【蕩婦】蕩子之婦。亦以指行爲不檢點的婦女。

【蕩滌】沖洗；清除。

【蕩漾】亦作"蕩瀁"。❶水微動的樣子。❷形容起伏不定，飄飄蕩蕩。如：歌聲蕩漾。

【蕩蕩】❶浩大的樣子。❷渺茫；空曠廣遠的樣子。❸平易的樣子。

【蕩氣迴腸】同"迴腸蕩氣"。極言聲樂之動人。

蕪 (芜) (wú)⑨mou⁴〔無〕❶田地荒廢，長滿野草。如：蕪城。❷叢生的草。❸雜亂。

【蕪駮】龐雜不純。

【蕪穢】猶荒廢。形容田地未整治，雜草叢生。

【蕪雜】雜亂；沒有條理。

蕀 (jí)⑧gik⁷〔棘〕❶見"顚蕀"。❷見"蕀苑"。

【蕀苑】即"遠志"。

蕒 (荬) (mǎi)⑨mai⁵〔買〕植物名。參見"苣"。

蕁 (zǔn)⑨dzyn²〔轉〕見"蕁蕁"。

【蕁蕁】形容樹木茂盛。

蕭 (萧) (xiāo)⑨siu¹〔消〕❶蒿類植物名。即艾蒿。❷清靜冷落。如：蕭瑟；蕭條。❸見"蕭牆"。

【蕭寺】佛寺。

【蕭郎】本爲對姓蕭男子的稱謂。後泛指女子所愛戀的男子。

【蕭索】❶蕭條；冷落。❷雲氣疏散的樣子。

【蕭娘】唐人以"蕭娘"爲女子的泛稱，猶稱男子"蕭郎"。後代也沿用。

【蕭瑟】❶寂寞；冷落；雕零。如：景象蕭瑟。

【蕭寂】閒靜；寂寞冷落。

【蕭森】草木茂盛。❷蕭瑟衰颯之意。

【蕭疏】稀稀落落。

【蕭瑟】❶樹木被秋風吹拂所發的聲音。❷形容寂寞淒涼。

【蕭牆】古代宮室門內當門的小牆。後以"蕭牆"比喻內部。如：禍起蕭牆。

【蕭蕭】❶象聲。(1)馬鳴聲。(2)風聲；草木搖落聲。❷頭髮花白稀疏的樣子。

【蕭颯】蕭條淒涼。

【蕭灑】亦作"蕭瀟"。❶灑脫，不拘束。❷淒清；清麗。

【蕭規曹隨】揚雄《解嘲》有"蕭規曹隨"之語，謂曹參繼蕭何爲相，全部根據蕭何的成辦法。後以"蕭規曹隨"比喻按照前人的成規辦事。

蕅 同"藕"。

蕁
蕏
"萼"的異體字。

蕁(xí)⓵sik⁷〔昔〕植物名，即澤瀉。多
蕏 年生草本。地下具短根莖。葉基生，
長橢圓形。夏天開白花。

十三畫

薷(蕷)(yù)⓵jy⁶〔預〕見"薯❷"。

蕹(wèng)⓵uŋ³〔甕〕〔蕹菜〕植物名。即
蕹 "蕹菜"。俗稱"空心菜"。一年生草
本。莖蔓生，中空。葉長心臟形，有長
柄。嫩莖、葉可作蔬菜。

蕺(jí)⓵tsep¹〔戢〕〔蕺菜〕植物名。一名
蕺 "魚腥草"。多年生草本。有魚腥氣。
花小而密集，花序下有四片白色苞片。全
草供藥用。嫩莖葉可作蔬菜。

蕻
⑤(hóng，舊讀hòng)⓵huŋ⁴〔紅〕huŋ⁶
〔何用切〕(又)蔬菜名，即雪裏蕻。

蕾
㊀(lěi)⓵lœy⁵〔呂〕含苞待放的花朵。
參見"蓓蕾"。
㊁(lěi)⓵lœy⁴〔雷〕譯音字。如：芭蕾舞。

薀㊀(yùn)⓵wɐn³〔醞〕亦作"蘊"。
薀 ㊁(wēn)⓵wɐn¹〔溫〕水草。

薁(yù)⓵juk⁷〔郁〕❶蘡薁。參見"蘡"。
薁 ❷即郁李。

蕗(lù)⓵lou⁶〔路〕甘草的別名。

薄
㊀(bó)⓵bɔk⁹〔泊〕❶義同❷。❷輕
微；少。如：薄技；薄酬。❸不莊
重。如：輕薄。❹淡薄。如：酒味很薄。
❺土地貧瘠。如：土壤水淺。❻輕視；鄙
薄。如：菲薄；厚此薄彼。❼迫近。如：
日薄西山。❽作語助。如"薄言"。❾姓。
㊁(báo，舊讀bó)⓵bɔk⁹〔泊〕同㊀扁平
物體的厚度小。如：薄餅；板壁太薄。
㊂(bò)粵同㊀〔薄荷〕植物名。多年生草
本。莖方形。葉對生，卵形或長圓形。莖
可提取薄荷油、薄荷腦，並可入藥。

【薄行】(─xíng)品行不好。

【薄技】亦作"薄伎"。微小的技能。常用爲才
力微小的謙辭。

【薄言】發語詞，無義。

【薄幸】❶猶言薄情，負心。❷女子對所歡的
昵稱。猶云冤家。

【薄命】命運不好。常用以形容女子的痛苦遭
遇。

【薄相】(─xiàng)玩耍；游戲。又作"白
相"。

【薄宦】謂官職卑微，仕途不甚得意。

【薄寒】輕寒。

【薄暮】傍晚；太陽快落山的時候。

【薄遽】同"迫遽"。猶言急迫。

【薄薄】❶廣大的樣子。❷車疾馳聲。❸很淡
薄。

【薄櫨】同"欂櫨"。柱上斗栱。

【薄物細故】謂微小的事情。

薅(hāo)⓵hou¹〔蒿〕❶除去田中的雜
薅 草。如：薅草。❷泛指拔去。如：薅
下幾根頭髮。

薇(wēi，舊讀wéi)⓵mei⁴〔微〕植物
薇 名。(1)蕨類植物"紫萁"的誤稱。(2)
〔白薇〕多年生草本。莖直立，圓柱形。根
和根莖可入藥。(3)即"巢菜"。多年生草
本。嫩苗稱巢芽，可作蔬菜。

薉 同"穢"。

薈(荟)(huì)⓵wui³〔畏〕wui⁶〔匯〕(又)
薈 草木繁盛的樣子。引申爲會
集。如：薈萃。

薈蔚❶雲霧彌漫的樣子。❷形容草木繁
盛。

薊(蓟)(jì)⓵gɐi³〔計〕❶植物名。多年
薊 生直立草本。有大薊和小薊兩
種。莖和葉有刺和白色軟毛，初夏開紫紅
色花。全草供藥用。嫩莖葉可食用。或作
飼料。❷古地名。在今北京城西南角。周
封堯後於此，後爲燕國國都。

蕡(蕡)(fén)⓵fen¹〔墳〕❶雜草的香
蕡 氣。❷形容草木果實繁盛。

薌(芗)(xiāng)⓵hœŋ¹〔香〕❶香
薌 氣。亦泛指香。見"薌澤"。
❷指紫蘇之類的香草。古人用以調味。

【薌澤】同"香澤"。香氣。

薏(yì)⓵ji³〔意〕❶蓮子中的心。❷〔薏苡〕
薏 植物名。俗稱"藥玉米"、"回回米"。
一年生或多年生草本。子粒(薏苡仁)含澱

粉，可供食用、釀酒，並入藥。

【蕙莥明珠】後漢書，馬援傳記載，南方薏苡結實較大，馬援想將它引種到北方。自交趾載軍還鄉，運載了一車。及至馬援死去，有人上書誣陷他以前所載的都是明珠寶物。後因稱蒙冤被謗為「薏苡明珠」之謗。

稜（léng）粵lin⁴〔稜〕菠稜，蔬菜名，即菠菜。

薑（jiāng）粵gœŋ¹〔姜〕亦稱"生薑"。多年生草本，作一年生栽培。鬚根不發達。根莖肥大，呈不規則塊狀，灰白或黃色，有辛辣味。在溫帶通常不開花。根莖作蔬菜、香辛料，並供藥用。

【薑桂】生薑肉桂，其味愈老愈辣，因用以比喻人到老來性格愈剛強。

蔆 同"稜"。

薔（蔷）（qiáng）粵tsœŋ⁴〔祥〕薔薇薔薇屬中某些觀賞種類的泛稱。如黃薔薇、香水薔薇、七姐妹等。花、果、根等部分常可供藥用或製香料。

蕌（苊）（kē）粵gwo¹〔戈〕草名。即萵苣。

薘（达）（dá）粵dat⁹〔達〕見"薘²"。

薙（tì）粵tɐi³〔替〕❶除草名。❷"剃"的異體字。

薛（xuē）粵sit⁸〔屑〕❶草名，即蔯蔧，亦名"蔯薛"。❷姓。

薜（bì）粵bɐi⁶〔幣〕❶麻屬。❸〔薜荔〕植物名。亦稱"木蓮"。常綠藤本，有乳汁，含橡膠成分。果實富果膠，可製食用涼粉。果實全供藥用。

薝（zhān）粵dzim¹〔尖〕見"薝蔔"。

【薝蔔】花名。木蘭科。花白色，香氣濃烈。

薟（莶）Ｏ（xiān）粵tsim¹〔簽〕草名，即豨薟。

Ｏ"蘞"本字。

薢（xiè）粵hai⁵〔蟹〕見"萆薢"。

薤（xiè）粵hai⁶〔械〕植物名。又名"薤頭"、"荍子"。多年生宿根草本。鱗莖圓錐形。新鮮鱗莖可作蔬菜，一般加工製成醬菜，中醫學上用乾燥鱗莖（稱薤白頭）入藥。

薦（荐）（jiàn）粵dzin³〔箭〕❶獸所食草。❷謂羊肥厚。❸藉；墊。也指蓆薦、褥子。如：草薦；棕薦。❹獻；進。❺薦舉；推薦。如：薦人。❺屢次；接連。見"薦飢"、"薦臻"。

【薦仍】猶頻仍。一再；接連而來。

【薦居】游牧民族沒有固定的住處，逐水草而聚居。

【薦食】一再吞食。常比喻不斷地侵略，貪得無饜。

【薦新】以初熟五穀或時鮮果物祭獻。

【薦臻】接連地來到；一再遇到。一般用於不幸的事情。

【薦饑】連年災荒。

薩（萨）（sà）粵sat⁸〔殺〕❶見"菩"。❷姓。

薪（xīn）粵sen¹〔新〕❶作燃料的木材，柴火。如：杯水車薪。❷薪水的省稱，舊指俸給，今指工資。如：月薪。

【薪水】❶打柴汲水。❷指俸給，意謂供給打柴汲水等生活上的必需費用。今粵人仍稱工錢為薪水。

【薪俸】工資。

【薪傳】同"傳薪"。見"薪盡火傳"。

【薪盡火傳】柴雖燒盡，火種仍可留傳。比喻道術學業之師弟相傳。

蒿（hào）粵hou⁶〔浩〕見"蒿侯"。

【蒿侯】"莎草"的別稱。

蔆（蔼）（ài）粵ɔi³〔愛〕見"蔆蔆"、"蔆蔚"。

【蔆蔆】陰暗不明的樣子。

【蔆蔚】（—duì）草木茂盛的樣子。

薠（烦）（fán）粵fan⁴〔帆〕草名。似莎而大，生於江湖中。

薨（hōng）粵gweŋ¹〔轟〕❶周代諸侯死之稱。唐代第二品以上官員之死。❷見"薨薨"。

【薨薨】許多蟲一起飛的聲音。

蕡（蕡）（cí）働tsi⁴〔池〕❶形容草木多。❷同"茨"、"薋"。蒺藜

蔠 "萱"的異體字。

十四畫

薯（shǔ）働sy⁴〔殊〕❶旋花科植物。即"番薯"，別稱地瓜、甘薯、紅薯、白薯、紅苕等。塊根可食。❷薯蕷科植物。(1)"薯莨"。塊莖可做染料。(2)"薯蕷"。亦稱"山藥"。塊莖供食用，並可入藥。

薰（xūn）働fen¹〔分〕❶香草。也指花草的芳香。❷氣味侵襲。如：花氣襲人。❸和暖。如：薰風。
【薰沐】薰香沐浴。❷給予教益。
【薰風】東南風。
【薰陶】薰；以香氣薰物；陶、範土製器。薰陶，比喻作育培養之。
【薰赫】氣燄熾盛。
【薰蕕】薰，香草；蕕，臭草。比喻好人和壞人。
【薰爐】古時用來薰香和取暖的爐子。
【薰籠】薰爐上所置的籠子。

蘼 ㊀（mái）働mai⁴〔埋〕同"埋"。
蕱 ㊁（wò）働wo³〔窩〕沾污。

蕤 ㊀（rú）働jy⁴〔如〕〔香蕤〕植物名。一年生草本。有芳香。莖直立，方形。葉對生，橢圓狀披針形或卵狀橢圓形。莖葉可提取芳香油。種子可榨油。全草可入藥。
㊁（piáo）働piu⁴〔飄〕浮萍。

薹 蕘（tái）働toi⁴〔臺〕❶植物名。別稱"鵝嘴薹草"、"薹草"、"薹草"。多年生草本。莖三棱形。葉片帶狀，質硬。莖葉供製蓑和笠用。❷蔬菜生花的莖。如：韭薹；蒜薹。

薺（薺）㊀（jì）働tsɛi⁵〔地蠐切〕薺菜。二年生草本植物，花白色。莖葉嫩時可食。
㊁（qí）働tsʰei¹〔齊〕見"荸"。
㊂（cí）働"茨"。

蘱 "蘱"字

蕿 ㊀形容草木茂盛。

藁 藁（gǎo）働gou⁴〔稿〕〔藁本〕也叫"撫芎"、"西芎"。多年生草本。根莖含揮發油，可入藥。

蔿 蕵 ㊀（wěi）働wei²〔毀〕姓。亦作"薳"。
㊁（wěi）働jy⁵〔遠〕草名，即薳志。多年生草本。根含遠志皂素，可入藥。
㊂（xù）働dzœy⁶〔序〕美好。
㊃同"瑣"。

藉 ㊀（jiè）働dze³〔借〕❶〔又〕❶以物襯墊。❷坐臥其上。如：藉地而坐。❸見"蘊藉"。❹見"慰藉"。❺憑藉；依靠。❻假託。如：藉故。參見"藉口"。
㊁（jí）働dzik⁶〔直〕❶踐踏；欺凌。❷見"狼藉"。❸通"籍"。見"籍甚"。
【藉口】託辭或借類為口實之意。
【藉使】假使。
【藉藉】（jí jí）雜亂衆多。

藊 藊（biǎn）働bin²〔扁〕〔藊豆〕又名"鵲豆"、"蛾眉豆"。植物名。一年生草本。英扁平短大。種子扁腎圓形。嫩莢或種子供蔬菜用。中醫以白色種子、種皮和花入藥。

藍（藍）㊀（lán）働lam⁴〔籃〕❶顏色的一種。像晴天無雲時的天空顏色。❷植物名。有多種。如蓼科的蓼藍、十字花科的菘藍、豆科的木藍、爵牀科的馬藍等，以堪作藍靛、染青碧得名。
㊁（la）働同㊀"㊁"。
【藍本】著作所根據的底本。
【藍衫】亦作"藍衫"、"襴衫"。舊時儒生所穿的服裝。後亦用來稱秀才所穿的袍。
【藍翎】清代禮冠上的一種飾物。插在冠後，用鶡羽製成，藍色，故稱"藍翎"。初用以賞賜官階低而有功之人，後很廣，並可出錢捐得。
【藍橋】橋名。在陝西藍田縣東南藍溪之上。相傳其地有仙窟，爲唐裴航遇仙女雲英處。
【藍田生玉】古時藍田縣出產美玉，後用以比喻生好兒子。

藋 藋（diào）働diu⁶〔掉〕草名。❶灰藋。見"藜"。❷蒴藋。即"陸英"。灌木狀草本。全草供藥用。

薑(薑)（jīn）⑧dzœn²〔準〕❶薑草，一年生草本。莖果可做黃色染料。❷忠誠。見「薑臣」。

【薑臣】忠臣。指忠於帝王的官吏。

藏
㊀（cáng）⑧tsɔn³〔牀〕❶隱藏。如：藏頭露尾。❷收藏；儲藏。如：把錢藏起來。

㊁（zàng）⑧dzɔn⁶〔狀〕❶儲存東西的地方。如：府藏；大藏經。❷佛教道教經典的總稱。如：道藏；大藏經。❸〔藏族〕中國少數民族之一。分佈於西藏和青海、四川、甘肅、雲南等省區的部分地區。❹西藏自治區的簡稱。❺同「臟」。《素問》有「五藏生成論」。

【藏拙】認爲自己的意見、著作或技能是拙劣的，隱藏起來，不以示人。常用爲自謙之辭。

【藏府】（zàng—）❶府庫。❷中醫學名詞。同「臟腑」。人體內臟器的總稱。

【藏怒】懷恨在心。

【藏鉤】古代的一種遊戲。

【藏垢納污】比喩包容壞人壞事。

【藏器待時】器，用具，引申爲才能。《易·繫辭下》有「君子藏器於身，待時而動」之語，比喩懷藏才學，等待施展的時機。

藐（miǎo）⑧miu⁵〔秒〕❶小；幼稚。❷輕視。如：藐視。❸草名，即紫草，可以染紫。

【藐孤】幼小的孤兒。

【藐視】猶輕視、賤視。

薱(薱)（duì）⑧dœy⁶〔隊〕見「薆薱」。

藂
同「叢」。

十五畫

藕（ǒu）⑧ŋeu⁵〔偶〕荷的根莖。橫生於泥土中，外皮呈黃褐色。肉肥厚，灰白色，微甜而質鬆。根莖中有管狀小孔，折斷處有藕絲相連。肉可食用及製澱粉。中醫學上用藕入藥。

【藕斷絲連】比喩表面上斷了關係，實際上仍有牽連。多形容男女之間情意未斷。

蘆（lú）⑧lœy⁴〔雷〕見「茹蘆」。

蕷(蕷)（xù）⑧dzuk⁹〔俗〕草名，即「澤蕮」。見「蕮」。

藜（lí）⑧lei⁴〔黎〕植物名。一年生草本。亦稱「灰藋」、「灰菜」。嫩葉可食。

【藜杖】藜莖所作的枴杖。

【藜藋】藜，似藿而表赤；藿，豆葉。多用以指粗劣的飯菜。

藝(艺)（yì）⑧ŋei⁶〔毅〕本作「埶」，亦作「秇」。❶才能；技藝。❷技術。如：文藝；曲藝；藝人。❸種植。也指種植方法。如：園藝。

【藝妓】日本專門從事歌舞的妓女，亦稱「藝者」。

【藝林】謂典籍薈萃的地方。也指文學藝術界。如：馳譽藝林。

【藝苑】猶藝林。

【藝祖】指一朝開國的帝王。如：唐玄宗稱唐高祖爲藝祖；宋人稱宋太祖爲藝祖。

蘲(藟)（lěi）⑧lœy⁵〔呂〕❶草名。❷通「累」。纏繞。❸通「蕾」。蓓蕾。

藤（téng）⑧tɐŋ⁴〔騰〕❶蔓生植物名。有白藤、紫藤等多種。❷泛指植物的匍匐莖或攀援莖。如：瓜藤；葡萄藤。

【藤牌】藤製的盾牌。用以防禦敵方兵刃矢石的一種武器。圓形，中心突向外，內有上下兩藤環，可容手臂挽入，並有橫木，便於執持。

藥(药)（yào，讀音 yuè）⑧jœk⁹〔若〕❶治病的藥物。亦指火藥。如：炸藥；彈藥。❷治療。如：不可救藥。❸毒殺。如：藥老鼠。❹芍藥的簡稱。如：紅藥。

【藥王】指神農，因傳說神農嘗百草，首創醫藥。也指扁鵲。❷佛教菩薩名。他曾以藥救病，故名。

【藥石】❶治病的藥物和砭石。泛指藥物。也用以比喩規勸改過的話。❷佛教徒稱晚食爲「藥石」，亦作「藥食」。

【藥餌】藥物。

藩（fán，舊讀 fán）⑧fan³〔凡〕❶籬笆。❷屏障；掩蔽。❸有障蔽的車子。❹封建王朝分封的地面。

【藩垣】本用來比喻衞國的重臣，後多以稱藩國、藩鎮。

【藩國】亦作"藩國"。古代稱分封及臣服的各國為藩國。

【藩屏】亦作"藩屏"。捍衞。

【藩落】猶藩落，籬笆。

【藩飾】修飾；裝飾。

【藩鎮】唐代初年在重要各州設置都督府，睿宗時設置節度大使，玄宗時在各軍事重鎮設置節度使，通稱"藩鎮"。各藩鎮統領所屬地方的甲兵，並兼按察、安撫、度支各使，掌握全部軍政大權。

【藩屬】屬地或屬國。

【藩籬】❶用竹木編成的籬笆或圍柵。亦作"藩籬"。❷比喻藝術境界。

藪(薮) (sǒu)⑧seu²〔守〕❶湖澤的通稱，也指產少水的澤地。❷人或物聚集的地方。參見"淵藪"。

藭 (qióng)⑧kun⁴〔窮〕見"芎"。

藠 (jiào)⑧kiu²〔崎妖切〕kiu⁵〔其了切〕（又）荍頭，即薤。

藁 同"稿"。

十六畫

藶(苈) (lì)⑧lik⁹〔力〕植物名。即"葶藶"。

藷 "薯"的異體字。

藹(蔼) (ǎi)⑧oi²〔靄〕和氣。如：藹然可親。

藺(蔺) (lìn)⑧lœn⁶〔吝〕❶草名，即燈心草。多年生沼澤草本。莖髓可以點油燈，亦可入藥。❷姓。

藻 (zǎo)⑧dzou²〔早〕❶植物名。指藻類植物。含葉綠素和其他輔助色素的低等植物。❷文采。特指文章的藻飾。❸古代帝王冠上繫玉的五彩絲繩。

【藻火】古代官員衣服上所繡作為標志用的水藻及火燄形圖文。

【藻井】宮殿、廳堂的天花板上一塊一塊的裝飾，多為方格形，有彩色圖案。

【藻思】(一sì)指敘文章的才思。

【藻梲】(一zhuó)梁上有彩畫的短柱。

【藻飾】❶修飾。❷文采。

【藻麗】修飾華麗。

【藻翰】❶美麗的羽毛。❷華麗的文辭。

【藻鏡】亦稱"藻鑒"。謂評量和鑒別人才，多指考試甄別而言。

【藻繪】比喻文采。

【藻鑒】同"藻鏡"。

蘋(蘋) (lài)⑧lai⁶〔賴〕見"蕰蘋"。

【蕰蘋】植物名，即萍。

藿 (huò)⑧fok⁸〔霍〕❶豆葉。❷草名，即藿香。多年生芳香草本。莖葉可提取芳香油，並可入藥。

蘀(萚) (tuò)⑧tok⁸〔託〕草木脫落的皮葉。

蘁 ㊀(wù)⑧ng⁶〔誤〕違逆。
㊁同"鄂"。

藙 (qián)⑧tsim⁴〔沾〕植物名，即蒢麻。見"蒢"。

蘄(蕲) (qí)⑧kei⁴〔其〕❶香草，一說藥草，即當歸。❷通"祈"。祈求。❸水名，即今湖北蘄春縣境內的蘄水。

【蘄竹】湖北蘄春所產之竹。顏色潤澤的可做席，疏疏的可做笛子，帶斑的可做杖。

蘅 (héng)⑧heng⁴〔衡〕見"蘅蕪"。

【蘅蕪】一種香草。

蘆(芦) (lú)⑧lou⁴〔盧〕植物名。即"蘆葦"。多年生草本，多生在水邊。夏秋間的頂端生大形的穗，花淡紫色，花的下部有很多絲狀毛。根莖叫"蘆根"，可供藥用。

蘇(苏) (sū)⑧sou¹〔穌〕❶植物名，即紫蘇。一年生草本。莖方形，帶紫色。種子可榨油，嫩葉作蔬菜。莖、葉、莖、果均可入藥。❷醒過來；病體復原。如：死而復蘇。❸引申爲困頓後得到休息。如：民生以蘇。❸江蘇省的簡稱。❹國名。蘇聯的簡稱。

【蘇息】死而復活；困頓後得到休息。

【蘇張】戰國時縱橫家蘇秦、張儀的並稱。

【蘇蘇】畏懼不安的樣子。

蘓　"蘇"的異體字。

薓　(máng)⑧moŋ⁴〔忙〕勉力。

蘊(蕴)　(yùn)⑧wen³〔醞〕wen⁵〔汇〕❶積聚；蓄藏。如：蘊藏。❷事或理的深奧處。如：底蘊；精蘊。❸見"蘊藉"。❹見"蘊淪"。

【蘊淪】小小的波浪。

【蘊崇】積聚；堆積。

【蘊結】鬱結。

【蘊藉】亦作"溫藉"、"醞藉"。寬和有涵容。

蘑　(mó)⑧mo⁴〔磨〕〔蘑菇〕亦作"蘑菰"，又稱"蘑菇蕈"。食用菌類的通稱。如：口蘑。

蘋(苹)　㊀(pín)⑧pen⁴〔貧〕亦稱"四葉菜"、"田字草"。蕨類植物，蘋科。多年生淺水草本。根莖匐匍泥中，葉柄長，常見於水田、池塘、溝渠中。全草入藥，也可作豬飼料。
㊁(píng)⑧pin⁴〔平〕即"蘋果"。落葉喬木。果實也叫蘋果，球形，紅色或黃色，味甜。也作"苹"。

藼　"萱"的異體字。

蘂　"蕊"的異體字。

蘢(茏)　(lóng)⑧luŋ⁴〔龍〕見"蔥蘢"。

【蘢茸】聚集的樣子。

【蘢蔥】同"蔥蘢"。

【蘢葼】聚集的樣子。

蘧　(chú)⑧tsy⁴〔廚〕見"苹蘧"。

蘌　(yǔ)⑧jy⁵〔雨〕古代一種捕鳥的設置。

蘥　"萱"的異體字。

十七畫

蘖　(niè)⑧jit⁹〔熱〕jip⁹〔頁〕㊁本作"櫱"。樹木的嫩芽。亦指樹木被砍伐後所生的新芽。

蘗　(bò)⑧bak⁸〔百〕pak⁸〔拍〕㊁同"檗"。〔黃蘗〕亦稱"黃柏"、"蘗木"、"黃柏欏"。植物名。葉落喬木。樹皮厚，軟木質。木材供建築、航空器材、細木工等用。樹皮可製軟木，並入藥。

蘘　(ráng)⑧jœŋ¹〔羊〕〔蘘荷〕亦稱"陽藿"。植物名。多年生草本。花被淡黃色。花穗和嫩芽可供食用，根可入藥。

蘚(藓)　(xiǎn)⑧sin²〔冼〕植物名。指苔蘚植物的一類。

蘞(蔹)　(liǎn，又讀liàn)⑧lim⁵〔臉〕多年生蔓草，有白蘞、赤蘞、烏蘞莓等。

蘡(蘡)　(yīng)⑧jiŋ¹〔英〕〔蘡薁〕植物名。木質藤本。果實黑色，可釀酒並入藥。

甠蘤　"花"的異體字。

蘧　(qú)⑧kœy⁴〔渠〕❶蘧麥，即瞿麥。❷蘧蔬，即菰菜。多年生草本。可供觀賞並入藥。❷驚喜的樣子。

【蘧蒢】同"蘧蔭"。"蔭"亦作"除"。❶用葦或竹編的粗席。❷諂佞之徒。❸比喻身有殘疾不能俯視的人。

【蘧廬】傳舍，猶今旅館。

【蘧蘧】驚動的樣子。

蘩　(fán)⑧fan⁴〔凡〕❶植物名，即白蒿。❷即款冬。多年生草本植物。花黃色，可入藥。

蘭(兰)　(lán)⑧lan⁴〔欄〕❶植物名。亦稱"春蘭"、"蘭花"、"山蘭"、"草蘭"、"朵朵香"。多年生常綠草本。蘭科，葉綫形，革質。野生於中國南部和東部山坡山蔭下，花清香。❷蘭草。即"澤蘭"。多年生草本。葉卵形，秋季開花，花白色。全草供藥用。❸指木蘭。

【蘭玉】"芝蘭玉樹"的略語，對別人子弟的美稱。

【蘭言】比喻心意相投的言論。

【蘭若】❶蘭和杜若的合稱。❷寺廟。阿蘭若(梵文Āranyakah)的略語，意譯為"寂靜處"或"空閑處"。原為比丘習靜修行的處所，後也用來稱一般佛寺。

【蘭盆】❶舊時佛教徒每逢夏曆七月十五日（中元節）爲追薦祖先所舉行的一種儀式，即「盂蘭盆會」。後盛行於民間。❷浴盆。

【蘭室】猶蘭閨，女子居室的美稱。

【蘭章】美好的文辭。多指他人的書信或所贈詩文。

【蘭閨】❶猶蘭室，女子居室的美稱。❷漢代后妃所居之室。

【蘭夢】《左傳·宣公三年》載，鄭文公妾燕姞夢天使賜蘭，生子，取名蘭。後因以「蘭夢」喻婦人懷孕的徵兆。

【蘭膏】❶古時用澤蘭煉成的油脂，用來燃燈，有香氣。又泛指有香氣的油脂。❷凝結於蘭蕊間的露珠。

【蘭澤】❶一種用蘭草浸製的塗頭髮的香油。❷多聞的沼澤。

【蘭錡】兵器架子。「蘭」通「闌」。

【蘭譜】結拜朋友相契，結爲兄弟時交換的譜帖，稱「金蘭譜」，亦簡稱「蘭譜」。

【蘭因絮果】蘭因，喻美好的結合，本春秋時鄭文公妾燕姞夢蘭而產子的故事。參見「蘭夢」。絮果，喻離散的結局。飛絮比喻飄泊。後因以「蘭因絮果」比喻始合終離，婚姻不美滿。

【蘭摧玉折】哀悼人不幸早死之辭。

【蘭蕙桂馥】比喻德澤長留。亦用來稱人後裔昌盛。

蘥　(yuè)粵joek⁹〔藥〕燕麥，亦名雀麥。

蘜　(jú)粵guk⁷〔谷〕同「菊」。

藸　(jiē)粵gai¹〔佳〕麥稈、麻莖等的通稱。

薑(芏)　(fēng)粵fung¹〔風〕蕪菁的別稱。

蘸　(zhàn)粵dzam³〔湛〕原指把東西浸入水中。引申爲以液體沾染他物或用手或物沾取液體。

蘺(离)　(lí)粵lei⁴〔離〕❶〔江蘺〕藻類植物的一種。藻體深褐色或紫紅色。❷通「籬」。

蘼　(mí)粵mei⁴〔眉〕見「蘼蕪」。

【蘼蕪】草名。亦名「蘄茝」、「江蘺」。其葉似當歸，香似白芷。

蘿(萝)　(luó)粵lo⁴〔羅〕❶我莪。參見「莪」。❷女蘿。苔蘚類植物名。

蘿卜　一種蔬菜。同「蔔」。

虄　(huái)粵wai⁴〔懷〕虄香，即「茴香」。香草名。

類(颣)　(lèi)粵loey⁶〔類〕草名。其質柔韌，可製繩。

虆　(léi)粵loey⁴〔雷〕❶蔓生植物。❷古時盛土器。

虉(嚣)　(xiāo)粵hiu¹〔囂〕亦作「蕭」。香草名。即白芷。

虈　同「虆」。

虉(虉)　(yì)粵jik⁹〔亦〕草名。有雜色似綬。

虍　部

虎　(hǔ)粵fu²〔苦〕❶大型貓科食肉類哺乳動物。毛黃褐色，有黑色條紋，性凶猛，一般夜出捕食動物，有時傷人。❷比喻威武勇猛。見「虎臣」、「虎將」。

【虎口】❶比喻危險的境地。如：虎口餘生。❷拇指和食指之間連接的部分。

【虎穴】比喻危險的境地。

【虎臣】比喻勇武之臣。

【虎步】形容舉動的威武。如：龍行虎步。亦謂稱雄於一方。

【虎虎】威武的樣子。如：虎虎有生氣。

【虎將】(-jiàng)勇將。

【虎視】如虎之視，將欲有所攫取。也用來形容威武勇武的雄威。

【虎賁】(-bēn)❶勇士之稱。❷官名。皇宮中衞戍部隊的將領。❸古星名。即獅子座72號星。唐人修晉史避太祖諱，改作"武賁"。

【虎口餘生】比喻經歷極大的危險，僥倖保全生命。

【虎踞龍盤】"盤"亦作"蟠"。見"龍蟠虎踞"。

【虎頭蛇尾】比喻作事先緊後鬆，有始無終。

三 畫

虐 (nüè)粵joek⁹〔若〕❶殘暴；侵害。如：暴虐；虐待。❷災害。

【虐疾】暴疾；重病。

四 畫

虒 (sī)粵si¹〔斯〕傳說中的獸名，似虎而有角，能行於水中。

唬 (xiāo)hau¹〔哮〕❶虎叫。見"唬虎"。❷勇猛的樣子。見"唬將"。❸通"猇"。

【唬虎】亦作"哮虎"。咆哮怒吼的虎。

【唬將】(-jiàng)亦作"梟將"。勇將。

【唬閣】勇猛強悍。

虔 (qián)粵kin⁴〔其言切〕❶誠敬。如：虔誠；虔敬。❷通"劫"。劫掠；斬殺。參見"虔劉"。❸通"姘"。見"虔婆"。

【虔婆】指以甘言悅人的不正派老婆子。也指鴇母。

【虔誠】恭敬而有誠意。

【虔劉】劫掠；殺戮。

五 畫

處(処) ㊀(chǔ)粵tsy⁵〔柱〕❶居住；在。如：地處東海之濱。引申爲存。如：處心積慮。❷止；隱退。如：或出或處。引申爲女子未出嫁。見"處女❶"。❸對待；交接。如：相處很好。❹決斷。亦謂處置、處分。如：處以極刑。

㊁(chù)粵tsy³〔次恕切〕❶地方。如：到處爲家；一無是處。❷機關或機關的一個部門。如：籌備處；總務處。

【處士】❶古時稱有才德而隱居不仕的人。❷古星名，即少微，在太微之西。

【處女】❶在室之女，指未出嫁的女子。❷比喻初次。如：處女作；處女航。

【處子】❶處女。❷處士。

【處分】(-fèn)❶處理；處置。❷處罰。如：免予處分；按照情節輕重加以處分。❸吩咐；囑咐。

【處決】❶處置，裁決。❷執行死刑。

【處暑】二十四節氣之一。處暑以後，中國大部分地區氣溫逐漸下降，雨量漸少。

【處置】處理；發落。

【處心積慮】謂蓄意已久。

虖 ㊀"呼❸❹"的異體字。
㊁通"乎"。

虙 (fú)粵fuk⁹〔服〕姓。亦作"伏"、"宓"。

六 畫

虛 ㊀(xū)粵hœy¹〔墟〕❶空。與"實"相對。如：虛浮；虛張聲勢；乘虛而入。❷虛假。如：向壁虛造。❸膽怯。如：心虛；情虛。❹虛弱。如：氣虛；體虛。❺天空。如：馮虛御風。❻洞孔。如：循虛而出入。❼星宿名，二十八宿之一。即"虛宿"。❽見"虛徐"。

㊁(xū)，舊讀(qū)粵同㊀❶大山丘。❷處所；所在地。❸古九夫爲井，四井爲邑，四邑爲丘，丘謂之虛。

【虛心】不自滿；不自以爲是。

【虛左】古時以左爲尊，空着左邊的位置以待賓客叫"虛左"。如：虛左以待。

【虛徐】❶從容不迫的樣子。❷盤旋的樣子。

【虛構】憑空捏造。❷文藝創作中的一種藝術手法。作家、藝術家在塑造形象時，不受生活中的眞人眞事局限，而對生活素材

進行集中、概括，並運用豐富的想象，補充人物、事件中不足的或沒有發現的環節，與成情節，塑造形象。

【虛實】❶或虛或實，多指軍情。❷中醫學名詞。指虛證和實證及其相互關係。如體壯初病，病邪盛的多表現爲實證；體弱病久，正氣衰的多表現爲虛證。

【虛榮】表面上的榮耀；虛假的榮名。如：虛榮心。

【虛憍】亦作"虛驕"。虛浮而驕矜。

【虛聲】❶虛名；虛譽。❷虛張聲勢的略語。如：虛聲恫嚇。❸山谷間的回聲。

【虛有其表】《明皇雜錄》載，唐蕭嵩長大多髯，玄宗欲以蘇頲爲相，使他草詔，既成，不中意，擲其稿於地，說："虛有其表耳"。後因稱有名無實爲"虛有其表"。

【虛與委蛇】(委 wēi，蛇 yí)謂假意慇勤、敷衍應付。

【虛應故事】照例應付，敷衍了事。

【虛懷若谷】谷，山谷，象徵空虛。"虛懷若谷"，形容非常虛心。

虜(虜)

(lǔ)粵lou5〔魯〕❶俘獲。亦指虜掠、抄掠。❷俘虜。❸奴隸。❹對敵方的蔑稱。

七　畫

虞

(yú)粵jy4〔如〕❶古官名。西周始置，掌管山澤。春秋、戰國時或稱虞人。❷臆度；料想。如：不虞有詐。❸憂慮。如：無虞。❹欺騙。如：爾虞我詐。❺傳說中遠古部落名，即有虞氏。居於蒲阪(今山西永濟西蒲州鎮)，舜乃其領袖。❻傳說中夏王時建立的諸侯國。姬姓。開國君主是古公亶父之子虞仲的後代。在今山西平陸。公元前655年晉國借道攻虢時，被晉驪驪攻滅。

【虞候】古官名。(1)掌山澤的官。(2)本爲隋代東宮的禁衛官，掌管偵察、巡邏等事務。唐代後期有都虞候，爲藩鎮的親信武官。五代時因開國皇帝多爲藩鎮，都虞候成爲侍衛親軍的高級軍官。宋代沿置。此外，亦有將虞候、院虞候等列爲低級武職。虞候也爲官僚的侍從之稱。

【虞淵】神話傳說中日落的地方。

虡

"虡"的異體字。

號(号)

㊀(hào)粵hou6〔浩〕❶名稱。如：國號；年號；牌號。亦用爲商店的代稱。如：本號；分號。❷別號，指人名字以外的自稱。如：李白號青蓮居士。❸揚言；宣稱。如：項羽兵四十萬，號百萬。❹標誌；記號。如：加減號；問號。❺排定的次序或等級。如：編號；掛號。❻號令。如：發號施令。❼軍隊或樂隊所用的喇叭。亦指用號吹出的表示一定意義的聲音。如：號角；圓號。㊁(háo)粵hou4〔毫〕❶呼嘯；大叫。如：呼號。❷哭。如：哀號。

【號令】傳布命令。古代發令於衆，多用傳呼的方法，故稱號令。亦指向衆人傳布的命令。

【號召】召喚；招集。今指向羣衆提出某種要求，希望羣衆響應，採取行動。

【號房】❶明代監生在國子監讀書時的宿舍。亦指貢院(科舉考試的考場)中考生的席舍。❷指傳達室或擔任傳達工作的人。

【號咷】(háo一)亦作"嚎咷"、"嚎啕"。放聲大哭。

八　畫

虡

(jù)粵gœy6〔巨〕亦作"𧇾"。懸掛鐘、磬的木架。其兩側的柱叫虡，懸掛的橫梁叫筍。

九　畫

虢

(guó)粵gwik7〔隙〕❶古國名。公元前十一世紀周分封的諸侯國。姬姓。有東虢、西虢之分。東虢在今河南滎陽。公元前767年爲鄭所滅。西虢在今陝西寶雞，於公元前655年爲晉所滅。❷姓。

虣

(bào)粵bou6〔步〕❶猛獸。❷通"暴"。暴虐。

十　畫

戔虎(虥虎) (zhàn)粤dzaan⁶〔撰〕見"虥貓"。

【虥貓】淺毛虎。

虤虎 (yán)粤ŋan⁴〔顏〕虎怒的樣子。

十一畫

虧(亏) (kuī)粤kwɐi¹〔盔〕❶缺;欠。如:盈虧;虧空。❷損耗;虧折。如:虧本;吃虧。❸虛弱。如:體虧。❹情虛。如:虧心。❺幸虧;虧得。如:虧了你提醒我,我才想起來。❻斥責或譏諷之詞,猶言枉為。如:這樣的話,虧你說得出來。

【虧空】支出超過收入,因而欠人財物。

【虧蝕】日月食的現象。亦指工商業資本短折。

彪 (bān)粤bɐn¹〔賓〕虎皮的斑紋。

十二畫

虩 (xì)粤gwik⁷〔隙〕❶恐懼。見"虩虩"。❷蠅虎。

【虩虩】恐懼的樣子。

二十畫

虪 (shù)粤suk⁷〔叔〕黑虎。

虫 部

虫 (huī)粤wei²〔毀〕"虺"的本字。毒蛇;毒蟲。

㊁"蟲"的簡化字。

一畫

虬 (qiú)粤kɐu⁴〔求〕❶古代傳說中的一種龍。❷蟠曲如虬龍。

【虬髯】蜷曲的鬍鬚,特指鬚鬟。

二畫

虮 ㊀(jǐ)粤gei²〔基〕密虮,蟲名。
㊁"蟣"的簡化字。

蚪 "虬"的異體字。

虱 "蝨"的異體字。

三畫

虵 "蛇"的異體字。

虷 ㊀(hán)粤hon⁴〔寒〕孑孓,蚊子的幼蟲。
㊁(gān)粤gon¹〔干〕通"干"。干犯。

虺 ㊀(huī)粤wei²〔毀〕毒蛇;毒蟲。
㊁(huǐ)粤fui²〔灰〕見"虺隤"。

【虺虺】雷始發之聲。

【虺蜮】猶鬼蜮。毒蛇和射工,兩種毒蟲。常用以比喻用心怨毒暗中搞鬼的人。

【虺隤】疲極而病。

虹 (hóng,又讀 jiàng)粤huŋ¹〔紅〕❶陽光射入空中浮游的水滴經折射、反射,在太陽的相反方向形成的彩色或白色圓弧。主虹又稱副虹。主虹亦稱色虹,色帶外紅內紫。副虹稱虹霓,位於主虹外側、色帶排列是内紅外紫色。❷橋的代稱。

【虹彩】❶氣象上指較大華環的一段或幾段所組成的彩色光帶。經常出現在高雲或薄的雲上。❷指旗幟。

蚤 同"虹"。

虻 (méng)粤moŋ⁴〔忙〕昆蟲名。狀似蠅而稍大,長約1-3厘米,體粗壯,多毛。頭闊、眼大,刺吸口器。幼蟲生活在沼澤中,肉食性。最常見的為華虻及中華斑虻,雌蟲刺吸牛等牲畜的血液,為害家畜。有時也吸人血。

宝 同"虹"。

虴 (zhà)粤dzak⁸〔責〕虴蜢,蟲名。

圪 (gè)働get⁷〔吉〕圪蚤，即蚤。

四 畫

蚊 (wén)働men¹〔媽因切〕昆蟲名。雌蚊吸血，雄蚊只吸食花果液汁。卵產於水中，幼蟲和蛹也生活於水中。蚊蟲能傳播瘧疾、絲蟲病和流行性乙型腦炎等重要疾病。
【蚊負】比喻才能微薄而負擔重任。
【蚊睫】蚊子的眼睫毛，比喻極微小的處所。

蚋 (ruì)働jœy⁶〔銳〕昆蟲名。體形似蚊，稍小、褐色或黑色。雌蟲白天刺吸牛、羊等牲畜血液，傳播疾病，為害家畜；亦吸人血，叮咬後產生癢瘡。幼蟲生活在山溪急流中，雜食性。

蚌 ㊀(bàng)働poŋ⁵〔婆朗切〕〔河蚌〕軟體動物。貝殼長卵形，表面黑褐色或黃褐色，有環形。生活在淡水中，肉可食。有的蚌產珍珠。
㊁(bèng)働同㊀〔蚌埠〕市名。在安徽省北部，淮河沿岸。
【蚌胎】指珍珠。

蚍 (pí)働pei⁴〔皮〕見"蚍蜉"。
【蚍蜉】大蟻。
【蚍蜉撼大樹】螞蟻想搖動大樹，比喻不自量力。

蚑 (qí)働kei⁴〔其〕蟲名。亦稱"長蚑"，一種長腳的蜘蛛。

蚓 (yǐn)働jen⁵〔引〕即蚯蚓，俗稱曲蟮。參見"蚯"。"蚓"的異體字。

蚜 (yá)働ŋa⁴〔牙〕〔蚜蟲〕麥蚜、高粱蚜、棉蚜、菜蚜、桃蚜等昆蟲的統稱。種類很多。為害糧食、棉花、蔬菜、瓜果、煙草等植物。

蚪 (miáo)働miu⁴〔苗〕初生的蠶。

蚣 (gōng)働guŋ¹〔公〕見"蜈"。

蚤 (zǎo)働dzou²〔早〕❶跳蚤，昆蟲名。善跳躍，寄生在人畜的身體上，吸血液，能傳播疾病。❷通"早"。

蚦 (rán)働jim⁴〔炎〕即蟒蛇。見"蟒"。

蚧 ㊀(jiè)働gai³〔介〕昆蟲名。即〔介殼蟲〕。體小，雌蟲無翅，雄蟲無翅，足退化；雄蟲有前翅一對。體上常密覆各種粉狀、毛狀和絲狀的蠟質分泌物或各種形狀的介殼。種類很多。多數寄生在果樹或林木的枝幹和葉上，為害蟲。但有少數為有益的資源昆蟲（如紫膠蟲和白蠟蟲等）。
㊁(jiè)働gai²〔解〕見"蛤㊀"。

蚨 (fú)働fu⁴〔扶〕見"青蚨"。

蚩 (chī)働tsi¹〔雌〕❶蚩蟲，即毛蟲。❷無知、癡愚。❸通"嗤"。醜陋。❹通"嗤"。訕笑；嘲笑。
【蚩蚩】❶敦厚的樣子。❷攪擾攘攘、忙亂的樣子。

蚪 (dōu)働deu²〔斗〕見"蝌"。

蚖 (yuán)働jyn⁴〔元〕❶亦稱"蚖"，即"蠑螈"，今"蠑"。❷即"龜殼花蛇"，亦稱"烙鐵頭"。一種毒蛇。❸同"螈"。

蚛 (zhòng)働dzuŋ⁶〔仲〕蟲蠹；被蟲咬殘。

蚝 ㊀(cì)働tsi³〔次〕"毛蟲"的合文。參見"蝲"。
㊁"蠔"的簡化字。

蚧 同"蚴"。

蚎 (yuè)働jyt⁹〔月〕見"蟛蚎"。

蚡 (fén)働fɐn⁴〔墳〕❶同"蚡"。❷人名用字。

五 畫

蚯 (qiū)働jeu¹〔丘〕〔蚯蚓〕俗稱"曲蟮"、"地龍"。環節動物。身體細長，由許多環節構成。生活在土壤中，吃有機物質。能翻鬆土壤，它的糞便又能使土壤肥沃，對農作物有益。

蚰　(yóu)粵jeu4〔由〕〔蚰蜒〕節肢動物，與蜈蚣同類。體短而略寬，黃褐色，觸角和腳都很細長。生活在陰濕的地方，捕食小蟲等。

蚱　(zhà)粵dzak8〔窄〕dza3〔炸〕(俗)見"蚱蜢"。
【蚱蜢】蝗蟲的一類。頭尖，後肢特長，體綠色或枯黃色，能隨環境而轉變。是農業害蟲。

蚳　(chí)粵tsi4〔池〕蟻卵。古代取以爲醬，供食用。

蚶　(hān)粵hem1〔堪〕瓣鰓動物。具殼兩枚，相等，厚而堅，紋如瓦楞，故亦稱"瓦楞子"。產於海底泥沙中或巖礁隙縫中。肉味鮮美，殼供藥用。

蚷　(jù，又讀qú)粵gœy4〔巨〕見"蟈蚷"。

蚿　(xián)粵jin4〔言〕〔馬蚿〕一種像蚰蜒的蟲，無毒。

蛀　(zhù)粵dzy3〔注〕❶囓蝕木頭衣物等的小蟲，通稱蛀蟲。❷物被蟲蝕。如：蟲蛀；蛀蝕。

蛁　(diāo)粵diu1〔雕〕蟬。
【蛁蟟】蟬的一種。

蛄　(gū)粵gu1〔姑〕用作蟲名。如"螻蛄"、"蟪蛄"。

蛆　㊀(qù)粵dzœy1〔追〕tsœy1〔吹〕(又)蠅類的幼蟲。
㊁(jù)粵dzœy1〔追〕見"蛝蛆"。

蛇　㊀(shé)粵sɛ4〔余〕爬行類動物。如蟒蛇、蝮蛇、水蛇等。
㊁(yí)粵ji4〔移〕見"蛇蛇"、"委蛇"。
【蛇矛】古兵器名。矛之長者。
【蛇行】❶伏地爬行。❷彎蜒曲折。
【蛇足】比喻多餘的事物。參見"畫蛇添足"。
【蛇蛇】(yí yí)輕率的樣子；自以爲是、大言欺人的樣子。
【蛇蠍】蛇和蠍子。比喻狠毒的人。
【蛇吞象】比喻人的貪得無厭。
【蛇影杯弓】見"杯弓蛇影"。

蛉　(líng)粵liŋ4〔零〕見"螟蛉"。

蛋　(dàn)粵dan6〔但〕dan2〔打束切〕(語)❶鳥類或龜、蛇類的卵。❷蛋狀物。如：臉蛋兒。

蚴　㊀(yǒu，又讀 yòu)粵jeu2〔柚〕jeu1〔休〕(又)見"蚴蟉"。
㊁(yòu)粵jeu3〔幼〕某些寄生蠕蟲的幼體，如胞蚴、毛蚴。
【蚴蟉】屈曲行動的樣子。

蚹　(fù)粵fu6〔付〕蛇腹內足爬行的橫鱗。

蚻　(zhá)粵dzat8〔札〕蟬類。

蚫　同"蚼"

六　畫

蛑　(móu)粵meu4〔謀〕見"蝤㊁"。

蛔　(huí)粵wui4〔回〕〔蛔蟲〕最常見的一種人體寄生蟲。寄生在人的小腸裏。能引起蛔蟲病。兒童最易感染。

蛘　㊀(yǎng)粵jœŋ5〔養〕同"癢"。
㊁(yáng)粵jœŋ4〔羊〕〔強蛘〕一種米蟲。也叫"蛄䗐"。

蛙　(wā)粵wa1〔娃〕田雞類，有多種。如：青蛙、雨蛙。
【蛙蟆】蛙。

蛛　(zhū)粵dzy1〔朱〕蜘蛛的省稱。如：蛛網；蛛絲馬迹。
【蛛絲馬迹】比喻隱約可尋的線索和迹象。

蛜　(yī)粵ji1〔衣〕見"蛜蝛"。
【蛜蝛】也作"伊威"。昆蟲名。俗名"地蝨"，狀似地鱉蟲。

蛞　(kuò)粵kut8〔括〕〔蛞蝓〕俗稱"蜒蚰"、"鼻涕蟲"。形似去殼的蝸牛。身體能分泌黏液，爬行後間下銀白色條痕。爲蔬菜、瓜果等農作物的敵害。
【蛞螻】蟲名，螻蛄的別稱。

蛟　(jiāo)粵gau1〔交〕❶古代傳說中的動物，民間相傳以爲能發洪水。如：發

蛟;出蛟。一說爲母龍,無角。❷指鼉、鰐之類。

【蛟龍得水】相傳蛟龍得水,即能興雲作霧,騰踔太空。比喻有才能的人獲得施展的機會。

蛤 ㊀(gé)粵gwɐp⁸〔急中入〕❶【蛤蜊】軟體動物。貝殼卵圓形或略帶三角形,有褐色和斑紋美麗。生活在淺海泥沙中。可供食用。❷【蛤蚧】爬行動物。形狀像壁虎而較大,背灰色,有紅色斑點。可供藥用。㊁(há)粵ha⁴〔霞〕ha¹〔蝦〕(又)見"蛤蟆"。

【蛤蟆】(há ma)青蛙和蟾蜍的統稱。

蜇 (zhà)粵tsa³〔詫〕即海蜇。見"蜇㊁"。

蛩 (qióng)粵kuŋ²〔窮〕❶蝗蟲。❷蟋蟀。❸恐懼。參見"蛩蛩❷"。❹見"蛩蛩"。

【蛩蛩】❶古代傳說中的異獸。❷憂懼的樣子。

蛭 (zhì)粵dzɐt⁹〔窒〕環節動物門的一綱。如水蛭、魚蛭、山蛭等均屬之。

蛓 (cì)粵tsi³〔次〕毛蟲。

蛬 (gōng,又讀 qióng)粵kuŋ⁴〔窮〕同"蛩❷"。

蚎 (qiān)粵hin¹〔軒〕百足蟲,即馬陸,亦名蠲。

蛐 (qū)粵kuk⁷〔曲〕❶見"蛐蟮"。❷見"蛐蛐兒"。

【蛐蟮】即"蚯蚓"。

【蛐蛐兒】北方話,蟋蟀。"蛔"的異體字。

蛕 同"蛔"。

蛚 同"蟗"。

蜊 (liè)粵lit⁹〔列〕見"蛚蜊"。

蛡 同"蚓"。

七　畫

蛸 ㊀(shāo)粵sau¹〔梢〕見"蠨蛸"。㊁(xiāo)粵siu¹〔消〕見"蟏蛸"。

蛹 (yǒng)粵jun²〔湧〕❶在完全變態的昆蟲中,由幼蟲過渡到成蟲時的中間階段的形態。此時不食不動,體內進行原有的幼蟲組織器官的破壞和新的成蟲組織器官的形成。❷特指蠶蛹。

蛺(蛱) (jiá)粵gap⁸〔夾〕見"蛺蝶"。

【蛺蝶】蝴蝶。

蛻 (tuì)粵tœy³〔退〕❶蟬、蛇之類脫下的皮。如:蟬蛻。❷脫去皮殼。如:蛻皮。引申爲變形變質。參見"蛻化"、"蛻變"。❸道家謂尸解爲蛻質,後因以蛻爲死的諱稱。也指尸體。如:遺蛻。

【蛻化】昆蟲脫皮後,往往變易爲另一種形態,叫蛻化。引申比喻人變質。多指變壞。如:蛻化變質;蛻化分子。也用作死的諱稱。

【蛻變】比喻形質改變、轉變。

蛾 ㊀(é)粵ŋɔ⁴〔俄〕❶鱗翅目、異角亞目昆蟲的通稱。幼蟲多爲植食性,頗多爲農業害蟲。種類甚多,熟知的有:麥蛾、芡蛾、卷葉蛾、螟蛾、蓑蛾、枯葉蛾、毒蛾、夜蛾、天蠶及尺蠖蛾等。❷蛾眉的省稱。參見"蛾眉"。㊁同"蟻"。

【蛾眉】亦作"娥眉"。女子長而美的眉毛也指女子貌美。亦借爲美人的代稱。

蜀 (shǔ)粵suk⁹〔熟〕❶"蠋"的本字。蛾蝶類的幼蟲。❷中國古代民族名及其所建地方政權名。分布在今四川西部。相傳最早的一個首領名蠶叢,稱蜀王。後嗣位於開明氏。從郫縣遷都今成都,傳十二世。周慎靚王五年(公元前316年)歸併於秦。秦於其地置蜀郡。❸古國名,三國之一。公元221年劉備在成都稱帝,國號漢。史稱蜀或蜀漢。佔有今四川、雲南、貴州全部和陝西一部分。263年爲魏所滅。共歷二帝,四十三年。❹四川省的簡稱。

【蜀錦】四川生產的彩錦。

【蜀犬吠日】柳宗元《答韋中立論師道書》有"僕聞庸、蜀之南,恒雨少日,日出則犬吠"之語,後因以"蜀犬吠日"比喻少見多怪,含輕鄙意。

蜂 (fēng)粵fuŋ¹〔風〕昆蟲名。如：胡蜂；蜜蜂。也特指蜜蜂。如：蜂糖；蜂蜜。

【蜂狂】亦作"蠭狂"。紛然並起的樣子。

【蜂出】形容一時並作，如蜂羣的傾巢而出。

【蜂房】❶蜂窩。❷比喻房室密集衆多。

【蜂起】紛紛而起，如羣蜂齊飛起。

【蜂擁】形容許多人一擁而前，與蜂的成羣而飛一樣。如：蜂擁而來。

【蜂準】高鼻。一作"隆準"。

蜃 (shèn)粵sen⁶〔慎〕sen⁴〔神〕(俗)❶大蛤。❷祭器，畫有蜃形的漆器。❸見"海市蜃樓"。

蜇 ㊀(zhē)粵dzit⁸〔折〕毒蟲叮刺。
㊁(zhé)同㊀〔海蜇〕亦作"海蛇"。腔腸動物。傘部隆起呈饅頭狀，膠質軟堅硬，通常青藍色。觸手乳白色。可供食用，並可入藥。

蜈 (wú)粵ŋ⁴〔吳〕〔蜈蚣〕節肢動物。體長而扁，分二十一節，每節有足一對，背面暗綠色，腹面黃褐色。第一對足呈鈎狀，有毒腺，能分泌毒液。捕食小蟲。全蟲可供藥用。

蜆(蜆) (xiǎn)粵hin²〔顯〕❶蜆鰓動物。淡水產。中國南北各地都有。肉可食。❷蝶類的幼蟲。❸〔蜆木〕亦稱櫟木。椴樹科常綠喬木。木材堅實細緻，可供建築及製船艦、機械等用。

蜉 (fú)粵feu⁴〔浮〕見"蚍蜉"、"蜉蝣"。

【蜉蝣】蟲名。其成蟲的生存期極短。亦作"蜉蝤"。

蜊 (lí)粵lei⁴〔離〕見"蛤㊀"。

蛨 同"蜊"。

蜋 "螂"的異體字。

蜍 (chú)粵tsœy⁴〔隋〕見"蟾蜍"。

蜎 (yuān)粵jyn¹〔淵〕蚊子的幼蟲，即孑孓。

【蜎蜎】蠕動的樣子。

蜑 (dàn)粵dan⁶〔但〕亦作"蜒"。蜑民，舊稱廣東、廣西、福建沿海一帶的水上居民。

蜒 (yán)粵jin⁴〔言〕❶見"蜿蜒"。❷〔蜒蚰〕蟲名。即蛞蝓。見"蛞㊁"。

蜓 (tíng)粵tiŋ⁴〔廷〕見"蜻㊀"。

蛷 (qiú)粵kɐu⁴〔求〕見"蛷蝮"。

【蛷蝮】同"蠼蝮"。

蓨 (tiáo)粵tiu⁴〔條〕見"修蓨"。

【修蓨】古代傳說中動物名。

蜖 "蛔"的異體字。

八　畫

蜘 (zhī)粵dzi¹〔支〕〔蜘蛛〕節肢動物。體分頭胸和腹兩部，有足四對。肛門附近有突起，能分泌黏液，用來結網捕食昆蟲。

蜚 ㊀(fēi)粵fei²〔匪〕亦作"蜚"。❶蟲名，屬蜚蠊。一種有害的小飛蟲，形橢圓，發惡臭，生草中，食稻花。❷古代傳說中的怪獸。❸見"蜚蠊"。
㊁(fēi)粵fei¹〔非〕通"飛"。

【蜚蠊】(fēi—)亦作"飛蠊"。古代傳說中的野獸。

【蜚語】同"飛語"。

【蜚聲】(fēi—)揚名；有聲譽。

【蜚蠊】蜚蠊目昆蟲的通稱，俗稱"蟑螂"。體有惡臭，常沾污食物，傳染疾病。

【蜚短流長】見"飛短流長"。

蜜 (mì)粵met⁶〔勿〕蜂蜜，蜜蜂採取花液釀成的甜什。亦用以比喻甘美。如：口蜜腹劍；甜言蜜語。

【蜜月】新婚後的一個月叫"蜜月"。在這一月內夫婦偕同旅行，叫做"渡蜜月"。

【蜜漬】蜜製；用蜜浸漬。如：蜜漬山藥。

【蜜蠟】礦物名。與琥珀同類而色淡，一名"金珀"。

【蜜蠟】即蜂蠟。蜜蜂窩。

蜞 (qí)粵kei⁴〔其〕見"蟛"。

蜡 ㊀(zhà，又讀chà)粵dza³〔乍〕周代十二月祭百神之稱。
㊁"蠟"的簡化字。

蜢 (měng)粵maŋ⁵〔猛〕見"蚱蜢"。

蜣 (qiāng)粵gœŋ¹〔羌〕〔蜣螂〕一種鞘翅昆蟲。亦稱"結蜣"。背有堅甲，即翅翅，全體暗黑色，觸角赤褐，末端膨大，喜食糞，並能搏之成丸。

蜥 (xī)粵sik²〔色〕〔蜥蜴〕俗稱"四腳蛇"。爬行動物。體表有細鱗，有四肢，尾細長，易斷，能再生。生活在草叢中，捕食昆蟲等。

蜩 (tiáo)粵tiu⁴〔條〕蟬。
【蜩螗】《詩·大雅·蕩》有"如蜩如螗，如沸如羹"之語，意謂時人悲歎之聲如蜩螗之鳴，憂亂之心如湯之沸、羹之熱。後因以"蜩螗"比喻紛擾不寧。

蜮 (yù)粵wik⁶〔域〕❶古代相傳為一種能含沙射人的動物。一名"射工"。❷一種食禾苗的害蟲。

蜚 (féi)粵fei⁴〔肥〕臭蟲。

蜴 (yì)粵jik⁹〔亦〕見"蜥"。

蜷 (quán)粵kyn⁴〔拳〕蟲行屈曲的樣子。見"蜷局"。
【蜷局】亦作"踡局"。拳曲不伸。

蜺 (ní)粵ŋɐi⁴〔危〕❶蟬的一種。❷"霓"的異體字。

蜻 ㊀(qīng)粵tsiŋ¹〔青〕〔蜻蜓〕昆蟲名。一般體形較大。休息時翅展開，平放兩側；前、後翅不相似，後翅常大於前翅。腹部細長。捕食小飛蟲，屬於益蟲。
㊁(jīng)粵dziŋ¹〔精〕見"蜻蛚"。
【蜻蛚】〔jīng-〕蟋蟀。

蜽(蜽) (liǎng)粵lœŋ⁵〔兩〕見"蜽蜽"。

蜾 (guǒ)粵gwɔ²〔果〕見"蜾蠃"。
【蜾蠃】蜂的一種。體青黑，細腰。常用泥土在牆上或樹枝上作窩，捕螟蛉為幼蟲的食物。

蜿 (wān，又讀wǎn)粵jyn¹〔淵〕曲折而行。蜿蜒。參見"蜿蜒"。
【蜿蜒】❶蛇類曲折爬行的樣子。❷曲折延伸的樣子。
【蜿蟺】❶蚯蚓的別名。❷屈曲盤旋。

蝀(蝀) ㊀(dōng，又讀dòng)粵dɐŋ¹〔東〕dɐŋ³〔凍〕（又）見"螮蝀"。

蝂 (bǎn)粵ban¹〔板〕見"蝜蝂"。

蝃 (dì)粵dɐi³〔帝〕見"蝃蝀"。
【蝃蝀】虹的別稱。

蝶 "蝶"的異體字。

蜱 (pí)粵pei⁴〔皮〕蛛形動物。體小，扁平，橢圓形，分頭胸部和軀體部，有足四對，種類很多，分硬蜱和軟蜱兩類。大多數為吸血性，為人畜的大害蟲，其中多為媒介傳染病的種類。能傳播腦炎、回歸熱等病。

蜹 (ruì)粵jœy⁶〔銳〕同"蚋"。蚊屬。

蜯 同"蚌"。

蝄 (wǎng)粵mɔŋ⁵〔網〕見"蝄蜽"。
【蝄蜽】同"罔兩"。古代傳說中的精怪名。

蝜 (fù)粵fu⁴〔婦〕蟲名"鼠蝜"，亦作"鼠婦"。即"鼠蝜"。狀似地鱉蟲。

蜚 同"蜚❶"。

九 畫

蝌 (kē)粵fɔ¹〔科〕〔蝌蚪〕亦作"科斗"。蛙、蟾蜍、蠑螈、鯢等兩棲動物的幼體。體橢圓，尾大而扁，游泳水中。經變態而成蛙體。

蝎 ㊀(hé)粵hɔt⁸〔喝〕木中蠹蟲。
㊁"蝎"的異體字。
【蝎蠹】指從內部發生的讒言。

蝓 (yú)粵jy⁴〔如〕見"蛞"。

蝕(蚀) (shí)粵sik⁹〔食〕❶本指蟲蛀蝕；蛀蝕；蠹蝕。引申爲侵蝕、虧損。如腐蝕；蝕本。("蝕本"的"蝕"粵口語讀如"屑"的低入聲)。❷日月食。

蝗 (huáng)粵wɔŋ⁴〔王〕昆蟲名。又叫"蝗虫"。種類很多，通常指蝗蟲。成蟲體綠色或黃褐色，善飛，能跳躍。幼蟲叫"蝻"，形似成蟲而較小，頭大，僅有翅芽。常成羣飛翔吃稻、麥等禾本科植物，危害很大。

蝘 (yǎn，又讀 yàn)粵jin²〔演〕❶蟬屬。❷見"蝘蜒"。

【蝘蜒】即"蜥虎"、"蠍虎"。爬行類動物名。狀如"壁虎"。

蝙 (biǎn)粵bin¹〔鞭〕pin¹〔編〕(又)〔蝙蝠〕哺乳動物。種類很多。頭和身體像老鼠，前後肢和尾之間有翼膜同身體相連。白天匿伏暗處，薄暮出飛捕食。

蝛 (wēi)粵wei¹〔威〕見"蟏蝛"。

蝜(𧉧) (fù)粵fu⁶〔負〕見"蝜蝂"。

【蝜蝂】亦作"負版"。小蟲名。行遇物，即取而負之，故名。

蝟 (wèi)粵wei⁶〔胃〕動物名，即刺蝟。

【蝟起】比喻紛紛而起，如蝟毛之豎。
【蝟集】比喻衆多，如蝟毛叢集。
【蝟縮】形容極度畏懼，如刺蝟縮成一團。

蝠 (fú)粵fuk⁷〔福〕見"蝙"。

蝏 "蟶"的異體字。

蝣 (yóu)粵jeu⁴〔由〕見"蜉蝣"。

蝤
　⊖(yóu)粵jeu⁴〔由〕同"蝣"。見該條。
　⊜(qiú)粵tseu⁴〔囚〕見"蝤蠐"。
　⊜(jiū)粵dzeu¹〔周〕〔蝤蛑〕即梭子蟹。

【蝤蠐】(qiú─)蠐螬，即天牛的幼蟲，色白身長。借以形容女頸之美。

蟊 (móu，又讀 máo)粵mau⁴〔矛〕同"蠡"。

【蟊賊】同"蠡賊"。

蝦(虾)
　⊖(xiā)粵ha¹〔哈〕甲殼綱、十足目長尾亞目動物的通稱。體分頭胸部及腹部，外被甲殼。頭部有附肢5對，胸部有附8對，腹部有附肢6對。種類甚多，常見而經濟意義較大的有對蝦、毛蝦、米蝦、白蝦、沼蝦、龍蝦等。
　⊜同"蛤⊜"。

【蝦米】中小型蝦類的乾製食品。經煮熟曬乾脫皮而成。
【蝦鬚】❶蝦的觸鬚。❷簾子的別稱。
【蝦荒蟹亂】舊時傳說，蝦蟹太多，是兵荒馬亂的預兆，也是災荒之徵。

蟲 (shī)粵set²〔室〕❶昆蟲。體小而扁。寄生在人畜身上，吸食血液。能傳染各種疾病。❷比喻寄生作惡的人或有害的事物。

【蝨處褌中】比喻世俗生活的拘窘局促。褌，褲子。

蝮 (fù)粵fuk⁷〔福〕〔蝮蛇〕別稱"草上飛"、"土公蛇"。一種毒蛇。長約一米，頭部三角形，頸細。體灰褐色，有黑褐色斑紋。生活在山野裏，捕食鼠、鳥等，也能傷害人畜。

蝱 "虻"的異體字。

蝴 (hú)粵wu⁴〔胡〕〔蝴蝶〕昆蟲名。種類很多。翅和體表有各色鱗片和叢毛，形成花斑。吸食花蜜，幫助傳粉。稻麥蝶、菜粉蝶等的幼蟲吃農作物，有害。

蝶 (dié)粵dip⁹〔碟〕昆蟲名。蝴蝶的簡稱。詳"蝴"。

【蝶夢】《莊子·齊物論》載，莊周曾夢爲蝴蝶。後因稱夢爲蝶夢。

蝸(蜗) (wō)粵wɔ¹〔窩〕〔蝸牛〕軟體動物。殼呈低圓錐形，右旋或左旋。頭部顯著，觸角兩對，後一對end端有眼。腹面有扁平寬大的足。棲息於潮濕地區。遇乾燥或冬眠時分泌黏質以堵塞殼口。嗅覺敏銳。爲植物的害蟲。

【蝸角】蝸牛角。比喻極微小的境地。
【蝸舍】喻稱簡陋狹小的房屋。

【蝸居】喻稱狹小的住所。

【蝸篆】蝸牛黏液的痕迹，屈曲像篆文，因稱為「蝸篆」。

【蝸廬】〔蝸舍〕狹小如蝸殼的屋子。三國時焦先和楊沛作圓舍，形如蝸牛殼，稱為蝸牛廬。後因自稱簡陋的居處為「蝸廬」。

蝻 (nǎn)粵nam⁴[南]蝗蟲的幼蟲。形似成蟲而較小，頭大，僅有翅芽。

蝲 (là)粵lat⁶[辣]〔蝲蛄〕甲殼動物。體形略似龍蝦而特小。前三對步足都有螯，第一對向蟹的螯一樣。棲息山溪和附近河川中，是肺吸蟲的中間宿主，不能生食。

蝍 (jí)粵dzik¹[即]見「蝍蛆」。

【蝍蛆】(一jū)❶蜈蚣。❷蟋蟀。

蝯 「猿」的異體字。

蝰 (kuí)粵kwei⁴[規]〔蝰蛇〕亦稱「黑斑蝰蛇」。一種毒蛇，長約一米，背部褐色，有黑色鏈狀斑紋。生活於山地，以鼠類等為食。

蝐 同「瑁」。

蝨 (shī)粵si¹[詩]〔蛄蝨〕一種米蟲。亦叫「強蜉」。

蝦 同「瑕」。

十 畫

螃 (páng)粵pɔŋ⁴[旁]〔螃蟹〕即「河蟹」。頭胸甲方圓形。螯足強大，密生絨毛，步足側扁而長。供食用。

蛳 (si)粵si¹[師]〔螺蛳〕田螺科若干小形種的通稱。最常見的有梨形環棱螺和銅鏽環棱螺。可供食用。

蝝 (yuán)粵jyn⁴[原]見「蝡」。

蝹 (wēng)粵juŋ¹[翁]❶牛馬身上的寄生蟲。俗稱牛蝨。❷見「蝡」。

蝜 (sōu)粵seu¹[收]見「蟫」。

融 (róng)粵juŋ⁴[容]❶炊氣上出。引申為火。見「祝融❶」。❷融化；消溶。如：春雪易融。❸融合。如：水乳交融。❹和樂；恬適。參見「融融❶」。❺流通。如：金融。

【融泄】(一yí)飄動的樣子。

【融洽】彼此感情好，沒有抵觸。

【融裔】形容聲音悠長。

【融融】❶形容和睦快樂的樣子。如：其樂融融。❷形容暖和。如：春光融融。

【融會貫通】融會，融合；貫通，貫穿前後。把各方的知識或道理融合貫穿起來而得到系統透徹的理解。

蝥 (qín)粵tsœn⁴[秦]蟲名。蟬的一種。

【螓首】形容女子容貌之美。

螗 (táng)粵tɔŋ⁴[唐]蟬的一種，亦名蝘，又名螗蜩。

【螗蜩】「螗」亦作「唐」。蟲名。似蟬而小，背青綠色，鳴聲清圓。

螘 「蟻」的本字。

螞 (妈) ㊀(mǎ)粵ma⁵[馬]本作「馬」。蟲類大者之稱。如：螞蟻（本謂大蟻）。
㊁(mà)粵ma⁶[罵]見「螞蚱」。

【螞蚱】(mà一)即蚱蜢。

螟 (míng)粵miŋ⁴[明]❶螟蛾的幼蟲。一種蛀食稻心的害蟲。❷見「螟蛉」。

【螟蛉】❶螟蛾的幼蟲。❷螺蠃常捕捉螟蛉餵它的幼蟲，古人錯認為螺蠃養螟蛉為子。因把「螟蛉」或「螟蛉子」作為養子的代稱。

螢 (萤) (yíng)粵jiŋ⁴[仍]蟲名。即「螢火蟲」。體長約10毫米，具有發光器。發光的機理是由於呼吸時使俗稱為「螢光素」的發光物質氧化所致。

螣 ㊀(tè)粵dek⁹[特]食苗葉的小青蟲。
㊁(téng)粵teŋ⁴[騰]見「螣蛇」。

【螣蛇】(téng一)亦作「螣蛇」。傳說中一種能飛的蛇。

蜎 (yí)粵ji⁴[移]〔蜎螈〕軟體動物。體多茸毛，與蝸牛相近。

蟸 (zi)粵dzi¹[支]水蟸，粵方言指蚊子的幼蟲。

蠢　同"蠢"。

螅 (xī)粵sik⁷[息][x螅]腔腸動物。體小呈指狀，上端有口，周圍生有觸手。常附着在水草或石塊上。

螂 (láng)粵lɔŋ¹[郎]見"螳"。

螡 "蚊"的異體字。

十一畫

螫 (zhē，又讀 shì)粵sik⁷[色]❶蜂、蠍等刺人。❷毒害。

螭 (chī)粵tsi¹[雌]❶古代傳說中一種動物，蛟龍之屬。❷通"魑"。見"螭魅"。

【螭魅】亦作"魑魅"。傳說中的山林精怪。

【螭頭】古代彝器、碑額、殿柱、殿階及印章等之上所刻的螭形花飾。

螬 (cáo)粵tsou⁴[曹]即蠐螬，金龜子的幼蟲，農業地下害蟲。

螮(蝃) (dì)粵dei³[帝]見"螮蝀"。

【螮蝀】虹。亦作"蝃蝀"。

螲 ⊖(die)粵dit⁹[秩][x螲]一種生活於地下的蜘蛛。

⊜(zhi)粵dzet⁹[窒]見"螲蟷"。

螯 (áo)粵ŋou⁴[遨]節肢動物變形的步足。末端兩歧，開合如鉗。

螳 (táng)粵tɔŋ⁴[堂]昆蟲名。螳螂的省稱。體形較大，色黃褐、暗褐或綠色。生有粗大呈鐮刀狀的前足一對，用以捕捉害蟲，故爲益蟲。

【螳斧】螳螂的前腿。其形如斧，故稱"螳斧"。引申以喻渺小的力量。

【螳臂當車】《莊子·人間世》有"汝不知夫螳螂乎，怒其臂以當車轍，不知其不勝任也"之語，後因以"螳臂當車"比喻不自量力，必然失敗。

【螳螂捕蟬，黃雀在後】螳螂正要捉蟬，不知黃雀在後面正想吃它。比喻目光短淺，只見眼前利益而不顧後患。

螵 (piāo)粵piu¹[漂]見"螵蛸"。

【螵蛸】❶螳螂的卵鞘。產在桑樹上的叫桑螵蛸，可入藥。❷烏賊魚的骨。通稱海螵蛸。

螺 (luó)粵lɔ⁴[羅]lɔ²[裸](語)❶具有迴旋形貝殼的軟體動物。如：田螺；海螺；螺螄。❷螺杯的省稱。參見"螺杯"。❸螺髻的省稱。參見"螺髻"。❹螺子黛或螺黛的省稱。參見"螺黛"。❺法螺。佛教樂器的一種，用海螺殼做成。

【螺舟】傳說中一種螺形的船，能在水底潛行。

【螺杯】用螺殼製成的酒杯。

【螺鈿】❶古代婦女的一種首飾。用翡翠丹粉製成。❷亦作"螺甸"、"螺填"。用貝殼製成人物鳥獸花草等形象嵌在雕鏤或髹漆器物上的裝飾。

【螺髻】形似螺殼的髮髻。也用來比喻聳翠的形狀。

【螺黛】古代用以畫眉的一種青黑色礦物顏料。亦稱螺子黛。

螻(蝼) (lóu)粵leu⁴[樓][螻蛄]昆蟲名。俗稱"土狗子"。體黃褐或黑褐色，棲息泥土下，前足發達，適於掘土，並能切斷農作物細根，爲農業害蟲。

【螻蟈】昆蟲名，即"螻蛄"。

【螻蟻】螻蛄和螞蟻。比喻力量微小或地位低微無足輕重的人物。

螽 (zhōng)粵dzuŋ¹[終]見"螽斯"。

【螽斯】❶昆蟲名。體綠色或褐色，樣子像蚱蜢。以翅摩擦發音。對農作物有害。❷《詩·周南·螽斯》有"螽斯羽，詵詵兮"之語；詵詵，衆多。後因以"螽斯"用爲稱頌子孫衆多之辭。如：螽斯衍慶。

螿(蟼) (jiāng)粵dzœŋ¹[章]見"寒螿"。

蟀 (shuài)粵sœt⁷[率]見"蟋"。

蟲 "蚊"的異體字。

蟄(蜇) (zhé，讀音 zhí)粵dzɐt⁹[侄]dzik⁹[直](又)❶動物冬眠時昏

伏在土中或洞穴中不食不動的狀態。如：入蟄；驚蟄。❷比喻人隱藏不出。如：蟄居斗室。
【蟄蟲】藏在泥土中過冬的蟲多。

蟅 (zhè)粵dze³〔蔗〕同「蟅」。〔蟅蟆〕亦稱「土鱉蟲」。中醫可入藥。

蟆 (má)粵ma⁴〔麻〕mou¹〔魔高切〕(又)見「蛤⊜」。
「蟆」的異體字。

蟇

蟈(蝈) (guō)粵gwɔk⁸〔國〕❶見「螻蟈」。❷見「蟈蟈兒」。
【蟈蟈兒】一種像蟈蟲的昆蟲。翅短，腹大，雄的借前翅基部摩擦發聲，吃農作物的嫩葉和瓜類的花，對植物有害。

蝥 (máo)粵mau⁴〔矛〕咬稻根的害蟲。參見「蟊蟲」。
【蝥賊】亦作「蟊賊」。原謂吃禾苗的兩種害蟲。食根的叫蟊，食節的叫賊。後常用以比喻對人民或國家有危害的人或事物。

蟋 (xī)粵sik⁷〔色〕〔蟋蟀〕昆蟲名。亦稱「促織」、「趨織」。善鳴，好鬥，種類很多，因在地下活動，嚙食植物根部，是農業害蟲。

蟻 (qī)粵tsik⁷〔斥〕一羣不同科、屬的軟體動物的總稱。殼背隆起，呈略帶稜圓的圓錐形，故本稱「笠貝」或「帽貝」。以腹足吸着海邊巖礁上，食海水中浮游生物和藻類。

蚓 (yǐn)粵jen⁵〔引〕同「蚓」。

蟥蛹 (yóng)粵juŋ⁴〔容〕見「螮蛹」。

蟑 (zhāng)粵dzœŋ¹〔章〕〔蟑螂〕昆蟲名。也叫「蜚蠊」。體扁平，有光澤，腹部背板有兩小孔，能分泌特殊臭氣。沾污食物，並能傳染疾病，是害蟲。

蟎(螨) (mǎn)粵mun⁵〔滿〕蛛形綱動物。體小，圓形或長形，體分為口部(有口肢)和體部。有足四對。種類很多。有的寄生在人、畜身上，吸取血液，傳染疾病，有的危害農作物。

蠭 "蜂"的異體字。

蝟 (wèi)粵wei³〔畏〕白蟻的別稱。

十二畫

蟒 (mǎng)粵mɔŋ⁵〔網〕〔蟒蛇〕亦稱「蚺蛇」、「黑尾蟒」是蛇類最大的一種。無毒，長可達6米，能絞死、吞食體重二三十斤的哺乳動物。肉可食，皮可製革。
【蟒袍】❶古代官服，袍上繡蟒，稱為"蟒袍"。清制，皇子、親王等貴貴以以及一品至七品官皆穿蟒袍。惟皇子、親王之袍繡五爪金黃色蟒九；其一品至七品官之蟒，則按品級，繡四爪蟒八至五，並不得用金黃色。❷戲曲服裝。通稱"蟒"。劇中帝王將相的官服。圓領大襟，滿繡龍紋，有水袖。大抵皇帝穿黃色，老臣穿紫色或白色，其他穿紅色或綠色等。穿著時腰圍玉帶。后妃貴婦穿"女蟒"，繡彩鳳，式樣大致與男蟒相同，長僅及膝。

蚏 (yuè)粵jyt⁸〔月〕同「蚏」。見「蟛蚏」。

蟛 (péng)粵paŋ⁴〔彭〕〔蟛蜞〕亦稱「螃蜞」、「相手蟹」。繁足無毛，紅色。穴居在海邊或江河口泥岸。
【蟛蜞】動物名。似蟹而小。亦作"蟛蜞"。
【蟛蜞】同"蟛蜞"。

蟠 (pán)粵pun⁴〔盤〕盤曲而伏。
【蟠木】❶根幹盤曲的樹木。❷古代傳說中的山名。
【蟠桃】❶植物名。桃的一個變種。果實扁平，供食用。❷古代神話中的仙桃。
【蟠曲】盤曲的樣子。
【蟠據】同"盤據"。
【蟠龍】蟄伏的龍。

蟢 (xǐ)粵hei²〔起〕〔蟢子〕亦作"喜子"、"喜蛛"。亦稱"蟏蛸"。蜘蛛的一種。

蟣(虮) ㊀(jǐ)粵gei²〔己〕蝨子的卵。
㊁(qī)粵kei⁴〔其〕水蛭。

蟥 (huáng)粵wɔŋ⁴〔黃〕〔螞蟥〕水蛭科動物。體略呈紡錘形，扁平而較肥壯，

長6-13厘米。水田、河湖中極常見。能刺傷人的皮膚，但不吸血。

蟨(jué)⓹kyt⁸〔決〕獸名。見"邛邛岠虛"。

蟪(huì)⓹wei⁶〔惠〕〔蟪蛄〕昆蟲名。形狀像蟬，體小，青紫色，有黑紋。危害桑、茶及桃、梨、李等果樹。

蟫 ㊀(xún，又讀 tán)⓹jam⁴〔吟〕tem⁴〔潭〕㊂蠹魚。蛀蝕衣服、書籍的蠹蟲。
㊁(xún)⓹tsɐm⁴〔尋〕見"蟫蟫"。
【蟫蟫】(xún xún)❶相隨而行的樣子。❷爬行的樣子。

蟬(蝉)(chán)⓹sim⁴〔禪〕❶昆蟲綱半翅科動物的通稱。又名知了、蜘蟟；如：蚱蟬；葉蟬。❷古代蟬組的一種，以其薄如蟬翼得名。
【蟬娟】❶煙姿飛騰的樣子。❷同"嬋娟"。
【蟬蛻】❶亦稱"蟬衣"。蚱蟬脫下的殼，可作藥用。❷比喻解脫。
【蟬媛】連繫，一脈相承。
【蟬聯】連續相承。亦作"蟬連"。
【蟬翼】蟬翅薄而輕，常用以比喻微薄的事物。

蟯(蛲)(náo)⓹jiu⁴〔遙〕〔蟯蟲〕人體寄生蟲。寄生在人的盲腸及其附近的腸黏膜上，雌蟲於夜晚爬至肛門外產卵。可引起蟯蟲病，兒童多見。

蟲(虫)(chóng)⓹tsuŋ⁴〔松〕❶昆蟲類的通稱。❷泛指動物。
【蟲多】❶泛指禽獸以外的小動物。❷比喻下賤者，斥罵之辭。
【蟲魚】舊時譏繁瑣的考訂為"蟲魚之學"。

蟛(蚏)(zhí)⓹dzik⁷〔即〕即高腳蟹。世界上最大的蟹。螯足細而長，雌的近2米，雄的1米餘；二螯足展開，相距可達3米以上。

蟜(蛴)(jiáo)⓹giu²〔矯〕❶毒蟲名。❷通"矯"。見了"天蟜"。

蟮(shàn)⓹sin⁶〔善〕同"蟺"。如：曲蟮。亦作"曲蟮"(即蚯蚓)。

蟟(liáo)⓹liu⁴〔聊〕見"蛉蟟"。

蟭(jiāo)⓹dziu¹〔焦〕見"蟭螟"。
【蟭螟】亦作"蟭螟"、"鷦螟"、"鷦螟"。古代傳說中一種小的蟲。

十三畫

蟶(蛏)(chēng)⓹tsiŋ¹〔清〕軟體動物。即"縊蟶"。貝殼兩枚，長方形，淡褐色。穴居在沿海泥沙中，供食用。

蟷(蛆)(dāng)⓹doŋ¹〔當〕見"蟶㊀"。

蟹 (xiè)⓹hai⁵〔駭〕甲殼類動物。體扁平，口在胸甲的前端。有胸腳五對，第一對叫螯，末端為鉗狀。胸部下端為臍，雄的狹長，雌的圓闊。鹹淡兩水都產之。種類很多，有蟳蟹、石蟹、梭子蟹等。
【蟹眼】蟳蟹的眼睛。形容水初沸時所泛起的小氣泡。

蟺(shàn)⓹sin⁶〔善〕見"蜿蟺"。

蟻(蚁)(yǐ)⓹ŋei⁵〔危能上〕❶螞蟻。❷酒麵上的浮沫。亦稱"浮蟻"。
【蟻穴】比喻可以釀成大禍的小漏洞。
【蟻附】亦稱"蟻傅"、"蛾傅"。形容軍士攀登城牆，如蟻附壁而上。
【蟻聚】聚集如蟻聚，形容結集者之多。
【蟻鼻】❶〔蟻鼻錢〕中國古銅幣名。流通於戰國時期的楚國。橢圓形，背面平，正面凸起。❷比喻微細。

蟾(chán)⓹sim⁴〔善〕❶蟾蜍的省稱。參見"蟾蜍"。❷傳說月中有蟾蜍，故以"蟾"為月的代稱。
【蟾光】月光。
【蟾宮】即月宮。傳說月中的有蟾蜍，故稱。科舉時稱考試中式為蟾宮折桂。
【蟾蜍】❶蟾蜍科動物的通稱。兩棲動物。有多種，最常見的一種是大蟾蜍，別稱"癩蛤蟆"。❷指月。傳說月中有蟾蜍，故用為月的代稱。

蟿(jì)⓹kɐi³〔契〕〔蟿螽〕昆蟲名。俗稱"蚱蜢"。體長形，綠色或黃褐色。後

肢長，善跳躍，執其後肢，欲躍不得，遂作舂米之狀，故俗稱"舂米郎"。

蠁（蚃）（xiǎng）粵hœng²〔享〕蟲名，即智螽蟲。

蠃
〇（luǒ）粵lɔ²〔裸〕見"蠃蟲"。
〇（luó）粵lɔ⁴〔羅〕通"螺"。螺類動物的統稱。

【蠃蟲】舊時總稱無羽毛鱗甲蔽身的動物。也作"倮蟲"。

蠅（蝇）（yíng）粵jiŋ⁴〔迎〕昆蟲名。種類很多。幼蟲白色，稱爲"蛆"，孳生於糞便和垃圾等污物中。生長很快，夏季約10天即能繁殖一次。能傳染傷寒、霍亂、結核以及痢疾等疾病的病原菌。

【蠅頭】比喻極小的事物，多指小字或小的財利。如：蠅頭小利。

【蠅營狗苟】像蠅一樣營營往來，像狗一樣苟且求活。比喻不顧廉恥，到處鑽營。

蠆（虿）（chài）粵tsai³〔次界切〕❶蠍類毒蟲。❷見"蠆芥"。

【蠆芥】猶蒂芥，芥蒂。積在心裏的小小不快。

蠋（zhú）粵dzuk⁷〔捉〕本作"蜀"。亦稱"毛蟲"。鱗翅目昆蟲的幼蟲。除有明顯的胸足外，還有腹足2-8對，頭部明顯而堅硬，行動活潑。

蠍（蝎）（xiē）粵hit⁸〔歇〕❶蛛形動物。"鉗蠍"的簡稱。體長，頭胸部的鉗肢和腳爪均呈鰲狀。棲於乾燥地帶。中醫學上以乾燥蟲體入藥，稱全蠍。❷見"蠍蠍螫螫"。

【蠍蠍螫螫】在小事情上過分地表示關心、憐惜。

蠊（lián）粵lim⁴〔廉〕見"蜚蠊"。

蠏 "蟹"的異體字。

十四畫

蠐（蛴）（qí）粵tsɐi⁴〔齊〕〔蠐螬〕俗稱"地蠶"、"土蠶"。金龜子的幼蟲。生活在土壤裏，吃農作物的根、莖，是害蟲。

蠑（蝾）（róng）粵wiŋ⁴〔榮〕〔蠑螈〕兩棲動物。形狀像蜥蜴，頭扁平，四肢短，尾側扁，背黑色，腹紅黃色，有黑斑。生活在水中。

蠒 "繭"的異體字。

蠓（měng）粵muŋ⁵〔磨勇切〕昆蟲名。體比蚊小，褐色或黑色，觸角長而有毛，翅短而寬。幼蟲灰白色，生活在池沼或樹洞中，能叮咬人、畜，傳播疾病。

蠔（蚝）（háo）粵hou⁴〔豪〕即"牡蠣"。參見"蠣"。

蠕（rú）粵jy⁴〔如〕蟲爬行的樣子。

【蠕蠕】昆蟲爬動的樣子。

蠖（huò）粵wɔk⁹〔獲〕昆蟲名。尺蠖的省稱。北方稱"步曲"，南方稱"造橋蟲"。尺蠖蛾的幼蟲。蟲體細長，行時屈伸其體，像尺量物。種類很多，爲害樹木、棉花等。常見的如霜尺蠖、茶尺蠖、桑尺蠖等。

【蠖屈】❶蠖，即尺蠖。形容身形屈曲，狀如尺蠖。❷"蠖屈求伸"的略語。意謂尺蠖之所以彎曲它的身體，目的是爲着向前伸展。

十五畫

蠛（miè）粵mit⁹〔滅〕見"蠛蠓"。

【蠛蠓】飛蟲名。

蠟（蜡）（là）粵lap⁹〔臘〕❶指主要由高碳脂肪酸和高級脂肪醇（也有少數二元醇）構成的酯所組成的物質。在常溫下多呈固體。如：鯨蠟；蜂蠟；川蠟。❷蠟燭的簡稱。見"蠟淚"。❸淡黃如蠟的顏色。如：蠟梅。❹以蠟塗物。見"蠟屐"。

【蠟炬】蠟燭。

【蠟書】封在蠟丸裏的書信，以防泄漏。

【蠟屐】❶在木屐上塗蠟。❷塗蠟的木屐。

【蠟淚】即燭淚。蠟燭燃燒時滴下的液。

蠡
〇（lí）粵lɐi⁵〔禮〕本謂蟲蛀木，引申爲器物經久磨損欲斷之稱。

㊁(lí)粵lɐi⁴〔黎〕lɐi⁵〔禮〕(又)瓠瓢。見"蠡測"。

【蠡測】(lí—)以瓠瓢測海水的量，比喻見識短淺，看不見事物的全貌。

蠢 (chǔn)粵tsœn²〔矢筍切〕❶愚笨。如：蠢材；蠢家伙。❷蠕動的樣子。見"蠢動"。❸騷動的樣子。見"蠢蠢❷"。

【蠢動】❶蠕動，指蟲類從蟄眠中開始蘇醒過來。❷騷動。

【蠢蠢】❶蠕動的樣子。❷騷亂的樣子；動蕩不安的樣子。

蠣(蛎) (lì)粵lɐi⁶〔麗〕〔牡蠣〕簡稱"蠔"。殼形不規則；左殼較大較凹，附着他物；右殼較小，掩覆如蓋。肉味鮮美，殼可燒石灰。中醫學上入藥。

蠚 (hē)粵kɔk⁸〔確〕蟲類咬刺。

蠜 (fán)粵fan⁴〔凡〕草蟲名，即蟈蟈兒。

十六畫

蠥 (niè)粵jit⁹〔熱〕jip⁹〔頁〕(又)"妖孽"的"孽"的本字。

蠨(蟏) (xiāo)粵siu¹〔消〕見"蠨蛸"。

【蠨蛸】(—shāo)蟲名。即"喜蛛"。

蠪(蛮) (lóng)粵luŋ⁴〔龍〕❶螞蟻的一種。❷見"鮭蠪"。

蠧 同"蠹"。

十七畫

蠭 "蜂"的異體字。

蠮 (yē)粵jit⁸〔噎〕〔蠮螉〕昆蟲名。俗稱細腰蜂。黑色，翅爲膜質，帶黃色。雌蟲尾端有毒刺，能螫人。

蠱(蛊) (gǔ)粵gu²〔古〕❶人腹中的寄生蟲。❷相傳爲一種由人工培養成的毒蟲。把多種毒蟲放在器皿裏，使互相咬殺，最後剩下不死的毒蟲叫蠱，據說可以用來毒害人。

【蠱毒】以毒藥殺人，令人不自知。

【蠱惑】迷惑，使人迷亂。如：蠱惑人心。

蠲 (juān)粵gyn¹〔捐〕❶一種多足蟲。又名"馬蚿"。❷通"捐"。除去；減免。

【蠲除】免除。

十八畫

蠶(蚕) (cán)粵tsam⁴〔慚〕昆蟲名。蠶蛾科和天蠶蛾科昆蟲的通稱。幼蟲能吐絲結繭，繭絲可用作纖維資源。如家蠶、柞蠶、蓖麻蠶、天蠶(日本柞蠶)、樟蠶、樗蠶等。

【蠶市】買賣養蠶器具時的市集。

【蠶花】剛孵出的幼蠶。其形似蟻，也叫蠶蟻或蟻蠶。

【蠶食】比喻逐漸侵佔。

【蠶室】❶養蠶的處所。❷古時受宮刑的牢獄。

【蠶箔】養蠶的用具，以竹篾或葦子編成。

【蠶蔟】供蠶吐絲作繭的設備，有圓錐形、蛛網形等式樣。

蠸 (quán)粵kyn⁴〔權〕一種小甲蟲，喜食瓜葉。亦稱"蠸輿父"。

蠷 (qú)粵kœy⁴〔渠〕〔蠷螋〕昆蟲名。一作"蠼螋"，亦稱蛷螋。體扁平狹長，黑褐色，有翅兩對或無翅，腹端有強大鋏狀之尾鬚一對。生活於土中、石下、樹皮或雜草間；雜食性或肉食性。

蠹 (dù)粵dou³〔到〕❶蛀蟲。如：木蠹；書蠹。引申以喻侵蝕或消耗國家財富的人或事。❷蛀蝕。如：戶樞不蠹。

【蠹魚】即蟫。亦稱"衣魚"。蛀蝕書籍衣服等物的小蟲。

【蠹衆木折】蛀蟲多了木頭就要折斷。比喻爲害的因素多了，會造成危險。

十九畫

蠻(蛮) (mán)粵man⁴〔麻顏切〕❶中國古代對南方各族的泛稱。也用以泛指四方的少數民族。❷野蠻；蠻橫。如：蠻幹；蠻不講理。❸見"綿蠻"。❹很。如：蠻好。

【蠻荒】指文化比較落後的辟遠地方。

二十畫

蠷 (qú)⑩kœy⁴〔渠〕同"**蠼**"。

血 部

血 (xiě，讀音 xuè)⑩hyt⁸〔何決切〕❶即"血液"。流動於心臟和血管內的不透明紅色液體，主要成分爲血漿、血細胞和血小板三種。味鹹而腥；內含有各種營養成分、無機鹽類、氧、代謝產物、激素、酶和抗體等，有營養組織、調節器官活動和防禦有害物質的作用。❷指血淚，謂悲痛而流之淚。❸同一祖先的。如：血統；血族。❹剛強熱烈。如：血性。❺紅色。如：血色。❻女子月經。

【血刀】血沾刀口，謂殺人。
【血本】經商的老本錢。如：血本無歸。
【血泊】大灘的血。
【血性】剛強正直的氣質。如：血性漢子。
【血食】受祭祀。因古代祭祀用牲宰，故稱"血食"。
【血脈】❶人體內流通血液的脈絡。❷猶血統。
【血氣】❶猶精力。如：血氣方剛。❷猶血性。借以指生命。❸謂感情衝動。
【血淚】謂悲痛而流的淚。
【血祭】宰殺牲牢以祭神。
【血統】血族的統系。凡同一祖先的人爲同一血統。
【血債】未報的殺人深仇。
【血腥】血液的腥味，比喻屠殺的殘酷。
【血緣】血統。
【血戰】❶異常激烈的戰鬥。如：一場血戰。❷進行殊死的戰鬥。如：血戰到底。
【血流漂杵】形容殺人之多。

三畫

衄 "**衂**"的異體字。

四畫

衄 (nù)⑩nuk⁹〔挪玉切〕❶鼻出血。❷損傷；挫敗。

衃 (pēi)⑩pui¹〔胚〕凝積的死血。

五畫

衅 "**釁**"的簡化字。

衇 "**脈**"的異體字。

六畫

脈 "**脈**"的異體字。

衆 (众) (zhòng)⑩dzuŋ³〔種〕❶許多人；大家。如：聽衆；觀衆。❷許多。如：衆志成城。
【衆子】古代稱嫡長子以外的諸子。
【衆生】❶泛指人類和一切動物。❷佛教名詞。梵文 Sattva（薩埵）的意譯。一譯"有情"。意指衆多有生命的，包括天、人、阿修羅、地獄、餓鬼、畜生六種（六道）。❸指人以外的各種動物。
【衆口鑠金】大家說同樣的話，其力量足以能熔化金屬。原形容輿論勢力很大。後謂衆口一詞，可以混淆是非。
【衆矢之的】(的 dì)比喻大家攻擊的目標。
【衆目昭彰】大家都看得非常清楚，專指壞人壞事。"昭彰"，明顯。
【衆目睽睽】大家睜着眼睛注視着。特指壞人壞事在大家注視之下無法隱藏。"睽睽"，睜大眼睛注視。
【衆志成城】形容萬衆一心，像堅固的城堡一樣不可推毀。本作"衆心成城"。
【衆所周知】大家都知道。
【衆叛親離】衆人反對，親信背離。形容處境完全孤立。

【衆怒難犯】衆人的憤怒很難以抵擋。

【衆擎易舉】比喻大家同心合力，就容易把事情辦成功。

七　畫

峻 同“脧”。

十五畫

鱴(蔑) (miè)粵mit⁹〔滅〕本謂血污，引申爲污垢。如：污蟻。

十八畫

蠱 (xì)粵sik⁷〔昔〕傷痛的樣子。

行　部

行 ㊀(xíng)粵heŋ⁴〔恆〕❶走。如：步行。❷流動；傳布。如：氣行則血行；一紙風行。❸從事；做。如：行醫；行事。❹所作所爲。❺言行一致。❻佛教名詞。“造作”和“遷流”的意思。佛經把因緣造作或遷流無常的事物，稱爲“行”。❻可以。如：這樣做，不行。❼兼代官職。唐宋官制，小官兼代大官的事叫守某官，大官兼管小官的事叫行某官。❽經歷。見“行year”❾快；將。如：行將結束。❿能幹。如：你真行。⓫古詩的一種體裁。如：長歌行；兵車行。⓬漢字字體的一種。即“行書”。

㊁(háng)粵hoŋ⁴〔杭〕❶行列。如單行；雙行。❷路。❸古代軍制，二十五人爲一行。❹事業。如：三百六十行。❺買賣、交易的營業處。如：商行。（粵口語讀高上聲。❻質量差。見“行貨❷”。

㊂(háng)粵同㊁❶兄弟、姊妹長幼的序次。如：排行。

㊃(xíng，舊讀 xìng)粵heŋ⁶〔幸〕❶行爲；造詣。如：品行；德行。❷巡狩；巡視。

【行人】❶出行的人；出征的人。❷官名。《周禮》秋官有行人，管朝覲聘問。春秋、戰國時各國都有設置。漢代大鴻臚屬官有行人，後改稱大行令。明代設行人司，復有行人之官，掌傳旨、册封等事。❸使者的通稱。❹(háng—)即“行頭”。參見“行頭❸”。

【行子】出行的人。

【行文】❶寫作文章。❷指機關之間的公文往來。

【行止】❶猶言一舉一動。❷品行。

【行在】本作“行在所”。指京城以外皇帝所至的地方。

【行(háng一)】人或物排列起來，橫的叫“行”，直的叫“列”。引申爲行伍。

【行年】經歷過的年歲。如：行年七十。

【行伍】(háng一)古代軍隊編制，五人爲“伍”，二十五人爲“行”，故以“行伍”泛指軍隊。

【行行】❶走着不停。如：行行重行行。❷(háng háng)各有職業。如：行行出狀元。

【行色】行旅出發前的迹象。如：行色匆匆。

【行成】求和。

【行李】❶一般指出行者所携帶的衣箱、鋪蓋等物。❷亦作“行理”。使者。

【行役】舊謂因服軍役、勞役或公務而在外跋涉。後亦用以泛稱行旅。

【行刺】暗殺。

【行狀】原指人的品行或事迹。後多用爲文體名。亦稱“狀”、“行述”。是記述死者世系、籍貫、生平年月和生平概略的文章。

【行幸】皇帝出行稱“行幸”。

【行卷】唐代應舉者在考試前把所作詩文寫成卷軸，投送顯中貴顯，稱爲“行卷”。

【行政】❶執行國家政權的。如：行政機構。❷機關、企業、團體等內部的管理工作。如：行政人員。

【行首】(háng一)❶亦稱“行頭”。軍隊行列的領頭人，亦指軍隊的行列。❷猶vær班。❸宋元時上等妓女的稱呼。

【行郎】宋代稱男家派遣到女家迎親的人爲“行郎”。

【行徑】❶小路。❷行爲；情景。多指壞的。

【行宮】古代京城以外供帝王出行時居住的宮室。

【行時】一時流行、得勢。

【行院】(háng—)亦作"衍衡"、"衍衍"、"行完"、"衍院"。❶猶言行業。指各種營生，也指從事各種營生的人。❷同行；行幫。❸妓院；妓女。❹金元時指雜劇藝人居處，亦指雜劇藝人。

【行旅】出行；旅行。也指行人；旅行的人。

【行酒】❶依次斟酒。❷在席間主持監酒。

【行家】(háng—)❶精通某種業務的人。❷舊俗稱介紹商貨買賣的商行叫"行家"。❸同行業的人。

【行馬】攔阻人馬通行的木架。

【行貨】(háng—)❶商品；貨物。❷質量差的貨物。

【行院】漢代刺史常於每年八月間巡行所部，查核官吏治績，稱爲"行部"。

【行媒】指往來作媒的人。也用來比喻紹介者。

【行都】舊時在首都之外另設的一個都城，以備必要時政府暫駐，稱爲"行都"。

【行當】(háng dang)❶戲曲中演員按腳色類型專業分工的類別。如京劇原有生、旦、淨、丑四個總的行當。每個行當中又有更細密的分支，如生行又分老生、小生、武生等。另外，還有專演龍套的流行和專職武打的武行。漢劇、粵劇等則分末、淨、生、旦、外、小、貼、夫、雜十行。❷行業；特指職業。

【行業】❶(háng—)指職業的類別。❷生產作業。

【行腳】即行腳僧。

【行賈】(—gǔ)經商；亦謂出外經商。

【行裝】出行的行李。出遠門時所携帶的衣物。

【行障】亦作"行鄣"。可以移動的屏風，古代貴族出遊時用。

【行潦】路旁積水。

【行樂】消遣娛樂；遊戲取樂。

【行遁】出走；逃去。遁，亦作"遯"。

【行誼】"誼"同"義"。品行；道義。

【行輩】(háng—)亦作"輩行"。輩分。

【行頭】❶(—tou)戲曲服裝的通稱。包括盔、帽、蟒、靠、帔、官衣、褶子、靴、鞋等。❷(háng—)古代軍隊一行之長。參見"行首❶"。❸(háng—)中國封建社會中行會的頭目。起源很早。唐代設市，市中各行有"行首"、"行頭"、"行人"等名目。宋以後統稱行頭，也稱"行老"。清代文獻中又有"呈頭"。以上名稱實質都相同。行頭對官府隨時承應各種差徭、稅捐等強制義務，而在某一地區或行業內又是封建性壟斷組織的主持人。

【行營】❶出征時的軍營。亦指軍事長官的駐地辦事處。❷巡視軍營。

【行檢】品行。

【行轅】舊時高級官吏外出時的行館，亦指在暫駐的地方設立的辦事處所。

【行藏】❶指對於出仕和退隱的處世態度。參見"用舍行藏"。❷形迹。如：行藏敗露。

【行觴】依次斟酒。觴，亦指酒杯。

【行縢】裹足布；綁腿布。古時男女皆用之。後徒兵士或遠行者用之。

【行樂圖】指自寫小像或別人為自己畫的小像。

【行屍走肉】比喻徒具形骸，無所用心的寄生者。猶言活死人。

【行之有效】實行起來有成效。

【行同狗彘】行為如同豬狗。指人的行為極端無恥。

【行而在思】作事要通過思考才能成功。

【行若無事】指在緊急關頭，鎮靜自然，好像沒事一樣。也指對壞人壞事，聽之任之，無動於衷。

【行將就木】快要進棺材了。指人臨近死亡。

【行雲流水】比喻純任自然，毫無拘執。

【行遠自邇】走遠路必須從近處邁出第一步。比喻做事要得由小到大，由淺入深，循序漸進。

【行不得也哥哥】鷓鴣鳴聲的擬意；用以表示行路的艱難。

【行百里者半九十】要走一百里路，走了九十里才算走了一半。比喻做事愈接近成功愈困難。

　　三　畫

衍 (yǎn)粵jin²〔演〕hín²〔顯〕(又)❶本義
爲水廣布或長流，引申爲展延。如：
推衍。❷滿溢；盛多。如：國富人衍。❸
校勘學家指書中因傳寫錯誤而多出的字
句。如：衍文。❹低而平坦之地。
【衍沃】亦作"沃衍"。土地平坦肥美。
【衍變】演變。

衎 (kàn)粵hon³〔漢〕〔樂〕❶和樂；通
"侃"。剛直的樣子。

四　畫

行 (háng)粵hoŋ⁴〔杭〕見"行院"。

【行院】即"行院"。

衒 (yuàn)粵jyn²〔院〕見"衒衒"。

五　畫

衒 (xuàn)粵jyn⁶〔願〕炫耀。

【衒耀】炫耀、賣弄自己的才能。

術(术) (shù)粵sœt⁹〔述〕❶技術；學
術。如：武術；游泳術；算
術。❷手段；策略。如：戰術。
【術士】❶方術之士。古指講天文和陰陽災異
的方士，後以指操占卜星相職業的人。
如：江湖術士。❷指儒生。
【術家】古代指擅長天文曆算的學者。
【術語】某門學科的專門用語。
【術數】一稱"數術"。"術"指方法，"數"指
氣數命運。指以種種方術觀察自然或社會
的現象，來推測國家或個人的氣數和命
運。《漢書·藝文志》列天文、曆譜、五
行、蓍龜、雜占、形法等六種。後世術
數，一般指星占、卜筮、六壬、奇門遁
甲、命相、拆字、起課、堪輿、占候等。
❷方法和道理謀略。

六　畫

衕 (tòng)粵tuŋ⁴〔同〕見"衚衕"。

衖 ㊀(lòng)粵luŋ⁶〔弄〕小巷。又作
"弄"。
㊁同"巷"。

衙 "衙"的異體字。

街 (jiē)粵gai¹〔皆〕城市的大道。如：市
街；街衢；大街小巷。
【街巷】❶街道；里閭。現代城市設計，"街
坊"指城市中由道路或自然界綫（如河濱）
劃分的建築用地，通常指"居住街坊"。❷
鄰居。
【街鼓】設置在街道的警夜鼓。宵禁開始和終
止時擊鼓通報。開始於唐代，宋以後改名
爲"更鼓"。俗稱"冬冬鼓"。
【街談巷議】街巷中的談論議論，即民間的輿
論。

七　畫

衙 (yá)粵ŋa⁴〔牙〕❶舊時官署之稱。
如：官衙。❷唐代皇宮前殿之稱。❸
衙參。參見"衙參"。
【衙內】五代及宋初，藩鎮的親衛官有牙內都
指揮使、牙內都虞候等，多以子弟充任。
"牙"同"衙"。後因稱官府的子弟爲"衙
內"。
【衙役】舊時衙門裏的差役。
【衙門】❶即"牙門"。❷古代官吏辦事的地方；
官署。❸唐代皇宮前殿的殿門。
【衙推】亦作"牙推"。❶官名。唐時節度、觀
察、團練諸使的下屬官吏。❷五代、宋時
以稱操874星命之業的人。
【衙參】舊時官吏到上司衙門，排班參見，稟
白公事。

衑 同"衖"。

九　畫

衚 (hú)粵wu⁴〔胡〕見"衚衕"。

【衚衕】同"胡同"。

衝(沖) ㊀(chōng)粵tsuŋ¹〔沖〕❶交通
要道。如：要衝。❷古時用以

衝擊敵城的戰車。❸衝擊；碰撞。如：橫衝直撞；怒髮衝冠。
㊀(chòng)⑧tsuŋ³〔次甕切〕tsuŋ¹〔沖〕(又)❶向着；朝着。如：衝東走去。❷猛烈。如：衝勁兒。

【衝要】軍事或交通上重要的地方。

【衝突】❶急奔猛闖。❷抵觸；爭執；爭鬥。

【衝撞】❶猛烈撞擊或碰撞。❷冒犯。

衕　"道"的古字。

衛　"衛"的異體字。

十　畫

衞(卫)(wèi)⑧wei⁶〔位〕❶保衛；衞　　護。如：保家衞國。❷古代九畿之一。詳"九畿"。❸明代軍隊編制名。於要害地區設衞，衞五千六百人，由都司率領，隸屬於五軍都督府。防地可以包括幾府，一般駐在某地即稱某衞，如威海衞、天津衞等。後相沿成為地名。❹古國名。公元前十一世紀周公封周武王弟康叔於此。先後建都於今河南淇縣、滑縣、濮陽和沁陽各地。公元前209年為秦所滅。❺地區名。西藏舊分為阿里、藏(後藏)、衞(前藏)和康四部。有時又合稱阿里、藏二部為藏，衞、康二部為衞。

【衞生】❶猶言養生。❷醫學名詞。個人和集體的生活衞生和生産衞生的總稱。

【衞戌】指古代軍隊保衞戌守。

衡　㊀(héng)⑧heŋ⁴〔恆〕❶古代綁在牛角　　上以防觸人的橫木。❷車轅頭上的橫木。❸秤桿；秤。亦指稱物。如：衡器。❹衡量。如：衡情酌理；權衡得失。❺古代樓殿邊上的欄杆。❻眉毛以上。見"盱衡"。❼衡木為門的房屋，極言其簡陋。
㊁(héng)⑧waŋ⁴〔橫〕通"橫"。如：縱衡。

【衡石】❶衡，秤；石，重量單位，中國古代以一百二十斤為一石。"衡石"，泛指稱物的分量。❷指甄別選拔人才的官職。

【衡宇】橫木為門的房屋，極言其簡陋。

【衡門】橫木為門，指簡陋的房屋。

【衡量】㊀(―liáng)❶用一定的方法確定物體的重量和容積。❷比較、評定事物的是非或輕重得失。

衠　(zhūn)⑧dzœn¹〔津〕眞；純。

十八畫

衢　(qú)⑧kœy⁴〔渠〕四通八達的道路。

【衢道】猶歧路。

衣　部

衣　㊀(yī)⑧ji¹〔醫〕❶衣服。古時上曰　　衣，下曰裳。❷物體的外層。如：弓衣；炮衣。❸果實的皮、膜。如：芋衣；花生衣。
㊁(yì)⑧ji³〔意〕穿。如：解衣衣我。

【衣冠】古代士以上戴冠，衣冠連稱，是古代士以上的服裝。後引申指世族、士紳。

【衣被】❶衣服、被褥。❷(yì―)猶言給人衣服穿，比喻加惠於人。

【衣著】(―zhuó)衣裳服飾。

【衣鉢】佛教用語。謂法衣和鉢。佛教僧尼受大戒或游方傳對寺院暫住，以以衣鉢齊備為條件。中國禪宗師徒間道法的授受，常以付衣鉢為信，稱為衣鉢相傳。後泛指思想、學術、技能的繼承為傳授衣鉢。

【衣簪】指衣冠簪纓，是古代仕宦的服裝。後用以借指官吏更世家大族。

【衣冠冢】祇埋着死者的衣服等遺物的墳墓。

【衣帶詔】藏在衣帶裏面的密詔。

【衣香鬢影】為形容婦女儀態之辭。

【衣冠禽獸】比喻品德敗壞的人。謂這種人虛有人的外表，行為却如禽獸。

【衣錦還鄉】(衣 yì)指富貴後回到本鄉，含有向親友鄉里誇耀之意。

【衣錦夜行】(衣 yì)穿了錦繡衣裳在夜間走路，比喻不能使人看到自己的榮顯。亦作"衣繡夜行"。

【衣繡晝行】(衣 yì)謂在本鄉做官，就好像穿了錦繡衣服在白晝行走，可以誇耀鄉里。

三　畫

表 ㊀(biǎo)⑧biu²〔比妖切〕❶外；外面。如：表面；表皮。❷外表；外貌。如：虛有其表；一表非凡。❸表親。如：表兄弟；姑表；姨表。❹表示；表達。如：表同情；略表心意。❺發散。如：表汗。❻樹梢。如：林表。❼表率；標準。如：師表。❽特出的樣子。如：人之表者。❾表示度數、用量等的儀器。如：溫度表。❿分類排列記錄事項的文件；表格。如：統計表；收支對照表。⓫採用表格形式編寫的著述。如《史記》的《三代世表》、《十二諸侯年表》等。⓬古代章奏的一種。如：諸葛亮《出師表》；李密《陳情表》。⓭曲藝術語。指演員以第三人稱敍述情景和描寫人物。用說白的稱"表白"，用唱的稱"表唱"。

㊁同"錶"。

【表字】在本名所取的與本名有意義關係的另一名字。

【表決】會議上通過舉手、投票等方式做出決定。

【表表】卓異；不同尋常。

【表章】❶表揚；顯揚。亦作"表彰"。❷奏章。

【表率】(—shuài)榜樣；以身作則。

【表情】❶表達感情。❷表現在面部或姿態上的思想感情。

【表象】經過感知的客觀事物在腦中再現的形象。

【表裏】❶表指外，裏指內，表裏即外內。也指外表和內心；外部的和內在的。如：表裏如一。❷中醫學名詞。指疾證和裏證及其相互關係。病在表的輕而淺，病在裏的重而深。

【表彰】表揚。

【表綴】(—zhuì)古代樹立在田間的上掛毛皮的直木，用以表示分界。因其為分界的標準，引申為表率、榜樣。

【表德】即表字。

【表徵】揭示；闡明。也指事物顯露在外的徵象。

【表識】(—zhì)標記；標幟。

衩 ㊀(chà)⑧tsɐ³〔岔〕衣裙兩旁開裂的縫子。如：開衩；衩口。

㊁(chǎ)⑧同●補衩，即短褲。

衫 (shān)⑧sam¹〔三〕古指短袖的單衣。今指單上衣。如：襯衫；汗衫。亦為衣服的通稱。如：衣衫。

【衫子】古時婦女穿的短上衣，又名"半衣"。

袂 "同袍"

四　畫

袄 ㊀(fú)⑧fu¹〔夫〕衣服的前襟。

㊁(kù)⑧fu³〔富〕廣東方言用為"褲"字。

袞 (gǔn)⑧gwɐn²〔滾〕亦作"衮"。袞衣，古代皇帝及上公的禮服。

【袞袞】❶連綿不絕的樣子。(1)形容水流。通作"滾滾"。(2)形容說話。❷多。參見"袞袞諸公"。

【袞冕】袞衣和冕，是古代皇帝及上公的禮服。

【袞袞諸公】指眾多的顯宦，含有貶義。"袞袞"，多。

衰 ㊀(shuāi)⑧sœy¹〔須〕衰弱；衰退。如：衰落。㊁中·老力衰。

㊁(cuī)⑧tsœy¹〔崔〕❶依照一定的標準遞減。參見"等衰"。❷通"縗"。見"齊衰"。

【衰朽】老邁無用。

【衰疲】❶疲勞委頓的樣子。❷下垂的樣子。

【衰絰】(cuī—)喪服。古人表服胸前當心處綴有長六寸、廣四寸的麻布，名衰，因名此衣為衰；圍在頭上的散麻繩為首絰，在腰間的散麻繩為腰絰。衰、絰兩者是喪服的主要部分，故以此為喪。

【衰敗】衰敗；衰落。

【衰變】化學上指放射性元素放射出粒子後變成另一種元素。

衲 (nà)⑧nap⁹〔納〕❶縫補；補綴。如：千補百衲。引申為縫合而成之意。如：百衲本二十四史。❷僧徒的衣服常用許多碎布補綴而成，因即以為僧徒的代稱。又因以為僧徒的自稱或代稱。如：老

衲（nì）働nik⁷〔匿〕內衣；貼身衣。

衷（zhōng）働dzuŋ¹〔終〕tsuŋ¹〔沖〕（又）❶貼肉的內衣。❷內心。如：言不由衷。

【衷心】眞心；內心。如：衷心感謝。

【衷曲】衷情。如：互吐衷曲。

【衷腸】猶言衷情。如：傾訴衷腸。

衺"邪㊀"的異體字。

衻（rán）働jim¹〔嚴〕衣服的邊緣。

衽（rèn）働jem⁶〔任〕❶衣襟。❷袖口。❸古代睡覺時用之席。

衾（qīn）働kem¹〔襟〕❶被子。見"衾裯"。❷殮屍的被子。

【衾裯】"衾"，被；"裯"，單被。"衾裯"，泛指被褥等臥具。

衿（jīn）働kem¹〔襟〕❶同"襟❶"。亦作"衿"。古代衣服的交領。引申爲衣襟。見"衿曲"。❷結上帶子。亦謂以帶束衣。

【衿曲】猶言內心深處。

【衿契】謂情投意合的好友。

袁（yuán）働jyn⁴〔元〕姓。

袂（mèi）働mei⁶〔未毅切〕衣袖。如：張袂成陰。

袄"襖"的簡化字。

袗（zhōng）働dzuŋ¹〔中〕小補。

袛"祇"的異體字。

五　畫

袈（jiā）働ga¹〔加〕〔袈裟〕佛教僧尼的法衣。

袋（dài）働dɔi⁶〔代〕❶用軟薄材料製成的有口盛器。如：布袋；皮袋；麻袋；文件袋。也特指衣服上的口袋。如：胸袋；補袋。❷計量詞。如：一袋麪粉。

袍（páo）働pou⁴〔葡〕❶長衣服的通稱。如：棉袍；長袍。❷古代特指裝舊絲綿的長衣。❸衣服的前襟。

【袍澤】澤，亦作"襗"，衣服名。舊時軍人相稱爲"同袍"，也稱相互之間的友誼爲"袍澤之誼"。

【袍笏登場】官服打扮，登臺演劇。比喻新官上任，含有諷刺的意思。

袑（shào）働siu⁶〔紹〕褲子的上半部。

袒（tǎn）働tan²〔坦〕❶袒露。如：袒胸。參見"袒裼❷"。❷庇護；擁護。如：偏袒。

【袒裼】❶脫去上衣，露出內衣。❷脫衣露體。參見"袒裼裸裎"。

【袒護】不公正地維護一方面。

【袒裼裸裎】脫衣露身。意謂沒有禮貌。亦作"裸裎袒裼"。

袖（xiù）働dzeu⁶〔就〕❶袖子。❷納入袖內。見"袖手"。

【袖刃】袖藏利刃。

【袖手】謂藏手於袖，不過問其事。

【袖珍】可以放在衣袖內的小型書物，含有珍玩的意思。如：袖珍本。現在也用指一般體積較小的東西。如：袖珍收音機。

【袖箭】古代的一種暗器。圓筒中裝箭，設彈簧，一按機括，箭即發出；用時藏於袖中，故名。

【袖手旁觀】把手放在袖裏在旁觀看，比喻置身事外，不過問其事。

袗 ㊀（zhēn）働dzen¹〔眞〕衣色純一。㊁（zhèn）働tsen²〔診〕dzen²〔紙忍切〕（又）穿單衣。

袘（yí）働ji⁵〔以〕衣裙的下緣。

袜 ㊀（mò）働mut⁹〔末〕袜肚，即抹肚，兜肚的古稱。㊁"襪"的簡化字。

袛（dī）働dei¹〔低〕見"袛裯"。

【袛裯】（—dāo）短衣、汗衫之類。

袟"帙的異體字。

裵
"帔"的異體字。

祥
㊀(fán)⑧fan⁴〔煩〕夏天穿的白色內衣。
㊁同"襎"。

袤
(mào)⑧meu⁶〔茂〕南北距離的長度。如：廣袤千里。

袧
(kōu)⑧keu¹〔溝〕古代喪服裳幅兩側作褶襇、中央無褶襇之稱。

袪
(qū)⑧kœy¹〔驅〕❶袖口。如：執子之袪。❷撩起；舉起。❸擺脫；去掉。

被
㊀(bèi)⑧bei⁶〔備〕遭；受。如：被害。引申爲表被動之詞，猶言"爲"。如：碟中的魚已被貓兒吃掉。
㊁(bèi)⑧pei⁵〔婢〕被子。睡覺時覆蓋身體的東西。
㊂(bèi)⑧pei¹〔披〕覆蓋。。
㊃(pī)⑧同"披"。

【被告】在民事和刑事案件中被控告的人。
【被服】❶被子、衣服之類。❷穿；著。
【被酒】醉酒。
【被離】(pī—)同"披離"。
【被堅執銳】(被 pī)披堅甲，執利兵。謂投身戰鬥。
【被褐懷玉】(被 pī)褐，古代貧苦人穿的衣服；玉，比喻才德。"被褐懷玉"，謂懷抱美才，深藏不露。後用以比喻出身貧寒而懷有眞才實學的人。
【被髮文身】(被 pī)古代吳越一帶的風俗：散髮不作髻，身上刺花紋。
【被髮纓冠】(被 pī)來不及束髮，來不及結帽帶，形容急迫救助他人。

祾
(xuàn)⑧jyn⁶〔願〕❶黑色的禮服。❷炫目的盛裝。

袠
同"袠"。

袯
同"祓"。

六　畫

袱
(fú)⑧fuk⁹〔伏〕❶古代婦女的包頭巾。❷見"包袱"。

袴
(kù)⑧fu³〔富〕❶"褲"的異體字。❷本作"絝"。古時指套褲，以別於有襠襠的"褌"。

袷
㊀(jié)⑧gip⁸〔劫〕古時交疊於胸前的衣領。
㊁(jiá)⑧gap⁸〔甲〕亦作"夾"。兩層的衣物。如：袷衣；袷衣。

結
(jié)⑧git⁸〔結〕手執衣襟以承物。

絡
(gē)⑧gɔk⁸〔各〕衣袖的上端當肘腋之處。

袽
(rú)⑧jy⁴〔如〕舊絮；破布。

袿
(guī)⑧gwɐi¹〔歸〕❶婦女的上衣。❷衣袖。

絪
(yīn)⑧jɐn¹〔因〕❶夾衣。❷通"茵"。兩層牀褥。

裁
(cái)⑧tsɔi⁴〔才〕❶剪裁；割裂。如：裁衣，裁紙。❷勿頸；殺。如：自裁。❸削減；消除。如：裁軍；裁員。❹節制。如：制裁。❺判斷；決定。如：裁斷；裁決。❻體制。如：體裁。

【裁可】裁決批准。
【裁度】(—duó)推測斷定。
【裁處】(—chǔ)裁決處理。
【裁答】裁箋作覆。
【裁奪】裁酌決定其去取可否。

裂
(liè)⑧lit⁹〔列〕❶繒帛的殘餘。引申為破敝，分裂。如：四分五裂。❷裁；扯。如：割裂；扯裂。

【裂帛】❶裁帛作衣。❷指古代的書籍。古代無紙，以竹帛書寫，故常用竹、帛爲書籍的代稱。❸形容聲音的清厲。
【裂眦】眦，眼眶。目眦欲裂，形容憤怒到極點。

裉
(kèn)⑧ken³〔卡褪切〕北方言，指上衣靠腋下前後兩幅接縫的部分。從肩到腋下的部分叫"抬肩"，即南方話的"掛肩"；腰部的叫"腰裉"，即南方話的"腰身"。

袾
(zhū)⑧dzy¹〔朱〕衣純赤色。

衦
"衽"的異體字。

袞 (póu)働peu⁴〔裙牛切〕❶聚集。如：袞集；袞輯。❷刨除；減少。見"袞多益寡"。

【袞輯】搜集編輯。

【袞斂】猶聚斂，同搜括財物。

【袞多益寡】袞，減少；益，增補。謂移多餘以補不足。

七　畫

裊(裊) (niǎo)働niu⁵〔鳥〕見"裊娜"、"裊裊"。

【裊娜】(──nuó)形容草木柔弱細長。也用來形容女子體態輕盈柔美。

【裊定】動搖不停的樣子。

【裊裊】❶搖曳的樣子。❷纖長柔美的樣子。❸形容聲音婉轉悠揚。❹形容煙的繚繞上升。❺形容微風的吹拂。

裋 (shù)働sy⁶〔豎〕古指僮豎所穿的衣服。見"裋褐"。

【裋褐】粗陋之衣，古代多為貧苦者所服。

裎 (chéng)働tsiŋ²〔呈〕❶脫衣露體。見"袒裼裸裎"。❷繫玉佩的帶子。

裏(里) (lǐ)働lœy⁵〔呂〕❶衣服的內層。❷指方位，與"外"相對。如：城裏；箱子裏。❸指處所或時間。如：這裏；那裏；日裏；夜裏。

【裏手】內行；行家。

【裏應外合】外面攻打和裏面接應相配合。

裔 (yì)働jœy⁶〔銳〕❶衣服的邊緣。❷後代。引申為邊遠的地方。如：海裔。亦指四裔的民族。❸後代。如：後裔。

【裔胄】後裔；後代。

【裔裔】❶四散流布的樣子。❷形容舞態或步履裊裊。

裕 (yù)働jy⁶〔預〕❶富饒。如：綽綽有裕。❷寬裕；寬綽。❸應付裕如。

裘 (qiú)働kɐu⁴〔求〕皮衣。如：狐裘；集腋成裘。

【裘馬】乘肥馬，衣輕裘的略語。形容生活的豪華。

【裘葛】夏衣葛，冬衣裘。比喻寒暑的變遷。

【裘褐】❶粗陋的衣服。❷皮衣。

裙弊金盡】比喻窮困潦倒。

裙 (qún)働kwɐn⁴〔羣〕❶古謂下裳，男女同用。今專指婦女的裙子。❷龜甲邊緣的肉質部分。

【裙釵】古代婦女的服飾，因用為婦女的代稱。

【裙帶官】謂借妻女、姊妹的關係而得的官。含譏刺意。

裛 (yì)働jɐp⁹〔邑〕❶書帙，即包書的布套。❷通"浥"。沾濕。❸香氣馥鬱。❹纏。

【裛裛】形容香氣盛。

補(补) (bǔ)働bou²〔寶〕❶修整破損的器物。如：補鍋；補衣服。❷補充；填滿。如：補課；補漏洞。❸補救。見"補過"。❹補助；補益。如：無損於事。❺補充的；額外。見"補過"。

【補服】舊時的官服。前胸及後背綴有用金線和彩緣繡成的"補子"，也叫"背胸"，是品級的徽識。此制明代已有。清代文官繡鳥，武官繡獸。一品文鶴，武麒麟；二品文錦雞，武獅；三品文孔雀，武豹；四品文雁，武虎；五品文白鷳，武熊；六品文鷺鷥，武彪；七品文鸂鶒，武彪(武彪[武品六品])；八品文鵪鶉，武犀牛；九品文練雀，武海馬。此外都御史、按察使等，均繡獬豸。

【補girl】補綴。且，用草來墊鞋底。引申為彌縫。

【補袞】舊時皇帝穿袞袞龍衣，故稱補救皇帝的缺失為"補袞"。

【補過】彌補過失。

【補綻】縫補。

裝(装) (zhuāng)働dzɔŋ¹〔莊〕❶服裝。如：上裝；下裝；便裝；軍裝。❷裝扮；做作。如：喬裝；偽裝；裝模作樣；裝腔作勢。❸裝飾；修飾。如：裝點；裝裱。❹安裝；安放。如：裝機器；裝電綫；裝貨；裝箱。❺包裝；裝訂。如：精裝；簡裝；平裝；綫裝。❻釘指行裝。如：束裝；治裝；整裝待發；輕裝前進。

【裝束】❶猶束裝，整理行裝。❷打扮。如：裝束入時。

【背背】亦作"裝褙"。裝裱書畫。

【裝備】軍隊的武器、彈藥、被服、裝具的統稱。也指用這些東西來供應軍隊。

【裝飾】修飾；打扮。

【裝潢】❶即"裝裱"。古時裝裱書畫用黃紙（以黃蘖汁染的紙），故名。也有把"潢"作水池解，由於書畫邊緣裝飾綾錦，其本身如池，故名。❷器物或商品外表的裝飾。

【裝點】裝亦作"妝"。裝點點綴。如：裝點門面。

祱 ㊀(shuì)粵sœy³〔稅〕舊時贈死者的衣被。

裟 ㊀(shā)粵sa¹〔沙〕見"袈"。

袷 "袷㊀"的異體字。

裠 "裙"的異體字。

裡 "裏"的異體字。

八　畫

裨 ㊀(pí)粵pei¹〔皮〕副；偏；小。見"裨將"、"裨海"、"裨販"。
　　㊁(bì)粵bei¹〔悲〕補益。如：無裨於事。

【裨海】小海。

【裨販】小商販。

【裨將】副將。

裯 ㊀(chóu)粵tsɐu⁴〔酬〕被單；一說為牀帳。
　　㊁(dāo)粵dou¹〔刀〕袛裯的簡稱。短衣。

裲(裲) (liǎng)粵lœŋ⁵〔兩〕見"裲襠"。

【裲襠】古代"兩當"。即馬甲、坎肩或背心。

裳 ㊀(cháng)粵sœŋ⁴〔常〕下身的衣服；裙。
　　㊁(shang)粵同㊀用於"衣裳"。

裱 (biāo)粵biu²〔表〕❶裱褙；裝裱。如：裱褙字畫；裱糊。❷裱軸。

【裱褙】亦作"表背"。即"裝裱"。

裴 (péi)粵pui⁴〔培〕❶見"裴回"。❷姓。

【裴回】同"徘徊"。

褑 (yuān)粵jyn¹〔淵〕覆物巾。

裸 (luǒ)粵lɔ²〔拉可切〕赤身露體。如：裸體。引申爲凡無包要之稱。如：裸芽；裸麥。

裹 (guǒ)粵gwo²〔果〕❶包紮。如：裹腿；裹傷口。❷指包裹的物品。

【裹足】❶停步不進。❷盤費。

【裹脅】脅迫別人，使其跟從做壞事。

裻 (dū)粵duk⁷〔督〕衣背縫。

裼 ㊀(xī)粵sik⁷〔昔〕袒開或脫去上衣，露出內衣或身體。參見"袒裼"。
　　㊁(tì)粵tik⁷〔踢〕嬰兒的包被。

製(制) (zhì)粵dzɐi³〔祭〕❶裁製衣服。❷製造。也：製革；製成藥。如法炮製。❸撰著；著作。如：製文；佳製。

裾 (jū)粵gœy¹〔居〕❶衣服的前襟，也稱大襟。❷衣袖。

褂 (guà)粵gwa³〔卦〕kwa²〔誇高上〕（又）北方人稱單衣爲褂，即南方話的衫。如：短褂兒；大褂兒。又特指一種短外衣。如：馬褂。

裰 (duō)粵dzyt⁸〔啜〕縫補。如：補裰。❷直裰，僧道穿的一種長服。

裺 (yān)粵jim²〔掩〕❶小兒涎衣。圍在小孩脖前不讓口水沾濕衣服的東西。❷衣緣，即衣服的貼邊。

裧 (chān)粵tsim¹〔簽〕同"襜❷"。車上的帷幕。

裮 同"裉"。

袷 同"衿"。

九　畫

複(复) (fù)粵fuk⁷〔福〕❶夾衣。也比喻夾層的。如：複壁。❷重複；繁複。也：複疊。❸多；分數。

【複道】高樓間或山巖險要處架空的通道，閣道。

【複壁】即夾牆。兩重的壁，中空，可藏物或

匪人。

褊 (biǎn)⑨bin²〔匾〕衣服狹小。引申謂狹隘。

【褊小】狹小。

【褊心】心地狹窄。

【褊急】氣量狹隘，性情急躁。

褌(裈) (kūn)⑨gwen¹〔君〕有襠的褲子，以別於無襠的套褲而言。

褎 ㊀(xiù)⑨dzɐu²〔就〕同"袖"。
㊁(yòu)⑨jɐu⁶〔又〕❶盛裝。❷禾苗漸長的樣子。引申爲出衆。

褐 (hè)⑨hɔt⁸〔渴〕❶獸毛或粗麻製成的短衣，古時貧苦人所服。因以爲貧苦人的代稱。❷黃黑色。如：茶褐；褐綠。

【褐夫】穿粗布衣服的人，古代以指貧苦者。

褒 (bāo)⑨bou¹〔煲〕❶嘉獎；稱讚。與"貶"相對。❷衣襟寬大。見"褒衣博帶"。

【褒揚】讚美；表揚。

【褒貶】❶讚美和貶斥。❷指責，批評。如：不落褒貶。

【褒衣博帶】古代儒生的裝束。猶言寬袍大帶。

褓 (bǎo)⑨bou²〔保〕見"襁褓"。

褕 (yú)⑨jy⁴〔如〕❶見"襜褕"。❷美。見"褕衣"。

【褕衣】猶美衣。

緣 (tuàn)⑨tœn³〔拖信切〕衣服邊緣的裝飾。見"緣衣"。

【緣衣】有邊緣裝飾的衣服。

褘(袆) (huī)⑨fɐi¹〔揮〕❶蔽膝。男用的叫褘，女用的叫褘。❷古代王后的祭服。見"褘衣"。

【褘衣】古代王后的祭服。

褚 (chǔ)⑨tsy⁵〔柱〕姓。

褋

褙

十　畫

褡 (dā)⑨dap⁸〔答〕搭搭附在外或兩用搭連的衣物。如：被褡(即被面兩頭的鑲緄)；背褡(即背心)。參見"褡褳"。"褡膊"。

【褡膊】亦作"搭膊"。用綢或布製成，束在衣外的腰巾。

【褡褳】同"搭連"。

褥 (rù)⑨juk⁹〔玉〕坐臥墊身使溫軟之具。如：被褥；褥墊。

褦 (nài)⑨nai⁶〔拿艾切〕le⁵〔離野切〕(語)見"褦襶"。

【褦襶】❶衣服粗重寬大，既不合身又不合時。比喻無能，不曉事。❷遮日笠帽；用竹片做帽，蒙以布帛。

褧 (jiǒng)⑨gwiŋ²〔炯〕用麻布製成的單罩衣。

褪 (tùn)⑨tɐn³〔他印切〕❶卸下衣裝。如：褪下褲子。❷萎謝。❸褪色。如：花褪了色。❹後退。如：褪後。

褫 (chǐ)⑨tsi²〔始〕剝去；奪去。引申爲革除，奪去。見"褫革"、"褫魄"。

【褫革】謂褫奪衣冠，革除功名。舊時生員等犯罪，必先由學官褫革功名之後，才能動刑拷問。

【褫奪】奪去(多用於法令)。

【褫魄】神思恍惚，精神不振。猶言喪魂落魄。

裊 (niǎo)⑨niu⁵〔鳥〕❶"裊"的異體字。❷"裊蹄"。

【裊蹄】古代鑄成馬蹄形的黃金。

褰 (qiān)⑨hin¹〔牽〕❶撅。❷揭起。如：褰裳。❷褲子的一種，即套褲。

褲(裤) (kù)⑨fu³〔富〕褲子。今爲成人滿襠褲及小兒開襠褲的通稱，古時的褲則是今人的套褲。

褪 (mì)⑨mik⁹〔覓〕同"幭"。車軾上的覆蓋。

褟 (tā)⑨tap⁸〔塔〕❶貼身的單衫。如：汗褟。❷在衣物上縫綴花邊。如：褟緣子。

褯 (jiè)⑨dzik⁹〔夕〕嬰兒的尿布。

十一畫

褵 (lí)[粵]lei^{4}〔離〕同“縭”。古時女子出嫁時所繫的佩巾。參見“結縭”。

褶 ㊀(zhě)[粵]dzip^{8}〔接〕同“襵”。衣服上的褶疊。如：百褶裙。
㊁(dié)[粵]dip^{9}〔碟〕夾衣。
㊂(xí)[粵]dzap^{9}〔習〕〔褶子〕戲曲傳統服裝，劇中古代平民所穿便服以及帝王官紳的襯衣。

褷 (shī)[粵]si^{1}〔斯〕見“襹褷”。

褸(褛) ㊀(lǚ)[粵]lœy^{5}〔呂〕lɐu^{5}〔柳〕(俗)衣襟。
㊁(lōu)[粵]lɐu^{1}〔拉歐切〕粵方言指大衣。如：皮褸。

褻(亵) (xiè)[粵]sit^{8}〔屑〕❶內衣。見“褻衣”。❷親近；狎近。❸猶言穢。如：褻器(便溺用器)。

【褻衣】內衣。

【褻服】古人所穿的便服。

【褻狎】舉止不嚴肅；行爲放蕩。

【褻瀆】輕慢；冒失。

襀(𫌇) (jī)[粵]dzik^{7}〔績〕見“襞襀”。

褱 “褻”的異體字。

襄 (xiāng)[粵]sœŋ^{1}〔商〕❶相助而成。亦謂助理，佐治。如：襄理；襄辦。❷沖上。見“襄陵”。

【襄羊】同“徜徉”。自由自在地往來行走。

【襄陵】❶大水漫過丘陵。謂洪水泛濫。❷古地名。春秋時宋襄公葬此，故名。在今河南睢縣。

襂(𫌋) ㊀(shēn)[粵]sɐm^{1}〔心〕見“襂纚”。
㊁(shān)[粵]sam^{1}〔三〕同“衫”。

【襂纚】(—shī)義同“綝纚”。下垂的樣子。亦作“襂褷”。

褳(裢) (lián)[粵]lin^{4}〔連〕見“褡褳”。

褾 (biǎo)[粵]biu^{2}〔表〕❶袖端。❷衣服的緄邊。如：褾領。❸同“裱”。如：褾褙。

褺 同“襵”。

十二畫

襆 (fú)[粵]fuk^{9}〔服〕包袱。亦指包紮。見“襆被”。

【襆被】用袱子包紮衣被，意爲整理行裝。

襉(裥) (jiǎn)[粵]gan^{2}〔簡〕gan^{3}〔諫〕(又)裙幅或其他布帛的摺疊。如：打襉。

襁 (qiǎng)[粵]kœŋ^{5}〔其養切〕背負嬰兒所用的布兜。見“襁負”。

【襁負】用布幅把嬰兒負在背上。

【襁褓】亦作“襁保”、“强葆”。襁，布幅，用以絡負；褓，小兒的被，用以裹覆。泛稱背負小兒所用的東西。

襋 (jí)[粵]gik^{7}〔激〕衣領。

襌(禅) (dān)[粵]dan^{1}〔丹〕單衣。

襏(袯) (bó)[粵]but^{9}〔撥〕見“襏襫”。

【襏襫】蓑衣一類的防雨服。一說，粗糙結實的衣服。

襍 “雜”的異體字。

十三畫

襖(袄) (ǎo)[粵]ou^{2}〔澳高上〕ou^{3}〔澳〕(又)有襯裏的上衣。如：夾襖；棉襖；皮襖。

襗(䄼) (zé，又讀 duó)[粵]dzak^{9}〔摘〕dɔk^{9}〔鐸〕(又)褻衣，即貼肉的衣褲。

襘(𫌌) (guì)[粵]kui^{2}〔繪〕古時衣交領，其交會處謂之襘。

襚 (suì)[粵]sœy^{6}〔遂〕贈送死人的衣衾。也指贈送生人的衣服。

襛(𫋻) (nóng)[粵]nuŋ^{4}〔農〕形容衣服多、厚。引申爲豐富多彩。

襜 (chān)⑧tsim¹〔簽〕❶繫在衣服前面的圍裙衣。❷通"幨"。車上的帷幕。

【襜褕】短外衣。

襞 (bì)⑧bik⁷〔壁〕❶摺疊衣服。❷衣服上的褶襉。見"襞積"。

【襞積】亦作"襞襀"、"辟積"。衣服上的褶子。

襟 (jīn)⑧kɐm¹〔衿〕❶古代指衣的交領。後指衣服的前幅。如：大襟；小襟；底襟；對襟。❷兩婿相稱為"連襟"，也省稱"襟"。如：襟兄；襟弟。❸猶言心懷。如：胸襟。

【襟抱】胸懷；抱負。

【襟素】素，情素，真實的心情。襟素，猶懷抱。

【襟帶】如襟如帶，比喻地勢的迴互縈帶。

【襟期】襟抱；志願。

【襟懷】猶言胸懷。

襠 (dāng)⑧dɔŋ¹〔當〕❶兩條褲筒相連的地方。如：橫襠；直襠。引申為兩腿的中間。如：腿襠。❷見"褲襠"。

襢 ㊀"袒"的異體字。

　㊁(zhàn)⑧dzin³〔前〕古代有封號的貴族婦女的一種禮服。

襡 ㊀(shǔ)⑧suk⁹〔熟〕連腰衣，即長襦。

　㊁(dú)⑧duk⁹〔毒〕通"韇"。韜藏。

襝 (檢) (liǎn)⑧lim⁵〔斂〕同"斂"。見"襝衽"。

【襝衽】同"斂衽"。

十四畫

襤 (襤) (lán)⑧lam⁴〔藍〕無緣飾的破舊衣。參見"襤褸"。

【襤衫】同"襴衫"。

【襤褸】亦作"藍縷"。形容衣服破爛。

襦 (rú)⑧jy⁴〔如〕❶短衣；短襦。❷小兒涎衣。圍在小孩胸前不讓口水沾濕衣服的東西。❸通"繻"。細密的羅網。

十五畫

襪 (袜) (wà)⑧mɐt⁹〔物〕襪子。

襫 (shì)⑧sik⁷〔式〕見"襏襫"。

襬 ㊀(bǎi)⑧bai²〔擺〕衣、裙的下幅。如：下襬。

　㊁(bèi)⑧bei¹〔悲〕裙子。

襮 (bó)⑧bɔk⁸〔博〕buk⁹〔僕〕繡着黼文的衣領。

襭 (襭) (xié)⑧kit⁸〔揭〕翻轉衣襟插於腰帶以承物。

十六畫

襯 (衬) (chèn)⑧tsɐn³〔趁〕❶指穿在裏面的。如：襯衫；襯衣。❷陪襯；襯托。引申為幫助。如：幫襯。

襲 (袭) (xí)⑧dzap⁹〔習〕❶衣物的全套。如：衣一襲。❷相因；繼承。如：因襲；世襲。❸掩襲。謂軍事上乘人不備而進攻。後泛指侵襲。如：空襲；夜襲。又引申為竊取。如：抄襲；剽襲。

【襲步】馬以最快的速度奔馳。奔馳時四蹄同時離地，同時著地，其蹄伸長，具有極大的推進力。

【襲封】封建時代，子孫因襲上輩的官爵，受封。

【襲迹】沿着別人的足迹走。

【襲擊】乘對方不備突然攻擊。

【襲雜】猶"雜襲"。雜亂的樣子。

襱 (襱) (lóng，又讀 lǒng)⑧luŋ⁴〔龍〕luŋ⁵〔壟〕(又)褲脚管。

十七畫

襳 ㊀(xiān)⑧tsim¹〔簽〕❶小襖。❷古時婦女上衣上用作裝飾的長帶。

　㊁(shēn)⑧sɐm¹〔深〕見"襳襹"。

【襳襹】(shēn—)形容羽毛很盛。

襴 (襕) (lán)⑧lan⁴〔蘭〕古時上下衣相連的服裝。

【襴衫】亦作"襤衫"、"藍衫"。古時士人的服裝。

十八畫

襶 (dài)粵dai³〔帶〕dɛ²〔嗲〕(語)見"褦襶"。

襵(𰸉) (zhě)粵dzip⁸〔接〕亦作"褶"。衣裙上的摺疊。

十九畫

襹(䙻) (shī)粵si¹〔詩〕見"襬襹"。

襻 (pàn)粵pan³〔盼〕古指繫衣裙的帶子。後指鈕扣的圈套及器物上用來結繫或攀手的帶子。如：鈕襻；鞋襻；搭襻；車襻。又引申爲繫上或縫上。如：用繩子襻住；襻上幾針。

䙰(褵) (lí)粵lei⁴〔離〕見"䙰褷"。

【䙰褷】亦作"離褷"。羽毛濡濕黏合的樣子。

襼(袣) (yì)粵ŋɐi⁶〔毅〕衣袖。

二十一畫

襡 (shǔ)粵suk⁹〔熟〕同"襡㊀"。連腰衣，即長襦。

襾 部

西 (xī)粵sɐi¹〔犀〕❶太陽沒落的方向。❷古時賓師所居的一方，因即以指賓師的地位。見"西賓"、"西席"。❸西洋，內容和形式屬於西洋的。如：西醫；西裝。

【西子】即西施。

【西序】古代宮室的西廂；又古代小學名。參見"東序"。

【西宮】妃嬪居住的宮。

【西席】指家塾的教師或幕友。古代主位在東，客位在西，故稱西席。

【西崑】❶指西方崑崙羣玉之山，相傳是古代帝王藏書的地方。❷西崑體的簡稱。北宋楊億、劉筠、錢惟演等作詩宗法李商隱，追求詞藻，堆砌典故的文風，作有《西崑酬唱集》，故稱西崑體。亦簡稱崑體。

【西崽】舊時指在洋行或西式餐館等行業中服雜役的中國人，限於男性，帶有鄙視的意思。

【西賓】猶西席。舊時對家塾教師或幕友的敬稱。

【西學】清末稱歐美國家的自然科學和社會、政治學說。

三 畫

要 ㊀(yào)粵jiu³〔意笑切〕❶重要；切要。如：要職；要事；要言不煩。也指要點，綱要。❷想；希望。如：要好；要强。❸討；索取。如：要帳。❹叫；讓。如：他要我立刻就去。❺應該；必須。如：工作要勤勉；身體要鍛煉。❻將要；快要。如：快走吧，天要下雨了。❼要是；如果。如：明天要不下雨，我一定來。

㊁(yāo)粵jiu¹〔腰〕❶"腰"的本字。❷通"邀"。中途攔截；遮留。❸求。如：要求。❹强求，有所仗恃而强行要求。如：要挾。

【要人】謂居高位、有權勢的顯要人物。

【要眇】(yāo—)亦作"要妙"。美好的樣子。

【要津】猶津要。比喻顯要的地位。

【要約】(yāo—)❶盟約。❷約束。

【要素】構成事物的必要因素。如：詞滙是語言的基本要素。

【要害】❶身體上易於致命的部位。引申指重要的部門和問題的關鍵。❷比喻地當敵衝，形勢險要。

【要盟】(yāo—)脅迫對方締結盟約；强迫訂立的盟約。

【要路】猶要津。比喻顯要的地位。

【要塞】進行長期堅守的國防戰略要地。

【要領】謂主旨、綱領或事物的關鍵。如：不得要領。

【要衝】處在交通要道的形勝之地。

【要言不煩】說話簡明扼要。

五 畫

罗 (fēng)⑩fuŋ²〔捧〕翻覆。

六 畫

覃 ㊀(tán)⑩tam⁴〔談〕❶長；延長。❷深入。見"覃思"。
㊁(qín)⑩tsɐm⁴〔尋〕姓。
【覃思】亦作"潭思"。深思。
【覃恩】廣布恩澤。多指帝王對臣下普行封賞或赦免。

十二畫

覆 (fù)⑩fuk⁷〔腹〕❶翻；傾覆。如覆舟。❷遮蓋；掩蔽。如：天覆地載。❸轉回。如：翻來覆去；反覆無常。❹答；告。如：函覆。
【覆手】猶反手。比喻事情容易辦到。
【覆車】❶比喻失敗的教訓。❷古代捕鳥車。
【覆盂】覆置的盂，比喻穩固、不可動搖。
【覆育】指天地養育萬物。也指父兄對子弟的保護和教養。
【覆冒】❶籠罩；覆蓋。❷掩沒真相。
【覆盆】❶覆置的盆。比喻社會黑暗或沉冤莫白。❷猶傾盆。
【覆逆】推度；預料。
【覆瓿】比喻著作沒有價值，只能用來蓋盛醬的瓦罐。
【覆載】原指天地養育及包容萬物。後亦用為天地的代稱。
【覆轍】猶言覆車。比喻失敗的教訓。
【覆水難收】比喻事成定局，無法挽回。亦作"潑水難收"。
【覆巢無完卵】比喻滅門之禍，無一得免。也用來比喻整體覆滅，個人不能幸存。

十三畫

覈 (hé)⑩het⁹〔瞎〕又作"核"。❶仔細查對。如：覈實；覈辦。❷翔實正確。

霸 "霸"的異體字。

十七畫

羈 "羈"的異體字。

十九畫

韉 "韉"的異體字。

見 部

見（见）㊀(jiàn)㊁gin³〔建〕❶看見。如：耳聞目見。❷接觸；遇到。如：見感；見光。❸看得見；顯現出。如：見效；見長。❹會見；進見；接見。如：一日不見，如隔三秋；有客求見；今天不見客。❺見識；見解。如：真知灼見；一得之見。❻語助詞。用在動詞前表被動或對我怎麼樣。如：見笑；見告。❼聽見；聽說。如：君不見黃河之水天上來。❽知道；覺得。如：何以見得？❾指明出處或須參看的地方。如：見前；見《史記》。
㊁(xiàn)㊁gin⁶〔現〕同“現”。

【見外】不當自己人看待。

【見地】見解。如：見地甚高；別有見地。

【見背】背，離開。謂父母去世。

【見習】具備一定的專業知識後，到工作現場去觀察或參加一部分實際工作。

【見教】客氣話，稱對方的指教。如：有何見教。

【見幾】(—jī)事前洞察事物細微的動向。

【見解】對事物的看法；辨識事理的能力。

【見識】猶言聽說，唐時俗語。

【見齒】❶病情好轉。❷被人輕視。

【見齒】笑而露齒。

【見機】讖風氣；看情況。如：見機而作。

【見識】❶猶言見、見解。如：好沒見識。❷主意；計策。

【見仁見智】“智”本作“知”。《易・繫辭上》有“仁者見之謂之仁、知者見之謂之知”之語，後因以“見仁見智”指對同一問題各人從不同角度持不同的看法。

【見危授命】謂遇到國家有危難時，不惜付出自己的生命。

【見怪不怪】謂看到怪異的現象多了，就不以為怪。

【見兔顧犬】見了野兔再回頭喚狗追捕。比喻事態緊急，及時想辦法還來得及。

【見風轉舵】比喻看勢頭行事或看人眼色辦事。

【見笑大方】被內行的人笑話。常用為謙辭。“大方”，即大方之家，見識廣博的人，亦泛指有專長的人。

【見異思遷】謂意志不堅定，因而看到別的事物就改變原來的主意。

【見義勇為】看到合乎正義的事便勇敢地去做。

【見微知著】見到事物剛剛露出的一點苗頭就能知道其本質和發展的趨向。

【見獵心喜】《二程全書・遺書七》載，程顥年十六七時，好田獵，後自言已無此好。十二年後，有一次夜歸，見人在田野間打獵，不覺有喜心。後因以“見獵心喜”比喻舊習難忘，觸其所好，便躍躍欲試。

三 畫

尋 “得”的古字。

眪（贶）(yàn)㊁jim³〔焰〕見“眪口”。

【眪口】地名。在浙江省。

四 畫

規（规）(guī)㊁kwɐi¹〔虧〕❶校正圓形的用具。❷圓弧形。❸規則；章程。如：常規；犯規。❹典範。如：死為壯士規。❺規勸。如：規勉。❻規劃；打算。如：規避；欣然規往。

【規律】❶即“法則”。指事物在發展過程中內部的本質聯繫和必然趨勢。❷規則。如：生活很有規律。

【規則】❶規範；規章制度；法規。如：交通規則。❷整齊；合乎一定的方式。

【規格】❶各生產單位對它所生產的成品所使用的原料和標準程度的標準。❷猶規格。

【規矩】❶規和矩。校正圓形和方形的兩種工具。❷謂規則、禮法。引申為人的言行正派、老實。❸成規；老例。

【規範】❶標準；法式。如：道德規範；語言規範。❷楷模；典範。

【規模】❶亦作“規摹”、“規橅”。規制；格局。如：規模宏大。❷榜樣。❸摹仿；取

法。

【規諫】謂以忠正之言相勸誡。

【規避】設法避免。

【規行矩步】❶比喻言行謹慎，舉止端正。❷比喻平庸拘守，無所作爲。

覓（觅） (mì)粵mik⁹[汨]尋找。如：覓食。

【覓句】詩人得句，多由苦思力索，因稱"覓句"。

冖 "覓"的異體字。

五　畫

視（视） (shì)粵si⁶[事]❶看；審察。如：視而不見；巡視。❷看待。如：重視。

【視事】辦公；就職治事。

【視草】舊指詞臣受命商討、修改詔諭一類的公文。後亦稱詞臣起草詔諭爲"視草"。

【視朝】古代天子和諸侯在每月初一祭告於明堂和祖廟後聽政，叫"視朝"。

【視野】❶又稱"視場"。眼球固定注視一點時（或通過光學儀器）所能看見的空間範圍。雙眼視野大於單眼視野。各種顏色的視野也大小不同；綠色視野最小，紅色較大，藍色更大，白色最大。❷指思想或知識的領域。如：擴大學術視野。

【視朝】君主臨朝聽政。

【視聽】見聞；看到的和聽到的。如：混淆視聽。

【視而不見】看到了，沒有引起注意或當作沒看見。指不注意或不重視。

【視死如歸】形容不怕死。多指爲了公義，不惜犧牲生命。

【視若無睹】看見了，卻像沒看見一樣，指對某些眼前的事物漠不關心。

覘（觇） (chān)粵dzim¹[沾]看；窺看。

覕（觅） (piē)粵pit⁸[瞥]猶"瞥"。暫見，很快地看一下。

覗（伺） (sì)粵dzi⁶[自]同"伺"。窺伺。

六　畫

覜（觌） (tiào)粵tiu³[跳]❶古代諸侯聘問相見之禮。❷"眺"的異體字。

七　畫

覡（觋） (xí)粵het⁹[瞎]男巫。

八　畫

覤 同"虩"。

覥（觍） (tiǎn)粵tin²[他演切]❶慚愧。如：覥顏。❷厚着臉皮。如：覥着臉。

九　畫

覦（觎） (yú)粵jy⁴[如]非分的希望。見"覬覦"、"窺覦"。

覩 "睹"的異體字。

親（亲） ㊀(qīn)粵tsen¹[嗔]❶父母。如：雙親。❷血統最近的。如：親弟兄；親叔侄。❸親族；親戚。如：至親好友；沾親帶故。❹婚姻關係。如：結親。❺親信；亦指親信的人。如：衆叛親離。❻愛；親愛。如：相親。❼親臉。如：媽媽親了親寶寶。❽親自。如：親眼；親筆。

㊁(qìng)粵tsen³[趁]用於"親家"。

【親串】(一guàn)親近的人。引申爲親戚。

【親迎】(一ying)古代婚禮"六禮"之一。新婿親至女家迎娶。

【親知】❶親身得來的直接知識。❷猶親友。

【親炙】謂親身受到教益。

【親政】皇帝幼年即位，由皇太后垂簾聽政，或由近親大臣攝政，至成年後始親自執政，謂之"親政"。

【親故】親戚故舊。

【親昵】極親近。亦指極親近的人。

【親信】親近信任。亦指親近信任的人。
【親家】❶泛指親戚之家。❷(qìng—)夫妻雙方之父母互稱對方爲"親家"。
【親屬】❶愛自己的親屬。❷親戚。
【親舊】猶親故。
【親痛仇快】謂使親人痛心，仇人快意。

十　畫

覬（觊）（jì）粵gei³〔記〕冀望；希圖。參見"覬覦"。
【覬覦】非分的希望或企圖。

覯（觏）（gòu）粵geu⁵〔究〕❶同"遘"。❷通"構"。構成。
【覯閔】亦作"遘閔"。"覯"，遇到；"閔"同"憫"，痛心的事。

十一畫

覲 同"覬"。

覲（觐）（jìn）粵gɐn³〔記印切〕❶諸侯秋朝天子之稱。後爲晉見國家元首的通稱。❷會見。

覶（覶）（lù）粵lœy⁵〔呂〕見"覶覶"。

十二畫

覵 同"覸"。

覶（阋）（luó）粵lɔ⁴〔羅〕見"覶覶"。
【覶覶】同"覶縷"。

覰（觑）（qù）粵tsœy³〔趣〕❶窺伺。如：覷覰覤覤。❷細看。

十三畫

覺（觉）⊖(jué)粵gɔk⁸〔角〕❶感覺。❷知曉。如：不知不覺。❸覺悟；明白。如：覺今是而昨非。❸啟發；使人覺悟。如：覺迷。❹發覺。
⊜(jiào)粵gau³〔教〕睡眠。如：午覺。

【覺悟】❶從迷惑中醒悟過來。❷佛教謂領悟眞理爲"覺悟"。

覿 同"覷"。

十四畫

覶（觌）（luó）粵lɔ⁴〔羅〕同"覶"。見"覶縷"。
【覶縷】亦作"覶縷"、"覶縷"、"羅縷"。謂委曲詳盡而有條理，多指語言。

覽（览）（lǎn）粵lam⁵〔攬〕❶看。如：閱覽；遊覽。❷通"攬"。採取；摘取。

十五畫

覿（觌）（dí）粵dik⁹〔敵〕見；相見。如：覿面。

十八畫

觀（观）⊖(guān)粵gun¹〔官〕❶看。如：坐井觀天。❷對事物的看法或態度。如：世界觀；人生觀。❸景象。如：奇觀；壯觀。
⊜(guàn)粵gun³〔貫〕❶道敎的廟宇。如：寺觀。❷宮門前的雙闕。❸樓臺之類。如：樓觀。
【觀止】稱讚所見事物盡善盡美，無以復加。
【觀火】比喻觀察事物明白透徹。如：洞若觀火。
【觀光】謂參觀考察一國或一處的政敎風俗等。
【觀望】❶游目眺望。❷看風頭；猶豫不定。❸猶觀瞻，外觀。
【觀察】❶仔細查看。如：觀察地勢；觀察問題。❷官名。淸代對道員的尊稱。唐代於不設府度使的區域設觀察使，爲州以上的長官。後人因爲分守、分巡道員也管轄府、州，就借用以稱一般道員。
【觀摩】指同行業的人彼此參觀並互相學習。
【觀瞻】❶瞻望；注視。❷顯著於外的物象。如：以壯觀瞻。

【觀覽】❶猶言觀察，視察。❷閱覽。

角 部

角 ⊖(jiāo)⑧gɔk⁸〔覺〕❶有蹄類動物頭上或鼻上所生的突起物，有防禦、攻擊等作用。如：犀角；牛角；鹿角。❷形狀像角的東西。如：菱角；皂角。參見"角黍"。❸角落；角隅。如：牆角；轉彎抹角。❹古代軍中的一種樂器。如：畫角。❺古代量器。後用爲酒的計量單位。❻俗稱"毛"。輔幣名。十角等於一元。❼星宿名，二十八宿之一。即"角宿"，蒼龍七宿的第一宿。❽額骨。如：日角。❾幾何學上稱自一點引兩條直線所成的形狀。如：直角。

⊜(jué)⑧同⊖❶古代酒器。青銅製。形似爵而無柱，兩尾對稱，有蓋，用以溫酒和盛酒。❷演員，或指演員在戲劇中所扮演的人物；角色。如：主角；配角。❸較量；競爭。如：角力。❹五音之一。見"五音"。

⊜(lù)⑧luk⁹〔陸〕見"角里"。

【角力】(jué一)比武。現代摔跤運動尚沿用角力之名。如：古典式角力；自由式角力。❷比喻以武力爭勝。

【角巾】古時隱士所戴的一種有棱角的頭巾。

【角里】(lù一)"角"亦作"甪"。❶漢初隱士。姓周，名術，字左道。❷古地名。在今江蘇蘇州市西南。

【角妓】古時蔬藝妓。

【角枕】用獸角作裝飾的枕頭。

【角抵】亦作"觳抵"。秦漢時一種技藝表演。大約同現代的"摔跤"相似。宋元時稱"相撲"或"爭交"。漢亦泛稱各種樂舞雜技爲"角抵戲"。

【角逐】(jué一)爭相取勝。

【角黍】即糉子。

二 畫

觔 (jīn)⑧gɐn¹〔巾〕❶同"筋"。❷同"斤❸"。

【觔斗】亦作"筋斗"。翻跟頭。

四 畫

觖 (jué)⑧kyt⁸〔決〕❶不滿足。❷通"抉"。挑剔。

【觖望】不滿意；抱怨。

五 畫

觚 (gū)⑧gu¹〔孤〕❶古代酒器。青銅製。喇叭形口、細腰、圈足。用以盛酒。❷棱角。❸古代用來書寫的木簡。如：操觚。

觝 同"抵❶"。

六 畫

觜 ⊖(zī)⑧dzi¹〔知〕❶貓頭鷹之類頭上的毛角。❷星宿名，二十八宿之一。即"觜宿"。白虎七宿的第六宿，有星三顆。

⊜(zuī)⑧dzœy²〔咀〕同嘴。

【觜距】(zuī一)嘴與距。雞鬥鬥時，以此進攻對方，故比喻爲擊敗他人的利器。

觡 (gé)⑧gak⁸〔格〕骨角。

解 ⊖(jiě)⑧gai²〔假攋切〕❶剖開。如：解剖；難解難分。❷分裂；渙散。如：土崩瓦解。❸脫去；解開。如：解衣；解帶。❹開放。如：解纜。❺廢除；消除；停止。如：解約；解渴；排難解紛。❻排泄。如：小解。❼明白；知道。如：令人不解。❽解釋。如：不知其解。❾武術用語，猶言套。❿六十四卦之一。⓫代數方程式中未知數的值。

⊜(jiè)⑧gai³〔介〕押送。如：押解；起解。

⊜(xiè)⑧hai⁶〔械〕❶通"懈"。❷通"邂"。見"解垢"。❸解縣。舊縣名。在山西省。❹姓。

⊜(xiè)⑧hai⁵〔蟹〕通"獬"。見"解豸"。

【解人】謂通達言語或文詞意趣的人。後謂不

明真意而妄發議論爲"强作解人"。

【解手】❶猶言分手;離別。❷即解溲。指大小便。

【解豸】(xiè—)同"獬豸"。傳說中的一種神獸。

【解垢】(xiè—)同"邂逅"。不期而遇。

【解悟】領會;領悟。

【解氣】消除心中的氣憤。

【解紐】指國家綱紀敗壞。

【解脫】❶解除;釋放。如:解脫桎梏。❷佛教名詞。梵文 Vimukta(毗木叉)的意譯。佛教徒修道到了最後階段,脫離煩惱業縛束縛,"自在無礙",叫"解脫"。有時被用作與"涅槃"同義。

【解詁】亦作"解故"。謂用當代語言解釋古代語言。

【解廌】(xiè—)同"獬豸"。傳說中的一種神獸。

【解聘】不再繼續聘用。

【解綬】解下印綬,謂辭去官職。

【解酲】解除酒醉狀態。

【解嘲】謂受人嘲笑而自己辯解。如:聊以解嘲。

【解頤】頤,面頰。"解頤",指大笑,歡笑。

【解顏】歡笑。

【解體】支體解散,比喻人心叛離。

【解甲歸田】脫掉鎧甲,回到鄉村。指離開軍隊、回到服務。

【解衣推食】《史記·淮陰侯列傳》有"漢王授我上將軍印,予我數萬衆,解衣衣我,推食食我"之語,後因以解衣推食指慷慨施惠於人。

【解鈴繫鈴】本佛教禪宗語。《指月錄》卷二十三《法燈》載,法眼問衆僧,老虎頸上的金鈴,誰可以解下來。衆僧答不上,獨法燈禪師回答說:"繫者解得。"後因用"解鈴繫鈴"比喻誰若惹出來的問題,仍由誰去解決。

觥 (gōng)⑧gweŋ¹〔觵〕❶古代酒器。青銅製。器腹橢圓,有蓋及鋬,底有圈足。有獸頭形器蓋,也有整器作獸形的,並附有小勺。用以盛酒。❷大;豐盛。

【觥籌交錯】酒器和酒籌交互錯雜。形容宴飲盡歡。

七 畫

觩 (qiú)⑧keu⁴〔求〕❶形容獸角彎曲。❷弓緊緊地張開。

觫 (sù)⑧tsuk⁷〔速〕見"觳觫"。

八 畫

觭 (jī)⑧gei¹〔基〕❶角低昂的樣子。❷通"奇"。單;隻。

九 畫

觱 (bì)⑧bit⁷〔必〕見"觱發"。

【觱沸】泉水湧出的樣子。

【觱發】風寒冷。

觰 (zhā)⑧dza¹〔渣〕張開。參見"觰沙"。

【觰沙】猶"扎煞"。張開的樣子。

十 畫

觳 ㊀(hú)⑧huk⁹〔斛〕❶古代量器名。❷見"觳觫"。

㊁(jué)⑧gok⁸〔角〕通"角"。見"觳抵"。

【觳抵】(jué—)同"角抵"。

【觳觫】恐懼顫抖的樣子。

十一畫

觴(觴) (shāng)⑧sœŋ¹〔商〕❶古代盛酒器。如:舉觴。❷向人敬酒或自飲。

【觴政】酒令。

十二畫

觶(觶) (zhì)⑧dzi³〔至〕古代酒器。青銅製。形似尊而小,或有蓋。用以作飲器。

艕　同"舡"。

艍　同"艍"。

十三畫

觸(触) (chù)⑩dzuk⁷〔足〕tsuk⁷〔速〕(又)④❶抵；撞。如：以角觸牆。❷接觸。如：觸電。❸觸犯；如：觸刑法。❹觸動；感動。如：觸景生情。

【觸目】目光所及。

【觸法】猶冒犯。

【觸機】遇到機會。

【觸類旁通】謂掌握了某一事物的知識或規律，對同類的問題也可以類推了解。

十四畫

觺 (yí)⑩ji⁴〔移〕見"觺觺"。

【觺觺】形容角銳利。

十五畫

觼 (jué)⑩kyt⁸〔決〕同"鐍"。有舌的環，舌用以穿過皮帶，使之固定。

觻(觻) (lù)⑩luk⁹〔陸〕〔觻得〕古縣名。漢武帝以匈奴地置。治所在今甘肅 張掖西北。

十八畫

觿 (xī)⑩kwɐi⁴〔葵〕古代解結的用具。用象骨製成，形如錐。也用爲佩飾。

言　部

言 (yán)⑩jin⁴〔延〕❶話，言詞。如：有言在先；言行一致。也指一句話。如：三言兩語。❷講；說；發言說。如：言之有理；知無不言，言無不盡。❸字。如：五言詩。❹作語助，無義。如：言歸

於好。

【言官】封建時代的諫官，如御史等。

【言筌】《莊子·外物》有"筌者所以在魚，得魚而忘筌……言者所以在意，得意而忘言"之語，意謂筌是拿來捕魚的，魚已捕得，就欲掉筌；言是用來表達意思的，意思已表達，就忘掉言。筌，同"筌"，捕魚的竹器。後謂在言詞上留下的迹象爲"言筌"。又作"言詮"。

【言路】進言之路。也：廣開言路。

【言論】言談；談論。也指發表的議論或意見。

【言行錄】(行 xíng)記載一人或許多人的言論和行爲的書。如：清代葉濤臣編有《王曾言行錄》。

【言人人殊】每個人說法都不同。指對同一事物各有各的看法。

【言之成理】講得頭頭是道，能自圓其說。

【言之無物】議論空洞無內容。

【言不及義】指說話沒有一句正經的。

【言不由衷】話不是從內心發出來的。即說的不是眞心話。

【言不盡意】本謂語言難以表達思想的全部內容。後多用於書信結尾，表示意有未盡。

【言而有信】說話可靠，有信用。

【言近指遠】語言淺近而涵義深遠。

【言猶在耳】講的話還在耳邊。猶言記憶猶新。

【言爲心聲】謂言語是表示心意的聲音。

【言過其實】言語浮誇，超過實際能力。今多指說話誇張失實。

【言簡意賅】語言簡練而意思完備。

【言歸於好】重新和好。言，語助，無義。

【言歸正傳】舊小說、話本中常用的套語。猶把話頭轉到正題上來。

【言聽計從】聽從別人的每一句話，採納別人的每一個計策，形容對人十分信任。

二 畫

訂(订) (dìng)⑩diŋ³〔帝慶切〕diŋ⁶〔定〕(又)④❶約定。如：訂交。❷制定。如：訂規章；訂計劃。❸改定；核定。如：訂正；校訂；修訂。❹裝訂。

訃（讣）（fù）粵fu⁶〔付〕報喪。

【訃告】報喪的文書。本作"赴告"，取奔赴相告之意。也叫"訃聞"。

【訃聞】亦作"訃文"。即"訃告"。一般敍述死者生卒、行狀和祭葬期日。

尣
訇（qiú）粵keu⁴〔求〕以言相迫。

訇（hōng）粵gweng¹〔轟〕形容大聲。

【訇訇】同"轟轟"。形容大聲。

【訇隠】大聲。亦作"隠訇"。

【訇殷】亦作"輷殷"。巨聲隆隆不絕。多形容雷聲、車聲。

【訇嚯】大聲。

計（计）（jì）粵gei³〔繼〕❶結算；算清。如：不計其數。❷測量或計算度數、時間等的儀器。如：溫度計。❸計劃；商量。如：從長計議。❹計謀；策略。如：妙計。

【計臣】謀臣。

【計校】（一jiào）同"計較"。

【計掾】掌會計財權的屬官。

【計會】（一kuài）計算。零星計算為計，總合計算為會。亦作"會計"。

【計較】亦作"計校"。❶較量；爭辯。如：斤斤計較。❷商量；謀劃。❸打算；設法。

【計簿】也叫"計籍"。會計所用的簿册，古時也包括人事登記。

【計籍】即計簿。

【計日程功】計，計算。程，估量。功，成效。形容進展快，謂事業的成功指日可待。

三　畫

訊（讯）（xùn）粵sœn³〔迅〕❶問；審問。如：審訊。❷音信；消息。如：通訊；電訊。

訌（讧）（hòng）粵hung³〔控〕爭吵；潰亂。如：內訌。

討（讨）（tǎo）粵tou²〔土〕❶征伐；誅戮。如：南征北討。❷索取；請求。如：討回香。❸招惹。如：

自討苦吃。❹探索；研究。如：探討。

【討論】探討尋究，議論得失。今多指就某一問題交換意見或進行辯論。如：展開討論。

訏（讦）㊀（xū）粵hœy¹〔虛〕❶大。見"訏謨"。❷誇口。
㊁（xū）粵hœy²〔許〕見"訏訏"。

【訏訏】（xǔ xǔ）廣大的樣子。

【訏謨】大計；宏謀。

訐（讦）（jié）粵kit⁸〔竭〕攻擊別人短處或揭發別人陰私。如：攻訐。

訒（讱）（rèn）粵jen⁶〔刃〕謂言語不流暢。

訑（地）（dàn）粵dan³〔旦〕通"誕"。欺騙。
㊀（yí）粵ji⁴〔移〕見"訑訑"。

【訑訑】（yí yí）自滿的樣子。

【訑謾】欺詐。

訓（训）（xùn）粵fen³〔糞〕❶教誨；開導。如：訓誡。❷典式；法則。如：不足為訓。❸解釋詞義。如：訓詁。

【訓迪】教誨開導。

【訓詁】也叫"訓故"、"詁訓"、"故訓"。解釋古書中詞句的意義。分開來說，用通俗的話來解釋詞義的叫"訓"；用當代的話來解釋古代詞語，或用普通通行的話來解釋方言的叫"詁"。

訕（讪）（shàn）粵san³〔汕〕❶毁謗；譏笑。參見"訕謗❶"。❷羞慚的樣子。如：訕訕。參見"訕訕"。

【訕訕】不好意思，難為情的樣子。

【訕笑】譏笑。❷勉強裝笑。

訖（讫）（qì）粵gei⁷〔寄〕❶終了；完畢。如：收訖；驗訖。❷終；止。
㊀（qì）粵nget⁹〔疙〕通"迄"。到；至。

記（记）（jì）粵gei³〔寄〕❶思念；不忘。如：惦記；牽記；記得；記取。❷記錄；記載。如：記帳；記事。❸記載事物的書籍或文章。如：《史記》；《醉翁亭記》。❹古時的一種公文。如：奏記；箋記。❺印章。如：圖記；戳記。❻標誌；記號。如：表記；記認。

【記名】❶記上姓名，以明確權利或責任。如：記名證券；無記名投票。❷清制，官吏有功績，交吏部或軍機處記名，以備提升。

【記室】古代官名。東漢官制，太尉屬官有記室令史，主上章表，報書記。太守、都尉屬官亦有記室史。後世諸王、三公及大將軍幕府也設置記室參軍，元以後廢除。後也用作秘書的代稱。

【記誦】默記背誦。

【記憶】經驗過的事物保持於腦中並能被再認或再現的心理過程。

託　(tuō)粵tok³[托]〔拓〕❶請託；委託。❷奉託；拜託。❷推託。如：託病；託故。❸寄託。見「託生」、「託迹」。

【託大】❶驕倨自豪；自高身分。❷謂以高位爲尊身之所。❸自以爲有所恃而疏忽大意。

【託分】(—fèn)猶言寄迹。謂因緣投託。

【託名】假借名義。❷憑借他人以顯名。

【託交】結交；做朋友。

【託足】立足；容身。

【託身】猶言寄身。

【託始】借一件事情作爲敍述的開端。後亦稱開始爲「託始」。

【託孤】以遺孤相託。

【託迹】寄身。多指寄身方外或通居深山，以逃避世事。

【託辭】❶借故推託。如：託辭謝絕。❷以言語相託。

四畫

訛　(é)粵ŋɔ⁴[俄]❶錯誤。如：以訛傳訛。❷借端蔽詐。如：訛許；訛索。❸變化。如：歲月遷訛。

【訛言】詐僞的話；謠言。

訝　(yà)粵ŋa⁵[迓]驚奇；詫異。

訟　(sòng)粵dzuŋ⁶[頌]❶在法庭爭辯是非；打官司。如：訴訟。❷爭論是非。如：爭訟；聚訟。❸責備。如：自訟。❹六十四卦之一。

【訟師】舊指以助人打官司爲職業的人。

訢　"欣"的異體字。

訣　(決)(jué)粵kyt⁸[決]❶決絕；長別。如：生死永訣。❷竅門；方法。如：口訣；秘訣。

訥　(讷)(nè，又讀 nà)粵nœt⁹[拿術切]〔納⁹〕(又)出言遲鈍。

訧　(try)(yóu)粵jeu⁴[由]同"尤"。過失；罪過。

詾　(讻)(xiōng)粵huŋ¹[空]❶爭辯。❷禍亂；昏亂。

【詾詾】亦作"訩訩"。❶喧擾不安的樣子。❷氣勢猛烈的樣子；凶悍的樣子。

訪　(访)(fǎng)粵fɔŋ²[紡]❶訪問；諮詢。如：訪查。探望。如：訪友。❸尋求。如：博訪遺書。

設　(设)(shè)粵tsit⁸[徹]❶設置。如：設案。❷籌劃；設計。如：設計；設法。❸建立。如：設立圖書館。❹假如；設使。

【設施】❶布置安排；行事。❷措施；設備。

【設備】❶生產或生活上所需要的各種器械用品。如：設備完善。❷猶設防。

【設醴】醴，甜酒。舊時用以指對所尊敬的人以禮相待。

【設身處地】設想自己處在別人的地位或環境。意思是替別人着想。

許　(许)⊖(xǔ)粵hœy²[詡]❶許可；應允。如：特許；允許。❷讚許；心服。如：推許。❸預先答應。如：許諾。❷或者；可能。如：他明天許來。❺處所。如：何許人？❻這樣；如此。如：許大；許長。❼約計的數量。如：少許；幾許。❸許配。如：她早已許了人家。❾作語切。如：奈何許。
⊖(hǔ)粵fu²[虎]見"許許"。

【許許】(hǔ hǔ)伐木聲。如：伐木許許。

訬　"吵"的本字。

詧　"謠"的古體字。

五畫

訴(诉) (sù)⑨sou³〔素〕❶告訴;訴說。如:訴苦。❷控告。如:起訴;上訴。

訶(诃) (hē)⑨hɔ¹〔阿〕❶"呵❶"的異體字。❷用於人名、地名、物名等。

【訶子】❶植物名。也叫"藏青果"。喬木。花小型、無花瓣、萼黃白色。核果卵形,可供藥用。木材堅硬,供建築等用。❷舊時抹胸之類。

診(诊) (zhěn)⑨tsɛn²〔診〕看病。如:診斷;診脈。

註 "注❺❻"的異體字。

証 "證"的異體字。

詢(询) (gòu)⑨gɐu³〔究〕同"詬"。❶恥辱。❷罵。

詁(诂) (gǔ)⑨gu²〔古〕❶古言古義。如:釋詁;解詁。❷以今言解釋古言。

【詁訓】解釋古書的文義。詁,本作故。

詀(沾) ㊀(zhān)⑨dzam¹〔簪〕多言。見"詀讘"。
㊁(chè)⑨tsip⁸〔妾〕同"呫"。見"詀讘"。

【詀讘】說話多的樣子。

【詀讘】(chè—)同"呫囁"。低聲細語。

詅(诤) (líng)⑨lin⁴〔零〕叫賣。

【詅癡符】古代方言,指沒有才學而好誇耀的人。

詆(诋) (dǐ)⑨dɐi²〔底〕毀謗;誣衊。如:醜詆。亦謂辱罵。

【詆娸】亦作"詆諆"。毀謗;污衊。

【詆讕】抵賴;不承認。

詈 (lì)⑨lei⁶〔吏〕罵;責罵。

詉 (náo)⑨nau⁴〔撓〕同"呶"。叫囂。

詎(讵) (jù)⑨gœy⁶〔巨〕❶豈。如:詎料。❷苟;如果。如:詎非聖人。

詐(诈) (zhà)⑨dza³〔炸〕❶欺騙。如:詐騙。❷假裝。如:詐敗。

【詐故】欺詐巧偽。

詒(诒) (yí)⑨ji⁴〔而〕通"貽"。遺留;送給。如:詒訓。

詔(诏) (zhào)⑨dziu³〔照〕❶告。多用於上告下。❷特指皇帝頒發的命令文告;詔書。❸召見。

【詔書】帝王布告臣民之書。

【詔記】皇帝的手諭;詔令。

【詔獄】奉皇帝詔令拘禁犯人的監獄。也指奉詔審訊的案件。

詄(诔) (dié)⑨dit⁹〔秩〕❶遺忘。❷見"詄蕩蕩"。

【詄蕩蕩】謂開闊清朗。

評(评) (píng)⑨pin⁴〔平〕❶議論是非高下。如:評理;評比。❷評論;批評。如:社評;詩評。

【評價】評論貨物的價格;還價。今泛指衡量人物或事物的價值。

詖(诐) (bì)⑨bei³〔庇〕bei¹〔悲〕(又)偏頗;邪僻。

詗(诇) (xiòng)⑨hin³〔慶〕偵察;刺探。

詘(诎) (qū)⑨wɐt⁷〔屈〕❶通"屈"。屈曲。❷屈服;敗退。❸言語鈍拙。

【詘伸】同"屈伸"。

【詘指】❶同"屈指"。謂用手指計數。❷曲意順從。

詛(诅) (zǔ)⑨dzo²〔左〕❶詛咒;咒罵。❷盟誓。

【詛咒】咒罵,說希望人不吉利的話。

詞(词) (cí)⑨tsi⁴〔池〕❶本謂虛詞。今指語言組織中的基本單位,能獨立運用,具有聲音、意義和語法功能。❷通"辭"。如:致詞;歌詞;歡迎詞;發刊詞。❸文體名,韻文的一種。古代的詞,都是按譜填詞,合樂歌唱,自樂府、五代時也稱為曲、雜曲或曲子詞。句子長短不一,故又稱長短句。另有詩餘、樂府、琴趣、樂章等別稱。

【詞人】❶擅長作詞的人。❷同"辭人"。工於文辭的人。

【詞臣】指文學侍從之臣,掌管朝廷制詔詔令

撰述的官員，如學士、翰林之類。

【詞林】❶指彙集在一處的文詞；也指文人之羣。❷翰林院的別稱。明洪武時建翰林院，額曰"詞林"，故名。

【詞垣】文學詞章爲衆所宗仰的人。

【詞垣】舊時泛指詞臣的官署，如翰林院之類。

【詞章】同"辭章❶"。詩文的總稱。

【詞訟】訴訟。

【詞鋒】文章、言論銳利如有鋒芒。

【詞頭】詞意。

【詞藻】同"辭藻"。詩文中用作修辭的典故或華麗詞句。

詞　"詞"的異體字。

晉　"辯"的本字。

詠（yǒng）⑧wing⁶〔泳〕❶曼聲長吟；歌唱。如：吟詠。也特指歌頌。❷作詩詞。如：詠詩一首。參見"詠懷"。❸詩歌的名稱。

【詠絮】《晉書·王凝之妻謝氏傳》載，謝道韞曾以"柳絮因風起"的詩句比擬雪花飛舞，叔父謝安大爲讚賞。後因以"詠絮"稱揚女子工於吟詠。

【詠懷】用詩歌來抒寫懷抱。

詶　同"和"。

六　畫

詡（xǔ）⑧hœy²〔許〕❶說大話；誇耀。如：自詡。❷出言敏捷而氣壯。

【詡詡】融洽地集合在一起的樣子。

訾 ㊀（zǐ）⑧dzi²〔紫〕❶亦作"訿"、"呰"。毀謗非議。❷厭惡。
㊁（zī）⑧dzi¹〔支〕❶通"貲"。錢財。❷姓。

訿（zǐ）⑧dzi²〔紫〕同"訾㊀❶"。見"訾訿"。

【訿訿】詆毀；誹謗。

詢（询）（xún）⑧sœn¹〔荀〕詢問；請教。如：查詢；垂詢。

詣（诣）（yì）⑧ŋei⁶〔毅〕❶前往；去到。❷學業的進境。如：造詣。

詤　同"謊"。

試（试）（shì）⑧si³〔嗜〕❶嘗試；試用。如：試航；試刀。❷考試；檢驗。如：鄉試；會試。

【試帖】帖爲唐代考明經科所用的一種試卷，卷上抄錄一段經文，另用紙幪在上面，中開一行，顯露字句，考試者即據以補上下文。"試帖"即指這種考試。

【試金石】一種礦石。通常指黑色堅硬的巖石，如黑色碧玉、黑色硅質板巖或玄武巖。用以檢驗金的純度。❷比喻可靠的檢驗方法。

詧　"察"的異體字。

詩（诗）（shī）⑧si¹〔師〕❶文學的一種體裁、樣式。❷指《詩經》。

【詩人】❶寫詩的作家。❷專指《詩》三百篇的作者，以別於辭賦的作者。

【詩史】指能反映某一歷史時期現實情況的詩歌。

【詩囚】指苦吟的詩人。謂耽於作詩，彷彿爲詩所拘囚。

【詩仙】❶指才情高超、氣韻飄逸的詩人。❷指唐代詩人李白。由於李白詩風雄奇豪放，賀知章曾稱李白爲謫仙，故後人稱李白爲"詩仙"。

【詩伯】猶言大詩人。

【詩社】詩人定期聚會做詩的組織。

【詩宗】本謂漢代兩漢《詩》各派的宗師。後指衆所欽仰的詩人。如：一代詩宗。

【詩思】（—sī）詩興；做詩的動機和情思。

【詩書】❶《詩經》和《尚書》。❷泛指書籍。

【詩眼】❶詩人的藝術鑒別力。❷即"句中眼"，指一句詩或一首詩中最精煉傳神的一個字。也指一篇詩的眼目，即全詩主要所在。

【詩聖】謂造詣很高的詩人。明清文人把杜甫稱爲"詩聖"。

【詩豪】詩人中的英豪。

【詩壇】詩歌界。

【詩韻】❶詩的聲韻。❷舊體詩詞用韻所依據的韻書,元以來通用《平水韻》。

【詩魔】❶指酷愛做詩的人好像著了魔一般;也指做詩的癖好、興會。❷猶言詩中魔道。指詩的格調流於怪辭。

【詩中有畫】形容詩境幽美。

【詩書之家】指以封建禮教相傳的讀書人家。

詫(诧) (chà)粵tsa³〔岔〕驚訝;詫異。如:詫為奇事。

詬(诟) (gòu)粵geu³〔究〕恥辱。❷罵。

【詬病】猶恥辱。引申為嘲罵或指斥。

【詬厲】猶詬病。

詭(诡) (guǐ)粵gwei²〔鬼〕❶欺詐;虛偽。如:詭計;詭辯。❷怪異。

【詭祕】隱秘難測。

【詭遇】指不循正道以追求功名富貴。

【詭隨】謂詐善變。也指謂詐善變的人。

【詭論】怪異;變化多端。

【詭辭】❶用假話搪塞應付。❷猶詭辯。顛倒黑白、混淆是非的言論。

【詭辯】❶顛倒黑白、混淆是非的議論。❷邏輯名詞。故意用似是而非的議論來顛倒黑白,混淆是非。

詮(诠) (quán)粵tsyn⁴〔全〕❶詳細解釋;闡明事理。❷真理。

【詮次】選擇和編次;次第。

【詮釋】說明;解釋。

詰(诘) (jié)粵kit⁸〔竭〕❶問。如:反詰;盤詰。❷曲折。見"詰屈"。

【詰屈】曲折;彎曲。亦作"詰詘"。

【詰詘】❶同"詰屈"。曲折;彎曲。❷鬱塞;艱難。

話(话) (huà)粵wa⁶〔華去聲〕❶話語。如:土話;普通話。(粵口語讀高上聲)❷說,談論。如:話舊;茶話。

【話本】說書的底本,宋元以來的民間口頭文學。

【話柄】被他人當作談話資料的言論或行為。

【話頭】話語。

【話欄】猶話柄。"欄"同"把",把柄。

該(该) (gāi)粵goi¹〔垓〕❶應當。如:應該;該當。❷欠。如:該他幾塊錢。❸通"賅"。包括一切;盡備。❹指上文說過的人或事物,多用於公文。如:該員;該件。

【該貫】該,通"賅"。全部通曉。

【該博】該,通"賅"。學問該具且聞廣博。

詳(详) (xiáng)粵tsœŋ⁴〔祥〕❶詳細;周遍。如:詳談;詳解。❷細說,審告。如:餘再詳;不詳。

【詳瞻】詳細、完備。

詵(诜) (shēn)粵sen¹〔身〕見"詵詵"。

【詵詵】同"莘莘"。眾多的樣子。

詹 (zhān)粵dzim¹〔尖〕❶多言。見"詹詹"。❷姓。

【詹詹】說話煩瑣,喋喋不休的樣子。

詻(诺) (è)粵ŋak⁹〔額〕見"詻詻"。

【詻詻】❶同"謣謣"。❷嚴慮;莊重。

詼(诙) (huī)粵fui¹〔灰〕戲謔;嘲笑。

【詼諧】談話富於風趣。

詿(诖) (guà)粵gwa³〔卦〕欺騙;貽誤。

【詿誤】貽誤;連累。引申為撤職、去官。亦作"挂誤"、"詿誤"。

誂(诜) ㊀(tiǎo)粵tiu⁵〔窕〕逗引;誘惑。
㊁(diào)粵diu³〔弔〕倉猝之間。

迻(迻) ㊀(chí,又讀 chǐ)粵tsi¹〔池〕❶謂。❷知悉。引申為離開。
㊁(yí)粵ji⁴〔移〕同"謻"。

誄(诔) (lěi)粵loi⁶〔耒〕古代用以表彰死者德行並敘哀悼的文辭,亦即為諡法所本。僅能用於上對下。後來成為哀祭文體的一種。

誅(诛) (zhū)粵dzy¹〔朱〕❶殺戮。❷:伏誅。❷懲罰;討伐。❸責備;責求。如:口誅筆伐。

【誅求】責求;需索。

【誅愚】愚昧無知。

【誅意】指不問實際行動而單推究其居心蓄意

以論定罪狀。

【誅心之論】猶誅意。謂指責人行爲動機的論斷。

誆(诓) ㊀"誑"的異體字。
㊁(kuāng)[粵]hɔŋ^1〔匡〕騙。如：你不要誆我。

詾 "訩"的異體字。

詶 "酬"的異體字。

誇(夸) (kuā)[粵]kwa^1〔跨〕說大話；誇耀。如：誇口；自誇。

【誇張】❶誇大鋪張，言過其實。❷修辭學上辭格之一。運用豐富的想像，廓大事物的特徵，把話說得張皇鋪飾，以增强表達效果。❸文藝創作中的一種表現手法。它以現實生活爲基礎，抓住描寫對象的某些特點，加以誇大和强調，以加强藝術效果。

【誇誕】說話荒誕不經。

【誇耀】矜誇炫耀。

【誇多鬥靡】本謂以篇幅多，詞藻美誇耀爭勝。今亦謂以生活豪侈相競勝。

詸 "謎"的異體字。

七畫

誌 (zhì)[粵]dzi^3〔至〕❶記；記在心裏或用文字、符號標記。❷記事的書或文章。如：地方誌；墓誌。

認(认) (rèn)[粵]jiŋ^6〔移另切〕❶認識；辨明。如：認字；認清是非。❷認爲；當作。❸承認。如：認錯。

【認可】許可。如：點頭認可。

【認識】❶識別，辨認。❷人腦對客觀世界的反映。包括感性認識和理性認識。

【認賊作父】比喻把仇敵當作親人。

【認賊爲子】佛教用語。比喻錯認妄想爲眞實。

誑(诳) (kuáng，舊讀 kuàng)[粵]gwɔŋ^2〔廣〕kwɔŋ^4〔狂〕(俗)欺騙；迷惑。

誒 "欸"的異體字。

誓 (shì)[粵]sɐi^6〔逝〕❶古代告戒將士的言辭。❷盟約；諾言。如：起誓；發誓。

【誓師】軍隊將出征時，主帥向全軍戰士宣布作戰意義，表示決心。

誕(诞) (dàn)[粵]dan^3〔旦〕❶本義爲大言，引申爲大，廣闊。❷生育；出生。也指生日。如：壽誕。❸虛妄。如：荒誕。

【誕謾】亦作"儃僈"。❶荒誕。❷放縱。

誖 "悖"的異體字。

誘(诱) (yòu)[粵]jɐu^5〔有〕❶誘導；教導。如：循循善誘。❷引誘；誘惑。如：利誘。

【誘掖】引導扶持。多用於前輩對後輩。

【誘惑】引誘；迷惑。

【誘導】勸誘；勸導。

誚(诮) (qiào)[粵]tsiu^3〔俏〕❶責問。❷譏嘲。如：譏誚。❸完全；簡直。多用於詞曲中。

【誚讓】譴責。

語(语) ㊀(yǔ)[粵]jy^5〔雨〕❶話；言語。如：出言吐語；語重心長。亦指文句。如：語不驚人死不休。又指蟲鳥的鳴聲。如：蟬語；燕語。❷談話。如：食不語。❸成語、諺語或古書中的話。如：語云。❹指用以示意的動作或信號。如：手語；旗語。
㊁(yù)[粵]jy^6〔預〕告訴。如：吾語汝。

【語病】指言語或文章中不妥當的地方。

【語詞】❶泛指語言中的詞或詞組。❷舊時語言學名詞，即謂語。❸文言虛字。

【語重心長】言辭懇切，情意深長。

誠(诚) (chéng)[粵]siŋ^4〔成〕❶眞心實意。如：開誠布公。❷眞是；的確。如：誠有此事。❸果眞；如果。

【誠壹】心志專一。

【誠惶誠恐】惶懼不安。封建時代奏章中的套語。

誡(诫) (jiè)[粵]gai^3〔戒〕❶警戒。如：引以爲誡。❷文告。引申爲囑告。❸文體名。

【誡敕】漢代皇帝詔書的一種。

誣(诬) (wū)⑩mou⁴〔巫〕❶誣衊。❷欺騙。

【誣善】虛構事實以誣衊人或欺騙人。

【誣陷】捏造罪狀陷害人。

【誣衊】捏造事實來毀壞對方的名譽。

誤(误) (wù)⑩ng⁶〔悟〕❶錯誤。如：筆誤。❷耽誤。如：誤事。❸使受損害。如：誤人子弟。❹不是故意的。如：誤傷。

誥(诰) (gào)⑩gou³〔告〕❶古代一種訓誡勉勵的文告。如《尚書》有《康誥》、《酒誥》。隋唐以後，帝王授官、封贈的命令亦稱誥。見"誥命"。❷警誡；誡勉。

【誥命】❶皇帝賜爵或授官的詔命。明清制度，一品至五品以誥命授予。❷指受有封號的貴婦。

誦(诵) (sòng)⑩dzuŋ⁶〔訟〕❶朗讀。如：誦詩。❷陳述。❸諷篇。

誨(诲) (huì)⑩fui³〔悔〕❶教導；訓導。如：誨人不倦。❷教導的話。

【誨淫誨盜】亦作"誨淫誨盜"。指引誘人去幹盜竊淫蕩等壞事。

說(说) ⊖(shuō)⑩syt⁸〔雪〕❶出言；講。如：說話；說書。❷責備；批評。如：說了他一頓。❸說合；介紹。如：把雙方說到一塊兒。❹解說。❺說法；主張；學說。❻著書立說；文體的一種，亦稱雜說。如柳宗元的《天說》。❼亦稱"辯說"。中國古代邏輯名詞。指推理。

⊜(shuì)⑩sœy³〔稅〕用話勸說別人使聽從自己的意見。如：說服；說客。

⊜(yuè)⑩jyt⁹〔月〕通"悅"

【說白】戲曲中的道白。

【說帖】(一tiě)❶舊時文件名稱，指簡帖。猶建議書，意見書。❷清代稱外交上的照會為說帖。

【說服】❶(shuì一)用充分的理由開導對方，使之心服。❷(yuè一)"說"通"悅"。心悅誠服。

【說客】(shuì一)游說之士；善於用言語說動對方的人。

【說項】唐代項斯為楊敬之所器重，敬之贈詩有"平生不解藏人善，到處逢人說項斯"之句，後謂替人說好話或講情為"說項"。

誙(诨) (kēng)⑩heŋ¹〔亨〕見"誙誙"。

【誙誙】奔競的樣子。

誋(诶) (jì)⑩gei⁶〔忌〕告誡。

話 "話"的異體字。

八　畫

誰(谁) (shuí，又讀 shéi)⑩sœy⁴〔垂〕❶什麼人。如：你找誰？引申為任何人。如：誰都知道。❷猶"何"。什麼。❸作語助。見"誰昔"。

【誰何】❶誰；什麼；哪個。❷詰問；呵叱。

【誰昔】誰，什麼。猶言疇昔。

課(课) (kè)⑩fo³〔貨〕❶試驗；考核。如：課稅。又指稅。如：課稅。❸按時徵斂。如：課農；課徵。❸學校中教學的課程。如：語文課；物理課。❹占卜的一種。如：起課；金錢課。❺機關中分設的辦事單位。如：出納課；秘書課。

誶(谇) (suì)⑩sœy⁶〔睡〕❶責罵。❷詰問。

誷(诳) (wǎng)⑩mɔŋ⁵〔網〕同"罔"。欺罔。

誹(诽) (fěi)⑩fei²〔匪〕毀謗。

【誹謗】造謠污衊，惡意中傷。

誻(谐) (tà)⑩dap⁹〔踏〕見"諸諸"。

【諸諸】同"沓沓"。說話多的樣子。

誼(谊) ⊖(yì)⑩ji⁴〔宜〕交情。如：友誼；深情厚誼。

⊖(yì)⑩ji⁶〔義〕字義；文義。

誾(訚) (yín)⑩ŋen⁴〔銀〕見"誾誾"。

【誾誾】❶和悅而能直言的樣子。❷急切爭辯的樣子。

調(调) ⊖(tiáo)⑩tiu⁴〔條〕❶協調；調和。如：飲食失調。❷嘲弄；

如：調笑。

㊁(diào)⑧diu⁶〔掉〕❶調動；遷調。如：調職；調兵遣將。❷徵調。❸古代賦稅的一種。漢、秦、魏、晉有「戶調」，唐代有「租庸調」。❹曲調。如二黃調、四平調、民間小調。❺調式。如：商調、大調、小工調。❻指聲調，即字音高低升降的音調。❼人的才情風格。如：才調、雅調。❽腔調。如：南腔北調。

【調弄】❶戲弄；玩弄。❷撫弄樂器。

【調和】❶和諧。如：色彩調和。❷和合；融洽。❸折中；妥協。❹烹調；調味。也指烹調用的作料，油鹽醬醋之類。

【調侃】用言語相戲弄；嘲弄。

【調度】(diào一)❶徵徵賦稅。❷安排；指揮調遣。

【調笑】戲謔。

【調理】❶調和。❷調護治療。❸猶料理。

【調停】❶居間調解，平息爭端。❷照料；安排。

【調達】調適暢達。

【調適】和順舒適。

【調整】重新調配或安排，使適合於新的情況。如：調整價格；調整作息時間。

【調戲】戲弄嘲謔。多指戲侮婦女。

【調劑】❶調整使之合宜。亦作「調齊」。❷藥物製劑的配製。

【調諧】猶調諧。

【調羹】湯匙，舀湯的小勺兒。

【調護】調養攝護。

【調虎離山】(diào一)比喻用計謀調動對方離開原來的有利地位。

諂(谄)(chǎn)⑧tsim²〔雌掩切〕巴結奉承；諂媚。

【諂笑】裝着笑臉巴結人。

諄(谆)(zhūn)⑧dzœn¹〔津〕見"諄諄"。

【諄諄】教誨不倦的樣子。

諆(諆)(qī)⑧hei¹〔欺〕亦作"欺"。醜；毀。

談(谈)(tán)⑧tam⁴〔譚〕❶彼此對話；講論。如：交談、座談；高談闊論。❷言論。如：奇談；無稽之談。

【談天】❶戰國時齊人鄒衍善於論辯宇宙之事，齊人稱爲"談天衍"。❷談論天文。❸閒談。

【談玄】即清談。指魏晉時期崇尚老莊，空談玄理的一種風氣。

【談吐】出言吐語；談論。如：談吐風趣。

【談次】言談之際。猶言次、語次。

【談助】談論的資料。

【談柄】❶談論時所執的拂塵。❷談論的口實，猶話柄。

【談客】❶說客。❷清談之客。

【談屑】指滔滔不絕的言談。

【談鋒】言談的勁頭。如：談鋒甚健。

【談何容易】原謂臣下向君主進言很不容易。今謂事情作起來並不像嘴上所說的那麼簡單。

【談言微中】(中 zhòng)言語隱約曲折，但切中事理。

【談虎色變】《二程全書‧遺書二上》說，一田夫曾被虎傷，有人說虎傷人，眾莫不驚。後以"談虎色變"比喻一提到可怕的事情，情緒就非常緊張。

【談笑風生】有說有笑，輕鬆而有風趣。

【談笑封侯】形容博取功名很容易。

諉(诿)(wěi)⑧wei²〔委〕推委；推辭。

請(请)(qǐng)⑧tsiŋ²〔逞〕tsɐŋ²〔始頸切〕(語)❶請求。如：請假。❷敬辭。要求對方作某事。如：請問；請教。❸邀請；宴請。如：請客。❹延聘。如：請醫生。

【請老】古代官吏請求退休養老。

【請安】❶問安。用於下對上或平輩。❷古代宴會時留客之辭。❸請求安息。

【請命】❶請求保全生命或解除疾苦。❷猶言請示。❸請求任命官職。

【請急】猶言請假，告假。

【請降】向對方請求投降。

【請益】向人請教。

【請託】以私事相託；走門路，通關節。

【請期】古代婚禮"六禮"之一。男家納徵之後，擇定婚期，備禮告女家，求其同意。

【請罪】❶自認有罪，請求懲處。❷請求寬恕。

【請業】向人請教學業中不懂的問題。

【請謁】請託求見。

【請願】採取集體行動要求政府或主管當局滿足某些願望，或改變某種政策措施。

【請纓】（漢書·終軍傳載）漢武帝派軍出使南越（亦稱南粵，在今兩廣等地），勸說南越王前來朝見。"軍自請，願受長纓，必羈南越王而致之闕下"。"受"，領取；"纓"，繩子。後因用"請纓"指自告奮勇，請求殺敵任務的行動。

【請君入甕】（資治通鑑·唐紀）載，有人告發周興謀反，武則天命來俊臣審問周興，周興還不知道。來俊臣問周興：犯人不肯認罪怎麼辦？周興說：這個好辦！拿個大甕，周圍用炭火烤，把犯人裝進去，什麼事他會不承認呢？來俊臣叫人搬來一個大甕，四面加上火，對周興說："有內狀推兄，請入此甕。"周興嚇得連忙叩頭認罪。後因以"請君入甕"比喻即以其人之道，還治其人之身。

諍(诤) ㊀(zhèng)⑨dzeŋ³〔志更切〕⑤dzaŋ³〔志迸切〕〔語〕❶直言規諫。❷見"諍人"。
㊁(zhēng)⑨dzeŋ¹〔增〕dzaŋ¹〔支坑切〕〔語〕通"爭"。見"諍訟"。

【諍人】古代傳說中的小人。

【諍友】同"爭友"。

【諍言】率直的規勸。如：良友的諍言。

【諍訟】(zhēng—)亦作"爭訟"。謂由相爭而起訴。

諏(诹) (zōu)⑨dzeu¹〔周〕咨詢；詢問。如：咨諏。

【諏吉】謂選擇吉日。

您 "您"的異體字。

諑(诼) (zhuó)⑨dœk⁸〔啄〕讒謗。見"謠諑"。

諒(谅) (liàng)⑨lœŋ⁶〔亮〕❶信實。❷料想。如：諒必；諒可。❸原諒；諒解。如：諒鑒。

【諒察】書函用語。體察原諒。

諓(戋) (jiàn)⑨dzin³〔箭〕見"諓諓"。

【諓諓】亦作"戔戔"。能言善辯。

諔(俶) (chù)⑨tsuk⁷〔畜〕見"諔詭"。

【諔詭】奇異。

論(论) ㊀(lùn)⑨lœn⁶〔吝〕❶議論；講述。如：一概而論。❷學說；主張。如：進化論。❸文體的一種，即議論文。如：社論；政論。❹評定。如：論功行賞。
㊁(lún)⑨lœn⁴〔倫〕〔論語〕書名。內容主要是記載孔子的言行。

【論列】議論；陳述。

【論次】論定編次。

【論罪】判定罪行。

【論著】論述性的著作。❷討論和製作。

【論贊】附在史傳後面的評語。

【論難】(—nàn)辯論詰難。

諗(谂) (shěn)⑨sɐm²〔審〕❶亦作"諳"、義同"審"。知悉。如：諗悉；諗知。❷規諫。

諞(诎) (qū)⑨wɐt⁷〔屈〕❶通"屈"。❷見"諞詭"。

【諞詭】猶言譎諞。詭異。

九 畫

諛(谀) (yú)⑨jy⁴〔如〕奉承；諂媚。

諜(谍) (dié)⑨dip⁶〔蝶〕❶刺探敵情。❷間諜；偵探。❸通"牒"。譜錄。❹通"喋"。見"諜諜"。

【諜報】將偵探到的敵情報告上級。也指偵察到的情報。

【諜諜】同"喋喋"。

諝(谞) (xū，又讀 xǔ)⑨sœy¹〔須〕sœy²〔水〕（又）❶才智。❷機謀。

諞(谝) ㊀(pián)⑨pin⁴〔駢〕花言巧語。
㊁(piǎn)⑨pin⁵〔皮免切〕顯示；誇耀。如：諞能。

諟(谛) (shì)⑨si⁶〔是〕❶是；此。❷訂正文字。見"諟正"。

【諟正】同"是正"。猶訂正；審查譌誤，加以校正。

諠 (xuān)⑨hyn¹〔圈〕❶"喧"的異體字。
❷通"諼"。忘記。

謚 "謚"的異體字。

諢(诨) (hùn)⑨wen⁶〔渾〕詼諧逗趣的話。如：打諢。
【諢號】猶混號。外號。

諤(谔) (è)⑨ŋɔk⁹〔岳〕正直的話。
【諤諤】直言爭辯的樣子。亦作"咢咢"、"鄂鄂"。

諦(谛) (dì)⑨dei³〔帝〕❶注意；仔細。如：諦視；諦聽。❷意義；道理。如：眞諦。

諧(谐) (xié)⑨hai⁴〔鞋〕❶和諧。如：諧音。❷和合。如：不相諧。❸諧謔。如：亦莊亦諧。

諫(谏) (jiàn)⑨gan³〔間〕❶直言規勸，使改正錯誤。一般用於下對上。如：進諫。❷止；挽救。如：悟已往之不諫。
【諫書】臣子向君主進諫的奏章。
【諫鼓】相傳堯時曾設鼓於庭，使民擊之以進諫。

諭(谕) (yù)⑨jy⁶〔預〕❶舊時上告下的通稱。如：面諭；諭示。也特指皇帝的詔令。如：聖諭；諭旨。❷知道；理解。如：諭理。❸使理解。如：曉諭。❹比喩。
【諭旨】皇帝對臣下的命令、文告。

諮 (zi)⑨dzi¹〔之〕同"咨"。詢問；商量。

諰(諰) (xǐ)⑨sai³〔徙〕見"諰諰"。
【諰諰】亦作"鰓鰓"。恐懼的樣子。

諱(讳) (huì)⑨wei⁶〔偉〕❶隱瞞，避忌。如：直說不諱。❷指history所諱的事物。舊時對帝王將相或尊長不直稱其名，謂之避諱。因亦以指所避諱的名字。
【諱言】忌諱諫議。也指隱諱；不敢說或不願意明說。如：無可諱言。
【諱疾忌醫】隱瞞疾病，不願醫治。比喻怕人批評而掩飾自己的缺點和錯誤。

諱莫如深《穀梁傳·莊公三十二年》載，春秋時魯公子慶父謀殺太子般而出奔齊國，《春秋》不明記其事，認為事件重大，提起來會傷臣子之心，所以諱而不言。後因以"諱莫如深"形容把事情隱瞞得很緊。深，事件重大。

諳(谙) (ān)⑨em¹〔庵〕熟記；熟悉。
【諳練】熟悉；熟練。

諴(诚) (xián)⑨ham⁴〔咸〕和洽。

諵 (nán)⑨nam⁴〔南〕同"喃"。見"諵諵"。
【諵諵】說話多的樣子，也低低語聲。

諶(谌) (chén)⑨sem⁴〔忱〕❶相信。❷姓。

諷(讽) (fěng，舊讀 fèng)⑨fuŋ³〔富控切〕❶用委婉的語言暗示、勸告或指責。如：冷嘲熱諷。❷背誦。如：諷誦。
【諷刺】❶以含蓄的語言譏剌人。❷文藝創作中的一種藝術手法。用譏刺或嘲諷的筆法，描寫社會生活中敵對的或落後的事物，以達到貶斥、否定的效果。
【諷味】諷誦玩味。
【諷諫】謂不直指其事，而用委婉曲折的言語進諫。

諸(诸) (zhū)⑨dzy¹〔朱〕❶衆；凡。如：諸位；諸事如此類。❷"之於"的合音。如：公諸同好。❸"之乎"的合音。如：有諸？❹作語助，無義。如：日居月諸(居未語助)。
【諸子】指先秦至漢初的各派學者或其著作。
【諸父】❶伯父、叔父的統稱。❷古代天子對同姓諸侯、諸侯對同姓大夫，皆尊稱為"父"，多數就稱為"諸父"。
【諸生】❶謂許多儒生。也指在學的許多弟子。❷明清兩代稱已入學的生員。
【諸母】❶庶母。❷泛指中年以上的婦女。
【諸侯】西周、春秋時分封的各國國君。規定要服從王命、定期朝貢進職，同時有出軍賦與服役的義務。但在其封國內，世代掌握統治大權。
【諸夏】周代王室所分封的諸國。

【諸葛巾】古代一種頭巾。因諸葛亮曾經戴過，故名。

諺(谚) (yàn)⑩jin⁶〔彥〕❶見"諺語"。

【諺語】民眾中流傳的固定語句，用簡單的話反映出較深刻的道理。

諼(谖) (xuān)⑩hyn¹〔圈〕❶欺詐。❷忘記。

【諼草】亦作"萱草"。古人傳說，一種使人忘憂的草。

諾(诺) (nuò)⑩nok⁹〔挪岳切〕❶答應聲。❷答應；允許。❸古時抄字於公文之尾，表示許可，相當於後世的畫行。參見"畫諾"。

【諾諾】連聲答應，表示順從。

謀(谋) (móu)⑩meu⁴〔牟〕❶計策；計謀。如：有勇無謀。❷計議；商量。如：不謀而合。❸圖謀；營求。如：稻粱謀。

【謀夫】出謀劃策的人。
【謀士】出主意、定計劃的人。
【謀府】謂謀議所從出的地方。
【謀面】謂見面。如：素未謀面。
【謀略】計謀策略。

謁(谒) (yè)⑩jit⁸〔咽〕❶請見；進見。一般用於下對上、幼對長，或用作謙辭。❷說明；陳述。❸請。

【謁告】告假。
【謁舍】客舍。

謂(谓) (wèi)⑩wei⁶〔胃〕❶告語。如：人謂予曰。❷說；以為。如：或謂。❸稱；叫做。如：稱謂；何謂。

暘(旸) (yáng)⑩jœng⁴〔羊〕聲譽；歡樂。

謔(谑) (xuè)⑩jœk⁹〔若〕開玩笑。

【謔浪】謂戲謔不敬。

十　畫

謄(誊) (téng)⑩teng⁴〔騰〕抄寫。如：謄錄；謄清。

【謄黃】舊時皇帝下詔書，受詔者用黃紙謄寫頒

行下屬，叫謄黃。

謅(诌) (zhōu)⑩dzeu¹〔周〕信口編造。如：胡謅亂扯。

謇(謇) (jiān)⑩gin²〔已演切〕❶口吃。❷忠誠；正直。

【謇愕】同"謇諤"。
【謇諤】亦作"謇愕"、"蹇愕"。正直敢言的樣子。
【謇謇】❶同"蹇蹇"。忠誠；正直。❷忠言。

暴(暴) (bó)⑩bɔk⁹〔薄〕因憤而叫喊。

謍(萤) (㊀(yíng)⑩jin⁴〔螢〕見"謍謍"。
㊁(hòng)⑩gwen⁶〔槝〕蟲聲。

【謍謍】同"營營"。小聲。

謎(谜) (mí)⑩mei⁶〔迷〕❶謎語。如：燈謎；猜謎。❷比喻還沒弄明白或難以理解的事物。如：這件事情直到現在還是一個謎。

謏(谀) (xiǎo)⑩siu²〔小〕小。見"謏才"、"謏聞"。

【謏才】猶言小才。
【謏聞】(一wèn)小有聲名。

謐(谧) (mì)⑩met⁹〔勿〕安寧；平靜。

諆(诶) (xǐ)⑩hei⁵〔霞禮切〕見"諆詢"。

【諆詢】受辱；訕罵。

謖(谡) (sù)⑩suk⁷〔叔〕❶起立。❷整飭的樣子。

【謖謖】勁挺有力的樣子。

謗(谤) (bàng)⑩pɔng³〔鋪放切〕❶指責。❷說別人的壞話。如：誹謗；譭謗。

【謗木】即"誹謗木"，也叫"華表木"。相傳堯舜時於交通要道豎立木牌，讓人在上面寫諫言。

謙(谦) (qiān)⑩him¹〔希淹切〕❶謙辭。如：謙讓。❷稱對方的謙辭。如：尊謙萬不敢當。❸六十四卦之一。

【謙光】指謙沖或謙退的風度。
【謙抑】謙卑退讓。
【謙虛】虛心；不自滿。

【謙遜】謙讓。

諡（谥） (shì)粵si³〔試〕古代在帝王及官僚死後追加的稱號。表示褒貶。參見「諡法」。

【諡法】古代帝王及官僚死後，據其生前事迹，評定一個稱號，叫做「諡法」。帝王之諡，由禮官議上；臣下之諡，由朝廷賜予。

講（讲） (jiǎng)粵gong²〔港〕❶說。如：講話；講解。❷講解。如：講學；講書。❸講論；商談。如：講條件；講價錢。❹講求；計及。如：講衛生。

【講究】❶研究。❷力求精美完善。如：講究衛生。引申爲精美完善。如：飲食極其講究。

【講武】講習武事。

【講席】指講學講座。指學者講學或高僧講經的座位。也用作對師長或對學者的尊稱。

【講座】❶同「講席」。❷某種專門學科或某一專題的講授。如：科學講座；專題講座。

【講堂】舊時講學的廳堂。後用以稱學校校室。❷佛教講經說法的殿堂。

【講習】互相討論學習。

【講筵】猶講席。

【講信修睦】古指相國之間彼此講究信用，謀求和好。

謝（谢） (xiè)粵dze⁶〔榭〕❶感謝。如：謝意。❷記謝；道歉。如：謝罪。❸辭去；辭別。如：閉門謝客。❹推辭。❺凋落；衰退；過去。如：花謝；筋力衰謝；晦暑初過。❻姓。

【謝病】託病謝絕賓客或自請退職。

【謝公屐】《南史·謝靈運傳》載，謝靈運登山時常穿的一種有齒木屐。上山去掉前齒，下山時去掉後齒。

謟（谄） (tāo)粵tou¹〔滔〕疑惑。

謠（谣） (yáo)粵jiu⁴〔搖〕❶不用樂器伴奏的歌唱。如：我歌且謠。❷民間流行的歌謠。如：童謠；民謠。❸沒有根據的傳聞或憑空捏造的話。如：謠傳；造謠。

【謠言】❶沒有事實根據的傳聞；捏造的消息。❷民間流行的歌謠或諺語。

【謠俗】猶言風俗習慣。從民間歌謠中可以看出人民的風習，所以叫「謠俗」。

【謠諑】造謠譭謗。

謊（谎） (huǎng)粵fong¹〔方〕假話；騙人的話。如：撒謊；說謊。

謌 「歌」的異體字。

謋（谋） (huò)粵wak⁹〔或〕骨和肉分離的聲音。

謕 古「啼」字。

十一畫

聲 (qīng)粵hing³〔慶〕咳嗽聲。見「謦咳」。

【謦咳】(—kài)咳嗽。引申爲言笑。如：親承謦咳。

謨（谟） (mó)粵mou¹〔毛〕計策；謀略。如：宏謨。

謫（谪） (zhé)粵dzak⁹〔擲〕❶譴責；責備。❷古代官吏因罪而被降職或放流。如：貶謫。也指被流徙戍邊的罪人。

【謫仙】稱譽才學優異的人，謂如謫降人世的神仙。《新唐書·李白傳》載，李白至長安，往見賀知章。賀知章看過李白的文章，歎著說：「子，謫仙人也。」後因特指李白。

【謫戍】戍，防守。封建時代將有罪者遣戍遠方叫「謫戍」。

【謫降】❶封建時代官吏因罪被降級並調到邊遠的地方去。❷謂仙家有罪被罰，降落到人間。

謬（谬） (miù)粵meu⁶〔茂〕謬誤；差錯。如：謬見；失之毫釐，謬以千里。

【謬悠】亦作「悠謬」。荒誕無稽。

【謬誤】❶錯誤，差錯。❷在哲學上指與客觀現實不相一致的認識。在邏輯上一般指違反形式邏輯規律、規則而產生的錯誤。

【謬獎】過獎。

【謬種流傳】「謬」亦作「繆」。謂荒謬錯誤的種子流傳下去。

謰(涟) (lián)粵lin⁴[連]見"謰語"、"謰謱"。
【謰語】亦作"連語"。也叫聯綿字、聯綿詞。聯綿不可分割的雙音節詞,多數是雙聲或疊韻的。如"參差"、"窈窕"都是。
【謰謱】言語支離瑣碎的樣子。

謱(娄) ㊀(lóu)粵leu⁴[留]見"謰謱"。
㊁(lǚ)粵lœy⁵[旅]見"覾謱"。

謳(讴) (ōu)粵eu¹[歐]歌唱。
【謳歌】歌頌;讚美。

謷 ㊀(áo)粵ŋou⁴[遨]詆譭。
㊁(ào)粵ŋou⁶[傲]亦作"謸"。❶戲謔;通"謷"。
【謷】同"謷"。

謹(谨) (jǐn)粵gen²[緊]慎重小心。今多用以表示鄭重和恭敬。如:謹啟;謹賀。
【謹厚】謹慎忠厚。
【謹密】謹慎周密。如:辦事謹密。
【謹飭】亦作"謹敕"。謹慎,能約束自己的言行。
【謹愿】謹慎忠實;誠實。
【謹嚴】❶態度嚴肅,不苟且。如:治學謹嚴。❷嚴密。如:結構謹嚴。
【謹小慎微】本作"敬小慎微"。謂用謹慎的態度對待細小的問題,以防造成較大的錯誤或損失。今多指對於細小的事情過分謹慎,以致流於畏縮。

謻(迻) (yí)粵ji⁴[移]亦作"謻"。見"謻臺"。
【謻臺】古代宮中別館。亦作"謻臺"。

謼 "呼❸"的異體字。

謾(谩) ㊀(mán)粵man⁴[蠻]欺騙;蒙蔽。
㊁(màn)粵man⁶[慢]❶通"慢"。怠慢;輕視。❷空泛。
【謾罵】(màn)同"嫚罵"。

謿 "嘲"的異體字。

譽 "譽"的異體字。

十二畫

譁(哗) (huá)粵wa¹[娃]喧譁。
【譁變】指軍隊突然叛變。
【譁眾取寵】以浮誇的言辭博取羣衆的喜歡。

譆 "嘻"的異體字。

證(证) (zhèng)粵dziŋ³[政]❶證據。如:人證;物證。❷證明。如:論證;證書。❸證件。如:工作證;會員證。❹同"症"。
【證人】謂親見其事而可以證明實際情形的人,即證人。
【證候】❶證,通"症"。指患病時出現的互有聯繫的一羣症狀。❷指可以驗證的天象。

譎(谲) (jué)粵kyt⁸[決]❶詭詐;欺詐。❷怪異;變化。參見"譎詭"。
【譎詭】怪異;變化多端。
【譎諫】諫勸時不直言過失,隱約其詞,使之自悟。

譏(讥) (jī)粵gei¹[基]❶譏笑;諷刺。❷進諫;規勸。
【譏誚】諷刺;譏笑。
【譏彈】(一tán)指責缺點或錯誤。

譑(矫) (jiǎo)粵giu²[矯]取。

譓(𫟹) (huì)粵wei⁶[惠]順服。

譔 "撰"的異體字。

譖(谮) (zèn)粵dzɐm³[浸]進讒言;說人的壞話。

識(识) ㊀(shí)粵sik⁷[式]❶知道;認識。如:識字。❷知識;見識。如:常識;卓識。
㊁(zhì)粵dzi³[志]❶通"誌"。記住。❷標誌;記號。
【識荊】李白《與韓荊州書》有"生不用封萬戶侯,但願一識韓荊州"之語,後因以"識荊"為初次識面的敬辭。韓荊州,指韓朝宗,當時為荊州長史。

譙(谯)（qiáo）粤tsiu⁴〔潮〕❶望樓；高樓。見"譙樓"。❷見"譙譙"。❸姓。

【譙樓】古時建築在城門上用以瞭望的樓。

【譙譙】羽毛殘敝的樣子。

譚(谭)（tán）粤tam⁴〔談〕❶光大。❷同"談"。❸姓。

譌
"訛"的異體字。

譊(譊)（náo）粤nau⁴〔撓〕見"譊譊"。

【譊譊】爭辯聲，引申爲喧鬧嘈雜。

譜(谱)（pǔ）粤pou²〔普〕❶按照事物類別或系統編成的表册。如：年譜。亦謂編列成譜。❷作示範或供參檢的圖書、樣本。如：棋譜；畫譜；臉譜。❸曲譜。如：簡譜；五綫譜；工尺譜。❹按歌詞作曲。如：譜曲。❺大致的依據；打算。如：他做事有譜兒；心裏沒個譜。❻猶言左右，表示約數。如：約三十元之譜。

譂
同"嘲"。

譟
"噪"的異體字。

譑（jiào）粤giu³〔叫〕❶同"噭"。❷吹毛求疵之意。

警（jǐng）粤ging²〔景〕❶戒備。如：警備。❷告戒。如：懲一警百。❸敏悟。如：機警。❹警報。如：火警；邊警。❺警察的簡稱。如：交通警。

【警句】詩文中語意新穎、警醒動人的句子。

【警惕】對可能發生的危險情況保持警覺。如：提高警惕。

【警策】❶揮鞭趕馬。❷精練扼要而含意深切動人的文句。

【警蹕】警，警戒；蹕，清道。謂皇帝出入經過的地方嚴加戒備，斷絕行人。亦作"警趌"。

【警覺】❶警醒儆悟。❷對可能發生的事變或危險有敏銳的感覺。

警鐘❶報告意外事故的鐘。❷比喻引起人們警惕的事件。

譩
"噫"的異體字。

譫(谵)（zhān）粤dzim¹〔尖〕多說話。

【譫言】病中胡言亂語。

譬（pì）粤pei³〔屁〕比喻；比方。

譯(译)（yì）粤jik⁹〔亦〕❶把一種語言文字翻成另一種語言文字。如：音譯；意譯。古時解釋經義也叫譯。❷古代稱翻譯北方民族語言的官。

議(议)（yì）粤ji⁵〔以〕❶商量；討論。如：議定；自報公議。❷評論是非。多指非議。如：恐招物議。❸意見；言論。如：提議；無異議。❹文體的一種，用以論事說理或陳述意見。如：奏議；駁議。

【議決】議論決定。現在開會時，討論議案作出決定，也叫"議決"。

【議單】舊時個人、團體或個人與團體之間，因利害關係，經過協議而訂立的一種契約。

譨(诺)（nóng）粤nung⁴〔農〕見"譨譨"。

【譨譨】同"喋喋"。說話多。

譞(㬊)（xuān）粤hyn¹〔圈〕聰慧。

譭（huǐ）粤wɐi²〔毁〕誹謗；講別人的壞話。

譴(谴)（qiǎn）粤hin²〔遣〕❶責備；責罰。如：譴責。封建時代官吏貶官謫戍也叫譴。❷罪責；罪過。

譅(涩)（sè）粤sɐp⁷〔濕〕說話遲鈍。❶同"訥謇"。

護(护)（hù）粤wu⁶〔戶〕❶衞護；護助。如：護城河。❷回護；包庇。參見"護前"、"護短"。

【護手】刀劍身和柄之間用來遮護手的金屬片，一般爲橢圓形或海棠形。

【護法】❶衛護佛法。❷衛護佛法的人，後來指施捨財物給寺廟的人。

【護前】回護自己從前的錯誤。

【護理】❶對傷病人和老、弱、幼、殘的照料。通常指護士所担任的醫療技術工作。❷清制，省級長官出缺，未能及時派員接替，即以次級官暫代其職務，稱爲護理。例如總督、巡撫多由布政使護理。北洋軍閥統治時期亦沿襲其制。

【護喪】謂主持喪事。

【護短】顧全人家的短處，不使人難堪。亦指護言過失或缺點。

【護照】❶一國主管機關發給出國執行任務、旅行或在國外居住的本國公民證明其國籍和身分的證件。❷舊指出差、旅行或運輸貨物時的通行憑證。

【護身符】舊時道教和巫師等用朱筆或墨筆在紙上畫成似字非字的圖形，叫人帶在身邊，說是可以辟邪消災。後因封建時代佛教僧尼持有度牒則可免除勞役、賦稅，亦稱度牒爲“護身符”。又比喻可以仗恃的人或物。

䜹(诪) (zhōu) 粵 dzeu¹ [周] 見“䜹張”。

【䜹張】欺誑。

譽(誉) (yù) 粵 jy⁶ [預] ❶稱揚；讚美。如：毀譽。❷聲譽；聲名。如：譽滿全球。

【譽曰】徒有虛聲。

十五畫

譾(谫) (jiǎn) 粵 dzin [剪] 淺薄。如：譾陋。

讀(读) ㊀(dú) 粵 duk⁹ [毒] ❶照文字念出聲音。如：朗讀；宣讀。❷閱看；默讀。如：讀書；讀小說。❸指上學。如：讀中學。
㊁(dòu) 粵 deu⁶ [逗] 誦讀文章時較爲短暫的停頓。如：句讀。

【讀者】謂欣賞書籍。

【讀書三到】謂心到、眼到、口到。

讁 “謫”的異體字。

讅 (shěn) 粵 sem² [審] 同“審”、“諗”。如：讅知；讅悉。

十六畫

讇 (chān) 粵 tsim² [諂] 同“諂”。諂媚。

變(变) (biàn) 粵 bin³ [邊] ❶變化；改革。如：瞬息萬變。❷變通；不墨守陳規舊制。如：窮則變，變則通。❸突然發生的非常事件。如：事變；兵變。❹唐人對佛教故事的通稱。畫出的故事叫“變相”，敍寫的故事叫“變文”。

【變天】❶古代分天爲九野，東北方稱“變天”。❷天氣變化，多指轉陰雨。

【變幻】謂變化不可測度。如：風雲變幻。

【變卦】原指《周易》六十四卦中的某卦由於一爻的變動而成另一卦。後人用來比喻突然改變原來的主意或做法。

【變故】意外發生的變化或事故。

【變革】改革。

【變相】內容不變，形式和原來不同。

【變通】靈活運用，不拘常規。

【變置】廢除和建立。

【變節】❶改變原來的節操。今指喪失氣節，向敵人屈服投降。❷謂改變品行。

【變質】人的思想或事物本質發生變化，多指向壞的方面轉變。❷病理學名詞。炎症時組織的形態變化，表現爲組織細胞的各種變性和坏死。

【變遷】指事物逐步的變化轉移。

【變色龍】四脚蛇的一種。善於變換皮膚的顏色，適應周圍環境，以保護自己。常用以比喻善於轉變立場的人。

變本加厲 本意謂比原來更加發展。今謂變得比本來更加嚴重。

讎 “儔”的異體字。

讌 “宴❷”的異體字。

讎(雠) (chóu) 粵 tseu⁴ [酬] 亦作“讐”。❶同等。❷校對。見“讎定”。❸同“仇㊀”。

【讎定】校對並加以考正。

讎 讎的異體字。

十七畫

讒(谗) (chán)粵tsam⁴〔慚〕說別人的壞話。如：讒言。

讓(让) (ràng)粵jœŋ⁶〔釀〕❶責備。如：責讓；讓路。❷不爭。如：辭讓；讓路。❸許。如：讓我試試；讓高山低頭。❹猶"被"。如：讓雨淋了。❺把東西的所有權轉給別人。如：出讓。❻讓。如：把客人讓進來。
【讓棗推梨】《南史・王泰傳》載，王泰數歲時，祖母聚集各兄弟妮兒一起，將棗栗散置於坐榻上，個個都爭着去拿，只有王泰一人不動。人問其故，他回答說："不取，自當得賜。"又《後漢書・孔融傳》載，孔融年四歲時，和哥哥們同吃梨子，他每次都拿最小的。人問其故，他回答說：我年紀小，應當拿小的。後因以"讓棗推梨"比喻兄弟友愛。

讕(谰) (lán)粵lan⁴〔攔〕抵賴；誣妄。參見"讕言"。
【讕言】❶誣妄之言。如：無恥讕言。❷指無關重要的舊聞逸事。

讖(谶) (chèn)粵tsɐm³〔賜暗切〕tsɐm³〔杉〕(俗)一種預言，即用隱語來預決吉凶。如：符讖；圖讖。見"讖語"。
【讖語】指將來會應驗的話。

讔(谚) (yīn)粵jɐn²〔隱〕隱語；謎語。

十八畫

讙 (huān)粵fun¹〔歡〕❶亦作"嚾"。喧嘩。❷"歡"的異體字。
【讙嘩】大聲說笑或喊叫。

讘(谍) (zhé)粵dzip⁸〔摺〕見"詀讘"。

十九畫

讚 "贊❸❹"的異體字。

讛 "囈"的異體字。

二十畫

讜(谠) (dǎng)粵dɔŋ²〔黨〕正直。參見"讜言"。
【讜言】正直的言論。

讞(谳) (yàn)粵jin⁶〔彥〕審判定案。如：定讞。

二十二畫

讟(讟) (dú)粵duk⁹〔讀〕誹謗；怨言。如：怨讟。

谷　部

谷 ㊀(gǔ)粵guk⁷〔穀〕❶兩山之間的夾道或流水道。如：山鳴谷應。❷"穀"的簡化字。
㊁(yù)粵juk⁹〔玉〕參見"吐谷渾"。

四畫

谹 (hóng)粵weŋ⁴〔宏〕❶山谷中的回聲。❷深。

六畫

谼 (hóng)粵huŋ⁴〔紅〕大谷。

十畫

谿 "溪"的異體字。

豀 (xī，舊讀 xí)粵hei⁴〔奚〕見"勃豀"。

豁 ㊀(huò)粵kut⁸〔括〕❶開闊。如：豁然開朗。❷免除；豁免。

㊀(huō)働同㊀❶開裂；破缺。如：豁口；豁嘴。❷拚棄；捨着。如：豁出性命。

㊁(huá)wa¹[蛙]見"豁拳"。

【豁拳】(huá一)也叫"猜拳"、"划戰"。飲酒時助興取樂的一種遊戲。兩人同時出拳伸指喊數，喊中兩人伸指之和者勝，負者罰飲。亦作"搳拳"。

【豁達】❶胸襟開闊。❷通敞。

【豁然開朗】形容由狹隘幽暗一變而爲開闊光亮。引申爲通曉領悟。

豆 部

豆 (dòu)働deu⁶[竇]deu²[抖](語)❶豆類植物的總名。如大豆、蠶豆、綠豆、刀豆等。亦作"荳"。❷古代食器。形似高足盤，或有蓋。用以盛食物。

【豆蔻】❶植物名。亦稱"白豆蔻"、"圓豆蔻"。多年生常綠草本，初夏開花，花淡黃色。中醫學上以種子入藥。❷喻處女。唐杜牧《贈別》詩有"娉娉嫋嫋十三餘，豆蔻梢頭二月初"之句。後因謂女子十三四歲爲"豆蔻年華"。

【豆剖瓜分】比喻國土割裂。亦作"瓜剖豆分"。

三 畫

豇 (jiāng)働gɔŋ¹[江]豆科植物。即"豇豆"，亦稱"豆角"。有豇豆、長豇豆和飯豇豆三種。蔓生、半蔓生或矮生。豇豆和長豇豆梢頭二月初。飯豇豆的莢壁多纖維，不能食用，種子可煮食。

豈(岂) ㊀(qǐ)働hei²[起]猶言寧。難道。用於疑問或反詰句。如：豈有此理。

㊁(kǎi)働hoi²[海]通"愷"。見"豈樂"、"豈弟"。

【豈弟】(kǎi ti)同"愷悌"。平易近人。

【豈樂】(kǎi一)歡樂。亦作"愷樂"。

【豈有此理】哪有這個道理。對不合情理的事表示氣憤。

四 畫

豉 (chǐ，讀音 shì)働si⁶[侍][豆豉]有鹹、淡二種，用煮熟的大豆發酵後製成。供調味用；淡的可入藥。

六 畫

登 (dēng)働dɐŋ¹[燈]古代盛肉食的用器，也指祭祀盛肉食的禮器。

八 畫

豌 (wān)働wun¹[烏寬切]wun²[碗](又)豆名。即"豌豆"。亦稱"小寒豆"、"淮豆"、"麥豆"。嫩莢、嫩苗可作蔬菜，子粒供食用。

豎(竖) (shù)働sy⁶[樹]❶直立。如：倒豎。❷書法稱直爲豎。如："十"字一橫一豎。❸童僕。

【豎子】❶童僕。❷鄙賤的稱謂，猶小子。

【豎褐】古代僮僕穿的短衣，用獸毛或粗麻製成。

【豎儒】罵人的話，指無識見的讀書人。

【豎起脊梁】比喻振作精神。

十 畫

豏 (xiàn)働ham⁵[霞覽切]❶餅中的豆餡。❷豆半生。

十一畫

豐(丰) (fēng)働fuŋ¹[風]❶茂盛；茂密。❷豐富；豐厚。如：豐收；豐年；豐衣足食。❸古代承稈的器皿。❹六十四卦之一。

【豐盈】❶富足。❷豐滿，形容體貌。

【豐茸】茂密的樣子。

【豐盛】豐收。❷五穀豐登。

【豐碑】❶古代天子舉葬時下棺的用具。❷高大的碑。

【豐隆】❶古代神話中的雲師；一說雷神。

【豐碩】豐滿；肥胖。如：豐碩成果。

【豐需】亦作"豐霈"。形容雨盛。

【豐干饒舌】《宋高僧傳十九載，豐干(一作封干，唐僧人)初於天台山國清寺，供舂米之役。人或借問，只答"隨時"二字，更無他語。先天(712-713)中，行化京兆。閭丘胤將去台州作太守，問：台州有何賢達？豐干說：到任記謁文殊。後閭丘胤到任至國清寺，於僧廚見寒山、拾得，二僧笑說："豐干饒舌。"後因以"豐干饒舌"比喻多嘴。

【豐城劍氣】《晉書·張華傳》載，吳滅晉興之際，天空斗、牛兩宿之間常有紫氣，豫章人雷煥謂"寶劍之精，上徹於天"，地點在豫章豐城縣。尚書張華乃任雷為豐城令。雷到任後，在豐城獄中掘得寶劍兩口，一名龍泉，一名太阿，斗、牛之間紫氣即消失。

二十畫

䨰　"靃"的異體字。

二十一畫

豔(艳)　(yàn)⑨jim⁶〔驗〕❶鮮豔；豔麗。如：百花爭豔。也指文辭的華美。❷豔羨。❸指美女。也以形容有關男女戀愛的事情。如：豔事❹古指楚國的歌曲。

【豔史】關於男女愛情的故事。

【豔情】關於男女愛情的。如：豔情小說。

【豔陽】豔麗的春光，多指春天。亦用為春色的代稱。如：豔陽天。

【豔羨】羨慕。

【豔詩】豔體詩。謂描寫男女愛情的香豔詩篇。

豕　部

豕　(shǐ)⑨tsi²〔始〕豬。

【豕心】比喻貪得無厭。

【豕突】像野豬那樣奔突亂竄。如：狼奔豕突。亦作"豨突"。

三畫

豗　(huī)⑨fui¹〔灰〕❶撞擊。❷轟聲。見"喧豗"。

四畫

豚　(tún)⑨tyn⁴〔團〕小豬；也泛指豬。如：豚肩；豚蹄。

【豚兒】對人稱自己兒子的謙辭。

豝　(bā)⑨ba¹〔巴〕母豬。亦指大豬。

独　同"豚"。

五畫

象　(xiàng)⑨dzœŋ⁶〔像〕❶動物名。陸上最大的哺乳動物。體高約3米，皮厚毛少。四肢粗壯如柱。鼻與上唇癒合成圓筒狀長鼻，伸屈自如，上頷兩門齒大而長，俗稱"象牙"。❷形狀；樣子。如：氣象；萬象更新。❸仿效；摹擬。如：象形；象聲。❹象徵。❺古代一種舞的名稱。

【象服】古代貴婦人穿的一種禮服，上面繪有各種圖形作為裝飾。

【象形】六書之一。指描摹實物的造字法，如"日"，畫一個太陽的形狀，"◎"；"月"，畫一個新月的形狀"》"。

【象管】以象牙為筆桿的毛筆。亦泛指筆。

【象徵】❶用具體事物表示某種抽象概念或思想感情。❷指在文藝創作中的一種藝術手法，它通過某一特定的具體形象以表現與之相似或相近的概念、思想和感情。

【象牙之塔】原是法國十九世紀文藝批評家聖佩韋批評同時代消極浪漫主義詩人維尼的話。後泛指主張"為藝術而藝術"的文藝家企圖超脫社會現實表現個人主觀幻想的藝術天地為"象牙之塔"。也用以比喻某些知識分子脫離現實生活的小天地。

六　畫

豢 (huàn)⑩wan⁶〔患〕❶餵養牲畜。❷
食穀的牲畜。見"芻豢"。
【豢養】餵養牲畜。現常比喻收買、利用。

豣 (jiān)⑩gin¹〔堅〕三歲的豬，亦泛指
大豬。

七　畫

豨 (xī)⑩hei¹〔希〕豬。特指大野豬。

豪 (háo)⑩hou⁴〔毫〕❶豪豬(即箭豬)身
上的刺。❷豪豬刺長而剛，借喻有才
能、威望或有權勢的人。如：大文豪。❸
氣魄大，不拘束。如：豪放；豪邁；豪言
壯語。❹橫。如：巧取豪奪。亦指強橫
霸道的人。如：土豪。
【豪毛】即"毫毛"。比喻細微的事物。
【豪右】豪門大族。
【豪芒】即"毫芒"。謂極微細。
【豪門】巨富權貴之家。
【豪俊】才智出眾，亦指才智出眾的人。
【豪客】❶俠客。亦指強盜。❷豪奢奢侈的
人。
【豪素】同"毫素"。筆和紙。指著作。
【豪華】指才能出眾的人。
【豪富】巨富。
【豪強】指依仗權勢橫行不法的人。
【豪纊】❶粗闊綽。❷指顯貴的地位。
【豪猾】強橫狡猾而不守法紀的人。
【豪舉】氣魄很大的舉動。
【豪邁】豪放不羈；氣魄大。

八　畫

豵 (zòng)⑩dzuŋ³〔眾〕公豬。

九　畫

豫 (yù)⑩jy⁶〔預〕❶悅樂；安適。如：
面有不豫之色。❷通"預"。事先有所

準備。❸通"與"。參與。❹河南省的簡
稱。因古為豫州地而得名。
【豫附】樂意歸附。
【豫章】❶郡名。漢高帝六年(公元前201年)
分九江郡置。治所在南昌(今市)。❷古縣
名。隋開皇中改南昌縣置，治所在今江西
南昌市。❸江西省的別稱。

豬 (zhū)⑩dzy¹〔朱〕家畜名。約在五、
六千年前由野豬馴化而成。體軀肥
滿，四肢短小。生長快，成熟早，繁殖力
強。肉質優良。鬃可以製刷子，皮可製
革。

豭 (jiā)⑩ga¹〔加〕公豬。

十　畫

豲 (huán，又讀 yuán)⑩jyn⁴〔元〕一種
野豬。

豳 (bīn)⑩ben¹〔賓〕同"邠"。古邑名。
在今陝西旬邑西。周族后稷的曾孫公
劉由邰遷居於此，到文王祖父太王又遷於
岐。

十一畫

豵 (豵) (zōng)⑩dzuŋ¹〔宗〕一歲的
豬。一說六個月的豬。亦泛指
小豬。

貗 (貗) (lóu)⑩leu⁴〔流〕母豬。

十二畫

殪 (yì)⑩ɐi³〔翳〕豬喘息。

十三畫

豮 (豶) (fén)⑩fen⁴〔焚〕閹割過的豬。

十八畫

豶 "貛"的異體字。

豸 部

豸 (zhì)[粵]dzi⁶〔治〕dzai⁶〔寨〕(又)❶本指長脊獸，如貓、虎之類。引申爲無脚的蟲，體多長，如蚯蚓之類。❷通"廌"。見"解豸"。

【豸冠】即"獬豸冠"。古代執法官戴的帽子。

三 畫

豹 (bào)[粵]pau³〔炮〕動物名。體較虎小，大小視種類而異。體一般有黑色斑紋。一般喜棲息在平原多樹的地方，善奔走。有金錢豹、雲豹、雪豹等。

【豹略】《六韜》中有《豹韜》，因稱善於用兵爲豹略。

【豹隱】比喻隱居。

【豹變】像豹文那様顯著的變化。因用以比喻人的行爲有很大變化。又指地位上升爲顯貴。

【豹死留皮】比喻留美名於後世。

豺 (chái)[粵]tsai⁴〔柴〕動物名。體較狼小；體色通常棕紅。性凶猛，喜羣居；襲擊小型及中型獸類，有時甚至能傷害水牛。

【豺狼】兩種凶惡的野獸。亦以比喻貪婪殘暴的人。

【豺狼當道】亦作"豺狼當路"、"豺狼橫道"。比喻殘暴的壞人當權。

豻 ㊀(àn)[粵]ŋɔn⁶〔岸〕古時鄉亭的牢獄。引申爲獄訟之事。

㊁(hàn)[粵]hɔn⁶〔翰〕古代北方的一種野狗，形如狐狸，黑嘴。

五 畫

貂 (diāo)[粵]diu¹〔刁〕動物名。大如獺，尾粗，毛約一寸長，黃色或紫黑色。皮最能御寒，爲珍貴的皮料。古時以其尾爲冠飾。有紫貂、水貂等。

【貂寺】古代寺人(太監)的帽子，以貂尾爲飾，因以"貂寺"爲太監的別稱。

【貂裘換酒】形容富貴者放縱不羈。

六 畫

貅 (xiū)[粵]jɐu¹〔休〕見"貔貅"。

貆 ㊀(huán，又讀 xuān)[粵]wun⁴〔垣〕hyn¹〔圈〕(又)幼小的貉。

㊁(huán)[粵]wun⁴〔垣〕亦作"狟"。豪豬。

㊂(huān)[粵]fun¹〔歡〕通"貛"。

貉 ㊀(hé，讀音 háo)[粵]hɔk⁹〔學〕動物名。亦稱"狗貛"。外形如狐，但體較胖，尾較短。尾毛蓬鬆，吻尖，耳短圓。兩頰有長毛。體色棕灰。爲重要毛皮獸之一，毛皮可做皮衣、帽等，尾毛可製毛筆。

㊁(mò)[粵]mɐk⁹〔麥〕同"貊❷"。

【貉子】(háo—)小貉。用作駡人的話。

貊 (mò)[粵]mɐk⁹〔陌〕❶野獸名。大如驢，狀頗似熊，有力。❷中國古代北方民族名。

貈 同"貉"。

七 畫

貌 (mào)[粵]mau⁶〔麻效切〕❶相貌；容色。如：其貌不揚。❷外表；外觀。如：貌合神離。❸樣子；情態。如：滔滔，廣大貌；赳赳，武貌。❹描繪；畫像。

【貌寢】相貌醜陋。

【貌合神離】外表親密而內懷二心。亦作"貌合行離"、"貌合心離"。

貍 (lí)[粵]lei⁴〔離〕動物名。俗謂野貓。

【貍奴】貓的別名。

【貍狌】亦作"貍貹"。野貓。

九 畫

貓(猫) (māo)粵mau¹〔媽蔽切〕動物名。品種很多。跖底有脂肪質肉墊,因而行走無聲。喜捕食鼠類。

【貓鼠同眠】比喻上官昏庸失職,縱容下屬為奸。

猰 (yà)粵at⁸〔壓〕見"猰貐"。

【猰貐】亦作"窫窳"。古代傳說中的一種食人凶獸。

貐 (yǔ)粵jy⁵〔雨〕見"猰貐"。

十畫

貔 (pí)粵pei⁴〔皮〕傳說中的一種猛獸,似熊。

【貔貅】❶古籍中的猛獸名。古代行軍,前面有猛獸,就舉起畫貔貅的旗幟以警察。❷比喻勇猛的軍士。❸古代兩種氏族的圖騰。

貛 同"獾"。

十一畫

貘 (mò)粵mek⁹〔陌〕❶動物名。體形略似犀,但較矮小;尾極短;鼻端長,能自由伸縮。主食嫩枝葉。肉可食。善游泳,遇驚即逃入水中。❷古籍中的獸名,似熊。

十八畫

貛 (huān)粵fun¹〔歡〕動物名。亦稱"豬貛"。頭長;耳短;前肢爪特長,適於掘土。毛灰色,頭部有三條寬白紋。雜食昆蟲、鳥、果實等。有冬眠現象。毛皮可做皮衣、褥墊,毛可做刷和畫筆,肉可食。

貝 部

貝(贝) (bèi)粵bui³〔輩〕❶蛤螺等類有殼軟體動物的總稱。❷古代用貝殼作的貨幣。❸組成貝文的錦。參見"貝錦"。

【貝子】❶軟體動物的一種,亦稱海貝,即寶貝。❷雲南舊用貝為貨幣,叫做"貝子"。❸爵位名。滿洲語為貝勒的複數,有王或諸侯的意思。早期滿族社會中,貝子意為"天生"貴族。清代頒定宗室爵號,有固山貝子,簡稱貝子,在親王、郡王、貝勒之下,並以封蒙古貴族。

【貝多】梵文 Pattra 的音譯,亦作"貝多羅"。樹名。產於印度,葉子可以代替紙,印度人多用來寫佛經。佛僧指佛經。

【貝葉】印度貝多羅(Pattra)樹的葉子,用水漚後可以代紙,印度人多用以寫佛經,故佛經也稱為"貝葉經"。

【貝錦】❶古代錦名,上有貝形花紋。❷古比喻誣陷人的讒言。

二畫

貞(贞) (zhēn)粵dzin¹〔晶〕❶占卜;卜問。❷《易》卦的下體,即下三爻。❸堅定。多指意志或操守。如:堅貞。❹封建禮教特指婦女的"貞操"。見"貞女"、"貞節"。❺通"楨"。見"貞干"。

【貞干】同"楨榦"。支柱;骨幹。

【貞士】堅貞之士。

【貞女】指從一而終的女子。

【貞石】碑石的美稱。立碑刊文,意在傳之久遠,因稱碑石為"貞石"。

【貞固】堅貞不移,始終如一。

【貞烈】指女子守貞操,寧死不屈。

【貞婦】指夫死不嫁的婦女。

【貞確】猶貞固。參見"貞固"。

【貞節】❶指堅貞的節操。❷指女子不改嫁或不失身。

【貞操】❶指堅貞不移的節操。❷指女子不失身或從一而終的操守。

負(负) (fù)粵fu⁶〔付〕❶倚恃。如:自負;負險固守。❷抱持;享有。如:抱負;素負盛名。❸以背載物。如:負米;負薪。引申為擔負。如:負責

任；身負重任。❹背倚。參見「負扆」、
「負郭」。❺遭受。如：負傷；負屈含冤。
❻背棄；違背。如：忘恩負義。❼與「正」
相對。如：負數；負電。❽虧欠；拖欠。
如：負債。❾失敗；如：勝負未分。

【負手】反手於背。

【負心】猶言忘恩負義。又指背棄愛情不堅貞。

【負米】即背米。多指兒子供養父母。

【負版】❶背著國家圖籍。版，方形木板，指
國家的圖籍，如地圖、戶口冊等。❷蟲
名。亦作「蝜蝂」。

【負疚】心中感覺不安；抱歉。

【負俗】受到世俗的譏刺和批評。

【負氣】恃其意氣，不肯屈居人下。亦稱跟人
賭氣為「負氣」。

【負笈】笈，書箱。謂出外求學。如：負笈海
外。

【負累】(一lèi)無罪而受惡名。

【負荷】(一hè)❶負荷肩荷。引申為繼承。❷
擔任。❸也叫「負載」。動力設備在單位時
間內所生產的能量。

【負販】謂負貨買賣。亦用以指商販。

【負嵎】亦作「負隅」。嵎，山彎。負，憑依。
多指殘敵憑險頑抗。如：負嵎頑抗。

【負暄】冬天在太陽下取暖。

【負載】負是背物，載是以頭頂物；古代常用
為體力勞動的代稱。

【負薪救火】同「抱薪救火」。比喻想消滅災
害，而用使災害擴大。

【負荊請罪】《史記‧廉頗藺相如列傳》載，戰
國時趙國大將廉頗跟大臣藺相如不和，後
來他認識到了這樣對國家不利，便肯著荊
條去向藺相如謝罪，請他用荊條責罰。後
因用「負荊」或「負荊請罪」指主動向對方賠
禮認錯。

貝　同「貝」。

三　畫

財(财)(cái)粵tsɔi⁴〔才〕金錢物資的總
稱。如：錢財；財物。

【財主】❶古稱放債取利的人。後泛稱富有的
人家。❷古時稱物主，財物的主人。

【財用】財物。

【財團】指控制許多公司、銀行和企業的資本
家或其集團。

貢(贡)(gòng)粵guŋ³〔供〕古指把物品
進獻給天子。

【貢獻】❶把力量、才能、物資等獻給國家，
也指所做的對國家有益的事。❷進奉；
進貢。

貣(贷)(tè)粵tik⁷〔慝〕❶求乞。❷同
「忒」。過差。

貤(贻)(yí)粵ji⁶〔異〕亦作「貤」。通
「迤」。延展。

㊀(yí)粵ji⁴〔移〕通「移」。轉移；轉手。
如：流貤；貤封。

四　畫

貧(贫)(pín)粵pɐn⁴〔頻〕❶窮。與
「富」相對。❷不足；缺乏。
如：貧乏。❸猶「賤」。謂多到使人厭煩。
如：貧嘴賤舌。

【貧困】貧窮，困乏。

【貧道】道本為和尚自稱的謙辭。後專用於道
士。

【貧瘠】❶土地不肥沃。❷指貧窮的人。

【貧賤交】本作「貧賤之知」。指貧困時所結交
的知心朋友。

【貧賤驕人】指對富貴顯達者的鄙視和蔑視的
態度。

【貧嘴賤舌】話多而刻薄，惹人厭惡。

貨(货)(huò)粵fo³〔課〕❶貨幣。如：
通貨。❷商品。如：百
貨。❸賣。❹賄賂。❺罵人或開玩笑的
話。如：笨貨；寶貝。

【貨郎】一種流動出售小雜貨的小商販。

【貨殖】經商。亦指經商的人。

【貨路】❶猶賄賂。❷泛指珍寶財富。

販(贩)(fàn)粵fan³〔化晏切〕fan²〔反〕
(又)❶買貨出賣。比喻扳賣的
行為。❷販賣貨物的小商人。如：小販；
攤販。

【販夫】指販賣貨物的小商人。

貪(贪)(tān)粵tam¹〔他衫切〕❶愛財。
也泛指無節制的愛好。如：貪

杯；貪吃。❷貪戀；捨不得。如：貪生怕死。

【貪明】猶貪婪。

【貪污】利用職權非法地取得財物。

【貪冒】貪圖財利。

【貪泉】《晉書·吳隱之傳》載，離廣州二十里，有地名石門，石門有水名貪泉，故老相傳，凡飲過此水的人，都會變得貪婪無厭。吳隱之為廣州刺史，路經貪泉，飲其水，並賦詩說：「古人云此水，一歃懷千金。試使夷齊飲，終當不易心。」及至廣州，以前更廉潔。後即以此故事作為標榜官吏清廉的典故。

【貪婪】(-lán)貪得無厭。

【貪墨】同「貪冒」。貪圖財利。

【貪小失大】因貪圖小利而造成重大損失。

【貪贓枉法】公職人員收受賄賂，破壞法紀，以滿足行賄人違法要求的行為。

貫(贯)　(guàn)⑧gun³〔灌〕❶古時穿錢的繩索，即錢串。❷舊時用繩索穿錢，每一千文為一貫。❸用繩子貫起來。引申為貫通、穿通。如：貫注；貫串。❹習慣的辦法。見「仍舊貫」❺世代居住的地方。如：鄉貫；籍貫。

【貫穿】貫通。亦作「貫串」。

【貫盈】貫，穿；盈，滿。謂穿滿了繩索，表示累積到極點，多指罪惡而言。參見「惡貫滿盈」。

【貫珠】成串的珠子。常用以形容圓潤的歌聲。

責(责)　㊀(zé)⑧dzak⁸〔窄〕❶責任。如：負責。❷責問；責備。如：自責。❸責罰。如：杖責。❹要求。如：求全責備。
　㊁"債"的本字。

【責成】督責他人完成任務。

【責言】責備的話；問罪的話。

【責望】責怪抱望。亦用為期望於人之意。

【責善】要求人盡善盡美，沒有缺點。亦用為指摘、非難之意。

【責善】督策他人為善。

【責難】㊀責，要求；難，難做的事。❷(-nàn)責備；非難。

【責無旁貸】自己所應盡的責任，無可推卸。

貯(贮)　(zhù)⑧tsy⁵〔柱〕積存；貯藏。

貰(贳)　(shì)⑧sɐi³〔世〕❶租借；賒欠。如：貰器店。❷赦免。

貳(贰)　(èr)⑧ji⁶〔二〕❶"二"的大寫字。❷副職。❸懷疑；不信任。如：任賢勿貳。❹背叛；有二心。

【貳臣】前朝大臣在新朝做官的。

【貳言】猶言異議。

【貳車】副車。

【貳室】副宮。

貴(贵)　(guì)⑧gwɐi³〔桂〕❶價格高。如：這本書很貴。❷謂地位高。如：貴族。❸重視；崇尚。如：貴遠賤近；敬辭。如：貴姓；貴庚。❺貴州省的簡稱。

【貴人】❶指地位尊顯的人。❷妃嬪的稱號。東漢 光武帝時始置，僅次於皇后。

【貴介】猶言尊貴；介，大。

【貴主】古時對公主的尊稱。

【貴幸】尊貴而寵幸。亦指為君王尊貴寵幸之臣。

【貴胄】胄，後代。謂貴族的子孫。

【貴戚】帝王的內外親族。

【貴游】無官職的貴族。亦泛指貴顯者。

【貴耳賤目】相信傳聞，不相信親眼看到的事實。

貶(贬)　(biǎn)⑧bin²〔扁〕❶損減。❷降低職位。如：貶職，貨幣貶值。❸給予不好的評價。與"褒"相對。如：貶義詞。

【貶值】❶貨幣購買力下降。❷降低本國單位貨幣的含金量或降低本國貨幣對外幣的比價，叫做貶值。

【貶損】貶抑；壓低。

【貶謫】舊時指官吏降職，被派到遠離京城的地方。

買(买)　(mǎi)⑧mai⁵〔麻 蟹 切〕❶購買；買進。與"賣"相對。引申謂用金錢或其他手段取得。如：收買；買好。❷招惹；引起。

【買春】唐代的酒多以春爲名，如竹葉春、梨花春之類，因以"春"爲酒的代稱。買春，即買酒。

【買醉】沽酒痛飲，常指借酒行樂或排遣愁悶。

【買空賣空】❶一種商業投機行爲，爲投機的對象多爲股票、外幣、外匯、黃金等，或者預料價格要漲而買進後再賣出，或者預料價格要跌而賣出後再買進，買時並不付款取貨，賣時也並不交貨收款，只是就一進一出間的差價結算盈餘或虧損。❷比喻招搖撞騙，搞投機活動。

【買櫝還珠】《韓非子・外儲》載，有個楚國人把珍珠裝在木匣子（櫝）裏，到鄭國去賣，有個鄭國人認爲匣子漂亮，就買下木匣，把珍珠退還了賣主。後因用"買櫝還珠"比喻捨本逐末，取捨失當。

貸(贷) ㊀(dài)粵tai³〔太〕❶借入或借出。如：貸款。❷推卸。如：責無旁貸。❸饒恕；寬免。如：嚴懲不貸。
㊁(tè)粵tik⁷〔惕〕通"忒"。失誤。

眖(贶) ㊀(kuàng)粵fong³〔放〕賜與。如：厚貺；嘉貺。

費(费) ㊀(fèi)粵fai³〔廢〕❶費用。如：學費。❷花費；耗損。如：費神。❸煩瑣，多指言詞。如：辭費。
㊁(bì)粵bei³〔祕〕姓。

【費心】耗費心神。今用爲託人幫忙或感謝之辭。

貼(贴) (tiē)粵tip⁸〔帖〕❶黏附。如：貼金；貼牆報。❷緊靠；挨近。如：貼身。❸補助。如：補貼；津貼。❹通"帖"。妥適；平服。如：妥貼；熨貼。❺戲曲腳色行當。次要的旦腳，稱"貼旦"，簡稱"貼"。

【貼書】舊時書吏的助手叫"貼書"。清代又叫"貼寫吏"。

【貼黃】古代公文工作中的一種制度。(1)唐代詔敕有所更改時，用黃紙貼在上面，叫作"貼黃"。宋代於奏狀意有未盡，摘要別書於後，亦稱"貼黃"。(2)明清時摘取奏疏中要點，黏附在奏疏後面，類似舊時公文上

的摘要、摘由。

貽(贻) (yí)粵ji⁴〔移〕❶貝的一種。❷致送；贈送。❸遺留；留下。如：貽害。

【貽課】耽課。如：貽課工作。

【貽笑大方】給識者嗤笑。

貿(贸) (mào)粵meu⁶〔茂〕❶交易；買賣。如：抱布貿絲。❷變易。❸見"貿貿"。

【貿首】指雙方仇恨極深，都想得到對方的頭顱才甘心。

【貿貿】❶同"眊眊"。蒙昧不明的樣子。❷紛亂的樣子。

【貿遷】販運買賣。

賀(贺) (hè)粵ho⁶〔荷〕❶慶賀；道喜。❷姓。

貤 同"眙"。

六畫

賂(赂) (lù)粵lou⁶〔路〕❶贈送財物。引申爲賄賂。❷贈送的財物。也泛指財物。

賃(赁) (lìn，讀音 rèn)粵jem⁶〔任〕❶租；租賃。如：租賃。❷爲人雇傭。

【賃書】受雇爲人繕寫。

【賃春】受雇爲人舂米。

賁(贲) ㊀(bì)粵bei³〔祕〕❶文飾。❷六十四卦之一。
㊁(fén)粵fen⁴〔墳〕大。
㊂(bēn)粵ben¹〔奔〕通"奔"。

【賁臨】客套語。猶言光臨。

賄(贿) (huì)粵kui²〔繪〕❶財物。亦指贈送財物。❷賄賂，私贈財物而行請託。如：行賄。

賅(赅) (gāi)粵goi¹〔該〕兼備；完具。如：言簡意賅。

貲 (zī)粵dzi¹〔資〕❶漢代對未成年人所徵的賦稅。❷計量。如：所費不貲。❸"資"的異體字。

資(资) (zī)粵dzi¹〔支〕❶費用。如：物資；川資。❷資

料。如：談資。❸資質。如：天資。❹指地位、聲望、閱歷等。如：資格；資歷。❺供給；資助。如：以資參考。❻憑借；依賴。

【資性】猶言資質、生性。參見"資質"。

【資格】資，原指地位、經歷等；格，是公令條例。今泛稱人在社會上的地位、經歷為"資格"。

【資訊】港方言。資料信息。如：資訊時代。

【資望】指資格和聲望。

【資源】資財的來源。一般指天然的財源。

【資質】謂人的天資、稟賦。

【資歷】資格和經歷。

【資儲】貯備；積蓄。

賈(贾) ㊀(jiǎ)粵ga²〔假〕姓。
㊁(jià)粵ga³〔價〕通"價"。價格；價值。
㊂(gǔ)〔古〕❶指設肆售貨的商人。❷作買賣。如：多錢善賈。❸賣。❹求取。❺招引；招致。見"賈禍"、"賈害"。

【賈勇】(gǔ—)賈，出售。本謂自己的勇力有餘。後多用作鼓足勇氣的意思。參見"餘勇可賈"。

【賈害】(gǔ—)自惹災禍。

【賈禍】(gǔ—)猶賈害，自招禍患。

【賈儈】(gǔ—)指商賈、市儈。表示鄙視之意。

【賈豎】舊時對商人的賤稱。

賊(贼) (zéi，讀音 zé)粵tsak⁸〔拆〕❶傷殘；毀壞。❷虐害；殺害。❸一種害蟲。專食苗節，蠹稻稈。❹指作亂叛國為害人民或外來侵犯的人。如：國賊；民賊；寇賊。❺小竊。也形容鬼祟不正派。如：賊頭賊腦。

【賊心】邪心。

【賊星】流星的俗稱。

【賊去關門】比喻出了事故後才知道防範。

賑 "恤"的異體字。

七 畫

賑(赈) (zhèn)粵dzen³〔振〕❶富裕。❷救濟。如：賑災；放賑。

【賑濟】以財物救濟。

賒(赊) (shē，讀音 shā)粵sɛ¹〔些〕❶除欠。如：賒酒。❷買賒。如：賒綾；遲。❸長；遠。❹作語助。用於詩詞的句末，無義。

賓(宾) (bīn)粵ben¹〔奔〕❶客人。如：來賓；貴賓。❷以賓客之禮相待。❸服從；歸順。

【賓天】稱帝王之死。亦用來泛稱尊者之死。

【賓服】古指諸侯或邊遠部落按時朝貢，表示服從。

【賓客】❶客人。❷古代稱他國派來的使者。❸官名。全稱為太子賓客，為太子官屬中之最高級，官階正三品。但僅備高級官員之升轉，無實職。明以後不置。❹東漢以後世家豪族對依附人口的一種稱謂。

【賓從】(—zòng)來賓的隨從。❷(—zòng)賓客和僕從的合稱。❸(—cóng)猶賓服。服從；歸順。

【賓禮】❶古代五禮(吉、凶、軍、賓、嘉)之一，諸侯朝見天子的禮節。賓禮共有八種，即朝、宗、覲、遇、會、同、問、視。❷以賓客之禮相待。指著王禮賢下士。

【賓至如歸】謂賓客樂於來歸。常以形容主人招待周到。

賔 同"賓"。

賕(赇) (qiú)粵keu⁴〔求〕賄賂。

八 畫

賙(赒) (zhōu)粵dzeu¹〔周〕周濟；救濟。如：賙窮恤匱。

賚(赉) (lài)粵loi⁶〔來〕賞賜；贈送。

賜(赐) (cì，讀音 si)粵tsi³〔次〕❶指上對下的給予。如：賞賜。又為有求於人的敬辭。如：賜教。❷給與人恩或財物。如：受賜良多。

【賜告】古代官吏休假稱"告"。賜告，謂假期

已滿賜予犧假。

【賜帛】皇帝飭令臣下自縊稱“賜帛”。

【賜履】履，踐履。謂帝王所賜之封地。舊時謂受命出任外官員“賜履”。

賞(赏)

(shǎng)⑨sœŋ²〔想〕❶賞賜，獎賞。如：懸賞徵求。❷賞玩。如：賞月；奇文共賞。❸稱揚。如：讚賞。

【賞心】心情歡暢。

【賞格】懸賞所定的報酬數目。

【賞識】對人的德才或作品加以重視和讚揚。

【賞鑒】亦作“鑒賞”。欣賞鑒別。如：賞鑒名畫。

【賞心悅目】看到美好的景色而心情愉快。

賠(赔)

(péi)⑨pui⁴〔培〕❶賠償。如：賠款。❷蝕耗。與“賺”相對。如：賠本。❸向人道歉或認錯。如：賠禮；賠罪；賠不是。

賡(赓)

(gēng)⑨geŋ¹〔庚〕❶繼續；連續。❷抵償；補償。

【賡續】繼續。

賢(贤)

(xián)⑨jin⁴〔言〕❶有才能、有德行的人。如：賢明。又指有才能、有德行的人。❷善。❸對人的敬稱。如：賢弟；賢伯兄。

【賢路】指進用有才德的人的路徑。

【賢達】指有才德、聲望的人。

賣(卖)

(mài)⑨mai⁶〔邁〕❶以貨換錢；出售，與“買”相對。❷叛賣，背叛。如：賣國賊。❸盡量使出來。如：賣力；賣勁。❹賣弄。如：倚老賣老。

【賣友】出賣朋友，以謀取私利。

【賣文】以詩文博取報酬。

【賣名】炫耀自己，以獵取名聲。

【賣弄】誇示；炫耀。

【賣笑】指娼妓或歌女以聲色媚人。

【賣官鬻爵】執政掌權者出賣官職爵位，以聚斂財物。

【賣劍買牛】《漢書・龔遂傳》載，漢宣帝時，渤海地方飢荒，農民持刀劍為盜。龔遂為渤海太守後，勸民“賣劍買牛，賣刀買犢”，從事耕種。後常用作改業歸農的意思。

賤(贱)

(jiàn)⑨dzin⁶〔自現切〕❶價格低。如：穀賤傷農。❷地位卑微；人格卑鄙。如：微賤；下賤。❸輕視。如：貴遠賤近。❹謙辭。如：賤軀；賤恙。

【賤丈夫】指貪圖私利、行為卑鄙的人。

賦(赋)

(fù)⑨fu³〔富〕❶兵賦，賦稅。❷通“敷”。頒行；陳述。❸授；給予。如：賦予。又特指生成的資質。如：稟賦。❹分析《詩經》的術語，與風、雅、頌、比、興合稱“六義”。❺文體名。盛行於兩漢。❻不歌而誦。如：橫槊賦詩。

【賦閒】晉代潘岳辭官家居，作《閒居賦》。後因稱失職無事為“賦閒”。

賧(赕)

(tǎn)⑨dam⁶〔啖〕中國古代西南地區某些少數民族語的音譯字。❶川原。多用於地名。❷謂以財贖罪。

賨(赉)

(cóng)⑨tsuŋ⁴〔從〕古代巴人對所交賦稅的名稱。用以納稅的錢或布帛稱“賨錢”或“賨布”。秦至南北朝巴人亦稱“賨人”，建有地方政權。

【賨人】秦漢時湖南、四川等地的一種少數民族。

【賨布】秦漢時湖南、四川一帶少數民族作為賦稅交納的布匹。

質(质)

⊖(zhì)⑨dzet⁷〔支壹切〕❶實；誠信。如：具以質言。❷質樸。如：質直。❸物質；質地。如：毒質；金質。❹性質；本質。如：品質。❺質正。如：質問。❻見“質的”。

⊜(zhì)⑨dzi³〔至〕❶作為保證的人或物。見“質子❶❷”。❷典當；抵押。❸通“贄”。

【質子】❶猶人質。古時派往別國（或別處）去抵押的人，多為王子或世子，故名“質子”。❷元代軍隊名。為了防止藩屬及將領的叛變而召其子弟另編成軍，以便加以挾制。❸基本粒子的一種，常用符號 p 表示。是氫原子的核，也是其他任何原子核的組成部分。

【質成】雙方發生爭執，請人作出公正的判斷，使爭執得到解決。

【質言】實言。

【質直】正直；質樸而率直。

【質的】(-di)箭靶。

【質問】質疑問難。

【質量】❶產品或工作的優劣程度。如：建築質量；技術質量。❷物理學上指量度物體慣性大小的物理量。質量的常用單位是克、公斤等。

【質疑】請人解答疑難。今亦以指提出疑難的問題。

【質樸】(-pu)樸實。

【質問】直言責問。

睛(睛)㊀(qíng)⑧tsiŋ⁴〔情〕受賜。
㊁(jìng)⑧dziŋ⁶〔靜〕賜予。

賬(帐)(zhàng)⑧dzɐi³〔障〕本作「帳」。❶關於銀錢財物出入的記載。如：記賬；算賬；賬目；賬簿。❷債務。如：欠賬；要賬。引申又以指自己做過的事情。如：不認賬。

賚(赍)(jī)⑧dzɐi¹〔擠〕❶以物送人。❷旅行人攜帶衣食等物。❸懷着；抱着。見"賚志"。

【賚志】謂懷抱大志，無由實現。如：賚志而沒。

【賚盜糧】以糧食給盜賊。比喻助人爲惡或行動有利於敵人。

贊　"贊"的異體字。

賥(赗)(suì)⑧sœy⁶〔睡〕財產。

九畫

賭(赌)(dǔ)⑧dou²〔倒〕賭博；用財物作注比輸贏。引申又以泛指用財物作注比輸贏。如：打賭；賭東道。

【賭博】一種不正當娛樂。用財物作注比輸贏。

賮(赆)(jìn)⑧dzɐn²〔盡〕"贐"的本字。引申爲進貢的財物。

賴(赖)(lài)⑧lai⁶〔賴〕❶依恃；倚靠。如：仰賴；依賴。如：倚賴。❷誣賴；硬說別人有過失。如：自己做錯了，不能賴別人。❹怪責；責備。

如：成績不好只能賴自己不努力。❺不好；劣；壞。如：今年收穫眞不賴。

贈(赠)⑧fuŋ³〔諷〕送給喪家送葬之物。

賓　"賓"的古體字。

十畫

賸　"剩"的異體字。

賺(赚)(zhuàn)⑧dzan⁶〔撰〕❶謂買賣得獲盈利。如：賺錢；賺頭。❷誆騙。

賻(赙)(fù)⑧fu⁶〔付〕指以財物助人辦喪事。如：賻儀。

購(购)(gòu)⑧gɐu³〔夠〕kɐu³〔扣〕(又)❶買。如：採購；收購。❷懸賞徵求。

賽(赛)(sài)⑧tsɔi³〔菜〕❶比賽。如：賽球；賽馬。❷比得上；勝過。如：一個賽一個。❸舊時祭祀酬神之稱。

【賽社】周代十二蠟祭的遺俗，農事完畢後，陳酒食以祭田神，相與飲酒作樂，叫"賽社"。

【賽會】舊俗用儀仗、鼓樂、雜戲，迎神出廟，周遊街巷，叫"賽會"。如：迎神賽會。❷指集聚物品用作比賽、觀摩的會。

賣　"賣"的異體字。

十一畫

贄(贽)(zhì)⑧dzi³〔至〕❶初次求見人時所送的禮物。亦專指致送給老師的禮物、學費等。如：贄敬。❷不動的樣子。

贅(赘)(zhuì)⑧dzœy⁶〔綴〕❶抵押。❷入贅；招女婿。❸多餘的、無用的。如：贅詞；無庸贅述。

【贅疣】亦作"贅肬"。❶一種皮膚眞性性增生所形成的結節。參見"疣"。❷比喻多餘無用的事物。

【贅婿】男子就婚於女家，稱爲"贅婿"。所生子女從母姓，作爲母方後嗣。

賾(赜)(zé)⑧dzak⁸〔責〕幽深難見。如：探賾索隱。

十二畫

贈(赠)(zèng)⑧dzɐŋ⁶〔自幸切〕贈送。如：贈閱；贈言。
【贈別】離別時以物品或詩文相贈。
【贈言】用良言勉勵或規勸，多指臨別時贈與行者。
【贈賻】拿財物助人辦理喪事。賻，以喪品弔祭死者；賻，以財物幫助生者。亦作"賻贈"。

贉(赕)(dàn，又讀dǎn)⑧tam⁵〔駝切〕書册或書畫卷軸卷頭上貼綾的地方。亦稱"玉池"。

贊(赞)(zàn)⑧dzan³〔讚〕❶引見。引申爲相遇。如：贊禮；唱贊。❷佐助。助。❸同"讚"。稱美。如：贊不絕口。❹文體的一種，以贊美爲主。
【贊拜】臣子朝拜帝王時，贊禮的人在旁唱禮。
【贊普】吐蕃君長的稱號。
【贊襄】幫助；協助。
【贊禮郎】官名。即贊禮郎。明清太常寺均設有贊禮郎，掌祀典導之事。也指舉行典禮時導引儀節的人。

贋(赝)(yàn)⑧ŋɐn³〔雁〕假的；爲造的。如：贋品。
【贋鼎】指僞造的東西。

贇(赟)(yūn)⑧wɐn¹〔溫〕美好。

十三畫

贍(赡)(shàn)⑧sin⁶〔善〕sim⁶〔是驗切〕(又)❶供給；供養。如：贍養。❷充裕；足夠。

贏(赢)(yíng)⑧jiŋ⁴〔仍〕❶經商有盈利。如：贏餘。❷勝利。與"輸"相對。(粵口語讀jeŋ⁴)❸通"盈"。充滿。
【贏縮】亦作"盈縮"。"贏"亦作"嬴"。❶伸長縮短；增減。❷進退。

十四畫

贐(赆)(jìn)⑧dzœn²〔凖〕贐給人的路費或禮物。如：贐儀。

贓(赃)(zāng)⑧dzɔŋ¹〔莊〕貪污受賄或盜竊所得的財物。如：貪贓；退贓。

贔(赑)(bì)⑧bei³〔閉〕怒而作氣的樣子。參見【贔屭❶】
【贔屭】亦作"贔屓"。❶用力的樣子。❷粵方言，心情抑鬱焦躁的樣子。

贑"贛○"的異體字。

十五畫

黷(渎)(dú)⑧duk⁹〔讀〕同"殰"。鳥獸未出生而死。

贖(赎)(shú)⑧suk⁹〔淑〕❶彌補；抵償。如：將功贖罪。❷用財物換回抵押品。如：贖當；贖身。

贗"贋"的異體字。

十七畫

贛(赣)(gàn)⑧gɐm³〔禁〕江西省的簡稱。因贛江縱貫本省而得名。
(gòng)⑧guŋ⁶〔頁〕賜給。

十八畫

贜"贓"的異體字。

赤　部

赤 (chì)⦿tsik⁸〔斥中入〕tsɛk⁸〔尺〕(語) ❶火的顏色，也泛指紅色。如：赤誠；赤膽忠心。❷喻眞純。如：裸露。如：赤腳；赤膊。❸指南方。❹光着；裸露。如：赤腳；赤膊。❺盡；空。如：赤貧；手空空拳。

【赤子】初生的嬰兒。

【赤心】眞心誠意。

【赤手】空手；徒手。

【赤立】空無所有，孑然而立。

【赤地】旱災、蟲災嚴重時，地面寸草不生。

【赤金】❶黃金。❷古指銅。

【赤兔】❶駿馬名。❷古時以爲瑞徵的紅毛兔。

【赤烏】❶古代傳說中的瑞鳥。❷太陽的別名。相傳日中有三足烏，故用以代日。

【赤族】誅滅全族。

【赤貧】窮得一無所有。

【赤誠】至誠之心；忠誠。如：赤誠相待。

【赤緊】亦作“吃緊”。當實主在；當眞。元曲中常用語。

【赤縣】❶赤縣神州的簡稱，指中國。❷唐代稱縣治設在京都城內的縣分，如京兆府的萬年、長安、雲陽。

【赤松子】古代傳說中的仙人。相傳爲神農時雨神。

【赤奮若】十二支中丑的別稱，用以紀年。參見“歲陰”。

【赤口毒舌】形容言語惡毒，出口傷人。也指口舌之爭。亦作“赤口白舌”。

【赤舌燒城】比喩讒言爲害之烈。

【赤縣神州】中國的別稱。戰國時齊人鄒衍創立“大九州”學說，謂“中國名曰赤縣神州，赤縣神州內自有九州。”亦簡稱赤縣或神州。

【赤繩繫足】指男女雙方由人媒介而結成婚姻。

【赤體上陣】不穿盔甲出陣交戰。比喩不顧一切、猛衝猛打的作風。今亦作“赤膊上陣”，多含貶義。

四 畫

赦 (shè)⦿sɛ³〔舍〕免罪；減罪。如：大赦；十惡不赦。

五 畫

赧 (nǎn)⦿nan³〔難此上〕❶因羞愧而臉紅。❷憂懼。

【赧赧】臉紅，難爲情的樣子。

六 畫

赩 (xì)⦿sik⁷〔色〕大赤。

七 畫

赬 (chēng)⦿tsiŋ¹〔稱〕同“赬”。赤色。

赫 (一)(hè)⦿hak⁷〔客高入〕❶紅如火燒，亦泛指紅色。❷顯耀。如：顯赫；烜赫。❸勃然大怒的樣子。見“赫怒”。

【赫奕】顯耀盛大的樣子。

【赫怒】勃然震怒。

【赫烜】“烜”亦作“晅”、“咺”。❶顯赫。❷明盛的樣子。

【赫赫】❶顯耀盛大的樣子。❷形容乾旱時燥熱之狀。

【赫戲】光明盛大的樣子。亦作“赫羲”、“赫曦”。

九 畫

赪 (赬) (chēng)⦿ tsiŋ¹〔稱〕亦作“赬”。赤色。

頳 同“赬”。

赭 (zhě)⦿dzɛ²〔者〕赤土。引申爲赤褐色。參見“赭衣”。

【赭衣】古代因犯所穿的赤褐色的衣服，亦即以爲罪人的代稱。

赮 (xiá)⦿ha⁴〔霞〕同“霞”。霞彩。

十 畫

糖 (táng)⑩toŋ⁴〔唐〕赤色。今謂臉色紅中帶紫為紫糖色。

走 部

走 (zǒu)⑩dzɐu²〔酒〕❶步行的通稱。如：走路；慢慢地走。古指疾趨，即跑。❷驅逐；馳騁。如：鬥雞走狗。❸逃走。如：逾牆而走。❹移動。如：走棋。❺失散。如：走失；走散。❻改變或失去。如：走樣；走味。❼泄漏。如：走風；走漏。❽離開；去。如：車剛走；把自行車走抬走。

【走作】走樣；越出範圍。

【走私】違反國家規定，非法運輸、攜帶或郵寄金銀、貨幣以及其它物品進出國境，逃避海關監督的行為。

【走狗】❶指獵犬。本以比喻為人出力者，後以指受他人指使，幫凶作惡的人。❷驅狗出獵。

【走卒】本指隸卒；差役。後以比喻受人驅掌而幫凶作惡的人。

【走馬燈】一種供觀賞的花燈。中置一輪，上貼紙剪人馬等像，輪下燃燭（今多用電燈），熱氣上騰，引起空氣對流，使輪轉動，紙像隨而旋轉。

【走投無路】無路可走。比喻處境極端困難，找不到出路。

【走馬觀花】本形容得意、愉快的心情，現用來比喻大略地觀察一下。

二 畫

赳 (jiū)⑩gɐu²〔久〕見"赳赳"。

【赳赳】雄壯勇武的樣子。

赴 (fù)⑩fu⁶〔付〕❶去；到；前往。如：赴京；赴會。❷奔走以從事。如：輕財赴義。❸投入；參加。如：挺身赴戰。❹報喪。

【赴告】報喪。亦作"訃告"。

【赴敵】出戰；出擊敵人。

【赴湯蹈火】比喻冒險犯難，奮不顧身。

三 畫

趕 "趕"的簡化字。

起 (qǐ)⑩hei²〔喜〕❶起立。如：拍案而起。引申為聳立。如：孤峯秀起。❷起牀。如：黎明即起。引申為病癒。如：病起。❸迅速動身出發。如：起於齊，行十日十夜。引申為鳥獸突飛疾走。如：兔起鳧舉。❹開始。如：起頭；起點。如：起工；起筆。❺發生；發動。如：起疑；起兵。❻創立；興建。如：白手起家。❼拔出；取出。如：起釘子；起貨。❽出身。如：蕭何、曹參皆起刀筆吏。❾舉用。如：起臑里子於國。❿方所堪任的意思。如：禁得起；買不起。⓫批；次。如：來了幾起客人；發生了幾起事故。⓬擬定。如：起草文告。⓭用於動詞後，表示開始。如：從頭學起。⓮用於動詞後，表示向上。如：抬起。

【起用】重新任用已退職或免職的官員。

【起伏】❶一起一落，高低不平。❷比喻盛衰、興廢。

【起色】情況好轉。如：大有起色。亦指病情好轉。

【起事】❶辦事。❷倡義起兵奪取政權。也指發動武裝起義。

【起居】❶作息；日常生活。❷請安；問好。❸古代專指皇帝的言行舉止。皇帝的言行錄叫"起居注"。

【起訴】向法院提起訴訟。

【起敬】謂產生欽敬之心。如：肅然起敬。

【起解】指犯人被押送。

【起課】一種占卜法，主要是搖銅錢看正反面或掐指算算干支，推斷吉凶。

【起講】八股文的第三股，概說全文，作為議論的開始。參見"八股"。

【起承轉合】詩文寫作結構章法方面的術語。"起"是開端；"承"是承接上文加以申述；"轉"是轉折，從另一方面立論；"合"是結束全文。

【起死人肉白骨】把死人救活，使白骨再長出肉來。比喻給人以極大的恩惠。

五　畫

趁
(chèn)⓪tsɛn³〔襯〕❶乘便；乘機。如：趁早；趁勢。引申爲搭乘。如：趁車；趁船。❷追逐；趕。❸通"稱"。遠。如：趁心；趁願。

【趁墟】亦作"趁虛"。趕集。

【趁火打劫】趁人家失火的時候去搶劫，比喻乘人之危。

【趁熱打鐵】比喻事情發展到接近成熟的階段，一鼓作氣地幹下去。
"趂"的異體字。

趄
趂
趌

㊀(jū)⓪dzœy〔追〕見"趑趄"。
㊁(qiè)⓪tsɛ³〔斜去〕見"趔趄"。

超
(chāo)⓪tsiu¹〔昭〕❶躍登；跳過。如：挟泰山以超北海。❷超出；勝過。如：功超千古。❸美妙；高超。如：文辭超絕。❹不囿於常格。如：超脫。❺遠；如：超遠。

【超人】❶指能力、技藝等超過一般人。❷德國尼采的用語。他認爲人類進化過程到了頂點就出現超於凡人之上的超人。

【超忽】❶遙遠的樣子。❷迷惘；悵然自失。❸高漲；勃發。

【超度】❶越過；勝過。❷宗教用語。僧、尼、道士爲人誦經拜懺，謂可以救度亡者超越苦難，故名。

【超脫】高超脫俗。常用以形容詩文的風格。

【超距】跳遠、跳高；跳越障礙物。

【超凡入聖】指修養超越常人，達到聖人的境界。也指超脫塵世，入道成仙。

【超以象外】指詩文的意境渾成，超脫於物象之外。

【超然物外】超出於世事之外，引申爲置身事外的意思。

越
(yuè)⓪jyt⁹〔月〕❶度過。如：翻山越嶺。❷經過。如：越五日。❸超出；跳等。如：越級；越權。❹遠揚；宣揚。如：清越；激越。❺墜落；搶奪。如：殺人越貨。❻通"愈"。愈加。如：越幹越起勁。❼作語助，無義，與"粵"、"聿"、"曰"通用。❽古國名。亦稱于越。❾姓。

建都會稽(今浙江紹興)。春秋末年常與吳相攻，公元前494年爲吳王夫差所敗。越王勾踐臥薪嘗膽，刻苦圖強，於公元前473年攻滅吳國。並曾向北擴展，稱爲霸主。戰國時國力衰弱，約在公元前306年爲楚所滅。❾國名，越南的簡稱。

【越吟】《史記·張儀列傳》載，莊舃官至楚執珪，不忘故國，吟唱越國的歌謠託鄉思。後因以"越吟"比喻思鄉之歌。

【越若】同"曰若"、"粵若"。作語助，用於句首。

【越獄】指監獄中逃出。

【越俎代庖】指越權辦事或包辦代替。也簡作"代庖"或"庖代"，專指代理他人的職務。

六　畫

趑
(zī)⓪dzi¹〔之〕見"趑趄"。

【趑趄】亦作"次且"。且前且却，猶豫不進。

趔
(liè)⓪lit⁹〔列〕見"趔趄"。

【趔趄】(一qiè)立脚不穩；脚步跟蹌。

趖
同"趖"。

趄
(yuán)⓪jyn¹〔元〕"輄田"的"輄"專字。

七　畫

趖
(suō)⓪sɔ¹〔梭〕走的意思。

趙(赵)
(zhào)⓪dziu⁶〔召〕❶古國名。戰國七雄之一。開國君主趙烈侯(名籍)是晉大夫趙衰的後代，和魏、韓瓜分晉國，公元前403年被周威烈王承認爲諸侯。建都晉陽(今山西太原)。公元前386年遷都邯鄲(今屬河北)。公元前222年爲秦所滅。❷姓。

趕(赶)
(gǎn)⓪gon²〔稈〕❶獸類翹着尾巴奔跑。引申爲快走，加緊進行。如：趕路；趕功課。❷追。如：趕上。❸驅逐。如：把敵人趕出去。❹驅策；駕御。如：趕牲口；趕車。❺趁。

如：趕早。

八　畫

趟　㊀(chēng)⑧tsaŋ¹〔撐〕騰躍。
　　㊁(tāng)⑧toŋ³〔燙〕❶涉水。如：趟水過河。❷翻土除草。如：趟地。
　　㊂(tàng)粵同㊁次；回。如：跑一趟；去幾趟。

趚　(chuò)⑧tsœk⁸〔卓〕❶遠走。❷同"踔"。騰躍。

趡　(cuī)⑧tsœy²〔取〕❶奔跑。❷古地名。春秋魯地。在今山東泗水、鄒縣間。

趣　㊀(qù)⑧tsœy³〔脆〕❶旨趣；意旨。如：真趣。❷興會；興趣。如：歡樂之趣。❸趣向。如：志趣。
　　㊁(cù)⑧tsuk⁷〔促〕❶催促。❷急促。
　　㊂(qū)⑧tsœy¹〔吹〕通"趨"。見"趣舍"。
【趣味】情趣與意味。
【趣舍】(qùshě)亦作"取捨"、"趨舍"。趨向或捨棄；進取或退止。
【趣裝】(cù—)同"促裝"。急忙整理行裝。

九　畫

趙　同"赴"。

十　畫

趨(趋)　㊀(qū)⑧tsœy¹〔吹〕❶疾走；快步而行。如：趨前。也指小步而行，表示恭敬。如：徐趨；歸附。❸趨向。如：大勢所趨。
　　㊁(cù)⑧tsuk⁷〔促〕急速。
【趨奉】奉承；奔走討好。
【趨舍】同"趣舍"。
【趨庭】《論語·季氏》載，孔子的兒子鯉趨而過庭（恭敬地走過庭中），孔子訓導他學《詩》、《禮》。後因以"趨庭"為承受父親教導的代稱。亦作"庭訓"。
【趨勢】❶事物發展的動向。如：發展趨勢；必然趨勢。❷趨奉權勢。

【趦趄】❶(cù cù)小步急行的樣子。❷同"蛐蛐"。北方方言，稱蟋蟀為"趦趄"。
【趨蹌】謂行步快慢有節奏。
【趨之若鶩】像野鴨鵝般成羣而往，比喻很多的人爭着去，含有貶義。
【趨炎附勢】指奔走權門或依附有勢力的人。亦作"趨炎附熱"、"趨炎奉勢"。

十一畫

趩(趩)　(bì)⑧bɐt⁷〔畢〕亦作"蹕"。古代帝王出行時的清道。

十二畫

趫(趫)　(qiáo)⑧kiu⁴〔喬〕❶矯健。❷壯盛。

趬(趬)　(qiāo)⑧hiu¹〔囂〕舉足輕捷。

趭　(jiào)⑧dziu³〔照〕義同"趃❶"。奔跑。

十三畫

趮　(zào)⑧tsou³〔燥〕同"躁"。急躁。

十四畫

趯　㊀(tì)⑧tik⁷〔惕〕❶見"趯趯"。❷漢字的筆劃之一，就是挑。
　　㊁(yuè)⑧jœk⁸〔約〕通"躍"。
【趯趯】跳躍的樣子。

十九畫

趲(趱)　㊀(zǎn)⑧dzan²〔盞〕❶趕；加快。❷通"攢"。積聚；聚斂。
　　㊁(zàn)⑧dzan³〔贊〕逼使走的樣子。

足　部

足 ㊀(zú)⑧dzuk⁷[竹]❶腳。人及動物用以行動的器官，也特指人體踝骨以下的部分。❷指器物的腳。如：鼎足。❸充實；完備；足夠。如：富足；人手不足。❹值得；夠格。如：微不足道。❺可以。如：差足自慰。㊁(jù)⑧dzœy³[聚]❶補足。如：以晝足夜。❷過分。見「足恭」。

【足下】敬辭，稱對方。古代下稱上或同輩相稱都用「足下」。後專用為對同輩的敬辭。

【足月】指胎兒在母體中成長的月份已足。

【足本】沒有殘缺刪削的版本。

【足恭】(jù—)過分的恭順以取媚於人。

【足智多謀】智謀很多。形容善於料事而用計。

二 畫

趴 (pā)⑧pa¹[披鴉切]❶身體向前倚靠。如：趴在桌子上寫字。❷胸腹向下俯倒。如：趴在床上。

三 畫

趵 ㊀(bào)⑧pau³[豹]跳躍。㊁(bō)⑧bok⁸[駁]見「趵趵」。

【趵趵】(bō bō)蹄聲。

趉 「趙㊀」的異體字。

四 畫

趹 (jué)⑧kyt⁸[決]❶騾馬等用後蹄踢人；尥蹶子。❷馬疾走。

趺 (fū)⑧fu¹[夫]❶同「跗」。足背。❷足迹。❸碑下的石座。

【趺坐】跏趺的略稱。參見「跏趺」。

趻 (chēn)⑧tsem²[寑]見「趻踔」。

趾 (zhǐ)⑧dzi²[止]❶腳指。❷蹤迹。❸同「址」。如：基址；住趾。

【趾高氣揚】高高舉步，神氣十足。形容得意忘形的樣子。

跂 ㊀(qí)⑧kei⁴[其]❶多出的腳趾。❷通「歧」。分岐。㊁(qǐ)⑧kei⁵[企]通「企」。踮起腳尖。見「跂望」、「跂踵」。

【跂望】(qǐ—)踮起腳尖向前瞻望。形容盼望心切。

【跂踵】(qǐ—)踮起腳跟。形容盼望殷切。一作「企踵」。

趽 (yuè)⑧jyt⁹[月]古時斬足的刑罰。

跶 (tā)⑧tat⁸[闥]亦作「躂」。踢；拖著鞋子。

五 畫

跅 (tuò)⑧tɔk⁸[託]見「跅弛」。

【跅弛】放縱不羈。

跆 (tái)⑧tɔi¹[臺]踩踏。見「跆籍」。

【跆籍】猶踐踏。

跋 (bá)⑧bet⁹[拔]❶翻山越嶺。見「跋涉」。❷踏；踩。❸文體的一種，寫在書籍或文章的後面，多用以評介內容或說明寫作經過等。❹見「跋扈」。

【跋涉】猶言登山涉水。形容走長路的辛苦。如：長途跋涉。

【跋扈】專橫暴戾。

【跋前疐後】比喻進退兩難。

跌 (diē)⑧dit⁸[大咽切]❶摔倒。❷下降；低落。如：物價大跌；水位下跌。❸跺腳。如：跌足。❹指行文或音調故而頓挫。如：騰跌。參見「跌蕩❷」。

【跌蕩】亦作「跌宕」、「跌揚」❶放縱不拘。❷音調抑揚頓挫。

跎 (tuó)⑧tɔ⁴[駝]見「蹉跎」。

跏 (jiā)⑧ga¹[加]見「跏趺」。

【跏趺】「結跏趺坐」的略稱。本作「加趺」，亦稱「全跏坐」。佛教中修禪者的坐法，即雙足交疊而坐。

跑 ㊀(pǎo)⑧pau²[鋪巧切]急走；奔逃。如：賽跑；逃跑。

㊀(páo)粵pau⁴〔刨〕獸用足扒土。

跔 (jū)粵kœy¹〔拘〕❶腿腳抽筋。❷見"跔跔"。

跕 ㊀(tiē)粵tip⁸〔貼〕拖着鞋走路。㊁(dié)粵dip⁹〔蝶〕見"跕跕"。

【跕跕】(dié dié)下墮的樣子。

跙 同"踟❶❷"。

䟫 "撑"的本字。

趺 (fū)粵fu¹〔夫〕同"跗"。腳背。

跙 (jǔ)粵dzœy²〔咀〕見"跙跙"。

【跙跙】行而不能前進的樣子。

跚 (shān)粵san¹〔山〕見"蹣跚"。

跛 (bǒ)粵bo²〔波高上〕bei¹〔巴爾切〕〔語〕瘸了一條腿。如:跛足;跛行。

【跛鼈千里】《淮南子‧說林訓》有"跬步不休,跛鼈千里"之語,意謂只要不停的走,跛足的鼈魚也可以走千里路。跬步,半步。後因以"跛鼈千里"比喻只要努力不懈,即使條件很差,也能獲得成功。

距 (jù)粵kœy⁵〔拒〕❶雄雞、雉等蹠後面突出像腳趾的部分。❷花萼或花冠基部廷伸而成的管狀或囊狀部分。鳳仙花、金蓮花和菫菜等的花皆具顯著的距。❸釣鈎的倒刺。❹離開。如:距今九日。引申爲兩者間的距離。如:差距。❺見"距虛"。

【距虛】獸名。亦作"岠虛"、"巨虛"、"駏驉"、"距驉"。參見"邛邛距虛"。

【距躍】向前跳過。引申爲精進之意。

跜 ㊁(dì)粵dei³〔帝〕躡;踐踏。㊀同"胝"。

六　畫

跟 (gēn)粵gen¹〔根〕❶腳的後部。如:腳後跟。也指鞋襪的後部。如:襪後跟。❷隨從在後面。如:你跟我來。❸

和;同。如:我跟他是朋友。❹對;向。如:已經跟他說過了。

跐 ㊀(cǐ)粵tsi²〔此〕踏。如:腳跐兩頭和。㊁(cǎi)粵tsai²〔始歹切〕通"踩"。

跡 "迹"的異體字。

跣 (xiǎn)粵sin²〔冼〕赤腳。

【跣子】拖鞋。隋唐時靸鞋的俗稱。參見"靸"。

跦 (zhū)粵dzy¹〔朱〕見"跦跦"。

【跦跦】跳着走。

跧 (quán)粵tsyn⁴〔全〕蜷伏。

跨 (kuà)粵kwa³〔胯〕kwa¹〔誇〕(又)❶越;邁過。如:跨進大門;跨了一大步。❷騎。如:跨在馬上。引申爲架於其上。如:鐵橋橫跨長江兩岸。❸佔據。❹通"胯"。

【跨跱】(一zhì)叉開腿立着;屹立的樣子。

【跨竈】比喻兒子勝過父親。蘇軾《答陳季常書》有"長子邁作吏,頗有父風。二子僕僕騷殊勝,咄咄皆有跨竈之興"之語,高士奇《天祿識餘》卷上引《海客日談》解釋跨竈之義說:"馬前蹄之上有兩空處名竈門。馬之良者後蹄印先反在前蹄印之痕前,故名跨竈。言後步趲過前步也。人解跨竈之子,謂竈上有釜,釜字上文字,跨竈者越父也。殆爲臆說。"

跪 (guì)粵gwei⁶〔櫃〕❶兩膝着地。❷指足。也特指蟹足。

跫 (qióng)粵kuŋ⁴〔窮〕腳步聲。如:足音跫然。

跬 (kuǐ)粵kwei²〔溪矮切〕古時稱人行走,舉足一次爲跬,舉足兩次爲步,故半步叫"跬"。參見"跬步"。

【跬步】亦作"頃步"、"蹞步"。半步;跬一腳。

路 (lù)粵lou⁶〔露〕❶道路。如:大路;水路。❷路程。如:路很遠。❸途徑;門路。如:生路。❹紋理;道理。如:紋路;理路。❺地區;方面。如:

路人馬；外路人。❻種類；等次。如：這一路人；頭路貨。❼宋元時行政區域名。宋代的路猶明清的省，元代的路猶明清的府。
【路車】亦作"輅車"。古代諸侯乘坐的車子。亦指天子所乘的車。
【路室】古代客舍。
【路祭】舊時出殯，親友在靈柩經過的路旁設奠，稱爲"路祭"。
【路寢】古代君主處理政事的宮室。

跰 (jiǎn)粵gan²〔簡〕手腳掌上因長期勞動、走路磨成的硬皮。亦作"繭"。

跱 同"峙"。

跲 (jiá)粵gap⁸〔夾〕❶窒礙。❷牽絆。

跳 ㊀(tiào)粵tiu³〔眺〕❶跳躍。如：跳高；跳遠；亂蹦亂跳。❷越過。如：跳級。❸一起一伏地動。如：心跳。
㊁(táo)粵tiu⁴〔條〕見"跳脫"。
㊂(táo)粵tou⁴〔逃〕通"逃"。
【跳丸】❶古代雜技的一種，表演者兩手快速地連續拋接若干圓球。亦有拋接短劍者，稱"跳丸"、"跳劍"或"弄丸"、"弄劍"。❷比喻日月的運行，言時間過得很快。
【跳脫】亦作"條脫"。即手鐲。
【跳梁】亦作"跳踉"。騰躍跳動。亦用以比喻跋扈的情狀。
【跳踉】(-liáng)同"跳梁"。騰躍跳動。

跮 (dié)粵dit³〔秩〕見"跮踱"。
【跮踱】走路時忽進忽退。

跰 "跰"的異體字。

跩 (zhuǎi)粵jei⁶〔義毅切〕❶走路搖擺的樣子。如：一隻鴨子一跩一跩地走過來了。❷通"跩"。超越。

跺 (duò)粵dɔ²〔躲〕頓腳。如：他急得直跺腳。

跢 "跰"的異體字。

跤 (jiāo)粵gau¹〔交〕跟頭。如：摔跤。

跠 (yí)粵ji⁴〔夷〕踞坐。見"蹲跠"。

七畫

跼(局) (jú)粵guk⁹〔局〕彎曲。
【跼蹐】❶畏縮不安的樣子。❷狹隘；不舒展。
【跼躅】踟躅不進。
【跼天蹐地】形容戒慎，恐懼。

跽 (jì)粵gei⁶〔忌〕長跪。雙膝着地，上身挺直。

踁 "脛"的異體字。

踆 ㊀(cūn，又讀 cún)粵tsyn⁴〔全〕❶踆。❷通"蹲"。
㊁(qūn)粵sœn¹〔荀〕通"逡"。
【踆踆】行步遲重的樣子。

跟 ㊀(liàng)粵lœŋ⁶〔亮〕見"跟蹡"。
㊁(liáng)粵lœŋ⁴〔良〕見"跟蹡"。
【跟蹡】(-qiàng)亦作"跟蹌"。❶走路不穩的樣子。❷行走緩慢的樣子。

踊 "踴"的簡化字。

踉 (tú)粵tou⁴〔徒〕見"踉跑"。
【踉】騰跳跼躍。

趐 (xué)粵tsyt⁸〔撮〕❶轉入；中途折回。❷盤旋；來回亂轉。

八畫

踏 ㊀(tà)粵dap⁹〔沓〕❶踩；踐踏。❷親自到現場。如：踏勘。
㊁(tā)粵同㊀：踏實。
【踏月】月下散步。
【踏牀】椅前擱腳的小几。也稱腳凳、腳踏。
【踏青】春天到郊野遊覽。舊俗以清明節爲踏青節。
【踏勘】❶實地勘察。常指發生案件時由官吏到現場了解、察看及檢驗的工作。一稱"踏看"。❷鐵路、公路、河渠、管綫及水庫等重大工程進行設計前利用簡便儀器在

工程範圍內對地形、地質及水文等所進行的概略的勘測工作，以便提出若干可能的方案，作為進一步勘測的依據。

【踏歌】唱歌時以腳踏地為節拍。

【蹄聲】馬蹄聲。

踐（践）(jiàn)粵tsin⁵〔池免切〕❶踩；踐踏。❷帝王即位。❸舉行；履行。如：實踐；踐諾。

【踐言】履行自己所說的話。

【踐阼】亦作"踐祚"。即位。指帝王而言。踐，履也。古代廟、寢堂前兩階，主階在東，稱阼階。阼階上為主位，因稱即位行事為"踐阼"。

【踐約】履行預先約定的事。

【踐踏】亂踩亂踏。

踔 (chuō)粵tsœk⁸〔綽〕❶踐踏；踢。❷見"矜踔"。❸通"卓"。高遠。見"踔絕"、"踔遠"。

【踔絕】高超。

【踔遠】遙遠。

【踔厲】精神振奮，議論縱橫。

踖 (ji)粵dzik⁷〔即〕❶踐踏。❷見"踖踖"。

【踖踖】❶敏捷而又恭敬的樣子。❷慚愧的樣子。

踘 (jū)粵guk⁷〔谷〕同"鞠"。見"蹴踘"。

踝 (huái，讀音huà)粵wa⁵〔華低上〕❶小腿與足的交接部分。內有踝關節能作屈、伸運動。在人體，兩側可以摸到顯明的骨突，即內、外踝。❷腳跟。

踞 (jù)粵gœy³〔句〕❶蹲或坐。❷倚靠。參見"踞坐"、"箕踞"。

【踞坐】坐時兩腳底和臀部着地，兩膝上聳，跟"箕踞"略有不同。參見"箕踞"。

踟 (chí)粵tsi⁴〔池〕見"踟躕"。

【踟躕】亦作"踟躇"、"踟蹰"。徘徊不進；猶豫。

踠 (wǎn)粵jyn²〔院〕屈；曲。

踡 (quán)粵kyn⁴〔拳〕見"踡跼"。

【踡跼】亦作"踡局"。拳曲不伸；局促。

踢 (tī)粵tɛk⁸〔他吃切〕用腳推送或猛擊。如：踢球；踢毽子。

踣 (bó)粵bak⁹〔白〕❶向前仆倒。如：屢踣屢起。❷滅亡；敗亡。

踤 ㊀(zú)粵dzœt⁷〔卒〕觸；撞。
㊁(cuì)粵sœy⁶〔睡〕通"萃"。聚集。

踥 (qiè)粵tsip⁸〔妾〕見"踥蹀"。

【踥蹀】同"蹀踥"。

踦 ㊀(qī)粵kei¹〔崎〕❶一隻腳。❷通"崎"。見"踦嶇"。
㊁(jī)粵gei¹〔基〕❶單；隻。❷通"奇"。遇事不利。
㊂(jǐ)粵gei²〔己〕❶腳脛。❷猶言踦。
㊃(yǐ)粵ji²〔倚〕通"倚"。抵住。

【踦嶇】同"崎嶇"。

踧 ㊀(cù)粵tsuk⁷〔促〕❶驚懼不安的樣子。參見"踧踖"。❷通"蹙"。
㊁(dí)粵dik⁹〔敵〕見"踧踧"。

【踧踖】恭敬而局促不安的樣子。亦作"蹴踖"。

【踧踧】(dí dí)平坦的樣子。

踆 古"蹲"字。

跰 (pián)粵pin⁴〔骈〕見"跰躚"。

【跰躚】猶蹣跚。行步傾跌不穩的樣子。

踪 "蹤"的異體字。

趿 "趨"的異體字。

踮 (diān)粵dim³〔店〕提起腳跟，用腳尖着地。如：踮着腳看。

踩 (cǎi)粵tsai²〔始歹切〕踐踏。如：踩了一腳。

踒 (wō)粵wɔ¹〔窩〕肢體猛折而筋骨受傷。

跰 同"荊"。

踛 (lù)粵luk⁹〔陸〕跳。

踑 (jī)粵gei¹〔基〕見"踑踞"。

【踑踞】同"箕踞"。

踮
"碰"的異體字。

九畫

踰
"逾"的異體字。

踱 (duó)⑧dɔk⁹〔鐸〕慢慢地走。如：踱方步。

踳 (chǔn)⑧tsœn²〔蠢〕見"踳駁"。

【踳駁】舛謬雜亂；駁雜。

踵 (zhǒng)⑧dun²〔董〕❶腳後跟。如：摩肩接踵。❷追隨；跟隨。如：踵至。引申為繼承、因襲。見"踵武"。❸至；到。見"踵門"。

【踵見】❶屢次進見。❷步行登門求見。

【踵武】循着前人的腳迹走。比喻繼承前人的事業。

【踵門】親至其門。

【踵接】後面的人跟前面的人踵迹相接。形容行走者連續不斷。

【踵謝】親自登門道謝。

【踵事增華】指繼承前人事業而使之更美好完善。

踶 ⊖(dì)⑧dei⁶〔弟〕踢。用於獸類。
⊜(tì)⑧tei⁴〔提〕同"蹄"。
⊜(zhì)⑧tsi〔此〕見"踶跂"。

【踶跂】(zhì qǐ)用心力的樣子。

踹 ⊖(shuàn)⑧tsyn²〔喘〕❶足跟。❷跳動；頓足。
⊜(chuài)⑧tsai²〔始夕切〕踏；踩。

踽 (jǔ)⑧gœy²〔舉〕見"踽踽"。

【踽踽】孤獨的樣子。

蹀 (dié)⑧dip⁶〔蝶〕蹈；頓足。

【蹀足】小步走的樣子。

【蹀躞】小步徘徊。

【蹀躞】❶亦作"跕躞"、"蹀躞"。小步走的樣子。❷猶蹀屑。輕薄。

蹁 (pián)⑧pin⁴〔胼〕❶膝蓋。❷見"蹁躚"。

【蹁躚】旋轉的舞態。亦作"拼躚"。

踩 (róu)⑧jɐu⁴〔由〕踐踏。參見"踩躪"。

【踩躪】踐踏。亦用以比喻暴力欺壓、侮辱、侵害、摧殘。

蹄 ⊖(tí)⑧tɐi⁴〔啼〕馬、牛、羊、豬等腳趾端的表皮變形物。由一種特殊的較堅硬的角質層所組成，有保護和承受體重等作用。也指馬、牛、羊、豬等的腳。
⊜(dì)⑧dei⁶〔弟〕通"踶⊖"。踢。

【蹄涔】涔，雨水。獸蹄迹中的積水，形容水量極少。比喻處在不能有所作為的地位。

蹐 (chěn)⑧tsɐm²〔寢〕見"踸蹐"。

【踸蹐】同"吟蹐"。❶行走不正常的樣子，形容跛者以一足跳着走路。引申為遲滯。❷迅速滋長。

踴(踊) (yǒng)⑧jun²〔湧〕❶往上跳。❷上漲。參見"踴貴"。❸受過刖刑的人所穿的鞋子。見"踴貴"。

【踴貴】❶踴，古代受過刖刑的人所穿的鞋子。春秋時齊景公用刑苛酷，致使踴價上漲。❷物價上漲。

【踴躍】❶躍起；耀武；爭雄。❷熱烈積極、爭先恐後的樣子。

蹉 (chā)⑧tsa⁵〔池瓦切〕跌；蹈。

蹉 (wǎi)⑧wai²〔歪高上〕腳扭傷。

十畫

蹇 (jiān)⑧gin²〔已演切〕dzin²〔剪〕(又)❶跛足。引申即指蹇驢或駑馬。又引申為艱難。見"蹇剝"。❷通"謇"。見"蹇吃"。❸六十四卦之一。

【蹇吃】(一jí)口吃。

【蹇剝】(一bō)蹇、剝都是《易》的卦名。蹇，難；剝，不利。後因用作不順利的意思。

【蹇產】屈曲。

【蹇連】亦作"連蹇"。艱難。

【蹇愕】同"謇諤"。正直敢言的樣子。

【蹇滯】困頓不順利。

【蹇澀】遲鈍，不順利。

【蹇衞】駑弱的驢子。

蹈 (dǎo)⑨dou⁶[道]❶頓足蹈地。如：手舞足蹈。❷踩上；投入。如：赴湯蹈火。參見"蹈海"。
【蹈海】赴海；投海。如：蹈海自盡。
【蹈藉】踐踏。
【蹈襲】因襲；沿用。亦作"襲蹈"。
【蹈常襲故】猶言墨守陳法。襲，亦作"習"。

蹉 (cuō)⑨tsɔ¹[磋]❶跌跤。見"蹉跌"。❷差誤。
【蹉跌】亦作"差跌"。失足跌倒。比喻失誤。
【蹉跎】❶失足；顛躓。亦用以比喻失意。❷時間白白過去；光陰虛度。

蹊 ⊖(xī)，舊讀 xì⑨hei⁴[奚]❶山路。❷亦泛指道路之類。
⊖(qī)⑨kei¹[崎]見"蹊蹺"。
【蹊徑】亦作"徯徑"。小路；山路。亦用以指門徑。
【蹊蹺】(qī一)同"蹺蹊"。奇怪；可疑。

蹋 (tà)⑨dap⁹[踏]❶踏。❷蹴；踢。

蹌 (蹡) ⊖(qiāng)⑨tsœŋ¹[槍]走動。參見"蹌蹌"。
⊖(qiàng)⑨同⊖見"蹌蹡"。
【蹌踉】(qiàng liàng)形容腳步不穩。
【蹌蹌】亦作"蹡蹡"。走路有節律的樣子。

蹍 (zhǎn)，舊讀 niǎn⑨nin⁵[尼免切]dzin²[展](俗)踩；踹。

躧 同"躧"。

蹄 "蹄"的異體字。

蹐 (jí)⑨dzik⁸[即入中]dzɛk⁸[隻](語)後腳緊接着前腳，用極小的步子走路。

蹣 (pán)⑨pun⁴[盤]見"蹣跚"。
【蹣跚】退旋回轉的樣子。

蹓 (liù)⑨lɐu⁶[漏]同"遛"。見"蹓躂"。
【蹓躂】亦作"溜達"、"遛達"。散步；緩步而行。

蹎 (diān)⑨din¹[顛]❶跌倒。❷見"蹎蹎"。
【蹎蹎】安詳緩慢的樣子。

十一畫

暫 "暫"的異體字。

蹕 (蹕) (bì)⑨bɐt⁷[畢]同"趩"。帝王出行時間開路清道，禁止通行。參見"警蹕"。因即以指帝王的車駕。如：駐蹕；扈蹕。

蹙 (cù)⑨tsuk⁷[促]❶迫促。❷皺；收縮。如：蹙額。
【蹙頓】愁苦的樣子。即皺眉頭。
【蹙蹙】侷促不得舒展之意。

蹛 (蹛) (zhì)⑨dzvi⁶[滯]通"滯"。停滯。

蹝 (xǐ)⑨sɐi²[徙]❶同"屣"。鞋。❷敨着鞋。見"蹝履"。
【蹝履】敨着鞋走。亦作"屣履"、"躧履"。

蹞 (kuǐ)⑨kwɐi²[誇矮切]同"跬"。
【蹞步】同"跬步"。

蹟 "迹"的異體字。

蹠 (zhí)⑨dzik⁸[即入中]dzɛk⁸[隻](語)❶人和少數動物(猴、熊等)站立時着地的部分。在人亦稱"足底"，皮膚厚而致密，汗腺發達。❷踐踏。❸[蹠口城]故址在今江西南昌市西南。

蹢 同"蹄"。

蹢 ⊖(zhí)⑨dzak⁸[宅]❶同"蹠"。見"蹢躅"。❷通"擿"。投。
⊖(dí)⑨dik⁷[的]獸蹄。
【蹢躅】同"躑躅"。

蹣 (蹣) (pán)⑨pun⁴[盤]mun⁴[門](又)見"蹣跚"。
【蹣跚】腿腳不靈便，走路一瘸一拐的樣子。

蹤 (zōng)⑨dzuŋ¹[宗]❶腳印；蹤迹。❷追蹤。

蹥 (蹥) (lián)⑨lin⁴[連]見"躒蹇"。
【躒蹇】同"連蹇"。艱難。

蹚 "蹚⊖"的異體字。

蹦 (bèng)粵baŋ⁵〔崩〕雙腳並攏着跳。如：亂蹦亂跳。也指東西從地面彈起。如：皮球蹦得很高。

蹧 「糟❹」的異體字。

蹞 同「躄」。

蹞 (qū)粵kœy¹〔俱〕見「踦蹞」。

十二畫

蹩 (bié)粵bit⁹〔別〕❶跛。見「蹩腳」。也指走路扭了腳。如：不小心蹩痛了腳。❷躲躲閃閃地走動。
【蹩腳】❶跛腳。❷吳方言。質量不好。如：蹩腳貨。亦指人潦倒失意。

蹴 同「蹩」。

蹬 ㊀(dēng)粵deŋ⁵〔燈〕❶腳、腿向脚底方向用力。如：蹬他一腳；蹬車。❷登。如：蹬門求見。
㊁(dèng)粵deŋ³〔鄧〕見「蹭蹬」

蹭 (cèng)粵seŋ³〔世里切〕❶摩；擦。如：手上蹭破一塊皮。❷行動緩慢；拖延。如：快點，別蹭了。❸見「蹭蹬」。
【蹭蹬】(一dèng)❶失勢難進的樣子。❷比喻失意、潦倒。

蹯 (fán)粵fan⁴〔凡〕獸足掌。

蹲 ㊀(dūn)粵dœn¹〔敦〕❶屈兩膝如坐，臀部不着地。如：樹底下蹲着一個人。❷停留；呆。如：蹲在家裏不出門。
㊁(cún)粵tsyn⁴〔存〕腳、腿猛然落地受傷。如：蹲了腿。

蹳 (跋) (bō)粵but⁹〔撥〕踢；用腳撥開。

蹴 (cù)粵tsuk⁷〔促〕❶踢。如：蹴鞠。❷踩；踏。如：一蹴即至。❸見「蹴蹜」。
【蹴鞠】亦作「蹵鞠」、「蹋鞠」、「蹹鞠」、「蹴踘」。中國古代的一種足球運動。
【蹴蹜】心神不安的樣子。

蹙 「蹴」的異體字。

蹶 ㊀(jué)粵kyt⁸〔決〕❶倒；顛仆。❷失敗；挫折。如：一蹶不振。❸踏。
㊁(guì)粵gwei³〔貴〕❶動。❷急遽的樣子。
㊂(juě)粵kyt⁸〔決〕同「蹏」。倒。❷腳病名。

蹻 同「蹺」。

蹺 (曉) ㊀(qiāo)粵kiu⁵〔其了切〕舉足。如：蹺起一隻腳。亦作「蹻」。
㊁(qiāo)粵hiu¹〔梟〕kiu¹〔崎腰切〕(又)行步不平，跛。如：蹺跐。亦作「蹻」。引申為不平常。參見「蹺蹊」。
【蹺足】同「翹足」。
【蹺蹊】亦作「蹊蹺」。奇怪；可疑。

蹻 ㊀(qiāo)粵kiu²〔崎妖切〕[高蹻]流行各地的民間舞蹈。舞者雙腳踩着木蹻而舞。
㊁「蹺」的異體字。
㊂(jué)粵gœk⁸〔腳〕通「屩」。草鞋。
【蹻蹻】❶(jiāo jiāo)驕傲的樣子。❷強壯勇武的樣子。

蹼 (pú)粵buk⁹〔僕〕puk⁸〔撲〕(又)兩棲類(如蛙、蟾蜍等)、爬行類(如龜、鼈等)、鳥類(如雁、鴨、鷗等)、哺乳類(如河狸、水獺、海豹、鴨嘴獸等)趾間的皮膜，用來划水。
「蹼」的異體字。

蹽 (liāo)粵liu¹〔拉腰切〕❶快走。❷偷偷地走開。
同「蹽」。

蹸 (lín)粵lœn⁶〔吝〕同「躪」。

十三畫

躁 (zào)粵tsou³〔燥〕❶急躁;不安靜。如:不驕不躁。❷狡猾。
【躁進】謂輕率求進。
【躁競】謂急於追求名利,好與人爭競。

躄 (bì)粵bik⁷〔壁〕亦作"躃"。瘸腿。

躃 同"躄"。

躅 ㊀(zhú)粵dzuk⁹〔濁〕見"躑躅"。
㊁(zhuó)粵同㊀足走步。

蹜 (chuò)粵tsœy⁸〔卓〕越級,不按階次。

蠆(亝) (dǔn)粵dɐn²〔整 狠 切〕❶整數。如:蠆買蠆賣。❷【蠆船】平底匣形的非自航船。最常見的是固定在岸邊供船停靠的"浮碼頭"。也可供堆存貨物或水上施工用。

蹓(跶) (da)粵tat⁸〔撻〕見"蹓蹧"。

十四畫

躊(躊) (chóu)粵tsɐu⁴〔酬〕見"躊躇"。
【躊躇】❶猶豫不決。❷住足不行的樣子。亦作"躊躇"。❸自得的樣子。見"躊躇滿志"。
【躊躇滿志】心滿意足,從容自得的樣子。

蹩(䠠) (qíng)粵hiŋ¹〔兄〕"蹻"的本字。一足行。

躋(躋) (jī)粵dzɐi¹〔擠〕登;升。

躍 ㊀(跃)(yuè)粵jœk⁹〔若〕jœk⁸〔約〕(又)跳。
㊁(ti)粵tik⁷〔惕〕同"趯㊀"。
【躍躍】❶因急切期待或感到歡悅而心情激動的樣子。如:躍躍欲試。❷(ti ti)同"趯趯"。

十五畫

蹓(躐) (liè)粵lip⁹〔獵〕❶踐踏;踩。❷逾越。見"蹓等"。

【蹓等】不按次序;逾越等級。

躑(蹢) (zhí)粵dzak⁹〔擲〕見"躑躅"。

【躑躅】❶亦作"蹢躅"。徘徊不進的樣子。❷植物名。即"羊躑躅"。亦稱"鬧羊花"。花鮮黃色,可供觀賞,有毒,可製成殺蟲藥劑。

躒(躒) ㊀(lì)粵lik⁷〔礫〕走動。
㊁(luò)粵lɔk⁹〔樂〕見"卓躒"。

躓(躓) (zhì)粵dzi³〔至〕被絆倒。引申為事不利。
【躓礙】亦作"躓阢"。顛仆障礙,不能前進。

躔 (chán)粵tsin⁴〔前〕❶獸走過的足迹。亦泛指經行、踐歷。❷日月星辰運行的度次。

躕 (chú)粵tsy⁴〔廚〕見"踟躕"。

十六畫

躚(跹) (xiān)粵sin¹〔仙〕見"蹁躚"。
【躚躚】跳舞的樣子。

躛(㘅) (wèi)粵wɐi⁶〔胃〕❶牛以蹄踢物自是。亦作"㘅"。❷過誤;詐偽。見"躛言"。
【躛言】虛誇不足信的話。

十七畫

躞(躞) (xiè)粵sip⁹〔攝〕sit⁸〔屑〕(又)❶見"躞蹀"。❷書卷的桿軸。
【躞蹀】亦作"蹀躞"、"躞蹀"、"蹀躞"。小步走路的樣子。

躚(蹮) (xiān)粵sin¹〔仙〕見"蹁躚"。

十八畫

躡(蹑) (niè)粵nip⁹〔聶〕❶踩;踏。❷追踪。引申為暗暗跟隨及輕步行走的樣子。如:躡手躡腳。
【躡蹀】同"躞蹀"。
【躡蹻擔簦】(蹻 jué)蹻,草鞋;簦,有柄的

笠：都是走遠路的用具。指遠行。

蹟
躓　(ji)⑧dzik⁹〔直〕同"躓"。

躓　同"躓"。

躥(蹿)　(cuān)⑧tsyn¹〔村〕向上跳。如：貓躥到房上去了。

十九畫

躧(蹝)　(xǐ)⑧sai²〔徙〕同"蹝"、"跣"。❶鞋。❷見"躧履"。
【躧履】鞋着鞋走。

躦(躜)　(zuān)⑧dzyn¹〔專〕向上或向前衝。

二十畫

躍　(jué)⑧fɔk⁸〔攫〕❶跳。❷形容腳盤旋不進。❸疾行。

躪(躏)　(lìn)⑧lœn⁶〔吝〕見"蹂躪"、"躪躒"。
【躪轢】猶蹂躪。踐踏傷害之意。亦作"躪躒"。

躤　(ji)⑧dzik⁹〔直〕同"藉⊖"。踐踏。

身　部

身　⊖(shēn)⑧sen¹〔申〕❶人和動物的軀體。如：人身；獸身；全身；半身。也特指頸以下的部分。如：身首異處。❷物的主體部分。如：船身；河身；樹身。❸自身；親自。如：以身作則；身歷其境。❹統指人的身分、品德、才力等。如：出身；立身。❺懷孕。如：有身。❻佛家輪回說的一生。
⊖(yuán)⑧gyn¹〔捐〕〔身毒〕古印度的別譯。
【身分】(一fèn)人的出身、地位或資格。
【身手】本領。如：大顯身手。
【身世】個人的經歷和境遇。
【身後】死後。

【身先士卒】將帥親自帶頭作戰，走在士兵前面。
【身體力行】指親身體驗，努力實踐。

三　畫

躬　(gōng)⑧guŋ¹〔弓〕❶身體。引伸為自身；親自。如：躬行；躬耕。❷彎身下去。如：躬身。

四　畫

躭　"耽"的異體字。

六　畫

躲
躱　(duǒ)⑧dɔ²〔朵〕避開；隱藏。如：躲雨；躲債。
"躲"的異體字。

七　畫

躺　"躬"的異體字。

八　畫

躶　"裸"的異體字。

躺　(tǎng)⑧tɔŋ²〔倘〕平臥。如：躺在牀上；躺下就睡。

九　畫

躤　(hā)⑧ha¹〔蝦〕〔躤腰〕也作"哈腰"。稍微彎腰。表示禮貌。

十一畫

軀(躯)　(qū)⑧kœy¹〔俱〕身體。如：為國捐軀。
【軀殼】謂身體，對精神而言。

十二畫

軃(軃)（duǒ）⑩ㄉㄛ²〔躲〕亦作"軃"。下垂。

車 部

車(车)㊀（chē）⑩ㄘㄜˉ〔奢〕❶車子，陸地上用輪子轉動的交通工具。❷泛指用輪子轉動的器具和機器。如：行車；紡車。也用指用輪子轉動操作。如：車水；車螺絲釘。
㊁（jū）⑩ㄍㄩˊ〔居〕❶象棋棋子的一種。❷牙狀。見"輔車"。❸㊀❶的舊讀。
【車裂】亦稱"轘"或"轘刑"，俗稱"五馬分屍"。古代一種殘酷的死刑。即將人頭和四肢分別拴在五輛車上，以五馬駕車，同時分馳，撕裂肢體。
【車駕】（jū—）即車。皇帝外出時乘，因用為皇帝的代稱。
【車騎】（jū jì）❶猶言車馬。❷漢代將軍的名號，與衞將軍及左右前後將軍位次上卿。漢文帝元年設。❸古星名，即奴狼座中的三星。
【車馬費】（jū—）因公事外出的交通費。
【車水馬龍】（jū—）車馬往來不絕。形容繁華熱鬧的景象。
【車載斗量】（jū—）謂數量很多。常用於指人。

一畫

軋(轧)㊀（yà）⑩ㄚㄊˋ〔壓〕❶用車輪或圓軸輾壓。如：軋馬路；軋棉花。❷排擠；傾軋。（粵俗讀為如此）❸古代一種整冶罪人骨節的酷刑。
㊁（zhá）⑩ㄓㄚˊ〔札〕把鋼坯壓成一定形狀的鋼材。如：軋鋼。
㊂（gá）⑩ㄍㄚˊ〔加壓切〕吳方言❶擁擠；壓榨。如：軋得很；軋扁。❷結交。如：軋朋友。❸核對。如：軋賬。
【軋盤】廣大無垠的樣子。

二畫

軌(轨)（guǐ）⑩ㄍㄨㄟ²〔鬼〕❶古代車子兩輪之間的距離，有定制，其廣度為古製八尺。引伸為車輪滾過後留下的痕迹。❷路軌；一定的路綫。如：鋼軌；鋪軌。❸比喻秩序、規矩、法度。如：正軌；越軌。
【軌物】❶法度與軌制。軌，法度；物，典章文物。❷指事物之規範。
【軌道】❶用軌條鋪成以供車輛行駛的路綫。如：火車軌道。引伸為正常的秩序。如：工作逐漸走上軌道。❷物體在空間運動的路徑，例如一個天體在其他天體相互引力作用下所行經的軌道，一般都近似於橢圓。❸遵循法度。
【軌範】猶言規範、楷模。
【軌躅】❶車的轍迹。❷比喻古人或前代的遺規。

軍(军)（jūn）⑩ㄍㄨㄣ¹〔君〕❶軍隊。如用為兵事的通稱。如：軍情；軍令。❷軍隊的編制單位，師的上一級。中國古代以軍為軍隊最大的編制單位。春秋時各大國多設有上、中、下三軍，三軍約有車千乘，士兵三萬人，後來晉、吳等國曾擴至五軍、六軍。歷代沿用其名，人數多少不一。❸駐紮。❹宋代行政區劃的一種，與府、州、監同隸屬於路。
【軍帖】（—tiě）軍中文告。
【軍府】❶儲藏軍器的地方。❷帥的府署。亦用為將帥的代稱。
【軍門】❶營門。❷明代有總督、巡撫為軍門者，清代則為提督或總兵加提督銜者之尊稱。
【軍候】古代軍中負責偵察敵情的軍官。
【軍容】❶本指軍隊的武器、裝備。後常用來指軍隊的氣象、儀容和人的儀表。如：軍容整齊。❷官名。即"觀軍容使"。唐代後期為監視出征將帥的最高軍職。
【軍師】❶古代官名，掌監軍務。東漢、三國、晉皆設置。三國時魏以司馬懿為軍師，吳以朱然為右軍師，蜀以諸葛亮為軍師將軍。❷戲曲和小說中所指在軍中幫助

主將出主意的人。今亦用來爲某人或某一集團出謀劃策的人。

【軍旅】軍隊。也指有關軍隊及作戰的事。

【軍臺】清代設在新疆、蒙古一帶的郵驛，專管西北兩路軍報和文書的遞送。

【軍閥】❶指竊據中央或地方政權，以擴張個人勢力，自成派系的軍事頭目或軍事集團。如：北洋軍閥。❷泛指竊據政權，培植黨羽的軍人集團。

【軍實】❶軍用器械。❷指作戰中的俘獲。❸戰事，關於戰爭的事。

【軍興】❶軍事行動開始或戰爭開始。如：軍興以來。引申指戰時的法令制度。❷古代徵集物物以供軍用，叫"軍興"。

【軍禮】古代五禮（吉、凶、軍、賓、嘉）之一。軍禮有大師、大均、大田、大役、大封等儀，包括軍制、賦稅、勞役、封疆經界等儀制。後多專指軍中的禮節。

【軍令狀】小說戲曲中，將士於接受軍令後所立的文書，上面載明如不完成任務，願受軍法處分。

【軍機處】清朝軍政中樞機關。始於雍正時處理軍務的軍機房，後擴大爲軍機處。其高級官員稱軍機大臣，可隨時根據皇帝意圖發號施令。

三 畫

軏（轨）(yuè)⑧jyt⁹〔越〕本作"𨏖"。古代置於車杠（車轅）前端與車衡銜接處穿孔中的關鍵。用於小車謂之軏，用於大車謂之輗。

軑（轪）(dài)⑧dei⁶〔弟〕dai⁶〔大〕(又) ❶古代車轂端的冒蓋。❷車輪。❸西漢侯國，後爲縣，屬江夏郡，故城約在今湖北浠水縣蘭溪鎮附近。

軒（轩）(xuān)⑧hin¹〔牽〕❶古代一種供大夫以上乘坐的輕便車。車箱前頂較高，用漆有畫紋或加皮飾的席子作屏蔽。也用爲車子的通稱。❷有窗戶的長廊或小室。❸殿堂前檐下的平臺。見"臨軒"。❹見"軒輊"。❺高揚，飛舉。如：軒昂。

【軒昂】❶高揚、飛舉的樣子。❷形容氣度不

凡。如：人物軒昂；氣宇軒昂。

【軒朗】猶言軒敞、開朗。如：屋宇軒朗。

【軒敞】寬敞明亮。

【軒冕】古時卿大夫的車服。也指官位爵祿或貴顯的人。

【軒渠】形容笑貌。如：捧腹軒渠。

【軒輊】車子前高後低叫軒，前低後高叫輊。引伸爲高低、輕重。如：不分軒輊。

【軒舉】飛舉的樣子。亦作"騫舉"。

【軒豁】開朗。

【軒轅】❶即黃帝。❷指車轅。❸古星名。屬星宿，共十七星，三星屬小獅座，十二星屬獅子座，二星屬天貓座。軒轅十四即獅子座 α 星。

【軒翥】高飛的樣子。

【軒然大波】軒然，高湧的樣子。常用來比喻大的糾紛或風潮。

靭（靱）(rèn)⑧jen⁶〔刃〕❶古代阻礙車輪轉動的木頭，車發動時須抽去。❷柔弱；懶散。

𣜩 同"樿"。

四 畫

軘（𨎠）(tún)⑧tyn⁴〔屯〕古代的一種兵車。

軛（轭）(è)⑧ak⁷〔呃〕馬具。形狀略作人字形，套在馬的頸部。

軓（𬨎）(fàn)⑧fan²〔反〕古代車兩旁出如耳的部分，用以障蔽塵泥。

軜（𬨍）(nà)⑧nap⁹〔納〕驂馬車上兩旁兩匹馬的內側韁繩。

軝（𬨌）(qí)⑧kei⁴〔其〕古代車轂兩端有皮革裝飾的部分。

軟（软）(ruǎn)⑧jyn⁵〔遠〕❶柔軟。引伸爲疲乏。如：腿酸腳軟。❷懦弱。如：欺軟怕硬。❸溫和；柔和。見"軟語"。❹比喻意志不堅或心不忍。如：耳朵軟；心腸軟。

【軟美】猶言柔媚；溫和。

【軟語】溫和而委婉的話。又語音柔和也叫"軟語"。

軏 同"軏"。

五 畫

軥(𬨂) (qú，又讀 gōu)粵 kœy⁴〔渠〕 gɐu¹〔加歐切〕(又)古代車軛兩邊下伸反曲以夾馬頸的部分。

軨(𫐉) (líng)粵liŋ⁴〔零〕車闌，即古代車箱前面和左右兩面橫直交結的欄木。

軫(轸) (zhěn)粵dzɐn²〔紙隱切〕tsɐn²〔診〕(又)❶古代車箱底部四面的橫木。❷車的代稱。❸通"紾"。謂心如扭捩；悲痛。如：軫悼；軫懷。❹星宿名，二十八宿之一。朱雀七宿的末一宿。有星四顆。

【軫念】輾轉思念。也常表示對別人在困難中的關懷。

【軫恤】憐憫；體恤。

【軫悼】沉痛地悼念。

【軫懷】悲痛地懷念。

軱(𫐐) (gū)粵gu¹〔孤〕大骨。

軸(轴) (zhóu，讀音 zhú)粵 dzuk⁹〔俗〕❶機械中主要零件之一。一般爲金屬(如碳鋼、合金鋼、球墨鑄鐵等)圓桿，各段可有不同直徑，機械中作旋轉運動的零件就裝在它上面。❷作爲中心或樞紐。❸古代裝成卷軸形的書。也指裝裱成卷軸形的字畫。

【軸心】❶輪軸。❷比喻中心、核心。

軹(轵) (zhǐ)粵dzi²〔只〕❶古代車轂外端穿貫車軸的較細的孔。❷車軸端。❸古代車箱左右兩面橫直交結的欄木。

軺(轺) (yáo)粵jiu⁴〔遙〕古代輕小便捷的馬車。

【軺車】古代一馬駕駛的輕便車。

軻(轲) (kē)粵ɔ¹〔柯〕❶本意爲接軸車。❷通"坷"。見"轗軻"。

軼(轶) ㊀(yì)粵jɐt⁹〔日〕❶本意爲後車超越前車，引伸爲超越。如：軼羣。❷通"逸"、"佚"。散失。如：軼事；軼書。❸車轍，車輪輾地的痕迹。㊁(dié)粵dit⁹〔秩〕更迭。

【軼材】亦作"逸才"。謂過人之才。

【軼事】亦作"逸事"。世人不甚知道的事迹，多指未經史書記載的事迹。亦指零星未經滙集的事迹。

【軼倫】亦作"逸倫"。超過同輩。

【軼蕩】(dié—)亦作"佚蕩"、"佚宕"。超然而無所拘忌。

軮(𫐑) (yǎng)粵ɔŋ²見"軮軋"。

【軮軋】同"坱圠"。無邊無際的樣子。

軵(𫐒) (rǒng，又讀 fǔ)粵fu²〔苦〕推送。

軤(轷) (hū)粵fu¹〔夫〕姓。

軷(𫐓) (bá)粵bɐt⁹〔拔〕古代祭路神之名。祭後以車輪輾過牲口，取行道無艱險之意。

軶 同"軛"。

軲(轱) (gū)粵gu¹〔姑〕見"軲轆"。

【軲轆】❶車輪。❷滾動。

六 畫

軾(轼) (shì)粵sik⁷〔式〕古代車箱前面供人憑倚的橫木，其形如半框，有三面。

輀(𫐖) (ér)粵ji⁴〔而〕古代載運棺柩的車。

輁(𫐗) (gǒng)粵guŋ²〔拱〕見"輁軸"。

【輁軸】古代載棺之具。

輂(𫐘) (jú)粵guk⁹〔局〕❶古代用馬駕的運貨大車。❷古代運土的工具。

較(较) (jiào)粵 gau³〔教〕❶比較。如：較量；較佳。❷通"校"。考校。❸計較。❹概略；大旨。見"較略"。❺明顯。如：彰明較著。

【較略】大概；大體。

【較量】比較高低。

輅(辂) (lù)粵lou⁶[路]❶古代綁在車轅上以備人牽挽的橫木。❷古代車名。

輇(轻) (quán)粵tsyn⁴[全]❶古代用平面圓木製成沒有輻條的車輪。❷低劣。見"輇才"。

【輇才】小才。謂識淺才小，不堪重任。

輈(辀) (zhōu)粵dzɐu¹[舟]古代小車居中的彎曲車杠。

【輈張】亦作"侜張"，"謅張"。❶強橫；跋扈。❷驚懼的樣子。

載(载) ㊀(zài)粵dzɔi³[再]❶裝載；乘坐。如：載客。❷充滿。如：風雪載途。❸文言助詞。兩個或一連用表示同時作兩種動作。如：載歌載舞。❹通"再"。如：載拜。
㊁(zǎi)粵dzɔi²[宰]猶"年"。如：一年半載。
㊂(zǎi)粵同㊁記錄。如：記載；轉載。

【載書】盟書，記載盟約的文件。
【載記】古代史書的一種體裁，用於記述非正統者的事迹。
【載籍】書籍。
【載歌載舞】邊唱歌，邊跳舞。形容盡情歡樂。

輊(轻) (zhì)粵dzi³[至]見"軒輊"。

輋(畬) (shē)粵sɛ¹[些]〔輋民〕即畬民，畬族的古稱。是中國少數民族之一。分佈在福建、浙江、江西、廣東、安徽五省的部分山區，以福建、浙江兩省為最多。通用漢語文。

七　畫

輒(辄) (zhé)粵dzip⁸[接]❶古代車箱左右板上端向外翻出的部分，形狀像耳下垂，故亦稱車耳。❷即；就。如：動輒得咎。

輓(挽) ㊀(wǎn)粵wan⁵[挽]對死者表示悼念。如：哀輓；輓聯。
㊁(wǎn)man⁵同"晚"。見"輓近世"。

【輓歌】哀悼死者的歌。
【輓近世】輓，古通"晚"。離現在最近的時代。

輔(辅) (fǔ)粵fu⁶[付]❶古代車輪外旁增縛夾轂的兩條直木，用以增強輻輳載重支力。每輪二木，每車四木。❷輔助。如：相輔而行。❸頰骨。見"輔車"。❹官名。參見"左輔右弼"。❺指京城附近的地方，如漢代的"三輔"、"六輔"。參見"畿輔"。❻書法術語。用小指緊靠無名指後，使握筆有力。

【輔車】輔為頰骨，車為牙牀，兩者互相依存。"輔車"，比喻互相依存的事物。
【輔弼】指宰相。
【輔翼】輔佐協助。
【輔贊】輔佐襄贊。

輕(轻) (qīng)粵hiŋ¹[兄]heŋ¹[希腥切]〔語〕❶分量不大。與"重"相對。❷需力不多，不費力。如：輕便；輕易。而易學。❸價值不高；不足貴。如：死有重於泰山，或輕於鴻毛。❹聲音低弱。如：輕聲輕氣。❺輕微。如：輕傷；輕微。❻輕率；輕佻。如：輕諾寡信；輕舉妄動。❼輕視；鄙薄。如：輕敵。

【輕車】❶輕便的車子。如：駕輕車就熟路。❷古代的一種戰車。取其輕捷便於馳驟。❸駕車作戰的士兵。西漢兵種之一。漢初還用於戰爭，後逐漸失去作用，至武帝時完全成為儀仗隊。
【輕佻】不沉着。亦指言行輕薄、不莊重。
【輕盈】形容動作、姿態的輕巧優美。
【輕率】言行隨便，不慎重。
【輕脫】輕率，不持重；放蕩。
【輕銳】輕裝的精銳部隊。
【輕舉】❶輕率行動。如：輕舉妄動。❷輕裝疾進。❸謂神仙飛升。
【輕薄】㊀(─bó)❶輕佻浮薄。多指以輕佻態度對待婦女。❷不貴重；鄙薄。
【輕騎】裝備輕便，行動迅速的騎兵。
【輕車熟路】比喻對事很熟悉，做起來很容易。
【輕描淡寫】本謂繪畫時用淺淡的顏色輕輕描繪，引伸為說話或行文時將某件事輕輕帶過。
【輕裘肥馬】形容豪華的生活。

【輕裘緩帶】形容態度閑適從容。
【輕諾寡信】輕易許諾，不守信約。

輷(𮝶) (tián)粵tin⁴〔田〕見"輷輷"。

【輷輷】衆車行走的聲音。

八 畫

輈(辀) (zhōu)粵dzeu¹〔周〕車重。

輗(輗) (ní)粵ŋei⁴〔倪〕古代置於車杠(即轅)前端與車衡銜接處穿孔中的關鍵。

輘(𫐐) ㊀(líng)粵liŋ⁴〔凌〕被車輪輾壓。見"輘轢"。
㊁(léng)粵同㊀見"輘輷"。

【輘輷】(léng—)大聲。亦作"輷輘"。
【輘轢】同"凌轢"。欺壓。

輚(𫐉) (zhàn)粵dzan⁶〔賺〕古代的一種臥車。

輛(辆) (liàng)粵lœŋ⁶〔亮〕lœŋ²〔拉享切〕(語)古代的車一般有兩個輪子，故車一乘即稱一兩，後來寫作"輛"，總稱爲"車輛"。

輜(辎) (zī)粵dzi¹〔資〕古代一種有帷蓋的大車。參見"輜車"。

【輜車】古代有帷蓋的車子，既可載物，又可作臥車。
【輜重】❶外出時所帶的包裹箱籠。❷軍用器械、糧草、營帳、服裝等的統稱。

輝(辉) (huī)粵fei¹〔揮〕❶光輝；光采。如：落日餘輝；滿室生輝。❷照耀。如：星月交輝。

【輝映】光采交互炫耀。
【輝煌】光輝燦爛。如：燈燭輝煌。引伸爲出色的、顯著的。如：輝煌的成就；戰果輝煌。

輞(辋) (wǎng)粵mɔŋ⁵〔網〕古代車輪的外周。

輟(辍) (chuò)粵dzyt⁸〔啜〕中止；停止。如：日夜不輟。

輠(𫐄) ㊀(guō)粵gwɔ²〔果〕古代車上盛潤滑油的小壺。
㊁(huì，又讀 huà)粵wa⁵〔胡瓦切〕車轂轉動。

輢(𮝵) (yǐ)粵ji²〔倚〕亦作"椅"。古代車箱兩旁人可憑倚的木板。

輣(𫐓) (péng)粵paŋ⁴〔彭〕見"輣車"。

【輣車】古代一種戰車。

輥(辊) (gǔn)粵gwen²〔滾〕❶車轂勻整齊一。❷像車輪般很快地轉動。❸泛指能滾動的圓筒狀機件。如：輥軸。

輦(辇) (niǎn)粵lin⁵〔離免切〕❶君后所乘的車。如：帝輦；鳳輦。❷挽車；乘車。❸京都的別稱。

【輦下】謂輦轂之下。京都的代稱。
【輦道】❶猶"閣道"。樓閣間的空中通道。也指帝王車駕所經的路。❷古星名，屬天琴、天鵝兩座。
【輦轂下】指京都，猶言在皇帝車駕之下。

軿(𫐌) (píng)粵piŋ⁴〔平〕古代貴族婦女所乘有帷幕的車。

輨(𫐍) (guǎn)粵gun²〔管〕古代車轂孔外面四周用金屬包裹的圓管狀部分。參見"輨轄"。

【輨轄】輨與轄都是車上控制轂的重要零件，後引伸爲關鍵。

輩(辈) (bèi)粵bui³〔貝〕❶車百輛，亦指分行列的車。❷同一類，用以指人。如：我輩；若輩；儕輩；流輩。❸輩分；世代。如：前輩；後輩；長一輩；小一輩。❹畢生。如：一輩子。

【輩出】一批接一批地出現。多指優秀人才。如：英雄輩出。
【輩行】(—háng)❶輩分。❷同列、同輩的人。

輪(轮) (lún)粵lœn⁴〔倫〕❶車輪。亦泛指輪形之物。如：滑輪；齒輪；日輪；月輪。❷車的代稱。❸指輪船。如：江輪；輪運。❹輪流。如：輪班。❺盤旋屈曲而上，引伸爲高大的樣子。見"輪囷"、"輪奐"。

【輪囷】亦作"輪菌"、"輪箘"。❶屈曲的樣子。❷高大的樣子。
【輪奐】形容房屋高大衆多。亦作"輪煥"。
【輪扁】春秋時齊國有名的造車工人，名扁。

後多用爲高手的代稱。

【輠廓】亦作"輠郭"。邊緣；物體的外周或圖形的外框。引申爲事情的概略。

輬(辌) (liáng)⑩lœŋ⁴〔涼〕古代一種臥車。見"輻輬車"。

輀 "輀"的異體字。

輡(轖) (kǎn)⑩hem²〔砍〕見"輡軻"。

【輡軻】同"坎坷"。

九畫

輭 "軟"的異體字。

輮(輮) (róu，又讀 rōu)⑩jeu⁴〔由〕❶車輪的外周。❷通"揉"。把直的弄成彎曲的。

輯(辑) (jí)⑩tsɐp⁷〔戢〕❶和睦。❷聚集。引申爲編輯。如：蒐輯。亦指整套書籍的一部分。如：叢書第一輯。❸斂；拖着不使稅落。如：輯屨。

【輯睦】和睦。

輲(辁) (chuán)⑩tsyn⁴〔全〕見"輲車"。

【輲車】古代運載棺柩的車子。

輳(辏) (còu)⑩seu³〔湊〕車輪的輻集中於軸上。引伸爲聚集。參見"輻輳"。

輴(輴) (chūn)⑩tsœn¹〔春〕❶古代載棺柩的車。❷古代用於泥路上的交通工具。

輶(輶) (yóu)⑩jeu⁴〔由〕古代一種輕便車。

【輶軒】輕車。古代帝王的使臣多乘輶車，後因稱使臣爲"輶軒使"。

輸(输) (shū)⑩sy¹〔書〕❶運輸。如：輸出。❷報告；送達。引伸爲灌注。如：輸血。❷報告；送達。引伸爲獻納、獻納。如：捐輸。❸失敗。與"贏"相對。

【輸將】運送。引伸爲捐獻。如：慷慨輸將。

【輸誠】獻納誠心。也謂投誠。

輹(輹) (fù)⑩fuk⁷〔福〕古代車箱下面鈎住車軸的木頭。亦稱"伏

兔"。

輻(辐) (fú)⑩fuk⁷〔福〕車輪中湊集於中心的直木。

【輻輳】車輪湊集於軸上，比喻人或物集聚一處。亦作"輻湊"。

輷(辊) (hōng)⑩gweŋ¹〔轟〕象聲。見"輷輷"。

【輷輷】同"轟轟"。象聲詞。

輵 同"輵"。

十畫

輿(舆) (yú)⑩jy¹〔如〕❶本謂車箱，引即指車。如：舟輿。又轉義爲轎子。如：肩輿。❷扛；抬。如：輿之而行。❸衆人的。如：輿論；輿情。❹地。見"輿地"、"輿圖"。❺古代奴隸制中一種等級的稱謂。

【輿人】❶造車輿的工人。❷衆人。❸古代職位低微的吏役。

【輿地】地。舊時地圖亦稱"輿地圖"。

【輿服】車子和衣冠的總稱。古代車子和衣冠都有定式，以表身等級。

【輿圖】地圖。亦稱輿地圖。參見"輿地"。❷疆土。

【輿臺】古代奴隸制中兩個等級的名稱。泛指地位低賤的人。

【輿論】衆人的議論。現多指羣衆的言論。如：社會輿論。

輾(辗) ㊀(zhǎn)⑩dzin²〔展〕旋轉。參見"輾轉"。

㊁(niǎn)⑩nin¹〔尼免切〕通"碾"。

【輾轉】亦作"展轉"。❶形容心有所思，臥不安席的樣子。❷非直接地，多次轉移的意思。

輼(辒) (wēn)⑩wɐn¹〔溫〕見"輼輬"、"輼輬車"。

【輼輬】亦作"輼涼"。古代的一種臥車。

【輼輬車】古代的臥車。後用爲喪車。

轂(毂) (gǔ)⑩guk⁷〔谷〕車輪中心的圓木，周圍與車輻的一端相接，中有圓孔，用以插軸。也用爲車輪的代稱。

【轂下】❶輦轂之下，指京城。❷猶閣下，書信中稱人的敬辭。

【轂擊】肩摩見"肩摩轂擊"。

轄(辖) (xiá)⑧het⁹[瞎]❶古代車上的零件，多用青銅製成。扁平長方形，上有轄首。插在軸端的孔內。❷管轄。如：直轄；統轄；統轄地區。

轅(辕) (yuán)⑧jyn⁴[元]❶古代車的組成部分。駕車用的直木或曲木。壓在車軸上，伸出車輿的前端。殷周的車都是獨轅，轅在正中。漢以後多變轅，左右各一。❷指官署的外門。參見"轅門"。

【轅門】古代帝王巡狩、田獵，止宿在險阻的地方，用車子作為屏藩。出入之處，仰起兩輛車子，使兩車的轅相向交接，成一半圓形的門，叫"轅門"。後也指領兵將帥的營門及督撫等官署的外門。

【轅下駒】駒，幼馬，不慣駕車，比喻人有所畏忌而辦得倒受拘束。

【轅門抄】清代總督或巡撫官署中發抄的分寄所屬各府、州、縣的官文書和政治情報。有的由報房抄印發售。這些官署的大門叫轅門，因由轅門抄出，故名。

轃(臻) (zhēn)⑧dzœn¹[津]古代大車上的竹木襯墊。

十一畫

轆(辘) (lù)⑧luk⁷[麓]見"轆轆"、"轆轤"、"轐轆"。

【轆轆】車行聲。

【轆轤】汲取井水的起重裝置。井上樹立支架，上裝可用手柄搖轉的軸，軸上繞繩索，兩端各繫水桶(亦有僅一端繫桶的)。搖轉手柄，使水桶一起一落，汲取井水。

轇(轇) (jiāo)⑧gau¹[膠]見"轇轕"。

【轇轕】亦作"轇轕"。同"膠葛"。交錯糾纏的樣子。

轉(转) ㊀(zhuǎn)⑧dzyn²[紙院切]❶轉運。❷轉移；輾轉。如：轉戰南北❸引伸爲轉手。如：轉交；轉託。❸轉動。如：轉身。❹轉換；轉變。如：

好轉；回心轉意。

㊁(zhuàn)⑧dzyn³[賺]❶旋繞。如：轉圈兒；打轉兒。❷旋繞一圈爲一轉。如：繞了兩轉。

【轉手】❶猶反手；亦謂一反手的工夫，極言時間之短。❷轉交或轉賣。如：幾經轉手。

【轉折】❶事物在發展過程中，改變原來的情況。❷文意或語意由一層轉到另一層。

【轉注】六書之一。漢許慎《說文解字．紋》說："轉注者，建類一首，同意相受，考、老是也。""建類一首"，指同在一個部首，聲音又相近(考、老二字同屬"老"這個部首，字音上同屬"幽"部)"同意相受"，指字義基本相同，可以互相訓釋(考、老二字在古代屬同義字，在《說文》中是互訓的)。

【轉背】一轉身的工夫，極言時間的短促。

【轉側】❶換換方位。❷轉徙。❸猶疑不定。

【轉連】❶運行不停。❷轉折變化。❸運輸。今多稱由甲地經過乙地再運往丙地爲轉連。

【轉漕】轉運糧餉。

【轉漏】古代用銅壺滴漏計算時間。轉漏，猶言頃刻。

【轉蓬】蓬草隨風飄轉。比喻行蹤無定或身世飄零。

【轉圜】(一huán)❶轉動圓的物體，比喻從順而不停滯。❷挽回；調停；幹旋。

【轉輸】轉運輸送物資。

【轉轂】載運貨物的車子。也泛指車子。

【轉燭】比喻世事轉變或時間逝去的迅速。

【轉瞬】一轉眼，極言時間的短促。

【轉捩點】也叫轉折點。事物發展過程中對改變原來方向起決定作用的事情；事物發展過程中改變原來方向的時間。

【轉彎抹角】走曲折的道路。比喻說話或做事不直爽。

轊(轊) (wèi)⑧wei⁶[胃]本作"書"。古代套在車軸末端的青銅製或鐵製的圓筒狀物。上有穿孔，用以納轄。

十二畫

轍（辙）(zhé)粵tsit⁸〔撤〕❶車輪碾過的痕迹。❷戲曲、歌詞的韻腳。如：合轍；十三轍。

〔轍鮒〕"涸轍之鮒"的略語。比喻處於困境的人。

〔轍亂旗靡〕車迹錯亂，軍旗倒下。形容軍隊潰敗。

轎（轿）(jiào)粵giu²〔嶠〕古作"橋"。過山用的交通用具。後多爲肩輿的通稱。參見"肩輿"。

輾（辗）(zhàn)粵dzan⁶〔賺〕即棧車。

轑（辽）㊀(lǎo)粵lou⁵〔老〕古代車蓋弓及車輻的通稱。
㊁(láo)粵lou⁴〔勞〕以勺刮釜使發聲。
㊂(liào)粵liu⁴〔聊〕通"燎"。燃燒，比喻荼毒。

轓（𫐐）(fān)粵fan¹〔番〕古代車兩旁伸出如耳的部分，用以遮蔽塵泥。

轔（辚）㊀(lín)粵lœn⁴〔鄰〕❶象聲。見"轔轔"。❷車子。
㊁(lìn)粵lœn⁶〔論〕同"轥"。見"轥轢"。

〔轔轔〕車行聲。

〔轔轢〕(lín—)車輪輾過。

轒（𫐉）(chōng)粵tsuŋ¹〔沖〕古代的陷陣車。通作"衝"。

十三畫

轕（辂）(gé)粵got⁸〔葛〕見"轇轕"。

轖（𫐇）(sè)粵sik⁷〔色〕古代車旁用皮革交錯而成的障蔽物。

轗（𫐆）(kǎn)粵hɐm²〔砍〕見"轗軻"。

〔轗軻〕同"坎坷"。道路不平的樣子，比喻不得志。

轘（𫐈）(huán，又讀 huàn）粵wan¹〔頑〕wan⁶〔患〕(又)古代用車分裂人體的酷刑。

轙（𫐋）(yǐ)粵ŋei⁵〔蟻〕古代車衡上貫穿轡繩的大環。

轚（击）(jí)粵gik⁷〔激〕車轄相擊。引伸爲舟車相碰撞。

轒（𫐙）(fén)粵fɐn⁴〔墳〕見"轒轀"。

【轒轀】古代兵車的一種，用於攻城。

十四畫

轛（𫐔）(duì)粵dœy³〔對〕古代車軾下面橫直交結的欄木。

轞（槛）(jiàn)粵lam⁶〔㿫〕裝檻之車，也特指囚車。詳"檻車"。

〔轞車〕亦作"檻車"。古代的一種囚車。

轟（轰）(hōng)粵gweŋ¹〔肱〕❶象聲。如：轟轟；轟雷；轟然一聲。❷帶有巨大聲響的爆炸、崩裂。如：轟炸；炮轟。❸驅逐。如：轟走。

【轟動】同時驚動很多人。如：轟動世界。

【轟飲】狂飲。許多人聚在一起喧鬧狂飲也稱"轟飲"。

〔轟轟〕❶象聲。❷形容氣魄雄偉，聲勢浩大。如：轟轟烈烈。

轜（𫐘）(ér)粵ji⁴〔而〕同"輀"。古代喪車。

十五畫

轡（辔）(pèi)粵bei³〔臂〕駕馭牲口的繮繩。

轢（轹）(lì)粵lik⁷〔礫〕❶車輪輾過。❷欺凌。

轠（𫐚）(léi)粵lœy⁴〔雷〕碾破。

【轠轤】連屬不絕的樣子。

十六畫

轤（轳）(lú)粵lou¹〔盧〕見"轆轤"。

轣（𫐜）(lì)粵lit⁹〔力〕見"轣轆"。

【轣轆】亦作"歷鹿"。❶車輪或轆轤的轉動聲。❷織車，即絲紡車。

十七畫

轣 同"轆"。

二十畫

轥(**辚**) (lìn)粵lœn⁶〔論〕見"轥轢"。

【轥轢】車輪輾過。亦引伸爲超越。

辛 部

辛 (xīn)粵sœn¹〔新〕❶勞苦。如：辛勤。❷悲痛。如：酸辛。❸辣味。❹指葱蒜等味帶刺激的菜蔬。❺天干的第八位。

【辛苦】❶本爲兩種滋味。辛苦之味入口，猶困厄之事在身，故以比喩窮困。❷指身心勞苦、勞累。

【辛盤】古時元旦、立春用葱、韭等辛菜作食品，表示迎新。

【辛丑條約】英、美、德、法、俄、日、意、奧、比、荷、西班牙十一個國家强迫清政府簽訂的不平等條約。1901年（光緒27年，農曆辛丑年）八國聯軍鎮壓義和團運動後在北京簽訂。共十二款，內容主要是：賠償各國軍費銀四億五千萬海關兩，三十九年付清，本息共九億八千二百多萬海關兩；外國有在北京及由北京到天津、山海關沿綫駐兵的特權等。

【辛亥革命】推翻清朝政府、結束封建帝制的革命。1911年（干支紀年辛亥）10月10日爆發了武昌起義，各省響應，清朝統治迅速瓦解。12月十七省代表在南京開會，選舉孫中山爲臨時大總統。次年1月1日中華民國臨時政府在南京成立。2月12日清帝退位，結束了統治中國兩千多年的封建君主專制制度。

五畫

辜 (gū)粵gu¹〔孤〕❶罪；犯罪。如：死有餘辜。❷通"孤"。見"辜負"。❸見"辜榷"。

【辜月】古時陰曆十一月的別稱。

【辜負】同"孤負"。背負，對不住。

【辜榷】獨佔；統括財利。

六畫

辟 ㊀(pì)粵pik⁷〔僻〕❶通"僻"。不誠實；邪僻。亦指偏僻。❷通"擗"。捶胸。❸通"霹"。見"辟歷"。❹"闢"的簡化字。
㊁(bì)粵同㊀❶國君。❷法；刑。❸徵召。

【辟易】❶狂疾。❷驚退。

【辟邪】❶辟除邪惡；辟除邪說。❷同"避邪"。邪惡不正。❸中國古代傳說中的一種神獸，似獅而帶翼。古代織物、軍旗、帶鈎、印紐、鐘紐等常用辟邪爲像。

【辟書】❶徵召的文書。

【辟除】❶(bì—)漢代高級官吏任用屬員的制度。中央最高行政長官如三公，地方官如州牧、郡守，都可自行徵聘僚屬，然後向朝廷推薦，與後代大小官吏都由吏部銓選的制度不同。又東漢時中央高級官吏亦往往不由地官職中選調，而直接徵聘知名人士。亦稱"徵辟"。❷(pì—)猶言掃除。

【辟涇】通"僻"。邪僻放蕩。

【辟歷】同"霹靂"。疾雷。

【辟踴】同"擗踴"。極度悲哀，捶胸頓足。

辠 "罪"的異體字。

七畫

辣 (là)粵lat⁹〔頓滑切〕❶像薑、蒜等帶刺激性的味道；辛味。❷狠毒。如：心黑手辣。

【辣子】❶辣椒的俗稱。❷同"剌子"。利害、潑辣的人。

【辣手】狠辣的手段。

辢 "辣"的異體字。

八　畫

𨝋　"辭"的異體字。

九　畫

辝　同"辭"。

辦(办)　(bàn)粵ban⁶〔扮〕❶治理；處理。如：辦事；辦公。❷置備；採購。如：辦貨；採辦。❸創設；興辦。如：辦學校；辦工廠。❹處罰。如：懲辦；法辦。
【辦裝】置辦行裝。

辨　(biàn)粵bin⁶〔辯〕❶辨別；明察。如：明辨是非。❷通"辯"。爭論。
【辨白】分辨明白。多謂被人誣蔑而有所申辯。
【辨章】辨明。

十二畫

辭(辞)　(cí)粵tsi⁴〔池〕❶文詞；言詞。如：辭藻；修辭。❷告別。如：不辭而別。❸推辭；婉辭。❹通"詞"。如：辭典。❺古代的一種文體。如：漢武帝《秋風辭》；陶潛《歸去來辭》。
【辭人】指漢代善於作辭賦的人。後用以指善於作詩文的人，包括詩歌辭賦在內。
【辭令】酬應的言辭。如：善於辭令。
【辭旨】言辭意旨。亦作"辭指"。
【辭色】說的話和說話時的神態。
【辭宗】爲辭人所宗仰的人。亦作"詞宗"。
【辭林】猶"文苑"。詩、文的總匯。亦作"詞林"。
【辭致】文辭的意趣和情調。
【辭氣】言辭氣度。
【辭章】詩文的總稱。亦作"詞章"。
【辭訟】爭訟；訴訟。亦作"詞訟"。
【辭費】說的話多而無用。

辯(辩)　(biàn)粵bin⁶〔辨〕❶辯論；辯解。如：能言善辯。引伸爲巧言。❷通"辨"。辨明；辨別。
【辯口】口才好；善於辯論。
【辯士】能言善辯的人。
【辯給】(─jǐ)口才敏捷。
【辯證】對錯誤的指責進行辯解。
【辯瞻】說話條理清楚；理由充足。
【辯才無礙】本佛教用語，謂菩薩爲人說法，義理圓通，言辭流暢，毫不滯礙。後泛指能言善辯。

辰　部

辰　(chén)粵sɐn⁴〔臣〕❶十二地支的第五位。❷十二時辰之一。上午七時至九時。❸時日；時間。如：誕辰；時辰。❹日月星的統稱。如：星辰。

三　畫

辱　(rǔ)粵juk⁹〔肉〕❶恥辱。如：奇恥大辱。❷侮辱。如：折辱；辱罵。❸辜負；玷辱。如：辱命。❹謙辭，猶言承蒙。如：辱承指教。

六　畫

農(农)　(nóng)粵nuŋ⁴〔濃〕❶農業。❷農民。
【農時】適應氣候變化從事農業生產的季節。如：不違農時。
【農曆】又稱舊曆。相傳起於夏代，所以也叫夏曆。曆法的一種。它的特點是：既重視月亮的圓缺變化，又照顧一年中的四季寒暑。根據太陽在黃道的位置，把一個太陽年分成二十四個節氣，以便於農事。是陰陽曆的一種，過去還稱陰曆。平年12個月，全年354～355天，比回歸年約少11天，所以經過5年就要增加2個閏月（3年一閏，5年再閏）。閏年13個月，全年384～

385天。缺點是平年和閏年日數相差比較大。

八 畫

蕽 “農”的異體字。

辵 部

辵 (chuò)[粵]tsœk[8]〔卓〕忽走或忽停。

三 畫

迂 (yū)[粵]jy[1]〔于〕❶迂曲；繞遠路。如：迂迴。❷拘泥，不切實際。如：迂論。

【迂迴】曲折迴旋。

【迂腐】拘泥守舊。

【迂誕】迂闊荒誕。

【迂緩】遲緩；遲鈍。

【迂闊】迂遠而不切實際。

迄 (qì)[粵]ŋɐt[9]〔屹〕❶至；到。如：迄今。❷畢竟；終究。如：迄未成功。

迅 (xùn)[粵]sœn[3]〔信〕快；迅速。如：迅捷。

【迅雷】猛而急的雷聲。如：迅雷不及掩耳。

迆 同“迤”。

四 畫

迋 ㊀(wàng)[粵]wɔŋ[6]〔旺〕到；前往。

㊁(guàng，又讀 kuáng)[粵]gwɔŋ[2]〔廣〕❶通“誑”。誑騙。❷恐懼。

迍 ㊀(zhūn)[粵]dzœn[1]〔諄〕見“迍邅”。

㊁(tún)[粵]tyn[4]〔屯〕見“迍迍”。

【迍迍】(tún tún)行動遲緩的樣子。

【迍邅】同“屯邅”。謂處境困難。

迎 ㊀(yíng)[粵]jiŋ[4]〔仍〕❶迎接；往迎。如：送往迎來。❷逢迎；迎合。❸正對着。如：迎頭痛擊。

㊁(yìng)[粵]jiŋ[6]〔認〕迎娶。

【迎年】❶迎新年。❷祈求豐年。

【迎合】猶逢迎。謂猜度別人的心意而投其所好。

【迎將】❶迎送。❷迎接。

【迎晨】侵晨；天快亮時。

【迎刃而解】比喻事情的主要問題解決了，其他有關問題就很容易解決。

近 (jìn)[粵]gɐn[6]〔忌刃切〕kɐn[5]〔企引切〕(語)❶距離小。如：近鄰；近便。❷歷時未久。如：近日；近世。❸接近。如：平易近人。❹關係密切。如：親近。❺淺近。如：語言俚近。❻唐宋雜曲一種體制。如：訴衷情近。

【近名】有求名之心。

【近郊】緊接城市的郊區。

【近鄙】猶言俚俗。

【近水樓臺】宋人蘇麟詩“近水樓臺先得月”的縮語。比喻由於近便而獲得優先的機會。

【近朱者赤，近墨者黑】比喻人每因環境的影響而改變其習性。

迒 (háng)[粵]hɔŋ[4]〔杭〕❶野獸經過的痕迹。❷道路。

迓 (yà)[粵]ŋa[6]〔訝〕迎接。

返 (fǎn)[粵]fan[2]〔反〕回；歸。如：一去不復返。

【返青】植物幼苗過冬或移植後恢復生長，葉色轉綠的現象。

【返照】日落時日光的回照。也泛指光綫的反射。

【返魂香】古代傳說中一種可以使染疫而死者回生的香。

迕 ㊀(wǔ，又讀 wù)[粵]ŋ[5]〔午〕逆；違背。

㊁(wǔ，又讀 wù)[粵]ŋ[6]〔誤〕相遇。

【迕逆】同“忤逆”。違反；背逆。

五 畫

迢 (tiáo)[粵]tiu[4]〔條〕遠；長。見“迢迢”。

【迢迢】❶遙遠的樣子。❷形容時間久長。

【迢遞】亦作“迢遰”。❶遙遠的樣子。❷高的

樣子。
【迢遙】遙遠。
【迢嶢】同"岧嶢"。高峻的樣子。
迤　㊀(yǐ)粵ji[5]〔以〕亦作"迆"。❶斜行，引伸爲斜倚。❷延伸；往。
㊁(yí)粵ji[4]〔而〕見"逶迤"。
㊂(tuō)粵tɔ[1]〔拖〕見"迤逗"。
【迤逗】(tuō—)挑逗；勾引。
【迤運】同"迤邐"。
【迤靡】亦作"迆靡"。相連的樣子。
【迤邐】亦作"迤運"。曲折連綿。
迥　(jiǒng)粵gwiŋ[2]〔炯〕❶遠。❷形容差得很遠。如：迥異；迥然不同。
【迥迥】遙遠的樣子。
迦　㊀(xiè)粵hai[6]〔械〕同"邂"。
㊁(jiā)粵ga[1]〔加〕譯音字。如：釋迦。
迨　(dài)粵dɔi[6]〔代〕tɔi[5]〔怠〕(又)等到；達到。
迪　(dí)粵dik[9]〔敵〕開導。如：啓迪。
迫　㊀(pò)粵bak[7]〔巴軛切〕bik[7]〔壁〕(又)❶逼迫。如：迫害。❷催促。如：促迫。❸緊迫。如：迫不及待。❹逼近。如：直迫城下。❺狹窄。見"迫脅❷"。(以上各義粵今通讀如壁，僅於與"逼"字同用時讀"bak[7]"。)
㊁(pǎi)粵bik[7]〔壁〕〔迫擊炮〕用座板承受後座力，發射尾翼彈的一種滑膛曲射炮。
【迫脅】❶以威力相强迫。❷狹窄。
迭　(dié)粵dit[9]〔秩〕❶更迭；輪流。如：迭爲賓主。❷通"軼"。侵犯。❸猶言"及"。常作"不迭"，即來不及。❹屢次。如：迭有發現。
【迭配】❶古代祭祀時輪流兼祭他神以陪其所祭之神叫作"迭配"。❷更迭配搭。❸宋代的一種刑罰，就是充軍。犯罪的人被押往指定的地點充當軍役。
迮　(zé，又讀 zuò)粵dzak[8]〔責〕❶逼迫。❷通"窄"。❸倉促。
述　(shù)粵sœt[9]〔術〕記述；陳述。如：口述。
【述作】述，闡述前人成說；作，創作。也泛指著作。
【述職】原指諸侯向天子陳述職守，後來外官向中央政府滙報施政情況亦稱"述職"。
【述而不作】指只闡述前人成說，自己無所創作。
迯　"逃"的異體字。

六　畫

迴(回)　(huí)粵wui[4]〔回〕❶旋轉。❷運轉。如：天日迴行。❸曲折；迂迴。如：迴廊；峯迴路轉。
【迴旋】同"回旋"。盤旋，轉動。引伸爲可變通的意思。如：這件事還有迴旋餘地。
【迴翔】同"回翔"。盤旋飛翔。
【迴腸】形容內心焦慮不安，彷彿腸在旋轉一般。
【迴遑】同"回遑"。猶彷徨。
【迴避】亦作"回避"。❶避忌。❷因避嫌而不參與其事。清代制度，凡有親屬關係的不得在同一省做官，以小避大，官小者調往他省任職，叫做"迴避"。
【迴鑾】亦作"回鑾"。帝王及后妃的車駕稱鑾駕。因稱帝、后外出迴返爲"迴鑾"。
【迴腸九轉】形容焦急憂傷，痛苦已極。
【迴腸蕩氣】亦作"迴腸傷氣"、"蕩氣迴腸"。極言聲樂之能感動人。
迷　(mí)粵mɐi[4]〔謎〕❶分辨不清。如：迷路。❷昏亂。如：昏迷；迷亂。❸使迷惑。如：財迷心竅。❹沉迷於某種嗜好。如：入迷；戲迷。
【迷罔】❶神經失常。❷蒙蔽；熒惑。
【迷信】指相信星占、卜筮、風水、命相和鬼神等；也指盲目地信仰或崇拜，如：迷信書本；迷信古人。
【迷津】❶謂迷失津渡。❷佛教名詞。謂"迷妄"的境界。❸也叫"迷宮"。圖畫遊戲。相傳歐洲有迷津式的宗教建築，後人仿此作圖爲戲，要求玩者從中尋出通路，抵達目的地。
【迷惑】迷亂。亦指不明事理，胸無所主。
【迷離】模糊不明。
【迷魂陣】比喻能使人迷惑的圈套、計劃。
【迷途知反】"反"同"返"。比喻發覺了自己的錯誤，知道改正。

迹（jì）⑧dzik⁷〔即〕❶腳印；痕迹。如：獸蹄鳥迹；筆迹。❷前人遺留下來的事物、功業和言論。如：遺迹；古迹。❸追尋踪迹。

迺（nǎi）⑧nai⁵〔乃〕❶"乃"的異體字。❷姓。

迻"移"的異體字。

追（zhuī）⑧dzœy¹〔錐〕❶追逐。如：追亡逐北。❷追隨。如：追隨。❸追究；追索。如：追贓。❹回溯。如：追認❺補救。如：來者可追。

【追比】舊時地方官吏嚴厲逼迫人民，限期交稅、交差，逾期受杖責，叫"追比"。

【追風】駿馬名。秦始皇有馬名追風。也用以形容馬跑得很快。

【追悼】對死者追念哀悼。

【追溯】回顧；往上推算。

【追遠】指虔誠祭祀先人，表示追念。如：慎終追遠。也指追念前賢。

【追薦】請僧道爲死者誦經禮懺，祈禱祝福。

【追謚】封建時代對死者追加謚號。

【追贈】謂在人死後贈以官爵或稱號。

【追亡逐北】追擊敗逃的敵人。亡、北，指戰敗時的逃兵。

【追奔逐北】義同"追亡逐北"。

迾（liè）⑧lit⁹〔列〕阻隊警戒。

退（tuì）⑧tœy³〔蛻〕❶退卻；後退。與"進"相對。如：退步。引伸爲卻退，打退。如：退敵。❷離去。如：退席；退伍。引伸爲擯斥，辭去。如：斥退；辭退。❸返；歸。如：臨淵羨魚，不如退而結網。❹減退；撤銷。如：退貨；退婚。❺逐漸消失衰減。如：退色。

【退思】事後省察自己的言行。

【退省】（一xǐng）猶退思。退而自省。

【退食】臣子退朝後在家就膳。

【退避三舍】三十里爲一舍。"退避三舍"，比喻對人讓步，不敢與爭。

送（sòng）⑧sung³〔宋〕❶運送；送交。如：送貨；送信。❷奉贈。如：送禮。❸送行。如：送至機場。❹了畢；斷送。如：送命。

【送窮】謂送走窮神。舊俗以陰曆正月晦日爲送窮神日。

【送竈】舊俗以陰曆十二月二十三或二十四日爲竈神升天的日子，在此日祭送竈神，叫"送竈"。

【送往迎來】往者送之，來者迎之。謂盡酬應之道。

【送往事居】謂禮葬死者，奉事生者。

【送故迎新】原指送舊官，迎新官。後亦用於一般人事。

适（一）（kuò）⑧kut⁸〔括〕本作"趏"。人名用字。
（二）"適"的簡化字。

逃（táo）⑧tou⁴〔桃〕❶逃走。如：脫逃；逃亡。❷逃避。如：逃難；逃荒。❸脫離。見"逃席"。

【逃世】謂避世。

【逃名】謂避聲名而不居。

【逃席】宴會中途，不辭而去。

【逃荒】謂遇到荒年，無法生活，逃到異鄉去求食。

【逃遁】逃跑；逃避。

【逃禪】逃出禪戒。亦以指逃避世事，參禪學佛。

【逃之夭夭】《詩經·周南·桃夭》有"桃之夭夭"之句，"桃"和"逃"同音，後人用"逃之夭夭"表示逃跑，多帶有詼諧或嘲諷之意。

逄（páng）⑧pung⁴〔傍〕姓。

逅（hòu，舊讀gòu）⑧heu⁶〔后〕見"邂逅"。

逆（nì）⑧ŋak⁹〔額〕jik⁹〔亦〕（又）❶迎。如：接受。❷預先；預度。如：逆知；逆料。❸倒；反。與"順"相對。如：逆風。見"逆流"。❺違背；背叛。如：逆意。

【逆耳】不順耳。如：忠言逆耳。

【逆命】❶接受命令。❷不服從命令。

【逆倫】指謀殺身親等行爲。

【逆旅】客舍。逆，迎；迎止賓客之處。猶後來的旅館。

【逆流】❶水倒流。❷倒流的水。比喻倒退的潮流。

【逆料】預料；預測。

【逆鱗】《韓非子‧說難》以龍比喻君主，謂龍喉下有逆鱗，「若有人嬰之者，則必殺人」。後因謂臣下直諫觸犯君主爲「嬰逆鱗」。

【逆水行舟】逆着水勢划船。比喻不努力就要後退。如：學如逆水行舟，不進則退。

迥　"迥"的異體字。

七　畫

逋　(bū)⑧bou¹〔褒〕❶逃亡。❷拖欠。如：逋債。

【逋客】❶逃亡的人。❷避世之人。

【逋峭】形容人物有風致。

【逋逃】逃亡的罪人。亦指流亡者。

【逋慢】有意規避，不遵守命令。

【逋遷】流亡異地。

逌　(yóu)⑧jeu⁴〔由〕舒適自得的樣子。

逍　(xiāo)⑧siu¹〔消〕見"逍遙"。

【逍遙】亦作"消搖"。優遊自得的樣子。

【逍遙自在】無拘無束，自由自在。

透　(tòu)⑧teu³〔他幼切〕❶通過；穿過。❷顯露；透明。如：面色白裏透紅；透個消息。❸透徹；徹底。如：把道理說透。

【透支】❶存戶經銀行同意在一定限額之內提取超過存款數字的款項。❷開支超過收入。❸職工預支工資。

逐　(zhú)⑧dzuk⁹〔俗〕❶驅逐。如：下逐客令。❷追趕；追隨。如：隨波逐流。❸競。❹角逐。❺挨着次序。如：逐一檢點；逐條說明。

【逐北】追擊敗兵。北，指敗逃者。

【逐客】❶古指驅逐異國的說客。後泛稱趕走客人爲"下逐客令"。❷指被貶謫而失意的人。

【逐臭】比喻嗜好怪僻，與衆不同。

【逐鹿】《漢書‧蒯通傳》有"秦失其鹿，天下共逐之"之語，鹿，喻帝位。"逐鹿"，比喻羣雄並起，爭奪天下。

逑　(qiú)⑧keu⁴〔求〕❶配偶。如：君子好逑。❷聚合。

途　(tú)⑧tou⁴〔徒〕道路。如：中途；半途而廢。

逕　"徑"的異體字。

逖　(tì)⑧tik⁷〔惕〕遠。

逗　(dòu)⑧deu⁶〔豆〕❶停留；停頓。參見"逗留"。❷句中的停頓。如：逗號。❸招惹；逗引。如：逗趣。

【逗留】亦作"逗遛"。沿途停頓；停滯不前。

【逗遛】同"逗留"。

這(这)　(zhè)⑧dze⁵〔自野切〕近指代之詞，與"那"相對。如：這裏；這些；這時；這個。

通　⊖(tōng)⑧tuŋ¹〔拖空切〕❶貫通；由此端至彼端，中無阻隔。如：中通外直。亦謂有路可以達到。如：四通八達。❷通曉。如：文理不通；謂處理順利，做事顯達。如：通宦。❹通曉。如：博古通今；不通世故。❺傳達。如：通報。❻往來；交接；勾結。如：通商；通敵。❼通姦。❽全；遍；徧。如：通計劃❾普通；一般。如：通則；通例。❿共同。如：通力合作。⓫通徹首尾，猶言遍。如：播放三遍。

⊖(tòng)⑧同⊖"⊖❽"的語音。

【通人】謂學識淵博貫通古今的人。

【通士】謂通達事理的讀書人。

【通才】謂學識廣博、具有多種才能的人。

【通令】❶上級機關向所屬有關各處發佈同一的命令，稱爲"通令"。❷傳達命令。

【通事】❶指朝覲聘問等事。❷古人求見，代爲通報。❸官名。掌管呈遞奏章、傳達皇帝旨意等事。❹指翻譯人員。

【通侻】同"通脫"。放達不拘小節。

【通家】❶世交。❷姻親。

【通商】指國與國之間進行貿易關係。

【通問】互相問候；互通音訊。

【通脫】亦作"通侻"。放達不拘小節。

【通義】❶謂適用於一般情況的道理與法則。❷疏通大義。常用爲書名，指概述性的著作。如：《白虎通義》；《文史通義》。

【通儒】指專攻儒學、通曉儒學文獻典故的儒者。

【通融】❶破例遷就；變通辦法予人方便。❷融會貫通；透徹了解。

【通籍】籍是二尺長的竹片，上寫姓名、年齡、身份等，掛在宮門外，以備出入時查對。"通籍"謂記名於門籍，可以進出宮門。後來也稱初作官爲"通籍"，意謂朝中已經有了名籍。

【通譯】互譯兩方語言使通曉。亦指翻譯人員。

【通衢】四通八達的大道。

【通力合作】謂不分彼此合做一事。

【通功易事】分工合作。謂各從一業，以其所有易其所無。

【通都大邑】大都會；大城市。

【通權達變】權，權宜。達，通曉。謂適應客觀情況的變化，因時制宜，不拘常規。

逛 (guàng)粵kwaŋ3〔框高去〕出外閑遊。如：逛公園。

逝 (shì)粵sɐi6〔誓〕❶過去。如：光陰易逝。❷死亡。如：病逝。

【逝川】逝去的流水，比喻過去了的歲月或事物。

【逝波】猶"逝川"。比喻過去的時間或事物。

速 (sù)粵tsuk7〔促〕❶快；迅速。如：速成。❷召；請；招致。如：不速之客。

【速駕】請早光臨的意思。邀客的帖子上常用之。

逞 (chěng)粵tsiŋ2〔拯〕❶快心；稱願。❷施展。如：各逞其才。❸炫耀；賣弄。如：逞能；逞强。❹肆行；放任。

造 ㊀(zào)粵dzou6〔做〕❶製作；建立。如：造紙；造廠房。引伸爲虛構。如：造謠；捏造。❷農作物收穫的次數。如：一年三造皆豐收。

㊁(zào，舊讀 cào)粵tsou3〔燥〕❶培養；造就。如：可造之才。❷往；到。參見"登峯造極"。❸倉卒；突然。如：造然變色。❹時代。見"末造"。❺見"造次"。

【造化】❶創造化育。也指天地、自然界。❷謂運氣、福分。

【造次】(cào—)❶急遽；匆忙。❷魯莽；輕率。

【造物】❶舊時以爲萬物是天造的，故稱天爲"造物"。❷猶"造化"。謂命運。

【造詣】(cào—)❶學業所達到的程度。如：造詣很深。❷拜訪。亦泛指足迹所至。

【造化小兒】謂主宰命運的鬼神。

逡 (qūn)粵sœn1〔荀〕退讓。

【逡巡】❶亦作"逡循"、"逡遁"。却退；欲進不進、遲疑不決的樣子。❷猶言頃刻；須臾。

【逡循】同"逡巡"。

逢 (féng)粵fuŋ4〔馮〕❶遭遇；遇見。如：狹路相逢。❷迎合。見"逢迎"。

【逢迎】❶迎合。如：阿諛逢迎。❷迎接；接待。

【逢場作戲】❶賣藝的人遇到合適的地方，就開場表演。❷偶爾湊湊熱鬧。亦有隨俗應酬之意。

連(连) (lián)粵lin4〔蓮〕❶連接。如：血肉相連；藕斷絲連。引伸爲連帶、連同。如：連根拔；連我三個人。❷軍隊編制單位，在營之下，排之上。❸表示强調，含有"甚而至於"之意，常與後邊的"也"、"都"相應。如：他激動得連話都說不出來。

【連天】與天相連，常以形容山勢高峻。也以形容遼遠廣闊，無邊無際。

【連延】連續的樣子。

【連弩】裝有機栝，可以連續發射的弓。

【連枝】連在一起的樹枝。常用以比喻同胞兄弟。

【連娟】亦作"聯娟"。彎曲而纖細；細長。

【連理】不同根的草木，其枝幹連生在一起。常被看作吉祥的徵兆。

【連連】❶猶徐徐。不急迫。❷接連不斷。

【連署】亦作"聯署"。幾個人在同一文書上聯合簽名表示共同負責。

【連綿】亦作"聯綿"。接連不斷。

【連蜷】蜷曲的樣子。

【連謱】同"謰謱"。

【連橫】亦作"連衡"。戰國時張儀游說六國共同奉事秦國，叫"連橫"，同蘇秦的"合縱"相對。

【連衡】即"連橫"。

【連蹇】同"蹇連"。艱難。引伸爲遭遇坎坷。

【連璧】亦作"聯璧"。並列在一起的兩塊玉。亦以比喻並美的兩物。

【連鎖】事物的各個部分環環相扣如鎖鏈。如：連鎖反應；連鎖比例。

【連襟】姊妹的丈夫之互稱或合稱。❷襟，指胸懷。猶言彼此知心。

【連城璧】價值連城的玉。亦常用來比喻極珍貴的東西。

【連理枝】兩棵樹的枝條連生在一起。比喻恩愛的夫妻。

【連篇累牘】牘，書版。累牘，猶言累紙。形容文辭冗長。亦作"累牘連篇"。

逜 (kuò)⑧kut⁸〔括〕"适"的本字。疾速。

逦 (lǐ)⑧lei⁵〔里〕見"迤逦"。

迴 "迴"的異體字。

八　畫

逯 (lù)⑧luk⁹〔陸〕❶隨意行走。❷姓。

迸 ⊖(bèng)⑧bin³〔併〕❶噴射；湧出。❷散亂；走散。

⊜(bīng)⑧bin²〔丙〕通"屏"。驅除。

逭 (huàn)⑧wun⁶〔換〕避；逃。如：逭暑。

逮 ⊖(dài)⑧doi⁶〔代〕dei⁶〔弟〕(又)❶及；到。如：力有未逮。❷逮捕。

⊜(dǎi)⑧dei⁶〔弟〕捉。如：逮住牠。

週(周) (zhōu)⑧dzeu¹〔舟〕❶同"周"❾❿。❷一星期。如：週刊；週會；週末。

進(进) (jìn)⑧dzœn³〔晉〕❶前進；向前。與"退"相對。如：猛進；急進；進退兩難。❷進入與"出"相對。如：進學校；進出口。❸推薦；引進。如：進賢。❹房屋分成幾個前後庭院的，每個庭院稱爲"一進"。

【進止】❶進退；去留。❷猶言舉止。

【進用】❶猶言費用。❷提拔任用。

【進退維谷】進退兩難。

逴 (chuò)⑧tsœk⁸〔綽〕遠。引伸爲超越。見"逴躒"。

【逴躒】⊖(luò)超越。

逵 (kuí)⑧kwei⁴〔葵〕四通八達的大路。

逶 (wēi)⑧wei¹〔威〕見"逶迤"。

【逶迤】⊖(yí)亦作"逶移"、"逶蛇"、"委佗"、"委迤"、"委蛇"、"委移"。❶斜行；曲折前進。❷道路、山脈、河流等彎彎曲曲延續不斷的樣子。

逷 (tì)⑧tik⁷〔惕〕同"逖"。遠。

逸 (yì)⑧jet⁹〔日〕❶奔跑；逃跑。❷散失。如：逸書。❸隱遁。見"逸民"。❹超邁。如：逸興；逸品。❺安閒；逸樂。如：好逸惡勞。亦謂休息。如：勞逸結合。

【逸材】同"軼材"。謂過人之才。

【逸民】亦作"佚民"。指遁世隱居的人。

【逸足】才能超邁的人。

【逸事】同"軼事"。世人不甚知道的事，多指未經史書記載的事迹。

【逸品】謂超脫絕俗的藝術品。

【逸倫】同"軼倫"。超過同輩。

【逸興】⊖(xìng)超逸豪放的意興。

邽 (guī)⑧gwei¹〔歸〕同"歸"。

九　畫

逼 (bī)⑧bik⁷〔壁〕❶逼迫；強迫。如：逼上梁山；形勢逼人。❷強索。如：逼債；逼租。❸切近。如：逼真。❹狹窄；侷促。參見"逼仄"。

【逼仄】亦作"逼側"。狹窄。

【逼真】與真的極爲相似。

【逼側】同"逼仄"。

【逼視】❶靠近細看。❷指注目而視，含有威逼的意思。

【逼邏】猶言安排、張羅。

逾（yú）粵jy⁴〔如〕❶越過；超過。如：逾牆；逾期。❷通「愈」，更加。如：逾甚。

【逾閑蕩檢】謂不守法度、越出規矩。閑、檢，指規矩法度。

【逾牆鑽隙】指違背父母之命，媒妁之言的自由相戀。亦指男女偷情。

逿（逿）（dàng）粵dɔŋ⁶〔蕩〕跌倒。

遁（dùn）粵dœn⁶〔頓〕❶逃。如：夜遁。❷隱去。如：遁形。

【遁世】避世。

【遁辭】理屈辭窮或不願以real意告人時，暫時用來support塘塞的話。

遂（suì）粵sœy⁶〔睡〕❶通路。❷順心，稱意。如：遂心。❸成功；順利。如：陰謀未遂。❹就；於是。如：服藥後腹痛遂止。❺通「墜」。見〔遂古〕。
（二）（suì）粵同（一）用於「半身不遂」。

【遂古】同「邃古」。遠古。

【遂初】謂辭去官職，實現隱退的本願。

【遂事】已成之事。❷專斷。

遄（chuán）粵tsyn⁴〔全〕❶快；迅速。❷往來頻繁。

遇（yù）粵jy⁶〔預〕❶相逢；不期而會。❷偶遇；遭到；碰到。如：遇難；遇險。❸待；款待。如：遇我甚厚。❹機會；命。如：巧遇。

【遇合】遇到賞識；遭遇。

【遇人不淑】指嫁了不好的丈夫。

【遇事生風】指好事者借端興風作浪。

遊（yóu）粵jeu⁴〔由〕亦作「游」。❶行走。如：遊行；遊街。❷玩樂；遊覽。如：郊遊。❸遊歷。如：遊遍天下。❹交遊；來往。

【遊方】僧人為修行問道而雲遊四方。

【遊心】猶涉想。謂心神來往、貫注於某一種境地。

【遊目】謂目光由近及遠，隨意觀覽瞭望。

【遊冶】出遊尋樂。

【遊牧】居無常處，隨着畜羣逐水草轉移。如：遊牧生活。

【遊惰】遊蕩懶惰，不務正業。

【遊絲】蜘蛛等昆蟲所吐的絲，因其飄蕩於空中，故稱遊絲。

【遊幕】出外作幕僚。

【遊魂】❶遊散的精氣。古代哲學家認為人或物由於精氣聚集而能生存；精氣遊散，就趨於消亡。❷謂飄蕩無定的鬼魂。❸比喻苟延殘喘，或殘留的生命。

【遊學】❶遠遊異地，從師求學。❷以所學遊說諸侯、求取官職的人。

【遊獵】出遊行獵。

【遊刃有餘】形容做事熟練，解決困難輕鬆利落。

【遊戲人間】指玩世不恭、以人生為遊戲的生活態度。

【遊戲三昧】佛教名詞。遊戲，謂自在無礙；三昧，謂正定。佛教徒稱自在無礙，而不失正定，叫「遊戲三昧」。後亦通作遊戲之事為「遊戲三昧」。

運（运）（yùn）粵wen⁶〔混〕❶運動；轉動。如：運行。❷運送。如：運糧。❸運用。如：運筆；運思。❹命運；運氣。如：行運。也特指世運、國運。

【運用】靈活使用。

【運祚】猶言世運。多指封建王朝的盛衰興亡。

【運會】指時運際會。

【運甓】甓，磚。《晉書・陶侃傳》載，陶侃任廣州刺史時，無事，必在早上搬百塊磚出齋外，晚上又搬回齋內。人問故，他回答說：「吾方致力中原，過爾優逸，恐不堪事。」後以「運甓」比喻刻苦自勵。

【運斤成風】斤，斧頭。比喻手法熟練，神乎其技。

【運籌帷幄】籌，策劃；帷幄，軍中帳幕。謂在軍帳內對事略作全面籌劃。亦泛指策劃機要。

遌（è）粵ŋɔk⁹〔岳〕亦作「遻」。心不想見而遇見。

遍（biàn）粵pin³〔片〕❶普遍；到處。如：漫山遍野；遍體鱗傷。❷從頭到尾經歷一次。如：從頭到尾看一遍。

過（过）（二）（guò）粵gwɔ³〔果高去〕❶過去。如：事過境遷。❷經過一段空間或時間。如：過河；過了三天。引

伸爲往來。如：過從甚密。❸轉移；傳染。如：過戶；過手；這病要過人。❹太甚。如：過火；過譽；過讓。❺過多。如：過半數。❻過失。如：人誰無過。❼訪；探望。如：過訪。❽遍。如：粗讀一過。❾用在動詞後，表示曾經或已經。如：看過；吃過晚飯了。❿用在動詞後，跟"來"、"去"連用，表示趨向。如：拿過來；跑過去。

㊀(guò)粵gwo¹〔戈〕❶義同㊀❶❷。❷義同㊀❼。❸古國名。在今山東掖縣北。❹姓。

㊁(guo)粵同㊀作語助，表事已經過。如：吃過飯了。

【過失】過錯。

【過房】自己無子而以兄弟或他人之子爲子叫"過房"。

【過度】超過限度。

【過庭】指受教於父親。參見"趨庭"。

【過望】超過自己原來的希望。如：大喜過望。

【過從】互相往來。如：過從甚密。

【過當】(一dàng)❶過分；失當。❷超過應抵之數。

【過目不忘】謂書一經看過就不忘記。極記憶力強。

【過河拆橋】比喻先利用他人，過後便一腳踢開。

【過猶不及】做過了頭同做得不夠一樣，謂辦事須恰到好處。

遏 (è)粵at⁸〔壓〕抑止；阻止。如：怒不可遏。

遐 (xiá)粵ha⁴〔霞〕❶遠。如：遐邇聞名。❷長久。見"遐齡"。

【遐心】與人疏遠之心。亦指避世隱居之心。

【遐棄】遠棄。

【遐想】遙想。謂馳想高遠。

【遐邇】邈遠；悠遠。

【遐舉】❶遠行。❷遠揚。❸死的飾辭。

【遐齡】高齡。

遑 (huáng)粵wɔŋ⁴〔皇〕❶閒暇；暇。如：不遑。❷通"惶"。恐懼。見"遑遽"。

【遑遑】匆忙不安定的樣子。

【遑遽】同"惶遽"。驚懼慌張。

遒 (qiú)粵tsɐu⁴〔囚〕❶迫近。❷強勁。參見"遒勁"。

【遒勁】剛勁有力，多指書畫的運筆。

道 (dào)粵dou⁶〔稻〕❶道路。如：道不拾遺。❷方向；途徑。如：志同道合。❸道理；正當的事理。如：無道；治世不一道。❹道家的簡稱。古代的一個思想流派，以老子及莊子爲代表。❺道教的簡稱。中國主要宗教之一。創立於東漢時。與佛教有別。❻方法；門道；道數。❼歷史上的行政區劃名稱。漢代指有大量少數民族聚居的新設縣。以後一般指地方一級行政單位，轄區大小、職掌範圍不同；如唐代的道隸屬於中央，清末和民國初年的道屬於省管轄。❽說；講。如：一語道破。引伸爲用話表示情意。如：道賀；道歉。❾料；想。如：猶言"樣"。一道痕；萬道霞光。又猶言"重"、"次"。如：一道防綫；兩道工序。⓫猶言"得"、"到"。如：知道；道不得。(即徑不得)。

【道人】❶有道術的人。道士。佛教僧人有時也自稱"道人"。❸和尚的舊稱。

【道士】❶道教的宗教職業者。元以後，道士有出家的全真道士和在家的正一道士(俗稱"火居道士"或"俗家道士")之分。❷即"方士"。古代泛指從事巫祝術數(包括天文、曆法、醫術、神仙術、占卜、遁甲、堪輿等)的人。後來一般指那些自稱能"求仙藥"、"通鬼神"者。❸佛教僧侶。

【道山】猶言儒林、文苑。指文人聚集的地方。❷傳說中的仙山。因稱人死爲"歸道山"。

【道地】亦作"地道"。❶眞實；眞正。多指產品。

【道情】❶道義，情理。❷曲藝的一個類別。淵源於唐代的《九眞》、《承天》等道曲，以神仙故事爲題材。南宋時開始用漁鼓和簡板爲伴奏樂器，因此也叫"漁鼓"。明清以來流傳甚廣，題材也有所擴大，在各地同民間歌謠結合而發展成許多種曲藝。

【道義】道德和義理。現指道德和正義。如：道義上的支持。

【道學】❶亦稱"理學"。宋明儒家的哲學，

它以繼承孔孟"道統"相標榜，分兩派。一派以周敦頤、程顥、程頤、朱熹為代表，屬客觀唯心主義體系，稱程朱學派；一派以陸九淵、王守仁為代表，屬主觀唯心主義體系，稱陸王學派。兩派都把"理"當作宇宙萬物的本源。❷形容過分的拘執和迂腐的習氣。如：道學先生。

【道不拾遺】亦稱"路不拾遺"。謂路有失物，無人拾取。形容民風廉直。

【道路以目】指百姓懾於暴政，路上相見，僅能以目示意，不敢交語。

【道貌岸然】原謂神態嚴肅高傲。現用來形容故作正經、表裏不一的偽君子。

【道聽途說】就，一作途。沒有根據的傳聞。

達（达）(dá)⑧dat⁹〔第辣切〕❶暢通。如：四通八達。❷通曉；明白。如：通情達理。❸顯貴；見"達官"。❹遍；全面地。見"達觀❷"。❺到達。如：直達；抵達。❻發表；傳告。如：表達；傳達；詞不達意。❼達到；實現。如：目的已達。

㊀(tà)⑧tat⁸〔撻〕見"挑達"。

【達人】指通達事理的人；達觀的人。

【達士】猶達人。

【達生】指一種參透人生的處世態度。

【達官】謂顯貴的官吏。

【達道】通達。指常行不變的人人必須遵守的道德準則。

【達德】謂通行於天下的美德。

【達權】通曉權宜，隨機應付。

【達觀】❶謂對人生抱消極的看法，一切聽其自然，隨遇而安。亦謂對不如意的事情看得開。❷遍觀。

違（违）(wéi)⑧wei⁴〔惟〕❶不遵從；違背；違反。如：違令；陽奉陰違；不違農時。❷離別。如：久違了。

【違心】❶二心；異心。❷謂不出於本心。如：違心之論。

【違言】❶表示不滿的違件之言。❷不合情理的話。

【違和】身體失於調和而不舒適。常用作稱他人患病的婉辭。

逩(bèn)⑧bʊn³〔殯〕直往，趨向。

逇"偵"的異體字。

十　畫

溝(gòu)⑧gɐu³〔夠〕❶遇；遭遇。❷通"構"。構成。

【遘閔】同"覯閔"。遭遇禍患。又特指遭遇父母之喪。

遙(yáo)⑧jiu⁴〔搖〕遠。如：路遙知馬力。

【遙夜】長夜。

遜（逊）(xùn)⑧sœn³〔信〕❶逃遁。❷辭讓。如"遜位"。❸謙讓；恭順。如：出言不遜。❹差；不如。如：稍遜一籌。

【遜位】猶讓位。

【遜退】退避；退隱。

【遜志時敏】謂謙虛好學，時自策勵。

遝(tà)⑧dap⁹〔踏〕通"沓"。"雜沓"亦作"雜遝"。

遞（递）(dì)⑧dɐi⁶〔第〕❶順次；一個接一個。如：遞增；遞減。❷傳送。如：傳遞；遞送。❸驛車。❹見"遞嬗"。

【遞補】順次補充。

【遞解】(㊀-jiè)舊時解往遣地的犯人由沿途各地官府派人輪流押送叫"遞解"。今謂將外國犯人驅逐回本國。

遠（远）(yuǎn)⑧jyn⁵〔軟〕❶距離大。如：遙遠；遠方。❷歷年久。如：遠年；遠古。❸疏遠；遠親。如：遠房。❹差距大。如：遠不相同。❺深遠。如：言近旨遠。

【遠人】❶遠在外的親人。❷遠方的人，指外族人。

【遠郊】離城市較遠的郊區。

【遠祖】遠代的祖先。

【遠慮】猶遠謀，深遠的思慮。

【遠交近攻】戰國時范睢為秦國籌劃的一種外交策略。即連結遠邦攻伐鄰近的國家。

【遠水不救近火】比喻緩不濟急。

遡"溯"的異體字。

遢 (tà) 粵 tap⁸〔楊〕tat⁸〔撻〕(語)見"邋遢"。

遣 (qiǎn) 粵 hin²〔顯〕❶發遣；發送。如：調兵遣將。❷排遣；消遣。如：遣悶。

遛 ㊀(liù) 粵 leu⁶〔漏〕緩步行走。如：遛鸞兒。
㊁(liú) 粵 liu⁴〔留〕通"留"。"逗遛"同"逗留"，見該條。

遅 "遲"的異體字。

十一畫

遨 (áo) 粵 ŋou⁴〔熬〕同"敖"。遨遊；遊逛。

適(适) (shì) 粵 sik⁷〔式〕❶往；去到。如：無所適從。❷指女子出嫁。見"適人"。❸舒適；暢快。如：稍感不適。❹正；恰好。如：適得其反。❺剛才。如：適從何處來？❻通"啻"。僅僅；不過。如：適如此耳。
【適人】古代稱女子出嫁。
【適才】剛才。
【適度】程度適當。
【適時】適合時宜；不太早也不太遲。
【適逢其會】恰巧碰到那個時機。

遬 (sù) 粵 tsuk⁷〔速〕同"速"。

遭 (zāo) 粵 dzou¹〔糟〕❶逢；遇。如：遭難。❷遇映。❹四周。如：周遭。❸繞言周、次。如：走一遭。
【遭遇】遭逢；遭際。
【遭際】遭逢時會。引伸為受到信任，受到提拔。
【遭家不造】(造 cào)指家中遭遇不幸。

遮 (zhē) 粵 dze¹〔唓〕❶阻遏；攔住。❷掩蔽。如：烏雲把太陽遮住了。
【遮莫】亦作"折莫"、"者么"。❶儘管；任憑。❷不論。❸莫要。

遰 "逝"的異體字。

遜 ㊀(dì) 粵 dɐi⁶〔弟〕同"遞"。見"迢遜"。

㊀(shì) 粵 sɐi⁶〔逝〕通"逝"。

迀 ㊀吾的籀文。
㊁敔的籀文。

遱(遱) (lóu) 粵 leu⁴〔流〕見"連遱"。

十二畫

遲(迟) (chí) 粵 tsi⁴〔池〕❶慢行；緩慢。與"速"相對。如：說時遲，那時快。❷晚。與"早"相對。如：遲到；延遲。❸遲鈍。❹見〔凌遲〕。
【遲回】遲疑不決；徘徊。
【遲疑】猶豫不決。
【遲暮】比喻衰老、晚年。
【遲遲】❶遲緩；徐行的樣子。❷從容不迫之意。
【遲遲】審慎選擇。

遴 ㊀(lín) 粵 lœn⁴〔鄰〕審慎選擇。見"遴選"。
㊁(lìn) 粵 lœn⁶〔吝〕通"吝"。貪嗇。
【遴選】審慎選擇。

遵 (zūn) 粵 dzœn¹〔津〕dzyn¹〔專〕(又)❶循；沿着。❷依從；按照。如：遵命；遵行。
【遵循】❶遵照。❷退卻。

遶 同"繞"㊀❷❸、㊁。

遷(迁) (qiān) 粵 tsin¹〔千〕❶遷移。如：遷居；遷都。❷變易。如：時過境遷。❸貶謫；放逐。如：遷客。❹古時調動官職叫"遷"，一般指升職。
【遷化】❶變易；變化。❷指人死。
【遷延】❶拖延。❷退卻。
【遷客】被貶謫到外地的官。
【遷怒】將對甲的怒氣發泄到乙身上去。
【遷染】謂性情為習俗所移。
【遷訛】輾轉失真。
【遷就】降格相就；曲意求合。

選(选) (xuǎn) 粵 syn²〔損〕❶選擇；挑選。如：選購。特指銓選，謂量才授官。引伸為經選擇而合格。如：上選；首選。❷選舉的簡稱。如：普選；大選。❸選輯成冊的作品。如：民歌選。

《文選》。

【遺貢】科舉制度中貢入國子監的生員之一種。明制於歲貢之外考選學行兼優者充貢，因有此名。清代定拔貢、優貢之制，亦即由此而來。

【選舉】用投票或舉手等表決方式選出代表或負責人。

【選體】舊時稱南朝梁蕭統《文選》所選詩歌的風格體製爲「選體」。

遹遹

遹（yù）⊜wet⁹〔華晴切〕❶邪僻；違循；紹述。❸作語助。用於語首，無義。

遺遺

遺⊖（yí）⊜wɐi⁴〔惟〕❶遺失；遺漏。❷引申爲失物。如：路不拾遺。又引申爲有所遺失。見「遺行」、「遺計」。❷遺留；剩下。如：遺產；遺迹；不遺餘力。❸棄。如：見遺。❹不自覺地排洩大小便或精液。如：遺尿；遺精。
⊜（yí，舊讀 wèi）⊜wɐi⁶〔位〕贈予；致送。

【遺民】指亡國後殘留的人民。亦指易代後不仕新朝的人。

【遺老】❶指前朝的舊臣。❷指經歷世變的老人。

【遺行】（一xíng）猶失德。遺，缺失。謂品德有缺點。

【遺佚】「佚」古通「失」。遺失；棄置不用。

【遺計】失策。

【遺風】猶餘風。謂前代遺留下來的風尚。

【遺書】❶前人的遺著。也指前人所藏之書。❷散失的書籍。❸書面遺囑。

【遺珠】比喻未被錄用的賢才。參見「滄海遺珠」。

【遺迹】❶舊迹。❷考古學術語。指不易移動的古代遺存，如城堡、住室、作坊、寺院和墳墓等。

【遺族】指名門望族的後代。亦泛指死者的家族。

【遺產】❶死者留下的財產。包括財物和債權。❷歷史上遺留下來的精神財富。如：文學遺產；醫學遺產。

【遺策】❶失策；失計。❷古代的典籍。

【遺詔】皇帝臨死時所發的詔書。

【遺逸】同「遺佚」。遺失。

【遺篇】遺留下來的詩文。

【遺憾】猶遺恨。今多用來表示不滿意或令人惋惜的意思。

【遺體】死者的軀體。多用於所尊敬的人。

【遺囑】死者在生前預留給後人的囑咐。

【遺腹子】懷孕婦人於丈夫死後所生的孩子。

【遺世獨立】超然獨立於人世之外。

【遺臭萬年】本作「遺臭萬載」。謂身後臭名永遠洗不清。

【遺簪墜屨】掉落的簪和鞋。比喻舊物。

還

還　同「還」。

遼遼

遼（辽）（liáo）⊜liu⁴〔聊〕❶遠。如：遼遠；遼闊。❷朝代名。公元916年契丹族耶律阿保機創建，國號契丹，兩年後建都皇都（今內蒙古自治區巴林左旗附近）。公元947年改國號為遼（公元983－1066年間又重稱契丹），改皇都為上京。1125年為金所滅。共歷九帝，統治二百十年。❸河名。東北地區南部大河。長1,430公里。❹遼寧省的簡稱。

【遼落】遼遠隔絕。亦用為懸殊之意。

【遼廓】廣闊無邊。

【遼闊】遼遠廣闊。引伸為相去甚遠。

十三畫

避避

避（bì）⊜bei⁶〔鼻〕❶讓開；躲開。如：回避；閃避。❷避免。如：避嫌疑。

【避世】亦作「辟世」。隱居不出仕。

【避地】謂遷地以避禍難。

【避席】古人席地而坐，離座起立，表示敬意，謂之「避席」。

【避秦】陶潛撰《桃花源記》，謂桃花源中人的祖先因避亂而隱居該處。後因以「避秦」為避亂的代稱。

【避諱】❶封建時代對於君主和尊長的名字，避免直接說出或寫出，叫做「避諱」。如漢文帝名「恒」，就改「恒山」為「常山」。又如蘇軾的祖父名「序」，軾作序時常改「序」為「敘」或「引」。❷修辭學上辭格之一。說話時遇有犯忌觸諱的事物，便不說該事該物，卻用旁的話來表達，叫做「避諱」。

【避債臺】本名謻臺，周景王所築。後因周報

王避債於此，故稱"避債臺"，也叫"逃債臺"。

【避坑落井】比喻避去一害又受一害。

【避實擊虛】謂避開敵人的主力所在，攻擊其防御薄弱之處。

遽 (jù)粵gœy⁶〔巨〕❶驛車。❷急；驟然。如：遽下結論。❸惶恐；窘急。

邀 (yāo)粵jiu¹〔腰〕❶招；邀請。如：邀客。❷希求。如：邀功；邀賞。❸阻留。如：中途邀截。

邁(迈) (mài)粵mai⁶〔賣〕❶遠行；前進。引伸爲跨步或大踏步。如：邁過門檻；邁步前進。❷超過；超逸。❸時光消逝。引伸爲年老。如：年邁。

邂 (xiè)粵hai⁶〔械〕見"邂逅"。

【邂逅】沒約會而遇到。

還(还) ㈠(huán)粵wan⁴〔環〕❶返回原來的地方，或回復原來的狀態。如：還鄉；還原。❷償還；報復。如：還款；以牙還牙。

㈡(hái)粵同㈠❶仍然。如：天已黑了，他還不回來。❷或者。如：你去，還是我去？用期來加強反問的語氣。如：這還了得！❹更加。如：他竟比這園子還費工夫了。❺表示程度上勉強通過去。如：這小孩還比較懂事。

【還丹】相傳道家煉丹，使丹砂燒成水銀，積久又還成丹砂，這種丹砂就叫"還丹"。後來這名稱也用於醫藥，醫家丹方中有"九還丹"、"小還丹"、"大還丹"等。

【還俗】本稱"歸俗"。謂曾尼出家後仍返歸俗家。

【還雲】唐代韋陟給人寫信，署"陟"字自謂像五朵雲，後因稱書信爲"朵雲"，回信爲"還雲"。參見"朵雲"。

邅 (zhān)粵dzin¹〔煎〕❶難行。❷轉；改變方向。

【邅迴】亦作"儃佪"。徘徊，艱於行進的樣子。

十四畫

邇(迩) (ěr)粵ji⁵〔耳〕近。如：邇遐聞名。

【邇言】淺近的話。

邈 (miǎo)粵miu⁵〔秒〕遠。

【邈邈】遙遠的樣子。

邃 (suì)粵sœy⁶〔遂〕深遠。如：邃古；深邃。引伸爲精深。如：精邃。

【邃古】亦作"遂古"。遠古。

十五畫

邊(边) (biān)粵bin¹〔鞭〕❶周緣；四邊。引伸爲四邊。引伸爲邊界。如：屯邊；邊防。又引伸爲止境，盡頭。如：佛法無邊。❷旁側；近旁。如：身邊；這邊。❸方面。如：這邊；那邊；邊走邊唱。❹幾何學上指夾成角或圍成多角形的直線。

【邊垂】同"邊陲"。邊疆。

【邊幅】本指布帛的邊緣，借以比喻人的儀表、衣著。今謂不事修飾、不拘細節爲"不修邊幅"。

【邊陲】邊疆。

【邊際】邊界；邊緣。今以"不著(或落)邊際"形容說話空泛無著落。

【邊爐】也稱"便爐"，又稱"火鍋"。冷天餐桌上所用的一種便於隨煮隨吃的鍋爐，下置炭火，使鍋中湯水經常沸騰。另有一種中央有筒以置炭火，稱爲"暖鍋"，亦邊爐之類。

邋 (lā)粵lap⁹〔臘〕lat⁹〔辣〕〔語〕見"邋遢"。

【邋遢】骯髒；不整潔。

十六畫

邍 (yuán)粵jyn⁴〔元〕"原野"的"原"本字。

十九畫

邏(逻) (luó，舊讀 luò)粵lo⁴〔羅〕❶巡察；巡邏。如：邏卒。❷遮

欄。

【邏輯】英語 Logic 一詞的音譯。❶指思維的規律。如：這句話不合邏輯。❷指客觀的規律性。如：事物發展的邏輯。❸指"邏輯學"，即研究思維的形式和規律的科學。

邐（逦）(lǐ)働lei⁵[里]見"邐迤"。

【邐迤】猶逶迤。連延；連續不斷的樣子。

邑 部

邑 (yì)働jep⁷[泣]❶古代稱國為邑。❷京城。❸泛指一般城市。大曰都，小曰邑。如：城邑。❹縣的別稱。如：邑宰。

【邑庠】庠，古鄉學名。明 清時稱縣學為"邑庠"。

【邑宰】縣令的別稱。

【邑落】部落；村落。

三 畫

邕 (yōng)働jung¹[翁]❶同"壅"。堵塞。❷同"雍"。和睦。❸〔邕州〕州名、路名。唐 貞觀六年(公元632年)改南晉州置，因邕溪水得名。治所在宣化(今南寧市南)。

邗 (hán)働hon⁴[寒]❶古國名。在今江蘇 揚州市東南。❷古地名。春秋時吳地，在今江蘇 揚州市東南。

邘 (yú)働jy¹[于]古國名。亦作"于"，在今河南 沁陽西北邘臺鎮。

邙 (máng)働mong⁴[亡]〔邙山〕山名。在河南省西部隴海鐵路北。東西走向。西起三門峽市，東止伊洛河岸。西段灣池縣北仰韶村，以出土新石器時代文物著名。東段一帶北邙山，東漢及魏的王侯公卿多葬於此。

邛 (qióng)働kung⁴[窮]❶古族名，即邛都夷，分佈在今四川 西昌地區。❷土堆。

【邛竹】亦作"筇竹"。竹名。可以作杖。

〔邛邛岠虛〕亦作"蛩蛩距虛"。古代傳說中的獸名。邛邛岠虛與比肩獸竝互相依賴。前者前足高，善走而不善食；後者前足短，善求食而不善走，故平時後者供給前者甘草，遇難時則前者背負後者而逃。

四 畫

邠 (bīn)働ben¹[賓]❶同"豳"。❷通"彬"。有文彩。

邡 (fāng)働fong¹[方]地名用字。什邡縣，在四川省成都平原北部。

那 (nà)働na⁵[尼也切]❶遠指之詞。與"這"相對。如：那邊；那個；那人。❷那麼。如：那好吧；那我就走了。
㊀(nèi)働同㊀"那一"的合音。如"那邊"即"那一邊"。
㊁(nuó)働no⁴[尼俄切]❶"奈何"的合音。怎樣。如：那作商人婦。❷姓。
㊂(né，又讀 nuó)働na⁴[拿]〔那吒〕同"哪吒"。見該條。
㊃(nā)働na¹[拿高平]〔那桐〕人名。清末滿族官吏。

邔 同"邔"❶。

邦 (bāng)働bong¹[幫]古代諸侯封國之稱。後泛指國家。如：鄰邦；友邦。

【邦交】古代諸侯國之間的相互往來關係。後泛指國與國之間的外交關係。如：建立邦交。

【邦畿】古代指直屬於天子的地方。

邧 (yuán)働jyn¹[元]古邑名。一作"刓"。春秋 秦地。在今陝西 澄城縣境。

邟 (káng)働kong³[抗]〔邟鄉〕古地名。在今河南 臨汝縣東。

邪 (xié)働tse⁴[斜]❶不正當；不正派。如：邪說；改邪歸正。❷中醫學上指一切致病因素為邪。如：寒邪。❸妖異怪誕。如：邪術；邪教。❹通"斜"。
㊀(yé)働je⁴[耶]❶同"耶"。表疑問語氣。❷見"邪許"。

【邪呼】(yé—)舊俗陰曆年終驅逐疫鬼，就是古代的"難"。

【邪氣】❶中醫學名詞。指風、寒、暑、濕、燥、火六淫以及疫癘之氣等外邪。邪氣和邪的含義有所不同，邪氣一般是指外感病邪，而"邪"則既已包括外邪，又泛指一切致病因素。❷與"正氣"相對。指懷作風、壞風氣。如：壓倒邪氣；正氣發揚，邪氣下降。

【邪許】(yé hǔ)象聲詞。勞動時衆人一齊用力所發出的呼聲。

【邪揄】(yé—)同"揶揄"。嘲笑；戲弄。

【邪魔外道】本佛教名詞，指妨害正道(菩提)的邪說和行爲。引伸指妖精鬼怪。後多借喩異端邪說。

邨 "村"的異體字。

五　畫

邯 (hán)⑧hon⁴〔韓〕[邯鄲]古都邑名。戰國時爲趙都，秦置縣。戰國、秦、漢時爲黃河北岸最大商業中心。在今河北省南部京廣鐵路綫上。

【邯鄲夢】見"黃粱夢"。

【邯鄲學步】《莊子·秋水》載，有個燕國人到趙國的首都邯鄲去，看到邯鄲人走路的姿勢很美，就跟着學起來。結果不但學得不像，而且把自己原來的走法也忘記了，只好爬着回趙國。後以"邯鄲學步"比喩摹仿別人不成，反而喪失固有的技能。

邰 (tái)⑧toi⁴〔臺〕一作邰。古邑名。在今陝西武功西南。相傳周族始祖自后稷受封至公劉定居於此。

邱 (qiū)⑧jeu¹〔休〕❶"丘"的異體字。❷姓。

邲 (bì)⑧bei³〔秘〕古地名。春秋屬鄭。在今河南鄭州市東。

邳 (pī，又讀péi)⑧pei⁴〔皮〕古地名。春秋屬薛地。在今江蘇邳縣西南。相傳夏代奚仲封遷於此，爲薛侯之祖。

邴 (bǐng)⑧bing²〔丙〕❶古地名，即"邴"。春秋時鄭邑地名，在今山東費縣一帶。❷見"邴邴"。

【邴邴】喜悅的樣子。

邵 (shào)⑧siu⁶〔紹〕❶春秋時晉國地名。在今河南濟源縣西。❷姓。

邶 (bèi)⑧bui³〔貝〕古國名。在今河南湯陰東南。

邸 (dǐ)⑧dai²〔底〕❶古時朝覲京師者在京的住所。後亦泛指高級官員辦事或居住的處所。如：官邸；府邸。❷旅舍。

【邸閣】儲糧所。

六　畫

邢 (xíng)⑧jing⁴〔營〕❶古國名。公元前十一世紀周分封的諸侯國。在今河北邢臺。❷姓。

邽 (guī)⑧gwai¹〔歸〕本邦戎地，在今甘肅天水市西南。公元前688年秦武公取其地置上邽縣。

邾 (zhū)⑧dzy¹〔朱〕❶古國名。即鄒。❷古邑名。戰國楚地名，楚宣王滅邾國，遷其君於此，故名之。在今湖北黃岡縣。❸姓。古代邾國貴族以國氏爲姓，楚滅邾，改爲朱。

邿 (shī)⑧si¹〔詩〕古國名。妊姓。春秋時爲魯所滅。在今山東濟寧東南。

郁 ㊀(yù)⑧juk⁶〔沃〕❶通"彧"。形容文飾、文采明盛。見"郁郁"。❷通"燠"。溫暖。❸姓。
㊁"鬱"的簡化字。

【郁郁】❶循"彧彧"。形容文采多。❷形容香氣盛多。

【郁烈】香氣濃烈。

【郁穆】和美。

【郁馥】香氣濃郁。

郃 (hé)⑧hep⁹〔合〕[郃陽]古地名。在今陝西合陽縣。

郄 (xì)⑧gwik⁷〔隙〕❶同"郤❷"。空隙。又爲嫌隙。❷姓。

郅 (zhì)⑧dzet⁹〔疾〕❶極；大。❷姓。

【郅治】謂治理得極好。

郇 (xún)⑧søen¹〔荀〕❶古國名。在今山西臨猗。春秋時爲晉地。❷姓。

郈 (hòu)⑧heu⁶〔后〕古邑名。春秋魯叔孫氏邑。在今山東東平東南。

郊 (jiāo)⓿gau¹〔交〕❶邑外爲郊。周制，離城城五十里爲近郊，百里爲遠郊。後泛指城外、野外。❷祭天。見"郊社"、"郊祀"。❸古地名。春秋時屬晉。在今山西 運城縣境。

【郊圻】❶指封邑的疆界。❷郊野。

【郊社】周代於冬至日祭天於南郊稱爲"郊"，夏至日祭地於北郊稱爲"社"，合稱"郊社"。

【郊祀】古代祭禮，在城外祭天或祭地。

【郊迎】到城外迎接，以表敬重。

【郊遂】古代都城以外稱"郊"，郊外爲"遂"，泛指城外的地方。

【郊寒島瘦】蘇軾《祭柳王文》有"郊寒島瘦"之語，他認爲孟郊 賈島詩的着意簡畧孤峭，不夠開朗發揚。後來就以此四字表示詩文中類似的意境風格。

邙 "恤"的異體字。

七　畫

郔 (yán)⓿jin⁴〔言〕古地名。(1)春秋 鄭地，一說在今河南 鄭州市南，一說在今河南 延津縣北。(2)春秋 楚地，在今河南 項城縣境。

郕 (chéng)⓿siŋ⁴〔成〕❶古國名。亦作"盛"、"成"。在今山東 汶上北。一說在今河南 范縣。❷古邑名。春秋魯孟氏邑，在今山東 寧陽東北。

郗 (xī)，舊讀 chi)⓿tsi¹〔雌〕hei¹〔希〕(又)姓。

郚 (wú)⓿ŋ⁴〔吾〕古邑名。(1)春秋紀地，後屬齊。在今山東 安丘西南。(2)春秋魯地。在今山東 泗水東南。

郛 (fú)⓿fu⁴〔浮〕外城，即郭。

【郛郭】外城。

郜 (gào)⓿gou³〔告〕❶古國名。故都在今山東 成武東南。❷古城名。有二：一爲北郜城，即古郜國，在今山東 成武東南；一爲南郜城，春秋時宋邑，故址在北郜城南二里。

郝 (hāo)⓿kɔk⁸〔確〕姓。

郎 (láng)⓿lɔŋ⁴〔狼〕❶帝王侍從官的通稱。即郎古廊字，指宮殿的廊。郎官的職責原爲護衞、陪從，隨時建議，備顧問及差遣。戰國始有，秦漢沿置，有議郎、中郎、侍郎、郎中等名。秦漢時，初屬郎中令(後改光祿勳)，無定員，出身或由任子、貲選，或由文學、技藝。至東漢，以尚書臺爲政務中樞，其分曹任事爲尚書郎，職責範圍與過去的郎官不同。後世遂以侍郎、郎中、員外郎爲各部要職。❷古代婦女對丈夫或所愛的男子的稱呼。❸古代婦女對丈夫或所愛的男子之稱。❹猶言det人，對一般男子的身稱。❺指少年男子。❻稱人家的兒子。如：令郎。❼指從事某些職業的人。如：賣油郎。❽宋明間對出身寒賤者的稱呼。與當時對貴族子弟和有財勢者稱呼爲"秀"正相反。

【郎中】❶官名。始於戰國。漢代沿置，屬光祿勳，管理車、騎、門戶，並內充侍衞，外使作戰。初分爲車郎、戶郎、騎郎三類，長官設有車、戶、騎三將，其後難別逐漸消除。晉至南北朝，爲尚書曹司的長官。自隋唐至清，各部皆沿置郎中，分掌各司事務，爲尚書、侍郎、丞以下之高級部員。❷南方方言，稱醫生謂爲郎中。

【郎伯】古時婦人對丈夫的一種稱謂。郎、伯，都是男子的美稱。

【郎君】❶稱公子，貴公子。(1)門生故吏稱府主之子。(2)對年輕人的身稱。又婦女稱夫或所愛的人爲郎君。❷唐時稱新進士爲"新郎君"。

【郎當】❶衣服寬大，不稱身材的樣子。❷潦倒；頹唐。❸甘居下流；不成器。

郟 (郟)(jiá)⓿gap⁸〔夾〕❶山名。即北邙山。❷古邑名。春秋鄭地，後屬楚。在今河南 郟縣。

郠 (gěng)⓿geŋ²〔梗〕古邑名。春秋莒地，後屬魯。當在今山東 沂水縣界。

郡 (jùn)⓿gwen⁶〔掘連切〕古時行政區域的名稱。

【郡主】唐封太子之女、宋封宗室之女爲郡

主。明清均以親王之女爲郡主。

【郡馬】舊俗稱郡主的丈夫爲"郡馬"。

【郡望】魏晉至隋唐時每郡顯貴的家族，稱爲郡望，意即世居某郡爲當地所仰望，如清河崔氏、太原王氏等。

郢 (yǐng)⑨jing⁵[移皿切]古都邑名。春秋戰國時楚國的都邑。最初建都的郢在今湖北江陵西北。其後楚國曾遷都鄀、鄢、陳、壽春各地，凡遷都所至，當時都被稱爲郢。

【郢匠】楚國郢都的巧匠。《莊子·徐无鬼》謂他能運斤成風。後以"郢匠"指文章老手。亦指衡文取士的考官。

【郢政】指郢匠，指政，正。請人修改詩文的客氣話。謂對方動筆刪改，有如郢匠運斤，能使原稿生色。參見"削政"、"郢匠"。

【郢書燕說】(燕yān，說yuè)《韓非子·外儲說左上》載，郢地有人晚上給燕國丞相寫信，因燭光不亮，命拿燭的人舉燭，於是不自覺地把"舉燭"二字寫在信裏。燕相讀後，高興地說：舉燭是崇尚光明，崇尚光明就是選用賢人。後因用"郢書燕說"比喻穿鑿附會，曲解原意。

郤 (xì)⑨gwik⁷[隙]❶古地名。在今山西沁水下游一帶。❷通"隙"。空隙。引伸爲嫌隙。❸姓。

郙 (fǔ)⑨fu²[府]【郙閣】漢関道名。故址在今陝西略陽縣西嘉陵江邊。

郘 (lǚ)⑨lœy⁵[呂]古邑名。一作"呂"。在今山西霍縣西。春秋時屬晉。

八　畫

部 (bù)⑨bou⁶[步]❶部位；部分。如：上部；中部；內部；外部。❷部門。如：外交部；編輯部。❸門類。如：經、史、子、集四部。❹隊伍。指軍隊。❺安排佈置。見"部署"。❻影片、書籍等計算單位。如：一部紀錄片；一部二十四史。有些方言也用於車輛、機器等計算。

【部曲】❶古代軍隊編制單位。引伸爲軍隊的組織或行列。也作爲軍隊或士兵的代稱。❷古代的私人軍隊。

【部居】按部歸類。

【部帙】❶書籍；卷册。❷指書籍的部次、篇卷。

【部族】原始社會的一種社會組織，由兩個以上血族相近的胞族或氏族結合而成。

【部署】安排；佈置。

【部屬】部下；部下各主管部門。

郪 (qī)⑨tsɐi¹[妻]【郪丘】春秋齊地名。在今山東 東阿縣境。

郫 (pí)⑨pei⁴[皮]江名，江名，在四川省。是岷江分支走馬河的支流。

郭 (guō)⑨gwɔk⁸[國]❶外城。❷物體的外圍或外層。❸姓。

【郭禿】古稱木偶戲中的傀儡。

郯 (tán)⑨tam⁴[談]古國名。少皞的後裔，在今山東郯城西南。

郰 (zōu)⑨dzeu¹[周]古地名。亦作鄒、陬。在今山東曲阜東南。

郲 (lái)⑨lɔi⁴[來]古地名。春秋鄭地。在今河南滎陽東釐城故址。

郳 (ní)⑨ŋei⁴[危]古國名。亦作"倪"、"兒"。古"郳"、"小邾"、"小邾婁"。在今山東滕縣東。一說在今山東棗莊市西北。

郴 (chēn)⑨sɐm¹[深]【郴縣】縣名。在今湖南省東南部。

郵 (郵) (yóu)⑨jɐu⁴[由]古代傳遞文書、供應食宿和車馬的驛站。引伸爲傳遞信件的通稱。如：郵寄；郵件。

【郵亭】古時設在沿途、供送文書的人和旅客歇宿的館舍。

【郵傳】(一zhuàn)古時傳遞文書、供應食宿和車馬的驛站。

【郵館】驛站所設供過客歇宿的館舍。

九　畫

都 ㊀(dū)⑨dou¹[刀]❶大城市；也特指首都。如：通都大邑；京都。❷古時地方區域名。❸唐宋藩鎮親軍的稱號。❹晚唐以後軍隊的編制單位。每軍人數無定。當時各都每立有名目，如武寧軍(徐州)有銀刀都之類。其統將稱都將、都

頭。宋亦有之。❺總共。如：都數；都計。

〇(dōu)粵同〇❶全。如：都好；都到了。❷表示語氣的加重。如：連小孩子都搬得動。

【都市】大城市。

【都末】❶統統；完全。❷總共。❸算來。

【都盧】古代城郭附近的亭舍。

【都會】都市；人衆及貨物滙集之地。

【都盧】❶古代雜技名。❷猶言統統。

【都講】❶古時主持講學的人。❷古代軍事大演習亦稱"都講"。講，演習。❸魏晉以後和尚開講佛經時，一人唱經，一人講解；解釋的叫"法師"，唱經的叫"都講"。

【都麗】美麗。如：服飾都麗。

【都料匠】大木匠，管理木工並計劃工程材料的人。

郾 (yǎn)粵jin²(演)古國名。燕國自稱爲"郾"，亦作"偃"。

郿 (méi)粵mei⁴(眉)古地名。〔郿縣〕春秋秦邑。秦置縣。故址在今陝西眉縣東渭水北岸。

鄀 (ruò)粵joek⁹(若)古國名。有上鄀、下鄀。上鄀，在今湖北宜城東南。下鄀在今河南內鄉、陝西商縣間。

鄂 (è)粵ngok⁹(岳)❶古國名。即"邘"，在古河南沁陽西北邘臺鎮。❷古地名。在今湖北鄂城。❸古邑名。春秋晉邑。在今山西鄉寧。❹湖北省的簡稱。因清代省會武昌是隋以後鄂州的治所而得名。

鄃 (shū)粵sy¹(書)〔鄃縣〕古縣名。西漢置。治所在今山東平原東南。

鄄 (juàn)粵gyn³(眷)古地名。春秋時衞國的鄄邑。

鄆(郓) (yùn)粵wɐn⁶(運)古邑名。春秋時魯國有二鄆邑：一在今山東沂水北，稱東鄆；一在今山東鄆城東，稱西鄆。

鄇 (hòu)粵heu⁶(後)古地名。在今河南武陟西南。

十畫

鄋 (sōu)粵sɐu¹(收)〔鄋瞞〕古族名，單稱鄋。春秋時長狄的一支。分佈在今山東中部濟南北，一說在高苑縣。

鄍 (míng)粵ming⁴(明)古邑名。春秋虞地，在今山西平陸東北。

鄎 (xī)粵sik⁷(色)古國名，即"息"。在今河南息縣。

鄏 (rǔ)粵juk⁹(肉)古地名。其地在今河南洛陽市境內。

鄒(邹) (zōu)粵dzɐu¹(周)❶古國名。本作"邾"，一作"邾婁"，亦稱"邾婁國"。傳爲顓頊後裔挾所建立，曹姓，有今山東費、鄒、滕、濟寧、金鄉等縣地。戰國時魯穆公改"邾"爲"鄒"(今山東鄒縣地)。戰國時爲楚所滅。❷姓。

【鄒魯】孟軻生於鄒國，孔丘生於魯國。舊因用"鄒魯"爲文敎興盛之地的代稱。

鄔(邬) (wū)粵wu¹(烏)❶古邑名。春秋晉地，後入周。在今河南偃師東南。❷姓。

鄉(乡) 〇(xiāng)粵hœng¹(香)❶相περ周制以一萬二千五百家爲鄉。後指縣以下的農村行政區域單位。❷泛指城市以外的地區。如：鄉鎮；鄉下；家鄉。如：離鄉；回鄉。❸出生地；家鄉。如：離鄉；回鄉。

〇(xiǎng)粵hœng²(享)❶通"饗"。回聲。❷通"享"、"饗"。

〇(xiàng)粵hœng³(向)通"嚮"。❶方向。❷面向；朝着。❸過去；方才。

【鄉人】❶謂同一鄉的人。❷鄉裏之間的普通人。

【鄉土】家鄉；故鄉。亦泛指地方。

【鄉井】家鄉。

【鄉曲】❶鄉裏。亦指窮鄉僻壤。因偏處一隅，故稱"鄉曲"。多用來形容識見寡陋。如：鄉曲之見。

【鄉里】❶家鄉。❷同鄉的人。

【鄉原】(—yuàn)原，一作"願"。指言行不符，爲善媚世的人。也用以指鹽小伯事、不分是非的人。

【鄉書】❶鄉書。❷周制，三年大比一次，鄉老和鄉大夫等官通選鄉中賢能之士，上書推薦給天子。後因稱鄉試中式爲"領鄉書"。

【鄉貢】唐代由州縣選出來應科舉的士子。

【鄉國】家鄉。

【鄉貫】猶籍貫。

【鄉隅】(xiàng一)同"向隅"。

【鄉導】(xiàng一)同"嚮導"。引路的人。

【鄉薦】唐制，由州縣地方官推舉赴京師應禮部試，叫"鄉薦"。後稱鄉試中式為"領鄉薦"。

【鄉黨】相傳周制以五百家為黨，一萬二千五百家為鄉，後因以"鄉黨"泛指鄉里。

【鄉先生】古時稱辭官居鄉或在鄉任教的老年人。

【鄉先達】指顯貴的同鄉前輩。

【鄉壁虛造】(鄉 xiàng)見"向壁虛造"。

郖(鄩) (yún)粵wen⁴[云]❶古國名。亦作"邜"。在今湖北安陸，一說在湖北應城。❷古地名。在今江蘇如皋東。

鄗 (hào)粵hou⁶[浩]古地名。❶同"鎬"。周武王的國都。故址在今陝西西安市西。❷春秋晉邑，戰國屬趙。在今河北柏鄉縣北。

鄌 (táng)粵tɔŋ⁴[唐]〔鄌郚〕地名。在山東省。

十一畫

鄘 (yōng)，舊讀 yóng粵juŋ⁴[容]古國名。一作庸。在今河南汲縣東北。❷通"墉"。城。

鄙 (bǐ)粵pei²[俾]❶周代地方組織單位之一。五百家為鄙。❷小邑。❸邊遠之處。如：邊鄙。❹庸俗；鄙陋。如：卑鄙。又用為謙辭。如：鄙人。❺輕視。如：可鄙。

【鄙人】❶指居住在郊野的人。❷鄙俗的人。❸自稱的謙辭。

【鄙夫】❶指庸俗鄙陋的人。❷自稱的謙辭。

【鄙夷】鄙薄，輕視。

【鄙吝】庸俗，貪鄙。

【鄙俚】粗俗。

【鄙語】指俗語。

【鄙諺】指俗諺。

【鄙薄】❶淺陋，微薄。多用作自稱的謙辭。❷輕視；嫌惡。

鄚 (mò)粵mɔk⁹[莫]〔鄚縣〕古縣名。戰國趙邑，漢置縣。在今河北任丘北鄚州鎮。

鄜 (fū)粵fu¹[夫]〔鄜縣〕舊縣名。在陝西省中部。1964年改為富縣。

鄝 (liáo)粵liu⁵[了]亦作"䝔"。古國名。(1)在今河南唐河。(2)在今河南固始。

鄞 (yín)粵ŋɐn⁴[銀]地名。春秋時屬越，即今浙江寧波市。

鄟 (zhuān)粵dzyn¹[專]古國名。在今山東郯城東北。

鄠 (hù)粵wu⁶[戶]古縣名。即夏代的扈，秦改名。在今陝西戶縣北。

鄢 (yān)粵jin¹[烟]古國名。在今河南鄢陵縣西北。

鄣 ㊀(zhāng)粵dzœŋ¹[章]❶古國名。一作"障"，在今山東平陰，一說在今山東諸城。❷古縣名。東漢置。治所在今甘肅漳縣西南。
㊁(zhàng)粵dzœŋ³[張]同"障"。

十二畫

鄦(邟) (xǔ)粵hœy²[許]古國名。許的古稱。

鄧(邓) (dèng)粵dɐŋ⁶[蹬]❶古國名。在今湖北襄樊市北，一說疆域到達今河南鄧縣。❷古邑名。春秋蔡地，後屬楚，在今河南鄧城東南。❸古地名。春秋魯地，在今山東汶河以南、運河以北地區(清寫府境)。❹姓。

【鄧林】古代神話傳說中的樹林。據《山海經·海外北經》載，夸父逐日而渴死，其杖化為鄧林。

鄩(㽦) (xún)粵tsɐm⁴[尋]古邑名。在今河南鞏縣西南。

鄫 (céng)粵tsɐŋ⁴[層]❶古國名。其地在今山東棗莊市舊嶧縣東。❷古地名。春秋鄭地。在今河南柘城縣北。

鄬 (wéi)粵wɐi⁴[惟]古地名。一作鄑，春秋鄭地。確址不

詳。

鄭(郑)(zhèng)粵dzɪŋ⁶〔靜〕dzɐŋ⁶〔自病切〕(語)❶古國名。姬姓。開國君主是周宣王弟鄭桓公(名友)。公元前806年分封於鄭。鄭武公即位，先後攻滅鄶和東虢，建立鄭國，建都新鄭(今河南新鄭)。公元前375年為韓所滅。❷猶言重。參見"鄭重"。❸姓。

【鄭重】反復叮咛之意。今用為認真嚴肅的意思。

【鄭人買履】有個鄭國人買鞋子，事先量下了鞋樣。到了市場時，才發覺忘記帶鞋樣，於是返家去取。再趕到市場時，市場已散，因此買不到鞋子。人問他為什麼不拿自己的足試試。他回答說：寧願信量度出來的鞋樣。後因以"鄭人買履"諷喻那些只相信教條、不顧實際的人。

【鄭衛之音】指春秋戰國時鄭、衛等國的民間音樂。因鄭衛之音活潑清新，表現力強，與雅樂大相徑庭，故受儒家貶斥。後因用為"淫靡之樂"或"靡麗之風"的代稱。

鄮(mào)粵meu⁶〔貿〕(鄮山)山名。在浙江鄮縣東。

鄯(shàn)粵sin⁶〔善〕(鄯善)古西域城國名。本名樓蘭。都扜泥城(在今新疆若羌縣治卡克里克)。

鄰(邻)(lín)粵lœn⁴〔倫〕❶鄰居；鄰國。如：左鄰右舍。❷接近。如：鄰居。❸周代制度以五家為鄰。

【鄰曲】鄰居；鄰人。

【鄰伍】古制，五家為鄰，又以五家為伍，故稱鄰居為"鄰伍"。

鄱(pó)粵po⁴〔婆〕bo³〔播〕(又)〔鄱陽〕湖名，又為縣名，都在江西省。已改為波陽。

鄲(郸)(dān)粵dan¹〔丹〕(鄲城)縣名。在河南省東南部，茨河上游。

鄪(费)(bì)粵bei³〔秘〕古邑名。亦作"費"、"胇"。春秋魯地。在今山東費縣西北。

十三畫

鄴(邺)(yè)粵jip⁹〔業〕古都邑名。春秋齊桓公始築，戰國魏文侯都此。秦置縣。漢後為魏郡治所。東漢末年後又先後為冀州、相州治所。建安十八年(公元213年)曹操為魏王，定都於此。有二城：北城曹魏因舊城增築，在今河北臨漳西南鄴鎮、三臺村迤東一帶；南城築於東魏初年，在今河南安陽境。公元580年被楊堅焚毀。

鄶(郐)(kuài)粵kui²〔劊〕古國名。亦作"檜"、"會"、"儈"。西周分封的諸侯國。在今河南密縣東北。公元前769年為鄭所滅。

十四畫

鄒(zōu)粵dzɐu¹〔周〕❶古邑名。亦作"郰"、"陬"。春秋魯國地。在今山東曲阜東南。❷古國名，即"鄒"。

十五畫

鄺(邝)(kuàng)粵kwɔŋ³〔曠〕姓。

鄾(yōu)粵jɐu¹〔休〕古地名。在今湖北襄陽西北。

十七畫

酃(líng)粵lɪŋ⁴〔零〕❶漢代縣名。其地在今湖南衡陽縣。❷湖名。在湖南衡陽縣東。

十八畫

酅(xī)粵kwɐi⁴〔葵〕❶古邑名。春秋紀國地。在今山東淄博市東。❷古地名。亦作"酅"。春秋齊國地。在今山東東阿西南。

酆(fēng)粵fuŋ¹〔風〕❶亦作"豐"。古地名。在今陝西長安西北灃河以西。❷姓。

【酆都】❶舊縣名。隋置豐都縣，明改酆都縣，在四川省東部、長江北岸。1958年改

名豐都縣。❷傳說中的鬼城。

十九畫

酈(郦) (lì)粵jeu⁵[有]地支的第十位。姓。

酉 部

酉 (yǒu)粵jeu⁵[有]❶地支的第十位。❷十二時辰之一,下午五時至七時。

二 畫

酊 ㊀(dǐng)粵diŋ²[頂]見"酩酊"。
㊁(dīng)粵diŋ¹[丁]酊劑的簡稱。如:碘酊;土種痘酊。

酋 (qiú)粵jeu⁴[由]部落的首領;酋長。亦為魁帥的通稱。如:賊酋。

三 畫

酌 (zhuó)粵dzoek⁸[雀]❶斟酒;飲酒。如:對酌;自斟自酌。引伸為酒席的代稱;也指簡單的酒席。如:清酌;便酌。❷商量;斟酌。如:商酌;酌量。
【酌情】斟酌情況處理。
【酌量】估計事物的具體情況以決定使用的分量。引伸為考慮。

配 (pèi)粵pui³[佩]❶兩性結合。如:婚配;配種。❷用適當的比例加以調和。如:配藥。❸有計劃地分派。如:分配。❹襯托;陪襯。如:紅花配綠葉。❺匹敵;媲美。如:追配前人。❻供;補;補充;補缺。如:配貨;配零件。❼流刑;充軍。如:發配。❽夠得上;相當。如:他不配稱英雄;與他不相配。
【配享】❶亦作"配饗"。祔祭。古代專指帝王宗廟及孔子廟的祔祭,後來通指在其他祠廟中的祔祭。❷媲美。
【配軍】封建社會中被流配充軍的人。
【配套】把若干相關的事物組合成一整套。如:配套工程。
【配偶】夫妻雙方互為配偶。丈夫以妻子為配偶;妻子以丈夫為配偶。亦指男女相配成為夫婦。亦作"配耦"。
【配備】調配;分配佈置。如:配備人力;配備齊全。也指設備物;裝備物。如:成套的配備;現代化的配備。

酎 (zhòu)粵dzeu⁶[就]重釀酒。經過兩次以上多次複釀的醇酒。

酒 (jiǔ)粵dzeu²[走]用高粱、大麥、米、葡萄或其他水果發酵製成的飲料。如:白酒;黃酒;啤酒;葡萄酒。
【酒仙】古時對酷好飲酒的人的美稱。
【酒令】宴會中佐飲助興的遊戲。先推一人為令官,餘人都聽號令,輪流說詩詞,或做其他遊戲,違令或輸的飲酒。
【酒麴】釀酒用的麴。
【酒色】❶酒和女色。❷醉容;醉態。
【酒兵】古人謂酒能消愁,像兵能克敵,因稱酒為"酒兵"。
【酒困】謂飲酒過多,為酒所困。
【酒帘】也叫"酒旗",俗稱"望子"。舊時酒家的標幟。用布綴於竿頭,懸在店門前,招引酒客。
【酒保】酒店賣酒的伙計。
【酒酸】中酒;因多喝了酒身體感到不爽。
【酒旗】❶即"酒帘","望子"。酒店的標幟。參見"酒帘"。❷古星名。即獅子座 ψ、ξ 與 ω 三星。
【酒課】酒稅。
【酒龍】豪飲的人。
【酒鎗】一種三足的溫酒器。
【酒池肉林】古代傳說,殷紂以酒為池,以肉為林,為長夜之飲。有時也用以形容酒肉之多。
【酒色財氣】酒,嗜酒;色,好色;財,貪財;氣,逞氣。舊時以此為人生四戒。
【酒甜曲熱】形容酒興正濃。
【酒囊飯袋】比喻毫無用之人,只會吃喝,不會做事。

酐 (gān)粵gon¹[干]化學名詞。即"酸酐",一般指酸類縮水而成的氧化物(酸性氧化物)。

四　畫

酖
㊀(dān)⑧dam¹〔耽〕嗜酒。引伸爲耽樂。
㊁"鴆❷❸"的異體字。

酗
(xù)⑧jy³〔于高去〕hœy²〔許〕(又)沉迷於酒；酒醉行凶。

耗
(máo)⑧mou⁴〔毛〕見"酕酶"。

【酕酶】大醉的樣子。

酚
(fēn)⑧fen¹〔分〕一類由羥基與芳香環（苯環等）直接相連而成的芳香族化合物。最簡單的代表物是苯酚，也叫"石炭酸"，是醫藥上常用的防腐殺菌劑。

酞
(tài)⑧tai³〔太〕具有酞結構的有機化合物的總稱。

酔
同"醉"。

五　畫

酡
(tuó)⑧tʰɔ⁴〔駝〕飲酒臉紅。

酢
㊀(zuò)⑧dzɔk⁹〔鑿〕❶作客之人以酒回敬。參見"酬酢❶"。❷謝神的祭祀。
㊁(cù)⑧tsou³〔措〕"醋"的本字。

酣
(hān)，舊讀亦hán)⑧hem⁴〔含〕❶飲酒盡量。如：酣飲。引伸爲沉酣暢快的形容。見"酣暢"。又特指睡眠甜濃。如：酣睡。❷濃；盛。

【酣飲】暢飲；痛飲。

【酣暢】暢飲。引伸爲舒適、暢快。如：睡得酣暢；筆墨酣暢。

【酣歌】沉湎於歌聲。也指盡興高歌。

【酣戰】久戰不歇。

酤
(gū)⑧gu¹〔沽〕❶酒。❷通"沽"。買酒；賣酒。

酥
(sū)⑧sou¹〔蘇〕❶牛羊乳製成的食品，即"酥油"。❷鬆脆的食品。餅餌之屬。如：桃酥；酥糖。❸發軟。如：四肢酥軟。

【酥油】牛羊乳製成的食品。

酌
同"酌"。

酏
同"酏"。

六　畫

酩
(mǐng)⑧miŋ⁵〔皿〕❶見"酩酊"。❷見"酩醒"。

【酩酊】亦作"茗艼"。大醉的樣子。

【酩醒】亦作"瞑子裹"、"閔子裹"。❶暗地裏。❷忽地；平白地。

酪
(lào，讀音 luò)⑧lɔk⁸〔烙〕lou⁶〔路〕(又)用牛、羊、馬乳煉製成的食品。也泛指酪狀的食品。

酬
(chóu)⑧tsɐu⁴〔綢〕❶勸酒。❷報答；償還。如：酬勞；酬謝。❸實現願望。如：壯志未酬。❹以詩文相贈答。如：唱酬；酬對。

【酬唱】以詩詞互相贈答。

【酬酢】❶飲酒時主客互相敬酒，主敬叫做"酬"，客還敬叫做"酢"。亦指朋友間互相宴請。也泛指應酬。❷應對。❸唱和。

酯
(zhǐ)⑧dzi²〔紙〕一類由醇和酸（無機酸或有機酸）相互作用失去水後生成的有機化合物。酯類一般爲中性物質。低級酯通常爲液體，具有香味，常用作溶劑或香料。

酮
(tóng)⑧tʰuŋ⁴〔同〕❶用馬乳製成的酸酪。❷羰基的兩個單鍵分別和兩個相同或不同的烴基相結合而成的有機化合物。

酰
(xiān)⑧sin¹〔先〕〔酰基〕化學名詞。無機或有機含氧酸分子中除掉羥基殘餘的原子團。

酧
"酬"的異體字。

七　畫

醒
(chéng)⑧tsiŋ⁴〔情〕酒醒後所感覺的困憊如病狀態。

酳
(yìn)⑧jɐn⁶〔刃〕古代宴會時的一種禮節，食畢用酒漱口。

酴 (tú)粵tou⁴〔途〕❶酒麴。❷酒名。
【酴醿】❶植物名。亦稱"荼蘼"、"佛見笑"。落葉灌木。初夏開花，白色。栽培供觀賞。❷酒名。參見"醿"。

酵 (jiào)粵gau³〔教〕hau¹〔敲〕(又)發酵。參見"酶"。

酶 (méi)粵mui⁴〔梅〕舊稱"酵素"。生物體產生的具有催化能力的蛋白質。

酷 (kù)粵huk⁹〔斛〕❶殘忍；暴虐。如：嚴酷；慘酷；酷刑。❷慘痛。如：酷痛。❸極；甚。如：酷寒；酷肖。
【酷吏】指濫用刑罰的官吏。
【酷烈】❶刑罰嚴峻。❷殘暴。❸濃烈。指香味。

酸 (suān)粵syn¹〔孫〕❶醋的味道。❷通"痠"。酸痛。❸悲痛。如：心酸；酸辛。❹迂腐或寒酸。如：酸秀才。❺化學上的酸(類)，通常指在水溶液中進行電離而給出水化氫離子的化合物。例如鹽酸、醋酸等。
【酸寒】形容讀書人的凉倒貧困。
【酸楚】悲痛；凄楚。
【酸鼻】形容悲痛。
【酸嘶】哀嘆；悲鳴。

酹 (lèi)粵lyt⁸〔劣〕lai⁶〔賴〕(又)灑酒於地表示祭奠或立誓。

酺 (pú)粵pou⁴〔蒲〕聚會飲酒，特指命所特許的大聚飲。

八 畫

醁 (lù)粵luk⁹〔陸〕美酒，特指醽醁酒。參見"醽醁"。

醃 (yān)粵jim¹〔淹〕jip⁸〔衣接切〕(又)用鹽浸漬食物。如：醃藏；醃魚；醃肉。

醅 (pēi)粵pui¹〔胚〕未濾的酒。

醆 "盞"的異體字。

醇 (chún)粵sœn⁴〔純〕❶指酒質厚。如：醇酒。❷淳厚；淳樸。❸裡分子上氫原子被裡基取代後的衍生物(但芳香裡的環上的氫原子被裡基代物不屬此類而屬酚類)。乙醇，俗稱酒精，是最普通的一種醇。
【醇儒】謂學識精粹的儒者。
【醇醨】酒味厚者曰"醇"，薄者曰"醨"。亦用來比喻風俗的厚薄。
【醇厚】味道純正濃厚。
【醇樸】❶指酒性濃烈。❷指風俗淳樸。
【醇酒婦人】指沉溺於酒色。

醉 (zuì)粵dzœy³〔最〕❶因喝酒過多或藥物等作用以致神志不清或暫時失去知覺。如：醉酒；痲醉。比喻糊塗。如：眾人皆醉我獨醒。❷用酒浸的。如：醉棗；醉蝦。❸沉醉。如：醉心藝術。
【醉心】對某一事物強烈愛好而一心專注。
【醉鄉】喝醉酒後神志不清的狀態。
【醉生夢死】謂像喝醉酒和做夢那樣，昏昏沉沉、糊裏糊塗地生活着。
【醉翁之意】比喻本意不在此，或別有用心。

醊 (zhuì，又讀 chuò)粵dzœy³〔最〕dzyt⁸〔輟〕(又)祭祀時用酒酹地。亦用以指祭奠。❷連續而祭。

醋 (cù)粵tsou³〔燥〕本作"酢"。❶一種酸性調味料。❷用醋浸漬食品。如：醋大蒜。❸喻因嫉妒而感到心酸。如：醋意。
【醋大】亦作"措大"。見該條。

醌 (kūn)粵kwen¹〔昆〕一類含有兩個雙鍵的六員環狀二酮(含兩個羰基)結構的有機化合物。

醄 (táo)粵tou⁴〔陶〕見"酕醄"。

九 畫

醍 ㊀(tí)粵tei⁴〔提〕見"醍醐"。
㊁(tǐ)粵tei²〔體〕較清的淺赤色酒。
【醍醐】酥酪上凝聚的油，比喻純正教義。如天台宗喻《法華》、《涅槃》為醍醐，真言宗喻陀羅尼藏為醍醐。
【醍醐灌頂】純酥油澆到頭上，清涼舒適。佛教比喻以智慧灌輸於人，使人徹悟。

醐 (hú)粵wu⁴〔胡〕見"醍醐"。

醑 (xǔ)粵sœy²〔水〕美酒。

醒 (xǐng，又讀 xīng)粵sing²〔史影切〕sɐng²〔腥高上〕〔語〕❶從酒醉、瓶醉、昏迷狀態中恢復正常的知覺。❷睡後覺來。❸清醒。如：眾人皆醉我獨醒。❹覺悟；覺悟。如：提醒。

【醒目】❶明顯突出，引人注目。❷即醒木。曲藝評書、評話用的道具。❸粵方言，指人聰敏。

醓 (tǎn)粵tam²〔他斬切〕肉醬的汁。

醢 同"醓"。

醕 "醇"的異體字。

醜 (丑) (chǒu)粵tsɐu²〔丑〕❶相貌難看。如：醜態。❸叫人厭惡或瞧不起。如：醜態。❸羞愧。

【醜化】將美的好的事物加以歪曲、汚衊，說成是醜的。

【醜末】自謙鄙陋微賤之辭。

【醜類】❶猶言惡人、壞人。❷以同類的事相比況。

醝 (cuō)粵tsɔ⁴〔鋤〕白酒。

醞 (醖) (yùn)粵wɐn³〔慍〕wɐn⁵〔允〕〔文〕❶釀酒。❷酒。❸通"蘊"。見"醞藉"。

【醞藉】同"蘊藉"。謂寬和有涵容。亦作"醖籍"。

【醞釀】❶釀酒。❷酒的釀成，須經一定的時日，因以比喻事情逐漸達到成熟的準備過程。如：充分醞釀；醞釀成熟。

醡 (zhà)粵dza⁴〔炸〕榨酒的榨牀。

醢 (hǎi)粵hɔi²〔海〕❶用肉、魚等製成的醬。❷古代的一種酷刑，把人剁成肉醬。

醛 (quán)粵tsyn⁴〔全〕含有醛基的有機化合物的總稱。許多醛具有工業價

值。如甲醛用以製造酚醛塑料，乙醛製造醋酸。

醚 (mí)粵mɐi⁴〔迷〕具有C-O-C結構的有機化合物的總稱。乙醚是最重要的代表物。

醣 (táng)粵tɔŋ⁴〔唐〕碳水化合物的舊稱。

醨 (lí)粵lei⁴〔離〕薄酒。

醪 (láo)粵lou⁴〔牢〕本指汁滓混合的酒，即酒醪。引伸為濁酒。

醫 (医) (yī)粵ji¹〔衣〕❶醫生。如：良醫；獸醫。❷治病。如：醫病。

【醫院】指為國家除患祛弊，猶如醫治疾病。

醬 (醤) (jiàng)粵dzœŋ³〔漲〕❶豆麥等製成的糊狀調味品；也指魚肉蔬菜製成的醬狀食品。如：豆醬、蝦醬、梅醬。❷用醬或醬油醃製的。如：醬瓜；醬菜。也指用醬或醬油醃製。❸古代醃、醢的總名。

醩 (zāo)粵dzou¹〔遭〕同"糟"。

醭 (bú，舊讀 pú)粵buk⁹〔僕〕pok⁸〔樸〕〔又〕酒、醬、醋等因敗壞而生的白黴。也泛指一切東西受潮而生的黴迹。

醮 (jiào)粵dziu³〔照〕❶古代嘉禮中的一種簡單儀節，用於冠禮和婚禮。❷指婦女再嫁。❸古代一種禱神的祭禮。後來專指僧道為禳除災祟而設的道場。

醯 (xī)粵hei¹〔希〕醋。

【醯雞】小蟲名，即蠛蠓。古人誤以為醋罎上的白黴變成，故名也。也用以形容細小。

醰 (tán)粵tam⁴〔潭〕酒味厚，引伸為醇厚。

【醰醰】情趣深厚含蓄。

醱 (醗) (pō)粵put⁸〔潑〕酒再釀。

【醲醁】未濾過的重釀酒。

十三畫

醲（酨）(nóng)粵nuŋ⁴〔農〕❶指酒性濃烈。❷通"濃"。厚。

【醲郁】味濃厚。

醳（酻）(yì)粵jik⁹〔亦〕❶釀酒。❷酒。

醴(lǐ)粵lei⁵〔禮〕❶甜酒。❷甜美的泉水。

【醴泉】甘美的泉水。

醵(jù)粵gœy⁶〔巨〕❶湊錢飲酒。❷湊錢；集資。如：醵資興建。

醷(yì)粵jik⁷〔益〕梅漿。

十四畫

醹(rú)粵jy⁴〔如〕醇厚的酒。

醺(xūn)粵fɐn¹〔分〕❶酒醉的樣子。如：微醺。❷通"熏"。漸染。

【醺醺】形容醉態盎然。

醻"酬"的異體字。

十六畫

醼"宴❷"的異體字。

十七畫

醽(líng)粵liŋ⁴〔零〕見"醽醁"。

【醽醁】酒名。亦作"酃醁"、"綠醁"。

醾(mí)粵mei⁴〔眉〕見"酴醾"。

釀同"釀"。

釀（酿）(niàng)粵jœŋ⁶〔讓〕❶釀造。利用發酵作用製造酒、醋、醬油等。一般指釀酒。❷酒。如：佳釀。❸

醞釀。如：釀成巨變。

十八畫

釁（衅）(xìn)粵jɐn⁶〔刃〕❶古代新製器物成，殺牲以祭，因以其血塗縫隙之稱。如：釁鼓。❷以香薰身。參見"釁浴"。❸嫌隙；爭端。如：尋釁；挑釁。

【釁浴】用芳香的草藥薰身及沐浴。

【釁端】爭端。

釂(jiào)粵dziu³〔照〕喝乾杯中酒。

十九畫

釃（酾）(shī，又讀 shāi)粵si¹〔詩〕❶濾酒。❷斟酒。

醾同"釀"。

二十畫

釅（酽）(yàn)粵jim⁶〔驗〕液汁濃。如：釅醋；釅茶。引伸以指顏色的加濃。

采　部

采(biàn)粵bin⁶〔辨〕象獸指爪分別之形。義爲辨別，即"辨"字的古文。

一　畫

采 ㊀(cǎi)粵tsɔi²〔彩〕❶同"採"。摘取。❷搜集。如：采詩。又作"採"。❸通"彩"。彩色。❹神態。如：神采奕奕。㊁(cài)粵tsɔi³〔菜〕采地。古代卿大夫封邑。亦作"寀"。

【采女】漢代宮女的一種。後用作宮女的通稱。亦作"彩女"。

【采采】茂盛；眾多。

【采風】古代稱民歌爲"風"，因稱搜集民間歌

謠爲"采風"。後人通稱"采詩"爲"采風"。

【采納】選用；采取吸收。

【采葛】采藏與緝麻。❷收集。

【采薇】《史記·伯夷列傳》載，伯夷、叔齊反對周武王伐殷，武王滅殷後，他們逃跑到首陽山，采薇而食，終於餓死。

五畫

釉 (yòu)⑨jeu⁶〔又〕❶覆蓋在陶瓷表面的玻璃質薄層。

十三畫

釋(释) (shì)⑨sik⁷〔式〕❶解釋。如：淺釋。❷消容；消除。如：冰釋。❸放下；釋放。如：釋重負。❹淘米。如：釋米。❺釋迦牟尼的簡稱。亦泛指佛教。如：釋門；釋典。

【釋子】僧徒的通稱，取釋迦弟子之意。

【釋典】佛教的經典。

【釋奠】古代學校的一種典禮，陳設酒食以祭奠先聖先師。

【釋然】❶形容疑慮消除。❷怡悅的樣子。

【釋褐】謂脫去布衣(平民服裝)而換上官服，即做官之意。科舉時代稱新進士及第授官爲釋褐。

【釋憾】消除仇恨。

里 部

里 ㊀(lǐ)⑨lei⁵〔李〕❶古時居民聚居的地方。今稱在城市者爲"里弄"；在郊外村者爲"鄉里"。也特指故鄉。如：返里。❷舊時縣以下的基層行政單位。參見"里正"。❸一百五十丈爲一里。用爲市里的簡稱，1(市)里＝1/2公里(千米)＝500米。
㊁"裏"的簡化字。

【里正】古時鄉官。隋以二十五家爲里，唐以百戶爲里，均置里正。明代改名里長，以一百十戶爲里，推行糧多的十戶爲長。

【里社】古時里中供奉土地神的處所。

【里門】鄉里之門。古制，聚族列里而居，里有里門。後用爲家鄉的代稱。

【里程碑】設於路旁記載里數的標志。比喻在歷史進程中可以作爲標志的重大事件。

二畫

重 ㊀(zhòng)⑨tsuŋ⁵〔他勇切〕❶分量大。與"輕"相對。如：笨重。亦指重量。如：體重；失重。❷指音强。如：重音；重讀；粗重；濁重。❸指色味濃。如：紅色下得重；酒味重。❹厚；嚴。如：重賞；重刑。
㊁(zhòng)⑨dzuŋ⁶〔仲〕❶重要。如：軍事重鎮；身負重任。❷莊重；端重。如：老成持重。❸看重。如：尊重；器重。
㊂(chóng)⑨tsuŋ⁴〔蟲〕重複；重疊；多。如：重振旗鼓；突破重圍。

【重九】(chóng—)節令名。陰曆九月初九稱"重九"，也稱"重陽"。

【重三】(chóng—)陰曆三月初三日。參見"上巳"。

【重五】(chóng—)同"重午"。

【重午】(chóng—)陰曆五月初五日。也稱"重五"，即端午節。參見"端午"。

【重出】(chóng—)重複出現。

【重民】古代重農，稱農民爲"重民"。

【重光】(chóng—)❶指日和月。多用以諛稱帝王功德的前後相繼。❷指日旁或日珥現象，古人以爲是一種瑞應。❸十干中"辛"的別稱，用以紀年。參見"歲陽"。❹猶光復。如：國土重光。

【重臣】謂在朝廷中居重要職位的大臣。

【重言】(chóng—)❶也叫疊字。由兩個相同的字組成的詞語。如古詩"青青河畔草，鬱鬱園中柳"中的"青青"、"鬱鬱"。❷重複的話。

【重足】(chóng—)疊足而立，不敢前進，形容非常恐懼的樣子。

【重身】(chóng—)亦作"身重"。懷孕。

【重明】(chóng—)❶指日和月。❷即重瞳子。

【重客】尊客；貴賓。

【重負】沉重的負擔。

【重泉】(chóng—)❶水極深的地方。❷猶黃泉。指地下。

【重重】(chóng chóng)層層。

【重陰】(chóng—)形雲密佈的陰天。也指陰雨。

【重陽】(chóng—)節令名。陰曆九月初九日叫"重陽"，又叫"重九"。

【重臺】(chóng—)❶元代分奴婢爲不同的等級，稱奴婢所役使的奴婢爲重臺。❷花有複瓣，稱爲"重臺"。

【重慶】(chóng—)❶指祖孫與父俱存。❷府、路名。南宋淳熙十六年(1189年)改恭州爲重慶府，治所在巴縣(今重慶市)。元至元中改爲路，明 清仍爲府。

【重霄】(chóng—)猶言"九霄"，指高空。

【重器】❶寶器。古代也用來象徵國家政權。❷比喻能任大事的人，猶言大器。

【重遲】(chóng—)遲緩；不敏捷。

【重瞳】(chóng—)眼中有兩個瞳子。

【重闈】(chóng—)❶重重宮門，指深宮。❷舊稱祖父母爲重闈。

【重鎮】重要城鎮。比喻國家執兵權居要職的重臣，猶言柱石。

【重繭】(chóng—)亦作"重胝"。老繭，手足上因勞動或走路等摩擦而生的硬皮。

【重譯】(chóng—)輾轉翻譯。

【重聽】(chóng—)聽覺失靈。

【重整旗鼓】(重 chóng)指失敗後重新結集力量以圖再起。旗和鼓是古代用作進軍號令之物。

【重蹈覆轍】(重 chóng)再走翻過車的老路。比喻不吸收失敗的教訓，重犯過去的錯誤。

四 畫

野 (yě)⑩je⁵〔冶〕❶郊外。如：野外。❷指民間。與"朝"相對。也說"朝野"。❸界限；範圍。見"分野"。❹指動植物未經人工馴養或栽種的。如：野豬、野菜。❺粗魯；蠻橫的。❻任性難馴。

【野人】❶古代從事農業生產的奴隸或平民。❷居於郊野之人。

【野心】❶猶言野性。放縱難以制服。多指對

名利、權位強烈而非分的欲望。如：野心家；野心勃勃。❷閑散之心。

【野火】❶原野焚枯草時所縱的火。❷指磷火。

【野史】舊時私家著的史書。如：稗官野史。

【野合】指男女苟合。❷野戰。

【野舍】❶古代帝王出行時的臨時住所。❷猶村舍。

【野味】獵取得來的做肉食的鳥獸。

【野服】古代隱居山野的人的服裝。

【野戰】❶在要塞和城市以外廣大地區作戰。❷不按常法作戰。

【野蠻】❶不文明；沒有開化。❷兇橫殘暴。

【野鴛鴦】比喻非正式的配偶。

【野草閑花】❶野生的花草。❷比喻正式配偶以外所玩弄的女子。

五 畫

量 ㊀(liàng)⑩lœŋ⁶〔哴〕❶計量多少的器具。❷哲學範疇，是事物存在的規模和發展的程度，是一種可以用數量來表示的規定性。❸容納的限度。如：膽量。❹估量。如：量力而行。

㊁(liáng)⑩lœŋ⁴〔良〕測量；丈量。如：量體溫；量地積。

【量移】因罪被貶至遠方的官吏，遇赦則酌量移到近處任職，稱"量移"。

【量入爲出】以收入的多少限定支出的限度。

【量體裁衣】(量 liáng)比喻根據實際情況辦事。

十一畫

釐(厘) ㊀(lí)⑩lei⁴〔離〕❶治理；整理。如：釐正、釐定。❷數量單位。今多寫作"厘"。(1)長度單位。十毫爲一釐，十釐爲一分。(2)重量單位。十毫爲一釐，十釐爲一分。(3)地積單位。十釐爲一分，十分爲一畝。(4)利率。年利一釐爲本金的百分之一，月利一釐爲本金千分之一。

㊁(xī)⑩hei¹〔希〕❶通"禧"。(1)福。(2)胙肉，祭過神的福食。❷通"僖"。如：周釐

　王亦作周僖王。

【釐正】考正；訂正。亦用爲請人評定詩文書
　畫的敬辭。

【釐定】整理制定。

【釐革】調整改革。

金 部

金(jīn)⊛gem¹〔今〕❶化學元素。符號Au。黃色金屬。自然界中以游離態存在。延展性好。❷金屬的通稱。如：五金。❸古代計算貨幣的單位。引伸爲貨幣，錢。如：獎金；助學金。❹指兵器或金屬製的樂器。見"金革"、"金聲"、"金鼓"。❺八音之一。中國古代樂器統稱八音。參見"八音"。❻五行之一。見"五行❶❷"。❼比喻貴重。見"金言"、"金諾"。❽比喻堅固。見"金城"、"金湯"。❾朝代名。公元1115年女眞族完顏部領袖阿骨打創建。建都會寧（今黑龍江阿城南）。太宗天會三年（1125年）滅遼，次年滅北宋，先建都中都（今北京）、開封。天興三年（1234年）金在蒙古和宋聯合進攻下滅亡。共歷九帝，統治一百二十年。

【金人】❶銅人。❷指佛或佛像。

【金口】❶原指極不易得的言語，後也指可貴的話。❷佛教謂佛之口舌如金剛堅固不壞，故稱"金口"。

【金丹】古時方士用黃金煉成的金液，用丹砂煉成的還丹，認爲服食之後能使人長生不老。

【金井】井欄上有雕飾的井。古典詩詞中常用來指宮庭園林裏的井。

【金天】❶秋天的別名。❷傳說中古代東夷族首領少皞的稱號。

【金文】古代銅器上鑄的或刻的文字，通常專指殷周秦漢銅器上的文字。

【金斗】❶飲酒器。❷熨斗。

【金印】❶古代用黃金鑄造的官印。參見"金紫"。❷古代犯人臉上刺的字。

【金玉】❶泛指珍寶。❷比喻貴重。如：金玉良言。❸比喻美好。

【金瓜】❶植物名。蔬類植物，秋結實，扁圓形，色赭。❷古代衞士的一種兵仗，棒端作金瓜形，故名。

【金石】❶指鐘鼎碑刻。❷鐘磬之類的樂器。金石之音清越優美，因用以比喻文詞的優美。參見"金石聲"。❸比喻堅固；堅貞。

如：心如金石。

【金言】❶珍貴的言語。❷信佛的人稱佛的教言。

【金兔】月亮的別稱。

【金昆】指銀子。

【金波】❶形容月光浮動，因亦即指月光。❷指酒，言其色如金，在杯中浮動如波。

【金虎】❶比喻貪婪讒謗的小人。❷指太陽。❸謂參（shēn）、昴等星。

【金門】漢代宮門名。也叫金馬門。

【金柝】古代軍中司夜所擊之器；即刁斗。

【金盆】形容盛明的圓月。

【金革】猶言兵革。兵器與甲鎧的總稱。引伸指戰爭。

【金風】秋風。古代以陰陽五行解釋季節演變，秋屬金，故稱秋風爲金風。

【金城】❶堅固的城。如：金城湯池。❷古縣名。西漢時治所在今甘肅蘭州市西北。❸郡名。漢時治所在今甘肅永清西北。

【金粉】❶婦女妝飾用的鉛粉。常用以形容豪奢柔麗的生活。如：金粉豪華；六朝金粉。❷黃色的花粉。❸油漆工業中所用銅粉的俗稱。

【金針】❶馬縞《桂苑叢談·史遺》載，鄭侃的女兒采娘，在七月初七晚祭織女，織女給她一根金針，從此她刺繡的技能更加精巧。後因以比喻祕法、訣竅。❷中醫針灸科醫療用的針。❸金針菜的簡稱。

【金馬】❶漢代宮門名。因門傍有銅馬，故名。漢代徵召來的人，都待詔公車（官署名），其中被認爲才能優異的令待詔金馬門。❷神名。見"金馬碧鷄"。

【金烏】古神話，太陽中有三足烏，因用爲太陽的別稱。

【金婚】西方風俗，稱結婚五十週年爲"金婚"。

【金猊】香爐的一種。爐蓋作狻猊形，空腹。焚香時，烟從口出。

【金紫】金印紫綬的簡稱。秦漢時相國、丞相、太尉、大司空、太傅、列侯等皆金印紫綬。魏晉以後，光祿大夫假金章紫綬，因亦稱金紫光祿大夫。

【金莖】漢武帝所作承露盤的銅柱。亦指仙人

掌承露盤。

【金創】(—chuāng)中醫學名詞。指金刃對人體所致之創傷。亦作"金瘡"。

【金湯】"金城湯池"的省語。比喻防守鞏固的城池。如：固若金湯。參見"金城"。

【金粟】❶金屬與糧食。❷桂花的別名。因其色黃似金，花小如粟，故名。❸尺或首飾上的金星。

【金貂】漢以後皇帝左右侍臣的冠飾。詩詞中多以金貂暗指侍從貴臣。

【金鼓】❶金屬的樂器和鼓。作戰時用之，可以助聲威。❷鉦。

【金匱】❶國家藏書之處。❷舊縣名。清雍正二年(1724年)分無錫縣置，因金匱山爲名。與無錫縣(今江蘇無錫市)同城而治，轄境東偏。1912年仍並入無錫縣。

【金榜】❶金字或金漆的匾額。❷科舉時代稱殿試揭曉的榜。如：金榜題名。

【金箔】用金捶成的薄片，常用以貼飾佛像或器物。

【金閨】對閨閣的美稱。

【金蓮】❶指女子纏裹的小腳。❷蓮花之一種。

【金壇】道教供奉神仙的壇。❷拜神的壇。

【金甌】❶金屬的盛酒器。❷比喻疆土完固。也指國土。

【金諾】守信不渝的諾言。金，比喻貴重。

【金融】指貨幣的發行、流通和回籠，貸款的發放和收回，存款的存入和提取，匯兌的往來等經濟活動。

【金龜】❶動物名。別稱"山龜"、"秦龜"、"烏龜"、"草龜"。頭、頸側面有黃色錢狀斑紋。背甲有三條縱走的隆起；後緣不呈鋸齒狀。背面褐色或黑色，腹面略具黃色，均有暗褐色斑紋。腹甲稱"龜板"，中醫可入藥。❷黃金鑄的官印，龜鈕。漢代皇太子、列侯、丞相、大將軍等所用。❸唐代官員的一種佩飾。唐、列外外官五品以上，皆佩魚袋。武后天授元年(公元690年)，改內外官所佩的魚袋爲龜袋。三品以上龜袋用金飾，四品用銀飾，五品用銅飾。亦指所佩雜玩之物。

【金璫】漢代近侍之臣，侍中、中常侍的冠飾。璫當冠前，以黃金爲之，故名。亦用以喻指達官貴人。

【金鉦】❶即鉦鐸。鉦，古代軍中的一種樂器。❷鐘聲。見"金鉦玉振"。

【金闕】❶道家謂天上有黃金闕、白玉京，爲天帝所居。❷宮闕

【金雞】古時大赦時，舉行一種儀式：豎長桿，頂立金雞，然後集罪犯，擊鼓，宣讀赦令。因古人迷信天雞星動的時候，就要有大赦，所以有這種儀式。

【金蘭】謂友情契合；深交。引申爲結拜兄弟之詞。如：義結金蘭。參見"金蘭簿"。

【金鏤】❶金屬綉成的鏤，古代的一種殉葬品。❷傳說中的金色鏤。

【金鑾】❶殿名，唐代大明宮內有金鑾殿，宋代亦有金鑾殿。後來舊小說戲曲中泛稱皇帝受朝見的殿。❷翰林學士的美稱。

【金石交】謂交誼深厚，如金石之堅固。

【金石聲】稱譽文辭優美，聲調鏗鏘。

【金僕姑】箭名。

【金錯刀】亦稱"錯刀"。中國古代錢幣名。王莽居攝二年(公元7年)鑄。刀上有"一刀平五千"五字。"一刀"二字係用黃金鑲嵌而成。每枚值錢五千，用以收兌黃金。當時兩枚可兌黃金一斤。

【金蘭簿】舊時結拜兄弟時，各序譜系，交換爲證，稱爲"金蘭簿"或簡稱"蘭譜"。參見"金蘭"。

【金口木舌】以木爲舌的銅鈴，即"木鐸"。借喻爲傳道的人。

【金友玉昆】昆，兄弟之稱。謂一門兄弟才德並美。亦作"玉昆金友"。

【金戈鐵馬】謂戰事。亦用以形容戰士的雄姿。

【金玉滿堂】極言財寶之多。亦用以譽稱富有才學。

【金吾不禁】金吾，官名，掌管京城的戒備防務。元宵節開放夜禁，故有"金吾不禁"之說。

【金枝玉葉】指皇族的子孫。亦泛指富貴人家的子女。

【金相玉質】(相 xiàng)比喻文章的形式和內容都很完美。

【金科玉條】形容科條法令的完美。今多作"金科玉律"，謂不可變更的條規。

【金剛石婚】西方風俗，稱結婚七十五周年爲金剛石婚。
【金剛怒目】亦作“金剛努目”。形容面目威猛可畏。
【金迷紙醉】亦作“紙醉金迷”。比喻驕奢淫逸的享樂生活。
【金馬碧雞】傳說中的神名。今雲南昆明市東有金馬山，西有碧雞山，兩山相對，山上都有神祠。相傳即漢時祭金馬、碧雞神處。
【金匱石室】古代國家藏重要文書之處。亦作“石室金匱”。
【金碧輝煌】形容建築物等顏色鮮明華麗，光彩奪目。
【金漿玉醴】指仙藥。亦用以指美酒。
【金聲玉振】比喻才學精到。
【金蟬脫殼】比喻用計脫身。
【金題玉躞】謂極精美的書畫或書籍的裝潢。古時的書畫、書籍，都爲卷軸，金題是泥金書寫的題簽。玉躞是繫縛卷軸用的標帶上的玉別子(一名“插簽”)。

一　畫

釔(钇) (yǐ)[粵]jyt[9]〔乙〕化學元素。符號Y。灰色金屬。存在於褐釔鈳鑛、獨居石及黑稀金鑛中。

釓(钆) (gá)[粵]ga[1]〔加〕化學元素(稀土元素之一)。符號 Gd。銀白色金屬。

二　畫

釕(钌) (liǎo)[粵]liu[5]〔了〕化學元素。符號Ru。常共存於鉑礦中，但含量很低。銀灰色金屬。性脆而硬，熔點很高。不溶於王水。

釗(钊) (zhāo)[粵]tsiu[1]〔超〕❶勉勵。❷遠。

釘(钉) ㊀(dīng)[粵]diŋ[1]〔丁〕dɛŋ[1](語)❶釘子。❷通“盯”。
㊁(dìng)[粵]同㊀❶用釘子固定東西。如：將門牌釘在牆上。❷縫綴。如：釘書；釘衣鈕。

釜 (fǔ)[粵]fu[2]〔苦〕❶炊器。斂口，圜底，或有二耳。其用如鬲，置於竈口，上置甑以蒸煮。❷古代量器。也叫“鬴”。春秋、戰國時代流行於齊國。
【釜中魚】❶比喻不能久活。❷釜中生魚，謂斷炊已久。
【釜底抽薪】比喻從根本上解決問題。

針(针) (zhēn)[粵]dzɐm[1]〔斟〕❶縫衣的用具，也叫引綫。❷中醫針灸科用以針刺穴位的器具。❸西醫注射用的器具。❹針形物。如：指針；別針；松針。❺刺入。
【針芒】比喻極細小的東西。
【針芥】比喻極細小的東西。
【針砭】古代以砭石爲針的治病法。後世泛稱金針治療與砭石出血爲針砭。也比喻規戒過失。
【針神】縫紉妙手。
【針黹】指縫紉、刺繡等針綫工作。亦作“針指”。
【針鼻】針尾有孔之處。
【針鋒相對】針尖對針尖。比喻在爭辯或鬥爭中針對對方的論點或行動進行相應的回擊。

釙(钋) (pō)[粵]pɔk[8]〔撲〕化學元素。符號Po。具放射性。

三　畫

釣(钓) (diào)[粵]diu[3]〔弔〕❶釣魚。引伸爲誘取。如：沽名釣譽。❷釣鈎。如：下釣；垂釣。
【釣名】作僞求名。
【釣鼇】《列子・湯問》載，古代渤海的東面有五座山，常隨波濤漂流。上帝命十五隻巨鼇用頭頂着山，才固定不動。而龍伯之國有巨人，一釣而連六鼇，於是岱輿、員嶠二山流於北極，沉入大海。後因常用“釣鼇”比喻豪邁的舉止或遠大的抱負。

釤(钐) ㊀(shān)[粵]sam[1]〔衫〕❶大鐮刀。❷化學元素。符號Sm。銀白色金屬。
㊁(shàn)[粵]sam[3]〔沙喊切〕砍；劈。

釦 (kòu)⑧kɐu³〔扣〕❶用金玉等鑲嵌器物。❷紐釦。如：衣釦。

釧(钏) (chuàn)⑧tsʰyn³〔串〕手鐲。

釩(钒) (fán)⑧fan⁴〔凡〕化學元素。符號 V。高熔點金屬。銀白色。

釬 (hàn)⑧hɔn⁶〔汗〕❶古代戰士的臂部鎧甲。❷即釺。戈柄下端圓錐形的銅帽。❸「焊」的異體字。

釭(钢) (gāng，又讀 gōng)⑧gɔŋ¹〔江〕❶古代車轂內外口的鐵圈，用以穿軸。❷燈。❸古代宮室壁孔上的環狀金屬飾物。

釱(铁) (dì)⑧dɐi⁶〔弟〕dɑi⁶〔大〕（又）古代刑具，腳鐐之類。

釵(钗) (chāi)⑧tsʰai¹〔猜〕婦女的首飾，由兩股合成。

釷(钍) (tǔ)⑧tʰou²〔土〕化學元素。符號 Th。具放射性。銀白色金屬，在空氣中漸變爲灰色。

鉈 (shī，又讀 shé)⑧si¹〔詩〕sɛ⁴〔蛇〕（又）同「鉈㊀」、「錘」。矛。

釹(钕) (nǚ)⑧nœy⁵〔女〕化學元素。符號Nd。淺黃色金屬。

釺(钎) (qiān)⑧tsʰin¹〔千〕（釺子）用手工或機械打鑿孔眼（如炮眼）的工具。

四　畫

鈲 同「鐀」。

釿 (jīn)⑧gɐn¹〔斤〕❶同「斤」。砍木斧。❷「斤」的異體字。斧類。

鈀(钯) ㊀(pá)⑧pa⁴〔爬〕亦作「耙」、「齒鈀」。一種手工農具，用於把剔塊土，平整地面，摟聚或攤散穀穗等。
㊁(bǎ)⑧ba²〔把〕❶古代兵車。❷箭頭的一種。❸化學元素。符號 Pd。銀白色金屬。

鉛 ㊀(yán)⑧jyn⁴〔元〕通「沿」。
㊁「鉛」的異體字。

【鉛察】鉛，沿；察，考察。沿着一定的道理去考察。

鈇(铁) (fū)⑧fu¹〔夫〕切草的刀，即鍘刀。古代也用指腰斬的刑具。

【鈇質】古代腰斬人的用具。亦作「鈇鑕」。

鈉(钠) (nà)⑧nap⁹〔衲〕化學元素。符號Na。銀白色軟金屬。化學性質極活潑，遇水起猛烈反應並放出氫氣。

鈍(钝) (dùn)⑧dœn⁶〔頓〕❶不鋒利。如：刀用鈍了。引伸爲不順利。如：成敗利鈍，在所不計。❷遲鈍；笨拙。如：魯鈍。

【鈍悶】昏迷的樣子。

鈐(钤) (qián)⑧kim⁴〔黔〕❶鎖。引伸爲鎖閂。❷蓋章；蓋印。如：鈐印。❸鈐記的印章。

【鈐記】舊時較低級官吏所用的印。又地方長官委派辦事的機關或人員，亦用鈐記，率由委任者鐫發。

【鈐鍵】❶鎖鑰。❷比喩機謀；牢籠。

鈑(钣) (bǎn)⑧ban²〔板〕餅金，即鈑。參見「鉼」。

鈒(级) (sà)⑧sap⁸〔颯〕❶古代一種兵器，即短小的矛。亦用爲農具。❷見「鈒鏤」。

【鈒鏤】用金銀在器物上嵌飾花紋。

鈔(钞) (chāo)⑧tsʰau¹〔抄〕❶紙幣名。金代有交鈔，亦稱鈔引，分大鈔、小鈔。現在稱紙幣爲鈔票，本此。簡稱鈔。如：現鈔；零用鈔。❷謄寫。亦作「抄」。❸強取；掠奪。

【鈔胥】亦作「抄胥」。專任謄寫的小吏。亦用稱只會抄襲陳言，而沒有自己見解的文人。

鈕(钮) (niǔ)⑧nɐu²〔扭〕❶印鼻，即章上端的雕飾。古代用以分別官印的等級。有各種不同的形式，如瓦鈕、環鈕、龜鈕、虎鈕、獅鈕等。一種「紐」。交互而成的扣結。如：鈕釦；擐鈕。

鈚(铌) (pī)⑧pɐi¹〔批〕同「鎞」。箭鏃的一種。亦指箭鏃較薄而闊、箭桿較長的一種箭。

鈞(钧) (jūn)粵gwen¹〔均〕❶古代重量單位之一。一鈞三十斤。❷製陶器所用的轉輪。參見"陶鈞"。❸樂調。❹對尊長或上級的敬辭。如：鈞座；鈞部；鈞諭。

【鈞天】❶古代神話傳說謂天之中央。❷"鈞天廣樂"的簡稱。

【鈞軸】指國家政務重任；亦指掌握國家大權的人。

【鈞天廣樂】神話中天上的音樂。

鈣(钙) (gài)粵kɔi³〔丐〕化學元素。符號Ca。銀白色輕金屬。

鈁(钫) (fāng)粵fɔŋ¹〔方〕❶古代器名。即方形壺。或有蓋。青銅製。用以盛酒漿或糧食。❷化學元素。符號Fr。具放射性。

鈥(钬) (huǒ)粵fɔ²〔火〕化學元素。符號Ho。爲稀土元素之一。

鈧(钪) (kàng)粵kɔŋ³〔抗〕化學元素。符號Sc。銀白色金屬。質軟。易溶於酸。

鈦(钛) (tài)粵tai³〔太〕化學元素。符號Ti。高熔點輕金屬。

鈈(钚) (bù)粵bɐt⁷〔不〕化學元素。符號Pu。具强烈放射性。

釾(铘) ㊀同"鋣"。
㊁(yá)粵ŋa⁴〔牙〕化學元素。鎵的舊稱。

鈎(钩) (gōu)粵ŋɐu¹〔勾〕❶鈎取、鈎連或懸掛器物的用具。如：釣魚鈎；掛衣鈎。❷圓規。❸古兵器名，似劍而曲。❹鐮刀。❺漢字的一種筆形，如"亅"、"乙"等。❻彎曲。❼採取。如：鈎深致遠。❽牽連。見"鈎黨"。

【鈎玄】探索精微。

【鈎拒】亦作"鈎距"、"鈎鉅"。古代水戰用的一種兵器。

【鈎校】(—jiào)探索考核。

【鈎援】古代攻城用的器具。

【鈎距】❶盤問人的一種方法，輾轉推問，究其情實。❷同"鈎拒"。❸古代連弩車弩機的一部份。

【鈎鋩】鈎，兵器，似劍而曲。鈎鋩，鈎的鋒鋩。亦作"鈎芒"。

【鈎黨】指相牽連的同黨。

【鈎心鬥角】心，宮室的中心；角，檐角。謂宮室建築的結構錯綜精密。比喻用盡心機，明爭暗鬥。

【鈎章棘句】謂文辭奇僻艱澀，不渾成流暢。

五 畫

鈮(铌) (ní)粵nei⁴〔尼〕化學元素。符號Nb(舊稱"鈳"，符號Cb)。

鈴(铃) (líng)粵liŋ⁴〔零〕❶金屬製成的響器。又爲擊樂器。形似鐘而小，有兩種：(1)體內垂一小銅舌或金屬丸，搖動發音，如中國民族樂隊中使用的馬鈴；(2)無舌，用單籤敲擊或兩鈴相碰發音，亦名"碰鈴"、"星"。❷鈴狀物。如：啞鈴；杠鈴。

鈷(钴) (gǔ)粵gu²〔古〕❶見"鈷鉧"。❷化學元素。符號Co。銀白色金屬。

【鈷鉧】亦作"鈷鏻"。熨斗。

鈸(钹) (bó)粵bɐt⁹〔拔〕打擊樂器，即"鐃鈸"。

鈹(铍) ㊀(pī)粵pei¹〔披〕❶中醫用於針砭的針。亦即指針砭。❷兩刃小刀。❸長矛。
㊁(pí)粵pei⁴〔皮〕化學元素。符號Be。堅硬質輕的灰白色金屬。

鈾(铀) (yóu)粵jɐu⁴〔由〕化學元素。符號U。具放射性。鋼系元素之一。銀白色金屬。

鈿(钿) (tián，又讀 diàn)粵tin⁴〔田〕din⁶〔電〕(又)❶用金翠珠寶等製成花朵形的首飾。❷以金、銀、介殼之類鑲嵌器物。如：金鈿、螺鈿。

【鈿車】用金寶裝飾的車子，古時貴族婦女所乘坐。

鉀(钾) (jiǎ)粵gap⁸〔甲〕❶同"甲"。鎧甲。❷化學元素。符號K。銀白色軟金屬。化學性質活潑。在有機合成中用作還原劑。

鉅 (jù)粵gœy⁶〔巨〕❶剛鐵。❷鈎子。❸同"巨"。

【鉅子】同"巨子"。❶墨家學派對其首領的稱

呼。❷泛稱大家或大人物。

【鉅公】猶言巨匠、大師。亦用以稱達官貴人。

【鉅黍】同「巨黍」。古代良弓名。

鉉(铉) (xuàn)⑧jyn⁵〔鉉〕舉鼎的器具。狀如鉤，銅製。用它提舉鼎的兩耳。

鉋(鉋) (bào)⑧pau⁵〔鉋〕❶鉋子或鉋牀。❷用鉋子或鉋牀刮平。

鉍(铋) (bì)⑧bit⁷〔必〕❶同「柲」。矛柄。❷化學元素。符號 Bi。純鉍是柔軟的金屬，不純時性脆。液態鉍凝固時有膨脹現象。

鉏(鉏) ⊖(chú)⑧tso⁴〔鋤〕❶「鋤」的異體字。❷鍬。

⊜(jǔ)⑧dzœy²〔咀〕見「鉏鋙」。

【鉏鋙】同「齟齬」。不相配合。

鉑(铂) (bó)⑧bok⁹〔薄〕化學元素。符號 Pt。俗稱「白金」。性軟，易受機械處理。化學性質穩定，但溶於王水。

鉒(鉒) (zhù)⑧dzy³〔注〕❶礦藏。❷通「注」。賭注。

鉗(钳) (qián)⑧kim⁴〔黔〕❶用來夾持小工件、彎曲或切斷金屬絲的一種手工具。可分為尖口鉗、平口鉗和鯉魚鉗等。❷以鉗夾物。引申為以勢力壓迫人。見「鉗制」。

【鉗口】亦作「拑口」、「箝口」。閉口不言。

【鉗制】亦作「箝制」。挾持牽制。

鉛(铅) ⊖(qiān)⑧jyn⁴〔元〕化學元素。符號 Pb。銀白色金屬。延性弱，展性強。

⊜(yán)同⊖〔鉛山〕縣名，在江西省東北部、信江上游。

【鉛刀】鉛質的刀，言其不鋒利。比喻才力微弱，有鄙視或自謙之意。

【鉛素】猶言紙筆。

【鉛華】搽臉的粉。

【鉛黃】❶鉛，鉛粉；黃，雌黃。古人常用以點校書籍，故亦稱校勘為「鉛黃」。❷礦物名。呈硫黃色至紅黃色塊體。光澤暗淡。多產於火山近旁。用於製造黃色顏料。通常用作氧化鉛的俗稱。

【鉛槧】古代用以書寫的文具。鉛，鉛粉筆，用以寫字；槧，木板。亦指著作及校讎。

【鉛駑】亦作「駑鉛」。謂才力卑下如鉛刀駑馬。

鉞(钺) (yuè)⑧jyt⁹〔月〕古代兵器。青銅製，圓刃可砍劈。

鉢(钵) (bō)⑧but⁸〔婆闊切〕又作「缽」、「盋」。❶僧徒食器，鉢多羅（梵文 pātra）的略稱。❷盛器。如：飯鉢；茶鉢；乳鉢。

鉤(钩) 「鈎」的異體字。

鉥(铈) (shù)⑧sœt⁹〔術〕❶長針。❷引導。

鉦(钲) (zhēng)⑧dziŋ¹〔征〕古代樂器。形似鐘而狹長，有長柄可執，口向上以物擊之而鳴。

鉧(铒) (mǔ)⑧mou⁵〔母〕見「鈷鉧」。

鉬(钼) (mù)⑧muk⁹〔目〕化學元素。符號 Mo。熔點2,610℃。

鉭(钽) (tǎn)⑧tan²〔坦〕化學元素。符號 Ta。熔點在3,000℃左右。富延展性。不008003溶於水。

鈰(铈) (shì)⑧si⁵〔市〕化學元素。符號 Ce。灰色軟金屬。

鉈(铊) ⊖(shī，又讀 shé)⑧si¹〔詩 se⁴〔蛇〕(又)矛。

⊜(tuó)⑧to⁴〔駝〕秤錘，即秤錘。

⊜(tā)⑧ta¹〔他〕化學元素。符號 Tl。灰白色金屬。質軟。

鈳(钶) (kē)⑧ko¹〔卡柯切〕化學元素。鈮的舊稱。

鉮(钾) (shén)⑧sen⁴〔神〕化學名詞。具有 R₄AsX 通式的含砷有機化合物的總稱，其中R爲烴基，X爲羥基或鹵素等。

鉕(钷) (pǒ)⑧po²〔頗〕化學元素。符號 Pm。有放射性。

鈺(钰) (yù)⑧juk⁹〔玉〕堅硬的金屬。

鉚(铆) (mǎo)⑧mau⁵〔卯〕〔鉚接〕用鉚釘連接金屬構件的方法。是鋼結構及輕金屬結構的主要連接方法之一。

鈝
　"璺"的古字。

鉌
鈨(铩)（hé）粵wo⁴[和]古代車上的鈴鐺。通作"和"。

鉈
　同"鑡"。

六畫

鈜(铁)（hóng）粵huŋ⁴[洪]弩牙。多用為人名。

鉸(铰)（jiǎo）粵gau²[狡]❶剪刀亦稱鉸刀。粵方言稱鉸（粵音較）剪。又為金屬切削加工具的一種。（鉸）

鉺(铒)（ěr）粵ji⁵[耳]化學元素。符號Er。銀色金屬，質軟。

鉻(铬)（gè）粵lok⁸[烙]化學元素。符號Cr。銀白色金屬，硬度極高，抗腐蝕。

銀(银)（yín）粵ŋen⁴[垠]❶化學元素。符號Ag。白色金屬。富延展性，是導熱、導電性能很好的金屬。❷作為通貨的銀子或銀幣。如：銀兩；價銀。❸色白如銀。如：銀屏；銀河。
【銀甲】❶銀製的鎧甲。❷銀製的假指甲，套於指上，用以彈箏或琵琶等。
【銀字】笙簫類管樂器上用銀作字，以表示音色的高低。
【銀河】又名"天河"、"銀漢"。即當晴朗無月的夜晚在天空中看到的那條白雲狀的光帶。用望遠鏡觀測，原來是由很多恆星所組成。其中恆星在天鵝座、天鷹座、天蠍座和人馬座的方向最為密集。
【銀海】❶月光下照雲海，光明耀目。❷古代帝王的王陵墓中，灌注水銀以象河海。❸道家稱眼睛為"銀海"。❹一種大酒器。
【銀蛇】❶蛇名。❷形容連綿積雪的羣山或水波中反映的月光等景色。
【銀婚】西方風俗，稱結婚二十五周年為銀婚。
【銀粟】❶謂茗花。❷比喻雪霜。❸比喻螢火。
【銀鈎】❶簾鈎。❷比喻書法剛勁有力。如：鐵畫銀鈎。
【銀黃】❶銀和金。❷金銀所鑄的印。

【銀臺】❶神話傳說中的神仙居處。❷宮門名。唐時翰林院、學士院都在銀臺門內。宋時有銀臺司，掌管天下奏牘案牘，因同署設在銀臺門內，故名。明清的通政司，職任和銀臺司相當，所以也稱通政司為銀臺。
【銀漢】即銀河。
【銀管】❶銀管的毛筆。❷管樂的一種。
【銀潢】銀河。
【銀潢】指銀河。
【銀樣鑞槍頭】表面像銀質其實是焊錫做的槍頭。比喻中看不中用。亦簡作"鑞槍頭"。

銃(铳)（chòng）粵tsuŋ³[次控切]舊時的一種火器。如：火銃；鳥銃。

銅(铜)（tóng）粵tuŋ⁴[同]化學元素。符號Cu。淡紅色金屬，富延展性。是熱、電的良導體（僅次於銀）。在乾燥空氣中穩定，有二氧化碳及濕氣存在時表面上生成銅綠。
【銅人】即銅鑄的人像。❷銅製人體針灸腧穴模型。北宋王惟一創鑄。
【銅狄】即銅人。亦稱金人。
【銅臭】《後漢書·崔烈傳》載，東漢崔烈有名於時，以錢五百萬買得司徒，問其子崔鈞："吾居三公，於議者何如？"崔鈞說："論者嫌其銅臭。"後常用來譏諷有錢的人。
【銅烏】古代銅製的鳥形風向器。亦稱"相風烏"。
【銅雀臺】雀，亦作"爵"。曹操所建。在今河北臨漳縣西南古鄴城的西北隅，與金虎、冰井二臺合稱三臺，現臺基大部已為漳水所沖毀。
【銅壺滴漏】亦作"銅壺刻漏"。古代計時的儀器。
【銅琶鐵板】俞文豹《吹劍續錄》載，東坡問他的幕士："我詞比柳詞何如？"幕士回答說："柳郎中詞，只好十七八女孩兒執紅牙拍板，唱楊柳岸曉風殘月'；學士詞，須關西大漢執鐵板，唱'大江東去'"。柳，指柳永。後人演易'抱銅琶鐵板，執鐵綽板"，因以"銅琶鐵板"形容豪爽激越的文詞。

【銅駝荊棘】〈晉書·索靖傳〉載，靖有先識遠量，知天下將亂，指著洛陽宮門的銅駝，歎氣說：“會見汝在荊棘中耳！”後因以“銅駝荊棘”形容亡國後殘破的景象。亦作“荊棘銅駝”。

【銅頭鐵額】形容人勇猛強悍。

銍(铚)(zhì)働dzy⁹〔姪〕古代一種短小的鐮刀。

銑(铣)㊀(xiǎn)働sin²〔獮〕有光澤的金屬。
㊁(xǐ)働同〔銑削〕簡稱“銑”。在銑牀上用銑刀加工工件的方法。

銓(铨)(quán)働tsyn⁴〔全〕❶衡量輕重的器具。參見〔銓衡〕。❷量才授官。如：銓選。

【銓敍】一種敍官制度，按照資歷或勞績核定官職的授予或升遷。亦作“銓序”。

【銓衡】衡量輕重的器具。引伸爲評量品藻的意思。

銖(铢)(zhū)働dzy¹〔朱〕❶不鋒利。❷中國古代衡制中的重量單位。漢代以二十四銖爲一兩。

【銖衣】衣之至輕者。多指薄衫。

【銖兩】極輕微的分量。也以比喩極其輕微的事。

【銖兩悉稱】(稱 chèn)謂輕重相當，無絲毫出入。

【銖積寸累】(累 lěi)謂一銖一寸地積累起來，極言事物完成之不易。

鈷同“銛❷”。

銘(铭)(míng)働miŋ⁴〔明〕miŋ⁵〔皿〕(又)❶記載；鐫刻。比喩感受之深，印象不易磨滅。如：銘心刻骨；銘感不忘。❷文體的一種。古代常刻銘於碑版或器物，或以稱功德，或以申鑒戒。後成爲一種文體。

【銘佩】感於心。

【銘旌】即明旌。豎在柩前以表識死者姓名的旗幡。亦作“旌銘”。

【銘篆】古人鑄刻在器物上的文字。引伸爲感激不忘。

【銘肌鏤骨】形容感受深刻，永遠不忘。亦作“銘心鏤骨”。

銚(铫)㊀(diào)働diu⁶〔掉〕吊子，一種有柄有流的小烹器。
㊁(tiáo)働tiu⁴〔條〕古代兵器。
㊂(yáo)働jiu⁴〔姚〕大鋤。

銛(铦)(xiān)働tsim¹〔簽〕鋒利。

銜(衔)(xián)働ham⁴〔咸〕❶馬具。青銅或鐵製。放在馬的口內，用以勒馬。❷指官銜。如：官銜；頭銜。亦爲學術、軍事等系統中人員區別等級的稱號。如：學銜；軍銜。❸含。如：乳燕銜泥。亦作“啣”。引伸爲藏在心裏。如：銜怨。

【銜尾】前後相接。

【銜枚】枚，形如箸，兩端有帶，可繫於頸上。古代進軍襲擊敵人時，常令士兵銜在口中，以防喧嘩。

【銜恤】含哀；懷著憂傷。多指遭父母之喪。

【銜冤】猶言含冤。謂寃屈無從申訴。

【銜戢】謂斂藏於心，表示衷心感激。

【銜環】〈續齊諧記〉載，東漢楊寶救了一隻黃雀，某夜有一黃衣童子以白環四枚相報，謂當使其子孫潔白，位登三事，有如此環。後楊寶子、孫、曾孫果皆顯貴。後因以此爲報恩之喻。

【銜璧】❶指國君投降。❷鑲嵌連玉爲飾。

【銜轡】銜和轡，本皆爲御馬之具，借喩法禁。

【銜華佩實】形容文章的形式與內容都很完美。華，比喩文采；實，比喩文章的內容。

銠(铑)(lǎo)働lou⁵〔老〕化學元素。符號 Rh。存在於鐵鉻礦和鉑礦中。銀白色金屬，性極硬，耐磨。

銣(铷)(rú)働jy⁴〔如〕化學元素。符號 Rb。銀白色軟金屬，熔點低。遇水發生爆炸。

銥(铱)(yī)働ji¹〔衣〕化學元素。符號 Ir。銀白色金屬，性脆。不溶於王水。

銨(铵)(ǎn)働on¹〔安〕化學名詞。從氫(NH₄)衍生而得的正一價原子根 NH₄，稱爲銨離子。和一價金屬(碱金屬)離子相似。它的鹽類稱爲銨鹽。銨鹽

的晶形、溶解度等性質，與相應的鉀鹽相近似。

銦(铟) (yīn)粵jen1[因]化學元素。符號In。銀白色金屬。

鉶(铏) ㊀(xíng)粵jiŋ4[形]古代的一種酒器。
㊁(jiàn)粵gin1[堅]人名用字。

铥(铥) (diū)粵diu1[刁]化學元素。符號Tm。銀色金屬，質軟。

鉿(铪) ㊀(kē)粵hep9[合]見“鉿匜”。
㊁(hā)粵ha1[哈]化學元素。符號Hf。高熔點金屬之一。

【鉿匜】(kē—)同“匼匜”。周匜；環繞。

銪(铕) (yǒu)粵jeu5[有]化學元素。符號Eu。銀白色金屬。

銫(铯) (sè)粵sik7[色]化學元素。符號Cs。銀白色金屬。質軟，熔點低。

銬(铐) (kào)粵kau3[靠]拘手的刑具。如：手銬；鐐銬。也指加手銬。如：把他銬起來。

銕 (tiě)粵tit8[鐵]同“鐵”。

鈓(铅) (rén)粵jem4[荏]見“鏵鈓”。

鈹(铍) (pī)粵pik7[闢]亦作“鈈”。❶裁截；割裂。❷劍身上飾物。

七　畫

銳(锐) (ruì)粵jœy6[睿]❶銳利。如：尖銳；銳不可當。引伸爲精銳。如：銳騎。❷銳氣。如：養精蓄銳。❸急銳。如：銳減。

【銳士】精銳的士兵。

【銳氣】勇往直前的氣勢。

鈔(钞) (shā)粵so1[梭]見“鈔鑼”。

【鈔鑼】亦作“篩鑼”、“沙鑼”。鑼的一種。也用作洗器。

銶(铢) (qiú)粵keu4[求]鑿子之類。一說斧斷。

銷(销) (xiāo)粵siu1[消]❶熔化金屬。❷通“消”。消散，消失。

❸銷除；取消。如：銷假；報銷。❹賣出。如：暢銷；脫銷。❺機器上像釘子的零件。本名“銷釘”或“銷子”。

【銷金】❶熔煉金屬。引伸爲浪費金錢。如：銷金窟。❷用金或金色絲線作裝飾的。如：銷金紙；銷金帳。

【銷凝】亦作“消凝”。銷魂、凝魂的略語。謂因傷感而出神。

【銷魂】亦作“消魂”。人的精靈爲魂。因過度刺激而神思茫然，彷彿魂將離體。多用以形容悲傷愁苦時的情狀。也常用以形容男女歡情。

【銷鑠】❶熔化；消除。❷謂久病枯瘦。

【銷聲匿迹】隱藏起來或不公開露面。

銻(锑) (tī)粵tei1[梯]化學元素。符號Sb。普通銻至少是三種同素異形體的混合物。銀灰色金屬，性脆，有冷脹性。

銼(锉) (cuò)粵tso3[挫]❶一種手工具。條形，多刃，用來使金屬、木料、皮革等工件表面光潔。❷用銼磋磨。如：把腳趾銼平。❸折傷；銼敗。

鋁(铝) (lǚ)粵lœy5[呂]化學元素。符號Al。銀白色輕金屬。俗稱“鋼精”或“鋼宗”。有延展性。

銀(锒) (láng)粵loŋ4[郎]見“銀鐺”。

【銀鐺】古代用來鎖繫囚人的鐵索。亦引伸爲笨重。也指鎖索牽動聲。如：鐵索鋃鐺。

鋅(锌) (xīn)粵sen1[辛]化學元素。符號Zn。舊稱“白鉛”。淺藍白色金屬。

鋇(钡) (bèi)粵bui3[貝]化學元素。符號Ba。銀白色軟金屬。化學性質活潑，易氧化。

鋈 (wù)粵juk7[沃]❶白銅。❷鍍上白銅。

鈆(铅) (yù)粵juk9[玉]❶炭鉤子。可以鉤鼎耳及爐炭。❷鋼屑。

鋋(铤) (chán 又讀yán)粵sin4[時言切]jin4[言](文)小矛。引伸爲用矛刺殺。

鋌(铤) ㊀(dìng)粵diŋ3[訂]❶未經冶鑄的銅鐵。❷“錠”的本字。❸

箭頭裝入箭幹的部份。

㊁(tǐng)粵tiŋ5〔挺〕疾走的樣子。見"鋌而走險"。

【鋌而走險】(鋌 tǐng)謂無路可走而被迫冒險。鋌，亦作"挺"。

鋏(铗) (jiá)粵gap8〔夾〕❶夾取東西的金屬器具。如：火鋏；鐵鋏子。❷劍。亦指劍把。

鋒(锋) (fēng)粵fuŋ1〔風〕❶兵器的尖端。如：劍鋒。引伸以指凡器物尖鋭犀利的部分。如：針鋒；筆鋒。❷隊伍的前列。如：前鋒。❸形容語言的鋭利。如：詞鋒；談鋒。

【鋒芒】❶亦作"鋒鋩"。刀劍等器的刃口和尖端。引伸爲人的鋭氣。❷形容細微。

【鋒鏑】鋒，刀口；鏑，箭頭。猶言刀箭，泛指兵器。又引伸指戰爭。

【鋒發韻流】形容文章鋒芒畢露而情韻欲流。

鋙(铻) ㊀(yǔ)粵jy5〔語〕見"鉏鋙"。㊁(wú)粵ŋ4〔吾〕見"錕鋙"。

鋝(锊) (lüè)粵lyt8〔劣〕古量名，義同"鍰"。

鋟(锓) (qiān，又讀 qǐn)粵tsim1〔簽〕刻。特指刻書板。

鋣(铘) (yé)粵jɛ4〔爺〕見"鏌鋣"。

鋤(锄) (chú)粵tsɔ4〔池俄切〕❶也叫"鋤頭"。一種農具，用於中耕、除草、碎土、間苗等。大鋤又名"钁"、"钁頭"，用於刨地、墾荒、翻土、掘根等。❷用鋤頭鬆土、除草。如：鋤地；鋤草。引伸爲鏟除。如：鋤奸。

鋦(锔) ㊀(jū)粵guk7〔谷〕❶鋦子，一種兩端彎曲的釘子，用以接補有裂縫的器物。❷用鋦子補接器物。如：鋦碗。

㊁(jú)粵guk9〔局〕化學元素。符號Cm。人工獲得的放射性元素(1944年)。

鋩(铓) (máng)粵mɔŋ4〔忙〕❶刀劍等的尖鋒。❷通"芒"。光芒。

鋪(铺) ㊀(pū)粵pou1〔披高切〕❶銜門環的底座。如：銅鋪。❷鋪設。如：鋪軌。❸古器名。西周晚期有劉公鋪，形如豆。

㊁(pù)粵pou3〔舖〕亦作"舖"❶商店。如：雜貨鋪。❷驛站。

㊂(pù)粵同㊀牀鋪。如：搭鋪；鋪蓋。

【鋪首】銜門環的底座。銅製，作虎、螭、龜、蛇等形。

【鋪陳】❶同"敷陳"。詳細地鋪敍。❷陳設；佈置。

【鋪遞】(pù—)猶驛遞。

【鋪張揚厲】鋪張，敷陳渲染；揚厲，發揚光大。亦作"敷張揚厲"。亦用以形容過份講究排場。

鋬 (pàn)粵pan3〔盼〕器物上備手把握的部分。如古酒器爵與斝都有鋬。

鋱(铽) (tè)粵tik7〔惕〕化學元素。符號 Tb。銀灰色金屬。

鋯(锆) (gào)粵gou3〔告〕化學元素。符號 Zr。高熔點金屬之一。

鋰(锂) (lǐ)粵lei5〔里〕化學元素。符號 Li。銀白色金屬。易受空氣氧化而變暗，通常貯藏在液體石蠟中。是最輕而熱容量最大的金屬。

銲 "焊"的異體字。

錸 同"汞"。

鋶(锍) (liǔ)粵lɐu5〔柳〕有色金屬冶煉過程中生產出的各種金屬硫化物的互熔體。如熔煉硫化銅礦石所得的中間產品，其主要組成爲硫化銅和硫化鐵，亦稱冰銅。

鋨(锇) (é)粵ŋɔ4〔俄〕化學元素。符號 Os。存在於鋨銥礦中。灰藍色金屬。在金屬中比重最大。硬而脆。熔點3,045±30℃。

鋮(铖) (chéng)粵siŋ4〔成〕人名用字。

銹 "鏽"的異體字。

鋜(锃) (zhuó)粵dzɔk9〔鑿〕鎖足。

八 畫

鋸(锯) ㊀(jù)粵gœy³〔據〕gœ³(語)❶一種刀具，以手工或裝在鋸牀上用來切割材料。❷古代斷足的刑具。❸以鋸斷物。如：鋸木材；鋸鐵管。
㊁同"鋦㊀"。

【鋸屑】鋸竹、木時落下的細末。也形容說話娓娓不絕。

鋼(钢) ㊀(gāng)粵gɔŋ³〔降〕含碳0.04－2%的可鍛鐵基合金。除碳外，還含有錳、硅、磷、硫。
㊁(gàng)粵同㊀❶把刀的鋒刃在布、皮、石或缸沿上用力更迭翻轉磨擦幾下使鋒刃快利。❷刀斧鐵鍬之類用鈍後再回火加鋼。

錁(锞) (kè)粵gwɔ²〔果〕錁子，金銀鑄成的小錠。

【錁子】明 清間貨幣的一種。以白銀熔鑄而成。亦稱"顆子"、"小錠"、"小錁"，重一、二兩到三、五兩不等。一般作饅頭形，亦有作別種形式的。

錄(录) (lù)粵luk⁹〔綠〕❶記載；抄寫。如：筆錄。❷記載言行事物的冊籍。如：言行錄；備忘錄；金石錄。❸採納。也指任用。如：收錄；錄用。❹總領。古官制有錄尚書事，意謂總錄衆事。

【錄事】舊時稱機關中繕寫文件的職員。

錐(锥) (zhuī)粵dzœy¹〔追〕❶鑽孔的工具。❷錐形的東西。如：毛錐(毛筆)。❸用錐刺物。

【錐指】比喻所見甚淺小。

【錐刀之末】比喻微小的利益。亦作"錐刀之利"。

【錐處囊中】(處 chǔ)比喻有才智的人終能顯露頭角。

鍺(锗) (tà)粵dap⁹〔踏〕金屬套。如：指鍺。即"頂針箍"。

錘(锤) (chuí)粵tsœy⁴〔徐〕❶一種敲打用的手工具。如：鐵錘。❷古兵器名。如：銅錘。❸以錘擊物。如：千錘百煉。❹秤砣。

錙(锱) (zī)粵dzi¹〔之〕古代重量單位。六銖爲一錙。一錙爲四分之一両。

【錙銖】錙、銖都是古代很小的重量單位。比喻極微小的數量。如：錙銖必較。

錚(铮) (zhēng)粵dzɐŋ¹〔增〕❶見"錚錚"。❷通"鉦"。古樂器，形圓如銅鑼。

【錚錚】❶金屬相擊聲。❷猶言"響當當"。

【錚鏦】金屬相擊聲。

錞(錞) ㊀(chún)粵sœn⁴〔純〕古代樂器。亦稱"錞于"。青銅製。形如圓筒，上圜下虛，頂有紐可懸掛，以物擊之而鳴。多用於戰爭中，指揮進退。
㊁(duì)粵dœy⁶〔隊〕矛戟柄末的平底金屬套，即鐓。

錟(锬) ㊀(tán)粵tam⁴〔談〕長矛。
㊁(xiān)粵tsim¹〔簽〕通"銛"。鋒利。

錠(锭) (dìng)粵diŋ³〔訂〕❶古代蒸食物的器具。❷鑄成貝狀、顆狀或塊狀的金銀，其重五両或十両。如：金錠；銀錠。亦爲金銀錠及墨的計量單位。如：一錠金；一錠墨。❸〔錠子〕紡紗工藝中加拈捲繞機構的主要機件。能作高速回轉。用於粗紗、細紗、拈綫等機器。

錡(锜) (qí)粵kei⁴〔其〕❶鑊的一種。❷鑿類的鑽木工具。

錕(锟) (kūn)粵kwɐn¹〔昆〕見"錕鋙"。

【錕鋙】亦作"昆吾"。古劍名。

錢(钱) (qián)粵tsin⁴〔前〕❶貨幣。本作"泉"，取其流行周遍的意思。錢，本農具名，古代可用以交易，故最早曾仿其形狀鑄爲貨幣。後爲一切貨幣的通稱。引申爲費用。如：車錢；飯錢。(粵口語讀如淺)❷重量單位。十分爲一錢，十錢爲一両。今用爲"市錢"的簡稱。中國市制中計量質量和重量的一種單位。1(市)錢＝1/10(市)両＝10(市)分＝5克。

【錢刀】刀是古代一種刀形的錢，後因用"錢刀"泛指錢或金錢。

【錢糧】田賦所徵銀錢和糧食的合稱。唐行兩稅法後，宋、元、明各代，田賦或折徵銀錢，或徵收米糧，因而合稱爲錢糧。清代丁銀和田賦合并徵收，稱"地丁"或"地丁錢糧"。從此錢糧成爲稅收的泛稱。

【錢可通神】極言金錢魔力之大。

錦(锦) (jǐn)粵gem²〔感〕❶絲織物的類名。具有彩色大花紋的特點。❷比喻鮮豔華美。如：錦霞。

【錦字】用錦織成的字。指《晉書》所載竇滔妻蘇氏織錦長《迴文璇璣圖》詩以贈其夫的事。後用以指妻寄夫的書信。

【錦衣】❶華美彩色的服裝。指貴顯者之服裝。❷明代官署錦衣衛的省稱。也指錦衣衛的官。明初設置，掌管皇宮護衞與皇帝出入儀仗。後兼管刑獄、緝捕等事。

【錦屏】錦繡的屏風。

【錦瑟】裝飾華美的瑟。

【錦箋】精致華美的信紙。

【錦標】錦製的旗幟，古時用以贈給競渡的領先者。《唐摭言》載，唐盧肇與同郡黃頗齊名，頗富豪貴，兩人同赴舉，郡牧輕肇，於離亭惟爲頗餞飲。明年，肇狀元及第而歸，郡牧迎之，會看競渡，肇於席上賦詩曰："向道是龍剛不識，果然奪得錦標歸"。今本以錦競賽中優勝者所得之獎品，如錦旗、銀盾、銀杯等。

【錦繡】精致華麗的絲織品。常用來形容美好的事物。也：錦繡河山；錦繡前程。

【錦囊】用錦做成的袋子。古人多用以藏詩稿或機密文件。

【錦上添花】比喻美上加美。

【錦心繡口】形容才思優美，詞藻華麗。

【錦衣玉食】精美的衣食。指生活豪奢。

錧(馆) (guǎn)粵gun²〔管〕❶同"錧"。古代車轂端的銅鍵。❷農具，即鏵鍤。

【錧轄】同"錧轄"。本爲古代車上控制轂的零件，引伸爲關鍵。

錫(锡) (xī)粵sɛk⁸〔沙氏切〕❶化學元素。符號 Sn。主要礦石是氧化礦，稱爲"錫石"，錫石還原而得金屬錫。有白錫、灰錫及脆錫三種同素異形體。常見的白錫，銀白色金屬，富有展性。可製成家用器皿，也可鍍於銅和鐵上。鍍過的鐵片，常稱爲"馬口鐵"。❷賞賜。❸僧人所用錫杖的簡稱。如：卓錫。

銐(铏) (xíng)粵jiŋ⁴〔刑〕古代盛羹器。

錮(锢) (gù)粵gu³〔固〕❶以金屬熔液壞塞空隙。❷禁錮。❸通"痼"。見"錮疾"。

【錮疾】同"痼疾"。經久難痊的疾病。

錯(错) ㊀(cuò)粵tsɔk⁸〔雌惡切〕❶用金塗飾。見"錯彩鏤金"。❷銼刀，即鑢。參見"錯刀"。亦謂磨刀石。如：他山之石，可以爲錯。❸雜錯。見"海錯"。❹交錯。

㊁(cuò)粵tsɔ³〔挫〕❶錯誤；不正確。如：過錯；錯別字。❷岔開。如：錯車。

㊂(cù)粵tsou³〔措〕通"措"。❶安置。❷施行。

【錯互】猶言交錯、錯雜。

【錯愕】倉卒驚詫。

【錯落】❶猶言錯雜。交錯繽紛的樣子。❷酒器之名。亦作"鑿落"。

【錯綜】交錯綜合。如：錯綜複雜。

【錯繆】(一miù)繆。通"謬"。差失；謬誤。

【錯簡】古代的書以竹簡按次串聯編成，錯簡是說竹簡前後次序錯亂。後用爲古書中文字顛倒錯亂之稱。

【錯覺】不合於實際的感覺並由此做出的判斷。如驚慌時的"草木皆兵"，惶惑時的"杯弓蛇影"等。

【錯彩鏤金】錯，塗飾；鏤，刻鏤。本謂雕縷工麗，後用以形容詩文的詞藻綺麗。

錳(锰) (měng)粵maŋ⁵〔猛〕化學元素。符號Mn。銀白色金屬，性堅而脆。

錸(铼) (lái)粵lɔi⁴〔來〕化學元素。符號Re。熔點3,180℃左右。有良好機械性能。電阻高。

錒(锕) (ā)粵a¹〔鴉〕化學元素。符號Ac。放射性。

錇(锫) (péi)粵pui⁴〔培〕化學元素。符號Bk。人工獲得的放射性元素(1950年)。

錍(铍) (pī)粵pei¹〔批〕箭鏃的一種。

鍆(钔) (mén)粵mun⁴〔門〕化學元素。符號Md。人工獲得的放射性元素(1955年)。

錇(锫) (péi)⑨dʊk⁷〔得〕化學元素。符號 Tc。人工合成的元素。它的同位素都有放射性。

錶(表) (biǎo)⑨biu¹〔標〕❶計時的器具。一般比鐘小，可以隨身佩帶。如：手錶；懷錶。❷測量某種量的器具。如：水錶；電錶。

鍬(锹) (xiān)⑨hin¹〔軒〕鐵製的枕。參見"枕"。

錭 (diāo)⑨diu¹〔刁〕同"雕"。雕琢。

錤(锲) (jī)⑨gei¹〔基〕見"鎡基"。

九畫

錨(锚) (máo)⑨nau⁴〔撓〕船不靠碼頭停泊時所用的器具。

鍇(锴) (kǎi，又讀 jiē)⑨kai²〔卡歹切〕gai¹〔皆〕（又）好鐵。多用於人名。

錬 "煉"的異體字。

鍋(锅) (guō)⑨wɔ¹〔窩〕❶烹調用具，即鑊子。如：飯鍋；菜鍋。❷形狀像鍋的東西。如：煙袋鍋。❸特指煮鹽的鍋。宋代鹽戶有稱鍋戶者。❹蒸汽機的盛水器。即"鍋爐"。

鍍(镀) (dù)⑨dou⁶〔渡〕以光澤較強的金屬塗在他種金屬物體的表面上。如：鍍鎳；電鍍。

鍑(镤) (fù)⑨fu³〔富〕fuk⁷〔福〕（又）大口鍋。

鍔(锷) (è)⑨ŋɔk⁹〔岳〕刀刃。

鍘(铡) (zhá)⑨dzat⁸〔札〕❶用一種裝着樞紐可以扳轉的刀切草或藥，也則稱這種刀為鍘刀。

鍚(钖) (yáng)⑨jœŋ⁴〔羊〕❶馬額頭上的金屬裝飾物，馬走動時發出聲響。❷盾背的裝飾。

鍛(锻) (duàn)⑨dyn³〔煅〕❶打鐵。❷錘擊。❸鍛製用的砧石。
【鍛煉】❶冶煉金屬。❷比喻酷吏枉法陷人於罪。❸比喻詩文的推敲錘鍊。❹從不斷實踐中增強體質或提高思想。

鍠(锽) (huáng)⑨wɔŋ⁴〔皇〕❶象聲。見"鍠鍠"。❷古兵器。形如劍而三刃。
【鍠鍠】鐘鼓聲。

鍤(锸) (chā)⑨tsap⁸〔插〕❶即鍬，插地起土的工具。❷指行針。一種長針，做衣服時插在四周，使之平直。

鍥(锲) (qiè)⑨kit⁸〔揭〕刻；截斷。
【鍥薄】刻薄。
【鍥而不舍】(shě 舍)不斷地刻鏤。比喻堅持不懈。

鍪 (móu)⑨mɐu⁴〔謀〕❶古代炊器。青銅製。圓底斂口，反唇。❷古代武士的頭盔。亦稱兜鍪。❸形似頭盔的帽子。
"鍪"的異體字。

鍭(镞) (hóu)⑨hɐu⁴〔侯〕箭名。

鍮(鍮) (tōu)⑨tɐu¹〔偷〕即黃銅。

鍰(锾) (huán)⑨wan⁴〔環〕同"鍰"。一鍰六兩。引伸為罰金的代稱。如：罰鍰。

鍵(键) (jiàn)⑨gin⁶〔健〕❶安在車軸頭上管住車輪不脫離軸的鐵棍。❷插在門上關鎖門戶的金屬棍子。❸鋼琴或風琴上兩排有彈性的木條，按之發音。❹在化學結構式中表示元素原子價的短橫線。

鍶(锶) (sī)⑨si¹〔詩〕化學元素。符號 Sr。銀白色軟金屬。
"針"的異體字。

鍾(钟) (zhōng)⑨dzuŋ¹〔宗〕❶同鐘。❷❶古代器名。即圓形壺，用以盛酒漿或糧食。❷古量單位。春秋時齊國的"公量"，以四升為豆，四豆為區(甌)，四區為釜，十釜為鍾。陳氏(即田氏)的"家量"，以四升為豆，五豆為區，五區為釜，十釜為鍾。田氏代齊後，這種"家量"就成為齊國的標準量器。❹匯聚；

專注。參見"鍾愛"、"鍾情"。❺姓。

【鍾情】感情專注。常用以指男女相愛。

【鍾愛】特別疼愛。

【鍾靈毓秀】謂天地間靈秀之氣所聚。亦省稱"鍾秀"、"毓靈"。

鎂(镁) (měi)⑧mei⁵〔美〕化學元素。符號Mg。輕金屬之一。有展性。燃燒時發出眩目的白光。

鍬(锹) (qiāo)⑧tsiu¹〔超〕又名"臿"。一種掘土、鏟取什物。又即謂用鍬起土或畚播。如：鍬起一層草皮；鍬進一噸煤。

鍖(锓) ㈠(zhēn)⑧dzɐm¹〔針〕❶古刑具，即鍘刀下面的砧板。❷不自滿。
㈡(chěn)⑧tsɐm²〔寢〕見"鍖鈝"。

【鍖鈝】(chěn─)形容聲音舒緩。

鍺(锗) (zhě)⑧dze²〔者〕化學元素。符號Ge。稀散元素之一。粉末狀的鍺呈暗藍色，結晶狀的鍺為銀白色脆金屬。

鍩(锘) (nuò)⑧nɔk⁹〔諾〕化學元素。符號No。人工獲得的放射性元素(1957年)。

錛(锛) (bēn)⑧bɐn¹〔奔〕❶錛子，削平木料的平頭斧。❷用錛子削平木料。

綫(线) (xiàn)⑧sin³〔線〕金屬線。

鎇(镅) (méi)⑧mei⁴〔眉〕化學元素。符號Am。人工獲得的放射性元素(1944年)。

鎄(锿) (āi)⑧ɔi¹〔哀〕化學元素。符號Es。舊名"鑀"。人工獲得的放射性元素(1957年)。

鍧(锽) (hōng)⑧gwɐŋ¹〔轟〕象聲。見"鏗鍧"。

鄉 同"鄉"。見"鎁鄉"。

鍦(铊) (shī，又讀shé)⑧si¹〔施〕sɛ⁴〔蛇〕(又)即"鉈"。亦作"鈰"、"鉈"。矛。

鋙(铻) (yú)⑧jy⁴〔如〕見"鏞鋙"。

鎊(镑) (bàng)⑧bɔŋ⁶〔磅〕bɔŋ²〔綁〕(語)英語 pound 的音譯。英國、愛爾蘭、埃及、蘇丹、黎巴嫩、土耳其、馬耳他、塞浦路斯等國的貨幣單位。一般在鎊前冠以國名，以示區別。如：英鎊；愛鎊。

錯(锘) (xiá)⑧het⁹〔瞎〕同"轄"。古代車軸頭上的小銅鍵或鐵鍵(漢以前銅製)，用以防止車輪脫落者省。

鎌 "鐮"的異體字。

鎏 (liú)⑧leu⁴〔流〕成色好的金子。

鎒 (nòu)⑧neu⁶〔尼候切〕同"耨"。除草的農具。亦謂以鎒除草。

鎔 (róng)⑧juŋ⁴〔容〕❶"熔"的異體字。❷鑄器的模型。

鎖(锁) (suǒ)⑧sɔ²〔所〕❶必須用鑰匙方能開脫的封緘器。❷鎖鏈，一種用鐵環鈎連而成的刑具。如：枷鎖。引伸為拘繫束縛。如：名繮利鎖。❸加鎖。引伸為幽閉。如：緊鎖眉頭。如：愁眉雙鎖。❺一種縫紉法。如：鎖邊。

【鎖院】宋代殿試前三日，試官到翰林學士院鎖院，然後陪同考生赴闈殿策。明清沿之，但其制略有不同，試官入院後，即封鎖內外門戶，以嚴關防。

【鎖子甲】古代武士穿的一種鎧甲。亦簡稱鎖甲。

【鎖廳試】宋代凡現任官應試進士，稱爲"鎖廳試"。

鏁 "鎖"的異體字。

鎗(锵) (qiāng)⑧tsœŋ¹〔窗〕❶通"鏘"。金玉撞擊聲。❷"槍"的異體字。

【鎗鎗】❶"鏘鏘"。金屬物碰擊聲。❷同"蹌蹌"。

鎘(镉) ㈠(gé)⑧gak⁸〔隔〕化學元素。符號Cd。銀白色金屬，富延展性。溶於酸。

㊀(lì)粵lik⁹〔力〕同"勵"。

鉋　同"錘❶❷❸"。

鑄(鑄)　(bó)粵bɔk⁸〔博〕❶鋤田去草的農具。❷古代樂器。青銅製。形似鐘而口緣平。器形巨大，有紐可懸掛，以槌叩之而鳴。是從鐘發展來的形式。

鎞(鎞)　㊀(bī)粵bei¹〔跛〕❶釵。❷通"篦"。❸古時醫生用以治療眼病的器械。
　㊁(pī)粵pei¹〔批〕通"錍"。箭鏃。參見"錍"。

鎡(鎡)　(zī)粵dzi¹〔之〕見"鎡基"。

【鎡基】亦作"鎡錤"、"玆其"、"茲基"。鋤頭。

鎢(鎢)　(wū)粵wu¹〔烏〕化學元素。符號W。熔點3,400℃，是最難熔的金屬。硬度高，延性強。

鎣(鎣)　(yíng)粵jin⁴〔盈〕琢磨使發光。亦寫作"瑩"。

鎧(鎧)　(kǎi)粵hoi²〔海〕古代戰士護身的鐵甲；鎧甲。如：鐵鎧；首鎧。

鎪(鎪)　(sōu)粵seu¹〔收〕刻鏤。

鎬(鎬)　㊀(hào)粵hou⁶〔浩〕古都名。亦作"鄗"。鎬，宗周與豐同爲西周國都，故址在今陝西西安市西。
　㊁(gāo)粵gou²〔稿〕刨土的工具。如：十字鎬。

鎮(鎮)　(zhèn)粵dzen³〔振〕❶壓。如：鎮壓；鎮服。❷安；安定。見"鎮靜"、"鎮定"。❸通"瑱"。壓物的用具。參見"鎮尺"、"鎮紙"。❹指市鎮，多爲鄉村工商業的中心。❺明清軍隊的編制單位。清末編練新軍，亦稱爲鎮。❻通"整"、如："鎮日"。❼把飲料、食物等同冰或冷水放在一起使涼。如：冰鎮西瓜。

【鎮尺】金屬、玉石之類所作的尺形文具，用以壓書或紙。參見"鎮紙"。

【鎮定】安定。今謂面臨危急而心緒不亂。

如：態度鎮定。

【鎮紙】壓紙、壓書的文具。亦稱壓尺。

【鎮撫】鎮定安撫。

【鎮靜】安定；沉着。

【鎮壓】❶伏壓。❷壓制；壓服。❸嚴厲制裁或依法處決。

鎰(鎰)　(yì)粵jet⁹〔溢〕古代重量單位，二十兩或二十四兩。

鎵(鎵)　(jiā)粵ga¹〔家〕化學元素。符號Ga。質硬而脆。

鎳(鎳)　(niè)粵nip⁹〔聶高入〕化學元素 符號Ni。銀白色金屬，有磁性和良好的可塑性。在空氣中不被氧化，僅溶於硝酸。

鎲(鎲)　(tǎng)粵tɔŋ²〔倘〕鎲鈀，古兵器。形似馬叉，上有利刃，兩面出鋒，刃下橫兩股，向上彎。可以刺擊，也可以防御，兼矛、盾之用。

鎬(鎬)　(shàn)粵sin³〔扇〕揄開鐮刀或釤鐮割。如：鎬草；鎬麥。

錇(錇)　(ná)粵na¹〔拿入〕化學元素。符號Np。具放射性。

鎦(鎦)　㊀(liú)粵leu⁴〔留〕本作"鎦"。❶段。❷姓。
　㊁(liù)粵leu⁶〔溜〕❶釜。❷鎦子，北方言戒指的別稱。

鐫　"鐫"的異體字。

十一畫

鏃(鏃)　(zú)粵dzuk⁹〔族〕❶箭頭。❷形容箭的輕捷。

鉧(鉧)　(mǔ)粵mou⁵〔母〕同"鉧"。見"鈷鉧"。

鏇(鏇)　(xuàn)粵syn⁴〔船〕syn⁶〔篆〕（又）❶迴旋着切削。❷鏇子，溫酒的器具。

鏈(鏈)　(liàn)粵lin⁶〔練〕lin²〔拉演切〕（語）❶用金屬環連接而成的長條。如：錶鏈；鎖鏈。❷鉛礦。❸海上計量短距離的一種專用單位。英文cable的譯名。一海里的十分之一。

鏊 (áo)⑩ŋou⁶〔傲〕烙餅器。鐵製，平圓，中心稍凸，下有三足，俗稱鏊子或鏊盤。

鏌 (鏌)(mò)⑩mɔk⁹〔莫〕見"鏌鋣"。
【鏌鋣】同"莫邪"。寶劍名。

鏐 (鏐)(liú)⑩lɐu⁴〔流〕純美的黃金。

鏑 (鏑)㊀(dí)⑩dik⁷〔的〕箭鏃。如：鋒鏑。
㊁(dí)同一化學元素。符號Dy。

鏖 (áo)⑩ou¹〔奧 高平〕❶溫器。本作"鐷"，詳這條。❷通"熬"。戰鬥激烈。❸喧囂。
【鏖兵】激烈的或大規模的戰鬥。
【鏖戰】激戰；苦戰。
【鏖糟】猶腌臢，不潔。比喻可厭惡的。

鏗 (鏗)(kēng)⑩hɐŋ¹〔亨〕❶象聲。❷撞擊。
【鏗鏘】鐘鼓並作聲。
【鏗鏘】象聲之詞。亦以比喻說理明確。
【鏗鏘】形容聲音響亮和諧。多指樂器聲。亦作"鏗鎗"。

鏘 (鏘)(qiāng)⑩tsœŋ¹〔槍〕金玉相擊聲。
【鏘鏘】❶象聲詞。亦作"將將"、"瑲瑲"。❷同"蹌蹌"。

鏚 (qī)⑩tsik⁷〔戚〕同"戚"。斧子。

鏜 (鏜)(tāng)⑩tɔŋ¹〔湯〕❶象聲。參見"鏜鏜"。❷樂器名，即小鐘鑼。
【鏜鞳】鼓鐘聲。
【鏜鞳】亦作"鏜鞳"。鐘鼓聲。

鏝 (鏝)(màn)⑩man⁶〔曼〕❶用泥土、石灰等物塗牆的工具。俗稱"瓦刀"。❷通"幔"。舊時銅鏡無字的一面。

鏞 (鏞)(yōng)⑩juŋ⁴〔庸〕大鐘。古代的一種樂器。

鏟 (鏟)(chǎn)⑩tsan²〔產〕❶一種鐵製的用具。❷以鐵鏟：鍋鏟等。用鏟鏟物。如：鏟土。❸同"剷"。

鏡 (鏡)(jìng)⑩gɛŋ³〔加鏡切〕❶鏡子，古代用銅磨製，近代常用的鏡子常在玻璃的背面塗上水銀製成。❷物理學名詞。(1)一般指反射鏡，是對光線具有規則反射性能的任何光滑平面或曲面。(2)許多用日觀察的光學儀器(如望遠鏡、顯微鏡、分光鏡、觀劇鏡等)及反射鏡以外的其他一些光學元件(如透鏡、稜鏡，偏振光鏡等)，其名稱上也常加一鏡字，以表示其光系成像性質。❸鑒察。
【鏡考】指借他事以自省，猶言借鑒。
【鏡戒】戒，亦作"誡"。猶言鑒戒。引已往之事作為警惕和教訓。
【鏡鑒】鑒，亦作"鑑"，猶鏡戒。
【鏡花水月】比喻詩中空靈的意境。亦比喻虛幻。

鏢 (鏢)(biāo)⑩biu¹〔標〕❶刀鞘末端的銅飾物。❷一種暗器，形如矛頭，用以投擲傷人。如：放鏢。
【鏢客】也稱鏢師。從事保鏢職業的人。

鏤 (鏤)(lòu)⑩lɐu⁶〔漏〕❶可供雕刻的剛鐵。❷雕刻。
【鏤冰】冰易銷溶，比喻徒勞無功。
【鏤心刻骨】形容感念之深。參見"銘肌鏤骨"。
【鏤月裁雲】比喻技巧。
【鏤塵吹影】比喻徒勞無功。

鏦 (鏦)(cōng)⑩tsuŋ¹〔匆〕❶小矛。❷用矛戟衝刺。
【鏦鏦】金屬相擊聲。

鏨 (鏨)(zàn)⑩dzam⁶〔暫〕❶小鑿，雕鑿金石的工具。❷雕刻。

鏍 同"鎖"。

鏺 (鏺)(shā)⑩sat⁸〔殺〕❶古兵器，即鏺。大矛。❷傷殘。
【鏺羽】羽毛摧落。比喻失意、受挫折。

十二畫

鏵 (鏵)(huá)⑩wa⁴〔華〕耕地的農具。如：鏵犁。

鏷 (鏷)㊀(pú)⑩pok⁸〔撲〕化學元素。符號 Pa。具放射性。銀白色

金屬,延展性强。

㊁(pú)⑧buk⁹〔僕〕未經煉製的銅鐵。

鏹(镪) ㊀(qiǎng)⑧kœŋ⁵〔其養切〕錢串。引伸爲成串的錢。後多指銀子或銀錠。

㊁(qiāng)⑧同㊀具有强烈腐蝕性的濃硝酸、濃鹽酸等俗稱"鏹水",前者稱爲"硝鏹水",後者稱爲"鹽鏹水"。

鏺(钹) (pō)⑧put⁸〔潑〕❶農具。刀的兩邊有刃,裝有長木柄,用以割草。❷芟除。引伸爲討平之義。

鐉(镌) (xiàn)⑧sin³〔線〕閹割雄雞的睾丸。

鐃(铙) (náo)⑧nau⁴〔撓〕❶古代樂器。青銅製。體小而短闊,有中空的短柄,插入木柄後可執,以槌擊之而鳴。三個或五個一組,大小相次。一說應稱鉦。❷〔鐃鈸〕擊樂器,簡稱"鈸"。

鐄(横) (huáng)⑧waŋ⁴〔橫〕大鐘,古代樂器。

鐇(镭) (fán)⑧fan⁴〔凡〕鏟。引伸爲鏟除。

鐊(钖) ㊀(tàng)⑧toŋ³〔燙〕平木石器。
㊁(tāng)⑧toŋ¹〔湯〕小銅鑼。
【鐊鐊】小銅鑼。

鐍(镝) (jué)⑧kyt⁸〔決〕❶有舌的環。❷環上加鎖的鈕鈕。

鐔(镡) (xín,又讀 tán)⑧tsɐm⁴〔尋〕tam⁴〔譚〕(又)❶劍鼻,即劍柄上端與劍身連接處的兩旁突出部分。亦稱劍口、劍首、劍環。也比喻地勢險要。❷兵器名。似劍而小。

鐎(镶) (jiāo)⑧dziu¹〔焦〕鐎斗。古代一種溫器,三足有柄。軍中也用以打更,編刁斗。

鐏(鐏) (zūn)⑧dzœn¹〔尊〕戈柄下端圓椎形的金屬套,可以插入地中。

鐐(镣) (liào,又讀 liáo)⑧liu⁴〔聊〕❶純美的銀子。❷加在腳上的刑具。如:腳鐐。

鐓(镦) ㊀(duì)⑧dœy¹〔堆〕打夯用的重錘。

㊁(duì)⑧dœy⁶〔隊〕同"鐏"。矛戟柄末的平底金屬套。

㊁(dūn)⑧dœn¹〔敦〕閹割雄性牲畜的睾丸。如:鐓豬。

鏢(钯) (jī)⑧gei¹〔基〕❶魚鈎的倒刺,使魚鈎上鈎後不易掙脱。❷通"機"。機栝。❸大鐮刀。

鐧(锏) (jiàn)⑧gan³〔諫〕車軸上的鐵,用以減少軸與輪之間的摩擦。
㊀(jiǎn)⑧gan²〔簡〕古兵器,鞭類。長而無刃,有四棱,上端稍小,下端有柄。

鐘(钟) (zhōng)⑧dzuŋ¹〔中〕❶古代樂器。青銅製。懸掛於架上,用槌叩之而鳴。西周中期開始有十幾個大小相次成組的編鐘。也有單一的,稱爲特鐘。其口緣平而有懸紐者,與以圓口爲鑄。❷計時器。如:掛鐘;鬧鐘。❸指鐘點、時間。如:八點鐘;十分鐘。

【鐘乳】❶古代鐘面上的雕飾。鐘帶間隆起之物。因起如如乳,故名。❷礦物名。即"鐘乳石"。溶洞中自洞頂下垂的石灰質體。溶有碳酸鈣的水自洞頂下滴經水分蒸發、澱積而成。狀如鐘乳,故名。

【鐘鼎】古銅器之總稱。上面銘刻文字,用以記事或宣揚功德。

【鐘鳴鼎食】擊鐘列鼎而食。形容貴族的豪奢排場。

【鐘鳴漏盡】晨鐘已鳴,夜漏將盡。比喻年屆遲暮。

鐙(镫) ㊀(dèng)⑧dɐŋ³〔凳〕馬鞍兩旁的鐵腳踏。
㊀(dēng)⑧dɐŋ¹〔登〕❶通"登"。古代盛熟食的器具。❷同"燈"。也叫"錠"。古代照明的器具。青銅製。上有柱,下有底。也有盤下爲三足,旁有長柄可執。盤用來盛油。有作樹枝形的,每枝作一燈盤;也有作人物形的,如張宫人;也有作動物形的,如朱雀燈、大牛燈。有柱作雁足形的,稱爲雁足鐙。

鐠(镨) (pu)⑧pou²〔普〕化學元素。符號 Pr。淡黄色金屬。

鐥(䁖) (shàn)⑧sin³〔扇〕同"鐥"。

鐨(镄) (fèi)粵fɐi³〔費〕化學元素。符號Fm。人工獲得的放射性元素(1952年)。

鏽(锈) (xiù)粵sɐu³〔秀〕金屬在含有酸性氣體(例如二氧化硫)的潮濕空氣、水或泥土中，或在其他條件下，被氧化而在其表面上形成一層氧化物、含水氧化物或鹼式鹽，總稱爲鏽。金屬生鏽後即失去它原有的光澤。

鐒(铹) (láo)粵lou⁴〔勞〕化學元素。符號Lr。人工獲得的放射性元素(1961年)。

鐦(锎) (kāi)粵hɔi¹〔開〕化學元素。符號Cf。人工獲得的放射性元素(1950年)。

鐝(镢) (jué)粵kyt⁸〔決〕鐝頭，撅土的工具。

鐔 同"鐔"。

十三畫

鐅(镺) (āo)粵ou¹〔澳高平〕❶溫器。引伸爲以溫器煮燜。如：鐅豹；鐅白菜。❷"鏊❶"的本字。

鐫(镌) (juān)粵dzyn¹〔專〕dzœn³〔進〕❶鑿；刻。如：鐫石。❷削。見"鐫級"。

【鐫級】削其品級，即降級。

鐮(镰) (lián)粵lim⁴〔廉〕❶鐮刀。割稻麥黍萆草的小農具。❷箭鏃的棱角。

鐲(镯) (zhuó)粵dzuk⁹〔俗〕❶鐘狀的鈴，古代軍中樂器。❷手鐲或腳鐲。如：銀鐲；玉鐲。

鐳(镭) (léi)粵lœy⁴〔雷〕❶瓶、壺之類。❷化學元素。符號Ra。具放射性。1898年居里夫婦首次從瀝青鈾礦中分離鐳，獲得成功。銀白色有光澤的軟金屬。

鐵(铁) (tiě)粵tit⁸〔歇切切〕❶化學元素。符號Fe。延展性很好，含有雜質的鐵在潮濕空氣中易生鏽。❷比喻堅固或堅定不移。如：銅牆鐵壁。❸兵器的代稱。如：手無寸鐵。

【鐵石】❶鐵礦石。❷比喻意志堅定。

【鐵衣】鐵甲。

【鐵面】❶古時作戰時用以自衛的鐵製面具。❷比喻不畏權勢，不徇私情。如：鐵面無私。

【鐵案】證據確鑿的案件或結論。如：鐵案如山。

【鐵馬】❶配有鐵甲的戰馬。亦借喻雄師勁旅。❷簷馬。懸於簷間的鐵片，風吹則相擊而發聲。

【鐵窗】安上鐵柵的窗戶，借指監牢。

【鐵腕】指強有力的手段或統治。

【鐵漢】比喻堅強不屈的人。

【鐵騎】(─jì)穿鐵甲的騎兵。亦泛稱精銳的騎兵。

【鐵飯碗】比喻穩固的職位。

【鐵中錚錚】比喻才能較爲出衆的人。

【鐵石心腸】心腸堅如鐵石，形容人不動感情。亦作"鐵腸石心"。

【鐵杵成針】《潛確類書》載，李白年小讀書不用功，想中途輟學。有一天，在路上碰見一老婦人磨鐵杵，說要把它磨成針。李白因受感動，從此發奮學習。諺語"若要功夫深，鐵杵磨成針"，本此。常以此勉勵人刻苦用功，以求有所成就。

【鐵網珊瑚】比喻搜羅珍奇。

【鐵樹開花】比喻極難辦到的事。

鐶(镮) (huán)粵wan⁴〔環〕同"環"。圓形有孔可貫穿的東西。

鐸(铎) (duó)粵dɔk⁹〔踱〕古代樂器。形如鐃、鉦而有舌，是大鈴的一種。

鐺(铛) ㊀(dāng)粵dɔŋ¹〔當〕❶見"銀鐺"。❷象聲。見"鐺鐺"。
㊁(chēng)粵tsaŋ¹〔撐〕❶溫器。如：酒鐺；茶鐺。❷鐵鍋的一種。底平而淺，多用於烙餅炒菜。

【鐺鐺】更漏聲。

鐻(𬭩) ㊀(jù)粵gœy⁶〔巨〕❶本作"虡"。古代懸掛鐘鼓的架子。❷樂器，鐘屬。
㊁(qú)粵kœy⁴〔渠〕金銀製成的耳環。

【鐻鍏】古代少數民族的耳飾。

鐿(镱)　(yì)⑧ji³〔意〕化學元素。符號
Yb。光亮的銀白色金屬，質
軟。

鱗(鳞)　(lín)⑧lœn⁴〔倫〕化學名詞。一
類具有R₄PX 通式的含磷有機
化合物的總稱（R為烴基，X為烴基或鹵素
等）。如（CH₃）₄POH（氫 氧化四甲鏻）
等。

鐯(锗)　(zhuō)⑧dzœk⁸〔雀〕❶用鐯刨
地或刨荒兒。如：鐯高梁；鐯
玉米。因亦稱鐯為"鐯鈎"。❷亦作"鐯"。
大鋤。

十四畫

鑄(铸)　(zhù)⑧dzy³〔注〕熔煉金屬或
以液態非金屬材料（如塑料）澆
製成器的統稱。
【鑄錯】造成重大錯誤。
【鑄山煮海】謂採銅鑄錢，煮海水為鹽。

鑊(镬)　(huò)⑧wok⁹〔獲〕古時指無足
的鼎。今南方話鍋子叫鑊。

鏗(铿)　(qīng)⑧hiŋ¹〔輕〕本作"脛"。
一條腿走路。

鑌(镔)　(bīn)⑧bɛn¹〔賓〕精煉的鐵。

鑒(鉴)　(jiàn)⑧gam³〔加啖切〕❶古代
器名。青銅製。形似大盆。用
以盛水或冰，巨大者或用作浴器。古時沒
有鏡子，古人常盛水於鑒，用來照影。戰
國以後大量製作青銅鑄照影，因此銅鏡也
稱為鑒。❷鏡。❸審察。如：光可鑒人；鑒
定。❸儆戒或教訓。如：前車之鑒。
【鑒別】辨別；識別。如：鑒別真偽。
【鑒戒】引往事為教訓。
【鑒裁】謂觀察和衡量他人的才德。
【鑒賞】❶猶言鑒識。❷對文學藝術作品所做
的鑒別和欣賞。
【鑒識】精闢的見識，多指識別人物。

鑑　"鑒"的異體字。

鑔(镲)　(chǎ)⑧tsa²〔始啞切〕小鈸，打
擊樂器。

十五畫

鑕(锧)　(zhì)⑧dzɐt⁷〔質〕古代腰斬用
的墊座。

鑛　"礦"的異體字。

鑞(镴)　(là)⑧lap⁹〔立〕錫與鉛的合
金，用以焊接金屬，也可製
器。

鑠(铄)　(shuò)⑧sœk⁸〔削〕❶熔化。
如：鑠金。❷消毀；消損。❸
通"爍"。光輝美盛的樣子。
【鑠石流金】同"流金鑠石"。形容天氣酷熱，
似能使金石熔化。

鑢(铝)　(lǜ)⑧lœy⁶〔慮〕磋磨骨角銅鐵
等的工具。引伸為磨鐾。

鑣(镳)　(biāo)⑧biu¹〔標〕馬具。與銜
合用，銜在口內，鑣在口旁。

鑥(镥)　(lǔ)⑧lou⁵〔魯〕化學元素。符
號Lu。銀白色金屬，質軟，
在空氣中比較穩定。

鑤　"鉋"的異體字。

鑽　"鑽"的異體字。

十六畫

鑪　"爐"的異體字。

鑫　(xīn)⑧jɐm¹〔音〕商店字號、人名用
字，取其金多興旺之意。

十七畫

鑰(钥)　(yào，讀音yuè)⑧jœk⁹〔若〕鎖
匙，開鎖的東西。

鑱(镵)　(chán)⑧tsam⁴〔慚〕❶古代的
一種犁頭。裝上彎曲的長柄，
用以掘土，叫長鑱。❷刺。

鑲(镶)　(xiāng)⑧sœŋ¹〔商〕鑲嵌；鑲
配。如：鑲牙；鑲花邊兒。

鑭(镧)(lán)⑩lan⁴〔蘭〕化學元素。符號 La。銀白色軟金屬。稀土元素中最活潑的金屬，在空氣中很易氧化。

十八畫

鑵　"罐"的異體字。

鑷(镊)(niè)⑩nip⁹〔嶌〕❶鑷子，拔除毛髮或夾取細小東西的用具。❷拔除；夾取。❸古代簪端的垂飾。

鑹(镩)(cuān)⑩tsyn¹〔穿〕❶冰鑹，鑿冰用具。❷用冰鑹鑿冰。如：鑹冰。

十九畫

鑼(锣)(luó)⑩lɔ⁴〔羅〕擊樂器。銅製，圓形，無固定音高，用槌敲擊。如：敲鑼打鼓。

鑽(钻)⊖(zuān)⑩dzyn¹〔鑽〕⑩dzyn³〔轉〕(又)❶穿孔；打眼。如：鑽穴。引伸爲穿過、進入。如：鑽山洞。❷深入研究；鑽研。❸鑽營。
⊜(zuàn)⑩dzyn³〔轉〕❶穿孔的工具，古代也用作刑具。❷鑽石的簡稱。如：鑽戒。

【鑽仰】鑽，鑽研；仰，仰望。常用以表示對有名望的人的欽佩。
【鑽研】深入細致地研究。如：鑽研科學。
【鑽營】找門路，托人情，以謀取名利。
【鑽燧】(zuàn一)原始的取火法。燧，鑽木取火的工具。
【鑽故紙】諷喻一味鑽在古書堆裏的人。
【鑽木取火】遠古時代的取火方法。鑽子鑽木，因摩擦發熱而爆出火星來。
【鑽天得沐】比喻理所必然。
【鑽冰求酥】比喻必不可得。酥，酥油。

鑾(銮)(luán)⑩lyn⁴〔聯〕❶古時皇帝車駕所用的鈴。見"鑾鈴"。也作皇帝車駕的代稱。如：隨鑾；迎鑾。❷見"金鑾"。
【鑾駕】皇帝的車駕，用作帝王的代稱。

鑾鈴　亦作"鸞鈴"。古代車乘的馬鈴。一般套在軛的頂端。

二十畫

鑿(凿)⊖(záo，讀音 zuò)⑩dzɔk⁹〔濯〕❶一種下端爲楔形或錐形、端末有刃口的桿形手工具。用錘敲鑿上端，使下端刃部楔入工件，以切去材料；常用於金工、石工、木工等。❷打孔；挖通。如：鑿井。
⊜(zuò)⑩同⊖❶榫眼；榫卯。如：圓鑿方枘。❷孔竅。❸確實。如：確鑿可據。❹穿鑿附會。

【鑿枘】(zuò一)❶鑿，榫眼；枘，榫頭，比喻互相投合。❷圓鑿方枘的簡語。比喻齟齬不合。
【鑿空】❶開通道路。❷(zuò一)根據不足，憑空。
【鑿鑿】(zuò zuò)❶鮮明的樣子。❷確實。如：言之鑿鑿。
【鑿壁偷光】《西京雜記》載，匡衡爲人勤學，家貧無錢買燭取光讀書，於是鑿穿隔壁，讓鄰舍的燭光射過來，照着讀書。後因用"穿壁引光"或"鑿壁偷光"爲刻苦讀書的典故。

鑺(镢)(jué)⑩fɔk⁸〔霍〕大鋤。

鑲(镗)(tǎng)⑩tɔŋ²〔倘〕古兵器。形如半月，有柄。如：流金鑲；混金鑲。

二十一畫

鑼(镯)(zhú)⑩dzuk⁷〔燭〕欹。

長　部

長(长)⊖(cháng)⑩tsɶŋ⁴〔祥〕❶兩端之間的距離大。兼指空間和時間。如：長途；長夜。引伸爲永遠。如：長逝；長眠。❷擅長；長處。如：一無所

長；一技之長。❸常。如：細水長流。
㊄(zhǎng)粵dzœŋ²〔掌〕❶生長；增長。
如：禾苗長得好。❷撫養。如：長我育
我。❸年高、位高或輩份高。如：長者；
長輩。❹軍隊、機關、團體、部門的領導
人或負責人。如：師長；部長；處長。❺
排行第一。如：長子；長孫。
㊅(zhàng)粵dzœŋ⁶〔丈〕剩餘；多餘。見
"長物"。

【長毛】太平軍恢復漢民族蓄髮不剃的習俗以
對抗清政府剃髮留辮的律令,當時被稱為
"長毛",是對太平軍的蔑稱。

【長生】謂生命長存。

【長年】❶壽長。❷浙江方言稱長工為"長
年"。❸(zhǎng—)老人。❹(zhǎng—)船
工。

【長老】(zhǎng—)❶年高者。❷佛教對釋迦
上首弟子的尊稱。如：長老舍利弗；長老
須菩提。又為住持僧的尊稱。❸猶太教和
早期基督教教會的地方領袖。十六世紀宗
教改革運動後,基督教(新教)有些宗派沿
用此名,在各教堂中專職的宗教職業者之
外設立非宗教職業者的首領數人,參預
管理教務。

【長至】夏至節的別稱。夏至是白晝最長的一
天,故稱"長至"。

【長舌】多言；好說閒話。亦指撥弄是非。

【長兵】與"短兵"相對。❶長兵器；戈矛之
類。❷能及遠的兵器,弓箭之類。

【長言】漢代訓詁學者說明字音的用語。參見
"短言"。

【長夜】❶漫長的黑夜。❷通宵；徹夜。❸比
喻人死後埋於地下,永處黑暗之中。

【長河】❶大河。❷銀河。

【長物】(zhàng—)多餘的東西。

【長空】遼闊的天空。

【長亭】見"長亭短亭"。

【長者】❶年紀大,輩分高的人。❷指尊貴
者。❸指性情謹厚的人。

【長班】也叫"長隨"。明清時官員隨身喚使
的僕人。

【長揖】拱手高舉,自上而下的相見禮。

【長揖】拱手高舉,自上而下的相見禮。

【長短】❶長度；尺寸。❷是非；好壞。如：

議論長短。❸指死喪等意外變故。❹戰國
時代縱橫家的游說術。亦作"短長"。

【長雄】(zhǎng—)稱雄；稱霸。

【長跪】直身而跪,古時席地而坐,坐時兩膝
據地以臀部著足跟。跪則伸直腰股,以示
莊重,故稱。

【長嘯】發出高而長的聲音。如：仰天長嘯。

【長隨】明代以指地位享下、做隨從的宦官。
後泛指隨從官吏聽候使喚的僕役。

【長驅】指軍隊以不可阻擋之勢向遠方挺進。

【長生庫】宋代寺院開設的質庫。後用為當鋪
的別稱。

【長耳公】驢的別名。陶穀《清異錄》載,唐武
宗外為穎王時,邸園中養羣畜十餘,各有別
名,總十玩圖,驢稱為"長耳公"。

【長林豐草】山林草野禽獸習居之處,借指隱
者所住的地方。

【長治久安】指社會秩序長期地安定太平。

【長亭短亭】古時設在路旁的亭舍,常用作餞
別處。十里一長亭,五里一短亭。

【長風破浪】南朝宋宗慤少時,叔父宗炳問其
志。愨說："願乘長風,破萬里浪"。意謂
在政治上舒展抱負。後用以比喻志向遠
大,不怕困難,奮勇前進。亦作"乘風破
浪"。

【長袖善舞】形容有財勢有手腕的人善於鑽
營。

【長歌當哭】以歌代哭。多指用詩文抒發胸中
悲憤之情。

【長繩繫日】意謂留住時光。

【長安居大不易】尤袤《全唐詩話》卷二載,白
居易年少時,以文謁顧況,況看過他的姓
名後,說："長安米貴,居大不易。"本意
以白名開玩笑,後常用來比喻在大都市裏
生活不易。

八　畫

　　(jué)粵gwɐt⁹〔掘〕同"裾"。短袖的上
衣。

十　畫

　　(jiē)粵dzɛ¹〔嗟〕同"嗟"。嘆息聲。

門 部

門(门) (mén)粵mun⁴〔瞞〕❶建築物等出入口上用作開闔的設備。如：板門；鐵門。也即指出入口。如：大門；城門。❷形狀或作用像門的東西。如：爐門；閘門。❸門徑。如：法門；竅門。❹家；家族。如：名門；權門。❺派別；宗派。如：左道旁門；佛門。亦專指師門。如：拜門；同門；及門。❻類別。如：分門別類。❼生物分類系統上所用的等級之一。❽計量單位。如：一門炮；一門課。

【門人】❶門生；弟子。❷食客；門客。❸守城門的人。

【門下】❶門庭之下，在權貴者的家。引伸為食客。❷弟子。❸南北朝時齊稱侍中為"門下"。又中書侍郎呼為"小門下"。唐宋門下省章奏皆稱"門下"。

【門子】❶卿大夫的嫡子。❷門下士；食客。❸管門的人。❹猶"門路"。指進身的途徑。

【門戶】❶房屋的出入處。比喻險要之地。❷家，人家。❸猶門第。❹派別。如：門戶之見。

【門生】❶漢時稱再傳弟子為"門生"。後世亦稱親授業者為"門生"。❷科舉時代及第者對主考官自稱"門生"。

【門客】❶猶門下客；食客。❷宋代貴家塾師稱"門客"。

【門帖】❶貼在門上的對聯，亦稱"門對"。❷古代出賣田宅、物件的招貼。

【門房】❶設在大門內側的小房。亦稱傳達室。亦借稱管門人。❷宗族。

【門狀】唐宋時下屬進謁上司所用的名帖，猶後來的手本。

【門者】古代守門的小吏。亦泛指守門人。

【門限】即門檻。

【門風】猶家風。指士族、豪門的一家或一族世代相傳的風習。

【門徒】門生；徒弟。

【門祚】家世。

【門望】指門第，族望。

【門第】封建時代家族的等級。顯貴之家稱為高門，卑庶之家稱寒門，其中又各有高低等等，故稱"門第"。

【門楣】楣，門戶上的橫木。古代貴顯之家門楣高大，因以"門楣"喻門第。

【門當】指門第和家風。

【門閥】門第閥閱。指封建社會中的世代貴顯之家。

【門蔭】蔭，庇蔭。謂借先人之功績循例入官。

【門牆】❶指師長之門，猶"師門"。❷家門；家門口。

【門館】❶家塾。❷招待門客的館舍。

【門籍】漢代書有朝臣姓名的門證，憑以出入宮門。

【門外漢】指外行人，謂對其事尚未入門。

【門弟子】謂及門的弟子，門生。

【門可羅雀】形容門庭冷落。"可"，亦作"堪"。

【門庭若市】形容來者之多。

一 畫

閂(闩) (shuān)粵san¹〔山〕門上的橫插。如：門閂；鐵閂。亦指以閂插門。如：閂門。

二 畫

閃(闪) (shǎn)粵sim²〔陝〕❶光亮突然顯現，或忽隱忽現。如：閃光；閃亮。也指條忽一現的光。如：閃電；打閃。又喻指影的突然出現。如：突然閃出一個人急避。如：躲閃；閃開。❸因身體轉側或顓仆而扭傷筋絡。如：跌閃了腰。引伸為挫折或錯失。如：閃失。

【閃閃】閃爍動搖的樣子。如：電光閃閃。

【閃爍】光線忽明忽暗，搖動不定的樣子。亦用來比喻說話多所遮掩。如：閃爍其詞。

三 畫

閈(闬) (hàn)⑧hon⁶〔汗〕❶巷門。❷牆垣。

閉(闭) (bì)⑧bɐi³〔蔽〕❶關閉；閉塞。如：閉門。❷結束；停止。如：閉會。

【閉戹】處境窘迫。

【閉塞】不閉通。如：風氣閉塞。

【閉關】❶關閉城門。引伸爲斷絕往來。如：閉關自守。❷謂閉門謝絕人事。❸佛教名詞。僧人閉居一室，在內誦經、坐禪，不與任何人交往，滿一定期限才出來。

【閉藏】❶閉塞掩藏。❷收藏，保管。

【閉門羹】訪問時遭主人迴避、拒絕，未得相見叫吃閉門羹。

【閉月羞花】亦作"羞花閉月"。形容女子貌美。

【閉門造車】比喻只憑主觀辦事，不問是否符合實際。

【閉閣思過】關起門來考慮自己的過失。亦作"閉門思過"。

【閉關自守】❶封閉關口，不跟外人來往。❷比喻因循守舊，不接受外界事物的影響。

閇 同"閉"。

四 畫

開(开) (kāi)⑧hoi¹〔阿哀切〕❶開門。引伸爲放開，張開。如：開花。又引伸爲舒展、開朗。如：開顏；開心。❷開始；開創。如：開學。❸打通；啓發。如：開路；開蒙。❹開發；開拓。如：開礦；開荒。❺舉行；設置。如：開會；開店。❻開動；發放。如：開車；開炮。❼開列。如：開清單；開藥方；開收條。❽革除；釋放。如：開缺。❾分配；分開。如：三七開；八開紙。❿沸。如：開水。⓫英語 carat 或德語Karat 的省音譯。表示黃金純度的單位。純金分二十四開。

【開化】人類文化發展，由原始生活進於文明。

【開心】❶心情舒暢，愉快。❷眞心相待。❸開誠心竅。

【開年】❶一年的開始。❷明年。

【開府】原指成立府署，自選僚屬。漢代僅三公、大將軍、將軍可以開府，魏晉以後開府的逐漸增多，因此有"開府儀同三司"(開府置官，接照三臺成例)的名號。晉代諸州剌史多以持開軍開府，都督軍事。唐宋定"開府儀同三司"爲一品文散官封階(元代通用於武職)，至明代始廢。清代稱出任外省督撫爲"開府"。❷府兵軍職。西魏和北周時全國府兵分屬於二十四軍，每軍設一開府，兵額約二千人。

【開拓】擴充；發展。

【開明】聰明；通達事理。

【開悟】領悟；領會。

【開缺】官吏因故不能留任，免除其所任職務，待另選人接充，稱爲"開缺"。

【開國】創建國家。

【開張】❶開放，不閉塞。亦以形容雄偉開闊之貌。❷開始顯露。❸指商店開始營業或早上開市。

【開朗】開闊，明朗。也用以指人的坦率、爽直的性格。

【開復】❶恢復。❷清制，官吏被降革後恢復其原官或原銜，稱爲"開復"。

【開發】❶用墾殖、開採等方法來充分利用荒地或天然資源。如：開發資源。❷啓發；誘導。❸舒展。❹支付。如：開發車錢。❺猶發落；處置。

【開歲】一歲開始。

【開罪】因冒犯而得罪。

【開端】開頭。

【開幕】❶本指劇場演出開始拉開幕布，今亦稱盛大集會的開始。如：開幕詞；開幕典禮。❷謂開建幕府。

【開臉】舊俗女子出嫁時用綫絞淨臉上汗毛，修齊鬢角，叫"開臉"。

【開齊】開創大業，匡濟危時。

【開顏】露出笑容，歡欣喜悅的樣子。

【開天闢地】古代神話說，起初天地混沌一氣，像一隻雞蛋，盤古生其中，一日九變，天日高一丈，地日厚一丈，盤古日長一丈。如此一萬八千歲，天地開闢。這是盤古氏開天闢地傳說的由來。後用"開天

關地」表示以前未曾有過，是有史以來第一次。有時也指創建了空前宏偉的事業。

【開卷有益】謂讀書有好處。

【開宗明義】指說話寫文章一開始就把主要的意思點明。

【開門見山】比喻說話寫文章一開頭就直入本題。

【開門揖盜】比喻引進壞人，自招禍患。

【開雲見日】比喻誤會消除，或黑暗過去、光明到來。亦作「雲開見日」、「雲開日出」。

【開源節流】比喻增加收入，節省開支。

【開誠布公】推誠相見，坦白無私。

閌（闶）（kāng）粵kɔŋ³〔抗〕形容門高大。

閎（闳）（hóng）粵wɐŋ⁴〔宏〕❶巷門。❷宏大。

【閎富】謂文辭繁富。

【閎閎】形容聲音宏大。

【閎中肆外】指文章內容豐富，而文筆又能發揮盡致。

閏（闰）（rùn）粵jœn⁶〔潤〕❶餘數為閏。曆法紀年與地球環繞太陽運行一週的時間有一定差數，故每隔數年必設閏日或閏月加以調整。參見「閏年」。❷對「正」而言。偏；副。參見「閏位」。

【閏年】陽曆中有閏日（即二月為二十九日）的年，或陰曆中有閏月（一年十三個月）的年。

【閏位】非正統的帝位。

閑（闲）（xián）粵han⁴〔閒〕❶無事；空閑。如：閑時；忙裏偷閑。❷平常；不打緊。如：等閑視之。❸與正事或自己無關的。如：閑人；閑話；閑事。❹木欄之類的遮攔物。也指馬廄。引伸為範圍。多指法度法度。如：不逾閑。❺限制；約束。參見「防閑」。

【閑月】農事清閑的月份。與「忙月」相對。

【閑可】猶言小事不打緊。

【閑田】❶古代指未被封賜之土地。❷謂荒廢不種之田。

【閑氣】由無關緊要的事所惹起的氣惱。

【閑散】（─sǎn）❶清閑；無事可做。❷清代稱無職的旗人為「閑散」。

【閑逸】閑情逸致。清閑安逸的生活情調。

【閑閑】❶從容自得的樣子。❷寬裕的樣子。

【閑雅】亦作「嫻雅」。從容大方。

【閑暇】❶空閑，暇時。❷優閑自得的樣子。

【閑話】❶閑談。亦指閑散的話。如：閑話休提，言歸正傳。❷背後的批評、議論。

【閑語】❶談私語，密語。❷指背後對別人的譏評、議論。如：閑言閑語。

【閑適】清閑安適。

【閑麗】文雅美麗。

【閑情逸致】閑適幽逸的情趣。

閒　㊀閑❶❷❸的異體字。
　㊁同「間」。

間（间）　本作「閒」。㊀（jiān）粵gan¹〔奸〕❶兩樁事物的當中或其相互的關係。如：天地之間；兄弟之間。❷在一定的空間或時間內。如：田間；晚間。❸房間；屋子；車間。亦指房屋的間數。如：草屋八九間。❹一會兒；頃刻。

㊁（jiàn）粵gan³〔諫〕❶縫隙；空隙。如：相去一間。引伸為嫌隙。如：君臣多間。❷距離；差別。❸隔開；不連接。如：間斷；間接；間或。❹更迭。如：寒熱間作。❺合者使離，親者使疏。如：離間；反間。

【間色】❶也叫「第二次色」。紅、黃、青三原色相互混合的顏色。如紅、黃混合成橙色，黃青混合成綠色，青紅混合成紫色。間色與間色的混合稱為間色（多次色），再間色的相互混合則成為黑灰色（含灰色）。❷中國古代服色，一青、黃、赤、白、黑為正色，其他雜色為間色。

【間行】（jiàn─）❶潛行；從小路走。❷邪行；作惡。

【間架】本指房屋建築的結構。後常用以比喻字、畫等的結構和布局。

【間歇】（jiàn─）週期性的時作時停。如：間歇泉；間歇熱。

【間道】（jiàn─）偏僻的小路。

【間隙】（jiàn─）❶猶空隙。引伸為可乘的機會。如：投間抵隙。❷關閡；嫌隙。

【間闊】❶久別；遠闊。

【間關】❶象聲詞。象車的摩擦聲。亦象鳥聲。❷歷盡道路艱險。❸比喻文字艱澀難

讀。
【間不容髮】(間 jiàn)謂成敗利鈍，其間不容一髮。比喻情勢危急到極點。

閔(闵)(mǐn)⑩men⁵[敏]❶憐念。②通"憫"。憂傷。❸病困；凶喪。如：顯閔。❹勉力。
【閔勉】同"黽勉"。

五　畫

閘(闸)(zhá)⑩dzap⁹[雜]❶一種有門可以啟閉的水利工程建築物。如：泄水閘；船閘。②使機器減低速度或停止運動的制動器。如：電閘。

閛(闠)(pēng)⑩piŋ¹[怦]關門聲。

閟(閟)(bì)⑩bei³[秘]❶關閉。引伸為清靜，幽深。②閉塞，掩閉。

六　畫

閡(阂)㊀(hé)⑩het⁹[瞎]阻隔；阻礙。
㊁(gāi)⑩goi¹[該]通"垓"、"陔"。

閣(阁)(gé)⑩gok⁸[各]❶中國舊時的一種樓房，供游息、遠眺、供佛或藏書之用。②樓閣；出閣；閣道，即棧道，也簡稱閣。❹內閣的簡稱。又中國古代中央官署名。如：唐光宅元年九月改中書省為鳳閣。❺通"擱"。停止。見〖閣筆〗。❻小門；旁門。
【閣下】對人的尊稱。也常用於書信中。謂不敢指斥其人，故呼在其閣下的侍從者而告語之。
【閣筆】"閣"同"擱"。謂文才不如人，不敢動筆。
【閣道】❶即棧道。高樓間或山嚴險要處築架空的通道。②古星名。屬奎宿，即仙后座 ι、ε、δ、μ、ν、ο星。
【閣學】宋代顯謨閣、徽猷閣等閣直學士的省稱。後來明清的內閣學士也特稱"閣學"。

閤(阁)㊀"閣❻"的異體字。
㊁(hé)⑩hep⁹[合]同"合"、"盍"。全。如：閤家。

閥(阀)(fá)⑩fet⁹[伐]❶見〖閥閱〗。②在某一方面有特殊支配地位的人物或集團。如：軍閥；財閥。
【閥閱】❶指功績和經歷，亦指記功的簿籍。亦作"伐閱"。②古代仕宦人家大門外的左右柱，常用來榜貼功狀。後因稱仕宦人家為"閥閱"。

閨(闺)(guī)⑩gwei¹[歸]❶宮中的小門。引伸為內室。②女子的臥室。如：深閨。
【閨房】內室。特指婦女的臥室。
【閨秀】有才德的女子。如：大家閨秀。
【閨門】古代稱內室的門。也指家門。
【閨怨】謂少婦的哀怨之情。
【閨閣】❶內室。多指女子的臥室。②指宮禁。
【閨範】指婦女所應遵守的道德規範。
【閨蓽】"蓽"同"篳"。閨竇蓽門，謂貧賤之家。
【閨闥】古指內室。亦指指貴族婦女。

閩(闽)(mǐn)⑩men⁵[敏]❶古族名。在今福建省和浙江省南部一帶地方。②五代十國之一。王審知建立(907—945)，建都長樂(今福州)。為南唐所滅。❸福建省的簡稱。

閞 "閞"的異體字。

七　畫

閫(阃)(kǔn)⑩kwen²[菌]❶門檻。②內室。見〖閫奧〗、〖閫闈〗。借指貴族婦女。如：閫範。
【閫奧】亦作"閫隩"、"壺奧"。本指室內深處，後用以比喻學問、事理的精微深奧的境界。
【閫闈】亦作"壺闈"。古時婦女居住的內室。

閬(阆)(làng，又讀⑩loŋ⁶[浪]loŋ⁴[狼])(又)高大；空曠。
【閬苑】❶傳說中的神仙住處。常用指宮苑。

❷唐代苑名。故址在今四川閬中縣西。

閭(闾)(lǘ)粵lœy[4]〔雷〕❶里巷的大門。亦指里巷。❷古代二十五家爲一閭。❸傳說中的獸名，形狀像驢。

【閭里】鄉里。

【閭巷】街巷。亦指鄉里。

【閭閻】里巷的門。借指里巷。亦借指平民。

閱(阅)(yuè)粵jyt[9]〔月〕❶看。如：閱報；傳閱。❷檢閱。如：閱兵。❸經歷。如：閱世。引伸爲積功。參見"閥閱"。

【閱歷】經歷。也指生活中積累的經驗。

閸(㖞)(chuài)粵tsœy[3]〔翠〕見"閛閸"。

八 畫

閶(阊)(chāng)粵tsœŋ[1]〔昌〕見"閶闔"。

【閶門】蘇州城門名。

【閶闔】傳說中的天門。亦指皇宮的正門。

閹(阉)(yān)粵jim[1]〔淹〕❶割去動物的生殖腺。如：閹雞。❷本作"奄"，指看守宮門的太監。後爲太監通稱。

【閹人】謂被閹割的人。後爲太監的代稱。

【閹茂】十二支中戌的別稱，用以紀年。又作"淹茂"。參見"歲陽"。

閻(阎)(yán)粵jim[4]〔嚴〕巷門，亦指里巷。

【閻羅】❶梵文"閻魔羅闍"(Yama-rāja)的簡譯，傳說是主管地獄的神。亦稱"閻羅王"、"閻王"。❷比喻極凶惡的人。

閼(阏)㊀(è)粵at[8]〔壓〕阻塞。
㊁(yān)粵jin[1]〔烟〕見"閼氏"。

【閼氏】(yān zhī)亦作"焉提"。漢時匈奴單于之妻的稱號。

【閼逢】(—péng)亦作"焉逢"。十干中甲的別稱，用以紀年。參見"歲陽"。

閽(阍)(hūn)粵fɐn[1]〔分〕❶守門人。❷宮門。

閾(阈)(yù)粵wik[9]〔域〕門檻，門限。引伸爲邊界。

閿(阌)(wén)粵mɐn[4]〔文〕地名。〔閿鄉〕舊縣名。在河南省西部。1954年併入靈寶縣。

閛(㨃)(zhèng)粵dzɐŋ[3]〔增高去〕見"閛閸"。

【閛閸】掙扎。元曲中多用之。

九 畫

闃(阒)(qù)粵gwik[7]〔隙〕寂靜。

【闃寂】寂靜無聲。

闇(暗)(àn)粵ɐm[3]〔暗〕同"暗"。

【闇合】亦作"暗合"。非出於蹈襲而自然符合；無意中相合。

【闇室】亦作"暗室"。❶指無光亮或隱密的地方。心地光明，暗中不作壞事叫"不欺闇室"。❷指墓穴。

【闇弱】亦作"暗弱"。愚昧軟弱。

閷(杀)㊀(shài)粵sai[3]〔曬〕減殺；削減。
㊁(shā)粵sat[8]〔殺〕殺死。

闈(闱)(wéi)粵wɐi[4]〔圍〕❶宮中小門。❷後妃居處稱"宮闈"，父母居室稱"庭闈"。❸舊稱試院爲闈。

【闈墨】闈，科舉時代的試院；墨，試卷。清代每屆鄉試會試的試卷，由考官選文字中式的，編刻成書，叫做"闈墨"。

闉(𬮱)(yīn)粵jɐn[1]〔因〕❶古代城門外層的曲城。❷通"堙"。塞。

【闉闍】城外曲城的重門。亦泛指城門。

闊(阔)(kuò)粵fut[8]〔呼括切〕❶寬廣。與"狹"相對。如：遼闊。❷久別；疏遠。如：闊別；久闊。❸疏略；不切實。如：闊略；迂闊。❹富有；豪奢。如：擺闊；闊氣。

【闊別】遠別；久別。

【闊略】❶猶疏略。❷寬恕。

【闊落】疏闊豁達。

【闊達】猶豁達。謂大度而無所拘泥。

闋(阕)(què)粵kyt[8]〔決〕❶停止；終了。如：樂闋。❷量詞。用於歌曲或詞。如：一闋新詞。

闌(阑)(lán)⑧lan⁴[蘭]❶門口的橫格柵門。引伸爲遮攔物及欄檻的通稱。如：柵闌；井闌；牛闌。❷通"攔"。阻隔。❸殘；盡；晚。如：夜闌人靜。❹擅自出入。如：不得闌入。
【闌干】❶亦作"闌杆"。用竹、木、金屬或石頭等製成的遮攔物。❷橫斜的樣子。❸縱橫散亂的樣子。
【闌珊】衰落。將殘、將盡之意。
【闌遺】遺在路上的無主之物。

闍(闍)⊖(dū)⑧dou¹[刀]城門上的臺。見"闍闍"。
⊖(shé)⑧se⁴[蛇]梵文譯音字。如Atcharya譯阿闍梨，又譯阿遮利耶，義爲軌範師。

闚(阄)(yú)⑧jy⁴[如]同"窬"。見"窺窬"。

闆(板)(bǎn)⑧ban²[板]通常指工商業的資本家、廠主、店東爲"老闆"。

十　畫

闐(阗)(tián)⑧tin⁴[田]❶充滿。❷大聲。
【闐闐】❶象聲。形容擊鼓、車馬行駛等較大的聲音。❷盛多的樣子。

闑(阑)(niè)⑧jit⁹[熱]⑧⼈(又)古代門中所豎短木。

闒(阘)(tà)⑧tap⁸[榻]❶小戶，引伸爲牢下。見"闒茸"。❷通"鞳"。鼓聲。
【闒茸】(一rŏng)亦作"闒茸"。指地位卑微或品格卑鄙的人。

闓(闿)(kǎi，又讀kāi)⑧hoi²[凱]❶開。❷通"愷"。歡樂。

闔(阖)(hé)⑧hep⁹[合]❶門扇。亦指門戶。❷關閉。如：闔戶；闔口。❸全。如：闔家。
【闔廬】❶住屋。❷同"闔閭"。春秋時吳王名。

闕(阙)⊖(què)⑧kyt⁸[決]❶古代宮殿、祠廟和陵墓前的高建築物，通常左右各一，建成高臺，臺上起樓

觀。以二闕之間有空缺，故名闕或雙闕。亦稱官門的代稱。後世改用石雕砌而成的，作爲銘記官府、功績和裝飾之用。❷見"城闕"。
⊖(què)⑧同⊖❶通"缺"。缺點，錯誤。❷空缺；虧損。
【闕下】宮闕之下。指帝王所居之處。借指朝廷。
【闕文】(què—)缺而不書或脫漏的文句。
【闕如】(què—)謂缺而不言。常用爲欠缺之意。
【闕疑】(què—)謂有疑暫置不論，不作主觀臆測。

闖(闯)(chuǎng)⑧tsɔŋ²[廠][墇]❶猛衝；突然進出。如：闖勁；闖關。❷串；走。❸奔走，浪游。如：走南闖北。❹歷練。如：他闖出膽兒來了。❺惹起禍。如：闖禍。
【闖將】(一jiàng)指不畏艱難、勇往直前的人。
【闖蕩】指離家在外謀生。如：闖蕩江湖。

十一畫

闚(阄)"窺"的異體字。

關(关)(guān)⑧gwan¹[鰈]❶本義爲門門之。如：拔關而出；斬關落鎖。引伸爲緊閉的。又引伸爲禁閉。❷門押；關在籠子裏。❷要塞；出入的要道。如：雁門關；山海關。引伸爲關口或阻礙。如：年關；難關。❸機器的轉捩處。❹中醫切脈部位名。在掌後高骨處。❺牽連；涉及。如：息息相關。❻領取。亦指發給。如：關餉。❼古代公文的一種，平行機關互相質詢時用之。參見"關文"。
【關刀】一種長柄大刀。相傳爲關羽創製，故名。形如偃月，刀面有青龍紋，因而又名"偃月刀"或"青龍偃月刀"。
【關子】❶指通關節、說人情的人。❷中國古代的一種紙幣。開始發行於宋高宗紹興元年(1131年)。當時因婺州(今浙江金華)屯兵，運錢不便，到杭州販運茶、鹽、香貨的商人，即在婺州付出現錢，由

政府發給「關子」，携往杭州向「榷貨務」兌取現錢，或換取茶鹽鈔引。故關子初爲滙票性質。以後才成爲流通的紙幣。❸小說、戲劇情節中最緊要、最吸引人的地方。比喻事情的關鍵。

【關山】❶山名。在寧夏回族自治區南部。有大關山、小關山。大關山即六盤山主峯。小關山平行於六盤山之東，南延爲崆峒山。❷泛指關隘山川。

【關文】古時官府間的平行文書，多用於質詢。關文在唐以前有具體程式，每「某曹關某事云云」，被命儀宜如是，請爲箋如左，謹願。」清代運用範圍更爲擴大，凡府廳州縣官佐貳、佐雜，府廳州縣行參將、游擊、都司等皆用關文，已不再限於質詢，也不限於平行。

【關白】猶稟告、報告。關，通達。

【關防】❶印信的一種，長方形，始於明初。明太祖爲防止羣臣預印空白紙作弊，改用半印，以便拼合驗對。明代所行長方形、闊邊朱文的關防，即由半印的形式發展而成的；取關防嚴密之意，故名。制制，正規職官用方形官印稱「印」；臨時派遣的官員用長方形的官印稱「關防」。印用朱紅印泥，關防用紫紅色朱，一般稱爲紫花大印。督撫原爲臨時派遣官，因此亦用關防。❷指駐兵防守的要塞。亦指防守、防備。

【關津】水陸交通要道。也指設於此等地點的關卡。

【關書】❶舊時聘請塾師或幕僚的聘書。書上寫明任期、職位和酬金數目，爲契約的一種。❷舊時店主與學徒工訂立的一種文契，規定學藝年限等。

【關通】❶連通；貫通。❷勾結；串通。

【關稅】國家對進出口商品所徵收的稅。

【關隘】關津要塞。

【關說】指代人陳說或從中給人說情。

【關節】❶骨骼中兩骨(或更多)的可動連結部分。❷暗中行賄、入情或通關節。❸猶言關鍵。

【關鍵】❶「鍵」亦作「楗」。閂門的橫木和加鎖的木閂。❷比喻事物中最關緊要的部分，對於事物發展起決定作用的因素。

【關礙】阻礙；妨礙。如：無大關礙。

【關關】鳥相和鳴聲。

闛 (闛)（tāng）⦿tɔŋ¹〔湯〕通「鏜」。鼓聲。

闝 （piáo）⦿piu⁴〔嫖〕同「嫖⊖」。明人小說中常用。

十二畫

闈 (闱)（wěi）⦿wei²〔毀〕開門。

闞 (阚)⊖（kàn）⦿hɐm³〔瞰〕俯視。
⊖（hǎn）⦿ham³〔喊〕虎怒的樣子。引伸爲口大張的樣子。

【闞闞】（hǎn hǎn）勇猛的樣子。

翕 (翕)⊖（xì）⦿kɐp⁷〔吸〕❶突然停立的樣子。❷安定。
⊖（tà）⦿tap⁸〔塔〕❶投物聲。❷通「闒」。見「闒茸」。

【闒茸】（tà rōng）同「闒茸」。

闠 (闠)（huì）⦿kui²〔繪〕進入市區的門。与闤闠。

闡 (阐)（chǎn）⦿dzin²〔展〕tsin²〔淺〕(又)講明白。如：闡微；闡明。

【闡述】論述(比較深奧的問題)。

【闡緩】同「嘽緩」。舒徐和緩；從容不迫。

十三畫

闢 (辟)（pì）⦿pik⁷〔闢〕❶打開。❷開闢。如：墾闢。❸屏除；排除。引伸爲駁斥。如：闢謠。❹透徹。如：精闢。

【闢邪】闢除邪祟；闢除邪說。

闤 (闤)（huán）⦿wan⁴〔還〕環繞市區的牆。亦指市區。參見「闤闠」。

【闤闠】闤，市區的牆；闠，市區的門。故總稱市區爲「闤闠」。常用來指市區的店鋪。亦指街道。

闥 (闼)（tà）⦿tat⁸〔撻〕❶小門。如：排闥而入。❷門內。❸門樓上的小屋。

阜　部

阜 (fù)[粵]fɐu^{6}〔埠〕❶土山。❷大。❸盛多；豐富。如：民豐物阜。

二　畫

阞 (lè)[粵]lɐk^{9}〔仂〕❶地的脈理。❷通“仂”。零數。

三　畫

阡 (qiān)[粵]tsin^{1}〔千〕❶田間的小路。也泛指田野。參見“阡陌”。❷通往墳墓的道路。❸通“芊”。見“阡眠”、“阡阡”。

【阡阡】阡，通“芊”。茂盛的樣子。

【阡表】墓碑。

【阡陌】田間的小路。

【阡眠】同“芊綿”。形容草木蔓衍叢生。

阤 ㊀(zhì)[粵]dzi^{6}〔自〕❶阪；山坡。❷塌下；崩頹。

㊁(tuó)[粵]tɔ^{4}〔駝〕同“陀”。如：陂阤(即陂陀)。

㊂(yǐ)[粵]ji^{5}〔以〕見“阤靡”。

【阤靡】(yǐ—)山勢綿延的樣子。

阢 (wù)[粵]ŋɐt^{9}〔兀〕見“阢隉”。

【阢隉】同“兀臬”。動搖不安的樣子。

四　畫

阨 ㊀(ài)[粵]ai^{3}〔隘〕通“隘”。狹隘；險要。

㊁“厄”的異體字。

【阨塞】(—sài)險要的地方。

阪 (bǎn)[粵]ban^{2}〔板〕山坡。

【阪上走丸】謂事勢發展之速如斜坡上滾彈丸一樣。

阬 ㊀“坑”的異體字。

㊁(gāng)[粵]gɔŋ^{1}〔江〕大土山。

阮 (ruǎn)[粵]jyn^{2}〔院〕❶古國名。在今甘肅涇川。爲周文王所滅。❷樂器名。“阮咸”的簡稱。古琵琶之一種。形似月琴。❸姓。

阯 (zhǐ)[粵]dzi^{2}〔止〕❶“址”的異體字。❷通“沚”。水中間的小塊陸地。

阱 (jǐng)[粵]dziŋ^{6}〔靜〕dzɛŋ^{6}〔治病切〕(語)爲防御或獵取野獸而設的陷坑。

防 (fáng)[粵]fɔŋ^{4}〔房〕❶堤岸。❷防備；防範。如：預防；防澇；以防萬一。❸防守；守禦。如：國防；邊防。

【防表】標準。

【防閑】防備禁止。

【防患未然】防止禍患於發生以前。

【防微杜漸】在錯誤或壞事還未顯著或剛剛發生的時候，就加以防止，不讓它發展。

【防意如城】謂嚴格遏止自己的私欲，有如守城防敵一樣。

阧 (dǒu)[粵]dɐu^{2}〔斗〕同“陡”。峻立。

五　畫

阹 (qū)[粵]kœy^{1}〔區〕獵者利用天然地形圍獵禽獸，亦即指圍獵之圈。

阻 (zǔ)[粵]dzɔ^{2}〔左〕❶險要之地。❷艱阻；難行。如：道阻且長。❸阻止。如：勸阻。

【阻深】猶言阻隔。

【阻險】猶險阻。

阼 (zuò)dzou^{6}〔做〕❶東階。見“阼階”。❷帝王嗣位或祭祀時所登的臺階。

【阼階】大堂前東面的臺階。古代賓主相見，賓登自西階，主人立於東階。

阽 (diàn，舊讀 yán)[粵]dim^{3}〔店〕jim^{4}〔嚴〕(又)臨近邊緣，一般指險境而言。參見“阽危”。

【阽危】危險。“阽”爲近邊欲墜之意，故謂危險爲“阽危”。

阿 ㊀(ā)[粵]a^{3}〔亞〕❶作詞助，用在稱呼的前頭。如：阿張；阿大；阿毛；阿哥。❷通“啊”。

㊁(ǎ)[粵]a^{2}〔啞〕驚訝聲。如：阿！竟有這種事情？

㊁(à)働同㊀吳方言中作語助，表示詢問，相當於北方話的「可」。如：阿是？阿好？

㊂(ē)働㊀[柯]❶凹曲處。如：山阿。❷偏袒；奉承。如：阿附；阿其所好。

【阿公】❶古代對父親的俗稱。今方言也有稱祖父爲阿公的。❷女子稱丈夫的父親。❸對老年人的尊稱。

【阿斗】三國蜀後主劉禪的小名。劉禪爲人庸碌無能，雖有諸葛亮等人全力扶助，也不能振興蜀漢。後因稱懦弱無能、不思振作的人爲阿斗。

【阿奶】❶祖母。❷母親。亦作「阿嬭」。❸乳母。

【阿娜】(ē nuó)同「婀娜」。柔弱的樣子。

【阿匼】(ē ǎn)猶「婀㑩」、「阿邑」。無所可否。一味迎合的樣子。

【阿附】迎合和迎合。

【阿咸】晉阮籍姪阮咸有才名，後因稱侄爲「阿咸」。

【阿哥】❶對哥哥或平輩男子表示親熱的稱呼。❷清代皇子的通稱。清代不立太子，只安排行，稱幾阿哥。

【阿堵】(ē—)六朝人口語，猶言這，這個。

【阿閣】(ē—)四面有棟、有檐霤的樓閣。

【阿儂】古代吳人的自稱，猶言我。

【阿誰】猶言誰。何人。

【阿諛】(ē—)曲意逢迎。

【阿黨】(ē—)阿私；偏袒一方。

陀　(tuó)働t㊄[駝]山岡。

陂　㊀(bēi)働bei⁴[卑]❶山坡。❷池塘。❸池塘的岸。❹傾斜。
㊁(pō)働p'㊀[鋪柯切]見「陂陀」。
㊂(pí)働pei⁴[皮][黃陂]縣名。在湖北省中部偏東。

【陂池】池沼。

【陂陀】(pō—)亦作「陂阤」、「陂陁」、「陂池」、「岥䧼」。❶傾斜不平的樣子。❷傾斜而下的樣子。

附　(fù)働fu⁶[父]❶隨帶；附帶。如：附件；附錄。❷捎帶；寄遞。❸依附；靠近。見「附耳」。❹歸附。

【附民】使民親附。

【附耳】貼近別人的耳朵低聲說話。

【附和】(—hè)自己不出主張，只是應和別人的意見或隨着別人行動。如：隨聲附和。

【附益】增益。

【附庸】❶附屬於大國的小國。引伸指附屬的事物。❷依傍；假託。如：附庸風雅。

【附會】亦作「傅會」。❶使協調和同。❷指文章組織、布局、命意、修辭的經營締造，包括草創、討論、修飾、潤色等過程。❸把不相聯繫的事物硬說成有；把沒有某種意義的事物說成有某種意義。如：牽強附會。

【附麗】同「附麗」。

【附離】亦作「附麗」。附着；依附。

【附驥】即「附驥尾」。比喻依附他人以成名。一般用爲謙辭。

【附贅縣疣】比喻多餘無用之物。「疣」亦作「肬」。

阸　同「厄」。

阺　(dǐ)働dei²[底]❶同「坻」。山的傾斜面。如：隴阺。❷指山旁突出的部分。

阤　同「阤㊀㊁」。

六畫

陋　(lòu)働leu⁶[漏]❶狹小；簡陋。如：陋巷；陋室。❷見聞不廣；淺陋。如：孤陋寡聞。❸粗鄙；不合理。如：陋俗；陋規。❹醜陋；粗劣。❺鄙視；輕視。

【陋巷】狹窄的街巷。

【陋室】簡陋狹小的屋子。

陌　(mò)働mek⁹[脈]❶田間的小路。見「阡陌」。❷街道。見「陌頭」。❸用「陌」。見「陌頭」。❹錢一百文叫一陌。

【陌頭】❶同「帕頭」。束髮的頭巾。❷陌上。

【陌路人】猶言路人，謂素不相識的人。亦簡稱作「陌路」。

降　㊀(jiàng)働gɔŋ³[鋼]❶落下；降下。如：降雨。❷降低。如：降職。

❸降生。如：天降良材。

㈠（xiáng）⑨hɔŋ⁴〔杭〕❶降伏。見"降龍伏虎"。❷投降。如：寧死不降。❸歡悅；悅服。

【降服】❶解衣謝罪。❷謂喪服降低一等。如子爲父母應服三年之喪；其出嗣的，則爲本生父母降三年之服爲一年之服，稱"降服子"。❸（xiáng—）投降順服。

【降香】❶中藥名，即"降眞香"。小喬木。中醫學上以幹木（即莖幹的心材部分）入藥。❷進香；燒香。

【降捔】屈己退。

【降心相從】謂屈己從人。

【降志辱身】降低志氣，辱沒身份。謂與世俗同流合污。

【降龍伏虎】（xiáng）佛教故事，謂用法力制服龍虎。比喻戰勝嚴重大困難或惡勢力。

限 （xiàn）⑨han⁶〔夏雁切〕❶門限。❷阻隔；界限。❸指定的範圍；限度。如：期限；權限。❹限定；限制。如：限期完成。

陷 同"塙"。

陔 （gāi）⑨gɔi¹〔該〕❶級；層。❷田埂。❸靠近臺階下邊的地方。

陊 （duò）⑨t'ɔ⁵〔徒我切〕墜落；破敗。

七 畫

陖 （jùn）⑨dzœn³〔俊〕同"峻"。山高而陡。

陗 "峭"的異體字。

陘（陉） ㈠（xíng）⑨jŋ⁴〔刑〕山脈中斷的地方。
㈡（jìng）⑨jŋ³〔逕〕同"徑"。

陛 （bì）⑨pɐi⁶〔幣〕帝王宮殿的臺階。

【陛下】臣下對帝王的尊稱。

【陛見】臣下進見皇帝。

【陛戟】戟，古代兵器的一種。古代衛士持戟立於殿階下兩側叫"陛戟"。

陝（陕） （shǎn）⑨sim²〔閃〕陝西省的簡稱。

陜 "狹"的本字。

陞 （shēng）⑨siŋ¹〔星〕同"升"。登進；提高。如：陞級。

【陞官圖】博戲具。列大小官位於紙上，擲骰子計點數采色，以定升降。

陟 （zhì）⑨dzik⁷〔即〕❶升；登。如：陟彼高岡。❷進用。參見"黜陟"。

陡 （dǒu）⑨dɐu²〔斗〕❶山勢峻峭。如：陡壁；陡峭。❷突然。如：天氣陡變。

院 （yuàn）⑨jyn²〔宛〕❶房屋圍牆以內的空地。有時兼指房屋。如：四合院；大雜院。❷舊指官署的名稱。如唐代御史臺所屬的臺院、殿院、察院，清代的都察院、理藩院。❸指稱某些機關、學校和公共場所。如：國務院；科學院；工學院；電影院。

【院子】❶院落。❷古典小說戲曲中稱僕人爲"院子"。

【院君】古典小說稱有封號的婦人爲"院君"。

【院落】四周有牆垣圍繞，自成部分的房屋；庭院。

陣（阵） （zhèn）⑨dzɐn⁶〔自刃切〕❶交戰時的戰鬥隊列。如：嚴陣以待。❷陣地；戰場。如：臨陣退縮。❸指事情或動作經過的段落。如：一陣風；一陣痛；一陣掌聲。

【陣容】本指隊伍的外貌或排列形式，引伸爲人力的配備。

除 （chú）⑨ts'œy⁴〔徐〕❶去掉。如：除惡務盡。引伸爲逝去。如：日月其除。❷拜官授職。❸宮殿的臺階。也指臺階的通稱。如：灑掃庭除。❹算術計算方法之一。即"除法"。

【除夕】一年最後一天的晚上，也指一年的最後一天。

【除名】除去名籍，取消原有的資格。

【除夜】❶即"除夕"。❷冬至前一日。

【除喪】也叫"除服"。舊時守孝期滿，除去喪服。

【除籍】除去名籍，猶言除名。

【除舊佈新】清除舊的，建立新的。

八畫

陪 (péi)⑩pui⁴〔培〕❶重；層疊。❷伴隨。如：陪客。

【陪臣】古代諸侯的大夫，對天子自稱陪臣。也指大夫的家臣。

【陪都】在首都以外另立的都城。

【陪臺】臺，古代奴隸制等級的稱謂。陪臺，謂役於臺的人。後用以比喻低一等的。

【陪嫁】猶「陪臺」。

【陪襯】從旁襯托。

陬 (zōu)⑩dzeu¹〔周〕❶隅；角落。❷山腳。❸正月。見「陬月」。❹古邑名，即郰。春秋魯地，在今山東 曲阜東南。

【陬月】陰曆正月的別稱。

陰(阴) (yīn)⑩jem¹〔音〕❶與「陽」相對する。見「陽❶」。❷凹進的；不願露的。如：陰文；陰溝。❸山的北面或水的南面。如：岱陰；華陰；江陰；淮陰。❹指死後、冥間。如：陰宅；陰司。❺天空有雲不見陽光或星、月。如：陰天。❻不見陽光的地方。如：樹陰。❼陰暗；陰冷。❽奸詐；隱秘。如：陰謀。❾背面。如：碑陰。❿男女生殖器的通稱。

㊁(yìn)⑩jem³〔蔭〕通「蔭」。覆蔽；庇護。

【陰文】鐫刻的文字或花紋凹下者稱為「陰文」。印章的陰文因未呈現印色，也稱「白文」。

【陰伏】猶言陰私、陰事，謂隱秘不為人知的罪惡。

【陰司】陰間的官府。

【陰私】不可告人的壞事。

【陰事】隱秘的事情。

【陰兔】指月亮。

【陰陰】幽暗、陰濕的樣子。

【陰森】同陰陰。

【陰賊】陰險狠毒。

【陰德】謂暗中有德於人的行為。

【陰曆】曆法的一種。以月亮的圓缺決定一個月時間的長度，月份與四季寒暑無關。年的長度只是月的整數倍。這種曆法逐漸被

淘汰。以前民間所謂的陰曆是指陰陽曆，即現用的農曆。

【陰謀】詭秘的計謀。多指暗中策劃作壞事。

【陰德】即陰德。暗中進行害人的事叫「傷陰騭」。

【陰陽家】❶又稱陰陽五行家。戰國時期的一個學派，以鄒衍為主要代表。他把陰陽五行神秘化，用「五行相勝」（水勝火，火勝金，金勝木，木勝土，土又勝水）來比附歷史上王朝興替。❷後世有把以看風水、蔔占星為職業的人稱為陰陽家。

【陰差陽錯】亦作「陰錯陽差」。本屬時陰陽家術語。後用以比喻各種偶然的因素湊在一起，而造成錯誤。

陲 (chuí)⑩sœy⁴〔垂〕邊疆。

陳 ㊀(chén)⑩tsɐn⁴〔塵〕❶陳列；佈置。如：陳兵。❷陳述。❸陳辭。❸陳舊。如：陳言。❹古國名。媯姓。開國君主胡公(名滿)，相傳是舜的後代，周武王滅商後所封。建都宛丘(今河南 淮陽)。有今河南東部和安徽一部分。公元前478年為楚所滅。❺朝代名。南朝之一。公元557年陳霸先代梁稱帝，國號陳，建都建康(今江蘇 南京)。有今長江下游和珠江流域，是南朝版圖最小的王朝。589年為隋所滅。共歷五帝，三十三年。姓。

㊁(zhèn)⑩dzɐn⁶〔陣〕通「陣」。

【陳力】貢獻才力。

【陳言】❶陳述言詞。❷陳舊的言詞。

【陳迹】已往的事迹。

【陳情】訴述自己的情況或衷情。

【陳設】陳列；擺設。亦指陳列、擺設的東西。

【陳腐】陳舊腐敗。今泛稱事物或思想的陳舊腐朽。

【陳陳相因】謂因襲舊套、沒有革新和創造。

【陳言濫調】陳舊、空洞、不切實際的言論。

陴 (pí)⑩pei⁴〔皮〕城堞上的女牆。參見「女牆」。

陵 (líng)⑩lìng⁴〔零〕❶大土山。如：丘陵。❷墳墓。如：十三陵；中山陵。❸衰頹。參見「陵夷」。❹欺侮。❺登；上

升。

〔陵夷〕同“陵遲”。迤邐漸平。引伸爲衰頹。

〔陵折〕欺壓人，折辱人。

〔陵谷〕(詩·小雅·十月之交)有“高岸爲谷，深谷爲陵”之語，後因以“陵谷”比喻世事變遷，高下易位。

〔陵波〕亦作“凌波”。形容女子步履輕盈。

〔陵雨〕暴雨。

〔陵衍〕平廣的丘陵地帶。

〔陵替〕❶陵，臣下權勢侵凌君上；替，君權衰落。謂綱紀不能維持。❷衰落。

〔陵園〕本指帝王或諸侯的墓地。現泛指以陵墓爲主的園林。❷列士陵園。

〔陵寢〕帝王的陵墓寢廟。

〔陵霄〕亦作“凌霄”。直上雲霄，高舉之意。

〔陵駕〕同“凌駕”。超越；高出其上。

〔陵遲〕❶斜平，迤邐漸平；引伸爲衰頹。❷古代的一種酷刑。詳“凌遲”。

〔陵藉〕欺壓。

〔陵轢〕同“凌轢”。欺壓。

陶 ㊀(táo)粵tou⁴〔桃〕❶瓦器。如：彩陶；白陶。❷比喻造就，培養。如：薰陶。❸喜；快樂。如：陶醉；陶然。❹姓。

㊁(yáo)粵jiu⁴〔堯〕❶通“窯”。窯竈。❷皋陶，上古人名。

〔陶兀〕沉湎於酒，放縱傲慢的意思。亦作“陶陶兀兀”。

〔陶令〕即陶淵明。因曾任彭澤令，故稱。

〔陶冶〕❶陶工和鑄工。❷猶言陶鑄，引伸爲作育裁成的意思。亦謂娛情養性。

〔陶染〕薰陶感化。

〔陶猗〕指古代富人陶朱公(范蠡)和猗頓。陶朱公以治產致富，猗頓以製鹽起家。後泛指富人。

〔陶陶〕❶(yáo yáo)和樂的樣子。❷漫長的樣子。

〔陶鈞〕製陶器所用的轉輪。比喻造就、創建。

〔陶遂〕旺盛地生長。

〔陶甄〕猶言陶鑄。比喻造就、培育。

〔陶蒸〕猶陶甄。比喻陶鑄。

〔陶寫〕謂陶冶性情，排除憂悶。

〔陶邀〕心無牽掛。

〔陶醉〕酣暢地醉飲。引伸爲沉醉於某種事物或境界裏面。

〔陶鑄〕燒製瓦器和熔鑄金屬。比喻造就、培育。

陷 (xiàn)粵ham⁶〔夏艦切〕❶陷阱。❷陷入；陷落。如：泥足深陷。❸深入；攻破；淪陷。如：衝鋒陷陣；失陷。❹陷害；誣陷。❺缺點。如：缺陷。

〔陷阱〕❶捕捉野獸的地坑。比喻陷害人的圈套。❷又名“陷坑”。軍事上施以僞裝的坑穴。

〔陷溺〕❶淹沒。❷受害。❸沉迷。如：陷溺其心。

陸(陆) ㊀(lù)粵luk⁹〔綠〕❶陸地。如：登陸。❷大土山。❸陸路。如：水陸交通。

㊁(liù，讀音 lù)粵同○數目字“六”的大寫。

〔陸沉〕亦作“陸沈”。❶陸地無水而沉。比喻隱於市朝中。也比喻不爲人知，有埋沒之意。❷比喻國土沉淪，非由於洪水，而是由於禍亂。

〔陸海〕物產富饒的地區。

〔陸掠〕擄掠。

〔陸梁〕❶跳躍的樣子。引伸爲囂張、跋扈。❷秦時南征五嶺以南爲陸梁地。

〔陸陸〕同“碌碌”。隨從附和的樣子。

〔陸離〕❶形容色彩繁複。如：光怪陸離。❷分散的樣子。

〔陸續〕先後相續不斷。

〔陸海潘江〕亦作“潘江陸海”。晉謝混曾評潘岳和陸機的才學說：“陸才如海，潘才如江”。後因“陸海潘江”比喻文才淵博。

陫 (fēi)粵fei¹〔匪〕見“陫惻”。

〔陫惻〕同“排惻”。

陭 (qī)粵kei¹〔崎〕見“陭𬯎”。

〔陭𬯎〕同“崎嶇”。形容道路不平。

九　畫

埑 “埑”的異體字。

陼（zhǔ）⑨dzy²〔主〕同"渚"。水中的小塊陸地。

陽（阳）（yáng）⑨jœŋ⁴〔羊〕❶與"陰"相對。最初指日光的向背，向日為陽，背日為陰。後以陰陽指自然界兩種對立的物質勢力，並以此來說明自然現象的變化。❷太陽。如：陽光。❸凸出的；外露的；表面的。如：陽文；陽溝；陽奉陰違。❹山的南面或水的北面。❺指活人和人世。如：陽間；陽壽❻男性生殖器。

【陽九】古代術數家的說法，四千六百一十七歲為一元，初入元一百零六歲，外有災歲九，稱為"陽九"。因以指災難之年或厄運。

【陽文】鐫刻的文字或花紋凸起者稱為"陽文"。因用陽文印章鈐出的印文呈朱色，故也稱為"朱文"。

【陽月】陰曆十月的別稱。

【陽春】❶溫暖的春天。俗亦稱陰曆十月為"小陽春"。❷古代歌曲名。參見"陽春白雪"。亦指高妙的文學作品。

【陽秋】陽秋，即春秋，指史書。晉簡文帝之母小名阿春，因諱"春"作"陽"。

【陽侯】古代傳說中的波濤之神。

【陽烏】❶太陽。古代傳說日中有三足烏，故名。❷古人想像中鵬鳥之類的大鳥。

【陽精】太陽。

【陽臺】❶宋玉《高唐賦序》載：楚襄王曾游高唐，夢一婦人來會，自云巫山之女，在"陽臺之下"。後因稱男女歡會之所為"陽臺"。❷新式樓房房間外面的平臺。亦指屋頂上可曬晾衣物的平臺。

【陽曆】曆法的一種，也叫太陽曆。年的長度以地球繞太陽公轉周期（365日5時48分46秒）為依據，月的長短則是人為決定的，與月的圓缺無關。現代各國通用的公曆就是由陽曆改編而成的。

【陽燧】又名"夫遂"。古人在陽光下取火的一種用具。

【陽奉陰違】表面上遵從，暗地裏違背。

【陽春白雪】古代楚國的歌曲名，屬於較高級的音樂。後亦以比喻高深的文學藝術作品。

【陽關大道】亦作"陽關道"。陽關，古關名，在今甘肅敦煌縣西南。原指經過陽關通往西域的大道。後泛指交通大道。

陾（réng）⑨jiŋ⁴〔仍〕見"陾陾"。

【陾陾】眾多的樣子。
"陜"的異體字。

陿同"壓"。

陻同"堙"。

隃（yú）⑨jy⁴〔如〕逾越。
"堤"的異體字。

隅（yú）⑨jy⁴〔如〕❶角落。如：屋隅。❷靠邊沿的地方。如：海隅。

【隅中】將近午時。

【隅反】因此知彼，能夠類推。

【隅谷】古代傳說中的日入處。

隆（lóng）⑨luŋ⁴〔龍〕❶高起。參見"隆準"。❷興盛。如：隆盛；興隆。❸深厚；程度深。如：隆冬；高誼隆情。❹盛大。如：隆重。

【隆冬】嚴冬。

【隆污】隆，猶高；污，猶降。比喻世道盛衰或政治興替。

【隆替】興廢；盛衰。

【隆貴】尊貴。

【隆隆】❶盛多的樣子。❷象聲，形容劇烈震動的聲音。如：雷聲隆隆；炮聲隆隆。

【隆準】高鼻子。

隈（wēi）⑨wui¹〔偎〕❶山、水等彎曲的地方。❷角；角落。

【隈隩】曲折幽深。

隉（niè）⑨nip⁹〔聶〕見"杌隉"。

隊（队）㊀（duì）⑨dœy⁶〔惰銳切〕❶行列。如：站隊；排隊。❷集體的編制單位。如：連隊；艦隊。

㊁（zhuì）⑨dzœy⁶〔序〕同"墜"。墜落；喪失。

隋（suí）⑨tsœy⁴〔徐〕朝代名。公元581年楊堅（即隋文帝）滅北周稱帝，國號

隋，開皇三年(583)都大興(今陝西西安)。九年(589年)滅陳，統一全國。煬帝大業七年(611年)起，各地農民相繼起義，隋朝土崩瓦解。十四年(618年)煬帝被殺於江都(今江蘇揚州)，隋亡。共歷二帝，統治三十八年。

【隋苑】隋煬帝爲滿足奢侈的生活而建造的花園。故址在今江蘇揚州西北。也叫"上林苑"、"西苑"。

【隋堤】隋代開通菑渠，沿渠築堤，後稱爲"隋堤"。

隍 (huáng)⑧wɔŋ⁴〔皇〕沒有水的護城壕。

階(阶) (jiē)⑧gai¹〔佳〕❶臺階。❷舊時官的等級。

【階段】事物發展進程中劃分的段落。

【階級】❶在一定社會的生產中處於不同地位的社會集團。❷指官位俸給的等級。❸臺階。

【階梯】臺階和梯子的合稱。引伸爲向上或前進的憑借或途徑。

【階前】升階，升陛，漸，漸進。猶言序次。

【階層】通常指在同一階級中，由於經濟地位不同而分成的若干層次。

陰 "陰"的異體字。

十　畫

隒 (yán)⑧jim⁵〔染〕層疊的山崖。也泛指山邊。

隔 (gé)⑧gak⁸〔(古)〕❶遮斷，隔開。如：中間隔着一條河。❷離開；間隔。如：相隔不遠。

【隔絕】❶斷絕；阻斷。❷越過界限。

【隔閡】❶阻隔；隔絕。❷彼此情意不通。

【隔膜】猶言隔閡。彼此情意不通，互不了解。如：消除隔膜。

【隔離】❶斷斷。❷醫學名詞。防止傳染病傳播的一種重要措施。

【隔岸觀火】比喻對別人的困難漠不關心，在一邊看熱鬧的態度。

【隔靴搔癢】比喻說話、作文中不中肯，不貼切，沒有抓住要點。亦比喻做事不切實

際，徒勞無功。

隕(陨) ⊖(yǔn)⑧wen⁵〔允〕❶墜落。如：星隕如雨。❷毀壞。❸通"殞"。死亡。

【隕命】喪命。

【隕越】顛墜。亦以比喻失敗、失職。如：幸免隕越。

【隕穫】處境困苦而灰心喪志。

塢 "塢"的異體字。

隗 (wěi，又讀 kuí、guī)⑧ŋai⁵〔蟻〕kwei⁴〔葵〕(又)姓。

隘 (ài)⑧ai³〔唉高去〕❶狹窄；狹小。❷隘巷。❸險要之處。如：要隘。❹困迫；窘迫。

【隘害】險隘要害之處。

隙(隙) (xì)⑧gwik⁷〔瓜益切〕kwik⁷〔誇益切〕❶縫隙，裂隙。如：牆隙；門隙。❷空；閒。如：農隙。❸漏洞，機會。如：無隙可乘。❹感情上的裂痕。

【隙駒】隙，空隙。駒，駒馬。駒馬迅疾，駛過狹小的空隙，極言其急速易過，因以比喻時間過得很快。參見"白駒過隙"。

【隙大牆壞】裂縫大了牆壁就要倒塌。比喻漏洞大了，會造成禍害。

隑 同"碕"。

十一畫

際(际) (jì)⑧dzɐi³〔祭〕❶交界或靠邊的地方。如：分際；林際；一望無際。❷彼此之間。如：國際；校際。❸中間；裏邊。如：腦際；胸際。❹指先後交接由局勢形成的時候。如：春夏之際；危急存亡之際。❺當，適逢其時。如：際此盛會。

【際涯】同"涯際"。邊際。

【際會】遇合。如：際會風雲。

【際遇】猶遇遇。多指得到好的機遇。

障 (zhàng)⑧dzœŋ³〔帳〕❶阻塞；遮掩的小城。如：一葉障目。❷邊塞上防捍堵掩的小城。❸用來遮隔視綫的布幃或屏

風。如：屏障。❹通“幛”。畫軸。

【韀泥】馬韀。因墊在馬鞍下，垂於馬背兩旁以擋泥土，故稱。

隔(区) (qū)⑧kœy¹〔驅〕見“陷隔”。

隙 同“隙”。

墉 (yōng)⑧juŋ⁴〔容〕同“墉”。

十二畫

隤(陨) (tuí)⑧tœy⁴〔頹〕❶墜落。引伸爲喪敗。❷降下。❸猶顚，絆倒。

磴 (dèng)⑧dɐŋ³〔凳〕同“墱”、“磴”。石級。

隣 “鄰”的異體字。

十三畫

隧 (suì)⑧sœy⁶〔遂〕隧道；地道。有時也指墓道。

隨(随) (suí)⑧tsœy⁴〔徐〕❶跟從。如：隨行；隨聲附和。❷沿着；順從。如：隨你便；隨他去。❹順便；就着。如：隨手關門。❺六十四卦之一。

【隨分】(一fèn)❶猶隨遇。❷猶隨便。❸照例；照樣。

【隨手】❶猶言隨即。❷順手；信手。如：隨手關門。

【隨坐】猶連坐。因別人犯法而被牽連獲罪。

【隨和】❶(一hè)隨聲附和；曲從。❷(一he)和氣而不固執己見。

【隨宜】因事之所宜而採取措施。

【隨喜】❶佛教用語。謂見人做功德而樂意參加；也指稱衆人做某種表示，或願意加入集體送禮等。❷佛教用語。遊覽寺院。

【隨鑾】鑾，皇帝的車乘。隨鑾，臣下隨從皇帝出行。

【隨波逐流】比喻沒有堅定的立場或正確的主見，只是聽任事勢所趨，跟着別人走。

【隨風轉舵】亦作“順風轉舵”、“隨風使舵”。比喻沒有明確的方向或主張，只是順着情勢轉變，以求適應。

【隨時制宜】根據當時條件或需要，靈活地採取適宜的措施。

【隨珠彈雀】(彈 tán)亦作“明珠彈雀”。比喻做事不知衡量輕重，因而得不償失。“隨珠”亦作“隋珠”。

【隨鄉入鄉】亦作“入鄉隨鄉”。原意是到什麼地方就遵從那個地方的風俗。也比喻隨遇而安。

【隨遇而安】謂處在各種環境中都要安然自得，滿足現狀。亦作隨寓而安。

【隨機應變】跟着事機的變化靈活應付。

隩 (yù，又讀 ào)⑧juk⁶〔郁〕ou³〔澳〕(又)❶水邊的彎曲處。❷同“奧”。室中西南隅。❸通“奧”。深。

險(险) (xiǎn)⑧him¹〔喜掩切〕❶危險。如：冒險；脫險。❷險阻；險要。如：長江天險。❸險惡；毒。如：陰險；險詐。❹險些；幾乎。如：險遭不測；險遭毒手。

【險易】❶陰險與平坦。❷猶善惡。❸險言治亂。

【險阻】謂山川艱險梗塞之地。

【險詖】邪惡不正。亦作“險陂”。

【險塞】艱險閉塞。

【險語】驚人之語。

【險巇】亦作“險戲”、“嶮巇”。險阻崎嶇。常用來比喩處世艱難。

隫(坟) (fén)⑧fɐn⁴〔墳〕同“墳”。

十四畫

隮(跻) (jī)⑧dzɐi¹〔劑〕❶登上；升上。❷虹。❸墜落。

隰 (xí)⑧dzap⁶〔習〕❶低下的濕地。❷新開墾的田。

隱(隐) (yǐn)⑧jɐn²〔忍〕❶隱蔽；隱藏。如：隱情。引伸爲隱伏；歸隱。參見“隱士”、“隱逸”。❷隱諱。與“顯惡揚善”。❸精微。如：探賾索隱。

【隱士】隱居不仕的人。

【隱忍】勉力含忍，不露憤情。

【隱居】謂退居鄉野，不出來作官。

【隱括】同"檃栝"。

【隱約】❶依稀；不清楚；不明顯。❷窮愁憂困。❸猶言晦藏。

【隱疾】指不便告人的疾病。

【隱淪】❶猶言埋沒沉淪。❷指隱士。

【隱惻】憂傷。

【隱軫】見"隱賑"。

【隱逸】指隱居的人。

【隱語】❶也叫"隱"或"廋辭"。謎語的古稱。不把本意直接說出來借別的詞語來暗示的話。❷社會習慣語的一種。為避免局外人的了解而製造使用的秘密詞語。❸私語。

【隱賑】眾盛；富饒。亦作"隱軫"、"殷軫"、"殷賑"。

【隱憂】同"殷憂"。深憂。

【隱慝】(一tè)人家不知道的罪惡。

【隱嶙】高峻的樣子。

【隱隱】❶不分明。❷憂戚的樣子。

【隱耀】亦作"隱曜"。藏藏光彩。

【隱君子】隱士。"隱"與"癮"諧音，也借以嘲諷有鴉片煙癮的人。

【隱惡揚善】隱，隱諱；揚，表揚。謂隱諱別人的壞處，而只表揚別人的好處。

十五畫

隳 (huī)⑧fei¹〔輝〕毀壞。

【隳突】破壞奔突。

十六畫

隴(陇) (lǒng)⑧luŋ⁵〔壠〕❶通"壟"。❷甘肅省的簡稱。

【隴客】鸚鵡的別名。因多產於今甘肅一帶地方，故名。

隶 部

隶 ㊀"逮"的本字。
㊁"隸"的簡化字。

八 畫

隸 "隸"的異體字。

九 畫

隸(隶) (lì)⑧dɐi⁶〔第〕❶附屬。如：隸屬。❷古代奴隸的通稱。❸差役。特指衙役。如：皂隸；隸卒。❹漢字字體的一種。即隸書。如：篆、隸、行、草、楷。

【隸人】古代稱沒入官為奴婢、從事勞役的人。亦以稱職位低微的吏役。

隹 部

隹 (zhuī)⑧dzœy¹〔追〕短尾鳥。

二 畫

雈 "鶴"字的省體。

隻(只) (zhī)⑧dzek⁸〔炙〕❶量詞。如：一隻雞；兩隻手。❷獨；單。如：形單影隻。

隼 (sǔn)⑧dzœn²〔準〕鳥綱、隼科各種類的通稱。在中國有"小隼"、"游隼"、"燕隼"及"紅脚隼"等。

雋 "雋"的異體字。

三 畫

雀 ㊀(què)⑧dzœk⁸〔爵〕❶鳥名。麻雀的別稱。有時也泛稱雀形目的多種小鳥為"小雀兒"。❷赤黑色。見"雀弁"。
㊁(qiāo)⑧同㊀用於"雀子"。臉上的雀(què)斑。

【雀弁】同"爵弁"。古代禮冠的一種，比冕次一級，色如雀頭，赤而微黑。

【雀躍】表示喜極。

四　畫

雁（yàn）⑧ŋan⁶〔贋〕❶動物名。大型游禽。形狀略似鵝。羣居水邊。有鴻雁、豆雁等多種。飛時排成"人"字或"一"字形。肉可食。❷同"贋"。爲造的；假的。

【雁奴】雁宿江湖沙洲中，往往千百成羣，有雁在周圍專司警戒，如遇襲擊，則鳴叫報警，稱爲"雁奴"。

【雁字】雁羣飛行時，常排列成"人"字或"一"字形，因稱"雁字"。

【雁行】（-háng）❶猶雁的行列。❷謂並行、平列而有次序。引伸爲兄弟。意即兄長弟幼，年齒有序，如雁之平行而有次序。又引伸爲相坮如兄弟。

【雁序】猶雁行。飛雁的行列。常用以比喻兄弟。

【雁足】傳送書信人的代稱。

【雁陣】雁羣飛行的行列整齊，好像軍隊佈陣一樣。

【雁塔】塔名。在今陝西西安市市郊。塔有兩座：(1)在慈恩寺中，世稱大雁塔，爲玄奘所建。唐代新進士"雁塔題名"，即此。(2)在薦福寺中，世稱小雁塔。

【雁齒】形容事物並列如雁行。

【雁塔題名】唐代故事。新進士在曲江宴會以後，常題名於雁塔。後因用爲考中進士的代稱。

雄（xióng）⑧huŋ⁴〔紅〕❶鳥類及其他動物中能產生精細胞的。與"雌"相對。如：雄雞；雄貓。亦指植物中不結子的。如：雄麻；雄花；雄蕊。❷宏大；威武；強有力。如：雄圖；雄姿；雄辯。❸借喻傑出的或強有力的人物或國家。如：戰國七雄。

【雄心】遠大的理想和抱負。

【雄州】❶大州；形勢險要的地方。❷州名。五代周顯德六年（公元959年）以瓦橋關置。治所在歸義（宋改歸信，今河北雄縣）。

【雄兵】強有力的軍隊。

【雄伯】❶（-bà）伯，同"霸"。指傑出的人物。❷（-bó）傳說中吃鬼魅的神。

【雄飛】比喻奮發有爲。

【雄風】❶威風。❷涼爽的風。

【雄張】猶言稱雄。

【雄盛】形容威勢很盛。

【雄辯】雄健有力的辯論。如：事實勝於雄辯。

【雄赳赳】形容威武。

【雄才大略】非常的才能和謀略。

雅（yǎ）⑧ŋa⁵〔瓦〕❶古指正的、合乎規範的。見"雅言❶"、"雅言"。❷高尚；不庸俗。如：雅緻；雅興。❸美好；不粗鄙。如：雅觀；言之不雅。❹《詩》六義之一。詳"六義"。❺素常；向來。參見"雅故"、"雅素"。❻敬辭。如：雅鑒；雅正。

【雅正】❶典雅純正。❷方正；正直。❸客氣話，常用於書畫的題款上，是說對方高雅，請其指正的意思。

【雅言】❶古指周王朝的官話，以周王朝所在地語音爲準。同各地的方言相對。❷正確合理的意見。

【雅俗】❶文雅和粗俗。也指風俗之士和流俗之人。如：雅俗共賞。

【雅故】❶平素；素心。❷舊友。

【雅致】優美而不庸俗。

【雅素】❶平素爲人與行事。❷平素的關係。

【雅量】❶指酒量。寬宏的度量。

【雅游】常與人交游。

【雅道】❶指"正道"。❷指風雅的志趣、行徑等。

【雅頌】《詩經》內容分類的名稱，也是樂曲分類的名稱。雅指宮廷樂曲，頌指宗廟祭祀樂曲。後常以"雅頌"泛指"盛世之樂"。

【雅馴】指文辭善於修飾。

【雅鄭】指雅樂、宮廷音樂；鄭指鄭聲、鄭地音樂。古代儒家以"雅樂"爲正聲，而以鄭聲爲淫邪之音。後遂以"雅鄭"指正聲和淫邪之音。

【雅人深致】謂風雅的人言談舉止不庸俗。

集（jí）⑧dzap⁹〔習〕❶羣鳥棲息在樹上。引伸爲聚集、會合。如：集思廣益；集腋成裘。❷滙輯單篇作品的書冊。

如：文集；畫集。❸中國古代圖書的四部分類法，即經、史、子、集。把詩文等作品列為集部，簡稱集。❹定期的或臨時的市場。如：趕集。因亦稱市鎮為"集"。

【集中】把分散的聚集在一起。如：集中資金；集中精力。

【集矢】指衆人指摘一人或一事。

【集錦】精彩的詩文、圖畫等作品的滙集；集合各種花樣的圖案。

【集思廣益】指集中衆人的智慧，可使效果更大更好。

【集腋成裘】腋，指狐腋毛，純白珍美；裘，皮袍。比喻積小成大；衆家力以成一事。

雇 (gù)⑧gu³〔故〕❶出錢叫人做事。如：雇短工。❷受雇的。如：雇員。❸租賃交通工具。如：雇船；雇車。

五　畫

雉 (zhì)⑧dzi⁶〔自〕❶鳥名。亦稱"野雞"。雄鳥羽毛華麗，頭下有一顯著白色環紋。足後長距。雌鳥全體砂褐色，其斑，體形較小，尾也較短。善走不能久飛。肉可食，尾羽可做裝飾品。❷古代計算城牆面積的單位，長三丈、高一丈為一雉。❸古代博彩戲具的彩色之一。如：呼盧喝雉。

【雉尾扇】見"雉尾扇"。

【雉堞】城上排列如齒狀的矮牆，作掩護用。

【雉媒】獵人所馴養之雉，用以招引野雉。

【雉尾扇】亦稱"雉扇"。古代儀仗的一種。始於周代。宋以來雉尾有大、中、小三等，其制下方上圓，中繡雙孔雀，四周排列雉狀為飾。

雊 (gòu)⑧geu³〔夠〕雉雞叫。

隼 ㊀(juàn)⑧syn⁵〔吮〕謂鳥肉肥美。引伸為滋味深長。
㊁(jùn)⑧dzœn³〔俊〕同"俊"。英俊；俊秀。
【隼永】指詩文辭意味深長。
【隼拔】(jùn—)亦作"俊拔"。俊逸挺秀。亦指人才俊逸出衆。

雌 (cí，又讀 cǐ)⑧tsi¹〔慈〕❶鳥類及其他動物中能產生卵細胞的。與"雄"相對。如：雌雞。也指植物中能結子的。如：雌花；雌蕊。

【雌伏】比喻退藏，不進取，無所作爲。

【雌雄】❶雌性與雄性。❷比喻勝負、高下。如：一決雌雄。❸稱成對的物件。如：雌雄劍。

【雌黃】❶礦物名。斜方晶系，晶體常呈柱狀，集合體則呈桿狀、雞冠狀。檸檬黃色，有時微帶淺褐色。半透明，光澤視方向不同而變化；灼燒後發出強烈的蒜臭。用以提取 As_2O_3 和製作顏料。❷古代抄書校書用雌黃來塗改文字，後因稱改竄文字爲雌黃。如：妄下雌黃。❸比喻駁正、議論是非。也比喻隨便亂說。如：信口雌黃。

【雌霓】即霓。雙虹中色彩淺淡的虹，亦名副虹。

雍 (yōng)⑧jun¹〔翁〕❶和諧。❷〔雍州〕古九州之一。

【雍容】形容態度大方，從容不迫。

【雍穆】鳥和鳴聲。也形容樂聲的諧和。

【雍穆】和睦。

雎 (jū)⑧dzœy¹〔追〕見"雎鳩"。

【雎鳩】鳥名。即魚鷹。

六　畫

雒 (luò)⑧lok⁸〔烙〕❶白鬣的黑馬。❷通"洛"。如：雒汭；雒陽；雒邑。均古地名。

八　畫

雕 (diāo)⑧diu¹〔刁〕❶雕刻。如：雕版；雕花。❷用彩畫裝飾。如：雕弓。❸同"鵰"、"鵰"。

【雕青】在人體上刺花紋，塗上青色。唐時盛行。宋元時名爲"錦體"。即今之紋身。

【雕琢】❶雕刻玉石，使成器物。❷過分修飾。亦指修飾文辭。

【雕龍】指善於撰寫文章。

【雕蟲】比喻小技、小道。多指文字技巧。
【雕肝琢腎】比喻寫作時的苦心錘煉。
【雕蟲篆刻】比喻小技、小道。
雟 同"巂"。

九畫

雖(虽) (suī)粵sœy¹〔須〕表示假設或讓步的詞。縱然；即使。如：麻雀雖小，五臟俱全。

十畫

雘 (huò)粵wɔk⁸〔華惡切〕赤石脂之類，古代以爲好顏料。
雙(双) (shuāng)粵sœŋ¹〔商〕❶兩；一對。如：雙方；白璧一雙。❷偶數。如：雙日。❸加倍的。如：雙料；雙份。
【雙帖】舊時官場拜會用的一種名帖。大如兩單帖，從中摺疊。
【雙鈎】亦作"雙勾"。❶古代的藏鈎之戲。❷摹帖叫"雙鈎"。以透明的紙覆蓋帖上，用極細的筆畫描摹字帖點畫的四周，然後塡以濃墨。或以法書置刻石上，沿其字迹，兩邊用細綫鈎出，以便摹刻。❸寫毛筆字的一種執筆法。❹中國畫技法名。用綫條勾描物象輪廓叫做"勾勒"，因基本上是用左右或上下兩筆勾成的，故又稱"雙勾"。
【雙鳧】《後漢書·王喬傳》載，東漢明帝時，王喬有神術，爲葉縣縣令，距京師甚遠，但每逢朔望，却能親自來朝。明帝覺得奇怪。令人候望，言喬每臨，必有雙鳧自東南飛來。於是候鳧至，設網捕得其一，乃是一隻木鞋。後因借用爲地方官的典故。
【雙鯉】古樂府《飲馬長城窟行》有"客從遠方來，遺我雙鯉魚。呼童烹鯉魚，中有尺素書"之語。後因用"雙鯉"作書信的代稱。
【雙關】修辭格的一種。即表面說的是一種意義，實際指的是另一種意義。有諧聲雙關和意義雙關兩種。
【雙管齊下】郭若虛《圖畫見聞志》載，唐代張璪善畫松，能兩手各拿一筆同時作畫，一畫生枝，一畫枯幹。後以"雙管齊下"比喻兩件事情同時進行。
【雙瞳剪水】形容眼睛清明。
雛(雏) (chú)粵tsɔ¹〔初〕❶小雞。亦泛指幼禽。如：雛燕。❷泛指幼小的動物。亦指幼兒。如：挈婦將雛。
【雛兒】原指幼禽，多用來比喻年輕而沒有閱歷的人。
【雛形】事物初步形成的狀。亦指仿照實物縮製的模型。
【雛鳳】小鳳，比喻佳子弟。
雜(杂) (zá)粵dzap⁹〔集〕❶顏色不純。引伸爲駁雜、不純粹。如：雜花生樹。❷混合；攙雜。如：夾雜。❸戲曲脚色名。元雜劇、明清傳奇至京劇裏的"雜"，扮演雜差一類人物。
【雜文】現代散文的一種，不拘泥於某一種形式，可以議論，也可以敍事。
【雜史】只記一事始末和一時見聞的或私家記述有關掌故性質的史書。
【雜交】不同種、屬或品種的生物體進行交配或結合。
【雜沓】亦作"雜遝"。衆多雜亂的樣子。
【雜要】指曲藝、雜技等。
【雜務】專門業務以外的瑣碎事務。
【雜廁】(—cì)混雜。
【雜遝】同"雜沓"。衆多雜亂的樣子。
【雜糅】不同的事物混雜糅合在一起。
【雜學】❶指不專主一家的學術。❷指在科學文章以外的各種學問。
【雜亂無章】雜亂而無條理。
雝 "雍"的異體字。
雞(鸡) (jī)粵gɐi¹〔加西切〕家禽。喙短銳，有冠與肉髯，翼不發達，脚健壯。分蛋用、肉用、蛋肉兼用及觀賞用等類型。
【雞肋】❶雞的肋骨，用以比喻無多大意味，但又不忍捨棄的東西。❷比喻瘦弱的身體。
【雞舌】即丁香，可治口氣。
【雞骨】形容瘦骨嶙峋。詳"雞骨支牀"。
【雞頭】植物名。即"芡"。

【雞鶩】雞和鴨。二者均爲家禽，常用以比喻平庸的人。

【雞毛信】舊時有緊急傳遞，常在信件上黏附雞毛，表示迅疾，叫做"雞毛信"。因以泛指派人急遞的軍情函件的通稱。猶古代的"羽檄"、"羽書"。

【雞犬皆仙】《神仙傳·劉安》載，漢淮南王劉安好道，修煉成仙，臨去時，餘藥器置在中庭，雞犬啄舐之，盡得升天。後用"雞犬皆仙"比喻一個人做了高官，和他有關的人都得勢。

【雞皮鶴髮】形容老人的膚皺髮白。亦作"鶴髮雞皮"。

【雞骨支牀】雞骨，瘦瘠的樣子。支，即支離，狀憔悴。意謂居親喪時，哀痛過度，以致瘦瘠疲憊於牀席之上。後以"雞骨支牀"比喻孝道。

【雞鳴狗盜】《史記·孟嘗君列傳》載，戰國時，孟嘗君在秦被留，賴門下擅狗盜的食客，夜入秦宮，盜出狐裘，獻給幸姬，始獲釋放；復賴一客，裝雞啼，賺開函門，才能脫險。後用以稱有微末技能的人。

【雞蟲得失】比喻細微的得失，無關緊要。

雟 ㊀(xī）又讀 guī）㊀kwei¹（規）❶子規，即子規。杜鵑的別名。❷通"規"。車輪轉一週。
㊁(xī，舊讀 suī）㊁sœy⁵（緒）〔巂州〕州名。南朝梁大同三年（公元537年）置。治所在越雟（今西昌）。轄境相當今四川越西、美姑以南，金沙江以西、以北，錦屏山、鹽井河以東地區。

雚 (guàn）㊀gun³（貫）❶同"鸛"。鳥名。❷草名，即藋萃。

十一畫

離（离） (lí）㊀lei⁴（梨）❶分開；分別。如：離家；離異；離散。❷相距；隔開。如：此地離京城尙有廿餘里。❸八卦之一，卦形爲☲，象徵火。又爲六十四卦之一。

【離奇】木根盤曲的樣子。今多用爲奇特、不同尋常的意思。如：情節離奇。

【離披】分散的樣子。

【離析】離散；分離。參見"分崩離析"。

【離宮】❶皇帝正宮以外的臨時居住的宮室。❷古星名。即飛馬座 λ，μ，ο，η，τ，υ 六星。

【離索】"離羣索居"的略語。

【離異】離婚。

【離間】(—jiàn）從中挑撥，使不和睦、不團結。

【離貳】不親附，有異心。

【離落】離散流落。

【離披】亦作"離褷"，"離羅"。羽毛濡濕黏合的樣子。

【離離】❶繁茂的樣子。❷懶散疲倦的樣子。❸憂鬱的樣子。

【離譜】講話或做事不合公認的準則。

【離褷】亦作"麗褷"。綿延不斷。

【離辭】連綴詞句，猶言屬辭。

【離褷】比喻與配偶分開的人。

【離羣索居】離開同伴而孤獨地生活。

難（难） ㊀(nán）㊀nan⁴（尼閑切）❶不容易；艱難。如：難題。❷不好。如：難聽；難看。❸不大可能。如：難免；難保。❹使人感到困難的。如：這樁事情可真把我難住了。
㊁(nàn）㊁nan⁶（尼雁切）❶災難；不幸的遭遇。如：遇難；難民。❷詰責；駁詰。如：非難。
㊂同"儺"。

【難民】(nàn—)由於戰亂或自然災害的影響而離開國土、生活困難的人。

【難爲】❶不易爲。❷使人爲難。如：他已經很忙，別再難爲他了。❸多虧。多用於謝語。

【難堪】❶難以忍受。❷爲情所窘。

【難兄難弟】兄弟才德都很好，難分高下。也指兩個人同樣惡劣，或處於類似的困難境地。

二十畫

雧 "集"的本字。

雨　部

雨 ㊀(yǔ)⑧jy⁵〔語〕雲中降落的液體水滴。
㊁(yù)⑧jy⁶〔遇〕下雨、雪等。如：雨雪。

【雨水】二十四節氣之一。中國大部分地區嚴寒將過，雨量逐漸增加。參見"二十四節氣"。

【雨露】雨和露能滋長萬物，多用以比喻恩澤、恩情。

【雨後春筍】春天雨後，竹筍長得又多又快，比喻新事物大量出現，蓬勃發展。

【雨過天青】❶顏色名，像雨後初晴時的天色。❷雨後轉晴。比喻壞的形勢已經過去，出現了好的平靜的局面。

三　畫

雩 ㊀(yú)⑧jy⁴〔如〕❶古代為求雨而舉行的祭祀。❷古地名。春秋宋地。在今河南睢縣境。
㊁(yù)⑧jy⁶〔遇〕虹。

雪 (xuě)⑧syt⁸〔說〕❶從雲中降落具有六角形白色結晶的固體降水物。❷洗除。如：雪恥；雪恨。

【雪恥】洗雪恥辱。

【雪上加霜】比喻災禍接連至、苦上加苦。

【雪中送炭】比喻在別人困難或急需的時候給予幫助。

【雪泥鴻爪】比喻往事遺留的痕迹。

【雪虐風饕】虐，暴虐；饕，貪殘。風雪交加，形容嚴寒。

【雪窖冰天】亦作"冰天雪窖"。指嚴寒的地區。

四　畫

雯 (wén)⑧men⁴〔文〕雲彩。

【雯華】雲彩。

雰 (fēn)⑧fɐn¹〔分〕❶"氛"的異體字。❷見"雰雰"。

【雰雰】形容雪盛。

雱 (páng)⑧pɔŋ⁴〔旁〕雪盛。

雲(云) (yún)⑧wen⁴〔雲〕❶懸浮在空中由水蒸氣（和）冰晶組成的可見聚合體。主要由水汽在空中冷卻凝結所致。❷比喻多。見"雲集"。❸雲南省的簡稱。

【雲山】雲霧繚繞的高山。

【雲天】高空。

【雲水】❶指"行腳僧"或"游方道士"。因其隨處參訪，行蹤無定，如行雲流水，故名。❷河流名。在今廣東樂昌縣南境。

【雲車】❶古代作戰時用以窺察敵情的樓車。❷傳說中仙人所乘之車。

【雲肩】古代婦女披在肩上的裝飾物。

【雲泥】雲在天，泥在地，比喻高下懸殊。

【雲版】亦作"雲板"。古樂器，形狀像雲，故名。又名為"點"。舊時官署和權貴之家，都以打雲板為報事集眾的信號。

【雲物】❶日旁雲氣的顏色，古人憑以觀測吉凶水旱。❷猶景物。

【雲雨】❶比喻恩澤。❷宋玉《高唐賦序》言楚王夢與神女相會高唐，神女自謂"旦為行雲，暮為行雨"，後因稱男女歡合為"雲雨"。

【雲柯】凌雲的高枝，比喻人的風標高峻。

【雲孫】從本身算起的第九代孫。

【雲師】❶神話傳說中的雲神。❷古代官名。黃帝以雲紀事，百官師長皆以雲為名號。

【雲海】從高峰向下望，有時白雲瀰漫，儼如大海，故稱"雲海"。亦指雲天的空闊。

【雲煙】❶雲氣和煙霧，常指煙高的地方。❷比喻飛動之勢。❸比喻容易消失的事物。如：過眼雲煙。

【雲崖】❶高聳入雲的山崖。❷雲端；雲際。

【雲梯】❶古代攻城時攀登城牆的長梯。現消防隊所用的長梯也叫雲梯。❷高山的石級。

【雲游】指僧道到處漫游，行蹤飄忽，有如行雲。

【雲集】如雲之集，極言人多。

【雲階】❶雲間。❷比喻仕途。
【雲漢】❶銀河。❷猶「雲霄」，指高空。
【雲霄】❶高空。❷比喻顯達的地位。
【雲梯】古代攻城的戰具。
【雲錦】絲織物名。錦紋瑰麗有如雲彩，故名。
【雲霓】❶指高空的雲霧。❷下雨的象徵。如：久旱望雲霓。❸比喻讒邪之人。
【雲鬢】形容婦女的鬢髮濃密捲曲如雲。
【雲擾】像雲起一樣地紛亂，比喻社會動蕩不寧。
【雲髻】猶「雲鬢」，髻是環形的髮髻。
【雲起龍驤】「驤」亦作「襄」，騰起的意思。比喻英雄豪傑乘時而起。
【雲輿霞輈】（輈 yù）形容絢爛瑰麗。今多作「雲蒸霞輈」。
【雲龍風虎】謂龍起生雲，虎嘯生風，同類的事物相互感應。比喻君主得到賢臣，臣子遇到明君。
【雲譎波詭】形容事態的變幻莫測。亦作「波譎雲詭」。

五畫

零（líng）⑨líng¹〔凌〕❶下雨。喻如雨一般的落下。如：感激涕零。❷草木凋謝。如：凋零；零落。❸零碎；不成整數。如：零錢；奇零。❹數目。是在整數系統中一個重要的數。二減二、三減三都等於零，記作「0」。引伸為沒有；無。如：他的計劃等於零。❺攝氏溫度表上的冰點。如：零下五度。
【零丁】❶亦作「伶仃」。孤獨無依的樣子。❷古時尋人要揭示，故稱尋人招帖為「零丁」。
【零星】猶「零碎」。亦指稀疏。
【零碎】❶不完整；細碎。如：資料零碎；零碎話兒。❷小東西；雜物。如：他正在收拾零碎兒。
【零落】❶凋謝；脫落。❷比喻死亡、飄零、衰敗。❸稀疏；不集中。亦作「零零落落」。

雷（léi）⑨lœy¹〔累〕❶出現閃電時，閃道中因高溫使空氣膨脹、水滴氣化而發生的強烈爆炸聲。❷一種爆炸性的武器。如：地雷；魚雷。也用作地雷或魚雷的簡稱。如：掃雷。❸通「罍」。古酒器名。
【雷同】人云亦云；相同。
【雷叶】謂掌聲如雷。
【雷動】❶打雷；雷聲震動。❷比喻聲音宏大或感情震動。如：歡聲雷動。
【雷霆】❶疾雷。❷比喻盛怒。如：大發雷霆。❸指威勢或威權。
【雷厲風行】亦作「雷厲風飛」。形容政事法令的執行嚴厲迅速。現亦形容聲勢猛烈、行動迅速。
【雷霆萬鈞】形容威力極大。

雹（báo，讀音 bó）⑨bok⁶〔薄〕自雲中降落的冰塊。一般是由雲滴在積雨雲中隨氣流多次升降，不斷與沿途雪花、小水滴等合併形成。

電(电)（diàn）⑨din⁶〔殿〕❶實物的一種屬性。構成實物的許多基本粒子都帶有一定的電，有的是正的（如質子），有的是負的（如電子），電荷的絕對量都相等，是電量的最小單元。一切物體都由大量原子構成，而原子則由帶正電的原子核和帶負電的電子組成。❷專指閃電。如：雷電。❸電報的簡稱。如：賀電；急電；電告。❹請人名察的敬辭，有明點之意。如：電察或電權。
【電光石火】閃電和隆起的火光。本佛教用語，比喻事物瞬息即逝。

六畫

需（xū）⑨sœy¹〔須〕❶需要。如：需款。也指需要的東西。如：軍需。❷等待。見「需次」。❸六十四卦之一。
【需次】指官吏授職後，按照資歷依次補缺。

七畫

霂（mù）⑨muk⁹〔木〕見「霢霂」。

霄（xiāo）⑨siu¹〔消〕❶雲氣。也指天空。如：重霄；九霄。❷通「宵」。夜。

【霄漢】霄，雲霄；漢，天河。連用謂高空。也比喻朝廷。

【霄壤】猶言「天地」。常用以形容差別很大。

霅　㊀(shà)⑧sap⁸〔颯〕通「霎」。迅疾的樣子。
㊁(zhà)⑧dzip⁸〔接〕見「霅霅」。

【霅霅】光明的樣子；顯赫的樣子。亦作「煜霅」。

【霅霅】(zhà)電雷交作的樣子。

霆　(tíng)⑧tin⁴〔庭〕❶劈雷。❷震動。

震　(zhèn)⑧dzen³〔鎮〕❶震動。如：地震。❷雷。❸情緒過分激動。如：震驚。❹八卦之一，卦形爲☳，象徵雷震。又爲六十四卦之一。

【震怒】盛怒。

【震風】疾風。

【震宮】皇太子住的東宮。

【震悼】震動悲悼。

【震疊】震動；恐懼。

【震震】❶形容聲音宏大響亮。多指雷、鼓、車馬之聲。❷威嚴的樣子。

【震撼】震動；震驚。

【震盪】❶震動；動蕩不寧。❷撼動。

【震慴】震驚恐懼。

【震驚】震動而驚懼；驚動。

【震古鑠今】形容事業或功績的偉大。謂遠勝古代，顯耀今世。

霈　(pèi)⑧pui³〔沛〕❶雨多的樣子。❷雨。❸比喻帝王恩澤。

【霈需波浪相擊聲】

霉　㊀(méi)⑧mui⁴〔梅〕物因生菌而質變。如：霉爛。
㊁「黴」的簡化字。

八畫

霍　(huò)⑧fɔk⁸〔獲〕❶鳥疾飛的聲音。引伸爲迅速的樣子。見「霍然」。❷大山圍繞小山之稱。

【霍閃】閃電。

【霍然】突然；忽然。多以形容病癒之速。如：霍然而癒。

【霍霍】❶象聲詞。磨刀的聲音。❷閃動疾速

的樣子。

霎　(shà)⑧sap⁸〔颯〕❶一瞬間。❷見「霎婆」。

【霎婆】風雨淅瀝聲。

霏　(fēi)⑧fei¹〔非〕❶雨雪很盛的樣子。見「霏霏」。❷飄揚。如：烟霏雲歛。

【霏微】迷濛的樣子。

【霏霏】形容雨雪的密。也形容雲氣之盛。

沾　(zhān)⑧dzim¹〔尖〕同「沾」。浸濕。如：霑濕。

霓　(ní)⑧ŋei⁴〔危〕虹的一種，亦稱副虹。

【霓旌】古時皇帝出行時儀仗的一種。

霖　(lín)⑧lem⁴〔林〕久雨。亦指雨。也：甘霖。參見「霖雨」。

【霖雨】連綿的大雨。

雲　(yīn)⑧jem¹〔陰〕同「陰」。「霒」的本字。雲蔽日。

九畫

霙　(yīng)⑧jin¹〔英〕雪花。

霥　「靈」的古字。

霜　(shuāng)⑧sœŋ¹〔商〕❶空氣中水汽因地面或物體表面熱量放散的影響（溫度在0℃以下）而凝結在其上的白色結晶。一般出現於晴朗無風的夜間或清晨。❷泛指色白如霜的粉末。如：鹽霜；糖霜。❸借喻白色。如：霜鬢；霜刃。❹比喻高潔。如：霜操。❺年歲的代稱。猶言秋。

【霜降】二十四節氣之一。霜降時中國黃河流域一般出現初霜。參見「二十四節氣」。

【霜操】(一cāo)高潔的節操。

【霜露之病】謂感受寒涼而起的病。

霞　(xiá)⑧ha⁴〔遐〕❶日出、日落前後天空與雲層上出現的彩色光象。由接近地平線的陽光經大氣中灰塵、水汽和氣分子的散射所致。❷形容服飾豔麗如霞彩。如：霞帔；霞綬。

【霞帔】❶形容服飾之美如霞彩。宋以後用作

婦女命服名。隨品級高低而不同。❷指達官家的一種貴重服裝。

霒（yin）⓪jem¹〔音〕本作"霒"。雲蔽日。引申"霒暗"。

【霒暗】陰晦的樣子。

霝（ling）⓪lin⁴〔零〕"零"的本字。落雨。

"霛"的異體字。

脈

霢（mài）⓪mek⁹〔脈〕見"霢霂"。

【霢霂】小雨。

霣（yǔn）⓪wen⁵〔允〕通"隕"。墜落。

霤（liù）⓪leu⁶〔陋〕❶屋檐下接水的長槽。如：水霤。❷屋檐。❸滴下的水。

十一畫

霧（雾）（wù）⓪mou⁶〔務〕❶近地氣層中的天氣現象。由大量懸浮的小水滴或冰晶組成，常能使視野模糊不清。霧的成因很多，主要由近地氣層中水汽冷却凝結所致。❷小水點。如：噴霧器。

【霧縠】輕紗的一種，薄如雲霧。

【霧露】猶言風寒。

【霧裏看花】原是形容老眼昏花，亦用以比喻對事情看不真切。

【霧鬢風鬟】亦作"風鬟霧鬢"。形容婦女頭髮的美麗。鬢，雙鬢；鬟，環形髮髻。亦用於形容婦女頭髮散亂蓬鬆。

霪（yin）⓪jem⁴〔淫〕久雨。

【霪雨】同"淫雨"。

霫（xi）⓪dzap⁹〔習〕❶見"䨘霫"。❷中國古代民族名。隋唐時，居漢水(今西拉木倫河)以北，以射獵為生，風俗與契丹略同。

【䨘霫】下雨的樣子。

彬（bin）⓪ben¹〔賓〕璘霦，玉光色。參見"璘彬"。

十二畫

霰（xiàn）⓪sin³〔線〕白色不透明球形或圓錐形的固體降水物。由過冷水滴碰撞在冰晶(或雪花)上凍結所致。霰常於落雪前具有一定對流強度的雲中降落，故其下降，多帶陣性。

露（㊀lù）⓪lou⁶〔路〕❶空氣中水汽因地面或物體表面熱量放散的影響(溫度一般在0℃以上)而凝結於其上的水珠。常見於晴朗無風的夜間或清晨。❷用花、果、藥材等蒸餾而成或蒸餾水中加入藥料、果汁等製成的飲料。如：玫瑰露；金銀花露；果子露。酒亦有稱露的。如：薔薇露。❸露天；在屋外。如：露營。❹顯露；泄露。如：暴露。
（㊁lòu）⓪同㊀顯現出來。如：露臉；露馬脚。

【露井】沒有蓋的井。

【露止】猶言露宿。

【露布】亦稱"露板"、"露版"。❶文書不加檢封，公開宣布之意。❷古代用稱檄文、捷報或其他緊急文書。

【露次】露宿。

【露車】古代民間載物用的車子，上無篷蓋，四邊無車衣。

【露板】見"露布"。

【露骨】❶屍骨暴露。❷比喻用意顯露，直言不諱。

【露宿】在室外或野外宿夜。

【露章】公開奏章的內容，讓被彈劾的人知道。亦指上奏章彈劾。

【露電】朝露易乾，閃電一瞬即滅，比喻事物存在時間的短暫。

【露盤】❶寶塔頂上的輪蓋，亦名"輪相"或"相輪"。❷承受露水的盤。參見"承露盤"。

【露馬脚】(露lòu)無意中露出真相，有貶義。

【露才揚己】炫耀才能，表現自己。

【露宿風餐】亦作"風餐露宿"、"餐風宿露"。

形容行旅生活的艱苦。

霮 (dàn)粵dam⁶[啖]見"霮䨴"。

【霮䨴】雲密聚的樣子。

十三畫

霸 (bà)粵ba³[壩] ❶指春秋時勢力強盛、處於領導地位的諸侯。如：五霸。❷依仗惡勢力、肆意橫行、欺壓人民的人。如：惡霸。❸強橫佔據。如：霸佔。

【霸道】❶亦作"伯道"。春秋時勢力強盛的諸侯憑借其武力、威勢等所執行的各種政策。後指用暴力、刑罰治天下的政治措施。❷蠻不講理。如：橫行霸道。❸猛烈；厲害。如：這藥性夠霸道的。

霹 (pī)粵pik⁷[辟]見"霹靂"。

【霹靂】❶亦作"辟歷"、"劈歷"。疾雷聲。❷古星名。即雙魚座β，γ，θ，ι與ω五星。

【霹靂車】❶古時戰爭用的一種抛石車。❷傳說中的雷神之車。

霶 (pāng)粵pong⁴[旁]同"滂"。見"霶霈"。

【霶霈】同"滂沛"。形容雨勢大。

十四畫

霼 (xī)粵hei³[氣]見"霢霼"。

霧 (mèng，又讀 méng)粵mung⁶[夢]mung⁴[蒙](又)天色昏暗。

霽 (jì)粵dzei³[祭] ❶本指雨止，引伸為風雪停，雲霧散，天氣放晴。比喻怒氣消解，臉色轉和。

霴 (duì)粵døy⁶[隊]見"霮䨴"。

霾 (mái)粵mai⁴[埋] ❶大氣混濁呈淺藍色(以物體為背景)或微黃色(以天空為背景)的天氣現象。是大氣中有懸浮的細微煙、塵或鹽粒所致。❷通"埋"。

十五畫

靁 "雷"的本字。

十六畫

靂 (lì)粵lik⁷[礫]見"霹靂"。

靄 (ǎi)粵oi²[藹]雲氣，亦指輕煙。

【靄靄】亦作"藹藹"。❶雲氣密集的樣子。❷暗淡，昏昧的樣子。

靆 (dài)粵dɔi⁶[代]見"靉靆"。

靈 (líng)粵ling⁴[零]亦作"霝"。❶古時楚人稱跳舞降神的巫。❷指神。❸屬於死人的。如：靈位；靈柩；移靈。❹指靈魂；靈應。如：上天有靈。❺聰明；靈巧。如：心靈手巧。❻靈活。如：周轉不靈。❼靈驗；應驗。如：靈藥。

【靈匹】指牽牛、織女二星。

【靈光】❶謂神異的光輝。❷漢代殿名。比喻碩果僅存的人或事物。參見"魯殿靈光"。

【靈位】祭祀時為死人設的牌位。

【靈林】❶停放屍體的牀。❷靈座。

【靈府】指心。

【靈性】猶聰明。

【靈物】❶指神物，不常見的事物或祥瑞。❷指鬼神事。

【靈柩】盛屍的棺。

【靈座】為死者所設之座，供祭奠用。也叫"靈林"。

【靈草】菌類植物，亦稱"木靈芝"。古人認為芝是仙草，服之可以長生，故稱"靈芝"或"靈草"。

【靈囿】古代對神山的統稱。

【靈爽】指鬼神的精氣。

【靈犀】犀牛角。舊說犀牛是靈異的獸，角中有白紋如線，直通兩頭。

【靈瑣】指宮門或廟門。

【靈臺】❶周代臺名。用以游觀，一說用以觀天象。漢代天象臺名「靈臺」。❷同「靈府」。指心。❸星名。

【靈魂】❶比喻事物中起主導和決定作用的因素。❷指人的軀體內一種非物質的存在。❸思想意識。如：靈魂深處。

【靈曜】天的别称。

霳　「霍」的本字。

黌（黌）（fèi）粵fei3〔廢〕見「黌黌」。

十七畫

靉（靆）（ài）粵oi2〔霧〕見下列各條。

【靉靆】猶言依稀。

【靉靆】昏暗的樣子。

【靉靅】形容雲氣盛。

【靉靉】濃密的樣子。

靑 部

靑　（qīng）粵tsiŋ1〔清〕tseŋ1〔雌腥切〕(語)❶草的顏色。❷泛指青色物。如：殺青(指竹)；踏青(指草)。❸以青草的顏色象徵年輕。如：青年。❹黑色。參見「青絲❷」。❺青海省的簡稱。

【青女】神話傳說中的霜雪之神。

【青天】❶晴朗的天空。❷「清官」的比喻語。如包拯稱包青天。

【青史】古代在竹簡上記事，因稱史書為「青史」。

【青衣】❶古時地位低下者所穿的服裝。婢女亦多穿青衣，後因用為婢女的代稱。❷傳統戲曲腳色行當。京劇等劇種「正旦」的別稱。「旦」行的一支。主要扮演青年或中年婦女。表演上着重唱功。因所扮人物大都穿青色(黑色)褶子而得名。❸古縣名。西漢置。在今四川雅安北。

【青帝】舊時酒店的青布招子。

【青春】❶指春季。因春季草木一片青葱，故稱「青春」。❷指青年時期。如：青春期。

亦指少壯的年龄。

【青冥】❶青色的天空。❷古代寶劍名。

【青娥】同「青蛾」。

【青宮】古制，天子諸侯太子居東宮。東方屬木，於色為青，故東宮亦稱青宮。亦借指太子。

【青蚨】❶古時傳說中的蟲名，也叫「魚伯」。❷古代用做錢的别名。

【青衿】亦作「青襟」。古代讀書人所穿的衣服。因以指讀書人。明清科舉時代專指秀才。

【青眼】❶晉阮籍能為青白眼，常以青眼對所契重的人。青即黑。以黑眼珠對人是正視的狀態。後因以「青眼」稱對人喜愛或器重。有時亦借指知心朋友。❷一種上等硯臺。眼，指硯石上的斑。

【青鳥】借指傳信的信使。

【青紫】本為古時公卿服飾，因借指高官顯爵。

【青絲】❶青色的絲。❷比喻黑而柔軟的頭髮。❸多指女人的頭髮。

【青萍】古代寶劍名。

【青陽】❶春天。❷漢代郊祀歌名，為春天郊祀所用。

【青雲】❶指高空。❷比喻高官顯爵。❸比喻清高。

【青黃】❶青色和黃色。❷新秧和陳糧。詳「青黃不接」。

【青葱】鮮綠色。

【青蛾】亦作「青娥」。❶古代女子用青黛畫的眉。❷指青年女子。

【青瑣】古代宮門上的一種裝飾。後亦借指宮門。

【青銅】❶銅錫合金的舊稱，現亦稱「錫青銅」。它標誌一個歷史時期——青銅時代。中國在商代(公元前十六到前十一世紀)已是高度發達了的青銅時代。❷指古代的青銅鏡。

【青樓】❶指豪華精致的樓房。❷指妓院。

【青蓮】❶本指產於印度的青色蓮花。梵文叫Utpala，音譯為「優鉢羅」，意譯為青蓮。佛教常用以比喻眼睛。❷國畫用的顏色。以花青加胭脂調成。

【青燈】指油燈。其光青瑩，故名。

【青翰】船名。因船上有鳥形刻飾，塗以青色，故名。

【青錢】即青銅錢。一說青錢即銅錢，青是錢色。

【青簡】謂竹簡。古代書籍用竹簡編成，因稱書籍爲"青簡"。

【青鸞】❶傳說中鳳凰一類的神鳥。赤色多者爲鳳，青色多者爲鸞。❷《異苑》載罽賓王有鸞鳥，不鳴，懸鏡以映之，則睹影而鳴。故借指鏡子。

【青白眼】《晉書·阮籍傳》載，阮籍能爲青白眼。見禮俗之士，以白眼對之；見所契重的人，則以青眼對之。後明，眼睛正視，眼珠在中間；白眼，眼睛向上或向旁邊看，現出眼白。

【青紗帳】"帳"亦作"障"。夏秋之際，北方高粱、玉米等農作物長成，一望無際，好像青紗製成的帷帳，稱爲"青紗帳"。

【青烏術】相傳漢代有青烏子，亦稱青烏公或青烏先生，精堪輿之術。後因稱堪輿之術爲"青烏術"。

【青天霹靂】亦作"晴天霹靂"。比喻突然發生的事情。多用來比喻突然發生的意外事故。

【青出於藍】《荀子·勸學》有"青，取之於藍，而青於藍"之語，意謂靛青是從蓼藍草提煉出來的，但顏色比蓼藍草更深。後因以"青出於藍"比喻學生勝過老師或後人勝過前人。

【青梅竹馬】李白《長干行》有"郎騎竹馬來，繞牀弄青梅"的詩句，後因以"青梅竹馬"形容小兒女天眞無邪，嬉戲之狀。

【青黃不接】謂陳糧已吃完，新禾未成熟。常用以比喩一時之匱乏。

五　畫

靖　(jìng)粵dziŋ⁶〔靜〕❶安靜；平安。❷平定。
【靖難】(一nàn)謂平定變亂。

七　畫

靚(靓)　㊀(jìng)粵dziŋ⁶〔靜〕以脂粉妝飾。³
㊁(liàng)粵lɛŋ³〔拉鏡切〕粵方言。漂亮；好看。
【靚妝】脂粉妝飾。

八　畫

靛　(diàn)粵din⁶〔電〕青藍色染料。

靜　(jìng)粵dziŋ⁶〔淨〕❶平靜；靜止。與"動"相對。如：樹欲靜而風不止。❷沒有聲響。如：夜深人靜。
【靜穆】安靜莊嚴。
【靜鞭】帝王儀仗的一種。亦稱"鳴鞭"。振之發聲，使人肅靜。亦作"淨鞭"。

非　部

非　(fēi)粵fei¹〔飛〕❶不是。如：非親非故。❷不。如：非同小可。❸不對；過錯。如：是非；爲非作歹。❹責怪；反對。如：非難。❺不合於。如：非法；非禮。❻必須。如：非去不可。
【非人】❶不適當的人。如：任用非人。❷指有殘疾的人。
【非刑】淸代謂在官方規定的刑具之外私創刑具，爲非刑。也泛指殘酷的刑罰。如：非刑拷打。
【非命】意外的災禍。如：死於非命。
【非非】❶謂非所當非。❷原指佛經裏所說的"非想非非想"處，指非一般思維所可了解的一個境界。後借喩人脫離實際而幻想所不能做到的事情爲"想入非非"。
【非笑】譏笑。
【非常】❶異乎尋常。❷突如其來的事變。❸十分；很。如：非常光榮；非常豐富。
【非分】不是意想所及；出乎意料之外。
【非難】(一nàn)猶"責難"。批評和指責。如：無可非難。
【非議】不讚成；批評。
【非同小可】形容事態嚴重。
【非驢非馬】形容不倫不類的東西。

七　畫

靠 (kào)⑩kau³〔卡孝切〕❶倚着；挨着。如：背靠背。引伸爲依靠、倚伏。如：扳船全靠老梢公。❷接近。如：靠午時分。❸信得過。如：這些人一定靠得住。❹戲曲傳統服裝。劇中古代將士的鎧甲。靠身有前後兩片，滿繡魚鱗紋。背後插三角形小旗四面，稱"靠旗"。與旗的靠稱"軟靠"。女將所穿"女靠"，式樣大致相同，靠身下綴彩色飄帶，靠內襯戰裙。

【靠山】比喻可以依靠的有力量的人或集體。

十一畫

靡 ㊀(mǐ)⑩mei⁵〔美〕❶倒下。如：望風披靡。❷無；沒有。如：靡日不思。

㊁(mí)⑩mei⁴〔眉〕❶分散。如：奢靡。❷浪費。

【靡曼】❶柔弱。❷美麗。

【靡敝】風俗侈靡，民生雕敝。

【靡靡】❶行步遲緩的樣子。❷柔弱，委靡不振。多用以形容樂聲。如：靡靡之音❸富麗的樣子。❹風吹草偃的樣子。❺零落的樣子。

【靡麗】亦作"麗靡"。奢侈；華麗。

【靡爛】(mí一)❶毀傷；摧殘。❷腐爛。

面　部

面 (miàn)⑩min⁶〔麪〕❶臉。❷當面。如：面談；面議。❸見；見面。如：一面之交。❹表面。如：水面。❺方面。如：面面俱到。❻向；對。如：背山面水。❼指方位。如：裏面；後面。❽量詞。如：一面旗，一面鏡子。❾"麪"的簡化字。

【面友】貌合神離的朋友。

【面目】❶面貌。如：面目可憎。引伸爲事物的外部狀況；表相。如：面目一新。❷猶

面子、顏面。

【面世】指作品、產品與世人見面；問世。

【面折】當面指摘人的過失。

【面首】指強壯姣美的男子。引伸爲男寵、男妾。

【面試】對應試者進行當面測試。

【面壁】❶佛教用語。面壁默默坐靜修。❷表示對事情不介意或無所用心。

【面縛】兩手反綁。

【面牆】《書‧周官》有"不學牆面"之語，意謂不學的人如面對着牆，一無所見。後以"面牆"比喻不學。

【面譽】當面恭維。

【面團團】臉胖而圓。多用來形容富人的面相。

【面目可憎】神情猥瑣或形象醜陋，使人厭惡。

【面面相覷】相對而視。謂束手無策。

五　畫

靤 (pào)⑩pau³〔豹〕同"皰"。

七　畫

靦 (靦) ㊀(tiǎn)⑩tin²〔體演切〕慚愧的樣子。如：靦顏。

㊁(miǎn)⑩min⁵〔免〕同"腼"。見"腼腆"。

【靦覥】(miǎn一)同"腼腆"。害羞。

十二畫

靧 (靧) (huì)⑩fui³〔悔〕洗臉。

十四畫

靨 (靨) (yè)⑩jip⁸〔衣接切〕❶面頰上的微渦。如：笑靨；酒靨。❷指女子在面部點綴妝飾。

【靨靨】星光漸漸隱滅的樣子。

革部

革 ㊀(gé)粵gak^{8}〔隔〕❶由動物皮經物理及化學加工而得的製品。如：牛皮革；羊皮革；豬皮革。❷革製的甲盾。❸八音之一。參見“八音❶”。❹改變；革除。如：洗心革面。
㊁(jí)粵gik^{7}〔激〕通“亟”。危急。如：病革。

【革車】古代的一種戰車。
【革履】皮鞋。如：西裝革履。
【革職】撤職。
【革故鼎新】破除舊的，建立新的。

二畫

靪 (dīng)粵diŋ^{1}〔丁〕鞋襪衣服上的補綴處。如：打補靪。

三畫

靫 (chāi，又讀 chā)粵tsai^{1}〔猜〕tsa^{1}〔叉〕(又)見“鞴靫”。
靮 (dí)粵dik^{7}〔的〕馬繮繩。
靰 (wù)粵wu^{1}〔烏〕見“靰鞡”。
【靰鞡】中國東北地區用烏拉草作墊料的一種暖鞋。
靭 “韌”的異體字。

四畫

靳 (jìn)粵gɐn^{3}〔艮〕❶古代車上夾轅兩馬當胸的皮革，因即用作夾轅兩馬的代稱。❷吝惜。如：靳而不與。
靴 (xuē)粵hœ^{1}高到踝骨以上的長筒鞋。如：皮靴。
靶 (bǎ)粵ba^{2}〔把〕射箭或射擊的目標。如：箭靶；槍靶。
靷 (yǐn)粵jɐn^{5}〔引〕引車前行的皮帶一端繫在車軸上，一端繫在驂馬胸的皮革上。
靸 ㊀(sǎ)粵sap^{8}〔颯〕拖鞋。
㊁(tā)粵tat^{8}〔撻〕穿鞋時將後跟踩倒，拖着走。亦作“靸拉”。

五畫

靺 (mò)粵mut^{9}〔末〕〔靺鞨〕中國古代民族名。隋唐時分佈在松花江、牡丹江流域及黑龍江下游。
靼 (dá)粵dat^{8}〔笪〕❶柔軟的皮革。❷見“韃”。
靿 (yào)粵au^{3}〔拗〕靴靿子，即靴筒。
鞀 (táo)粵tou^{4}〔陶〕鼗鼓。
鞁 (bèi)粵bei^{6}〔備〕古代車馬上駕馬的各種馬具的總稱。
鞃 (hóng)粵wɐŋ^{4}〔宏〕古代車軾中段人所憑的橫木，束以革，叫“鞃”。
鞅 (yǎng，又讀 yāng)粵jœŋ^{1}〔央〕jœŋ^{2}〔怏〕(又)❶套在馬頸上的皮帶，一說在馬腹。❷通“怏”。見“鞅鞅”。❸見“鞅掌”。
【鞅掌】指公事忙碌。
【鞅鞅】同“怏怏”。
䩜 同“冑”。
靾 (xiè)粵jɐi^{6}〔義毅切〕同“紲”。馬繮繩。
靻 (zǔ)粵dzou^{2}〔祖〕套在馬頭上帶嚼口的籠頭。
【靻蹻】(—jué)柔軟的皮革做的鞋。

六畫

鞇 (yīn)粵jɐn^{1}〔因〕車中墊褥。
鞈 (gé，又讀 jiá)粵gap^{8}〔夾〕❶古代革製的胸甲。❷堅實。
鞋 (xié)粵hai^{4}〔諧〕鞋子。

鞍 (ān)粵on¹〔安〕馬鞍，放在騾馬背上便於騎坐的東西。
【鞍橋】馬鞍；因其形狀像橋，故稱"鞍橋"。

鞌 (ān)粵on¹〔安〕"鞍"的異體字。
市 古地名。春秋屬齊。在今山東濟南市。

鞏(巩) (gǒng)粵gung²〔拱〕❶用皮革束物。❷鞏固。
【鞏鞏】心緒鬱結的樣子。

鞉 (táo)粵tou⁴〔陶〕同"鼗"。搖鼓。

七 畫

鞓 (tīng)粵ting⁵〔梯英切〕皮帶。

鞔 (mán)粵mun⁴〔瞞〕❶鞋。❷鞋面。❸用皮蒙鼓。

鞗 (tiáo)粵tiu⁴〔條〕皮革所製的馬韁繩。

鞘 ㊀(qiào)粵tsiu³〔俏〕❶刀劍鞘。如：刀出鞘。❷古時用來貯銀以便轉運的木筒，稱餉鞘。
㊁(shāo)粵sau¹〔收〕通"梢"。鞭梢。

八 畫

鞚 (kòng)粵hung³〔控〕有嚼口的馬絡頭。

鞞 ㊀(bǐ，又讀 bǐng)粵bei²〔比〕bing²〔丙〕〔比〕刀鞘。
㊁(pí)粵pei⁴〔皮〕同"鞶"。

鞠 (jū，又讀 jú)粵guk⁷〔谷〕❶養育；撫養。參見"鞠育"。❷彎曲。見"鞠躬"。❸古時的一種皮球。如：蹴鞠。❹通"菊"。
【鞠育】撫養。
【鞠躬】❶恭敬、謹慎的樣子。❷彎腰行禮。
【鞠養】猶"鞠育"。撫養。
【鞠躬盡瘁】鞠躬，恭敬謹慎；盡瘁，竭盡勞苦。謂不辭勞苦，貢獻一切。

鞡 (la)粵lai¹〔拉〕見"靰鞡"。

鞳 同"鞈"。

鞜 (tà)粵dap⁹〔踏〕獸皮做的鞋。

鞟 (kuò)粵kwok⁸〔誇惡切〕亦作"鞹"。去毛的獸皮。

九 畫

鞣 (róu)粵jeu⁴〔柔〕用鞣料將動物生皮製成柔韌的革。

鞦 (qiū)粵tseu¹〔秋〕❶鞦韆，同"秋千"。❷同"鞧"。

鞧 (qiū)粵tseu¹〔秋〕牛馬後部的革帶。比喻在後。

鞨 (hé)粵hot⁸〔渴〕❶鞋。❷鞦鞨。見"鞦"。

鞪 ㊀(mù)粵muk⁹〔木〕同"鞪"。
㊁(móu)粵meu⁴〔謀〕同"鍪"。見"鞮鍪"。

鞫 (jū，又讀 jú)粵guk⁷〔谷〕❶審訊。引伸為紀錄犯人罪狀的文書。❷查問。

鞬 (jiān，又讀 jiàn)粵gin¹〔肩〕馬上盛弓器。引伸為收藏。

鞭 (biān)粵bin¹〔邊〕❶驅使牲畜的用具。❷古刑具之一。引伸為鞭打。❸古兵器。如：竹節鞭；三棱鞭。❹竹的地下莖。
【鞭策】馬鞭子。引伸為驅使、督促之意。
【鞭爆】(一pào)亦作"鞭炮"。❶成串的小爆竹。俗名小鞭。❷大小爆竹的總稱。
【鞭長莫及】比喻力所不及。
【鞭辟近裏】鞭辟，策勵。形容做學問要切實。今多作"鞭辟入裏"。常用來形容文意深刻透辟。

鞮 (dī)粵dɐi¹〔低〕❶獸皮做的鞋。❷見"鞮鍪"。
【鞮鍪】亦作"鞮鏊"、"鞮瞀"。頭盔。

鞥 (ēng)粵ng¹〔鶯〕馬韁。

十 畫

韝 (gōu)粵geu¹〔溝〕❶同"韝"。如:臂韝。❷〔韝鞴〕即"活塞",在蒸汽機車上稱"韝鞴"。

鞳 (tà)粵tap⁸〔塔〕❶兵器。❷鐘鼓的聲音。

鞴 ㊀(bèi)粵bei⁶〔備〕❶同"韛"。車馬上的裝備物。也則指裝備車馬。❷鼓風吹火器。❸見"韝"。
㊁(bù)粵bou⁶〔步〕見"鞴靫"。
【鞴靫】(bù—)亦作"步叉"。箭箙,即盛箭器。

鞖 "鞋"的異體字。

鞶 (pán)粵pun⁴〔盆〕❶古代皮做的束衣帶。❷小囊。

鞲 (wēng)粵jung¹〔翁〕靴筒子。

十一畫

鞹 (kuò)粵kwok⁸〔誇惡切〕❶同"鞟"。❷以皮革包裹。

鞻 (樓)(lǚ,又讀lóu)粵leu⁴〔流〕〔鞮鞻氏〕古官名。在《周禮》為春官之屬。掌四夷之樂。

鞺 (tāng)粵tong¹〔湯〕見"鞺鞳"。
【鞺鞳】鐘鼓的聲音。

韠 (bì)粵bet⁷〔不〕同"韠"。

十二畫

鞼 (䩸)(guì)粵gwei⁶〔跪〕折。

韇 (bǔ)粵buk⁹〔僕〕牛絡頭。亦謂絡髮。

鞾 "靴"的異體字。

鞿 (靰)(jī)粵gei¹〔機〕馬韁繩。比喻受人牽制、束縛。

鞽 (轎)(qiáo)粵kiu⁴〔喬〕馬鞍拱起的地方。

十三畫

韁 "韁"的異體字。

鞺 (韃)(dá)粵tat⁸〔撻〕〔韃靼〕中國古代民族名。亦作"達達"、"塔塔兒"等。最早見於唐代記載,為突厥統治下的一個部落。突厥衰亡後,韃靼逐漸強大。蒙古興起後,韃靼為蒙古所滅,但西方仍將韃靼族稱為韃靼。元亡後,明代又把東部蒙古成吉思汗後裔各部稱為韃靼。韃靼有時成為中國北方諸民族的總稱。

韂 (chàn)粵tsim³〔僭〕墊在馬鞍子下面的東西。

十四畫

韄 (hù)粵wu⁶〔戶〕縛在佩刀上的繩子。

韅 (xiǎn)粵hin²〔顯〕古代駕車,套在馬背上的皮帶。

十五畫

韆 (qiān)粵tsin¹〔千〕見"鞦韆"。

韉 "襑"的異體字。

韇 (䪞)(dú)粵duk⁹〔毒〕❶箭筒。亦稱"韇丸"。❷古代占卦用的蓍草筒。

十六畫

韊 (韴)(lóng)粵lung⁴〔龍〕見"韊頭"。
【韊頭】絡頭。

十七畫

韉 (鞯)(jiān)粵dzin¹〔箋〕襯托馬鞍的墊子。

二十一畫

韊(韊) (lán)㊨lan⁴[蘭]盛弩矢器。

韋 部

韋(韦) ㊀(wéi)㊨wei⁴[圍]wei⁵[偉]
（又）熟牛皮。
㊀(wéi)㊨wei⁵[偉]姓。

【韋布】韋帶布衣，古時指未仕或隱居在野者的粗陋之服。

【韋弦】《韓非子·觀行》載，西門豹之性急，故佩韋以自緩；董安于之性緩，故佩弦以自急。韋，皮帶；弦，弓弦。韋求軟韌，弦求緊張，佩帶韋弦，所以隨時警戒自己。後因用"韋弦"指有益的規戒。

【韋編】韋，熟牛皮。古代用竹簡寫書，用熟牛皮條把竹簡編聯起來叫"韋編"。後用為古籍的代稱。

三畫

靭(韧) (rèn)㊨jen⁶[刃]jen⁶[銀低去]
（語）柔軟而堅固。如：堅韌；韌性。

五畫

韍(韨) (bì)㊨bei³[秘]弓檠，竹製，弓卸去弦後縛在弓裏以防損傷的用具。

韍(韨) (fú)㊨fet⁷[弗]❶古代作祭服的蔽膝，用熟皮製成。❷繫印璽的帶子。

靺(韎) (mèi)㊨mui⁶[妹]染成赤黃色的。參見"靺韐"。

【靺韐】(一gé)古代祭服上用以蔽膝的韍，用茅蒐草染成赤黃色。

六畫

韐(韐) (gé)㊨gap⁸[夾]蔽膝。參見"靺韐"。

七畫

鞘 同"鞘㊀❶"。

八畫

韓(韩) (hán)㊨hɔn⁴[寒]❶井闌。通作"幹"。❷古國名。公元前十一世紀周分封的諸侯國。開國君主是周成王弟（名失傳），在今河北霸縣，一說在今陝西韓城。❸戰國七雄之一。開國君主韓景侯(名虔)是春秋晉國大夫韓武子後代，他和魏、趙瓜分晉國。建都陽翟（今河南禹縣）。公元前230年為秦所滅。❹姓。

韔(韔) (chàng)㊨tsœŋ³[唱]弓袋；亦謂將弓放進弓袋。

九畫

韗(韗) (yùn)㊨wen⁶[運]古代製造皮鼓的人。

韘(韘) (shè)㊨sip⁸[攝]古代射箭時戴在右手大拇指上以鈎弦的用具，以象骨製成，亦稱"抉(決、玦)"，俗稱"扳指"。

韙(韪) (wěi)㊨wei⁵[偉]是；對。如：冒天下之大不韙。

十畫

韛(韛) (bài)㊨bai⁶[敗]風箱。

韝(韝) (gōu)㊨geu¹[溝]臂套，用以束衣袖以便動作。射箭時用的皮製臂套叫射韝。

韜(韬) (tāo)㊨tou¹[滔]❶弓袋。❷掩藏。如：韜光。❸用兵的謀略。

【韜光】把聲名才華掩藏起來。

【韜晦】韜，韜光；晦，晦迹。韜晦，即收斂鋒芒，隱藏蹤迹。

【韜略】《六韜》、《三略》是古代的兵書，後因稱用兵的謀略爲"韜略"。

【韜鈐】古代兵書有《六韜》及《玉鈐》，後因稱用兵的謀略爲"韜鈐"。

【韜光養晦】隱藏才能，不使外露。參見"韜晦"。

韞(韫)　(yùn)⑧wen³〔慍〕蘊藏；包含。

【韞匵】藏在櫃子裏。比喻懷才未用。亦作"韞櫝"。

十一畫

韠(韠)　(bì)⑧bet⁷〔不〕古代作朝服的蔽膝。

十二畫

韡(韡)　(wěi)⑧wei⁵〔偉〕見"韡燁"、"韡韡"。

【韡燁】(一yè)光明、美盛的樣子。亦作"煒燁"、"煒嘩"。

【韡韡】光明的樣子。

十三畫

韣(韣)　(dú)⑧duk⁹〔毒〕弓袋；弓衣。

十五畫

韢　"襪"的異體字。

韭 部

韭　(jiǔ)⑧geu²〔九〕亦作"韮"。〔韭菜〕植物名。多年生宿根草本。葉細長扁平而柔軟，翠綠色。分蘖力强，種子小，黑色。葉作蔬菜，種子供藥用。

七畫

韰　(xiè)⑧hai⁶〔械〕見"韰悷"。

【韰果】亦作"韰惈"。心地褊狹而行爲果敢。

十畫

韲　(jī)⑧dzei¹〔擠〕切成細末的醃菜。

十四畫

韰(韰)　(xiè)⑧hai⁶〔械〕同"薤"。

音 部

音　(yīn)⑧jɐm¹〔陰〕❶聲音。如：鄉音。❷消息。如：佳音。❸音節的簡稱。如：雙音詞，一字一音。

【音制】言語中聲音的節奏。

【音信】音訊；信息。

【音容】聲音容貌。多指死者言。如：音容宛在。

【音耗】消息。

【音問】音信。

【音域】指某一樂器或人聲（歌唱）所能發出的最低音到最高音之間的範圍。

【音量】聲音的强弱。

【音義】❶注釋古籍字音字義的一種著作文體。❷文章的涵義。

【音塵】信息。

【音節】❶刺激聽感的最小語音結構單位。是在語言的一連串音素當中，依據發音時肌肉的鬆緊而劃分出來的最小語音片斷。一個音節可以由一個或幾個音素組成。在漢語裏，一個漢字字音一般就是一個音節。如"語音學"就是三個音節。❷聲音高低、緩急等的節奏。

【音韻學】也叫聲韻學。是漢語語言學裏的一個部門，研究漢語字音（音節）中聲母、韻

母、聲調三種要素以及這些要素在不同歷史時期的演變情況。

四　畫

韵

"韻"的異體字。

五　畫

韶

(sháo)粵siu⁴〔時遙切〕❶虞舜時代的樂曲名。❷美好。

【韶光】美好的時光，常指春光。也比喻美好的青年時期。

【韶華】美好的時光，常指春光。也比喻美好的青年時光。

【韶濩】古代樂曲名。

九　畫

韺

(yīng)粵jing¹〔英〕亦作"英"。即"五韺"。古代樂曲名。

十　畫

韻

(yùn)粵wen⁶〔運〕wen⁵〔尤〕(又)❶古作"均"。和諧的聲音。如：琴韻悠揚。❷一個音節的收音。如：押韻。❸氣派。如：風度。❹情趣。如：韻味。

【韻文】有節奏韻律的文學體裁，也指用這種體裁寫成的文章，包括詩、詞、歌、賦等。

【韻字】氣量；胸懷。

【韻事】謂風雅之事，指詩歌吟詠及琴棋書畫等活動。亦謂平日私情為風流韻事。

【韻度】風韻氣度。

【韻語】指詩歌。如周密名其詩集為《草窗韻語》。亦指一般押韻的文詞。

十三畫

響(响)

(xiǎng)粵hœng²〔享〕❶聲音。❷發出聲音。如：風吹竹響。也指開口說話。如：悶聲不響；不聲不

響。❸形容聲音宏亮。如：聲音響亮。也有強硬或遠揚的意思。如：話說得響；名字很響。❹回聲。如：如響斯應。

【響馬】舊稱在路上搶劫財物者，因搶劫時先放響箭，故稱。

【響搨】(一tà)亦作"嚮搨"。一種用墨綫鈎摹碑帖的方法。

【響像】依稀；隱約。

【響箭】射時發出響聲的箭。古代軍隊用來發佈號令。後響馬等亦用作信號。

【響應】回聲。引申為回聲的應和，比喻贊同、支持某種號召或倡議。

【響屧廊】春秋時吳王宮中的廊名。相傳以梓板鋪地，讓西施穿屐走過時發出聲響，故名。遺址在今江蘇省蘇州市西靈巖山。亦省稱"屧廊"。

【響遏行雲】遏，阻止。形容歌聲響亮，高入雲霄，把流動着的雲也阻住了。

十四畫

頀

(hù)粵wu⁶〔戶〕亦作"護"、"濩"。即"大頀"，相傳為商湯時代的樂曲名。

頁　部

頁(页)

(yè)粵jip⁹〔葉〕書葉，即書冊的一張。如：册頁；活頁文選。亦指每張的一面。如：第一頁；這本書共有三百五十頁。

二　畫

頂(顶)

(dǐng)粵ding²〔鼎〕❶頭頂。如：禿頂；滅頂；眼高於頂。引申為物體的上端。如：屋頂；山頂。❷見"頂子"。❸以頭承戴。如：頂着罐子。引申為支承、承擔。如：用門槓把門頂上。❹頂撞。如：頂嘴；我又頂了他幾句。❺迎逆。如：頂風。❻抵得。如：一個人可以頂三個。❼冒充。如：冒名頂替。指以商店的營業權或房屋的居住權賣讓給別人。如：出頂；招頂；頂盤。❾

最。如：頂喜歡；頂有力量。⑩有頂器物的計量單位。如：一頂帽子；一頂帳子。

【頂子】清代官員帽頂上的帽珠，用寶石、珊瑚、水晶、玉石、金屬等製成，以其質料和顏色分別官階的品級。

【頂缸】代人承擔責任。

【頂戴】❶敬禮。❷清代用以區別官員等級的帽飾。通常皇帝可賞給無官的人某品項戴，亦可對次一等的官宦加較高級的頂戴，例如總督賞從一品官，賞加頭品頂戴，即等於按正一品待遇。"戴"亦作"帶"。

【頂禮】佛教拜佛最敬虔的禮節。頭、手、足叉膝俯伏在菩薩足下叩拜。後常以"頂禮膜拜"表示極度崇拜。

【頂天立地】形容氣概豪邁，光明磊落。

頃(顷) ⊜(qīng)⊜kin²〔崎影切〕❶地積單位。百畝為一頃。❷短時間、不久；方才。如：有頃；少頃；頃接來信。

⊜(qīng)⊜kin¹〔傾〕通"傾"。偏側；傾向。

【頃刻】猶片刻，短時間。

【頃筐】(qīng一)斜口的筐子，後高前低，容量不多。

頄 (qiú，又讀 kuí)⊜keu⁴〔求〕kwei⁴〔葵〕⊜同"顴"。顴骨。

三　畫

項(项) ⊜(xiàng)⊜hoŋ⁶〔巷〕❶頸的後部。❷亢直；倔強。如：直項；強項。❸事物的款目。如：事項；款項。❹數學名詞。如：多項式。

【項背相望】形容人來擁擠，連續不絕。

【項莊舞劍，意在沛公】《史記·項羽本紀》載，項羽在鴻門宴與劉邦(沛公)相見。酒席上，項羽的謀臣范增讓項莊以舞劍助興為名，趁機刺殺劉邦。後因以"項莊舞劍，意在沛公"或"項莊舞劍"比喻行動或言語隱約針對某一個人。

順(顺) ⊜(shùn)⊜søen⁶〔士潤切〕❶趨向同一個方向，同"逆"相反。如：順風；順路。❷趁便；隨便。如：順

手牽羊。❸沿；循。如：順河邊走。❹順遂。如：順心；順意。❺依順；順服。如：歸順。❻調和；和協。如：風調雨順。❼整理；理。⊗文從字順。❽整理；理順。如：順一順髮。❾依次。如：順延。

【順化】❶順從自然的變化。❷指僧徒之死。

【順天】❶謂遵循天道。❷府名。明永樂元年(1403年)改北平府置，建為北京。十九年(1421年)定都於此，改稱京師。治所在大興、宛平(今北京城)。轄境相當今河北長城以南，遷化、豐南以西，拒馬河、大清河、海河以北，和文安、大城縣地。❸巡撫名。明成化二年(1466年)置，巡撫順天、永平二府，尋兼撫河間、眞定、保定凡五府。七年(1471年)兼撫八府。次年，以畿輔地廣，從居庸關中分為二巡撫，其東為整飭薊州等處軍備，巡撫順天、永平二府，駐遵化(今河北遵化)。崇禎二年(1629年)又於永平分置巡撫，僅轄順天一府。淸順治十八年(1661年)廢。

【順比】和順親近。一作"比順"。

【順民】❶指聽天由命安守本分的人。❷指擺從異族統治不敢反抗的人。

【順修】整理修治。

【順水人情】不費力的人情；順便給人的好處。

【順水推舟】比喻順勢行事；因利乘便。亦作"順水推船"、"順水行舟"。

【順手牽羊】比喻隨便拿走人家的東西。

【順理成章】形容寫文章或做事條理清楚。

【順藤摸瓜】比喻沿着發現的綫索追究根底。

頇(顸) ⊜(hān)⊜hon¹〔阿安切〕見"顢頇"。

須(须) ⊜(xū)⊜søey¹〔需〕❶通"需"。需要。❷等待；停留。❸必須；應當。如：須知。

【須至】必須的意思。宋以後常作為公文及執照結句用語，例如札文則曰"須至札者"，牒文則曰"須至牒者"，文憑則曰"須至文憑者"，護照則曰"須至護照者"。蓋必須辦到之意。

【須臾】❶片刻，一會。❷遷延；苟延。

【須留】遲留；留待。
【須索】必須。

四　畫

項(项) (xū)粵juk⁷〔郁〕見"頊頊"。

【頊頊】自失的樣子。

頌(颂) (sòng)粵dzuŋ⁶〔仲〕❶歌頌；頌揚。❷《詩經》的六義之一。與風、雅、賦、比、興合稱六義之一。如：揚雄《趙充國頌》；史岑《出師頌》。❹祝頌(多用於書信問候)。如：敬頌台安。

【頌聲】歌頌讚美之聲。

頍(颎) (kuǐ)粵kwei²〔誇矮切〕❶古代髮飾。❷戴弁。

頎(颀) (qí)粵kei⁴〔其〕身子高。

頏(颃) (háng)粵hoŋ⁴〔杭〕見"頡頏"。

預(预) (yù)粵jy⁶〔譽〕❶預先；事先。如：預見；預約；預為之計。❷參與；干預。

頑(顽) (wán)粵wan⁴〔還〕❶愚蠢。如：愚頑。❷固執；頑固。如：頑敵；頑抗。❸貪婪。見"頑廉懦立"。❹頑皮。如：頑童。❺通"玩"。玩要。

【頑健】謙稱自己身體強健。多用於書信中。
【頑童】❶頑鈍無知的人。❷頑皮的孩童。
【頑劣】❶愚笨。❷不鋒利。❸指沒有節操。亦作"頑梗"。
【頑豔】見"哀豔頑豔"。
【頑石點頭】《蓮社高賢傳》載，道生法師入虎丘山，聚石為徒，講《涅槃經》，羣石皆為點頭。後用來形容道理講得透徹，使人不得不心服。
【頑廉懦立】使貪得無厭的人能夠廉潔，使懦弱的人能夠自立。謂感化力量大。

頒(颁) (bān)粵ban¹〔班〕❶頒佈。如：頒令。❷頒發；賞賜。如：頒獎。❸通"斑"。見"頒白"。

【頒佈】公佈；發佈。

【頒行】頒佈施行。

頓(顿) ㊀(dùn)粵dœn⁶〔鈍〕❶以頭或腳叩地。如：頓首；頓足。❷暫停；頓挫。引伸為動作的著力處。如：停頓；頓挫。❸止宿；屯駐。如：頓兵。❹疲乏。如：困頓；勞頓。❺忽然；立刻。如：頓悟；頓悟。❻處理；安排。如：整頓；安頓。❼次數。如：三頓飯。㊁(dú)粵duk⁹〔獨〕(冒頓)見"冒㊁"。

【頓首】叩頭；頭叩地而拜。古代九拜之一。通用作下對上的敬禮。也用用於書信中的起頭或末尾。在有首尾都用的。
【頓挫】❶猶抑揚，謂聲調、詞句有停頓轉折。❷舞蹈或書法的迴旋轉折。
【頓莘】困頓憔悴。"莘"亦作"悴"。
【頓踣】困頓跌倒。
【頓躓】猶失足；困頓顛躓。也指處境困難。

五　畫

頖(泮) (pàn)粵pun³〔判〕同"泮"。見"頖宮"。

【頖宮】即"泮宮"。西周諸侯所設的大學。

頗(颇) ㊀(pō)粵po³〔鋪柯切〕偏頗；不平正。㊁(pō，讀音pō)粵po³〔回〕❶很；甚。偏至之詞。如：頗多；頗久；頗有見也。❷稍微；略微。不盡之詞。如：頗采古禮。

領(领) (lǐng)粵liŋ⁵〔嶺〕leŋ⁵〔靚低上〕(語)❶頸項。如：引領而望。❷衣領。引伸為衣服的件數。又引伸為要領。如：提綱挈領。❸引導。如：領唱；領路。❹領取；接受。如：領款；領獎。❺領會；欣賞。如：心領神會。❻管領；統屬。如：領有；領海；領空。

【領域】猶"領土"。泛指國家主權所及的區域。
【領略】欣賞；領會。
【領袖】❶衣服的領和袖。借指為人表率的人。❷國家、政治團體、羣眾組織等的最高領導人。
【領悟】領悟；理解。❷際遇；遭際。
【領解】❶領悟理解。❷(一jiè)科舉考試中舉人稱"領解"。也稱"發解"。

頁部

顣 (rán)粵jim⁴〔炎〕同"髯"。多鬚。

六　畫

頜(颌) ㊀(hé)粵hep⁹〔合〕構成口腔上下部的骨和肌肉組織。上部稱上頜，下部稱下頜。
㊁(gé)粵gep⁸〔急入入〕口。

頟(颚) (è)粵at⁸〔壓〕鼻樑。

額 "額"的異體字。

頠(颒) (wěi)粵ŋei⁵〔蟻〕❶嫻習；熟練。❷閑逸、安靜。

頡(颉) (xié，又讀 jié)粵kit⁸〔揭〕見"頡頏"。

【頡頏】❶鳥上下飛翔。引伸爲不相上下或相抗衡的意思。❷傲慢的樣子。猶言倔強。

【頡滑】錯亂；混淆。

頦 (kē，舊讀 hái)粵hɔi⁴〔何來〕下巴。

頫 ㊀"俯"的異體字。
㊁(tiào)粵tiu³〔跳〕同"覜"、"眺"。視。

七　畫

頤(颐) (yí)粵ji⁴〔移〕❶下巴。如：以手支頤。❷養；保養。如：頤養。❸作語助，無義。如：夥頤。

【頤指】以下巴的動向示意，來指揮人。常以形容揮指別人時的傲慢態度。如：頤指氣使。

【頤養】保養。

頭(头) ㊀(tóu)粵teu⁴〔投〕❶人體的最上部或動物體的最前部。因以爲計量牲畜的單位。如：一頭水牛。❷物體的頂端或兩端。如：山頭；筆頭；兩頭尖。也指事情的起源或端緒。如：從頭說起；話分兩頭。❸第一。如：頭等；頭名。❹開頭的。如：頭半年；頭兩年。❺頭的；頭目。如：頭子。
㊁(tou)粵同㊀作詞助。如：木頭；念

頭；甜頭；前頭。

【頭七】指人死後第一個七天。

【頭口】牲口。指騾馬等大牲畜。

【頭巾】❶裹頭用的紗巾。也用來稱用紗布等製成的一種便帽。❷明清時規定給讀書人戴的儒巾。因用爲迂腐的讀書人或儒生的代稱。如：頭巾氣。

【頭目】❶頭與目，人身最重要的部分。❷猶頭領，一羣人中爲首的人。❸猶頭面，指形態。

【頭角】❶猶言"頭緒"、"端緒"。❷比喻青年人顯露出來的氣概或才華。如：嶄露頭角。

【頭面】❶古代婦女頭上戴的裝飾品。也泛指各種首飾。又傳統戲曲中女性人物頭上化裝飾物統稱頭面。包括髮髻、髮辮、珠花、耳環、簪子等一整套用品。各有專名，如網子、片子、大頭、珠串、銀錠等。❷猶臉面，指有一定的社會地位的。如：頭面人物。

【頭腦】❶腦筋。引伸爲理智或思想。❷頭緒。如：我對這事的情況不了解，完全摸不着頭腦。❸頭領；頭目。

【頭銜】舊時官場用的名刺，常以官銜加於姓名之上，故稱官銜爲頭銜。後亦指職稱和榮譽稱號。

【頭緒】緒，絲頭。頭緒，指事情的條理。

【頭子稅】唐宋時按一定比例而法定租賦外加收的或在官府出納時抽取的稅錢(支出少付，收納多取)；爲附加稅或雜稅的一種。❷舊時聚賭抽頭所得的錢，亦名頭子錢。

【頭上安頭】比喻多重複。

【頭童齒豁】(豁 huò)頭禿齒缺，形容衰老。

【頭會箕斂】(會 kuài)按人數徵稅，用會箕裝取所徵的穀物。謂賦稅苛刻繁重。亦作"頭會箕賦"。

【頭頭是道】形容言論或措施有條有理，觸類旁通。

頮 (huì)粵fui³〔悔〕"靧"的本字。洗面。

頯(颏) (qiú，又讀 kuí)粵keu⁴〔求〕kwei⁴〔葵〕(又)亦作"頄"。本義顴骨，引伸爲質樸無裝飾的樣子。

頰(颊) (jiá)⑧gap[8]〔夾〕面頰，臉的兩側。

【頰輔】面頰。

【頰上添毫】《晉書·顧愷之傳》載，顧愷之曾為裴楷畫像，畫成後在面頰上加三根毛，觀賞者覺得更加神似。後來也用以形容敍述描摹的生動。

頷(颔) (hàn)⑧hem[5]〔兮濫切〕❶下巴。❷點頭。

【頷車】下巴頦兒。

頸(颈) (jǐng)⑧geŋ[2]〔鏡高上〕頸項。亦指器物像頸的部分。如：瓶頸。

頹(颓) (tuí)⑧tœy[4]〔駝雷切〕❶禿敗。如：衰頹。❷倒塌。如：斷井頹垣。❸衰敗。如：衰頹。

【頹放】頹唐放浪，不自拘檢。

【頹波】❶向下流的水勢。❷比喻衰頹的風尚或趨勢。

【頹思】憂愁。

【頹風】日趨墮壞的風氣。

【頹唐】指聲音低沉。也指精神委靡不振。

【頹喪】(─sàng)消極；愁唐。

【頹廢】倒塌；荒廢。引伸為意志消沉，委靡不振。

【頹靡】委靡；衰弊。

【頹齡】衰暮之年。

頻(频) ㊀(pín)⑧pen[4]〔貧〕屢次；連續多次。如：頻繁；捷報頻傳。

㊁(bīn)⑧ben[1]〔賓〕通"瀕"。水邊。

【頻然】連續不斷；一再重複。

【頻率】(─lù)在一定的時間或範圍內重複出現的次數。

【頻頻】猶頻繁。

【頻頻】❶屢次；連續不斷。❷成羣結隊的樣子。

【頻繁】謂頻數繁多；連續多次。

【頻蹙】同"顰蹙"。皺眉蹙額，不愉快的樣子。

頵(頵) (yūn，又讀 jūn)⑧gwen[1]〔君〕頭大而圓。用為人名。

頲(頲) (tǐng)⑧tiŋ[5]〔挺〕頭挺直的樣子。

頿 同"髭"。

頯 "脖"的異體字。

八　畫

頤(颐) (hàn)⑧hem[5]〔兮濫切〕下巴。

【頤淡】水搖蕩的樣子。

顆(颗) (kē)⑧fo[2]〔火〕泛指圓形物或粒狀物。也用作圓形物或粒狀物的計數詞。

顇 "悴"的異體字。

頩 (qī)⑧hei[1]〔欺〕"魌"的本字。見"顛醜"、"顛頭"。

【顛頭】指頭。

【顛醜】古代求雨用的泥人；比喻極其醜陋的人。

潁(颍) (jiǒng)⑧gwiŋ[2]〔炯〕通"褧"。指單層的披肩。

頠 同"差"。

九　畫

頿 (zī)⑧dzi[1]〔資〕同"髭"。髭鬚。

顋 "腮"的異體字。

題(题) (tí)⑧tei[4]〔提〕❶額。❷指標識篇首的文字。如：標題；篇題。❸題目；問題。如：算題；命題；文不對題；難題千里。❹書名；署。如：題字；題詩。❺品評。❻章奏。如：題奏；題本。

【題主】舊時官僚、豪紳之家於喪事中請人把死者姓名寫在神位上，以便入廟奉祭，叫"題主"。

【題目】❶命題；主題。❷書籍的標目。❸品評。

【題跋】寫在書籍、字畫、碑帖等前面的文字叫題，後面的叫跋。一般指書、畫、書籍

題識之辭。

【題解】❶著作中解釋題目含義、說明寫作背景或有關內容的文字。❷匯集成冊的問題解答。如：《代數題解》。

【題】即題詞。古代的一種文體，內容爲對作品進行評價或發表思想。現也用以泛指留作紀念的題寫文字，有時含有觸勵、號召之意。

【題簽】❶書畫標籤上的題字。❷寫在書皮上的標籤。

顎(顎) (è)⑧ŋok⁹[岳]❶某些昆蟲攝取食物的器官。❷同"腭"。

顏(颜) (yán)⑧ŋan⁴[銀低平]❶本指額，引伸爲面容、臉色。如：和顏悅色。❷指堂上或門內的楣。❸色彩。如：五顏六色。

【顏行】(—háng)排在行列的前面。

【顏色】❶色彩。如：顏色鮮豔。❷容貌；臉色。❸臉色憔悴。❹指顯示給人看的利害的臉色或行動。如：還以顏色。

【顏厚】❶臉皮厚，不知羞恥。❷難爲情。

顒(顒) (yóng)⑧jun⁴[容]❶大頭。引伸爲大。❷昂頭景仰的樣子。亦指不轉頭的樣子。

【顒顒】❶肅敬的樣子。❷仰望的樣子。❸波濤洶湧的樣子。

顓(颛) (zhuān)⑧dzyn¹[專]❶愚蒙；顓謹。參見"顓蒙"。❷善良。❸[顓頊]傳說中古代部族首領，號高陽氏。

【顓蒙】愚昧。

額(额) (é)⑧ŋak⁹[額]❶眉上髮下部分，俗稱腦門子。亦謂以手按額。見"額手"。❷匾。❸門楣；橫額。❹規定的數目。如：尚有餘額。

【額手】以手按額，表示慶幸。如：額手稱慶。

【額真】滿語，"主"的意思。一譯"厄真"。本爲"阿哈"(奴隸)階級的對稱。嚮曾爲官名，如"固山額真"(都統)、"牛錄額真"(佐領)。最後專用爲滿族最高統治者的稱謂。相當於漢語"主"、"君"、"天子"。蒙古語中也有"額真"(《元朝秘史》寫作"額氈")，其意義與滿語同。

【額黃】六朝時婦女額上的塗飾。唐代仍有。

顑(顑) (kǎn，又讀 hàn)⑧hem²[坎]見"顑頷"。

【顑頷】面貌憔悴。

十　畫

顗(顗) (yǐ)⑧ŋei⁵[蟻]安靜。

願(愿) (yuàn)⑧jyn⁶[縣]❶願望。如：如願以償。❷願意。如：自覺自願。❸希望。如：平生之願。❹謹愼老實。如：謹願。❺謂對神佛許下的酬謝。如：許願；還願。

【願愨】謹愼誠篤。

顙(颡) (sǎng)⑧soŋ²[爽]額前。

顛(颠) (diān)⑧din¹[顚]❶頭頂。也泛指頂部。如：山顛。❷本；始。見"顛末"。❸顛倒。如：顛覆。❹仆倒；墜落。見"顛沛"。❺顛簸。如：路不平，車子顛得厲害。❻通"癲"。見"顛狂"。引伸爲輕狂。如：顛不剌。

【顛末】猶始末、本末。

【顛狂】"顛"通"癲"。本指精神失常，引伸爲放蕩不羈。

【顛沛】❶跌倒；傾仆。❷動蕩變亂。❸狼狽困頓。

【顛倒】❶上下倒置。❷錯亂，多指心神。如：神魂顛倒。

【顛連】❶形容山脈自上而下，連綿不斷，逐漸低落。❷困頓不堪。

【顛頓】顛沛困頓。

【顛覆】顛倒；倒翻；傾敗。引伸爲滅亡。

【顛簸】(—bǒ)亦作"顛播"。上下振蕩。

【顛顛】❶(tián tián)憂思的樣子。❷癡狂的樣子。如：瘋瘋顛顛。

【顛躓】跌倒；跌跌撞撞的樣子。引伸爲困苦。

【顛不剌】顛讀風流、輕薄，不剌是語尾助詞。

【顛撲不破】"顛"一作"攧"，跌、撲、敲。無論怎樣摔打都不破。比喻思想、理論完全正確，無法駁倒。

彊頁(顜)　(jiàng，又讀 jiào)粵gɔŋ²〔港〕gok⁸〔角〕(又)直。

類(类)　(lèi)粵lœy⁶〔淚〕❶種類。如：畫虎不成反類狗。❷相似。如：畫虎不成反類狗。❸大抵；都。如：類皆如此。

【類似】差不多；大致相似。

【類次】分類編列。

【類書】輯錄各門類或某一門類的資料，按照一定方法編排，便於尋檢、徵引的一種工具書。始於魏文帝時的《皇覽》，歷代都有編纂，但多亡佚。現存著名的有：唐代的《北堂書鈔》、《藝文類聚》、《初學記》，宋代的《太平御覽》、《冊府元龜》，明代的《永樂大典》，清代的《古今圖書集成》等。體例上有專收一類和綜合衆類兩種，後者居多。通常用分類編排，也有用分韻分字等方法編排的。

【類型】❶按照事物的共同性質、特點而形成的類別。❷指文學作品中具有某些共同或類似特徵的人物形象。

【類推】依照某一事物的道理推出同類其他事物的道理。如：以此類推。

【類族】事物因某種共同性而形成的類別。

【類聚】同類的事物聚在一起。

頟頁　同"凶"。

十一畫

顢(顢)　(mān，讀音 mán)粵mun⁴〔門〕見"顢頇"。

【顢頇】(－hān)糊塗，不明事理。

頩頁(頩)　(cù)粵tsuk⁷〔促〕猶言"蹙眉"。憂愁不樂的樣子。

頟頁　同"凶"。

十二畫

顥(顥)　(hào)粵hou⁶〔浩〕❶白。❷通"昊"。見"顥穹"。

【顥天】西方的天。

【顥穹】亦作"昊穹"。指天。

頿頁　"髭"的異體字。

顧(顾)　(gù)粵gu³〔故〕❶回看；瞻望。如：掉頭不顧。❷照management。如：顧此失彼。❸顧惜；眷顧。如：奮不顧身。❹商店前來購買貨物。如：惠顧；顧客。❺拜訪。如：三顧茅廬；枉顧。❻但；但看。

【顧曲】《三國志·吳志·周瑜傳》載，瑜少時精於音樂，人彈奏有闋誤，瑜必知之，並指出來。故當時有歌謠說："曲有誤，周郎顧。"後爲稱欣賞音樂、戲曲爲顧曲。

【顧忌】說話或作事有所瞻顧畏忌。

【顧免】"免"，亦作"兔"。月的代稱。

【顧指】❶以目示意而指使之。❷比喻輕而易舉。

【顧盼】❶左顧右盼，形容得意忘形。如：顧盼自雄；顧盼自得。❷猶言看顧、眷顧。

【顧眄】回視。

【顧復】顧，回視；復，反復顧視。多用形容父母對子女的厚愛。

【顧遇】猶"知遇"，指被賞識而受到優厚的待遇。

【顧名思義】看到名稱就聯想到它的含義。

【顧影自憐】顧望形影，自憐身世，形容孤獨失意之狀。亦用爲自我欣賞之意。憐作憐愛解。

十三畫

頽頁(頽)　(huì)粵fui⁴〔悔〕頷下顎。

顫(顫)　(zhàn，又讀 chàn)粵dzin³〔戰〕顫動；發抖。

【顫慄】同"戰慄"。

十四畫

顬頁(顬)　(rú)粵jy⁴〔如〕即"顬骨"，顬骨之一。

顯(显)　(xiǎn)粵hin²〔遣〕❶明顯；顯著。如：顯而易見。❷表現；顯露。如：大顯身手。❸顯揚。如：顯

名。❹高貴；顯赫。如：顯達；顯宦；顯者。❺對先人的美稱。見"顯祖"、"顯考"、"顯妣"。

【顯示】明顯地宣示於人。

【顯考】❶古時稱高祖。❷對去世的父親的美稱。

【顯妣】對去世的母親的美稱。

【顯者】指有名聲有地位的人。

【顯要】指重要而顯赫的地位。也指官居要職、聲勢顯赫的人物。

【顯祖】對有功業的祖先的美稱。

【顯彰】亦作"顯彰"。❶彰明。❷顯著。

【顯說】量材任用。

【顯著】彰；昭著。

【顯揚】稱揚；彰明顯著。

【顯達】顯赫顯達；有名望。用以指高貴。

【顯赫】形容聲名昭著或權勢熏灼。

【顯學】著名的學說、學派。

【顯顯】盛明的樣子。亦作"憲憲"。

十五畫

顰（顰）（pín）⑧pɐn⁴〔頻〕皺眉。如：一顰一笑。

【顰蹙】皺眉蹙額，憂愁不快樂的樣子。亦作"顰顲"、"顰蹙"、"顰蹙"。

十六畫

顱（颅）（lú）⑧lou⁴〔盧〕頭蓋骨，亦指頭。

十八畫

顳（颞）（niè）⑧nip⁹〔聶〕即顳骨，顳骨之一。

顴（颧）（quán）⑧kyn⁴〔權〕顴骨。

風　部

風（风）㊀（fēng）⑧fuŋ¹〔封〕❶空氣流動的現象，是一種自然能源。氣象上常特指空氣在水平方向的流動，是天氣變化的重要因素之一。❷風俗；風氣。如：移風易俗。❸作風；風度。如：學風；長者之風。❹風聲；消息。如：聞風而至。❺傳說的；沒有確實根據的。如：風聞；風言風語。❻景象；風光。❼指《詩經》中的國風，與雅、頌、賦、比、興合稱六義。❽民歌：如：采風。❾謂感化。❿中醫指病因，"六淫"之一。風、寒、暑、濕、燥、火，合稱六淫。⓫中醫病名。如：抽風；鵝掌風。㊁（fèng）⑧fuŋ³〔諷〕❶吹；納涼。如：春風風人。❷謂感化。❸同"諷"。勸告。

【風人】❶猶詩人。❷指古民歌的一種體裁。

【風力】❶風的強度。常用風級表示。❷指風骨與魄力。❸文辭的風骨筆力。

【風土】土地、山川、風俗、氣候的總稱。如：風土人情。

【風水】指住宅基地、墳地等的地理形勢，如地脈、山水的方向等。迷信的人認爲風水好壞可以影響其家族、子孫的盛衰吉凶。

【風化】❶指教育感化。❷舊指風俗教化。後多指男女關係。❸地質學名詞。地面殼表面的巖石在大氣、水和生物等外力的長期聯合作用下發生破壞或化學分解的現象。這種巖石地質作用，稱爲"風化作用"。❹化學名詞。水合物在乾燥的空氣中失去其結晶水的一部或全部，使其原有結晶形轉變或破壞的一種現象。

【風月】❶清風明月，指美好的景色。❷指男女戀愛的事情。

【風木】猶風樹。比喻父母亡故，不及侍養。參見"風樹"。

【風光】❶風景；景色。❷指繁華景象。❸指韻致風采。❹光彩；體面。

【風色】❶天氣；風勢。❷神色；臉色。❸形勢；趨勢。如：善觀風色。

【風行】❶形容迅速盛猛。如：雷厲風行。❷參見"風行草偃"。❸盛行。如：風行一時。❹（一xíng）指風操節行。

【風伯】神話中的風神。

【風角】指中國古代根據風的觀察以卜吉凶的一種術數。

【風味】❶本指美好的口味。如：家鄉風味。引伸爲事物所具有的特殊色彩或趣味。

如：民歌風味。❷風度；風采。

【風尚】❶風格；氣節。❷猶風氣。如：時代風尚。

【風岸】風，風格；岸，有崖岸，不隨波逐流。風岸，謂風格態度嚴峻。

【風波】❶風浪。❷比喻糾紛或患難。如：平地風波。

【風采】❶亦作"豐采"。風度，神采。❷表情和顏色。❸猶文采。❹猶風俗。

【風物】風光，景物。猶言風景。

【風俗】❶長期相沿積久而成的風尚、習俗。❷各地的歌謠。

【風信】風候。不同季節有不同的風，可因而知道某一季節的到來，故稱"風信"。

【風姿】亦作"豐姿"。風度儀態。

【風度】指人的言談、舉止、態度。如：風度翩翩。

【風紀】❶法度和綱紀。❷作風和律律。

【風致】❶猶言風度品格。❷猶風韻。指容顏姿態。亦指作品的韻味。

【風格】❶風度；品格。❷猶風韻。❸指作家、藝術家在自己的創作實踐中所表現出來的藝術特色。

【風流】❶猶言風俗教化。❷遺風；流風餘韻。❸謂文學藝術作品超逸美妙。❹風度；標格。亦指有才學而不拘禮法。如：名士風流。❺傑出的；英俊的。❻猶言風光、榮龍。❼猶風韻。❽指男子行為放蕩，男女間關係隨便。

【風氣】❶指風土氣候。❷風采氣度。❸風；習氣。如：開通風氣；風氣閉塞。

【風韻】風采神韻。亦指文學、藝術作品的氣韻。

【風骨】❶指人的品格、性格。❷古代文藝理論的術語。常用以泛指作家、作品的特點。

【風動】❶如風的鼓動，比喻廣泛響應。❷風疾發作。

【風情】❶猶風采、風神。❷泛指懷抱、意趣。❸男女相愛的情懷。

【風望】名譽聲望。

【風裁】猶風憲、風紀。

【風光】風光，景色。❷猶言風望。

【風雅】❶指《詩經》中的《國風》和《大雅》、

《小雅》。後世常以風雅爲詩歌創作的標準。❷指人們有文化修養和生活風度，爲"風流儒雅"的簡稱。

【風發】❶形容迅速猛烈。❷形容俊偉豪邁。如：意氣風發。

【風華】風采才華。

【風雲】❶風度。❷比喻變幻的局勢。❸比喻才氣豪邁或行事壯烈。❹比喻地勢高遠。

【風義】情誼；道義。

【風韻】❶風度，韻致。多指婦女的神態。❷風聲。亦指悠長婉轉的聲調。

【風塵】❶謂行旅，含有辛苦之意。如：風塵僕僕。❷比喻戰亂。❸比喻紛擾的生活，多指住宦。❹指娼妓的生活。

【風標】❶猶風度、品格。❷猶標志、表現。❸指風骨。

【風箏】玩具。用細竹紮成骨架，再糊上薄棉紙，繫以長綫，玩時利用風力上升空中。式樣很多，有禽、鳥、蟲、魚等。相傳春秋時公輸般木工以竹以竽宋城，後來用紙代木，稱爲"紙鳶"。五代時又在紙鳶上繫竹哨，風入竹哨，聲如箏鳴，因稱"風箏"。❷懸掛在屋簷下的金屬片，風起有聲，故名"風箏"，也叫"鐵馬"。

【風貌】風采容貌。

【風聞】❶傳聞。❷古時諫官得據風聞進諫或彈劾。

【風儀】❶風度和儀容。❷測風的儀器。

【風潮】❶狂風怒潮。❷風候和潮汐。❸颼風的俗稱。❹泛稱某些的反抗運動，或對某種措施不滿而引起的事件。如：搶米風潮。

【風趣】風尚志趣。也指風味情趣。今多指語言、文章幽默詼諧的趣味。

【風機】指機器。

【風樹】《韓詩外傳》卷九："樹欲靜而風不止，子欲養而親不待。"這是齊國皋魚（《說苑·敬慎》作皋子子）對孔子所說的話。後因以"風樹"比喻父母死亡，不得奉養。亦作"風木"。

【風燭】風中的燭燄容易熄滅，常用來比喻人事無常、生命短促。亦指老年。如：風燭殘年。

【風徽】美好的風範品德。亦指文章的風格。

【風聲】❶猶風教，好的風氣。❷聲望。❸傳聞的消息。

【風霜】❶比喻年歲變遷。❷比喻艱難困苦。如：久經風霜。❸比喻法紀的嚴肅。

【風檣】乘風揚帆的船。

【風懷】指男女愛慕的情懷。

【風行】❶風行；聞風相從。如：風靡一時。❷猶傾倒。

【風騷】❶《詩經》和《楚辭》的並稱。《詩經》中的《國風》、《楚辭》中的《離騷》，都是古代重要作品。後世也用以指文學素養或文采。❷本指姿容俏麗，後多指婦女的態度放蕩輕佻。如：賣弄風騷。

【風鐸】殿、塔四角懸掛的占風鈴，遇風即響，故稱"風鐸"。

【風鑒】❶風度識見。❷指相術。

【風行草偃】偃，倒伏。風吹在草上，草就倒伏。亦作"風行草靡"。

【風吹草動】比喻輕微的事故。

【風花雪月】❶泛指四時景色。❷用以指浮泛的詩文題材。亦指花天酒地、不務正業的放浪行為。

【風雨同舟】比喻共同經歷患難。

【風雨飄搖】比喻動蕩不安。

【風流雲散】形容飄零分散。

【風流罪過】指由於風雅之事而犯的過失。多指輕微的過失。也指因男女關係而犯的過失。

【風起雲湧】亦作"風起水湧"。比喻許多事物相繼興起，聲勢浩大。

【風馳電掣】形容非常迅速。亦作"風馳電赴"。

【風調雨順】風雨適時。多用為祈求豐年之辭。亦作"雨順風調"。

【風餐露宿】同"露宿風餐"。形容行旅生活的艱苦。

【風聲鶴唳】《晉書·謝玄傳》載，東晉時，秦主苻堅率眾號稱百萬，列陣肥水，謝玄等率精兵八千渡水擊之，秦兵大敗，"聞風聲鶴唳，皆以為王師已至"。後因用來形容驚慌失措或自相驚擾。參見"草木皆兵"。

【風馬牛不相及】獸類雌雄相誘叫做"風"，馬與牛不同類，不致相誘。後用以比喻事物之間毫不相干。

五　畫

颭（**飐**）(zhǎn)粵dzim²〔紙掩切〕風吹物使顫動。

颯（**飒**）(sà)粵sap⁸〔圾〕❶風聲。❷衰落；衰老。

【颯戾】清涼。

【颯沓】盛多的樣子。

【颯爽】神采飛動的樣子；勁捷的樣子。

【颯颯】象風雨聲。

【颯纚】(—shǐ)長袖舞動的樣子。

颭"颯"的異體字。

颮（**飑**）(biāo)粵pau⁴〔刨〕突然發作的強烈現象。持續時間不長，很快即趨消滅。出現時，風向突變，風速（力）突增，常有雷暴、陣雨（或陣雪）甚至和冰雹伴見。

颱（**台**）(tái)粵tɔi⁴〔臺〕〔颱風〕發生在太平洋西部的熱帶氣旋，是一種極為猛烈的風暴，颱風中心附近的風力常達十級以上，同時出現暴雨。

六　畫

颲（**飖**）(liè)粵lit⁹〔列〕烈風。參見"颲颲"。

【颲颲】風猛寒烈。

颳（**刮**）(guā)粵gwat⁸〔刮〕吹。如：颳大風。

八　畫

颶（**飓**）(jù)粵gœy⁶〔巨〕每小時風速大於117公里的猛烈的風，發生在大西洋西部和西印度羣島一帶海洋上。

九　畫

颸（**飔**）(sī)粵si¹〔詩〕❶涼風。❷疾風。

颺 (yáng)⊜jœŋ⁴〔羊〕❶撇開；丟下。❷同「揚」。

颹(飔) (wěi)⊜wei⁵〔偉〕大風。

十畫

颼(飕) (sōu)⊜seu¹〔收〕風雨聲。見「颼颼」。也用來形容行動迅速如風。
【颼颼】❶風雨聲。❷形容寒氣、寒意。
【颼飀】風聲。

颻(飖) (yáo)⊜jiu⁴〔搖〕見「飄颻」。

颿 「帆」的異體字。

飀(飀) (liú)⊜leu⁴〔留〕見「颼飀」。

十一畫

飂(飂) ⊖(liù，又讀 liú)⊜leu⁶〔漏〕leu⁴〔流〕（又）❶見「飂風」。❷猶「飀」。
⊜(liáo)⊜liu⁴〔聊〕見「飂戾」。
【飂風】西方的風。
【飂戾】(liáo—)❶風聲。❷迅速的樣子。

飄(飘) (piāo)⊜piu¹〔漂〕❶旋風。❷飄揚。如：仙樂風飄處處聞。
【飄忽】輕快；迅疾。
【飄泊】同「漂泊」。比喻東奔西走，行止無定。
【飄眇】亦作「飄渺」、「飄逸」、「縹緲」。❶聲音清脆而悠長。❷隱隱約約，似有似無。
【飄逸】亦作「漂逸」。❶形容神態的俊逸瀟灑。❷形容文筆駿快。❸輕疾的樣子。
【飄搖】亦作「飄颻」。❶飄蕩。❷飛揚。
【飄零】❶墜落。❷猶漂泊。流落無依。
【飄蓬】蓬，即蓬草，遇風常吹折離根，飛轉不已。比喻飄泊不定的生活。
【飄颻】同「飄搖」。
【飄飄】❶飛的樣子。❷得意的樣子。❸風吹的樣子。❹迅疾的樣子。

颿 「飄」的異體字。

習風(習風) (xí)⊜dzap⁹〔習〕颯習，大風。

十二畫

飆(飚) (biāo)⊜biu¹〔標〕疾風；暴風。
【飆塵】被狂風捲起的塵埃，比喻人生的無常。

飇 同「飆」。

飂 (liáo)⊜liu⁴〔聊〕同「飂⊖」。見「飂戾」。
【飂戾】同「飂戾」。引伸謂歌聲清越。

十五畫

飀(飀) (liú)⊜leu⁴〔流〕見「颼飀」。
【飀飀】風聲。

十八畫

雦風 「風」的古字。

飛 部

飛 (飞) (fēi)⊜fei¹〔非〕❶鳥類及蟲類在空中拍翅行動。亦指物體在空中飄蕩或行動。如：飛雪；飛絮；飛機起飛。❷形容高在半空中。如：飛樓；飛橋。❸形容迅速如飛。如：飛奔。❹聲音上揚。❺突然的；意外的。如：飛災；飛禍。❻無根據的。如：飛言飛語。❼通「緋」。如：把臉漲得飛紅。
【飛文】見之於文字的流言飛語。
【飛奴】謂信鴿。
【飛走】飛禽和走獸。
【飛星】流星。
【飛泉】噴泉。

【飛書】即匿名信。

【飛章】報告急變的奏章。

【飛梁】架在高空的橋梁。

【飛將軍】指漢將李廣。後以降矯健敏捷的將領。

【飛揚】❶飄揚。如：塵土飛揚。❷放縱。參見“飛揚跋扈”。引伸為興奮得意，精神煥發。如：神采飛揚。

【飛黃】❶傳說中的神馬名。亦作“乘黃”。❷“飛黃騰達”的省稱。❸古代勇士飛廉與中黃伯的合稱。

【飛廉】人名；又古代傳說中的獸名。亦作“蜚廉”。

【飛遁】亦作“肥遁”。飄然遠去。

【飛禍】謂突然而來、意料不到的災禍。

【飛語】亦作“蜚語”。流言。指沒有根據的話或惡意的誹謗。

【飛閣】❶架空建築的閣道。❷猶高閣。

【飛蓬】蓬，蓬草。枯後根斷，遇風飛旋，故稱“飛蓬”。常用來比喻行踪的飄泊不定。

【飛龍】❶《易・乾》有“九五，飛龍在天，利見大人”之語，意謂有聖德之人得居王位。後因以“飛龍”比喻帝王。❷駿馬名。❸唐代御廄名。

【飛檐】中國傳統建築檐部形式之一。屋檐上翹，在屋角處更為突出，有如飛翼，外形輕巧美觀，常見於亭、臺、樓、閣、廟宇和宮殿等建築上。

【飛瀑】瀑布如飛而下，故稱飛瀑。

【飛騎】❶快馬。❷唐代貞觀十二年(公元638年)在京師長安宮延的玄武門置左右屯營，以諸衛將軍統領，其兵稱為飛騎。又選材力驍健善於騎射的，稱為百騎，以扈從皇帝，後改稱千騎，再改稱萬騎。

【飛躍】❶高翔。❷比喻突飛猛進。如：飛躍的發展。

【飛報】密告緊急事變的奏章。

【飛鳥使】即驛騎，指騎馬傳遞消息或傳送公文的人。

【飛揚跋扈】謂意氣舉動恣肆橫暴。

【飛短流長】亦作“蜚短流長”。指造謠中傷。

【飛黃騰達】本作“飛黃騰踏”。黃，傳說中的神馬名。後借喻人官職升遷得很快。現多用於貶義。

【飛蛾赴火】亦作“飛蛾投火”、“飛蛾撲火”。比喻自取滅亡。

【飛熊入夢】傳說周文王曾夢見飛熊，後得遇太公望。後因用“飛熊入夢”比喻帝王得賢臣的徵兆。

【飛鷹走狗】指打獵。亦作“飛鷹走犬”。

九畫

羴　同“羶”。

十二畫

飜　“翻❸”的異體字。

食部

食　㊀(shí)粵sik⁹[蝕]❶吃。如：春蠶食葉。❷食物。如：飯食；豐衣足食。❸吞沒。見“食言”。❹通“蝕”。虧損。如：日食。
　㊁(sì)粵dzi⁶[自]通“飼”。給人吃。
　㊂(yì)粵ji⁶[異]用於人名。

【食力】❶依靠自己的勞力而生活。❷依靠租稅生活。

【食口】坐而不事生產的人口。

【食母】(sì—)乳母。

【食色】食欲與性欲。

【食言】食，吞沒。謂言而無信，不履行諾言。

【食客】古代寄食於豪門貴家並為之服務的門客。

【食指】❶手的第二指(從拇指數起)。❷比喻家庭人口。如：食指浩繁。

【食淡】❶即喫淡食，菜內不著鹽。❷吃得清淡，謂生活樸素。“淡”亦作“啖”。

【食貨】食，謂農作物；貨，謂布帛及金刀貝。古時以為國家財政經濟的合稱。

【食貧】過貧困的生活。

【食頃】吃一頓飯的時間，形容時間很短。

【食日萬錢】極言飲食奢侈。

【食古不化】學習古人時盲目照搬而不善運用，如食物之不消化。
【食玉炊桂】猶言"米珠薪桂"。比喻物價昂貴。
【食肉寢皮】表示仇恨極深。
【食言而肥】謂說了話不算數，只圖自己佔便宜。

二 畫

湌 ㊀同"餐"。
㊁同"飧"。

飢(饥) (jī)⑨gei¹[基]飢餓；吃不飽。
【飢火】飢餓難忍，如火中燒。
【飢驅】指為衣食而奔走。
【飢不擇食】餓極時，不管什麼都吃。比喻需要急迫時，顧不得細加選擇。

飣(飣) (dìng)⑨din³[訂]❶指堆疊於器皿中的菜蔬果品，一般只陳列而不食用。❷見"餖飣"。

飤 "飼"的異體字。

三 畫

飥(饦) (tuō)⑨tɔk⁸[托]見"餺飥"。

飧 (sūn)⑨syn¹[孫]❶晚餐。❷簡單的飯食。

飦(饦) (zhān)⑨dzin¹[煎]同"饘"，厚粥。

四 畫

飩(饨) (tun)⑨ten¹[吞]見"餛飩"。

飪(饪) (rèn)⑨jem⁶[任]煮熟。

飫(饫) (yù)⑨jy³[于高去]❶古代家庭私宴的名稱。❷飽食。引伸為飽足。參見"飫聞"。
【飫宴】宴飲。
【飫聞】猶言飽聞，謂所聞已多。

飭(饬) (chì)⑨tsik⁷[斥]❶整頓。如：整飭。❷謹慎。❸通"敕"。命令；告誡。又公文名，用於上級對下級的訓示。如：飭令。
【飭厲】同"敕厲"。告誡敕勵。

飲(饮) ㊀(yǐn)⑨jem²[倚黯切]❶喝。如：飲水思源。又特指喝酒。如：對飲；宴飲。❷飲料。如：冷飲。也用作飲子(湯藥)的簡稱。如：麥門冬飲。❸含忍。如：飲恨。❹隱沒；沒入。見"飲羽"。
㊁(yìn)⑨jem³[蔭]給牲畜喝水。如：飲馬。
【飲刃】被刀砍殺。
【飲冰】形容極度惶恐焦灼。
【飲羽】飲，隱沒；羽，箭尾上的羽毛。箭深入沒殳，形容發箭的力量極強。
【飲至】古代的一種典禮，諸侯朝、會、盟、伐完畢，回到宗廟飲酒慶賀。
【飲血】喝血。如：茹毛飲血。也用來形容極度悲憤、血，指血液。
【飲泣】猶吞聲。形容極其悲痛。
【飲恨】指抱恨而無由陳訴。
【飲鴆】鴆，毒酒。指自殺。
【飲器】飲酒的用具。古時亦用以稱溺器。
【飲餞】設宴送行。
【飲水思源】喝水要想到水源，比喻人不忘本。
【飲冰茹蘗】(蘗 bò)喝冷水，吃苦味之物。比喻處境困苦或心情抑鬱。
【飲鴆止渴】鴆，毒酒。比喻只圖解決目前的困難，不顧後來的大患。

飯(饭) (fàn)⑨fan⁶[犯]❶煮熟的穀類食物，多指米飯；亦泛指人每天定時吃的食物。如：早飯；中飯。❷吃飯。如：健飯；忘飯。❸餵牲畜。見"飯牛"。
【飯牛】餵牛。
【飯糗茹草】糗，乾飯；草，野菜；飯、茹，都是吃的意思。形容生活樸素。

飰 同"飯"。

飱 "飧"的異體字。

五　畫

飴（饴） ⊖(yí)粵ji⁴〔怡〕用麥芽製成的糖漿；糖稀。
⊜(sì)粵dzi⁶〔自〕通「飼」。給人吃。

飶（饱） (bì)粵bit⁹〔別〕食物香。

鉼（饼） (bǎn)粵bun²〔本〕米粉餅。

飼（饲） (sì)粵dzi⁶〔自〕❶給人吃；餵食。今指餵養動物。如：飼豬；飼蠶。

飽（饱） (bǎo)粵bau²〔把 考切〕❶吃足。與「飢」相對。❷充分；滿足。如：飽受風霜。

【飽和】在一定溫度和壓力下，溶液所含溶質的量達到最大限度，不能再溶解。也泛指事物達到最高限度。

【飽綻】飽滿欲綻的樣子。

【飽德】飽受恩德。

【飽學】學識淵博，猶言博學。

飾（饰） (shì)粵sik⁷〔式〕❶增加人物形貌的華美。如：修飾；裝飾。亦指裝飾品。如：服飾；首飾。❷掩飾；偽裝。如：文過飾非。❸戲劇中稱扮演角色。如：飾演大將軍。❹整治。

【飾非】文飾過錯。

【飾智】裝作有智慧欺騙別人。

【飾偽】文辭作偽。

【飾說】文飾的話。

【飾擢】獎飾某才而提拔任用。

【飾辭】❶修飾文辭。❷託辭粉飾。

餗 同「桃」。

䬱（饳） (duò)粵dœt⁷〔多卒切〕見「䬺䬱」。

六　畫

餂（餂） (tiǎn)粵tim⁵〔提染切〕探取；誘取。

餃（饺） (jiǎo)粵gau²〔絞〕一種有餡的半圓形麪食。如：水餃；蒸

餃。

餈 「糍」的異體字。

餉（饷） (xiǎng)粵hœŋ²〔享〕❶軍糧。亦指軍警的俸給。如：發餉；餉銀。❷用食物款待。

養（养） ⊖(yǎng)粵jœŋ⁵〔仰〕❶生育。如：她養了一個孩子。❷供養；撫育。如：養家；撫養。❸飼育；栽培。如：養魚；養花。❹培養。亦指修養。如：學養有素。❺調養。如：養病。
⊜(yǎng)，舊讀 yàng 粵jœŋ⁶〔讓〕奉養。

【養子】收養爲己子的他人之子。

【養志】培養高尚的志向。

【養拙】猶言守拙，指官吏退隱不仕。

【養和】❶指保養人體的「元氣」。❷靠背的具。❸靠背椅。

【養娘】受役使的婦女。

【養寇】指古時某些將帥縱敵不擊，挾以自重。

【養晦】指蟄居待時。

【養癰】癰，一種腫毒，不早治則化膿潰爛。比喻姑息壞人壞事，以致釀成禍患。如：養癰爲患。

【養虎遺患】比喻縱容敵人，自留後患。

【養尊處優】處於尊貴的地位，過着優裕的生活。

【養精蓄銳】養息精神，積蓄力量。

餌（饵） (ěr)粵nei⁶〔膩〕❶糕餅。亦泛指食物。如：果餌。❷食；飼。❸引魚上鈎的食物。如：釣餌。引伸爲利誘。如：餌敵。

餁 「飪」的異體字。

餄（饸） (hé)粵hɐp⁹〔合〕見「餄餎」。

【餄餎】北方一種用蕎麥軋成的食品。

餎（饹） (le)粵lɔk⁸〔烙〕見「餄餎」。

七　畫

餐 (cān)粵tsan¹〔雌慳切〕❶吃。如：飽餐一頓。❷飯食。如：早餐；晚餐。

❸飲食的頓數。如：一日三餐。
【餐衞】飲食調養。
【餐風宿露】見"露宿風餐"。
餑(饽) (bō)粵but⁹〔撥〕❶見"餑餑"。❷茶上浮沫。
【餑餑】北方方言。用以稱麪製的餅或類似的糕點。如：油麪餑餑；硬麪餑餑。
餒(馁) (něi)粵nœy⁵〔女〕❶飢餓。如：凍餒。引伸爲喪氣。如：勝勿驕，敗勿餒。❷指魚類臭爛。如：魚餒而肉敗。
餓(饿) (è)粵ŋɔ⁶〔臥〕肚子空，想吃東西。與"飽"相對。
【餓殍】餓死的人。
餔(铺) (bǔ，舊讀 bū)粵bou¹〔褒〕bou³〔布〕(又)❶食。❷通"哺"。以食與人。❸通"晡"。傍晚的時候。
【餔時】傍晚的時候。
【餔啜】吃喝。
餕(馂) (jùn)粵dzœn³〔俊〕吃剩的食物。
餖(饾) (dòu)粵dɐu⁶〔豆〕見"餖飣"。
【餖飣】亦作"飣餖"。供陳設的食品。比喻文辭的羅列堆砌。
餗(餗) (sù)粵tsuk⁷〔促〕鼎中的食品。
餘(余) (yú)粵jy⁴〔余〕❶剩；多餘。如：不遺餘力。❷表示成數後的不定零數。如：十餘人；百餘年。❸以外；以後。如：業餘；工作之餘。
【餘子】❶古指嫡長子以外的兒子。❷周代兵役制度規定每戶以一人爲正卒，餘者爲羨卒，即餘子。❸其餘的人。如：目無餘子。
【餘生】❶指老年人的晚年。❷僥幸保存的生命。如：劫後餘生。
【餘光】❶落日的餘輝。❷比喻力所能及的照顧。
【餘地】原指空餘的地方。引伸爲言論或行動可以有迴旋的地步。如：留有餘地。
【餘年】暮年；晚年。
【餘明】猶餘光。參"餘光❷"。
【餘波】指江河的末流。比喻前人的流風遺澤。亦指風波平息時殘留的影響。
【餘皇】船名。亦作"艅艎"。
【餘胥】牆壁；藩籬。
【餘悸】事後還感到的恐懼。如：猶有餘悸。
【餘喘】垂死時僅餘的喘息。猶言殘生或餘生。
【餘裕】寬綽有餘；寬裕。
【餘慶】指先代的遺澤。
【餘興】(—xìng)❶未盡的興致。❷指宴會或會議結束後舉行的文娛活動。
【餘燼】❶燒剩的灰燼。❷比喻殘留的人或物。
【餘瀝】酒的餘滴；剩酒。比喻別人所剩餘下來的一點利益。
【餘孽】孽，妖孽。指殘留下來的壞分子或惡勢力。如：封建餘孽。
【餘勇可賈】(賈 gǔ)謂尚有餘力可使。
【餘音繞梁】形容優美的歌聲給人留下深刻的印象。

八　畫

餚 "肴"的異體字。
餛(馄) (hún)粵wɐn⁴〔云〕見"餛飩"。
【餛飩】亦作"餫飩"。用很薄的麪片包餡做成，形如耳朵。廣東叫雲吞，四川叫抄手。
餞(饯) (jiàn)粵dzin³〔箭〕❶以酒食送行。如：餞行；餞別。❷原指以蜜、濃糖漿等浸漬果品，後也用以指這類果品。如：蜜餞。
餟 同"醊"。
餅(饼) (bǐng)粵biŋ²〔丙〕bɛŋ²〔把井切〕(語)❶古代麪食的通稱。如"湯餅"即"湯麪"。今指蒸烤而成的扁圓形麪食。如：月餅；燒餅。❷形狀像餅的。如：鐵餅；豆餅。❸餅狀物的計量單位。
【餅金】餅形的金銀。舊時的銀圓也稱"餅金"或"銀餅"。

【餅餌】餅類的總稱。

餡(馅) (xiàn)粵ham²〔哈減切〕包在糕糰等米麪食品中的鹹甜心子。如：菜肉餡；棗泥餡。

餤(谈) ㊀(dàn)粵dam⁶〔啖〕❶餅。❷同"啖"。吃或給人吃。引伸爲以利誘人。
㊁(tán)粵tam⁴〔談〕本義爲進食，引伸爲增多或加進。

餦(饫) (zhāng)粵dzœŋ¹〔張〕見"餦餭"。

【餦餭】(一huáng)古代的一種食物，如今糖麻花兒之類。

餧 ㊀"餒"的異體字。
㊁"餵"的異體字。

館(馆) (guǎn)粵gun²〔管〕❶接待賓客的房舍。如：賓館。❷寓居。❸房舍建置的通稱。如：離宮別館。❹書塾。如：蒙館；敎館。❺公共文化娛樂、飲食場所。如：文化館；圖書館；博物館；飯館；旅館等。

【館人】古代管理館舍、招待賓客的人。

餲(馂) (è)粵ek⁷〔厄〕打嗝聲。

餜(馃) (guǒ)粵gwo²〔果〕❶餜子，即油條，一種油炸麪食。❷圓形有餡餅的通稱。如：蕎麥餜。

九畫

餪(馂) (nuǎn)粵 nyn⁵〔暖〕見"餪女"。

【餪女】亦作"煖女"。古代女兒嫁後三日母家餪送食物之稱。

餫(馄) ㊀(yùn)粵wen⁶〔運〕運送糧食。
㊁(hún)粵wen⁴〔云〕同"餛"。見"餛飩"。

餬 同"糊"❶❷。

餭(馃) (huáng)粵woŋ⁴〔皇〕見"餦餭"。

餮 (tiè)粵tit⁸〔鐵〕見"饕餮"。

餱 "糇"的異體字。

餲(馂) (ài)粵at⁸〔壓〕食物經久而變味。

餳(饧) (xíng)粵tsiŋ⁴〔晴〕❶糖稀。❷糖塊、麪劑子等變軟。如：餳餳矷。❸形容眼色朦朧。如：眼睛發餳。

【餳簫】賣糖人所吹的簫。

餴(饙) (fēn)粵fen¹〔分〕同"饋"。蒸飯。

餵(喂) (wèi)粵wei³〔畏〕哺食；餵養。如：餵奶；餵豬。

十畫

餿(馊) (sōu)粵seu¹〔收〕suk⁷〔叔〕(語)飯食經久變味。如：餿飯；餿味。

餹 "糖"的異體字。

餺(馎) (bó)粵bok⁸〔博〕見"餺飥"。

【餺飥】亦作"不托"、"飥飥"。一種煮食的麪食。

餻 "糕"的異體字。

餼(饩) (xì)粵hei³〔氣〕❶贈送人的糧食或飼料。❷贈送。❸活的牲口。

【餼廩】亦作"氣廩"。廩，米粟。古代月給的薪資。

餽 "饋"的異體字。

餲(馌) (yè)粵jip⁸〔葉〕❶給在田耕作的人送飯。❷古代田獵時以獸祭神之稱。

餶(馉) (gǔ)粵gwet⁷〔骨〕見"餶飿"。

【餶飿】(一duò)亦作"骨飿"。古時一種麪食。一說即"餛飩"。

餷(馇) (duī)粵dœy¹〔堆〕蒸餅的別稱。

餾(馏) ㊀(liù)粵leu⁶〔漏〕北方人稱飯食蒸熱爲餾。如：把饅頭餾一

餾。

㈡(liú)働同㈠如：蒸餾。

十一畫

饅(馒) (mán)働 man⁶〔慢〕見"饅頭"。

【饅頭】一種用麵粉發酵蒸成的食品，其形圓而隆起。本有餡，現在北方多無餡的爲饅頭，有餡的爲包子；吳語區有餡無餡統稱饅頭。

餺(饽) (bì)働 bet⁷〔不〕見"餺饠"。

【餺饠】❶波斯語 pilaw 的音譯。一種與肉類或蔬菜合煮的飯，猶現在的八寶飯。❷同"逼邏"。張羅；安排。

饇(饇) (yù)働 jy³〔意恕切〕飽。

饈(馐) (xiū)働 seu¹〔收〕本作"羞"。❶精美的食品。如：珍饈。❷進獻。

饉(馑) (jǐn)働 gen²〔謹〕見"饑饉"。

饃(馍) (mó)働 mo⁴〔磨〕即"饃饃"。見該條。

【饃饃】亦作"饝饝"。北方人或稱饅頭爲"饃饃"。

十二畫

馓(馓) (sǎn)働 san²〔散〕饊子。

【饊子】一種油炸的麵食。

饋(馈) (kuì)働 gwei⁶〔櫃〕❶進食於人。❷泛指贈送。

【饋貧糧】饋，饋贈。謂學者需要廣聞博見，猶如貧困者之需要糧食。

饌(馔) (zhuàn)働 dzan⁶〔撰〕❶食物。如：盛饌。❷飲食。如：有酒食，先生饌。

饎(饎) (chì，又讀xī)働 tsi³〔次〕亦作"糦"。酒食。也特指黍稷。❷炊熟。

饐(饐) (yì)働 ji³〔意〕jik⁷〔益〕〔語〕食物經久發臭。

饑(饥) (jī)働 gei¹〔基〕莊稼收成不好或沒有收成。

【饑饉】災荒。五穀歉收叫饑，蔬菜歉收叫饉。

饒(饶) (ráo)働 jiu⁴〔搖〕❶富裕；豐富。如：物產饒豐。❷讓；饒恕。如：饒他一命。❸任憑；儘管。如：饒這麼讓着他，他還不滿意。

【饒舌】多嘴；嘮叨。

【饒益】❶富裕。❷使人受到利益。

【饒恕】寬恕。

饍(饍) "膳"的異體字。

十三畫

饔(饔) (yōng)働 jung¹〔雍〕❶烹調菜餚。❷熟食，亦專指早餐。參見"饔飧"。

【饔飧】早餐和晚餐。

饕(饕) (tāo)働 tou¹〔滔〕貪。特指貪食。參見"饕餮"。

【饕餮】❶傳說中的一種貪食的惡獸。古代鐘鼎彝器上多刻其頭部形狀作爲裝飾。❷比喻貪婪凶惡的人。貪財爲饕，貪食爲餮。亦專指貪於飲食。如：饕餮之徒。

饗(飨) (xiǎng)働 hœng²〔享〕❶用酒款待人。如：饗客。❷祭獻。❸通"享"。享受。

饘(饘) (zhān)働 dzin¹〔煎〕厚粥。

饙(馈) (fēn)働 fen¹〔分〕亦作"餴"。蒸飯。

十四畫

饛(饛) (méng)働 mung⁴〔蒙〕食物裝滿的樣子。

饜(餍) (yàn)働 jim³〔厭〕飽；吃飽。引伸爲滿足。如：其求無饜。

【饜事】任事繁多。

饝(饝) 同"饃"。

籑　同"饌"。

十六畫

饇　"餀"的異體字。

十七畫

饞(馋)　(chán)⑨tsam⁴[慚] 貪吃。如：嘴饞。引伸爲貪。如：眼饞。
【饞涎】因貪饞而引起的涎水。如：饞涎欲滴。

饟　"餉"的異體字。

十九畫

饠(锣)　(luó)⑨lɔ⁴[羅]見"餺饠"。

饡(馕)　(zàn)⑨dzan³[贊]以羹澆飯。

二十二畫

饢(馕)　㊀(náng)⑨nɔŋ⁴[囊]波斯語，"烤包"的意思。維吾爾、哈薩克、柯爾克孜等族主要食物之一。用小麥麪、玉米麪和高粱麪做餅，通常是貼在燒熱的烘爐中烤熟，也便於貯存或攜帶。
㊁(nǎng)⑨nɔŋ⁵[囊]拚命地吃。

首 部

首　(shǒu)⑨seu²[守]❶頭。如：昂首；低首。引伸爲初始；開端。如：歲首；篇首。❷首領。❸首位。❸首先；第一。如：首創；首屆；首當其衝。引伸爲開始；發動。見"首事"、"首難"。❹有罪自陳或出面告發。如：自首；首

告。❺方；面。如：東首；上首。❻詩文歌曲一篇叫一首。
【首丘】首，頭向着；丘，巢穴所在之土丘。傳說狐死時，頭猶向着巢穴。後因稱人死後歸葬故鄉爲"歸正首丘"。也用爲懷念故鄉之意。
【首尾】❶猶前後。❷始末。❸勾結。引伸爲男女私情。
【首事】❶首要之事。❷首倡其事。❸開始。
【首肯】點頭表示同意。
【首施】同"首鼠"。踟躕；進退不定。參見"首鼠兩端"。
【首相】君主國家內閣的最高官職。某些非君主國家的中央政府首腦有時也沿用這個名稱，職權相當於內閣總理。
【首級】秦制以斬敵首多少論功進級。後因稱斬下的人頭爲"首級"。
【首席】❶最高的席位。如：坐首席。❷職位最高的。如：首席代表。
【首匿】主謀藏匿罪犯。
【首途】啓程；上路。
【首惡】❶首惡罪名。❷罪魁禍首。
【首虜】首，首級。指斬下的人頭。虜，俘虜。
【首義】❶首起義兵。❷揭示要旨。
【首鼠】亦作"首施"。踟躕；進退不定。參見"首鼠兩端"。
【首領】❶頭頸。❷集團的領導者；爲首的人。
【首飾】本通指男女頭上的飾物。後專指女人的飾物，並包括手鐲、戒指之類。
【首難】(一nàn)首先發難。亦用爲首先起義的意思，與"首義"同。
【首露】指犯人主動向受害人坦白犯罪實情。
【首屈一指】屈指計數時首先彎下大拇指。因以"首屈一指"表示位居第一。
【首鼠兩端】瞻前顧後、遲疑不決的意思。亦作"首施兩端"。首鼠、首施都是踟躕的疊韻連緜字。

二 畫

馗　(kuí)⑨kwei⁴[葵]同"逵"。

八畫

馘 ㊀(guó)⑩gwɔk⁸〔國〕古代戰時割取所殺敵人的左耳，用以計功。亦即指所割下的左耳。
㊁(xù)⑩gwik⁷〔隙〕臉。

香 部

香 (xiāng)⑩hœŋ¹〔鄉〕❶本指穀類熟後的氣味。引伸為氣味美的通稱。與"臭"相對。如：稻香；花香。❷有香味的原料或製成品。如：麝香；檀香；綫香；盤香。❸吃得有味道或睡得很甜。如：飯吃得香；睡得正香。❹比喻受讚美或受歡迎。如：名氏很香；商品吃香。❺形容女子的事物或作女子的代稱。如：香閨；香消玉殞。

【香火】❶香燭；香和燈火。引伸以指供神拜佛的事情。參見"香火因緣"。❷寺廟中管理香火雜務的人。❸指子孫祭祀祖先的事情。

【香奩】盛放香粉、鏡子等類的匣子。引伸為香豔之意。

【香澤】❶潤髮用的香油。❷香氣。❸指女子的肌膚。

【香豔】形容詞藻豔麗或內容涉及閨閣的詩文，也形容色情的小說、電影等。

【香火因緣】香與燭火，同為供奉佛前之物。佛教因稱彼此契合為"香火因緣"，謂如結盟於宿世。也作"香火緣"。

【香象渡河】佛教用語。譬喻悟道精深。亦用來稱美詩文寫得透徹精闢。

五畫

祕 (bì)⑩bit⁹〔別〕bet⁹〔拔〕(又)見"祕辫"。
【祕辫】亦作"咇茀"。形容香氣盛。

七畫

辫 (bó)⑩but⁹〔勃〕見"祕辫"。

九畫

馥 (fù)⑩fuk⁷〔腹〕香；香氣。
【馥郁】香氣濃烈。
【馥馥】香氣濃烈。

十一畫

馨 (xīn，舊讀 xīng)⑩hiŋ¹〔兄〕❶芳香；特指散佈很遠的香氣。如：如蘭之馨。❷比喻好聲譽。
【馨香】❶芳香。❷燒香的香味。

馬 部

馬(马)（mǎ）粵ma⁵〔碼〕家畜名。草食，役用。耳小直立，面長。頸上緣及尾有長毛。四肢強健，內側有附蟬，僅有第三趾能發達，趾端為蹄，其餘各趾退化。毛色複雜，有驪、栗、青、黑等。性溫馴而敏捷。

【馬上】即時；立刻。

【馬甲】背心。

【馬弁】軍閥時代軍官的護兵。

【馬快】騎馬的捕快。古代官署中的公差，協管緝捕盜賊。

【馬虎】草率；敷衍；疏忽大意；不細心。

【馬桶】大小便用的有蓋的木桶。

【馬掛】舊時男子穿在長袍外面的對襟短褂。本為滿族人騎馬時穿的服裝，故名。

【馬達】英譯詞，電動機的通稱。

【馬賊】指成羣結隊騎馬搶劫的盜匪。

【馬齒】馬的牙齒隨年齡而添換。故看馬齒便可知馬的年齡。多用作自稱年歲的謙辭。如：馬齒徒增。

【馬生角】馬頭生角。比喻不可能實現的事。

【馬伯六】亦作"馬泊六"。俗稱誘引男女搞不正當關係的人。

【馬前卒】舊指在車前頭供奔走使役的人，現用來比喻為別人效力的人（多含貶義）。

【馬後炮】原為象棋術語。現比喻時機已過，事情已成定局才提出主張和辦法。

【馬革裹屍】謂軍事勇作戰，死於沙場。

【馬首是瞻】謂服從指揮或樂於追隨。

【馬關條約】中日甲午戰爭後日本迫使清政府簽訂的不平等條約。1895年清政府派李鴻章在日本馬關簽訂。主要內容有：承認日本對朝鮮的控制，強割遼東半島（後以銀三千萬兩贖回）、臺灣和澎湖列島；賠償軍費銀二萬萬兩；開放沙市、重慶、蘇州、杭州為商埠；允許日本在中國通商口岸開設工廠。

二 畫

馭(驭)（yù）粵jy⁶〔預〕❶駕御馬匹。❷統率；控制。

馮(冯)
⊖（féng）粵fu⁴〔逢〕姓。
⊜（píng）粵ping⁴〔朋〕❶欺陵。❷輔翼。漢代有左馮翊郡，為三輔之一。❸通"憑"。憑借；依靠。❹通"淜"。見"馮河"。

【馮夷】（píng—）❶傳說中的水神名。亦作"冰夷"、"無夷"。❷傳說中的天神名。

【馮河】（píng—）涉水過河。

【馮婦】人名。《孟子・盡心上》載，晉國有個叫馮婦的人，善於打虎，後來變成善人，不再打虎了。有次他到野外，有許多人正追逐老虎，老虎背靠着山角，沒有人敢於去迫近牠。馮婦於是捋起袖子去打虎。後稱重操舊業的人為"馮婦"。

【馮陵】（píng—）進逼；侵陵。

【馮翼】（píng—）❶依附。❷無形之貌。

三 畫

馯(驔)
⊖（hàn）粵hon⁶〔翰〕同"駻"。馬凶悍。
⊜（hán）粵hon⁴〔韓〕姓。

馱(驮)
⊖（tuó）粵to⁴〔駝〕用背負載。如：馬馱；騾馱；背上馱着個孩子）。
⊜（duò）粵dᵒ⁶〔惰〕牲口所負載之物。

馳(驰)（chí）粵tsi⁴〔池〕❶車馬疾行。引伸為急行。如：風馳電掣。❷追逐❸傳揚。如：馳名。❹心神嚮往。如：神馳；馳念。

【馳名】聲名遠揚。如：馳名中外。

【馳騁】縱馬疾驅。引伸為奔馳；趨赴。

【馳驅】策馬疾馳。也用作奔走效力之意。❷放縱。

【馳騖】奔馳。

馴(驯)（xún）粵sœn⁴〔純〕❶馬順服。引伸作馬順服的。❷善良。

【馴良】溫順善良。

【馴服】馴服順從。

馵（骎）（zhù）粵dzy³〔注〕後左足白色的馬。

馱(馱) (tuō)⑧tɔk⁸〔托〕見"馲駝"。

【馲駝】即駱駝。

四畫

馹(驲) (rì)⑧jet⁹〔日〕古代驛站專用的車。

馽(暈) (zhí)⑧dzɐp²〔汁〕亦作"縶"。拴住馬的前兩足。

駁(驳) (bó)⑧bɔk⁸〔博〕❶馬毛色不純。引申爲成分不純;混雜。如:駁雜;❷辯正是非;列舉理由,否定別人錯誤的意見。如:辯駁;駁斥;反駁;批駁。又文體名。❸用船搬運。如:駁運;駁船。

【駁犖】牛毛色不純。引申爲斑駁,文采交錯。

駃(駃) ㊀(jué)⑧kyt⁸〔決〕見"駃騠"。
㊁(kuài)⑧fai³〔快〕同"快"。

【駃騠】❶家畜名。亦稱"驢騾"。公馬和母驢所生的種間雜種。外貌偏似驢。耐粗飼,適應性及抗病力強,挽力大而能持久,但均不及騾。❷其馬名。

駅(駅) (sà)⑧sap⁸〔颯〕疾馳而追。

【駁遝】(ㄧ-tà)前後相繼不斷之意。引申爲盛多的樣子。

五畫

駉(驹) (jiōng)⑧gwiŋ¹〔瓜英切〕見"駉駉"。

【駉駉】形容馬肥壯。

駏(驷) (jù)⑧gœy⁶〔巨〕見"駏驢"。

【駏驢】獸名。亦作"巨虛"、"駏驉"、"距虛"、"駏驢"。驢驒之屬。因牝常稱驢。

駐(驻) (zhù)⑧dzy³〔注〕車馬停止。也泛指屯駐、停留。如:駐防;駐節。又比喻保持不變。參見"駐顏"。

【駐蹕】帝王出行,途中停留暫住。

【駐顏】使容顏不衰老。

駑(驽) (nú)⑧nou⁴〔奴〕❶能力低下的馬。❷比喻才能低劣。

【駑下】謂才能庸下,謂才能駑鈍低下。

【駑鈍】謂才質魯鈍懶散。

【駑鈍】才短力弱。

【駑銛】駑馬、鉛刀,資皆駑劣,比喻才能平庸。

【駑駘】駑、駘都是能力低下的馬,比喻才能平庸。

駒(驹) (jū)⑧kœy¹〔俱〕❶二歲以下的幼馬;少壯的駿馬。如:馬駒子;千里駒。❷比喻少年英俊的人。

【駒光】光陰。謂事流逝迅速。參見"白駒過隙"。

【駒隙】比喻光陰流逝的迅速。參見"白駒過隙"。

【駒齒】兒童的乳齒。

駓(驱) (pī)⑧pei¹〔丕〕❶毛色黃白相雜的馬。❷見"駓駓"。

【駓駓】快走的樣子。

駔(驵) ㊀(zù)⑧dzou²〔早〕駿馬。
㊁(zāng)⑧dzɔŋ²〔租仿切〕❶粗大的馬。❷馬市的中間介紹人。

【駔儈】馬匹交易的經紀人,泛指經紀人。

駕(驾) (jià)⑧ga³〔架〕❶繫馬於車。也泛指繫牲口於車。如:駕轅;❷古時帝王車乘的總稱。❸乘坐;駕駛。如:駕車。❹陵駕;超越。❺稱人行動的敬辭。如:台駕;勞駕。

【駕娘】船娘,操舟的婦女。

【駕御】控制;驅使。亦作"駕馭"。

【駕轅】猶言駕駕。

【駕輕就熟】猶言"輕車熟路"。比喻對事情很熟悉,做起來很容易。

駘(骀) ㊀(tái)⑧tɔi⁴〔臺〕❶能力低下的馬;比喻庸才。❷通"苔"。見"駘背"。❸通"跆"。見"駘藉"。
㊁(dài)⑧tɔi⁵〔殆〕見"駘蕩"。

【駘背】同"鮐背"。

【駘蕩】(dài—)❶放蕩。❷同"澹蕩"。舒緩蕩漾。形容聲調或景色。❸漢宮殿名,在建章宮後。

【駘藉】踐踏。亦作"跆籍"。

駙（驸）（fù）粵fu⁶〔父〕❶副馬。古代幾匹馬共同拉車，在旁邊的馬叫「駙」。❷通「輔」。夾車木。

【駙馬】漢武帝時置駙（副）馬都尉，謂掌副車之馬。原為近侍官的一種。魏晉以後，皇帝的女婿照例加此稱號，簡稱駙馬，非實官。後因稱帝婿為駙馬。清代稱「額駙」。

駛（驶）（shǐ）粵sɐi²〔洗〕❶馬行速。引伸為迅捷。❷駕馭；行駛。如：駕駛；停車。

駜（驆）（bì）粵bɐt⁹〔拔〕馬肥壯力強。

駝（驼）（tuó）粵tɔ⁴〔佗〕❶獸名。即「駱駝」。見「駱❷」。❷亦作「駞」。鳥名。即鴕鳥。❸脊背彎曲，如駱駝的背一樣隆起。如：駝背。❹背負。

【駝峰】駱駝背上的肉峯，內貯大量脂肪，富有營養，被列為名菜。

駟（驷）（sì）粵si³〔試〕❶古代一車套四馬，因以稱一車所駕之四馬或駕四馬之車。又用為計數馬匹的單位。❷古星名。亦作「天駟」、「天龍」。蒼龍七宿的第四宿。

【駟介】由四匹披甲馬挽引的戰車。

【駟不及舌】謂說話當慎重。俗語「一言既出，駟馬難追」，有出言不能反悔的意思。

【駟馬高車】古時顯貴者的車乘。也指顯貴。亦作「高車駟馬」。

駊（驋）（pǒ）粵pɔ²〔回〕見「駊騀」。

【駊騀】❶馬頭搖動的樣子。❷形容高大。

駞　「駝」的異體字。

駁（驳）（bó）粵but⁹〔勃〕見「駁騵」。

【駁騵】（一hàn）長毛馬。

駈　「驅」的異體字。

六　畫

駣（駣）（táo）粵tou⁴〔陶〕馬三歲或四歲之稱。

駪（駪）（shēn）粵sɐn¹〔身〕見「駪駪」。

【駪駪】同「莘莘」。眾多的樣子。

駬（駬）（ěr）粵ji⁵〔耳〕見「騄耳」。

駭（骇）（hài）粵hai⁵〔蟹〕馬受驚。亦指人受驚。如：駭人聽聞。

【駭汗】因驚恐、惶懼而流汗。

【駭遷】惶惶窘急。

【駭人聽聞】使人聽到了非常吃驚（多指社會上發生的壞事）。

駥　「駥」的異體字。

駰（驷）（yīn）粵jɐn¹〔因〕淺黑帶白色的雜毛馬。

駱（骆）（luò）粵lɔk⁸〔烙〕lɔk⁹〔落〕（又）❶尾和鬃毛黑色的白馬。❷〔駱駝〕（一tuó）哺乳動物，反芻類，身體高大，背上有肉峯。毛赤褐色，可做絨毯。性情溫順，能馱負重物在沙漠中遠行。也叫「橐駝」，單稱「駝」。❸通「絡」。見「駱驛」。

【駱驛】同「絡繹」。往來不絕。

駤（骘）（zhì）粵dzi³〔至〕馬橫無理。

七　畫

馘（骴）（xiè）粵hai⁵〔蟹〕❶鼓聲響而急。❷同「駭」。驚駭。

騮（骝）（liú）粵lɐu⁴〔流〕亦作「駵」。赤身黑鬣的馬。

駷（骕）（sǒng）粵suŋ²〔悚〕揢動馬銜令馬行走。

駸（骎）（qīn）粵tsɐm¹〔侵〕見「駸駸」。

【駸駸】馬速行的樣子。引伸為疾速。也比喻時間迅速消逝。

駹（骁）（máng）粵mɔŋ⁴〔亡〕❶暗色毛而面額白色的馬。❷青色馬。❸雜色牲口。

騞(騞) (hàn)⑧hɔn⁶〔汗〕馬凶悍的樣子。

【騞突】馬性凶悍。也指凶悍的馬。

駼(駼) (tú)⑧tou⁴〔逃〕見"騊駼"。

駾(駾) (tuì)⑧tœy³〔退〕受驚奔竄。

駿(骏) (jùn)⑧dzœn³〔俊〕❶良馬。❷迅速。見"駿發"。

【駿足】駿馬。

【駿尾】猶言醇厚。

【駿骨】駿馬之骨，比喻賢才。

【駿發】謂迅速發達。

騁(骋) (chěng)⑧tsiŋ²〔請〕❶縱馬奔馳。如：馳騁。❷恣意發揮。如：騁懷；騁辭。

【騁目】縱目四望。

【騁能】施展才能。

【騁望】❶馳騁遊覽。❷極目遠望。

【騁懷】開暢胸懷。

騂(骍) (xīn)⑧siŋ¹〔星〕赤色馬。今之紅栗毛和金栗毛馬。

駾 "獸"的異體字。

駬(𬳵) (ě)⑧ŋ⁵〔我〕見"騃駬"。

八　畫

騄(騄) (lù)⑧luk⁹〔綠〕見"騄耳"。

【騄耳】亦作"騄駬"、"綠耳"。馬名，周穆王八駿之一。

騅(骓) (zhuī)⑧dzœy¹〔追〕毛色蒼白相雜的馬。

騈(骈) (pián)⑧pin⁴〔皮姸切〕❶兩馬並駕一車。❷並列；對偶。如：騈肩；騈文。

【騈比】排列相接的樣子。

【騈文】即騈體文。參見該條。

【騈田】亦作"騈闐"、"騈闐"。羅布；連續。

【騈拇】(—qí)"騈拇枝指"的省略。比喻多餘的東西。詳見"騈拇枝指"。

【騈肩】並肩，肩挨肩，形容人多。也形容繁

茂衆多。

【騈脅】一種生理畸形，肋骨緊密相接。亦作"骿脅"。

【騈闐】聚集、盛多的樣子。亦作"騈田"、"騈填"。參見"騈田"。

【騈騈】茂盛的樣子。

【騈體文】泛指詞句整齊對偶的文體，重視聲韻的和諧和詞藻的華麗，盛行於六朝。也稱"騈文"。

【騈四儷六】指騈體文。騈體文多用四言六言的句子對偶排比。

【騈拇枝指】(枝 qí)騈拇，謂足大拇指與第二指相連合為一指；枝指，謂手大拇指傍伸枝生一指成六指。比喻多餘無用之物。

騊(𬳿) (táo)⑧tou⁴〔逃〕見"騊駼"。

【騕騕】馬名，色青。一說即野馬。

騋(騋) (lái)⑧lɔi⁴〔來〕馬七尺以上叫騋。

騎(骑) ㊀(qí)⑧ke⁴〔奇耶切〕❶兩腿跨坐。如：騎馬；騎自行車。❷兼跨着兩邊。如：騎牆；騎縫。

㊁(qì，舊讀 jì)⑧kei³〔冀〕❶騎兵。如：精騎。亦指所騎的馬。如：坐騎。❷一人一馬的合稱。如：一騎；千騎。

【騎劫】航行遭盜劫之稱，蓋以跨騎兩船而行劫命名。

【騎兵】(一)即"驛騎"。

【騎縫】(一fèng)兩紙連接或訂合處的中縫，多指單據和存根連接的地方。重要文件在騎縫處加印章叫"騎縫印"。又書籍的兩頁間，或報紙的兩版面間，亦謂之"騎縫"。

【騎虎難下】比喻做事遇到困難，但迫於形勢而不能中止。

【騎者善墮】慣於騎馬的人常常會墮下馬來，比喻擅長某一事的人，往往容易疏忽大意，反而招致意外的失敗。亦作"好騎者墮"。

【騎驢覓驢】比喻物本已有而反外求。

【騎鶴上揚州】《說郭》載《商芸小說》：有幾個朋友聚在一起，各言其志：有人希望做揚州刺史，有人希望多資財，有人希望騎鶴上天，其中一人說："腰纏十萬貫，騎鶴上揚州。"想將三者兼得。比喻不可能實現的妄想。

騏(骐) (qí)粵kei^4〔其〕❶青黑色有如棋盤格子紋的馬。❷騏文的，即棋盤格子紋的。❸見"騏驥"。❹通"麒"。見"騏驎❶"。

【騏驎】❶同"麒麟"。❷良馬名。

【騏驥】良馬。

騑(𬳿) (fēi)粵fei^1〔非〕❶古代駕車的馬，在中間的叫服，在兩旁的叫騑，也叫驂。❷見"騑騑"。

【騑騑】馬行走不停的樣子。

騉(𫘣) (kūn)粵kwɐn^1〔昆〕見"騉蹄"、"騉駼"。

【騉蹄】亦作"猑蹄"。良馬名。蹄平正，善登高。

【騉駼】馬名。馬身而牛蹄，善登高。

騍(骒) (kè)粵fɔ^3〔課〕母馬。

騌 "鬃❶"的異體字。

騐 "驗"的異體字。

九畫

騖(骛) (wù)粵mou^6〔務〕❶亂跑。❷追求。如：好高騖遠。

騙(骗) (piàn)粵pin^3〔片〕❶用假話或假象欺蒙人，使人上當。如：哄騙；拐騙。亦指用欺蒙的手段謀得。如：騙錢。

騞(𬳽) (huō)粵wak^9〔或〕刀裂物的聲音。

騠(𫘨) (tí)粵tɐi^4〔提〕見"駃騠"。

騢(𬴀) (xiá)粵ha^4〔霞〕赤白色的雜毛馬；赤毛中混生白毛的沙騮毛馬。

騣 "鬃❶"的異體字。

騤(骙) (kuí)粵kwɐi^4〔葵〕見"騤騤"、"騤瞿"。

【騤騤】形容馬强壯。

【騤瞿】急遽奔走的樣子。

騧(䯄) (guā)粵wa^1〔蛙〕黑嘴的黃馬。

騗(𫘩) (piàn)粵pin^3〔騙〕跳躍上馬。

騜(𬴁) (huáng)粵wɔŋ^4〔皇〕黃白色相雜的馬。栗色毛中混生白毛的沙栗毛馬。

十畫

騩(𬴂) (guī)粵gwɐi^1〔歸〕淺黑色的馬。

騫(骞) (qiān)粵hin^1〔軒〕❶高舉；飛起。❷驚動。

【騫翥】飛舉的樣子。

【騫騫】放肆的樣子。

騭(骘) (zhì)粵dzɐt^7〔質〕❶公馬。❷安排；定。如：評騭；陰騭。

騰(腾) (téng)粵tɐŋ^4〔藤〕❶奔跑；跳躍。如：萬馬奔騰；萬衆歡騰。❷上升。如：熱氣上騰。❸挪移；搬空讓出。如：騰出時間。❹乘；騎。

【騰挪】❶挪用；調換。❷指拳術中的竄跳躲閃的動作，引伸爲借故逃避責任或玩弄手法。

【騰蛇】❶同"螣蛇"。傳說中一種能飛的蛇。❷相面的人稱口角的直紋爲"騰蛇"。

【騰黃】傳說中的神馬名。

【騰達】上升。引伸爲發迹，宦途得意。如：飛黃騰達。

【騰踔】亦作"騰逴"。跳躍，凌空。

【騰踴】❶猶騰躍。跳躍。❷指物價上漲。

【騰蹋】飛騰。亦作"騰達"。

【騰騰】❶蒸騰的樣子；興起的樣子。如：熱氣騰騰。❷象聲。鼓聲。❸懶散；隨便。

【騰躍】❶跳躍。❷指物價上漲。

【騰驤】飛躍；奔騰。

【騰蛟起鳳】比喻才華富盛。

騱(𫘬) (xī)粵hɐi^4〔奚〕❶前足全白的馬。❷見"驒騱"。

騵(𫘪) (yuán)粵jyn^4〔元〕赤毛白腹的馬。

騶(驺) (zōu)粵dzɐu^1〔周〕❶古時掌馬的官，也掌駕車。亦謂隨馬的

走卒。❷騎士。見「騎從」、「驪騎」。

【驪卒】古代官署的隸役。

【驪從】〈一zòng〉古時達官貴人出行時，前後侍從的騎卒。

【驪虞】❶驪，古代掌馬的官；虞，古代天子圍獵之所管理走獸的官。❷古樂名。

【驪騎】〈一jì〉古時帝王導從的騎士。

騷（骚）〈sāo〉⑧sou¹〔蘇〕❶動亂；騷擾。❷憂愁。❸狐臭。

【騷人】❶屈原作《離騷》，因稱屈原或《楚辭》作者為騷人。也泛指詩人。❷憂愁失志的文人。

【騷屑】❶風聲。❷愁苦；憂煩。

【騷動】動亂；不安寧。

【騷殺】下垂飄動的樣子。

【騷擾】擾亂；動亂不安。

【騷騷】❶行動急切的樣子。❷風聲。

騸（骟）〈shàn〉⑧sin³〔扇〕馬被割掉睾丸。也指割去其他牲畜的睾丸。

騹（骹）⊖〈hàn〉⑧hon⁶〔汗〕長毛馬。
⊜〈hán〉⑧hon⁴〔寒〕見「駁騹」。

騮（骝）〈liú〉⑧leu⁴〔流〕同「驑」。見「驊騮」。

騲（骋）〈cǎo〉⑧tsou²〔草〕雌馬。亦作「草」。

十一畫

騺（骜）〈zhì〉⑧dzi³〔至〕馬難起步的樣子。

騑 同「騸」。

騾（骡）〈luó〉⑧lœy⁴〔雷〕lɔ⁵〔羅〕〈又〉家畜名。俗稱「馬騾」。公驢和母馬所生的種間雜種。體形縮似馬，叫聲似驢；頭上緣毛、尾和及耳具，則合於馬、驢之間。堪粗飼，耐勞苦，抗病力及適應性強，挽力大而能持久。壽命長於馬和驢。一般無生殖力。多作挽、駄用。

驀（蓦）〈mò〉⑧mek⁹〔默〕❶騎。❷突然的意思。如：驀然回首。

驁（骜）〈ào，又讀 áo〉⑧ŋou⁴〔遨〕❶駿馬。❷馬狂走。見「驕驁❶」。❸傲慢；不馴順。如：桀驁不馴。

驂（骖）〈cān〉⑧tsam¹〔參〕❶一車駕三馬。也指一車三馬或四馬中的兩旁兩匹。❷通「參」。陪。見「驂乘」。

【驂乘】〈一shèng〉古代乘車在車右陪乘的人。

驃（骠）⊖〈biāo〉⑧biu¹〔標〕全身淡黃栗色而鬃尾等長毛近於白色的馬，今名「銀鬃」或「銀河馬」。亦指全身黃栗毛的，俗名黃驃馬。
⊜〈piào〉⑧piu³〔票〕馬疾行的樣子。

【驃騎】〈piào〉亦作「票騎」。漢代將軍名號。魏晉至明，亦設有「驃騎將軍」的名號。

驄（骢）〈cōng〉⑧tsuŋ¹〔沖〕青白色的馬。今名菊花青馬。也泛指馬。

驅（驱）〈qū〉⑧kœy¹〔區〕❶鞭馬前進。如：驅馬前進。❷驅逐。如：驅趕。❸快跑。如：並駕齊驅。

【驅使】役使；差遣。

【驅除】趕走；排除。

【驅策】鞭策使、役使等。

【驅馳】策馬疾馳。也用作走去效力之意。

【驅遣】❶驅逐。❷驅使；差遣。❸逼迫。

十二畫

驈（骋）〈yù〉⑧wet⁹〔華聒切〕黑馬白股。

驊（骅）〈huá〉⑧wa⁴〔華〕見「驊騮」。

【驊騮】亦作「驊駵」。周穆王八駿之一。亦指駿馬。

驍（骁）〈xiāo〉⑧hiu¹〔囂〕❶良馬名。❷勇猛矯健。如：驍將。❸古代投壺，箭從壺中跳出而以手接復投之稱。

【驍悍】勇猛強悍。

【驍雄】勇猛雄傑。

【驍騎】〈一jì〉古代禁軍營名；亦稱其領軍的將領。後亦泛指精壯的騎兵為「驍騎」。如清代於八旗皆置驍騎營，為清代禁衛軍之

驏(骣) (zhàn)粵dzan⁶〔賺〕馬不加鞍轡。

驒(驒) (tuó)粵t⁴〔駝〕tan⁴〔壇〕(又)有鱗狀黑斑紋的青毛馬。
【驒騱】畜名，似馬而小。

驕(骄) (jiāo)粵giu¹〔嬌〕❶馬壯健。❷猶言盛旺。❸驕傲；放縱。如：戒驕戒躁；驕奢淫佚。

【驕人】謂得志的小人。
【驕子】受到驕寵的兒子。漢朝人稱匈奴爲天之驕子。
【驕兵】恃強輕敵；恃強輕敵的軍隊。如：驕兵必敗。也指不服從指揮的軍士。如：驕兵悍將。
【驕陽】夏天炎炎的陽光。
【驕慢】驕傲自滿，盛氣凌人。
【驕橫】(一hèng)驕傲；蠻不講理。
【驕蹇】傲慢，不順從。
【驕騁】❶恣縱奔馳。❷同"驕傲"。
【驕奢淫逸】形容驕橫奢侈、荒淫無度的糜爛生活。逸，亦作"佚"。

驎(骗) (lín)粵lœn⁴〔隣〕❶馬身上鱗狀斑紋。❷見"騏驎"。

驉(驉) (xū)粵hœy¹〔虛〕見"駏驉"。

驌(骕) (sù)粵suk⁷〔叔〕見"驌驦"。
【驌驦】良馬名。亦作"驌霜"、"驌騻"。

十三畫

驖(骣) (tiě)粵tit⁸〔鐵〕赤黑色的馬，今之鏽黑馬，被毛黑色，毛尖略帶紅色，遠望紅黑色。

驗(验) (yàn)粵jim⁶〔豔〕❶證據；憑據。如：何以爲驗？❷察看；檢驗。如：驗血❸效果；徵兆。如：效驗；靈驗。
【驗左】猶言左證。證據。亦通作"証左"。

驚(惊) (jīng)粵giŋ¹〔京〕gɛŋ¹〔頸高平〕(語)❶馬因受驚嚇而行動失常。引伸爲驚駭、駭怪的通稱。如：吃驚；驚駭。❷震動。如：驚天動地。
【驚坐】謂震動在座的人。
【驚蟄】(一zhé)二十四節氣之一。這時氣轉暖，漸有春雷，冬眠動物將出土活動。參見"二十四節氣"。
【驚鴻】比喻美人的體態輕盈。亦作"㷀鴻"稱。
【驚堂木】舊時官員審判案件時用以拍桌案，嚇唬受審者的小木塊。
【驚弓之鳥】被弓箭嚇怕了的鳥。比喻曾經驚嚇的人，遇到類似的情況就惶恐不安。
【驚心動魄】形容感受極深，神魂爲之震動。今常用以形容精神受到極大震動，非常緊張。
【驚心悼膽】恐懼到極點。
【驚蛇入草】形容草書的筆勢矯健迅捷。

驛(驿) (yì)粵jik⁹〔亦〕❶古時供傳遞送公文的人或來往官員館舍、換馬的處所。參見"驛馬"、"驛站"。❷通"繹"。見"駱驛"。
【驛使】古時傳遞送公文的人。也指信使。
【驛亭】古時供行旅途中歇宿的處所。
【驛站】❶古時供傳遞送公文的人或來往官員館舍中歇宿、換馬的處所。❷清代的郵政制度，各省內地所設的叫驛，專爲軍報而設的叫站。
【驛馬】古時驛站供應的馬，供傳遞送公文的人或來往官員使用。
【驛道】中國古代交通大道。即爲傳車、驛馬通行而開闢的大路。沿途設置驛站。
【驛騎】(一jì)古時乘馬傳送公文的人。

贏 "驟"的異體字。

十四畫

驟(骤) (zhòu)粵dzau⁶〔棹〕❶馬快走。如：馳驟。❷急速；突然。如：暴風驟雨；天氣驟變。

十六畫

驢(驴) (lú)粵lou⁴〔勞〕lœy⁴〔雷〕(又)家畜名。草食，役用。能載馬

小，耳長，尾根多毛，尾端似牛尾。性温馴，堪粗食，可作乘、挽、馱及拉磨用。

驥（骥） (jì)（粵）冀〔冀〕千里馬。常以比喻傑出人才。

【驥足】比喻高才。

【驥子龍文】比喻英俊的人材。

十七畫

驤（骧） (xiāng)（粵）soeng¹〔商〕❶馬抬頭快跑。❷後右足白的馬。

驦（骦） (shuāng)（粵）soeng〔商〕見"驌驦"。

十八畫

驩 "歡"的異體字。

驧（骦） (niè)（粵）niip⁹〔贏〕馬跑得快。

十九畫

驪（骊） (lí)（粵）離〔離〕❶純黑色的馬。❷並駕。❸"驪龍"的簡稱。詳"驪龍"。如：探驪得珠。

【驪珠】一種珍貴的珠，傳說出自驪龍頷下，故名。

【驪歌】告別的歌。參見"驪駒"。

【驪駒】❶純黑色的馬。❷古代客人告別時唱的詩篇。後因稱告別的歌為"驪歌"。

【驪龍】古謂黑色的龍。

二十畫

驫（骉） (biāo)（粵）biu¹〔標〕象馬奔走的樣子。

骨　部

骨 ㊀(gǔ)（粵）gwɐt⁷〔橘〕❶人和脊椎動物骨骼的組成單位。以形狀和機能的不同，可分長骨（如肱骨、股骨等）、短骨（如腕骨、跗骨等）、扁骨（如頂骨等）和不規則骨（如椎骨等）四類。骨的外表覆有骨膜，與骨的生長和修補有關；骨鬆質的腔隙內容納骨髓，是造血器官之一。❷指在物體內部支撐物體的骨架。如：鋼骨水泥；傘骨。❸指文學作品的理路和筆力。如：建安風骨。❹指人的品質、氣概。如：俠骨；媚骨。

㊁(gú)（粵）同㊀：骨頭。

【骨立】形容人消瘦到極點。

【骨肉】指人和肉，比喻至親。

【骨法】❶相士稱人的骨相特徵為"骨法"。❷謝赫《古畫品錄》提出畫有"六法"之說，其二為"骨法用筆"，是說圖繪外物的形體特徵時運用適當的筆法。後亦引伸骨法為骨幹之義，即謂繪畫的骨幹在於用筆。

【骨相】指人的骨骼相貌。也指某些動物的骨骼相貌。

【骨氣】❶骨相氣質。現多用以指剛強不屈的氣質。❷指詩文風格。❸指寫字的筆力遒勁。

【骨幹】❶骨骼。❷比喻在總體中起重要作用或基本作用的人或事物。如：骨幹分子；骨幹作用。

【骨董】❶古玩器物。亦作"古董"。❷同"鶻突"；猶糊塗，混合雜糅之意。❸墮水聲。

【骨梗】亦作"骨鯁"。❶猶骨幹。❷喻剛直、剛勁。

【骨瘦如柴】亦作"骨瘦如柴"。形容消瘦到極點。

【骨鯁在喉】魚骨卡在喉嚨裏。比喻心中有話，非說出不可。如：骨鯁在喉，吐之為快。

【骨騰肉飛】❶形容奔馳的迅捷。❷形容神魂飄蕩。

二　畫

骩 同"肌"。

三　畫

骫 (wěi)粵wei²〔委〕❶本謂骨彎曲。引伸爲枉曲。參見"骫法"。❷紆迴屈曲的樣子。
【骫曲】(一qū)同"委曲"。
【骫法】枉法。
【骫骳】屈曲;紆曲。
【骫麗】同"委靡"。

骭 (gàn)粵gon³〔幹〕❶本謂小腿骨,亦即指小腿。❷肋骨。

四　畫

骯(肮) ⊖(kǎng)粵kɔn³〔抗〕見"骯髒❶"。
⊖(āng)粵ɔŋ³(又)見"骯髒❷"。
【骯髒】❶(kǎng zǎng)高亢剛直的樣子。❷(āng zǎng)不乾淨。引伸爲"糟蹋"。

骰 (tóu)粵teu⁴〔投〕sik⁷〔色〕(又)〔骰子〕亦作"投子"、"色子"。睹具的一種,爲正方形的小立體,六面分刻一至六點。賭博時用以投擲。

骱 (jiè)粵hai⁶〔械〕骨節間相銜接處。

五　畫

骳 (bèi)粵bei⁶〔備〕見"骫骳"。

骷 (kū)粵fu¹〔枯〕見"骷髏"。
【骷髏】乾枯無肉的死人頭骨或全副骨骼。

骶 (dǐ)粵dei²〔氐〕❶臀部。❷骶骨,由五塊骶骨合成的骨,上連腰椎下連尾骨。也稱"薦骨"。

六　畫

骴 (cī)粵tsi¹〔雌〕肉末爛盡的骸骨。

骸 (hái)粵hai⁴〔孩〕❶骨;屍骨。如:屍骸。❷特指脛骨。❸指身體。如:病骸。

骹 ⊖(qiāo)粵hau¹〔敲〕脛部近足處的較細部份。也泛指一切物體的較細部

份。
⊖(xiāo)粵同⊖同"髇"。鳴鏑;響箭。參見"嚆矢"。

骼 (gé)粵gak⁸〔格〕❶骨頭。如:骨骼。❷枯骨。

骻 (kuà)粵kwa³〔胯〕❶兩股之間。❷髀骨。

骺 (hóu)粵heu⁴〔侯〕人和高等脊椎動物成長期間,在長骨的兩端、不規則骨或扁骨的周緣發生的骨塊。

七　畫

骽 "腿"的異體字。

䯂 "鎚"的異體字。

髇 (xiāo)粵hau¹〔敲〕同"骹⊖"。

八　畫

骿 (pián)粵pin⁴〔駢〕❶通"駢"。見"骿脅"。❷通"胼"。見"骿胝"。
【骿脅】同"駢脅"。肋骨相連接成爲一片。
【骿胝】同"胼胝"。手腳上因長期勞作而生的硬皮或老繭。

髀 (bì)粵bei²〔比〕❶股部;大腿。❷古代測量日影的表。
【髀肉復生】《三國志·蜀志·先主傳》裴松之注中引《九州春秋》說:劉備有一次看見自己大腿上的肉又長起來了,自嘆"今不復騎,髀裏肉生"。後以"髀肉復生"表示慨嘆久處安逸,思圖有所作爲之辭。

髁 (kē,又讀 kuà)粵fɔ¹〔科〕kwa³〔胯〕(又)❶大腿骨。❷膝蓋骨。❸骨的關節端呈圓丘狀的部份。

九　畫

髂 (qià)粵ka³〔冀亞切〕髂骨,腰部下面腹部兩側的骨,下緣與恥骨、坐骨聯成髖骨。

十畫

髆（bó）⑧bok⁹〔博〕同"膊"。肩胛；肩膀。

髈　"膀㊀"的異體字。

髊（cǐ）⑧tsi¹〔雌〕同"骴"。

髇（xiāo）⑧hau¹〔蒿〕同"嚆"。髇矢，即響箭。以骨爲之，故以從"骨"。

十一畫

髏（髅）（lóu）⑧leu⁴〔流〕見"骷髏"、"髑髏"。

十二畫

髐（xiāo）⑧hau¹〔蒿〕❶形容枯骨暴露。❷同"骹㊀"。

十三畫

髑（dú）⑧duk⁹〔獨〕見"髑髏"。

【髑髏】死人的頭骨；骷髏。

髒（脏）㊀（zāng）⑧dzɔŋ³〔莊〕dzɔŋ³〔葬〕㊁（又）不潔淨；不純潔。如：髒東西。參見"骯髒㊁"。
　　㊁（zàng）⑧dzɔŋ³〔葬〕見"骯髒❶"。

髓（suǐ）⑧scey⁵〔緒〕❶骨中的凝脂。如：敲骨吸髓。❷像骨髓的東西。如：石髓。❸比喻精華。❹植物學上指莖或少數根內由薄壁組織構成的疏鬆的中心部分，有時也含有厚壁組織。髓部細胞中貯藏澱粉、色素、單寧等，也有油類和橡膠的管道。

體（体）㊀（tǐ）⑧tei²〔睇〕❶身體。如：體重；體溫。亦指四肢。如：四體不動。❷事物的本身或全部。如：個體體；整體體。❸物質存在的狀態。如：固體；液體。❹字體。如：楷體；草體。❺文體。❻體制。如：政體。❼原則。如：中學爲體，西學爲用。❽幾何學上具有長闊厚三度的形體。如：立方體；圓錐體。❾古稱占卜時的卦兆。❿體驗；實行。如：身體力行。⓫設身處地爲人着想。如：體諒；體恤。
　　㊁（tī）同"體己"的"體"又讀。

【體己】亦作"梯己"。❶切身；貼身的。❷個人私有的。多指私蓄。❸私下；私自。

【體系】若干有關事物或某些意識互相聯繫而構成的一個整體。如：工業體系；理論體系。

【體制】❶國家機關、企業和事業單位管理權限劃分的制度。如：國家體制；企業體制。❷體裁；格局。❸藝術作品的體裁風格。

【體例】❶綱領制度和內容細則。❷著作的體裁凡例。

【體恤】爲別人着想，而加以照顧；一般指上對下或長對幼而言。

【體面】❶猶面貌，格局。❷禮貌；規矩；面子。❸美麗；漂亮。

【體統】❶指文章或著作的體裁條理。❷體制；格局；規矩。如：不成體統；成何體統。

【體裁】❶在中國古代文學中，指詩文的文風詞藻。❷指文學作品的類別，又稱樣式，如詩、小說、散文、戲劇文學等。

【體諒】❶關懷；體會別人的心情和處境，寄與同情和關切。如：體貼入微。❷細心體會。

【體察】❶體會省察。❷猶考核。考查觀察。

【體語】亦稱反語，即取詞語中二字，運用反切法展轉相切，從新切之字推出另一新的詞語。❷如：晉孝武帝作清暑殿，有識者以爲"清暑"的反語爲"楚聲"，因爲清暑切爲楚，暑清切爲聲。

【體貌】❶體態容貌。❷相待以禮。

【體魄】體格和精力。❷如：體魄強壯。

【體大思精】規模宏大，思慮精密，多指大部著作。

【體國經野】體，劃分。國，都城。經，丈量。野，田野。古代把都城劃分爲若干區域，由國人分別居住；把田野劃分方塊耕地，使野人居住、耕作；設官管理，不准

隨便遷徙。後也泛指治理國家。

十四畫

髕(髌)〔bìn〕粵ben³〔殯〕同"臏"。❶膝蓋骨。❷古代肉刑之一，剔去膝蓋骨。

十五畫

髖(髋)〔kuān〕粵fun¹〔寬〕髖骨，組成骨盆的大骨，左右各一，是由髂骨、坐骨、恥骨合成的。通稱胯骨。

高 部

高〔gāo〕粵gou¹〔膏〕❶由下至上的距離；高度。如：長一尺，高五寸。❷由下至上的距離大；離地面遠。如：高峯；高空。❸等級在上。如：高年級。❹超過一般標準或程度。如：高價；高溫；高速度；高血壓。❺熱烈；盛大。如：興高采烈。❻聲音響亮或尖銳、激越。如：高聲；高音。❼歲數大。如：高齡；高壽。❽尊貴。引伸作敬辭。如：高鄰；高親；高明；高超。如：高見；高手。

【高人】猶高士。

【高士】謂志行高尚之士，多指隱士。有時亦用以稱某些在官者。

【高亢】亦作"高抗"。❶謂剛直不屈。❷聲音高昂宏亮。

【高年】老年。

【高弟】同"高第"。指考試或官吏考績列入優等。

【高坐】在榻或椅子上坐，有別於古時的席地而坐。

【高足】❶戾馬；駿馬。漢代郵傳置三等馬匹，有高足、中足、下足之別，高足為上等快馬。❷猶言高才。常用作稱呼別人的學生的敬辭。

【高尚】崇高。指人的道德品質。

【高招】好辦法；好主意。

【高明】❶精明高妙。常指見解、學術、技藝

等。如：識見高明；手藝高明。亦謂開闊爽朗的性格。❷對人的尊稱。❸指地位尊貴的人。

【高枕】"高枕而臥"的略語。表示無所顧慮。

【高臥】❶高枕而臥；安臥。❷指隱居不仕。

【高門】❶指顯貴之家。魏、晉、南北朝時，重門第，有高門、寒門等稱。❷高大的門。

【高拱】高拱再手，謂安坐無所作爲。

【高風】高尚的品格、操守。如：高風亮節。

【高唐】戰國時楚國臺館名。在雲夢澤中。宋玉《神女賦》說楚襄王曾遊高唐，夢見巫山神女。

【高致】高尚的品格或情趣。

【高祖】❶曾祖的父親。❷始祖或遠祖。❸開國帝王的廟號。如：漢高祖；唐高祖。

【高軒】❶軒，高；亦指有窗子的長廊。❷稱來賓所乘的車子。

【高堂】❶高大的廳堂。高，指堂基高。❷指父母。

【高第】第，等第。指考試或官吏考績列入優等。亦謂弟子中才學優良者。

【高超】❶超出一般水平。如：見解高超；技術高超。❷謂超脫世俗。

【高義】謂崇高的正義行爲或正義感。

【高閣】❶高的樓閣。❷藏置器物的高架。

【高潮】在潮汐的一個漲落周期內，水面上升達到的最高潮位，稱爲高潮，也稱滿潮。常用以比喻事物在一定階段內發展的頂點。❷在敍事性文藝作品中指主要矛盾衝突發展到可最尖銳、最緊張的階段，爲情節的組成部分之一。

【高論】不平凡的、見解高明的議論。也指不切實際、空洞的議論。

【高興】〔xìng〕高尚的興致。今用作愉快的意思。

【高舉】❶高飛。❷猶言高蹈，指隱居。

【高檔】質量好，價格高的(商品)。如：高檔布。

【高蹈】❶遠行。❷指隱居。❸突出；崛起。

【高蹤】高遠的蹤迹，指行事而言。

【高攀】指跟社會地位比自己高的人交朋友或結成親戚。多用於客套話。如：不敢高攀。

【高才生】"才"亦作"材"。指有才幹或學習成績優異的學生。

【高利貸】索取特別高額利息的貸款。

【高下在心】謂能胸有成竹地處置一切。

【高山流水】《列子‧湯問》載，春秋時伯牙善彈琴，鍾子期善聽琴。一次伯牙彈琴時，琴聲時若高山，時若流水，只有鍾子期能領會其中的含意。後因以"高山流水"或"流水高山"稱知音或知己。

【高山景行】高山，比喻道德崇高；景行，大路，比喻行為正大光明。"高山景行"，比喻崇高的德行。

【高文典冊】指對建朝廷的重要文書、詔令。

【高枕而臥】墊高枕頭安臥，形容無所顧慮。

【高屋建瓴】把積水從高屋脊上向下傾倒。比喻居高臨下、不可阻遏的形勢。

【高唱入雲】形容文辭聲調的激越高昂。

【高睨大談】形容舉動言論氣概不凡。

【高視闊步】形容氣概不凡。亦用以形容態度傲慢。

【高談闊論】大發議論。

髙 同"高"。

髟 部

髟 (biāo)粵biu¹〔標〕長髮下垂的樣子。

二 畫

髤 同"髹"。

三 畫

髡 (kūn)粵kwen¹〔坤〕古代一種剃去頭髮的刑罰。

【髡鉗】古代刑罰名。剃去頭髮叫髡，用鐵圈束頸叫鉗。

髢 (dí，舊讀 dì)粵tei³〔替〕裝襯的假髮。

四 畫

髲 (jiè)粵gai³〔介〕簪髻，即插簪以固定的髮髻。

髣 同"仿○❹"。

髤 "髹"的異體字。

髯 "髯"的異體字。

髦 (máo)粵mou⁴〔毛〕❶毛中的長毫，比喻英俊傑出之士。❷下垂至眉的長髮，古代男子未成年時的裝束。❸馬頸上的毛，即馬鬃。

【髦士】英俊之士。

髧 (dàn)粵dem³〔帝暗切〕頭髮下垂的樣子。

髩 同"鬢"。

五 畫

髫 (tiáo)粵tiu⁴〔條〕古時小孩的下垂頭髮，引伸以指童年。參見"垂髫"、"髫齔"。

【髫齔】髫，古時小孩下垂的頭髮；齔，小孩換齒。合指童年。亦作"齠齔"。

髮(发) (fà)粵fat⁸〔法〕❶頭髮。如：理髮。❷古長度名。十毫為髮，十髮為釐，十釐為分，十分為寸。引伸以形容細微。如：不差毫髮。

【髮妻】原配夫妻叫"結髮夫妻"，因稱原配妻子為"髮妻"。

【髮指】頭髮直豎，形容憤怒到極點。如：令人髮指。

髲 (bì)粵bei⁶〔備〕假髮。

髳 (máo)粵meu⁴〔謀〕中國古代西南少數民族名。分佈跨川南滇北。

髴 (fú)粵fet⁷〔忽〕❶同"佛○❶"。❷婦人首飾。

髬 (pī)粵pei¹〔丕〕見"髬髵"。

【髬髵】猛獸鬃毛豎起的樣子。

髥 (rán)粵jim⁴〔炎〕兩頰上的長鬚。泛指鬍子。

六　畫

髭 (zī)粵dzi¹〔資〕嘴上鬚。同"頿"。

髺 (kuò)粵kut⁸〔括〕挽束頭髮，即髮䯻。

髻 (jì)粵gɐi³〔繼〕挽束在頭頂的髮結。如：髮髻；頭髻。

髹 (xiū)粵jɐu¹〔休〕❶赤黑色的漆。❷用漆塗在器物上。

髵 (ér)粵ji⁴〔而〕❶本作"而"。頰毛。❷見"髬髵"。

七　畫

髽 (zhuā)粵dza¹〔渣〕❶古代婦人喪服的露髻，用麻束髮。❷梳在頭頂兩旁的髻，叫"髽髻"。

髾 (shāo)粵sau¹〔梢〕❶頭髮梢。❷旌旗上所垂的羽毛。❸古時婦女上衣的裝飾，形如燕尾。

鬁 (lì)粵lei¹〔喱〕見"鬎鬁"。

髯 "剃"的異體字。

髿 (suō)粵sɔ¹〔梭〕見"鬖髿"。

八　畫

鬃 (zōng)粵dzuŋ¹〔宗〕❶馬頸上的長毛。也指豬的硬毛。如：馬鬃；豬鬃。❷高髻。

鬄 (tì)粵tɐi³〔替〕義同"髢"。古代一種剃去頭髮的刑罰。

鬆(松) (sōng)粵suŋ¹〔嵩〕❶頭髮散亂。如：蓬鬆。引伸爲疏散、放寬、怠懈、輕易等意。如：稀鬆；鬆脆；放鬆；寬鬆；鬆懈；鬆勁；輕鬆。❷用魚、肉等做成的絨狀食品。如：魚鬆；肉鬆。

髼 (péng)粵pɐŋ⁴〔朋〕見"髼鬆"、"髼鬙"。

【髼鬆】同"蓬鬆"。形容髮亂。

【髼鬙】形容髮亂。

鬈 (quán)粵kyn⁴〔拳〕❶本謂頭髮美好。今指頭髮捲曲。如：鬈髮。❷把頭髮分開結束，垂在兩側。

髮 (wǒ)粵wɔ²〔烏可切〕見"鬌髾"。

【鬌髾】髮髻名。亦作"倭墮"。

九　畫

鬉 "鬃❶"的異體字。

鬋 ㊀(jiān)粵dzin¹〔煎〕下垂的鬢髮。
㊁(jiǎn)粵dzin²〔剪〕通"剪"。

鬌 (duǒ)粵dɔ²〔朵〕❶毛髮脫落。❷嬰兒留而不剪的一部分頭髮。❸見"鬌髾"。

鬍(胡) (hú)粵wu⁴〔胡〕鬍鬚。如：長鬍；絡腮鬍。

鬏 (jiū)粵dzɐu¹〔周〕頭髮盤成的髻。

鬎 (là)粵lat⁸〔拉壓切〕見"鬎鬁"。

【鬎鬁】即"鬎鬁頭"。頭癬的一種。

十　畫

鬐 (qí)粵kei⁴〔奇〕馬鬣。馬頸上的長毛。

鬒 (zhěn)粵tsɐn²〔診〕dzɐn²〔紙忍切〕(又)黑髮。

鬑 (lián)粵lim⁴〔廉〕見"鬑鬑"。

【鬑鬑】形容鬚髮稀疏。

鬄 同"剃"。

鬆 ㊀(pán)粵pun⁴〔盤〕橫梳的髮髻。
㊁(bān)粵ban¹〔班〕通"斑"。頭髮斑白。

十一畫

鬘（mán）⑩man⁴〔蠻〕❶頭髮美好的樣子。❷梵文 Soma 的譯名，亦稱"華鬘"，即連貫成串以爲首裝飾的花。

鬖（鬖）（sān）⑩sam¹〔三〕見"鬖髿"、"鬖鬖"。

【鬖髿】毛髮蓬鬆的樣子。

【鬖鬖】毛髮下垂的樣子。

十二畫

鬙（sēng）⑩dzɐŋ¹〔僧〕見"鬅鬙"。

鬚（须）（xū）⑩sou¹〔蘇〕鬍鬚。亦指形狀如鬚之物。如：蝦鬚；花鬚。

【鬚眉】古時男子以鬚眉俱秀爲美。因以"鬚眉"爲男子的代稱。

【鬚髯如戟】鬍鬚又長又硬，怒張如戟。古時謂有丈夫氣概。

鬍（鬝）（qiān）⑩han¹〔慳〕鬢髮脫落的樣子。

十三畫

鬟（huán）⑩wan⁴〔環〕古代婦女的環形髮髻。

鬠（kuò）⑩kut⁸〔括〕同"髻"。指喪髻。

十四畫

鬢（鬓）（bìn）⑩ben³〔殯〕面頰兩旁近耳的頭髮。

【鬢腳】亦作"鬢角"。耳旁鬢髮下垂處。

十五畫

鬣（liè）⑩lip⁹〔獵〕❶馬頸上的長毛。引伸爲凡剛毛之稱。❷指魚龍之屬頷旁的鬣。

鬥 部

鬥（斗）（dòu）⑩deu³〔多幼切〕❶爭鬥；鬥爭。如：械鬥；拳鬥。也指比賽。如：鬥草；鬥智。❷接合；拼合。如：鬥榫。

【鬥智】用智謀來爭勝負。

【鬥雞】以雞相鬥的遊戲。

【鬥雞走狗】游手好閑不務正業者的嬉戲。參見"鬥雞"。

四畫

鬦 "鬥"的異體字。

五畫

鬧（闹）（nào）⑩nau⁶〔泥效切〕❶爭吵；喧擾。如：吵鬧；胡鬧。❷嘈雜；熱鬧。如：鬧市。❸旺盛；濃豔。如：春意鬧。❹搞；弄。如：把問題鬧清楚。❺激動；發作。如：鬧情緒；鬧脾氣。❻發生災害或疾病。如：鬧水災；鬧肚子。

【鬧市】熱鬧的街市。

【鬧事】聚衆揭鬧，破壞社會秩序。

【鬧房】舊俗新婚之晚，親友在新房裏向新婚夫婦說笑取樂，叫"鬧房"。也叫"鬧新房"。

【鬧裝】用金銀珠寶之類雜綴爲鞍、轡等的飾物。也有用來作帶子的。

【鬧熱】熱鬧；繁盛。

【鬧竿兒】古代貨即將各色玩具掛在竿上背着兜售，故名之。亦稱"鬧竹竿"。

六畫

鬨（hòng）⑩huŋ³〔控〕huŋ⁶〔賀用切〕（又）❶相鬥。❷吵鬧；擾亂。如：起鬨；一鬨而散。

八 畫

鬩(阋) (xì)⑨jik⁷〔抑〕爭吵。參見"鬩牆"。

【鬩牆】指內部相爭。

九 畫

鬨 同"鬨"。

十 畫

鬭 "鬥"的異體字。

十二畫

鬮 "鬮"的本字。

十四畫

鬮 (dòu)⑨dɐu³〔門〕❶"鬥"的異體字。❷姓。

十六畫

鬮(阄) (jiū)⑨gɐu¹〔鳩〕見"拈鬮"。

鬯 部

鬯 (chàng)⑨tsœŋ³〔暢〕❶古時祀神用的酒，用鬱金草釀黑黍而成。❷通"韔"。弓袋。❸通"暢"。見"鬯茂"。

【鬯圭】也叫祼圭、瓚圭。古代祭祀用的玉器。

【鬯茂】同"暢茂"。

【鬯遂】同"暢遂"。暢茂順遂。

十九畫

鬱(郁) (yù)⑨wɐt⁷〔屈〕❶繁盛。❷憂愁、氣憤等積聚在心裏不得發洩。如：抑鬱。

【鬱伊】憂悶。

【鬱怏】❶亦作"鬱鞅"。廣大的樣子。❷雲氣盛聚的樣子。

【鬱勃】茂盛；旺盛。

【鬱律】❶聲音被閉而不宏暢。❷烟氣升湧的樣子。❸雄奇有力的樣子。

【鬱郁】形容香氣很多。

【鬱悒】苦悶。"悒"亦作"邑"。

【鬱鬯】酒名。用黑黍釀酒，再搗煮鬱金香草擣和而成。古代用於祭祀或敬客。

【鬱陶】❶憂思鬱積的樣子。❷喜而未暢的意思。❸暑氣蒸鬱。

【鬱蓊】❶形容草木茂盛。❷雲氣濃密的樣子。

【鬱蒸】悶熱。

【鬱鬱】❶繁盛的樣子。❷憂傷、沉悶的樣子。

【鬱壘神荼】見"神荼鬱壘"。

鬲 部

鬲 ㊀(lì)⑨lik⁹〔力〕❶古代炊器。陶製。圓口，三空心足。新石器時代晚期開始出現。❷古代喪禮所用的一種瓦瓶。❸西周時對俘虜或奴隸的稱謂。

㊁(gé)⑨gak⁸〔隔〕通"隔"。阻隔。

七 畫

鬴 (fǔ)⑨fu²〔苦〕同"釜"。❶古代的一種鍋。❷古量器名。六斗四升。

【鬴洧】鬴，通"釜"。鬴、鍑，都是古代的鍋，四周高中間低，比喻低下。

八 畫

鐔（xín）粵tsɐm⁴〔尋〕tsim⁴〔潛〕（又）釜類的烹器。

九 畫

𩰀（zōng）粵dzuŋ¹〔宗〕釜的一種。

十一畫

鬺（鬺）（shāng）粵sœŋ¹〔商〕烹煮。特指烹煮牲牢以祭祀。

鬶（鬶）（guī）粵kwei¹〔規〕古代陶製炊器，有流、鋬和三空心足。是中國新石器時代大汶口文化和龍山文化的代表器形之一。

十二畫

鬻　㊀（yù）粵juk⁹〔育〕❶賣。如：鬻書；鬻文；賣官鬻爵。❷通"育"。生養。
㊁"粥"的本字。
【鬻權】猶弄權。

十五畫

鬻　"煮"的異體字。

鬼 部

鬼（guǐ）粵gwei²〔軌〕❶迷信者以為人死後精靈不滅，稱之為鬼。❷指萬物的精怪。如：木魅山鬼。❸喻稱人心的陰險、狡詐或不光明。如：鬼話連篇；鬼腦鬼腦。❹稱沉溺於不良嗜好的人。如：酒鬼；賭鬼。也用作對人表示輕視的稱呼。如：小氣鬼；吝嗇鬼。❺敏慧。❻表示昵愛的稱呼。如：小鬼；機靈鬼。❼星宿名，即鬼宿，二十八宿之一，朱雀七星的第二宿。有微弱的星四顆。
【鬼子】罵人的話。
【鬼工】形容製作精巧，似非人工所能及。

【鬼才】宋人品評唐代詩人李賀之辭。後亦用以指聰明而有偏才的人。
【鬼磷】磷火。屍體腐爛時由骨殖分解出來的磷化氫，在空氣中會自動燃燒發光。夜間在野地裏有時看到淡綠色的火燄，即磷火，俗稱鬼火。
【鬼斧工】猶言"鬼工"。形容技藝精巧。參見"鬼斧神工"。
【鬼胎】比喻不可告人的念頭。
【鬼雄】鬼中之雄傑。對死於國事的戰士的褒稱。
【鬼蜮】比喻用心險惡、暗中傷人的人。如：鬼蜮伎倆。
【鬼錄】謂陰間死人的名冊。亦作"鬼籙"。
【鬼臉】❶戲劇表演時所用的面具。❷故意裝出一種怪相來嚇人或哄人。
【鬼門關】謂陰陽交界的關口。比喻凶險的地方或難於渡過的時刻。
【鬼使神差】（差 chāi）比喻意料不到，不由自主。
【鬼斧神工】亦作"神工鬼斧"。形容技藝的精巧。
【鬼哭狼嚎】形容叫聲很淒厲。
【鬼鬼祟祟】行動詭秘，不大方，不正派。

四 畫

魁（kuí）粵fui¹〔灰〕❶大；壯偉。如：魁梧。❷首領。如：黨魁。❸首選；第一。明代科舉制度以五經取士，第一名為經魁。五經之魁為五經魁，亦稱五魁。❹古星名。北斗七星中第一星。又第一至第四星的總稱。
【魁甲】科舉考試，稱進士第一名為魁甲，即狀元。
【魁奇】同"恢奇"。傑出；特異。
【魁岸】亦作"瑰岸"。猶"魁梧"，壯大的樣子。
【魁柄】比喻朝廷大權。
【魁首】猶言頭等人物。
【魁偉】壯大的樣子。
【魁梧】壯大的樣子。
【魁壘】猶"塊壘"。比喻心中鬱結不平。亦謂正直磊落。

魂 (hún)⑨wen⁴〔雲〕❶古人想像人的精神能離開形體而存在，這種精神叫做"魂"。❷指人的全部心靈作用。如：心魂；神魂。❸泛指一切事物的精神。❹特指崇高的精神。如：民族魂。

【魂車】古代喪禮，人死將葬時，常用一車，內設衣冠，像死者生時乘坐之形，謂之"魂車"。亦稱"魂輿"。

【魂魄】謂人的精神靈氣。

甂 "魂"的異體字。

魅 (qí)⑨kei⁴〔其〕❶見"魅堆"。❷古星名。

【魅堆】即魅雀。古代傳說中的一種怪鳥；一說爲怪獸。

魃 (jì)⑨gei⁶〔技〕小兒鬼。

五　畫

魃 (bá)⑨bet⁹〔拔〕傳說中的旱神。

魄 ㊀(pò)⑨pak⁸〔拍〕❶古指人身中依附形體而顯現的精神，以別於能離開形體的魂。❷精力；膽識。如：體魄；魄力。❸月始生或將滅時的微光。
㊁(bó)⑨bok⁹〔薄〕通"泊"。如"落魄"即"落泊"。
㊂(tuò)⑨tɔk⁸〔托〕見"落魄"。

魅 (mèi)⑨mei⁶〔未〕鬼魅；精怪。參見"魑魅"。

【魅力】很能吸引人的力量。

七　畫

魈 (xiāo)⑨siu¹〔消〕即山魈。參見該條。

八　畫

魋 (tuí)⑨tœy⁴〔頹〕❶獸名，似小熊。❷大。

魌 (qī)⑨hei¹〔希〕見"魌頭"。

【魌頭】古時打鬼驅疫時用的面具。亦作"顝頭"。

魍 (wǎng)⑨mɔŋ⁵〔網〕見"魍魎"。

【魍魎】同"罔兩"。❶古代傳說中的山川精怪名。亦作"蛧蜽"。❷影子外層的淡影。❸飄忽無所依的樣子。

魎(魎) (liǎng)⑨ŋeŋ⁵〔兩〕見"魍魎"。

魏 (wèi)⑨ŋei⁶〔僞〕❶宮門的臺觀。參見"魏闕"。❷古國名。(1)西周時分封的諸侯國。姬姓。在今山西芮城。公元前661年被晉獻公攻滅。(2)戰國七雄之一。開國君主是魏文侯(名斯)，和趙、韓一起瓜分晉國。建都安邑(今山西夏縣北)。魏惠王遷都大梁，因而魏也被稱爲梁。公元前225年爲秦所滅。❸三國之一。公元220年曹丕代漢稱帝。國號魏，都洛陽，歷史上又稱曹魏。公元265年司馬炎代魏爲晉，魏亡。共歷五帝，四十六年。❹隋末李密所建國號。

【魏闕】古代宮門上有巍然高出的樓觀稱魏闕。其下兩旁爲懸佈法令的地方，因以爲朝廷的代稱。

魆 (yù)⑨wik⁹〔域〕鬼。

十一畫

魑 (chī)⑨tsi¹〔雌〕見"魑魅"。

【魑魅】同"螭魅"。古代傳說中山澤的鬼怪。

魔 (mó)⑨mɔ¹〔摩〕❶"魔羅"(梵文 Māra)的略稱。慈譯"愛亂"、"破壞"、"障礙"等，指能擾亂身心、破壞好事、障礙善法，故名。印度古代神話傳說欲界第六天之主波旬(Pāpīyas)爲魔界之主者，常率魔衆作破壞善事的活動。佛教採用其説。一般也有以一切煩惱、疑惑、迷惑等妨礙修行的心理活動爲魔義。❷神奇。如：魔術；魔力。

【魔力】使人愛好、迷戀的吸引力。

【魔爪】比喻凶惡的勢力。

【魔王】❶佛教用語，指專做破壞活動的惡

鬼。❷比喻非常凶暴的惡人。
【魔掌】比喻惡勢力的控制。如：逃出魔掌。
【魔障】佛教用語，惡魔所設的障礙。

十四畫

魗（魗）（chóu，又讀 chōu）粵 tseu⁴
〔疇〕tsɐu²〔丑〕（又）通「醜」。

魘（魘）（yǎn）粵 jim²〔掩〕夢魘。夢中
覺得有什麼東西壓住不能動彈。

劙 同「蠿」。

魚 部

魚（鱼）（yú）粵 jy⁴〔如〕水生育椎動
物。魚綱的通稱。體富被鱗，
以鰭游泳，以鰓呼吸，多數有鰾。心臟具
一心耳、一心室，聽覺器官只有內耳。體
溫不恆定。
【魚水】比喻君臣相得。也比喻夫婦相得。亦
用來比喻彼此關係極其親密。如：魚水情
深。
【魚目】❶古時駿馬名。❷魚的眼珠像珍珠，
比喻以假亂真、似貴實賤的東西。參見
"魚目混珠"。❸淚眼。
【魚肉】❶謂葷腥食品。❷喻受殘害者。又謂
殘害。如：魚肉百姓。
【魚尾】❶綫裝書的書口款式之一。即在版心
中間離上下邊緣四分之一的地方，所作魚
尾形的標誌，體墨者稱黑魚尾（一），白者
稱白魚尾（二）。在上端的稱上魚尾，在下
端的稱下魚尾；下魚尾多數是倒置的，故
亦稱倒魚尾。同葉上下有兩魚尾的稱雙魚
尾。魚尾本為便於摺裝整齊，亦有題記書
名卷葉、刻工姓名。上葉字數於其上下
者。又有黑白單雙之分。版本家每憑以鑒
定刻本年代。❷指嬰汶。❸相術家稱眼角的
紋路魚尾。
【魚書】❶古時朝廷任命州郡長官時所頒的魚
符和敕書。❷古樂府《飲馬長城窟行》有
"呼兒烹鯉魚，中有尺素書"的詩句，後因

稱書信曰"魚書"。
【魚符】唐代授予臣屬的信物。唐高祖避祖
諱，廢除虎符，改用魚符，武則天改為龜
符，中宗初年又恢復為魚符。符分左右兩
半，字都刻於右陰，上端有一同字。側
刻"合同"兩半字，首有孔，可以繫佩。除
發兵用的兵符外，五品以上的官都有隨身
佩帶的隨身符，分金、銀、銅等質。此外
尚有通過宮殿門、城門用的開門符等。
【魚袋】唐代五品以上官員盛放魚符的袋。宋
代無魚符，仍佩魚袋，以分別貴賤。
【魚貫】像魚游一樣先後相續。如：魚貫而
入。
【魚雁】樂府《飲馬長城窟行》有"呼兒烹鯉
魚，中有尺素書"之詩句，《漢書·蘇武
傳》有"得雁，足有繫帛書"之語，後因合
稱書信曰"魚雁"。也指傳書的人。
【魚鼓】❶魚形的木鼓；魚梆。佛寺中開飯時
擊之為號。也指誦經時用的木魚。❷一種
竹製手鼓。民間唱道情多用之。亦作"漁
鼓"。
【魚腸】❶古寶劍名。❷竹的一種。以其細而
屈，故名。
【魚箋】古時四川所造的一種紙。
【魚麗】古代車戰的一種陣法，似魚之比附而
行，故名。
【魚龍混雜】比喻好人壞人雜在一起。
【魚米之鄉】指盛產魚和大米的富庶的地方。
【魚游釜中】比喻即將滅亡。
【魚爛而亡】魚爛由內臟發生，比喻國家因內
亂而滅亡。

一畫

魜（魜）（yà）粵 at⁸〔壓〕魚名，即
"鯛"。

二畫

魛（鱽）（dāo）粵 dou¹〔刀〕古書上指身
體形狀像刀的魚，如：帶魚、
鱭魚。

三畫

魟（魟） (hóng)⑧hung⁴[紅] 魚名。亦稱"鮰魚"。鱝的一類。生活在海中。體平扁，圓形、斜方形或菱形。尾細長，常呈鞭狀，一般具尾刺，有毒。

四畫

魨（魨） (tún)⑧tyn⁴[屯] 魚名。也叫"河豚"。魨形目魚類的統稱。體圓筒形、側扁或多邊形。生活海中，少數進入淡水。行動緩慢。種類很多，例如三刺魨、鱗魨、箱魨、刺魨和河豚等。很多種類的魨內臟及血液含有毒素。

魬（魬） (bǎn)⑧ban²[板] 即比目魚。

魭（魭） (yuán)⑧jyn⁴[元] ❶同"黿"。❷見"魭斷"。

【魭斷】同"輆斷"。沒有棱角，委曲隨順，游移兩可。

魯（魯） (lǔ)⑧lou⁵[老] ❶遲鈍；鈍拙。如：愚魯。❷魯莽。❸中國話。公元前十一世紀周分封的諸侯國。開國君主是周公旦之子伯禽，在今山東省的西南部，建都曲阜（今屬山東）。春秋後期公室為季孫氏、孟孫氏、叔孫氏三家所分。公元前256年為楚所滅。❹地區名。今山東省泰山以南的汶、泗、沂、洙、沭水流域，是春秋時魯地。秦、漢以後仍沿稱這地區為魯，近代又沿用為山東省的簡稱。

【魯酒】味薄的酒。

【魯莽】同"鹵莽❶"。

【魯鈍】不敏銳，笨拙。

【魯陽】❶戰國時楚之縣公，《淮南子·覽冥訓》說他曾揮戈使太陽返回。❷古地名。今河南省魯山縣。

【魯縞】（一gǎo）古代魯國出產的一種白色生絹。

【魯男子】指不好女色的人。

【魯班尺】指木工所用的曲尺。

【魯魚亥豕】把"魯"字誤為"魚"字，把"亥"字誤為"豕"字。指書籍傳抄寫或刊印錯誤。

【魯莽滅裂】形容做事粗魯草率。

【魯殿靈光】靈光，漢代殿名，為景帝子魯恭王餘所建。漢代中葉以後歷經戰事，長安等地著名宮殿如未央、建章等都被毀壞，只有靈光殿還存在。東漢王延壽因作《魯靈光殿賦》。後因稱僅存的人物為"魯殿靈光"或"魯靈光"。

魱（魱） (hú)⑧wu⁴[胡] 魚名，當鰣之即鰣魚。

魴（魴） (fáng)⑧fong⁴[妨] 魚名。亦稱"平胸鯿"、"三角鯿"。體形似鯿，但背部特別隆起，為淡水經濟魚類之一。近緣種有"團頭魴"，即"武昌魚"。

魮（魮） (pí)⑧pei⁴[皮] 即鯆魮魚。見"鯆"。

魵（魵） (fén)⑧fen⁴[墳] 魚名。亦名斑文魚或斑魚。

魦 同"鯊"。

魪（魪） (jiè)⑧gai³[戒] 即比目魚。

魳（魳） (pèi)⑧pui³[佩] 見"鮃魳"。

魷（魷） (yóu)⑧jeu⁴[由] 魚名。即"柔魚"。形狀略像魚鰂，但體稍長，尾端兩鰭相合呈菱形。生活在海洋裏。肉可食。

魠（魠） ㊀(bā)⑧ba¹[巴] 魚名。淡水產中小型魚類，常棲息於水流湍急的澗溪中。㊁同"鼓"。

魰（魰） (yú)⑧jy⁴[如] 捕魚。

五畫

鮚（鮚） (qū)⑧kœy¹[驅] 魚名，即比目魚。

鮀（鮀） (tuó)⑧to⁴[駝] 魚名。見"鯊❷"。

鮃（鮃） (píng)⑧ping⁴[平] 比目魚的一類。體側扁，不對稱，兩眼都在左側。可供食用。

鮇(鮇)　(wèi)粵mei[6][味]魚名，即"嘉魚"。淡水鮭鮮科魚類的一種。

鮎(鮎)　(nián)粵nim[4][尼黏切]魚名。即"鯰"。

鮐(鮐)　(tái)粵toi[臺]魚名。亦稱"鯖"、"油筒魚"、"青花魚"。體呈紡錘形，背青色，腹白色，體側上部具深藍色波狀條紋。供食用，肝可製魚肝油。

【鮐背】謂老人背上生斑如鮐魚背，因用以稱長壽老人。亦作"台背"、"駘背"。

鮑(鮑)　㊀(bào)粵baau[1][包]軟體動物名。古稱"鰒"或"石決明"，俗稱"鮑魚"。殼堅厚，表面粗糙，內面現美麗的珍珠光采。自古以來視為海味珍品，鮮食、乾製均可。殼可供藥用。
㊁(bāo)粵baau[6][白效切]❶鹹魚；鹽漬的魚。❷姓。

鮒(鮒)　(fù)粵fu[6][付]❶即"鯽"。❷蝦蟆。

鮓(鮓)　㊀(zhǎ)粵dza[2][支啞切]經過加工的魚類食品，醃魚、糟魚之類。
㊁(zhà)粵dza[3][炸]海蜇。水母的一種。

鮏(鮏)　(yāng)粵joeng[1][央]魚名。生活於溪澗中的小型魚類。無鱗。頭寬平。體小。背鰭及胸鰭具硬刺。常見的有史氏鮏和鱘尾鮏等。

鮐　"鰭"的異體字。

鮇(鮇)　(mò)粵mut[9][末]魚名。即"鯊"。

鮋(鮋)　(yóu)粵jeu[1][由]魚名。鮋科魚類的總稱。體延長，頭大，常具棘和棱。為棲息於近海巖石間的中小型魚類。種類很多，例如菖鮋、褐鮋、鎧鮋、伊豆鮋和襄鮋等。

鮍(鮍)　(pí)粵pei[1][皮]見"鯆"。

鮁(鮁)　(bà)粵bat[9][拔]魚名。即"馬鮫"。生活在海中。體延長，側扁，吻尖突，口大，斜裂。可供食用。

鮊(鮊)　㊀(bó)粵bak[9][白]魚名。亦稱"鰶"。棲息於淡水中上層的中型魚類。體延長，側扁；口大，斜或上翹；腹面全部或後部具肉棱。背鰭具硬刺。常見的有翹嘴紅鮊、短尾鮊等。
㊁同"鮁"。

鮌(鮌)　同"鯀"。

魾(魾)　㊀(pī)粵pei[1][丕]魚名。大鰾。參見"鰾"。
㊁(pí)粵pei[4][皮]魚名，即鮂。

鮈(鮈)　(jū)粵køy[1][俱]魚名。淡水產中小型魚類。常見的有鱊、鰺和船釘魚等。

鮆(鮆)　(jì)粵tsei[5][池禮切]魚名，古稱"鮤"、"鱴"或"鱭"。吻圓鈍，口大，腹部具棱鱗。為溫熱帶近海小型食用魚類。

鮚(鮚)　(jié)粵git[8][結]即"蚌"。

鮞(鮞)　(ér)粵ji[4][而]❶魚卵。❷魚名。

鮠(鮠)　(wéi)粵wei[4][圍]魚名。體延長，前部平扁，後部側偏，淡灰色。眼小。體無鱗。為上等的淡水食用魚類。

鮣(鮣)　(yìn)粵jen[3][印]魚名。亦稱"印頭魚"。生活於海中。體延長，亞圓筒形，黑褐色，具兩條斜白色縱紋。頭平扁，頭頂有一橢圓形吸盤，常吸附於大魚身上或船底而移徙遠方。

鮦(鮦)　(tóng)粵tung[4][同]魚名，即"鱧"。

鮪(鮪)　(wěi)粵fui[2][花繪切]魚名。鱘、鰉的古稱。

鮫(鮫)　(jiāo)粵gau[1][交]即"鯊魚"。

【鮫人】亦作"蛟人"。傳說中的人魚。

【鮫綃】傳說中鮫人所織的綃。亦泛指薄紗。

鮶(鮶)　(kū)粵fu[1][枯]見"鰝鮶"。

鮭(鲑) ㊀(guī)粵gwei¹〔圭〕魚名。亦稱"鮭鱒魚"。鮭科魚類的通稱。冷水性的大中型經濟魚類。體呈流綫型，被小圓鱗。種類頗多，有生活在淡水，有些棲於海洋中，在生殖季節溯河產卵，作長距離洄游。
㊁(xié)粵hai⁴〔鞋〕魚類菜餚的總稱。
㊂(wā)粵wa¹〔蛙〕見"鮭螷"。

【鮭螷】(wā—)古代傳說中的神名。

鮮(鲜) ㊀(xiān)粵sin¹〔仙〕❶生魚；生肉。❷治大國若烹小鮮。❸新鮮的食物。如：嘗鮮。❸滋味好。如：鮮味。❹新；鮮明。如：鮮花；鮮豔。
㊁(xiǎn)粵sin²〔冼〕少；不多。如：鮮有。

【鮮民】(xiǎn—)居喪的孤子的自稱。

鮧(鮧) (yí)粵ji⁴〔而〕見"鱃鮧"。

鮨(鮨) (yì)粵ŋei⁶〔毅〕❶魚名。鮨科魚類的總稱。種類很多，包括鱖屬、鱸屬、石斑魚屬等。❷即"鰻鱺"。

鮟(鮟) (ān)粵ŋon¹〔安〕魚名。近海底層魚類。體前半部平扁，圓盤形，尾部細小。體柔軟，無鱗。

鮰(鮰) (huí)粵wui⁴〔回〕即"鮠"。

鮤(鮤) (liè)粵lit⁶〔列〕即"鱭"。亦稱"刀魚"、"鱴刀魚"。

七　畫

鯞(鯜) (fú)粵fu¹〔夫〕見"鯞鮄"。

【鯞鮄】江豚的別稱。

鰤(鰤) (zhé)粵dzip⁸〔接〕❶魚乾魚。❷婢鰤魚，即"鮆鮹魚"。參見"鮹"。

鯀(鲧) (gǔn)粵gwen²〔滾〕亦作"鮌"。❶傳說中國原始年代部落首領。居於崇(亦稱有崇)，號崇伯。由四嶽(四方部落首領)推舉，奉堯命治水。他用築堤防的方法，九年未治平，被舜殛死在羽山。相傳其神化爲黃熊(一作"黃能")。一說他與禹同爲治水有功的人

物。❷大魚。

鯁(鲠) (gěng)粵geŋ²〔梗〕keŋ²〔卡肯切〕(語)❶魚骨；魚刺。如：骨鯁在喉，不吐不快。❷魚骨卡在喉嚨裏。❸直。參見"鯁直"、"鯁言"。

【鯁言】直言。

【鯁直】同"梗直"、"耿直"。

鯆(鯆) (pū)粵pou¹〔鋪〕❶亦作"鯆"。江豚的別名。❷魚名。"鱝"、"魟"或"鱝"的通稱。

鯇(鲩) (huàn)粵wan⁵〔挽〕魚名。即"草魚"。亞圓筒形，青黃色，鰭綠黑。爲中國最主要的淡水養殖魚類。

鯈(鲦) (tiáo)粵tiu⁴〔條〕jeu¹〔由〕(又)魚名。亦稱白鰷。

鯉(鲤) (lǐ)粵lei⁵〔里〕❶魚名。體延長，稍側扁，青黃色，背部近脊處暗，兩側近下葉紅色。口下位，唇兩對。中國各地淡水中都產。是一種重要的養殖魚。品種頗多，有飼養變種無鱗的"革鯉"，供觀賞的"紅鯉"等。❷書信的代稱。

【鯉庭】《論語·季氏》記載，孔鯉"趨而過庭"，其父孔子教訓他學詩、學禮。後因以"鯉庭"指受父訓之處，亦借指父訓。參見"趨庭"。

鯗(鯗) (cān)粵tsan¹〔餐〕〔鯗鯈〕魚名。產淡水中。體細長，側扁，銀白色，腹面具肉棱，背鰭具硬刺。

鯊(鯊) (shā)粵sa¹〔沙〕❶魚名。亦稱"沙丸魚"或"鮫"。體一般呈紡錘形。尾鰭發達，運動迅速，凶猛貪食。肉可食，肝可製魚肝油，皮可製革，骨可製膠，鰭乾製成名貴的魚翅。常見的有姥鯊、鼠鯊、角鯊等。❷某些淡水小型魚類亦稱"鯊"、"鯊鮀"等。❸蝦虎魚類的別名。

鮸(鮸) (miǎn)粵min⁵〔免〕魚名。亦稱"米魚"。生活在海中。體延長，側扁，灰褐色。頭尖長，口大，牙尖銳。尾叉形狀。是一種常見的食用魚類。同"鰵"。

鮹(鮹)

鮍　同"鰟"。

八　畫

鰦（鰦）(zī) ⓟ dzi¹〔貲〕魚名。體延長縱紋。頭部平扁。廣佈於熱帶和亞熱帶海中。

鯖（鯖）○(qīng) ⓟtsiŋ¹〔青〕魚名。即"鮐"。
○(zhēng) ⓟdziŋ¹〔征〕肉與魚同燴的雜燴。

鮝（鯗）(xiǎng) ⓟsœŋ²〔想〕乾魚；臘魚。如：白鮝；鰻鮝。亦泛指成片的醃臘食品。如：筍鮝；牛肉鮝。

鯛（鯛）(diāo) ⓟdiu¹〔凋〕魚名。❶鯛科魚類的總稱。例如眞鯛、黑鯛和長棘鯛等等。❷指不同科中某些體較高而側扁的魚類。例如天竺鯛、石鯛、紅鰭笛鯛。

鯝（鯝）(gù) ⓟgu³〔固〕魚名。體延長而側扁，銀白帶黃色。生活在淡水河流、湖泊中。爲食用魚類。

鯐（鯐）(zhōu) ⓟ dzeu²〔走〕見"鯫鯖"。

鯢（鯢）(ní) ⓟŋei⁴〔倪〕❶兩棲類動物，稍圓而扁。亦稱"山椒魚"或"娃娃魚"。頭寬而扁，眼小、口大，四肢短，尾側扁。生活在山谷溪水中。❷雌的鯨。參見"鯨鯢"。❸小魚。

鯤（鯤）(kūn) ⓟkwen¹〔昆〕❶古代傳說中的大魚。見"鯤鵬"。❷魚子。
【鯤鵬】古代傳說中的大魚和大鳥。

鯧（鯧）(chāng) ⓟtsœŋ¹〔昌〕魚名。亦稱"銀鯧"。生活在海中。體側扁而高，略呈卵圓形，銀灰色。頭小、口小，牙細。成魚腹鰭消失。肉味鮮美，爲名貴食用經濟魚類。

鯨（鯨）(jīng，舊讀 qíng)ⓟkiŋ¹〔瓊〕哺乳動物。完全水棲的哺乳動物。外形似魚，大小隨種類而異。最大可達30米。頭大，眼小。前肢成鰭狀，後肢退化。鼻孔開在頭頂。用肺呼吸，在水面吸氣後即潛入水中，可潛泳10—45分鐘。胎生；通常每胎一仔。世界各海洋均有分佈。鯨是重要的經濟動物，肉可食，脂肪是工業原料。種類很多，有抹香鯨、藍鯨等。
【鯨吞】像鯨的吞食，多用來比喻以强吞弱，兼井土地。
【鯨鯢】即"鯨"。比喻凶惡的人。亦比喻殺戮。

鯪（鯪）(líng) ⓟliŋ⁴〔凌〕leŋ⁴〔靚低平〕(語)魚名。亦稱"土鯪魚"。體側扁，銀灰色，嘴邊具短鬚兩對。生長迅速，肉味鮮美，是中國南方以及馬來羣島等地重要養殖魚類之一。
【鯪魚】❶亦作"陵魚"。古代神話傳說中的人面、人手、魚身的人魚。❷背鰭有刺，能吞舟的大魚。
【鯪鯉】即"穿山甲"。

鯫（鯫）(zōu) ⓟdzeu¹〔周〕鯫魚；雜小魚。引申爲小。見"鯫生"。
【鯫生】❶卑小愚陋的人。古代用爲罵人之詞。❷猶小生，自稱的謙辭。

鯩（鯩）(lún) ⓟlœn⁴〔倫〕傳說中的魚名。

鯥（鯥）(lù) ⓟluk⁶〔陸〕魚名。體扁，褐色或紫黑色。吻尖，眼大，口大，具鱗深層，產卵期間向淺海移動；幼魚在內灣生長，長成後復移向深處。

鯹（鯹）(zhì) ⓟdzɐi³〔制〕魚名。即"鯼"。

鯰（鯰）(nián) ⓟnim⁴〔尼嚴切〕魚名。亦稱"鮎"。生活在淡水中。體延長，前部平扁，後部側扁，灰黑色，有不規則暗色斑塊，皮膚多黏液腺，無鱗。頭闊口大，有鬚兩對。

鯾　同"鯿"。

鯕（鯕）(qí) ⓟkei⁴〔其〕〔鯕鰍〕魚名。體延長，側扁，黑褐色，成魚額部隆起。爲外洋性上層魚類，游泳迅速。

鮭(鮭) (jì)粵gwei³〔桂〕鱖魚俗稱"鮭花魚"。為名貴淡水食用魚類。

九 畫

鯶 同"鯇"。

鯷(鯷) (tí)粵tei⁴〔提〕魚名。即鮷。體延長，側扁。銀灰色，體側有一顯明銀色縱帶。幼魚乾製品稱"海蜒"。

鯸(鯸) (hóu)粵heu⁴〔侯〕魚名。鯸鮐，即"河豚"。

鯮(鯮) (zōng)粵dzung¹〔宗〕❶石首魚，即"黃魚"。❷鯮魚。生江湖中，體圓厚而長，扁額長喙，細鱗，腹白，背微黃，水能唼魚。亦作"鯮"。

鯽(鯽) (jì)粵dzik⁷〔績〕魚名。古稱"鮒"，亦稱"鮒"。體側扁，稍高。背青褐色，腹面銀灰。肉味鮮美，是重要的食用淡水魚。變種金魚，經長期選種，形成許多品種。供觀賞。

【鯽溜】敏捷；機靈。亦作"唧溜"。

鯿(鯿) (biān)粵bin¹〔邊〕魚名。亦稱"窄胸鯿"、"北京鯿"。體側扁，中部較高，略呈菱形。銀灰色。腹面全部具肉棱。生活於江河、湖泊中。肉味鮮美。

鰂(鰂) ㊀(zé)粵tsak⁹〔賊〕動物名。亦稱"墨魚"，即"烏賊魚"。
㊁(zé)粵dzek⁷〔則〕[鰂魚涌]地名。在香港島東部。

鰈(鰈) (dié)粵dip⁹〔蝶〕魚名。比目魚的一類。體側扁，不對稱，兩眼都在右側。有眼的一側暗褐色，無眼的一側白色。種類眾多，主產於溫帶及寒帶。

鰉(鰉) (huáng)粵wong⁴〔王〕魚名。古稱"鱑"。體形和鱘相似。背灰綠色，腹黃白色。初夏溯江產卵。主要分佈於黑龍江。肉鮮美，卵尤名貴。

鰋(鰋) (yǎn)粵jin²〔演〕魚名。即"鮎"。

鰌 "鰍"的異體字。

鰒(鰒) (fù)粵fuk⁷〔福〕魚名。即"鮑"。詳該條。

鰓(鰓) (sāi)粵soi¹〔腮〕多數水生動物的呼吸器官，魚類的鰓一般生於頭部的兩側。

鰕(鰕) (xiā)粵ha¹〔哈〕❶魚名。"鰕虎魚"的統稱。❷大的鯢魚。❸同"蝦"。

鰅(鰅) (yú)粵jy¹〔如〕魚名。也稱"虹"，鯰類之一種。

鰆(鰆) (chūn)粵tsœn¹〔春〕魚名。即"馬鮫"。生活於海中。體長側扁。銀灰色，有暗色橫紋和斑點。

鰍(鰍) (qiū)粵tseu¹〔秋〕魚名。鰍科魚類的統稱。體延長，側編。口小，下位，有鬚三至六對。鱗細小或退化，鰭退化。種類多，分佈廣，常見的有泥鰍、花鰍和長薄鰍等。

鰁(鰁) (quán)粵tsyn⁴〔泉〕魚名。小型淡水魚類。體側側扁。底層棲息，雜食性。

鯾(鯾) (biān)粵bin¹〔邊〕魚名。即"鮹"。

鰐 "鱷"的異體字。

十 畫

鰜(鰜) (jiān)粵gim¹〔兼〕魚名。亦稱"大口鰜"。比目魚的一種。生活於海中。體側扁，不對稱，兩眼均位於左側右側。有眼的一側深褐色，無眼的一側淡色。口大，牙尖銳。

鰣(鰣) (shí)粵si⁴〔時〕魚名。古稱"鯦"。體側扁，銀白色。上頜中間有一缺刻，下頜中間有一突起。腹部具棱鱗。分佈於中國、朝鮮和東非律賓沿海。肉鮮嫩，是名貴的食用魚類。

鰲 (yú)粵jy¹〔如〕同"漁"。

鰥(鰥) (guān)粵gwan¹〔關〕❶魚名。(1)即鱤魚。其性獨行，故曰

鯤。(2)即鯀。❷無妻的人。特指喪偶的老人。參見「鰥寡」、「鰥鰥」。❸病。

【鰥寡】老而無妻叫鰥，無夫叫寡，引伸指年老而窮苦無依者。

【鰥鰥】憂愁不寐的樣子。

鰨（鰨） ㊀（tǎ）㊉tap⁸〔塌〕❶魚名。比目魚的一類。體側扁，不對稱，兩眼均在右邊。主要分佈於熱帶、亞熱帶。❷即「鮸」。
㊁同「鰈」。

鰩（鰩） （yáo）㊉jiu⁴〔搖〕❶魚名。鰓裂腹位的板鰓魚類的通稱。體平扁，圓形、斜方形或菱形。尾延長，或具種類有五一八鰭條粗大延長。尾側有一對發電器。海生，底層棲息。除供食用外，肝可製魚肝油。❷飛魚的一種。即「燕鰩魚」，亦名「文鰩魚」。胸鰭發達如翼，能躍出水面在空中滑翔。產在熱帶和溫帶海洋中。

鰭（鰭） （qí）㊉kei⁴〔其〕魚類和其他水生脊椎動物的運動器官。魚類的鰭一般表面覆有皮膚，內由柔軟分節的「鰭條」和堅硬不分節的「鰭棘」所構成，有背鰭、臀鰭、尾鰭、胸鰭和腹鰭五種。

鰮（鰮） （wēn）㊉wen¹〔溫〕魚名。即「沙丁魚」。體小而側扁。銀白色。世界重要經濟魚類之一。

鰟（鰟） （páng）㊉pɔŋ⁴〔旁〕〔鰟鮍〕魚名。小型淡水魚，體側扁，銀灰色，常帶橙黃色或藍色斑紋。雌魚有產卵管，插入蚌的體內產卵孵化。可供食用。

鰧（鰧） （téng）㊉tɐŋ⁴〔騰〕魚名。亦稱「瞻星魚」。體粗壯，青灰色，頭寬大平扁，具粗糙骨板。口大，眼小，棲息淺海底層，常半埋於泥沙中，伺捕食物。

鰗（鰗） （huá）㊉wat⁹〔滑〕❶魚名。亦稱「花鰗」。淡水魚類。體延長，側扁。銀灰色，側線上方具一縱行黑斑。口下位，具鬚一對。❷古代傳說中的一種能發光的魚。

鰤（鰤） （shī）㊉si¹〔詩〕魚名。生活於海中。體呈紡錘形。背部藍褐色，腹部銀白色。

鰠（鰠） （wēng）魚名。生活於海中。體鰭廣編，略呈長方形。背鰭一個；胸鰭下半部有五一八鰭條粗大延長。體被圓鱗。棲息於熱帶珊瑚礁附近。色美麗。常見的有金鰠和鰭魚等。

鰡（鰡） （liú）㊉leu⁴〔流〕魚名。即「鯔」。詳見該條。

鱄 同「鱄」❶。

十一畫

鰱（鰱） （lián）㊉lin⁴〔連〕魚名。亦稱「鱮」、「白鰱」。體側扁，銀灰色。鱗細密，眼靠近頭的下部。為重要的淡水養殖魚類。鱗可製魚鱗膠和珍珠素。

鰲 「鼇」的異體字。

鰳（鰳） （lè）㊉lek⁹〔肋麥切〕lak⁹〔賴黑切〕（又）魚名。中國北方稱「鰳魚」，南方稱「曹白魚」。體側扁。銀白色。腹部有棱鱗。春季至初夏自外海至近海產卵。為重要食用魚類。

鰵（鰵） （mǐn）㊉men⁵〔敏〕魚名。即「鮸」。

鰷（鰷） （tiáo）㊉tiu⁴〔條〕魚名。亦稱「白鰷」、「鰲鰷」、「鰲鰷」。參見「鰲」。

鰹（鰹） （jiān）㊉gin¹〔堅〕魚名。生活於海中。體呈紡錘形，藍色，背側具淺色斑綠，腹側具褐色縱綠。頭大，吻尖，尾柄細小。除胸鰭附近具鱗片外，餘皆裸出。游泳迅速。

鰻（鰻） （mán）㊉man⁴〔慢〕man⁴〔蠻〕（又）魚名。生活於海中。通稱「鰻鱺」。亦稱「白鱔」。體長，圓筒形，背側灰褐色，下方白色。

鰾（鰾） （biào）㊉piu⁵〔皮了切〕❶通稱「魚脬」。多數魚類具有的長囊器官。鰾內充有氧、二氧化碳和氮。有調節身體的比重或在缺氧情況下輔助呼吸的作用。❷鰾膠，即用魚鰾製成的膠料。

鱅(鳙) （yōng，舊讀 yóng）⑨ jung⁴〔容〕❶魚名。亦稱「花鰱」、「胖頭魚」。體側扁較高，背面暗黑色，具不規則小黑斑。頭大，眼下側位。爲重要淡水養殖魚類。❷見「鱅鱅」。

【鱅鱅】亦作「禺禺」。古代傳說中的一種怪魚。

鱈(鳕) （xuě）⑨ syt⁸〔雪〕魚名。亦稱「鱈」、「大頭魚」。生活於海中。體韋長，稍側扁。灰褐色，具不規則褐色斑點和斑紋。口大，下頜較短。爲重要經濟魚類。肝含油量很高，並富有維生素 A 和 D，可作藥用魚肝油。

鱄(鱄) （zhuān）⑨ dzyn¹〔專〕❶即「黃鱄」，亦稱「刺鯁」，即「青鱄」、「竹笨魚」。❷一種淡水魚。指「鱮魚」。

鰼(鰼) （xí）⑨ dzap⁹〔習〕魚名。即「泥鰍」。參見「鰍」。

鰿(鰿) （jí）⑨ dzik⁷〔積〕❶蚌蛤類之小者，亦名貝子。❷魚名，即「鯽」。

鱀(鱀) （jì）⑨ kei³〔冀〕江豚。

鰷(鰷) （zhú）⑨ dzuk⁹〔逐〕見「鰱鰷」。

【鰱鰷】一種食品，即魚腸醬。

鱇(鱇) （kāng）⑨ hoŋ¹〔康〕見「鮟」。

鰺(鰺) （shēn）⑨ sem¹〔心〕魚名。生活於海中。鰺科魚類的總稱。體側扁而高或延長呈紡錘形，尾柄細小。種類繁多，例如竹笨魚、圓鰺、鰺等。

鰶(鰶) （jì）⑨ dzei³〔祭〕魚名。生活於近海。體側扁，頭略圓，長橢圓形。銀灰色，具黑斑 口小，無牙。

鱂(鳉) （jiāng）⑨ dzœŋ¹〔張〕魚名。亦稱「青鱂」。體近長，側扁圓形，銀灰色。生活於池沼、水溝和水田中。

鰃(鳂) （wèi）wui³〔畏〕魚名。鰃科魚類的通稱。一疊種類繁多、生活多樣性的魚類。棲息於熱帶、溫帶和北極水域中。體延長，側扁，或呈鰻形。

十二畫

鱎(鱎) （jiāo）⑨ giu²〔矯〕魚名。即「鮨」。

鱏（xún）⑨ tsem⁴〔尋〕鱘魚的古稱。

鱒(鳟) （zūn，又讀 zùn）⑨dzyn¹〔尊〕dzyn³〔轉〕〔又〕魚名。❶即「赤眼鱒」。鯉科魚類。體長，前部圓筒形，後部側扁。爲常見食用魚類。❷鮭科魚類之一種。即「虹鱒」。體延長，側扁。色鮮艷，背面和鰭暗綠色或褐色，有小黑斑，中央有一紅色縱帶。生活在水溫較高的河流、湖泊中。

鱓（鱓） 「鱔」的異體字。

鱖(鳜) （guì）⑨gwei³〔桂〕魚名。亦稱「鮮花魚」、「桂魚」。體側扁，背部隆起，青黃色，具不規則黑色斑紋。口大，鱗細小，圓形。生活於河流、湖泊中。是名貴淡水食用魚類。

○（jué）⑨kyt⁸〔決〕見「鱖鱖」。

【鱖鱖】（jué-一）魚名。亦作「鮻鮻」。

鱗(鳞) （lín）⑨loen⁴〔鄰〕❶魚類、爬行類和少數哺乳類身體表面以及鳥類局部區域的被覆的皮膚性物質。一般呈薄片狀，具有保護作用。也借指類似魚鱗的東西。❷魚的代稱。如：鱗潛羽翔。❸泛指有鱗甲的動物。

【鱗介】水族的統稱。亦作「介鱗」。

【鱗爪】比喻殘存、零碎或無足輕重之物。

【鱗甲】❶猶「鱗介」。指水族。❷比喻人多巧詐之心。

【鱗淪】像魚鱗一樣的水波。

【鱗集】羣集。謂如游魚四集，或如魚鱗的密佈。

【鱗萃】猶「鱗集」。

【鱗傷】像魚鱗般密佈的傷痕。形容傷痕之多。如：遍體鱗傷。

【鱗鱗】像層層的魚鱗，常用來形容雲或水波紋。

【鱗次櫛比】像魚鱗和梳子齒那樣整齊緊密地排列着，多用於形容房屋、船隻等。

鱘(鲟) (xún)粵tsɐm4〔尋〕魚名。古稱“鱏”。生活於海中。體延長，亞圓筒形，青黃色，腹白色。吻尖，嘴小，口前具鬚二對。體被五縱行骨板。

鱔(鳝) (shàn)粵sin5〔市兔切〕魚名。亦稱“黃鱔”。體呈鰻形。黃褐色，具暗色斑點。棲息池塘、小河、稻田等處，常潛伏泥洞或石縫中。可供食用。

鱊(鹬) (yù)粵wɐt9〔衛瞎切〕魚名。❶鯷魚的幼魚。❷鰟鮍魚之一種。如：鬢鱊。

【鱊鰟】即“鰟鮍”。見該條。

鱍(鲅) (bō)粵but9〔撥〕見“鱍鱍”。

【鱍鱍】魚跳躍掉尾聲。

十三畫

鱝(鲼) (fèn)粵fɐn5〔憤〕魚名。鰩類的通稱。體平扁，呈菱形。尾細長，常具尾刺。種類很多，廣佈於熱帶和亞熱帶海洋。

鱟(鲎) (hòu)粵hɐu6〔後〕❶節肢動物名。亦稱“東方鱟”。體分頭胸、腹及尾三部。頭胸甲半月形，腹甲略呈六角形，尾呈劍狀。分佈於太平洋。可供食用或作肥料。❷吳方言稱虹爲“鱟”。

鱠 “膾”的異體字。

鱞 (guān)粵gwan1〔關〕同“鰥”。

鱣(鳣) ㊀(zhān)粵dzin1〔煎〕魚名。即“鰉”。
㊁(shàn)粵sin5〔鱔〕通“鱔”。黃鱔。

鱧(鳢) (lǐ)粵lɐi5〔禮〕魚名。亦稱“黑魚”、“烏鱧”。體延長，亞圓筒形。青褐色，具三縱行黑色斑塊，眼後至鰓孔有兩條黑色橫帶。淡水底層棲息。性凶猛。肉肥美，供食用。

鱥(鳜) (guì)粵gwɐi3〔貴〕魚名。小型淡水魚類。體延長，稍側扁。銀灰色，常具黑色小斑。吻尖，口大。性喜寒冷。

鱤(鳡) (gǎn)粵gɐm2〔感〕魚名。亦稱“黃鑽”、“竿魚”。體延長，亞圓筒形，長達一米餘，重達100斤。青黃色。吻尖長，口大，眼小。性凶猛，爲淡水養殖業的害魚。但肉質鮮嫩，爲上等食用魚類。

鱷 (qíng)粵kiŋ4〔鯨〕同“鯨”。

十四畫

鱭(鲚) (jì)粵tsɐi5〔池禮切〕魚名。亦稱“鳳尾魚”、“烤子魚”。體側扁，尾部延長，銀白色。腹部具棱鱗。春夏在河流上游或河口產卵，形成漁汛。爲名貴經濟魚類。

鱮(鱮) (xù)粵dzœy6〔序〕魚名。即鰱。

鱨(鲿) (cháng)粵sœŋ4〔常〕魚名。❶即“鮠”，爲鱨科魚類的通稱。❷毛鱨魚，爲石首魚類之一種。

鱯(鳠) (hù)粵wu6〔戶〕魚名。生活於淡水中。體較細長。灰褐色。頭平扁，口具鬚四對。無鱗。常見的有斑點鱯、大鰭鱯等。

十五畫

鱵(鱵) (zhēn)粵dzɐm1〔針〕魚名。亦稱“針魚”。體細長。淡藍色。下頜延長如針狀。口小，眼大。棲息於近海，亦進入淡水。

鱲(鱲) (liè)粵lip9〔獵〕魚名。亦稱“桃花魚”。體延長，側扁。銀灰帶紅色，具藍色橫紋。雄性臀鰭鰭條延長，生殖季節色澤鮮豔。爲溪流中的小型魚類。可供食用。

鱴(鱴) (miè)粵mit9〔滅〕魚名。即“鮆”、“鱭”。參見“鱭”。

十六畫

鱷(鳄) (è)粵ŋɔk9〔岳〕泛指鱷目的爬行動物。頭部扁平，吻一般較

鱸(鲈)　㊀(lú)粵lou⁴[盧]魚名。生活於海中。體延長，側扁，銀灰色，背部和背鰭上有小黑斑。以魚、蝦等爲食。爲常見的食用魚類。

十九畫

鱺(鲡)　(lí)粵lei⁴[離]魚名。即「鰻鱺」。

二十二畫

魚魚　"鮮㊀"的異體字。

鳥 部

鳥(鸟)　㊀(niǎo)粵niu⁵[裊]❶飛禽的統稱。❷星名。古南指方朱鳥七宿。

㊁(diǎo)粵diu²[抵妖切]通「屌」。常用爲罵人的粗話。如：鳥人；鳥東西。

【鳥道】形容險峻狹窄的山路，謂只有飛鳥可度。

【鳥篆】❶鳥形的篆書。❷謂鳥的爪迹像文字。

【鳥瞰】從高處俯視地面景物。如：鳥瞰全城。引伸爲概略的觀察，又指事物的大概情況。如：世界大勢鳥瞰。

【鳥獸行】(行 xíng)亂倫的行爲。

【鳥獸散】形容成羣的人紛紛散去。

【鳥盡弓藏】比喻於事情成功後廢棄或殺害曾經出過力的人。

一 畫

鳦(鸟)　(yǐ)粵jyt⁹[乙]燕子。

二 畫

鳧(凫)　(fú)粵fu⁴[符]❶泛指野鴨。❷洄。如：鳧水。

【鳧水】洄水。鳧善游水，故稱游泳爲鳧水。

【鳧舟】亦作「鳧舡」、「鳧舫」。鳧形的船；小船。

【鳧茈】(一cí)即「荸薺」。

【鳧藻】亦作「拊躁」、「鈇躁」。形容鼓舞歡呼。

鳩(鸠)　(jiū)粵geu¹[加歐切]keu¹[卡歐切](又)❶鳥名。鳩鴿科部分種類的通稱。❷聚集。如：鳩合。

【鳩居】鳩鳥性拙，不善築巢，常居於鵲巢中。因用爲居室簡陋的謙辭。

【鳩集】聚集；搜集。

【鳩形鵠面】形容身體瘦削，面容憔悴。

三 畫

鳲(鸤)　(shī)粵si¹[司]見「鳲鳩」。

【鳲鳩】亦作「尸鳩」。鳥名，即布穀。

鳳(凤)　(fèng)粵fung⁶[奉]❶古代傳說中的鳥名。鳳凰的簡稱。如：百鳥朝鳳。參見「鳳凰」。❷比喻所謂于德高超之人。見「鳳德」。

【鳳子】大蛺蝶。

【鳳穴】即鳳巢。比喻文才薈萃的地方。

【鳳池】❶「鳳凰池」的簡稱。❷古琴底有二孔，上孔名龍池，下孔名鳳池。

【鳳吹】(一chuī)泛稱笙、簫等細樂。

【鳳車】即「鳳凰車」。古代帝王乘坐的車子。也指仙車。

【鳳邸】帝王即位前所居的府第。

【鳳冠】古代貴族婦女所戴的禮冠。漢制：太皇太后、皇太后、皇后祭服之冠飾，上有鳳凰。明制：皇后禮服的冠飾有九龍四鳳，皇妃九翬四鳳。明清時一般女子盛飾時所用彩冠也叫鳳冠，多用於婚嫁時。

【鳳皇】同「鳳凰」。

【鳳城】京都的別稱，謂帝王所居之城。

【鳳凰】亦作「鳳皇」。古代傳說中的鳥王。雄

的叫「鳳」，雌的叫「凰」，通稱為「鳳」或「鳳凰」。

【鳳釵】釵的一種，古代婦女的頭飾。其形如鳳，故名。
【鳳詔】皇帝的詔書。
【鳳德】指士大夫的德行名望。
【鳳樓】指宮內的樓閣。
【鳳舉】❶驟然高舉。❷形容舞態。
【鳳輦】皇帝所乘的車子。
【鳳扇】指排簫。
【鳳闕】漢代宮闕名，亦用為宮殿的通稱。
【鳳雛】幼鳳。比喻英俊的少年。
【鳳藻】比喻華美的文辭。
【鳳女臺】古臺名，也叫「鳳臺」。故址在今陝西寶雞市東南。
【鳳凰池】魏晉時中書省，掌管一切機要，因接近皇帝，故稱「鳳凰池」。後凡中書省中機要位置，也都稱為「鳳凰池」。亦作「鳳池」。
【鳳凰臺】❶古臺名，故址在今南京市西南面。❷即甘肅成縣東南鳳凰山。
【鳳毛麟角】比喻珍貴而不可多得的人或事物。
【鳳凰于飛】「凰」亦作「皇」。比喻夫妻相親相愛。亦用為祝人婚姻美滿之辭。
【鳳凰來儀】❶謂鳳凰來舞而有容儀，古代相傳以為吉祥的徵兆。❷琴曲名，又名《神鳳操》。
【鳳鳴朝陽】比喻高才逢時。

鳴(鸣) (míng)粵min⁴〔明〕❶鳥叫。也指獸類、蟲類叫。如：雞鳴；鹿鳴；蟬鳴。❷泛指發聲。如：雷鳴；機鳴。❸有所發抒或表示。如：百家爭鳴；自鳴得意。❹著稱；聞名。
【鳴條】❶風吹動枝條發聲。亦指隨風動搖發聲的樹枝。❷古地名。又名高侯原。在今山西運城安邑鎮北。相傳商湯伐夏桀，戰於鳴條之野，即此。
【鳴根】亦作「鳴榔」。❶漁人捕魚時用長木敲船舷作聲，驚魚令入網。❷在船上唱歌時，敲船舷作節拍。
【鳴謙】謂謙德志著於外。亦謂態度謙虛。
【鳴鞭】❶猶揮鞭。鞭揮動則有聲，故稱「鳴鞭」。❷古時皇帝儀仗的一種。

【鳴鏑】響箭。古稱「嚆矢」。
【鳴騶】(一zōu)❶喝，喝道聲；騶，騶卒。謂貴官出行。
【鳴鑾】「鑾」同「鸞」。繫在馬勒上的鑾鈴。鳴鸞，謂皇帝或貴族出行。
【鳴鼓而攻】《論語‧先進》載，孔子的學生冉求幫助魯國大夫季孫實行改革。孔子罵冉求，說：「非吾徒也，小子鳴鼓而攻之可也。」後以「鳴鼓而攻」指公開宣布罪狀，加以聲討。

鳶(鸢) (yuān)粵jyn¹〔冤〕❶鳥名。亦稱「老鷹」。上體暗褐雜橫白色。下體大部為灰色帶黑褐色縱紋。翼下具白斑，尾叉狀，翱翔時最易識別。常見於城鎮、鄉村附近，巢多營在高樹上。主食嚙齒動物，偶襲家禽。❷茶褐色亦稱鳶色。
【鳶肩】兩肩上聳，像鳶鳥棲止時的樣子。
【鳶飛魚躍】比喻萬物各得其所。

鳱(鳱) ㊀(gān)粵gon¹〔干〕見「鳱鵲」。
㊁(hàn)粵hon⁶〔汗〕見「鳱旦」。
【鳱旦】(hàn dàn)亦作「曷旦」、「鶡旦」。山鳥名。
【鳱鵲】亦作「干鵲」，即喜鵲。

鴻(鸿) (hóng)粵huŋ⁴〔洪〕同「鴻」。

四　畫

鴲(鸱) (zhī)粵dzi¹〔支〕見「鴲鵲」。
【鴲鵲】❶鳥名。松鴉的舊稱。面有黑色頰紋，通體大多呈紫灰色至紅灰色。雜食性，棲息山林。❷漢武帝所建觀名。

鳸(鳸) (hù)粵wu⁶〔戶〕本作「雇」。亦作「鳸」。鳥名。

鴃(鴂) (jué)粵kyt⁸〔決〕❶見「鴃舌」。❷見「鶗鴃」。

鴂(鴂) ㊀(jú)粵gwik⁷〔隙〕同「鴂」。見「鴂舌」。
㊁(jué)粵kyt⁸〔決〕同「鴃」。
【鴂舌】比喻語言難懂，如鴃鳥的叫聲一樣。

鴆（鴆）（zhèn）粵dzɐm⁶〔朕〕❶傳說中一種毒鳥。雄的叫運日，雌的叫陰諧，喜食蛇，羽毛紫綠色，放在酒中，能毒殺人。❷毒酒。如：飲鴆止渴。❸以毒酒害人。

【鴆毒】❶毒藥；毒酒。❷毒害。

【鴆酒】毒酒。

鴇（鴇）（bǎo）粵bou²〔保〕❶鳥名。比雁略大，體長可達1米，形亦近似。羽色主要頸部爲淡灰色，背部有黃褐和黑色斑紋，腹面近白色。常棲樓草原地帶，足強健而善奔馳。較普通的種類爲大鴇。肉供食用，體羽可作裝飾品。❷老妓女妓女養母之稱。如：老鴇；鴇母。

鴈「雁」的異體字。

鴉（鴉）（yā）粵a¹〔丫〕鳥名。羽色大多純黑、喙及足皆強壯，鼻常被鼻鬚。廣佈於全球。

【鴉片】用罌粟果實中的乳狀汁液製成的一種毒品，久用成癮。也叫阿芙蓉，通稱大煙。

【鴉頭】即「丫頭」。❶原指男童。後以稱女婢。❷前端作Y形的襪子，即鴉頭襪。

【鴉髻】即「丫髻」。Y髻。❷指婢女。

【鴉雀無聲】形容寂靜之極。「聲」亦作「聞」。

鴔（鴔）（fú）粵fu¹〔夫〕見「鴔鴡」。

【鴔鴡】即「鵂鴡」。見該條。

鴟（鴟）（shī）粵si¹〔師〕鳥名。鴟科各種類的通稱。皆小型鳥類，常棲於昆交林及闊葉林中。別稱「穿樹皮」、「松枝兒」。背部藍灰色，腹部櫻黃色。頭側具一黑色條紋，從喙基經眼周而延達頸後。尾短。

鴀（鴀）（fóu，又讀 fōu）粵feu⁴〔浮〕feu²〔否〕（又）〔鳺鴀〕鳥名。亦作「夫不」。即鳱鴀。

瑈（瑈）（yù）粵juk⁵〔玉〕見「鸀瑈」。

五　畫

駕（駕）（jiā）粵ga¹〔加〕見「鳶鴷」。

【鳶鴷】野鵝。

鴒（鴒）（líng）粵lิng⁴〔零〕見「鶺鴒」。

鴒（鴒）【鴒原】《詩·小雅·常棣》有「脊令在原，兄弟急難」的詩句，以鶺鴒失其處所比喻兄弟有急難。後因以「鴒原」爲兄弟的代稱。脊令，即鶺鴒，本爲水鳥，今處高原，即失其常所。

鴕（鴕）（tuó）粵tó⁴〔駝〕〔鴕鳥〕亦稱「非洲駝鳥」。現代生存的最大的鳥。高二米餘，頭小頸長，兩翼退化，不能飛，腳長，有二間趾和肉墊，善走。尾羽蓬鬆而下垂。產於非洲沙漠地帶。

鴛（鴛）（yuān）粵jyn¹〔淵〕「鴛鴦」的省稱。詳該條。

【鴛侶】亦作「鵷侶」。本指同僚，後多指配偶。

【鴛衾】繡着鴛鴦的錦被。

【鴛機】指織布機。

【鴛鴦】雄鳥羽色絢麗，最內兩枚三級飛羽擴大成扇形而豎立。眼八棱色，外圍有黃白色環；嘴紅褐色。雌鳥稍小，背部蒼褐色，腹部純白。棲息內陸湖泊和溪流中。飛行力稍強。雌雄偶居不離，古稱「匹鳥」，後因以比喻夫婦。

【鴛鷺】比喻朝官的行列。亦作「鵷鷺」。

【鴛鴦瓦】互相成對的瓦。

【鴛鴦被】繡着鴛鴦的錦被。亦簡稱「鴛被」或「鴛衾」。

鴝（鴝）（qú）粵køy⁴〔渠〕〔鴝鵒〕亦作「鸜鵒」。鳥名，即八哥。

鴞（鴞）（xiāo）粵hiu¹〔囂〕鳥名。亦稱「鵩鳥」等各種類的通稱。喙和爪皆彎曲呈鈎狀，銳利。兩眼位於正前方；眼的四圍羽毛呈放射狀，形成所謂「面盤」。周身羽毛大多色，散綴細斑，稠密而鬆軟，飛行時無聲。夜間或黃昏活動，主食鼠類，間或捕食小鳥或大型昆蟲。

鴟（鴟）（chī）粵tsi¹〔雌〕❶即鵂鷹。參見「鵂」。❷即「鴟鴞」。見該條。❸盛酒器。❹「鴟夷」的略稱。

【鴟夷】亦作"鴟鴺"。皮製的口袋。亦用以盛酒。
【鴟張】囂張、凶暴，像鴟鳥張開翅膀一樣。
【鴟視】❶昂首而視，如鴟之欲有所攫取。❷道家的一種養生法。
【鴟鴞】鳥名。像貓頭鷹一類的鳥。
【鴟蹲】鴟鳥般地蹲着，形容坐時形狀局促。
【鴟顧】身不動而張目回顧，古代方士養生術中的一種動作。

鴠(鴠) (dàn)粵dan³〔旦〕見"鳱鴠"。

鴣(鸪) (gū)粵gu¹〔姑〕見"鷓"。

鴥(鴥) (yù)粵wɐt⁹〔衞瞎切〕鳥疾飛。

鴦(鸯) (yāng) 粵 jœŋ¹ 〔央〕 見 "鴛鴦"。

鴨(鸭) (yā) 粵 ap⁸ 家禽名。即"家鴨"。喙長而扁平，尾短脚矮，趾間有蹼，翅小，腹翼羽大。善覓食，嗜食動物性飼料。生長快。卵、肉均可食用。
【鴨脚】銀杏的別名。

鴡(鴡) (jū) 粵 dzœy¹ 〔追〕鳥名。鴡鳩，即魚鷹。

鴗(鴗) (lì) 粵 lap⁹ 〔立〕鳥名。即魚狗。

鴓(鴓) (bì，又讀 mì)粵bɐt⁹〔拔〕mit⁹〔滅〕(又)鳥名。晃柳鶯的舊稱。又鶯科某些少數種類，舊時常稱某某鴓。如黃腹鷦鶯，舊稱"灰頭竿鴓"。

鴚(鴚) (gē)粵gɔ¹〔哥〕鴚鵝，雁的一種，形大於鴨而嘴小。

哵 同"鴚"。

六 畫

鴯(鸸) (ér)粵ji⁴〔而〕❶〔鴯鶓〕形狀像鴕鳥而較小，嘴短而扁，羽毛灰褐色。翼退化，不能飛，脚長，有三個趾，善走。產於澳大利亞和塔斯馬尼亞的草原和沙漠地帶。❷見"鵲鴯"。

鴰(鸹) (guā) 粵 kut⁸ 〔括〕 gwat⁸ 〔刮〕(又)烏鴉俗稱"老鴰"。

鴷(䴕) (liè)粵lit⁹〔列〕即啄木鳥。

鴻(鸿) (hóng) 粵 huŋ⁴ 〔洪〕❶鳥綱、鴨科、雁屬少數大型種類舊時的泛稱；或專指"豆雁"。❷通"洪"。大。如：鴻文；鴻圖。
【鴻爪】雪泥上鴻雁所留的爪印，比喻陳迹。參見"雪泥鴻爪"。
【鴻毛】鴻雁的毛，比喻事物輕微或不足道。
【鴻均】亦作"鴻鈞"。鴻，大；均，平。謂天下太平。
【鴻案】案，盛食物的有足木盤。東漢梁鴻妻孟光每食必對鴻舉案齊眉。後因用爲稱人夫妻相敬之辭。參見"舉案齊眉"。
【鴻裁】指文章的宏偉體制。
【鴻雁】動物名。鳥綱，鴨科。棲息河川或沼澤地帶，偶見於樹林中。主食植物。爲家鵝原祖。生活於北方。於長江下游及稍南地區越冬。可供食用，並可馴養。又用來比喻書信。
【鴻溶】波濤騰湧的樣子。
【鴻溝】古代運河，在今河南省，楚漢相爭時是兩軍對峙的臨時分界。現用來比喻明顯的界綫。
【鴻漸】《易·漸》有"鴻漸於干"之語，意謂鴻雁從水中進到岸上。比喻仕宦的升遷。漸，進；干，水涯。
【鴻蒙】同"澒蒙"。
【鴻儀】《易·漸》有"鴻漸於陸，其羽可用爲儀"之語，意謂處高而能不以位自累，則其羽可用爲物之儀表。後因用來比喻官位。也用作對人的風采或別人所贈禮物的敬稱。
【鴻緒】猶大統，大業。
【鴻儒】猶大儒。亦泛指淵博的學者。
【鴻禧】猶洪福。
【鴻鵠】鳥名，即鵠。鴻鵠飛得很高，因常用來比喻志氣遠大的人。
【鴻毛泰山】比喻輕重懸殊。參見"泰山鴻毛"。
【鴻飛冥冥】鴻雁飛向遠空，比喻遠避禍患。

鴽(鴽) (rú)⑨jy⁴〔如〕小鳥名。鶉鴽之類。

鴿(鸽) (gē)⑨gep⁸〔加合切〕gap⁸〔甲〕(又)鳥名。鴿屬各種通稱。有家鴿、巖鴿、原鴿等。家鴿品種很多，羽毛顏色多變化，供食用或玩賞，有的經訓練能傳書信。

鵀(鵀) (rén)⑨jem⁴〔荏〕jem⁶〔任〕(又)鳥名。全稱"戴鵀"，亦名"戴勝"。其棱粟色顯著羽冠，頸、胸等與羽冠同色而較淡，下背和肩羽色黑褐而雜有棱、白色斑點。尾脂腺能分泌臭液。

鴢(鴢) (jiāo)⑨gau⁴〔交〕❶古籍中鳥名。或謂其為鸚䴘的一種，亦名"魚䴘"。頭細身青，頸有白毛，能入水捕魚。❷見"鴢鶄"。
【鴢鶄】亦作"鵁鶄"。水鳥名。

鵂(鸺) (xiū)⑨jeu¹〔休〕〔鵂鶹〕鳥名。俗稱"橫紋小鴞"。頭和頸側及翼上覆羽暗褐色，密佈棱白色細橫斑。捕食小鳥和昆蟲。

鶀 同"鵋"。

婺 (yàn)⑨an⁶〔晏〕同"鷃"。古籍中小鳥名。
【婺雀】亦作"鷃雀"。小鳥名。即《莊子·逍遙游》中的斥鷃。

戴(戴) (yuán)⑨jyn⁴〔完〕即鶠，俗名鸕鷹。

鵃(鸼) (zhōu)⑨dzeu¹〔舟〕鶻鵃，同"鶻鳩"。參見"鶻鳩"。

鴴(行鸟) (háng)⑨heng⁴〔衡〕鳥名。體較麻雀稍大，羽毛沙灰色，有黃、褐等色斑紋，嘴短而直，前端略膨大，腳細長，適於涉水。常在水邊、澤地或田野覓食昆蟲和蝶類等。

鴺(鴺) (yí)⑨ji⁴〔而〕見"鴺夷"。

鴂(鴂) (guì，又讀 jué)⑨gwei³〔桂〕kyt⁸〔決〕(又)見"鴃鴂"。

七 畫

鵑(鹃) (juān)⑨gyn¹〔捐〕〔杜鵑〕鳥名。古稱"杜宇"、"子規"。種類很多。體形、羽色多樣，但都具對趾型足。❷部分種類不自營巢，卵產在葦鶯等小巢中，由巢主代為孵卵育雛。主食昆蟲，尤嗜毛蟲，故為益鳥。

鵒(鹆) (yù)⑨juk⁹〔浴〕見"鴝鵒"。

鵓(鹁) (bó)⑨but⁹〔勃〕見"鵓鳩"、"鵓鴣"。
【鵓鳩】鳥名。亦作"鵓鳩"、"勃姑"。天將雨，其鳴甚急，故俗稱水鵓鳩。
【鵓鴣】即鵓鳩。名像其鳴聲。參見"鵓鳩"。

鵔(䴊) (jùn)⑨dzœn³〔俊〕見"鵔鸃"。
【鵔鸃】古籍中鳥名。

鵙(鶪) (jú)⑨gwik⁷〔隙〕本作"鶪"。鳥名。伯勞的舊稱。亦作"博勞"。喙強而銳利，尾長，額和頭的兩旁黑色，背棱紅色，翼和尾羽黑色。

鵜(鹈) (tí)⑨tei⁴〔題〕❶見"鵜鶘"。❷鵜鴂的省稱。亦稱"加藍鳥"。大型鳥類。羽多白色，翼大而闊。趾間有蹼。下頷底部有一大的皮囊，稱"喉囊"，能伸縮，可用以兜食魚類。主要棲息在沿海湖沼泊河川地帶。
【鵜鶘】鳥名。亦作"鵜鶘"、"鵜鶘"、"鵜鶘"。即子規，杜鵑。

鵝(鹅) (é)⑨ngo⁴〔俄〕家禽名。頭大，喙扁闊，前額有肉瘤。頸長，體軀寬壯，腿骨豐滿，尾短，脚大有蹼。羽毛白或灰色，喙、脚及肉瘤黃色或黑褐色。嗜食青草，耐寒，合羣性及抗病力強。生長快。壽命較其他家禽長。
【鵝黃】❶淡黃色，多用以形容初春的楊柳。❷酒名。
【鵝毛雪】形容雪片大如鵝毛。

鵞 "鵝"的異體字。

鵞 "鵝"的異體字。

鵠(鹄) ⊖(hú)⑨huk⁹〔酷〕即"天鵝"。頸很長，羽毛白色。嘴端黑色，嘴基黃色。羣棲在湖泊或沼澤地

帶。鳴聲宏亮。肉可食，羽毛可製羽扇等。

㊀(gǔ)⑧guk⁸〔谷〕箭靶的中心。

【鵠立】謂如鵠之延頸而立，形容盼望。

【鵠的】(gǔ—)箭靶的中心。

【鵠望】佇立切盼。

【鵠髮】白髮。

鵟(鵟) (kuáng)⑧kwɔŋ⁴〔狂〕鳥名。鷹的一種。羽毛褐色，尾部稍淡，兩翼下各具一白色橫斑，飛時振露似鳶。但尾圓而不分叉，可與鳶區別。主食鼠類，為農田益鳥。

鵌(鵌) (tú)⑧tou⁴〔徒〕古籍中的鳥名。

鶄(䴖) (jīng)⑧giŋ¹〔精〕❶鶄鶄，又名"䴉雀"、"鶄鳩"。古書中所稱一種吃蛇的怪鳥。❷〔鶄鶄〕䴉鶄的別稱。亦稱"地啄木"、"歪脖"。羽毛淡銀灰色，密佈暗褐色細紋。足為對趾型。啄木搜捕蟻類和蛹，有益農林。

鳧(鳧) (fóu，又讀 fú)⑧feu⁴〔浮〕鳥名。見"鳧鴟"。

【鳧鴟】即鵂鶹。

鶤(鶴) (kǎn)⑨ hon²〔侃〕hot⁸〔渴〕(又)見"鶡䳍"。

鵐(鵐) (wú)⑧mou⁴〔無〕鳥名。鵐屬各種的通稱。一般體形約如麻雀或稍小。嘴形特殊，於閉合時，上嘴邊緣不與下嘴邊緣密接。通常雄鳥羽色較雌鳥鮮艷。食種子和昆蟲。

八畫

鵡(鵡) (wǔ)⑧mou⁵〔武〕見"鸚"。

鵩(鵩) (fú)⑧fuk⁹〔服〕鳥名。似鴞，古人視為不祥之鳥。

鶴(鵪) ㊀(ān)⑧em¹〔庵〕見"鵪"。
　　㊁(yàn)⑧an³〔晏〕同"鷃"。

鵬(鵬) (péng)⑧paŋ⁴〔彭〕傳說中的大鳥。

【鵬程】比喻遠大的前程。

【鵬圖】指遠大的前途。

【鵬搏】本謂大鳥振翅高飛，後常用以比喻人的奮發有為。

鵰(鵰) (diāo)⑧diu¹〔凋〕鳥名，鵰屬各種的通稱。足所被羽毛皆直達趾間，雌雄同色。有時也泛指鷹鵰屬、林鵰屬和海鵰屬等的各種類，都為大型猛禽，如金鵰、海鵰等。又作"雕"。

【鵰悍】迅速；凶猛。

鵲(鵲) (què)⑧tsœk⁸〔雀〕鳥名。亦稱"喜鵲"。上體羽色黑褐，具有紫色光澤，其餘部分白色。尾稍長於體長的一半，中寬端尖，棲止時常上下翹動。

【鵲起】謂乘時崛起。

【鵲喜】舊俗以鵲噪為喜兆，故稱"鵲喜"。

【鵲噪】鵲聲噪雜，故稱鵲鳴為"鵲噪"，舊俗以為報喜之訊。參見"鵲喜"。

【鵲橋】傳說織女在七夕渡銀河會牛郎時，使鵲為橋。

【鵲鏡】古鏡的背面，多鑄鵲形，故稱"鵲鏡"。

【鵲笑鳩舞】喜慶的祝辭。

【鵲巢鳩佔】佔，亦作"居"。鳩鳥性拙，不善築巢，居於鵲之成巢中。本喻女子出嫁，以夫家為家，後多用"鵲巢鳩佔"比喻佔據他人的居處。

鵷(鵷) (yuān)⑧jyn¹〔淵〕見"鵷鶵"。

【鵷鷺】鵷和鷺飛行有序，因喻百官朝見時秩序井然。本專指文官。

【鵷鶵】亦作"宛雛"。傳說中與鸞鳳同類的鳥。

鵻(鵻) (zhuī)⑧dzœy¹〔追〕古籍中鳥名，亦稱祝鳩、鵃鳩、鵻鴀。

鵾(鵾) (kūn)⑧kwɐn¹〔坤〕見"鵾雞"。

【鵾雞】鳥名。亦作"鶤雞"。

【鵾弦】用鵾雞筋做的琵琶弦。

鶂(鶂) (yì)⑧jik⁹〔亦〕見"鶂鶂"。

【鶂鶂】鵝叫聲。

鶃(鶃) (yì)⑧jik⁹〔亦〕鳥名，即鶃。參見"鶃❶"。

鶄(鶄) (jīng)粵dziŋ¹〔精〕見"鶄鶄"。

鶄(鶄) ㈠(bēi)粵bei¹〔悲〕[白頭鶄]鳥名。亦稱"白頭翁"。頭頂黑色，眉及枕羽白色。老鳥枕羽更為潔白，故有"白頭翁"之稱。以昆蟲、雜果種子及漿果等為食。
㈡(pi)粵pet⁷〔匹〕見"鶄鶄"。

【鶄鶄】(pi一)鳥名，也叫"雅鳥"、"鶄鳥"、"鶄斯"。即寒鴉。

鶉(鶉) (chún)粵sœn⁴〔純〕鳥名。"鶉鶉"的簡稱。體形像小雞，頭小尾短，羽毛赤褐色，有黃白色條紋。以穀類和雜果種子為食。雄性好鬥。肉和卵供食用。

【鶉衣】鶉尾禿，像補綻百結，故用以形容破舊的衣服。

鶊(鶊) (gēng)粵gɐŋ¹〔庚〕見"鶬㈠"。

亞鳥 "鶊"的異體字。

鶇(鶇) (dōng)粵duŋ¹〔東〕鳥名。羽毛多呈濃褐或黑色，常雜以白灰、赭或栗殼等色。胸部常為白到灰白底色而散綴黑、褐等白斑點。為陸棲林鳥，跗蹠強而善走。常在田間或疏林間地面上覓食。春日多善囀鳴。主食昆蟲，是農林益鳥。

鸝(鸝) (lí)粵lei⁴〔離〕見"鶯鸝黃"。

【鶯鸝黃】鳥名。亦作"黎黃"、"離黃"、"鸝黃"、"黃鸝"。也叫倉庚，即黃鶯。

鶋(鶋) (jū)粵gœy¹〔居〕見"鶤鶋"。

鶆(鶆) (lái)粵loi⁴〔來〕❶即鴶鳩。鷹的一種。指"灰臉鵟鷹"。❷鶆䳍，即"美洲鴕"。

鶄(鶄) (jiān)粵gin¹〔肩〕見"鶄鶄"。

九　畫

鶒(鶒) (chì)粵tsik⁷〔斥〕見"鸂鶒"。

鶘(鶘) (hú)粵wu⁴〔胡〕見"鵜❷"。

鶖(鶖) (qiū)粵tseu¹〔秋〕古籍中水鳥名。相傳以身似鶴而大，青蒼色。張翼廣五六尺，舉頭高六七尺。長頸赤目，頭頂皆無毛。其頂皮方寸許，紅色，如鶴頂。嘴扁直，深黃色。足如雞爪，黑色。

鶚(鶚) (è)粵ŋok⁹〔岳〕鳥名。亦稱"魚鷹"、"鶚鷹"。頭頂和頭後羽毛白色、有暗褐色縱紋，頭後羽毛延長成矛狀。上體暗褐，下體白色。趾具銳爪，趾底遍生細齒，外趾能前後轉動，適於捕魚。常活動於江河海濱。營巢於海岸或島嶼的巖礁上。

【鶚視】謂瞻視勇猛，如有所攫搏。

【鶚顧】瞋目四顧，如鷹之覓食。

鶡(鶡) (hé)粵hot⁸〔渴〕❶鳥名，雉類。羽毛黃黑色。❷見"鶡旦"。

【鶡旦】古籍中鳥名。亦作"曷旦"。

【鶡冠】插有鶡毛的武士冠。鶡性好鬥，至死不却，武士冠插鶡毛，以示英勇。

鶩(鶩) (wù)粵mou⁶〔務〕動物名。即"家鴨"。參見"鴨"。

鶤(鶤) (kūn)粵kwen¹〔坤〕見"鶤雞"。

【鶤雞】亦作"昆雞"、"䳘雞"。❶大雞。❷鳳凰的別稱。❸鶤一類的大鳥。

鶗(鶗) (tí)粵tei⁴〔提〕同"鶙"。見"鶙❶"。

鶠(鶠) (yǎn)粵jin²〔演〕鳳的別名。

鶪(鶪) (jú)粵gwik⁷〔隙〕"鵙"的本字。參見"鵙"。

鶙(鶙) (tí)粵tei⁴〔提〕見"鶙鶘"。

【鶙鶘】鶚鷹的一種。亦名鴟。參見"鴟"。

鶓(鶓) (miáo)粵miu⁴〔苗〕[鶂鶓]鳥名。形似鴕鳥而較小。足具三趾，兩翼退化。主食植物。可飼養繁殖，取用羽毛。

鶥(鶥) (méi)粵mei⁴〔眉〕鳥名。體羽多棲褐色，嘴強尖，翅短圓而

曲，腳強健，善跳躍。多棲於灌木叢中，善鳴。畫眉是其中一種。

十　畫

鶬(鸧) (cāng)⑩tsɔŋ¹[倉] [䳅鸧]鳥名。"黑枕黃鸝"的別稱。參見"鸝"。

鶯(莺) (yīng)⑩ɐŋ¹[嬰]❶動物名。麻雀大小，羽毛綠褐色或灰綠色，嘴細長，鳴聲多清脆。種類很多，常見的有樹鶯、柳鶯、鷦鶯等。主食昆蟲，是農林益鳥。(2)舊稱"黃鳥"，即黃鸝。亦稱"黃鶯"。體長約25厘米。樹棲，營黐巢於高樹枝端。鳴聲婉囀，常被飼作觀賞鳥。❷鳥羽有文采。

【鶯谷】黃鶯所居的深谷，比喻人未顯達時的處境。

【鶯花】鶯啼花放，是春天景物的特色，用以概指春景。

【鶯粉】黃色的粉，古代女子的化妝品。

【鶯梭】謂鶯飛往來如穿梭。

【鶯歌】謂鶯鳴宛轉如歌。

【鶯遷】祝賀人升官、遷居的頌辭。意同"喬遷"。

【鶯燕】春天鶯燕飛鳴，因用以概指春天的景物。亦用以比喻一般女子或妓女。

【鶯簧】黃鶯叫聲像笙簧奏出的聲音一樣悅耳，因稱鶯聲為"鶯簧"。也用以比喻笛子的聲音。亦作"鶯簧"。

騫(骞) (xiān)⑩hin¹[軒]振翼而飛。

【騫騫】飛的樣子。

鶴(鹤) (hè)⑩hok⁹[學]鳥名。鶴科各種類的泛稱。皆大型涉禽，外形像鶯和鸛。喙、翼和前趾後很長。能飛。羽毛白或灰色。常活動於平原水際或沼澤地帶，食各種小動物和植物。

【鶴立】猶鵠立，翹首企望。也用以形容一種舉雙鶴立的姿態。

【鶴林】佛教用語。佛入滅(死)的處所。亦泛稱佛寺旁的樹林。

【鶴俸】官吏的俸祿。參見"鶴料"。

【鶴書】書體名，也叫"鶴頭書"。古時用於招納賢士的詔書。

【鶴料】唐代稱幕府官俸為鶴料。後多用來泛稱官吏的俸祿。

【鶴唳】鶴鳴。

【鶴望】同"鵠望"。仰頭盼望。

【鶴馭】猶鶴駕。謂仙人駕鶴升天。挽詞中多用為死的諱辭。

【鶴壽】鶴的年壽長，因用為祝壽之辭。

【鶴膝】❶文人遊戲，取絕不相關且不能對偶的兩個字，限用於第五字，作成兩句七言對偶句，要用得自然，叫"鶴膝格"。❷詩謎(即燈謎)的一種。將謎面一句七言詩的第五字讀白了才與謎底的意思相符。❸古代兵器名，矛的一種。

【鶴駕】❶《列仙傳》載，王子喬(即周靈王的太子晉)曾乘白鶴駐緱氏山頭。後因稱太子的車駕為鶴駕。❷謂仙人的車駕。又以仙人駕鶴升天，故用為死的諱稱。

【鶴氅】鳥羽所製的裘。也專稱道服。

【鶴警】鶴性機警，八月，白露降時，流在草上，滴滴有聲，即高鳴相警，徙所宿處，因稱"鶴警"。

【鶴立雞群】比喻才能或儀表出衆。

【鶴鳴之士】指未出仕的有名望的人。

【鶴髮雞皮】同"雞皮鶴髮"。形容老人的膚皺髮白。

鶹(鹠) (liú)⑩leu⁴[劉]❶見"鵂"。❷見"鶹鷅"。

【鶹鷅】梟的別名。也作"留離"、"流離"。

鶺(鹡) (jí)⑩dzik⁸[即中入]dzek⁸[隻] (又)見"鶺鴒"。

【鶺鴒】亦作"脊令"。鳥名。鶺鴒屬各種的通稱。中國常見種類有白鶺鴒等。體小、尾很長，頭黑額白，背部黑色，腹部白色，翅和尾黑色有白斑。常在水邊捕食昆蟲，是益鳥。❷比喻兄弟。參見"脊令"。

鶻(鹘) (gǔ)⑩gwet⁷[骨]見"鶻鳩"。

㊀(hú)⑩wet⁹[衛詰切]❶鳥綱、隼科、隼屬動物部分種類的舊稱。如猛游隼為"鶻"；稱燕隼為"土鶻"。❷見"鶻突"。

【鶻突】(hú—)❶猶糊塗。宋人語錄中常用之。❷疑惑不定。❸即鶻鶻。

【鶻淪】(hú—)同"團圖"。

【鶻鵃】鳥名。本名"鶻鵃"。似山鵲而小，短尾，青黑色，好鳴。

鶼(鶼) (jiān) 粵 gim¹〔兼〕見"鶼鶼"。

【鶼鶼】一種傳說中的鳥。即"比翼鳥"。

【鶼鰈】《爾雅·釋地》說：東方有比目魚，不成雙不行，其名叫鰈；南方有比翼鳥，不成雙不飛，其名叫鶼鶼。後以"鶼鰈"或"鶼鶼鰈鰈"比喻夫妻相親愛。

鶿(鶿) (cí) 粵 tsi⁴〔池〕見"鷀"。

鷥 "鷥"的異體字。

鷁(鷁) (yì) 粵 jik⁹〔亦〕❶古籍中鳥名，指一種像鷺鷥的水鳥，能高飛。❷船上畫着鷁的船。

【鷁首】亦作"鷁艏"。古代船頭上畫着鷁鳥的像，故稱船首為"鷁首"，亦即指船。

鷂(鷂) ㊀(yào) 粵 jiu⁶〔耀〕❶鳥名。❷鷂屬各種的通稱。雌雄羽色不同。中國常見種如白尾鷂，雄鳥頭、頸帶青灰色，背部灰色，下體白色泛青，尾上覆羽白色。雌鳥體深褐色，下體褐色較淡，都綴有斑點。肉食性。❸雀鷹的俗稱。

㊁(yáo) 粵 jiu⁴〔搖〕又指野雞的一種。

【鷂子】❶即鷂。❷紙鳶（風箏）的別名。粵稱"紙鳶"；"鷂"，讀如"妖"。

鷃(鷃) (yàn) 粵 an³〔晏〕古籍中鳥名，即鵪，也叫老扈，麥收時的候鳥。

【鷃雀】同"鴳雀"。詳記條。

鷇(鷇) (kòu，又讀 gòu) 粵 keu³〔扣〕 geu³〔夠〕(又) 待乳哺食的雛鳥。

【鷇音】小鳥出卵時的鳴聲，比喻彼此各執一見，是非難分的爭論。

鷈(鷈) (tī) 粵 tei¹〔梯〕見"鸊鷈"。

鶲(鶲) (wēng) 粵 juŋ¹〔翁〕鳥名。小型林鳥，常久候枝頭，窺視飛蟲動態，突擊捕獲後，復飛返原處。種類甚多，如烏鶲、北灰鶲等。都是農林益鳥。

韓(韓) (hàn) 粵 hɔn⁶〔翰〕鳥名。又叫"天雞"。赤羽。亦作"翰"。

鷅(鷅) (lì) 粵 lœt⁹〔律〕見"鶹鷅"。

鶢(鶢) (yuán) 粵 jyn⁴〔元〕鳥名。長尾山雀屬各種的舊稱，或專指銀喉長尾山雀。

鶵 "雛"的異體字。

鶵 "雛"的異體字。

十一畫

鷓(鷓) (zhè) 粵 dze³〔借〕[鷓鴣]鳥名。羽毛大多以黑白兩色相雜，腳橙黃至紅褐色。食植物種子和昆蟲等。肉可食。

嶲(嶲) (yǎo，又讀 wěi) 粵 jiu⁵〔杳〕 wei⁴〔偉〕[雗嶲]雌雉的叫聲。

鷖(鷖) (yī) 粵 ji¹〔衣〕❶鷗鳥的別名。❷鳳屬。身有五彩。❸青黑色。

鷗(鷗) (ōu) 粵 ɐu¹〔歐〕鳥名。鷗科各種類的通稱；有時專指鷗屬各種。概為水鳥，翅尖長，善飛，能游泳，體羽多灰，白色。

【鷗盟】謂與鷗鳥訂盟同住水雲鄉裏，指退隱。

【鷗鷺忘機】《列子·黃帝》載，古時海上有好鷗的人，每日與鷗鳥游玩，鷗鳥至者以百數。他的父親說："吾聞鷗鳥皆從汝游，汝取來吾玩之。"次日至海上，鷗鳥都不飛下來。後以"鷗鷺忘機"謂人無機心，則異類亦與之相親。

鷙(鷙) (zhì) 粵 dzi³〔至〕❶凶猛的鳥。❷凶猛。

【鷙鳥】凶猛的鳥，如鷹、鵰之類。

鷞(鷞) (shuāng) 粵 sœŋ¹〔雙〕見"鸘鷞"。

鷟(鷟) (zhuó) 粵 dzɔk⁹〔鑿〕見"鸑鷟"。

鷚(鹨) (liù)粵leu⁶[漏] ❶鳥名。鷚屬各種的通稱。如樹鷚、水鷚等。又另稱百靈科的雲雀爲天鷚。❷雛雞。

鷁 同"鶂"

鷛(鳙) (yóng)粵jung⁴[容]見"鷛鵊"。

【鷛鵊】亦作"庸渠"。水鳥名。似鶩，灰色。"雖"的本字。

鷘 (chì)粵tsik⁷[斥]同"鷘"。見"鶍鷘"。

鷤(鹈) (tú)粵tou⁴[徒] 鷤鳩，即鵎鴂。見"鴂❶"。

十二畫

鷥(鸶) (sī)粵si¹[詩]鷥鷥即白鷺。參見"鷺"。

鷦(鹪) (jiāo)粵dziu¹[焦][鷦鷯]鳥名。形小，頭部淡褐色，有黃色眉紋。上體連尾帶栗棱色，多黑色細斑。捕食昆蟲，是益鳥。窠甚精巧，故亦稱"巧婦鳥"。

【鷦明】亦作"焦明"、"鷦鵬"。鳥名。似鳳凰。

鷩(鷩) (bì,又讀bie)粵bei³[閉]bit⁸[臆](又)雉的一種，即錦雞。

鷮(鷮) (jiāo)粵giu¹[嬌]鳥名。雉的一種，又稱"鷮雉"。體形及尾均近似"環頸雉"。

鷯(鹩) (liáo)粵liu⁴[聊]見"鷦"。

鷲(鹫) (jiù)粵dzeu⁶[就]鳥名。鷹科部分種類的通稱。皆大型猛禽。如禿鷲、兀鷲等。

鷸(鹬) (yù)粵wet⁹[衡贈切]❶鳥名。鷸科多數種類的通稱，有時專指鷸屬的各種。體型大小差異很大。羽毛多爲沙灰、黃、褐等平淡色調，密綴細碎斑紋。喙皆細長而直，間亦向上或向下彎曲。覓食昆蟲、螺蚯或其他水生動物，有的種類也兼吃植物性食物。常見種類如丘鷸。❷疾飛的樣子。

【鷸蚌相持】《戰國策·燕策二》裏的一則寓言說，蚌張開殼曬太陽，鷸去啄它的肉，蚌用殼夾住了鷸的嘴，彼此爭持不下，最後被魚人捉住。後以"鷸蚌相持"比喻雙方相持不下，第三者因而得利。今多作"鷸蚌相爭"。

鷳(鹇) (xián)粵han⁴[閑]鳥名。鷳屬各種的通稱。古籍中通指"白鷳"。

鷢(鹭) (jué)粵kyt⁸[決]古籍中鳥名，即白鷺。形似雉。

鷴 同"鷳"。

敞 同"鷩"。

鷭(䴎) (fán)粵fan⁴[凡]鳥名。即"骨頂雞"。亦稱"白骨頂"。"紅骨頂"則稱"黑水雞"。頭、頸深黑色，背羽暗青灰色。善游水。雜食性。

鷈(䴘) (tī)粵tei⁴[提]見"鸊鷈"。

【鸊鷈】即"鸊鷉"。

鷱(鸜) (qú)粵køy⁴[渠]見"鷱鵒"。

燕 "燕"的異體字。

鷫(鹔) (sù)粵suk⁷[叔]見"鷫鷞"。

【鷫鷞】❶亦作"鷫霜"。鳥名，雁的一種。❷傳說中的西方神鳥。

十三畫

鷺(鹭) (lù)粵lou⁶[路]鳥名。鷺科部份種類的通稱。體型一般皆高大而瘦削，喙皆強直而尖，頸和足亦長，趾具半蹼；適於涉水覓食。常活動於河湖岸邊或水田、澤地。主食魚、蛙、貝類、甲殼類及水生昆蟲。如蒼鷺、池鷺、牛背鷺、白鷺等。白鷺也叫鷺鷥。

【鷺序】形容古代百官朝見時井然有序。

鷹(鹰) (yīng)粵jing¹[英]鳥名。上喙彎曲，腳上有長毛，趾有銳利

的爪，翼大善飛。性猛，肉食，晝間活動。多棲息於山林或平原地帶。如蒼鷹、雀鷹等。

【鷹犬】打獵時追捕禽獸的鷹和獵狗。引伸為爪牙。今多用為貶義，猶言幫凶。

【鷹揚】威武的樣子。亦謂逞威。

鶯(莺) (xué)⊜hok⁹[學]鳥名。指灰雀屬各種類。舊時曾以此名為該屬各種類的通稱。概指小形鳴禽，體形似雀而羽色不同。鳴聲悅耳。

鸊(䴙) (pì)⊜pik⁷[僻][鸊鷉]鳥名。鸊鷉科各種類的通稱。體形似鴨而較小。棲生水草叢生的湖沼或澤地，極善潛水。

鷾(鷾) (yì)⊜ji³[意]見"鷾鴯"。

【鷾鴯】亦作"意而"、"意怠"。即燕子。

鸂(㶇) (xī，又讀 qī)⊜kei¹[溪]見"鸂鶒"。

【鸂鶒】(─chì)亦作"鸂𪆁"。水鳥名。或以此鳥形大於鴛鴦而色多紫，故亦稱"紫鴛鴦"。

鸃(𪇮) (yí)⊜ji⁴[而]見"鵔鸃"。

鸇(鸇) (zhān)⊜dzin¹[煎]古籍中鳥名，似鷂鷹。

鷞(鹴) (xuán)⊜syn⁴[船]鷞科部分種類的通稱。一般大小約如白鷺。喙細長而圓，向下彎曲。足粗健，較鷺稍短，但趾爪皆長。習性似鷺，同為涉禽。

鸆(鸆) (yú)⊜jy⁴[如]見"蒼鸆"。

鸀(鸀) ⊖(shǔ，又讀 zhuó)⊜suk⁹[蜀]⊜dzuk⁹[鑿](又)鳥名。似鳥而小，赤嘴。

⊜(zhú)⊜dzuk⁹[足]見"鸀鳿"。

【鸀鳿】水鳥名。即鸑鷟。

鷲(鹥) (ǎo)⊜ou²[襖]見"䳊❷"）

十四畫

鸐(鸐) (dí)⊜dik⁹[敵]鳥名，即山雞。

鸑(鹫) (yuè)⊜ŋɔk⁹[岳]見"鸑鷟"。

【鸑鷟】❶水鳥名。似鳧而大，赤目。亦作"鸑鸉"。❷鳳的別稱。

鸒(鸒) (yù)⊜jy⁶[預]即鵯鴋。

鸓(鸓) 同"鸓"。

鳥(鸋)
"鸆"的異體字。

鸋(鸋) (níng)⊜niŋ⁴[寧]見"鷦鸋"。

【鷦鸋】鳥名。即"鷦鷯"。

鸏(鹲) (méng)⊜muŋ⁴[蒙]鳥名。鸏屬各種的通稱。亦稱"熱帶鳥"。皆中型到大型海鳥。體白色或灰色。嘴強直而側偏，末端尖銳，邊緣呈鋸齒狀。尾羽色彩鮮明奪目。多棲息於熱帶遠洋，主食魚類。

鸌(鹱) (hù)⊜wok⁹[獲]鳥名。大型海鳥。比較普通的種類如白額鸌。頭頂前部及頸側皆白色，圍以褐色縱紋；上體其餘部份暗褐色，下體純白無斑。足短，趾間具蹼。喙端微鈎，多夜出覓食魚類和軟體動物等。

十六畫

鸕(鸬) (lú)⊜lou⁴[盧][鸕鷀]鳥名。亦稱"水老鴉"、"魚鷹"。羽毛主要為黑色，帶有紫色金屬光澤。棲息河川、湖沼和海濱，善潛水捕食魚類。營巢於葦叢中或矮樹、峭壁上。經馴養可用來捕魚。

十七畫

鸚(鹦) (yīng)⊜jiŋ¹[英][鸚鵡]鳥名。亦俗稱"鸚哥"。頭圓，上嘴彎曲成鈎狀，羽毛色彩美麗，舌肉質而柔軟，經反覆訓練，能模仿人言的聲音。多棲息熱帶森林中。主食果實。

鸘
鷞
(shāng)⓿sœŋ¹〔商〕同"鸘"。見"鸘鸘"。

十八畫

鸛(鹳)
(guàn)⓿gun³〔貫〕鳥名。鸛科various種類的通稱。大型涉禽。形似鶴亦似鷺。嘴長而直，翼長大而尾圓短。飛翔輕快。常活動於溪流近旁，夜宿高樹。主食魚、蛙、蛇和甲殼類。

鶋
(qú)⓿kœy⁴〔渠〕同"鴝"。

十九畫

鸝(鹂)
(lí)⓿lei⁴〔離〕〔黃鸝〕鳥名。亦稱"黃鶯"、"黃鳥"、"倉庚"。羽毛黃色，從眼部到頭後部有黑色斑紋，嘴淡紅色。鳴聲婉轉動聽。吃森林中的害蟲，是益鳥。

鸞(鸾)
(luán)⓿lyn⁴〔聯〕❶傳說中的鳳凰一類的鳥。❷通"鑾"。古代的一種車鈴。亦指刀上的鈴。見"鸞刀"。
【鸞刀】有鈴的刀。亦作"鑾刀"。
【鸞車】古代有鸞鈴的車乘。又送葬時載牲體明器，也用鸞車。
【鸞和】亦作"和鸞"。古代車馬所用的兩種鈴。
【鸞旗】皇帝儀仗中的旗。
【鸞鳳】鸞鳥和鳳凰。(1)比喻賢俊之士。(2)比喻夫婦。如：鸞鳳和鳴。
【鸞膠】傳說中的一種膠，能把弓弦斷處黏在一起。後以續膠、續弦或鸞膠再續喻男子續娶。
【鸞鏡】妝鏡。
【鸞鑣】古代繫鸞鈴的馬銜頭叫"鸞鑣"。亦借指車子。
【鸞翔鳳集】比喻人才會聚。
【鸞翔鳳翥】比喻書法筆勢飛動之態。
【鸞鳳和鳴】"鸞鳳"，比喻夫妻；"鸞鳳和鳴"，比喻夫妻和諧。常用作結婚的賀詞。
【鸞飄鳳泊】❶形容書法筆勢盤屈離披之態。

❷比喻夫婦離散或才士失志。

鹵 部

鹵(卤)
(lǔ)⓿lou⁵〔老〕❶不生穀物的鹹鹵地。❷通"魯"。愚鈍。
【鹵莽】❶亦作"魯莽"。冒失；粗率；不鄭重。參見「鹵莽滅裂」。❷荒地野草。又用為荒廢的意思。
【鹵簿】古代帝王出行時在其前後的儀仗隊。自漢以後，后、妃、太子、王公、大臣皆有鹵簿，各有定制，並非自天子所專用。
【鹵莽滅裂】同"魯莽滅裂"。

九畫

鹹(咸)
(xián)⓿ham⁴〔函〕鹽的味道。如：鹹菜。

十畫

鹺(鹾)
(cuó)⓿tsɔ⁴〔鋤〕❶鹽。❷鹹味。如：鹺魚。

鰜
"鹼"的異體字。

十三畫

鹼
同"鹹"。

鹽(盐)
㊀(yán)⓿jim⁴〔炎〕❶食鹽。有海鹽、井鹽、池鹽、巖鹽等。❷由金屬離子(包括銨離子)和酸根離子所組成的化合物稱為鹽(類)。如氯化鈉、碳酸鈉、硝酸銨、硝酸鉀等。
㊁(yàn)⓿jim⁶〔驗〕❶用鹽醃物。❷通"豔"。曲名。樂府有"昔昔鹽"、"黃帝鹽"等。
【鹽梟】舊時私販食鹽的人，大多有武裝。

鹿 部

鹿 (lù)粵luk⁹〔綠〕❶鹿科動物的通稱。通常雄的有角(馴鹿雌的也有角),每年脫換一次;比較原始的種類,雌雄皆無角。❷指所要獵獲的對象。常用以比喻政權。參見"逐鹿"、"鹿死誰手"。

【鹿豕】指山野無知之物。亦用以比喻愚蠢的人。如:鹿如鹿豕。

【鹿車】❶用鹿拉的車子。❷古時的一種小車。❸即輾輞車。糰絲車。

【鹿臺】古臺名。別稱"南單之臺"。故址在今河南湯陰朝歌鎮南,殷紂王所築。

【鹿獨】猶落拓。流離顛頓的樣子。

【鹿盧】❶即轆轤。滑車;絞盤。❷古劍首以玉作鹿盧形為飾,名鹿盧劍。

【鹿駭】鹿性易驚,比喻戰亂中驚惶紛擾的樣子。

【鹿鳴宴】唐代鄉舉考試後,州縣長官宴請得中舉子的宴會。因在宴會上歌《詩·小雅·鹿鳴》,故名。明清沿此,於鄉試放榜次日,宴請考中的舉人和內外簾官等歌《鹿鳴》,作鴷星舞,稱"鹿鳴宴"。

【鹿死誰手】《晉書·石勒載記下》有"未知鹿死誰手"之語,鹿,謂獵取的對象,比喻政權。未知鹿死誰手,謂不知天下為誰所得。參見"逐鹿"。今也用來指不知誰能獲勝,多用於講比賽的勝負。

【鹿死不擇音】"音"通"蔭",謂庇蔭之處。比喻只求安身,不擇處所。

二 畫

麀 (yōu)粵jeu¹〔休〕牝鹿。也泛指牝獸。

麂 (jǐ)粵gei²〔己〕動物名。小型鹿類。僅雄的有角。

麁 同"粗"。

四 畫

麇 (yāo)粵ou²〔襖〕幼麇。

麃 (biāo)粵biu¹〔標〕❶通"穮"。耕耘。❷見"麃麃"。

【麃麃】勇武的樣子。

麤 同"粗"。

五 畫

麅 (páo)粵pau⁴〔刨〕動物名。一作"狍"。亦稱"麅子"。體長達一米餘,尾很短。雄的有角,角小,分三叉。分佈於歐、亞兩洲。肉可食,毛皮可做褥墊或製革。

麇 ㊀(jūn)粵gwen¹〔君〕❶同"麕㊀"。獸名,即麞。❷春秋時國名。在今湖北䣓縣西南。
㊁(qún)粵kwen²〔羣〕同"麕㊁"。成羣。
㊂(kūn)粵kwen²〔捆〕捆。

【麇集】(qún—)羣集;羣集。

麈 (zhǔ)粵dzy²〔主〕❶獸名。似鹿而大,尾毛可以做拂塵。❷麈尾的省稱,即拂塵。

【麈尾】拂塵。用麈的尾毛製成。

【麈談】魏晉人清淡時常執麈尾,因稱清淡為"麈談"。亦泛指閒居談論。

麚 (jiā)粵ga¹〔加〕牡鹿。

六 畫

麋 (mí)粵mei⁴〔眉〕❶動物名。即麋鹿。也叫四不像。毛淡褐色,雄的有角,角像鹿,尾像驢,蹄像牛,頸像駱駝。性溫順,吃植物。❷通"麋"。見"麋沸"。

【麋沸】同"麋沸"。混亂的樣子。

七 畫

麌 (yǔ)粵jy⁵〔雨〕❶動物名,即雌麞。❷見"麌麌"。

【麌麌】指鹿羣聚的樣子。

麐 "麟"的異體字。

八　畫

麑 (ní，又讀 mí)⑨ŋɐi⁴〔危〕幼鹿。

麒 (qi)⑨kei⁴〔其〕見"麒麟"。

【麒麟】亦作"騏驎"。古代傳說中的一種動物。其狀如鹿，獨角，全身生鱗甲，尾像牛。多作爲吉祥的象徵。亦簡稱"麟"。亦借喻傑出的人。

【麒麟閣】漢代閣名。在未央宮內。漢宣帝時曾繪霍光等十一功臣圖像於閣上，以表揚其功績。古代多以"麒麟閣"或"麟閣"表示卓越的功勳和最高的榮譽。

麓 (lù)⑨luk⁷〔祿〕❶山脚。如：泰山之麓。❷管理苑囿的官。

麇 ㊀(jūn)⑨gwen¹〔君〕動物名，亦作"麏"。即獐。
㊁(qún)⑨kwen⁴〔羣〕通"羣"。成羣。如：麇至。

麗(丽) ㊀(lì)⑨lei⁶〔例〕❶光采煥發；美麗。如：風和日麗；麗人。❷附着。如：附麗。
㊁(lí)⑨lei⁴〔離〕通"罹"。遭遇；落入。

【麗風】西北風。亦作"厲風"。參見"八風"。
【麗都】華麗；華貴。
【麗譙】高樓。亦以稱譙樓，即更鼓樓。
【麗靡】同"靡麗"。

麖 (jīng)⑨giŋ¹〔京〕獸名。體比鹿大，毛色煤褐，眼上具黃褐色斑紋，角分叉。棲於空曠山麓。

九　畫

麊 (mí)⑨mei⁴〔迷〕❶同"麛"。即小鹿。❷小獸的通稱。

麙 (yán)⑨ŋam⁴〔岩〕❶細角羚羊。❷熊虎子絕有力者之稱。

十　畫

麝 (shè)⑨sɛ⁶〔射〕❶動物名。亦稱"香麝"。前肢短，後肢長，蹄小，耳大，雌雄都無角。體呈棱色。雄麝臍與生殖孔之間有麝香腺，分泌的麝香可作藥用和香料用。❷指麝香，亦泛指香氣。

【麝煤】作墨的原料，因用爲墨的代稱。

十一畫

麞 (zhāng)⑨dzœŋ¹〔章〕動物名。亦稱"河麂"、"牙獐"。雌、雄都無角。雄的犬齒發達，形成"獠牙"，故名"牙麞"。毛粗長，黃褐色。行動靈敏，善跳躍，能游泳。肉可食，皮可製革。

【麞頭鼠目】本形容人的寒傖相。後常用以形容面目猥瑣、心術不正的人。

十二畫

麟 (lín)⑨lœn⁴〔鄰〕❶見"麒麟"。❷通"燐"。見"麟麟"。

【麟角】比喻稀罕可貴的人才或事物。
【麟趾】❶麟足。❷《詩·周南·麟之趾》篇以"振振公子"等語稱美周文王子孫昌盛，後遂以"麟趾"爲子孫昌盛之喻。
【麟經】指《春秋》。孔子作《春秋》至獲麟絕筆，故《春秋》又稱"麟經"。亦作"麟史"。
【麟鳳】麟和鳳都是傳說中的珍異動物，用以比喻品格高尚的人。
【麟麟】同"燐燐"。光明的樣子。
【麟角鳳距】麟角、鳳爪，比喻雖備而不必用之物。
【麟角鳳嘴】麟角、鳳嘴，指稀罕而名貴的東西。

十七畫

麢 (líng)⑨liŋ⁴〔零〕同"羚"。

二十二畫

麤 "粗"的異體字。

麥部

麥(麦) ⁽ᵐᵃⁱ⁾粵mek⁹〔脈〕植物名。
一、二年生植物。種類甚多，
有小麥、大麥、燕麥、黑麥等。種子可供
食用，或作飼料、釀酒、製飴糖；稈可作
編織或造紙原料。

【麥浪】風吹麥田，麥起伏如波浪。

【麥飯】以麥爲飯。引伸爲粗糲的飯。

【麥穗兩歧】亦作"麥秀兩歧"。一麥二穗。謂
豐收。《後漢書·張堪傳》載，漁陽太守張
堪勸民耕種，於狐奴開稻田八千餘頃，當
時有"桑無附枝，麥穗兩歧"的傳說。

四　畫

麩(麸) ⁽ᶠᵘ⁾粵fu¹〔夫〕❶小麥的皮
屑，俗稱麩皮。❷麥筋(即麪
筋)的省稱。如：烤麩。

【麩炭】亦稱"浮炭"、"桴炭"。一種質鬆而
輕、極易着火燃燒的炭，是用木材燒焦後
入水或窒於甕中製成。

麪(面) ⁽ᵐⁱᵃⁿ⁾粵min⁶〔面〕❶糧食磨
成的粉，也特指小麥粉。如：
玉米麪；上白麪。❷麪條。如：湯麪；掛
麪。❸粉末。如：胡椒麪；藥麪兒。

六　畫

麰(䴩) ⁽ᵐᵒᵘ⁾粵meu⁴〔謀〕大麥。也
指用大麥做成的麴。

麵 "麴"的異體字。

七　畫

麱 "麩"的異體字。

八　畫

麴(曲) ⁽ᑫᵘ⁾粵kuk⁷〔曲〕含有大量能
發酵的活微生物或其酶類的發
酵劑或糖化劑。一般用糧食副產品培養黴
生物製成。

【麴生】鄭棨《開天傳信記》載，唐代
道士葉法善，居太眞觀。有朝客十餘人來
訪，解帶淹留，滿座思酒。突有一少年座
睨直入，自稱麴秀才，抗聲談論，一座皆
驚。良久暫起，如風旋轉。法善心以爲是妖
魅，俟麴生復於，密以小劍擊之，隨手墜
於堦下，化爲瓶榼，美酒盈瓶。坐客大笑
飲之，其味甚佳。後因以"麴生"或"麴秀
才"爲酒的別稱。

【麴黴】⁽ᑫᵘ⁻⁾酒麴所生的細菌，色微黃如
塵，因稱淡黃色爲麴塵。

【麴糵】⁽ᑫᵘ⁻⁾酒母。也指酒。

麨(麨) ⁽ᵍᵘᵒ⁾粵gwɔ²〔果〕❶同"粿"。
❷酒母；餅。

九　畫

麵 "麪"的異體字。

麻部

麻 ⁽ᵐᵃ⁾粵ma⁴〔蔴〕❶麻類植物的總
名。有大麻、亞麻、苧麻、苘麻等。
古代專指大麻。亦作蔴。❷麻布的喪服。
如：披麻戴孝。❸唐、宋時任命大臣用黃
白麻紙頒詔，因即以爲任命詔書的代稱。
❹面部瘢瘢。如：面麻；麻子。引伸指物
體表面不平滑。❺麻木；感覺不靈。如：
手麻；腳麻。❻喻紛亂。見"麻沸"。

【麻木】人體一部份失去感覺。引伸爲對外界
事物感覺遲鈍，反應不靈敏。如：麻木不
仁。

【麻衣】❶喪服。❷古代的常服。❸布衣。指
赴試擧子的衣服，也用作擧子的代稱。

【麻沸】亦作"麋沸"、"䴙沸"。形容混亂之
極。

【麻胡】傳說中的人名，民間常用以嚇唬小
孩。

【麻木不仁】比喻對事物反應遲鈍或漠不關心。

三畫

麼(么) ㊀(mǒ)[粵]mɔ^{1}〔魔〕細小。㊁(ma)[粵]ma^{1}〔媽〕表語氣。同"嗎"。㊂(me)[粵]同㊀❶作詞助。如：這麼；什麼；多麼。古代詞曲中亦用爲這麼、那麼等的省文。❷歌詞中的襯字。如：五月的花兒開呀，紅呀麼紅似火。

麽 "麼"的異體字。

四畫

麾 (huī)[粵]fɐi^{1}〔揮〕❶古代用以指揮軍隊的旗幟。❷通"揮"。指揮；號召。如：麾軍。

【麾下】猶言在主帥的旌麾之下，即部下。亦用作對將帥的尊稱。

八畫

緅 (zōu)[粵]dzɐu^{1}〔周〕見"緅蒸"。

【緅蒸】麻稈。比喻脆弱無用之材。

十三畫

黂 (fén)[粵]fɐn^{4}〔墳〕亂麻。

黃部

黃 (huáng)[粵]wɔŋ^{4}〔皇〕❶金子或杏子的顏色。如：金黃；杏黃。❷黃帝的簡稱。如：黃老；炎黃。❸指幼兒。古戶役制，隋代以三歲以下的幼兒爲黃，唐代以初生嬰兒爲黃。❹指黃河。如：黃泛區。❺姓。

【黃口】雛鳥。也指兒童。

【黃白】黃金與白銀。古代指方士燒煉丹藥點化金銀的法術。後用爲金銀的別稱。

【黃耳】《晉書·陸機傳》載，機有駿犬名曰黃耳，能爲機傳送家書。後因以"黃耳"爲寄遞家書的典故。

【黃色】❶黃的顏色。❷下流，墮落的，特指色情。如：黃色小說。

【黃卷】書籍。古人用辛味、苦味之物染紙以防蠹，紙色黃，故稱"黃卷"。寫錯可用雌黃塗改。

【黃昏】❶日落而天色尚未黑的時候。❷昏暗之色。

【黃花】❶菊花。❷菜花。

【黃門】❶官名。漢唐間非宦者充任的黃門侍郎、給事黃門侍郎等官的簡稱。如：晉潘岳官給事黃門侍郎，江淹《雜體》詩稱之爲潘黃門。❷指宦官。漢代給事內廷有黃門令、中黃門諸官，皆以宦者充任，故稱。

【黃冠】❶古代指箬帽之類。蠟祭時戴之。❷道士所戴束髮之冠。用金屬或木類製成，其色尚黃，故曰黃冠。因以爲道士的別稱。

【黃屋】古代帝王所乘車上以黃繒爲裏的車蓋。因亦即指帝王車。

【黃泉】❶地下的泉水。❷指人死後埋葬的地穴。亦指陰間。

【黃耇】形容長壽者。亦用以稱元老。

【黃堂】古時太守衙中的正堂。因稱太守爲"黃堂"。

【黃梅】❶成熟的梅子。❷梅子成熟的季節。❸臘梅的別名。

【黃袍】❶古代帝王的袍服。❷黃鳥的別名。

【黃扉】即"黃閣"，宰相官署。參見"黃閣"。唐時又指門下省，亦泛指朝中。

【黃童】幼童頭髮黃色，故稱"黃童"。

【黃粱】粟米名。即黃小米。

【黃鉞】以黃金爲飾的斧。古代爲帝王所專用，或特賜給專主征伐的重臣。

【黃榜】皇帝的文告，用黃紙書寫，故稱。亦作"皇榜"。

【黃閣】漢代的丞相、太尉和漢以後的三公官署避用朱門，廳門塗黃色，以區別於天子，稱爲"黃閣"。後以"黃閣"指宰相官

署。

【黃髮】指年老；亦指老人。

【黃曆】❶一作「皇曆」。清代朝廷頒發的曆書，是排列月、日、干支、節氣等供查考的書。後亦泛指曆本。❷傳說中黃帝時的曆法。

【黃鵠】❶鳥名。即天鵝。❷黃鶴山的別稱。在湖北武昌西。

【黃壚】❶極深的地下。猶言黃泉。壚，黑土。❷《世說新語‧傷逝》載，王濬沖乘車經過黃公酒壚時，感念秘康、阮籍等亡友。壚，安放酒甕的土臺。後世因用「黃壚」作悼念亡友之辭。

【黃鶴】傳說中仙人所乘的一種鶴鳥。崔顥《黃鶴樓》詩有「昔人已乘黃鶴去，此地空餘黃鶴樓。黃鶴一去不復返，白雲千載空悠悠」的詩句，後因以「黃鶴」比喻一去不返。☞：杳如黃鶴。

【黃河清】黃河渾濁難清，古人以為黃河清是祥瑞。又以比喻難得、罕見的事情。

【黃金臺】古地名。又稱金臺、燕臺。故址在今河北易縣東南北易水南，相傳爲戰國時燕昭王築，置千金於臺上，延請天下賢士，故名。

【黃馬褂】清代的一種官服。巡行扈從在大臣，如御前大臣、內大臣、內廷王大臣、侍衛什長，皆例准穿黃馬褂。有功大臣也特賜穿著。

【黃梅雨】夏初梅子黃時的雨。

【黃傘格】舊時用來阿諛人的一種書信格式。都用駢體。在八行書上每行直行都有吹捧的語句，這些語句都跳行抬頭寫，因而每行都不寫到底，只有中間一行寫受信人的名號，比別行抬高一格，又又特別多，一直寫到底，矗立於兩旁短行間，整個信就像舊時官吏儀仗中的一柄黃傘，故稱。

【黃粱夢】唐沈既濟《枕中記》載，盧生在邯鄲客店中晝寢入夢，歷盡富貴繁華。夢醒，主人炊黃粱尚未熟。後因以喻虛幻的事和欲望的破滅。

【黃河郎】漢代掌管船舶行駛的吏員。亦指水軍。

【黃金時代】❶指政治、經濟或文化最繁榮的時期。❷指人一生中最寶貴的時期。

【黃袍加身】後周時，趙匡胤爲太尉，在陳橋驛發動兵變，諸將替他披上黃袍，擁立爲帝，是國號爲宋，是宋太祖。後因以「黃袍加身」指被部屬擁立爲帝。

【黃楊厄閏】傳說黃楊木難長，遇閏年非但不能生長，反而要縮短。因以「黃楊厄閏」比喻境遇困難。

【黃絹幼婦】「絕妙」二字的隱語。《世說新語‧捷悟》載，曹操曾經過曹娥碑下，碑背上見題作「黃絹幼婦，外孫𩐪臼」八字。楊修說：「黃絹，色絲也，於字爲絕。幼婦，少女也，於字爲妙。外孫，女子也，於字爲好。𩐪臼，受辛也，於字爲辭。所謂絕妙好辭也。」按「受辛」合爲「𩐪」，是「辭」的異體字。

【黃道吉日】古人認爲青龍、明堂、金匱、天德、玉堂、司命等六辰都是吉神。六辰值日的日子，諸事皆宜，不避凶忌，稱爲「黃道吉日」。

【黃旗紫蓋】古代認爲天空出現黃旗紫蓋狀的雲氣，爲天子之兆。

【黃綿襖子】比喻冬天的太陽。

【黃臺瓜辭】《舊唐書‧承天皇帝倓傳》載，唐高宗時武后生四子，長子弘立爲太子，武后因圖謀臨朝攬政，藥死弘而立次子賢，賢懼，行此樂章。歌詞說：「種瓜黃臺下，瓜熟子離離。一摘使瓜好，再摘令瓜稀。三摘猶尚可，四摘抱蔓歸」。後稱這一樂章爲黃臺瓜辭」。

五　畫

黈 (tǒu)粵teu²〔體嘔切〕❶黃色。❷增益。見「黈益」。

【黈益】增益。

𪔂 (tiān)粵tim¹〔添〕❶黃色。❷〔𪔂鹿〕鹿的一種，角的上部扁平或呈掌狀，尾略長，性溫順。

十三畫

黌(黉) (hóng)粵hung⁴〔洪〕古時學校。

【黌宇】古時學校的校舍。

黍 部

黍 (shǔ)粵sy²〔鼠〕❶植物名。亦稱"黍子"、"糜子"、"稷"。一年生草本。稈直立，被茸毛。葉綫狀披針形。生育期短，喜溫暖，不耐寒，抗旱力極強。中國北方栽培較多，子粒供食用或釀酒。❷酒器名。

【黍尺】古代用黍百粒排列起來，取其長度作爲一尺的標準，叫做"黍尺"。橫排的稱"橫黍尺"，縱排的稱"縱黍尺"。舊制營造尺就是縱黍尺。橫黍尺一尺等於縱黍尺八寸一分。

【黍絫】(一lěi)亦作"絫黍"。輕微的重量。

三　畫

黎 (lí)粵lei⁴〔犂〕❶眾多。如：黎民；黎庶。❷黑色。如：黎黑。❸見"黎老"。❹迫至；比及。見"黎明"。❺〔黎族〕中國少數民族名。聚居海南島中南部。

【黎元】黎，黎民；元，百姓。黎元，猶言民眾。

【黎民】即民眾。

【黎老】老人。

【黎明】亦作"黎明"。天將亮未亮時。

【黎苗】黎民；民眾。

【黎烝】亦作"黎烝"。平民；民眾。

【黎丘丈人】《呂氏春秋·疑似》記載的一寓言故事說：黎丘地方一老人，在醉酒回家的路上，被偽裝其子的奇鬼所騙；又一次歸，遇到前來迎接的兒子，老人以爲又是奇鬼的化裝，便殺了自己的兒子。後以"黎丘丈人"比喻惑於假像、不察真情而陷於錯誤的人。

五　畫

黏 ㊀(zhān，讀音 niān)粵nim¹〔念高平〕dzim¹〔尖〕(又)黏的東西附着在物體

上或者互相連結。如：糖黏牙。

㊀(nián)粵nim¹〔念高平〕具有黏性。如：黏液；黏濕。

㊁(zhān)粵nim¹〔尼炎切〕用黏的東西使物件連結起來。如：黏信封；黏海報。

㊃(zhān)粵dzim¹〔尖〕黏米，即白米。

十一畫

黐 (chī，又讀 í)粵tsi¹〔雌〕❶木膠。用細葉冬青的莖部內皮搗碎製成，可以捕鳥。❷粵方言。黏合的意思。

穈 (méi)粵mei⁴〔眉〕糜子，和黍同類的穀物，即"糜"。

黑 部

黑 (hēi，讀音 hè)粵hɐk⁷〔刻〕❶煤炭般的顏色。如：黑墨；黑漆。❷昏暗無光。如：白天黑夜。❸私下的；秘密的；非法的。如：黑話；黑市。❹惡毒。如：黑心。❺黑龍江省的簡稱。

【黑市】暗中進行的不合法買賣的市場。

【黑白】黑色和白色，比喻是非、善惡。如：黑白不分。

【黑衣】❶古代軍士黑色，因以"黑衣"爲軍士的代稱。❷僧衣。

【黑甜】酣睡。睡夢中的境界叫"黑甜鄉"。

【黑幕】不可告人的醜惡內情。

【黑頭】❶謂少年。❷京劇腳色行當。原稱以唱功爲主、勾黑色臉譜者爲黑頭。後泛指偏重唱功的花臉腳色。有時也作爲大花臉的同義語。

【黑錢】指用貪贓受賄等非法手段得來的錢。

三　畫

黓 (yì)粵jik⁹〔亦〕黑色。

四　畫

黔（qián）粵kim⁴〔鉗〕❶黑色。見「黔首」。❷貴州省的簡稱。因為境東北部在戰國、秦代屬黔中郡，在唐代屬黔中道，故名。

【黔首】戰國及秦代對人民的稱謂。

【黔婁】戰國時齊國的隱士。劉向《列女傳》、皇甫謐《高士傳》載，齊、魯的國君請他出來做官，他總不肯。家中甚貧，死時衾不蔽體。他的妻子和他一樣貧行道。

【黔黎】黔首、黎民的合稱。指百姓。

【黔驢之技】也作「黔驢技窮」。柳宗元《三戒·黔之驢》中說，黔地無驢，有人從外地帶來一頭，放牧在山裏。老虎看見驢是個龐然大物，以為是神，老虎就躲開了。後來逐漸靠近，加以戲弄，驢大怒，踢了老虎一腳。老虎看透驢的本事不過如此，就把它吃掉了。後因以「黔驢之技」或「黔驢技窮」比喻炫耀拙劣的伎倆而本領有限。

黕（dǎn）粵dem²〔島敢切〕❶污垢。❷烏黑。

默（mò）粵mek⁹〔墨〕靜默；不語。如：沉默；默不作聲。

【默哀】為表示悼念，低下頭來肅立着。

【默契】心意相契合。謂雙方的意思沒有明白說出，而互相理解相同。

【默默】❶不說話的樣子。❷幽寂；沒有聲音。❸無知的樣子。❹不得意的樣子。

【默識】（—zhì）識通「誌」。謂暗記而不忘。

黛（dài）粵doi⁶〔代〕青黑色的顏料，古代女子用以畫眉。引伸為婦女眉毛的代稱。

【黛綠】製成螺形的黛墨，用以作畫。也用以畫眉，引伸為婦女眉毛的代稱。

黜（chù）粵dzœt⁷〔卒〕tsœt⁷〔出〕（又）❶貶斥；廢除。如：黜職。❷減損。

【黜陟】亦作「絀陟」。指官吏的進退升降。

黝（yǒu）粵jeu²〔倚糾切〕淡黑色。如：黝暗。

點（点）（diǎn）粵dim²〔抵掩切〕❶液體的小滴。如：雨點。❷細小的痕迹。如：斑點。❸漢字筆畫的一種，即「、」。❹用筆加點；標點句讀。如：點句；評點。❺畫龍點睛。引伸為裝飾。如：

裝點；點綴。❻更點。古代用銅壺滴漏計時，把一夜分為五更，一更分為五點，每次擊柝或擊鐘鼓以報時。今稱一小時為一點鐘。❼一定的地點或限度。如：起點；據點；頂點；沸點。❼事物的項目或部分。如：優點；缺點；特點；重點；提出三點；突破一點。❽向下微動或一觸即起。如：點頭；以手點地；點燃。如：點燈，一點就着❿使物體一點點落下。如：點眼藥；點種子。⓫查對；檢核。如：點收；點貨。⓬指定。如：點菜；點戲。⓭指點；啟示。如：點破，一點就懂。⓮古樂器名。形如小銅鼓，中間隆起，過有孔而小，繫繩指手上敲打。又舊時官署中的雲版也稱「點」。⓯點心的簡稱。如：早點；茶點；糕點。⓰表示少量。如：一點兒小事。

【點子】❶液體的小滴。如：雨點子。❷小的痕迹。如：油點子。❸指打擊樂器演奏時的節拍。如：鼓點子。❹關鍵的地方。如：勁兒沒使在點子上。❺主意；辦法。如：想點子。

【點化】❶原指古代方士的所謂點金術。引伸為指點感化，指佛家或道家用言語方術誘人學道。❷點綴；美化。

【點心】飢時進食物。糕餅之類的小食亦稱點心。

【點火】比喻挑起是非，製造事端。

【點卯】舊時官署初時開始辦公事，吏役按時報到，叫應卯，官員查點人數叫點卯，其名冊叫卯冊。

【點染】畫家隨意點染。

【點定】修改文字作最後定稿。

【點染】❶畫家點筆染染翰筆點染汚。❷玷汚。

【點綴】略加渲染。

【點檢】❶檢查，查察。今通作「檢點」❷查核。差發。❸官名。即都點檢。五代周世宗設置點檢，以都點檢、副都點檢為正副長官，與侍衞親軍馬步軍都指揮使同為禁軍最高統帥。宋初廢。

【點滴】形容小而多。

【點竄】刪去；竄，改易。謂修整字句。

【點題】用扼要的話把談話或文章的中心意思提示出來。

【點額】《水經注·河水》說：鱣於每年三月上渡龍門，得渡則爲龍；否則「點額而還」。後因以「點額」比喻應試落第。

【點鐵成金】古代方士謊言能用丹將鐵點化成金子。後比喻把別人文句略加點竄，頓然改觀。

六畫

黟 (yī)⑨ji¹〔衣〕黑色的樣子。

黠 (xiá)⑨kit⁸〔揭〕聰慧；狡猾。如：鬼黠。

七畫

黣 (měi)⑨mui⁵〔每〕面色晦黑。

黢 (qū)⑨dzœt⁷〔卒〕黑。

八畫

黥 (qíng)⑨kiŋ⁴〔擎〕❶古代的一種肉刑，墨刑的異稱。用刀刺刻額頰等處，再塗上墨。❷在人身上雕字或花紋。也叫"箚青"。❸古時兵士臉上野字刺黑作記號，以防逃亡。

黦 (yuè)⑨wet⁷〔屈〕黃黑色。

黎 (lí)⑨lei⁴〔黎〕黑色。

【黧黃】鳥名，即倉庚。亦稱黃鸚、黃鸝。黧亦作"黎"。

黨（党） (dǎng)⑨dɔŋ²〔擋〕❶政黨。如：民主黨。❷古代地方組織，五百家爲黨。如：鄉黨。❸親族。如：母黨。❹朋輩。❺偏袒。如：黨同伐異。

【黨人】指政治上結成朋黨的人。

【黨羽】黨徒。一般指惡勢力集團中的附從者。

【黨禁】謂禁止列名黨籍者出任官職。

【黨禍】因結朋黨而釀成的災禍。

【黨與】朋黨。

【黨同伐異】偏袒同黨，攻擊異己。

黿 同"黿"。

九畫

黤 (àn)⑨em²〔黯〕面有疵。

黭 ㊀(àn)⑨em²〔黯〕深黑色。見"黭黮"。
㊁(yǎn)⑨jim²〔掩〕通"奄"。忽；乍。

【黭黮】猶"黮黮"。昏暗的樣子。亦作"黤黮"。

黮 (dàn，又讀 dǎn)⑨dɐm²〔抵感切〕黑。見"黮黮"。

【黮暗】暗淡不明的樣子。

【黮黮】烏黑的樣子。

黯 (àn)⑨em²〔庵高上〕❶深黑。❷心神沮喪的樣子。

【黯淡】同"暗淡"。不明亮；不鮮明。淡，亦作"澹"。

【黯黮】同"暗黮"。昏暗的樣子。

【黯黮】昏暗的樣子。

十畫

黰 (zhěn)⑨tsɐn²〔診〕dzɛn²〔紙忍切〕(又)❶烏黑的樣子。❷通"鬒"。

十一畫

黲（黪） (cǎn)⑨tsam²〔慘〕灰黑色。參見"黲黱"。

【黲黱】混濁不清的樣子。

黴（霉） (méi)⑨mei⁴〔眉〕即黴菌。體呈絲狀，叢生，可產生多種形式的孢子。多號很多。可用以產生工業原料，進行食品加工，製造抗菌素，生產農藥等。另有一小部分則可引起人與動物的病害。

十三畫

黵 (dǎn)粵dam²〔膽〕❶污黑。❷古時在受刑的人或兵士的臉上刺字。

十四畫

黶 (黡) (yǎn)粵jim²〔掩〕黑痣。

十五畫

黷 (黩) (dú)粵duk⁹〔讀〕❶貪污。❷通"嬻"。輕慢不敬。參見"嫫黷"。引伸為濫用。見"黷武"。❸黑。
【黷武】濫用武力；好戰。如：窮兵黷武。

黹 部

黹 (zhǐ)粵dzi²〔紙〕縫紉；刺繡。如：針黹。

五畫

黻 (fú)粵fet⁷〔弗〕❶古代禮服上黑與青相間的花紋。見"黼黻❶"。❷通"韍"。古代作祭服的蔽膝，用皮革做成。❸通"紱"。繫印的絲帶。

七畫

黼 (fǔ)粵fu²〔斧〕古代禮服上白與黑相間的花紋。見"黼黻❶"。
【黼座】即帝座。以座後設黼扆，故名。參見"黼扆"。
【黼扆】亦作"黼依"、"斧扆"、"斧依"。古代帝王座後的屏風，上有斧形花紋。
【黼黻】❶古代禮服上所繡的花紋。黼，黑白相間，作斧形，刃白身黑；黻，黑青相間，作亞形。❷花紋；文采。亦以比喻華麗的辭藻。

黽 部

黽 (黾) ㊀(měng)粵maŋ⁵〔猛〕蛙的一種。
㊁(mǐn)粵men⁵〔敏〕見"黽勉"。
【黽勉】(mǐn—)亦作"僶俛"。勉力；盡力。

四畫

黿 (鼋) (yuán)粵jyn⁴〔元〕❶動物名。亦稱"綠團魚"，俗稱"癩頭黿"。背甲近圓形，散生小疣，暗綠色，腹面白色。前肢外緣和蹼均呈白色。生活於河中。❷通"蚖"。即蜥蜴。
【黿鳴鼈應】比喻互相感應，一倡一隨。

五畫

鼂 ㊀(cháo)粵tsiu⁴〔潮〕同"晁"。姓。
㊁(zhāo)粵dziu¹〔招〕通"朝"。清晨。

六畫

鼃 (wā)粵wa¹〔蛙〕❶同"黿"。❷同"哇"。見"鼃聲"。
【鼃聲】荏邪的樂聲。
鼄 "蛙"的異體字。
鼄 同"蛛"。

八畫

鼅 同"蜘"。

十一畫

鼇 (鳌) (áo)粵ŋou⁴〔遨〕傳說中的海中大龜，一說大鼈。亦作鰲。
【鼇山】古代傳說海上有巨龜背負神山，舊時

元宵燈景中，把燈彩堆疊成山形，名鼇山，取義於此。宋代比風最盛。

【鼇足】古代神話中作為天柱的大鼇四足。

【鼇頭】唐宋時皇帝殿前陛階上鐫有巨鼇，翰林學士、承旨等官朝見皇帝時立於陛階的正中，故稱入翰林院為「上鼇頭」。又考中狀元的人在朝見皇帝時有資格立在鼇的頭上。因亦稱狀元及第為「獨佔鼇頭」。參見「獨佔鼇頭」。

【鼇戴】《列子·湯問》說：渤海之東有大壑，其下無底，中有五山，常隨波上下漂流，上帝使十五巨鼇舉首載之，五山才兀峙不動。後因用「鼇戴」比喻負荷之重或表示感戴的意思。

十二畫

鱉（鼈） (biē)⑨bit⁸〔憋〕亦作「鱉」。爬行動物名。亦稱「甲魚」、「團魚」。頭部淡青灰色，散有黑點。背甲通常橄欖色；腹面乳白色。生活於河湖、池沼中，分佈於中國南北地區。肉供食用，鼈甲可入藥。

鼉（鼍） (tuó)⑨tɔ⁴〔駝〕動物名。亦稱「揚子鱷」。長約2米餘，背面的角質鱗有六橫行。背部暗褐色，具黃斑和黃條；腹面灰色，有黃灰色小斑和橫條。穴居池沼底部，以魚、蛙、小鳥及鼠類為食，冬日蟄居穴中。為中國特產動物，主產於安徽南部青弋沼岸至太湖流域等地沼澤地區。

【鼉更】(gēng)謂更鼓。以鼉夜鳴與更鼓相應，故名。

【鼉鼓】用鼉皮蒙的鼓。又鼉之鳴聲如鼓。

鼍 (tuó)⑨tɔ⁴〔駝〕同「鼉」。

鼎　部

鼎 (dǐng)⑨diŋ²〔頂〕❶古代炊器。多用青銅製成。圓形，三足兩耳，也有方形四足的。盛行於殷周間。戰國和漢代常有用陶鼎作為隨葬的明器。古代亦用作烹人的刑具。參見「鼎鑊❷」。道士則用以煉丹煮藥。後來用作香爐。❷古代以為立國的重器。見「定鼎」、「問鼎」。❸鼎有三足，因喻三方並立。如：鼎立；鼎峙。❹三公的代稱。見「鼎輔」。❺正當。參見「鼎盛」。❻顯赫；盛大。見「鼎族」。❼更新。參見「鼎革」、「鼎新」。❽六十四卦之一。

【鼎甲】❶謂望族。❷科舉制度中進士一甲前三名的總稱。即第一名狀元，第二名榜眼，第三名探花。因鼎有三足，一甲共三名，故稱。狀元居鼎甲之首，別稱鼎甲。

【鼎立】三方面的勢力對立，如鼎之三足。

【鼎臣】猶言重臣、大臣。

【鼎足】鼎有三足，比喻三方面對立的局勢。

【鼎沸】形容局勢不安定，如鼎水之沸騰。也形容嘈雜。如：人聲鼎沸。

【鼎峙】比喻三方面對立，猶如鼎足並峙。

【鼎革】取義於鼎、革二卦名。鼎，取新；革，去故。多指改朝換代。參見「鼎新革故」。

【鼎食】列鼎而食。指豪侈生活。

【鼎祚】猶言國祚，國運。夏商周以九鼎為國之重器，國滅則鼎遷，故云。

【鼎族】謂豪門貴族。

【鼎盛】謂正當興盛或強壯之時。

【鼎貴】❶富貴。❷正當顯貴。

【鼎新】猶言更新。參見「鼎新革故」。

【鼎鼎】❶盛大。如：大名鼎鼎。❷形體怠緩的樣子。引伸為蹉跎。

【鼎輔】猶言宰輔，三公。

【鼎鼐】鼐，大鼎。宰相治理國事，如鼎鼐之調和五味，故以喻宰相之權位。

【鼎鑊】❶古代烹飪器。❷古代的一種酷刑，用鼎鑊烹人。

【鼎新革故】更新除舊。多指朝政變革或改朝換代。取義於《易·雜卦》"革，去故也；鼎，取新也"。

二　畫

鼏 (mì) [粵] mik⁶〔覓〕❶鼎蓋。❷同"冪"。古時蓋酒尊的粗布。引伸爲用巾覆蓋。

鼐 (nài) [粵] nai⁵〔乃〕大鼎。

三 畫

鼒 (zī) [粵] dzi¹〔資〕小鼎。

鼓 部

鼓 (gǔ) [粵] gu²〔古〕❶擊樂器。遠古時以陶爲框，後世以木爲框，蒙以獸皮或蟒皮；亦有以銅鑄成者。形制大小不一，有一面蒙皮者，如板鼓、八角鼓、定音鼓；有兩面蒙皮者，如堂鼓、書鼓、長鼓等。❷彈奏琴瑟鐘鼓等樂器或擊物作聲。如：鼓琴；鼓掌。❸擊鼓使進；擊鼓爲號。❹鼓動；振作。如：鼓足幹勁。引伸爲掉動。見"鼓舌"、"鼓刀"。❺鼓風。見"鼓鑄"。❻凸出；漲大。如：鼓着腮幫子。❼古代夜間擊鼓報更，故以爲更的代稱。如：三鼓；五鼓。❽古量器名。容一斛。

【鼓刀】動刀作聲，謂宰殺牲畜。

【鼓舌】掉弄舌頭，多指花言巧語。參見"搖唇鼓舌"。

【鼓吹】❶(—chuì)古代的一種器樂合奏。即"鼓吹樂"，亦即《樂府詩集》中之鼓吹曲。用鼓、鉦、簫、笳等樂器合奏。源於中國古代民族北狄。漢初邊軍用之，以壯聲威，後漸用於朝廷。❷(—chuì)奏演鼓吹樂的樂隊。❸宣揚；宣傳。

【鼓角】鼓和號角，古代軍中用以報時、警衆或發號施令。

【鼓盆】《莊子·至樂》載，莊子妻死，惠子去弔祭她，莊子則正在"箕踞鼓盆而歌"。鼓，擊、敲。盆，瓦盆。後因以"鼓盆之戚"爲喪妻的代稱。

【鼓動】用語言、文字等激發人們的情緒，使他們行動起來。

【鼓腹】❶鼓起肚子，意即飽食。❷擊腹以當節拍。

【鼓舞】❶激發；振作。如：鼓舞人心。❷古代雜舞的一種。

【鼓噪】❶擂鼓和吶喊，古指軍隊出戰時大張聲勢。❷喧擾；起哄。

【鼓勵】激發；勉勵。

【鼓鼙】大鼓和小鼓，古代軍中常用的樂器，因借以指軍事。亦作"鞞鼓"、"鼙鼓"。

【鼓鑄】鼓風扇火，冶煉金屬、鑄造錢幣或器物。

五 畫

鼕(冬) (dōng) [粵] duŋ¹〔冬〕亦作"咚"。象聲。見"鼕鼕"。

【鼕鼕】象聲詞。多指鼓聲。

【鼕鼕鼓】即"街鼓"。古時設置在街道的警夜鼓。

六 畫

鼖 (fén) [粵] fɐn⁴〔墳〕大鼓，古代軍中所用。

鼗 (táo) [粵] tou⁴〔徒〕樂器名，即長柄的搖鼓，俗稱撥浪鼓。

𪔛 同"鼗"。

𪔵 (tà) [粵] tap⁸〔塔〕鼓聲。

八 畫

鼙 (pí) [粵] pei⁴〔皮〕亦作"鞞"。古代軍中所擊的小鼓；一說騎鼓。

鼚(𫜦) (chāng) [粵] tsœŋ¹〔昌〕鼓聲。

鼛 (gāo) [粵] gou¹〔高〕古代有役事時擊以召集人的大鼓。

鼝 同"鼘"。

十 畫

鼕 (qì)㊟tsik⁷[斥]古代查夜所擊的鼓。

十一畫

鼝 (yuān)㊟jyn¹[淵]見"鼘鼝"。
【鼘鼝】鼓聲。

十二畫

鼟 (tēng)㊟teŋ¹[他鴦切]鼓聲。

鼠　部

鼠 (shǔ)㊟sy²[暑]動物名。齧齒目部分動物的通稱。無大齒，故門齒與前臼齒或曰齒間有空隙；門齒很發達，無齒根，終生繼續生長，常借齧物以磨短。繁殖迅速。主食植物或為雜食性。種類甚多，常見的有褐家鼠、黃胸鼠、田鼠等。
【鼠子】鄙視他人的詈詞，猶言"鼠輩"。
【鼠技】比喻薄有技能，無大本領。
【鼠狼】即黃鼬。通稱黃鼠狼。
【鼠輩】鄙視他人的詈詞，猶言小子。
【鼠竄】像老鼠一般亂竄，形容倉皇奔逃。
【鼠目寸光】形容眼光短淺，只看到近處、小處，而見不到遠處、大處。
【鼠竊狗盜】指小偷小盜。亦作"鼠竊狗偷"。

四畫

鼢 (fén)㊟fen⁴[墳][鼢鼠]動物名。體矮胖，尾短，眼小，前肢爪特別長大，用以掘土。體一般呈淡粉紅褐色或赤褐色。棲居在草原地區和田間，以植物的根、地下莖和嫩芽為食，對農作物有害。

鼤 (wén)㊟men⁴[文]即鼤鼠。參見"鼤"。

五畫

鼦 (diāo)㊟diu¹[刁]同"貂"。貂鼠。參見"貂"。

鼧 (tuó)㊟to⁴[駝][鼧鼥]即"土撥鼠"、"旱獺"。體粗壯，頭闊而短，耳小而圓；四肢短而強，前肢的爪特別發達。穴居羣棲在草原、曠野和高原地帶，以植物為食。為鼠疫等疾病的傳播者，但毛皮柔軟珍貴。

鼩 (qú)㊟kœy¹[渠][鼩鼱]動物名。體小尾短，形似小鼠，吻部較尖細，能伸縮。毛栗褐色。棲息平原、高山和建築物中。捕食蟲類，對農業有益，但有時也吃食物種子和穀物。

鼪 (shēng)㊟seŋ¹[生]即黃鼬，黃鼠狼。

鼫 (shí)㊟sek⁹[石]古籍中指鼫鼠一類的動物。

鼬 (yòu)㊟jeu⁶[又]動物名。鼬科部分種類的通稱。體一般小而長，四肢較短，耳小而圓，尾長不超過體長的一半，有時很短。有黃鼬、白鼬、臭鼬等。

鼨 (zhōng)㊟dzuŋ¹[終]鼠屬，一種有斑紋的小獸。

鼥 (bá)㊟bet⁹[拔]見"鼧"。

七畫

鼮 (tíng)㊟tiŋ⁴[庭]鼠屬，一種有斑紋的小獸。

鼯 (wú)㊟ŋ⁴[吳][鼯鼠]動物名。亦稱"大飛鼠"。前、後肢之間有寬而多毛的飛膜，借以滑翔。尾長。夜行性。生活在森林裏，以堅果、嫩葉、甲蟲等為食。

八畫

鼱 (jīng)㊟dziŋ¹[精]見"鼩"。

九畫

鼲(鼲) (hún)㊟wen⁴[云]鼠類。通稱灰鼠，皮可製裘。

鼺 "鼺"的異體字。

鼥 (tū)⑧dɐt⁹〔突〕鼠名。似家鼠而短尾。

十 畫

鼷 (xī，舊讀 xi)⑧hɐi⁴〔兮〕❶鼠類最小的一種。❷比喻卑小者。

鼴 (yǎn)⑧jin²〔演〕動物名。亦稱"鼴鼠"。體矮胖，外形似鼠，長十餘厘米。肢短。頭尖，吻長。耳小或完全退化。眼小，有的爲皮膚所掩蓋。尾一般短小。前肢五爪，都特別發達，掌心向外。營掘土生活，捕食昆蟲、蚯蚓等動物。由於挖掘洞道，傷害作物，對農業有害。

【鼴腹】《莊子·逍遙游》有"偃鼠飲河，不過滿腹"的說法，後因以"鼴腹"比喻器量小或欲望有限。偃腹，即"鼴腹"。

鼶 (sī)⑧si¹〔司〕鼶鼠，大的田鼠。

鼻 部

鼻 (bí)⑧bei⁶〔備〕❶呼吸兼嗅覺的器官。分爲外鼻和鼻腔。❷器物上凸出以供把握的部分。如：劍鼻；印鼻。❸創始；開端。參見"鼻祖"。

【鼻息】❶鼻中的呼吸。特指睡時的鼾聲。❷見"仰人鼻息"。

【鼻祖】始祖；創始人。

二 畫

鼽 (qiú)⑧kɐu⁴〔求〕❶鼻塞。❷面頰；顴骨。

三 畫

鼾 (hān)⑧hɔn⁴〔寒〕打呼；鼻息聲。如：打鼾；鼾聲。

【鼾睡】熟睡而發鼻息聲。

四 畫

衄 "衄"的異體字。

五 畫

齁 (hōu)⑧heu¹〔呵歐切〕❶鼻息聲。❷形容食物過鹹或過甜以致口如火灼的感覺。如：齁得難受。引伸爲過甚、非常之意。如：齁鹹；齁苦；天氣齁冷。

【齁齁】熟睡時的鼻息聲。

齆 同"鮑"。

九 畫

齃 (è)⑧at⁸〔壓〕同"頞"。鼻莖。

齈 同"齈"。

十 畫

齅 同"嗅"。

齆 (wèng)⑧uŋ³〔甕〕鼻病。鼻道阻塞，發音不清。如：齆鼻腔。

十一畫

齇 (zhā)⑧dza¹〔渣〕同"皻"。鼻子上的紅皰。

二十二畫

齉 (nàng)⑧nɔŋ⁶〔糯項切〕鼻病。鼻塞不通，發音不清。如：齉鼻子。

齊 部

齊(齐) ㈠(qí)粵tsɐi⁴〔池危切〕❶整齊。如：參差不齊；向右看齊。❷整治。如：齊家。❸同；並；比。如：齊心；齊驅。❹皆；全。如：齊備；齊全。❺達到某一高度。如：河水齊腰深。❻古國名。公元前十一世紀周分封的諸侯國。在今山東北部，開國君主是呂尚，姜姓，建都營丘(後稱臨淄，今山東淄博市)。公元前221年爲秦所滅。❼地區名。今山東泰山以北黃河流域及膠東半島地區，爲戰國時齊地，漢以後仍沿稱爲齊。❽唐末黃巢所建的政權名。建都長安(今陝西西安)。

㈡(jì)粵dzɐi〔擠〕❶通"躋"。升起。❷通"齏"。醬菜。

㈢(jì)粵dzɐi⁶〔滯〕❶調味品。❷合金。

㈣(zi)粵dzi¹〔支〕❶通"粢"。見"齊盛"。❷下衣的邊。

㈤(zhāi)粵dzɐi¹〔齋〕通"齋"。❶齊戒。❷齊敬。

【齊民】指平民。

【齊眉】謂夫婦相敬相愛。參見"舉案齊眉"。

【齊衰】(zī cuī)"衰"通"縗"。舊時喪服名，爲五服之一，次於斬衰。服用粗麻布做成，以其緝邊，故稱"齊衰"。服期有一年的，爲"齊衰期"，如孫爲祖父母，夫爲妻；有五月的，如曾祖父母；有三月的，如高祖父母。

【齊莊】(zhāi一)莊重恭敬。

【齊盛】(zī chéng)同"粢盛"。放在祭器內以供祭祀的穀類食物。

【齊給】❶迅速敏捷。❷整齊完備。

【齊盟】同盟。

【齊楚】指服裝整齊。如：衣冠齊楚。

【齊大非耦】耦，亦作"偶"。《左傳·桓公六年》載，齊侯想將文姜嫁給鄭國太子忽，太子忽把婚事推却了。人問其故，太子說："人各有耦，齊國大，非吾耦"。後凡因門第不相當而辭婚的，常用此語，表示不敢仰攀。

三　畫

齋(斋) (zhāi)粵dzai¹〔拔挨切〕❶古人在祭祀前或舉行典禮前清心潔身以示莊敬。如：齋戒沐浴。❷屋舍。一般指書房、學舍。如：書齋；東齋。❸素食。如：吃齋。❹施飯與僧。見"齋僧"。

【齋公】廟祝。寺廟中管香火的人。

【齋慄】敬謹恐懼。

【齋僧】供僧人吃飯。

四　畫

齌(斋) (jì，又讀qī)粵dzɐi⁶〔滯〕tsɐi¹〔妻〕(又)炊火猛烈。引伸爲急疾。見"齌怒"。

【齌怒】盛怒；暴怒。

五　畫

盠(盉) (zi)粵dzi¹〔支〕❶古代盛穀類的祭器。❷同"粢❷"。參見"粢盛"。

齍 (zi)粵dzi¹〔支〕❶同"粢❶"。稷。❷同"盠❷"。

七　畫

齎 "齎"的異體字。

九　畫

齏(齑) (jì)粵dzɐi¹〔擠〕切碎的醃菜或醬菜。引伸爲細碎。見"齏粉"。

【齏粉】細粉；碎屑。常用以比喻粉身碎骨。如：化爲齏粉。

齒　部

齒(齿) (chǐ)粵tsi²〔恥〕❶牙齒。❷排列如齒形的東西。如：鋸齒；齒輪。❸因幼年牛幼馬每歲生一齒，故以齒計算牛馬的歲數。亦指人的年齡。如：齒

德俱尊。❹談到；收錄。如：齒及。參見"不齒"。

【齒列】按年次同等紋列；同列。

【齒冷】恥笑。因笑則張口，笑的時間長了，牙齒就會感到冷。如：令人齒冷。

【齒錄】收錄。

【齒亡舌存】比喻剛者容易摧折，柔者常能保全。

【齒牙餘論】指微末的獎飾之辭。

融洽。

韶(韶) (tiáo) 粵 tiu⁴〔條〕❶兒童換齒，即脫去乳齒，長出恒齒。參見"齠齔"。❷同"髫"。古時未成年男子下垂的頭髮。

【韶年】童年。

【韶齔】❶與齔，均謂兒童換齒。❷同"髫齔"。指童年。亦指兒童。

齡(龄) (líng) 粵 lin⁴〔零〕❶年齡。如：高齡。❷年數。如：工齡。

齣(出) (chū) 粵 tsœt⁷〔出〕戲曲名詞。傳奇劇本結構上的一個段落，同雜劇的"折"相近。某些情節集中的"齣"，有時也可單獨上演，稱單齣戲或齣頭戲，也稱折子戲。

齙(龅) (bāo) 粵 bau⁶〔薄效切〕齙牙，突出唇外的牙齒。

一　畫

齔 同"齔"。

二　畫

齔(齔) (chèn) 粵 tsɐn³〔趁〕兒童換齒，即脫去乳齒，長出恒齒。因以指童年。參見"齠齔"。

三　畫

齕(龁) (hé) 粵 hɐt⁹〔瞎〕咬。參見"齟齕"。

四　畫

齗(龂) (yín) 粵 ŋɐn⁴〔銀〕❶同"齦"。齒根肉。❷見"齗齗"。

【齗齗】爭辯的樣子。

齘(龤) (xiè) 粵 hai⁶〔械〕❶牙齒相摩切。引伸為怒的樣子。❷比喻物體相接的地方參差不密合。

五　畫

齚(齚) (zé) 粵 dzak⁸〔責〕咬嚙。

齞(齞) (yàn) 粵 jin⁶〔現〕齒露唇外的樣子。

齟(龃) (jǔ) 粵 dzœy²〔咀〕見"齟齬"。

【齟齬】上下齒不相配合。比喻意見不合、不

六　畫

齦(龈) ⊖(yín) 粵 ŋɐn⁴〔銀〕齒根肉。如：牙齦。

⊜(kěn) 粵 hɐn²〔很〕同"啃"。

【齦齦】爭辯的樣子。同"齗齗"。

齜(龇) (zī) 粵 dzi⁶〔寶〕❶牙齒不齊。❷張口露齒的樣子。如：齜牙咧嘴。

齧(啮) (niè) 粵 jit⁹〔熱〕ŋat⁹〔吳壓切低入〕(語) ❶咬。引伸為侵蝕。❷缺口。

【齧臂盟】謂齧臂出血為誓，表示堅決。舊時稱男女相愛私下訂定婚約為"齧臂盟"。

齩 "咬⊖"的異體字。

七　畫

齪(龊) (chuò) 粵 tsuk⁷〔促〕見"齷齪"、"齪齪"。

【齪齪】亦作"踿踿"。拘謹，注意小節的樣子。

齬 同"齦"。

齬(齬) (yǔ)粵jy⁵〔雨〕見"齟齬"。

八　畫

齮(齮) (yǐ)粵ji²〔倚〕見"齮齕"。
【齮齕】咬。引伸爲毀傷、齟齬、傾軋等意。

齯(齯) (ní)粵ŋɐi⁴〔倪〕指老人牙齒落盡後更生的細齒，古時以爲長壽之徵。

齰 "酢"的本字。

齱(齱) ㊀同"齺"。
㊁(zōu)粵dzɐu¹〔周〕牙齒長得不整齊。

九　畫

齲(齲) (qǔ)粵gœy²〔舉〕蛀牙。
【齲齒笑】一種故意做作的笑。

齶 "腭"的異體字。

齷(齷) (wò)粵ɐk⁷ɐk⁷〔握〕（又）見"齷齪"。
【齷齪】❶亦作"握齪"、"握齱"、"偓促"。器量狹小；拘牽於小節。❷骯髒。引伸爲品行不端。

十　畫

齺(齺) (zōu)粵dzɐu¹〔周〕牙齒咬物時相交切的樣子。

十一畫

齟(齟) 同"齟"。

十三畫

齼(齼) (chǔ)粵tsɔ²〔楚〕牙齒接觸酸味的感覺。

二十畫

齾(齾) (yà)粵at⁸〔壓〕缺齒。比喻器物損缺。
【齾齾】參差的樣子。

龍　部

龍(龙) (lóng)粵luŋ⁴〔隆〕❶古代傳說中一種有鱗有鬚能興雲布雨的神異動物。❷近代古生物學上指一些巨大的有鱗有尾或兼有翼的爬蟲。如：恐龍；翼手龍。❸封建時代用作爲皇帝的象徵。如：龍顏；鳳子龍孫。❹堪輿家以山勢爲龍，稱其起伏綿亙的脈絡爲龍脈，氣脈所結爲龍穴。❺星名。東方蒼龍七宿的統稱。
【龍王】神話傳說中能興雲布雨的水族之王。
【龍目】即龍眼、桂圓。
【龍舟】龍形的船。船的首尾作巨龍形狀。(1)古代常用為帝王之舟。(2)中國民間划船競賽用的船。習俗在每年端午節盛行龍舟競渡，據傳說爲了紀念戰國時代懷石投江的屈原。
【龍沙】指塞外沙漠之地。
【龍虎】❶比喻豪傑之士。❷道家語。指水火、鉛汞之屬。
【龍門】❶即禹門口，在山西河津縣西北。❷又稱伊闕。在河南洛陽市南，有著名的龍門石窟。❸縣名，在廣東省東部。
【龍泉】劍名。《晉書·張華傳》載，張華見斗、牛二星之間有紫氣，後使人於豐城獄中掘地得二劍，一曰龍泉，一曰太阿。亦泛指寶劍。
【龍孫】❶良馬名。❷"筍"的別稱。又爲竹名。❸帝王的後裔。如：鳳子龍孫。
【龍庭】❶古代匈奴祭天神的處所。❷相術以額前熱天庭，天庭隆起叫"龍庭"，被認爲是帝王的貴相。
【龍涎】香名。
【龍珠】傳說中龍所吐的珠。
【龍袞】指帝王的衣服。

【龍套】也叫文堂。傳統戲曲中扮演兵卒等角色的統稱。因穿着繡有龍紋的服裝而得名。

【龍馬】❶古代傳說中形狀像馬的龍。❷駿馬。❸比喻精神健壯。

【龍蛇】❶比喻隱匿、退隱。❷比喻非常的人物。❸比喻矛戟等兵器。❹形容書法筆勢的蜿蜒盤曲。❺十二屬相以辰爲龍，以巳爲蛇，因以「龍蛇」代表地支的辰巳。

【龍袍】皇帝所穿的袍，上面繡有龍形圖紋。

【龍湫】(—jiū)上有懸瀑下有深潭叫「龍湫」，猶言龍潭。亦作龍湫。在浙江樂清雁蕩山有瀑布名龍湫。

【龍象】佛教用語，作爲美化佛門威力的比喻。一說，龍象爲大力之象。比擬具有勇力、猛於修行的人。亦用作「大德」的別稱。

【龍圖】❶「河圖」的別稱。古代傳說中龍馬出於黃河中背出的圖。參見「河洛」❷。❷宋有龍圖閣，設學士等官，爲侍從之榮銜。人即稱龍圖閣學士爲龍圖。龍圖閣學士中下又按其等級各有稱，學士稱老龍，直學士爲大龍，待制稱小龍，直龍圖爲假龍。

【龍種】(—zhōng)❶古代用龍象徵皇帝，因稱皇子孫或皇族後代爲「龍種」。❷良馬名。

【龍鳳】❶比喻才能優異的人。❷形容帝王的相貌。

【龍駒】❶駿馬。❷比喻英俊少年。

【龍頭】❶「狀元」的別稱。❷酒鐺名。酒鐺是溫酒器。❸自來水管放水口處的閥。

【龍鍾】❶行動不靈活。如：老態龍鍾。❷潦倒的樣子。❸淚流的樣子。

【龍顏】指皇帝的容貌。亦以指皇帝。

【龍鱗】❶指皇帝袞服上的龍文。❷形容似鱗甲的東西。

【龍驤】❶比喻氣概昂武。參見「龍驤虎步」、「龍驤虎視」。❷古代將軍的名號。❸指大船。

【龍虎榜】謂一時知名之士同登一榜。

【龍圖閣】宋代閣名。在大中祥符中建。閣上以奉太宗御書、御制文集，及典籍圖畫寶瑞之物，及宗正寺所進屬籍世譜。有學士、直學士、待制、直閣等官。參見「龍圖」。

【龍鳳團】茶名。宋時製茶爲圓餅形，上印龍鳳形圖紋，藏貢皇帝飲用。

【龍山文化】中國新石器時代晚期的一種文化。距今約四千年。主要分佈在黃河中下游、遼東半島和江淮地區。1928年在山東歷城龍山鎮首次發現，故名。發掘出的有房屋、窖穴、窯場和墓葬，生產工具有較精細的磨製石斧、石鐮、骨鏟等農具及其他骨、蚌器，還有輪製的黑色精美陶器和卜骨等。在這些墓葬中發現了多少不等的豬、牛、羊等骨胳。從遺址的發掘，證明當時經濟生活以農業爲主，畜牧業也較發達，並已出現了私有制。這時已由母系氏族公社進入父系氏族公社，屬於原始社會末期階段。

【龍生九子】徐應秋《玉芝堂談薈·龍生九子》引李東陽《懷麓堂集說》，龍生九子有龍，各有所好：囚牛，平生好音樂，今胡琴頭上刻獸是其遺像；睚眥，平生好殺，今刀柄上龍吞口是其遺像；嘲風，平生好險，今殿角走獸是其遺像；蒲牢，平生好鳴，今鐘上獸鈕是其遺像；狻猊，平生好坐，今佛座獅子是其遺像；霸下，平生好負重，今碑座獸是其遺像；狴犴，平生好訟，今獄門上獅子頭是其遺像；負屓，平生好文，今碑兩旁文龍是其遺像；螭吻，平生好吞，今殿脊獸頭是其遺像。後以比喻同胞兄弟性格志趣各不相同。

【龍行虎步】形容帝王的儀態異常。

【龍吟虎嘯】龍虎的叫嘯，形容人嘯嗓聲音的嘹亮。

【龍肝豹胎】指極難得的珍貴食品。

【龍爭虎鬥】形容雙方勢均力敵，鬥爭十分激烈。

【龍飛鳳舞】形容氣勢奔放雄壯。

【龍蛇飛動】形容書法筆勢的勁健生動。

【龍賓賓天】謂乘龍升天，爲天帝之賓。古代用作皇帝死的用語。

【龍潭虎穴】比喻非常兇險的環境。

【龍蟠虎踞】「蟠」亦作「盤」。形容地形雄險要，特指南京。亦作「虎踞龍蟠」。

【龍蟠鳳逸】形容懷才不遇。

【龍騰虎躍】像龍一樣飛騰，像虎一樣跳躍。

形容威武雄壯的戰鬥姿態。

【龍驤鳳鳴】比喻才華出衆。

【龍驤虎步】形容氣概威武。

【龍驤虎視】比喻雄才壯志。也形容氣概威武。

四　畫

龑（龑）（yǎn）粵jim⁵〔染〕五代時南漢主劉龑自造以爲名的字，取義於《易·乾》的"飛龍在天"。

六　畫

龔（龚）（gōng）粵guŋ¹〔公〕❶"供"的本字。供給。❷通"恭"。恭敬。❸姓。

龕（龛）（kān）粵hɐm¹〔堪〕❶供奉佛像或神像的石室或櫃子。如：佛龕；神龕。❷塔下室，用以貯存僧人遺體。

龜　部

龜（龟）亦作"龜"。㊀（guī）粵gwɐi¹〔歸〕❶動物名。背腹皆有硬甲，頭、尾和四肢通常能縮入甲內。種類頗多，有玳瑁、蠵龜、金龜、水龜、象龜等。❷龜甲，古代用作貨幣。也用以占卜。參見"龜策"、"龜筴"。❸古代印章的紐多作龜形，因以爲印章的代稱。參見"龜紐"、"龜綬"。

㊁（qiū）粵geu¹〔鳩〕〔兹〕古西域城國名。又稱邱茲、屈茲、屈支、鳩茲、歸慈、曲先。在今新疆庫車縣一帶。

㊂（jūn）粵gwɐn¹〔均〕通"皸"。皮膚受凍開裂。

【龜玉】龜甲和玉，都是古代貴重的東西。

【龜坼】（jūn—）形容天旱地土開裂。也叫"龜裂"。

【龜紐】印章的鼻作龜形，叫"龜紐"。

【龜蛇】龜與蛇。也指龜山和蛇山。在今武漢市：龜山在漢陽，蛇山在武昌。兩山隔長江對峙，江面較窄，武漢長江大橋即建於

此。

【龜策】指龜甲和蓍草，古人占卜吉凶的用具。

【龜筴】卜與筴。古時卜用龜甲，筴用蓍草，以占吉凶。

【龜綬】猶印綬，印和繫印的絲繩。

【龜鶴】相傳龜鶴皆有千年之壽，因以比喻長壽。

【龜鑒】龜，龜卜；鑒，鏡子。比喻借鑒。亦作"龜鏡"。

【龜毛兔角】比喻有名無實。亦作"兔角龜毛"。

龜　"龜"的異體字。

龠　部

龠（yuè）粵jœk⁹〔若〕❶"籥"的本字。樂器名。❷古量名。漢尺方九分，深一寸，容量八百一十立方分。

四　畫

龡　古"吹"字。

五　畫

龢　"和"的異體字。

八　畫

龣（jué）粵gɔk⁸〔角〕同宮商角徵羽的"角"。

九　畫

龤（xié）粵hai⁴〔鞋〕同"諧"。

十　畫

龥（chí）粵tsi⁴〔池〕同"篪"。

附錄一

漢語拼音方案

一　字母表

字母	Aa	Bb	Cc	Dd	Ee	Ff	Gg
名稱	ㄚ	ㄅㄝ	ㄘㄝ	ㄉㄝ	ㄜ	ㄝㄈ	ㄍㄝ

	Hh	Ii	Jj	Kk	Ll	Mm	Nn
	ㄏㄚ	ㄧ	ㄐㄧㄝ	ㄎㄝ	ㄝㄌ	ㄝㄇ	ㄋㄝ

	Oo	Pp	Qq	Rr	Ss	Tt	
	ㄛ	ㄆㄝ	ㄑㄧㄡ	ㄚㄦ	ㄝㄙ	ㄊㄝ	

	Uu	Vv	Ww	Xx	Yy	Zz	
	ㄨ	ㄇㄝ	ㄨㄚ	ㄒㄧ	ㄧㄚ	ㄗㄝ	

ｖ只用來拼寫外來語、少數民族語言和方言。

字母的手寫體依照拉丁字母的一般書寫習慣。

二　聲母表

b	p	m	f	d	t	n	l
ㄅ玻	ㄆ坡	ㄇ摸	ㄈ佛	ㄉ得	ㄊ特	ㄋ訥	ㄌ勒

g	k	h		j	q	x	
ㄍ哥	ㄎ科	ㄏ喝		ㄐ基	ㄑ欺	ㄒ希	

zh	ch	sh	r	z	c	s	
ㄓ知	ㄔ蚩	ㄕ詩	ㄖ日	ㄗ資	ㄘ雌	ㄙ思	

在給漢字注音的時候，爲了使拼式簡短，ｚｈ ｃｈ ｓｈ 可以省作 ẑ ĉ ŝ。

三　韻母表

	i ㄧ　　衣	u ㄨ　　烏	ü ㄩ　　迂
a ㄚ　　　啊	ia ㄧㄚ　呀	ua ㄨㄚ　蛙	
o ㄛ　　　喔		uo ㄨㄛ　窩	
e ㄜ　　　鵝	ie ㄧㄝ　耶		üe ㄩㄝ　約
ai ㄞ　　　哀		uai ㄨㄞ　歪	
ei ㄟ　　　欸		uei ㄨㄟ　威	
ao ㄠ　　　熬	iao ㄧㄠ　腰		
ou ㄡ　　　歐	iou ㄧㄡ　憂		
an ㄢ　　　安	ian ㄧㄢ　烟	uan ㄨㄢ　彎	üan ㄩㄢ　寃
en ㄣ　　　恩	in ㄧㄣ　因	uen ㄨㄣ　溫	ün ㄩㄣ　暈
ang ㄤ　　　昂	iang ㄧㄤ　央	uang ㄨㄤ　汪	
eng ㄥ　亨的韻母	ing ㄧㄥ　英	ueng ㄨㄥ　翁	
ong （ㄨㄥ）轟的韻母	iong ㄩㄥ　雍		

(1) "知、蚩、詩、日、資、雌、思"等七個音節的韻母用 i，即：知、蚩、詩、日、資、雌、思等字拼作 zhi, chi, shi, ri, zi, ci, si。

(2) 韻母 兒 寫成 er，用作韻尾的時候寫成 r。例如："兒童"拼作 ertong，"花兒"拼作 huar。

(3) 韻母 ㄝ 單用的時候寫成 ê。

(4) i 行的韻母，前面沒有聲母的時候，寫成 yi(衣)，ya(呀)，ye(耶)，yao(腰)，you(憂)，yan(烟)，yin(因)，yang(央)，ying(英)，yong(雍)。

　　u 行的韻母，前面沒有聲母的時候，寫成 wu(烏)，wa(蛙)，wo(窩)，wai(歪)，wei(威)，wan(彎)，wen(溫)，wang(汪)，weng(翁)。

　　ü 行的韻母，前面沒有聲母的時候，寫成 yu(迂)，yue(約)，yuan(冤)，yun(暈)；ü 上兩點省略。

　　ü 行的韻母跟聲母 j, q, x 拼的時候，寫成 ju(居)，qu(區)，xu(虛)，ü 上兩點也省略；但是跟聲母 n, l 拼的時候，仍然寫成 nü(女)，lü(呂)。

(5) iou, uei, uen 前面加聲母的時候，寫成 iu, ui, un，例如 niu(牛)，gui(歸)，lun(論)。

(6) 在給漢字注音的時候，爲了使拼式簡短，ng 可以省作 ŋ。

四　聲調符號

陰平	陽平	上聲	去聲
—	ˊ	ˇ	ˋ

聲調符號標在音節的主要母音上。輕聲不標。例如：

媽 mā	麻 má	馬 mǎ	罵 mà	嗎 ma
(陰平)	(陽平)	(上聲)	(去聲)	(輕聲)

五　隔音符號

　　a, o, e 開頭的音節連接在其他音節後面的時候，如果音節的界限發生混淆，用隔音符號(')隔開，例如：pi'ao(皮襖)。

附錄二

廣州標準粵音聲韻調表

（國際音標注音）

一　聲母表

（十九個）

b〔ba〕巴	p〔pa〕扒	m〔ma〕嗎	f〔fa〕花
d〔da〕打	t〔ta〕他	n〔na〕拿	l〔la〕啦
g〔ga〕家	k〔ka〕卡	ŋ〔ŋa〕牙	h〔ha〕蝦
gw〔gwa〕瓜	kw〔kwa〕誇	dz〔dzi,dza〕 資，揸	ts〔tsi,tsa〕 雌，差
s〔si,sa〕 思，沙	j〔ja〕也	w〔wa〕華	

二　韻母表

（五十三個）

1. 單純韻母：

a〔呀〕	i〔衣〕	u〔烏〕
ɛ〔些之韻〕	œ〔靴之韻〕	y〔於〕
ɔ〔痾〕		

2. 複合韻母：

ai〔唉〕	au〔拗〕	ɐi〔翳〕
ɐu〔歐〕	ei〔卑之韻〕	iu〔腰〕
ou〔澳〕	ɔi〔哀〕	œy〔居之韻〕
ui〔煨〕		

3. 帶鼻聲韻母：

m 收音	am〔減之韻〕	ɐm〔庵〕	im〔淹〕
n 收音	an〔晏〕	ɐn〔根之韻〕	in〔烟〕
	ɔn〔安〕	œn〔津之韻〕	un〔豌〕
	yn〔鴛〕		
ŋ 收音	aŋ〔罌〕	ɐŋ〔鶯〕	ɛŋ〔廳之韻〕
	iŋ〔英〕	ɔŋ〔盎〕	œŋ〔香〕
	uŋ〔甕〕		

4. 促音韻母：

p 收音	ap〔鴨〕	ɐp〔急之韻〕	ip〔葉〕
t 收音	at〔壓〕	ɐt〔不之韻〕	it〔熱〕
	ɔt〔喝之韻〕	œt〔卒之韻〕	ut〔活〕
	yt〔月〕		
k 收音	ak〔握〕	ɐk〔厄〕	ɛk〔隻之韻〕
	ik〔益〕	ɔk〔惡〕	œk〔脚之韻〕
	uk〔屋〕		

5. 自成音節韻母

m〔唔〕	ŋ〔吳〕

三　聲調表

名稱			例	字		
(1)高平聲	詩(si¹)	分(fen¹)	因(jen¹)	鞭(bin¹)	淹(jim¹)	風(fuŋ¹)
(2)高上聲	史(si²)	粉(fen²)	隱(jen²)	貶(bin²)	掩(jim²)	俸(fuŋ²)
(3)高去聲	試(si³)	訓(fen³)	印(jen³)	變(bin³)	厭(jim³)	諷(fuŋ³)
(4)低平聲	時(si⁴)	焚(fen⁴)	人(jen⁴)	◯(bin⁴)	炎(jim⁴)	逢(fuŋ⁴)
(5)低上聲	市(si⁵)	憤(fen⁵)	引(jen⁵)	◯(bin⁵)	染(jim⁵)	◯(fuŋ⁵)
(6)低去聲	事(si⁶)	份(fen⁶)	刃(jen⁶)	便(bin⁶)	驗(jim⁶)	奉(fuŋ⁶)
(7)高入聲	洩(sit⁷)	忽(fet⁷)	壹(jet⁷)	必(bit⁷)	◯(jip⁷)	福(fuk⁷)
(8)中入聲	屑(sit⁸)	◯(fet⁸)	◯(jet⁸)	憋(bit⁸)	醃(jip⁸)	◯(fuk⁸)
(9)低入聲	蝕(sit⁹)	佛(fet⁹)	日(jet⁹)	別(bit⁹)	葉(jip⁹)	服(fuk⁹)

九聲字例

(1)高平聲	天	風	花	生	山	東	鄉	村
(2)高上聲	總	統	左	手	好	紙	寫	稿
(3)高去聲	再	次	見	證	放	哨	試	探
(4)低平聲	時	常	雲	遊	河	南	田	園
(5)低上聲	老	母	婦	女	有	雨	買	米
(6)低去聲	內	地	道	路	腐	敗	賣	字
(7)高入聲	竹	屋	即	刻	不	必	急	速
(8)中入聲	尺	索	刮	殺	托	缽	結	髮
(9)低入聲	雜	木	白	綠	亦	日	十	月

註：(1) j 為半元音。凡韻之主要元音為[i]，而前又無其他輔音時，則冠以[j]，如ji 衣，jiŋ 英，jik 益，jiu 要等。

　　(2) 凡韻之主要元音為[y]，而前又無其他輔音時，則亦冠以[j]，如：jy 於，jyn 鴛，jyt 月等。

　　(3) w 為半元音。凡韻之主要元音為[u]，而前又無其他輔音時，則冠以[w]，如：wu 烏，wui 回，wun 換，wut 活等。

　　(4) 粵音九聲，一律統一用"1"代表高平，"2"代表高上，"3"代表高去，"4"代表低平，"5"代表低上，"6"代表低去，"7"代表高入，"8"代表中入，"9"代表低入。

附錄三

中國歷代紀元表

1. 本表從夏開始，到1911年辛亥革命推翻清王朝爲止。

2. 公元前841年(西周共和元年)以前的古史年代，問題較多，具體年代難以確考，故此段歷史，本表只列總紀年及各帝王名號。

3. 較小的王朝，如"十六國"、"十國"、"西夏"等不列表。

4. 各個時代或王朝，詳列帝王名號("帝號"或"廟號"，以習慣上常用者爲據)，年號、元年的干支和公元紀年，以資對照。(年號後用括號附列使用年數，年中改元時在干支後用數字注出改元的月份。)

干支次序表

1.甲子	2.乙丑	3.丙寅	4.丁卯	5.戊辰	6.己巳	7.庚午	8.辛未
9.壬申	10.癸酉	11.甲戌	12.乙亥	13.丙子	14.丁丑	15.戊寅	16.己卯
17.庚辰	18.辛巳	19.壬午	20.癸未	21.甲申	22.乙酉	23.丙戌	24.丁亥
25.戊子	26.己丑	27.庚寅	28.辛卯	29.壬辰	30.癸巳	31.甲午	32.乙未
33.丙申	34.丁酉	35.戊戌	36.己亥	37.庚子	38.辛丑	39.壬寅	40.癸卯
41.甲辰	42.乙巳	43.丙午	44.丁未	45.戊申	46.己酉	47.庚戌	48.辛亥
49.壬子	50.癸丑	51.甲寅	52.乙卯	53.丙辰	54.丁巳	55.戊午	56.己未
57.庚申	58.辛酉	59.壬戌	60.癸亥				

夏 (約前21世紀—約前16世紀)

禹				泄			
啟				不降			
太康				扃〔jiōng〕			
仲康				厪〔jǐn〕			
相				孔甲			
少康				皋			
杼〔zhù〕				發			
槐				履癸(桀)			
芒							

商 （約前16世紀—約前11世紀）

湯				祖丁			
外丙				南庚			
仲壬				陽甲			
太甲				盤庚			
沃丁				小辛			
太庚				小乙			
小甲				武丁			
雍己				祖庚			
太戊				祖甲			
仲丁				廪辛			
外壬				庚丁			
河亶〔dàn〕甲				武乙			
祖乙				太丁（文丁）			
祖辛				帝乙			
沃甲				帝辛（紂）			

周 （約前11世紀—前256）

西 周 （約前11世紀—前771）

武王（姬發）				孝王（～辟方）			
成王（～誦）				夷王（～燮〔xiè〕）			
康王（～釗）				厲王（～胡）			
昭王（～瑕）				〔共和〕	(14)	庚申	前841
穆王（～滿）				宣王（～靜）	(46)	甲戌	前827
共〔gōng〕王（～繄〔yī〕扈）				幽王（～宮湼）	(11)	庚申	前781
懿〔yì〕王（～囏〔jiān〕）							

東 周 （前770—前256）

平王（姬宜臼）	(51)	辛未	前770	釐〔xī〕王（～胡齊）	(5)	庚子	前681
桓王（～林）	(23)	壬戌	前719	惠王（～閬〔làng〕）	(25)	乙巳	前676
莊王（～佗〔tuó〕）	(15)	乙酉	前696				

襄〔xiāng〕王（姬鄭）	（33）	庚午	前651	貞定王（～介）	（28）	癸酉	前468
頃王（～壬臣）	（6）	癸卯	前618	考王（～嵬〔wéi〕）	（15）	辛丑	前440
匡王（～班）	（6）	己酉	前612	威烈王（～午）	（24）	丙辰	前425
定王（～瑜〔yú〕）	（21）	乙卯	前606	安王（～驕）	（26）	庚辰	前401
簡王（～夷）	（14）	丙子	前585	烈王（～喜）	（7）	丙午	前375
靈王（～泄心）	（27）	庚寅	前571	顯聖王（～扁）	（48）	癸丑	前368
景王（～貴）	（25）	丁巳	前544	慎靚〔jìng〕王（～定）	（6）	辛丑	前320
敬王（～匄〔gài〕）	（44）	壬午	前519	赧〔nǎn〕王（～延）	（59）	丁未	前314
元王（～仁）	（7）	乙丑	前475				

秦 （前221—前207）

周赧王59年（前256），秦滅周。自次年（秦昭襄王52年，前255）起至秦王政25年（前222），史家以秦王紀年。秦王政26年（前221）始稱皇帝。

昭襄王（嬴則，又名稷）	（56）	乙卯	前306	始皇帝（～政）	（37）	乙卯	前246
孝文王（～柱）	（1）	辛亥	前250	二世皇帝（～胡亥）	（3）	壬辰	前209
莊襄王（～子楚）	（3）	壬子	前249				

漢 （前206—公元220）

西 漢 （前206—公元25）

包括王莽（9—23）和更始帝（23—25）

高帝（劉邦）	（12）	乙未	前206		元鼎（6）	乙丑	前116
惠帝（～盈）	（7）	丁未	前194		元封（6）	辛未	前110
高后（呂雉）	（8）	甲寅	前187		太初（4）	丁丑	前104
文帝（劉恆）	（16）	壬戌	前179		天漢（4）	辛巳	前100
	（后元）（7）	戊寅	前163		太始（4）	乙酉	前96
景帝（～啟）	（7）	乙酉	前156		征和（4）	己丑	前92
	（中元）（6）	壬辰	前149		后元（2）	癸巳	前88
	（后元）（3）	戊戌	前143	昭帝（～弗陵）	始元（7）	乙未	前86
武帝（～徹）	建元（6）	辛丑	前140		元鳳（6）	辛卯八	前80
	元光（6）	丁未	前134		元平（1）	丁未	前74
	元朔（6）	癸丑	前128	宣帝（～詢）	本始（4）	戊申	前73
	元狩（6）	己未	前122		地節（4）	壬子	前69

帝	年號	干支	年	帝	年號	干支	年
	元康（5）	丙辰	前65		永始（4）	乙巳	前16
	神爵（4）	庚申三	前61		元延（4）	己酉	前12
	五鳳（4）	甲子	前57	哀帝（～欣）	綏和（2）	癸丑	前8
	甘露（4）	戊辰	前53		建平（2）	乙卯	前5
	黃龍（1）	壬申	前49		元壽（2）	己未	前2
元帝（劉奭）〔shi〕	初元（5）	癸酉	前48	平帝（～衎）〔kàn〕	元始（5）	辛酉	公元1
	永光（5）	戊寅	前43	孺子嬰（王莽攝政）	居攝（3）	丙寅	6
	建昭（5）	癸未	前38		初始（1）	戊辰十一	8
	竟寧（1）	戊子	前33		始建國（5）	己巳	9
成帝（～驁）〔áo〕	建始（4）	己丑	前32	〔新〕王莽	天鳳（6）	甲戌	14
	河平（4）	癸巳	前28		地皇（4）	庚辰	20
	陽朔（4）	丁酉	前24	更始帝（劉玄）	更始（3）	癸未二	23
	鴻嘉（4）	辛丑	前20				

東　漢　（25—220）

帝	年號	干支	年	帝	年號	干支	年
光武帝（劉秀）	建武（32）	乙酉六	25		陽嘉（4）	壬申三	132
	建武中元（2）	丙辰四	56		永和（6）	丙子	136
明帝（～莊）	永平（18）	戊午	58		漢安（3）	壬午	142
章帝（～炟）〔dá〕	建初（9）	丙子	76		建康（1）	甲申四	144
	元和（4）	甲申八	84	沖帝（～炳）	永嘉（1）	乙酉	145
	章和（2）	丁亥七	87	質帝（～纘）〔zuǎn〕	本初（1）	丙戌	146
和帝（～肇）〔zhào〕	永元（17）	己丑	89	桓帝（～志）	建和（3）	丁亥	147
	元興（1）	乙巳四	105		和平（1）	庚寅	150
殤〔shāng〕帝（～隆）	延平（1）	丙午	106		元嘉（3）	辛卯	151
安帝（～祜）〔hù〕	永初（7）	丁未	107		永興（2）	癸巳五	153
	元初（7）	甲寅	114		永壽（4）	乙未	155
	永寧（2）	庚申四	120		延熹（10）	戊戌六	158
	建光（2）	辛酉七	121		永康（1）	丁未六	167
	延光（4）	壬戌三	122	靈帝（～宏）	建寧（5）	戊申	168
順帝（～保）	永建（7）	丙寅	126		熹平（7）	壬子五	172
					光和（7）	戊午三	178
					中平（6）	甲子十二	184

少帝(劉辯)	光熹昭寧(1)	己巳	189		興平(2)	甲戌	194
獻帝(~協)	永漢(1)	己巳	189		建安(25)	丙子	196
	中平(1)	己巳	189		延康(1)	庚子三	220
	初平(4)	庚午	190				

三　國 (220—280)

魏 (220—265)

文帝(曹丕)	黃初(7)	庚子十	220	高貴鄉公(~髦[máo])	正元(3)	甲戌十	254
明帝(~叡[ruì])	太和(7)	丁未	227		甘露(5)	丙子六	256
	青龍(5)	癸丑二	233	元帝(~奐[huàn])	景元(5)	庚辰六	260
	景初(3)	丁巳三	237		咸熙(2)	甲申五	264
齊王(~芳)	正始(10)	庚申	240				
	嘉平(6)	己巳四	249				

蜀漢 (221—263)

昭烈帝(劉備)	章武(3)	辛丑四	221		景耀(6)	戊寅	258
後主(~禪)	建興(15)	癸卯五	223		炎興(1)	癸未八	263
	延熙(20)	戊午	238				

吳 (222—280)

大帝(孫權)	黃武(8)	壬寅十	222	末帝(~皓[hào])	元興(2)	甲申七	264
	黃龍(3)	己酉四	229		甘露(2)	乙酉四	265
	嘉禾(7)	壬子	232		寶鼎(4)	丙戌八	266
	赤烏(14)	戊午八	238		建衡(3)	己丑十	269
	太元(2)	辛未五	251		鳳凰(3)	壬辰	272
	神鳳(1)	壬申二	252		天冊(2)	乙未	275
會稽王(~亮)	建興(2)	壬申四	252		天璽(1)	丙申七	276
	五鳳(3)	甲戌	254		天紀(4)	丁酉	277
	太平(3)	丙子十	256				
景帝(~休)	永安(7)	戊寅十	258				

晉 (265—420)

西　晉 (265—317)

武帝(司馬炎)	泰始(10)	乙酉十二	265		永安(1)	甲子	304
	咸寧(6)	乙未	275		建武(1)	甲子七	304
	太康(10)	庚子四	280		永安(1)	甲子十一	304
	太熙(1)	庚戌	290		永興(3)	甲子十二	304
惠帝(~衷)	永熙(1)	庚戌四	290		光熙(1)	丙寅六	306
	永平(1)	辛亥	291	懷帝(~熾)[chì]	永嘉(7)	丁卯	307
	元康(9)	辛亥三	291	愍[mǐn]帝(~鄴)	建興(5)	癸酉四	313
	永康(2)	庚申	300				
	永寧(2)	辛酉四	301				
	太安(2)	壬戌十二	302				

東　晉 (317—420)

元帝(司馬睿[ruì])	建武(2)	丁丑三	317	哀帝(~丕)	隆和(2)	壬戌	362
	大興(4)	戊寅三	318		興寧(3)	癸亥二	363
	永昌(2)	壬午	322	海西公(~奕)[yì]	太和(6)	丙寅	366
明帝(~紹)	永昌	壬午閏十一	322	簡文帝(~昱)[yù]	咸安(2)	辛未十一	371
	太寧(4)	癸未三	323	孝武帝(~曜)[yào]	寧康(3)	癸酉	373
成帝(~衍)[yǎn]	太寧	乙酉閏七	325		太元(21)	丙子	376
	咸和(9)	丙戌二	326	安帝(~德宗)	隆安(5)	丁酉	397
	咸康(8)	乙未	335		元興(3)	壬寅	402
康帝(~岳)	建元(2)	癸卯	343		義熙(14)	乙巳	405
穆帝(~聃)[dàn]	永和(12)	乙巳	345	恭帝(~德文)	元熙(2)	己未	419
	升平(5)	丁巳	357				

南北朝 (420—589)

南朝　宋 (420—479)

武帝(劉裕)	永初(3)	庚申六	420	孝武帝(~駿)	孝建(3)	甲午	454
少帝(~義符)	景平(2)	癸亥	423		大明(8)	丁酉	457
文帝(~義隆)	元嘉(30)	甲子八	424	前廢帝(~子業)	永光(1)	乙巳	465

| 明帝(劉彧〔yù〕) | 景和(1)
泰始(7) | 乙巳八
乙巳十二 | 465
465 | 後廢帝(～昱) | 泰豫(1)
元徽(5) | 壬子
癸丑 | 472
473 |
| | | | | 順帝(～準) | 昇明(3) | 丁巳七 | 477 |

齊 (479—502)

高帝(蕭道成)	建元(4)	己未四	479	明帝(～鸞)	建武(5)	甲戌十	494
武帝(～賾〔zé〕)	永明(11)	癸亥	483		永泰(1)	戊寅四	498
鬱林王(～昭業)	隆昌(1)	甲戌	494	東昏侯(～寶卷)	永元(3)	己卯	499
海陵王(～昭文)	延興(1)	甲戌七	494	和帝(～寶融)	中興(2)	辛巳三	501

梁 (502—557)

武帝(蕭衍)	天監(18)	壬午四	502		太清(3)*	丁卯四	547
	普通(8)	庚子	520	簡文帝(～綱)	大寶(2)**	庚午	550
	大通(3)	丁未三	527	元帝(～繹)	承聖(4)	壬申十一	552
	中大通(6)	己酉十	529	敬帝(～方智)	紹泰(2)	乙亥十	555
	大同(12)	乙卯	535		太平(2)	丙子九	556
	中大同(2)	丙寅四	546				

陳 (557—589)

武帝(陳霸先)	永定(3)	丁丑十	557	宣帝(～頊)	太建(14)	己丑	569
文帝(～蒨〔qiàn〕)	天嘉(7)	庚辰	560	後主(～叔寶)	至德(4)	癸卯	583
	天康(1)	丙戌二	566		禎明(3)	丁未	587
廢帝(～伯宗)	光大(2)	丁亥	567				

北朝　北魏 (386—534)

北魏建國於386年正月，初稱代國，同年四月改國號爲魏，439年統一北方。

道武帝(拓跋珪〔guī〕)	登國(11)	丙戌	386		天賜(6)	甲辰十	404
	皇始(3)	丙申七	396	明元帝(～嗣)	永興(5)	己酉十	409
	天興(7)	戊戌十二	398		神瑞(3)	甲寅	414

*有的地區用至6年。**有的地區用至3年。

太武帝(拓跋燾[tāo])	泰常(8)	丙辰四	416	宣武帝(~恪[kè])	景明(4)	庚辰	500
	始光(5)	甲子	424		正始(5)	甲申	504
	神䴥[jiā](4)	戊辰二	428		永平(5)	戊子八	508
	延和(3)	壬申	432		延昌(4)	壬辰四	512
	太延(6)	乙亥	435	孝明帝(~詡[xǔ])	熙平(3)	丙申	516
	太平眞君(12)	庚辰六	440		神龜(3)	戊戌二	518
	正平(2)	辛卯六	451		正光(6)	庚子七	520
南安王(~余)	承平(1)	壬辰二	452		孝昌(3)	乙巳六	525
文成帝(~濬[jùn])	興安(3)	壬辰十	452		武泰(1)	戊申	528
	興光(2)	甲午七	454	孝莊帝(~子攸[yōu])	建義(1)	戊申四	528
	太安(5)	乙未六	455		永安(3)	戊申九	528
	和平(6)	庚子	460	長廣王(~曄[yè])	建明(2)	庚戌十	530
獻文帝(~弘)	天安(2)	丙午	466	節閔帝(~恭)	普泰(2)	辛亥二	531
	皇興(5)	丁未八	467	安定王(~朗)	中興(2)	辛亥十	531
孝文帝(元宏)	延興(6)	辛亥八	471	孝武帝(~脩)	太昌(1)	壬子四	532
	承明(1)	丙辰六	476		永興(1)	壬子十二	532
	太和(23)	丁巳	477		永熙(3)	壬子十二	532

東　魏　(534—550)

孝靜帝(元善見)	天平(4)	甲寅十	534		興和(4)	己未十	539
	元象(2)	戊午	538		武定(8)	癸亥	543

北　齊　(550—577)

文宣帝(高洋)	天保(10)	庚午五	550		河清(4)	壬午四	562
廢帝(~殷)	乾明(1)	庚辰	560	後主(~緯)	天統(5)	乙酉四	565
孝昭帝(~演)	皇建(2)	庚辰八	560		武平(7)	庚寅	570
武成帝(~湛[zhàn])	太寧(2)	辛巳十一	561		隆化(1)	丙申十二	576
				幼主(~恆)	承光(1)	丁酉	577

西　魏 (535—556)

文帝(元寶炬)	大統(17)	乙卯	535	恭帝(～廓)	——(3)	甲戌一	554
廢帝(～欽)	——(3)	壬申	552				

北　周 (557—581)

孝閔帝(宇文覺)	——(1)	丁丑	557		建德(7)	壬辰三	572
明帝(～毓 [yù])	——(3)	丁丑九	557		宣政(1)	戊戌三	578
				宣帝(～贇 [yūn])	大成(1)	己亥	579
	武成(2)	己卯八	559	靜帝(～闡)	大象(3)	己亥二	579
武帝(～邕 [yōng])	保定(5)	辛巳	561		大定(1)	辛丑一	581
	天和(7)	丙戌	566				

隋 (581—618)

隋建國於581年，589年滅陳，完成統一。

文帝(楊堅)	開皇(20)	辛丑二	581	恭帝(～侑 [yòu])	義寧(2)	丁丑十一	617
	仁壽(4)	辛酉	601				
煬[yǎng]帝(～廣)	大業(14)	乙丑	605				

唐 (618—907)

高祖(李淵)	武德(9)	戊寅五	618		調露(2)	己卯六	679
太宗(～世民)	貞觀(23)	丁亥	627		永隆(2)	庚辰八	680
高宗(～治)	永徽(6)	庚戌	650		開耀(2)	辛巳九	681
	顯慶(6)	丙辰	656		永淳(2)	壬午二	682
	龍朔(3)	辛酉二	661		弘道(1)	癸未十二	683
	麟德(2)	甲子	664	中宗(～顯)	嗣聖(1)	甲申	684
	乾封(3)	丙寅	666	睿宗(～旦)	文明(1)	甲申二	684
	總章(3)	戊辰三	668	武后(武曌 [zhào])	光宅(1)	甲申九	684
	咸亨(5)	庚午三	670		垂拱(4)	乙酉	685
	上元(3)	甲戌八	674		永昌(1)	己丑	689
	儀鳳(4)	丙子十一	676				

帝王	年號	干支	公元
武后稱帝，改國號爲周	載初*(1)	己丑	689
	天授(3)	庚寅九	690
	如意(1)	壬辰四	692
	長壽(3)	壬辰九	692
	延載(1)	甲午五	694
	證聖(1)	乙未	695
	天册萬歲(2)	乙未九	695
	萬歲登封(1)	丙申臘	696
	萬歲通天(2)	丙申三	696
	神功(1)	丁酉九	697
	聖曆(3)	戊戌	698
	久視(1)	庚子五	700
	大足(1)	辛丑	701
	長安(4)	辛丑十	701
中宗(李顯，又名哲)，恢復唐國號	神龍(3)	乙巳	705
	景龍(4)	丁未九	707
殤帝(~重茂)	唐隆(1)	庚戌	710
睿宗(~旦)	景雲(3)	庚戌七	710
	太極(1)	壬子	712
	延和(1)	壬子五	712
玄宗(~隆基)	先天(2)	壬子八	712
	開元(29)	癸丑十二	713
	天寶(15)	壬午	742
肅宗(~亨)	至德(3)	丙申七	756
	乾元(3)	戊戌二	758
	上元(2)	庚子閏四	760
	——(1)**	辛丑九	761
代宗(~豫)	寶應(2)	壬寅四	762
	廣德(2)	癸卯七	763
	永泰(2)	乙巳	765
	大曆(14)	丙午十一	766
德宗(~适〔kuò〕)	建中(4)	庚申	780
	興元(1)	甲子	784
	貞元(21)	乙丑	785
順宗(~誦)	永貞(1)	乙酉八	805
憲宗(~純)	元和(15)	丙戌	806
穆宗(~恒)	長慶(4)	辛丑	821
敬宗(~湛)	寶曆(3)	乙巳	825
文宗(~昂)	寶曆	丙午十二	826
	太和(9)	丁未二	827
	開成(5)	丙辰	836
武宗(~炎)	會昌(6)	辛酉	841
宣宗(~忱)	大中(14)	丁卯	847
懿宗(~漼〔cuǐ〕)	大中		859
	咸通(15)***	庚辰十一	860
僖〔xī〕宗(~儇〔xuān〕)	乾符(6)****	甲午十一	874
	廣明(2)	庚子	880
	中和(5)	辛丑七	881
	光啟(4)	乙巳三	885
	文德(1)	戊申二	888

　　* 始用周正，以永昌元年十一月爲載初元年正月，十二月爲臘月，夏正月爲一月。久視元年十月復用夏正，以正月爲十一月，臘月爲十二月，一月爲正月。

　　** 此年九月後去年號，但稱元年，以建子月爲歲首。次年建巳月（即四月）改元寶應，復寅正。

　　*** 懿宗859年8月即位，仍稱大中十三年。860年稱大中十四年，十一月改元咸通。

　　**** 僖宗873年7月即位，仍稱咸通十四年。874年稱咸通十五年，十一月改元乾符。

昭宗(李曄)	龍紀(1)	己酉	889		天復(4)	辛酉四	901
	大順(2)	庚戌	890		天祐(4)	甲子閏四	904
	景福(2)	壬子	892	哀帝(～柷 〔chù〕)	天祐*	甲子	904
	乾寧(5)	甲寅	894				
	光化(4)	戊午八	898				

五　代　(907—960)

後　梁　(907—923)

太祖(朱晃,又 名溫、全忠)	開平(5)	丁卯四	907		貞明(7)	乙亥十一	915
	乾化(5)	辛未五	911		龍德(3)	辛巳五	921
末帝(～瑱 〔zhèn〕)	乾化	癸酉	913				

後　唐　(923—936)

莊宗(李存勗 〔xù〕)	同光(4)	癸未四	923	閔帝(～從厚)	應順(1)	甲午	934
明宗(～亶 〔dǎn〕)	天成(5)	丙戌四	926	末帝(～從珂)	清泰(3)	甲午四	934
	長興(4)	庚寅二	930				

後　晉　(936—946)

高祖(石敬瑭)	天福(9)	丙申十一	936		開運(4)	甲辰七	944
出帝(～重貴)	天福	癸卯	943				

後　漢　(947—950)

高祖(劉暠 〔gǎo〕,本 名知遠)	天福**	丁未二	947		乾祐(3)	戊申	948
				隱帝(～承祐)	乾祐***	己酉	949

後　周　(951—960)

太祖(郭威)	廣順(3)	辛亥	951	世宗(柴榮)	顯德****	乙卯	955
	顯德(7)	甲寅	954	恭帝(～宗訓)	顯德	庚申	960

*　　　哀帝即位未改元。
**　　後漢高祖即位,仍用後晉高祖年號,稱天福十二年。
***　　隱帝即位未改元。
****　世宗、恭帝都未改元。

宋(960—1279)

北 宋 (960—1127)

帝王	年號	干支	公元
太祖(趙匡胤〔yìn〕)	建隆(4)	庚申一	960
	乾德(6)	癸亥十一	963
	開寶(9)	戊辰十一	968
太宗(~炅〔jiǒng〕,初名匡義、賜名光義)	太平興國(9)	丙子十二	976
	雍熙(4)	甲申十一	984
	端拱(2)	戊子	988
	淳化(5)	庚寅	990
	至道(3)	乙未	995
眞宗(~恒)	咸平(6)	戊戌	998
	景德(4)	甲辰	1004
	大中祥符(9)	戊申	1008
	天禧〔xī〕(5)	丁巳	1017
	乾興(1)	壬戌	1022
仁宗(~禎)	天聖(10)	癸亥	1023
	明道(2)	壬申十一	1032
	景祐(5)	甲戌	1034
	寶元(3)	戊寅十一	1038
	康定(2)	庚辰二	1040
	慶曆(8)	辛巳十一	1041
	皇祐(6)	己丑	1049
	至和(3)	甲午三	1054
	嘉祐(8)	丙申九	1056
英宗(~曙)	治平(4)	甲辰	1064
神宗(~頊〔xū〕)	熙寧(10)	戊申	1068
	元豐(8)	戊午	1078
哲宗(~煦〔xù〕)	元祐(9)	丙寅	1086
	紹聖(5)	甲戌四	1094
	元符(3)	戊寅六	1098
徽宗(~佶〔jí〕)	建中靖國(1)	辛巳	1101
	崇寧(5)	壬午	1102
	大觀(4)	丁亥	1107
	政和(8)	辛卯	1111
	重和(2)	戊戌十一	1118
	宣和(7)	己亥二	1119
欽宗(~桓)	靖康(2)	丙午	1126

南 宋 (1127—1279)

帝王	年號	干支	公元
高宗(趙構)	建炎(4)	丁未五	1127
	紹興(32)	辛亥	1131
孝宗(~昚〔shèn〕)	隆興(2)	癸未	1163
	乾道(9)	乙酉	1165
	淳熙(16)	甲午	1174
光宗(~惇〔dūn〕)	紹熙(5)	庚戌	1190
寧宗(~擴)	慶元(6)	乙卯	1195
	嘉泰(4)	辛酉	1201
	開禧(3)	乙丑	1205
	嘉定(17)	戊辰	1208
理宗(~昀)	寶慶(3)	乙酉	1225
	紹定(6)	戊子	1228
	端平(3)	甲午	1234
	嘉熙(4)	丁酉	1237
	淳祐(12)	辛丑	1241
	寶祐(6)	癸丑	1253
	開慶(1)	己未	1259

度宗(趙禥〔qí〕)	景定(5)	庚申	1260	端宗(～昰〔shì〕)	景炎(3)	丙子五	1276
	咸淳(10)	乙丑	1265	帝昺(～昺〔bǐng〕)	祥興(2)	戊寅五	1278
恭帝(～㬎〔xiǎn〕)	德祐(2)	乙亥	1275				

遼 (907—1125)

遼建國於907年，國號契丹，916年始建年號，938年(一說947年)改國號為遼，983年復稱契丹，1066年仍稱遼。

太祖(耶律阿保機)	——(10)	丁卯	907		開泰(10)	壬子十一	1012
	神册(7)	丙子十二	916		太平(11)	辛酉十一	1021
	天贊(5)	壬午二	922	興宗(～宗眞)	景福(2)	辛未六	1031
	天顯(13)	丙戌二	926		重熙(24)	壬申十一	1032
太宗(～德光)	天顯	丁亥十一	927	道宗(～洪基)	清寧(10)	乙未八	1055
	會同(10)	戊戌十一	938		咸雍(10)	乙巳	1065
	大同(1)	丁未二	947		大康(10)	乙卯	1075
世宗(～阮)	天祿(5)	丁未九	947		大安(10)	乙丑	1085
穆宗(～璟)	應曆(19)	辛亥九	951		壽昌(7)	乙亥	1095
景宗(～賢)	保寧(11)	己巳二	969	天祚帝(～延禧)	乾統(10)	辛巳二	1101
	乾亨(5)	己卯十一	979		天慶(10)	辛卯	1111
聖宗(～隆緒)	乾亨	壬午九	982		保大(5)	辛丑	1121
	統和(30)	癸未六	983				

金 (1115—1234)

太祖(完顏旻〔mín〕,本名阿骨打)	收國(2)	乙未	1115		正隆(6)	丙子二	1156
				世宗(～雍)	大定(29)	辛巳十	1161
	天輔(7)	丁酉	1117	章宗(～璟)	明昌(7)	庚戌	1190
太宗(～晟〔shèng〕)	天會(15)	癸卯九	1123		承安(5)	丙辰十一	1196
					泰和(8)	辛酉	1201
熙宗(～亶)	天會	乙卯	1135	衛紹王(～永濟)	大安(3)	己巳	1209
	天眷(3)	戊午	1138		崇慶(2)	壬申	1212
	皇統(9)	辛酉	1141		至寧(1)	癸酉五	1213
海陵王(～亮)	天德(5)	己巳十二	1149	宣宗(～珣)	貞祐(5)	癸酉九	1213
	貞元(4)	癸酉三	1153				

	興定（6）	丁丑九	1217		開興（1）	壬辰一	1232
	元光（2）	壬午八	1222		天興（3）	壬辰三	1232
哀宗（完顏守緒）	正大（9）	甲申	1224	末帝（～承麟）	天興	甲午	1234

元 （1206—1368）

蒙古孛兒只斤鐵木眞（成吉思汗）於1206年稱帝。1271年忽必烈定國號爲元，1279年滅南宋。

太祖（李兒只斤鐵木眞）	——（22）	丙寅	1206		延祐（7）	甲寅	1314
拖雷（監國）	——（1）	戊子	1228	英宗（～碩[shuò]德八剌）	至治（3）	辛酉	1321
太宗（～窩闊臺）	——（13）	己丑	1229	泰定帝（～也孫鐵木兒）	泰定（5）	甲子	1324
乃馬眞后（稱制）	——（5）	壬寅	1242		致和（1）	戊辰二	1328
定宗（～貴由）	——（3）	丙午七	1246	天順帝（～阿速吉八）	天順（1）	戊辰九	1328
海迷失后（稱制）	——（3）	己酉	1249	文宗（～圖帖睦爾）	天曆（2）	戊辰九	1328
憲宗（～蒙哥）	——（9）	辛亥六	1251	明宗（～和世㻋[là]）*	天曆	己巳	1329
世祖（～忽必烈）	中統（5）	庚申五	1260		至順（4）	庚午五	1330
	至元（31）	甲子八	1264	寧宗（～懿璘質班）	至順	壬申	1332
成宗（～鐵穆耳）	元貞（3）	乙未	1295	順帝（～妥懽帖睦爾）	元統（3）	癸酉十	1333
	大德（11）	丁酉二	1297		至元（6）	乙亥十一	1335
武宗（～海山）	至大（4）	戊申	1308		至正（28）	辛巳	1341
仁宗（～愛育黎拔力八達）	皇慶（2）	壬子	1312				

明 （1368—1644）

太祖（朱元璋）	洪武（31）	戊申	1368	宣宗（～瞻基）	宣德（10）	丙午	1426
惠帝（～允炆[wén]）	建文（4）**	己卯	1399	英宗（～祁鎮）	正統（14）	丙辰	1436
				代宗（～祁鈺）	景泰（8）	庚午	1450
成祖（～棣）	永樂（22）	癸未	1403	英宗（～祁鎮）	天順（8）	丁丑一	1457
仁宗（～高熾）	洪熙（1）	乙巳	1425				

*　明宗於己巳（1329）正月即位，以文宗爲皇太子。八月明宗暴死，文宗復位。

**建文4年時成祖廢除建文年號，改爲洪武35年。

憲宗(朱見深)	成化(23)	乙酉	1465	神宗(～翊鈞)	萬曆(48)	癸酉	1573
孝宗(～祐樘〔chēng〕)	弘治(18)	戊申	1488	光宗(～常洛)	泰昌(1)	庚申八	1620
武宗(～厚照)	正德(16)	丙寅	1506	熹宗(～由校)	天啟(7)	辛酉	1621
世宗(～厚熜〔cōng〕)	嘉靖(45)	壬午	1522	思宗(～由檢)	崇禎(17)	戊辰	1628
穆宗(～載垕〔hòu〕)	隆慶(6)	丁卯	1567				

清 (1616—1911)

努爾哈赤於1616年，定國號爲金(歷史上稱"後金")，1636年改爲清，1644年入關。

太祖(愛斯覺羅努爾哈赤)	天命(11)	丙辰	1616	仁宗(～顒琰〔yóng〕)	嘉慶(25)	丙辰	1796
太宗(～皇太極)	天聰(10)	丁卯	1627	宣宗(～旻寧)	道光(30)	辛巳	1821
	崇德(8)	丙子四	1636	文宗(～奕詝〔zhǔ〕)	咸豐(11)	辛亥	1851
世祖(～福臨)	順治(18)	甲申	1644	穆宗(～載淳)	同治(13)	壬戌	1862
聖祖(～玄燁〔yè〕)	康熙(61)	壬寅	1662	德宗(～載湉〔tián〕)	光緒(34)	乙亥	1875
世宗(～胤禛〔zhēn〕)	雍正(13)	癸卯	1723	～溥儀	宣統(3)	己酉	1909
高宗(～弘曆)	乾隆(60)	丙辰	1736				

附錄四

地質年代簡表

時代劃分及符號			絕對年齡(百萬年)		生物發展階段	
代	紀		距今年齡	時代間距	動物界	植物界
新生代 Kz	第四紀Q		2或3	2－3	人類時代	被子植物時代
	第三紀 R	晚第三紀N	25	24	哺乳動物時代	
		早第三紀E	70	45		
中生代 Mz	白堊紀K		135	65	爬行動物時代 (各種恐龍繁盛)	裸子植物時代 (蘇鐵、銀杏、松柏等類繁盛)
	侏羅紀J		180	45		
	三疊紀T		225	45		
古生代 Pz	二疊紀P		270	45	兩棲動物時代	陸生孢子 植物時代
	石炭紀C		350	80		
	泥盆紀D		400	50	魚類時代	
	志留紀S		440	40	海生無脊椎 動物時代	海生藻類 植物時代
	奧陶紀O		500	60		
	寒武紀e		600	100		
元古代 Pt	震旦紀Z		1000？	400？		
			1800	800？		
太古代 A			4600	2800	最低等原始生物產生 (尚缺少充足的、可靠的化石根據)	
地球初期發展階段 (地球的"天文時期")			6000？			

注：此表絕對年齡絕大部分根據李四光《天文、地質、古生物資料摘要(初稿)》第30頁附表；只有元古代根據《天體、地球生命和人類的起源》第33頁附表。

附錄五

計量單位簡表

一、公制計量單位表

長　度

名稱	微米	忽米	絲米	毫米	厘米	分米	米	十米	百米	公里(千米)
等級		10微米	10忽米	10絲米	10毫米	10厘米	10分米	10米	100米	1000米

面　積

名稱	平方毫米	平方厘米	平方分米	平方米	平方公里
等數		100 平方毫米	100 平方厘米	100 平方分米	1000000平方米

地　積

名稱	平方米	公畝	公頃	方公里
等數		100 平方米	100 公畝	100 公頃

體　積

名稱	立方毫米	立方厘米	立方分米(升)	立方米
等數		1000立方毫米	1000立方厘米	1000立方分米

容　量

名稱	毫升	厘升	分升	升 (1升=1立方分米)	十升	百升	千升
等數		10毫升	10厘升	10分升	10升	100升	1000升

重量(質量單位名稱同*)

名稱	毫克	厘　克	分　克	克	十　克	百　克	公斤	公擔	噸
等數		10毫克	10厘克	10分克	10克	100克	1000克	100公斤	1000公斤

*　重量的概念和質量的概念是根本不同的。

二、市制計量單位表

長　度

名稱	毫	厘	分	寸	尺	丈	里
等數		10毫	10厘	10分	10寸	10尺	150丈

面　積

名稱	平方毫	平方厘	平方分	平方寸	平方尺	平方丈	平方里
等數		100平方毫	100平方厘	100平方分	100平方寸	100平方尺	22500平方丈

地　積

名　稱	毫	厘	分	畝	頃
等　數		10毫	10厘	10分	100畝

重　量*

名稱	絲	毫	厘	分	錢	兩	斤	擔
等數		10絲	10毫	10厘	10分	10錢	10兩(舊制16兩)	100斤

*見前公制計量單位表重量表注。

容　量

名　稱	撮	勺	合	升	斗	石
等　數		10撮	10勺	10合	10升	10斗

三、計量單位比較表

（英制單位均爲舊制，英國決定自1965年5月採用公制＊）

長度比較表

1公里(千米)＝2市里	＝0.621英里	＝0.540海里
1米　　＝3市尺	＝3.281英尺	
1市里　＝0.5公里	＝0.311英里	＝0.270海里
1市尺　＝0.333米	＝1.094英尺	
1英里　＝1.609公里	＝3.218市里	＝0.869海里
1英尺　＝0.305米	＝0.914市尺	
1英寸　＝2.540厘米	＝0.762市寸	
1海里　＝1.852公里	＝3.704市里	＝1.151英里

英制　1英里＝1760碼　　1碼＝3英尺　　1英尺＝12英寸

＊　長度單位的公制又稱米制。

地積比較表

1公頃　　＝15市畝	＝2.471英畝
1市畝＊　＝6.667公畝	＝0.164英畝
1英畝　　＝0.405公頃	＝6.070市畝

＊本表1市畝按60平方丈計算。

重量*比較表

磅(英制)

1公斤	＝2市斤	＝2.205英磅
1市斤	＝0.5公斤	＝1.102英磅
1英磅(常衡)	＝0.454公斤	＝0.907市斤
1盎司(英制、常衡)**	＝28.3495克	＝0.567市兩
1盎司(英制、金藥衡)**	＝31.1035克	＝0.6221市兩

＊　見前公制計量單位表重量表注。

＊＊　英制常衡1磅＝金藥衡1.215磅

英制　金藥衡1盎司(英兩)＝155.5克拉；1克拉＝0.2克

容量比較表

1升	＝1市升	＝0.220英加侖
1英加侖	＝4.546升	＝4.546市升
1英蒲氏耳	＝36.368升	＝36.368市升

英制　1蒲氏耳＝8加侖　　(乾量)

　　　1加侖　＝8品脫　　(液量)

世界平均比重的原油通常以1噸按7.3桶(每桶爲42美制加侖)或1.17千升計。

倉頡碼檢字表

1. 本檢字表以倉頡碼的英文字母順序排列先後。
2. 倉頡碼右邊是所要查檢的字，字右邊的數碼指該字在本書正文的頁碼。
3. 本倉頡碼適合在微軟中文視窗95/98運行，部分字須下載1999年香港政府編製的《香港增補字符集》及輸入軟件，方可使用倉頡碼輸入。下載請參考網頁：http://www.info.gov.hk/digital21/chi/hkscs/download.html
4. 正文中的字頭，凡不能使用輸入軟件輸入的字，不附倉頡碼，不包含在本表中。

A	日	297	ADHAF	鵰	826	AHOK	歟	288	ALBK	映	300
A	日	307	ADHL	晰	303	AHOR	暍	304	ALLN	昢	301
AA	昌	298	ADMQ	暐	304	AHQM	星	300	ALMO	晃	302
AAA	晶	303	AF	炅	393	AHQO	映	301	AM	旦	297
AAMH	暘	304	AFBF	曬	307	AHS	昕	299	AMAM	晅	302
AAPV	暍	304	AFHHH	影	233	AHS	昨	301	AMBI	曇	305
AATE	曝	306	AFMBC	顥	777	AHT	昇	298	AMCW	晒	302
AB	明	298	AFMBC	顯	777	AHVL	昂	298	AMD	旰	298
ABAC	暝	304	AFMU	晃	302	AICE	晙	303	AMG	旺	298
ABBE	暖	306	AGBT	噎	305	AIHS	晟	302	AMHAF	鳴	820
ABBT	盟	454	AGDI	時	302	AIJB	晡	303	AMHQU	毚	350
ABHAF	鵬	826	AGGU	曉	305	AITC	曠	306	AMI	戥	256
ABIK	猷	414	AHAJ	暉	305	AJ	早	297	AMJ	旴	298
ABJCM	嬰	306	AHBR	晌	302	AJD	昧	301	AMJ	旱	298
ABJJ	暈	304	AHBU	眉	457	AJKA	暑	304	AMK	昊	298
ABJJ	暉	304	AHE	昄	298	AJMM	暄	304	AMMP	曬	306
ABME	暖	304	AHGF	曝	306	AJNU	晼	304	AMMR	晤	303
ABMS	勖	88	AHGR	晧	303	AJV	晏	302	AMMV	晨	303
ABU	冒	70	AHHL	昴	301	AKKB	晞	303	AMO	昃	298
ABUU	晲	303	AHLN	剔	83	AKLL	昇	301	AMOB	晌	301
ACNH	晜	303	AHML	昕	299	AKLU	俺	304	AMOB	昴	301
AD	杲	315	AHOG	唯	304	AKN	兜	298	AMWG	量	715

Code	字	№	Code	字	№	Code	字	№	Code	字	№
AMYM	是	301	ANMG	閞	740	ANYMR	闇	645	ATBO	曚	306
AMYO	是	301	ANMJ	閈	739	ANYSY	鬪	742	ATCE	暴	305
AN	門	738	ANMJK	闞	744	ANYTA	闈	742	ATCR	曁	649
ANA	間	740	ANMMM	閆	739	ANYVO	閟	741	ATGS	曦	306
ANAA	閭	742	ANMT	開	739	AODMQ	鼱	769	ATLF	曬	306
ANASM	闖	743	ANMWG	闈	742	AOFH	匙	201	ATLK	暎	304
ANAU	冕	70	ANNHX	閡	742	AOHAF	鶗	823	ATLO	暎	305
ANAU	晚	302	ANNOK	閞	742	AOIR	晗	303	ATMJ	曄	306
ANB	閂	740	ANO	閃	738	AOJ	旴	299	AU	巴	214
ANBBE	閶	742	ANOI	閲	741	AOMBC	題	775	AUAM	暨	305
ANBUK	閔	740	ANOK	暎	304	AOP	匙	93	AUG	堅	155
ANCRU	閲	742	ANOMM	闠	744	AOWY	晦	303	AUHAF	鶺	823
AND	閑	740	ANOMR	閣	741	APHAF	鶗	822	AUHQU	匙	350
ANDH	閉	739	ANP	悶	246	APHH	易	299	AUKS	勖	88
ANDMQ	闈	742	ANPH	閽	741	APHH	昒	299	AUNL	郶	706
ANDWF	闌	743	ANQOU	闔	743	API	旳	298	AUNWF	鼈	815
ANEHR	闄	742	ANR	問	128	APIM	昀	299	AUU	出	301
ANFBG	闍	744	ANRHR	閶	742	APP	昆	298	AV	艮	566
ANGG	閨	741	ANRRJ	闡	744	APR	昫	301	AVHAF	鶺	823
ANGIT	闍	743	ANRRR	閶	743	APVO	曷	307	AVHAF	鶹	825
ANHER	閽	741	ANSJ	聞	544	AQHL	晰	303	AVHL	曓	306
ANHPA	闉	742	ANSQF	闑	743	AQMB	晴	303	AVIF	羔	305
ANHUD	闌	743	ANSRJ	關	744	ARF	煦	398	AVNO	歇	340
ANIAV	閬	741	ANTC	痙	741	ARF	照	398	AWLA	曙	306
ANIRM	闅	742	ANTUO	闥	743	ARMD	旱	70	AWLE	曼	308
ANJBC	閼	743	ANUMT	閅	743	ARRK	曠	307	AYBP	曨	305
ANJKA	閘	743	ANVIT	關	743	ARYE	暇	304	AYCK	咬	302
ANKI	閦	740	ANWD	闇	741	ASF	焄	398	AYDK	暾	305
ANKLU	闡	742	ANWL	閗	741	ASHR	昭	301	AYHS	昉	298
ANLMC	闠	744	ANWLV	闠	743	ASJE	最	308	AYK	旻	298
ANLMI	閩	741	ANYGQ	闥	744	ASMG	曜	306	AYOJ	晬	303
ANM	門	738	ANYHN	閱	740	ASP	昵	301	AYRB	暠	305
ANMFJ	閞	741	ANYK	閔	741	ASTR	暒	305	AYRF	景	303

AYRF	暸	304	BBJTI	籠	801	BCBGR	賙	663	BCQMB	睛	665
AYRV	曩	306	BBKMS	骑	799	BCCWA	贈	666	BCR	問	70
AYT	昱	301	BBKNI	骱	799	BCDH	財	660	BCRHU	覘	662
AYTA	暗	304	BBLN	刷	83	BCFF	賧	664	BCRL	腳	553
AYTG	曈	305	BBLWV	髏	800	BCGWC	贖	666	BCRU	脫	551
B	月	309	BBMJ	肝	799	BCHAF	鵙	821	BCSMV	賬	665
BAHM	腥	553	BBMLK	髏	799	BCHAF	鷐	827	BCTIS	贓	666
BAKB	堡		BBMR	胴	550	BCHE	販	660	BCTTB	購	665
		72,217	BBND	脬	552	BCHER	賂	662	BCTXC	賺	665
BAM	胆	548	BBNQ	舜	564	BCHIO	貶	661	BCV	嬰	183
BAMH	腸	554	BBOLL	骱	799	BCIBI	賻	665	BCYOJ	睟	665
BAU	胥	547	BBPE	愛	249	BCII	賤	249	BCYR	睟	664
BAYC	冥	71	BBR	尚	124	BCIJ	賊	663	BCYTR	暗	664
BB	朋	310	BBTMT	髒	800	BCIJE	賕	663	BCYVO	睃	662
BBB	骨	798	BBTQM	髊	800	BCIMS	賦	666	BD	采	713
BBBR	腷	554	BBTT	骿	799	BCIR	貽	662	BDHHH	彩	233
BBBUU	覷	635	BBTWT	體	800	BCJ	肸	548	BDI	肘	547
BBBV	骸	799	BBU	亂	22	BCJKA	賭	663	BDNL	郛	704
BBDHE	敫	799	BBUG	臒	558	BCJMN	貯	661	BDOE	滕	555
BBDI	將	552	BBUL	鼐	839	BCKB	賄	662	BDU	乳	21
BBE	受	107	BBUU	覓	634	BCLMT	贐	666	BDW	腖	553
BBGGU	懱	800	BBWD	髁	799	BCLN	則	82	BF	炙	393
BBHAF	鶻	824	BBWLI	髑	800	BCMJ	罕	530	BFBG	膛	555
BBHER	骼	799	BBYCK	骹	799	BCMMV	賑	663	BFD	采	71
BBHF	鵬	822	BBYHN	骯	799	BCMPM	賦	664	BFD	脒	551
BBHHJ	髀	799	BBYKB	髓	800	BCMVN	覬	431	BFHVF	縣	524
BBHMR	骹	799	BBYMP	骶	799	BCMWJ	賮	663	BFMU	胱	549
BBHNE	骰	799	BBYRB	髎	800	BCNCR	贍	666	BFP	懸	254
BBHPM	骶	799	BBYTJ	辭	689	BCNL	鄢	706	BFQ	胖	549
BBIBI	髏	800	BBYVO	骸	799	BCOJU	罂	530	BFQC	臏	665
BBJHR	骼	799	BCABU	賵	665	BCOK	敗	287	BFQE	滕	381
BBJMC	髖	801	BCAPH	賜	663	BCOMF	賖	663	BFQF	滕	524
BBJR	骷	799	BCBCC	贔	666	BCPD	貤	660	BFQF	騰	795

BFQG	塍	153	BHN	冗	71	BJCG	膣	555	BLXH	胏	549
BFQI	螣	611	BHN	肌	546	BJCM	腔	552	BM	且	14
BFQR	謄	649	BHNE	股	547	BJDHE	皸	452	BM	肛	547
BFQS	勝	89	BHOD	貅	658	BJE	肢	547	BMBG	臛	558
BFQV	媵	181	BHOMN	貐	659	BJHAF	鶤	823	BMBL	脼	550
BG	肚	547	BHON	胻	551	BJII	膞	555	BMF	肧	547
BGGU	膮	556	BHPI	豹	658	BJMC	臏	557	BMFM	胚	549
BGHAF	鸜	828	BHPM	胝	549	BJMF	腙	553	BMHAF	鴡	820
BGHQU	氍	350	BHS	胙	549	BJMO	腚	553	BMIG	胵	550
BGI	胠	549	BHSHR	貂	658	BJMU	脘	551	BMJ	肝	547
BGIL	脚	552	BHTAK	貘	659	BJNL	鄆	706	BMKE	爰	403
BGR	周	120	BHTRG	貛	659	BJNU	腕	552	BMKS	助	87
BGTE	臌	557	BHTW	貓	659	BJTC	膹	557	BMMC	具	69
BGTH	膨	556	BHUC	臢	558	BJTI	臗	557	BMMO	冢	71
BHA	胉	548	BHUU	膬	556	BJV	胺	551	BMMV	脤	551
BHAE	腺	554	BHWG	貍	658	BJWJ	軍	680	BMOG	雎	755
BHDH	豺	658	BHWP	膍	554	BKCOR	谿	654	BMR	同	114
BHDW	膰	556	BHX	舀	562	BKF	然	397	BMRB	膈	554
BHER	胳	550	BHXO	腴	553	BKHAF	鵙	823	BMRT	脰	552
BHGF	膴	557	BIBI	膊	554	BKHAF	鷄	825	BMRW	冨	71
BHHAU	貌	658	BICE	朘	551	BKI	肱	547	BMRW	腷	553
BHHER	貉	658	BIJB	脯	552	BKI	肽	548	BMSO	豚	656
BHHH	肜	547	BIKK	胈	548	BKK	网	530	BMUI	冠	71
BHHJ	脾	552	BINE	脉	549	BKLU	腌	552	BMVM	脛	551
BHHV	脈	550	BIOI	腑	552	BKMS	胯	549	BMWF	膘	555
BHHWP	貔	659	BIPC	膩	556	BKN	胰	549	BMWL	腼	554
BHJE	腶	553	BIPF	臕	557	BKOG	雞	756	BMWV	腰	553
BHJG	腫	553	BIR	胎	548	BKS	肋	546	BN	肊	546
BHJU	腯	553	BITC	臁	557	BKSS	湙	550	BNAU	脃	550
BHMA	貊	658	BIYPU	虢	603	BLMO	朓	310	BNCR	膽	556
BHMAM	貆	658	BJB	肺	548	BLMY	腓	552	BND	孚	186
BHMJ	豻	658	BJBD	脖	552	BLN	刖	78	BNKG	脡	551
BHML	肵	548	BJBJ	腩	553	BLWL	胂	549	BNKQ	腱	553

BNMU	脆	550	BRHHH	彫	233	BTWV	膿	556	BUHHJ	睥	460
BNO	肒	548	BROG	雕	755	BTYJ	膟	556	BUHHV	眽	459
BNUI	冤	71	BRRD	臊	557	BTYV	罔	530	BUHIO	眨	458
BOAE	腹	554	BRRS	腭	554	BU	目	455	BUHJM	睡	460
BOAH	腸	555	BSD	爭	403	BUAMJ	晘	459	BUHNI	飆	781
BOB	胹	547	BSE	脈	552	BUANA	瞷	462	BUHQI	睋	459
BOBO	朒	310	BSEF	鵬	822	BUANB	瞷	462	BUHQU	眊	458
BODI	肘	549	BSHH	豸	658	BUANK	矙	463	BUHU	見	633
BOG	脽	553	BSJR	腒	552	BUAV	眼	459	BUHVF	緜	525
BOGF	膲	556	BSLE	服	310	BUBAC	瞑	461	BUHXE	瞍	461
BOHH	胗	549	BSMH	膠	555	BUBBQ	瞬	462	BUHXU	睨	460
BOIP	膥	552	BSMV	脹	552	BUBD	眲	460	BUICE	睃	459
BOMA	膾	554	BSS	凸	75	BUBSD	呼	460	BUIHQ	眙	458
BOMMF	祭	476	BT	冊	70	BUBUU	睨	459	BUIR	眙	458
BOMN	腧	553	BT	皿	452	BUC	貝	659	BUJBC	瞋	461
BOMO	臉	557	BTA	腊	552	BUCMS	肟	456	BUJCM	塹	462
BOMRT	登	655	BTAB	簠	72	BUCNH	睇	459	BUJD	眛	458
BON	肟	547	BTAK	膜	555	BUCSH	盼	457	BUJJL	瞓	461
BOOG	腥	551	BTAV	騰	557	BUDOO	眯	460	BUJKA	睹	461
BOTF	膲	556	BTBC	腆	552	BUFB	睄	459	BUJLO	睫	460
BOWY	腜	551	BTBO	朦	311	BUFBF	矔	463	BUJMC	瞋	461
BOYMR	謽	642	BTCT	腦	554	BUFBG	瞠	461	BUJMC	矉	462
BPA	脂	550	BTGR	膳	556	BUFD	眯	459	BUJMU	睆	459
BPHR	啓	551	BTIS	臟	558	BUFDQ	瞵	462	BUJNU	睕	460
BPR	胸	548	BTK	朕	310	BUFF	睒	460	BUJQR	睹	461
BPRU	胞	549	BTLF	臚	557	BUFH	眇	457	BUKCF	瞭	462
BPU	肮	547	BTLN	删	79	BUFQU	睆	460	BUKKB	睎	460
BPUK	胸	550	BTLN	刪	79	BUGCE	睃	460	BUKOO	映	459
BQ	用	433	BTMBC	頯	774	BUGCG	睦	460	BULBU	眈	457
BQKK	膝	553	BTMD	膜	554	BUGG	眭	459	BULMC	贖	462
BQMF	縢	554	BTT	胼	548	BUGIT	瞌	461	BULMI	蠁	609
BQU	甩	433	BTT	胼	552	BUHAF	鶲	825	BULMO	眺	459
BRHAF	鵬	822	BTU	岡	206	BUHDF	瞅	461	BULN	剛	83

BULWV	曚	461	BUTBO	曈	462	BYBP	朧	312	CANW	鐦	736
BUMBG	曜	463	BUTLB	曈	461	BYBR	膪	556	CAPH	錫	728
BUMD	旰	456	BUTW	瞄	461	BYBS	膀	554	CAPP	錕	727
BUMGG	睚	460	BUU	㹴	310	BYHHH	彤	232	CATE	鑅	735
BUMJK	瞰	462	BUVML	鼎	838	BYHN	肮	547	CAU	鈀	720
BUMLS	晒	457	BUVNE	睬	460	BYHR	腿	554	CAV	銀	723
BUMMF	际	458	BUWD	睭	460	BYHS	肪	547	CAWE	鐟	732
BUMN	盯	456	BUYBP	曨	463	BYIA	臟	556	CBBR	鍋	729
BUMWF	瞟	461	BUYFD	䁖	461	BYIJ	脺	555	CBCN	鍘	729
BUNCR	瞻	462	BUYMP	眦	459	BYOJ	脺	553	CBDI	錡	726
BUNIN	眵	459	BUYOJ	晬	460	BYOK	腋	552	CBGR	鍋	729
BUNIR	睹	459	BUYTG	瞳	462	BYPO	腴	557	CBM	鉬	722
BUNOK	睽	462	BUYV	眈	456	BYPT	臚	557	CBME	鍐	729
BUNOT	瞪	462	BUYVI	眩	458	BYRN	脖	551	CBMR	銅	723
BUOG	睢	460	BV	妥	175	BYTA	腤	554	CBMS	鋤	726
BUOG	瞿	462	BVG	墾	157	BYTG	膧	311	CBSD	錚	727
BUOG	臛	556	BVHAF	鸚	827	BYTOE	臒	756	CBTU	鐦	727
BUOGE	矍	463	BVHL	腳	556	BYTP	臆	557	CBU	鉬	722
BUOGF	矐	462	BVIK	奚	171	BYVG	臃	556	CBUC	銀	725
BUOMN	喻	461	BVNO	腺	553	BYVO	朘	551	CBUE	鑊	736
BUOMO	臉	462	BVP	懇	253	BYWM	膻	556	CCC	鑫	735
BUONK	睞	461	BVVV	臘	557	BYX	臍	557	CCI	鈊	720
BUPA	眴	459	BVVW	腦	553	C	金	717	CCNH	錊	725
BUPIM	眲	456	BWIM	膕	555	CAHU	鋁	730	CCOR	鎔	725
BUPU	盹	456	BWK	胭	549	CAM	鉬	722	CCR	鉛	722
BUQMB	睛	460	BWL	胛	549	CAMH	錫	729	CCRU	銳	725
BURB	瞷	459	BWLB	膈	553	CAMI	鐥	729	CDHE	鈹	721
BURRD	矅	462	BWLI	爵	404	CAMJ	銲	726	CDM	鉢	722
BURVP	眠	458	BWLI	臑	557	CAMVN	甄	431	CDOO	鍊	728
BUSJ	旴	459	BWOT	臘	554	CAN	鋼	728	CDWF	鍊	729
BUSMG	睚	459	BWP	腮	554	CANA	鐦	733	CEA	鐥	727
BUSRR	嘔	462	BY	丹	17	CANL	鄲	707	CEAH	錫	733
BUSYI	矚	463	BYAV	腿	554	CANT	鋼	734	CEI	釵	720

CF	鈇	721	CHJ	釬	720	CIJC	鈚	722	CKCE	鐯	732
CFB	銷	725	CHJD	銖	724	CIJE	錄	725	CKCF	鐐	733
CFBC	鎮	730	CHJE	鍛	729	CIKK	鈸	721	CKHML	斧	292
CFBF	鑪	736	CHJG	鍾	729	CILB	鏞	732	CKI	鈇	721
CFBG	鐙	732	CHJM	錘	727	CIMBC	頌	773	CKJT	錯	730
CFBU	鋭	731	CHJR	銛	724	CIPF	鑪	735	CKMGC	釜	719
CFBW	鐪	734	CHJX	鋪	729	CIPP	鈇	726	CKMR	錡	727
CFDQ	鏻	735	CHLC	鑕	735	CISM	翁	536	CKN	鉹	725
CFF	銤	727	CHLMI	夆	605	CITC	鐮	734	CKNIN	參	404
CFFS	鐒	734	CHLN	剕	82	CITC	鑛	735	CKOO	鋏	726
CFH	鈔	720	CHLO	釟	720	CITE	鍍	729	CKSJL	爺	404
CG	釷	720	CHLO	鍬	729	CIV	鈹	722	CL	丫	15
CGGU	鐃	733	CHMBC	頌	773	CIXP	鎚	734	CLLL	剑	720
CGNI	鑄	735	CHML	釿	720	CJ	針	719	CLMC	鑽	734
CHA	鉑	722	CHMR	鈷	724	CJBC	鎮	731	CLMO	銚	724
CHAB	錦	728	CHNI	釩	720	CJBF	鐐	735	CLN	剑	719
CHAE	線	730	CHNL	邠	702	CJCR	鎔	730	CLNC	鑽	734
CHAG	鍠	729	CHOK	攽	286	CJCV	鑱	736	CLW	鈾	721
CHD	鈇	723	CHOO	縱	732	CJIG	鐵	734	CLWL	鉮	722
CHDF	鍬	730	CHQI	鋨	726	CJKA	鍺	730	CLWV	鏤	732
CHDW	鐪	733	CHRF	鎢	731	CJKP	鋯	724	CLX	鏽	734
CHE	鈑	720	CHUC	鑽	736	CJKS	銬	725	CM	釭	720
CHEJ	鋒	726	CHUD	鎳	731	CJMC	鎮	735	CMBW	鐳	734
CHER	鉻	723	CHWP	鑑	731	CJMO	錠	727	CME	錄	726
CHGI	銈	725	CHXE	鍍	731	CJMO	鋥	731	CMF	釰	721
CHGR	鋯	726	CI	公	66	CJP	鉈	722	CMGI	鈺	722
CHGU	銑	724	CIAV	銀	725	CJR	鉆	721	CMHAF	鶴	825
CHHAF	鶘	821	CIBI	鎛	731	CJRR	銆	728	CMHL	鉀	726
CHHH	釤	719	CIHF	鑬	732	CJV	鈫	724	CMIG	鉦	724
CHHJ	錍	728	CIHR	鍼	729	CK	父	404	CMJ	釺	721
CHHL	卿	722	CIHS	鍼	726	CK	鈇	720	CMMR	鋙	726
CHHW	鎦	731	CII	錢	727	CKAU	爸	404	CMN	釘	719
CHIXP	龐	829	CIJB	鋪	726	CKB	銆	725	CMNR	鈳	722

Code	Char	Page
CMRB	鎘	730
CMT	釿	725
CMTN	釧	728
CMTO	鏺	734
CMVH	釫	721
CMVI	鎬	730
CMVS	兮	68
CMWF	鏢	732
CMWJ	鐔	733
CMYM	鉦	722
CMYS	鈣	721
CN		
CNAU	鈀	725
CNDT	錳	728
CNG	鈕	720
CNHB	鑣	733
CNHE	鈹	720
CNIR	銘	724
CNKG	鋌	725
CNKM	鋋	725
CNKQ	鍵	729
CNLH	弟	229
CNLR	鋼	728
CNN	釘	719
CNO	欽	340
CNOE	鐙	733
CNOT	鐙	733
CNRI	鑀	735
CNWA	尙	735
COAE	鍑	729
COB	鈉	720
COG	錐	727
COGF	鑋	733
COGS	鐫	731
COGS	鑐	734
COHG	鉦	725
COII	鈴	721
COIN	鈴	720
COIR	鎗	730
COMB	錀	735
COMG	銓	724
COMQ	錞	731
COMR	鉿	725
CONK	鋸	729
COOG	鋰	725
COP	慫	251
COR	谷	654
CPH	鉍	722
CPI	釣	719
CPI	鈎	721
CPIM	鈞	721
CPP	鈚	720
CPPA	錯	729
CPR	鉤	722
CPRU	鉋	722
CPU	鈍	720
CPYR	鎬	730
CQHK	鍥	729
CQMV	錶	729
CQO	鈇	720
CR	釘	720
CRHAF	鴿	821
CRHR	鋁	725
CRHU	兌	62
CRKI	鈜	654
CRNL	郤	705
CRNO	欲	339
CRRS	鍔	729
CRSL	卻	102
CRTC	供	654
CSEG	鏗	732
CSH	分	76
CSHC	貧	660
CSHG	全	146
CSHP	念	241
CSHT	盆	452
CSHU	岔	206
CSIT	鑑	735
CSJ	鉬	723
CSJJ	鑼	736
CSJL	鄉	730
CSJR	鋸	727
CSME	鍛	726
CSMH	鏐	732
CSP	鈮	721
CSR	鉅	722
CSS	鉅	721
CSSR	銅	726
CSYI	鑲	736
CTA	錯	728
CTAK	鏃	732
CTBK	轍	733
CTC	鈺	731
CTCA	錯	733
CTCO	鎂	732
CTCT	鎰	731
CTGK	鎂	730
CTKR	鍩	730
CTM	鉗	722
CTMC	錤	729
CTMC	鑽	733
CTMJ	鏵	732
CTMV	錕	730
CTOE	鑊	735
CTRG	鑼	736
CTVI	鑕	731
CTW	錨	729
CTWI	鐏	733
CTXC	鎌	730
CTYV	鈺	726
CU	釓	719
CUMT	鎧	731
CUOK	敨	287
CV	釹	720
CVID	鍱	735
CVII	鐵	733
CVMI	鏘	732
CVNE	錄	727
CVR	鈄	724
CVVC	鑕	730
CVVV	鑷	735
CVVW	錙	727
CW	鈿	721
CWA	曾	308
CWD	鐹	727
CWG	鋰	726
CWJR	鍢	724
CWK	鋼	725
CWL	鉀	721
CWLG	鑼	736
CWLI	鐲	734
CWLJ	鐸	734

CWLV	鐶	734	CYVI	鉉	722	DBTU	欄	326	DDV	婓	179
CWP	鍃	729	D	木	312	DBU	相	456	DDW	棟	325
CWYI	鍉	722	DA	杏	315	DBUC	棋	323	DDW	㯡	439
CY	釙	719	DAFU	槐	329	DBUU	娷	324	DDWF	棟	327
CYBS	鎊	730	DAGI	梅	331	DCI	松	315	DDWLI	欞	338
CYCB	鏑	732	DAHU	楣	328	DCNH	梯	323	DEFH	杪	322
CYCK	鉸	723	DAIU	概	331	DCRU	棁	323	DEI	权	313
CYDK	鐵	733	DAM	查	318	DCSH	粉	316	DEID	樑	332
CYG	鉦	722	DAMH	楊	327	DCWA	槽	334	DEMBC	顐	773
CYHM	鐘	732	DAMJ	桿	324	DD	林	316	DEMJ	妚	452
CYHN	釷	721	DANR	欄	337	DDAM	楂	327	DEPRU	皰	452
CYHR	鎴	731	DANW	欄	338	DDBUH	鬱	805	DFB	梢	323
CYHS	鈁	721	DAPP	棍	324	DDCSH	棼	325	DFBG	樘	333
CYHV	鈸	723	DAPV	楬	328	DDD	森	316	DFBW	檔	335
CYIU	銃	723	DASM	樹	330	DDF	焚	395	DFH	杪	315
CYIU	銃	726	DAU	杷	315	DDG	堃	150	DFLE	隸	753
CYJJ	鏈	731	DAV	根	320	DDH	材	314	DFMU	桃	321
CYLB	鈰	722	DB	束	313	DDHH	彬	233	DFQ	样	317
CYPO	鑢	734	DBAC	榠	329	DDHNI	梵	324	DFQU	捲	325
CYPP	鑪	735	DBB	棚	325	DDI	村	314	DG	杜	314
CYPT	鑪	735	DBBB	槽	330	DDINO	楚	326	DGB	柟	319
CYRB	鎬	731	DBCV	櫻	337	DDIXP	蔍	830	DGCE	棱	325
CYRD	錞	727	DBDB	棗	324	DDK	樊	332	DGG	桂	320
CYRV	鋃	730	DBDB	棘	325	DDKLI	鑾	616	DGGU	橈	333
CYRV	鑲	735	DBLN	剌	81	DDKMR	攀	473	DGIT	樘	330
CYSD	鏉	730	DBM	柤	318	DDKQ	攀	283	DGNI	橋	336
CYSK	鏃	731	DBMC	棋	325	DDLO	楸	332	DGOV	樾	333
CYSO	鏇	731	DBME	援	328	DDMMF	禁	477	DGOW	橢	336
CYTG	鐘	733	DBMM	柵	316	DDMMV	蕊	690	DGR	桔	322
CYTJ	鋅	725	DBMR	桐	321	DDNL	郴	705	DGRG	檉	336
CYTP	鐺	735	DBND	桴	322	DDNYO	楚	327	DGRV	槤	331
CYTR	鎯	728	DBO	爽	56	DDOO	株	326	DGTI	樹	333
CYTU	鏡	732	DBT	柵	319	DDP	戀	253	DGWC	檟	337

碼	字	頁	碼	字	頁	碼	字	頁	碼	字	頁
DH	才	259	DHOO	樅	332	DJE	枝	316	DLKS	勅	87
DHA	柏	317	DHPA	楮	324	DJK	杖	314	DLKSF	鶒	823
DHAB	棉	324	DHPM	柢	319	DJKA	楮	328	DLLN	刺	82
DHAJ	樺	330	DHS	柞	318	DJKP	栲	320	DLMO	桃	321
DHAL	櫚	337	DHSK	橄	335	DJKS	栲	320	DLMY	梛	326
DHBUL	甫	839	DHUC	欖	338	DJLV	樓	325	DLOK	敕	287
DHCQ	樺	337	DHUS	橋	337	DJMC	檳	336	DLSHC	賴	665
DHDF	楸	328	DHUU	橈	333	DJMF	棕	326	DLW	柚	318
DHE	板	316	DHVO	柧	319	DJMM	楦	329	DLWV	樓	332
DHE	皮	451	DHX	柏	322	DJMO	椗	326	DLX	櫚	335
DHER	格	320	DI	寸	197	DJNU	椀	325	DM	本	312
DHGR	梧	322	DIAV	根	322	DJP	柁	317	DM	杠	314
DHHH	杉	313	DIBI	榑	329	DJPA	榍	329	DMA	柏	322
DHHI	榭	329	DICE	梭	323	DJPN	樗	336	DMAM	桓	322
DHHJ	桿	326	DIGI	櫥	337	DJR	枯	317	DMBC	槓	330
DHHL	柳	318	DIHF	械	331	DJRR	棺	325	DMBL	栭	319
DHHW	榴	330	DIHR	械	326	DJV	桉	321	DMBM	檀	339
DHI	槐	330	DII	棧	325	DK	夬	168	DMBR	檔	337
DHJD	株	319	DIIL	椰	329	DK	林	314	DMBS	枵	332
DHJE	椴	326	DILE	樑	333	DKHAF	鳩	818	DMBW	檔	336
DHJM	棰	325	DIP	代	314	DKHAF	鷟	826	DMCW	栖	319
DHJR	栝	319	DIPC	弑	333	DKMB	楂	329	DMCW	栖	324
DHJU	楮	328	DIPM	弒	320	DKMR	椅	325	DMDM	櫔	337
DHKB	橋	333	DIR	柏	317	DKMYM	整	289	DMEM	極	328
DHLC	檳	337	DIRM	械	325	DKN	机	313	DMF	杯	315
DHLO	楸	326	DIT	械	323	DKN	栿	321	DMFJ	枰	317
DHML	析	316	DJ	才	312	DKP	愁	252	DMFR	梧	322
DHMU	栀	319	DJBD	梓	319	DKSR	枷	317	DMG	柱	314
DHMU	梔	323	DJBJ	楠	328	DL	束	312	DMIG	桯	321
DHMY	柝	318	DJBM	植	326	DLA	晳	303	DMJ	杆	313
DHN	机	313	DJCM	栓	326	DLBU	枕	316	DMJK	檄	333
DHNI	楓	327	DJCR	榕	329	DLE	楪	325	DMLK	梗	323
DHON	桁	320	DJCS	榨	329	DLHA	晳	451	DMLM	椏	326

DMMF	柰	318	DNIB	桶	322	DOMB	棆	326	DQKA	椿	327
DMMI	樞	335	DNIN	杍	315	DOMG	栓	319	DQKD	榛	329
DMMP	欙	338	DNIN	杉	319	DOMK	梗	328	DQKQ	棒	324
DMMR	梧	323	DNKG	梃	322	DOMN	榆	327	DQKX	椿	331
DMMS	朽	313	DNKM	樅	324	DOMO	檢	336	DQOMR	韽	769
DMMU	杭	315	DNKQ	楗	327	DONL	郲	705	DQPTD	韉	769
DMN	打	313	DNLB	櫹	334	DOO	來	42	DQSHI	韌	769
DMNN	枬	320	DNMU	桅	321	DOP	枇	316	DQSMV	韍	769
DMNR	柯	318	DNO	枚	315	DOPD	杷	317	DQTMJ	韓	770
DMOB	柄	317	DNON	嫺	337	DOTF	樵	335	DQTTB	韝	769
DMR	柘	318	DNOT	橙	335	DOWY	梅	322	DQWLI	韂	770
DMRQ	韋	769	DNQD	樑	329	DOYB	橋	319	DQWOT	韇	770
DMRW	榶	327	DNRI	檅	328	DPA	枸	319	DQWTJ	韕	770
DMSO	椓	326	DNST	楹	328	DPD	杝	314	DR	杏	313
DMTI	樹	330	DNWA	櫓	337	DPFD	枹	326	DRC	枳	317
DMTO	橛	334	DOB	柄	316	DPI	杓	314	DRHG	桯	324
DMU	机	313	DOBG	權	330	DPKP	樬	328	DRHR	柖	323
DMUE	榎	329	DOBUC	櫝	663	DPP	枇	316	DRHU	枳	319
DMVH	枡	316	DOBY	梔	320	DPPA	楷	328	DRJI	機	336
DMVM	枢	316	DODI	村	317	DPPG	椑	322	DRMS	栳	317
DMVS	朽	313	DOE	泰	324	DPR	枸	317	DRRJ	樺	333
DMVVQ	犛	564	DOG	椎	326	DPRU	枹	317	DRSH	枴	317
DMWC	櫃	336	DOGF	樵	333	DPT	枻	317	DRSJ	楫	328
DMWF	櫖	331	DOGJ	樺	329	DPTD	槳	329	DRYE	椵	326
DMWF	標	332	DOGS	橋	335	DPU	杣	315	DSFB	楣	330
DMWM	欖	335	DOHAF	鵋	823	DQBHX	輻	769	DSIT	樬	336
DNAO	橡	334	DOII	柃	315	DQBJJ	韓	769	DSJE	橄	326
DNBG	桷	322	DOIM	欉	338	DQDJ	倴	769	DSJL	椰	326
DNBJ	槲	331	DOIR	檜	330	DQFB	鞘	769	DSJR	椐	326
DNCR	檣	335	DOJ	杵	315	DQHK	楔	327	DSLC	櫃	337
DND	李	313	DOK	枚	316	DQIKK	敕	769	DSLY	榾	329
DNHB	橘	334	DOKS	勒	88	DQJL	梆	322	DSMA	榙	333
DNHD	棽	327	DOMA	檜	335	DQJM	槽	331	DSME	椴	324

DSMG	框	321	DTT	栟	325	DWWW	櫑	337	DYWM	檀	335
DSMG	櫂	336	DTTB	構	330	DY	朴	313	DYWV	榱	329
DSMH	樛	332	DTTC	椪	326	DYAD	槕	330	E	水	355
DSMM	栩	319	DTWA	槽	331	DYAJ	棹	325	EA	汩	357
DSMV	棖	324	DTWI	樽	333	DYBB	檛	335	EA	汨	357
DSNO	柩	318	DU	札	313	DYBC	楨	328	EA	沓	359
DSRG	檉	335	DUCE	椶	326	DYBP	櫳	337	EAFC	灝	391
DSRR	樞	332	DULMI	蚻	606	DYBS	榜	329	EAFU	滉	380
DSS	柜	318	DUMT	榿	330	DYCK	校	319	EAG	涅	370
DSU	杞	314	DUP	想	248	DYDL	榔	333	EAHU	湄	377
DSWU	欖	338	DUU	柮	318	DYDU	櫬	337	EAIU	漑	383
DSYQ	樨	335	DUVIF	紮	512	DYFE	椒	326	EAMH	湯	378
DTAK	模	332	DVFO	櫞	337	DYG	柱	318	EAMJ	涆	371
DTBN	榆	327	DVID	櫟	337	DYHN	杭	315	EAMO	湜	378
DTBO	檬	336	DVII	機	334	DYHR	槌	330	EANA	澗	385
DTC	栱	320	DVL	朻	313	DYHS	枋	316	EANG	潤	385
DTCO	樸	333	DVNO	椽	327	DYIA	樴	334	EANR	濶	389
DTCW	楢	327	DVVI	檵	336	DYIU	梳	323	EANW	瀾	390
DTEI	欂	338	DW	東	315	DYJ	枓	316	EAPP	混	374
DTGE	樣	333	DWC	柶	319	DYLB	柿	317	EAPV	渴	376
DTGI	檥	336	DWD	梱	323	DYPM	樝	332	EASM	溻	381
DTJR	楛	327	DWD	棵	326	DYPT	櫨	337	EATE	瀑	389
DTKR	楉	329	DWF	柬	318	DYRA	櫧	337	EAVF	濕	388
DTLM	槿	331	DWG	梩	323	DYRB	槁	330	EAWE	漫	383
DTM	柑	318	DWHAF	鶇	823	DYRD	嫏	325	EBAC	溟	379
DTMC	棋	324	DWL	柙	318	DYRF	椋	326	EBAU	淝	372
DTMC	橫	334	DWLG	欏	338	DYSD	椸	327	EBB	淜	375
DTMD	楳	329	DWLJ	檡	336	DYTJ	梓	323	EBBB	滑	380
DTMJ	樺	333	DWLS	楞	327	DYTJ	樟	332	EBBR	渦	376
DTMV	椹	327	DWOT	榲	330	DYTR	棓	324	EBCD	深	373
DTQM	槎	330	DWP	楒	329	DYTV	椄	325	EBCI	濺	389
DTRG	權	338	DWVF	樏	332	DYVO	核	320	EBCN	測	376
DTRK	檄	336	DWWF	欙	338	DYWD	檁	336	EBCR	滘	381

EBCV	澦 390	EDAM	渣 376	EFFG	澄 389	EHDN	涮 371
EBHG	淫 373	EDBU	湘 377	EFFR	潛 390	EHDV	湊 375
EBHU	沆 360	EDCI	淞 372	EFFS	澇 386	EHDW	潘 385
EBHX	滔 381	EDD	淋 372	EFH	沙 359	EHEQ	澤 365
EBJJ	渾 377	EDDV	淒 384	EFMU	洗 366	EHER	洛 365
EBKF	瀚 827	EDG	塗 154	EFQ	泮 364	EHF	燙 401
EBM	沮 360	EDHE	波 363	EFQF	瀿 386	EHGR	浩 368
EBME	湲 378	EDHL	淅 371	EGCE	淩 373	EHGU	洗 365
EBMR	洞 365	EDkJ	沫 360	EGDE	灘 389	EHHL	泖 363
EBND	浮 368	EDK	決 358	EGFE	灝 390	EHHV	派 367
EBOF	潦 382	EDL	涷 370	EGG	洼 367	EHHW	溜 381
EBOU	滔 381	EDLC	瀨 390	EGGU	澆 386	EHIO	泛 363
EBP	遼 250	EDLK	漱 384	EGI	法 362	EHJD	洙 365
EBP	蘧 253	EDLO	漱 384	EGIT	溢 379	EHJG	湮 378
EBR	洞 362	EDMBC	潁 776	EGJ	準 381	EHJR	活 366
EBSD	淨 372	EDMQ	漳 377	EGNI	濤 388	EHK	沃 358
EBU	泪 364	EDOE	漆 382	EGOW	澢 388	EHKP	添 375
EBUG	灘 388	EDOO	淶 374	EGSK	激 382	EHLQ	潷 386
EBUH	渺 377	EDW	涷 371	EGTH	澎 386	EHMGI	臺 427
EBUK	渓 378	EE	双 106	EGTI	澍 386	EHML	沂 358
EBVK	溪 379	EEE	淼 375	EGWC	潰 389	EHMO	溚 387
EBWI	潘 390	EEED	桑 321	EHA	泊 362	EHMY	沂 363
EC	汎 356	EEEEN	劉 83	EHAG	湟 378	EHNI	汛 356
EC	淦 372	EEEM	倜 107	EHAL	澖 389	EHNI	颯 376
ECIM	瀚 380	EEI	汉 356	EHAR	滃 386	EHNWF	鰵 811
ECKG	滏 380	EEMR	瑨 469	EHBK	澳 387	EHQ	掌 269
ECNH	涕 371	EEV	婆 179	EHBN	浿 371	EHQJ	澕 378
ECOR	浴 369	EFB	消 370	EHBT	洫 366	EHQO	洗 362
ECR	沿 362	EFBK	漱 384	EHBT	盪 455	EHRB	㵲 379
ECRU	涗 371	EFBR	淌 372	EHBU	泊 365	EHSE	潵 379
ECSH	汾 358	EFDQ	潀 386	EHCN	瀏 389	EHSK	淚 372
ECST	溢 377	EFF	淡 372	EHDB	涌 386	EHSK	激 387
ED	沐 359	EFFF	瀠 390	EHDF	湫 378	EHSU	滬 381

碼	字	頁	碼	字	頁	碼	字	頁	碼	字	頁
EHUK	漠	379	EIWG	澶	389	EJPN	濘	388	ELQ	津	365
EHUL	濞	389	EIXP	瀧	382	EJPU	滺	384	ELW	油	361
EHV	娑	178	EJ	汁	356	EJR	沽	361	ELWP	洩	366
EHXE	溲	379	EJB	沛	359	EJRB	湖	377	ELWV	溇	382
EHXF	潟	385	EJBC	滇	380	EJRR	涫	371	ELXH	沛	364
EHXM	潿	378	EJBD	淳	368	EJTC	潰	387	ELXL	淵	375
EHYHV	袞	626	EJC	沇	364	EJYJ	淬	381	EM	江	357
EHYU	瀗	381	EJCB	清	386	EKB	洧	366	EMAM	洹	366
EI	叉	105	EJCM	淙	375	EKC	鎣	725	EMBB	濡	388
EIAV	浪	368	EJCR	溶	379	EKCF	潦	385	EMBB	瀾	391
EIBI	溥	379	EJD	沬	360	EKHR	漪	383	EMBI	澧	386
EICE	浚	367	EJDS	渤	376	EKI	汰	358	EMBI	瀜	390
EID	梁	322	EJHF	瀉	389	EKKB	浠	371	EMBL	洀	365
EIFD	梁	505	EJHW	潘	389	EKKB	浠	371	EMCW	酒	365
EIHF	減	380	EJII	溥	383	EKLD	洿	364	EMCW	酒	709
EIHR	減	376	EJIR	濺	378	EKLU	淹	375	EMD	汗	357
EIHU	沇	358	EJJB	潮	385	EKMS	涝	367	EMDM	瀝	390
EII	淺	375	EJJJ	澣	387	EKN	氿	356	EMFB	瀾	388
EIIH	滲	382	EJJL	漸	384	EKN	溴	365	EMG	汪	357
EIJB	浦	368	EJJM	瀚	389	EKNI	决	356	EMGG	涯	371
EIJC	沭	360	EJJN	蒿	384	EKOO	浹	370	EMHF	源	379
EIKF	溈	385	EJKA	渚	375	EKPB	滯	381	EMHF	鴻	820
EILL	洲	366	EJKI	泫	371	EKSR	泇	364	EMJ	汗	356
EILMI	蚤	605	EJLV	淒	371	EL	沖	358	EMJK	澈	386
EILR	溏	379	EJMC	演	384	ELBK	決	364	EMLK	湨	368
EINE	泳	364	EJMC	濱	389	ELBU	沈	358	EMLS	沔	359
EIOK	浹	370	EJME	滾	372	ELHI	蠻	808	EMMC	湏	386
EIPF	瀘	389	EJMF	淙	372	ELLL	汧	359	EMMP	灑	391
EIR	治	361	EJMM	渲	376	ELLN	沸	361	EMMR	湢	386
EIRM	減	372	EJMO	淀	371	ELLP	澧	384	EMMS	污	357
EITC	濂	387	EJMU	浣	368	ELMC	潰	386	EMMU	沅	358
EITC	潢	389	EJNU	涴	375	ELMO	洮	366	EMN	汀	356
EITE	渡	376	EJP	沱	360	ELMT	盪	388	EMNN	洌	365

EMNR	河	360	ENLP	灄	390	EON	汔	356	EQMC	漬	383
EMOA	潚	390	ENLS	渤	362	EOOK	潡	390	EQOA	潛	385
EMRB	滿	381	ENMB	瀰	390	EOTF	潕	385	ERAU	澠	368
EMRW	漍	378	ENMM	溺	379	EOTO	濮	389	ERB	涓	370
EMSO	涿	371	ENNC	澢	387	EOWY	海	369	ERBC	湏	379
EMT	汧	366	ENOB	涓	377	EOYT	泣	371	ERHU	況	362
EMUA	潘	385	ENOE	潑	385	EP	沁	358	ERJI	濺	388
EMUB	灪	391	ENOT	澄	386	EPA	洵	366	ERMR	潞	387
EMVB	漘	383	ENRI	瀍	390	EPD	柒	318	ERPA	潐	378
EMVG	淫	380	ENSV	漲	384	EPD	池	357	ERRD	澡	387
EMVI	澥	380	ENUE	涵	371	EPH	泌	362	ERU	汜	357
EMVM	洍	359	ENWF	漁	382	EPHH	沕	359	ERUC	潨	386
EMVM	涇	360	EOB	汭	356	EPHP	潊	375	ERVP	泯	364
EMWD	溧	379	EOBT	盜	453	EPHR	湉	378	ERXU	瀢	387
EMWF	漂	382	EODK	潎	384	EPI	汋	356	ERYO	淀	368
EMWG	湮	378	EOG	淮	373	EPL	沖	371	ESBN	涮	375
EMWJ	潭	385	EOHH	沴	361	EPOU	淘	372	ESCE	澱	387
EMWL	涵	377	EOII	泠	363	EPP	沘	359	ESD	渠	376
ENAU	洮	370	EOIK	狀	365	EPPA	潲	378	ESHR	沼	361
ENBK	涣	375	EOIM	瀥	390	EPR	洵	362	ESIM	澀	389
ENBQ	澥	387	EOIR	洽	371	EPRU	泡	363	ESIP	涩	370
ENBS	湧	377	EOIR	滄	380	EPSH	沴	360	ESIT	濫	388
ENCR	澹	387	EOKP	漺	382	EPT	泄	362	ESJ	洱	366
ENE	沒	359	EOLD	滌	381	EPTD	渫	376	ESJJ	灄	391
ENHB	滴	384	EOLK	淑	371	EPU	沌	359	ESKR	湄	370
ENHE	汲	358	EOMA	澮	387	EPUK	淘	366	ESMB	漏	383
ENI	汐	356	EOMB	淪	373	EPYR	洵	377	ESMC	浸	391
ENI	泓	362	EOMB	淪	385	EQHF	潔	385	ESME	浸	369
ENIB	涌	370	EOMD	涂	370	EQHL	浙	367	ESMG	洭	366
ENIR	洺	366	EOMN	汽	358	EQJR	清	378	ESMG	渥	376
ENJ	汛	357	EOMN	渝	376	EQKD	溱	379	ESMG	濯	389
ENKM	涎	370	EOMR	洽	367	EQKK	湊	377	ESMH	漻	384
ENLD	滁	380	EOMT	渟	376	EQMB	清	374	ESMI	潯	386

碼	字	頁	碼	字	頁	碼	字	頁	碼	字	頁
ESND	潹	386	ETQM	溚	379	EWC	泗	363	EYCV	滾	382
ESOG	淏	381	ETRG	灌	391	EWDQ	灡	386	EYDL	漅	384
ESP	泥	363	ETT	浜	372	EWG	浬	368	EYEM	灃	390
ESRJ	澼	387	ETTB	溝	379	EWIM	灛	384	EYFE	淑	372
ESRR	溫	383	ETTC	淲	375	EWJR	涸	371	EYG	注	364
ESU	氾	356	ETUB	溯	379	EWK	洇	367	EYGQ	漣	387
ESUU	淜	372	ETVI	滋	380	EWLB	渦	378	EYHC	瀕	389
ESWU	灣	391	ETWA	漕	383	EWLI	濁	387	EYHM	達	382
ETAK	漢	383	ETWT	澧	387	EWLJ	澤	387	EYHN	沆	358
ETAW	灘	391	ETWV	濃	387	EWLO	潯	384	EYHS	汸	359
ETBC	洴	372	EU	汕	356	EWLV	濃	388	EYIB	淯	373
ETBN	渧	377	EUC	塗	730	EWML	湆	372	EYIU	流	367
ETBO	濛	388	EUGK	澂	386	EWMO	涸	379	EYJC	灘	391
ETC	洪	366	EUJT	澧	391	EWMV	濃	378	EYJJ	漣	383
ETCL	漸	386	EUK	娛	360	EWNO	歟	341	EYK	汶	358
ETCT	溢	379	EUMB	湍	377	EWO	泗	362	EYLH	涉	370
ETCU	港	376	EUMGI	塋	426	EWOT	溫	378	EYLM	沚	359
ETGE	漾	384	EUMI	淐	380	EWR	洄	364	EYMH	濊	388
ETGK	渂	377	EUON	涔	371	EWTJ	澤	384	EYMP	沘	365
ETIT	溡	385	EUTT	灩	391	EWVF	潔	383	EYOJ	淬	373
ETLB	滿	382	EUTU	灩	391	EWWG	灅	391	EYOK	液	371
ETLO	漢	383	EUUK	潵	381	EWWW	灛	389	EYPD	淳	382
ETLX	瀟	390	EV	汝	357	EYAJ	淖	372	EYPO	濂	388
ETM	泔	362	EVFD	濼	391	EYBC	滇	378	EYPP	濾	389
ETMBC	頮	774	EVFG	濰	389	EYBG	灘	391	EYPT	瀘	389
ETMC	淇	372	EVFN	灣	391	EYBK	澈	386	EYR	沾	362
ETMC	潢	385	EVID	濼	389	EYBP	瀧	390	EYRB	滴	380
ETMV	湛	377	EVIS	汹	362	EYBS	滂	380	EYRD	淳	374
ETOE	濩	388	EVNE	淥	372	EYBU	潰	388	EYRF	涼	375
ETOG	灘	391	EVR	洳	366	EYCB	滴	362	EYRJ	湇	382
ETOR	溶	381	EVUG	灑	391	EYCK	洨	366	EYRN	淳	376
ETOV	濱	389	EVVW	淄	371	EYCK	淒	378	EYRN	瀛	390
ETQ	洋	364	EWB	渭	376	EYCV	滾	381	EYRO	濠	388

EYRV	瀗	390	FBJJ	輝	397	FDIAV	粮	505	FDUCE	糭	506
EYSD	游	376	FBKF	燃	401	FDIG	粧	505	FDV	籹	504
EYSO	漩	383	FBLN	削	82	FDIIH	糝	507	FDWF	煉	397
EYSY	淤	372	FBME	煖	397	FDILE	糠	507	FDWJI	欄	507
EYT	泣	363	FBMR	烔	395	FDILR	糖	506	FDWTC	糞	507
EYTA	溍	378	FBND	烰	395	FDJMF	粽	506	FDYHR	糙	506
EYTB	湆	377	FBOK	敝	287	FDJRB	糊	506	FDYJ	料	291
EYTG	潼	386	FBOK	敝	287	FDK	状	393	FDYOJ	粹	505
EYTJ	漳	384	FBR	尚	201	FDMBB	糯	507	FDYR	粘	504
EYTR	涪	371	FBR	炯	393	FDMCW	粞	505	FDYT	粒	504
EYUB	滴	381	FBRBC	賞	664	FDMLK	梗	505	FF	炎	392
EYV	汇	357	FBRD	棠	325	FDMQ	煒	397	FFBB	臂	554
EYVG	灘	388	FBRG	堂	151	FDMTB	糈	507	FFBC	鑒	731
EYVI	泫	364	FBRHU	党	63	FDND	籽	504	FFBD	榮	329
EYVW	潘	381	FBRLB	常	217	FDNHD	糅	506	FFBDD	槃	336
EYWI	滷	382	FBRPA	膋	134	FDNIQ	彤	505	FFBE	榮	380
EYWM	潭	387	FBRQ	掌	271	FDNJ	粃	504	FFBF	熒	399
EYX	濟	388	FBRTM	昝	432	FDNOB	糈	506	FFBG	塋	153
EYY	汁	358	FBRW	當	438	FDOK	枚	286	FFBHF	鶯	824
F	火	392	FBRWF	黨	836	FDONK	糇	506	FFBHQ	舉	410
FAMH	煬	398	FBRWF	裳	626	FDPP	秕	504	FFBKS	勞	89
FAMJ	焊	395	FBRYV	裳	626	FDQMB	精	505	FFBLI	螢	611
FANP	燗	401	FBWI	爛	402	FDSMV	粰	505	FFBMF	祭	478
FANW	爛	402	FCB	脊	550	FDSS	秬	504	FFBMG	瑩	426
FANX	爛	402	FD	米	504	FDTAW	欄	507	FFBNJ	覺	398
FAPP	焜	396	FDAMG	糧	507	FDTGF	糕	506	FFBOU	鐕	529
FATE	爆	402	FDAU	杷	504	FDTHB	糒	506	FFBRR	營	401
FATJ	燁	402	FDBM	粗	504	FDTMV	糀	505	FFBV	嫈	181
FAWE	熳	400	FDCSH	粉	504	FDTVG	梻	506	FFBVF	縈	523
FAYT	煜	397	FDGRR	糖	505	FDTVI	糍	505	FFBYR	謍	649
FB	肖	547	FDHA	粕	504	FDTW	柚	505	FFDQ	燐	400
FBCR	焗	395	FDHHJ	粺	505	FDTWA	槽	507	FFE	變	401
FBHAF	鵂	824	FDHOA	糈	506	FDU	籼	504			
			FDHUK	糗	506						

FFF	焱	397	FICE	焌	395	FMUA	熸	400	FQSH	券	81
FFF	燓	402	FILR	煻	399	FMVM	烴	395	FQSU	卷	101
FFFD	燊	401	FIXP	熝	402	FMWF	熛	399	FQVV	粼	505
FFH	炒	393	FJCR	熔	399	FMWG	煙	397	FRRD	燥	401
FFLN	剡	83	FJKS	烤	395	FNBK	煥	398	FSHR	炤	393
FFMBC	顃	528	FJMM	煊	398	FNHB	燏	401	FSIT	爁	402
FFNL	郯	705	FJMU	烷	395	FNHD	煣	398	FSMA	熠	399
FFNO	欻	340	FJRB	煳	398	FNHX	焰	397	FSMG	燿	402
FFYPU	虢	604	FK	尖	201	FNO	炊	392	FSS	炬	393
FG	灶	392	FKBU	瞥	462	FNOT	燈	400	FTC	烘	394
FGGU	燒	400	FKCF	燎	400	FOG	雀	753	FTGS	爔	402
FGRR	熺	401	FKF	尜	201	FOGF	燋	400	FTLO	熯	399
FH	少	200	FKHAF	鷩	826	FOIR	焓	395	FTMD	煤	398
FHAG	煌	397	FKHQU	氅	350	FOIR	熗	399	FTMJ	燁	401
FHBK	燠	401	FKIK	獘	416	FOMA	燴	401	FTMV	煁	397
FHBU	省	457	FKKB	烯	395	FOMB	爚	402	FTOB	焫	397
FHD	烋	393	FKLB	幣	218	FOPD	炧	393	FTQ	烊	394
FHDW	燔	400	FKMBC	頪	777	FPD	灺	392	FTRG	爟	403
FHEJ	烽	395	FKMNP	斃	289	FPI	灼	392	FUBJJ	輝	684
FHER	烙	394	FKN	彆	231	FPRU	炮	393	FUKS	勫	88
FHFD	烀	393	FKP	憋	252	FPTD	煠	398	FUSMG	耀	539
FHGE	煅	401	FKRXU	鼈	838	FPU	炖	393	FVID	爍	402
FHGF	燻	402	FKRYO	鱉	677	FPUU	熓	399	FWB	焆	398
FHHW	熘	399	FKT	弊	227	FQ	半	97	FWK	烟	394
FHJE	熬	397	FKV	嫳	182	FQBU	眷	459	FWLI	燭	401
FHKS	劣	87	FLII	爈	403	FQD	桊	322	FWLJ	燡	401
FHLO	焮	397	FLMT	燼	402	FQHE	叛	107	FWMV	煨	398
FHML	炘	393	FMAM	烜	394	FQLN	判	79	FWOT	熅	399
FHS	炸	393	FMBC	煩	398	FQMBC	頖	773	FYAJ	焯	397
FHSB	煸	398	FMMR	焐	395	FQMSO	豢	657	FYAV	熴	399
FHSM	熽	398	FMOB	炳	393	FQN	弮	229	FYCB	熵	400
FHUP	熄	399	FMRW	煏	398	FQNL	鄰	708	FYDK	燉	400
FIAV	烺	395	FMU	光	62	FQQ	拳	266	FYED	燦	401

FYG	烓	393
FYHN	炕	393
FYIA	熾	400
FYIB	焴	397
FYK	炆	393
FYNB	燏	400
FYOJ	焠	396
FYPT	爐	402
FYRB	熇	399
FYRD	焞	396
FYTO	燧	401
FYTR	焙	395
FYVI	炫	393
G	土	144
GAGI	塒	154
GAM	坦	147
GAMH	塲	153
GAMI	壜	158
GAMJ	埕	150
GAMO	堤	152
GANX	壨	158
GAPH	場	151
GASM	塌	153
GAV	垠	149
GAWE	墁	155
GB	冉	70
GBAC	塓	154
GBB	堋	152
GBBR	堝	152
GBD	埰	150
GBDI	埒	150
GBHN	壳	159
GBHNE	觳	637
GBLM	壼	159
GBMC	埧	150
GBMD	橐	330
GBMM	壺	159
GBMO	塚	154
GBMR	垌	149
GBMT	壹	159
GBR	坰	148
GBTU	堈	152
GBUC	埙	149
GBY	坍	147
GCBUU	覿	635
GCGLC	赫	667
GCILR	赯	668
GCIM	塧	154
GCJKA	赭	667
GCMBC	赬	667
GCNAU	赩	667
GCNL	郝	704
GCOK	赦	667
GCRYE	赮	667
GCSH	坋	146
GCSLE	赧	667
GCWA	增	155
GCYBC	赪	667
GDHE	坡	147
GDHNE	穀	329
GDHNE	穀	485
GDI	寺	197
GEBU	瞽	462
GEEII	鼟	840
GEHDA	馨	789
GEHEY	鼙	839
GEHHJ	鼙	839
GEHOR	鼛	839
GELXL	鼘	839
GEMR	磬	472
GEOJU	罄	529
GEP	殸	249
GEP	慤	251
GEP	慤	252
GESJ	聲	544
GESMV	鼕	839
GEYMR	謦	650
GFBW	壋	157
GFHNE	縠	524
GFHNE	觳	825
GFNO	款	340
GG	圭	145
GGDI	封	197
GGG	垚	149
GGGU	堯	153
GGGU	墝	156
GGHNE	彀	426
GGKNI	埶	150
GGLN	刲	80
GGNI	壔	157
GGNL	邽	703
GGOW	墻	157
GGP	恚	243
GGY	卦	100
GHBK	壆	157
GHBU	垍	149
GHDW	墦	156
GHE	秮	146
GHGF	壎	157
GHHJ	埤	150
GHI	塊	153
GHJM	埵	152
GHML	圻	146
GHMR	垢	149
GHMVN	髡	431
GHMY	坼	148
GHND	垛	149
GHPM	坻	148
GHRF	塢	154
GHRJ	埠	150
GHXU	埦	151
GI	去	104
GIAPV	朅	309
GIAV	埌	149
GIBT	盍	453
GIBUC	贄	665
GID	槷	331
GIF	熱	399
GIG	墊	155
GIHAB	幫	218
GIHAF	鷙	825
GIHQ	犎	410
GIHR	堿	153
GIHS	城	149
GIIH	墋	155
GIJB	埔	150
GIKS	劫	87
GIKS	勢	89
GILB	墉	155
GILMI	蟄	612
GILN	健	79
GILR	塘	154

碼	字	頁	碼	字	頁	碼	字	頁	碼	字	頁
GINL	邯	703	GKNWF	鰲	814	GNHX	垎	150	GOOGF	趫	670
GIOK	埃	149	GKRXU	罈	837	GNIB	埇	150	GOOHH	趁	669
GIQ	擊	278	GKSJ	聲	544	GNKM	埏	150	GOOOG	趆	669
GIRM	域	150	GKSQF	騺	796	GNMF	燾	402	GOPUU	趨	670
GISH	刧	79	GKU	蟄	210	GNMI	壽	159	GORRD	趇	670
GISHI	刼	81	GKYMR	謷	651	GNMU	垸	149	GORU	起	668
GISL	却	101	GLBK	块	148	GNO	坎	147	GOSHR	超	669
GISMM	譖	538	GLE	埭	150	GNOB	塸	159	GOSJE	趣	670
GITC	壙	158	GLLL	圳	146	GNOT	澄	156	GOSMG	趄	670
GIVIF	繄	524	GLLN	坲	148	GNSD	垛	149	GOVL	趔	668
GJBC	填	154	GLNC	赤	667	GNUI	塊	152	GOWR	啻	132
GJBM	填	150	GLWL	坤	147	GOAH	塲	155	GOY	赴	668
GJHNE	轂	685	GLWV	壞	155	GOAMJ	趕	669	GOYAJ	趙	670
GJHP	坨	149	GMAM	垣	149	GOBM	趄	669	GP	志	240
GJII	塼	155	GMBB	壖	158	GODI	坿	148	GPD	地	145
GJKA	堵	153	GMBB	壩	158	GOFB	趙	669	GPIM	均	146
GJKNI	執	150	GMBK	墺	152	GOFBR	趟	670	GPPA	堵	153
GJP	坨	148	GMD	圩	145	GOG	堆	152	GPTD	堞	152
GJSLE	報	153	GMF	环	147	GOGGU	趫	670	GPU	坉	146
GJTC	填	156	GMFJ	坪	148	GOHKB	蹫	670	GR	吉	113
GJV	埃	149	GMFM	坯	148	GOHUC	趙	670	GRBC	填	154
GKBT	盦	455	GMHF	堛	154	GOIMO	趑	669	GRBG	臺	561
GKBUC	贄	665	GMIG	垒	149	GOIOR	趨	670	GRGR	喆	130
GKC	鼇	732	GMLK	堧	149	GOIP	埝	150	GRHG	埕	150
GKF	熬	399	GMLM	埡	152	GOIV	越	669	GRHV	袁	623
GKIK	葵	416	GMMS	圬	145	GOM	坵	148	GRKS	劼	87
GKKK	壤	155	GMN	𰀁	145	GOMJ	赶	668	GRMBC	顡	774
GKLMI	鰲	612	GMNR	坷	148	GOMNN	趔	670	GRMFR	齰	138
GKLMI	鰲	612	GMWG	埋	152	GON	圪	146	GRRJ	壿	156
GKLU	埯	152	GNBG	埌	149	GONF	趙	669	GRRS	塂	153
GKMB	塙	153	GNHE	圾	146	GONIN	趑	669	GRRV	喪	131
GKMR	埼	152	GNHNE	轂	230	GONK	埈	152	GRTF	熹	400
GKMS	垮	149	GNHNE	轂	347	GOOG	趆	670	GRTR	喜	130

Code	字	No.	Code	字	No.	Code	字	No.	Code	字	No.
GRTR	嘉	134	GWJ	毒	348	HAE	泉	362	HBBUU	覺	635
GRU	坁	145	GWJR	堌	152	HAHAJ	皹	451	HBDDF	戀	403
GSAV	堰	153	GWLC	賣	664	HAHDW	皤	451	HBE	泵	388
GSMB	堺	151	GWLM	埋	154	HAHE	皈	450	HBFE	籐	503
GSOK	敆	287	GWLS	塄	153	HAHGR	皓	451	HBG	罜	157
GSP	坭	148	GWOL	堺	153	HAHI	魄	807	HBHAF	鷂	823
GSU	圯	145	GWYI	坶	148	HAHSK	皦	451	HBHAF	鷄	826
GSUU	堀	151	GYBP	壟	158	HAHUJ	皁	451	HBHAF	鶯	827
GSYQ	堚	155	GYDK	墩	156	HAIL	節	498	HBHGR	睾	138
GTCP	塧	154	GYHN	坑	147	HAIPF	皫	451	HBHVF	緜	521
GTDHE	敱	452	GYHS	坊	146	HAJ	皁	450	HBK	奧	171
GTGR	塔	156	GYIB	壇	152	HAJBD	醇	789	HBKS	筋	495
GTGT	壋	157	GYLC	壋	153	HAJMU	皖	451	HBLN	制	80
GTHHH	彭	233	GYLM	址	146	HAKJ	皋	451	HBMCH	臂	713
GTIOP	鼙	254	GYO	走	668	HALB	帛	215	HBMGI	璺	428
GTJ	幸	220	GYPM	壚	156	HAM	笪	494	HBMR	臀	472
GTJE	鼓	839	GYPT	壚	158	HAMG	皇	450	HBMR	筒	495
GTLM	墥	155	GYR	站	148	HANA	簡	501	HBMS	筋	496
GTM	坩	148	GYRB	塙	154	HAOAE	馥	789	HBMVN	甌	431
GTMV	堪	152	GYRD	埻	152	HAP	皂	450	HBND	學	187
GTNOP	鼟	254	GYRO	壞	158	HAPH	祕	789	HBNWF	鱟	816
GTOR	塔	154	GYRV	壤	158	HAPI	的	450	HBOK	斅	289
GTQ	垟	149	GYT	垃	148	HAU	笆	493	HBQ	用	433
GTVS	塥	155	GYTR	培	151	HAUMT	皚	451	HBR	向	116
GTWI	塼	160	GYTU	境	155	HAVID	牒	451	HBSD	箏	497
GU	圠	145	GYVO	垓	149	HAVT	簹	500	HBSE	艐	497
GUBB	塯	149	GYWD	壞	157	HAYCK	皎	451	HBSMM	筋	537
GUGGU	競	158	GYWM	壇	158	HAYD	梟	323	HBT	血	617
GUMT	堍	154	GYWV	壞	158	HAYF	鳥	817	HBTMC	鑾	833
GUSMM	翹	538	H	竹	493	HAYRB	皜	451	HBU	兒	211
GVIS	坳	148	HA	白	448	HAYU	島	208	HBU	自	559
GWD	塊	152	HABWI	曘	451	HAYV	裊	625	HBUE	變	504
GWG	埋	149	HAD	香	789	HBBM	豐	563	HBUF	篡	528

碼	字	頁	碼	字	頁	碼	字	頁	碼	字	頁
HBUI	篡	499	HDFB	稍	483	HDLO	歉	500	HDTWV	穠	486
HBUI	篡	500	HDFH	秒	481	HDLP	乘	19	HDU	秞	480
HBUT	算	497	HDGCE	稜	484	HDLW	軸	714	HDV	委	176
HBUU	筧	496	HDGCG	稑	483	HDLXH	秭	483	HDW	番	437
HBUU	纂	500	HDGOW	檔	486	HDM	笨	494	HDWCE	稷	484
HBUV	纂	503	HDGR	秸	483	HDMFJ	秤	482	HDWD	稞	484
HBYI	舟	565	HDHAH	穆	485	HDMFM	秠	482	HDWHD	稛	484
HCHAF	鷟	827	HDHD	秝	483	HDMJ	秆	480	HDWJR	稛	484
HCII	錢	503	HDHHJ	稗	483	HDMVN	甑	431	HDWLJ	釋	714
HCLN	劉	85	HDHJG	種	484	HDND	季	186	HDYE	敨	289
HCNL	鄺	708	HDHNE	毇	348	HDNHS	秀	480	HDYHN	杭	481
HCNO	朡	341	HDHQO	秩	482	HDNIN	移	483	HDYJ	科	481
HCQ	舉	281	HDHQU	秅	482	HDNL	邽	703	HDYMH	穖	486
HCQ	舉	562	HDHU	禿	480	HDNMU	龝	560	HDYRB	稿	485
HCV	裒	182	HDHVP	祇	482	HDNWA	稽	483	HDYRV	穰	486
HCVE	錄	503	HDI	私	480	HDOE	黍	834	HDYTG	種	486
HCYMR	譽	653	HDIAV	稂	483	HDOG	稚	484	HDYTO	樅	486
HD	禾	479	HDIIH	穄	485	HDOIP	稔	483	HDYX	穧	486
HDAMJ	稈	483	HDIJC	秫	482	HDOK	敷	289	HE	反	106
HDB	策	495	HDILE	樑	485	HDOMD	稌	483	HEAH	簿	501
HDBGB	稱	484	HDIUA	稭	485	HDP	悉	245	HEBT	盤	454
HDBGR	稠	484	HDIUU	稽	209	HDPH	秘	482	HED	槳	330
HDBHX	稻	485	HDJBC	積	484	HDPP	秕	481	HEG	坙	149
HDBM	租	482	HDJBM	稙	484	HDPPA	稭	484	HEHA	箔	497
HDBMP	穩	486	HDJIP	穗	486	HDQMC	積	485	HEHU	洗	498
HDBND	稃	483	HDJMO	稼	485	HDR	和	121	HEII	簿	502
HDBOF	穄	485	HDKKB	稀	483	HDRHG	程	483	HELB	幣	217
HDBT	盉	453	HDL	秉	481	HDRHR	稆	483	HEMR	磐	471
HDBU	箱	498	HDL	种	482	HDSMH	穋	486	HENL	鄭	706
HDCNH	稊	483	HDLBK	秧	482	HDSS	秬	502	HEP	愍	250
HDCRU	稅	483	HDLC	籲	503	HDSYJ	穉	485	HEQJ	夆	160
HDDJ	秣	482	HDLN	利	79	HDTMC	棋	484	HER	各	113
HDF	秋	480	HDLN	剎	80	HDTOE	穜	486	HESU	范	494

HETLJ	鞶	768	HG	壬	159	HHOE	黎	834	HIR	笞	493
HEV	媻	181	HGDI	等	495	HHON	筕	496	HIS	成	255
HEVIF	縏	523	HGF	熏	399	HHQM	笙	493	HIT	笄	494
HEY	冬	72	HGFMU	毹	451	HHRB	篩	500	HITC	簾	502
HEYLI	螽	612	HGHU	先	61	HHRRJ	軃	680	HITMC	魌	807
HEYR	黏	834	HGI	丟	15	HHS	笮	494	HIXP	箎	500
HFB	筲	496	HGKS	動	88	HHSB	篇	499	HIYJ	魁	806
HFBN	箾	498	HGMBC	顧	777	HHSL	卯	101	HIYUB	魑	807
HFBW	簹	502	HGNI	籌	502	HHSLD	孵	187	HJ	千	96
HFC	鍫	729	HGPM	筠	496	HHSLI	卵	101	HJBU	盾	457
HFD	乎	19	HGR	告	118	HHSRR	軀	679	HJCM	箜	497
HFD	采	713	HGRLY	靠	765	HHW	留	436	HJD	朱	313
HFDK	鴃	818	HHAG	篁	499	HHWD	躶	679	HJHAF	鴸	823
HFESD	鷎	826	HHAIL	卿	102	HHWGF	黧	836	HJHNE	段	346
HFFS	簩	501	HHBUC	貿	662	HHWP	篦	500	HJHX	臿	562
HFHAF	鷔	823	HHD	棃	324	HHYU	篪	500	HJII	簿	501
HFHN	鳧	817	HHDI	射	198	HI	鬼	806	HJJJ	簳	502
HFHU	箵	499	HHDN	簃	500	HIAV	筤	496	HJJU	範	499
HFHXU	鶃	822	HHFBR	躺	679	HIBT	篚	501	HJKA	箸	498
HFICE	鵔	821	HHGU	筅	494	HIBTV	魍	807	HJLO	簉	497
HFJC	鴥	820	HHHAF	鷟	823	HIFB	魈	807	HJLP	乖	19
HFJP	鴕	819	HHHJ	箄	496	HIHAF	鵝	821	HJMU	筦	496
HFKS	勳	90	HHHND	躲	679	HIHAF	鵞	821	HJNL	郵	705
HFMVN	甃	430	HHHO	辵	690	HIHML	魱	807	HJR	舌	563
HFN	鳦	817	HHHQ	犂	409	HIHR	箴	498	HJRR	管	497
HFNL	鄔	706	HHJ	卑	97	HII	箋	497	HJSMM	翻	538
HFNO	歍	341	HHJM	箠	497	HIIKK	魆	807	HJTM	垂	148
HFOG	鵻	822	HHJR	筈	495	HIIRM	魊	807	HJWG	重	714
HFOMD	鵌	822	HHK	笑	493	HIJD	魅	807	HK	夭	168
HFP	愁	248	HHLBU	躭	679	HIJE	魃	807	HKD	桀	325
HFQ	揫	274	HHLO	笊	493	HIMLB	魎	807	HKLQ	肇	546
HFTGI	鸃	827	HHMBC	須	772	HINO	乏	19	HKOO	筴	496
HFTOE	鸌	827	HHN	躬	679	HIOG	魋	807	HKP	忝	240

HKP	戀	254	HMBU	耆	458	HND	朵	313	HNYR	颸	780
HKR	吞	117	HMD	竽	493	HND	梨	324	HO	八	65
HKRBR	喬	131	HMGT	箞	496	HNDMQ	廲	781	HO	彳	233
HKSR	筋	494	HMHAF	鷗	819	HNDO	箛	497	HOA	昝	301
HKU	吞	206	HMHML	斵	293	HNE	爻	346	HOAMI	得	236
HKU	粤	211	HMHNE	毁	347	HNHAG	鳳	74	HOAU	爬	403
HKVIF	緊	519	HMHQM	牲	433	HNHE	爱	493	HOAV	很	234
HKYMR	謦	652	HMJ	竿	493	HNHHW	飀	781	HOBC	顤	504
HLAPV	屬	841	HML	斤	291	HNHJR	颸	780	HOBGN	衢	621
HLBI	禹	479	HMLK	箕	496	HNHLI	風	778	HOBM	徂	234
HLBUC	質	664	HMM	竺	493	HNHQ	犁	409	HOBOU	徭	237
HLDAM	鱚	841	HMND	築	499	HNHXE	飅	781	HOBRN	衛	620
HLHUK	覰	841	HMNJ	筑	495	HNI	凡	74	HOBVK	徯	238
HLJBV	鱚	841	HMNL	筛	496	HNIB	筩	496	HOCI	公	724
HLKN	魝	841	HMNL	邸	703	HNIKK	颸	781	HOCMN	衕	724
HLLJ	簿	502	HMNL	郵	705	HNIR	颸	780	HODBN	衛	621
HLLN	剞	85	HMOO	箜	496	HNKCF	飅	781	HODHE	彼	234
HLMBC	顺	773	HMP	懇	251	HNKM	筵	496	HODI	符	494
HLMC	簀	501	HMR	后	115	HNLD	篠	500	HODOO	徐	237
HLMJ	舁	841	HMRG	垕	149	HNLH	第	494	HODQN	衛	621
HLMMF	禦	478	HMSL	箲	495	HNMAF	鳳	817	HOEMN	衍	620
HLNO	欣	339	HMSMB	歸	344	HNMM	窮	500	HOFBK	徹	238
HLO	爪	403	HMSU	卮	100	HNMNI	凤	161	HOFBR	徜	236
HLPR	駒	841	HMT	笄	495	HNMNN	颸	780	HOGDI	待	234
HLQ	筆	494	HMUA	簪	501	HNMWF	飅	781	HOGGN	街	620
HLVVU	麗	841	HMWD	箂	499	HNOT	筶	501	HOGYO	徒	235
HLW	笛	493	HMWJ	簞	501	HNP	您	248	HOHAG	徨	237
HLWLI	闔	293	HMWKS	甥	433	HNPRU	飀	780	HOHGN	衝	620
HLWV	簑	501	HMY	斥	291	HNQ	犂	272	HOHJU	循	237
HLX	簫	501	HN	几	74	HNRYO	籄	678	HOHNE	役	234
HLXH	第	494	HNAMH	飅	781	HNSMH	飅	781	HOHPM	低	234
HLYPM	鱚	841	HNBMC	颸	780	HNWP	飀	780	HOHQM	往	234
HMAU	卮	214	HNCR	簷	502	HNYHV	製	626	HOHQO	徚	429

HOHS	筰	496	HOPA	徇	234	HPSL	即	102	HQOK	牧	408
HOHSK	徹	238	HOPI	胸	429	HQ	牛	407	HQOMG	牷	409
HOI	筏	495	HOPRU	颱	429	HQATE	犥	410	HQP	牝	407
HOICN	術	620	HOR	峇	122	HQAU	範	496	HQPD	牠	408
HOII	答	494	HOSJ	聲	545	HQBMC	犋	410	HQPHH	物	408
HOIM	籤	503	HOTCN	衕	620	HQBTU	犅	410	HQR	筘	496
HOJRN	褅	620	HOTQ	徉	235	HQBU	看	458	HQSB	箍	497
HOJWP	德	238	HOUFK	徵	238	HQDA	籍	502	HQSHI	牞	408
HOKMR	徛	236	HOUFK	黴	836	HQG	牡	408	HQTGS	犧	410
HOLD	篠	500	HOUGK	徼	238	HQGDI	特	409	HQTM	箝	497
HOLK	筱	496	HOUUK	微	237	HQGWC	犢	410	HQU	毛	349
HOLLN	彿	234	HOVIE	後	235	HQHGR	牯	409	HQWJ	犨	503
HOLMY	徘	236	HOWR	徊	235	HQHPM	牴	409	HQYRB	犒	410
HOLQ	律	235	HOYBK	徜	235	HQHQM	牾	409	HQYRD	犉	410
HOMB	篇	503	HOYBS	徬	237	HQHQQ	犇	410	HRBC	賁	499
HOMG	筌	495	HOYG	往	234	HQHQU	牦	408	HRHAF	鵃	820
HOMJN	衍	620	HOYHS	彷	234	HQHW	箱	502	HRHAF	鵑	821
HOMK	篌	498	HOYIN	衙	620	HQI	我	256	HRHKP	舔	564
HOMMN	行	618	HOYLO	徙	236	HQIUH	犍	409	HRHR	宮	496
HOMNF	鴴	821	HOYNN	術	620	HQJBM	犆	410	HRHVP	舐	564
HOMO	簽	502	HOYRV	攘	238	HQJM	篳	500	HRJ	阜	745
HOMR	答	495	HPA	昏	299	HQJND	牸	409	HRLB	帥	216
HOMRN	衛	620	HPA	筍	495	HQJR	牯	409	HRLN	刮	80
HOMUN	衍	620	HPD	笆	493	HQKMR	犄	410	HRLN	筃	497
HOMVM	徑	235	HPDK	筷	496	HQM	生	432	HRMBC	領	774
HOMYM	征	234	HPHH	笏	493	HQMB	箐	498	HRMLB	師	216
HONK	篌	499	HPLB	帉	215	HQMC	簀	500	HRNL	邱	703
HONKN	衝	621	HPLN	剩	84	HQMMR	牾	409	HRNL	邨	704
HOOAE	復	237	HPM	氏	351	HQMQJ	拜	266	HROG	雒	755
HOOMD	徐	235	HPMVU	既	296	HQMVM	牼	409	HROK	啟	128
HOOML	御	237	HPNL	郎	706	HQNBG	觕	409	HRRJ	箪	501
HOOOO	從	236	HPR	筍	494	HQNKQ	犍	410	HRTM	甜	432
HOP	懲	251	HPSL	印	101	HQO	失	168	HRUC	簑	501

HRYF	烏	394	HTJS	筋	500	HUYTJ	箪	688	HWJR	簡	496
HS	乍	19	HTKR	箬	498	HUYTR	簹	350	HWK	囟	141
HS	戶	257	HTMC	箕	497	HVAJV	鼺	841	HWKK	囡	141
HSB	肩	547	HTMC	簧	501	HVBJJ	鼺	840	HWLG	籬	503
HSBR	局	258	HTMF	邲	617	HVBVK	鼹	841	HWLI	箋	500
HSBT	扁	258	HTNG	妞	617	HVCSH	魝	840	HWML	算	498
HSFF	屄	258	HTNL	邨	704	HVHEY	鼷	840	HWMVS	粵	505
HSHML	所	258	HTSL	帥	102	HVHI	魏	807	HWNL	鄱	708
HSHNE	殷	346	HTTB	簿	499	HVHQM	鼺	840	HWNOO	饢	782
HSHR	笤	494	HTTWI	蠟	618	HVHU	兜	63	HWP	恖	245
HSIK	戾	258	HUBUC	贊	666	HVHYU	鼺	841	HWSMM	翻	538
HSIT	籃	502	HUD	臬	560	HVIF	系	508	HWTJ	箪	500
HSK	笋	493	HUFF	毯	349	HVIKK	鼷	840	HX	臼	561
HSKO	篗	499	HUHAF	鳩	822	HVIL	籋	503	HXBC	興	562
HSKR	箸	496	HUHAF	鷗	825	HVIO	瓜	429	HXBT	盥	455
HSLMY	扉	258	HUHGU	炕	63	HVJCK	鼺	841	HXH	身	679
HSLY	籬	499	HUHGU	毵	349	HVJP	鼥	840	HXHU	兒	62
HSMB	帚	498	HUHUU	毳	350	HVLW	魖	840	HXJC	輿	685
HSMG	筐	495	HUIHQ	毽	349	HVMMR	鼺	840	HXLE	叟	107
HSMR	笱	494	HUIJ	毬	349	HVMR	鼬	840	HXNO	歈	340
HSOG	雇	755	HUIJE	毬	349	HVNKG	鼺	840	HXO	臾	562
HSP	怎	241	HUIK	臭	560	HVNO	篆	499	HXT	舁	562
HSQF	篤	499	HUMBC	頠	775	HVP	氏	351	HXVYV	鼠	840
HSR	笞	494	HUNKQ	犍	350	HVPR	鼬	840	HXWKS	舅	562
HSRAU	屜	258	HUNL	鄧	705	HVQMB	鼺	840	HXYC	與	562
HSSMM	扇	258	HUNWA	毶	350	HVSAV	鼺	841	HXYF	烏	562
HSYHS	房	258	HUOOO	臱	560	HVSHR	鼺	840	HYABU	艒	566
HSYHV	戽	258	HUP	息	244	HVSL	卬	100	HYBB	艗	502
HSYJ	戽	257	HUP	恖	252	HVYK	鼩	840	HYBG	籬	503
HT	升	97	HUTCA	鼪	350	HWGTI	寧	461	HYBP	籠	503
HTBN	箭	498	HUWML	鼻	841	HWHAF	鶿	824	HYCI	舡	565
HTCE	簸	502	HUWP	毢	350	HWHAF	鷀	826	HYCK	箋	495
HTFQ	岬	617	HUYR	毡	349	HWHD	箇	497	HYCR	船	565

碼	字	頁	碼	字	頁	碼	字	頁	碼	字	頁
HYFB	艄	565	HYSK	簇	500	IDHD	麇	485	IFHPM	襆	475
HYGOW	艫	566	HYT	笠	493	IDHI	魔	807	IFHS	祚	475
HYHA	舶	565	HYTBO	艨	566	IDHI	麼	832	IFHVP	祇	474
HYHAF	鷁	821	HYTCT	艦	566	IDHQU	庵	832	IFHYU	襀	478
HYHAG	艎	566	HYTGI	艨	566	IDJTC	廬	832	IFIKK	袚	474
HYHE	舨	565	HYTHU	艚	566	IDLMY	麻	765	IFJBC	禛	478
HYHJ	篷	500	HYTQM	艖	566	IDMR	磨	471	IFJR	祜	475
HYHNE	般	565	HYTWA	艚	566	IDQ	摩	278	IFKR	祐	474
HYHR	篷	500	HYU	舢	565	IDSJE	厳	832	IFLMO	祧	476
HYHS	簿	503	HYWV	簑	500	IDVI	麼	832	IFLWL	神	475
HYHS	舴	565	HYYHN	航	565	IDVIF	麜	525	IFMBC	顧	777
HYHXE	艘	566	HYYHS	舫	565	IE	冰	356	IFMFB	襧	479
HYJP	舵	565	HYYO	篷	503	IEA	昶	301	IFMK	袄	474
HYLW	舳	565	HYYPS	艣	566	IEDHE	皴	452	IFMR	祐	475
HYM	舡	565	HYYPT	艫	566	IELN	劇	83	IFMRW	福	478
HYMNR	舸	565	HYYTG	艟	566	IEOK	救	287	IFMWG	禮	477
HYMO	篷	500	HYYVI	舷	565	IEYHV	裘	625	IFMWJ	禪	478
HYNDT	艋	566	I	戈	255	IFAMH	禓	478	IFNHS	礽	474
HYNKG	艇	565	IAIE	廠	224	IFAMO	禔	478	IFNL	祁	474
HYOGE	艖	566	IAV	良	567	IFBBR	禍	477	IFNL	鄩	707
HYOII	於	565	IBCN	廁	224	IFBK	廠	225	IFODI	袘	475
HYOIR	艙	566	IBDI	專	198	IFBM	祖	475	IFOMA	襘	479
HYOMD	艅	565	IBG	望	155	IFBUU	視	634	IFOMB	襘	479
HYPT	簏	503	IBHAF	鷓	826	IFDMQ	禕	478	IFOMR	袷	477
HYPTD	艓	566	IBNL	鄘	705	IFFKC	襖	479	IFP	感	251
HYPU	筬	498	IBNL	廓	707	IFG	社	474	IFP	憑	252
HYPU	虎	602	IBPP	能	550	IFGI	祛	475	IFPH	祕	475
HYRB	篙	499	IBUC	貞	660	IFGNI	禱	479	IFPI	礿	474
HYRN	籭	503	ICNL	鄜	708	IFGRR	禧	478	IFQHK	襖	475
HYRN	籭	504	ICNO	廞	225	IFHAF	鷓	825	IFRHU	祝	474
HYSD	施	499	ID	床	222	IFHK	祆	474	IFRRJ	禪	478
HYSH	舢	565	IDBU	庙	224	IFHML	祈	474	IFRU	祀	474
HYSIT	艦	566	IDFD	麇	506	IFHN	禿	75	IFRYO	靈	676

IFSME	祲	477
IFSMM	祤	477
IFSMR	祠	476
IFSQF	禡	478
IFTGF	禚	478
IFTMC	祺	477
IFTMD	禖	478
IFTQ	祥	476
IFTWT	禮	479
IFU	礼	474
IFVII	禨	478
IFVNE	祿	477
IFWD	祼	477
IFWLM	[illegible]	478
IFWP	禗	478
IFYBB	禘	478
IFYBC	禎	478
IFYHS	祊	474
IFYLM	祉	474
IFYRV	禳	479
IG	庄	221
IGB	膺	556
IGDI	庤	222
IGHAF	鷹	826
IGOW	廧	225
IGP	應	253
IGSK	廞	224
IGTI	廚	224
IH	戊	255
IHHJ	庳	223
IHHQU	毵	350
IHHW	廇	224
IHM	戌	255
IHMF	烕	394
IHMR	咸	123
IHMV	威	177
IHPM	底	222
IHQ	牟	407
IHU	允	60
IHXE	廋	224
IHXO	庾	223
IHYMF	戚	256
II	戔	256
IIB	朗	310
IIBT	盞	454
IIIF	粲	516
IIIH	参	105
IIIL	廊	224
IILN	劉	83
IINL	郎	704
IIOBO	腐	552
IIUH	庬	223
IJ	戎	255
IJB	甫	434
IJC	朮	313
IJCC	麻	831
IJE	庋	222
IJE	求	356
IJJB	廟	225
IJWJ	庫	223
IK	犬	411
IKHNI	飆	781
IKIKK	猋	414
IKLU	庵	223
IKNF	為	404
IKNO	欸	339
IKRM	彧	233
IKU	尤	201
IKW	畚	436
ILB	庸	223
ILE	康	223
ILIL	州	212
ILN	划	78
ILO	庚	222
ILOC	賡	664
ILR	唐	126
ILWV	廔	224
IMBGR	凋	73
IMBSD	凈	73
IMCW	廼	223
IMDCI	凇	73
IMDK	决	72
IMDW	凍	73
IME	冰	72
IMGCE	凌	73
IMGWC	凟	74
IMHGU	冼	73
IMIG	庢	222
IMIHR	減	74
IMIR	冶	72
IMJLV	凄	73
IML	冲	72
IMMNN	冽	73
IMMVM	冱	72
IMMWD	凒	74
IMNO	次	339
IMOG	准	73
IMOII	冷	72
IMOIR	凔	74
IMOIV	飡	783
IMP	惑	247
IMPKO	凝	74
IMQKK	凑	74
IMQMB	凊	73
IMRHU	况	73
IMSLL	臧	558
IMSQF	馮	791
IMTCL	凘	74
IMUE	廈	224
IMVH	庌	222
IMYRF	[illegible]	73
IMYWD	凛	74
INBQ	廨	225
INE	永	355
ININ	序	222
INKG	庭	223
INLI	廕	224
INO	之	19
INOE	廢	225
IOBUC	資	662
IOD	庥	222
IODI	府	222
IOFD	粢	505
IOHAF	鶿	823
IOK	矣	464
IOMA	廥	225
IOMVN	瓷	430
IOOG	座	223
IOOIV	餈	784
IOP	恣	244
IOR	咨	123
IORD	楶	328

IOTF	廕	225	IPRVK	慶	829	ITXC	廉	224	JBMRD	囊	334
IOV	姿	177	IPTM	弒	228	IUHHH	尨	201	JBMRI	蠱	616
IP	庀	221	IPTMC	麒	830	IV	戊	255	JBND	字	186
IP	弋	227	IPWHD	廬	830	IVUG	廊	226	JBOF	察	195
IPBUC	貮	660	IPYG	塵	829	IWCG	塵	224	JBRRV	囊	139
IPC	廛	732	IPYKR	麐	829	IWLB	廁	224	JBTJ	南	98
IPF	熊	399	IPYRF	鏖	830	IWTC	廣	225	JBVIF	索	511
IPF	廐	829	IPYTJ	麈	830	IXE	慶	251	JBWNO	寰	440
IPFD	橉	829	IQJE	庋	223	IXF	鷹	224	JC	穴	487
IPFDQ	麟	830	IR	台	111	IXP	鹿	829	JCBBR	窩	489
IPG	塵	154	IRD	枲	317	IYBP	廱	224	JCBOU	垗	489
IPHAF	鴍	818	IRF	炱	393	IYDL	廓	224	JCBU	育	489
IPHD	麇	829	IRM	或	256	IYLN	劃	86	JCEGG	窪	489
IPHHI	麝	830	IRMBC	顧	776	IYPT	廬	225	JCGFO	竅	490
IPHN	麂	829	IRNBG	霄	637	IYR	店	222	JCGG	窒	488
IPHXU	麠	830	IRNL	邰	703	IYWD	廩	225	JCGRU	竉	489
IPIHR	纛	830	IRP	息	242	J	十	95	JCGWC	寶	490
IPIPP	麤	830	IRP	感	249	JABUU	恙	634	JCHAF	窵	489
IPM	弌	227	ISBT	盛	453	JAF	煮	397	JCHDB	窺	490
IPM	式	228	ISGP	廳	226	JAF	煑	397	JCHDP	窸	490
IPMBR	鷹	830	ISMH	廖	224	JAHC	寊	663	JCHGR	窨	488
IPMC	順	224	ISNL	廊	704	JAMO	寔	195	JCHHL	窳	488
IPMM	弍	228	ISOK	敳	288	JANL	都	705	JCHHN	窮	489
IPMMC	貳	661	IT	弁	227	JASMM	壽	537	JCHIO	窆	489
IPMMM	弎	228	IT	戒	256	JAV	宴	191	JCHK	突	489
IPNL	廊	707	ITCL	斵	317	JB	市	214	JCHOO	窋	489
IPNSJ	廛	830	ITE	度	222	JBBUC	貧	665	JCHS	窄	488
IPP	庇	222	ITF	庶	223	JBBUC	賔	665	JCHSK	竅	490
IPP	忒	240	ITLB	席	216	JBD	宋	194	JCHUU	竈	490
IPP	態	250	ITLM	厓	224	JBHOD	囊	337	JCHVO	窊	489
IPP	廕	829	ITMC	廣	225	JBM	宜	191	JCHWK	窗	488
IPPRU	廳	829	ITQ	庌	222	JBMC	真	458	JCHWP	窻	490
IPRU	庖	222	ITSO	庚	223	JBMM	直	456	JCHXV	寢	490

碼	字	頁	碼	字	頁	碼	字	頁	碼	字	頁
JCI	戲	257	JD	未	312	JINL	鄆	707	JJII	轅	684
JCIK	突	488	JDHAF	鵝	821	JIOBO	藏	550	JJIJB	輔	683
JCKN	究	487	JDI	守	188	JIOG	截	256	JJIKK	較	682
JCLB	帘	215	JDKS	勃	87	JIP	惠	247	JJIPM	軾	682
JCLMO	窕	488	JDMBC	額	775	JIR	哉	124	JJIRP	轗	687
JCLWV	竇	489	JE	支	284	JIWTC	戴	257	JJIXP	轆	686
JCM	空	487	JED	漦	335	JIYHV	裁	624	JJJII	轉	686
JCMBC	顛	776	JEG	壑	157	JJAPP	輯	684	JJJJJ	轟	687
JCMIG	室	488	JEHAF	鳩	818	JJAPV	輵	685	JJJQR	轄	686
JCMMU	窺	490	JEJWJ	鼜	687	JJB	朝	311	JJJR	帖	682
JCMVH	穿	487	JELMI	鼗	614	JJBB	輯	684	JJJTC	賴	687
JCN	窀	487	JEMBC	頝	773	JJBC	實	195	JJK	軟	681
JCN	穹	487	JEQ	擊	280	JJBGR	輖	684	JJKCF	轑	687
JCNHX	窖	489	JESE	浸	195	JJBTV	輌	684	JJKN	軌	680
JCNI	冞	487	JESMM	翅	536	JJDMQ	韓	769	JJLBK	輭	682
JCNLM	窿	490	JEVIF	繫	527	JJEEE	輮	684	JJLO	軍	194
JCNO	歠	341	JFB	宵	192	JJFDQ	轔	687	JJLW	軸	682
JCOJU	遄	488	JHDW	審	196	JJGCE	輚	684	JJMBB	輻	687
JCOMN	窩	489	JHER	客	191	JJGOW	輨	687	JJMBK	輗	685
JCOR	容	193	JHN	宄	188	JJGRV	轅	686	JJMBL	輆	682
JCPU	穵	488	JHP	宅	188	JJHBY	輈	683	JJMDM	轝	687
JCQHK	窶	489	JHQ	牢	408	JJHDW	轓	687	JJMIG	輊	683
JCQOU	窪	490	JHXF	寫	196	JJHER	輅	683	JJMJ	軒	681
JCSKR	窨	489	JIBI	博	99	JJHFD	軒	682	JJMLB	輔	684
JCSUU	窜	489	JID	栽	320	JJHJU	輴	685	JJMNR	軻	682
JCTGF	窯	489	JIDI	專	198	JJHKB	轎	687	JJMRW	輻	685
JCTT	穽	487	JIF	栽	394	JJHML	斬	292	JJMSU	軛	681
JCVIS	窈	488	JIHS	宬	192	JJHQO	軼	682	JJMVM	輕	683
JCWD	窠	489	JIJWJ	載	683	JJHSN	輡	682	JJNAU	輓	683
JCYCK	窗	488	JIKF	寫	196	JJHVO	軶	682	JJNHD	輮	685
JCYOJ	窜	489	JILMI	戴	607	JJHVP	軝	681	JJNO	軟	681
JCYTA	窨	489	JIMIG	戴	561	JJHXU	輗	684	JJOAE	輮	685
JD	宋	189	JIMVN	甄	431	JJI	戟	256	JJOB	軻	681

JJOD	鞥	329	JJTGI	轈	687	JKSS	協	98	JMYO	定	191
JJODI	軿	682	JJTGI	轇	688	JKYS	考	540	JND	字	185
JJOHF	鞽	825	JJTT	軿	684	JLA	暫	305	JNHAF	鵓	827
JJOHH	軿	682	JJU	乱	21	JLC	鑒	732	JNIHQ	婝	831
JJOII	軿	682	JJU	軋	680	JLD	槧	331	JNIU	宛	191
JJOMB	輪	684	JJUMB	幰	685	JLG	塹	155	JNLN	劙	83
JJOMG	輇	683	JJVID	襻	687	JLK	吏	115	JNMLS	麵	831
JJOMJ	幹	220	JJVVW	輻	684	JLLN	事	22	JNMWL	麵	831
JJOMN	輸	685	JJWD	輮	684	JLP	懇	250	JNPFD	麩	831
JJON	乾	21	JJWLV	輾	687	JLRYO	暨	676	JNQO	麰	831
JJOSM	翰	537	JJWOT	輻	685	JLV	妻	175	JNTW	麵	831
JJOYJ	幹	291	JJWWW	轠	687	JLW	宙	191	JOGS	寯	197
JJPR	軥	682	JJYBK	轍	687	JLWV	褰	195	JOMA	宿	193
JJPU	軸	681	JJYCK	較	682	JM	士	158	JONI	麥	831
JJPYR	輶	685	JJYPT	轤	687	JMAM	宣	191	JP	它	188
JJQJM	轉	686	JJYRF	輬	685	JMBN	寧	194	JPA	耆	540
JJQKD	轃	686	JK	丈	5	JMC	甕	735	JPBN	寧	196
JJQKK	轇	685	JKA	者	540	JMCH	寡	195	JPBQ	甯	434
JJR	書	681	JKB	宥	192	JMD	宇	188	JPH	宓	190
JJRC	輒	682	JKCF	寮	196	JMFC	寶	197	JPHI	蜜	608
JJRSJ	輯	685	JKI	宏	190	JMHC	賓	663	JPHQU	耄	540
JJSHI	軔	681	JKMDO	藁	289	JMIG	室	192	JPHU	密	194
JJSHR	輅	682	JKME	漦	383	JMJMM	蠱	463	JPMIG	蠹	541
JJSIT	轞	687	JKMHQ	犛	410	JMLC	寅	190	JQMP	憲	252
JJSJE	輙	685	JKMHU	氂	350	JMMF	宗	190	JQMR	害	192
JJSJU	軕	683	JKMR	寄	194	JMMU	完	189	JR	古	109
JJSMH	轇	686	JKMSH	勞	84	JMMV	宸	193	JRB	胡	549
JJSND	輴	687	JKMV	嫠	181	JMN	宁	188	JRBHF	鶘	823
JJSTV	轐	685	JKMWG	釐	715	JMR	宕	190	JRCOR	豁	654
JJTAV	轈	687	JKN	宄	188	JMRW	富	194	JRHAF	鴣	820
JJTC	軗	682	JKND	孝	186	JMSO	家	192	JRHR	宮	192
JJTCW	軸	685	JKP	老	539	JMUC	寶	197	JRHU	克	62
JJTGI	轈	687	JKPR	耇	541	JMUE	寇	194	JRLN	割	84

KHICE	猭	413	KHNI	瘋	444	KHWD	猓	414	KJKA	瘖	444
KHIHU	犰	411	KHNKM	涎	413	KHWG	狸	413	KJRR	瘤	443
KHIJ	狨	412	KHNMB	獮	417	KHWL	狎	412	KJT	奔	170
KHITC	獷	417	KHOK	癲	446	KHWLG	玀	418	KK	爻	404
KHJC	犾	412	KHOMA	獪	416	KHWLI	獨	416	KKB	痈	442
KHJDI	狩	412	KHOMD	徐	413	KHWLV	㺟	416	KKB	肴	548
KHJG	猩	444	KHOMO	獥	416	KHWMV	猥	414	KKCF	療	445
KHJJL	獅	416	KHOMR	狯	414	KHXE	瘦	444	KKHAF	鷄	825
KHJKA	猪	415	KHONK	猴	415	KHXO	瘐	444	KKHAF	雞	827
KHJPN	獰	417	KHOO	瘛	445	KHXV	瘋	446	KKK	焱	171
KHJRB	猢	414	KHOR	瘩	445	KHYCK	焱	412	KKKK	爽	405
KHKCF	獠	416	KHPPG	狌	413	KHYE	瘊	444	KKLB	希	215
KHKKB	猣	413	KHPR	狗	412	KHYHN	犹	411	KKN	痍	442
KHKMR	猗	414	KHPRU	魁	412	KHYMR	猜	413	KKOG	瘞	444
KHKN	犰	411	KHQHK	獏	415	KHYOJ	猝	414	KKOP	瘱	445
KHKOO	狹	413	KHQHL	狘	413	KHYPU	猇	414	KKRB	瘸	445
KHLLN	狒	412	KHQKD	獉	415	KHYRF	獠	414	KKS	夯	168
KHMAM	狙	412	KHQMB	猜	414	KHYRK	獄	415	KKSR	痂	442
KHMBE	獿	417	KHRB	狷	413	KHYTG	獐	416	KLB	布	215
KHMCE	玃	418	KHRRK	玁	418	KHYTJ	獐	416	KLG	在	145
KHMFB	獮	416	KHS	怍	442	KHYTU	獍	416	KLLN	痱	442
KHMFM	㺶	412	KHSQF	犸	415	KHYY	狋	412	KLMY	痱	443
KHMG	狂	411	KHSU	犯	411	KI	太	171	KLN	刈	78
KHMHF	獂	415	KHTBO	獴	417	KICE	疢	443	KLND	疢	185
KHMJ	犴	411	KHTCW	猶	415	KIJB	痛	443	KLWU	奄	169
KHMTO	獥	416	KHTOE	獲	417	KIKU	疣	441	KLWV	荏	445
KHNBQ	獬	416	KHTRG	獾	417	KINL	郊	703	KM	左	213
KHNDF	猻	415	KHTW	猫	415	KIOG	雄	754	KM	疝	441
KHNDT	猛	414	KHUB	瘑	446	KISMM	翃	536	KMAA	奭	172
KHNE	疫	441	KHUB	瘍	447	KJBC	瘨	445	KMDM	癱	446
KHNG	狃	411	KHVP	疧	441	KJCC	癇	443	KMFR	痦	443
KHNGU	猏	208	KHVVV	獵	417	KJCC	癲	447	KMGG	瘟	445
KHNHD	猱	414	KHWB	狷	415	KJKA	奢	171	KMLM	痙	444

Code	字	Page	Code	字	Page	Code	字	Page	Code	字	Page
KMMF	奈	170	KOGW	奮	172	KRRU	癌	445	KUSIT	尷	202
KMMR	瘑	443	KOHH	疹	441	KRSQF	駕	792	KVUG	彌	446
KMMS	夸	169	KOIR	瘡	444	KRYE	痕	444	KWJR	痼	443
KMN	疔	441	KOK	疾	441	KRYHV	裂	623	KWLE	瘵	445
KMNR	疴	441	KOKR	痴	444	KS	力	86	KWML	痹	443
KMNR	奇	169	KOLL	疥	441	KSCE	癲	446	KWOT	瘟	444
KMOB	病	442	KOMBC	頰	775	KSHVO	瓠	429	KWR	痐	443
KMRT	痘	443	KOMG	痤	442	KSJ	脅	543	KWVF	瘰	445
KMSO	瘃	443	KOMN	痾	444	KSKSB	脅	550	KYG	尪	442
KMVM	痙	443	KOMP	癒	445	KSKSS	劦	87	KYMP	疵	442
KMWF	瘰	445	KOMP	癒	445	KSLN	刕	80	KYOJ	痒	444
KMYM	症	442	KON	疙	441	KSMH	瘳	445	KYPM	瘩	444
KN	九	20	KONK	瘊	444	KSMI	套	171	KYR	痁	442
KN	夷	169	KONL	郟	704	KSPRU	匏	91	KYSK	瘷	445
KNA	旭	297	KOO	夾	169	KSR	加	86	KYSY	瘀	444
KNA	昝	298	KOOG	痤	443	KSRJ	癬	445	KYTA	瘖	444
KNBK	瘓	444	KOWY	痗	443	KSRR	盒	171	KYTJ	癢	445
KNFQ	癬	446	KPBLB	帶	217	KSWP	㔿	90	KYTP	癭	446
KNHAF	鳩	817	KPKO	癡	446	KTAK	瘓	445	KYVI	疢	442
KNI	丸	17	KPR	疱	442	KTM	疳	441	KYVO	痎	442
KNI	厹	104	KPRU	疱	442	KTMC	廣	445	L	巾	15
KNIB	痛	443	KQHK	瘐	444	KTOG	癰	446	LA	袒	623
KNIN	矛	171	KQHP	癮	444	KTOR	塔	445	LAM	衵	623
KNLM	癃	445	KR	右	111	KTOV	癢	446	LANA	襇	629
KNLP	癮	446	KRBUC	賀	662	KTQ	痒	442	LANW	襕	629
KNLR	痀	443	KRC	疤	442	KTQM	瘥	444	LAPH	褐	626
KNMBC	順	772	KRD	架	317	KTWB	瘌	445	LAPV	褐	627
KNO	欤	441	KRHAF	駕	819	KU	疝	441	LASM	褟	627
KNOE	癹	445	KRJE	敬	285	KUHAF	鶴	822	LATE	褸	629
KNTHU	尵	788	KRLN	剞	83	KUHJG	連	201	LAV	袯	624
KNYMR	尨	639	KRMNR	䯒	126	KUMG	廷	201	LB	巾	214
KNYPU	虓	602	KRNO	欹	339	KUOLL	尷	201	LBABU	帽	217
KOGI	奪	171	KRRJ	癉	445	KUPI	尥	201	LBAFU	幌	217

Code	Char	Page	Code	Char	Page	Code	Char	Page	Code	Char	Page
LBAU	帊	·215	LBTT	帒	216	LGWM	畫	437	LIDHL	蚵	609
LBAWE	幔	217	LBTWI	幟	219	LHBK	襖	628	LIDW	蝀	609
LBBAC	幞	217	LBU	宂	71	LHER	袼	624	LIEEE	蠣	609
LBCRU	帨	216	LBWIM	幗	218	LHG	衭	623	LIFB	蛸	607
LBDHE	帔	215	LBYBC	幀	217	LHHH	衫	622	LIFBG	螳	612
LBDMQ	幬	217	LBYIA	幟	218	LHHJ	裨	626	LIFBW	蠔	614
LBFB	帩	216	LBYR	帖	215	LHJD	袾	624	LIFFD	蠑	615
LBGNI	幨	219	LBYTG	幢	218	LHK	袄	623	LIFQU	蜷	609
LBGR	裯	626	LBYTJ	幛	218	LHOO	襛	628	LIGB	蚋	606
LBHA	帕	215	LCNL	鄭	708	LHPM	祇	623	LIGG	蛙	606
LBHDW	幡	218	LCOR	裕	625	LHQM	袄	623	LIGGU	蟯	614
LBHNI	帆	215	LCRU	祝	626	LHSB	褊	627	LIGRR	蟛	613
LBHQO	帙	215	LDBB	襟	628	LHVP	祇	623	LIGTH	螓	613
LBIGI	幪	219	LDDF	襟	629	LHYU	褪	627	LIHAG	蝗	610
LBIIH	幓	219	LDDQ	襻	630	LIABU	蛆	611	LIHDJ	蜊	609
LBJJ	禪	627	LDHE	被	623	LIAIL	卿	611	LIHDN	蜊	608
LBJQP	幰	219	LDJ	袜	623	LIAPH	蝎	609	LIHDP	蟋	613
LBJTC	幘	218	LDK	袂	623	LIAPV	蝎	609	LIHDW	蟠	613
LBK	央	168	LDMQ	褘	627	LIAVO	蠍	615	LIHEJ	蜂	608
LBMRW	幅	217	LE	隶	753	LIBAC	蜈	611	LIHHJ	蚌	609
LBNCR	幨	218	LEEE	褶	626	LIBBR	蝸	610	LIHJD	蛛	606
LBOG	帷	217	LEI	衩	622	LIBGR	蜩	609	LIHJR	蛞	606
LBOMR	帢	216	LFBW	襠	629	LIBM	蛆	606	LIHKB	蟜	614
LBOTF	幠	218	LFF	袨	626	LIBME	蝦	611	LIHN	蚖	604
LBQMC	幗	218	LFQ	祥	624	LIBND	蜉	608	LIHP	虮	604
LBRRJ	幝	218	LFQU	卷	626	LIBP	襤	627	LIHPM	蚝	606
LBSMG	幄	217	LGA	書	307	LIBUE	蠼	617	LIHQI	蛾	607
LBSMV	帳	216	LGAM	畫	303	LIBUG	蠷	616	LIHQU	蚝	605
LBSTT	幈	218	LGG	袿	624	LIBUU	蛩	608	LIHRB	蟀	611
LBT	盅	452	LGGY	褂	626	LICI	蚣	605	LIHS	蛯	606
LBTAK	幙	218	LGI	祛	624	LICIM	蜡	611	LIHSB	蝙	611
LBTBO	幪	218	LGR	祜	624	LICRU	蜕	607	LIHUP	蟪	612
LBTCO	幦	218	LGRC	襀	629	LICSH	蚡	605	LIHXE	螋	611

碼	字	頁	碼	字	頁	碼	字	頁	碼	字	頁
LIHXU	蛻	609	LILW	蚰	606	LIOMR	蛤	607	LITMC	蟥	609
LIHYU	蠍	611	LILWV	螻	612	LION	虼	605	LITMC	蟥	613
LIIAV	蜋	608	LIM	虹	604	LIOSK	蜉	606	LITOE	蠖	615
LIIH	掺	628	LIMBB	蠕	615	LIPP	蚍	605	LITQ	蜂	606
LIIHF	蠛	613	LIMBK	螴	610	LIPTD	蝶	610	LITRG	蠦	616
LIIHQ	蜉	606	LIMHF	蠫	611	LIQJ	蚌	605	LITW	蚰	607
LIIHV	蟣	610	LIMIG	蛭	607	LIQKD	蝬	611	LITWA	螬	612
LIIIL	螂	612	LIMJ	虷	604	LIQMB	蜻	609	LITWI	蠖	615
LIIJE	蚗	608	LIMMU	蚖	605	LIQMY	蟵	611	LIU	虬	604
LIIKU	蚘	605	LIMNN	蜊	607	LIQO	蚨	605	LIUMT	蟷	611
LIILR	螗	611	LIMRW	蝠	610	LIRB	蜎	608	LIVII	蠶	613
LIIRM	蛾	609	LIMTB	蠣	616	LIRRJ	蟬	614	LIVIS	蚴	606
LIITC	蠊	615	LIMVH	豺	605	LIRVK	蜈	608	LIVL	虯	604
LIJB	補	625	LIMWF	蟈	612	LIRXU	蠅	610	LIVVV	蠻	615
LIJBJ	蜅	610	LIMWJ	蟬	614	LIRYE	蝦	610	LIWB	蝟	610
LIJCG	蜑	612	LINBC	蟥	615	LISAV	螺	610	LIWIM	蟈	613
LIJE	蚑	605	LINBQ	蟒	615	LISEM	蠟	616	LIWLI	蠋	615
LIJIP	蟪	614	LINCR	蟾	614	LISHR	蛴	606	LIWR	蛔	606
LIJJ	褲	627	LINDT	蛵	609	LISQF	螞	611	LIWVF	螺	612
LIJLO	蜻	609	LINIB	蛹	607	LISRG	鯉	614	LIYBS	螃	611
LIJMC	蟶	613	LINKG	蜓	608	LISS	蚷	606	LIYCK	蛟	606
LIJNU	蜿	609	LINKM	蜒	608	LITA	蜡	609	LIYG	蛀	606
LIJP	蛇	606	LINL	蚓	605	LITAK	蟆	613	LIYIA	蟻	614
LIJR	蛄	606	LIOAE	螋	610	LITB	褵	627	LIYIJ	蜂	612
LIJRB	蝴	610	LIOB	蚋	605	LITBO	蠔	615	LIYJ	蚪	605
LIKCF	蟟	614	LIODI	蚶	606	LITCW	蝤	610	LIYK	蚊	605
LIKGG	蛙	611	LIOGF	蟦	614	LITGI	蟻	614	LIYRO	蠔	615
LIKK	袯	624	LIOII	蛉	606	LITGR	蟠	614	LIYSD	蟑	613
LIKOO	蚥	605	LIOKR	蚧	605	LITGU	蚨	609	LIYTJ	蟑	613
LIKPB	蟓	612	LIOLL	蚧	605	LITIT	蟶	613	LIYUB	蠨	612
LILII	蟲	614	LIOM	蚯	605	LITLB	蠦	613	LIYV	虻	604
LILIT	蠱	616	LIOMD	蜍	608	LITLX	蠦	616	LIYVI	蚊	606
LILLE	蟛	609	LIOMN	蝓	610	LITM	蚶	606			

LIYWM	蟺	614	LLYBS	髈	406	LOGD	褢	628	LTCO	樸	628
LIYX	蟣	615	LMBB	襦	629	LOGTE	氎	839	LTGI	襪	630
LJIC	襯	630	LMBUC	賮	661	LOHG	袿	624	LTOR	褡	627
LJKA	褚	627	LMFBT	盡	454	LOHH	衫	623	LTWI	襪	629
LK	史	111	LMI	虫	604	LOIK	袱	624	LTWV	禮	628
LKBT	盅	453	LMLB	裲	626	LOIM	襤	629	LUHAF	鳿	819
LKHAF	鴅	820	LMLN	劃	85	LOIN	衿	623	LVBU	胤	549
LKLU	裺	626	LMMM	韭	770	LOMA	襘	628	LVNO	緣	927
LKMA	襏	629	LMMP	襬	630	LOMN	褕	627	LVOK	毿	288
LKMS	袴	624	LMP	北	92	LOMO	襝	627	LVR	朐	624
LKOO	袂	626	LMRT	桓	625	LOMR	祫	624	LW	由	434
LL	串	17	LMUO	兆	61	LOPD	袍	623	LWB	胄	70
LLAMH	暢	304	LMUOC	頫	774	LORD	褓	627	LWB	冑	548
LLDWF	楝	309	LMUOU	覻	634	LP	忠	240	LWD	裸	626
LLFQ	胖	406	LMVI	褥	627	LPB	背	548	LWG	裡	626
LLGWC	牘	406	LMWF	標	628	LPD	袘	622	LWK	裍	624
LLHE	版	406	LMYYN	荊	83	LPHU	兆	63	LWL	申	435
LLHHJ	牌	406	LMYYY	非	764	LPR	袧	624	LWLI	襡	629
LLHJX	牁	406	LN	門	804	LPRU	袍	623	LWLJ	襗	628
LLHSB	牖	406	LNBUC	費	662	LPTD	褋	627	LWLL	攞	629
LLHWP	牕	406	LNCR	襠	629	LPWTC	冀	69	LWLV	婁	178
LLII	牋	406	LNHXU	閱	805	LQ	聿	546	LWP	曳	307
LLL	川	211	LNLN	制	78	LQMAT	矗	618	LX	肅	546
LLLC	順	772	LNMJK	閾	805	LQMV	裱	618	LXHAF	鷫	826
LLML	片	405	LNMTI	鬪	805	LQO	袂	622	LXNO	歗	341
LLN	弗	228	LNNAU	鮀	567	LRHG	裎	625	LYAV	褪	627
LLOMN	牏	406	LNNXU	圖	805	LRRJ	襌	628	LYBP	襀	629
LLP	患	245	LNOE	襏	628	LSH	初	78	LYD	枣	324
LLPB	褙	627	LNRML	鬮	805	LSHR	袑	623	LYDU	襯	629
LLPTD	牒	406	LNTC	開	804	LSIT	襤	629	LYJJ	褲	628
LLW	袖	623	LNYLB	鬧	804	LSJR	裾	626	LYJWJ	輩	684
LLWV	褸	628	LOAE	複	626	LSKR	裙	625	LYLMI	蜚	608
LLWW	弗	17	LOB	衲	622	LSMA	褐	628	LYP	悲	246

Code	字	頁	Code	字	頁	Code	字	頁	Code	字	頁
LYSMM	翡	537	MBFB	宵	759	MBRBC	霰	761	MDHAF	鷓	825
LYTO	襪	628	MBHAF	禰	820	MBRMR	露	761	MDM	五	25
LYUB	襠	628	MBHHH	彡	541	MBRRM	靈	762	MDMR	曆	472
LYV	斐	179	MBHHW	雷	761	MBRRR	靁	761	MDNL	邢	702
LYVI	袨	624	MBHXU	寬	760	MBRYE	霞	760	MDYLM	歷	344
LYWM	禮	629	MBIJB	輔	805	MBSM	雪	758	ME	汞	357
LYYHV	襪	626	MBK	爽	541	MBSMA	霤	761	MEM	孤	28
LYYK	斐	290	MBKS	勖	90	MBSMM	屇	537	MENL	鄢	708
M	一	1	MBLL	而	541	MBSRJ	霹	762	MF	不	11
MA	百	449	MBLMI	融	611	MBTBK	黴	761	MF	不	312
MABK	厤	104	MBLMY	霏	760	MBTJB	霸	762	MFBK	厰	104
MAD	藥	337	MBM	互	28	MBTLK	霙	760	MFBK	爾	405
MAI	戩	256	MBMBC	晒	777	MBUC	貢	660	MFBQ	甫	434
MAM	亘	28	MBMBL	需	759	MBUC	貢	771	MFBT	盂	452
MAMA	皕	451	MBMDM	靂	762	MBUCE	霰	806	MFBUC	贋	666
MAMR	碧	470	MBMGI	璽	428	MBV	耍	541	MFBUU	覾	634
MAND	厚	103	MBMIN	雺	760	MBW	雷	759	MFHAF	碥	819
MBBHG	霍	762	MBMMI	雲	758	MBWU	電	759	MFHHH	影	233
MBBHV	靂	761	MBMMS	雱	758	MBWWW	霜	762	MFHNI	飄	781
MBBIE	靂	761	MBMMV	震	760	MBYHS	雾	758	MFHVO	瓢	429
MBBUU	觀	635	MBNHS	霧	761	MBYK	雯	758	MFJ	平	219
MBCN	厠	103	MBNHU	霉	762	MBYMR	霄	760	MFK	夭	169
MBCSH	雰	758	MBNKG	霆	760	MBYRV	霜	762	MFLN	剝	84
MBDBU	霜	760	MBNL	邴	703	MBYTN	雾	761	MFM	丕	14
MBDD	霖	760	MBNNN	霸	760	MBYTV	雯	760	MFMBC	願	776
MBDDH	霂	761	MBOAH	霾	806	MBYX	霄	762	MFMMF	祣	476
MBDI	耐	541	MBOG	霍	760	MCHE	嬰	160	MFMYM	歪	343
MBEBG	靈	761	MBOGG	靃	763	MCW	西	630	MFNL	鄢	707
MBED	霖	759	MBOII	零	759	MCWM	酉	709	MFP	愿	250
MBEJB	需	760	MBOWY	霉	760	MD	于	25	MFR	否	117
MBETV	靈	762	MBP	恧	244	MDA	曆	305	MG	王	420
MBEYR	霭	760	MBPHE	憂	251	MDBT	盂	452	MGABU	瑁	425
MBEYS	霭	762	MBPRU	雹	759	MDBU	厢	103	MGAMH	場	425

MGANW	瓓	429
MGAPP	琨	424
MGAYF	璟	427
MGB	再	70
MGB	玥	421
MGBBE	瑷	428
MGBCD	琛	424
MGBCV	瓔	428
MGBGR	琱	425
MGBJJ	琿	425
MGBME	瑗	425
MGBOU	瑤	426
MGBSD	琤	424
MGBT	珊	422
MGBUU	現	423
MGCSH	玢	421
MGD	琹	326
MGDD	琳	425
MGDHE	玻	422
MGDK	玦	421
MGDMQ	瑋	425
MGEGI	琺	425
MGFBC	瑣	426
MGFBW	璫	427
MGFDQ	璘	427
MGFF	琰	425
MGG	匡	103
MGGG	珪	423
MGGI	岯	422
MGGSK	璈	427
MGHA	珀	422
MGHAF	瑦	819
MGHAF	鵊	821
MGHBR	珦	423
MGHDN	琍	424
MGHDS	琇	424
MGHDW	璠	427
MGHER	珞	422
MGHHE	璨	428
MGHHW	瑠	426
MGHI	瑰	426
MGHJD	珠	422
MGHLB	瑀	426
MGHNB	珮	423
MGHON	珩	423
MGHOO	瑽	426
MGHUC	瓚	429
MGHWP	璁	427
MGHXC	璵	428
MGI	玉	419
MGIAV	琅	423
MGII	琖	424
MGIIL	瑯	426
MGIJE	球	423
MGILG	班	423
MGILR	瑭	426
MGJBC	瑱	426
MGJCR	瑢	426
MGJMF	琮	424
MGJMM	瑄	425
MGJNU	琬	424
MGJRB	瑚	425
MGJRR	琯	424
MGKMR	琦	424
MGKSR	珈	422
MGLLL	玔	421
MGLMO	珧	423
MGLN	到	80
MGLWL	珅	422
MGLX	璛	427
MGMBB	瑞	428
MGMBC	項	773
MGMD	玗	421
MGMG	玨	421
MGMGI	峩	422
MGMHL	琊	424
MGMIA	瑨	426
MGMJ	玕	421
MGMMR	珸	424
MGMMU	玩	421
MGMN	玎	420
MGMNR	珂	422
MGMPM	珷	424
MGMSO	琢	424
MGMVH	玡	421
MGMVN	甄	430
MGNBE	瓊	428
MGNF	珎	422
MGNHB	璚	427
MGNKG	珽	423
MGNL	郅	703
MGNL	鄄	706
MGNO	斁	340
MGNO	玖	421
MGOHH	珍	422
MGOII	玲	421
MGOIN	琴	425
MGOIP	玳	421
MGOIR	琀	424
MGOIR	瑲	426
MGOK	玫	421
MGOK	致	561
MGOK	致	562
MGOLL	玠	421
MGOMN	瑜	425
MGONO	琁	424
MGPA	珣	423
MGPH	瑟	425
MGPI	玓	421
MGPP	玭	421
MGPP	琵	425
MGQKD	臻	561
MGQMW	瑇	425
MGQO	玞	421
MGRHG	珵	424
MGRMR	璐	427
MGRR	噩	136
MGRRD	璪	427
MGRVP	珉	422
MGRYE	瑕	425
MGSJ	珥	423
MGSJR	琚	424
MGSKR	珺	424
MGSMH	璆	427
MGSQF	瑪	426
MGSU	玘	421
MGT	弄	227
MGTC	珙	422
MGTCO	璞	427
MGTLB	璊	427
MGTLK	瑛	425
MGTLM	瑾	427

Code	Char	Pg	Code	Char	Pg	Code	Char	Pg	Code	Char	Pg
MGTMC	琪	424	MGYUB	璃	427	MKWGF	厴	837	MMUU	電	837
MGTMC	璜	427	MGYWV	瓛	428	MKWL	厵	104	MMVS	巧	213
MGTQM	瑲	426	MH	厂	102	ML	丌	11	MMYIU	琉	214
MGTRG	瓘	429	MHAF	原	103	MLBO	兩	65	MMYPU	藏	603
MGUMB	瑞	425	MHDD	厤	103	MLBU	両	15	MN	丁	4
MGUOG	瓘	427	MHHAF	鴉	819	MLBY	雨	758	MNBM	姐	345
MGVID	瓅	428	MHNL	邪	702	MLLM	亞	28	MNBND	孖	345
MGVII	璣	427	MHOG	雅	754	MLM	工	212	MNF	烈	393
MGVNE	琭	424	MHOIV	餐	786	MLVS	丏	13	MNG	型	151
MGVNO	瑑	425	MIBBE	髮	763	MLWK	更	307	MNGBT	殨	346
MGVVD	瑠	427	MIG	至	560	MM	二	23	MNGWC	殰	346
MGVVW	瑙	424	MIHI	魂	807	MMBBP	麗	830	MNHAF	鴉	820
MGWG	理	424	MIIA	晉	302	MMBC	兪	772	MNHJD	殊	344
MGWLV	環	427	MINL	鄖	706	MMF	示	474	MNHK	殀	344
MGYBK	瓛	429	MIYLE	鍵	762	MMG	坙	152	MNHNE	殁	344
MGYBP	瓏	428	MJ	干	219	MMHAF	鴉	822	MNI	歹	344
MGYBU	瑢	428	MJHAF	鴉	818	MMHAF	鵝	822	MNII	殘	345
MGYCK	玫	422	MJLN	刊	78	MMI	云	25	MNIR	殆	345
MGYED	璨	427	MJMBC	頊	772	MMIG	屋	103	MNJBM	殖	345
MGYIU	琬	423	MJNL	邢	702	MMKS	勁	87	MNJMC	殯	346
MGYIU	琉	424	MJOK	敢	287	MML	亓	28	MNJMC	殯	346
MGYJJ	璉	427	MJWJ	庫	103	MMLN	到	82	MNKPB	殯	346
MGYK	玟	421	MK	天	165	MMM	三	5	MNL	邛	702
MGYKG	斑	290	MKG	壓	157	MMMBC	頤	775	MNLBK	殃	344
MGYMP	玼	422	MKHI	魘	808	MMMV	辰	689	MNLMI	蜑	607
MGYPO	璩	428	MKHQM	甦	433	MMN	亍	25	MNLN	列	78
MGYPU	琥	424	MKMWL	郵	765	MMNL	邪	703	MNMEM	殛	345
MGYR	玷	421	MKNL	郹	704	MMOK	政	286	MNMWM	殭	346
MGYRF	琼	425	MKOIV	饜	787	MMP	惡	247	MNNWF	熬	811
MGYRV	瓖	429	MKP	愍	252	MMR	吾	118	MNOAH	殤	346
MGYSO	璇	427	MKQ	擎	282	MMTI	厨	104	MNOHH	殄	345
MGYTJ	璋	427	MKS	功	86	MMU	元	60	MNOIM	殲	346
MGYTO	璀	428	MKU	无	296	MMUE	厦	103			

MNOIV	殠	783	MOMT	豻	657	MRHDW	礇	472	MRLWL	砷	467
MNOMO	殨	346	MOO	巫	213	MRHER	硌	468	MRMBB	礌	473
MNP	恐	243	MOOG	雁	754	MRHHJ	硨	469	MRMBC	碵	470
MNP	死	344	MORYE	殯	657	MRHI	魂	471	MRMBW	礔	473
MNPA	殉	345	MORYO	魘	677	MRHIO	砣	466	MRMCW	硒	468
MNPHH	殇	344	MPHAF	鵬	828	MRHJD	硃	467	MRMFJ	砰	466
MNQ	孹	268	MPHHH	彫	233	MRHJE	碬	470	MRMJ	矸	466
MNR	可	110	MPNL	鄜	709	MRHJM	硾	469	MRMLK	硬	468
MNRBC	殞	345	MPYLM	武	343	MRHKB	礄	472	MRMN	矴	467
MNRRJ	殫	346	MR	石	465	MRHLC	礦	473	MRMNR	砢	467
MNRYO	壹	672	MRAMH	碭	470	MRHML	矿	292	MRMPM	碱	469
MNTLJ	擎	767	MRAPV	碣	470	MRHNI	矾	466	MRMRR	磊	471
MNTLM	殖	346	MRBB	硼	469	MRHNI	砜	466	MRMT	研	468
MNWOT	殭	345	MRBGR	硼	469	MRHPM	砥	466	MRMTB	礧	473
MNYHV	裂	624	MRBL	鬲	805	MRHQI	破	468	MRMTN	硼	469
MO	仄	32	MRBM	俎	466	MRHS	砟	467	MRMVH	矴	466
MOAU	犯	656	MRBMR	硐	468	MRHSB	碥	470	MRMVM	碰	468
MOB	丙	14	MRBTU	碉	469	MRHSK	礉	472	MRMWM	礰	473
MOBUU	規	634	MRBUU	硯	468	MRHWK	硇	468	MRNBG	确	468
MOF	燹	402	MRCWA	碏	472	MRIAV	硠	468	MRNI	矽	466
MOGBT	犍	657	MRDAM	磇	470	MRIDY	礦	473	MRNL	鄎	704
MOGC	贋	666	MRDDO	磋	472	MRIHF	碱	471	MRNL	鄙	708
MOHAF	鵝	822	MRDHE	破	467	MRIHR	碱	470	MRNO	砍	340
MOHAF	鷟	826	MRE	泵	364	MRIIH	磋	472	MRNO	砍	466
MOHF	鴈	819	MREED	磔	471	MRITC	礦	473	MRNOT	磴	472
MOHOO	縱	657	MRESD	磋	472	MRJBC	磗	471	MRNQD	磔	472
MOJKA	豬	657	MRFB	硝	468	MRJII	磚	472	MRNR	哥	125
MOJTC	獖	657	MRFDQ	磷	472	MRJMO	碇	469	MROBG	確	470
MOK	攻	285	MRFH	砂	466	MRJNU	碗	469	MROG	碓	469
MOKKB	稀	657	MRGG	硅	468	MRJP	砣	467	MROGF	礁	472
MOLMI	麠	614	MRGGU	磽	472	MRJWJ	碑	468	MROK	敃	287
MOLN	剐	85	MRGI	砝	466	MRKMR	碕	469	MROM	砣	467
MOMHF	獾	657	MRGIT	磕	471	MRKOO	硤	468	MRON	砣	466

MRPKO	礙	473	MRTYV	磋	468	MTJNU	豌	655	MWAJ	罩	631
MRPP	砒	466	MRUMF	碳	470	MTLM	厓	104	MWAMO	醒	711
MRPPI	甂	349	MRUMT	礎	471	MTLN	刑	80	MWAPP	醯	711
MRPRU	砲	467	MRVID	礫	473	MTM	豇	655	MWBDI	酎	711
MRPSH	砌	466	MRVII	磯	472	MTMBC	頭	774	MWBMR	酮	710
MRPTD	碟	470	MRVNE	碌	469	MTNL	邢	703	MWBUC	買	663
MRPU	砒	466	MRVVW	磂	470	MTQ	犖	277	MWBUU	覗	765
MRQMC	磧	471	MRWMV	碾	470	MTTXC	嗛	655	MWBWI	醴	713
MRQMY	磚	470	MRWWW	礡	473	MTUO	厥	103	MWCSH	酚	710
MRQO	砆	466	MRYBB	碲	470	MTWB	厲	104	MWD	栗	319
MRRBC	碩	471	MRYBP	礁	473	MU	兀	60	MWDI	酎	709
MRRRJ	磊	472	MRYBS	磅	471	MUALI	蠹	616	MWEEE	醱	711
MRSEG	硾	472	MRYCV	礞	471	MUF	烝	392	MWFD	粟	505
MRSFK	礮	473	MRYDK	礉	472	MUHAF	鶿	828	MWG	厘	103
MRSLB	砸	467	MRYG	硅	467	MUHE	夏	160	MWG	埀	149
MRSMH	磣	472	MRYIU	硫	468	MUI	夒	256	MWGNI	醣	713
MRSQF	碼	470	MRYOJ	碎	469	MUKLL	昇	171	MWHD	酥	710
MRSTV	礙	471	MRYR	砧	466	MULMI	虺	604	MWHER	酪	710
MRT	豆	655	MRYRB	碻	471	MULN	刓	78	MWHGF	醮	713
MRTA	硝	469	MRYT	砣	467	MUMBC	頑	773	MWHGR	酷	711
MRTBC	碘	469	MRYTR	磑	469	MUMRB	鴛	806	MWHGU	酏	710
MRTBF	礴	473	MRYVO	硫	468	MUMSO	隆	656	MWHI	醜	712
MRTBO	磲	473	MS	万	5	MUNL	祁	702	MWHIO	覂	631
MRTGI	礒	473	MSHO	豕	656	MUNMU	脆	102	MWHOE	覆	631
MRTII	磚	473	MSL	卬	101	MVB	厴	551	MWHQU	酡	710
MRTK	硪	473	MSNL	鄂	707	MVDH	牙	406	MWHS	酢	710
MRTMC	磺	472	MSOK	攷	655	MVDI	甂	689	MWHSK	鴷	631
MRTMV	砥	470	MSU	厄	102	MVKU	旡	296	MWICE	酸	711
MRTQM	礒	471	MTA	厝	103	MVLMI	屡	608	MWIDD	醴	713
MRTTC	碰	469	MTA	晉	302	MVNI	瓦	430	MWIDY	醾	713
MRTVI	磁	471	MTCL	斳	104	MVNM	互	25	MWII	醶	711
MRTVS	礀	472	MTHHH	形	232	MVR	唇	126	MWIJB	醯	711
MRTXC	磏	471	MTJE	敔	655	MWAHM	醒	712	MWILL	酬	710

MWILR	醋	712	MWTA	醋	711	MYP	丕	240	NBUOB	觿	638
MWJCS	醡	712	MWTCO	醭	712	MYVS	弓	13	NBVID	觻	638
MWJDI	酎	710	MWTJB	覇	631	N	弓	228	NBWLI	觸	638
MWJKD	酵	711	MWTJF	羁	631	NAHU	免	62	NBYJ	斛	291
MWJP	酏	710	MWTJR	羈	631	NAPO	象	656	NC	小	199
MWJR	酤	710	MWTLF	醴	713	NAU	弛	229	NCYMR	詹	643
MWJRB	酬	711	MWTM	醋	710	NAU	色	567	ND	子	185
MWKI	猷	710	MWTOG	醛	712	NBB	弼	230	NDBT	孟	186
MWKLU	醃	711	MWTQM	醛	713	NBBUE	复	160	NDHVF	孫	186
MWKRT	醢	712	MWTWA	醴	712	NBDK	觞	636	NDHVO	孤	186
MWLBU	酕	710	MWTWT	醴	713	NBDL	觫	637	NDLMT	蕴	188
MWLN	副	84	MWTWV	醲	713	NBFMU	舫	637	NDLN	剁	80
MWLUT	醏	712	MWUK	酗	710	NBG	堕	156	NDMBB	孺	187
MWMBB	醷	713	MWV	要	630	NBG	角	636	NDNAU	挠	187
MWMBR	醄	713	MWVIB	酚	710	NBHAF	鹤	826	NDND	孖	185
MWMJ	酐	709	MWVNE	醆	711	NBHER	觡	636	NDOK	孜	186
MWMMF	票	476	MWWLJ	醳	713	NBHPM	舷	636	NDPRU	孢	187
MWMMP	醲	713	MWWOT	醖	712	NBHQU	鱻	350	NDU	孔	185
MWMN	酊	709	MWYFD	醚	712	NBHVO	觚	636	NDYVO	孩	187
MWMWJ	醰	712	MWYL	面	765	NBIJE	觖	637	NEM	丞	15
MWNIR	酩	710	MWYOJ	醉	711	NBJKA	觰	637	NEMB	脀	550
MWNOB	酪	712	MWYPO	醑	713	NBK	奂	170	NEMF	丞	394
MWNOE	醅	712	MWYRD	醳	713	NBKMR	觭	637	NEMSU	卺	102
MWOGF	醮	712	MWYRV	釀	713	NBKS	勇	87	NF	尔	200
MWOMD	酴	711	MWYTP	醯	713	NBKS	觔	636	NFAA	鲳	812
MWOWY	酶	711	MWYTR	酷	711	NBLN	剐	85	NFAGI	鲥	813
MWPA	酯	710	MWYUB	醐	712	NBOAH	觸	637	NFAIL	鲫	813
MWPI	酌	709	MWYUT	醯	712	NBOP	隮	753	NFAMO	鳀	813
MWPOU	陶	711	MY	下	10	NBP	惠	245	NFAPP	鲲	812
MWRHG	醒	710	MYBP	麗	104	NBRRJ	觶	637	NFASM	鲳	814
MWRRK	醾	713	MYLF	焉	395	NBSHQ	解	636	NFAU	钯	809
MWSMH	醪	712	MYLM	正	341	NBUC	负	659	NFAWE	鳗	814
MWSU	配	709	MYO	疋	440	NBUE	彟	231	NFB	弰	229

Code	Char	Pg	Code	Char	Pg	Code	Char	Pg	Code	Char	Pg
NFBCN	蜽	813	NFIR	鮐	810	NFOMB	鱠	812	NFWLB	鯛	813
NFBGR	蜩	812	NFJD	魽	810	NFONK	鯸	813	NFWLE	鰈	813
NFBMR	蛦	810	NFJII	鱄	815	NFPA	鮨	811	NFWLV	鯶	816
NFBOF	鱟	815	NFJMU	鯇	811	NFPR	鮕	810	NFWP	鰓	813
NFBOU	鰲	814	NFJP	鮀	809	NFPRU	鮑	810	NFWR	鮰	811
NFCSH	魵	809	NFJPA	鰭	814	NFPTD	鰈	813	NFYBS	鰟	814
NFDHE	鮍	810	NFJTC	鱣	816	NFPU	鈍	809	NFYCK	鮫	810
NFDN	粼	505	NFJV	鮫	811	NFQKA	鯖	813	NFYHS	鮊	809
NFFBA	鱣	815	NFKB	鮑	810	NFQMB	鯖	812	NFYJJ	鱧	814
NFFDQ	鱗	815	NFLW	魟	810	NFQMC	鯖	815	NFYMO	鰷	816
NFFH	魦	809	NFM	魟	809	NFRYE	鰕	813	NFYPT	鱸	817
NFGCE	鮾	812	NFMBL	鮰	810	NFRRJ	鱓	812	NFYR	曜	810
NFGCG	鮭	812	NFMBM	鱈	815	NFRRS	鰐	815	NFYRF	鯨	812
NFGG	鮭	811	NFMFJ	鮃	809	NFSAV	鰮	813	NFYWM	鱧	816
NFGI	魤	809	NFMFM	魾	810	NFSEG	鰹	814	NFYX	鱗	816
NFGR	鮨	810	NFMGR	鱸	816	NFSH	魛	808	NG	丑	13
NFHAG	鰉	813	NFMLK	鯁	811	NFSJE	鰍	812	NGMBC	頵	775
NFHD	魺	485	NFMMP	鱺	817	NFSJU	鰂	811	NGMWM	疆	439
NFHDD	鮮	813	NFMTO	鱶	815	NFSMA	鯧	815	NHBCR	喬	463
NFHDF	鰍	813	NFMVM	魺	809	NFSMB	歸	812	NHD	柔	318
NFHE	魬	809	NFMWF	鰾	814	NFSMI	鱘	816	NHE	及	106
NFHHW	鰨	814	NFMWJ	鯏	815	NFTGR	鱔	816	NHLI	虱	604
NFHIR	鱵	810	NFNAU	鮑	811	NFTJS	鱕	814	NHLII	孟	604
NFHKB	鱎	815	NFNFF	鱻	815	NFTMC	鯕	811	NHOIN	矜	463
NFHRB	鰤	814	NFNHB	鱺	816	NFTQ	鮮	811	NHOKS	務	88
NFHS	鮓	810	NFNMU	鮠	810	NFTWI	鱒	815	NHPM	張	229
NFHVF	鯀	811	NFNOE	鰒	816	NFTWI	鐵	816	NHS	乃	18
NFHXC	鰻	816	NFOAE	鰒	813	NFTWT	鱧	816	NHSQF	驚	795
NFHXU	鯢	812	NFODI	鮒	810	NFTXC	鎌	813	NHVO	弧	229
NFIIH	鯵	815	NFOIP	鯰	812	NFVVV	鱲	816	NI	夕	160
NFIJB	鯆	811	NFOK	斂	809	NFVVW	鯔	812	NI	弘	229
NFIKU	魷	809	NFOLD	鯀	814	NFWG	鯉	811	NIBQ	甬	434
NFILB	鱐	815	NFOMA	鱠	816	NFWJR	鯒	812	NIHQ	犟	410

碼	字	頁	碼	字	頁	碼	字	頁	碼	字	頁
NNM	子	185	NSMV	張	230	OAHE	复	160	OCSH	份	36
NNMBC	預	773	NSND	孕	185	OALN	劍	85	OCWA	僧	56
NNMRB	鸞	806	NSP	急	242	OAM	但	39	OD	休	38
NNMRB	鸒	806	NSRR	彊	231	OAN	們	48	ODDF	傑	57
NNNAO	豫	657	NTI	戙	256	OANB	備	56	ODE	叙	107
NNO	予	185	NTKS	勔	88	OANL	鄁	708	ODF	烋	394
NNPR	夠	162	NTMC	彋	231	OAPV	偈	50	ODF	煲	398
NNQO	承	261	NTNL	鄧	707	OAV	很	42	ODG	堡	152
NO	久	19	NU	乙	20	OAWE	優	55	ODHF	鵂	821
NO	欠	339	NUBT	帮	453	OB	内	64	ODI	付	33
NOAM	矍	440	NUBU	暬	458	OBBE	優	57	ODMQ	偉	50
NOB	胥	549	NUE	函	76	OBCH	傷	59	ODOK	敘	287
NODI	衲	229	NUE	發	229	OBCN	側	51	ODOO	倸	50
NOF	灸	392	NUHAF	鴛	819	OBGB	俰	50	ODSMG	羅	507
NOG	墜	155	NUI	兔	63	OBGR	倜	49	ODYE	焜	286
NOG	隆	156	NUKS	勉	88	OBHD	鮛	846	ODYJ	斜	291
NOHTO	飛	781	NUMBC	顠	774	OBHYU	鱹	846	OE	余	356
NOLMI	蛋	606	NUMBC	顢	775	OBMC	俱	47	OE	佘	356
NOMK	癸	447	NUP	怨	242	OBMR	侗	43	OF	伙	38
NOMRN	凳	75	NWBUE	彎	288	OBND	俘	45	OFB	俏	45
NOMRT	登	447	NWF	魚	808	OBO	肉	546	OFBC	債	58
NONHE	發	447	NWFA	魯	809	OBOF	傺	54	OFBF	儻	59
NPD	弛	229	NWLV	環	231	OBOU	傜	53	OFBR	倘	48
NQD	桀	320	NWTJ	彈	230	OBP	憊	252	OFF	俟	48
NQLMI	蟹	614	NX	卍	97	OBPPA	鱠	846	OFFS	傍	56
NRLI	強	230	NXFF	籛	400	OBQ	佣	41	OFHAF	鶬	826
NRRJ	彈	231	NXNO	欲	340	OBUU	倪	45	OFLN	劁	85
NSBT	盈	453	NXU	龜	846	OBVK	僕	53	OFMBC	顪	777
NSBUL	飁	839	NYO	疋	440	OBYR	倩	55	OFMVN	甒	431
NSD	朵	313	NYRF	弿	230	OCB	佾	50	OFNL	鄹	708
NSD	隳	335	NYVI	弦	230	OCI	忪	38	OFP	您	245
NSHR	弨	229	O	人	30	OCOR	俗	45	OFQ	伴	39
NSJ	弳	229	OAA	倡	49	OCRU	悅	44	OFQU	倦	49

OFW	畬	438	OHBY	俏	43	OHVL	仰	35	OIHI	餒	786
OG	仕	33	OHCE	傻	54	OHWP	傯	55	OIHJR	餂	784
OG	佳	753	OHDF	楸	52	OHXU	倪	49	OIHK	飫	783
OGBUC	賃	662	OHDN	利	45	OHYU	儱	53	OIHN	飢	783
OGD	集	754	OHDV	倭	50	OI	伐	37	OIHP	佗	42
OGDI	侍	43	OHEY	佟	41	OIAMH	錫	786	OIHP	飥	783
OGE	隻	753	OHFP	憯	57	OIAPP	餛	785	OIHQ	侔	43
OGE	雙	756	OHG	任	36	OIAPV	餲	786	OIHQI	餓	788
OGF	焦	397	OHGR	倍	43	OIAR	倉	47	OIHUC	饡	788
OGG	佳	41	OHGU	侁	43	OIAV	俍	47	OIHXE	餿	787
OGGU	僥	56	OHHJ	俥	47	OIAV	食	782	OII	傹	47
OGHAF	篤	821	OHI	仫	35	OIAWE	饅	787	OIIBI	餺	786
OGHAF	鵉	824	OHI	傀	52	OIBI	傅	52	OIICE	餕	785
OGHQ	犨	410	OHJ	仟	34	OIBJJ	餫	786	OIIDR	饎	788
OGI	佶	39	OHJD	侏	43	OIBV	餒	785	OIII	餞	785
OGJ	隼	753	OHJM	倕	48	OICE	俊	45	OIIJB	鋪	785
OGLMS	雟	755	OHJR	恬	42	OIDL	餗	785	OIIR	飴	784
OGLN	到	82	OHKB	僑	56	OIEEE	餒	785	OIJB	俌	45
OGNHS	隽	753	OHLB	倜	50	OIFF	餤	786	OIJBD	餺	785
OGNI	儁	58	OHN	仉	32	OIG	坒	149	OIJE	俅	45
OGP	恁	243	OHNB	佩	41	OIGBT	饐	787	OIJRB	飜	786
OGR	佶	41	OHOA	僧	52	OIGGU	饒	787	OIJRR	館	786
OGR	售	127	OHOR	啓	49	OIGIT	饉	786	OIJTC	饡	783
OGRG	儤	56	OHPM	低	39	OIGRR	饇	786	OIK	伏	37
OGRR	儶	56	OHQ	件	36	OIHAF	鴒	819	OIKF	偽	56
OGSK	傲	54	OHQI	俄	44	OIHAG	餵	786	OIKKB	鮹	786
OGTJ	倖	48	OHQO	佚	40	OIHBR	餉	784	OILB	備	53
OGYMR	讐	654	OHS	作	40	OIHDV	餧	786	OILMC	饋	787
OGYRG	雦	653	OHSB	偏	51	OIHE	飯	783	OILMI	蝕	610
OH	入	63	OHSG	儸	56	OIHER	餎	784	OIMBC	領	773
OHA	伯	38	OHSK	傺	57	OIHF	餓	55	OIMBK	餒	786
OHAG	偟	51	OHUC	償	59	OIHG	飪	783	OIMJ	飦	783
OHBT	血	43	OHVF	係	44	OIHHW	餾	786	OIMN	飣	783

OIMO	伙	42	OITBO	饢	787	OJP	佗	40	OKS	仂	32
OIMRT	餛	785	OITGF	饈	786	OJPN	傈	58	OKSR	伽	39
OIMVN	瓴	430	OITLM	饉	787	OJR	估	38	OKSS	矩	464
OIN	今	32	OITQG	饢	787	OJRK	做	51	OKTOE	矱	465
OINC	貪	660	OITT	餅	785	OJRR	信	48	OKVIF	繁	525
OINHX	餡	786	OIVII	饑	787	OJTC	債	57	OL	仲	35
OINI	令	34	OIWD	餵	786	OJU	缶	529	OLBK	俠	41
OINO	飲	783	OIWMV	餵	786	OJWJ	俥	58	OLL	介	32
OINP	念	241	OIYCK	餃	784	OK	矢	464	OLLN	佛	40
OINR	含	117	OIYRV	釀	788	OKB	侑	43	OLMO	佻	42
OINRI	饞	788	OIYWM	餚	787	OKCF	僚	56	OLMT	儘	58
OINT	盦	455	OJ	什	32	OKCWA	增	465	OLMY	俳	47
OINV	衾	623	OJ	午	97	OKHDV	矮	465	OLNK	候	48
OIOI	俯	47	OJBC	偵	53	OKHKB	矯	465	OLOB	惰	551
OIOK	俟	46	OJBM	值	49	OKJT	俸	52	OLOD	條	323
OIOKS	飭	783	OJCM	倥	49	OKKB	俙	44	OLOF	儵	59
OIOLB	飾	784	OJCR	容	53	OKLB	佈	39	OLOF	絛	515
OIOMD	餘	785	OJD	休	39	OKLU	俺	47	OLOF	艤	811
OIOND	饌	786	OJE	伎	37	OKM	佐	40	OLOH	修	46
OIONK	餱	786	OJHP	佗	43	OKMR	倚	48	OLOJ	倏	767
OIP	代	34	OJII	傳	54	OKMRT	短	464	OLOK	倏	52
OIP	忿	243	OJIJ	儀	57	OKMS	侉	43	OLOK	攸	285
OIPF	儻	58	OJIP	傯	56	OKN	仇	42	OLPB	偖	51
OIPH	飶	784	OJK	仗	33	OKN	俬	42	OLW	佃	41
OIPRU	飽	784	OJKP	佬	41	OKNL	矧	464	OLWL	伸	39
OIPU	飩	783	OJLK	使	42	OKNWF	繁	814	OLWS	傳	45
OIRUC	饌	787	OJLN	傳	50	OKOG	雉	755	OLWV	僂	55
OISJ	餌	784	OJLO	健	49	OKOO	俠	46	OM	丘	14
OISMM	翎	536	OJMC	價	58	OKOOG	雄	464	OM	全	33
OISMR	飼	784	OJMF	倧	49	OKP	悠	245	OMA	佰	41
OISRR	餔	787	OJMMR	悟	127	OKP	憗	251	OMBB	儒	58
OITAK	饃	787	OJMN	佇	39	OKR	佑	40	OMBE	優	58
OITBK	饊	787	OJMO	傢	53	OKR	知	464	OMBN	俞	65

碼	字	頁	碼	字	頁	碼	字	頁	碼	字	頁
OMBP	愈	248	OMRL	命	121	OND	仔	33	ONTQ	氧	352
OMBT	侖	43	OMRM	翕	536	ONF	你	38	ONU	氙	352
OMBV	俞	65	OMRO	僉	55	ONFD	氣	352	ONVNE	氦	353
OMC	兵	68	OMRP	龕	846	ONFF	氮	353	ONWK	氤	352
OMD	余	40	OMRQ	拿	266	ONHE	伋	37	ONWOT	氳	353
OMDM	伍	37	OMRQ	舂	277	ONHEY	氖	352	ONYVO	氦	353
OMDP	念	246	OMRT	弇	227	ONHQU	舐	350	OOAH	傷	54
OMDW	龠	438	OMRT	盒	453	ONHS	仍	33	OOBG	催	53
OMFJ	伻	39	OMRW	偪	51	ONIB	俑	45	OOBM	俎	45
OMFM	低	39	OMSL	卸	102	ONIN	仔	36	OOG	催	49
OMG	全	65	OMTN	俐	47	ONIN	侈	42	OOG	坐	147
OMGN	倒	48	OMU	岳	206	ONJRU	氤	353	OOGF	焦	56
OMH	乒	19	OMUA	偕	56	ONJV	氛	353	OOGS	儁	53
OMI	兵	18	OMVH	伢	38	ONKG	俹	51	OOGS	儁	53
OMIG	侄	42	OMVM	俓	45	ONKL	鄉	706	OOII	伶	39
OMJR	舍	564	OMVN	仾	38	ONKQ	健	51	OOIR	儈	53
OMLB	倆	47	OMWA	會	308	ONL	气	351	OOJ	仵	36
OMLK	便	44	OMWC	價	57	ONLL	氕	351	OOLL	价	36
OMM	仁	32	OMWD	傈	53	ONLLL	氚	351	OOLN	劍	85
OMMF	余	40	OMWD	傈	56	ONLLN	氟	352	OOMA	偸	57
OMMM	仁	35	OMWF	僄	55	ONLN	刎	78	OOMB	倫	57
OMMP	儷	59	OMWL	価	51	ONMCW	氫	353	OOMG	佺	42
OMMR	俉	45	OMWM	僵	57	ONMK	侯	44	OOMN	偷	52
OMMV	佞	41	OMWU	僵	55	ONMLM	氫	353	OOMO	儉	57
OMMV	俵	44	OMWV	傻	51	ONMU	危	42	OON	亿	34
OMN	仃	32	OMYM	征	41	ONNHS	氕	351	OONO	歙	341
OMN	气	351	ON	乞	21	ONNL	鄲	706	OOOG	坐	46
OMNL	邱	703	ONAO	像	55	ONNO	歆	340	OOOJ	伞	53
OMNN	例	43	ONAU	俛	55	ONOB	氚	352	OOOK	斂	289
OMNO	歈	341	ONBC	偵	51	ONQD	傑	53	OOWY	侮	44
OMNR	何	40	ONBUU	覿	634	ONQMB	氰	353	OP	心	36
OMR	合	113	ONCR	儋	57	ONRI	儀	59	OP	化	92
OMRB	龠	846	ONCSH	氚	352				OPA	佝	43

OPBUC	貨	660	ORMBC	頜	774	OTC	供	43	OUYPD	𦉈	529
OPBUC	貸	662	ORMBC	頜	775	OTCO	僕	55	OUYPT	罏	530
OPD	他	33	ORNIN	舒	564	OTCO	儆	56	OVIO	似	39
OPHQ	牮	409	ORNL	郃	703	OTF	無	396	OW	佃	39
OPKO	儗	58	ORNO	欱	339	OTGI	儀	57	OWD	倮	50
OPKP	偬	51	ORRK	儼	59	OTHB	備	53	OWG	俚	45
OPMC	傾	55	ORRR	偘	52	OTKR	偌	50	OWJR	個	48
OPP	仳	36	ORUC	僎	55	OTLM	僅	55	OWLB	偶	52
OPPA	偕	51	ORVK	俁	44	OTMC	倛	48	OWLG	儸	59
OPR	佝	41	ORXU	僶	57	OTNIQ	舞	564	OWLV	儇	57
OPU	岱	206	ORYE	假	50	OTOG	儺	59	OWMV	偎	51
OPUU	㑳	53	ORYO	促	44	OTQ	佯	41	OWP	偲	51
OPWGF	黛	835	OSAV	偃	50	OTQM	傞	53	OWR	佪	42
OPYHV	袋	623	OSD	椉	329	OTRK	儆	57	OWWF	儽	59
OQ	年	220	OSHI	仞	34	OTT	併	47	OWWW	儡	58
OQHK	偰	52	OSHR	佋	39	OTWA	傮	55	OWYI	每	348
OQKE	傣	52	OSJ	佴	41	OTWI	僔	56	OY	仆	32
OQKQ	俸	47	OSJR	倨	49	OTWN	儚	58	OYAJ	倬	50
OQMB	倩	49	OSK	伊	36	OTWV	儂	57	OYBC	偵	52
OQMC	債	54	OSME	侵	44	OTXC	傔	53	OYBP	儱	59
OQMF	傃	52	OSMG	偓	51	OU	仙	33	OYBS	傍	53
OQMV	俵	47	OSMH	僇	55	OUAMI	罎	530	OYCK	佼	42
OQO	伕	38	OSMR	伺	39	OUBB	傰	55	OYDU	儭	59
ORA	智	304	OSMV	倀	47	OUCE	傻	58	OYFE	俶	47
ORD	保	45	OSND	僝	56	OUDK	缺	529	OYFU	僦	56
ORHAF	鴿	821	OSQF	傌	53	OUDM	缽	529	OYG	住	40
ORHAF	鶬	824	OSRJ	僻	57	OUF	焦	394	OYHN	伉	36
ORHR	侶	44	OSRR	傴	54	OUHMR	缿	529	OYHS	仿	36
ORHU	侃	42	OSS	佢	41	OUM	缸	529	OYHV	依	43
ORI	戧	257	OSSR	侷	44	OUMWJ	罈	530	OYHVF	緐	521
ORIJB	舖	564	OSTT	偋	55	OUOG	催	53	OYKK	傚	53
ORJRR	舘	564	OSUU	倔	48	OUTRG	罐	530	OYLM	企	36
ORLN	創	84	OTA	借	49	OUTT	缾	529	OYMP	佌	42

OYMR	信	46	PANL	郇	703	PFDQ	憐	252	PHQM	性	242
OYMY	仵	41	PAPH	愓	247	PFF	惔	247	PHS	怍	241
OYOJ	倅	47	PAV	恨	244	PFMBC	熲	400	PHSK	悞	247
OYOK	敏	287	PAWE	慢	251	PFMBC	頴	478	PI	勺	90
OYPD	偞	53	PAYF	憬	252	PFMBC	顈	775	PI	勾	90
OYPP	儢	58	PBCN	惻	248	PFMU	恍	243	PIAV	悢	245
OYR	佔	40	PBG	[illegible]	156	PFQU	惓	247	PICE	悛	245
OYRA	儲	59	PBGR	惆	246	PGDI	恃	243	PIHF	[illegible]	251
OYRF	倞	49	PBHX	慆	250	PGI	怯	242	PIIH	慘	250
OYRN	停	51	PBJJ	惲	248	PGNI	懤	253	PIJB	匍	91
OYRV	偯	51	PBMR	恫	244	PGTJ	悻	246	PIJC	怵	243
OYRV	儴	59	PBTV	惘	247	PH	必	239	PILB	慵	251
OYSK	傚	49	PBUG	懼	254	PHA	怕	241	PILE	慷	251
OYT	位	39	PCI	忪	241	PHA	曶	299	PIM	匀	90
OYTG	僮	56	PCKS	勩	90	PHAG	惶	248	PIR	怡	242
OYTJ	傽	54	PCNH	悌	245	PHBK	懊	253	PIRP	憾	253
OYTP	億	57	PCRU	悦	245	PHBQ	甮	434	PIYR	惦	247
OYTR	倍	48	PCWA	憎	252	PHBT	恤	244	PJBC	慎	250
OYUB	禽	479	PD	也	21	PHBUU	覕	634	PJBD	悖	245
OYVO	侅	43	PDD	惏	247	PHCN	懰	254	PJBO	懥	253
OYWM	儃	57	PDDO	憷	253	PHDD	悸	246	PJCM	悾	246
OYX	儕	58	PDI	忖	240	PHDF	愀	248	PJE	忮	241
OYYIU	毓	348	PDK	快	240	PHER	恪	244	PJHAF	鴇	819
P	心	239	PDL	悚	245	PHGS	慟	251	PJHR	愘	249
PA	旨	297	PDLC	懶	254	PHH	匆	91	PJII	慱	251
PA	旬	297	PDMBC	穎	485	PHI	愧	249	PJIP	憓	252
PAFU	愰	250	PEEE	惙	247	PHJR	恬	244	PJJL	慚	251
PAHM	惺	248	PEG	怪	242	PHKB	憍	252	PJKP	恅	244
PAIU	慨	250	PEMBC	潁	384	PHLN	刎	78	PJLV	悽	246
PAM	怛	242	PFB	悄	245	PHML	忻	241	PJMF	悰	247
PAMJ	悍	245	PFBF	戃	255	PHNL	邲	703	PJNU	惋	247
PANB	憪	252	PFBR	惝	247	PHP	忽	241	PJR	怙	242
PANK	憫	252	PFD	匊	91	PHPA	惛	247	PJTC	憤	252

PK	忕	240	PMUA	憯	252	PPHA	皆	450	PSMV	悵	246
PKCF	憭	252	PMWD	慄	250	PPHP	惚	247	PSP	怩	242
PKF	恢	243	PMWF	慓	252	PPPD	桼	334	PSRR	慪	251
PKK	匆	91	PMWL	愐	249	PPPH	毖	349	PT	世	14
PKKB	悕	245	PMYM	怔	241	PPR	恂	241	PTA	惜	247
PKLB	怖	241	PN	乜	20	PPTD	惵	248	PTBO	懞	253
PKLQ	肄	546	PNBQ	懈	253	PPU	忳	241	PTBUC	蕢	661
PKMB	惰	248	PNCR	憺	253	PPUK	恟	243	PTHG	懂	253
PKN	匇	91	PNG	忸	241	PQMB	情	246	PTOR	曶	92
PKNIO	疑	440	PNHE	忣	241	PQMF	愫	249	PTOV	懩	254
PKNO	欵	339	PNIN	恀	244	PR	句	110	PTRG	懽	254
PKP	怱	243	POAE	愎	248	PRAU	悒	245	PTWU	懵	254
PL	忡	240	POAH	傷	252	PRB	悁	245	PTWV	钀	253
PLBK	快	241	POG	惟	247	PRHAF	鴝	819	PTXC	慊	250
PLBU	忱	241	POGF	憔	252	PRHU	悅	243	PTYU	慌	250
PLLN	怫	242	POIM	懺	254	PRKS	劬	87	PTYV	恾	246
PLMC	憒	252	POIR	愴	250	PRNO	欨	339	PU	屯	205
PLMO	恌	243	POJ	忤	240	PROG	雊	755	PUDHE	皴	452
PLMY	悱	246	POJU	匋	91	PRPA	惛	248	PUF	炰	393
PLW	怞	242	POMG	悛	244	PRRD	懆	253	PUHAF	鶵	825
PLWV	慺	251	POMN	愉	248	PRRJ	憚	252	PUK	匈	91
PMAK	懨	253	POMO	憸	253	PRRS	愕	249	PUK	恼	241
PMAM	恒	243	POMR	恰	244	PRU	包	91	PULN	刨	79
PMBB	懦	253	PON	忔	240	PRVK	悁	245	PUMB	惴	248
PMBC	頊	772	PONBG	饕	638	PSEG	慳	251	PUMBC	頓	773
PMBM	恆	243	POND	慨	250	PSH	切	78	PUMT	愷	250
PMCW	恓	243	POTF	憮	252	PSH	忉	239	PUNL	邨	703
PMFJ	匉	91	POWY	悔	245	PSHR	怊	243	PUNL	鄒	706
PMFJ	怦	242	PP	比	348	PSJJ	懾	254	PUOG	雛	756
PMMR	悟	245	PPA	恂	243	PSKO	愜	249	PUPU	芻	573
PMOB	怲	243	PPA	恉	244	PSMA	慴	251	PVE	悓	241
PMRW	匐	92	PPAD	惸	248	PSMG	恇	243	PVVW	惱	248
PMRW	愊	248	PPG	坒	146	PSMH	憀	251	PW	甸	435

PWD	惆	245	QANB	摊	278	QCSH	扮	260	QFB	捎	269
PWD	慄	247	QANG	擱	280	QD	未	541	QFBF	攙	284
PWG	惺	245	QANR	擱	282	QDAM	揸	275	QFBK	撇	278
PWJC	慣	251	QANW	攔	283	QDAU	耙	541	QFBQ	撑	278
PWLJ	懌	253	QAPV	揭	274	QDBMS	耡	542	QFBQ	撑	280
PWLS	愣	249	QASE	撮	279	QDFBR	稠	542	QFBW	擋	280
PWOT	慍	249	QASM	揚	276	QDFFS	耢	542	QFF	掞	272
PWR	恫	243	QAU	把	261	QDFH	秒	541	QFFS	撈	278
PYAJ	悼	246	QB	拐	263	QDHE	披	263	QFH	抄	260
PYCK	恔	243	QBBB	搰	276	QDHQU	耗	541	QFHU	揩	275
PYHR	慛	251	QBBE	搆	270	QDIDR	橚	542	QFQ	拌	265
PYMR	匐	639	QBBSD	靜	764	QDJ	抹	264	QFQU	捲	265
PYOJ	悴	246	QBBUU	覯	764	QDK	抉	261	QGDI	持	267
PYR	怗	241	QBCD	探	272	QDKSR	耞	542	QGG	挂	267
PYRD	悼	247	QBCV	攖	283	QDLWV	耬	542	QGGU	撓	279
PYTA	惜	249	QBD	採	272	QDMBE	耰	542	QGGY	掛	271
PYTG	憧	252	QBDI	捋	269	QDMMI	耘	541	QGI	扡	266
PYTJ	幛	251	QBHAF	鷸	823	QDMVI	耨	542	QGIT	搕	276
PYTP	憶	253	QBHX	掐	276	QDND	耔	541	QGNI	搗	282
PYV	忙	240	QBJJ	揮	274	QDOMR	給	542	QGR	拮	266
PYVW	愊	250	QBJMO	靛	764	QDRLR	耕	542	QGRC	擷	282
PYWD	懷	253	QBKF	燃	279	QDTA	耤	542	QGRG	擡	281
PYWV	懷	254	QBME	援	275	QDTT	耕	541	QHA	拍	265
PYY	忭	241	QBMR	捆	268	QDTTB	耩	542	QHAU	搗	276
Q	手	258	QBOU	搖	275	QDWF	揀	273	QHBF	攘	284
QA	扣	263	QBSD	抨	271	QDWLB	耦	542	QHBU	攬	284
QAFU	揠	276	QBUE	擾	284	QDYBS	耢	542	QHD	犁	322
QAM	担	264	QBV	授	268	QEC	鋆	726	QHDF	揪	274
QAMH	揚	274	QC	扒	259	QEED	操	277	QHDV	捼	270
QAMJ	捍	269	QCHQ	掰	273	QEEE	掇	270	QHDW	播	279
QAMO	提	273	QCKS	勎	89	QEFH	抄	268	QHE	扳	260
QAN	撊	270	QCNO	撒	280	QEI	扠	260	QHER	捁	268
QANA	搁	280	QCRU	挩	268	QEII	搔	275	QHHJ	捭	270

QHJ	扜	260	QHWP	摠	277	QJBV	攘	284	QKHX	春	562
QHJM	揰	270	QHXE	搜	276	QJCM	控	272	QKHXP	萶	251
QHJR	括	266	QHXM	捏	269	QJCN	挖	268	QKJA	撐	279
QHJX	插	274	QHXM	揑	275	QJCS	揩	276	QKLU	掩	273
QHK	契	170	QHYE	搬	276	QJCV	攏	283	QKMF	掾	270
QHKB	撟	279	QHYMU	掔	843	QJE	技	261	QKMR	掎	271
QHKP	捺	273	QHYU	摭	276	QJHR	搭	274	QKMS	挎	268
QHLO	抓	262	QI	找	261	QJII	搏	278	QKOO	挾	269
QHLO	掀	270	QIBI	博	275	QJJI	擻	279	QKQ	奉	170
QHML	折	262	QIHF	摵	278	QJJJ	擀	280	QKS	扐	259
QHMY	拆	265	QIIH	掺	278	QJKS	挎	267	QKSB	撟	276
QHNE	捏	262	QIJB	捕	269	QJLO	捷	270	QKUS	抛	263
QHOA	撍	275	QIJE	捄	269	QJMC	擯	282	QLA	哲	303
QHOO	擻	277	QIKF	撝	279	QJMM	揎	273	QLBU	扰	263
QHP	㤄	243	QIKK	拔	265	QJMR	耄	466	QLLMI	蠚	608
QHP	托	260	QILR	搏	276	QJNL	邦	702	QLLN	拂	264
QHPM	抵	264	QIOI	墊	273	QJNU	挽	269	QLMO	挑	268
QHQ	挈	267	QIOK	挨	268	QJP	扡	265	QLMY	排	271
QHQO	抶	264	QIPD	攄	283	QJPA	揹	276	QLP	悉	246
QHRF	搞	277	QIPD	攓	283	QJPN	撛	282	QLPB	揹	275
QHS	坂	264	QIPM	拭	266	QJQR	搢	276	QLR	哲	125
QHSB	捐	273	QIPW	攔	284	QJSM	彗	232	QLRYO	踅	673
QHSK	捩	269	QIR	抬	263	QJSMF	彗	400	QLVK	擻	282
QHSK	撤	281	QIRP	撼	280	QJSMP	慧	251	QLW	抽	264
QHSM	捐	276	QIT	拼	266	QJTV	攓	283	QLWL	抻	266
QHUC	攢	284	QITC	擴	282	QJV	按	267	QLWP	拽	267
QHUL	撮	282	QITF	撠	278	QKA	春	267	QLWV	摟	277
QHUO	撇	282	QIXP	掂	277	QKALI	蠢	616	QLYMR	誓	644
QHUU	撓	279	QIYR	掂	270	QKAP	㤘	248	QM	扛	260
QHV	契	177	QJ	丰	17	QKCF	撩	279	QMAK	撅	282
QHVIF	綮	515	QJBC	搢	277	QKE	泰	364	QMB	青	763
QHVL	抑	261	QJBF	塚	277	QKHD	秦	482	QMBB	撟	282
QHVP	抵	261	QJBF	擦	282	QKHK	奏	170	QMBC	損	277

QMBE	擾	282	QNG	扭	260	QOMR	拾	267	QRRJ	擇	279
QMBG	擢	283	QNHD	揉	273	QOMR	捨	271	QRSH	拐	265
QMBS	摶	278	QNHS	扔	260	QOMT	揜	274	QRSJ	揖	274
QMBUC	責	661	QNHX	掐	273	QON	扢	260	QRSN	捌	269
QMBW	擂	280	QNIB	捅	269	QOOG	挫	268	QRUC	撰	280
QMF	抔	262	QNIN	抒	261	QOPD	拖	265	QRVP	抵	264
QMFJ	抨	263	QNKG	挺	268	QORQ	掰	276	QRYO	捉	269
QMGG	捱	270	QNKQ	揵	275	QOTF	撫	279	QSAV	揠	274
QMGN	捯	273	QNMM	搦	276	QOWY	挴	269	QSEG	攤	281
QMGT	拼	269	QNOE	撥	279	QOYB	擒	281	QSHR	招	266
QMIA	搢	276	QNOK	揆	273	QPA	指	267	QSJE	撖	273
QMIG	挃	267	QNOT	撜	279	QPFD	掬	273	QSJJ	攝	284
QMJ	扦	260	QNRI	攙	283	QPKO	擬	282	QSJL	揶	275
QMLM	搲	271	QO	夫	168	QPOU	掏	271	QSJR	据	270
QMMR	捂	269	QOA	替	308	QPP	批	261	QSKR	捃	269
QMMV	振	268	QOBG	摧	275	QPPA	揩	274	QSMA	摺	278
QMN	打	259	QOBUC	賛	665	QPR	拘	265	QSMB	掃	270
QMR	拓	265	QOBUU	規	633	QPRU	抱	263	QSMG	握	274
QMRB	搞	277	QODI	拊	265	QPT	抴	266	QSMG	擢	282
QMSU	扼	261	QOG	推	272	QPTD	揲	275	QSMI	摶	278
QMTO	撅	278	QOGB	攜	283	QPU	扽	263	QSMV	振	273
QMU	扤	260	QOGS	携	277	QPUU	搊	275	QSQL	挪	268
QMV	表	622	QOHAF	鳺	819	QQKK	揍	275	QSRJ	擗	281
QMVIF	素	511	QOHH	抮	263	QQKQ	捧	269	QSRR	摳	278
QMWF	摽	278	QOII	拎	265	QQO	扶	260	QSS	拒	265
QMWJ	撢	279	QOIM	攕	283	QQOJ	攆	283	QSSR	挶	268
QMWYF	纛	528	QOIP	捻	270	QQQ	掱	273	QSTT	摒	277
QMWYI	毒	348	QOIR	搶	276	QR	扣	260	QSTV	搌	277
QNAU	挽	268	QOJWJ	輦	684	QRAU	挹	268	QSUU	掘	271
QNBK	換	274	QOMB	掄	270	QRB	捐	269	QSWU	攬	284
QNCR	擔	281	QOMG	拴	267	QRBC	損	275	QTA	措	273
QNDF	搎	277	QOMN	揄	275	QRLN	剳	83	QTAK	摸	278
QNEM	拯	266	QOMO	撿	281	QRRD	操	281	QTAV	擄	281

QTBC	挰	270	QVIS	拗	265	QYK	扢	261	RATE	曝	138
QTBK	撒	279	QVNO	搋	273	QYLM	扯	260	RAU	吧	119
QTBN	揗	273	QVOI	攢	284	QYMB	揹	273	RAU	邑	702
QTC	拱	266	QVVN	捗	267	QYOJ	捽	270	RAV	哏	125
QTCL	撕	279	QVVV	攡	282	QYOK	披	271	RBBE	嗳	137
QTCO	撲	280	QWD	捆	269	QYPO	據	281	RBBR	嗝	130
QTCT	搤	276	QWHR	摺	278	QYPP	攄	283	RBCV	嚶	138
QTKL	擲	282	QWIM	摑	277	QYPS	攎	280	RBGR	啁	127
QTM	拑	265	QWJC	摜	277	QYR	拈	265	RBHAF	鵑	821
QTMV	揕	274	QWKP	摁	277	QYRB	摘	277	RBM	咀	121
QTOD	搽	277	QWL	押	264	QYRF	掠	272	RBSMR	嗣	133
QTOE	攫	282	QWLG	擇	284	QYRV	攘	283	RBUC	員	125
QTOG	攤	284	QWLJ	擇	280	QYSO	捷	275	RBUC	唄	126
QTOR	搭	276	QWLP	擺	282	QYT	拉	265	RBWI	嚼	139
QTQM	搓	276	QWLV	擐	281	QYTA	揩	276	RC	只	110
QTRK	撖	281	QWOT	搵	276	QYTG	撞	279	RC	叭	110
QTT	拼	270	QWP	揔	275	QYTR	搭	271	RC	唅	127
QTTB	搆	275	QWVF	摞	278	QYTV	接	272	RCIM	喩	133
QTUB	棚	277	QWYI	挴	265	QYUB	摘	277	RCKN	哆	133
QTW	描	273	QY	扑	259	QYVG	攏	280	RCKS	勛	89
QTWI	摶	279	QYAJ	掉	270	QYVW	搐	275	RCL	吖	116
QTXC	攈	277	QYBB	摀	280	QYWM	擅	280	RCNL	郎	707
QU	扎	259	QYBG	攦	284	QYX	擠	281	RCSH	吩	117
QUD	槷	333	QYBK	撤	279	QYY	抃	260	RCWA	噲	136
QUMB	揞	274	QYBP	攏	283	QYYB	摭	283	RD	呆	119
QUMRB	薵	806	QYBS	搒	275	R	口	109	RDAM	喳	132
QUOB	攢	283	QYCB	摘	277	RAA	唱	127	RDD	啉	129
QUOG	推	277	QYG	挂	264	RAIL	唧	130	RDDF	嘿	136
QUU	拙	265	QYGQ	撻	280	RAM	咀	121	RDHQU	魣	350
QUV	嫠	182	QYHN	抗	265	RANK	嘞	139	RDI	吋	114
QUVIF	紮	511	QYHR	搋	276	RANX	喁	138	RDK	映	119
QVID	擽	282	QYIJ	捽	277	RAPV	喝	130	RDLN	喇	130
QVIS	坆	263	QYJ	抖	262	RASE	嘳	135	RDLO	噭	133

RDM	呔	122	RHAJ	嘷	133	RHYU	唲	132	RJJI	嚩	139
RDRD	㗊	135	RHAP	喔	126	RICE	唆	126	RJKD	哼	125
REA	暗	129	RHBK	噢	136	RIHF	喊	135	RJLO	啩	128
REDE	啵	129	RHBR	响	124	RIHQ	哞	125	RSMG	咺	125
REED	嗓	132	RHBU	咱	123	RIHR	喊	130	RJMM	喧	131
REEE	啜	128	RHDF	啾	129	RIHU	吮	117	RJMO	啶	129
REOY	嗨	133	RHDN	唎	126	RIIL	唧	132	RJNL	鄆	708
RFB	哨	125	RHER	㗊	123	RIJB	哺	126	RJON	嗳	134
RFBA	嘈	138	RHEY	咚	123	RIJC	嘛	134	RJPA	嗜	132
RFBC	噴	133	RHFD	呼	121	RIK	吠	117	RJPN	嘌	137
RFBG	噎	135	RHG	呈	117	RINE	咏	121	RJPU	嘧	125
RFBW	嘈	137	RHHJ	啤	129	RIOG	雖	756	RJQR	嘻	133
RFD	唻	125	RHI	厶	116	RIOK	唉	126	RJR	咭	122
RFF	啖	128	RHJD	味	123	RIR	哈	122	RJSTV	轡	139
RFFS	嗒	135	RHJM	唾	127	RITF	嘡	135	RJTC	嘖	137
RFH	吵	118	RHJX	唷	132	RIUH	嘘	135	RJTG	嚔	137
RG	吐	115	RHMO	噬	137	RJ	叶	111	RJWJ	啤	127
RGBT	噎	136	RHOA	嗒	130	RJAL	啷	135	RKA	醫	304
RGCC	嚇	137	RHP	吒	116	RJBC	噴	132	RKCF	嘹	135
RGG	哇	124	RHQ	吘	118	RJBD	哼	125	RKGG	喹	132
RGGU	嶢	135	RHQI	哦	125	RJBF	嗦	133	RKI	呔	117
RGHAF	鷔	825	RHR	呂	119	RJBF	嗓	137	RKI	吠	119
RGI	咭	121	RHRF	嗚	132	RJBJ	哺	129	RKKB	晞	126
RGIT	嗑	132	RHS	咋	121	RJBO	嚏	137	RKLU	唵	127
RGKC	嚍	139	RHSK	嗽	137	RJBV	嚷	139	RKN	唭	123
RGLC	哧	126	RHSK	唳	127	RJD	味	120	RKP	憨	248
RGNL	郢	705	RHU	兄	61	RJE	吱	119	RKS	另	110
RGR	咭	125	RHUC	嘖	139	RJHAF	鶺	826	RKS	叻	112
RGRR	嘻	135	RHUJ	嚤	136	RJHP	咤	123	RKSB	嗬	132
RGSK	嗽	133	RHUK	嗅	132	RJHR	咯	129	RKSR	咖	122
RGYO	唩	126	RHVO	呱	120	RJI	戜	256	RLB	吊	114
RHAF	鳴	818	RHXE	嗖	133	RJI	戠	257	RLLN	咈	121
RHAG	喤	131	RHXU	呪	127	RJJB	嘲	135	RLMC	噴	136

Code	字	№	Code	字	№	Code	字	№	Code	字	№
RLMO	咷	123	RMFDQ	躪	677	RMII	踐	674	RMNBS	踶	675
RLMY	啡	129	RMFFE	躞	678	RMIKK	跤	671	RMNHD	蹂	675
RLWL	呻	121	RMFM	呸	122	RMIR	跆	671	RMNHE	跋	671
RLWV	嘪	134	RMFQU	踌	674	RMITE	踱	675	RMNIB	踊	673
RLX	嘯	135	RMGCG	蹺	674	RMITF	蹠	676	RMNMU	跪	672
RMAM	咀	124	RMGDI	時	673	RMIWG	躍	678	RMNN	刚	125
RMAMO	蹉	675	RMGG	唯	127	RMIYR	踮	674	RMNOE	蹀	677
RMAPH	踢	674	RMGG	跬	672	RMJBC	蹟	676	RMNOT	蹬	677
RMASM	蹋	676	RMGGU	蹺	677	RMJCV	蹦	679	RMNR	呵	120
RMAV	跟	672	RMGNI	躊	678	RMJE	跂	671	RMODI	跗	672
RMB	跼	671	RMGT	啫	127	RMJK	噉	136	RMOIR	蹌	676
RMBB	嚅	137	RMGYO	跬	673	RMJMF	踪	674	RMOKR	踟	674
RMBC	噴	132	RMHDV	踐	674	RMJNU	跑	671	RMOMG	跬	672
RMBD	踩	673	RMHDW	蹯	674	RMJP	跎	671	RMOMN	踰	673
RMBE	嚘	138	RMHER	路	672	RMKMR	踦	674	RMOMR	跆	673
RMBHX	蹈	676	RMHGU	跣	672	RMKMS	跨	672	RMPFD	蹦	674
RMBI	嘅	136	RMHHW	蹓	676	RMKN	跠	673	RMPI	趵	671
RMBM	跙	672	RMHJD	跦	672	RMKPB	蹼	676	RMPMC	顕	676
RMBUE	躥	679	RMHJG	踵	675	RMKSR	跏	671	RMPR	跑	672
RMBVK	蹊	676	RMHKB	蹻	677	RMLK	哽	126	RMPRU	跑	671
RMC	趴	671	RMHLB	踽	675	RMLM	啞	129	RMPT	跐	672
RMCW	哂	124	RMHLC	蹎	678	RMLMO	跳	673	RMPTD	蹀	675
RMCWA	蹭	677	RMHMY	跰	671	RMLWP	跧	673	RMQKA	蹺	675
RMD	吁	112	RMHND	踩	673	RMMCW	踽	673	RMQMC	蹟	676
RMDAM	踖	675	RMHOO	躂	676	RMMIG	跬	673	RMQO	趹	671
RMDHE	跛	672	RMHOO	躞	676	RMMMP	躩	679	RMRB	嘱	132
RMDK	趺	671	RMHQO	趺	671	RMMP	噁	136	RMRRD	躁	678
RMDM	嚛	138	RMHSB	蹁	673	RMMR	唔	126	RMSJJ	躚	678
RMEA	踏	673	RMHUC	躦	679	RMMT	趼	673	RMSJR	躔	673
RMF	呋	119	RMIAV	跟	673	RMMTO	蹶	677	RMSMG	躍	678
RMFBG	蹭	676	RMICE	踐	673	RMMVM	踁	673	RMSO	啄	127
RMFBR	蹒	674	RMIG	哇	123	RMN	叮	110	RMSS	距	672
RMFCB	蹐	676	RMIGI	蹋	678				RMSSR	跔	673

RMSTV	躃	676	RMY	吓	116	ROII	吟	122	RPUK	胸	125
RMSU	跒	119	RMYAJ	踔	674	ROIN	吟	117	RQHA	啪	129
RMSUP	跽	673	RMYBB	蹄	675	ROIP	唸	127	RQHK	喫	131
RMTA	踏	674	RMYCB	蹢	676	ROIR	嗆	132	RQHL	听	125
RMTAG	蹧	679	RMYCK	跤	673	ROMA	嗆	137	RQHU	囉	139
RMTCO	躞	677	RMYFE	跟	674	ROML	唰	129	RQJM	喏	134
RMTJA	躇	678	RMYFU	鐵	677	ROMM	噲	136	RQKD	嗪	133
RMTKL	躝	678	RMYGQ	躀	678	ROMN	喻	131	RQKQ	啅	127
RMTLB	蹒	676	RMYIJ	踔	677	ROMO	噲	137	RQMC	嘖	134
RMTMC	跱	674	RMYJJ	踵	676	ROMR	哈	124	RQMF	嗉	132
RMTMV	踶	675	RMYLC	跡	672	ROMR	啥	129	RQO	冰	119
RMTO	嶻	136	RMYLM	趾	671	ROMT	哼	131	RQYT	啦	129
RMTQA	蹧	679	RMYMP	跳	672	RON	吃	112	RRAU	喦	126
RMTQM	蹉	676	RMYMU	蹖	675	RONK	喉	130	RRBYJ	羋	291
RMTT	跬	674	RMYOJ	踔	674	ROOG	唑	126	RRF	焛	131
RMTTC	踷	675	RMYR	跕	672	ROP	叱	117	RRHAF	鷺	826
RMTWA	蹧	677	RMYTR	踏	674	ROSK	咿	124	RRHN	咒	120
RMTWI	蹲	677	RMYTV	蹊	674	ROTF	嘸	135	RRHU	呪	122
RMUA	嘈	135	RMYX	蹐	678	ROYB	噲	136	RRIK	哭	125
RMUBB	蹦	677	RNBK	唤	130	RP	叱	111	RRIK	獸	417
RMUE	嗄	132	RNDU	吼	118	RP	叱	119	RRIKR	器	136
RMUI	嘎	134	RNHE	吸	118	RPH	咇	122	RRILL	剽	130
RMUMB	踹	675	RNHX	啗	128	RPHH	吻	118	RRMCR	矗	139
RMVH	呀	119	RNIN	哆	124	RPHP	券	127	RRMMK	嚴	138
RMVID	蹀	678	RNLR	啊	129	RPLII	矗	612	RRMMS	号	123
RMVMI	蹄	676	RNO	吹	118	RPOU	喎	129	RRNL	邵	705
RMVVV	蹸	678	RNOT	噔	136	RPP	叱	119	RRR	品	124
RMWD	踝	674	RNWA	嚕	138	RPPA	嗜	130	RRRD	噪	137
RMWF	嘌	134	ROB	呐	118	RPR	响	120	RRRJ	喗	135
RMWG	踂	131	ROD	咻	124	RPRU	咆	121	RRRR	壘	469
RMWLI	躅	678	RODI	咐	122	RPT	咘	122	RRRU	啚	209
RMWTJ	蹲	676	ROG	唯	127	RPTD	喋	130	RRSLR	壨	138
RMWV	嚶	130	ROGF	噍	136	RPUC	嗔	137	RRSQF	罵	137

RRUC	噀	135	RTCO	噗	136	RVE	呶	120	RYCB	嘀	134
RRVLR	嘂	133	RTCT	嗌	132	RVFF	噝	136	RYCK	咬	123
RRWJ	單	131	RTGI	囈	139	RVFI	喲	131	RYDU	嚫	138
RRWMU	鼉	838	RTJS	嘞	134	RVI	吆	116	RYGQ	噠	136
RRYO	哫	125	RTK	哎	123	RVII	嘰	135	RYHC	嚬	138
RSBN	唰	129	RTKR	喏	130	RVIS	呦	120	RYHH	喭	131
RSH	叨	110	RTLF	嚥	138	RVL	叫	110	RYHN	吭	117
RSHAF	鴞	819	RTLO	嘆	133	RVNK	吳	117	RYIB	唷	129
RSHAF	鶚	823	RTM	咁	122	RVNO	喙	130	RYMB	啃	129
RSJ	咡	123	RTMJ	嘩	136	RVP	民	351	RYMH	嚱	136
RSJ	咠	125	RTND	囌	139	RVVU	嗈	133	RYMP	呲	123
RSJJ	囁	139	RTOD	嗏	132	RWB	喟	130	RYMR	唁	126
RSK	吚	119	RTOE	嚄	137	RWC	呬	120	RYMU	嚙	138
RSL	叩	110	RTOR	嗒	132	RWG	哩	125	RYMY	咔	122
RSLB	咂	122	RTQ	咩	125	RWGF	嘿	135	RYO	足	671
RSLN	別	79	RTQM	嗟	132	RWGG	嚜	138	RYOJ	啐	128
RSM	叼	112	RTRG	嚾	139	RWIM	嘓	134	RYPB	嘴	135
RSMBC	顎	776	RTUB	嗍	133	RWK	咽	124	RYPD	喍	132
RSME	唚	126	RTVI	嗞	133	RWKP	嗯	133	RYPD	嘑	134
RSMG	喔	130	RTW	喵	130	RWL	呷	120	RYPK	噳	137
RSMH	嘐	134	RTWA	嘈	133	RWLB	喁	129	RYPM	噓	135
RSMI	噚	136	RTWI	噂	135	RWLG	囉	139	RYPO	噱	137
RSNL	鄂	706	RTWV	噥	136	RWLI	噣	136	RYPU	唬	129
RSO	呎	119	RTXC	嗛	132	RWMV	喂	129	RYR	呫	120
RSP	呢	119	RTYB	嚆	137	RWNL	鄙	707	RYRD	啍	128
RSQF	嗎	133	RU	巳	214	RWOT	嗢	133	RYRN	哼	126
RSQL	哪	126	RUBB	嘣	135	RWTJ	嗶	133	RYRO	嚎	137
RSRR	嘔	134	RUMB	喘	130	RWYI	呣	122	RYRU	喨	131
RSYI	囑	139	RUMI	嗤	133	RXU	黽	837	RYRV	嚷	138
RSYPU	號	603	RUOG	嗺	134	RYAJ	啅	128	RYSE	叚	107
RTAV	噶	137	RUOIV	饕	787	RYBB	啼	129	RYSK	嗾	133
RTC	哄	124	RUTC	巽	214	RYBP	嚨	138	RYTA	喑	130
RTCL	嘶	135	RUU	咄	121	RYBS	嗙	133	RYTP	噫	137

碼	字	頁	碼	字	頁	碼	字	頁	碼	字	頁
RYTV	嗷	127	SEYT	堅	492	SFIOK	駯	794	SFPD	馳	791
RYVG	嚍	137	SFA	駔	792	SFIR	駘	792	SFPH	駊	793
RYVO	咳	123	SFAMJ	驆	794	SFIT	驖	793	SFPOU	駒	794
RYWE	嚽	137	SFAMO	驦	795	SFIUH	驦	793	SFPR	駒	792
RYX	嚌	137	SFAPP	驪	795	SFJIG	職	797	SFPUU	騳	795
S	尸	202	SFB	屑	203	SFJMF	騌	795	SFQJR	騎	795
SAHNI	飝	781	SFBBR	騸	795	SFJP	駝	793	SFRRJ	驆	797
SAMMU	瓻	537	SFBM	駔	792	SFK	馱	791	SFRYE	駴	795
SAV	匽	95	SFBR	駉	792	SFKK	駁	792	SFSEO	騥	797
SBCC	屭	205	SFBVK	騷	795	SFKMR	騎	794	SFSFF	驫	798
SBHG	屋	311	SFCRU	駾	794	SFL	畢	792	SFSJ	駲	793
SBLN	刷	81	SFD	屎	203	SFLK	駛	793	SFSJJ	晴	798
SBUC	屓	204	SFDI	尉	198	SFLLL	馴	791	SFSME	駸	793
SC	匹	94	SFDK	馱	791	SFLMO	駣	793	SFSND	驒	797
SCHNE	殿	347	SFDL	駛	793	SFLMY	騑	795	SFSRR	驢	796
SCWA	層	204	SFDOO	駲	794	SFLPC	驩	798	SFSS	駏	792
SE	尿	202	SFE	馭	791	SFLWS	騁	794	SFT	鼻	791
SEB	腎	552	SFEII	騷	796	SFLX	驌	797	SFTAJ	驊	796
SEB	臀	556	SFFDQ	驕	797	SFMBU	騽	798	SFTMC	騍	795
SEBUC	賢	664	SFGGU	驍	796	SFMFM	駈	792	SFTMJ	驊	796
SED	棸	326	SFHAG	騜	795	SFMHF	驤	795	SFTRG	驔	798
SEG	堅	151	SFHER	駱	793	SFMIG	輕	793	SFTT	駢	794
SEHAF	鷔	825	SFHGU	駚	793	SFMJ	馯	791	SFUCE	駿	795
SEMCW	醫	712	SFHHW	驅	796	SFMMP	驪	798	SFVNE	騄	794
SEMOO	鐙	348	SFHI	騥	795	SFMWF	驃	796	SFWC	駉	793
SEMRT	豎	655	SFHKB	騸	797	SFNHB	驕	794	SFWD	駗	795
SEOG	匯	94	SFHNI	飝	781	SFNHE	駮	792	SFWK	駧	793
SEOOO	聚	544	SFHP	駝	792	SFNOK	驍	795	SFWLJ	騨	797
SEQ	擊	271	SFHSB	騙	795	SFODI	駙	793	SFWVF	驃	796
SESMM	翳	538	SFHSM	騸	796	SFOG	雛	794	SFYCK	駮	793
SEV	娶	178	SFHWP	驄	796	SFOIP	驗	795	SFYG	駐	792
SEVIF	緊	521	SFICE	駿	794	SFOMD	騟	794	SFYHV	裘	627
SEVIF	緊	525	SFIIH	驂	796	SFOMO	驗	797	SFYPM	驪	797

SFYPT	驢	797
SFYRV	驤	798
SFYTJ	騂	794
SFYVO	駭	793
SGHAF	鸐	827
SGI	戳	257
SGJWP	聽	545
SGKS	勴	87
SGLN	劇	84
SH	刀	76
SHAF	鳲	817
SHAPH	鬄	803
SHAWE	鬘	804
SHBB	鬅	803
SHBT	匴	94
SHCWA	鬙	804
SHDCI	鬆	803
SHDHE	髮	802
SHEFH	髿	803
SHFB	髾	803
SHFQU	鬈	803
SHGB	髯	803
SHGR	髻	803
SHHAF	鷚	826
SHHDF	鬏	803
SHHDN	鬁	803
SHHHC	鬚	804
SHHJR	髺	803
SHHN	髠	802
SHHQU	髦	802
SHI	刃	76
SHI	戮	257
SHIIH	鬖	804
SHIKK	髪	802
SHJBC	鬒	803
SHJMC	鬢	804
SHJMF	鬃	803
SHJPA	鬐	803
SHJRB	鬍	803
SHKMB	鬌	803
SHKS	勠	90
SHLBU	髧	802
SHLN	劉	85
SHMFM	髬	802
SHML	匠	93
SHMU	髡	802
SHNIH	髳	802
SHNL	鄝	707
SHOB	屩	205
SHOD	屧	204
SHOD	髹	803
SHOE	屐	203
SHOE	履	204
SHOMA	鬠	804
SHOO	屣	204
SHOOG	髽	803
SHOT	屜	204
SHOV	屨	204
SHPD	髱	802
SHQU	尾	202
SHR	召	110
SHSB	匾	95
SHSHR	髫	802
SHTBN	鬋	803
SHTXC	鬑	803
SHUCE	鬉	803
SHVVV	鬣	804
SHWLV	鬟	804
SHYHS	髣	802
SHYMP	髭	803
SIBT	監	454
SIF	熨	399
SIHHH	髟	802
SIHML	斲	293
SILMI	蠆	613
SILN	劚	86
SILQ	肆	546
SINL	鄩	707
SIP	忍	239
SIP	慰	251
SISUU	黜	737
SJ	耳	542
SJB	臂	556
SJBMM	聑	543
SJC	屄	203
SJD	檗	335
SJE	取	107
SJENL	郰	705
SJF	耿	543
SJG	壁	157
SJGB	聃	543
SJHHL	聊	543
SJHJR	聒	543
SJHWP	聰	544
SJIRM	聝	544
SJJN	匭	94
SJJPN	聹	545
SJKA	屠	204
SJKI	耾	543
SJLB	辟	218
SJLBU	耽	543
SJLMC	聵	545
SJLN	刵	80
SJLWS	聘	544
SJMBC	顳	778
SJMGI	璧	427
SJMN	耵	543
SJMVN	甓	431
SJNL	耶	543
SJOII	聆	543
SJP	恥	244
SJPKP	聰	544
SJQ	擘	281
SJR	居	203
SJRYO	躄	678
SJSH	劈	85
SJSJJ	聶	545
SJV	嬖	183
SJVIT	聯	544
SJYHV	襞	629
SJYIA	職	545
SJYLM	耻	543
SJYMR	譬	652
SK	尹	202
SKN	尻	202
SKOO	匧	94
SKR	君	116
SKRR	匳	94
SLB	匝	93
SLMBC	頤	774
SLMC	匱	94
SLMY	匪	94

碼	字	頁	碼	字	頁	碼	字	頁	碼	字	頁
SLMY	屝	204	SNLR	屙	204	SRYE	廠	289	TADHE	皷	452
SLO	臥	558	SO	尺	202	SRYJF	鷗	827	TAGI	蒔	588
SLORR	臨	558	SOK	医	94	SRYMR	暜	642	TAHAF	鵲	822
SLQMC	贖	666	SOMO	㾿	94	SRYTJ	辟	688	TAHML	斯	292
SLSL	臣	558	SOMR	匡	95	SS	巨	213	TAJ	草	577
SLWV	屢	204	SONL	鄊	708	SSR	局	203	TAK	莫	580
SLY	卧	558	SORC	㞪	123	SSU	凹	75	TAKA	暮	305
SM	刁	76	SP	尼	202	STKR	匡	95	TAKB	幕	217
SMBJJ	彗	537	SPD	㢮	93	STQQ	羼	535	TAKF	蓔	796
SMBLB	帚	215	SPP	屁	203	STT	屛	204	TAKG	墓	155
SMDHE	鞭	536	SQNL	那	702	STV	展	204	TAKP	慕	250
SMG	彐	93	SQSF	馬	791	SU	己	214	TAKQ	摹	278
SMHA	習	536	SR	叵	111	SU	巳	214	TAKS	募	89
SMHQU	翟	349	SRBT	鹽	455	SUF	熙	398	TALN	剒	83
SMIG	屋	203	SRBUU	覘	634	SUG	屆	203	TANB	蒲	593
SMKOO	翼	537	SRF	焄	395	SUHU	兒	63	TANG	蘭	599
SML	翀	536	SRHAF	鷗	823	SUOK	改	285	TANW	蘭	600
SMMRI	尋	199	SRHAF	鷗	825	SUP	忌	239	TAPV	葛	586
SMNP	屍	203	SRHG	聖	543	SUU	屈	203	TASE	叢	594
SMOG	翟	537	SRHNE	毆	347	SVHAF	鷗	823	TAU	芭	571
SMOHH	翏	536	SRKS	劭	87	SVNL	鄿	706	TAV	莨	576
SMONK	翪	537	SRLB	屌	203	SVRYO	歷	676	TAWE	蔓	592
SMR	司	111	SRMBC	頳	775	SWBT	鹽	828	TBAC	冀	589
SMSIM	羽	535	SRMVN	甌	431	SWBUU	覽	635	TBBB	菁	589
SMT	羿	536	SRNL	邵	703	SWC	鑒	735	TBBE	蕒	596
SMUCE	搔	537	SRNL	郡	704	SWL	匣	93	TBBQ	蕣	594
SMV	長	736	SRNO	歐	341	SYHN	匹	93	TBBR	蕭	585
SMWTC	翼	537	SRP	慇	251	SYYI	屬	205	TBBUU	覯	635
SMYOJ	翠	537	SRRJ	匲	94	SYYQ	犀	409	TBC	典	69
SMYRB	翯	537	SRRR	區	95	T	廿	226	TBCN	蒯	587
SMYT	翌	536	SRSL	邵	101	TA	昔	299	TBCV	蕻	600
SMYTV	翠	537	SRTQ	羣	534	TAA	菖	581	TBD	棻	330
SNDD	屛	187	SRTQ	群	534	TAB	萌	583	TBD	菜	581

碼	字	頁	碼	字	頁	碼	字	頁	碼	字	頁
TBFE	藤	598	TCB	期	311	TDJ	茉	575	TEWT	蕰	595
TBG	塑	154	TCB	菁	311	TDLC	藾	599	TEYB	蕭	596
TBHG	藭	597	TCBT	益	453	TDLO	蔽	591	TEYV	茫	576
TBHS	菲	586	TCBUU	覲	634	TDM	苯	576	TFA	蕎	306
TBHU	藐	598	TCD	萁	324	TDMQ	華	586	TFAJ	薄	591
TBIJB	鱺	837	TCFB	耑	837	TDNL	鄴	708	TFBK	蔽	593
TBIKK	鱴	837	TCG	基	151	TDOO	萊	583	TFBN	荊	587
TBJJ	韗	587	TCHAF	鵝	825	TDR	菩	580	TFF	茨	583
TBKS	勤	90	TCHE	變	160	TEAH	蕩	594	TFKC	蘋	601
TBLI	蘭	527	TCHML	斯	292	TEBM	苴	583	TFMC	蕡	596
TBLN	前	82	TCIM	翁	590	TEC	鑿	736	TG	芏	570
TBLN	蒯	588	TCJWJ	華	682	TEDE	菠	682	TGB	蕎	573
TBM	苴	575	TCLMI	甚	607	TEFH	莎	579	TGBT	盖	453
TBMBC	顢	777	TCMR	扮	469	TEGE	蔆	593	TGBUU	觀	635
TBMBC	顢	777	TCNO	欺	340	TEHR	落	585	TGCE	菱	582
TBME	葰	588	TCNO	歎	340	TEHV	蔬	587	TGDI	對	199
TBMO	蒙	588	TCP	恭	244	TEHW	藩	598	TGENO	羨	534
TBMR	苘	577	TCP	慧	247	TEIB	蒲	589	TGF	羔	533
TBND	莩	580	TCQ	奉	266	TEII	薄	595	TGFTK	羹	535
TBNF	煎	397	TCRU	巷	214	TEIV	蔍	590	TGGI	葑	586
TBNH	剪	84	TCSD	菜	325	TELN	劇	85	TGGI	藝	591
TBNM	翦	537	TCSH	芬	571	TEM	茳	576	TGGU	蕘	593
TBOF	蔡	592	TCTD	業	328	TEMF	藻	597	TGHAF	鶴	828
TBOK	散	287	TCTE	叢	107	TEMJ	萍	583	TGHDS	義	535
TBP	愿	249	TCVIF	綦	519	TEMR	菏	376	TGHI	羌	533
TBSE	嚴		TCWM	酉	709	TEOT	菈	590	TGHNI	飄	781
TBTV	蘭	584	TCYG	難	833	TERD	藻	593	TGHQI	義	534
TBU	苜	574	TCYR	酤	833	TESD	菓	593	TGHU	羌	533
TBUU	莧	580	TDBB	蘇	594	TESE	蔆	591	TGIF	燕	402
TBV	荾	579	TDBU	萮	587	TESU	范	575	TGII	藝	598
TBYJ	斲	291	TDCI	菘	581	TETC	蕢	586	TGINE	羞	534
TC	共	68	TDD	菻	583	TETT	洴	593	TGIT	蓋	590
TCA	普	303	TDHAF	鷄	826	TEWB	蒲	594	TGK	美	533

碼	字	頁	碼	字	頁	碼	字	頁	碼	字	頁
TGKS	勸	90	THJ	芊	569	THXF	蔦	595	TJAU	靶	766
TGMBC	顴	778	THJD	孽	188	THXO	黃	588	TJAVF	糯	768
TGNO	歡	341	THJD	茮	576	TIAV	茛	580	TJB	蒂	573
TGNO	羑	533	THJD	藥	600	TIBI	尊	590	TJBD	孛	579
TGNO	欵	580	THJD	槀	507	TIDD	傄	593	TJBM	粗	766
TGOW	薔	596	THJG	董	586	TIDR	藨	600	TJCK	葵	585
TGP	恚	243	THJR	苦	576	TIDY	癀	601	TJCN	竆	599
TGP	戀	255	THKB	蕎	593	TIH	茂	575	TJCR	蓉	590
TGRG	臺	597	THKP	恭	583	TIHAF	鶮	825	TJDHE	鞍	767
TGTR	善	129	THLB	萬	585	TIHC	葳	593	TJDJ	鞣	766
TGV	姜	176	THLF	藥	600	TIHR	葳	590	TJDS	蒴	587
TGWC	賣	598	THML	芹	572	TIIH	參	593	TJE	芠	571
THAA	蓋	599	THNI	芃	569	TIJ	茇	576	TJEA	鞱	767
THAF	蔦	592	THOK	薇	595	TIJB	莆	579	TJFB	鞘	767
THAF	蕮	600	THON	荇	577	TIKF	蔫	593	TJFBG	鞮	768
THAI	菂	581	THON	蘅	599	TIKK	芰	575	TJGG	鞋	766
THAU	葩	586	THOO	蕋	590	TIKT	芥	580	TJGWC	犢	768
THBK	奠	595	THOO	蓯	591	TIMO	茨	576	TJHDF	鞦	767
THBU	首	788	THOO	蓙	591	TIMS	藏	598	TJHHJ	鞞	767
THDE	蕿	596	THOQ	葎	586	TINO	芝	570	TJHKB	鞽	768
THDF	萩	584	THPL	茆	575	TIOC	簀	597	TJHML	靳	766
THDN	莉	579	THQI	莪	580	TIP	慰	253	TJII	蕚	591
THDS	莠	580	THQU	芼	573	TIP	弋	570	TJIP	蕙	594
THDV	萎	583	THRB	薜	590	TIR	苔	573	TJJCM	鞋	767
THDW	蕃	593	THRJ	薛	596	TIRD	蒖	588	TJJV	鞍	767
THEN	芠	570	THSB	萹	585	TITB	蓆	589	TJKA	蔁	586
THER	荅	578	THUP	蒽	589	TITF	蔗	592	TJKS	勒	88
THGF	薫	597	THVO	芯	575	TIXF	薦	596	TJLBK	鞅	766
THHD	藜	593	THVP	芪	570	TJ	卅	97	TJLMO	鞁	767
THHE	藜	598	THVU	苑	593	TJAM	粗	766	TJLV	姜	583
THHJ	草	583	THWP	蒐	589	TJAMO	糭	767	TJLWV	韁	768
THHL	茆	575	THWP	蕙	592	TJAPV	褐	767	TJME	蔻	591
THI	蒐	588	THXC	輿	597				TJMM	萱	585

TJMN	苧	574	TJTHB	籟	768	TKRP	藝	248	TMFF	蒜	588
TJMN	釘	766	TJTIF	驪	768	TKS	芳	569	TMFJ	苹	575
TJMR	若	584	TJTOE	韃	768	TKSQF	驚	797	TMFM	茎	576
TJMU	莞	580	TJTOR	輅	768	TKSR	茄	575	TMGF	蕉	601
TJMU	軏	766	TJTTB	韡	768	TKSS	荔	576	TMGR	藿	599
TJMWM	疆	768	TJVII	饑	768	TKYMR	警	652	TMHML	薪	292
TJNAU	鞔	767	TJVIS	勒	766	TLBK	英	575	TMIG	莛	578
TJNCR	韂	768	TJWK	網	766	TLBR	蒴	584	TMKS	勤	89
TJNHD	鞣	767	TJWTJ	鞾	768	TLJ	革	766	TMLM	董	581
TJNHE	靸	766	TJYDL	鄻	768	TLLN	弗	575	TMLM	其	68
TJNI	瓾	766	TJYGQ	韄	768	TLMC	蕡	594	TMMI	芸	572
TJNKQ	鞬	767	TJYMU	韹	768	TLMT	蓋	598	TMMU	芜	570
TJNL	鞝	766	TJYRD	韓	767	TLMY	菲	582	TMMV	萁	432
TJNU	菀	581	TK	艾	569	TLPF	燕	400	TMN	芋	569
TJOA	蒨	591	TKD	縈	336	TLPF	鷰	826	TMNL	邯	703
TJOMK	鞭	767	TKHF	荻	579	TLQM	菫	152	TMNL	鄞	707
TJOMR	給	766	TKHW	猶	593	TLVK	藪	599	TMNM	薙	596
TJOMT	韓	767	TKIT	蓋	588	TLWV	蔓	592	TMNN	苅	576
TJOP	靴	766	TKLD	荐	578	TLX	蕭	594	TMNR	苟	573
TJPA	薯	590	TKLG	茬	578	TM	甘	431	TMOA	藷	600
TJPFD	鞠	767	TKLU	菴	583	TMAM	萓	577	TMOM	蓋	594
TJPI	豹	766	TKMF	奈	584	TMBB	蕎	597	TMPG	薹	587
TJPT	鞋	766	TKN	尢	569	TMBG	藿	599	TMPT	葬	587
TJPU	蕊	593	TKN	萬	578	TMBI	雲	593	TMRT	荳	578
TJPYR	鞫	767	TKNI	艽	569	TMBK	薁	588	TMRW	菖	586
TJQP	蕙	600	TKNL	鄭	707	TLBO	芮	71	TMTJ	華	581
TJQYT	鞍	767	TKNL	鄭	708	TMBUU	觀	635	TMTN	荊	584
TJR	苦	574	TKOK	葵	589	TMBW	蕾	595	TMTO	菜	594
TJRB	葫	586	TKOO	英	580	TMCW	茜	576	TMVH	芽	573
TJRR	菅	581	TKP	慇	253	TMD	某	318	TMVI	暮	590
TJSHI	旡	766	TKPB	蒂	592	TMD	芋	569	TMVM	莖	579
TJSHR	韶	766	TKQ	擎	281	TMDM	塵	599	TMWC	黃	832
TJTC	黃	595	TKR	若	574	TMF	朩	570	TMWF	薰	592

TMWJ	薶	593	TNUI	莵	581	TOMT	莽	588	TPTD	葉	586
TMWM	薑	596	TOAV	艱	567	TONO	歠	341	TPU	芚	570
TMWV	蔞	587	TOB	芮	571	TONWF	虆	812	TPYV	懷	601
TMYF	蔫	592	TOD	茶	577	TOOE	菱	590	TQ	羊	533
TN	弓	569	TODI	符	575	TOOG	埀	580	TQ	半	533
TNBQ	薜	596	TOF	茶	575	TOOG	難	757	TQAPV	羯	535
TNCR	蒼	596	TOG	茬	575	TOOK	薂	600	TQAU	羓	533
TNDF	蔉	589	TOG	崔	583	TOOM	荁	586	TQCSH	粉	533
TNDO	菰	582	TOGF	蕉	593	TOP	花	571	TQDA	藉	597
TNDU	扎	573	TOGX	舊	563	TOQB	蒨	588	TQDB	藕	598
TNEF	蒸	589	TOHAF	鷄	827	TORD	葆	586	TQHK	羮	588
TNFD	蘇	599	TOHG	佳	578	TOSE	葭	588	TQHNE	殺	533
TNFN	蒯	595	TOHQU	毿	350	TOTF	蕪	594	TQHPM	羝	533
TNFQ	薛	600	TOHS	乍	580	TOWY	莓	579	TQIB	蒱	589
TNHD	菜	587	TOIAV	養	784	TOYR	蓓	590	TQICE	羧	535
TNHE	茷	570	TOIE	葰	587	TOYT	荏	579	TQIJ	羢	534
TNHS	芀	569	TOII	苓	573	TP	芯	571	TQIK	莰	581
TNIH	茅	575	TOIK	茯	576	TPA	荀	577	TQJM	羣	593
TNIQ	薜	577	TOIN	芩	570	TPFD	菊	581	TQKD	羍	589
TNIR	茗	576	TOIR	蒼	589	TPH	芯	575	TQKN	羠	534
TNIU	苑	573	TOKF	蘩	600	TPHH	芀	572	TQKQ	羍	583
TNKG	莛	580	TOKG	薙	596	TPI	芍	569	TQM	差	213
TNKM	莚	581	TOLB	蒋	592	TPIB	葡	586	TQMB	菁	581
TNLH	弟	576	TOLD	蔟	591	TPKO	巍	597	TQMHF	羱	535
TNLI	蔭	592	TOLK	莜	580	TPKP	蔥	587	TQMVM	羥	535
TNLM	薩	596	TOLL	芥	570	TPMW	葡	622	TQNG	羞	534
TNLW	蒳	592	TOMA	薈	595	TPOU	萄	583	TQO	芙	570
TNMM	薊	589	TOMB	蒲	601	TPP	芘	570	TQOG	羅	591
TNMU	蔬	592	TOMD	茶	580	TPPA	蒼	587	TQOII	羚	533
TNNC	蕒	595	TOMG	荃	577	TPPD	藥	600	TQOMN	羭	535
TNO	芡	570	TOMO	蓋	596	TPPP	蕊	593	TQPU	羖	584
TNOK	葵	587	TOMR	苔	577	TPR	苟	574	TQQO	莢	580
TNUE	菡	581	TOMR	荷	578	TPRU	苞	574	TQSMM	翔	536

TQTQQ	犇	535	TSLL	茝	578	TVFI	藥	587	TWD	菓	581
TQUMF	羰	535	TSMG	蘆	597	TVFI	蒟	588	TWDI	尊	199
TQWJ	撐	599	TSMH	蓼	591	TVFM	茳	586	TWHAF	霡	823
TQYWM	羶	535	TSMI	尋	593	TVFT	蘊	600	TWHD	菌	581
TRHR	茗	579	TSMV	莨	583	TVFU	純	588	TWIK	獸	415
TRJD	疎	584	TSP	憨	253	TVFU	艴	594	TWK	奠	171
TRJI	戢	595	TSS	苴	574	TVFY	蔟	593	TWK	茵	577
TRJL	蘄	599	TSU	芑	569	TVHL	鄉	595	TWKP	蒽	590
TRLN	劄	84	TT	井	28	TVI	葴	256	TWLA	薯	597
TRLR	苣	576	TT	冊	97	TVID	挈	187	TWLB	萬	584
TRMR	蕗	595	TT	并	220	TVID	藥	598	TWLC	賈	594
TRNL	郜	706	TTC	並	15	TVIF	鷟	825	TWLE	覆	600
TRNL	部	708	TTGB	萬	70	TVII	茲	576	TWLG	蘿	601
TROK	敬	288	TTGI	對	598	TVIO	苾	574	TWLI	蔑	591
TRRG	藿	757	TTHAF	鶛	825	TVIP	慈	250	TWLN	茵	162
TRRR	蘿	601	TTJD	蘱	601	TVJR	菇	581	TWLN	薏	431
TRRS	尊	585	TTM	苷	576	TVKS	勘	88	TWLP	蘷	596
TRRS	尊	595	TTMC	其	583	TVLK	莜	578	TWLU	罾	461
TRSJ	茸	587	TTMV	甚	586	TVMG	莊	579	TWMMV	農	689
TRVP	茛	576	TTMVN	瓶	430	TVMI	蔣	592	TWP	蒽	587
TRYE	葭	587	TTNAU	艷	568	TVMI	蘑	595	TWR	茵	577
TSEO	薆	598	TTSHI	卌	80	TVNE	菉	581	TWTJ	葷	591
TSFI	蔚	592	TTSHI	卌	83	TVR	茹	577	TWVF	褁	591
TSH	芳	569	TTUB	萌	589	TVRF	蔡	594	TWWF	藥	601
TSHH	荔	576	TTWI	尊	594	TVVV	菳	587	TWWW	蘁	598
TSHR	苕	573	TTWLI	躅	616	TVVW	葡	581	TWYI	苺	575
TSIC	蘄	595	TTXC	兼	589	TVYJ	斟	291	TXC	兼	69
TSIP	慈	580	TUB	朔	310	TW	曲	307	TYBB	蒂	587
TSIT	藍	587	TUIRM	鹹	789	TW	苗	573	TYBB	遍	596
TSJ	茸	577	TUJT	豐	601	TWA	曹	308	TYBG	蒽	601
TSJD	藥	600	TUU	苗	575	TWBI	蕫	615	TYBP	蘢	600
TSJE	勸	581	TVFH	趻	201	TWBO	蠆	678	TYBS	蒡	587
TSKR	莙	580	TVFH	蒶	590	TWCB	苗	579	TYCB	蔄	592

TYCB	蒟	592	TYTJ	荸	579	UDCI	崧	209	UHVI	巍	211
TYCK	葵	576	TYTP	蕙	595	UDHE	岐	207	UHXC	嶼	211
TYDL	薪	596	TYTR	菩	581	UDOO	崍	208	UIAV	崀	207
TYFE	荻	583	TYTR	菊	588	UDSMG	耀	507	UICE	峻	208
TYGQ	蓬	596	TYV	芒	569	UDW	崠	209	UIHH	崴	209
TYGV	蓬	597	TYVG	蔣	595	UE	凶	76	UIHV	崴	209
TYHC	蘋	600	TYVO	荄	577	UFB	峭	207	UIIH	參	210
TYHJ	蓬	591	TYVU	荒	578	UFDQ	嶙	210	UIJB	岬	207
TYHS	芳	572	TYVW	蓄	589	UFFD	嶸	211	UIP	嶝	805
TYIU	芫	578	TYWV	蓑	590	UFFS	嶗	210	UJCC	巔	211
TYJJ	蓮	591	TYX	薺	597	UGCE	岐	208	UJCM	崆	208
TYLM	芷	572	TYY	芐	573	UGDI	峙	207	UJCR	峪	210
TYMH	藏	595	TYYO	蓮	600	UGGU	嶢	210	UJD	粟	337
TYMO	遽	591	U	山	205	UH	匕	92	UJE	岐	206
TYMP	芘	576	UAHU	岾	209	UHDP	嶑	209	UJFD	粟	507
TYNB	蓮	591	UAPP	崑	209	UHDW	嶒	210	UJJL	斬	210
TYOJ	茉	583	UAPP	崑	208	UHE	岅	206	UJLMI	蟹	616
TYPP	蓴	598	UAU	岜	206	UHEJ	峯	207	UJMF	崇	208
TYPT	蘆	599	UBB	崩	209	UHEJ	峰	207	UJMRT	豐	655
TYR	苫	574	UBM	岨	207	UHEY	岭	207	UJND	峃	188
TYRA	蕎	599	UBMBC	顥	776	UHHL	峁	207	UJR	岵	206
TYRB	蒿	589	UBMR	峒	207	UHI	嵬	209	UK	凶	75
TYRD	藥	597	UBNL	鄸	708	UHKB	嶠	210	UKHK	嶽	211
TYRE	蔎	593	UBNO	歂	340	UHMB	嶌	211	UKHU	兒	61
TYRE	蘐	600	UBSD	峥	208	UHNI	嵐	209	UKJJ	峯	683
TYRL	蔀	591	UBTU	崗	208	UHOO	嶙	210	UKKB	崤	208
TYRN	荸	587	UBUU	峴	208	UHOQ	崒	208	UKLU	崦	208
TYRV	蕎	599	UC	崟	208	UHQI	峨	207	UKMR	崎	208
TYRV	襄	600	UC	嵞	208	UHQI	羲	208	UKOO	峽	208
TYSD	蓶	587	UCNO	嶔	210	UHS	岼	207	UKPB	嶍	210
TYSK	蔟	592	UCOR	峪	207	UHS	岸	207	ULW	岫	206
TYSY	蘇	583	UCWA	嶒	210	UHUC	巘	211	ULWV	嶼	210
TYT	芏	573	UDAM	嵖	209	UHUD	嶼	210	UMBL	崙	541

Code	字	頁	Code	字	頁	Code	字	頁	Code	字	頁
UMF	炭	393	UOMO	嶮	210	UUCE	峻	209	VCSH	妢	175
UMGG	崖	208	UON	屹	206	UUMMF	崇	476	VDJ	妹	175
UMGG	崕	208	UPA	峋	207	UVII	幽	221	VDKS	勛	90
UMLI	蚩	605	UPKO	嶷	211	UWJR	崮	209	VDLC	孀	183
UMMJ	岸	207	UPR	峋	206	UWL	岬	206	VDLK	嫩	182
UMMR	峆	208	UQMB	靖	209	UWLB	崵	209	VDLN	剩	85
UMMU	屺	206	URRK	巖	211	UWLJ	崞	210	VDLO	嫩	182
UMNN	剀	207	URRK	巇	211	UWP	崽	209	VE	奴	172
UMNR	岢	206	URRS	嶒	209	UYBK	巇	211	VEBT	盩	454
UMOO	廂	657	URVP	岷	206	UYBP	巄	211	VEKS	努	87
UMR	岩	206	URYTJ	崝	689	UYRB	萬	209	VELB	帑	215
UMRT	豈	655	USHR	岩	207	UYRD	崞	208	VELN	剝	83
UMT	岍	207	USJR	崱	208	UYSD	峓	209	VEMR	帑	466
UMU	屼	206	USMA	嵋	210	UYTI	巇	211	VEN	弩	229
UMVH	岈	186	USRR	崛	210	UYTJ	嶂	210	VEND	孥	186
UNBQ	嶃	211	USU	屺	206	V	女	172	VEP	怒	241
UNHE	炭	206	USUU	崛	208	VAA	娟	179	VEQ	拏	265
UNMU	峑	207	UTBUU	覞	635	VABU	媚	180	VESQF	駑	792
UNOT	嶝	210	UTCD	業	210	VAHU	媚	180	VFAMO	緹	523
UNRI	巎	211	UTGIT	豔	656	VAM	姐	175	VFAPH	緆	520
UOG	崔	208	UTHN	凱	74	VAMO	媞	180	VFAPP	緄	520
UOGB	舊	757	UTIK	獃	415	VANB	婀	182	VFAWE	縵	524
UOGF	雥	210	UTLN	剮	84	VAND	媚	182	VFBB	嫦	182
UOGS	雟	210	UTMBC	顗	776	VAWE	嫚	181	VFBB	紳	521
		756	UTMO	嵌	209	VBAC	娛	181	VFBBE	綏	519
			UTMV	嵿	209	VBBE	媛	183	VFBCV	纜	528
UOIC	嶺	211	UTNAU	艷	568	VBBR	娟	180	VFBD	綀	520
UOII	岭	207	UTNL	鄳	708	VBHG	娃	179	VFBGR	綱	519
UOIN	岑	206	UTQM	嵳	210	VBM	姐	176	VFBHX	綯	523
UOIN	岭	206	UTVI	巇	211	VBME	媌	180	VFBM	緷	513
UOMB	崟	208	UTWV	巇	211	VBT	姍	176	VFBME	緩	522
UOMB	崳	208	UU	出	75	VCI	妼	174	VFBR	絅	513
UOMN	嵛	209	UU	艸	569	VCNH	娣	178	VFBTU	綱	519

VFBTV	網	520	VFHDW	繙	526	VFJKA	緒	521	VFMIA	縉	523
VFBUH	緲	523	VFHEQ	絳	516	VFJLO	縺	521	VFMIG	經	516
VFBV	綏	517	VFHER	絡	515	VFJMC	纘	527	VFMLB	緶	521
VFC	戀	736	VFHEY	終	513	VFJMF	綜	518	VFMLK	緶	517
VFCNH	綈	517	VFHG	紝	511	VFJMN	紵	512	VFMMI	紜	511
VFCOR	裕	517	VFHGF	纊	528	VFJMO	綻	520	VFMMP	纙	529
VFCSH	紛	510	VFHHJ	紳	520	VFJOA	縮	524	VFMVI	縟	524
VFCWA	繒	526	VFHJE	緞	522	VFJP	紽	513	VFMVM	經	517
VFD	樂	338	VFHON	紡	513	VFJRR	綰	519	VFMWF	縹	525
VFDBU	緗	521	VFHOO	繼	524	VFJYJ	綷	524	VFMWL	緗	523
VFDD	琳	518	VFHOO	縱	524	VFKCF	繚	526	VFMWM	繮	527
VFDI	紂	508	VFHOR	綹	520	VFKI	紘	510	VFN	彎	231
VFDMQ	緯	523	VFHPA	縉	521	VFKKB	絺	516	VFNAU	統	516
VFDWF	練	523	VFHQO	紩	512	VFKMR	綯	520	VFND	孿	188
VFEEE	綴	517	VFHSB	編	521	VFKMS	徽	517	VFNG	紐	510
VFFB	絹	517	VFHSK	緛	518	VFKNI	紈	509	VFNHE	級	510
VFFBR	綃	521	VFHSK	繳	527	VFLBU	統	511	VFNIN	紓	510
VFFH	紗	510	VFHUC	纘	529	VFLGM	繡	526	VFNKG	綖	518
VFFMU	絋	515	VFHVP	紙	510	VFLLL	紃	508	VFNKM	綎	518
VFFQ	絆	513	VFHWP	總	525	VFLLN	緋	512	VFNL	紃	510
VFFQU	綣	519	VFIHR	緘	521	VFLMC	纘	526	VFNRI	纖	528
VFGCE	綾	520	VFII	濍	519	VFLMI	蠻	616	VFOB	納	509
VFGG	絓	514	VFIJ	絨	515	VFLMY	緋	521	VFOBO	纘	558
VFGGU	繞	526	VFIJE	綠	517	VFLW	紬	512	VFODI	紂	513
VFGR	結	513	VFIKK	紱	512	VFLWL	紳	512	VFOG	維	519
VFGRC	纈	528	VFIMO	欸	516	VFLWP	緦	513	VFOHG	紙	516
VFGWC	續	528	VFIR	給	513	VFLWV	縷	524	VFOHH	紾	513
VFH	妙	175	VFITC	纜	528	VFLX	繡	526	VFOIM	纖	528
VFHAB	緷	521	VFIWG	纏	527	VFM	紅	509	VFOIN	紛	511
VFHAE	線	521	VFJBC	縝	523	VFMBB	縞	527	VFOK	變	653
VFHAF	鷥	826	VFJBD	綷	517	VFMBM	絙	516	VFOLD	藏	526
VFHAF	鷥	828	VFJII	縳	523	VFMD	紆	509	VFOLL	紒	510
VFHDS	綉	518	VFJIP	總	526	VFMGK	繳	523	VFOMA	繪	527

Code	Char	Pg	Code	Char	Pg	Code	Char	Pg	Code	Char	Pg
VFOMB	綸	520	VFSHU	絕	514	VFWVF	纋	524	VHGU	姚	177
VFOMK	纏	523	VFSJE	鍬	520	VFYAJ	綽	520	VHHJ	婢	179
VFOMR	給	515	VFSME	綬	517	VFYBB	締	522	VHI	媿	181
VFON	紽	509	VFSMH	繆	525	VFYCK	絞	515	VHIIL	鄉	706
VFONK	緌	523	VFSU	紀	508	VFYGQ	縫	527	VHJD	妹	176
VFOPD	絁	513	VFSWU	纜	529	VFYHJ	縫	524	VHK	妖	174
VFORD	緣	522	VFTBK	織	526	VFYHR	繩	523	VHKB	嬌	182
VFOTO	纕	528	VFTCT	縊	523	VFYHS	紡	511	VHMR	姤	177
VFP	戀	255	VFTCW	緒	522	VFYIA	織	526	VHP	妃	173
VFPA	絢	515	VFTGR	繕	526	VFYIU	統	516	VHPA	婚	179
VFPI	約	508	VFTLJ	緯	521	VFYK	紋	509	VHQI	娥	178
VFPMM	緬	523	VFTM	紺	512	VFYLR	纆	527	VHQM	姓	176
VFPOU	絻	519	VFTXC	綝	523	VFYPT	纆	528	VHQO	妖	176
VFPP	紕	510	VFU	彎	211	VFYRB	縞	524	VHS	妒	174
VFPR	絢	513	VFUBB	繝	525	VFYRD	綧	521	VHSB	媚	180
VFPT	維	512	VFUU	紬	513	VFYTP	戀	527	VHUP	媳	181
VFPTD	縲	522	VFV	變	184	VFYUB	縭	524	VHWP	媺	180
VFPU	純	510	VFVIF	絲	516	VFYVI	絃	513	VHXE	嫂	181
VFPUU	緷	523	VFVL	糾	508	VFYVO	絃	516	VI	幺	220
VFQ	婞	176	VFVNE	綠	518	VFYVQ	絳	524	VIAV	娘	178
VFQ	孿	284	VFVNO	緣	522	VFYWV	纕	523	VID	樂	331
VFQJL	綁	517	VFVVD	纊	525	VGB	姆	176	VID	樂	331
VFQMB	婧	519	VFVVI	繼	527	VGG	娃	177	VIDI	孃	183
VFQMC	續	525	VFVVW	緇	520	VGGU	嬈	182	VIE	漿	384
VFQU	婍	179	VFW	細	512	VGK	奰	170	VIF	糸	508
VFR	響	687	VFWD	細	518	VGK	奘	171	VIHI	幾	221
VFRB	絹	516	VFWGG	繧	528	VGOW	嬶	183	VIHML	斷	293
VFRPA	緺	517	VFWK	紲	515	VGRR	娌	182	VIIK	獎	172
VFRRD	縲	527	VFWLJ	繹	527	VGTJ	婷	179	VIIK	奬	416
VFRSJ	緝	521	VFWLV	纜	527	VGYHV	裝	625	VIIL	鄉	181
VFRXU	繩	526	VFWOT	縕	523	VHAV	媲	183	VIJ	娍	177
VFSHI	紉	509	VFWP	總	522	VHDV	矮	179	VIKF	媯	182
VFSHR	紹	512	VFWTJ	緯	524	VHG	妊	174	VIKS	幼	220

VILMI	螿	612	VLOK	收	285	VMV	妝	175	VQMB	婧	179
VILN	劉	86	VLW	妯	175	VMVM	娙	178	VQMV	婊	179
VIMCW	醬	712	VLWS	娉	178	VMWF	嫖	181	VR	如	173
VIO	以	34	VLXH	姊	175	VMWL	婳	180	VRB	娟	178
VIOK	娭	178	VLXL	媚	180	VMYF	嫣	182	VRHAF	駕	821
VIR	始	175	VLYTA	響	771	VNAU	娩	178	VRLB	帑	216
VIS	幻	220	VMAM	姮	177	VND	好	173	VRP	恕	243
VIW	畿	439	VMBDI	將	198	VNF	妳	176	VRQ	拏	268
VJB	姉	175	VMBS	嫮	182	VNG	妞	175	VRRJ	嬋	182
VJD	妹	175	VMBU	嬬	183	VNHS	奶	173	VRVIF	絮	516
VJE	妓	174	VMBWD	彙	232	VNIN	妤	175	VRVK	娛	178
VJHP	姹	177	VMD	牀	405	VNIN	姼	177	VRYO	娖	178
VJHW	嬸	183	VMFB	嬭	183	VNLR	婀	179	VSHU	娓	178
VJII	嫥	182	VMFFT	彝	232	VNMM	嫋	181	VSJE	娵	178
VJKP	姥	177	VMFHT	彞	232	VNMO	彖	231	VSKP	嬨	182
VJLO	婕	179	VMG	壯	159	VNMU	娮	177	VSLL	姬	178
VJMC	嬪	183	VMGOW	牆	405	VNOB	婿	180	VSMB	婦	179
VJMO	嫁	181	VMHF	嫄	181	VOB	妠	175	VSMG	嬥	183
VJNU	婉	179	VMHML	斨	292	VOGF	嫶	182	VSMH	嫪	182
VJR	姑	176	VMI	戕	256	VOHG	姙	176	VSP	妮	175
VJRR	婠	179	VMIG	娙	177	VOIM	孅	183	VSQF	媽	181
VKBT	鳌	455	VMIK	狀	411	VOIN	妗	174	VSQL	娜	178
VKCF	嫽	182	VMJ	奸	173	VOLII	蠡	615	VSRR	嫗	181
VKMB	婿	180	VMLM	娅	179	VOLL	妕	174	VSTR	媉	181
VKMS	姱	177	VMMI	妘	175	VOMN	媮	180	VSU	妃	174
VKN	姨	177	VMMNR	牁	405	VOMT	媕	180	VTAK	嫫	182
VKOK	嫉	181	VMMP	孋	183	VOTF	嫵	182	VTAW	孇	184
VLGM	嫿	182	VMMV	娠	178	VOWY	娒	178	VTKR	婼	180
VLHBR	嚮	138	VMNR	妸	176	VPD	她	174	VTLF	嬿	183
VLLMI	蠁	615	VMPOP	彘	232	VPI	妁	173	VTLK	媄	180
VLM	爿	405	VMR	姤	175	VPP	妣	175	VTM	姏	176
VLMO	姚	176	VMT	姸	177	VPR	姁	175	VTMC	娸	178
VLOIV	饗	787	VMTQ	牂	405	VPTD	媟	180	VTMD	媒	180

Code	字	頁	Code	字	頁	Code	字	頁	Code	字	頁
VTT	姘	178	WBP	愚	249	WGF	黑	834	WLBND	罞	531
VTTB	媾	181	WC	四	140	WGFG	墨	156	WLBUC	買	661
VTXC	嫌	181	WCB	囚	141	WGG	畦	437	WLCWA	罍	532
VUMI	孈	181	WD	困	142	WGNI	疇	440	WLGG	罡	531
VUOG	離	756	WD	果	316	WGNIN	野	715	WLGGY	罫	531
VUUK	孃	181	WDMBC	顆	775	WGRV	圍	143	WLGTJ	罣	460
VVF	災	392	WDMQ	圍	143	WGTJ	圍	142	WLHAF	鴨	820
VVIO	姒	176	WDNIN	夥	162	WHD	困	142	WLHHW	罯	531
VVRAU	邕	702	WEEE	喂	439	WHE	畈	436	WLHVO	眾	530
VVV	姦	177	WFGR	點	836	WHER	略	436	WLIBP	罷	532
VVV	巛	211	WFGWC	黷	837	WHER	畧	437	WLIPF	羆	532
VVW	甾	435	WFICE	駿	836	WHJG	睡	439	WLIRM	罭	531
VVWD	巢	212	WFIIH	黟	836	WICE	畯	438	WLJBJ	罱	531
VWB	娟	180	WFIK	默	835	WIHAF	鷐	827	WLJBM	罳	531
VWD	媒	179	WFIP	黙	834	WIJB	囿	142	WLJKA	署	531
VWG	娌	178	WFJBC	顠	836	WIK	畎	436	WLJR	罟	530
VWK	姻	177	WFJNU	黿	836	WINO	歐	341	WLKLU	罷	531
VWLV	孆	183	WFKLU	黿	836	WIRM	國	142	WLLL	罒	435
VWOT	媼	181	WFLBU	默	835	WJ	毋	348	WLLMY	罪	531
VWVF	螺	181	WFNCR	黵	837	WJ	毌	348	WLMF	罘	530
VWYI	姆	175	WFNIN	黟	836	WJBUC	貫	661	WLMFN	羀	532
VYAJ	婞	179	WFOIN	黔	835	WJII	團	144	WLMRV	罠	461
VYCB	嫡	181	WFOMT	黻	836	WJNU	畹	439	WLMYM	罟	530
VYCK	姣	176	WFQ	畔	436	WJOK	斁	289	WLOOO	眾	459
VYHS	妨	175	WFQU	圈	142	WJR	固	142	WLPLI	蜀	607
VYPD	婷	182	WFTMV	黌	836	WK	因	141	WLPOG	罹	532
VYRN	婷	180	WFUU	黜	835	WKB	圃	142	WLRB	胃	531
VYRV	孃	183	WFVIS	黝	835	WKMR	畸	439	WLRVP	罠	531
VYTJ	嫜	181	WFYR	點	835	WKP	恩	244	WLSQF	罵	532
VYWM	孂	183	WFYRF	黥	836	WKS	男	435	WLTAB	羃	532
W	田	434	WFYTA	黯	836	WL	甲	434	WLTJF	羂	532
WB	胃	548	WG	里	714	WLBI	禺	479	WLTJR	羈	532
WBMBC	顒	776	WGDI	時	436	WLBM	置	530	WLVFG	羅	532

WLWP	罼	531	WQMB	圍	142	YARBC	韻	771	YCHHJ	蠻	778
WLYAJ	罩	531	WR	回	141	YASHR	詔	771	YCIV	衰	622
WLYG	罣	531	WRBC	圓	143	YASM	邊	699	YCK	交	29
WLYMR	晉	641	WRYW	圖	144	YATLK	鎝	771	YCK	奕	170
WLYRI	罻	532	WSVWS	齈	183	YATOE	護	771	YCLB	帝	216
WLYRN	罰	531	WTC	異	438	YAV	退	692	YCP	戀	255
WLYTG	置	532	WTJ	畢	436	YBBR	過	696	YCRHU	兗	63
WMG	田	142	WTT	畊	436	YBD	棗	330	YCRHV	衰	624
WML	界	435	WUMB	圖	143	YBGR	週	695	YCT	奕	227
WMLN	剛	84	WV	囟	141	YBHAF	鴿	823	YDBUU	親	634
WMMR	罱	142	WVFD	闞	144	YBHD	藥	485	YDHAF	鴇	823
WMN	町	435	WVFF	圝	144	YBHG	望	310	YDHHH	彪	604
WMSO	罠	142	WVHAF	鷄	827	YBHU	邊	701	YDHML	新	292
WMV	畏	436	WVIF	累	512	YBIK	獻	417	YDKNI	執	187
WND	囝	140	WVSMM	鬬	538	YBJJ	運	696	YDL	速	694
WNG	聖	155	WWLV	圛	144	YBLB	帝	216	YDLO	遬	699
WNO	畞	435	WWWF	纍	528	YBLBR	啻	129	YDMQ	達	698
WO	囚	139	WWWG	壘	158	YBMCU	睿	461	YDNL	郭	705
WOHH	畛	436	WWWM	疊	440	YBMO	邐	699	YDOG	雜	756
WOII	图	142	WWWR	壨	473	YBMVN	顱	431	YDOK	敦	288
WOK	畋	435	WWWU	壘	530	YBMVN	顱	431	YDRRJ	舞	138
WOLL	界	435	WYI	母	348	YBNL	鄗	707	YE	支	285
WOMB	圇	142	WYTG	瞳	439	YBNO	歓	340	YEBU	督	460
WOP	囮	142	WYV	盯	435	YBOG	離	757	YEFD	粲	505
WOP	恩	250	Y	卜	100	YBOK	敵	288	YEG	墼	157
WOWY	畏	438	YAD	桌	321	YBOU	遙	698	YELMM	釐	770
WP	思	242	YAJ	卓	98	YBR	迥	691	YEOIV	餐	784
WPHH	囫	141	YAMH	邊	696	YBUC	貞	659	YEP	怒	246
WPIM	昀	435	YANO	欵	340	YBYE	敲	288	YEYHV	裂	626
WPMBC	顥	775	YAOG	運	305	YBYHS	旁	294	YFB	逌	693
WPP	毗	349	YAPH	邊	695	YBYSP	龍	844	YFD	迷	691
WPP	毘	349	YAPIM	韵	771	YC	六	67	YFDQ	遴	699
WPU	囿	141	YAPV	邊	697	YCBR	商	128	YFE	叔	107

YFIKU	就	201	YHMBC	顛	777	YJCO	遽	701	YKPB	遷	699
YFKS	勍	88	YHML	近	690	YJDL	辣	688	YKR	咨	117
YFLN	剠	83	YHMR	逅	692	YJHEC	贛	666	YKSR	迦	691
YG	主	18	YHN	亢	28	YJHHH	彭	233	YKVIF	糸	509
YGCG	逹	695	YHQO	迖	691	YJHOJ	瓣	430	YKYMU	鬱	844
YGGU	遶	699	YHQV	裘	624	YJI	戟	256	YLB	市	214
YGHQU	氊	350	YHRR	追	692	YJILJ	辨	689	YLE	逮	695
YGIV	褻	628	YHS	方	293	YJKSJ	辦	689	YLHV	衰	623
YGMMS	虖	604	YHS	迮	691	YJLII	蠢	616	YLM	止	341
YGRV	遠	698	YHSB	遍	696	YJMBC	頛	666	YLMC	遺	700
YGSK	遨	699	YHSK	遨	691	YJMBC	領	775	YLMH	步	342
YGTQ	逵	698	YHSMM	翩	538	YJNL	郢	701	YLMO	逃	692
YHA	迫	691	YHUS	邊	701	YJRR	逭	695	YLMR	遺	699
YHAG	遑	697	YHV	衣	621	YJVFJ	辮	527	YLNC	亦	29
YHBM	亶	30	YHVL	迎	690	YJWJ	連	694	YLW	迪	691
YHBR	禍	693	YHXV	袞	625	YJYRJ	辯	689	YM	上	9
YHDS	透	693	YHYU	遞	698	YK	文	289	YMB	肯	547
YHDV	裹	627	YIB	育	547	YKANW	爛	290	YMBUC	賈	666
YHDV	褒	628	YICE	遂	694	YKCF	遼	700	YMBUU	覷	635
YHDV	逶	695	YIF	熟	399	YKG	墊	156	YMCW	酒	692
YHE	返	690	YIFH	紗	419	YKHAF	鳰	821	YMD	迁	690
YHEE	邅	701	YIG	墊	155	YKHAF	篤	825	YMDHE	嚴	452
YHEJ	逢	694	YIHU	充	61	YKHAF	鷉	827	YMDHE	齟	452
YHEQ	逢	692	YIJB	逋	693	YKHF	逖	693	YMFB	遍	701
YHGR	适	694	YIJC	述	691	YKHG	逛	694	YMG	廷	690
YHHHH	彥	233	YIJE	逮	693	YKHSB	牖	290	YMGDI	寺	343
YHHQM	產	604	YIOHV	旅	419	YKKS	効	87	YMHAF	鷁	827
YHHW	邐	699	YIOJ	率	419	YKMPM	斌	290	YMHQU	甄	350
YHJR	适	692	YIR	迫	691	YKND	孛	186	YMIHH	歲	343
YHJU	遁	696	YITD	棄	324	YKNL	郊	704	YMJE	歧	343
YHLN	劇	85	YITF	遮	699	YKOK	效	286	YMLN	劃	84
YHMBC	頻	775	YIYVI	玆	419	YKP	态	240	YMMBC	顗	777
YHMBC	顏	776	YJ	斗	290	YKP	慹	252	YMMP	遜	702

YMMR	言	638	YOMD	途	693	YPTMC	虜	603	YRBSD	諍	647
YMNN	逈	692	YOMN	逾	696	YPU	迻	690	YRBSN	贏	797
YMNO	獻	341	YON	迄	690	YPVIF	紫	514	YRBTN	贏	535
YMP	志	240	YONK	夜	161	YPWB	膚	555	YRBU	亮	30
YMP	此	342	YONO	敓	339	YPWBT	盧	455	YRBU	毫	349
YMPOG	雌	755	YOOJ	卒	98	YPWKS	虜	603	YRBUU	覾	634
YMRT	逗	693	YOPD	逪	691	YPWP	廬	251	YRBVK	謏	649
YMRW	逼	695	YPBU	皆	459	YPYHV	襲	629	YRBVN	贏	183
YMSO	逐	693	YPBUC	貲	662	YPYK	虔	602	YRBWN	贏	558
YMUOO	齒	842	YPD	柴	319	YPYMR	甯	642	YRCI	訟	640
YMVH	迂	690	YPD	虆	337	YPYMR	罍	653	YRCRU	詫	652
YMVM	逑	693	YPG	堇	158	YQHL	逝	694	YRDHE	詖	641
YMWU	遷	699	YPHAF	鷉	827	YR	占	100	YRDI	討	639
YMY	卡	100	YPHEN	處	602	YRAMO	諟	647	YRDK	訣	640
YNBQ	避	701	YPHFD	虖	602	YRANW	調	654	YRDMQ	譁	648
YNDF	遜	698	YPHU	虎	601	YRAPV	謁	649	YRDWF	諫	648
YNHB	遹	700	YPKS	勴	90	YRAV	裏	625	YREA	諸	645
YNHV	衮	624	YPLMI	蠿	616	YRAWE	護	651	YRF	京	29
YNIB	通	693	YPMK	襲	846	YRBB	亯	30	YRFB	諯	644
YNIN	迻	692	YPMM	些	28	YRBB	膏	554	YRFBF	讌	654
YNJ	迅	690	YPMR	砦	468	YRBBN	贏	666	YRFF	談	646
YNMBC	顐	773	YPMR	礨	473	YRBGR	調	645	YRFH	訬	640
YNNL	邳	702	YPNBG	觜	636	YRBHX	韶	650	YRGCR	譖	654
YNQD	桀	326	YPNWF	煑	810	YRBJJ	諢	648	YRGDI	詩	642
YNUI	逸	695	YPOBO	觕	550	YRBLN	贏	615	YRGG	誀	643
YODV	褒	627	YPPH	虙	602	YRBM	詛	641	YRGGU	詵	652
YOG	進	695	YPR	呰	123	YRBME	護	653	YRGNI	譸	643
YOHNE	毅	347	YPRVK	虞	603	YRBN	亭	30	YRGP	誌	644
YOJ	迁	690	YPSJ	聲	545	YRBO	豪	657	YRGR	詰	643
YOKS	劲	87	YPSM	虐	602	YRBOU	謠	650	YRGRR	譜	651
YOLN	刻	81	YPTC	襲	846	YRBP	毫	30	YRGWC	讀	653
YOLN	劇	85	YPTM	虛	602	YRBR	詷	641	YRHD	詠	642
YOMBC	頪	774				YRBR	高	801	YRHDN	譎	651

碼	字	頁	碼	字	頁	碼	字	頁	碼	字	頁
YRHDS	誘	644	YRIOR	諸	648	YRMUA	譖	651	YROMN	諭	648
YRHDV	誒	646	YRIPM	試	642	YRMVH	訏	640	YRON	訖	639
YRHER	詻	643	YRIR	詒	641	YRMVM	謳	645	YROP	詫	640
YRHG	逞	694	YRIT	誠	644	YRMVN	瓿	430	YROWY	誨	645
YRHGR	誻	645	YRJ	計	639	YRMWJ	譚	652	YRPA	詢	642
YRHGU	詵	643	YRJBD	誟	644	YRMYM	証	641	YRPA	詣	642
YRHHI	謝	650	YRJBJ	讟	648	YRNCR	譫	652	YRPD	詑	639
YRHJD	誅	643	YRJBM	誼	645	YRND	享	29	YRPHT	讕	649
YRHJR	詰	643	YRJHP	詫	643	YRNF	烹	395	YRPPA	諸	648
YRHKB	譎	651	YRJHW	謫	653	YRNHB	諂	651	YRPR	詢	641
YRHML	訢	640	YRJIP	譓	651	YRNHX	諂	646	YRPTD	諜	644
YRHMR	訢	643	YRJJB	譖	652	YRNIB	誦	645	YRPUK	詢	644
YRHMY	訴	641	YRJKA	諸	648	YRNIN	診	643	YRPUU	讀	649
YRHNE	設	640	YRJMM	誼	648	YRNJ	訊	639	YRQD	誄	643
YRHNI	諷	648	YRJR	詰	641	YRNKM	誕	644	YRQMB	請	646
YRHP	託	640	YRKF	談	643	YRNL	部	705	YRRRD	謀	652
YRHPA	譖	645	YRKHG	誑	644	YRNLP	讓	654	YRRRS	謵	648
YRHPM	詆	641	YRKMS	誇	644	YRNMU	詭	643	YRRS	邅	696
YRHQO	詼	641	YRLLL	訓	639	YRNN	享	29	YRRU	邐	700
YRHS	詐	641	YRLMO	誂	643	YRNOB	諳	647	YRRUC	讚	651
YRHSB	論	647	YRLMY	誹	645	YRNOT	證	651	YRRV	襄	628
YRHUC	讚	654	YRLN	剖	83	YRNQD	謙	650	YRRVK	誤	645
YRHV	衰	124	YRLWV	護	651	YRNRI	讒	654	YRSHI	訒	639
YRHXE	誒	646	YRM	訌	639	YROB	訥	640	YRSHR	詔	641
YRHXO	諜	647	YRMD	訐	639	YROG	誰	645	YRSIM	譖	652
YRHYU	譩	650	YRMFJ	評	641	YROGF	譙	652	YRSIP	認	644
YRIHR	誠	648	YRMJ	訐	639	YROHH	診	641	YRSJE	謙	654
YRIHS	誠	644	YRMMR	語	644	YROII	詅	641	YRSJJ	譖	654
YRII	譏	647	YRMN	訂	638	YROIM	識	654	YRSMG	誆	644
YRIKU	訧	640	YRMNR	訶	641	YROIP	諗	647	YRSMH	謬	650
YRILL	訓	644	YRMOO	誣	645	YROJ	許	640	YRSMM	詡	642
YRINE	詠	642	YRMRR	詞	650	YROMB	論	647	YRSMR	詞	641
YRIOK	誒	644	YRMSO	諑	647	YROMG	詮	643	YRSRR	謳	651

YRSS	詎	641	YRWLJ	譯	652	YSMVN	旒	294

Code	Char	Pg	Code	Char	Pg	Code	Char	Pg	Code	Char	Pg
YRSS	詎	641	YRWLJ	譯	652	YSMVN	旒	294	YTBSD	竫	492
YRSU	記	639	YRWLV	讞	652	YSNL	邡	702	YTCW	遒	697
YRSUP	誋	645	YRWP	諰	648	YSOBY	族	294	YTDL	辣	491
YRTAK	護	650	YRY	計	639	YSOFB	旃	295	YTHAF	鳮	820
YRTBM	讚	653	YRYBB	諦	648	YSOHC	旛	296	YTHAF	鷗	827
YRTCA	譜	652	YRYBK	讖	654	YSOHL	斿	294	YTHNI	颸	780
YRTCT	諡	650	YRYBS	謗	649	YSOHM	旌	295	YTHU	道	697
YRTGI	議	652	YRYCB	謫	650	YSOHU	庀	294	YTI	戲	257
YRTGI	讞	654	YRYE	故	286	YSOHV	旅	294	YTICE	竣	491
YRTKR	諾	649	YRYE	遐	697	YSOHW	旟	295	YTIOK	竢	491
YRTLF	讌	653	YRYFD	謎	649	YSOJB	斾	294	YTJ	辛	688
YRTLM	謹	651	YRYFE	諔	647	YSOK	放	285	YTJMN	竚	491
YRTMC	諆	646	YRYG	註	641	YSOKR	旑	295	YTK	送	692
YRTMD	謀	649	YRYHH	諺	649	YSOLB	斾	294	YTKI	竑	491
YRTMJ	譁	651	YRYHS	訪	640	YSOLO	旒	295	YTMBC	顱	778
YRTMV	諶	648	YRYIA	識	651	YSOND	斿	294	YTOII	玲	491
YRTOE	護	652	YRYJJ	讘	651	YSONO	旋	295	YTPO	遂	696
YRTQ	詳	643	YRYLR	謹	652	YSOOA	旞	296	YTQMB	靖	764
YRTRG	謹	654	YRYMP	訛	642	YSOOI	㫰	295	YTSMM	翊	536
YRTTB	講	650	YRYOJ	許	645	YSOOK	族	295	YTSTT	竮	492
YRTWV	讘	652	YRYPD	譚	651	YSOPD	施	294	YTT	迸	695
YRTXC	謙	649	YRYPM	謔	649	YSOSP	旎	295	YTTB	遷	698
YRTYU	謊	650	YRYR	詁	641	YSOTC	旗	295	YTU	逆	692
YRU	乩	21	YRYRD	諄	646	YSOY	於	294	YTUB	遡	698
YRU	訕	639	YRYRF	諒	647	YSOYU	旒	295	YTUMB	端	492
YRUC	選	699	YRYRV	讓	654	YSRJ	避	700	YTV	妾	175
YRUK	擇	640	YRYTA	諩	645	YSYQ	遥	699	YTWA	遭	699
YRUU	訕	641	YRYTP	讘	652	YT	立	490	YTWB	邁	701
YRVE	誡	641	YRYVO	該	643	YTA	音	770	YTWG	童	491
YRVII	識	651	YRYYB	讁	653	YTAHU	竟	491	YTWI	遘	699
YRWB	謂	649	YSFV	裵	627	YTAJ	章	491	YTYR	站	491
YRWCE	護	649	YSG	堅	152	YTAP	意	248	YTYT	立	491
YRWD	課	645	YSHR	逅	690	YTAPV	竭	492	YUAV	釀	843

YUBM	鵬	843	YURYO	鼈	677	YVI	玄	419	YWRD	稟	484
YUBUU	鶊	634	YUSHR	齠	843	YVIW	畜	436	YWRM	亶	30
YUDI	導	199	YUSJE	齲	844	YVKS	勠	90	YWS	甴	100
YUE	叡	107	YUSMG	齷	844	YVLII	螆	610	YWTQM	嵯	828
YUHAF	鷲	826	YUTA	齰	844	YVNE	遬	695	YWTXC	鑅	828
YUHHH	彪	233	YUU	亂	843	YVNL	邔	702	YX	齊	842
YUHLB	鼅	844	YUYCK	齩	843	YVP	忘	240	YXBT	齋	842
YUHML	斲	843	YUYMP	齜	843	YVRVP	㟃	351	YXBUC	薺	842
YUHS	酢	843	YUYPU	虓	604	YVV	妄	174	YXF	齋	842
YUHKU	齛	844	YUYTU	競	492	YVVV	巡	212	YXF	齋	842
YUKMR	齝	843	YV	亡	28	YVVV	邐	701	YXLMM	薺	842
YUMB	遄	696	YVB	肓	546	YWDV	裹	626	YXLN	劑	85
YUMMR	齬	844	YVB	膂	554	YWGV	裏	625	YY	卞	100
YUOII	齡	843	YVBCR	商	625	YWI	畒	436	YYAJ	遠	695
YUOLF	鱸	604	YVBQ	牵	409	YWIHR	鹹	828	YYBC	遺	698
YUOLL	齘	843	YVBU	盲	456	YWII	鹵	828	YYCB	適	699
YUON	齔	843	YVD	宋	314	YWLB	遇	696	YYHN	迒	690
YUP	齜	843	YVGG	甕	157	YWLE	遯	698	YYLC	迹	692
YUPR	齣	843	YVGN	甕	431	YWLG	邏	701	YYMR	這	693
YUPRU	齙	843	YVGU	雍	530	YWLV	還	701	YYPO	遴	701
YUPUU	齜	844	YVGV	饗	787	YWMV	衰	622	YYSD	遊	696
YURC	齟	843	YVHG	雍	755	YWNO	猷	436	YYWM	遭	701
YURRS	齷	844	YVHO	亥	29	YWOMO	鹼	828	YYWS	迺	693
YURYO	齝	843	YVHVO	瓠	430	YWR	迴	691			